温州大学中文学科建设丛书

# 清代福建家族文学研究

## （1644—1840）

## A Study of Fujian Family Literature in Qing Dynasty

郑礼炬　程妹芳　著

河海大学出版社
HOHAI UNIVERSITY PRESS
·南京·

**图书在版编目(CIP)数据**

清代福建家族文学研究：1644—1840 / 郑礼炬，程妹芳著. -- 南京：河海大学出版社，2022.11

ISBN 978-7-5630-7674-1

Ⅰ.①清… Ⅱ.①郑… ②程… Ⅲ.①中国文学—古典文学研究—福建—清代 Ⅳ.①I206.49

中国版本图书馆 CIP 数据核字(2022)第 152533 号

| | |
|---|---|
| **书　　名** | **清代福建家族文学研究(1644—1840)** |
| **书　　号** | ISBN 978-7-5630-7674-1 |
| **责任编辑** | 龚　俊 |
| **特约编辑** | 蔡芳盈　梁顺弟 |
| **特约校对** | 丁寿萍　许金凤 |
| **封面设计** | 徐娟娟 |
| **出版发行** | 河海大学出版社 |
| **地　　址** | 南京市西康路 1 号(邮编:210098) |
| **电　　话** | (025)83737852(总编室)　(025)83786934(编辑室)　(025)83722833(营销部) |
| **经　　销** | 江苏省新华发行集团有限公司 |
| **排　　版** | 南京布克文化发展有限公司 |
| **印　　刷** | 广东虎彩云印刷有限公司 |
| **开　　本** | 880 毫米×1230 毫米　1/16 |
| **印　　张** | 80 |
| **字　　数** | 2800 千字 |
| **版　　次** | 2022 年 11 月第 1 版 |
| **印　　次** | 2022 年 11 月第 1 次印刷 |
| **定　　价** | 520.00 元 |

本书系2015年度国家社科基金西部项目“清代福建家族文学研究”(项目批准号:15XZW021)的结题成果,出版时有所删节。本书受到温州大学人文学院学术著作出版基金资助。

温州大学中文学科建设丛书

# 总序

孙良好

温州大学中国语言文学学科的历史文脉可以追溯到晚清学术大师、教育家孙诒让先生于1906年创建的温州师范学堂。在百年的历史积淀中，一代词宗夏承焘、戏曲宗匠王季思、经史学家周予同、古文字学家戴家祥、著名作家王西彦、敦煌学专家蒋礼鸿、戏曲学家徐朔方、九叶诗人唐湜等先贤曾在此求学或执教，为本学科铸就了深厚的人文底蕴。

斯文不坠，薪火相传。

进入21世纪以来，本学科广纳天下英才，发展态势喜人。2003年，文艺学、汉语言文字学两个二级学科及相关的民俗学获批硕士学位授权点。2010年，获批一级学科硕士学位授权点。2016年，成为浙江省"十三五"一流学科A类。2017年，学科下属"浙江传统戏曲研究与传承中心"成为浙江省哲学社会科学重点研究A类基地。2019年，与本学科紧密关联的汉语言文学专业成为首批国家级一流本科专业建设点。

目前，本学科已形成中国古代文学、中国古典文献学、文艺学、中国现当代文学、汉语言文字学等5个优势学科方向，戏曲研究、域外汉文献研究、文艺美学研究、汉藏语言比较研究、鲁迅研究、温州文学与文化研究等在海内外学界颇具影响力。其中，以南戏研究为龙头的传统戏曲研究，有力地支持了浙南区域文化建设；域外汉文献和东亚俗文学的对接研究以及汉藏语言比较研究，可以为"一带一路"的文化交流提供重要支撑；以文艺学为基础的审美文化研究，注重理论与实践的结合，拓展出语言诗学、神话美学、地域文学、媒介传播等特色方向。

回首来时路，瞻望未来梦。我们编纂本丛书，旨在集中推出一批高水平的学术成果，或继往开来，或引领潮流，或特色鲜明，打造温州大学中文学科品牌，续写新的历史篇章。

# 序

陈庆元

从事地域文学文献研究，不知不觉已经三十年，跟从我做这方面研究工作的博士、博士后所出版的论著、古籍整理有数十种之多。博士后中这方面研究工作成绩突出的有刘荣平、郑礼炬、翟勇，他们先后成了教授。刘荣平研究闽词，有《赌棋山庄词校注》（厦门大学出版社，2013）、《全闽词》（5卷本，广陵书社，2016），已经完稿的有《闽词史》；郑礼炬有《明代福建文学结聚与文化研究》（人民文学出版社，2015）；翟勇研究明清之际闽诗风的嬗变，所著书已经付排。《闽词史》《明代福建文学结聚与文化研究》《明清之际闽诗风的嬗变》都是国家社科基金项目；《赌棋山庄词校注》《全闽词》《明代福建文学结聚与文化研究》都获得福建省社科优秀成果奖。肖庆伟和徐华两位博后的课题虽然不是做福建地域文学文献研究，2012年之后肖庆伟和我一起带海疆文献与闽南文化方向博士生，之后又协助我主编《台湾古籍文献丛编》（1～10辑，福建教育出版社，2017），2021年肖庆伟教授作为首席专家，获得国家社科重大招标项目《闽台海疆文学文献整理与研究（1602—1895）》。徐华教授近年一直关注地域文学文献、特别是泉州石刻文献研究，2021年获教育部重大攻关项目《10～14世纪古泉州石刻文献搜集整理与研究》。阮娟博士《三山叶氏家族及其文学研究》（上海古籍出版社，2011）、郑珊珊博士《明清福建家族文学研究》（社会科学文献出版社，2016）、魏宁楠博士《明代福州林浦官宦世家与文学研究》（中国广播影视出版社，2021），这三部福建家族文学研究著作都出自80后或90后之手。闽籍作家研究著作、古籍整理著作，有杨玲博士《林译小说及其影响研究》（世界图书出版公司，2013）、林怡博士《闽学脉》（海峡文艺出版社，2015）、林虹博士《王慎中研究》（中国文联出版社，2015）、王晚霞博士《林希逸文献学研究》（中国社科出版社，2018）、赵莹莹博士《叶向高晚明台阁体文学研究》、蔡莹涓博士《清代名儒梁章巨述评》（人民出版社，2020）、于英丽博士《李文节集》（上下卷，商务印书馆，2019）、江中柱、李小荣博士后《林纾集》（8卷本，福建人民出版社，2021）……除此之外，还有部分台籍学生研究金门作家和文献整理著作，不繁枚举。三十年前，福建地域文学文献的研究工作十分落寞，很难找到可以对话的师友，今天，福建地域文学文献研究成果和古籍整理著作，百花盛开，蔚为大观，尤其感到欣喜的是礼炬又一部皇皇巨著《清代福建家族文学研究（1644—1840）》即将出版，付印之际，礼炬请序，借此机会，对同门三十年来福建地域文学文献研究，稍作回顾如上。

2015年，礼炬的《清代福建家族文学研究》获得国家社科基金西部项目，2020年基本完成，准备出版，让我写推荐书。我推荐的理由有以下几点：

一、本书是继《明代福建文学结聚与文化研究》之后又一部研究福建地域家族文学文献的著作，由明代转入清代，虽然写法与前一部著作不尽相同，但思路、方法基本一致。前后分别出版，是两部书，合而观之，则为完整的福建明清家族文学文献研究的大型著作。

二、本书规模宏大，超过200万字，可能是迄今为止篇幅最大的地域性家族文学研究著作。本书分为四部分共十九章；章下又有节，每章三四节，全书有百节之多。第一部分《清代福建文学家族考》三章，分十四节，为492个家族立目，假设一个家族平均有5位作家，此书著录的清代（1644—1840）作家数约2500人，这是一个相当庞大的数目。大大小小的家族，知名的或不太知名的作家，几近一网打尽。本书还对这些作家作逐一的考证，理清一个个家族成员的辈分长幼顺序、相互关系，对其科名、仕历以及社会活动、创作、著作存佚状况进行考订。翻开礼炬这部著作，无异进入清代福建家族文学文献的宝库，眼花缭乱，目不暇给。

三、本书不仅以文献梳理考证见长，作者针对福建家族文学繁盛这一文学现象还作了理论的探讨。比较突出的有两点：首先，科举世家与文学家族的关系。科举文化的背景是贯穿全书的一个主轴，作者提出福建文学家族通常也是科举世家的观点，科举文化与家族文学有着极为密切的关系。清代福建以文学著称的家族，很少与科举功名没有这样或那样关联的。其次，强调家族中的女性创作，强调"外家"、"舅氏"在文学家族承传过程中所起的作用。这是一个较少有研究者关注的文学现象。

四、本书兼有文学史著作之性质，例如作者分别用四章和三章的篇幅描述清代闽诗、清代闽省古文的发展。

本书涉及或注意到的问题比较多，例如清代国家宏大的诗歌发展大背景下的闽诗发展与特质问题，清代福建家族社会的状况与家族文学的关系问题，游宦作家对福建诗文创作的带动或推动问题，科举制义文与诗歌古文创作的关系问题，清代桐城派对福建古文的影响问题，福建艺术家（画家）家族与文学家族的关系问题。

推荐书给出的基本结论是：本书对清代福建家族文学的讨论用力甚勤，文献功夫扎实，论述时有新见，是一部较优秀的省域家族文学文献研究的著作。

在礼炬《清代福建家族文学研究（1644—1840）》课题立项、著作撰写，到联络出版的整个过程中，我也不断回顾、总结这三十年来福建地域文学文献的研究工作。研究福建地域文学，我的基本观点是：地域文学的研究，不能背离中国文学史发展的大背景，不能背离中国文学史发展的总规律，但是特定的地域文学在发展的过程中存在它的特殊性，存在特殊规律。地域文学研究非常重视这种特殊性或特殊规律的研究。具体到福建地域文学的特殊性，我的看法主要有以下几点：一、中国文学所称的"一代有一代文学"这个论断，福建地域文学的发展不完全如此。二、秦汉时期，福建文化的发展远远落后于中原地区，经过西晋末年士人南渡、梁侯景之乱、唐末五代战乱、南宋王朝建立，宋亡诸阶段，大量人口从江北迁移入闽，给福建带来中原先进文化。严格说，福建是一个移民省份，移民乡心的恋古，与他们的诗心复古有着若明若暗的关联。三、中国历史上朝代的更迭，福建总是最晚或较晚被新朝取代，总是成为旧朝人士最后的避难所，因此遗民文学比较发达。四、福建海岸线长，岛礁星罗棋布，海洋、海疆、海岛、海防文学比较发达。五、1885年台湾建省之前，其行政区划一直属于福建，清从康熙间建台湾府，台湾成为福建的一个与福、泉、漳等府并列的一个府，到1885年台湾建省之前，闽包含台，台湾与福建不是并列关系，行政上是所属、从属关系，所以讲1885年之前的台湾府文学，无需特别说明，福建地域文学自然包括台湾府文学在内。

说到文学家族、家族文学，我们不能不想起讲究门阀的六朝。南朝琅邪王氏，绝对的高门大族，"七叶之中，名德重光，爵位相继，人人有集"《梁书・王筠传》，七叶，即七代、七世。钟嵘《诗品》评才子之诗，自汉至梁初122人，王谢并称，阳夏谢氏，宋、齐、梁初就有谢灵运等7人入选。其中谢庄子朏、孙览、举等均长于诗文；谢氏见于《世说新语》的还有谢鲲、谢尚及女诗人谢道韫等。彭城刘氏，"刘孝绰兄弟及群从子侄，当时有七十人，并能属文，近古未之有也。其三妹适妻琅邪王叔英、吴郡张嵊、东海徐悱，并有才学"（《梁书・刘孝绰传》）。孝绰为琅邪王融之侄；孝绰子谅，亦有文才。明清福州林浦林氏，从明永乐至清光绪涌现45个举人，12个进士，二世林瀚至九世林闻誉代代有集，如果割裂明清，分代审视，恐难探讨林浦林氏这一家族文学的全貌。清代三山叶氏，叶观国（1720—1792），有《绿筠书屋诗钞》，其子叶申芗（1780—1842），有《小庚词》《本事词》，重孙叶大庄（1844—1898），有《写经斋全集》，晚近叶在畲（1882—1943），有《罗山咏事诗》，历清代乾隆至光绪、宣统，直至民国。六朝王、谢、刘，明清福州林、叶，都是当之无愧的文学家族。他们的作品，便是家族文学作品。

福建清代家族文学，对于福建文学来说，它是福建地域文学研究的一个分支，但是它又有特别之处。家族文学研究的立足点，必须建立在一个个家族单元之上。不同姓氏，当然不同宗族，在中国宗族社会中，同姓同宗不同族的现象比比皆是，福州林氏，举其大者，就有水西林、林浦林、凤池林、陶江林、云程林、螺江阙下林等。金门县陈氏有"十五陈"之说，阳翟陈其族最大，烈屿湖下陈则是小族，而湖下陈之下又可细分后井陈、中墩陈、上库陈"三陈"。上述林、陈二姓诸分派，皆为同宗而不同族。因此，研究家族文学，首先必须关注此家族何时成立，聚居于何处，家族的文化积累历史如何，文学家族因何人而逐渐形成，然后才是家族成员和文学创作的情况，家族文学的发展和特色，及其在清代福建家族文学史的作用和地位。

一般的文学史研究，和文学家族、家族文学研究，有关联，也有区别。例如我们认定某人是不是遗民诗人比较容易，只要看看他在前朝做官到了新朝做不做官，大体上可以断定；再扩大一点，在前朝参加科举考试，到新朝拒不参加，也可认定他是遗民作家或遗民诗人。但是，要说一个家族是遗民家族，恐怕很难，也无此必要。曹学佺唐王朝死节，籍没田产房屋，牵连子孙。曹学佺共有七子，长子孟嘉崇祯初卒，其余六子入清尚存，二子孟表、三子孟济皆能诗，七子孟善能文，而五子孟擢顺治五年(1648)，即学佺殁后第二年乡试中式，授山东即墨知县，服务于新朝。一个家族可能有一个或几个诗人，改朝换代拒不做官，可是出生于稍晚的子孙，有什么理由要求他们不参加新朝的科举考试、不再出仕？所以"遗民家族"这样的概念基本上是不存在的，因此也就不存在"遗民家族文学"这样的文学现象。

研究家族文学，不是研究零星的这个或那个作家，而是以家族为最基本的单位来研究它们的文学。家族和单个作家不同，单个作家的研究有时不免也会追溯其家学渊源，但是最根本的还是局限于他的一生一世。研究家族文学，要看这个文学家族连绵的时间，两代三代以至八代十代，因此我主张家族文学研究应当作通代研究。只有这样方可洞见一个家族文学的兴起，与世推移，或新变或复古，或封步或倒退，直至戛然而止。礼炬此书虽局于清顺治至道光二十年(1840)二百年的时间，但作者别有《明代福建文学结聚与文化研究》，研究清代，可以追源溯流，联系起来看，也是通代研究。

帝王的延续，一代传一代，史书记载，脉络清晰。普通家族一代一代的繁衍，或因战乱、或因谋生、或其他原因迁徙，谱牒记载常有缺失，以至后世溯祖寻根常常碰到困难。更重要的是，作家的子孙未必代代都是作家，后世湮没无闻也是常事，因此出现文学家族传至两三代遂自行终结的现象。有的家族则或断或续，兴盛之后，中断一代两代甚至若干代，这个家族再冒出一两个或若干个作家也时而有之，这种不是代代相传，而是时断时续的家族，我们同样称之为文学家族。晚清谢章铤(1820—1903)编《东岚谢氏明诗略》，录明正统谢磐至天启谢肇淛(1567—1625)十位先辈诗，以见东岚谢氏明诗之盛。清初，东岚谢氏文学无闻，谢肇淛太高祖为盐贾大商，家资巨万，其曾祖得名儒指授，倾心濂洛关闽之学，编有《蒙学讲义》等，曾祖之后又沉寂两代，谢章铤遂成诗人词人、古文家和文学批评家。东岚谢氏起于谢磐，终于谢章铤，那么，东岚谢氏这一文学家族，算是明正统文学家族，还是明天启文学家族，抑或清(道光—光绪)文学家族？同安浯洲琼林蔡献臣(1563—1641)，祖蔡标，琼林蔡氏第一位举人，父蔡贵易，琼林蔡氏第一位进士，蔡献臣及堂兄蔡守愚，均万历进士。蔡守愚在南都与汤显祖等酬倡，蔡献臣有《清白堂稿》。蔡献臣长子谦光(1585—1636)，有《干云斋诗初集》；仲子甘光，岁贡，有《恢斋近草》；叔子学光(1597—?)，恩贡；季子龢光，贡士。有《蔡诤虎诗集》。除谦光，其余三子都活到入清之后。献臣族子国光，崇祯七年(1634)进士，康熙间卒，原有集，已佚。崇祯十七年，即清顺治元年(1644)琼林蔡氏有一支移居澎湖，数传至蔡廷兰，道光间蔡廷兰成进士，是为开澎之进士。蔡廷兰有《海南杂著》及诗文传世。廷兰屡回金门拜祭祖庙，此支在澎虽传数世，仍为琼林蔡氏无疑。如果要给这个家族命名，我以为还是"明清琼林蔡氏文学家族"为宜。同是同安浯洲人，珠浦许氏，许獬(1570—1606)，万历二十九年(1611)会元，许獬称其族八世能诗，如加上生活至清初子辈，计九世，妥妥的文学世家，许獬子辈之后，许琰(1688—1755)继起，有《宁我草堂诗集》等，珠浦许氏也不见得代代相传。文学家族兴起之后，沉寂一个时期再起，这种文学现象值得注意。

中国的行政区划有相当的稳定性，但又不是一成不变，福建的行政区划唐以后基本稳定，但是福建域内的行政区也不时稍有变更，唐称七闽，宋扩大到八闽，明设福宁州。福宁州为直隶州，“八闽”之名不能涵盖之。清康熙初，设台湾府，雍正间设福宁府，增置龙岩、永春二州，由八府变成十府二州。台湾府的身份，一直延续到1885年台湾建省，所以1885年之前的台湾文学，也是福建文学的一个组成部分。福建各府文学家族的数量、成绩并不平衡。简单说，宋代闽北的建宁、邵武有一定优势，明清这两个府渐弱，福州、泉州、莆田依旧强大。研究省域内府与府之间家族文学的兴衰、消长，也是一个有趣的课题。

福建是一个移民的省份，由于官宦等原因，从福建迁徙外省者有之，而省内府与府之间、府内迁徙更加常见。同安浯洲蒋孟育，万历间进士，有《恬庵遗稿》，孟育随父迁漳州府南靖（父卒，仍归葬浯洲），后入龙溪籍，二子亦能文，遂为龙溪人。东岚谢氏，东岚，平潭岛之别称，由东岚迁长乐江田，又由江田徙闽县，谢肇淛虽仍称长乐人，居会城已数世。台湾府竹堑郑用锡，其先由金门迁台湾，至其父郑崇和已经第四代：崇和有诗传世；崇和子用锡（1788—1858），道光三年（1823）进士，有《北郭园全集》；用锡堂弟用鉴（1789—1867）道光间拔贡，有《静远堂诗文钞》；崇和孙郑如兰（1835—1911），有《偏远堂吟草》。竹堑郑氏家族，亦可称文学家族。台湾岛文学的根在大陆，尤其与闽南的泉州、漳州关系最密，研究泉、漳府某些家族迁台或个人迁台后成族、文学播迁，对建省之前及建省之后的台湾文学研究，无疑是一个很重要的课题。

《清代福建家族文学研究（1644—1840）》出版之际，兴之所之，借题发挥如此。

壬寅（2022）仲秋

于福州华庐

# 前言

本书是2015年度国家社科基金西部项目“清代福建家族文学研究”的同名成果，也是作者2013年国家社科基金后期资助项目同名成果《明代福建文学结聚与文化研究》(人民文学出版社，2015)的姊妹篇。《清代福建家族文学研究》在申报时的题目原本拟作《明清文学演进视野下的清代福建家族文学研究》，经厦门大学周宁教授建议改为今题。

遵循学界对中国历史和中国文学史的历史分期观念，以第一次鸦片战争爆发的1840年作为划分中国古代史和中国近现代史、中国古代文学史和中国近现代文学史的标志性年份，本项目的最终成果书名变更为《清代福建家族文学研究(1644—1840)》，论著的研究范围较诸申请书原先的设想缩小，时长缩短80年左右，而本项研究的内容已相当可观。

本书在已经完成的明代福建家族文学研究的基础上，试图打通明清之间的朝代界限，进行明清两代福建家族文学的整体性研究，向下延伸到近现代，融合、会通文、史、哲诸学科视域，还原文学创作的流变演进过程，并以大规模的家族文学研究俯瞰福建清代文学创作图景，突破家族文学个案研究的格局。在清代福建家族文学研究的基础上，挖掘福建作为“海滨邹鲁”[①]之邦丰富的文学文献，描述清代福建文学创作的实绩，进一步建立以省域文学研究的成果解决清代文学发展中某些全局性问题的研究模式。

**一、选题依据**

中国历史各时期均存在家族(或称世家、望族等)这种社会群体，在文学创作上因此产生家族效应。按照日本学者沟口雄三教授的观点，“大约九世纪时，贵族社会解体，进入平民凭借实力掌握政权的时代”[②]。也就是说中国在宋代之后进入了所谓的“近世社会”。在近世社会与贵族社会中，所谓家族的概念、范畴以及家族在政治、经济、文学、文化等领域所起到的作用有着不同的形态。在唐代及唐代以前，伟大作家个人在文学创作和文学史上的意义显得异常崇高。两宋以降，文学创作的进程表现为单个伟大作家的产生与家族作家群体的形成同时并存，伟大作家的出现寥若晨星，渐次演变，从而更多地体现为家族性文学作家创作涌现、家族作家多到不胜枚举的壮观景象，即如宋代王安石、苏轼、黄庭坚、陆游等作家个人成功创作的背后，业已形成各自家族文学创作的群体和家世学派，所以家族文学创作的意义渐渐凸显出来。家族性文学创作的趋势到了明清两代更趋明显、耀眼。“清代家集数量的迅猛增加，是明清两代文学中家族观念、地方意识强化的表征，也是大批文学家族出现的一种必然结果。”[③]家族性文学创作这一现象持续到近代和民国，乃至新中国成立之后仍延续了很长一段时间才逐渐消退，直至退出文坛。

(一) 国内外家族文学相关研究的学术史梳理及研究动态

历代大量文献记载了家族作家在立言著述方面的成就，如宋元明清以来的各省通志、府志、县志

---

① 郭柏苍《竹间十日话》:“(福州)西门城楼有‘海滨邹鲁’四大字匾，书法极佳，正德丁丑镇守太监汤阴骆某书。康熙丁丑(三十六年，1697)毁于火，戊寅(三十七年，1698)易‘雄视上游’四字，总督郭世隆笔也。”(卷五，福州市地方志编纂委员会整理，海风出版社2001年版，第93页)

② 沟口雄三《中国的历史脉动》，乔志航等译，生活·读书·新知三联书店2014年版，第372页。

③ 《出版说明》，徐雁平主编《清代家集丛刊续编》，国家图书馆出版社2018年版。

乃至乡镇志以及谱牒、登科录、硃卷履历、官员档案等丰富的文献记载了大量的家族著述和文学创作方面的材料。近代学者刘声木所撰《桐城文学渊源考》及其《补遗》收录明清两代桐城古文作家共1223人，文集2370余种，其中就有大量的家族性和区域性的文学群体，虽已有一些著作对此进行过若干探讨，但仍有待今人对桐城派的学术著述和文学创作现象展开深入的研究。学者潘光旦于1947年出版的《明清两代嘉兴的望族》(1936年撰)系近代研究望族、家族文学的力作。潘光旦与柳诒徵、刘师培、邓之诚、钱穆、陈寅恪等学者的研究对于进入现代中国以后的学者开展家族文学研究具有发轫、先驱的意义。

近三十年来，我国学界和日本等海外汉学界敏捷地捕捉到家族文学研究的前景，家族文学研究领域成为当前中国学术界正在开展的学术前沿、学术热点之一，大量的专著专书出版，研究论文不断产生，形成新的学术增长点：截止到2014年，撰写博、硕士学位论文超过100部，出版研究专著超过50部，国家社科基金项目立项40项以上；研究论文不断产生，已出现10余种文献综述；罗时进教授在《中国社会科学》等刊物上发表了一批重要文章，对家族文学研究作了学理上的规范和论述，张剑、吕肖奂、李真瑜、杨义、李朝军等学者着手建构家族文学理论。

就家族文学研究的专著而言，大概区分为三个方面的内容：

(1) 从社会学、文化学、政治学等角度研究家族的论著。如陈支平《近五百年来福建的家族社会与文化》(中国人民大学出版社，2011)、徐扬杰《宋明家族制度史论》(中华书局，1995)、英国莫里斯·弗里德曼(Freedman)《中国东南的宗族组织》(上海人民出版社，2000)、日本藤井胜《家和同族的历史社会学》(商务印书馆，2005)、日本守屋美都雄《中国古代的家族与国家》(上海古籍出版社，2010)、郑振满《明清福建家族组织与社会变迁》(中国人民大学出版社，2009)、阎爱民《凑聚之道：古代的家族和社会群体》(天津古籍出版社，2012)、日本首藤明和《中日家族研究》(浙江大学出版社，2013)等，这些论著在方法论上打通不同学科的界限，是跨学科交叉研究中产生的家族文学研究新成果，是将文学与家族结合起来开展综合性研究的基础性论著，对本书所关注对象——家族文学研究的家族构成、传承、精神等内容的研究具有重要的意义。

(2) 区域性家族文学创作研究的专书。江庆柏教授于1987年参加《江苏艺文志》的编纂，过眼繁富的文献，"发现作家的'家族背景'非常突出"①，撰成《明清苏南望族文化研究》(南京师范大学出版社，1999)，最具文献功力，本书选题和研究思路受此书教益最多，借鉴意义良深。此外如朱丽霞《清代松江府望族与文学研究》(上海古籍出版社，2006)、《明代江南家族与文学——以上海顾、陆家族为个案》(河南人民出版社，2012)、王玉海等《江南文化世家研究：以无锡秦氏和昆山徐氏为例》(知识产权出版社，2011)、孙海洋《湖南近代文学家族研究》(湖南大学出版社，2011)、钱文忠《江南家族传奇》(浙江文艺出版社，2013)等；山东师范大学齐鲁文化研究中心王志民教授策划、主编的《山东文化世家研究书系》，选取28个家族，形成28种著作，于中华书局2013—2014年出版；日本池泽滋子《吴越钱氏文人群体研究》(上海人民出版社，2006)，试图突破个案研究的局限。

(3) 断代家族文学与家族文学个案研究，主要集中在以下三类：

A. 唐及唐前家族文学研究，如程章灿《世族与六朝文学》(黑龙江教育出版社，1998)、李浩《唐代三大地域文学士族研究》(中华书局，2002年)、杜志强《兰陵萧氏家族及其文学研究》(巴蜀书社，2008)、王永平《东晋南朝家族文化史论丛》(广陵书社，2010)、吴怀东《曹氏家族与汉晋社会文化变迁》(安徽大学出版社，2013)、王连儒《汉魏六朝琅琊王氏家族政治与婚姻文化研究》(中国社会科学出版社，2013)等，属于贵族社会的家族文学研究，关注士族与文学的关系。

B. 两宋望族与文学研究，这是目前学术界产出最多成果的、重复选题率最高的断代家族与文学研究，如何新所《昭德晁氏研究》(上海古籍出版社，2006)、李朝军《家族文学史的建构：宋代晁氏家族

---

① 江庆柏《明清苏南望族文化研究》，南京师范大学出版社1999年版，第343页。

文学研究》(人民出版社,2013)、张剑《宋代家族与文学——以澶州晁氏为中心》(北京出版社,2005)、罗莹《宋代东莱吕氏家族研究》(人民出版社,2011)、姚红《宋代东莱吕氏家族及其文献考论》(中国社会科学出版社,2010)等选题接近,此外重要的研究著作有李贵录《北宋三槐王氏家族研究》(齐鲁书社,2004)、汤江浩《北宋临川王氏家族及文学考论》(人民文学出版社,2005)、黄宽重《宋代的家族与社会》(东大图书股份有限公司,2006)、沈如泉《传统与个人才能:南宋鄱阳洪氏家学与文学》(巴蜀书社,2009)、张兴武《两宋望族与文学》(人民出版社,2010)、戴仁柱《丞相世家:南宋四明史氏家族研究》(中华书局,2014)等。

C. 明清以来家族文学研究。周明初教授在《走出冷落的明清诗文研究——近十年来明清诗文述评》(载《文学遗产》2011 年第 6 期)一文中把家族(世家)文学研究作为明清诗文研究得到拓宽的七个前沿领域之一。重要的研究成果如谢俊美《常熟翁氏——状元门第帝师世家》(中国人民大学出版社,1999)、俞润民等《德清俞氏》(中国人民大学出版社,1999)、凌郁之《苏州文化世家与清代文学》(齐鲁书社,2008)、蔡静平《明清之际汾湖叶氏文学世家研究》(岳麓书社,2008)、韩国朴元熇《明清徽州宗族史研究——歙县方氏的个案研究》(中国社会科学出版社,2009)、吴仁安《明清江南著姓望族史》(上海人民出版社,2009)、郝丽霞《吴江沈氏文学世家研究》(复旦大学出版社,2009)、赖惠敏《清代的皇权与世家》(北京大学出版社,2010)、洪永铿等《海宁查氏文化研究》(浙江大学出版社,2006)、徐雁平《清代文学世家姻亲谱系》(凤凰出版社,2010)、罗时进《地域·家族·文学:清代江南诗文研究》(上海古籍出版社,2010)、赵红娟《明清湖州董氏文学世家研究》(中国社会科学出版社,2011)、徐茂明《明清以来苏州文化世族和社会变迁》(中国社会科学出版社,2011)、林广志《卢九家族研究》(社会科学文献出版社,2013)、刘经富《陈寅恪家族稀见史料探微》(中华书局,2014)等,表现为对常熟翁氏、德清俞氏、苏州文学家族、湖州叶氏、董氏家族、徽州宗族、吴江沈氏、海宁查氏、修水陈寅恪家族、闽县陈宝琛家族的研究以及清代文学世家姻亲关系的搜集,对清代江南地域、家族与文学关系的综合研究。此外,仍有多部尚未出版的博、硕士学位论文。这些论著在研究方法上争奇斗胜,对明清以来的家族与文学、文化、政治、经济的关系的描述进行非常有益的探索,但大部分论著仍然属于微观的、个案的家族文学研究,研究对象往往狭小,尚不能于所处时代的作家群体、全国文坛中定位其研究对象,建立并行的、互动的、宏观的、比较的研究格局。

以家族文学为研究对象的学术论文逐年增多,对家族文学研究的学理、规范、具体研究模式等一系列问题进行讨论。2009 年以来,苏州大学的罗时进教授对家族文学创作进行了大量的探索,在《中国社会科学》《文学遗产》《江苏社会科学》《江海学刊》《苏州大学学报》等刊物发表了一批重要的文章,对家族文学研究的逻辑起点、问题视域、“舅权影响”、文献学建设、特征与影响、建构与展望等问题进行学理上的规范和论述。罗教授发表于权威刊物《中国社会科学》2012 年第 2 期的《家族文学研究的逻辑起点与问题视域》一文,拈出家族文学研究对于中国文学史研究的重要意义,归纳出当下家族文学研究的方向。张剑、吕肖奂、李真瑜、杨义、李朝军等学者在《文学评论》《文学遗产》《文艺研究》等重要学术期刊上发表相关论文,学界同仁及时撰写数种家族文学研究综述报告,对家族文学研究的最新进展和新问题、新方法、新状况予以总结、归纳和展望,这些成果的取得对家族文学研究均有踵事增华和扩大影响的意义。

本书的研究对象以明清文学的整体演进为参照系,对明清以来家族文学研究的现状格外关注。关注到 21 世纪以来福建师范大学近 30 来篇(部)关于福建清代作家或文学家族的硕士、博士论文,并邀请部分重要作者加入研究队伍。总体上看,明清福建家族文学创作的研究基本上处于萌生状态的、微观个案研究的初步阶段,宏观方面有待进一步提高、深拓、总结;在明清福建文学与全国文学的演进路径相联系的互动研究上,存在巨大的开掘空间。

本书作者从事福建区域文学研究 10 余年,所主持的国家社科后期资助项目“明代福建文学结聚与文化研究”已于 2014 年 10 月结项,并于 2015 年 12 月出版同名专书。该课题中的“文学结聚”系借用《晋书·杜弢传》"遂相结聚"①一词，指家族文学创作和结社两方面的聚合性质的创作。通过该项目的研究，掌握了省域家族文学创作研究的方法，这种方法突破了以往以一个家族或数个家族为对象进行研究的个案研究方法的局限性，从而获得对一个省域较大规模的家族文学进行宏观研究的有效性手段和经验。文学固有"一代有一代之文学"的优胜文种和体裁，但文学创作的连贯性不因断代而截然区分，其间藕断丝连，暗流(Swallet Stream，一译作伏流)潜动，新陈代谢，构成文学演进的图景。在研究明代福建家族文学已有积累的基础上，熟练应用已形成的学术研究方法，在明清文学演进的视野中，对清代福建家族文学创作进行研究，这就是我们在2015年申报的国家社科基金课题"清代福建家族文学创作"的对象和任务。

(二) 本书相对于已有研究的独到学术价值和应用价值

目前，仅有陈庆元教授《福建文学发展史》、《文学：地域的观照》两种著作对福建文学进行宏观描述，其门人吴可文撰写《明清福州文学地图——以三坊七巷为中心》博士学位论文(福建师范大学，2012)，绝大部分论著为零星作家的个案研究。除本书作者的《明代福建文学结聚与文化研究》(人民文学出版社，2015)一书之外，尚未见有其他专著对福建家族文学形态的创作进行全局性的研究。

本书独到的学术价值和应用价值是多方面的，这里列出以下五个方面：

(1) 挖掘、整理清代福建文学创作中浓重的家族因素。本书是明代福建文学结聚现象研究项目的延伸和拓展，明确看到在《明代福建文学结聚与文化研究》一书所搜集的340个文学著述家族中，90个左右文学和著述家族的活动延伸到清代初中叶，更看到整个清代福建文学创作的家族因素异常显著，不逊色于明代福建文学创作中的家族结聚现象，同样具有超越单个重要作家的研究意义。

(2) 打通明清两代福建文学家族的朝代界限，在清代学术史、文学史的背景下，考察福建文学创作。在更加广阔的明清两代文学演进的大视野下准确描述清代福建文学史的演进，打通明清两代福建文学家族的朝代界限：一个格局是研究明清之际福建家族文学创作的转变，挖掘其承明启清的接续点；另一个格局是完整研究清代的福建家族文学演变，形成若干重要结论。作者通过《明代福建文学结聚与文化研究》研究计划的实施，得到"有一部明代文学史，就有一部与之平行的明代福建文学史；明代福建文学思想和创作与全国文坛密不可分，几乎同步反映全国文学创作的进程"的结论，在对清代福建家族进行研究的时候，也有类似的项目意图，以期确立"与清代文学史平行的福建清代文学史""与清代文学史相始终的福建家族文学创作"的观点，展现清代文学演进在福建文学和文学家族创作中的烙印痕迹，展现福建文学家族成员对于清代福建、全国文学创作的意义。

(3) 考订清代福建的文学家族数目，力求完成完全汇考和整合研究。考察明清两代福建家族文学创作的嬗变；在将来研究宋代福建家族文学的基础上，撰写完整的福建家族文学史，为重写福建文学史做相关准备工作。

(4) 编制清代闽人著述完全目录。与明代闽人著述目录合并，确定明清两代福建家族文学在闽人著述总量中的地位，为编制大规模的历代闽人著述总目做准备。

(5) 形成相对成熟的大规模家族文学研究的方法。分省描述清代福建文学史的演进，提出省域家族文学研究的模式，突破个案研究方法的局限性，建立大规模家族文学研究的方法和模式，同时借鉴和突破个案研究的模式，倡行宏观和微观结合的研究方法，考察明清两代福建家族文学创作的嬗变。

**二、研究内容**

本书的研究对象有以下十三项，与课题申请书设置的研究内容有所调整，初期设想无法实现者、

① 房玄龄等《晋书》卷一百，中华书局1974年版，第2621页。

与文献实际不合者有之，这方面的内容不在书稿中呈现，有些观察则是基于文献阅读和思考所得，撰成篇章予以增入。下列的第二、十三项内容所占篇幅较多，撰成书稿后，第二项将大概以时段略作区分，开列成三章，每个文学家族编有统一序号；第十三项和清代闽人科第年表将制成附录两种，第五项的内容不设专章，将散置在对文学家族考订的章节中，专著总为十九章，框架上分成四部分和两种附录，研究内容在设为章节之时前后有所调整，亦随着研究的实际而有所增删。

研究对象具体如下：

（一）近世社会福建文学创作落日余晖最后的辉煌。研究认为：清代是辉煌的福建古代文学创作的终结期。福建的文学创作在宋、明、清三个朝代取得异常辉煌的成就，尤以明代福建的学者和作家最多，清代福建文学创作繁荣依旧，在全国文学创作中的份额和分量却有所下降，重点研究其衰变的原因，难点在于确定衰变的准确时间节点，客观描绘清代福建（1644—1840）以家族作者、学者为基础的文学创作、学术著述的全景。

（二）考订清代福建文学家族的数量，确立家族文学创作的地位和意义。研究认为：明清两代福建文学家族有相承续者，这类强盛的家族到乾隆中后叶基本终结，如贯穿明清两代的黄文焕家族之重要诗人黄任卒于乾隆三十三年（1768），少数家族延伸到嘉庆以后；通过地方史志、文集考订入清以后新涌现的410余个文学家族，本书考订总数达到492个文学家族，远远超过项目申报之时所设定的250～300个文学家族数量，这是一个将产生重大意义的研究对象，其中大部分家族在今人所搜得的福建文学世家之外，这是本课题第一个主要研究目标，重点是研究家族文学在清代福建文学创作乃至全国文坛的地位、历史意义。

（三）研究清代福建重要的文学家族。研究认为：对清代福建各个历史阶段的、具有典型意义的家族文学抽样进行深入的个案研究，有助于了解清代家族文学的面貌和文学流变的微观活动，构建区域文学史。重点研究福州府的林则徐、叶观国、郭柏苍、黄任、郑方坤、许遇、龚氏、谢氏等家族，泉州府的李光地（1642—1718）、陈万策等家族，兴化府的林氏家族，漳州府的蔡世远家族，汀州府李世熊（1602—1688）、黎士弘（1618—1697）家族以及邵武府朱仕琇、高澍然等家族的文学创作成就。在这些家族的研究中观察明清之际以及清代福建文学创作风会的转变。

（四）福建各府文学家族分布变化研究。研究认为：明末清初发生在福建的战争，对泉州、漳州二府的人才带来毁灭性的打击，省内士民大量迁徙：从富庶的沿海迁到福建西部和北部，甚至从福建迁出移居他省，因此带来文学家族的地域流动，典型者如福州闽县郑邦祥家族的后裔从福州迁往闽北建安县。清代福建的科举实力日益向会城（省会）福州集中，福州府举人占全省总数的44.33%，呈现一府独大的局面[①]，同时也观察到闽西汀州府、闽西北邵武府的家族文学创作实力上升的现象，重点研究省内各府科举和文学家族版图的变迁。

（五）清代福建文学家族结社研究。研究认为：清代福建文学结社活动活跃，文学家族热衷于家族内部的唱和、诗酒结社、跨家族姻亲之间结社、闺秀雅集、居官同乡雅集等，名目繁多，务作完全汇考和整合研究。这是对“明代福建文学结聚和文学研究”这一项目所形成的研究方法的应用。

（六）明清两代福建家族文学创作的演变，这是本课题第二个主要研究目标。研究认为：家族文献和家族间作者形成的文学创作特征对其家族其他作者具有召唤和聚集的作用，家族文学创作的理论主张、技巧和经验得以代际传播，重点研究家族型作家群体的文化认同和心理认同，全面研究家族文

---

① 刘海峰教授统计过清代福建110科举人，清代福建举人总数为10391人，各府州举人具体分布为福州府4607人，泉州府1742人，漳州府922人，汀州府673人，兴化府564人，建宁府410人，延平府320人，台湾府305人，邵武府266人，福宁府219人，龙岩州184人，永春州162人，满洲八旗23人，平海卫、镇海卫12人，福州府举人占全省的44.33%。这个数据未包括八旗举人在内。福州府举人分布为顺治7科145人，康熙22科346人，雍正6科166人，乾隆27科869人，嘉庆11科456人，道光15科639人，咸丰4科324人，同治5科504人，光绪13科1158人，只有康熙、雍正二朝少于泉州府的408人、171人（刘海峰《台湾举人在福建乡试中的表现》，载《厦门大学学报（哲学社会科学版）》2013年第6期，第69页）。

学创作所出现的新变因素，难点在于宏观研究家族文学创作所建构的文学史演变。

（七）清代福建诗歌创作整体研究：从中心到角隅的力量收缩。研究认为：晚明迄明朝灭亡，福建的诗歌创作可与吴楚等区域诗人群体鼎立而三，如谢肇淛、徐𤊹、曹学佺、黄道周、何乔远等著名诗人的诗歌创作达到一流的水平，但在清代闽籍诗人的影响力下降，声名湮没无闻，其风会转换的重点在家族性诗人林古度（1580—1666）与山东新城家族性作家王士祯之间，据王士祯序《林茂之诗选》，康熙三年（1664）林古度携诗稿请其删定刊行，可是这件事王氏迟迟未施援手资助，"将其晚年所作删汰殆尽，以至今不得传"[①]，而这正是明末清初诗坛转变的关键事件。

（八）宋诗运动与福建文学家族作家的关系。此研究对象和对同光体的研究构成本课题的第三个主要研究目标。研究认为：明末清初兴化府文学家族中的余飏、汀州府长汀县文学家族作家黎士弘、福州府闽县作家顺治九年（1652）进士叶矫然、福州府文学家族作家康熙间太学生张仑、福州府文学家族作家康熙间诸生林衡、康熙间邵武府李荣芳家族诗祢两宋，是清代闽中最早提倡宋诗的作者，林衡著有《全宋诗注》。其余如康熙间贡生、兴化府林元晦，著《南柯诗集》，民国《莆田县志·艺文志》引林源（学川）云："愧聘诗取材赡，用古化于唐、宋名家，不事规抚而自然吻合。"[②]康熙六十年（1711）榜眼吴文焕，诗近苏轼、陆游，与晋安风雅一派旨趣明显不同；乾隆五十八年（1786）举人林茂春，辑有《宋诗搜玉前后集》，其人诗"沉博宏肆，七言古体出入韩、苏间"[③]；嘉庆、道光间李彦章的诗歌理论分明是宋人梅尧臣的翻版。提倡宋诗的家族作者绵绵不绝，非独同光体闽派作者始推崇宋诗。

（九）闽中家族文学作家对唐宋散文的推崇，与桐城派文学理论相呼应。研究认为：从明末至康、雍、乾三朝，闽中家族文学作家对唐宋散文的推崇和创作共构了桐城派古文的成就。这是本课题第四个主要研究目标，也是研究难点。明清易代之际，汀州府的文学家族作家李世熊、黎士弘师弟二人本身既好唐宋文章，又与江西宁都三魏交好，共同推动唐宋文章在清代的复兴；康熙间，泉州府的大学士、明代安溪李氏望族后裔李光地与方苞（1666—1749）有很深的交情，李光地的古文创作理论、诗歌创作理论与桐城派的宗旨相当接近；李光地又培养了乡人、漳州府漳浦县的家族作家蔡世远（1681—1734），方苞为蔡世远撰墓志铭，蔡世远的文学观点通过其侄儿蔡新（1707—1799）延续到嘉庆年间，闽中作家参与桐城文章的构建者实多，直至晚清的严复（1854—1921），仍师从吴汝纶学习古文创作。

（十）研究清代福建文学在全国文坛衰微的战争原因。研究认为：明末清初福建的战乱——郑成功集团反清复明（1644—1684）的军事斗争、清朝的反制战略、耿精忠之乱（1673—1676）等对福建的经济、教育、文化和文学造成巨大的灾难，清初仕宦福建的周亮工（1612—1672）、乾隆间泉州府藏书家郭赓武均为之感慨良深，这是一个研究难点。

（十一）有所下降的清代福建科举实力。研究认为：清代福建举人和进士的数量较之明代大幅下

---

① 柯愈春《清人诗文集总目提要》，北京古籍出版社 2001 年版，第 3 页。

② 民国《莆田县志》卷二十三，《艺文志》，原第八十五页，影印第 209 页。

③ 同治刊本《福建通志》卷二百三十九，林茂春传，原第五页，影印第 4311 页。特别说明：陈寿祺任总纂的《福建通志》，系道光十年（1830）闽浙总督孙尔准奏请开局续修（同治十年闽浙总督英桂序，同治刊本《福建通志》影印第 1 页。按：王凯泰序一说道光九年，以道光九年说为是，本年陈寿祺开始延揽、组织编纂人员），至十四年（1834）末修毕，十五年（1835）三月修志事毕，成四百卷，即同治以后所修《福建通志》及府县志所谓之"道光《志》"或"道光旧志"，续任总纂高澍然应周凯之邀至厦门（高澍然《厦金二岛志序》，道光《厦门志》，序第七页，影印第 4 页）。道光《福建通志》（本书统一称同治刊本《福建通志》）纂修期间变故颇多，尝以经费不敷故中断，又以人事纷争、聚颂纷纭导致该志的体例、内容、结构等均有所变更，迟迟不能刊行，延至道光十九年（1839）定稿，二十八年（1848）付梓开雕，然未竟而废。同治七年（1868）以林振棨为总校，至十年（1871）三月校抄、校刊、覆核，成四百七十八卷，福建巡抚王凯泰于同治十年重刊，称《重纂福建通志》，本书以道光志的重刊时间称之为同治刊本《福建通志》（同治刊本《福建通志》，影印第 5-6、24-27 页）。我们看到同治刊本《福建通志》著录了道光十五年（1835）进士刘建庚的《有不为斋诗集》、《有不为斋文稿》（卷六十九，影印第 1411 页）和此年之后若干史事记载，确证道光间《福建通志》修成之后，间续有所增益。

降。原因是朝廷给福建所定解额减至康熙三十五年(1696)的71人[①],比明朝景泰以来福建举额90～105名的数量少了1/3左右;进士总数1367人(全清进士26747人。数据来源:福建省情资料库),仅为全国的5.1%,较之明代10%的份额,大幅萎缩,不利于科举人才和作家的培养。研究的重点难点在于证实清代福建科举实力下降对闽人文学创作的影响,通过编制本省科第(包括进士、举人)表,更通过与江南诸省、山东、河北等省份的科举力量对比的途径完成研究的目标。清代福建的科举实力在同治、光绪以后有所恢复。不仅以科举扩展为观察点,我们还观察到近代风气转变以来福建人材培养的成效,俟将来深入研究这个现象。

(十二)清代学术风气变迁与闽人学风文风转变的适应性研究。研究认为:从福建地方志所著录的典籍来看,清代福建学者、作者不能及时跟进康、雍、乾以来学术风气的转变,尤其是乾嘉考据学(朴学)、经学蔚然兴起,成为有清一代的显学,这是清代学术的重大转变。闽籍学者虽亦回应学术变迁的大环境背景,但该省学者的学术成就远不及江浙一带的学者,甚至逊于河北、山东等北方省份的学者,这在南方诸省中是一特殊的、异常的学术缺席、失声现象。闽中文学创作风气也未能完全转变为"学人之文"、"学人之诗"、"学人之词",表现出一定的"反智"、反"掉书袋"的倾向,仍坚守明代闽派文学创作的故步。从第十至第十三项集中探讨清代福建文学衰变的原因,这是本课题第五个主要研究目标。

(十三)清代福建著述总目。研究认为:从存世文献入手,研读文献,获得对清代福建作家创作实绩的认识;更要从地方史志入手,收集清代闽人所有的著述;研读相关清人文集,获得旁证,增益地方史志《艺文志》、《经籍志》所载之不足。在此基础上,编制《清代闽人著述目录》,获得对清代福建文学史的清晰认识和准确论断,这是本课题第六个主要研究目标。

**三、思路与方法**

本书贯彻实证研究的精神:

(1)首先,在地方史志,特别是同治刊本《福建通志》、民国《福建通志》的《经籍志》和《艺文志》记载的基础上,收集清代福建家族文学作者的著述;

(2)其次,在《清代硃卷集成》、《明清科考墨卷集》、清代官员履历档案、《清实录》等文献所记载的清代福建科举资料的基础上,与地方史志、文集互证相结合,准确考订出科举家族的数量及其与文学家族的关系;结合家族谱牒的记载,建立清代福建文学家族各自的世系、婚姻关系,构建文学家族之间的互动关系网络;

(3)复次,立足福建家族文学创作,重视福建家族文学创作与该时代全国文坛、文学思潮的联系,建立清代福建文学与全国文学之间的关系;

(4)最后,树立明确的考察文学历时之流变与共时之并存的历史研究视角,紧密文学创作的史与论,宏观与微观研究结合,实证与宏论结合,既考镜源流,又能辨章学术。

本书的具体研究方法是定向定量分析法、归纳和演绎法、比较法、实证研究等,随对象变化而综合运用之。通过对清代福建科举事业的定向定量分析,描绘出福建科举在全国的分量以及福建省内各府县科举力量的强弱分布图;通过归纳和演绎,依靠存世文献,对清代福建的文学创作状况作出合情

---

① 乾隆四十四年(1779)己亥科,福建乡试中式举人张经邦等85人(朱锡经《皇清诰授光禄大夫经筵日讲起居注官太子太傅南书房供奉体仁阁大学士管理工部兼翰林院掌院学士赠太傅入祀贤良祠赐谥文正显考南厓府君年谱》,即朱珪年谱,续修四库全书第1452册,影印第408页)。福建每科录取85名举人成为乾隆九年(1744)之后的常制,但是亦有所调整,如萨嘉乐系光绪十四年(1888)戊子科福建乡试第90名举人(《清代硃卷集成》第六七册,萨嘉乐履历,影印第96页),则已超出85名常额,而恩科举额视情况增加。有观点认为,从乾隆九年全国举额看,福建(85人)与直隶(213人,其中直隶籍生员102人)、江南(114人,其中江苏69人,安徽45人)、湖广(93人,其中湖北48人,湖南45人)、浙江(94人)、江西(94人)同为科举大省。福建解额85人,虽居末,亦与江西、浙江的94人差距不大,而进士登第人数却远逊江、浙等省。顺治三年丙戌(1646)清军入闽,福建归清版籍。顺治五年戊子(1648),清代福建乡试首科开考,法式善等《清秘述闻》将福建列在顺天、江南、浙江之后,湖广之前,此五省乡试主考官均用翰林院编修(《清秘述闻》,《清秘述闻三种》上册,中华书局1982年版,第8-9页);顺治八年(1651)辛卯科乡试,直隶、江南、江西、浙江、福建、湖广六省主考官均用翰林院官(同书,第12-13页)。此后,此六省乡试必用翰林院官成为清代定制。

合理的还原;通过横向、纵向的比较,分析清代福建家族文学创作与本省文学创作的比例、福建清代文学在全国的意义以及明清文学演进视野中的嬗变;通过实证研究,对清代福建的文献、家族文学创作的情况进行一次摸底,竭泽而渔地抽象、凝练出清代福建文学发展史的若干重要观点。

**四、本书创新之处**

本书在学术思想、学术观点、研究方法等方面的特色和创新,体现在以下六个方面:

(一) 对清代的家族文学和结社现象进行完整的宏观整合,具有原创性。本书延展了已完成的对明代福建家族文学研究的长度,拓深了对清代福建文学的研究。以数量众多的文学家族的考订为基石,构建自元朝退出历史舞台之后,福建单独建省以来连贯的明清两代福建文学史的完全图景,将来连同宋元福建家族文学研究、近代福建家族文学研究一起,完成近世社会宋代迄民国(960—1949.9.30)近1000年间福建家族文学创作谱系和全景的细腻描绘。

(二) 利用新出版的文集、史料、谱牒对福建清代家族文学进行研究。纠正以往对清代福建文学史的相关研究成果的认识误区和不足之处,以专、精的力量从事明、清两代区域家族文学的研究,范围适当,做到竭泽而渔,考订精当,结论允当,避免规模研究因宏大叙事而产生的"既疏且漏"的弊病。在纷繁的文学现象中,从家族文学入手研究福建文学,纲举目张,最为得法。视明清两代福建家族文学创作和文学史为不可分割的整体,在充分研究明代福建家族文学创作和文学史发展的基础之上,掌握明末清初的福建文学的走向。

(三) 突破家族文学个案研究的局限。家族文学个案研究的局限是对一个或数个家族的文学家族作相对封闭、静止的研究,而大量的研究资料、人生态度和文学观点存在于家族作家与他人的联系、交流之中,务必突破个案研究的局限,整合一府、一省乃至全国众多被视为个体的、密集的家族文学创作实践、文学观点,是断代家族文学研究的任务和尝试。若干省份断代家族文学研究成果逐渐沉淀、累积成为一代文学史密集的点、宽广的面,将来在分省一代文学史书写的基础上,统合各省,全景式、清晰地刻画出一代文学史的脉络,如同毛细血管般既细密又通透。

(四) 文史哲综合研究方法的有效运用。古代文学的研究本应还原到文、史、哲诸学科门类未分的状态,特别在清代,各种知识、学问之于创作的关系体现为学人之诗、学人之文、学人之词等形态,文学之于学术的相关度较之任何一个朝代的文学都更加紧密。此外,必须关注科举、经济、政治、文化对区域文学创作的影响,清代文学研究中种种问题的解决都更应强调综合的研究方法。

(五) 这是一次颠覆性、破坏性创新的研究尝试,贯彻类似知识考古学的问题探究意识。近世社会中的宋、元、明、清及民国时期,福建文学创作处于上升阶段的是宋、明两个朝代,元代福建则和其他省份一样文教不振,略输文采,但儒学异常强盛,明代福建的科举和文学创作处于最为强盛的阶段,这一攀升进程被清初的军事和政治事件打断,福建的文学创作不复昔日繁荣,一般的研究者好大喜功,宁可"鸣盛",有意避免唱衰、"鸣其衰"的研究取向,不喜对某个呈现衰态的对象进行研究。本书的研究是一项逆潮流的破坏性的研究,从科举、军事、文化、学术等方面探讨清代福建文学的衰变走势,于寻常事件中出新结论,产生若干创新性的成果。

(六) 福建家族作者参与共构清代文学的若干重要贡献。清代文学号称全面复兴,所有文学体裁和文类在福建家族作家的创作中均得到不同程度的反映,闽人尤为重要的贡献在于:(1)对唐宋文章的推崇,具体到对三苏、韩愈、柳宗元等唐宋作家作品的爱好,直接参与到桐城派古文运动中去;(2)贯穿全清的宋诗运动,不仅仅彰显在晚清同光体闽派的提倡和创作中,整个清代闽人作家亦有人呼应之。

# 目录

CONTENTS

## 第一部分　清代福建文学家族考(1644—1840)



## 第二部分　清代福建家族文学创作综论

## 第三部分 福建家族文学创作与学术著述的清代背景(1644—1840)



## 第四部分 清代福建家族诗文创作的嬗变(1644—1840)——以福建家族作者、学者为基础

## 附录两种

# 第一部分

## 清代福建文学家族考（1644—1840）

本书对于"文学家族"的内涵和外延采取宽泛的释义,沿用前著《明代福建文学结聚与文化研究》(人民文学出版社,2015)中的作家归类方法,定义保持一致,比江庆柏教授《明清苏南望族文化研究》(南京师范大学出版社,1999)对于"家族"("望族"、"世族"、"甲门")的定义宽松[①]。

根据本书对于"文学家族"的认定,第十一章《清代选举赋诗与清诗繁荣的关系》对清代试帖诗的研究进行了说明:"所有科举家族的成员在乾隆中叶以来以至清末均曾接受过诗律的锤炼"(第714页),"本书仍有意筛落部分科举家族:既注意到士子赋诗的事实,更重视家族成员从事文学创作和学术著述的专注性、持久性,对文学家族的判定,本书持论更加严格。"如果说以清代士子参加应试者均试时文、试帖诗(乾隆二十二年更定科举制度以后更明显)作为遴选文学家族成员的标准,则太宽泛,故于书中各家族条目下仅列该家族中有著述目录者,目前考订所得的家族作家恐亦有所疏漏。

本书和《明代福建文学结聚与文化研究》的著述均从明代何乔远《闽书》的著述体例得到启发。《闽书》将同一姓氏具有血缘关系的人物传记收归到一起,同一姓氏成员众多的又分开列条目,该书作者的著述观念隐约含有"家族"的内涵,只是未示以"家族"的概念。清代泉州府安溪学者李清馥《闽中理学渊源考》处理闽中理学渊源时,采用"学派"("家世学派")一词,一个学派下有同姓氏者,亦有师弟传承者,同时也将学术思想不同、有差异的同一姓氏成员分派到不同"学派"中[②],所以本书折衷《闽书》、《闽中理学渊源考》的处理方式,以"文学家族"统摄同一姓氏有血缘关系的作者,兼及缔结婚姻而形成关系的成员。

我们同时观察到文学创作上用"集群"、"群体"、"社群"、"聚落"、"族群"、"家庭"等词来命名一代多名成员以及两三代数量较少甚或代际间各代只有一两个作者的同一姓氏具有血缘关系的成员,会形成称名繁富的现象,故一以"文学家族"称之,以标识清代福建文学创作中的簇状丛聚现象。罗时进教授《清代江南文化家族雅集与文学创作》(载《文学遗产》2009年第2期)、《清代江南文化家族的特征及其对文学的影响》(载《江苏社会科学》2009年第2期)等论著及其主持的国家社科基金项目"清代江南文化氏族递嬗与文学发展关系研究"(编号03BZW031)的研究中以"文化家族""文化氏族"指称清代文学家族兼具学术著述的现象,"文化家族"是最合适的定义。若沿用传统史籍中的卷目名称(指《汉书·艺文志》或《隋书·经籍志》之类卷目)以称世家或家族者,则当称之为"艺文家族"或"经籍家族";用《文心雕龙·原道》篇的观念,应称之为"人文家族"。清代嘉庆、道光间的张际亮(1799—1843)其所撰《与徐廉峰(徐宝善)太史书》云:"国朝文学之盛,几轶宋、唐。然大抵皆以声韵、历算、考据相雄长,于诗及文,则不及明人,无论宋、唐也。"[③]在张氏的观念中,诗、文等近现代以来明显属于文学创作的范畴与声韵、历算、考据等明显属于学术研究的范畴统合在"文学"概念之下,故本书亦得以"文学家族"称名之。

本书在文献搜集上遵循传统经、史、子、集四部分类的标准,包含了清代福建学者的学术著述,但

---

① 蔡惠茹《明代福建科举家族的规模、代数构成及空间分布》(载《中国文化研究》2016年第2期,第37-46页)科举家族的定义为"通常是指在以首位考取举人功名者为起点的直系五代亲属及其同父兄弟中,至少出现举人、进士各一名或三名举人的家族"(第37页,摘要),与张杰、方芳、钱茂伟诸位学者的定义互有出入。在历史学、文学、社会学等研究领域,学者们对于"家族"的定义持见不同。

② 如泉州府既立涵江陈氏家世学派,又立陈琛学派;既立惠安县张氏学派,又立张岳学派等,这是一个家族成员分属不同学派的处理现象。而他如李聪与李逢期、何炯与何乔远、史朝宾与史氏家世学派、赵恒与赵氏家世学派、郡西林氏家世学派与林学曾及林胤昌的关系等,均非因学术上之门户壁垒而分立,仅为若置于一学派内部人数则太多之故而分成不同的学派,则表现出不必在一个学派条目下"原始要终"(《文心雕龙》第十六篇《史传》)、"原本以表末"(《文心雕龙》第五十篇《序志》),原原本本地将一个累世积累的家族成员完全条列出来,可以适当分立条目的意识。

③ 张际亮《张亨甫文集》卷三,《清代诗文集汇编》第601册影印同治六年孔庆衢刻《张亨甫全集》本,影印第438页。同书卷五《与蒋拙斋书》表达了类似的观点(影印第460-461页)。

所论重点仍然着眼于文学创作，方寸(张剑先生称之为“守界原则”[①])时存笔端，希望方家谅之。

本书共搜集492个清代福建文学家族的资料，这是本书著论的基础。明末清初的福建文学家族仍然予以著录，以觇知明清之际福建的文学演进脉络；部分文学家族1840年之后的成员亦予以考索，以见该家族文学创作的完整面貌；部分1840年以后重要的文学家族中的成员及其创作现象和学术著述情况予以表彰，以见近代以来旧体文学创作的嬗变趋势。2012年6月15日，南开大学教授、著名学者罗宗强先生为周勋初、傅璇琮、郁贤皓、吴企明、佟培基五位先生领衔的《全唐五代诗》申请国家出版基金出具《专家推荐意见书》，中间有云：“文学文献的整理本身就是一种高水平的研究，也是传承中国传统文化的重要手段。”[②]作者也希望本书搜集清代福建文学家族文献的工作及其思考具有意义，其簃录文献之去取用弃，权衡在心，非徒罗列故实、堆砌成文之举。清人郑方城《山斋微物杂忆六首》其一：“小物性颇狂，报衙闹檐际。密味望百花，乃悟非獭祭。”[③]此诗所咏蜜蜂，正我之谓也。

① 张剑《家族文学研究的分层与守界原则》，载《华南师范大学学报》2011年第3期，第11页。

② “南雍论学”公众号周勋初先生《忆罗宗强兄(附罗宗强、陶敏“《全唐五代诗》申报”推荐信)》，2020年6月13日。按：此文本题《此情永忆》，载《中华读书报》2020年6月3日，第13版，只是原文无二先生推荐信(申报书上一般称之为“专家推荐意见书”)。

③ 郑方城《绿痕书屋诗稿》卷四，原第十一页，《清代诗文集汇编》第241册，影印第485页。

# 第一章
# 明清文学与学术演进视野下的清初福建文学家族

## 第一节　福州府文学家族考

### No.1　侯官高氏家族

高兆:《观石录》一卷、《续高士传》五卷、《烈女传编年》(民国《闽侯县志》卷四八《侯官艺文志》作《列女传编年》,黄晋良《林肇敏处士暨节妇施氏合传》作《烈女传编年》[①])(同治刊本《福建通志》卷六十八)、《端溪砚石考》一卷(康熙二十七年戊辰潘耒跋)、《春霭亭杂录文稿》[②]二卷(稿本,福建省图书馆藏)、《启祯宫词》一卷(谢章铤赌棋山庄钞本,湖北省博物馆藏)(柯愈春《清人诗文集总目提要》第211页)、《荔社纪事》一卷(民国《福建通志·福建艺文志》卷三十八、《赌棋山庄词话》续编卷五"谢肇淛词"条)、《揽胜图谱》(《福建文献书目》)、《荷兰使舶歌》(郭柏苍《竹间十日话》卷一)、《遗安草堂集》(民国《福建通志》总卷三十九,《福建文苑传(清一)》卷七本传)、《遗安草堂诗》一卷《乙巳夏诗》一卷《观石录》一卷《鼓山看梅记》一卷(清刻本,日本内阁文库藏。李灵年等《清人别集总目》第1914页)

**谨按:**明代侯官高氏即有作者,请参看《明代福建文学结聚与文化研究》第一七"侯官高旭家族"条。

高兆,字云客,号固斋。顺治间布衣。家有遗安草堂[③]。同治刊本《福建通志》著录其《续高士传》,引《四库全书总目》云:"王晫《今世说》曰:'云客少遭丧乱,自江左还旧乡,布衣蔬食,块处蓬室中。'"[④]郑方城《题荔乡印谱十八首》其十五:"高叟能诗韵事兼,品题石友意沾沾。"注云:"前辈高固斋杂各家石,作小记。"[⑤]

《国朝全闽诗录初集》卷四陈騄条引诗《寄怀高云客读书安蔬》[⑥],同书卷五吴牧条:"字子晋,莆田人。顺治间布衣。《兰陔诗话》云:'子晋书法遒逸。与三山高云客友善,年四十七卒。无子。'"[⑦]《国朝

① 黄晋良《和敬堂全集》卷八,原第十页,《清代诗文集汇编》第54册,影印第174页。此传云高兆《烈女传编年》收录顺治以来烈女一百七十余人,以林肇敏续娶之妻施氏殿其后,而《书林大家传后》则云"所辑已二百余家"(《和敬堂全集》卷十二,原第四页,影印第200页),有所矛盾。

② 福建人民出版社《福建文献集成初编》第162册影印福建省图书馆藏稿本,不分卷。

③ 黄晋良《中秋饮高固斋遗安草堂和先辈林高灵山倡和韵》,《和敬堂全集》诗部卷二十四《清代诗文集汇编》第54册,影印第414页。

④ 同治刊本《福建通志》卷六十八,影印第1394页。

⑤ 郑方城《绿痕书屋诗稿》卷五,原第二十页,《清代诗文集汇编》第241册,影印第500页。

⑥ 《国朝全闽诗录初集》卷四,《全闽诗录》第五册,第83页。

⑦ 同上书,卷五,第109页。

全闽诗录初集》续集录莆田人郑开(字子明。有《天镜楼集》)诗《榕城郑节妇割耳复生歌》,首句“遗安堂上访我友”,注:“高云客。”[①]则郑开与高兆之间有一定的交往。

郭柏苍《竹间十日话》以林伟、孙学稼、许珌、许友、高兆等为平远七子;又,高兆、彭善长(尔仁)、陈日浴(子磐、子槃)、许瑨(同玉,许珌弟)[②]、卞鳌(兴书)、曾灿垣、林伟(草臣)称国初七子[③]。评高兆诗“酸涩而多排偶。林白云《闽诗选》云:‘云客诗名藉甚,吾闽称诗家者,无不推云客。’”“(高兆、彭善长、陈日洛、许瑨、卞鳌、曾灿垣、林伟)七子诗以曾即庵(曾灿垣)为最,许同玉(许瑨)次之。”[④]诗友黄晋良,作有《人日枕上口述寄高云客时高与余同病累月》,云“吾友高固斋,人日每召客。客来辄有诗,宛转多姿格”[⑤],以“宛转”、“多姿格”形容高兆诗风。

同治刊本《福建通志》著录高兆《端溪砚石考》一卷,小字注该书有康熙二十七年戊辰(1688)潘耒跋;又,《福建地方文献及闽人著述综录》著录其《春霭亭杂录文稿》,提要云:“尝作《高士传》,为魏禧所赏识。”[⑥]民国《福建通志》高兆本传:“宁都魏禧见其所作《高士传》及《题壁诗》,尝远道致书,云‘弟生平以朋友为性命,山水、花竹为稻粱,文章为莞簟,足下竟体皆具,而咫尺相失。’弥月不能自遣,盖兆尝出游,过易堂未遇禧也。”[⑦]潘耒(1646—1708),字次耕、稼堂、南村,号止止居士。吴江著名学者、作家。《四库全书总目·〈遂初堂诗集·文集·别集〉提要》:“其诗不事雕饰,直抒所见。古文蹊径较平,稍逊于魏禧诸人,而气体浑厚,空所依傍,则又耒所独得也。”[⑧]潘耒与魏禧为同调,故知高兆散文的宗趣。

《赌棋山庄词话》之“谢肇淛词”条:“荔枝,闽最胜,三十年前,兴化太守王君于府治门外悬楹帖云:‘荔子甲天下,梅妃是部民。’其句盛传于时。明徐兴公聚友品之,名曰‘红云会’。有会约,载近人所刻《说铃》。《小草斋诗余》有订兴公、汝翔餐荔枝《临江仙》云:‘忆昔红云花下宴,玉颜娇映波罗。如今又是五年过。枝头风雨少,林外露华多。　　一骑红尘飞得到,天香已自销磨。凤凰江上水微波。扁舟乘兴去,胜会莫蹉跎。’当时曹石仓、徐、谢齐名,并多藏书。文酒过从,即草木亦增光采。噫!可感也。又,长乐有荔名‘胜画’,绝佳。集中《浪淘沙》两阕咏之,所谓‘异品出吴航’者,然今日亦难得矣。至国初高云客兆继举此会,著《荔社纪事》一卷,张超然远为之序,深辟朱竹垞、曹秋岳‘闽荔不如粤荔’之说,谓二君食不以时,故不见佳。后以语竹垞,竹垞亦为爽然。”[⑨]

高兆之子高士年,字斯进。尝为朱彝尊画竹,朱以三绝句报之云:“故人有才子,为我扫丛�。长貌眉山老,看来足乱真。”“细似杨无咎,疏于顾定之。清风爱相对,赤日最高时。”“旧种南垞竹,图中胜百分。归装无长物,即此是封君。”[⑩]

高兆系闽县萨希亮(1617[⑪]—1689)表弟。高兆撰《祝葛翁萨先生(萨希亮)六秩有五荣寿》、诗《祝萨与相(萨容)五十荣寿》[⑫]。

---

① 《国朝全闽诗录初集》续集卷四,《全闽诗录》第五册,第563页。

② 叶矫然《客吴门送许同玉(许瑨)姻丈赴泰州扶兄天玉(许珌)令君榇之作》二首,《龙性堂诗集》卷下,《清代诗文集汇编》第50册,影印第36页。此二诗在《辛酉除夜同西泠李申及世兄守岁吴门》诗、《辛酉中秋清江浦舟次同家燕龙对月》之间,故当在康熙二十年辛酉(1681)。黄晋良亦有《送许同玉之西凉护乃兄天玉还榇念其白头万里笃于至情兼寄黄忆溪司马》(《和敬堂全集》卷二十)。

③ 郭柏苍《竹间十日话》卷一。两种“七子”名称,亦见于民国《福建通志·文苑传·高兆传》。

④ 郭柏苍《竹间十日话》卷一,第7、8页。

⑤ 黄晋良《和敬堂全集》诗部卷八,原第十五页,《清代诗文集汇编》第54册,影印第291页。

⑥ 福建师范大学图书馆古籍组《福建地方文献及闽人著述综录》,第78页。

⑦ 民国二十七年刊本《福建通志》总卷三十九,《福建文苑传(清一)》卷七,第四页。

⑧ 永瑢等《四库全书总目》卷一百八十三,第1659页。

⑨ 谢章铤《赌棋山庄词话》续编卷五,刘荣平《赌棋山庄词话校注》,厦门大学出版社2013年版,第378页。

⑩ 民国《福建通志》总卷四十四,《福建艺术传》卷二,高士年传,原第十一页。

⑪ 按:萨希亮生于万历四十四年(1616)丙辰十二月三十日(民国《雁门萨氏家谱》,《北京图书馆藏家谱丛刊》第49册,北京图书馆出版社2001年影印民国铅印本,影印第209页),已入1617年。

⑫ 《雁门萨氏家谱》,《北京图书馆藏家谱丛刊》闽粤(侨乡)卷第50册,影印第841、844页。

## No.2 侯官曾氏家族

曾沂:《潜园草》(同治刊本《福建通志》卷六十八、民国《闽侯县志》卷四八《侯官艺文志》、民国《福建通志》总卷二十五,《福建艺文志》存目卷四十二。郭柏苍《葭柎草堂集》卷上《清宁夏道按察司副使曾公二改传》作《潜园集》)、《潜园遗诗》一卷(《曾氏家学》本)、《潜园诗》一卷(康熙十八年刻本。日本内阁文库藏)(柯愈春《清人诗文集总目提要》第27页)

曾士甲:《幻有堂集》[①]、《闽诗传》三卷(同治刊本《福建通志》卷六十八、民国《闽侯县志》卷四八《侯官艺文志》)、(辑)《闽诗传初编》(郑杰《注韩居诗话》)、《幻有堂遗诗》一卷(《曾氏家学》本)、《气候合参总图注》一卷(民国《福建通志》总卷二十五,《福建艺文志》卷四十七)、《闽诗传初集》四卷、《幻有堂诗》(民国《福建通志》总卷二十五,《福建艺文志》卷七十一)

曾廷甲:《南北游草》、《杞园集》(同治刊本《福建通志》卷六十八、民国《闽侯县志》卷四八《侯官艺文志》)、《杞园遗诗》一卷(《曾氏家学》本)

曾文甲:《逸生遗诗》一卷(《曾氏家学》本)

曾贞元(曾士甲之子):《又宾遗诗》一卷(《曾氏家学》本)

**谨按:**侯官曾沂、曾士甲、曾廷甲、曾贞元与同邑明代以来逐渐强盛的曾熙丙家族是同宗,著作见录于曾克耑所辑《曾氏家学》,以曾克耑所撰《福州曾氏十二世诗略》所录多曾熙丙后人曾晖春裔孙诗人诗作,故别立此条。曾熙丙家族的文学创作活动请参看侯官洪塘鄂里曾氏家族条。

顺治间曾沂(字子浴)撰有《潜园草》。同邑曾士甲、曾文甲、曾廷甲及曾士甲之子曾贞元皆清初著名诗人。

曾士甲,字客生,廷甲兄。康熙间诸生。《国朝全闽诗录初集》续集曾士甲条引《注韩居诗话》:"客生辑《闽诗传初编》,多明季诸人诗,俚俗兼以芜杂,风雅几坠矣。末附《幻有堂》数十篇诗亦类然。兹择最雅驯者存其一。"[②]与郑秉宦交游,郑氏有《坐雨有怀曾客生之武夷》[③];与福清诗人卢士昭交游,卢氏有《同曾客生枫桥夜泊分赋》[④];与侯官林正升交游,林氏有《秋感和客生来韵》[⑤]。

曾文甲,字逸生,士甲弟。顺治间布衣[⑥]。曾廷甲,字文生,士甲弟。康熙间布衣。《国朝全闽诗录初集》续集作"顺治间布衣。"[⑦]选其诗《深青驿感怀》。

曾士甲之子曾贞元。《国朝全闽诗录初集》续集曾贞元条:"字又宾,侯官人。士甲长子。康熙间诸生。"[⑧]选其诗三首。

## No.3 侯官林曒家族

林曒:《榕庵诗集》(同治刊本《福建通志》卷六十八)、《榕庵集》(郭柏苍《竹间十日话》卷一)

林文英:《碧山杂录》、《所重录》(民国《闽侯县志》卷四八《侯官艺文志》作《所重录》)(同治刊本《福

① 柯愈春《清人诗文集总目提要》著录此集,不分卷,附其所辑《闽诗传初集》后,清初幻有堂刻,福建省图书馆藏;又云《清史艺文志补编》著录有《幻有堂集》三卷(第385页)。

② 《国朝全闽诗录初集》续集卷七,曾士甲条,《全闽诗录》第五册,第633页。

③ 同上书,续集卷七,郑秉宦条,第632-633页。

④ 同上书,续集卷三,卢士昭条,第527页。

⑤ 同上书,续集卷七,林正升条,第631页。

⑥ 《国朝全闽诗录初集》卷五曾文甲条,《全闽诗录》第五册,第111页。

⑦ 《国朝全闽诗录初集》续集卷三曾廷甲条,第539页。

⑧ 同上书,续集卷七,第634页。

建通志》卷六十八)

**谨按:**侯官林暾,号竹筠。康熙间诸生。林暾传附民国《福建通志·福建文苑传(清一)》卷七林衡传。著有《榕庵诗集》。《竹间十日话》注《榕庵集》云:"林竹筠所著《榕庵集》未见刻本。诗见《榕庵唱和集》。"①

林文英,字碧山。林暾之子。康熙二十六年丁卯(1687)以五经钦赐顺天举人,二十七年戊辰(1688)成进士,选庶吉士。出为保定、琼州知府②。传又见同治刊本《福建通志·良吏传》。《国朝全闽诗录初集》续集有林文英小传及诗。

按:龚式谷等撰《皇清赐同进士出身诰授朝议大夫赏戴花翎甘肃兰州府知府先考海峰府君行述》,称"先曾大母林太宜人,太史碧山先生之妹也"③,而林氏系林仲筠次女④,故知林仲筠、林暾为兄弟。又,龚景瀚撰《二老诗·林愚谷六丈》⑤诗,据诗及诗中注,知林愚谷为龚景瀚祖母林氏之内侄,与龚景瀚之父龚一发为内外兄弟,亦知愚谷尝为官卅载,罢政之后贫或断炊,二子早丧,孙方十岁,晚景堪怜。

## No.4　侯官郑磊家族

郑磊:《南湖集》(民国《闽侯县志》卷四八《侯官艺文志》。同治刊本《福建通志》卷六十八、民国《福建通志·福建艺文志》卷六十四作五十卷;柯愈春《清人诗文集总目提要》第431页条目作八卷⑥,提要作十卷,康熙四十八年郑玫刻本,上海图书馆藏)

**谨按:**侯官郑磊,字三石。康熙二十八年己巳(1689)贡生。性豪宕,善草书,诗疏爽无尘韵。⑦《竹间十日话》卷二:"王子彪,字虎子,晚号素毳,侯官人。崇祯间庠生。与邑诸生郑磊齐名,时称'王郑'。磊字三石。康熙间侯官岁贡生。有《南湖集》行世。虎子赅博群书,志气宏放,诗文亦雄深磊落,为侪辈矜式,晚依崔嵬,居霍童(今属宁德)。"⑧

凡称"南湖"者,必为莆田郑氏后裔。郑磊亦必与明代郑善夫等同宗。郑善夫家族的文学创作请参看《明代福建文学结聚与文化研究》第三三"闽县郑善夫家族"条、第一二"闽县郑阎昆弟"条。朱仕琇《太学生郑君墓志铭》,此支郑氏系明代永乐间举人、海盐司训郑理剧第三子、信丰教谕郑文鑰裔孙,世居福州城南高湖。朱仕琇称"郑又科第世族",其长子郑科捷系乾隆十八年癸酉(1753)举人,官清水知县;仲郑南捷,岁贡生;叔、季俱援例入太学⑨。乾隆四十二年丁酉(1777),郑科捷于清水知县任上九刻郑善夫集,朱仕琇为撰《重刻郑少谷先生集序》⑩。

郑磊与莆田郑泰枢叙谱,称其为"侄孙",详见本书第一九〇"莆田郑泰枢家族"条。

---

① 郭柏苍《竹间十日话》,卷一第4页。

② 民国《福建通志》总卷三十六、《福建循吏传(清一)》卷十一,林文英传,原第三十二页。此传较同治刊本《福建通志》传略。

③ 龚葆琛《福州通贤龚氏支谱》,影印第404页。龚式谷父龚景瀚,祖父龚一发,曾祖父龚岍。《北京图书馆藏家谱丛刊》第49册,北京图书馆出版社2001年影印民国铅印本。

④ 同上书,影印第218页。

⑤ 同上书,影印第657页。

⑥ 按:李灵年等《清人别集总目》作八卷(安徽教育出版社2000年版,中册,第1492页)。

⑦ 同治刊本《福建通志》卷六十八,影印第1395页。

⑧ 郭柏苍《竹间十日话》,卷二第25页。

⑨ 朱仕琇《太学生郑君墓志铭》,《梅崖居士文集》卷八,《清代诗文集汇编》第336册,影印第269页。

⑩ 朱仕琇《梅崖居士文集》卷十七。

## No.5 福清魏宪家族

魏宪:《枕江楼集》十卷、《百家诗选》八十九卷(一题《皇清百名家诗选》八十九卷,康熙福清魏氏枕江堂刻本。《四库全书总目》卷一九四、民国《福建通志·福建艺文志》卷七十一作《百名家诗选》八十九卷)、《诗持初集》、《二集》、《三集》、《诗持》三集(《国朝全闽诗录初集》卷五魏宪条引《注韩居诗话》,实为四集二十六卷)(同治刊本《福建通志》卷六十九)、《补石仓诗选》十四卷(谢正光《清初人选清初诗汇考》,南京大学出版社1998年版)、《诗持三集》(郭柏苍《竹间十日话》卷一)、《枕江堂诗集》二卷、文集二卷(康熙十二年刻本,中国科学院图书馆藏。柯愈春《清人诗文集总目提要》第93页)、《枕江堂诗》八卷文不分卷(康熙十二年刻本,中国科学院图书馆藏)、《魏惟度诗》一卷(康熙《皇清百名家诗》本,南京图书馆藏)(李灵年等《清人别集总目》第2446页)

**谨按:**魏宪,字惟度,号两峰居士,魏文焌孙。福清县人。顺治间诸生。魏氏家族在明代的文学创作请参看《明代福建文学结聚与文化研究》第五二"魏文焌家族"条。

同治刊本《福建通志》著录魏宪《百名家诗选》,引《四库全书总目》云:"宪以曹学佺有《十二代诗选》止于天启,因选是集以补之。自天启甲子(四年,1624)以后、康熙壬子(十一年,1672)以前,由缙绅迄方外,共得百人,人各立一小引。"复引郑杰《注韩居诗话》论该选之失:"是选多显官,列己于末,而朱竹垞(朱彝尊)检讨不与焉,检讨有诗云:'近来论诗多叙爵,不及归田七品官,直待书坊有陈起,江湖诸集庶齐刊。'盖指此。"[①]

《国朝全闽诗录初集》莆田魏天申(字宜仲)有诗《寄惟度家弟》[②],系同宗叙谱的称谓。魏宪系长乐陈肇曾表弟,陈肇曾有诗及之。魏宪寓建宁府浦城县十年,后移建溪,卒于河南。魏宪"惟度卒于中州,子函其侄也",此句系阮旻锡《送魏子函南归》诗题下注[③],魏子函亦一诗人。

《竹间十日话》:"魏宪,字惟度,福清人。文焌孙文焌详《乌石山志》。顺治间庠生。为人豪爽,刻苦问学,肆力于诗。尝寓姑苏、白下间,以诗交海内。选本朝《百家诗》,又选平日与己唱和者为《诗持三集》。所著诗千余篇,名曰《枕江堂集》。"[④]

明末清初,福州有榕社。漳浦诗人赵潜(一名赵炎,字双白,号蕈客)有诗《陈昌箕(陈肇曾)先生过访有赠,奉酬四律》,其中句"榕社同星散,回思各黯然"[⑤],正是赵潜感慨福州榕社诗人零落的感情外显。赵潜有诗题《初秋同施则威(施鸿,邵武人)、魏惟度(魏宪)、徐松之(徐崧)、许九日(许旭)、周釜山(周茂源)、吴六益(吴懋谦)、张研铭、刘栎夫、沈彦彻、董榕庵(董含,字阆石。董其昌孙)集且庵斋,用工部'波漂菰米沉云黑'露冷莲房坠粉红,句为韵,分得菰字》、《呈梅村先生》[⑥],则是赵氏与吴中诗人、福州诗人雅集的反映,也显示出明末清初闽中诗人(如邵武施鸿、福清魏宪、漳浦赵潜、宁德崔裞[⑦]等)同时漫游江南(松江华亭、苏州常熟、苏州太仓等地)的盛况。

今人黄浩然撰硕士学位论文《魏宪研究》,南京师范大学2009年,未刊稿。

---

① 同治刊本《福建通志》卷六十九,《经籍志》,影印第1421页。
② 《国朝全闽诗录初集》卷四,《全闽诗录》第五册,第66页。
③ 阮旻锡《送魏子函南归》,《夕阳寮诗稿》卷九。
④ 郭柏苍《竹间十日话》卷一,第17-18页。
⑤ 《国朝全闽诗录初集》卷一,《全闽诗录》第五册,第3页。
⑥ 同上书,第3、8页。
⑦ 民国《福建通志》总卷三十九,《福建文苑传(清一)》卷七,原第四页。

## No.6　闽县徐陵家族

徐陵(徐熥次子):《尺木堂集》不分卷(钞本,福建师范大学图书馆藏。柯愈春《清人诗文集总目提要》第95页)

闽县徐陵、侯官许珌、建阳黄澂之、晋江林赐环、侯官高兆、永福黄文焕:《投赠周栎园文册》两卷(民国《福建通志》总卷二十五,《福建艺文志》卷七十一)

徐钟震(徐熥孙):(编)《闽南元雅》五卷(民国《福建通志》总卷二十五,《福建艺文志》卷七十一)、《徐器之集》(台北"国家图书馆"藏,刻本)、《雪樵文集》(稿本,台北"故宫博物院"藏本;稿本八册,国家图书馆藏)、《思文大纪》(马泰来《南明隆武朝史料〈思文大纪〉作者考证——兼论红雨楼藏书下落》,载《中国典籍与文化》2017年第3期)、《雪樵集》(郭柏苍《明御史林涵斋先生事略》文中自注)

徐芝田:《耕田集》二卷(抄本)

**谨按:**闽县徐氏家族的文学事业请参看《明代福建文学结聚与文化研究》第七一"闽县徐榻家族"条。

入清,徐氏家族有徐陵、徐钟震等人。

徐陵(1614—1661),字存永,一作存颖,号延寿,徐熥次子。能世其家学而家道中落,晚年将移家湖南善化,道卒。

黄晋良《夜坐偶简得徐存永过吴门寄娄中书有叹》,序云:"存永《尺木堂集》成于中牟令吴香为先生,南州高士琰琬不敝矣。庚子(顺治十七年,1660)十月,余寓居娄沙,存永过金阊,寄此书云:'戊戌(顺治十五年,1658)同周司农(按:周亮工,官户部侍郎)入燕、越,明年解冻别都门,过大梁,客中牟八阅月,大令吴香为请梓我集。集既成,是吾不死之年。又明年,南旋,十月又束装北行。次延平津,为君进酒于堂上,读尔粤岭诸诗,似鲍似谢。及兹二十日,抵金阊,亟访故人,格于兵间,怅怅促促,且渡江去。'又言'长作揖客不若受廛浣花'。余时得书,即命仆追之,则先一日渡江矣。观此,则前此四年,存永盖无日不东西。及余辛丑(顺治十八年,1661)春归闽,存永复来,携家出依善化。舟次剑水,载闽诗万帙,复尽索余前后集以去,谓必竣闽选,惟力是视。不谓越三月而讣至矣。呜呼!存永以《尺木集》传,遂可以不死死也夫。先是,许子介寿没,余有埋玉之恨,心许作传而未成。夜来掀旧笥,见此遗笔,痛悼不寐。伏作驴鸣,徒惊武子。怃然鹏赋,恸绝长沙。鼓琴咏诗,爰求良友。"对徐陵的后半生事迹记载颇详,尤其提及徐陵欲选闽诗,准备工作已经完备而不克竣工。诗略曰:"吾乡十子后,风雅宗徐氏。伯子既高举,仲良复继起。联珠传人间,并贵洛阳纸。存生嗣仲达,少小耀乡里。四声到口熟,万言横笔底。十四律陶诗,二千九百字。当年朝野客,骤不敢正视。……举业且不偶,蹉跎弃青紫。斋居尺木堂,祗承宛羽秘。坟典无不藏,百家及群史。……神理亦肃然,精义靡张弛。……每推坛坫中,有道门盈轨。五言筑长城,新声跨都市。迩来入长安,卓然称旷士。……平生痛不遇,遗恨独贾子。怀诗千万轴,终就长沙去。"[①]徐陵的遭遇在清初是福建士人命运的缩影,而徐氏一生尤为怅怅。黄晋良另有诗《徐存永同倪箕三各携家赴善化任雨中舣舟剑浦同集昌箕席上赠送一首》。

徐钟震(1610[②]—?),字器之,号雪樵,徐熥长子徐陆[③]之子。徐钟震渊源家学,藏书多善本。徐钟震所编《闽南元雅》五卷皆元朝闽人作品,有莆田陈旅、仙游洪希文、邵武黄清老、永福王翰、邵武黄镇

---

① 黄晋良《和敬堂全集》诗部卷六,原第一、二页,《清代诗文集汇编》第54册,影印第269-270页。

② 陈庆元师以为徐钟震生于万历三十八年(1610),纠正了黄曾樾先生万历三十九年(1611)之误。

③ 徐陆娶其父执陈价夫(1557—1614)之女陈怀佩,生徐钟震,徐钟震五岁而孤(马泰来《南明隆武朝史料〈思文大纪〉作者考证——兼论红雨楼藏书下落》,载《中国典籍与文化》2017年第3期,第80页)。

成五人,人各一卷[①],其祖父徐熥所编《闽南唐雅》十二卷[②]别是一种。叶矫然诗《九月晦日徐器之过池上茗话有诗,次日崔五竺(崔嵸)来小酌竟夜辄起和之予何能嘿仍次徐韵》、《重九后五日徐器之见过小园赠诗次韵奉酬》二首[③]、《栖凫雨中载酒同友圣过昌箕器之寓斋小饮即席限韵》八首[④]、《武林遇陈昌箕徐器之赠诗依韵奉训》[⑤]、《三伏瞜关值徐器之小饮赠句戏次》、《器之与昌箕率尔别去》[⑥]。徐棉,徐熥、徐燉,徐陵,徐钟震四代之间,箕裘克绍,风雅相绳[⑦],是明末清初福州著名的文学家族。

《福建地方文献及闽人著述综录》:"芝田,徐燉之后,其经历无考。早岁以名孝廉三上春官,不酬其志,以授徒讲学终其身。其诗庄谐并用,亦清新可喜。"[⑧]按:徐芝田,嘉庆十五年庚午(1810)罗叶孙榜举人。

## No.7 侯官林云铭家族

林云铭:《精校庄子因》(康熙二十七年刻本)、《读庄子法》(昭代丛书甲集第三帙)、《楚词灯》四卷(康熙三十六年刻本)、《韩文起》十二卷(康熙间刻本)、《挹奎楼选稿》十二卷(康熙五年晋安多文阁刻本)、《吴山彀音》八卷(康熙刻本)、《损斋焚余》[⑨](康熙十年刻本,国家图书馆藏)(民国《福建通志·福建艺文志》卷六十四作《损斋焚余文集》)、《西仲文集》、《庄子因》、《楚词灯》、《评选古文析义》前后二集(民国《闽侯县志》本传)、《庄子因》六卷、《挹奎楼文集》十二卷、《吴山彀音》八卷、《古文析义》二十卷(同治刊本《福建通志》卷六十八)、《春秋题要辨疑》三卷(康熙二十九年刻本,清华大学图书馆藏)、(林挺秀、林挺俊编,林芳华、林芳葳增删,林云铭鉴定,李赓明、高兆等参订)、《春秋单合析义》(康熙三十年刻本,哈佛大学图书馆藏,据魏宁楠《福州林浦林云铭家世生平补证》)、(辑)《郁郁斋古文析义详解》十六卷十六册(道光二十九刻本)、《损斋焚余集》十卷(康熙十年自刻本)、《损斋焚余集》一卷(康熙刻《百名家诗》钞本)、《吴山彀音》四卷(康熙损斋刻本)、《林西仲先生文集》一卷(康熙六十一年倪兆蛟钞本)(李灵年等《清人别集总目》第1363页)

蔡捷(林云铭妻):《挹奎楼词》(《闽词征》卷六,《闽词钞 闽词征》,福建人民出版社2014年版)

林瑛珮(一作林佩瑛):《林大家词》(《闽词征》卷六,《闽词钞 闽词征》,福建人民出版社2014年版)、《悬藜遗稿》二卷、《诗钞》一卷(同治刊本《福建通志》卷二百四十九《(侯官)国朝闺秀》"拔贡郑琰妻林氏"条)

林沅(林云铭子):《粤游诗话日记》一卷(民国《福建通志》总卷二十五,《福建艺文志》卷三十二)

**谨按:**侯官林氏系明末清初文学家族,请参看《明代福建文学结聚与文化研究》第八七"侯官林兆熊家族"条。

林云铭(1628—1697),字道昭,又字西仲,号沤浮隐者,林兆熊(1604-1669[⑩])次子、林云镶弟。顺

---

① 民国《福建通志》总卷二十五,《福建艺文志》卷七十一,第四页,引谢章铤《课余续录》。

② 《闽南唐雅》,徐熥编,费道用、杨德周等补,系唐代闽中薛令之等四十人之诗。《四库全书总目》卷一九三有《〈闽南唐雅〉提要》(影印第1760页)。

③ 叶矫然《龙性堂诗集》卷下,《清代诗文集汇编》第50册,影印第17、30-31页。《重九后五日徐器之见过小园赠诗次韵奉酬》其一诗后注:"原唱有'一时冠盖多同辈,何事栖迟不出弹'之句。"

④ 叶矫然《东溟集》卷二,原第二至四页,《清代诗文集汇编》第50册,影印第56-57页。

⑤ 同上书,同卷,原第四、五页,影印第57-58页。

⑥ 同上书,同卷,原第五页,影印第58页。

⑦ 语出余扬序徐钟震《徐器之集》。

⑧ 福建师范大学图书馆古籍组《福建地方文献及闽人著述综录》,第91页。

⑨ 柯愈春《清人诗文集总目提要》著录此集,有康熙十年自刻本,八卷;增为十卷本,康熙间刻本,中国科学院图书馆藏(第200页)。

⑩ 朱则杰《〈清人诗文集总目提要〉订补——以李瑞和等八位福建籍作家为中心》,载《闽江学院学报》2017年第4期,第4页。

治十五年戊戌(1658)进士,官通判。筮仕后,迁建宁。耿精忠乱后,侨寓钱塘,与仇(兆)鳌、毛际可等友善。卒,葬于杭州。《四库全书总目·〈挹奎楼文集〉提要》:"其志操有足多者。然学问则颇为弇陋,所评注、选刻,大抵用时艺之法,不能得古文之源本。故集中诸文,亦皆不入格云。"[①]按:康熙二十九年庚午(1690)举人、上杭邱嘉穗撰《陶诗笺》五卷,《四库全书总目》论曰:"是编乃所注陶潜集,摸索语气,全类时文批语。"[②]四库馆臣以为邱嘉穗刻意讲学,故力辨陶潜不信佛,为能崇正学,远异端[③]。顺治、康熙之间,闽中文坛以评点时文之法作陶渊明诗歌笺注语、作为古文,反映了清初时文、古文合流的尝试和趋势。

同治刊本《福建通志》著录林云铭《楚辞灯》,引《四库全书总目》云:"王晫《今世说》称云铭少嗜学,每探索精思,竟日不食;暑月,家僮具汤请浴,或和衣入盆,里人皆呼为书痴,然观所著诸书书实未能深造。是编取楚词之文,逐句诠释,又每篇为总论,词旨浅近,盖乡塾课蒙之本。"著录其《挹奎楼文集》十二卷,引《四库全书总目》云:"耿精忠之变,云铭方家居,抗不从贼,被囚四十八月,会王师破闽始得释,其志操有足多者,然学问则颇为弇陋,所评注、选刻大抵用时艺之法,不能得古人之源本,故集中诸文皆不入格云。"著录《吴山鷇音》八卷,引《四库全书总目》云:"此其寓杭州时所作诗文,故署以吴山。其曰鷇音,则取庄子语也。"[④]此外,尚著录其《古文析义》二十卷、《韩文起》等。

林云铭《龙性堂诗跋》:"余自惭寡学,时当南冠久絷,亦颇有所著,率多变徵之声。"[⑤]

谢章铤《赌棋山庄词话》之"林云铭词"条:"闽县林西仲云铭以议论古文得名,亦能词,有《吴山鷇音》。……耿逆作乱,要西仲降,不应,囚之三年。初入狱,梦头飞去,既出狱,复梦头飞归。妻蔡氏步仙捷通经籍,与同患难,后寓钱塘,家焉。女瑛佩,适闽县诸生郑郯,皆能词。"[⑥]知林云铭在学术撰著之外擅长文学创作,于诗、词、古文俱有制作,是明末清初著名的作家,对于古文理论及创作有一定贡献,反映出明末清初这一特定的历史时期闽人对于古文理论、创作的探索,对于闽中古文创作乃至全国文风的演变都具有先驱的历史性意义。

民国《闽侯县志·文苑传》林云铭传:"云铭于诸子百家率流览成诵,旁及二氏,莫不搜抉奥蕴而能言其所以然。其为文周规折矩,动合古人。……(伯兄)云镶以选拔入成均,后出为砀山令。博学能文,人称竞爽云。"[⑦]民国《福建通志》著录其《吴山鷇音》,引毛际可《安序堂文钞》,略曰:"西仲向有《损斋焚余文集》,流布艺林,一洗近世肤廓纤媚之习。"并引《四库全书总目》考订林云铭自序《吴山鷇音》四卷,而书实八卷[⑧]。

《国朝全闽诗录初集》续集林云铭传:"字西仲,号损斋,闽县人。……官新安司理。有《挹奎楼稿》。"引《注韩居诗话》:"损斋颇有声于当时,平日所纂辑数种以及集中诗文,俱不能免俗。"[⑨]

黄祖绪《莆阳历代闺秀名媛、才女诗人纪略》四十八、四十九、五十条,考订林云铭妻、莆田人蔡捷、女林瑛珮、侍姬林云心三人。蔡捷,字步仙,《闽词征》卷六作羽仙。传见《清史稿》卷五百八《列女传》、民国《福建通志·福建列女传》卷六。工诗词,事见《小黛轩论诗诗》、《闽川闺秀诗话》卷一。林瑛佩,字悬藜[⑩],林云铭女,适郑郯。卒年二十五。传见民国《福建通志·福建列女传》卷四《孝义传》。娴于

① 永瑢等《四库全书总目》卷一百八十二,影印第1648页。

② 同上书,卷一七四,影印第1531页。

③ 民国《福建通志》总卷二十五,《福建艺文志》卷六十四,第十六页,引《四库全书总目》。

④ 同治刊本《福建通志》卷六十八,《经籍志》,影印第1393-1394页。

⑤ 林云铭《龙性堂诗跋》,叶矫然《龙性堂诗集》卷首,《清代诗文集汇编》第50册,影印第4页。

⑥ 谢章铤《赌棋山庄词话》卷一,刘荣平《赌棋山庄词话校注》,厦门大学出版社2013年版,第21页。

⑦ 民国《闽侯县志》卷七十一,林云铭传,原第十页,影印第287页。

⑧ 民国《福建通志》总卷二十五,《福建艺文志》卷六十四,第十页。按:《四库全书总目》卷一八二《吴山鷇音》(八卷)提要,影印第1648页。

⑨ 《国朝全闽诗录初集》卷二,《全闽诗录》第五册,第488页。

⑩ 同治刊本《福建通志》卷二百四十九《(侯官)国朝闺秀》"拔贡郑郯妻林氏""名佩瑛,字悬藜。所著有《悬藜遗稿》二卷、《诗钞》一卷。"(影印第4568页)未知林氏名瑛佩还是佩瑛,待考。

诗词,诗有唐人风味。著《林大家词》、《悬藜遗稿》二卷(《闽川闺秀诗话》卷一)。适闽县诸生郑琰(官五)。事迹见《听秋声馆诗话》、《闽川闺秀诗话》卷一、《历代妇女著作考》卷十一、《见山楼墨话》。胡文楷《历代妇女著作考》卷十一引《见山楼墨话》称林瑛珮"诗文清真雅逸,绝无香奁妩媚之词"。黄晋良撰《书林大家传后》:"余又获观其遗草篇什,累累雅言,标准非孝友笃恭之语不道,非忠厚宜人之训不立。"[①]林云心,莆田人。民国《福建通志·福建列女传》卷六本传作林云铭侍姬,能诗善笛能文。耿精忠叛乱,林云心为耿逆部校所夺。事见《小黛轩论诗诗》卷下。

民国《福建通志》著录林沅《粤游诗话日记》,引陈衍《石遗室书录》:"沅字芷之,号素亭。西仲先生子。此卷未刻手稿,名《诗话日记》者,芷之流寓杭州,此行由杭之粤访友往返,不过五阅月。……诗清浅,皆七言绝句及五言律。记中语气颇惘惘不得意。……前有同乡陈昂序。"[②]

## No.8 长乐南阳陈氏之古县陈坌家族

陈翀(陈长祚孙):《海霞诗集》(民国《长乐县志》卷十九)

陈毓贤:《南阳考懿集》三卷(同治刊本《福建通志》。民国《长乐县志》卷十九题作《南阳陈氏考懿集》)

陈有统:《伤寒论注》、《医学阐微》、《环海吟草》(《重修南阳陈氏族谱》本传、民国《长乐县志》卷二十七本传)

陈楠斋(陈宗英):《江田诗系辑存》(杨浚《陈广文江田诗系辑存序》)

**谨按:**长乐陈氏家族在明代的文学创作情况请参看《明代福建文学结聚与文化研究》第九"长乐陈仲进家族"条。明初从事文学创作的南阳陈氏从第18世陈仲进、陈仲完到明末第24世陈联芳、陈长进、陈长祚、陈长勉、陈洙,历六个世代,瓜瓞绵延,明代陈氏诸枝已然亲疏有别,入清陈氏作者若完全纳入一个条目,固有所不当。上海图书馆所藏清代陈氏举人陈声骏[③]编辑的《江田诗系》稿本,计收明代陈仲进《常清集》一卷、陈仲完《简斋集》一卷、陈登《石田集》一卷、陈航《溪山集》一卷、陈崇德《三峰集》一卷、陈大濩《双溪集》一卷、陈省《幼溪集》一卷、陈联芳《奉常集》一卷、陈讦谟《莲湖草》一卷、陈希友《焚余草》一卷及清初陈骎《偶庵集》一卷[④]。按:侯官杨浚撰《陈广文江田诗系辑存序》:"夫天留浩气,六百年劫火不灰,代有传人;八十家宫商未坠,空山金石。歌哭在斯,永夕雨风,晦明无恙。"[⑤]陈楠斋所辑存的江田诗系"六百年"间陈氏作者有"八十家",故知陈声骏所辑《江田诗系》对于明清两代陈氏族人的著述亦未全部予以收录。综合这两种情况,长乐陈氏大家族入清以来作者当以各房下亲疏关系另建若干条目。

南阳陈氏之古县陈坌(一作陈坙)家族已迁居福州会城。陈坌六子十七孙三十曾孙[⑥],其中以三子陈大伦、陈大用、陈大濩(南阳陈氏第二十二世)这三支后代在明末清初大有作为,如陈长进、陈长祚、陈长濬、陈长勉、陈长澍(第二十四世)等人。

陈长祚之孙陈翔,传见民国《长乐县志·忠义传》:"字克理。长祚孙。崇祯癸未(十六年,1643)进士。授中书舍人。……弟□,字克乙;兆熙,字克时;兆鼎,字克重,隐居不仕,均以节终。子殿邦,顺治

① 黄晋良《和敬堂全集》,文部卷十二,《清代诗文集汇编》第54册,影印第200页。

② 民国《福建通志》总卷二十五,《福建艺文志》卷三十二,第二页。

③ 按:陈声骏,字幼荷,长乐县古槐人,省居。光绪二十九年癸卯(1903)科经魁举人。

④ 福建师范大学图书馆古籍组《福建地方文献及闽人著述综录》,福建师范大学图书馆古籍组编,第123页。

⑤ 杨浚《冠悔堂骈体文钞》卷一,原第十二页,影印第483页。

⑥ 吴国伦《诰赠资政大夫兵部尚书遗安陈公传》,《重修南阳陈氏族谱》(1993年修)第一册,第264页。

甲午(十一年,1654)举人……后官陕西延安府同知。”①

陈长祚之孙陈翀,传见民国《长乐县志·忠义传》:“字克□,号云生。古县人。以祖长祚荫官前府都事,历工部员外郎中,转尚宝司少卿。太仆寺少卿。顺治七年(1650),大兵下广东,入桂林。永明王由肇庆奔梧州,转南宁,翀终始随奔,走锋镝中,叠受刀刃负伤,至浔卒。友人刘伯玫转徙七载,负遗骨归。著有《海霞诗集》,子亿正、志友梓行于世。”②以其忠于朱明,至死不渝,县志列入明《忠义传》。按:根据民国《长乐县志》卷十四下《选举志下·封赠》的记载,陈翀之父陈朝斌。

## No.9 长乐南阳陈氏之古县陈骧家族

陈骧:《中轩》、《蓟游》(《重修南阳陈氏族谱》本传)

陈騄(陈骧仲兄):《偶安集》二十卷(《重修南阳陈氏族谱》本传)、《偶庵集》一卷(陈声骏辑《江田诗系》稿本。李灵年等《清人别集总目》第1243页)

陈庚焕(陈善贶堂高叔祖):《惕园全集》、《谬言意言》一卷、《庄岳谈》二卷、《童子摭谈》一卷(惕园全书本)、《林孺人言行录》一卷(民国《长乐县志》卷二十九下《贤媛传》陈峰妻林氏传)、《五经补义》、《二十二史图》、《二十二史人物表》、《二十二史年表》、《于麓塾谈》一卷、《师门瓣香录》一卷(同治刊本《福建通志》卷六十九注一作二卷)、《尊闻录》一卷、《庄岳谈》一卷、《北窗随笔》、《畜德随笔》、《崇德同心录》一卷、《易堂隐德录》一卷(民国《长乐县志·艺文志》作六卷)、《林太孺人言行略》、《日记古人言行录》、《惕园文稿》十六卷、《外稿》一卷(同治刊本《福建通志》卷六十九云此两种一题《惕园初稿》十七卷)、《诗稿漫存》四卷、《闽学源流说》一卷、《气禀说》一卷、《二十二史图经》、《闽学赘说》(民国《长乐县志·儒林传》本传作《问学赘说》)一卷、《易堂德隐录》六卷、《惕园诗文稿》(《桐城派编年》第406页)、《惕园文初稿》十六卷、《文外稿》一卷、《诗稿漫存》四卷、《遗稿》十卷(刘声木《桐城文学渊源考》卷十一)、《惕园初稿》、《惕园文外集》、《惕园诗稿》、《惕园遗稿》(《桐城文学渊源撰述考·补遗引用书目》第47页)、《惕园初稿》十七卷(民国《福建通志》总卷四十,《福建儒行传》卷五,陈庚焕本传)、《陈惕园先生全集》(余潜士《陈惕园先生全集序》,《姑留稿》卷一)、《惕园丛书》(余潜士《惕园丛书序》,《姑留稿》卷一)、《惕园先生全集》十九卷等百余种(民国《福建通志》总卷二十五,《福建艺文志》卷六十六)

陈寿仁(陈善贶曾祖、陈文翥父):《四书典制汇参》、《读史管见》、《陆宣公奏疏摘要》、《李忠定公全集批跋》、《岳庙志略》、《删定家存金石文字考》(《清代硃卷集成》第三三八册,陈善贶履历,影印第40页)

陈庆年:《横山乡人类稿》(民国间刻本)

**谨按:**长乐江田陈氏迁会城者夥矣,在郡城福州建有宗祠。入清,长乐江田陈氏尚有多位作家,如陈骧、陈騄等人,其先世陈文海从江田迁古县,为古县陈氏后人,再迁会城福州。

陈骧传见民国《长乐县志·孝弟传》:“字昌奋,一字叔举,邑诸生,古县人。父兆甲,字克鼎,前明国子监博士。老矣,以某甲事株及,并左伯周亮工下廷尉,骧橐饘三载,备极艰辛。时西曹新制三木,刑多死。一日,兆甲次当夹讯,骧阑入法堂,乞以身代,情辞恳至,法司皆坠泪。后朝审,旋风吹牍入云中,亮工与兆甲冤俱白,骧御父归。与孙学稼、郑宗圭、高兆、许珌、许友及仲兄騄诸名宿修平远台③诗社,追踪曹、徐。骧所著有《中轩》、《蓟游》二集。騄字仲桓,老于诸生。有《偶安集》二十卷。”④同治刊

① 民国《长乐县志》卷二十六,原第五页,《中国地方志集成》福建府县志辑第21册,上海书店出版社2000年影印第496页。

② 同上书,卷二十六,原第七页,影印第497页。

③ 按:平远台在福州九仙山。侯官诗人林直有《九仙山绝句二十四首》(《壮怀堂诗初稿》卷九,原第二十一至二十三页),一景一诗,分别为:平远台、野意亭、鳌顶峰、玉蝉峰、炼丹井、浴鸦池、磊老岩、跃马岩、喜雨台、仙人床、金积园、杏坛、廓然台、琴台、青牛洞、醉乡石、九日台、龙舌泉、石龟池、梅岭、狮子岩、集仙岩、小华峰、金粟台。

④ 民国《长乐县志》卷二十六,原第二十一页,影印第504页。

本《福建通志》著录陈骒《偶庵集》,注:"字昌范,号仲桓。顺治间诸生。"[①]按:陈兆甲系崇祯九年(1636)恩贡,官国子监博士。《国朝全闽诗录初集》陈骒条引《注韩居诗话》:"仲桓工小楷,诗格高,法密气老语坚,可与绥安丁(丁之贤)、朱(朱国汉)二布衣并参一席。"[②]

《清代硃卷集成》收录同治十二年(1873)癸酉科福建乡试第七十七名举人、侯官陈善贶履历,略述如下:太高祖陈光泰,乾隆二十一年丙子科(1756)举人,太高祖妣张氏、李氏;本生太高祖陈景行,本生太高祖妣林氏;高祖陈正钦,高祖妣何氏、张氏;堂高叔祖陈庚焕;曾祖陈寿仁,号翠庭,道光五年乙酉(1825)举人,曾祖母郑氏,系郑楠长女,郑鹏程胞妹,郑鹏翮、郑鹏翀胞姊,郑世光、郑世祺、郑世平、郑世琛、郑世恭胞姑,郑守诚、郑守廉、郑守孟、郑守英、郑守昌、郑守洵、郑守恬胞祖姑,郑孝愉、郑孝铭、郑孝良胞曾祖姑[③];胞曾伯祖陈钟沩、陈钟镰、陈钟洛;祖父陈文翥,祖妣余氏,系余元灵孙女,余国琛长女,余寅恭胞妹,余寅亮胞姊,余汝为胞姑;嫡堂伯祖陈文龄,从堂叔祖陈文翱、嫡堂叔祖陈文翔、陈文翊;父陈庆年,母张氏,系张济川曾孙女,张向辰孙女,张祖培长女,张祖桢胞侄女、张永恬、张协元、张协恺、张冠杰胞姊;从堂叔陈庆荣、陈庆升、陈庆钧、陈庆华、陈庆中、陈庆锦;胞兄陈善诹,胞弟陈善图、陈善同、陈善诒;陈善贶(1848—?),字仲明,一字彤侯,行二,娶江氏,系江志鹏九孙女,江志士、江志鳌胞侄孙女,江云湘次女。陈善贶的受业师为林运枢(枢皋)、表伯郑世琛(声甫)、齐晟(肫昇)、表叔梁鸣谦(礼堂)、谢瞻□(滄荣)、林士傅(可舟)、林懋勋(铭石)、黄庆安(蘅洲)、表叔祖郑世恭(虞臣)、林鸿年(勿邨),受知师为徐树铭(寿蘅)、徐宗幹(树人)、沈晋(云轩)、章鋆(采南)。陈氏与望族郑氏、余氏、张氏、江氏联姻外,陈善贶胞祖姑适高云璈,胞姑一适高云璈之子高廷年,一适何积诚,胞妹许字何学远第六子何培崟[④]。高氏、何氏、梁氏亦福州府望族。

陈庚焕家族居福州始于其高祖陈骧,居鳌峰坊。陈庚焕(1757—1820),字道由,一作道献,号惕园,诸生陈峰之子、陈宗英之父。乾隆至道光间的福建大儒。其母林氏"通文义",陈庚焕"励学成大儒,林氏实植之基而养之正"[⑤]。陈庚焕传见同治刊本《福建通志·儒林传》、民国《长乐县志·儒林传》等。《闽县乡土志》陈庚焕传:"字道由,籍长乐。高祖(陈)骧奉亲避地居九仙山下。焕以岁贡官教谕,累辞孝廉方正与实学诸荐举,笃志程朱之学,身体力行。从之游者皆讲明弗懈,里巷间风俗一变焉。所著宏富,名其诗文稿曰《惕园集》,以《童子摭谈》、《二十二史人物表》两种为最益于世。孙文翥,典试贵州,号得人。"[⑥]《桐城文学渊源考》陈庚焕小传:"笃志宋儒之学,尤好程、朱。其文渊穆简洁,根柢深厚,详辨学术,和平安雅,不以驰骋为长,以欧、曾之真气,阐程、朱之精蕴,终于归、方为近。诗亦沉郁坚卓,得风人之旨。撰《惕园文初稿》十六卷、《文外稿》一卷、《诗稿漫存》四卷、《遗稿》十卷。"[⑦]门人何则贤为刻全集。余潜士《耕村姑留稿》序云:"林祖瑜尝取其自订文稿,印诸聚珍版,迄今二十余年。有志之士思欲购求,弗可得,咸深惜之。道光庚戌(三十年,1850)冬,同门友、闽邑何广文道甫(何则贤)与先生文孙复谋刊刻,先生族子楠斋(陈宗英)并补辑其书札、笔记、杂著及诗集,而以事实附焉,适遇同邑冯君寿臣喜其事之足以嘉惠后学也,踊跃赞成","其他手纂群籍百有余种,尚藏之于家。"何则贤《蓝水书塾文草》云其初稿十六卷、外稿一卷、诗稿二卷、遗稿八种。[⑧]

陈庚焕与乡人官崇、谢金銮、郑兼才交最挚。民国《福建通志·福建儒行传》陈庚焕传云:"志不在诗、古文,偶然为之,辄入作者之阃奥。存诗不多,要其立旨,多关于风教。"[⑨]陈庚焕尝搜录孙学稼《兰

---

① 同治刊本《福建通志》卷六十九,《经籍志》,影印第1411页。

② 《国朝全闽诗录初集》卷四,《全闽诗录》第五册,第82页。

③ 《清代硃卷集成》第三三八册,陈善贶履历,影印第41页。

④ 《清代硃卷集成》第三三八册,陈善贶履历,影印第39-45页。

⑤ 民国《长乐县志》卷二十九下,原第三十页,影印第596页。

⑥ 郑祖庚《闽县乡土志》,影印第327页。

⑦ 刘声木《桐城文学渊源撰述考》卷十一,黄山书社1989年版,第336-337页。

⑧ 民国《福建通志》总卷二十五,《福建艺文志》卷六十六,第七、八页。

⑨ 民国《福建通志》总卷四十,《福建儒行传》卷五,陈庚焕传,第十九页。

雪轩集》,撰有《圣湖孙先生亡诗拾遗记》。

陈庚焕侄子陈宗英[①]撰有《惕园岁纪》一卷,叙陈庚焕生平事迹。嘉庆二十四年己卯(1819),陈庚焕在福州家塾识余潜士,交情三十年。余潜士尝评定其诗文:"予详读之,乃心喜其文词之通达事理,光明俊伟,倜傥而不羁。诗格豪爽清新,亦时多真挚语,足以见其学之日进不懈,其所志之不以穷遇而摧也。""早留心世务,思致用于时以自建树。其为文不欲拘拘绳墨,多直达其胸臆所欲言,故或失之率易者亦有之,要不以掩其真气也。"[②]余潜士身后,陈庚焕为撰余氏《传略》。

陈庚焕兄子陈钟濂,传附民国《福建通志·福建儒行传》卷五陈庚焕传。民国《长乐县志·义行传》陈钟濂传:"字诸实,一字约轩。少不羁,长折节,凝重若老成。十二三岁与叔庚焕论《大学》于树下,辄能洞贯明德体用……为学不事涉猎饾饤,研精覃思,务见其大。……嘉庆辛酉(六年,1801)成进士,授国子监学正。……卒年三十四。庚焕为铭其墓。"[③]陈钟濂师闽县蔡容,中表弟高麟图、高瀛图。根据民国《长乐县志》卷十四下《选举志下·封赠》的记载,陈正钦以子陈钟濂赠官国子监学正,又以孙陈文翥赠官翰林院编修[④],故知陈钟濂从子陈文翥(字秋丞)亦能文。

陈文翥之子陈庆年,字声扬、肖丞。年十三,父卒于官。咸丰二年壬子(1852)举人。馆刘齐昂家。一生坎坷,醉后坠城伤脑,归家数日卒。与杨浚为诗友,杨浚挽联云"十年曾结社"句[⑤]。

陈庚焕之孙陈文翱,系道光二十六年丙午(1846)举人。陈文翱配林氏,系江苏砀山知县林腾霄长女,能诗,有《寄外诗》[⑥]。

## No.10　长乐南阳陈氏之江田陈子钦家族

陈骝:《雪鸿堂集》十卷(同治刊本《福建通志》卷六十九)、《雪鸿堂诗文集》十卷、《南雅堂纪事》、《中轩集》(民国《长乐县志》卷十九)、《金陵怀古》(《重修南阳陈氏族谱》本传)、《蓟游草》、《南雅堂纪事》(民国《长乐县志》卷十九《艺文志》)、(编)《长乐陈氏诗系》(民国《福建通志》总卷二十五,《福建艺文志》卷七十一)

陈騄:《偶庵集》(《重修南阳陈氏族谱》本传、同治刊本《福建通志》卷六十九)、《偶庵集》一卷(陈声骏编《江田诗系》稿本,上海图书馆藏。柯愈春《清人诗文集总目提要》第202页)

陈子钦(陈骝从子):《铁云集》(同治刊本《福建通志》卷六十九。民国《福建通志·福建艺文志》存目卷四十二作《镇云集》)

**谨按**:长乐陈骝,字伯驺,陈一文之子[⑦],系明初陈仲进次子陈航(思济)裔孙,闽县陈轼敬称"伯驺叔"[⑧]。顺治间贡生。传见同治刊本《福建通志·文苑传》、民国《福建通志·文苑传》。

《国朝全闽诗录初集》陈骝条:"有《雪鸿堂诗草》。"[⑨]陈骝传又见民国《长乐县志·文苑传》:"字伯驺。江田人。顺治间岁贡生。性聪颖,过目成诵。幼即工诗。与闽县黄晋良、许友相善,尤见赏于侍郎周亮工。中年纵游燕齐吴越,著作益富。与嘉兴曹溶、长洲尤侗称莫逆交。为人孝友。晚偕兄(陈)

---

① 道光三十年庚戌(1850),侯官杨庆琛作《题陈南斋茂才节母田孺人笔训》七绝二首(《绛雪山房诗续钞》卷一)

② 余潜士《余潜士全集》,厦门大学出版社2011年版,第107页。

③ 民国《长乐县志》卷二十六,原第四十九、五十页,影印第518-519页。

④ 民国《长乐县志》卷十四下,《选举志下》,原第三十五页,影印第272页。

⑤ 杨浚《陈肖丞同年》,《冠悔堂楹语》卷下,原第九页,影印第776页,《清代诗文集汇编》第712册影印光绪十九年刻本。

⑥ 民国《福建通志》总卷四十五,《福建列女传》卷六,林氏传,原第四十三页。

⑦ 民国《福建通志》卷四十五,《福建列女传》卷二,陈一文侧室秦东姑传,原第二十四页。据此传,陈澥七岁、陈骝七月之时,其父陈一文病殁。

⑧ 黄晋良《陈伯驺金陵赠言序》,《和敬堂全集》文部卷一,原第十二、十四页,《清代诗文集汇编》第54册,影印第113、114页。

⑨ 《国朝全闽诗录初集》续集卷三,《全闽诗录》第五册,第517页。

澣隐溪湄。所著有《雪鸿堂诗文集》十卷。其最传者有《南雅堂纪事诗》、《金陵怀古》诸篇。澣字伯熊，亦有诗名。大司马龚芝麓(龚鼎孳)称其‘渊雅简洁，有仁孝之风’。时人共推重之，恒以二伯比二方云。”[①]据传文，陈骝与黄晋良、许友、叶矫然等郡人以及周亮工、曹溶、尤侗等外省士大夫交游，关系密切。《国朝全闽诗录初集》续集卷三陈骝条下选其诗《丁巳首夏还山曹方伯有赠言次韵奉答》，是陈骝与曹溶的酬唱诗作，时年康熙十六年丁巳(1677)。

闽县黄晋良(1615—1689)与陈骝交情密切，系弥甥与舅祖的戚谊。陈骝尝评黄氏所作《昆陵赵去邪诗序》[②]。

黄晋良有《陈伯驺金陵赠言序》[③]、《伯驺丈人除日初度序》、诗《题伯驺望云图》、《香为伯驺二先生连日在山堂赏盆兰晓起奉呈二首》、《集云壁轩送陈伯驺移笈之昆陵分得微韵》等。据《陈伯驺金陵赠言序》，陈骝在江田读书三十年，出山北上，至金陵，预社集于清凉寺、翠微亭、雨花台，会者二十人[④]。《伯驺丈人除日初度序》：“伯驺生数月而失怙，母秦夫人以节孝当户，以义方迪子。尝赎书万卷，伯驺能尽读之。……志气泊然，日闭户著书，垂三十年。雅善声诗，与子侄克器、昌箕、孝兼辈考论源流，订《江田诗系》，以祖南雅公(按：指明代陈仲进，陈仲进著《南雅集》四卷)为宗。其诗既宏博绝丽，而伯驺又能于声诗之外雅意冲旷，有时抚事慷慨，辄淋漓汗漫而不可止。盖以康衢既远，椒聊已微，乔木之荫乍移，商邑之慕何在，往往深言隐义，寄托多端，四方之士诵其词，不能不低徊往复，而同学之侣反不能究其旨趣。或持一说以难之，而陈子以为未始有封也者。……新诗益沉郁顿挫，《过金陵怀古》诸篇，流传三吴，以为远压洪都、武昌之什。”[⑤]

陈澣、陈骝兄弟俱有高才，故称难兄难弟，以比于东汉陈寔之二子陈元方、陈季方。

陈骝从子、陈崧生之子陈子钦，清初福建著名文士。陈子钦，同治刊本《福建通志》著录其《铁云集》，注云：“字克器。骝从子。顺治间贡生。”[⑥]《国朝全闽诗录初集》续集陈子钦条：“康熙间岁贡生。”[⑦]按：陈子钦系康熙八年己酉(1669)岁贡生[⑧]。陈子钦传见民国《长乐县志·文苑传》：“陈子钦，字克器，一字铁云。江田人。先世自江山令仲进、中书登以下代有传集。父崧生，郡诸生。丁鼎革之秋，不求闻达，家积书万卷，唯闭户课子。子钦承庭训，遍读家所藏书，才思涣发。长益肆力于诗文，为江左纪映钟、洛中周亮工所赞赏，以贡入都，应廷试。大学士明珠聘为教习，辞不就。珠单骑枉顾，赠狐裘百金，却弗受，即拂衣归。一时都人咸高其节。所作文与古乐府皆不传，唯《铁云集》八卷，其子玉鼎梓以行世。大抵多故宫禾黍之感，寒如郊，瘦如岛，而风致飘然，实得力于晋之五柳翁者。”[⑨]

陈琭，字昌范，号仲桓。顺治间诸生。《国朝全闽诗录初集》陈琭条引《注韩居诗话》：“仲桓工小楷，诗格高法密，气老语坚，可与绥安丁(丁之贤)、朱(朱国汉)二布衣并参一席。”[⑩]

## No. 11 长乐南阳陈氏之古县陈时夏家族

陈时夏：《学庸译注》二卷、《周礼要解》二卷、《榕轩诗村》一卷(《重修南阳陈氏族谱》本传)、《榕轩诗存》(民国《长乐县志》卷十九《艺文志》)

---

① 民国《长乐县志》卷二十五，原第六页，影印第488页。

② 黄晋良《和敬堂全集》文部卷一，原第十二页，《清代诗文集汇编》第54册，影印第112、114页。

③ 黄晋良《和敬堂全集》文部卷一，原第十二、十三页。

④ 黄晋良《陈伯驺金陵赠言序》，《和敬堂全集》文部卷一，原第十三页，《清代诗文集汇编》第54册，影印第113页。

⑤ 同上书，文部卷六，原第十页，影印第156页。

⑥ 同治刊本《福建通志》卷六十九，《经籍志》，影印第1411页。

⑦ 《国朝全闽诗录初集》续集卷七，《全闽诗录》第五册，第616页。

⑧ 民国《长乐县志》卷十四上，《选举志上》，原第八十八页，影印第242页。

⑨ 民国《长乐县志》卷二十五，原第七页，影印第488页。

⑩ 《国朝全闽诗录初集》卷四，《全闽诗录》第五册，第82页。

田氏(陈时夏妻):《敬和堂笔训》(民国《长乐县志》卷十九《艺文志》)

长乐陈宗英(陈时夏之子、陈庚焕之侄):《惕园岁纪》一卷(咸丰元年惕园全集本)、《壶中诗文草》(余潜士《陈楠斋壶中诗文草序》,《姑留草》卷一)

陈汝楫:《学庸迩言》二卷(民国《长乐县志》卷二十五《文苑传》本传)

**谨按**:长乐陈时夏,号常斋先生[①]。"字道定,一字常于。古县人。乾隆乙卯(六十年,1795)举人。少失怙,节母高,督之学。……十岁从叔父读书,即知发愤励学,不苟随流俗步趋……甫冠入邑庠。读书鳌峰书院,主讲乡贤孟超然叩所业,深器重之。时进讲堂,勖之曰:'知志古勿泥古,知正学要力学',时夏自是益屏绝纷华,体认实理,事事必精察而力行。……年四十有六卒。学者称为常斋先生。录所遗书,有《学庸译注》二卷、《周礼要解》二卷、《榕轩诗存》一卷。"[②]陈时夏是闽县孟超然的及门弟子,为闽中古文作者之一。陈时夏传又见民国《福建通志》,称其号常斋,四岁而孤,年未壮举于乡,一赴公车,投牒部选而已,聘主平潭兴文书院。妻田氏,传在同书《列女传》[③]。

民国《长乐县志·贤媛传》陈时夏妻田氏传:"故家女也。幼习经史,尤喜儒书。既嫁而贫,斥奁饰,献家长,躬操井臼,缝纫不辍,不复事笔砚矣。……与时夏相庄二十年,燕居无失仪,惟好言古今人物、兴废得失及、心性由入之微。逮时夏没,家益窘。……尝自述其与夫论学语,著为《敬和堂笔训》,授其子,盖粹然儒家书也。孀十年卒。闽中女士能杰然轶乎闺阃文采之外,而好为学士弟子学者,田氏一人而已。"[④]民国《长乐县志·艺文志》著录陈田氏《敬和堂笔训》注云:"此书有自序,又廖鸿荃、王庆云、郭柏荫为之序。"[⑤]林则徐有《题〈敬和堂笔训〉为陈时夏妻作》,诗后注:"时孺人季嗣崇华,留滞青门,捧《笔训》谒寓邸。"[⑥]永福余潜士撰《江田陈母〈敬和堂笔训〉序》,见其《姑留稿》卷一。

陈时夏之子陈宗英,字诸迁,号楠斋。优增生[⑦]。能文,是冯承基、郑守孟、曾宗彦等人之师,亦是杨浚诗友。郭柏荫撰《陈楠斋嘱题敬和堂笔训后》[⑧]。

同时陈汝楫,亦古槐人,传见民国《长乐县志·文苑传》:"字廷交,一字若川,古槐人。乾隆戊子(三十三年,1768)副贡。性端方,治家严肃,与父兄言,终日侍侧,目不流视,后辈见之,肃然起敬,无敢以非礼犯者。喜读书,聚书六千卷,硃墨殆遍,尤工书法,郑进士燕于同学中独刮目相待。著有《学庸迩言》二卷。"[⑨]

## No. 12　长乐南阳陈氏之江田作家群

陈希友(陈洙曾孙):《焚余草》一卷(江田诗系本)、《蓼岩集》(同治刊本《福建通志》)、《粤中吟草》(民国《长乐县志》卷十九)

陈肇曾(联芳曾孙):《春秋四传辨疑》、《江田陈氏诗系》三十六卷、《陈昌基诗集》(同治刊本《福建通志》卷六十八)、《濯缨堂集》(民国《长乐县志》卷十九)、《日记诗》(钱谦益《牧斋有学集》卷十八《陈昌箕日记诗叙》)

---

① 按:余潜士《江田陈母敬和堂笔训》中有"忆嘉庆己卯之冬,予自惕园先生家获晤其族子诸迁甫"(《余潜士全集》第99页)句,诸迁即陈宗英,陈时夏之子,知陈时夏系陈庚焕族兄弟。

② 民国《长乐县志》卷二十六,原第二十四页,影印第506页。

③ 民国《福建通志》总卷四十,《福建儒行传》卷五,陈时夏传,原第二十、二十一页。

④ 民国《长乐县志》卷二十九下,《贤媛传》,原第三十至三十一页,影印第596-597页。

⑤ 民国《长乐县志》卷十九,《艺文志》,原第十七页,影印第320页。

⑥ 林则徐《林则徐全集》第六册,第272页。

⑦ 民国《福建通志》总卷四十五,《福建列女传》卷六,田氏传,原第二十八页。

⑧ 郭柏荫《天开图画楼文稿》卷三,《清代诗文集汇编》第609册,影印第535页。

⑨ 民国《长乐县志》卷二十五,《列传五》,原第十页,影印第490页。

陈念祖:《伤寒论浅注》、《伤寒方论》四卷、《金匮要略浅注》十卷(林则徐《陈修园医书叙》作十二卷,注作十卷)、《(金匮)歌括》六卷(林则徐《陈修园医书叙》作《金匮歌括》四卷)、《医学实在易》六卷、《医学实在难》、《女科要旨》四卷、《景岳新方八阵砭》四卷、《十药神书评注》、《时方妙用》四卷、《时方歌括》二卷、《本草经读》四卷、《医学三字经》四卷(此四种总称《公余四种》)(民国《长乐县志》卷十九《艺文志》)、《伤寒浅注》、《十叶神书详注》(同治刊本《福建通志》卷六十九)、《神农本草经注》四卷、《难经浅说》四卷、《删补尤注金匮要略》四卷、《删补柯注伤寒论》六卷、《伤寒类方集注》四卷、《新注活人百问》二十卷、《金匮浅说》二十四卷、《医学偶录》四卷、《所托斋医诀》六卷、《新订喻嘉言医案金针》二卷(民国《福建通志》总卷四十四,《福建艺术传》卷三,陈念祖本传)、《医诀》三卷(民国《福建通志》总卷二十五,《福建艺文志》卷四十六)、《陈修园二十一种》一部(《郑孝胥日记》,第533页)

陈范:《四书讲章》(同治刊本《福建通志》卷六十九)、《二闻堂集》(《重修南阳陈氏族谱》本传)

**谨按:**明人孙应鳌为南阳陈氏所撰《旧谱序》:"先后成进士者九:一洵仁,一登,一维裕,一景隆,一崇德,一毓贤,一时宪,一懋观,一洙……此以江田显也。自江田迁闽县之南台者时霖官兵部员外,自江田迁闽县之青铺者联芳官太常卿,而时霖、联芳亦俱先后成进士,此以南台、青铺显者也。"[①]拙著《明代福建文学结聚与文化研究》第九"长乐陈仲进家族"条曾对陈氏家族的世系进行整理,第二十四世陈锭之子陈洙、陈濂,第二十四世陈联芳之曾孙陈肇曾[②]。

本条所收江田陈氏作者有陈希友、陈肇曾等人。陈希友,陈洙曾孙,属南阳陈氏第二十八世。著有《焚余草》一卷,收入《江田诗系》本;《蓼岩集》见录于同治刊本《福建通志·经籍志》;《粤中吟草》见录于民国《长乐县志》卷十九《艺文志》。传见民国《长乐县志·忠义传》。

陈联芳曾孙陈肇曾,字昌基、昌箕。明天启元年辛酉(1621)举人,仕清。著有《春秋四传辨疑》、《江田陈氏诗系》三十六卷、《陈昌基诗集》,见录于同治刊本《福建通志·经籍志》,《濯缨堂集》见录于民国《长乐县志》卷十九《艺文志》;此外,据钱谦益《牧斋有学集》卷十八《陈昌箕日记诗叙》,陈肇曾撰有《日记诗》。按:民国《长乐县志·艺文志》明代著述著录陈肇曾《春秋四传辨疑》及《濯缨堂集》、《江田陈氏诗系》、《昌基诗集》,于朝代分际处置失当。同治刊本《福建通志》著录陈肇曾著作,后注:"肇曾,字昌基,联芳曾孙。天启辛酉(元年,1621)举人。入仕国朝。"[③]顺治初廪生、漳浦赵潜有诗题《陈昌箕先生过访有赠奉酬四律》,诗中有"榕社同星散,回思各黯然"句;明末天启元年(1621),赵潜曾寓福州,与陈肇曾、崔嵸等交游唱和[④];其诗《季夏同个臣宝初招(陈)昌箕、(魏)惟度、(许)九日、(吴)六益、带三(张)研铭、(刘)栎夫、(沈)彦澈集鸥狎亭观荷,次昌箕韵四首》[⑤],知陈肇曾在明末清初之际,曾经在福州组织社集,预集诗人颇多。

陈范,字朝箕、朝基,一字铸岩,江田人,迁会城。民国《长乐县志·文苑传》陈范传:"少颖异,学有渊源,文脱稿,纸贵一时。游其门者多获隽。康熙辛卯(五十年,1711)领乡荐,公车屡蹶。与孙勷、吴士玉称莫逆交。著有《四书讲章》、《二闻堂集》行世。选建阳教谕,未之官,卒。"[⑥]

陈念祖(1753—1823),字良友,一字修园,同治刊本《福建通志》作德园[⑦],江田溪湄人。乾隆五十七年壬子(1792)举人。传见民国《长乐县志·循绩传》。祖陈居廊,字天弼,博学群书,精通医理。父陈廷启,号二如。陈念祖幼失恃,从祖父习文学医。乾隆五十二年丁未(1787),受业于鳌峰书院山长

---

① 《重修南阳陈氏族谱》第一册,1993年长乐陈氏《重修南阳陈氏族谱》,正文第50页。

② 郑礼炬《明代福建文学结聚与文化研究》,上册,第70页。人民文学出版社2015年版。

③ 同治刊本《福建通志》卷六十九,影印第1410页。

④ 郭柏苍《竹间十日话》卷二,第24页。

⑤ 《国朝全闽诗录初集》卷一,《全闽诗录》第五册,第4、5页。

⑥ 民国《长乐县志》卷二十五,原第七页,影印第488页。

⑦ 同治刊本《福建通志》卷六十九,影印第1411页。

孟超然，学业精进。著有《伤寒论浅注》、《长沙方歌括》、《神农本草经读》、《医学三字经》、《时方妙用》、《医学实在易》、《医学从众录》、《女科要旨》、《新方八阵砭》、《金匮要略浅注》、《金匮方歌括》、《伤寒医诀串解》等三十种，其中十二种托名为叶天士所作[①]。按：清代福建科举史上有数个陈念祖——一顺治十七年庚子(1660)举人、闽县人陈念祖，一乾隆五十七年壬子(1792)举人、长乐陈念祖，一光绪五年己卯(1879)举人、侯官人陈念祖(1852—1890，字少虞)。据林则徐《陈修园医书叙》"晚归里中，与先大夫结真率会"[②]，是则林则徐之父林宾日与陈念祖结社。陈念祖之子陈灵石，能传其业。

陈念祖门人李大玢，字绍皋，号绚甫。乾隆六十年乙卯(1795)解元。传见民国《福建通志・福建艺术传》卷三。

## No. 13　长乐南阳陈氏之古槐陈化龙等人

陈化龙：《归山吟诗草》(民国《长乐县志》卷二十三本传。卷十九《艺文志》题《归田草》)

陈金汉：《西行诗帙》、《海外近作》(民国《长乐县志》卷二十三陈化龙本传、卷十九《艺文志》)

陈畴：《北行纪事诗集》(民国《长乐县志》卷十九《艺文志》)

陈尧书：《政余吟草》一卷(民国《长乐县志》卷二十四本传)

**谨按**：长乐古槐陈化龙家族是乾隆年间崛起的陈氏家族后裔。陈化龙，乾隆二十五年庚辰(1760)举人。按：根据民国《长乐县志》卷十四下《选举志下・封赠》的记载，陈化龙系陈元秀之孙、陈鸿钧之子。陈化龙母郑淑立传见民国《福建通志・福建列女传》卷五。陈化龙传见民国《长乐县志・名臣传》："字丰有，一字剑城。古槐人，省居。乾隆壬辰(三十七年，1772)进士，授兵部主事兼职方司马馆监督。……在掖垣二十年，奏事不激不随。旋引年归。当事聘主鳌峰书院讲席，奖才隽，重实学。……卒年七十七。祀鳌峰名师祠。著有《归山吟诗草》。子为汉，字道霖，嘉庆戊午(三年，1798)举人，候选教谕；金汉，字道滨，一字袖石，乾隆乙卯(六十年，1795)举人。皆有文名。金汉历任宁德、凤山、安溪教谕、直隶行唐知县，调平谷，所至守"清、慎、勤"三字弗谖。尤工诗，著《西行诗帙》、《海外近作》等编。"[③]

陈化龙之叔陈畴，字廷琚，一字寿田，省居。乾隆壬午(二十七年，1762)举人，官桂阳州州同、临江府知府。著有《北行纪事诗集》。根据民国《长乐县志》卷十四下《选举志下・封赠》的记载，陈畴系陈羽丰之孙、陈青选之子，其与陈化龙之间的叔侄关系见民国《长乐县志・循绩传》陈畴本传。

道光间长乐古县人陈尧书，字诸典，一字赓堂。传见民国《长乐县志・循绩传》："省居。以典史赴陕西军营效力，升知岐山知县。……进汉中府佛坪同知，署商州直隶州事，卒于官。尧书虽援例入仕，然娴吟咏，工书札。……有《政余吟草》一卷。"[④]陈尧书传在嘉庆十二年丁卯(1807)举人、道光二十二年壬寅(1842)授官泗州州同的高炳望和道光八年戊子(1828)举人的陈仁淳之间，道光十五年(1835)朝廷以陈尧书官佛坪同知赠其祖父陈治、陈宏受。

## No. 14　闽县萨氏家族

萨氏：《雁门萨氏家谱》(道光三年刻本，福建省图书馆藏)

---

① 《长乐市志・古代人物传》。网址：http://www.fjsq.gov.cn/showtext.asp? ToBook=3234&index=1789&。

② 林则徐《林则徐全集》第五册，第375页。

③ 民国《长乐县志》卷二十三，原第四十四页，影印第462页。

④ 民国《长乐县志》卷二十四，原第二十八页，影印第481页。

萨氏(十九世萨嘉曦重编[1]、萨镇冰同续修):《雁门萨氏家谱》八卷(民国二十四年铅印本,国家图书馆藏)

萨氏:(萨嘉曦辑、刊)《先芬集》十三卷(《雁门萨氏家谱·(江春霖)先芬集序》,卷数据林时焊《寄农先生以诗文集十三卷惠赠赋此答谢》,载《雁门萨氏家谱》卷五《叙赠录下》,影印第977页)

十四世萨登尹:《小雁门诗草》(萨玉衡《白华楼诗钞》卷二《祖砚行》句中注、同治刊本《福建通志》卷六十八、民国《闽侯县志》卷四八《侯官艺文志》)

十五世萨玉衡:《白华楼诗钞》四卷[2](嘉庆十八年刻本、《清代硃卷集成》第三三九册萨起岩履历)、《经史汇考》八卷、《小檀弓》十二卷、《傅子补遗》一卷、《续郑荔乡全闽诗话》二卷、《金渊客话》、《秦中记》、《曲江杂录》(同治刊本《福建通志》卷六十七)、《汉赵氏孟子章指复编》(福州萨氏莳花吟馆印本、《福建地方文献及闽人著述综录》。民国《福建通志·福建艺文志》卷十三作《孟子章指复编》一卷,《雁门萨氏家谱》卷三第565页、卷七第1193页作《赵氏孟子章指复编》)、《四部录订正》八卷、《续郑荔乡五代诗话》二卷(民国《福建通志》总卷三十九,《福建文苑传》卷八本传)、《史记历术甲子篇解》一卷(民国《福建通志》总卷二十五,《福建艺文志》卷四十七)、《焚余稿》一卷(民国《福建通志》总卷二十五,《福建艺文志》卷六十五)、《白华楼焚余稿》(萨承钰《白华楼焚余稿跋》,《雁门萨氏家谱》影印第1225页)、《汉书律历志补注》(谢章铤《藤阴客赘》)

十六世萨大文(萨玉瑞长子[3])、萨大年(萨玉衡子):《荔影堂诗钞》四卷(光绪三十一年侯官萨氏刻本,福建师范大学图书馆等处藏。李灵年等《清人别集总目》第2053页、《福建地方文献及闽人著述综录》、《雁门萨氏家谱》卷三第568页、民国《闽侯县志》卷四八《侯官艺文志》)

十六世萨大年(萨玉衡第三子[4]):《白华楼诗钞笺注》(民国《福建通志》总卷二十五,《福建艺文志》卷六十五)、《荔影堂诗钞》二卷(光绪三十一年刻本,福建省图书馆等处藏。李灵年等《清人别集总目》第2053页;萨承钰《兰台公〈荔影堂诗钞〉跋》,《雁门萨氏家谱》卷三第566-567页)

十六世萨大文(萨玉瑞子、萨玉衡堂侄):《荔影堂诗钞甲乙集笺注》四卷(民国二十六年稿本,萨君陆笺注)、(与萨大年合著)《荔影堂诗钞》四卷[5](民国《福建通志》总卷二十五,《福建艺文志》卷七十一、

---

① 黄昌桑(字龙蒙)诗《寄农老(萨嘉曦)伯大人六秩大庆赋诗呈祝并乞钧政》,句中注:"公重刊《雁门集》,重编族谱,并著《寄庐文钞》、《楹语》诸稿。"(民国《雁门萨氏家谱》卷五,《叙赠录下》,影印第986页。《北京图书馆藏家谱丛刊》闽粤侨乡卷,北京图书馆出版社2000年影印民国二十四年铅印本)。

② 按:民国《福建通志·福建艺文志》著录《白华楼诗钞》四卷,按语称《诗钞》本六卷,毁于火,存前四卷(《福建艺文志》卷六十五,第二十二页)。《闽侯县志·文苑传》萨玉衡本传:"(《金渊客话》、《秦中记》、《曲江杂录》)《白华楼诗钞》六卷,将次第付梓,一旦俱厄于火,独《诗钞》四卷为友人携去,得存。"(民国《雁门萨氏家谱》卷八,《传信录》转引民国《闽侯县志·艺文志》萨玉衡本传,影印第1269页)谢章铤《赌棋山庄诗集》卷五《论诗绝句三十首》(数奇不偶奈时何)诗后注作《白华楼诗稿》。柯愈春《清人诗文集总目提要》著录《白华楼诗钞》五卷、《遗文》一卷,系萨大年笺注、萨君陆增补,光绪二十七年萨嘉曦钞本;前此,萨玉衡诗原有六卷,毁于火,存诗266首,编为《白华楼诗钞》四卷,嘉庆十八年刻本;后又辑为《白华楼诗钞》四卷、《焚余稿》一卷(李灵年等《清人别集总目》云附《焚余稿》一卷外尚有《附录》一卷),光绪二十九年萨大年刻本,此外有国家图书馆藏民国二十六年稿本(第1024页)。李灵年等《清人别集总目》又著录《白华楼诗钞》二卷,清刻本,中国科学院图书馆藏(第2053页);柯著所谓"国家图书馆藏民国二十六年稿本"当系萨大年笺注、萨君陆增补的《白华楼诗钞笺注增补》八卷(第2054页)。

③ 请参看民国《福建通志·福建艺文志》卷七十一《荔影堂诗钞》四卷解题所引陈衍《石遗室书录》(第十五页)。按:萨大文字肇举、宗芮,号燕坡,系萨俦曾孙、萨宾旸孙、萨玉瑞子(民国《雁门萨氏家谱》卷三,《世系录》,影印第567-568页)。萨俦系萨希亮第三子萨掞的第四子(同上书,同卷,影印第209-212页)。又,萨玉瑞娶许氏,期年萨玉瑞殁,无子,以兄子萨大文为嗣,以夫姊杨氏女为女,杨氏女即刘家谋之母(刘家谋《乌乌篇为外祖母许太孺人作》,民国《雁门萨氏家谱》卷六,《荣哀录下》,影印第1177页)。萨玉瑞为萨宾旸次子,长兄萨玉瓒(民国《雁门萨氏家谱》卷三,《世系录》,影印第567页)。

④ 按:萨大年系萨玉衡第三子,萨玉衡子四——萨肇蕃、萨肇良、萨大年、萨肇乾(民国《雁门萨氏家谱》卷三,《世系录》,影印第564-567页),萨承钰所撰《兰台公〈荔影堂诗钞〉跋》称"兰台公为檀河公四子"(同书,卷七,《吉光录》,影印第1245页),误。

⑤ 按:光绪二十九年癸卯(1903)春三月,萨承钰既撰《燕坡公(萨大文)〈荔影堂诗钞〉跋》,云萨大文"少秉檀河公(萨玉衡)家学","读是集者知白华楼之嗣响"(民国《雁门萨氏家谱》卷七,《吉光录》,影印第1243页),又撰《兰台公(萨大年)〈荔影堂诗钞〉跋》,云进士萨大年(萨玉衡第三子)官内阁中书,"公余之暇,与都下巨公时相倡和,所著之稿,亦名曰《荔影堂诗钞》,即以燕坡公之集名之,盖友于之笃,于兹略见一斑"(同书,卷七,《吉光录》,影印第1245页),故《荔影堂诗钞》为两种诗集。萨大文、萨大年的高祖为萨掞,萨掞第三子萨学圣系萨大年曾祖父,第四子萨俦系萨大文曾祖父。

民国《闽侯县志》卷四八《侯官艺文志》)、《荔影堂诗钞》二卷(光绪年刻本,国家图书馆藏。李灵年等《清人别集总目》第2053页)

十六世萨龙光(萨遇之孙):《雁门集》六卷补遗一卷(萨龙光笺注。乾隆四十九年萨龙光重刊本、宣统二年萨氏朱印本)、《雁门集》十四卷首一卷附《倡和录》一卷《别录》一卷(萨龙光编注。嘉庆十二年刻本)、《雁门集别录》(萨龙光辑。嘉庆十二年刻本)、《雁门集笺注》八卷(民国《福建通志》总卷二十五,《福建艺文志》卷六十五)

十六世萨龙田(萨春光族兄):《湘南吟草》一卷(宣统二年萨氏刻本,福建省图书馆等处藏。李灵年等《清人别集总目》第2054页、《雁门萨氏家谱》卷三、卷五林丞英《奉题燕南十四兄湘南吟草即正》)

十七世萨莲如(萨龙光第十女,师姚怀祥[①],适林星海):《挽鹿山庄诗草》一本(《闽川闺秀诗话》卷二)

十六世萨察伦:《珠光集》四卷(宣统二年萨氏一砚斋刻本)、(萨君陆)《珠光集笺注》五卷(民国二十七年稿本,均国家图书馆藏)(柯愈春《清人诗文集总目提要》第985页)

十七世萨大滋(萨察伦之子):《望云精舍诗钞》一卷(《雁门萨氏家谱》卷三作《望云精舍诗草》)、《萨氏历科题名录》一卷(萨大滋、萨承钰辑,光绪三十二年刻本)、(萨君陆笺注)《望云精舍诗草笺注》二卷(清代诗文集珍本丛刊影印清宣统二年莳花吟馆刻本)、《望云精舍诗钞》二卷(清代诗文集珍本丛刊影印民国二十七年稿本)

十八世萨承钰(萨春光之孙,萨龙田族孙):《南北洋炮台图说》(《雁门萨氏家谱·(平江吴绩凝缃芸)南北洋炮台图说序》)、《炮台情形书》(《雁门萨氏家谱·(闽县郑淑璋仲瑜)奉题萨又恒砚兄炮台情形书》)、《萨氏历科题名录》一卷(光绪三十二年刻本)、《一砚斋信稿》不分卷(萨嘉曦抄本,福建师范大学图书馆藏)

十九世萨嘉曦(萨承钰长子):(编)《闽中萨氏家集》六种(萨氏敦孝堂丛刻)[②]、《寄庐文稿》一卷(稿本)、《白华楼诗钞附录》一卷、《楹联类聚》四卷、《一砚斋楹语》二卷、(编)《鼓山游山诗》二卷(《雁门萨氏家谱》卷三,第526-527页)、《一砚斋藏书目录》、《寄庐文稿选录》(民国二十四年萨氏铅印本)

十九世萨嘉榘(萨嘉曦弟、萨承钰次子):《积积室(抄本)书目》、《积积室(钞本)续目》、《积积室抄本目附续目》(1952年油印本)、《积积室文存》(抄本)、《林则徐联句类集》(147联)、《福州镇海楼考》、《建窑考》、《俞大猷年谱》、《高雨农年谱》、《鼓山艺文志诗补》、《武夷山志艺文志补》、《武夷山志艺文志补补》、《麻沙版本漫谈》(《福建省文史研究馆志》)

十九世萨镇冰(萨怀良之子):(修)《雁门萨氏家谱》(民国二十四年铅印本,《北京图书馆藏家谱丛刊》本,北京图书馆出版社影印,第49-50册)、《古稀吟集》、《客中吟草》、《里门吟草》(《冶山史话》,第129页)、《仁寿堂吟草》四集、《仁寿堂集》(海峡文艺出版社2013年版)

十九世萨鋆[③]:《客中吟诗钞》(《雁门萨氏家谱·(萨嘉曦)宗兄鼒庵客中吟诗钞序》)、《客中吟草》一卷、《还我斋诗录》一卷(《雁门萨氏家谱》影印第398-399页)、《里句录》(《雁门萨氏家谱·(林欣荣)鼒庵吟丈以近作见示读竟附题〈里句录〉乞教政》)

二十世萨福简(萨嘉愈之子):《止止楼诗文集》(含《止止楼诗抄》、《春晖寸草记》、《诗词赏析》三种)

二十世萨伯森(萨兆桐,萨镇冰之侄,以号行):《识适室诗剩》(2003年版)、《垂涎录》(1974年线装油印本)、《娱亲诗刊》(线装本,1984年萨伯森等撰,沈觐寿题签)、《萨伯森文史丛谈》(海风出版社2007年版)、《林则徐联话》(46联)、《识适室剩墨》(萨本珪校,福建人民出版社2003年版)、《萨鼎铭先

① 道光二十一年(1841),郭柏苍撰《定海县姚公传》(《葭柎草堂集》卷上)。据此传,姚怀祥,字斯征,号履堂。侯官人。能诗文。

② 按:徐雁平主编《清代家集丛刊续编》第171册有《闽中萨氏家集》十一卷,影印清刻本。

③ 按:萨鋆,字多鬲,号鼒庵,海滨散人。官至盐务局长、建威军舰军医官。萨怀植次子,萨绍基弟,萨绍熙兄(民国《雁门萨氏家谱》卷三,《世系录》,影印第395-398页)。萨怀植系萨信之后。世系为:萨容次子萨佶→萨大夏→萨知文→萨秉义→萨聿林(萨廷魁,号碧奎、雨亭)→萨怀植→萨鋆(影印第345-357、391、395-398页)。萨鋆之诗"清绝"(林俊选诗句"君家竹林皆清绝",注:"谓鼒庵吟丈。"林俊选《寄萨伯森社兄厦门》,载民国《雁门萨氏家谱》卷五,《叙赠录下》,影印第997页)。

生年谱》、(合作)《诗钟史话》、(整理)《榴花梦》、《爽庵吟草》、《爽庵诗话》、《广诗本事》、《左海名人小传》、《隐秋簃琐记》、《福州温泉》、《福州洪水史话》、《福州岁时旧俗考》、(与陈海瀛合著)《福州书院考略》、《闽中墟日谭》、《福州清末以来书塾小史》、(与郑丽生合著)《诗钟史话》、《爽庵楹联剩稿》、《爽庵楹联新稿》、《楹联闲话》、《榕城考》、《萨鼎铭先生年表》、《萨鼎铭先生轶事》、《识适室杂文》、《病榻琐记》、《游踪梦影》、《爽庵小简》、《爽翁剩墨》(《福建省文史研究馆志》)、《听潮吟草》(《雁门萨氏家谱》第302页)

萨伯森(萨兆桐)、陈海瀛:《福州书院考略》(抄本,1965年)

萨伯森、郑丽生:《诗钟史话》(福建省图书馆藏)

二十世萨兆寅(萨士武,萨嘉榘长子,萨承钰孙):《福建方志考》(《雁门萨氏家谱·(陈文涛)福建方志考略序》)、《萨兆寅文存》(鹭江出版社2012年版)

**谨按**:《四库全书总目·〈雁门集〉提要》:"元萨都拉撰。案:萨都拉,原作萨都剌,今改正。萨都拉,字天锡,号直斋。其祖曰萨拉布哈。案:萨拉布哈原作思兰不花,今改正。父曰傲拉齐,案:傲拉齐原作阿鲁赤,今改正。以世勋镇云、代,居于雁门,故世称雁门萨都拉,实蒙古人也。旧本有干文传序[①],称萨都拉者,译言济善也。案:萨都拉,蒙古语结亲也,此云济善,疑文传以不谙译语致误,今姑仍原文,而附订于此。"[②]福建萨氏先祖于元代至正年间入闽,居福州,蒙古萨拉布哈(一作萨喇布哈、思兰不花)之后。其姓氏、后人传见《闽县乡土志》、《侯官县乡土志》,萨氏后裔在明代有礼部侍郎萨琦者,请参看《明代福建文学结聚与文化研究》第八八"闽县萨琦家族"条。清代萨氏家族众人大部分著籍闽县,祖居福州朱紫坊八十五号[③],但如萨知辉、萨龙光、萨大年等人却著籍侯官[④]。近年来,新浪博客"雁门萨氏家园"(网址:http://blog.sina.com.cn/s/blog_bf1f780d010300b1.html)颇富资料。

明代萨琦(1394—1457)卒后,天顺元年(1457)朝廷赐葬福州西郊廉山(今名大梦山,又称萨家山)。大梦山成为萨氏祖茔、宗祠所在地。时人兴化府莆田林文撰《萨氏赐茔图铭》:"大梦之阳,墨池汤汤。林峦苍郁,烟霭相望。爰有巨族,于焉卜藏。联床叠笏,荐锡宠章。如带如砺,山高水长。宜尔孙子,寿而永昌。澹轩林文拜题。"萨氏九世孙、清代萨容镌石于大梦山萨氏宗祠旁。据萨龙光传,萨氏于福州城"西郭外(有)宗祠",又于北郭有"支祠"[⑤]。入清,萨容筑有文秀草庐[⑥]。萨氏族谱规定自第十世起的世次定名(辈分字):人心启肇,聿怀多福,本支百世,邦家必达,在于修齐(10～29世)[⑦]。

从《雁门萨氏家谱》的世系来看,以萨野芝→萨仲礼(入闽始祖)→次子萨琅→长子萨琦→次子萨文明→次子萨世泰→长子萨钺→长子萨子美、次子萨子华→萨希贤、萨希俊、萨希正(均萨子美之子)、萨希登、萨希亮(1617[⑧]—1689,葛斋公)、萨希文(均萨子华之子)→萨容(长子,愧隐公)、萨宏、萨掞、萨椵、萨搢、萨宣、萨寓(七人皆萨希亮之子)→萨位、萨佶、萨堡、萨学天(均萨容之子)→萨闻韶、萨谟(均萨位之子)→萨知遇、萨知刚、萨知柔、萨琛、萨知赋、萨楚望、萨知祥、萨尔介、萨尔宁(九人均萨谟之子)→萨秉秀、萨龙光、萨龙文、萨龙翔(均萨知遇之子)→萨长龄、萨廷勋、萨树屏、萨履亨、萨作屏(均

① 元代礼部尚书、集贤待制干文传所撰序载民国《雁门萨氏家谱》卷五《叙赠录上》(影印第691-694页)。

② 永瑢等《四库全书总目》卷一百六十七,影印第1445页。

③ 民国《雁门萨氏家谱》卷末,影印第1285页。

④ 朱保炯、谢沛霖《明清进士题名碑录索引》,第1436-1437页。福州西湖大梦山"侯官萨知辉"刻石于2016年被发现。

⑤ 同治刊本《福建通志》卷二百四十一,《孝义传》萨龙光传,影印第4349页。

⑥ 萨知时撰《曾祖愧隐公文秀草庐跋》,民国《雁门萨氏家谱》卷二,《赐茔录》,影印第155-156页,《北京图书馆藏家谱丛刊》闽粤卷第49册影印民国二十四年铅印本。

⑦ 民国《雁门萨氏家谱》卷三,《世系录》,影印第174页。

⑧ 民国《雁门萨氏家谱》记载萨希亮生于万历丙辰(四十四年,1616)十二月三十日(已入1617年),卒于康熙己巳(二十八年,1689)六月初六(第49册,影印第209页);康熙二十八年己巳,林人中撰《祭葛斋萨老先生文》,有"七十五寿葛翁"句(第50册,影印第1037页),相差一岁。康熙十九年庚申(1680),长乐高龙光撰有《葛翁萨老先生六秩有五荣寿序》(民国《雁门萨氏家谱》卷五,《叙赠录上》,《北京图书馆藏家谱丛刊》闽粤侨乡卷第49册,影印第707-710页),则与《雁门萨氏家谱》所载相合。

萨秉秀之子)、萨侍枫、萨崇禧、萨廷玙、萨敏、萨弼、萨景瀚、萨瀛洲、萨景钺、萨坤、萨景奎、萨燮、萨景耆、萨森、萨景涟(十五人均萨龙光之子)为最蕃盛[①],而闽中萨氏均为萨希亮裔孙[②]。萨希亮、萨容两世皆以盐富[③],萨容曾孙萨知遇(1728—1788)"优于经济,佐父(萨谟)经理盐务而丰于财"[④],萨知遇长子萨秉秀(号朴斋)"自幼随大父协理盐务","鹾政一归伯父朴斋公经理"[⑤],次子萨龙光(1752—1818)"云吾家自祖父以来业盐百有余年矣"[⑥],"因告病假,专理盐务"[⑦],数世积累,饶于赀。萨容曾孙萨知化之子、十三世萨虎拜亦尝于浦城理盐鹾[⑧]。梁恭辰《池上草堂笔记》云:"福州盐商谓萨姓能世其家。自露萧农部龙光为总商,其名益盛。"[⑨]据《萨君谦臣七十寿序》,萨祖型"中岁里居,佐人理盐策"[⑩],《宗兄鼐庵〈客中吟诗钞〉序》,萨鋆"隐迹于鱼盐之中者十有余载"[⑪],十五世萨祖型(1842—?)、十六世萨鋆亦理盐策,十六世萨兰芬(1844—1891)"弃举子业,随父专力治鹾","家道遂渐裕"[⑫]。

萨氏在福建根深蒂固,明清以来,与福州城诸多家族联姻,鲜有家族不愿与荣。以萨龙光为例,配葛氏(葛增光女、葛尚恭胞妹)、陈氏、两林氏、方氏,其子十五人,女十一人,通过其家子女婚配情况观察萨氏家族与福州府家族的联姻盛况。其子萨侍枫撰《皇清诰授朝议大夫户部江西司兼山东司主事翰林院庶吉士诰封中宪大夫工部营缮司员外郎露萧府君行述》云:萨侍枫,举人,工部营缮司员外郎,娶郭氏(知县加通判衔郭文铦女、员外郎郭仁图胞妹);次萨崇禧,娶杨氏(湖北汉黄德道杨芳春女);三萨大应,殇;四萨廷玙,娶刘氏(贡生刘振女);五萨锦城,娶郭氏(知府郭廷筠女、知州郭南英胞妹);六萨景钦,娶林氏(知府林其宴女);七萨景瀚,娶林氏(举人林峻女),继聘林长泰女;八萨景翘,聘龚氏(举人、知县龚景沆女);九萨景钺,聘陈氏(进士、编修陈寿祺女);(以下六子俱幼,未聘)十萨景坤,十一萨景奎,十二萨景燮,十三萨景耆,十四萨景森,十五萨景淋;女长适国子监生梁云镛(学政梁上国子);次适邵芳枝(举人邵鹏搏子);三字副举人冯章侯(候选直隶州冯淦子);四字郑人国(郑楠子,进士、知府郑鹏程弟)[⑬];余未字。萨侍枫长子萨瑞麒(萨梅臣,字怀萼),聘谢氏(太学生谢善铛女);次萨瑞麟(萨庆臣),未聘;萨崇禧长子萨文鼎,娶何氏(进士、知县何恒键女);次萨文渊娶邱氏(举人邱瑞云女);三萨文镐,未聘;萨廷玙长子萨文津,聘冯氏(候选州同冯纲女);次萨文荣,聘谢氏(候选布政使司经历谢光鼎女);余子出者萨文厚、萨文积、萨文赓俱未聘。孙女十一人:萨侍枫长女适何大经(国学生何恒瀛子),次适林庆祺(进士、知县林士焕子),三适何芝轩(国学生何璲子);萨崇禧长女适邱庆麟(进

---

① 民国《雁门萨氏家谱》卷三,《世系录》,影印第179-228页。萨佶这一支亦较壮大,萨佶子六,其次子萨光汉七子,四子萨闻乐五子,曾孙更重,且多功名(影印第345-368页)。

② 萨嘉曦《从伯父谦臣(萨祖型)公七十寿言》,民国《雁门萨氏家谱》卷五,《叙赠录上》,影印第741页。

③ 陈朝础(龚景瀚代笔)《甸山萨君墓志铭》,民国《雁门萨氏家谱》卷六,《荣哀录上》,影印第1053页。

④ 萨知时《濠梁公传》,民国《雁门萨氏家谱》卷六,《荣哀录上》,影印第1061页。

⑤ 《皇清诰授朝议大夫户部江西司兼山东司主事翰林院庶吉士诰封中宪大夫工部营缮司员外郎露萧府君行述》,民国《雁门萨氏家谱》卷六,《荣哀录上》,影印第1072、1074页。引文内系萨侍枫等人对其先人的称谓。

⑥ 萨嘉曦《宗兄子安公(萨兰芬)家传》云:"家世业鹾。祖作屏公,号锦峰,候选游击,署理水师守备。父承超公。本生父承裕公,号赉卿。游击公以服官故将鹾务出租与他姓,代为经纪,因亏短国课,仍责成原商。赉卿公以祖遗之业,不忍废弃,爰集资收回自办。"(民国《雁门萨氏家谱》卷六,《荣哀录上》,影印第1157页)萨作屏系萨秉秀第五子,子萨承彬、萨承超、萨承裕、萨承诗等,萨承裕长子萨庆椿(嗣萨承诗),次萨兰芬(嗣萨承超),三子萨多文。

⑦ 民国《雁门萨氏家谱》卷六,《荣哀录上》,影印第1075页。

⑧ 根据林宾日《赠萨珠士》第六句下自注:"君在浦城鹾务,不赴滇南补缺,归来榕省安居。"(民国《雁门萨氏家谱》卷五,《叙赠录下》,影印第873页)

⑨ 民国《雁门萨氏家谱》卷八,《传信录》,影印第1271页。

⑩ 民国《雁门萨氏家谱》卷五,《叙赠录上》,影印第738页。

⑪ 民国《雁门萨氏家谱》卷五,《叙赠录上》,影印第783页。

⑫ 萨嘉曦《宗兄子安公(萨兰芬)家传》,民国《雁门萨氏家谱》卷六,《荣哀录上》,影印第1157页。萨兰芬(字多荣,号子安)生于道光二十三年十二月初六日(已入1844年)(同书,卷三,《世系录》,影印第271页),卒于光绪十六年(1890)十二月初九日(已入1891年),年四十九(同书,影印第272、1158页)。

⑬ 以萨嘉乐称郑世恭为舅祖(《清代硃卷集成》第六七册,萨嘉乐履历,影印第90页),知萨氏、郑氏之间累世婚姻,萨嘉乐系郑孝胥表弟。

士邱翰元子),余三女未字;其余孙女俱未字[①]。仅此《行述》记载所截止的时间(1818),萨龙光及其已聘、已字、已娶的子孙(女)与葛氏、诸林氏、诸陈氏、郑氏、诸谢氏、诸何氏、邱氏、梁氏、邵氏、龚氏、冯氏、郭氏缔结婚姻[②],部分家族属于世代互相结亲的现象,促进福州府诸家族之间形成盘根错节的复杂婚姻关系和社会关系。

《清代硃卷集成》第六七册光绪十五年己丑(1889)科第二百九十六名贡士、三甲第七十七名进士萨嘉乐(1863—1897[③])履历记载萨氏家族的基本情况:始祖萨拉布哈,本籍蒙古答失蛮氏,原名思兰不花,受知于元世祖;二世祖萨傲拉齐,原名阿鲁赤,元英宗朝留镇云代总制;三世祖萨野芝,字天与,萨傲拉齐次子,官元江西建昌路总管;三世伯祖萨都拉,原名都剌,字天锡,萨傲拉齐长子,官福建闽海道肃政廉访司知事;四世祖萨仲礼,官福建行省检校,卜居闽中;五世祖萨琅(屺云);六世祖萨琦(钝庵),明宣德间进士、礼部右侍郎;七世祖萨文明(慕庵),明荫生、知县;八世祖萨世泰(西园),明荫生、知县;九世祖萨钺(少园),明荫生、知县;十世祖萨子华(字思宇,萨钺次子,行五);十一世祖萨希亮(字景明,号葛斋,萨子华次子,萨希登弟)[④];十二世祖萨宏(字德相,号石亭,萨希亮次子);十三世祖萨倬,恩贡生;(十四世)太高祖萨紫兰,国学生;太高伯叔祖萨谟(字心禹,号甸山)、萨闻雷、萨光汉、萨大夏、萨闻乐(国学生,以金川军功议叙县丞)、萨鹏、萨万选、萨光诰(镜斋)、萨振鹗、萨登尹(莘阶、升台,号慕堂,举人,官内廷教习、知府)、萨宾晹、萨云龙、萨赞龙;胞太高叔祖萨紫玉;(十五世)高祖萨国良[⑤],例贡生、候选同知,高祖妣陈氏,庶高祖妣王氏;(十六世)曾祖萨春光,国学生、候选同知,曾祖妣施氏,庶曾祖妣冯氏;堂曾伯叔祖萨思恭、萨秉秀(朴斋)、萨秉义、萨思聪、萨龙光(庚子经魁、庶吉士,官员外郎)、萨鸿苞、萨志鸿、萨宏图、萨察伦(榜名虎拜,举人、候补知县)、萨崧高(举人、候补知县)、萨鸣谦(副举人)、萨龙文(候选州同)、萨龙翔(候选通判)、萨龙泉、萨庆棻(榜名龙骧,亚魁、知县)、萨鸿基(举人、教谕)、萨日暄(翰林院待诏)、萨鹏超、萨秉昂、萨秉钤、萨秉中、萨龙田(举人、拣选知县)、萨焕然、萨大文(燕坡,举人、截取知县)、萨大年(兰台,举人、会魁、内阁侍读)、萨秉彝、萨三宝(候选县丞)、萨凤腾、萨凤鸣、萨祥光、萨熊光、萨凤仪、萨凤章、萨吉光,嫡堂曾叔祖萨珍(举人、教谕)、萨文光,胞曾伯祖萨觐光、萨彬光[⑥];(十七世)祖萨克忠,国学生,官知县、同知,祖妣姚氏,系姚怀祥(号履堂)次女,姚廷章、姚宝训、姚宝琛胞妹,姚继祖、姚尔夔、姚宪周、姚钟瑞胞姑,继祖妣李氏,系李天魁次女,李日溥、李日临胞妹,李鸿彬、李承裘、李宗镐、李毓芬[⑦]胞姑;堂伯叔祖萨日昂、萨侍枫(举人、工部员外郎)、萨昌龄(举人、教谕)、萨廷勋(州同)、萨崇禧、萨九畴(聿藩)、萨廷玙、萨树屏、萨履亨(聿通,贡生、训导)、萨作屏(署水师守备)、萨大薇、萨大观、萨敏、萨弼、萨景瀚(举人、教谕)、萨瀛洲、萨景钺、萨占鳌、萨碧奎(候选州同)、萨克持(敬轩,进士、署知州)、萨玉忠、萨克俊、萨康保、萨维瀚(进士、知县)、萨大滋、萨廷英、萨廷桂、萨玉成、萨澜波(举人、泉州府训导)、萨云波、萨廷炯、萨占熊、萨廷楷、萨廷骏、萨枢观、萨廷杰

① 民国《雁门萨氏家谱》卷六,《荣哀录上》,影印第1079-1082页。

② 民国《雁门萨氏家谱》卷三《世系录》记载萨龙光子孙婚姻状况,请参看该书影印第296-396页,谱名有异同。《清代硃卷集成》第三三七册林福熙履历记载其祖父林怀少娶萨氏,系萨日暄长孙女,萨大观长女,萨则恩、萨赓元、萨征贤胞姊,萨俊三、萨晋三、萨鼎三胞姑(影印第293页)。

③ 据民国《雁门萨氏家谱》所载萨嘉乐生卒年(卷三,《世系录》,影印第522页),族谱记载萨嘉乐"生同治辛亥年七月十三日",享年三十五;《清代硃卷集成》第六七册记载萨嘉乐"同治癸亥年七月十三日吉时建生"(影印第83页)。同治间无辛亥年,系同治二年癸亥(1863)之误。

④ 按:民国《雁门萨氏家谱》以萨仲礼为入闽始祖(卷三,《世系录》,《北京图书馆藏家谱丛刊》第49册,影印第179页)。《编辑雁门家谱缘起》称萨希亮为八世孙,萨容(愧隐公,萨希亮长子)为九世孙,萨知时十二世,萨承钰十五世,萨嘉曦、萨镇冰十六世(民国《雁门萨氏家谱》卷首,影印第25页),以此类推,与《清代硃卷集成》所收萨氏族人履历世次大不相同,系另一种世系推算方法,以《清代硃卷集成》诸履历所载萨氏世次减三可得《雁门萨氏家谱》世次。除非特别注明,本条中萨氏诸人世系均一本硃卷所列。

⑤ 按:民国《雁门萨氏家谱》作萨知麟,又讳国良,萨紫兰长子(卷三,《世系录》,影印第488页)。

⑥ 按:民国《雁门萨氏家谱》记载萨国良三子萨觐光、萨彬文、萨春光(卷三,《世系录》,影印第488-491页),知萨彬文即萨彬光,据履历可补族谱内容。

⑦ 民国《雁门萨氏家谱》收录萨嘉曦、萨嘉榘、萨嘉征、萨嘉燮所述《皇清诰授通忆大夫花翎知府衔升用直隶州山东武城县知县先考又恒(萨承钰,萨承流胞弟)府君行述》,李毓芬填讳,称"表弟"(卷六《哀荣录》,影印第1125页)。

(即选主簿)、萨廷荫、萨廷均(六品军功)、萨褒纶(候补县丞)、萨廷赓、萨廷铨、萨廷捷、萨廷蓉、萨廷基、萨廷銮、萨廷渭,嫡堂伯祖萨克抡(候选县丞)、萨克修(署仙游训导),胞伯祖萨克庄(训导、中书);(十八世)父萨承流,举人、教谕,元聘妣张氏,系张德音孙女,张书绅长女,张良定胞姊,妣陈氏,系陈寿祺孙女,陈乔枞第七女,陈宗杰、陈祖同、陈绍钊胞妹,同榜举人陈培业胞姑,继母陈氏,系按察使陈功孙女,陈崑玉女,陈崇胞姊;从堂伯叔萨文鼎(举人)、萨恒林(举人、教谕)、萨庆霖(副举人)、萨承熙、萨承恩、萨达弥、萨祥麟(候补把总)、萨梅臣、萨承铨(候选州同)、萨赓元(候选同知)、萨锵(训导)、萨鍹(举人、候选知县)、萨鏻(举人、州判)、萨富(经魁)、萨瑞林、萨梦麟(候选县丞)、萨士簪、萨剑南(举人、知县)、萨铨、萨文辉、萨永钟、萨赓飏、萨庆澄、萨熙图、萨怡臣(参将衔、补用游击)、萨文枢、萨怀堃、萨应昌(候选州同)、萨振(候补巡政厅)、萨鹤南、萨怀植(候补县丞)、萨应珂、萨镛、萨兰馨(顺天亚魁)、萨怀仁、萨树桢、萨炳照、萨应璐(顺天副举人)、萨善庆、萨祖型、萨兰声、萨祖堃、萨怀举、萨怀霖、萨芝昌、萨焜、萨棠、萨智、萨浩、萨毅、萨崇、萨梓、萨榜、萨卿、萨煇、萨榕、萨柏、萨榦、萨新、萨义、萨昌,堂伯叔萨觉民(字怀锵,号鉴藩,江苏即补县丞,系萨觐光孙、萨克抡子)、萨承铭、萨承谟,嫡堂叔萨承钧、萨承烈、萨承璧,胞叔萨承钰(举人、武城知县,娶梁章钜曾孙女、梁恭辰孙女、梁伽年女[①]);(十九世)萨嘉乐,字多善,号稼盦、鉴欢,行一,娶林氏(系林裕庚孙女,林则茂女,林葆增胞姊);从堂兄弟萨厚澄、萨俊三、萨冠鳌、萨璃图(举人)、萨兰芬(多荣,光禄寺署正)、萨多讷(候补主簿)、萨伯炳、萨永浚、萨晋三、萨桂芬(多文,候补县丞)、萨鼎三、萨多珩、萨云章、萨镰、萨镠(举人)、萨镇冰(参将、留闽补用游击)、萨胪芳(世袭云骑尉)、萨彤、萨镕、萨宝珩、萨宝琨、萨绍基、萨绍曾、萨绍熙、萨鋆、萨景元、萨钊、萨萃芳、萨多意、萨多铣、萨多镐、萨多润、萨多銮、萨多荣,堂兄弟萨嘉毅(多沄,萨觉民之子)、萨嘉穗、萨嘉树、萨嘉植、萨嘉樾、萨多梁、萨多溶、萨多濬,嫡堂弟萨多禧、萨多渘,胞弟萨嘉和、萨嘉烜;(二十世)子萨福炘,堂侄萨福筹、萨福箕;受业师萨菊山(胞伯祖)、萨芑轩(嫡堂叔)、萨润卿(堂叔)、萨又恒(胞叔)、郑奇峰(云友)、邱景湘(镜泉)、郭柏荫(远堂)、林寿图(颖叔)、陈翼(芑庭[②])、曾光斗(星斋)、舅祖郑世恭(虞臣),受知师胡炳升(吉阶)、吕元恩(辑五)、崑筱峰、何璟(小宋)、张兆栋(友山)、张梦元(蓉轩)、刘瑞祺(谨臣)、解煜(星垣)、张国正(笏臣)、杨昌濬(石泉)、冯光遹(仲梓)、刘玉璋(特舟)、陈学棻(桂生)、卞宝第(颂臣)、黄体芳(漱兰)、吕珮芬(晓初)、管辰熉(镜人)、松森(吟涛)、乌拉喜崇阿(达峰)、汪鸣銮(柳门)、锡珍(席卿)、徐桐(荫轩)、翁同龢(叔平)、许庚身(星叔)、嵩申(犊山)、祁世长(子和)、薛允升(云阶)、孙诒经(子授)、宝昌(兴谷)、恩承(露圃)、李鸿藻(兰孙)、潘祖荫(伯寅)、张之万(子青)、麟书(芝赉)、许应骙(筠庵)、沈源深(叔眉)、廖寿恒(仲山)、贵恒(坞樵)、孙家鼐(燮臣)、庞鸿文(絅堂)。[③]

《清代硃卷集成》第三三九册收录光绪二十年甲午(1894)科福建乡试第六名举人萨起岩履历。萨起岩与萨嘉乐均系闽中萨氏第十一世祖萨希亮裔孙,略述如下:十一世祖萨希亮(字葛斋,号景明);十二世祖萨掞(字章相,号藻斋,萨希亮三子,行八),郡庠生,十二世胞伯叔祖萨容(萨希亮长子,康熙十一年武举人)、萨宏(萨希亮次子,郡庠生)、萨嘏(萨希亮四子,康熙三十二年武举人)、萨搢(萨希亮五子)、萨宣(萨希亮六子,康熙三十八年武举人)、萨寓(萨希亮七子,懋相);十三世祖萨学圣,十三世嫡堂伯叔祖萨位(字立人,号莲峰,贡生、教谕)、萨佶(闲庵)、萨堡、萨学天(举人、知县)、萨佺、萨偘、萨倬(卓人)、萨佑、萨义人、萨周人、萨贞人、萨典人、萨伟,十三世胞伯叔祖萨偁、萨值、萨俦;(十四世)太高祖萨振鹗,字声荐,太高祖妣陈氏,本生太高祖妣叶氏;从堂太高伯叔祖萨闻韶、萨谟(军功叙议、候选州同)、萨闻雷、萨光汉、萨大夏、萨闻乐、萨万选、萨长发、萨云龙、萨赞龙、萨光诰、萨紫荣、萨心章、萨心海、萨紫应、萨紫兰、萨紫玉、萨紫萼、萨紫溪、萨文大、萨显、萨濬、萨清,嫡堂太高伯叔祖萨闻性,萨

① 陶炯照《清诰封淑人萨母梁淑人墓志铭》,《雁门萨氏家谱·哀荣录》,影印第1155页;萨嘉曦《先妣梁夫人事略》,见同书同卷,影印第1151-1153页。

② 钱维福《清秘述闻续》卷七,《清秘述闻三种》中册,第730页。原作"芑",本书统一作"芑"字。

③ 《清代硃卷集成》第六七册,进士萨嘉乐履历,影印第83-96页。

闻范、萨宾旸,胞太高叔祖萨登尹(举人、知府);(十五世)高祖萨玉凤,字仪如,号谦山,高祖妣林氏;堂高伯叔祖萨洺、萨济、萨知遇(字启元,号濠梁,萨谟长子,候选州同)、萨潮、萨国栋、萨国霖(优贡)、萨元涛(举人、教谕)、萨知器(篑坡,举人)、萨知文、萨丰、萨知几、萨知易、萨知宜、萨知时(字启运,号耐寒,副举人)、萨国楷、萨知源、萨元璁、萨知化(素亭)、萨知节(萨紫兰次子,萨嘉乐胞高叔祖)、萨知盛、萨知让、萨知刚、萨知柔、萨琛、萨知赋、萨楚望、萨知祥、萨知章、萨知经、萨知权、萨知新、萨知敬、萨国选、萨国良(竹斋)、萨尔介、萨尔宁,从堂高伯叔祖萨玉树、萨玉瓒、萨玉瑞,嫡堂高胞伯叔祖萨玉田、萨玉衡(举人、兵备道),胞高伯叔祖萨履泰(榜名萨茂榦,举人、教谕)、萨玉简;(十六世)曾祖萨鸿基,字肇涵,号磐翥,举人、拣选知县,曾祖妣林氏;堂曾伯叔祖萨思恭、萨秉秀(字肇豪,号朴斋,萨知遇长子)、萨秉义、萨思聪、萨龙光(字肇藻,号露萧,萨知遇次子,萨秉秀弟,第五名经魁,进士,改庶吉士,官工部员外郎,子萨侍枫等十五人)、萨鸿苞、萨宏图、萨察伦(榜名虎拜,珠士,举人、云南试用知县)、萨秉昂、萨鸿钧、萨鸿逵、萨秉中、萨志鸿、萨日暄、萨鸣谦(副举人)、萨崧高(举人、广西试用知县)、萨龙文(字肇猷,号云田,萨知遇三子)、萨觐光、萨彬文(质庵)、萨龙翔、萨龙泉、萨庆菉(榜名龙骧,举人、知县)、萨志科、萨秉文、萨秉照、萨龙田、萨春光(梅序,候选州同)、萨珍(举人、教谕)、萨文光、萨焕然、萨秉彝、萨三宝、萨祥光、萨鹏超,再从堂曾伯叔祖萨宗楚、萨宗幹、萨宗韩、萨大文(举人),从堂曾伯叔祖萨肇禧、萨肇蕃、萨肇良、萨大年(会魁),嫡堂曾伯祖萨宗发,胞曾叔祖萨鸿英、萨鸿昌、萨鸿章、萨鸿珍;(十七世)祖萨维瀚,字聿汀,号希亭,举人、同知衔知县,祖妣孙氏(系候选县丞孙联升孙女,举人孙惠畴长女,孙巨麟、孙巨海、孙巨奎胞侄女,孙稼曾、孙恩扬、孙恩吉胞姊妹,孙嘉臻、举人孙缙、孙恩培、孙绂嫡堂姊,孙兆玑、孙兆蕃、孙兆瑜胞姑,孙兆滨、举人孙应林、孙应垣、孙应煌、孙应颐、孙兆铄堂姑);堂伯叔祖萨侍枫(榜名萨廷沛,举人、工部员外郎)、萨昌龄(榜名萨振森,举人、教谕)、萨崇禧、萨日昂、萨廷勋、萨九畴(萨知柔孙)、萨廷玙、萨树屏(岁贡生)、萨履亨(廪贡生、教谕)、萨作屏(候选游击、前署水师守备)、萨大观、萨大薇、萨敏、萨弼、萨景瀚(举人、教谕)、萨瀛洲、萨景钺、萨占鳌、萨碧奎、萨克持(进士、署知州)、萨玉忠、萨克俊、萨康保、萨大滋、萨廷英、萨玉成、萨克抡(候选县丞)、萨克修(署教谕)、萨克庄、萨克忠(聿恒)、萨廷柱、萨澜波(举人、同知衔拣选知县)、萨云波、萨廷经、萨廷烔、萨占熊、萨廷楷、萨廷骏、萨枢观、萨廷杰、萨廷均、萨褒纶(候补县丞)、萨廷赓、萨廷铨、萨廷捷、萨廷基(聿根)、萨廷銮、萨廷渭、萨廷培、萨廷才、萨廷容,再从堂伯叔祖萨祖宝、萨聿浦、萨廷荫、萨聿宣,嫡堂伯叔祖萨维清、萨维通,胞叔祖萨维溉、萨维灏;(十八世)父萨应璐,字怀抡,号璋甫,副举人,母孙氏(系举人、知州衔知县孙慧霖长孙女,孙嘉臻长女,孙骏猷、孙骏昌胞妹,孙骏彦、孙骏言、孙骏声胞姊,孙鸿图、孙鸿谟、孙鸿基、孙鸿业、孙鸿渚胞姑);堂伯叔萨文鼎(举人)、萨恒林(举人、教谕)、萨庆霖(副举人)、萨承熙、萨承恩、萨达弥、萨祥麟(把总)、萨梅臣、萨承铨(候选州同)、萨赓元(候选州同)、萨锵(训导)、萨錧(举人、候选知县)、萨鏻(举人、州判)、萨富(经魁)、萨瑞林、萨梦麟(县丞)、萨士簪、萨剑南(举人、同知)、萨铨、萨文辉、萨永钟、萨庆澄、萨熙图、萨赓飏、萨怡臣(怀良,参将衔补用游击)、萨文枢(候选知县)、萨怀堃、萨应昌(候选州同)、萨振(署县丞)、萨鹤南(候选县丞)、萨怀植(候选县丞)、萨镛、萨兰馨(顺天亚魁、补用知县)、萨怀仁、萨树桢、萨善庆、萨祖型、萨兰声、萨觉民(怀锵,补用县丞)、萨炳照(议叙六品)、萨承流(举人、教谕)、萨承钧、萨承铭、萨祖堃、萨怀德、萨怀举、萨承钰(字又恒,号怀锷,举人,官知县)、萨承烈、萨芝昌(号小秋,举人)、萨承谟等,嫡堂伯叔萨应珩、萨应琇,胞伯萨应珂(号蕙屏);(十九世)萨起岩(1865—1930)①,字多遂,号肖说,序一,又序四,娶辛氏(系辛本棠孙女,辛可长女,辛裕长胞妹);堂兄弟萨厚澄、萨俊三、萨冠鳌、萨璚图(举人)、萨兰芬(光禄寺署正)、萨多讷(署主簿)、萨永浚、萨赟、萨伯炳、萨晋三、萨桂芬、萨鼎三、萨多珩、萨云章、萨镰、萨镕、萨镠(举人)、萨嘉榖、萨胐芳、萨嘉乐(进士,官检讨)、萨镇冰(游击)、萨嘉荣、萨葆诚、萨多城等,从堂兄弟萨联

① 萨起岩一支见民国《雁门萨氏家谱》影印第560-561、575-577页。族谱作萨起岩生于同治二年癸亥(1863)六月初二日,盖实年。

燃、萨联炘,嫡堂兄弟萨彤(副举人)、萨彰(号联燡),胞弟萨起渭(仲吕)、萨起莘(若伊);(二十世)从堂侄萨福坤、嫡堂侄萨福震、萨福颐、萨福恒,胞侄萨福同;受业(知)师:母舅孙骏昌(畹青)、母舅孙骏彦(耘青)、薛豫增(建侯)、胡焕然(琢章)、王文田、王致昌(伴嵩)、黄殿铨(子衡)、车塄(鲁庵)、刘大文(蔚卿)、吉谦六(虚堂)、范希逵(仪臣)、陈锋试(剑初)、孙道恕(子忠)、孙晓筹(警晨)、徐嘉禾(性臣)、陈兆康(云亭)、袁景闳(敬亭)、高昭瑞(辑五)、史崧秀(琴孙)、仓景愉(少坪)、蒋艮(仲仁)、张夔堂(季理)、许振祎(仙屏)、李廷箫(筱轩)、唐咸仰(光甫)、贾致恩(湛田)、邵友濂(筱村)、边宝泉(润民)、吴重宪(仲怡)、倪文蔚(豹岑)、唐开文(蔚雨)、李铁林(子铮)、廖寿丰(穀士)、濮文暹(青士)、裕宽(泽生)、长禄(远帆)、王维翰(仲培)、桂霖(香雨)、何保荣(定甫)、谭钟麟(文卿)、王锡蕃(季樵)、黄毓恩(泽臣)、陈鸣志(展堂)、龙锡庆(仁阶)、叶培勋(伯铭)、温冠春(杏楼)①。萨起岩的受业师多河南籍士大夫或仕宦河南的官员,这是福建举人和进士中属于较少见的现象,族谱云其父萨应璐官河南候补直隶州州判,萨起岩寄居河南开封城内②,说明萨起岩的青少年时期的成长和教育多在外省。

由于萨嘉乐系光绪十五年己丑(1889)进士、萨起岩系光绪二十年甲午(1894)举人,此时段距离清朝废除科举的时间不过十余年,所以清代萨氏家族的科举、人物、仕宦情况基本上在萨嘉乐的履历中得以一览无余。

萨氏后裔无愧于"巨族"、"联床叠笏,荐锡宠章"、"寿而永昌"的美誉。清代萨氏以武举人起家,而其家族人才盛时自第十四世起蔚然大观,椒衍螽诜,人丁旺盛且掇取功名者愈多,莆田江春霖(1855—1918③,杏邨、仲默)称"康熙迄光绪,登科第者五十余人"④。入清以来,萨氏第一位武举人为康熙十一年壬子(1672)武举人、十二世萨容(字与相,号愧隐),康熙间产生萨容(号愧隐)、萨報(号纯斋)、萨宣(字嘉相,号哲园)三位胞兄弟武举人,《雁门萨氏家族》称:"八世祖葛斋公(萨希亮)有子七人,长愧隐公(萨容)、四纯斋公(萨報)、六哲园公(萨宣)皆以武举起家,而次石亭公、三藻斋公皆蜚声庠序,一时称为望族。"⑤第一位文举人为康熙五十年辛卯(1711)科举人萨学天(字溥人,号廉山),此后有乾隆十二年丁卯(1747)举人萨登尹(字莘阶,号若三)、三十三年戊子(1768)举人萨知器(字启震,号篑坡)、四十五年庚子(1780)举人萨龙光(字肇藻,号露萧)、五十一年丙午(1786)举人萨玉衡(字葱如,号檀河)、五十三年戊申(1788)举人萨履泰(萨茂干,字桢如)、五十四年己酉(1789)举人萨元涛(字启哲,号景山)、嘉庆九年甲子(1804)举人萨廷沛(萨侍枫,字聿齐,号香三)、萨虎拜(萨察伦,字聿文)、萨振森(更名萨昌龄,字聿德)、十三年戊辰(1808)举人萨崧高(字肇枝,号衮侯)、二十三年戊寅(1818)举人萨龙骧(萨庆棻,字肇景,号萱阶)、二十四年己卯(1819)举人萨鸿基(字肇涵,号磐翥)、萨文鼎(字怀风,号梅夫)、道光元年辛巳(1821)举人萨景瀚(字聿海,号西岷)、五年乙酉(1825)举人萨恒林(字怀九)、八年戊子(1828)举人萨克持(字聿发,号敬轩)、十一年辛卯(1831)举人萨维瀚(字聿汀,号希亭)、萨龙田(字肇珊,号燕南)、十七年丁酉(1837)举人萨鍹(号松友)、萨珍(字肇商,号璞山)、十九年己亥(1839)举人萨鏻(号兰泉)、萨富(字怀敦,号少农)、二十年庚子(1840)举人萨大文(字肇举,号燕坡)、二十六年丙午(1846)举人萨大年(字肇乾,号兰台)、萨剑南(字怀欧,号子冶)、咸丰二年壬子(1852)举人萨澜波(字聿香,号镜秋)、九年己未(1859)顺天举人萨兰馨(字怀书,号似芸)、同治元年壬戌(1862)举人萨承流(字怀政,号丹洲)、光绪元年乙亥(1875)举人萨承钰(字怀锷,号又恒)、八年壬午(1882)举人萨璃

---

① 《清代硃卷集成》第三三九册,举人萨起岩履历,影印第 351-363 页。

② 民国《雁门萨氏家谱》卷三,《世系录》,影印第 575-577 页。

③ 按:林葆忻(谦宜)作有《挽江杏村侍御》诗,中有"空山甲子年,卧病遂不起"句(陈衍《石遗室诗话》卷三十,第七条,第 417 页,引),甲子为民国十三年(1924),江春霖当卒于是年。林葆忻误记,林纾《清中议大夫翰林院检讨前新疆道御史梅阳江公墓志铭》云"今将以己未某月某日卜葬于某山"(《林纾集》第一册,第 233 页),己未系民国八年(1919),柯愈春《清人诗文集总目提要》江春霖卒于 1918 年(第 1866 页)。

④ 江春霖《先芬集序》,民国《雁门萨氏家谱》卷五,《叙赠录上》,影印第 795 页。按:此序系民国二年癸丑(1913)江春霖为萨嘉曦(寄农)撰。

⑤ 民国《雁门萨氏家谱》卷首,《北京图书馆藏家谱丛刊》第 49 册,影印第 35 页。

图(字茳汀,号云波)、十一年乙酉(1885)举人萨璆(字多华,号贡南)、十四年戊子(1888)举人萨嘉乐(字多善,号稼庵)、十七年辛卯(1891)举人萨芝昌(字怀根,号小秋)、二十年甲午(1894)举人萨起岩(字多遂,号肖说),清代萨氏举人共有35人。成进士者六人:乾隆四十六年辛丑(1781)进士萨龙光、道光二十一年辛丑(1841)进士萨克持、三十年庚戌(1850)进士萨大年、咸丰三年癸丑(1853)进士萨维瀚、光绪十五年己丑(1889)进士萨嘉乐、二十九年癸卯(1903)进士萨起岩。其余,如副举人有嘉庆间萨知时(字启运,号耐寒,萨容曾孙)、萨鸣谦(字肇柄,号和璧),道光萨庆霖(字怀瑜,号岷皋),同治萨应璐(字怀纶,号璋甫),光绪萨彤(字多贻,号联炜)、萨起渭(字仲吕),五贡生有乾隆三十六年(1771)优贡萨国霖(字启雪,号霁襟)、乾隆四十二年(1777)拔贡萨龙光(字肇藻,号露萧)、嘉庆二十四年(1819)优贡萨彬文(字肇荣,号质庵)等。

《清代硃卷集成》第三三九册有闽县刘照家族后人刘晋履历,刘晋祖父刘腾为(原名家猷,号允升)娶萨树屏五女,萨昌龄、萨廷勋、萨履亨、萨作屏胞侄女,萨达弥、萨祥麟胞姊。萨树屏,岁贡生;其兄弟萨昌龄,嘉庆九年(1804)甲子举人,官政和教谕;萨廷勋,官候补直隶州州同;萨履亨[①],廪贡生,官训导;萨作屏,官候选游击、前署水师守备;其子萨达弥,邑庠生;萨祥麟,候补把总[②]。推知萨氏后人既从科举发家,亦曾捐授武职。

从以上科举情况得知,清初萨氏科举处于起步阶段,在萨学天之后有近四十年时间整个家族未有一个举人,乾隆三十三年至五十四年(1768—1789)间出现5名举人,1名进士;萨氏举人较多的第二个时期出现在嘉庆年间,从嘉庆九年至二十四年(1808—1819)间出现7名举人,嘉庆九年萨氏3名举人,二十四年2名举人,这种盛况延续到道光年间;道光间萨氏的科举持续走高,道光元年至二十六年(1821—1846)间出现12名举人,2名进士,是为萨氏科举最为强劲的阶段[③];咸丰、同治年间(1851—1874)有所沉寂,如果算到道光二十六年(1846)起,则在近30年的时间里萨氏的科举无所作为;第四个阶段则出现在光绪年间,出现7名举人、2名进士,这种势头延续到近代,预示着近现代萨氏家族再次走向繁荣兴盛。

据《雁门萨氏家谱》记载,萨氏入闽自二世至七世均单传[④],第八世(此处据萨氏家谱世系世次)以下族繁指多,今在福建已传至20余世。整个清代,萨氏家族涌现萨玉衡(字葱如,号檀河)、萨大文(字肇举,号燕坡)和萨大年(号兰台)(均萨玉衡子)以及萨承钰、萨察伦、萨莲如(女)、萨大滋、萨伯森等诗人,形成文学家族群体。萨本珪所编《雁门萨氏诗选》,辑有历代萨氏15名诗人诗作,诗集20余部。萨都剌《雁门集》的传世[⑤],成为雁门萨氏家族的精神归宿和家族徽章。民国间,诗人林俊选以为在萨

---

① 据《清代硃卷集成》第六〇册进士曾福谦履历,其祖曾元澄娶于萨氏,系训导萨履亨长女,训导萨锵胞妹,举人萨鍹、举人萨鏻、太学生萨鋐胞姊,萨鳌胞姑(影印第211页),知萨履亨有萨锵、萨鍹、萨鏻、萨鋐诸子,与民国《雁门萨氏家谱》对照,分别为萨履亨长子萨绍(字锵,号竹士)、三子萨朝(字鉴)、次子萨麟(字鏻)、四子萨义(字鋐,号梧窗)(卷三,《世系录》,影印第265、267-268页),可补民国《雁门萨氏家谱》之阙。

② 《清代硃卷集成》第三三九册,刘晋履历,影印第91页。

③ 据民国《雁门萨氏家谱·黉序题名表》,九世(本条注释的世系根据萨氏家谱)萨宏、萨掞2人,十世萨位、萨学天、萨佶3人,十一世萨登尹等6人,十二世萨知时、萨玉衡等13人,十三世萨龙光、萨察伦等13人,十四世萨侍枫等18人,十五世萨承钰等23人,十六世萨嘉乐等10人,十七世萨瑞、萨君陆2人,十八世萨绍先1人,共91名邑庠生(卷四,《科名录》,影印第687-690页),可以看出清代萨氏人才的盛衰分布。

④ 请参看民国《雁门萨氏家谱》卷三《世系录·入闽始祖宗支图》(影印第179页)。

⑤ 萨都剌(天锡)《雁门集》的藏板在乾隆四十六年辛丑(1781)因福建萨氏"家中不戒于火""举为烬"(萨知时《濠梁公家传》,民国《雁门萨氏家谱》卷六《哀荣录上》,原第二十七页,影印第1061页。作于道光三年)。萨琦《诸祖直斋公〈雁门集〉跋》:"但念兵燹以来,旧本散佚,不肖琦读书中秘,得窥石室之藏,谨辑遗篇,汇锓以传,编摩考订,以一体为一卷,合旧刻二十卷,总而为六记。"(同书,卷七,《吉光录》,影印第1187页)此跋作于天顺三年己卯(1459)孟秋,知明代萨琦重锓《雁门集》的状况。萨希亮《诸祖直斋公〈雁门集〉跋》云有元至正末年刻本、明天顺萨琦刻本、明成化兖州知府赵廷犄刻本、明弘治东昌知府李举刻本(同书,卷七,原第四页,影印第1189页),后又有康熙十九年庚申萨希亮半野轩刻本、嘉庆十二年丁卯萨龙光刻本及毛晋汲古阁刻本、日本刻本等。萨龙光刻本之后,以光绪二年丙子(1876)水灾损坏板片,又有其侄孙萨承钰重刊之举(萨承钰《补刊〈雁门集〉跋》,民国《雁门萨氏家谱》卷七,《吉光录》,影印第1229-1230页)。

氏家族内部形成“雁门诗派”[①]，诗人代出不穷，尤其在嘉庆间萨龙光梓行萨都剌《雁门集》、萨玉衡《白华楼诗钞》及其裔孙萨嘉曦重刊《雁门集》之后，均促进了萨氏家族文化、学术事业的发展，对家族事业和声望起到积极的提振作用。

十二世(以下作者前所标识的世次均据《清代硃卷集成》世系)、康熙十一年壬子(1672)武举人萨容(字与相，号愧隐)能诗，《国朝全闽诗录初集》续集卷四有其传及诗一首，萨容是入清萨氏家族中较早的作者。

十五世萨玉衡(1758—1822)，字葱如，号檀河，萨掞第三子萨学圣的次子萨登尹(字莘阶、升台，号若三)之次子、萨玉田胞弟[②]、张经邦表弟[③]。乾隆五十一年丙午(1786)福建乡试第六名举人。大挑一等，分发陕西，补洵阳县。与长子萨肇蕃(宗甫)守城而坐吏议罢归。尝主族侄萨龙光家，为注先祖萨都剌《雁门集》。民国《福建通志·文苑传》萨玉衡本传：“以贼大股过嘉陵江，总督某坐失机伏法，玉衡当并坐论死。同里龚景瀚时在戎幕，极力辩救之，得减等论戍，援赎归。玉衡故酒狂，天真夷旷，不择人而交，既经患难，益纵怀诗酒，然梁章钜谓其入秦以后诗无一语涉身世、怨尤语，则又深于诗教者。”[④]梁章钜招入藤花吟社。子萨肇蕃、萨肇良、萨大年。家有白华楼，富藏书，至其子萨大年之时，多至数万卷，嘉庆十四年乙巳(1809)毁于火[⑤]。

萨玉衡雄于文，尤工诗歌。同治刊本《福建通志》著录萨玉衡著述，注引陈寿祺序。略曰：“清兴，称诗于吾乡者百数十家，以(侯官)张超然(张远)、(侯官)蓝君漪(蓝涟)为巨擘，近又以(长乐)刘次北(刘永标)、侯官郑西瀍(郑洛英)、郑涵山(郑振图，字绍侠，号涵山、咸山、韩门弟子)、(闽县)林畅原(林茂春)、萨檀河(萨玉衡)为最，而萨子尤雄特。……(其为诗)俊伟广博，譬诸快剑长戟之撞捣，黄钟大吕之锵洋，大海吹波，鱼龙出没，建章神明，嶕峣瑰丽，美哉盛乎！抑闻萨子宰洵阳时，贼薄城火攻，萨子竭力守御，相持七昼夜，贼竟去，已而以贼过河论戍，蒙恩归。诵萨子入秦以后诗，无一怨尤语，夫非深于敦厚温柔之旨耶？……萨子之作，诚远与虞、杨、范、揭四家接武，近视张、蓝二家，骎骎欲度其前者也。嘉庆十七年壬申(1812)冬。”[⑥]按：侯官蓝涟，字公漪。康熙间布衣。与吴伟业、毛奇龄、陈恭尹、梁佩兰善。陈衍《石遗室书录》以为萨玉衡之诗与陈寿祺并驾齐驱，肯定陈寿祺所谓与虞、杨、范、揭四家接武之论，进一步以为萨玉衡之诗与杨载最相似，与虞集则仅似其七律，与范椁、揭傒斯则并不相似[⑦]。萨玉衡与陈寿祺之祖父订交，又与陈寿祺本人相交近四十载，《绛跗草堂诗集》存留最早写给萨玉衡的诗是乾隆五十三年戊申(1788)、陈寿祺十八岁时所作的《赠萨檀河》二首七律[⑧]。萨、诚两家情谊笃深，具见陈寿祺所撰之《白华楼诗钞序》[⑨]。

---

① 林俊选《即萨伯森社兄厦门》诗有句云“君家竹林皆清绝，雁门诗派绍箕裘”(民国《雁门萨氏家谱》卷五，《叙赠录下》，影印第997页)。林昌彝《海天琴思续录》卷八称之为“燕山家世传诗派”(萨嘉曦《白华楼诗钞附录》，《清代诗文集汇编》第484册，影印第614页)。

② 民国《雁门萨氏家谱》卷三，《世系录》，影印第560-564页。

③ 萨玉衡《送外兄张燮轩宰溧阳》，《白华楼诗钞》卷二，《清代诗文集汇编》第484册，影印第578页。诗中称张经邦之父张甄陶为姑丈。张经邦系叶观国子婿，萨玉衡有《柬张燮轩在叶毅庵先生安徽学幕》，注：“燮轩为先生快婿。”(《白华楼诗钞》卷一，影印第561页)

④ 民国《福建通志》总卷三十九，《福建文苑传(清二)》卷八萨玉衡传，第十三页。按：总督某当指陕甘总督勒保，乾隆五十二年(1787)署理，五十三年至六十年(1788—1795)任，论大辟，改斩监候。传文本梁章钜《师友集》，萨玉衡族孙萨嘉曦所辑《白华楼诗钞附录》转引(《清代诗文集汇编》第484册，影印第609页)。

⑤ 萨大年《〈白华楼诗钞笺注〉序》，民国《雁门萨氏家谱》卷七，影印第1214页。

⑥ 同治刊本《福建通志》卷六十七，影印第1384页。按：陈寿祺所撰序原题《白华楼诗钞序》，《雁门萨氏家谱》卷五《叙赠录上》篸录自《左海文集》(影印第725-727页)。又按：《左海文集》卷六《萨檀河〈白华楼诗钞〉序》与同治刊本《福建通志》所篸录文、《雁门萨氏家谱》陈序面目大异(《清代诗文集汇编》第499册，影印第283-284页)。

⑦ 民国《福建通志》总卷二十五，《福建艺文志》卷六十五，第二十二页。

⑧ 陈寿祺《绛跗草堂诗集》卷五，《清代诗文集汇编》第499册，影印第559-560页。

⑨ 陈寿祺《白华楼诗钞序》，民国《雁门萨氏家谱》卷五，《叙赠录上》，影印第727页，引陈寿祺《左海文集》。

林昌彝以为萨玉衡之诗“沉雄玮丽,合义山、遗山为一手”,“隶事典确,非读万卷书者不能为”[①],其《论诗一百又五首》第六十九论萨玉衡[②];陈宝璐以为萨玉衡“以沉博绝丽之才,为诗一变闽派,哲嗣燕坡(萨大文)孝廉钟镛嗣响,号称极盛。”[③]陈衍以为“左海(陈寿祺),学人之诗;檀河才气,可以弟畜左海也。”“檀河自命霸才,此(本书按:《登北固山》、《与陈恭甫论诗》、《秦淮客舍对菊》、《七夕漫兴》、《题琅琊王碑》等诗)皆其意笔工整者。”[④]萨玉衡之诗在张弛之间均得其度,颇受陈寿祺、陈衍推重。

十六世萨龙光(1752—1818),字肇藻,号露萧,萨位曾孙、萨谟(甸山)之孙、萨知遇(字启元,号濠梁)次子。乾隆四十六年辛丑(1781)进士。改庶吉士,散馆授官户部主事。丁忧归,遂不乐宦情,专治盐策,供亿子姓食指余千、亲故数百家。子萨侍枫撰《皇清诰授朝议大夫户部江西司兼山东司主事翰林院庶吉士诰封中宪大夫工部营缮司员外郎露萧府君行述》,姻亲陈寿祺撰《皇清诰授朝议大夫户部江西司兼山东司主事翰林院庶吉士晋封中宪大夫工部营缮司员外郎萨君墓志铭》。

十七世萨大滋(1818[⑤]—1856),原名聿宝,字聿敬[⑥],号柘之、树堂。居鳌峰坊[⑦]。嘉庆举人萨察伦(榜名虎拜,字肇文,号珠士、绣平,萨知化子)之子,萨容第四子萨学天裔孙。以诸生终其身。曾经参与道光间的福州西湖社。“林汾贻(林家溱)的《西湖社诗存》,其册面有题一绝云:‘谈诗世已歇唐音,秋雨摩娑此断琴。妒汝生前见清晏,兰言投契鹤鸣阴。己巳(同治八年,1869)秋日,读西湖社诗纯叟题。’不知何人所作也。‘西湖社’始于道光甲辰(二十四年,1844),倡议者为刘端、沈绍九、周麟章、萨大滋、陈福嘉、陈崇砥、陈隅庭、林寿图、孙翼谋等九位诗人。其址在荷亭。‘社之集,或七八人、五六人,人各一题,篇各一体,自巳至申,期于脱稿,酒酣拍案,互相击赏,各寄所适。’《十月九日集秋声馆展重阳》诗中,有沈绍九的‘明年此会各千里,南北应多寄远诗’。光绪辛巳(七年,1881),林渭如、陈礼刚于大梦山麓购萨氏地筑室,曰‘西湖社’。”[⑧]郭白阳《竹间续话》所载互有详略:“林汾贻出示《西湖社诗存》,其册面有题一绝云:‘谈诗世已歇唐音,秋雨摩娑此断琴。妒汝生前见清晏,兰言投契鹤鸣阴。已巳秋日,读西湖社诗纯叟题。’不知谁氏也。‘西湖社’始于道光甲辰,倡和者刘鲁汀端、沈桐士绍九、周少绂麟章、萨树堂大滋、陈朗川福嘉、陈亦香崇砥、陈幼农隅庭、林颖叔寿图、孙谷庭翼谋九诗人。其址在荷亭。光绪辛巳,林渭如、陈礼刚二丈于大梦山麓购萨氏地筑室。颜曰‘西湖社’,成旧志也,并设龛以祀九诗人,亦小西湖之故事。”[⑨]按:道光甲辰,道光二十四年(1844)。己巳,同治八年(1869)。光绪辛巳,光绪七年(1881)。光绪间的西湖社当是道光间西湖社[⑩]凋敝之后,隔近四十年后,光绪间重新组织过的雅集,非道光西湖社之延续性质的雅集。

侯官诗人杨浚与萨大滋之间的交谊较深。咸丰四年(1854),杨浚曾作《林颖叔水部寿图萨树堂茂才大滋看剑图合影》二首。咸丰十一年(1861),杨浚为萨大滋遗集题诗,题《萨树堂茂才遗诗题后》:“填海劳劳木石冤,故人何处许招魂。空斋黄绢都尘迹,末路青氈有泪痕。鬼录可胜亲串感,遗诗赖有大儿存。绝怜一付干将剑,烽火连天苦墓门。”[⑪]

---

① 林昌彝《白华楼诗钞笺注序》(1852年作于京师天根月窟斋),民国《雁门萨氏家谱》卷五,《叙赠录上》,《北京图书馆藏家谱丛刊》第50册,影印第731页。按:《林昌彝诗文集》未收此序。《林昌彝诗文集》系林昌彝《衣讔山房诗集》八卷和《小石渠阁文集》六卷、《试帖诗》一卷、《赋》一卷合编整理本,都十六卷,上海古籍出版社2012年版。

② 林昌彝《林昌彝诗文集》卷七,第186页。

③ 陈宝璐《(萨察伦)珠光集后序》,民国《雁门萨氏家谱》卷五,《叙赠录上》,影印第735页。

④ 陈衍《石遗室诗话》卷二十一,第十三、十四条,第290、292页。按:萨玉衡长陈寿祺十三岁。

⑤ 按:民国《雁门萨氏家谱》云萨大滋生于嘉庆戊寅年十一月念七日,享年三十九(影印第472-473页)。

⑥ 民国《雁门萨氏家谱》卷三,《世系录》,影印第446页;

⑦ 杨庆琛《腊杪同树堂过陈氏稼云邨庄树堂成四律见示新正无事走笔答之》第四首第三句下注:“树堂居鳌峰坊。”(民国《雁门萨氏家谱》卷五,《叙赠录下》,影印第898页)

⑧ 郑子端《沈葆桢积极推荐沈绍九到台湾》,载《福州晚报》2014年8月17日。

⑨ 郭白阳《竹间续话》卷一,第9页,福州市地方志编纂委员会整理,海风出版社2001年版。

⑩ 请参看陈晶晶《林寿图探究》所论道光间福州西湖诗社活动(福建师范大学2011年硕士学位论文,正文第11页)。

⑪ 杨浚《冠悔堂诗钞》卷三,原第一页,影印第339页。

萨氏诗人萨梅修能诗，侯官林靖光(梅甫)《武夷吟草》有多首唱和诗，见录于《雁门萨氏家谱》卷五《叙赠录下》。诗题如《赠萨梅修》、《梅修和诗到因用前韵再赠》、《题萨梅修清簟疏帘看弈棋小照》、《用东坡先生次孔文仲推官见赠元韵赠萨梅修》、《梅修梦与余同游武夷以诗纪之爰成近体以志同心》、《梅修寄题北游武夷诸吟草次韵志谢》、《次梅修舟中见月原韵》、《梅修惠诗四律奉和写怀》、《梅修以对酒歌征妇吟见示依韵奉和》、《除夕前二夜有怀萨十一梅修何二玉峰并以索和》。[①] 林靖光赠萨梅修诗在《雁门萨氏家谱》十八世萨振(鹤皋公)、萨承钰(武城公)之前，十七世萨大滋(树堂公)之后。其实，《雁门萨氏家谱》卷七《吉光录》收录萨梅修《和林梅甫见赠原韵》长诗、《嘉庆乙亥秋日奉题林梅甫武夷吟草》一组四首诗，署萨龙骧梅修[②]，系十六世(家谱第十三世)肇字辈，《雁门萨氏家谱》本身已有眉批纠正失序之误[③]。萨龙骧，更名庆棻，字肇景，号萱阶[④]。嘉庆二十三年戊寅(1818)亚魁。大挑一等，官陕西知县等。

十八世萨承钰(1849—1908)，字怀锷，号又恒、廉退，行五[⑤]，萨克忠(字聿恒，号廷彰)次子。籍侯官。其祖父萨春光(1797—1881)，字肇宾，号梅序，行五，故萨龙田(萨佶曾孙、萨光汉孙、萨元涛子[⑥])称为"五弟"，系萨倬曾孙、萨紫兰孙、萨知麟第三子[⑦]。按：萨佶(萨容之子)、萨倬(萨宏之子)均为萨希亮之孙。萨春光与侯官杨维屏(1797—?)为儿女亲家。萨承钰受业于族伯祖萨龙田；考充觉罗学汉教习，俸满以知县用，分发山东；任武城知县五年(1903—1908)[⑧]；刊行《白华楼诗钞》、《白华楼焚余稿》、《荔影堂诗钞》；娶梁章钜曾孙女、梁恭辰孙女、梁伽年之女梁茂漪，子萨嘉曦、萨嘉榘、萨嘉征、萨嘉燮。陈宝琛为撰家传；传见民国《福建通志・福建循吏传》卷十三。萨嘉曦(1874—1959)，字多禧，一字寄农，号岱霨、寄庐居士。籍侯官。所作隶书四屏钤有"寄农四十岁以后所作"、"寄农"、"古之伤心人别有怀"、"曾为齐鲁燕赵郑卫宋梁陈蔡吴楚之游"、"福州百姓"、"寄庐长寿印信"、"雁门后人"诸章。籍侯官。家有莳花吟馆。师事吴曾祺。清末官至同知。娶两杨氏[⑨]。萨嘉曦尝刻书近20种，除萨氏先人著作外，又为岳曾祖杨维屏[⑩]刻《云悦山房偶存稿》六卷、《红楼梦戏咏》一卷。高向瀛撰《寄庐文稿序》，郑庆骢撰《寄庐赋稿序》[⑪]。萨嘉榘(1877—1961)，号逸樵。侯官杨维崇(字颂岩)有《逸樵(萨嘉榘)甥外孙以便面索诗赋此奉赠乞敲正》诗[⑫]。萨嘉榘与其祖父兄同有聚书痴嗜，均为福州著名藏书家。

---

① 民国《雁门萨氏家谱》卷五，《叙赠录下》，影印第899-907页。萨嘉曦按语："以上诸诗俱据林梅甫先生《武夷吟草》钞录。"影印第907页。

② 民国《雁门萨氏家谱》卷七，《吉光录》，影印第1218-1219页。

③ 同上书，卷七，《吉光录》，影印第1218页。

④ 同上书，卷三，《世系录》，影印第363-364页。萨龙骧此支世系为：萨希亮→萨容→次子萨佶(吉人、闲庵)→四子萨闻乐(心雅、和斋)→四子萨知宜(启受、益亭)→长子萨龙骧→萨克持、萨克承。

⑤ 民国《雁门萨氏家谱》同上书，卷三，《世系录》，影印第526-530页。

⑥ 同上书，卷三，《世系录》，影印第345-350页。

⑦ 同上书，卷三，《世系录》，影印第488-493页。

⑧ 民国《武城县志》卷八《职官・知县》题名："萨承钰，福建侯官。乙亥恩科举人。觉罗官学教习。二十九年(1903)补授到任。"继任者为长乐(原作常乐，误)监生梁廷揆，三十四年(1908)正月代理到任(王延纶总裁、王黼纂，《中国方志丛书》华北地方第359册，台北成文出版社有限公司1976年影印民国元年刊本，影印第233页)。

⑨ 按：萨嘉曦撰《先妣梁夫人事略》，其母梁氏之祖母杨氏(民国《雁门萨氏家谱》卷六，《哀荣录上》，《北京图书馆藏家谱丛刊》闽粤侨乡卷第50册，影印第1153页)；据举人梁恭辰履历，其祖母杨氏(亦萨梁氏祖母)系杨簧第四女(《清代硃卷集成》第三三九册，举人梁继曾履历，影印第29页)，而萨嘉曦复娶杨簧玄孙女、杨维屏曾孙女杨氏(萨嘉曦《亡室杨宜人圹铭》，载民国《雁门萨氏家谱》卷六，《荣哀录上》，影印第1167页)，复娶杨氏胞妹为继室(萨嘉曦《继室杨宜人事略》，同书，同卷，影印第1169页)。

⑩ 按：萨嘉曦撰《亡室杨宜人圹铭》，其妻杨征璋之高大父江宁布政使杨簧，曾大父甘肃中卫县知县杨维屏，祖父河南武陟主簿杨廷翊，父山东候补道署忻州知府杨建烈，"累世以官为家，遂寄籍大兴。"(民国《雁门萨氏家谱》卷六，《荣哀录上》，影印第1167页)萨嘉曦先娶杨建烈次女杨征璋为妻，又娶其第三女杨鲁璠为继室(《继室杨宜人事略》，载民国《雁门萨氏家谱》卷六，《荣哀录上》，影印第1169页)。杨建烈撰有《萨又恒(萨承钰)明府六秩征诗文启戊申正月十八日》(民国《雁门萨氏家谱》卷五，《叙赠录上》，影印第745-748页》)

⑪ 同上书，卷五，《叙赠录上》，影印第805-807页。

⑫ 民国《雁门萨氏家谱》卷五，《叙赠录下》，影印第991页。

二十世萨兆寅(1902—1967),字师虎、士武[①],萨嘉榘长子、萨嘉曦胞侄,萨承钰孙。民国八年(1919)留学日本。曾任福建省立图书馆馆长。致力于搜集、整理福建文献,编著《福建方志考略》、《台湾方志考略》、《士武文录乙编》、《燕影虬痕》、《士武文录甲编》、《海外零简》、《士武文录丙编》、《抄本叙略》、《书画目录》,另与傅衣凌合著二种。创办《图书馆学》周刊。

二十世萨兆桐(1898—1985),字伯森,以字行,号爽庵、识适室主人、听潮子,萨胪芳(号銮坡)之子、萨剑南孙、萨弼曾孙[②]、萨龙光裔孙。林心龢(字仲戡)、林心彝(字季良)妹丈[③]。尝举社集。新中国成立后,任福建省文史研究馆馆员。生平著述甚富。林俊选(字竹泉)评其诗云"区区绳尺不斜斜,剑南瓯北得其侔"[④],是以萨伯森之诗体制、风格在宋代诗人陆游(剑南)、清代诗人赵翼(瓯北)之间。

二十一世萨孟武(1900—1984),名本炎,以号行,萨镇冰族孙、萨福成子。留学日本,回国任中央政治大学教授,历任中央大学、中山大学教授。著有《中国社会政治史》、《政治学》、《儒家政治演义》、《西游记与中国古代政治》、《水浒传与古代社会》、《红楼梦与古代家庭》、《学生时代》、《中年时代》、《孟武随笔》等。

近现代以来,萨氏家族人才辈出,以十九世萨镇冰[1859—1952,字鼎铭,一作鼎民[⑤]。萨秉鸿[⑥]曾孙,萨九畴孙,萨怀良(名怡臣,号纳吉)之子[⑦]。晚清官至海军提督,民国时期任海军总长、福建省长]、二十一世萨本栋(萨福铄子,萨多杰孙[⑧])等为最著。在萨镇冰影响之下,出现萨多义[⑨]、萨福谦(名君谦,萨多荣六子)、萨福泰(名君泰,萨多荣七子)、萨福基(名君基,萨多荣八子)、萨福豫(名君豫,萨多荣十子)[⑩]、萨福楙[⑪]、萨本新、萨本俊、萨本炘、萨本述、萨本洪[⑫]、萨夷(萨福裘)[⑬]、萨叔侯、萨君铣[⑭]、萨福畴[⑮]、萨多歌、萨多森[⑯]等海军军官。其余萨氏族人还有萨福懋、萨君豫、萨本望、萨师洪、萨晓云、萨支唐、萨本远(萨镇冰孙,萨福均子)、萨本铁、萨力群、萨支汉、萨支平、萨支山、萨支高、萨支真、萨师炯、萨师煊、萨本茂、萨本豪、萨支天、萨支唐等数十位名人,族裔分布于海内外、海峡两岸。目前,萨氏"人心启肇,聿怀多福,本支百世"十二辈分字部分支派已经用完或正在使用。

## No.15 侯官许氏家族

(明)许豸:《春及堂诗》四卷(郭白阳《竹间续话》卷一)、《仓储汇核》二卷、《海署肤筹》十六卷、《肤奏集》(同治刊本《福建通志》)

许珌:《铁堂诗草》二卷补逸二卷(清杨氏海源阁抄本,杨芳灿辑)、《铁堂诗草》二卷(吴镇选编)、

---

① 同上书,卷三,《世系录》,影印第529页。

② 同上书,卷三,《世系录》,影印第300-301页。

③ 按:林心龢有诗《伯森妹丈以游陶然亭诗见示依韵率和即希郢政》等(民国《雁门萨氏家谱》卷五,《叙赠录下》,影印第995页),林心彝有诗《寄伯森妹丈岳州》(同书,同卷,影印第999页)等。

④ 林俊选《寄萨伯森社兄厦门》,民国《雁门萨氏家谱》卷五,《叙赠录下》,影印第997页。

⑤ 郑孝胥《郑孝胥日记》,第66页。时光绪十一年七月十一日(1885年8月20日)。

⑥ 按:萨镇冰这一支的第八至十四世的族谱世系为:萨希亮→萨容→萨位→萨谟(字心禹,号甸山,萨位次子)→萨知柔(萨谟三子)→萨秉鸿(字肇轩)→萨九畴(字聿藩)(《雁门萨氏家谱》卷三,《世系录》,影印第217、222、233-234页)。

⑦ 民国《雁门萨氏家谱》卷三,《世系录》,影印第317页。

⑧ 同上书,同卷,影印第376页。

⑨ 同上书,同卷,影印第249页。

⑩ 同上书,同卷,影印第277-288页。

⑪ 同上书,同卷,影印第252页。萨福楙毕业于北洋水师学堂,后改行。

⑫ 同上书,同卷,影印第329-336页。

⑬ 同上书,同卷,影印第392-393页。

⑭ 同上书,同卷,影印第399-402页。

⑮ 同上书,同卷,影印第416-418页。

⑯ 同上书,同卷,影印第546-548页。

《铁堂诗钞》[①]一卷、《品月堂集》(同治刊本《福建通志》卷六十八、民国《闽侯县志》卷四八《侯官艺文志》)、《梁园集》(《全闽明诗传》卷四十七本传)、《铁堂诗草》二卷(乾隆十八年、五十五年兰山书院刻本)、《许友许珌诗文集编校》(陈庆元主编《闽海文献丛书》(第二辑),广陵书社规划出版)、《天海山人诗钞》一卷(稿本。北京大学图书馆藏)(柯愈春《清人诗文集总目提要》第69页)

许友(许珌从弟,许豸长子):《米友堂集》四卷、《医梦草》一卷(同治刊本《福建通志》卷六十八、民国《闽侯县志》卷四八《侯官艺文志》)、《米友堂诗集》不分卷(民国二十年侯官刘氏东明楼影印本[②]、稿本、抄本)、《许瓯香先生遗诗》(清初抄本)、《箬茧室诗集》一卷(民国蓉城仙馆丛书·明代秘集三种本)、《米友堂诗集补遗》(传抄本)、《许有介诗稿》一卷(《清人诗文集总目提要》第158页。北京市文物局藏[③])、《米友堂诗》(民国刊本)、《米友堂诗》(民国黄翼云钞本)、《许友许珌诗文集编校》(陈庆元主编《闽海文献丛书》(第二辑),广陵书社规划出版)、《米友堂诗集》七卷、《文集》不分卷、《杂著》四卷(日本内阁文库藏。柯愈春《清人诗文集总目提要》第158页)

许遇(许友子):《紫藤花庵诗钞》一卷(民国《闽侯县志》卷四八《侯官艺文志》。郭白阳《竹间续话》卷一,民国《福建通志·福建循吏传》卷十一许遇本传作《紫藤花庵诗集》)、(辑)《养根集》十卷(稿本)

许鼎(许遇长子):《梅崖集》、《刺桐纪游》(郭白阳《竹间续话》卷一)、(与陈学良合著)《石林唱和诗》(康熙四十年刻本)、《少少集》二卷(一名《梅崖集》,清笃叙堂刻本,福建省图书馆藏。柯愈春《清人诗文集总目提要》第590页)

许良臣(许鼎子):《石泉诗钞》、《影香窗存稿》卷一(民国《闽侯县志》卷四八《侯官艺文志》、郭白阳《竹间续话》卷一)、《梅岩集》(民国《福建通志·福建循吏传》卷十一许遇传附许鼎传附)

许均(许遇四子):《玉琴书屋诗钞》(郭白阳《竹间续话》卷一)、《玉琴书屋诗钞》一卷、《雪村诗集》一卷(同治刊本《福建通志》卷六十八)、《雪邨集》(《黄任集·黄任年表》)

廖淑筹(许均妻,林侗女):《琅轩集》(民国《福建通志》总卷四十五,《福建列女传》卷六,廖淑筹本传)、《琅轩书屋诗集》一卷[④](同治刊本《福建通志》卷二百四十九《(侯官)国朝闺秀》"礼部郎中许均妻廖氏"条;《黄任年表》,《黄任集》第580页)

许荩臣(许鼎子):《客游草》(同治刊本《福建通志》卷六十八、郭白阳《竹间续话》卷一)

许王臣(许均三子):《陶瓶集》、《多佳楼诗钞》(郭白阳《竹间续话》卷一)、《夕佳楼诗钞》一卷(同治刊本《福建通志》卷六十八、民国《闽侯县志》卷四八《侯官艺文志》)

许作霖(许王臣长子):《桐花书屋诗钞》(民国《闽侯县志》卷四八《侯官艺文志》、郭白阳《竹间续话》卷一)、《桐花书屋诗稿》(同治刊本《福建通志》卷六十八)

许作屏(许王臣次子):《砚史》二卷、《拜云楼诗集》六集(同治刊本《福建通志》卷六十八作六卷)、《青阳堂文集》四卷(民国《闽侯县志》卷四八《侯官艺文志》)、《拜云楼诗集》六卷、《青阳堂文集》二卷(均清钞本,南京图书馆藏)、《青阳堂制艺》不分卷(道光四年刻本,山东省图书馆藏)(柯愈春《清人诗文集总目提要》第970页)

许氏合撰:《五许合集》二册、《笃叙堂许氏集》七册(杨浚《冠悔堂书目》)、《笃叙堂诗集》五卷(民国《福建通志》总卷二十五,《福建艺文志》卷七十一)

许琛(许良臣女):《疏影楼诗》一卷[⑤](同治刊本《福建通志》卷二百四十九《(侯官)国朝闺秀》"何光云妻许氏"条下注。民国《福建通志》总卷二十五《福建艺文志》卷六十五作《疏影楼稿》一卷,今存清代

① 李灵年等《清人别集总目》著录此集,二卷,有道光十一年刻本、道光十四年刻本、粤东芝香堂刻本三种(第590页)。

② 李灵年等《清人别集总目》云刘东明据稿本影印本作二卷(第588页)。

③ 李灵年等《清人别集总目》题《许有介先生诗稿》一卷,稿本,北京市文物局藏(第588页)。

④ 据此条所引沈初序,《琅轩书屋诗集》一卷亦名《琅轩集》(同治刊本《福建通志》卷二百四十九,影印第4568页)。

⑤ 柯愈春《清人诗文集总目提要》著录此集,一卷,今存三种:钞本一册,国家图书馆藏;底稿本,乾隆四十三年鉴湖女史(胡慎仪)序,《续修四库提要》著录;乾隆间刻本,南京图书馆藏(第737页)。

诗文集珍本丛刊影印许琛《疏影楼稿》,钞本,不分卷)

梁韵书(许濂妻):《静庵诗文草》八卷(民国《长乐县志》卷二十九《闺秀传》本传)、《静安吟草》(民国《福建通志·福建艺文志》别集清三第八页)、《影香窗诗词》(《闽词征》卷六,《闽词钞 闽词征》,福建人民出版社2014年版)

许还珠(梁韵书长女):《绀光书室诗草》一卷(民国《福建通志》总卷四十五,《福建列女传》卷六,许还珠本传)

许季兰(梁韵书三女):《剑香诗草》一卷(民国《福建通志》总卷四十五,《福建列女传》卷六,许季兰本传)

赵玉钗(许文璧妻,梁韵书子妇):《听雨楼遗草》一卷(民国《福建通志》总卷四十五,《福建列女传》卷六,赵玉钗本传)

**谨按:**侯官许氏系北宋许将(1037—1111,字冲元,谥文定)裔孙[①]。许氏家族的文学创作在明清两代极为旺盛,尤以入清以来人才辈出,历数百年之久,史称"许氏自明季有名豸者为浙江提学使,后世以诗画名于世"[②];《国朝全闽诗录初集》续集许王臣条引《注韩居诗话》云:"许氏自明季以来,以诗画仕宦线其家,七世同居。乾隆乙巳(五十年,1785)闻于朝,御赐诗及扁额以褒之。洵可谓义门世范矣。"[③]请参看拙著《明代福建文学结聚与文化研究》第八一"侯官许豸家族"条。许豸家光禄坊,筑有米友堂(紫藤花庵),道光间易手于闽县刘齐衢,同治间转为刘齐衢胞弟刘齐衔所有。

郭白阳《竹间续话》:"侯官许氏,世以工诗画名,闺阁亦娴翰墨,风流儒雅,一时称盛。许豸,字玉史[④],崇祯进士,历户部郎。有《春及堂诗》四卷。豸生二子。长友,字有介,号瓯香,善画竹,有逸致。小竹仿管仲姬,姿态尤佳。有《米友堂集》四卷。次宾,入清顺治辛卯(八年,1651)举孝廉,官至御史。相传友以弟宾应清试耻之,宾亦内疚,同居出入,不敢过友所居之拜云楼,于楼下特凿便门以出入。黄晋良《题瓯香草书及小许偃松为宪长张公寿》,有句'后先独数大小许:大许聪明世莫当,读书万卷飞文章';'小许弱冠亲风雅,落笔纭纭妙天下'[⑤],对许友、许宾兄弟之才极为推挹。友子遇[⑥],字不弃,号真意,又号月溪。受诗于渔洋(王士祯),得其宗派。善画松石,兼工梅竹。有《紫藤花庵诗钞》一卷。遇生六子。长名鼎,字伯调。雍正间举人。有《梅崖集》、《少少集》、《刺桐纪游》。工书画。鼎子良臣。有《石泉诗钞》、《影香窗存稿》。遇第四子均,字叔调,号雪村。康熙戊戌(五十七年,1718)翰林。有《玉琴书屋诗钞》。均生三子。长雍。次荩臣。有《客游草》。三王臣,字思恭,号陶瓶。亦工诗画。乾隆五十年(1785),以七世同居赐'海国醇风'。著有《陶瓶集》、《多佳楼诗钞》。子二。长作霖,有《桐花书屋诗钞》。次作屏,号画山。乾隆癸卯(四十八年,1783)经魁。有《青阳堂文集》、《拜云楼诗集》。许氏家有'笃叙堂'额匾,为华亭董其昌所题,今尚在。又杨雪沧(浚)《冠悔堂书目》有抄本《五许合集》二册、《笃叙堂许氏集》七册,久访之不获。"[⑦]

同治刊本《福建通志》、民国《福建通志》均著录《笃叙堂诗集》五卷,系许氏家族家集,七人八种:明许豸《春及堂遗稿》,清许友《米友堂集》,许遇《紫藤花庵诗钞》,许鼎《少少集》,许均《雪邨集》、《玉琴书屋诗集》,许荩臣《客游草》,许良臣《影香窗存稿》。家有笃叙堂,明董其昌题额,因以名集[⑧]。此集与

---

① 陈寿祺《许画山县尹墓志铭》,《左海文集》卷九,《清代诗文集汇编》第499册,影印第404页。许将本闽清人,其裔孙散居福建省内外,如福州、如皋等地。

② 民国《福建通志》总卷四十五,《福建列女传》卷六,许琛传,原第二十九页。

③ 《国朝全闽诗录初集》续集卷十一,许王臣条,《全闽诗录》第五册,第709页。选其诗《送石林伯兄之岭南》(第709页)。

④ 许豸,字一作玉斧;许宾,字于王。见黄晋良代作《许母邵硕人寿序》(《和敬堂全集》卷三,原第十页,《清代诗文集汇编》第54册,影印第128页)。

⑤ 黄晋良《和敬堂全集》诗集卷十一,原第十五页,《清代诗文集汇编》第54册,影印第314页。

⑥ 黄晋良代作《许母邵硕人寿序》,称太学生许遇、许迈"文皆奇伟博达",许遇嫡母黄氏,系黄文焕长女,本生母邵氏(《和敬堂全集》卷三,原第十页,《清代诗文集汇编》第54册,影印第128页)。

⑦ 郭白阳《竹间续话》卷一,第4-5页。按:本书引用《竹间续话》,重新标点。

⑧ 民国《福建通志》总卷二十五,《福建艺文志》卷七十一,第五、六页。

《五许合集》均许氏合刊的两种家集。当代学者卢美松称"许家持续有六世十二人十五种诗集传世。"[①]

许珌(1614—1671[②]),字天玉,一字星庭,号铁堂、天海山人、星斋,许豸犹子。绝嗣。居乌石山光禄坊。其家别业石林,在道山何春元(乾生)玉雨山房之右、神光寺侧,道光间仅余颓垣[③]。崇祯十二年己卯(1639)举人中式,与王士禛、陈维崧、邓汉仪诸公游,王士禛称之为闽海奇人。性豪侈,裘马金钱缘手立尽。入清,官巩昌、安定知县。罣吏议,流寓临洮,卒,葬安定。《福建地方文献及闽人著述综录》引《衎石斋记事续稿》云:"天玉之诗,新城(王士祯)极称其沉雄孤峭,周元亮(周亮工)谓其雍土边塞之作尤工。"[④]传见民国《福建通志·福建文苑传》卷七,附同治刊本《福建通志·文苑传》从弟许友传。张际亮作有《许天玉诗序》,称其诗"气骨沉警,声采壮丽,盖矫然能一空依傍、摹拟、率易、幽怪诸习,特未神妙自得耳,然犹在贻上、其年之次,孝威不逮焉"。[⑤]

同治刊本《福建通志》著录许珌《铁堂诗钞》一卷,小字注:"周亮工序。略曰:'许子天玉《铁堂诗》若干卷。判年为集,无体不备,升沉感愤,可涕可歌,变而不穷,放而愈细,至于侘傺雍土,驰骋边塞之作,莫不穷览山川,熟视形胜,阅历之奇境尽而文章之能事亦尽矣。'"[⑥]按:《福建地方文献及闽人著述综录》著录《铁堂诗草》二卷补逸二卷,清杨氏海源阁抄本[⑦],另有一种《铁堂诗草》二卷,吴镇选编。建宁张际亮《许天玉诗序》对许珌诗歌创作的评价为民国《福建通志·福建艺文志》所采用[⑧]。张际亮好友林昌彝撰《论诗一百有五首》第十七首论许珌有"家学韩婴善说诗"、"七子强弓谁敌手"句,推许许珌的七律[⑨]。

许豸长子、许珌从弟许友(1615—1660[⑩]),初名宰,又名宷,更名友眉,一作有眉,字有介、介寿,号瓯香。与从兄许珌齐名,并为许氏子弟才名最尤者。居光禄坊。受到周亮工案牵连,家产败落。其家米友堂道光间售予闽县刘齐衢[⑪],涛园物产于光绪六年庚辰(1880)为侯官沈葆桢之子沈瑜庆所购[⑫],以为沈葆桢祠,建有夜识亭[⑬]。

许友善书画,诗孤旷高迥,佶屈聱牙。遭乱破家,流离缧绁,集中有《学哑》、《学聩》、《学担粪》、《学死》诸诗,读者悲之。传见民国《福建通志·文苑传》、朱彝尊《静志居诗话》、陈田《明诗纪事》等。同治刊本《福建通志》引《静志居诗话》论许友云:"先生才兼(书、画、诗)三绝,名盛一时。其篇章字句不屑蹈袭前人,正如俊鹤生驹,未可施其鞲靮。"[⑭]其诗尝为钱谦益《吾炙集》选十九首[⑮]。许友之诗孤旷高

---

① 卢美松《"老铁官声高陇阪"——从许珌留陇看他的政绩》,《芸编留简》,第 131 页。

② 同上书,第 130 页。

③ 张际亮《张亨甫文集》卷二,《清代诗文集汇编》第 601 册,影印第 412-413 页。

④ 福建师范大学图书馆古籍组《福建地方文献及闽人著述综录》,第 75 页。

⑤ 张际亮《张亨甫文集》卷二,《清代诗文集汇编》第 601 册,影印第 413 页。

⑥ 同治刊本《福建通志》卷六十八,影印第 1393 页。

⑦ 福建师范大学图书馆古籍组《福建地方文献及闽人著述综录》,第 75 页。

⑧ 民国《福建通志》总卷二十五,《福建艺文志》卷六十四,第一页。

⑨ 林昌彝《林昌彝诗文集》卷七,第 178 页。

⑩ 按:黄晋良《夜坐偶简得徐存永过吴门寄娄中书有叹》,诗序云顺治十八年(1661)春归闽,其友徐陵(存永)携家出依善化,三阅月而讣至,是徐陵卒于该年(1661),此诗系《和敬堂全集》诗部卷六五言古体诗第一首(《清代诗文集汇编》第 54 册,影印第 269 页),当是分体编纂诗歌卷次年份前后区分的标志。此诗在诗部卷五五言古体诗《哭许有介》(同书,影印第 268 页)之后,《哭许有介》诗后有《上巳诸友集蒹葭堂禊饮余以卧病不赴》、《九月四日偶同青门翁闲步逢林立轩桥梓祝与昌陈元声诸友因过菊园访菊午饮何元奂宅》(同书,影印第 268 页),许友(有介)当卒于顺治十七年庚子(1660)。

⑪ 卢美松《松轩话史》,第 73 页。

⑫ 许氏米友堂在清代易主多手,民国间高联潢(1896—1976,字纳铿,号茶禅,长乐人)有诗题《癸酉(1933)上元僦居早题巷何斋相传宅本许瓯香先生米友堂其西南一院即黄莘田先生香草斋旧址今属张姓所谓海棠银杏诸树已薪惟梅桂芙蓉等略堪屈指缅怀往哲可胜悒怏因纪以诗》,有句"沈园谢墅罗含宅,小住还添一段因"(陈衍《石遗室诗话续编》卷二,第四十八条,第 540-541 页,引),关合沈瑜庆故事。据高茶禅《茶禅治印》,高茶禅住所在福州光禄坊早题巷二号,后改北后街十三号。早题巷二号即何宅,即米友堂旧址。

⑬ 郑孝胥《郑孝胥日记》,第 288 页。光绪十八年三月廿四日(1892 年 4 月 20 日),郑孝胥为沈瑜庆(沈葆桢四子)作《夜识亭记》。

⑭ 同治刊本《福建通志》卷六十八,影印第 1393 页。

⑮ 福建师范大学图书馆古籍组《福建地方文献及闽人著述综录》,第 79 页。此说本诸陈衍《石遗室诗话》:"钱牧斋有《吾炙集》,一时名流皆止选一二首,惟瓯香选至十九首。"(卷二十一,第八条,第 287 页)按:此说与张晖《易代之悲——钱澄之及其诗》(人民文学出版社 2014 年版)中统计《吾炙集》收录 20 位诗人的诗 245 首,其中许友 107 首最多,次钱澄之 74 首的数据不一致。

迥，为钱谦益、朱彝尊、王士禛等称许。

许友画风苍楚有致，墨竹气势勃郁。周亮工《读画录》许有介条："许友有介，又名友眉，字介寿。闽之福州人。玉豸先生子也。有介画如其诗，苍楚有致，无一毫烟火气。字、画、诗、酒种种第一。有介殁后，指不能再屈矣。……自镌'许友画竹'章，每作竹，即用之。因予累至京师，渡河而北，不复画竹，忽放笔为枯木寒鸦，苍凉之态不可把视，盖无聊之气一寄于此耳。"①许友之子许遇、孙许均，三代之间均以诗画名世。林昌彝撰《论诗一百有五首》，第二十一首论许友，推许其《黄庭飞瀑清溪寺》画卷，其诗娟秀②。《清代诗文集汇编》第144册影印民国间铅印本《箬茧室诗集》，2010年郑珊珊的博士学位论文《明清福建家族文学研究——以侯官许氏为中心》(福建师范大学，陈庆元教授指导)已经对此书真伪论证并得出结论；2015年，陈福康教授撰有《辨〈箬茧室诗集〉是一部伪书》，载《文学遗产》2015年第4期。

许珌、许友兄弟均与周亮工为友，多有唱和。据朱天曙《周亮工年表》，顺治十八年(1661)秋，周亮工与程邃(穆倩)、孙枝蔚(字豹人，号溉堂)夜聚许承宣、许承家兄弟之宿影亭。引周亮工《赖古堂集》卷十《同许天玉程穆倩许力臣师六宿影亭即席分得枫字》，许珌《铁堂诗草》卷下《周栎园侍郎穆倩山人晓蕖女史夜集族弟力臣师六宿影亭得寻字》③。周亮工有诗《即席再次存永韵时有介欲移家秣陵不果》④，知许友尝欲移家金陵，而其族弟许承宣(力臣)、许承家(师六)兄弟已家扬州。"族弟"，即共高祖不共曾祖而年幼于己的平辈，亦泛指同族同辈中年少者。许珌诗题中所谓"族弟"应当是许珌与许承宣、许承家兄弟联宗叙谱之结果，以许承宣原籍江南省歙县唐模，占籍江南省江都⑤。许承宣系康熙十五年丙辰(1676)二甲第三十一名进士，许承家系康熙二十四年乙丑(1685)二甲第六名进士，俱改选庶吉士。其原籍地歙县立有"同胞翰林"牌坊。

许遇曾孙女、许良臣之女、张季琬外孙女许琛⑥(1731—?)，字德瑗。善书画，工诗。书法学董其昌，又得其外祖母张季琬传其书法。适同邑何元祥之子何燧隆(何光云⑦)，甫四载而寡，依父母居，父母没，独居东垣外疏影楼。专写梅、竹、菊，著苍凉之致，诗亦直摅胸臆，不规橅藻饰以为工。与浙江山阴胡慎容、胡慎仪姊妹，浙江钱塘方芳佩等闺秀诗人唱和。嗣子何铎，夭。著有《疏影楼稿》。林乔荫撰传，表叔黄惠撰诗集序⑧。陈衍以为其诗凄婉痛切⑨。《疏影楼稿》有林乔荫、黄惠、汪新三序及方芳佩跋。

许豸长子许友(1615—1663)，事迹见郭白阳《竹间续话》。同治刊本《福建通志》著录其著作，引朱彝尊《静志居诗话》论云："先生才兼三绝，名盛一时。其篇章字句不屑蹈袭前人，正如俊鹘生驹，未可施其韝靮。"⑩按：《静志居诗话》许友条："先生才兼三绝，名盛一时，愚山最爱其诗，录之入《吾炙集》。要其篇章字句，不屑蹈袭前人，正如俊鹘生驹，未可施以韝靮。"⑪施闰章(1618—1683)，字尚白，号愚山。明末清初著名诗人。

许豸次子许宾，字于王。顺治八年辛卯(1651)福建乡试举人中式，与官于宣、陈丹赤、叶矫然同

① 周亮工《读画录》卷三，原刻第四页，《周亮工全集》第5册，影印第105页，凤凰出版社2008年版。

② 林昌彝《林昌彝诗文集》卷七，第179页。

③ 周亮工《周亮工全集》第18册，影印第377页。

④ 周亮工《周亮工全集》卷五，原刻第九页，影印第255页。按：许友欲移家金陵之事又见周亮工《与有介》诗"江南移家欲更去"句(卷九，原刻第三页，影印第408页)。

⑤ 朱保炯、谢沛霖《明清进士题名碑录索引》，第165页。

⑥ 《闽川闺秀诗话》卷一："素心名琛，字德瑗，瓯香先生友曾孙女，月溪先生遇孙女，澳门郡丞良臣之女也。"按：此说辈分误。许琛系许友玄孙、许遇曾孙、许鼎孙女、许良臣女。许鼎系许遇长子，许良臣之父。

⑦ 同治刊本《福建通志》卷二百四十九，《(侯官)国朝闺秀》"何光云妻许氏"条，影印第4568页。

⑧ 民国《福建通志》总卷四十五，《福建列女传》卷六，许琛传，原第二十九、三十页。

⑨ 民国《福建通志》总卷二十五，《福建艺文志》卷六十五，第十三页，引陈衍《石遗室书录》。

⑩ 同治刊本《福建通志》卷六十八，《经籍志》，影印第1393页。

⑪ 朱彝尊《静志居诗话》卷十二，第690页，人民文学出版社1990年版。

年。同治刊本《福建通志》本传:"举顺治辛卯乡试《通志》作明岁贡、训导。知肥城县。……补福建道监察御史,巡视两浙盐政。"①

许友之子许遇(1650②—1719③),字不弃,一字真意,号月溪、花农。王士禛门人。顺治间官河南陈留知县,调长洲。《国朝全闽诗录初集》卷四许遇条,引《注韩居诗话》:"公余常礼士大夫,倡酬吟咏。卒于官。七绝实为所长,莘田学焉。子鼎、均皆能诗。"④许友系永福黄任外祖父,许遇系其舅父。《黄任集·黄任交游人物表》:"字不弃,号真意、贞翁。"⑤黄晋良作有《集宴陶瓶馆奉送许不弃游东粤分得雨字》诗⑥。

自许遇祖、父以来,皆以画松石名。同治刊本《福建通志》著录其《紫藤花庵诗钞》一卷,引《注韩居诗话》云:"月溪工松梅竹石,受诗于新城王贻上(王士禛),贻上尝题其画竹:许侯磊落负奇气,平生节目坚苍莨。石林手种竹万个,兴来自写千筼筜。"⑦许遇传又见民国《福建通志·福建艺术传》卷二。

陈寿祺《左海文集》云:"许不弃(遇)《紫藤花庵集》。从其家索借一卷,乃游粤时《家山杂忆》诗百余首,此外渺不可得。沧浪亭游谳之作,末由搜访矣。"⑧今人郑珊珊撰《从许遇〈家山杂忆〉看康熙年间福州风土风俗》及博士学位论文《明清福建家族文学研究——以侯官许氏为中心》(社会科学文献出版社2016年版)。

同治刊本《福建通志》有许遇传,传附许遇子许鼎,孙许良臣、许荩臣,许鼎之弟许均及许均子许王臣、孙许作屏传,略述之:(1)许遇,字不弃,一字真意,别字花农⑨,号月溪,许友之子。顺治间贡生。受诗于新城王士禛,得其宗派。以赀授陈留知县,摄陈州,知长洲。长洲故为江苏人文渊薮,在长洲日,许遇公余与士大夫唱酬,风流文采照耀一时。修其祖许豸浒堂石塘。以劳卒官,年七十。传见民国《福建通志·福建循吏传》卷十一。(2)许鼎,字伯调,号梅崖、少少⑩,许均兄,黄任表兄。雍正元年癸卯(1723)与子许良臣同举于乡,官上虞、遂昌知县。⑪ (3)许良臣(1695⑫—1764),字思夔,号石泉,许鼎之子。官增城知县,摄电白,擢知崖州,以功迁广州、澳门同知。归,食贫久之,卒年七十。(4)许荩臣,号秋泉,许良臣弟。康熙五十九年庚子(1720)举人。名列《黄任集·黄任交游人物表》⑬。(5)许均(?—1730),字叔调,号雪邨(村),许鼎胞弟、黄任表兄。康熙五十七年戊戌(1718)进士,选庶吉士。散馆,改吏部考功主事。与前官余甸并称"闽中二考功"。升礼部郎中,卒于扬州官署。(6)许王臣,字思恭,又字陶瓶。乾隆五十七年(1792),以七世同居奏闻,蒙赐御制诗及"海国醇风"匾额。(7)许作屏(1761—1819⑭),字子锦,一字画山。乾隆四十八年癸卯(1783)科经魁,五十八年癸丑(1793)进士。知

---

① 同治刊本《福建通志》卷二百三十二,许宾传,影印第4220页。

② 按:《国朝全闽诗录初集》卷四选许遇《家山杂忆一百三十五首》,据"周遭土室昼冥冥"此首诗后自注"忆丙申(顺治十三年,1656)春雪大作,遇时七龄",则许遇生于顺治七年庚寅(1650)。

③ 柯愈春《清人诗文集总目提要》云"(许遇)卒于康熙五十三年(1714)。"(第351页)

④ 《国朝全闽诗录初集》卷四,第69页。

⑤ 黄任《黄任集》,第597页,方志出版社2011年版。

⑥ 黄晋良《和敬堂全书》诗部卷七,原第三页,《清代诗文集汇编》第54册,影印第278页。

⑦ 按:王士禛题画诗事在康熙四十三年甲申(1704)五月。蒋寅《王渔洋事迹征略》:"五月,故人子许不弃将之陈留,为其父子画题咏送行。"所引王氏《蚕尾续集》卷二《题许不弃画竹送之陈留》八句,文字有所不同(第525页)。

⑧ 民国《福建通志》总卷二十五,《福建艺文志》卷六十四,第五页。

⑨ 林佶《莘城大令许月溪(许遇)邀郊行作》其一诗后注:"君别字花农。"(《朴学斋诗稿》卷九,《清代诗文集汇编》第205册,影印第577页)

⑩ 李灵年等《清人别集总目》,第593页。

⑪ 同治刊本《福建通志》著录许鼎《少少集》,注"一作《梅崖集》"(卷六十八,影印第1396页),《国朝全闽诗录初集》卷十三许鼎条引郑杰《注韩居诗话》,云"梅崖诗佳句颇多,率处亦有。集原无多,然纪游之作较胜于《少少集》。"(《全闽诗录》第五册,第264页),故知《少少集》与《梅崖集》为两种集。民国《闽侯县志》卷四八《侯官艺文志》又以《刺桐城纪游》一作《梅崖集》。

⑫ 黄任《萨母许孺人五十寿言》云:"少予十二岁,交谊最笃。"(民国《雁门萨氏家谱》卷五,《叙赠录上》,《北京图书馆藏家谱丛刊》闽粤卷第50册,影印第717页)

⑬ 黄任《黄任集》,第600页。

⑭ 柯愈春《清人诗文集总目提要》,第970页。

曲阜、广宁,迁通判岫岩等[①]。嘉庆四年(1799),同乡、本科进士梁运昌作有《题许画山明府为其先高祖瓯香先生友补作石林卜筑图兼送之官曲阜四首》诗。社友陈寿祺撰《许画山县尹墓志铭》、《许画山砚史序》。梁运昌从弟梁章钜所作《许画山邑侯传略》,为其座师吴谷仁亟称,为同年、著名诗人张问陶所心[②]折。

许王臣长子许作霖(?—1783[③]),字子遇,号霁岚。乾隆四十四年己亥(1779)举人。《国朝全闽诗录初集》卷二十许作霖条[④]。

许王臣次子许作屏(1761—1819[⑤]),字子锦、画山。乾隆四十八年癸卯(1783)福建乡试第三人中式,与张腾蛟、叶观潮等同年;五十五年庚戌(1790)贡士,五十八年癸丑(1793)预殿试,成进士[⑥]。官曲阜、承德知县,迁通判。好周人之急,性孝友,睦宗族。子许棻、许棠。孙七人。

许作屏善为诗、画。同治刊本《福建通志》著录许作屏《砚史》二卷,引其房师吴锡麒序。略曰:"羚羊峡据高要之胜,砚材之所出,许君画山主讲于是,各因体状,用勒铭词汇而存之,名曰《砚史》。"同书著录其《拜云楼诗集》六卷、《青阳堂文集》四卷,称:"许氏自友以来,子遇、孙鼎、均、鼎子良臣、荩臣、均子王臣、王臣子作屏,五世仕宦,以诗书画名,闺阁亦娴翰墨,风流儒雅,一时称盛。"[⑦]按:许豸→许友(许珌从弟)→许遇→许鼎、许均→许良臣、许荩臣(二许系许鼎之子)、许王臣、许雍(二许系许均之子)→许作霖(许王臣子)、许作屏(许王臣子),明清之间许氏家族从事文学、艺术创作的成员不止五代。许遇辑《养根集》十卷,系其家族7代13位诗人诗作合集。许作屏之诗,林昌彝以为"洗尽铅华妙论深,前身白傅寄清吟"[⑧],与白居易诗风接近。

许均之妻廖淑筹(1684[⑨]—?),字寿竹,侯官人。本闽县林侗女,为廖氏养女。工词翰,间写花竹,皆极精致,陈宏谋以为不减管道升、赵文淑风味。本生父林侗好古迹,作金石文字,巍然成集,廖淑筹胚胎前光,所为诗和以庄,其音亮而婉。尝与闽县张季琬(朱文炳妻)合画一图,闽抚潘思榘以为冷香寒翠,冶南双璧。有《琅轩集》[⑩],其孙许作屏乞序沈初,序云"其诗大都清寂萧闲,有林下风致,宜其见重于世。"[⑪]名列《黄任集·黄任交游人物表》[⑫]。

许均之子许雍,字思敬,黄任表侄。能诗。名列《黄任集·黄任交游人物表》[⑬]。《国朝全闽诗录初集》续集有许雍条[⑭]。选诗《冬夜看月寄和朱师晦太史》、《紫藤花庵即事》。

许濂妻梁蓉函,字韵书,长乐梁上国之女、梁章钜从妹。《闽词征》卷六有传及词。梁蓉函继踵侯官许氏闺秀作家许均之妻廖叔筹、许琛及胡石兰姊妹、洪兰士等之后,能为诗词。梁韵书喜为咏史诗,在梁氏、许氏家族女诗人中有同好梁茗、许还珠及其子妇赵玉钗,至称为"咏史体"[⑮]。请参看《明代福

① 同治刊本《福建通志》卷二百二十六,许遇传,原第二十六至二十八页,影印第4121-4122页。

② 梁章钜《退庵文存》,《清代诗文集汇编》第515册,影印第358页。

③ 郑珊珊《明清侯官许氏家族文学研究》,福建师范大学2010年博士学位论文,第140-141页。

④ 《国朝全闽诗录初集》卷二十,许作霖条,《全闽诗录》第五册,第442页。

⑤ 郑珊珊《明清侯官许氏家族文学研究》,第146页。陈寿祺《许画山县尹墓志铭》云"二十二魁乡荐,三十第乾隆五十五年(1790)进士……嘉庆二十四年(1819)秋七月卒于里第,春秋五十有九。"(《左海文集》卷九,《清代诗文集汇编》第499册,影印第404页),据领乡荐时间逆推则其生年在乾隆二十七年壬午(1762),而据其进士登第年、享年逆推其生年乾隆二十六年辛巳(1761)。此前,柯愈春《清人诗文集总目提要》已经给出许作屏生卒年(第970页)。

⑥ 按:同治刊本《福建通志》卷六十八著录许作屏著作,注云:"乾隆癸丑(五十八年,1793)进士。"(影印第1399页)

⑦ 同治刊本《福建通志》卷六十八,影印第1399页。

⑧ 林昌彝《林昌彝诗文集》卷七,《论诗一百又五首》第七十一首,第187页。

⑨ 按:黄任于乾隆三十一年丙戌(1766)作《萨母许孺人五十寿言》,时黄任八十四岁,而廖淑筹八十三岁(《雁门萨氏家谱》卷五《叙赠录上》,《北京图书馆藏家谱丛刊》闽粤侨乡卷第49册,原页十四,影印第718页)。

⑩ 民国《福建通志》总卷四十五,《福建列女传》卷六,廖淑筹传,原第二十二页。

⑪ 同治刊本《福建通志》卷二百四十九,《(侯官)国朝闺秀》"礼部郎中许均妻廖氏"条下注引沈初序,影印第4568页。

⑫ 黄任《黄任集》,第601页。

⑬ 同上注。

⑭ 《国朝全闽诗录初集》续集卷五,《全闽诗录》第五册,第586-588页。两诗在第588页。

⑮ 梁韵书、梁茗、许还珠、赵玉钗事迹均见于民国《福建通志·福建列女传》卷六第三十九页。

建文学结聚与文化研究》第七五“永福黄文焕家族”条及本书梁章钜家族条下内容。

许濂侧室林炊琼，字粢香。能诗。《闽川闺秀诗话》载其事迹[①]。许濂、梁韵书之女许还珠、许季兰请参看本书梁章钜家族条。

侯官人、教谕赵景新之女赵玉钗，适梁韵书之子许文璧。梁韵书教之甚勤，年二十二遽卒。著《听雨楼遗草》一卷。落笔雄伟[②]。

道光间，许氏家族的科第不衰而致风雅稍替[③]。晚清，许氏家族闺秀尚有能诗者。长乐陈莼，“母氏许，瓯香先生后人也，工诗，以诗课先生两姊，皆彬彬有光禄派。”[④]许氏系道光二十三年癸卯(1843)举人陈升扬之配。林纾《与郑礼琛书》其六信中建议其婿郑礼琛续弦继娶许氏之事须谨慎，以“其家漫无教训”，“主人主妇，横卧吹箫，都不省问，足知其家教矣”[⑤]，疑当即侯官许氏后裔。若为事实，则晚清之世许氏门风败落已甚。

## No. 16　侯官孙学稼家族

孙学稼(孙昌裔子)：《群言汇钞》四十卷(《闽中录》作《群言类钞》二十四卷，《全闽明诗传》作四卷)、《十六国年表并论》四卷(《闽中录》作五卷)、《兰雪轩集》三十卷(乾隆《福建通志》一作《兰雪轩草》，黄晋良《孙圣湖遗稿序》作《兰雪轩遗草》三十卷[⑥]。《全闽明诗传》卷四十九孙学稼本传题《兰雪轩诗钞》、《兰雪轩草》三十卷)、《备遗日钞》(《闽中录》题作《备遗日录》)三十卷(同治刊本《福建通志》)、《(顾炎武)评点兰雪轩钞本诗》、《闽会小纪》(一作《明会小纪》，孙起宗笺注，光绪间杨浚冠悔堂钞本，福建省图书馆藏)百韵(《全闽明诗传》卷四十九引《柳湄诗传》)、《鸥波杂草》不分卷(稿本，六册)、《剑合篇》(民国《福建通志》总卷二十五，《福建艺文志》卷六十四，引《惕园初稿》)、《兰雪轩集》五卷(清钞本，上海图书馆、福建省图书馆藏)、《鸥波杂草》不分卷(清钞本，国家图书馆藏)、《兰雪轩诗钞》不分卷(长乐陈庚焕钞本)(柯愈春《清人诗文集总目提要》第149页)、《新诗变雅集》二卷(吴可文《闽中明遗民诗人孙学稼考》，载《福州大学学报》2015年第3期，第76页)

**谨按：**明代孙氏家族的情况，请看参《明代福建文学结聚与文化研究》第九五“侯官孙昌裔家族”条。其家族绵延至今，聚居福州。

孙学稼(？—1682)，字君实，号圣湖渔者。清初遗民诗人。吴可文撰《闽中明遗民诗人孙学稼考》，载《福州大学学报》2015年第29卷第3期。吴可文博士近年致力于明清福州文学地图的重建与研究，对孙氏家族的文献挖掘用力甚深。《福建地方文献及闽人著述综录》称孙学稼“诗善叙事，时称诗史。”所著《兰雪轩集》三十卷，陈庚焕称其未梓诗二千余首，今存抄本，诗400余首[⑦]。其子孙起宗，字蔚若。能诗，风格伟丽。尝注其父《闽会小纪诗》百韵。

孙学稼《兰雪轩诗钞》，陈庚焕《惕园初稿》以为此集断自顺治十四年(1657)，绝笔于康熙二十年(1681)，诗二千余首，未梓，惧复散佚，乃录所尤心醉者若干首，子孙起宗(蔚若)诗附；《剑合篇》系其逸诗[⑧]。

---

① 民国《福建通志》总卷四十五，《福建列女传》卷六，林炊琼传，原第四十页。

② 民国《福建通志》总卷四十五，《福建列女传》卷六，赵玉钗传，原第三十九页。

③ 张际亮《许天玉诗序》，《张亨甫文集》卷二，《清代诗文集汇编》第601册，影印第412页。

④ 林纾《陈喜人先生墓表》，《林纾集》第一册，第63页，福建人民出版社2020年版。

⑤ 林纾《林纾集》，第一册，第514页。作于光绪二十六年(1900)。

⑥ 黄晋良《和敬堂全集》文部卷四，原第三页，《清代诗文集汇编》第54册，影印第133页。

⑦ 福建师范大学图书馆古籍组《福建地方文献及闽人著述综录》，第78页。

⑧ 民国《福建通志》总卷二十五，《福建艺文志》卷六十四，第二页。

## No. 17　闽县(侯官)林绪光家族

林绪光:《余斋存稿》一卷、《闽中杂咏》(同治刊本《福建通志》卷六十七)、《余斋集》(郭柏苍《竹间十日话》卷一)

**谨按:**侯官林蕙、林皦、林文英、林绪光四代作者。林蕙(1605—1679[①]),请参看《明代福建文学结聚与文化研究》第九四"侯官林蕙家族"条。林绪光,字广业,号凤溪、余斋。康熙三十八年己卯(1699)举人,官终永平知府,传附同治刊本《福建通志》其父(林)文英侯官《良吏传》。《黄任集·黄任交游人物表》有林氏诸人。

同治刊本《福建通志》林文英本传:"林文英,字碧山。康熙丁卯(二十六年,1687)以五经钦赐举人。五经中式之例自文英始。戊辰(二十七年,1688)成进士,选庶常,累迁礼部郎中。出知保定,调知琼州。……后卒于琼州,琼人祀之名宦。……子三:绪光、含光、保光。绪光,字广业。籍闽县。康熙己卯(三十八年,1699)举于乡。……以艰归,再赴选,卒于途。……含光,岁贡生。保光,监生。保光子守鹿。守鹿,字大鸣。复籍闽县。乾隆壬申(十七年,1752)进士。……迁马边通判。……在河南六年,以劳致疾,归。年六十五卒。"[②]

《国朝全闽诗录初集》续集林绪光条下:"门人杭大宗(杭世骏)云:吾师余斋先生称诗于海内者逾四十年,推排人世,坛坫衰落,乃岿然如灵光之独存。久历风尘,道力愈充,发为诗歌,屡变屡上,恢廓自信,参一代风雅而不疑。客岁奉大中丞命采木入闽,道过里门,太夫人垂白犹健饭。提挈群季拜堂下,问起居,欢洽累日夕。事竣而还,得诗百篇,骏伏而诵之,慨然叹吾师之遭际较古人为独优也。"[③]

林绪光是同郡诗人李馥的诗友,李馥著有《居业堂诗稿》,《清代诗文集汇编》第219册影印清钞本。雍正三年乙巳(1725),李馥有诗题《送林凤溪之平湖》、《寄林凤溪》,四年丙午(1726)有诗《寄林凤溪》,五年丁未(1727)有诗《喜林凤溪过访》、《次韵和林凤溪赠大猷之作》、《用前韵送凤溪归当湖》等,大概在康熙末年至雍正初年,李馥的诗友从林豫吉而渐渐过渡为林绪光。

## No. 18　永福黄任家族

黄堪:《岱心集》、《姬山集》、《岱游草》一卷、《江淮草》一卷、《楚泽》一卷、《孤怀》一卷(同治刊本《福建通志》卷六十九)、《西江日谱》二卷(清刻本)、《岱心草》不分卷一册(钞本)(柯愈春《清人诗文集总目提要》第201页)

黄琠:《诗集》(《清代硃卷集成》第三三六册,黄斌履历,影印第366页)

黄鏕(黄任从父):《游初草》二卷(《清代硃卷集成》第三三六册,黄斌履历,影印第366页)

黄任:(修)《鼓山志》十四卷(乾隆二十六年年刻本)、《消夏录》二卷(稿本,中国科学院图书馆藏,四册一函)、《十研轩诗集》、《秋江集》六卷(《四库全书总目》卷一百八十四、民国《福建通志·福建艺文志》卷六十四作《秋江诗集》六卷,四库全书存目丛书集部第262册影吉林大学图书馆藏乾隆刻本;又乾隆二十一年刻本)、《香草斋集》六卷、《香草斋诗话》四卷、(与郭赓武同纂)《泉州府志》七十六卷、(与黄任同纂)《乾隆永春州志》三十五卷(同治刊本《福建通志》卷六十九)、《秋江集注》六卷(长乐王元麟注,王有树跋。道光二十三年刻本)、《香草斋诗注》六卷(陈应魁注,嘉庆十九年永阳戆窝刻本。一题

① 朱则杰《〈清人诗文集总目提要〉订补——以李瑞和等八位福建籍作家为中心》,载《闽江学院学报》2017年第38卷第4期,第5页。

② 同治刊本《福建通志》卷二百三十二,原第十三、十四页,影印第4221页。

③ 《国朝全闽诗录初集》续集卷四,第566页。

《香草斋诗偶注抄》抄本一册,福建省图书馆藏)、《香草笺》一卷(乾隆三十一年刻本、五十九年沈大成序刻本、宣统二年铅印本、光绪十四年石印本)、《香草笺偶注》三卷(寄闻轩主人注,嘉庆十三年刻本、民国三年铅印本、民国十年石印本)、《十研老人香草笺诗注》四卷附《绮窗余事》一卷(云窗主人注,嘉庆十四年宝章堂刻本;《福建地方文献及闽人著述综录》)、(预修)《福州府志》七十六卷(张天禄《清代福州方志的繁盛》)、《消夏录集》、《秋江后集》、《香草斋集》、《香草笺》(民国《福建通志》总卷三十九,《福建文苑传(清一)》卷七本传)、《销夏录》二卷(民国《福建通志》总卷二十五,《福建艺文志》存目卷三十五)、《黄任集》(方志出版社 2011 年版,陈名实、黄曦点校。含《秋江集》、《香草笺》、《消夏录》三种,附其女黄淑窕《墨庵楼试草》、黄淑畹《绮窗余事》一卷、任黄惠《余事斋诗文集》、黄虞世《冻井山房诗钞》四种)、(预修)《惠献贝子功绩录》六卷(乾隆六年刻本)、《香草斋诗集》六卷、(预修)《泉州府志》七十六卷、《香草斋文集》(《黄任年表》)、(叶梦苓注)《香草斋诗注》不分卷(《清人诗文集总目提要》,《黄任集·黄任年表》第 593 页)、《香草斋诗钞》六卷(乾隆二十三年刻本)、《香草笺》不分卷、《香草斋诗钞》六卷(乾隆二十三年桑调元刻本,南京图书馆等处藏)、《香草斋诗钞》二卷(陈应魁注,日本花木鸿辑,日本江户花木鸿写本,日本国会图书馆藏)、《黄莘田绝句》六卷(日本昭和十年刊本,日本名古屋蓬左文库藏)(李灵年等《清人别集总目》第 1990-1991 页)、《香草笺》一集二卷(陈衍《石遗室诗话》卷二十六,第一条,第 351 页)

黄淑窕(游艺妻):《墨庵楼试草》一卷(福建师范大学图书馆藏郑丽生春檗斋抄本。黄惠《墨庵楼试草序》、《黄任年表》)

黄淑畹:《绮窗余事》一卷(一名《香草笺外集》,附嘉庆十四年宝章堂刻《十研老人香草笺诗注》本,又厦门新民书社 1930 年印本)

黄惠(黄任从子):(参纂)《(乾隆)汀州府志》(李绂《重纂汀州府志序》)、《余事斋文稿》(谢其铨《丁戊山小志》,民国《福建通志·福建艺文志》卷六十五作二卷)、《余事斋诗文集》、(分纂)《福建通志》、(分纂)《福州府志》(卢美松《松轩话史》第 24 页)、《乾隆龙溪县志》二十四卷、《余事斋文集》、(与黄任)《乾隆永春州志》三十五卷(同治刊本《福建通志》卷六十九)、《余事斋诗稿》(《国朝全闽诗录初集》卷十六黄惠条,李灵年等《清人别集总目》第 1997 页作二卷,道光二十六年刻本,福建省图书馆藏)、《余事斋文稿》二卷(道光二十六年刻本,福建省图书馆藏)、《麟峰黄氏家谱》、(同纂)《泉州府志》(《黄任年表》,《黄任集》第 587 页)、《余事斋诗文稿》四卷(道光二十六年二砚斋刻本)、《余事斋诗文稿》四卷(道光二十六年二砚斋刻本)①

黄虞世(黄任从子):《冻井山房诗稿》(同治刊本《福建通志》卷六十九)、《冻井山房诗集》(民国《永泰县志》卷九《文苑志》)、《冻井山房诗钞》一卷(道光刻本,福建省图书馆藏)

黄煜(黄任从孙):《旦轩吟草》(同治刊本《福建通志》卷六十九)

黄图南:《率真集》二卷(光绪五年亦砚山房刻本,福建省图书馆藏。李灵年等《清人别集总目》第 2021 页)

黄经:《瑶鹤山房词草》(《闽词征》卷五)、(黄经、陈遹祺)《双邻词钞》二卷(吴可文《石遗室诗话南社诗龛辨证——兼及咸丰间南社之社集活动》)

黄宗宪:《存斋词》(《闽词征》卷五,《闽词钞 闽词征》,福建人民出版社 2014 年版)、《映庵词》(光绪九年《影事词存初稿》本)

黄燊:《梦潭词》(《闽词征》卷五,《闽词钞 闽词征》,福建人民出版社 2014 年版)

黄敬熙:《书香堂诗稿》一卷(民国《福建通志》总卷二十五,《福建艺文志》卷六十六)

黄展云:(与林白水合编)《高等小学修身刻本》八册(中国图书公司 1908 年初版/1909 年再版)等十余种、(创办)《福建民报》、(创办)《福建新报》等、《营前模范村概况》(1932 年版)、《闽县林白水先生

① 柯愈春《清人诗文集总目提要》著录此集,题《余事斋稿》四卷,分《余事斋文稿》二卷、《诗稿》二卷(第 697 页)。

传略》(1933 年铅印本)

**谨按:**黄文焕(1596—1664),字维章,号坤五。永福县北麟峰山下白云乡人。据黄任《石井阑歌》序,黄氏族居麟峰 700 余年,裔孙众多[①]。黄文焕于天启四年(1624)举人中式,明年联捷成进士。官知县、编修、内阁学士。著述二十四部五十九卷。尝寓居金陵,迁福州,有姬岩别墅。女适侯官许友。其次子黄琠,字典玉。顺治间贡生,授官大田训导,未任。黄琠之子黄绍治,字汝度,号虔斋,黄任之父。邑庠生。娶许友之女、许遇之妹许氏[②]。黄文焕家族的文学创作情况,请参看拙著《明代福建文学结聚与文化研究》第七五"永福黄文焕家族"条。

明清易代之际,永福黄文焕为朱明孤臣,其子侄辈则归顺新朝。《国朝全闽诗录初集》许遇条引其《家山杂忆》:"中允人文海宇传,外孙犹得见遗编。麟峰荒草孤臣骨,江左吞声二十年。"诗后注:"外王父坤五黄公(黄文焕),故国词臣,穷经遗老。风流文采,照映当时。侨居白下,近岁方得归葬故乡。"[③]

黄文焕长子黄堪,字基玉,号愚长。顺治间荐辟。历官广东佥事一载,乞归养,居金陵。从许遇《家山杂忆》诗知黄堪寄居金陵二十年,恐为许友欲移家金陵的一个原因,晚归葬永福。民国《福建通志·文苑传》黄堪本传称其"性爱佳山水,以吟咏自豪。为诗纵横有法度,与许友(黄文焕女婿,许遇之父)齐名。兼工画,喜作幽兰奇石,皆有生气。"[④]传见同治刊本《福建通志·文苑传》。

《国朝全闽诗录初集》黄堪条:"林白云(林从直)云:愚长负才不羁,官粤逾年即乞归。诗豪雄崛健,酷肖其人。著有《西江日谱》。"[⑤]民国《福建通志》著录黄堪《西江日谱》,引《石遗室书录》:"堪字基玉,号愚长,文焕孙。卷首又载叔虞稷,盖文焕在南都与虞稷父居中友善,又同姓故也。自序前适豫章,往反俱在秋冬之际,景愈佳,兴愈远,日记数语,系以诗题,曰《西江日谱》,大概诗皆长题百十字,直是游记,《登滕王阁》一首最长,至千百字,诗颇幽咽。上卷为自白下至章贡,下卷由章贡返白下,而末首题称到家,殆以流寓白下故。道光《志》:'堪,顺治间荐辟,官至佥事。'但以为文焕子,与《麟峰黄氏家谱》不合。"[⑥]按:陈衍所作考辨未必为是,今人所作《黄任年表》据黄惠《麟峰黄氏家谱》,以黄堪为黄文焕长子[⑦]。本书根据《清代硃卷集成》第三三六册黄斌履历,知黄斌八世祖黄文焕,七世祖黄琠,六世祖黄绍治[⑧],确认陈衍之误,或实未寓目《麟峰黄氏家谱》之故。

黄任(1683—1768),字于莘,号莘田、十研老人、樵谷等。黄文焕曾孙、黄琠孙、黄绍治(字汝度,号虔斋,黄琠第五子)之子。黄任系康熙四十一年壬午(1702)举人,然屡摈礼部,流寓苏州,颇好声色。谒选得官,授广东四会知县,调摄高要。罢官归闽,筑香草斋于许氏宅旧地墨庵[⑨]。同治刊本《福建通志》著录黄任《香草斋集》六卷,引《国朝诗钞小传》等书,略云:"《国朝诗钞小传》云:……归里,宦橐萧然,惟坑石数枚,诗束两牛腰而已。……《注韩居诗话》:先生丰髯秀目,好宾客,喜剧谈,素有砚癖,出宰高要,……称端溪长吏。"[⑩]是黄任一生风采的写照。黄任富于撰著,著作多种;工书法,从学于林佶、汪鋐。林昌彝撰《论诗一百有五首》第三十四首论其诗:"萱草诗篇温李跻,裁红翦翠露灵犀。秋江婉约春花艳,一瓣心香许月溪。"注云黄任私淑于舅父许遇,七言绝句全学之,宗北宋[⑪]。

---

① 黄任《石井阑歌》序,《秋江集》卷一。序中云同行者有"二十七叔"者。

② 卢美松《松轩话史》,福建美术出版社 2012 年版,第 23-24 页。

③ 《国朝全闽诗录初集》卷四,《全闽诗录》第五册,第 70 页。

④ 民国《福建通志》总卷三十九,《福建文苑传(清一)》卷七,原第五页。

⑤ 《国朝全闽诗录初集》卷五,《全闽诗录》第五册,第 97 页。

⑥ 民国《福建通志》总卷二十五,《福建艺文志》卷六十四,第六页。

⑦ 连天雄、郭云《黄任年表》,《黄任集》第 562 页。

⑧ 《清代硃卷集成》第三三六册,黄斌履历,影印第 365-366 页。

⑨ 卢美松《松轩话史》,第 24 页。香草斋今在福州光禄坊早题巷(同书,第 73 页)3-4 号及大光里 20 号(早题巷原 1 号),黄任身后为林轩开所有,何履亨亦尝居此。

⑩ 同治刊本《福建通志》卷六十九,影印第 1434 页。

⑪ 林昌彝《林昌彝诗文集》卷七,第 181 页。

黄任之诗,"工为温、李体,小生后进舍其清俊之风格,徒相驰逐于绮靡柔曼之声而不知所返。"[①]近代林纾撰小说《穆东山》,假穆氏之口,表示林纾对黄任《秋江集》、《香草笺》的评价:"此冬郎所未尝言者皆言之,读之适以增人妄念","诗佳而语亵,适足诲淫"[②]。谢章铤谓:"《秋江集》诗风骨风调俱胜,虽生平渊源许铁堂(许珌,许友从兄,黄任外伯祖父)而秀韵天成,自有翛然尘表者,然何尝非晋安风雅之一派哉?"[③]同光体闽派诗人群体涌现之前,黄任与道光间邵武府建宁县诗人张际亮(1799—1843)并为清代闽人诗歌创作成就最为杰出的两位诗人,两人生年几乎隔100年,卒年隔约80年。黄任的《香草笺诗》为世所好,风靡本省的台湾府全岛,笺注其诗者甚多[④]。

邑人陈应魁撰《香草斋诗注》六卷,此集"诗九百六十余首,而七言绝句居六百余首,为古今所无。"[⑤]长乐王元麟注《秋江集注》六卷,王有树跋,《福建地方文献及闽人著述综录》引陈衍《石遗室书录》云:"此集与《香草斋诗》小有出入。《香草斋》每卷较多数首,《香草斋注》太简,出处多不载书名;此注较详,惟往往引诗话云云,不载是何诗话,与陈注(陈应魁注)同病。"[⑥]此外尚有黄任的外孙女婿、闽县人(一作侯官人)叶梦苓《秋江集笺注》六卷(全称《黄十砚先生秋江集笺注》六卷,旧抄本五册,福建省图书馆藏)、寄闻轩主人《香草笺偶注》二卷(嘉庆十三年刻本)、云窗主人注《十研老人香草笺》四卷(嘉庆十四年刻本)等。[⑦] 朱则杰教授以为《秋江集》六卷与《香草斋诗钞》六卷系同一种[⑧]。陈衍云黄任"另编有《香草笺》一集二卷,凡《香草斋》中香奁之作,皆在其中,几欲追微之(元稹)、冬郎(韩偓)而及之,王次回(王彦泓)不足道也。"[⑨]

笺注其诗、自作笺注序的黄任外孙女婿叶梦苓于乾隆四十九年(1784)任台湾府凤山教谕,五十一年(1786)与诸子殉难于台湾林爽文之难。

黄任之子黄度(?—1766),字成波,号千波。孙黄秉元,字声九,年十九,殇。黄度、黄秉元均卒于黄任生前。黄任一支近乎绝嗣。

黄任家族的功名和文学创作事业在黄任之外另有发展。道光二十九年己酉(1849)福建乡试第六十名举人黄斌系黄任胞弟黄起凤裔孙。今簃录如下,以观黄任之后至道光间其家族的科举事业大略:九世祖黄守和,邑庠生,九世祖妣鄢氏,鄢廷诲胞姑;八世祖黄文焕,妣张氏;八世叔祖黄家鼎、黄文焜、黄文掞、黄文熊;七世祖黄琠,妣陈氏;胞七世伯叔祖黄堪、黄瓒,堂七世伯叔祖黄国塾、黄瑨、黄国堡、黄国玺、黄堂、黄玹、黄璆、黄逊、黄国璿;六世祖黄绍洽,妣许氏,系许遇胞妹,许鼎、许均胞姑;胞六世祖皇族鉽,堂六世伯叔祖黄祖宏、黄钟、黄锦、黄大潮、黄鏤、黄相;高祖黄起凤,妣孙氏;胞高伯祖黄任,胞高叔祖黄徽,堂高伯叔祖黄学麟、黄位、黄俊、黄应元、黄仪、黄然、黄正拔、黄既明、黄亭际、黄应聘、黄少华、黄馥、黄雄;曾祖黄惠,曾祖妣李氏、张氏;胞曾叔祖黄嵩、黄潮,堂曾伯叔祖黄圣烈、黄茂、黄凤洲、黄见龙、黄光浦、黄春、黄凤鸣、黄光春、黄淮、黄虞世、黄梦黉;祖黄煜,祖妣林氏,系林佶曾孙女,林在峩孙女,林擎天女;胞伯祖黄炜,胞叔祖黄永健、黄淮,嫡堂伯祖黄钟,堂伯叔祖黄世华、黄正魁、黄

① 陈寿祺《许元孟(许鉉)户部诗序》,《左海文集》卷六,《清代诗文集汇编》第499册,影印第279页。

② 林纾《林纾集》第三册,福建人民出版社2020年版,第489页。

③ 谢章铤《黄莘田绥江杂诗长卷跋》,《赌棋山庄文又续》卷一,《清代诗文集汇编》第680册影印光绪二十四年刻本,影印第797页。

④ 柯愈春《清人诗文集总目提要》列六家:叶梦苓《香草斋诗注》不分卷,乾隆间刻本,首都图书馆藏;云窗主人《香草笺注》三卷,嘉庆十四年刻本,首都图书馆藏;陈应魁《香草斋诗注》六卷,嘉庆十九年刻本,中国科学院图书馆藏;寄闻轩《香草诗偶笺》二卷,嘉庆间石印本,首都图书馆藏;王元麟《秋江诗集注》六卷,道光二十三年东山家塾刻本,国家图书馆藏;佚名《香草笺》一卷,乾隆刻本,福建省图书馆藏(第494-495页)。

⑤ 民国《福建通志》总卷二十五,《福建艺文志》卷六十四,第二十五页,引《石遗室诗话》。《石遗室诗话》原作:"《香草斋》六卷,计九百六十余首,而七言绝句居六百余首,为古今所希有。"(卷二十六,第一条,第349页)

⑥ 福建师范大学图书馆古籍组《福建地方文献及闽人著述综录》,第82页。

⑦ 连天雄、郭云《黄任年表》,《黄任集》第561页。

⑧ 李剑《黄任诗歌研究》,南京师范大学2012年硕士学位论文,《绪论》第3页。引朱则杰《清代福建诗人诗歌考辨二题》(载《闽江学院学报》2007年第3期,第26-28页)。

⑨ 陈衍《石遗室诗话》卷二十六,第一条,第351页。

炳、黄燮、黄金钊、黄师旦、黄兆元、黄飞凤、黄吉士、黄庭燎、黄阶三、黄师铎、黄朝陛、黄步云、黄云章;父黄唐,母卢氏;胞伯黄黼、黄封,嫡堂伯黄灏中、黄淦、黄龄、黄搏、黄绥、黄掞,嫡堂叔黄庆安、黄庆澄,堂伯黄森、黄羲,从堂伯叔黄慕尹、黄宪波、黄维翰、黄树徽、黄在镕、黄松年、黄乔年、黄兆鸿、黄一经、黄奇年、黄筠;黄斌(1829—?),字允德,号质夫,行二,又行十一,妻沈氏,系沈廷枫第三女,沈廷槐胞侄女,沈葆桢、沈琦、沈辉宗胞妹,沈尔昌嫡堂妹;胞兄黄岩,胞弟黄錞,嫡堂兄黄桢、黄沆,堂兄弟黄九如、黄楝、黄培、黄椝、黄川、黄杰黄经、黄宝富、黄金、黄杞、黄献、黄镐、黄柱、黄湜,从堂兄弟黄效曾、黄炳南、黄图南、黄在天、黄奋登、黄钟元、黄步霄、黄蛟、黄彪、黄经、黄奋陞、黄显德、黄馨德、黄慕德、黄启南、黄鉴、黄景、黄祺、黄祉、黄响;胞侄黄澍,堂侄黄耄、黄盛、黄隆。[①] 以上所列清代黄氏诸人除黄景以下数人未注明所业,绝大部分业儒,出仕为官,其中黄国塾、黄任、黄永健、黄钟、黄惠、黄步云、黄庆安、黄煜、黄松年、黄图南十人为文举人,黄惠、黄庆安、黄松年三人成进士,九人习武,黄奋登、黄钟元二人为武举人,任武职,黄氏家族历代均有所成就。

黄任胞弟黄起凤、黄徽。黄起凤之子黄惠(1728[②]—?),字成迪,号心庵、迪轩[③],许良臣表弟[④]。乾隆十九年甲戌(1754)进士,官高安知县。传附同治刊本《福建通志·良吏传》黄任传。《国朝全闽诗录初集》卷十六有黄惠传及选诗,引《注韩居诗话》:"心庵诗如王谢子弟,虽未经陶铸,文采风流无论,而裾屐巾扇,迥自有别。"[⑤]《清代硃卷集成》黄斌履历记载黄氏这一支"世居省城北门诸古岭"[⑥],与黄任所居之光禄坊相距甚远。

黄任从侄黄虞世[⑦],字成运,号韵亭、少庭、冻井山人。师事黄任。家有凌沧楼,藏书万卷。著《冻井山房诗集》。侄孙女黄淑瑛亦能诗[⑧],闽清知县方亨衢为刊其集。

黄任从孙黄煜,乾隆五十一年丙午(1786)举人。传附同治刊本《福建通志·良吏传》黄任传。

永福黄氏部分族人迁居会垣,以故郑祖庚《侯官乡土志·耆旧录内编二(学业)》黄任传下有从子黄惠、黄惠孙黄庆安(拱)、族人黄图南[⑨]、黄钟、黄钟孙黄嘉尔(字叔希)、黄经、黄经子黄育韩(燊)、黄经从弟黄彝、黄敬熙等作者[⑩]。林纾小说《穆东山》云穆东山有黄氏友,系黄任后人[⑪]。

永福黄氏家族内外女眷多能诗文。梁章钜《闽川闺秀诗话》卷一收录黄任戚末庄九畹、黄任妻庄氏:"永福庄兰斋,字吴暭,亦黄莘田先生戚末也。未婚而寡,以节终。……著有《秋谷集》,莘田先生为之序。""永福黄莘田妻庄氏,能诗。莘田下第游汴,三载未归,庄《除夕寄外》,有'万里寒更三逐客,七年除夕五离家'之句。见《永福县志》。"[⑫]庄九畹,字兰斋。一作侯官人[⑬]。黄任妻族之女[⑭]。许字训导吴景翊之子吴暭,未婚而寡。静慧能诗。暭殁,庄九畹与母相依二十余年,更为姑及夫营葬。著有《秋谷集》[⑮]。庄九畹尝与同里戚属结社,联吟者廖淑筹(1684—?)、郑徽柔、郑翰蓴、许德瑗、黄淑窕

---

① 《清代硃卷集成》第三三六册,黄斌履历,影印第 365-372 页。

② 连天雄、郭云《黄任年表》,《黄任集》第 573 页。

③ 民国《上杭县志》卷二十三,《艺文志》,原第二十五页,影印第 298 页《中国地方志集成》福建府县志辑第 36 册影印民国二十八年上杭啟书局铅印本。

④ 同治刊本《福建通志》卷二百四十九,《(侯官)国朝闺秀》"何光云妻许氏"条下注引黄惠序许琛《疏影楼诗集》文,影印第 4568 页。

⑤ 《国朝全闽诗录初集》卷十六,《全闽诗录》第五册,第 351 页。

⑥ 《清代硃卷集成》第三三六册,黄斌履历,影印第 372 页。

⑦ 根据《黄任集·黄任世系图》,黄虞世系黄文焕兄弟黄文焊之子黄国埙的曾孙(《黄任集》第 488 页)。

⑧ 卢美松《松轩话史》,第 24-25 页。

⑨ 李灵年等《清人别集总目》著录《率真集》二卷,作者黄图南(? —1863,字远德,号沧秋、沧秋),官至贵州学政(第 2021-2022 页)。

⑩ 郑祖庚《侯官县乡土志》卷三,原第四十六页,影印第 193-194 页。

⑪ 林纾《林纾集》第三册,第 489 页。

⑫ 梁章钜《闽川闺秀诗话》卷一,清道光二十九年刻本,第 13、14 页。

⑬ 民国《福建通志》总卷四十五,《福建列女传》卷六,庄九畹传,原第二十二页。

⑭ 卢美松《松轩话史》,第 27 页。

⑮ 民国《福建通志》总卷四十五,《福建列女传》卷五,庄九畹传,原第十八页。

(1705—1773)、黄淑畹[①]，皆衡宇相望。每燕集，各拈韵刻烛，或遣小女奴送诗，无不立酬者[②]。

黄任妻侯官庄氏(？—1744[③])，传见民国《福建通志》："庄氏，四会令黄任妻。能诗，任下第出都，客汴中三载。……其二女，长淑窕字姒洲，次淑畹字纫佩[④]，皆擅诗名。淑窕更工绘事，适诸生游艺。……任有侍儿金樱，淑窕有女(游)合珍，亦能诗。金樱有《夜来香》绝句。"[⑤]按：金樱，金陵人。卒于乾隆十七年壬申(1752)[⑥]。

黄任外孙女、许琛(德瑗)表妹林琼玉，闽县人。有外祖家风。归长乐陈沣，早寡，以节终[⑦]。黄淑畹《绮窗余事》一卷附林琼玉诗二十一首[⑧]。林琼玉传见民国《长乐县志·闺秀传》："名琼玉。其母黄淑畹，为永福黄任(次)女。琼玉承母教，能诗。年二十一归于沣。沣屡试不售，赍志以没。琼玉年二十八，家徒四壁。……今其诗附刻《香草笺》末帙。"[⑨]按：黄淑畹，字纫佩。适侯官林春起(字守振)。林春起、黄淑畹夫妇有子林昂霄、女林琼玉、林玉红。林玉红适闽县叶梦苓，为继室。叶梦苓，字景西，号松根。为黄任亲自选择的外孙女婿。叶梦苓官台湾府凤山县教谕，殉于林爽文之难，其妻林玉红及三子叶殿材(次子)、叶殿豪(三子)、叶殿杰(四子)同时遇害，存二子林殿英(长子)及五子某。其《秋江集笺注》由嗣叶守熔兄弟校订付梓[⑩]。乾隆三十八年至四十四年(1773—1779)年间，叶梦苓笺注《秋江集》，序作于乾隆五十年(1785)凤山教谕(1784年始任)任上，对于黄任诗在台湾的传播著功甚伟。

郑徽柔，字静轩。郑方坤姊，黄任表姐。有《芸窗寒响集》[⑪]。

兴化府莆田县林氏有《贺黄莘田先生重宴鹿鸣》诗。林氏，佚其名。诗为一时传诵[⑫]。

乾隆三十一年丙戌(1766)，时年八十四岁的黄任撰有《萨母许孺人五十寿言》，载《雁门萨氏家谱》卷五《叙赠录上》[⑬]。永福黄氏与侯官许氏自明末以来累世缔结婚姻，对清代黄、许两个家族的发展均有不可估量的裨益[⑭]。《寿言》为许良臣(号石泉，黄任表侄。有五子三女)之长女许松斋作。许松斋(1717—　)适萨万选(1714-1754，字心袛，号青峰，萨佶第六子)，生萨国霖、萨国楷二子[⑮]。同书《叙赠录下》收录许□□所作《画梅竹送萨霁襟(萨国霖)甥五十》，据其诗意，作者系许松斋之弟，时离世五载[⑯]；又有《贺萨露萧(萨龙光)太史》诗，署"许□□"[⑰]。

《国朝全闽诗录初集》选黄任之诗甚多，达九十九首，如诗题《初秋同许雪邨游涛园》(第185页)、《春夜宿北阡草庐为林渭云洙云赋得尖字》(第178页)、《都下柬张六雪樵(张炜)游三心水(游绍安)许三雪村(许均)谢二古梅(谢道承)》(第188页)、《闲居杂兴四首》(第192页)、《题林涪云陶舫砚铭册后六首》(第197页)等，可觅黄任与诸诗人之间的交游、情谊及其诗酒活动的痕迹。

---

① 连天雄、郭云《黄任年表》，《黄任集》第563页。

② 民国《福建通志》总卷四十五，《福建列女传》卷六，庄九畹传，原第二十二页。

③ 连天雄、郭云《黄任年表》，《黄任集》第580页。

④ 陈衍《石遗室诗话》卷二十六，第一条，第351页，次女(黄)佩纫诗。

⑤ 民国《福建通志》总卷四十五，《福建列女传》卷六，庄氏传，原第二十页。

⑥ 连天雄、郭云《黄任年表》，《黄任集》第583页。

⑦ 民国《福建通志》总卷四十五，《福建列女传》卷六，林琼玉传，原第二十二页。传误林琼玉籍贯侯官为闽县。

⑧ 卢美松《松轩话史》，第24页。

⑨ 民国《长乐县志》卷二十九下，《闺秀传》，原第二十七页，影印第595页。

⑩ 卢美松《松轩话史》，第25页。

⑪ 同上书，第27页。

⑫ 民国《莆田县志》卷二十八，林氏条，原第一百一十二、一百一十三页，影印第540-541页。《中国地方志集成》福建府县志辑第17册，上海书店出版社2000年影印民国钞本。

⑬ 《雁门萨氏家谱》卷五，《北京图书馆藏家谱丛刊》闽粤卷第50册，影印第717-718页。

⑭ 黄文焕之女适许友，是为黄任祖姑(俗称姑婆)；黄文焕长子黄堪、次子黄瑛，黄堪次子黄鑢(字汝合，行二)娶许友之女许氏；黄任之父黄绍治(黄瑛次子，行五)娶许友之女、许遇胞妹，以故黄氏祖姑亦即黄任外祖母(《黄任年表》，《黄任集》第562页)。

⑮ 萨万选见《雁门萨氏家谱》卷三《世系录》(第49册，影印第368页)。黄任《寿言》云萨万选子二孙二，《族谱》记载有萨国霖、萨国楷、萨国柱三人，诸孙五人(影印第368-372页)。

⑯ 《雁门萨氏家谱》卷五，《叙赠录下》，影印第863页。

⑰ 同上书，卷五，《叙赠录下》，影印第865页。

《黄任集》附录之《黄任交游人物表》,列有闽籍诗人许均(字叔调,号雪邨)、郭雍(字仲穆、书禅,号约园)、林侗(字同人,号来斋、于野)、林佶(字吉人,号鹿原)、林佶五子[林在华(字渭云,号北陇、惰农)、林正青(字洙云,号苍岩)、林在衡(字湘云,次子)、林在莪(一作在峩,字涪云,号轮川,三子)、林玉衡(泾云,四子)]、蓝涟(字公漪,号采饮)、许遇(字不弃,号真意、贞翁)、谢道承(字又绍,号古梅)、周绍龙(字允乾,号瑞峰)、陈纯(字骥仲)、陈治滋(字德泉、以澍)、许鼎(字伯调,号梅崖)、许良臣(字石泉)、许荩臣(字秋泉)、许雍(字思敬)、林中声(字承明)、雷鋐(字贯一,号翠庭)、宁荃(号愚川)、朱文炳(字豹南)、张季琬(字宛玉,号月鹿)、李建极(字文中,号瑶峰)、李云龙(字玉和,号霖邨)、游绍安(字鹤川、心水)、陈九龄(字岁江,号补堂[①])、董沧门、杨洞一、官纶(字绍宁)、吴履泰(字文岸,号茹原)、廖淮(字允渭,号敦轩)、陈衣德(字新侯,号浴斋)、郭起元(号复斋)、郑基(字葆真,号绍庵)、魏作楫(字济川)、叶观国(字家光,号毅庵)、孟超然(字朝举,号瓶庵)、李馥(字汝嘉,号鹿山)、陈帝简(字亦哲)、张炜(字彤伯,号雪樵)、余甸(字仲敏,号田生、塔江渔者)、林溥(字兴井)、陈发其(字师颜)、刘敬与(字邻初)、何兰(字其芬)、廖炳(字天瑞)、施霖(字能继)[②]、叶绍芳(字芸山)、林和(字玉伯)、陈学孔(字紫山)、林缙(号肃斋)、李开叶(字奕夫,号磁林)、李建勋(字梅亭)、陈君丰、陈学梅(字若蟠)、郭金鉴(字戚予)、张岳(字立仲)、林绪光(字广业,号凤溪)、郑方坤(字择厚,号荔乡)、黄岳牧(字瑞伯,号訒斋)等人,外省诗人桐城方世举(字扶南)、山阳许志进(字念中,号谨斋)、山阳吴晟(字西李,号鹤皋)、武进巢震林(号集斋)、吴县许廷鑅(字子逊、竹素)、钱塘陈兆崙(字星斋,号勾山)、会稽傅玉露(字良木,号阆林、玉笥)、武进潘思榘(字絜方,号补堂)、安居王恕(字楼山,号瑟斋)、陆川庞屿(号石州)、华亭沈大成(字学子,号沃田)、新建周学健、武陵朱景英(字幼芝)、元和沈芝(字浴凫)、钱塘范咸(字九池,号浣浦)、钱塘桑调元(字伊佐、弢甫)、钱塘汪沆(字西颢,号槐塘)、仁和沈廷芳(字畹叔,号椒园,查慎行外孙)、山阳阮芝生(字秀储,号谢阶、紫坪)、钱塘施廷(字北亭,号慎甫)、仁和翁嵩年(字康贻,号萝轩)、苏州薛雪(字生白,号一瓢)、青浦叶祖烈(号虞封)、如皋张学举(字乾夫,号雪舫)、广西永福林荚、诸暨余文仪(字叔子,号宝冈)等[③],民国《福建通志》黄任传所记尚有吴文焕、郭起元、高其倬等著名诗人。

在黄任所交游的诸诗人之中,郭雍是一个评价较有争议的诗人。郭雍(? —1723),字仲穆,一字书禅,又号约园。康熙癸巳(五十二年,1713)举人。黄任有《初秋同许雪邨游涛园》、《郭书禅至再用前韵》诗(二诗同韵部韵脚),郭雍亦有《遥和诸子宿北阡草庐》诗[④],说明黄任与郭雍之间的交游。康熙间,张远与郭雍、张崙、林豫吉称四大家[⑤],郭雍有《集虚堂小草》、《集虚堂余草》、《约园诗钞》诗集。同治刊本《福建通志》著录郭雍《约园诗钞》二卷,注:"(郑方坤)《本朝诗钞小传》:'吾乡自林松址(林豫吉)前辈雄踞词坛,锐意学杜,独标少谷、空同为从入之门径[⑥],后进靡然从风,卤莽粗豪,无复雅人深致。书禅(郭雍)谢绝流品,因心师古,纤毫尘垢不以溷其笔端。上焉者,淡远精微,步趋王、孟,次以刻露清新,不失贾长江(岛)、姚武功(合)家法。竹垞太史所云如食哀家梨止渴,虽爽而不伐性,如水精盐进酒,虽薄亦能醉人者,移赠约园,庶几惟肖。'《榕城诗话》:'仲穆(郭雍)古体学陶,近体宗王、孟,五言尤称长城。'"[⑦]《国朝全闽诗录初集》卷十郭雍条:"有《约园诗集》。《注韩居诗话》:书禅侨居会城,少即

① 按:陈九龄,字希江,一字补堂(民国《福建通志》总卷四十,《福建儒行传》卷五,陈九龄传,原第十一页)。

② 按:此施霖系康熙间人,嘉庆、道光间有字沛然者。侯官杨庆琛(1783—1867)作《雨窗同施沛然霖何希修青芝夜话》诗(《绛雪山房诗钞》卷一,《清代诗文集汇编》第542册,影印第345页)。

③ 黄任《黄任集》,第595-603页。

④ 《国朝全闽诗录初集》,黄诗在第185;郭诗在第204页。

⑤ 郭柏苍《竹间十日话》卷一,第4-5页。

⑥ 按:民国《福建通志》著录林豫吉《林松址诗集》三卷,解题引陈衍《石遗室书录》云:"卷首有松址《屏山草堂自记》,云'律诗以少陵为宗,古诗以十九首为宗,颜、谢之五言直可不作,忍屑逐唐人七言歌行诸体哉!'故少年所作七言古悉付一炬,后至传者惟五言古诗与五七言近体。此株守明人何、李等之说也,能免优孟衣冠诮哉?"(《福建艺文志》卷六十四,第二十三页)郑杰《注韩居诗话》云:"松址挟智任术,明律令,登第后未谒选,家居,与不协者舞文,中伤之,反为持,被褫。诗学杜,有骨力。"(同治刊本《福建通志》卷六十九,影印第1401页林豫吉著作下引)

⑦ 同治刊本《福建通志》卷六十九,影印第1421页。

能诗能书。尝对其友曰:'吾前后作诗不下千篇,今存其略成章法者,得律、绝句若干首,古风歌行仅留一二,乐府绝无所解,俟十年后别有窥寻,乃敢议及。'信乎,饮水者冷暖自知也。五律颇有澹远之致,余作精力俱觉颓唐。荔乡《诗小传》云:'上步趋王孟,次不失贾长江、姚武功家法。'似不免过誉矣。"[①]其门人郑永锡(字三怀),"诗字寒瘦,比约园尤甚。"[②]

民国《福建通志·福建文苑传》郭雍传称其"宗旨与豫吉专主空同(李梦阳)、少谷(郑献夫)者极为不合。"[③]《四库全书总目》对郭雍的评价极低:"(《约园诗钞》二卷)是集各体诗共二百余首。雍自谓前后所作多属近体,于古体歌行间存一二,乐府则有待而未及。今观其诗,惟五言律诗颇有局度,余者皆平平。诗不沿溯于古,而先求之偶俪之格,终不能探其本也。"[④]对郭雍的评价其实可以移易来作黄任的评价,反映出四库馆臣对闽中诗坛的复杂态度。

乾隆二十三年戊寅(1758),钱塘桑调元为选刻《香草斋诗钞》六卷,桑氏尝入闽主道山书院;黄任身后,三十九年甲午(1774),诸暨余文仪为撰《黄莘田先生传》;四十年乙未(1775),诸暨余文仪梓行《消夏录》二卷;乾隆五十九年甲寅(1794),沈大成序刻本《香草笺》梓行;嘉庆十三年戊辰(1808)秋,寄闻轩主人《香草笺偶注》(全称《新刻香草笺偶注》)二卷刊行;十四年己巳(1809)冬,《十研老人香草笺诗注》刊行;十九年甲戌(1814),陈应魁《香草斋诗注》六卷刊行;道光二十三年癸卯(1843),王元麟《秋江集注》六卷刊行[⑤]。《黄任集·后记》以为"清代福建诗人,以永福黄任最为卓然特出,才名冠时",为黄任诗集"作笺注者五家,这在清人诗集中是很罕见的现象"[⑥],虽为乡曲之过誉,而其人确实为清代优秀的诗人。

黄任的影响"不独倾倒吾闽"[⑦],影响播及全国,而下至道光、咸丰间,福州诗人仍有倾心黄任者,可谓"(十研)老人诗学渊源绵绵未替"[⑧],略举如下。

郭柏苍《乌石红雨山房记》:"李君作霖工篆石,其父振涛茂才学于十砚,以山房之胜携锤凿消夏"[⑨]云云。此文作于道光十四年甲午(1834)。

林直《赠徐中野步莘上舍》:"落拓谁怜老俊英,当年宫体艳家声。……瓣香低首莘田叟,君嗜黄莘田诗,故名取义焉。不肯谈诗怕近名。"[⑩]徐步莘,字中野,行十一。道光、咸丰间诗人,是林直的诗友,林直有诗《西湖泛舟泊荷亭同徐十一中野黄大圣莞令弟子穆家锡三两茂才舍弟廉叔》[⑪]。徐步莘卒于咸丰四年(1854)夏,林直撰有《哭徐十一中野》[⑫]诗。

道光十二年壬辰(1832)举人、闽县林仰东(1803—1840,字子莱),著有《小芙蓉舫诗集》四卷。其诗"初学随园(袁枚)及十砚翁(黄任),余(林昌彝)力劝其取法乎上,子莱遂焚其稿,肆力于汉、魏、三唐、宋、元、明诸大家。道光壬辰(1832)举于乡,计偕北上,凡所过胜地名区,必吟讽不自已,诗笔愈苍。归道山时年方三十有八。"[⑬]按:林仰东亦能传奇。林昌彝撰《林子莱浣纱石传奇序》,称其"深于情而深

① 《国朝全闽诗录初集》卷十,《全闽诗录》第五册,第202页。

② 同治刊本《福建通志》卷六十九,影印第1422页,引郑杰《注韩居诗话》。

③ 民国《福建通志》总卷三十九,《福建文苑传(清一)》卷七,郭雍传,原第二十七页。

④ 永瑢等《四库全书总目》卷一八四,影印第1671-1672页。

⑤ 连天雄、郭云《黄任年表》,《黄任集》第586、592-594页。

⑥ 黄任《黄任集》,后记,第604页。

⑦ 黄任《黄任集》,后记,引郑杰语,第604页。

⑧ 郑希元所作《十研老人香草笺·凡例》,《黄任集·黄任年表》第594页转引。

⑨ 郭柏苍《葭柎草堂集》卷上,《清代诗文集汇编》第662册,影印第121页。

⑩ 林直《壮怀堂诗初稿》卷八,原第二、三页,影印第593页,《清代诗文集汇编》第703册影印清刻本。

⑪ 林直《壮怀堂诗初稿》卷八,原第七页,影印第595页。

⑫ 林直《壮怀堂诗初稿》卷九,原第二页,影印第600页。

⑬ 民国《福建通志》总卷二十五,《福建艺文志》卷六十六,第十四、十五页,引林昌彝《小石渠阁文集》。按:林仰东少时又学李商隐,有英伟气(《福建艺文志》卷六十六,第十四页,引林昌彝《砚桂续录》)。

于道”,“子莱长于情,其所为词,能曲达乎情之蕴者也”①。林仰东于诗、传奇的创作,一发乎情,与袁枚、黄任的诗歌宗旨相合。袁枚之诗风格本有与诗坛前辈黄任相近者,论诗者往往黄、袁并提。乾隆以来迄至咸丰间,袁枚诗歌为世所好,影响遍及天下,流风余韵亦及福建。林昌彝《题严山人诗卷》其三云:“海内风骚杂伪真,闽川坛坫岂无人?江山平远看诗卷,肯步钱塘以后尘。”自注:“近诗人多服膺简斋,山人诗无袁简斋(袁枚)习气。”②此诗在咸丰十年(1860)所作《纪恩诗一百四十韵为长沙徐笏亭先生赋》前一首,时间亦当与之相近。

咸丰九年己未(1859)举人、侯官宋谦,著有《剑怀堂诗草》。陈衍《石遗室文集》云:“巳舟先生屡困公车,值天下兵革,往来戎马寇盗间,中更悼亡。剑怀堂诗凄恻者追莘田(黄任),牢落者近亨甫(张际亮)。”③

邵武府张际亮在《与朱秦洲书》中论云:“近数十年稍染时弊,而黄莘田明府以其清华绵绮之才作为《香草笺》艳体,以抒其豪迈磊落不得志于时之气,后生不究其微意所存,争先仿效,淫哇靡漫,视所谓闽派者愈益下焉。际亮更历坎坷,负‘众女谣诼’之感,间亦作为艳诗,其思哀激以怨,不敢如后生效莘田者之所为也。”④据文中“负‘众女谣诼’之感”,当作于道光九年(1829)前后。模拟、追随黄任《香草笺》者,品地劣下之辈,对闽诗的声名造成负面影响。

## No.19 侯官郑大谟家族

郑大谟:《青墅读史》十三卷(同治刊本《福建通志》卷六十八)、《青墅诗钞》⑤十卷(嘉庆桑苧古园刻本)、《读史杂感》四卷(民国《福建通志》总卷三十六《福建循吏传》卷十二郑大谟本传,总卷二十五《福建艺文志》卷六十五题《青墅读史杂感》十三卷)

**谨按:**明代闽县郑善夫家族,世居盖山高湖(今仓山区盖山镇高湖村),是兴化府南湖郑氏迁福州的后裔,自明代起已成为著名的世家望族。请参看《明代福建文学结聚与文化研究》第三三“闽县郑善夫家族”条。

据陈寿祺《为侯官郑氏节母李孺人请旌状》,知郑大谟之母李氏年十九适郑氏,二年而寡,寿五十二⑥。遗腹子大谟⑦。郑善夫的九世孙郑大谟,字青墅、孝显,著籍侯官。居朱紫坊。乾隆五十三年戊申(1788)科福建举人中式,与萨履泰、谢金銮、梁上春等同年;乾隆五十五年庚戌(1790)进士。官知县。为当时名进士,多有著述。同治刊本《福建通志》著录其《青墅读史》十三卷、《青墅诗钞》十卷两种著作,注云:“大谟自序。曰:‘青墅诗传家,故喜作诗,工不工弗计也。近来又多俗,殊非本来面目,吏俗诗亦俗也;俗仍付刻,滋耀吾家之坠也。闽诗人少谷子九世孙自序。’”⑧传称郑大谟“奉调赴军营,羽檄交飞,笔舌互用,为大帅所倚重。自负能诗,粗率中时有真气。”⑨民国《福建通志》著录郑大谟著作,引陈衍《石遗室书录》,略曰:“大谟字孝显。《读史诗》由周至隋皆七言绝句,每首下皆有自注,惟多不

① 林昌彝《林昌彝诗文集》卷十二,第320页;又见林昌彝《林子莱诗集小传》(《林昌彝诗文集》卷十四,第375页),上海古籍出版社2012年版。

② 林昌彝《林昌彝诗文集》卷七,第208页。

③ 民国《福建通志》,《福建艺文志》卷六十六,第二十三页,引。

④ 张际亮《与朱秦洲书》,《张亨甫文集》卷一,《清代诗文集汇编》第601册,影印第408页。

⑤ 柯愈春《清人诗文集总目提要》著录《青墅诗钞》,嘉庆三年桑苧古园刻本,四卷,中国社会科学院文学研究所藏;嘉庆二十三续刻本,十卷,南京图书馆藏;咸丰三年桑苧古园重刻本,不分卷,山东省图书馆藏(第967页)。李灵年等《清人别集总目》著录《青墅诗钞初刻》四卷,嘉庆三年桑苧古园刻本;《青墅诗钞》八卷首一卷,嘉庆刻本;《青墅诗钞》十卷,嘉庆二十三年刻本、咸丰三年郑尊仁桑苧古园刻本;《青墅诗钞》,重刻本(第1495页)。

⑥ 陈寿祺《左海乙集》卷一,《清代诗文集汇编》第499册,影印第481页。

⑦ 陈寿祺《赠郑青墅县尹二首》其一句中注,《绛跗草堂诗集》卷五,《清代诗文集汇编》第499册,影印第568页。

⑧ 同治刊本《福建通志》卷六十八,影印第1399页。

⑨ 民国《福建通志》总卷三十六,《福建循吏传(清二)》卷十二,郑大谟传,原第五十一页。

载出处,有时又著书名。《诗钞》多自注,多有叙,可资考证。”①

郑大谟之女郑淑卿,适邑人林则徐。郑淑卿系郑方溪胞祖姑、郑学清胞曾祖姑,请参看《清代硃卷集成》第三四〇册林则徐曾孙林大任履历,又见同书第三三七册林则徐孙林贺峒履历。合此二种履历,概述郑氏业儒、科举及仕宦成就:郑大谟官至睢州知州;其子郑炳文,官淮安府同知署彰卫怀兵备道;郑德裕,官布政司经历;郑德崇,官苛岚州知州;郑文远,国学生;郑蔚文,官县丞(五郑氏皆郑淑卿胞兄);郑德昌,官布政司经历(郑淑卿胞弟);孙郑彰仁,官县丞;郑醇仁,官思恩府知府;郑尊仁,官四川叙永同知仅先补用知府;郑观仁,官广盈库大使;郑敦仁,官山西县丞;郑安仁,官四川知州即补知府;郑居仁,官同知;郑景仁,候选知县;郑金钊,四川知县;郑达仁,四川补用知县②;曾孙郑永详,官知县;郑桐,官知县;郑承洛,四川候补同知;郑组成,官陕西县丞保升知县;郑兆祥,官湖南库大使;郑承式,官府经历;玄孙郑学清,庠生③。

郑氏家族族繁指多,聚居在省垣朱紫坊,家道中落,将郑大谟故宅租赁给石、郑二姓,同治六年丁卯(1867)灾于火④。林则徐为郑大谟之子郑炳文作《南湖郑祠祭田记》。郑大谟曾孙、郑淑卿兄孙郑组年,曾经得林则徐托友人、继任陕西巡抚杨以增照顾⑤。

清末民初之时,郑大谟族人郑宗洛(1878—1959),号障东,医术精湛,人称神医。郑宗洛能诗,亦福州“桥南诗社”的成员。世称其医案静雅如诗,措辞简洁,叙次明朗,可当艺术品,备受推崇。

## No.20 侯官(闽县)林逸家族

林逸(林其茂曾祖父):《麟经讲义》、《后乐堂集》一卷、《双峰吟》一卷(同治刊本《福建通志》卷六十七)、《后乐堂诗》(《国朝全闽诗录初集》续集卷一)

林秉中(林其茂祖父):《四书日讲义》、《贻桂堂诗文集》(同治刊本《福建通志》卷六十七)

林赞龙(榜名陈潜龙,林其茂之父):《学易大象要参》四卷、《吟台诗草》(同治刊本《福建通志》卷六十八)

林其茂:《山阴集》一卷、《归田遗草》一卷、《彀音集》一卷(同治刊本《福建通志》卷六十七)

郑翰蓴(一作郑翰纯。郑方城女、黄任表侄女、林其茂妻):《舟中吟草》(钞本,《福建地方文献及闽人著述综录》)、《带草居诗集》、《画荻编》(民国《福建通志》总卷四十五,《福建列女传》卷六,郑徽柔传附传)

林乔荫(林其茂长子):《带草居诗集》、《画荻编》、《樾亭诗稿》(传抄本二册)、《三礼陈数求义》三十卷、《石塔碑刻记》及附考一卷(《福建地方文献及闽人著述综录》)、《藏征录》、《瓶城居士诗集》(民国《闽侯县志》卷七十林乔荫本传)、《汲古绠》六卷、《瓶城居士集》(同治刊本《福建通志》卷六十八)、《汲古绠藏征录》(民国《福建通志》总卷二十五,《福建艺文志》存目卷三十五)、《樾亭杂纂》二卷(谢章铤《赌棋山庄余集》文集卷二《樾亭杂纂序》)、《炳烛录》、《论书随笔考》、《三家诗遗说》(民国《福建通志》总卷二十五,《福建艺文志》卷五十,注引《赌棋山庄余集》)、《榕乡风味》(民国《福建通志》总卷二十五,《福建艺文志》卷五十)

林澍蕃(林其茂次子):《南陔诗集》(民国《福建通志》总卷三十九,《福建文苑传》卷八本传;同治刊本《福建通志》卷六十八作《南陔集》)、《南陔集》⑥六卷(乾隆间刻本,北京大学图书馆藏;钞本,二册,中

---

① 民国《福建通志》总卷二十五,《福建艺文志》卷六十五,第二十三页,引。

② 《清代硃卷集成》第三三七册,林贺峒履历,影印第 397 页。

③ 同上书,第三四〇册,林大任履历,影印第 88 页。

④ 民国《福建通志》总卷四十五,《福建列女传》卷四,郑学清母蔡氏传,原第二十五页。

⑤ 林则徐《致杨以增》,《林则徐全集》第八册,第 152-153 页。时道光二十七年(1847)五月。按:郑祖年,林大任履历作郑组成(《清代硃卷集成》第三四〇册,林大任履历,影印第 88 页)。

⑥ 李灵年等《清人别集总目》题《南陔草》,著录两种:《南陔草》六卷附一卷,清稿本,中国科学院图书馆藏;《南陔草》六卷,清钞本、乾隆刻本(第 1377 页),与《清人诗文集总目提要》略有不同。

国科学院图书馆藏。柯愈春《清人诗文集总目提要》第865页)

林逸、林秉中、林赞龙、林其茂同撰,林其茂编:《长林四世弓冶集》五卷(同治刊本《福建通志》卷六十七)

林瑱(林澍蕃从姊妹):《自芳集》、《祭夫文》(民国《福建通志》总卷四十五,《福建列女传》卷五,林煦本传)、《自芳偶存》不分卷(嘉庆十九年刻本,福建省图书馆藏;民国《福建通志》总卷四十五,《福建列女传》卷六,林瑱本传)

林煐(林澍蕃从子):《蚓吹集》一卷(《赌棋山庄词话》续编卷一、《闽词征》卷四)

林氏:《林氏家乘》(民国《福建通志》总卷四十五,《福建列女传》卷六,林芳蕤本传注引)

**谨按**:明末闽县林先春家族,请参看《明代福建文学结聚与文化研究》第七七"闽县林先春家族"条。

闽县林逸,字德子,号心斋。顺治十七年庚子(1660)福建乡试举人中式。《国朝全闽诗录初集》有其传及诗,称其"有《后乐堂诗》"[①]。

林逸之子林秉中,字与人。同治刊本《福建通志》著录其著作,注云:"康熙庚午、己卯(1690、1699)两中副贡生。"[②]

林秉中之子林赞龙,字泽云。雍正四年丙午(1726)举人,榜名作陈潜龙,籍闽县。同治刊本《福建通志》著录其著作,籍侯官。于《学易大象要参》四卷下加按语:"郝志著《易象参》,书名与此略同,为明林先春撰。先春为赞龙曾伯祖,狷庵为先春别号,而《四库书目》[③]注编修林澍蕃家藏本。澍蕃即赞龙之孙也,澍蕃献其先集,不应致误,岂先春尝著是稿,赞龙为之编次,故称为赞龙所撰欤?"[④]

谢章铤《赌棋山庄词话》"林乔荫杂著"条云:"侯官林樾亭乔荫大令,承同人侗、吉人佶二先生之后,家世风雅,著述甚夥。顾所刻者,只《三礼陈数求义》若干卷,其余率多散佚,且为强有力者篡取以去。余尝得其杂著数种,穷三日夜为之整理,中有二则,颇足为倚声谈助,辄录之:'……吾乡前辈谢古梅道承阁学,少日请乩,有女仙媚兰者,降笔与唱和。既而冥合,阁学刻檀香为主,供书馆秘室中,即至交不得见也。欢好凡数十年,自少而宦,及老无间,唱答之诗,裒然成集。阁学殁后,其主不知藏何处。吾友龚惟芳偶于市见之,因购以归。主高九寸,宽三寸,中无日月名氏,惟正书《西江月》词一阕云:"香蕙留充君佩,文檀乞与儿栖。祖胸六六叩瓠犀。应念云开月霁。"疑即媚兰作者。道家有叩齿之法,"祖胸六六叩瓠犀",盖招致之密记欤?'余按:阁学号种芋山人,以孝闻,性又端整,诗文书法,俱臻胜妙,名与永福黄莘田任大令并。所居曰'二梅亭',在省会来魁里,樾亭伯祖苍崖正青盐大使有记甚详。媚兰事亦见林淡茹芳《竹佃诗略》。"[⑤]据此记载,知林侗、林佶家族与林乔荫俱为林氏同宗后裔,林正青为林乔荫伯祖父。

林其茂,字文竹,一字培冈[⑥],号培根。闽县人[⑦]。乾隆元年丙辰(1736)进士,官山阴知县。去官后,家计萧条,但剩残书两簏而已[⑧]。著有《山阴集》等。《国朝全闽诗录初集》续集有林其茂小传及诗,注引《郡志·人物志》(本书按:指乾隆《福州府志》)称其"卒年三十"[⑨],民国《福建通志》则作年三十

---

① 《国朝全闽诗录初集》续集卷一,第482页。

② 同治刊本《福建通志》卷六十八,影印第1395页。

③ 按:本书征引文献中的《四库书目要》或者《四库全书提要》均指《四库全书总目》。

④ 同治刊本《福建通志》卷六十八,影印第1396页。

⑤ 谢章铤《赌棋山庄词话》卷二,刘荣平《赌棋山庄词话校注》,第48-49页。又可参看谢章铤《赌棋山庄余集》文集卷二《樾亭杂纂序》。

⑥ 同治刊本《福建通志》卷二百三十二,林其茂传,原第五页,影印第4217页。

⑦ 民国《福建通志》总卷三十六,《福建循吏传(清二)》卷十二,林其茂传,原第十四页。

⑧ 民国《福建通志》总卷四十五,《福建列女传》卷六,郑徽柔传附郑翰尊传,原第二十一页。

⑨ 《国朝全闽诗录初集》续集卷九,第656页。

九[①],《四库全书总目》同[②]。同治刊本《福建通志》著录其《山阴集》一卷、《归田遗草》一卷,注引《四库书目提要》云:"此二集,一为官山阴时,一为罢官后作,皆其茂殁后,其妇弟郑天锦所编,冠以鲁曾煜所作家传,又有沈廷芳序,惜其遘疾早世,未克竟其所长。"[③]郑天锦系闽县(瓯宁)郑方城之子、林其茂之妻郑翰蓴胞弟。郑翰蓴系徙建安之闽县郑方城女,能诗,能自课二子乔荫(樾亭)、澍蕃(香海)。

林其茂次子林乔荫,字樾亭、育万,号瓶城居士[④]。乾隆三十年乙酉(1765)举于乡。与弟林澍蕃、龚景瀚、郑存敦、郑光策诸人均以府试为朱珪所赏,命联为文会,名读书社。林乔荫以博洽多闻,通晓吏事,屡佐大僚幕府,倾动一时。朱仕琇称其才大识高,议论雄伟[⑤]。晚年为江津知县,卒于官。著有《带草居诗集》、《画荻编》、《樾亭诗稿》(传抄本二册)、《三礼陈数求义》三十卷等。《福建地方文献及闽人著述综录》:"荫字育方,号樾亭。乾隆三十年(1765)举人。"[⑥]著录《石塔碑刻记》及附考一卷,乾隆四十五年刻本,林乔荫纂,龚景瀚考[⑦]。民国《闽侯县志·儒林传》林乔荫传:"林乔荫,字育万,又字樾亭,其茂子。乾隆乙酉举人。少与弟澍蕃及龚景瀚、郑存敦、郑光策诸人均以府试为大兴朱珪所赏,命联为文会,名读书社。嗣诸人又各招其亲知及有声于庠者,社日以大,共二十八人,皆里中豪隽,博学健文,里中人闻社名之夸也,或相与窃笑之,诸人不以为意,聚则各出所读,往复质正,辨论丛起。乔荫以博洽多闻,通晓吏事,屡佐大寮幕府,倾动一时。晚宰江津,檄赴西藏管粮,受代归,遽卒于官。……尝著《三礼陈数求义》三十卷,自谓生平精力尽于是书,以多掊击注疏,为时流所不喜,然贯通经传,纲举目张,能使读之者焕然冰释,怡然理顺,视陈用之(陈祥道)《礼书》,有过之无不及也。……子庆章,初名永健,字孝乾,号研樵,又字蕊渊,嗣为弟澍蕃子。嘉庆戊午举人,乙丑进士。分发陕西,权武功县。"[⑧]按:陈衍《石遗室书录》对林乔荫《三礼陈数求义》推挹甚多,为民国《福建通志·福建艺文志》所引[⑨]。林乔荫能诗,有诗名。建宁古文家、鳌峰书院掌院朱仕琇与林乔荫兄弟为忘年交,有《与林育万书》及同题《答林育万书》三书等。《答林育万》:"尊诗百韵,笔力条畅,波澜壮伟,字句深稳,偪真韩、苏所不待言,而其陈义深懿,本末曲尽,文家利病殆已抉摘无遗。"[⑩]《答林育万书》:"先生诗格坚苍疏质,得杜、苏之寖熟而变化之,则自成一家矣。"[⑪]

林澍蕃(1750—1776[⑫]),一作树蕃、澍藩,字于宣,人称香海先生。出嗣叔父林韶。籍侯官。与兄林乔荫同为福建粮驿道兼摄福州府府试朱珪擢入童子十人异等名单,同登乾隆三十年乙酉(1765)乡榜,三十六年辛卯(1771)成进士,朝考第一人,改庶吉士,授编修。与同里梁上国、曲阜孔广森有岁寒之盟。卒年二十八。朱仕琇称其神清心远,沦浃道真[⑬]。与兄林乔荫并为乾隆朝八股文大家,工于诗,善言愁,所撰《武成颂》甚为环丽。龚景瀚有《读林于宣遗诗》、《怀林二于宣》诗,朱仕琇有《答林于宣太

① 民国《福建通志》总卷二十五,《福建艺文志》卷六十五,第五页。

② 永瑢等《四库全书总目》卷一百八十五,《〈山阴集〉〈归田遗草〉提要》,影印第1681页。

③ 同治刊本《福建通志》卷六十七,影印第1381页。《四库全书总目》提要语稍有不同,不影响表达。

④ 梁章钜《归帆杂录二十八首》其十七(空山古寺有余清)诗句"何人识老瓶城"后注"此吾乡林樾亭先生之号"(《退庵诗存》卷二十,《清代诗文集汇编》第515册,影印第211页)。

⑤ 朱仕琇《复林于宣太史书》,《梅崖居士文集》卷二十七,《清代诗文集汇编》第336册,影印第461页。

⑥ 福建师范大学图书馆古籍组《福建地方文献及闽人著述综录》,第87页。

⑦ 同上书,第164页。

⑧ 民国《闽侯县志》卷七十,原第十七页,影印第281页。

⑨ 民国《福建通志》总卷二十五,《福建艺文志》卷八,第三至六页。

⑩ 朱仕琇《梅崖居士文集》卷二十七,《清代诗文集汇编》第336册,影印第458页。《与林育万》书作于三十六年辛卯(1771),是年林澍蕃考选庶吉士。

⑪ 同上书,卷三,影印第460页。

⑫ 朱筠《编修林君墓志铭》云乾隆四十一年(1776)秋九月,林澍蕃卒于京师琉璃厂之曲巷邸舍,生乾隆十四年己巳(1749)十二月十一日(已入1750年),年二十八(《笥河文集》卷十二,续修四库全书第1440册影印嘉庆二十年刻本,影印第280页)。龚景瀚《忆昔怀人复得二十首叠用杜工部韵》(带笠盟犹在)诗后注:"林太史香海丙申(乾隆四十一年,1776)"(《福州通贤龚氏支谱》,影印第654页),则其享年确为二十八岁。

⑬ 朱仕琇《复林于宣太史书》,《梅崖居士文集》卷二十七,《清代诗文集汇编》第336册,影印第461页。

史书》、《复林于宣太史书》。林澍蕃有《南陔诗集》。传附同治刊本《福建通志·良吏传》其父林其茂传。

同治刊本《福建通志》著录林澍蕃《南陔集》,引《注韩居诗话》云:“香海少孤。母郑氏,荔乡先生(郑方坤)女,教以经史及汉魏、六朝、李、杜、韩、苏诗,过眼辄不忘。九岁学为诗,出语即超凡俗。年十七,举于乡。二十三成进士,卒年仅二十有八。诗数百首,大抵一气呵成,无摹拟之迹。五言胜七言,古体胜近体。其根柢盖得力于唐以前者,故造诣若此。”[①]《国朝全闽诗录初集》卷十九林澍蕃条:“官翰林院编修,丁酉(四十二年,1777)浙江主考。有《南陔集》。”所引《注韩居诗话》之论更加完整:“香海少孤,母郑氏,荔乡先生女,和兄课读,授以经史及汉、魏、六朝、李、杜、韩、苏诸集,过眼辄不忘。九岁学为诗,出语即超凡俗,虽老于词坛者,不能过也。十七举于乡,廿三成进士,丁酉(本书按:当作丙申)卒于京邸,年仅廿八。惜哉!倘天假以年,不知所造更当何如也。殁后,同馆曲阜孔撝约裒其遗集删定之,存诗数百首,大抵一气呵成,而无摹拟之迹,五言胜于七言,古体胜于近体。揆其根柢,盖得力于唐以前者为多,故其造诣所成若此。”[②]选诗 86 首。

林氏与福州府郑、李、郭、董、谢等家族联姻。林其茂、郑翰蓴夫妇之女林芳蕤,字蕊生。少习母训,长工吟事。有《小西湖泛舟》诗,笔有远致。年二十,适李开楚[③]。

林乔荫之子林庆章,梁章钜诗友。梁章钜尝作《京居过夏感旧怀人以先后知交略为诠次得诗二十首》,其六《林药渊孝廉庆章》诗云:“药渊名父子,家学流清芬。冥搜尽玉海,藻耀翔锦纹。端居共夏课,辛酉过夏,与余共屋。赏析恒夜分。归鞭何太速,目极江东云。”[④]此诗当作于梁章钜登进士第、钦点庶吉士的嘉庆七年(1802)夏,回忆的是去年辛酉(嘉庆六年,1801)共课的情形。

林澍蕃系闽县萨谟(1699—1775,字心禹,号甸山)外侄孙婿[⑤],遗腹子殇,仅一女[⑥]林淑卿,适刑部郭仁图,早卒。林淑卿传称其得祖母郑翰蓴门风,好吟咏。有《红余仅存草》[⑦]。

林乔荫、林澍藩堂弟、林腾蔼之子林熯,字昆石,号昆石山人。乾隆四十二年丁酉(1777)举人,官南平县学训导。工填词。有《蚓吹集》一卷。传见民国《闽侯县志·(侯官)文苑传》。

建安训导林选孙女林煦系林乔荫、林澍蕃堂侄女,“幼知书,与从姑(林)瑱均工文墨。归董述昆。早寡,茹苦持家,使夫弟与子(董)祖诒从族父、进士正方读。瑱所著《自芳集》、《祭夫文》皆氏手录。及其嗣子长,始受而刊之。”[⑧]

林瑱,字自芳,林天玉之妹、林琳芳姊。适谢廷诏,早寡。有诗数十章,未尝问世。年近七旬,与嗣子谢善垂哀集以示人。所刻名《自芳偶存》,后附《哭夫文》一首[⑨]。

同治刊本《福建通志》著录林逸、林秉中、林赞龙、林其茂同撰,林其茂所编《长林四世弓冶集》五卷,注引《四库书目提要》:“是集哀其家四世之诗:《乐堂集》一卷、《双峰集》一卷,其茂曾祖逸作;《贻桂轩》一卷,其茂祖秉中作;《吟台诗草》一卷,其茂父赞龙作;《鷇音集》一卷,其茂自作也。”[⑩]此书系林其茂家集。

---

① 同治刊本《福建通志》卷六十八,《经籍志》,影印第 1398 页。

② 《国朝全闽诗录初集》卷十九,林澍蕃条,第 405 页。

③ 民国《福建通志》总卷四十五,《福建列女传》卷六,林芳蕤传,原第二十二页。按:李开楚系李彦章、李彦彬兄弟祖父,林芳蕤系二李祖母(谢章铤《董母杨太淑人六十寿序》,《赌棋山庄文续》卷二,《清代诗文集汇编》第 680 册,影印第 782 页)。

④ 梁章钜《退庵诗存》卷二,《清代诗文集汇编》第 515 册,影印第 39 页。

⑤ 民国《雁门萨氏家谱·荣哀录上》收录《皇清敕封儒林郎候选直隶州州同加二级例晋奉直大夫前军功议叙正七品甸山萨君墓志铭》,陈朝础(妹夫)撰文,张甄陶(妹夫)篆额,外侄孙婿林澍藩书丹(影印第 1049 页)。

⑥ 龚景瀚《忆昔怀人复得二十首叠用杜工部韵》(不赴见香海)诗中注:“太史无子,惟一女,方八岁。”(《福州通贤龚氏支谱》,影印第 654 页)

⑦ 民国《福建通志》总卷四十五,《福建列女传》卷六,林淑卿传,原第二十五页。

⑧ 民国《福建通志》总卷四十五,《福建列女传》卷五上,林煦传,原第六十五页。

⑨ 民国《福建通志》总卷四十五,《福建列女传》卷六,林瑱传,原第二十五页。

⑩ 同治刊本《福建通志》卷六十七,《经籍志》,影印第 1381 页。

从晚明之清初，闽县林先春家族的作家按照世系排列则有林先春、林鼎春→林迪、林逸→林秉中→林赞龙→林其茂→林乔荫、林澍蕃的代际传承，凡历六代。

## No.21　闽县林枝春家族

林云鍠：《小米庵近艺》、《小米庵诗草》、《宫词》、《括苍南明山廿四咏》(民国《福建通志·儒行传》林湛本传)

林湛：《道山堂集》、《夜舫楼集》、《游越草》、《水晶宫赋》(民国《福建通志·福建儒行传》卷五林湛本传)

林枝春：《杂录》、《日知录》、《闻见录》、《林青圃文钞》四卷、《林青圃诗集》(同治刊本《福建通志》卷六十七)、(修)《濂江林氏家谱》五卷(乾隆十一年清白堂刻本)、《就轩诗文钞》、《青圃诗文集》、《学庸说》、《五经辨疑》(民国《闽侯县志》卷六十八林枝春本传)、《就轩文钞》、《诗钞》、《青圃文集》、《诗集》(民国《福建通志》总卷三十四，《福建列传》卷三十七本传)、《青圃诗文钞》九卷(柯愈春《清人诗文集总目提要》第562页)、《青圃文钞》四卷《诗赋钞》五卷(清刻本，国家图书馆藏。李灵年等《清人别集总目》第1371页)

**谨按**：林枝春系闽县濂江林浦号称东林的林氏家族后人，其祖上在明代曾经有过七科八进士、三代五尚书的科举和仕宦辉煌历史，请参看《明代福建文学结聚与文化研究》第一九"闽县林瀚家族"条。明末清初，林瀚裔孙有林莺羽、林任禔，分别是崇祯六年癸酉(1633)、九年丙子(1636)举人，与林枝春为族人。

闽县林湛，闽县林浦乡(今福州市仓山区城门镇林浦村人)。传见民国《福建通志·福建儒行传》："林湛，字持之，别字楚澮。闽县人。父云鍠，字道芾，号小米庵。与林汉仙、许天玉、陈佩芳、崔季章辈结社乌山，赋诗论文，蕴藉宏深而属思清远。试于乡，不售，早卒。著有《小米庵近艺》、《小米庵诗草》、《宫词》、《括苍南明山廿四咏》。湛中顺治丁酉副榜、康熙丁卯举人。先是，耿精忠袭封靖南王，镇福建，大以金帛招致文学士，时闽士相推号'七才子'者，多为所罗，而尤欲得湛……再三自申列，终不可通，退而(耿精忠)咎称引者，曰：'如斯人，即富文术，将焉用之？'初，湛尝著《水晶宫赋》，欲借王闽以讽，阴折逆萌，至是知其不可与言矣。甲寅，吴三桂反，粤闽响应和，精忠闭岭，拒朝命。闽中荐绅里居及知名士，多污焉。有不至者，幽囚困辱，终无所遁。湛族子、乡贡士(林)焕迫伪命，绝饮食，仅而得免，而湛翛然授徒山中，以众知精忠久不屑意也。乱既平，行游浙东西，逾齐鲁，客燕赵，无所合而归，则以《春秋》讲授，从游恒百数十人。……与弟士龙友爱尤笃。士龙，字成之，号仲吕。以康熙辛酉举人为灵台令。……湛有《道山堂集》、《夜舫楼集》、《游越草》。湛子邦桢，孙枝春。《望溪集》、《澹静斋文钞》、方迈撰行述、《濂江林氏家谱》。"①

林湛族子林焕，传附民国《福建通志·福建儒行传》林湛传："字彰忍，号协庵。康熙壬子(十一年，1672)举人。幼负文名。……丙辰(十五年，1676)乱平，定功罪，授永安教谕。庚申(十九年，1680)摄县事。"②

林湛之孙、林邦桢(？—1708)③之子、郑开极之甥④林枝春(1699—1763)，字继仁，号青圃。家福州城内兰桔巷。雍正元年癸卯(1723)福建乡试举人中式，考取内阁中书，雍正末年分发军机处行走。

① 民国《福建通志》总卷四十，《福建儒行传》卷五，林湛传，原第四、五页。

② 民国《福建通志》总卷四十，《福建儒行传》，林焕传，原第五页。

③ 民国《福建通志》总卷四十五，《福建列女传》卷一，郑氏传，原第十八页。

④ 朱筠《林青圃先生诗集》，《笥河文集》卷五，续修四库全书第1440册影印嘉庆二十年乙亥刻本，影印第190页。按：郑开极系林枝春外祖父。福州方言中，外甥亦有外孙的含义。柯愈春《清人诗文集总目提要》即谓林枝春系郑开极外孙(第562页)。

乾隆二年丁巳(1737)第二人进士及第,清代福建进士及第者自林枝春始。授编修,累迁翰林院侍讲学士、江西学政。乾隆十七年壬申(1752)乞假归里,主讲鳌峰书院八年。诗风风流俊雅。传见同治刊本《福建通志》卷二百二十六等。民国《闽侯县志》林枝春本传:“字继仁,号青圃。少孤苦,事孀母……乾隆丁巳成进士,以第二人及第,授翰林院编修。桐城方侍郎苞负海内重望,于士少许可,独器重之。……弟梦彩以养以教,后戊午(乾隆三年,1738)科举于乡,遗命与同葬……所著已梓者有《就轩文钞》、《诗钞》、《青圃文集》、《诗集》、《日知录》、《闻见录》,未梓者有《学庸说》、《五经辨疑》。卒年六十有四。长子仪凤,癸酉(乾隆十八年,1753)科举人,官浙江兰溪知县;次子一彪,丙子(乾隆二十一年,1756)科举人,官安徽宣城知县,皆以卓异荐。”①

《国朝全闽诗录初集》称林枝春“有诗集,未刻。”“黄叶庵云:先生耽吟咏,淡于宦情。书法尤称神妙,诗风流隽雅。”②诗题《读郑少谷先生集二首》、《读剑南集》、《登虔州八境台和东坡先生韵》等,大概其人喜宋,其诗拟宋。

朱筠撰有《林青圃先生诗集》:“诗与文称,不更赞辞。”③据此文,林枝春自少及闻舅父郑开极之绪论,“酷似其舅,不愧于其乡之诸儒,而禀其山川风气者已。”④

林枝春胞弟林梦彩,乾隆三年戊午(1738)举人。

## No.22 侯官张崙家族

张崙:《晚香堂集》十二卷(同治刊本《福建通志》卷六十八)

张鹤年:《张后槎随见录》(《竹间十日话》卷一、同治刊本《福建通志》卷六十八)

张鹤佺:《张洞山诗稿》(《竹间十日话》卷一、同治刊本《福建通志》卷六十八。民国《福建通志·福建艺文志》存目卷四十二题《洞三诗稿》)

张熙赓:《乃庭诗稿》(同治刊本《福建通志》卷六十七)

**谨按:**侯官张崙,字苍嵋,一字文园⑤、子捷、昆甫⑥,号苍嵋⑦。侯官人。康熙间监生,授河间府中河通判。同治刊本《福建通志》著录其《晚香堂集》十二卷⑧,注引林从直序。略云:“先生古作参李而近体似杜,变化出入无一语非杜,终不掇杜半字,此善学杜者。”又引郑杰《注韩居诗话》论曰:“文园七律音节高爽,是宋调之佳者。”⑨张崙是康熙间较早的学杜、学宋调之佳者。《国朝全闽诗录初集》卷十一有张崙传及诗。

张崙之子张鹤年,字兴五,康熙间诸生,有《张后槎随见录》,《国朝全闽诗录初集》续集卷七有其传及诗;张鹤佺,字洞山,乾隆初布衣,工山水,精籀文铁笔,有《张洞山诗稿》⑩,见《闽诗选》。

张鹤年之子张熙赓,字乃庭。籍闽县。乾隆三十六年(1771)举人,官四川资阳县知县。

---

① 民国《闽侯县志》卷六十八,原第三页,影印第235页。

② 《国朝全闽诗录初集》卷十,第310页。

③ 朱筠《林青圃先生诗集》,《笥河文集》卷五,续修四库全书第1440册影印嘉庆二十年乙亥刻本,影印第191页。目录题《林青圃先生集序》(影印第120页)。

④ 同上书,影印第190-191页。

⑤ 郭柏苍《竹间十日话》卷一,第14页。又见民国《福建通志·福建文苑传》卷七张崙传。

⑥ 柯愈春《清人诗文集总目提要》,第697页。

⑦ 同治刊本《福建通志》卷六十八,影印第1396页。

⑧ 柯愈春《清人诗文集总目提要》著录此集,分《咄咄吟》、《巢林草》、《渡江草》、《吟鞭集》、《诗魂集》、《玉尺吟》、《白革草》、《南燕集》、《文山草》、《赤鲤吟》、《寓浙草》、《若耶集》,集各一卷(第697页)。

⑨ 同治刊本《福建通志》卷六十八,影印第1396页。

⑩ 郭柏苍《竹间十日话》卷一,第14、17页。

## No.23 建安(闽县)郑方城家族

郑善述:《敬修堂集》(民国《闽侯县志》卷四八《侯官艺文志》。朱仕琇《梅崖居士文集》卷八《连山令郑君墓志铭》作《敬收堂集》)、《青毡集》、《敬收堂诗文》(卢美松《薇园掬露》第78页)、(修)《玉田郑氏族谱》(福建省图书馆藏)

黄昙生(郑善述妻):《萧然居集》(民国《福建通志》总卷四十五,《福建列女传》卷六,黄昙生传。卢美松《薇园掬露》第79页作二卷)

郑方城:《绿痕书屋存稿》十卷、《燥吻集》、《行炙诗集》(同治刊本《福建通志》卷七十六)、《行炙集》[①](《国朝全闽诗录初集》卷十三郑方城传)、《绿痕书屋稿》(郭白阳《竹间续话》卷二)、《石幢先生遗文》、《探怀草》(民国《福建通志》总卷二十五,《福建艺文志》卷六十五)、《燥吻文集》(卢美松《薇园掬露》第78页)、《绿痕书屋诗稿》十卷(复旦大学图书馆藏)、《石幢遗文》五卷(张际亮辑,同治三年刻本)、《石幢诗草》一卷(清钞本,四川省图书馆藏)(李灵年等《清人别集总目》第1497页)

郑方城、郑方坤:《却埽斋倡和集》二卷[②]、(郑方城、郑方坤、郑天锦合撰)《晋安三郑集》(民国《福建通志》总卷二十五,《福建艺文志》卷七十一。朱仕琇《梅崖居士文集》卷八《连山令郑君墓志铭》、卷十九《三郑进士文稿序》作《三郑进士文稿》)

郑方坤:《经稗》六卷、《邯郸县志》、《邯邑人士小传》、《全闽诗话》十二卷、《补五代诗话》十卷(《石遗室诗话》卷二十一作《五代诗话补》)、《杜诗宣和谱》一卷、《读书劄记》四卷、《宦游纪闻》、《本朝诗钞小传》四卷(陈衍《石遗室诗话》卷二十一作《国朝诗钞小传》;民国十八年扫叶山房石印本唐陀署签《清名家诗人小传》四册四卷,有"民国八年校印"六字,书牌作《本朝名家诗人小传》,周骏富《清代传记丛刊》改题《清朝名家诗钞小传》)、《集唐千联》、《蘧庐词话》一卷、《词林玉屑》、《四六谈柄》、《读文劄记》、《古今词选》、《望古集》十二卷、《岭海文编》五十卷、《岭海丛编》四十卷、《历代文钞》、《本朝文钞》、《蔗尾诗集》十五卷、《蔗尾文集》二卷(同治刊本《福建通志》卷七十六)、《蔗尾集》[③](《国朝全闽诗录初集》卷十二、郭白阳《竹间续话》卷二)、《郑荔乡稿》、《三郑合稿》(卢前《八股文小史》。朱仕琇《三郑进士文稿序》作《三郑进士文稿》)、《青杉词》(《闽词征》卷四)、《诗钞小传》二卷(民国《福建通志》总卷二十五,《福建艺文志》卷二十三)、《十三经经稗》六卷、《五代诗话》十卷、《本朝诗钞》二百卷、《蔗尾诗文集》等二十余种(卢美松《薇园掬露》第79页)、《荔乡印谱》(郑方城《题荔乡印谱十八首》,《绿痕书屋诗集》卷五)、《本朝名家诗钞小传》二卷[④](《福建文献集成初编》第68册影印上海图书馆藏乾隆间刻本,题《国朝名家诗钞小传》)

郑徽柔:《芸窗蛩响集》一卷(民国《福建通志》总卷四十五,《福建列女传》卷六,郑徽柔传,卢美松《松轩话史》第27页作《芸窗寒响集》)、《蛩响诗集》(黄淑窕《墨庵楼试草》,《黄任集》第341页)、《蛩吟集》(郑方坤《灯影摇红·题伯姊蛩吟集后》,《蔗尾诗集》卷十附《青衫词》,第十二页)

郑淑止:《韫玉轩集》(民国《福建通志》总卷四十五,《福建列女传》卷六,郑徽柔传)

郑翰蓴(林其茂妻):《舟中吟草》(《福建地方文献及闽人著述综录》)、《带草居诗集》、《画荻编》(民国《福建通志》总卷四十五,《福建列女传》卷六,郑徽柔传附传)

郑镜蓉:《抱影集》、《垂露斋集》(民国《福建通志》总卷四十五,《福建列女传》卷六,郑徽柔传)

---

① 按:《清代诗文集汇编》第241册影印《绿痕书屋诗稿》十卷,目录版心刻"行炙集目录"五字,知二者为同一种诗集。

② 按:徐雁平主编《清代家集丛刊续编》(国家图书馆出版社2018年版)第164册题作《却扫斋诗集》二卷,影印清刻本。

③ 柯愈春《清人诗文集总目提要》著录《蔗尾集》十七卷,指的是《蔗尾诗集》十五卷(乾隆十八年刻本,中国国家博物馆藏)和《蔗尾文集》二卷(乾隆间刻本,福建省图书馆藏)。《蔗尾诗集》,乾隆元年刻十卷(北京大学图书馆藏),十八年杞菊轩增刻为十五卷,分为《删余草》、《公车草》、《木石居草》、《公车后草》、《木石居后草》、《丁年小草》、《丛台稿》、《春明草》、《广川稿》、《酒市稿》、《一粟斋稿》、《瓶花斋稿》、《杞菊轩稿》、《诗话轩稿》、《青衫词》(第541页)。

④ 请参看窦瑞敏《〈国朝名家诗钞小传〉足本考略》(《古籍研究》2017年第1期,第115-123页)一文。

郑金銮:《西爽斋存稿》(民国《福建通志》总卷四十五,《福建列女传》卷六,郑徽柔传)

郑镜蓉、郑云荫、郑青蘋、郑金銮(郑方坤长女至四女):《垂露斋唱和集》①二卷(民国《福建通志》总卷二十五,《福建艺文志》卷七十一;卢美松《薇园掬露》第80页)

郑咏谢:《簪花轩闺吟》、《研耕诗存》(民国《福建通志》总卷四十五,《福建列女传》卷六,郑徽柔传)、《簪花轩诗钞》一卷(清拾穗山房钞本,福建省图书馆藏。柯愈春《清人诗文集总目提要》第669-670页)、《簪花轩闺吟》一卷、《断鸿篇》一卷、《砚耕偶存》一卷(林欣荣《凤池林氏遗诗》本,民国十九年凤池林氏铅印本)

郑方坤等:《垂露斋联吟集》(卢美松《薇园掬露》第81页)

郑天锦(郑方城长子):《连山县志》、《艺苑丛谈》、《芥舟诗文集》、《论诗绝句》、《青氈集》(同治刊本《福建通志》卷七十六、朱仕琇《连山令郑君墓志铭》)、《郑芥舟集》(卢前《八股文小史》)、《艺苑必读》、《墨钦编制艺》(卢美松《薇园掬露》第79页)、《芥舟先生古文》(民国《福建通志》总卷二十五,《福建艺文志》卷六十五)、《绿痕书屋古文艺苑丛谈》、《成都府志》、《新繁县志》(朱仕琇《梅崖居士文集》卷八《连山令郑君墓志铭》)、《芥舟诗草》一卷(清钞本,与郑方城《石幢诗草》合册,上海图书馆藏。李灵年等《清人别集总目》第1495页)

郑若沂(郑天锦子):《蛾术斋稿》五卷(同治刊本《福建通志》卷七十六)、《巾箱遗草》、《蛾术斋诗集》(卢美松《薇园掬露》第79页)、《巾箱遗草》

郑三才(郑方城族子):《居易轩诗钞》六卷(嘉庆五年重刻本。柯愈春《清人诗文集总目提要》第497页)、《参亭存草》(同治刊本《福建通志》卷六十八、民国《闽侯县志》卷四八《侯官艺文志》)

郑天箓:《垂露斋诗稿》(同治刊本《福建通志》卷七十六)

郑天镳:《诗词小草》(《题天镳侄诗词小草》,郑方城《绿痕书屋诗集》卷十)

**谨按:**建安郑方城家族的明代先人及其家族中人在明清两代的文学创作情况请参看拙著《明代福建文学结聚与文化研究》第八三"闽县郑邦祥家族"条。杭世骏序郑方坤《蔗尾诗集》:"三山志称诗者门材以郑氏为最。其在前明时集行者凡一十四家,兄弟竞爽者得四焉。成祖朝有希玉(郑珞)、希晦(郑瑛),世宗朝有道启、警吾,棣华晔晔,玉色金声,乡人自陈氏世风而外,鲜可方驾者。"②杭世骏所指陈氏当指长乐陈仲进家族,而其所论似乎过誉,请参看拙作《明代福建文学结聚与文化研究》中闽县陈叔刚家族、闽县林瀚家族,这些家族皆可与郑氏家族颉颃。朱仕琇《连山令郑君墓志铭》铭文曰:"象州太学,三世有声。固安翼翼,更籍瓯宁。树德务滋,乃发豪英。石幢荔乡,天下知名。水之江汉,山之嵩恒。伟矣芥舟,继迹而兴。文阵蝥弧,援以先登。遂饩于学,遂贡于京。鲸铿鸳啸,众听以惊。四方云从,来输交情。屣履所至,一座尽倾。东鲁西蜀,岭轿江舲。定省之下,文誉四征。"③

郑方坤《赖古堂诗钞小传》尝记忆其祖父二铭公(郑桢)④,黄晋良代撰《郑二室广文八十寿序》,郑二室为黄晋良所代笔者闽县郑氏(郑善述兄弟行)的大伯父郑梓⑤。序略曰:"吾荥阳自南湖以下,经学益大,固多兄弟并名,仕隐通致。势殊则归来一拂,年富则著论万言,如吾伯父二室公,真不愧其家学云。……以经术文章表率乡党……太公秉天纵异才,佶抗曹、谢间……公兄弟并弱冠起黉序,囊括百家,成文章,未尝不以董、贾自命。"⑥闽县黄氏、叶氏、郑氏在明末清初形成关系复杂的通家交谊,每个

① 按:郑方城诗题《题蓉荫蘋銮四侄女诗词小草》(《绿痕书屋诗稿》卷十),所谓《诗词小草》即《垂露斋唱和集》。

② 杭世骏序,郑方坤《蔗尾诗集》,《清代诗文集汇编》第275册,影印第3页。

③ 朱仕琇《梅崖居士文集》卷八,《清代诗文集汇编》第336册,影印第266页。

④ 郑方坤《国朝名家诗钞小传》卷一。

⑤ 黄晋良《故文学二铭郑先生行状》,《和敬堂全集》文部卷九,原第二页,《清代诗文集汇编》第54册,影印第179页。此文中称郑梓为司训公,尝司铎泉州府德化县。

⑥ 黄晋良《和敬堂全集》文部卷三,《清代诗文集汇编》第54册,影印第130页。

家族中都产生了重要的人物，对于学术授受传承、文学观念的传播和接受、传承具有重要的意义。黄晋良的兄长黄周良、黄汉良均从叶履春(端卿)学[①]，黄氏、郑氏联姻，而闽县郑氏与叶氏之间有着四代的道谊。黄晋良谓郑桢"初从叶端卿先生学，在先气质而后文义，其后转以授其子孙，故与叶氏四代互为师友，道谊文章洵称孔、李通家。"[②]大概可以观察出清初学风、诗风、文风在这三个家族之间的转变具有同步、同心、协调的性质，郑方城兄弟的学问和诗歌创作的转向与叶矫然有密切的相关性。

郑方城、郑方坤兄弟系郑邦祥[③]曾孙、郑桢之孙、郑善述之子。郑善述(？—1718[④])，字孚世，号蕉溪。侯官人。徙建安[⑤]。康熙二十九年庚午(1690)举人。授直隶固安知县。五十六年丁酉(1717)，镌级归，筑木石居。迎养伯兄郑焆，善置陈氏姊、叶氏妹。子郑方城、郑方坤。[⑥] 尝与林佶共笔砚二十年，交情深厚。林佶作有《题画松为郑蕉溪寿》四首[⑦]。传见同治刊本《福建通志·良吏传》、民国《福建通志·福建循吏传》。郑善述"受禀端亮，早通六经，为文宏畅能祛浅俗。"[⑧]

郑善述娶闽县黄晋良之长女黄昙生。黄昙生[⑨]，一作黄昙，字护华，永福黄任族姑[⑩]。黄昙生与群从、子婿、通家子倡和，著作甚富，秘不示人。其集《萧然居集》有林大家(林云铭母)序。其女郑徽柔、郑淑止[⑪]及郑方城女郑翰蓴[⑫]，郑方坤女郑镜蓉、郑云荫、郑青蘋、郑金銮、郑咏谢、郑玉贺、郑风调、郑冰纨皆能诗，实昙生教之。郑咏谢《纪事述怀》五古一首，节录如下："人生固有命，遇合亦靡常。忆予初生日，乃在邹鲁乡。阿父时作宰，嬉戏趋黄堂。稍长肄女训，纫佩荃芷芳。绣余缀吟咏，优游翰墨场。封、胡与遏、末，弟妹随肩行。阿父博一粲，盐絮分颉颃。"[⑬]这是郑方坤家庭闺房肃雝的生活场景。诗以东晋谢安家族"封胡羯末"[⑭]诸谢指称兄弟美材，以"盐絮"[⑮]典故称誉谢道韫之才，郑氏内迁之后一门之内兄弟姐妹均能文艺，而且延续数世，保持了家学的传承。

---

① 黄晋良《行素先生传》，《和敬堂全集》卷七，原第十二页，《清代诗文集汇编》第54册，影印第165页。

② 黄晋良《故文学二铭郑先生行状》，《和敬堂全集》文部卷九，原第三页，《清代诗文集汇编》第54册，影印第179页。

③ 郑邦祥(1587—1625)五子：长子郑立文(梓)，邑庠生，为文博雅秀洁；四子郑立姬(桢，1610—1684)，邑庠生。郑立姬次子郑善述(卢美松《松轩史话》第78页)。郑立姬长子郑焆，"舍章句，谋衣食"以养亲(黄晋良《故文学二铭郑先生行状》，《和敬堂全集》文部卷九，原第九页，《清代诗文集汇编》第54册，影印第180页)。

④ 郑方城《赠孙遂人世丈二首》其二诗句中注："先君戊戌春见背"(《绿痕书屋诗集》卷二，原第十页，《清代诗文集汇编》第241册，影印第464页)。戊戌，康熙五十七年(1718)。

⑤ 郑方城《重阳后自会城返棹建郡留别伯姊》序云："仆长自榕城，侨于芝郡。"(《绿痕书屋诗集》卷六，《清代诗文集汇编》第241册，原第十七页，影印第509页)

⑥ 民国《福建通志》总卷三十六，《福建循吏传(清一)》卷十一，郑善述传，原第三十三、三十四页。

⑦ 林佶《朴学斋诗稿》卷九。

⑧ 黄晋良《故文学二铭郑先生行状》，《和敬堂全集》文部卷九，原第九页，《清代诗文集汇编》第54册，影印第180页。

⑨ 郑方城《老母诞辰不及归捧一觞三弟署中聊治酒肴肃客二首》其二诗中注"母生辰恰值佛诞"(《绿痕书屋诗集》卷三，原第四页，《清代诗文集汇编》第241册，影印第471页)，知黄昙生初度在四月初八日。

⑩ 根据黄晋良所撰《舅氏陈耕烟先生传》，黄文焕次女适陈明弼(耕烟)，陈明弼外甥黄晋良(《和敬堂全集》文部卷七，原第一、二页，《清代诗文集汇编》第54册，影印第156页)，从黄文焕到黄晋良之间构成三代的姻亲关系。但是黄晋良却称黄文焕孙、黄基次子黄鑅(字汝合)为"仲侄"(黄晋良《游初草序》，董秉清《永泰县志》卷八，影印第182页)。本书根据《游初草序》所确定的黄晋良与黄文焕子孙的辈分关系，比《舅氏陈耕烟先生传》所推算的辈分少一代。

⑪ 郑方城《绿痕书屋诗集》卷七有《寄陈门次妹》诗，知郑方城在陈氏姊郑徽柔、曾氏妹之外，还有适陈氏之妹，妹婿陈宝臣(郑方城《和荔乡杂诗十首次韵》其九诗中注，《绿痕书屋诗集》卷六，原第十五页，《清代诗文集汇编》第241册，影印第508页)。曾氏妹能诗词，郑方坤《西江月·别曾妹》其三词后注："妹时以所作诗词属定。"(《蔗尾诗集·青衫词》，《清代诗文集汇编》第275册，影印第112页)

⑫ 郑方城诸女见诸诗题者有《抵水口寄次女畹兰叠前韵》(《绿痕书屋诗集》卷二)、《寄长女琼芝》、《三女翰蓴邮诗请定作寄》(同书，卷三)、《戒装示四女树蘐》(同书，卷七)等，自言"膝下有四女"(《畹兰翰蓴二女言旋作芝城别送之然畹兰僻远尤可念也》，《绿痕书屋诗集》卷六，《清代诗文集汇编》第241册，原第十六页，影印第508页)，其中次女畹兰远嫁古田。

⑬ 民国《福建通志》总卷四十五，《福建列女传》卷六，黄昙生传，原第十五页。

⑭ 按：《晋书》王凝之妻谢氏传，封、胡、羯、末分别是谢韶、谢朗、谢玄、谢川小名(《晋书》卷九十六，《列女传》，第2516页)；《世说新语·贤媛第十九》"羯"羯作"遏"，徐震堮引《晋书·列女传》作"羯"，封、胡、羯、末分别指谢韶、谢朗、谢玄、谢渊(即谢川，唐人避讳改渊为川)(刘义庆撰，徐震堮校笺《世说新语校笺》，《贤媛》第十九，第377页，"王凝之谢夫人"条，中华书局1984年版)。本书从封、胡、羯、末指谢道韫四位"从兄弟"说，他注他说不详引。郑方城《寄示侄天钊》诗有句"谢庭每忆封、胡、遏"(《绿痕书屋诗集》卷三，原第十八页，《清代诗文集汇编》第241册，影印第478页)指三人，用意相同。

⑮ 刘义庆撰，徐震堮校笺《世说新语校笺》，《言语》第二，第72页，"谢太傅寒雪日内集"条。

郑徽柔,字静轩,郑方坤姊、黄任表姐。适侯官陈日赞①。著有《芸窗蛩响集》一卷。郑淑止,字菊生。有《韫玉轩集》。郑翰蓴,字秋羹。适山阴令林其茂,早寡,课其二子林乔荫、林澍蕃,皆有令名。著有《带草居诗集》、《画荻编》。郑方坤长女郑镜蓉,字玉台。归闽县螺洲陈衣德之子陈文思②,早寡。有《抱影集》、《垂露斋集》。次女郑云荫,字绿落。归常山令严以治之子严应矩③。三女郑青蘋,字花汀。适翁振纲。四女郑金銮,字殿仙。适林守良④。有《西爽斋存稿》。五女郑长庚⑤,工诗,多散佚。六女郑咏谢,字菱波、林风。归林天木,有子林轩开⑥,令泰顺。有《簪花轩闺吟》、《研耕诗存》,从兄郑天锦序之,风格近温、李。林轩开之子林茂春,其诗沉博弘肆,林昌彝以为其诗浑雄悲壮,刁斗森严,合吴伟业、顾炎武诗风而为一⑦。七女郑玉贺,字春盎。归堂邑令陈琦之子、监生陈华堂。八女郑风调,字碧笙。归闽县螺洲陈宝瑨族兄弟陈廷俊。九女郑冰纨,许字林天桓,未嫁而殇⑧。郑天锦之女郑佩玟适浦城诸生孙景韩,郑佩玟及女孙兰如俱能诗,有子孙承谟⑨。

郑方城(1678—1747),字则望,号石幢、霞村⑩,籍建宁府建安县。援例贡国子监,授泰宁训导,雍正元年癸卯(1723)举于乡。时季弟郑方坤先登第,官邯郸知县,迁景州知府,方城皆在署佐理。雍正十一年癸丑(1733)进士,官新繁知县。乾隆十一年丙寅(1746)罢官,为巡抚延主锦江书院。陕西三原人、古文家刘绍攽撰《郑先生方城传》,见《碑传集》卷一百三。著有《燥吻集》、《绿痕书屋诗稿》。子郑天锦、郑天钦⑪。传见同治刊本《福建通志·良吏传》。同治刊本《福建通志》著录其著作,引郑方坤《诗钞小传》云:"伯兄石幢先生,先大夫蕉溪公冢子。筮仕蜀之新繁,尝于丛台官舍刻烛赋诗,拈题得《寒柝》,限双字韵。方坤先得句云'迟久更疑六,于喁唱或双',客皆叹其新颖;及先生诗成,则云'偶作行歌互,应惊好梦双',于时徐静谷(徐杞,浙江钱塘人,康熙五十一年壬辰进士)先生在坐,乃拍案叫绝,谓是题能以神韵胜,斯为绝无仅有,岂但压倒元、白已哉?'"⑫《国朝全闽诗录初集》卷十三有传及诗,传引郑杰《注韩居诗话》论曰:"石幢宦蜀,蜀民悦服。后以闱中磨勘事废官,而上官不令俶装,延主锦江书院,蜀士景附而来者踵相接也。未几而卒。平日常与弟荔乡倡和成帙,人多艳美。徐静容云:'石幢诗有根柢,有兴会,而又天骨森张,才锋侧出。'甚为称服。"诗题《寄三弟(郑方坤)》⑬。

雍正十三年(1735)冬十一月朔日,族子郑三才序云:"其格律精严,李光弼之行军刁斗也;风流骀宕,祭征虏之雅歌投壶也;取材既富,点染尤工,淮阴侯将兵多多益善;至于法无不备,无不臻,如司马仲达按行诸葛武侯营垒叹为天才。固安聚会固多骚人,而叔尤为超伦绝群者也。……(二十年后)叔则幽燕老将,气韵愈以沉雄。"⑭郑三才对其叔父郑方城极为推挹。乾隆八年癸亥(1743),刘绍攽(九

---

① 郑方城《绿痕书屋诗集》有《奉怀陈门姊有寄》(卷三)、《留别陈门姐》(卷五)、《重阳后自会城返棹建郡留别伯姊》(卷六)诗。

② 郑方城《绿痕书屋诗集》卷六有诗《送陈门侄女返榕城兼忆侄婿允绶》。

③ 郑方坤《次女随婿回常山署送之以诗》,《蔗尾诗集》卷十三。郑方坤又有《送载中严婿回闽》诗,知严应矩字载中。

④ 郑方坤《金銮四女于归有日先期遣之返里诗送其行时己巳孟冬四日》,《蔗尾诗集》卷十四。己巳,乾隆十四年(1749)。据诗中夹注,林守良家有西园亭。郑方坤又有《古诗一章送林端卿婿返里》(《蔗尾诗集》卷十四),知林守良字端卿。

⑤ 郑方坤《于役张秋道中寄示五女长庚》,《蔗尾诗集》卷十四。

⑥ 据《黄任集·黄任世系图》,黄绍治(黄任父)之女某适闽县林长洵,生子林天木;林天木之子林轩开(蓼怀),居香草斋(《黄任集》,第488页)。

⑦ 柯愈春《清人诗文集总目提要》,第1021页,引谢金銮、林昌彝语。

⑧ 郑方坤《哭纨女二首》,《蔗尾诗集》卷十四。郑冰纨大概卒于其伯父郑方城(1678—1747)之后,据第一首诗第二句卒年十五岁左右。

⑨ 民国《福建通志》总卷四十五,《福建列女传》卷六,郑徽柔传,原第二十一、二十二页。

⑩ 柯愈春《清人诗文集总目提要》,第566页。

⑪ 郑方城《北行将戒装示次儿天钦》、《寄示天锦天钦二儿》《绿痕书屋诗稿》卷七,《清代诗文集汇编》第241册,影印第511、512页。

⑫ 同治刊本《福建通志》卷七十六,影印第1569页。

⑬ 《国朝全闽诗录初集》卷十三,第285页。

⑭ 郑三才《郑序》,郑方城《绿痕书屋诗稿》,《清代诗文集汇编》第241册,影印第436页。按:据此序所述,郑善述固安聚会在康熙五十二年癸巳(1713),雍正八年庚戌(1730)郑三才复与郑方城聚于邯郸署中,明年辛亥(1731)郑方坤来,此间几二十年,郑三才所作郑方城固安别后诗歌"幽燕老将"的评价基于此。又,郑三才述雍正十一年癸丑(1733)郑方城登第,郑三才自东光来会,流连累月,"至甲辰始束装"事,其中"甲辰(雍正二年,1724)"系"甲寅(雍正十二年,1734)"之误。

畹)序《绿痕书屋诗集》:"有光焰,有排奡,有雅丽清奥,有希微澹泊……古诗类曹、刘,间出入昌黎,长歌既类韩,又类杜,亦似元、白、东坡,排律专效韩、孟,近体则盛、晚诸家,不可悉数。"[①]刘叙指出郑方城之诗多种风格,模拟前代诗人极有成就,从《绿痕书屋诗集》诸卷诗歌来看,郑方城之诗以杜甫、李贺、李商隐、韩愈、孟郊、元稹、白居易、苏轼、梅尧臣、温庭筠、本朝王士禛、张远[②]为重要模拟对象,亦多作限韵诗、白战体禁体物诗。乾隆十一年丙寅(1746),邱仰文序:"学者,文史未饱,不能含咀英华,漱六艺之芳润,观朵颐而拾唾余,妄意为诗,譬珍错鹿豖之物不陈于庭,水火盐梅之用不登于俎,欲以肃大烹、秩宾筵,虽易牙不能为役矣。……吾友同年郑石幢先生醇实都雅,忠信为质。幼习庭训,淹贯经籍,百家之书无不读。自为童子,已习于诗,与其弟荔乡先生后先唱和,鹊起闽南,嗣响大雅。……荔乡才高而学毕副,石幢学深,不掩其才,皆能吐弃一切,寄至味于淡泊。"[③]邱序则指出郑方城、郑方坤兄弟之诗具有学人的特征。这些评价符合郑方城《绿痕书屋诗集》的实际情况。

郑方城与本省诗人吴文焕、陈治滋、林正青[④]、陈衣德、林秉龙、廖学信、林在峩、黄任、庄九畹及外省诗人杭世骏、刘绍攽、邱仰文等诗人交往,有诗《和吴剑虹(吴文焕)太史苦雨次韵二首》、《同吴剑翁景轩看牡丹叠前韵》(《绿痕书屋诗集》卷二)、《读吴剑虹太史游开化寺诗及陈德泉(陈治滋)太史家履斋明府和章次韵》、《送陈德泉太史假回省亲》、《赠林洙云(林正青,林佶之子)二首》、《送林泽云孝廉返里》(同书,卷四)、《春思八首次陈浴斋(陈衣德)和荔乡舍弟秋兴八首原韵》(同书,卷五)、《夜集之次日行者戒装未发再罄一日之欢联句得八齐》、《济宁舟行次耨田(廖学信)韵二首》、《题荔乡印谱十八首》其五(同书,卷五)、《废营次黄莘田韵》、《残阳次黄莘田韵》、《初月次黄莘田韵》、《方镜次杭堇浦(杭世骏)太史韵八首》(同书,卷九)及刘序、邱序等。

郑方坤(1693—1755[⑤]),字则厚,号荔乡。籍建安,原籍闽县,《蔗尾诗集》署晋安。少从父令固安,遍交当代名人,讲求河漕利弊、边防要领。雍正元年癸卯(1723)进士,历官邯郸、景州、登州等地,权兖沂曹济道,累官兖州知府。与兄方城弱冠并有文名,在都门与名流往来赓唱。有《全闽诗话》、《诗钞小传》、《蔗尾集》、《却埽斋倡和集》等。娶林氏。内弟林其绚、林其振、林其丹。子郑天箓,工诗。又子郑天錢,早卒[⑥]。筑有一粟斋。传附同治刊本《福建通志》郑方城传。

郑方坤淹通经史,多有撰著,为《四库全书总目》提要者多种:如《补五代诗话》,"《四库书目提要》:'初,王士祯欲作《五代诗话》,仅草创而未成……方坤得士祯残稿于历城朱氏,乃采摭诸书,重为补正,原本六百四十二条之中,删其二百一十六条,增入七百八十九条,共成一千二百五十一条……原本方干、郑谷、唐球诸人,上连唐代,既已刊削。而司空图之不受梁官,韩偓之未食闽禄,例以陶潜称晋,仍是唐人。列之五代,亦乖断限。至潘慎修《献宋太宗诗》、刘兼《长春节诗》,宋事宋人,一并阑入,尤泛滥矣。又如苏轼演《陌上花》,晁补之撰《芳仪曲》,李淑《题周恭帝陵》,宋徽宗书白居易句,虽咏五代之事,实非五代之人,一概增入。……贪多务得,方坤亦自言之矣。……然采摭繁富,五代轶闻琐事,几

---

① 刘绍攽《刘叙》,郑方城《绿痕书屋诗稿》,《清代诗文集汇编》第241册,影印第427、428页。

② 郑方城《自题松石图小影四首》其二诗后注:"孙望山、张超然、家参亭、任卓尔诸君皆有题句。"(《绿痕书屋诗稿》卷一,《清代诗文集汇编》第241册,原第五页,影印第450页)《秋日书怀见张超然前辈集中有十二子诗戏用其体》(同书,卷一,原第十、十一页,影印第453页)、《泥美人次韵四首》序:"读(张远)《旡闷堂集》,有《泥美人诗》八首,搜刮意义,尽态极妍"(同书,卷二,原第十九页,影印第468页)。

③ 邱仰文《邱序》,郑方城《绿痕书屋诗稿》,《清代诗文集汇编》第241册,影印第429、430、431页。

④ 郑善述与林佶、郑方城兄弟与林正青具有数世交谊,郑方城《赠林洙云》其二诗云"数世交情少与俦"、"贱子能忘荔水庄",注后句云:"先君子与尊甫鹿原先生读书荔水庄,余时获侍。"(《绿痕书屋诗稿》卷四,原第三页,《清代诗文集汇编》第241册,影印第481页)荔水庄系林氏别业。

⑤ 游绍安诗《口号哭林苍岩正青》,自注:"丙子(乾隆二十一年,1756)年。"诗末自注:"自去冬迄今,哭荔乡(郑方坤)、德泉(陈治滋)、苍岩(林正青)三友矣。"(转引自《黄任年表》,《黄任集》第586页)

⑥ 郑方坤《哭錢儿五首》,《蔗尾诗集》卷七。

于搜括无余。较之士祯原著,则赅备多矣。'[①]"《蔗尾诗集》十五卷、《蔗尾文集》二卷,"《四库书目提要》:'方坤天分既高,记诵尤广,故其诗下笔不休,有凌厉一切之意,尤力攻严羽《沧浪诗话》'诗不关学'之非,然于涩字、险韵恒数十叠,虽迭(本书按:迭,《〈蔗尾诗集文集〉提要》作"间")见层出,波澜不穷,要亦不免于炫博,此又以学富失之。(所谓矫枉者必过直也)其诗凡分十五集,曰《删余草》,曰《木石居草》[②],曰《公车后草》,曰《木石居后草》,曰《丁年小草》,曰《丛台稿》,曰《春明草》,曰《广川稿》,曰《酒市稿》,曰《一粟斋稿》,曰《瓶花斋稿》,曰《杞菊轩稿》,曰《诗话轩稿》,皆古今体诗。曰《青衫词》[③],则诗余,附录者也。文集二卷,亦大抵俪体居多,其根柢在六朝也。'"其所撰《杜诗宣和谱》自序,略曰:"少日读杜诗,皆能上口,忆曾侍先大夫花间杂集,酒以次行。客有举《宣和谱》征令者,随所遇牌色,拈唐人诗一句,余时所阄得者为《五巧合谱》云……"所辑《本朝诗钞小传》,"是书自施闰章以下凡一百四人,而以族子三才、兄方城殿焉。"所辑《集唐千联》,"方坤自序。略曰:'集唐自半山、文山二公始,率散体及五七言绝耳。前明洪、永诸老乃隶以对属,如所传'桂岭瘴来云似墨,蜀江风淡水如罗'、'梁间燕子闻长叹,楼上花枝笑独眠'者是已。余少日亦好拈此,积久渐多,乃辄排纂声诗,取向所肄业者,为之移就甲乙配合丁壬,亦聊以消长日云尔。'"[④]由此观之,郑方坤之诗具有六朝、两宋气象,嗜杜学宋,其所撰著又为乾嘉考据学派学者的先声。观郑方坤《蔗尾诗集》诗作的夹注,郑氏寓目之典籍覆盖四库书[⑤],运用自如,与清代学人之诗面目相类。而郑方城、郑方坤的外祖父、福州府闽县诗人黄晋良(1615—1689)早在康熙年间论叶封之七言律句后四句"马、班且觉多疏略,鲍、庾翻应细剪裁。本是穷经兼饫史,日衔渊影奈相催"自注已有"(下四语)言叶公论文谈诗之精,本由穷经饫史所得"[⑥]之谓,其实已有"学人之诗"的内涵,只是命名未出未同而已。

郑方坤《蔗尾诗集》十五卷,有孙勷、张振义、杭世骏、金德瑛、傅王露、吴文焕、胡天游、郑方城八人所作序。择其要者,簃录如下:

雍正十二年(1734),孙勷序:"君绝艳精才,四库书罔不贯串,诸所为诗俱在,虽一本唐人矩矱,然其取材宏博而辟境新异,发源于李、杜,扬波于韩、苏,更时出入于剑南(陆游)、石湖(范成大)、遗山(元好问)、道园(虞集)诸家,以极其变化,绝不嫥婴依违,守乡曲之绪论,废域外之宏观,而牙慧拾人,故步失我,如世所规闽十子派者。诚哉!其能别裁伪体而转益多师也已。"[⑦]说明郑氏兄弟的诗学观念具有同趋,在二郑诗集具体的诗歌创作中更能看出这个特征,尤其体现在次韵杜甫、苏轼、王士禛诗歌创作和限韵诗、叠韵诗、集句诗、禁体物诗的创作现象中。

乾隆元年(1736),杭世骏序:"古之为诗者由本以及末,今之为诗者骛末而遗本。由本以及末,故朝经夕史、昼子夜集,优柔餍饫,无意于求工,而诗益工;骛末矣以遗本,傭僦耳目,彫琢曼辞规其外。若果能贯三才而穷万象者,实而按之,则枵然而无所有。"[⑧]亦指明郑方坤之诗具有学人诗的性质,且具有清代朴学的精神。

乾隆十八年(1753),金德瑛序:"夫诗源流派别虽殊耳大旨不外二端:慕高古者有生硬不化之讥,骋才华者少渊深沉郁之致。自非通人,合则两伤。先生诗大概被文相质,句必深稳,字必典切。钻冗

---

① 此段原本永瑢等《四库全书总目》卷一九六《〈五代诗话〉提要》(影印第1795页),有所节略。《补五代诗话》作《五代诗话》十卷,福建巡抚采进本。王士祯,当作王士禛,四库馆臣避讳改。

② 按:《四库全书总目》中《蔗尾诗集》的目录遗漏第二卷《公车草》,改卷为古今体诗三十九首(《清代诗文集汇编》第275册,影印第9页)。

③ 按:郑方坤能词,尝作《论词绝句三十六首》(《蔗尾诗集》卷五,《木石居后草》,原第七至十二页,《清代诗文集汇编》第275册,影印第32-35页)。

④ 同治刊本《福建通志》卷七十六,影印第1568页。永瑢等《四库全书总目》卷一八五,《〈蔗尾诗集文集〉提要》,影印第1675页。

⑤ 郑方坤诗作用经部例,如《咏杨花六首》其五句"泽木爻将九五陈"下注:"《易·大过》九五爻:'枯杨生华。'"(《蔗尾诗集》卷十四,《清代诗文集汇编》第275册,影印第96页)本《周易·大过》"九五,枯杨生华,老妇得其士夫"而节略。

⑥ 黄晋良《次韵叶慕庐公祖留别四首》其三,《和敬堂全集》诗部卷二十三,原第十二页,《清代诗文集汇编》第54册,影印第406页。

⑦ 郑方坤序,《蔗尾诗集》,《清代诗文集汇编》第275册,影印第1页。

⑧ 杭世骏序,《蔗尾诗集》,《清代诗文集汇编》第275册,影印第3页。

四库，沉浸含咀而出之，而炉锤之妙、吐属之工皆一气浑成，无补凑挦撦之迹。体格与唐玉溪生(李商隐)相近，然玉溪自命杜诗，而拟之者多，过于繁缛，伤于软弱。不知其纪事怀古以沉郁顿挫为关键，迥出飞卿(温庭筠)、柯古(段成式)诸人之上，如《韩碑》一篇瑰伟兀奡，足以闻弦征曲矣。荔乡诸作皆极熨帖，而纵笔所之，险韵奥语层见叠出，百宝流苏，龙象蹴踏，时溢奇怪于古体之中，兼松陵[①](皮日休)、眉山(苏轼)之胜，故读兹集而专赏其工稳，非深知诗者，即非深知荔乡者也。”[②]

乾隆十一年(1746)，傅王露序：“余每见今之户说诗者持论不一，独心折商邱侯朝宗之言，以清空一气为尚，谓不读万卷岂易言清，不破万卷岂易言空。诚哉有味，其言之也。虞山钱宗伯序渔洋诗，亦以‘识’字涵雅，故为独角麟。……先生生发未燥，即与难兄石幢尽读其家所藏书，直穷西山之秘，以故掉鞅文坛……手未尝一日释卷，性复强记，涉目不忘，腹笥所储积卷奚翅万计，且复妙于驱使，陈因臭腐，一经熔铸，尽化神奇，故虽涩字险韵恒至数十叠而间见层出，波澜不穷，非中涵雅故而真能识字者耶？读其诗，浓薰高摘，极瑰丽之观，而清空一气，如绛云之在霄，舒卷自如。”[③]此序以为郑方坤之诗以学问而成清空风格，又论郑方坤诗作极富活法，此论其实本诸宋代江西诗派的诗论。

乾隆十一年(1746)，吴文焕序：“荔乡先生以沉博绝丽之才，具温柔敦厚之致，少工吟咏，著作等身。……盖先生负绝异之姿，家庭之中，耳濡目染，植根已深，既乃南北往来，友朋之所论说，山川之所取资，日浸月润，每变而益上，故其为诗纵横挥霍，亦每变而愈工。”[④]郑方坤天才踔厉，凌轹古今，其诗在当时有洛阳纸贵之誉[⑤]。吴序以为得江山之助，符合《文心雕龙·物色》的思想。近代诗人林昌彝撰《论诗一百有五首》第三十一首称其“狂才跋扈复飞扬”，树帜西瓯[⑥]，亦有极其推崇之意。

雍正十一年(1733)，郑方城序：“天下岂有不假乎学之事哉？……谓不学而能若是？予曰：‘否否。世之工举子业者未尝束古书不观，此即作诗之根柢耳。……一切有韵之言皆诗也，则皆学也。……虽然诗难言矣，取材不博则陋，构思不精则粗，矜新斫奇而或失之纤，或失之凿，至于跌宕波澜、沉郁顿挫，自非兴到笔随，具大神力，不足以语于此。’”[⑦]郑方城以为“国朝风雅道兴”，在钱谦益、吴伟业、王士禛、施闰章、宋琬、朱彝尊立赤帜壁垒，同声相应，“羽翼后先，号称极盛”，“十数年来，音徽渐远”，而郑方坤崛起其间，“诗学之复振”[⑧]。郑方城的观点对南朝钟嵘《诗品序》而言，是对钟氏“即目”、“惟所见”、“无故实”、“非补假”诗歌理论的提升，强调学问对于诗歌创作的重要性。郑方城以为其弟郑方坤之诗可以继清初钱谦益诸人而继起，论定其诗具有取材博、构思精，去纤去凿，跌宕波澜、沉郁顿挫的诗歌特征、风格和气象。郑方城还指出郑方坤之诗对于闽诗的意义：“竹垞朱氏有言，终明之世，诗凡屡变，独闽诗未变，如曹、谢、二徐辈犹然十才子调，不谓荔乡一变，遂开生面。若此，予愿吾闽人士咸如荔乡大变从前积习，使一盛不复衰，毋徒规规晋安之派，而优孟其衣冠，可矣。若严沧浪所云‘诗不关学’，则英雄欺人，反为打油钉铰开一方便法门，予又不敢护桑梓之谊，请与天下共攻之。”[⑨]确实称得上是清代闽人在诗歌理论上完成对晋安诗派“十才子调”清算的宣言，朱仕琇称郑方坤之诗“兼历代之体高者，得《国风》遗意，风行天下”[⑩]。郑方城《绿痕书屋诗集》卷四另有《题荔乡蔗尾集诗后四首》诗。

郑方坤的影响超出建宁一府、福建一省，具有全国的意义。朱仕琇《全闽诗话序》称郑方坤“与其兄石幢先生文名震天下。由州县，历郡守，屡举治迹尤异。所交皆四方贤豪，盖孟子所称天下之士，不

① 郑方坤诗《秋夜读松陵集因效其体寄陈浴斋同年》，《木石居后草》第四、五页，《蔗尾诗集》卷五，《清代诗文集汇编》第275册，影印第31页。

② 金德瑛序，《蔗尾诗集》，《清代诗文集汇编》第275册，影印第4页。

③ 傅王露序，《蔗尾诗集》，《清代诗文集汇编》第275册，影印第5页。

④ 吴文焕序，《蔗尾诗集》，《清代诗文集汇编》第275册，影印第6页。

⑤ 傅王露序，《蔗尾诗集》，《清代诗文集汇编》第275册，影印第5页。

⑥ 林昌彝《林昌彝诗文集》卷七，第181页。

⑦ 郑方城序，《蔗尾诗集》，《清代诗文集汇编》第275册，影印第8页。

⑧ 同上注。

⑨ 同上注。

⑩ 朱仕琇《全闽诗话序》，《梅崖居士文集》卷十七，《清代诗文集汇编》第336册，影印第343页。

当以乡国私者。”①《国朝全闽诗录初集》有郑方坤传及诗。引注多种,如“林白云(林从直)云:‘先生诗如藐姑神女,天然风韵。又如空山兰蕙,香气袭人。’”又如,“《注韩居诗话》:‘先生性嗜书,搜罗宏富。居官三十年,莅事之余,即沉酣典籍。著有《诗钞小传》、《全闽诗话》、《补五代诗话》、《岭海丛编》、《望古集》、诗文集。与兄方城俱以诗名。杭大宗(杭世骏)纂《榕城诗话》,访闽近今诗家,张惕庵先生历举诸先正,而殿以先生。叹其千汇万状,出入韩、苏,盖衍今日之闽派者也。’”②郑杰《注韩居诗话》已经把“千汇万状,出入韩、苏”的诗歌创作命名为“今日之闽派”,以别于明代以来所称之晋安诗派,正是体近后来前同光体、同光体者。

郑方坤诗,题《亲串回闽作诗一章备述官况呈家慈大人》有句:“母也卷幔谈,超超自玄著。援据在文史,督课或花药。环侍纷孙枝,亦有婢赤脚。情景宛宛然,曷计蹑芒屩。”③其家庭内部诗人群体唱和“情景宛然”。又,谢章铤《赌棋山庄词话》中“郑方坤词”条云:“荔乡与兄石幢方城,犹子有邻天锦,以时文雄长闽中,称‘三郑’。而荔乡诗古文辞颇不愧方家,其词则见赏于蒋铅山(蒋士铨)。大抵佳处却有后村别调风味。……荔乡一门风雅,妇女皆娴吟咏。”④表明郑方坤家庭旺盛的文学创作活动,详情参看《明代福建文学结聚与文化研究》所搜集的相关资料。

郑方城、郑方坤是乾隆间著名诗人黄任的姻亲兼诗友,名列《黄任集·黄任交游人物表》。郑方坤能词,著有《青衫词》。《闽词征》卷四有传及词。

除了郑方城、郑方坤两人,还有郑则明等人能诗。郑三才序《绿痕书屋诗集》称“癸巳之秋,谒叔于固安官署。固安,叔祖蕉溪公所治。政事之暇,树帜骚坛。其时孙绰致师,谓沛村。任昉搜乘,谓豫庵。仲氏夺蝥弧之旗,谓则明叔。季氏掌中军之鼓,谓荔乡叔。叔仗钺一呼,众人辟易。”⑤。郑则明(1688—1717⑥)系郑方城仲弟、郑方坤兄⑦,卒年二十九。又有郑天钊⑧、郑有弘⑨、郑慕韩⑩、郑天镳⑪、郑廷咸⑫、郑有章⑬、郑在夫⑭、郑有邻⑮。郑方城、郑方坤兄弟文风有别,民国《福建通志》著录郑方城《石幢先生遗文》,引《云寥山人文钞》,略云郑方坤古文禯丽温雅,有六朝金粉气,兄郑方城的古文则恪守唐宋八家遗轨,其文若太子丹、吕不韦、伍员诸论,《药性论》、《文论》及《答刘九畹书》、《哭亡侄文》洵欧、

---

① 朱仕琇《梅崖居士文集》卷十七,《清代诗文集汇编》第336册,影印第343页。

② 《国朝全闽诗录初集》卷十二,第259页。

③ 同上书,第260页。原题《有亲串回闽者作诗一章备述宦况呈家慈大人焉》五言长篇,见《蔗尾诗集》卷七《丛台稿》,原第十五页,《清代诗文集汇编》第275册,影印第51页。

④ 谢章铤《赌棋山庄词话》卷六,刘荣平《赌棋山庄词话校注》,第138页。

⑤ 郑三才序,郑方城《绿痕书屋诗集》,《清代诗文集汇编》第241册,影印第436页。

⑥ 据郑方坤《漫河旅店和壁间旧题韵四首》序“丁酉(康熙五十六年,1717)先君子解组归田”(《蔗尾诗集》卷四,《清代诗文集汇编》第275册,影印第28页),知郑善述罢官在1717年;据郑方城诗《仆至□二弟亡后情事怆然有赋》句“二十九年赍志恨”(《绿痕书屋诗集》卷一,《清代诗文集汇编》第241册,影印第449页),知郑则明之享年。郑方城此诗在其《送灶》诗后,《春日同张彤伯吴观侯二孝廉集周孝青寓斋限韵》、《秋日感怀》、《寄刘体仁》、《苦雨》、《闻家大人罢官》、《三弟书来云家大人旦晚抵舍喜甚因寄》(连续目次)前,送灶习俗在福建为农历十二月廿三或廿四日,推知郑则明大概卒于康熙五十五年丙申(1716)冬十二月,本年夏历十一月十九日为公元1717年元旦。

⑦ 郑方城《绿痕书屋诗集》卷一目录有《寄三弟》、《则明二弟问至哭之二首》,卷二有《建溪阻雪忆老母并示三弟二首》、《得三弟姑苏札喜赋》,卷三《老母诞辰不及归捧一觞三弟署中聊治酒肴肃客二首》,卷五《书寄荔乡三弟八首》、《寄寿荔乡三弟》等诗题,二弟当为郑则明,三弟为郑方坤。

⑧ 郑方城《寄示侄天钊》,《绿痕书屋诗集》卷三。据诗后注,郑天钊系郑则明之子。

⑨ 郑方城《闻有弘二侄自景州回卒于浦城旅邸哭之二首》,《绿痕书屋诗集》卷七;郑方坤《送有弘侄回闽应试二首》,《蔗尾诗集》卷九。据郑方城、郑方坤诗推测郑有弘非二郑之子,《送有弘侄回闽应试二首》其二句中注:“谓先仲兄早殁”(《清代诗文集汇编》第275册,影印第61页),知为郑则明之子。

⑩ 郑方城《送慕韩侄返黔署三首》,《绿痕书屋诗集》卷八。

⑪ 郑方城《题天镳侄诗词小草》,《绿痕书屋诗集》卷十。

⑫ 郑方坤《送廷咸侄返里次留别韵》,《蔗尾诗集》卷九;《减字木兰花·题廷咸侄扇头小影》,《蔗尾诗集》卷十附《青山词》。

⑬ 郑方坤《有章侄来自繁江留棣署者三月夏五赴京兆试为赋二律送之》,《蔗尾诗集》卷十三。郑天锦,字有章。乾隆二十四年己卯(1759),邵武府建宁朱仕琇为郑天锦作《兰陔爱日图记》(《梅崖居士文集》卷六,《清代诗文集汇编》第336册,影印第243页)。

⑭ 郑方坤《柬在夫弟即次寄怀原韵二首》,《蔗尾诗集》卷十四。

⑮ 郑方坤《送有邻侄返里》,《蔗尾诗集》卷十四。

苏嫡派[①]。

郑方坤之子郑天篆，字有桐。乾隆五十六年辛亥(1791)拔贡生。能诗，《国朝全闽诗录初集》续集卷十一有传及诗。

郑方城之子郑天锦(1717—1776)，字有章，号芥舟，籍建宁府瓯宁县[②]。学于叔父郑方坤。学政周学健荐博学鸿词，辞不就。遇人恂恂，谦谨忠款。乾隆十七年壬申(1752)进士。官连山知县，迁琼州同知，未任卒，年六十。弟郑天钦，子郑澂若、郑沂若。其女二，分别适林其堂之子林笃行、孙振豪之子孙景韩。郑天锦与叔父郑方坤并为八股文名家。传见同治刊本《福建通志·良吏传》。朱仕琇所撰《连山令郑君墓志铭》，为郑天锦长子郑澂若在其父殁后三年至福州应恩科试谒请之作。此恩科当为乾隆四十四年己亥(1779)恩科，据此推定郑天锦、郑沂若父子生卒年。又撰《三郑进士文稿序》、《郑母叶孺人七十七寿言》。又撰《林母郑太夫人六十寿序》，为郑天锦女弟、叶孺人爱女，林乔荫、林澍蕃之母郑翰蕖作，称郑氏"通习古今文，博综群籍"[③]。郑天锦以博学著称，声名籍甚，"好古健文，意气超越"[④]，"于诗歌杂文皆通习，尤自喜所作制义，谓得力明季江西诸家，知言者亦以为然也。"[⑤]郑方城、郑方坤、郑天锦亦能古文，"三者盖断然自为一家之文，要其穿穴四库之书，以洗乎掇拾、涉猎、空浮之陋，而与古文之源流合，则一也。"[⑥]

郑天锦次子郑沂若(1755—1775)，字子咏。乾隆间诸生。有奇慧，少肄业于建溪书院。工诗，见赏于诗人黄任。先其父郑天锦一岁卒，年二十一。《国朝全闽诗录初集》续集卷十一有传及诗。

郑方坤族子郑三才，字廷赞，号参亭。籍侯官。仪封张伯行抚闽，拔入鳌峰书院，举业之外，兼课诗、古文词。康熙四十七年戊子(1708)举于乡，五十二年癸巳(1713)成进士。出为东光知县。潦倒转徙燕、赵间三十八年，家遂落。诗才敏捷，叉手即成。与族叔郑方城、郑方坤兄弟唱酬，诗体格不离晋安诗派，间入苏、陆诸家，而爽气豪情涌出于笔墨之外。所赋《杏花诗》为临川李绂所赏[⑦]。同治刊本《福建通志》著录其《居易轩诗草》，引郑方坤《诗钞小传》云："族子郑三才为东光令，以亏帑事发，转徙燕、赵三十年。在都日常招吟侣，至八里庄看杏花，酒酣即席赋七言古诗一章，临川李穆堂[李绂(1673—1750)，康熙三十八年(1699)进士，治学宗陆王]先生在他席，击节咨赏。时冠盖如云，彼此不相顾而散。迟十年，临川总制畿辅(按：时李绂官直隶总督)，参亭方罢官落拓，循例修谒，刺入，遽延见，首及杏花诗，背诵不遗一字，问记忆李生否，参亭茫然久之，乃省悟。其后卒藉临川力以完夙逋，论者称为诗人奇遇。独是元稹才子名彻禁中，韩翃暮年诗传御笔，类皆以一联一韵梯富贵而弋荣华，参亭乃仅仅藉以免罪，文章厄命。"[⑧]《国朝全闽诗录初集》续集有郑三才小传及诗，选其诗《送则明家叔回闽四首》、《游朱家园用李义山题郑大有隐居韵》[⑨]。

据《清代硃卷集成》第三三六册收录道光十四年甲午(1834)福建乡试第六十八名举人曾元燮的履历，其高祖曾孙汀娶郑善述女、郑方坤胞妹为妻，郑氏为曾和钧母、曾新祖母、曾奋春、曾晖春曾祖母[⑩]，

---

① 民国《福建通志》总卷二十五，《福建艺文志》卷六十五，第五页。

② 朱仕琇《连山令郑君墓志铭》："自蕉溪始徙居瓯宁，君以试童子第一籍瓯宁学。"(《梅崖居士文集》卷八，《清代诗文集汇编》第336册，影印第266页)

③ 朱仕琇《梅崖居士外集》卷五，《清代诗文集汇编》第336册，影印第557页。

④ 朱仕琇《郑母叶孺人七十七寿言》，《梅崖居士外集》卷五，影印第560页。

⑤ 朱仕琇《连山令郑君墓志铭》，《梅崖居士文集》卷八，《清代诗文集汇编》第336册，影印第266页。此墓志铭所记郑天锦之子女与《长乐六里志》(李永选纂，福建省地图出版社1989年版)所记载的五男一女及齿序不同。

⑥ 朱仕琇《三郑进士文稿序》，《梅崖居士文集》卷十九，《清代诗文集汇编》第336册，影印第366页。

⑦ 民国《福建通志》总卷三十六，《福建循吏传(清一)》卷十一，郑三才传，原第三十六页。

⑧ 同治刊本《福建通志》卷六十八，影印第1395页。

⑨ 《国朝全闽诗录初集》续集卷五，《全闽诗录》第五册，第578、579页。

⑩ 《清代硃卷集成》第三三六册，举人曾元燮履历，影印第283-286页。郑方城《绿痕书屋诗集》有《留别曾妹》(卷五)、《曾甥和钧将回索诗书以勖之二首》、《哭曾公贻妹丈二首》(卷六)诗；郑方坤《蔗尾诗集》有《寄曾公贻》(卷五)。曾公贻，一作君贻。《西江月·别曾妹》其二词后注："君贻妹丈"(《蔗尾诗集·青衫词》，原第十五页)。

郑方城三妹①。

郑方坤有甥名碧栖者,《蔗尾诗集》卷五《木石居后草》中有多诗《碧栖甥卧病十阅月矣近闻其颇有起色作此寄之》、《题碧栖甥小影》、《哭碧栖甥三首》及之,郑方城《寄长姊》后注:"碧甥近答病如余"②,《奉怀陈门姊有寄》诗后注:"谓碧栖甥二子"③,碧栖当是陈氏姊之子名岱云者,《蔗尾诗集》卷九《送岱云甥入蜀二首》。

## No.24 长乐谢氏家族其他作家

谢春晖:《莲湖诗稿》(同治刊本《福建通志》卷六十九。民国《福建通志·福建艺文志》存目卷四十二作二卷)

谢生翘(谢震叔父④):《瀛洲竹枝词》五十首、《崇邑口号》二十首、《克复堂诗集》、《水草山房续编》(民国《福建通志》总卷三十六,《福建循吏传》卷十二,谢生翘本传)

谢震:《经说》二卷、《四圣年谱》二卷(陈寿祺《左海文集》卷九《谢震传》、民国《闽侯县志》卷七十本传、《清史稿》卷四百八十二《儒林传》本传作一卷)、《礼案》二卷(陈寿祺《左海文集》卷九《谢震传》、民国《闽侯县志》卷七十本传作一卷)、《采菽山房诗集》(民国《闽侯县志》卷四八《侯官艺文志》)、《樱桃轩诗集》二卷(《清史稿》卷四百八十二《儒林传》本传、郭白阳《竹间续话》卷二。《石遗室诗话》卷二十一题《樱桃轩诗》二卷)、《四书小笺》一卷、《谢氏家谱》一卷、《诗集》一卷(民国《闽侯县志》卷七十本传)、《樱桃轩集》[林昌彝《林昌彝诗文集》卷七《论诗一百又五首》第七十三首诗后注,谢章铤《赌棋山庄诗集》卷五《论诗绝句三十首》(数奇不偶奈时何)诗后注作《樱桃轩诗钞》]、《礼案》等书(谢章铤《赌棋山庄集》文集卷七《重刻樱桃轩诗集序》。谢章铤《赌棋山庄集》诗集卷八《建宁杂诗》其四诗后注《礼案》作《案语》)

**谨按:**长乐谢氏系东晋大臣谢安后裔,赵宋谢星官福清,为迁闽始祖,其后人世居东岚(今平潭县海坛),其后避倭迁长乐江田,是为长乐谢氏。明代长乐谢氏的文学创作请参看《明代福建文学结聚与文化研究》第二一"长乐谢磐家族"条及第五九"长乐谢汝韶家族"条。谢氏家族在省垣福州建有宅第、分祠,虽居福州而仍自称长乐人氏。

在谢兆麟、谢肇凤、谢绍鼎、谢瑾三代谢氏家族作者之外,另立此条。

康熙五十六年丁酉(1717)举人谢昂,字清修,亦能文。谢昂"嗜古勤学……归。授生徒,著诗文,晏如也。年八十五卒。"⑤谢春晖,字霁□。乾隆三十三年戊子(1768)举人。著有《莲湖诗稿》二卷。

侯官谢震(1765—1804),原名在震,字甸南,号尉东。乾隆五十四年己酉(1789)举人,官顺昌教谕。与林一桂、万世美俱精三礼。谢章铤以为谢震之《礼案》非《案语》原本,"近所刻甸男《礼案》出于后人掇拾,非其至也。"⑥同治刊本《福建通志》著录谢震著作,注云:"见(同治刊本《福建通志》)长乐《文苑传》。"⑦知其原籍长乐。陈寿祺撰《谢震传》。民国《闽侯县志·儒林传》谢震本传:"谢震,字甸男,初名在震,字位东。宋提刑枋得之裔。震少丧母,随父宦四川。……笃学嗜古,熟三礼,治经龂龂,持汉

① 郑方城《哭曾公贻妹丈二首》其二首句下注:"三妹仲冬方自建回。"(《绿痕书屋诗集》卷六,原第十三页,《清代诗文集汇编》第241册,影印第507页)

② 郑方城《绿痕书屋诗集》卷一,原第二十页,影印第458页。

③ 同上书,卷三,原第十九页,影印第478页。

④ 林东进《乾嘉福建诗人——谢震》,载《福建商业高等专科学校学报》2011年第5期,第47页。

⑤ 民国《长乐县志》卷十四上,原第六十、六十一页,影印第228页。

⑥ 谢章铤《赌棋山庄集》诗集卷八,《清代诗文集汇编》第680册,影印第874页。

⑦ 同治刊本《福建通志》卷六十八,影印第1399页。

学,好排击宋儒凿空逃虚之说。……读史传百家之言,必实事而求可用,旁逮篆隶、金石、星卜、形法、医术,靡不通晓。乾隆五十四年乡试,试吏部屡黜。尝约闽县林芳春、林一桂、瓯宁万世美等十人,倡为通经复古之业,号会所曰殖榭[①]。芳春齿最长,为祭酒,震为职志。既殖榭同人率通籍,登馆阁,而震终不遇,久羁旅,数往来河、洛、关、陇、荆、益之间……初,震锐意功名,冀有以见用于世,抑塞奔走,则间挟其忤时疾俗之孤愤,寓之于文章。每风雨凄晦,烟月靓深,徘徊景光,欷歔不自已,不知哀乐之何从也。尝删撮所为诗百余篇,抵其友陈寿祺曰:'使仆身后得题墓碣曰清诗人谢甸男之墓,吾愿足矣。'寿祺以其言为至深痛。久之,大挑举人,以教职用,寻补顺昌校官。困甚,将调台湾,遽病胀卒,年四十。"[②]按:谢震之父谢生晋(? —1798[③]),字若先、日三、康侯。乾隆二十四年己卯(1759)举人。官商水、彭县知县,摄芦川、万县,迁兵部主事。传见民国《福建通志·福建循吏传》卷十二。

《石遗室诗话》引陈寿祺所撰谢震传云:"初震锐意功名,抑塞奔走,英华浸衰,则间挟其牾时嫉俗之孤愤,寓之于文章。……方震壮时,踔厉激荡,志气若不可一世。然每风雨凄晦,烟月靓深,徘徊景光,欷歔不自已,不知哀乐之何从也。"[④]谢震与龚景瀚、萨玉衡、陈寿祺齐名,系乾隆、嘉庆年间足以雄视海内的福建诗家[⑤]。有《樱桃轩诗集》二卷,嘉庆十六年福州小积山房刻本,福建师范大学图书馆藏[⑥]。

谢震之孙谢淡人,尝重新剞劂《樱桃轩诗集》。光绪九年癸未(1883),谢章铤应谢震曾孙谢贤霖之请,撰《重刻樱桃轩诗集序》[⑦]。谢贤霖亦能诗,尝为萨嘉曦所选编《先芬集》题诗。

## No.25 侯官林崇孚家族

林崇孚:《瓿余诗集》、《洪江社集》(同治刊本《福建通志》卷六十八、民国《闽侯县志》卷四八《侯官艺文志》)、《可闲堂稿》、《响山楼稿》、《瓿余》七卷[⑧](清初可闲堂刻本,日本内阁文库藏。柯愈春《清人诗文集总目提要》第279页、《全闽明诗传》卷五十五)

林涵春:《古今人物大观集》、《节义文章录》四卷(民国《福建通志·福建艺文志》卷七十一作《节义文章》)、《名山大业录》、《塔江楼文集》、《塔江楼文二集》、《河桥舒啸编》、《闽海奇迹编》(同治刊本《福建通志》卷六十八、民国《闽侯县志》卷四八《侯官艺文志》)、《塔江楼文抄》六卷附录一卷[⑨](康熙二十七年刻本)、《节义楼文章》十二卷(《竹间十日话》卷五)、《节义文章》十四卷(康熙四十九年塔江楼刻本)(柯愈春《清人诗文集总目提要》第210页)

**谨按:**明代侯官成化间进士林瑭与其兄弟林玭及子孙的文学创作请参看《明代福建文学结聚与文化研究》第二七"侯官林瑭家族"条。

---

① 殖榭,一名殖社。按,殖社成员林一桂系乾隆四十四年己亥(1779)举人,官永安教谕,未登第;林一桂传云其"入殖社时,须发皓然。"(民国《福建通志》总卷三十八,《福建儒林传》卷五,林一桂传,原第二十一页)。殖榭事又可参看陈寿祺《赠林丈敬庐序》,陈序云"同人强半通籍"(《左海文集》卷六,《清代诗文集汇编》第499册,影印第277页),仅"强半",非"率",符合事实。云"率",则本诸《左海文集》卷九《谢震传》(同书,影印第370页),系陈寿祺两说不谨之故。

② 民国《闽侯县志》卷七十,谢震传,原第十七、十九、二十页,影印第281-282页。

③ 陈寿祺《甸男于槜李舟次闻驾部君讣先入都作诗伤之》,《绛跗草堂诗集》卷五,《清代诗文集汇编》第499册,影印第566页。前诗《追哭孟瓶庵夫子二首》系于嘉庆三年戊午(1798)(影印第564页),后诗《成进士后得家言初以邮录讹失举室多向隅者怆然有述》系于嘉庆四年己未(1799)(影印第567页)。

④ 陈衍《石遗室诗话》卷二十一,第九条,第288页。

⑤ 林昌彝《射鹰楼诗话》卷十一。

⑥ 柯愈春《清人诗文集总目提要》,第1008页。

⑦ 谢章铤《赌棋山庄集》文集卷七,《清代诗文集汇编》第680册,影印第740页。

⑧ 柯愈春《清人诗文集总目提要》著录此集,七卷,分《洪江社集》、《雪峰游草》、《粤游篇》、《北游杂咏》、《友瑟轩随录》、《江上吟》、《炑砚斋稿》,各一卷(第279页)。

⑨ 柯愈春《清人诗文集总目提要》著录此集,题《塔江楼文集》六卷,正集四卷、续集二卷,康熙二十七年刻本(第210页)。

林崇孚(1596—1679),字永中,号介山,系林玭后裔。崇祯中增生。入清,以荐官广东惠州知府。以易代鼎革巨变,得曹学佺石仓园,更筑响山楼、可闲堂,与文士宴集酬唱。有《可闲堂稿》、《响山楼稿》、《瓿余》。传见《全闽明诗传》卷五十五。同治刊本《福建通志》著录其《洪江社集》,注:"曹学佺序。略曰:'介山少年豪俊,以命世自负。其诗韶秀清爽,率如其人。'"[①]

林崇孚之子林昙春(1597—1676后[②]),更名涵春,字云林,一字奕善。著作甚富,受耿精忠伪官,有玷名节。其《古今人物大观集》,孙勷序;《节义文章录》四卷,僧晦丹序,陈寿祺书后。陈寿祺书后以为该书体例未当,并针砭其人[③]。时人林云铭序其《塔江楼文集》,略云:"奕善,当世奇士。乱后播迁流离,贫不自存而志不少衰,兹夏兰足仙霞,晤余于杭邸,以所著古文词属序。其一往无前之气如怒浪奔流,不可阻御,而平日困厄无聊、不合流俗之况亦往往借题抒写,感慨淋漓。"翁叶峻序其《塔江楼文二集》,略云:"云林先生,穷士也,胸次磊落,不屑屑一切,故动与物忤,为文章自成机杼,不寄人篱下。'"又有《河桥舒啸编》、《闽海奇迹编》。"此二序均为同治刊本《福建通志》所引[④]。

郭柏苍《竹间十日话》卷五:"(林涵春)字奕善,侯官洪塘人……亦言涵春初名昙春,人谓之林颠。与林嗣选、倪铨、周鸿仪、赵尔槩、翁鉴、阮峻、林经国、张铉、蒋衡、郑云岱等为十二生[⑤],并为耿逆建生祠于西湖。昙春为户曹,雅与萧长源(本书按:萧震,字长源)善,尤工媚贼。……已而薙发,与林云铭遁之建宁山中。及事平,朝廷置不问。……林奕善所著未刻书尚有《名山大业》、《古今人物大观集》、《河桥舒啸编》、《闽海奇迹集》。"[⑥]同书卷一:"康熙间,蒋衡、张铉、曾孙澜、陈润、陈登禧、黄元埈、萧楚、钟元声、曾沂、林侗、林鼎复、郑秉宧十二人俱能诗,时称十二生。"[⑦]同书所载同时两"十二生",人物多所不同。按:《竹间十日话》记载之蒋衡非嘉庆间之瓯宁人蒋衡。建宁府瓯宁人蒋衡[⑧],字未斋,原名殿元。许赓皞、方宇、祝广生、朱篪、朱簧、杨勋之师。嘉庆二十四年己卯(1819)举人,十上公车不售。民国《福建通志·福建文苑传》林侗传称林侗与蒋衡、张铉、曾孙澜、陈润、陈登禧、黄元埈、萧楚、钟元声、曾沂、林鼎复、郑秉宧十二人俱能诗,时称十二生[⑨]。三种"十二生"成员大有不同。张铉,字明长,福清诸生。曾孙澜(1646[⑩]—?),字公望,顺治十七年庚子(1660)举人。陈润,字季龙,闽县人,康熙十一年壬子(1672)举人。陈登禧,字曙阁,侯官诸生。黄元埈,字辛子,海澄诸生,少慧能诗。顺治五年(1648)贡生,官华亭主簿。华亭为江南人文荟萃之区,诗人渊薮。黄元埈与董俞(编有《高言集》)、虞元昌等倡和[⑪]。萧楚,字新甫,侯官贡生,官同知。钟元声,字麟载,侯官武庠生。曾沂,字子浴,侯官布衣。林鼎复,字天友,侯官诸生。郑秉宧,字尔期,侯官太学生。

---

① 同治刊本《福建通志》卷六十八,影印第1393页。

② 按:康熙十五年(1676),福州萨氏修族谱(民国《雁门萨氏家谱》,缘起,影印第25页),林涵春作《雁门萨氏宗谱序》,署"塔江八十叟后学林涵春盥题"(民国《雁门萨氏家谱》,卷首,影印第8页)。

③ 陈寿祺《节义文章书后》,《左海文集》卷七。

④ 同治刊本《福建通志》卷六十八,影印第1395页。

⑤ 据道光十一年(1831)陈寿祺《节义文章书后》文后所加按语,十二生指林昙春、林嗣选、倪铨、郑泓、周鸿仪、赵尔槩、翁鉴、阮峻、林经国、张铉、蒋衡、邓云岱(《左海文集》卷七,《清代诗文集汇编》第499册,影印第339页)。

⑥ 郭柏苍《竹间十日话》卷五,第88页。按:民国《福建通志·福建艺文志》著录林涵春所编《节义文章》,郑云岱作邓云岱,补出郑泓(《福建艺文志》卷七十一,第三页)。

⑦ 郭柏苍《竹间十日话》卷一,第10页。

⑧ 按:民国《福建通志·福建文苑传》林侗传,蒋衡,字克平,闽县诸生,辟建宁学教谕(《福建文苑传》卷七,原第二十三页),此蒋衡系康熙间人。稍后于闽县蒋衡的同名者有江苏金坛人蒋衡(1672—1743),著有《拙存堂文初集》八卷等(柯愈春《清人诗文集总目提要》,第445页)。

⑨ 民国《福建通志》总卷三十九,《福建文苑传(清一)》卷七,原第二十三页。

⑩ 郭柏苍《清宁夏道按察司副使曾公二改传》文后注云"年十七,登顺治庚子(十七年,1660)乡榜"(《葭柎草堂集》卷上,《清代诗文集汇编》第662册,影印第128页),逆推得其生年。

⑪ 民国《福建通志》总卷三十六,《福建循吏传(清一)》卷十一,黄元埈传,原第五页。

## No.26　侯官林荣芬家族

林荣芬:《礼记说》、《如兰稿》(同治刊本《福建通志》卷六十八、民国《闽侯县志》卷四八《侯官艺文志》)

林日毅:《浪谷诗甓》(同治刊本《福建通志》卷六十八、民国《闽侯县志》卷四八《侯官艺文志》)

林衡:《鸣书》、《竹窗笔记》、《草庐诗文集》一百七十卷(《闽县乡土志》本传)、《鸣书小品》①、《博古录》、《全宋诗注》、《平远集》(同治刊本《福建通志》卷六十七)、《草庐文集诗集》(乾隆《福清县志》卷十四。《鸣书》、《竹窗笔记》、《草庐文集诗集》合《全宋诗注》,共七十卷)、《草庐诗》(《国朝全闽诗录初集》卷十一)、《四书讲义》、《全宋诗话》(民国《福建通志》总卷三十九,《福建文苑传(清一)》卷七本传)

林从直:《白云稿》一卷、《明闽诗选》、《国朝闽诗选》(民国《福建通志·福建艺文志》卷七十一又名《清闽诗选》)(同治刊本《福建通志》卷六十八、民国《闽侯县志》卷四八《侯官艺文志》)、《白云外集》一卷(郑杰《注韩居诗话》)、《国朝闽诗选小传》八卷(民国《福建通志》总卷二十五,《福建艺文志》卷二十三)、《清闽诗选》七卷(民国《福建通志》总卷二十五,《福建艺文志》卷七十一)

**谨按:**福清东盛林子勉家族崛起于明代万历间,请参看拙著《明代福建文学结聚与文化研究》第五四"福清林子勉家族"条。

林荣芬,字芝室,号东海。籍侯官,原籍福清。顺治八年辛卯(1651)福建乡试举人中式,与官于宣、陈丹赤、叶矫然、谢天枢、陈丹芪、许宾、史胤庚等同年。

同治刊本《福建通志》著录其著作时,引曾应铨《闽诗选》:"荣芬髫年与周之夔、陈燕翼、韩廷锡等倡为礼记大社。"②《国朝全闽诗录初集》林荣芬条:"从直曾祖。顺治辛卯举人,官翰林院待诏。有《如兰稿》。"③

林荣芬之子林日毅④,字君肃,侯官人,从直祖。顺治间诸生。同治刊本《福建通志》著录其《浪谷诗甓》,辨正云:"《续通志》以为荣芬撰,误。"引归安沈涵[字度汪,号心斋、象余居士。康熙四十一年(1702)十二月任福建提学道,四十二年(1703)朝廷改各省提学道为提督学政后,任福建学政]论云:"浪谷诗经营刻苦,不屑一语寄人篱下。"⑤《国朝全闽诗录初集》续集卷二有其传及诗。

林荣芬孙、林日毅之子林衡,旧名玑,字曦孺,号草庐。籍闽县。原籍福清县,故乾隆《福清县志》卷十四《文苑传》有传。林衡诗友林绍勋,《国朝全闽诗录初集》有传及诗:"字卞玉,福清人。康熙间诸生。"选其诗《游黄檗寺》⑥。《竹间十日话》记载林伟、孙学稼、许珌、许友、高兆等称平远七子⑦,又记载高兆、彭善长、陈日洛、许瑨、卞鳌、曾灿垣、林伟称国初七子⑧。按:平远社,从顺治到乾隆间,均有此社名。

郭柏苍《竹间十日话》:"林衡,初名玑,字羲孺,荣芳(按:当作荣芬)孙,从直父。"⑨乾隆《福清县志》林衡传:"旧名玑,字曦孺,号草庐。东盛人。……触罪(按:指康熙三十七年闽县知县和氏玺滥责诸生事)被褫,后复受知文宗苕溪沈公,改名衡。年六十三卒。著有《全宋诗注》、《鸣书》、《竹窗笔记》、《草

① 柯愈春《清人诗文集总目提要》著录此集,一卷,清钞本,福建省图书馆藏(第403页)。

② 同治刊本《福建通志》卷六十八,影印第1393页。按:大社亦文人结社的一种。顺治七年(1650)春,吴伟业在嘉兴南湖倡立十郡大社(朱志远《余怀研究》,第25页)。

③ 《国朝全闽诗录初集》卷三,第48页。

④ 民国《福建通志·福建艺文志》卷六十四著录林日毅《浪谷诗甓》,按语:"《续通志》以为其父荣芬著,误。"(《福建艺文志》卷六十四,第五页)未知此说所本。

⑤ 同治刊本《福建通志》卷六十八,影印第1394页。

⑥ 《国朝全闽诗录初集》续集卷六,第604页。

⑦ 郭柏苍《竹间十日话》卷一。

⑧ 同上注。

⑨ 同上注。

庐文集诗集》,共七十卷。子从直。"[①]按:归安沈涵,字度汪,号心斋,浙江湖州府归安人。康熙四十一年(1702)十二月起任福建提学道(康熙四十二年改官制,提学道改称提督学政)。林衡传又见同治刊本《福建通志·文苑传》。《国朝全闽诗录初集》林衡条引《注韩居诗话》:"草庐诗长于古体,乐府饶有古意,追踪汉魏,非徒形似已也。令嗣白云(林从直)云草庐博极群书,工诗歌、古文词及二王书法。……饩于庠二十年,将贡矣。岁庚辰(三十九年,1700)……题革。后复受知于苕溪沈心斋先生,改名衡。"[②]此段后引文与同治刊本《福建通志》所引段文字同。民国《福建通志》传称其胸中有一段不可磨灭之概,发于文,才气皆豪横无敌,诗亦超中、晚而上[③]。

《闽县乡土志·文苑传》林衡本传:"原名巩,字羲儒,《文苑》荣芬孙也,诸生。工诗古文辞,性孝而勇于为义。闽令挞诸生于堂,衡愤其冤,率同学吁宪司求理,以此除名。后再入县庠,改今名。著《四书讲义》、《全宋诗注》、《鸣书》、《竹窗笔记》、《博古录》、《草庐诗文集》,共一百七十卷。子从直,乾隆甲子(九年,1744)举人,亦工诗。"[④]

林日毅曾孙、林衡之子林从直,字白云,号古鱼。乾隆九年甲子(1744)举人。传附同治刊本《福建通志·(闽县)文苑传》林衡传。曾经选辑明、清两朝闽诗。同治刊本《福建通志》著录其《明闽诗选》、《国朝闽诗选》,注:"从直自序。略曰:'先君子采集名人,留心先哲,已有遗稿,但未全备,余敬而辑之。'"[⑤]《国朝全闽诗录初集》续集林从直条引《注韩居诗话》:"白云辑《闽诗选》四帙,计四百余人,中可已而不已者居其半,末附《白云外集》一卷。"[⑥]《国朝全闽诗录初集》续集罗源周世发(字诒绥)条下,选周世发诗《江南道中寄林白云》[⑦]。《课余续录》以为林从直所选闽诗自清初逮乾隆中叶,后有他人增补者[⑧]。

## No.27 连江陈肇复家族

陈肇复:《易用补遗》二卷(同治刊本《福建通志》卷六十九)

陈元钟:《易问述》一卷、《春秋战国史记》、《环海志》一卷、《闽中唐宋元明诗文稿》、《会山楼诗集》(《国朝全闽诗录初集》卷五本传一作《会山楼集》)一卷[⑨](同治刊本《福建通志》卷六十九)

**谨按**:连江陈第家族的文学创作情况请参看《明代福建文学结聚与文化研究》第五八"连江陈第家族"条。

同治刊本《福建通志》陈肇复传:"陈肇复,字问心。父第,有传。顺治八年肇复以恩贡授大昌知县……檄权大竹县。……左迁池州经历。属凤阳诸县为乱,巡抚徐国相令权蒙城。……年八十卒。子元钟,别有传。"[⑩]此传以陈肇复为陈第之子,误;民国曹刚等纂《连江县志》作陈第次子[⑪],亦误。陈肇复是陈第长子陈祖念之子。按:其实同治刊本《福建通志》诸卷之间内部表述不甚严谨,对于一人一事一事件常存有龃龉之处。同治刊本《福建通志》著录陈肇复《易用补遗》二卷,小字注:"《世善堂书

① 乾隆《福清县志》卷十四,原第六八页,影印第371页。
② 《国朝全闽诗录初集》卷十一,第225页。
③ 民国《福建通志》总卷三十九,《福建文苑传(清一)》卷七,原第十六页。
④ 郑祖庚《闽县乡土志》,影印第311页。
⑤ 同治刊本《福建通志》卷六十八,影印第1397页。
⑥ 《国朝全闽诗录初集》续集卷九,第668页。
⑦ 《国朝全闽诗录初集》续集卷八,第651页。
⑧ 民国《福建通志》总卷二十五,《福建艺文志》卷二十三,第二十一页。
⑨ 柯愈春《清人诗文集总目提要》著录此集,一卷,乾隆间刻本(第193页)。
⑩ 同治刊本《福建通志》卷二百二十六,原第五十一页,影印第4134页。
⑪ 曹刚等《连江县志》卷二十二,《中国方志丛书》华南地方第76号,成文出版社有限公司1967年影印民国十六年(1927)铅印本,影印第192页。该书卷二十三陈肇复传并误。

目》,万历间连江陈第手目编定。第,号一斋,《尚书疏衍》注云'曾祖一斋公',知其曾孙元钟又增益矣。陈祖念《易用》,据《四库书目提要》知为第子。此书名《易用补遗》,注云'先公问心公',则肇复祖念子也。"[①]陈祖念(1568—?),字心一,号修甫,陈第长子。天启间贡生。陈第次子陈祖发,殇于万历二十三年(1595),年十八。

陈肇复之子陈元钟,字孕采。顺治间诸生。传见同治刊本《福建通志·文苑传》。《国朝全闽诗录初集》陈元钟条引林白云(林从直)云:"孕采诗元气盘郁,多卓荦沉塞之概。"[②]

## No.28 连江陈彦弼家族

陈彦弼(顺治初贡生):《韵草》一卷(民国《福建通志·福建艺文志》存目卷四十二作《韵草集》)、《樵史集》、《闲闲堂文集》、《听雨堂集》四卷、《之燕集》一卷、《武夷游草》一卷(民国《长乐县志》)

陈登(陈彦弼子,康熙间贡生):《慕筑集》、《连江县志》二十四卷、《东湖志》二卷、《半塔楼史论》二卷、《文稿》二卷、《花坪寄咏》四卷(民国《长乐县志》)

连江陈润(陈登弟,康熙间贡生):《诗解辨疑》四卷、《春秋解辨疑》四卷(同治刊本《福建通志》卷六十九作《春秋辨疑》四卷)、《四书辨疑》二十卷、《河洛辨疑》、《经子史辨疑》六卷、《连江邑志》二十九卷、《矜秋亭诗文集》十六卷(同治刊本《福建通志》卷六十九、柯愈春《清人诗文集总目提要》第375页)

长乐陈潢(陈彦弼四子):《意草诗文集》(民国《连江县志》)

陈修士(陈登子,康熙间贡生):《瞻庐诗集》七卷、《瞻庐文集》二卷(同治刊本《福建通志》卷六十九)

**谨按:**《明代福建文学结聚与文化研究》以陈彦弼与陈第俱连江县西铺人[③],民国《连江县志》卷二十二《明清艺文志》多次提到的《陈氏谱》当即为陈氏家族宗谱,认为陈彦弼与陈第当同祖同宗,曾经将连江陈彦弼祖孙三代的著述归并到陈第家族中,现谨予以另立一条。

清初顺治至康熙年间,陈彦弼祖孙三代的文学创作和学术著述的数量宏富可观,见本条目下所列。

陈彦弼,字子卿。传见同治刊本《福建通志·孝义传》。陈登,字骏公。贡生。陈润,字肃雨,陈登弟、陈彦弼子[④]。贡生。陈登之子陈修士,字孝齐。康熙间岁贡生。

## No.29 连江陈鹤鸣家族

陈鹤鸣:《华台草》(同治刊本《福建通志》卷六十九)

陈元登:《茶谱》一卷、《海错图赞》一卷、《说论》(同治刊本《福建通志》注《连江县志》作《说言》)、《谵论》十二卷(同治刊本《福建通志》注《连江县志》云谵旧志误作謙)、《渔村诗文集》四十卷、《广伐山集》四卷、《笼鹦集》八卷、《涉记古文选》(同治刊本《福建通志》卷六十九)

**谨按:**陈鹤鸣,连江人。顺治间贡生。著《华台草》。

陈鹤鸣之子陈元登,字龙淮。以气节自持,工书画,其诗歌、古文词类多感慨[⑤]。其著作《海错图

---

① 同治刊本《福建通志》卷六十九,影印第1425页。

② 《国朝全闽诗录初集》卷五,陈元钟条,第106页。

③ 参看曹刚等纂《连江县志》卷二十六《儒林传》陈第传(影印第222页)、卷二十三《列传》陈彦弼传(影印第208页)。又据陈元钟传所引《竣园文人传》,陈第家在连江县城西化龙街北(卷二十七,影印第225页)。

④ 柯愈春《清人诗文集总目提要》,第375页。

⑤ 同治刊本《福建通志》卷六十九,影印第1425页。

赞》一卷,薛镕序。按:薛镕,字子燮。崇祯间贡生。传见乾隆《福清县志·文苑传》。

## No.30 福清施起元家族

郭文祥:《玉融人物志》、《名胜纪》、《福清县志》、《福唐风雅》(同治刊本《福建通志》、乾隆《福清县志》卷十四《文苑传》本传)

施起元:《荔帷楼诗文集》十卷、《梅笺》、《陶苏合咏》(同治刊本《福建通志》卷六十九)、《福清县志纪略》(同治刊本《福建通志·经籍志·〈玉融古史〉》注)

**谨按:**明代福清郭万程家族起自嘉靖间,延至顺治、康熙间。请参看《明代福建文学结聚与文化研究》第四七"福清郭万程家族"条。

郭万程之子郭造卿,有《海岳集》,称海岳公。郭造卿子郭应宠,郭应宠子郭文祥,入清。郭文祥,字孟履,号莲峰。崇祯十三年庚辰(1640)进士,官胶州知州。明亡,隐居黄檗等山,啸吟自娱,文体清拔。传附同治刊本《福建通志》郭造卿传。其友陈轼称"莲峰以刺史退休,揲策初潜而啸吟较论,手不辍卷,犹得以余力留心梓里,博征文献,为亿代眉目"[①]。郭氏家族四世于科举、文化、文学创作俱有建树,尤以史学著称,代代传承,成为郭氏家学。

郭万程与邑人施千祥、吴从义、王一言、翁世经同登嘉靖十四年乙未(1535)榜进士。据乾隆《福清县志》记载,施千祥字予吉,系福清县时和里龙田(今龙田镇)人,官至湖广按察副使、广西参政[②]。施仁俊生施千祥,施千祥子二:施尔举、施尔章。施千祥之孙施尧钦,施尧钦娶郭造卿之女郭氏,生施起元。施起元系施千祥曾孙、郭造卿外孙,与郭文祥为中表兄弟。施起元,字君贞,号虹涧、罗浮仙史。崇祯九年(1636)举人,清顺治六年己丑(1649)进士。传见乾隆《福清县志》卷十四本传。施起元官至广东右参议,分守岭东道,摄学政。旋里后,与郭文祥修辑县志,未刊。康熙间卒,年六十九。

施千祥另一孙施一皋,字绍陶。传见乾隆《福清县志》卷十四《教泽传》。

## No.31 侯官(洪塘鄠里)曾氏家族

曾庭龙:《莞石遗诗》一卷(《福州曾氏十二世诗略》本)

曾灿垣:《即庵诗》四卷(郭柏苍《葭柎草堂集》卷上《清宁夏道按察司副使曾公二改传》文中自注作《即庵诗存》四卷)、《游草》一卷(道光二十二年刻本、《福州曾氏十二世诗略》本)、《即庵诗》七卷(《曾氏家学》本)、《即庵诗稿》八卷、《游草》二卷、《即庵诗存》四卷(道光二十六年曾元澄刻本。柯愈春《清人诗文集总目提要》第85页)

曾祖训:《拟庵遗诗》一卷(《福州曾氏十二世诗略》本)

曾应铨:《焚余草》(同治刊本《福建通志》卷六十八、民国《闽侯县志》卷四八《侯官艺文志》)、《讱庵遗诗》一卷(《曾氏家学》本)

曾大升:《大易启蒙》、《四书集解》、《依隐堂诗文集》(同治刊本《福建通志》卷六十八、民国《闽侯县志》卷四八《侯官艺文志》、卷六十九本传)、《依隐堂诗》二卷(《福州曾氏十二世诗略》本)、《依隐堂诗略》一卷(康熙二年刻本,东北师范大学图书馆藏。李灵年等《清人别集总目》第2271页、郭柏苍《葭柎

---

① 乾隆《福清县志》卷首,《跋》,《中国方志集成》,福建府县志辑第20册,影印第6页。

② 民国《福建通志》总卷三十六,《福建循吏传(明一)》卷四,施千祥传,原第十二页。

草堂集》卷上《清宁夏道按察司副使曾公二改传》、《国朝全闽诗录初集》卷三本传)、《依隐堂诗》三卷[①](《曾氏家学》本)

曾从义(曾大升孙):《步适堂诗话》(同治刊本《福建通志》卷六十八)、《步适堂诗稿》(《国朝全闽诗录初集》卷十四曾从义条)、《步适堂遗诗》一卷(《曾氏家学》本)

曾思谦:《五梅遗诗》一卷(《曾氏家学》本)

曾大来:《茹园遗诗》一卷(《曾氏家学》本)

曾孙澜:《醒庵遗诗》一卷(《福州曾氏十二世诗略》本、《曾氏家学》本)

曾新:《又盘遗诗》一卷(《曾氏家学》本)

曾奋春:《纫芳堂遗诗》一卷(《曾氏家学》本)、《纫兰堂诗钞》(同治刊本《福建通志》卷六十八、民国《闽侯县志》卷四八《侯官艺文志》)

曾晖春(曾奋春胞弟):《自怡轩文钞》、《自怡轩诗钞》、《居官要言》(方芳《〈清代硃卷集成〉研究》第59页)、《自怡轩诗》二卷(《曾氏家学》本)、《自怡轩诗存》(《雁门萨氏家谱》卷六《哀荣录下》所录《哭萨廷翘弟》诗题下注)

曾道贯(曾绍南[②]):《唯堂遗诗》一卷(《曾氏家学》本)

曾元基:《芗屏遗诗》一卷(《曾氏家学》本)、《消寒诗钞》不分卷(道光十五年刻本。广东中山图书馆藏。柯愈春《清人诗文集总目提要》第1372页)

曾元炳:《蔚岩遗诗》一卷(《曾氏家学》本)

曾元海(曾晖春三子,曾奋春嗣子):《击钵集》、《使黔草》、《不能诗斋遗草》(民国《闽侯县志》卷六十八本传)、《击钵吟偶存》(道光十一年刻本。又民国间刻本,十册,含《击钵吟偶存》、二集、三集、四集、五集、六集)、(合作)《红楼梦戏咏》(民国间刻本)、《少坡遗诗》一卷(《曾氏家学》本)、《击钵集》十八卷(道光二十五年刻本,华东师范大学图书馆藏。柯愈春《清人诗文集总目提要》第1392页)

曾元燮:《梅岩遗诗》一卷(《曾氏家学》本)

曾元澄:《养拙斋诗存》[③](民国《闽侯县志》卷六十八曾元海传附。《曾氏家学》本一题《养拙斋诗》六卷,《清代硃卷集成》第六〇册曾福谦履历又作《养拙斋诗草》)

曾兆鳌:(选)《玉屏课艺》(光绪七年刻本)、《晓沧遗诗》一卷(《曾氏家学》本)

曾兆霖:《咬菜根斋诗草》(《清代硃卷集成》第六〇册,进士曾福谦履历,影印第213页)、《咬菜根斋诗》四卷(《曾氏家学》本)、《咬菜根斋诗钞》十卷(稿本,四川省图书馆藏。柯愈春《清人诗文集总目提要》第1329页)

曾兆鍠:《于乐遗诗》一卷(《曾氏家学》本)

曾兆熊:《于嘉遗诗》一卷(《曾氏家学》本)

曾兆桢:《于干遗诗》一卷(《曾氏家学》本)

曾兆锟:《于冶遗诗》一卷(《曾氏家学》本)

曾锵鸣:《于荃遗诗》一卷(《曾氏家学》本)

曾淞:《纫茶遗诗》一卷、《纫茶词》一卷(《曾氏家学》本)

曾宗彦:《曾宗彦会试硃卷》(光绪九年刻本)、《尊酒草堂诗》二卷(《曾氏家学》本)

曾宗昭:《肖乐遗诗》一卷(《曾氏家学》本)

曾宗诚:《蔚孙遗诗》一卷(《曾氏家学》本)

---

① 柯愈春《清人诗文集总目提要》著录《依隐堂诗》二卷,民国三十三年《鄠里曾氏十一世诗》本;又《依隐堂诗略》一卷,道光二十一年刻本;又《依隐堂诗文集》;不及三卷本(第231页)。

② 柯愈春《清人诗文集总目提要》:"《唯堂遗诗》一卷,曾绍南撰。绍南字唯堂。"(第1134页)

③ 柯愈春《清人诗文集总目提要》著录《养拙斋诗存》八卷,《外集》二卷,民国十三年铅印本,国家图书馆藏;别本《养拙斋诗》四卷,《鄂曾氏里十一世诗》本,民国三十三年刻本,国家图书馆藏(第1434页)。

曾尔鸿:《用逵遗诗》一卷(《曾氏家学》本、民国二十五年刻本曾福谦《梅月龛诗》附)

曾尔瀚:《浩亭遗诗》一卷(《曾氏家学》本)

曾毓隽:《云沛诗》一卷(《曾氏家学》本)

曾毓馨:《黍香遗诗》一卷(《曾氏家学》本)

曾彭龄:《绯生遗诗》一卷(《曾氏家学》本)

曾福谦:《梅花龛词草》一卷、《梅花龛诗》八卷《词》一卷附《行述》一卷《用逵遗诗》一卷(民国二十五年铅印本、民国三十三年曾克耑《鄂里曾氏十一世诗》本)、《慕杨堂文钞》四卷(民国《福建通志》总卷三十六,《福建循吏传》卷十三,曾福谦本传)、《梅月龛诗》十卷、《梅月龛词》一卷(《曾氏家学》本)、《光绪丙戌科会试硃卷》不分卷(光绪十二年刻本,南京图书馆藏。李灵年等《清人别集总目》第2283页)

曾克耑(曾福谦孙):《颂橘庐诗存》十六卷(民国诗集丛刻本)、《颂橘庐丛稿》七十三卷(福建省图书馆藏)、《福州曾氏十二世诗略》本(香港,1966年版)、《曾氏家学》(1959年香港曾氏排印本)、《涵负楼诗》八卷(民国二十五年刻本)、《颂橘庐诗文存》二十八卷(民国三十六年刻本,山西省图书馆等处藏)、(编)《通州范氏十二世诗》、《梅宛陵诗评注》、《近代海内两大诗世家》、《颂橘庐文存》、《曾氏学训》、《曾氏学乘三书》

曾念圣:《抱天楼诗》一卷、《竹外词》一卷(《曾氏家学》本)、《桃叶词》(1935年《广箧中词》本;《闽词征》卷六,《闽词钞 闽词征》,福建人民出版社2014年版)、《桃叶词别集》一卷(1960年铅印本,《民国词集丛刊》本)、《抱天阁集》(曹辛华《民国词史考论》第423页)

**谨按:**明朝永乐年间,福州曾氏始迁祖曾孟宁避靖难之祸,从江西新干(新淦)麦井乡迁怀安洪塘鄂峰里,万历初怀安省入侯官,曾孟宁六世孙曾熙丙籍省城之侯官县,其后曾庭驹之五世孙曾晖春始籍闽县[①]。《清代硃卷集成》收录曾元燮(第三三六册)、曾兆鳌(第三三六册)、曾宗彦(第五四册)、曾福谦(第六〇册)四人的科举档案。新加坡国立大学王学深撰有《清代福州府科举家族初探——以洪塘鄂里曾氏为中心》,载《福建师范大学学报》2016年第2期。

曾熙丙子三:曾庭龙、曾庭骐、曾庭驹。明清易代之际,曾氏子孙作出截然不同的命运选择。曾熙丙之孙曾灿垣、曾祖训举唐王隆武丙戌(1646)乡试。曾灿垣,字惟闇,号即庵、江湖散人。曾祖训,号拟庵。明亡,二曾不与清廷合作,成为崇高民族气节的诗人。曾灿垣所撰诗稿原八卷,今存四卷,族人曾元澄梓行其集[②]。而曾熙丙之孙曾大升、曾应铨却参加清朝的乡试,仕于新朝。曾大升,字惟佐,一字二改,曾熙丙孙、曾庭骐子。顺治十一年甲午(1654)举于乡,历官庐州司理、丰润知县、抚州同知、武威知府等,卒于官。传见民国《福建通志·福建列传》卷三十三。曾应铨,字惟直,曾大升堂弟。顺治十一年甲午(1654)举人。曾灿垣、曾祖训、曾应铨、曾大升均系曾克耑九世族祖[③]。

自曾熙丙起移居会城,后曾晖春从西门迁居孝义巷,其子曾元澄移居黄巷,曾宗彦一支家东街安民巷,曾福谦家魁辅里(在今吉庇巷)[④],成为三坊七巷中著名的世家巨族。第六世曾士迪(1547—1627)能诗,其子曾熙丙(1576—1644)举人中式,曾氏逐渐抬升了其家族的社会地位,成为著名的科举和文学创作、学术著述家族,历明清两代而不衰。明代曾氏的文学创作,请参看《明代福建文学结聚与文化研究》第七八"侯官曾熙丙家族"条。

从曾晖春(1770—1853)开始的闽县曾氏这一支与清初侯官鄂里曾灿垣一支同宗同族,因族蕃指

① 郭柏苍《清宁夏道按察司副使曾公二改传》,《葭柎草堂集》卷上,《清代诗文集汇编》第662册,影印第128页。根据不同文献,本书曾氏人物世系的世次表述不能一致,《清代硃卷集成》曾氏诸人履历关于世系的表述从七世祖曾熙丙开始存在递升、递减两种。此处"五世"根据《清代硃卷集成》第三三六册曾元燮履历(影印第283-286页)推算。

② 陈衍《石遗室诗话》:"有诗八卷,已佚其半。……大略古体多仿汉魏六朝,近体颇刻意求工。"(卷二十六,第二条,第351页)

③ 曾克耑《福州曾氏十二世诗略》目,第一页。《福州曾氏十二世诗略》,1966年香港出版。

④ 《清代硃卷集成》第六〇册,进士曾福谦履历,影印第222页。

多,故另立一条。本条主要研究曾氏家族历史上较为发达的曾庭驹[①]这一支家族成员。

陈圣灵长女陈帖适洪塘鄂里曾新,生有曾奋春、曾晖春等子女,为侯官诗人曾宗彦的高祖母。道光九年己丑(1829),林则徐撰《曾母陈太宜人九十寿序》,见《云左山房文钞》原稿卷二。

曾庭驹五世孙、曾新之子曾奋春(1767—1797[②]),字禹门、为雷,号纫芳[③]。乾隆五十一年丙午(1786)举人中式,与萨玉衡、陈若霖、叶大观、黄煜等同年。以大挑分发浙江,权临安县,补孝丰,以劳卒。卢前撰《八股文小史》,其第六章列曾奋春为乾隆朝八股制义大家。传称曾奋春"髫龄文誉赫然","吏才特优,听讼如神"[④]。弟曾晖春(1770—1853),谱名为城,字霁峰,号梅仙。嘉庆三年戊午(1798)举人中式,与廖鸿藻、叶申菉、叶申芑、龚受谷等同年,六年辛酉(1801)成进士。历官知县、知州。道光十四年甲午(1834)福建乡试第六十八名举人曾元燮乡试硃卷所附本房总批语谓:"揭晓(曾元燮)来谒,知生乔训亲承,棣华竞爽,泮芹早掇,夙冠全军,廪粟旋颁,已登上舍。"[⑤]曾元燮侄子、同榜第十名举人曾兆鳌乡试硃卷所附本房总批谓:"撤棘后,知生学有渊源,年方弱冠,龙孙著誉,大有祖风。鲤射亲承,克传家学。此日竹林联袂,欣偕阮籍同登;他年柳汁沾衣,允卜固言及第。"[⑥]曾奋春系曾兆鳌胞伯祖父、曾元燮胞伯父,而其祖上在晚明即已登科,正"学有渊源"、"克传家学"之谓。

曾晖春五子登科指的是:长子曾元基,字芗屏,道光十五年乙未(1835)举人中式,与朱霞等同年;次子曾元卿(1794—1840),改名元炳,字蔚岩,道光八年戊子(1828)举人中式,与叶宸昌、萨克持、叶仪昌、郭柏荫、林鸿年等同年,九年己丑(1829)成进士,与王庆云、林逢年等同年;三子曾元海(1797—1833),字叶苏,一字少坡,出嗣长房曾奋春,嘉庆二十三年戊寅(1818)恩科举人中式,与刘家镇、梁拱辰、林彭年、陈麟书、廖鸿翔、萨龙骧等同年,道光二年壬午(1822)恩科二甲第二名成进士,五经魁;四子曾元燮,字梅岩,道光十四年甲午(1834)举人中式,与曾兆鳌、郭柏蔚等同年,十八年(1838)进士[⑦];五子曾元澄(1808—1874),字亦庐,陈寿祺门人,受知于学政陈用光,道光十一年辛卯(1831)举人中式,与萨维瀚、萨龙田等同年。曾元澄所居有自怡轩、二梅书屋,尝与杨庆琛、李彦章等先辈相唱和,诗近陈寿祺。曾兆鳌(1816—1883)[⑧]于道光二十四年[⑨]甲辰(1844)成进士,其子曾宗彦(1850—1912)于同治十二年癸酉(1873)福建乡试第二名举人中式,光绪九年癸未(1883)成二甲进士,与叶大烜同年。至此,曾氏成就四世进士的科举佳话,指的是曾晖春、曾元炳、曾兆鳌、曾宗彦先后登进士第。曾晖春另一曾孙曾福谦(1851—1922),光绪十二年丙戌(1886)成进士,与叶大琛、叶大涵同年。曾照(元英)亦是鄂里曾氏后裔,道光二十三年癸卯(1843)福建乡试解元。

曾晖春三子曾元海,字叶苏,一字少坡,号浣纱溪渔郎,出嗣伯父曾奋春。道光二年壬午(1822)成进士,授官翰林院编修。督学广西,训士有成,卒年三十七岁。以此之故,整理本《全闽明诗传》引郭柏苍《柳湄诗传》的一段文字"嘉庆间,曾孝廉奋春五子登科,进士晖春,皆熙丙后"[⑩]的标点有误,逗号不当在"登科"后,当在"奋春"后,并改顿号。

---

① 曾熙丙三子:长曾庭龙,崇祯举人;次子曾庭骐,郡廪生;三子曾庭驹,岁贡生。曾庭龙第三子曾灿垣(惟闇)、第四子曾祖训(惟九),入清绝意仕进,遍游江湖,均能诗(郭柏苍《清宁夏道按察司副使曾公二改传》,《葭柎草堂集》卷上,《清代诗文集汇编》第662册,影印第128页)。

② 嘉庆二年丁巳(1797),梁运昌作《哭禹门六首》(《秋竹斋诗存》卷三,原第三页)。

③ 陈寿祺《寄曾纫芳奋春五叠前韵》,《绛跗草堂诗集》卷五,《清代诗文集汇编》第499册,影印第561页。

④ 民国《福建通志》总卷三十六,《福建循吏传(清二)》卷十二,曾奋春传,原第四十九页。

⑤ 《清代硃卷集成》第三三六册,举人曾元燮硃卷,影印第290页。

⑥ 《清代硃卷集成》第三三六页,举人曾兆鳌硃卷,影印第250页。

⑦ 按:曾元燮于道光十八年(1838)登进士第后,其表叔林则徐在《致刘敬与》信中说"兹梅臣表侄又捷南宫,霁翁(曾晖春)不特五子登科,且即见五子登甲矣"。(《林则徐全集》第七册,第151页)

⑧ 鲁小俊《课艺总集:清代书院的"学报"和"集刊"》,载《湖南大学学报(社会科学版)》2015年第2期,第36页。

⑨ 民国《福建通志·选举志》误作道光二十年庚子(1840)进士,与郑元璧等同年(《福建选举志》卷十,《清进士》,第十三页),误。按:曾兆鳌与郑元璧、郭柏蔚、曾元燮、刘莘奎于道光十四年甲午(1834)同榜发解,郑元璧于二十年庚子(1840)成进士。

⑩ 郭柏苍《全闽明诗传》卷三十六,《全闽诗录》本,第1372-1373页。

鄂里曾氏在科举上取得极为辉煌的成绩:(1)曾晖春亲见其五子登科的辉煌;(2)从曾晖春到其曾孙曾宗彦四代间,代有进士;(3)据统计,在整个清代,曾氏家族出现九位进士,四十名举人①,奠定了曾氏福州府望族的社会地位。

曾氏家族通过与省内外世家望族的通婚,渐次抬高其社会地位,增益家族传承中的文化因子。曾氏家族与外省望族联姻者则有进士曾兆鳌,娶著名学者王念孙(1744—1832)曾孙女、王引之(1766—1834)②长孙女王如瑛为妻,对于其子曾宗彦的成长具有更好的促进作用。曾宗彦,字成焘、君玉,号幼沧。高中同治十二年(1873)福建乡试第二名举人,继而登进士第,入官翰林,授编修。在本省,郭柏荫、林则徐、曾晖春三家之间联姻。林则徐外大父陈圣灵,陈圣灵及其配黄氏育有五女:长女为曾晖春母亲、曾新之妻陈帖,五女陈帙即林则徐之母,曾奋春、曾晖春与林则徐之间为姨表兄弟。侯官郭阶三之女、两孙女与曾元澄父子两代人之间缔结婚姻,反映了两个家族之间良好的、密切的关系。曾氏子弟曾元卿与郭柏荫,曾元燮、曾兆鳌与郭柏蔚之间是乡试同年,在此基础上,两家通婚,促使家族之间的关系更加紧密。郭柏荫孙郭曾炘序曾元澄《养拙斋诗存》:"吾祖中丞公兄弟五人皆曾祖母林太夫人出,林太夫人以无女故抚萨氏祖姑③为己女,适亦庐(曾元澄)曾公即霁峰先生之季子,而吾两姑又皆适亦庐公子(按:指其次子曾兆珪仲珪、三子曾兆锟叔吾)妇,亲串往返至密。曾炘自幼时即与仲珪、叔吾两丈同游处,稍长复结文社于公家二梅书屋。"郭柏荫曾孙郭则沄撰有《旧德述闻》,云:"古人重择婿,中丞公诸婿若曾公仲圭、曾公叔吾、林公凯初、郑公景渊皆致身云路,次亦不失儒毡,独适谢氏者出庶曾祖妣王夫人意,固素封,于归未久,家赀荡尽,至无以资生。故择婿以赀,不可为训。"④这段话早为张杰《清代科举家族》所引⑤以论证家族联姻择婿的条件。曾元澄,字亦庐,曾晖春(霁峰)幼子。娶郭柏荫萨氏妹(萨履亨之女),曾晖春与萨履亨交谊密切,作《赠萨丰通弟》五言长诗、《余此番出山决于夏季丰通四弟实赞成之至临别时弟却有少住为佳之望余固知弟之多难惊心不能无将伯之感也乃登程后偶一假寐频梦弟以一骑追余感赋一律》、《丰通弟纳宠既成婚矣有过眼空迷五色之叹作此嘲之》⑥等诗以赠。曾元澄第二子曾兆珪,字仲奎,娶郭柏荫第三女郭好宜;第三子曾兆琨(《福州曾氏十二世诗略》一作锟⑦),字叔吾,娶郭柏荫第四女郭勉宜,即所谓"两姑又皆适亦庐公子妇"所指婚姻。从郭则沄《旧德述闻》所述家族旧事可知郭氏择婿之时对于夫家的社会地位非常看重,曾氏两代三人成为郭氏子婿本身就说明曾氏家族的良好社会声望,符合家族间互相借力实现攀升的社会期望。曾元海曾孙、曾兆鍠长孙、曾宗昭长子曾尔瑚娶副举人、侯官陈蔚章长女、举人陈眉翰胞妹陈氏,而陈蔚章娶侯官廖鸿猷孙女、廖鸿荃胞侄孙女廖氏,陈蔚章次女适闽县刘家镇曾孙、刘齐昂长孙、刘学畲长子刘崇澄⑧,陈眉翰的曾祖父陈赓韶及其自身两娶于侯官黄氏(陈赓韶娶进士黄守僊⑨曾孙女、进士黄培昌堂姑黄氏,陈眉翰娶黄培昌孙女黄氏),形成曾氏、刘氏、陈氏、廖氏、黄氏等家族之间复杂的姻亲关系。直至清末,曾宗彦的门人、台湾淡水举人黄宗鼎之四妹适曾宗彦次子曾以楙,也是望族之间的联姻。

《清代硃卷集成》第三三六册收录道光十四年甲午(1834)福建乡试第六十八名举人曾元燮的履历,略述如下:迁闽始祖曾孟宁,国学生,明永乐间自江西新淦县麦井乡迁福州侯官县洪塘鄂里,妣韩氏、柯氏;七世祖曾熙丙,官河南道监察御史,妣林氏;支祖曾庭驹,岁贡生,官兵部职方司主事,妣徐

---

① 请参看李厚威《福州洪塘鄂里曾氏》,载《福州晚报》。网址:http://www.fzda.gov.cn/tslmshow.asp? id=5177

② 王念孙、王引之传见《清史稿》卷四百八十一《儒林传二》。

③ 曾元澄之妻萨氏其父萨履亨,萨龙光之子,贡生,德化训导。萨履亨之子萨铸同,延平府学训导;萨鏻,举人,邛州同知(王学深《清代福州府科举家族初探——以洪塘鄂里曾氏为中心》,载《福建师范大学学报》2016年第2期,第146页)。

④ 郭则沄《旧德述闻》卷二。民国二十五年本。

⑤ 张杰《清代科举家族》,社会科学文献出版社2003年版第146-147页。

⑥ 民国《雁门萨氏家谱》,卷五《叙赠录下》,原第二十八、二十九页,影印第885-887页。

⑦ 曾克耑《福州曾氏十二世诗略》,1966年版,第4页。

⑧ 《清代硃卷集成》第三三九册,举人陈眉翰履历,影印第284-286页。

⑨ 黄守僊,号云石。朱仕琇《乡党考序》称其"博极群书,尤精三礼"。(《梅崖居士外集》卷二,《清代诗文集汇编》地36册,影印第522页)

氏、二陈氏;太高祖曾大年,国学生,妣刘氏;高祖曾孙汀,妣郑氏(系知县郑善述女,雍正十一年癸丑(1733)进士、知府郑方坤胞妹,乾隆十七年壬申(1752)会魁、知县郑天锦、拔贡郑天禄、优贡郑天錞胞姑);曾祖曾和钧,妣陈氏(系陈元秀孙女,陈鸿钧女,进士陈化龙、举人陈士玉胞姊,举人陈天汉、举人陈为汉、举人陈金汉胞姑);祖曾新,祖母陈氏(系岁贡生陈圣灵女,举人陈文华、陈兰泰胞姊,举人陈崇、教谕陈象仪、陈端士、陈树枫、举人陈超陵、陈鸣昌胞姑);胞叔祖曾景云、曾庆云;父曾晖春,嘉庆三年戊午(1798)进士,官国子监学正等,母王氏(举人王开三女,会魁王有为胞姊);胞伯曾奋春(乾隆五十一年举人、知县),胞叔曾开春,堂叔曾联春;曾元燮(1809—?)字叶鼎,号梅臣,行四,籍闽县,住省城西门大街,娶陈氏(系陈敬成孙女,经魁、进士陈徵芝[①]次女,陈远谟胞妹);胞兄曾元基(道光十一年优贡、分发训导)、曾元炳(道光九年进士、桐城知县)、曾元海(道光二年进士,官编修、广西学政),胞弟曾元澄(道光十一年举人),堂兄曾元章、曾元汇、曾元煜;胞侄曾兆鳌(同榜举人)、曾兆恩等[②]。道光十五年(1835)乙未恩科,曾元燮长兄曾元基举人中式,为曾氏家族谱写了五子登科的科举华章。

近代作者曾克耑(1900—1976),字履川、伯子,号橘翁,是曾氏家族中重要的作者。著有《颂橘庐丛稿》七十三卷。曾克耑对曾氏家族的文献进行了系统整理:1945 年出版《鄂里曾氏十一世诗》;1959 年在香港出版《曾氏家学》,分上下册,所收曾氏文献最全;1966 年复于香港出版《福州曾氏十二世诗略》(增入己作《颂橘庐诗存》)以及家乘、家训。

曾氏多作者,从明代至民国,代不乏人。以下略为埒举清代曾氏作者:

郭柏苍《清宁夏道按察司副使曾公二改传》为曾庭骐之子曾大升作。曾大升,字惟佐,一字二改。顺治八年辛卯(1651)副榜举人,十一年甲午(1654)举人。累试不第。筑依隐堂。与徐延寿、许珌、闽县陈润、高兆、许友、王子彪、陈日浴、谢天枢、崔嵸时与唱和。累官陕西按察使副使分巡宁夏等道。侄曾以成、曾士甲、曾文甲、曾廷甲、曾沂、曾孙澜(公望)等,其中曾孙澜年十七领乡荐,文章博雅,有时名。曾大升六世孙曾铿鸣、曾锵鸣(兆字辈,或表字首字"于"字辈),预郭柏苍补蕉山馆社。据此传,康熙十九年庚申(1680)福清县举人曾孙枝亦曾庭龙孙。[③]

曾大升之孙曾从义,字则周,号竹苞。乾隆元年丙辰(1736)举人。《国朝全闽诗录初集》卷十四有曾从义传及选诗,引《注韩居诗话》:"竹苞诗不纤佻,不空簿。宋人中佳调。"有诗《仲夏同诸社子郊游集东金寺留宿》[④]。

曾元燮,字梅岩。与林鸿年、杨庆琛、王庆云、曾元澄等尝结荔香吟社。曾元澄,字亦庐。早年游陈寿祺门下,诗亦近之,为左海诗派诗人,又尝与杨庆琛、李彦章、林鸿年等唱和。

## No. 32　永福鄢氏家族

鄢调元:《易解》、《大学衍义》、《十闽名胜笺》等(《永泰麟阳村麟瑞塔巍然伫立　激励后人读书重教育》,载《福州日报》2016 年 5 月 3 日)

鄢光兰:《鄢光兰诗集》(余潜士《题鄢光兰诗集后》)

**谨按:**福州府永福县鄢氏世居本邑麟洋(一作麟阳)。明代鄢氏作家有鄢茂才、鄢正畿、鄢正衡、鄢正蓟等。请参看《明代福建文学结聚与文化研究》第七六"永福鄢正畿家族"条。

---

① 陈徵芝,字世善、兰邻,号韬庵。先世由浙江迁福清,再迁侯官。曾祖陈振绪,官训导;祖父陈克耀,邑诸生;父陈敬成。陈徵芝居陶舫(乡先辈林佶别业)好聚书,积至八万卷,宋元名椠十居六七。传见民国《福建通志·福建循吏传》卷十二(原第六十二、六十三页)。民国《福建通志·福建艺文志》卷三十七著录《带经堂书目》五卷。陈徵芝孙陈树杓,字星村。善鉴别,略知书(原第五页)。

② 《清代硃卷集成》第三三六册,举人曾元燮履历,影印第 283-287 页。

③ 郭柏苍《葭柎草堂集》卷上,《清代诗文集汇编》第 662 册,影印第 128 页。

④ 《国朝全闽诗录初集》卷十四,《全闽诗录》第五册,第 307 页。

鄢正畿、鄢正蓟、鄢正重是鄢正衡的三位兄长,当明清易代之际,均殉国。鄢正衡,字德铨,又字阿平。邑诸生。善诗古文,与鄢正畿齐名。入清,为僧,改名正行。

清代鄢氏家族在科举上仍然取得不俗的成就,如举人鄢步云、鄢春元、鄢必兴、鄢士元、鄢韶成、鄢文超、鄢翥、鄢耀枢等,嘉庆三年戊午(1798)副举人鄢调元,其余族人选贡者亦不在少数。至近现代,永福鄢氏依然有作者。

## 第二节　兴化府文学家族考

### No.33　莆田方氏家族

方祖元:《夜光堂诗集》(同治刊本《福建通志》卷七十)

**谨按:**方氏自宋代以来,族蕃指多,代不乏人,当代亦有学者。明代方氏家族从事文学创作者众矣,拙著《明代福建文学结聚与文化研究》一书分立多条:第一九〇"莆田方征家族"条、第一九三"莆田方熙家族"条、第一九五"莆田方澥家族"条、第二三一"莆田方良永家族"条、第二三七"莆田方承褒父子"条、第二四五"莆田方鯮兄弟"条。

清初方祖玄[①],康熙以后避清世祖讳,改作方祖元,字翼祚,号心水。孙方万有,明崇祯间贡生,入清官怀远教谕。方万有,请参看《明代福建文学结聚与文化研究》第一九三"莆田方熙家族"条。方祖玄能诗。《国朝全闽诗录初集》续集卷二有传及选诗,引《兰陔诗话》:"心水精楷法,诗亦清绮。"[②]

### No.34　莆田林友王家族

林友王:《榕楼集》二十五卷(同治刊本《福建通志》卷七十注郝志作《榕海集》)、《榕楼诗文集》(民国《福建通志》总卷三十六,《福建循吏传(清一)》卷十一本传)

林宾王(林友王弟):《荔子杂言》(民国《福建通志·福建艺文志》存目卷二十六作一卷)、《秋楼集》二十九卷(民国《福建通志·福建艺文志》卷六十四作二十二卷)、《西苑集》一卷(同治刊本《福建通志》卷七十)

林翰王(林友王弟):《西楼集》(同治刊本《福建通志》卷七十)、《屿楼诗》内集四卷外集一卷(民国十五年排印本,厦门图书馆藏。李灵年等《清人别集总目》第1378页)

林赞王(林友王弟):《空楼集》(同治刊本《福建通志》卷七十)、《春草堂集》(梁桂元《闽画史稿》第174页)

林翼王(林宾王弟):《樗楼集》(同治刊本《福建通志》卷七十)

林一璘(林宾王子):《怀楼诗文集》(同治刊本《福建通志》卷七十)

林一瑧:《明八大家文集选》、《经济成书》十二卷、《轮凿外编》二卷、《述楼集》一卷(同治刊本《福建通志》卷七十)、《述楼诗》一卷(民国《莆田县志》卷二十三《艺文志》)

---

① 民国《莆田县志》卷二十三,《艺文志》,原第七十七页,《中国地方志集成》福建府县志辑第16～17册上海书店出版社2000年影印民国抄本,影印第205页。

② 《国朝全闽诗录初集》续集卷二,方祖玄条,第508页。

林一銮：《愧楼集》（同治刊本《福建通志》卷七十）

**谨按**：莆田林友王，字二史，号容庵。顺治五年戊子（1648）举人。传见同治刊本《福建通志·良吏传》。《国朝全闽诗录初集》卷二林友王条："莆田人。……有《榕楼集》。""《兰陔诗话》：二史诗清真秀润，源出大历十子。"[①]民国《福建通志》本传称其罢官后归里，结诗社，以山水歌咏自娱。[②] 民国《莆田县志·艺文志》著录林有王《榕树集》二十五卷，注云："字二史，恭章孙。顺治戊子举人。官应州知州。"[③]按：顺治五年戊子（1648）福建举人题名林友王，故民国《莆田县志·文苑传》误，所著题《榕树集》名亦误。

林宾王，字穆之，林友王弟。顺治间诸生。诗宗杜甫，间出入卢、骆、元、白，长于乐府。严沆称林宾王以醇古笃实之学发为鸿庞大雅之音[④]。传见同治刊本《福建通志·文苑传》、民国《福建通志·福建文苑传》卷七。同治刊本《福建通志》引《兰陔诗话》："穆之《送友游云中》诗有'先朝绮丽三千户，往事凄凉十六州'，为人传诵。王阮亭（王士禛）序其集，刻之。"[⑤]《国朝全闽诗录初集》续集卷三有传及选诗。

林宾王与同安诗人阮旻锡交游甚密。阮旻锡有诗《同林穆之赵积生赵松一王弘导（王曾斌）王宪尹（王吉武）胡载眉邵升吉王虹友（王摅，王时敏之子）顾商枚胡延一（胡忠正）集车静渊宅分韵》（《夕阳寮诗稿》卷五）、《林穆之旅殡通州给孤寺其子公韫远来扶榇作〈哀歌行〉漫题其后》（《夕阳寮诗稿》卷七）等。

林翼王，字献十。顺治间诸生。自汉、魏暨唐、宋、元、明诸大家诗文穷其源流，无不搜择，诗亦宗杜甫。附兄林宾王传。《国朝全闽诗录初集》续集卷二有传及选诗。

林宾王家有春草堂。兄弟朝夕吟咏，怡怡如也。林翰王，字介宗，号羽人，林友王弟。顺治间布衣。林赞王，字复子，林友王弟。顺治间布衣。《国朝全闽诗录初集》续集卷三有传及选诗。

林宾王之子林一璘，字公韫。康熙间贡生。潜心载籍，能世其家。居巡抚卞某幕，辑《古书画考》[⑥]，极精核；学诗于王士禛，与丁炜、阮旻锡友。阮旻锡诗《送林公韫同丁雁水廉使往金陵便道回闽》[⑦]。林一璘传附同治刊本《福建通志·文苑传》林宾王传。《国朝全闽诗录初集》续集林一璘条："有《怀楼集》。"引《兰陔诗话》："公韬学诗于王阮亭。居卞中丞幕内，为中丞辑古画，考极精核。"[⑧]

同治刊本《福建通志》在林一璘条前著录林一瑧的著作，后条著录林一銮的著作，疑二林均为林氏族人。林一瑧，别作林一璨、林一素。康熙间诸生。民国《福建通志》著录《轮凿外编》，作者作林一璨[⑨]。民国《莆田县志·艺文志》著录《明八大家文集选》，作者林一璨[⑩]。民国《莆田县志·艺文志》著录《述楼诗》一卷，作者林一素，字公开[⑪]。林一素，字公卿。康熙间布衣。俟考。

从林友王兄弟五人从事文学创作的情形来看，明末清初兴化府的文学创作确实繁荣，影响从本省扩散到全国，而同时我们观察到一种现象，即康熙间兴化府布衣、贡生、国学生、诸生等低级阶层身份的作者众多，如林文豹、康琨、余怀、黄帝臣、朱黄石、郑熊佳、林元诲、钟豫、林桢、林一銮、林元之、佘震飏、陈兰英、林煌、戴一球、戴炳畿、林泌、郑镛、宋翃、贺梁、贺青来等众多诗人，无科举事业作为基础，

① 《国朝全闽诗录初集》卷二，林友王条，《全闽诗录》第五册，第 41 页。
② 民国《福建通志》总卷三十六，《福建循吏传（清一）》卷十一，林友王传，原第四页。
③ 民国《莆田县志》卷二十三，原第七十七页，影印第 205 页。
④ 民国《福建通志》总卷三十九，《福建文苑传（清一）》卷七，林宾王传，原第二十页。
⑤ 同治刊本《福建通志》卷七十，影印第 1464 页。按：《国朝全闽诗录初集》续集卷三亦引《兰陔诗话》（第 541 页）。
⑥ 卞三元（1616—1697），字月华，汉军旗人。官山西按察使、贵州巡抚、云贵总督。著有《式古堂书画考》。
⑦ 阮旻锡《夕阳寮诗稿》卷六。
⑧ 《国朝全闽诗录初集》续集卷七，《全闽诗录》第五册，第 630 页。
⑨ 民国《福建通志》总卷二十五，《福建艺文志》存目卷三十五，第十一页。
⑩ 民国《莆田县志》卷二十三，《艺文志》，原第一百九页，影印第 221 页。
⑪ 民国《莆田县志》卷二十三，《艺文志》，原第八十六，影印第 209 页。

这将对清初之后的该府科举、文学、文化带来不利的影响,使该区域的科举、文学创作渐趋消歇。清代福州府长乐籍士人梁运昌《莆阳道中》其二:"人文科第甲边垂,文献西江共一时。世事后来又消歇,不应都系木兰陂。"前两句注云:"明时莆田文风为天下第二,亚于(江西)吉水。"后两句注云:"形家以陂水不通县前,故人文不起。"[①]将兴化府人文不振归因于此,终究是无稽之谈,但可观察到清代兴化府科举事业不复旧观的客观事实。

## No.35 莆田周韩瑞家族

周韩瑞:《撷芙蓉集》[②](康熙十七年刻本,存三卷;嘉善堂重刻本,四卷。柯愈春《清人诗文集总目提要》第142页;同治刊本《福建通志》卷七十)、康熙《曲江县志》(民国《莆田县志》卷二十二《艺文志》)

周韩起:《秋容亭集》(同治刊本《福建通志》卷七十)

**谨按:**莆田周韩瑞的先祖在明代不论在科举事业还是文学创作方面均有很高的成就,请参看《明代福建文学结聚与文化研究》第二二〇"莆田周宣家族"条。

周韩瑞,字舆仲,号退庵,周鲲曾孙。顺治十一年甲午(1654)举人。同治刊本《福建通志》著录周韩瑞《撷芙蓉集》,引《兰陔诗话》云:"(退庵)所著诗赋十卷,雕版已失,予购得手录诗一册,为释澹归所点定者。"[③]按:《国朝全闽诗录初集》卷三周韩瑞条引《注韩居诗话》云:"澹归乃前给谏金堡也。"[④]《福建地方文献及闽人著述综录》著录时,不明《撷芙蓉集》卷数,谓此书系清初刻本,国家图书馆藏卷三,称其"所著诗文十卷,版已久失。"[⑤]柯愈春《清人诗文集总目提要》著录《撷芙蓉集》六卷,华东师范大学图书馆藏,详细说明该刻本残卷的收藏情况,与《清人别集总目》著录不同[⑥];又引《续修四库提要》所著录四卷本,系周韩瑞之孙周兴源嘉善堂重刊本。[⑦]

周韩瑞之弟周韩起,字聘仲,号莘野。顺治间诸生。传见同治刊本《福建通志·艺术传》。同治刊本《福建通志》著录其著作,引《兰陔诗话》云:"莘野善画竹石,自比王孟端、吴□□。"[⑧]按:吴□□,字迹漫漶不清。《国朝全闽诗录初集》续集周韩起条引《兰陔诗话》,作"吴仲圭"[⑨]。吴镇,字仲圭,元代画家。

## No.36 莆田林仪家族

莆田林仪:《闲情草》(同治刊本《福建通志》卷七十)

林源(林仪之子):《禹贡注解》、《家礼须知》、《师曾广义》、《格言家训》(民国《莆田县志》卷二十二《艺文志》作《格言广训》)、《宛舫居诗文集》十卷(乾隆二十八年刻本,孙殿起《贩书偶记》。民国《福建通志·福建艺文志》卷六十四作《宛舫居文集》;柯愈春《清人诗文集总目提要》第425页作《宛舫居文集》十卷,国家图书馆藏,又有《宛舫居文集》清钞本,一卷)、《箕裘集》、《文选诗选》(民国《福建通志·

---

① 梁运昌《秋竹斋诗存》卷四,《清代诗文集汇编》第499册,影印第30页。

② 李灵年等《清人别集总目》著录此集,六卷,三种版本:康熙十七年刻本,残本,华东师范大学图书馆藏;清初刻本,残本,国家图书馆(藏卷三)、福建省图书馆(藏卷四、卷六)等处藏;钞本,福建省图书馆藏(第1475页)。

③ 同治刊本《福建通志》卷七十,影印第1463页。

④ 《国朝全闽诗录初集》卷三,《全闽诗录》第五册,第67页。

⑤ 福建师范大学图书馆古籍组《福建地方文献及闽人著述综录》,第76页。

⑥ 李灵年等《清人别集总目》,第1475页。

⑦ 柯愈春《清人诗文集总目提要》,第142页。

⑧ 同治刊本《福建通志》卷七十,影印第1463页。

⑨ 《国朝全闽诗录初集》续集卷三,《全闽诗录》第五册,第538页。

福建艺文志》存目卷四十二作《林源文选诗选》)(同治刊本《福建通志》卷七十)、《偶笔》(民国《莆田县志》卷二十六下本传)、《苔痕书屋吟草》六卷(柯愈春《清人诗文集总目提要》第425页)

**谨按:**莆田林仪,字瑞仙,号瞻九。顺治间诸生。以子林源赠庆都知县。传见同治刊本《福建通志·孝义传》。按:顺治、康熙间有两林仪,其一侯官人,康熙间贡生,辑《同园韩苏文选》者[①]。

林源(1668—1741后[②]),字奕逢,号学川,明代万历进士林光庭曾孙,顺治、康熙间林仪之子。《国朝全闽诗录初集》林源小传:"康熙己卯(三十八年,1699)举人,授庆都知县。擢工部主事,升江南道监察御史,转刑科给事中,累迁太仆寺卿致仕。"[③]

林源本传见民国《莆田县志》:"林源,字奕逢,光庭曾孙。父仪,性孝友,先世遗物悉以让兄。……读书博洽,尤精壁经。康熙己卯(三十八年,1699)魁于乡。……朱文正轼谓当世完全名节莫公若也。……卒年七十六。"[④]

林源所撰《箕裘集》,漳浦蔡新序。略曰:"诗歌古文而外,若《师曾广义》、《家训》等篇,言近旨远,思深虑详,亹亹乎与颜氏、司马氏、吕氏诸家训并传不朽矣。"[⑤]

莆田林光庭系万历三十一年癸卯(1603)举人、三十二年甲辰(1604)进士。请参看《明代福建文学结聚与文化研究》第二五八"莆田林光庭家族"条。

## No.37　莆田方锵家族

方锵:《希庵诗集》(同治刊本《福建通志》卷七十)

方灏:《丁卯集》(同治刊本《福建通志》卷七十)

方鸿(方锵之子):《琼光集》三卷(同治刊本《福建通志》卷七十)

**谨按:**明末清初,莆田方氏兄弟多人从事文学创作,请参看拙著《明代福建文学结聚与文化研究》第二四五"莆田方綋兄弟"条。

方锵,字八公,方綋弟。顺治间诸生。

方锵之侄方灏,字云师。顺治间诸生。《国朝全闽诗录初集》续集卷三有方灏传及选诗[⑥]。

方锵之子方鸿,字翊霄。康熙二十九年庚午(1690)举人。黄晋良有《送方翊霄还莆兼呈八公先生遵正韵》[⑦]诗。同治刊本《福建通志》著录方鸿著作,引《兰陔诗话》:"翊霄以选拔入都,雍试,赋石鼓,为大司成曹峨嵋(曹禾,号峨嵋,江阴人。传见《清史稿》卷四百八十四)所赏,名动京中,索赋者履相错。一时如徐立斋(徐元文)、健庵(徐乾学)、仇沧柱(仇兆鳌)、彭羡门(彭孙遹)、汤潜庵(汤斌)、许时庵(许汝霖,字时庵)与之定交,尤西堂(尤侗)称其诗上窥沈、宋,次亦高、岑。"[⑧]按:《国朝全闽诗录初集》卷七所引《兰陔诗话》论方鸿的文字有较大不同。

民国《福建通志》著录方鸿[⑨]《琼光集》三卷,引黎士弘《托素斋文集》,称其为名家子,康熙二十四年乙丑(1685)选拔令下,以高等贡入成均,国子监祭酒与从官读其赋,色动,恨得生晚;秋试见落,辇下贵

---

① 同治刊本《福建通志》卷七十,影印第1463页。
② 柯愈春《清人诗文集总目提要》,第425页。
③ 《国朝全闽诗录初集》卷八,《全闽诗录》第五册,第176页。
④ 民国《莆田县志》卷二十六下,林源传,原第四十三、四十五页,影印第428、429页。
⑤ 同治刊本《福建通志》卷七十,影印第1465页,引。
⑥ 《国朝全闽诗录初集》续集卷三,方灏条,《全闽诗录》第五册,第526页。
⑦ 黄晋良《和敬堂全集》诗部卷二十四。
⑧ 同治刊本《福建通志》卷七十,影印第1465页。
⑨ 民国《莆田县志》卷二十三《艺文志》作方鸣(原第八十三页,影印第208页),误。

人交相叹惜,争具衣装,作为诗歌送其返闽[①]。黄晋良撰《方翊霄诗序》[②]。

黄晋良《答崔五竺》书对方鸿之诗评价甚高:“弟不识方翊霄风流何似,乃顿愈我头风也。今日诗人俱从口头啜浆水,不则泥塑袍髻,自称擅场,即吾党不免,何况其它? 才力二字久束高阁。读方子宏博之言,能不心折耶? 所微论者气魄才量,即窥李、杜堂奥不难,犹未免游北地(李梦阳)之藩篱,岂因时好而故示现一体哉?”[③]

## No. 38　莆田郭凤喈家族

郭凤喈:《郭子诗选》、《白舫诗集》二卷(同治刊本《福建通志》卷七十)

**谨按:**莆田郭凤喈,字友日,郭应聘孙。顺治间诸生。请参看《明代福建文学结聚与文化研究》第二二九“莆田郭应聘家族”条。

《国朝全闽诗录初集》郭凤喈条:“林石来(林麟焻)云:友日为襄靖公嫡孙,席丰履厚。一旦罹嗣母之变,困厄摧折。匪独田产华腴不得霑濡,并禴祠烝尝一拜之外,弗预飨燕饮食之礼。以故倜傥感愤,一于诗发焉。”引《兰陔诗话》:“友日有洁癖,爱苦吟。其古体沉郁顿挫,似元道州(元结);近体情景清切,似岑嘉州(岑参)。晚年无子,友人张翼汝梓其遗集以传。”[④]

## No. 39　莆田王赓靖家族

王赓靖:《王自位诗集》(同治刊本《福建通志》卷七十)

**谨按:**莆田王赓靖,字自位,王家彦子。顺治间国学生。请参看《明代福建文学结聚与文化研究》第二五三“莆田王家彦家族”条。

## No. 40　莆田方元俞家族

方元会:《澹园诗集》(同治刊本《福建通志》卷七十)
方元俞:《峨雪堂诗文集》(同治刊本《福建通志》卷七十)

**谨按:**莆田方元俞,一作方元愈[⑤],字仲钦,号钦之,方元会弟。顺治间贡生。方元会系崇祯三年(1630)举人,十六年癸未(1643)进士。著有《澹园诗集》。

同治刊本《福建通志》卷七十《经籍志》著录方元相、方元斑等人的著作,疑是同辈族人。请参看《明代福建文学结聚与文化研究》第二三七“莆田方承褒父子”条。

## No. 41　莆田林华皖家族

林华皖:《治鲜集》四卷(同治刊本《福建通志》卷七十)、《康熙新乐县志》二十卷(清刻本。民国《莆

---

① 民国《福建通志》总卷二十五,《福建艺文志》卷六十四,第十六页。
② 黄晋良《方翊霄诗序》,《和敬堂全集》文部卷三。
③ 黄晋良《和敬堂全集》文部卷十,原第三、四页,《清代诗文集汇编》第54册,影印第187-188页。
④ 《国朝全闽诗录初集》卷五,《全闽诗录》第五册,第108页。
⑤ 民国《莆田县志》卷二十三,《艺文志》,原第八十三页,影印第208页。

田县志》卷二十二《艺文志》)

**谨按:**林华皖,林兆珂曾孙。顺治间拔贡生。

兴化府林氏家族是莆田县巨族,人才众多。详请参看《明代福建文学结聚与文化研究》第二一三“莆田林富家族”条。

## No.42　莆田游谦徽家族

游谦徽:《尺雪堂集》(同治刊本《福建通志》卷七十)

**谨按:**莆田游谦徽,字广益,游伯槐孙。顺治间拔贡生。《国朝全闽诗录初集》续集卷三作游谦徵[①]。明代游氏的文学创作情况请参看《明代福建文学结聚与文化研究》第二三二“莆田游日益家族”条。

## No.43　莆田朱元春家族

林麟焻、朱元春:《康熙莆田县志》三十六卷(同治刊本《福建通志》卷七十)

朱黄石(朱淛曾孙):《史记阐》一卷(同治刊本《福建通志》卷七十)

朱翰春:《扪膝偶咏》(康熙间刻本,东北师范大学图书馆藏。柯愈春《清人诗文集总目提要》第267页)

**谨按:**莆田朱元春,字尔衮。兴化府莆田县人。康熙二十年辛酉(1681)举人。官监察御史等。传见同治刊本《福建通志·列传》、民国《福建通志·福建列传》卷三十五、民国《莆田县志》卷三十一《谏诤传三》。康熙四十四年乙酉(1705),在莆田知县金皋谢的主持下,朱元春、林麟焻同修《莆田县志》。林麟焻,请参看《明代福建文学结聚与文化研究》第二二三“莆田林应采家族”条。

朱元春系明代名臣朱淛五世从孙。同时莆田县有朱翰春者,未知朱元春、朱翰春之间关系。朱翰春传见《国朝全闽诗录初集》:“翰春,字鹰上,号雪厓,莆田人。康熙六年丁未进士。授高苑知县,升刑部主事,历员外,迁户部郎中,升临安知府。”引《兰陔诗话》:“其诗风韵凄朗,词采清丽,足追作者。”[②]

朱黄石,字房子,朱淛曾孙。弱冠补郡弟子员。康熙间人。文章高古,自成一家[③]。

朱元春之女朱氏适闽县龚一凤之子龚继嘉(字元昭),旌表孝节[④]。

## No.44　莆田林诚家族

林诚:《主敬录》、《大抵吟集》(同治刊本《福建通志》卷七十)、《大抵诗集》若干卷(民国《莆田县志》卷二十九《理学传》本传)、《大抵吟》(《国朝全闽诗录初集》续集卷四)

林楠:《竹林小草》(同治刊本《福建通志》卷七十)

**谨按:**莆田林诚,字司千,号存其,明人林炳章曾孙。康熙十二年癸丑(1673)进士。传见民国《莆

---

① 《国朝全闽诗录初集》卷三,《全闽诗录》第五册,第530页。

② 《国朝全闽诗录初集》续集卷四,《全闽诗录》第五册,第546页。

③ 同治刊本《福建通志》卷七十,影印第1465页。

④ 龚葆琛等《福州通贤龚氏支谱》,《传略状述·朱氏妣传》,《北京图书馆藏家谱丛刊》闽粤侨乡卷第18册,影印第363页。龚一凤系龚嵘(号澹岩)之子、龚其裕(容溪)之孙。

田县志·理学传》:"好学,负文名。释褐后,家居养母,潜心性理诸书,不复出。"[①]能诗。《国朝全闽诗录初集》续集有林诚小传:"有《大抵吟》。"[②]选其诗《鸳鸯和郭友日韵》。邑人郭凤喈,字友日。

林诚之子林楠,字吕仲。康熙间诸生。

明代林炳章及其先人的文学创作情况,请参看《明代福建文学结聚与文化研究》第一九一"莆田林文家族"条。林文,字恒简,号澹轩。宣德五年庚戌(1430)第三人进士及第。

## No.45 莆田佘履度家族

佘震飏:《拾瑶馆稿》(同治刊本《福建通志》卷七十)

**谨按:**莆田佘履度,字裴似。顺治十四年丁酉(1657)举人。官泸溪知县。《国朝全闽诗录初集》有佘履度传及选诗《过临川》。[③]

佘震飏,同治刊本《福建通志》作佘震飏[④],字知山。康熙间国学生。

明代兴化府有著名作家佘翔,著作颇富。有《薜荔园诗集》五卷、《薜荔园集》四卷(《千顷堂书目》作二卷)、《文草》三卷、《凤台集》三卷、《佘宗汉稿》、《游梁新编》、《金陵记游文》、《唐诗选要》、《明大家近体诗选》、《崇基录》、《覆瓿集》、《随笔杂记》若干卷,与游士豪合撰《楚游集》。详请参看《明代福建文学结聚与文化研究》。

## No.46 莆田柯氏家族

柯志澄:《摩笏轩诗草》(同治刊本《福建通志》卷七十)

柯潮:《学愚外草》(同治刊本《福建通志》卷七十)

**谨按:**莆田柯志澄,字得亮,柯昶孙。康熙间布衣[⑤]。按:柯昶系明代景泰二年辛未(1451)状元柯潜的裔孙柯茂竹之子。柯茂竹,字尧叟,又字绳希。万历十一年癸未(1583)进士。

明代柯氏家族的文学创作情况请参看《明代福建文学结聚与文化研究》第二〇一"莆田柯潜家族"条。清代柯氏家族中人尚有多名能文学者,以柯潮为最著。

## No.47 莆田佘飏家族

佘佺:《小芦集》(同治刊本《福建通志》卷七十)

佘宾硕:《金陵览古诗》一卷(民国《莆田县志》卷二十三《艺文志》。《清人诗文集总目提要》作四卷,道光三十年刻本,国家图书馆藏)、《丁卯集》(柯愈春《清人诗文集总目提要》第317页)、《石农咏物诗》四卷(清刻本,邓之诚藏)

佘兰硕(佘怀幼子):《团扇词》一卷(康熙绿荫堂刻《百名家词钞》本)

**谨按:**莆田佘佺,字全人,佘飏之子。康熙间贡生。

---

① 民国《莆田县志》卷二十九,《理学传》本传,原第七十一页,影印第577页。

② 《国朝全闽诗录初集》续集卷四,《全闽诗录》第五册,第551页。

③ 《国朝全闽诗录初集》续集卷一,《全闽诗录》第五册,第485页。

④ 同治刊本《福建通志》卷七十,影印第1465页。

⑤ 同治刊本《福建通志》卷七十,影印第1466页。

明清之际的莆田余氏家族出现余光、余飏、余佺等作家,详请参看《明代福建文学结聚与文化研究》第二三九"莆田余光家族"条。其他闻人如余怀(1616—1696,余飏从弟[①])亦余氏族人,名震白下(今南京),创作颇富,是清初著名的文人。

《国朝全闽诗录初集》卷五陈秉枢条选其诗《岁暮入谷城访余全人及人看残梅》[②],余及人当为余佺兄弟。《国朝全闽诗录初集》卷十一余佺条引《兰陔诗话》:"小芦诗出家学,丱角有声词坛,六朝三唐罔不包举。"[③]所谓"家学",民国《莆田县志》著录余佺之父余飏《芦中诗文集》四十卷,注引《兰陔诗话》:"古体发源汉、魏,归宿杜、李;近体间出宋、元,陈伯玑(陈允衡,字伯玑,江西南昌人,一说南城人)称其别调可与少谷(郑善夫)、石仓(曹学佺)三分鼎足。"[④]余飏的近体诗歌创作"间出宋、元",与曹学佺等共同推陈出新,引导闽诗转向宗尚宋、元,是明末清初较早的宋诗作者。

余怀长子余宾硕,原名玄霸,字鸿客、石农。幼子余兰硕(1665—?),字少霞,号香祖。有《团扇词》一卷,今《全清词(顺康卷)》收录其词五十首。

朱志远撰《余怀研究》,南京师范大学 2008 年硕士学位论文,未刊稿。

## No.48　莆田翁氏家族

翁霪霖:《翁筠楼集》六卷(抄本,福建省图书馆藏;一册,刻本,张琴藏)、《南广杂咏》一卷续一卷补一卷(乾隆五十九年刻本)、《出山草》一卷、《新梧草》一卷、《排秋咏》一卷、《愁海咏》一卷、《栽花草》一卷、《临江草》一卷、《秋闱草》一卷、《南广存钞》一卷(民国《莆田县志》卷二十三《艺文志》)、《出山草》六册(原莆田县图书馆藏)、《南广杂吟》一卷、《蜀道草》二卷、《栽花草》一卷、《棘闱草》一卷、《出山草》一卷、《愁梅咏》一卷、《弄云集咏》一卷(同治刊本《福建通志》卷七十)、《弄云集》八卷[⑤](凤瓻斋刻本)、《筠楼诗草》四卷(乾隆五十九年刻本,中国科学院图书馆藏)、《筠楼集》五卷(乾隆间刻本,莆田市图书馆藏)、《筠楼杂咏及赋》不分卷(乾隆六十年刻本,首都图书馆藏)(柯愈春《清人诗文集总目提要》第 861-862 页)

翁方纲:《复初斋诗集》四十二卷、《两汉金石记》二十二卷(支伟成《清代朴学大师列传》)、《方纲致秋盦残笺》(《清代稿钞本》本)、《复初斋诗文集》九十七卷(道光十六年刻本、《清代诗文集汇编》本)、《复初斋集外诗》二十四卷、《集外文》四卷附逸文目一卷(民国六年吴兴嘉业堂刻本、《清代诗文集汇编》本)、《翁覃溪诗》不分卷(稿本)、《零文杂钞》不分卷(稿本)、《兕觥诗并序》(清代诗文集珍本丛刊影印乾隆刻本)、《复初斋文集》三十五卷(道光十六年门人李彦章刻本)、《复初斋文稿》二十卷、《诗稿》六十七卷、《笔记稿十五卷》、《札记稿》不分卷(国家图书馆藏本,台北文海出版社影印)、《翁方纲题跋手札集录》(广西师范大学出版社 2002 年版)、《汉石经残字考》、《焦山鼎铭考》、《庙堂碑唐本存字》、《石洲诗话》等(详见沈津《翁方纲年谱》,台湾"中央研究院"中国文哲研究所 2002 年版,不详述)、《翁方纲手稿六种校释》(赖贵三点校,广陵书社规划出版)、《论语附记》、《孟子附记》、《诗附记》、《书附记》、《礼记附记》、《经义考补正》十二卷、《礼经目次》一卷、《春秋分年系传表》一卷、《十三经注疏姓氏考》一卷、《通志堂经解目录》一卷、《粤东金石略》十二卷、《苏米斋兰亭考》八卷、《小石帆亭杂著》六卷、《米海岳元遗山年谱》二卷、《苏诗补注》八卷、《石洲诗话》八卷、《复初斋诗集》七十卷、《文集》三十卷(《清儒学

---

① 朱志远《余怀研究》,南京师范大学 2008 年硕士学位论文(未刊稿),第 1、8 页。

② 《国朝全闽诗录初集》卷五,《全闽诗录》第五册,第 112 页。

③ 同上书,卷十一,第 236 页。

④ 石有纪、张琴《莆田县志》(二)卷二十三,影印第 202 页。李灵年等《清人别集总目》著录《芦中全集》存六卷,康熙刻本,中国科学院图书馆藏;《芦中全集》,清余氏文来阁钞本,国家图书馆藏(第 950 页)。

⑤ 柯愈春《清人诗文集总目提要》著录此集,分《广南杂吟》一卷、《蜀道草》一卷、《临江草》一卷、《栽花草》一卷、《棘闱草》一卷、《出山草》一卷、《新梧草》一卷、《排秋咏》一卷、《愁梅咏》一卷(第 861 页),都九卷,卷数不合。

案》卷九十《苏斋学案·翁先生方纲》)①

翁树培:《石峰岩堂钟鼎考》、《古钱汇考》(支伟成《清代朴学大师列传》)、《钱录》若干卷、诗一卷(《清儒学案》卷九十《苏斋学案·翁先生树培》)、《三十汉瓦轩遗诗》二卷(又名《宜泉山房诗钞》,道光二十六年刻本,国家图书馆藏。易名《翁比部诗钞》一卷,《嘉业堂丛书》本,民国间刻本,国家图书馆藏)、《翁宜泉比部手稿》一卷(稿本,中国科学院图书馆藏)(柯愈春《清人诗文集总目提要》第1007页)

翁叔元:《铁庵文集》(康熙二十六年刻本)、《铁庵年谱》(借月山房汇钞本)、《铁庵文稿》十二卷、《梵园诗集》不分卷(光绪《苏州府志》卷一百三十八)、《铁庵古文全集》八卷(稿本,上海图书馆藏)、《铁庵文集》二卷(清钞本,国家图书馆藏)(柯愈春《清人诗文集总目提要》第240-241页)

**谨按**:兴化府莆田县翁氏在科举和文学创作上均有成就,请参看拙著《明代福建文学结聚与文化研究》第二一六"莆田翁世资家族"条。

翁方纲(1733—1818),字正三、忠叙,号覃溪、苏斋,室名宝苏,莆田翁世资后裔②,翁麐标(字孝定)孙、贡生翁大德(字希舜,号纯庵)长子、翁大生胞侄、翁元纲(1738—1760)胞兄。居京师,籍大兴。有诗境轩、苏米斋、苏斋等。乾隆十二年丁卯(1747)顺天府举人中式,与福建叶观国、萨登尹、黄惠等同年;十七年壬申(1752)恩科成进士。改选庶吉士,散馆授编修。历官编修、侍读、广东学政、国子监司业、司经局洗马、少詹事、鸿胪寺卿、内阁学士,重宴鹿鸣宴,赐加二品衔。卒年八十六。是清代乾隆间著名的书法家、文学家和学者。《清儒学案》卷九十列《苏斋学案》,有翁方纲、翁树培、吴嵩梁等八位学者。民国《福建通志》总卷三十九《福建文苑传·清三·补遗》惟一增入翁方纲一人③。

民国《莆田县志》翁方纲传:"(翁)世资后。居京师,入籍大兴。顺天乡举人,乾隆壬申进士,改庶吉士,授翰林院编修……前后屡掌文衡,号称藻鉴。……方纲精心汲古,于金石、谱录、书画、词章之学皆能抉摘精审。所著《两汉金石记》,剖释毫芒,参以《说文》、《正义》,几驾洪文惠(洪适)而上之。诗宗韩、杜、苏、黄,多至六千余篇。其论诗谓渔洋拈神韵二字固为超妙,但其弊恐流为空调,故特拈肌理二字以救之。所为诗,自诸理注疏以及史传之考订、金石文字之爬梳,皆贯彻洋溢于其中,虽瓣香少陵、东坡,初不以一字执也,是真能以学为诗者。……尝得宋椠苏诗施顾注本,因名其室曰宝苏,自为补注。好宏奖后进,一篇之美称颂不去口,后进归之如水之赴壑。著有《复初斋全集》、《精义考补》、《粤东金石略》、《两汉金石考》行于世。子树培,□□进士。官翰林院编修。"④阮元诗《贺翁覃溪先生重赴甲戌科恩荣宴》诗句"万卷真传石墨楼",注云:"先生之学,渊源于黄氏万卷楼,先生自有石墨书楼。"⑤万卷楼为大兴黄叔琳(1672—1756)藏书楼,这是翁方纲学术的渊源所自。

《清代朴学大师列传·金石学家列传第十八》有翁方纲传,略云:"先生精心汲古,宏览多闻,于金石谱录书画碑版之学尤能剖析毫芒,如肉贯串。……先生诗宗西江派,多至六千余篇。自诸经注疏以及史传之考订,金石文字之爬梳,皆贯彻洋溢于其中。虽瓣香在少陵、东坡。初不以一家执也。"⑥翁方

---

① 翁方纲所著诗文集详目请参看柯愈春《清人诗文集总目提要》第755-756页。李灵年等《清人别集总目》著录翁方纲别集版本40种(第1909页)。

② 根据沈津《翁方纲年谱》,台湾"中央研究院"中国文哲研究所2002年版,大兴翁氏出福建兴化府莆田县翁一桂房(第2-4页)。明代第十一世祖翰林检讨翁瑛,第十世祖宫保、户部尚书冰崖公翁世资(字资甫,翁瑛次子,谥襄敏),第九世祖工部主事谦谦公翁洪(字守洪,翁世资第五子)。自翁世资官京师,其子翁洪籍顺天府大兴,入锦衣卫官籍。翁洪以下世系为:翁洪→次子翁械→翁熏→翁廷禄→翁使姝(翁方纲高祖)→第九子翁泒(明天启至清康熙间人)→翁麐标(1656—1708,字孝定)→翁大德(1696—1748,字希舜,号纯庵)→翁方纲→翁树培。

③ 民国《福建通志》总卷三十九,《福建文苑传》卷九(清三),原刻第三十、三十一页。

④ 民国《莆田县志》卷二十六下,翁方纲传,原第四十五、四十六页,影印第429-430页。按:翁树培系乾隆五十二年(1787)丁未科进士。

⑤ 沈津《翁方纲年谱》第472页,引阮元《研经室四集》卷十。

⑥ 支伟成《清代朴学大师列传》,第268-269页。按:清代福建朴学不显,支伟成《清代朴学大师列传》一书为370余位清代学者立传,仅列梁章钜、林春溥(均在《考史学家列传第十五》下)、翁方纲(在《金石学家列传第十八》下)三人。

纲八十岁之时,“文集三十五卷,刊于闽中;诗七十卷,分刊于京师、福建,又重刊于粤东。”[①]是乾嘉时期著述繁富、名望甚著的学者和作家。

翁方纲之配韩氏(1730—1793)、妾刘氏(1756—1793)、妾王氏(1767—?)。子芸(1756—1759)、颖(1759—1760)、树端(1761—1788,娶朱筠之女[②])、树培(1766—1811,娶沙氏[③])、树敏(1771—?,娶丁兆隆之女[④])、树崑(1786—1815)、树宝(1787—?),女树训(1762—?,适梁钺)、第二女(1769—1773)、第三女树玉(适王宗诚)、第四女树金(1779—?,适冯立钧)、第五女树龄(1781—?,适戈宝树)。次子翁树培(1766—1811),字宜泉。乾隆五十一年(1786)顺天乡试举人,五十二年丁未(1787)进士。改庶吉士,散馆授检讨。嘉庆七年(1802)充会试同考试官。四子翁树崑(1786—1815)。翁方纲卒之日,其孙翁引达(翁树崑之子,一作翁颖达)方五龄[⑤]。

莆田翁霔霖,“字传宗。乾隆戊子(三十三年,1768)解元,戊戌(四十三年,1778)成进士。附兄霈霖《良吏传》”。[⑥] 翁霔霖官至左春坊左庶子。叙谱,翁霔霖系翁方纲侄辈。乾隆十九年(1754),翁霈霖赴春闱,通过硃卷履历与翁方纲认亲,称族侄。沈津《翁方纲年谱》:“(乾隆四十三年戊戌,1778,翁方纲四十六岁)二月二十八日,翁霔霖自莆摹先像十二幅见示。第一幅为(唐)探花公,即谏议大夫文饶公。第二幅为(宋)补阙公,即用亭[⑦]公。第三幅为散骑公,讳何,莆始祖。第四幅为一桂公。第五幅为二桂公。第六幅为三桂公。第七幅为四桂公。第八幅为五桂公。第九福为六桂公。第十幅为(明十一世祖)翰林公,即醉庵公。第十一幅为参议公,即雪崖公。第十二幅为(明十世祖宫保,一称冰崖公)尚书公。”[⑧]“此十二幅,已见前册者九,未见者三,散骑公、二桂、三桂公也。散骑公始居莆田,为莆始祖,摹于册首者,大宗之义也。”[⑨]“二月。是年春,莆田河边朱紫坊第十五侄霔霖绘先像一册来,先生敬装于前函内,凡一函三册。霔霖,霈霖胞弟,行十五。戊子(乾隆三十三年,1768)福建解元,四川南溪知县。《家事略记》”[⑩]翁霔霖兄子翁兰,亦诗人。《翁方纲年谱》亦记载“莆中族子霔霖偕计吏入都,摹祖像十二幅来奉于祠,敬续装册,合前凡一函三册,时乾隆四十三年四月五日也。其明日,霔霖中礼部试,而其兄子兰以选拔入都,亦前一夕适至,家庭聚合之乐、科第联翩之乐,先灵顾之,喜可知已”。[⑪] 翁兰著有《秋皋唱和》、《心斡遗文》,《翁筠楼集》六卷附。

根据翁方纲《翁铁庵尚书广族谱》跋,翁叔元[1633—1701,字宝林,号铁庵,苏州府常熟人。籍直隶永平。康熙十五年(1676)丙辰科第三人及第,官至工部尚书、刑部尚书]系莆田翁一桂第廿一世孙,于翁方纲为曾祖辈[⑫],亦兴化府莆田翁氏衍派裔孙。常熟有翁家庄。嘉庆二十二年(1817)翁方纲有《钱梅溪癸酉春卜居常熟翁家庄即吾家铁庵公故里也今来求诗二首》,见《复初斋诗集》卷七十。根据沈德潜所作《征士翁霁堂传》,翁照(字朗夫、霁堂)先世福建兴化府莆田人,高祖、进士翁兆震,曾祖、进士翁天游令休宁,卒于官,祖翁际寰遂寄籍休宁。翁照之父移家苏州府常熟县,又移常州府江阴县,为江阴人。翁照“少工声律对偶之学”,“中岁穷经学,兼汉、魏、唐、宋诸家而参订之”[⑬],著有《赐书堂诗文集》。子翁晟、翁谦、翁恕。

---

① 沈津《翁方纲年谱》,第462页,引缪荃孙宣统二年庚戌(1910)年跋语。
② 同上书,第119页
③ 同上书,第194页。
④ 同上书,第130页。
⑤ 同上书,第491-492页,引蒋攸铦信札及叶昌炽按语。
⑥ 同治刊本《福建通志》卷七十,影印第1467页。
⑦ 按:《翁方纲年谱》一作那亭(第2页)。《翁方纲年谱》,台湾“中央研究院”中国文哲研究所2002年版。
⑧ 沈津《翁方纲年谱》,第113页。
⑨ 同上书,第114页。
⑩ 同上注。
⑪ 同上注。
⑫ 沈津《翁方纲年谱》,第226页,转引翁方纲《翁铁庵尚书广族谱》跋。
⑬ 沈德潜《归愚文钞》卷十七,《沈德潜诗文集》第三册,人民文学出版社2011年版,第1410-1411页。

## No.49 莆田翁氏家族

翁焕孙:《随笔集》不分卷(清钞本,福建师范大学图书馆藏)、《刀环闲唱集》不分卷(稿本、抄本,福建师范大学图书馆藏)

**谨按:**翁氏是兴化府莆田县的望族,世泽绵长。明代翁氏科名和文学创作事业请参看《明代福建文学结聚与文化研究》第二一六"莆田翁世资家族"条。部分翁氏族人外迁,如翁方纲,民国《莆田县志》有其本传,而翁方纲实已占籍顺天府大兴县。翁焕孙,字竹坡。嘉庆二十一年丙子(1816)举人,官福清训导。诸生翁焕文妻陈淑英能诗。

## No.50 莆田徐氏家族

**谨按:**明代莆田徐氏请参看《明代福建文学结聚与文化研究》第二四二"莆田徐廷龙家族",所论仅限于徐廷龙的三个女儿在文学创作上的事迹。

莆田徐氏在清代成就斐然。黄祖绪《莆阳历代闺秀名媛、才女诗人纪略》之二十一:"值得注意的是,徐氏是涌现才女名媛、闺秀诗人最多的名门望族,仅有清一代,徐氏就涌现出四十九位女诗人,实属稀世罕见。"

## No.51 莆田俞氏家族

俞若耶:存三诗(辑自郑王臣《莆风清籁集》卷五十一)

苏方济(俞孙侃妻):《长春花》诗(《莆风清籁集》卷五十一、《闽川闺秀诗话》卷一)

**谨按:**在科举和文学创作事业上,兴化府莆田俞氏的成就横亘明、清两代。明代俞氏的文学、事功情况请参看《明代福建文学结聚与文化研究》第二二五"莆田俞氏家族"条。

清代俞若耶,少学诗即能惊其侪辈,喜《才调集》[①]。其事迹见《闽川闺秀诗话》卷一,所称引的《捣衣》、《敧枕》、《睡起》三首诗,亦见郑王臣《莆风清籁集》卷五十一、林凤仪《风雅同时》。

黄祖绪《莆阳历代闺秀名媛、才女诗人纪略》之五十一"苏方济"条:苏方济,康熙间莆阳人。布衣俞孙侃妻室。通经史,工吟咏。其事迹见《莆风清籁集》卷五十一、《闽川闺秀诗话》卷一等。民国《福建通志·福建列女传》作苏芳济[②]。

## No.52 莆田林尧光家族

林尧光:《涑亭诗略》一卷、《雪胎书屋词》(民国《莆田县志》卷二十三《艺文志》作《雪昭书屋词》一卷)(同治刊本《福建通志》卷七十)、《葶园诗集》(稿本、游介园藏残本、《清代诗文集汇编》第66册影印稿本)

林尧英:《克复讲义》、《澹亭诗略》、《澹亭偶存》[③](同治刊本《福建通志》卷七十)、《冻亭诗》(民国《莆田县志》卷二十九《理学传》本传)、《澹亭文略》(民国《福建通志》总卷三十九,《福建文苑传》卷七,

① 民国《福建通志》总卷四十五,《福建列女传》卷六,俞若耶传,原第十九页。
② 同上书,同卷,苏芳济传,原第三十三页。
③ 柯愈春《清人诗文集总目提要》著录《澹亭诗略》二卷、《偶存》一卷,清刻本(第247页)。

林尧英传)

林尧华:《浣亭诗略》二卷(民国《莆田县志》卷二十三《艺文志》作三卷)、《浣亭归来吟》一卷、《山姜花埡长短句》一卷(《四库全书总目》卷一百八十二)

**谨按:**兴化府莆田县林尧光家族中人的文学创作情况请参看《明代福建文学结聚与文化研究》第二五一“莆田林辉章家族”条。

林辉章,字继衮。明崇祯十五年壬午(1642)进士。顺治中授推官,擢巩昌知府。卒于官。子林尧光、林尧英、林尧华。传见民国《福建通志·福建循吏传》卷十一、民国《莆田县志》卷三十二《循良传》。

林辉章长子林尧光,字觐伯。顺治初拔贡生。传附同治刊本《福建通志》林辉章传。同治刊本《福建通志》著录林尧光的诸作,注:“《四库书目提要》:‘郑王臣选《莆风清籁集》,谓尧光伯仲各臻妙境,而尧光尤秀拔,当为马氏白眉。’所作颇涉纤丽,于元人蹊径为近。”[①]按:《四库全书总目·〈涑亭诗略〉提要》:“近郑王臣选《莆风清籁集》,谓‘尧光伯仲各臻妙境,而尧光尤秀拔,当为马氏白眉。’然所作亦颇涉纤丽,于元人蹊径为近也。”[②]四库馆臣以为林尧光是一个宗元诗的诗人,郑王臣以为林尧光之诗凌跨前代诗人,风格兼有众长。《国朝全闽诗录初集》林尧光条引叶封语:“觐伯古制以鲍、谢为体裁,近体以李、杜为筋骨。”[③]引《兰陔诗话》云:“涑亭伯仲诗各臻妙境,而涑亭尤为秀拔。上猎汉晋,下汲李唐,又错出苏、黄、范、陆间,其马氏之白眉欤!”[④]黄州叶封序《涑亭诗略》:“其诗古制以鲍、谢为题材,近体以李、杜为筋骨,而遒丽峭拔则又错出于东坡、放翁、山谷之间。”[⑤]与《四库书目提要》(即《四库全书总目》)所论意思有别,一谓林尧光学宋,在宋人苏、黄、范、陆间,一谓近元人,二者几近龃龉。

林辉章次子、林尧光弟林尧英,字蜚伯,号澹亭。顺治十一年甲午(1654)拔贡生,十七年庚子(1660)顺天举人,十八年辛丑(1661)联捷成进士。官至提督河南学政、按察司佥事。卒于官,年五十七。传见民国《莆田县志》卷二十九《理学传》。民国《莆田县志》林尧英本传云:“中州文向趋平稳,尧英导以学古人,文丕变。……平生孜孜好学,手不停披,尝作嵩阳书院,与杨潜庵、耿起庵、张□庵辈讨论正学。……英工诗,与宋牧仲唱和。燕有《十字诗略》,尧英与焉。著有《冻亭诗》。”[⑥]民国《福建通志·福建文苑传》林尧英本传称“《燕台十子》诗略,尧英与焉。”[⑦]

同治刊本《福建通志》著录林尧英著作,小字注:“字蜚伯。顺治辛丑(十八年,1661)进士。附父(林)辉章《良吏传》。”引《兰陔诗话》:“王阮亭(王士禛)选燕台十子诗,澹亭与焉。其诗藻逸思深,体备文质。与兄涑亭(林尧光)工力悉敌。”[⑧]《国朝全闽诗录初集》林尧英条下选诗《读〈双江唱和集〉》,诗中注:“时牧仲(宋荦)同阮亭(王士禛)、实庵(曹贞吉)、漪亭(田雯)、峨嵋(曹禾)、蛟门(汪懋麟)、方山(谢重辉)集余寓斋。”[⑨]是为清初著名诗人的结社雅集。

今存《大通秋泛图》,康熙十五年丙辰(1676)作。是年九月,田雯时任工部郎中,分司通惠河上大通桥。因效仿晋人兰亭雅集事,号召宾客,泛舟通惠河,饮酒作诗,并请郁姓画师绘《大通秋泛图》,涂饰风流。又邀曹贞吉、王曰高、颜光敏、林尧英、汪懋麟、宋荦等曾与会名流赋诗。汪懋麟署年款为“丙辰(1676年)九月”。沈荃(1624—1684)书引首《秋槎觞咏》,受画人田雯(1635—1704)题诗图卷。卷后有曹贞吉、王曰高、颜光敏、林尧英、汪懋麟、宋荦、宋炘、赵文煚、张完臣、李符、叶封、孟亮揆、顾嗣鲁、

---

① 同治刊本《福建通志》卷七十,影印第1463页。

② 永瑢等《四库全书总目》卷一百八十二,第1645页。

③ 《国朝全闽诗录初集》卷五,《全闽诗录》第五册,第89页。

④ 同上注。

⑤ 柯愈春《清人诗文集总目提要》,第242页,引。

⑥ 民国《莆田县志》卷二十九,原第七十二页,影印第577页。

⑦ 民国《福建通志》总卷三十九,《福建文苑传》卷七,林尧英传,原第九页。

⑧ 同治刊本《福建通志》卷七十,第1463页。

⑨ 《国朝全闽诗录初集》卷四,《全闽诗录》第五册,第78页。

朱彝尊、谢重辉;孙效曾、张百龄、汪如洋、钱楷、萧霖、邵瑛、冯集梧(鹭庭)、张问陶、王昶、谢启昆、纪昀、刘墉、刘跃云、赵怀玉、吴锡麒、许兆椿、曹振镛、沈初、曾燠、洪亮吉、冯应榴、法式善、伊秉绶、施朝干、卢荫溥、张云璈、应沣、詹肇堂、秦瀛、程同文、吴文溥、钱福昌、金安澜、阮元、王鼎五十人题咏。这些诗人中间,田雯、曹贞吉、宋荦、颜光敏、谢重辉、汪懋麟、林尧英、叶封并列为京师"金台十子"。

林尧英之弟林尧华,能诗词。《国朝全闽诗录初集》林尧华条:"字闻伯[①],莆田人。顺治十一年甲午(1654)举人,官榆次知县,有《浣亭诗略》。""孙子未云:浣亭诗萧散冲澹,出于自然。"[②]《四库全书总目·〈浣亭诗略〉提要》:"其诗才气俊爽,早年刻意雕镌,而未造浑成。晚年又颇涉颓唐,纵笔太早。其词有南宋格意,而罕睹新声,亦拟议而未变化。"[③]林尧华尝两摄学篆,于文风改造有所贡献。民国《莆田县志·文苑传》本传云:"集诸生论文艺,文风丕变。……归乡日,构平山堂,日与诸名士觞咏,人以为有汤临川(汤显祖)、屠青浦(屠隆)之风。所著有《浣亭诗略》、《归来吟》、《山姜花坞长短句》,渔洋山人为论定序之。"[④]按:后两种与《四库全书总目》所著录的书名略异。柯愈春《清人诗文集总目提要》著录时,题《浣亭集》四卷,即《浣亭诗略》二卷、《浣亭归来吟》一卷、《山姜花坞长短句》一卷,康熙间刻本。[⑤]

## No.53 莆田彭鹏家族

彭鹏:《两粤疏抄》、《中藏集》三卷(民国《莆田县志》卷二十二《艺文志》作二卷,卷二十三《艺文志》作三卷。柯愈春《清人诗文集总目提要》第264页作二卷,康熙刻本《古愚心言》八卷附)、《万寿敷福集》(同治刊本《福建通志》卷七十一)、《古愚心言》八卷(康熙三十四年刻本)、《彭公遗著》六册(北京中国书店,含《万寿敷五福集》、《南黔疏抄》、《西粤疏抄》、《东粤疏抄》四种)、《乙丑渡江草》一卷(《莆阳丛辑》本)、《拒伪历案白语》一卷(康熙刻本《古愚心言》八卷附)(柯愈春《清人诗文集总目提要》第264页。民国《莆田县志》卷二十三《艺文志》、民国《福建通志·福建艺文志》卷六十四)、《千日大梦图记》(郭柏苍《竹间十日话》)、《心言》不分卷(清钞本,中国科学院图书馆藏)、《古愚心言》八卷附《中藏集》《拒伪历案白语》(康熙莆田彭氏刻本,南京图书馆藏)(李灵年等《清人别集总目》第2148页)

彭圣域:《论语指要》四卷(同治刊本《福建通志》卷七十)

彭圣坛:《水镜新书》一卷(同治刊本《福建通志》卷七十)

彭圣埈:《留云阁诗集》(同治刊本《福建通志》卷七十)

**谨按**:明代兴化府彭氏家族的文学创作情况请参看《明代福建文学结聚与文化研究》第二〇三"莆田彭韶家族"条。这一家族的文学创作传统延续到清代。

同治刊本《福建通志》著录彭鹏(1635—1704)三种著作,小字注:"鹏,顺治庚子(十七年,1660)举人。见《莆田列传》。"[⑥]按:该书系彭鹏于兴化府仙游县《经籍志》,而同书彭鹏传却隶于莆田县《列传》。《国朝全闽诗录初集》作莆田人,与同治刊本《福建通志·经籍志》的记载有所出入,以《国朝全闽诗录初集》的著籍为是。《国朝全闽诗录初集》彭鹏条:"字奋斯,号无山,莆田人。文质曾孙。顺治庚子(十七年,1660)举人,授三河知县。擢工科给事中,升贵州按察使,迁广西、广东巡抚。"《兰陔诗话》:"矢诗

① 《四库全书总目·〈浣亭诗略〉提要》作开伯(《四库全书总目》卷一百八十二,影印第1645页),当是。
② 《国朝全闽诗录初集》卷三,《全闽诗录》第五册,第65页。
③ 永瑢等《四库全书总目》卷一百八十二,第1645页。
④ 民国《莆田县志》卷二十九,《文苑传》,原第一二二页,影印第602页。
⑤ 柯愈春《清人诗文集总目提要》,第227页。
⑥ 同治刊本《福建通志》卷七十一,影印第1479页。

不多,俱有关系,可以当诗史矣。”①

《福建地方文献及闽人著述综录》彭鹏:“字奋斯,号九峰。……《四库提要》谓其诗文皆率臆而成,字格皆不入格。”②按:《四库全书总目》卷一百八十二著录彭鹏《古愚心言》八卷,作“字句皆不入格”③。郭柏苍《竹间十日话》:“彭鹏,字古愚,莆田人。顺治庚子举人,授三河知县,官终广东巡抚。……撰《千日大梦图记》。”④

同治刊本《福建通志》彭鹏传:“彭鹏,字奋斯,一字古愚,别字无山子。曾祖父文质,明广西左参政。祖宪安,明广东阳山知县。鹏举顺治庚子(十七年,1660)乡试。耿精忠叛,佯称疾不起,凡九拒伪命,卒得不污。父汝柏,削发为僧,以左右之。逆平,始出。……由尚书李天馥以贤能首荐,授工科给事中。鹏既居言路,疾贪诈如仇。……三十三年(1694),顺天学政李光地闻母丧,谕令在任守制,光地请给假九月,治丧毕赴任,鹏昌言劾之⑤。……擢佥都御史,巡抚广西。……(与直隶巡抚李光地、河道总督张鹏翮、湖广总督郭琇并行己清廉,称四君子)康熙四十三年(1704)卒于官,年六十八。”⑥传又见民国《莆田县志》卷二十六下《列传》。

在彭鹏之外,清初彭氏作者尚有彭圣坛(彭鹏长子⑦)、彭圣域、彭圣埈等,进士尚有彭圣培等。

## No.54 莆田黄鸣俊家族

**谨按:**莆田诸生黄士先能诗。《国朝全闽诗录初集》续集黄士先条:“士先,字尔器,号器也,改名钝鸣,俊孙,莆田人。顺治间诸生。”⑧选诗一首。按:福建文史研究馆整理时标点误,当作“改名钝,鸣俊孙”。其人非明末之泉州府晋江人黄俊。黄鸣俊,见《全闽明诗传》卷四十二。《全闽明诗传》、《国朝全闽诗录初集》、《国朝全闽诗录初集》续集均出于侯官郑杰一人之手。

明代兴化府莆田县黄氏系该府首屈一指的望族,子孙众多,繁衍至今。请参看《明代福建文学结聚与文化研究》第一八八“莆田黄寿生家族”条、第二一八“莆田黄廷宣家族”条等,藉以了解明代兴化府黄氏先人出色的科举事业和文学创作成就。

## No.55 莆田宋珏家族

**谨按:**明代兴化府莆田县宋氏家族诸作家宋劢、宋端仪、宋元翰、宋珏的文学创作情况请参看《明代福建文学结聚与文化研究》第二百“莆田宋端仪家族”条。

明末清初有宋珏者流寓吴越间,与钱谦益、程嘉燧、李流芳、顾梦游等订交,卒于吴。宋珏侄孙宋祖谦,字尔鸣,号去损。顺治间诸生。《国朝全闽诗录初集》有其小传及诗,并引《兰陔诗话》论云:“去损八分亚于比玉,又精画理,陈章侯、胡元润皆称其妙。与周栎园交好甚密。栎园坐事,辞连去损,并逮入都,作《寒鸦赋》以自哀。词意悲婉,人比之骆宾王《咏蝉》之作。”⑨

宋祖谦与侯官郑翡为诗友。郑翡有诗题《辛丑秋杪晤栎园夫子(本书按:周亮工,号栎园,自称樵

---

① 《国朝全闽诗录初集》卷四,第75页。

② 福建师范大学图书馆古籍组《福建地方文献及闽人著述综录》,第77页。

③ 永瑢等《四库全书总目》卷一百八十二,影印第1649页。按:《四库全书总目·〈晚帘集〉提要》论漳州府龙溪人陈箴:“其古文多杂偶句,不古不今”(卷一八二,影印第1650页),似乎四库馆臣对于清初闽人著述颇有微词。

④ 郭柏苍《竹间十日话》,第89页。

⑤ 按:彭鹏弹劾李光地在任守制十不可留,应罚“令离任留京终制”。见民国《福建通志》彭鹏传(《福建列传》卷三十四,第三十、三十一页)。

⑥ 同治刊本《福建通志》卷二百二十七,原第一、二页,影印第4139-4140页。

⑦ 同治刊本《福建通志》卷二百五十二,《(莆田县)国朝节孝》“州同彭圣坛妻林氏”条,影印第4660页。

⑧ 《国朝全闽诗录初集》续集卷二,《全闽诗录》第五册,第501页。

⑨ 《国朝全闽诗录初集》续集卷二,第506-507页。

南种蕉客)武林舟次因出龚芝麓先生(本书按:龚鼎孳,号芝麓)都门早春送别索和次韵聊述以纪始末》,第六句"寒深怅赋鸦"下注:"时同事亡友宋去损有《寒鸦赋》。"[①]辛丑,顺治十八年(1661)。

## No.56 仙游唐之华家族

唐之华:《存斋诗集》(民国《福建通志》总卷二十五,《福建艺文志》存目卷四十二)

唐之冕:《静远斋集》(民国《福建通志》总卷二十五,《福建艺文志》存目卷四十二)

唐仁永:《西山余草》、《归去百咏》(民国《福建通志》总卷二十五,《福建艺文志》存目卷四十二)

**谨按:**仙游唐氏家族请参看拙著《明代福建文学结聚与文化研究》第二四一"仙游唐大章家族"条。

唐大章之子唐显悦,万历四十六年戊午(1618)福建乡试举人中式,与黄道周同年;天启二年壬戌(1622)进士,与蒋德璟、黄道周同年。

明清鼎革,唐显悦削发为僧。其子唐仁永,为康熙间贡生,著有《西山余草》,唐仁永与兄弟唐仁源还著有《二唐诗集》二卷。唐显悦孙唐之华,亦康熙间贡生,著《存斋诗集》。从事学术和文学创作的还有唐仁永之子、布衣唐之冕,著《静远斋集》。

## No.57 莆田俞氏家族

**谨按:**明代兴化府俞氏家族声势显赫,仕宦、文学创作皆有成就。请参看《明代福建文学结聚与文化研究》第二二五"莆田俞氏家族"条。

俞逊,字逊侯,号思园。俞维屏曾孙。顺治九年壬辰(1652)进士。官新安知县。《国朝全闽诗录初集》续集俞逊条引《兰陔诗话》:"思园作宰,当乱离之后,安辑流亡,人被其泽。分校文闱,所得皆知名士。诗亦清婉雅洁。"[②]选诗三首。

## No.58 莆田林凤仪家族

林凤仪(林嵋从子):(辑)《木兰风雅》、《哆哆堂诗集》十卷、《樗轩赋》二卷(同治刊本《福建通志》卷七十。柯愈春《清人诗文集总目提要》第178页作《哆哆轩诗集》十卷,皆清初林祯刻本)、《哆哆堂诗》、《樗轩集》(《国朝全闽诗录初集》卷五林凤仪条)、《樗轩赋草》四卷(民国《莆田县志》卷二十三《艺文志》)、《风雅同时》初集四卷,二集二卷(宋湖民藏初集两卷、二集一卷)、《樗轩草》二卷、《古意新声》一卷(顺治间宝月堂刻本)、《樗轩草》四卷(清初刻本)、《赋草》二卷(清初千绳阁刻本。华东师范大学图书馆藏)(柯愈春《清人诗文集总目提要》第178页)

林向哲(林凤仪从弟):《续莆阳文献》四卷、《瓯离子集》十二卷[③](《福建地方文献及闽人著述综录》、李灵年等《清人别集总目》第1369页一作四卷,民国三十六年翁炳燊星楼抄校本)(一作《玉岩阁诗集》十二卷)、《汐香亭诗话》一卷(同治刊本《福建通志》卷七十)

林佳玑:《东山集》二卷(同治刊本《福建通志》卷七十)、《东山诗集》(民国《福建通志》总卷三十九,《福建文苑传(清一)》卷七,林佳玑传)

林人中:《续闽川名士传》六卷、《林氏交游录》二卷、《风雅绪谈》二十卷、《闽林世说》十卷、《闽中草

① 《国朝全闽诗录初集》续集卷二,第494页。

② 《国朝全闽诗录初集》续集,卷一,第473页。

③ 柯愈春《清人诗文集总目提要》著录此集,系林向哲诗集,从子林祯刻本;又有民国三十六年翁氏钞校本,福建师范大学图书馆藏(第191页)。

木状》五卷、《我我集》、《尔尔集》、《叩叩集》（同治刊本《福建通志》卷七十）、《潆村诗集》（旧抄本，福建师范大学图书馆藏）、（辑）《莆阳风雅》十九卷（抄本，福建师范大学图书馆藏）、《潆村诗集》三卷[①]（清刻本。柯愈春《清人诗文集总目提要》第178页）

林元之（林人中之子）：《香草堂集》（同治刊本《福建通志》卷七十。民国《莆田县志》卷二十三《艺文志》作《香草草堂集》）、《香草草堂诗》（《国朝全闽诗录初集》续集卷七林元之条[②]）

**谨按**：兴化府莆田县诸林氏多俊彦，从林齐圣、林嵋到林凤仪、林向哲、林佳玑、林人中等人形成一支家族性著述的脉络。明代莆田林凤仪先祖的文学创作事业请参看文学结聚与文化第二四八"莆田林简家族"条。

林凤仪，字少威，号樗轩、郧叟，林齐圣子。顺治间诸生。同治刊本《福建通志》著录林凤仪著作，注："与从叔嵋、从弟向哲相切劘。尝以诗谒黄道周，道周谓嵋有二侄，犹王之养（王筠，小名养）、炬（王泰，王筠从兄，小名炬），谢之览（谢览）、举（谢举）也。""《注韩居诗话》：'少威采友人诗为《风雅同时》。'"[③]《国朝全闽诗录初集》林凤仪条："字少威，号郧叟，莆田人，齐圣之子。顺治间诸生。有《嘐嘐堂诗》、《樗轩集》。""《注韩居诗话》：'郧叟性崖岸绝俗，诗亦类然。尝辑莆中诗，自洪武至崇祯，名曰《木兰风雅》，可谓有功艺苑矣，惜佚不传。'"[④]

林凤仪从弟林向哲，字君十，号十叟。同治刊本《福建通志》著录其著作，小字注："诗学杜，得其神似，后出游燕蓟，诗益雄。所著诗赋古文集，从子（林）桢梓而传之。"著录《瓯离子集》十二卷，小字注："一作《玉岩阁》十二卷，未知同异。"[⑤]《国朝全闽诗录初集》续集林向哲条："林白云云：十叟好为古文诗歌，出游燕蓟归，所作渐就平淡。"[⑥]顺治间莆田人吴养浩（字孟甫，荐授中书舍人，官户部员外郎）有诗《林十叟至燕赋赠》。[⑦]《瓯离子集》十二卷，《福建地方文献及闽人著述综录》著录时一作四卷，民国三十六年翁炳燊星楼抄校本。《福建地方文献及闽人著述综录》所撰提要云："向哲，字君十，号瓯离。顺治中诸生。县志称其诗为'操笔立就，骨格苍老，学杜得其神似'者。原书应有十二卷，此集只存文四卷，其诗未见，殆为未完本。"[⑧]

林向哲从弟林佳玑，字衡者，号履斋。系林嵋从子，黄道周门人。顺治间诸生。传称林佳玑"负其师黄道周诗古文词数十卷请序于吴伟业。诗文雅健，有师法。其叔父小眉以前进士隐居著述，衡者能世其家风。有《东山诗集》。"[⑨]按：林嵋，崇祯十六年癸未（1643）进士。同治刊本《福建通志》著录林佳玑著作《东山集》二卷，引《兰陔诗话》论云："衡者少擅诗名，有'鹦鹉倚笼闲说梦，杜鹃对月忆前身'之句，为人所传诵。值闽中乱，游吴越间，与姜如须（姜垓）、吴梅村（吴伟业）、金孝章（金俊明）、朱锡鬯（朱彝尊）定交。梅村赠诗云'夹漈草荒书满屋，连江人去雁飞田。'后衡者客死连江，人以为诗谶云。"[⑩]

林嵋之子林人中，字中子，号潆村。顺治间诸生。为本省布政使曹溶（号秋岳）延入幕府。《福建地方文献及闽人著述综录》作林佳玑子[⑪]，误，当为从兄弟行。林人中绩学工诗，著作多种。素谙前朝典故，时资为文献。《国朝全闽诗录初集》续集卷二有传及选诗，其五种著作《风雅绪谈》二十卷、《续闽

① 《潆村诗集》，清平远堂校刻本，分《我我集》、《尔尔集》、《叩叩集》（柯愈春《清人诗文集总目提要》第178页）。
② 《国朝全闽诗录初集》续集卷七，《全闽诗录》第五册，第613页。
③ 同治刊本《福建通志》卷七十，影印第1463页。
④ 《国朝全闽诗录初集》卷五，《全闽诗录》第五册，第103页。
⑤ 同治刊本《福建通志》卷七十，影印第1464页。
⑥ 《国朝全闽诗录初集》续集卷二，《全闽诗录》第五册，第500页。
⑦ 同上书，续集卷三，第524页。
⑧ 福建师范大学图书馆古籍组《福建地方文献及闽人著述综录》，第78页。
⑨ 民国《福建通志》总卷三十九，《福建文苑传（清一）》卷七，原第八页。
⑩ 同治刊本《福建通志》卷七十，影印第1464页。
⑪ 福建师范大学图书馆古籍组《福建地方文献及闽人著述综录》，第79页。

川名士传》六卷、《闽林世说》十卷、《闽中草木状》五卷、《林氏交游录》二卷,郑杰《注韩居诗话》云俱未见[①]。林人中撰《萨天锡先生诗跋》、《祝萨与相五十荣寿》[②]。

林人中之子林元之,字又偁。康熙间诸生。以子林学普封临川知县。能世其家学,精通史学,为闽抚张伯行招修书于省垣鳌峰书院。少攻声律,喜填词,倚声按拍至百余调,吴江徐釚、祥符周在浚(周亮工之子)以为在秦、黄、周、柳间[③]。传见同治刊本《福建通志·文苑传》、民国《福建通志·福建文苑传》。林佶有《答莆宗人又偁书》,知林元之之父林人中与林佶之父林逊同为揭阳郭之奇门人,亦据此书知林佶对林元之溺于填词之道颇有规劝之意[④]。

## No.59 莆田林麟焻家族

林麟焻:(纂集)《列朝外纪》若干卷、《玉岩诗集》七卷、《竹香词》一卷、《(康熙)莆田县志》三十六卷(同治刊本《福建通志》卷七十)、《玉岩诗选》二卷(民国《福建通志》总卷二十五,《福建艺文志》卷六十四)、《玉岩诗集》、《续集》、《中山竹枝词》、《星槎草》、《郊居集》(民国《莆田县志》卷三十《使才传》本传)

林承基:《浮香堂诗集》(民国《莆田县志》卷三十《使才传》林麟焻传附传)

**谨按:**兴化府林麟焻家族著声于清代顺治、康熙年间,与林宾王兄弟同族同宗。林麟焻作有《送叔穆之游云中》五律[⑤],则莆田县诸林氏同宗诗人中,林宾王为林麟焻叔父行。林宾王,字穆之。顺治中诸生。《国朝全闽诗录初集》选林麟焻诗两题"游云中",一送林宾王,一为林宾王送友人。

林麟焻,字石来,号玉岩,嘉靖间林应采裔孙、明末清初诗人林铭几(?—1648)曾孙。明代兴化府莆田县林应采家族的文学创作情况请参看《明代福建文学结聚与文化研究》第二二三"莆田林应采家族"条。林麟焻,康熙八年己酉(1669)福建乡试副举人中式,与陈梦雷、林甲春、廖腾煃等同年;九年庚戌(1670)进士,与陈梦雷、李光地同年。康熙二十一年(1682),与检讨汪楫为册封琉球正、副使。历官中书、礼部郎中、贵州提学佥事、参议等。

民国《莆田县志·使才传》林麟焻本传:"麟焻少以诗名,其在都中,与同志唱酬忘倦,凡拂郁困顿之致皆于诗发之。积成卷帙,新城王士祯、阳羡陈维崧手为点定,序以传世。……子承基,字惟崇。邑明经。著有《浮香堂诗集》。"[⑥]

同治刊本《福建通志》著录其著作,引《四库全书总目》:"其诗法受自王士祯。初官中书舍人时,尝偕检讨汪楫奉使琉球,途中唱酬甚夥。是篇凡前集二卷,皆初年所作,又《星槎草》一卷;《中山竹枝词》五十首,为一卷,皆出使时所作;《郊居集》一卷,则官(贵州)提学后家居所作也。自《中山竹枝词》以前,皆载士祯评点,《竹枝词》后又以当时同人赠别之作附焉。"[⑦]同治刊本《福建通志》林麟焻传称:"麟焻尝受诗法于新城王士祯,一洗竟陵陋习[⑧]。有《玉岩诗集》行世。"[⑨]按:林麟焻《玉岩诗集》提要,见《四库全书总目》卷一百八十三[⑩]。《国朝全闽诗录初集》林麟焻条引《渔洋诗话》:"石来诗温润缜密,孚

---

① 《国朝全闽诗录初集》续集卷二,林人中条,《全闽诗录》第五册,第496页。

② 民国《雁门萨氏家谱》卷五,《叙赠录上》,影印第702页;卷五,《叙赠录下》,影印第843-844页。

③ 民国《福建通志》总卷三十九,《福建文苑传(清一)》卷七,原第十八页。

④ 林佶《朴学斋文稿》,《清代诗文集汇编》第205册,影印第618页。

⑤ 《国朝全闽诗录初集》卷七,第151页。

⑥ 民国《莆田县志》卷三十,《使才传》林麟焻传,原第七十八页,影印第647页。

⑦ 同治刊本《福建通志》卷七十,影印第1464页。

⑧ 按:顺治间诸生、兴化府莆田县诗人苏承武(字赓棨)"好苦吟,务幽僻,盖奉竟陵为金科玉律者"。(同治刊本《福建通志》卷七十,影印第1463页,引《兰陔诗话》。《国朝全闽诗录初集》续集卷三苏承武条所引《兰陔诗话》文字略有不同)

⑨ 同治刊本《福建通志》卷二百二十七,原第八页,影印第4142页。

⑩ 永瑢等《四库全书总目》卷一百八十三,影印第1657页。

尹旁达,扶疏直上。"[①]民国《福建通志》著录林麟焻《玉岩诗选》二卷,解题引《渔洋文集》云:"石来少以诗有声闽中,弱冠上京师,取进士高第,几入馆阁之选,已乃廑以才望推择为中书舍人,傃直禁中,旬日休沐间偕二三同志递相倡和。君之诗温润缜密,孚尹旁达,扶疏而直上。今次其集为二卷,凡古近体诗若干首,成一家之言。"[②]

林麟焻居先世林铭几所构北村别业,与贺梁、朱元春同邑诗人等唱和,与巡抚梅鋗等交往。从嗜好竟陵诗歌的明末清初诗人林古度到王士祯(1634—1711),以王士祯的诗法和神韵派的诗歌理论及其实践而改变晚明以来的竟陵诗风,是清初诗歌嬗变的重要关捩,也是闽诗转变的一个方向,而另一方向则是学宋。

林麟焻能词,著有《竹香词》。《闽词征》卷四有传及词。

林麟焻弟林凤焻能诗。《国朝全闽诗录初集》林凤焻条:"字韶来,莆田人。麟焻弟。康熙间诸生。"[③]选其诗《送玉岩兄之粤东》。

从康熙间王士祯与林麟焻等闽地诗人群异常的密切关系到乾隆间黄任等闽地诗人创作的时代,全国诗坛经历了北方诗人影响南方一代诗人再到闽中诗人往北影响到沈德潜等格调诗人的过程:康熙四十一年壬午(1702),王士祯 69 岁题端砚,时黄任(1683—1768)20 岁,而从吴履泰[④]到沈德潜,则是南方诗人从闽地往北影响到了吴地诗人的诗歌理论及其创作,或者可以推知沈德潜"格调说"的理论源头。

## 第三节　泉州府文学家族考

### No.60　晋江张维机家族

张维机:《四书永业》十九卷、《致知格物说》、《自述年谱行略》一卷、《清署小草》一卷(同治刊本《福建通志》卷七十二)

**谨按:**晋江张维机,字子发,号晦中,又号潜叟。明天启乙丑(五年,1625)进士,选庶常,累官礼部侍郎兼翰林院侍讲学士,教习庶吉士。入清,以原官掌院,引年归。

张维机与张维枢均晋江张文郁曾孙、张志选孙。请参看《明代福建文学结聚与文化研究》第一四四"晋江张志选家族"条。

### No.61　晋江黄国鼎家族

黄中通:《柳元山水谱》一卷、《岭外随笔》二卷、《永江纪日》一卷、《敬亭诗集》三卷、《镜园文集》(同

① 《国朝全闽诗录初集》卷七,《全闽诗录》第五册,第 150 页。

② 民国《福建通志》总卷二十五,《福建艺文志》卷六十四,第十四页,引。

③ 《国朝全闽诗录初集》续集卷七,《全闽诗录》第五册,第 636 页。

④ 按:吴履泰,字茹原,侯官人。雍正八年庚戌(1730)进士。著有《儒先纂要》、《培兰堂文稿》、《小箬诗集》、《少箬诗稿》等。系永福黄任诗友、长沙沈德潜之师。《国朝全闽诗录初集》卷十三有其传及诗,传引沈德潜(1673—1769)论云:"我师立言致行,一归诚实。初谒见时,问以持己立朝之道。"(第 268 页)沈德潜对吴履泰评论甚多,吴诗《读书一章示诸童子》后,引"沈归愚云:词赋惟猎浮华,元元本本,总归经史也。近人只守干禄时文,并置词赋不问。恐叩以骚选,亦茫然只张两眸矣。前辈为后生言,语语朴实,可以揭之座右。"(第 269 页)《蚕》后,引"沈归愚(沈德潜)云:事君致身,于纤小题传出杜陵之道矣。"(第 269 页)

治刊本《福建通志》卷七十二)

黄中球:《六经法言》四十二卷(《泉州古代著述》第275页作四十四卷)、《史论附咏史诗》八卷、《藏山待》二十卷、《骈枝汇典》四卷、《芙蓉楼诗说》二卷、《芙蓉楼烬草》六卷(同治刊本《福建通志》卷七十二)

**谨按:**晋江黄潜家族的科举事业较为成功,自黄潜起代有著述。请参看《明代福建文学结聚与文化研究》第一四一"晋江黄潜家族"条及附录中的举人、进士科名表。

黄潜之孙黄国鼎,字敦柱。万历七年己卯(1579)举人,二十六年戊戌(1598)成进士。官翰林院编修等。

黄国鼎之孙黄中通,字睿夫。明崇祯十二年己卯(1639)举人,与王命岳、粘本盛及从父黄日祚、从兄弟黄中交等同年;入清,顺治六年己丑(1649)成进士。传见同治刊本《福建通志》卷二百二十八《列传》。

黄中球,字子宝。康熙十年辛亥(1671)贡生。传见同治刊本《福建通志·文苑传》。

## No.62 晋江何乔远家族

何芳腾:《韦庵诗文集》(同治刊本《福建通志》卷七十二)

**谨按:**明代中叶嘉靖之后,晋江何氏崛起,在科举事业、学术著述和文学创作领域均有出色表现。请参看《明代福建文学结聚与文化研究》第一六四"晋江何炯家族"条。

何炯之子何乔远(1567—1632),字稚孝,号匪莪。晚明著名学者和作家。

何乔远诸子何九转、何九云、何九说均勤于著述,有诗文集。其中何九云(1581—1649),字舅悌。崇祯十六年癸未(1643)进士,选庶常,授编修。未浃月而甲申变作,以死自誓,侍者曰:"司空未葬,子道犹亏。"乃勉强南归,葬父毕,杜门不出,匾其轩曰"东湖闲史",自附于龚生、范子之后未及,卒。[①]

何乔远孙何芳腾,字忠迈。顺治五年戊子(1648)举人,授松溪教谕;十五年戊戌(1658)成进士。传见同治刊本《福建通志·良吏传》[②]。

## No.63 晋江黄景昉家族

黄知白:《黄原虚诗集》(同治刊本《福建通志》卷七十二)

**谨按:**明代晋江黄克复系弘治、正德间人,其家族至晚以明黄景昉入阁为其家族所能达到的巅峰状态。请参看《明代福建文学结聚与文化研究》第一二三"晋江黄克复家族"条。

黄知白,字原虚,黄景昉之子。知白承家学,工诗。为诗绮合霞蒸,飞琼戛玉。其诗为华亭董俞、田茂遇采而梓之[③]。同时晋江诗人林逢震(号青湄)、黄开泰(鹤洲)、蔡起(兴伯)、同安诗人黄而辉(述之)、许其鏐(含之)等人亦为田茂遇、董俞所赏。

同安诗人阮旻锡有诗《赠黄原虚》,见其《夕阳寮诗稿》卷七。

---

① 方鼎、朱升元《晋江县志》卷十二,《中国方志丛书》华南地方第82号,成文出版社有限公司1967年影印乾隆三十年(1765)刻本,影印第345页。

② 同治刊本《福建通志》卷二百三十四,何芳腾传,影印第4242页。

③ 民国《福建通志》总卷三十九,《福建文苑传(清一)》卷七,黄知白传,原第十八页。

## No.64 晋江刘麟长家族

(明)刘鳞长(刘弘宝孙):《浙学宗传》、《扫背图》(同治刊本《福建通志》卷七十二)

刘士铎:《自哂集》(同治刊本《福建通志》卷七十二)

**谨按:**晋江刘弘宝系万历十三年乙酉(1585)举人,十四年丙戌(1586)成进士。明代晋江在科举上颇为成功。

刘弘宝孙刘鳞长,字孟龙,号乾所。万历四十六年戊午(1618)举人,四十七年己未(1619)成进士。刘氏祖孙三代均有著述,详请参看《明代福建文学结聚与文化研究》第一五四"晋江刘弘宝家族"条。

刘鳞长之子刘士铎,康熙二年癸卯(1663)举人。

## No.65 晋江林华昌家族

(明)林欲楫:《友清堂集》(乾隆《福建通志》)、《易勺》(一作《易经勺解》)三卷、《老子勺》二卷、《日记》(《闽中理学渊源考》卷七十五)、《水云居诗草》、《学庸注补》一卷、《林大宗伯日记》(同治刊本《福建通志》)、《道德经注》二卷(泉州历史网)

林华昌:《灵洞讲堂草》一卷(同治刊本《福建通志》卷七十二)

**谨按:**晋江林欲楫,字仕济。万历三十一年癸卯(1603)福建乡试解元,三十五年丁未(1607)成进士。改庶吉士,历官编修、左中允、右谕德、右庶子、少詹事、礼部右侍郎、礼部尚书掌詹事府事。唐王立,召入内阁,寻归卒。传见乾隆《晋江县志》卷九《人物志一》。

林欲楫之子林华昌,系康熙十一年壬子(1672)举人。

请参看《明代福建文学结聚与文化研究》第一七七"晋江三林世家"条。

## No.66 晋江黄志焕家族

黄志焕:《西耕堂文集》(民国《福建通志·福建艺文志》存目卷四十二作《留耕堂文集》)、《得闲堂诗集》(《泉州古代著述》第296页作《得闲堂诗草》)、《唐宋文选》、《韩诗选》(同治刊本《福建通志》卷七十二)

黄道泰(黄志焕子):《不自弃亭诗文集》九卷(同治刊本《福建通志》卷七十二)、(预修)《广东通志》(陈笃彬、苏黎明《泉州古代著述》第296页)、《不自弃斋文集》五卷(雍正十年刻本,上海图书馆藏。柯愈春《清人诗文集总目提要》第447页)

黄志璋:《嘉言录》、《璞园集》五卷、《遯斋集》(同治刊本《福建通志》卷七十二)

黄梦琳(黄道泰从兄):《格物要语》三卷、《碎锦录》二卷、《韫斋笔记》二卷、《五行论》一卷、《诗学正宗》二卷、《雪舟诗集》三卷(同治刊本《福建通志》卷七十二)

黄钺:《黄扆文诗集》(同治刊本《福建通志》卷七十二)

**谨按:**清代泉州府晋江县黄志焕、黄志璋兄弟,系明代黄凤翔曾孙。明代黄凤翔家族的文学创作请参看《明代福建文学结聚与文化研究》第一四五"晋江黄凤翔家族"条。

黄志焕,乾隆《晋江县志》作黄志瑍,字曾辒,号玉斋。康熙十二年癸丑(1673)进士,官内阁中书舍人。工诗文。

黄志焕之子黄道泰,字子寅,号去骄。康熙间贡生。传见乾隆《泉州府志·循绩传》、同治刊本《福建通志·良吏传》。同治刊本《福建通志》著录郑希文《郑子俊诗集》,注云:"(郑希文)与黄俊字子千、李某字子寿、林某字子政、宋泽溥字子泉、黄道泰字子寅,称六才子。"[①]

乾隆《晋江县志》黄志瑍传前有黄志璋者,系其从兄弟、黄道泰从父。黄志璋,字眉仲,号璞园,黄徽胤之子。诸生。以荫入监,授麻阳知县,迁全州知州,荐授正定知府,擢洮岷陇右道,致政归里。《国朝全闽诗录初集》续集黄志璋条谓其"卒年八十五"[②]。

黄徽胤之孙、黄裴之子、黄道泰从兄黄梦琳,字球卿。诸生。能诗。"性清介好学,少得吴乔诗法,古今体仿佛中晚唐。"[③]

黄钺,字扆文,黄道昶之子。康熙间人。诗幽深湛洁。年六十二,登雍正甲辰(二年,1724)贤书[④]。

## No.67 晋江蔡方升家族

蔡方升:《易解参考》、《春秋四传折衷》(同治刊本《福建通志》卷七十二)

蔡元成:《蔡皋庐诗文集》(同治刊本《福建通志》卷七十二)

**谨按:**晋江蔡方升,字赂东。康熙二十三年甲子(1684)举人。官兴业、邱邑等县知县,有政声。传见同治刊本《福建通志·良吏传》。[⑤]

蔡方升之子蔡元成,字尚乾,号皋庐,籍南安。康熙五十二年癸巳(1713)举人。官颍上知县。卒年七十九。改教职,授政和、侯官教谕,修《福州府志》[⑥]。传附同治刊本《福建通志·良吏传》、民国《福建通志·循吏传》蔡方升传。

## No.68 南安洪承畴家族

洪承畴:(辑)《古今平定略》十二册、《洪承畴章奏文册汇辑》(台湾文献丛刻本)、《洪经略奏对笔记》二卷(光绪间铅印本)、《洪经略奏对日抄》(1949年排印本)、(浦龙渊辑)、《经略纪要》二十四本(同治刊本《福建通志》卷七十二作二十四卷)、《奏对笔记》、《经略文集》(民国《南安县志》卷四十五《艺文志》)

洪承畯:《紫农山人诗集》(同治刊本《福建通志》卷七十三)、《诗文集》(民国《南安县志》卷四十五《艺文志》)

洪士铭:《畏轩诗集》[⑦](同治刊本《福建通志》卷七十三)、《四书说约》(陈笃彬、苏黎明《泉州古代著述》第360页)

洪士誉(洪承駉子):《易疑》六本、《性理论》、《时文选》(民国《南安县志》卷四十五《艺文志》)、《选性理论》若干卷(民国《南安县志》卷三十一《文苑传》本传)

**谨按:**泉州府南安县是洪氏家族聚居地,洪氏部分后人自明代以来逐渐徙居郡城泉州,但仍与南

---

① 同治刊本《福建通志》卷七十二,影印第1505页。

② 《国朝全闽诗录初集》续集卷七,《全闽诗录》第五册,第635页。

③ 同治刊本《福建通志》卷七十二,影印第1507页。

④ 乾隆《晋江县志》卷十二,《(国朝)清修传》,黄钺传,影印第360页。

⑤ 同治刊本《福建通志》卷二百三十四,影印第4245页。

⑥ 民国《福建通志》总卷三十六,《福建循吏传(清一)》卷十一,蔡方升传,原第三十页。

⑦ 柯愈春《清人诗文集总目提要》著录此集,一卷,康熙间刻本(第178页)。

安祖居地有着密切的联系。

明代中叶嘉靖以后，南安洪氏在科举和文学创作领域崛起，至晚明以洪承畴成为洪氏家族的代表人物。请参看《明代福建文学结聚与文化研究》第一七〇“南安洪氏家族”条。

洪承畴(1593—1665)，字彦演，号亨九。崇祯间官至蓟辽总督，战败降清。入清，官至秘书院大学士。传见《清史稿》卷二百三十七《列传二十四》。

洪承畴胞弟洪承畯，字林士，号紫农山人。传附同治刊本《福建通志》洪承畴传。郭白阳《竹间续话》:“退庵《金石书画跋》云:洪承畯，南安人，承畴弟。为诸生，有逸才。当承畴鼎盛时，承畯独闭关深山中，亲友罕见其面。一日，为承畴所逼见。承畯立山门外，拱手曰‘两朝元老’，承畴鞠躬，赧然曰‘一代罪人’，卒不能尽恳款而去，外间传为口实。按:承畴，万历进士，官至蓟辽总督。与清军战于松山，兵败被执。明帝以承畴殉国，予祭十六坛，承畴初亦自分必死。清百计劝之，遂降。清初，开国规制多承畴所定。有说终清之世，满人不中状元，汉女不入清宫，为承畴降清之条件，尚顾及民族之念矣！……善花卉，比白阳而点缀却工，较南田而蹊径自别，盖寓勾染于写意者也。”[①]

洪承畴之子洪士铭，字日新，号畏轩。顺治十二年乙未(1655)进士。民国《南安县志·文苑传》洪士铭本传:“士铭有高才，能文章，骈体韵语尤擅优长。田茂遇称其有鸣珂缙笏之容，振玉拟金之奏，董俞称其才情烂漫，泉涌云兴。同时唱和者如王阮亭、汪尧峰诸人皆海内名宿。采《高言集》及家传。”[②]《国朝全闽诗录初集》续集卷一有小传及选诗。同治刊本《福建通志》著录其诗集，注云:“(《高言集》)华亭田茂遇谓其诗鸣珂缙笏之容，振玉拟金之奏;董俞谓其才情烂漫，泉涌云兴，殆将伐灵鼍之鼓，撞万石之钟，非仅调笙摘阮，操一音以悦耳。”[③]

洪承駉之子洪士誉，字伯东。康熙五十二年癸巳(1713)举人。穷究身心性命之学。传见民国《南安县志》卷三十一《文苑传》。

《台湾古典文学大事年表·明清篇》记载康熙十四年(1675)，郑经在泉州毁洪承畴庙，徙洪氏遗族百人至台湾本岛鸡笼(基隆)[④]。

## No.69 南安郑成功家族

郑鸿逵:《及春堂集》二卷[⑤](康熙间刻本。柯愈春《清人诗文集总目提要》第81页)

郑成功、郑经:《延平二王遗集》[⑥](玄览堂丛书续集本、福建省图书馆藏抄本;《福建地方文献及闽人著述综录》第118页)

郑经(郑成功子):《东壁楼集》(1674年刻本;《台湾古籍丛编》第二辑，福建教育出版社2017年版)

郑缵祖:《远斋集》、《泥雪文钞》九卷、《雪泥集编诗》十卷(一作《泥雪集》)、《燕山纪游集》、《三春纪事集》、《海外文章》一卷、《汇香集》(同治刊本《福建通志》卷七十三)、《燕山纪游》、《三春纪事》、《雪泥诗集》十卷、《汇香编》、《蛛网落花》(陈笃彬、苏黎明《泉州古代著述》，第311页)、《水中雁字诗》一百二十篇、《雪泥集》(民国《南安县志》卷四十五《艺文志》)

郑缵绪(郑成功族子):《乐闲堂集》、《石仓集》、《盾墨集》、《莿言集》、《致斋集》、《鲤湖草》(同治刊本《福建通志》卷七十三)、《莿言》、《致斋遗稿》、《乐闲堂遗稿》(陈笃彬、苏黎明《泉州古代著述》，第311页)

---

① 郭白阳《竹间续话》卷一，第4页。

② 民国《南安县志》卷三十一，《文苑传》洪士铭传，原第十三页，影印第282页。

③ 同治刊本《福建通志》卷七十三，影印第1513页。

④ 施懿琳、廖美玉《台湾古典文学大事年表·明清篇》，第46页。

⑤ 柯愈春《清人诗文集总目提要》著录此集，二卷，凡《及春堂初集》一卷、《二集》一卷，康熙三十八年刻，中国社会科学院历史研究所藏(第81页)。

⑥ 福建人民出版社《福建文献集成初编》第195册影印复旦大学图书馆藏清钞本《明延平二王遗集》，不分卷。

**谨按**:崇祯十三年庚辰(1640),南安县郑氏修《石井郑氏族谱》[①],谱叙自南安始祖隐石公郑绵以来世系。郑氏第十世郑士表(郑芝龙传作绍祖,芝龙父)→子五(存四):第十一世郑芝龙、郑芝虎(字日蟠,号韬达)、郑芝麟(殇)、郑鸿逵[②]、郑芝豹(莽二,行五[③])→郑芝龙子六:第十二世郑成功、郑世忠(渡、渡舍)、郑世恩(恩,字恩庆)、郑世荫(荫、荫舍[④],号葵庵)、郑世袭(1640—?,袭,号葵庵)、郑世默[⑤](1645—1661)(郑芝龙、郑世忠、郑世荫、郑世默均于顺治十八年冬伏诛[⑥],郑世袭在郑成功身后任护理国事,康熙间降清;郑经知其(族)伯父郑泰与黄昭交通事,于厦门囚郑泰,郑泰自杀,泰子永成伯郑缵绪、弟同安伯郑鸣骏、弟郑赓降清[⑦])→郑成功诸子:第十三世郑经(乳名郑锦,字符之、元之,号式天)、郑聪(字哲顺,号怡堂,康熙二十二年授三品)、郑明(字哲熙,号熙之,康熙二十二年授四品)、郑睿(字哲圣,号圣之,溺亡)、郑智(字哲锡,号锡之)、郑宽(字哲硕,号硕之)、郑裕(字哲益,号益之,康熙二十二年授四品)、郑温(字哲念,号念斋)、郑柔(字哲能,号能之,康熙二十二年授四品)、郑发(字哲奋,号奋之)→……→当代台湾郑氏:台湾鱼类学家郑守让(原名郑明能,郑宽后人)系郑成功九世孙,郑愁予(原名郑文韬)系郑成功第十五代裔孙。

隐石公郑绵之曾孙纯玉公、第四世郑金历之长子郑亮,传至第十世郑士表,郑士表系郑成功祖父;纯玉公次子、第五世夙兼公郑豪,传至第十世汇江公郑储勇、第十一世郑拔选,是为郑泰之祖、父,郑泰(? —1663)系郑成功族兄。

郑泰从子郑缵昌,字哲俞。顺治初,郑泰死后,郑缵昌与从弟郑缵绪率众投诚清廷,不及论功而卒,年四十四。传见民国《福建通志·福建列传(清二)》卷三十三。

郑缵祖,字哲远,号远公,郑泰之子,一说郑泰兄郑阶长子。康熙二年癸卯(1663),与叔父郑鸣骏、弟郑缵绪降清,顺治间官参政。民国《南安县志·文苑传》郑缵祖本传:“康熙间,与叔鸣骏、弟缵绪率众归朝,授参政,隶旗籍。以事落职家居,殚心著述。喜为诗歌,尝作《蛛网落花》及《水中雁字诗》一百二十首,时流称之。著有《雪泥集》、《燕山记》、《汇香编》、《海外文章》、《三春纪事》等集。年七十二,卒于京。”[⑧]《国朝全闽诗录初集》续集卷二有小传及选诗[⑨]。

郑缵绪,字哲教,郑缵祖弟。降清,封慕恩伯。传见同治刊本《福建通志·封爵》。《国朝全闽诗录初集》续集郑缵绪条:“字哲孜,南安人。”[⑩]

阮旻锡《夕阳寮诗稿》卷三有诗《送郑哲弢回闽》。按:郑缵光,字哲弢,郑泰之弟郑鸣骏长子。郑鸣骏次子郑缵成,字哲信,号一斋,袭封遵义侯。

郑缵绪之子郑修典,字念实,号慎园。降清袭封慕恩伯。

---

① 请参看张宗治、郑梦彪《郑成功家族族谱的新发现——明崇祯版〈石井郑氏族谱介绍〉》一文,该谱所载郑士表、郑芝虎、郑芝豹等人均与民国《福建通志·福建列传》卷三十二郑芝龙传、卷三十一郑芝虎(据江日升《台湾外纪》)传内容有所不同。

② 民国《福建通志》总卷三十四,《福建列传(清一)》卷三十二,第十一页。按语以为郑芝豹必郑成功弟,而郑鸿逵当其从弟。民国《福建通志·福建通纪》顺治十二年三月云“福建巡抚佟国器获同安侯郑芝龙与其弟鸿逵、子成功交通事私书,羁其使,具奏封进,下兵部密议”(民国《福建通志》卷十一,原第十七页),则称郑鸿逵为郑芝龙弟。郑鸿逵(? —1657),原名芝凤,一名芝彪,字日渐、圣仪、荣羽,号羽公,行四。卒于金门。

③ 民国《福建通志》总卷三十四,《福建列传(清一)》卷三十二,第九页。按:顺治十八年十月,郑芝龙等十人被戮,郑芝豹以当成功变时即投诚来归,并其子俱免死(民国《福建通志》总卷一,《福建通纪(清一)》卷十一,原第二十七页)。郑世袭归命后,郑芝豹自成所发回,准在京同住(《福建通纪(清二)》卷十二,原第三页)。

④ 渡舍、荫舍,见民国《福建通志·福建通纪》卷十一顺治十年十月条下引《海上见闻录》(《福建通纪(清一)》卷十五,原第十五页)。

⑤ 民国《福建通志》总卷三十四,《福建列传(清一)》卷三十二,第十一页。

⑥ 同上注。

⑦ 民国《福建通志》总卷三十四,《福建列传(明十五)》卷三十一,第九、十页。清廷授郑鸣骏遵义侯,郑缵绪慕恩伯。郑赓投诚事在康熙二年十一月,见民国《福建通志·福建通纪》卷十二。

⑧ 民国《南安县志》卷三十一,《文苑传》郑缵祖传,原第十四页,影印第282页。

⑨ 《国朝全闽诗录初集》续集卷二,《全闽诗录》第五册,第503页。

⑩ 同上书,续集卷二,《全闽诗录》第五册,第503页。

郑成功长子郑经（1642—1681），著有《东壁楼集》。《全台诗》著录其诗 490 首[①]。《福建地方文献及闽人著述综录》著录存世郑成功、郑经所著《延平二王遗集》[②]。

光绪十四年（1888）戊子科福建乡试解元郑怀陔系郑成功裔孙[③]。

## No.70　南安傅氏家族

傅为霖：《绿绮堂诗集》（一作《旸谷集》）十五卷、《文集》五卷、《别集》六卷、《后集》二卷（民国《福建通志·福建艺文志》卷六十四云一作《旸谷诗文集》，含前四种）（同治刊本《福建通志》卷七十三。陈笃彬、苏黎明《泉州古代著述》第 311 页作《旸谷诗集》十五卷、《旸谷文集》五卷、《旸谷后集》二卷、《旸谷别集》六卷）、《旸谷诗集》、《文集》、《别集》（民国《福建通志》总卷三十六，《福建循吏传》卷十一本传）、《绿绮堂集》（《国朝全闽诗录初集》卷五傅为霖条）、《绿绮堂诗集》二十八卷[④]（康熙十年自刻本。又名《旸谷诗文集》）、《绿绮堂后集》二卷（柯愈春《清人诗文集总目提要》第 167 页）、《傅旸谷诗》一卷（魏宪《皇清百名家诗》本）

傅朴：《傅井公诗集》（同治刊本《福建通志》卷七十三）

**谨按**：明代南安傅氏的科举事业和文学创作情况请参看《明代福建文学结聚与文化研究》第一三六“南安傅概家族”条。

傅为霖，字世扬，号石漪，又号旸谷、晦三，明人傅夏器后裔。初事郑氏，由海上纳款，总督姚启圣颇得其力。郑氏尽杀其眷属，傅为霖独与其父赞逸免。顺治间官直隶通判。康熙间，授松江府通判，署华亭县，摄郡篆累年。傅为霖能诗文，初抵通判任，即携其族祖傅夏器《锦泉集》，与云间吴伟业、周茂源、张若羲、董俞等校梓之[⑤]。傅为霖传见同治刊本《福建通志·文苑传》。

民国《福建通志》著录傅为霖著作，引吴伟业《梅村集》语。略曰：“石漪手裒所著诗若干首，属其友赵双白（赵潜，漳州府漳浦人）、魏惟度（魏宪，福州府福清人）请余言弁简端。石漪原本家学，好与郡之先达者游，其为诗也，于体制风格既讲求渐渍之有素，又能标举蕴藉，剪刻深至，以自探性情之所独得。”[⑥]

《国朝全闽诗录初集》卷五傅为霖条下引《注韩居诗话》：“以英年世胄为云间通守，政治之余，留心风雅。尝重梓先世大魁、锦重（按：当作泉字。明代傅夏器有《锦泉集》六卷）先生遗编行于世。”[⑦]

族人傅朴，康熙二年癸卯（1663）举人。同治刊本《福建通志》著录其集，引《高言集》论云：“其诗境在幽淡间。”[⑧]传附同治刊本《福建通志》傅为霖传。

傅为霖之子傅愬。傅愬之妻陈雪榭，传见同治刊本《福建通志·闺秀传》：“善吟咏，有屠赤水（屠隆）、黄葵阳（黄洪宪）遗风。晚年，搢绅内眷多延为女师。”[⑨]

---

① 施懿琳、廖美玉《台湾古典文学大事年表·明清篇》，台北里仁书局 2008 年版，第 58 页。

② 福建师范大学图书馆古籍组《福建地方文献及闽人著述综录》，第 118 页。

③ 林纾《郑延平》，《林纾集》第四册，福建人民出版社 2020 年版，第 99-100 页。

④ 李灵年等《清人别集总目》著录傅为霖康熙十年刻本《绿绮堂旸谷集》诗集十五卷文集五卷别集六卷，其中诗集缺卷十一，国家图书馆藏（第 2253 页）。

⑤ 民国《福建通志》总卷三十六，《福建循吏传（清一）》卷十一，傅为霖传，原第二十九页。

⑥ 民国《福建通志》总卷二十五，《福建艺文志》卷六十四，第十二页，引。

⑦ 《国朝全闽诗录初集》卷五，《全闽诗录》第五册，第 95-96 页。

⑧ 同治刊本《福建通志》卷七十三，影印第 1513 页。

⑨ 同治刊本《福建通志》卷二百五十三，《列女传》闺秀“傅愬妻陈氏”，影印第 4706 页。

## No.71 同安池氏家族

池其绳:《诗纬》、《四书讲录》、《史眼》、《三极藏书》、《求斋别集》(同治刊本《福建通志》卷七十三)

**谨按**:同安池氏家族明代即有闻人,从事文学创作的族人亦夥。请参看《明代福建文学结聚与文化研究》第一八一"同安池浴德家族"条。

清初池其绳,系康熙四十年辛巳(1701)贡生。

## No.72 晋江粘氏家族

粘本盛:《天中理牍》、《周公像赞》、《历代理学渊源像赞》、《导养初乘》、《道德经续注》、《忠书》、《滇试诗集》一卷(同治刊本《福建通志》卷七十三)、《道学世家像赞》、《滇试日纪》(民国《福建通志》总卷三十四,《福建列传》卷三十三本传)、《道养忠孝全书》四册(稿本,福建师范大学图书馆藏)、《道养全书》(康熙稿本)

粘继任:《卧云轩诗稿》(同治刊本《福建通志》卷七十二)、《卧云轩藏稿诗稿杂作》(陈笃彬、苏黎明《泉州古代著述》第349页)

**谨按**:泉州府粘氏源于女真完颜氏,是福建特有的姓氏。粘氏在福建聚族而居的时间较长,在科举和文学创作上均取得一定成绩。明代福建粘氏的文学创作情况请参看《明代福建文学结聚与文化研究》第一五二"晋江粘氏家族"条。

民国《福建通志》粘本盛传:"粘本盛,字道行,一字质公。元完颜撒改长子完颜宗翰(粘没罕)之后,传至居晋江曰洪录者,明万历举人,知江浦县,有循绩,以强直忤要人,罢归。生本盛,补安溪诸生。崇祯十二年(1639)举于乡。清初,试授河南推官。……皇帝方以台谏缺人,授本盛给事中,历吏、户、礼、兵、刑五科。"粘本盛尝论司马迁《史记》,"称申、韩刑名之学,而原本于道德,后人习其说,见刑名之惨刻,则诬为道德之流弊,不知道德本在彝伦,日用其旁,皇周浃虽不期于刑名,而刑名遇之,乃自至诚肫挚道化洋溢也"。[①] 粘本盛,晋江粘洪录之子。以粘本盛补安溪诸生,故同治刊本《福建通志》籍安溪。康熙五年(1666)丙午科,粘本盛以礼科给事中典云南乡试。

粘继任,字希善。乾隆五十三年戊申(1788)举人。

## No.73 安溪李光地家族

李日熌:《至谊堂实纪》、《盘屿傭言》(同治刻本(福建通志)卷七十三)

李兆庆:《教忠堂遗稿》(同治刻本(福建通志)卷七十三)

李日升:《读易管见》、《读老牖窥》、《即零集》、《山峟稿》、《霞村诗集》(民国《福建通志·福建艺文志》存目卷四十二作《霞庄诗集》)(同治刊本《福建通志》卷七十三)

李日煌:《垩声》一卷、《平海机宜》、《海防私议》、《策台旧稿》(同治刻本(福建通志)卷七十三)、《李氏辑书》一百八卷(民国《福建通志》总卷二十五,《福建艺文志》卷十三。合《朱子集注》三十六卷、《朱子或问》三十六卷、《朱子精义》三十四卷、《朱子辑略》二卷)

李光地:《周易观象》十二卷(李文贞公全集本。《泉州古代著述》作《周易观象》十三卷)、《周易通

① 民国《福建通志》总卷三十四,《福建列传(清二)》卷三十三,粘本盛传,第二页。

论》四卷(李文贞公全集本)、(刻)《(御纂)周易折中》二十二卷首一卷(康熙五十四年刻本)、《周易观象大指》二卷(李文贞公全集本、榕村全书本)、《李文贞公易义》(清抄本)、《易义前选》五卷(榕村全书本)、《中庸章段》一卷(李文贞公全集本)、《中庸余论》一卷(李文贞公全集本)、《中庸四记》一卷(榕村全书本)、《读论语札记》二卷(李文贞公全集本。陈寿祺《安溪李文贞公全书总序》作《论语劄记》二卷)、《读孟子札记》二卷(李文贞公全集本。陈寿祺《安溪李文贞公全书总序》作《孟子劄记》一卷)、《大学古本说》一卷(康熙五十九年刻本)、《四书解义》二卷(康熙五十九年刻本)、(刻)《韩子粹言》一卷(康熙五十二年国子监刻本。民国《福建通志·福建艺文志》卷四十二作二册)、《榕村通书篇》一卷(四部备要本)、《通书》一卷(李文贞公全集本)、《正蒙注(解)》二卷(李文贞公全集本。民国《福建通志·福建艺文志》卷四十二作《注解正蒙》二卷)、(刻)《二程子遗书纂》二卷、(刻)《二程子外书纂》一卷(李文贞公全集本)、《榕村语录》三十卷(李文贞公全集本)、《榕村语录续集》二十卷(旧抄本、光绪宣统间石印本)、《榕村讲授》三卷(李文贞公全集本)、《性理》一卷(榕村全书本)、《御纂性理大全》六十六卷(康熙殿本)、《御纂性理精义》十二卷(康熙五十四年刻本)、《孝经全注》一卷(李文贞公全集本)、《阴符经注》一卷、《参同契注》一卷(李文贞公全集本)、《御定星历考原》六卷(文渊阁四库全书本)、《握奇经订本》一卷(李文贞公全集本。一名《握奇经注》)、(刻)《榕村字画辨讹》二卷(李文贞公全集本,同治刊本《福建通志》、陈寿祺《安溪李文贞公全书总序》)作一卷)、《御定音韵阐微》十八卷首一卷(文渊阁四库全书本)、(刻)《榕村韵书》五卷(榕村全书本)、《诗所》八卷(雍正六年刻本)、《离骚经注》一卷(民国《福建通志·福建列传》本传作《离骚注》)、《九歌注》一卷(李文贞公解义三种本、榕村全书本)、《榕村全集》四十卷(乾隆元年刻本。民国《福建通志·福建艺文志》卷六十四作《榕村集》四十卷)、《榕村全集》(道光九年刻本)、《榕村全集文录》二卷(国朝文录初编本)、《榕村续集》七卷(榕村全书本)、《榕村别集》五卷(陈寿祺《安溪李文贞公全书总序》)作《别集》一卷)、《榕村制义》[①](李文贞公全集本)、《尚书解义》七篇一卷(民国《福建通志·福建艺文志》卷三作一卷,文渊阁四库全书本《尚书七篇解义》二卷)、《洪范新旧说二种》(民国《福建通志·福建列传》本传作《洪范说》,同书《福建艺文志》卷七十六作《洪范说》一卷)、《周礼笔记》二卷、《礼记改定篇目》、《朱子礼纂》五卷、《孝经全诠》(民国《福建通志·福建列传》本传作《孝经注》,同书《福建艺文志》卷七十六作《孝经全注》一卷)、《古乐经传》五卷(《泉州古代著述》作无卷数。民国《福建通志·福建列传》本传作《古乐经》)、《历象本要》一卷(民国《福建通志·福建列传》本传作《历象本义》,同书《福建艺文志》卷七十六作《历象本要》一卷)、《参同契章句》一卷(民国《福建通志·福建列传》本传作《参同契注》)、《通书解》、《太极图解》、《东西铭解》[②]、(刻)《朱子语类四纂》五卷(陈寿祺《安溪李文贞公全书总序》作四卷)、(刻)《古文精藻》二卷(陈寿祺《安溪李文贞公全书总序》)作一卷)、《韩文考异》、(刻)《韩子粹言》二册、《榕村诗选》八卷、《春秋毁余》四卷(同治刊本《福建通志》卷七十三)、《孝经章句》一卷(民国《福建通志》总卷二十五,《福建艺文志》存目卷七)、《韵笺》(民国《福建通志》总卷二十五,《福建艺文志》卷十六)、《御纂朱子全书》六十六卷、(刻)《洪范说》、(刻)《孝经全传》、(刻)《春秋稿》、(刻)《河洛图说》、(刻)《乐书》、(刻)《握奇经注》、(刻)《榕村历代诗选》、(刻)《礼学四际约言》、(刻)《礼学纂编》、(刻)《文略内外编》(陈笃彬、苏黎明《泉州古代著述》第262-263页)、《古易校本》(民国《福建通志》总卷二十五,《福建艺文志》卷二《易四》)、《大司乐释义》一卷(民国《福建通志》总卷二十五,《福建艺文志》卷十四)、《劄记》一卷、《鳌峰讲义》一卷(民国《福建通志》总卷二十五,《福建艺文志》存目卷二十九)、《礼记述注》(林则徐《礼记纂训序》,《林则徐全集》第五册、《云左山房文钞》原稿卷五)、(刻)《李文贞全书》一百六十七卷(民国《福建通志》总卷二十五,《福建艺文志》卷七十六)、《洪范说》二卷(四库未收书辑刊第三辑影印康熙间刻本)、《榕村四书说》七卷、《御

---

① 陈寿祺《安溪李文贞公全书总序》作"《制义》初集讫四集四卷。"(《左海文集》卷六,《清代诗文集汇编》第499册,影印第292页)李灵年等《清人别集总目》题作《榕村制艺》初集一卷二集一卷三集一卷四集一卷(第778页)。

② 陈寿祺《安溪李文贞公全书总序》作"解《通书》、太极图、东西二铭各一卷。"(《左海文集》卷六,《清代诗文集汇编》第499册,影印第292页)

定月令辑要》二十四卷首一卷(文渊阁四库全书本)、《榕村全书》十册(福建人民出版社2013年版)、《榕村藏稿》四卷(清代诗文集珍本丛刊影印清刻本)、《李厚庵稿》一卷(清代诗文集珍本丛刊影印清钞本)、《周易观象》五册(何氏藏钞本。沈津《翁方纲年谱》第117页)、《续语录》二卷(陈寿祺《左海文集》卷六《安溪李文贞公全书总序》)、《榕村文集》十八卷(乾隆刻本,太原图书馆藏)、《榕村全集》四十卷别集五卷续集二卷(清刻本,广东省图书馆藏)、《榕村全集》一百二十卷(乾隆八年刻本,江西省图书馆藏)、《榕村全集》一百四十五卷(湖南省图书馆藏)、《榕村遗稿》(乾隆五十九年刻本,韩国梨花女子大学图书馆藏)(李灵年等《清人别集总目》第778页)

李鼎徵(李兆庆次子):《易经集说》、《四书集说》、《中庸集录待绎》(同治刊本《福建通志》卷七十三)

李钟旺(李鼎徵子):《诸经杂解》、《周官劄记》、《忆训录》、《丙申录》(《泉州古代著述》第268页作《重申录》,误)、《性理说心篇》(《泉州古代著述》第268页作《性理说新篇》,误)、《艮湖诗集》(同治刊本《福建通志》卷七十三)

李钟侨(李鼎徵子):《易说》(《泉州古代著述》第270页作八卷)、《诗经测义》四卷(《泉州古代著述》第270页作十卷)、《周礼天官说》、《论语讲蒙》(同治刊本《福建通志》卷七十三)、《尚书典谟》(陈笃彬、苏黎明《泉州古代著述》第270页)、《论语孟子讲蒙》十卷、《诗经测义》十卷、《易解》八卷(民国《福建通志》总卷三十四,《福建列传》卷三十四李钟侨本传)

李钟僐(李鼎徵子、李钟侨弟):《经义畸说》一卷、《天人剩谈》三卷(同治刊本《福建通志》卷七十三)、《四书集说》、《易经集说》、《中庸待释集录》(陈笃彬、苏黎明《泉州古代著述》第270页)

李天宠(李鼎徵子):《瓶亭读易》、《诸经劄记》、《六经注疏》(同治刊本《福建通志》卷七十三)

李清载(李钟侨子):《四书述言》、《榕斋诗草》一卷、《积斋文集》(同治刊本《福建通志》卷七十三)、《积斋诗集(民国《福建通志》总卷二十五,《福建艺文志》存目卷四十二)

李清江(李钟侨子):《待行诗集》(同治刊本《福建通志》卷七十三)

李清时(李鼎徵孙、李天宠子):《周易经义》(民国《福建通志》总卷三十四《福建列传》卷三十四本传作十二卷)、《朱子语类或问合纂》二十二卷(民国《福建通志》总卷三十四《福建列传》卷三十四本传题《合编朱子语类或问》二十二卷,《泉州古代著述》第270页作《朱子语类或问》二十二卷)、《蚕书》一卷、《泛闸约言》一卷、《治河事宜》数册(《泉州古代著述》第270页作一卷)(同治刊本《福建通志》卷七十三)

李光坡:《皋轩文编》十卷(雍正三年刻本,厦门大学图书馆藏)、《皋轩文编》五卷(乾隆三十二年刻本,泉州市图书馆藏)、《周礼述注》二十四卷、《仪礼述注》十七卷、《礼记述注》二十八卷(前三种合称《三礼述注》六十九卷)、《离骚注》、《皋轩文编》四卷(民国《福建通志·福建艺文志》卷六十四作一卷)(同治刊本《福建通志》卷七十三)、《皋轩文编》一卷(陈笃彬、苏黎明《泉州古代著述》第267页)、《三礼述注》、《性论》三篇(民国《福建通志》总卷三十八,《福建儒林传》卷五,李光坡本传)

李钟倬(李光坡次子):《李世瞻诗文集》(同治刊本《福建通志》卷七十三)

李光坊(李日升子):《蓼野诗集》(同治刊本《福建通志》卷七十三)

李光北(李日煋子):《春秋大义考》(《泉州古代著述》第294页作《春秋大义考订》)、《春秋正月辨论》、《伏窗诗集》(同治刊本《福建通志》卷七十三)、《甫半绝笔》(陈笃彬、苏黎明《泉州古代著述》第294页)

李光埉(李日煋子):《乐山》(同治刊本《福建通志》卷七十三)

李光墺(李日煋子):《考工发明》、《黄庭二景互注》、《沈余诗文集》(同治刊本《福建通志》卷七十三)、《黄庭二李经说》、《浀余诗集》、《浀余文集》、《昭代丛书》、(参纂)《大清一统志》、(参纂)《八旗人物志》(陈笃彬、苏黎明《泉州古代著述》第293页)

李光墺、李光型编次:《遵岩王先生文集》四十二卷(康熙五十年刻本)、《二李经说》(同治刊本《福建通志》卷七十三)

李光型(李日煋子、李光墺弟):《台湾私议》、《彰德(府)人物志》、《趋庭录》、《批订王遵岩集》、《崇雅堂文集》(同治刊本《福建通志》卷七十三)、《农书辑要》、《易通正》、《洪范解》、《诗六艺说》、《文王世

子解》、《天问解》(《清儒学案》卷四十一《李先生光型》)

李钟伦(李光地子):《尚书典谟说》、《菜园遗书》、《四书节记》一卷、《历代姓系歌诀》一卷、《周官纂训》二十一卷(民国《福建通志·福建艺文志》卷五作《周礼训纂》二十一卷,《周礼训纂》,民国《福建通志·福建艺文志》卷七十六作《周礼纂训》)、《经书源流歌诀》、《三礼仪制歌诀》、《历代帝王歌诀》(后四种收入《榕村全书》附录)(同治刊本《福建通志》卷七十三)

李钟德:《李宣三诗集》(同治刊本《福建通志》卷七十三)

李清藻(李光地孙、李钟伦子):《壁经梅书辨赝》、《经史杂记》(民国《福建通志·福建艺文志》存目卷三十五作《经史杂说》)、《庄子彼是天倪》、《李信侯诗文集》(同治刊本《福建通志》卷七十三)

李清馥(李钟伦次子):《道南讲授》十三卷(榕村全书本)、《闽中理学渊源考》九十二卷、《闽学志略》十七卷、《榕村谱录合考》(民国《福建通志·福建艺文志》卷七十六作二卷)、《清溪李氏世学考》、《道南讲授》(《泉州古代著述》第268页作十三卷)、《温陵学略》、《清源述志》(同治刊本《福建通志》卷七十三)、《闽学志略》十七卷(同治刊本《福建通志》卷七十三)、《榕村谱录合考》(《榕村全书》附。李灵年等《清人别集总目》第778页)

李清植(李光地孙、李钟佐子):《浙嗳存愚》二卷(乾隆三十一年刻本、李文贞公全集本、光绪十八年浙江书局刻本。同治刊本《福建通志》一题《浙受存愚》)、《仪礼纂辑录》(民国《福建通志·福建艺文志》卷七十六作《仪礼纂录》,陈寿祺《李侍郎仪礼纂录序》作二卷)(榕村全书本)、《文贞公年谱》(民国《福建通志·福建艺文志》卷七十六作二卷)、《李穆亭诗文集》(同治刊本《福建通志》卷七十三)、《仪礼纂录》二卷(民国《福建通志》总卷二十五,《福建艺文志》卷六)、《六经训解》(陈寿祺《左海文集》卷六《安溪李文贞公全书总序》)、《李文贞公年谱》(乾隆刻本。李灵年等《清人别集总目》第778页)、《浙嗳存愚》一卷(光绪木刻本,云南省图书馆藏)、《安溪李清植先生遗书》(道光刻本,南京图书馆藏)(李灵年等《清人别集总目》,第816页)

李宗文(李清植子):《律诗四辨》四卷、《使秦随笔》、《使粤随笔》、《郁斋诗文集》(同治刊本《福建通志》卷七十三)、(合著)《浙嗳存愚》(陈寿祺《左海文集》卷六《安溪李文贞公全书总序》)

李亨谦(李光龙曾孙):《易经参说》、《四书要》、《四六典汇》、《南宾录》(同治刊本《福建通志》卷七十三)

李大濬(李光地族人):《周礼拾义》十卷(民国《福建通志》总卷二十五,《福建艺文志》卷五)

李宗度(李光地曾从孙):《笔辅初编》六卷(同治刊本《福建通志》卷七十三)

**谨按:**自明代中叶以来,安溪李氏家族在科举、学术和文学创作上蔚为大观,入清以来,至李光地(1642—1718)之时达到巅峰状态,李光地之后数世后人均有所成就,安溪李氏成为福建省内屈指可数的巨族望姓。明代安溪李氏家族的情况,请参看《明代福建文学结聚与文化研究》第一五八"安溪李澜家族"条。

李光地祖父李先春(念次公)子六人,"兄弟六人皆力学著声"[①]:李日焻,字捴甫,庠生;李日燝,字葆甫,号渔仲,李光地二伯父,明诸生、清顺治十一年(1654)岁贡,"雅以文章学问自娱",卒年八十九,传见同治刊本《福建通志·孝义传》[②];李兆庆,字赖甫,号渔叔,李光地之父,顺治间贡生;李日熺[③];李日升,字南甫,子十四人;李日煋。李光地家族的世系为:八世祖李森→……→李先春(祖父)→李兆庆(赘华山吴氏)等六人→李光地等→李钟伦(1663—1706)、李钟修、李钟佐、李钟典、李钟侨(1679—1732)、李钟旺(1684—1729)(子侄)等→李清藻、李清植、李清芳、李清瑞、李清馥(1703—?)、李清徊、李清机、李清时

① 同治刊本《福建通志》卷七十三,影印第1526页。

② 同治刊本《福建通志》卷二百四十二,影印第4399页。李日燝子李光斗(字枢卿,号莱庵),李光斗子李钟宁(字世元,贡生)、李钟准(字世则,贡生),李钟宁子李遇时(字骸侯,雍正十三年举人)、李清宾(字复发),李遇时子李玉鸣,并附李日燝传。

③ 同治刊本《福建通志》卷二百四十二,李日熺传,影印第4400页。李日熺,字性甫。鼎革后,绝意仕进,为乡党典型。卒年八十五。子李光让(字孙卿),康熙四十一年壬午(1702)举人,官知县、教谕;李光让子李钟沖(字世谷),晋江学生,康熙三十二年癸酉(1693)举人,官知县。

(孙)等→李维翰、李宗文(? —1777)、李宗凤、李荣惠、李秬英、李壮英、李佑英、李攀英(曾孙)等。

安溪李氏家族在清代曾经两次五子登科,足以说明李氏家族科举事业极其辉煌。康熙、雍正年间李日煌[①]五子登科:康熙六十年辛丑(1721)三甲第一名进士李光墺(康熙五十年辛卯举人,与李钟份、李方馥同榜)、雍正十一年癸丑(1733)进士李光型(雍正四年丙午举人,与李正恺、李济泰同榜)、康熙四十七年戊子(1708)举人李光北、康熙五十二年癸巳(1713)举人李光塽、雍正十年壬子(1732)举人李光袁,其中康熙四十七年戊子福建乡试李氏家族中李钟德、李钟旺、李天宠、李光北五人举人中式,康熙五十二年癸巳福建乡试李氏家族中李钟僖、李光塽、李清机、李钟倬四人举人中式。另一次是雍正、乾隆年间李钟侨的五个儿子登科:雍正八年庚戌(1730)进士李清载(康熙五十三年甲午举人)、乾隆元年丙辰(1736)进士李清芳(雍正元年癸卯举人,与李清江、李钟俾同榜)、雍正元年癸卯(1723)举人李清江、雍正十三年乙卯(1735)举人李清恺、乾隆七年壬戌(1742)进士李清时,其中雍正元年癸卯(1723)科乡试中式李清芳、李钟俾、李清江三名举人,雍正十年壬子(1732)科乡试中式李清馥、李清时、李光袁三名举人,这是李氏家族科举事业最为鼎盛的时期。这两次五子登科的强劲表现基本上出现在李光地(1642—1718)去世之后,只有李光北、李光塽举人中式在李光地晚年,有力地说明了安溪李氏家族在李光地之后的良好发展势头。此外,李光地家族中出现了李光地、李钟侨、李天宠、李清植、李清芳、李玉鸣、李宗文七位会试、乡试考官,部分人物如李光地、李宗文、李钟侨、李清植、李清芳[②]曾经提督学政,前后四代人,这也是一个集中的文化现象,基本出现在李光地去世之后,以康熙五十九年(1720)庚子科李钟侨简放云南乡试主考开始[③]。

同治刊本《福建通志》有传者:李鼎徵(字安卿,号訒庵,李光地仲弟。康熙十九年庚申举人,《列传》)、李光坡(《儒林传》)、李钟伦(康熙三十二年癸酉举人,附其父李光地传)、李光坊(字奠卿,康熙四十四年乙酉举人,《良吏传》)[④]、李光北(康熙四十七年戊子举人,附其父李日煌传)、李钟旺(康熙四十七年戊子举人,附其父李鼎徵传)、李钟侨(字世邠。康熙五十一年壬辰进士,附其父李鼎徵传)、李光塽(康熙五十二年癸巳举人,附其父李日煌传)、李钟僖(世志,号阆麓。康熙五十二年癸巳举人,附其父李鼎徵传)、李钟倬(字世瞻,李光坡子。康熙五十二年癸巳举人。附其兄李琼传。李琼传见《良吏》)、李天宠(字世来,号鉴塘。康熙五十四年乙未进士,附其父李鼎徵传)、李清藻(字信侯。李钟伦之子。康熙五十六年丁酉举人,传附其祖父李光地传)、李清馥(字根侯,号逊斋。传附其祖父李光地传)、李光墺(字广卿,李日煌之子。传附从兄李光坡传)、李光型(李日煌之子。雍正四年丙午举人,十一年癸丑特赐进士。传附从兄李光坡传)、李清江(字皋侯,李钟侨之子。雍正元年癸卯举人,附其祖父李鼎徵传)、李清植(字立侯。雍正二年甲辰进士,附其祖父李光地传)、李清载(字有年,李钟侨之子。雍正八年庚戌进士,附其祖父李鼎徵传)、李清时(字授侯。乾隆七年壬戌进士,附其祖父李鼎徵传)、李宗文(李清植之子。乾隆十三年戊辰进士,附其曾祖父李光地传)等。

清代安溪李氏家族其他有功名者李钟德(字世淳,号宣三。康熙四十七年戊子举人)等。李光地次弟李鼎徵的后裔在科举上尤其成功,从李鼎徵→李钟旺、李钟侨、李钟僖、李天宠→李清江、李清载、李清时三代人,出现李钟侨、李天宠、李清载、李清时四位进士。

李光地的父辈李日爆兄弟六人能文。李日爆,李先春第二子。顺治间贡生,传见同治刊本《福建通志·孝义传》。李日煌,字省甫。康熙间诸生,官至总兵。传见同治刊本《福建通志》。李兆庆,字赖

① 按:李日煌,字省甫,号白轩,李光地胞叔。康熙间诸生。官至永州总兵官。子李光墺、李光塽、李光型、李光北等。

② 法式善《清秘述闻》卷九,《清秘述闻三种》上册,中华书局1982年版,第316页李光地,第318页李宗文(又,卷十,第333页;卷十一,第354页),第328页李钟侨;卷十,第332页,李清植。乾隆十四年(1749),李清芳以顺天府丞兼学政(钱维福《清秘述闻补》卷二,第948页)。

③ 法式善《清秘述闻》卷四,《清秘述闻三种》上册,第124页。李天宠,第148页;李清植,第155页;李清芳,第178页;李宗文,第188页;李玉鸣,第190页。

④ 按:民国《福建通志·福建循吏传》卷十一李光坊传附其父李日升及其弟李光华(韩亭)、李宗渠(濬卿)、李鸿翔(石卿)传(原第四十八页)。

甫，李先春第三子，顺治间诸生。李光地、李光墩、李光垤、李光坡之父。李日升，字南甫，李日爆弟。康熙间贡生。籍南安。传见同治刊本《福建通志·良吏传》其子李光坊(字奠卿)传。

按：李光墺、李光型编次《遵岩王先生文集》四十二卷，康熙五十年(1711)刻本，二十册，厦门大学图书馆藏。对王慎中诗文集的编选，康熙二十一年(1682)晋江张汝瑚编选了一部《王遵岩先生集选》十卷，晋江郢云书林刻本，又有明八大家集本。张汝瑚，字复钟。崇祯间举人，顺治十二年乙未(1655)会试乙榜，官清源知县，补安陆府通判[①]。著有《匏野文集》。曾经选有《明十一家集》(存《李沧溟集》六卷、《刘文成集》五卷、《汪南溟集》八卷)，其所选《明八大家集》系《宋文宪先生集》十一卷、《刘文成先生集》五卷、《方正学先生集》十三卷、《王文成先生集》十三卷、《唐荆门先生集》六卷、《王遵岩先生集》十卷、《归震川先生集》十卷、《茅鹿门先生集》八卷，唐宋派以来作家有唐顺之、王慎中、归有光、茅坤四人，而明初宋濂、刘基的古文创作为馆阁所宗，宗旨与唐宋派为近，王守仁是明代正德、嘉靖间庙堂文学较有生气和才情的作者，虽在唐宋派之前，隐与后来唐宋派的主张相近。

从明代嘉靖间王慎中倡导唐宋散文以来，经万历间黄凤翔，至叶向高重新恢复馆阁文学在文坛的权柄，再到明末清初李光地家族中多位作者，福建作家对唐宋古文的推崇和追随从未断绝，而清代福建古文创作的另一支传承线索则可上溯到顺治间汀州府宁化、长汀等县文人李世熊、黎士弘等作家，他们和江西宁都三魏过往甚密，至康熙间的李光地等作家渐渐与桐城派方苞等代表性作家的文学主张融合在一起；再往后，乾隆、嘉庆、道光间则形成了具有闽人地域特征的古文创作群体，这是清代闽中古文创作的最高潮，而晚清林聂、林纾等作者则在新的时代背景和外来文学思潮的影响下，吸收新变的因素，变革古文创作的传统，成为清代闽中乃至一代古文创作的最后结响。

康熙九年(1670)庚戌科二甲第二名进士、泉州府安溪县李光地是清初福建籍儒林巨擘，在事功、文章和培养人才等方面卓有建树[②]，“李光地著述宏富，所撰、纂、辑、校、编、注、刊刻之书，共达七十余种五百余卷”，包含已作及名著计四十三种[③]。同治刊本《福建通志》对李光地的关注仅次于对福建历史上朱熹、黄道周等学者的关注程度。此外，李光地《榕村语录续集》二十卷，旧抄本，福建省图书馆藏。《福建地方文献及闽人著述综录》：“此编未入全集。”[④]《清儒学案》卷四十、四十一列《安溪学案》上、下。《安溪学案》下列闽籍学者李鼎征、李光坡、李光墺、李光型、李钟伦、陈梦雷六人，见他学案弟子者有陈鹏年、惠士奇、杨名时、庄亨阳、蔡世远等。

民国《福建通志·福建列传》李光地本传：“曾祖九宾，尝以非罪系狱，祖先春年十二，哀诉于知府，得释，长而聚族，保乡里……父兆庆，明诸生，克承先志，又尝脱五百人于将焚，全一女于既难。崇祯末，避乱于外氏之华地乡，生光地，因以其乡名之。明季士习披猖，兆庆独多蓄程朱书以课子。光地十二岁，毕群经。十三岁，毕家掳于山贼，光地在贼中犹时取贼儿书读之，世父日爆自外归，诣贼乞赎，贼指光地曰：‘是儿伟器，无吝赀也。’日爆知贼望难厌，乃集乡壮，合家僮，与贼数十战，举家以次脱于贼，光地最后归。康熙五年(1666)举于乡，九年(1670)成进士。改庶吉士，习国书[⑤]，应诏进《河洛图说》。散馆授编修。十二年(1673)，充乡试同考官，寻乞假归。时廷议削藩，耿精忠叛状渐露，光地密贻书总督范承谟，请以操阅整师，上控延平以驭之，承谟不能从，卒被害。精忠既叛，光地辞不获预，嘱家人报

① 同治刊本《福建通志》卷二百三十四，张汝瑚传，影印第4242页。

② 按：侯官郑仁鑰于康熙四十五年丙戌(1706)成进士，改选庶吉士，洊历侍讲。“在京邸，与李光地、孙嘉淦倡明理学，引掖后进。”(同治刊本《福建通志》卷二百二十六，郑仁鑰传，影印第4124页)孙嘉淦(1683—1753)，字锡公、懿斋，号静轩。山西兴县人。康熙五十二年癸巳(1713)进士。

③ 陈笃彬、苏黎明《泉州古代著述》，第262-263页。此书云道光间编《榕村全书》时已散佚五种，其《礼学四际约言》、《礼学纂编》、《文略内外编》康熙四十四年毁于火，存三十八种，计一百七十五卷。

④ 福建师范大学图书馆古籍组《福建地方文献及闽人著述综录》，第16页。

⑤ 按：国书指满文、满语。满语，《林则徐日记》称“清语”(《林则徐全集》第九册，第85页。嘉庆二十二年正月二十八日)，朱珪年谱称“国书”、“清书”(朱锡经《皇清诰授光禄大夫经筵日讲起居注官太子太傅南书房供奉体仁阁大学士管理工部兼翰林院掌院学士赠太傅入祀贤良祠赐谥文正显考南厓府君年谱(卷上)》，续修四库全书第1452册，影印第398页，原第七、八页)。

父疾告归。……(以遣人间道赴京献破耿藩蜡丸)超授侍读学士。行至福州,丁父忧归。……(以服中两解泉州围,招抚纪朝佐,泉州贼患一清)迁内阁学士兼礼部侍郎衔。……十九年(1680)服阕,奉母至京,入对慰劳优渥。……时郑氏久据台湾,朝士多主抚,光地言郑锦已死,子塽幼弱,部下争权,宜急取之,兼施琅习海上情形,授提督水师,卒平台湾。时向用日隆,当轴疑忌浸相媒蘖,门下士韩菼以同官入直,潜语之,光地母亦以不习水土思归,于是光地疏丐送母还里。……二十五年(1686)还京,补原官。……寻改掌院学士兼礼部侍郎,教习庶吉士。光地日与诸庶常正襟讲贯。其为说一遵程朱。……(二十六年,予假一年)临行召见,论易学,荐德格勒、徐元梦;论实行,荐卫既济、汤斌;至李颙为余姚之学,李因笃为淹博之学、耿介之笃行,仇兆鳌之厉志,杨文言之历算,皆以其名上闻。……(二十七年,1688)充会试正考官、武英殿读卷官。二十八年扈从南巡。……三十三年(1694),提督顺天学政。患俗学浅陋,其能讽三经及古文百篇以上者皆拔擢之。……士气顿伸。旋丁母忧,乞奔丧不允,仍留任。……三十五年(1696)服阕,复以兵部侍郎衔督顺天学政。……三十七年(1698)授直隶巡抚。……四十二年(1703)迁吏部尚书,仍留任直隶巡抚。……四十四年(1705)冬,召拜文渊阁大学士,四十五年(1706)正月入阁办事,充会试正考官。……仁庙潜心六艺,凡河洛、象数之学,下逮濂、洛、关、闽之书,旁及历数、音声之理,靡不殚求研索。光地每承顾问及奏进文字,皆发舒心得,抉奥探窔。……先后荐朱轼、杨名时、陆陇其、赵申乔、刘炎、文志鲸、冉觐祖、陈瑸、徐用锡、魏廷珍、李绂、蔡世远、张昺、张瑗、梅文鼎、惠士奇、秦道然、王兰生、何焯、庄亨阳、刘谦,皆名臣硕学。……桐城贡士方苞坐戴名世《南山集》论死,他日上言:'自汪霦死,无能古文者。'光地曰:'惟戴名世案内方苞能叩其次。'即以名世对,闻者股栗而苞得释,且召入蒙养斋,修纂群书,蔡世远以为有旋乾转坤之力。……四十八年(1709)八月以病疡旷直,具疏丐休,温谕慰留。五十二年(1713)六月,以久婴残疾复申前请。……九月出京,道出铅山,谒鹅湖书院。……十二月抵里。……修泉州府学,建安溪考亭书院,各纪以文;构榕阴书堂,族党门徒追随请业,多兴起者。五十六年(1717)旨下,督、抚敦趋,二月还朝。……五十七年(1718)四月复丐休命,俟在告大学士王掞假还,当遂所请。五月薨于位,年七十有七。……光地自登词垣,迄膺宰辅,以学术上结主知……及得君既专,常闭门谢客,显然荐达无多人,由是众皆深怨,间被谗构其所荐举者以撼之,仁庙亦以光地好言道学常为门生所诳,然不之罪也。……光地少劬学,至老益笃。为诸生时手纂《性理解》、《私塾解》、《周易解》,于诸家同异条分缕析,用为熟研覃思之地,自言终身得力此实根基。通籍后,公暇即凭几编著,丹铅未尝释手。经传以外,凡诸子、百家,下及星日命卜之流,莫不旁涉会通。尝问音学于顾炎武,问历算于梅文鼎,皆尽其要。每集诸生讲论,答问析疑,微微不倦,辄以述作传际,有能发其覆,申其义者则喜动颜色,相与参酌往复,应时改订。尝言蔑训诂者无师,滞章句者无得,学以能择为先。其于程朱之说笃信之而时有异同:论《大学》宜还古本,而以知本为格物第一义;《易》兼综象数;《礼》兼采《大戴记》;论子云、仲淹书有格言,节取焉可也;康节、象山所造高明,慎师焉可也。"①作为清初一代名相,李光地在立德、立功、立言上俱有成就,"盖熙朝经术修明,自圣祖成之,自公发之,而后雍正、乾隆间继述众经,圣教由是大显"②。兹不赘述其立德、立功的成就而以立言为主,有以下数端:以学术上结人主知遇,义分君臣,情同朋友;于人才能择贤能硕学以举荐,善于培植学者、作者,于清代学术的转向实有贡献,于桐城文脉的延续厥功至伟;在学问上博采众家之长,不立门户,笃信、笃守程朱理学而不废明代王守仁的余姚之学③。

① 民国《福建通志》总卷三十四,《福建列传(清三)》卷三十四,李光地传,第一至九页。

② 陈寿祺《安溪李文贞公全书总序》,《左海文集》卷六,《清代诗文集汇编》第499册,影印第291页。

③ 按:清初学术风气的转型与转变,不独为朝廷君臣的认识,也是学者们的共识。由于明亡的惨痛历史,清廷和汉族的士大夫以及满汉学者都认真反思明代的政治、学术等领域方方面面的问题,促进明清学风转变。闽人李光地利用枢臣的重要社会地位,对儒家著述进行整理,重新确立程朱理学的独尊地位。汀州府上杭县学者、康熙二十九年庚午(1690)举人邱嘉穗著有《考定石经大学经传解》一卷、《四书拟言》、《绍闻广义》、《管窥录》、《管窥统宗图记》等,自序《管窥统宗图记》云:"穗历览新建、东林以下读书,皆不免乞灵于释氏本心之教,而与吾圣人之本乎天者相去甚远,因复寻绎宋贤宗旨,衍为《管窥统宗图记》十幅以订之。"(同治刊本《福建通志》卷八十,影印第1624页)亦可证实清初学者参与转变学风的事实。

同治刊本《福建通志》著录李光地著作之时，多撰写按语，如《春秋毁余》四卷下，小字注："光地元(玄)孙维迪(兄维屏、从叔荣焘、侄增黍)书后(道光二年，1822)。"[①]如《韩文考异》、《韩子粹言》二册"光地自序。略曰：'公平生不以文人自域，而公之学由文入者也，故其所玩爱以嬉者，并传于今不废。今摘公文授子孙辈，则择其发于理济于事者，而文之简质明锐，亦似非他酬酢所及，欲令后生识文章之正的，且以发明公之雅志'"。[②] 这条注语说明清初福建作者对韩愈文章的重视[③]，清初对韩愈文章的选编评注刻梓事迹多见于其他典籍的书目记载。李光地对韩愈文章的重视，必然会影响到其兄弟子侄以及他所赏识、提携的闽籍作家。韩愈的文章以奇崛著称，有别于以衍迤、和缓、雍容为主导风格，以欧阳修、曾巩古文为主流的明代台阁体古文创作，这是唐、宋、明三代文章大家文风中很重要的区别。《榕村语录》三十卷，注引《四库书目提要》语，论定"光地之学源于朱子而能知其心意，得所变通，故不拘墟于门户之见；其诂经兼取汉唐之说，其讲学亦酌采陆王之义，而于是非得失、毫厘千里之介，则辨之甚明，往往一语而决疑似，以视党同伐异之流，斥姚江者无一字不加排诋，攻紫阳者无一语不生讪笑，其相去不可道里计，盖学问既深，则识自定而心自平"。[④]《榕村全集》四十卷下，注云："《四库书目提要》：'……光地所长在于理学，经术文章非所究心，然即以文章而论，亦宏深肃括，不雕琢而自工，盖有物之言，固与鞶帨悦目者异矣。数十年来屹然为儒林巨擘，实以学问胜也，不以词华胜也。'"[⑤]民国《福建通志》著录李光地《榕村集》四十卷，解题亦引《四库全书总目》的提要语，知《榕村全集》四十卷即《榕村集》四十卷，其文实二十五卷、诗五卷、赋一卷[⑥]。

李光地著有《李文贞全书》一百六十七卷，部分著作书名与同治刊本《福建通志·经籍志》、民国《福建通志·福建艺文志》等所著录者不同，如《李文贞全书》中的《论语劄记》二卷、《孟子劄记》一卷、《解通书太极图东西二铭》各一卷、《解正蒙》二卷、《二程遗书纂》二卷、《外书纂》一卷、《注参同契阴符经握奇经离骚经九歌》各一卷、《字画辨伪》一卷、《榕村全集》四十卷、《续集》七卷、《别集》一卷、《语录》三十卷、《韩子粹言》一卷、《讲授》三卷、《诗选》八卷、《制义》初集迄四集四卷、《礼记编纂》、《朱子文略》等。民国《福建通志》总卷二十五《福建艺文志》之卷七十六著录李光地玄孙、李宗文之子李维迪(尔启)于道光初辑刻的《李文贞全书》，即《榕村全书》。《福建艺文志》所撰解题对李光地的著作"区分以类"，分类抉发李光地著作的意义和价值，并以为李光地著作存五十三种[⑦]，一百六十七卷，《礼学四际约言》、《礼记纂编》、《朱子文略》三种毁于康熙四十四年乙酉(1705)保定官署之火，《韵笺》、《西汉文目》二书未见[⑧]。陈衍《石遗室书录》云其所见《榕村全书》(即《李文贞全书》)仅一百三十四卷，书名及卷数所不同者有：《张子正蒙》二卷、《韩子粹言》一卷、《四书余论劄记》一卷、《周子太极通书》一卷、《浙嗳存愚》二卷、《孝经全注》一卷、《三礼歌诀》一卷、《字画辨讹》一卷[⑨]。

---

① 同治刊本《福建通志》卷七十三，原第三十四页，影印第1527页。

② 同治刊本《福建通志》卷七十三，原第三十六页，影印第1528页。

③ 按：宋代校韩之风盛行(杨国安《朱熹〈考异〉与韩集的近世化》，载《2010年中国文学传播与接受国际学术研讨会论文汇编(中国古代文学部分)》，第299页)，与清代福建古文家推崇韩愈文章的观念具有渊源关系。南宋兴化军莆田县人方崧卿(1135—1194)著有《韩集举正》十卷、《外集举正》十卷、《韩诗编年》一卷，校《韩昌黎文集》等，以为韩愈文章好奇，而在南剑州尤溪县出生的大学者、文学家朱熹(1130—1200)后著有《韩文考异》十卷，主"文从字顺"，从不同角度挖掘韩愈古文的风格和境界。稍早于李光地的福建人、顺治十五年(1658)进士、闽县林云铭(1628—1697)编有《韩文起》十二卷，康熙间刻本。林云铭以议论古文得名(谢章铤《赌棋山庄词话》卷一，刘荣平《赌棋山庄词话校注》第21页，"林云铭词"条)，其所评注、选刻的著作有"用时艺之法"(永瑢等《四库全书总目》卷一百八十二，影印第1648页)的特征。

④ 同治刊本《福建通志》卷七十三，原第三十六页，影印第1528页。此外，尚有《孟子大集》二卷小字注(原第三十四页，影印第1527页)。

⑤ 同治刊本《福建通志》卷七十三，原第三十七页，影印第1529页。

⑥ 民国《福建通志》总卷二十五，《福建艺文志》卷六十四，第十四页。

⑦ 按：陈寿祺《安溪李文贞公全书总序》："故所存止于三十五种，百六十有七卷。"(《左海文集》卷六，原刻六十一页，《清代诗文集汇编》第499册，影印第292页)民国《福建通志》误。

⑧ 民国《福建通志》总卷二十五，《福建艺文志》卷七十六，第二页，引陈寿祺《左海文集》卷六《安溪李文贞公全书总序》。

⑨ 民国《福建通志》总卷二十五，《福建艺文志》卷七十六，第二、三页，引陈衍《石遗室书录》。

李光地接受明代闽中古文创作的传统,赏识桐城派古文当代著名作者戴名世、方苞,促使闽中古文和桐城古文的融汇合流。对于后来成为桐城古文宗师方苞的才华,李光地尤其倾心。康熙三十年辛未(1691),"方苞游太学,李光地见其文,叹曰:'韩、欧复出,北宋后无此作也'"。[①] 前此,康熙九年庚戌(1670),李光地以二甲二名进士登第,改庶吉士,散馆授编修,开始其一生在翰林院、朝廷六部、内阁等中枢任职,直至成为朝廷重臣、名臣的仕宦生涯;十六年(1677),李光地擢侍读学士,十七年官内阁学士、礼部侍郎,二十五年该翰林院掌院学士,教习庶吉士,三十年春充会试副主考。在康熙二十五年(1686)以后,李光地逐渐掌握了铨衡当代文坛的权力:通过教习庶吉士,为朝廷培养符合规范的馆阁作家;通过会试知贡举的权力,引导清代康熙中后叶文坛的思潮及其走向。李光地本好唐宋文,见到年轻的方苞其人其文,引为后进,在方苞一生中多予机遇、援手、提携[②],这也是清代桐城文学得以发展,影响全国文学创作的重要原因。

《桐城派编年》著者以为康熙三十五年丙子(1696)至三十六年丁丑(1697)方苞30岁之前,方苞与古文义法尚无关联;三十五年冬,万斯同告知撰作史传必"约以义法"[③]。从康熙三十年(1691)李光地赏识方苞,到三十五年(1696)万斯同告知方苞以"义法",方苞的创作呈现出唐宋文章的气象在先,而后在创作实践中逐渐将创作理论提升、凝练为桐城派关于"义法"等范畴的框架体系,历数代作者,逐步建构出桐城派的文学理论大厦。

康熙三十年(1691),方苞(1668—1749)与舅氏吴一平相遇于京师。按:方苞之母吴氏,明绍兴府同知吴勉之女。吴勉,福建省兴化府莆田人,寓居南直隶府应天六合县留稼村,方苞父方仲舒赘焉[④]。这是方苞与闽人交游时先天所特有的人物关系,容易产生地域亲近的好感,能够起到融合彼此关系的作用。方苞与长其26岁的李光地、小14岁的蔡世远等闽中文人交游,其门人中又有闽人官献瑶、雷鋐等[⑤]。方苞之于闽中文人的关系可谓不浅,有助于闽中古文创作的风气转换、形成和队伍壮大。

康熙三十年之后的十八年,即康熙四十八年己丑(1709),李光地主考会试,桐城作家戴名世(1653—1713)会试第一名中式,殿试第二名进士及第[⑥]。越二年,《南山集》案发,戴名世卒于康熙五十二年癸巳(1713)。康熙五十二年癸巳(1713)二月,方苞以李光地力救出狱,三月李光地荐入直南书房[⑦]。至此,可以确定李光地从康熙三十年(1691,时李光地50岁)以来一直在关注着文坛的风气变化和古文作家的创作实绩,提携着传承唐宋文脉的桐城作家,包括方苞、戴名世等人在内,从而在全国形成古文创作的良好风气。李光地从弟、李日煌之子李光型有《批订王遵岩集》,从此集可知安溪李光地家族的古文宗尚及其渊源,取径雅正;李光型本人系雍正四年丙午(1726)举人,十一年癸丑(1733)特赐进士,官至彰德府同知,较李光地晚若干年,其古文取径说明闽中宗尚唐宋文章的传统从康熙间往雍正、乾隆年间传递。

从福建区域的散文创作传统来看,清代福建的古文创作,从李光地(1642—1718)到蔡世远(1682—1733)、雷鋐(1697—1760)、蔡新(1707—1799)及乾隆间朱仕琇(1715—1780)再传到高澍然(1774—1841)的两支文脉没有断绝。被列入刘声木《桐城文学渊源考》的闽籍作家的数量略输与今安徽桐城、江苏常州、湖南湘乡,却远多于江西新城、宁都等地,尤其以朱仕琇领衔的闽中从事古文创作

① 俞樟华、胡吉省《桐城派编年》,人民文学出版社2015年版,第37页。

② 按:康熙五十二年癸巳(1713)二月,方苞以李光地力救出狱,三月以李光地荐入直南书房。五十八年己亥(1719),方苞作《安溪李相国逸事》(《方苞集集外文》卷六)。

③ 俞樟华、胡吉省《桐城派编年》,第48页。

④ 同上书,第9页。

⑤ 同上书,第168页。

⑥ 按:康熙五十年(1711),由于左都御史赵申乔的奏劾,《南山集》案发,戴名世被迫害而死,卒于五十二年癸巳(1713)。

⑦ 康熙五十八年己亥(1719),方苞作《安溪李相国逸事》(《方苞集集外文》卷六)。

的作者达80人,挂籍于桐城作家名下的闽地作者亦复数十人[①],阵营可谓壮观。详请参看本书"朱仕琇家族"条下。

李光地在清初以事功、学术和古文创作著称,亦能诗。《国朝全闽诗录初集》李光地传引《榕阴诗话》:"相国诗不多作,得晋魏之遗。"[②]至其曾孙李宗文,撰有《律诗四辨》四卷。为同治刊本《福建通志》所著录,注:"潘奕藻跋。略曰:'先师李郁斋少宗伯撰《律诗四辨》,一曰辨粘,二曰辨病,三曰辨调,四曰辨体。辨明而律法尽矣。'"[③]李宗文对律诗之法颇有研究和体会,颇类前辈王士禛、赵执信对诗法的探索。

李光地及其弟李光坡传见《清史稿》卷二百六十二。李光坡传又见《清史稿》卷四百八十《儒林传》,附从子李钟伦传。李光坡(1651—1723),字耜卿、茂夫,号皋轩。民国《福建通志·福建儒林传》本传称其"受学家庭,先宗宋儒。为诸生,食饩。喜读秦汉以上书,乃次第治十三经。资不甚敏,以勤苦自励,后遂弃举业,专意三礼,积四十年,由宋、明上溯汉、唐诸儒之说,著《三礼述注》,闽人通汉学自此始。又著《性论》三篇,以订近代名儒论性之失"。[④] 同治刊本《福建通志》著录其《周礼述注》二十四卷,注:"《四库书目提要》:'……析理明通,措词简要,不及汉学之博奥,亦不至如宋学之蔓衍,可谓适中之道矣。'"[⑤]李氏兄弟的学问在汉宋之间、朱陆之间,调和众说,无门户之见。康熙五十二年癸巳(1713)举人、晋江庄(世)拱显经术湛深,弱冠为安溪李光坡所赏,延与参纂《十三经注疏》。闽人既自李光坡始通汉学,而庄拱显学术生涯及其预纂《十三经注疏》的学术活动则又显示了清代闽籍汉学学者队伍渐次壮大的过程。

李光地之子见诸传者有李钟伦、李钟佐,略述之。

李钟伦[⑥](1663—1706),字世德,《四库全书总目》一作世得[⑦],号莱园。康熙三十二年癸酉(1693)举人。其父李光地治《易》、《诗》、《书》,李钟伦复从叔父李光坡治三礼,不数年五官之说成,旁及历律、甲数、乙数用法等。与桐城方苞论学保定官署。子李清藻、李清馥、李清泰。李钟佐,字世谐。能极思奥解,凡西土所传历法、几何、数法、万支、干凑,无不冥悟。子李清机、李清植。

李钟伦长子李清藻,字信侯。受业于徐用锡、何焯,学博而醇正,淹贯经、史、子、集及历代典章制度、音学、书法。康熙五十六年丁酉(1718)举人。历官定南、兴国知县,卒于官。李清藻著有《壁经梅书辨赝》,值得一提。壁经,指的是儒家五经之一的《尚书》。按:清代学者阎若璩(1638—1704)撰《尚书古文疏证》[⑧],"毛西河(毛奇龄)《古文尚书冤词》终不能以强词多"[⑨],这是清代学术辨伪的重要成就之一,基本上厘清了《尚书》的真实面貌。今人汪斌撰《阎若璩〈尚书古文疏证〉研究》,以为康熙三十二年癸酉(1693),"毛奇龄收到阎若璩的《疏证》复本"[⑩],这说明阎若璩的《尚书》辨伪工作基本完成。在阎若璩的工作之外,李清藻尚能对东晋梅赜的伪古文《尚书》进行辨赝,具有学术价值和意义。

李钟伦次子李清馥(1703—?),字根侯,号逊斋。四岁而孤,祖父李光地授以《太极图解》诸书,以古学自期。肄业国子监,官户部郎中、大名府知府、广平府知府等。著有《闽中理学渊源考》九十二卷,

---

① 《桐城派名录》,俞樟华、胡吉省《桐城派编年》,第1-6页。按俞樟华、胡吉省《桐城派编年》所列名录与丛书集成三编第006册《桐城文学渊源考》十三卷所列桐城作者诸人名录不同。

② 《国朝全闽诗录初集》卷七,《全闽诗录》第五册,第147页。

③ 同治刊本《福建通志》卷七十三,影印第1531页。

④ 民国《福建通志》总卷三十八,《福建儒林传》卷五,李光坡传,原第十二、十三页。

⑤ 同治刊本《福建通志》卷七十三,影印第1529页。

⑥ 民国《福建通志·福建儒林传》李光型传作"长子钟伦,为《周官纂训》;孙清植,为《仪礼纂辑录》。"(《福建儒林传》卷五,原第十三页)而民国《福建通志》李光地传作:"子钟伦、钟佐。"(《福建列传(清三)》卷三十四,原第九页)

⑦ 永瑢等《四库全书总目》卷一九,《周礼训纂提要》,影印第155页。

⑧ 按:汪斌《阎若璩〈尚书古文疏证〉研究》(湖北大学2006年硕士学位论文,未刊稿)以为阎若璩(1638—1704)《尚书古文疏证》成书于康熙三十二年(1693)。本年,"毛奇龄收到阎若璩的《疏证》复本"(第6页)。

⑨ 徐世昌《清儒学案》卷三十九,《潜邱学案·阎先生若璩》,第1462页。中华书局2008年版。标点稍异。

⑩ 汪斌《阎若璩〈尚书古文疏证〉研究》,湖北大学2006年硕士学位论文,第6页。

为《四库全书》收录。这是一部对福建理学流派及其历史进行全面整理的著作,在学术史上具有重要的地位。朱仕琇尝四谒李清馥于福州,为撰《道南讲授序》。

李钟佐次子李清植(1690—1743),字立侯,号穆亭。雍正二年甲辰(1724)进士。改庶吉士,授编修。典试浙江,提督浙江学政。乾隆间,官至礼部左侍郎。清植少承家学,应诏修《周易折中》、《性理精义》,后又佐高安朱轼撰名臣、循吏、名儒传,又与漳浦蔡世远论次古文雅正,故所学有渊源。少年好《易》,晚喜谈《礼》,及专修《仪礼》,有《仪礼纂录》二卷,陈寿祺为撰《李侍郎仪礼纂录序》,覃精凝思,诗文雅健精深[①]。子李宗文、李宗凤、李宗圭;女三,分别适万天球、富嘉会、蔡长沩;孙男李维秬等十三人。李清植传附同治刊本《福建通志》祖父李光地传。朱仕琇所撰《皇清诰封宜人晋封夫人黄太夫人墓志铭》代为李清植之配、李宗文之母黄氏作。

李宗文,字延彬,号郁斋、竹人[②]。乾隆十三年戊辰(1748)进士。改庶吉士,授编修,累官至礼部侍郎。朱珪有《祭李郁斋少宗伯文》[③]及《复李郁斋书》等多札书信。传附同治刊本《福建通志》曾祖父李光地传。民国《福建通志》本传称其"少承家学,读书强记而能通其要",尤精《三礼》,"恪守前型,务黜浮崇雅以端风尚。"[④]李宗文著《律诗四辨》四卷,潘奕藻跋,略曰:"先师李郁斋少宗伯撰《律诗四辨》,一曰辨粘,二曰辨病,三曰辨调,四曰辨体。辨明而律法尽矣。"[⑤]同年朱仕琇《复李郁斋书》:"去岁接得寄书并所著诗,读之,知力于杜、韩。……示诗力求紧怒而乏疏奇之致,盖镕炼未造轻净,见滞闷而已,杜、韩不如是也。作寄书虽辞气未合于道,而转折遒紧,乃有王金陵学柳河东风致,得之甚喜。今日学古文难得如此。……吾兄学韩、杜诗,而其劲悍之气乃见诸古文。"[⑥]又《复李郁斋书》:"吾兄聪明绝人,持守甚谨,真载道之器,但于甚谨中反带疏忽,聪明透悟中或有蔀障胶牵,此盖耳目外引心性失任故也。吾兄好学,同侪所共推,然一志六经,不读非圣之书,此恐过泥庄,子书谓宜熟读,其说理精处吾儒不能过也。又条畅通贯于俗情人事,以之处世最宜,但文太疏快,久服伤人元气,又当以六经、荀、杨、《左》、《国》重厚淳朴之意镇压之耳。"[⑦]

李钟佐长子李清机,字芳园。康熙五十二年癸巳(1713)举人。

李清英,字育侯。乾隆四十五年庚子(1780)举人。官湖南知县,擢知澧州,未任卒。传见民国《福建通志·福建循吏传》卷十二。

李光地仲弟李鼎徵,字安卿。举人。民国《福建通志》李鼎徵传:"沉浸经史,融贯洛闽诸书,兼通音韵、算学。康熙庚申(十九年,1680)举于乡。知嘉鱼县。……入为户部陕西司主事。……与纂《周易折中》,越数月告归,为梅氏刻《方程论》于泉州,《几何补编》成,手为誊写。……年七十五,卒雍正间。……子天宠、钟侨、钟旺、钟僼。"[⑧]

李鼎徵之子李天宠,字世来,号鉴塘。康熙五十四年乙未(1715)进士。改庶吉士,授编修。嗣子李清时。

李钟侨(?—1732),字世邠,号抑亭。康熙五十一年壬辰(1712)进士。改庶吉士,授编修。方苞领武英殿修书事,首举李钟侨自助。康熙五十九年(1720)庚子科,典试云南[⑨]。卒于雍正十年(1732)十月。子李清载、李清江、李清恺、李清芳、李清时(出嗣李天宠)。方苞《望溪集》有文及之。

李钟旺,字世賨、世昌。康熙四十七年戊子(1708)举人。侍伯父李光地,闻读书之要。潜心理学。

---

① 民国《福建通志》总卷三十四,《福建列传(清三)》卷三十四,李清机传,第十一页。

② 法式善《清秘述闻》卷六,《清秘述闻三种》上册,第197页。

③ 朱珪《知足斋文集》卷六,续修四库全书第1452册,影印第347-348页。

④ 民国《福建通志》总卷三十四,《福建列传(清三)》卷三十四,李宗文传,第十一页。

⑤ 同治刊本《福建通志》卷七十三,影印第1531页。

⑥ 朱仕琇《复李郁斋书》,《梅崖居士文集》卷二十五,影印第437页。

⑦ 朱仕琇《梅崖居士文集》卷二十五,影印第438页。

⑧ 民国《福建通志》总卷三十四,《福建列传(清三)》卷三十四,第十三、十四页。

⑨ 法式善《清秘述闻》卷四,《清秘述闻三种》上册,第124页。《清秘述闻》记载李钟侨字世份。

考授中书舍人。子李道济、李道泰。

李钟僼,字世志,号阆麓。康熙癸巳五十二年(1713)举人。积学砥行,兼通奇器图说。乾隆元年官辰溪知县。子李清馝,雍正十年壬子(1732)举人。

李天宠、李钟侨、李钟僼三人传附同治刊本《福建通志·列传》其父李鼎徵传。

以下为李鼎徵孙辈的功名及简况:

李天宠嗣子李清时(?—1768),字授侯。乾隆七年壬戌(1742)进士。官编修、嘉兴知府、运河道、淮徐道、山东巡抚等,所至俱有政绩,尤善治水。乾隆三十三年(1768)卒于官。娶提督万正色曾孙女,万氏传见民国《福建通志·福建列女传》卷二。

李钟侨之子李清载,字有侯。雍正八年庚戌(1730)进士。官户部主事,终顺宁知府。卒于归途。李清江,字皋侯。雍正元年癸卯(1723)举人。传附同治刊本《福建通志·列传》李鼎徵传。李清恺,字振侯,雍正十三年乙卯(1735)举人,有文名。李清芳,字同侯。乾隆元年丙辰(1736)进士。明年授编修。历官监察御史、刑科给事中,典试广东,迁詹事、阁学、兵部右侍郎,改左。

李钟旺之子李道济,字盛侯。雍正七年己酉(1729)举人。官上杭教谕,迁威远知县。李济泰,其父李钟旺传作李道泰①,字闻侯。乾隆七年壬戌(1742)进士。劳卒于官。

李光地季弟李光坡能诗。《国朝全闽诗录初集》有传:"字耜卿,号茂夫②,安溪人。文贞公弟。康熙中岁贡生。有《皋轩集》。"③李光坡之子李琼、李钟倬等。李琼,字世禹。幼禀庭训,能遍诵十三经。弟李钟倬,字世瞻。九岁能诗文。以举人授浙江遂昌县知县。传附同治刊本《福建通志·良吏传》李琼传④。弟李钟份,字世质。以举人知济阳县⑤。

李光地五叔父李日升之子李光坊,字奠卿。籍南安。康熙四十四年乙酉(1705)举人。官太仓州同。李日升隐迹深山,读《老》注《易》,李光坊博览百家,研究声律⑥。李光坊弟李光华,字韡亭。康熙五十三年甲午(1714)举人。简发广东。李宗渠,字濬卿。康熙五十六年丁酉(1717)举人。权高密县等。李鸿翔,字石卿。康熙五十九年庚子(1720)举人。刻意经术,尚贾、董家言。知江西上犹等县⑦。

李光地六叔父李日煌之子李光墺、李光型、李光北、李光垲、李光堃、李光壊、李光袁、李光基、李光壆、李光俨。

李光墺,字广卿,号识蚱。李光地从弟。康熙六十年辛丑(1721)进士。改庶吉士,授检讨。乾隆元年(1736)提督山东学政,擢国子监司业。传称李光墺"好读书,自六经史策诸子百家、宋儒诸书皆披览融贯,又博宗三唐诗律,一时负文章之誉。入高会山中结茅力学"。"与临川李绂、桐城方苞论学,老而弥笃。卒年六十九。"⑧传又附同治刊本《福建通志·儒林传》从兄李光坡传。

李光型,字仪卿,号龙见。与兄李光墺称"二李"。雍正四年丙午(1726)举人,十一年癸丑(1733)以理学特赐进士。出为河南知府,迁刑部主事。卒年七十九。少与兄李光墺同学于李光地,研究性理,尤得力于西铭⑨。与兄李光墺著有《二李经说》等。民国《福建通志·福建儒林传》概括安溪李氏家学:"安溪李氏自光地以经术显,传业一门,而言《礼》尚无专书,光坡后,光墺为《考工发明》,与光型为

① 民国《福建通志》总卷三十四,《福建列传(清三)》卷三十四,第十四页。

② 徐世昌《清儒学案·李先生光坡》:"号茂叔。""以《三礼》之学至宋而微,至明几绝,《仪礼》尤世所罕习,积四十年成《周礼述注》二十四卷,《仪礼述注》十七卷,《礼记述注》二十八卷,以郑康成为主,疏解简明,不蹈支离,亦不侈奥博,自成一家言。"(《清儒学案》卷四十一,中华书局2013年版,第1594页)

③ 《国朝全闽诗录初集》续集卷四,《全闽诗录》第五册,第545页。

④ 同治刊本《福建通志》卷二百三十四,李琼传,影印第4258页。

⑤ 同上注。

⑥ 民国《福建通志》总卷三十六,《福建循吏传(清一)》卷十一,李光坊传,原第四十八页。

⑦ 同治刊本《福建通志》卷二百三十四,影印第4258页。

⑧ 民国《福建通志》总卷三十八,《福建儒林传》卷五,李光坡传附,原第十三页。

⑨ 同上注。

《二李经说》。"[①]传附同治刊本《福建通志·儒林传》从兄李光坡传。

李光琠,字爽卿。博涉群书,兼善骑射。康熙五十二年癸巳(1713)举人。官四川彭水知县,入大将军傅幕府,擢知州。审音察律,有志著述。李光北,字上卿。康熙四十七年戊子(1708)举人。官福清、大田教谕。好读书,于《春秋》内外传尤深。

李光北之子李钟问,乾隆元年丙辰(1736)举人。官平和、凤山教谕。《全台诗》收录其诗八首[②]。李光墺之子李元善,康熙五十年辛卯(1711)举人,官诸罗教谕等。李光型子李钟俾,字世万,雍正二年甲辰(1724)进士,官知县、知州;李宗遇,雍正十三年乙卯(1735)举人;李正楷,字世苍,雍正四年丙午(1726)举人,官灵山知县,未迁而卒。

李日煋曾孙李清冕,号啸梅。善书画,尤工于画梅。设色苍老挺劲。传见民国《福建通志·福建艺术传》卷二。

李光斗(李光地二伯父李日爔之子)曾孙李玉鸣,字延璜,号靖亭。乾隆元年丙辰(1736)进士。历官礼部主事、郎中、御史,典试河南、湖北。谪伊犁,卒于戍所。李玉鸣从弟李复发,字延开。从河间人、李光地高弟王之锐(仲退)学。乾隆四年己未(1739)成进士,历官山丹、伏羌知县,擢肃州、夔州知府,卒年六十三。李复发之女适漳州府龙溪人、东莞县丞黄宗鹰(?—1825)[③]。

李大濬,李光地族人。著有《周礼拾义》十卷[④]。

李清运,字广侯。康熙四十四年乙酉(1705)武举人。《全台诗》收录其诗一首[⑤]。根据其名辈分用"清"字,其表字用"侯"字,疑系安溪人,李光地族孙。

李宗度,字延绳,号勉湖,李清枢之子、李偰之孙、李鸿祥曾孙、李光地从曾孙。嘉庆间优贡生。传见同治刊本《福建通志·孝义传》。陈庆镛《李孝子传》为其师李宗度作,传称其"治经史,确宗程、朱,好诗、赋,兼精篆隶。少以古学受知陆耳山(陆锡熊)使者。……癸酉(嘉庆十八年,1813)优贡荐……丹铅不离手。著有文集、诗赋、韵谱、篆谱、经史摭言数十种,未梓行"。[⑥] 子李景韩,字尔甸,号师村。举人,大挑用为知县,尝主讲晋江梅石书院(一峰书院)。陈庆镛撰《丽水县知县李君淑配陈氏墓志铭》,为李景韩配陈氏作。孙李时中,咸丰元年(1851)举人。

## No.74 晋江丁氏家族

丁稶:《雨航文集》(同治刊本《福建通志》卷七十二)

丁炜:(王士禛、施闰章选)《问山诗集》十卷《紫云词》一卷(康熙希�堂刻本)、(黄与坚、叶映榴选)《问山文集》六卷(康熙刻本)、《问山文集》二卷(康熙刻本)、(王士禛、施闰章选)《问山文集》八卷《诗集》十卷附《紫云词》一卷(咸丰四年丁拱辰雁江景义堂重刻本)、《问山诗文集》八卷(咸丰四年重刻本)、《问山诗文集》诗三卷文八卷(咸丰四年重刻本)、《问山集》(清刻本)(《清人别集总目》第2页)、《问山堂集》十卷(民国十年据咸丰四年刻本重印,即《问山全集》)、《问山诗稿》一卷、《涉江集》一卷(民国《福建通志》总卷二十五,《福建艺文志》卷六十四)、《问山集》十卷、《涉江集》一卷(同治刊本《福建通志》卷七十二)、《问山诗集》二卷附《问山诗余》(康熙十五年刻本)、(重编)《问山诗集》十卷(陈笃彬、苏黎明《泉州古代著述》第301页)、《问山诗集》二卷、《问山诗余》(康熙十五年刻本。柯愈春《清人诗文集总目提要》第260页)

① 同上注。
② 施懿琳、廖美玉《台湾古典文学大事年表·明清篇》,第201页。
③ 陈庆镛《东莞县丞黄君墓碣铭》,《籀经堂类稿》卷二十一。
④ 民国《福建通志》总卷二十五,《福建艺文志》卷五,原第六页。
⑤ 施懿琳、廖美玉《台湾古典文学大事年表·明清篇》,第95页。
⑥ 陈庆镛《籀经堂类稿》卷十九,《清代诗文集汇编》第587册,影印第619页。

丁稼:《沧霞词》一卷、《沧霞诗集》(同治刊本《福建通志》卷七十二)

丁报珠:《含章诗集》一卷(民国《福建通志》总卷四十五,《福建列女传》卷六,丁报珠本传)

丁拱辰:《演炮图说》、《演炮图说辑要》四卷(泉州会文堂刻本)、《演炮图说后编》、《增补则克录》(咸丰元年刻本)、《西洋军火图编》六卷、《西洋火轮车火轮船图说》、(刻)《丁问山文集》、(编)《改良分类尺牍》、《荔镜西厢》(陈笃彬、苏黎明《泉州古代著述》第334-335页)

**谨按:**泉州府诸丁氏均为华化回族后裔。请参看《明代福建文学结聚与文化研究》第一三九"晋江丁自申家族"条。

同治刊本《福建通志》清代经籍著录的丁氏首部著作为丁焯的《雨航文集》。丁焯,字幼平。顺治五年戊子(1648)拔贡生。传见同治刊本《福建通志·良吏传》①。

明代丁自申系丁炜高祖,其祖父丁启濬遗书万卷,丁氏遂成泉州府著名的文化世家。

丁炜(1634—1696②),字澹汝、瞻汝,一字雁水,丁椗之子。晋江陈埭人。邑诸生。顺治十二年(1655),定远大将军、郑亲王世子济度取漳州,朝廷诏许济度自行选拔府县官吏,授丁炜漳平县教谕,改鲁山县丞、直隶献县知县。历官户部主事、员外郎、兵部郎中、江西分巡赣南道、署湖广按察使,补姚安知府,复官按察使。丁炜传见《清史稿》卷四百八十四《文苑一》,附林侗、林佶、黄任、郑方坤四人传。林昌彝《论诗一百又五首》(短句长言尽入情)论其诗,赞同林澍蕃所论丁氏诗具有"幽香","袭人梦寐"③的艺术韵味。

丁炜与江西宁都作家魏礼相交,尝造其门下,礼延魏礼至赣南使院。于官廨筑甓园,为诸名士唱和雅集之所。丁炜与吴兴祚幕府中之吴绮交密,屡有诗词唱和④,又与叶封[1623—1687,字井叔,号慕庐、退翁,顺治十五年(1658)进士]、莆田林一榛、莆田林一璘、邑人龚锡瑗等为诗友。

丁炜著有《问山诗集》十卷、《问山文集》八卷、《紫云词》一卷、《涉江集》一卷。其诗力追唐、宋,为"金台十子"之一。其集为王士禛、施闰章所定。词风兼有豪放、婉约风格,上下唐、宋、元、明四朝,出入于辛弃疾、苏轼、秦观、柳永、姜夔、史达祖等家。《福建地方文献及闽人著述综录》称其"诗、文、词均宗唐宋大家,又能自出机轴(当作"杼"),为当代诸大家所赞赏。王士祯选十子诗,炜居其一。书分文集八卷(缺卷三至八),诗集十卷,《紫云词》一卷"。⑤

同治刊本《福建通志》著录丁炜《问山集》十卷,引王士禛《渔洋诗话》云:"丁雁水五言佳句颇多,如'青山秋后梦,黄叶雨中诗'、'莺啼残梦后,花发独吟时'、'花柳看憔悴,江山待祓除',皆为可吟。"著录《问山文集》八卷,引毛际可序。略曰:"温陵丁雁水先生筮仕燕豫,回翔郎署,按节赣南、郁孤之间,所历名山大泽,废垒荒祠,与其故乡珍禽奇树之观,丹青雕刻之异,皆一一于文发之,更工于有韵之章,海内钝翁(汪琬,1624—1691,长洲人)、锡鬯(朱彝尊,1629—1709,秀水人)、药园(丁澎,1622—1686,仁和人)诸公已序述而扬扢之,余故不复论,特书其文集之简端而归之,且以为别焉。"⑥

《竹间十日话》:"晋江丁炜,名胤炜,字雁水。万历壬辰(二十年,1592)进士刑部左侍郎赠刑部尚书予葬祭启濬孙也。幼失父母,笃学敦品。顺治间,以廪生授漳平训导,擢献县知县,转兵部清吏司郎中。历官江西、两湖按察使。著有《问山诗文集》、《紫云词》。王新城(王士禛)称其'青山秋后梦,黄叶雨中诗'、'莺啼残梦后,花发独吟时'、'花柳看憔悴,江山待祓除'为佳句。后松江董苍水(董俞)又选

① 同治刊本《福建通志》卷二百三十四,影印第4241页。

② 谢章铤《赌棋山庄词话》卷一,刘荣平《赌棋山庄词话校注》,第29页。

③ 林昌彝《林昌彝诗文集》卷七,第178页。

④ 朱丽霞《江南·闽南·岭南——吴兴祚幕府文学年表长编》,中国社会科学出版社2013年版,第192页。

⑤ 福建师范大学图书馆古籍组《福建地方文献及闽人著述综录》,第76页。

⑥ 同治刊本《福建通志》卷七十二,影印第1503页。

其诗,名满京师。其诗文根底迁、史、汉,美不胜收。”①

同治刊本《福建通志》著录丁炜《紫云词》一卷,注引丁炜自序。略曰:“岁戊午(康熙十七年,1678)于□亭交陈子其年(陈维崧,1625—1682)。其年曰:吾见子之诗矣。迩者,将梓海内佳词为一集,可无以益吾集?比岁,遇经师旅络绎,动走数百里,累数阅月,往来调发期会,时事于洪都,岁率数至,遂不暇工。辛亥(十年,1671),吴子薗次(吴绮,1619—1694,字园次,一字丰南,又号绮园、听翁,江都人。同治刊本《福建通志》此处作“薗”字)、陈子纬云(陈维岳,字纬云,陈维崧弟,宜兴人)遥来晨夕,尚有花下筵前、良辰美景唱酬诸章,外此则皆军旅山谷、风尘雪霜、舆马舟楫之间劳者之歌,合成此数。其名以‘紫云’,则乐操土音云耳。吾乡城北有山曰紫帽,紫云尝冒其上,即唐真人郑文叔遇羽衣授金粟处也。”②所谓“乐操土音”,诗人张际亮之论略近,以为“丁雁水之确守土风”。③

民国《福建通志》著录丁炜《问山堂集》十卷,按语引毛际可《安序堂文钞》所论,已如上;引汪琬《钝翁续稿》,略曰:“大篇短章间见层出,訇然有钟吕之鸣,煌然如藻火之丽,洵乎其为诗人之雄也。”引朱彝尊《曝书亭集》所论,略曰:“其诗直者不伉,绮者不靡,约言之而可思,长言之而可歌,斯善学唐人者矣。”引魏礼《魏季子文集》所论,略曰:“吾读雁水先生文集,见其政事焉。”引顾景星《白茅堂集》所论,略曰:“为文本于天而成于学,记、序、碑、志诸作在近代与青田、金溪埒,他非所及。”④按:朱彝尊之论,《国朝全闽诗录初集》卷二亦引,并引王士禛《渔洋诗话》云:“闽派诗自林子羽(林鸿)、高廷礼(高棅)后,三百年间,前惟郑继之(郑善夫),后惟曹能始(曹学佺),能自见本色耳。丁雁水炜,亦林派之铮铮者。其五言佳句颇多,如‘青山秋梦后,黄叶雨中诗’、‘莺啼残梦后,花发独吟诗’、‘花柳看憔悴,江山待祓除’,皆可吟。”⑤选诗《上巳过访宋荔裳(宋琬)寓斋留饮》、《宿小溪驿敬步先祖父大司寇公(丁启濬)良乡夜宿韵》等。

《闽词征》卷四有丁炜传及词。朱彝尊序丁炜词云:“(丁炜)以按察司佥事分巡赣南道,构甓园于官廨,且于层波之阁、八景之台携宾客倚声酬和,所成《紫云词》流播南北,盖兼宋、元人之长。”⑥康熙二十四年乙丑(1685),新城王士禛过赣南,与丁炜诗酒唱和于甓园,请参看蒋寅《王渔洋事迹征略》⑦。

晚清闽籍词论家谢章铤《赌棋山庄词话》卷一有“丁炜词”条,又有“报黄宗彝书”条论闽词及丁氏词云:“闽中词学,宋代林立,元明稍衰,然明人此道本少专家,昧昧者盖不独一隅。特怪国初渔洋、羡门、迦陵、竹垞诸老,南北提唱,一时飙发泉涌,电掣云屯,倚声一途,称为极盛。吾闽卒无特起与之角立者,即二丁勉强继响,顾附庸风雅,不足擅场。近时叶小庚(叶申芗)太守,著书数十卷,先型略具,宗风未畅。许秋史(许赓皞)秀才用笔清秀,颇有姜、史遗风。其所刻《萝月词》,后半气体比前半加宏,使培充磨砻,未必不转而愈上。天不假年,无由臻于大成,惜乎。《词律》留以备考,颇非佔毕善本,芑川(刘家谋)前年曾于《词综》中选钞一卷,取读之,当必有进。且芑川所录,豪宕多而工致少,初学作词,每患体调拘束,得其梗概,真可以伸缩如意,然后再求熨贴,所谓能用调而不为调用者,则善矣。近日词风,浙派盛行,降而愈下,索然无味。”⑧此论以为丁氏兄弟的词学创作活动“勉强继响”,不足擅场。

又,《赌棋山庄词话》之“刻词不合体例”条,也是一条对丁炜词学及创作出版活动提出批评的意见:“自明以来,词学道微,不独倚声无专家,即能分句读者亦少。近刻子羽(林鸿)《鸣盛集》,目其词为词话,此何说耶?丁雁水与竹垞(朱彝尊)、电发(徐釚)善,及刻《紫云词》,将二公评语刊入,盖作者既

① 郭柏苍《竹间十日话》卷二,第27页。

② 同治刊本《福建通志》卷七十二,影印第1503页。

③ 张际亮《题词》,陈寿祺《左海诗钞》卷首,《清代诗文集汇编》第499册,影印第508页。

④ 民国《福建通志》总卷二十五,《福建艺文志》卷六十四,第七页。

⑤ 《国朝全闽诗录初集》卷二,《全闽诗录》第五册,第21页。

⑥ 民国《福建通志》总卷二十五,《福建艺文志》卷七十二,第六页,引朱彝尊《曝书亭集》。

⑦ 蒋寅《王渔洋事迹征略》,康熙二十三年(1683)甲子十一月王士禛从京师出发祭告南海,南下;乙丑(1684)正月二十一、二十二日在赣州,第304-305;回程,四月二十七至二十九日在赣州,第313-314页。

⑧ 谢章铤《赌棋山庄词话》卷四,“报黄宗彝书”条,刘荣平《赌棋山庄词话校注》,第75页。

以少而自珍,故见者亦过誉而失实,不知其贻笑于大方也。郑荔乡方坤刻《青衫词》,小令与散曲夹厕其间,体例尤为不合。许秋史刻《萝月词》,《摸鱼儿》一调,竟脱去一拍,屡有良友审定,竟亦不觉。今日或作诗话,引朱子《水调歌头》,误以为《满庭芳》。"①

丁焯,字韬汝。从兄炜学。康熙丁卯(二十六年,1687)副贡生,官理藩院知事。附同治刊本《福建通志·文苑传》丁炜传。《国朝全闽诗录初集》卷十一丁熽条:"一名焯,字韬汝,炜从弟,晋江人。康熙丁卯(二十六年,1687)副贡生。官理藩院知事。有《沧霞诗集》。"②民国《福建通志·福建列传》传附其从兄丁炜传,传引府志,丁焯一名丁熽③。《闽词征》卷四有传及词。

林佶《十一叠韵酬丁韬汝》:"天下谈诗何纷纷,谁能截流断泉壑。问山先生早有闻,一变浮靡为沉着。君称难弟才亦雄,丽词妙句人间落。我初到此强解吟,谈虎未知色变恶。轮公箭锋不可当,抽身欲去空楚幕。那堪劲旅君复来,雕盘空中虎卧阁。"④以"箭锋"、"劲旅"、"雕盘"、"虎卧"形象地形容了阮旻锡(轮公)、丁焯的才华。林佶另作有《大参陈乐公招同轮山丁沧霞小集以此行草见示次韵谢之》二首、《丁沧霞来别珍重以先传为托叠韵答之》二首⑤等。

同治刊本《福建通志》著录丁焯《沧霞词》一卷,引丁炜序。略曰:"戌亥之交(按:指康熙二十一年甲戌至二十二年乙亥,1682—1683),余居无宁,率以舟楫为位署,篷窗无聊,诗词间作。韬汝从焉。每填词,必属和。甲子(二十三年,1684)秋,韬汝省闱蹶后,乃益探讨金荃(按:指温庭筠)兰畹,穷宋、元诸名家要渺之旨,间以愤惋侘傺幽忧拂郁之意,发为流商变徵之音。余检其可存者,得二百几十阕,因进韬汝而语曰:子之词,诸先生亦既论定矣,谓调高北宋,采夺南唐者矣,园次(吴绮)之言也;踌躇美善,得玉田、白石之丰神者,夫非陈纬云(陈维岳)之论乎?夫填词之盛,无过今日,香岩、棠村、容斋衍波延露,振藻于前,而迦陵《载酒》、《艺香》、《菊庄》、《扶荔》诸集复骞芳于继,如斫石氏珊瑚愈出愈异,继自今,无以忧患颓其虑,无狃于调之娴而滑其辞,无惮于格之严而窘其思。《沧霞》二编,谬以溪堂竹友相拟,吾与子且交勖之。"著录《沧霞诗集》,引田茂遇、董俞所辑《高言集》之论云:"焯诗高深淡远,冶秀空灵,藻采运以精心,奇气润以幽思,未可测以一意,限以一格。"引丁炜序。略曰:"韬汝于诗诸体,五言好三谢,七古歌行好杜与李,间及苏、黄,近体好高、岑、王、李,出入刘、许(本书按:民国《福建通志·福建列传》丁炜传所附丁焯传明确"刘、许"指的是刘沧、许浑,均元和之后的晚唐诗人)间,与予所好约略不甚远矣。"⑥按:《高言集》刊于康熙九年(1670)。据丁炜序,知丁氏兄弟之诗兼学唐宋。

《国朝全闽诗录初集》卷二丁炜条引诗《癸亥(康熙二十二年,1683)仲秋吴菌次粤舟将发招同纬云目天舍弟韬汝宴集曾波阁话别即此赋送》,《国朝全闽诗录初集》续集黄琮(字褐公,康熙间晋江人)条选其诗《秋杪送韬汝南还兼怀李厚庵(李光地)太史》⑦,均是丁氏兄弟宴集交游的诗作。

《赌棋山庄词话》之"丁炜词"条,兼论其弟丁焯:"二丁竞爽,澹汝,炜;韬汝,焯。时有'词兄词弟'之称。澹汝尤以小调见长,所著《紫云词》……与北宋人真堪把臂入林也。澹汝由漳平教授官湖北廉访,治甓园,延宾客。竹垞(朱彝尊)、园次(吴绮)、纬云(陈维岳)、蘅圃(龚翔麟)诸公,朝夕唱和其中。酒酣以往,艳歌一曲,引商刻羽,宠柳眠花,其风流真难数数觏也。所得诸姬赠物,封诸一箧,题曰'情价'。澹汝尝泊舟庐陵张家渡,夜梦身在全州,买舟作匆匆他适状,苏东坡追送江浒,歌词赠别,词调《杨柳枝》云:'烟雨微茫二月天,水山连。征人晓立瘴江边,默无言。十里长亭新柳色,伤心碧。客中

① 谢章铤《赌棋山庄词话》卷六,刘荣平《赌棋山庄词话校注》,第137页。

② 《国朝全闽诗录初集》卷十一,《全闽诗录》第五册,第223页。

③ 民国《福建通志》总卷三十四,《福建列传(清二)》卷三十三,第三十七页。

④ 林佶《朴学斋诗稿》卷二,原第十四页,《清代诗文集汇编》第205册,影印第501页。按:所叠韵系《戊寅(康熙三十七年,1698)初夏游新安有嘱榜书抚松居者并作歌贻之》(同卷)。

⑤ 同上书,卷五。

⑥ 同治刊本《福建通志》卷七十二,影印第1503页。

⑦ 《国朝全闽诗录初集》续集卷七,《全闽诗录》第五册,第629页。

别客最堪怜,是坡仙。'"①

尽管如此,丁氏兄弟在清代福建词体的创作上具有重要的意义,发风气之先,对闽中词体创作起到振聋起萎的作用。

丁炜之女丁报珠,字含章。丁炜授以《孝经》、《女诫》、《论语》、《孟子》等书,能通大义,即目成诵,占对时出人意表。导以声律,时有秀句。许字黄之骐,以闽关阻寇,经年寓杭不得归,竟卒。有《含章诗集》一卷②。

据吴正治所撰《洪士铭墓志》,丁炜长子娶洪承畴二孙女③。

凡诸回族丁氏均同宗,近代学者丁拱辰系清代丁氏后人。丁拱辰(1800—1875),字淑原,号星南。少游贾舶,涉海外诸邦,贫而好学,穷经字义,研究算法。咸丰三年(1853),掌山西道监察御史陈庆镛奏其"颇有韬略",向皇帝荐用其人④。丁拱辰留心西方火炮技术,著有《演炮图说》。此书经陈庆镛、丁守存、郑复光校订,增订为《演炮图说辑要》四卷(册)。又撰有《演炮图说后编》等。陈庆镛《籀经堂类稿》卷十五《演炮图说辑要跋》。丁拱辰是近代中国自发学习西方科学技术的福建人。此外,丁拱辰曾重刊丁炜文集,具有一定的文学修养⑤。

## No.75 惠安骆氏家族

骆俨:《紫松寄游八景集》⑥八卷(同治刊本《福建通志》卷七十三。李灵年等《清人别集总目》第1715页题作《寄游八景》八卷首一卷,康熙五十四年刻本,北京大学图书馆藏)

**谨按**:泉州府惠安县骆氏在明代有骆廷炜及其子骆日升(1573—1623)俱能文学,请参看《明代福建文学结聚与文化研究》第一五一"惠安骆廷炜家族"条。

入清,骆氏科举依然颇著成绩,有康熙十一年(1672)武举人、十五年武进士骆俨、雍正元年(1723)举人骆澄天、乾隆十八年(1753)福建乡试解元骆天衢、道光二十年(1840)举人骆旸。

骆俨,字温如。寄籍邵武府邵武县。光绪《邵武府志》骆俨传:"康熙壬子(十一年,1672)例得兼试武闱,遂举于乡,丙辰(十五年,1676)成进士。值耿藩之变,赴兵部会试者惟俨一人。十七年(1678),从提督万正色讨海寇,陈靖海三策,以平金、厦功加都督,授汀州游击……晋楚雄总兵官。俨以书生入仕,能以贼攻贼,所向有功。……日延文士讲学,著诗文集。卒于官。"⑦骆俨为萨容撰《与相萨先生五十寿词》,载《雁门萨氏家谱》卷五《叙赠录上》⑧。

《清代硃卷集成》第三三六册收录道光二十年(1840)庚子科福建乡试第二十七名举人兴化府莆田县骆旸的履历,略述如下:入闽始祖骆必腾,自河南固始定居惠安云头村;世祖骆孚仲,自云头迁玉埕,以侃行纯粹授督征之任;世祖骆廷炜,字道章,岁进士,官潜山县训导、歙县教授、贵州安南卫学正;世祖骆日升,骆廷炜之子,字启新,号台晋,会魁,官四川叙州道,死难,钦赐葬,赠光禄寺卿,世荫七品;入莆始祖骆夫西,自玉埕迁莆之沙堤;太高祖骆毓珠,高祖骆天岩,曾祖骆景春,祖父骆藻仁,父骆子武⑨。

---

① 谢章铤《赌棋山庄词话》卷一,刘荣平《赌棋山庄词话校注》第28-29页。

② 民国《福建通志》总卷四十五,《福建列女传》卷六,丁报珠传,原第十七页。

③ 丁炜与洪承畴之子洪士铭缔结儿女婚姻,请参看晋江市情信息网之《史志之窗》。网址 http://www.jjsqxx.com/Item/list.asp?id=2196。

④ 陈庆镛《保举军营差遣片疏》,《籀经堂类稿》卷三,《清代诗文集汇编》第587册影印光绪九年刻本,影印第444页。

⑤ 陈笃彬、苏黎明《泉州古代著述》,第334-335页。

⑥ 柯愈春《清人诗文集总目提要》著录骆俨《寄游八景》八卷,又名《锦云家集》,康熙五十四年刻本,北京大学图书馆藏(第365页)。

⑦ 光绪《邵武府志》卷十九,《人物传·列传》骆俨传,影印第402页。

⑧ 民国《雁门萨氏家谱》,《北京图书馆藏家谱丛刊》,闽粤侨乡卷第49册,影印第715页。

⑨ 《清代硃卷集成》第三三六册,影印第311-313页。

莆田骆氏从泉州府惠安县迁入,骆旸能制义、能诗,其制义《尽信书不如无书》有"俯仰揖让,古文神韵"、"欧阳子之跌宕,苏长公之豪迈,沉郁顿挫,逼近大家之文"之评[①],其应制诗《赋得良玉比君子得良字五言八韵》有"盛唐遗音"、"庄重不佻,卓然名贵"之评[②]。骆旸的乡试硃卷见《清代硃卷集成》第三三六册。

## No.76　晋江林逢泰家族

(明)林孕昌(当作"胤昌",清人避讳改):《易史象解广占》、《续小学》、《春秋总论》、《泉山小志》、《旦气箴》、《百梦草》、《经史耨义》二十二卷、《笋堤集》四卷(乾隆《福建通志》)、《续小学》二卷、《春秋易义》十二卷、《语录》、《在兹会语》(一作《在兹堂会语》一卷)、《论语耨义》、《尚书三礼三百篇稿前后》、《戊巳自镜录》、《雁山集》一卷(同治刊本《福建通志》作《雁山诗集》一卷)(《闽中理学渊源考》卷七十六)、《大笑集》(泉州市图书馆藏本)、《周易耨义》六卷(《福建文献书目》)、《悌经》一卷(《四库全书总目》)、《易象史解》二卷、《续尚书》、《续三百篇》、《三礼约》、《铨曹奏议》、《旦气语录内外编》、《三先生语录》一卷、《问问录》一卷、《百梦草》、《茧草》(同治刊本《福建通志》卷七十二)、《弟经》(《千顷堂书目》)

林逢震(林胤昌子):《青湄诗集》(同治刊本《福建通志》卷七十二)

林逢泰:《三水县志》(同治刊本《福建通志》卷七十二)

林绳柱(林逢济子):《林绳柱诗集》(同治刊本《福建通志》卷七十二)

**谨按:**明代林胤昌,字为磐,晋江林云龙孙、林学曾从子。天启二年壬戌(1622)进士。崇祯末削籍,家居讲学。唐王时,以太常卿召,不出。传见同治刊本《福建通志》卷二百四[③]。

林胤昌之子林逢泰,号汇庵。明崇祯九年丙子(1636)举人,官陇西知县。康熙八年(1669),授陕西三水知县。林逢泰弟林逢济,字存定,籍同安。康熙二十三年甲子(1684)举人。官知县,被逮,释归。传附同治刊本《福建通志・良吏传》、民国《福建通志・循吏传》林逢泰传[④]。林逢济子林彦恺、林绳柱,康熙五十六年丁酉(1717)同榜举人。

林胤昌子林逢震,号青湄。顺治五年戊子(1648)拔贡生。传附同治刊本《福建通志》黄知白传。

林逢济之子林彦恺、林绳柱(原名绳桢),康熙五十六年丁酉(1717)同榜举人[⑤]。

明代林胤昌及其祖上诸人的文学创作、学术著述情况请参看《明代福建文学结聚与文化研究》第一七八"晋江林学曾家族"条。

## No.77　惠安朱氏家族

朱兆纲:《康熙惠安县志稿》、《冀北吟》一卷、《云中吟》六卷(民国《福建通志・福建艺文志》卷六十四作一卷)(同治刊本《福建通志》卷七十三)、《睡足堂集》(陈笃彬、苏黎明《泉州古代著述》第298页)

**谨按:**清初惠安县朱兆纲及其母戴云均能创作。惠安戴氏系望族,戴氏的文学创作情况请参看《明代福建文学结聚与文化研究》第一四〇"惠安戴一俊家族"条。

朱兆纲,字长鲁,榜名朱瑞参。顺治十一年甲午(1654)举人。官知县,辞官归家。弱冠为诸生,文

---

① 同上书,影印第325、328页。

② 同上书,影印第329页。

③ 同治刊本《福建通志》卷二百四,影印第3740页。

④ 民国《福建通志》总卷三十六,《福建循吏传(清一)》卷十一,林逢泰传,原第二页。

⑤ 同治刊本《福建通志》卷七十二,影印第1505页。

名甚著。《泉州古代著述》称其母女诗人戴云亲授经义,教以诗赋[①]。

## No.78 晋江黄朱勖家族

黄朱勖:《绎史外编》五卷、《弓冶贻音》一卷、《亦鸣草》一卷(同治刊本《福建通志》卷七十二)

黄廷玉:《闽中文献集》五卷(陈笃彬、苏黎明《泉州古代著述》第298页)

**谨按:**晋江黄朱勖,字勉之。明崇祯九年丙子(1636)举人,籍南安,官桃源令。康熙二年癸卯(1663)知永福县。[②] 传见同治刊本《福建通志·良吏传》。

黄朱勖之子黄金榜,康熙二十六年丁卯(1687)举人。

黄朱勖之孙黄廷玉[③],晋江人,籍南安。雍正二年(1724)武举人,八年庚戌(1730)武进士。著有《闽中文献集》五卷。咸丰元年辛亥(1851)举人、惠安黄廷玉别是一人。

# 第四节 漳州府、邵武府、延平府文学家族考

## 漳州府

## No.79 漳浦蔡氏家族

蔡而烷:《西湖藏稿》(同治刊本《福建通志》卷七十四)

蔡而煊:《说郛褒异拣金》(同治刊本《福建通志》卷七十四)

蔡祚周(蔡而烷子):《文庙祀典图式》、《有集轩稿》(同治刊本《福建通志》卷七十四)

蔡祚周等撰:《康熙永春州志》(同治刊本《福建通志》卷七十四)

蔡衍鎤[④](蔡祚周子,蔡玉卿侄孙[⑤]):《诗经尊卜》、《孝经拟问》、《西铭续解》、《操斋诗文集》(同治刊本《福建通志》卷七十四)、《漳浦蔡氏家矩序》(民国《福建通志》总卷二十五,《福建艺文志》卷四十二)、《操斋集》[⑥]五十七卷[⑦](清代诗文集汇编第208册影印康熙刻本)、《吹露草》、《裁云草》(郑重序,《操斋集》卷首,《清代诗文集汇编》第208册,影印第1页)

蔡世远:《朱子家礼辑要》一卷、《历代名臣言行录》、《鳌峰学规》、《性理精要》、《合族家规》一卷、《汉魏四唐诗选》、《古文雅正》十四卷、《二希堂文集》十二卷、《扪斋初集》(同治刊本《福建通志》卷七十四)、(编)《漳汀先正文钞》(民国《福建通志·福建艺文志》卷七十一引朱仕琇《梅崖居士外集》[⑧])、《鳌峰学约》一卷、《诗集》四卷(《清儒学案》卷六十《梁村学案·蔡先生世远》)、(辑)《安海诗》(施懿琳、廖

---

① 陈笃彬、苏黎明《泉州古代著述》,第298页。

② 同治刊本《福建通志》卷七十二,影印第1502页。

③ 同治刊本《福建通志》卷二百三十四,黄朱勖传,影印第4243页。

④ 民国《福建通志·福建艺文志》存目卷四十二《操斋诗文集》作者题蔡衍锟(第十二页)。

⑤ 蔡玉卿序,蔡衍鎤《操斋集》,《清代诗文集汇编》第208册,影印第5页。

⑥ 李灵年等《清人别集总目》著录《操斋集》三种:不分卷,康熙刻本,中国科学院图书馆、复旦大学图书馆藏;《操斋集》文部十六卷诗史一卷,康熙刻本,复旦大学图书馆藏;五十三卷,授诗部十四卷、文部十六卷,骈部二十三卷,康熙刻本,中国科学院图书馆藏(第2348页)。

⑦ 柯愈春《清人诗文集总目提要》著录《操斋集》三十八卷,系康熙间刻本十七卷与乾隆间刻本二十一卷的卷数(第346页),远逊于《清代诗文集汇编》第208册影印康熙刻本的卷数。

⑧ 按:朱仕琇《梅崖居士外集》卷二《温陵先正文藏序》作《漳江先正文钞》(《清代诗文集汇编》第336册,影印第520页)。

美玉《台湾古典文学大事年表·明清篇》第113-114页)、《二希堂文录》二卷(《国朝文录初编》本。李灵年等《清人别集总目》第2343页)、《梁村制义》(卢前《八股文小史》)

蔡世远、朱轼:《历代名臣传》三十五卷(民国《福建通志》总卷二十五,《福建艺文志》卷二十三)

蔡世远、朱轼、李清植:《历代名儒传》八卷(民国《福建通志》总卷二十五,《福建艺文志》卷二十三)

蔡世远、朱轼、张福昶:《历代循吏传》八卷、续编五卷(民国《福建通志》总卷二十五,《福建艺文志》卷二十三)

蔡观澜(蔡世远子):《自怡集》四卷(同治刊本《福建通志》卷七十四)

蔡新(蔡世远从子):《缉斋诗文集》十八卷(《清儒学案》卷六十《梁村学案·蔡先生新》作十六卷[①])、《垂训迩言》(同治刊本《福建通志》卷七十四)、《读史随笔》一卷、《文献通考随笔》一卷(《清儒学案》卷六十《梁村学案·蔡先生新》)、《缉斋诗稿》八卷(乾隆四十七年刻本,厦门图书馆藏)、《缉斋文稿》八卷首一卷附录二卷(乾隆五十年刻本,厦门图书馆藏)、《缉斋诗稿》八卷《文集》八卷附录二卷(乾隆五十年刻本,福建省图书馆等处藏)(李灵年等《清人别集总目》第2340-2341页)

蔡本俊(蔡新子):《古研斋诗集》(同治刊本《福建通志》卷七十四)、(辑)《延禧堂寿言》六卷首一卷附(嘉庆间刻本)

**谨按:**漳浦蔡氏在明代的科举和文学创作情况请参看《明代福建文学结聚与文化研究》第二七三“漳浦蔡大壮家族”条。

入清,漳浦蔡氏的首位进士是蔡而烷。蔡而烷,字邦壁。顺治壬辰(九年,1652)进士。授东昌府推官。子蔡祚达、蔡祚周。传见民国《福建通志·福建列传》卷三十三。蔡祚达,字道子。增生。子蔡应钺,官大田训导。蔡祚周,字君旋、幼石[②],郑重之友。康熙十一年壬子(1672)拔贡生,授永春教谕。从姚启圣平台,叙功加正一品。擢福州府学教授,告归。子蔡衍鎤,字宫闻,号操斋,李瑞和外孙[③]。康熙间贡生。福建巡抚张伯行聘为鳌峰书院院长。蔡衍鎤家学渊源,“畅其宗风,诸体具备”,“自乐府、《选》体以至歌行、律绝必造妙入神而后已”,推尊杜甫、王世贞之诗,诗风和平温厚[④]。蔡衍鎤与弟蔡鳌、蔡鏸有“河东三凤”之目。蔡鳌,字子治,官福州府学教授。蔡鏸,字雀人。康熙四十四年乙酉(1705)举于乡。博通经史,旁及天文、律数。

蔡而烷妻杨氏,幼聪慧,善弈、琴。及长,工诗,晓星算。每一诗成,夫有愧色[⑤]。惜散佚,不见全璧[⑥]。

蔡而煊,字邦鄂。顺治戊戌(十五年,1658)进士。官知县。传见同治刊本《福建通志·良吏传》。

蔡世远(1682—1733),字闻之,蔡而煜孙。始祖蔡元鼎以理学著,祖父蔡而煜,诸生,师事黄道周。世居漳浦梁山之麓梁村。父蔡璧,字君宏,号武湖。康熙四十五年丙戌(1706)以贡生授罗源教谕,为学使沈涵所重。据尚小明《清代士人游幕表》,福建巡抚张伯行于康熙四十六年(1707)礼聘蔡璧,主鳌峰书院讲席,四十八年(1709)蔡璧以子登第乞归[⑦]。门人私谥恭靖先生。传见民国《福建通志·福建儒行传》卷五。《清儒学案》卷六十列《梁村学案》,称“学派最正,教泽甚长。葛山继之,两世经筵,竭诚启沃”。[⑧]

---

① 柯愈春《清人诗文集总目提要》著录此集,十六卷,乾隆五十年刻本,国家图书馆、复旦大学图书馆藏(第607-608页)。

② 郑重序,蔡衍鎤《操斋集》,《清代诗文集汇编》第208册,影印第1页。

③ 朱则杰《〈清人诗文集总目提要〉订补——以李瑞和等八位福建籍作家为中心》,载《闽江学院学报》2017年第4期,第2页。李瑞和序《操斋集》,见《清代诗文集汇编》第208册,影印第4页。

④ 张若仲《序》,蔡衍鎤《操斋集》,《清代诗文集汇编》第208册,影印第3页。张若仲,张若化弟,漳浦人。

⑤ 民国《福建通志》总卷四十五,《福建列女传》卷六,杨氏传,原第十五页。

⑥ 同治刊本《福建通志》卷二百五十五,《(漳浦)列女传》闺秀“进士蔡而烷妻杨氏”条,影印第4757页。

⑦ 尚小明《清代士人游幕表》,中华书局2005年版,第62-63页。

⑧ 徐世昌《清儒学案》卷六十,中华书局2013年版,第2335页。

蔡世远幼承家学,以真德修(希元)学问、范仲淹(希文)事业自期,以"二希堂"名集。尝出所刻《扪斋初集》,以古文示士子。康熙四十四年乙酉(1705)举于乡,出董玘门下;四十六至四十七年(1707—1708)福建巡抚张伯行(四十六至四十八年任)延请蔡世远主鳌峰书院讲席,校修宋明先儒著作;四十八年己丑(1709)成进士,改庶吉士,出李光地之门;五十二至五十三年(1713—1714)应漳州知府魏荔彤聘修《漳州府志》[①];又为巡抚陈瑸(康熙五十四至五十七年任)聘主鳌峰书院,继父蔡璧讲席,以生母忧去。康熙六十年(1721),台湾朱一贵乱,蔡世远与弟蔡可远练乡兵以卫乡闾。雍正元年(1723),特诏至京,授编修,辅导皇子,入直上书房,直内廷十年,累迁至礼部右侍郎。卒年五十四。谥文勤。子蔡长汉、蔡长沄、蔡观澜、蔡长瀜、蔡长汭。传见《清史稿》卷二百九十、民国《福建通志·列传》等。史称蔡世远"读书务求心得,通史学,发为文章,直抒胸臆,一出于正。……所著有《二希堂文集》,所编著有《朱子家礼辑要》、《性理精要》、《鳌峰讲义》、《历代名臣名儒循吏传》行于世"。[②] 为蔡世远所交,所举荐,所赏识者众,如连城张鹏翼、海澄郑芳、漳浦陆钟宏、漳平朱廷鸿、福清陈九龄、漳州陈石民[③]等。

蔡世远编著有《古文雅正》十四卷,同治刊本《福建通志》著录,引《四库全书总目》论云:"是集选录自汉至元之文,凡二百三十六篇,前有自序,曰雅正者,其辞雅,其理正也。'"著《二希堂文集》十二卷,有门人雷鋐附跋,引雍正帝在藩邸时亲制序一篇,称:"今观其文,溯源于六经,阐发周、程、张、朱之理而运以韩、柳、欧、苏之法度,所谓蕴之为德行,行之为事业,发夫语,载在简端。"同治刊本《福建通志》注云:"乾隆己卯(二十四年,1759),谕正文体,举世远之文为标准。癸巳(三十八年,1773),诏编纂《四库全书》,世远著作又蒙褒录,且丝纶宣示,均字而不名,宠礼儒臣,于斯为极。今读其集,大抵理醇词正,具有本原。"[④]

乾隆二十四年(1759),朝廷以蔡世远之文为标准,三十八年(1773)蔡世远的著作又蒙褒录,四十四年(1779)桐城派的古文样板选集《古文辞类纂》编成,其间最多只有二十年的时间可供闽中古文理论建构及其创作实践,及桐城派古文理论、创作大厦完全建成之时,双方实力实现转换和翻转,桐城派最终确立了它在清代文坛的独尊地位。

蔡世远晚于泉州府安溪李光地三十八年登进士第,受知于李光地,构建了清初闽中古文从李光地到蔡世远的代际传承序列。再往前追溯,李光地自编《古文精藻》二卷、《韩文考异》及其从兄弟李光墺、李光型所合编、康熙五十年(1711)刻本《遵岩王先生文集》四十二卷,则可以观察到从明代嘉靖年间的王慎中到李光地家族再到蔡世远的古文传承脉络,而闽中古文创作宗尚韩愈古文的传统,沿着泉州府、漳州府的古文家古文观念的授受渊源亦可回溯到清初李光地,甚至明代嘉靖年间的王慎中等作家,往下则逐渐清晰明朗,成为洪流。

蔡世远能诗。《国朝全闽诗录初集》续集蔡世远条引林白云(林从直)云:"公学问一本之于理。喜造就人才,必以悬笃为实学。刊有《鳌峰讲义》、《学约》。"[⑤]

蔡世远弟蔡可远,字致夫。康熙五十三年甲午(1714)举人。官知县。传见同治刊本《福建通志》卷二百三十五《良吏传》。

蔡世远长子蔡长汉,雍正七年己酉(1729)举人,早卒。仲子蔡长沄(1710—1763),字巨源,号克斋。乾隆初,贡入太学,分发江南。历官无锡知县、太仓知州、江宁知府、四川按察使等,擢兵部右侍郎。蔡观澜,字季澄,号瞻亭。乾隆间钦赐举人。五预会试不售,例用知县,授刑部主事、御史。卒年七十一。传附同治刊本《福建通志》兄蔡长沄传。蔡长汭,乾隆三十年乙酉(1765)钦赐举人。

---

① 尚小明《清代士人游幕表》,第74页。

② 民国《福建通志》总卷三十四,《福建列传》卷三十六,蔡世远传,第五页。

③ 张鹏翼、郑芳、陆钟宏、朱廷鸿、陈九龄、陈石民传均见民国《福建通志·福建儒行传》卷五。陈石民传称其为"漳州举人"(原第九页),科目失考。同书同卷建宁府瓯宁学者、康熙初举人陈文森,科目亦失考(原第二页),此二人可补《选举志》之失。

④ 同治刊本《福建通志》卷七十四,影印第1543页。《四库全书总目》卷一九〇《〈古文雅正〉提要》(影印第1732页)。

⑤ 《国朝全闽诗录初集》续集卷五,蔡世远条,《全闽诗录》第五册,第578页。

蔡世远从子蔡新(1707—1800[①]),字次明,号缉斋、葛山。乾隆元年丙辰(1736)二甲第一名进士。改庶吉士,明年散馆授编修。内阁学士方苞知蔡新留心经济,致书访以禁止南洋商贩事,蔡新极言禁绝利害。历官河南学政、侍读学士、内阁学士、侍郎,除工部尚书,兼署刑部,摄兵部尚书兼管国子监事务,调礼部尚书,充四库全书馆正总裁,授文华殿大学士。卒年九十三,谥文恭。蔡新是清代漳州府第一位大学士,传见《清史稿》卷三百二十等。民国《福建通志·列传》本传称"上(乾隆)以新归之后,在朝无可与言古文者,御制诗文必寄令阅看,以验学诣。"[②]按:乾隆五十年乙巳(1785),蔡新以原官致仕,时年78岁,知蔡新其人及其古文成就极受乾隆皇帝恩眷,也可藉此观察出在野(主要在江南的江苏、安徽等省)讲学的桐城古文传人姚鼐(1731—1815)与在朝的古文家之间不同的遭际。

蔡新长子蔡本俶,以举人特授工部主事;次子蔡本仗,举人,官武平教谕;次蔡本任,廪贡生,官训导;次蔡本俊,字千之,乾隆五十二年钦赐举人,官刑部主事;孙蔡行达,嘉庆六年辛酉(1801)成进士,改庶吉士。

蔡新撰有《缉斋诗文集》十八卷,朱珪跋。略曰:"葛山师相致政归,出诗古文草稿示珪校勘。……公生平不肯以文词自炫,乃读其诗文,皆有关于性情伦物之大,所谓修词立其诚者,而经史讲义十篇,则宣公之奏疏、西山之衍义无以过之。公之嘉谟嘉猷入告者亦足窥见一斑矣。……乾隆癸巳(三十八年,1773)六月。"[③]此跋载朱珪《知足斋文集》卷六[④]。又,林佶在蔡新举人中式之年(1732)即作有《寿蔡缄三太母》诗三首[⑤]。

蔡新孙女、南宁知府蔡本俊(研田)之女蔡氏,适郑清澜。"幼通文史,能诗。"[⑥]

蔡新兄蔡湝,字视侯,号青岩。乾隆元年丙辰(1736)举人,十年乙丑(1745)成进士。殿试二甲进士,改庶吉士。不俟散馆归养,不仕。

## No.80 漳浦刘夔龙家族

刘夔龙:《一亩宫诗》(同治刊本《福建通志》卷七十四)

**谨按:**明代漳浦刘氏家族的科举和文学创作事业著声漳州府,请参看《明代福建文学结聚与文化研究》第二七五"漳浦刘庭蕙家族"条。

刘夔龙,字伯让。康熙二十年辛酉(1681)举人。按:明代刘庭兰有《一亩宫存稿》,刘庭蕙有《一亩存稿》,据此推测,刘夔龙为漳浦刘氏家族后人。

## No.81 海澄高维桧家族

高维桧:《广惠草堂集》(同治刊本《福建通志》卷七十四)、《西崖藏稿》二卷(南京图书馆藏)、《西崖藏稿》十卷、《南圃行业》二卷、《北塘漫录》二卷(康熙间刻本)(柯愈春《清人诗文集总目提要》第157

---

① 按:蔡新卒于嘉庆四年己未(1799)十二月,此年十二月初六为1799年12月31日。嘉庆元年丙辰(1796)朱珪有诗《漳浦蔡葛山师相九十大庆公尝著金经三不可得辨师其意作诗三首寄祝》(朱珪《知足斋诗集》卷十二,《续修四库全书》第1452册,影印第99-91页),蔡新的生年在康熙四十六年丁亥(1707)。

② 民国《福建通志》总卷三十四,《福建列传(五)》卷三十六,蔡新传,第八页。

③ 同治刊本《福建通志》卷七十四,影印第1544页。

④ 朱珪《跋蔡葛山先生文集》,《知足斋文集》卷六,《续修四库全书》第1452册,影印第337页。无具体作时,文字又稍不同,所据版本明显不同。

⑤ 林佶《朴学斋诗稿》卷九。

⑥ 民国《福建通志》宗卷四十五,《福建列女传》卷三,蔡氏传,原第十页。此传本诸张际亮《郑君墓志铭代》(《张亨甫文集》卷四,原刻第二十一页)。

页)、《闽漳先贤列传》四卷(《福建文献集成初编》第65册影印国家图书馆藏康熙间刻本)

**谨按:**高维桧,字西崖。海澄人。顺治八年辛卯(1651)举人。明代海澄高氏多作者,请参看《明代福建文学结聚与文化研究》第二八〇"海澄高克正家族"条。

## No.82 海澄李基益家族

李基益:《易经解》、《康熙永定县续志》、《心宗史论》、《丹霞风雅》、《雪爪集》、《心宗集》、《约墅文集》、《闽漳诗》、《乐府惜古》、《雪爪诗余》(同治刊本《福建通志》卷七十四)

**谨按:**海澄李基益系康熙二十三年甲子(1684)举人。善属文,解声律,遂以之擅名①。明代海澄李氏家族的文学创作情况请参看《明代福建文学结聚与文化研究》第二八四"龙溪李世奇家族"条。

## No.83 长泰戴氏家族

戴铼:《踏波文集》(同治刊本《福建通志》卷七十四、光绪《漳州府志》卷三十二本传)

戴瑛:《字典考异》、《天文仰观集》(一名《仰观集》)、《爱陶诗集》(同治刊本《福建通志》卷七十四)

**谨按:**明代戴氏家族是长泰县最显赫的家族,其家族的科举和文学创作情况请参看《明代福建文学结聚与文化研究》第二六八"长泰戴昀家族"条。

戴铼,字贞一,戴玑从子,戴时宗族裔孙。康熙三十二年癸酉(1693)举人。传见同治刊本《福建通志·孝义传》。按:戴玑(1606—1680),字利衡,戴时宗玄孙。顺治六年己丑(1649)进士。初官主事。

长泰戴氏,族蕃指多,其源则一。戴瑛,字渭玉。不明世次。乾隆间诸生。

## No.84 漳浦林绍祖家族

林绍祖:《积石山房诗文稿》二卷(钞本。《福建地方文献及闽人著述综录》第81页)

**谨按:**漳浦林绍祖,明代名宦林士章玄孙。明代林士章,见《明代福建文学结聚与文化研究》第二七〇"漳浦林楚家族"条。林绍祖,字衣德。康熙三十九年庚辰(1700)二甲第十九名进士。撰有《积石山房诗文稿》二卷,福建师范大学图书馆藏存光绪十八年钞本二册。

民国《福建通志》林绍祖传:"少孤。海寇围漳城,城中人相食。绍祖为门兵所执,置桶中,乡人见之,夺以出。比围解,母子扶携,依外家数年。遍览经史。康熙庚辰成进士,知醴陵。……擢吏部主事,除员外郎,改御史,以忧归。子沄,以孝友称。孙凝崇,雍正癸卯举人。"②林绍祖尝游幕③。

## No.85 漳浦王仍肇家族

(明)王仍肇:《近勇堂草》一卷(《墙东诗录》本)

---

① 同治刊本《福建通志》卷七十四,影印第1545页。

② 民国《福建通志》总卷三十六,《福建循吏传(清一)》卷十一,林绍祖传,原第四十六、四十七页。

③ 尚小明《清代士人游幕表》,第74页。

(明)王仍辂:《珠溪集》一卷(《墙东诗录》本)

王曰仁:《竹里馆草》一卷(《墙东诗录》本,南京图书馆藏)

王睿:《思斋集》一卷(《墙东诗录》本)

王叡:《芦漪草》一卷(《墙东诗录》本)

王实:《墙东王氏诗录》(同治刊本《福建通志》卷八十三)

**谨按:**王仍辇家族请参看《明代福建文学结聚与文化研究》第二六七"漳浦王会家族"条。王会家族十八人,人各一卷,清代王叡编为《墙东诗录》十八卷,雍正四年王氏安亭刻本,国家图书馆藏。同治刊本《福建通志》卷八十三著录《墙东王氏诗录》,注云:"杨《志》注云:王实《慥庵集》十八种。"[1]

## 邵武府

### No.86　泰宁江兴隆家族

江六瑞:《地理略》、《似斋集》、《卧庐逸稿》(同治刊本《福建通志》卷七十九)、《北行草》、《春怀草》(光绪《邵武府志》卷二十九《艺文志》)

江图龙:《幽闺十八咏》(同治刊本《福建通志》卷七十九)

江浤源:《高渠堂易评》、《秋雪编》、《觅梨集》(同治刊本《福建通志》卷七十九)

江孝绪:《景宁县志》、《阏膝录》(光绪《邵武府志》卷二十九《艺文志》、民国《福建通志·福建艺文志》存目卷四十二、光绪刊本《邵武府志》卷二十一本传作《阏藤集》)(同治刊本《福建通志》卷七十九)

江孝绪、廖寿元:《康熙泰宁续县志》(同治刊本《福建通志》卷七十九,光绪《邵武府志》卷二十九《艺文志》题作《康熙泰宁县续志》)

江中时:《读易蒙求》三卷、《春秋五传参解》(光绪《邵武府志》卷二十九《艺文志》题《五传参解》)、《四书蒙求》二卷、《读史小乐府》二卷、《庄子心解》三卷、《楚骚心解》二卷、《李义山诗补笺》六卷、《双声叠韵》、《读杜参解》二十一卷、《秋水山人诗集》八卷、《文集》一卷(同治刊本《福建通志》卷七十九)

江应时、雷民望:《康熙泰宁县志》(光绪《邵武府志》卷二十九《艺文志》)

**谨按:**邵武府泰宁县江氏必为同宗,请参看《明代福建文学结聚与文化研究》第三二七"泰宁江兆兴昆弟"条。

光绪《邵武府志·隐逸传》江六瑞、江十瑞传:"江六瑞,字首山。康熙间岁贡生。有文名,巡抚金纂修省志,应聘往,同馆诸先达咸推重之,和硕康亲王雅慕其名,将荐于朝,辞不就,归。以诗文、书画自娱。生平非义不交,非公不出。晚官福州府训导,卒。有集藏于家。""江十瑞,字十一。庠生。宁波经历(江)兴隆第三子。性潇洒能文,工诗画,卜筑山岩,自号松岩居士。兄五瑞,亦有文名,未及贡而卒。"[2]

同宗江图龙,顺治间诸生,传见同治刊本《福建通志孝义传》;江图龙之子江浤源,字汲福,顺治甲午(十一年,1654)拔贡生,附父图龙《孝义传》。

同宗江孝绪,字西铭。康熙间拔贡生。尝为巡抚张伯行聘入鳌峰书院。清代泰宁江氏,入光绪《邵武府志·文苑传》的有江其涛、江孝绪、江容[3]。江中时,乾隆间贡生。传见同治刊本《福建通志·

① 同治刊本《福建通志》卷八十二,影印第1646页。

② 光绪《邵武府志》卷二十四,《人物传·(泰宁)隐逸》,影印第571页。

③ 光绪《邵武府志》卷二十一,《人物传·(泰宁)文苑》,影印第465页。

文苑传》。

## 延平府

### No.87　沙县(莆田)苏之琨家族

苏之琨:《三易会解》、《观颐二箴》、《诗经博解》、《礼记儿说》、《三礼小觿》、《闽中景物略》、《咏史百快》、《笔潭集笔》、《海市亭明诗话》四卷、《溯游草》、《布帆集》、《燕游草》、《越游草》(同治刊本《福建通志》卷七十五)、《明诗话》四卷、《海市亭集》、《闽中景物略》(乾隆《福建通志》)、(与王嗣坦辑)《洞天岩志》(同治刊本《福建通志》卷二百四十三《孝义传》王嗣坦本传)

**谨按:**沙县苏之琨,一作之焜,字石长。同治刊本《福建通志》著录苏之琨《三易会解》等著作,小字注:"《宁德县旧志》作莆田人。考之焜祖新会知县(苏)眉山,自莆迁金陵,后复徙沙,遂家焉。之琨(按:原刻如此),举明崇祯壬午(十五年,1642)举人。国朝康熙初官福州府教授,以老辞,居沙之西凤翼绿莎园。"①

苏之琨祖父从兴化府莆田县辗转迁徙,定居于延平府沙县。明代苏氏家族的文学创作情况请参看《明代福建文学结聚与文化研究》第二三五"莆田苏眉山家族"条。

---

① 同治刊本《福建通志》卷七十五,影印第1558页。

# 第二章

## 顺治至乾隆间(1644—1795)福建新兴的文学家族

### 第一节　福州府文学家族考

#### No.88　闽县陈祖虞家族

(明)陈选:《乐府随录》(乾隆《福建通志》)、《亦吕集》(《闽县乡土志》)
闽县陈祖虞:《乐府随录》(《国朝全闽诗录初集》卷四陈祖虞条小传)

**谨按**:明末清初之际,闽县陈选父子均能诗文。按:乾隆《福建通志》著录陈选《乐府随录》,《闽县乡土志》著录其《亦吕集》。《闽县乡土志·耆旧录二·学业》明人陈选传:"字子俊。布衣。绩学能文,务躬行。以著述自娱。……著有《亦吕集》。子祖虞。"①民国《闽侯县志》著录《亦吕集》,注:"陈选著。字子衎。天启间布衣。"②

同治刊本《福建通志》著录陈祖虞《乐府随录》,注:"按:是书为祖虞所辑,前志作其父(陈)选,以祖虞附选,误也。"又注:"祖虞,康熙间贡生,传见《文苑》。按:此闽县陈祖虞也,其著《左传注释》、《离骚注释》及《葛亭草》者,为漳浦陈祖虞。"③《国朝全闽诗录初集》陈祖虞条引郑杰《注韩居诗话》:"性颖慧,通经史,潜心程朱之学,于乐府尤为擅长。家贫,啸歌自娱。蛰庵萧公(本书按:萧震,字蛰庵。《国朝全闽诗录初集》萧震条:"字鸣霆,号长源"④。侯官人)慕其名,延为子师。时耿藩叛(康熙十三年,1674),欲延诱之,遂逃之江中,宿象鼻庵,其节义屹然可想。又素喜苏诗'蒙边'、'惠边'之句,属纩时,侄及门人取以为号,遂称为'蒙边先生'。"⑤故知陈祖虞是一个慕苏轼,学宋诗的清初诗人。

陈祖虞传见《闽县乡土志·国朝耆旧录》,附民国《福建通志·福建文苑传》卷七林衡传。《国朝全闽诗录初集》卷四闽县陈祖虞条小传云其著《裔云堂诗》,误。《裔云堂诗》系本省漳州府漳浦县陈祖虞早年之作⑥。

① 郑祖庚《闽县乡土志》,陈选传,原第一百五十一页,影印第301页。
② 民国《闽侯县志》卷四七,原第十页,影印第147页。
③ 同治刊本《福建通志》卷六十七,影印第1381页。
④ 《国朝全闽诗录初集》续集卷一,第478页。按:民国《福建通志·福建列传(清二)》萧震传作字长源,顺治九年(1652)进士。子萧大爵(卷三十三,第九页)。
⑤ 《国朝全闽诗录初集》卷四,第86页。标点略有不同。
⑥ 柯愈春《清人诗文集总目提要》,第167页。

## No.89 侯官薛学韩家族

薛学韩:《潮阳集》数十卷(《侯官乡土志》卷三薛学韩传)

**谨按:**明末清初侯官人薛学韩,字泉斗,号潮阳。原籍福清,迁居侯官。《侯官乡土志》薛学韩传:"明末隐凤冈玉兰谷,从事耕作。和乡邻,睦姻娅,治家悉秉古礼,为世所称。……常假著述以自娱。有《潮阳集》稿数十卷。临殁,悉焚之,曰:'此不足以传世也。'康熙初,赠宣德郎。次子之秾,字茂生,号萃兰。性孝友,力农圃。暇则涉猎诗书。……子文灿、文炀,皆以孝称。"[①]

## No.90 福清化南里薛氏家族

薛镕:《南窗草存》六卷[②](康熙二十一年刻本,福建省图书馆、福建师范大学图书馆藏)、《南窗草又存》十卷、《存存草》十卷、《草腴》二卷、《筠阳学诗集》(乾隆《福清县志》卷十四《文苑传》本传题《筠阳诗集》)二卷、《绎书》十卷、《礼记徵解》十卷、《先儒语录抄》十卷(同治刊本《福建通志》)

薛敬孟:《击铁集》十卷(同治刊本《福建通志》)

**谨按:**明末清初薛镕、薛敬孟皆福清化南里人。化南里,今福清市东南港头镇及其周边境。明末清初薛坤、薛澐祖孙传,一云前薛人(薛坤)[③],一云化南人(薛澐)[④],前薛属化南里[⑤]。以聚族而居的福建宗族风俗观之,《福清县志》人物传中凡标识前薛、化南里之薛氏诸人均是宗亲。明代籍前薛者有嘉靖三十五年丙辰(1556)进士薛曾。

薛镕,字子夔,一字依南。福清化南里人。明崇祯间贡生,崇祯十七年甲申(1644)以重名却征辟,授徒自给。雅志著述,著作多种。子薛种茂,称名经师;孙薛士玑、薛士衡、薛士中均登科第。传见乾隆《福清县志·文苑传》。

薛士玑,字仲箕,号瀛楼。康熙三十五年丙子(1696)经魁,四十五年丙戌(1706)成进士,授江西兴安令。传见乾隆《福清县志·循良传》。薛士中,字仲蕡,号心斋。雍正二年甲辰(1724)进士,历任漳州府学、台湾府学教授,主讲台湾最著名的书院——海东书院。传见乾隆《福清县志·教泽传》。

薛敬孟,字子熙,化南人。明崇祯间拔贡。淹贯群书,思捷才俊,援笔立就。年甫三十不仕。传见乾隆《福清县志·文苑传》。

## No.91 福清庄以敬家族

庄以敬:《藤山草堂集》(同治刊本《福建通志》卷六十九)

庄国仪(庄以敬孙):《犀水遗稿》(同治刊本《福建通志》卷六十九)

---

① 《侯官乡土志》卷三,薛学韩传,原第十六页,影印第133-134页。

② 柯愈春《清人诗文集总目提要》引张其淦《明代千遗民诗咏初编》称此集二十六卷,福建省图书馆藏六卷(第144页)。

③ 乾隆《福清县志》卷十四,《循良传》薛坤传,影印第349页。薛坤父名薛肇琴,以子贵赠奉政大夫、礼部郎中。

④ 乾隆《福清县志》卷十三,《清操传》薛澐传,影印第334页。薛澐父名薛尚杰,以子贵赠征仕郎、翰林院检讨。

⑤ 按:乾隆《福清县志》卷十三《清操传》薛曾传,以薛曾为前薛人(影印第333页);大学士叶向高撰《大中大夫广西右布政司右参政南岐薛先生墓表》为薛曾作,云薛氏"世与余同里。父泳崖公孝友,有高节,与先大夫月窗公雅相善,结社谈诗,躬授经先生"。(《苍霞草》卷十三,影印第358页)薛曾父薛廷宣,号泳崖(乾隆《福清县志》卷十五《世德传》本传一作泳涯)。叶向高系福清化南里人,请参看乾隆《福清县志》卷十三《前修传》叶朝荣(叶向高父)传(影印第336页),故前薛属化南里。

**谨按**:庄以敬,字君翼。顺治间诸生。同治刊本《福建通志》庄以敬传:"年八十余,无疾卒。子(庄)文龙,字乾二。孙(庄)国仪,字世永,候补训导。"①

庄以敬之孙庄国仪,字世永,号犀水。传附同治刊本《福建通志·孝义传》庄以敬传。庄国仪系林正青诗友,林正青有《中秋同犀水(庄国仪)古梅(谢道承)渭云(林在华)白岩游开化寺》诗②。

## No.92 长乐林鼎复家族

林鼎复:《华鄂堂诗集》四卷(同治刊本《福建通志》卷六十九)、《华鄂堂集》(《国朝全闽诗录初集》卷五本传)

林日芃:《涵秋医方》(同治刊本《福建通志》卷六十九)、《涵秋堂诗文稿》七卷、(修)《张秋志》(柯愈春《清人诗文集总目提要》第102页)、《涵秋堂诗》六卷文稿无卷数(李灵年等《清人别集总目》第1356页)

**谨按**:林鼎复(1632—?),字道极,一字天友,闽县黄晋良姨丈③。长乐人。《竹间十日话》卷一一作侯官庠生。据黄晋良《林天友别驾寿序》:"使君为人倜傥,俊迈博学,善属文。自厥祖民部、州守以下,冠冕人伦,为首闽文献。迨使君昆弟继起,同起家别乘,名声奕奕,《涵秋》、《华萼》联珠之集,篇什琅琅,学士家争诵之。至于明典故,遇事损益有方,则又得之外王父叶文忠公。家赐书万轴,沉酣考索,妆其统会,以资为治之要。"④长乐林氏亦官宦世家,四世以来皆有科甲⑤,至林守定之时,娶叶向高长女叶默⑥,叶氏即林鼎复兄弟之母。

顺治初,林鼎复为大将军范达礼荐授常州通判。在官九载,治事权宜互用,用以成功,亦以此被议落职,卒于无锡县行馆。民国《长乐县志·循绩传》:"林鼎复,字道极,一字天友。顺治初,大将军范达礼荐授常州通判,在官九载。……兼摄县事。值西南用兵,供亿旁午,鼎复俄顷立办,然治事权宜互用,以此被议,落职。卒于无锡县行馆。鼎复笃于友谊,工吟咏,兼擅书法。著有《华鄂堂诗集》。……兄日芃,字道雨,亦为范达礼所荐,通判山西平阳。著有《涵秋医方》若干卷。"⑦林鼎复传又见同治刊本《福建通志》,称其笃于友谊,工吟咏,兼擅书法⑧。传又见民国《福建通志·福建列传》卷三十三。

黄晋良撰有《复林天友论恽涵万送别序》(《和敬堂全集》文部卷三)、《送林别驾北行序》(同书,卷三)、《林天友别驾寿序》(同书,文部卷六)、《复林天友别驾》(同书,文部卷十)、《题澹游山水图为林天友别驾公寿》(同书,文部卷十五)、《赋得郁郁涧底松为林天友别驾寿》(诗部卷八)、《清明日同集不弃(许遇)陶瓶为林天友别驾诞晨兼与顾梁汾中翰叙别即事有作》(诗部卷八)、《久病初起林天友别驾偕陈伯骀先生夜棹见存山中即席奉呈》(诗部卷十五)、《庐陵道上月夜舟行和天友林先生》(诗部卷十七)、《六月望日陪林使君棹舟觅荷花荡路迷不得入怅然而返》(诗部卷十七)、《十九日同集林别驾画舫分得之字》(诗部卷十九)、《喜林天友别驾远归过访草堂》(诗部卷二十)、《腊月六日云泉庵墨农上人招同林别驾邵大令声伎杂奏即席分得晴字》(诗部卷二十)、《闻天友使君楚归寄讯二律》(诗部卷二十五)等。

《国朝全闽诗录初集》林鼎复条:"字天友,长乐人。顺治间辟为常州府通判。有《华鄂堂集》。""曾

---

① 同治刊本《福建通志》卷二百四十一,影印第4361页。

② 《国朝全闽诗录初集》续集卷七,林正青条,《全闽诗录》第五册,第614页。

③ 黄晋良《林天友别驾哀词》:"君之俪,吾母之同堂兄弟也。君年则少于晋十有七岁,其交则许以辈行。"(《和敬堂全集》文部卷九,原第七页,《清代诗文集汇编》第54册,影印第181页)

④ 黄晋良《和敬堂全集》文部卷六,原第十二页,《清代诗文集汇编》第54册,影印第157页。

⑤ 黄晋良《林天友别驾哀词》,《和敬堂全集》文部卷九,原第七页,《清代诗文集汇编》第54册,影印第181页。

⑥ 据福清叶朝荣墓出土大学士朱赓所撰《明故奉直大夫养利州知州叶公墓志铭》的记载。

⑦ 民国《长乐县志》卷二十四,原第十六页,影印第475页。

⑧ 同治刊本《福建通志》卷二百二十六,林鼎复传,原第四十二页,影印第4129页。

客生(曾士甲)云:天友有济变之才,博通经史。书法临晋汉。为人慷慨尚气节,诗亦如之。"①林鼎复能词,官常州通判,与清初词人陈维崧(其年)、史惟圆(字云臣,号蝶庵、荆水钓客)等酬唱。《赌棋山庄词话》卷四有"林鼎复词"条,录其《满庭芳》词一阕;《闽词征》卷四有传及词,选《满庭芳》词三十。

林鼎复之兄林日芃,字道雨。亦为范达礼所荐,以平海功,官山西平阳通判。同治刊本《福建通志》著录其著作,小字注:"字道雨。顺治间诸生。康熙初,以平海功官平阳通判。见弟鼎复列传。"②李灵年等《清人别集总目》引《贩书偶记续编》著录《涵秋堂诗》六卷,文稿无卷数,作者林芃,康熙十四年刻本③。按:林芃当作林日芃。

## No.93　闽县郑羽侯家族

郑恭:《月令中星考》、《均天论》(同治刊本《福建通志》卷二百四十一郑璿传附)

**谨按:**闽县郑羽侯(？—1658),字尔畏,号念生。顺治八年辛卯(1651)福建乡试举人中式,与陈圣泰、赵沂、官于宣、陈丹赤、叶矫然、谢天枢等同年;九年壬辰(1652)成进士。官终河南项城知县。郑羽侯是明末清初诗人孙学稼的授业师,顺治十五年(1658)孙学稼往项城依郑羽侯,同年秋郑氏卒④。

郑羽侯之子郑璿,传见同治刊本《福建通志·孝义传》:"郑璿,字子中。诸生。父羽侯生疽,璿祷于神,愿以身代。……子恭,县学生。补抄谢皋羽《晞发集》五卷至八卷,为之后序,又作《月令中星考》、《均天论》,学使沈涵器重之。"⑤按:此郑璿非闽县郑璿。闽县郑璿,字若文。其父郑正諴,官南安教谕。郑成功攻陷泉州,俘知县、教谕,幽居厦门,继而解送台湾,郑璿蹈海至台寻父,复渡海回泉州。闽县郑璿父子事迹见同治刊本《福建通志·孝义传》⑥。在清代所有的闽籍学臣、教官中,郑正諴是较早到过台湾的教谕。

## No.94　侯官林士起家族

林士起:《十游草五七言诗》一卷(同治刊本《福建通志》卷六十八、民国《闽侯县志》卷四八《侯官艺文志》)

林蔚春:《六游吟草》(同治刊本《福建通志》卷六十八、民国《闽侯县志》卷四八《侯官艺文志》)

林祖望:《礼经说要》(乾隆《福清县志·文苑传》本传一作《礼记诠解》)(同治刊本《福建通志》卷六十八、民国《闽侯县志》卷四八《侯官艺文志》)

**谨按:**侯官林士起,一作仕起。明崇祯九年丙子(1636)福建乡试举人,籍闽县。入清,官平阳推官。同治刊本《福建通志·良吏传》林士起传:"字兴子。……顺治初,授南雄司李……谒选,补平阳司李。……嗣権平阳知府所属襄陵、浮山二县。……朔望,集诸生讲文艺,分俸钱佐膏伙,士风丕振。卒于官。……子蔚春,字耐斋。康熙壬子(十一年,1672)举人。孙祖望,字修伯。康熙癸酉(三十二年,1693)由闽县籍举于乡,癸未(四十二年,1703)成进士,改翰林院庶吉士。"⑦按:嘉庆间闽县林蔚春,系

① 《国朝全闽诗录初集》卷五,《全闽诗录》第五册,第94页。
② 同治刊本《福建通志》卷六十九,影印第1141页。
③ 李灵年等《清人别集总目》,第1356页。
④ 吴可文《闽中明遗民诗人孙学稼考》,载《福州大学学报》2015年第3期,第75页。
⑤ 同治刊本《福建通志》卷二百四十一,原第十二页,影印第4350页。
⑥ 同治刊本《福建通志》卷二百四十一,原第五页,影印第4347页。
⑦ 同治刊本《福建通志》卷二百三十二,原第十二页,影印第4220页。

嘉庆十二年丁卯(1807)福建郭尚先榜乡试举人,其乡试中举时间晚于侯官林蔚春135年,非林士起之子。

林仕起之孙林祖望,字修伯。康熙四十二年癸未(1703)进士。著有《礼经说要》,一题《礼经诠解》。

## No.95 侯官谢天枢家族

谢天枢:《岭外集》、《小草堂集》(同治刊本《福建通志》卷六十八、民国《闽侯县志》卷四八《侯官艺文志》)

**谨按:**侯官谢天枢,字尔玄[①],号星源。顺治八年辛卯(1651)举人。官庆远推官。著有《岭外集》、《小草堂集》。同治刊本《福建通志》著录其著作,引曾士甲《闽诗选》论云:"尔元居官有政声,孤介峭直,不可屈挠。善古文辞,浑涵幽雅,尤恣于诗。"[②]《国朝全闽诗录初集》引宋荦《西陂类稿》:"余四十七年前与侯官谢孝廉尔元订交辇下。后尔元自柳州司理归,余正判黄州,盘桓数日而别。又二十余年弃世,今其子孝廉清裁令武进,得所著《岭外诗》,读之,不觉感悼无已。"[③]按:谢天枢与清初著名诗人宋荦(1634—1713)的交往始于顺治十四年丁酉(1657)。谢氏卒年不详,大约在康熙二十年。今人贾光《宋荦事迹征略(下)》系于康熙四十三年甲申(1704):"(七月)从谢清裁处得乃父谢天枢遗稿《岭外诗》读之,感悼亡友,赋诗《余四十七年前与侯官谢孝廉尔元订交辇下后尔元自柳州司理归余正判黄州盘桓数日而别又二十余年弃世今其子孝廉清裁令武进得所著〈岭外诗〉读之感悼漫赋二首》怀之。"[④]按:谢清裁,谢天枢之子。康熙二十六年丁卯(1687)福建乡试举人中式,官武进知县。其生活年代与康熙二十七年(1688)进士林文英相近。

徐世昌《晚晴簃诗话》卷二十五有谢天枢传。谢天枢与叶矫然同门,尝为叶氏撰《龙性堂诗话序》[⑤],叶矫然有《春日同星源典书出西湖饮子敬郊园信宿载虚禅房阻雨》[⑥]等诗。

谢天枢有兄字尔将者,为赋诗《望尔将兄西镛客归》诗[⑦],诗中有"贫士尚天涯"、"月在兵戈地,秋为鸿雁家"句,推知其时其人境况。西镛指福建延平府将乐县,闽王天德三年(945),将乐县升为西镛州。清初顺治、康熙年间,福建战乱频仍,沿海各府县士人多避地闽西、闽北山区。

谢尔将为祥符周亮工所延揽。周亮工于顺治五年戊子(1648)入闽,前后在闽十二年,与福建文人交游密切,清初愿意与清廷合作的福建文人基本上入其彀中。周亮工有《寄闽南高云客蒋用韬谢尔将》[⑧]诗,诗中周氏三友:高兆,字云客,籍侯官,顺治间著名布衣诗人;蒋玢,字用韬,一作用弢,一字绚臣,号词海闲人,籍闽县,清初著名藏书家、诗人,有《玉笋堂集》,周亮工有诗《喜蒋用弢至自闽南》;谢尔将即谢天枢之兄。

黄晋良诗《秋分后苦热李章甫邀同蓝兴汉陈筠园齐仪鲁谢尔方林吉人集逸光堂纵观古墨迹洎吾党往还尺牍皆部次装潢成帙感而有赋》[⑨],谢尔方当亦谢天枢兄弟行。

---

① 按:周亮工诗题《月夜同陆违之陈昌箕许存永陈开仲涂子是谢尔玄许天玉过有介陶瓶看梅》(《赖古堂集》,《清代诗文集汇编》第39册影印康熙十四年周在浚刻本,卷五,原刻第九页,影印第255页),作谢尔玄(缺末笔),知康熙后避讳改玄为元,或缺末笔。

② 同治刊本《福建通志》卷六十八,影印第1393页。

③ 《国朝全闽诗录初集》卷二,第42页。

④ 贾光《宋荦事迹征略(下)》,载《商丘师范学院学报》2009年第8期,第18页。

⑤ 谢天枢《龙性堂诗话序》,见郭绍虞《清诗话续编》,上海古籍出版社1993年版,第2册,第933页。

⑥ 叶矫然《龙性堂诗集》卷下,原第十二页,《清代诗文集汇编》,第50册,影印第32页。

⑦ 诗见《国朝全闽诗录初集》卷二谢天枢条下(第44页)。

⑧ 周亮工《赖古堂集》卷十,原刻第七页,影印第453-454页。

⑨ 黄晋良《和敬堂全集》诗部卷十五,原第八页,《清代诗文集汇编》第54册,影印第340页。据蓝镏(兴汉)本年八十五岁、陈则见(筠园)本年七十五岁,知此诗作于康熙二十三年甲子(1684)。

## No.96 侯官蒋宣家族

蒋宣:《问田诗文集》(同治刊本《福建通志》卷六十八、民国《闽侯县志》卷四八《侯官艺文志》)

蒋领:《槎寄偶存诗文集》(同治刊本《福建通志》卷六十八、民国《闽侯县志》卷四八《侯官艺文志》)

**谨按:**侯官蒋宣、蒋领父子俱有文集。蒋宣,顺治五年戊子(1648)福建乡试举人中式,与黄肇熙、林元春、王命赓等同年;十二年乙未(1655)成进士。官知县。

同治刊本《福建通志》蒋宣传:"蒋宣,字子陆。《府志》:陆作禄。顺治乙未进士。授乐平知县。以母老乞归养。十三年(1656)海寇攻城,宣分守西门。寇平录功,擢高邮知州,辞不赴。母卒,依茔哀慕终身。兄蚤逝,家贫,授徒以养寡嫂。子领。年十二,籍生员,事母抚弟,以孝友称。"[①]

## No.97 闽县叶矫然家族

叶矫然:《龙性堂诗集》二卷(康熙间刻本)、《易史》、《易经汇参笔印》、《四经学笔印》、《理学史学古文学》、《龙性堂集》、《谐际诗文集》(《闽县乡土志》本传)、《龙性堂诗话》二卷(乾隆四十年叶氏慕陶轩刻本)、《易史参录》二卷(乾隆三十三年叶氏龙性堂刻本)、《易经汇参》、《史学笔印》、《理学笔印》、《古文学笔印》、《龙性堂诗集》二卷、《不暇懒诗草》、《龙性堂诗话》(同治刊本《福建通志》卷六十七)、《东溟》、《雁唳》诗集凡十三种(《清代硃卷集成》第三三六册,影印第331页,叶畊心履历)、《东溟集》二卷、《雁唳编》一卷、(叶尚达等辑)补注一卷(康熙刻本,福建省图书馆藏)、《东溟集》一卷、《雁唳编》一卷(1963年钞本,福建省图书馆、福建师范大学图书馆藏)(李灵年等《清人别集总目》第316页)

叶文超(叶畊心伯叔祖辈):《覆瓿斋诗集》(《清代硃卷集成》第三三六册,影印第332页,叶畊心履历)

**谨按:**《清代硃卷集成》第三三六册收录道光二十四年甲辰(1844)科福建乡试解元叶畊心履历,叶畊心系明末清初诗人叶矫然后人,叶矫然系叶畊心之太高伯祖[②]。兹据叶畊心履历略述如下:五世支祖叶剑屏,妣李氏、廖氏,六世祖叶淑春,号榕庵,由吏员平寇军功授宣德郎,加级至正一品,妣林氏、郑氏;太高祖叶骏声,号象峰,康熙二十八年己巳(1689)武举人,妣李氏;太高伯叔祖叶瑛(号一山,恩贡生)、叶矫然(号思庵,顺治九年进士)、叶骏发;高祖叶廷章(字玉节,康熙三十五年武举人),妣王氏;高伯叔祖叶贲飏、叶鼎实、叶何捷、叶为复、叶为麟、叶为栋;曾祖叶尔绪,妣林氏;本生曾祖叶羹臣,本生曾祖妣郭氏;曾伯叔祖叶天培、叶衷坦、叶慰祖、叶念祖、叶茂枝、叶佐祖、叶维枢、叶昌墀、叶昌垣、叶亦昭、叶任宗、叶明南、叶济沧、叶得日、叶善长、叶臣辅、叶日晖、叶声远(举人、知县);本生祖叶有何,本生祖妣张氏;伯叔祖叶祖球。叶绍乾、叶有益、叶有朗、叶大中、叶有志、叶有能、叶大潮、叶文超(乾隆六十年举人)、叶文英[③](乾隆五十九年举人、嘉庆六年进士,官知县);父叶永魁(字光元,号梅溪),母林氏(系林凤晓女,举人林赞图、林羲图[④]嫡堂姊);胞伯叔叶圣英、叶永寿、叶棻、叶永庆,嫡堂伯叔叶澜、叶廷元、叶廷芳(字秋英,号菊有。举人,官广东永安知县)、叶廷芬(优贡、训导)、叶光治、叶大森、叶秋宴、叶永泉、叶秋腾;叶畊心(1802—?),字振文、继华,号馥田,序三,娶林氏(系林泽焕孙女,林桓熊女,林振亨胞姊),继娶陈氏(系进士陈宏衢曾孙女,陈上培孙女,举人陈上椿胞侄孙女,陈昌言女);胞弟叶振藩,嫡堂兄弟叶振豪、叶震经、叶振纲、叶振基、叶振涛、叶振声、叶振台、叶振宗,堂兄弟叶大章(嘉庆

① 同治刊本《福建通志》卷二百四十一,原第十九页,影印第4354页。

② 《清代硃卷集成》第三三六册,举人叶畊心履历,影印第331页。

③ 叶文英,字韶轩,籍侯官。传见民国《福建通志·福建循吏传》卷十二。

④ 按:林羲图(1816—?),字大铭,号竺生。住会城福州东街骆舍铺。咸丰二年(1852)第四十五名举人。

二十三年解元,现任瓯宁教谕)、叶家植、叶家超、叶定长、叶家和、叶家兴、叶家齐、叶日暄等;子叶祖荫,嫡堂侄叶祖馨、叶祖贻、叶祖武[①]。叶氏祖上既业儒,亦有从戎以军功发家者,康熙间考取武科武举人者二人,而业儒大有所成,在嘉庆二十三年戊寅(1818)和道光二十四年甲辰(1844)分别由叶大章、叶畊心两堂兄弟高中解元。

黄晋良撰《行素先生传》。据此传,叶氏自福清迁福州。叶履春,字端卿,号素庵,学者称行素先生。博稽六经,尤精《三礼》。婿郑羽仪(鸿伯)、侄叶矫然(思庵)均得其心传。黄周良、黄汉良亦尝师叶氏。子叶瑛,为文宏肆伟丽,驰骛《语》、《策》、秦、汉而撷其精华。[②] 林佶代撰《叶一山墓志铭》云叶瑛(1617—1695[③],字子尚,号一山)"幼既濡染于素庵公之教,质又颖敏,日记数千言,于六经子史以及唐宋诸大家无不精研背诵,发为制艺,淹洽融贯。"[④]

闽县叶矫然(1614[⑤]—1711[⑥]),字子肃,号思庵,闽县人。顺治九年壬辰(1652)进士,官工部主事,出为乐亭知县[⑦]。康熙五十年辛卯(1711)重宴鹿鸣,年九十余卒。家有慕陶轩。尝寓苏州、杭州等地。传见同治刊本《福建通志·文苑传》、民国《福建通志·文苑传》等。《闽县乡土志·耆旧录二学业》经学叶矫然传:"字子肃。以进士出宰乐亭县,罢归。康熙辛卯(五十年,1711)重宴鹿鸣。……著有《易史》、《易经汇参笔印》、《四经学笔印》、《理学史学古文学》、《龙性堂集》、《谐际诗文集》。子声远,详侯官《耆旧录》。"[⑧]按:叶声远,系叶矫然之孙,见《清代硃卷集成》叶畊心履历。叶矫然著述丰赡,遗稿甚夥。有《易经汇参》、《易史参录》二卷、《四经学笔印》、《史学笔印》、《理学笔印》、《古文学笔印》、《龙性堂诗集》二卷、《东溟集》二卷、《雁唳篇》一卷、《不暇懒诗草》、《谐际诗文集》、《龙性堂诗话》等。《清代诗文集汇编》第50册收录《龙性堂诗集》二卷、《东溟集》二卷、《雁唳篇》一卷。《龙性堂诗集》有孙枝蔚、吴彦芳(吴香为)、林云铭所作序、跋及自序。交游者宋琬、周亮工、徐钟震、林嗣环、孙枝蔚、吴香为、林云铭、黄晋良、陈骝、谢天枢、郑泰枢、方开铎、黄晋良[⑨]等。

---

① 《清代硃卷集成》第三三六册,举人叶畊心履历,影印第331-335页。

② 黄晋良《和敬堂全集》卷七,原第十一、十二页,《清代诗文集汇编》第54册,影印第165页。按:黄晋良《行素先生传》有"甲子(1684)先生元孙赍然率其弟鼎实属晋良为先生传"(原第十二页),"赍然"、"鼎实"即叶畊心履历中之"叶赍飏、叶鼎实"。

③ 林佶代撰《叶一山墓志铭》,叶瑛生于万历四十四年(1616)丙辰十二月初四日(已入1617),卒于康熙三十四年(1695)乙亥二月廿二日(《朴学斋文稿》,《清代诗文集汇编》第205册,影印第626页)。

④ 林佶《朴学斋文稿》,《清代诗文集汇编》第205册,影印第625页。据此墓志铭,叶履春(素庵)以上世代为在吾公、屏公;叶瑛之子叶赍飏、叶鼎实,女四,孙三,曾孙一。

⑤ 《龙性堂诗集》卷首有吴彦芳(吴香为)序,序称:"明癸酉闱墨,予彦芳为杨维节先生首荐刻三十八艺中,时叶思庵年甫八,《大学》即有嗜痂之癖,今且五十矣。"(《龙性堂诗集》,《清代诗文集汇编》第50册,影印第2页)癸酉,明崇祯六年(1633)。据此逆推,叶矫然生于天启六年(1627),然亦未妥。叶矫然《东溟集》卷二有诗《奉训林水心三衢得遇信宿徐氏他馆话旧二首》其二《又》诗首二句:"白发沧江欲息机,蹉跎五十始知非"(原第十四页,《清代诗文集汇编》第50册,影印第62页),此诗后有《戊申季秋章大修泛舟招登苎罗徘徊浣纱石上时霜柏烛林江水皆赤坐客为予言西施尤物此邦人羞称之予谓西子盖始终少伯者浣纱一顾偕老五湖沼吴兴越自有成言彼东施之论败乃公事因系之以诗三首》(原第十五、十六页,同上书,影印第63页),戊申即康熙七年(1668),"五十"之年逆推则在万历末年。《雁唳编》有诗《吴香为初度歌》题下注:"香为诞于丁未闰六月今丁未计五闰矣",有句"五十八年空回首"(原第八页,同书,影印第68页),知吴香为生年万历三十五年丁未(1607),叶矫然作此诗时康熙六年丁未(1667)。叶矫然七言古诗《长歌寄怀吴香为同年》句"君齿较我长十年,仲氏士龙与我班"(《龙性堂诗集》卷上,原第十五页,《清代诗文集汇编》第50册,影印第13页)。综合看来,叶矫然出生于万历四十四年丙辰(1616),至崇祯六年癸酉(1633)年十八岁,享年九十六岁(卒于1711),则其诗中所述均合,而吴彦芳之序"年甫八",当为脱一"十"字之误。吴可文《明末清初闽中文人生卒年丛考》作叶矫然(1626—1721)不确(载《三明学院学报》2017第5期,第61-62页)。叶矫然所记吴香为的生年与黄晋良所记有所出入。黄晋良《吴香为大令七十寿序》,首云:"岁在旃蒙(乙)单阏(卯)仲夏之十有七日,乡先达香为吴先生年进七十"(《和敬堂全集》文部卷一,《清代诗文集汇编》第54册,影印第107页),乙卯,康熙十四年(1675),逆推吴香为出生于万历三十四年丙午(1606)。叶矫然集中当以叶氏所记为准。

⑥ 叶矫然享年九十八岁,生卒年(1614—1711),见《清代诗文集汇编》第50册小传、江庆柏《清代人物生卒年表》、《清人别集总目》等文献记载(请参考吴可文《明末清初闽中文人生卒年丛考》第61页文献概述)。

⑦ 民国《福建通志·文苑传》叶矫然传"出知乐亭县",注:"《闽诗传初集》作栾城县。"(《福建文苑传(清一)》卷七,原第六页)点校排印本《国朝全闽诗录》第五册《国朝全闽诗录初集》叶矫然传云"出为乐亭知县"(第49页),无校记,不知是否径改。

⑧ 郑祖庚《闽县乡土志》,原一百五十四页,影印第307页。

⑨ 黄晋良《初秋缓步过静香亭留连信宿旧日常假榻于此十年迫为戎垒今始复业瞵仰有怀用谢青门即席韵二首呈叶子声桥梓》,《和敬堂全集》诗部卷十五,原第一页,《清代诗文集汇编》第54册,影印第336页。

生活在明末清初的叶矫然是清初较早的宋诗论者,其人享年近百岁,既长寿,故可知其诗论反映了顺治、康熙间诗坛的嬗变气息。孙枝蔚《龙性堂诗序》:"先生之于诗……五言古诗熟精《文选》而复出以新彩,顾独学谢不学陶,及其规矩唐调,又似昌黎复起,鼻兀雄放,若不知为学谢者所为,盖一体之中而变化之□。大抵风神取诸谢,气骨取诸韩也。……及诸今体,特主气格,似惩廷礼(高棅)之专喜圆美,而思补救之者。惜虞山氏(钱谦益)时矣,不及一见之也。先生于诗过人远矣。"①按:孙枝蔚(1620—1687,字豹人,号溉堂)序以为明代闽派诗的典型"林(林鸿)与高(高棅)亦自闽中健者,独惜其诗但从唐人入手耳"②,叶矫然之诗及其诗法是对明代闽派诗弊端③的补救,诗法不专主一代而富有变化。同治刊本《福建通志》引郑杰《注韩居诗话》所论,云"思庵诗五古取法魏晋,七古亦饶有气力。所著《龙性堂诗话》谓'作诗须生中有熟,熟中有生';又谓'作诗高手首在炼意,而格调次之';又谓'予最喜昌黎、长吉、义山、子瞻四公诗,间有所得,辄标识于上'。其生平命意可见矣。"④《国朝全闽诗录初集》叶矫然条引《注韩居诗话》:"思庵诗五古取法魏晋,得力于陶尤多。尝自颜其轩曰'慕陶'。七言亦饶有气力。所著《龙性堂诗话》谓'作诗须生中有熟,熟中有生';又谓'作诗高手,首在炼意,而炼格、炼词次之';又谓'予最喜昌黎、长吉、义山、子瞻四公诗。间有所得,辄标识于上'。观此,则其生平命意,具可见矣。"⑤据叶矫然自述,其人最喜韩愈、杜甫、李贺、李商隐、苏轼、陆游之诗,而又不拘于一格,取法多师,得力于陶潜尤多,这种诗学取径与宋人苏轼相契。

《国朝全闽诗录初集》所选叶矫然诗,有题《春日子敬病起携朋醞仝诸子弟过其郊居有作》,其中句"吾家无俗客,不羡五侯鲭"⑥,说明其家兄弟、子弟众多,亦有多位作者。叶矫然《龙性堂诗集》卷下有《戊午(1678)过子敬弟郊园除夕醉歌》、《子声四弟初度歌》⑦、《癸丑(1673)王日戏代复儿宿玄沙寺次子青弟韵》、《春日同子青子敬步出北禅次子敬韵》、《春日同家子青士观士正游石林寺》、《试灯日仝子青子敬步出北禅》等。社集有诗《丙辰(1676)花朝陈解人(陈学夔)招诸同社集乌石绝尘岩即席分韵得二箫》二首⑧等。据《雁唳编·补注》仝辑题名,叶矫然之弟叶尚达,字子敬;其子四:叶为复,字士努;叶为临,字士惕;叶为梗,字士才;叶为梓,字士卿。⑨

叶矫然之孙叶声远,字皋南。籍侯官。传见《侯官乡土志》之《耆旧录》:"字皋南。闽县重宴鹿鸣矫然子也。籍侯庠。乾隆壬午(二十七年,1762)举于乡。知江西彭泽县。"⑩传又见民国《福建通志·福建循吏传》卷十二。按:叶畊心亦籍侯官,住省城虎节河沿⑪。

## No.98 侯官林中芝家族

林中芝:《饮绿诗草》⑫(同治刊本《福建通志》卷六十八、民国《闽侯县志》卷四八《侯官艺文志》)

---

① 孙枝蔚《龙性堂诗序》,叶矫然《龙性堂诗集》,《清代诗文集汇编》第50册,影印第2页。

② 同上书,影印第1页。

③ 黄晋良《题汝合(黄鏻)诗集》:"吾乡自唐、宋以来,诗学未尝称盛。及林子羽(林鸿)、高廷礼(高棅)诸公倡为古学,始有首闽十才子之诗。其后中衰,一振之于郑继之(郑善夫)、林旗山(林春泽),专学老杜,有不胜于法者胜于才,天下人畏之,如鸿门灞上军,闽诗益起。当是时,诗人既多,传习成风,学者惟知声调便口、熟习语言而已,风雅再凋,至于晋安之末流而极矣。故以晋安之法较之唐人之法,邈乎不相入,而为晋安者不觉也。……吾乡之为诗,其不为晋安所限者亦多矣。"(《和敬堂全集》文部卷十三,原第八页,《清代诗文集汇编》第54册,影印第210页)黄晋良与叶矫然同时,其论晋安风雅(或称闽诗、闽派诗)的意见接近。

④ 同治刊本《福建通志》卷六十七,影印第1379页。

⑤ 《国朝全闽诗录初集》卷三,第49页。

⑥ 同上书,第51页。原题诗二首,此系其一,见《龙性堂诗集》卷下(《清代诗文集汇编》第50册,影印第20页)。

⑦ 叶矫然《子声四弟初度歌》首两句:"昨拈长句寿八哥,今弟称觞仍高歌"(《龙性堂诗集》卷下,《清代诗文集汇编》第50册,影印第15页)可见其(从)兄弟之多。

⑧ 叶矫然《龙性堂诗集》卷下,《清代诗文集汇编》第50册,影印第31页。

⑨ 叶矫然《雁唳编》,《清代诗文集汇编》第50册,影印第72页。

⑩ 郑祖庚《侯官县乡土志》卷四,原第三十七页,影印第283页。

⑪ 《清代硃卷集成》第336册,举人叶畊心履历,影印第331、336页。

⑫ 柯愈春《清人诗文集总目提要》作三卷,道山书屋刻本(第191页)。

林芳(林中芝曾孙):《竹佃诗略》三卷、《竹佃闲话录》三卷(民国《福建通志》总卷二十五,《福建艺文志》卷六十五)、《蒹葭馆诗志》、《蒹葭馆拾遗》一册(同治刊本《福建通志》卷六十七、民国《福建通志·福建艺文志》卷七十一)

林霔(林芳从子):《印史》(林芳《雨苍小传》作《宜雨楼印史》)二卷、《丽则斋印谱》二卷、《虹桥印谱》二卷、《贞石前后续编》(《印商》嘉庆八年自序)、《印商》(民国石印嘉庆十年乙丑刻本)、《丽则斋制艺》、《借轩拾余》(林芳《雨苍小传》,《印商》)、《借轩拾余集》、《贞石前后编》(民国《福建通志》总卷四十四,《福建艺术传》卷三,林霔本传)

**谨按**:侯官林中芝,字伯馨,号紫岩。顺治间诸生。著有《饮绿诗草》,同治刊本《福建通志》著录,引郑杰《注韩居诗话》云:"紫岩曾孙(林)芳尝述紫岩读书道山,故人薛桐溪官通州,一夕忽相思,晨即命驾,远涉五十余里,既见旋返。其倜傥如此。"①

林中芝曾孙林芳,字淡茹、挹华,号竹佃。籍闽县。乾隆三十五年庚寅(1770)举人,官建安教谕。乾隆五十四年己酉(1789)举人、长乐县的林芳别是一人。竹佃林芳颇富著述。同治刊本《福建通志》著录其《蒹葭馆诗志》,引林芳自序云:"淡茹总角,喜读古诗,《文选》、《玉台》以下,《诗纪》、《诗所》、《诗乘》、《诗归》、《诗镜》、《渔洋诗选》、《归愚诗选》、郭茂倩《乐府》、梅禹金《乐苑》、张溥、张燮《汉魏六朝》诸集,博观约取,大指以虚留山人所录为中而增减焉,断之汉晋,溯于古逸,犹前人志也。"②民国《福建通志·文苑传》林芳本传:"林芳,字竹佃,号淡茹子。闽县人。为人荡佚简易,惟好读古人书。……平居善愁,处一室曰蒹葭馆,焚香兀坐,每风雨之夜,百端交集,与病为缘。……因爱建阳,留焉,岁或一归。论文主欧阳,诗宗应休琏,缠绵悱恻之怀时于诗、古文寓之。斋头客邸多植秋海棠,静对徘徊,有凄然感旧意。平生知交多寥落,有弟大瑛常唱和为乐。其在建阳相契者徐经芸圃一人也。著有《竹佃诗略》二卷、《竹佃闲话录》三卷。《雅歌堂文集》、《林希五文集》、《乾嘉全闽诗传》。"③陈衍论定林芳之诗"近体清脆,在香草斋(黄任)、小仓山房(袁枚)之间;《说鬼》六首颇似梅宛陵(梅尧臣)。"④

林芳又尝搜集家族文献,编成《蒹葭馆拾遗》。此书为同治刊本《福建通志》闽县《国朝经籍志》所著录,并引其人自序云:"余手录先人稿,兼次亡兄若水、酌泉,亡侄雨苍(林霔)、春江、敬南、徽南,妹婿张素斋(张国香)诸遗什,更溯先师余畏斋(余正烈),先世故人薛桐溪(薛任骥,字子健,号桐溪,侯官人)、彭石钟(彭蠡云)、钱清(钱清,康熙间侯官人,《国朝全闽诗录初集》续集卷七有传及诗)、周圣春(周天汉)、陈次庐(陈嘉洙)各先进,暨亡友杨松村(杨玉龙)、杨润田(杨洲)、林惺庭(林炯)、郑西瀍(郑洛英)、王广庭(王韶钧)、金雨舟(金章)诸作,名曰《蒹葭馆拾遗》,并将余弟怀冈、男静修、敬修、妹婿陈蕙洲(陈芳蕤)、甥方葵(方钦世)将附后,余盖不胜瞻前顾后之感云。嘉庆辛未(十六年,1811)九月九日竹佃记。"⑤从此段所引序文看,林芳家族中多人从事文学创作。

林芳撰《雨苍小传》:"余从子霔幼聪明多材艺,弱冠讲《说文》、金石、篆刻之学,靡不究览。……霔尝以国学生出应乡试……卒不遇。……罢场屋,遍游名公卿间,兼精岐黄术。……霔年与余相若,总角欢洽无间……未尝辍刀笔,经卷未尝释手,间为诗歌自娱,《借轩拾余》一集风致蹁跹,无苦涩矫激态,学问与年俱益,余未能测所底也。霔字德澍,号雨苍,别号桃花洞口渔人,晚更号晴坪老人。"

① 同治刊本《福建通志》卷六十八,影印第1394页。

② 同治刊本《福建通志》卷六十七,影印第1383页。

③ 民国《福建通志》总卷三十九,《福建文苑传(清二)》卷八,第七、八页。

④ 民国《福建通志》总卷二十五,《福建艺文志》卷六十五,第十八页,引陈衍《石遗室书录》。

⑤ 同治刊本《福建通志》卷六十七,影印第1383页。按:民国《福建通志·福建艺文志》卷七十一著录《蒹葭馆拾遗》,引陈衍《石遗室书录》,此编收二十七人:林中芝、林文烜、林廷铨、林钊、林霔、林向阳、林仲、林音、张国香、余正烈、薛任骥、彭蠡云、钱清、周天汉、陈嘉洙、杨玉龙、杨洲、林炯、郑洛英、王韶钧、金章、林根、林夔、林忆、林饮、陈芳蕤、方钦世,俱林芳戚族师友,诗三百六十二首(第九页)。同治刊本《福建通志》所引林芳自序未完整列出二十七人姓名及字号。

据民国《福建通志·福建艺术传》林霔本传,林霔字德澍,一字晴坪,别号洞鱼人,晚号晴坪老人[①]。根据《郑孝胥日记》,林霔系郑孝胥外甥[②]。

林苍之子林聿蕃(价人)、林聿楙(荫棠)。

林芳之师余正烈,字威若,号畏斋,侯官人。康熙间布衣。传见《国朝全闽诗录初集》续集余正烈条下[③]。林芳门人施邦镇[④],施邦镇亦陈宜豪、杨庆琛之友。嘉庆二十二年丁丑(1817),杨庆琛作《怀人三十二首》,其十怀陈、施二人,有句云:"画中诗与诗中画,都是禅门最上乘。"[⑤]

## No.99 闽县方开铎家族

**谨按:**闽县方开铎,字声木。顺治五年戊子(1648)福建乡试举人中式,与黄肇熙、林元春、林正芳、林友王等同年;九年壬辰(1652)成进士,与叶矫然、彭圣培等同年。官凤阳道。入祀先贤祠。

《国朝全闽诗录初集》续集有方开铎传,引曾客生云:"声木秩满归里,治小圃种松,扁曰绿野。与文人墨士饮酒赋诗,静穆之气少有能及。"[⑥]收录其《游西禅》诗。

平远诗社成员方京,方开铎之子。《竹间十日话》:"方京,字在燕,(方)开铎子。康熙间侯官布衣。《鸟梦》云:'唤得晴光烂漫天,枝头春到懒翩跹。关情未醒梨花雨,惹恨还迷杨柳烟。仿佛游丝空避网,分明澹月暗惊弦。东风莫漫轻摇落,栩蝶相逢共惘然。'"[⑦]

## No.100 长乐谢兆麟家族

谢肇凤:《一麈亭诗集》(同治刊本《福建通志》卷六十九)

谢绍鼎:《四书辩讹》、《春草堂诗剧》(同治刊本《福建通志》卷六十九)

谢瑾:《偶见集》三十六卷、《怀溪诗话》八卷(民国《长乐县志》卷十九《艺文志》)

**谨按:**长乐谢氏在明清两代卓有建树,代有闻人,在科举、学术和文学创作上的影响不容小觑。

根据民国《长乐县志》卷十四下《选举志下·封赠》的记载,谢兆麟系谢汝鳌之子[⑧]。谢兆麟传见民国《长乐县志·循绩传》:"字在绂,一字天石。江田人。顺治辛卯(八年,1651)举人。授直隶真定县。"[⑨]谢兆麟热衷新朝,与谢肇淛之子谢杲对待清廷的态度截然不同。民国《长乐县志·隐逸传》谢杲本传:"少随父授书,见忠臣孝子义夫节妇传,辄流连向往之。壮岁明乱,避地幽隐。凡山高水深,人迹罕到之处,靡不游历以舒忧愤。甲申后,明社既屋,弃儒巾,杜门扫轨,念世受国恩,偷生人世,恒涕泣不自已。迨庚戌(康熙九年,1670)春,浪迹北游,自吴、楚以及齐、晋、燕、赵诸名区,嗟河山之改色,望宫阙而徘徊,又欷歔泪下者久之。庚申(十九年,1680)秋,自吴门抱病归,遂不复出。凡闽中殉难苦节及潜身沙门绝意进取者若干人,概为传论,成《节义录》二卷。"[⑩]谢杲的思想和行事与堂兄弟谢果亦不同,而愈见节操。谢果系顺治五年戊子(1648)举人,民国《长乐县志·选举志》题名下注:"江田人。肇

---

① 民国《福建通志》总卷四十四,《福建艺术传》卷三,林霔传,原第四页。

② 郑孝胥《郑孝胥日记》,第496页。时光绪二十一年五月初四日(1895年5月27日)。

③ 《国朝全闽诗录初集》续集卷七,第617页。

④ 民国《福建通志》总卷四十四,《福建艺术传》卷二,施邦镇传,原第十八页。

⑤ 杨庆琛《绛雪山房诗钞》卷五,《清代诗文集汇编》第542册,影印第389页。

⑥ 《国朝全闽诗录初集》续集卷一,《全闽诗录》第五册,第477页。

⑦ 郭柏苍《竹间十日话》卷一,第5-6页。

⑧ 民国《长乐县志》卷十四下,《封赠》,影印第270页。

⑨ 民国《长乐县志》卷二十四,原第十五页,影印第474页。

⑩ 民国《长乐县志》卷二十六,原第五十页,影印第524页。

潮侄。籍闽县。授直隶武清知县。……康熙辛丑会试,特召入,廉以族叔肇凤、侄恩与试,上疏避嫌。后召入上林苑,为良牧署正。"[①]按:康熙辛丑,误。当康熙二十一年壬戌(1682)之误。谢恩系康熙二十一年壬戌榜进士。前一年为康熙二十年辛酉(1681),谢果被召当在此年末。

康熙十九年庚申(1680)福建乡试举人中,与谢肇潮之孙谢恩[②]同榜者有同邑谢肇凤。谢肇凤,"字在絑,一字象六。兆麟弟。孝友力学,与兄子绍鼎共爨四十余年。授江西兴安令,有善政。后以疾归,宦橐如洗。著有《一麈亭诗集》。"[③]

谢绍鼎,传见民国《长乐县志·文苑传》:"字公大,号怡园。……绍鼎孝友嗜学,试辄冠军。督学沈涵、知县卫良佐咸器之重。雍正丁未(五年,1727)岁贡,授崇安训导,署教谕。课士精勤,倡修学宫。著有《四书辩讹》、《春草堂诗剧》。卒年八十。"[④]同治刊本《福建通志》著录谢绍鼎著作,注:"字君大。"[⑤]谢绍鼎之孙、谢人骐之子谢瑾,乾隆二十五年庚辰(1760)恩科举人。谢瑾传见民国《长乐县志·文苑传》:"字聘修,一字怀溪。绍鼎孙。乾隆庚辰举于乡,历任建宁、漳浦、彰化、浦城、台湾教谕。……公余之暇,尝手抄二十一史,订疑补漏,不遗余力,惜身后散佚不全。今稿存者尚有《偶见集》三十六卷、《怀溪诗话》八卷,分天、地、人、物四门,逐事纂辑,皆渊雅可传。"[⑥]

## No. 101　闽县王国玺家族

王国玺:《月将堂草》(民国《福建通志·福建艺文志》卷六十四作《月将堂近草》)、《涉笔园稿》(《闽诗选》一作《王海印诗集》)(同治刊本《福建通志》卷六十七)

王九徵:《北征日记》、《梅花诗》、《武夷游草》、《楚游草》、《南游草》、《征途杂咏》、《上谷秋园客窗杂怀》、《水云草》、《墨禅草》(同治刊本《福建通志》卷六十八)、《竹村近集》(《竹村诗集》跋)、《竹村诗集》八卷(乾隆三年刻本。柯愈春《清人诗文集总目提要》第320页)

**谨按:**闽县王国玺,字介玉,一字尔玉[⑦],号海印。顺治十四年丁酉(1657)举人,与郑开极等同年。《国朝全闽诗录初集》续集卷一有其小传[⑧]及诗。诗题《冬夜与诸子坐石仓临水亭》,是曹学佺园林清初尚有遗址之证。按:明季曹学佺石仓园在福州西洪塘东岐岭下、状元街北,易手数次:顺治间为林崇孚所得,更筑响山楼;康熙间为王国玺所得,其二子王九徵、王九宁读书其中;咸丰间为刘永松(?—1856)所得,刘永松卒后,易手粤人,起盖夷楼。

民国《福建通志》引计东《改亭集》所作序。略曰:"丙午(康熙五年,1666)冬,予留京师,与闽县同年王尔玉数数往返论诗。王子筮仕得邑令,以诗自娱,予尽读之,寄托深厚而亦不陋于声华,指归凄恻而亦不谲于格律。"[⑨]

王国玺之子王九宁,传见《国朝全闽诗录初集》续集:"九宁,字采侯,侯官人。国玺子,九徵兄。康熙十六年丁巳(1677)举人,官连城教谕。"引《注韩居诗话》论曰:"公生平以节义自持。在连邑时,讲学

---

① 民国《长乐县志》卷十四上,原第五十七页,影印第226页。

② 民国《长乐县志》卷十四上《选举上》,影印第227页,康熙十九年庚申福建乡试题名谢恩名下注。按:当为谢肇潮从孙。据乾隆《福清县志》卷十四《恩典》记载,谢恩之父谢绍缙(影印第236页)。

③ 民国《长乐县志》卷十四上《选举志上》,原第五十九页,影印第227页。

④ 民国《长乐县志》卷二十五,原第八页,影印第489页。

⑤ 同治刊本《福建通志》卷六十九,影印第1411页。

⑥ 民国《长乐县志》卷二十五,原第九页,影印第489页。

⑦ 按:民国《福建通志》著录《月将堂近草》、《涉笔园稿》,以为王国玺字尔玉,"介必尔字传写之误。爾古字作尔,与介形近也"。(《福建艺文志》卷六十四,第十页)

⑧ 《国朝全闽诗录初集》续集卷一,第483页。

⑨ 民国《福建通志》总卷二十五,《福建艺文志》卷六十四,第十页,引。

有才,士感其德,立祠祀之。"①选其诗《仲秋送明侯舍弟北游》二首。

王九徵,字明侯。康熙间诸生。《侯官乡土志》本传称其"博极群书,工诗、古文词。游历名山必题咏以见志。晚谢举子业,杜门课子,以书史自娱。子孙皆以文学起家,克继其志。著有《北征日记》、《墨禅》、《水云》诸草、《竹村诗集》"②。按:柯愈春《清人诗文集总目提要》著录《竹村诗集》八卷,云"此集计分《梅花诗》、《武夷游草》、《楚游草》、《南游草》、《水云草》"③,而同治刊本《福建通志》著录王九徵著作,并列《竹村诗集》与《梅花诗》等十种。

同治刊本《福建通志·经籍志》著录闽县王九徵的著作,注云:"九徵子(王)敕跋云:'先君子自乙巳(康熙四年,1665)迄甲午(五十三年,1714)五十年间,得诗二千余首。其成于名山大川所阅历者什居四五,恐久而漫漶剥蚀,因依年次抄录为一集。时乾隆戊午(三年,1738)仲冬。'"④又云传见同书《闽县文苑传》。《国朝全闽诗录初集》卷十王九徵条:"字明侯,号卧山。""张超然(远)云:晋安风雅一派过于平稳,其不异唐人者在此,而不出范围者亦在此。卧山(王九徵)出入唐、宋,伐毛剔髓,一洗吾乡习气。"⑤王九徵的诗歌创作出入唐、宋,对于晋安诗派的诗歌传统而言是一次变革。时人张远对王九徵的诗歌多所评价,详见《国朝全闽诗录初集》卷十王九徵条下诸诗后。

《题曹山俱为禅人画松泉图》诗后引王九徵之子王敕"《竹村诗集》跋云:先君子生而颖异,博极群书,著述几等身。工古文词,尤精诗律,老而弗倦。自乙巳(康熙四年,1665)以迄甲午(五十三年,1714),五十年间,得诗二千余首。其成于名山大川所阅历者,什居四五。奚囊所贮,卷帙错综,恐久而漫漶剥蚀,因依年次钞录,汇为一集。其已付梨枣,如《北征日记》、《竹村近集》、《梅花诗》、《武夷游草》、《楚游草》、《南游草》及《征途杂咏》、《上谷秋园客窗杂怀》诸版,家存者不录。至旧刻已毁,亦补载焉。小子壮而失怙,抵今三十余载。抱兹遗编,手泽犹新,不胜泫然涕下云。时乾隆戊辰(十三年,1748)仲冬朔日,(王)敕谨书。"⑥按:王敕,字圣仲。克绍家学,研究易理。雍正七年己酉(1729)举人,官安溪教谕,以实学课士。王敕之子王阶升,乾隆九年甲子(1744)举人⑦。王氏家族亦一科举家族。

## No. 102　闽县官氏家族

官于宣:《雪湄集》(同治刊本《福建通志》卷六十七)

官崇:《志斋文钞》一卷⑧(同治刊本《福建通志》卷六十八、民国《闽侯县志》卷四八《侯官艺文志》。民国《福建通志·福建艺文志》卷六十五题《官志斋文钞》)、《公车草》□卷、《丰州草》□卷、《永阳草》□卷、《常惺斋草》□草(《桐城文学撰述考》卷四)

**谨按:**官氏虽散居于福建各府县,但在福建境内仍为人数较少的宗族。谱云福建官氏出楚怀王幼子子兰,为上官邑大夫,以为氏。子兰第三十三代孙上官偕,唐代元和四年(809)进士,任福州户曹参军,定居福州城内塔巷,为官氏入闽始祖。其子孙再从福州迁浙、赣、粤及省内各府州县。

闽县官于宣,字仲甫,号雪湄。顺治八年辛卯(1651)福建乡试举人中式,与赵沂、陈丹赤、叶矫然、陈丹荩、林荣芬等同年;十五年戊戌(1658)成进士,与林云铭、富鸿业、蔡而烜等同年。传见同治刊本

---

① 《国朝全闽诗录初集》续集卷四,第552页。
② 郑祖庚《侯官乡土志》卷三,原第四十五页,影印第191-192页。
③ 柯愈春《清人诗文集总目提要》,第320页。
④ 同治刊本《福建通志》卷六十八,影印第1396页。
⑤ 《国朝全闽诗录初集》卷十,第208页。
⑥ 《国朝全闽诗录初集》卷十,第214-215页。
⑦ 民国《福建通志》总卷三十九,《福建文苑传(清一)》卷七,王九徵传,原第二十八页。
⑧ 李灵年等《清人别集总目》著录,题《志斋居士文钞》一卷,福建师范大学图书馆藏钞本,上海图书馆藏嘉庆十三年刻本(第1517页)。

《福建通志·良吏传》、民国《福建通志·福建循吏传》卷十一等。

侯官官崇(1748—1796[①])，字述言，号志斋。其诗集名《永阳草》，疑其原籍永福。乾隆四十四年己亥(1779)恩科福建乡试举人中式，与张经邦、郑光策、龚景沆、许作霖等同年。嘉庆元年(1796)举孝廉方正，行至吴中，病卒，年四十九。传见同治刊本《福建通志·孝义传》、民国《福建通志·文苑传》等。《侯官乡土志·耆德录》官崇传："尝学古文于建宁朱仕琇。"[②]刘声木《桐城文学渊源考》朱仕琇下合朱仕琇本人，列朱氏门下80人，最早金荣镐，最称高第则侯官官崇[③]。谢金銮称其诗"理有余而神气酣足"[④]。

官崇尝为陈烺创作的传奇题词，请参看本书"闽县陈烺家族"条引文。

《侯官乡土志·耆德录》有岁贡生官庄(字则敬)传。官庄以岁贡生谒选，官建宁训导、泰宁教谕、宁化教谕等。

## No.103 闽县林侗家族

林侗:《兰话堂金石考略》、《来斋金石考》三卷(民国《福建通志·福建艺文志》卷三十七作《来斋金石考略》三卷)、《李忠定公年谱》二卷、《汉隶考》、《昭陵石迹考略》一卷(民国《福建通志·福建艺文志》卷三十七作《昭陵石迹考》，林佶《金石录序》作《昭陵石刻考》)、《井墅识途》一卷、《来斋选古》十卷、《荔水庄诗草》、《久中楼集》(同治刊本《福建通志》卷六十七)、《集古帖》、《昭陵石迹考》、《李忠定年谱》(民国《福建通志》总卷三十九，《福建文苑传(清一)》卷七林侗本传)、《金石录》二卷(林佶《金石录序》)

林佶(林侗弟):《汉甘泉宫瓦记》一卷(民国《福建通志·福建艺文志》存目卷二十五题《甘泉瓦记》，卷三十八又题《汉甘泉宫瓦记》一卷)、《甘泉宫瓦诗》一卷、《焦山古鼎诗》一卷、《朴学斋文集》十卷(民国《福建通志·福建艺文志》卷六十四作《朴学斋集》十卷)、《诗集》十卷(《四库全书总目》卷一百八十四作《朴学斋诗集》十卷)(同治刊本《福建通志》卷六十七)、《御览赋》一卷、《朴学斋文稿》一卷、《诗稿》十卷(刘声木《桐城文学渊源考》卷一)、《朴学斋诗文稿》[⑤]、《献赋始末》一卷(刘声木《桐城文学撰述考》卷一)、(分纂)《诗经传说》、(汇纂)《子史精华》、《朴学斋诗文集》、《全辽备考》[⑥]、《游水尾岩记》、《精华录》(辑)、(同纂)《古今图书集成》(民国《福建通志》总卷四十五，《福建列女传》卷二，张柔嘉传)、《焦山古鼎考》(《黄任集·黄任年表》)、《朴学斋小记》(民国钞本)、《长生未央瓦册》(翁方纲《复初斋诗集》卷六十七《又题侯官林氏长生未央瓦册》)、《兰话堂未央瓦册》(《复初斋诗集》卷六十七《林吉人兰话堂未央瓦册邀兰卿兰雪同赋又书一绝》)、《朴学斋诗稿》十卷(《清代诗文集汇编》第205册影印乾隆刻本)、《朴学斋文稿》不分卷(《清代诗文集汇编》第205册影印)、《朴学斋稿》十卷(康熙四十四年刻本，复旦大学图书馆藏)、《朴学斋小记》附遗文(《福建丛书》稿本，福建省图书馆藏)、《朴学斋文稿》二卷诗稿十卷(道光五年荔水斋刻本，上海图书馆等处藏)(李灵年等《清人别集总目》第1359页)

林正华(林佶子):《惰农遗稿》(同治刊本《福建通志》卷六十七)

---

① 嘉庆四年己未(1799)，官崇之友梁运昌在京作《闻官志斋赴孝廉方正举殁于清湖旅邸哭之》，有句"旅舍秋灯捐馆日"(《秋竹斋诗存》卷三，《清代诗文集汇编》第499册，影印第25页)，知其卒于本年秋。若得年四十九，其生卒年为1754—1799。与《福建通志》本传所记不合。

② 郑祖庚《侯官乡土志》卷三，原第十五页，影印第131页。

③ 刘声木《桐城文学渊源考》卷十二。

④ 民国《福建通志》总卷三十九，《福建文苑传(清二)》卷八，第十二页。

⑤ 柯愈春《清人诗文集总目提要》著录《朴学斋诗文稿》，分诗稿十卷、文稿二卷，道光五年荔水斋重刻本，上海图书馆藏；又引乾隆《福州府志》卷七十二记载，所著《朴学斋文集》十卷、《诗集》十卷(第387页)。

⑥ 按:民国《福建通志·福建艺文志》卷三十四著录"《金辽备考》二册，莆田林佶著"(第四页)，误。

林正青(林佶子):《小海场志》、《榕海旧闻》①、《榕海诗话》、《瓣香堂诗文集》四卷(同治刊本《福建通志》卷六十八)、《瓣香堂诗集》(《国朝全闽诗录初集》续集卷七林正青条)、《瓣香堂诗集》一卷、《文集》一卷、(参纂)(乾隆)《福州府志》七十六卷②(刘声木《桐城文学渊源考》卷一、《桐城文学渊源撰述考》卷一)、《榕海诗话》八卷(民国《福建通志》总卷二十五,《福建艺文志》卷七十五)、《榕城旧闻》(《桐城派编年》第 82 页)、《林正青诗话》二册(杨浚《冠悔堂书目》、郭白阳《竹间续话》卷四)、《榕海旧闻》五十卷(郭白阳《竹间续话》卷四)、《瓣香堂集》(民国《福建通志》总卷二十五,《福建艺文志》卷六十五)、《瓣香堂集钞》(谢章铤《赌棋山庄余集》文集卷二《瓣香堂集钞序》。柯愈春《清人诗文集总目提要》第 504 页作《瓣香堂集》,谢章铤钞本,二卷)、《瓣香堂诗集》十卷(清钞本)③、《小海场新志》十卷(乾隆四年刻本)

林在莪(一作林在峩,林佶子):《陶舫集》(同治刊本《福建通志》卷六十八、民国《闽侯县志》卷四八《侯官艺文志》)、《砚史》④十卷(民国《福建通志》总卷二十五,《福建艺文志》卷三十八)

林澄源(林侗子):《芙蓉山馆集》(同治刊本《福建通志》卷六十八、民国《闽侯县志》卷四八《侯官艺文志》)

何珽(林侗外曾孙):《小山诗草》一卷(同治刊本《福建通志》卷六十八)

**谨按:**闽县林侗家族在康熙间的诗坛和艺术史上具有重要的地位。

林侗(1627—1716),字同人,号来斋、于野,林逊(立轩)之子。家光禄坊,所居有石芝山馆、景屏轩、来鹤庐、兰话堂、荔水庄诸处。林氏家族墓地在福州义井山⑤。明清易代之际,乱后家毁,以其半赁人,余老屋三楹⑥。林逊,字敏子、立轩。清初,以岁贡授校官,旋中顺治十一年甲午(1654)副举人,官三原、开州、达州等地。林侗,康熙间诸生,以博雅闻。随父宦秦中,搜集金石文字。康熙十五年(1676)任尤溪教谕,失明归里。筑荔水堂、蒹葭草堂。康熙五十五年(1716)卒,年八十九。林侗传见同治刊本《福建通志》卷二百三十九《文苑传》。

同治刊本《福建通志》著录林侗著作,注引《四库书目提要》(即《四库全书总目》)云:"侗字同人,喜录金石之文。……大抵取之顾炎武《金石文字记》,而颇以己意为折衷,多所考据。"著录其《李忠定公年谱》二卷,引林侗自序,云:"康熙乙丑(二十四年,1685),有毁公(李纲)墓而盗其石者,遂与陈叟发曾、家弟佶走谒(桐口)墓下……吴门诸君谓宜梓行。戊寅(三十七年,1698)夏,嘉兴朱彝尊先生至闽,云……(略不引)"著录其《昭陵石迹考略》一卷,注引潘耒序:"同人侍其尊人宦游秦中。"⑦知林侗与明末清初名士朱彝尊、潘耒等交游甚密,又倾慕顾炎武的学问,能考据。

《竹间十日话》卷一载林侗事迹⑧。《国朝全闽诗录初集》林侗条选其诗《和叶相国文忠公过闽王坟诗》,引林侗自记云:"天启丁卯(七年,1627)仲夏……有诗八首……其时和之者有徐、陈、周诸公,皆琳

① 按:民国《福建通志·福建艺文志》卷三十二作林佶著(第二页),梁章钜《退庵诗存》卷五《冯恪甫陶舫第三集》诗中自注云"鹿原先生子苍岩著《榕海纪闻》,孙涪云著《砚史》。"(《清代诗文集汇编》第 515 册,影印第 70 页)谢章铤《赌棋山庄余集》文集卷二《小海场盐大使林正青别传》云林正青著(《清代诗文集汇编》第 681 册,影印第 90 页)。

② 据乾隆《福州府志》之《目录》及《修志姓氏》径改刘声木《桐城文学渊源考》卷一、《桐城文学渊源撰述考》卷一著录的该书书名及其卷数。刘声木《桐城文学渊源考》卷一著录林正青《神州府志》□卷,《桐城文学渊源撰述考》卷一著录林正青佐修《福州府志》□卷。

③ 福建人民出版社《福建文献集成初编》第 163 册影印福建省图书馆藏稿本,十卷。

④ 谢章铤《樾亭杂纂序》:"心香先生有《研史》。"林在莪,"字心香"(《赌棋山庄余集》文集卷二,《清代诗文集汇编》第 681 册,影印第 98、99 页)。《福建文献集成初编》第 116 册影印国家图书馆藏清钞本《砚史》十卷。

⑤ 陈衍《石遗室诗话》卷十六,第一条,第 223 页。

⑥ 晚清光绪间,林佶故居为闽县刘家镇之孙、刘齐昂之子刘学畲(刘礼耘,《郑孝胥日记》一作礼芸)所得,陈衍《石遗室诗话》卷十六录有《赠主人刘礼耘学畲》诗(第 222 页);刘氏与侯官郑氏有姻亲之缔,郑孝胥称刘荫孙为表弟(《郑孝胥日记》,第 67 页),称刘齐浔(子澂)为"五(表)叔"(第 67 页)。

⑦ 同治刊本《福建通志》卷六十七,影印第 1380 页。

⑧ 郭柏苍《竹间十日话》卷一,第 12 页。

琅可诵，殆尽九十余年矣。……八十一老人来斋侗记于蒹葭堂，时丁酉(康熙五十六年，1717)初秋朔日也。"[①](第 230 页)根据此序，林侗出生于崇祯十年丁丑(1637)，非天启七年丁卯(1627)。恐误记。

《黄任集·黄任交游人物表》列有林侗、林佶兄弟[②]。林侗之弟林佶(1660—1731[③]后)，字吉人，号鹿泉、长林。尝署侯官林佶。家光禄坊，筑朴学斋读书处(中有志在楼、栖鹤巢)、陶舫书屋、瓣香堂、北阡草堂[④]、蒹葭草堂[⑤]、林亭别业，另有室名鹿眠庵、长林山庄、竹声柏影轩、荔水轩、警露轩、梁园等，藏书印有"鹿原林氏藏书"、"吉人藏书"、"朴学斋印"、"长林"、"佶之"、"吉人之辞"、"臣佶之印"、"林佶之印"、"鹿原学者"、"鹿原"、"吉人父印"等[⑥]。晚明福州藏书家徐燉、谢肇淛旧藏大部分归其所有[⑦]，达十余万卷，"几复鳌峰徐氏之旧"[⑧]。闽县黄晋良晚年门人[⑨]。结识顾嗣立[⑩]、张远、林绪光[⑪]、黄任[⑫]、侯官许氏家族中多人许遇、许鼎、许均[⑬]等当时闻人诗友，尤其与许氏论交三代，与许均过从五十余年[⑭]。康熙三十八年己卯(1699)科举人。四十五年丙戌(1706)，林佶特旨入直武英殿抄写御集。康熙五十一年壬辰(1712)特赐进士，官内阁中书[⑮]。雍正元年癸卯(1723)罢官[⑯]。

同治刊本《福建通志》著录林佶著作，引《四库书目提要》："工楷法，文师汪琬[⑰]，诗师陈廷敬、王士祯[⑱]。琬之《尧峰文钞》、廷敬之《午亭文编》、士祯之《精华录》皆其手书付雕。廷敬、士祯之集皆刻于名位烜耀之时，而琬集则缮写于身后，世以是称之。诗渊源有自，故体格犹为近古。"[⑲]《国朝全闽诗录初集》林佶条："字吉人，号鹿原，闽县人。康熙五十一年壬辰钦赐进士，授内阁中书。有《朴学斋诗稿》。"引《注韩居诗话》："先生世居郡城光禄坊，家多藏书。徐尚书(徐乾学)刻《通志堂经解》，朱检讨(朱彝尊)选《明诗综》，皆就传抄。又性喜金石书画册、端砚，工篆隶、二王书法。又有《焦山古鼎》、《甘泉宫瓦》诗各一卷，刻于《昭代丛书》中。"[⑳]刘声木《桐城文学渊源考》林佶传："师事汪琬，受古文法。诗则师事王士祯。诗文皆渊源所自，当时几为天下第一人。义法体格犹为近古。"[㉑]民国《福建通志·福建文苑传》林佶传称其"文辞典雅，矩矱有余"。[㉒] 二传本之潘耒序《朴学斋集》："林子吉负笈来吴，从汪钝翁

---

① 《国朝全闽诗录初集》卷十一，第 230 页。

② 《黄任交游人物表》，《黄任集》，第 595、596 页。

③ 卢美松《松轩话史》，第 39、71 页。

④ 按：民国《闽侯县志》卷十三《园宅下》著录林佶朴学斋、乌石山东瓣香堂、义井北阡草堂(原第五页，影印第 44 页)等处别业。

⑤ 黄晋良《首夏同膺玉克溥克千台臣访吉人于蒹葭草堂觞咏竟日各赋五言》，《和敬堂全集》诗部卷五。

⑥ 李鹏连《明代罕存刻本〈文章辨体〉递藏源流考略》，载《湖南师范大学社会科学学报》，2016 年第 3 期，第 121-122 页。又，"吉人之印"，见株式会社东京中央拍卖 2015 年 9 月 5 日拍卖会拍品"林佶铭渔洋山人小像鳝鱼黄澄泥砚"(LOT 号：2131)。

⑦ 林佶《青儿得鳌峰徐兴公遗书五十余种录其目与跋寄至京邸喜而有作并示岍儿》有句叙谢、徐"勤录肆探颐。精骑裒万余，秘本购千百"及"煌煌二千本，奕奕充余宅"(《朴学斋诗稿》卷一，《清代诗文集汇编》第 250 册，影印第 493 页)。

⑧ 林佶《上御史某公书》，《朴学斋文稿》，《清代诗文集汇编》第 205 册，影印第 616 页。

⑨ 林佶所作《己巳春三日侍家大人同黄处安谢青门陈白岩三公饮梅花下》(《朴学斋诗稿》卷二)系黄晋良卒年雅集纪事。

⑩ 林佶《朴学斋诗稿》卷三有《人日集顾十一秀野春树草堂得江字》、《再集春树草堂》、《次韵题顾秀野双井书屋》、《六月八日集秀野晚翠阁用东坡白鹤峰新居韵》、《六月二十四日再集晚翠阁予不至仍和前韵》诸诗。

⑪ 林佶《岁杪家凤溪移居一亩居张旡闷唱迁字韵诗得八叠余未得和入正元夕凤溪招饮促和遂次其韵》，《朴学斋诗稿》卷七。

⑫ 林佶《送黄莘田谒选入都》三首，《朴学斋诗稿》卷十。

⑬ 林佶有《题许月溪(许遇)画松》、《集许氏石林次韵》、《为许雪邨(许均)题其乃翁月溪岁寒清节图》、《许梅崖(许鼎)以荔枝酒见示辄次其韵》、《莘城大令许月溪(许遇)邀郊行作》四首，《朴学斋诗稿》卷九；《送许雪邨太史入都》，同书卷十。

⑭ 林佶《送许雪邨太史入都》其一："里巷过从五十春，论交三世缔重姻。"(《朴学斋诗稿》卷十，《清代诗文集汇编》第 205 册，影印第 594 页)

⑮ 俞樟华、胡吉省《桐城派编年》，第 68、81 页。

⑯ 林佶《癸卯罢官出都宿磐石庵》，《朴学斋诗稿》卷七。

⑰ 林佶有诗《己巳除夜侍汪尧峰夫子端清堂宴》(《朴学斋诗稿》卷五)。己巳，康熙二十八年(1689)。

⑱ 林佶有诗《戊寅子月九日雪后集新城王公第赋谢》。戊寅，康熙三十七年(1698)。

⑲ 同治刊本《福建通志》卷六十七，影印第 1380 页。

⑳ 《国朝全闽诗录初集》续集卷五，第 575 页。

㉑ 刘声木《桐城文学渊源考》卷一。

㉒ 民国《福建通志》总卷三十九，《福建文苑传(清一)》卷七，原第二十三页。

游,讲古文之法,复之都门,与诸贤公卿、豪隽之士上下其议论,其文词清醇典雅,矩矱有余。”[①]《四库全书总目》:“兹集古体诗三卷,今体诗七卷,渊源有自,故体格犹为近古。特才分差弱,出手微易耳。”[②]陈寿祺以为其诗“殊不振”[③]。从《朴学斋诗稿》的创作实际看,林佶之诗多摹仿、次韵韩愈(“昌黎体”[④])、苏轼、白居易、王士禛等诗人之作。诗才颇赡,诗题《戊寅夏游新安有嘱榜书扶松居者并作歌贻之》尝叠药韵七古长诗至十五叠[⑤]。

林佶在自身撰述之外,所写刻汪琬《尧峰文集抄》、王士禛《古夫于亭稿》、《渔洋山人精华录》、陈廷敬《午亭文编》,均署“侯官门人林佶誊写”,称“林氏四写”。

林佶之师汪琬(1624—1691)是清初著名的古文家,诗宗宋、金诸家之胜。《清史列传》汪琬传:“古文自明代肤滥于七子,纤佻于三袁,至启、祯而敝极。国初风气还醇,一时学者始复唐、宋以来之矩矱。……(琬)颇近南宋诸家,庐陵、南丰固未易言,接迹唐、归无愧色也。……诗则兼范成大、陆游、元好问之胜。少年所拟六朝、三唐诸体,则夷然弃之。”[⑥]林佶生活的年代与泉州府安溪籍大学士李光地(1642—1718)差近而稍晚,是一位被列入《桐城派编年》纪事的闽籍古文作家。

林佶娶侯官人、惠来令张应良之女张柔嘉。张氏少通经籍、《女训》。传见民国《福建通志·福建列女传》卷二、卷四,重出。

林侗之子林正华[⑦],字渭云,号北陇、惰农。雍正间国学生。著有《惰农遗稿》。名列《黄任集·黄任交游人物表》。传附同治刊本《福建通志·文苑传》林侗传。

林侗之子林澄源,字章汉,一字云泉。乾隆元年丙辰(1736)举人。

林侗之婿、侯官许均(娶林侗本生女廖淑筹),请参看本书“侯官许氏家族”条下。

林佶之子林正青、林在衡、林在莪(一作峩,号轮川[⑧])、林玉衡[⑨]:

林正青(1680[⑩]—1756[⑪]),字洙云、苍岩,林佶长子、郑开极婿。以侯官籍岁贡,辟授刑部山西司学习行走。雍正十一年(1733)简淮南小海场大使,有林菩萨之誉。以母年老乞终养,归治馆舍为陶舫。与谢道承、黄任、陈治滋、游绍安等友善[⑫]。预修《福州府志》。《国朝全闽诗录初集》续集卷七有林正青传及选诗,诗《集张七孝国斋头分赋八公山怀古》、《中秋同犀水(庄国仪)古梅(谢道承)渭云(林在华)白岩游开化寺》等。民国《福建通志》著录林正青《瓣香堂集》,引谢章铤《赌棋山庄余集》,称谢氏假之友人刘永松(筠川),刘永松得之于乌山程氏,论曰:“吉人(林佶,林正青父)于汪钝翁(汪琬)、陈午亭(陈廷敬)为高弟,洙云耳濡目染,故其文颇进退有法度,而不合者十之一二耳。”引陈衍《石遗室书录》云:“钞本分《陶舫后集》、《燕游集》、《吴游集》、《小海集》、《小海后集》、《北行集》。其《燕游集》之前尚

① 民国《福建通志》总卷二十五,《福建艺文志》卷六十四,第二十四页,引。按:《朴学斋文稿》潘耒序原作:“林子吉人闽士之杰出者,少以才学鸣于其乡,欿然不自慊。负笈来吴,从汪钝翁游,讲古文之法,复之都门,与诸贤公卿、豪隽之士上下其议论,见闻博耳蕴蓄深,故其文辞清醇典雅,文质相宜,矩矱有余,而精义不乏,固不徒守其法而有意乎储材者。”(《清代诗文集汇编》第205册,影印第599-600页)

② 永瑢等《四库全书总目》卷一八四,《〈朴学斋诗集〉提要》,影印第1668页。

③ 陈寿祺《答何岐海书》,《左海文集》卷四下,《清代诗文集汇编》第499册,影印第195页。

④ 林佶《述愁三十四韵效昌黎体》,《朴学斋诗稿》卷一。

⑤ 林佶《朴学斋诗稿》卷二,原第六至十六页,《清代诗文集汇编》第205册,影印第497-502页。

⑥ 《清史列传》卷七十,汪琬传。

⑦ 按:民国《福建通志·福建文苑传》林侗传作林在华(《福建文苑传(清一)》卷七,原第二十三页)。

⑧ 萨玉衡《题冯笏畊陶舫三绝句》其一“闽川名士数轮川,《砚史》能将朴学传”及注“轮川辑《砚史》十卷。”(《白华楼焚余稿》,《清代诗文集汇编》第484册,影印第631页)

⑨ 林佶有诗《北禅结夏》,据诗序及所次韵各人之诗,分别次外甥陈治滋(德泉)、侄儿林正华(渭云)、子林正青(洙云)、林在衡(湘云)、林在峩(涪云),末二诗“次泾儿韵”(《朴学斋诗稿》卷二,《清代诗文集汇编》第205册,影印第524页),“泾儿”当是林玉衡。

⑩ 游绍安《题林苍岩正青一砚归耕图》自注:“林正青七十一,黄任六十八,陈广六十八,刘敬与六十九,游绍安六十九。”(转引自《黄任年表》,《黄任集》第582页)

⑪ 连天雄、郭云《黄任年表》,《黄任集》第586页。

⑫ 谢章铤《小海场盐大使林正青别传》,《赌棋山庄余集》文集卷二,《清代诗文集汇编》第681册,影印第90页。

有一集，首页破损，不知其集名矣。道光《通志》作《诗文集》四卷。"[①]

林佶次子林在衡，字湘云。名列《黄任集·黄任交游人物表》。[②] 林佶三子林在莪，字涪云，又号翰川。居陶舫。博雅好古，工文词、书翰。预修《古今图书集成》。嘉庆十八年(1813)，陈寿祺《陶舫诗三十韵为冯氏兄弟作》有句"二云稍接踵"，注云："谓鹿原子洙云、涪云，皆有集。"[③]传附同治刊本《福建通志·文苑传》伯父林侗传。子林擎天，字心香[④]。善书。

林佶侄颖云(1660—?)，林佶作有《寿颖云侄》。据此诗，康熙五十八年己亥(1719)正月十七日，林颖云年五十[⑤]，长林佶二十岁。

林侗外曾孙何珽，字小山。嘉庆间人。尝撰《题冯笏軿陶舫诗册后序》，备述四十年间(1776—1816)光禄坊林氏陶舫盛衰、易手冯缙之事[⑥]。

林佶有诗《示旼孙》二首。其一："稚孙惟汝好吟诗，音节分明也自奇。天上麒麟原有种，我家骐骥会争驰。再传门第伊谁寄，万卷书香好待披。"[⑦]

## No.104　侯官蓝镏家族

蓝涟：《蓝采饮集》(同治刊本《福建通志》卷六十八、民国《闽侯县志》卷四八《侯官艺文志》。民国《福建通志·福建艺文志》卷六十四作《采饮集》十卷[⑧])

**谨按：**蓝镏(1600—1688后)[⑨]，字兴汉，明末清初侯官人。善篆隶。能诗。

黄晋良《三老小纪》次列蓝镏传："蓝山人讳镏，字兴汉。侯官人。亦生神宗代，今年八十有六。父曰楚江公，博学多才艺，兼通三苍五雅，尤精篆、籀。与黄太湖、陈振狂、长源、徐兴公辈结竹溪之社。同时谢在杭、曹能始两先生引为文章道谊之交，著述最富。兴汉当龆龀时即传其学，性质强毅磊，不屑于举子业，独以篆、隶自怡。间学秦玺、汉官私印章，切玉镂文，意法兼赡，诸小学为雕虫，望之若河汉也。中岁见赵凡夫作草、篆，颇有殳书遗意，独心好之，是后往往用此给人之求。……有弟曰铢，向游江湖，有声燕、赵间。"[⑩]有诗《蓝公漪(蓝镏之子)重游燕赵过别附题行卷》[⑪]、《秋分后苦热李章甫邀同蓝兴汉陈筠园齐仪鲁谢尔方林吉人集逸光堂纵观古墨迹洎吾党往还尺牍皆部次装潢成帙感而有作》、《蓝翁兴汉少学蔡云阳书识龙鸟岣嵝碑字晚尤好赵凡夫近代变体作草篆如画家写生于今年八十六玄鬓苍颜神如龙马初夏诞日友人谢青门拉余同拜各得诗三首为赠蓝翁喜而与酒焉》[⑫]等多首。

---

① 民国《福建通志》总卷二十五,《福建艺文志》卷六十五,第二页。按:所谓《赌棋山庄集》非是,当出《赌棋山庄余集》文集卷二《瓣香堂集钞序》,"十之一二"原作"十之二三"。

② 黄任《黄任集》,第596页。

③ 陈寿祺《左海诗钞》卷一,《清代诗文集汇编》第499册,影印第518页。

④ 谢章铤《樾亭杂纂序》以为林在莪字心香(《赌棋山庄余集》文集卷二,《清代诗文集汇编》第681册,影印第99页)。

⑤ 林佶《朴学斋诗稿》卷二,《清代诗文集汇编》第205册,影印第493页。

⑥ 卢美松《松轩史话》,第40页,引。

⑦ 林佶《朴学斋诗稿》卷七,《清代诗文集汇编》第205册,影印第560页。

⑧ 柯愈春《清人诗文集总目提要》著录此集,云"在粤东尤久。与陈恭尹、梁佩兰交善。此集有诗无文,卷次未刻,实为十卷,赵光荣等订,康熙五十二年赵光荣刻,国家图书馆藏"。(第239页)

⑨ 黄晋良作有《三老小纪》,首何维章,"何公生二十三年,黄子始来",据文中及黄晋良生年推知何维章生于万历二十年壬辰(1592),"自万历壬辰及今康熙乙丑(二十四年,1685),历九帝,年九十有四";次蓝镏,"今年八十有六";其三陈懋庄,"与蓝兴汉同生于庚子"(《和敬堂全集》卷十三,原第四、五页,《清代诗文集汇编》第54册,影印第208页),知蓝镏生于万历二十八年庚子(1600)。又,《赠三老诗》其二为蓝镏作,诗后注:"蓝公八十七"(同书,诗部卷七,影印第279页),则蓝镏高寿,至作诗之年康熙二十五年丙寅(1686),年已八十七。黄晋良又有《隐士陈四纬名象鼎今年九十四于余有相知之契自长乐寄酒来讯用韵答之》,诗后注"蓝兴汉、(中表兄)陈愉庵各八十九"(《和敬堂全集》诗部卷二十四,原第十页,影印第413页)。

⑩ 黄晋良《和敬堂全集》文部卷十三,原第四、五页,《清代诗文集汇编》第54册,影印第208页。

⑪ 黄晋良《和敬堂全集》诗部卷五。

⑫ 同上书,诗部卷十五。

同治刊本《福建通志》蓝镏之子蓝涟传:"蓝涟,字公漪。康熙间布衣。父镏,善篆隶。涟博洽工诗、篆草、八分,有父风,兼擅绘事。遨游江湖,在吴越,友吴伟业、毛奇龄;在岭南,善陈恭尹、梁佩兰。诗磊落有奇气。年八十余卒。"①民国《福建通志》著录蓝涟《采饮集》十卷,引《闽游诗话》:"公漪为人磊落有奇气,诗亦如之,画居逸品。生平足迹半天下,年逾七十,没于广州。查初白编修游粤时,与相倡和,甚相得。"②蓝涟的生卒年说法不一,有以上"八十余"、"逾七十"两种,黄晋良诗《蓝公漪重游燕赵过别附题行卷》有"翁年九十余"③句,殊不可解。

蓝涟,初名滋,字公漪。《国朝全闽诗录初集》有其传及诗,引《注韩居诗话》论云:"公漪遨游江湖,诗磊落有奇气。字带隶体,画效云林。集中有《临倪迂画》五古云:'……书画及文章,关捩同一逵。犹明七子后,雅有钟、谭诗。此理惟意会,难与常人知。'窃谓画之淡远者或胜于纤秾,故顾、陆之后,不可无元稹。诗之空疏者,必流于鄙俗,则高、李之后,不必有竟陵。公漪相持并论,未免比拟失伦。全稿中古体间有俚率之句,似染钟、谭余习。近体则纯乎唐音,百余年来闽中言诗者,必推及《采饮》,良有以也。"④

《国朝全闽诗录初集》卷六诗人洪斌有诗题《饮酒诗和蓝公漪韵》⑤,同书诗题《往在金陵同吴梅村黄俞邰周雪客蔡龙文玑先寻十四楼故址归饮酒雨花台大醉酒家杏花树下》⑥忆唱和往事。蓝涟事迹又载郭柏苍《竹间十日话》卷一。林佶有五古《题蓝采饮归山图》、七古《题蓝采饮画》⑦、七律《溪行次蓝采饮韵》六首、七律《宿湖口忆蓝采饮有远梦欲寻溯口路句因为是诗》⑧等。

## No. 105　长乐王膺祺家族

王膺祺:《爰书》、《金矢》(同治刊本《福建通志》卷六十九《经籍志》题《爰书金矢》)、《天籁》、《太平新书》三十章、《纂集太平清谕》十六条(民国《长乐县志·循绩传》本传引乾隆贺志)

王颖如:《孝经颂赞》、《三楼纪胜》、《天籁集》三十卷、《续集》(同治刊本《福建通志》卷六十九)、《日记》(民国《长乐县志》本传)

**谨按:**明末清初作家王膺祺兄弟系长乐县梅花所(即今梅花镇,在福州市长乐区最东面,濒海)人,他书误作闽县人。

同治刊本《福建通志》卷六十九《经籍志》著录王膺祺兄弟的著作,俱列入清代。王膺祺传见同治刊本《福建通志·良吏传》,以其仕清,民国《长乐县志·循绩传》列入清代:"字哲鸣,一字亨五。梅花人。幼倜傥有大志。明崇祯末,海氛方炽,作《平海论》,侍郎董应举奇之。年十九,补弟子员。适巡抚熊文举征海失利,下令禁海,膺祺抗之,巡抚欲陷以大辟,奔入京,将击登闻鼓,值明亡。顺治元年,祺上惩贪疏,旨嘉予之,授晋州知州。……擢湖广岳常道,因忤权贵解组,归,时年四十五。尝自谓四十以前为人所不敢为,始知天下事惟有志竟成;四十以后,止人所不能止,始知天下事当见几而作。后家江西乐安县。三子廷广归守坟墓。卒年八十余。著《太平新书》三十章、《纂集太平清谕》十六条及《爰

① 同治刊本《福建通志》卷二百三十九,原第八页,影印第4312页。

② 民国《福建通志》总卷二十五,《福建艺文志》卷六十四,第十七、十八页。

③ 黄晋良《蓝公漪重游燕赵过别附题行卷》中有"翁年九十余。五经尚在手,苍雅备欢娱"(《和敬堂全集》诗部卷五,原第十六页,《清代诗文集汇编》第54册,影印第269页)等句。

④ 《国朝全闽诗录初集》卷六,第119-120页。

⑤ 《国朝全闽诗录初集》卷六,第119页。洪斌,号方崖,康熙间参将。著有《鹿溪草》。

⑥ 《国朝全闽诗录初集》,第131页。省去诗题中顿号。

⑦ 林佶《朴学斋诗稿》卷一、卷二。

⑧ 同上书,卷五。

书》、《金矢》、《天籁》等集。"①

同治刊本《福建通志・经籍志》著录王颖如《天籁集》，书名下注："颖如为膺祺弟。年十三，从董应举游镇海楼，仿王勃《滕王阁序》，诗立就数千言，语极壮丽。"《(天籁集)续集》下注："颖如，字哲开，邑诸生。《府志》作闽县人。"②民国《长乐县志・文苑传》王颖如传："字哲开。兄膺祺，传见《循绩》。颖如性颖异而度宏远，年十三随董应举游镇海楼，仿王勃作《滕王阁序》，顷刻数千言，语极壮丽。与兄相友爱。著有《日记》、《天籁集》三十卷及《孝经颂赞》、《三楼纪胜》诸篇。"按语："颖如实梅花所人，《府志》误入闽县。"③

## No. 106　侯官郑开极家族

郑开极：(主纂)康熙《福建通志》六十四卷、(刻)《(黄道周)九经解》(民国《闽侯县志》卷六十九本传)、《黄石斋经解》九种(《注韩居诗话》)

郑基：《耕云诗草》④(同治刊本《福建通志》卷六十八、卷二百二十六郑开极传附郑基传)

郑际熙：《易朔》、《浩波遗集》三卷(同治刊本《福建通志》卷六十八)、《杜律篇法》二卷(民国《闽侯县志》卷四八《侯官艺文志》)、《浩波集》(《桐城派编年》)

郑际唐：《传砚斋诗稿》四卷(同治刊本《福建通志》卷六十八、民国《闽侯县志》卷四八《侯官艺文志》)、《须庵遗集》(民国《福建通志》总卷二十五，《福建艺文志》卷六十五)、《须庵诗集》十一卷(稿本，福建省图书馆藏)、《云门随录诗》一卷(稿本，北京大学图书馆藏)、《须庵集》不分卷(清钞本，福建省图书馆藏)、《须庵遗稿》四卷(稿本，福建师范大学图书馆藏)、《须庵遗集》二卷(乾隆六十年刻本)(柯愈春《清人诗文集总目提要》第800页)

郑元庆(郑开极族子，归安人)：《石柱记笺释》五卷(民国《福建通志》总卷二十五，《福建艺文志》卷三十)

**谨按：**侯官郑开极(1638—1719)，字肇修，号几亭，一作幾庭⑤。元末郑靖自休宁迁福建怀安县⑥。顺治十八年辛丑(1661)进士。改选庶吉士，散馆授编修，为康熙皇帝幼年伴读。历官左谕德左春坊、浙江学政。康熙十七年(1678)辞官归里。筑别墅于福州兴贤里。尝总纂康熙《福建通志》六十四卷，刻黄道周《九经解》等。子五⑦：郑辉(煇)、郑焯、郑燮、郑焕、郑烈，甥林枝春，孙二十五人。传见同治刊本《福建通志》卷二百二十六。

《国朝全闽诗录初集》有郑开极小传及所选诗，引《注韩居诗话》云："先生己酉(康熙八年，1669)典试云南，辛未(康熙三十年，1691)督学浙江，通籍六十年，家居者四十载。尝校刊《黄石斋经解》九种。甲子(康熙二十三年，1684)修《福建通志》，实总其事。丁酉(五十六年，1717)乡试，年八十重宴鹿鸣。子辉、焯、焕，乙酉(四十四年，1705)同举于乡。"⑧

民国《闽侯县志》郑开极本传："字肇修，号几亭。顺治辛丑进士，选庶吉士，授编修。康熙八年

---

① 民国《长乐县志》卷二十四，原第十五、十六页，影印第474、475页。

② 同治刊本《福建通志》卷六十九，影印第1410页。

③ 民国《长乐县志》卷二十五，原第六页，影印第488页。

④ 柯愈春《清人诗文集总目提要》著录此集，四卷，清刻本(第545页)。

⑤ 朱筠《林青圃先生诗集》，《笥河文集》卷五，《续修四库全书》第1440册影印嘉庆二十年乙亥刻本，影印第190页，引林枝春所作郑开极传。林枝春所撰传云郑开极卒年八十二。

⑥ 朱珪《诰赠奉直大夫郑蕙园先生墓志铭》，《知足斋文集》卷三，《续修四库全书》第1452册，影印第297页。

⑦ 朱珪《诰赠奉直大夫郑蕙园先生墓志铭》作子六人，其季郑烈(字屏麓，康熙五十年辛卯科副榜)。郑烈四子，长谓郑培(《知足斋文集》卷三，《续修四库全书》第1452册，影印第297页)。

⑧ 《国朝全闽诗录初集》续集卷二，第491页。

(1669)典试云南,三十年(1691)以谕德督学浙江,教诸生先行谊而后文章。假归家居四十载,当事罕觏其面。……时重修《福建通志》,开极总其事,然其书始终不传,又编黄道周《九经解》刊行有序。年八十,重宴鹿鸣,卒。子五:煇、焯、燮、焕、烈。煇、焯、焕康熙乙酉同举于乡。煇字青黎,南安教谕;燮,岁贡生;焕字青岩,知阜城县;烈字屏麓,康熙辛卯(五十年,1711)副贡生。"[①]郑开极是康熙间名臣、学者张玉书的故人。林佶作有《为郑几亭宫谕题洗砚图》四首[②]。

郑开极孙曾辈多诗人。郑燮之子郑基,字葆真,号绍庵。康熙甲午(五十三年,1714)举人。授内阁中书,擢侍读,除户部郎中,出为浙江盐法道。"与谢道承(1691—1741,字又绍、古梅)、陈治滋(1676—1820,字德泉)、黄任、刘敬与辈结诗社,裒辑成帙,题曰《耕云诗草》。"[③]名列《黄任集·黄任交游人物表》。

郑烈长子郑培(1698—1766),字澍滋,一字蕙园。郡诸生、附监生。"于居之西偏构眠雨亭,为诸子讲业,所偕游必积学能文者。"[④]娶康熙三十五年(1696)丙子科武科解元、诗人林和次女。林氏(1698[⑤]—1735)知书善教。子郑金简、郑际熙、郑际唐、郑际乾、郑际云(出嗣其弟郑枉丰),孙男郑惟敬、郑惟寅,孙女七。朱珪撰《诰赠奉直大夫郑蕙园先生墓志铭》,为郑际唐之父郑培作。

郑培之子郑际熙(1733—1768),字大纯,号浩波。乾隆二十一年丙子(1756)举人。"初为诸生,家甚贫……乾隆丙子(二十一年,1756)举于乡,公车至吴,闻同年生林芳春忽得狂疾,诋諆诸大吏,为有司所逮,祸且不测,力护之,事得解,病亦寻愈,遂后期不得与试,都中人闻而高之。文章高厉越俗,其乡举同考官为阳湖吴某[⑥]得际熙文,大喜,以冠所得士。及往见吴,曰:'吾不必见生,见文知必奇士也,然已矣,文品太峻,终不可与庸愚争福。'际熙屡绌于有司,遂主漳州云阳书院以终。其诗文曰《浩波集》三卷,弟际唐为镌行之。"[⑦]事迹又见《国朝耆献类征初编》卷四五五。同治刊本《福建通志》著录其《浩波遗集》三卷,引《四库书目提要》注:"是集为其弟际唐等所刊。凡诗二卷,文一卷。文中有《杜律篇法序》一篇,称'能诗者未尝先言法而自中法,且神而明之变化以自成其法;未有按一定之科条而谱之,舍其性情才力,俯首以从法也。'其论足破拘挛之说。"[⑧]《国朝全闽诗录初集》郑际熙条,引《注韩居诗话》:"浩波有意学杜,年三十六而卒,惜夫。"有诗题《和三弟弃斋》,句云:"食客纷纷若个存。"[⑨]《桐城派编年》著录《浩波集》[⑩],知郑际熙为桐城派中作家。

民国《闽侯县志》卷四八《侯官艺文志》著录郑际熙《杜律篇法》二卷。按:民国《福建通志》著录其《浩波遗集》三卷,引孟超然《瓶庵居士文钞》云此集"凡诗二卷,文一卷,中有《杜律篇法序》一篇"[⑪]。又著录《杜律篇法》二卷,知《杜律篇法》未收入《浩波遗集》。

郑际熙之弟郑际唐,字大章,号云门。乾隆三十四年己丑(1769)进士。改庶吉士,授编修,直尚书房,典云南、湖南乡试,督学山西,累擢至内阁学士兼礼部侍郎。其人好读书,尝核校盛京《四库全书》;善鉴别古书画,工行楷书,兼精篆、隶,题跋为世所珍。传见民国《闽侯县志》卷六十九。《国朝全闽诗录初集》有郑际唐传及诗,引《注韩居诗话》云:"云门早岁清苦自励,假得书籍,咸手录读之。工书法,

① 民国《闽侯县志》卷六十九,郑开极传,原第二页,影印第252页。
② 林佶《朴学斋诗稿》卷九。
③ 同治刊本《福建通志》卷二百二十六,郑开极传,原第二十八页,影印第4122页。
④ 民国《闽侯县志》卷六十九,郑培传,原第二、三页,影印第252-253页。语本朱珪《诰赠奉直大夫郑蕙园先生墓志铭》。
⑤ 根据朱珪《诰赠奉直大夫郑蕙园先生墓志铭》的记载,林氏生于康熙三十六年丁丑(1697)十二月二十三日(已入1698年),卒于雍正十三年乙卯(1735),年三十九(朱珪《知足斋文集》卷三,《续修四库全书》第1452册,影印第297页)。
⑥ 按:乾隆二十一年(1756)丙子科福建乡试主考为江南阳湖人、修撰庄培因;副主考为湖北蕲水人、吏部员外郎范思皇(法式善《清秘述闻》卷六,第195页),疑为民国《闽侯县志》误书。
⑦ 民国《闽侯县志》卷六十九,郑际熙传,原第三页,影印第253页。
⑧ 同治刊本《福建通志》卷六十八,影印第1398页。
⑨ 《国朝全闽诗录初集》卷十六,第355页。
⑩ 俞樟华、胡吉省《桐城派编年》,第219页。
⑪ 民国《福建通志》总卷二十五,《福建艺文志》卷六十五,第十页,引。

精篆籀八分。馆选后直尚书房者十余年,不辞劳瘁。诗清隽,五律尤擅长。"[①]谢章铤家有《云门遗集》,未刻本[②]。

民国《福建通志》著录郑元庆《石柱记笺释》,引陈衍《石遗室书录》:"元庆字芑畦,世皆以为归安人,而首有吾乡郑开极一序,称芑畦为'族子',自称为'愚叔',名上不著姓,则芑畦当福州人而迁居于湖州者,惟开极于'愚叔'上又加'晋安'二字,殆以见芑畦之已入籍于归安欤!录之以资博雅者。"[③]

郑开极之舅陈髯夫。黄晋良代郑开极(郑开极敬称为叔)作《陈髯夫征君寿幛序》,陈髯夫之子陈良翰,善属文[④]。

## No.107　福清陈五器家族

陈五器:《思益堂窗稿》、《雅存》(同治刊本《福建通志》卷六十九、乾隆《福清县志》陈五器本传)。

**谨按:**乾隆《福清县志·文苑传》陈五器本传:"陈五器,字伯宗。江阴里人。顺治丁酉(十四年,1657)副榜元,辛丑(十八年,1661)贡元。有《思益堂窗稿》行世,又选刻国初文千余篇,集名《雅存》,士林传诵之。胞弟五珪,康熙间岁贡,与兄并有文名,时称二陈云。"[⑤]根据乾隆《福清县志》卷九《选举志》的记载,陈五器系由侯官县学恩贡,在杨献策前;其弟陈五珪,字伯符,康熙己未(十八年,1679)贡[⑥]。

同书《文苑传》同卷有明末陈五昌(陈知赞之子)者亦江阴里人,当是同宗近亲:"陈五昌,字伯全。江阴人。万历甲辰(三十二年,1604)进士,选入庶常,历翰林院检讨。蔚有文名。读书中秘,未几而殁。遗文若诗若馆课,斋皇典丽,可以仿佛六朝三唐,以彼其才,天假以年,其所就讵特古文词而已,惜哉!"[⑦]

## No.108　古田曾氏家族

曾懋蔚:《芸晖堂集》十卷(同治刊本《福建通志》卷六十九)

曾麟祥(曾懋蔚曾孙):《友云楼诗集》(同治刊本《福建通志》卷六十九)

曾元荫:《米山集》(同治刊本《福建通志》卷六十九)

**谨按:**古田曾懋蔚,字文起,号梧冈。顺治间贡生。著有《芸晖堂集》十卷。

曾懋蔚曾孙曾麟祥,字昭伯。著有《友云楼诗集》。

古田曾氏多作者。康熙间贡生曾元荫,字首玉。家饶园林之胜,日与骚人韵士吟咏其间。兼工画,识者珍之[⑧]。

晚清著名学者曾光斗(1815—1898),字璧东、星斋,系古田县凤埔曾氏,曾云龙之子。道光十九年己亥(1839)举人,咸丰二年壬子(1852)成进士。改选庶吉士,官刑部主事,晚年主鳌峰书院。兄曾光泰,子曾宪义,侄曾炳乾、曾履谦、曾益谦,侄孙曾爱棠[⑨]。曾光斗次女适闽县陈宝璠。

---

① 《国朝全闽诗录初集》卷十七,第372页。

② 谢章铤《泽州试院古松歌和锡三》诗中注,《赌棋山庄集》诗集卷九,《清代诗文集汇编》第680册,影印第883页。

③ 民国《福建通志》总卷二十五,《福建艺文志》卷三十,第四页。

④ 黄晋良《和敬堂全集》文部卷二,原第三、四页,《清代诗文集汇编》第54册,影印第116页。

⑤ 乾隆《福清县志》卷十四,原第六六页,影印第370页。

⑥ 同上书,卷九,原第七二页,影印第220页。

⑦ 同上书,卷十四,原第六三页,影印第369页。

⑧ 同治刊本《福建通志》卷六十九,影印第1429页。

⑨ 《清代硃卷集成》第六八册,陈宝璠履历,影印第230页;《清代硃卷集成》第三三九册,陈懋鼎履历,影印第108页。

光绪三十三年(1907),古田曾氏裔孙曾新修《曾氏家谱(续修)》,稿本一册,藏福建省图书馆。

## No.109 古田郭如璧家族

郭如璧:《问青集》(同治刊本《福建通志》卷六十九)

郭如奎:《疑舫小草》(同治刊本《福建通志》卷六十九)

**谨按:**古田郭如璧,字书府。康熙间贡生。与弟郭如奎以文章相砥砺,尝结里中诗人为六友社。六友指宋聚奎、钟镛、赵复昌、黄道光、赵时昇与郭如璧[①]。

郭如奎,康熙间贡生。

## No.110 侯官陈学夔家族

陈学夔:《榕城景物略》(一题《榕城景物录》。《福建文献集成初编》第81册影印福建省图书馆藏清钞本,四卷道光旧抄本)、《性理全书》、《倦庵录》、《甲午以后集》、《杜诗注解》(同治刊本《福建通志》卷六十八、民国《闽侯县志》卷四八《侯官艺文志》)

陈学孔:《道山堂诗文集》(同治刊本《福建通志》卷六十七、本传、民国《闽侯县志》卷四八《侯官艺文志》)

**谨按:**侯官陈学夔,康熙八年己酉(1669)福建乡试举人中式,与陈梦雷同年。

陈学孔,字集斯,一字紫山。康熙二十九年庚午(1690)福建乡试举人。名列《黄任集·黄任交游人物表》。传见同治刊本《福建通志·良吏传》:"父恭,六安州知州。……(学孔)复擢河南道御史。……数年乞归,筑室道山之麓。与二三老友唱和。著有《道山堂诗文集》。从兄学夔,见列传。"[②]

同治刊本《福建通志》陈学夔传:"字解人,一字解俺。康熙己酉举人。耿逆变作,匿橘园洲三年,不污逆职。寻丁父艰,庐墓侧。适诏征博学宏词,刑部侍郎任克溥首荐,时服未阕,郡县逼迫赴京,吁终丧,得请归。二十四年(1685),授山东宁阳知县……疏谏授兵部主事,转户部郎中……以迁葬假归七年,日穷山水,不入城市。从弟学孔,别有传。"[③]

## No.111 侯官陈梦雷家族

陈梦雷:《周易浅述》(民国《闽侯县志》卷四八《侯官艺文志》、民国《闽侯县志》卷七十一本传、民国《福建通志·福建艺文志》卷二作八卷。文渊阁四库全书本《周易浅述》八卷附《周易浅述图》一卷)、《松鹤堂集》十六卷、《闲止书堂集》二卷、《日省堂诗文集》一卷、《天一道人集》一百卷(同治刊本《福建通志》卷六十八、民国《闽侯县志》卷四八《侯官艺文志》)、《闲止书堂集抄》二卷、《日省堂集》(耑斋抄本、康熙刻本)、《松鹤山房诗集》九卷(康熙铜活字印本)、《松鹤山房文集》(抄本)、《闲止堂集》二卷(民国《闽侯县志》卷七十一本传)、(纂)《奉天通志》、《盛京通志》、《承德县志》、《海城县志》(张天禄《清代福州方志的繁盛》)、《松鹤山房集》十六卷(民国《福建通志》总卷三十九,《福建文苑传(清一)》卷七本传)、(七世侄孙陈佐衡录)《闲止书屋集钞》二卷(民国《福建通志》总卷二十五,《福建艺文志》卷六十

---

① 同治刊本《福建通志》卷六十九,影印第1429页。

② 同治刊本《福建通志》卷二百三十二,原第十四页,影印第4221页。

③ 同治刊本《福建通志》卷二百二十六,原第三十页,影印第4123页。

四，谢章铤《课余续录》谓实三卷）、（编）《古今图书集成》三千余卷（康熙四十年至四十五年初编本。雍正间，蒋廷锡总纂《古今图书集成》本一万卷）、《闲止书堂集钞》二卷（康熙三十二年福州刻本，上海古籍出版社1979年影印）、《松鹤山房集》二十九卷[①]（康熙五十一年刻本）、《松鹤山房文集》（南京图书馆藏残本）、《松鹤山房文集钞录》（冠悔堂钞本，福建省图书馆藏）、《松鹤山房文集》不分卷（钞本，福建师范大学图书馆藏）（柯愈春《清人诗文集总目提要》第339页）

陈纯（陈梦雷族人）：《云思馆诗钞》四卷（同治刊本《福建通志》卷六十八、民国《闽侯县志》卷四八《侯官艺文志》）

陈绳：《赅奇集》七十卷、《耻过录》一卷、《学修约规》四卷、《礼园诗文集》十卷[②]（三山陈氏家刻本。同治刊本《福建通志》卷六十八、民国《闽侯县志》卷四八《侯官艺文志》）、《礼园诗钞》（《国朝全闽诗录初集》卷十四本传）、（修）《惠献贝子功绩录》（施懿琳、廖美玉《台湾古典文学大事年表·明清篇》第165-166页）

**谨按：**侯官陈梦雷（1651[③]—1740?），字则震，一字省斋。康熙九年庚戌（1670）进士，授官翰林院编修。请假归福州，会耿逆乱作，为所幽縶；乱平，被诬污贼，下诏狱，谪戍尚阳堡十余年。康熙东巡盛京，陈梦雷献诗称旨，蒙恩召还，教习内苑，侍诚亲王禁庭。才敏通书，编辑《古今图书集成》三千余卷。雍正初，复以结交近侍事谪戍，卒于戍所，其子孙遂家辽阳。《清史稿》、同治刊本《福建通志》卷二百二十六、民国《闽侯县志》卷七十一《文苑传》有传。

同治刊本《福建通志》著录陈梦霜《松鹤堂集》十六卷，小字注："王掞序。略曰：'自古劳人志士遭时坎壈，其抑塞磊落之气无所表见，往往发而为文，太史公称虞卿非穷愁不能著书，而韩昌黎亦言柳子厚斥不久穷不极，其文学词章必不能自力以致必传于后。同年陈省斋先生间关塞外十有余年，蒙恩赐环召入禁近，侍诚亲王殿下[按：康熙帝三子胤祉（1677—1732）]，辅导先后，以文章为职业，先生于是研精覃思，撰集类书三千余卷[按：康熙四十五年丙戌（1706），《古今图书集成》书成]，牢笼三才，囊括万有，洵不朽之盛业矣。兹《松鹤堂集》若干卷，则先生平日宴游写怀□□□。夫扬榷古今，衡论人物之作俱在，其词宏博奥衍，疏畅旁达，而于君臣朋友之际三致意焉，愤激而不怒，怨悱而不伤，□□□□□（按："其爱国忠君"五字，据《国朝全闽诗录初集》卷七陈梦雷条所引王序补[④]）之思，惓惓乎若有不能一日舍然者。'"[⑤]

民国《福建通志》著录《松鹤堂集》十六卷，解题按语称"梦雷作怒而伤者多矣"[⑥]。民国间已不必为前朝讳，这种评价合乎陈梦雷诗歌创作的实际情况。又，同治刊本《福建通志》著录《闲止书堂集》二卷，注云："黄鹭来序。略曰：'当耿逆（康熙十三年甲寅，1674）构乱之始，先生自经不死，披缁不克，胁刀相见，抗言求死又不得，既而逼授伪职，引疾固辞，瘠形尫羸，视息仅属，而能精白自矢，激励同心，间道通诚，潜图反正，故其著为诗文，忧愁拂郁，浩气奔泻，如疾风寒迅，金铁皆飞，又如深岩流泉，鸣声幽咽，至使读者扼腕流连涕下，是天虽能困厄其身而其诗文之自为煜炝，光芒万丈，则有不可掩者。……今先生诗文无逊于（王）维，况又密谋请师，解散党援，削弱贼势，功百于维者乎！先生著作卷帙繁富，是刻所登，不过十之一二，闽地辽左相去八千里，无从求索，全集之梓，不能不俟后之君子。是为序。康熙癸酉（三十二年，1693）季春。'"[⑦]按：黄鹭来，字叔威。豪迈不羁，文名籍甚。尝游京师，"名流谈经

① 《清代诗文集汇编》第179册影印《松鹤山房诗集》九卷、《松鹤山房文集》二十卷（缺卷三、卷十二、卷十四）。
② 柯愈春《清人诗文集总目提要》著录此集，诗分《华盖集》、《紫霞集》、《味云集》，文则编年为次（第692页）。
③ 尚小明《清代士人游幕表》，第64页。
④ 《国朝全闽诗录初集》卷七，《全闽诗录》第五册，第135页。
⑤ 同治刊本《福建通志》卷六十八，影印第1394页。
⑥ 民国《福建通志》总卷二十五，《福建艺文志》卷六十四，第十三页。
⑦ 同治刊本《福建通志》卷六十八，影印第1394-1395页。

济，稽典故，论理学，衡文章者必以叔威为主。”“卒以龃龉，终乃一泄于诗以传其不得已之怀抱，诗格在元、白、苏、陆之间”。① 又，《日省堂诗文集》一卷，注云：“诗三十四首，颂十二首，皆翰林应制之作。”②

《国朝全闽诗录初集》陈梦雷条下选其《拟古十九首》，点校者注云陈氏有《松鹤山房诗集》③。同治刊本《福建通志》陈梦雷本传称“（李光地）密疏救之语在国史本传，梦雷不知，故怨怼愤懑，往往诡激于文词，虽过其实，然志足悲也”。④ 民国《闽侯县志》陈梦雷本传：“初梦雷与安溪李光地为同年生，相善。及难，光地亦在假，用蜡丸密疏致通显，而梦雷方干严谳，无以自明，引光地为助。相传光地密疏救之，语载国史本传，然此时光地位望未高，帝眷未隆，非可具密疏之人；身在是非互计之中，亦非可其密疏之时。梦雷怨怼愤懑，牢愁哽咽，在狱作《抒哀赋》数千言。”⑤

光绪末，谢章铤得到林宗泽所赠《松鹤山房文》十三卷，中有缺卷缺叶，虽是近刻，然犹为初制⑥。

闽县陈纯、陈绳兄弟与陈梦雷叙谱，是陈梦雷的族人。陈纯，字骥仲，号德园。雍正间贡生。附弟陈绳同治刊本《福建通志·文苑传》。《国朝全闽诗录初集》陈纯条：“《注韩居诗话》：德园少警敏，能诗，与陈省斋（陈梦雷）联谱。以太学随官入都，入北闱副车，交张匠门、顾侠君、郭元釪、禹之鼎、吾乡郑鱼门（郑任鑰，字惟启，号鱼门），联文酒会，诗名籍甚。继乃赴湖湘，又赴粤，卒于惠州，年三十一。有遗诗四卷，张超然（远）评云：天分既高，取材亦别，加以年岁，古人不难到也。”⑦据今人整理的永福诗人黄任《黄任集》附录之《黄任交游人物表》⑧，知陈纯与黄任交密。民国《福建通志》著录陈纯《云思馆诗钞》，解题云其母夫人亦能诗，凶讣至，公卿以下制诔挽、赴吊者数百人；陈纯适粤，依总戎裴某，卒于惠州，年三十二；评其诗成就，不在明代福建诗人林鸿、王偁之下⑨。

陈绳，字骝季、祖武，一字礼园。侯官人。乾隆初廪生，为巡抚卢焯所重，举孝廉方正，官贵州清镇知县。《国朝全闽诗录初集》陈绳条引《注韩居诗话》：“礼园笃学有雅才，工四六。游庠食饩，后应浙抚聘为主奏章者殆十年。久旷举场。乾隆丙辰（元年，1736）举博学宏词，御试诗落一韵，卷未进呈。继举孝廉方正，以教职用，转州佐，再迁县令。见重于冯枯堂⑩中丞，考绩时有‘悃愊无华，月计有余’之目，当时以枯堂为知人。……颇涉禅宗。诗入手元、白、飞卿，后乃肆力杜、韩、中唐诸家，戛戛独造，间有艰涩之语，要之根柢槃深，吐属自无凡近，非藉口别才、仅袭三唐之面目者所可同日语也。”⑪陈绳曾经入浙幕，其诗从元白诗派上溯中唐、韩杜诗风，前后有所转变，戛戛独造，间有艰涩之语，然为郑杰所激赏。其所著《赅奇集》七十卷，“杂录经史传记，旁及诸子、百家、稗官、地志、佛老之说，故颜曰赅奇”。⑫ 林徽琼称陈绳之诗“雅健有奇气”。⑬

同治刊本《福建通志》陈绳传：“所作诗由元、白上溯杜、韩，根底盘深。……兄纯，字骥仲。雍正间岁贡生。久游京师，与（侯官）郑任鑰为文酒之会。嗣游湖湘，又赴广东。卒于惠州。诗多激楚之音。”⑭

---

① 同治刊本《福建通志》卷二百三十九，黄鷟来传，原第三页，影印第4310页。
② 同治刊本《福建通志》卷六十八，影印第1395页。
③ 《国朝全闽诗录初集》卷七，《全闽诗录》第五册，第136页。
④ 同治刊本《福建通志》卷二百二十六，原第三十页，影印第4123页。
⑤ 民国《闽侯县志》卷七十一，原第十一页，影印第288页。
⑥ 谢章铤《校阅余话》，《赌棋山庄余集》文集卷三，《清代诗文集汇编》第681册，影印第113页。
⑦ 《国朝全闽诗录初集》卷十三，《全闽诗录》第五册，第280页。
⑧ 黄任《黄任集》，方志出版社2011年版，第597页。
⑨ 民国《福建通志》总卷二十五，《福建艺文志》卷六十五，第四页。
⑩ 冯钤（ —1770），字咸六，号枯堂。浙江桐乡人。乾隆二年（1737）丁巳科进士，二十三年（1758）任湖北巡抚。
⑪ 《国朝全闽诗录初集》卷十四，第302-303页。
⑫ 同治刊本《福建通志》卷六十八，影印第1397页。
⑬ 柯愈春《清人诗文集总目提要》，第692页。
⑭ 同治刊本《福建通志》卷二百三十九，原第九页，影印第4313页。

## No.112　侯官力子俨家族

**谨按**:民国《雁门萨氏家谱》卷五《叙赠录下》收录力子俨、力子侨为萨容五十荣寿所作诗二首。力子俨《祝萨与相五十荣寿》:"旸谷寅宾日,明庶扇微和。南山有松树,苍古生云涛。神仙集其下,妙曲弹林璈。曲罢舞翩跹,觞进梨花酒。四座扬清芬,为此萨君寿。君少负瑰姿,蔚为宗伯后。孝友惇秩叙,游好披诗书。荆璆握国宝,潜志待龙嘘。既蕴文武抱,鹰扬奋帝都。长驾不小试,数上公车路。闭户乐天伦,理生筹财赋。玉友偕金昆,才名惊素著。桂兰滋阶戺,振缨羡凌云。华榱列斑彩,绿鬓方五旬。况乃贤攸匹,壶德良独殷。今日高宴会,冠盖接珠履。延伫际风云,芳躅岩廊起。巍巍享丰泽,绛县老人纪。"[①]力子侨《祝萨与相五十荣寿》:"二月桃花开灼灼,语燕鸣莺欣有托。梢蝶拨起片片飞,东风吹点介眉酌。为问介眉春几许?九十未艾陈欢乐。阶前拂云羡琪枝,楼上相辉传棣萼。绿鬓双双探花发,走马长安子和鹤。"[②]

萨容(1646—1706),字与相,号愧隐,萨希亮长子。以武经中式康熙十一年壬子(1672)乡试第四十名举人,娶指挥使舒鼎臣次女[③]。

力子俨,字敬亭,一字介夫,又介思[④]。拔贡生。康熙三十五年丙子(1696)福建乡试举人,与萨容时代相近。力子侨,字磐石。贡生,雍正三年至五年(1725—1727)官宁化教谕。年代无考。

## No.113　福清李馥家族

李馥:《鹿山诗集》(同治刊本《福建通志》卷六十九)、《居业堂诗稿》三十卷续三卷(雍正间稿本)、《李鹿山集》(《福建地方文献及闽人著述综录》)、《居业堂诗稿》(江苏古籍出版社2000年版)、《居业堂诗稿》三十卷、《居业堂诗稿续》三卷("清代诗文集汇编"第219册影印清钞本)[⑤]、《居业堂诗》(《黄任集·黄任交游人物表》第597页)、《居业堂诗稿》不分卷(雍正间稿本,福建省图书馆藏)、《居业堂诗稿》存二十九卷(清钞本,福建师范大学图书馆藏)(李灵年等《清人别集总目》第759页)

**谨按**:福清李馥(1666[⑥]—1749),字汝嘉,号鹿山、信天居士。至李馥时,其家已从福清县三山安前徙会城黄巷,"其居宅为敬业堂,在福州黄巷,与里社南北相向"[⑦],诗中常称丁戊[⑧],即福州城内之山。康熙二十三年甲子(1684)举人。历官员外郎、郎中、知府、道台、安徽布政使、浙江巡抚等。一生长客

---

① 民国《雁门萨氏家谱》卷五,《北京图书馆藏家谱丛刊》闽粤桥乡卷第50册,影印第844-845页。

② 同上书,影印第847-848页。

③ 民国《雁门萨氏家谱》卷三,《北京图书馆藏家谱丛刊》闽粤侨乡卷第49册,影印第209页。

④ 曹鑫《王同愈未刊题跋选辑》,载《文献》2014年第2期,第65页。

⑤ 柯愈春《清人诗文集总目提要》著录《居业堂诗稿》六册二十九卷(清钞本,福建师范大学图书馆藏。分《武夷游草》三卷、《北游草》二十六卷)、《居业堂诗续稿》三卷(清钞本,福建省图书馆藏)(第384页),与《清代诗文集汇编》第219册所影印两种清钞本的卷数少一卷。

⑥ 按:李馥编年诗集《居业堂诗稿》中诗《腊月十三雨夜哭侄孙崇瑞追忆侄允球长兄汝圣》作于四十八年己丑(1709),有句"我年四十四,光阴如一瞥"(《清代诗文集汇编》第219册影抄本,影印第24页),知其生于康熙五年丙午(1666);又,康熙五十年辛卯(1711)所作《生日述怀示儿》诗首句"生身十二日,丙午小春天",此诗在本年诗《九日次陈亦夫》后、《至日怀成侄桂儿》、《至日》两诗前,而作于康熙六十年辛丑诗《余以十月十二生日需霁征士以诗将贶赋谢》(影印第119页)题即明示李馥生日,故知其生年仍在1666年。据此,福建师范大学图书馆古籍组《福建地方文献及闽人著述综录》所载李馥生于1662年之说(影印第81页)误。郭柏苍《翠岩废寺记》云"乾隆甲子(九年,1744)鹿山年八十四,重宴鹿鸣"(《葭柎草堂集》卷上,《清代诗文集汇编》第662册影印光绪八年刻本,影印第122-123页),逆推得李馥生于1661年,恐以记忆不确亦误。

⑦ 郭柏苍《翠岩废寺记》,《葭柎草堂集》卷上,《清代诗文集汇编》第662册,影印第123页。

⑧ 如雍正十年(1732)所作诗《夜坐忆汝迪亡弟》中"最是一轮天际月,依稀丁戊草堂时"(《居业堂诗稿序》,影印第234-235页)句。

吴地,自称“百口寄江南”[①]。归田二十年,赁屋以居。与福州知府顾焯倡平远诗社。乾隆九年甲子(1744)重宴鹿鸣,卒年八十四。2019年4月9日,藏书家韦力曾经到福清市三山镇东埔村西里自然村访李氏祠堂,到安前村圆满自然村西安水库旁寻李馥墓,撰有《李馥:收书江南,印谶而散》文章。

李馥传见同治刊本《福建通志》卷二百二十六,《国朝全闽诗录初集》续卷四有小传及诗。《黄任集·黄任交游人物表》李馥:“字汝嘉,号鹿山……《居业堂诗》。”[②]系同郡黄任的诗友。《福建地方文献及闽人著述综录》著录《居业堂诗稿》,提要云:“(李馥)好藏书,至十余万卷,多善本。有《李鹿山集》。兹集原抄本误作高兆著。”[③]按:李馥故居居业堂位于黄巷。今其藏书尚钤留“曾在李鹿山处”、“笔山阁图书记”、“居业堂”、“福州李二使”、“玉融翰墨”等多方藏书印。

同治刊本《福建通志》著录林衡《平远集》,小字注引《注韩居诗话》:“衡,康熙癸未、甲申间(四十二至四十三年,1703—1704),尝与郡守顾焯、都督李涵、太原王弈驹、太仓穆坤、长洲陆鸿典、襄平苏世禧、延安白长庚、山阴钟芝豫、云间张恒、邵武杨应翰、闽中陈祖虞、林曒、郑燏新、林豫吉、林绍勋、林伟、林仪、郭人麟、朱任宏、郑维忠、郑郯、蓝涟、陈祁广、方京、李馥等四十余人,结诗社于(九仙山)平远台(刊有《平远集》),一时称盛事焉。”[④]此事又见载于《竹间十日话》卷一,称“平远诗社”,王弈驹一作王奕驹,朱任宏径作朱任弘[⑤],缺末笔[⑥]。李涵,郭柏苍据林衡《挽诗社李都督涵》诗断定李涵为浙江人[⑦]。平远诗社,郭柏苍注云:“平远社,自康熙四十二年前后聚散,雍正九年巡抚泰州赵国麟重兴,郭雍、郭人麟、何瀚均入社中。至乾隆初年复修社事,亦有平远之目。”[⑧]此外,李馥还参与蔡僧摩等人组织的吟社,有诗《蔡僧摩以吟社四题索咏随笔答之》,时在雍正九年辛亥(1731)。

《竹间十日话》:“李馥,字汝嘉,福清人,(李)郁之弟也。郁,五子科甲。”[⑨]《竹间续话》:“福清李鹿山先生兄郁,子九人,登科甲者五人。乾隆纪元,巡抚卢焯为立匾。”[⑩]乾隆《福清县志·义行传》李日爔传:“李日爔,字尔骍。西李人。性任侠,乐于施。……康熙壬午(四十一年,1702),邑绅士佥请列宪崇祀乡贤祠,后以次子馥贵累赠资政大夫。三子国学生。郁居家孝养备至。郁九子,长若泌,童年登科;次若采,登进士;三亨,四若庚,五大廉,俱登科,五桂齐芳,为一时称盛云。”[⑪]福清李郁“五子登科”指的是其长子李若泌、次子李若采、三子李亨、四子李若庚、五子李大廉举人中式的科举佳话,从康熙五十年辛卯(1711)至雍正十三年乙卯(1735)止。此非定说。按:《福州坊巷志》之“李郁宅”:“郁,福清人。子九人,康熙、乾隆间,先后登第者五人:若泌、若采、若庚、若青,其一名未详[⑫]。清代闽中五子登科者自郁始。”[⑬]纵观两书记载,李郁子似有六人登科,非仅五子,先后科第为李若泌(1711)、李若采(1720)、李亨(1723)、李大廉(1724)、李若庚(1735)、李若青(1736)。郭柏苍《辛亥闰中秋日季弟柏芗宴归》诗后注:“乾隆纪元丙辰(元年,1736)李馥兄郁、道光乙未(十五年,1835)恩试曾州守晖春俱五子科甲。”[⑭]咸丰元年辛亥(1851)郭柏苍季弟郭柏芗中举,郭阶三亲见五子登科殊荣,乾隆元年丙辰(1736)、道光

---

① 李馥《书怀》(1735年作),《居业堂诗稿》,影印第215-216页。

② 黄任《黄任集》,第597页。

③ 福建师范大学图书馆古籍组《福建地方文献及闽人著述综录》,第81页。按:1963年7月3日金云铭先生撰有藏书记,弁诸抄本《居业堂诗稿》之首,考证详细,结论确凿可信。

④ 同治刊本《福建通志》卷六十七,影印第1380页。

⑤ 郭柏苍《竹间十日话》卷一,第3页。海风出版社2001年版。

⑥ 郭柏苍《葭柎草堂集》卷上《翠岩废寺记》(道光十六年作)亦记载之。

⑦ 郭柏苍《竹间十日话》卷一,第5页。

⑧ 郭柏苍《竹间十日话》卷一,第3页。

⑨ 同上注。

⑩ 郭白阳《竹间续话》卷一,第21页。

⑪ 乾隆《福清县志》卷十五,《义行传》本传,影印第392页。

⑫ 郭柏苍《季弟柏芗登科记》记载李若泌以侯官籍、李若采以福清籍、李若庚以福州府籍、李若青以闽县籍中式,其一副榜,科分未考。(《葭柎草堂集》中卷,《清代诗文集汇编》第662册,影印第148页。作于咸丰元年辛亥)

⑬ 《福州坊巷志》卷二。

⑭ 郭柏苍《鄂跗草堂诗》卷上,《清代诗文集汇编》第662册,影印第29页。

十五年乙未(1835)分别是李馥、曾晖春两个家族五子登科科举事业实现的时间。据此规则，李馥诸子中最后登科的是乾隆元年举人李若青，前此举人李若泌、李若采、李亨、李大廉、李若庚五人中必有一人非李郁之子。

乾隆《福清县志》例贡题名有李馥侄李瑜，字允球，由附生贡；李馥子李大夏，字允九，由附生贡；李瑜子李琳，字崇瑞，由府学贡；李琳子李纶，字阁卿[①]；《仕籍》题名有李馥侄李大受，字允成，官锦州知州、道员[②]。又，福清李大有，字允莘，康熙二年癸卯(1663)副榜举人[③]；康熙五十年辛卯(1711)举人李若泌、五十九年(1720)谢道承榜举人李若采(六十年联捷进士)、李大泰(字允揆)、雍正元年癸卯(1723)廖学圣榜举人李亨(字允美)、二年甲辰(1724)俞荔榜举人李大廉(字允敬)、十三年乙卯(1735)举人李若庚(字允长)俱李馥侄。

李馥为李修卿从父。李修卿，字大建，号辰山，李复旦之孙、李钦亮之子[④]。雍正七年己酉(1729)举人中式，十一年癸丑(1733)成进士。李修卿兄李若青，字大立，李馥兄李郁之子。乾隆元年丙辰(1736)与子李璋(字而启)、李开春(字而溥)同榜中举。李若青子李景明(字而海)，雍正十三年乙卯(1735)举人中式，与李捷(字而权，亦李修卿侄)、李若庚同榜。

李馥《予迂儒素昧生理得以不困衣食者兄弟之力也近又为予构屋感思往事赋此以寄》诗云："馥也性懒拙，磨灭余翰篇。衣食资俯仰，乐有弟昆贤。忆昔十八九，侑币歌宾筵。自谓骅骝姿，可争日月先。寥廓阻人志，坎坷乃经年。伯兄婴瘵疾，中道相弃捐。……幸汝勇于义，家得以安全。"[⑤]以此推知李馥有长兄若弟，长兄已卒；据己丑(1709)诗《腊月十三雨夜哭侄孙崇瑞追忆侄允球长兄汝圣》，知诗为李汝圣(郁)、其子李瑜(允球)、其孙李琳(崇瑞)作。又，作于雍正三年乙巳(1725)的《哭弟》诗首句"同气有三人，于今剩一身"句，知李馥同胞兄弟三人，长李郁，次李馥，季李汝迪。李馥父名李日燝，祖父名李廷椿[⑥]。

《居业堂诗稿》中多有为亲人而作的诗篇：《忆汝迪三弟兼送之吴》，作于康熙四十三年甲申(1704)；《失意后送文中侄回闽》、《哭宏雯侄》作于康熙四十五年丙戌(1706)；《寄诸儿》、《示诸儿》作于四十七年戊子(1708)；《寄儿》、《予迂儒素昧生理得以不困衣食者兄弟之力也近又为予构屋感思往事赋此以寄》、《腊月十三雨夜哭侄孙崇瑞追忆侄允球长兄汝圣》作于四十八年己丑(1709)；《忆弟》、《寄内》、《示侄》、《寄文中》作于四十九年庚寅(1710)；《至日怀成侄桂儿》作于五十年辛卯(1711)；《忆弟》、《道中忆弟》、《寄内》作于五十一年壬辰(1712)；《哭内》组诗、《哭文中》、《窦店哭协女》诗作于五十二年癸巳(1713)，知李馥丧妻、丧侄儿文中、丧女；《为桂儿题成侄蜀江送别图》作于五十三年甲午(1714)；《喜汝迪三弟至》、《送成侄》作于五十四年乙未(1715)；《送大扳还闽兼询诸昆仲》、《大临送大夏椋归里情见乎词》作于五十五年丙申(1716)；《示允成七侄》、《示诸儿》、《示允良八侄》、《途次羊流承先夫人凶问抢地呼天偷生人世染泪濡墨积日成二十首聊以写哀匪敢云声律也》作于五十七年戊戌(1718)，知李馥丧母；《送允揆九侄》作于五十八年己亥(1719)；《喜晤林广谋内侄》，《送崇镛侄孙》作于五十八年己亥(1719)；《示大猷》、《示大临》、《大有四月嘉礼诗以示之》、《示儿》作于五十九年庚子(1720)；《喜京奇二侄至》、《送京奇二侄北上》、《病后喜重山八哥汝迪三弟至署》、《澜哲二儿先后至署》、《允五成名归省觐》、《寄汝迪三弟》、《寄重山八哥》、《大猷扶允揆九侄椋归里口占一律送之》、《寄汝迪三弟》作于六十年辛丑(1721)；《遣大猷大临归葬祖父母》、《风雨忆澜桂二儿》、《闻汝迪弟病》、《大有生日》、《秋夜忆弟》作于六十一年壬寅(1722)；《喜汝迪三弟至夜话》、《与汝迪三弟夜坐》、《喜重山八兄至》、《送汝迪三

① 乾隆《福清县志》卷九，影印第227页。
② 同上书，卷九，影印第226页。
③ 同上书，卷九，影印第221页。
④ 同上书，卷十四，影印第237页。
⑤ 李馥《居业堂诗稿》，影印第19页。
⑥ 乾隆《福清县志》卷十四，影印第236页。

弟还闽》作于雍正元年癸卯(1723);《寄大有》、《寄重山八兄》、《示儿》、《怀大有》、《得大有书》作于雍正四年丙午(1726);《示大有》、《书寄大有口占一绝》、《秋夜怀大有》、《再寄大有》、《枕上怀大有》、《大临挟普祥二孙至》、《予诞日允凯八侄治酒为祝》作于雍正五年丁未(1727);《阆女别予三十载今秋自闽来吴省予旅邸率尔口占》作于雍正八年庚戌(1730);《责大舆》作于雍正九年辛亥(1731);《哭允敬》作于十年壬子(1732);《哭允凯》作于十一年癸丑(1733);《示大舆》、《哭大猷》作于雍正十三年乙卯(1735)等。根据这些诗篇诗题,福清李馥家族规模颇为壮观。

李馥子嗣亦多。诸诗《哭吁儿》、《待澜儿桂儿不至》作于康熙四十九年庚寅(1710);《述志示儿》、《生日述怀示儿》作于五十年辛卯(1711);《大猷扶允揆九侄榇归里口占一律送之》作于六十年辛丑(1721);《哲儿还闽待讯病中口占送之》作于雍正四年丙午(1726)等。作于康熙六十年辛丑(1721)《大猷生日》诗:"异地怜儿初度日,酒酣歌咢烛花浮。宾朋座满杯盘洽,廿七年来哀乐稠。架上图书吟不厌,窗中日月去难留。珠成咳唾长期汝,老我无成白满头。"[①]根据诗意,李馥之子李大猷(1695—?)"珠成咳唾",分明是一个有成就的作者。雍正十年壬子(1732)所作《闻允蒸登科》诗云"青云汝致身,文章终不负"[②],是对李氏子侄允蒸能文的推许之语。按:雍正十年壬子乡试,福建只有李晋岳一个李姓举人,该年无进士科考,李晋岳即字允蒸者。

现存李馥《居业堂诗稿》、《居业堂诗稿续》所收录的诗歌起自康熙四十三年甲申(1704),终于雍正十三年乙卯(1735)除夕,系李馥三十九岁至七十岁之间的诗作。《居业堂诗稿》缺雍正七年己酉至九年辛亥(1729—1731)间诗,《居业堂诗稿续》收录雍正八年庚戌、九年辛亥、十年壬子三年(1730—1732)诗,其中壬子年诗可接在《诗稿》十年壬子诗首篇《生日》诗前,合成完卷,以李馥生日在十月十二日,而《诗稿续》的壬子年诗均在十月之前。

李馥诗中典故屡有《庄子》意,亦有性灵之语,多用杜甫诗意、诗韵,兼用谢灵运、李白等诗人诗意,亦尝以苏轼狱中寄苏辙诗韵制诗[③],有黄庭坚《登快阁》诗诗意之《再示(大有)》首句"痴儿岂了公家事"[④],反映出李馥对前代诗歌的转益多师,取法路径甚广。

李馥及其兄李郁五子登科,已经成就堪称望族的科举事业,而此李氏家族在地方史志从省志、府志到福清县志中的资料几乎阙如,这个现象令人费解。只能从李馥的诗中或许可以推测部分原因。李馥《哭允凯》云"岂不仁长累,其如数莫移。吾宗衰飒甚,老我那禁悲",时雍正十一年(1733),李馥年六十八岁,客居吴中,而前此雍正五年丁未(1727),李馥有诗《大有留闽夫己氏授意波及且示威吓大有守正不阿闻之志喜》[⑤],"夫己氏"典出《左传·文公十四年》,犹言某人,不欲明指其人,难言之隐在怀,说明李大有返闽后,为他人所迫害,看来这种迫害持续数年;雍正九年辛亥(1731)作《写怀》,诗有"艰难有弟身长逝,潦倒无家债未空。□忆东坡老居士,十年奔窜古今同"[⑥]句;十年壬子(1732)《哭允敬》诗有"将谓苍旻方转祸,那堪衰病又增伤"[⑦]句,逐渐衰微的家族运势终使李馥在雍正十一年癸丑(1733)之时,悲不可禁,屡形之于文字。

据李馥诗《过海昌晤林凤溪》组诗第三首"悬悬姻娅意,此日豁亲情",知李、林二姓联姻。侯官林绪光,字广业,号凤溪,林文英之子。其家在明末清初百年间亦以文学世家。

李馥与同郡长乐县(寄籍福安县)诗人林豫吉有着深挚的感情。李馥有《至后喜得林松址札口占》诗作于康熙四十六年丁亥(1707),《答林松址》诗作于康熙五十年辛卯(1711),《次林松址见寄原韵》、

---

① 李馥《居业堂诗稿》,影印第 123 页。
② 李馥《居业堂诗稿》,影印第 191 页。
③ 李馥《病中读林凤溪入禁诗用东坡狱中寄子由韵率尔占和》,《居业堂诗稿》,影印第 159 页。雍正四年丙午(1726)。
④ 李馥《居业堂诗稿》,影印第 175 页。
⑤ 李馥《居业堂诗稿》,影印第 174 页。
⑥ 李馥《居业堂诗稿续》,影印第 235 页。
⑦ 李馥《居业堂诗稿续》,影印第 237 页。

《渡海检田偶翻松址秋兴八首凤溪别友八首俱用杜韵因率尔漫题》作于五十七年(1718),诗《送林松址》、《林松址以诗留别索和遂用其韵》、《和金海门送林松址》作于五十八年己亥(1719),诗《次韵答松址病中见寄》作于五十九年庚子(1720),诗《同年金海门林松址至白下》、《送林松址航海旋闽》作于六十年(1721)、诗《次韵和林松址寄句令作》作于六十一年(1722)等。诗《同年金海门林松址至白下》作于六十年(1721),据"三十年来结佩欢"句诗意,林豫吉与李馥之间有着三十余年的交谊。

李馥与雍正二年(1724)解元俞荔(字硕卿,号果亭、崟山)亦有诗歌往返,见《国朝全闽诗录初集》卷十三俞荔条下。

## No.114　古田余氏家族

余正健:《敬义斋集》十八卷(同治刊本《福建通志》卷六十九)

余羲年:《四书讲义》(同治刊本《福建通志》卷六十九)

余登年:《秀野文集》二卷(同治刊本《福建通志》卷六十九)

余圭:《挟仙楼集》十二卷(同治刊本《福建通志》卷六十九、民国《福建通志·福建艺文志》存目卷四十二作二十卷)

余天民:《楚游集》、《浴梅小草》三卷(同治刊本《福建通志》卷六十九)

余柱云:《余苍叔诗赋遗草》(同治刊本《福建通志》卷六十九)

**谨按:**福州府古田县多余氏作者,当为同一宗族中人。

余正健,字乾行,号惕斋。康熙三十五年丙子(1696)解元,三十六年丁丑(1697)联捷成进士。官翰林院侍读,擢国子祭酒,典试河南,督学江南,晋副都御史兼顺天府尹。传见同治刊本《福建通志·列传》。《国朝全闽诗录初集》续集卷四有余正健小传及选诗。

余羲年,康熙间拔贡生。传见同治刊本《福建通志·良吏传》。余登年,字书升。雍正元年癸卯(1723)举人。余圭,字吉公。官光禄寺署正。同治刊本《福建通志》著录李斌著作,注云:"(李斌)善诗,与余祥智、余元传、黄应虬、李生春、李其寿、余常吉、李捷英、余琳、余升吉、李光琼、余希禹结诗社倡和,极一时之盛。"[①]余氏作者六人。

余天民,字□求。康熙间诸生。其人尚气节,耿逆之变,胁以伪职,不受。客湖广戎幕三年,归筑浴梅书屋,藏书数千卷,吟诵以终[②]。

余柱云,道光间诸生。有《余苍叔诗赋遗草》。

## No.115　侯官张远家族

张远:《超然诗集》八卷(《四库全书总目》卷一百八十三)、《无闷堂诗集》四十卷(《竹间十日话》作四十一卷)、《文集》一卷(同治刊本《福建通志》卷六十八、民国《闽侯县志》卷四八《侯官艺文志》)、《无闷堂诗集》(《清代士人游幕表》第291页题作《无闷堂诗钞》)二十四卷(福建师范大学图书馆藏传抄本、韩敏《张远诗歌研究》)、《无闷堂集》文七卷诗十一卷(《清诗纪事初编》)、《无闷堂诗文集》四十余卷(《侯官县乡土志》)、《无闷堂集》文七卷诗二十三卷(《藤阴客赘》。杨钟羲《雪桥诗话续集》、民国《福建通志·福建文苑传》本传一作《无闷(堂)集》三十卷)、《无闷堂集》[③]十二卷(康熙二十四年刻本)、《无闷

① 同治刊本《福建通志》卷六十九,影印第1430页。

② 同上注。

③ 李灵年等《清人别集总目》著录《无闷堂集》五种:康熙二十四年自刻本,十二卷,南京图书馆藏;《福建丛书》稿本,不分卷,福建省图书馆藏;台湾师范大学图书馆藏本;清钞本,二十三卷,福建省图书馆藏;康熙刻本,三十卷,南京图书馆、黄裳藏(第1079-1080页)。

堂文集》六卷、《诗集》七卷(民国《福建通志》总卷二十五,《福建艺文志》卷六十四)、《仙都纪游集》一卷(柯愈春《清人诗文集总目提要》第330页)、《无闷堂诗集》二十四卷(传抄本,福建师范大学图书馆藏。李灵年等《清人别集总目》第1079页)

张廷飏:《浙西游草》(张炜《寄农先生属题先芬集赋此奉呈》,见民国《雁门萨氏家谱》卷五《叙赠录下》)

**谨按**:福建师范大学2011届硕士研究生韩敏撰有《张远诗歌研究》。据此学位论文所引资料,张远之父张泰元(1627—1648),字汝亨,布衣;张远母亲陈安(1627—1677),系晚明工部尚书陈长祚曾孙女、陈朝斌孙女、陈兆奎次女[①],传见民国《福建通志·福建列女传》卷一《母仪五》。陈长祚系出长乐江田陈氏,请参看《明代福建文学结聚与文化研究》第九"长乐陈仲进家族"条。

根据陈氏世系,(第23世)陈芹、陈省(陈大濩子)、陈瑞、陈璋(均陈大纶子)、陈时霖(陈井胞弟、陈汶之五世孙)、陈时宪、陈表(陈大用胞侄)→(第24世)陈褒(陈洵仁玄孙、陈和之孙)、陈褎(陈褒胞弟)、陈锭、陈联芳、陈长进、陈长祚、陈长勉(后三人系陈瑞之子)、陈长明(陈琦子)、陈长濬、陈长澍、陈长澂(三人系陈省子)、陈长登(陈大用孙)→(第25世)陈洙(陈锭之子,号一水先生)、陈濂(陈洙胞弟)、陈绍求、陈绍忠、陈绍华(三人均陈联芳之子)、陈谔、陈询(均陈长进之子)[②];又,陈一科、陈大用、陈大濩、陈大纶→陈瑞、陈省、陈琦→陈长祚、陈长勉、陈长濬、陈长进→陈谔(陈长进子)→陈晃、陈翔、陈翀[③]、陈鼎、陈熙(俱陈长祚孙)→陈殿邦(陈翔子,顺治十一年甲午举人)[④]。晚明与陈氏联姻者有林朝聘家族、谢肇淛家族等。

张远(1648—1722[⑤]),字超然,号无闷,一作旡闷,又号天涯子[⑥]。侯官人[⑦]。家乌石山榕庵。张远家世代治《易》,形成家学。少孤,从母陈氏受经书章句,稍长,下笔有奇气。尝入曹溶幕,曹氏为之延誉,诗名大著。晚年举康熙三十八年己卯(1699)福建乡试第一人,年六十八选授云南禄丰知县[⑧],卒于官。一生踪迹不定,多在京师、广州,为王士禛、宋荦等器重,与朱彝尊、查慎行、屈大均、魏禧、潘耒等唱和,亦是清初较早与欧洲人有过接触的诗人。能词。《闽词征》卷四有张远小传及词作。

同治刊本《福建通志》著录张远《旡闷堂诗集》四十卷,注:"《四库书目提要》:'是集诸诗多近元白长庆体,在晋安诗派中自为别调。'《榕城诗话》:'远游京师,与竹垞(朱彝尊,1629—1709)、初白(查慎行,1650—1727)诸人唱和甚富。其咏松涛,有"月明何处雨,风定数声钟",亦佳句也。'"[⑨]按:《四库书目提要》即《四库全书总目》。《四库全书总目》卷一八三集部存目类著录张远《超然诗集》八卷[⑩]。张远是一个创作元白长庆体的福州诗人,与朱彝尊、查慎行、叶燮等诗人交游,其诗风与明代闽中诗歌主流晋安诗派有着较大区别,称"别调"。明代闽中诗派除了晋安诗派之外,其实本有学宋、学元白、学六

① 韩敏《张远诗歌研究》,福建师范大学2011年硕士学位论文,第8页。

② 郑礼炬《明代福建文学结聚与文化研究》,人民文学出版社2015年版,第70页。

③ 民国《长乐县志·叙荫》:"以祖(陈)长祚荫。"(卷十四下,影印第275页)

④ 郑礼炬《明代福建文学结聚与文化研究》,第76页。

⑤ 按:本书采用黄曾樾、韩敏的结论(见韩敏《张远诗歌研究》,第8页),柯愈春《清人诗文集总目提要》作1649—1723(第330页)。

⑥ 梁章钜《吴门喜得恽王合作墨柳册前后有张无闷题笔吴县令汤子燮所赠》诗中注,《退庵诗存》卷二十四,《清代诗文集汇编》第515册,影印第246页。

⑦ 按:同时而稍早有浙江萧山人张远(1632—?),系毛奇龄乡人,著《张迩可集》四卷、《杜诗荟萃》等(《四库全书总目》卷一百八十三,影印第1660页),别是一人。二张远集的提要,《四库全书总目》卷一八三(影印第1660页),几乎在同一页。

⑧ 按:蒋寅《王渔洋事迹征略》云康熙三十九年庚辰(1700),"故人张远、故人子徐永宣中进士"。(第476页)该书参考文献中列有张远《无闷堂集》(第564页),意进士张远即《无闷堂集》作者张远,误。按:徐永宣系康熙三十九年庚辰(1700)三甲第7名进士(《明清进士题名碑录索引》,第2673页),本科进士题名中无张远,该书所收清代各科进士名录中无张远。

⑨ 同治刊本《福建通志》卷六十八,影印第1395页。按:《〈超然诗集〉提要》见《四库全书总目》卷一百八十三(影印第1660-1661页)。

⑩ 《四库全书总目》卷一八三,《〈超然诗集〉提要》,影印第1660-1661页。同治刊本《福建通志》所引《四库全书总目》此提要,《榕城诗话》前省"杭世骏"三字,"曰"字后省"张"字,"远游"两字之间省"领康熙己卯乡荐第一"九字,"富"、"其"之间省"有集梓行。初尝挟策游四方,未有所遇。登滕王阁题诗,一达官嗟赏,为之延誉,诗名遂振"三十四字。

朝、学晚唐、学杜等诸种诗风,非定于晋安诗派一种。请参看《明代福建文学结聚与文化研究》第五九“长乐谢汝韶家族”、第七二“侯官曹学佺家族”两家族条下论述。

康熙间,张远与郭雍、张嵛、林豫吉并称四大家[①]。太仓沈起元(子大)称张远的诗文风格在屈大均(翁山)、魏禧(叔子)之间[②]。此四家者,张远学宋,郭雍学王、孟、贾、姚等唐诗风格,林豫吉则专主明代前七子,张嵛学杜、学宋,与张远为近。晚清陈衍所论与《四库全书总目》的观点不同:“先生五古多学韩(愈),近人郑子尹(郑珍)作甚与相似。……七言参以太白(李白),才笔兴象足以轶长水(朱彝尊)、跨新城(王士禛)。五律次之,七律又次之。”[③]

《国朝全闽诗录初集》张远条:“(郑方坤)《诗钞小传》:……晚得滇之禄丰令,卒于官……偶道出西江,题诗滕王阁上,适曹秋岳(曹溶,1613—1685)侍郎持节过此,大加激赏,亟招入芙蓉幕所,至为延誉,一日而诗名满长安。渔洋(王士禛)、绵津(宋荦,有《绵津山人诗集》十八卷)二公尤深器重,皆引之为入室弟子。‘扬雄更有河东赋,惟待吹嘘送上天’,岩穴之士,所由愿附青云而声施后世也。”“沈归愚(沈德潜)云:超然旅寓常熟,久困举场。发解时,其年老,以老名士终,贤于方干身后成名矣。诗格大段疏朗,异于局束如辕下驹者。”[④]知张远曾与清初清华显达的诗人曹溶、王士禛、宋荦等交游,入为幕宾,为王、宋门人,然而王、宋等人对于张远生存遭际的改善并无多大作用[⑤],张远一生生活清苦。按:康熙间,另有浙江萧山张远(字迩可),著有《杜诗荟萃》二十四卷。仇兆鳌《杜诗详注》卷十九《槐叶冷淘》诗下有“远注”[⑥],“远注”即指张远(迩可)所著的《杜诗荟萃》。

民国《福建通志》著录张远著作,辨证《四库全书总目》著录《超然诗集》八卷之误,引《石遗室书录》,略曰:“远字超然。诗文集均称《无闷堂集》,各有首卷,首行不标明其为文为诗。文集首有自序一、屈大均序一,诸体文均雅洁,不染明人末派以吊诡字句为能。诗五古多学韩,近人郑子尹作极与相似,《哭母》、《下建溪诸滩》最佳。七古参以太白,才笔兴象足以轶长水(朱彝尊)而跨新城(王士禛)。五言律次之,七言律又次之。”[⑦]晚清诗论家陈衍对张远的诗歌成就之认识别出心裁,以为张远诗学韩愈,与近人郑珍(子尹)接近。按:《石遗室诗话》原作:“旧岁乡人增祀十数诗人于西湖宛在堂,而不及侯官张超然先生远。有诉于余者,余实未读先生之诗,无以答也。诉者乃出《无闷堂诗》示余,随手翻一七言律,则偶有疵句者,置之。近复细读全集,乃知先生五古多学韩,近人郑子尹作甚与相似,《哭母》一首其最也。七言参以太白,才笔兴象足以轶长水(朱彝尊)、跨新城(王士禛)。五律次之,七律又次之。”[⑧]郑珍(1806—1864),字子尹,号柴翁、子午山孩、五尺道人、且同亭长,贵州遵义人。晚清宋诗派作家,其诗风奇崛,有艰涩之风。陈衍的评价深刻体会到张远的诗心,是知人论世之鉴。郑杰《国朝全闽诗录初集》所选张远诗,有“用苏韵”者[⑨],有沈德潜评“神肖东坡”者[⑩],故知张远虽为王士禛的弟子,但诗风却在乃师樊篱之外,与宋人诗风为近,而且王士禛虽倡明神韵说,学诗和取径之初,也曾饱

---

① 郭柏苍《竹间十日话》卷六。

② 民国《福建通志》总卷三十九,《福建文苑传(清一)》卷七,张远传,原第二十二页。

③ 陈衍《石遗室诗话》卷二十四,第二十四条,第333页。

④ 《国朝全闽诗录初集》卷八,张远条,第163-164页。

⑤ 朱丽霞教授撰有《会向黄山去,栖迟意泊如——〈送孙无言归黄山〉的经济学诠释》(载《中国韵文学刊》2008年第4期,第98-103页),对于孙无言的困境作了经济学的阐释。清初福建兴化府莆田诗人方鸿康熙二十四年(1685)“以高等贡入成均,国子监祭酒与从官读其赋……秋试见落,辇下贵人交相叹惜,争具衣装,作为诗歌送其返闽”。(民国《福建通志》总卷二十五,《福建艺文志》卷六十四,第十六页),孙无言欲归征诗,不得赀财;贵人“交相叹惜”,“作为诗歌”以送方鸿返闽;张远虽受王、宋器重而落拓,这三个情景似曾熟悉,当是清初文人交游的一种方式。口惠实不至,无怪乎王士禛不为林古度代刻林氏亲自嘱托的遗诗。山东莱阳董樵现存《西山诗存》一卷(嘉庆十年刻本),王士禛《渔洋诗话》尝谓“樵有诗三四十卷,属余论定,未及报而樵卒”,诗多散佚(柯愈春《清人诗文集总目提要》第85页引),可见王氏辜负作者不仅林古度一人。

⑥ 仇兆鳌《杜诗详注》,中华书局1979年版,第1646页。

⑦ 民国《福建通志》总卷二十五,《福建艺文志》卷六十四,第二十四页,引。

⑧ 陈衍《石遗室诗话》卷二四,第二四条,《民国诗话丛编》第一册,第333页。

⑨ 张远《闰七夕后二日小集沈客子京都寓斋用苏韵时钱许吕诸君将南返》诗,《国朝全闽诗录初集》卷八,第165页。

⑩ 沈德潜评《题黄山山人墨竹》诗云:“笔下有兔起鹘落之势,神肖东坡。”(《国朝全闽诗录初集》卷八,第169页)

览宋诗,喜爱宋人诗作,故师弟二人之间并不相违。

张远赘于常熟何氏[①],子张继曾、张继绍、张继祖。三子尝校辑其父《无闷堂集》。张远表弟陈睿思,张远有《与表弟陈睿思书》、《题榕庵亭子留别睿思表弟》等诗文,未知其名字。泉州府同安县有陈睿思者,字鹤屏、子将,号宜亭。康熙六年丁未(1667)进士。撰有《可园诗文集》。同安陈思睿,与张远时代接近,但恐非张远表弟、长乐陈思睿。

光绪十五年(1889)举人、侯官张炜,字镜心。能诗。有诗《寄农先生属题先芬集赋此奉呈》,诗中注:"余高大父廷飏公著有《浙西游草》。""余六世伯祖讳远公著有《无闷堂集》,板已毁,坊刻多讹错,先大父遗著重刊,久而不果。"[②]

## No. 116　福清(闽县)郭人麟家族

郭人麟:《留村诗义》、《药村词谱》、《药村诗草》、《药村外集》、《药村留草》、《学语集》、《杞光亭草》、《拙亭次韵诗》(同治刊本《福建通志》卷六十九)、《希雅文集》(《清代诗文集珍本丛刊》影印清钞本。柯愈春《清人诗文集总目提要》第435页题《希雅集》,残本,国家图书馆藏)

郭美(郭人麟子):《雪泥鸿爪》、《秦蜀游草》、《谦居诗稿》(同治刊本《福建通志》卷六十七)、《郭谦居诗稿》(《国朝全闽诗录初集》卷十三郭美传)

**谨按:**福清郭人麟,字嘉瑞,号药村。本邑泽朗人,迁福州。康熙二十九年庚午(1690)副贡生。传见同治刊本《福建通志·文苑传》。

乾隆《福清县志·文苑传》郭人麟传:"天才敏妙。工诗赋、古文、行草、绘事,咸为当世所重,晚益嗜书,闭户体玩,著述日富。有《药村外集》、《药村词谱》、《药村留草》、《学语及》、《药村诗义》、《杞光亭草》、《拙亭次韵诗》诸种。子美,癸卯(雍正元年,1723)进士;长,己酉(雍正七年,1729)副榜。"[③]同治刊本《福建通志·文苑传》郭人麟传:"康熙庚午副贡。性笃孝,居丧遵古礼。工诗、赋、古文、行草、绘事,为当世所重。晚益嗜书,闭户体玩,著述日富。子美见闽县《良吏传》。"[④]

郭人麟是清初福建重要的诗人,李馥《居业堂诗稿·武夷游草》有诗《怀郭四药村》[⑤],作于康熙四十三年甲申(1704)。郭人麟尝预福州平远诗社。康熙癸未、甲申间(四十二至四十三年,1703—1704)郭人麟与林衡等诗人在平远台屡唱屡和,端为一时盛事。《竹间十日话》卷一"平远诗社"记载此社集的文学活动。《国朝全闽诗录初集》郭人麟条下引其诗《平远台雨中小集》[⑥]。

郭人麟之子郭美,字谦居、名周。雍正癸卯(元年,1723)进士,官直隶邢台知县。传见同治刊本《福建通志·良吏传》、民国《福建通志·福建循吏传》卷十二。《国朝全闽诗录初集》卷十三有郭美小传及诗。

## No. 117　古田丁氏家族

丁先聘:《觉园集》(同治刊本《福建通志》卷六十九)

---

① 按:张远诗《初娶钱塘何氏戏赠》(《无闷堂诗集》卷五),是何氏原籍钱塘(杭州);诗《杭州谒冯氏姑示柳堂表弟》(《无闷堂诗集》卷十二),张远冯氏姑家杭州。

② 民国《雁门萨氏家谱》卷五,《叙赠录下》,影印第961-962页。

③ 乾隆《福清县志》卷十四,《文苑传》郭人麟传,影印第371页。

④ 同治刊本《福建通志》卷二百三十九,郭人麟传,原第十页,影印第4313页。

⑤ 李馥《居业堂诗稿》,《清代诗文集汇编》第219册影抄本,第2页。

⑥ 《国朝全闽诗录初集》卷十,郭人麟条,《全闽诗录》第五册,第207页。

丁任衡:《江天吟》(同治刊本《福建通志》卷六十九)

丁得舆:《石楼文集》二卷、《卧游集诗》一卷、《石楼诗集》二卷(同治刊本《福建通志》卷六十九)

丁梦熊:《卿云集》(同治刊本《福建通志》卷六十九)

**谨按:**古田县多丁氏作者,当出同一宗族,作者之间关系未详。

丁先聘,字聘三。与陈懋威、林总护、丁錡等师林乔材,丁先聘以学行闻[①]。康熙十九年庚申(1680)举人。传见同治刊本《福建通志·良吏传》[②]。邑人林凤岐,从丁錡游,有文名[③]。

丁任衡,官黄州守备。有《江天吟》。

丁得舆,字民载,号石楼。乾隆五十九年甲寅(1794)举人,官永安训导。卒年八十一。传见同治刊本《福建通志·文苑传》[④]。

## No. 118　侯官李建极家族

**谨按:**侯官李建极,字文中,号瑶峰。原籍福清县,迁侯官。康熙四十一年壬午(1702)举人。李云龙,字玉和,号霖郇。官通判。家有金峰山庄,尝在此招饮黄任、张学举、傅玉露、林正青、施廷枢、陈九龄等诗人。李建极父子名俱列《黄任集·黄任交游人物表》[⑤]。

## No. 119　侯官张炜家族

张炜:《雪樵诗文集》(同治刊本《福建通志》卷六十八)

**谨按:**张炜,字彤伯,号雪樵。侯官人。康熙五十七年戊戌(1718)进士,改选庶吉士,授编修,改刑部郎中。致仕归,聚徒讲学。善诗、赋、古文辞,对客挥毫,千言立就。子文城,官掖县知县;岳,雍正七年己酉(1729)举人[⑥]。

《国朝全闽诗录初集》续集张炜条:"官刑部郎中。有《雪樵诗稿》。"[⑦]张岳,字立仲。父子名俱列《黄任集·黄任交游人物表》[⑧],知张炜父子与黄任均有交往,并能诗。

按:此张炜,非同邑字镜心者张炜,后者为晚清、民国间作者,系康熙间张远六世侄孙。

## No. 120　侯官陈昂家族

陈昂:《海外狂吟草》(同治刊本《福建通志》卷六十八、民国《闽侯县志》卷四八《侯官艺文志》)、《万年枝表汇集》、《依玉楼藏稿》、《轩年小品》、《倚玉集》(郭柏苍《竹间十日话》卷一)、《玉楼藏稿》(民国《福建通志》总卷四十三,《福建高士传》卷五,陈昂本传)

陈朝麟:《涵青阁诗》(同治刊本《福建通志》卷六十八)、《拾翠涵青阁诗》(民国《闽侯县志》卷四八《侯官艺文志》)

---

① 同治刊本《福建通志》卷二百三十九,林乔材传,影印第4315页。

② 同治刊本《福建通志》卷二百三十二,影印第4232页。

③ 同治刊本《福建通志》卷六十九,影印第1430页。

④ 同治刊本《福建通志》卷二百三十九,影印第4315页。

⑤ 黄任《黄任集》,第600页。

⑥ 民国《福建通志》总卷三十九,《福建文苑传(清一)》卷七,张炜传,原第二十八页。

⑦ 《国朝全闽诗录初集》续集卷五,第583页。

⑧ 黄任《黄任集》,第597、599页。

**谨按:**陈昂,字轩年,侯官人。康熙间诸生。明代嘉靖、万历间兴化府莆田县著名诗人,其事迹见《列朝诗集小传》[①]。同治刊本《福建通志》著录侯官陈昂著作,引《赤嵌笔谈》云:"轩年富才藻,尤工骈丽,少日为仇家告讦,谪戍山左。康熙末年遇赦归里,纵游海上,多感慨吊古之作。"[②]

民国《福建通志·福建列女传》常氏传:"常氏,侯官人。诸生陈国勋妻。康熙时人。年十八未婚,国勋得罪长流山左,氏徒步过门,事老姑何氏七载,家徒四壁,备历苦辛,族戚罕见其面。晋江庶子陈迁鹤时官京师,闻其事,重其孝,为募金赎国勋归。变名昂,复就童子试,入邑庠。簪桂日,始谐花烛。生子朝麐(一作麟),乾隆庚午(十五年,1750)举人,孙椿、荣,皆入郡庠,有文名。"[③]按:《竹间十日话》卷一云陈迁鹤系其族人。

民国《福建通志·高士传》:"陈昂,字轩年,号即白。侯官人。原名国勋。未冠,补弟子员。日成二十数艺,同侪呼以快,而昂形容可异,俗乃故讹其音为怪,此'白怪'之号所由来也。昂友方迈,字日斯者,亦以面目可异,俗呼之为'黑怪'。未几,隙家告讦,党狱大兴,昂与方外当时知名士辈罗织者数十人,遣戍远方。……会仁皇帝(康熙帝)南巡,昂献诗称旨,党狱始白。赦归,乃改名昂,后入侯官邑庠,困棘闱。"[④]

陈昂之子陈朝麟,字卿怀,号祥野。乾隆十五年庚午(1750)举人。《国朝全闽诗录初集》续集卷九有传及诗《避暑道山观》[⑤]。

## No. 121　侯官方涘家族

**谨按:**《国朝全闽诗录初集》续集卷六诗人陈昂之前、施世骠之后有方涘小传及选诗。

《国朝全闽诗录初集》续集方涘条:"字翥宗,侯官人。鼎成之父。康熙中诸生。"选其诗《僧寮秋夜》[⑥]。

方鼎成,乾隆九年甲子(1744)福建乡试举人,与朱仕琇、张甄陶、何逢僖、薛潮等同年。既入《国朝全闽诗录初集》作者郑杰之笔,当亦作者。

## No. 122　侯官宋道策家族

宋道策:《警斋诗集》(同治刊本《福建通志》卷六十八、民国《闽侯县志》卷四八《侯官艺文志》)

黄世发(宋道策外孙):《群经冠服考》三卷(民国《福建通志》总卷二十五,《福建艺文志》卷十二)、《春台赘□》五卷(民国《福建通志》总卷二十五,《福建艺文志》卷三十二)

**谨按:**侯官宋道策,字聿喆。康熙间诸生。同治刊本《福建通志》著录其《警斋诗集》,引郑杰《注韩居诗话》:"自康熙戊子(四十七年,1708)迄乾隆癸亥(八年,1743),诗千余首,温厚和平,无剑拔弩张之态。"[⑦]这段话在《国朝全闽诗录初集》续集宋道策条下引用得更全:"警斋先生,余友黄君世发外祖。自康熙戊子迄乾隆癸亥,诗有千余首之富。黄友曾商付梓不果。全稿俱见温厚平中,无剑拔弩张之态。"[⑧]

---

① 钱谦益《列朝诗集小传》丁集中,第518-519页。又见吴肃公《明语林》卷七《栖逸》第51条。
② 同治刊本《福建通志》卷六十八,影印第1396页。
③ 民国《福建通志》总卷四十五,《福建列女传》卷四,常氏传,原第十七、十八页。
④ 民国《福建通志》总卷四十三,《福建高士传》卷五,陈昂传,原第五页。
⑤ 《国朝全闽诗录初集》续集卷九,《全闽诗录》第五册,第677页。
⑥ 《国朝全闽诗录初集》续集卷六,《全闽诗录》第五册,第592页。
⑦ 同治刊本《福建通志》卷六十八,影印第1395页。
⑧ 《国朝全闽诗录初集》续集卷四,《全闽诗录》第五册,第543页。

宋道策外孙黄世发，字弱中、耦宾[①]。乾隆、嘉庆间学者。所著《群经冠服考》三卷，乾隆四十七年壬寅(1782)自序；《春台赘□》五卷，嘉庆十三年戊辰(1808)自序，均为陈衍《石遗室书录》所著录。

## No. 123　侯官郑任鑰家族

郑任鑰：《朱子或问小注》、《自治要纂》、《乐善述略》、《古文正宗》、《矢言》一卷、《非鞶轩稿》(杨志一题《莱川诗集》，民国《长乐县志》卷二十三本传题《莱州诗集》，民国《福建通志·福建艺文志》存目卷四十二题《茟鞶轩稿》)(同治刊本《福建通志》卷六十八、民国《闽侯县志》卷四八《侯官艺文志》)

**谨按：**郑任鑰，原籍长乐，居侯官。康熙四十四年乙酉(1705)举人，四十五年丙戌(1706)联捷成进士。累官至湖北巡抚。传见同治刊本《福建通志·列传》。

《国朝全闽诗录初集》续集郑任鑰条："字维启，号鱼门。侯官人。康熙四十五年丙戌(1706)进士。官都察院左都御史、江南学政、湖北巡抚。"引沈归愚(沈德潜)之论云："江左多名学使，公其一也。生平不以诗重，而诗亦可传。"[②]林佶作有《郑鱼门侍讲督学江南诗以送之》[③]、《予北行病憩芝城岁杪思归觐母并展先墓将以新春就道鱼门郑子以次韵诗来道别辄和酬之》五首[④]。

郑任鑰长子郑念盥[⑤]，雍正二年甲辰(1724)福建乡试举人，与吴九叙等同年；次子郑念荣，乾隆十五年庚午(1750)福建乡试举人，与郑天策、龚一发等同年。

郑任鑰之女郑孟姬，适泉州府晋江县贡生许臣骥。郑氏早寡，因携子女从父居侯官，许氏因籍侯官，世为福州人氏，发展成许氏文学家族。郑氏好义，并能文学，尤熟诸史，工诗能画。存诗不多，仅从旧本中抄得二首[⑥]。请参看本书闽县许崇楷家族条。

## No. 124　闽县陈治滋家族

陈治滋：(纂辑)《家礼》一卷(同治刊本《福建通志》陈国琦传作二卷)、《忆昔录》、《留都草》(柯愈春《清人诗文集总目提要》第495页题《留都诗草》不分卷二册，乾隆间刻本，复旦大学图书馆藏)、《学圃诗文集》(同治刊本《福建通志》卷六十七)、《学圃诗稿》(《国朝全闽诗录初集》卷十陈治滋传)

**谨按：**闽县陈治滋，字以树[⑦]，又字德泉，号学圃老人，林佶外甥[⑧]。闽县人，原籍长乐。其父陈国琦，字琢庵。官教谕。传见同治刊本《福建通志》卷二百二十六、民国《福建通志》之《福建列传》卷三十四。陈治滋十岁通五经大义，康熙五十二年癸巳(1713)福建乡试举人中式，与庄拱显、李钟倬等同年；本年恩科成进士。改庶吉士，散馆授编修，累官至摄奉天府尹。《国朝全闽诗录初集》陈治滋传："字德泉，闽县人。康熙癸巳进士，官奉天府丞。有《学圃诗稿》。"[⑨]列《黄任集·黄任交游人物表》。林佶有诗《北禅结夏》，序云："癸卯(雍正元年，1723)中元日，陈甥德泉招渭云侄及诸儿结夏于北禅，有至有不至者，因分韵赋诗。予未往，乃各次其韵，以当家塾之闲课而已，不尽为北禅咏也。"[⑩]

---

① 民国《福建通志》总卷二十五，《福建艺文志》卷三十二，原第四页。
② 《国朝全闽诗录初集》续集卷五，《全闽诗录》第五册，第572页。
③ 林佶《朴学斋诗稿》卷二。
④ 同上书，卷五。
⑤ 郑念盥出为拔贡郑任铨嗣子，籍侯官(同治刊本《福建通志》卷二百五十《列女传》国朝节孝"拔贡郑任铨妻倪氏"，影印第4571页)。
⑥ 民国《福建通志》总卷四十五，《福建列女传》卷二，郑孟姬传，原第十九页。
⑦ 钱维福《清秘述闻补》作以澍(《清秘述闻补》卷二，《清秘述闻三种》中，第948页)。
⑧ 《朴学斋诗稿目录》，林佶《朴学斋诗稿》，《清代诗文集汇编》第205册，影印第475页。
⑨ 《国朝全闽诗录初集》卷十，第205页。
⑩ 林佶《朴学斋诗稿》卷三，原第十三页，《清代诗文集汇编》第205册，影印第523页。

陈治滋兄陈治溥,《国朝全闽诗录初集》有传:“字以安,闽县人。治滋兄。康熙中拔贡生。”选其诗《游白云寺》[①]。尝与其舅林佶同游石牌寺、水尾岩[②]。

民国《闽侯县志》立陈治滋传。据此传,陈治滋之子陈朝础,官内阁侍读;陈朝柄,议叙知县;陈朝栋,慈溪知县[③]。

## No.125 闽县陈声远家族

陈声远:《海萍录古》(民国《闽侯县志》卷四八《侯官艺文志》)

陈发其(陈声远长子):《四书讲解》、《慕楼草》、《天心阁诗稿》二卷(同治刊本《福建通志》卷六十七)、《慕楼诗集》(《清代硃卷集成》第三一册,进士陈钦铭履历,影印第381页)、(分纂)《福建通志》(卢美松《松轩史话》第58、63页)

陈大煜:《俟庵文稿》(同治刊本《福建通志》卷六十八、民国《闽侯县志》卷四八《侯官艺文志》)

**谨按:**闽县陈发其,字师颜,号心斋。闽县人[④],原籍福清。雍正间拔贡生。元代浙江平阳县陈高(号子上,为入闽始祖。元至正十四年甲午科进士。著《不系舟渔集》)后裔,三世祖陈荣,八世祖陈一栋、陈一元(1573—1642),九世祖陈轼(1613—1694),至陈发其为十二世[⑤]。同治刊本《福建通志》著录陈发其《天心阁诗稿》二卷,注引“黄任序。略曰:心斋为诗,无艰苦癖涩之态,而宏肆冲恬,自然隽永,盖所养者熟也。余与心斋俱衰老,偶翻斯册,喜其气愈厚而律转细,余则聪明不如前矣,岂所得,各有浅深?”[⑥]名列《黄任集·黄任交游人物表》,《国朝全闽诗录初集》续集卷八有陈发其小传及诗。

陈发其侄孙、陈光谦之子陈大煜(1748—1821),字含耀,号俟庵,籍侯官。乾隆四十八年癸卯(1783)举人。同治刊本《福建通志》著录其《俟庵文稿》:“少工余书及诗古文辞,受知于大兴相国朱珪,力为扬誉,名满京都,澹于仕进,放怀诗酒以终。子茂坚,邑诸生。与修《续通志》,长乐陈庚焕称其博雅有奇气,得家学渊源云。”[⑦]

陈茂坚(1779—1837),字开颖,号良皋,陈大煜之子。补弟子员,博雅有奇气[⑧]。陈茂坚曾经担任道光年间所纂修的《福建通志》的分校和采访,见同治刊本《福建通志》卷首《题名》[⑨]。

据《清代硃卷集成》第三一册进士陈钦铭履历,陈发其系侯官陈钦铭太高伯叔祖辈先人,详情请参看侯官陈祁永家族条。卢美松先生撰有《闽都平阳陈氏世家》,收入其《松轩史话》一书。

## No.126 侯官朱文炳夫妻

**谨按:**《黄任集·黄任交游人物表》朱文炳:“字豹南。”[⑩]朱文炳名在陈纯后,不明籍贯。其实侯官

---

① 《国朝全闽诗录初集》续集卷六,第595-596页。

② 林佶《朴学斋文稿》,《清代诗文集汇编》第205册,影印第614页。

③ 民国《闽侯县志》卷六十八,原第一页,影印第234页。

④ 民国《福建通志·福建儒林传》陈声远传作侯官人。陈声远,字又深,号海萍,陈发其之父。康熙四十九年庚寅(1710)以贡生官同安训导(《福建儒行传》卷五,陈声远传,原第七页)。

⑤ 卢美松《松轩史话》,第58、63页。按:陈钦铭履历采用递减世系,其第十世祖陈梦麟,十世伯叔祖陈志、陈梦龙,九世祖陈一栋,九世伯叔祖陈一贯、陈一元、陈一新、陈一正、陈一贞、陈一善,七世伯叔祖陈轼等(《清代硃卷集成》第三一册,影印第379-380页),陈一元与陈轼之间隔代,与《松轩史话》所述世系不同。

⑥ 同治刊本《福建通志》卷六十七,影印第1381页。

⑦ 同治刊本《福建通志》卷六十八,影印第1398页。

⑧ 民国《福建通志》总卷四十五,《福建列女传》卷二,陈大煜妻郭氏传,原第二十二页。

⑨ 同治刊本《福建通志》,《道光九年重纂职名》,影印第24-25页。

⑩ 黄任《黄任集》,第597页。

人。官江宁参军[①]。

朱文炳妻张季琬亦列《黄任集·黄任交游人物表》:"字宛玉,号月鹿,闽县人。朱文炳之妻。"[②]《黄任集·附录》引袁枚《随园诗话》卷四"黄莘田妻月鹿夫人,与莘田同有砚癖。"注:"月鹿夫人名张季琬,闽县人。适江宁府参军朱文炳,工诗画。与黄任系中表,《随园诗话》作'黄莘田妻月鹿夫人',误。"[③]按:黄任系朱文炳、张季琬之女朱氏夫许良臣之表叔父,张季琬之表兄弟行[④],许良臣、朱氏有子女许作屏、许琛等。

张季琬,号月鹿侍史,闽县人。张洪之女。适江宁府经历朱文炳。传称其"工诗画。常居许氏春雨楼作画"[⑤]。

## No.127　侯官林长楠家族

林长楠:《留经堂枕书》四卷、《词鹄》六卷、《楚山诗集》(同治刊本《福建通志》卷六十八、民国《闽侯县志》卷四八《侯官艺文志》)

**谨按:**侯官林长楠,字介飞。乾隆元年丙辰(1736)副贡生。"与弟召华共为切劘,精韵学、诗学。"[⑥]《国朝全闽诗录初集》续集卷十有林长楠传及选诗。与郭植等诗人唱和。同书续集卷九选古田人郭植(字于岸,号月坡)《舟行即事仝林十二介飞限韵》诗[⑦]。郭植与翁文达、叶标元为古田乾隆初三进士,皆有才名而命奇。《国朝全闽诗录初集》续集卷九郭植条引《注韩居诗话》:"玉田三进士:郭月坡(郭植)、翁桃湖(翁文达)、叶杏渔(叶标元),皆时有才名。奈月坡未四十而卒;桃湖子亡而殁;杏渔丁母艰,复丁父艰,未几,子女弟侄及身相继而殒者七人,惨矣。未数年间,三人俱入冥府,何天之忌才若此耶。"[⑧]叶标元尝结凌云社,邑人何梦白、卓于祚、李士宏、陈潆皆与焉[⑨]。

林召华,乾隆《福清县志》作林苕华[⑩],原籍福清县。乾隆元年丙辰(1736)福建乡试举人,与曾从义、郭赵璧、李若青等同年。

## No.128　侯官林紫苑家族

林紫苑:《瓿余诗钞》(同治刊本《福建通志》卷六十八、民国《闽侯县志》卷四八《侯官艺文志》)

**谨按:**侯官林紫苑,字灿若,林紫杏从兄。乾隆间诸生。《国朝全闽诗录初集》续卷十一有传及诗。

## No.129　侯官郑廷莅家族

郑廷莅:《书带草堂诗钞》(同治刊本《福建通志》卷六十八。民国《福建通志·福建艺文志》卷六十

---

① 同治刊本《福建通志》卷二百四十六,《(闽县)列女传》闺秀"江宁参军朱文炳妻张氏"条,影印第4539页。
② 黄任《黄任集》,第602页。
③ 同上书,第527页。
④ 卢美松《松轩话史》,第28页。按:当是表叔父,以许良臣之父许鼎系黄任表兄。
⑤ 民国《福建通志》总卷四十五,《福建列女传》卷六,张季琬传,原第二十页。
⑥ 同治刊本《福建通志》卷六十八,影印第1397页。
⑦ 《国朝全闽诗录初集》续集卷九,郭植条,《全闽诗录》第五册,第664页。
⑧ 《国朝全闽诗录初集》续集卷九,郭植条,《全闽诗录》第五册,第663页。
⑨ 同治刊本《福建通志》卷六十九,影印第1430页。
⑩ 乾隆《福清县志》卷九,《选举志》,影印第215页。

五、《清代诗文集汇编》第378册作二卷,乾隆六十年刻本)

郑杰:《唐陈观察墓志铭考》一卷(民国《福建通志·福建艺文志》卷二十三作《唐陈观察墓志》一卷)、《陈观察遗事》一卷、《注韩居七种》七卷(民国《福建通志·福建艺文志》存目卷四十二作《汪韩居七种》七卷,误)、《明全闽诗录》、《国朝全闽诗录初集》二十一卷、《续集》十一卷(同治刊本《福建通志》卷六十八)、(订注)《晋文春秋》一卷(民国《闽侯县志》卷四八《侯官艺文志》)、《全闽明诗传》五十五卷(郭柏苍补编,光绪十五年福州郭氏沁泉山馆刻本)、《闽诗录》四十一卷(陈衍补订,宣统三年福州陈氏刻本)、《皇元圣武亲征记校正》一卷(清抄本)(《福建地方文献及闽人著述综录》第151、19、120、153页)、(刻)《尔雅郑注》、《说文字原》、《隶书正鹄》(齐弼《国朝全闽诗录初集·序》)、(刻)《尔雅》、《郑注说文字源》、《隶书证伪》等七种、(注)《昌黎文集》四十卷《外集》十卷、《遗文附录》二卷、《闽中录》八卷、《晋文春秋》(张天禄《清代福州方志的繁盛》)、《注韩居校本圣武亲征记》一卷(民国《福建通志》总卷二十五,《福建艺文志》卷二十)、《注韩居藏书目总录汇钞》(福建师范大学图书馆藏抄本)《注韩居诗钞》二卷(嘉庆四年刻《注韩居初编五种》本,福建省图书馆藏。李灵年等《清人别集总目》第1485页)

郑淑娟:《淑娟存稿》(民国《福建通志》总卷四十五,《福建列女传》卷六,郑淑娟传)

**谨按**:侯官郑廷莅,一作廷湓[①],字慕林。乾隆间布衣。著有《书带草堂诗钞》,其集为谢曦书,闽县林茂春、长乐梁上国、瓯宁万世美为之序[②]。按:谢曦,号发川。《书带草堂诗钞》二卷,嘉庆六年闽县谢氏刻本。民国《福建通志·福建艺文志》卷六十五著录,称其诗大略五言学王、孟[③]。

郑廷莅及其子郑杰嗜藏书刻书,是乾隆、嘉庆、道光间福建著名学者。同邑郭柏苍《竹间十日话》卷四:"侯官郑廷莅,好客。子杰,字昌英,庠生,家多藏书,颜其所居为注韩居。国朝《闽诗录》正、续集,因卷帙易校,先行录本。适昌英故,其父为之刊成其所辑《全闽明诗》约百卷,未楮,其书尚存杨观察浚家。所刻《注韩居七种》,内有《红雨楼题跋》二卷,皆从兴公(徐𤊹)藏本钞出。"[④]其藏书钤"郑杰"、"一室之内有以自娱"、"郑氏注韩居珍藏记"、"郑氏注韩居珍藏记"、"注韩居士"、"注韩真赏"、"昌英珍藏"、"侯官郑氏藏书"、"郑杰之印"、"人杰"、"名人杰字昌英"等章[⑤]。

民国《福建通志·文苑传》郑杰(1750?—1800)本传:"郑杰,字昌英。侯官人。乾隆间贡生。父廷莅,字慕林。乾隆间布衣。少孤,隐于贾,嗜铅椠,喜哦诗,不屑拘守闽派。积书三万卷。著有《书带草堂诗钞》。闽县林茂春、长乐梁上国、瓯宁万世美皆有序。杰自弱冠为诸生,即潜心稽古,不汲汲以科名为务,好读韩诗,欲合闽人方崧卿、魏仲举、廖莹中诸家,广为辑注,因注《昌黎文集》四十卷、外集十卷、遗文附录二卷,凡易五寒燠,尚未脱稿。题其书室为'注韩居',自号注韩居士。喜博览肆搜,于闽中文献尤宝贵勿失,每获一碑版卷轴有标题可识者,曰:'此吾乡先辈物也。呜呼!几亡之矣。'每获一诗文集或板漫灭不恒见或稿完具而未镘者,曰:'此吾乡先生之著述也。呜呼!几湮没矣。'由是什袭珍藏,唯恐废赘,慨闽人之不好事而古迹日就湮没也。乾隆庚子(四十五年,1780)夏,刻林育万《石塔碑刻记》及龚维广《附考成因》,念曹能始(曹学佺)先生《名胜志》及徐兴公(徐𤊹)、潘稼堂(潘耒)诸记述,皆言唐贞元塔碑见存,搜访得之,因备录其文,附塔记之后。又搜得陈观察岩墓志铭,为之考证,并辑遗事。又同陈登龙诸人访闽王墓,成《记事》一篇。借观《王氏家谱》于忠懿王后人,其《王潮传》所载刘行全事,参之诸史,多不合,因稍加删润,俾归雅驯,于事迹则无所损益。得徐氏汗竹巢、绿玉斋、宛羽楼、红雨楼藏本什有二三,搜录题跋若干首,先付梨枣。其录全闽诗则万中书世美主其事,昌英旁搜博采,辑成若干卷,又曰:'是集卷帙浩繁,非予一人一时力能猝办,今先刻国朝数百人,分初、续二集,余姑俟诸

① 《〈清代诗文集汇编〉总目录》,第51页。

② 同治刊本《福建通志》卷六十八,影印第1400页。

③ 民国《福建通志》总卷二十五,《福建艺文志》卷六十五,第十七页,引陈衍《石遗室书录》。

④ 郭柏苍《竹间十日话》,第74页。

⑤ 李鹏连《明代罕存刻本〈文章辨体〉递藏源流考略》,载《湖南师范大学社会科学学报》,2016年第3期,第122、124页。

异日。'岁庚申(嘉庆五年,1800)五月,工未及半而昌英病革,伏枕呻吟,犹手校是集不辍。不数日卒,其父为毕其刻工云。"[①]侯官郑氏的诗歌创作从郑廷莅开始转向,郑廷莅五言学王、孟而不拘守闽派的约束,至其子郑杰,则专好韩愈诗文,注韩愈文集,撰《注韩居诗话》,标榜宋诗,治学则受到乾嘉朴学的影响。

郑杰孙女郑淑娟,幼娴书籍,女红之外,兼学韵语。有《淑娟存稿》。适林香远。《射鹰楼诗话》载其事迹[②]。

民国《福建通志·福建艺文志》卷三十六著录《重编红雨楼题跋》二卷,引《石遗室书录》云:"(郑杰)注韩居藏书数万卷,分二十厨,以'东壁图书府,西壁翰墨林。诵《诗》闻国政,讲《易》见天心'为志,并刻注韩居丛书。"[③]郑杰刻《红雨楼题跋》二卷,自序云其潜心购觅,得闽县徐𤊹汗竹巢、绿玉斋、宛雨(羽)楼、红雨楼藏本十之一二[④]。

## No.130　福清游绍安家族

游绍安:《涵有堂诗文集》四卷(《四库全书存目丛书》影印稿本,不分卷)、《若素斋草》(同治刊本《福建通志》卷六十九)、《若素斋游草》(《国朝全闽诗录初集》卷十二游绍安条)、《涵有堂稿》(连天雄、郭云《黄任年表》)、《涵有堂诗文集》不分卷(稿本八册,江西省图书馆藏)、《涵有堂文集》不分卷(乾隆间钞本,江西省图书馆藏)(柯愈春《清人诗文集总目提要》第541页)

**谨按:**福清游绍安,字鹤洲,《黄任集·黄任交游人物表》作鹤川[⑤],一字(号)心水。雍正元年癸卯(1723)进士,由刑部郎出知江西南安府,有惠政。

游绍安是康熙、雍正、乾隆间著名的诗人。同治刊本《福建通志》著录其《涵有堂诗文集》四卷,注云:"《四库书目提要》:'是集诗二卷,文二卷,绍安守南安(府)几二十年,故(诗文)多南安所作。其文务为奇崛语,诗亦(欲)以生僻见长。'按:今本诗五卷,文四卷,盖四库所收非其全集也。"[⑥]《四库全书总目》所据系福建巡抚采进本。梁章钜《报德歌为戴昆禾太守作兼示陈叙斋侍御》诗中注作《涵有堂集》四卷[⑦]。

《国朝全闽诗录初集》卷十二游绍安条传云:"有《若素斋游草》。""《注韩居诗话》:心水居官二十余年,以清节自励。归日,行箧无多赢余。诗古体少作,近体寓和婉于悲壮。譬之秦筝,都无西习。""许梅崖(许鼎)云:心水诸作,情景俱真,而骨气崚嶒,绝无一切嫙嫛嗫嚅之习。"[⑧]

游绍安与永福诗人黄任交情深挚,而诗风大不相同。尝撰《黄任小传》等。连天雄、郭云撰《黄任年表》多据游氏《涵有堂集》。《国朝全闽诗录初集》选其组诗,题《乙巳(雍正三年,1725)初夏将由武昌入都仙游马明府拆柬相招遂取道东粤吏湞州者余友黄莘田也……丙午(四年,1726)秋日志于胥江三山会馆》[⑨],组诗第十首:"异地相过笑口开,饷将鱼蟹日衔杯。汉阳不是曾江口,常愿好风吹汝来。"自注云:"侄孙钦周侨居汉口,时饷鱼蟹过余寓处。"第十二首:"汉儒笺疏宋儒经,饱饫群言调作羹。烂煮琉璃王武子,不贪生和五侯鲭。"诗后注:"四阿侄能涉群书,颇善词赋。余欲其由博返约也,每作书勖

---

① 民国《福建通志》总卷三十九,《福建文苑传(清二)》卷八,第十八页。

② 民国《福建通志》总卷四十五,《福建列女传》卷六,郑淑娟传,原第四十一页。

③ 民国《福建通志》总卷二十五,《福建艺文志》卷三十六,第四页。

④ 同上注。

⑤ 黄任《黄任集·黄任交游人物表》,第595页。

⑥ 同治刊本《福建通志》卷六十九,影印第1422页。所引《四库全书总目》提要语见该书卷一百八十五(影印第1675页),括号内为补足提要语。按:游绍安官江西南安府知府,此南安府非福建泉州府南安县。

⑦ 梁章钜《退庵诗存》卷二十一,《清代诗文集汇编》第515册,影印第224页。诗中注以游绍安为侯官人。

⑧ 《国朝全闽诗录初集》卷十二,《全闽诗录》第五册,第254页。

⑨ 同上书,第257页。

之。"[1]诗中之游钦周及游绍安的四侄当亦能文学。

## No.131 连江孙拱极家族

孙拱极:《戴礼粹言》、《东井讲义》(同治刊本《福建通志》卷六十九)

孙让:《松窗偶寄》、《纪游草》(同治刊本《福建通志》卷六十九)

**谨按:**连江孙拱极,字肃佑。乾隆四年己未(1739)进士,出杭世骏门下。改选庶吉士,散馆改知县。归,掌教鳌峰书院。附同治刊本《福建通志》卷二百三十九《(国朝)文苑传》其子孙让传。

民国《福建通志·文苑传》孙拱极传:"孙拱极,字肃佑。连江人。乾隆己未(四年,1739)进士。出仁和杭世骏之门。选庶常,散馆改知县,寻以事落职,留都中十载。归,掌教鳌峰。性傲岸自喜,于人多不合而亦不求合于人也。子让,乾隆甲子举人。历晋江、顺昌、上杭、彰化教谕,擢知榆林县,以忤当道归。"[2]

孙拱极之子孙让,字谦如,号地山。乾隆九年甲子(1744)举人,十六年辛未(1751)明通进士。明通进士,是清代康熙、雍正、乾隆年间实施过的一种选举政策,作为每科会试正式录取贡士的补充。《清通典·选举》记载雍正五年(1727),准于会试落卷内拣选文理明通者,授教谕[3]。嗣后,乾隆二年(1737)、十年(1745)、十六年(1751)、十九年(1754)等科俱照此办法取中士子,于正榜外另悬二榜,谓之"明通榜"。

## No.132 闽县(侯官)郭应运家族

陈玉瑛(一作陈玉映,郭应运妻):《兰居诗草》(同治刊本《福建通志》卷二百四十九《(侯官)国朝闺秀》"同知郭起元母陈氏"条下注。民国《福建通志》总卷四十五《福建列女传》卷六陈玉瑛本传一作《兰居吟草》[4],李灵年等《清人别集总目》第1268页著录清初刻本,一卷)

郭起元(郭应运子):《易鉴》、《(介石堂)水鉴》六卷、《介石堂文集》四卷、《介石堂诗集》(民国《福建通志·福建艺文志》卷六十五作《介石堂诗集》十卷、《文集》十卷,柯愈春《清人诗文集总目提要》第520页著录《介石堂集》二十卷,乾隆十九年刻本,诗、文各十卷)(同治刊本《福建通志》卷六十七)、《介石堂诗文》(《竹间十日话》卷二)、《介石堂诗文集》(民国《福建通志》总卷三十六,《福建循吏传》卷十二,郭起元前传)、(修)《盱眙县志》二十四卷(民国《福建通志》总卷三十六,《福建循吏传》卷十二,郭起元后传)、《淮水考》一卷(小方壶斋舆地丛钞本)

**谨按:**侯官郭应运之妻陈玉瑛,字左芬,号左芬侍史。幼聪慧,习书,了大义。训子起元,卒大郭门。中晚年好吟咏。有《兰居吟草》[5]。

郭应运之子郭起元,号复斋。雍正、乾隆间人。荐博学鸿词科,官宿虹同知,权桐城。传见民国《福建通志·福建循吏传》卷十二。师漳浦蔡新,学为古文。《清代诗文集汇编》第266册影印其《介石

---

① 同上书,第258页。

② 民国《福建通志》总卷三十九,《福建文苑传(清二)》卷八,孙拱极传,第一页。

③ 按:康熙四十七年戊子(1708)举人、连江孙发曾,四十八年己丑(1709)"以明通榜",授教谕,历将乐、归化、武平、建安诸学,迁泉州府教授(同治刊本《福建通志》卷二百三十九,《文苑传》孙发曾传,影印第4314页)。

④ 柯愈春《清人诗文集总目提要》作一卷,清初刻本,国家图书馆藏(第274页)。

⑤ 民国《福建通志》总卷四十五,《福建列女传》卷六,陈玉瑛传,原第三十四、三十五页。按:同治刊本《福建通志》作《兰居诗草》,作者名陈玉映(影印第4568页)。

堂诗集》十卷、《介石堂文集》十卷，乾隆刻本。其诗主唐杜甫及宋梅尧臣，在杜甫、韩愈、梅尧臣之间，为郑杰所称许。其自序《介石堂文集》及郑杰的评价已见引于本书。

陈寿祺为郭起元曾孙、郭蔚孙郭景扬配刘氏撰《记刘贞节事》。据此文，陈寿祺之母、郭柏心之女郭氏系郭景扬族姑①，因此知郭应运家族亦迁自福清县，与侯官郭阶三家族同宗。

## No. 133　古田林日诏家族

林日诏：《四书集解》、《古邑志余》、《达书》四卷、《卧梅集》、《江上吟》、《玉田风雅》四卷(同治刊本《福建通志》卷六十九)、《四余》(郑杰《注韩居诗话》)

林乔材：《禹贡注解》、《四书集说》、《秋霞子集》(同治刊本《福建通志》卷六十九)

**谨按：**古田林日诏，字子召。康熙间诸生。附同治刊本《福建通志·文苑传》其师林乔材传。《国朝全闽诗录初集》续集林日诏条引郑杰《注韩居诗话》云："子召刻志勤学，耽心著作。凡往哲时贤懿行嘉言，笔而藏之，曰《达书》。又有《四余》、《玉田风雅》。"②

林日诏妻毛秀玉。民国《福建通志·福建列女传》本传称其"雅慧工诗。尝赋《妾薄命》云：'莫笑余生薄命人，与君白首共清贫。挑灯漫读朱公传，谁道书能负买臣'"③。

林乔材，字世臣，号秋霞子。康熙间诸生。民国《福建通志·福建文苑传》林乔材传："与邓逖、黄龙友善。逖尚气节，龙急功名，乔材爱著述。自经史以至天官、职方、兵、农、医、卜之书，无不搜访。龙字卧庵。逖与乔材及同里高国定、朱盖、林日诏、郭如璧、林荃又结七子诗社。同时陈懋威、林总护、丁錡、丁先聘俱师事乔材，皆以学行闻。"④

同邑林日诏外，黄龙(初名农，字逢年。官江西按察使)、林荃(字元章。康熙间诸生)传附同治刊本《福建通志·文苑传》林乔材传。林乔材门人有朱盖、林日诏、林总护、陈懋威、丁先聘等⑤。

## No. 134　古田余珍玉姊妹

余珍玉、余尊玉：《绮窗迭韵》(民国《福建通志》总卷四十五，《福建列女传》卷六，余珍玉传)

**谨按：**古田余珍玉、余尊玉姊妹能诗。民国《福建通志》："余珍玉，古田人。年十四咏竹，有'风拂庭前鸣碧玉，月临树里伴瑶琴'句；妹尊玉，年十二咏菊，有'蕊含白种园中玉，英落黄铺径里钱'，俱清丽可诵。二女刻《绮窗迭韵》。"⑥闽县徐钟震(1611—?)为之序⑦，知其为清初人。

余尊玉，字其人。善诗画，许字崔氏，崔氏亦闽中巨族。传见民国《福建通志·福建艺术传》卷二。二余氏传在同卷同页林日诏妻毛秀玉传后。

## No. 135　古田林常登家族

林常登：《西河忠义录》一卷(同治刊本《福建通志》卷六十九)

---

① 陈寿祺《左海文集》卷八，《清代诗文集汇编》第499册，影印第344页。
② 《国朝全闽诗录初集》续集卷三，林日诏条，《全闽诗录》第五册，第520页。
③ 民国《福建通志》总卷四十五，《福建列女传》卷六，毛秀玉传，原第三十六页。
④ 民国《福建通志》总卷三十九，《福建文苑传(清一)》卷七，原第二十页。
⑤ 同治刊本《福建通志》卷六十九，影印第1430页。
⑥ 民国《福建通志》总卷四十五，《福建列女传》卷六，余珍玉传，原第三十六页。
⑦ 同治刊本《福建通志》卷二百五十一，《(古田)列女传》闺秀"余氏姊妹"条，影印第4634页。

林首运：《餐霞集》二卷[①]（同治刊本《福建通志》卷六十九）

林首达：《鸣籁集》二卷（同治刊本《福建通志》卷六十九）

**谨按：**古田林常登，字毓隽。康熙间，耿精忠叛乱，不授伪职，被系福州，事平归隐。有子林首运、林首达、林首选等五人。

林首达，字上而。康熙间诸生。林首达弟林首运，字闲而[②]，号文峰。康熙间诸生。林首达、林首运兄弟附同治刊本《福建通志·孝义传》林常登传。

## No. 136　古田林三槐家族

林三槐：《蓬庐草》（同治刊本《福建通志》卷六十九）

林国梁：《未焚草》（同治刊本《福建通志》卷六十九）

**谨按：**古田林三槐，字悦山，号植岩。雍正间贡生。

林三槐之子林国梁，字树昂，号洞樵。乾隆元年丙辰（1736）举人，籍屏南。《国朝全闽诗录初集》续集卷九有林国梁传及选诗。

## No. 137　闽县陈丹苠家族

陈丹赤：《陈忠毅奏议》一卷、《客吟草》（同治刊本《福建通志》卷六十七）

陈登龙（陈丹赤玄孙）：《读礼余篇》二卷、《天全州闻见录》二卷、《里塘志略》二卷、《蜀水考》二卷、《出塞录》一卷、《对雪楼杂录》二卷、《秋坪诗集》十四卷、《杂著》四卷（同治刊本《福建通志》卷六十七）、《秋坪诗存》（《竹间续话》卷四。民国《福建通志·福建艺文志》卷六十五作十四卷）、（甘澍辑）《陈秋坪先生遗墨》一卷、《补录》一卷、《题咏》七卷（民国《福建通志》总卷二十五，《福建艺文志》卷六十五）、《秋坪老人日记》[③]（《冶山史话》，第206页）、《四时对雪楼杂录》稿本二十四卷（林春溥《竹柏山房家刻总目序》）、《陈秋坪遗墨》不分卷二册（道光间刻本，国家图书馆藏。柯愈春《清人诗文集总目提要》第837页）

江鸿祯（陈登龙表甥女）：《焚余存稿》（民国《福建通志》总卷四十五，《福建列女传》卷六，江鸿祯本传）

**谨按：**陈丹苠昆季入清出仕，均有诗名。《国朝全闽诗录初集》陈丹苠条下小传："丹苠，字未详，侯官人，丹赤兄。顺治八年辛卯（1651）举人，官清远知县。"[④]选诗一首。

陈丹赤（？—1674），字献之，号真亭。闽县人。顺治八年辛卯（1651）举人，官至浙江温处道。家文儒坊。死难于耿精忠之变，谥忠毅。传见《清史稿》卷二百五十三。《国朝全闽诗录初集》卷三有小传。

陈丹赤曾孙女陈氏（1706—？），适太学生何，为何应举之嗣母[⑤]。

---

① 民国《福建通志》著录《餐霞集》二卷、《鸣籁集》二卷，作者皆林首达（民国《福建通志》总卷二十五，《福建艺文志》存目卷四十二，第七页）。

② 《国朝全闽诗录初集》续集卷六林首运条："字闻而。"（《全闽诗录》第五册，第598页）同治刊本《福建通志》林常登传："字开而。"（卷二百四十一，影印第4366页）

③ 福建人民出版社《福建文献集成初编》第69册影印福建省图书馆藏《秋坪老人日记》，不分卷。

④ 《国朝全闽诗录初集》续集卷一，第471页。

⑤ 朱仕琇《何母陈夫人七十寿序》，《梅崖居士外集》卷六，《清代诗文集汇编》第336册，影印第565页。乾隆四十年正月某日，陈氏七十初度。何应举本其夫从弟、举人某之子。

陈丹赤玄孙陈登龙(1742—1815),字寿朋,号秋坪。室名水曲云凹、荔竹山房。乾隆三十九年甲午(1774)举人。官同知。附同治刊本《福建通志》其高祖陈丹赤传。民国《福建通志·文苑传》陈登龙本传:"登龙勤苦力学,博涉典籍,长于诗、古文词,旁及琴、棋、书、画。……大挑一等,分发四川试用知县,署天全州,即前大金川地也,归化未立学,生徒附雅州。登龙捐廉俸,请于大府,奏准设学,学额八名,移芦山县学训导教之。……嘉庆元年(1796),核难,荫世袭恩骑尉,登龙以从弟登爵未成名,让焉。……丁内艰,归,囊橐萧然,授徒自给,闲与诸生以诗画相娱,年七十四卒。"①《福建艺文志》引陈衍《石遗室书录》云:"古近体皆仍前明闽派,不力求鲜新深刻以自异。李元叙言'曹能始吐纳汉、晋,谢在杭兼综潘、陆,朱竹垞谓其依然十子风调。明诗七变,闽风不易,秋坪所宗在是'云云,殆确论也。"②陈寿祺《与饶啸渔书》:"海内师友存者,惟仪征公(阮元)及陈白云郡丞为斯文圭臬。"③陈白云当即陈登龙。陈寿祺又撰有《家秋坪同知诗集序》。今存陈登龙集古文奇字立轴,款题:"嘉庆阏逢阉茂之岁中和月秋坪陈登龙书时年七十三",时值嘉庆十九年甲戌(1814);又据郭柏苍《乌石山志》卷七的记载,知陈登龙生于乾隆七年壬戌(1742),卒于嘉庆二十年乙亥(1815)。长乐梁运昌作有《挽陈秋坪郡丞》诗,知陈登龙卒前二十四日,尚有幼子出生④。

陈登龙之诗,同治刊本《福建通志》卷六十七《经籍志》著录《秋坪诗集》十四卷;道光二十三年刻本《秋坪诗存》十四卷,首都图书馆藏⑤;又有嘉庆十九年刻本《秋坪诗存》十四卷,《清人诗文集汇编》第402册影印;陈寿祺《家秋坪同知诗集序》作十卷,嘉庆十八年癸酉(1813)陈登龙自次⑥。

《竹间续话》:"竹柏山房额,秋坪所篆。秋坪,林(春溥)之舅也。"⑦林春溥,字立源,号鉴塘。其家在怀德坊,建有竹柏山房。同书又云:"乡贤陈秋坪先生登龙,乾隆间举人。官蜀中,以清惠慈爱闻。叙劳擢官,得江西建昌司马。闲曹冷署,清操愈厉。以故终身不得名一钱。既遭忧,解组归,衣青布袍,从一奚,行涂巷间。所居不三椽,曰云凹水曲山房。家贫无后,授徒自给,间或厨烟不时,风度洒然。著有《秋坪诗存》、《天全州闻见记》。先生善画干笔,疏林水石俱精,而世知之者鲜。曩有以山水箑面八叶来售,索价昂,无以应之。后有道光丁未(二十七年,1847)武进卜起元题辞,盖古田甘滋苍所藏也。(甘)滋苍名澍,受业于先生,亦能画花卉。尝辑秋坪先生遗墨刊行。"⑧陈寿祺作《秋坪遗诗》七绝六首,序云:"甘滋苍秀才出示陈秋坪先生遗诗一册,师友风义,展卷如生,读竟,不胜风流顿尽之叹,为缀长句,掷笔泫然。"⑨据第六首诗后注,甘澍及其叔父甘星南均从陈登龙游。古田甘氏亦福州府著姓,从甘国宝(1709—1776)到甘澍、甘和、甘泽宣等人,在科举、文学、仕宦等方面俱有成就。

民国《雁门萨氏家谱》收录陈登龙诗《岁云暮矣塞上无聊感旧怀人得五言七绝若干首略为诠次工拙未计也》组诗中一首:"雁门诗格有徽音,萨氏风流遂至今。旧雨沧浪开白社,一番知己感恩心。"自注云:"余受知于萨重山先生,其子弟辈若启嘉知祥、启新知辉、肇秋龙图、肇鳌凤苞、肇韬秉钤五秀才,葱如玉衡大令,露萧龙光农部皆敦金石交。"⑩根据民国《雁门萨氏家谱》,陈登龙自注中提到的萨氏八人为萨氏第十一世一人(萨重山)、十二世三人(萨知祥、萨知辉、萨玉衡)、十三世四人(萨龙图、萨凤

① 民国《福建通志》总卷三十九,《福建文苑传》卷八(堉二),陈登龙传,第八、九页。
② 民国《福建通志》总卷二十五,《福建艺文志》卷六十五,第十九页。
③ 陈寿祺《左海文集》卷四下,《清代诗文集汇编》第499册,影印第204页。
④ 梁运昌《秋竹斋诗存》卷四,《清代诗文集汇编》第499册,影印第33页。
⑤ 柯愈春《清人诗文集总目提要》,第837页。
⑥ 陈寿祺《左海文集》卷六,《清代诗文集汇编》第499册,影印第284页。
⑦ 郭白阳《竹间续话》卷二,第31页。
⑧ 郭白阳《竹间续话》卷四,第75-76页。
⑨ 陈寿祺《绛跗草堂诗集》卷六,《清代诗文集汇编》第499册,影印第583页。
⑩ 民国《雁门萨氏家谱》卷五,《叙赠录下》,原第十三页,影印第855页。

苞、萨秉钤、萨龙光),其中萨凤苞,《雁门萨氏家谱》作萨鸿苞;萨龙图,《雁门萨氏家谱》作萨鸿图①。故知陈登龙与萨氏三代之间俱有深厚的交谊。

陈登龙有一弟二妹,为学者林春溥舅氏。

陈登龙表甥女、诗弟子江鸿祯,福州人。七岁能鼓琴,九岁能诗,卒年十五②。

## No.138 闽县蒋梦兰家族

蒋梦兰:《蓬径集》一卷(同治刊本《福建通志》卷六十七)

蒋晟:《九山堂集》(同治刊本《福建通志》卷六十八。民国《福建通志·福建艺文志》存目卷四十二作《北山堂集》)

**谨按:**闽县蒋梦兰,字则楚,号约园,《国朝全闽诗录初集》续集卷六蒋梦兰传一作约斋。蒋玢子,蒋晟父。康熙间布衣。著有《蓬径集》一卷,王顼龄序。《国朝全闽诗录初集》续集卷六有蒋梦兰传及诗。

蒋梦兰之子蒋晟,字景李,号鹤汀,籍侯官。康熙二十三年甲子(1684)举人。官至山西道御史,卒于官。有《九山堂集》。传见同治刊本《福建通志》卷二百二十六《国朝列传》、民国《福建通志·福建列传》卷三十五。《国朝全闽诗录初集》续集蒋晟条:"梦兰子。康熙二十三年(1684)举人。官监察御史。有《九山堂诗》。"③李馥有诗《甲申岁予与鹤汀别今秋鹤汀入都揖对之下喜而作此》④诗,为蒋晟作,作于四十八年己丑(1709);《次蒋鹤汀送别韵》八首⑤作于四十九年庚寅(1710)。

蒋晟之子蒋迪,字澹川。康熙五十六年丁酉(1717)举人。官博罗、永安、南海、天长、昆山知县,卒年五十五。亦诗人。《国朝全闽诗录初集》续集蒋迪条:"字澹川,侯官人,晟之子。康熙五十六年丁酉(1717)举人,官昆山知县。"⑥选其诗《密溪夜泊》。

蒋迪之子蒋奕湛,字椒堂。乾隆二十五年庚辰(1760)进士,补授福宁教授,未任卒。工诗文。蒋迪、蒋奕湛传均附民国《福建通志》蒋晟传。

## No.139 闽县许润家族

**谨按:**闽县许润家族中数人能诗文。《国朝全闽诗录初集》许润条:"字俭农,闽县人。康熙间以子松佶赠江苏布政使司。《注韩居诗话》:俭农诗格调纯乎唐音。但全稿未见,不能多载为憾。"⑦其诗《舟泊剑津怀亡友刘复庵》:"分手齐安隔数春,何缘龙剑合延津。可堪风雨孤舟夜,白发盈头哭故人。"诗

① 民国《雁门萨氏家谱》,影印第347、368页。萨重山本名待考。萨氏七位子侄(第十二世、十三世)分别是:萨学圣(第十世)次子萨登尹之次子萨玉衡(第十二世)(同书,影印第564页),萨谟第七子萨知祥(号绍山,第十二世)(同书,影印第240页);萨谟(号甸山,第十一世)长子萨知遇(第十二世)之次子萨龙光(第十三世)(同书,影印第224页),萨谟次子萨知刚之长子萨秉钤(第十三世)(同书,影印第231页),萨佶六子萨万选长子萨国霖之长子萨鸿图(同书,影印第368页)。萨学圣系萨希亮三子萨掞之第三子(第十世)(同书,第211、560页),萨谟系萨希亮长子萨容长子萨位之次子(第十一世)(同书,影印第209、209、222页),萨凤苞系萨希亮长子萨容次子萨佶次子萨光汉长子萨潮第三子(第十二世)(同书,影印第209、346、347页),萨鸿图系萨佶六子萨万选长子萨国霖之长子(第十三世)(同书,影印第345、368页)。萨知辉疑为萨谟第六子字启升、号夔亭谱名萨楚望者(同书,影印第239页),以福州话中启升、启新音近。均为萨希亮裔孙。按:萨氏第十一世亦有秉字辈,表字"心"字辈者,如萨秉镛、萨秉錡(同书,影印第205、206页),萨秉钤系第十三世秉字辈,表字"肇"字辈。

② 民国《福建通志》总卷四十五,《福建列女传》卷六,江鸿祯传,原第二十五页。

③ 《国朝全闽诗录初集》续集卷四,第555页。

④ 李馥《居业堂诗稿》,《清代诗文集汇编》第219册,影印第23页。

⑤ 李馥《居业堂诗稿》,影印第33-34页。

⑥ 《国朝全闽诗录初集》续集卷五,第583页。

⑦ 《国朝全闽诗录初集》卷十,第232页。

后引"沈归愚(沈德潜)云:哭故人一层,白发盈头一层,孤舟一层,夜一层,风雨一层,合并写来,如听辕鸣三峡。"[①]此绝句写五层意思,足见功力。

许润之子许松佶(? —1764),又名许松洁。山西巡抚觉罗石麟保举许松佶的文书现今尚存,上有雍正皇帝朱批。许松佶曾在安徽任道员,乾隆二十五年至二十九年(1760—1764)间任安徽布政使,驻节安庆。在安徽任上,许松佶为《颍州府志》撰序,署:"乾隆十七年岁次壬申七月,分巡凤、庐、颍、六、泗、滁、和观察使,闽中许松佶撰序。"乾隆《铜陵县志》:"欢喜亭,在县河口。安徽按察使许公松佶题云:'邮亭,恤行旅也。渴思饮,劳思息,就亭而止,皆生欢喜心。'贡生章培义素乐为善,庚午夏(1750),捐建斯亭,褚令请颁额以示嘉奖,因以名亭焉。"

乾隆间,许松佶调江宁布政使,累湖南巡抚,未任而卒。许松佶后裔孙移居江苏,发展为无锡望族,当代历史学家许倬云为其裔孙。

许松佶之女许德馨,能诗。归四川秦为品。民国《福建通志·福建列女传》卷六、《闽川闺秀诗话》有传。

## No. 140　闽县何崇家族

**谨按**:汪廷珍《〈何玉瑛〉〈疏影轩遗草〉序》:"太恭人姓何氏,讳某字某,为晋州牧崇之女。姊三人,皆工吟咏,独太恭人尤好史书,旁通绘、弈、音律。……兄邦彦……教二子,手授经史……盖太恭人明大义,有识略,非徒以诗见者也。"何崇,何其玫之孙、何士龙之子[②]。何崇官直隶州安州、晋州知州,娶林佶孙女林氏。其女何玉瑛三岁而孤,稍长侍母,往依同怀兄、番禺知县何邦彦。居十余年,何邦彦卒于官[③]。

郑世祺跋《疏影轩遗草》:"《疏影轩遗草》上下二卷,先大母何太恭人作,先君子(郑鹏程)辑成于袁州官署,先伯兄(郑世倌)与校字焉。……时叔弟世平宦汴,季弟世恭及兄子守诚、守廉先后成进士,供职在都。儿子守孟亦以教习留夏课,皆外出,未与校雠。岁在癸亥,长孙孝铭通籍,需次皖省,奉公旋闽……"又有"男鹏程、鹏翮、人国、孙世倌、恭校字",知何玉瑛子三:郑鹏程、郑鹏翮、郑人国,汪廷珍所记有误;又,《清代硃卷集成》所收举人陈善贶履历,其曾祖母郑氏,系郑楠长女,郑鹏程胞妹,郑鹏翮、郑鹏翀胞姊[④],若何氏仅三子,则郑鹏翀即郑人国。

民国《福建通志·福建列女传》何玉瑛传:"《疏影轩遗稿》,多少时姊妹唱和之作。"[⑤]

## No. 141　侯官凤池林泉家族

侯官林泉:《数堂诗文集》(同治刊本《福建通志》卷六十七。《清代硃卷集成》第三四〇册林欣荣履历作《数堂文集》)

林轩开(林欣荣堂高伯叔祖):《拾穗山房诗赋钞》六卷(同治刊本《福建通志》卷六十七)、《拾穗山房诗钞赋文钞赋钞》(同治刊本《福建通志》卷二百三十二林轩开本传)、《拾穗山房诗文钞》若干卷、《观石录》(民国《福建通志》总卷三十九,《福建文苑传》卷八本传)、《拾穗山房诗集》(民国《福建通志》总卷二十五,《福建艺文志》卷六十六)、《拾穗山房诗存》十卷(清钞本)、《拾穗山房诗存》不分卷(清钞本)、《拾穗山房诗稿》一卷(稿本)(《福建文献集成初编》第164册影印福建省图书馆藏林轩开诗集三种)、

① 同上书,同卷,第233页。
② 乾隆《福清县志》卷十,影印第237页。
③ 民国《福建通志》总卷四十五,《福建列女传》卷六,何玉瑛传,原第二十八页。
④ 《清代硃卷集成》第三三八册,陈善贶履历,影印第40页。
⑤ 民国《福建通志》总卷四十五,《福建列女传》卷六,何玉瑛传,原第二十九页。

《拾穗山房文稿》一卷(《福建文献集成初编》第165册影印福建省图书馆藏清钞本)、《西郊草堂唱和集》一卷(《福建文献集成初编》第195册影印福建省图书馆藏清钞本)、《拾穗山房诗集》二卷(道光二十七年刻本,《续修四库提要》著录)、《拾穗山房诗稿》不分卷、《拾穗山房诗存》三卷、《拾穗山房诗存》十卷文钞二卷、《拾穗山房文稿》不分卷(均稿本,福建省图书馆藏)、《拾穗山房集》不分卷(钞本,福建师范大学图书馆藏)、《拾穗山房文钞》不分卷(清钞本,福建省图书馆藏)(柯愈春《清人诗文集总目提要》第1073页)

林茂春(林轩开子):《五礼通考详节》、《左传补注》、《史记拾遗》十六卷(民国《福建通志·福建艺文志》卷十六作《史汉拾遗》十六卷)、《汉书拾遗》二十卷、《后汉书拾遗》十二卷、《文选补注》、《宋诗搜玉前后集》十二卷、《元诗类选》十四卷、《明诗选补》八卷、《国朝诗选》十二卷、《江湖诗传》八卷、《畅园诗集》(同治刊本《福建通志》卷六十七)、《近文大观》(卢前《八股文小史》)、《汉书补注》(梁章钜《退庵文存·林畅园师传略》)、《史记拾遗》不分卷(稿本,国家图书馆藏)、《汉书拾遗》不分卷(稿本,上海图书馆藏)、《后汉书考证》一卷(稿本,上海图书馆藏)、《后汉书拾遗》一卷(稿本,国家图书馆藏)、《后汉书校语》不分卷(稿本,国家图书馆藏)(《福建文献集成初编》第41-45册)、《唐书诠要》不分卷(《福建文献集成初编》第49册影印福建省图书馆藏稿本)、《林鬯园诗钞》二卷(清刻本,《续修四库提要》著录)、《鬯园诗稿》(林昌彝《射鹰楼诗话》卷二十二)

闽县林穗(林欣荣堂祖):《南栾纪事录》、(修)《直隶通志》、《博祁安古迹杂记》、(编辑)《读易释例》四卷(民国《福建通志》总卷三十六,《福建循吏传》卷十三,林穗本传)

林必达:《凤池食粟斋集剑余草》一卷(光绪三十二年林秉慧刻凤池林氏遗诗本,即《剑余草》一卷。《清代硃卷集成》第三四〇册林欣荣履历作《食粟斋文集》)、《食粟斋集》(柯愈春《清人诗文集总目提要》第215页)

林欣荣:《凤池林氏遗诗》(民国十九年凤池林氏铅印本一册)、《凤池林氏族谱稿》四卷(民国十八年修)、《怀第濂孙事略》一卷(光绪三十三年刻本,福建省图书馆藏)

林凤复:《簪花轩闺吟》一卷(民国十九年铅印《凤池林氏遗诗》本,福建师范大学图书馆藏)、《断鸿篇》一卷(《凤池林氏遗诗》本)、《砚耕偶存》一卷(《凤池林氏遗诗》本)(李灵年等《清人别集总目》第1364页)

赵以成(林欣荣妹夫):《澹庐文钞》三卷、《史纬》四卷、《蒙学权舆》四卷、《课余》等草各一卷、武夷诸游草各一卷、《笛楼蚓窍词》一卷、《公余纪事》一卷、《下车文告》一卷(民国《福建通志》总卷三十六,《福建循吏传》卷十三,赵以成本传)

**谨按:**《福建地方文献及闽人著述综录》所著录林欣荣所刊《凤池林氏遗诗》(民国十九年凤池林氏铅印本一册),包括:康熙间林必达撰《剑余草》一卷,林凤复所撰《簪花轩闺吟》一卷、《断鸿篇》一卷、《砚耕偶存》一卷,林梦蛟撰《此中轩》诗一首[①]。《凤池林氏遗诗》刻于光绪三十一年(1905),民国间另有铅印本。

林必达(1630—1698),字河子,一说字洞秋[②]。侯官人。顺治十四年丁酉(1657)武举人,康熙二年(1663)官毕节守备,十三年(1674)官山西游击。传见民国《闽侯县志》卷六十九。

林欣荣(1870[③]—?),字向其,一字惺庐,号钟彝,行一,序二。光绪二十三年(1897)丁酉科福建乡

① 福建师范大学图书馆古籍组《福建地方文献及闽人著述综录》,第121页。按:林风指林天木妻、林轩开母亲郑咏谢,建安郑方坤之女,非林凤复。

② 《明清两朝在贵州毕节做官的外省籍林氏》。该文称"林必达字洞秋,福建侯官人。康熙二年以武举官毕节守备"。资料出自《毕节县志稿·职官》。又云"该林氏未回原籍,裔孙俊秀,与毕节林氏和睦相处",恐误。

③ 按:《清代硃卷集成》第三四〇册林欣荣履历,林欣荣出生于"同治己巳年十二月初一日"(影印第57页),该年十一月廿九日为1869年12月31日,其诞日入1870年。

试举人,与何振岱、张福谦、郭曾墀、龚显禧等同年。《清代硃卷集成》第三四〇册林欣荣履历记载其家情况,移录如下:始迁祖林诚,宋进士,福建提领按察使;支祖林晶,字莹玉,治《诗经》;九世祖林泉,字六一,崇祯六年癸酉(1633)副举人,十五年壬午(1642)举人,官漳浦县学教谕,藏书数千卷,手自丹黄,有文集行世,妣陈氏;八世祖林必达,字河子,官游击,诰封怀远将军,妣陈氏,系云南巡抚陈则清女;七世祖林和,号北圃,康熙三十五年丙子(1696)解元,诰封朝议大夫,妣师氏;六世祖林长瀚,字瘦山,候选县丞,妣何氏,系何侗若[①]女;六世伯叔祖林长源、林长洵、林长浩、林长清、林长滢(乾隆十七年亚魁);太高祖林天挺,字訒斋,妣陈氏;太高伯叔祖林凤苞、林桂振、林光锋、林天机、林天木[②]、林天桂、林天柱、林天枚、林天榕、林天榜;高祖林景绶,妣周氏;本生高祖林景纶,妣纪氏;胞高伯叔祖林景统、林景绥,堂高伯叔祖林烺、林熥、林煊、林烜、林煜、林焕、林燿、林炜、林炽、林烔、林寅亮、林轩开等;曾祖林东圻,妣李氏;本生曾祖李聚友,字匡奎,妣葛氏,系葛长亿女,举人、台湾府学教授葛凤鸣[③]胞姊;曾伯叔祖林匡尧、林承梅、林东垣、林中孚、林庆禧、林桂芳等;祖林筠英,字柯亭,官教谕,妣龚氏;本生祖林芗龄,妣郑氏;胞伯叔祖林籛龄、林望龄;堂伯叔祖林富龄、林乔年、林崇年、林锡筹、林亿、林穗[④]、林懿等;父林秉慧,字静斋,妣陈氏,系陈玉璋女,陈玉怀、陈玉泉胞侄女,陈庚晖堂侄女,陈乔枝、陈琼枝胞妹,陈熙恺、陈夺元、陈森枝、陈寿松堂妹,陈彦培胞姑,陈彦诒、陈仲谦、陈彦训、陈彦枢堂姑;胞伯叔林秉爔、林秉忠、林秉懋,堂伯叔林秉极、林秉铎,从堂伯叔林士奇、林秉溱、林秉持、林绮等;林欣荣娶陈氏,系陈学登孙女,陈绍芳女,陈绳祖胞姑;胞弟林乔椿、林孝彝等,嫡堂兄弟林鉴殷、林寿彝、林葆彝、林恭彝等,从堂兄弟林庄彝、林增、林毓清等;胞妹适赵以成[⑤];子林翊昌,侄林棣昌,女三人;受业师张学申、姑丈翁吉甫、林华峰、翁子荫、刘子畴、赵约齐、郑子宜、周笏襄、妹丈赵玠予、刘雨臣、张子廉、曾星斋、郑云友、林欧斋、谢枚如、叶恂予、廖执斋、陈瀍川、张珍午;受知师陈桂生、沈叔眉、王季樵、胡鼎臣、谭文卿、唐蓉石、李文卿、龙仁垓、边润民、俞宣倪、余晋珊、何碧鎏、李勉林、周子植。住闽县前[⑥]。

谢章铤《林君静斋六十有五寿序》称林欣荣之父林秉慧本儒家子,累代诗书,以家贫而为吏,为船政大臣沈葆桢召入船署,议叙五品顶戴,以府经、县丞用,为历任船政大臣所重[⑦]。

林欣荣能词,《闽词征》卷六有传及词。

从林欣荣的履历来看其家族,自明代末年发家,世治《诗经》。其九世祖林泉为崇祯十五年壬午(1642)举人,官教谕,藏书数千卷,手自丹黄,传见同治刊本《福建通志·文苑传》。入清,八世祖林必达、七世祖林和(解元)、六世伯叔祖林长滢(亚魁)、太高伯叔祖林光锋(举人、进士)、堂高伯叔祖林轩开[⑧](举人、进士)、曾伯叔祖林东垣(举人、进士)、祖父林筠英、胞伯叔祖林望龄、堂伯叔祖林乔年、林锡筹、林亿(亚魁)、林穗(经魁)、林懿、从堂兄弟林增均取得功名,这是一个成功的科举世家。在晚清,林欣荣的兄弟行数人均入船政学堂,觇知时代风会转变的消息,成长为近代水师官员,林氏转型为海军

① 按:《清代硃卷集成》第三四〇林欣荣履历"乾隆庚辰(二十五年,1760)进士、赣州卫守备讳侗若",误。乾隆《福州府志》卷四十五记载何侗若系康熙三十九年庚辰(1700)武进士,福清县龙田人。

② 林天木,儒士,娶郑方坤第六女郑咏谢,生泰顺令林轩开(民国《福建通志》总卷四十五,《福建列女传》卷六,郑徽柔传附郑咏谢传,原第二十一页)。

③ 按:葛凤鸣于道光七年(1827)七月任台湾府学教授(施懿琳、廖美玉《台湾古典文学大事年表·明清篇》,第384页)。

④ 林穗,字子颖,闽县人。光绪二年丙子(1876)进士,官直隶知县,署巨鹿,升直隶州知州。子林绮撰年谱。传见民国《福建通志·福建循吏传》卷十三。

⑤ 赵以成,字玠予,号澹庐,闽县人。光绪二十一年乙未(1895)进士。官长兴知县。子赵声铮等(民国《福建通志》总卷三十六,《福建循吏传》卷十三,赵以成传,原第四十三页)。

⑥ 《清代硃卷集成》第三四〇册,林欣荣履历,影印第67-66页。

⑦ 谢章铤《赌棋山庄文又续》卷二,《清代诗文集汇编》第680册,影印第819页。

⑧ 按:林轩开,字文翀、蓼怀,系黄任离孙。闽县人。家构画狄山房,为读书所,又得诗人黄任旧宅香草斋。诱掖后进,亹亹不倦;纵情诗酒,工骈体文。道光五年(1825),尝撰万寿经坛榜文,为总督孙尔准激赏(民国《福建通志》总卷三十九,《福建文苑传(清二)》卷八传,第二十九、三十页)。民国《福建通志》著录其诗集,引高澍然《抑快轩文集》云:"君诗温文而渊雅。君故诗人黄莘田先生离孙,少受诗法于母夫人。推原所自,亦渐于外氏之教者深欤!"(《福建艺文志》卷六十六,第七页,引)按:黄任系林轩开外祖父郑方坤表兄,母郑方坤第六女郑咏谢,父林天木。

世家。

林欣荣另撰有《凤池林氏族谱稿》四卷(1929年稿本,1930年铅印本)。民国三十六年(1947),林葆恒修有《凤池林氏族谱》六册。康熙间陈梦雷应其姻翁林佶之请撰有《凤池林氏族谱序》,此序收在陈梦雷《松鹤山房文集》(《续修四库全书》集部第1416册)卷十。

凤池坊,今福州三牧坊后。凤池旧属侯官县,林氏称侯官望族。近现代史上,林则徐、林觉民及其族弟林尹民、林长民及其女林徽因均为凤池林氏后人。

## No.142 侯官陈宸书家族

陈宸书:《筠碧山房诗集》四卷(同治七年刻本)①、《李氏蒙求详注》、《桃花扇后序注释》、《赐葛堂诗稿》、《赐葛堂试帖》(同治刊本《福建通志》卷六十七)、《载书归里图》(林则徐《林则徐全集》第五册《陈枫阶大尹宸书载书归里图序》)

陈濬:《求在我斋全集》(《求在我斋诗集》二卷、《求在我斋文集》二卷、《陈心斋文稿》四卷、《论语话解》十卷、《性理阐说》二卷、《易义纂释》五卷、《易说摘存》三卷、《易理蒙训》二卷、《谏垣存稿》一卷、《养性斋经训》二卷)(光绪间刻本)、《易义蒙训》、《谏史集览》、《养性斋经训》、《奏议》(民国《闽侯县志》卷六十八本传)、《求我斋诗文集》(民国《福建通志》总卷三十四,《福建列传(清八)》卷三十九陈濬传)、《求在吾斋全集》九种十二册(同治十三年刻本)、《瀛洲课草录存》一卷(同治七年刻本陈宸书《筠碧山房诗集》附)、《求在我斋诗集》二卷《文集》二卷《制艺》四卷(同治十三年《求在我斋全集》本)(李灵年等《清人别集总目》第1254页)

陈谦淑(陈濬长女):《闻妙香室诗钞》二卷(民国二十六年《文藻遗芬集》铅印本,中国社会科学院文学研究所藏。柯愈春《清人诗文集总目提要》第1905页)

陈氏:《金华陈氏族谱》(民国《福建通志》总卷三十四,《福建列传(清八)》卷三十九陈宸书传)

**谨按:**侯官陈宸书,一名大捷,字章徽,号枫阶。籍侯官。传附民国《福建通志·福建列传》卷三十九其子陈濬传。据此传,陈宸书系乾隆五十七年(1792)壬子科举人②。同治刊本《福建通志·经籍志》著录陈宸书著作,下注:"宸书,字枫阶。乾隆壬子举人,官湖南慈利县。"③所称"壬子"即乾隆五十七年(1792)。《福建地方文献及闽人著述综录》作乾隆五十七年(1792)举人④,而同治刊本《福建通志》作乾隆五十三年戊申(1788)恩科韩学秦榜举人⑤,重出,误。

陈宸书之子陈濬(1817—1872),原名霖,字华喆,号心泉。与林寿图同受业于曹谨。道光十七年(1837)福建乡试刘志搏榜举人,籍闽县;二十七年丁未(1847)张之万榜成进士,与沈葆桢同年。改选翰林院庶吉士,散馆授编修,保送御史考取第一名,补山东道,转广东道,调掌京畿道。署两江总督李鸿章剿捻匪,奏保留营,总理行营营务。累官安徽按察使、署理安徽布政使,同治十一年壬申(1872)卒于官,年五十六。传见民国《闽侯县志》卷六十八,民国《福建通志·福建列传》卷三十九陈濬传。民国《闽侯县志》本传称其历任繁剧,清苦自励,往往不延幕宾,钱谷、簿书皆躬自核治⑥,是一个颇经游幕历练、具有循吏才干的官员。所著《求在我斋全集》,其中《陈心斋文稿》一名《求在我斋制义》。

---

① 李灵年等《清人别集总目》著录同治七年刻本《筠碧山房诗集》三卷《赐葛堂赋存》一卷,福建省图书馆等处藏(第1309页)。

② 民国《福建通志》总卷三十四,《福建列传(清八)》卷三十九陈濬传,原第四十五页。

③ 同治刊本《福建通志》卷六十七,影印第1384页。同治刊本《福建通志》卷一百六十三国朝举人题名于五十三年戊申科(影印第2891页)、五十七年壬子科(影印第2892页)重出陈宸书,记载本有混淆之处。

④ 福建师范大学图书馆古籍组《福建地方文献及闽人著述综录》,第91页。

⑤ 同治刊本《福建通志》卷一百六十三,影印第2891页。

⑥ 民国《闽侯县志》卷六十八,原第三十,影印第248页。

陈濬之子陈祖诒,民国《福建通志·福建列传》陈濬传称其系同治举人[①]。

陈濬长女陈谦淑(梅君)[②]适林则徐之孙林洄淑。据林洄淑履历,陈宸书之子有陈濬、陈祥霖、陈溶、陈泗、陈濂,诸子多有功名;陈宸书孙有陈棨庆、陈祖诒、陈椿庆等,陈宸书、陈濬、陈泗、陈祖诒均有举人功名[③]。《清人诗文集总目提要》关于林洄淑的名字记载作"林洄",有误[④];据此推测,陈氏全名应是陈谦,或者夫妻二人名末字同。陈氏《闻妙香室诗钞》二卷辑入《文藻遗芬集》,此集系林则徐家族家集,民国二十六年铅印本,中国社会科学院文学研究所藏。

## No.143　侯官丁氏家族

丁桐:《晋史杂咏》不分卷(光绪十八年刻本,民国《闽侯县志》卷七十一《(闽县)文苑传上》丁芸本传)

丁钰:《潜确山寮日记》、《吾师录》、《见见闻闻录》[⑤](原名《因话录》。民国《福建通志·福建艺文志》卷五十题《丁氏因话录》)(《侯官县乡土志》卷三丁菁传)

丁铸:《葆经阁词》(《闽词征》卷五,《闽词钞 闽词征》,福建人民出版社 2014 年版)

丁箐(一作丁菁,丁桐曾孙):《浣香楼稿》(《闽词征》卷五,《闽词钞 闽词征》,福建人民出版社 2014 年版)

丁芸(丁钰族孙、丁菁弟):《尔雅释疑》、《钟鼎录》、《闽诗存》(《侯官县乡土志》卷三丁菁传)、《续闽川闺秀正始集》(陈衍《石遗室诗话》卷二四第二一条)、《尔雅郭注溯源》、《古文论语郑注辑本》、《左传五十凡义证》、《公羊何注引》、《汉律考》、《晋史杂咏注》、《闽川闺秀诗话续编》、《柏衔诗话》、《柏衔人物传》、《闽文选》、《闽中石刻考》、《国朝闽画记》、《丁氏家集》、《有可观斋经说》、《有可观斋诗文》(谢章铤《赌棋山庄文又续》卷一《丁耕邻墓志铭》)、《闽川闺秀诗话续编》(民国《闽侯县志》卷七十一《(闽县)文苑传上》丁芸本传)、《闽川闺秀诗话续编》四卷(民国《闽侯县志》卷四八《侯官艺文志》)、(与林纾等参定、黎经诰笺注)《六朝文挈笺注》(光绪十四年刻本)、《历代闽川闺秀诗话》五卷补遗一卷(中国社会科学院文学研究所藏稿本、民国二十九年刊本)

丁氏:《侯官丁氏家集》(稿钞本,中国社会科学院文学研究所藏)

**谨按:**民国《福建通志·福建艺文志》著录《丁氏因话录》,引谢章铤《赌棋山庄余集》云:"国初巨室多以业盐起家,丁氏其一也。然家虽殷富,其约束子弟,必使泽于诗书,予外从祖有讳镎者,字梅仲,少即从陈秋坪(陈登龙)司马游,小诗短画,楚楚有致;讳铸者,精于目录之学,藏书数万卷,自言出《四库总目》外者三之一,有闻者则历举诸本,详其同异。此书则讳钰者所作也。钰为陈东村烺(陈烺)之婿,此书乃施家活字板所印。"[⑥]这段话概括了清代福建世家的一个普遍现象,即以业盐累巨万家赀,然后由富室转型为文学、文化家族。本书通过福建家族的考察,印证了这一社会现象的存在。如闽县龙山刘氏、闽县王庆云、闽县李氏、长乐高氏、闽县何氏、建宁董氏,直至清末的力钧,均如此。

清末福州府郡人郑祖庚对侯官丁氏家族的科举和文学创作情况有所归纳。其所撰《侯官县乡土志》丁菁(?—1894)本传:"丁菁,字莪池。曾祖(丁)桐以进士仕至刑部郎。菁幼孤露,性至孝,长于制

---

① 民国《福建通志》总卷三十四,《福建列传》(清八)卷三十九,原第四十六页,陈濬传。

② 柯愈春《清人诗文集总目提要》,第 1905 页。

③ 《清代硃卷集成》第三三八册,林洄淑履历,影印第 216-217 页。此履历记载陈濬的仕履为"丁未科进士。翰林院编修。历任山东京畿、广东各道监察御史,管理街道,巡视北城。简放江西赣州府遗缺知府,奏调安徽安庆府知府,升授安庐滁和道,代理安徽布政使司,叠署安徽按察使司,钦加按察使衔,赏戴花翎,旨调湖北,补授湖北盐法、武昌道"。(影印第 216 页)

④ 李灵年等《清人别集总目》的记载(第 1320 页)与《清人诗文集总目提要》(第 1905 页)同,均误。

⑤ 按:民国《福建通志·福建艺文志》卷五十著录《丁氏因话录》(第七页),卷五十一另著录丁钰《见见闻闻录》(第八页)。

⑥ 民国《福建通志》总卷二十五,《福建艺文志》卷五十,第七、八页。

举文字,尤工词翰,兼以书法擅名。林方伯寿图爱其才,以女妻之,仅得一第而卒。弟芸,字耕邻。继膺乡举,静默,喜读书,不慕仕进,其品节亦为士林器重。著有《尔雅释疑》、《钟鼎录》、《闽诗存》诸书若干种。侯官丁氏多才人。菁从祖曰椿年,曰镎,曰钰,曰斌,曰毓琛,曰绶,俱以文学贵。斌宰芜湖,毓琛官刑部,均能不负其学。钰所著有《潜确山寮日记》、《吾师录》、《见见闻闻录》,独鸿标则以忠义著称。鸿标子鸣韶,邑诸生。"[①]丁菁,《闽词征》一作丁箐,字莪池,一字晴荪。光绪元年(1875)举人,候选教谕[②]。

陈衍《石遗室诗话》:"吾乡丁耕邻孝廉芸,旧为会城六大姓之一。家赀巨万[③],所称邱、冯、邵、丁、萨、谢者也。百十年来家中落,耕邻与其同怀兄莪池孝廉笔耕奉母,以力学孝友闻。莪池体弱,中年遽病卒。耕邻伤兄甚,遂相继殁。著有《续闽川闺秀正始集》若干卷。诗少作,有《斋中见月》一首云:'不知明月上,已度碧云端。开户忽相见,照人何太寒!天高行处远,屋小到来难。未有知音在,鸣琴肯浪弹。'命笔自然,五、六饶有寄托。"[④]丁芸(?—1894)传见民国《闽侯县志·文苑传》:"光绪戊子(十四年,1888)举人。芸幼孤,母苦志抚之成立。与兄菁相友爱。菁举于乡,会试久不第,卒。芸哭之哀,至失血,亦卒。生平手不释卷,有志于古作者。以先世文集散佚,穷力搜访,遂成其曾祖所著《晋史杂咏》一书,印行之。芸所著有《尔雅郭注溯源》、《古文论语郑注辑本》、《左传五十凡义证》、《公羊何注引》、《汉律考》、《晋史杂咏注》、《闽川闺秀诗话续编》、《柏衙诗话》、《柏衙人物传》、《闽文选》、《闽中石刻考》。子震,举人。考取内阁中书,陆军部主事。好学,有父风。"[⑤]民国《福建通志·文苑传》丁芸传:"丁芸,字耕邻。闽县人。光绪戊子(十四年,1888)举人,章铤高足弟子也。曾祖传在《循吏》。芸幼孤,母苦志抚之成立。与兄菁相友爱。菁举于乡,会试久不第,卒。芸哭之哀,至失血,亦卒。生平手不释卷,有志于古作者。以先世文集散佚,穷力搜访,遂成其曾祖所著《晋史杂咏》一书,印行之。"[⑥]此传于丁芸师承有所补充,其他传文则略同。

丁菁、丁芸兄弟之母杨氏,系闽县举人杨士琮之女民国《福建道志》。杨氏本传云:"初丁氏有赀,以累于盐业中落。杨嫁时盖贫甚,(丁)某早卒,至无以为敛,而孤菁仅七岁,芸始三岁。……孙震,芸出也。……震以举人试得中书,杨犹健在。"[⑦]按:丁菁娶林寿图之女[⑧]。民国三年(1914),丁震为林寿图撰《榕阴谈屑跋》,称外大父[⑨]是丁震,为丁菁之子。或丁震本生父丁芸,嗣丁菁为后,或兼祧两房。俟考。丁震,光绪二十八年壬寅(1902)举人中式。

丁桐,字学阳,号喈庭,岁贡生丁静庵之子。乾隆五十四年己酉(1789)进士。官刑部员外郎。丁外艰归,以疾卒。有集若干卷。游光绎为撰墓志铭。丁桐从弟丁钰,字式如,号蕴斋、潜确居士。祖治商,饶于财。丁钰之子丁毓琛,光绪二年丙子(1876)进士,官刑部主事;丁绶,咸丰九年己未(1859)副举人。族玄孙、丁菁之子丁震为撰事略。丁桐、丁钰、丁毓琛、丁绶传俱见民国《福建通志·福建循吏传》卷十二、民国《闽侯县志·循吏传(五下)》。丁桐妹夫何萼联[⑩],嘉庆二十五年(1820)进士。

长乐谢章铤为丁氏外孙,其外大父丁桐(?—1823),外从祖丁铸。丁铸能词,《闽词征》卷五有传及词。丁菁、丁芸俱为谢章铤表侄。据《谢章铤年谱简编》,光绪二年(1876),谢章铤与丁菁同在京师[⑪]。

① 郑祖庚《侯官县乡土志》卷三,原第五十三页,影印第207页。
② 林葆恒《闽词征》卷五,《闽词钞 闽词征》第882页。
③ 按:丁氏以业盐起家(民国《福建通志·福建艺文志》卷五十著录《丁氏因话录》,引谢章铤《赌棋山庄余集》,第七、八页)。
④ 陈衍《石遗室诗话》卷二四,第二一条,《民国诗话丛编》第一册,第332页。
⑤ 民国《闽侯县志》卷七十一,《文苑传上》,原第二十二页,影印第293页。
⑥ 民国《福建通志》总卷三十九,《福建文苑传(清三)》卷九,第十九页。
⑦ 民国《福建通志》总卷四十五,《福建列女传》卷一,杨氏传,原第二十七页。
⑧ 陈晶晶《林寿图探究》,福建师范大学2011年硕士学位论文,正文第10页。
⑨ 陈晶晶《林寿图探究》,福建师范大学2011年硕士学位论文,正文第3页。
⑩ 丁、何关系见林则徐《致刘齐衔》(道光二十九年八月初四)(《林则徐全集》第八册,第419页)。
⑪ 陈昌强《谢章铤年普简编》,载《闽江学院学报》2009年第1期,第45页。

谢章铤外从祖、词人丁铸，字元量、贞九，号了翁、曼叟，丁桐从弟。《赌棋山庄词话》有"丁铸词"条："了翁元量铸，余外大父喈庭先生桐之从弟也，家饶于财，性好聚书。自云在《四库总目》外者颇多。独居一楼，不关世务，摩挲彝鼎，间或吟咏，直是倪高士一流人物。其后家中落，书亦散。其戚招之点勘经籍，历举古今刻本，累累如贯珠。亦讲倚声，以《词苑丛谈》不注所出，乃重加编录，稿已盈尺，殁后并其自著词，皆不知流落何所矣。尝属施处士怡岩邦镇为作《鹿裘子诵〈离骚〉图》，古装扶杖，真有萧然出尘之概。林教谕书甫丞英为之作赞。粤匪之乱，教谕殉难最烈，其生平盖不轻许人也。翁有《瑶华慢》赋雪丁香云："东风飘瞥。顿遣琼英，压树霏香雪。玲珑细簇，疑载见、曲院梨云溶月。丛丛匀糁，更愁认、杨花铺氎。知几番、蘸粉凝酥，侭费春工攒叠。　　抚阑静与端相，恍珠蠕银蛾，垂护娇靥。笼灯款暎，呈澹靓、未让海棠殊绝。便有人、取媲蕉心，莫缀闲情千结。"是梦窗（吴文英）门庭中语也。"①

丁氏在科举上颇有收获。丁桐系乾隆五十三年戊申(1788)福建乡试举人，与萨履泰、谢金銮、梁上春、林春芳等同年，五十四年己酉(1789)联捷成进士，与伊秉绶同年。丁椿年(楸岩)系乾隆五十七年壬子(1792)福建乡试举人，与陈念祖、吴宏谟等同年。丁钰字式如，号潜确居士，系道光十四年甲午(1834)福建乡试举人，与曾兆鳌、曾元燮、刘萃奎、赵新、林廷祺、郭柏蔚、郑元璧等同年。丁斌系道光十九年己亥(1839)福建乡试举人，与沈葆桢、叶修昌、郑守诚、林昌彝、许利宾等同年，二十七年丁未(1847)成进士，与许利宾、陈濬同年。丁绶为咸丰九年己未(1859)福建乡试副榜举人。丁毓琛系同治十二年癸酉(1873)福建乡试举人，与曾宗彦、陈懋侯、叶大庄、郭绩昌等同年；光绪二年丙子(1876)成进士，与陈懋侯、陈翥、陈琇莹等同年。丁菁系光绪元年乙亥(1875)福建乡试举人，与陈宝琦、何咸德、郑虞等同年。丁芸系光绪十四年戊子(1888)福建乡试举人，与陈宝璐、郑祖庚、高向瀛、黄彦鸿等同年。

## No.144　闽县龚氏家族

龚葆琛：《福州通贤龚氏支谱》三卷(光绪九年刻本)

龚其裕：《一笑栖集》(《福州通贤龚氏支谱·厚斋公续谱自序》、龚其裕传)

龚嵘：《山影楼诗稿》(稿本，《龚氏家言汇存》第11册)、《山影楼集》(《福州通贤龚氏支谱》)、《山影楼诗钞》(《清代诗文集汇编》第200册影印清抄本)

龚岏：《兰所集》(《福州通贤龚氏支谱·厚斋公续谱自序》)

龚一发：《梅石山房稿》、《都门存稿》、《于役虞城草》、《迟阴堂稿》(民国《福建通志》总卷三十六《福建循吏传》卷十二，龚一发本传)、《闺范》一卷(民国《福建通志》总卷二十五，《福建艺文志》卷四十二)、乾隆《厚斋公续(龚氏)谱》(《福州通贤龚氏支谱·厚斋公续谱自序》)、《梅石山房诗钞》一册、《迟阴堂诗稿存》二册②、《厚斋日记》二册、《厚斋尺牍》一册(稿本，见廖剑华《闽县通贤龚氏家族著述考略》引龚纶手札③)、《恩赐堂家训编》(光绪二十年刻本)、《恩赐堂族范编》一卷(廖剑华《闽县通贤龚氏家族著述考略》)、《迟阴堂诗存》不分卷、《迟阴堂遗稿》不分卷、《梅石山房诗钞》不分卷(《福建文献集成初编》第163册影印福建省图书馆藏龚一发诗集三种，均清钞本)

龚景瀚：《邶风说》二卷(道光六年恩锡堂刊澹静斋全集本)、《离骚笺》二卷(崇文书局汇刻本、《澹静斋全集》本、《龚氏家言汇存》第24册)、《孔志》四卷(林昌彝补笺)、《澹静斋文钞诗钞》、《读书录》二卷、《访古录》二卷、《积石山房四书文》(一作《积石山房制艺》)(《福州通贤龚氏支谱》龚景瀚传)三卷

① 谢章铤《赌棋山庄词话》续编卷五，刘荣平《赌棋山庄词话校注》，第381页。

② 廖剑华《闽县通贤龚氏家族著述考略》(福建省图书馆学会学术年会论文集论文文本)云有《迟阴堂诗稿存》和《迟阴堂诗存》两种书名，俱为二册。

③ 按：廖剑华《闽县通贤龚氏家族著述考略》有两种文本，正式发表在《图书馆理论与实践》2014年第4期上的论文无龚纶手札文字，2014年9月举行的福建省图书馆学会学术年会论文集上的论文则以龚纶手札作为"缘起"部分。

(龚式谷等《皇清赐同进士出身诰授朝议大夫赏戴花翎甘肃兰州府知府先考海峰府君行述》)、《坚壁清野议》(《皇清文颖》本)、《澹静斋诗文集》(民国《闽侯县志》龚景瀚本传)、《祭仪考》四卷、《禘袷考》一卷、《说课[①]》二卷、《孔志》三卷(民国《福建通志·福建艺文志》卷二十三作四卷)、《循化厅志》八卷、《访古录》、《石塔碑刻记附考》一卷(与林乔荫《石塔碑刻记》一卷合刻)、《澹静斋文钞》六卷(龚式谷等《皇清赐同进士出身诰授朝议大夫赏戴花翎甘肃兰州府知府先考海峰府君行述》作八卷)、《澹静斋文钞外编》二卷、《澹静斋诗钞》六卷(同治刊本《福建通志》卷六十七)、《〈龚氏家言汇存〉十六种附录二种》(《国朝全闽诗录初集》)、《外编》二卷、《诗钞》六卷、杂著六种(刘声木《桐城文学渊源撰述考》卷十二)、《毛诗说》、《积石山房四书文》上中下编三卷(《桐城文学撰述考》卷四)、《澹静斋诗文钞》(《桐城文学渊源撰述考·引用书目》)、《春秋三传合注》一册、《春秋三传释地》一册(民国《福建通志》总卷二十五,《福建艺文志》卷十;《福建文献集成初编》第18册影印福建省图书馆藏稿本一册)、《孔子弟子考》一卷(民国《福建通志》总卷二十五,《福建艺文志》卷二十三)、《文集》八卷、《邶风说》三卷、《离骚笺》四卷、《循化厅志稿》八卷(林昌彝《射鹰楼诗话》)、《双骖亭集》(林昌彝《林昌彝诗文集》卷七《论诗一百又五首》第四十七首诗后自注)、《澹静斋遗钞》二册(原刊稿)、《春秋三传释地》一册(稿本)、《禘袷考》一册(稿本)(三种见廖剑华《闽县通贤龚氏家族著述考略》引龚纶手札)、《澹静斋遗钞》(稿本,福建省图书馆藏)、《澹静斋诗钞》六卷、《文钞》不分卷(均稿本,开封市图书馆藏)、《澹静斋诗钞》六卷、《文钞》六卷、《外编》二卷[②](柯愈春《清人诗文集总目提要》第853页)

龚景范:嘉庆《惟思公续(龚氏)谱》(《福州通贤龚氏支谱·惟思公续谱小范公序》)

龚履中:同治《禹畴公续(龚氏)谱》(《福州通贤龚氏支谱·禹畴公续谱自序》)、《切音易解》一卷(民国《闽侯县志》卷四八《侯官艺文志》)

龚景李、龚景淙:《双骖亭遗稿合刊》二卷(光绪六年刻本。民国《福建通志》总卷二十五,《福建艺文志》卷七十一)

龚受谷:《壶山书屋诗略》二卷(道光六年刻本《澹静斋全集》附)

龚丰谷:《听雨山房文集》若干卷、《诗集》数卷(龚耿光、龚文光、龚润光《皇清敕授文林郎嘉庆戊辰科举人湖北天门县知县显考小峰公行述》,《福州通贤龚氏支谱》,影印第422页)、《听雨山房诗存》二卷一册(廖剑华《闽县通贤龚氏家族著述考略》引龚纶手札)、《听雨山房诗存》二卷外篇一卷(道光六年恩锡堂龚景瀚《澹静斋全集》本附)

龚耿光:《退省斋诗钞》八卷、(创修)《佛冈厅志》十六卷(龚葆琛等《皇清诰授奉直大夫广东钦州知州晋赠通奉大夫显考榅山府君行述》,《福州通贤龚氏支谱》,影印第432页)

龚耀孙:《希镜斋诗稿》一册(稿本,龚氏家言汇存第29册)

龚易图:《谷盈子》十二篇(光绪五年刻本)、《海防刍论》八篇一卷(稿本。《龚氏家言汇存》第30册)、《乌石山房诗稿》十卷续集六卷(同治十二年双骖园刻本,福建师范大学图书馆藏。谢章铤《赌棋山庄文又续》卷一《布政使司布政使蔼仁龚公墓志铭》作《诗稿》十六集)、《乌石山房诗存》(光绪九年刻本。民国《福建通志·福建艺文志》卷六十六作《乌石山房诗存》八卷)、《谷盈子参同契注》(民国《福建通志》)、《餐霞仙馆诗词外集》(《闽词征》卷五)、《乌石山房文钞》一册(民国《福建通志》总卷二十五,《福建艺文志》卷六十六)、《山左军牍》十四册、《古本周易参同契》三卷、《参同契直解》三卷、《玄玄上经注疏合编》二卷、《乌石山房诗存》八卷文钞一卷(民国《闽侯县志》卷四七《闽县艺文志》)、(与杨希闵合撰)《乌石山房藏书简明目录》五卷(光绪五年撰,龚礼逸钞校本)、《龚氏四世循良传》、《相长篇》、《南社

① 《福州通贤龚氏支谱》龚景瀚本传、龚式谷等《皇清赐同进士出身诰授朝议大夫赏戴花翎甘肃兰州府知府先考海峰府君行述》作《说裸》二卷(影印第240、419页),是。

② 柯愈春《清人诗文集总目提要》称《澹静斋诗钞》六卷、《文钞》六卷、《外编》二卷,辑为《澹静斋集》,统称《澹静斋诗文集》十四卷,存世有道光六年龚氏恩锡堂刻本、道光二十年刻本、道光二十五年刻本、同治八年刻本;另有乾隆六十年福州龚式谷刻本《澹静斋诗钞》六卷,北京大学图书馆藏(第853页)。李灵年等《清人别集总目》第2089-2090页对于龚景瀚澹静斋诗文诸集版本的记载更加详尽。

诗钞》、《乌石山房藏印》、《乌石山房印存》、《西游记评注》、《餐霞仙馆外集》、《山左雪泥录》、《蠡测轩杂记》、《刻印剿说八则》(廖剑华《闽县通贤龚氏家族著述考略》)、《乌石山房文稿》不分卷(稿本,福建省图书馆藏)、《乌石山房诗存》残存四卷(稿本,南京图书馆藏)、《乌石山房诗稿》二十三卷[①](柯愈春《清人诗文集总目提要》第1711页)、《乌石山房集》十卷初二三集附《谷盈子》十二篇(同治十二年刻本,中国科学院图书馆藏。李灵年等《清人别集总目》第2087页)

龚礼逸(龚易图孙,龚桢义长子):《寿山石谱》四卷(民国二十二年铅印本)、《青芝田印稿》(铅印本)、《意在楼吟稿》(1965年油印本)、《滕王阁考》、《东北经济小丛书》(《福建省文史研究馆志》)、《龚氏家言》十六种附二种(廖剑华《闽县通贤龚氏家族著述考略》)

龚易图、龚礼逸:《大通楼藏书目录》(原题《大通楼五万卷藏书楹藏书目录》,钞本,福建师范大学图书馆藏)

龚厚逵、龚贞义:《显考和任府君行述》(光绪二十年刻本)

龚礼贤:《植物学科汇编》一册(民国二十二年铅印本。廖剑华《闽县通贤龚氏家族著述考略》引龚纶手札)

龚韵珊:《玉册老人行素居士合璧书画集》、《长喜斋论画诗》

龚观:《蓼怀堂诗草》第一集不分卷(清钞本,福建师范大学图书馆藏。柯愈春《清人诗文集总目提要》第213页)

龚葆銮:《碧琴子诗存》一卷(民国《福建通志》总卷二十五,《福建艺文志》卷六十六)、《碧琴遗稿》一卷(稿本,《续修四库提要》著录)

**谨按:**光绪间,龚氏十八世孙龚葆琛(1824—?,榜名龚沛霖,字依尧,号雨生)[②]修《福州通贤龚氏支谱》三卷,今《北京图书馆藏家谱丛刊》闽粤侨乡卷第18册影印出版。根据此龚氏谱,明代龚氏状元龚易图系通贤龚氏第七世。据朱仕琇所撰龚一发墓志铭,龚氏系宋参知政事龚茂良之裔。始迁祖龚修,字孟质,元处士。自莆田迁会城福州太平坊,龚进再迁丁戊山下之南街通贤境巷,宗祠在会垣东门外崎上寿泉山下[③],世称通贤龚氏。明、清两代,龚氏族人墓地多在福州西门洪山桥头,详《福州通贤龚氏支谱》之《世系考》、《坟墓》,举业以《礼记》为家学。今人有新浪博客"澹静斋的博客",2012年3月开设,搜集、发布一定数量的龚氏族人传记及龚氏历代藏书的资料。网址:http://blog.sina.com.cn/u/2747107090。福建省图书馆廖剑华馆员撰有《闽县通贤龚氏家族著述考略》,载《图书馆理论与实践》2014年第4期。

龚修子一,即二世祖龚谷贤。自龚修以下,龚易图一支的世系为:龚修(一世祖)→龚谷贤(二世,明处士)→龚佛同、龚外、龚进(三世)→龚衍、龚衡、龚福[④]、龚冲、龚卫(四世,均龚进子。龚进,字文迪,号约庵)→龚琦、龚璲、龚瑄(五世,均龚衍子)、龚廷用、龚廷和、龚廷逵(均龚福子)→龚源、龚泽、龚渊、龚淳、龚沂(六世,均龚璲子。龚璲,字廷坚,号木庵)、龚澄(原名漳,字清甫,龚廷逵子)→龚用卿[⑤](龚

---

① 柯愈春《清人诗文集总目提要》以为《乌石山房诗稿》又名《乌石山房诗存》,《乌石山房诗稿》有复旦大学图书馆藏六卷本、《续修四库提要》著录八卷本、南京大学图书馆藏十卷本、北京大学图书馆藏十二卷本、国家图书馆藏十三卷本、中国科学院图书馆藏十六卷、南通大学图书馆藏二十一卷本、南京大学图书馆藏二十三卷本(第1711页)。

② 龚葆琛系龚耿光之子、龚丰谷之孙、龚景瀚曾孙(《福州通贤龚氏支谱·怀园公支图》,影印第199页)。

③ 《福州通贤龚氏支谱》,影印第315页。

④ 龚福(1424—1508),字天锡,号坦斋、澹庵,龚进第三子。举人。授钦州学正,迁教授、国子监助教,内擢翰林院检讨。子龚廷用、龚廷和、龚廷逵。

⑤ 龚用卿(1501—1564),字鸣治,号云冈,龚澄长子。嘉靖元年壬午(1522)福建第五名举人,五年丙戌(1526)第一人进士及第。累官南京国子监祭酒。子龚熺(八世)。龚熺第三子龚懋墀(1562—1634),字克丹,号玉屏。官州同,署上津县事。殉难死国。妹夫曹学佺有奠文。嗣子龚允奇(十世)(《福州通贤龚氏支谱》,影印第212-213页)。龚懋墀之外,龚用卿尚有龚懋塾、龚懋基、龚懋壁诸孙(徐阶《明诰授朝议大夫状元及第翰林侍讲经筵讲官左谕德南京国子监祭酒云冈龚公墓志铭》,《福州通贤龚氏支谱》,影印第460页)。龚氏以龚源-龚用卿为大宗,以龚泽为《福州通贤龚氏支谱》之支祖。

源长子）、龚用显（原名龚桂，号少皋）、龚用模、龚楷、龚极（七世，均龚泽子。龚泽，字汝仁，号东皋）、龚用材（龚澄子）→龚文炫、龚文焯（八世，均龚用显子）→龚应北、龚应垣（九世，均龚文焯子）→龚大畜、龚礼、龚大临、龚大萃（十世，均龚应北子）→龚运、龚远、龚遇（十一世，均龚大临[①]子）→龚其裕、龚其久（十二世，均龚远子）→龚嵘、龚嵅、龚屺（十三世，均龚其裕子）→龚一发、龚一登（十四世，均龚屺子，天字行）、龚一诚、龚一实（龚晋孙、龚运曾孙）→龚景范、龚景瀚、龚景李、龚景淙（十五世，均龚一发子）、龚景纯、龚景濂、龚景潞、龚景沆、龚景湜、龚景准、龚景澜、龚景淦、龚景泗（均龚一登子）[②]→龚式谷、龚受谷、龚丰谷、龚瑞谷[③]（十六世，均龚景瀚子）→龚福康、龚肇康（十七世，均龚式谷子）→龚溶孙、龚耀孙、龚杲孙[④]、龚鐄孙、龚培孙、龚暾孙（十八世，均龚福康子）→龚易图、龚寿图[⑤]、龚羲图、龚彝图（十八世，均龚耀孙子）、龚慎图[⑥]、龚承基、龚昌图（龚杲孙子）→龚乾义、龚晋义、龚铭义、龚鸿义、龚桢义、龚同义（十九世，均龚易图子）→龚达深（一作龚达清，龚乾义之子）。入清，闽县龚氏至龚其裕之时，"家中食指渐繁"[⑦]；至其子龚嵘之时，"家中男女不下百余人"[⑧]，可见其家族壮大之规模。

清代龚氏自龚其裕起，四代之间世为名宦，以"四世循良"著声，龚氏家族得到很好的发展空间。龚易图《述德纪恩诗》之《序》云："我七世祖（龚其裕）先两淮都转于康熙年间奉旨予祀江西瑞州、吉安、河南怀庆之名宦祠，我六世伯祖（龚嵘）先江西廉访于乾隆年间奉旨予祀江西饶州、甘肃甘州之名宦祠，我太高祖（龚一发）先镇南刺史于嘉庆年间奉旨予祀河南虞城之名宦祠，我高祖（龚景瀚）先兰州太守于道光年间奉旨予祀甘肃省之名宦祠暨祀福建省之乡贤祠，同治二年诏饬各直省表彰循吏，为天下法。"组诗十二首。其二诗云："胄汉系楚，裔迁八闽。重熙继组，累叶垂绅。有名皆显，有仕皆贫。关西清白，万石谨纯。"其六云："烈烈高祖，名震当时。学贯百家，经史是滋。射策金门，捧檄西陲。"[⑨]

通贤龚氏十二世龚其裕（1634—1698[⑩]），原名起文，字足子，号容溪、甦岩。龚远长子，龚一发本生祖，龚景瀚本生曾祖，龚易图七世祖。龚其裕传见民国《闽侯县志》卷六十八、民国《福建通志·福建列传（三）》。龚其裕由诸生赴江西简亲王军营投效，积功以通判用，累官至两淮都转盐运使司盐运使。解组归，日以诗酒为乐，朱彝尊赠以诗，有"逸与东山老谢安"、"闲输沼上游鱼乐，醉任阶前野鹤看"，可以想象其逸致[⑪]。有《一笑栖集》[⑫]。叶矫然有《怀州五日龚容溪太守侍其尊人太翁燕集回龙亭有作》[⑬]。子三：龚嵘，配林氏出；嵅，侧室陈氏出；屺，侧室蔡氏出。据龚易图《重题王楼村殿撰十三梅花书屋图卷并序》诗中自注："先都转公有住宅在东街，贷于人，未赎，近为官中假作正谊书院。"[⑭]正谊书

① 龚大临（1588—1657），字敬舆。官骠骑将军。

② 龚一发、龚一登兄弟所生之子如下：龚佑谷、龚嘉谷、龚双谷（三人龚景范子）、龚式谷、龚受谷、龚丰谷、龚瑞谷（四人系龚景瀚子）、龚同谷（龚景李嗣子）、龚泉谷（龚景淙子）、龚守恪、龚大馨、龚宝谷（三人系龚景淳子）、龚鼎谷（龚景濂子）、龚祥谷（龚景潞子）、龚诏（龚景沆子）、龚杰谷（龚景湜子）、龚夔谷（龚景准子）、龚柱谷（龚景澜子），渐见龚氏家族人丁旺盛。

③ 道光二十五年（1845）九月，林则徐有《致龚瑞谷》书信。龚瑞谷，字文季，号云畴，龚景瀚第四子。官至陕西延榆绥道。此信中有"云畴四兄"升观察者，即龚瑞谷。

④ 按：龚易图有诗《送三叔赴山西》（《乌石山房诗稿》卷十一，原第四页，影印第276页），诗题中"三叔"及诗中"吾伯"当分别指龚溶孙、龚杲孙。龚溶孙，字镜波。道光二十八年（1848），林则徐有《致龚溶孙》书信（《林则徐全集》，第322页）。

⑤ 龚寿图（1844—?），字仲仁，龚耀孙次子、龚易图胞弟。官江苏候补道，配贵州。1880年，李鸿章令与郑观应等在上海办洋务，采取官督商办的模式，兴办上海机器织布局等实业。子龚理揆、龚庄揆、龚端揆。《郑孝胥日记》中有所记载。

⑥ 龚慎图，字和仁，龚杲孙之子。随宦游幕得官，官至题补陇州知州。传见民国《福建通志·福建循吏传》卷十三。

⑦ 龚一发《皇清诰授中议大夫两淮都转盐运使显祖容溪公形状》，《福州通贤龚氏支谱》，影印第380页。

⑧ 龚一发、龚一登《皇清敕封孺人显妣林太孺人行述》，《福州通贤龚氏支谱》，影印第394页。

⑨ 龚易图《乌石山房诗稿》卷十，原第四至六页，影印第268-269页。

⑩ 《福州通贤龚氏支谱》，龚其裕传，影印第215页。廖剑华《闽县通贤龚氏家族著述考略》作龚其裕（1634—1702）恐误（《图书馆理论与实践》2014年第4期，第74页）。

⑪ 《福州通贤龚氏支谱》，《容溪公（龚其裕）传》，影印第353页。

⑫ 按：《福州通贤龚氏支谱·厚斋公续谱自序》、龚其裕传均作《一笑栖集》，该谱载有康熙二十九年庚午（1690）龚其裕《一笑楼自序》（《福州通贤龚氏支谱》，影印第524-526页），疑"栖"字系"楼"字之误。据龚氏自序，一笑栖在扬州两淮都转盐运使司衙门。

⑬ 叶矫然《龙性堂诗集》卷上，《清代诗文集汇编》第50册，影印第12页。

⑭ 龚易图《乌石山房诗稿》卷十三，《清代诗文集汇编》第731册，原第九页，影印第290页。

院旧址为清初龚氏祖居地，民国《福建通志·福建列传》龚易图传云其祖居城北三山[①]。龚其裕在清代龚氏的家族史上具有关键性的历史地位，其一生先习举业，后从戎，以平定三藩军功得官，累至盐运使，改变了“数十口嗷嗷待哺”、“数十家”待以举火的家庭及宗族命运[②]，这些经历对于龚氏家族后人的成长具有示范性意义。

十三世龚嵘(1654[③]—1719[④])，字岱生，号澹岩，龚其裕长子，龚易图六世伯祖。监生。官浙江余杭知县、赵州芷洲、保定知府、陕西按察司副使、署按察使等，卒年六十七。好读书，精楷法，长于诗。有《山影楼[⑤]集》。子一：龚一凤。

十三世龚岏(1690—1723[⑥])，字徽生，号怀园，龚其裕第三子，行五。有《兰所集》。子龚一发、龚一登撰有《皇清敕授文林郎河南虞城县知县显考怀园公行述》，谓其“十二岁，执笔为文，便有条理”，“生平所读《左传》、《战国策》及古、时文皆手录成帙，积有三十余本。四子书及《尚书讲说》皆手自采辑，夜读常至夜分，非先生止之不辍也”[⑦]。

十四世龚一发(1715—1773)，原名关渭，字天礌，一字厚斋，龚岏长子。龚易图太高祖。八岁而孤，母林氏抚教而有成。府学廪生，乾隆十五年(1750)顺天举人中式。官至知州。传见同治刊本《福建通志》卷二百二十六、民国《福建通志·福建循吏传》卷十二。其友朱仕琇作《诰授奉直大夫云南镇南州知州龚君墓志铭》，称“君之文章，如秋决河。鼋鼍万怪，舞于洪波。奔流所届，御我者何”[⑧]。龚一发四子：龚景范(原名澔，字惟坚，号小范)、龚景瀚(字惟广，号海峰)，配黄氏[⑨]出[⑩]；龚景李(原名澍，字惟深，号纪堂)，侧室李氏出；龚景淙(字惟思，号石梁)，侧室林氏出。从龚一发开始，龚氏以“天惟德是依仁义礼智家以善为本慈孝友恭”为代际辈分字，龚葆琛续“忠厚式崇荣华富贵伦常乐叙繁衍安康”十六字[⑪]备用，依字序行。

十四世龚一登(1718—1786)，原名关汉，字天裳、天常[⑫]，号慎轩，龚一发胞弟。监生。官吏目。娶萨谟女萨氏(1722—1802)[⑬]。子九：龚景淳、龚景濂[⑭]、龚景潞、龚景沆、龚景湜、龚景准、龚景澜、龚景淦、龚景泗。

十五世龚景瀚(1747—1803[⑮])，字惟广，号海峰。龚易图高祖。为福州知府朱珪所赏，送鳌峰

---

① 民国《福建通志》总卷三十四，《福建列传(清八)》卷三十九，龚易图传，第五十六页。

② 龚式谷等《皇清赐同进士出身诰授朝议大夫赏戴花翎甘肃兰州府知府先考海峰府君行述》，《福州通贤龚氏支谱》，影印第415页。

③ 《龚氏支谱·世系考》：“母林氏清顺治十年(1653)癸巳十二月二十四日巳时生。”是年十一月十三日为公元1654年元旦。《福州通贤龚氏支谱》，清龚葆琛纂，光绪九年(1883)修。《龚氏支谱》，北京图书馆藏家谱丛刊闽粤侨乡卷。

④ 民国《闽侯县志》龚嵘传称“累署按察使。(康熙)五十七年以疾归，卒”。(卷六十八，原第二页，影印第234页)据《福州通贤龚氏支谱》，龚嵘卒于康熙五十八年己亥(1719)五月二十二日，寿六十七。

⑤ 龚氏有山影楼，其侄龚一发诗《寄天常(龚一登)弟》诗题下注：“时渠在山影楼读书”(《福州通贤龚氏支谱》，影印第621页)。

⑥ 按：谱载龚岏卒于康熙六十一年十二月十八日，是年十一月二十五日为公元1723年元旦。

⑦ 龚一发、龚一登《皇清敕授文林郎河南虞城县知县显考怀园公行述》，《福州通贤龚氏支谱》，影印第388页。

⑧ 朱仕琇《梅崖居士文集》卷七，《清代诗文集汇编》第336册，影印第261页。

⑨ 龚景瀚诗《送黄廉标表弟回闽兼柬令侄惟占》，收录于《福州通贤龚氏支谱》，影印第670-672页。

⑩ 龚景瀚诗《女弟蕙殇七年矣今冬纶城许君宠为代立墓碣榻本见寄阅之潸然抒写哀情长歌当哭》，注云“余同母八人，存者三人耳”。(《福州通贤龚氏支谱》，影印第694页)

⑪ 龚葆琛《福州通贤龚氏支谱》，影印第205页。

⑫ 龚一发有《寄天常弟》诗，载《福州通贤龚氏支谱》，影印第621页。

⑬ 《福州通贤龚氏支谱》，影印第237页。萨氏生于康熙六十年(1721)辛丑十二月十八日，已入1722年。《福州通贤龚氏支谱》载有龚景瀚《叔父慎轩先生叔母萨孺人六十寿序》，云：“岁在疆圉(丁)作噩(酉)元月下浣五日(二十五日)为叔父慎轩先生六十初度，叔母萨孺人后先生三日生，以是日同举寿觞礼也”(影印第586页)，与该谱龚一登小传龚一登“康熙五十七年戊戌九月二十五日丑时生”及萨孺人生年月日(影印第237页)均不符。

⑭ 龚景濂，原名龚济(《厚斋公续谱自序》，《福州通贤龚氏支谱》，影印第179页)。龚景淳，原名龚溆；龚景范，原名龚浩，俱在同页(或影印第258-259页)。

⑮ 《福州通贤龚氏支谱·世系考》：“卒于嘉庆七年壬戌十二月二十六日亥时，寿五十有六。”(三十六页)是年十二月初八为公元1803年元旦。尚小明《清代士人游幕表》作1747—1802，误。

书院肄业,从朱仕琇学古文。鳌峰之有童生自此始,受朱珪[①]、纪昀[②]赏识。乾隆三十三年戊子(1768)福建乡试第三名举人中式,三十六年辛卯(1771)恩科成进士。历官知县、知州、知府,受总督福康安器重,所至以幕府文书属之。尝修柳湖书院,与诸生纵谈经史、诗、古文词,文风丕振。尝代陈朝础撰《甸山萨君(萨谟墓志铭)》,云:"往余丙戌(乾隆三十一年,1766)里居,与内兄甸山萨君相见。是时愚谷、又眉二林君以年致仕,而龚君亦以病归,晨夕过从,高者七十余,次亦几六十,须发皤然……数年而余入都赴补,龚君复出,卒官滇南。"[③]据此文推知,"龚君"指龚一发,官云南镇南州知州,非代撰文者、龚一发次子龚景瀚,然龚氏与萨氏的婚姻累世,萨龙光第八子萨景翘娶龚景沆女[④]。子四:龚式谷,字端伯,号似之、幼海,廪贡生,官寿州知州,配林开琼女林氏;龚受谷,字益仲、谦山,号学海,嘉庆三年戊午(1798)举人,配刘国材第五女[⑤];龚丰谷,字亨叔、若农,号小峰,嘉庆十三年戊辰(1808)举人,官知县,配梁上国长女梁氏;龚瑞谷,字文季,号云畴,监生,官同知,配杨芳灿女杨氏,是为龚氏第十六世。

龚景瀚传附同治刊本《福建通志》其父龚一发传,详尽过之。同治刊本《福建通志》著录其《澹静斋诗钞》六卷,注云:"湘潭张世法序。略曰:辞必高,然后为奇;意必深,然后为工;旨必远,然后为醇;气必真,然后为清。海峰之诗,其几于道矣乎。""秦金门跋,略曰:先生以欧阳子之心情,具苏长公之风力,其为文恣肆豪迈,归于纯笃,诗不事矫揉雕饰,性真激发,诸体毕备,正如老僧伐鼓撞钟,欲使天龙醒梦。先生之诗曰'天下文章在五伦',夫五伦之事,何一不由性情?览是集者,能于性情求先生之为人,而得先生所学之为何事,则可以言诗矣。乾隆岁次戊申(五十三年,1788)三月下浣。"[⑥]道光十二年壬辰(1832),龚景瀚孙、十七世龚寿齐(君寿)聘林昌彝校《龚海峰遗集》,时林氏友林仰东就馆于龚氏[⑦]。今人林晓玲撰有《龚景瀚生平及著作考述》,载《北京化工大学学报(社会科学版)》2015年第1期。

龚景李、龚景淙撰有《双骖亭遗稿合刊》,《福建地方文献及闽人著述综录》注引陈衍《石遗室书录》,景李字纪堂,景淙字石梁。二人皆龚易图高叔祖。[⑧] 按:龚双谷,字骖亭,龚景范第三子[⑨],龚景范系龚景李、龚景淙胞长兄。《福州通贤龚氏支谱》收录龚景范诗40首,仅次于其弟龚景瀚。侯官林昌彝与龚氏关系密切,作有《代龚仰白景李茂才上罗天鹏思举军门凯旋诗集杜》组诗六首,集杜诗句;第六首注:"景李在罗公幕三载。"[⑩]

十六世龚丰谷(1781—1824),"博学强记,过眼不忘。年十四,文采已斐然可观","自号小峰,盖志

---

① 龚一发《得家书知瀚儿府试前列喜而有作》句中注:"朱石君郡伯有'少年难得'之目"(《福州通贤龚氏支谱》,影印第632页)。

② 龚式谷等《皇清赐同进士出身诰授朝议大夫赏戴花翎甘肃兰州府知府先考海峰府君行述》,《福州通贤龚氏支谱》,影印第404页。

③ 民国《雁门萨氏家谱》卷六,原第二十三页,影印第1053页。题下注:"见《澹静斋文钞》卷六。"

④ 萨侍枫等《皇清诰授朝议大夫户部江西司兼山东司主事翰林院庶吉士诰封中宪大夫工部营缮司员外郎露萧府君行述》,民国《雁门萨氏家谱》卷六,原第三十六页,影印第1080页。

⑤ 龚式谷等《皇清赐同进士出身诰授朝议大夫赏戴花翎甘肃兰州府知府先考海峰府君行述》,《福州通贤龚氏支谱》,影印第418页。

⑥ 同治刊本《福建通志》卷六十七,影印第1383页。

⑦ 林昌彝《林子莱诗集小传》,《林昌彝诗文集》卷十四,第376页。原文为:"壬辰春,余应龚寿齐聘,校其祖海峰先生遗集,时子莱(林仰东)方设帐其家。"又见钱洪来《林昌彝年谱》(第18页)。按:龚景瀚胞弟龚景淙之孙、龚泉谷独子龚望龄,字是齐,号寿萱(《福州通贤龚氏支谱》龚望龄传,影印第277页),或为龚寿齐,则林昌彝所记恐误;又,《福州通贤龚氏支谱》所列龚景瀚八个孙子中除了龚康龄外皆有传(影印第272-276页),传中俱载其人字号,均无合者,龚寿齐或为龚康龄,然今所见《澹静斋文钞》、《澹静斋诗钞》、《祭仪考》等著作刻本均题其孙龚福康校,或龚福康即龚寿齐。

⑧ 福建师范大学图书馆古籍组《福建地方文献及闽人著述综录》,第118页。龚景李(1760—1840),原名澍,字惟深,号纪堂,龚一发三子;龚景淙(1769—1835),字惟思,号石梁,龚一发四子(廖剑华《闽县通贤龚氏家族著述考略》,《图书馆理论与实践》2014年第4期,第74页)。

⑨ 《福州通贤龚氏支谱》,龚双谷传,影印第264页。

⑩ 林昌彝《林昌彝诗文集》卷五,第132-133页。

在绍述也”,以其父龚景瀚号海峰故。嘉庆十三年戊辰(1808)举人中式,旋充国史馆誊录,“潜心经史,帖括外,兼肆力古文祠(当作词字),著录裒然成帙,有《听雨山房文集》若干卷、《诗集》数卷”,“喜藏书籍,清俸所遗,辄购善本几案鳞次。工书法,行、楷、篆、隶靡不精习,尝学琴于少司马李云门先生,尽得其秘。趋公之暇,染翰挥弦,怡然自乐”,“文采才具为同辈所推而内顾歉然,未尝自足”。①

十七世龚耿光(1802—1854),字是觐,号韫山,龚丰谷长子。援例为通判,分发广东,仕二十余年。“幼颖悟,好读书,诸子百家过目辄成诵”,“文字尤有声”。著有《退省斋诗钞》八卷、《佛冈厅志》十六卷。② 子龚葆琛等九人,孙龚礼图等,曾孙龚安义、龚嘉义等。

十八世龚葆琛(1824—?),榜名佩霖,字依尧,号雨生,龚耿光长子。咸丰二年(1852)壬子科第三人举人中式,考取内阁中书,以知县拣发山东。修《福州通贤龚氏支谱》。盖谱多出龚葆琛手笔,收录其诗文多篇。

十八世龚耀孙(1816—1878),字依志,号文波,龚福康次子、龚式谷孙、叶申芑外孙③、龚景瀚曾孙。著有《希静斋诗稿》。配邱恒春女邱氏(1816—?)。子龚易图等四人。

十九世龚易图(1836④—1893),字蔼仁、蔼人、少文,号谷盈、含晶⑤、乌石山房主人、云谷子、东海移情客等。系龚式谷(号幼海)曾孙、龚福康孙(号琳斋)、龚耀孙长子。咸丰九年己未(1859)成进士,选庶吉士。明年馆试,外放为云南知县。督师毛昶熙、阎敬铭、僧格林沁等人器重其才,奏留差遣,入军幕;为山东巡抚丁宝桢荐,列山东全省贤能守令第一。由知县累官至江苏、广东按察使、云南、广东、湖南布政使,四十余岁即罢官归里。退隐后,尝在上海筹办织布局。卒年五十九。龚易图治戎、理民之才类乎其高祖龚景瀚。传见民国《福建通志·福建列传》卷三十九,传称其“天资高旷,通禅理,喜言因果,自谓宋辛稼轩后身。习星卜、书画,皆学苏,苍秀冠时。罢官后,日邀知好以诗酒相娱乐。筑双骖园于乌石山下,庋藏书十余万卷”。⑥ 娶刘齐衔之子刘家楙女刘氏(1831—?),子五:龚晋义、龚铭义、龚鸿义、龚桢义、龚同义⑦。谢章铤撰《皇清赐进士出身诰授荣禄大夫赏戴花翎湖南布政使蔼仁龚公墓志铭》,陈宝琛书丹。

龚易图系清末福建著名藏书家,建有乌石山双骖园、大通楼等藏书楼。其家世好聚书,龚一发聚书万卷⑧,龚景瀚藏书三万卷,至龚易图之世成为彼时福建最著名的藏书家之一,称插架有十万签,分贮五十四橱,保守估计超过九万卷,五万余册⑨。乌石山房藏书钤“乌石山房”、“龚蔼人收藏书画印”、“易图”等印,大通楼藏书钤“大通楼藏书印”、“大通楼收藏金石书画”、“龚少文收藏书画”等印,另有“邻烟画室”、“逸芬心赏”等印⑩。

---

① 龚耿光、龚文光、龚润光《皇清敕授文林郎嘉庆戊辰科举人湖北天门县知县显考小峰公行述》,《福州通贤龚氏支谱》,影印第422、428-429页。据《福州通贤龚氏支谱·怀园公支图》,龚文官即龚长龄,龚润光即龚寿龄(同书,影印第199页)。

② 龚葆琛等《皇清诰授奉直大夫广东钦州知州晋赠通奉大夫显考韫山府君行述》,《福州通贤龚氏支谱》,影印第431-432页。

③ 龚福康娶叶申芑之女叶氏(1791—1853),生龚溶孙、龚耀孙、龚杲孙、龚鐄孙、龚培孙(《福州通贤龚氏支谱》,影印第273页)。

④ 按:谱载龚易图生于道光十五年十二月十四日,是年十一月十三日为公元1836年元旦。

⑤ 按:陈衍《近代诗钞》一作含真,以福州话晶、真二字同音之故(上册,第527页)。

⑥ 民国《福建通志》总卷三十四,《福建列传(清八)》卷三十九,龚易图传,第五十六页。

⑦ 按:同治元年壬戌(1862),龚易图作《戎车行并序》,据序、诗意,至此年,龚易图长子(4岁)、次子旬日之内俱以痘殇,有姊、妹各一(《乌石山房诗稿》卷六,原第四页,影印第245页)。《福州通贤龚氏支谱》龚易图本传,其五子分别为龚晋揆、龚亮揆、龚锡揆、龚桢揆(刘氏出)、龚广揆(影印第299页)。龚晋揆(1869—?),字义辅,配林天龄次女;龚亮揆(1871—?),字义丞;龚锡揆(1873—?),字义申(同书,影印第307页)。

⑧ 龚景瀚诗《小范大兄行有日矣追忆四十年盛衰聚散之感不禁怃然重作五言长句一百韵志吾两人行踪并示子侄令其无忘艰难也》(《福州通贤龚氏支谱》,影印第674页),其中有句“万卷书罗列”,自注云“得彭氏家书数万卷”。

⑨ 根据《东南快报》2014年5月25日文章《龚易图:清末福州藏书家》的统计数据:光绪六年(1880),双骖园乌石山房藏书五万余卷,是台湾大学图书馆所藏龚氏藏书主要来源,计2099部,34803册;1931年龚礼逸(龚纶)编《大通楼藏书目录》,1952年捐赠给福建省图书馆1428种,38000余卷,10240册(廖剑华《闽县通贤龚氏家族著述考略》,第72页)。《乌石山房诗稿》卷十五有诗《购海宁陈氏藏书三千余种》二首(原第一页,《清代诗文集汇编》第731册,影印第301页),时光绪二年丙子(1876)。

⑩ 李鹏连《明代罕存刻本〈文章辨体〉递藏源流考略》,载《湖南师范大学社会科学学报》,2016年第3期,第122页。

龚易图宦归,拥巨资,在福州城东南西北各营别墅。占乌石山西南一角,城南有乌石山房(1876年购自郑氏,1877年筑成),有餐霞仙馆、五万卷藏书楹、梅花书屋、袖海楼、啖荔坪、双骖园(旧名荔枝园,1879年。内浴翠渠、俱有亭、凌虚台、注契洞天、福地廊、测蠡轩等胜景,以荔枝与山水胜)[①]、蕉坪、净名庵、南社诗龛[②],城东南置花园同芙蓉别岛(以水石胜,后归梁濬年)、朱紫坊的武陵园(双骖园及武陵园尝借与陈书为奉母住所[③]),城北西湖环碧轩(龚氏祖宅,在北后街,为龚易图赎还,自居。以荔枝胜)、志远楼、大通楼、微波榭、白洋楼、袖观亭等"三山旧馆"建筑群[④],又有陶舫[⑤],立龚氏宗祠于西湖畔。

龚易图天资敏捷,自官府文书以至辞赋,皆下笔立就,不甚思索[⑥]。能诗,撰有《乌石山房诗稿》,陈衍以为"诗近袁简斋(枚)"[⑦],与林昌彝《题严山人诗卷》其三后所注"近诗人多服膺简斋"[⑧]相合;亦能词,《闽词征》卷五有传及词。与当代著名作家黄遵宪、谢章铤等俱有交往。陈衍《近代诗钞》有龚易图传及诗,以为龚易图诗才雅近袁枚,间出入于赵翼[⑨]。

在聚书庋藏事业之外,龚氏世代以诗画传家。以清代的诗家而言,均能诗画,甚至大部分武将亦善诗画[⑩],雅爱诗文,文学与艺术兼擅,尤见风雅,成为清代文学艺术创作的重要特征。以龚氏而言,龚易图诗集中多有题画诗,同治十三年甲戌(1874)作有《题自画山水十册》、《又画竹石自题》[⑪]等诗,传称龚易图"天资高旷,通禅理,书画皆学苏(轼)"[⑫]。龚易图四弟龚彝图,字季仁,擅山水,兼花鸟。清末以来迄今,龚氏家族尚有多位书画名家。二十世龚乾义(1871—1935),字惕庵,号华鬘。师陈书。其诗融合闽、赣、浙各派特点,是同光体的重要诗人。陈衍《近代诗钞》有其传及诗评价,龚乾义"诗笔喜倔强,不学时贤但工清隽语"[⑬],"戛戛独造,不肯一语犹人","诗体格在近人沈子培、陈散原之间"[⑭]。其子龚达清(1901—1965),龚礼逸从兄,陈衍诗弟子,精于《说文》训诂之学。龚达清从弟龚观礼亦陈衍诗弟子,嗜饮能诗[⑮]。二十世龚鸿义(1871—1947),字颖叔、永叔,龚易图三子。工诗、书、绘事,称三绝。其长子龚礼田,又名龚肃,与妻陈乐如(祖鵩),均为诗家、画家。龚

① 请参看龚易图《双骖园诗》及其序(《乌石山房诗稿》卷十六,原第十八至二十页,影印第316-317页)。测蠡轩,一作蠡测轩。

② 陈衍《石遗室诗话》记载福州南社中林天龄、郭式昌、杨叔怿、陈遹祺、龚易图五人均道光十年庚寅(1830)生人,同刻"惟庚寅吾以降"章,有"南社五虎"之称。林、杨、陈于龚易图双骖园落成时已逝,龚易图为建诗龛(卷二十一,第十九条,第297页)。

③ 陈衍《近代诗钞》上册,第680页。另可参看《石遗室诗话》卷二十一第十九条(第295-296页)。

④ 请参看廖剑华《闽县通贤龚氏家族著述考略》(《图书馆理论与实践》2014年第4期)一文所列。三山旧馆又名武陵北墅,其址今为福州西湖宾馆。

⑤ 林直诗题《同礼堂圣莞子翊谷斋锡三子恂集蔼仁陶舫》(《壮怀堂诗初稿》卷十,原第十一页,影印第616页)。龚易图,字蔼仁。按:嘉庆间,林氏陶舫易手冯缙;道光间,刘照购入陶舫、朴学斋,龚易图在同治、光绪间购入陶舫(卢美松《松轩史话》,第40页);一说武陵园即陶舫,从龚氏产业转为刘氏所有,又云陶舫曾是林佶的朴学斋旧址,现光禄坊刘家大院西侧(郑芳《龚易图和福建第一园林"三山旧馆"》)。刘家大院为刘照家族别业,龚氏、刘氏系戚属,刘照长子刘家镇、孙子刘齐衔、孙婿龚易图。

⑥ 陈衍《石遗室诗话》卷二十一,第十九条,第295页。

⑦ 民国《福建通志》总卷二十五,《福建艺文志》卷六十六,第二十三页,引陈衍《石遗室书录》。

⑧ 林昌彝《林昌彝诗文集》卷七,第208页。

⑨ 陈衍《近代诗钞》上册,第527页。又,参见《石遗室诗话》卷二十一第十九条(第295页)。

⑩ 以林直为例,其人能诗画,其诗《自题泛海图》(《壮怀堂诗初稿》卷五,作于1842年后)、《画梅赠倬伦商人并系一绝》(《壮怀堂诗三集》卷六,作于1866)、《画兰便面为李德麐寿仁茂才题》(《壮怀堂诗三集》卷八,作于1868年)为自作题,其诗《题甘军门画虎》(《壮怀堂初稿》卷五,作于1842年后)为武人题;林直的诗友中能诗画者,林直为作有《少香(陈偕灿)先生以鸥汀渔隐图属题漫赋三十二韵》(《壮怀堂诗初稿》卷八,1853年为陈偕灿作)、《题徐树人廉访觉岸图即送入觐》(《壮怀堂诗初稿》卷十,1855年为徐宗幹作)、《题许九霞炳章大令秋江诗画册》、《戴文节公墨笔山水画卷为许九霞大令题》(《壮怀堂诗三集》卷二,1864年为许炳章作)、《澹如都转以南山西溪纪游二册属题走笔成二首》(《壮怀堂诗三集》卷八,1868年为秦缃业作)、《宝刀图为周润田河清军门作》(《壮怀堂三集》卷十,1870年为周河清作)、《磊园诗事图为彭南屏翰孙太守题》(《壮怀堂诗三集》卷十二,1871年为彭翰孙作)、《科尔沁杏岑果尔敏都护以近诗属为点订奉题二首》、《落花吟册为杏岑都护作二首》(《壮怀堂诗三集》卷十三,1872年为科尔沁·果尔敏作)。

⑪ 龚易图《乌石山房诗稿》卷十三,原第五至七页,影印第288-289页。

⑫ 民国《闽侯县志》卷六十八,原第三十一页,影印第249页。

⑬ 陈衍《石遗室诗话》卷二十五,第八条,第340页。

⑭ 同上书,卷二十九,第二十八条,第403-404页。

⑮ 同上书,卷三十一,第十六条,第448页。

礼田夫妻曾组织中国女子图画刺绣研究所、撷芳社。二十世龚韵珊(1868—?)，字玉册、瑶因，龚易图三女。适浙江湖州画家沈端琳(号研传，湖州人)。沈迈士(1891—1986)，名祖德，号宽斋，沈端琳、龚韵珊之子。龚易图四子龚桢义，字晓京。善画，壮岁卒。二十一世龚礼逸(1902—1965)，名纶，号习斋，以字行，龚桢义长子。从伯父龚鸿义、姑母龚韵珊学画，能书善画。龚礼逸妻王孝莹(1904—2007)，字倩石，福州西清王氏王仁堪侄女。夫妻合著有《书画作品集》。龚易图之孙龚﨟夫妇俱是知名画家。

清初康熙间龚观著有《蓼怀堂诗草》。龚观，字叟子，号宾于。顺治、康熙间贡生。其集仅存一册，末有其孙龚一淇跋。龚观亦当是福州龚氏族人，行辈当在龚氏十二世。龚景瀚母亲黄宜人之外祖母方孺人"通诗书，工吟咏，宜人数岁抚其遗集，辄欷歔累日"①。至龚易图之时，其家族益见壮大，有寿萱十二叔祖(龚望龄②)、堂叔、季仁十弟③等，应亦可算作者。

清代龚氏中龚易图、龚葆銮二人俱能词，《闽词征》卷五、卷六分别有传及词。龚葆銮(1871—1898)，字依琼，号子鸣，号碧琴子，龚望龄次子。诸生。卒年二十八。其诗澹远清挚，自抒怀抱④。

龚氏家族与福州等省内外望族联姻，娶萨氏⑤、刘氏(刘国材⑥、刘家楙⑦)、诸林氏(林仲筠⑧、林春溶⑨、林开琼⑩、林元英⑪、林藜光⑫、林锟⑬、林星耀⑭、林天龄⑮、林祚曾⑯等)、诸陈氏(陈朝极⑰、陈畤⑱、陈道建⑲)、张氏(张兆荣⑳)、周氏(周正思㉑)、梁氏(梁上国、梁云铣㉒)、廖氏(廖鸿猷㉓)、邱氏(邱恒春㉔)、叶氏(叶申苞㉕)、诸高氏(高振翮、高翔㉖)、诸王氏(王义樟㉗、正定王荫昌㉘、王世荣㉙等)、葛氏

① 《福州通贤龚氏支谱》，黄宜人节略，影印第369页。

② 龚望龄，字是斋，号寿萱，龚泉谷子(《福州通贤龚氏支谱》龚望龄本传，影印第277页)。

③ 分别见龚易图诗《送寿萱十二叔祖返里》(《乌石山房诗稿》卷十四，原第二页，影印第293页)、《新春三日祝堂叔约游城东别墅》(《乌石山房诗稿》卷四，原第一页，影印第234页)、《双骖园诗并序》之"序文"(《乌石山房诗稿》卷十六，原第十八页，影印第316页)。季仁，龚彝图，龚耀孙第四子、龚彝图胞弟(《福州通贤龚氏支谱》，影印第299页)。

④ 民国《福建通志》总卷二十五，《福建艺文志》卷六十六，第二十九页，引《南檐琐录》。

⑤ 龚一登娶萨漠女萨氏，龚景准娶萨氏(《福州通贤龚氏支谱》，影印第237、261、401页)。

⑥ 龚式谷等《皇清赐同进士出身诰授朝议大夫赏戴花翎甘肃兰州府知府先考海峰府君行述》，《福州通贤龚氏支谱》，影印第418页。

⑦ 龚易图娶刘家楙女刘氏(《福州通贤龚氏支谱》，影印第299页)。

⑧ 龚屺娶林仲筠次女、林文英(碧山)妹林氏(《福州通贤龚氏支谱》，影印第218页)。

⑨ 龚耿光娶进士林春溶次女林氏(《福州通贤龚氏支谱》，影印第274页)。

⑩ 龚式谷娶林开琼女林氏(《福州通贤龚氏支谱》，影印第264页)。

⑪ 龚杰谷娶进士林元英女林氏，龚昌龄长子龚师夔娶林元英孙女林氏(《福州通贤龚氏支谱》，影印第270、290页)。

⑫ 龚文龄娶举人林藜光女林氏(《福州通贤龚氏支谱》，影印第279页)。

⑬ 龚衡龄娶训导林锟女林氏(《福州通贤龚氏支谱》，影印第279页)。

⑭ 龚葆中娶举人林星耀女林氏(《福州通贤龚氏支谱》，影印第295页)。

⑮ 龚易图长子龚晋揆娶江苏学政林天龄次女林氏(《福州通贤龚氏支谱》，影印第307页)。

⑯ 龚礼图继配举人林祚曾胞侄女林氏(《福州通贤龚氏支谱》，影印第301页)。按：林祚曾系林春溥之孙、林春溶胞侄孙、林兆泰曾孙，龚耿光配林氏系龚礼图配林氏祖姑，而龚礼图系龚耿光之孙、龚葆琛长子。

⑰ 龚景范娶陈朝极女、陈治滋孙陈氏(《福州通贤龚氏支谱》，影印第238、401页)。

⑱ 龚景浞娶进士陈畤女陈氏(《福州通贤龚氏支谱》，影印第261页)。

⑲ 龚景澜娶陈道建女陈氏(《福州通贤龚氏支谱》，影印第262页)。

⑳ 龚景瀚娶举人张兆荣女张氏(《福州通贤龚氏支谱》，影印第240页)。

㉑ 龚景濂娶周正思女周氏(《福州通贤龚氏支谱》，影印第259页)。

㉒ 龚丰谷娶梁上国长女梁氏，子龚耿光、龚长龄、龚寿龄(《福州通贤龚氏支谱》，影印第266页)；龚长龄(龚文光)娶梁上国之子梁云铣女梁氏(龚耿光、龚文光、龚润光《皇清敕授文林郎嘉庆戊辰科举人湖北天门县知县显考小峰公行述》，《福州通贤龚氏支谱》，影印第429页)，是龚丰谷父子两世均娶于梁氏。

㉓ 龚杲孙娶廖鸿猷女廖氏，龚羲图娶廖氏，龚承基娶知县廖崧年女廖氏(《福州通贤龚氏支谱》，影印第286、299、300页)。

㉔ 龚耀孙娶举人邱恒春女邱氏(《福州通贤龚氏支谱》，影印第285页)。

㉕ 龚福康娶叶申苞女叶氏(《福州通贤龚氏支谱》，影印第273页)。

㉖ 龚景李娶高振翮女高氏(《福州通贤龚氏支谱》，影印第257页)，龚溶孙娶高翔女高氏(同书，影印第285页)。

㉗ 龚佐中娶同知王义樟女王氏(《福州通贤龚氏支谱》，影印第295页)。

㉘ 龚彝图娶正定人、同知王荫昌女王氏(《福州通贤龚氏支谱》，影印第299页)。

㉙ 龚敬图娶知县王世荣女王氏(《福州通贤龚氏支谱》，影印第301页)。

(葛玉春[①])、杨氏(杨芳灿[②])、郑氏(郑炳文[③])、邵氏(邵鹏翔[④]、邵鹏超[⑤]、邵冠元[⑥])、冯氏(冯梦辛[⑦]、冯荣梓[⑧])、朱氏(朱元春[⑨])等。《福州通贤龚氏支谱》专列《女考》,故可知历代龚氏女婚姻门第,闽中望族子弟有长乐吴九叙[⑩]、闽县林增荣(林乔荫子,娶龚景瀚长女)、侯官翁葆同(翁吉士子,号子丹,娶龚丰谷第三女)、侯官翁树咨(翁德铨子,号莲溪,娶龚耿光女,行二)、侯官葛诚(号实夫,娶龚耿光女,行三)、闽县宋谦(号已舟,娶龚耿光女,行六,为继室)、侯官翁廷襄(翁葆同子,号梅史,娶龚耿光女,行七)、闽县黄葆萱(号润九,娶龚耿光女,行八)[⑪]、曾氏[⑫]、闽县萨景翘(已见前注)、汀州府长汀县黎绪远[⑬]、侯官吴九叙[⑭]、侯官林守恭(林绪光子)[⑮]等。

## No.145 侯官高翘檍家族

高翘檍、高蓝珍:《高氏桐芝集》十一卷(同治刊本《福建通志》卷六十八、民国《闽侯县志》卷四八《侯官艺文志》)

高蓝珍:《桐枝集》(《福建地方文献及闽人著述综录》第77页,李灵年等《清人别集总目》第1931页作十卷。柯愈春《清人诗文集总目提要》第867页作《桐城集》十卷,嘉庆十四年刻本,福建师范大学图书馆藏,书名当误)

**谨按:**同治刊本《福建通志》著录高翘檍、高蓝珍《高氏桐芝集》十一卷,解题小字注:"翘檍,字万林。布衣。蓝珍,字晋三,号芝田。乾隆丙午(五十一年,1786)举人。""按:是书上编一卷,为翘檍作;下编十卷为蓝珍作。十卷中又分集,一曰《越麓草亭稿》,二曰《鳌江集》,三曰《前丹诏集》,四曰《东山吟草》,五曰《后丹诏集》,六曰《北行稿》,七曰《适斋偶存》,八曰《秦中吟》,九曰《排律偶存》,十曰《附□杂著》。"[⑯]《福建地方文献及闽人著述综录》著录高蓝珍《桐枝集》十卷,嘉庆十四年刻本,二册,福建师范大学图书馆藏。"上卷系其祖高万林诗。"[⑰]所谓"上卷"疑系"上册"误识。朱仕琇《答何述善书》云"高晋三属作令祖诗序"[⑱]云云。萨玉衡《白华楼焚余稿》有《高万林先生自镜写图文孙晋三同年属题》。

---

① 龚景沆娶葛玉春女葛氏(《福州通贤龚氏支谱》,影印第260页)。

② 龚瑞谷娶金匮(今无锡市)杨芳灿女杨氏(《福州通贤龚氏支谱》,影印第267页)。龚氏子孙婚配凡娶外省者均冠以籍贯,容易辨别。

③ 龚熙龄娶郑炳文女郑氏(《福州通贤龚氏支谱》,影印第276页)。

④ 龚望龄娶邵鹏翔女邵氏为继室(《福州通贤龚氏支谱》,影印第277页)。

⑤ 龚兆龄娶州同邵鹏超女邵氏(《福州通贤龚氏支谱》,影印第280页)。

⑥ 龚庄中娶监生邵冠中女邵氏(《福州通贤龚氏支谱》,影印第296页)。

⑦ 龚诚中娶训导冯梦辛女冯氏(《福州通贤龚氏支谱》,影印第296页)。

⑧ 龚履中长子龚荫枟娶冯荣梓女冯氏(《福州通贤龚氏支谱》,影印第304页)。

⑨ 龚继嘉娶御史、兴化府莆田人朱元春之女朱氏(《福州通贤龚氏支谱》,影印第363页)。

⑩ 龚一发《书吴剑虹传后》,《福州通贤龚氏支谱》,影印第532页。

⑪ 《福州通贤龚氏支谱》,影印第311-313页。

⑫ 《福州通贤龚氏支谱》,影印第343页。龚一发长女朗姑娘(龚一发、龚一登《皇清敕封孺人显妣林太孺人行述》作淑朗,影印第402页)择婿曾氏,龚一发有《哭朗女》诗(影印第629-630页)。

⑬ 龚一发《皇清诰授中议大夫两淮都转盐运使显祖容溪公行状》,《福州通贤龚氏支谱》,影印第385页。龚其裕次女适黎绪远,黎时官高邮州州判。

⑭ 龚一发《皇清诰授中议大夫两淮都转盐运使显祖容溪公行状》,《福州通贤龚氏支谱》,影印第385页。龚其裕孙女适合闽县举人吴九叙、章秉铨等,两人能读等身书。

⑮ 龚一发、龚一登《皇清敕封孺人显妣林太孺人行述》,《福州龚氏支谱》,影印第402页。

⑯ 同治刊本《福建通志》卷六十八,影印第1399页。

⑰ 福建师范大学图书馆古籍组《福建地方文献及闽人著述综录》,第77页。

⑱ 朱仕琇《梅崖居士文集》卷三十,《清代诗文集汇编》第336册,影印第497页。

## No. 146　闽县叶观国家族

叶大焯等编:《三山叶氏祠录》(光绪十六年刻本。民国《福建通志·福建列传》卷三十七叶仪昌传注、《福建艺文志》存目卷五《春秋解》十二卷注)

叶观国:《绿筠书屋诗钞》十八卷(柯愈春《清人诗文集总目提要》第672页、方芳《清代硃卷集成研究》第59-60页。《清代硃卷集成》第六一册叶大琛履历、第三三九册叶在衍履历作《绿筠书屋诗钞》四卷)、《老学斋随笔》四卷、《闽中杂记》(民国《闽侯县志》本传)、《绿筠书屋诗钞》十一卷(稿本,福建省图书馆藏)

叶申蔼:《三礼集证》十卷、《春秋解》十二卷、《荫余轩诗文集》五卷(民国《闽侯县志》叶观国传后附传)、《退食吟钞》二十卷(民国《福建通志·福建列传》卷三十七叶观国传后附传)、《诗集》二卷(梁章钜《叶次幔邑侯墓志铭》)

叶申万:《高州府志》、《餐英集》八卷(民国《闽侯县志》叶观国传后附传)、《餐英轩诗钞》五卷(同治刊本《福建通志》卷六十七)、《餐英轩诗集》八卷(《清代硃卷集成》第三三九册,叶在衍履历,影印第131页)

叶申芗:《天籁轩词谱》五卷(卢美松《闽词钞 闽词征》出版前言作四卷)、《(天籁轩)词韵》一卷(卢美松《闽词钞 闽词征》出版前言题《天籁轩词韵》)、《闽词钞》四卷(民国《福建通志·福建艺文志》卷七十三、陈寿祺《闽词钞序》作五卷,《福建文献集成初编》第199-200册影印国家图书馆藏稿本四卷)、《小庚词存》三卷(卢美松《闽词钞 闽词征》出版前言作二卷,民国《福建通志·福建艺文志》卷七十二作四卷)(同治刊本《福建通志》卷六十七)、(辑)《本事词》(道光十二年福州叶氏天籁轩刻本,《赌棋山庄词话》卷四"叶小庚词"条,民国《福建通志·福建艺文志》卷七十三、卢美松《闽词钞 闽词征》出版前言均作二卷)、《天籁轩词》(林直《叶辰溪以近诗见示》诗注,《壮怀堂诗初稿》卷六)、《天籁轩词选》六卷(民国《福建通志·福建艺文志》卷七十三、卢美松《闽词钞 闽词征》出版前言)、(编)《词学丛书》二十二卷(民国《福建通志》总卷二十五,《福建艺文志》卷七十六)、《闽词钞》(《闽词钞 闽词征》,福建人民出版社2014年版。梁章钜《河南府知府叶公墓志铭》作《历代闽词钞》)、《词谱》及《词韵》六卷(陈寿祺《左海文集》卷六《闽词钞序》)、《小庚诗存》一卷①(梁章钜《河南府知府叶公墓志铭》)

叶仪昌:《永阳游草》一卷(民国《闽侯县志》卷四七《闽县艺文志》、民国《闽侯县志》叶观国传后附传)

叶滋森(叶仪昌子):《弟子职疏证》、《池上草堂笔记》、《莼香楼书画识》、《蝠岩仙馆诗稿》(民国《闽侯县志》叶观国传后附传)、(修)《靖江县志》十六卷(光绪五年刻本)、(编)《怀雨斋丛书》(刘荣平《赌棋山庄词话校注》,第206页)

叶赞彤:《明史言行录》七卷、《杞菊山房随笔》一卷

叶滋钧:(笺注)《历朝鉴略》一卷

叶滋澜:(修)《上犹县志》(光绪)

叶滋沅:《我闻室词》(民国《闽侯县志》卷四七《闽县艺文志》、民国《福建通志》总卷二十五,《福建艺文志》卷七十二)

叶大焯:《叶恂予日记》(稿本)、《补拙斋藏书书目》一册(民国七年抄本)、《补拙斋文钞》不分卷(民国福建通志局钞本,福建省图书馆藏。李灵年等《清人别集总目》第305页)、《补拙斋杂录》一卷、《正谊书院课艺》十六卷

叶大庄:《颐己室窗课元稿》(稿本)、《仓颉篇》三种(稿本)、《写经斋稿》四卷(陈衍《石遗室诗话》卷一)、《写临斋诗稿》(郭白阳《竹间续话》卷二)、《写经斋全集》十七卷(光绪二十一年玉屏山庄刻本)、《写经斋初稿》四卷、《续稿》二卷(《近代诗钞》中册第813页)、《写经斋初汇》(光绪间刻本)、《淞水集》、

① 李灵年等《清人别集总目》著录此集,不分卷(第308页)。

《峰阳集》(吴翠园《闽县叶氏藏书世家》)、《写经斋续稿》(光绪二十一年刻本)、《小玲珑阁词》一卷(光绪二十一年刻本)、《写经斋文稿》二卷、《大戴礼记审议》二卷、《丧服经传补疏》二卷、《礼记遗说考》四卷、《闽碑存目》一卷、《退学录》二卷(陈衍《石遗室书录》云又称《偕寒堂校书记》)、《写经斋诗稿》四卷续稿二卷、《写经斋文》二卷(民国《福建通志》总卷二十五,《福建艺文志》卷六十六)、《写经斋诗》四卷、《诗续》二卷、《仓颉篇三种》、《玉屏山庄丛书》(民国《福建通志》总卷二十五,《福建艺文志》卷七十六。系《礼记审议》二卷、《大戴礼记审议》二卷、《丧服经传部疏》二卷、《礼记遗说考》四卷、《闽中金石记》六卷、《闽碑存目》一卷、《退学录》二卷、《写经斋文》二卷、《写经斋诗》四卷、《诗续》二卷、《(小)玲珑阁词》、《偕寒堂校书记》、《写经斋诗文稿》等二十余卷合刻)、《大戴礼记审文稿》二卷、《玲珑阁词》一卷①(民国《闽侯县志》卷四七《闽县艺文志》)、《玉屏山庄遗文》不分卷(稿本)、(辑)《净名砚诗》(谢章铤《赌棋山庄集》文集卷六《书叶临恭所录净名砚诗后》)、《写经斋集》九卷(含《写经斋初稿》五卷、《写经斋续稿》二卷及《写经斋文稿》二卷三种)、《玉屏山庄遗文》不分卷(福建师范大学图书馆藏)(柯愈春《清人诗文集总目提要》第1856页)、《考工记协韵考》一卷(《福建文献集成初编》第15册影印福建省图书馆藏稿本)、《诂经丛话》四卷(《福建文献集成初编》第33册影印福建省图书馆藏稿本)、《闽中石刻记》二卷(《福建文献集成初编》第55-56册影印福建省图书馆藏稿本)、《闽碑考》十卷(《福建文献集成初编》第55册影印福建省图书馆藏稿本)、《闽碑存目》二卷(《福建文献集成初编》第56册影印福建省图书馆藏民国间钞本)、《写经斋杂录》不分卷(《福建文献集成初编》第125册影印福建省图书馆藏稿本)

叶大道、曾宗彦:《榕荫堂律集》

叶在琦:《稚惜诗钞》一卷(《清诗纪事》光绪宣统卷。陈衍《近代诗钞》作《稚愔诗钞》)、《叶大焯行状》(光绪间叶氏刻本)、《叶侍御诗钞》一卷(民国《闽侯县志》卷四七《闽县艺文志》;民国《福建通志》总卷二十五,《福建艺文志》卷六十六)

叶在衍:《唐风集》一卷(光绪二十三年刻本,福建省图书馆藏。李灵年等《清人别集总目》第308页)

叶在畲:《罗山咏事诗》一卷

叶在扬:《度量衡新议》

叶在均:《刑法》、《刑事特别法》、《刑事诉讼法要义》、《民事疑判》

叶于沅(原名叶于鎏,字可立,叶在琦长子):(与林纾合译)《膜外风光》(法国克里孟索原著)、《闽侯叶氏琴趣楼寄存书目》一册(北平图书馆编)

**谨按:**闽县叶观国家族自乾隆年间崛起至近现代,历茂、观、申、昌、滋(庆、赞)、大、在、于八世②,绵延二百余年。叶氏入闽于唐昭宗龙纪元年(889),居同安佛岭(今属厦门),宋代迁福州福清县,世居福清高山、海头。顺治间叶观国的曾祖叶学桢迁居省城,始隶闽县籍,后裔散居文儒坊③、南后街④、南台岛阳崎玉屏山⑤、草巷⑥等处。叶氏家族逐渐成为闽中著名的科举和文学创作世家。杨浚为叶在衍秋捷作《叶季菁在衍秋捷》楹语:"科第联翩合室能文曾六子,弟兄岐嶷同年得捷又三人。"⑦"同年得捷又

---

① 福建人民出版社《福建文献集成初编》第178册影印福建省图书馆藏光绪间刻本,题《小玲珑阁词》,一卷。

② 按:叶观国家族自叶观国之后以"申昌滋大,在于树德"为辈分字,表字分别对应为"惟勤与恭,乃可保宗"。

③ 《清代硃卷集成》第六一册,进士叶大琛履历,影印第12页。乌山麓文儒坊今存叶观国故居,乾隆四十二年(1777)叶观国购,筑绿筠书屋。叶观国尝居福州朱紫坊(今津泰路南安泰河边)芙蓉园、通津衢(今鼓楼区津门路)、九仙山(今于山)下法海路花园弄、乌石山东麓鳞次台之双榕书屋(今邓拓故居)等处。

④ 《清代硃卷集成》第三三九册,举人叶在衍履历,影印第142页。

⑤ 陈衍《石遗室诗话》卷五,第五条,《民国诗话丛编》第一册,第75页。叶滋森、叶大庄父子购玉屏山,筑玉屏山庄。

⑥ 郭柏苍《十月初一日远堂兄生辰诗以纪之》第二句诗下自注:"戊子(道光八年,1828)同读书草巷叶氏园"(《沁泉山馆诗》卷下,《清代诗文集汇编》第662册,影印第106页)。

⑦ 杨浚《冠悔堂楹语》卷中,原第四十六页,影印第770页。

三人”指的是光绪十五年己丑(1889)陈懋鼎榜福建乡试中叶氏家族中叶在鋆、叶在衍[①]、叶在泗三人中举之事，而其家四世十一人(缺“滋”字辈)先后入翰林，有叶观国(官侍读学士、少詹事，教习庶吉士)、叶申万(官翰林院检讨)、叶申芗(考选庶吉士)、叶敬昌(考选庶吉士)、叶大湜(官侍读衔内阁中书)、叶大焯(官侍读学士、学政)、叶大遒(官编修)、叶大庄(官内阁中书)、叶湛恩(官翰林院待诏)、叶在琦(官翰林院检讨)[②]、叶在藻[③](考选庶吉士)，以叶大湜(堂)兄弟行六人为最多，累世能文，堪称文献世家。

叶观国(1720—1792)，字家光，号毅庵，晚号存吾。乾隆十六年辛未(1751)成进士，出刘统勋门下。改选庶吉士，散馆授编修。乙酉(三十年，1765)任满，丁外艰归里。丁亥(三十二年，1767)服阕。戊子(三十三年，1768)入都，补官，充教习庶吉士。庚子(四十五年，1780)，命入上书房，侍讲读。八司文衡，为官勤廉，晚年归里。在福州乌石山天皇岭下筑双榕书屋，藏书六万余册。卒年七十三。著作多种，诗数千首。与孟超然(瓶庵)有“二庵”之称，诗亦相伯仲。其诗云“偶然涉议论，嫌与性情妨”，似守严羽《沧浪诗话》之说者[④]。《绿筠书屋诗钞》十八卷，分《台江集》、《瀛洲集》、《滇南集》、《瀛洲二集》、《岭右集》、《垂橐集》、《瀛洲后集》、《得槐轩集》、《蜀道集》、《江左集》、《得槐轩后集》、《人扶集》[⑤]。能词，《闽词征》卷四选其词。传见同治刊本《福建通志》卷二百二十六、民国《福建通志・福建列传》卷三十七。民国《闽侯县志》卷六十八有其本传，详附其子孙多人传。

叶观国子七。附民国《闽侯县志》叶观国传[⑥]者有以下诸子孙：(1)次子叶申棻，字维芳，号心畇。嘉庆七年壬戌(1802)进士，在诸兄弟中最先成进士。分发广东，署镇平知县，卒于官。(2)三子叶申蔚，字维文，号文石。优贡生。诸兄弟皆以科甲得官而申蔚独困于场屋。传称其平生无他嗜好，惟刻意学诗，尝手写苏诗全部，荟萃诸名流评语于行间，是乾嘉间推崇宋诗、酷嗜苏轼的闽中诗人，入梁章钜组织的藤花吟社。其子叶宸昌，进士。(3)四子叶申蔼(1769—1834)，字惟和，号次幔、次愕[⑦]。少游林茂春门下，与梁章钜、张经邦、郭龙光等同学，与林庚焕、萨察伦等为好友，淹通《春秋》诸传、三礼及《史》、《汉》。以大挑得官知县，试用江苏，精于吏事。有荫余轩书楼，藏书三万卷。卒年六十六。梁章钜撰《叶次幔邑侯墓志铭》。长子叶传昌。次子叶修昌(1798—1839)，字宣勤、旬卿(一作荀卿)，行十七[⑧]，以太学生中道光十九年己亥(1839)解元，出何绍基门，同年卒，仅四十二。三子叶伟昌，邑庠生。四子叶仪昌(1803—1869)，字定勤，号季韶、潜山，道光八年戊子(1828)举人。五子叶倬昌，邑庠生。六子叶偕昌。叶修昌嗜好读书，笃于交游，以诗歌、古文词、书画擅声于时，诗多深湛之思。“所著经史论说及金石文字辨证皆未编录，稿藏于家。”[⑨]叶仪昌以大挑得官教谕，尝主杭州书院、龙山书院讲席，构芝石山房，拥书自乐；又结庐于永福方广岩，爱其山水佳胜，著有《永阳游草》一卷。(4)六子叶申万(1773—1831)，字维千，一作惟千，号芷汀，一作茝汀[⑩]。嘉庆十年乙丑(1805)成进士，授翰林院检讨，累官至广东高廉兵备道。卒年五十九。陈寿祺撰《皇清诰授中宪大夫广东分巡高廉兵备道叶君墓志铭》。叶申万子四：叶敬昌、叶斌昌、叶敉昌、叶胪昌，婿陈延诠(陈徵芝次子)、林懋熊(林春溥次子)等。

---

① 叶在衍(1861—?)，字乃用，号季菁，行一，又行四。生于咸丰十年庚申(1860)十二月初四日(已入1861年)(《清代硃卷集成》第三三九册，举人叶在衍履历，影印第129页)。

② 《清代硃卷集成》第三三九册，举人叶在衍履历，影印第129-136页。

③ 叶在藻(1875—1901)，字乃彬，号肖文，叶大遒第三子。光绪二十四年(1898)戊戌科二甲第九名进士。

④ 民国《福建通志》总卷二十五，《福建艺文志》卷六十五，第九页。

⑤ 柯愈春《清人诗文集总目提要》，第672页。

⑥ 民国《闽侯县志》卷六十八，叶观国传，原第三至八页，影印第235-237页。

⑦ 林则徐《林文忠公日记》，台北文海出版社1974年版，第358页，道光十九年九月二十五日。

⑧ 张际亮《正月十五叶十七荀卿招同人集天开图画楼饯余遂至郑少谷迟清亭故址》，《思伯子堂诗集》卷十二，《清代诗文集汇编》第601册，影印第130页；《二十九日西堂梅友乾生薇卿雪樵同集旬卿天开图画楼》，同书卷十二，影印第134-135页。张际亮又作有《叶旬卿传》，见《张亨甫文集》卷四。

⑨ 同治刊本《福建通志》卷二百三十九，原第七页，影印第4312页。

⑩ 梁章钜《退庵诗存》中芷汀、茝汀两存。作茝汀者如卷七《二月十二日与茝汀仪卿兰谷兰卿饮于福州乡馆夜分始散》、《花朝日茝汀兰卿同来邀往三官寺看花遇雪不果留饮斋中叠前韵》(《清代诗文集汇编》第515册，影印第91页)。

长子叶敬昌(1791—1852,号芸卿),嘉庆二十四年己卯(1819)成进士,选庶吉士,历官松江知府、湖北布政使等;叶斌昌,官主事。叶敬昌移居光禄吟台,有玉尺山房,与林则徐交密,林则徐尝在叶敬昌家放鹤①。叶敬昌之子叶云滋等,孙叶大同等;叶斌昌之子叶源滋等。(5)七子叶申芗,字维郁、萁园,号小庚、培根。嘉庆十四年己巳(1809)成进士,改选庶吉士,散馆改知县。累官洛阳知府兼护河陕汝道,道光二十二年壬寅(1842)以劳卒官,年六十三。作诗文辄有惊人语。善填词,耽长短句,工为俪体。著有词学著作多种行世。此外,叶观国长子叶申蕃,乾隆优贡生;五子叶申苞,嘉庆三年戊午(1798)举人中式,官广东仁化知县。

叶观国家族在科举上的盛况达到清代福建士人难以望其项背的成功,称"六代翰詹世所无"②、"科第闽南第一家"③:(1)叶观国五子叶申菜、叶申霭、叶申苞、叶申万、叶申芗皆有功名,这是叶氏家族"五子登科"、父子四进士的科举佳话;(2)叶氏家族实现从叶观国、叶申万、叶敬昌、叶大焯、叶在琦五世进士登第的科举奇迹;(3)与泉州府安溪县李光地家族"四世十进士七翰林"的科举业绩相比,叶氏四世(缺"滋"字辈)十五进士④、十一翰林,可以比肩;(4)叶申万之孙、叶敬昌之子叶云滋(惠宇⑤,一作慧与⑥)的六个儿子实现"六子登科"的奇迹:叶大同(字穆如),咸丰九年己未(1859)福建乡试举人中式,同治四年乙丑(1865)成进士;叶大湜(字芑恭),同治九年庚午(1870)举人中式,同榜有叶大榕、叶滋濬等族人;叶大泳(1838—?,字子翔、恩恭,叶在衍父),光绪二年丙子(1876)举人中式⑦;叶大焴(字朗如),同治元年壬戌(1862)举人中式,同榜有族人叶大钦;叶大焯(号恂如),咸丰九年己未(1859)举人中式,同治七年戊辰(1868)成进士,官翰林院侍讲学士、侍读学士、提督广东学政等;叶大涵(号渊如),同治六年丁卯(1867)举人中式,同榜者有族人叶滋琳、叶兆昌等,光绪十二年丙戌(1886)与族人叶大琛、侄叶在琦同榜成进士。叶大同、叶大焯兄弟于咸丰九年(1859)中举,叶大泳最后于光绪二年(1876)年中举,实现"六子登科"殊荣,中间历17年;陈宝琛于同治四年(1865)中举,幼弟陈宝璜于光绪二十年(1894)中举,实现"六子登科"殊荣,中间历29年。较之陈氏,叶氏"六子登科"的科举奇迹早18年出现于八闽,是叶氏"大"字辈在其父辈"滋"字辈暂为消退之后⑧科举事业再次崛起的缩影。

《清代硃卷集成》第六一册收录光绪十二年(1886)丙戌科第二百四十一名贡士、殿试二甲第八十二名进士叶大琛的履历,略述如下:太高祖叶茂盛,号嶷园,邑增生,妣林氏;高祖叶观国,号毅庵,累官至侍读学士、詹事府詹事、上书房行走,高祖妣郭氏(郭淇女)、继高祖妣孙氏(孙承辅女)、本生高祖妣黄氏、众高祖妣刘氏、曾氏;胞高叔祖叶观海(举人、知县)、叶观成;曾祖叶申苞,号竹溪,举人、知县,曾祖妣萨氏(萨遇女、进士萨龙光胞姑);胞曾伯祖叶申蕃(优贡、候选训导)、叶申菜(亚元、进士,官知县)、叶申蔚(优贡、泉州府学训导)、叶申蔼(举人、知县),胞曾叔祖叶申万(举人、进士,官翰林院检讨、广东督粮道)、叶申芗(举人、进士,改翰林院庶吉士,累官护理河陕汝道);祖叶荣昌,号松岩,本生祖叶东昌,号莱峰,本生祖妣冯氏(冯氏系冯澍孙女,冯光缥长女,举人、内阁中书冯缙、举人冯光祚胞侄女,举人、同知冯章嫡堂侄女,举人、知县冯新堂妹,冯寿康、进士冯燕誉、冯宝棻、冯燕翼胞姊,举人冯庆

---

① 郭柏苍《鹤磴》诗题下自注:"林文忠公则徐在叶廉访敬昌家放鹤于此。"(《沁泉山馆诗》卷下,《清代诗文集汇编》第662册,影印第103页)

② 郭柏苍《次女叶问琴五十》,《柳湄小榭诗》,《清代诗文集汇编》第662册,影印第118页。

③ 郭柏苍《次婿叶大泳秋捷》,《沁泉山馆诗》卷上,《清代诗文集汇编》第662册,影印第81页。

④ 十五进士指叶观国、叶申菜、叶申芗、叶申万、叶承昌、叶敬昌、叶大同、叶大焯、叶大涵、叶大遒、叶大烜、叶大琛、叶在琦、叶在藻、叶大华。光绪三十年甲辰(1904)闽县进士叶大樟未知是否叶观国裔孙,《清代硃卷集成》第六一册进士叶大琛履历,有堂兄弟叶大樟(影印第9页);《清代硃卷集成》第三三九册举人叶在衍履历,列名堂伯叔叶大华、叶大樟,均邑庠生(第135页)。

⑤ 《清代硃卷集成》第三三九册,举人叶在衍履历,影印第133页。

⑥ 郭柏苍《次婿叶大泳秋捷》,第二句自注,《沁泉山馆诗》卷上,《清代诗文集汇编》第662册,影印第81页。

⑦ 按:杨浚代作《叶协恭明府太母六十寿序》有"辛未(同治十年,1871),则(大)泳拥皋比之座"语(《冠悔堂骈体文钞》卷四,原第四十一页,影印第560页),叶大泳中举前尝主讲席。卢美松《松轩史话》叶大泳生卒年作1836—1914(第34页)。

⑧ 按:叶氏"滋"字辈虽然科第不显,亦有叶云滋、叶滋东、叶滋春、叶滋琳、叶滋荃、叶滋濬、叶晋祺六名举人,且在叶云滋这一代仕宦者颇多(请参看《清代硃卷集成》第三三九册,举人叶在衍履历,影印第131-133页),人丁旺盛,可谓"族繁指多"。

扬、举人冯庆熙堂姊，举人、教谕冯应曾嫡堂姑，进士冯荣萱、举人冯荣图、举人冯廷瑊堂姑，冯藻、冯骥胞姑)；胞伯祖叶本昌，嫡堂伯祖叶承昌(举人、进士，官知县)、叶祚昌、叶禧昌、叶富昌、叶敬昌(举人、进士，改翰林院庶吉士，累官署湖北按察司、布政司)、叶颢昌、叶祁昌、叶传昌、叶宠昌、叶预昌、叶宪昌、叶时昌、叶景昌(拔贡、候选州同)、叶斌昌(刑部主事)、叶修昌(解元)、叶伟昌，嫡堂叔祖叶仪昌(举人，官内阁中书、汀州府学教授)、叶倬昌、叶畀昌、叶偕昌(孝廉方正)、叶旭昌(副举人，官知县、台湾府学训导)、叶胪昌；父叶滋纯，号雨穗[1]，官县丞，妣冯氏(系列贡生冯永龄孙女，冯振钧女，举人冯旭升胞侄女，举人冯梦辛、冯成锵胞姊)、庶母龚氏；胞伯叶滋熊(号小莱，官知县)、胞叔叶滋濬(号槐轩，举人，官知县)、嫡堂伯叶滋燮(军功叙议)、嫡堂叔叶滋春(字绍香，举人)，堂伯叶滋彰、叶滋幹、叶滋畴(候补县丞)、叶滋年、叶云滋(举人)、叶滋丰、叶滋兰、叶滋芝、叶滋京、叶滋恩、叶庆熙(知县)、叶滋楷、叶滋任、叶滋莲、叶滋杰、叶滋森(知县)、叶滋基、叶滋乔、叶滋湘、叶滋佖、叶赞彤(盐场大使)、叶滋瀛、叶滋鸿、叶滋庆、叶源滋(知州)、叶滋谟、叶滋东(举人，官学正)、叶滋枞(典簿)、叶滋俊、叶滋瀚、叶滋谋、叶滋涟、叶滋琳(举人)、叶荃(举人、候选训导)、叶滋桐、叶滋润、叶晋祺(举人、训导)、叶滋棠(训导)、叶滋贵、叶滋枬(两淮盐知事)、叶滋兰(知县)、叶滋泉、叶寿滋、叶滋谦、叶炘滋、叶际滋、叶焕滋、叶滋康、叶滋永；叶大琛(1853—?)，字献赤，号觐瑜、觐俞，行一，又行四十一，娶林氏(系岁贡生林德澜孙女，盐大使林寿殷长女，林作舟、林邦甸、林邦模胞侄女，林芗、林瑛、林枚、林釜、林新胞姊，林壬、林椿、林锷、林沅、林澍、林淇嫡堂妹)；胞弟叶大钰、叶大年(进士)，嫡堂弟叶大铨、叶大鏐、叶大林，从堂弟叶大华，堂兄弟叶大同(进士，官知县)、叶大绶、叶大增、叶大湜(举人，官侍读衔内阁中书)、叶大乾、叶大泳(举人、训导)、叶大钦(亚魁、教授)、叶大穀、叶大玑、叶大焴(举人)、叶大椿、叶大咸、叶大焯(进士，累官侍读学士、广东学政)、叶大亨、叶大榛、叶大榕(亚魁、候选训导)、叶大涵(同榜进士)、叶大奎、叶大庄(举人，官内阁中书等)、叶大堃、叶大镛、叶大遒(进士，官编修)、叶大沛、叶大康、叶大锵、叶大祐、叶大烺、叶大瑜、叶大久(字友恭，举人)、叶大根(举人)、叶大瑄(举人)等；子叶在荫、叶在椝，嫡堂侄叶在馨，从堂侄叶在堷、叶在埴、叶在均，堂侄叶在浩、叶在鋆、叶在衎(副举人)、叶在琦(举人、同榜会魁，改庶吉士)等；堂侄孙叶于錡、叶于弼、叶于飞等；受业师胞伯叶滋熊(小莱)、胞叔叶滋濬(槐轩)、嫡堂叔叶滋春(绍香)、龚葆谦(藻丞)、欧阳泰(平叔)、陈庚晖(芗秋)、洪宪申(秋溟)、何履亨(翊卿)、林士傅(可舟)、邱景湘(镜泉)、郭柏荫(远堂)、郑世恭(虞臣)、林鸿年(勿邨)；受知师向焘(晋庵)、尹西铭(竹民)、邵亨豫(汴生)、程鹏(希九)、王启渠、俞秉焜(东生)、孙诒经(子授)、昆冈(筱峰)、施锡卫(稚莲)、宝廷(竹坡)、朱善祥(咏裳)[2]。《清代硃卷集成》收有光绪二十八年(1902)壬寅科福建举人、林则徐曾孙林大任的履历，林大任祖母叶氏为叶申万之女。据此履历，叶观国家族中有功名及科举、仕宦经历者尚有叶氏胞侄叶云滋、叶源滋、叶焘滋，胞侄孙叶大同、叶大湜、叶大泳、叶大焴、叶大焯、叶大涵、叶大遒、叶大烜[3]。叶氏历代精英俱在叶大琛、林大任两人的履历中。

叶观国家族在叶观国之后作家众多，群星璀璨。福建师范大学博士阮娟著有《三山叶氏家族及其文学研究》，上海古籍出版社2011年版。同治刊本《福建通志》著录叶观国《绿筠书屋诗钞》十八卷，注引郑杰《注韩居诗话》："先生《秋斋杂诗》有云：'奈何末俗偏，本末少取裁。烝尝享祖祢，高曾斥不陪。郑笺及贾疏，高阁生尘埃。'又有云：'上乘贵妙悟，科律严且详。使事犯指戒，太尽来谤伤。偶然涉议论，嫌与性情妨。'又有云：'诗家建旗鼓，惑众为大言。中晚不足学，何况宋与元。虎贲虽貌似，不返中郎魂。'云云，皆非俗学所能窥见，吁以此提倡后进，其庶有豸乎？岂特风雅不坠云尔哉?""按：诗分十八卷，曰《台江集》，曰《瀛洲集》，曰《滇南集》，曰《瀛洲二集》，曰《岭右集》，曰《垂橐集》，曰《瀛洲后集》，

---

① 郑世恭称"雨穗三兄姻大人"，即叶滋纯。中国嘉德国际拍卖有限公司2009年6月28日嘉德四季第十八期拍卖会，LOT1176号拍品《竹石图》扇面。

② 《清代硃卷集成》第六一册，进士叶大琛履历，影印第3-12页。

③ 请参看张杰《清代科举家族》中的归纳(第136-137页)。

曰《得槐轩集》,曰《蜀道集》,曰《江左集》,曰《得槐轩后集》,曰《人扶集》。"[①]

《国朝全闽诗录初集》叶观国条:"字嘉光,号毅庵,闽县人。……官侍读学士,视江西、广西、安徽学政。"此书亦引《注韩居诗话》长文评语:"昔刘知几有云:'史有三长:才、学、识是也。'窃谓诗亦宜然,而识尤不可少。苟无卓识,虽裒成巨帙,不过嘲风弄月之词。譬之过眼烟云,旋灭旋生,亦旋生旋灭,非不朽之盛事也。毅庵先生学力深邃,本其生平所得,发为诗歌,故持论迥超流俗。夫自前明悬房书为标准,而天下不知有文章;颁《大全》于学宫,而天下不知有经术。至于言诗,非惑于严沧浪'诗有别才非关学'一语,即泥于高廷礼初、盛、中、晚之分。溺于所闻,毁所不见,数百年于兹矣,可胜叹哉。先生《秋斋杂诗》有云:'五星聚降娄,宋贤起后来。微言阐性命,窔奥弥恢宏。奈何末俗偏,本末少取裁。烝尝享祖祢,高曾斥不陪。郑笺及贾疏,高阁生尘埃。'又有云:'上乘贵妙悟,科律严且详。使事犯指戒,太尽来谤伤。偶然涉议论,嫌与性情妨。'又有云:'诗家建旗鼓,惑众为大言。中晚不足学,何况宋与元。虎贲虽貌似,不返中郎魂。'云云,皆非俗学所能窥见。"[②]综观之,在《国朝全闽诗录初集》一书中,作者郑杰选叶观国之诗八十二首,仅次于林澍蕃之八十六首(按:林澍蕃诗在卷十九全卷。此外,选侯官郑洛英诗五十首,亦一人一卷),故知叶观国诗歌创作在郑杰心中和清初闽诗发展史上的地位。叶观国其人见列《黄任集·黄任交游人物表》[③],黄任诗不主宋元,叶观国的论诗宗旨有与之相违之处,在主性情之论上有相近之处。叶观国与同时代诗人、乾隆间闽人何逢禧(1724—1769)的论诗主张合拍,偏主学人之诗,以识为高,这一点又与宋诗主理趣的特征接近,也与清初著名批评家叶燮(1627—1703)《原诗》的观点接近。

从《国朝全闽诗录初集》所选叶观国《秋斋暇日抄辑汉魏以来诗作绝句二十首》诸诗来看,叶观国的论诗主张其实在唐、宋诗之间固有取舍,能具只眼,偏向宋诗,对宗唐之论却颇有微词,如:"唐后无诗语太偏,常新日日古今悬。苏黄自有英韶曲,何必咸池叶雅弦。""茶山门下有宗工,萧范犹难与角雄。却怪遗山疏凿手,论诗不及渭南翁。""宏(当作弘。弘治,明孝宗年号)、嘉(嘉靖,明世宗年号)骚雅见班班,二李称雄七子间。早有雌黄分两祖,讥弹宁独在虞山。"[④]这三首诗明显是模仿和反驳宗唐的元好问之《论诗绝句三十首》之作,也对宗唐、宗宋"分两祖"。从诗题观之,叶观国是黄任之友,但叶氏亦与深受黄庭坚诗歌影响、主张骨力的诗人蒋士铨交游,有《送别蒋编修心畬士铨引疾归里》诗。

叶申蔼之孙、叶仪昌之子叶滋森(1823—1883),字与端,晚号补园。咸丰三年(1853)选授仙游县学训导,迁知县,分发江苏,官靖江最久。告疾归,居福州南郊阳崎,构池上草堂。其玉屏山庄藏书五万余卷。治《尔雅》、《说文》,中年簿书填委,聚金石书画以自娱。著有《弟子职疏证》、《池上草堂笔记》、《莼香楼书画识》、《蝠岩仙馆诗稿》。子叶大庄[⑤]。叶滋森系林乔荫弥孙,家藏有谢章铤据此整理的二卷《樾亭杂纂》之稿本三册,尝次第传录林乔荫《三家诗遗说》以俟刊布[⑥]。

叶申万曾孙、叶敬昌之孙、叶云滋五子叶大焯(1840—1901[⑦]),字恂予,一作恂如,一字迪恭。同治七年戊辰(1868)成进士,改庶吉士,十年散馆授编修,累官侍讲学士,充日讲,以诖误失察去官。归,主正谊书院。光绪二十六年庚子(1900),陈宝琛撰《叶恂如同年六十寿序》:"以余与君少同学,长同官,老又同里闬,知君莫如余……余弱冠偕君肄业正谊书院,君在稠人中,退然若不胜,及课艺出,辄冠侪

---

① 同治刊本《福建通志》卷六十七,影印第1382页。

② 《国朝全闽诗录初集》卷十五,第323-324页。

③ 黄任《黄任集·黄任交游人物表》,记录黄任所交游的闽人64人。

④ 《国朝全闽诗录初集》卷十五,第334-335页。

⑤ 闽县郑孝胥与叶氏家族众多人交往密切,具有累世婚姻的关系。《郑孝胥日记》记载曾许八舅翁叶雨芾为其父叶仪昌(季韶)作传(第19页。光绪八年六月廿九日),郑孝胥祖父辈某娶于叶氏;又有"叶二舅"者(《郑孝胥日记》,第22页),是郑孝胥父辈又娶于叶氏;又称叶大久(元恭)为表舅(第36、37页),故叶、郑两姓之间具有复杂的婚姻关系。郑孝胥后来在两江总督幕下又与表叔叶大庄、表兄弟叶在琦交往甚密,俱载《郑孝胥日记》中。前已示郑孝胥叔祖郑世恭为叶滋纯(雨穗)题识。

⑥ 谢章铤《樾亭杂纂序》,《赌棋山庄余集》文集卷二,《清代诗文集汇编》第681册,影印第98-99页。

⑦ 按:叶大焯卒于光绪二十六年庚子(1900)十二月二十六日,该年十一月十一日为公元1901年1月1日。陈昌强《谢章铤年谱简编》记载光绪二十五年己亥(1899)叶大焯六十寿,其子叶在琦请谢章铤撰寿文(载《闽江学院学报》2009年第1期,第48页)。

辈。吾师侯官林先生(林鸿年),性方严,律士必以操履,顾独器君与余。未几,与君同馆选,遂同居京师。……久之,乃约为兄弟。君故与邵同年实孚(邵积诚)同寓,三人者互期勉于澹退、远权利……君之自粤归也,余已家居,村郭相去三十余里,过从之密反不如京居时,然余入城必诣君,旬月不至,则君走函相召,赋诗酌酒,以为笑乐。君天性宽厚,内行纯备,论学主敬敬,与人务诚恕。其主正谊讲席,一准侯官师教士之则,而出以和易,士亦乐之,而不失矩度。"[①]卒后,陈宝琛为作哀诔,谢章铤撰墓志铭。子叶在琦(1866—1907),字乃珪,号肖韩,一作绍韩、少咸[②],号稚愔。光绪十二年丙戌(1886)进士。官翰林院检讨、贵州学政。诗歌祈向在黄庭坚、陈师道处,避流易,尚简练。《近代诗钞》有传及诗。

叶大焯从弟叶大遒[③](1845—1907),字敷恭,号铎人。光绪六年庚辰(1880)成进士,改庶吉士,授编修。简广东高廉钦道,权督粮道,兼三水关监督。李鸿章督粤,调补雷琼,兼琼军统领。尝主正谊书院。娶晋江黄宗汉(1803—1864)之女,杨浚有《代叶敷恭挽岳父黄寿臣制军》。子叶在廷等。

叶滋森长子叶大庄(1844—1898),字临恭,号损庵、损轩、逊父。"少负才名,与陈芸敏并以院试《会昌一品制集序赋》,风檐寸晷,下笔二三千言,为济宁孙莱山学使所赏识。"[④]同治十二年癸酉(1873)举人,援例授内阁中书。湖广总督张之洞权督两江,招叶大庄入幕府,理洋务文案。能诗,自谓赝宋,较其三曾伯祖父叶申蔚酷嗜苏诗者更有过之,推知宋诗的研读和模拟创作在叶氏家族内部传承数代,时长在二百年(十八世纪至二十世纪)上下。喜言考据[⑤],效高邮王氏之学,多破碎不求贯串。按:侯官曾兆鳌娶高邮著名学者王念孙曾孙女、王引之长孙女王如瑛为妻。高邮王氏之学在闽颇有学者追随。叶大庄《仓颉篇》三种未刊入其《写经斋全集》[⑥]。

陈衍《石遗室诗话》对叶大庄颇多好词:"叶损轩郡丞为诗三十年,寝馈于渔洋(王士禛)、樊榭(厉鹗),语多冷隽。梁节庵鼎芬亟称之,刻有《写经斋稿》四卷。余最爱其和先伯兄一绝句云:'敝庐校《礼》稿垂成,同谷羌村梦屡惊。只算寒山寻拾得,一无人处两人行。'时吾闽方有马江之败,损轩方读《礼》,招伯兄避兵陶江。陶江一名阳崎,兄居上崎楞岩,损轩居下崎玉屏山庄,中隔一水,日夕过从。两人外皆田夫野老也。未几,损轩官江南,见实甫(易顺鼎)《魂东》诸集,喜之,顿改故步。《续稿》、《又续稿》,七律诗十居八九,惟求裁对工整,视旧作若出两人矣。"[⑦]叶大庄学诗,从王士禛、厉鹗入,又与陈书、陈宝琛、陈琇莹等过从密切,最后官江南之时,改辙以从易顺鼎,是学宋诗者在宋调内部各支与流裔之间的调整。按:陈衍论前清诗歌两派之外有厉鹗、龚自珍两浙派诗,叶大庄诗作早近乎厉鹗"喜用冷僻故实,而出笔不广"[⑧]之风,继以从易顺鼎而变化。同光体诗人易顺鼎诗作万首[⑨],"学谢、学杜、学韩、学元白,无所不学,无所不似,而以学晚唐者为最佳。后从叶损轩处见其《魂东》、《魂北》各集。古体务为恣肆,无不可说之事,无不可用之典;近体尤惟以裁对鲜新工整为主,则好奇之过,古人所谓君患才多也"。[⑩] 陈衍《石遗室诗话》:"近人樊樊山已届万首,易实甫略相等。"[⑪]《近代诗钞》论曰:"惟樊山始终不改此度,实甫(易顺鼎字实甫、中甫,号哭庵)则屡变其面目,为大小谢,为长庆体,为皮陆,为李贺,为

---

① 陈宝琛《沧趣楼文存》卷上,《沧趣楼诗文集》上册,第 323-324 页。

② 郑孝胥《郑孝胥日记》,第 524 页,叶少咸名下注"绍韩"二字;第 535 页作叶肖韩,并记载叶氏生日在十月廿五日(第 531 页)。按:福州语中,肖、少、绍三字音同,韩、咸二字音同。

③ 根据《清代硃卷集成》第三三九册举人叶在衍履历所载赠官的信息,可以推知叶大遒祖父叶斌昌,父叶源滋,弟叶大烜。叶斌昌、叶胪昌系叶敬昌胞弟(影印第 130、131、134 页)。

④ 陈衍《石遗室诗话》卷五,第五条,《民国诗话丛编》第一册,第 75 页。

⑤ 陈衍《石遗室诗话》卷五,第一条,《民国诗话丛编》第一册,第 73 页。

⑥ 福建师范大学图书馆古籍组《福建地方文献及闽人著述综录》,第 34 页。

⑦ 陈衍《石遗室诗话》卷一,第一四条,《民国诗话丛编》第一册,第 26 页。

⑧ 陈衍《石遗室诗话》卷二,第四条,《民国诗话丛编》第一册,第 48 页。光绪十一年(1885),郑孝胥云"其诗于樊榭为近"(《郑孝胥日记》,第 50 页。时光绪十一年正月廿九日)

⑨ 陈衍《石遗室诗话》卷一,第一八条,《民国诗话丛编》第一册,第 29 页。

⑩ 陈衍《石遗室诗话》卷一,第一三条,《民国诗话丛编》第一册,第 25 页。

⑪ 陈衍《石遗室诗话》卷一,第一八条,《民国诗话丛编》第一册,第 29 页。

卢仝,而风流自赏近于温、李者居多。"[①]创作宏富的樊增祥和易顺鼎二人一时齐名,大得声价。

叶大庄所为诗既习宋人范成大、刘克庄,亦学白居易[②],风致幽秀。《石遗室诗话》:"损轩时时往来吴山浙水间,所为诗心摹力追于石湖、后村。集中《西溪》一卷,最为幽秀。《溪堂闲居六首》之一云:'微波无力不生鳞,却似将春尚未春。只好入诗休入画,画来愁绝水边人。'此即从司马池绝句'冷于陂水淡于秋,远陌初从见渡头。幸是丹青不能画,画来端合一生愁'意来也。损轩尝以诗稿请苏堪去取,苏堪时方为大谢、柳州,颇致微词。旋悔之,因与君书,特举此诗首二句为问云:'足下近来尚能作"微波无力不生鳞"云云否?'君乃释然。"[③]陈衍《石遗室书录》又论云:"初稿(按:指《写经斋诗稿》四卷)损轩自刊,专学樊榭(历鹗),颇长于幽寻,喜用冷隽字、冷僻典,而间近饾饤;《续编》才笔较流利自如,系余代刊于武昌者。"[④]故知叶大庄自刊者与陈衍所代刊者风格不同,亦可推知叶大庄一生其诗歌创作风格有所变化。叶大庄的文章风格在钱谦益、历鹗之间,风格质雅,喜言禅悦[⑤]。

咸丰初,闽大乱,叶滋森迁侯官阳岐(在今福州市仓山区),得以安居避乱。叶大庄筑有玉屏山庄,山庄在叶大庄去世之后转让出手,在乡人严复、力钧、陈衍等人之间辗转易主。民国八年(1919)元旦(旧历戊午年十一月三十日),严复三子严琥与台湾望族板桥林氏之后、陈宝琛外甥女林慕兰在玉屏山庄完婚。

光绪二十七年辛丑(1901),陈宝琛《六月十三日丹曾(沈翊清)肖韩(叶在琦)同舟枉存因访叔伊(陈衍)玉屏山庄有诗征和感念损轩(叶大庄)昔日之游即次其韵并视珍午(张元奇)》诗云:"玉屏山色缭沙步,岂不欲往病未能……写经一去迹如埽,谁信瞥眼成衰兴!当年泛月恣还往,半夜吹火劳溲蒸。汀茫展谑不即枕,倦倚书卧迷鸡蝇。有时觅诗松影底,风际循发双鬅鬙。法门岂能离文字,漫署不二张三乘。无端荷芰自焚裂,出岫冉冉轻云升。葛坨访梅偶维楫,愁见病橘围寒塍。移文招隐付诙笑,宦味那复分淄渑。呜呼墓草今宿矣,虚摭治行铭欧曾。千编手校恐亦尽,上市往往逢签縢。廿年俯仰有如此,世事何限羹齑惩。吾宗诗盟更忍割,老宰巇赤侪聋丞。伯初宰博野。新归有弟昨过我,为话危坂犹凌兢。"[⑥]光绪二十三年(1897),叶大庄任邳州知州,明年以劳瘁卒于邳州任所。此诗对陈宝琛、叶大庄之间的交情、叶大庄的文章事业均有深情的回忆。

叶大焯之子叶在琦(1866—1907),字乃珪,号肖韩、稚愔。与父同官翰林。后任贵州学政、全闽大学堂监督。俊赏林觉民之倜傥,以为林觉民志向高远,必能亡清。叶在琦诗学宋诗人江西黄庭坚、陈师道[⑦]等,力避流易,闭门索诗,诗笔清峭,用思曲至。陈衍谓其"笔意简练,惟结处往往工力不逮"[⑧],诗名与侯官张元奇齐名,惟张元奇对客挥毫,而叶氏诗则从苦吟中来。其事迹载《清诗纪事》,陈衍《近代诗钞》有小传及诗。

叶在琦和父执陈书、陈衍、陈宝琛等前辈诗人交游甚密,在陈宝琛乡居期间唱和甚多。陈宝琛有《十一月十七日天心阁雪中吟集肖韩视长至次韵见怀之作三叠前韵》(1904)诗云:"读君日至作,作我一阳气。君诗妙句法,直逼吾正字。坡谷世则无,朱弦自抗坠。廿年溷闾里,自笑不夷惠。道情任真率,惊俗敢标直。君何笃嗜痂,信我言匪伪。"[⑨]陈宝琛视同乡晚辈叶在琦为学宋诗的同道,以"坡谷世

① 陈衍《近代诗钞》上册,第895页。

② 陈衍《石遗室诗话》云读何振岱《初二日饮姚未僧家醉归》末句"开春二日醉姚家",忆叶大庄《长干里刘氏园与于民官廨甚近冲泥往游》,"此种绝句从香山'后魏帝孙唐宰相,六年七月葬咸阳'、'开元一株柳,长庆二年春'等诗来也。"(卷十五,第八条,第212页)

③ 陈衍《石遗室诗话》卷五,第五条,《民国诗话丛编》第一册,第75页。

④ 民国《福建通志》总卷二十五,《福建艺文志》卷六十六,第二十四页,引。

⑤ 同上注。

⑥ 陈宝琛《六月十三日丹曾肖韩(叶在琦)同舟枉存因访叔伊玉屏山庄有诗征和感念损轩昔日之游即次其韵并视珍午》,《沧趣楼诗集》卷二,《沧趣楼诗文集》上册,第45页。

⑦ 民国《福建通志》总卷二十五,《福建艺文志》卷六十六,第二十七页,引陈衍《石遗室书录》。

⑧ 陈衍《近代诗钞》中册,第1411页。

⑨ 陈宝琛《十一月十七日天心阁雪中吟集肖韩视长至次韵见怀之作三叠前韵》,《沧趣楼诗集》卷三,《沧趣楼诗文集》上册,第71页。

则无”,无须逊让苏轼、黄庭坚式的巨匠,给予叶在琦的诗歌创作成就相当高的评价。其甥郭则涛(舜卿)诗酷似叶在琦。民国间,郭则涛诗歌创作才力渐肆,旁参内典,有透过语[①]。

叶大焯长女叶慧蕴,适侯官郭柏苍之孙,为郭白阳祖母。叶大焯之孙叶于沆,系近代藏书家。

叶氏家族前辈作者中,叶申芗是一位重要的词人。叶申芗(1780—1842[②]),字维彧(一作维郁)、其园,号小庚。嘉庆十四年(1809)进士,改庶吉士。散馆外放云南知县,官至河南府知府兼护河陕汝道,积劳以卒于官。子叶时昌、叶景昌、叶昺昌、叶旭昌,孙叶滋沅、叶滋瀚、叶滋淦、叶滋润、叶滋澜、叶滋颖等。“生平勤于学问,工为俪体,尤耽有韵之文。”[③]是嘉庆、道光以来闽中词坛的重要作者。卢美松先生以为:“嘉道间,叶申芗秀出群伦,开启晚清闽中词学之先河;咸、同时,谢章铤结社宣导,民国间林葆恒承先继踵。百余年间,重振旗鼓,将消歇七百年之久的闽中词学推向新高峰。”[④]叶申芗尝辑著《闽词钞》四卷,辑元代以前闽籍词人61家,选词千余首,道光十四年(1834)刻本。梁章钜撰《河南府知府叶公墓志铭》。

叶申芗亦为林葆恒《闽词征》卷四所录。谢章铤《赌棋山庄词话》颇为推挹叶申芗的贡献。该书“叶小庚词”条:“(小庚词)艳情当家,虽未比芳彭十(彭孙遹),庾公南楼,亦兴复不浅矣。小庚辑《本事词》,自序云:‘凡兹丽制,问何事以干卿。偶辑艳闻,正钟情之在我。’又云:‘仆也颠比柘枝,痴同竹屋,癖既耽乎绮语,赋更慕乎闲情。’吴县石敦夫同福谓小庚学苏、辛,多豪语。小庚示以《手炉脚炉调》、《蓦溪山》二阕,谓苏、辛亦有艳体,非不能也。然则小庚何尝不步韩偓之尘而作广平之赋乎!其自题词集云:‘且喜拈来无绮语,差慰平生。’”[⑤]据此,叶申芗的词作兼有婉约、艳丽和豪放的风格。陈衍以为叶申芗之词宗北宋,亦不专学苏、辛[⑥]之豪放。

叶申芗之子号霁亭者,与张际亮为友。道光二十一年(1841),张际亮作《叶氏园亭诗》三首[⑦]。

叶申芗之孙叶滋沅,字辰溪,为谢章铤、林直友,亦善填词。林直有《叶辰溪以近诗见示》:“建安才调数曹徐,太息奇篇众不如。”[⑧]叶氏诸词人叶大庄、叶大焯、叶滋沅(叶申芗长孙)等人均与谢章铤交好。

叶氏家族与福州城内诸多家族联姻,使其家族历数世而愈加强盛。叶观国四女,分别适林天椿、周大宾、张经邦、魏思源;叶敬昌娶举人、学者李大瑛(秋潭)之女;叶申万五女,第二女适藏书家陈徵芝(兰邻)次子陈延诠,第三女适林春溥三子林懋熊,有一女适林则徐次子林聪彝,而林则徐八妹适叶申芗之子叶预昌;叶申苞之女适通贤龚福康,生龚梅岩[⑨],龚梅岩于叶修昌、叶仪昌为外甥[⑩],善八法。据《清代硃卷集成》中曾宗彦的会试履历所载资料,侯官曾氏与邱氏联姻,曾宗彦之母邱氏,系邱音越胞侄孙女,邱翰元女,邱庆麟、邱庆骝胞妹,邱庆驺、邱庆騄胞姊,邱书勋、邱铭勋胞姑。叶氏亦与邱氏多次联姻,已见前注引杨浚代作之《叶协恭(叶大同)孝廉太母五十寿序》、《叶敷恭(大遒)孝廉祖母八十寿序》,以故与曾氏亦为姻亲。叶观国曾孙叶云滋(叶在衍祖父)娶邱氏,邱氏系邱凌云孙女,邱恒春之女;叶云滋之子叶大泳娶郭氏(郭问琴),郭氏系郭阶三孙女,郭柏苍次女,郭溶胞妹,郭式昌、郭元昌、

---

① 陈衍《石遗室诗话续编》卷一,第四十六条,第497页。

② 按:林则徐于道光二十二年六月中旬途次西安撰《致叶念珊昆仲》书信(《林则徐全集》第七册,第294-295页),此信寄叶申芗之子叶念珊、叶庚孙。

③ 梁章钜《河南府知府叶公墓志铭》,《退庵文存》,《清代诗文集汇编》第515册,影印第369页。

④ 卢美松《出版前言》,《闽词钞 闽词征》之《丛书前言》第5页。

⑤ 谢章铤《赌棋山庄词话》卷四,刘荣平《赌棋山庄词话校注》,第97页。

⑥ 民国《福建通志》总卷二十五,《福建艺文志》卷七十二,引陈衍《石遗室书录》。

⑦ 张际亮《思伯子堂诗集》卷二十九,《清代诗文集汇编》第601册,影印第343页。

⑧ 林直《壮悔堂诗初稿》卷六,原第一、二页,《清代诗文集汇编》第703册,影印第578页。

⑨ 《福州通贤龚氏支谱》记载龚氏十七世是字行龚福康,“配叶夫人,知县申苞女”,“子六”,其中龚溶孙、龚耀孙、龚杲孙、龚鐄孙、龚培孙,“叶夫人生”(影印第273页)。

⑩ 张际亮《芗溪招同少香莲卿及其弟子龚梅岩集龚氏园亭少香即席有诗索次韵四首》,《思伯子堂诗集》卷二十九,第1156页。上海古籍出版社2007年版。按:组诗第四首第六句“陈诗感渭阳”下自注:“主人荀卿甥也。”叶修昌,字荀卿。

郭调昌、郭绩昌、郭兆昌、郭事昌、郭名昌、郭传昌、郭赞昌堂姊妹;叶在衍娶梁氏,梁氏系梁少怀孙女,梁述昌本生孙女,梁翼辰长女,梁松辰、梁书辰、梁奎辰侄女,梁镛年、梁柱年、梁桂年、梁焯年、梁泰年胞姊,梁颐年、梁辉年堂姊①。

叶氏自叶观国起家进士,累世科举,并以多人入官翰林著称,退居乡里则以讲学授徒、作养人才为己任。其家族诗歌创作多从宋人,能填词者亦多,形成家学。

## No. 147　长乐刘永标家族

刘永标:《盥白斋诗钞》(同治刊本《福建通志》卷六十九。民国《长乐县志》、民国《福建通志·文苑传》刘永标传作四卷。柯愈春《清人诗文集总目提要》第940页著录四卷,道光八年刻本,中山大学图书馆藏)、《盥白斋集》(陈世镕《福州西湖宛在堂诗龛征录》)、《盥白斋诗》(民国《福建通志》总卷二十五,《福建艺文志》卷六十五)、《盥白斋稿》(陈衍《石遗室诗话》卷二十一,第十三条,注)、《盥白斋诗钞》三卷(清钞本,福建省图书馆藏。柯愈春《清人诗文集总目提要》第940页)

刘永树(刘永标弟):《诗经集说》八卷(民国《福建通志》总卷二十五,《福建艺文志》卷四)、《吉光初集》(乾隆刻本。李灵年等《清人别集总目》第522页)

刘建枢:《九一山房稿》(民国《长乐县志》刘永标传。《艺文志》作刘建区,误)

刘建藩:《东圃文稿》(同治刊本《福建通志》卷六十九)

刘建庚:《有不为斋诗集》、《有不为斋文稿》(同治刊本《福建通志》卷六十九)、《有不为斋诗文集》(民国《长乐县志》卷十九《艺文志》)、《争秋馆诗钞》四卷(清铅印本,《续修四库全书》著录。柯愈春《清人诗文集总目提要》第1414页)

刘建韶:《宜兰室集》(民国《长乐县志》卷十九《艺文志》)、《宜兰室制义》(卢前《八股文小史》。林则徐撰《刘闻石制艺序》,《云左山房文钞》原稿卷三)

刘德威:《霁岩文稿》(民国《长乐县志》卷十九《艺文志》)、《周官辨非》(民国《长乐县志》刘永标传)

郑琮诏(刘建韶甥):《临文敬避》(光绪四年刻本)

**谨按**:长乐刘氏家族迁居福州,与陈寿祺旧居比邻:"余(陈寿祺)旧居城东,邻唐琅琊王祠之左,西距百余弓,为化民里委巷。折而北,又折而东,长乐六刘氏故宅在焉。"陈寿祺后来移居黄巷,早年与刘永标之弟刘永树(荫苍)、叔子刘建枢(克中)同为孟超然门下士,及陈寿祺主鳌峰书院,刘永标之子刘建韶(克和)、刘建庚(克长)又从游陈氏门下②。

刘永标,乾隆丁未(五十二年,1787)进士,是长乐刘氏家族在科举、学术和文学创作上崛起的中坚人物。传见同治刊本《福建通志·良吏传》等。民国《长乐县志》刘永标传:"字良瑞,一字次北。父廷举,安贫力学,笃行工文。由二刘村迁会城,家焉。永标少承家学,与弟永树并擅文名,有二难之誉。……嘉庆四年(1799)补款已足,遂引疾归,卒于家。生平喜为诗。著有《盥白斋集》四卷。作令后,遂辍弗为。陈寿祺太史序之曰:'人或废吏事而溺于诗,君则辍诗而勤于吏事,为何若也。'子建枢③,乾隆戊申(五十三年,1788)举人,著有《九一山房稿》;建藩,嘉庆辛酉(六年,1801)举人,有《东圃文稿》行世;建庚、建韶,乙酉(道光五年,1825)、乙未(道光十五年,1835)同登乡、会榜,建庚著有《有不为斋诗钞》,建韶著有《宜兰室集》。孙德威,道光辛卯(十一年,1831)举人,尤深经学,著有《周官辨非》

① 《清代硃卷集成》第三三九册,举人叶在衍履历,影印第134-138页。按:此梁氏当是长乐梁章钜家族旁支,梁章钜胞兄名梁际昌,梁章钜子、孙两代分别是辰、年字辈。

② 陈寿祺《盥白斋诗序》,《左海文集》卷六,《清代诗文集汇编》第499册,影印第299页。

③ 按:民国《福建通志·文苑传》刘永标传一作建区(总卷三十九,《福建文苑传(清二)》卷八,第十四页)。

及《霁岩文稿》。累世缥缃，各有著述。省城称家学者，首推刘氏云。"[①]按：朱仕琇撰《题刘君自貌先人像后》，应刘永标之请，为其祖父、刘廷举之父际斋先生作，称"君（刘廷举）敦尚古道而健于文，永标又益沉潜六艺，襮之以诗章，其所以大先人之志而流芳泽者，绳绳未艾"[②]。刘永标著有《盥白斋诗》，陈寿祺为之撰序，以为其诗风格苍深、镵刻、独造，近于少陵，五言近体善于状难写之景，达难显之情，才情坌涌，清健可诵。与林芳（竹佃）、郑洛英（西瀍）、郑涵山等十人往返唱和，诗才上下相角[③]。《雁门萨氏家谱》所录陈寿祺《白华楼诗序》以为刘永标、郑洛英、郑振图、林茂春、萨玉衡为近代闽中诗坛之最[④]。

张际亮以为刘永标与永福黄任、闽县萨玉衡、闽县陈登龙等诗才与晚明福州府诗人曹学佺、谢肇淛、徐𤊹相匹亚[⑤]。

刘永标弟刘永树，字良珍，一字荫苍。乾隆六十年乙卯(1795)举人。同治刊本《福建通志》周秉礼传："周秉礼，字立岩。诸生。与魏瑛、郑超、陈天文、刘永树为梅庄五友[⑥]。……瑛，字述臻，一字耕蓝。乾隆甲午举人，署浙江衢州通判、吉安知县。超，字在谦。乾隆己亥举人。天文，字贤开，闽县人。究心程朱之学，绝意仕进。……嘉庆元年举孝廉方正，搢绅以天文应，辞。及卒，私谥曰孝洁先生。"[⑦]按：周秉礼，字克章，字立岩，晚号环江。侯官人[⑧]。刘建藩之子刘德威，字敦武，一字霁岩，深邃经学；另一子刘德瑛，字敦宽，一字少冈，道光二十六年丙午(1846)举人。按：刘建枢，民国《长乐县志》卷十四上《选举上》举人题名作刘建区，注："字克中，一字借村。永标子。"[⑨]

按：刘永标之父刘廷举，见《桐城文学渊源撰述考》："子永标……宅心和厚，诗文尔雅，尤精数理诸朴学。父子均师事沈廷芳，受古文法。《隐拙斋集》。"[⑩]沈廷芳，字畹叔，浙江仁和人。官至山东按察使，受诗法于查慎行兄弟，受古文法于方苞，尽得方苞之传。沈廷芳以方氏家法以抗时人沉博绝艳之文，文风枯而腴，淡而旨，大雅中具有神情。尝主鳌峰、端溪、乐仪、敬敷、粤秀等书院讲席[⑪]。

刘永标五子：刘建衡、刘建枢、刘建藩、刘建庚、刘建韶，皆以文章名世，形成家学，与世俗殊绝[⑫]。刘建藩，字克方，号东圃。乾隆间诸生。嘉庆辛酉（六年，1801）举人。人称金玉君子。同治刊本《福建通志》著录刘建庚两种著作，小字注："建庚，字克长，号西堂。行八。道光乙未（十五年，1835）进士。按：西堂，盥白斋诗人永标季子也。弟兄五人皆以文章名世，西堂独耽吟嗜饮，日徜徉于诗坛酒垒间，捧檄粤东非其志也，卒以此忤当事意，罢官归。谢客闭关，吟咏自适，所造弥上。读其集者，皆以为家学真传云。"[⑬]刘建庚《争秋馆诗钞》有高澍然、张际亮的评价，张氏以为其人亢爽磊砢，其诗如大山老林苍坚疏奥，气骨伟然独出[⑭]。道光十年(1830)，张际亮作有《八月八日校西堂同年诗竟缀此于后》[⑮]。

---

① 民国《长乐县志》卷二十四，原第二十四、二十五页，影印第479页。

② 朱仕琇《梅崖居士外集》卷一，《清代诗文集汇编》第336册，影印第510页。

③ 民国《福建通志》总卷二十五，《福建艺文志》卷六十五，第二十二页。引陈寿祺《左海文集》卷六《盥白斋诗序》语。

④ 《雁门萨氏家谱》卷三，原刻第十八页，《北京图书馆藏家谱丛刊》闽粤侨乡卷第49册，影印第726页。此序又见于萨玉衡《白华楼诗钞》卷首（《清代诗文集汇编》第484册，影印第552页），但是《左海文集》卷六《萨檀河白华楼诗钞序》无刘永标（《清代诗文集汇编》第499册，影印第283页）。

⑤ 张际亮《梅月山楼诗序》，《张亨甫文集》卷一，《清代诗文集汇编》第601册，影印第406页。

⑥ 根据陈寿祺《隐屏山人传》，其师周秉礼系梅社七子之一（《左海文集》卷九，《清代诗文集汇编》第499册，影印第378页），故知梅社七子亦一社集。

⑦ 同治刊本《福建通志》卷二百四十一，原第三十一、三十二页，影印第4355-4356页。

⑧ 民国《福建通志》总卷四十，《福建儒行传》卷五，周秉礼传，原第十九页。

⑨ 民国《长乐县志》卷十四上，《选举志上》，原第六十六页，影印第231页。

⑩ 刘声木《桐城文学渊源撰述考》卷二，第132页。

⑪ 刘声木《桐城文学渊源撰述考》卷二，第110页，沈廷芳条及补遗。

⑫ 张际亮《刘西堂诗序》，《张亨甫文集》卷二，《清代诗文集汇编》第601册，影印第411页。

⑬ 同治刊本《福建通志》卷六十九，影印第1411页。

⑭ 民国《福建通志》总卷二十五，《福建艺文志》卷六十六，第十七页，引张际亮《刘西堂诗序》（《张亨甫文集》卷二）。张、刘订交于道光四年甲申(1824)夏。

⑮ 张际亮《思伯子堂诗集》卷十二，《清代诗文集汇编》第601册，影印第134页。

刘建庚卒于道光二十一年(1841),张际亮《叶氏园亭诗》第三首句中注:"今年春,西堂又卒矣。"[①]刘建韶,字克和,一字闻石。行十二。历署陕西兴安、榆林知府。据林则徐《刘闻石制艺序》,刘建韶尝与林则徐之弟林霈霖为协社文会,里中高才生多与焉,道光七年(1827)馆于林则徐家。林则徐评价刘建韶的八股文,以为"君独不名一家,而奄有众妙,大致以魄力胜,以兴会胜,以上下古今崇论闳议胜,而亦有朴实谈理、冲淡取韵者,云霞卷舒,水流花开,又极文境之变焉"。"君于理法、才气、风格、神情,无美弗备","洵能合有明、国朝诸作者而镕冶之,犹作诗者不必沾沾为唐为宋,而激宕陶写,自有吾之性情,与古人相为颉颃也"。[②] 林则徐与刘建韶之间的交谊直至林则徐去世前,达二十余年。道光二十九年(1849)五月,林则徐在昆明云贵总督任上犹作《致刘建韶》长信[③]。林则徐致刘建韶书信多念及其兄刘建庚,刘建庚即信中所称八兄、西堂、西堂八兄者。

本邑郑元模之室人刘氏,系刘永标孙女,刘建藩三女,刘建衡、刘建区(枢)、刘建庚、刘建韶胞侄女,刘德威、刘德戴胞妹,刘德瑛胞姊。闽县郑琼诏(1813—1862),其母怜其体弱多病,不令读。游舅氏刘建韶家,舅氏试以架上书,观辄能诵,遂受业焉。道光二十年(1840)登第,成进士,累官侍讲学士、侍读学士,教习庶吉士[④]。

## No.148 长乐王元麟家族

王元麟:《秋江集注》六卷(道光二十三年东山家塾刻本。民国《长乐县志·艺文志》题《秋江集注释》)

王溱:《韵学指南》、《福鼎方言》、《左赋》、《四书笔记》、《诗释人》、《说文音声谱》、《文选音韵》、《经典释文校证》(民国《长乐县志》卷二十五本传)、《足雨宧诗钞》[⑤]四卷(同治六年刻本,南京图书馆藏,李灵年等《清人别集总目》第76页。余潜士《王成旗足雨宧诗稿序》作《足雨宧诗稿》)、《足雨簃诗钞》一卷(钞本,福建省图书馆藏。《清人别集总目》第76页)

**谨按:**根据民国《长乐县志》卷十四下《选举志下·封赠》的记载,王元麟系王维冋之子。王元麟,字伯瑞,一字芝田。寄居闽县后屿[⑥]。传见民国《长乐县志·文苑传》:"乾隆丁酉(四十二年,1777)拔贡。性嗜古,熟《左氏传》。督学吉梦熊赏其文。……喜诵永福黄任诗,为之撰注,广证旁搜,屡易稿,数十年始成书,一生精力毕粹于此。今所行《秋江集注》是也。晚选松溪教谕,未几致仕归。卒年九十。子亨柽,嘉庆戊寅举人。"[⑦]据年家子龚文龄所述,王元麟年七十始为训导,里居二十年而卒,二子:王亨柽、王亨椐。王元麟《秋江集注》卷端有"男亨柽春屿参订"字样,盖王氏父子均能诗。

王元麟之子王亨柽,系嘉庆二十三年戊寅(1818)福建乡试举人。《秋江集注》前有苏廷玉序及自序,后有《芝田先生家传》及王有树跋。《秋江集注》六卷为民国《福建通志》著录,引陈衍《石遗室书录》:"此集与《香草斋诗》小有出入,《香草斋》每卷较多数首,《香草斋注》太简,出处多不载书名,此注较详。"[⑧]

据《秋江集》卷后署名"侄孙溱成旗、孙男志苏文海、廷琨玉川仝校",知王溱系王元麟侄孙。王溱传见民国《长乐县志·文苑传》:"字利杰,一字成旗。嘉庆癸酉(十八年,1813)拔贡,己卯(二十四年,1819)举人,大挑知县,改补福鼎训导。少工诗,精楷法,谢征君曦奇赏之,妻以女孙。及司训于福鼎,

① 同上书,卷二十九,影印第343页。
② 林则徐《林则徐全集》第五册,第391-392页。
③ 林则徐《林则徐全集》第八册,第408-410页。
④ 民国《福建通志》总卷三十四,《福建列传(清八)》卷三十九,郑琼诏传,第二十六页。
⑤ 柯愈春《清人诗文集总目提要》著录此集两种:清钞本,一卷,福建省图书馆藏;同治六年刻本,四卷,南京图书馆藏(第1348页)。
⑥ 民国《长乐县志》卷十四上,原第九十一页,影印第243页。
⑦ 民国《长乐县志》卷二十五,原第十、十一页,影印第490页。
⑧ 民国《福建通志》总卷二十五,《福建艺文志》卷六十四,第二十五页。

喜奖才隽……著有《韵学指南》、《足雨宦诗钞》、《福鼎方言》、《左赋》行于世；其未梓者，《四书笔记》、《诗释人》、《说文音声谱》、《文选音韵》、《经典释文校证》。年六十四卒。子锡桐。”[①]王溱对音韵学多有论著，是一位乾嘉考据学学者。王廷琨，咸丰八年(1858)附贡生。

嘉庆十六年辛未(1811)，余潜士与王溱订交，相交近四十年。余潜士为撰《王成旟足雨宦诗稿序》[②]，于其生平知之甚悉。王溱亦林则徐之友，道光十一年(1831)左右，林则徐尝随信赠钱八贯，资助刷印之需。

## No. 149　长乐杨元挺家族

杨元挺：《学庸正宗》、《杨于岩诗文集》、《古文评本》(同治刊本《福建通志》卷六十九)

杨文奎：《西汉文评选》(民国《长乐县志》卷十四上《选举上》贡生题名下注)

**谨按：**长乐杨元挺，字永哲，号于岳。康熙间诸生[③]。子杨文奎，字贻远。乾隆十六年辛未(1751)贡生。著有《西汉文评选》。[④]

明末清初，闽中文学创作旧有推崇秦汉文章，宗旨近前明七子派阵营的作家。如雍正乙卯(十三年，1735)附贡生陈奇铣，“居林下十余年，足不出户庭，唯怡情诗、字。字学二王，诗近七子。”[⑤]

## No. 150　长乐林琼蕤家族

林琼蕤：《兰瑞堂文稿》(民国《长乐县志》卷十九《艺文志》题作《兰瑞堂稿》)、《四书说解》、《唐诗直解》、《左传评注》(民国《长乐县志》卷二十四《循绩传》本传)

**谨按：**长乐林琼蕤、林振采父子俱成进士。林琼蕤传见民国《长乐县志・循绩传》：“字光可，一字郎山。壶井人。父嗣荣，字斯献。尝谓族人曰：‘吾族以海为田，不如以土为田也。’捐斥地四百余亩，与从孙申甫筑三塘，计垦田三千亩。……雍正庚戌(八年，1730)，琼蕤成进士，以亲老不赴选。丁内外艰，哀毁尽礼。服阕，授直隶高阳知县。……在任四年，宽严互济，尤以课士为己任。以老疾乞休，归装惟图书数簏而已。年七十余，犹手不释卷。卒于家。著《兰瑞堂文稿》、《四书说解》、《唐诗直解》、《左传评注》。”[⑥]从林嗣荣以来，其家富有赀财，至林琼蕤之时转为舌耕业儒，两代之间皆有成就，在科举和文学创作上都有显著的成绩，长乐林氏成为著名的藏书家，林琼蕤积书至十余万卷。据民国《长乐县志・文苑传》陈永书传，陈永书与黄典、林琼蕤相友善，游学会城，时称吴航三才子[⑦]。

林琼蕤妻陈氏传见民国《长乐县志・贤媛传》：“十四都(陈)汉章女。性孝友，通诗史。章爱之，不轻许人。年二十一，适琼蕤。家贫勤读，屡空晏如。”[⑧]

林振采传见民国《长乐县志・文苑传》：“字九苞，一字仪九。乾隆九年癸未会魁[⑨]。父琼蕤，宦橐

---

① 民国《长乐县志》卷二十五，原第十三、十四页，影印第491-492页。

② 余潜士《余潜士全集》，第104-105页。

③ 同治刊本《福建通志》卷六十九，影印第1411页。

④ 民国《长乐县志》卷十四上，《选举志上》，贡生，原第九十页，影印第243页。

⑤ 民国《长乐县志》卷二十五《文苑传》，原第九页，影印第489页。

⑥ 民国《长乐县志》卷二十四，原第二十页，影印第477页。

⑦ 民国《长乐县志》卷二十五，原第八页，影印第489页。

⑧ 民国《长乐县志》卷二十九下，原第二十九页，影印第596页。

⑨ 按：林振采系乾隆二十八年(1763)癸未科进士，从会魁抑至三甲进士(《明清进士是三名碑录索引》，第2733页)。民国《长乐县志》误。

无长物,惟积书十数万卷。振采与兄振品尽读家所藏书,淹通贯串,探其源流,穷其奥蕴,下笔沛然,如决江河,一时名宿如郑天锦、张甄陶皆折节与交。邑令贺世骏聘修县志。身后所有著述散佚无存,嗜古者慕其学博才高而慨其后不传也。胞侄观曾,字述谦,一字省吾。性豪饮,书学怀素,得其神妙,年七十八以诸生老,后亦无传。"①

林振采之兄林振品,字久位,一字梅庄。乾隆三年戊午(1738)科举人中式,七年壬戌(1742)成明通进士,官宁德、安溪教谕。按:"明通进士"非清代常科、恩科所取士,乾隆间特设"明通榜"。乾隆七年壬戌榜正取进士题名未见林振品。

## No.151 长乐郑翡家族

郑翡:《谷远堂诗删》二卷(民国《长乐县志》卷十九《艺文志》)、《谷远堂诗》二卷(同治刊本《福建通志》卷六十八、民国《闽侯县志》卷四八《侯官艺文志》)

郑晃:《华胥内外集》二卷、《拜石山房近草》一卷、《偶笔诗集》二卷、《藏山堂诗集》一卷、《秋心集》、《狴犴晨钟》一卷(民国《长乐县志》卷十九《艺文志》)、《粤东文诰》、《拜石山房近草诗集》一卷、《偶笔诗集》二卷、《秋心集》一卷(同治刊本《福建通志》卷六十八、民国《闽侯县志》卷四八《侯官艺文志》)、《拜石堂诗集》、《粤东文诰集》、《二瞻真稿》(民国《长乐县志》卷二十四本传)

**谨按**:同治刊本《福建通志》卷六十八侯官县《经籍志》著录郑晃的七种著作,但是郑晃本人原籍长乐县。根据民国《长乐县志》卷十四下《选举志下·封赠》的记载:"郑翡,以子晃封朝议大夫。"②按:推恩制度,存者称封,殁者称赠。郑翡得其子郑晃朝议大夫之封官,据郑晃于康熙二十六年丁卯(1687)举人中式、三十三年甲戌(1694)成进士的时间推算,其父郑翡系明末清初人。

民国《长乐县志》卷十九《艺文志》集部先后著录了郑晃和郑翡的著作,一在第十三页,一在第十四页,伦序、年代颠倒。

郑晃传见同治刊本《福建通志·良吏传》。民国《长乐县志·循绩传》郑晃本传:"字子伟,一字二瞻。二十都人,籍浦城。康熙甲戌进士。授郧县知县。……入为刑部主事,迁员外郎、礼部郎中,出为广东提学副使。五载,寸长必录。事竣归里。卒年七十二。著有《藏山堂集》、《狴犴晨钟》、《拜石堂诗集》、《华胥内外集》、《偶笔诗集》、《粤东文诰集》、《秋心集》、《二瞻真稿》。"③据此传,则知郑氏从长乐迁侯官,籍建宁府浦城。

## No.152 长乐吴日来家族

吴道来:《郰城百咏》(同治刊本《福建通志》卷六十八、民国《闽侯县志》卷四八《侯官艺文志》)

吴士宏:《楚行杂吟》、《对山存草》(同治刊本《福建通志》卷六十八、民国《闽侯县志》卷四八《侯官艺文志》)

吴九叙:《瞻侯诗稿》(同治刊本《福建通志》卷六十八)、《芝山诗稿》、《时文》、《近稿》(龚一发《书吴剑虹传后》,《福州通贤龚氏支谱》,北京图书馆藏家谱丛刊·闽粤侨乡卷第18册,影印第532页)、(修)《永安县志》十卷首一卷续志十卷(雍正十年纂,道光十三年刊本)

吴文焕:《剑虹初稿》、《剑虹续稿》④(同治刊本《福建通志》卷六十九)、《剑虹诗稿》(《国朝全闽诗录

---

① 民国《长乐县志》卷二十五,原第九页,影印第489页。

② 民国《长乐县志》卷十四下,《选举志下》,原第三十一页,影印第270页。

③ 民国《长乐县志》卷二十四,原第十九页,影印第476页。

④ 柯愈春《清人诗文集总目提要》著录《剑虹稿》八卷,分《剑虹初稿》四卷、《续稿》四卷,清刻本(第527页)。

初集》续集卷五吴文焕条)

吴应造:《海录碎事钞》(同治刊本《福建通志》卷六十九。施懿琳、廖美玉《台湾古典文学大事年表·明清篇》第165页作《海录碎事》)

**谨按**:长乐吴日来家族起家于明末清初。吴氏后裔散居会城,寄籍闽县、侯官、福清等县。

吴日来,字子近,一字海源。原籍长乐十二都人。民国《福建通志》本传作侯官人,好学能文章,于书无所不窥①。民国《长乐县志·循绩传》吴晀传:"幼岐嶷,与弟道来亭亭玉立,有云间二陵之称。以前明副贡生授江夏知县。……卒年六十。子士宏,传别见。"②

吴士宏传见民国《长乐县志·节概传》:"字喈士。父日来,见《循绩传》。士宏,康熙壬子(十一年,1672)举人。耿逆变作,士宏偕蒋桓(按:当作垣③)、陈学夔④弃家遁迹橘园洲。三年中,逻骑遝至,誓死不屈。逆平,授连城教谕,改永安,擢知彭泽县。……解组归,卒年七十。著有《对山诗文集》。祀郡忠义祠。子九如、九叙、文焕均另有传。"⑤同治刊本《福建通志》以吴士宏为侯官人,字本充,传附其父吴日来《忠节传》⑥。

吴士宏子吴九如,字质侯,邑诸生。传见民国《长乐县志·孝弟传》,传称其博学能文⑦。吴九叙,字瞻侯,吴文焕兄、闽县龚嵘之婿。雍正甲辰(二年,1724)举人。《国朝全闽诗录初集》吴九叙条:"士宏子,文焕兄,日来孙。雍正二年甲辰(1724)举人。"⑧民国《长乐县志·艺文志》本传:"兄弟自相师友,足迹所至,名流皆倒屣,尤工诗古文辞,书法亦妙一时。公车八上,数奇不遇,以疾卒京邸,士论惜焉。"⑨

吴士宏之子、吴九叙之弟吴文焕,风流倜傥,才华艳发,时人以为晋阮咸、宋石曼卿之流亚。民国《长乐县志·名臣传》吴文焕传:"字观侯,一字剑虹。父士宏,见《节概传》。康熙甲午(五十三年,1714)文焕以五经举于乡,辛丑(六十年,1721)进士殿试第二人,授编修。……乞假归,家居十载,无宦情,与兄弟犹子辈日评论诗、古文辞。雍正四年(1726)补原官,十年典试陕西。……翰林院落成,赐宴瀛台,预赋柏梁体诗,又和御制七律八首,称旨。年未六十,谢病归,卒于家。文焕居台谏,刚正不挠。……诗豪爽,近苏、陆,建宁郑方坤采入《诗钞》。"⑩同治刊本《福建通志》著录其著作,引郑方坤《国朝诗钞小传》:"观侯落拓不羁,喜读书,性耽酒。……诗最豪爽,大致于苏、陆为近。吾乡比户能吟,群奉林膳部(林鸿)、高典籍(高棅)为鼻祖,声调圆融,如所称晋安风雅者。剑虹辞而辟之,独标雅健,盘空硬语,杰出于柔筋脆骨之间,固未易为一二俗人言也。有句云'欲觅相知定文者,近来沈韵比江花',盖指同里江尔熙暨同年沈珊友而言。余辄就箧衍所藏录数十首,窃自比于江、沈之列。"⑪吴士宏是雍正、乾隆年间学苏轼、陆游的诗人,而其子吴文焕之诗"最豪爽,大致于苏、陆为近"⑫,亦能世其家,"家

① 民国《福建通志》总卷三十六,《福建循吏传(清一)》卷十一,吴士宏传,原第二十二页。

② 民国《长乐县志》卷二十四,原第十六页,影印第475页。

③ 按:蒋垣,字用崇。侯官人。康熙十一年壬子(1672)举人。蒋垣等人逃匿橘园洲,约李天然等谋内应,事泄,李天然等十三人被害,蒋垣遁免(民国《福建通志》总卷三十六,《福建循吏传(清一)》卷十一,蒋垣传,原第二十三页)。

④ 陈学夔,字解人、解庵。侯官人。康熙八年己酉(1669)举人。传见民国《福建通志·福建儒行传》卷五。已见本书。

⑤ 民国《长乐县志》卷二十六,原第十五页,影印第501页。

⑥ 同治刊本《福建通志》卷六十八,影印第1395页。

⑦ 民国《长乐县志》卷二十六,原第二十二页,影印第505页。

⑧ 《国朝全闽诗录初集》续集卷八,《全闽诗录》第五册,第638页。

⑨ 民国《长乐县志》卷二十五,原第八页,影印第489页。

⑩ 民国《长乐县志》卷二十三,原第四十三、四十四页,影印第462页。按:此传较诸同治刊本《福建通志》卷二百三十九《文苑传》本传更为详尽。

⑪ 同治刊本《福建通志》卷六十九,影印第1411页。

⑫ 民国《福建通志》总卷三十九,《福建文苑传(清一)》卷七,吴文焕传,原第二十八页。

学渊源雅自珍”[①],“独标雅健,盘空硬语,杰出于柔筋脆骨之间”,于晋安风雅“声调圆融”之外另辟诗歌创作的蹊径。

《国朝全闽诗录初集》吴文焕条:“字观侯,号剑虹,长乐人。康熙六十年辛丑榜眼,官监察御史。有《剑虹诗稿》。”引郑杰《注韩居诗话》:“先生性耽酒,好读书,居官非其所怀。故虽登鼎甲,历仕宦,贫困如布衣。卒之日,囊无一文,萧然可怜。全稿散佚,兹向其后人录出数首。”[②]

闽县龚一发撰有《书吴剑虹(吴文焕)传后》。略曰:“长乐籍,寓福州南营。甲午举于乡,辛丑第二人及第。旋假归家食者久之。再入史馆,改部曹,除御史,以病乞休。剑虹落拓不羁,喜读书,性尤耽酒。……土木形骸,似无意于当世,然当夫酒酣耳热,辄发泄其胸中块垒,阮仲容、石曼卿之流也。诗最豪爽,大致于苏、陆为近。……托钵浙西,得病,舁归,抵家不数日卒。”[③]林佶有《吴剑虹翰编以新集属予评定予未敢承又未敢虚其承问之意因掇所闻绪论答之》五首,有“好是西涯怀麓体,主持台阁挽斯文”、“绝无凡艳绕毫间,雅有新奇染翰班。味取昌黎清颖句”、“溯从《文选》逮全唐,苏陆朱杨总大方”、“莫厌晋安风雅派,且从陈里别生新”[④]等句,对吴文焕的诗才极为推许,但同时看到吴文焕之诗的创新之处,与传统闽诗有所区别,故予规劝,以期“莫厌晋安风雅”。

吴士宏之子吴涛,字山侯。寄籍侯官。雍正二年甲辰(1724)科举人。吴涛之子吴应造,字钧大,雍正四年丙午(1726)与吴道来之孙吴浣安同科举人中式,两人分别于雍正八年庚戌(1730)、乾隆元年丙辰(1736)成进士。同治刊本《福建通志》著录吴应造《海录碎事钞》,籍福清县。吴涛另一子吴应运,寄籍闽县,雍正七年己酉(1729)举人,官诏安教谕。

吴日来之弟吴道来,字子绂。顺治十七年庚子(1660)解元,康熙六年丁未(1667)进士。吴道来传见民国《长乐县志·文苑传》:“籍侯官。顺治庚子乡荐第一,丁未进士,授中书。文学德行并优。著有《郸城百咏》。卒于官。子士宸,字翰光。学术浩博,殊有父风。”[⑤]

## No. 153 闽县李开叶家族

李开叶:《仪礼辑要》、《论语论文》、《教学纂述》、《教学源流》、《崇雅堂诗钞》十一卷(同治刊本《福建通志》卷六十七)

李时宪:《崇雅堂集》二卷(同治刊本《福建通志》卷六十七)

李光云:《乾隆福安县续志》(同治刊本《福建通志》卷六十七)

**谨按:**闽县李开叶(1672—1743?[⑥]),字奕夫,号磁林,原籍福清。传见乾隆《福清县志·文苑传》、同治刊本《福建通志·文苑传》、民国《福建通志·福建文苑传》卷七。《国朝全闽诗录初集》续集李开叶条:“康熙六十年辛丑进士,官翰林庶吉士。有《崇雅堂诗钞》。《注韩居诗话》:‘磁林馆选后即假归,以吟咏自乐。子为观先生,孙剑溪先生,三世翰林,皆能诗。’”[⑦]按:李开叶之子李良荣,字为芳;子李时宪,字为观,进士;侄李长绶,字为章。乾隆《福清县志》卷十四李开叶本传,子良荣、时宪、鸣峤并登科第[⑧]。民国《福建通志》著录《崇雅堂诗钞》,解题引邓以临序,称李开叶居史馆,素心玉立,需次铨曹,守

---

① 林佶《吴剑虹翰编以新集属予评定予未敢承又未敢虚其承问之意因掇所闻绪论答之》其五,《朴学斋诗稿》卷十,《清代诗文集汇编》第205册,影印第592页。

② 《国朝全闽诗录初集》续集卷五,《全闽诗录》第五册,第586页。

③ 《福州通贤龚氏支谱》,《北京图书馆藏家谱丛刊》闽粤侨乡卷第18册,影印第531页。

④ 林佶《朴学斋诗稿》卷十,《清代诗文集汇编》第205册,影印第591-592页。

⑤ 民国《长乐县志》卷二十五,原第五、六页,影印第487-488页。

⑥ 柯愈春《清人诗文集总目提要》,第443页。

⑦ 《国朝全闽诗录初集》续集卷五,第584页。

⑧ 乾隆《福清县志》卷十四,《文苑传》李开叶传,影印第372页。

愈坚,以义退;称"一时论其诗者皆以为学陶,然未见其似"[①],这是很有意味的见解,与他人所论俱异。

李时宪,字为观,号敬亭,(李)开叶子。雍正八年庚戌(1730)进士,官吏部主事。从李开叶至其子李时宪、孙李光云,祖孙三世能诗。

李开叶之孙、李时宪之子李光云,字涵瞻,号剑溪。乾隆三十六年辛卯(1771)进士,由编修历官至官太常寺卿。《国朝全闽诗录初集》有李光云传及诗,引《注韩居诗话》:"剑溪天性落拓,馆选后沉滞二十余年,家徒壁立,不少介意。……己未(嘉庆四年,1799),以老病归里,橐橐萧然,行至延津而卒。敛葬治丧之具,皆同里萨露萧(萨龙光)农部任之。存诗百余首,排律居其半,余率酬应之作。中有一题云《龚维广有书癖作诗嘲之》,观此足见其饮酒诙谐之外,他无嗜好,胸次洒落,洵不可及。"[②]按:萨龙光,字肇藻,号露萧。时已归里,不复出仕,以专理盐策为务。龚景瀚,字惟(一作维)广,号海峰。

李时宪之子李玉骢,诸生。能文章。李时宪、李光云、李玉骢传俱附同治刊本《福建通志》卷二百三十九《文苑传》李开叶本传。

## No. 154　闽县谢道承家族

谢道承:《小兰陔集》十二卷(《四库全书存目丛书》本)、(与刘敬与同纂)《福建通志》七十八卷(同治刊本《福建通志》卷六十七)、《小兰陔诗集》(《闽词征》卷四小传)、《二梅亭剩稿》(谢章铤《赌棋山庄余集》文集卷二《书砚史云门户部诗后》)、《小兰陔诗集》八卷(乾隆五十二年刻本,国家图书馆、中山图书馆藏)、《二梅亭集》(柯愈春《清人诗文集总目提要》第530页)、《小兰陔诗集》二卷附诗余(钞本,台湾"中央研究院"历史语言研究所傅斯年图书馆藏。李灵年等《清人别集总目》第2305页)、《南台折枝词》、《洪塘折枝词》、《砚史》、《汉魏碑刻纪存》一卷

谢淞:《梦杏楼诗钞》、(与黄汉章、杜铨、华文漪合撰)《兰社诗略》(民国《福建通志·文苑传》卷九引《竹间十日话》、《乾嘉全闽诗传》)

**谨按:**闽县谢道承(1691—1741)[③],字又绍,号古梅、种芋山人,谢必振之孙、谢宣之子。家筑有一枝山房、二梅亭、三知堂等。康熙五十九年庚子(1720)福建乡试解元,六十年辛丑(1721)成进士。改庶吉士,授编修,官至内阁学士兼摄国子监事。传见同治刊本《福建通志》、民国《福建通志·福建列传》卷三十六。民国《闽侯县志》本传:"(谢道承)祖(谢)春雷,为招抚使,谕琉球中山王[④]……道承幼孤,敦品励学。康熙辛丑成进士,改庶吉士。……雍正元年(1723)授编修,引疾乞休,归养母……母丧服阕,授中允,晋侍读,转国子祭酒,迁内阁学士兼礼部侍郎。……道承从舅氏林佶游,书学褚河南,闽人一时推重之。所著有《小兰陔诗集》。子璥,字徵云,乾隆戊辰(十三年,1748)进士,官户部额外主事;璟,字徵宋,戊午(三年,1738)举人。"[⑤]谢章铤《古梅〈书经钞本〉跋》:"盖云门部曹幼时读本,其先君古梅祭酒所写也。"[⑥]据此及《书砚史云门户部诗后》[⑦],谢道承之子谢璥字徵云,后改字云门。

① 民国《福建通志》总卷二十五,《福建艺文志》卷六十四,第二十九页。

② 《国朝全闽诗录初集》卷二十,第430页。

③ 林东进以为谢道承系谢震曾祖父兄弟(《乾嘉福建诗人——谢震》,《福建商业高等专科学校学报》,2011年第5期,第47页)。

④ 雍正二年(1724),谢道承《题四本堂诗文集》为琉球蔡文溥《四本堂诗文集》(乾隆刻本)作,署"赐进士第敕授文林郎翰林院编修充大清一统志馆纂修官钦命大清会典馆纂修官前翰林院清书庶吉士通家世弟闽中谢道承",钤三章。见高津孝、陈捷主编《琉球王国汉文文献集成》第25册,复旦大学出版社2013年版,影印第197-198页。

⑤ 民国《闽侯县志》卷六十八,谢道承传,原第二、三页,影印第234-235页。

⑥ 谢章铤《赌棋山庄余集》文集卷二,《清代诗文集汇编》第681册,影印第92页。

⑦ 同上书,同卷,影印第93页。

谢道承是闽县林侗、林佶的外甥。《竹间续话》:"先生母,林逊女,侗、佶姐也,年八十四卒。"[①]所著《小兰陔集》十二卷,同治刊本《福建通志》著录,注引《四库全书总目》:"是集诗十卷,文二卷。道承假归养亲,故取《南陔》、《补亡诗》语名集。"注云一作《二梅亭集》。按:民国《福建通志·福建列女传》有谢道承之母叶球传,传称叶氏"副贡士谢宣之妻,编修道承之母也"。林氏、叶氏盖系谢道承嫡母、生母。谢宣未中寿而殁,谢道承"幼依舅氏授《论语》、《孝经》、《毛诗》,及长,博观经史,诸孤就傅,夜归则为辨句读,考音义,兼授乐府、古辞及诗","百年中大吏所设施,乡先生、长老之质行,(叶)球能备详之,道承用以征信,于志传牒记而辨其伪"。[②] 谢道承尝纂辑《福建通志》七十八卷,"谢道承、福清刘敬与等辑,总督汉军郝玉麟等修"。[③] 此《福建通志》简称"郝志"或"谢志"。

雍正三年(1725),谢道承在福州法海寺与钱塘陈兆嵛(星斋)、郡人黄任结社唱和。雍正六年(1728),于法海寺纂修《福建通志》,任总纂,历九年成书。

《国朝全闽诗录初集》谢道承条:"字又绍,号古梅,侯官人。……官至内阁学士兼礼部侍郎。""《注韩居诗话》:古梅自翰林移疾归里,温清之余,肆力于古名帖、金石,研摩不倦。工书法。乾隆初应诏入都,知制诰,年余而卒。子璥扶榇归里。生平学有根柢,诗皆灵气往来。"[④]其诗学白体,书学褚遂良。

李放(1884—?)、叶眉所纂录的《皇清书史》:"(谢道承)从舅氏林佶游,诗文轶出流辈,书法尤工。(《福建通志》)""阁学为林鹿原(林佶)先生之甥。书法学舅氏,娟秀流丽(《桐阴清话》)。""谢璥,字徵云,一字琅亭,道承子。乾隆十三年进士,官户部主事,能衍家法。(《退庵书画跋》)"[⑤]

谢道承、谢璥父子之诗在闽派诗之外,别树旗帜。谢章铤《书砚史云门户部诗后》:"况璥为名父之子,以祭酒《新乐府》'闽无诗'之说推之,则璥之于诗必不囿于闽派。近读林涪云《砚史》末卷题后,中得其七古一篇,真不愧超宗之凤毛矣。"[⑥]

谢道承之父谢宣,字尔旬;伯父谢宏,康熙三十五年丙子(1696)武举人。俱见同治刊本《福建通志》卷二百四十一《孝义传》。谢道承从孙谢兰台,系孟超然同年。陈寿祺代其师孟超然撰《代孟瓶菴夫子为谢兰台六十寿序》[⑦],为孟氏同年谢兰台作。孟超然的乡试同年有谢正、谢生晋二人,谢正系谢金銮之父,谢生晋系谢震之父,未知谢兰台是否二谢之一。

谢道承族曾孙谢淞,初名在师,字吴卿,又字杏根。布衣。早卒。有《杏梦楼诗钞》。谢淞与黄汉章、杜铨等结社吟诗。民国《福建通志》黄汉章传:"黄汉章,道光初侯官岁贡生,自号紫云老人。与罗源黄铨、长乐一作侯官谢淞、浙江华文漪结兰社,有《兰社诗略》行世,诗皆学杜。铨,字衡仲,嘉庆丁卯举人,著有《寄舫诗钞》。为台湾教谕。道光十五年(1835),选授三水知县,卒于任。"[⑧]按:郭柏苍有《送罗源黄蘅仲铨》诗[⑨]。

## No. 155 长乐梁春晖家族

梁春晖:《云龛遗稿》一卷(《四库全书总目》卷一百八十一,初名《云龛吟稿》)

---

① 郭白阳《竹间续话》卷二,第31页。

② 民国《福建通志》总卷四十五,《福建列女传》卷一,叶球传,原第十八页。

③ 同治刊本《福建通志》卷六十七,影印第1381页,并《小兰陔集》引《四库书目提要》语。永瑢等《四库全书总目》卷一八四,《〈小兰陔集〉提要》,影印第1673页。

④ 《国朝全闽诗录初集》卷十,第215页。

⑤ 李放、叶眉《皇清书史》卷二十九,《丛书集成续编》史部第38册。按:民国十三年甲子(1924)李放序。

⑥ 谢章铤《赌棋山庄余集》文集卷二,《清代诗文集汇编》第681册,影印第93页。

⑦ 陈寿祺《左海乙集骈体文》卷二,《清代诗文集汇编》第499册,影印第504-505页。

⑧ 民国《福建通志》总卷三十九,《文苑传》卷九,黄汉章传,第一页。

⑨ 郭柏苍《补蕉山馆诗》卷上,《清代诗文集汇编》第662册,影印第3页。

梁珪(梁春晖子):《江田草》、《楚游草》、《江西游草》、《雪园诗》(民国《长乐县志》卷二十五《文苑传》本传。按:郑际唐家藏本《雪园诗集》六卷,分六集:《灵峰草》、《江南游草》、《循陔草》、《楚游草》、《江西游草》、《恒山游草》)

梁澄漪(梁春晖孙):《锦河诗集》一卷(民国《长乐县志》卷十四下《选举志下·封赠》)

**谨按:**长乐梁春晖事见民国《长乐县志》其子梁珪传。《四库全书总目》集部类存目著录梁春晖《云龛遗稿》一卷,所撰《〈云龛遗稿〉提要》云:"编修郑际唐家藏本。国朝梁春晖撰。春晖,字时皇,号淑三,福建长乐人。考《淳熙三山志》,云龛山即龙龛山,在长乐县南千溪潭上。有归云洞、望海亭、香炉峰诸胜。春晖晚年卜居其地,以吟咏自娱,故以名集。此本乃雍正癸卯(元年,1723)其孙(梁)澄漪所录。末有澄漪跋,称'初名《云龛吟稿》,尝谋锓版而力未逮。藏弆既久,不幸为虫鼠所戕,剥蚀断烂,至不可读。细加检录,得其首尾完具者,仅十之一二。裒为一卷,颜曰《云龛遗稿》'云。"[①]

梁珪传见民国《长乐县志·文苑传》:"字至铉,一字雪园。幼敏悟,年十五补弟子员,食廪饩。文词拔萃,雅有器识。乙酉(明唐王隆武元年,清顺治二年,1645),年逾冠领恩贡。戊子(顺治五年,1648)后隐祖里,绳世业。体素弱,讷于口,惟喜谈忠孝节烈事。久之,北游齐、鲁、燕、赵,酒酣耳热,恒慷慨悲歌,以写其不平之气。遇人开心见诚,无所隐讳。与父春晖同为知县夏允彝所器重。年未及中寿,卒。著有《江田草》、《楚游草》、《江西游草》、《雪园诗》。"[②]民国《长乐县志》以梁春晖、梁珪父子为名臣夏允彝所器重,兼以不仕隐居,入明《文苑传》,而其父子实乃清初顺治、康熙间人物。

《四库全书总目》集部类存目著录梁珪《雪园诗集》六卷,所撰《〈雪园诗集〉提要》云:"编修郑际唐家藏本。国朝梁珪撰。珪字至铉,号雪园,福建长乐人。是集前有其友袁奂序,作于康熙甲辰(三年,1664)。其诗凡分六集。一曰《灵峰草》,二曰《江南游草》,三曰《循陔草》,四曰《楚游草》,五曰《江西游草》,六曰《恒山游草》。惟《灵峰》、《循陔》二草为居家奉母时所作,余皆其客游南北,登览山川之什也。"[③]《雪园诗集》六集目录,与民国《长乐县志》梁珪本传所著录其集重合三种。

梁春晖之孙梁澄漪,名常定,一字锦河。邑庠生。著有《锦河诗集》一卷。根据民国《长乐县志》卷十四下《选举志下·封赠》的记载,梁澄漪是梁上国的曾祖父。长乐梁氏家族厘为两个条目。本条重点考察明末清初梁氏家族的文学创作情况,另立一条重点考察以梁章钜为中心的受到乾嘉学派影响的梁氏后人的文学和学术创作盛况,合起来则可观察到清代福建罕见的、生命力异乎寻常的、能够贯穿一整个朝代的从事文学创作和学术著述的梁氏家族。

## No. 156　长乐陈永书家族

陈永书:《事类数目考》二十卷(同治刊本《福建通志》卷六十九)、《诗书条贯》三卷(民国《长乐县志》卷二十五《艺文志》本传)

陈道极:《葩经要解》六卷(民国《长乐县志》卷二十五《艺文志》陈永书传)

**谨按:**长乐陈永书,雍正、乾隆间人。陈永书及其子陈道极传见民国《长乐县志·文苑传》:"陈永书,字茂亮,一字寅轩。表贤村人。乾隆戊午(三年,1738)副贡。天姿敏悟,过目成诵。幼从王思猷游,思猷语人曰:'陈子异日所造不可量也。'为文高视阔步,与黄典、林琼蕤相友善,游学会城,时称吴

① 永瑢等《四库全书总目》卷一百八十一,影印第1636页。
② 民国《长乐县志》卷二十五,原第五页,影印第487页。
③ 永瑢等《四库全书总目》卷一百八十三,影印第1655页。

航三才子。邑侯贺世骏慕其学,聘修邑乘。家藏书甚富,而搜罗钞录殆无虚日。著有《事类数目考》二十卷、《诗书条贯》三卷行世,门人卢燧、郑兆炜等为之传。子道极,乾隆乙酉(三十年,1765)科副贡。著有《葩经要解》六卷,藏于家。善墨画,尤工白菜、牡丹,人争宝之。"①按:《葩经》即《诗经》别称。据此传,知《诗经》学为陈永书家学。陈永书之师王思猷,传亦见民国《长乐县志·文苑传》,著有《漱玉集》四卷。林琼蕤别见其家族条下。黄典、林琼蕤均雍正(元年,1723)癸卯科福建乡试举人,黄典并于该年恩科成进士。

## No. 157 长乐冯鼎高家族

冯鼎高:乾隆《华亭县志》十六卷(乾隆五十六年刻本)

冯承基:《骈体》四卷、《古今诗》六卷(民国《长乐县志》卷二十五《文苑传》本传)

**谨按:**乾隆间进士冯鼎高,传见民国《长乐县志·循绩传》:"字彝仲,一字竹娱。屿头人。乾隆丙戌(三十一年,1766)进士。知湖南辰溪。……服阕,仍起湖南,权临湘县。……三十六年,调永定知县,摄湘阴。……丁内艰,归。起授河南新郑知县。……迁郑州知州,修管城书院。……迁知陕州。……葺召南书院。擢江南松江府知府,权按察使。……移苏州知府,权苏松粮道。涖任三载,修治城垣,改建沙湖石塘,百废具举。再荐卓异,计服官二十余年,凡有益于民者无不实心兴建,故所至有能声,大府咸倚重焉。卒年五十八。"②传又见民国《福建通志·福建循吏传》卷十二。冯鼎高热心于文化、教育事业,所到之处兴书院,修县志,既著政绩,亦泽被深远。《华亭县志》十六卷修于冯鼎高官松江府知府之时,初刻于乾隆五十六年辛亥(1791)。

冯鼎高曾孙冯承基,系冯景淮、李蕊馨之子,陈宗英门人。民国《长乐县志·文苑传》本传:"冯承基,以字行,一字弼甫。鼎高曾孙。道光庚戌(三十年,1850)进士,即用浙江,甫抵省,丁内艰,归。数月以毁卒。初,承基三岁,生父与嗣父相继殁,门祚衰微,两节母及祖母、曾祖母爱如掌上珠。年十六七始知学,匝岁即能通七经,不二年尽读家所藏书,下笔沛然,累千言,不逾先辈绳尺。道光己亥(十九年,1839),年逾冠,举于乡。自是奔走公车,常留京邸。与同乡何冠英、林廷禧、林寿图为文字交。惜豪放纵饮,而天亦不与以年,俾折节以底大有成也。其师陈宗英为编遗集,有《骈体》四卷、《古今诗》六卷,藏于家。"③

## No. 158 侯官葛经邦家族

葛经邦:《对山楼诗集》(同治刊本《福建通志》卷六十八、民国《闽侯县志》卷四八《侯官艺文志》)

**谨按:**同治刊本《福建通志》卷六十八著录葛经邦《对山楼诗集》,小字注:"(葛经邦)字允庄。工诗,与王九徵、陈范相唱和。康熙间贡生。附父(葛)焕《孝义传》。"④葛经邦之子葛连城,孙葛观澜俱庠生。⑤

葛经邦之父葛焕(1647—1702),字子章,号蔚庵。侯官县洪塘人。葛家自葛焕移居郡城内黄巷(葛氏宅第原东至黄巷16号,西至南后街,南至黄巷,北至塔巷,今仅保有黄巷42号葛家大院),迄今

---

① 民国《长乐县志》卷二十五,原第八、九页,影印第489页。
② 民国《长乐县志》卷二十四,原第二十三、二十四页,影印第478-479页。
③ 民国《长乐县志》卷二十五,原第十四页,影印第492页。
④ 同治刊本《福建通志》卷六十八,影印第1396页。
⑤ 民国《福建通志》总卷四十五,《福建列女传》卷五,叶氏传,原第四十五页。

繁衍生息历十二代。郭柏苍《记七城水泉·黄巷葛厝井》:"在黄巷北。葛氏康熙间由洪塘迁居会城,建屋黄巷,于墙外凿井。乡人借汲,遂成故事,偶一闭门,则宅人多病。"①敬请参看网文《黄巷葛家与葛家大院》,网址 http://www.sfqx.gov.cn/Articles/2012/0804/6816.shtm。

葛焕传见同治刊本《福建通志·孝义传》:"葛焕,字子章。监生。授州同,以父老辞去,色养备至。早丧母,未葬,竭力营坟。抚群从如己子,延名师课读,先后成名,又乐奖进之单寒者。……子大梁,字允枫。康熙辛卯(五十年,1711)举人,授新昌知县……次廷元,乾隆辛酉(六年,1741)举人;三经邦,由贡生授泰宁教谕,未任卒。大梁子光祖,乾隆甲子(九年,1744)举人。"②传又见《侯官县乡土志·耆旧录内编一》。

当代学者葛兆光为葛焕裔孙。请参看《福州黄巷葛家:葛兆光先生的家族史》一文,凤凰网 2020 年 4 月 13 日发表。网址 https://culture.ifeng.com/c/7vdC6litiC8。

## No.159　闽县黄志辅家族

黄志辅:《四书增删绎注》、《毛诗要旨》、《列国图考》、《全闽艺文镜》、《墨池试草》、《明诗选》、《翼斋文集》(《赌棋山庄词话》卷七"黄名瓯论务头与词体"条)

黄名瓯:《数马堂答问》二十卷(同治刊本《福建通志》卷六十七)、《振梅集》、《痴奴集》、《龙山集》、《振梅杂纪》(《赌棋山庄词话》卷七"黄名瓯论务头与词体"条)

**谨按:**闽县黄志辅、黄名瓯父子俱清初人。同治刊本《福建通志》已不明黄氏父子年代,仅著录黄名瓯《数马堂答问》一种,其他著作缺焉。

《赌棋山庄词话》之"黄名瓯论务头与词体"条记载黄名瓯及其父黄志辅的事迹和著述情况:"康熙中,闽县黄御卜③名瓯著《数马堂答问》,自天文至数学,二十卷,曾于亲旧见其稿本。然惟五行之学颇精,方伯黄学圃淑琬称其占验无不奇中,中亦有一则论词,略云:'余与友人拈韵作词,因论词要务头上用韵嘹亮,学者苦不知务头为何物,亦从无有分明指出者。李笠翁乃以为词之有务头,犹棋之有眼,有此则活,无此则死。信如此言,则务头原无定位,惟佳句之所在便是务头矣。非也。窃谓务头乃词中顿歇之处,千里来龙,聚于环抱之地。盖于务头上用字嘹亮,则余韵悠扬,不致板煞,而有联络贯串之妙。'余按:此说尤非。务头言声,非言辞也。如李之说,是词中之紧句;如黄之说,是词中之主意,均于务头名义不合。南海梁章冉廷楠《曲话》云:'《中原音韵》于北曲之务头,胪列甚详,而南曲绝无道及。《啸余谱》载务头一卷,究未析明。笠翁谓既不得其解,当以不解解之,不得为谜语欺人者所惑,此说良当。'然余谓《九宫谱定》云:'凡曲遇揭起其音,而宛转其调,如俗之所谓做腔处,即是务头。'其论虽创而实确也。君徵《度曲须知》内有《字头辨解》一篇,字头即务头。所谓'字端一点锋铓,见乎隐、显乎微也。'又云:'善唱则口角轻圆,而字头为功不少。不善唱则吐音庞杂,字疣著累偏多,此则务头要嘹亮之说也。'御卜又著《振梅集》、《痴奴集》、《龙山集》、《振梅杂纪》。其父名志辅,字翼素。著《四书增删绎注》、《毛诗要旨》、《列国图考》、《全闽艺文镜》、《墨池试草》、《明诗选》、《翼斋文集》,不知世有传本否?矮屋寒儒,埋头故纸,不可谓非有志之士,然而殊可悲已,故略其姓氏于此。御卜又谓:'词体如美人,含娇掩媚,秋波微转,正视之一态,旁观之又一态,近窥之一态,远窥之又一态。'数语颇俊,然此亦谓温、李、晏、秦耳,若苏、辛、刘、蒋,则如素娥之视宓妃,尚嫌临波作态。"④黄志辅父子精通音律,于词律、声腔具有一定的造诣。

---

① 郭柏苍《葭柎草堂集》卷续,《清代诗文集汇编》第 662 册,影印第 224 页。

② 同治刊本《福建通志》卷二百四十一,原第十九、二十页,影印第 4354 页。

③ 按:黄名瓯,字一作驭卜(《四库全书总目》卷一二九,子部杂家类存目六,影印第 1112 页,《〈数马堂答问〉提要》)。

④ 谢章铤《赌棋山庄词话》卷七,刘荣平《赌棋山庄词话校注》,第 142 页。

## No.160 闽县赵在田家族

赵在田:《琴鹤堂诗集》二卷、《文集》一卷①(同治刊本《福建通志》卷六十七)

**谨按:**闽县赵在田(1771②—1836),字光中,号谷士,又号研农。乾隆、嘉庆、道光三朝间著名学者、诗人。乾隆六十年己卯(1795)福建乡试举人中式,与叶申万、叶申蔼、陈钟纶等同年;嘉庆四年己未(1799)成进士,与陈寿祺、梁运昌等同年。选庶吉士,散馆,授编修。嘉庆二十年(1815)赴都供职,丁外艰归,历主道南、擢英、南浦、玉屏、凤池书院。同治刊本《福建通志》赵在田传:"尝主讲(厦门)玉屏书院,教诸生先持躬立品,次道艺、文章,士习为之一变。继主省垣凤池书院十有四年,教士有法,接人以和,多士翕然宗之。生平精于三礼、三传、《史》、《汉》诸书,诗宗韩、苏。好蓄古研及碑版文字,聚书万余卷。……既卒,学者为主于凤池书院,祀之。"③赵在田之子赵良瑜,出为学官。裒集其父遗诗,属梁章钜序之。

赵在田、陈寿祺等均在京师为官多年,又同入馆阁,浸染当时馆阁文章风气和乾嘉朴学的思潮,在诗歌宗旨上亦有趋同性,赵、陈回闽之后,引发福建学术、文章及诗歌创作的转变,反映出乾嘉以来福建学术、文化和文学创作领域所发生的嬗变。

杨浚《鹭江感旧诗六十二首》之十九:"竹里寻诗互唱酬,一灯同话隔邻秋。却怜意气沧洲在,酒肆藏名已白头。"注:"孙仪国镇军云鸿,官复善镇,予年伯行。咸丰乙卯(五年,1855)病归,寓予邻赵谷士太史在田家,公戚也。谈数十年事,历历如绘,出其《竹里寻诗图》命题。濒行,赠予诗有'少年意气凌沧洲,宦海应怜予白头'二语。尝航海,既溺获免,晚更号复生云。"④杨浚此诗为忘年交诗友孙云鸿作。孙云鸿系赵在田戚属。按:乾隆五十七年壬子(1792)福建举人、永春孙云鸿非杨浚同名友。咸丰三年癸丑(1853),二十四岁的杨浚作有《久不得温陵诸友消息》四首。其二:"桐花梅石半蒿莱,朋久从无一字来。地僻狐狸应得寝,天荒鸿沟雁有余哀。弯弓李广封侯相,仗钺孙坚大将才。努力东南靖烽火,归田犹可答涓埃。"自注:"李润堂提军延(一作廷)钰、孙仪国都尉云鸿均在籍团练。"⑤李廷钰,字润堂,号鹤樵,泉州府同安人。曾任福建水师提督。著《秋柯草堂诗集》。孙云鸿,字仪国,系广东水师提督孙全谋⑥之孙。筑有小积石山房。道光间任中军参将署福建水师提督,尝捐刻《厦门志》。

李禧《紫燕金鱼室笔记》之"铜印"条记载孙云鸿之孙孙印川藏印事迹:"友人孙君印川亦藏有古铜印十数颗,烂铜璀灿,碧藓斑斑,钮作龟螭等形,尤古拙可喜。盖令祖仪国先生所遗古物也。印川、民二读书南京,再得铜印二套,篆法亦骎骎入古,物聚所好,真不诬也。"⑦

## No.161 闽县林达家族

林达:《胎产万全》五卷(同治刊本《福建通志》卷六十八、民国《闽侯县志》卷四八《侯官艺文志》)

---

① 柯愈春《清人诗文集总目提要》著录《琴鹤堂集》四卷,咸丰元年刻本,文集二卷、诗集二卷,福建省图书馆藏文集二卷(第1050页)。

② 梁章钜《十月二十日霁峰招集自怡轩是日会者八人笏轩最长年六十七莲渚六十六霁峰与鲁庭同六十五谷士六十四余与鉴塘同六十香农最少亦五十七合成五百四岁口占索诸公同纪之》,《退庵诗存》卷二十三,《清代诗文集汇编》第515册,影印第241页。梁章钜生于乾隆四十年(1775),据此诗题推算赵在田生年。

③ 同治刊本《福建通志》卷二百三十九,原第六页,影印第4311页。

④ 杨浚《冠悔堂诗钞》卷八,原第八页,影印第452页。

⑤ 杨浚《冠悔堂诗钞》卷一,原第十三、十四页,影印第307页。

⑥ 按:孙全谋,字滄亭,乾隆、嘉庆间人。其先山西人,曾祖孙惟福借补汀州把总,迁福建,籍龙溪。以军功累官至广东水师提督,赐骑都尉世职。赵在田撰《孙全谋墓志铭》。子孙丕烈,早卒;孙孙云鸿,袭职。孙全谋传见民国《福建通志·福建列传(清六)》卷三十七。

⑦ 李禧《紫燕金鱼室笔记》,第149页。

林玉友:《本草集要》、《潇湘游草》(同治刊本《福建通志》卷六十八、民国《闽侯县志》卷四八《侯官艺文志》)

林昆琼(林玉友子,林达孙):《石林画系》二十六卷、《初编》一卷、《续编》一卷、《学圃诗存》二卷(同治刊本《福建通志》卷六十八、民国《闽侯县志》卷四八《侯官艺文志》)

林开琼:《林长川诗文集》(同治刊本《福建通志》卷六十七)、《晓田诗钞》十卷(民国《福建通志》总卷三十九,《福建文苑传》卷八本传)

林徽琼:《楚游剩草》(同治刊本《福建通志》卷六十八、民国《闽侯县志》卷四八《侯官艺文志》)

林春琼:《金华玉华二洞记》、《镛州小草》(同治刊本《福建通志》卷六十八、民国《闽侯县志》卷四八《侯官艺文志》)

林良弼:《时敏堂文稿》、《琴鹤轩诗稿》(同治刊本《福建通志》卷六十七)

林祥:《忏凡笔剩》(同治刊本《福建通志》卷六十七)

**谨按:**林达,字奕上,号云帘。籍侯官,原籍福清。一作长乐黄石人。其孙林开琼、林春琼传并见民国《长乐县志·文苑传》。雍正十三年乙卯(1735)举人,乾隆二年丁巳(1737)明通进士。著有《胎产万全》五卷。

林达之子林玉友。同治刊本《福建通志》著录《潇湘游草》,注:"乾隆间布衣,以子昆琼赠湖南宜章知县。是集乃就养时作,故曰《潇湘游草》。"[①]林玉友一名林昌西。《清代硃卷集成》第六九册收录进士郑叔忱履历,其祖父郑廷珪娶于林氏,林氏系林昌西长女,举人林开琼、举人林春琼、经魁林昆琼妹,亚魁、进士林良弼、林祺、举人林藩姑,林芝芳、林兰芬、林桂芬祖姑[②],亦可知林氏家族历代业儒科举登第的成就。

林达之孙、林玉友长子林昆琼,字长实,号醇叔、醰侯。籍侯官。乾隆三十年乙酉(1765)举人,官湖南宜章县知县,钦加同知衔道州知州。传见民国《福建通志·福建循吏传》卷十二。曾经主直隶大兴朱珪、河间纪昀家,名噪都下。诗风雅健。

林达之孙、林玉友之子林徽琼,字长容,号庚生。同治刊本《福建通志》著录其《楚游剩草》,引其自序。略云:"楚游十年,颇事吟咏。今夏雨窗取所存稿,删削补缀,得若干首,都为《剩草》。乾隆甲寅(五十九年,1794)书于永明官衙东轩。"注云:"徽琼,(林)达孙,(林玉)友子。乾隆间国学生。伯兄昆琼作宰湖南,迎养官署,徽琼随侍,故集以是名。季弟瑞琼、犹子初聚首衙斋,一家酬唱之作也。"[③]《楚游剩草》二卷是林氏家族中林玉友及其子林昆琼、林徽琼、林瑞琼、孙林初唱和诗集,《续修四库提要》著录,清刻本。

林达之孙林开琼,字长川,一字晓楼、西痴。林玉友侄、林昆琼从兄,籍闽县。乾隆三十五年庚寅(1770)举人,官永安县学教谕。传见同治刊本《福建通志·良吏传》、民国《长乐县志·文苑传》、民国《福建通志·文苑传》。梁章钜称其诗"抉十子之藩篱,而于家庭、师友之际尤缠绵恺恻云。《乾嘉全闽诗传》。"[④]

龚景瀚有《忆昔怀人复得二十首叠用杜工部韵》(倜傥忆西崙)、(晓楼气盖世)忆林开琼兄弟,兹移录如下:"倜傥忆西崙,新诗料已繁。淋漓翻酒汁,谈笑走词源。落叶秋山路,骑驴何处村。一枝栖未得,回首望千门。林孝廉西崙与其兄晓楼皆以公车入都,下第后未知其归信。""晓楼气盖世,天使两眉低。又听萧萧雨,长歌滑滑泥。虚名终蹭蹬,浪迹且东西。莫作穷途哭,关山静鼓鼙。林孝廉晓楼。"[⑤]西崙,当

① 同治刊本《福建通志》卷六十八,影印第 1397 页。

② 《清代硃卷集成》第六九册,进士郑叔忱履历,影印第 270-271 页。

③ 同治刊本《福建通志》卷六十八,影印第 1399 页。

④ 民国《福建通志》总卷三十九,《福建文苑传(清二)》卷八,林开琼传,第八页。

⑤ 龚葆琛《福州通贤龚氏支谱》,影印第 654-655 页。

是林开琼从弟林昆琼。嘉庆四年己未(1799),陈寿祺有《送林训导出都》长篇。

林达之孙、林开琼之弟林春琼,字长冠,号慧痴,林昆琼从兄。乾隆四十八年癸卯(1783)举人。截取知县,官邵武府学教授。工诗。传见《长乐县志·文苑传》。

林达曾孙、林开琼侄林良弼,字力善,号秋士。籍闽县。嘉庆二十四年己卯(1819)进士。

林开琼之子林祥,字叔擎,号忏凡居士。道光间布衣。著有《忏凡笔剩》。同治刊本《福建通志》著录其著作,引长乐陈枝高所撰《行略》:"祥字叔擎。父开琼,以名孝廉官永安校。祥为少子,有二寡嫂,祥不娶以事,服勤终身。……锐意文章,规橅两汉。善病,不应童子试。自号忏凡。"[①]传见同治刊本《福建通志》卷二百四十一《孝义传》。

道光十年(1830),建宁诗人张际亮应林藩之请为赋《林醇叔昆琼大令读书松桂林图令子价岩明经属题》[②],知林昆琼字醇叔,其子林藩字价岩。

## No. 162　闽县王朝屏家族

王朝屏:《述堂诗集》(同治刊本《福建通志》卷六十七)、《近堂诗钞》(《国朝全闽诗录初集》续集卷九)

王应元:《植三堂遗草》二卷(乾隆六年刻本一册,福建省图书馆藏。民国《福建通志·福建艺文志》存目卷四十二、同治刊本《福建通志》卷六十九《福清县经籍志》作《植三堂诗集》二卷)

**谨按:**王应元,榜姓陈,字屺陟。福清人。雍正四年丙午(1726)举人。《国朝全闽诗录初集》王应元条:"闽县人。朝屏父。"[③]同治刊本《福建通志》卷六十九《福清县经籍志》著录其著作。

王应元之子王朝屏,字履周,一字云棋。籍闽县。乾隆九年甲子(1744)举人。《国朝全闽诗录初集》王朝屏条:"字履周,号云根。福州人。应元之子。乾隆九年甲子举人,官刑部员外。有《近堂诗钞》。"[④]按:近堂,一作述堂。

## No. 163　闽县张捷春家族

张捷春:《仅存诗草》一卷(同治刊本《福建通志》卷六十七)

张甄陶:《周易传义拾遗》十五卷、《尚书蔡传拾遗》十二卷、《诗经朱传拾遗》十八卷(《桐城文学撰述考》卷一题《易经朱注拾遗》十八卷)、《礼记陈氏集说删补》四十七卷、《春秋三传定说》五十卷(此数种自题《正学堂经解》一百四十二卷)、《四书翼注论文》三十卷、《惕庵杂录》十六卷(民国《福建通志·福建艺文志》存目卷三十五)作十二卷、《惕庵读书录》四卷、《贵山书院学规》一卷、《杜诗评注集成》四十四卷、《松翠堂文集》三十卷(同治刊本《福建通志》卷六十九《(福清县)经籍志》)、《读书翼注》(俞樟华《桐城派编年》)、《国朝文范》(卢前《八股文小史》)、《澳门形势论》、《制驭澳夷论》(小方壶斋舆地丛抄本)、《学政实录》四卷(民国《福建通志》总卷二十五,《福建艺文志》卷三十四)

张经纶:《音韵辨疑》六册、《扇表衍度》二册、《续编》一册(同治刊本《福建通志》卷六十八、民国《闽侯县志》卷四八《侯官艺文志》)

张经邦(张经纶弟):《咫闻书室诗钞》十卷、《楚汉乐府》一卷(同治刊本《福建通志》卷六十七)

**谨按:**张捷春家族自福清迁省垣,籍闽县。同治刊本《福建通志》著录张捷春(字天侯)《仅存诗

① 同治刊本《福建通志》卷六十七,影印第1386页。

② 张际亮《思伯子堂诗集》卷十二,《清代诗文集汇编》第601册,影印第138页。

③ 《国朝全闽诗录初集》续集卷八,第641页。

④ 《国朝全闽诗录初集》续集卷九,第667页。

草》,注:“诗每首下,其子甄陶皆有注释。捷春,乾隆丁卯(十二年,1747)举人。附父待问侯官《孝义传》。”[①]张待问,字子强。传在同治刊本《福建通志》卷二百四十一。

张甄陶(1713—1780),字希周,一字斯范,号惕庵。娶康熙五十年辛卯(1711)科举人萨学天(字溥人,号廉山)之女[②],为萨氏女婿[③],萨玉衡姑丈。乾隆十年乙丑(1745)进士,改选庶吉士。十三年(1748)授翰林院编修,出为鹤山、香山、新会、高要、揭阳等知县,丁忧归。服阕,补云南昆明知县,终鳌峰书院山长。传见同治刊本《福建通志·儒林传》、民国《福建通志·福建儒林传》卷五,其著作见录于同治刊本《福建通志·(福清县)经籍志》。

民国《福建通志》张甄陶传:“少枕葄经史,自天文、地理、音律、兵法、水利、河防、农桑、方技之书无不周览,为文学苏轼,汪洋浩瀚,如其意所欲出。巡抚王恕、学使周学健皆待以国士。乾隆元年,由拔贡生举博学鸿词,明年应诏诣征车,报罢。大学士朱轼、侍郎方苞、李绂见之,皆大喜,欲交荐纂修三礼,甄陶辞而从(方)苞,请读未见书。取《永乐大典》三五卷阅之,学益进。……大学士陈世倌知其才,赠以‘明吕坤呻吟语’。……主(昆明)五华书院教事,内阁学士尹壮图、通政司副使钱澧等皆其授业弟子也。……居五华五岁、贵山十一岁,训士如弟子,滇、黔之人于其身后数十年追叙遗爱,犹叹息,有泣下者。四十一年(1776)秋,以病归,主鳌峰书院四岁,如所以教五华、贵山者。多倡里党善事。年六十有八卒。学者祀之鳌峰。甄陶言学宗朱子,而博综旁通,不为苟同。乾隆庚子(按:乾隆四十五年,1780)以后,闽士知讲汉唐注疏之学,虽由大兴学士朱筠、太傅珪昆弟相继视学提倡风尚,然其端乃发于甄陶。同里孟考功超然称之曰:‘先生学以正心书为本,以多闻见为资,以明体达用为归,以济人利物为效,淹洽似王深宁(王应麟)而切于世务,忼慷似陈同甫(陈亮)而根极理要。虽不究其用而卓然必传于后。’盖笃论也。”[④]张甄陶的学术思想自成体系,受到乾隆年间学术风气转换,实学深化,朴学体系大厦建构逐渐完成的影响,与名臣朱筠、朱珪兄弟的学术思想相近。凭借着张甄陶回闽和二朱莅闽主学政的时代因缘,双方终于合流,在闽省以鳌峰书院作为重要的学术话语权力阵地,传播乾嘉考据学。

张甄陶少通经史,文宗苏轼。张甄陶系方苞门人,与闽中古文家朱仕琇(1715—1780)卒于同一年[⑤]。有《学政实录》。《国朝全闽诗录初集》续集卷九有张甄陶传及诗。诗题《赠郑绍庵(基)》,郑基系郑开极之孙、郑燮之子。已见本书。

张捷春之孙、张甄陶之子张经邦,字佑贤,一作右贤[⑥],又字燮轩,一作燮邦[⑦]。乾隆四十四年己亥(1779)福建乡试解元,五十四年己酉(1789)成进士。官溧阳知县,有隽才,早卒无子。尝约表弟萨玉衡买宅栖霞山下。附同治刊本《福建通志·儒林传》其父张甄陶传。

《国朝全闽诗录初集》有张经邦传及诗,引《注韩居诗话》云:“燮轩诗才宏富,古体尤擅场,集未刻,卒于官,因家焉。余曾驿人往搜其稿弗获,姑就其题册试草中录出数首。”[⑧]其诗《题何上舍听泉图小照》有句“听酣休逐出山泉,纵有此声无此耳用东坡句”,《小西湖歌》有句“严公那复逊苏公”[⑨]等,观其诗宗尚大概在宋。张经邦与杨庆琛、萨察伦、叶申蔼等人互相酬唱,跌宕文酒[⑩],同乡之间交谊深厚。陈寿祺《答何岐海书》云:“张燮轩行不逮才,其诗文亦不传,传者应试之作而已。”[⑪]

---

① 同治刊本《福建通志》卷六十七,《闽县经籍志》,影印第1382页。

② 张甄陶“廉山萨公墓志铭”,《雁门萨氏家谱》卷六,影印第1043-1047页。

③ 萨学天(1689—1741),字溥人,号廉山,萨容之子,萨希亮之孙。

④ 民国《福建通志》总卷三十八,《福建儒林传》卷五,张甄陶传,原第十九、二十页。

⑤ 俞樟华、胡吉省《桐城派编年》,第265-266页。

⑥ 法式善《清秘述闻》卷七,《清秘述闻三种》上册,第255页。

⑦ 梁章钜《退庵自订年谱》,页二。光绪元年福州二思堂丛书本,浙江书局翻印。

⑧ 《国朝全闽诗录初集》卷二十,第446页。标点有所订正。

⑨ 《国朝全闽诗录初集》卷二十,第447、448页。

⑩ 陈宝璐《(萨察伦)珠光集后序》,《雁门萨氏家谱》卷五,影印第735页。

⑪ 陈寿祺《左海文集》卷四下,民国《清代诗文集汇编》第499册,影印第195页。

张甄陶与闽县叶观国交好,叶观国尝欲与编《国朝闽中诗》。叶观国女适张甄陶之子张经邦,两家结为婚姻。又,张甄陶之女张仲玉,适福清何化鲤。张仲玉传见民国《福建通志·福建列女传》卷四。

## No.164 侯官洪裕家族

陈品金(洪裕妻):《别离泪草》(民国《福建通志》总卷四十五,《福建列女传》卷六,陈品金本传)

洪龙珍(洪裕女):《效颦集》二卷(民国《闽侯县志》卷四八《侯官艺文志》)

**谨按:**侯官洪裕之妻陈品金,字心水,闽县人。有《别离泪草》。《闽川闺秀诗话》引其《出户吟》诗①。

洪裕之女洪龙珍,民国《福建通志·福建列女传》本传作洪龙徵②,字兰士,号秋崖。长身玉立,议论常出人意表,诗风清婉③。生而母卒,寄养妻母家,转徙漳州。托孤女于好友郑光策苏年,嫁为侯官许宗元室。闺友有中表蕙田、心香,才色相匹,誓将白首同依,既而心香夭,蕙田嫁北,遂郁郁以终。

许宗元,嘉庆九年甲子(1804)福建举人中式,与林则徐、叶申芗、廖鸿荃、廖鸿苞等同年。按:嘉庆甲子,民国《闽侯县志》作"嘉靖甲子"④,误。

## No.165 侯官何逢僖家族

何逢僖:《春明稿》、《西行小草》(民国《闽侯县志》卷四八《侯官艺文志》、同治刊本《福建通志》卷六十八)

何西泰:《宝斋诗稿》四卷(同治刊本《福建通志》卷六十八,民国《闽侯县志》卷四八《侯官艺文志》、李灵年等《清人别集总目》第936页作《实斋诗稿》四卷)

**谨按:**侯官何逢僖(1724—1769),一作何逢禧,字敬儒,号念修。先世居福清,其祖何君怀迁南台。父何蓼言,侯官庠生。何逢僖于乾隆十六年辛未(1751)成进士。传见同治刊本《福建通志·列传》。民国《福建通志·福建列传》有何逢僖传,传称其初官户部主事,勾稽钱谷如素习,迁部主事,校京闱,得士最盛,转员外郎,为大学士傅恒所重,授吏部文选司掌印郎中、工科给事中,迁江西盐驿道,擢湖南按察使。六年之间,由主事洊历卿贰。乾隆三十四年(1769)卒于吏部右侍郎任上,年仅四十六⑤。配齐氏,子一女三。朱仕琇作《赐进士出身资政大夫吏部左侍郎念修何公墓志铭》。与李宗文、陈科捷等本省在京士大夫俱有交谊。

何逢僖才性敏练,博闻强记。其诗力辟严羽"不关学"之说,尤喜中晚唐人绝句⑥。按:何逢僖力辟严羽"不关学"之说,与前辈诗人、闽县(迁建安)郑方坤(1693—1755)的观念⑦相近。《国朝全闽诗录初

① 民国《福建通志》总卷四十五,《福建列女传》卷六,陈品金传,原第三十一页。

② 民国《福建通志》总卷四十五,《福建列女传》卷六,洪龙徵传,原第三十一页。

③ 民国《福建通志》总卷二十五,《福建艺文志》卷六十六,第七页,引林昌彝《射鹰楼诗话》。

④ 民国《闽侯县志》卷四十八,原第十页,影印第156页。

⑤ 朱仕琇作《赐进士出身资政大夫吏部左侍郎念修何公墓志铭》,作卒吏部左侍郎任上,年四十七(《梅崖居士文集》卷七,第十四页,《清代诗文集汇编》第336册,影印第259页)。

⑥ 民国《福建通志》总卷三十四,《福建列传(清六)》卷三十七,第四至六页。

⑦ 永瑢等《四库全书总目》卷一八五,《〈蔗尾诗集文集〉提要》,影印第1675页。

集》续集卷九有传，选其诗《送林又眉进士令犍为》[①]。民国《闽侯县志》本传云："(何逢禧)为诗则力辟严沧浪'不关学'之说，不喜迂阔者高谈心性，而于淳厚质直之士又未尝不心倾。配齐氏。子西泰，有隽才，戊戌进士、翰林院编修。"[②]何逢禧壮年去世，而其生于乾隆年间，对于朴学的形成，实有与焉。传文所谓"不喜迂阔者高谈心性"、"力辟严沧浪'不关学'之说"，正是朴学思潮在哲学和诗歌创作领域的反映，"不关学"之反面，正是"关学"，讲究学力、典故，清代学人之诗藉此以成胚胎，闽中诗风转变也是如此。

何逢僖之子何西泰，字素华，号实斋。何西泰有隽才，乾隆四十三年戊戌(1778)成进士，官翰林院编修。郭廷筠有诗《送何素华归里》[③]。同治刊本《福建通志》著录何西泰《宝斋诗稿》四卷[④]。《宝斋诗稿》，《国朝全闽诗录初集》何西泰传作《实斋诗稿》[⑤]，嘉庆十一年刻本[⑥]。

## No. 166　侯官郭赵璧家族

郭赵璧：《瑜斋诗草》一卷、《仆仆草》(同治刊本《福建通志》卷六十八、民国《闽侯县志》卷四八《侯官艺文志》)

郭文焕：《终吾轩诗钞》(同治刊本《福建通志》卷六十七)

郭文熥：《砉田诗草》(同治刊本《福建通志》卷六十七)

郭廷筠：《台湾纪略》(民国《福建通志·福建艺文志》卷二十又作《台湾日记》)二卷、《郭有堂诗文集》(同治刊本《福建通志》卷六十七)

郭文銡：《鹤井集》一卷、《鹤井后集》四卷、《文钞》一卷(同治刊本《福建通志》卷六十七)、《书屏诗文钞》六卷(柯愈春《清人诗文集总目提要》第886页；民国《福建通志》总卷三十六，《福建循吏传》卷十二，郭文銡传)、《后鹤井集》四卷、《书屏文钞》一卷(民国《福建通志》总卷二十五，《福建艺文志》卷六十五)、《书屏文钞》一卷(乾隆五十三年刻本，福建省图书馆藏)、《书屏诗钞》《鹤井集》一卷《后集》四卷《文钞》一卷(嘉庆十二年刻本，上海图书馆藏)(李灵年等《清人别集总目》第1938页)

林淑卿(郭仁图妻)：《红余仅存草》一卷(民国《福建通志》总卷四十五，《福建列女传》卷六，林淑卿传)

**谨按：**侯官郭赵璧，字名瑾，又字瑜斋，郭泽子、郭瑞孙。据同治刊本《福建通志》郭廷筠传，郭氏先世自漳州迁福清，再迁侯官[⑦]。乾隆元年丙辰(1736)举人。传附同治刊本《福建通志·(闽县)列传》其子郭廷筠传。同治刊本《福建通志》著录郭赵璧《瑜斋诗草》一卷，引《四库书目提要》："是集，赵璧没后，其子文焕所编，后其子文海又搜求佚稿附益之。"[⑧]《国朝全闽诗录初集》续集卷九有郭赵璧传及诗。

郭赵璧长子郭文焕，字可新，号慎庵。籍闽县。乾隆三十年乙酉(1765)优贡生，官东光知县。陈寿祺为郭文焕作《终吾轩记》，陈、郭二氏累世通家，世谊甚笃。据此记，郭文焕为郭柏心族兄弟。郭文焕从弟郭文熥，字可中，籍闽县。著有《砉田诗草》。

郭赵璧四子、郭文焕弟郭廷筠，一作庭筠，字可远，号有堂。籍闽县。乾隆三十五年(1770)顺天府举人中，入福康安幕府，平定台湾林爽文之乱，官惠州知府。传见同治刊本《福建通志·列传》。《国朝

① 《国朝全闽诗录初集》续集卷九，何逢僖条，《全闽诗录》第五册，第678页。
② 民国《闽侯县志》卷六十九，原第六页，影印第254页。
③ 《国朝全闽诗录初集》续集卷十，郭廷筠条，《全闽诗录》第五册，第697页。
④ 同治刊本《福建通志》卷六十八，影印第1398页。
⑤ 《国朝全闽诗录初集》续集卷十一，第713页。
⑥ 李灵年等《清人别集总目》，第936页。
⑦ 同治刊本《福建通志》卷二百二十六，原第十五页，影印第4116页。
⑧ 同治刊本《福建通志》卷六十八，影印第1397页。

全闽诗录初集》续集卷十有郭廷筠传及诗,选其诗《送何素华归里》[①]。按:何西泰,字素华,何逢僖之子。《注韩居诗话》载有郭廷筠事迹。

郭赵璧五子、郭廷筠之弟郭文鍅(1745—1809),字可典,号书屏。王杰、朱珪、纪昀门人。乾隆三十六年(1771)举人中式,官嵊县知县等,历十一县,在浙省垂三十年。同治刊本《福建通志》著录其著作,注引纪昀序。略曰:"可典转饷海上,在途诸诗,惓惓王事,无一毫计较利害之心,其还乡诸诗,抚今怀昔,孝友睦姻之意,隐然流露于言表,可谓探比兴之原,得性情之正,不以雕章镂句与文士斗新奇者。虽篇帙无多,亦足以传矣。"[②]民国《福建通志》郭文鍅传云:"(浙江巡抚)阮元称其以学为政。文鍅幼孤力学,受知于学使者王杰,后迭游朱珪、纪昀之门,又主(纪)昀家塾者十年,充四库馆誊录者五年,自是学益进,故其为治皆本经术而变通之,以宜其民。"[③]阮元、纪昀、李赓芸、伊秉绶等均序《书屏诗钞》,伊秉绶以为郭文鍅之诗可与谢肇淛、曹学佺等明代乡前辈抗行[④]。梁章钜代张师诚撰《前后鹤井集序》[⑤],代张师诚撰《郭书屏郡倅墓志铭》[⑥]。

郭文鍅所著《书屏诗钞》六卷,嘉庆十二年福州刻本,中国科学院图书馆藏。含《鹤井集》一卷、《鹤井后集》四卷、《文钞》一卷。[⑦]

郭廷筠之子郭南英,乾隆五十四年己酉(1789)副榜举人,分发四川知县,以军功擢知州;郭彬图,道光二年壬午(1822)进士,官四川天全州知州。郭文鍅长子郭仁图(莲渚),嘉庆十三年戊辰(1808)进士,官刑部员外郎;次子郭礼图,道光二十一年辛丑(1841)进士,选庶吉士,改工部主事。

郭仁图(1769[⑧]—?)妻林淑卿,闽县林澍蕃之女,林其茂、郑翰蕙孙女。林淑卿得林氏门风,颇好吟咏[⑨]。此种门风系林氏、郑氏、郑氏的外家黄氏等多个文学家族传统的糅合。

## No. 167 侯官叶梦苓家族

叶梦苓:《秋江集笺注》、《余文稿》、《吟草》、《异文汇纪》、《诗话》、《解颐》(民国《福建通志》总卷三十九,《福建文苑传》卷八本传)

**谨按:**侯官叶梦苓父子均能诗。民国《福建通志·文苑传》叶梦苓传:"叶梦苓,字松根。侯官人。乾隆壬午(二十七年,1762)科举人,官台湾凤山县学训导。遇叛寇戕县令,乃招集义勇,竭力防御逾年,全家殉焉。梦苓为黄任外孙女婿,有《秋江集笺注》、《余文稿》、《吟草》、《异文汇纪》、《诗话》、《解颐》,皆湮没于官廨中。《耕村姑留草》。"[⑩]叶梦苓尝得亲承黄任謦欬,追陪觞咏,又搜罗、采摭浙江诸暨余文仪(宝冈)所作之《黄任诗集笺注》[⑪],作《秋江集笺注》。永福,余潜士撰《叶松根笺注〈秋江集〉序》,为叶梦苓曾孙叶栋国兄弟撰[⑫]。

《国朝全闽诗录初集》续集叶殿材条:"字绍能,侯官人。梦苓次子。乾隆间布衣。"引《注韩居诗

---

① 《国朝全闽诗录初集》续集卷十,第697页。

② 同治刊本《福建通志》卷六十七,影印第1383页。

③ 民国《福建通志》总卷三十六,《福建循吏传(清二)》卷十二,郭文鍅传,原第四十一、四十二页。

④ 民国《福建通志》总卷二十五,《福建艺文志》卷六十五,第十九页。

⑤ 梁章钜《退庵文存》,《清代诗文集汇编》第515册,影印第334页。

⑥ 同上书,影印第364-365页。

⑦ 柯愈春《清人诗文集总目提要》,第886页。

⑧ 梁章钜《十月二十日霁峰招集自怡轩是日会者八人笏轩最长年六十七莲渚六十六霁峰与鲁庭同六十五谷士六十四余与鉴塘同六十香农最少亦五十七合成五百四岁口占索诸公同纪之》,《退庵诗存》卷二十三,《清代诗文集汇编》第515册,影印第241页。

⑨ 民国《福建通志》总卷四十五,《福建列女传》卷六,林淑卿传,原第二十五页。

⑩ 民国《福建通志》总卷三十九,《福建文苑传(清二)》卷八,第四页。

⑪ 民国《福建通志》总卷二十五,《福建艺文志》卷六十四,第二十五页。

⑫ 余潜士《余潜士全集》,厦门大学出版社2011年版,第96-97页。

话》云:"绍能父梦苓,字景西,号松根。乾隆二十七年壬午(1762)举人,官凤山学教谕。绍能随父之任。五十一年(1786),台匪林爽文滋事,父子被执,骂贼而死。"①《国朝全闽诗录初集》续集选叶绍能诗,题《村居即景恭步家大人原韵》,知其父子能诗。

据民国《福建通志》叶梦苓继妻林红玉传,叶梦苓诸子叶殿材、叶殿豪、叶殿杰俱死难,叶殿英袭世职②。

## No. 168　闽县林廷对家族

林廷对:《拓斋诗草》(同治刊本《福建通志》卷六十七)

林士楷:《寄庐诗草》(同治刊本《福建通志》卷六十八、民国《闽侯县志》卷四八《侯官艺文志》)

**谨按:**林廷对,字奕泰,号拓斋。籍闽县。乾隆元年丙辰(1736)举人。同治刊本《福建通志》著录其著作,小字注:"(林从直)《国朝闽诗选》:廷对,士楷兄,善事节母,以孝友称。"③

林廷对之弟林士楷,字奕宗,号寄庐。籍侯官。雍正十三年乙卯(1735)与从兄(林)达同举于乡④。据同治刊本《福建通志》此条注文,林廷对兄弟与林达系同宗,原籍福清县,俱迁往省垣。

## No. 169　闽县谢士骥家族

谢士骥:《春草堂诗钞》(同治刊本《福建通志》卷六十七。柯愈春《清人诗文集总目提要》第379页作十卷,乾隆间刻本,福建师范大学图书馆藏)、《春草集》(《国朝全闽诗录初集》卷十七谢士骥本传)

谢曦:《草书分类》四卷、《偷闲杂记》二卷、《偷闲吟》二卷(同治刊本《福建通志》卷六十七)

**谨按:**闽县谢士(仕)骥,字安卿(一作宏卿⑤),一字汝奇,号汝骥。性萧疏,诗如其人。善草书,好蓄砚材,择寿山美石,随意雕琢,动合古制。筑有逸斋。与周绍龙交密。身后,湖南武陵朱景英(官台湾海防同知。有《经畬堂文集》)为传。同治刊本《福建通志》著录谢士骥《春草堂诗钞》,注引朱氏传。略云:"嗜学工诗,性故萧疏,诗如其人。善草书,好蓄砚,不乐仕进,构逸斋居之,图史纵横。客至,清谈竟日,樵苏不爨,泊如也。卒栖隐以老。"⑥《国朝全闽诗录初集》卷十七有谢士骥传及诗。其诗集《春草堂诗集》十卷,乾隆间谢氏曾孙婿王溱校刊;光绪十年甲申重刊,《续修四库提要》著录仅二卷⑦。

谢士骥之子谢曦,字育万,号发川。嘉庆元年丙辰(1796)举孝廉方正,卒年八十九。传见同治刊本《福建通志·文苑传》、民国《福建通志·文苑传》。谢曦诗、书皆承家学。

## No. 170　侯官陈兰泰家族

(元)陈高:《不系舟渔集》(《清代硃卷集成》第三一册,进士陈钦铭履历,影印第379页)

---

① 《国朝全闽诗录初集》续集卷十一,第724页。

② 民国《福建通志》总卷四十五,《福建列女传》卷五,林红玉传,原第二十七页。

③ 同治刊本《福建通志》卷六十七,影印第1381页。

④ 同治刊本《福建通志》卷六十八,影印第1397页。

⑤ 同治刊本《福建通志》卷二百三十九,谢曦传,原第五页,影印第4311页。

⑥ 同治刊本《福建通志》卷六十七,影印第1384页。

⑦ 柯愈春《清人诗文集总目提要》,第379页。

(明)陈一元:《漱石山房全集》十六卷(《福建文献书目》)、《勤凯编》四卷(同治刊本《福建通志》)、《八还斋(诗文集)》、《漱石山房诗文集》(《清代硃卷集成》第三一册,进士陈钦铭履历,影印第379页)

(明末清初)陈轼:《静机斋诗文集》(《清代硃卷集成》第三一册,进士陈钦铭履历,影印第380页)、《道山堂集》[①](《四库全书存目丛书集部》第201册)、《续牡丹亭传奇》、(与郑开极等合纂)《(康熙)福建通志》(康熙间刻本)

陈惟人(陈轼族侄):《六石稿》五十卷(同治刊本《福建通志》卷六十九)

陈祁永:《知非亭诗集》(《清代硃卷集成》第三一册,进士陈钦铭履历,影印第380页)、《知非亭集》(同治刊本《福建通志》卷六十八。民国《福建通志·福建艺文志》存目卷四十二、民国《闽侯县志》卷四八《侯官艺文志》作四卷)、《知非亭诗稿》不分卷(民国十三年铅印本,福建省图书馆藏。柯愈春《清人诗文集总目提要》第436页)

陈祁广:《望云楼诗文集》(民国《闽侯县志》卷四八《侯官艺文志》;《清代硃卷集成》第三一册,进士陈钦铭履历,影印第380页)、《望云楼诗集》(民国《福建通志》总卷三十九,《福建文苑传(清一)》卷七林衡传附陈祁广传)

陈兰泰:《学庸集讲》(同治刊本《福建通志》卷二百四十一本传)、《易经绎注》、《学庸辑说》、《警心录》(民国《福建通志·福建儒行传》卷五陈兰泰传题《易经译说》十二卷、《学庸辑说》八卷、《警心录》四卷)、《顾思录》、《芷亭文稿》(民国《闽侯县志》卷四八《侯官艺文志》)、《周易绎说》、《芷亭文存》、《课余笔记》(《清代硃卷集成》第三一册,进士陈钦铭履历,影印第381页)、《文集》十卷(民国《福建通志》总卷四十,《福建儒行传》卷五,陈兰泰本传)

陈宝璿:《擘海楼诗初集》九卷(稿本,福建省图书馆藏。柯愈春《清人诗文集总目提要》第1470页)

陈龙标:《周易精华》(《清代硃卷集成》第三一册,进士陈钦铭履历,影印第382页。民国《闽侯县志》卷四八《侯官艺文志》作《周礼精华》)

**谨按**:侯官陈兰泰传见同治刊本《福建通志·孝义传》:"陈兰泰,字功弼,号芷亭。祖芳植,雍正乙卯(十三年,1735)举人、南平教谕。父圣炅,岁贡。授徒远乡,以父老系念。泰时年十二,力任侍奉晨夕不离,垂十余年,后泰亦处馆乡村,数日必归省父母。……以故父母均享高寿。……秋闱屡荐未售,年七十,学使者韩、沈先后按试,犹拔置高等。道光元年(1821),举孝廉方正。著有《学庸集讲》、《易经绎注》、《顾思录》等。年八十四卒,祀邑乡贤祠。子树枫,诸生;福畴、鸣昌,道光乙酉(五年,1825)同榜举人。福畴任惠安训导。"[②]传又见民国《福建通志》:"鸿博张甄陶主鳌峰讲席,时学政朱珪、巡抚徐嗣曾以经学造士,泰与拔贡陈晶鉴同治郑、孔学,齐名。陶方为两犹女相攸肄业生,少许可,久之,归泰与晶鉴。鉴,榕南十才子之冠,所服惟泰。……生平与举人林志仁、知府陈春波、州同陈登龙、贡生陈庚焕友善,晚年仿香山故事,为真率会。……子树枫、超陵、鸣昌。"[③]

陈兰泰的子孙略列如下:(1)陈树枫,字乔臣。附贡生。及门数百人。陈树枫子陈宪周,字星南。

---

① 柯愈春《清人诗文集总目提要》著录此集,十一卷,分《道山堂前集》文一卷、诗三卷,《后集》文二卷,诗三卷,诗余二卷,康熙间刻本,复旦大学图书馆藏(第73-74页)。李灵年等《清人别集总目》著录《道山堂前集》文不分卷诗不分卷《后集》文二卷诗五卷(第1239页)。

② 同治刊本《福建通志》卷二百四十一,原第二十五、二十六页,影印第4357页。

③ 民国《福建通志》总卷四十,《福建儒行传》卷五,陈兰泰传,原第二十七、二十八页。

岁贡生。选南安训导，不赴。授徒垂三十年，与妻兄高明远[①]相与讲论道艺。陈宪周子陈钦铭。(2)陈超陵，榜名陈福畴。道光五年乙酉(1825)举人。官知县，改教职，叙州同。陈福畴之子陈宝璿，字芗石。咸丰九年己未(1859)举人，官工部郎。娶吴兰荪之女。晚精医术，济人甚众。(3)陈鸣昌(？—1874)，字叔闻。道光五年乙酉(1825)举人。教授生徒，英才辈出。二十四年甲辰(1844)大挑，用教职，官光禄寺署正、延平府学教授。陈鸣昌之子陈翼谋(？—1874)，字珊洲。咸丰五年乙卯(1855)举人。叙知县，改教职，升内阁中书。丁父忧以殉。陈鸣昌之孙、陈翼谋之子陈镜河(？—1900)，字金波。陈镜河之配、宁德吴重，传见民国《福建通志·福建列女传》卷一。以劳绩保江苏知县，感暑而卒。两江总督刘坤一诔之。陈鸣昌曾孙陈世隆，字伯豪，号少波，官浙江候补府照磨，配高德宜[②]；陈世钟，江苏补用；陈世桢，布理问；陈世英，字季良，以字行，民国海军舰队司令。

根据《清代硃卷集成》第五四册进士曾宗彦的会试履历，曾宗彦的高祖曾新娶陈氏，陈氏系陈圣灵(一作炅[③])长女陈帖，陈文治、陈文蔚、陈文华、陈兰泰胞姊，陈端士、陈树枫、陈福畴、陈鸣昌胞姑，陈宪周(字星南，陈树枫之子)、陈翼谋(字珊洲，陈鸣昌之子)、陈宝璿(陈福畴之子)、陈葆胞祖姑，陈钦铭(陈宪周之子)、陈镜河(字金波，陈鸣昌之孙)、陈勋曾祖姑[④]。陈圣灵长女陈帖适侯官曾新，五女陈帙适侯官林则徐，与本邑望族联姻。详情请参看本书侯官林则徐家族条、侯官曾氏家族条。

《清代硃卷集成》第三一册收录同治七年戊辰(1868)科会试第二百二十六名贡士、保和殿覆试二

---

① 闽县高明远、高廉远兄弟系嘉庆二十四年己卯(1819)举人、侯官人高鸿湘之子，高明远与王景贤、叶兰台最为莫逆(民国《福建通志》总卷四十，《福建儒行传》卷五，高明远传，原第三十七、三十八页)。高明远之子治盐策不利，官逋私债山积，高氏姊举所储脱弟于难(民国《福建通志》总卷四十五，《福建列女传》卷二，高氏传，原第二十五页)。清代中叶以来，福建盐商家道中落颇有其人，如闽县李氏家族，至光绪初，"鹾业适败"，而李宗言已中光绪八年壬午(1882)举人，遂援例为户部官，以求挽救李氏家族的颓势(民国《福建通志》总卷三十六，《福建循吏传(清三)》卷十三，李宗言传，原第三十八页)，而不能，从林纾所撰《李佛客员外墓志铭》观察到其弟李宗祎从光绪六年庚辰至二十年甲午(1880—1894)之间家业大落，旅食江南，依舅父沈瑜庆(《林纾集》第一册，第50页)，而沈瑜庆本人也为盐业所累(谢章铤《赌棋山庄集》诗集卷十二《沈爱苍主政出箑索诗感念文肃公作此奉赠时君以太夫人祠事来广信并将入都补官》诗中注"君所亲盐业破坏，君亦受累")。嘉庆间，闽县萨龙光(1752—1818)认识到"盐业浮而无实，得失靡定"，"将田屋、店屋分给三叔、四叔收掌，代为营产，而盐政日疲，代认帮额，代完课帑，乾隆年间不计外，嘉庆九年迄今不下数十万金，无不勉力提挈"。(萨倚枫等《皇清诰授朝议大夫户部江西司兼山东司主事翰林院庶吉士诰封中宪大夫工部营缮司员外郎露萧府君行述》，《雁门萨氏家谱》，影印第1075页)按：业盐在闽中为特权经营，普遍能致巨富。明代闽县林潮从业儒改从鹾事，"家致巨万"(《敕封中书舍人如泉林公墓志铭》，转引自魏宁楠《福州林浦林云铭家世生平补证》，载《牡丹江师范学院学报》2017年第5期，第85页)。闽县萨谟(1699—1775)预乡闱十一，屡试不售，专治鹾务，"家颇日起，同时业鹾者治宫室，极饮馔、鲜衣、美仆，扬扬市里，或广交游，结纳声气以见为材能"(龚景瀚代撰《甸山萨君墓志铭》，民国《雁门萨氏家谱》卷六，影印第1054页)，知康熙、雍正、乾隆三朝，闽中治盐业者颇能富家，然晚清形势不同，致治盐业者破家纾难。李宜龚家族在光绪九年癸未(1883)的时候遇到"丁太公忧，鹾业适败"(林纾《清荣禄大夫署江西广信府知府二品衔安徽候补道闽县李公墓志铭》，《畏庐三集》，《清代诗文集汇编》第775册，影印第662页)的两大窘境；《清史稿》边宝泉传云："闽盐逋课八十余万，前任奏报，率皆飞洒他项为挹注。宝泉(光绪二十年任闽浙总督)至，尽发其覆，乃有停釐补课之奏。"(卷四百四十八)一旦"尽发其覆"，或停釐或补课，"盐政日敝"(民国《雁门萨氏家谱》卷八，《传信录》转引民国《闽侯县志·孝义传》萨龙光本传，影印第1274页)，盐业这种巨富行业都随时可见其潦倒困顿，足见晚清社会、政治、经济各方面整体的衰朽和腐败，处于天崩地裂社会巨变的前夜。侯官郭柏苍以为"闽中盐法，前人所修《盐法志》正续编尽之。道光十八年(1838)以悬额归官，小吏任意变通，鹾政始坏"。(《挽湖州魏鹾尹锡曾》，《沁泉山馆诗》卷下，《清代诗文集汇编》第662册，影印第99页。按：魏锡曾，浙江仁和人)道光十六年(1836)，张际亮《扬州明月好七首》题注："迩年鹾政疲敝，官商大非昔比。"(《思伯子堂诗集》卷二十四，《清代诗文集汇编》第601册，影印第277页)道光十七年(1837)二月，政府与盐商之间的矛盾逼得两淮盐运使刘万澄自缢于扬州运司衙门。道光十七年(1837)，张际亮《刘方伯诸公子招泛大明湖》有"盐策酒罢余废榭"之句(同书，卷二十六，影印第310页)；十八年(1838)所作《王朗曲》"迩来盐策疲，粉黛亦苦饥"(同书，卷二十七，影印第321页)，《汉上汪姚二氏园亭》"盐策绌征输，岁课日亏频"(同书，同卷，影印第325页)，知1830年代淮北及北方中国盐政窳败。闽中亦如之，陈寿祺《与孙制府书》云"今则盐务弛敝，商力凋残，区区输将，少能应命"。(《左海文集》卷五，《清代诗文集汇编》第499册，影印第244页)孙制府即孙尔准，道光五年至十二年(1825—1832)任闽浙总督，知闽中盐务之弊在道光五年(1825)左右已经严重。林纾观察到鹾业之败在于太平天国运动："洪、杨既哄于江左，鹾业锐减。"(《高莘农先生传》，《林纾集》第一册，第153页)指的是江南在1850年代鹾业衰败的情形。福建盐业的衰败亦在同时，林纾《洪清华》："道光季年大水，鹾业败，罄其(按：指晋江人洪清华的世父)家，官逋至二万余金。"(《林纾集》第三册，第478页)张仲礼对19世纪清朝官员的收入分析"证实了公认的在传统中国社会里做官最能发财的观点"(《中国绅士研究》，第241页)，闽县龚易图、郑孝胥是典型的例子。清代绅士在做官之外，业盐(具有专营垄断的排他性质)、置田、投资商业(如银号等)等都是高收益的出路。

② 高德宜，侯官高胪璟之女孙，高晖奎之女，高旭姊。传见民国《福建通志·福建列女传》卷四。

③ 《清代硃卷集成》第六〇册，进士曾福谦履历，影印第209页。

④ 《清代硃卷集成》第五四册，进士曾宗彦履历，影印第54页。

等第四十名、殿试二甲第九十五名进士陈钦铭履历，略述如下：始祖陈高，号上元，元至正甲午(1354)进士，著《不系舟渔集》；支祖陈銧，号玉轩，岁贡生；十世祖陈梦麟，号启祥，官知县；十世伯叔祖陈志(岁贡生、将乐县学训导)、陈梦龙(嘉靖四十三年举人、知县)；九世祖陈一栋，妣邓氏；九世伯叔祖陈一贯、陈一元(陈志之子，万历二十九年进士，著《八还斋(诗文集)》、《漱石山房诗文集》)、陈一新、陈一正、陈一贞、陈一善；八世祖陈兆盛，号繁伯，妣叶氏；八世伯叔祖陈有开、陈其蕴(万历壬戌[①]会魁、御翼右都督)、陈兆祺、陈兆乾、陈兆祉、陈兆行、陈鼎、陈其震、陈全、陈采、陈兆蕃[②](一作藩。崇祯进士)、陈鼒、陈兆高、陈彝、陈其恭(官守备)、陈兆梅、陈兆霖、陈其相(官水师游击)、陈克英、陈愈(顺治十一年甲午举人、知县)、陈钟；七世祖陈徽典，号希古，妣郑氏，庶郑氏；七世伯叔祖陈伯骏、陈思起、陈轼(崇祯进士)、陈亨(崇祯进士，官参议)、陈时修、陈克、陈辉祖(顺治戊子举人)、陈之湄、陈佐(武举人)、陈谟、陈徽绩、陈晋、陈绳祖、陈念祖(顺治举人、知县)、陈肃、陈騋、陈辙；六世祖陈祁永，号岷源，岁贡生，诏安县学训导，著《知非亭诗集》，妣林氏，继祖妣林氏；六世伯叔祖陈士震、陈宗咸、陈三重、陈立言、陈祁广、陈祁康(官教谕)、陈祁度、陈士常、陈嘉宾(官训导)、陈宗柏、陈士升、陈士建、陈于侯(举人)、陈宸桂、陈声远(官训导)；太高祖陈芳植，号培林，雍正间举人，官教谕，妣林氏，系河南抚标参将林鼎女；太高伯叔祖陈守仁、陈汉(陈亨孙，举人、知县)、陈守道、陈守义、陈亦钦、陈如珪(举人、知县)，陈奋其、陈发其、陈玉书(官教谕)、陈升扬、陈良璧、陈文牟、陈温其、陈应太；高祖陈圣灵，号时庵，高祖妣黄氏，系黄举衡女，黄昭藩胞妹；高伯叔祖陈仕绅、陈三汲、陈廷鐄、陈允益、陈光宗、陈世德、陈世贤(进士、户部员外郎)、陈丹华、陈登斗(举人、教谕)、陈射斗；曾祖陈兰泰，号芷亭，曾祖妣张氏，系张甄成女，翰林张甄陶胞侄女，进士张经邦、举人张经纶嫡堂妹；胞曾伯祖陈文治、陈文蔚、陈文华(举人、教谕)，堂曾伯叔祖陈仪黼、陈化鹏、陈佐亮、陈大煜(举人)、陈佐赓(举人)、陈龙标(举人、训导)；祖陈树枫，号乔臣，祖母林氏，系林丹桂女，林丹青、举人林庆昇胞侄女，举人林腾芳胞姊；胞叔祖陈福畴(一名超陵，举人、台湾嘉义等县训导)、陈鸣昌(举人、县学训导)；堂伯叔祖陈思泉、陈中夔、陈象仪(举人、县学教谕)、陈茂坚、陈端士、陈森元(举人、县学教谕)、陈思焕、陈家驹、陈烈谟、陈寿康、陈景蕃(举人、汀州府学训导、台湾县学教谕、泉州府学教授)、陈景熙(举人)、陈景陶；父陈宪周，号星南，试用训导，母高氏，系高腾孙女，举人、教谕高鸿湘长女，进士高明远胞妹，高廉远胞姊，高运乾、高运琛胞姑；胞叔陈亦远、陈青远、陈绍远，嫡堂叔陈翼谋(同榜举人，官训导、署教谕)、陈宝璿(举人，官工部行走)、陈宝珪、陈天经；陈钦铭(1835—?)，字少希，号寿彝，行一，工部候补主事、记名总理各国事务章京，元配潘氏，系潘宗言孙女，举人、内阁中书衔潘联禧女，潘孝纯胞妹；继娶李氏，系河南光禄寺卿李敏第曾孙女，漕运总督李奕畴孙女，江苏苏州知府李铭皖次女，李铭右、李铭翰、李铭霍、李钟英、李铭舟、李铭燕胞侄女，李锡彤、李锡麟、李源锡、李禹锡嫡堂姊妹；陈于宣、陈维申、陈叔兴、陈季立、陈昭荣、陈昭勋、陈昭銮，嫡堂弟陈光治、陈昭鈊、陈昭承，堂弟陈镜河、陈毓彬、陈镜潮、陈毓燕、陈毓熙；胞妹一适举人董炳章，次适魏凤祥；受业师：伯祖陈端士(名驹)、刘凝禧(兰艭)、叶兰台(香侍)、黄纪云(彤阶)、赵新(又铭、古彝)、林春溥(鉴塘)、郭柏荫(远堂)；受知师胡应泰(怀注)、娄浩(啸岩)、李联琇(小湖)、景廉(秋坪)、吴凤藻(蓉圃)、雷瑞光(午桥)、张洵(小眉)、孙楫(驾航)[③]。世居福州文儒坊，现住三官堂。

陈钦铭十世伯叔祖陈志，岁贡生，官将乐县学训导，诰授奉直大夫；九世伯叔祖陈一元，陈志之子，万历二十九年辛丑(1601)进士，官山东道御史，巡按江西，应天府府丞，有诗文集行世。七世伯叔祖陈

---

① 按：万历间无壬戌年，有壬午(1582)、壬辰(1592)、壬寅(1602)、壬子(1612)和甲戌(1574)、丙戌(1586)、戊戌(1598)、庚戌(1610)年。

② 陈兆藩，字卫公，陈梦龙孙。崇祯十二年己卯(1639)举人。少子陈夔，一子娶尚书林燫曾孙女。传见民国《福建通志·福建列传(明十四)》卷二十九(第十二页)、民国《福建通志·福建高士传》卷四(第十页)。

③ 《清代硃卷集成》第三一册，进士陈钦铭履历，影印第379-386页。

轼(1617[①]—1694),字静机,号静庵。崇祯十三年庚辰(1640)进士,官广西提督学政,桂王时历官苍梧道、布政司参议、太仆寺卿。入清不仕,晚年流寓江浙。著有《静机斋诗文集》、《道山堂集》、《续牡丹亭》等。七世伯叔祖陈亨,与陈轼同登崇祯庚辰进士,官侍读、松江府知府。

在明清鼎革之际,陈氏七世诸人的政治立场分化,有遗民者如陈轼,而陈辉祖却在顺治五年(1648)举人中式,官泉州府学教授,陈佐中顺治五年(1648)武举人,官兰州卫守备,为陈氏仕清朝最早者。有清一代,陈氏取功名,出仕簪缨者甚多。

六世祖陈祁永,号岷源。同治刊本《福建通志》:"字岷源,祁广兄。康熙辛未(三十年,1691)贡生,官诏安训导。"[②]陈祁广,字汉如。康熙间诸生,平远台诗社诗人。陈钦铭堂曾伯叔祖陈龙标,字惟盘,号虚舟。乾隆壬子(五十七年,1792)举人。此三陈氏均有著述。

陈圣灵为陈钦铭高祖,子女众多,子陈文治、陈文蔚、陈文华、陈兰泰等,孙、曾辈若干。陈钦铭,字少希。咸丰五年乙卯(1855)福建乡试举人中式,与龚易图、陈翼谋、杨叔怿等同年;以举人援例为工部主事,考充总理各国事务衙门章京;同治七年戊辰(1868)成进士,与陈宝琛、高纪、叶大焯、邵积诚等同年,累官至江苏按察使,卒于光绪十一年乙酉(1885)。娴于时务,为恭亲王、文祥、沈兆霖所倚任,又为翁同龢、孙嘉鼐、李鸿章等所重。传见民国《闽侯县志》卷六十九、民国《福建通志·福建列传》卷三十九。

按康熙五十四年乙未(1715)进士陈宪周,字时夏,号鹤溪,亦闽县人[③],非陈钦铭之父陈宪周。

同治十年辛未(1871),侯官诗人林直至京,盘桓近五月方出都南归。其诗《晚发都门风雨骤至遂宿双桥》:"夕装戒京路,肃肃瞻马首。故人惜我别,为我置尊酒。"注云:"是日曾于乐、陈少希、郭鹿泉为余置饯,阻于事,竟未克赴。"[④]曾兆鍠,字于乐;陈钦铭,字少希;郭溶,即郭杰昌,号鹿泉,词人徐一鹗子婿,均侯官诗人。

纵观陈钦铭本支的婚姻情况,至其祖父陈树枫之时,六世祖陈祁永、太高祖陈芳植、祖父陈树枫均娶于诸林氏,而高祖陈圣灵陈圣灵之女适侯官林宾日,为林则徐之母,林、陈两姓缔结婚姻最繁;陈福畴之子陈宝璿娶吴兰荪女孙[⑤],是为陈氏与侯官经学世家吴氏联姻;此外,陈氏与本府曾氏、张氏、高氏等世家联姻。

## No.171　侯官周绍龙家族

周绍龙:《梅崖集》、《少少集》(《黄任集·黄任交游人物表》)

**谨按:**侯官周绍龙,字允乾,号瑞峰,周廷辉之子[⑥]。乾隆《福清县志》卷九《选举志》作福清县人,盖周氏祖籍。传见乾隆《福清县志》卷十四《循良传》,籍福清海口。同治刊本《福建通志》卷二百二十六《列传》周绍龙本传作闽县人,《国朝全闽诗录初集》周绍龙条作侯官人,续集周正思条以周绍龙之子周正思为闽县人。同治刊本《福建通志·选举志》进士题名、《明清进士题名碑录索引》均作侯官人[⑦],民

① 黄晋良有诗《腊月四日赠陈静机太仆六十寿》(《和敬堂全集》诗部卷五,原第十一页,《清代诗文集汇编》第54册,影印第266页),此时在《赠石门和尚》诗后,《赠石门和尚》诗序中明确本年为"丙辰十月之晦"(同书,同卷,影印第265页),"丙辰"正是康熙十五年(1676),此年陈轼六十岁。陈轼出生日的万历四十五年丁巳腊月四日系1617年12月31日。

② 同治刊本《福建通志》卷六十八,影印第1396页。

③ 民国《福建通志》总卷三十九,《福建文苑传(清一)》卷七,陈宪周传,原第二十八页。

④ 林直《壮怀堂诗三集》卷十一,原第六页,影印第731页。

⑤ 民国《闽侯县志》卷七十八,原第七页,影印第322页。

⑥ 乾隆《福清县志》卷十四,《恩典》,影印第236页。

⑦ 同治刊本《福建通志》卷百六十一,原第十页,影印第2845页;朱保炯、谢沛霖《明清进士题名碑录索引》,第2203页。

国《平潭县志》周绍龙传附按语，考订其籍贯，系平潭屿头岛人[①]。平潭县，自唐迄清均为福清县所属海岛，1912年置县。

民国《闽侯县志》周绍龙本传："少以文学名。雍正癸卯(元年，1723)进士，选庶吉士……晋顺天府丞，卒于官。子正思，榜名正峰。雍正癸丑进士。以编修典试河南。"[②]《国朝全闽诗录初集》周绍龙条引《注韩居诗话》："瑞峰工书法，有砚癖，与许梅崖(许鼎)、林苍岩(林正青)同时交好。生平亦有才略，以劳疾卒于官。诗清爽。"[③]周绍龙也是著名诗人黄任的诗友。

周绍龙之子周正思，榜名正峰，字君履，号谦亭。雍正十一年癸丑(1733)进士，官编修。乾隆十二年(1747)丁卯科简放河南副考官。能诗。《国朝全闽诗录初集》续集卷八周正思条，选其诗《游白云寺》。

## No.172 侯官郑光策家族

郑光策：《西霞文钞》二卷(同治刊本《福建通志》卷六十七)、《西霞文钞》上下卷、《诗钞》、《俪体文钞》(民国《闽侯县志》卷七十七《儒行传四》本传)、《西霞丛稿》十余册(民国《福建通志》总卷四十，《福建儒行传》卷五，郑光策本传；梁章钜《西霞文钞序》)、《西霞制义剩稿》(卢前《八股文小史》)

**谨按：**闽县郑光策、郑天衢兄弟在科举、文学创作上均有所成就。郑光策(1759—1804)登进士第后仕途崚嶒，遂绝意仕进，以讲学终身。尝入福康安军幕。晚年主讲鳌峰书院，著名门人有梁章钜、林则徐等。

梁章钜撰《郑苏年师传略》[④]。郑光策兄弟俱入民国《闽侯县志·儒行传》："郑光策，初名天策，字宪光，一字琼河，因足疾濒危复起，又字苏年。少孤力学，家贫与同怀弟天衢自相师友。登乾隆己亥(四十四年，1779)乡荐，明年成进士。……入读书社。……(为和珅所摈，返里)益肆力于学，尤喜读经世有用之书，自《通鉴》、《通考》外，若陆宣公、李忠定、真文忠以及前明至邱琼山、王阳明、吕新吾、冯犹龙、茅元仪，清至顾亭林、魏叔子、陆桴亭诸公著作靡不贯串。值林爽文滋扰台阳，诣军门条上十二议，为福节相康安所采用。……中年绝意仕途，日以授徒养母(廖氏[⑤])为事。历主福清书院、龙岩书院讲席。……汪志伊为巡抚，延主鳌峰书院，勤于训迪而有法，未几卒。嘉庆间，其婿梁章钜为集《西霞文钞》上下卷，付其弟子陈孔扬梓行之。其《诗钞》及《俪体文钞》则已编未梓。""天衢，字宪文，又字云轩。乾隆甲寅(五十九年，1794)举人。与其兄光策有二难之目。诗文力求矩矱，尤工为书札，州府多倚重之，行草学苏。乡荐后，因病足不获一上公车，侘傺以卒。"[⑥]民国《福建通志·福建儒行传》郑光策本传云："汪志伊为巡抚，延主讲鳌峰书院，勤于训迪，严而有法，人才奋兴。志伊与后抚、高阳李殿图并谓不减蔡文勤风矩。未几卒。……又不欲急于著述，故虽穷年矻矻，迄无成书，仅存诗、古文十余帙，亦未编定，但自题为《西霞丛稿》而已。"[⑦]

郑兴策门人梁运昌、梁章钜、廖鸿荃、杨庆琛[⑧]、林则徐等。其身后遗文由门人梁章钜、陈名世校刊，成《西霞文钞》二卷，嘉庆十年眠雨亭刻本。据梁章钜《西霞文钞序》，所刻系郑氏《西霞丛稿》十余

① 民国《平潭县志》卷二十五，《列传》周绍龙传，影印第723页。《中国地方志集成》福建府县志辑第20册，上海书店出版社2000年影印。

② 民国《闽侯县志》卷六十八，原第三页，影印第235页。

③ 《国朝全闽诗录初集》卷十三，第265页。

④ 梁章钜《退庵文存》，《清代诗文集汇编》第515册，影印第357页。

⑤ 梁章钜《题郑苏年先生抱膝遗像后》其一句中注，《退庵诗存》卷二十四，《清代诗文集汇编》第515册，影印第250页。

⑥ 民国《闽侯县志》卷七十七，原第二、三页，影印第315-316页。

⑦ 民国《福建通志》总卷四十，《福建儒行传》卷五，郑光策传，原第十五页。

⑧ 按：前二人请参看梁运昌《秋竹斋诗存》，后二人请参看廖鸿荃序杨庆琛《绛雪山房诗钞》。

册"严汰"之后"十留一二"之作,其骈体文及古近体诗未暇编校付刻[①]。

郑光策之女郑齐卿(1779—1833),字淑华。适长乐梁章钜,先其夫十七年卒。能诗文,有《由黄巷移居登龙巷》诗[②]。按:黄巷系梁氏旧居。郑光策门人林则徐撰《梁芷邻方伯室郑夫人墓表》,见《云左山房文钞》原稿卷三,今收入《林则徐全集》第五册。郑齐卿同怀女弟适何氏。

## No. 173 长乐林芳家族

**谨按:**长乐林芳,乾隆五十四年己酉(1789)举人,与同邑谢震、郑榕、林芝芳同年,非闽县乾隆三十五年庚寅(1770)举人林芳。附民国《长乐县志》卷二十五《文苑传》其子林宗洙传。

林芳之子林宗洙,字明浚,一字鲁水。嘉庆十二年丁卯(1807)举人,与郭尚先及邑人游大琛、高炳望等同年。民国《长乐县志·文苑传》林宗洙传:"宗洙年十二,通十三经,陈学使嗣龙拔冠多士,寻三试科、岁,皆第一。肄业鳌峰,为主讲郑光策、游光绎所器重。与林文忠、廖文恪均以年少负文名,制府汪志伊奇之,公余辄令入署,课所业,赏书籍、法帖及先儒理学书。……嘉庆丁卯(1807),年甫冠,举于乡。晚截取知县,不赴选。惟肆力于各经注疏,辨析淹贯,旁及《史》、《汉》、《文选》、诸大家文集。陈寿祺太史以经学名天下,尝心折焉,延课其诸子。惜生平不喜著述,韫所心得者,抱璞以终。弟宗泽,道光乙酉举人,亦积学不仕如其兄。"[③]

林芳之子、林宗洙之弟林宗泽,字明阳,一字邹山。家有寒碧楼。道光五年乙酉(1825)举人,与邑人梁逢辰、刘建韶、陈步瀛、刘建庚等同年。据《清代硃卷集成》第十八册闽县进士陈承裘履历,林宗泽一字雪舟,号平冶、邹山,系陈承裘的受业师[④]。又据《竹间续话》的记载,何振岱曾经和前辈诗人林宗泽等结"自闲诗社",知林宗泽能诗。陈衍《石遗室诗话》卷十二录其诗,卷二十一记载陈衍、何振岱、王允皙等燕集其家寒碧楼事。

## No. 174 长乐(霞浦)游氏家族

游炯:《学庸密解》、《文溪小草》(民国《长乐县志》卷十四上《选举上》题名下注)

游光绎:《鳌峰书院志》十六卷、《鳌峰书院书目》四卷(同治刊本《福建通志》卷八十一)、《炳烛斋诗文集》(民国《福建通志》总卷三十四,《福建列传(清六)》卷三十七,游光绎传)、《炳烛斋诗集》无卷数[⑤](民国《福建通志》总卷二十五,《福建艺文志》卷六十五;谢章铤《赌棋山庄余集》文集卷二《炳烛斋诗集钞本记》;陈昌强《谢章铤年谱简编》光绪二十七年)、《炳烛斋诗稿征录》(1964 年钞本,福建师范大学图书馆藏。李灵年等《清人别集总目》第 2288 页)

游大琛:《萍缘小记》(谢章铤《赌棋山庄余集》文集卷二《炳烛斋诗集钞本记》;《赌棋山庄词话》续编卷二;民国《福建通志》总卷二十五,《福建艺文志》卷六十五)、《窾启吟草》不分卷(1965 年钞本,福建师范大学图书馆藏)、《风尘呓语》不分卷(1964 年钞本,福建师范大学图书馆藏)(柯愈春《清人诗文集总目提要》第 1320 页)

**谨按:**康熙五十年辛卯(1711)举人游炯,字宗传,一字文汉,系长乐县七都人,寄籍瓯宁,授浙江龙

① 梁章钜《退庵文存》,《清代诗文集汇编》第 515 册,影印第 334 页。

② 谢其铨《丁戊山小志》,福建文史丛书本(内部资料)2010 年版,第 45 页。

③ 民国《长乐县志》卷二十五,影印第 490 页。

④ 《清代硃卷集成》第一八册,进士陈承裘履历,影印第 89 页。

⑤ 柯愈春《清人诗文集总目提要》著录此集,二卷,赌棋山庄钞本,湖北省博物馆藏(第 943 页)。

泉知县。著有《学庸密解》、《文溪小草》[①]。其弟游煸[②],雍正七年己酉(1729)举人,寄籍福宁府。清代福宁府郡治附郭为霞浦县。

乾隆四十四年己亥(1779)举人、四十五年庚子(1780)进士游光缵,字莼坦,号朴庵,七都人,寄籍霞浦。历任福州、兴化、台湾府学教授[③]。嘉庆四年己未(1799),陈寿祺作《游教授光瓒艺兰图》[④],当即为游光缵作。

乾隆四十八年癸卯(1783)举人、五十四年己酉(1789)进士游光绎(1758—1827),字彤卣、磵田,号非雄,寄籍霞浦。系游光缵之弟。传见民国《长乐县志·名臣传》、民国《福建通志·福建列传》卷三十七。游光绎以翰林院编修改监察御史,镌级,用七品京官候补,未及补,得请归主鳌峰书院,垂二十年。道光二年壬午(1822),与巡抚叶世倬不合,辞去,赁邱氏祠,未几卒,祀鳌峰。其教法既解弃束缚,饮人以和,又有方严之目,令人敬惮。颇造就人才,名臣林则徐等尝从学之。民国《福建通志》传称游光绎"论诗颇严。入梁章钜藤花吟社,辄矜贵不轻下笔。卒年七十余。有《炳烛斋诗文集》。"[⑤]谢章铤称其诗磊落有奇气[⑥]。按:谢章铤于光绪二十七年辛丑(1901)三月应游学诚之请,录游光绎《炳烛斋诗集》,序之[⑦]。

嘉庆十二年丁卯(1807)举人游大琛,字曼党、漫郎,号窾启[⑧],游光绎之子,自称方小玉。福建乡试经魁,道光六年丙戌(1826)成进士。官至同知。游大琛才高跌宕,擅文采。一日能十数艺。谢章铤称其《萍缘小记》"随笔抒写,不冗不蹶","可谓'冰雪净聪明'矣"[⑨]。能词,《闽词征》卷四有传及词。

道光二十年庚子(1840)举人游大廉,字清卿,游光绎次子、游大琛之弟。兄弟并为好学之士。

现当代霞浦学者游寿(1906—1994)系游光绎玄孙、游大琛曾孙、游学诚之女。在闽,与林徽因、冰心、庐隐称四大才女;在南京,游寿与沈祖棻等组织梅社。

## No. 175 福清(平潭)陈玉山家族

**谨按:**陈玉山、陈方策父子系清代福清县人,今属平潭县。民国《平潭县志·文苑传》有陈玉山父子传:"陈玉山,字道枝,号青田。斗门区圭石村人。幼颖悟,过目成诵。未冠游庠,试辄冠军,旋食饩。学宪吉公梦熊尤见赏,比试决科,选为十闽第一,颁其文于各学,谓'制艺必如陈生,始是清真雅正'。……主讲兴文书院。卒年才三十许耳。子方策亦以文学显。""方策,字诸绅,号西园。父玉山殁时,年甫十二,作文已可观。弱冠游庠,从林瑶川(林琪树,字敬芳,号瑶川,祖籍福清县平上里硋窑村,嘉庆十五年庚午举人)游,精研经传,博洽淹贯,尤长古文词、制艺,最服膺方氏百川、灵皋[方仲舒长子方舟(1667—1704[⑩]),字百川;方仲舒次子方苞(1668—1749),字凤九、灵皋、望溪]两家。屡荐棘闱,皆以额满摈。道光戊子(八年,1828)科,以落卷受知魏中丞元烺,拔送鳌峰书院肄业。院长陈恭甫太史器其材,叠置高等,乃秋闱再不得志,遂浩然归,以授徒讲学终焉。……自林瑶川硋窑,邑中学者皆依方策,教人读书必如甘旨悦口而后有心得,论文外兼及心性有用之学,故所造就之士,体用俱备。生平

---

① 民国《长乐县志》卷十四上,《选举上》,影印第228页。

② 同上书,影印第228页。

③ 民国《长乐县志》,影印第216页。按:游光缵于乾隆五十八年(1793)任台湾府儒学教授(施懿琳、廖美玉《台湾古典文学大事年表·明清篇》,第279-280页)。

④ 陈寿祺《左海诗钞》卷一。

⑤ 民国《福建通志》总卷三十四,《福建列传(清六)》卷三十七,游光绎传,第五十九页。

⑥ 民国《福建通志》总卷二十五,《福建艺文志》卷六十五,第二十三页,引《赌棋山庄余集》文集卷二《炳烛斋诗集钞本记》(《清代诗文集汇编》第681册,影印第92页)。

⑦ 陈昌强《谢章铤年谱简编》,载《闽江学院学报》2009年第1期,第48页。

⑧ 柯愈春《清人诗文集总目提要》,第1320页。

⑨ 谢章铤《炳烛斋诗集钞本记》,《赌棋山庄余集》文集卷二,《清代诗文集汇编》第681册,影印第92页。文中云游学诚祖籍福安县。

⑩ 李灵年等《清人别集总目》,第220页。

喜吟咏，一诗出，人争诵之。卒年六十四。学者称西园先生。堂侄、庠生云，附贡生封，侄孙、庠生星枢俱由课督以成材者。遗稿甚夥，子孙贫，未能付梓。”①

按：丹阳吉梦熊于乾隆三十九年至四十二年(1774—1777)间提督福建学政。陈玉山、陈方策父子系乾隆、嘉庆、道光间人，而陈方策又是推崇桐城方舟、方苞兄弟古文的作者，同时陈方策还讲求心性之学。邑人任可大、任杰、任柱鳌等均能诗、古文词，任可大从陈方策之父陈玉山学诗，与陈方策相切磋。应当可以说在乾隆末至道光间福清县形成了一个古文创作群体。

## No. 176　侯官郑洛英家族

郑洛英：《耻虚斋集》二十二卷（同治刊本《福建通志》卷六十七）、《耻虚斋诗钞》（《国朝全闽诗录初集》卷十八郑洛英传。柯愈春《清人诗文集总目提要》第877页著录《耻虚斋诗钞》卷四至卷二十二，清刻本，福建省图书馆藏）、《耻虚斋前集》、《耻虚斋后集》、《耻虚斋外集》、《耻虚斋文集》（《桐城文学渊源撰述考》卷四、民国《福建通志·文苑传》本传）、《郑西瀍诗稿》一册（钞本，民国《福建通志》总卷二十五，《福建艺文志》卷六十五）

郑畐：《秋江未焚草》（民国《福建通志》卷三十九，《福建文苑传》卷八郑洛英传。民国《闽侯县志》卷四八《侯官艺文志》一作郑嵩）

**谨按：**侯官郑洛英，字耆仲、彦秀，一字西瀍，号耻虚。民国《福建通志·文苑传》郑洛英传：“侯官道光《志》作闽县。人。前后为学使、大兴朱筠、朱珪所赏拔。少喜为诗，质本鲁，以专且久而豁然，博涉史传，能骑射、鼓琴，善画水墨、兰、石，尝语人云：‘我文不如诗，字不如画。’困诸生久，乾隆三十五年(1770)举于乡。体羸家贫，遇蹇常惴然，恐业之不成、名之不立而身将殒也。间游邵武，郡人徐时作为锓其诗二十二卷，皆四十以前作，无何竟卒。……子畐，字日如，又字秋江。邑诸生。有《秋江未焚草》。陈寿祺撰传。”②

郑洛英曾经入读书堂，又师事邵武府建宁县古文家朱仕琇，能古文词、诗、画。《桐城文学渊源撰述考》：“其为诗苍郁孤清，得古人之神理。”“郑洛英诗，朱仕琇称其才格于虞集、高启为近。……建宁徐筠亭明府时作刻其诗集二十二卷，皆四十以前作。”③同治刊本《福建通志》著录郑洛英《耻虚斋集》二十二卷，注引朱仕琇序郑洛英《耻虚斋集》云：“耆仲诗脱稿者至千余篇，其至者苍郁孤清，得古人之神理，余不废摹拟，要皆有才纬于其间，殆所谓能自见者欤？生意思萧散，脱落蒂芥，一以真性往来，盖善全其才者。今方锐志古文，问业于余。夫诗古文虽异业，其归则未有不一者也。生益治诗，得其一者而通之道，将自得之，无事问余者矣。”④《国朝全闽诗录初集》郑洛英条引郑杰《注韩居诗话》：“耻虚天怀磊落，才思敏达，学文于梅崖先生。善鼓琴，工行书，喜作水墨兰石。诗五古规橅八代，七古出入韩、苏，近礼（当为体字，书误）亦有逼真唐人处。尝对友云：‘我之文不如诗，字不如画。’信然。”“全集多用叶韵。”⑤《桐城派编年》著录其《耻虚斋前集》、《耻虚斋后集》、《耻虚斋外集》、《耻虚斋文集》⑥，民国《福建通志·文苑传》郑洛英本传则作“《耻虚斋前集》、《后集》、《外集》、《文钞》。”

郑畐，字日如。乾隆间廪生。早卒。同治刊本《福建通志》侯官县《经籍志》著录其《秋江未焚草》。《国朝全闽诗录初集》续集卷十一有小传及诗。

---

① 民国《平潭县志》卷二十七，《文苑传》陈玉山、陈方策传，影印第728页。
② 民国《福建通志》总卷三十九，《福建文苑传(清二)》卷八，第七页。下引文亦在同页。
③ 刘声木《桐城文学渊源撰述考》卷十二，第358页。本诸朱仕琇所撰序语。
④ 同治刊本《福建通志》卷六十七，影印第1383页。
⑤ 《国朝全闽诗录初集》卷十八，第387页。
⑥ 俞樟华、胡吉省《桐城派编年》，第223页。

## No. 177 闽县许崇楷家族

许馥荃(许臣骥孙女,许崇楷女,许懿善妹,梁上国妻):《琴韵轩诗词》四卷(民国《长乐县志》卷二十九下《闺秀传本传》、民国《长乐县志》卷二十九《闺秀传》本传。民国《长乐县志》卷十九《艺文志》题作《琴音轩诗词》四卷)、《琴音轩诗草》(民国《福建通志》总卷四十五,《福建列女传》卷六,许鸾案本传;《闽川闺秀诗话》"先叔母许太淑人"条)、《琴音轩集》(《闽川闺秀诗话》"先叔母许太淑人"条)

许福祉(许馥荃胞妹):《玉尺山堂存稿》(卢美松《松轩史话》第75页)

许懿善(许臣骥孙,许崇楷长子):《暨茨诗稿》(同治刊本《福建通志》卷六十八《(侯官)经籍志》)、《就正编》□卷(刘声木《桐城文学渊源考》卷十二)

许德树:《杺园诗稿》(同治刊本《福建通志》卷六十八、民国《闽侯县志》卷四八《侯官艺文志》)

**谨按**:据民国《福建通志》许懿善本传,许氏先世居金门,五世祖许盛以军功任镇朔将军,世袭骑都尉;曾祖许瑶以荫官刑部陕西司郎中、知府,宦绩称最;祖许臣骥,岁贡生,早世。祖妣郑氏依其父于福州,籍焉[①]。按:侯官人、巡抚郑任鑰之女郑孟姬,适晋江贡生许臣骥。郑氏早寡,因携子女从父居侯官,而弃其田庐之在晋江者,尽与夫兄弟。郑氏好义,并能文学,尤熟诸史,工诗能画。存诗不多,仅从旧本中钞得二首[②]。朱仕琇作《节孝郑孺人传》,称许臣骥"有异才,习骑射,工诗",四子,郑孟姬"每岁依古方以善药制丸散济人","教子甚严。崇楷幼就塾,归必亲课句读,稍长能文,戒其游,必择正人宾从,至家言不及义,辄不为设食。又教三子崇朴、崇楣、崇榘习法律,曰家道,曰绌宜,各为衣食计也。其后三子出佐州县,治有闻",而郑孟姬本人"博极群书,尤熟诸史,工诗能书画"。[③]

许崇楷,乾隆二十四年己卯(1759)举人,籍侯官。与孟超然、林振采等同年。官山西翼城、闻喜、徐沟等县知县。

许馥荃,字鸾案[④],闽县许崇楷之女,适长乐梁上国,为梁章钜叔母。民国《长乐县志·闺秀传》许馥荃传:"女少随宦,父公余辄授以诗史之学,兼工琴。……所著有《琴韵轩诗词》四卷,不轻示人。子(梁)云铣、云镶、云镛皆励学成名。第三女适侯官许明经濂,尤工诗画。"[⑤]民国《福建通志·福建列女传》许馥荃传:"生长名家,濡染庭训。夫妇日以诗律唱酬,而内政肃然,三女皆娴吟咏,至今内外群从人人有集者,鸾案之力为多。"[⑥]以轩名琴韵名其集。

许懿善,字继之,一字道秉[⑦],许崇楷长子。乾隆三十六年辛卯(1771)举人,与齐弼、葛玉春等同年。官广东博罗、归善、陆丰知县,卒于滇中。《国朝全闽诗录初集》续集卷十一有传及诗,选其诗《游表弟圣清(字师伯)乃余外祖南安太守文孙也由闽来粤相访见所见而去赠别》[⑧]。按:福清游绍安,官南安知府。据此以知许崇楷娶游绍安之女。累世以来,迁福州的晋江许氏与侯官郑氏、长乐梁氏、福清游氏、侯官许氏等家族联姻。

许懿善之子、许崇楷之孙许德树,字大滋、逮孜,号荫坪、春甸,行六。家有嫣红小院,极亭馆之胜。

---

① 民国《福建通志》总卷三十六,《福建循吏传(清二)》卷十二,许懿善传,原第四十四页。

② 民国《福建通志》总卷四十五,《福建列女传》卷二,郑孟姬传,原第十九页。

③ 朱仕琇《梅崖居士文集》卷三,《清代诗文集汇编》第336册,影印第220页。

④ 按:卢美松《松轩史话》作许銮案(第70、75页)。

⑤ 民国《长乐县志》卷二十九下,《闺秀传》,原第二十七页,影印第595页。按:民国《福建通志·福建艺文志》著录《静安吟草》:"长乐梁韵书著。《课余续录》云:'梁太常三女次女蓉函韵书诗笔足以函盖闺秀……'"(《福建艺文志》卷六十六,第八页)《课余续录》所叙指的是梁上国女三人,其次女(其实第三女)梁韵书(字蓉函)的才气。

⑥ 民国《福建通志》总卷四十五,《福建列女传》卷六,许鸾案传,原第二十七页。

⑦ 同治刊本《福建通志》卷六十八,影印第1398页。

⑧ 《国朝全闽诗录初集》续集卷十一,《全闽诗录》第五册,第703页。

嘉庆六年辛酉(1801)举人[①],道光六年丙戌(1826)成进士。以知县归班铨选,改教职,补漳州府学教授,道光十二年(1832)调台湾府学教授[②],兼主海东书院讲席。俸满,复调漳州。承先人业,诵读经史有端绪,尤勤于梅氏算术。卒后,孙许福昌撰行述[③]。许德树家有嫣红小院,梁章钜、萨玉衡等尝于嫣红小院举行雅集。梁章钜有诗题《许春甸嫣红小院第六集先期赋赠同人各一首依次和之》[④]。

陈庆镛《寿刘母许恭人六十》,为许崇楷曾孙女、刘家镇继配许氏作。据此寿文,刘家镇娶卓恭人,早卒,遗一女,继娶许氏;许氏幼而孤,终鲜兄弟,子刘齐庄、刘齐昂(岵农)[⑤]。

光绪七年辛巳(1881)七月望日,谢章铤招葛新(少山)、刘绍刚(云图)、魏秀孚(子瑜)、李敬(少棠)、许肇基(申季)小集赌棋山庄。许肇基出纸索书,谢章铤填《满江红》四阕与之,有自注。其三词云:"名父名公,这儿孙,定饶清气。便当年、风流琐事,也增神智。君家世能文,大名继起。一笔自挥人海外,万花争笑娥池里。向选官格上寄高名,袁康比。相传博戏之《升官图》出自尊甫逮孜先生。其曰"红豆村人制"者,"红"隐德,"豆村"隐树,盖亦《越绝书》袁康廋语之例。文何古,留宗旨。诗谁选,窥精理。溯梅岩、朱仕琇。退谷,谢金銮。二公为君先两世本师。薪传未已。那得台吟光禄派,再教风振文儒里。叹别枝,零落紫藤花,香凡几。君与许米友不同望而皆以才地为闽巨族。近则颇有今昔之感。"[⑥]按:许德树字逮孜,故知许肇基系其子。据此四阕词,知许肇基与谢章铤交游,工书画,当亦能词。《满江红》(名父名公)词对许崇楷家族的先德、事迹颇为熟悉。

## No. 178 侯官魏瑛家族

魏瑛:《鳌峰书院试草》□卷(刘声木《桐城文学渊源考》卷十二)

魏凤珍:《红余小草》(民国《福建通志》总卷四十五,《福建列女传》卷六,魏凤珍本传)

**谨按:**魏瑛,字述臻,号耕蓝。侯官人。乾隆三十九年甲午(1774)举人。署浙江衢州通判、吉安知县。师事朱仕琇,于朱仕琇文学最为笃信嗜好。魏瑛与周秉礼、郑超、陈天文、刘永树为梅庄五友[⑦]。

魏瑛之妹魏凤珍,字友梧。归诸生、郭则沄之师李联芳。有《红余小草》。其诗《韩侯钓台作》颇慷慨激昂[⑧]。

## No. 179 闽县闺秀邱卷珠

邱卷珠(詹振甲侧室):《荷窗小草》(民国《福建通志》总卷四十五,《福建列女传》卷六,邱卷珠本传)

邱卷珠、莲香、藕香:《三生堂稿》(民国《福建通志》总卷四十五,《福建列女传》卷六,邱卷珠传附)

**谨按:**邱卷珠,字荷香。闽县人。歙县诸生詹振甲(声山)侧室。早卒。有《荷窗小草》。荷香与莲

---

① 按:同治刊本《福建通志》著录许德树著作,注云:"乾隆丙戌(三十一年,1766)进士。"(影印第1401页)误。

② 梁章钜《腊月二十七日同雪椒过访许荫坪学博留饮嫣红院中有作》其一诗后注:"时荫培调任台湾",《退庵诗存》卷二十,《清代诗文集汇编》第515册,影印第217页。

③ 民国《福建通志》总卷三十六,《福建循吏传(清二)》卷十二,许懿善传,原第四十四、四十五页。

④ 民国《雁门萨氏家谱》卷五,《叙赠录下》(原第十六页,影印第861页)引梁章钜《退庵诗存》。

⑤ 陈庆镛《籀经堂类稿》卷十四,《清代诗文集汇编》第587册,影印第577页。

⑥ 谢章铤《赌棋山庄集》词集卷八,《清代诗文集汇编》第681册,影印第60页。

⑦ 同治刊本《福建通志》卷二百四十一,原第三十一页,影印第4355页。

⑧ 民国《福建通志》总卷四十五,《福建列女传》卷六,魏凤珍传,原第二十五页。

香、藕香先后归振甲。寻,荷、藕先后殁,振甲乃合莲香诗为《三生堂稿》。事载《闺秀正始集》[①]。

詹振甲尚有诸妾如张绣珠,能诗;张喜珠,能诗,著有《莲香阁草》[②]。

## No.180　侯官周登龙家族

周蕊芳:《生红馆诗钞》(民国《福建通志》总卷四十五,《福建列女传》卷六,周蕊芳传)、《生红馆诗词》一卷(民国《闽侯县志》卷四八《侯官艺文志》;民国《福建通志》总卷二十五,《福建艺文志》卷六十六)

**谨按:**周蕊芳,侯官人。儒士周登龙之女。母高氏能诗,通经史。周蕊芳幼承母训,素解吟咏。善楷书,尝手录唐、宋古近体诗千余首以授儿辈。复善鼓琴。年十七,适梁章钜从弟梁云镛(行十),为继室。随夫赴南安任,卒于官署,年三十七[③]。谢章铤《散花丈室诗后序》:"周夫人亦工吟咏。有《生红馆诗词》,(梁)靖辰附录于此集后。……先生(梁云镛)生前闺房有吟侣,既殁而有子能守其遗集,是皆人世所难遘者。"[④]

## No.181　闽县郑士俊家族

郑士俊:《宏远堂集》(同治刊本《福建通志》卷六十七)

郑道清:《和声集》(同治刊本《福建通志》卷六十七)

郑天策:《尺木编》四卷(同治刊本《福建通志》卷六十七)

**谨按:**闽县郑士俊,康熙间诸生。著有《宏远堂集》。

郑士俊之孙郑道清,乾隆间诸生。著有《和声集》。

郑道清之弟郑天策,字宗莘,号对墀。乾隆十五年庚午(1750)福建乡试举人中式,与龚一发等同年;十九年甲戌(1754)成进士,与庄培因、黄惠等同年。

## No.182　永福王氏家族

王阳开:《思永堂诗钞》、《三奇游草》(同治刊本《福建通志》卷六十九)

高素芳、王瑞兰:《榆塞联吟诗草》(民国《闽侯县志》卷四八《侯官艺文志》。民国《福建通志·福建列女传》高素芳传作《榆塞联吟草》)

**谨按:**永福王阳开,字周侯,号东溟。乾隆十五年庚午(1750)举人,官仙游教谕。《国朝全闽诗录初集》续集卷九有传及选诗。陈寿祺撰《祭王东溟教授文》。

闺秀诗人高素芳,字芸馨,侯官高允焕(瓶城)之女。永福人、国子生王应箕(福畴)妻室,王有为(荔村)子妇。王应箕早卒,素芳以节孝闻[⑤]。林昌彝《射鹰楼诗话》论云:"诗壮色沉声,出于闺中,尤为不易得。"[⑥]与王瑞兰合撰有《榆塞联吟草》。

---

① 民国《福建通志》总卷四十五,《福建列女传》卷六,邱卷珠传,原第二十八页。

② 王燕《明清徽州闺媛及其诗词创作》,载《巢湖学院学报》2011年第1期,第64页,引胡文楷《历代妇女著作考》。

③ 民国《福建通志》总卷四十五,《福建列女传》卷六,周蕊芳传,原第三十一页。

④ 谢章铤《散花丈室诗后序》,《赌棋山庄文又续》卷一,《清代诗文集汇编》第680册,影印第792页。

⑤ 民国《福建通志》总卷四十五,《福建列女传》卷六,高素芳传,原第四十一页。

⑥ 民国《福建通志》总卷二十五,《福建艺文志》卷七十一,第十五页,引林昌彝《射鹰楼诗话》。

王瑞兰，字筠卿，王有为第四女、王阳开孙女。适侯官举人何同文(藻亭)，惜年不永。闺中多唱和[①]，诗词情激越，如哀角秋笳，发声凄恻。何同文，侯官何大经之子，何式璜从兄弟。系道光二十年庚子(1840)顺天举人，官知县。请参看本书“侯官何大经家族”条。

王有为系嘉庆十三年戊辰(1808)福建乡试举人，与何逢吉、陈上泰等同年；十六年(1811)辛未科会魁，与林则徐、李彦章、许邦光等同年。王有为胞姊适曾晖春。

## No. 183　侯官陈照万舅甥

陈照万：《无庵诗稿》(同治刊本《福建通志》卷六十八)

翁曾(陈照万甥)：《续洪塘志余》三卷(民国《闽侯县志》卷四八《侯官艺文志》)、《洪塘小志》(民国《福建通志》总卷四十三，《福建高士传》卷五，翁曾本传)、《翁海渔诗钞》(民国《福建通志》总卷二十五，《福建艺文志》卷六十五)

**谨按：**陈照万，字聿韬。侯官人。乾隆间贡生。《国朝全闽诗录初集》续集选其诗《九日与陈钓溪高枫溪张又燕登乌石山》[②]，又为闽县郭金台(字充九，号仙客)《星卧楼集》二卷撰序，以为郭氏诸体诗学沈、宋、四杰、钱、刘、元、白，以唐贤为归，不杂宋元以下[③]。

翁曾，一名溱，字徽西，号海渔。补博士弟子员，不甚悦举子业，壮岁丧妻，携子客于琅岐海屿垂二十年。尝与在琅岐的谢金銮诗酒唱和。翁曾幼从其舅陈照万学诗。其诗格律及古，要多本于性情。著有《翁海渔诗钞》，所钞仅生平所作五分之一[④]。

翁曾为明代翁兴贤、翁正春后人。同治刊本《福建通志》著录其《续洪塘志余》三卷，引其自序。略曰：“洪塘名胜甲一方，乡先哲先文简公(翁正春，1553—1626)、张襄愍公(张经)、曹石仓(曹学佺)、林云室(林玭)、林西园(林瑭)诸先生理学、科名、文章、节义冠绝当时，前辈胡公笙友作《洪江志余》，今又将百年矣。窃据胡公旧册而增以诸书所见，凡胡公所未及辑者广而续之。”[⑤]

## No. 184　闽县(侯官)张中煜家族

张国洺：《广亭诗钞》(民国《福建通志·文苑传》张国洺传题《广亭集》，《福建艺文志》卷六十五作《广亭诗钞》)(同治刊本《福建通志》卷六十八、民国《闽侯县志》卷四八《侯官艺文志》)、《山广亭诗钞》(《国朝全闽诗录初集》卷二十一张国洺传)

**谨按：**侯官张中煜，字思荣，号邃堂。附贡生。乾隆间人。从福清县迁居会垣附郭闽县[⑥]。其子张国洙、张国奎俱登乾隆五十一年丙午(1786)福建乡榜。张国洙，字维周。张国奎，字国光。

张国洺，字维扬，号息庐。籍侯官。同治刊本《福建通志》著录张国洺著作，注引《注韩居诗话》：“息庐字学苏、米，诗戛戛独造，有幽秀之致。”[⑦]《国朝全闽诗录初集》卷二十一有张国洺传及诗，亦引《注韩居诗话》：“息庐字学苏、米，能得貌似，小楷略工；诗戛戛独造，有幽秀之致。”[⑧]有诗题《舟泊白沙

① 民国《福建通志》总卷四十五，《福建列女传》卷六，王瑞兰传，原第四十四页。
② 《国朝全闽诗录初集》续集卷十一，陈照万条，《全闽诗录》第五册，第718页。
③ 民国《福建通志》总卷二十五，《福建艺文志》卷六十五，第十三页。
④ 同上注。
⑤ 同治刊本《福建通志》卷六十八，影印第1400页。
⑥ 同治刊本《福建通志》卷二百二十六，张中煜传，原第十七页，影印第4117页。
⑦ 同治刊本《福建通志》卷六十八，影印第1400页。
⑧ 《国朝全闽诗录初集》卷二十一，张国洺条，《全闽诗录》第五册，第451页。

寄怀诸兄弟》、《过维周乌石山房》[①]等,知其家兄弟众多。

## No.185 闽县吴玉麟家族

吴玉麟:《素村小草》十二卷[②]、《五经诠解》、《管窥汇编》、《研几秘录》、《千姓编》一卷、《重修湖南省志》、《恒星歌》一卷(民国《福建通志》总卷三十九,《福建文苑传》卷八本传)

吴弼昌(吴玉麟曾孙):(与陈嘉楷、韩天衢等合纂)《昌邑县续志》八卷(光绪三十三年刻本)

吴蔼宸(五世孙):《边城蒙难记》(一名《新疆纪游》,王树枏、张季骞序,商务印书馆1935年版)、《新疆变乱记》(1940年版)、《中国与苏联》(1950年)、《峨眉山画记》(1951年)、《历代西域诗抄》(齐上志《吴蔼宸与西部开发》)

吴咏香(六世孙女):(与陈隽甫)《鸥波馆画册》(梁桂元《闽画史稿》第295页)、《历代题画诗》

吴讷孙(吴弼昌之孙):《未央歌》(香港人生出版社1959版、台湾"商务印书馆"1967年版)、《人子》、《市廛居》、《未已集》、《忏情书》、《中国与印度建筑》等

**谨按:**闽县吴玉麟家族系延陵吴氏后人。据统计,吴氏家族在清朝乾隆至光绪年间涌现11名举人,3名进士[③],系清代乃至现当代福州府著名的科举和文学世家。

民国《福建通志·文苑传》吴玉麟(1748—1818)传:"吴玉麟,字协书,号素村。闽县人。少倜傥有奇气。九岁时,父某与诸前辈宴集春喜堂,指庭前竹命题,玉麟信口成绝句,有'虚心才解箨,直节已凌云'云云。弱冠善技击,闾里纷难事以告,辄立为排解。家丰于赀,慷慨好施与,以故渐落。乾隆丁酉(四十二年,1777)举于乡,五上公车,不得志。其间游幕从戎,踪迹半天下。中年就教职,历任龙溪、惠安、尤溪、福鼎、仙游、同安、凤山[④]诸县学,所至教养兼施,以兴利除弊为己任。凤山岁旱重,凿莲花潭,筑石砌塘,溉田数百顷,民甚赖之。……后值长官莅任,玉麟据《学政全书》不郊迎,益触忌,竟以诬罔论,谪居湖南桃源。生平邃于《易》,精天文,居谪所十六年,执贽门下者日踵接。时与生徒访桃源故迹,补植桃花数百株,《桃源七志》多存录焉。著述多种,十之八九沦没湘中,藏于家者尚十余种。光绪丙子(二年,1876),榕城大水,所撰《五经诠解》、《管窥汇编》、《研几秘录》等书漂没殆尽,今传者仅《素村小草》十二卷、《千姓编》一卷、《重修湖南省志》若干卷及未梓行之《恒星歌》一卷而已。卒年七十。三男灿然,道光辛巳(元年,1821)举人;四男桂森、妇魏氏以孝烈闻。从妹少娥、女河洲皆奇孝。曾孙弼昌撰家传。"[⑤]吴玉麟弱冠以来,不数年巨万家资散尽,壮游四方,以微官还乡,取忌当道,谴谪随之。陈衍论定其诗,以为近体诗口吻轻倩,诗笔与黄任相近,古体亦不下莘田(黄任),惜交游太寡,咏物诗太多。[⑥]

吴玉麟第三子吴灿然,籍侯官。道光元年(1821)举人,与杨和鸣、齐植、齐城等同年。吴玉麟曾孙吴弼昌,号讷瓶。籍闽县。光绪十五年(1889)己丑科举人,与陈懋鼎、陈柏侯、叶在衍、沈翊清、郭曾焜、郑叔忱等同年。曾知山东潍县。修有《昌邑县续志》八卷。

吴弼昌之子吴蔼宸(1891—1965),字世翔,行三。京师大学堂毕业,民国间任新疆省政府顾问、驻外各国使馆总领事。请参考高栋所撰《吴蔼宸和他的〈边城蒙难记〉》、齐上志《吴蔼宸与西部开发》

---

① 同上书,第455-456页。

② 柯愈春《清人诗文集总目提要》著录此集十二卷,宣统三年重刻本,云另有嘉庆间自刻本四卷(第857页)。

③ 《清朝著名作家和学者吴玉麟》,来源:水经书屋的博客,2015年8月2日。http://blog.sina.com.cn/s/blog_e93998110102vuk3.html

④ 按:吴玉麟于嘉庆二年(1797)调任台湾府凤山县教谕。《全台诗》收录其诗30首(施懿琳、廖美玉《台湾古典文学大事年表·明清篇》,第299-300页)。

⑤ 民国《福建通志》总卷三十九,《福建文苑传(清二)》卷八,第十页。

⑥ 民国《福建通志》总卷二十五,《福建艺文志》卷六十五,第二十页,引陈衍《石遗室书录》。

二文。

吴蔼宸之女吴咏香(1913—1970),国立北平艺专毕业,师从齐白石、溥心畬、黄宾虹。适陈隽甫。1949年前后离开大陆,寓居台湾。

吴蔼宸之子、吴咏香胞弟吴讷孙(1919—2002),笔名鹿桥、鹿樵。生于北平。寓台,长期定居美国。

## No. 186　连江王天位家族(道光之前未明年代,姑系于此)

李若琛:《蝶案香尘集》(民国《福建通志》总卷四十五,《福建列女传》卷六,李若琛本传;同治刊本《福建通志》卷二百五十一《列女传》"王天位妻李氏条"作《蝶案香尘草》[①])

**谨按:**李若琛,连江王天位妻。知诗,有"家贫无计可承欢"之句。夫嗜博,作诗讽之。及姑殁夫亡,日常断炊,与子侄说诗论文,泊如也。卒年六十二。著《蝶案香尘集》[②]。

## No. 187　侯官刘兆基家族

刘兆基:《石湖集》(同治刊本《福建通志》卷六十七)

刘元喈(刘兆基之子):《补天录》(朱仕琇《梅崖居士文集》卷八《侯官文学蓼衔刘君墓志铭》)

**谨按:**建宁古文家朱仕琇所撰《侯官文学蓼衔刘君墓志铭》为侯官刘元喈作。略曰:"君讳元喈,初字凤池,父殁后更字蓼衔,志哀也。祖煜本儒生,能文兼工画。耿变,不试,游提督幕,军功题授都阃。耻以武名,嘱妻王氏必教子兆基读书雪耻。兆基遂以文行知名,教授弟子数百人,学者称为石湖先生。以举人举贤良方正,未引见,病归。授平和教谕,甫数月,忤上官罢。君与弟元钟少传父业,俱为诸生。元钟举乡,早卒。君应岁、科试辄高等,然不得饩。秋闱屡荐同考官,亦不遇。既而二子逢春、逢圣者皆举于乡。……著《补天录》,又采先生事迹续之,皆言继代相期、无忘前人之意。……余尝读君文,敷畅圆美,最合有司之法度,而一家得之,君乃独失者,岂赋受丰啬有数,虽在父子兄弟不相假易,而非可以人力为耶?"[③]

刘煜家族系清代福州府成功的科举家族,自刘兆基、刘元钟、刘逢春、刘逢圣三代皆登贤书。在朱仕琇此墓志铭之外,其实我们还观察到乾隆五十三年(1788)戊申科韩学秦榜,刘兆基曾孙刘崧举人中式;乾隆五十九年(1794)甲寅科刘兆基之孙刘逢泽中举。在刘煜游幕得官之后,却以武名为耻,以雪耻鼓励子孙读书,遂转变为科举和文学家族。

## No. 188　侯官(福清)张士捷家族

张士捷:《薇岩集》(同治刊本《福建通志》卷六十九)

张伯谟:《乾隆福安县志》、《筠心堂集》(民国《闽侯县志》卷四八《侯官艺文志》)、《筠心堂稿》(《国朝全闽诗录初集》卷十六张伯谟条)

---

① 同治刊本《福建通志》卷二百五十一,《(连江)列女传》贤淑"王天位妻李氏"条,影印第4603页。

② 民国《福建通志》总卷四十五,《福建列女传》卷六,李若琛传,原第三十七页。

③ 朱仕琇《梅崖居士文集》卷八,《清代诗文集汇编》第336册,影印第270页。

**谨按**:建宁古文家朱仕琇撰有《教谕张君墓表》、《诰赠某官太学张君墓表》分别为张士捷、张士捷次子张登炅作。由于这两篇墓表,张氏家族的文学创作得以钩沉。

根据《教谕张君墓表》,张士捷(1665—1724),字明凯。世为福清龙田里人,其父张竹斋始迁居福州。张竹斋二子:张士捷、张明隽。张士捷以明经为顺昌司训、漳平教谕,训迪学生有法。"工为诗,又善书法。每书所为诗,见者争藏弆以为宝。"①子三女五。

《诰赠某官太学张君墓表》为张登炅作。张登炅(1694—1755),字孝忠,张士捷次子。少业文辞,援例入太学。"尝训子伯谟通经史书,勿拘于时。伯谟后以文学知名,由乾隆癸酉(十八年,1753)举人,教谕归化。"②卒于其子张伯谟归化官舍。子张伯谟等五人,女三人。

张伯谟,乾隆十八年(1753)癸酉科举人,籍侯官。官至台湾府学教授。

## No.189 侯官林承弼家族(未明年代,姑系于此)

林承弼:《铁梅居士印谱》(梁桂元《闽画史稿》第278页)

**谨按**:侯官诸生林承弼之妻陈筱琴,邵武府泰宁人。陈氏嗜读书,喜吟咏。民国《福建通志》本传:"父执某君以纨扇绘《仕女对月图》,嘱其题咏。有'梧桐庭院早秋天,闲剔银缸诵短篇。恨煞深闺空独守,年年多让月团圆'之句。"③

# 第二节 兴化府文学家族考

## No.190 莆田郑泰枢家族

郑泰枢:《说庄论略》、《辨骚》、《读陶》、《定斋集》(民国《莆田县志》卷二十三《艺文志》作《定斋文集》)(同治刊本《福建通志》卷七十)、《史论》(黄晋良《郑定斋史论序》,《和敬堂全集》文部卷二)、《定斋集》八卷④(清刻本。柯愈春《清人诗文集总目提要》第231页)

王植青(郑泰枢外甥):《王植青诗》(黄晋良《王植青诗序》,《和敬堂全集》文部卷一)、《翼庄》(《王植青翼庄序》,同书文部卷三)

**谨按**:莆田郑泰枢,字子衡,一字瞻紫,号定斋,郑楚勲子,郑王臣从祖。顺治十八年辛丑(1661)进士。官延平府教授。

《国朝全闽诗录初集》郑磊条下选其诗《寄方子昇》,诗题下小序云:"仆拟于戊午(康熙十七年,1678)访广文泰枢侄孙于延津(按:郑泰枢官延平府教授,即"广文"之谓。),喜同学方子昇自归化移铎西镛,寄以诗,订其重为玉华之游,毋恶宾故人也。"⑤按:郑磊,字三石,闽县人。康熙二十八年己巳(1689)岁贡生。有《南湖集》。郑磊称郑泰枢为"侄孙",盖叙谱故也。

---

① 朱仕琇《梅崖居士文集》卷十五,同上书,影印第325页。
② 同上注。
③ 民国《福建通志》总卷四十五,《福建列女传》卷六,陈筱琴传,原第三十八页。
④ 柯愈春《清人诗文集总目提要》云:"此集皆古近体诗。"(第231页)
⑤ 《国朝全闽诗录初集》卷十一,《全闽诗录》第五册,第235页。

《国朝全闽诗录初集》续集郑泰枢条,引《兰陔诗话》:“定斋从祖襟韵洒落,不耐吏事,求改广文。署内建赋楳阁,日夕吟哦其中。又尝割俸建化阁于剑浦上,祀张华、雷焕及焕子华。”①

黄晋良作《寄哭郑定斋广文于延平学舍》:“探赜穷浩荡,精义抉宏微。奇文早见赏,通籍金马门。……当时得老夫,高骨马频枉。著论勤万言,嘘气屹千丈。诗比魏晋高,文因秦汉广。立意屏险侧,亦复厌摹仿。楮墨几汗牛,罗拢成积帑。……梦中金焦路,低徊寄恻怆。磊柯昔赋词,检点似新创。……天上竟何如,儒雅夺宗匠。已矣郑夫子,名德难度量。……文章岂碍禄,盛德宁招妄。奈何名与位,幽险难凭仗。”②对郑泰枢的学问、功名、名节和文学成就作了高度评价。

与郑泰枢同时郑氏能诗者有郑志。郑志,字成卿,亦郑王臣从祖。顺治间诸生。《国朝全闽诗录初集》续集郑志条,引《兰陔诗话》:“从祖博学多识,聚书数万卷,率多异本,人拟之陆氏(陆游)书巢。遗集毁于火,仅传数作,风韵雅似杜樊川(杜牧)。”③

郑泰枢之甥王植青,能诗。黄晋良《王植青诗序》:“余无似,谬以谈诗见友于郑定斋博士。每当赏心莫逆,定斋辄曰:‘吾何足道,有甥王植青年少掉鞅词坛,若项斯、马戴不足称也。’余心溯者久之。顷,植青携笈过延津,敦渭阳之爱,首投余诗,又出其近帙若干篇,勿厌其陋也而教之。余既接其人,温温君子也。读其诗,顿足喜起曰:‘有是哉!定斋之言之不苟也!’何无忌酷似其舅,特诡黠之雄耳。若夫学问源流,随世观法,性行本一,岂分殊氏,此植青所以的传于定斋也。余尝读定斋寿姊文,益知植青之学有所自来,不徒以诗见长。定斋故命以诗见黄子,得毋谓黄子诗人,终当与之谈诗也夫?”④

## No. 191　莆田方一夔家族

方长迁:《止园集》(同治刊本《福建通志》卷七十。民国《莆田县志》卷二十三《艺文志》作《上园集》)

方綖:《如园诗集》二卷(同治刊本《福建通志》卷七十)

方元相:《丛青园诗集》(同治刊本《福建通志》卷七十)

**谨按:**莆田方长迁,字圣篇,方一夔子。顺治间诸生。族人方綖,字而声,号如园。顺治间诸生。《国朝全闽诗录初集》续集方綖条引曾客生云:“而声好读书,无所不窥,虽禅宗道旨,一一会归,尤精于诗律。”⑤族人方元相,字仲楫,号信庵。顺治间诸生。

## No. 192　莆田黄辙家族

黄辙:《客餔集》(同治刊本《福建通志》注“餔一作傭”。民国《莆田县志》卷二十三《艺文志》作《客傭集》)、《白桃庵集》(同治刊本《福建通志》卷七十)

**谨按:**莆田黄辙,字聘侯。顺治间诸生。同治刊本《福建通志》著录其著作,小字注云:“与兄(黄)轼齐名。”引《兰陔诗话》:“聘侯尝为酷吏所诬,已赴西市,有贵人援之,得免。其书法出入黄、米,诗格亦苍老。”⑥《国朝全闽诗录初集》续集卷三有黄辙传及选诗⑦。

---

① 《国朝全闽诗录初集》续集卷二,《全闽诗录》第五册,第491页。

② 黄晋良《和敬堂全集》诗部卷五,原第三、四页,《清代诗文集汇编》第54册,影印第262-263页。

③ 同上书,续集卷三,郑志条,第533页。

④ 黄晋良《和敬堂全集》文部卷一,原第十五页,《清代诗文集汇编》第54册,影印第114页。

⑤ 《国朝全闽诗录初集》续集卷二,方綖条,第510页。

⑥ 同治刊本《福建通志》卷七十,影印第1464页。

⑦ 《国朝全闽诗录初集》续集卷三,《全闽诗录》第五册,第539页。

黄轼、黄辙兄弟是顺治间宗宋的诗人。

## No. 193 莆田林佳鼎家族

林朋麟:《玉书阁诗笺》一卷(陈瞻岵藏残钞本)

**谨按:**莆田林佳鼎,崇祯三年庚午(1630)举人,七年甲戌(1634)进士。《全闽明诗传》卷四十六有传及选诗。

林佳鼎之子林朋麟亦诗人。《国朝全闽诗录初集》续集林朋麟条:"字凤洲,号思庵,莆田人,佳鼎子。顺治间诸生。"引《兰陔诗话》:"汉宗(林佳鼎)中丞蹈海后,凤洲(林朋麟)饥驱奔走,足迹几遍天下。尝作《落花》三十首,为时所称。"[①]

## No. 194 莆田杨梦鲤家族

杨梦鲤:《意山堂诗集》、《意山清话》(民国《莆田县志》卷二十二《艺文志》第九十七页作杨万鲤撰;同卷第一百八页作一卷,杨梦鲤著)(同治刊本《福建通志》卷七十)、《意山堂集》(《国朝全闽诗录初集》续集卷一杨梦鲤条)

**谨按:**莆田杨梦鲤,字南叟。顺治九年壬辰(1652)进士。官青阳知县。同治刊本《福建通志》著录其《意山堂诗集》,引《兰陔诗话》:"(南叟)归田后,囊橐萧然,卖文自给。诗集散佚,仅存五律一帙,乃石璞、澹崖二长老所辑者。"[②]

《国朝全闽诗录初集》续集杨梦鲤条引《兰陔诗话》:"南叟工骈俪文,复有穿杨之技。……归田后,囊橐萧然,卖文自给。好古玩,贫不能致。每见人所有,摩挱不置,辄曰:'赠弟何如。'至今莆中有南叟赠弟之谚,亦韵事也。诗集散佚,仅存五言律一帙,乃石璞、澹崖二长老所辑者。"[③]《国朝全闽诗录初集》常澍条:"澍,字司牧,号雨十,莆田人。顺治间诸生。"引《兰陔诗话》记载其结社活动:"雨十精绘事,与杨南叟(杨梦鲤)、林凤洲(林朋麟)及僧澹崖、石竺、啸峰结社唱酬。遗集散失,从社草中录二律,皆成于拈牌者,亦一气浑成,无补缀之迹。莆中诗社多尚拈牌,牌凡六百扇,或牙或木为之,广六分,厚一分,以一面刻字,一面空白,平声三百字饰以朱,仄声三百字饰以墨,人分百二十字,集以成诗,虽欲因难见巧,然字有制限,殊难得有合作也。"[④]

杨梦鲤之弟杨梦熊,字渭叟。顺治间诸生。《国朝全闽诗录初集》续集卷二有杨梦熊传及选诗[⑤]。

## No. 195 莆田程甲化家族

程甲化:《拂秋堂诗集》(同治刊本《福建通志》卷七十、民国《莆田县志》卷二十六下本传)

程大僖:《莆田水利纪略》、《兴化小西湖志》、《学宗疏记》、《襄事纪草》、《真香亭集》(同治刊本《福建通志》卷七十)

---

① 同上书,卷三,第531页。

② 同治刊本《福建通志》卷七十,影印第1463页。

③ 《国朝全闽诗录初集》续集卷一,杨梦鲤条,《全闽诗录》第五册,第477页。

④ 《国朝全闽诗录初集》续集卷二,常澍条,《全闽诗录》第五册,第516-517页。

⑤ 同上书,第510页。

**谨按**:莆田程甲化,字季白,号碧洲。顺治十一年甲午(1654)福建乡试举人中式,与彭圣域、周韩瑞、富鸿业、黎士弘、林尧华、曾应铨、曾大升等同年,此科举人中多闻人。十八年辛丑(1661)成进士,与郑开极、林尧英同年。官终大理寺少卿。传见同治刊本《福建通志》卷二百二十七。《国朝全闽诗录初集》有程甲化传,引《兰陔诗话》论云:"碧洲古体学东坡,多用其韵。近体亦清隽,不事雕刻。"[①]程甲化是清初宗宋宗苏诗人之一,与林尧华、林尧英同时代,与顺治八年(1651)举人、九年(1652)进士叶矫然等人诗学宗旨相类。

程甲化之弟程鲲化,字季序,号南洲。康熙二十三年甲子(1684)福建乡试举人中式,与李馥、蒋晟、李基益等同年。历官至山东东昌府知府,卒于任。《兰陔诗话》载其事迹。

程鲲化之子程大僖,字而有。考授州同知,除抚宁令。多有著述。传附同治刊本《福建通志·良吏传》程鲲化传。

## No. 196 莆田(晋江)吴英家族

吴英:《行间纪遇》四卷(同治刊本《福建通志》卷七十)

吴应鹏(吴英之子):《居易堂集》、《纪游草》(同治刊本《福建通志》卷七十)

吴丝(吴英之女):《吴丝诗存》(黄祖绪《莆阳历代闺秀名媛、才女诗人纪略》)

吴仙:《绮窗遗吟》一卷(黄祖绪《莆阳历代闺秀名媛、才女诗人纪略》,误)

吴班:《绮窗遗草》一卷(民国《福建通志》总卷四十五,《福建列女传》卷六,吴丝传附)

吴一清(吴英孙):《荔皋诗集》(民国《莆田县志》卷二十三《艺文志》)

吴心岘:《玉錞于集》(民国《莆田县志》卷二十三《艺文志》)

吴元枢(吴英玄孙,吴心岘之子):《易经易简录》四卷、《玉錞于》四卷、《闲居诗集》二卷(同治刊本《福建通志》卷七十)、《吴征君诗》(民国《莆田县志》卷二十三《艺文志》)、《桥工新志》(刻本)

吴元桂:《也是轩集》、《壶山草堂集》、《旅邸纪怀集》(同治刊本《福建通志》卷七十)

吴鼎荣:《麈谈轩诗》(民国《莆田县志》卷二十三《艺文志》)

**谨按**:吴英(1638—1712),字为高,号娩能。本晋江人,居泉州黄龙,徙居兴化府莆田县。传见《清史稿》卷二百六十一、同治刊本《福建通志》卷二百二十七、民国《福建通志·福建列传》卷三十五、民国《莆田县志》卷二十六下。

吴英幼为海贼掠至岛上,更姓王。康熙二年(1663)投诚朝廷,累官至同安总兵,屡建奇勋。康熙十九年(1680)奏复原姓,二十年(1681)移镇兴化,奉旨入籍莆田,家定庄。叙功加左都督,给云骑尉世职。助施琅平台,镇守台湾,加世职三等轻车都尉。施琅殁,朝廷调吴英任福建路提督,改水师,加威略将军,凡十余年。卒年七十六,加太子少保。子十人:应麟,布政司参议、江西督粮道;应龙,刑部郎中;应凤,康熙四十一年壬午(1702)举人,官户部郎中、江南庐凤道;应鹏,福建水师提标、游击;应鹍,康熙四十年辛巳(1701)举人,官广西灌阳知县;应鹏,袭世职。曾孙元桂,字馨治,袭世职,授广东雷州参将。

吴英喜吟咏,亲课其女吴丝读书[②]。吴英撰有《行间纪遇》,李光地撰后序,同治刊本《福建通志·经籍志》篸录。吴英后裔,除了世袭武职之外,簪缨累世,其家族的文化转型整体上比较成功,吴应鹍、吴应凤俱为举人,家族中人多有著述。吴英之女吴丝、孙女吴班能诗,其曾孙吴元枢(字柄文、中治)、吴元桂(字馨治)撰有多种诗文集。据黄祖绪《莆阳历代闺秀名媛、才女诗人纪略》之四十五"吴丝"条

① 《国朝全闽诗录初集》卷四,程甲化条,第81页。

② 民国《福建通志》总卷四十五,《福建列女传》卷六,吴丝传,原第十九页。

的记载:吴丝,字黄绢,吴英女。适吴县钦牧。有《吴丝诗存》。其事迹和著作见《闺秀诗话》卷一、《清代闺秀征略》卷三、《历代妇女著作考》卷九。据《莆阳历代闺秀名媛、才女诗人纪略》之四十六"吴仙"条的记载:吴仙,一作玉姿,吴英孙女、吴应麟女。适陈一策。能诗,著《绮窗遗吟》一卷。其事迹见《温陵诗纪》、陈康祺《郎潜纪闻》。按:黄祖绪所记之吴仙,民国《福建通志》作"吴班":"班,字仙侪,一作字玉姿。(吴)英孙女,参议(吴)应麟女,征士(陈)一策妻。有《绮窗遗吟》一卷。《郎潜纪闻》、《温陵诗纪》。"①

同治刊本《福建通志》著录《玉镈于》四卷,吴元枢著②,恐误。民国《莆田县志·艺文志》著录《玉錞于集》,作者吴心岘,乾隆二十七年壬午(1762)举人,并引宋际春(柘耕)序是书;同书著录吴元枢《吴征君诗》,引宋际春序。略曰:"先生杜门不出,年跻八十,无遗行。其高王父靖海将军再世簪绶相望,父心岘公为名举人,世世刻诗草,其令嗣葆庸亦膺是荐,取其先世未刻之草汇刻,以先生诗一卷向序。"③

吴元枢之子吴鼎荣,道光元年(1821)举孝廉方正。宋际春序其《麈谈轩诗》,以为吴鼎荣克承家学,诗歌风趣与白、陆为近④。

## No. 197　莆田郑亮光家族

郑亮光:《醉墨堂诗稿》(同治刊本《福建通志》卷七十)

郑王臣(郑亮光孙):《毛诗识小录》、(选辑)《莆风清籁集》六十卷、《兰陔诗话》、《兰陔四六》(民国《莆田县志》卷二十三《艺文志》作四卷)、《兰陔诗稿》、《黄石山人诗集》(同治刊本《福建通志》卷七十)、《兰社诗稿》(民国《福建通志》总卷二十五,《福建艺文志》卷六十五;《国朝全闽诗录初集》卷十六郑王臣条)、《南湖风雅》二卷(民国《莆田县志》卷二十三《艺文志》)、《兰陔骈体》四卷、《兰陔堂诗集》若干卷、《兰陔诗话》若干卷(民国《莆田县志》卷二十九《文苑传》本传)、《兰陔诗集》三卷(乾隆二十二年刻本,国家图书馆藏)、《兰陔诗集》二卷(乾隆间刻本,即《莲云草》一卷、《集杜诗》一卷,福建省图书馆藏)、《兰陔诗集》一卷、《诗二集》一卷(乾隆间刻本,苏州市图书馆藏)、《兰陔四六》四卷(乾隆四十七年刻本,福建省图书馆藏)、《黄石山人诗集》十卷(嘉庆间刻本)(柯愈春《清人诗文集总目提要》第682页)

陈蔚(郑王臣婿):《小松轩诗》(同治刊本《福建通志》卷七十)

**谨按**:清代前期,福建兴化府的科举、文学及文化事业尚处于繁荣阶段,方兴未艾,与清代中后期的凋落形成强烈鲜明的对比。

郑亮光,字寅士,号同溪。兴化府莆田人。康熙四十七年戊子(1708)举人,与郑三才、姚黄甲、李钟旺等同年。同治刊本《福建通志》著录其著作,注云:"(郑王臣)《莆风清籁集》:'徐达夫云:'寅士才情烂漫,醉后作诗,未尝停笔,皆自胸臆中流出。'符幼鲁云:'清婉和粹,出于自然。''"⑤郭柏苍《竹间十日话》:"郑亮光,字同溪。康熙戊子举人。兰陔祖也。官寿光知县。有《醉墨堂诗稿》。《暮春》云:'欲雨不雨日垂脚,欲晴不晴云当头。杨花满地白如雪,何处一声黄栗留。'最有风趣。"⑥《国朝全闽诗录初集》卷十选其诗七首。

郑亮光之孙郑王臣,字慎人,号兰陔。乾隆丙子(二十一年,1756)副贡生,与建宁朱仕玠太学同年,与朱仕玠弟朱仕琇善。以直隶州州判分发四川,官至兰州知府。传见同治刊本《福建通志》之《良

① 民国《福建通志》总卷四十五,《福建列女传》卷六,吴丝传附,原第十九页。
② 同治刊本《福建通志》卷七十,影印第1467页。
③ 民国《莆田县志》卷二十三,《艺文志》,原第九十五页,影印第214页。
④ 民国《莆田县志》卷二十三,《艺文志》,原第九十八页,影印第215页。
⑤ 同治刊本《福建通志》卷七十,影印第1465页。
⑥ 郭柏苍《竹间十日话》卷二,第31页。

吏传》、民国《莆田县志》卷二十九《文苑传》。

郑王臣是乾隆年间著名的学者、作者。朱仕琇称其“夙具高情,糠粺事功,铢尘轩冕,意气轩轩,冒出物表”,“少负异才,钩贯经、子、百家书,尤熟史籍,至于虫、鱼、草、木无不蒐罗”,“文思日富,为深博无涯涘”,诗体凡数变而以才胜①。著有《毛诗识小录》、《莆风清籁集》六十卷、《兰陔诗话》、《兰陔四六》、《兰陔诗稿》、《黄石山人诗集》等。同治刊本《福建通志》著录其著作。《黄石山人诗集》下小字注云:“朱仕琇序。略曰:‘山人诗凡数变:始则下气愉思,慢肌□理,以求柔淡,继则感伤兴废,褒贬奸良,理与象协,然后参错调剂,斟酌厌饫,蹂躏□□大家之庭,非一朝一夕之故矣。”②朱仕琇代撰《莆风清籁集序》,称其“工诗绩学,有吏才,由冗散超陟方面”③。《国朝全闽诗录初集》郑王臣传:“字慎人,号兰陔……乾隆间拔贡生,官至兰州知府。有《兰社诗稿》。”引《注韩居诗话》:“兰陔尝选《莆风清籁集》,自唐、宋至国朝,所录凡一千九百余人,诗三千余篇,分为六十卷,收罗可谓宏富。于诗首各附诗话一则,体例与吴孟举[吴之振(1640—1717),字孟举]之选宋诗、朱竹垞(朱彝尊)之选明诗大略相仿,亦一隅文献之资也。”④

郑王臣之婿陈霨⑤,字云子。仕履未详。著有《小松轩诗》。《国朝全闽诗录初集》卷十一陈霨条选其诗《台湾竹枝词》三十首,诗下均有自注⑥。

## No. 198　莆田林时勖家族

方琬(林树声妻):《断钗集》(同治刊本《福建通志》卷七十、民国《莆田县志》卷二十八本传)

林时勖(方琬、林树声之子):《山枝亭集》(同知刻本《福建通志》卷七十)

**谨按:**莆田望族方氏之裔方琬,字宛玉,号少君。长适郡人林树声。方琬博极群书,能诗,郑王臣《兰陔诗话》云方琬十九岁丧夫,冰霜自矢,课子成人。其从姊方佩青当亦能诗,方琬有诗题《寄从姊佩青》。方琬亦工词,《国朝词综补》“林少君”条即方少君之误。雷瑨、雷瑊《闺秀诗话》卷一、梁章钜《闽川闺秀诗话》卷一、民国《福建通志·福建列女传》卷六均有方琬事迹的记载。

方琬子林时勖,字子卿,号亚之。康熙中诸生。有《山枝亭集》。《兰陔诗话》称其诗清丽,遣词巧俊而归于雅。《国朝全闽诗录初集》吴士熺条下有诗题《落花仝余全人林子卿》⑦,可知其与余佺、林时勖交游。按:莆人吴士熺,同治刊本《福建通志》著录其《瀹斋诗文集》,注:“字熙叔,一字仲初。康熙丁卯(二十六年,1687)举人,传见《良吏》。”⑧知林时勖等人俱康熙中人。

## No. 199　莆田林元霖家族

(明)林元霖:《雪笠集》(同治刊本《福建通志》卷七十)

---

① 朱仕琇《黄石山人诗集序》,《梅崖居士文集》卷十八,《清代诗文集汇编》第336册,影印第358页。

② 同治刊本《福建通志》卷七十,影印第1467页。所引文字,朱仕琇《黄石山人诗集序》原文为:“盖其诗体凡数变;其始托兴闺房,下气愉思,慢肌腻理,以求柔淡,所谓马调然后求良,弓调然后求劲也;继则岬兀闪尸,别成提撕,感伤兴废,褒贬奸良,理与象协,所谓风力未成,且见专车之骨也;然后参错调剂,斟酌厌饫,蹂躏古大家之庭,登其堂而跻其藏,入其室而得其符,臭味自知,号令如意矣。当世读书者第见其谢文节卜砚,登龙尾、皋兰山诸歌行,淋漓顿挫,字字欲活,惊以为韩、欧复生,不知其驯致,此者非一朝夕之故也。”(《梅崖居士文集》卷十八,《清代诗文集汇编》第336册,影印第358页)可见引文节略较多。

③ 朱仕琇《梅崖居士外集》卷二,《清代诗文集汇编》第336册,影印第521页。

④ 郑杰《国朝全闽诗录初集》卷十六,《全闽诗录》第五册,第345页。

⑤ 民国《莆田县志》卷二十三,《艺文志》所著录郑王臣《兰陔四六》四卷,注,原第九十二页,影印第212页。

⑥ 《国朝全闽诗录初集》卷十一,《全闽诗录》第五册,第239-244页。

⑦ 《国朝全闽诗录初集》续集卷四,《全闽诗录》第五册,第557页。

⑧ 同治刊本《福建通志》卷七十,影印第1465页。

林丙春(林元霖之子):《周易参校》、《尚书参校》、《礼记集要》、《四书集解》、《欠山诗集》(同治刊本《福建通志》)

**谨按:**同治刊本《福建通志》著录林元霖《雪笠集》,注引《兰陔诗话》云:"雪笠精草、隶,谭友夏(谭元春)称其诗出入少陵(杜甫)、摩诘(王维)间。"[①]

莆田林元霖之子林甲春,字叔岸,号肩庵。康熙八年己酉(1669)举人。官大兴知县。《国朝全闽诗录初集》续集卷四有传及选诗[②]。

林元霖之子林丙春系明末遗老社成员。民国《莆田县志》林丙春传:"林丙春,字叔崖,号省庵,元霖子。明季乡荐。工书法,嗜古力学,凡天文、理数、象纬、律吕之书靡弗窥其蕴奥,为诗文俱从肺腑流出。鼎革后,绝意进取,惓惓君亲,一篇中三致意焉。晚精于《易》,抒幽抉微,与刘尧章、郑郊、陈玉昆辈结遗老社,互相唱酬,并称隐君子。年八十七卒。著《四书集解》、《礼记纂要》、《周易尚书参校》、《岘山集》、《欠山诗草》,藏于家。"[③]

## No.200　莆田吴辙家族

吴辙:《北游小草》(同治刊本《福建通志》卷七十)

吴孙逢:《桂枝(一作林)阁诗文集》(同治刊本《福建通志》卷七十。民国《福建通志》总卷二十五《福建艺文志》卷六十五作《桂枝阁诗文集》)、《春秋管见测义》、《桂林阁诗文集》(民国《莆田县志》卷三十《理官传》本传)

**谨按:**莆田吴辙,字嵋仲,号易庵。康熙二十一年壬戌(1682)进士。同治刊本《福建通志》著录吴辙《北游小草》,引《兰陔诗话》:"易庵父贡士。当世慕苏老泉之为人,名其子,长曰轼,次曰辙。父子为文力抚三苏,句絜字度,不逾尺寸。易庵矢诗不多,亦仿藁城(苏辙)。"[④]以此知吴氏父子三人俱能文,宗三苏。

《国朝全闽诗录初集》续集吴辙条:"字嵋仲,号易庵,莆田人。康熙二十一年壬戌(1682)进士,官通许知县,以孙孙逢赠兵部主事。"引《兰陔诗话》云:"易庵父贡士。当世慕苏老泉之为人,名其子,长曰轼,次曰辙。父子为文力抚三苏,句絜字度,不逾尺寸。易庵矢诗不多,亦不仿效藁城(苏辙)。"[⑤]按:同治刊本《福建通志》、《国朝全闽诗录初集》二处所引《兰陔诗话》文必有一误。查《莆风清籁集》卷四十三[⑥],系同治刊本《福建通志》所引有误,确作"不仿效藁城"。又,《全闽诗录》本《国朝全闽诗录初集》整理标点误,不可在"贡士"与"当世"之间断开。

吴辙之孙吴孙逢,字开吉。雍正十年壬子(1732)乡荐第四,乾隆元年丙辰(1736)进士。尝官刑部四川司主事,核断明允,为堂官所重。以疾归。杜门读书不辍,著有《春秋管见测义》及《桂林阁诗文集》,藏于家[⑦]。

---

① 同治刊本《福建通志》卷七十,影印第 1461 页。

② 《国朝全闽诗录初集》续集卷四,《全闽诗录》第五册,第 548 页。

③ 民国《莆田县志》卷二十九,影印第 577 页。

④ 同治刊本《福建通志》卷七十,影印第 1465 页。

⑤ 《国朝全闽诗录初集》续集卷四,《全闽诗录》第五册,第 554 页。

⑥ 《莆风清籁集》卷四十三,原第十一页,四库全书存目丛书集部第 411 册,影印第 657 页。

⑦ 民国《莆田县志》卷三十,《理官传》本传,原第九十三、九十四页,影印第 654-655 页。传文作壬午乡荐举人,雍正间无壬午年,误壬子为壬午。

## No.201　莆田林桢家族

林桢:《学诗庭集》(陈瞻岵藏卷一,一册)、《菊淙集》(同治刊本《福建通志》卷七十)、《学诗庭诗》一卷(清刻本)(《福建地方文献及闽人著述综录》)

林簧(林桢子):《愧庭遗诗》一卷(民国《莆田县志》卷二十三《艺文志》)、《乾隆莆田县志》三十六卷(同治刊本《福建通志》卷七十。民国《莆田县志》卷二十二《艺文志》作二十卷)、(与廖必琦纂)《乾隆莆田县志》三十六卷(同治刊本《福建通志》卷七十。民国《莆田县志》卷二十二《艺文志》作二十卷)

**谨按:**莆田林桢,字少干。出生于官宦世家,七岁嗣世父。康熙间监生。耿乱不从,被囚数月。谒选,例授知县。卒年七十六[①]。以子林簧赠镇平知县。传见同治刊本《福建通志·孝义传》。

林桢,林向哲从子,柯愈春《清人诗文集总目提要》作林祯[②]。《清人诗文集总目提要》著录林桢《学诗庭诗》一卷,提要云:"桢字少干,一字菊淙,福建莆田人。康熙间贡生。年七十六卒。所撰《学诗庭诗》一卷,清刻本,又钞本,福建师范大学图书馆藏。"[③]同治刊本《福建通志》著录林桢著作《学诗庭集》、《菊淙集》两种,注云:"桢,康熙间国学生。以子簧赠镇平知县。"[④]知林桢、林祯为同一人。本书已立莆田林凤仪家族条,由于林桢以上林氏世系本支不清晰,故别立一条。

林桢之子林簧。康熙五十年辛卯(1711)举人,与萨学天、郭美等同年;雍正八年庚戌(1730)进士,与林琼蕤、吴履泰等同年。

## No.202　莆田贺梁家族

贺梁:《一脉言诗集》(同治刊本《福建通志》卷七十。柯愈春《清人诗文集总目提要》第375页作二卷,嘉庆间刻本)、《一脉言诗》(《国朝全闽诗录初集》续集卷六贺梁条)

贺青来(贺梁子):《渭笛同声集》(同治刊本《福建通志》卷七十)、《八壶怡客句》二卷(民国《莆田县志》卷二十三《艺文志》)

**谨按:**莆田贺梁,字建戢,号燕墅。康熙间布衣。同治刊本《福建通志》著录其著作,引《注韩居诗话》云:"燕堂,(贺)成功四子,本河内人。成功授福建骠骑将军,因留焉。为籍所阻,自安于命,游齐鲁燕赵间,福建将军吴公慕其贤,延为上客,大参林麟焻老隐北村,日同觞咏。尝赠以诗云:'鸦青染纸频挥墨,蚁绿浮缸数举杯。莫叹沈郎清瘦甚,幽香相伴有寒梅。'"[⑤]

《国朝全闽诗录初集》续集贺梁条:"字建玳,号燕墅,莆田人。康熙中布衣。有《一脉言诗》。"所引《注韩居诗话》文字稍有不同:"(贺)成功四子,明进士应达之孙,本河南怀庆府河内人。成功幼入泮,三十弃业学剑,授福建骠骑将军,因留居焉。"[⑥]查《明清进士题名碑录索引》,无贺应达,或为武进士。应达,或字或号,待考。

贺梁长子贺青来,字芸士,《国朝全闽诗录初集》续集贺青来条作芸仕[⑦],号登石。康熙间布衣。民

---

① 同治刊本《福建通志》卷二百四十二,林桢传,影印第4375页。
② 柯愈春《清人诗文集总目提要》,第191页。
③ 同上书,第377-378页。
④ 同治刊本《福建通志》卷七十,影印第1465页。
⑤ 同上注。
⑥ 《国朝全闽诗录初集》续集卷六,贺梁条,《全闽诗录》第五册,第606-607页。
⑦ 《国朝全闽诗录初集》续集卷七,《全闽诗录》第五册,第624页。

国《莆田县志·艺文志》著录贺青来著作,引俞荔序。略曰:“登石之祖、父、伯、叔皆有诗可传,门以内互相师友,趋庭之下耳濡目染,莫非诗也,宜乎涵泳薰陶而致风雅之阃奥欤!”①

## No.203　莆田林藻玉家族

林藻玉:《见斋诗略》二卷、《见斋集》二卷(民国《莆田县志》卷二十三《艺文志》)

**谨按:**莆田林藻玉,字揆生。明代兴化府莆田县林润曾孙②。康熙间贡生。

明代林润系嘉靖三十一年壬子(1552)举人、三十五年丙辰(1556)进士。著有《愿治疏稿》八卷及《林念堂集》三册(福建省图书馆藏旧抄本)。

## No.204　莆田曾洪范家族

曾洪范:《道南统绪》二卷、《壶峰集》四卷(同治刊本《福建通志》卷七十)

曾志山:《刍音集》一卷(民国《莆田县志》卷二十三《艺文志》)

**谨按:**莆田曾洪范,字敬五。乾隆九年甲子(1744)举人,与朱仕琇、张甄陶等同年。官宜昌同知。

民国《莆田县志·艺文志》著录曾志山《刍音集》,注:“洪范子。乾隆中布衣。”引林兆鲲序。略曰:“志山为敬五先生令嗣,趋庭之际,首诏学诗,其渊源有自,加以赋性耿介,不作龌龊诡随态,故其诗抒写性灵,不著脂粉。……五言赠答诗,瓣香二部,尤稿中之出色者。”③

## No.205　莆田郑文炳家族

郑文炳:《易经要义》(民国《福建通志·福建艺文志》卷二题作《周易要义》)、《性理广义》、《省心堂家训》、《明伦初集》五卷、续集五卷(民国《福建通志》总卷二十五,《福建艺文志》卷七十一)、《明伦集》(民国《莆田县志》卷二十二《艺文志》)

郑仕仁(郑文炳子):《蔼香居偶笺》、《蔼香居诗集》(同治刊本《福建通志》卷七十)

郑帝眷(郑文炳子):《劝善书》、《经史汇珠》(同治刊本《福建通志》卷七十)

郑远芳(郑文炳孙):《用拙居存稿》三卷、《匏落存稿》一卷(同治刊本《福建通志》卷七十)

郑文炳、钟梦白:《古文明伦集》五卷、《续集》五卷(同治刊本《福建通志》卷七十)

**谨按:**莆田郑文炳,字朝宏,一字慕斯,程鲲化之婿。乾隆四十四年己亥(1779)举人。名列《黄任集·黄任交游人物表》,系黄任诗友,黄任尝题其竹院④。传见同治刊本《福建通志·孝义传》。郑文炳之祖郑亮黼,一名衮,字山甫。工诗文及书法,不乐仕进⑤。

民国《福建通志》著录郑文炳《周易要义》,注云:“《隐(阮)拙斋集》云莆田郑慕斯征君尝读《折中》,以溯本义,爰于每卦萃六爻之微旨,举其大要,括以数语,名之曰《要义》,莫不理明辞达,简劲易晓,是

① 民国《莆田县志》卷二十三,《艺文志》,原第八十八页,影印第210页。

② 同治刊本《福建通志》卷七十,影印第1466页。

③ 民国《莆田县志》卷二十三,原第九十三页,影印第213页。

④ 民国《莆田县志》卷二十九,《文苑传》郑远芳传,原第一百二十四页,影印第604页。

⑤ 同治刊本《福建通志》卷二百四十二,郑文炳传,影印第4376页。

殆有合于《本义》、《折中》者欤。”[①]民国《莆田县志·理学传》卷首云:“明白沙陈氏(陈献章)以虚静为宗,已开姚江(王守仁)之先,而陈氏时周从之游;清张清恪(张伯行)开府闽中,立鳌峰书院,复伊、洛之学,而郑氏慕斯承其绪,皆朱、陆之支派也。”[②]

郑文炳、钟梦白合编有《古文明伦集》五卷、《续集》五卷,《明伦》初集刊于雍正九年辛亥(1731),《续集》刻于乾隆二十九年甲申(1764)。[③] 民国《莆田县志·艺文志》作郑文炳编。[④] 宁化雷铉序。略曰:“慕斯为人,吾闽称□郑孝子,其间关寻父,与所以事母,悉根本至性,其讲明践履,惟此五伦之道,取文之有关于五伦者,敬录而服习之。余愿与有心斯道者共质之。”[⑤]钟梦白,字耕源。康熙间副贡生。

郑文炳子郑仕仁、郑帝眷等五人。郑仕仁,字立公。乾隆间贡生。传附同治刊本《福建通志·孝义传》郑文炳传。郑帝眷,字秩公。乾隆十五年庚午(1750)举人。文名籍甚。

郑文炳之孙郑远芳,字芷朋。诸生。以诗名,受朱珪、纪昀器重。入鳌峰书院,从学于孟超然。乾隆三十九年甲午(1774)举人。入都,与法式善(梧门)、伊秉绶(墨卿)等往来唱和[⑥]。

## No.206　莆田翁霔霖[⑦]家族

翁霈霖:《漱芳居草》(民国《莆田县志》卷二十三《艺文志》)

翁霔霖(翁霈霖弟):《翁筠楼集》六卷(抄本。福建省图书馆藏;一册,刻本,张琴藏)、《南广杂咏》一卷续一卷补一卷(乾隆五十九年刻本)、《出山草》一卷、《新梧草》一卷、《排秋咏》一卷、《愁海咏》一卷、《栽花草》一卷、《临江草》一卷、《秋闱草》一卷、《南广存钞》一卷(民国《莆田县志》卷二十三《艺文志》)、《出山草》六册(原莆田县图书馆藏)、《广南杂吟》一卷、《蜀道草》二卷、《栽花草》一卷、《棘闱草》一卷、《出山草》一卷、《愁梅咏》一卷、《弄云集咏》一卷(同治刊本《福建通志》卷七十)

翁兰(翁霈霖子):《秋皋唱和》、《心斡遗文》(《福建地方文献及闽人著述综录》第88页)、《秋皋遗稿》一卷(民国《莆田县志》卷二十三《艺文志》,柯愈春《清人诗文集总目提要》第891页不分卷,一册,嘉庆间刻本)

翁霔霖、翁兰:《漱芳居排体唱和集》一卷(刻本。民国《莆田县志》卷二十三《艺文志》)

**谨按**:《福建地方文献及闽人著述综录》第88页著录翁霔霖《翁筠楼集》六卷,抄本六册,福建师范大学图书馆藏。集分《南广杂咏》、《出山草》、《新梧草》、《排秋草》、《愁海草》、《栽花集》、《临平草》、《棘闱草》、《南广存抄》,末附其侄翁兰诗文。《南广杂咏》一卷续一卷补一卷系翁霔霖官广东时所作竹枝词。翁霔霖系乾隆三十三年(1768)福建乡试解元,四十三年(1778)戴衢亨榜三甲第57名进士。查民国《福建通志·选举志十二》,乾隆十五年(1750)举人、二十六年(1761)进士翁霈霖为其兄。

翁霈霖,字汉宗、雨三,翁方纲为取字诚济[⑧]。祖父翁炳文,字与弼。闽变后,弃举子业。父翁源熙,庠生。“夙擅才名,未三十卒。”其妻黄氏“训督二孤霈霖、霔霖,俱成进士。”[⑨]翁霈霖于乾隆二十六年辛巳(1761)成进士,官浙江孝丰知县。迁归安,以积劳卒。民国《莆田县志》著录其《漱芳居草》,引

---

① 民国《福建通志》总卷二十五,《福建艺文志》卷二,原第十七页。

② 民国《莆田县志》卷二十九,《理学传》卷首,原第一、二页,影印第542-543页。

③ 民国《福建通志》卷宗二十五,《福建艺文志》卷七十一,第六页,引《四库全书总目》。

④ 民国《莆田县志》卷二十三,原第一百十一页,影印第222页。

⑤ 同治刊本《福建通志》卷七十,影印第1466页。

⑥ 民国《莆田县志》卷二十九,《文苑传》郑远芳传,原第一百二十三、一百二十四页,影印第603-604页。

⑦ 按:福建师范大学图书馆古籍组《福建地方文献及闽人著述综录》作翁霪霖,《明清进士题名碑录索引》作翁霔霖(第2291、2743页),沈津《翁方纲年谱》作翁霔霖(第114页),本书从《明清进士题名碑录索引》。

⑧ 沈津《翁方纲年谱》,第16页。按照翁氏族谱字辈,翁方纲自取字忠叙。翁世资之后,翁氏字辈为世、守、朝、廷、禄、惟、存、孝、与、忠;诚、心、长、继、述、福、庆、永、丰、隆二十字。

⑨ 同治刊本《福建通志》卷二百五十二,《(莆田县)国朝节孝》“诸生翁源熙妻黄氏”条,影印第4657页。

《荔隐居纪遗》,知其尝入同宗翁方纲视学粤东幕府,诗清隽似苏斋(翁方纲)[①]。

翁霈霖弟翁霆霖,字传宗,号筠楼。励志学问,尝谓文不审实理,诗不本于至情皆客气,故其所作皆和平敦厚、酝酿深醇。乾隆三十三年戊子(1768)福建乡试解元,四十三年戊戌(1778)成进士。官四川南溪知县、权忠州,卒于官[②]。其著作多种由裔孙、贡生翁永祚交张琴携至京师,付匠装订[③]。

翁霈霖之子翁兰(1752—1788),字心斡,号秋皋。乾隆中拔贡生,充四库馆誊录。卒年三十七。与叔父翁霆霖合著《漱芳居排体唱和集》,五言排律三十首,系乾隆二十九年甲申(1764)作,嘉庆二年丁巳(1797)刻于忠州官舍[④]。

## No.207　莆田林炳麟家族

**谨按:**莆田林元琛,号玉村。乾隆二十一年丙子(1756)举人官将乐教谕。传见民国《莆田县志》卷三十《学博传》。

林元琛之子林炳麟,号敦泉。乾隆四十二年丁酉(1777)举人,四十六年辛丑(1781)进士,与萨龙光、蔡善述等同年。官江西上犹知县。工诗文,为学使纪昀所知,后入都,纪昀为定诗集,以为林炳麟之诗在两宋间,直追南宋陆游、北宋黄庭坚[⑤]。

林炳麟之子林培梧,嘉庆十五年庚午(1810)举人,与叶敏昌、同邑郑际禧等人同年。传附其父林炳麟传,称博学多闻,莆人士多从之游。

# 第三节　泉州府文学家族考

## No.208　晋江王命岳家族

王命岳:《读易杂卦牖中天》一卷、《读诗杂记》、《王给事奏疏》二卷、《千秋宝鉴》、《感应篇引经征事》二卷、(李光地辑)《耻躬堂文集》二十卷(同治刊本《福建通志》卷七十二)、《杂卦牖中天》一卷(陈笃彬、苏黎明《泉州古代著述》第303页)

王锡卣(王命岳子):《寿宁县志》八卷(康熙二十五年刻本)

王元芳(王命岳曾孙):《王洲若诗文集》(同治刊本《福建通志》卷七十二)、《诗文集》(陈笃彬、苏黎明《泉州古代著述》第304页)

**谨按:**王命岳(1610—1668[⑥]),字伯咨,号耻古,晋江王承标之子。早年师事黄道周,崇祯十二年(1639)举人,顺治十二年乙未(1655)成进士。选庶吉士,官至工科、刑科都给事中。民国《福建通志·福建列传》王命岳本传多载其奏疏,体例殊乖。

---

① 民国《莆田县志》卷二十三,《艺文志》,原第九十四页,影印第213页。

② 民国《福建通志》总卷三十六,《福建循吏传(清二)》卷十二,翁霈霖传,原第三十四、三十五页。又,同治刊本《福建通志》卷二百五十二《(莆田县)国朝节孝》"四川南溪县翁霆霖继妻萧氏"条(影印第4657页)。

③ 民国《莆田县志》卷二十三,《艺文志》,原第九十四页,影印第213页。

④ 民国《莆田县志》卷二十三,《艺文志》,原第九十五页,影印第214页。

⑤ 民国《福建通志》总卷三十六,《福建循吏传(清二)》卷十二,林炳麟传,原第四十九页。

⑥ 《泉州古代著述》王命岳的生卒年作1608—1667(第303页);《清人诗文集总目提要》作1609—1667(第65页),《清人别集总目》同(第144页)。

同治刊本《福建通志·经籍志》著录王命岳著作，注引《四库书目提要》："是集自卷一至卷五为奏疏，卷六至卷十七为杂文，卷十八为诗，卷十九为《周易杂卦牖中天》，卷二十为《读诗牖中天》。据其自序，牖中窥视，故以名也。""命岳，顺治乙未(十二年，1655)进士，见列传。"[①]按：《四库全书总目·〈耻躬堂文集〉提要》："是集自卷一至卷五为奏疏，卷六至卷十七为杂文，卷十八为诗，卷十九为《周易杂卦牖中天》，卷二十为《读诗牖中天》。"[②]文字完全相同，知同治刊本《福建通志》所谓《四库书目提要》即《四库全书总目》，民国《福建通志》中凡有涉及者，基本称之为《四库全书总目》，不作简称。

据《耻躬堂文集》卷一卷首辑校名录，此集经郡人李光地辑定，弟王命祐(伯履)、侄王吉人(天与)、子王锡卣(文人)、王锡度(文成)同校，康熙间刻本。有富鸿基、李光地、陈迁鹤、陈肇昌所撰序。《福建地方文献及闽人著述综录》引富鸿基之论，称其文"旨远味长，迁、固之雄健，韩、欧之温醇，无不兼而有之"；引陈肇昌之论，称其文"波澜壮阔，气魄深雄，兼广川、洛阳之长，而必根极理要，无一字一句戾于圣人之旨"。[③]

《国朝全闽诗录初集》续集王命岳条下云："有《耻躬堂集》。"引《注韩居诗话》："耻躬堂诗约有五六百首，诸体悉备，余披读竟日，姑存一首。"[④]

王命岳之子王锡度，官训导；王锡卣，由南安学拔贡，官建宁教授。王锡卣与赵廷玑合纂《寿宁县志》，康熙二十五年刻本；又尝校刊其父文集。

王命岳曾孙王元芳，字鼎汝，号洲若。乾隆元年丙辰(1736)，举博学鸿词科。古文诗赋，卓然名家。有《王洲若诗文集》。

## No.209　晋江陈洪谧家族

(明)陈洪谧：《陈默庵诗集》(同治刊本《福建通志》卷七十二)

陈俞侯(陈洪谧子)：《陈子新编》、《滇蜀草》、《东行草》、《北行草》、《金陵杂诗》、《乐社诗草》(同治刊本《福建通志》卷七十二)、《乐咏》、《邻公诗余》(陈笃彬、苏黎明《泉州古代著述》第 304 页)

陈元焕(陈俞侯子)：《椰亭文稿》(同治刊本《福建通志》卷七十二)

陈一策(陈洪谧曾孙)：《香雪斋集》、《翠屏山人集》(同治刊本《福建通志》卷七十二)、《翠屏山人诗文全集》(陈笃彬、苏黎明《泉州古代著述》第 305 页)

**谨按**：晋江陈洪谧，明天启七年(1627)举人，崇祯四年(1631)进士。著有《陈默庵诗集》。

陈俞侯，字飏卿，一字栾公，陈洪谧之子。由海上归命。康熙间诸生，授济东道，调补永昌道，擢副使。卒年七十六。传见民国《福建通志·福建列传》卷三十五。子陈元焕、陈元焱、陈元燠，附传。陈元焕，字士章。以贡生授行人司，迁员外郎，出守威宁。陈元焱，字淡士。康熙三十五年丙子(1696)举人。官知县。其子陈熙墉、孙陈国豪俱举人。陈元燠，字哲士。由监生捐州同，官知县。入军幕，官终保宁府同知。卒年七十四。子陈世琦、陈有怀俱仕。

陈俞侯，字飏卿，号栾公。官至四川按察副使。《国朝全闽诗录初集》续集小传云："字栾公，晋江人。康熙间官山东知府。"[⑤]选其诗。

民国《福建通志·文苑传》陈一策传："陈一策，字尔忱。晋江人。少有神童之目，年十一籍诸生。吴士玉称其诗、古文词博赡渊雅，具有法度。乾隆元年(1736)荐举博学鸿词，都中名流服其文藻。一

① 同治刊本《福建通志》卷七十二，影印第 1503 页。
② 永瑢等《四库全书总目》卷一百八十二，第 1646 页。
③ 福建师范大学图书馆古籍组《福建地方文献及闽人著述综录》，第 77 页。
④ 《国朝全闽诗录初集》续集卷一，《全闽诗录》第五册，第 482 页。
⑤ 《国朝全闽诗录初集》续集卷六，陈俞侯条，第 600 页。

策方正自持,不事干谒。诗学得诸其祖俞侯。”[①]《国朝全闽诗录初集》续陈一策条引《榕阴诗话》:“尔忱七律清婉可诵。”[②]同治刊本《福建通志》著录其著作,注云:“《榕城诗话》:‘尔忱七律清婉可诵。’有《访友》诗云:‘草堂新筑傍台矶,城郭风尘到此稀。背闪夕阳双鸟没,屐粘晴雪一僧归。石桥水色虚摇槛,板屋梅花乱扑扉。今日似游人境外,与君相对欲忘机。’”[③]

## No.210　南安王龙震家族

王龙震:《视鹾疏草》(同治刊本《福建通志》卷七十三)

王龙贲:《颂爵编》、《威香集》(同治刊本《福建通志》卷七十三)

王之珂:《佔毕音学》(民国《南安县志·文苑传》本传作《咕哔音学》)一卷、《瓿余篇》(同治刊本《福建通志》卷七十三)、《闽音必辨》(民国《福建通志》总卷二十五,《福建艺文志》存目卷十)、《瓿余篇诗草》(民国《南安县志》卷三十一《文苑传》本传)

**谨按:**南安王龙震,字长甫。籍晋江。天启元年辛酉(1621)举人,崇祯元年戊辰(1628)进士。巡鹾山西,厘剔正额。官至按察使。弟王龙贲,字上白,号华燕。崇祯九年丙子(1636)举人,十六年癸未(1643)进士。传见《泉州府志·文苑传》。王龙贲《威香集》,同治刊本《福建通志》注:“一作王龙震撰。”[④]

王龙贲之子王之珂,字尔阶,号鹤汀。康熙八年己酉(1669)举人。寄籍安溪。官天长令。工诗,精韵学[⑤]。

## No.211　惠安张履登家族

张履登:《宁我诗集》(同治刊本《福建通志》卷七十三。《泉州古代著述》第316页作四卷)

张焞:《四书摘要》、《时拂居诗文集》(同治刊本《福建通志》卷七十三)

**谨按:**惠安张履登,字余韬。著有《宁我诗集》。

张履登之子张焞,字伯敬。顺治十八年辛丑(1661)进士。官曲周知县。传见同治刊本《福建通志》卷二百二十九《列传》。

根据光绪十一年(1885)乙酉科福建台湾府凤山县籍贡生张大河的履历,清代张焞、张焻、张腾龙、张元龙、张亢用、张蒲璧、张元嘉、张秉忠、张则立、张望阳、张士林、张奉三、张扬祖皆其曲江派世祖,系明代张茂、张岳之后[⑥],故知与张桢家族系同宗。

## No.212　惠安陈龙岩家族

陈龙岩:《鸿爪草合刻》二十四卷(同治刊本《福建通志》卷七十三。《泉州古代著述》第316页作《鸿爪集合刻》二十四卷)

---

① 民国《福建通志》总卷三十九,《福建文苑传(清二)》卷八,陈一策传,第一页。

② 《国朝全闽诗录初集》续集卷九,陈一策条,第672页。

③ 同治刊本《福建通志》卷七十二,影印第1507页。

④ 同治刊本《福建通志》卷七十三,影印第1513页。

⑤ 同上注。

⑥ 《清代硃卷集成》第四〇七册,张大河履历,影印第269-270页。

陈孙蕙(陈龙岩子):《宫词百首》(同治刊本《福建通志》卷七十三)

**谨按:**惠安陈龙岩,字元瞻。顺治五年戊子(1648)贡生。以贡生授通判,赴经略洪承畴军幕,以军功升推官,历同知、思南府知府,卒于江宁任上。传见同治刊本《福建通志·良吏传》。

陈龙岩之子陈孙蕙,字骏汝。顺治十一年甲午(1654)举人。陈孙念,贡生,官永福教谕、延平府教授。陈龙岩及其二子传又见民国《福建通志·福建列传(清二)》卷三十三。

## No.213　惠安张桢家族

张桢:《丹经》四卷、《咸阁游录》八卷、《易易吟》(《泉州古代著述》第282页作四卷)(同治刻本(福建通志)卷七十三)

张桢、陈幼嘉:《四书合说》(同治刊本《福建通志》卷七十三,《泉州古代著述》第282页作十二卷)

**谨按:**惠安张桢,字于干,张锵之孙。张锵系张岳从曾孙,万历四十四年丙辰(1616)进士,官海盐令。张桢少颖敏好学,给谏朱文焕妻以女。富鸿基聘至京,主西席,大学士熊赐履优礼以待①。张敏求以为张桢之学"似学于陈白沙(陈献章),与自家襄惠(张岳)公左矣"。②

张桢、陈幼嘉合撰《四书合说》。陈幼嘉,字维壮。传附同治刊本《福建通志·儒林传》张桢传。

## No.214　惠安何中岳家族

何中岳:《何中岳诗文集》(同治刊本《福建通志》卷七十三)、《四书解》、《经史会通》(陈笃彬、苏黎明《泉州古代著述》第360页)

何洛:《易经微言》、《诗经解》、《四书解》(《泉州古代著述》作何中岳著)、《经史会通》(《泉州古代著述》作何中岳著)、《史集解》、《寡过编》(同治刊本《福建通志》卷七十三)、《先正论文》、《经传》(陈笃彬、苏黎明《泉州古代著述》第281页)

**谨按:**惠安何中岳,顺治间诸生。工诗文,为理刑王仕云推重。

何中岳之子何洛,字羲开,号娄斋。康熙十九年庚申(1680)副贡生、副榜举人。

根据同治刊本《福建通志》卷七十三所著录的惠安县经籍,从康熙十九年副贡生何洛的著作到四十七年举人洪达尊③之间,中间(1680—1708)隔28年,与所著录的南安县经籍从康熙八年举人王之珂到三十九年进士梁国宝④之间,中间(1669—1700)隔31年,有20年重合的时间,说明在这一段时间,福建泉州府科举出现了严重衰退的情况。

## No.215　同安郑得潇家族

郑得潇:《易研》、《五经通义》、《史航》、《人字图说》、《文学指南》、《蘧廨近吟选》(同治刊本《福建通志》卷七十三)、《我见如是》(陈延香整理,1924年)、《大学定本》、《周礼挈领》、《广孝经》、《古文信好篇》、《史统》、《文学指南》、《蓬廨近吟选》(陈笃彬、苏黎明《泉州古代著述》第281页)

① 同治刊本《福建通志》卷二百三十八,张桢传,影印第4300页。
② 同治刊本《福建通志》卷七十三,影印第1518页,引。
③ 同治刊本《福建通志》卷七十三,影印第1518页。
④ 同治刊本《福建通志》卷七十三,影印第1513页。

郑得潇:《郑得潇诗集》(同治刊本《福建通志》卷七十三)

**谨按:**郑得潇(1557—?),字慕生。泉州府同安县人。康熙间诸生。沉酣经史,年九十余,手不释卷。1924年,陈延香整理郑得潇遗著,编成《我见如是》。相关资料请参看福建省地方志编纂委员会所建的福建省情网介绍[①]。

## No.216 晋江郭良璞家族

郭炜:《郭闇生诗文集》、《古今名媛诗选》、《梅花唱和诗》(同治刊本《福建通志》卷七十二)

郭世纯:《郭昆冶诗集》(同治刊本《福建通志》卷七十二)

**谨按:**晋江郭良璞,字卞玉。明代嘉靖十三年甲午(1534)举人,二十九年庚戌(1550)成进士,与傅夏器同年。官琼州知府,卒年八十九。子郭如楚,字樾甫。万历三十四年丙午(1606)举人、三十五年丁未(1607)登进士第,与张瑞图进士同年。天启间,累官太仆寺少卿。尝撰《和靖先生金沙祠堂记》、《本念禅师始末记》碑文等。

郭如楚子郭炜,字闇生。明崇祯庚午(三年,1630)举人。入清,官广东按察副使,分巡高雷廉道[②]。

郭炜之子郭世纯,号昆冶。明崇祯十二年己卯(1639)举人,与粘本盛等同年;入清,顺治十二年乙未(1655)成进士。

郭良璞家族系晚明比较成功的科举家族,由于郭炜、郭世纯父子仕清,列于本书。

## No.217 晋江施琅家族

施琅:《靖海纪》(《续修四库全书》本称《靖海纪事》)二卷、《平南事实》四卷(同治刊本《福建通志》卷七十二)

施世纶:《施漕帅奏疏》一卷、《浔江草》五卷(一题《浔江诗草》)、《南堂集》二十卷(《莲坡诗话》一题《南堂诗钞》二十卷)、《倚云词》一卷(同治刊本《福建通志》卷七十二)、《南堂诗钞》(台湾文献丛刊续编本)、《南堂集》八卷、《倚红词》一卷、《浔江诗草》一卷、《浔江二集》一卷、《浔江三集》一卷、《南堂诗抄》四卷(陈笃彬、苏黎明《泉州古代著述》第302页)、《词赋》一卷、《南堂诗抄》十二卷(雍正间刻本)、《靖海纪事》(民国《福建通志》总卷二十五,《福建艺文志》卷二十)、《浔阳诗草》三集、《南堂诗钞》十卷(康熙二十四年刻本)、《南堂诗钞》十二卷、《词赋》十二卷(雍正五年刻本,国家图书馆藏)、《南堂集》八卷、《南堂文钞》(未刻稿)(柯愈春《清人诗文集总目提要》第381页)

施世骥(施琅子、施世纶弟):《清峰诗草》一卷、《诗草二集》一卷(陈笃彬、苏黎明《泉州古代著述》第302页)

施世騋:《东园诗集》二卷(同治刊本《福建通志》卷七十二)、《东园诗集》一卷、《东园续集》一卷(陈笃彬、苏黎明《泉州古代著述》第302页)

施世骝:《南窗燕草》一卷(同治刊本《福建通志》卷七十二)

施士岳:《容轩诗文稿》(同治刊本《福建通志》卷七十二)

施廷瑞:《花萼集》(同治刊本《福建通志》卷七十二)

施朝凤(施世騋女、陈日蓁妻):《焚余集》数篇(同治刊本《福建通志》卷二百五十三,《列女传》闺秀

① http://www.fjsq.gov.cn/showtext.asp?ToBook=3153&index=3190&。

② 同治刊本《福建通志》卷七十二,影印第1502页。

"陈日蓁妻施氏"条)

**谨按**:施琅(1621—1696),原名郎,字尊侯,号琢公,施大宣之子。晋江衙口(今晋江市龙湖镇衙口村)人。施琅是明末清初福建重要的军事将领,在收复台湾的过程中,施琅起到无可替代的统帅作用,厥功甚伟。《清史稿》卷二百六十、同治刊本《福建通志》均有传。其子施世骠(1667—1721)传见《清史稿》卷二百八十四。

清廷封施琅为靖海侯,隶汉军镶黄旗,世袭罔替,传十三代,与清朝相始终。以下是第二至十三代靖海侯名讳:施世范,施琅第八子,康熙三十五年(1696)袭封;施廷皋,施世范子,乾隆二年(1737)袭封;施纯恺,施廷皋子,乾隆二十四年(1759)袭封;施锳,施纯恺子,乾隆四十一年(1776)袭封;施秉仁,施锳子,乾隆四十七年(1782)袭封;施斌,施秉仁子,嘉庆十九年(1814)袭封;施德霖,施斌子,道光七年(1827)袭封;施德露,施德霖弟,咸丰六年(1856)袭封;施振,施德露子,同治十年(1871)袭封;施恩荣,施振子,光绪十一年(1885)封;施澍,施恩荣从叔,光绪二十一年(1895)袭封;施普泽,施澍族弟,光绪三十二年(1906)袭封。

施氏世代习武,历任朝廷武职,在文学创作和学术著述上方面也颇有建树,作者代不乏人。施琅著有《靖海纪》二卷、《平南事实》四卷,李光地为《靖海纪》撰序。施琅八子:施世泽(初名世鬃)、施世纶、施世骝、施世骥、施世騋、施世骠、施世骅、施世范,从子施世騄。同治刊本《福建通志・经籍志》著录施琅、施世纶、施世骥、施世騋、施世骝等施氏家族成员著作。

施琅长子施世泽(1655—1680),出嗣施琅亡兄施肇科。康熙间,官温州总兵。能诗。《国朝全闽诗录初集》立施世泽条,选其诗《螭洋晚泊》[①]。

施琅次子施世纶(1659—1722),字文白,一字文贤[②],号南堂、浔江、静斋。以荫授江南泰州知州,擢扬州知府,称"天下第一清官"[③],迁湖南布政使、兵部右侍郎兼都察院右副都御史、漕运总督。施世纶是清代小说《施公案》的人物原型。子施廷祥、施廷翰等。

同治刊本《福建通志》著录施世纶著作,注引查为仁《莲坡诗话》:"南堂先生历官漕督,清名闻天下。著《南堂诗钞》二十卷,如璞玉辉春,玭珠浴月,琅然可诵。尤工五言诗,中有'爱山移舫对,隔水问花多';'岸火潜鱼跃,沙更宿鸟飞';'看云生涧户,听雨过经楼';'孤楼侵海角,铜柱出天涯';'飞花悬隙网,行雀上空阶';'风尘虽近□,心迹喜多闻';'海气连吴越,秋声入鼓鼙';'水气凉疑雨,松声泻似涛'等警句,拟之姚少监(姚合)、郑都官(郑谷),当不愧也。"[④]《国朝全闽诗录初集》施世纶条:"字文白,晋江人。……有《浔江诗草》、《南堂集》。""徐健庵(徐乾学)云:……诗之不坠和平忠厚之意,益可知也已。"[⑤]所引《莲坡诗话》云:"南堂先生历官漕督,清名闻天下。《南堂诗钞》二十卷,如璞玉辉春,玭珠浴月,琅然可诵。尤工五言,诗中有……等警句,拟之姚少监(姚合)、郑都官(郑谷),当不愧也。子廷龙,官礼部郎中。"[⑥]字句颇有异同。

施世骥,字文中。著有《清峰诗草》等。附同治刊本《福建通志》其兄施世纶传。

施世騋,字文迦。筑有东园。

施世骠,字文南。康熙间,官太子少保提督厦门水师。谥勇果。子施廷谦等。《国朝全闽诗录初集》立施世骠条,选其诗《沧墅晚眺》[⑦]。传见民国《福建通志福建列传》卷三十二。

---

① 《国朝全闽诗录初集》续集卷六,第 601 页。

② 民国《福建通志》总卷二十五,《福建艺文志》卷二十,第四页。

③ 民国《福建通志》总卷三十四,《福建列传(清一)》卷三十二,施世纶传,第二十二页。

④ 同治刊本《福建通志》卷七十二,影印第 1505 页。

⑤ 《国朝全闽诗录初集》卷十,《全闽诗录》第五册,第 217 页。

⑥ 同上书,卷十,第 217-218 页。

⑦ 同上书,续集卷六,第 592 页。

施琅诸孙亦有多人从事著述。施士岳，字伯幹，施世骠从子。同治刊本《福建通志》著录其《容轩诗文稿》，注云："由明经授福清教谕，迁嵩明知州，以与平朱一贵功，擢按察副使。"[①]施懿琳、廖美玉《台湾古典文学大事年表·明清篇》记载施士岳于康熙四十七年(1708)任凤山县教谕[②]。施世纶子施廷瑞，雍正间国学生。著《花萼集》。传附同治刊本《福建通志》施世纶传。

施世騋之女施朝凤，陈日蓁妻。能诗，自以为闺作不宜见于外，成即焚稿[③]。

## No.218 晋江富鸿基家族

富鸿基：《日讲四书》十六卷、《云麓诗文集》四卷(同治刊本《福建通志》卷七十二)、《瑟园诗草》一卷(乾隆间富寿奴钞本，泉州图书馆藏。柯愈春《清人诗文集总目提要》第202页)

富中琰：《燕游草》、《杜诗全集注解》、《韵法指南》(《泉州古代著述》第277页)、《杜诗集解》(同治刊本《福建通志》卷七十二)、《枭羹集》一卷(康熙十六年刻本。柯愈春《清人诗文集总目提要》第117页)

富允让：《理气漫言》一卷、《事行卑论》一卷(同治刊本《福建通志》卷七十二)

富允谐：《禹贡参断》、《闽音必辨》二卷、《汉书参断》、《九百备谈》(民国《福建通志·福建文苑传》卷七本传作《九百稗谈》)、《临池博览》、《投知草》(《泉州古代著述》第304页云一作《投知集》)二十卷(同治刊本《福建通志》卷七十二)、《淳化释文》(民国《福建通志》总卷三十九，《福建文苑传》卷七本传)

**谨按：**晋江富鸿基(1634—1707[④])，字磐伯，号云麓，榜名鸿业[⑤]。顺治十一年甲午(1654)福建乡试举人中式，十五年戊戌(1658)成进士。改选庶吉士，累官至礼部侍郎。富鸿基是明末清初较早归顺清朝并跻身侍郎的福建士人，导郡人李光地之先。根据顺治六年己丑(1649)进士题名，此年福建举人在清朝开科之后首次北上应试，共有十五人成进士：福州府五人，漳州府一人，泉州府九人(其中何承都系崇祯十五年福建乡试解元)，更可以细察到顺治六年(1649)泉州府的附郭晋江县取中进士6人，因此可以说在省垣福州之外，泉州府士人的表现确实可算识时务者，无论是忠于新朝还是效忠于明郑政权，都能谋取得最大的权力和最多的利益。大略看来，清初泉州府的士大夫、士子分成归顺新朝和归附明郑政权两大阵营，形成对立的阵营，部分士人在两大阵营中暗通款曲，游走两端。

民国《福建通志·福建列传》富鸿基传："富鸿基，字磐伯，一字云麓。晋江人。顺治戊戌(十五年，1658)进士，改庶吉士，授编修，分校礼闱；擢侍讲，与修玉牒；迁侍读学士，纂修世祖、太宗实录。……晋礼部右侍郎。两知贡举，夙弊一清。……年七十二卒。……闽南自明季文弊，穷极神怪，鸿基首为程朱之学而习始变。"[⑥]福建耿逆乱作，在籍编修李光地遣家人持蜡丸密疏至京，富鸿基代奏朝廷。清代闽人在朝显宦以大学士洪承畴(1593—1665)、大学士黄锡衮(1621—1707)及其妹夫富鸿基为首。富鸿基壮岁进士登第，改选庶吉士，散馆授编修，累官礼部侍郎，优游清华，仿佛明朝盛世之时。富鸿基在清代福建学术史和文学史上的意义在于"首为程朱之学"，改变了明季闽南文弊所形成的穷极神怪的文风，又在李光地成名之路上充当了重要的角色，李光地的胆略和识见通过上蜡丸密疏为朝廷所知，富鸿基所起的中介、中转和提携作用是极为重要的。李光地继富鸿基而起，踔厉发扬，推进了清代福建及全国学术、文学的发展。

富鸿基之子富中炎(一作富中琰)，字韬上，号鲜生。自幼力学，凡经史诸子百家及山川舆图方物

---

① 同治刊本《福建通志》卷七十二，影印第1507页。

② 施懿琳、廖美玉《台湾古典文学大事年表·明清篇》，第98页。

③ 民国《福建通志》总卷四十五，《福建列女传》卷六，陈雪榭传附，原第三十五页。

④ 按：富鸿基卒于康熙四十五年丙戌(1706)十二月十五日，已入1707年。

⑤ 同治刊本《福建通志》卷七十二，影印第1503页。

⑥ 民国《福建通志》总卷三十四，《福建通志(清二)》卷三十三，第二十七、二十八页。

之书靡不淹贯。由教习选大姚知县，擢辽阳知州。传在《泉州府志·文苑传》，附同治刊本《福建通志》富鸿基传。

富鸿基之孙、富中炎之子富允让，亦有所著述。

富允谐，字信和、知园，号寿奴。康熙间贡生。当是富鸿基孙辈族人。少好学，耻为帖括家言，肆力于古文词，尤工于诗。早岁学西昆体，思致清丽，三十后洗去铅华，独抒真意，天文、律历无不通晓，兼工书法。尝游京师，名公卿咸相推重①。传见同治刊本《福建通志·文苑传》、民国《福建通志·文苑传(清一)》等。

## No.219　晋江吴载鳌家族

(明)吴载鳌(柯日藻之父柯宗崙门人)：《四书要义》、《古今筌宰问答》、《咫闻》(一作《黉石咫闻》)、《十七勺》(乾隆《福建通志》)、《记荔枝》一卷、《易勺》、《十七史茸》(《福建文献书目》)、《宙书咫闻》十余种(《闽中理学渊源考》卷七十七)、《四字家训》、《真乘黄》、《通书集解》、《胸中西湖》、《君臣问答十咏》、《草勺》、《游勺》、《淮勺》、《东门勺》、《阴符解》(同治刊本《福建通志》卷七十二)

吴方皋：《尺鳞亭诗文集》(同治刊本《福建通志》卷七十二)

**谨按：**明代吴载鳌，字大车，吴良猷(北瀛)之子。晋江人。天启五年乙丑(1625)举会试，魏珰慕其名，欲以鼎甲许之，不就。崇祯元年戊辰(1628)成进士。官澄海知县、金华推官、工部主事、广东按察司佥事。唐王时，起为侍读学士，辞不出②。

吴载鳌之子吴方皋，字鱼男。以贡授龙溪教谕。

## No.220　晋江庄际昌家族

(明)庄际昌：《易经解意》、《栖霞藏稿》五卷、《薜荔馆小集》一卷(同治刊本《福建通志》卷七十二)、(编辑)《六曹章表》(同治刊本《福建通志》卷二百五庄际昌传)、《四六丽语》、《羹若文集》(泉州历史网)

庄烈：《诗史》一卷、《只怡篇》一卷(同治刊本《福建通志》卷七十二)

**谨按：**明代祖籍泉州府永春县的庄用宾(1504—1578)，世居晋江县。其曾孙庄际昌(1578—1629)，万历四十七年己未(1619)会试、殿试第一人进士及第。历官修撰、右谕德、庶子、侍读等。

庄际昌长于文学创作。同治刊本《福建通志》本传："际昌为诗文，泚笔立就。尝登武夷，选幽探奇，一峰辄占一绝，历五岭陟八桂，星岩霞洞之胜，吟咏皆满。"③

庄际昌子庄希范，字藻先，崇祯初恩贡生；庄烈，字藻山，康熙间诸生。

## No.221　南安谢允元家族

**谨按：**谢允元，字子惇。南安县十四都人。康熙五年(1666)举人。民国《南安县志·文苑传》本传："工诗、赋、古文词，遗稿甚富，多散佚。弟允登，康熙四十四年(1705)领乡荐。善书法，追真欧阳率更。尤工制艺，有袭其文者试辄高等，惜遗失少存。仕终永定教谕。子瑞锦，副榜。"④

---

① 民国《福建通志》总卷三十九，《福建文苑传(清一)》卷七，富允谐传，原第九页。

② 同治刊本《福建通志》卷二百四，吴载鳌传，影印第3742页。

③ 同治刊本《福建通志》卷二百五，(永春县)庄际昌传，影印第3771页。

④ 民国《南安县志》卷三十一，《文苑传》谢允元传，原第十四页，影印第282页。

## No.222 晋江郭雪佳家族

郭雪佳:《诗集》一卷(陈笃彬、苏黎明《泉州古代著述》第349页)

**谨按:**晋江郭雪佳、郭爱兰、郭仙均有诗集一卷。三郭氏传附民国《福建通志》陈雪榭传:"陈雪榭,晋江人。傅愸妻。善吟咏,有屠赤水(屠隆)、黄葵阳(黄洪宪)遗风。晚年,搢绅内眷多延为女师。同邑施朝凤,(施)世騋女,陈日蓁妻,能诗,自以闺作不宜外见,成即焚稿。郭雪佳、爱兰、仙均有诗集一卷。"①

## No.223 德化谢青钟家族(康熙间德化县隶泉州府)

谢青钟:《怪斋史误》、《越山十颦》(《泉州古代著述》第317页作《越斋十颦》)、《诗词文集》(同治刊本《福建通志》卷八十一)、《谢青钟诗词文集》(民国《福建通志》总卷二十五,《福建艺文志》存目卷四十二)、《诗删》(陈笃彬、苏黎明《泉州古代著述》第317页)

谢凤珠:《竹窗集》(民国《福建通志》总卷四十五,《福建列女传》卷六,谢凤珠本传)

**谨按:**德化谢青钟,字宇东,谢犹龙子。康熙十一年壬子(1672)举人,官瑞安知县。著述多种。

谢青钟之女谢凤珠,适陈天宠。民国《福建通志·列女传》本传:"知诗,工绘事。与其夫多倡和。著有《竹窗集》。晚年作《毛诗〈国风〉图》,未竟幅而卒,年六十。"②

## No.224 同安阮旻锡家族

阮旻锡(释超全):《夕阳寮诗稿》十二卷(厦门大学出版社2011年版)、《海上见闻录》二卷[抄本。一作《海上闻见录定本》(阮旻锡《海上闻见录定本自序》)]、《击筑集》(阮旻锡《击筑集自序》)、《幔亭游草》(《竹间十日话》卷二,民国《同安县志》一作《幔亭游稿》)、《读易阙疑》、《四书测》、《粤滇纪略》、《谈道录》、《金刚经语》(《泉州古代著述》第295页作《金刚经说》)、《续佛法金汤》(《泉州古代著述》第295页作《读佛法金汤》)、《清源会诗编》、《慧庵唱和集》(《泉州古代著述》第295页作《慧庵唱和》)、《同和东坡诗韵》(民国《同安县志》一作《同和东坡韵诗》)、《唐人雅音集》、《唐七言律式》、《韵选》、《夕阳寮存稿》二卷、《燕山纪游》、《轮山诗稿》、《杜诗三评》(民国县志一作《杜诗三律》)、《梦庵长短句》(同治刊本《福建通志》卷七十三)、《夕阳寮诗论》、《金刚经说》(民国《同安县志》卷二十五)、《夕阳寮词》、《惠庵倡和韵选》、《诗韵》、《啸草》、《诗论》、《夕阳寮文稿》、《涉江诗钞》、《弈鉴》等二十余种(《厦门志》)、《夕阳寮存稿续集》五卷(阮旻锡自序)、《阮畴生诗》(民国《福建通志》总卷二十五,《福建艺文志》卷六十四)、《清源诗汇编》一册(红兰馆小丛书钞本)、《闻见录》、《闽海纪略》二卷(陈笃彬、苏黎明《泉州古代著述》第295页)、《阮畴生诗集》四卷③(顺治十五年刻本。柯愈春《清人诗文集总目提要》第44页)

阮允让(阮旻锡子):(合著)《理气漫言》、《事行卑论》(民国《福建通志》总第三十九卷,《福建文苑传(清一)》卷七蔡震升本传)

① 民国《福建通志》总卷四十五,《福建列女传》卷六,陈雪榭传,原第三十五页。
② 民国《福建通志》总卷四十五,《福建列女传》卷六,谢凤珠传,原第二十页。
③ 《阮畴生诗集》包含《行吟集》、《涉江集》、《中州集》、《并山集》四种(《清人诗文集总目提要》,第44页)。

**谨按**：同安阮旻锡(1627—1714?)，有阮是锡、阮雯锡、明阮是等混淆称谓[①]，字畴生，号鹭岛道人、梦庵、轮山遗衲等，法号超全。阮氏一生反复在僧、俗之间，出入红尘。其人高寿，壮年在郑成功父子据有的泉州府同安县(包括厦门岛)生活，清代郭柏苍辑《全闽明诗传》以其为遗民，收入该书卷五十四"崇祯朝九"中。阮旻锡诗名远播，即在清初，阮旻锡的诗已经被选入大型闽人诗歌选集《高言集》(康熙九年刻本)，又选入《国朝诗别裁集》。近年，何丙仲整理出版了阮旻锡的《夕阳寮诗稿》，厦门大学出版社 2011 年版。

何丙仲撰《千古英雄遗事业　等闲大海著微沤——阮旻锡与〈夕阳寮诗稿〉》，载《闽台文化交流》2011 年第 1 期。据何氏文，其生平和诗歌创作的风格大概可知，亦可与《高言集》中田茂遇、董俞所论互相发明。

《国朝全闽诗录初集》卷五阮旻锡条，仅有其小传，无列著作[②]。阮旻锡尝于泉州结清源诗会雅集。《夕阳寮诗稿》云："清源之为会也，始于己卯(康熙三十八年，1699)岁仲冬，至辛巳(康熙四十年，1701)孟春止。会之人一十有六人，会之期一十有八。"[③]清源诗会，一名泉山诗社，南安王传尝得其社题酬唱[④]。阮旻锡又曾与同安涌幢庵诗僧释明光唱和，并为其选诗三百首，名《偶然草》。释明光诗风清灵幽静，远离尘俗，与同寺诗僧释如寿齐名[⑤]。

《高言集》刻于康熙九年(1670)，时阮旻锡犹在壮年，故田茂遇、董俞所论阮氏诗歌风格不可视为定论。以下迻录《高言集》阮旻锡条下田茂遇、董俞二人之论："田髯渊(田茂遇)曰：和平醇正，苍秀奇逸，足以追正始而跻雅宗，若其绮情繁采新颖之中，独存古质；平典之内，犹征恬旷。玄晖(谢朓)以朗秀自喜，明远(鲍照)以诡藻见奇，无足多也。夫靡文相宣，清音更邈，虽□□隽，雅奏弥失，能不惑于时弊而以□格矜重，不亦难乎？畴生密而不芜，和而能壮，遒声炼色，触手呈露，至于隐虑微言，比物连类，斐然有《小雅》、楚骚之遗。鲍、谢既往，将以瓣香从事矣。""髯渊又曰：七闽近诗非涩奥以矜新异，则枯淡以谋平远。推其用心，各有沉着；究其得力，尚未能克备一家之体格，即何论与前人布武接席也？畴生独能排众论而遵旧裁，拓本性以协前律，亦横流中之春江一幅，乱磴中之石台广坐也，观者徘徊偃仰于其间，何忍遽去矣！""董苍水(董俞)曰：近日之诗，敷衍者伤骨，雕绘者伤气，驰骋诡谲者伤格，此作者通患也。若夫骨坚而气疏，格铸而体炼，缜密温润似美玉之色，激扬清越如霜钟之声。'思轧轧其若抽'，采轩轩而欲举，畴生之诗何难上嗣汉魏，下掩齐梁乎？别驾傅先生数称畴生之才为近日骚坛领袖，读此而益信推许之得实也。"[⑥]所论"畴生之才为近日骚坛领袖"，"读此而益信推许之得实"颇有过誉之嫌。

阮旻锡之子阮允让，尝与晋江蔡震升(字诏青)、侯官林佶合著有《理气漫言》、《事行卑论》二书。蔡震升系康熙二十九年庚午(1690)举人。传称蔡震升"少负奇姿，诗文绮丽，新城王士禛称为天才，泉帅张云翼及同里施琅延为上客。与侯官林佶、同安阮旻锡之子允让著有《理气漫言》、《事行卑论》二书。"[⑦]据阮旻锡自撰《夕阳寮存稿续集》序，有孙阮立恭。按：民国《福建通志·福建艺文志》存目卷三十五著录晋江富允让《理气曼言》一卷[⑧]，未知二书异同。

林佶有《四叠韵赠阮轮山》、《澄圃啖荔六叠韵酬轮山》[⑨]，为阮旻锡作。《朴学斋诗稿》中诸作诗题、

---

① 柯愈春《清人诗文集总目提要》，第 44 页。

② 《国朝全闽诗录初集》卷五，第 96 页。

③ 阮旻锡《夕阳寮诗稿》，第 292 页。

④ 民国《福建通志》总卷四十三，《福建高士传》卷五，王传传，原第五页。

⑤ 民国《福建通志》总卷四十六，《福建高僧传》卷七，释明光传，原第九页。

⑥ 田茂遇、董俞《十五国风高言集》卷四，阮旻锡条。《十五国风高言集》，顺治十六年刻本。

⑦ 民国《福建通志》总卷三十九，《福建文苑传(清一)》卷七，蔡震升传，第十七页。

⑧ 民国《福建通志》总卷二十五，《福建艺文志》存目卷三十五，第十三页。

⑨ 林佶《朴学斋诗稿》卷二。所叠韵系《戊寅(康熙三十七年，1698)初夏游新安有嘱榜书抚松居者并作歌贻之》(同卷)，当是康熙四十年辛巳(1701)林佶到泉州、厦门之作。

诗句中之“轮山”均指阮旻锡。

## No.225　晋江陈迁鹤家族

陈迁鹤:《易说》(郑杰《注韩居诗话》一作《易论》)十五卷、《春秋记疑》(郑杰《注韩居诗话》一作《春秋纪疑》)三卷、《闲居咫闻》一卷(《泉州古代著述》第272页作十二卷,又一卷本)、《小学疏意大全》二卷(《泉州古代著述》第272页作《小学疏意》二卷)、《椿树堂文集》二卷、《上峰堂文集》(民国《福建通志·福建儒林传》陈迁鹤传作二卷)(同治刊本《福建通志》卷七十二)、《太极太虚论》、《上峰堂椿树堂文集》、《诗稿》(《国朝全闽诗录初集》续集卷四陈迁鹤条引郑杰《注韩居诗话》)、《珍山陈庶子易说》十五卷①(旧抄本)、《陈介石先生闲居咫闻》一卷(光绪间泉州梅石山房刻本)、《毛诗国风绎》一卷(《红兰馆小丛书》抄本)、《尚书私记》一卷、《春树堂文集》二卷(《福建地方文献及闽人著述综录》、民国《南安县志》卷四十五《艺文志》。民国《福建通志·福建艺文志》存目卷四十二作《椿树堂文集》二卷)、《韩江诗草》一卷(民国《福建通志》总卷二十五,《福建艺文志》存目卷四十二)、《论易》十五卷、《小学疏意》二卷、《闲居咫闻》十二篇、《韩江草》一卷(民国《南安县志》卷四十五《艺文志》)

陈万策(陈迁鹤子):《馆阁丝纶》二卷(《红兰馆小丛书》抄本)、《近道斋诗集》四卷、《文集》六卷(同治刊本《福建通志》卷七十二。民国《福建通志·福建艺文志》卷六十四、民国《南安县志》卷四十五《艺文志》、《四库全书总目》卷一百八十四作《近道斋文集》六卷、《诗集》四卷)、《中西算法异同论》(《四库全书总目》、阮元《畴人传》)、《四书制义》二卷、《近道斋文集》八卷、(预修)《御纂周易折中》、(预修)《性理精义》、(预修)《钦定诗经汇纂》(陈笃彬、苏黎明《泉州古代著述》第273页)、(与蔡世远、黄志弼辑)《朱子家训》(民国《福建通志》总卷三十六,《福建循吏传》卷十一,黄志弼传)、《近道斋集》(《国朝全闽诗录初集》续集卷五陈万策条)

陈科捷:《晴窗随笔》、《志道斋集》、《静学居诗话》二卷(同治刊本《福建通志》卷七十二)、《晋溪文房》、《太史家稿》、《诗学声调谱》、《余堂诗集》(陈笃彬、苏黎明《泉州古代著述》,第315页)

**谨按:**晋江陈迁鹤家族先世泉州府安溪人,徙郡城。陈迁鹤原籍安溪县祥华乡崇信里(詹仰庇亦该乡人物)珍山村,后人陈亮世、陈万策、陈科捷、陈甲捷等。明末清初,陈氏成为具有“五世五进士七翰林(五进士,均官翰林,含二封、赠官)”荣耀的科举家族,是湖头乡李氏家族之外安溪县的著名家族。

陈迁鹤之父陈洪图,字白书,号敬夫。明天启七年丁卯(1627)举人,授龙岩教谕。顺治间,移诏安教谕,擢建宁府教授。卒年八十四②。

陈迁鹤(1639—1714),字声士、介石。陈迁鹤的才华为李光地所激赏,为之扬名于公卿间。以避李光地之嫌,不预乡会试。陈迁鹤早年多在李光地幕府中,从事著述,中岁乃掇取科举功名,入翰林。康熙十九年庚申(1680)举人中式,二十四年乙丑(1685)成进士,改选庶吉士,时陈迁鹤年几五十,孙在丰、徐乾学、李光地为教习大臣。散馆授编修,官至左春坊左庶子,直南书房,年七十致仕。传见同治刊本《福建通志·儒林传》,名列民国《福建通志·福建儒林传》清代闽籍儒林第一。

民国《福建通志》陈迁鹤本传:“邃于《易》,自王、韩注,孔疏,旁及胡、苏诸说,折衷于程、朱,以卦意推文辞,别其时位与才,纷互错糅,归于一是。光地常与接席辩论,晨夕不倦。”③

《国朝全闽诗录初集》续集陈迁鹤条:“字介石,龙岩人。康熙二十四年乙丑(1685)进士,官左庶子。卒年七十六。有《韩江诗草》。”引郑杰《注韩居诗话》:“介石嗜学能文。在庶常时,为李厚庵(李光

---

① 福建人民出版社《福建文献集成初编》(2020年版)第5-7册影印福建省图书馆藏清抄本《珍山陈庶子易说》二十四卷。

② 民国《福建通志》总卷三十六,《福建循吏传(清一)》卷十一,陈洪图传,原第一页。

③ 民国《福建通志》总卷三十八,《福建儒林传》卷五,陈迁鹤传,原第一页。

地)先生所推重,见其所著《太极太虚论引》。与辨说,夜分不倦。晚年尤精经学,有《易论》、《尚书私记》、《毛诗国风绎》、《春秋纪疑》、《上峰堂椿树堂文集》、《闲居思闻》及《诗稿》行世。"[①]按:整理本《国朝全闽诗录初集》作《太极太虚论引》,疑当作《太极太虚论》,"引"字属下。

陈迁鹤之子陈万策(1674[②]—1734),字对初,号谦季。晋江人。民国《福建通志·福建列传》卷三十六本传一作安溪人[③]。陈万策久游李光地门下,得其指授。康熙三十二年癸酉(1693)顺天乡试解元中式,以回避李光地之故,迁延近三十年,五十七年戊戌(1718)成进士。改选庶吉士,散馆授编修。雍正即位之初,陈万策极受眷注,一时高文典册多出其手。历官编修、侍读、侍读学士、掌詹事府充讲官、教习庶吉士等,卒于官。陈万策才高,为李光地所重,相与覃究经学,旁及六书、九算,穷极底蕴。老于文学,辞藻华赡,民国《福建通志》陈万策传:"文淳洁雅驯,得力于唐人为多。"[④]雍正朝,其学问称词林之最,后学仰为山斗。平生诗文多散佚。子陈冕世、陈冠世、陈旭世、从子陈亮世、孙陈科捷均附民国《福建通志·列传》陈万策传。

陈万策尝预李光地在故乡安溪举行的榕园雅集,时康熙五十年辛卯(1711),李光地六十九岁之时。现存《榕园雅集图》画卷,嘉庆二十三年戊寅(1818)李光地曾从孙李宗度撰记,泉州博物馆藏。图画二十二人,有姓名者十七人:李光地、李清藻、李光坊、李鼎徵、李清植、李钟侨、李天宠、婿吴周桢、孙女李彀姑、蔡德观(弈者,晋江人),门人何焯(字润千、屺瞻,号茶仙)、徐用锡(字坛长,号昼堂)、蔡世远(字闻之,号梁村)、魏廷珍(字君璧)、陈万策(字对初)、杨名时(字宾实,号凝斋)、王兰生(字振声)。

同治刊本《福建通志》著录陈万策著作,引《四库全书总目》云:"万策以康熙癸酉(三十二年,1693)举于乡,困公车者二十六年,从李光地游,多得其指授。(然平生诗文多散佚不收)此本乃乾隆癸亥(八年,1743)其子冕世所辑。其《中西算法异同论》颇能究其所以然,李光地、施琅诸传轶闻旧事亦多可考。"[⑤]

《国朝全闽诗录初集》续集陈万策条:"字谦季,号对初,晋江人。迁鹤子。……官詹事府詹事。有《近道斋集》。"选其诗《别表侄黄世则》[⑥]。

陈万策之子陈冕世,字周志,号雪涛。康熙五十九年庚子(1720)举人。垦晋江安海东埭田若千顷。尝获选,官知县。精于算法,为上官所知。卒年八十一。娶黄凤翔玄孙女、黄瀚中(一作黄澥中[⑦])曾孙女、黄徽孕孙女、黄志璋之女黄氏(1692—1744)。朱仕琇为撰《皇清诰封儒林郎翰林院编修加一级晋封朝议大夫刑科掌印给事中加一级乡进士四川成都府郫县知县江西抚州府经历司经历陈公墓志铭》、《皇清敕赠太安人黄夫人墓志铭》。陈冕世弟陈冠世,字让志,举人;陈旭世,字东志,举人,俱出仕;从弟陈亮世,字南志,雍正八年庚戌(1730)进士,选庶吉士,亦精于算法。

陈冕世嗣子三,长陈科捷,字瀛可、绳泉,号绳庵。乾隆十三年戊辰(1748)进士。改选庶吉士,授编修。提督湖南学政,官终鸿胪寺少卿。子陈源塈、陈源埴、陈垂、陈坚,女三。朱仕琇作有《施氏二夫人墓志铭》,为陈科捷前后室(施琅曾孙姊妹,一为施世骠孙女、施廷谦女,一为施世纶孙女、施廷翰女)作。陈冕世又有嗣子陈联捷、陈高捷。

明末以来,安溪陈氏的世系大略如下:陈高传(渊泉公,始迁郡城)→陈常宪(宅渊公)→陈洪图(大河公)→陈迁鹤(介石公)→陈万策(谦季公)→陈冕世、陈亮世→陈科捷(陈冕世子)、陈甲捷等。陈万策家族三世均成进士,改选庶吉士,官馆阁,是泉州府李光地家族之外极为显耀的家族。

---

① 《国朝全闽诗录初集》续集卷四,陈迁鹤条,《全闽诗录》第五册,第556-557页。

② 按:尚小明《清代士人游幕表》作陈万策生卒年为1667—1734,尝于康熙三十八年己卯(1699)入直隶巡抚李光地幕(第68页)。

③ 民国《福建通志》总卷三十四,《福建列传(清五)》卷三十六,陈万策传,第十二页。

④ 民国《福建通志》总卷三十四,《福建列传(清五)》卷三十六,陈万策传,第十三页。

⑤ 同治刊本《福建通志》卷七十二,影印第1505页。永瑢等《四库全书总目》卷一八四,《〈近道斋文集诗集〉提要》,影印第1672页。补出节略十字。

⑥ 《国朝全闽诗录初集》续集卷五,《全闽诗录》第五册,第584页。

⑦ 朱仕琇《皇清敕赠太安人黄夫人墓志铭》,《梅崖居士文集》卷十三,《清代诗文集汇编》第336册,影印第303页。

陈科捷之女陈能寿,字藕君。能诗。《温陵诗纪》、《桐西旧话》有传。适同安许温其[①]。

安溪《吾都陈氏族谱》,凤城镇吾都村陈氏族谱,清康熙初由陈迁鹤始修,康熙二十四年(1685)由陈奇宗续修,雍正八年(1730)由陈徽畴三修,乾隆三十七年(1772)由陈钟娉四修,嘉庆二十三年(1818)由陈联升、陈克绥五修,同治十三年(1874)由陈希元六修,民国五年(1916)由陈国璧七修,民国十七年(1928)由陈昭珠八修。

## No.226 安溪官氏家族

官献瑶:《读易偶记》三卷、《尚书偶记》一卷(《桐城文学撰述考》卷一作三卷。《泉州古代著述》第274页作二卷)、《尚书讲稿》一卷、《思问录》一卷(民国《福建通志·福建艺文志》卷二题作《尚书讲稿》、《思问录》一卷)、《读诗偶记》二卷、《周官偶记》(别称《石溪读周官》)六卷、《仪礼读》三卷(陈寿祺《左海文集》卷六《李侍郎仪礼纂录序》作《读仪礼》)、《丧服私抄并杂说》一卷、《春秋传习录》五卷、《孝经刊误》一卷、《石溪文集》十六卷、《诗集》二卷(同治刊本《福建通志》卷七十三)、《漳州府志》□□卷、杂著十一种(刘声木《桐城文学渊源撰述考》卷二)、(分纂)《地官》、《秋官》、(修)《漳州府志》、《杂记》一卷、《文集》六卷、(陈笃彬、苏黎明《泉州古代著述》第273、274页)、《依园诗草》不分卷(清钞本,福建省图书馆藏)、《石溪文集》三卷(道光二十年刻本,山东省图书馆等处藏[②])(柯愈春《清人诗文集总目提要》第506页)

**谨按:**官朝京,字子孟,官献瑶曾祖父[③]。泉州府安溪人。康熙十一年壬子(1672)举人。官直隶武强知县,以劳卒于官。孙官献瑶、官翰琦。官翰琦,字秀卿,事伯兄官献瑶如严师。乾隆六年辛酉(1741)举人,官平和教谕。[④]

官献瑶(1703—1782),字瑜卿,一字石溪。年十六(1718),补邑诸生,选拔贡,补国子监生。受业于漳浦蔡世远、桐城方苞,受大学士朱轼器重。礼部侍郎李清植延主其家,因得遍读李光地所著书。乾隆元年(1736)顺天举人中式。民国《福建通志》官献瑶传:"当是时,上方向用儒术,特命大臣摄国学事,尚书杨名时、孙嘉淦、大学士赵国麟咸以耆寿名德先后履是职,相与倡明正学,陶植俊彦"[⑤],上命官献瑶助教国子。四年己未(1739),以二甲二名成进士,考选庶吉士,充三礼馆纂修。历官御史、学政、洗马等。

官献瑶邃于《礼》,所自发明于《礼》尤密,善说礼服,得经意。其治儒经,于《周易》主故大学士李光地,于《尚书》主宋蔡沆、金履祥,于《周官》、《春秋》主侍郎方苞,于《仪礼》主汉郑玄、元敖继公及清编修吴绂,盖斟酌众家而择其粹[⑥]。

官献瑶是乾隆间重要的古文作者,为蔡世远、方苞门下士。刘声木《桐城文学渊源撰述考》有传及之,著录其著述。

官献瑶长子官学礼,贡生。次子官学诗,乾隆四十四年己亥(1779)举人中式,与张经邦、郑光策、伊秉绶等同年;四十六年辛丑(1781)成进士,与萨龙光、蔡善述等同年。

---

① 民国《福建通志》总卷四十五,《福建列女传》卷六,陈能寿传,原第二十七页。

② 李灵年等《清人别集总目》著录,云山东图书馆藏此集,题《官石溪文集》(第1517页)。

③ 民国《福建通志》总卷三十八,《福建儒林传》卷五,官献瑶传,原第十三页。按:民国《福建通志·福建循吏传》官朝京传以官朝京为官献瑶祖父(《福建循吏传》卷十一,原第二十四页),俟考。

④ 民国《福建通志》总卷三十六,《福建循吏传(清一)》卷十一,官朝京传,原第二十四页。

⑤ 民国《福建通志》总卷三十八,《福建儒林传》卷五,官献瑶传,原第十三、十四页。

⑥ 同上书,同卷,原第十三、十四、十五、十九页。

## No.227　晋江施德馨家族

施世瑚(施德馨孙):《四书宗贯》(同治刊本《福建通志》卷七十二)、《仑谷岭云四书文》、《参订陈紫峰易经浅说》(陈笃彬、苏黎明《泉州古代著述》第 327 页)

蔡仕舢(施德馨婿):《蔡大中丞奏疏》(《泉州古代著述》第 276 页作《大中丞奏疏》)、《藐村文集》六卷、《曳蝉集》、《卷珠集》(《泉州古代著述》第 276 页作《卷蛛集》)、《破蜱集》、《夹谷啼莺集》、《虚白堂集》、《依稀影响集》(同治刊本《福建通志》卷七十二)、《藐村诗文集》(陈笃彬、苏黎明《泉州古代著述》第 276 页)

**谨按:**晋江人施德馨,字闻于。籍漳州府南靖县。康熙十九年庚申(1680)举人。官建安教谕,迁福州府学教授,康熙四十八年(1709)移台湾。民国《福建通志》本传称其"为诸生时即以文章气节著","其调台湾也,海疆新辟,初建学设官,巡抚张伯行以德馨文学精粹、居官清谨任之"。[①] 施德馨尝为邑人施琅撰传。

施德馨女适蔡仕舢,传见民国《福建通志·福建列女传》卷二。施德馨之孙施世瑚,字器也。乾隆庚辰(二十五年,1760)举人。著《四书宗贯》。

## No.228　晋江翁为枢家族

(明)翁尧英:《易传节解》、《太极图说》、《教民歌》(一作《圣谕教民歌》)、《诗文论稿》诸篇(一作《翁海门诗文论稿》)(《闽中理学渊源考》卷七十五)、《忠孝经释》(同治刊本《福建通志》)

翁吉爀:《石佛洞摧伥小品》、《龆龀寻奇草》(同治刊本《福建通志》卷七十二)

**谨按:**晋江翁尧英,号海门,翁日跻之父。系明嘉靖十九年庚子(1540)举人,与王惟中、王承箕、朱安期、阮琳、叶继熙同年。黄凤翔《翁海门公文集序》:"余及事海门翁公,盖视公丈人行也。公折行辈与之交,每从岩居川游,修兰亭故事,分韵击钵,促席赓酬,则公恒狎主齐盟,不待属鞭弭橐。"[②]

翁尧英之孙翁为枢,万历三十七年己酉(1609)举人、三十八年庚戌(1610)进士。

翁为枢之子翁吉爀。入清,以贡生官琼州教授。

## No.229　晋江李为观家族

李为观:《晦园集》四卷(同治刊本《福建通志》卷七十二)、《晦园二集》二卷(康熙间刻本,原莆田县图书馆藏)(柯愈春《清人诗文集总目提要》第 247 页)

李花霜:《梅亭集》一卷(同治刊本《福建通志》卷七十二)

**谨按:**晋江李为观,字儒宾,号晦园。康熙九年庚戌(1670)进士。

同治刊本《福建通志》著录李为观《晦园集》四卷,注云:"《泉州府志》作《晦园近草》一卷,又二集二卷,三集二卷,又《咄咄草》一卷,凡六卷。"[③]

---

① 民国《福建通志》总卷三十六,《福建循吏传(清一)》卷十一,施德馨传,原第二十六、二十七页。

② 黄凤翔《田亭草》卷四,《四库禁毁书丛刊(集部)》第 44 册影印明万历三十九年甘雨刻本,影印第 406 页。

③ 同治刊本《福建通志》卷七十二,影印第 1504 页。

李为观之孙李花霜,字菊士。著有《梅亭集》一卷。

## No.230 晋江万正色家族

万正色:《平岳疏议》(民国《福建通志·福建艺文志》卷十九作《平岳奏议》)一卷、《平海疏议》一卷(《泉州古代著述》第288页作三卷)、《平海咨文》一卷、《师中小札》一卷(同治刊本《福建通志》卷七十二)、《师中小札》一卷(《福建地方文献及闽人著述综录》第158页,《师中纪绩》附)、《平海疏议》(陈笃彬、苏黎明《泉州古代著述》第352页)

万际璋:《澜亭诗草》、《澜亭文集》、《紫映楼诗草》(同治刊本《福建通志》卷七十二)

黄(按:当作万)际璜:《研斋诗草》(同治刊本《福建通志》卷七十二)

万绍祖(万际璋子):《梅溪集》(同治刊本《福建通志》卷七十二)

**谨按:**晋江万正色(1637—1691),字惟高,号中庵。累官福建水师提督、云南提督。传见《清史稿》卷二百六十一。

万正色初以黄姓(按:万正色姑父黄氏,表兄黄锡衮[①])从军,官至山西平鲁卫参将时复姓。三藩之乱中,以岳州水师总兵官征吴三桂,累立战功。朝廷欲平定台湾,万正色以闽人知海上情形,陈水陆战守机宜,加太子太保,调福建总兵,擢水师提督。康熙十九年(1680),疏言不必调荷兰国船以靖海,集福建舟师直取海坛,攻克朱天贵所据七年之海坛,克平海卫、崇武、海澄,逼使郑经退守台湾;本年五月,降朱天贵,收复金门。明末以来,为明郑所据的福建沿海各地北自海坛,南至厦门、金门、海澄、铜山[②]、南澳基本平定。复疏请复沿海边界以苏残黎,布置海防。以施琅任水师提督故改陆路提督。民国《福建通志》施琅传记载福建陆路提督万正色与施琅面和心不合,"阳为和好,阴相嫉妒"[③],未几移云南提督。子万际璜、万际璋、万际瑞、万际昌、万际祥,孙万希韩,玄孙万朝景[④]。万际璋、万际瑞、万际昌、万际璜、万朝景附同治刊本《福建通志》万正色传。

万正色本是儒生,幼习举子业,其后以军功起家,及为大将,不废吟咏。除万际祥一支袭世职外,其他万氏子孙仍从事儒业。以下略述之。

同治刊本《福建通志》著录万际璋《澜亭文集》等著作。按:《泉州古代著述》以为万际昌作。万际昌,字尔言,号翘夏[⑤]。《泉州古代著述》误将万正色长子万际璋与次子万际昌混淆。万际璋,字以昭,号朗斋、澜亭。万际昌,字尔登,万正色次子,万希韩之父。贡生,长于诗歌。万际昌传见道光《晋江县志》卷五十四《儒林传》。万正色子万际璜,雍正四年丙午(1726)举人。

万绍祖,字洽侯,号梅溪。雍正十年壬子(1732)举人。《国朝全闽诗录初集》万绍祖条:"福建水师提督(万)正色之孙,广东按察使(万)际璋之子。"[⑥]选其诗《戊子秋过访洗心堂》。

---

① 黄锡衮(1621—1707),一名炳朱,字宗麟,号肇盛、潘湖叟,黄光斗(振宇)之子,黄志美族兄,晋江潘湖人。崇祯十三年(1640)进士,仕清,累官至大学士。弟黄明衮、黄昙衮。曾孙黄立本(1690—1780,字克学,号金湖),黄志夏之子,官台湾知府,卒于官。其后人遂迁台,居淡水艋岬金湖。黄锡衮二妹,一适邑人富鸿基,一适邑人施琅。故泉州府富、施、黄、万、李(根据李光地所撰黄锡衮墓志铭,黄锡衮长孙、黄芳琮长子黄志夏娶李光地长女)诸家族之间皆为姻亲。

② 按:康熙三年(1664)五月,福建地方奏报攻克铜山,郑经仅存船数十艘,乘风遁往台湾。"闽海地界凡数十岛,贼巢布列,至是扫灭殆尽。"(民国《福建通志》总卷一,《福建通纪(清二)》卷十二,原第九页)从康熙三年(1664)起至十二年(1673)二月郑经遣刘国轩攻陷海澄止,十年间两岸相安无事(同书同卷,第十一、十二页)。康熙十五年(1676)十一月,"是时经悉有泉、潮、漳、诏、惠、汀、兴、邵八郡之地。"(同书同卷,原第十八页)十六年(1677)三月,康亲王杰书率军收复福建全境(《福建通纪(清三)》卷十三,原第二页)。

③ 民国《福建通志》总卷三十四,《福建列传(清一)》卷三十二,施琅传,第二十一页。

④ 民国《福建通志》总卷三十四,《福建列传(三)》卷三十四,第二十一至二十三页。

⑤ 陈笃彬、苏黎明《泉州古代著述》,第288页。

⑥ 《国朝全闽诗录初集》续集卷八,《全闽诗录》第五册,第645页。

## No.231　晋江何龙文家族

何龙文:《春星草堂集》、《西江词》(同治刊本《福建通志》卷七十二)

何维岳:《任斋诗文集》(同治刊本《福建通志》卷七十二)

**谨按**:晋江何龙文,字信周,号夙庵。康熙八年(1669)福建乡试解元,三十年辛未(1691)成进士。考选庶吉士,官终汀州府教授。传见同治刊本《福建通志·文苑传》,传称其为文雄浑博大,悉归于正[1]。《闽词征》卷四有传及词,词作卑妩媚而尚豪宕。

何龙文之子何维岳,字礼宗,号任斋。康熙四十七年戊子(1708)举人,与李钟旺、李钟德、李天宠等同年。诗歌、词赋自成一家。

## No.232　晋江蔡仕岳家族

蔡仕岳:《灰余编》六卷(《泉州古代著述》第276页作一卷)、《集骚集楚四篇》(《泉州古代著述》第276页作《集骚》、《集楚》四卷)、《古文直道编》(《泉州古代著述》第276页作二卷)、《苦卓吟》一卷、《触笋吟》一卷、《南归集》一卷(同治刊本《福建通志》卷七十二)、《胞衣集制义》

蔡仕舢:《蔡大中丞奏疏》(《泉州古代著述》第276页作《大中丞奏疏》)、《蕤村文集》六卷、《曳蝉集》、《卷珠集》(《泉州古代著述》第276页作《卷蛛集》)、《破蝉集》、《夹谷啼莺集》、《虚白堂集》、《依稀影响集》(同治刊本《福建通志》卷七十二)、《蕤村诗文集》(陈笃彬、苏黎明《泉州古代著述》第276页)

蔡常云(蔡仕舢子):《五音谱》一卷、《六壬经》三卷(《泉州古代著述》第349页作一卷)、《山语楼订正地书明简录》三卷、《二宅故事》二卷(《泉州古代著述》第349页作一卷)、《注释蒋氏地理辨正》二卷、《瞻岵诗话》一卷(《泉州古代著述》第349页作二卷)、《陟瞻文集》四卷、《诗集》八卷、《赋》一卷(同治刊本《福建通志》卷七十二)、《泉州府志》七十二卷、《古近体诗》八卷、《拟古赋》一卷、《律赋》一卷、《制义》二卷、《试艺》一卷(陈笃彬、苏黎明《泉州古代著述》第349页)

蔡溟飞之父蔡某:《蔡孝廉制艺》(朱仕琇《梅崖居士文集》卷十九,《清代诗文集汇编》第336册,影印第367页)

蔡学鲲:《晋江文人传信录》十卷、《历朝赋话》(同治刊本《福建通志》卷七十二)

**谨按**:蔡仕岳,字诒畴,泉州府晋江人。康熙十九年庚申(1680)举人,官知县。传见《泉州府志·文苑传》。

蔡仕岳之弟蔡仕舢,字诒霞。民国《南安县志·选举志》作南安人,蔡鹏霄孙[2]。娶施德馨女。康熙三十二年癸酉(1693)举人,官至浙江巡抚。

蔡仕舢之子蔡常云,字腾上,号瞻岵,晚号陟瞻。乾隆三十年乙酉(1765)举人。

又,蔡溟飞之父,明代大儒蔡清裔孙。朱仕琇为晋江蔡溟飞之父撰《蔡孝廉制义序》:"乾隆己丑(三十四年,1769),蔡生溟飞来肄业鳌峰,时余掌其教事。嘉生聪明强记,笔性异人,知其必有所受。未几,持其父孝廉君制义来请序。余读之,见其言宫商相和,质文相宜,彬彬乎谐于今而不戾于古,信乎其为制义之正则也。君尝与余同年友方君羽中(方翀,晋江人)友善。羽中以古学著名,而君所为辞亦根据经传,无世俗剿说雷同之习。君方将联第春官,翱翔史署、部曹之间,意且出其所学,不懈而及

---

① 民国《福建通志》总卷三十九,《福建文苑传(清一)》卷七,何龙文传,原第十八页。

② 民国《南安县志》卷二十一,《选举志》,原第四十一页,影印第145页。

于古，与应德(唐顺之)、道思(王慎中)埒，或遂拨华得根，善言德行，而追紫峰(陈琛)诸先生以为徒，以绍文庄(蔡清)之家学，当必有在。余将拭目俟之，区区制义盖不足道也。"[①]晋江蔡学鲲，字翼若。乾隆三十六年辛卯(1771)举人。观其名鲲，溟飞疑即其别号。而蔡学鲲系乾隆二十七年(1762)壬午科举人蔡镇世之子。

## No.233 晋江黄觐光家族

黄觐光:《桥山集》二卷(同治刊本《福建通志》卷七十二)

**谨按:**晋江黄觐光，字涵伯，明代名臣黄克缵曾孙。康熙二十年辛酉(1681)福建乡试举人，与郑元超等同年;三十三年甲戌(1694)进士，与林豫吉同年。

明代黄克缵家族的科举及其文学创作情况请参看《明代福建文学结聚与文化研究》第一五九"晋江黄克缵家族"条。

## No.234 晋江黄元骥家族

黄元骥:《牂西转运略》、《省斋诗集》四卷(同治刊本《福建通志》卷七十二)

黄良佐(黄元骥子):《清源山房诗集》六卷(同治刊本《福建通志》卷七十二)、《清源山房诗》(《国朝全闽诗录初集》续集卷六)

黄岳牧(黄元骥孙):《黄廉访诗草》[②](清抄本，福建师范大学图书馆藏)(《黄任集·黄任交游人物表》)

**谨按:**晋江黄元骥，字德臣，号天驭。由海上归命，康熙间授南昌知府，官至山东布政使。传见同治刊本《福建通志·列传》、民国《福建通志·福建列传》卷三十五。子黄良佐，字淳可。官荆州知府，移贵州石阡知府。附同治刊本《福建通志·列传》黄元骥传。《国朝全闽诗录初集》续集黄良佐条，云"有《清源山房诗》"[③]。

黄良佐之子黄岳宗，雍正四年丙午(1726)举人，官知县。黄岳牧，字瑞伯，号讱斋。雍正元年癸卯(1723)进士。官翰林院检讨，历官贵州按察使、布政使、江西按察使等，以事降补知府。年八十一卒。附祖父黄元骥传。《黄任集·黄任交游人物表》有小传[④]。

黄岳牧之女黄淑庭，适浦城人、知州吴世臣。民国《福建通志》黄淑庭传称其通书史，明大义，能诗。尝随其子吴光祖出宰广东香山县。女吴素馨亦能诗[⑤]，未嫁而寡，守节于母家黄氏[⑥]。

## No.235 晋江何秉忠家族

何秉忠:《菅蒯集》(同治刊本《福建通志》卷七十二)

何琦(何秉忠族弟):《何礼康诗文集》(同治刊本《福建通志》卷七十二)、《文集》、《诗集》(陈笃彬、

① 朱仕琇《梅崖居士文集》卷十九，《清代诗文集汇编》第336册，影印第367页。
② 柯愈春《清人诗文集总目提要》著录此集，一卷，稿本，泉州市图书馆藏(第511页)。
③ 《国朝全闽诗录初集》续集卷六，第594页。
④ 黄任《黄任集·黄任交游人物表》，第603页。
⑤ 民国《福建通志》总卷四十五，《福建列女传》卷六，黄淑庭传，原第二十二、二十三页。
⑥ 同上书，同卷，吴素馨传，原第三十三页。

苏黎明《泉州古代著述》,第306页)

何鼎铉(何秉忠次子):《昂亭诗文集》(同治刊本《福建通志》卷七十二)、《诗古文辞制义》(陈笃彬、苏黎明《泉州古代著述》,第306页)

**谨按:**何秉忠,字礼尚,号梅淑。晋江人,籍同安。康熙四十五年丙戌(1706)进士,榜姓陈。授昭化知县,在任五年,行取入都,以部主事用,卒于京。子何鼎曾、何鼎鋐俱举人[①]。

何秉忠族弟何琦,字礼康。晋江人。少读书,搜奇探奥,有不可一世之概。既长,族兄秉忠知四川昭化县,因偕往。纵观形胜,增益、开拓其心胸,为诗力追陶潜。古文辞推重《左传》及《文选》等。北游山东,馆复圣颜氏裔家,衍圣公聘修《曲阜县志》。同乡官献瑶督学粤西,居之署中,复携以游诸郡。后不知所终[②]。

何秉忠次子何鼎铉,字义声,号昂亭。乾隆十七年壬申(1752)举人。掌教书院十五年。

## No.236 南安黄士炯家族

黄士炯:《竹溪逸稿》(同治刊本《福建通志》卷七十三)、《诗经订序》、《春秋订传》、《周官释疑》(民国《南安县志》卷四十五《艺文志》。此三种与洪世泽所著几乎同名)

黄允肃:《萍游偶记》、《思亭文集》、《东山文萃》(同治刊本《福建通志》卷七十三)、《同社试草》、《澄源拙草》、《文集》(民国《南安县志》卷四十五《艺文志》)

**谨按:**黄士炯,字木生。南安武生,弃弗就,复为晋江学生。凡天文地理、遁甲诸书研究有得。临殁,自撰行略[③]。《竹溪逸稿》五十余篇,皆其身心切论。

黄士炯之子黄允肃,字符静,号思亭。雍正元年癸卯(1723)进士。官知县。传见同治刊本《福建通志·良吏传》。

## No.237 同安刘蔚家族

刘蔚:《四书卧薪(集)》七卷(民国《同安县志》卷三十一《文苑传》本传)、《后村文稿》四卷、《外集》二卷(同治刊本《福建通志》卷七十三)

刘兰:《四书集说》、《梅庄集》(同治刊本《福建通志》卷七十三)、《梅庄文集》(民国《同安县志》卷三十一《文苑传》本传、《泉州古代著述》第318页)

**谨按:**同安刘蔚,字仲为、希仲。雍正间诸生。民国《同安县志·文苑传》本传云:"(刘蔚)积学淹博,为文规橅东、西汉,授徒严肃,经、史、子、集皆令手钞成诵。著有《后村文稿》四卷、外集二卷、《四书卧薪》七卷。次子兰,三子红茱,同时入泮。红茱,乾隆辛酉(六年,1741)举人。"[④]

刘蔚之子刘兰,字青座。本邑东桥人,住施山。雍正间诸生。民国《同安县志·文苑传》本传称其"笃行好学,自经史以及诸子百家,皆手抄成诵。为文不蹈恒蹊,大追古人。著有《梅庄文集》、《四书集说》。"[⑤]

---

① 民国《福建通志》总卷三十六,《福建循吏传(清一)》卷十一,何秉忠传,原第四十九页。

② 民国《福建通志》总卷四十三,《福建高士传》卷五,何琦传,原第六页。

③ 民国《福建通志》总卷四十四,《福建艺术传》卷三,黄士炯传,原第三页。

④ 民国《同安县志》卷三十一,影印第1020页。

⑤ 民国《同安县志》卷三十一,影印第1023页。

刘红茱撰有《三秀山赋》,载民国《同安县志》卷二十五《艺文志》(影印第692-694页)。

## No.238 同安黄江家族

黄江:《四书日抄》、《律吕图说》、《河图洛书图解》(《泉州古代著述》第282页作《图洛书律吕图说》,作者黄江河,误。当为《河图洛书律吕图说》)、《锦庄诗》、《合川文稿》、《古今文巳》(同治刊本《福建通志》卷七十三)、《锦庄诗文集》(《泉州古代著述》第318页,作者黄江河)

黄涛:《性理质疑》(同治刊本《福建通志》卷七十三)

**谨按:**同安黄锡明,字奕远。四岁而孤,与母王氏、兄二人相依。课徒奉母。子四人。传见同治刊本《福建通志・孝义传》。

黄江,字岷水。少读书,日数千言,负气自豪。及长,从陈重琳游,潜心宋儒之学,遂谦冲自抑,博通经史,工诗及古今文。雍正二年甲辰(1724)举人,援例授内阁中书①。

黄江之弟黄涛,乾隆十六年辛未(1751)进士。官湖北长乐县知县。

## No.239 南安傅应泰家族

傅修孟:《弃余诗文集》四卷(同治刊本《福建通志》卷七十三)、《同稼堂稿》(民国《南安县志》卷四十五《艺文志》)

**谨按:**傅应泰,字迈士,号陟瞻。南安人。文声籍甚。乾隆三十年乙酉(1765),韩城王杰校士闽中,以选拔科膺首选,赴省会考,适其父卒,乘夜奔回。迨母殁,无意出山,键户观书。诸经皆有考论,尤遂于《易》。每言"学者于《学庸》身、心、意、知、中、和、诚、明,《论语》性、习、忠、恕,《孟子》才、情、气、志、心、性等字须逐字看得境界分晓,方亲切近里,否则圣途贤径只如雾里花耳"②。古文自《国语》、《国策》、《史》、《汉》以下无虑数十种,皆手自丹铅点勘。乾隆六十年乙卯(1795),设席厦门玉屏书院,漳、厦从学者众。卒年六十二。传见民国《南安县志・文苑传》。

傅应泰之子、傅应时之侄傅修孟,系乾隆四十五年庚子(1780)举人、五十二年丁未(1787)进士。官知县。传见同治刊本《福建通志》卷二百三十四《良吏传》。乾隆五十六年(1791),陈寿祺作有《雁门行为南安傅进士作》③。傅应泰孙傅孝基,官凤山教谕;傅孝塾等俱邑诸生④。

## No.240 同安洪和长家族

**谨按:**同安洪和长家族长于诗歌创作,有洪和长及其孙女洪汝敬二诗人,时间当在雍正、乾隆间。

民国《同安县志・才女传》洪汝敬传:"洪汝敬,小名许娘。七岁时即许字东宁碣石总戎林黄彩之子、诸生世芳为妻。未婚而世芳殁,讣从东宁来,敬泪涔涔下,即勺饮不入。母劝慰之,对曰:'无庸。男子死孝,女子死义。林郎死,儿岂独生?'遂坚卧五日而没。敬自幼聪慧,其祖(洪)和长,凤山诸生,有诗名。敬遂学诗,工吟咏,兼通经史。生平为诗,常自匿,不令人见,并不留存其稿。及卒,于香奁、衣笥中拾得数章,皆清丽可嘉。如《玩月》诗云:'月色清如许,空庭彻骨寒。唯余葱桂影,霜里斫婵

---

① 同治刊本《福建通志》卷二百四十二,黄锡明传附,影印第4396页。

② 民国《南安县志》卷三十一,《文苑传》,吴世重、吴元华、黄岩、傅应泰、黄名声五人传,原第十七页至十九页,影印第284-285页。

③ 陈寿祺《左海诗钞》卷二。

④ 民国《南安县志》卷三十一,《文苑传》傅应泰传,原第十八、十九页,影印第284-285。

娟。'《咏黄梅》云：'绛雪应同艳，清香不泊寒。浑如红粉女，无语倚栏杆。'《春闺》诗云：'迟迟春日上湘帘，宝鸭心香手自添。间向碧纱窗里坐，呢喃双燕语红檐。'不减古人风致。将逝前一夕，命画工图其貌，作《寒梅白石图》，冰雪满庭，缟衣独立于梅林之下。次夕，夜将半，有鸟飞鸣屋上，家人异之，女曰：'当是郎魂魄幻化，邀予往也，行矣。'因口占一绝云：'已是姑延几日生，亲恩顾我未亡情。乌声啼断三更月，望夫台山泪满城。'以林聘凤钗为殉。平日刺绣、女红悉以分诸戚，从所嘱也。邑绅缙挽以诗歌。父监生德谦为编而梓之。"①

洪汝敬，小名许娘。同安人。自幼聪慧，七岁时许字东宁碣石总戎林黄彩之子林世芳。林世芳初冠，补弟子员，未婚而殁。汝敬坚卧五日而殉。洪汝敬祖父洪和长，凤山诸生。以积学闻于时。事迹附见于民国《福建通志·福建列女传》洪汝敬传②。

## No.241　安溪徐芬家族

徐芬：《椒崖剩草》(同治刊本《福建通志》卷七十三)

徐煇：《渊亭诗集》、《城北草堂杂文存稿》(同治刊本《福建通志》卷七十三)

**谨按**：安溪徐芬事迹不详，著有《椒崖剩草》。

徐芬之子徐煇，乾隆间诸生③。

## No.242　晋江张廷煌家族

张光宪(张廷煌孙)：《环紫堂诗文集》(同治刊本《福建通志》卷七十二)、《四书文》(陈笃彬、苏黎明《泉州古代著述》第282页)、《环紫堂文集》、《诗集》(陈笃彬、苏黎明《泉州古代著述》第315页)

张慎和(张廷煌曾孙)：《暇日诗草》(同治刊本《福建通志》卷七十二)

**谨按**：张廷煌，字坚卿。晋江人。康熙五十二年癸巳(1713)福建乡试举人中式，五十七年戊戌(1718)成进士，与陈万策同年。官丹徒知县。子张文秸，字礼仲。由监生授州同，迁知府④。张文秸之子张光宪，字诚之。乾隆二十五年庚辰(1760)进士。官编修。著有《环紫堂诗文集》等。传附同治刊本《福建通志·良吏传》张廷煌传。

张廷煌曾孙、张光宪从子张慎和，字达甫。乾隆四十年乙未(1775)进士。

## No.243　惠安张步瀛家族

张步瀛：《雍正惠安县志》八卷(陈笃彬、苏黎明《泉州古代著述》第333页题《惠安县续志》八卷)、《阆仙诗集》(同治刊本《福建通志》卷七十三)

张受祉(张步瀛弟)：《啸庐集》四卷(同治刊本《福建通志》卷七十三)

张敏求(张步瀛族孙)：《述信录》十四卷(同治刊本《福建通志》卷七十三)

**谨按**：明清以来，惠安县张氏系望族，族繁指多，分立此条。

---

① 民国《同安县志》卷三十八，影印第1203页。

② 民国《福建通志》总卷四十五，《福建列女传》卷六，洪汝敬传，原第二十四页。

③ 同治刊本《福建通志》卷七十三，影印第1531页。

④ 民国《福建通志》总卷三十六，《福建循吏传(清一)》卷十一，张廷煌传，原第五十七页。

民国《福建通志》著录张步瀛的著作《砚仙诗集》[①],当误。以同治刊本《福建通志·经籍志》著录张步瀛《阆仙诗集》,注云:"步瀛字阆仙。"[②]

张步瀛之弟张受祉,字镐来。雍正间国学生。著有《啸庐集》四卷,林之濬为之序。

张步瀛族孙张敏求,著有《述信录》十四卷。同治刊本《福建通志》著录此书,注引嘉庆《惠安县志》吴裕仁序。略曰:"乾隆二十年间,其(张步瀛)族孙敏求缵求旧闻以补前志所未及。"[③]

## No. 244 晋江黄德祐家族

黄德祐:《黄御霞诗稿》(同治刊本《福建通志》卷七十二)

黄叔纯:《缘情集》(同治刊本《福建通志》卷七十二)

黄叔达:《坳堂诗集》(《泉州古代著述》第 314 页作《坳堂诗草》)(同治刊本《福建通志》卷七十二)

**谨按:**黄德祐,一作德佑,字子修。晋江人。康熙间拔贡生。

黄德祐之子黄叔纯,字叶舟。乾隆间国学生。《国朝全闽诗录初集》续集卷十有小传及选诗。

黄德祐之子、黄叔纯之弟黄叔达,字芥舟。乾隆间国学生。《国朝全闽诗录初集》黄叔达条,引《注韩居诗话》云:"芥舟亦窥见格律。"[④]

## No. 245 晋江张雕家族

张雕:《尔远集》一卷(同治刊本《福建通志》卷七十二)

张道南:《张吾庵自叙》(陈笃彬、苏黎明《泉州古代著述》第 349 页)

**谨按:**张雕,字尔远。晋江人。

张雕之子张道南,乾隆二十四年己卯(1759)举人,与孟超然、陈焕世等同年。

## No. 246 晋江张源义家族

张克绥:《诗经述注》(同治刊本《福建通志》卷七十二)

**谨按:**张源德,字世长。晋江人。由台湾籍中式乾隆二十七年壬午(1762)举人。传见同治刊本《福建通志·孝义传》。

张源德之子张植发,乾隆三十年乙酉(1765)举人;张植华,台湾籍,乾隆三十三年戊子(1768)举人[⑤]。

张源德之弟张源义,字世文。乾隆三十五年庚寅(1770)举人。治三礼,以疑义质之洗马官献瑶。刻安溪王士让《仪礼纠解》十二卷及邑人方翀著作。传见同治刊本《福建通志·文苑传》[⑥]。

---

① 民国《福建通志》总卷二十五,《福建艺文志》存目卷四十二,第十八页。

② 同治刊本《福建通志》卷七十三,影印第 1518 页。

③ 同上注。

④ 《国朝全闽诗录初集》卷十七,《全闽诗录》第五册,第 380 页。

⑤ 同治刊本《福建通志》卷二百四十二,影印第 4387-4388 页。

⑥ 同治刊本《福建通志》卷二百三十九,影印第 4318 页。

张克绥，字性若，当系张源德族人[①]。乾隆二十五年庚辰(1760)解元。官平和、延平府、台湾训导，迁海澄教谕。

## No.247　南安洪科捷家族

洪科捷：《默斋诗文集》(同治刊本《福建通志》卷七十三)、《默斋剩稿》(陈笃彬、苏黎明《泉州古代著述》第278页)、《诗文集》(民国《南安县志》卷四十五《艺文志》)

洪世泽：《易经观象》、《周官析疑随笔》、《易经订序》、《春秋订传》、《斐亭诗文集》(同治刊本《福建通志》卷七十三)、《诗经订序》、(辑)《武荣文献》(民国《福建通志》总卷三十九《文苑传》)、《仪礼辨说》(民国《南安县志》卷四十五《艺文志》)

洪世佺(洪瑞子)：《春草堂诗文集》(民国《南安县志》卷四十五《艺文志》)

洪钟(洪科捷弟)：《存笥稿》(民国《南安县志》卷四十五《艺文志》)

**谨按：**南安洪氏的科举事业在乾隆年间又掀起一次高潮，举人中式、登进士第者多人，在顺治、康熙间的富贵清华之后凭科举实力再次强盛，别立一条。洪科捷、洪世泽、洪世瀚、洪绍懔三世皆举人。从乾隆朝来看，洪科捷之弟洪钟(鐘)、洪科捷之子洪世润叔侄于乾隆三年戊午(1738)同登乡榜。其后洪氏科举渐多。乾隆六年辛酉(1741)，洪瑞之子洪善祥(改名洪世侃)、洪科捷之侄洪式金、洪世渊三人举人中式；乾隆九年甲子(1744)，洪瑞之子洪世涵(改名洪世健)、族人洪士辅举人中式。乾隆十五年庚午(1750)福建乡试，南安洪氏洪世仪(洪瑞之子)、洪世傅(洪瑞之子)、洪应心、洪世佺(洪瑞之子)、洪世蓉(洪瑞之侄)、洪瑞、洪开泰七人同榜登科[②]，是洪氏科举复兴的重要事件。

民国《福建通志·文苑传》洪科捷传："洪科捷，字成仲，号默斋。南安人。笃于宗族。……康熙辛卯(五十年，1711)举人，选浦城教谕。先是，教职皆受词牒，科捷惟择有关风教者整饬之，讲学论文，期于实用。乾隆己未(四年，1739)成进士，授翰林。以父母年逾八十陈情乞养。……以上道光《通志》。"洪科捷之子洪世泽附传："(洪)世泽，字叔时，号艮圃。乾隆丙辰(元年，1736)，复开博学鸿词科，福建巡抚卢焯题荐十人，世泽以廪生膺荐；三年，补试，授庶吉士，散馆授检讨。归省后，复偕弟世润赴都，入直武英殿，校对国史馆，纂修《八旗通志》。寻，引疾归里。先是，周学健为学使，识拔世泽，咨请督抚荐举之，至是抚闽，延主鳌峰书院讲席。学健惜士爱才，世泽考德问业，多所造就。……欲辑《武荣文献》，各征未成。所著有《斐亭诗文集》、《易经观象》、《诗经订序》、《春秋订传》、《周官析疑随笔》等编。弟世润，戊午举人，永川知县；世瀚，丙子举人，屏南司训。子绍懔，癸酉举人，南靖教谕。《南安县志》、《洪氏家乘》。"[③]

洪世泽弟洪世润，字叔玉。乾隆三年戊午(1738)举人。官四川永川知县，颇有政声。归筑滋兰小畹[④]。

洪科捷弟洪瑞，字裕仲，号璞斋。南安英山人。民国《南安县志·文苑传》本传："雍正乙卯(十三年，1735)拔贡，乾隆庚午(十五年，1750)举人。幼警敏，为文顷刻成篇，洋洋洒洒，一范于先正矩矱。……抚诸侄如己出，诱掖教诲，多所造就。与兄科捷、弟钟皆以德义文章相切劘。自宗党以及乡邑，虽单寒子弟经其指授，多所成名，蔚然为后进宗焉。子世佺，进士，襄阳知府，护理郧襄道；世侃，举

① 同治刊本《福建通志》卷二百四十二，张源德传，

② 民国《南安县志》卷二十一，《选举志》，原第四十八、四十九页，影印第149页。

③ 民国《福建通志》总卷三十九，《福建文苑传(清一)》，第三十一页。按：民国《福建文苑传》卷七收顺治至雍正间人物，卷八收乾隆至嘉庆间人物，卷九收道光以后人物，凡三卷，为清代福建文苑传。

④ 民国《福建通志》总卷三十六，《福建循吏传(清二)》卷十二，洪世润传，原第十七页。

人,将乐教谕;世仪,举人,下河通判;世儁,举人,建宁府训导;世佃,郡廪生。”[①]

洪瑞之子、洪世泽从兄弟洪世佺,乾隆二十二年(1757)进士,官知府。著有《春草堂诗文集》。

## No.248 南安梁廷珪家族

梁廷珪(梁丹元伯父):《自儆日新录》一卷(同治刊本《福建通志》卷七十三)

梁丹元:《四书辑要》(同治刊本《福建通志》卷七十三)、《诗文集》(陈笃彬、苏黎明《泉州古代著述》第350页)、《诗文遗稿》(民国《南安县志》卷四十五《艺文志》)

**谨按:**南安梁廷珪,字伯寅,号立斋。乾隆间优贡生。受到学博林上锦、学政周学健的器重。病殁,年仅三十。传见同治刊本《福建通志·孝义传》。所撰《自儆日新录》一卷,有王云庭、雷鋐、洪世泽、李清植、官献瑶、黄涛、庄亨阳、蔡新、黄可润等人题词。

梁廷珪之侄梁丹元,字敬庄。乾隆三十五年庚寅(1770)举人。传附其伯父梁廷珪《孝义传》。

## No.249 同安童肯堂家族

童肯堂(童宗莹[②]):《什竹诗钞》(民国《同安县志》卷二十七《文苑传》本传)、《诗草》(陈笃彬、苏黎明《泉州古代著述》第351页)

童蒙求:《韵香诗草》一卷(陈笃彬、苏黎明《泉州古代著述》第351页)

**谨按:**民国《同安县志》童肯堂传:“童肯堂,后城人。邑诸生。著有《什竹诗钞》。有子三人,长蒙升,次蒙吉,三蒙求,皆能诗。其诗多采入《闽省三十六家诗钞》及《国朝诗人征录》。”[③]陈笃彬、苏黎明《泉州古代著述》著录童宗英《诗草》,将《什竹诗抄》系于童蒙升名下[④]。

童蒙升,字偕人。有诗《望海》、《书感》(二首)。童蒙吉,字霱人。有诗《第一峰晓望》、《辛丑七月初十日纪事》四首。

## No.250 晋江诸葛葵家族

诸葛良辅:《日记》(陈笃彬、苏黎明《泉州古代著述》第349页)

**谨按:**晋江诸葛葵及其子诸葛良辅均能诗。民国《福建通志·文苑传》诸葛良辅传:“诸葛良辅,字子襄。晋江人。父葵,常作无题诗三十首,讽刺深远,传诵一时。良辅学诗长洲沈德潜。已,从之京师。满洲贵人爱其诗,馆之数年。归,寓紫云寺。初,吴人郭某以诗游安南,为其属岛港口主者所知,礼遇甚厚。至是,以老归,主问唐人能诗者,以良辅对,乃遣其甲螺,与贡使俱送郭还,而聘良辅。至则值其主诞日,为五言百韵诗以献,主大悦,馈赠有加。岁余,病卒,殡以紫金冠,葬国门外。良辅少时尝附贾舶,历外洋,熟悉外国山川、风土、言语、物产之异。将赴港口,寄二竹箱于林非弥生员家。比卒,启之,皆居京师及吴门时数十年日记,凡百余册;诗文百余篇,皆手书。”[⑤]

---

① 民国《南安县志》卷三十一,《文苑传》洪瑞传,原第十七页,影印第284页。

② 民国《同安县志》著录童宗莹《浔江渡口晚眺》诗(卷二十五,《艺文志》,影印第699页),作者名下注:“肯堂”。

③ 民国《同安县志》卷三十一,童肯堂传,影印第1025页。

④ 陈笃彬、苏黎明《泉州古代著述》,第351页。

⑤ 民国《福建通志》总卷三十九,《福建文苑传(清二)》卷八,诸葛良辅传,第五页。

按:沈德潜(1673—1769)系康熙至乾隆间诗人,故知诸葛葵、诸葛良辅父子亦康、雍、乾间诗人。

## No.251　晋江何大玠家族

何大玠:《春秋备义》(民国《福建通志》总卷三十九,《福建文苑传》卷八何希九传附)

何希九:《安平纪略》二卷(民国《福建通志》总卷三十九,《福建文苑传》卷八本传)

**谨按:**民国《福建通志·文苑传》何希九传:"何希九,字及翔。晋江人。父大玠,励志力学,好《左传》,著《春秋备义》。希九禀庭训,家贫笃学,征文考献,著《安平纪略》二卷。"[①]按:何希九系乾隆间人,传在民国《福建通志·文苑传》乾隆五十九年甲寅(1794)举人、古田丁得舆传后。

## No.252　南安陈大玠家族

陈大玠:《台垣奏草》(《泉州古代著述》第279页作《台垣奏章》)、《宰郫治谱》、《经史讲义》、《笋湄内篇》、《陈元臣诗文集》、《恭和诗》(同治刊本《福建通志》卷七十三)、(修)《临漳县志》(雍正九年本)、《四书文初稿》、《四书文近稿》、《四书文续稿》、《进呈经史讲义》、《诗集》、《文集》(陈笃彬、苏黎明《泉州古代著述》第279页)、《笋湄公南谱》(咸丰五年台湾松云轩刻本)

陈淑均:《噶玛兰厅志》八卷(《台湾文献史料丛刊》第160种,大通书局1984年版)

**谨按:**南安陈大玠,字元臣,号筍湄。同治刊本《福建通志·经籍志》作惠安籍晋江人[②],《选举志》作惠安籍[③]。今泉州南安市丰州镇铺顶村有"进士孝子"石牌坊为陈大玠立,陈大玠原籍南安县,居泉州,以惠安籍中举、成进士。

陈大玠系雍正二年甲辰(1724)举人,本年秋成进士。以御史为乾隆六年(1741)辛酉科广东乡试副考。授临漳知县,多有善政。迁中书舍人,官至太常寺少卿。以忧归,卒年七十六。居乡,集耆绅于后乐园,仿洛社雅集。著述多种。

陈大玠子陈金涵,官通判;陈金凤,官国子监典籍;陈金宣,乾隆十五年庚午(1750)举人,官知县;陈金鹏,乾隆五十一年丙午(1786)举人,官延平府学训导;陈金驭,乾隆三十六年辛卯(1771)举人;曾孙陈淑均,嘉庆二十一年丙子(1816)举人。据现存福建陆路提督、漳州府龙溪人苏明良(1682—1742)墓志铭,为陈大玠所撰文,署"姻家弟"字样。

陈淑均纂有《噶玛兰厅志》八卷十二门,署"晋江陈淑均"。道光十二年壬辰(1832)初稿成,定稿于二十年庚子(1840)。陈淑均,字友松。应聘入台,任噶玛兰厅(后改称宜兰)仰山书院山长。《全台诗》收录其诗八首[④]。

## No.253　同安陈鹏南家族

陈鹏南:《陈淑斋诗文集》(同治刊本《福建通志》卷八十二)、《连江县志》(陈笃彬、苏黎明《泉州古代著述》第299页)

陈思敬(陈鹏南之子):《鹤山遗集》(民国《福建通志》总卷四十,《福建儒行传》卷五,陈鹏南传附陈

---

① 民国《福建通志》总卷三十九,《福建文苑传(清二)》卷八,何希九传,第十六页。

② 同治刊本《福建通志》卷七十三,影印第1518页。

③ 同上书,卷一百六十二,影印第2873页。

④ 施懿琳、廖美玉《台湾古典文学大事年表·明清篇》,第396页。

思敬传）

**谨按：**同治刊本《福建通志》著录台湾府作者陈鹏南的著述，注云："朱仕琇传。略曰：'鹏南，字云垂。同安人。迁台湾，试诸生，辄冠其曹。'"[①]陈氏以海氛播迁居台湾武定里绿野村[②]。陈鹏南传见民国《福建通志·福建儒行传》："陈鹏南，字云垂。同安人。居台湾。治经，精《春秋》。为诸生，试每冠其曹。饩满，入太学，训导连江。……云垂少时，先世六棺权厝同安宅中，负骨改葬。……鹏南诸兄皆好义，喜施恩，浃乡里。始时困约，其后资日起，顾喜施益甚。兄弟前后焚券弃负各数千金。"子陈思敬传附："思敬，字泰初，号鹤山。同安县学生。家积书四万余卷，手校几遍。尝倡建轮山、高浦二书院，自为之辞，勒石。癸酉（乾隆十八年，1753）乡举中式矣，额溢，为副。时桂林陈宏谋以巡抚监临，惋惜特甚，主司亦深悔焉。家故饶财，诸从以才俊急自见，入赀，官内外者相属。……自念虽籍于同安，而台湾为先世起家之地，田园庐墓咸在，以是频岁往来。凤山产业为思敬手创者，又悉与诸弟共之。……著有《鹤山遗集》，安溪官石溪为之序。"[③]

邵武府建宁古文家朱仕琇作有《陈训导传》，为陈鹏南作；《陈太学传》，为陈思敬作。《陈太学传》："陈思敬，字泰初。同安登瀛里人。……读书好儒先说，积书至四万余卷，手校几遍。为文学古人，不逐时好，制艺亦然。"[④]按：施懿琳、廖美玉《台湾古典文学大事年表·明清篇》云："凤山县陈思敬《鹤山遗集》由其子鸣佩、鸣銮校刊。"[⑤]时嘉庆十八年（1813）。

## No.254　晋江陈震岳家族

陈震岳：《静斋乐书》、《静斋野稿》（同治刊本《福建通志》卷七十二）

陈云程：《桐城杂事诗》一卷、《晋水诗选》六卷（同治刊本《福建通志》卷七十二）、《闽中摭闻》二卷（乾隆五十三年刻本，泉州市文管会、福建省图书馆藏。民国《福建通志·福建艺文志》卷三十二、《泉州古代著述》第299页作一卷）、（增订）《昭明文选集成评注》六十卷（陈笃彬、苏黎明《泉州古代著述》第345页，泉州市图书馆藏）

**谨按：**陈震岳，字峻生，一字静斋。晋江人。工诗文、书画，尤工芦雁，得其神妙。善鼓琴。卒年八十三[⑥]。

陈云程，字孙鹏，陈震岳之孙。乾隆五十四年己酉（1789）举人，与陈寿祺、谢在震、郑榕等同年。

## No.255　南安李绳伟家族

李绳伟：《诗经会要》八卷（同治刊本《福建通志》卷七十三）

李峥嵘（李绳伟孙）：（纂）《南安志稿》、《勃勃轩制艺》、《诗文集》（陈笃彬、苏黎明《泉州古代著述》第331页）、《勃勃轩文集》（民国《南安县志》卷四十五《艺文志》）

**谨按：**李绳伟，字克明。泉州府南安人。乾隆间布衣。著有《诗经会要》八卷。

李绳伟之孙李峥嵘，字纬煊，号葵南。嘉庆十五年庚午（1810）举人。官直隶州同知。道光间，尝

---

① 同治刊本《福建通志》卷八十二，影印第1639页。

② 朱仕琇《陈训导（陈鹏南）传》，《梅崖居士文集》卷二，《清代诗文集汇编》第336册，影印第211页。

③ 民国《福建通志》总卷四十，《福建儒行传》卷五，陈鹏南传附陈思敬传，原第十二页。

④ 朱仕琇《梅崖居士文集》卷二，《清代诗文集汇编》第336册，影印第212页。

⑤ 施懿琳、廖美玉《台湾古典文学大事年表·明清篇》，第335页。

⑥ 民国《福建通志》总卷四十四，《福建艺术传》卷二，陈震岳传，原第十四页。

纂修《南安县志》，书未成。为乡贤陈庆镛撰墓志铭，脱稿掷笔而逝。传见《南安县志·宦绩传》①。

## No.256 晋江柯氏家族

柯辂：《读经笔记》二卷、《读经节钞》二十卷、《闽中文献》一百卷、《闽中旧事》三十卷、《山川古迹》(《泉州古代著述》第326页作《山川古迹录》)二十卷、《人物管见录》二十四卷、《天文气候录》一卷、《闽中考古录》一卷(《泉州古代著述》第326页作《闽中古录》)、《史鉴意录》十二卷(《泉州古代著述》第326页作二卷)、《宋事摭疑》(《泉州古代著述》第326页作《宋事摭录》)八卷、《元旧事录》二卷、《明旧事录》(《泉州古代著述》第326页作《明旧事摭录》)十三卷、《知非得寸录》十卷、《古事丛述》三十卷(民国《福建通志·福建艺文志》存目卷三十五作三十二卷)、《小筼筜谷杂记》三卷、《课余笔记》五卷、《青毡笔录》三十卷(民国《福建通志·福建艺文志》存目卷三十五作三十二卷，《泉州古代著述》第325页作二十三卷)、《寒灯忆述》十六卷、《困痺忆录》四卷、《燕居谈录》二十卷、《正论格言》二十卷、《三余录》八十卷、《墨纪》四十八卷、《老笔记》十五卷、《诸子撮语》四卷、《阴阳理气五行论》一卷、《朱子地理论》一卷、《东瀛笔谈》四卷、《樵川纪闻》四卷、《温陵旧闻》四卷、《虫鱼考类》二卷、《草木考类》二卷、《器物偶举》二卷、《清源文献续纂合编》十九卷(《泉州古代著述》第326页作《清源文献纂续合编》三十六卷，福建师范大学图书馆藏)、《闽中管豹集》四十卷、《古怡堂诗钞》十五卷、《文海蠡勺》十卷、《淳庵诗文集》五十二卷、《淳庵存笔》四十卷、《蔗尾集》十卷、《诗学摭余》三十卷、《闽中诗话》十七卷、《晚香圃老人诗话》四十卷、《淳庵老人诗话》二十卷、《南皋草堂诗话》十三卷(《泉州古代著述》第326页作二十三卷)(同治刊本《福建通志》卷七十二)、《柯淳庵手抄笔记》一卷(道光钞本，泉州市文管会藏)、《淳庵文集》六卷六册(嘉庆钞本，福建省图书馆藏)、《子书撮要》四卷、《制义》一卷、《日下旧闻》三卷(陈笃彬、苏黎明《泉州古代著述》第326页)等合四十七部八百六十余卷(同治刊本《福建通志·文苑传》柯辂本传)、《淳庵未刻稿》四卷(陈棨仁《桐西旧话》)、《淳庵诗文稿手迹》一卷(嘉庆九年稿本，桂林图书馆藏)、《淳庵未刻稿》二卷(道光间稿本，台北"中央图书馆"藏)、《淳庵存笔》不分卷一册(稿本，泉州市文管会藏)(柯愈春《清人诗文集总目提要》第937页)、《柯淳庵诗文集》十二卷(嘉庆邵武樵川学舍木活字本，福建省图书馆藏)、《淳庵诗文集》存二十卷(稿本，厦门大学图书馆藏，王志双《〈清人诗文集总目提要〉订补八则》)

柯鸿逵：《周易粹中》(同治刊本《福建通志》卷七十二)

柯廷璟：《周易难解》、《筮衍涉笔》、《修俟堂文集》、《辟尘余诗集》(同治刊本《福建通志》卷七十二)、《笃辉堂制义》、《周易解》(陈笃彬、苏黎明《泉州古代著述》第327页)

柯廷瓒：《易经发蒙》、《学庸要言》、《诸史撮要》(同治刊本《福建通志》卷七十二)、《史鉴撮要》(陈笃彬、苏黎明《泉州古代著述》第333页)、《省堂传稿》(同书，第350页)

**谨按：**福建泉州府各县的柯氏均为同宗，广泛分布在泉州府城、晋江县内各地(南塘、上郭、安海)及周边各县、台湾，分布东南亚菲律宾等国。

柯辂(1746—1830后②)，字瞻莪，号淳庵。乾隆四十二年丁酉(1777)举人，官至知县③。传见同治刊本《福建通志·文苑传》。

同治刊本《福建通志》著录其著作，注云："《文苑》本传载辂所著诸书凡四十七部，八百六十余卷。《典籍志》并同闽中古今人著述之富，未有逾此者，然其书俱未得见。其体例大旨及是非得失无可悬

① 陈笃彬、苏黎明《泉州古代著述》，第331页。

② 柯愈春《清人诗文集总目提要》云柯辂"卒年六十八"(第937页)，若据此推算，则卒年在1813年，恐非是。

③ 嘉庆四年(1799)，柯辂任台湾府嘉义县训导；本年，侯官谢金銮(1757—1820)调嘉义县教谕，知二人尝共事。嘉庆六年(1801)，柯辂从嘉义县学训导调署彰化教谕(施懿琳、廖美玉《台湾古典文学大事年表·明清篇》，第304、308页)。

揣，今于采访书名，悉分类增入，以寓表章撰述之意。”[①]史称柯辂一生著述凡四十七种，八百六十余卷，是康熙间李光地、陈梦雷之后，嘉道间梁章钜之前，福建学者中著述量最为可观的一位。柯辂的著作尤加留心闽人及泉州府的文献，又著有诗话多种。

乾隆间，柯氏族人在科举上掇取功名者有：柯鸿逵，乾隆四十四年己亥（1779）举人，著有《周易粹中》；柯廷璟，字云卿，乾隆四十五年庚子（1780）举人，著述多种；柯应举、柯应健，俱乾隆四十八年癸卯（1783）举人；柯廷瓒、柯梅溪，俱乾隆五十四年己酉（1789）举人；柯大猷，乾隆五十七壬子（1792）举人；柯应秀，乾隆六十年乙卯（1795）举人；柯漱芳，嘉庆三年戊午（1798）举人；柯春芳，嘉庆六年辛酉（1801）举人；柯琼林，嘉庆十三年戊辰（1808）举人；柯亭，道光五年乙酉（1825）举人；柯舜升，道光二十四年甲辰（1844）举人；柯寅斗，道光二十六年丙午（1846）举人；柯骏，同治六年丁卯（1867）举人。

## No.257　南安吴氏家族

吴霞举：《字韵合参》（民国《南安县志》卷三十一《文苑传》本传；陈笃彬、苏黎明《泉州古代著述》第350页）

吴国乡：《梅南专稿》、《墨痴杂咏》一卷（同治刊本《福建通志》卷七十二）、《梅南律赋》、（民国《南安县志》卷四十五《艺文志》）

吴载赓：《东池续集》（同治刊本《福建通志》卷七十三）、《东池草续编》（民国《南安县志》卷三十一《文苑传》本传）

吴肇烇：《东池集》（同治刊本《福建通志》卷七十三。民国《南安县志》卷四十五《艺文志》、陈笃彬、苏黎明《泉州古代著述》第350页作《东池草》）

吴光然：《回天籍》三卷、《说略五十言》、《侯龙正稿》四卷、《敬爱敦睦稿》四卷、《省田拾记》四卷、《仰斋稿》四卷、《象数要式》四卷（民国《南安县志》卷四十五《艺文志》、陈笃彬、苏黎明《泉州古代著述》第350页）

**谨按：**陈笃彬、苏黎明《泉州古代著述》搜集到清代后期泉州府南安县吴姓五位学者、作家的著作，当出自同一家族。其中吴肇烇著有《东池草》，吴载赓著有《东池续集》，这之间更暗示着他们之间有着家族著述的特征。

陈庆镛《吴垒畦家传》：“（吴氏）先世河南光州人，延陵季子之后也。南唐由豫入闽，居南安。后迁同安。”[②]据此知南安吴氏渊源。

吴梅与，字占斯，号实园，系顺治十四年（1657）举人、康熙三年（1664）进士吴黄龙孙。吴梅与为文法先正，词必己出。屡试有声，数奇不售。年四十援例入太学。雍正元年癸卯（1723）举人。绝意仕进，与子弟辈论秦、汉、唐、宋诸名家文章。其文附刻《东池草集》中。子吴扫千，庠生；吴怀玉，举人[③]。

民国《南安县志・文苑传》有吴世重、吴元华二传。吴世重，字子固，号金斋。南安县黄龙村榜头人。乾隆元年丙辰（1736）亚魁，选授侯官学教谕。为文精刻渊静，遐迩传诵，与同族吴元华齐名。吴元华，字敛斯，号西岩。南安县二都严浦人。乾隆十二年丁卯（1747）举人，八上公车不售。为文出经入史，时辈推重。有《西岩稿》[④]。

民国《南安县志・文苑传》又有吴载赓、吴树珠二人传，均南安二都黄龙、严浦[⑤]人。吴载赓，字周

① 同治刊本《福建通志》卷七十二，影印第1508页。

② 陈庆镛《吴垒畦家传代杨方伯庆琛》，《籀经堂类稿》卷十九，《清代诗文集汇编》第587册，影印第625页。

③ 民国《南安县志》卷三十一，《文苑传》吴梅与传，原第十六页，影印第283页。

④ 民国《南安县志》卷三十一，《文苑传》吴世重、吴元华传，原第十七、十八页，影印第284页。

⑤ 请参看民国《南安县志》卷一《沿革》二都条（原第十六、十七页，影印第9页）。

翼，号籍稽。嘉庆二十四年己卯(1819)举人。生平手不释卷，博览群书，子史百家淹贯，为文根柢经术，不尚肤词[①]。吴树珠，字峦安。道光十一年辛卯(1831)举人。十三经、诸史、百家靡不淹通该贯，腹笥便便。所作诗赋、制艺，淋漓饱满[②]。

## No.258　同安刘先登家族

刘先登：《重编周易求义》(陈笃彬、苏黎明《泉州古代著述》第328页)、《松雪窝试艺》、《古人谈遗》、《友竹斋诗文集》、《都中别话》(同前书，第351页)、《重订吉人遗铎》

刘逢升：《独弦吟遗稿》(陈寿祺《绛跗草堂诗集》卷六《题同安刘南吉乡贡独弦吟遗稿》)、《独弦吟诗集》(同治刊本《福建通志》卷七十三)、《生芝草堂诗存》十卷(道光十八年刻本。《闽词征》卷四)

刘宗成：《重订省心记》一卷、《松翠窠试艺》一卷、《诗文集》四卷(郭柏荫《天开图画楼文稿》卷二《刘默存先生墓志铭》)

**谨按：**元代江西玉山人刘璠(璞庵)官同安，遂家焉，历十余世。刘先登，字二山，号静轩。泉州府同安县人。乾隆三年(1738)戊午科举人。官直隶定兴县令。卒年八十九。

刘逢升(1762—1811)，字仲允、南吉，号芝圃，刘先登之子。乾隆五十三年(1788)戊申科举人。尝主本邑轮山书院，卒年五十。能诗词，《闽词征》卷四有小传及词。陈寿祺《左海文集》卷九有《同安刘氏家传》，《绛跗草堂诗集》卷六有《题同安刘南吉乡贡独弦吟遗稿》七绝二首。

刘逢升之子刘宗成(1784—1851)，字念修，号荷衣、默存。嘉庆十三年(1808)戊辰恩科举人。郭柏荫撰《刘默存先生墓志铭》[③]。《泉州古代著述》著录其著作两种，未尽全功。

## No.259　南安郭琦第家族

郭琦第：《证胆草》(民国《南安县志》卷三十一《文苑传》本传)

郭命润：《定山集》、《紫塔诗》(民国《南安县志》卷三十一《文苑传》郭琦第传附传)

郭凤简：《双声叠韵古今汇对策略》(民国《南安县志》卷三十一《文苑传》郭凤简本传)

郭元奕：《论文要义》(民国《南安县志》卷四十五《艺文志》)、《梅园外集》(同治刊本《福建通志》卷七十三)(民国《南安县志》卷三十一《文苑传》郭凤简传附传)

郭大椿：《尚趣家塾课艺》(民国《南安县志》卷三十一《文苑传》郭大彬传附传)

**谨按：**南安郭琦第，康熙八年己酉(1669)福建乡试举人。民国《南安县志·选举志》榜名郭琦第，廖氏《府志》名郭瓒琦，官长乐教谕、余杭知县[④]。同治刊本《福建通志·选举志》作郭瓒第。

民国《南安县志·文苑传》郭琦第本传："郭琦第，字太奏，号胆夫。十二都蓬岛(今南安市蓬华镇蓬岛村)人。瑄第胞兄。天启元年(1621)举人。少负奇气，以文行见誉于乡。……三上公车不第而卒。著有《证胆草》。子命润，字叔迥，号东水。善读父书。垂髫能文。隆武乙酉(1645)举人。房考得其卷，甚喜，索所著诗、古文，为之序。自是益潜心力学，博览群书。尝云：'孟子后二千余年，心性天人鲜有解者，学惟以止至善为宗，即姚江良知之旨，尚非极致。'又以时方多故，儒者明体达用，期有济于

① 民国《南安县志》卷三十一，《文苑传》吴载赓传，原第二十七页，影印第289页。

② 民国《南安县志》卷三十一，《文苑传》吴树珠传，原第二十九页，影印第290页。

③ 郭柏荫《天开图画楼文稿》卷二，《天开图画楼全集》，《清代诗文集汇编》第609册，影印第525页。刘逢升的生卒年据此墓志铭推算，墓志铭中刘宗成的迁闽始祖、祖父、父亲姓名原阙如，本条予以补全。

④ 民国《南安县志》卷二十一，《选举志》，原第四十页，影印第145页。

艰难,宜以老、庄立其本,申、韩救其败。所著有《定山集》、《紫塔诗》。"[①]按:郭瑄第,顺治九年壬辰(1652)进士,与叶矫然同年。

民国《南安县志·文苑传》南安十二都蓬岛郭氏尚有郭凤简、郭之垣、郭大彬、郭成金四人传,当皆为郭氏族人。

郭凤简,字叔闇,号章溪。乾隆三十年乙酉(1765)拔贡。"为诸生时,肆力诗、赋、古文词,拔贡后益留心经学。作诗有奇气,不蹈恒蹊,古文词亦跌宕不群。所著有《双声叠韵古今汇对策略》。弟元奕,字叔幹,号梅园。入永春庠,历试冠军,旋饩于庠。康熙丁亥(四十六年,1707)岁贡。设帐授徒,从学者屦恒满,词坛推为宗匠。截选教谕,未就而卒。所著有《论文要义》、《梅园外集》。"[②]

郭之垣,字淑亭。乾隆十八年癸酉(1753)举人,授国子监典簿。"庄太公见其文,甚器重之。少与李侍御同学,结金兰契,坐谈经史,几忘食寝。"[③]

郭大彬,字韬人,号衍南。乾隆五十三年戊申(1788)副榜举人。"为人简易正直,不存尔我之见,以故乡居。……其弟大椿,字乔人,号春岩。乾隆辛卯(三十六年,1771)举人。性颖异,博涉群书,制艺源源本本,大得归震川之遗。……授罗源学教谕,日与诸生讲学论文。就正者门不停车,人士仰若山斗焉。……大椿性灵独抒,设帐授徒,经启发者心源活泼。泉中缙绅多出其门。著有《尚趣家塾课艺》。"[④]

郭成金(1780—1836),字渊相,号贡南。迁台,居竹堑。由台籍中式嘉庆二十四年己卯(1819)举人。与兄郭铨矢志励学[⑤]。又一兄郭菁英(?—1834),字显相。居竹堑西门。曾与王士俊于竹堑倡设儒学[⑥]。

## No. 260 南安徐田邃家族

徐云骧:《琼田书舍试艺》、《丛玉轩文稿》、《诗文词赋集》、《唐宋诗醇编次》(陈笃彬、苏黎明《泉州古代著述》第346页)

**谨按:**徐田邃(1734—?),字邦臣,号蔗洲。南安县周厝乡人。兄弟九人,四人居南安故乡,五人徙居郡城泉州。乾隆五十一年丙午(1786)举人。官教谕。传见民国《南安县志·文苑传》:"朱文正(朱珪)、铁冶亭(铁保)先生评其文曰:'洞达今古,谙练典故,足为经世实用,不徒为寻章摘句之学。'例以知县用,寻以乙卯(六十年,1795)大挑,先就教谕。……年五十三始举于乡,六上公车,屡荐不售。……与弟用逵、用遒论文角艺,穷源究委。……子国华,附贡生;光华,癸酉(嘉庆十八年,1813)举人。用逵子云骧,壬午(道光二年,1822)进士、大埔知县。"[⑦]

徐云骧,原名玉本,字孙蕴,号庚陔。训导徐用逵之子、徐田邃侄。嘉庆二十四年己卯(1819)举人,道光二年壬午(1822)成进士。官广东大埔知县。传见民国《南安县志·文苑传》:"敏慧绝伦,九岁能文,尤工诗赋。初试童子即冠军,年十六,邑令柳公见其文,大加奖叹。是科见知于督学恩普,入邑庠。丙寅(嘉庆十一年,1806)列第二,补廪,旋丁外艰。……丁内艰,归。服阕,将赴选而殁,年四十二。著有《琼田书舍试艺》。"[⑧]

---

① 民国《南安县志》卷三十一,《文苑传》,郭琦第传,原第十二页,影印第281页。
② 同上书,同卷,《文苑传》,郭凤简传,原第十三页,影印第282页。
③ 同上书,同卷,《文苑传》,郭之垣传,原第十八页,影印第284页。
④ 同上书,同卷,《文苑传》,郭大彬传,原第二十三页,影印第287页。
⑤ 同上书,同卷,《文苑传》,郭成金传,原第二十七页,影印第289页。
⑥ 施懿琳、廖美玉《台湾古典文学大事年表·明清篇》,第416页。
⑦ 民国《南安县志》卷三十一,《文苑传》徐田邃传,原第二十一页,影印第286页。
⑧ 民国《南安县志》卷三十一,《文苑传》徐云骧传,原第二十七页,影印第289页。

## No.261　南安张化龙家族

张灏：《梅山诗稿》（民国《南安县志》卷三十一《文苑传》附张化龙传、陈笃彬、苏黎明《泉州古代著述》第350页）

**谨按：**张化龙，字攀仲。南安县岭兜人。嘉庆五年庚申（1800）岁贡。传见民国《南安县志·文苑传》："通经史，为文黜华崇实，类能阐发圣贤奥旨。与族侄（张）灏同时为远近学子所崇拜。灏字茂深。天资颖悟，学问淹博。弱冠游庠食饩，乾隆庚戌（五十五年，1790）恩贡。"①

# 第四节　邵武府文学家族考

## No.262　光泽危士亨家族

危士亨：《四书精言发挥》（光绪《邵武府志》卷二十一《人物传·（光泽）文苑》本传）

**谨按：**光绪《光泽县志·高士传》危昂霄本传，北宋神宗朝高士危昂霄系危全讽八世孙，自其高祖危杰由江西南城迁福建光泽。② 光泽危氏在元末有危德华者，入《光泽县志·文苑传》："危德华居北溪，淹雅善文而精于诗，教授诸生自给，翰林危素、考功元喆与之友善，称为岁寒交，而德华累征不起，郡邑强之出，至南京，以病辞归。著有《观海集》。学政称北溪先生。"③按：元末明初危素（？—1372），字太仆，江西金溪人。

入清，危氏家族有危士亨、危士琬兄弟能文学。光绪《光泽县志》危士亨本传："危士亨，字次元，一都人。祖应宗，在《义行传》；父星亮，喜施，乡里目为善士。士亨为郡廪生，有文名，与高第邱澜等讲诵，大雪断炊，忍饥不辍。学使汪徽临郡，士亨前卒，闻其没，以不获见为叹。著《四书精言发挥》。弟士琬，亦文。"④邱澜，字文波，拔贡生。传见光绪《光泽县志》卷十八《孝友传》。

光绪《光泽县志·文苑传》有同宗危联奎传："危联奎，字璧光，县治人。……终诸生。""论曰：闻联奎工制艺，为郡守魏廫征所赏。廫征论文綦严，长老相传某岁郡试为招覆，奉急檄之省，携阅舟上，遇不可意卷辄掷水中，后匣有存者。今联奎制艺未之见而见赏宗工，段《志》以入《文苑》，岂无其实而妄有名邪？"⑤

## No.263　光泽李奇家族

李飞鹏：《春秋讲义》（光绪《光泽县志》卷十八《孝友传》本传）

---

① 民国《南安县志》卷三十一，《文苑传》张化龙传，原第二十四页，原第287页。

② 光绪《光泽县志》卷二十三，《高士传》本传，《中国方志丛书》华南地方第221号，成文出版社有限公司1974年影印光绪二十三年刻本，影印第1285页。

③ 光绪《光泽县志》卷十七，《文苑传》本传，影印第1106页。

④ 光绪《光泽县志》卷十七，《文苑传》本传，影印第1107页。

⑤ 光绪《光泽县志》卷十七，《文苑传》本传，影印第1108页。按：这段"论曰"文字指出"《文苑》例不登时文士"（同页），系地方志编纂通行体例，以故凡入《文苑传》者均当视能文学（学术）者。

**谨按:**光绪《光泽县志·儒林传》清朝诸儒首列李奇:"李奇,字正夫。恩贡生。素履洁白、温恭至度,见者恬而敬之,盖笃行君子也。诗、文、书、画并有名。"①

李奇之子李飞鹏,传见光绪《光泽县志·孝友传》:"李飞鹏,字抟北。父奇在《儒林传》。飞鹏事后母四十年,无间言。兄弟三人皆早世,均己产廪诸孤,皆成立。手著《春秋讲义》,盖孝友而儒也。年七十有二,终廪生。"②

## No.264　建宁③何洪源家族

何洪源:《默仙诗集(光绪《邵武府志》卷二十四《艺术传》本传)》、《古易解》(民国《建宁县志》卷廿五《杂著》)

何松:《游草初集》、二集(同治刊本《福建通志》卷七十九、光绪《邵武府志》卷二十九《艺文志》。民国《建宁县志》卷廿五《杂著》题作《游草初二集》)

**谨按:**建宁县何洪源家族是明末清初的文学家族。何洪源,字默仙、濬流。民国《建宁县志》著录其《古易解》,注引朱徽序。略云:"何君平生杖履多在西江,晚年归金铵,研求十年,上不及《象》、《彖》,下不及《系辞》,所撰者《爻词》尔,其精如此,惜其书未竟而逝。子松,字长文,博学能文,善守家学,续成之以行世焉。"④何洪源之诗"简质清迥,多出世语"。⑤

何松,字木公,号梅溪。幼随父以岐黄术游南昌,遂寄籍,补弟子员。民国《建宁县志》何松本传:"何松,字木公,号梅溪。长吉人。幼随父默仙以岐黄术游南昌,遂寄籍。补弟子员,旋食饩。以诗文取重当事,一代名公钜卿及西江十三郡人士交契焉。吉安大宗伯李维饶、瑞州孝廉吴麟子皆受业其门。刻有《游草》初集、二集行世。"⑥

## No.265　邵武米嘉穗家族

米嘉穗:《澹庵诗集》(乾隆《福建通志》。光绪《邵武府志》卷二十本传题《澹园诗集》)、(修)《郓城县志》八卷(崇祯七年刻本)

**谨按:**邵武县米氏另有米元珍者,亦见光绪《邵武府志·文苑传》。米元珍系米嘉穗之子。米嘉穗,字秀实,米荣从孙。万历四十六年戊午(1618)举人,官至南京兵马司正指挥。丁母忧归,筑遁园,啸咏终身,年七十七卒。著有《澹庵诗集》。传见光绪《邵武府志》卷二十《宦绩传》、民国《福建通志·循吏传(明六)》卷九。清初,祥符周亮工入闽,与米嘉穗有深交。周亮工有诗《樵川城中从米澹生借书送日》三首、《乱后过米澹生遁园》四首⑦、《再过遁园赠米澹庵》⑧等。

光绪《邵武府志》米元珍传:"米元珍,字长孺,嘉穗子。性好洁,善谈谑而自守以正。能书,得钟、

① 光绪《光泽县志》卷十六,《儒林传》本传,影印第1098页。

② 光绪《光泽县志》卷十八,《孝友传》本传,影印第1143页。

③ 明、清福建诸府州县中,有建宁府,辖建安、瓯宁、建阳、崇安、浦城、政和、松溪、寿宁八县;有邵武府,辖邵武、光泽、泰宁、建宁四县,建宁府与建宁县、邵武府与邵武县分别是府、县两个层级的行政区名称,前者系府名称,后者为县名称。本书中的建宁、邵武如非标明建宁府、邵武府全称者,均分别指邵武府的建宁县和邵武县。

④ 民国《建宁县志》卷廿五,影印第272页。《中国方志丛书》华南地方第104号,成文出版社1967年影印民国八年铅印本。

⑤ 光绪《邵武府志》卷二十四,《人物传·(建宁)艺术》,影印第580页。

⑥ 民国《建宁县志》卷十六,《文苑传》,原第四页,影印第169页。

⑦ 周亮工《赖古堂集》卷三,原第九页,影印第179-180页。凤凰出版社2008年版。

⑧ 周亮工《赖古堂集》卷八,原第七页,影印第379-380页。

王法。为文清刚,有奇气。与邑人施鸿、邓上衮友善。年未四十,以诸生终,时人惜之。”①按:邓上衮,字配水。康熙元年(1662)岁贡生。与施鸿(则威)齐名。邓氏诗绝去雕饰,自抒性灵。主张独创、创新,邓上衮之论云古今诗人可传者多是创,创则能传,不特老杜创也,中晚诗人亦创,但身分不及耳②。

## No.266 光泽黄金铉家族

黄衍:《蒙谷山人文集》十八卷、《诗集》二卷(光绪《邵武府志》卷二十九《艺文志》作《蒙谷诗》二卷)(同治刊本《福建通志》卷七十九)、《黄元杜文集》(民国《福建通志》总卷二十五,《福建艺文志》卷六十四)

黄流:《礼记辑注》(同治刊本《福建通志》卷七十九。光绪《邵武府志》卷二十九《艺文志》作《礼记集注》)

**谨按**:黄衍,字元杜,光泽黄金铉③第四子。籍邵武。光绪《邵武府志》黄衍传:“仪容峻整,善谈论。读书鳌峰书院,山长、长洲汪份才之,文名大著。康熙辛卯(五十年,1711)举于乡,授凤阳知县。……发湖广,以知县用。中途疾作,抵家月余卒。衍家世孝友,与兄洙、弟流、沬、子楫尤相爱。自乡举后一意穷经,晚年学益粹,品益醇。著有《蒙谷山人诗文集》二十卷。”④传又见民国《福建通志·福建循吏传》卷十一。同治刊本《福建通志》著录其著作,《良吏传》有传。黄衍为邑人朱元仪作《朱童子序》。黄楫,字作舟,一作黄洙之子。乾隆八年(1743)岁贡。传见光绪《邵武府志·(邵武县)孝友传》。

黄衍之弟黄流,字芳百,黄金铉第五子⑤。同治刊本《福建通志》附其父黄金铉《儒林传》。光绪《邵武府志·文苑传》黄流传:“为文超异,累试辄第一,与兄衍相友爱。衍治《春秋》,早负时望,顾常自以为不及。应乾隆乙丑(十年,1745)岁贡,郡守王聘主樵川书院,学者翕然从之。辛未(十六年,1751)冬,奉诏搜访遗逸,俾祀乡贤,(黄)流状其父素行请题,为司胥所扼,往返会城者数四,悒郁成疾,卒。”⑥

## No.267 建宁鄢尚丰家族

鄢尚鹄:《半酣吟草》(光绪《邵武府志》卷二十九《艺文志》。民国《建宁县志》卷廿五《杂著》第十五页作《丰恬吟草》)

鄢尚丰:《曼翁诗集》三卷(同治刊本《福建通志》卷七十九、民国《建宁县志》卷廿五《杂著》第十五页)、《曼翁诗集》二卷(嘉庆元年刻本,福建省图书馆藏。柯愈春《清人诗文集总目提要》第1110页)

鄢松(鄢尚丰之子):《长啸轩集》十五卷(同治刊本《福建通志》卷七十九)、《长啸轩诗集》十五卷(民国《建宁县志》卷廿五《杂著》第十五页)

鄢棫(鄢尚丰之子、鄢松弟):《灵溪诗集》十二卷(同治刊本《福建通志》卷七十九、民国《建宁县志》卷廿五《杂著》第十六页)、《灵溪诗集》十五卷(嘉庆元年刻本,台湾大学图书馆藏。柯愈春《清人诗文集总目提要》第1110页)

---

① 光绪《邵武府志》卷二十一,《人物传·(邵武)文苑》米元珍传,影印第457页。

② 民国《福建通志》总卷三十九,《福建文苑传(清一)》卷七,邓上衮传,原第十页。

③ 同治刊本《福建通志·儒林传》邵武府邵武县黄金铉传:“字守正。康熙己酉(八年,1669)举人。……子衍、流。衍别有传。流,字芳百。乾隆十年(1745)岁贡生。”(卷二百三十八,影印第4304页)民国《福建通志》著录《黄元杜文集》,引《二希堂文集》:“邵武黄君元杜,少负不羁,所读经史子集,一发之于文,欲与古作者匹。康熙戊子岁(四十七年,1708),仪封张清恪公(按:张伯行,谥清恪)抚闽,开鳌峰书院,延有志之士修书讲学其中,元杜侍其尊君存庵先生来与是选。”(民国《福建通志》总卷二十五,《福建艺文志》卷六十四,第二十六页)

④ 光绪《邵武府志》卷二十,《人物传·(邵武)宦绩》,影印第424页。

⑤ 按:光绪《邵武府志》卷十八《选举志·(光泽)封赠》记载黄世显以孙黄宗祝赠文林郎、兴国知县,黄流以子黄宗祝赠官(影印第370页),此黄流当别是一人。

⑥ 光绪《邵武府志》卷二十一,《人物传·(邵武)文苑》,影印第458页。

鄢枫：《豁园遗诗》一卷（民国《建宁县志》卷廿五《杂著》第十六页。一作《豁园遗诗》十卷）（同治刊本《福建通志》卷七十九）

鄢梓：《初樵文集》（民国《建宁县志》卷廿五《杂著》）、《初樵诗集》十卷（同治刊本《福建通志》卷七十九、民国《建宁县志》卷廿五《杂著》第二十页）、《初樵诗文集》（光绪《邵武府志》卷二十一《文苑传》本传）

鄢九镇（鄢松从弟）：《博山诗集》二卷（同治刊本《福建通志》卷七十九、民国《建宁县志》卷廿五《杂著》第十六页）

鄢翔：《鹤汀诗稿》（光绪《邵武府志》卷二十九《艺文志》）

鄢翱：《鹤汀集》（民国《建宁县志》卷廿五《杂著》第十六页）

鄢邦基：《北莱诗稿》（光绪《邵武府志》卷二十九《艺文志》。民国《建宁县志》卷廿五《杂著》第十六页作鄢邦）

鄢凌霄：《璞山诗集》（光绪《邵武府志》卷二十九《艺文志》、民国《建宁县志》卷廿五《杂著》第十六页）

鄢澹：《秋山诗集》（民国《建宁县志》卷廿五《杂著》第十六页）

鄢翰：《墨林遗草》（民国《建宁县志》卷廿五《杂著》第二十一页。民国《福建通志·福建艺文志》卷六十六题《鄢墨林遗草》）

**谨按**：明清两代福建鄢氏能文学者一聚居于福州府永福县，一聚居于邵武府建宁县，均为当地望族。建宁之鄢，系出同祖。朱仕琇《县文学鄢君墓志铭》："鄢之姓，未考所自出，其初大抵皆以邑为氏者也。自楚右领后，史无传，名字不可谱。建宁二鄢，西曰禾石，北曰溪枫，其传同祖，族皆蕃衍，喜儒术，多籍学者。"①

清代建宁鄢氏多作者。鄢尚恒，康熙五十六年丁酉（1717）举人，子鄢谦、鄢尚恒，女适朱仕琇族兄朱羽健②。鄢尚丰，字步南。著有《曼翁诗集》。

鄢尚丰之子鄢松，字蔚崖。乾隆间贡生。所著《长啸轩集》十五卷，孙廷镐序。民国《建宁县志》鄢松传："鄢松，字邦用，号蔚崖。岁贡生。少钝甚而好读不倦。既冠，始豁然，所作辄工。外视家人产，岁除缺炊犹弦诵不顾。里中学诗者多所裁成。有《长啸轩诗集》。其弟棫亦工吟，有《灵溪诗集》。"③

鄢尚丰之子、鄢松之弟鄢棫，字薪之。乾隆间诸生。所著《灵溪诗集》，鄢松序。

鄢松从弟鄢九镇，字抚之。乾隆间诸生。所著《博山诗集》，鄢松序之。

鄢梓，字卫材。嘉庆间贡生。鄢梓传亦见民国《建宁县志》："鄢梓，字孟卿，号卫材。岁贡生。家贫好学。幼业樵，挟策与俱。弱冠，应郡试，援笔成诗。"④

鄢枫，字羽可。鄢九镇，字抚之。乾隆间诸生。

鄢翰，字墨林。居建宁枫溪。嘉庆、道光间人。著有《鄢墨林遗草》，同里张绅、张际亮为刊其集，光泽高澍然序⑤，张际亮作《鄢墨林遗诗序》。张绅《怡亭文集》云："墨林于诗含清和明秀之气。其为思也靓深，其为言也安雅。""每为诗，闭户终日，过其户外寂若无人居者。"高澍然《抑快轩文集》云："诗气专而思迟，见诸昆易言之，或得之速，辄不谓然；及其成之也，惟见泠泠清绝，不类艰苦之为者。"⑥知鄢翰嗜诗而夭，未能竟其业。其为诗异于诸昆仲之易，以苦吟名世，其诗泠泠清绝，反不类艰苦之为者。

① 朱仕琇《梅崖居士文集》卷十，《清代诗文集汇编》第336册，影印第287页。

② 朱仕琇《鄢夫人墓志铭》，《梅崖居士文集》卷十四，同上书，影印第315页。

③ 民国《建宁县志》卷十六，原第五页，影印第170页。按：光绪《邵武府志》鄢松传，豁一作豁（卷二十一，影印第470页）。

④ 民国《建宁县志》卷十六，原第六页，影印第170页。

⑤ 同治刊本《福建通志》卷七十九，影印第1613页。

⑥ 民国《福建通志》总卷二十五，《福建艺文志》卷六十六，第十四页，引张绅《怡亭文集》、高澍然《抑快轩文集》。

鄢翰之兄鄢接之、弟鄢乘之均能诗，与张际亮往返、唱和，张氏称“枫溪故多诗人”[①]。

邑人张际亮为其大姊夫鄢必魁撰《姊婿鄢太学墓志铭》。据此墓志铭，鄢必魁(　—1826)祖父鄢尚光，父鄢九霏，居本邑溪枫。鄢氏多男子，以士以贾，并奋于时，列太学者数十人[②]。

## No.268　建宁何兴咏家族

何大鹏：《镕金铸宝》

何觐光：《急救奇方》等

何兴咏：《珠溪全集》(民国《建宁县志》卷廿五《杂著》第十九页)

何洛(何兴咏之子)：《周易贯通》(民国《建宁县志》卷廿五《杂著》第十九页)

何日诰：《深柳读书堂存草》(同治刊本《福建通志》卷七十九)、《深柳读书堂存稿》四卷(咸丰四年刻本。柯愈春《清人诗文集总目提要》第1231页；民国《福建通志》总卷二十五，《福建艺文志》卷六十六)

**谨按**：民国《建宁县志》卷廿五《杂著》著录何洛《周易贯通》，注云：“何洛字乃书撰。兴咏之子。”[③]

朱仕琇《太学生何君墓志铭》：“建宁北隅有村曰珠坊，与江西之新城接界，居人皆何氏，自宋时由县治徙来六百余年，至耆宾亮生公，子孙益盛。亮生次子曰中鼎，字夔工，邑庠生。……生六男子，君其第三子也，讳耀，字灿文。……夔工先生夫妇年皆八十，兄弟子侄男女阖门近百人，其列名太学及郡县学以十数，饩于学者四人，于一邑称最盛，而君与弟太学觐光君共转四方财佐家……尤好读书，取其切于身者以之自淑，并以教子孙，谈议清远。”[④]珠坊即珠溪坊，何兴咏《珠溪全集》命名所由来，故何兴咏、何洛亦珠坊何氏裔孙。何耀(1703—1766)系名医何觐光(字浣斋)兄。

明末清初，建宁珠坊人何大鹏(字起南)嗜读书，手不释卷，通勾股、堪舆等。

据朱仕琇所撰《建宁大南何氏族谱序》，建宁县的何氏十余族皆同祖，祖墓在县治堂后。何氏在建宁，其族最著者为大南、珠坊。“大南居县西乡，世以赀雄，至今而文学始盛，与珠坊争烈。族文学凤来、琼山二君与门人拜谦、紫来等因修族谱以收涣散，备遗失。……何氏则多出俶傥之人，若樵仲、木公、雪芳诸先生是也。诸先生皆闻人，然咸出小族，其后亦鲜继者。今邑之何惟珠坊与大南最盛，珠坊之贤者德培、元及与拜谦、紫来皆余门人。”何拜谦、何紫来(何日诰)、何德培、何元及均朱仕琇门人。[⑤]

## No.269　建宁宁之藩家族

宁人望(宁良骥之子)：《一枝集》、《双镜集》、《倚庐集》、《北海集》(同治刊本《福建通志》卷七十九、民国《建宁县志》卷廿五第二十页)、《一枝山房集》□卷(刘声木《桐城文学渊源考》卷十二)

宁之藩：《蓉屏吟草》二卷(民国《建宁县志》卷廿五第二十五页)

宁思宪(宁之藩侄)：《紫云樵者诗稿》八卷(民国《建宁县志》卷廿五第二十五页)、《纪梦》、《古文》二编(民国《建宁县志》卷十六《文苑传》本传)

**谨按**：宁氏为福建境内罕见姓氏，必为同宗。民国《建宁县志·丛谈》：“邑城西滩驿坊有三阳庙，久废，邑人不知，旧志未载，而吾邑称宁氏者必冠以三阳。宁氏不识出何典记，询之父老，亦不知，以不

---

① 张际亮《鄢墨林遗诗序》，《张亨甫文集》卷二，《清代诗文集汇编》第601册，影印同治六年刻《张亨甫全集》本，影印第413页。

② 张际亮《张亨甫文集》卷四，《清代诗文集汇编》第601册影印同治六年刻本，影印第456页。

③ 民国《建宁县志》卷廿五，《杂著》，影印第276页。

④ 朱仕琇《梅崖居士文集》卷九，《清代诗文集汇编》第336册，影印第278页。

⑤ 朱仕琇《建宁大南何氏族谱序》，同上书，卷二十，影印第387页。

关典要置之。新志将脱稿,覆查宁氏族谱,乃知其始祖德兴以元末天下大乱,挂冠避于樵阳之禾坪里,继徙濉西永安,及三世祖生卿,乃定宇于城西濉驿坊之三阳庙前,故世称三阳宁氏,以是而知宁氏之所以冠三阳也,以是而知濉驿之有三阳庙也。"①故知建宁的宁氏作家来自于同一家族,有共同的始迁祖。朱仕琇《郁林州州判宁君墓志铭》为宁良骥作:"其先临川人也。由邵武禾坪再徙建宁西乡,遂入县治三阳庙前家焉,子孙别为三阳宁氏。"②对于建宁宁氏的迁徙历史有着清晰的记载。

明代建宁县宁教(字敦伍,在城人),为明益藩仪宾,明清易代后,与缁流、黄冠为伍,撰《青门诗草》,传见民国《建宁县志》卷十八《隐逸传》;宁岷(字惟一,本邑安吉人),撰《鹤山诗稿》。宁人望,字立孚,号几轩。乾隆三十年乙酉(1765)拔贡,授直隶州州判。《国朝全闽诗录初集》续集卷十一有小传及选诗。

清代宁氏家族中血缘关系清晰者有宁之藩、宁思宪。宁之藩,字镜堂,号蓉屏。建宁县北乡蓝田陈楼人。咸丰九年己未(1859)举人,尝掌教濉川书院。民国《建宁县志》宁之藩传:"少时与李华山(李云诰,字凤仪,著《太华山人诗文稿》、《太华山人诗剩稿》八卷等)、陈拙庵(陈冲,字琛起,号卓庵。乾隆六十年乙卯副榜举人③。疑即是)、董藕船(董润,原名纯,字经之,号藕船)诸名儒同里结诗社。藩诗神骨清秀,飘然有出世思。张亨甫尝赏其诗曰:'清思妙绪,殆玉溪(李商隐,号玉溪生)、樊川(杜牧,号樊川居士)后身欤!'……藩弱冠即善属文,下笔必精心探索,入题中坚,沉实峭趣,颇似金、陈。英年籍学,四十后家益贫,操志益坚。尝十应乡试不售。……与编修叶黼臣相友善。叶出守邵郡,举藩掌教濉川书院,一时高材生皆出其门下。卒年六十有八。著有《蓉屏吟草》二卷。……有三子。长子思俞有父风。"④

宁之藩之侄宁思宪,字介敷,号竹庐、紫云樵者。民国《建宁县志》宁思宪传:"厌薄科举,不赴。晚年益嗜吟咏。……有所吟咏辄录败纸上而已,诗不求工,然无语不工也。……生平于同里明经李拙斋(藩)交契最洽,故酬和之诗最多,董孝廉艮尤爱其诗,尝序其卷首云'唐人音节、宋儒理趣兼而有之,今之专习风调,自诩为阮亭(王士禛)法嗣,居然雄长骚坛者,真有上下床之别,朗吟数过,如侍左右令人叹慕不置'云。卒年七十三。著有《紫云樵者诗稿》八卷,有《纪梦古文》二编。"⑤

宁良骥(1718—1762),字德称,宁人望之父。"文笔秀异",受业于谢道承,"弃俗学,通习传记百家书,能诗赋,工书法。"⑥子宁人望,师朱仕琇。朱仕琇论宁人望云:"宁生工为古歌诗,制举业高简,近豫章五子,为人正直安雅,与同县徐生惇典齐名。"⑦

## No.270　建宁李祥赓家族

李祥赓:《读易慎疑》十卷、《蛙鸣集》十卷、《古山文钞》十卷(同治刊本《福建通志》卷七十九)、《李古山文集》十卷、《蛙鸣诗集》十卷⑧、《周易慎疑》十卷(《桐城派编年》第270页)、《遗文》四卷、诗六卷(民国《福建通志》总卷三十九,《福建文苑传》卷八本传)、《李古山诗》(民国《福建通志》总卷二十五,《福建艺文志》卷六十六)、《古山全集》⑨(张际亮《古山全集跋代》)、《古山诗集》无卷数(同治六年刻本,《续修四库

① 民国《建宁县志》卷廿六,原第九、十页,影印第285页。

② 朱仕琇《梅崖居士文集》卷八,《清代诗文集汇编》第336册,影印第264页。

③ 光绪《邵武府志》卷二十一,《人物传·(建宁)文苑》陈冲传,影印第470页。

④ 民国《建宁县志》卷十六,原第十一页,影印第173页。

⑤ 民国《建宁县志》卷十六,原第十一页,影印第173页。

⑥ 朱仕琇《郁林州州判宁君墓志铭》,《梅崖居士文集》卷八,《清代诗文集汇编》第336册,影印第264页。

⑦ 朱仕琇《与陈绳庵书》,《梅崖居士文集》卷二十四,影印第432页。

⑧ 柯愈春《清人诗文集总目提要》著录另有《蛙鸣诗集》无卷数,同治六年刻本(第924页)。

⑨ 据张际亮《古山全集跋》,此集包含《读易慎疑》十卷、诗十卷、文十卷(《张亨甫文集》卷五,《清代诗文集汇编》第601册,影印第461页)。

提要》著录)、《蛙鸣诗集》五卷(清刻本,福建省图书馆藏。李灵年等《清人别集总目》第813页)

**谨按:**邵武府建宁县人李祥赓(1756—1817),字舜廷,号古山。邑廪生。建宁县学生李元恺(说岩)之子,李俊族孙[①]。世居建宁县巧洋(洋溪[②])。李祥赓尝为朱仕琇侄延请为塾师,训迪其兄弟[③]。同治刊本《福建通志·儒林传》李祥赓传:"其为学期于经世,天文、地理诸书无不通达。……屡乡试不售。巡抚王某[④]见其策对,以为有裨实用。……学者比之于元儒许衡。其治经,于先儒之说必求之于心,期以合圣人之旨,于《易》尤邃。年六十二卒。道光四年祀乡贤祠。子锺信,字诚伯。县学生。事亲先意承志。精算学、开方、勾股诸法,去繁就简,得其要领。"[⑤]算学是乾嘉朴学体系结构中一门重要的学问。李祥赓传又见民国《建宁县志》卷十四《理学传》,称其"六经皆有著述,于《易》尤邃……《古文集》十卷、《诗集》十卷,行于世"[⑥]。

李祥赓与何日诰齐名,均出建宁朱仕琇门下。陈衍以为李祥赓的古文"殆有得于李习之(李翱)、曾子固(曾巩)之用意、用笔者","集中传、志诸篇皆贫贱无甚表见之人,而言之能委曲,有情味,时时透过一层"[⑦]。此种古文创作路径正与光泽高澍然接近,高澍然选编有《韩文故》十卷、《李习之文读》十卷,高氏古文创作从韩愈氏入,剂以李翱,出之以欧、曾风格[⑧]。

李祥赓是闽中朱仕琇之后重要的古文作者[⑨],名列刘声木《桐城文学渊源撰述考》卷十二;又能俊赏同邑后生张际亮之诗,许其豪杰之志,指导张际亮以尚友之法及古文法[⑩],构成邵武府建宁县古文创作从朱仕琇到李祥赓再到张际亮的传承脉络。其门人有何高雍等。

李祥赓的著作《读易慎疑》,道光六年朱亨桧校刊,有"武陵赵慎畛序(1825年孟春)"[⑪],论李祥赓能发先儒未发之旨。赵慎畛(1761—1825),字遵路,号笛楼、蓼生,谥文恪。湖南武陵人。道光二年至五年(1822—1825)任闽浙总督,鳌峰书院山长陈寿祺推荐已故廪生李祥赓所著《读易慎疑》十卷,赵慎畛为撰序,即张际亮所作代序,见《张亨甫文集》卷二。张际亮又作有《李古山先生鼃鸣集序》,见同书卷六。陈寿祺撰《周易慎疑序》。

李祥赓亦能诗。张际亮《读古山先生诗感赋》云:"先生少年自学道,自谓于诗非所长。劝人学诗学子美,墨汁欲洗民痍疮。静观造化得深悟,往往韦杜森相当。……勖我不仅为词章,安得赤手翻银潢。"[⑫]

民国《建宁县志》卷十七《质行传》有巧洋李大任、李大位、李大合及李祥赓之孙李仙根传。李仙根

---

① 陈寿祺《题邵武李古山秀才诗卷》其二次句"栎园遗帙又风埃"句"栎园"下注,《绛跗草堂诗集》卷六,《清代诗文集汇编》第499册,影印第586页。

② 张际亮《读古山先生诗感赋》句"归来归来洋溪阳"并句中注,《思伯子堂诗集》卷三,《清代诗文集汇编》第601册,影印第22页。作于嘉庆二十四年(1819)。朱仕琇家杨林,在巧洋南三里(朱仕琇序,朱仕玠《溪音》卷首,《清代诗文集汇编》第317册,影印第124页)。

③ 张际亮《古山全集跋代》,《张亨甫文集》卷五,影印第461页。此跋张际亮代作,文中称"先叔祖朱梅崖先生",据此推测"先君"系朱仕琇兄子。

④ 王绍兰(1760—1835),字畹馨,号南陔、思惟居士。浙江萧山人。嘉庆十九年至二十二年(1814—1817)任福建巡抚,一度署闽浙总督。

⑤ 同治刊本《福建通志》卷二百三十八,李祥赓传,原第十七、十八页,影印第4305页。

⑥ 民国《建宁县志》卷十四,《理学传》李祥赓传,影印第156页。

⑦ 民国《福建通志》总卷二十五,《福建艺文志》卷六十六,引陈衍《石遗室书录》。

⑧ 请参看民国《福建通志·福建艺文志(清三)》对《韩文故》十卷、《李习之文读》十卷所作的解题(《福建艺文志》卷六十六,第六页)。

⑨ 俞樟华、胡吉省《桐城派编年》,第271页。

⑩ 民国《福建通志》总卷三十九,《福建文苑传(清二)》卷八,第三十四页。

⑪ 同治刊本《福建通志》卷七十九,建宁县《经籍志》,影印第1613页。

⑫ 张际亮《思伯子堂诗集》卷三,《清代诗文集汇编》第601册,影印第22页。作于嘉庆二十四年(1819)。

(1801—1821[①]),字实敷。十岁能为古歌诗,为诗人张际亮所独称,建宁县诗人李仙根、何长诏[②]、张际亮称鼎足,谢章铤称为"樵(邵武府)属三杰"[③]。年二十一卒,七世嫡承,至此绝嗣。张际亮有诗《梦李大实敷秀才》[④]、有文《祭李敷实文》等。《祭李敷实文》云:"尔之文采,章被乡里;尔之谭议,出入经史。奇才纵逸,天马迅驶。"[⑤]传附民国《福建通志·文苑传》李祥赓本传。从李祥赓到张际亮再到李仙根,形成李氏、张氏两个家族三代人之间的世谊。

## No.271 建宁吴师聃家族

吴师聃:《礼记钞》(一作《礼记说约》[⑥])、《麟经说约》(同治刊本《福建通志》卷七十九)

**谨按:**吴师聃,字亦龙。建宁人。父吴应奇,嗜书好古,以邑人鲜为《三礼》学,乃负笈走福安,从某学《三礼》,卒业而归。师聃承家学,裒集《三礼》及《麟经说约》、《礼记抄》若干卷。子秉芳,续成《礼记》,又稍增删《礼记注疏》若干卷[⑦]。吴师聃与建宁人、顺治十一年甲午(1654)福建解元熊臣忠(字亦良)交善,谊称金石[⑧]。

吴师聃之子吴秉芳,康熙二十九年庚午(1690)经魁。

## No.272 邵武张能恭家族

(明末清初)张能恭:《禹贡订传》一卷、《春秋五传合选》若干卷、《李忠定(公)奏议选》十卷(同治刊本《福建通志》卷七十九)、《天地大文二集》八十卷、《梁溪全集选》十二卷(光绪《邵武府志》卷二十一《人物传·文苑》本传)

张孟玫:《亦山堂诗集》(同治刊本《福建通志》卷七十九,光绪《邵武府志》卷二十九《艺文志》题《亦山堂诗文集》)

**谨按:**邵武府邵武县张能恭父子系明末清初作家。张能恭系崇祯庚午(三年,1630)解元,传见同治刊本《福建通志·孝义传》。张能恭之子张孟玫(1632—?),顺治间副贡生。同治刊本《福建通志·文苑传》张孟玫传:"(张孟玫)与弟孟玑俱有才名。顺治五年(1648),按察使周亮工兵驻邵武。孟玫年十七,谒其门,与拔贡生朱宿、诸生杨凌飙皆为所器。方贼之掠城南也,亮工与同官宴诗话楼,示弗备,至三鼓,手一卮奉参将鲁云龙,使潜出击贼。席未散,而鲁参军已从陔岭破贼归矣,凌飙为歌诗纪其事。"[⑨]

---

① 按:李祥赓的卒年、李仙根的生卒年根据张际亮《思伯子堂诗集》卷五诗题《嘉庆丁丑九月同邑李古山先生卒庚辰侯官谢退谷先生长乐陈惕园先生卒道光辛巳正月古山先生孤孙实敷卒二月闽县何希修先生卒四月归化罗臕书卒今年壬午七月德化郑六亭先生卒八月而金门又卒古山退谷惕园希修四先生家贫特甚实敷年二十一聘而未娶臕书年未及三十金门年未及四十皆无子而六亭先生又与金门同卒于异地其皆可哀也已既哭金门以诗追念平生古人不胜黄公酒垆之痛辄复赋此》(《清代诗文集汇编》第601册,影印第46页)确定。丁丑,嘉庆二十二年(1817)。辛巳,道光元年(1821)。

② 按:何长诏诗"嗜异",张绅之诗"爱淡",见谢章铤《论诗绝句三十首》其二十八首二句(《赌棋山庄集》诗集卷五,《清代诗文集汇编》第680册,影印第855页)

③ 谢章铤《校阅余话》,《赌棋山庄余集》文集卷三,《清代诗文集汇编》第681册,影印第114页。

④ 张际亮《思伯子堂诗集》卷三,《清代诗文集汇编》第601册,影印第22页。作于嘉庆二十四年(1819)。

⑤ 张际亮《张亨甫文集》卷五,《清代诗文集汇编》第601册,影印第465页。张氏诗文集对李仙根的表字记载不一。

⑥ 同治刊本《福建通志》卷七十九,建宁县《经籍志》,影印第1610页。

⑦ 同治刊本《福建通志》卷二百三十九,吴师聃传,原第三十三页,影印第4325页。

⑧ 民国《福建通志》总卷四十,《福建儒行传》卷五,熊臣忠传,原第二页。

⑨ 同治刊本《福建通志》卷二百三十九,原第三十二页,影印第4324页。

顺治五年(1648),周亮工备兵邵武之时,在周氏身边聚集了一批文人,有张孟玫兄弟、朱宿、杨凌飙等人,形成一个县域文学创作的作家集群。朱宿,字璧符。顺治初拔贡生。与张孟玫齐名,弱冠受知于周亮工。好为诗,精晓音律。杨凌飙,武庠生,与张孟玫、朱宿同学。善诗,受知于周亮工。周亮工在邵武诗及其倡和诗,汇刻为《万山中诗》一帙。与张孟玫、朱宿诗稿并行者有赵声远,所刻有《两携堂稿》。

光绪《邵武府志》有张能恭、张孟玫父子传。略述如下:"张能恭,字礼言。崇祯三年(1630)乡试第一。……授徒以养母及弟。尝馆于光泽。……两院交章荐,授知州,以母病辞不赴。国朝顺治六年(1649),举孝子。喜读书,与江南复社诸名士游,以才学见推重。所著有《禹贡订传》一卷、《李忠定(公)奏议选》十卷行世。又有《春秋五传合选》若干卷、《天地大文二集》八十卷、《梁溪全集选》十二卷未刻藏于家。""张孟玫,字龙玉,能恭子。与弟孟玑俱有才。……顺治五年(1648),周亮工备兵驻樵,孟玫年十七,谒其门,为所器。越岁,中副榜第一。亮工时以按察监试,大加惋惜。后虽老不获隽而名日益高。……著有《亦山堂诗文集》。孟玑,字京玉。岁贡生。"[1]

从张孟玫游者有门人、诗人陈彦开。陈彦开,字肇文。同治刊本《福建通志》本传称其自福清迁籍[2]。雍正四年丙午(1726)福建乡试举人中式,年八十四卒。

## No. 273 建宁谢玉成家族

谢玉成:《璜溪诗集》数卷(民国《建宁县志》卷十六《文苑传》本传)

谢鸣銮(谢玉成之弟):《琬亭文》各集(民国《建宁县志》卷十六《文苑传》本传)、《琬亭诗集》(光绪《邵武府志》卷二十九《艺文志》、民国《建宁县志》卷廿五《杂著》第二十页)

谢英:《琢庄八景诗》(民国《建宁县志》卷十六《文苑传》本传、卷廿五《书目》)

谢国枢:《青山别墅藏稿》(同治刊本《福建通志》卷七十九)

谢绅(谢国枢之子):《芝山文集》(民国《建宁县志》卷廿五《杂著》)

**谨按**:建宁县之有谢氏,渊源实长。朱仕琇《县文学谢君墓志铭》为谢钟衡(字南屏)作:"其先河南固始县人也。有文乐者从王审知入闽,为其长史,后二世以武功为永安镇将,遂家焉,即今建宁县也。镇改为治,而谢氏子孙遂以文学登进士第,累世贵显,其墓在县志署中。县人谚曰:'未有建宁,先有何、谢二姓。'盖县人多自元明间徙来,二姓土著最久故云。"[3]唐有谢望,南唐有谢望之子谢彦斌,传俱见民国《建宁县志》卷十四《功勋传》。明代以来,建宁县多谢氏作家,如明代谢子才(本邑黎保人)、谢汝聘(本邑在城人)、谢云从[4]、谢廷简、谢兆申(本邑均口人),清代谢师镆(本邑在城人)、谢师仪、谢国枢、谢国杰、谢之迁、谢恩临、谢圣纶、谢景星、谢琳英、谢璋、谢维岳、谢绅、谢积芳、谢瓒、谢莘等均有撰著,多入民国《建宁县志·文苑传》。

民国《建宁县志》有谢玉成、谢鸣銮、谢英三人传。略引如下:

谢玉成,字琢球,号璜溪。建宁邑北黄溪上庄人。"年十六,游学湖南,邵得名先生甚器之,后归。折节读书,与弟鸣銮俱成名,时人每称'黄溪二谢'。著有《璜溪诗集》数卷。年九十余卒。"[5]

谢鸣銮,字凝佩,一作行佩,号琬亭。嘉庆十四年己巳(1809)恩贡。"家贫好学,颖异过人。幼就

① 光绪《邵武府志》卷二十一,《人物传·文苑》,影印第456页。

② 同治刊本《福建通志》卷二百三十九,原第三十二页,影印第4324页。

③ 朱仕琇《梅崖居士文集》卷十,《清代诗文集汇编》第336册,影印第281页。

④ 按:谢云从之妻周满娘,苏州人,能诗。民国《建宁县志·丛谈》:"初云从随父任苏州。周氏年十九,能诗,云从闻而慕之,遂与周订为婚姻。"(卷廿六,原第八页,原第284页)事又见光绪《邵武府志》卷二十七《闺秀传》(影印第763页)。

⑤ 民国《建宁县志》卷十六,原第八页,影印第171页。

塾师,课以五七字,对辄工,或命以器物作破题,脱口而出,无不入妙。甫冠,遍读五经、诸子、唐宋诸大家文、汉魏六朝唐宋元明诗。性不喜时文。有作辄问业于明经李栎园(李俊,号枥园,一作栎园,有《枥园诗集》)、邓雪庄(邓作梅有《雪庄诗文集》)二先生。尝评之曰:'子文绝似桐城二方(方舟、方苞),其高者则金(金声)、陈(陈际泰)二公是也。'诗七古师法清邱(高启),五律学太白(李白)及王(王维)、孟(孟浩然)二家,七律学刘随州(刘长卿),五绝似盛唐,七绝则全学王阮亭先生(王士禛)。著有《琬亭文》各集。教授生徒甚众。学者称琬亭先生。"[①]谢鸣銮未列《桐城文学渊源撰述考》名录,此传可补。

同为建宁邑北黄溪人谢英,当是谢玉成同族。传云:"谢英,字雄一。文庠生。邑北黄溪巧洋人。好读书,豪于诗酒。著有《琢庄八景诗》。生平所作甚富,易箦时促儿侄辈火之,不欲示人,惟朱待滨先生(朱肇璜,字待滨)诗集□多载之。"[②]

建宁作者尚有谢国枢、谢绅、谢钟龄祖孙。谢国枢传见民国《建宁县志》卷十五《孝友传》:"字在紫。岁贡生。官顺昌训导。逆耿逼受职,不从。……子绅,廪贡;孙钟龄,雍正甲辰(二年,1724)进士。"[③]谢国枢,《榕城诗话》有评价。谢国枢之子谢绅,能文学,著有《芝山文集》。谢国枢二子:谢绅、谢绶,有连城璧之目。[④] 谢绶与同邑、解元吴士拔相友善,两人目无流辈,各以第一人自命[⑤]。谢绶又与谢莘、余敏绅、吴士拔、谢天池、谢钟龄等举文会[⑥]。朱仕琇《县文学谢君墓志铭》记载谢文焕之子谢国枢有文名,以岁贡官顺昌训导,其子谢绅、谢绶,"文益有名",谢绅(字畊来)教授生徒百余人,学者称芝山先生;谢绅之子谢钟龄、谢钟衡,谢钟龄登进士第,而谢钟衡困于童子,然谢钟衡之子谢德芳举于乡,若子若孙先后籍学食饩[⑦],谢氏堪称建宁县著名的业儒世家。

据民国《建宁县志・质行传》谢之烈传,谢之烈有兄谢之熊、谢之熹,子谢珊,孙谢圣度,曾孙谢恩临。[⑧] 谢圣纶,字庚言、砚溪,乾隆元年丙辰(1736)副贡,六年辛酉(1741)顺天举人;谢恩临,字存庵,乾隆十二年丁卯(1747)举人,均为建宁县均口莲花坊人,民国《建宁县志》卷十《宦绩传》均有传;光绪《邵武府志・选举志》"封赠"记载:谢绅"以子钟龄赠文林郎、大城知县";谢之球"以孙圣纶赠文林郎、天柱知县",谢家仪"以子圣纶封文林郎、天柱知县"[⑨],此数建宁县谢氏人物当是族人。

## No. 274　建宁廖氏家族

(明)廖用贤:《尚友录》二十二卷(《福建文献书目》)、《吸露斋集》(同治刊本《福建通志》)

廖必亨:《拾余草》、《楼居集》(同治刊本《福建通志》卷七十九、民国《建宁县志》卷廿五《杂著》)

廖宾贤:《苜蓿草》、《瞉音》(同治刊本《福建通志》卷七十九、民国《建宁县志》卷廿五《杂著》)

**谨按:**明代建宁县廖用贤,字宾于、宾子,庠生。本邑在城人。民国《建宁县志》本传:"倜傥好交游,与同里陈一言、李春工结诗社,四方词客来者必授餐,去则赠以金。家渐落,不少惜。读书泰宁甘露寺。著有《尚友录》、《吸露斋集》。其子先哲、先开亦以文行著。"[⑩]

廖宾贤,字肇兴。顺治间诸生。有《苜蓿草》、《瞉音》。

---

① 民国《建宁县志》卷十六,《文苑传》本传,影印第171页。
② 同上注。
③ 民国《建宁县志》卷十五,影印第165页。
④ 民国《建宁县志》卷十八,影印第189页。
⑤ 民国《建宁县志》卷廿六,《丛谈》,影印第283页。
⑥ 民国《建宁县志》卷廿六,《丛谈》,影印第283页。
⑦ 朱仕琇《梅崖居士文集》卷十,《清代诗文集汇编》第336册,影印第281-282页。
⑧ 民国《建宁县志》卷十七,《质行传》本传,影印第179页。
⑨ 光绪《邵武府志》卷十八,《选举志・封赠》,影印第371页。
⑩ 民国《建宁县志》卷十六,《文苑传》本传,原第二页,影印第168页。

入清，在城廖氏能文学者有廖必亨（号咸庵）。民国《建宁县志》本传："字献之，在城人。长身方颐，美须髯，邑称高材生，督学田（田本沛，康熙六年至九年任）奇其才，拔取食饩。康熙庚申（十九年，1680）补科举人。年二十，抗颜为经师，奖进后辈不遗余力。著有《拾余草》、《楼居集》，藏于家。"①

## No.275 建宁官氏家族

官梦蛟《云亭诗集》（民国《建宁县志》卷廿五《杂著》第二十页）

官铨：《依亭集》（民国《建宁县志》卷廿五《杂著》第二十一页）

**谨按：**明代邵武府官子经"以子琚赠承德郎、户部清吏司主事"②。

## No.276 建宁应氏家族

应世隆：《留耕遗草》（民国《建宁县志》卷廿五《杂著》第十九页）

应宗烜：《渔亭遗草》（民国《建宁县志》卷廿五《杂著》第十九页）

应昌德：《痲科要诀》（民国《建宁县志》卷廿五《杂著》第十九页）

**谨按：**建宁应氏聚族而居，当今主要分布在本邑里心镇应家坊、柏树坑等地。清代建宁应氏多作家，应世隆、应宗烜、应昌德均无功名。建宁县应氏辈分字派为：昌明益盛道学传家先绪克绍兆代英华兴茂思贤福泽永辉。

## No.277 建宁徐氏家族

徐必章：《梅庄诗稿》（同治刊本《福建通志》卷七十九、民国《建宁县志》卷廿五《杂著》第十四页）

徐必孺：《呓言稿》（同治刊本《福建通志》卷七十九、民国《建宁县志》卷廿五《杂著》第十四页）

徐时作：《闲居偶录》、《菜堂节录》二十卷、《崇本山堂诗钞》十卷、《文集》二十卷（民国《建宁县志》卷廿五《杂著》第十四、十五页）、《崇本山房诗文集》（《桐城文学渊源撰述考》卷十二徐家恒条）、（修）《沧州志》十六卷（乾隆间刻本）、《闲居猫史》十二卷（光绪《邵武府志》卷二十九《艺文志》）、《啸月亭笔记》、刻集十余种（民国《福建通志》总卷三十六，《福建循吏传》卷十二，徐时作本传）、《啸月亭诗钞》（民国《福建通志》总卷二十五，《福建艺文志》卷六十五）、《徐邺侯制义》（朱仕琇《梅崖居士文集》卷十九《徐邺侯制义序》）、《崇本山堂集》二十四卷（乾隆四十九年刻本，中国科学院图书馆藏）（柯愈春《清人诗文集总目提要》第555页）

徐光义：《宜壑诗钞》一卷（《崇本山堂二子诗钞》本，乾隆间刻本。柯愈春《清人诗文集总目提要》第785页）

徐光美：《隰苓诗钞》一卷（《崇本山堂二子诗钞》本，乾隆间刻本。柯愈春《清人诗文集总目提要》第795页）

徐苘：《香祖诗钞》、《罍岳诗集》（民国《建宁县志》卷廿五《杂著》第十九页）

徐显猷：《未信斋诗稿》（民国《建宁县志》卷廿五《杂著》第十九页）

徐显璋：《质甫诗集》十五卷（道光十三年刻本，福建省图书馆藏）、《猫史》一卷（民国《建宁县志》卷

---

① 民国《建宁县志》卷十六，《文苑传》本传，原第三页，影印第169页。

② 光绪《邵武府志》卷十八，《选举志·封赠》，影印第368页。

廿五《杂著》第十九页)

**谨按**:建宁《狮峰徐氏族谱》记载徐氏始祖徐宣仪于南宋淳熙间携子徐念四从江西进贤县迁福建建宁县客坊乡狮峰。

民国《建宁县志·丛谈》:"徐氏崇本山堂有联云:'但堪磨墨何非砚,略可烧香便是炉。'雷翠庭(雷鋐)先生见之,大加叹赏,谓言有至理,包括无穷,凡人生随遇而安,无过求美,何在不可作如是观也。"①

徐必章,字孺文。徐必孺,字鸿可。徐显璋、徐显琮俱为乾隆五十四年己酉(1789)拔贡,俱有著作。

光绪《邵武府志·选举志》"封赠"记载:徐中安"以孙时作赠奉直大夫、沧州知州",徐中安精于医术,传见同书卷二十四《艺术传》;徐必藻(宏实②)"以子时作赠奉直大夫、沧州知州"③,知徐时作祖、父。徐时作(1697④—1777),字邺侯,号筠亭,詹事府主簿徐时伯四弟。雍正五年丁未(1727)进士。漳浦蔡新欲保举以任京秩,辞以愿归家更读书。后官至开州知州,移沧州。以母老告归。告养后,为三兄长(徐时伯、徐时伟、徐时仲)创室庐以居,创建濉川书院。卒年八十一。徐时作子侄有徐光煜、徐光鼎(徐时伯子)、徐光旦、徐光旻(徐时伟子)、徐光祺(徐时仲子)、徐光英、徐光义、徐光羲(徐时作子),孙辈徐含芳(徐光旦子)、徐家恒(徐光英子)等⑤。传见光绪《邵武府志》卷二十《宦绩》、民国《建宁县志》卷十《宦绩传》、民国《福建通志·福建循吏传》卷十二。朱仕琇为徐时作之母撰《徐母余宜人墓志铭》,余宜人为余明陞之女、进士余敏绅胞姑⑥;为徐时作配余氏作《皇清诰封宜人余夫人墓志铭》,余氏系余敏轼之女⑦,为徐时作撰《徐筠亭七十寿序》⑧。

徐时作系宁化雷鋐老友,亦是古文作者。同治刊本《福建通志》著录徐时作著作,注曰:"沈德潜序。略曰:'筠亭以名进士为民牧,所至以廉能称,以太夫人春秋高,乞身,归年未及艾。杜门息轨,锐意读古人书,历时久而信道笃,其所得当不止于语言,而即以语言求之,其诗若文具在,亦未尝有所杂糅于其间,则信惟筠亭而后可以处间也。'"⑨朱仕琇撰《崇本山堂文集序》:"先生于时文外方益厉为古诗文,其诗数千篇,吴门沈尚书既序之,缪以余为知言者,复出古文数万言索序。予读之,见其不假雕琢,文采烂然。"⑩又作《徐邺侯制义序》:"其诗益工,间以诗之余力作为制义。……今观先生文奇偶、难易不一体,然皆本于宦成之后,更世事已深,率其胸中之所见者书之,而浑朴坚古,动合先民,捐去世俗揣摩之陋。说者谓先生诗既可传而制义较诸生时益工。"⑪

《国朝全闽诗录初集》徐时作条:"字邺侯,号筠亭,建宁人。雍正五年丁未(1727)进士,官成安知府。有《崇本堂诗集》。"引《注韩居诗话》:"集中诗五百余首,语多甜熟。兹择其略秀雅者。"⑫

民国《福建通志》著录徐时作《啸月亭诗钞》,引著名诗人黄任所撰序。略曰:"十年前,余见《崇本山堂》诗集,凌驾意气,陶写性情,兴酣笔落,雷掣风驰,政与所行事相类,而逸思远韵仍归蕴藉。绥安多风雅,筠亭(徐时作)与家于叔(黄度)、朱碧峰(朱仕玠)二广文尤交善,碧峰论诗之源流正变最详备,

---

① 民国《建宁县志》卷廿六,原第七页,影印第284页。

② 朱仕琇《徐母余宜人墓志铭》,《梅崖居士文集》卷十三,《清代诗文集汇编》第336册,影印第305页。

③ 光绪《邵武府志》卷十八,《选举志·封赠》,影印第371页。

④ 按:朱仕琇《徐筠亭七十寿序》作于乾隆三十年乙酉(1765),则徐时作生年当在康熙三十五年丙子(1696)。

⑤ 朱仕琇《徐母余宜人墓志铭》,《梅崖居士文集》卷十三,《清代诗文集汇编》第336册,影印第305页

⑥ 同上书,影印第306页。

⑦ 朱仕琇《梅崖居士文集》卷十三。徐时作娶余氏(低一辈),于两姓辈分上有所失伦。

⑧ 朱仕琇《梅崖居士外集》卷三,《清代诗文集汇编》第336册,影印第535页。据此序,徐时作之子与朱氏缔结婚姻,朱仕琇孙女又字徐时作曾孙。作于乾隆三十年乙酉(1765),为徐时作长孙徐家恒请作。

⑨ 同治刊本《福建通志》卷七十九,影印第1611页。又见民国《建宁县志》卷廿五《杂著》(影印第273页)。

⑩ 朱仕琇《梅崖居士文集》卷十七,影印第340页。

⑪ 朱仕琇《梅崖居士文集》卷十九,影印第369页。

⑫ 《国朝全闽诗录初集》续集卷八,第642页。

持论亦最严，今春为筠亭选《啸月亭诗钞》，家于叔为之请序于予。”[①]按：建宁黄度，字于叔，号馨谷、蓉谷。乾隆间岁贡生，官闽县训导。有《于山晚翠》一卷。朱仕玠，字碧峰，号筠园。乾隆六年辛酉(1741)拔贡生，官凤山教谕。著作多种。

徐氏家族后人诸人多从邑人朱仕琇学为古文，为建宁朱仕琇古文阵营中人。入刘声木《桐城文学渊源撰述考》卷十二及《补遗》卷十二的建宁徐氏有以下诸人：徐惇典，字虞尊，优贡生，官广平府同知，师事朱仕琇、鲁九皋，朱仕琇首为国器；徐家璠，字望钦、璞山，乾隆五十九年甲寅(1794)副榜举人[②]，官政和县教谕，师事朱仕琇、金荣镐；徐家恒，字心一，候选教谕，师事朱仕琇，诗、古文词甚健；徐家恒之子徐显璋，字质甫，乾隆四十二年丁酉(1777)拔贡，师事朱仕琇，其文有不可抑遏之势，工诗[③]；徐显璋之子徐开祖，师事高澍然[④]。

徐时作之孙徐家恒、曾孙徐显璋父子及徐家泰均见徐时作《崇本山房诗文集》中。徐家恒从子、朱仕琇女婿徐家泰[⑤]，字虞尊。诸生，官延平府崇安县训导。徐家泰娶朱仕琇之女朱召南，师事朱仕琇，复师江西新城鲁九皋，故《桐城文学渊源撰述考》卷十三列入鲁九皋门人。按：光绪《邵武府志》朱召南传，朱召南，字湘蘋，系朱仕玠季女。有《湘蘋遗稿》[⑥]。

徐时作系本邑余明陞外孙。余明陞之孙余敏绅亦能文学，著《韦斋诗集》等，为建邑知名士，其诗尤多效仿南宋陆游句法，为朱彝尊“连引至百十句，犹若未尽”[⑦]。请参看余氏家族条。

建宁县徐必蕃之妻何宁英，何石郊女。何宁英著有《青闽偶言》[⑧]，光绪《邵武府志》卷二十七《闺秀传》本传作《青闺偶言》。

## No. 278　建宁聂氏家族

聂芳：《巢湖留韵》、《存耕堂诗草》(同治刊本《福建通志》卷七十九、民国《建宁县志》卷廿五《杂著》)、《存耕堂诗集》、《治巢纪略》(民国《建宁县志》卷十六《文苑传》本传)

聂国球(聂芳之子)：《餐胜楼诗草》(同治刊本《福建通志》卷七十九、民国《建宁县志》卷廿五《杂著》第十二页)

聂万鹏：《西林墨剩》(民国《建宁县志》卷廿五《杂著》第十二页。同治刊本《福建通志》卷七十九作《西林剩墨》)

**谨按：**聂芳，字桂侯，建宁县铙村保人。雍正十一年(1733)岁贡生。以明经授巢县令。“著有《存耕堂诗集》及《治巢纪略》。子(聂)国球，字天生。郡廪生。聪明特达，随父芳居巢数载，人感重之。所著诗集附刊《存耕堂诗集》后。”[⑨]

---

① 民国《福建通志》总卷二十五，《福建艺文志》卷六十五，第二页。

② 嘉庆七年壬戌(1802)，长乐梁运昌过濉川，住徐家璠家中，有诗《至濉川移寓徐璞园同年园中》(《秋竹斋诗存》卷四，原第一页)。同年之谓指的是梁运昌系乾隆五十九年(1794)甲寅科福建乡试正取举人，徐家璠系该科副榜举人。

③ 刘声木《桐城文学渊源撰述考》卷十二，第356-357页。

④ 刘声木《桐城文学渊源撰述考》卷十二，第368页。

⑤ 刘声木《桐城文学渊源撰述考》卷十三，第373页，《补遗》。按：此书以为徐家泰为徐家恒从子，恐误。以徐氏辈分字派清楚，不可能以同为家字辈的为两代人。朱仕琇《召南墓志铭》云：“适徐家泰。家泰，原任沧州知州筠亭先生之孙也。父文学君子喻美才早卒。先生既伤之，及见召南来归，喜家泰得内助，甚乐焉，屡称于人。”(《梅崖居士文集》卷十四，《清代诗文集汇编》第336册，影印第317页)则徐家泰为徐时作之孙、徐子喻之子，与徐家恒正同祖兄弟。徐子喻即徐光羲，徐时作之子(《皇清敕封太孺人先母李氏墓志铭》，《梅崖居士文集》卷十四，《清代诗文集汇编》第336册，影印第320页)。

⑥ 光绪《邵武府志》卷二十七，《人物传·(建宁)闺秀》，影印第763页。

⑦ 民国《建宁县志》卷廿六，《丛谈》，影印第283页。

⑧ 民国《福建通志》总卷四十五，《福建列女传》卷六，原第三十六页。

⑨ 民国《建宁县志》卷十六，《文苑传》聂芳传，原第三页，影印第169页。

聂芳传见光绪《邵武府志》卷二十《宦绩》。又见民国《建宁县志》卷十《宦绩传》。聂万鹏，康熙三十五年丙子(1696)岁贡生。

## No.279 建宁张鹏翔家族

张鹏翔:《健亭遗稿》(光绪《邵武府志》卷二十九《艺文志》、民国《建宁县志》卷廿五《杂著》第二十一页)

张允中(张可权，张鹏翔长子):《立夫诗草》(民国《建宁县志》卷廿五《杂著》第二十一页)

张宗德(张鹏翔三子):《虚舟诗钞》(民国《建宁县志》卷廿五《杂著》第二十一页)

**谨按:**张氏父子三人的关系见于民国《建宁县志》卷廿五《杂著》所著录著作小字注①中。张鹏翔，字健亭。张鹏翔长子张允中，字精一，一名张可权，字立夫。张鹏翔第三子张宗德，字猷一。

张可权传见民国《建宁县志》:"张可权，字立夫。国学生。善诗文，游京师数十年。尝与诸贵游，相倡和。倦游，归。诗益豪迈。园有木瘿，空其中，每吟诗则击木为节，闻者皆知其歌咏得志也。其诗风调清快，自在流出，颇有剑南(南宋陆游有《剑南诗稿》)之风。著有《立夫诗草》行世。"②

## No.280 建宁余氏家族

余敏绅:《韦斋诗集》(同治刊本《福建通志》卷七十九。柯愈春《清人诗文集总目提要》第504页作六卷，清刻本)、《韦斋书钞》(《国朝全闽诗录初集》续集卷五余敏绅条)

余天章(民国《建宁县志》卷廿五《杂著》作余大章):《流声集》(光绪《邵武府志》卷二十三《义行传》余天民传)

**谨按:**朱仕琇《徐母余宜人墓志铭》:"宜人系出建宁东乡楚上，为邑著姓。……始，余氏在城北门者最盛。至本朝而楚上之余或居城隍水东，建宁方言水在乡者曰溪，在城者曰河，故又名河东余氏。建宁第进士，本朝由河东余敏绅始。"③余敏绅为徐时作的母亲余宜人亲兄之子，即徐时作的表兄。

光绪《邵武府志·艺术传》余明陞传:"字治生。精禄命。建邑自明季(李)春熙后百年无登第者，明陞长子永权生孙敏绅，长女生外孙徐时作，推算当第，尝夸于众曰:'不意两进士生吾子女家!'人多笑之，后果如其言。"④按:李春熙(1569—1620)，字皞如，一字泰阶。万历二十六年戊戌(1598)进士。余敏绅(?—1716⑤，字书慎)，康熙五十四年乙未(1715)进士;徐时作，雍正五年丁未(1727)进士。从李春熙登进士第到余敏绅登第，中间117年。

建宁余氏族人亦多能诗文者。余天民、余天章兄弟传见光绪《邵武府志·义行传》:"余天民，字觉先。增生。清修自淑，教授生徒，为西北乡文学之宗。邑中知名士如鄢国鼎、董其事皆出其门。胞弟天章，字汉雯。增生。多义行，积学能文。著《流声集》，藏于家。"⑥又见民国《建宁县志》卷十七《质行传》。

---

① 民国《建宁县志》卷廿五,《书目》,第二十一页,影印第277页。

② 民国《建宁县志》卷十七,原第八页,影印第171页。

③ 朱仕琇《徐母余宜人墓志铭》,《梅崖居士文集》卷十三,《清代诗文集汇编》第336册,影印第305页。

④ 光绪《邵武府志》卷二十四,《人物传·(建宁)艺术》,影印第578页。

⑤ 朱仕琇《徐母余宜人墓志铭》云:"(余敏绅)进士在吏部观政三年,未及仕而卒","观政既,未及仕而殁,更五年而沧洲成进士"(《梅崖居士文集》卷十三,《清代诗文集汇编》第336册,影印第305页),其中必有所误。按:余敏绅系康熙五十四年(1715)乙未科进士,徐时作系雍正五年(1727)丁未科进士,中间十二年;从观政三年而卒,推知余敏绅卒于1716年。

⑥ 光绪《邵武府志》卷二十三,《人物传·(建宁)义行》,影印第563-564页。

## No.281　建宁李云诰家族

李云诰:《学庸精义》、《诗骚叶音考》、《诗律中声集》、《世德流芳录》、《建宁耆旧传》、《绥安文献录略》、《亦乐斋笔记》、《太华山人诗文稿》、《建宁耆旧诗钞删纂》二十四卷(民国《福建通志·文苑传》本传注云一作十四卷)、《太华山人诗剩稿》八卷、《续稿》二卷(民国《建宁县志》卷十六《文苑传》本传)、(张际亮原辑,李云诰续纂)《建宁耆旧诗钞》十四卷(民国《建宁县志》卷廿五《杂著》第二十四页、民国《福建通志·福建艺文志》卷七十一)、《太华山人剩稿》数卷、《续稿》(民国《建宁县志》卷廿五《杂著》题《太华山人续稿》)一卷、《续订建宁耆旧诗钞》十四卷(光绪《邵武府志》卷二十一本传)、《太华山人集》(光绪《邵武府志》卷二十九《艺文志》)

李藩:《拙斋诗稿》二卷(民国《建宁县志》卷廿五《杂著》作一卷)、《拙斋楹联》一卷(民国《建宁县志》卷十六《文苑传》本传)

**谨按:**建宁李云诰,道光、同治间人,系建宁朱仕琇一派古文作者。

民国《建宁县志》李云诰传:"李云诰,字凤仪。北乡蓝田三溪人。……自号华山。未冠,受业于同里张亨甫(张际亮)先生。生平嗜吟咏,所为诗萧疏淡远,神似王、孟。初,应邵试,熊耦亭(熊际遇)、高雨农(高澍然)、王萃夫诸前辈皆赞誉之。何杰夫(何冠英)官黔中,刘芑川(刘家谋)官台湾,皆有来往酬和之作,而诰之诗名遂继亨甫而起。……性雄豪,有胆略,喜谈兵法。所居三溪村,距百丈隘仅五里,通赣之南丰界,古战场也。咸丰丙辰(六年,1856),粤匪踞南丰,窥建宁。诰同里人董献材兴办团练,率乡兵守隘严密,寇不得入。咸丰七年丁巳(1857)三月,寇由间道趋邵武,陷泰宁,旋陷建宁城。城破,乡兵失据,团练弛而隘门开,寇数千人大索诰,弗得,遂退去;十月,南丰土寇窃发,诰复集联甲,守隘益严,土寇不敢入。八年戊午(1858),寇以土匪为乡导再入,诰侦知贼众我寡,隘路分歧不可守,乞都司发兵为助,不听,诰知不可为,弃隘,守山寨自保,四月寇遂由百丈隘再入建宁县城,怒诰为乡团首,大索,又弗得,遂焚掠民舍,三溪受害最酷。……犹子(李)藩早食饩,入贡,为一时贤士。……其师亨甫殁,其子(张)诵芬依姚石甫(姚莹,字石甫,张际亮之友)廉访于蜀。旋石甫奉命讨粤匪,殁于营次,诵芬归里后亦殁,季子昌翰九岁陷寇中,十六岁拨归家,无立锥地,以佣力依人,诰念亨甫五孙仅遗昌翰一线,闻石甫之子慕庭(姚莹次子姚濬昌,1833—1900,号慕庭)官赣安福令,致书述其苦状,慕庭遂召昌翰入福安县署,赠赀甚厚。昌翰归,诰令从学于宿儒杨海云(杨瀚,字在仲,以诸生由军功保举训导,著有《海云诗文集》等)门下,三年入邑庠,遂娶室生子,而《思伯子堂诗集》亦诰致书于慕庭为镌板者,是绵亨甫嗣,广亨甫集,二者虽姚氏力,诰亦与有功矣焉。卒年五十六。生平著有《学庸精义》、《诗骚叶音考》、《诗律中声集》、《世德流芳录》、《建宁耆旧传》、《绥安文献录略》、《亦乐斋笔记》、《太华山人诗文稿》,当时俱遭贼焚□。今□存《建宁耆旧诗钞删纂》二十四卷、《太华山人诗剩稿》八卷、《续稿》二卷。"①李云诰之才不仅在于文学创作和学术著述,其军事才能亦颇有效程,其人高谊足式乡里。

光绪《邵武府志》李云诰传:"李云诰,字鸿仪。恩贡生。好学,抱负不凡,尝肄业福州鳌峰书院,屡试为诸生冠,一时士大夫多与之游。学诗于张亨甫,为门下高弟。晚年交益广,足迹所至,多目为大儒。……著有《太华山人剩稿》数卷、《续稿》一卷、《续订建宁耆旧诗钞》十四卷。"②此传与民国《建宁县志》本传颇有异同。

李云诰之侄李藩,字宏图,号拙斋、抱石山人。工书法,笔力一如朱子。诗学陶渊明,然不多作,作则各体皆超妙,与古人合。卒年七十一。传见民国《建宁县志》卷十六《文苑传》,在李云诰传后,传又

① 民国《建宁县志》卷十六,《文苑传》,原第十、十一页,影印第172-173页。

② 光绪《邵武府志》卷二十一,《人物传·(建宁)文苑》,影印第472页。

见民国《建宁县志》卷十四《理学传》。李藩从弟李德森,字和修,号惕夫。弃儒服贾,家业渐丰。传见民国《建宁县志》卷十七《质行传》。

李藩子二:李珍、李璞。长子李珍,字立斯,别号野樵,邑庠生。“平生以功过自凛,日所行者夜必录,二十年无少间,所吟诗皆写性情。卒年四十七。”①

李璞之子李焕。

## No.282　建宁吴登举家族

吴登举:《怀古集》(民国《建宁县志》卷十六《文苑传》本传)

**谨按**:建宁吴登举兄弟传见民国《建宁县志》:“吴登举,字彦之。贤河坊人。博学能文,著有《怀古集》,学使冯誉骥将原稿提至京都琉璃厂刊行,家未藏稿。其族弟登任,字莘才。博极群书,所著诗文稿殁后散佚殆尽。”②按:吴登举,民国《福建通志·文苑传》两作吴登华③。又,冯誉骥(?—1883),字仲良,号展云、崧湖、卓如、钝叟等。广东高要人。道光二十四年(1844)进士。同治十二年(1873)八月任福建学政,光绪二年丙子(1876)由浙江钱塘人孙诒经接任。

## No.283　建宁(贵州毕节)邱勋家族

邱煌:《府判录存》、《渔草堂试律稿》、《今文质疑》、《保�ㄥ堂法帖》

**谨按**:民国《建宁县志》嘉庆元年(1796)丙辰科题名:“邱勋,翰林院庶吉士。官荆宜施分巡道。父籍建宁。”④该县志未注明邱勋的乡试科年,大概系后来增入,未虑及体例一致之故。同书记载嘉庆十年(1805)进士邱煌,原名杰,亦翰林院庶吉士,官知府,父籍建宁⑤。按:邱勋,字大猷,号蓉村,迁黔,寄籍贵州毕节。

按:同治《毕节志稿》记载乾隆五十四年己酉(1789)举人、嘉庆元年丙辰(1796)进士邱勋,官编修,累至荆宜施道;嘉庆三年戊午(1798)举人、嘉庆十年乙丑(1805)进士邱煌,原名邱杰,“即杰更名。官编修,后至湖北督粮道”⑥。

邱煌(1784—1858),原名邱杰,又名若水、树山,字南晖,号叔山、暗甫。著有《府判录存》、《渔草堂试律稿》、《今文质疑》、《保筠堂法帖》等。

邱煌之女邱荪,字云漪,朱善旂继室。工文词,著名画家。

## No.284　建宁朱仕琇家族

朱肇璜:《槎亭诗钞》二卷(《濉溪四家诗钞》本,乾隆二十二年刻,南京图书馆藏。柯愈春《清人诗文集总目提要》第556页)

朱霞:《拟(建宁)志补遗编》、《樵川二家诗》四卷、《曲庐诗钞》、《庙学全书》二卷、《闽海杂记》十六

---

① 民国《建宁县志》卷十七,《质行传》,原第十五页,影印第182页。

② 民国《建宁县志》卷十六,《文苑传》,原十一、十二页,影印第173页。

③ 民国《福建通志》总卷三十九,《福建文苑传(清三)》卷九,第十三、十四页。

④ 民国《建宁县志》卷十二,《选举表》,第十四页,影印第140页。

⑤ 民国《建宁县志》卷十二,《选举表》,第十五页,影印第141页。

⑥ 同治《毕节县志稿》卷十三《选举志》,《乾隆毕节县志同治毕节县志稿乾隆平远州志》,影印第483页。

卷、《勉贻集》二卷(同治刊本《福建通志》卷七十九)、(选)《闽海风雅》三十卷(民国《建宁县志》卷廿五《杂著》)、《勉致摘述》三卷、《勉致问答》三卷、《拟县志稿》十卷、《绥安存雅》四卷、《曲庐诗集》二卷(民国《福建通志》总卷三十九,《福建文苑传(清一)》卷七朱霞本传)

朱燿(一作朱耀):《怡庵诗稿》(同治刊本《福建通志》卷七十九)、《怡庵诗集》、《庄屈合序》(光绪《邵武府志》卷二十一《人物传·(建宁)文苑》本传)、《庄屈合解》(民国《建宁县志》卷廿五《杂著》)

朱䧧(一作朱雍,朱燿之子):《文集》四卷、《诗集》(光绪《邵武府志》卷二十一,《人物传·(建宁)文苑》朱䧧传)、《鼎堂诗集》[①](同治刊本《福建通志》卷七十九)、《鼎堂文集》四卷、《诗集》□卷(刘声木《桐城文学渊源考》卷十二)、《鼎堂制义》□卷(《桐城文学撰述考》卷四。朱仕琇《梅崖居士文集》卷十九有《鼎堂制义序》)、《朱鼎堂诗集》一卷(民国《福建通志》总卷二十五,《福建艺文志》卷六十五)、《鼎堂诗集》一卷(钞本。柯愈春《清人诗文集总目提要》第772页)

朱仕玠(朱霦第三子):《小琉球漫志》[②]十卷、《濉溪四家诗钞》九卷、《筠园诗稿》三卷(朱仕琇《梅崖居士文集》卷十八有《筠园诗集序》)、《删稿》三卷[③](《桐城文学撰述考》卷四题《筠园删稿》三卷)、《溪音》十卷(刘声木《桐城文学渊源撰述考》卷十二作四卷[④])、《音别》四卷[⑤]、《龙山漫录》二十卷、《鸿雁集》一卷、《水竹居赋钞》一卷、《和红蕉山房诗录》一卷、《和陶》三卷(同治刊本《福建通志》卷七十九)、杂著□种(刘声木《桐城文学渊源撰述考》卷十二)、《制义荑稗集》□卷(《桐城文学撰述考》卷四。朱仕琇《梅崖居士文集》卷二十二《答雷宪副书》作《荑稗集》)、《筠园制义》(朱仕琇《梅崖居士文集》卷十九《筠园制义序》)、《筠园集》[⑥]四种(乾隆三十五年刻本,福建省图书馆藏)

朱召南(朱仕玠女):《湘蘋遗稿》(光绪《邵武府志》卷二十七《闺秀传》本传。民国《建宁县志》卷廿五题《湘蘋遗诗》,朱仕琇《梅崖居士文集》卷十四《召南墓志铭》作《湘蘋遗草》)

朱韶音(一作韶香,朱召南妹):《课儿草》(光绪《邵武府志》卷二十七《闺秀传》本传)

朱仕琇(朱霦第四子,朱仕玠弟):《朱梅崖文集》三十卷(民国《建宁县志》卷廿五《杂著》题《梅崖居士文集》三十卷)、《外集》八卷、《梅崖诗偶存》(同治刊本《福建通志》卷七十九)、(修)《建宁县志》、《梅崖居士文集》三十卷、《梅崖居士文外集》八卷、《梅崖居士制义》、《梅崖居士杂录》、(纂修)《建宁县志》、(纂修)《将乐县志》(《桐城文学撰述考》卷四)、《梅崖居士文续集》(朱仕琇《梅崖居士外集》卷二《梅崖居士续集序》)、《梅崖居士文钞选》(清代诗文集珍本丛刊影印清钞本)、《鳌峰课艺尤雅编》二卷(乾隆三十五年刻本)、《梅崖居士全集》(乾隆四十七年刻本,即《梅崖居士文集》三十卷、《梅崖居士外集》八卷两种)[⑦]、《自汇制科文》(朱仕琇《梅崖居士文集》卷十九《自汇制科文序》)、《朱梅崖文钞》不分卷(清蒋氏钞本,国家图书馆藏)、《梅崖居士文集》不分卷(乾隆二十年松谷刻本,国家图书馆藏)、《梅崖居士续集》二卷(乾隆间刻本,江西省图书馆藏)(柯愈春《清人诗文集总目提要》第644页)、《梅崖居士文选钞》(钞本,国家图书馆藏)、《梅崖居士文集》三十八卷外集二卷(乾隆二十四年刻本)、《梅崖居士外集》八卷(乾隆四十五年刻本)、《梅崖居士集》存二卷(乾隆四十九年刻本)、《梅崖居士续集》二卷(乾隆间

---

① 民国《福建通志·福建艺文志》存目卷四十二著录《鼎堂诗集》,作者作蔡䧧(第二十二页),误。

② 按:德化陈洪照撰《吧游纪略》,民国《福建通志·福建艺文志》卷三十二著录。按语称陈洪照文章高古,朱仕玠作《小琉球》诸志,多采取焉(第四页)。《小琉球志》,乾隆三十年刻本。

③ 李灵年等《清人别集总目》著录朱仕玠诗稿,题《筠园稿》三卷、《(筠园)删稿》三卷(第424-425页),无"诗"字。

④ 《清代诗文集汇编》第317册影印乾隆二十三年戊寅刻本《溪音》十卷(朱仕玠侄朱文仲写刻本),刘声木所记当误。《清人别集总目》著录《溪音》乾隆写刻本,五卷;乾隆刻本,十卷;乾隆刻本《溪音十卷》、《音别》十卷;乾隆刻本《溪音全集》十四卷(第425页)。

⑤ 朱仕琇《与杨默堂书》:"家筠园近作曰《溪音》、《音别》,凡三本;友人李君千人著《栎园集》,凡二本;族弟鼎堂古诗一小册。"(《梅崖居士文集》卷二十五,《清代诗文集汇编》第336册,影印第443页)柯愈春《清人诗文集总目提要》著录《筠园稿》二十卷,系《筠园诗稿》三卷、(朱仕琇删定)《删诗》三卷、《溪音》十卷、《音别》四卷的总称,合二十卷;别有《鸿雁集》一卷、《和芭蕉山房诗录》一卷(第620页)。

⑥ 李灵年等《清人别集总目》著录此集,分四种本、六种本,六种本收《筠园稿》三卷、《筠园删稿》三卷、《溪音》十卷、《音别》四卷、《和陶诗》二卷、《小琉球漫志》十卷(第425页)。

⑦ 柯愈春《清人诗文集总目提要》著录朱仕琇诗文集,题《梅崖居士集》三十八卷,即《梅崖居士文集》三十卷、《外集》二卷,朱仕琇自订,乾隆二十四年松谷刻本;殁后重编《梅崖居士文集》三十卷,《外集》八卷,乾隆四十七年刻本(第644页)。

刻本)、《梅崖居士集文录》二卷(同治七年刻《国朝文录续编》本)、《梅崖居士文集》四卷(民国四年排印本)、《梅崖文》一卷(道光刻《七家文钞》本)、《梅崖文补遗》一卷(民国二十二年写本)(李灵年等《清人别集总目》第425页)

朱佑(《桐城文学渊源考》卷十二作朱文佑,朱仕琇长子):《松阴诗钞》四卷(同治刊本《福建通志》卷七十九)、《词钞》□卷(《桐城文学渊源考》卷十二)、《松阴词钞》(民国《建宁县志》卷廿五《杂著》)

朱文佐:《文佐遗文》(朱仕琇《梅崖居士文集》卷十九《文佐遗文序》)

朱云:《藕居诗稿》(同治刊本《福建通志》卷七十九。民国《福建通志·福建艺文志》存目卷四十二作《义山集》)

朱仕韬:《漱石山人诗稿》(光绪《邵武府志》卷二十三《(建宁)孝友传》本传、民国《建宁县志》卷十五《孝友传》朱仕韬传)、《漱石诗稿》(民国《福建通志》总卷二十五,《福建艺文志》卷六十五)

朱珊:《寄情草》(光绪《邵武府志》卷二十四《(建宁)隐逸传》本传;民国《福建通志》总卷二十五,《福建艺文志》卷六十六,第十九页,引)

危景扬(朱仕琇族姊夫[①]):《留踪集》(同治刊本《福建通志》卷七十九)

**谨按:**建宁杨林朱氏为著姓,明代永乐年间朱子受迁自当涂县宝塔畲[②],戍籍,后改民籍,蕃衍至三四百家[③]。清初大学士、江西瑞州府高安人朱轼(1665—1736)未达时尝至建宁北乡杨林访祖籍地,寓居建宁绣天阁[④]。建宁朱氏以文学、学术世其家,始于布衣朱国汉,至其子朱家端"诸曾元孙,籍郡县学者十人"[⑤],"口指繁庶,文学相望,吾族称盛焉"[⑥],已然成为文化世家,其中从朱霞至朱宗元四世冢嫡,更是连续籍建宁县学,尤为难得[⑦]。朱国汉身后的世系大概如下:朱国汉→独子朱家端→朱霞、朱震、朱霖→朱仕琪(朱霞之子)、朱仕珏、朱仕瓒、朱仕玠、朱仕琇(四人均朱霖之子)、朱雝、朱仕静等→朱正初(朱仕琪长子)、朱文佑、朱文仁、朱文伦等→朱宗元(朱正初长子)、朱硕元、朱勋(朱士瓒之孙)等,至少延续六代,至朱文伦之时"同高祖兄弟数十人"[⑧]。然而朱氏家族不可避免地走向衰落,在朱仕琇兄弟之时即有"朱氏世有闻人而卒不大遇"[⑨]的悲剧性结论,朱氏虽人丁旺盛而业儒事业逐渐没落,其家松谷别业至道光二十一年(1841)"半毁矣"[⑩]。从明末清初到乾隆间,以朱仕琇为清代朱氏文学创作群体中最为具有代表性意义的作家。

---

① 按:民国《建宁县志》卷廿五《杂著》著录危景扬《留踪集》引朱仕琇序,作"族姑之夫危景扬"(影印第274页),民国《福建通志》著录《留踪集》,引朱仕琇序,亦作"族姑之夫"(《福建艺文志》卷六十五,第十二页),而同治刊本《福建通志》引朱仕琇序《留踪集》云:"族姊之夫危景扬诗思甚敏,晷影未移,口占立就。凡市阂戏剧儿女亵燕之语,韵之辄成秀句。"(卷七十九,影印第1612页)按:朱仕琇《留踪集序》:"族姑之夫危景扬生平好为诗,而思甚敏,晷影未移,口占诗立就。其诗不计工拙辄存,凡市阂戏剧儿女亵燕之语,景扬韵之辄成诗。"(《梅崖居士文集》卷十八,《清代诗文集汇编》第336册,影印第351页)则是同治刊本《福建通志》引用之误。

② 鲁仕骥《敕授文林郎山东夏津知县改福宁府儒学教授朱梅崖先生行状》,《梅崖居士外集》卷八,影印第594页。行状记载,杨林在建宁县南二十五里,建宁朱氏至朱仕琇为十二世。

③ 张际亮《沁轩朱公墓志铭》,《张际亮全集》文集卷四,《清代诗文集汇编》第601册,影印第458页。又朱仕琇《先考行状》(《梅崖居士文集》卷六,原第八页)。朱仕琇《岵庵先生(朱仕琪)行状》,述其先世朱子受以军籍屯田建宁,遂家于县南二十五里之溪洲杨林,传三世,改民籍(《梅崖居士文集》卷六,原第十二页)。又可参看朱仕琇《族祖朱公墓志铭》"朱氏迁五世大宗曰碧潭府君,六世别为四族,环溪族最盛。环溪,府君第三子也。环溪三世,为三家。三家者,同父为兄弟,其出廷秀最盛。由迁祖至三家,九世而四族之盛专廷秀氏"(同书,卷十,影印第288页)等记载。

④ 光绪《邵武府志》卷二十四,《人物传·(建宁)寓贤》,影印第586页。

⑤ 朱仕琇《文学朱步柳墓志铭》,《梅崖居士文集》卷十一,《清代诗文集汇编》第336册,影印第292页。

⑥ 朱仕琇《伯兄七十寿序》,《梅崖居士外集》卷四,影印第551页。

⑦ 不幸的是10人之中,早夭者4人,只有朱宗元的从叔父朱鸿年年逾三十,余皆不及,至于"早慧而未籍,或隶太学而殁者不在是数,术者或指王父(朱肇璜)葬垄不宜才子弟"(朱仕琇《文学朱步柳(朱宗元)墓志铭》,《梅崖居士文集》卷十一,《清代诗文集汇编》第336册,影印第292页),朱氏家族子弟"才而夭"、"才者多不享年"、"仕皆不显"而潦倒侘傺,成为家族的宿命。

⑧ 张际亮《朱明经传》,《张亨甫文集》卷一,《清代诗文集汇编》第601册,影印第402页。

⑨ 同上注。

⑩ 张际亮《官桥》,《思伯子堂诗集》卷三十,《清代诗文集汇编》第601册,影印第366页,诗后注。

朱国汉，字为章，号独醒居士，裔孙称处士公。邵武府建宁人。光绪《邵武府志》朱国汉本传："朱国汉，字为章。少孤，事母以孝闻。崇祯甲申（十七年，1644），闻变狂走，登越王台址，北向号恸，累日夜不休，悉焚素业，托迹贾人。历吴、越、燕、赵、荆、豫，尝登金山，得句朗吟云：'霞霞灭没三山外，江海苍莽一气中。'有贵人闻而击节，欲与言诗，叹曰：'吾贾人子，安知诗？偶有所记忆耳。'其自韬晦如此。所至遇古忠臣名贤祠庙庐墓，俯伏拜奠，歌诗凭吊，有骚人之遗意，五言尤极锻炼。与同邑丁之贤齐名，有《绥安二布衣诗钞》，国朝毛奇龄为之序。"[①]传又见民国《建宁县志》卷十八《隐逸传》。《国朝全闽诗录初集》朱国汉条："顺治初布衣。有《朱布衣诗钞》。何梅《朱布衣小传》：'……弱冠读书为文，尤长于五七字。……识者谓布衣诗不多作，不苟作，其步趋在香山、剑南之间。而激昂凄婉，每每写难状之景如在目前，留不尽之意见于言外，其有合于风骚之意多矣。……布衣孙明经君天锦（朱霞）、孝廉君雨苍（朱霦）……'"[②]邵武府建宁连青等辑《绥安存雅》三卷。连青，字柳村。康熙二十年辛酉（1681）副贡生。按：建宁，古称绥安。丁布衣，指丁之贤，字德举，一作德峰[③]。顺治初布衣。有《丁布衣诗钞》。民国《福建通志·文苑传》本传称其诗清削刻露[④]。朱布衣指朱仕琇的曾祖父朱国汉（字为章，晚号独醒居士），明末清初人。以布衣力学，洁于出处，揆诸逸民。著有《朱布衣诗钞》。民国《福建通志》朱国汉本传称其诗在香山、剑南之间，五言尤极锻炼[⑤]。连青自序其所编的《绥安存雅》，以丁之贤、朱国汉"两布衣各以诗鸣，而或走马塞下，或溷迹贾人，名愈彰而迹愈晦，余独叹其白云富贵介然孤往，贤于王门赋《竹枝词》者远矣"[⑥]，上以媲美明代后七子中之眇君子谢榛，不可以布衣身份而被摈落。

朱仕琇三兄朱仕玠编有《濉溪四家诗钞》，其本意出于反对闽中闽诗派的诗歌创作旧径："闽诗自明初林鸿、高棅倡盛唐之学，摹拟失真，沿成习派。仕玠因辑何梅、李荣英、族父璜、世父霞四家诗，皆自出新意，不囿于土风，为《濉溪四家诗钞》。"[⑦]四家指何梅（江村）、李荣英（梅李、白云）、朱肇璜（槎亭）、朱霞（曲庐），"四先生诗祖祢两宋，虽视大家掣鲸碧海尚为有待，而泳沫灵府，自出新意，皆不囿于土风者。"[⑧]建宁县何梅（字雪芳，号江郫）之诗，民国《福建通志·福建文苑传》本传以为"诗品在北宋诸子间，其清深和畅犹唐贤家法"[⑨]，沈德潜以为何梅之诗"险语破鬼胆"[⑩]。何梅门人有谢天池[⑪]等。何梅所撰《丁布衣小传》云："（丁）布衣名之贤，字德举……刻意学为诗。间涉猎《左氏春秋》及孙吴书，……独其诗高者出入唐初、盛，次亦足当李崆峒（李梦阳）、何大复（何景明）后劲。时吾绥安人论诗，争奉竟陵钟、谭派为质的，见布衣诗，固未之许也。"[⑫]明末清初以来，建宁县诗人在竟陵诗风之外，历两代诗人，着力开辟了以独立于竟陵之外又不依傍于明代闽诗晋安诗派[⑬]"土风"的清诗新风貌。

朱肇璜（1673—1736），字渭师、待滨，号槎亭。康熙间贡生。传见同治刊本《福建通志·孝义传》。光绪《邵武府志》朱肇璜本传："字渭师，一字待滨。康熙间贡生。其祖饶于赀。……连举五子。"[⑭]《国朝全闽诗录初集》续集朱肇璜条："乾隆间诸生。"选其诗《奉和徐丈嵩霞中秋后一夜乌峰酌月》[⑮]。疑所谓"康熙间贡生"、"乾隆间诸生"两说中"乾隆间诸生"误。朱仕琇撰《乡饮宾明经朱公墓志铭》。据此

---

① 光绪《邵武府志》卷二十一，《人物传·（建宁）文苑》朱国汉传，影印第467页。

② 《国朝全闽诗录初集》卷一，朱国汉条，《全闽诗录》第五册，第14-15页。

③ 陈衍《石遗室诗话》卷二十二，第五条，第302页。

④ 民国《福建通志》总卷三十九，《福建文苑传（清一）》卷七，丁之贤传，原第二页。

⑤ 民国《福建通志》总卷三十九，《福建文苑传（清一）》卷七，朱国汉传，原第二页。

⑥ 同治刊本《福建通志》卷七十九，影印第1610页。

⑦ 民国《福建通志》总卷三十九，《福建文苑传（清二）》卷八，朱仕玠传，第四页。

⑧ 民国《福建通志》总卷二十五，《福建艺文志》卷七十一，第九页，引朱仕玠自序。

⑨ 民国《福建通志》总卷三十九，《福建文苑传（清一）》卷七，何梅传，原第二十一页。

⑩ 《国朝全闽诗录初集》卷八，何梅条。何梅诗《望接笋峰不得上》后注，《全闽诗录》第五册，第163页。

⑪ 民国《建宁县志》卷廿六，《丛谈》，影印第283页。

⑫ 《国朝全闽诗录初集》卷一，丁之贤条，《全闽诗录》第五册，第9页。

⑬ 请参看陈广宏教授《晋安诗派：万历间福州文人群体对本地域文学的自觉建构》，载《明代文学论集》第127-128页。

⑭ 光绪《邵武府志》卷二十三，《人物传·（建宁）孝友》，影印第534页。

⑮ 《国朝全闽诗录初集》续集卷十，朱肇璜条，《全闽诗录》第五册，第688页。

墓志铭,朱璜字渭师,更字待滨,号昊庐,系朱氏迁杨林始祖十一世孙。其高祖为宾吾府君,朱璜与朱仕琇父为同高祖兄弟,为朱仕琇诸父。"朱氏去县治二十里,更三百年不出士。自府君以文章道德领其乡人,后遂相踵而盛。府君工为古诗歌。……所居槎亭……余兄筠园作《槎客传》。著《槎亭诗集》若干卷,未梓。"卒年六十四。子六:朱易、朱礼、朱书、朱诗、朱麟、朱学(均仕字辈),女一,适谢学纯,孙男十四人[①],与光绪《邵武府志》朱肇璜本传"连举五子"的记载不同。

朱国汉之孙、朱家端(?—1691[②])之长子朱霞[③](?—1740[④]),字天锦,号曲庐。配黄氏。传附同治刊本《福建通志·良吏传》长子朱仕琪传。光绪《邵武府志·义行传》朱用增传,朱用增卒年九十,其子朱霞,道光十五年(1835)举人[⑤]。按:此传之朱霞,系同郡邵武县籍,别是一人。

光绪《邵武府志》朱霞本传:"字天锦,号曲庐。庠、贡生。好流览载籍,购书充栋。……建宁所传二布衣,其一即霞祖父也。父名家端[⑥],早弃世。霞为布衣承重孙,服事益尽职,事母蒋孺人五十年无间。……采辑《礼经》及先儒之言,折衷《朱子家礼》,斟酌时宜,著《勉致摘述》三卷、《勉致问答》三卷。……友于二弟,居无异财。叔弟客死,伤痛惨怛,有《哀鸰歌》四十首,为悼弟作也。……所著书目,自《勉致摘述》、《问答》外,有《拟县志稿》十卷,选《闽海风雅》三十卷、《樵川二家诗》四卷、《绥安存雅》四卷、《庙学全书》二卷、《闽海杂记》十六卷、《勉贻集》二卷、《曲庐诗集》二卷。子仕琪别有传。"[⑦]传又见民国《建宁县志》卷十四《理学传》。

同治刊本《福建通志》著录朱霞所撰《樵川二家诗》,引《四库全书总目》云:"樵川,今邵武县。二家者,宋严羽、元黄镇成也。"引朱霞自序。略曰:"国初丁、戊[本书按:指顺治四年丁亥、五年戊子(1647—1648)]间,祥符周栎园(周亮工)先生以兵事至樵,留心文献,因访《沧浪》、《秋声》两集梓之。洊经兵燹,版复散失,觅印本不可得。戊戌(五十七年,1718)夏,余友孝廉黄元杜(黄衍)购以寄余,因付开雕。康熙六十一年(1722)上巳同郡绥安后学朱霞。"著录其《曲庐诗钞》,按语:"霞自称绥安,为建宁县人,无疑。有误为浙江建德朱霞,登康熙乙未(五十四年,1715)进士者,故辨之。"[⑧]按:"有误为浙江建德朱霞,登康熙乙未进士者"云云,即《四库全书总目·〈樵川二家诗选〉提要》,原作:"案《浙江通志》载:'朱霞,建德人。顺治乙未进士。'未知即此人否也。樵川,为今邵武县。二家者,宋严羽、元黄镇成也。"[⑨]查《明清进士题名碑录索引》,建德朱霞系顺治十二年(1655)乙未科史大成榜三甲第三十七名进士[⑩],非康熙进士。同治刊本《福建通志》谓朱霞系康熙乙未进士,误。

朱霞长子朱仕琪(1694—1762),字宝廷。雍正元年癸卯(1723)举人,官山东新城知县。胞兄弟三人,子朱文佶、朱文修(思永)、朱文健、朱文倩等五人,孙十五人。卒年六十九。传见光绪《邵武府志》卷二十[⑪]。朱仕琇《岵庵先生行状》:"先生遂闭户纵读经史、古文家书,于制义虽按有司尺度而好为鑱

---

① 朱仕琇《乡饮宾明经朱公墓志铭》,《梅崖居士文集》卷十一,《清代诗文集汇编》第336册,影印第293-294页。

② 朱仕琇《先考行状》:"先君生十年,丧大父,处士公继逝,兄弟三人,独伯存。"(《梅崖居士文集》卷六,《清代诗文集汇编》第336册,影印第247页)。

③ 同治刊本《福建通志》卷七十九《建宁县国朝经籍》著录朱霞《拟志补遗编》、《樵川二家诗》四卷,注:"霞字天锦,肇璜子。"(影印第1610页)疑误系朱霞为朱肇璜之子,朱肇璜(朱璜)自有六子。下文所引光绪《邵武府志》中朱霞之父名"家端"。

④ 朱仕琇《岵庵先生六十述》:"少长富家,年四十七始失伯父"(《梅崖居士文集》卷六,《清代诗文集汇编》第336册,影印第251页),朱仕琪(岵庵)(1694—1762)系朱霞长子。

⑤ 光绪《邵武府志》卷二十三,《人物传·(邵武)义行传》,影印第545页。

⑥ 朱筠所撰《朱梅崖先生墓志铭》云:"曾祖讳国汉,祖讳家瑞,父讳霈……男子三:文佑、文僎、文洊……女子二,一适梅洪恩,一适胡宁仁。"(《笥河文钞》卷三,《续修四库》全书第1440册影清刻本,影印第96页)则朱仕琇祖父名家瑞,非家端。下文所谓朱仕琇女朱召南,则亦是侄女。然朱仕琇本人所撰《胡安先生形状》云朱仕琪祖父名家端,称元履公(《梅崖居士文集》卷六,《清代诗文集汇编》第336册,影印第249页),当以朱仕琇所述为是。

⑦ 光绪《邵武府志》卷二十一,《人物传·儒林》朱霞传,影印第452页。

⑧ 同治刊本《福建通志》卷七十九,(建宁)《经籍志》,影印第1610页。

⑨ 永瑢等《四库全书总目》卷一九四,影印第1770页。

⑩ 朱保炯、谢沛霖《明清进士题名碑录索引》,第764、2640页。

⑪ 光绪《邵武府志》卷二十,《宦绩传》本传,影印第442页。

刻奇横之体,仕琇童时为文,或溢时法,然先生每赏其神骏,仕琇文益放,见者皆笑,先生读之,亦不为异也,曰:'此自有知者耳。'于时仕琇虽试不利,每恃先生以无恐。叔兄筠园与仕琇间学为诗、古文,必请先生鉴定。先生会试归,为述京师贤士大夫之讲论,手出所录诗文,指示评赏,故仕琇与叔兄处下县穷乡,少孤失训,而于古学稍知乡方,不夺时风众势,因得毕力以求通于古人者,盖先生之教也。"[①]读此状,知建宁朱氏的文学创作和家族性的文学气质所在及其传播、传承的渊源所在。建宁朱氏自朱国汉起形成家族关心国家时政、"怀平志"、习骑射剑术,知兵略,好游燕赵的慷慨[②]气质,在慷慨与韬晦之间委运任化,文学气质则以奇见长,以气见长,发抒意气,从朱国汉、朱仕琪、朱仕琇三人的诗歌创作和朱仕琇的制艺创作实践中均有此种特征。在朱仕琇"少孤失训"的成长环境中,朱仕琪以其卓识及其经历,帮助朱仕玠、朱仕琇兄弟入门正、识见高[③],存亡续绝,经历朱国汉、朱仕琪、朱仕琇之间历四代人而能保持家族成员的性情特质和文学创作特质。

与明末清初闽中诗文相较,建宁朱氏家族的文学创作具有较多的异质,形成家学,"不与邑士同趣,人多怪之"[④],虽与闽中诗文之风异趣,却与全国文风的转变同步[⑤],影从如同转圜,具有类似车辐转动的辐凑性质。在邑人余仕翱、黄凤举从朱仕琇学习古文之后,朱仕琇的影响逐渐扩大,门徒益夥,历数十年,逐渐改变建宁县、邵武府的文学创作旧习。乾隆中叶以来,闽西北的邵武府及汀州府北部若干属县成为在古文、诗歌创作领域可与福州府相对峙,并遥相呼应,一起成为福建省内最具时代精神、反映当代文学创作思潮的文学创作丛聚区域。

朱霦(1681—1731),字苍雨,号韬真子,朱家端第三子,朱霞胞弟、朱仕琇之父。配李氏。子四女三。民国《建宁县志·质行传》朱霦传:"生而沉伟,有大志。弱冠中康熙壬午(四十一年,1702)科武举。尝以制西戎策谒时相,时相异之。居京师数年,倾囊金数十觔,周友人之急。……晚年遂以医隐,自号韬真子。年五十一卒。子仕玠、仕琇以诗、古文名天下。"[⑥]朱仕琇撰有《先考行状》。

宁化雷鋐(1696—1760)撰朱霦墓志铭。略述如下:"杨林朱府君殁于雍正辛亥(九年,1731)之三月二十日。越三月,其兄曲庐先生(朱霞)奉母命祔葬于父墓之侧。越十二年,壬戌(乾隆七年,1742),季子仕琇始状其行,将求铭。又十七年,乃以属予,盖其慎也。……杨林朱氏系出江西当涂宝塔畲,明永乐间戍建宁,家焉。历九代至处士讳国汉,其诗与丁德举(丁之贤)齐名,号绥安二布衣。处士有大略,善击剑。遭明乱,隐于贾徒,以诗传。……公先处士十年卒,生三男子,府君其季也。讳霦,字玉虹,晚自号韬真子。……性豁达,不屑屑章句业。处士授以《阴符》、《握机》、孙吴之术,则大喜。年二十二以武举福建乡试如京师……有周铨者来访,府君见其诗,叹曰:'唐音也。'知其鳏而贫,慰之曰:'子毋以困瘁不卒其业。'倾囊中金半赠之。后十余年以诗名江淮间,人称晚崧先生者是也。……年五十一,竟先母五年而卒。……府君以十岁丧父,仲兄早逝,体羸,恐致疾,精心医术,家居无事则筑药室酌方,活人以万计。……府君于伯兄曲庐先生辟松谷别业,备山林亭榭之胜,贮书甚富,馆四方知名士。……府君妻李氏,克配其德。子男四人:伯仕瓒,仲仕珏,皆名诸生;叔仕玠,拔贡生;季仕琇,戊辰

---

① 朱仕琇《梅崖居士文集》卷八,《清代诗文集汇编》第336册,影印第249页。

② 请参看朱仕琇《先考行状》(《梅崖居士文集》卷六,原第八至十页)、《岵庵先生行状》(同卷,第十二页)等。

③ 语本严羽《沧浪诗话·诗辨》(严羽《沧浪诗话校释》,周振甫校释,人民文学出版社1983年版,第1页)。

④ 朱仕琇《余羽皋制义序》,《梅崖居士文集》卷十九,《清代诗文集汇编》第336册,影印第375页。

⑤ 明末清初,邵武府建宁县的文风囿于僻隅,所见未广,朱仕琇对于其早年科举业的遭遇颇多感慨。《周笏廷(周绍缙)制义序》:"余为诸生,尝梓制义苏州阊门,几十年,无问者。载诣京师,京师士大夫顾知好之,颇叹士大夫好恶与天下之学文者不类。书贾为余言四方士见余文者皆笑,谓'是佳文耶?不佳于明归、唐数子,欲取科第耶?是将为科第累也。二者安置?'是余愧于其言,不能答也。甲子乡试文传四方,四方皆怪诧,或骂曰:'是非所以得之者也。'……四方士以余文为足累科第者,其言未必信也。在京师,与笏廷尝论及之,因谓应科第者使文诚佳而京师士大夫知好之即谓所以得之者。……得科第者,我也;所予科第与我者,京师士大夫也。"(《梅崖居士文集》卷十九,《清代诗文集汇编》第336册,影印第362页)乾隆九年甲子(1744),朱仕琇以福建解元中举,福建官方梓刻乡试高第者硃卷,故知朱仕琇时文与邵武府、建宁县甚至福建全省各府各县时文的风格皆有差异,杰出于福建士子,而于"京师士大夫"相近,为本科福建乡试主考所激赏。

⑥ 民国《建宁县志》卷十七,《质行传》本传,影印第177页。

进士,由翰林庶吉士出为东夏津令,今改教职,侍母在籍。女三人,适某某。孙男几人,孙女几人。”[①]据“越十二年”、“又十七年”等语推算,此墓志铭作于乾隆二十四年己卯(1759),值雷鋐晚年。

朱霦之友、上海人周铨(1662—1722),字纬苍,号椒圃、晚崧。姜宸英门人[②]。光绪《邵武府志·(国朝)寓贤传》周铨传:“周铨,字纬苍,江南上海人。能诗赋,工书法。与建邑朱霦友善,寓松谷数年,县之善书者咸宗之。”[③]朱仕琇《先考行状》:“(朱霦)主阿琳家。琳客周铨鳏而贫,以诗一编谒先君,先君读之,惊叹曰:‘唐音也。’慰铨曰:‘子姑无忧失意、无妻子也,吾乃忧子以困故惨瘁不就其诗,遗惜才者恨。’赠铨半橐中金,铨感先君言,为古益力。后十余年,铨以诗显江淮,所以使铨不以无家空乏累其学者,本先君作人之功也。”[④]又作有《送周纬苍序》。周铨寓居建宁,促进了清代建宁县书法艺术的发展。同治刊本《福建通志·艺术传》徐国镐(徐叔颖之子)传:“其弟子朱文仪,字羽皇。从学书,具得古人笔意,复师上海诗人周铨。铨书自负冠本朝,独奇文仪。文仪之弟文仁,贡生,喜大书,虽寻丈无不如意。”[⑤]

朱燿,一名朱肇耀,字汉辉。武庠生。著有《怡庵诗稿》,朱仕琇序。略曰:“族叔父汉辉先生,别字怡庵。负异才,求仕不得志,瘖而卒。其子文学(朱)雝读而悲之。后十年,雝与弟仕静校先生遗诗,来请序。先生老于委巷,今读其诗,大率渔矶涉巘逍遥自得之情,若不知为不得志然者,是不可以观其所养哉?”[⑥]光绪《邵武府志》朱燿本传:“负才好古,著《庄屈合序》,深于《左氏春秋》、《小戴礼记》。教二子雝、仕静。以文行名,有《怡庵诗集》。”[⑦]《国朝全闽诗录初集》有朱燿小传其选诗《喜栎园(李俊)见贻诗集》[⑧]等。朱仕琇《庠生朱公墓表》称其“少修儒术,深《左氏春秋》、《小戴礼记》,工为《楚辞》,与先君善”,“好庄周、屈原书,著《庄屈合序》”,“子(朱)雝益儒,通习古今文”[⑨]云云。

朱燿之子朱雝、朱仕静。朱雝(1721[⑩]—?),一作朱雍,字和鸣,号鼎堂,朱仕琇从弟。乾隆间贡生。传见同治刊本《福建通志·文苑传》。民国《福建通志·文苑传》朱雝本传:“天姿超绝,好学不倦,尝手钞六经及左、马、庄、屈、荀、杨、孟、韩氏之言,去其疵者。其文辞旨洁而则,温而有伦,得韩愈、李习之(李翱)之遗[⑪];诗长于五言古,专主大谢,旁及颜、鲍诸家,多渊然自得之趣。著有文集四卷,毁于火,有诗集行世。”[⑫]此传本诸光绪《邵武府志》朱雝传。《国朝全闽诗录初集》朱雝条引《注韩居诗话》云:“和鸣诗专力于五古,体格似大谢。近体寥寥,非生平所注意,要亦以朴拙为宗,其命意可谓高远矣。”[⑬]有诗《赠兄梅崖十首》。[⑭] 朱仕琇《梅崖居士文集》卷二十九有《答族弟和鸣书》多篇,他文亦多处推挹之,兄弟二人相知最深。朱仕琇称朱雝“工制义,于诗歌诸杂文皆有古风”[⑮],“诗文古异”[⑯],“坚质清幽,一

---

① 民国《建宁县志》卷五,《坵墓》,影印第 65 页。

② 李灵年等《清人别集总目》,第 1441 页。

③ 光绪《邵武府志》卷二十四,《人物传·(建宁)寓贤》周铨传,影印第 586 页。

④ 朱仕琇《梅崖居士文集》卷六,《清代诗文集汇编》第 336 册,影印第 247 页。

⑤ 同治刊本《福建通志》卷二百四十七,《艺术传》徐国镐传,影印第 4495 页。

⑥ 同治刊本《福建通志》卷七十九,影印第 1611 页。《怡庵诗序》见《梅崖居士文集》卷十七,引文原作:“族叔父汉辉先生,别字怡庵。余尝表其墓,大意谓先生负异才,求仕失所出,陷于不得悔,瘖而卒,而并及一时之同志者,其子文学(朱)雝尝读而悲之。后十年,雝与弟仕静校先生遗诗,已,来请序。……先生老于委巷,今读其遗诗,大率渔矶涉巘逍遥自得之情,若不知为不得志然者,是不可以观其所养哉?”(《清代诗文集汇编》第 336 册,影印第 348 页)由于节略,使引文语意不通。

⑦ 光绪《邵武府志》卷二十一,《人物传·(建宁)文苑》,影印第 469 页。

⑧ 《国朝全闽诗录初集》卷十六,《全闽诗录》第五册,第 339 页。

⑨ 朱仕琇《梅崖居士文集》卷十五,《清代诗文集汇编》第 336 册,影印第 327 页。

⑩ 朱仕琇《鼎堂制艺序》,《梅崖居士文集》卷十九,《清代诗文集汇编》第 336 册,影印第 371 页。

⑪ 此前引文文字出朱仕琇《鼎堂制义序》(《梅崖居士文集》卷十九,《清代诗文集汇编》第 336 册,影印第 371 页),稍作改动。

⑫ 民国《福建通志》总卷三十九,《福建文苑传(卷二)》卷八,朱雝传,第五页。

⑬ 《国朝全闽诗录初集》卷十六,《全闽诗录》第五册,第 337 页。

⑭ 民国《福建通志》总卷二十五,《福建艺文志》卷六十五,第十二页,引《课余续录》。

⑮ 朱仕琇《与陈绳庵书》,《梅崖居士文集》卷二十四,《清代诗文集汇编》第 336 册,影印第 431 页。

⑯ 朱仕琇《与陈绳庵书》,同上书,同卷,影印第 432 页。朱仕琇集中有大量同题书牍。

时罕俪,视时下名士,皆有过之,无不及也”[①]。

朱仕玠为族叔父朱燿之女官朱氏作《官烈妇传》。官烈妇即《怡庵诗序》中“后先生之殁二十年,守节死其夫”之“女某”[②]。

朱仕玠(1712—1773),字碧峰,号筠园。朱霞犹子、朱霦第三子,朱仕琇三兄[③]。乾隆六年辛酉(1741)拔贡生。官德化教谕。乾隆二十八年癸未(1763)调凤山。按:凤山,即清代台湾建省之前福建台湾府所属凤山县(今高雄)。明年丁艰,服阕,再补尤溪教谕,寻调台湾。《全台诗》著录其诗一百七十七首[④]。朱仕玠游宦海外,归闽兼管鳌峰书院诸生膏火,升河南内黄知县,命甫下而卒,年六十二岁。民国《建宁县志·文苑传》本传称朱仕玠未生时,母李氏感异梦见明代著名诗人郑善夫、李攀龙,朱仕玠“幼即敏慧,比长,尽通经史百氏之书,治古今文,皆造精微,然人多称其诗”。[⑤] 与弟朱仕琇齐名,兄弟分业诗、古文[⑥],各擅一端,仕琇以古文鸣,仕玠以诗鸣,见知于方苞、黄叔琳、张鹏翀、沈德潜等前辈及同道者[⑦]。朱仕琇《答雷宪副书》:“家兄制义因少攻声韵,又涉家事,用力颇分,所梓《蒉稗集》幸不为世俗之言。”[⑧]《与杨默堂书》:“家兄筠园含茹风骚之林几三十载矣,时旁治古文,近则穿穴搜獮有明三百年之体,而制义亦魁垒拔出,自名其家。”[⑨]

民国《福建通志·文苑传》朱仕玠本传:“仕玠能古今文,尤工诗。尝以古今论诗,称宋严氏(南宋严羽,邵武人,有《沧浪诗话》),然所见仅能尽盛唐诸人之美,至其前者皆不能合也,因举《(诗)经》解‘温柔敦厚’四言为诗本,其所自为格制极高。”[⑩]朱仕琇《梅崖居士文集》卷十八有《筠园诗集序》、《筠园删稿序》。又有《溪音序》,称其兄朱仕玠的诗歌“正变备具,至效陶什则无,怀《葛天》之遗风犹有存者,其更世益深,日息其志,迈迹于古,殆将往而不可知也”。[⑪] 朱仕琇对于兄长这样专攻诗歌的家族作者好语都将予之,满怀艳羡之情。与其同年、莆田郑王臣的诗歌比较,郑以才胜,朱以格胜,一时称瑜亮[⑫]。

同治刊本《福建通志》著录朱仕玠所著《筠园诗稿》三卷、《删稿》三卷,朱仕琇序。略曰:“筠园先生驰骋风骚之末流者十余年,而后得其正始,择其言之精者,自定上、中、下三集,其余将尽畀炎火,余其惜焉。夫泛滥诸家,刻镂万物之情状,以示其才之无不可,前辈大家往往有之,筠园既以奇逸之气,诙谐纵恣,旁溢杂出,为怪巧瑰奇,用尽历代之体[⑬],虽异于正集之所谓正始者,要未尝不糜其日力焉。又,诗者,性情之端,今将讳之,不白于世,是筠园性情之全不出而弃其勤也,因检其十之一二附于正集

---

① 朱仕琇《复和鸣书》,同上书,卷二十九,影印第 478 页。

② 朱仕琇《梅崖居士文集》卷十七,《清代诗文集汇编》第 336 册,影印第 348 页。

③ 按:民国《福建通志·文苑传》朱仕玠传作“仕琇弟”(《福建文苑传(清二)》卷八,第四页),误。

④ 施懿琳、廖美玉《台湾古典文学大事年表·明清篇》,第 212 页。

⑤ 民国《建宁县志》卷十六,《文苑传》本传,影印第 170 页。语本朱仕琇《筠园先生墓志铭》(《梅崖居士文集》卷十二,《清代诗文集汇编》第 336 册,影印第 300 页)。

⑥ 李中简序,朱仕玠《溪音》卷首,《清代诗文集汇编》第 317 册,影印第 122 页。此序评价朱仕玠时文“廉悍精诣”,《筠园删稿》“跌宕环玮,镵刻秾纤,出入飞卿(温庭筠)、长吉(李贺)、东坡(苏轼)、山谷(黄庭坚),以力追少陵(杜甫)者”(同页)。

⑦ 朱仕琇《与杨默堂书》云“甲子、乙丑之间,在京师,沈归愚(沈德潜)、张南华(张鹏翀)二前辈特深倾倒”(《梅崖居士文集》卷二十五,影印第 442 页),据此知朱氏兄弟乾隆九年甲子、十年乙丑(1744—1745)在京师。

⑧ 朱仕琇《梅崖居士文集》卷二十二,《清代诗文集汇编》第 336 册,影印第 410 页。

⑨ 同上书,卷二十五,影印第 442 页。

⑩ 民国《福建通志》总卷三十九,《福建文苑传(清二)》卷八,朱仕玠传,第四页。语本朱仕琇《筠园先生墓志铭》(《梅崖居士文集》卷十二,《清代诗文集汇编》第 336 册,影印第 300 页)。

⑪ 朱仕琇《梅崖居士文集》卷十八,《清代诗文集汇编》第 336 册,影印第 347 页。

⑫ 朱仕琇《黄石山人诗集序》,《梅崖居士文集》卷十八,《清代诗文集汇编》第 336 册,影印第 358 页。

⑬ 朱仕琇《筠园先生墓志铭》称朱仕玠虽尊崇宋人严羽,“然(严羽)所见仅能尽盛唐诸人之美,至其前者皆不能合”,可见朱仕玠对于严羽盛唐之前历代诗人及其诗歌风格的论调颇为不满,又云朱仕玠自作诗“间放笔,遍历诸代之体,豪宕变化,亦出天然,如《风》、《雅》之有正变也”(影印第 300 页),是为探索盛唐之前历代诗歌应有面目、应有风格及其境界的尝试。此种尝试在同光体诗人群体的创作中蔚然成风,早于同光体 100 年左右,知清代诗人诗歌创作实践和诗歌理论探索的不断推进。

之后,命曰《删稿》,用存其初志焉。"[①]按:同治刊本《福建通志》所引朱仕琇序文字之后尚有"既而读之,其隽放奢丽,是近代才士所为自喜者耳,筠园固不尽是"[②]云云以呈现朱仕玠诗歌创作的另一种面目。著录《水竹居赋钞》一卷,宁人望序。略曰:"先生官德化学,歌咏余暇,著为赋若干首,名曰《水竹居赋钞》。"[③]著录《和红蕉山房诗录》一卷,朱仕玠自序。略曰:"乾隆丁亥(三十二年,1767)、戊子(三十三年,1768)间侨寓榕城。观察张南坪出示《红蕉山房诗》,余读之,因取其中五十调,次韵和之。"[④]

《国朝全闽诗录初集》卷十五有朱仕玠传及选诗[⑤]。沈德潜以为其诗"超轶唐格,脱去闽派"[⑥],乃知清初以来建宁县域的诗歌创作一直行进在突破传统闽诗樊篱的道路上,从明末清初以至乾隆中后叶,从朱国汉到其曾孙朱仕玠100余年间,宗风不坠。

朱仕玠亦能古文,"体拔骨清";亦能时文,"含孕深富"。[⑦]

朱仕玠季女朱召南,号湘蘋。适徐家泰。卒年十八。有《湘蘋遗诗》。朱召南妹朱韶香,字敬园。适鄢家述。有《课儿草》。

朱仕玠胞弟朱仕琇(1715—1780),字斐瞻,号梅崖,姜渫孙女婿[⑧]。受知于宁化雷鋐、邑人徐时作、席大霁等前辈文人。年十五为诸生,乾隆九年甲子(1744)福建乡试解元,十三年戊辰(1748)成进士。改选庶吉士,与安溪李宗文、陈科捷同在馆选[⑨],十六年辛未(1751)散馆授山东知县[⑩]。乾隆二十三年戊寅(1758)自夏津罢官[⑪]南旋,明年己卯(1759)归里,聘主建宁县书院[⑫],复例当引见[⑬],本年改福宁府教授[⑭],四月抵任,以病辞归。朱仕琇尝自道"仕途蹇滞[⑮],归理旧业,人无与者,彷徨前却,独立维艰"[⑯],是其一生最为艰苦、郁闷徘徊时期的写照。受福建巡抚崔应阶之聘,乾隆三十三年戊子(1768)春起主鳌峰书院讲席,前后十一年。乾隆四十五年庚子(1780)卒,本年十一月二十七日,朱筠撰《朱梅崖先生墓志铭》,载《笥河文钞》卷三,《梅崖居士外集》卷八题《敕授文林郎翰林院庶吉士改山东东昌府夏津知县福宁府儒学教授鳌峰书院掌教梅崖朱公墓志铭》。门人鲁仕骥撰《敕授文林郎山东夏津知县改福宁府儒学教授朱梅崖先生行状》,陈用光撰传。其传见《清史稿》卷四百八十五《文苑二》,后附高澍然传;又见同治刊本《福建通志·儒林传》,附其门人黄凤举、金荣镐、何日诰、陈绩、李天炎五人传。门人龚景瀚《忆昔怀人复得二十首叠用杜工部韵》最后一什回忆其师朱仕琇:"老去归濉水,天留后觉知。著书成一子,撼树笑群儿。大海回潮汐,余波及浍池。十年空有志,瞻望若华枝。朱梅崖先生。"[⑰]可以评定朱仕琇的成就和地位。

离任福建学政、大兴朱筠撰朱仕琇墓志铭。略述如下:"建宁梅崖先生以乾隆四十有五年(1780)

---

① 同治刊本《福建通志》卷七十九,影印第1611页。此序又见民国《建宁县志》卷廿五《杂著》(影印第275页)。按:朱仕琇所撰《筠园删稿序》(《梅崖居士文集》卷十八),引文有节略,其中"畀"纠正《梅崖居士文集》原刻本中"卑"之误。

② 朱仕琇《筠园删稿序》,《梅崖居士文集》卷十七,《清代诗文集汇编》第336册,影印第346页。

③ 同治刊本《福建通志》卷七十九,影印第1611页。

④ 同上注。

⑤ 《国朝全闽诗录初集》卷十五,朱仕玠条,《全闽诗录》第五册,第318页。

⑥ 民国《建宁县志》卷十六,原第六页,影印第170页,《文苑传》朱仕玠传。语本朱仕琇《筠园先生墓志铭》。

⑦ 朱仕琇《与筠园书》,《梅崖居士文集》卷二十九,《清代诗文集汇编》第336册,影印第486页。

⑧ 朱仕琇《太学生姜公墓志铭》,同上书,卷九,影印第276页。

⑨ 朱珪《祭李郁斋少宗伯文》,《知足斋文集》卷六,《续修四库全书》第1452册,影印第347页。

⑩ 李中简序,朱仕玠《溪音》卷首,《清代诗文集汇编》第317册,影印第122页。

⑪ 朱仕琇《施氏二夫人墓志铭》,《梅崖居士文集》卷十三,《清代诗文集汇编》第336册,影印第305页。

⑫ 朱仕琇《复李郁斋书》,《梅崖居士文集》卷二十五,影印第438页;《复李郁斋督学请阅文书》,同卷,影印第439页。

⑬ 朱仕琇《林穆庵遗文序》,《梅崖居士文集》卷十六,影印第337页。

⑭ 朱仕琇《谢周南制义序》,《梅崖居士外集》卷二,影印第519页。

⑮ 《复陈绳庵书》云在夏津任上,朱仕琇连丧二子一媳,可谓忧悸万端(《梅崖居士文集》卷二十四,《清代诗文集汇编》第336册,影印第430页),且地方奸险盈阶、诈虞满目,所谓"颠沛失志"(《又与陈绳庵书》,同书,卷二十四,影印第429页)。

⑯ 朱仕琇《伯兄太学生墨轩先生墓志铭》,《梅崖居士文集》卷十二,《清代诗文集汇编》第336册,影印第298页。按:朱仕琇罢官家居一年,事见《正保屯张氏族谱序》(《梅崖居士文集》卷二十,影印第384页)。

⑰ 龚葆琛《福州通贤龚氏支谱》,影印第657页。

秋七月二十又九日卒于家。讣至福州，其从子文伟等来乞筠铭。十月又三日，福州书院人士尝从先生问业者奔走群议曰：'弟子众也，不克人人自哭诸寝如礼文，请为位于小西湖之宛在堂中，庶别于野哭也。'佥曰然。乃设幕即次，众人皆哭失声。其十一月朔，又群来奔走学使者院，佥言曰：'梅崖先生主我鳌峰讲席者殆十年，厥教在诸生之心，俪古大师。诸生于其在也敬以爱，于其去也思，于其没也极哀，请入神主院中，岁月日荐如先生生也。使者既允铭矣，亦宜允入主。'筠曰：'允哉！'越日，又群奔走遍请于巡抚及布政、按察诸当事，咸以为允。于是诹日，同请入主者福清林青圃先生枝春、仁和沈椒园先生廷芳、侯官张惕庵先生甄陶，与先生而四。……先生姓朱氏，讳仕琇，字斐瞻。梅崖先生者，学者所称也。先生德行醇和以挚，其生平以古文词自力，归于自得。要其意，欲追古之立言者，以为清穆者惟天，澹泊者惟水，含之咀之得其妙。以为文者惟人，夫其橐钥从入之途，唐韩宋欧阳，上薄二汉，放乎周、秦，冉然而与六经之指合。其得之意极，其状也㠠㠑渺弥，若党鬼神，而推而准之，平直圆方，察人伦五以平吾气，以宁吾心，斩斩自成名一家，集代以迩者未之闻焉。筠尝遭于京师，邈然怀古，共论此事，先生悬悬执衷，谓筠曰：'及吾两人未死，古文词论当定也。'别后几二十年，一见于庚寅(三十五年，1770)，再见于今年庚子(四十五年，1780)。先生自订其文集获成，可以死，不死矣！先生自年十有五入县学，见知于程先生元章，后受知于周先生学健、吴先生华孙。举甲子(九年，1744)本省乡试第一，戊辰(十三年，1748)成进士，选庶吉士。辛未(十六年，1751)散馆，以知县历官山东。东人歌之曰：'夏津清，我公能。'盖以儒术致之吏也。寻改福宁府学教授，以足疾自辞去。当事重其学，延主福州书院院长，后主其县书院，皆本其所自得者，用以教学者。归之，竟卒。其生在康熙五十有四年春三月十有七日，年六十有六。曾祖讳国汉，祖讳家端，父讳霦。祖、父并获赠如先生官。配姜，继配余。男子三：文佑、文僎、文洊，并县学生，先卒；女子二：一适梅洪恩，一适胡宁仁；孙七：开元、盛元、希元、春元、颖元、发元、昌元。铭曰：'成一家言司马述，韩曰文必自己出。出且成，先生笔。……'"[①]按：朱家端子朱霞、朱霦等；朱霦四子：朱仕珏、朱仕瓒、朱仕玠、朱仕琇。据雷鋐为文集所作序，雷鋐知朱仕琇于乾隆八年(1743)[②]。朱筠所撰朱仕琇墓志铭系其离任之前，等候其弟朱珪接任之时所作，亦是朱筠生前晚年精心结撰的墓志铭之一。对于朱仕琇的生平、吏治、文教事业和文学成就做了精当的概括和论定。朱仕琇的生平事迹以鲁仕骥所撰行状为详。

民国《建宁县志・文苑传》朱仕琇本传："生有异禀[③]，年十一，援笔为制义立就，十五入县学，所从举业师汪世麟[④]者，江西名孝廉也。比当谒选别去，梅崖请益焉，则语之曰：'子但通习诸经，可以推倒一世豪杰矣。'梅崖惊诧其言，自是专心经传之文，旁及诸子百家书，皆能一一得其条理。尝以己意求

---

① 民国《建宁县志》卷十六，《文苑传》朱仕琇传附，影印第177页。原文见朱筠《笥河文钞》卷三(《续修四库全书》第1340册影印清刻本，第96-97页)。朱筠所撰朱仕琇墓志又见同书卷五《圹墓》(影印第65-66页)、光绪《邵武府志》卷二十八《古迹・冢墓》(影印第799页)、《梅崖居士外集》卷八(《清代诗文集汇编》第336册，影印第593-594页)。

② 民国《建宁县志》卷廿五《杂著》著录《梅崖居士文集》三十卷、《外集》八卷引雷鋐序(原第廿七页，影印第275页)。

③ 按：民国《福建通志・文苑传》朱仕琇传："仕琇颖悟，而拙于记诵，日仅数十言。幼读书于所居溪西之别业曰松谷，其世父曲庐先生所筑也。延课师子弟其中，而大书王文成《客坐》、《私祝》之语悬于堂，四方之士来游，愿假馆读书者，察其诚笃，辄授焉，俾子弟得相与讲习。有南丰汤廷竹者好作古文，仕琇与论，初靳而弗言，既而偶疵议时人所作，仕琇心契之，遂以己意求古人之文，一以昌黎韩子为师。有所作，汤见之大惊，转以己业请正于仕琇。为评其得失，汤愧服焉。……仕琇既力攻古文而所作制义益奇，人见之多不解，则共非笑之，仕琇自信益笃。乾隆九年，以第一人举于乡。……先是，乙丑(乾隆十年，1745)会试，清江杨锡紱知贡举。见仕琇卷，洒然异之，出闱谓所知曰：'朱某之文，古人之文也。'及时(指乾隆十三年成进士，改庶吉士)，名闻公卿，莫不愿折辈行与仕琇交。……生平以古文词自力，欲追古之立言者，而要归于自得，以为清穆者惟天，澹泊者惟水，含之咀之得其妙；以为文者惟人，夫其橐钥从入之途，唐韩宋欧阳，上薄二汉，放乎周、秦，冉然而与六经之指合。其得之意，极其状也㠠㠑渺弥，若党鬼神，而推而准之，平直圆方，以平吾气，以宁吾心，斩斩自成一家集。尝与大兴朱筠遭于京师，邈然怀古，共论此事，仕琇悬悬执衷，谓筠曰：'及吾两人未死，古文词论定也。'……子文僎，县学生。从同邑李俊游，有文行，早卒。"(总卷三十九，《福建文苑传(清二)》卷八，朱仕琇传，第二、三页)与民国《建宁县志》朱仕琇传文字大有异同，可合而观之。

④ 朱仕琇《敕授文林郎知云南县汪公墓志铭》云："仕琇年十七，先人命事公，学制义。未数月，丁先人艰，而公亦奉部檄谒选去，迄今四十二年矣。"(《梅崖居士文集》卷九，《清代诗文集汇编》第336册，影印第275页)则朱仕琇从南丰汪世麟学制义在雍正九年辛亥(1731)。

古人之文,上下千百年间,一以昌黎韩子为师。梅崖既博通经传、诸子,力攻古文,而所作制义益奇①,人见之多不解者则相与非笑之,梅崖自信益笃,不为动。新城周力堂(周学健,1693—1748,字勿逸,号力堂)、歙县吴翼堂(吴华孙,字冠山,号翼堂)先后督闽,皆受特知,而翼堂礼之尤至。尝代族人作书,求文于宁化雷宪副鋐②,宪副得书,惊叹曰:'是书淳古冲淡,古大家手笔也,而他求文何耶?'既而知出自梅崖,亟向人称,于是梅崖古今文□日著。乾隆九年甲子,举乡试第一,典试者夏之容也。闱艺出,四方诧为怪。明年,会试不第,归。归而文益闳肆。戊辰(乾隆十三年,1748),再会试,遂成进士,选庶吉士。辛未(十六年,1751)散馆,以知县官山东夏津。……尝以归震川(归有光)之令长兴自况,又尝极称何武为吏,当时无赫赫名,而去后恒系人思。在任七年,以河决改福宁府教授,念母老,遂假归侍养。梅崖既归,为学益笃。时新城鲁絜非仕骥,名进士也,闻梅崖古文名,以所作古文呈正,遂师焉。其后,絜非(鲁仕骥)古文名震天下,得力于梅崖者深也。既移母丧,复补福宁教授,仍以疾辞,而大吏多知梅崖者,礼请主讲鳌峰书院者十一年。乾隆四十四年(1779),疾日甚,乃归教邑之濉川书院,明年七月疾笃,卒于家,年六十六。梅崖于书无所不读,而与人言,每以末学自歉。人或有所称引偶误,辄为举其辞正之,自经传、诸史、百家至于稗官小说皆然。其为文章,自始学韩子,其后更博采秦汉以来诸家之长而独成其体;于韩子之后,其教学者为文,即举韩子之所以教人者,而综其要以立诚为本,以文从字顺、各识职为旨归,以中有自得而能自为为究竟。有《文集》三十卷,又《外集》八卷,海内宗之。"③

光绪《邵武府志》朱仕琇本传所论着重点略有不同:"仕琇生有异禀,拙于记诵而颖悟过人。为文操笔立就。乾隆甲子(九年,1744)以第一人举于乡,戊辰(十三年,1748)成进士,改庶吉士,名震京师。前辈皆折节订交,仕琇守后进礼,未尝数往,或以简傲疑之。仕琇曰:'吾一介书生,甫登第,敢傲哉?顾惟蒙恩选入翰林,俾得优游读书以成其才,而务征逐,费日力,靡饩廪,岂国家长育人才之意乎?'……在(山东夏津)任七年,以河决改教授,补福宁。念母老告归。终母丧,复补福宁,以疾辞。大府重其学,聘主鳌峰书院讲席。仕琇治古文辞,由宋欧阳修、唐韩愈,上薄二汉,放乎周、秦,及其晚而反复于王慎中、归有光诸家,心愈降而客气尽,于是奇词奥旨不合于道者鲜矣。尝与人论文云'为文当先高其志,使其志与古人齐,则观古人之言犹吾言也,然后辨其是非焉,究其诚伪焉,定其高下焉,如黑白之判于前矣,于是顺其节次焉,通其训诂焉,沉潜其义蕴焉,调合其心气焉,久则自然合之,又久则变化生之于是,而其文之高也如累土之成台,如鸿渐之在天,有莫知其所以然者';又言'清穆者惟天,淡泊者惟水,含之咀之,得其妙以为文者惟人,故其为文曲折变化,一以淳古冲淡出之。'年六十六卒。主鳌峰讲席十一年。教人以立诚为本,以文从字顺、各诚职为旨归,以中有自得而能自为为究竟。"④

---

① 拙意以为乾隆十年(1745)前后,全国的文风具有趋向新奇新变的趋向,同时保持雅正的格调,朱仕琇的古文创作正符合了这种标准。大兴朱珪的年谱《皇清诰授光禄大夫经筵日讲起居注官太子太傅南书房供奉体仁阁大学士管理工部兼翰林院掌院学士赠太傅入祀贤良祠赐谥文正显考南厓府君年谱(卷上)》记载乾隆十年乙丑(1745)朱珪补顺天府学附生,"读先秦西汉书,文宗明黄石斋"、自作诗句(1779年作)回忆云"韩孟诗句争唱酬";十二年丁卯(1747)朱珪以第六名中举,座师阿克敦称赞其"年少而魄力大似先师安溪李文贞公",刘统勋以为朱珪所作诗"真长吉语",彼时朱珪的"诗文务为恢奇奥衍之作,不肯一字犹人,帖括亦然",其师、编修汤萼联(乾隆十年二甲进士)"病其好奇,裁抑之,复取明天、崇间及国初文较醇者揣摩之"(《续修四库全书》第1452册,影印第397-398页)。朱仕琇、朱珪为同榜进士,同改庶吉士,从此中消息觇知乾隆间文风转变的一致性倾向。再作进一步观察,朱仕琇的再传门人高澍然推崇韩愈文章,也是以奇崛取胜。曾国藩的门人吴汝纶(1840—1903)论云:"桐城诸老,气清体洁,海内所宗,独雄奇瑰伟之境尚少。盖韩公得扬、马之长,字字造出奇崛。欧阳公变为平易,而奇崛乃在平易之中,后儒但能平易,不能奇崛,则才气薄弱,不能复振,此一失也。曾文正公出而矫之,以汉赋之气运之,而文体一变,故卓然为一代大家。"(吴汝纶《与姚仲实》,《桐城吴先生尺牍》卷一,《清代诗文集汇编》第743册影印光绪二十九年桐城吴先生全书本,原第五十五页,影印第337页)清代古文、时文创作在典雅与新奇之间的分寸一直在调整,形成清代文章学不断进行的、自我调适的状态。

② 按:朱仕琇所撰《皇清旌表节妇谢夫人二子从葬墓志铭》记载族祖北海府君之配谢夫人(1684—1765)六十之时,朱仕琇因族父朱桐(震远)所请,作书乞言于雷鋐,雷鋐以是知朱仕琇(《梅崖居士文集》卷十三,《清代诗文集汇编》第336册,影印第312页)。据下引雷鋐序朱仕琇文集文字,时在乾隆八年(1743)。

③ 民国《建宁县志》卷十六,《文苑传》本传,影印第170-171页。

④ 光绪《邵武府志》卷二十一,《人物传·儒林》,影印第451页。

朱仕琇著《朱梅崖文集》三十卷、《外集》八卷，宁化雷鋐序。略曰："余知有梅崖自其为诸生时始。越一年，梅崖发解(1744)，成进士(1748)，入史馆。当是时，天下无不知有梅崖者，名公卿咸刮目焉，梅崖落落自如。既而改为县令，其落落如故，遂改教职以归。余别梅崖八九年，视其貌加丰，容加晬，气益和以平，乃叹向之知梅崖犹浅也。梅崖承先世诗书之泽，胸中所浸灌无势利之见，兄弟朋友所切劘皆超然远于俗……其文章不为炳炳烺烺以动人视听，其变化离奇皆以淳古冲淡出之，其所自得盖在文字之外，然则世之知梅崖者毋涉乎浅而不既其深也。"[①]所著《梅崖诗偶存》，郑杰《注韩居诗话》论云："梅崖生平以古文词自力，不喜作诗。每一篇出，辄渊古清深，卌然有合于六经之旨，与所为文相埒。"[②]

民国《福建通志》著录其《梅崖居士文集》，引朱珪序云："始力抗周、秦、两汉与荀卿、屈平、司马迁、扬雄诸子，搏必伏而监其刲，然后导而汇之，韩、柳、欧阳、王、曾、姚、虞以下，若首受而委逆也。及其晚，而反复于遵岩（王慎中）、震川（归有光）诸家，心愈降而客气尽，于是奇辞奥旨不合于道者鲜矣，故其为文善状物情。"[③]引朱筠所撰墓志，略曰："生平以古文词自力，归于自得，要其意欲追古之立言者"，法天之清穆、水之澹泊。引雷鋐序。略曰："其文章变化离奇，一以淳古冲淡出之，其所自得盖在文字之外[④]。"引鲁仕骥所撰行状。略曰："以己意求古人之文，上下千百年间，一以昌黎韩子为师"，"为文章自始学韩子，其后更博采秦汉以来诸家之长，独成其体于韩子之后。"[⑤]

林明伦序《梅崖居士文集》，以为自汉以来作者之列韩愈号为最醇，以其文怪怪奇奇无所不有，而其辞虽怪，其源无不一，故醇，朱仕琇其文"恢奇谲诡，为深博无涯涘，而按其义法，以余所见征之，往往合焉"[⑥]。宗人雝《序》云："左丘明依经侈事，司马迁言秦、汉，综核成败，韩愈钩考百家，去非取是，以佐六经，欧阳修法愈之为，其至矣乎！此人皆以瑰伟之才，具坚定不拔之性，殖百世不泯之精，故能交绝续而以其业立于莫可并。梅崖先生生有神异，读书通解。自成童时即志于文章之至者，力矫颓俗，仡仡独造，笑讥环起，不顾也。有所悲思慨慕，则际乎天地之间，斋见梦接，并力以随。其为文始而果峭，中而优豫和夷，终则变动不极，而仁情义气充乎其里，溢乎其表，先乎人心之同然。文章以来，左氏以博，司马氏以奇，韩氏以易良，欧阳氏以详缓，学者从其性之所近，有一得焉而已名，先生则间左氏、司马氏、韩氏、欧阳氏之美，以自为梅崖氏之文也。"[⑦]朱仕琇自述云："仕琇少好荀、扬、庄、屈、左、《史》、韩、李八氏之文，顾不自力，后稍徙而学西汉，学欧、曾氏，既入宦途，乃泛滥元、明诸家，以故渐染时习，不克称其意也"[⑧]，"韩、李文太高，得调剂于欧、曾、王三家可也"[⑨]，"比读震川遗集，甚有得。因念生平醉心韩、李，使不择其所以出之者，未为善也。欧、苏、曾、王各自成家，驯至姚牧庵、虞伯生，渐合源流，至震川而益备"[⑩]。

---

① 同治刊本《福建通志》卷七十九，影印第1612页。按：乾隆二十三年戊寅(1758)，雷鋐《序》"为诸生时始"、"越一年"之间尚有"梅崖之族人投书，求余为其母节孝传，尺幅中皆淳古冲淡之气，余心异之。已而，知出自梅崖"文字，"梅崖发解"作"梅崖遂发解"，"天下"作"天下人"，"一以"作"皆以"（朱仕琇《梅崖居士全集》，《清代诗文集汇编》第336册影印乾隆四十七年镌本，影印第180页）。

② 同上注。按：《梅崖诗存》在《梅崖居士文外集》卷八（《清代诗文集汇编》第336册，影印第503页，《梅崖居士外集·目录》）。

③ 乾隆四十七年壬寅(1782)，朱珪《序》："（顾尝闻其言矣，）始力抗周、秦、两汉与荀卿、屈平、马迁、扬雄诸子，搏必伏而监其刲，然后导而汇之，韩、柳、欧阳、王、曾、姚、虞以下，若首受而委逆也。及其晚，而反复于遵岩、震川诸家，心愈降而客气尽，于是奇辞奥旨不合于道者鲜矣。此予所闻于梅崖之大略也。闽学近实，而梅崖天姿独超，深湛嗜学，故其为文善状物情，必揆于经义，庶几得之心而立其诚者。"（朱仕琇《梅崖居士全集》，《清代诗文集汇编》第336册，影印第179-180页）

④ 按：雷鋐《（梅崖居士文集）序》："其文章不为炳炳烺烺以动人视听，其变化离奇皆以淳古冲淡出之，其所自得盖在文字之外。"（《梅崖居士全集》，《清代诗文集汇编》第336册，影印第180页）

⑤ 民国《福建通志》总卷二十五，《福建艺文志》卷六十五，第九页。

⑥ 朱仕琇《梅崖居士全集》，《清代诗文集汇编》第336册，影印第181页。按：朱仕琇《林穆庵遗文序》"吾友林君穆庵通籍后，好韩子之书，时学为之"。（《梅崖居士文集》卷十七，《清代诗文集汇编》影印第337页）

⑦ 宗人雝《（梅崖居士文集）序》，朱仕琇《梅崖居士全集》，《清代诗文集汇编》第336册，影印第182页。乾隆二十四年己卯(1759)作。

⑧ 朱仕琇《与石君书》，《梅崖居士文集》卷二十七，影印第454页。

⑨ 朱仕琇《答族弟和鸣书》，同上书，卷二十九，影印第477页。时在山东夏津知县任上。

⑩ 朱仕琇《答黄临皋书》，同上书，卷二十九，影印第480页。

综合诸家评价及朱仕琇自述,知朱仕琇的古文创作取径既广,以韩愈为宗①,以"孟、荀、屈原之后,能为六经之辞者惟扬雄、韩愈氏耳"②,途径屡变,早年嗜好孟子、荀子、扬雄、韩愈③之文,旨趣在周、秦、两汉间,中年在唐宋八家间,下及元人姚、虞,晚年反复于明代王慎中、归有光之间,贯之以经传、诸子,文章风格变化雄奇,又以淳古冲淡出之,成为清代乾隆间著名的古文家。

朱仕琇究悉历代古文作者利病,"自晚周下迄元明百余家,虽不能尽识,亦尝行其崖畔,知其升降"④,提出完整而系统的古文理论,内涵丰富而复杂,宗旨明确而清晰。乾隆九年甲子至十年乙丑间(1744—1745)朱仕琇与兄朱仕玠尝同至京师赴春闱,均落第。朱仕琇《答雷贯一宫詹书》即作于乾隆十年乙丑(1745),云"仕琇兄弟无状居京师,倥偬不得朝夕有道以自禅。毕试仓皇,遂南复",正是雷鋐来书、朱仕琇答书的作时。此书札谈及朱仕琇的古文观点。略曰:"自惟才力驽弱,犹欲毕志斯文,庶相偿殊知万一之际。仕琇治古文颇有年所,周、秦、汉来诸家驰骋上下,颇得究其利病。自惟学道未成,不敢泄诸人,以来非笑。今为有道者发其覆,暴露固亦不敢墨墨。仕琇窃谓立言之要,唐、宋诸子随其所得浅深皆已自著之也,学者但当择以从事而已。二苏氏于文似无所解,其劝人熟读《檀弓》,论文丑诋扬雄氏,皆大言为欺,不可信,世夺其才气,因奉以不可易,殆过也。自著亦奇伟偃却为雄,无立诚之旨,故仕琇尝谓古文道衰,宋苏轼氏言颇取世骇,要当与深于此事者共明之耳"。⑤ 此时朱仕琇年三十一,治古文已经十余年,观其所言:一在认识到"唐、宋诸子随其所得浅深皆已自著之",朱仕琇一生的古文创作活动中都在坚持"己自著"的观点;二在于针砭宋代古文家二苏,以为眉山苏氏之文"无所解"、"无立诚之旨",反对苏轼"丑诋"扬雄的批评⑥。《答雷宪副书》:"近世文人为程朱之学者,如前明宋景濂、方希直之类,按其所著,大抵情僻而气矜,辞陈而指浅,求其诗人优柔之风,书人灏噩之遗,邈不可见,以此自诩治经,岂非荀卿所称口耳之间不足以美七尺之躯者耶?"⑦似乎对程朱学者的诗歌、古文创作评价甚低。

乾隆四十七年镌本《梅崖居士文集》系《梅崖居士文集》三十卷、《梅崖居士外集》八卷合刻本。所收各体文基本上附有文后评,卷一第二篇《惜阴赋》文后评语:"昌黎摹《骚》,复反正声。视河东投楚南哀怨并其神骨者更高一格。尝恨二公生开、宝后,不得如太白者评定之。此文乃兼二公之胜。《招隐》、《长门》,班婕妤自悼,清趣最胜,幽通思元,理意亦美,然骚情完具,必以二公为法。"⑧此评即以韩愈、柳宗元之作衡之。诸评语往往能扣住《左传》、司马迁、韩愈、扬雄、曾巩、王慎中、归有光古文的特征,善于体验玩味朱仕琇所作诸文,反复比较朱仕琇古文与前人所作的优长与不足,以评价朱仕琇古文创作的成就。

以下列举《梅崖居士文集》、《外集》中的若干评语,这些评语与《梅崖居士文集》诸人所作序对朱仕琇古文创作的态度不完全一致,可以藉此更细致地观察朱仕琇的古文创作及其理论。

《梅崖居士文集》三十卷中有"风骨峻洁处殆欲过之(归有光《戴锦衣家传》)"⑨;"生气咄咄,司马子

---

① 林明伦所作《(梅崖居士文集)序》云朱仕琇乾隆十三年戊辰(1748)初官翰林院庶吉士之时,好举韩愈之文,与林明伦之见相合(《梅崖居士全集》,《清代诗文集汇编》第336册,影印第181页)。朱仕琇《与石君书》列振起文衰的历代作者有唐韩愈、宋欧阳修、元姚燧、明王慎中和归有光五人(《梅崖居士文集》卷二十七,影印第454页),毅然模仿韩愈,以振起当代文衰为己任。

② 朱仕琇《与石君书》,《梅崖居士文集》卷二十七,影印第454页。

③ 朱仕玠《(梅崖居士文集)序》,朱仕琇《梅崖居士全集》,《清代诗文集汇编》第336册,影印第183页。

④ 朱仕琇《与胡稚威(榜名方天游)书》,《梅崖居士文集》卷三十,影印第491页。胡骙,字稚威,号云持。

⑤ 朱仕琇《梅崖居士文集》卷二十一,《清代诗文集汇编》第336册,影印第405页。

⑥ 按:朱仕琇贬低苏轼兄弟的古文创作成就,以为苏氏兄弟"挟其才智以倾一世","法度一变",这个法度指的是"能为六经之辞",在孟子、荀子、屈原之后只有扬雄和韩愈能之,而扬雄氏为苏轼深诋,朱仕琇暗讽苏轼兄弟古文纵然"伟丽可喜"而"害人心"(朱仕琇《与石君书》,《梅崖居士文集》卷二十七,影印第454页),故其古文理论和创作实践在乾隆以来诗坛宗苏的思潮中别树一帜,迥异时流。

⑦ 朱仕琇《梅崖居士文集》卷二十二,影印第410页。

⑧ 朱仕琇《梅崖居士全集》,《清代诗文集汇编》第336册,影印第200页。

⑨ 朱仕琇《晚含山人传》,《梅崖居士文集》卷二,《清代诗文集汇编》第336册,影印第215页。

长(司马迁)复出”①;“坚洁”②;“气韵深醇、辞旨洁厚,得《骚》之精”③;“文气清健,不涉陈腐,固为南丰(曾巩)嗣音,愈于王遵岩(王慎中)者也”④;“冲朴淳淡处最近古人”⑤;“出入马、韩,笔力横绝,生气洋洋,溢行墨间,真天地间大文字也,可配(欧阳修)《泷冈阡表》。雷翠庭先生(雷鋐)。”⑥“叙事明鬯,笔宕以舒,而气尤冲澹,文格在习之(李翱)、永叔(欧阳修)之间”⑦;“叙事弥繁,风神弥鬯。此格创唐宋大家之未有,而其栖情深澹,结体宽平,犹然韩、李之嫡派也”⑧;“气韵恬释渊雅,大段自六一居士(欧阳修)出。”⑨“精简不及韩、柳,要在欧、王之间”⑩;“志神骨遒逸,逼真欧阳,铭辞亦有《孙明复(孙复)》、《尹源(尹洙兄长)》等篇风味”⑪;“证据确凿,不同无稽,文格虽少陁,要不失为虞伯生(虞集)、归熙甫(归有光)也”⑫;“归熙甫《王邦献墓志》、《戴锦衣家传》高卓郁动,得史迁之神,然王志气尚微滞,不逮此(《孝廉李君墓志铭》)之豪儁、挥霍如意也”⑬;“剧爱欧阳公《孙明复先生墓志铭》,无一不绝,此志叙事气脉淳劲殆与相上下,而铭辞伟然,后出真为强敌矣。〇退之(韩愈)《张彻》、《王适》等铭乃从大雅诸变,兼采《瓠子》、《天马》等乐歌,奥崛深洞,奇气横溢,直与《九章》、《天问》相为彪炳,后之铭者皆法之,唯此与欧公《孙明复》、《苏舜钦》、《尹源》诸铭得其神髓,王介甫(王安石)极力追摹,终于肤壳未化”⑭;“气韵沉稳,固非北宋以后人所能办”⑮;“铭辞雄浑浩然无涯,昔人称归熙甫《赵汝渊墓志铭》,谓韩、欧不过,视此何如? 志亦朴直易简,有浑然之气”⑯;“以《春秋》谨严之旨,兼介甫(王安石)劲曲之笔,乃成斯文。〇铭辞奇伟,要于义正句凿,不落模糊,否则堕入伪境矣。其雄深雅健处无所倚傍,直欲自成一家,特嫌大段用力耳”⑰;“波澜俱本色,故往复滔滔,只见其洁”⑱;“志只就世泽点缀、慨叹,虽其旨不远,要亦朴实,入情理;铭辞音节稍采东京、魏、晋间人,固变调也”⑲;“描写生动,笔力兼韩、欧二公之胜,大旨皆出太史公(司马迁)也”⑳;“廉厉深清,仍储神于淳秀,此境韩、李独得,鯑以郁勃,此又一奇也,大约格在唐、宋之间”㉑;“叙事议论,回翔飞舞,既畅矣。要出自西京,无宋气。以骨理阔疏苍爽,不绵柔也”㉒;“简古中风神粲然”㉓;“骨韵坚厚,乃有柳河东遗风”㉔;“此亦少作。其风味清简处要入古人,虽无甚奇特,然不可废也”;“深于《国风》,遂参《离骚》之幽洁,不足言也”㉕;“叙事该核,气韵宽平,犹不失欧、曾遗矩也”㉖;“叙事千头万绪,一线穿成,读之首尾如天造地设,不假安排然者,此境正出前人之外也。〇

---

① 朱仕琇《黄贞女传》,同上书,卷二,影印第217页。
② 朱仕琇《李节女传》,同上书,卷二,影印第218页。
③ 朱仕琇《祭李母姜夫人文》,同上书,卷四,影印第233页。
④ 朱仕琇《重修龙溪县学碑记》,同上书,卷五,影印第238页。
⑤ 朱仕琇《霞浦县先农祠记》,同上书,卷五,影印第240页。
⑥ 朱仕琇《先考行状》,同上书,卷六,影印第248页。
⑦ 朱仕琇《岵庵先生行状》,同上书,卷六,影印第250页。
⑧ 朱仕琇《岵庵先生六十述》,同上书,卷六,影印第251-252页。
⑨ 朱仕琇《故进士霞浦卢君墓志铭》,同上书,卷七,影印第262页。
⑩ 朱仕琇《广平府知府周公墓志铭》,同上书,卷七,影印第264页。
⑪ 朱仕琇《郁林州州判宁君墓志铭》,同上书,卷八,影印第265页。
⑫ 朱仕琇《文憙先生墓志铭》,同上书,卷八,影印第275页。
⑬ 朱仕琇《孝廉李君墓志铭》,同上书,卷十,影印第286页。
⑭ 朱仕琇《李君墓志铭》,同上书,卷十,影印第287页。
⑮ 朱仕琇《县文学鄢君墓志铭》,同上书,卷十,影印第288页。
⑯ 朱仕琇《族(曾)祖朱公墓志铭》,同上书,卷十一,影印第289页。
⑰ 朱仕琇《族祖朱公墓志铭》,同上书,卷十一,影印第290页。
⑱ 朱仕琇《从兄太学君墓志铭》,同上书,卷十一,影印第291页。
⑲ 朱仕琇《文学步柳墓志铭》,同上书,卷十一,影印第293页。
⑳ 朱仕琇《太学生朱君墓志铭》,同上书,卷十二,影印第295页。
㉑ 朱仕琇《文仁墓志铭》,同上书,卷十二,影印第298页。
㉒ 朱仕琇《徐母余宜人墓志铭》,同上书,卷十三,影印第306页。
㉓ 朱仕琇《李母谢夫人墓志铭》,同上书,卷十三,影印第309页。
㉔ 朱仕琇《皇清旌表节妇谢夫人二子从葬墓志铭》,同上书,卷十四,影印第312页。
㉕ 朱仕琇《淑英墓志铭》,同上书,卷十四,影印第316页。
㉖ 朱仕琇《诰封奉直大夫例授州同知立轩陈公暨元配诰封太宜人鲁氏合葬墓表》,同上书,卷十五,影印第322页。

须合行状、墓志读之,识其消纳补缀、钩绾管摄、自然易简之妙。○此等文直接欧阳,曾子固、归熙甫皆不及也”[①];“劲正苍深,不取廉杰。采孙卿(荀子)、扬雄之旨施于叙事,几能自铸伟辞,不受马、韩羁络矣。○章法、笔力、义蕴、风神无不备极,亦集中大文字也”[②],“风味清简,其立言有体要处,是韩氏家法”[③];“思绪绵厚,大旨金玉南丰(曾巩)”[④];“层句叠语,一气滚出,而次第分明,风神转畅。此法亦本欧、曾,要不假摹仿耳自与之合,故足贵也”[⑤];“此等文,敦恳茂密处不让曾子固也”[⑥];“此等文,即置诸欧、曾集中犹为杰作”[⑦];“含孕深富而体仍洁,易则于韩、李,故足贵也”[⑧];“司马子长得意之作。○尝读庄子‘大块噫气’一段,深移我情,窃叹为天地间自然至文。此文与之相较,正何让焉?兄筠园。”“笔下烟波,渐老渐平,欧阳永叔、苏子由皆如此”[⑨];“一味本色,此得韩、欧深处”[⑩];“稍入别调,要中存洁厚之旨,固不可废”[⑪];“文格虽陋而气仍纯畅以舒,犹是姚牧庵(姚燧)、虞伯生(虞集)、方希直(方孝孺)集中佳作也”[⑫];“用笔如水银在地流注无方,其源亦出于昌黎”[⑬];“本色。往复不涉一毫,驱驾而日光玉洁、万象俱莹,韩愈氏后亦无与于斯者矣。和鸣(朱雝)。”[⑭]“苍郁劲深,是荆公、老泉学周末人文字”[⑮];“蝉联附会,似为别调,要亦原本汉人,如刘更生条灾异封事是也”[⑯];“风格苍健,入西京,于晁家令、贾太傅尤近。○盛气挥斥,动中矩度,不假绳削,最文家之高境”[⑰];“立言得体,其详缓柔润处,大要于子固(曾巩)为近”[⑱];“清简,无世俗气,韩、欧真脉也”[⑲];“笔力之巧,直参于韩、欧间,余人不足言也。○压‘去’字,视《孟东野序》,笔力几于相敌”[⑳];“文不近二百字,而开合怪骇,得韩最深”[㉑];“孙卿之劲,太史之洁,而行以北宋大家之绵畅曲折,非深于此事者不足与其要妙也”[㉒];“欧、曾真体,并合而不可辨”[㉓];“文气淳健,几能自勒一家,与唐、宋诸子敌,能存此论,以质后世之知言者”[㉔];“骨力苍质,是北宋大家学西京文字”[㉕];“洁、厚、苍,直得孙卿、韩愈氏之精,西京中能及此者亦唯武、昭、宣、元、成、哀诸儒间有之,前期病于太疏,后此过温密,而气已薾矣”[㉖];“醇厚灏衍,时采苍郁,参合于子厚、永叔、子固

① 朱仕琇《诰赠中宪大夫分巡金衢严道加一级赐同进士出身新城陈君墓表》,同上书,同卷,影印第323页。

② 朱仕琇《庠生朱公墓表》,同上书,卷十五,影印第327页。

③ 朱仕琇《艾母苏夫人墓表》,同上书,卷十五,影印第328页。

④ 朱仕琇《乐闲图序》,同上书,卷十六,影印第331页。

⑤ 朱仕琇《经笥堂文集序》,同上书,卷十七,影印第337页。

⑥ 朱仕琇《白云集序》,同上书,卷十七,影印第342页。

⑦ 朱仕琇《枥园诗序》,同上书,卷十七,影印第344页。

⑧ 朱仕琇《筠园诗集序》,同上书,卷十八,影印第346页。

⑨ 朱仕琇《怡庵诗序》,同上书,卷十八,影印第348页。

⑩ 朱仕琇《留踪集序》,同上书,卷十八,影印第352页。

⑪ 朱仕琇《叶函斋制义序》,同上书,卷十九,影印第365页。

⑫ 朱仕琇《三郑进士文稿序》,同上书,卷十九,影印第366页。

⑬ 朱仕琇《筠园制义序》,同上书,卷十九,影印第370页。

⑭ 朱仕琇《鼎堂制义序》,同上书,卷十九,影印第371页。

⑮ 朱仕琇《金芷汀制义序》,同上书,卷十九,影印第372页。

⑯ 朱仕琇《自为集序代》,同上书,卷十九,影印第380页。

⑰ 朱仕琇《萍乡邓氏族谱序》,同上书,卷二十,影印第383页。

⑱ 朱仕琇《送同年荆荫甫序》,同上书,卷二十,影印第392页。

⑲ 朱仕琇《送叶蔚文南归序》,同上卷,卷二十,影印第393页。

⑳ 朱仕琇《送筠园之京师序》,同上书,卷二十,影印第394页。

㉑ 朱仕琇《赠族兄羽健序》,同上书,卷二十,影印第395页。

㉒ 朱仕琇《上夏编修书》,同上书,卷二十一,影印第396页。据书中“去岁下第”语,知为乾隆十一年丙寅(1746)年作,是年朱仕琇三十二岁。书中有“生平不自揣度,学治古文,都无门户”语。

㉓ 朱仕琇《上夏督学书》,同上书,卷二十一,影印第397页。此书作于乾隆十三年戊辰(1748)。

㉔ 朱仕琇《上万侍读书》,同上书,卷二十一,影印第398页。

㉕ 朱仕琇《答吴督学书》,同上书,卷二十一,影印第400页。此书作于乾隆十四年己巳(1749),明年散馆。

㉖ 朱仕琇《答雷贯一宫詹书》,同上书,卷二十二,影印第405页。此书作于乾隆十年乙丑(1745)。

而为一者也"[①];"坚质处近北宋人"[②];"当时来使匆卒取回书,故辞气未能安详合度,要其征引分别,笔亦简净不芜"[③];"说经不芜处,犹是欧、曾家法"[④];"风骨峻洁而天然绝去矜饰,此韩、欧之所以异于柳、王者也"[⑤];"柳子与杨海之论说车书,攻击矫洁,二千余言无一剩字,此以退之易良之体行之,尤为创见矣"[⑥];"慷慨淋漓,情辞悲壮,如听高渐离击筑、祢正平鼓《渔阳三掺》,令人激昂起舞,不能已已,真得腐迁之神者矣"[⑦];"骨理劲疏处亦自西京出"[⑧];"浑厚处出自南丰"[⑨];"寂寥短章,然陈义懿厚,正恐非归熙甫、王遵岩不能为也"[⑩];"真韩文"[⑪]等诸评。

《梅崖居士外集》八卷亦有评语,如"格调入东京,颇似仲长公理(仲长统)《昌言》风味"[⑫];"此亦少作。虽体气未深裕,且当赏其笔力之奇纵。〇硬排比对,相角而下,中无转捩虚机躲闪处,最窘笔力,此法昌黎(韩愈)独擅,柳州(柳宗元)《咸宜》等篇亦复雄健可喜"[⑬];"气体清明。绝似李习之(李翱)"、"其味黯然以长,其光油然以幽,纯乎习之,涤荡宋气殆尽"、"神似柳柳州"[⑭];"不减太史公"[⑮];"苍严入汉"[⑯];"铭辞有简味,颇似退之(韩愈)《荥阳郑公碑铭》也"[⑰];"昳丽处欲与六一居士抗行"[⑱];"曾南丰得意处"[⑲];"苍苍莽莽,自得古意"[⑳];"神骨坚明处自六一居士出"[㉑];"缠绵宕往,兼有欧、曾之胜"[㉒];"笔力严健,颇似姚牧庵(姚燧)"[㉓];"神似欧阳,正于闲逸处见妙。苏老泉(苏洵)《字说》所云'其繁如谷,其乱如雾',欧阳子所云'学孟、韩不必似',正取其自然者也"[㉔];"辨析处气味清古,大略亦似南丰而照应尤密"[㉕]等诸评。

以上所引评语,展现了朱仕琇古文各体创作丰富多样的风格。朱仕琇的古文成就有类似《四库全书总目》评价明人高启诗歌创作成就之形容:"其于诗,拟汉魏似汉魏,拟六朝似六朝,拟唐似唐,拟宋似宋。凡古人之所长,无不兼之",朱仕琇所作古文用力著深,模拟历代古文家的创作及其风格而肖似之、过轶之,得失俱不讳言,高启之诗尚有"未能镕铸变化,自为一家","备有古人之格,而反不能名其为何格"[㉖]的缺憾,而朱仕琇之古文理论和创作有明确宗趣和自身气质,"海内宗之",成为清代开宗立派的古文宗师。

---

① 朱仕琇《重与雷通政书》,同上书,卷二十二,影印第407页。
② 朱仕琇《答雷宪副书》,同上书,卷二十二,影印第411页。
③ 朱仕琇《又答雷宪副书》,同上书,卷二十二,影印第412页。
④ 朱仕琇《又复雷宪副书》,同上书,卷二十二,影印第413页。
⑤ 朱仕琇《复雷宪副书》,同上书,同卷,影印第415页。
⑥ 朱仕琇《与林穆庵书》,同上书,卷二十三,影印第423页。按:杨诲之,柳宗元妻弟。柳宗元有《说车赠杨诲之》、《与杨诲之疏解车义第二书》。
⑦ 朱仕琇《与林穆庵书》,同上书,卷二十三,影印第425页。
⑧ 朱仕琇《复李郁斋书》,同上书,卷二十五,影印第437页。
⑨ 朱仕琇《与张樊川书》,同上书,卷二十五,影印第441页。
⑩ 朱仕琇《又与家石君书》,同上书,卷二十七,影印第453页。
⑪ 朱仕琇《答鲁絜非书》,同上书,卷二十八,影印第466页。
⑫ 朱仕琇《班马异同辨》,《梅崖居士外集》卷一,影印第506页。
⑬ 朱仕琇《规友》,同上书,同卷,影印第507页。
⑭ 朱仕琇《杂说三首》,同上书,同卷,影印第508页。
⑮ 朱仕琇《书商君传后》,同上书,同卷,影印第508页。
⑯ 朱仕琇《书发言后》,同上书,同卷,影印第509页。
⑰ 朱仕琇《潘夫人墓志铭》,同上书,同卷,影印第515页。
⑱ 朱仕琇《赠黄君序》,同上书,同卷,影印第517页。
⑲ 朱仕琇《送周纬苍序》,同上书,同卷,影印第518页。
⑳ 朱仕琇《谢周南制义序》,同上书,同卷,影印第520页。
㉑ 朱仕琇《林太翁八十寿序》,同上书,卷三,影印第534页。
㉒ 朱仕琇《李枥园六十寿序》,同上书,卷三,影印第535页。
㉓ 朱仕琇《叔父石文府君六十寿序》,同上书,卷四,影印第549页。
㉔ 朱仕琇《郑母叶孺人七十七寿言》,同上书,卷五,影印第561页。
㉕ 朱仕琇《伯母范夫人七十寿言》,同上书,卷六,影印第569页。
㉖ 永瑢等《四库全书总目》卷一六九,《大全集提要》,中华书局1965年版,影印第1471-1472页。

作为稍早于桐城姚鼐崛起于古文创作坛坫的闽籍古文作家,朱仕琇的地位、意义重要,其影响深远。道光五年乙酉(1825),闽浙总督赵慎畛《朱梅崖太史先生遗像赞》云:“昌黎代不祧,派别恣莽苍。遥遥千载心,径绝神孤往。梅崖振东南,健笔特无两。”[①]晚清陈衍《石遗室书录》作出高度评价,略云:“福建人以古文词名家者绝鲜,先生敝精力于为文,在吾乡千百年来当首屈一指,次则高雨农(高澍然)先生,遵岩(王慎中)散体中间以骈语,抑又其次也。”[②]《陈石遗先生谈艺录》:“师云:朱梅崖文在王遵岩(王慎中)上,高雨农(高澍然)次之,张怡亭(张绅)、李古山(李祥赓)又次之。”[③]然其一生主要活动僻在遐方,朱仕琇的古文在全国的影响反而不大,仅在邵武府所属邵武、建宁、光泽、泰宁各县盛行,西传江西,东南传向福州府、泉州府厦门等地而已。陆继辂《七家文钞自序》:“我朝自望溪方氏(方苞)别裁诸伪体,一传为刘海峰(刘大櫆),再传为姚惜抱(姚鼐)。桐城一大县耳,而有三君子接踵辉映其间,可谓盛矣,然世之沉溺于伪体者固未尝一日而息。朱梅崖(朱仕琇)所处僻远,彭秋士(彭绩)年少,心孤口众,徒能自守而已。”[④]

《国朝全闽诗录初集》朱仕琇条:“字斐瞻,建宁人。……授翰林院庶吉士,改山东夏津知县。有《梅崖诗偶存》。”引《注韩居诗话》:“梅崖生平以古文辞自力,不喜作诗。顾每一篇出,辄渊古清深,峁然有合于六经之旨,与所为文相埒焉。观其示子书云:‘古文之道,正大厚重,非学士大夫立心端悫者莫能习。诗歌之靡,则儇人佻士率往趋之,以故诗人之无行者不可胜数,而古文之传皆正人君子也。’又云:‘诗之道虽易于古文,然非可一蹴至也。必沉酣《诗》、《骚》,精熟《文选》,屡思于有无之际,著笔于近远之间,发兴苍茫,开倪寥廓,无意而合,自然而成。如此等境,岂尔初学所能至哉。’先生此言,特有为而发。平心论之,儇佻之士能为文,而不能为正大笃实之文;能为诗,而不能为温柔敦厚之诗。至于绩学为经,精思为纬,始难终易,由浅入深,诗诚有之,文亦宜然。举一废一,尚未免一偏之见也。然由前之论,足惩绮靡之非;由后之言,足正别才之谬。然则先生不喜作诗,正先生之深于诗欤?”[⑤]《国朝全闽诗录初集》长引郑杰《注韩居诗话》,对朱仕琇的诗歌创作颇为关注,注意到朱仕琇本人虽倡古文、歌诗并能[⑥],亦评论诗歌,然不甚作诗,其文学创作具有诗、文两分的现象及诗道易而文道难[⑦]的观点。

朱仕琇一生中与兄朱仕玠、族弟朱雝、前辈雷鋐、同年陈科捷、朱珪、林明伦、门人鲁仕骥、忘年交林乔荫等关系最为密切。

《桐城派编年》引刘声木《桐城文学渊源考》考订朱氏作者有:从子朱文仁、子朱文佑、从子朱文珍、从子朱文倩、从弟朱仕□、族弟朱仕灿、族弟朱雍[⑧]。据朱仕琇《梅崖居士文集》,朱仕琇作有《族兄羽健像赞》、《族文学飞涛像赞》[⑨]、《族弟炳南像赞》[⑩](卷三)、《诸子文佐哀辞》[⑪]、《祭族叔乔瞻文》、《祭亡侄文倬文》(卷四)、《謦亭记》[⑫]、《岵庵先生行状》[⑬](卷六)、《族祖朱公(族曾祖朱廷秀)墓志铭》、《族祖朱

① 朱仕琇《梅崖居士全集》,《清代诗文集汇编》第336册,影印第184页。版心作“《梅崖居士文集》卷一《像赞》”。

② 民国《福建通志》总卷二十五,《福建艺文志》卷六十五,第九页,引。

③ 陈衍《陈石遗先生谈艺录》,黄曾樾辑,《民国诗话丛编》第1册,第703页。

④ 陆继辂《七家文钞自序》,《崇百药斋续集》卷三,《清代诗文集汇编》第506册影印道光四年刻本,原第六页,影印第265页。所谓七家指方苞、刘大櫆、姚鼐、朱仕琇、彭绩、张惠言、恽敬。

⑤ 《国朝全闽诗录初集》卷十五,朱仕琇条,《全闽诗录》第五册,第321页。

⑥ 朱仕琇《示子文佑书》,《梅崖居士外集》卷七,《清代诗文集汇编》第336册,影印第584页。

⑦ 朱仕琇《示子文佑书》,《梅崖居士外集》卷七,影印第584页。

⑧ 俞樟华、胡吉省《桐城派编年》,第268-269页。

⑨ 朱泉,字飞涛,有文誉。其弟朱可南。(《梅崖居士文集》卷三,《清代诗文集汇编》第336册,影印第224页)朱可南又见《复和鸣书》(同书,卷二十九,影印第478页)。

⑩ 朱炳南“为文有深思,顾久困名场”,有子五人(《梅崖居士文集》卷三,《清代诗文集汇编》第336册,影印第225页)。

⑪ 朱文佐,系朱仕琇伯兄次子。年十六,以疟殇。《梅崖居士文集》卷四,《清代诗文集汇编》第336册,影印第226页)。

⑫ 乾隆十二年丁卯(1747),《謦亭记》为族叔父朱含辉作。(《梅崖居士文集》卷六,《清代诗文集汇编》第336册,影印第246页)

⑬ 朱仕琪,字宝廷,号岵庵,朱仕琇嫡堂兄,邑人谢绅(号芝山先生)门人(见《县文学谢君墓志铭》,《梅崖居士文集》卷九),余天职(字天衮)姻家(邑人余天职之子为朱仕琪孙女婿,见《太学生余君墓志铭》,《梅崖居士文集》卷十)。

公(朱廷秀第二子)墓志铭》、《从兄太学君墓志铭》[①]、《从兄太学君理山墓志铭》[②]、《文学朱步柳墓志铭》[③]、《乡饮宾明经朱公墓志铭》[④](卷十一)、《庠生朱公墓志铭》[⑤]、《太学生朱君墓志铭》[⑥]、《候选州同知朱公葆光墓志铭》[⑦]、《文仪墓志铭》[⑧]、《文仁墓志铭》[⑨]、《伯兄太学生墨轩先生墓志铭》[⑩]、《仲兄县文学恒庵墓志铭》[⑪]、《�先生墓志铭》[⑫](卷十二)、《皇清旌表节妇谢夫人二子从葬墓志铭》[⑬](卷十三)、《谢李二夫人墓志铭代伯父作》[⑭]、《陈夫人墓志铭》[⑮]、《谢夫人墓志铭代》[⑯]、《鄢夫人墓志铭》[⑰]、《淑英墓志铭》、《召南墓志铭》、《侄(朱文倩)妇鄢氏墓志铭[⑱]》、《伯母范夫人墓志铭》[⑲]、《皇清敕封太孺人先母李氏墓志铭》[⑳](卷十四)、《庠生朱公墓表》[㉑](卷十五)、《朱南冈诗集序》[㉒](卷十八)、《答族弟和鸣书》[㉓]、《答李磻玉书》[㉔]、《答族弟昆采书》(卷二十九),《梅崖诗居士外集》中《祭昆采文》、《祭妹丈黄君及亡妹文》[㉕](卷一)、《族叔葆光五十寿序》、《族叔葆光七十寿序》、《叔父石文府君六十寿序》、《从侄士衡六十寿序》[㉖]、《伯兄七十寿序》、《侄孟豪五十序》[㉗](卷四)、《与族兄可南书》(卷七)、诗《水口精舍访族兄耘庐》二首等文章及诗为朱氏家族中人作,而如《陈处士墓志铭》[㉘]等亦有部分朱氏家族中人,《庠生朱公墓志铭》称朱氏迁建宁杨林几四百年,至始迁祖一下第十一世即朱仕琇父亲这一代,"杨林之朱,至是

---

① 朱仕琛(1713—1750),字献其,朱霞幼子(第四子),朱仕琪胞弟。能通百工之事,尤精疡医。子三女二。此墓志铭谓朱仕琛"后曲庐先生十年而卒"、"余与君为从兄弟,次皆居季而年相若,幼又同塾"(《梅崖居士文集》卷十一,影印第290页)。

② 朱仕璠,朱伯起(朱家端第二子朱震)之子,与朱仕琇为同祖从兄弟。卒年五十一。子十(包括朱文仪、朱文仁、朱文儒)女二(朱淑英、朱良英)七孙。

③ 朱宗元,字步柳,朱正初长子,朱仕琪长孙,朱霞曾长孙。书屋曰松谷。建宁县学生。卒年二十九。子朱乾亨、朱运亨。

④ 朱璜,一名朱肇璜,字渭师,一字待滨,与朱仕琇父朱霦为同高祖兄弟,为朱仕琇从父。

⑤ 朱辉山,朱仕琇族叔。

⑥ 朱兰(1679—1723),字芳畹,朱伯玉之子,朱仕琇别族兄,朱琼从兄。子朱文敏,女朱嫒嫒(适谢圣敬),谢氏出;子朱文政,廖氏出。孙朱元嵩、朱元岳,曾孙朱亨祚、朱亨祥。

⑦ 朱肇煌,字葆光,朱予助第四子。子朱仕璨、朱琢亭、朱宛亭等七人。

⑧ 朱文仪,字羽皇,朱仕琇从兄朱仕璠长子。从邑人吴游、上海人周铨学书。卒年十七,遗腹子朱绍元。

⑨ 朱文仁,朱仕璠之子、朱文仪胞弟。卒年二十二。

⑩ 朱仕琔(1700—1771),字璧谐,号墨轩,朱仕琇伯兄。泛读经史,能诗文,兼善书画、音律。子朱文倬、朱文佐,艾氏出,皆有隽才,均早卒;子朱龙文、朱文倚,吴氏出。

⑪ 朱仕瓒(1705—1771),字绥白,别字恒庵,朱仕琇仲兄。子朱文伟、朱文传等八人。此文作于1773,朱仕玠卒之年。

⑫ 朱仕玠(1712—1773),字璧丰,号筠园,朱仕琇三兄。子朱文僬,孙朱养元。此文作于乾隆四十五年庚子(1780)。

⑬ 此墓志铭谓朱氏家族中北海府君之配谢夫人作。谢氏系朱桐(震远府君)、朱树(徽远府君)之母,朱桐、朱树系朱仕琇族祖,又是朱仕琇兄朱仕玠(筠园)妇翁夫人的外甥。朱桐三子二女,朱树三子一女。

⑭ 此文系代作。以朱仕琇身份推算,此文为伯叔祖永锡府君之二室谢氏、李氏作。永锡府君之子朱石文,与朱仕琇伯父为同高祖兄弟。

⑮ 此墓志铭为伯父朱霞之次子、朱仕琇从兄太学君之配陈氏作。子五。

⑯ 此墓志铭代为朱文敏祖母谢氏作。所代者系朱仕琇伯叔父行,以朱兰系朱仕琇族兄,而文中称朱兰之父为族兄故。作于乾隆元年丙辰(1736)。

⑰ 此墓志铭为朱仕琇族兄、太学生朱羽健之妻、举人鄢国鼎孙女、鄢尚恒之女鄢氏作。子朱文瑸、朱文璘、朱文珍。

⑱ 朱仕琇《县文学鄢君墓志铭》为鄢翼作,鄢翼之女适朱仕琇从侄朱文倩之子(《梅崖居士文集》卷十,影印第287页)。鄢翼从溪枫徙居渠邨。朱文倩之子朱标元等三人,女二。

⑲ 此墓志铭为朱伯起(朱家端次子朱震)之妻、朱仕璠之母范氏作,

⑳ 据此墓志铭,知朱仕琔子朱文倬、朱文佐、朱龙文、朱虎文四人,女一;朱仕瓒子朱文伟、朱文传、朱文侃、朱文仙、朱文侠、朱文侯、朱文佺、朱文储八人;朱仕玠子朱文僬,女二(朱召南一适徐家泰,一适李珽);朱仕琇子朱文佑、朱文僎、朱文仔,女二(一适梅洪恩,一适胡宅仁),孙辈朱衍元、朱广弟等。

㉑ 朱汉辉,讳肇耀,即朱燿,朱仕琇族父。子朱雎。

㉒ 朱敏求,字南冈。邵武人。有《南冈诗集》六卷。

㉓ 朱雎,字和鸣,号鼎堂,朱仕琇族弟。

㉔ 李磻玉,一作璠玉(《答李千人书》,《梅崖居士文集》卷二十八,影印第465页),朱仕琇姊丈。

㉕ 朱仕琇长妹朱琼金、妹丈黄元善。

㉖ 朱文倩,字士衡,朱仕琇堂兄朱仕琪第四子、朱标元父。

㉗ 朱文伟,朱仕琇仲兄朱仕瓒之长子、朱焜勋之父。朱仕瓒八子。

㉘ 朱仕琇从侄孙朱雄元(《梅崖居士文集》卷九,《清代诗文集汇编》第336册,影印第279页)。

始大"①。

朱佑，一作朱文佑，字启堂，朱仕琇长子。乾隆间诸生，早卒。朱仕琇称誉朱佑"长男佑为诗文颇有才气"②，"喜作诗，不肯治古文"③。朱仕琛云"启堂志大才高，先生（朱仕琇）每摧抑之……启堂后亦欲改事古文，惜乎朝悔夕殒，未见其成也"④。同治刊本《福建通志》著录其《松阴诗钞》四卷，李俊序。略曰："诗师法太白，瓣香王、孟。其渊源不失筠园（朱仕玠）、梅崖（朱仕琇）家法。"⑤光绪《邵武府志》朱佑本传："筠园（朱仕玠）曰：'天姿绝物，惟吾弟梅崖，是儿殆过其父。'十岁能为文，日读《史》、《汉》万余言。旋补诸生冠军，为词赋操笔立就，苍莽无端，不可以尺寸限。尝慷慨有大志，不克竟。以省亲夏津官所，归至金陵，疾作而殁，年二十二。有《松阴诗词钞》。"⑥《国朝全闽诗录初集》续集卷十一有小传及选诗。

地方史志和建宁作家诗文集中尚辑得以下杨林朱氏人物及其关系。

光绪《邵武府志·选举志》"封赠"记载：朱家端"以孙仕琪赠文林郎、山东新城知县"，朱霞"以子仕琪赠文林郎、山东新城知县"，朱霦"以子赠文林郎、夏津知县"；朱国讲"以孙肇灿赠承德郎、太平府通判"，朱家梧"以子肇灿赠承德郎、太平府通判"⑦。朱肇灿，字剑文，号钝庵。传见光绪《邵武府志》卷二十，一作李肇灿。

朱肇灿，字剑文，官江南太平府通判，署同知；朱云，字家昂；朱华元，字潘陆；朱肇璜，字渭师，一字待滨，传均见民国《建宁县志》卷十七《质行传》；朱泉，字飞涛；朱仕霖，字可南，朱仕琇族兄，副贡生；朱仕翱，字羽丰，传见同书卷十八《方技传》。此外，杨林朱氏高年者名录请参看民国《建宁县志》卷十九《高年传》原刻第九至十页。

民国《建宁县志》卷十五《孝友传》有朱仕韬、朱文修传。朱仕韬，字越台，从李俊（枥园）学诗，著《漱石山人诗稿》；朱文修，字思永，随父山东县署，朴俭自持⑧。二朱俱杨林人，为朱氏族人。

又，朱文莹，字赞夫，号月岩。邑诸生。传称其"博学强记，凡闽中人才及所赏山水胜处无不手录，与谈故事，如数家珍，著作甚多，殁后尽散佚"。⑨ 朱珊，字韬林。诸生。"常闭户苦吟，意度萧闲，诗格类贾岛、方干。有《寄情草》。"⑩

又，朱亨桧，朱仕琇侄孙，李祥赓门人。尝为李祥赓刻集⑪。

又，朱仕琇侄孙朱勋（1756—1825），字沁轩，朱仕瓒长孙。朱勋之父复自北乡杨林迁本邑西乡之社院里。朱勋"幼工属文，为祖（朱仕瓒）及庶常（朱仕琇）所爱。年二十一，受知于丹阳吉渭崖（吉梦熊）通政，补县学生。复受知于大兴朱文正太傅。……（承父命）治盐策，援例贡生。晚年，援例直隶州知州，诰授奉直大夫，祖父貤赠如公阶。……自为诗汪洋澹泊，见者称其有诸前辈遗风云焉。"⑫以此知建宁朱氏后裔至朱士瓒孙辈，改儒业贾，不厌繁剧，以积累家资，朱勋晚年援例得官知州，于仕宦之怀

---

① 朱仕琇《梅崖居士文集》卷十二，《清代诗文集汇编》第336册，影印第294页。

② 朱仕琇《答雷宪副书》，《梅崖居士文集》卷二十二，《清代诗文集汇编》第336册，影印第410页。

③ 朱仕琇《示子文佑书》，《梅崖居士外集》卷七，影印第584页。

④ 朱仕琇《示子文佑书》后朱仕琛评语，《梅崖居士外集》卷七，影印第585页。

⑤ 同治刊本《福建通志》卷七十九，影印第1612页。

⑥ 光绪《邵武府志》卷二十一，《人物传·（泰宁）文苑》，影印第470页。

⑦ 光绪《邵武府志》卷十八，《选举志·封赠》，影印第371页。按：从本段所引《封赠》朱氏诸人资料看，似乎朱氏家族成员家字辈、肇字辈为两代人，俟考。

⑧ 民国《建宁县志》卷十五，《孝友传》，影印第163页。

⑨ 民国《建宁县志》卷十六，《文苑传》本传，影印第169页。

⑩ 同上注。按：传语出张绅《怡亭文集》（民国《福建通志》总卷二十五，《福建艺文志》卷六十六，第十九页，引）。

⑪ 民国《福建通志》总卷三十九，《福建文苑传（清二）》卷八，李祥赓传，第三十五页。又请参看张际亮代撰的《古山全集跋》，此文系张际亮代朱亨桧之父作，朱亨桧当是朱仕琇曾侄孙（《张亨甫文集》卷五，《清代诗文集汇编》第601册，影印第462页），民国《福建通志·文苑传》李祥赓本传误。

⑫ 张际亮《沁轩朱公墓志铭》，《张际亮全集》文集卷四，《清代诗文集汇编》第601册，影印第458、459页。按：朱勋卒于道光四年十一月十六日（已入1825年），享年六十九。明年二月，张际亮归自福州，应其子朱亨曜之请，撰铭。

并未能忘情。从建宁县的张际亮、鄢必魁、朱勋等家族人物的传记知清代建宁县士人以士以贾两栖的现象比较普遍。

朱元登,字益谦,行四。系张际亮之妻朱氏族,张际亮戚末。张际亮有诗《朱四益谦秀才晚过二如园次早送之归松谷》、《宿松谷》、《过芦坑书屋赠益谦》[①]等诗。张际亮又与朱耕亭(1750—?)、朱文莹、朱锡周[②]等杨林松谷朱氏人物交游。

刘声木《桐城文学渊源考》卷十二:"(朱仕琇)继雷鋐以古文鸣于闽。……凡闽人治古文者,不问知为仕琇弟子,否则亦闻之于仕琇弟子者。盖古文之道绝续之交,得仕琇而开通之。"[③]朱仕琇的古文在福建内外的传播,归拢起来,有五支传播队伍:

(1) 建宁张绅一支:张绅、张际亮、伊光华、何长聚、何高慰、何高雍、吴绍先、龚有光、廖定抡、熊际遇[④];

(2) 光泽高腾、高澍然一支:高腾、上官载升、伊桐、高□□(高腾从子)、高象升[⑤]、高澍然、李华、周倬奎、林中美、林树梅、徐开祖、高□□、高孝扬、高澇然、高炳坤、高熙晋、曾莲炬[⑥]等;

(3) 浙江富阳人周凯(先从张惠言、恽敬,后从高澍然)一支:周凯、林鹗腾[⑦]、叶化成、庄中正、林焜熿[⑧]等;

(4) 江西新城鲁九皋一支;

(5) 江西瑞金人罗有高(1734—1779)"师事雷鋐、朱仕琇"[⑨]。罗有高门人及其再传弟子有张璇、屠之蕴、郑乔迁[⑩]等。

在福建省之外朱仕琇古文的传播,以江西建昌府(西邻抚州府)新城(按:当代无建昌市级行政区划,今属抚州市黎川县)鲁九皋(1732—1794,原名鲁仕骥)为最著。鲁九皋在闽、赣两省师事从父鲁鸿、朱仕琇、雷鋐、李俊[⑪],后从姚鼐学。鲁九皋名下的门人及再传弟子有吴际蟠、陈希曾、陈希祖、鲁缤、鲁肇光(鲁九皋子)、鲁嗣光、陈兰祥、潘兰生、杨希闵、鲁兰枝(鲁九皋、鲁鸿族子)、饶庆萱、吴庆蟠、鲁云、徐家泰、黄得恒、谢学崇、陈鹏、鲁元复、黄长森、鲁希晋、鲁应祥[⑫]、杨声昭、陈希孟(陈希祖弟)、陈煦(鲁九皋外甥,陈用光兄)、鲁迪光(鲁九皋子)、蔡世钹、吴云、黄豫元、陈学洪、李觉[⑬]、黄兆藻等。鲁九皋子鲁肇熊"师事族祖鲁鸿,能嗣其父为古文学。"[⑭]康熙末至雍正间,朱仕琇的门人江西新城(今黎川)鲁九皋等均学桐城文章,而且江西新城鲁氏、陈氏两姓子弟在姻亲家族之间转相师友,传播桐城古文,"形成古文之学日盛,自先生(鲁九皋)开之"。[⑮] 从李光地到鲁九皋,这些线索构成了清初全国共构桐城文学的创作阵营,可谓"起于闽中,终于桐城"。

从朱仕琇(1715—1780)到高澍然(1774—1841)之间超过100年,我们从朱仕琇登进士第的乾隆十四年(1749)算起,到高澍然去世,亦将近百年,朱仕琇的古文在福建的影响可谓大矣。有一点不能

---

① 张际亮《思伯子堂诗集》卷三,《清代诗文集汇编》第601册,影印第22页。作于嘉庆二十四年己卯(1819)。

② 分别见张际亮《思伯子堂诗集》卷三《赠朱丈耕亭先生时年七十》、卷四《同朱五赞夫文莹实敷饮松谷》、《作前诗后因忆去年见朱星槎内兄所藏唐子畏山水画卷绝佳遂更作歌》。按:朱锡周著有《星槎吟稿》(民国《建宁县志》卷廿五《杂著》)。

③ 刘声木《桐城文学渊源考》,卷十二。

④ 俞樟华、胡吉省《桐城派编年》,第449页。

⑤ 同上书,第351页。

⑥ 同上书,第503-504页。

⑦ 同上书,第485页。

⑧ 同上书,第364-365页。列入张惠言、恽敬名下。张、恽名下尚有蔡廷兰、陈棨仁等人。

⑨ 刘声木《桐城文学渊源考》,卷二。

⑩ 俞樟华、胡吉省《桐城派编年》,第263页。

⑪ 同上书,第300页。

⑫ 同上书,第301页。

⑬ 按:鲁缤学古文于从兄鲁九皋,传之于门人李觉(俞樟华、胡吉省《桐城派编年》,第393页)。

⑭ 俞樟华、胡吉省《桐城派编年》,第353页,引《桐城文学渊源考》卷十二。

⑮ 徐世昌《惜抱学案下·鲁先生九皋》,《清儒学案》卷八十九,第3565页。

忽视的是,朱仕琇虽然馆选入翰林院,为庶吉士,却在散馆后外放为知县,仕途偃蹇不利,转授福宁府教授,告病家居,虽后出主福州鳌峰书院,而仕途蹇滞却对朱仕琇的心理产生消极的影响,其文所谓"壅肿弃材,不中尺度"①,"远部编氓"②,"伏处穷山"③,"精志颓败"④,"衰疲朽骨"⑤,"比志颓落"⑥,"神志已衰","漫苶不振"⑦,"衰颓废学"⑧,"见闻猥俗","笔力颓弱"⑨,"文笔衰靡,意气颓落","无同志赞助",天地间"奇伟英特""随世态销蚀"⑩,"所刻寥寥浅薄,置此于数百年间,渺然若沧海之一芥","益复沮废疲靡不振"⑪,"灰槁其心,所言鄙野"⑫,殆为其心声不假;朱仕琇在致兄长朱仕玠的书信中说:"仕琇近作古文亦颇欲就平易,诚见自宋以来千百年风气如此,岂吾一人聪明能盖千百年人之上耶?"⑬亦其内心意志动摇的表现,对朱仕琇的古文创作亦产生消极的影响。

明末清初,闽籍作家乘邵武府(该府及建宁县与江西的南丰、临川相距均不远)、汀州府宁化等县地处福建西北,与江西宁都(明属赣州府,清置宁都州)等地毗邻的地理之便,明末以来李世熊与魏禧等宁都文人时常往来、诗文唱和,僻在一隅却在福建诸府中率先端正了古文的文风,与江西宁都等地的文人一起树立古文创作的大纛。乾隆至道光间,通过朱仕琇、高澍然的传播,江西作家接受了建宁朱仕琇一派古文的传统,这可视为闽中古文对江西作家的影响。

我们观察刘声木所著的《桐城文学渊源考》,以张惠言、恽敬为首的阳湖文派有 60 人[其中陈棨仁(1836—1903,字铁香、戟门)是福建泉州府晋江县永宁(今属石狮市)人],以阳湖一派 60 人的规模而名阳湖文派,则福建邵武府建宁县以朱仕琇为首、为代表的古文作家群体亦可成派,称为"建宁派古文"。

## No. 285 建宁李书家族

李荣芳:《镜斋诗集》(同治刊本《福建通志》卷七十九)、《镜斋集》(《国朝全闽诗录初集》续集卷八李荣芳条)

李荣英:《白云集》(乾隆三年刻本。柯愈春《清人诗文集总目提要》第 586 页)

李书(一作李荣书):《复轩诗钞》四卷(同治刊本《福建通志》卷七十九、民国《建宁县志》卷廿五《杂著》)、《养正史略》六卷(民国《建宁县志》卷廿五《杂著》)

李俊(李书族子):《揽秀亭笔记》二卷、《栎园诗集》六卷、(编)《笥存集》、《古文二集》、《栎园诗话》(同治刊本《福建通志》卷七十九)、《栎园集》(《国朝全闽诗录初集》卷十六李俊条)、《李栎园集》八集(民国《福建通志》总卷二十五,《福建艺文志》卷六十五)、《栎园诗集》六卷(乾隆二十三年刻本,首都图书馆藏)、《栎园诗二集》二卷(乾隆三十八年刻本,邵武文化馆藏)、《栎园诗续集》二卷(乾隆间刻本,邵武文化馆藏)(柯愈春《清人诗文集总目提要》第 612 页)

李祥云(李大儒族父):《澹轩集》三卷(同治刊本《福建通志》卷七十九)

---

① 朱仕琇《答邓副使悔庵书》,《梅崖居士文集》卷三十,《清代诗文集汇编》第 336 册,影印第 496 页。

② 朱仕琇《与家石君书》,同上书,卷二十七,影印第 456 页。

③ 朱仕琇《复家石君书》,同上书,同卷,影印第 452 页。

④ 朱仕琇《与林育万》,同上书,同卷,影印第 459 页。

⑤ 朱仕琇《答林育万》,同上书,同卷,影印第 460 页

⑥ 朱仕琇《答鲁絜非书》,同上书,卷二十八,影印第 468 页。

⑦ 朱仕琇《又与石君书》,同上书,卷二十七,影印第 455 页。

⑧ 朱仕琇《与竹君书》,同上书,同卷,影印第 452 页。

⑨ 朱仕琇《复雷朴先书二首》,同上书,卷二十八,影印第 462 页。

⑩ 朱仕琇《复林于宣太史书》,同上书,卷二十七,影印第 461 页。朱仕琇云:"仕琇少时志壮气锐,又值优游多暇,治古文,睥睨昔人,所为自以无前"(《答李千人书》,同书,卷二十八,影印第 465 页)。

⑪ 朱仕琇《答李千人书》,同上书,卷二十八,影印第 465 页。

⑫ 朱仕琇《答鲁永言书》,同上书,卷三十,影印第 500 页。

⑬ 朱仕琇《与筠园书》,同上书,卷二十九,影印第 487 页。朱仕琇自云"不力自奋,惰游废学,终日言无几于道者,今受吏事,益困恐不复振起"(卷三十,影印第 495 页),知从庶吉士散馆后,其内心即不甘为吏,以沉沦下僚为憾恨。

李大儒:《愚庵诗集》八卷(刘声木《桐城文学渊源考》卷十二作六卷)(同治刊本《福建通志》卷七十九)、《自怡偶(《桐城派编年》第270页作“隅”字)笔》二卷、《楚骚解》、《心经解》、《老子道德经解》(民国《福建通志·福建艺文志》存目卷三十七作《道德经解》)、《自怡隅笔》二卷(《桐城文学撰述考》卷四)、《自怡偶笔》(民国《福建通志》总卷二十五,《福建艺文志》存目卷三十五[①])

李大仁(李俊族子):《芥舟吟稿》(同治刊本《福建通志》卷七十九)、《存斋遗稿》(《国朝全闽诗录初集》续集卷十一李大仁条)

李大修(李大仁弟):《蔓生堂吟稿》(同治刊本《福建通志》卷七十九)、《蔓生堂诗稿》(光绪《邵武府志》李大儒本传附)

李舟:《苇航文集》(同治刊本《福建通志》卷七十九)

**谨按:**朱仕琇所撰《李君墓志铭》为李书作。据此文,李氏先世为江西南丰人,徙居建宁杨林北三里古庙,传十六世,至公辅北去古庙,家上沙河。李公辅生子四人,其中李明、李书兄弟皆能为古今文,“明及书愈力学,以诗文取名,故世谓李氏盛不以赀”[②]。

李书,字邺签。乾隆间诸生。与朱仕玠、朱仕琇兄弟善,与兄李明(号早川[③])、朱仕琇同年入县学。子四人,其孙李似梅等若干人。卒年六十六。所著《复轩诗钞》四卷,朱仕琇序[④]。《国朝全闽诗录》卷十六有小传及选诗[⑤]。按:李书、李荣书在民国《建宁县志》卷廿五《杂著》中两出:(1)《复轩诗钞》四卷,题李书撰,朱仕琇序。李书,字邺签,乾隆间诸生[⑥]。(2)《复轩诗钞》四卷、《养正史略》六卷,题李荣书撰。李荣书,字邺签,号复轩[⑦]。故知李荣书即李书,系建宁李氏家族荣字辈子孙。朱仕琇撰《李邺签诗序》。略曰:“余年十五,与邺签及其兄早川同受知督学程公,附县学为生。是时,余尚少,侍先生、长者,侧见邺签论诗文,兄弟迭起,辞气伟然,长者欣喜称善,心甚慕,自恨学识骙稚。……其后稍长,学事声韵,为诗未久而废,去治古文,迄今几二十年,卒无所就。……邺签固亦事举业者,屡试于省,与世士争得失不胜,为县学生二十余年,犹在附籍,不获厕名二十人中。”[⑧]知李书早年颖慧,以久困于科场,消磨锐气,所作诗歌郁伊愀蹙,时颇自嗟。

建宁李世昇,见光绪《邵武府志·忠节传》:“李世昇,康熙十三年(1674)耿精忠叛,都司某欲应之,知县周憬不从,都司囚憬辕门。时团练土人为兵,世昇为之督,因以兵夜劫夺憬,载其家属以出,南丰盗西入界,号万人,掠渠村,围巧洋,氛甚恶。……(世昇)使百人持宁家帜,先往伏大林中。宁家帜者,伪总兵宁楼,数寇江西,盗畏之,故假其帜。……盗大败,断伪游击一人头,并杀二从者,陈尸建宁市。十五年(1676),耿逆平,弛团练,竟闲废死。死之日,巧洋为之罢市。子荣芳、荣英。”[⑨]朱仕琇为作《李世昇传》[⑩]。

李世昇之子李荣芳(1652—?),字桂馨,号兰亭[⑪]。康熙五十年辛卯(1711)举人[⑫]。李荣芳传见光绪《邵武府志》:“李荣芳,字桂馨。父世昇,见《忠节传》。荣芳素承父教,有学行,喜读宋儒书,以身验

---

① 按:民国《福建通志》著录《自怡偶笔》二卷时,原刻本同一行重出书名(第十三页)。

② 朱仕琇《梅崖居士文集》卷十,《清代诗文集汇编》第336册,影印第286页。

③ 朱仕琇撰有《李早川制义序》(《梅崖居士文集》卷十九)。

④ 李书著《复轩诗钞》四卷,朱仕琇撰《李邺签诗序》(《梅崖居士文集》卷十八)。

⑤ 《国朝全闽诗录初集》卷十六,李书条,《全闽诗录》第五册,第342页。

⑥ 民国《建宁县志》卷廿五,《杂著》,影印第273页。

⑦ 民国《建宁县志》卷廿五,《杂著》,影印第277页。

⑧ 朱仕琇《梅崖居士文集》卷十八,《清代诗文集汇编》第336册,影印第348页。

⑨ 光绪《邵武府志》卷二十二,《人物传·(建宁)忠节》李世昇传,影印第508页。按:此传又见民国《建宁县志》卷十四,《功勋传》李世昇传(影印第157页)。

⑩ 朱仕琇《梅崖居士文集》卷二。

⑪ 民国《建宁县志》卷廿五,《杂著》,影印第273页。

⑫ 按:民国《建宁县志》卷十七《质行传》李荣芳传作“雍正辛卯举人”(影印第177页),误。雍正间无辛卯年。

之,言动遵先轨。康熙辛卯(五十年,1711)乡荐,年六十未仕卒。子俊见《文苑传》。”[①]有李俊等二子,李逢春、李逢年等二孙。传见民国《建宁县志》卷十四《理学传》、卷十七《质行传》,附见同治刊本《福建通志·文苑传》子李俊传。朱仕琇所作《孝廉李君墓志铭》为李荣芳作[②],兼及弟李荣英、子李俊。《国朝全闽诗录初集》续集李荣芳条:“有《镜斋集》。”选其诗《月夜》二首、《朱明经槎亭》、《登证果寺》、《游韬光寺和白香山韵》等[③]。

李荣英(1679—?),字萼侯,号白云。李荣芳弟,李俊叔父。雍正庚午科[④]武举人。李荣英所著《白云集》,朱仕琇序。略曰:“同里李先生萼侯年十八,以武举乡试,思自奋云台之烈,既以不得志著书,而世以武故罕省录者,先生每言之辄愤噎乎吒。其书不自顾惜,散佚略尽,兄子(李)俊收得什一,命曰《白云集》。白云,先生所自号也。”[⑤]民国《建宁县志·文苑传》本传:“著有《白云诗集》、《白云文集》。……工诗歌、古文,笔力驰骋,有北宋遗风。年十八,以文庠中武科。”[⑥]传又附同治刊本《福建通志·文苑传》兄子李俊传。朱仕琇《吴士林诗序》:“国朝文学大盛,吾邑为太学(指明代谢兆申)之为者时有其人,余所及见者何广文梅、李孝廉荣英,其最著也。广文诗文取酝籍,而孝廉以气力自雄一时,论者罕能轩轾焉”[⑦],对于李荣英的诗歌推挹甚多。吴士林系何梅同里,学于李荣英,有青蓝冰水之誉。

李荣英的门人吴游(字士林、学南),著有《吴士林诗集》、《宛亭集》,朱仕琇序。略曰:“士林,何广文梅同里,尝受业于李孝廉荣英,为人温慎,工书法,补诸生,以教授自给,不迹有司之庭。其诗婉丽推激,宛然孝廉广文之遗烈。”[⑧]《国朝全闽诗录初集》续集卷十一有吴游条,选其诗一首[⑨]。

李俊(1708[⑩]—?),字山民、千人,号枥园先生,李世昇之孙、李荣芳之子、李荣英胞侄、李书族子。乾隆间贡生。工古歌诗,其诗受到朱璜激赏,朱璜临殁至以墓志铭相托[⑪],又与朱仕琇相亲善。朱仕琇撰《与李千人书》二篇、《答李千人书》、《笥存集序》等。传见同治刊本《福建通志·文苑传》。光绪《邵武府志》李俊本传:“李俊,字千人,又字山民,荣芳子。乾隆甲子(九年,1744)副贡生。志行高洁,好古学,尤喜为诗。同里朱仕琇谓其诗由陆龟蒙以上追陶、谢及建安之作者,教授弟子甚盛。居大枥下,学者称为枥园先生。”[⑫]《国朝全闽诗录初集》卷十六有小传及选诗,引《注韩居诗话》:“枥园诗如藐姑射仙人,不食人间烟火。”[⑬]朱仕琇《枥园诗序》盛称李俊志洁行廉,得骚人之遗,具有高风峻节,与朱仕琇兄弟交密,“为歌诗闲澹超邈,有骚人之遗风”,媲于诗人邢昉、徐夜[⑭]。朱仕琇评其诗“词旨清厚,居然盛唐风气”[⑮],“亦有孟襄阳、韦苏州风致”[⑯]。朱仕琇《李枥园六十寿序》:“先生晚志益修,诗学陆鲁望以

---

① 光绪《邵武府志》卷二十一,《人物传·(建宁)儒林》,影印第451页。

② 朱仕琇《梅崖居士文集》卷十。

③ 《国朝全闽诗录初集》续集卷八,李荣芳条,《全闽诗录》第五册,第648-649页。

④ 按:雍正间无庚午年,有庚戌年(1730),康熙末年有庚午(1690)、庚辰(1700)、庚寅(1710)、庚子(1720),乾隆间有庚申(1740)、庚午(1750)等年份。光绪《邵武府志》卷二十一《人物传·(泰宁)文苑》李荣英传作“康熙庚午(二十九年,1696)举人”(影印第468页)。

⑤ 同治刊本《福建通志》卷七十九,影印第1610页。此序在《梅崖居士文集》卷十七(《清代诗文集汇编》第336册,影印第341-342页),文字略有省略。

⑥ 民国《建宁县志》卷十六,《文苑传》,影印第169页。事迹又见民国《建宁县志》卷廿六《丛谈》。

⑦ 朱仕琇《梅崖居士文集》卷十七,《清代诗文集汇编》第336册,影印第342页。

⑧ 同治刊本《福建通志》卷七十九,《经籍志》,影印第1612页。

⑨ 《国朝全闽诗录初集》续集卷十一,《全闽诗录》第五册,第710页。

⑩ 朱仕琇《李枥园六十寿序》云乾隆三十一年丙戌(1766)季冬李俊六十,逆推得其生年康熙四十六年丁亥(1707),是年十二月初九日为1708年1月1日,李俊生辰疑入1708年。

⑪ 朱仕琇《乡饮宾明经朱公墓志铭》,《梅崖居士文集》卷十一,《清代诗文集汇编》第336册,影印第293-294页。按:李俊将撰作墓志铭转付朱仕琇以成。

⑫ 光绪《邵武府志》卷二十一,《人物传·(建宁)文苑》,影印第469页。语本朱仕琇《枥园诗序》(《梅崖居士文集》卷十七)之意,未必妥帖。

⑬ 《国朝全闽诗录初集》卷十六,李书条,《全闽诗录》第五册,第342页。

⑭ 朱仕琇《梅崖居士文集》卷十七,《清代诗文集汇编》第336册,影印第344页。

⑮ 朱仕琇《答李千人书》,《梅崖居士文集》卷二十八,《清代诗文集汇编》第336册,影印第464页。

⑯ 朱仕琇《答李千人书》,同上书,同卷,影印第465页。按:此为朱仕琇与李俊另一书。

上，渐于韦左司，遂及于二谢、陶柴桑、建安之能者，观其意，不沂源于《三百》不止也。"[①]张际亮《张亨甫文集》卷一有《书李栎园先生诗集》。所著《笥存集》一册，系李俊"感念故旧沦亡，集其遗文，作者凡三十一人，诗凡若干首"。[②]

李祥云著有《澹轩集》。传附同治刊本《福建通志·文苑传》族子李大儒传。

李祥云族子李大儒(1726—1806[③])，字鲁一，号愚庵。师李俊，与江西鲁仕骥同学。光绪《邵武府志》李大儒本传："从李俊游。嗜为诗，博览庄、列、老、释诸书而折衷以儒者之言，冥搜幽讨，期于自得。俊谓是有天机，非诗人所解。嘉定王鸣盛以选诗诱掖海内后进，谓大儒诗与己合，驰书往复，奖勉交至。族叔李祥云亦工诗，大儒称其诗才清，妙有太白、子昂之遗。弟大修亦能诗，著有《蔓生堂诗稿》。"[④]所著《愚庵诗集》，鲁仕骥序。略曰："建宁李君愚庵幼从栎园(从叔李俊)先生游，嗜为诗，见者无不惊叹，余与交十余年，尝因愚庵受诗法于栎园先生。"[⑤]与江西鲁仕骥、罗有高、江苏彭启丰、浙江袁枚等当代作者均有所交往[⑥]。

民国《福建通志·文苑传》李大儒传："李舟，字芦汀，号苇航。县学生。独好为古文词，究心唐宋诸家，尤得力于庐陵欧阳氏，(李)俊雅爱重之。年八十一卒。"[⑦]

李荣灏孙，李俊族子、李大儒弟李大仁(1729—1753[⑧])，字居在，号存斋。乾隆间诸生。光绪《邵武府志》李大仁传："李大仁，字居在。旧志作字存斋，今从《通志》。祖荣灏，另有传。大仁与兄大儒潜心陆子静、陈公甫诸家书，闭户端坐，默证道体。……大儒传见《文苑》。《通志》注云：'又，李大仁，字存斋。乾隆间布衣。丁外艰，哀毁病笃，自恸不能终制……以卒父葬。'盖别是一人。"[⑨]按：朱仕琇为作《李生传》，据此传，李大仁字居在，一字存斋，并非两人。建宁上沙河人。"始生与兄大儒从其从祖(李)书学为制义，又学诗于族父(李)俊，辄工。是时，里中诸人方相厉为古学，生兄弟年甚少，亦与其间，间出所业，其才有过人者，诸人叹嗟，或以为不可及。……于宋儒尤喜陆氏之说，而致谨于言、动，以为二者不谨则道不明。"[⑩]其学以宋儒陆九渊为宗。李大仁著有《芥舟吟稿》。李俊序。略曰："《芥舟吟稿》，余族子大仁所著也。大仁丁父艰，以哀毁卒，年仅二十五。得诗若干首，余为精存五言诗二十余章，帙少不能孤行，因附余诗集后。"[⑪]《国朝全闽诗录初集》续集李大仁条："有《存斋遗稿》。"引《注韩居诗话》："居在丁父艰，哀毁逾礼而卒，年二十五。梅崖先生(朱仕琇)有传。"[⑫]朱仕琇《李生传》[⑬]，而其兄李大儒有《李孝子行略》。

李大仁传又见民国《建宁县志》卷十五《孝友传》，此传补充李荣灏系建宁县黄溪人[⑭]。李荣灏传见光绪《邵武府志·义行传》："李荣灏，字希程。康熙五十年饥，散家谷赈乡邻，复持三百金走武昌，买谷归，全活甚众，后以毁卒。子昌梓，孙大仁，均以善行称。"[⑮]

光绪《邵武府志》卷二十一《文苑传》有李大经传。李大经，字纶左，岁贡生。

---

① 朱仕琇《梅崖居士外集》卷三，影印第534-535页。

② 朱仕琇《笥存集序》，《梅崖居士外集》卷二，影印第524页。

③ 柯愈春《清人诗文集总目提要》，第706页。李大儒卒年据民国《福建通志·文苑传》李大儒传推定。

④ 光绪《邵武府志》卷二十一，《人物传·(泰宁)文苑》，影印第469页。

⑤ 同治刊本《福建通志》卷七十九，影印第1612页。

⑥ 柯愈春《清人诗文集总目提要》，第706页。

⑦ 民国《福建通志》总卷三十九，《福建文苑传(清二)》卷八，第六页。

⑧ 朱仕琇《李生传》云李大仁之父卒于壬申(乾隆十七年，1752)，朞年而李大仁卒(《梅崖居士文集》卷二，《清代诗文集汇编》第336册，影印第209页)，故知柯愈春《清人诗文集总目提要》中记载的李大仁生卒年(1728—1752)(第717页)误。

⑨ 光绪《邵武府志》卷二十三，《人物传·(泰宁)孝友传》，影印第536页。

⑩ 民国《建宁县志》卷廿四，《传·李生传》，影印第263-264页。

⑪ 按：民国《建宁县志》卷廿五《杂著》著录《芥舟吟稿》，引李俊序，并云"一作《存斋遗诗》。"(影印第274页)柯愈春《清人诗文集总目提要》著录《存斋遗诗》一卷，附于李俊《栎园诗集》后，首都图书馆藏(第717页)。

⑫ 《国朝全闽诗录初集》续集卷十一，李大仁条，《全闽诗录》第五册，第715页。

⑬ 朱仕琇《梅崖居士文集》卷二，《清代诗文集汇编》第336册，影印第209页。

⑭ 民国《建宁县志》卷十七，《质行传》李荣灏传，影印第178页。

⑮ 光绪《邵武府志》卷二十三，《人物传·(泰宁)义行传》，影印第562页。

李大修,号简斋。著有《蔓生堂吟稿》。据朱仕琇《李简斋诗序》,李大修系李大仁之弟、李大伸之兄。其父李敬乔,当即李昌梓,七子。李大修从族父李俊学诗,"栃园诗以清超淡远为宗,大修少年,能摧盛气,相从不厌,栃园器之。年二十三,卒"。[①]

李舟,朱仕琇之友。著《苇航文集》。朱仕琇为李舟之母谢氏撰《李母谢夫人墓志铭》。

目前,尚未曾寓目建宁李书、李俊家族谱牒,但可推原本书李氏诸人的行辈字派为"世、荣、祥(昌)、大(逢)"等。凡有字辈相同者,当亦李荣英族人。

## No. 286 建宁王笏家族

王锡梓:《读史管见》(同治刊本《福建通志》卷七十九。民国《建宁县志》卷廿五《杂著》题《读史管论》)

王光宇:《读史随笔》、《种芝山人诗集》、《余年集》(光绪《(重纂)邵武府志》卷二十三本传)、《种芝诗草》六卷、《望捷诗草》三卷、《种芝古文》一卷(民国《建宁县志》卷廿五《杂著》)

**谨按:**汪祚民《〈桐城文学渊源考〉作家缺名再考》对王笏、王光宇父子的考订[②]用力尤深,本条目所使用的材料出自该文所援引之光绪《(重纂)邵武府志》卷二十三《孝友传》、《抑快轩文集》丙集卷四。

王笏,字正之,一字执斋。祖父王锡梓,增广生,绩学有文誉。王锡梓传附同治刊本《福建通志·孝义传》其孙王笏传。父王衮,邑庠生。王笏于经史百家靡不淹通,下笔数千言,受同邑朱仕琇器重,师事朱仕琇。十应乡试不售。嘉庆间,以岁贡授教职,未赴。卒年六十九。光绪《(重纂)邵武府志》卷二十三《孝友传》、民国《建宁县志》卷十七《质行传》有传。

王笏之子王光宇,字成勋。县学生。传见光绪《(重纂)邵武府志》卷二十三《孝友传》王笏传之后。民国《建宁县志》卷廿五《杂著》著录王光宇著作三种。卒年七十余。

## No. 287 邵武朱元仪家族

李由中:《小住庵诗草》、《静镜堂诗草》、《避寒斋诗草》、《鸿柯堂诗草》、《抱影诗草》(光绪《邵武府志》卷二十九《艺文志》作《抱影轩诗草》二卷)(同治刊本《福建通志》卷七十九)

李由让:《壁经偶记》二卷、《督经堂诗集》若干卷(光绪《邵武府志》卷二十一《人物传·文苑》本传)

**谨按:**邵武府邵武县朱元仪及其甥李由中均能文学。光绪《邵武府志》朱元仪传:"朱元仪,字凤来。廪生。幼颖异,年十三补诸生,有名。邑人黄衍作《朱童子序》赠之。为文刻深,受知于学使阿礼,接异常士。平生不常作诗,而识论高妙,泰宁廖学信尝与遇于旧市西山,闻其言,大惊服,谓人曰:'某学诗二十年,苦心劳形,自顾无所得,如朱某真诗人也。'元仪体羸,性温和,好学深思,善启迪人,门人著籍者多成名,其甥李由中最著。"[③]廖学信,字资言,号耨田。与郑方城、郑方坤兄弟唱和。传见光绪《邵武府志》卷二十一《文苑传》。

李由中系李杜之孙、李祚蕃之子[④],其家累世业儒。李杜,字汉标,李绍龙(字龙见)之子。康熙五十三年甲午(1714)岁贡。传附光绪《邵武府志》卷二十三《孝友传》李绍龙传。李杜尝编次俞大猷所著《正气堂集》十六卷、《近稿》一卷、《镇闽议稿》一卷,道光间刻本。

---

① 朱仕琇《李简斋诗序》,《梅崖居士文集》卷十八,《清代诗文集汇编》第336册,影印第350页。

② 汪祚民《〈桐城文学渊源考〉作家缺名再考》,载《安庆师范大学学报(社会科学版)》2017年第4期,第5页。

③ 光绪《邵武府志》卷二十一,《人物传·(邵武)文苑》朱元仪传,影印第457页。

④ 光绪《邵武府志》卷十八,《选举志·封赠》,影印第369页。

李由中，字大本。“乾隆丁巳(二年，1737)拔贡生。传见《良吏》。”[①]又传见光绪《邵武府志》：“杜之孙。幼孤，质性高朗，才气不群。乾隆二年，由拔贡试襄垣、繁峙知县，寻补马邑县。…… 十四年(1749)迁朔州，寻移代州。……十八年(1753)，以荐擢彰德知府，移归德。……家居九年卒，卒年六十六。著有《小住庵》、《静镜堂》、《避寒斋》、《鸿柯堂》诸诗稿行世。”[②]

李由中之弟李由让，字实夫，号履庵。邑廪生。工诗、古文词。与兄李由中俱有文名。传见光绪《邵武府志》卷二十一《人物传·(邵武)文苑》。

## No.288　邵武杨崇道家族

杨崇道：《樵居吟》、《吴游草》(光绪《邵武府志》卷二十九《艺文志》)

**谨按**：邵武府邵武县杨崇道及其子杨国光俱能文学。光绪《邵武府志》杨崇道本传：“杨崇道，字晋南，号学山。乾隆癸卯(四十八年，1783)岁贡。性豪爽，不治生产，家无担石储，晏如也。工诗。尝游学吴越，与知名士唱酬，颇多佳什。精岐黄术，活人无算，不受谢，咸服其品之高。子国光，字观五，号用庵。郡岁贡。……亦工诗，抒写性灵，不事雕饰。”[③]

## No.289　邵武张大镛家族

张冕：《尚书晰疑》(光绪《邵武府志》本传作《尚书纪疑》)、《春秋至朔通考》、《撼龙经注》(光绪《邵武府志》卷二十九《艺文志》题《疑龙撼龙经注》)(同治刊本《福建通志》卷七十九)、《易范异同论》、《易范中数论》、《杜氏长历注》(民国《福建通志》总卷三十九，《福建文苑传》卷九本传)

**谨按**：邵武县张大镛及其子张冕均有著述。张大镛，字正和，号怡潮。乾隆己酉(五十四年，1789)副榜举人。光绪《邵武府志》张大镛本传：“少力学，读书外无他嗜。文宗先正，披览殆尽，善研究其得失优劣，历历评论如数家珍，谈经亦然，故其子孙得以经义名家。生平淬厉名节，不慕势利。……子冕，见《儒林传》。”[④]

光绪《邵武府志》张冕本传：“张冕，字繁露，号盅轩。性刚方，言行不苟，通天文、地理、性命之学。道光丙戌(六年，1826)成进士。以教授职权永福谕，旋补建宁府教授，郡英俊多出其门。未几，以忧归。……服阕，补泉州府教授，作《悯俗》、《砭俗》二箴以训士。……辛丑(二十一年，1841)，列计典第一，不乐仕进，以老乞归。主濉川讲席者七年，士皆悦服。……卒年七十。著有《春秋至朔通考》、《尚书纪疑》行世。子二：长彤勋，恩贡生，以获盗功叙议训导；次彤燕，庠生。”[⑤]同治刊本《福建通志》卷七十九著录张冕著作，以张冕邵武府建宁人，注：“字繁露。道光丙戌进士。官泉州府教授。”[⑥]其人实邵武县人，以主讲濉川书院误入《建宁县志》。

## No.290　邵武张名标家族

张名标：《凤山诗草》(光绪《邵武府志》卷二十九《艺文志》作《实园诗稿》，并注《通志》作《凤山诗

---

① 同治刊本《福建通志》卷七十九，影印第1606页。
② 光绪《邵武府志》卷二十，《人物传·(邵武)宦绩》李由中传，影印第424-425页。
③ 光绪《邵武府志》卷二十一，《人物传·(邵武)文苑》杨崇道传，影印第459页。
④ 光绪《邵武府志》卷二十一，《人物传·(邵武)文苑》张大镛传，影印第459页。
⑤ 光绪《邵武府志》卷二十一，《人物传·(邵武县)儒林》张冕传，影印第448页。
⑥ 同治刊本《福建通志》卷七十九，《(邵武府建宁县)经籍志》，影印第1603页。

草》)(同治刊本《福建通志》卷七十九)

**谨按:**邵武张名标,字御左。乾隆元年丙辰(1736)举人。有文誉。光绪《邵武府志》张名标本传:"隶门下者多获科名。选汀州教职,早就人才尤盛。性诙谐,无城府。作诗直书性灵,有靖节之致。同郡朱梅崖(朱仕琇)太史以白太傅、司马温公况之。"[①]

张名标之婿米复,字几颜。廪生。光绪《邵武府志·文苑传》米复传:"参议(米)荣之后。生六岁,父母相继殁,育于祖母张。稍长,刻志读书。从举人张名标游。名标爱其才,妻以女。尝授徒界首,甫旬日,以答问劳苦已学辞归。坐卧屋西密室中,穿小穴,使家人馈食,数旬不出,虽妻子亦罕见其面。平生寡交游,未尝有友朋讲论之益,而经学精邃,文辞奥衍,多可传。病革时,尽焚其稿。卒年才三十九。"[②]按:明代米荣,嘉靖七年(1528)举人,十一年(1532)进士,官至右参议,年七十卒。从湛若水讲学。著有《仁夫率性堂文集》,同治刊本《福建通志》题作《率性堂文集》四卷,及《易说》、《艮所文集》四卷。传见光绪《邵武府志》卷十九《人物传·列传》。

## No.291　光泽黄溶家族

黄溶:《医案》数册(光绪《光泽县志》卷十五本传)

**谨按:**光泽黄溶传见光绪《光泽县志》:"黄溶,字安澜。居县治。为诸生,与世异趋。时邑士竞逐骫骳时文,溶独发宋明儒书,求为学之要。久之有悟曰:'学在笃实而已。'自是一言一行悉屏浮伪……其教学者曰:'文采虽可贵,然不由笃实,如无根之华、无源之沟浍,亦终必亡矣。'……有《医案》数册,授其子。……终岁贡生。子子岳,分发河南县丞。"[③]

黄溶之子黄子岳,字守山[④]。由附贡生授河南县丞,未任而归。性伉直,多与世忤。所著诗、古文集未刊。黄子岳门人黄守山、何金鱼、上官次岩、张可权、高所庵等[⑤],何金鱼卒于嘉庆六年辛酉(1801)[⑥]。

黄子岳、黄从篮父子与高澍然、何长聚友[⑦]。黄子岳之子黄从篮,国学生。兄弟四人。咸丰七年(1857)光泽城陷,黄从篮及季弟黄从云、黄从九等人殉难[⑧]。

## No.292　光泽龚懋家族

龚懋:《性理精义辑解》、《诗书易辑解》、《左传旁注》、《历代敕表奏疏评论》、《格言》一卷、《制艺》二卷、《诗稿》一卷(光绪《光泽县志》卷十八《孝友传》本传)

**谨按:**光泽龚懋传见光绪《光泽县志·孝友传》:"龚懋,字卓儒,号立斋。父德周[⑨]在《义行传》,庚子总理邑志事。性素严谨,才学丰赡。侯官陈春波,名士也。为邵属广文,见而悦之,召之授业,逢人

① 光绪《邵武府志》卷二十一,《人物传·(邵武)文苑》张名标传,影印第457-458页。

② 光绪《邵武府志》卷二十一,《人物传·(邵武)文苑》米复传,影印第458页。

③ 光绪《光泽县志》卷十五,黄溶传,影印第1076-1077页。

④ 光绪《光泽县志》卷四,影印第398页。

⑤ 光绪《光泽县志》卷十三,《经籍略·悟悮子诗集》引高澍然题词,影印第967页。

⑥ 光绪《光泽县志》卷二十九,《杂录》,影印第1544页,"生生数排比所成"条。

⑦ 光绪《邵武府志》卷二十二,《人物传·(光泽)忠节》黄从篮传,影印第490页。

⑧ 光绪《邵武府志》卷二十二《人物传·(光泽)忠节》,影印第490页。

⑨ 按:光绪《光泽县志》卷十五《列传》龚文焕传(影印第1093页)、卷二十二《义行传》龚周德传(影印第1259页)均作(龚)周德,非(龚)德周。

辄艳称焉，由是名噪一时，闽中才士皆乐与之交。于乾隆乙卯(六十年，1795)乡试获售，以仲、季相次殁，遂灰心进取，一赴春闱而已。……三子次第入词林，尤勤讲诵。所著《性理精义辑解》、《诗书易辑解》、《左传旁注》、《历代敕表奏疏评论》及《格言》一卷、《制艺》二卷、《诗稿》一卷，藏于家。”①龚周德，字怀仁。传见光绪《邵武府志》卷二十三《人物传·(光泽)义行传》。

嘉庆间，光泽二十九都新丰龚氏兄弟三人相继均入翰林院，这是清代闽中士林的佳话。光绪《光泽县志》龚文焕传：“龚文焕，字霞城。祖周德、父懋昌皆有传。少时风度端凝，弱冠由拔贡登贤书，两弟乡试均同榜，愈自奋励。次弟文炳联捷成进士，官翰苑。遂与季弟文煇朝夕切磋功业，益苦。越七年，文煇以典试二甲第一人入翰，文焕则前一年入馆矣。……朝廷重之，由庶吉士入文渊阁较理、武英殿纂修，所学益进。主考江南，甄拔皆一时名宿。出为镇江知府。镇江本名郡，达官大吏舟车不绝，土著复多豪富，喜以财通谒，以助声援，文焕耻奔竞，闭阁谢谒，久之，人咸钦其洁，干谒之风遂绝。……以乞养归里，遂不复出。……以两弟皆不获见用而殁，恒郁郁不自得。及太翁殁，未几亦卒。”②按：龚文焕、龚文炳、龚文煇兄弟于嘉庆十八年癸酉(1813)同举于乡。龚文炳于嘉庆十九年甲戌成进士，选庶吉士；龚文焕于嘉庆二十四年己卯(1819)恩科成进士，龚文煇于嘉庆二十五年庚辰(1820)成进士，均选庶吉士。

道光十五年(1835)，林则徐撰《太史晴澜先生传》：“幼聪颖特出，而又嗜学。初试时，兄弟三人，驹齿犹未落也，所试无不利。晴澜于诗文外，兼工书法，才擅三长，每出人头地，而诚静自若，初无嚣矜气，然而声名著甚。……追询其渊源所自，乃翁立斋(龚懋)孝廉素重实学，崇经术。其为文，每穿穴经义，不蹈恒蹊，并有体会《论语》圣经原文，不袭前人常解者。晴澜兄弟，习聆庭训，究心于注疏经义，博览于史传百家，佐以欧、苏，探手濂、洛，真积日久，根柢深厚，非若竞习时艺者学植谫薄，文体卑弱。昔人谓昌黎韩子‘文约六经之旨，功起八代之衰’者，此也。夫学之原本经，籍文以阐之，非必游刃穴虚，挥斥八极，高远以稀智惊愚也。”③据此传中人物字号，系为龚文炳(号晴澜)作。其兄龚文焕，字霞城，尝官镇江知府，与林则徐同事江左。弟龚文煇，号鉴湖。

龚文煇子龚士凤，字梧岗，岁贡生。传见光绪《光泽县志》卷二十一《武功传》，传附其弟龚士成、龚士华、龚士骐及族人龚濬儒等人事迹。

## No.293　光泽高隆程家族

高隆程：《南池遗稿》二卷(光绪《光泽县志》卷十三《经籍略》、光绪《邵武府志》卷二十九《艺文志》)

**谨按**：光泽十六都高氏仕宦者亦夥，亦有作者。高隆程(？—1822)，字搏万，光泽西乡人。何长诏长兄之女夫。④ 少敏于文，日可得十数艺。举乾隆五十九年(1794)乡贡，知山东夏津县。高隆程撰有《南池遗稿》二卷，高澍然撰题词：“家南池作令山左，所至著循绩，予总纂《通志》，采入《良吏传》，众以为允，然不知南池又能诗也。岁戊戌(道光十八年，1838)，其甥黄敦行以《遗稿》示余，环玮连犿，其声壮浪，才人之雄也。或以绳趋矩步闲之，则失吾南池矣。昔欧阳公序《惟俨集》，悲其才莫见于时，欲以笔墨驰骋、文章赡逸之能见其志。今南池有所见矣，而官止县令，生平运量之概不克竟而于诗恍惚遇

① 光绪《光泽县志》卷十八，《孝友传》龚懋本传，影印第1155-1156页。

② 光绪《光泽县志》卷十五，龚文焕传，影印第1093-1094页。

③ 林则徐《林则徐全集》第五册，第456页。

④ 张际亮《金门于福州八月病归卒于水口舟中予至家后始闻讣心痛累日雪涕为哀辞不复目知其工拙也》五首组诗其二后自注：“高隆程，字南池，君长兄女倩。以举人任山东东阿县。今夏卒于署。与君在日唱酬莫逆。”(《思伯子堂诗集》卷五，《清代诗文集汇编》第601册，影印第46页)作于道光二年(1822)。

之,为之编次以传焉,其亦欧公之意也夫。”[①]以意度之,高澍然、高隆程之间虽同姓而不稔知,则可另立此条。

光绪《光泽县志·(国朝)封赠》记载高名普以子高隆程赠官[②],又据同卷《恩例表》的记载,高隆凯,字辉映,由增贡生投效州判,官知县;五贡生者有十六都人高隆珮(字朝聘)、高隆展、高天相(字帝勷)、高隆建等。

高隆程之甥黄骏,字敦行,光泽二十二都人。《光泽县志·儒林传》黄骏传:“辟举孝廉方正,家无斗筲,以训读为业,确守朱子学规,课生徒以实践,谓立品之要先去利心,处世之要先严正气,又言使人畏不若使人爱事之者,咸谓有三变遗风焉。其门人若高孝扬、何高慰、伊象和、李继光皆卓卓有内行,足征教育之方矣。晚年偕友人联消寒社,互相讲学,一时士风敦笃,皆先生倡之也。”[③]高孝扬、何高慰、伊象和诸人均能文学,其师黄骏当不例外。李继光,字敦诗。咸丰七年(1857)死难,传见光绪《光泽县志》卷十九《忠节传》。

## No.294 邵武魏昉家族(未明时代,姑系于此)

魏昉:《霁堂诗集》七卷(光绪《邵武府志》卷二十一《人物传·文苑》本传)

魏淑凤:《鸿爪集》二卷(光绪《邵武府志》卷二十七《闺秀传》本传;民国《福建通志》总卷四十五,《福建列女传》卷六,魏淑凤本传)

**谨按:**魏昉,邵武府邵武县人。官翰林院检讨。传见光绪《邵武府志》卷二十一《人物传·文苑传》。

魏昉孙女、魏金浦第三女魏淑凤,号蓉城仙子。适恩贡生上官玘。有《鸿爪集》二卷[④]。

## No.295 邵武官赞朝家族

官赞朝:《余情小草》(光绪《邵武府志》卷二十本传)

官连娣:《留香剩草》一卷(民国《福建通志》总卷四十五,《福建列女传》卷六,官连娣本传;施懿琳、廖美玉《台湾古典文学大事年表·明清篇》第493页)

**谨按:**官赞朝,字元圃。邵武县人。乾隆末随父戍台,积功至台湾守备。嘉庆十一年丙寅(1806),蔡牵乱台,官赞朝率部大小战二十五,所至有功,寻迁都司,积十年转游击。生平喜为诗歌,著有《余情小草》[⑤]。

官赞朝之女官连娣,能诗,未字而卒。著《留香剩草》,《全台诗》收录其诗四首[⑥]。

---

① 光绪《光泽县志》卷十三,《经籍略·南池遗稿》引高澍然题辞,影印第978-979页。

② 光绪《光泽县志》卷四,影印第397-398页。

③ 光绪《光泽县志》卷十六,《儒林传》本传,影印第1102页。

④ 民国《福建通志》总卷四十五,《福建列女传》卷六,魏淑凤传,原第三十七页。

⑤ 光绪《重纂邵武府志》卷二十,《人物传·宦绩》官赞朝传,原第三十一、三十二页,《中国地方志集成》福建府县志辑第10册,影印第426页。

⑥ 施懿琳、廖美玉《台湾古典文学大事年表·明清篇》,第493页。

# 第五节　汀州府文学家族考

## No.296　上杭邱士修家族

邱士修:《谈禅戏录》一卷、《茝轩诗文集》四卷、《粤游草》(民国《上杭县志》卷二十三《艺文志》)

邱嘉穗:《考定石经大学经传解》一卷、《四书拟言》、《绍闻广义》、《管窥录》、《管窥统宗图记》(同治刊本《福建通志》卷八十)、《东山草堂迩言》六卷、《借喻录》、《陶诗笺》五卷(乾隆《汀州府志》卷三十三《文苑》题《陶诗笺》四卷,民国《福建通志·福建艺文志》卷六十四作五卷,别本一题《东山草堂陶诗笺》五卷卷首一卷,齐鲁书社1997年影印)、《东山草堂诗集》(康熙四十九年刻本,厦门图书馆藏)、《东山草堂文集》二十卷(康熙刻本,厦门图书馆藏)、《诗集》八卷(乾隆《汀州府志》卷三十三《文苑》题《诗集》十卷)、《续集》一卷、《东山草堂诗文集》、《迩言》(民国《上杭县志·艺文志》作六卷)(乾隆《汀州府志》卷三十三《文苑》本传)、《东山草堂文集》二十卷、《诗集》十卷、《迩言》六卷、《陶诗笺》四卷(同治刻本《汀州府志》卷三十三《文苑》著录)、《东山草堂诗集》八卷、《续编》一卷、《东山草堂文集》二十卷(光绪八年汉阳邱氏《东山草堂全集》本)、《丘园记》、《东山草堂诗集》十卷续集一卷、《陶诗笺》五卷、《考定大学原传》一卷、《东山草堂古文汇选》(民国《上杭县志》卷二十三《艺文志》)

邱倬(邱士修侄,邱嘉穗弟):《春晓堂诗文集》二卷(同治刊本《福建通志》卷八十)、《粤游草》(民国《上杭县志》卷二十三《艺文志》)

**谨按:**上杭邱士修、邱倬叔侄俱有创作。丘,清代避孔子讳作邱,民国《上杭县志》均改正作丘。

民国《上杭县志·艺文志》著录丘士修《谈禅戏录》一卷、《茝轩诗文集》四卷、《粤游草》,云:"士修略历,详《选举志·贡生》。据丘氏谱,侄倬所撰传。略云:'士修刻苦好学,探极微赜,独居水月轩,晚嗜山水,游粤东,过蓝关,登白鹤峰,泛丰湖,蹑白云,问津珠海、虎门,感慨赋诗。所著《粤游草》、《茝轩诗文集》、《谈禅戏录》皆楷书付梓云。'"[①]查《选举志》:丘士修,字龙文,上杭县来苏里人。康熙二十九年(1690)副榜举人[②]。

邱倬,见民国《上杭县志·选举志中》:"字国瑞,康熙五十六年(1717)以文庠中式,附其兄嘉穗传。"[③]钟用光评其诗清超拔俗[④]。

邱倬之兄邱嘉穗,字秀瑞,号宝亭[⑤]。上杭县来苏里人。康熙二十四年(1685)府学选拔贡生,二十九年(1690)中式。民国《上杭县志》著录《考定石经大学经传解》一卷、《考定大学原传》一卷,注云:"查原书,尚有嘉穗弟国瑞、男紫澜跋,以伸自序之余意,疑皆嘉穗自著云。"[⑥]《东山草堂文集》二十卷、《诗集》八卷、《续集》一卷,户部尚书王际华家藏本,《四库全书总目》集部存目类为撰提要[⑦]。

---

① 民国《上杭县志》卷二十三,《艺文志》,原第二十页,影印第295页。

② 民国《上杭县志》卷十六中,《选举中》,原第十三页,影印第196页。

③ 民国《上杭县志》卷十六中,《选举中》,原第八页,影印第193页。

④ 民国《上杭县志》卷二十三,《艺文志》,原第二十一页,影印第296页,引。

⑤ 李灵年等《清人别集总目》,第338页。

⑥ 民国《上杭县志》卷二十三,《艺文志》,原第十八页,影印第294页。

⑦ 永瑢等《四库全书总目》卷一八四,影印第1666页。

## No.297 上杭范正国家族

范正国:《四书融旨》(同治刊本《福建通志》卷八十)、《向岫文钞》、《时艺》、《濂溪书院学规》五则(民国《上杭县志》卷二十三《艺文志》)、(八十寿诗集)《鹤曲摛华》五卷(民国《上杭县志》卷二十六《儒林传》本传)

范泰元:《后乐楼诗集》二卷(民国《上杭县志》卷二十三《艺文志》)

长汀范绍森:《印度调查盐法记》不分卷(民国《长汀县志》卷二十二《艺文志》)

**谨按:**范正国,字家伦。上杭县胜运里人。民国《上杭县志·儒林传》范正国传:"自幼聪颖,经籍过目不忘。饩于庠,屡冠一军。……一昌明理学为己任。康熙五十九年(1720)举于乡。……授河南尉氏令。七十致政,两袖清风。邑令梁钦聘掌濂溪书院。……生平博极群书,尤遂意于濂、洛、关、闽,凡所撰述,言言见道,不徒雕绘风云。诸子孙《诗》、《礼》绍庭。卒年八十三。著有《四书融旨》,藏于家。"[①]子范泰元,盐大使;范周元,字从亭,乾隆间岁贡;范纶元,字桂元,乾隆间岁贡,官教谕。曾孙范志伊,庠生。

范正国之子范泰元,字淇园。乾隆十二年(1747)丁卯科福建乡试举人。官两浙浦东西路盐大使。事迹附其父传。民国《上杭县志·艺文志》著录《后乐楼诗集》二卷,云:"今考其诗,首题道脉,余如读《太极图》、《西铭》及《书义》七首,皆近道学气,但家学渊源,语多醇朴。"[②]附有永福黄惠序、韩江杨黼时序、范泰元自序。

《清代硃卷集成》第三三九册收录光绪二年(1876)丙子科第九十八名举人、长汀范绍森履历及乡试硃卷四篇(首)。据范绍森履历,范正国、范泰元系其族高曾伯叔祖伯叔兄弟侄[③]。范绍森的试帖诗有"俊逸"、"神传个中,音流简外"[④]之誉。

## No.298 连城赖延泰家族

赖存礼:《先贤言行录》、《家规辑略》(民国《连城县志》卷二十《艺文志》)

赖爕(赖存礼孙):《有原草》(民国《连城县志》卷二十《艺文志》)

**谨按:**连城赖延泰,号介庵。祖希舜,明经。父存礼,学问淹博,学者称元白先生,以经学名家。明天启元年辛酉(1621)副榜举人,传见民国《连城县志》卷二十一。康熙十三年甲寅(1674)耿变,赖延泰诈风得脱,知其为明清之际汀州人物。赖延泰为世名儒,隐居求志,平生行谊皆可为后世法。长子赖超彦,康熙二年癸卯(1663)举人;季子赖爕,文学[⑤]。

赖延泰之子赖超彦,号留斋。为文清超动人。官醴陵知县[⑥]。赖爕,传见民国《连城县志》,传称其"博览群书,善诗赋"[⑦]。

---

① 民国《上杭县志》卷二十六,《儒林传》范正国传,原第六、七页,影印第369、370页。

② 民国《上杭县志》卷二十三,《艺文志》,原第二十五页,影印第298页。

③ 《清代硃卷集成》第三三九册,范绍森履历,影印第5页。此履历未细作区别"族高曾伯叔祖伯叔兄弟侄"之间的人物关系,范正国系上杭开基祖范宁璧裔孙,范绍森系长汀开基祖范玉富裔孙。

④ 《清代硃卷集成》第三三九册,范绍森硃卷,影印第10、23页。

⑤ 民国《连城县志》卷二十一,《列传》赖延泰传,原第二十二页,影印第202页。

⑥ 民国《连城县志》卷二十一,《列传》赖超彦传,原第二十二页,影印第202页。

⑦ 民国《连城县志》卷二十一,《列传》赖爕传,原第二十二页,影印第202页。

## No.299　连城杨开春家族

杨开春:《四书说》、《毛诗说》、《纲鉴纂要》(民国《连城县志》卷二十《艺文志》)、《四书诗经其然说》(民国《连城县志》卷二十二本传)

**谨按:**明末清初汀州府连城县杨氏家族对于所谓县域"三隘文运"的形成和传承具有重要的作用。

连城芷溪乡黄氏家族先世黄万德、黄万诚兄弟建书楼于桃源山,黄万诚复遣其孙黄必昇往漳州,从彭毅斋受《诗经》,遂成家学。黄必昇传子黄桂(秋芳),桂传其门人杨中槐,杨中槐发扬光大,称邑南经师大家。

据朱筠所撰《杨显圣墓志铭》,连城草坪人杨氏自宋末世居连城,杨显圣筑"种石书屋"于芷溪村中央①。晚明杨赐儒(号月塘)遣其子杨中槐受业于邑人黄秋芳(黄桂),得其传授《毛诗》,遂以经学世其家。杨中槐庭训其子开春兄弟,遂开三隘文物②。民国《连城县志·杂录》论云:"邑南诸杨,明启、祯间以芷溪、草洋为文明发轫地。最初杨中槐,字明祯,受业黄秋芳先生之门,乡贤张警庵先生为乡祭酒传,登诸《敬桑梓录》,而犹有载诸口碑,传之孙子,历数百年不谖者,则有清水塘故事(此为杨中槐少时传奇事迹)。……明祯(杨中槐)德(黄桂)先生甚,诚后嗣入泮、宾兴、登第必先释奠于秋芳先生,历数百年皆然,曰'吾先人命也'。"③

杨中槐,字明祯。庠生。年十七,从黄桂学。积数年,学业大进,授徒遐迩。其学传子杨开春、杨开芳,家学遂以不替。

杨中槐之子杨开春,字寅占,号螽山。弱冠郡试冠军。顺治三年丙戌(1646),清兵下汀州,令薙发,独不从。学师三请赴试,拔首名,旋食饩,名重一时。当道倾心,弟子从游日众,遂开三隘文运。以廪生终。

杨中槐第三子杨开科,号朴山。力田供职,不忘诗书。四子皆从伯父、叔父受业。孙梦周、攀桂皆庠生。

杨中槐季子杨开芳,号兰轩。岁贡生。自幼蒙训糊口,教学相长,以教读终其身④。

## No.300　连城李森家族

李沧龄:《乐律》二卷(民国《连城县志》卷二十六李森传附)

**谨按:**李森,号昆峰,晚号拙渔。连城人。工诗善画。同治刊本《福建通志》著录林霞起著作,引雷鋐《经笥堂文钞》:"林赤章先生名霞起,字淑斋,与童玉铉(童日鼎,字玉铉,号我梅)、李昆峰(森)、董若水四人号四愚,构四愚亭于冠豸山中。"⑤顺治间,召天下画工,廷试之,以"风雨夜题诗"命题,列第二。子三:潮龄、汉龄、沧龄,皆善绘事。李沧龄著有《乐律二卷》,绘有冠豸山全图⑥。

---

① 民国《连城县志》卷三十二《杂录》,原第五十七页,影印第348页。按:芷溪村中黄、丘、杨三姓。

② 按:连城县三隘甲科自张斯泉始。张斯泉,乾隆七年壬戌(1742)进士。选授知县。事迹载民国《连城县志》卷三十二《杂录》(原第六十五页,影印第352页)。

③ 民国《连城县志》卷三十二《杂录》,原第三十九页,影印第339页。

④ 民国《连城县志》卷二十二,黄万德、黄万诚、杨赐儒、杨中槐、杨开春、杨开科、杨开芳传,第三十五至三十七页,影印第227-228页。按:诸传均采自张鹏翼《桑梓录》。

⑤ 同治刊本《福建通志》卷八十,影印第1623页。

⑥ 民国《连城县志》卷二十六,李森传,原第一页,影印第266页。

## No.301　宁化周梦锦家族

周梦锦：《问心堂案牍》六卷（同治刊本《福建通志》卷八十）

周绍缙：《周笏廷制义》（朱仕琇《周笏廷制义序》，《梅崖居士文集》卷十九）

邱上隽、周绍缙、巫羽仪：《北山诗集》（同治刊本《福建通志》卷八十）

**谨按：**周梦锦，字锡上，周景濂第三子。宁化人。其先世自江西抚州迁入，至周梦锦为迁宁化周氏第十五世。康熙三十八年己卯（1699）举人，授官知县，迁同知、知府。凡莅官二十年，所革私例银数万、养廉银数千。建壶山书院，所至以学校为急[①]。子三：周宗原、周宗祐、周宗畴；孙三：周绍缙、周绍绅，周宗祐之子；周绍经，周宗原之子。乾隆十五年庚午（1750），朱仕琇尝主周绍缙家，为撰《广平府知府周公墓志铭》。

周梦锦之孙周绍缙，乾隆十三年戊辰（1748）进士。朱仕琇进士同年。知定远，有政绩。朱仕琇《周笏廷制义序》："笏廷天性豪上，成进士后益好学，与其同邑阴君承方力为古文，余见而畏之。通政雷翠庭先生为余言'二君，余邑后来之隽也'。"[②]据此序，知周绍缙能古文，亦擅长制义，为邑前辈雷鋐所推挹，晚而有所悔少时制义之学。朱仕琇《答周笏廷书》："大稿在京师嚣冗未暇卒业，顾常得窥见一二，窃谓雄隽之气与数十年名于文者相角逐，未知先后何如也，此事自有定价，非人以私见抑扬所能轻重。"[③]知周绍缙文风雄隽。

## No.302　归化（将乐）揭氏家族

将乐揭世名：《四书要旨》、《玉亭集》（同治刊本《福建通志》卷七十五将乐《经籍志》）

将乐揭上选：《顾省集》（同治刊本《福建通志》卷七十五将乐《经籍志》）

归化（明）揭春高：《斐如文集》若干卷、《心易知来》、《易象指归》、《春秋指归》、《春秋订讹》各十数卷、《蛾术篇》二十卷、《古今灾异壬课斗数》、《女士闲纪》（民国《明溪县志》卷十三《艺文志》作《士女闲纪》）、《诗林韵谱》数十卷（李世熊《明浙川知县愚山揭公墓志铭》，《寒支初集》卷八；民国《明溪县志》卷十三《艺文志》）

归化（明）揭乔嵩：《彀音诗集》（民国《明溪县志》卷十三《艺文志》）

归化（明）揭春藻（揭乔嵩次子）：《香玉斋诗集》（民国《明溪县志》卷十三《艺文志》）、《焚余草》（王水香《清代汀州客家诗歌研究》，第 24 页）

归化（明）揭鹀：《庸行集》（民国《明溪县志》卷十三《艺文志》）

归化揭诗教：《揭训导诗文集》（同治刊本《福建通志》卷八十归化《经籍志》）、《乐府望遥诗集》、《红雪楼文集》、《石秤秋响》、《泛沔草》、《吴越吟》（民国《明溪县志》卷十三《艺文志》）

归化揭家襄：《心远集》（民国《明溪县志》卷十三《艺文志》）

归化揭廷镛：《西江吟》、《覆瓿集》（民国《明溪县志》卷十五本传作《覆瓿篇》）（民国《明溪县志》卷十三《艺文志》）

归化揭鑫斯：《六经集字》、《声韵训解》（民国《明溪县志》卷十三《艺文志》）、诗文若干种（民国《明溪县志》卷十四本传）

---

① 民国《福建通志》总卷三十六，《福建循吏传（清一）》卷十一，周梦锦传，原第四十五、四十六页。语本朱仕琇所撰《广平府知府周公墓志铭》（《梅崖居士文集》卷八）。

② 朱仕琇《梅崖居士文集》卷十九，《清代诗文集汇编》第 336 册，影印第 362 页。

③ 同上书，卷二十三，影印第 426 页。

归化揭宗京:《欲焚草诗集》(民国《明溪县志》卷十三《艺文志》)

**谨按:**揭氏在福建属于罕见姓氏,分布于福建汀州府、延平府两府毗邻交界数县,其先由江西入闽。汀州府归化县,民国二十二年(1933)改称明溪县。民国《明溪县志》揭彦才传:"揭彦才,名岸生。明永乐间由赣入闽贸易,见明溪驿之瀚溪山明水秀,因家焉,是为明溪揭氏鼻祖。……享寿九十有四。生五子。……世多隐德,故子姓繁昌,有明时簪缨鹊起,文运聿兴,实皆彦才创造之功也。"[①]

明代揭氏人物有嘉靖二十八年(1549)归化举人揭鸿,援例出仕揭扬(徐闻主簿)、揭琼(主簿)、揭乔椿(四川盐课司提举)。入清,归化县五贡生有揭以位、揭金鼎(官番禺县丞)、揭三宾、揭诗教(官永安训导,有文名)、揭继安[②]。

揭鸿传见乾隆《汀州府志》:"字子渐,归化人。嘉靖己酉(二十八年,1549)南京举人。任潮州府通判。值饶平寇肆掠,鸿率兵直捣其巢,伤一矢,不为动,以计获其子,遂荡平之。升连州知州,致仕归。后迁居将乐。"[③]将乐县南部与归化县交界,而两县分属延平府、汀州府。

晚明揭春高(1581—1639),字晋卿,揭乔岳之子,邻县宁化李世熊之师[④]。崇祯十三年(1640),李世熊据其子揭诗教之状,撰《明浙川知县愚山揭公墓志铭》。略曰:"十岁通古文词。年十五,提学使徐公匡岳拔诸生第一。……公凡为文包络绵远,如地海含负,读者不竟端委,于是五试两雍,率以奇败。崇祯己巳(二年,1629)谒铨选,试一论,累累千言,穿贯经史,浩无涯涘,司勋解公学夔心慑其奇,署通判第一。……公学不耑家,自阴阳、方术之言无不泛澜,泝源得其要领。所著《斐如文集》若干卷、《心易知来》、《易象指归》、《春秋指归》、《春秋订讹》各十数卷、《蛾术篇》二十卷、《古今灾异壬课斗数》、《女士闲纪》、《诗林韵谱》数十卷,皆未行世。生于万历辛巳,卒崇祯己卯三月,年五十九。大父讳鹍,以明经为湖广零陵同知……父乔嵛[⑤]少为禄,未仕早卒。……男子四:长诗教,以明经为永安学训;次书教、礼教、乐教,皆习儒。"[⑥]揭春高传又见民国《明溪县志》卷十四、民国《福建通志·福建循吏传(明七)》卷十等。

揭春高长子揭诗教(?—1663),字与言,号伊庐,宁化李世熊同学。入清,卒于康熙二年癸卯(1663)。"顺治间贡生。传见《孝义》。"[⑦]民国《明溪县志·文苑传》本传称其诗文集等著作"悉为谭友夏(谭元春)、黄石斋(黄道周)诸先生所点定。"[⑧]将乐揭世名,"字田有,号玉亭。雍正间贡生,官泰宁训导"。[⑨] 将乐揭上选,传见同治刊本《福建通志·孝义传》。

清代归化揭凤喈、揭凤池、揭凤超兄弟在嘉庆、道光间有河东三凤之目。揭凤喈(1768—?),字叶雝,号桐冈,揭肇进之孙,揭步云之子[⑩]。九岁能属文,稍长,熔铸经史为文,日益有声。嘉庆二十二年丁丑(1817),特简楚南新田县知县。尝修邑乘,咸丰七年丁巳(1857)太平天国军陷归化,稿尽毁。揭凤喈为文浑雄绮丽,宏深古奥,尚未尽其道学之万一。揭凤池,号春波。与兄同补弟子员,负笈鳌峰书院。季弟揭凤超,号晴波。未冠游庠,文名与兄相埒[⑪]。

民国《明溪县志》卷十三《艺文志》著录揭氏诸人著作,名列揭春高之后有揭春藻、揭鹍、揭乔嵩、揭

---

① 民国《明溪县志》卷十四,《乡行传》揭彦才传,影印第 664-665 页。

② 乾隆《汀州府志》卷二十三,《选举志》,影印第 313 页。

③ 乾隆《汀州府志》卷三十,《人物传》,影印第 346 页。

④ 李世熊、李向旻《李寒支先生岁纪》,《寒支二集》卷首,影印第 397 页。

⑤ 按:揭乔嵛,一作乔岳,字学川。隆庆贡生,官泉州府寻到、清远知县等(民国《福建通志》总卷三十六,《福建循吏传(明七)》卷十,揭春高传,原第六页)。

⑥ 李世熊《寒支初集》卷八,四库禁毁书丛刊集部第 89 册,影印第 281、283-284 页。

⑦ 同治刊本《福建通志》卷八十,影印第 1622 页。

⑧ 民国《明溪县志》卷十五,《文苑传》揭诗教传,影印第 729 页。

⑨ 同治刊本《福建通志》卷七十五,影印第 1556 页。

⑩ 民国《明溪县志》卷六,影印第 206 页。

⑪ 民国《明溪县志》卷十四,揭凤喈传,影印第 621、623、624 页。

诗教、揭家襄、揭廷镛、揭畲斯、揭宗京等。揭春藻著《香玉斋诗集》，揭鹑著《庸行集》，揭乔嵩著《彀音诗集》，揭诗教著《乐府望遥诗集》、《红雪楼文集》、《石秤秋响》、《泛沔草》、《吴越吟》，揭家襄著《心远集》，揭廷镛著《西江吟》、《覆瓿集》，揭畲斯著《六经集字》、《声韵训集》，揭宗京著《欲焚草诗集》[①]。详按之，该志所列揭氏诸人及其著作未必尽按世代前后为序，部分揭氏作家如揭鹑为嘉靖间贡生，揭乔嵩卒于晚明，显然为明人。

揭廷镛，号镜湖，揭光仪之子。道光、咸丰间人。传见民国《明溪县志·文苑传》。子揭麟振、揭畲斯。

揭畲斯，字诜兮，号翰泉，揭麟振胞弟。揭麟振，字荇州，号厚庵。民国《明溪县志》本传称其"幼颖异，读书目数行下。成童时，暗诵六经及诸子百家，稍长下笔成文，不假思索。……应选清光绪辛巳(七年，1881)科岁贡。"[②]揭畲斯生平嗜学，手不释卷，年未冠，补博士弟子员。光绪十一年乙酉(1885)拔贡。任道南书院掌教。揭畲斯子三，长子揭宗京精岐黄术，尤工吟咏，著有《欲焚草诗集》。揭畲斯兄弟、父子传见民国《明溪县志》卷十四。

族人揭枢振(星垣)，能文章。光绪二十一年(1895)贡入成均。揭廷经(秉常)，握管为文，楚楚可观。有经济干才。

揭霦仪，号玉洲。是一位大概生活于咸丰朝(1851—1861)及前后数十年的作者。民国《明溪县志》本传称其"诗、文、词、赋之属具有本原，于诗喜步苏、黄，答问神似柳柳州，曲而能达，时而纯以气运胜，则又似苏、韩矣。……遗稿几至盈尺。"[③]以此视之，揭霦仪是一位宗宋的诗人，又是一位宗唐宋古文的古文家。

## No.303　清流裴应章家族

裴应章：《左传纂》、《谏草焚余》八卷、《庄子摘语》、《懒云居士集》十五卷(《全闽明诗传》本传作《懒云集》，乾隆《汀州府志》卷三十《人物传》本传题《懒云居士集》)、《编蒲蠹余》(《全闽明诗传》本传作《编蒲橐余》)八卷(同治刊本《福建通志》卷八十)

裴汝申：《薜月轩文集》十卷、《宁化县志》(同治刊本《福建通志》卷八十)

**谨按：**清流裴应章及其子裴汝申、裴汝甲均有著作传世，裴氏是一个跨明、清两朝的文学家族。裴应章传见乾隆《汀州府志·人物传》："裴应章，号澹泉，清流人。隆庆戊辰(二年，1568)进士，授行人，奉使德、晋二府。……入为户部右侍郎，请归养。父殁，服阕，起少宰，推毂皆海内贤士，晋南司空……寻乞归，复起南太宰。……卒谥恭靖。著有《懒云居士集》。"[④]

裴应章之子裴汝申、裴汝甲，传见乾隆《汀州府志·文苑传》："裴汝申，清流人。应章子。善诗文，与李本宁(李维桢)、曹学佺相唱和。崇祯末，挈家入南山。有《薜月轩文集》十卷行世。弟汝申，亦能诗。方伯周亮工最加叹赏，有'海内风流全黯淡，汀南词赋尔崚嶒'之句。"[⑤]

## No.304　宁化李世熊家族

李世辅：《玉案丛谈》(李世熊《宁化县志》卷四《艺文总目》)、《铜崖丛谈》共四卷、《杞言》二卷(同治

① 民国《明溪县志》卷十三，《艺文志》，影印第572-574页。

② 民国《明溪县志》卷十四，揭麟振传，影印第710页。

③ 民国《明溪县志》卷十五，《文苑传》揭霦仪传，影印第735页。

④ 乾隆《汀州府志》卷三，《人物传》本传，影印第348页。

⑤ 乾隆《汀州府志》卷三十三，《文苑传》裴汝申传附，影印第381页。

刊本《福建通志》)

李世熊:《寒支初集》十卷(黎士弘《前征君泉上李先生墓表》作八卷)、《(寒支)二集》四卷[①](同治十三年刻本)、《宁化县志》七卷(乾隆《福建通志》)、《史感》一卷、《福建通志》五十卷、《物感》一卷、《钱神志》七卷(黎士弘《前征君泉上李先生墓表》作二十卷)、《寒支初集》十卷、《寒支二集》十卷(同治刊本《福建通志》)、《抗谈斋制艺》(李世熊《寒支初集》卷三)、《国变录》(来新夏《近三百年人物年谱知见录》引李世熊自编《李寒支先生岁纪》)、《评注离骚》二卷(民国《福建通志·福建艺文志》存目卷三十九作《离骚评注》二卷)、《手注大学》、《亿中庸语录》、《诗经集说》(《李寒支先生岁纪》)、《寒支初集》八卷、《钱神志》二十卷、《狗马史记》若干卷、《宁化县志》八卷(民国《福建通志·福建高士传》李世熊本传题七卷)、《本行录》三卷、《经正录》三卷(黎士弘《前征君泉上李先生墓表》)、《抗谈集》、《制艺》(彭士望《李元仲七十序》,《耻躬堂文钞卷七》)、《括谈斋制义》(王水香《清代汀州客家诗歌研究》第13页)、(真峰和尚选辑)《寒支文集选本》三卷(光绪刻本,四川省图书馆藏。李灵年等《清人别集总目》第774页)

**谨按**:清代福建闽西、闽西北方向包括汀州府、邵武府、建宁府三府的区域中,汀州府所属宁化县文学家族特别多,邵武府所属建宁县的著作量与宁化县不相上下,是文学创作成就比较突出的两个县。李绂《穆堂别稿》云:"闽中学者以宁化为最盛,雷侍讲贯一(雷鋐)其尤著者。已,复识巫君碧瞻。"[②]在雷鋐之前,宁化已产生著名的遗民作家李世熊及其家族。

宁化李世熊(1602—1686)家族世居宁化县泉上(镇)。泉上毗邻归化(明溪)、清流两县。李世熊《丘君可行墓志铭》:"闽宁化东北之乡曰泉上下,其地风物开美,素封子弟多游南北两雍,习京华风气,遂有通侠慕交游以自表异者,其学文之士好议论,执臆见,短长人物,仕亦有为郡邑之长者,他或挟赀为郎,邀恩赠,里咸荣之。"[③]明末清初宁化泉上的文化、科举、世宦情况大抵如此,李氏家族亦莫能外。

李世熊,字元仲,号寒支,晚号愧庵,室名檀河、但月庵,系明末清初"旧学通儒,为海内人文硕果"[④]。传见《清史稿》卷五百二《遗逸二》。友人彭士望《李元仲七十序》:"先生既以才名为八闽之冠,人咸争趋。及退伏,不交州府,独好客。客四方至,至则相与引满,酣醉笑哭不伦,或为诗歌唱和,奇气郁勃,不可逼视,惟以其肮脏嵚崎、发愤无聊之志尽见之于书。书十数种,率道往古,述胸臆,审经术,旁及耳目睹记忠孝节廉、邪伪倏诡、成败利钝,绝徼穷发不可殚述之事,皆足以敦立顽薄,开益拘愚,灿然与《繁露》、《说苑》、《法言》、《离骚》相表里。"[⑤]其人于明末清初,在曹学佺之后、李光地之前领袖闽中文坛,与门人黎士弘构成清初闽中古文创作的两代传承;其气节尤高,在明、清易代之后,入山易服,弃绝名利与文学等身外物,不妄为附,不赴清廷征召,"抱朴而全贞"[⑥],终其遗民之志。黎士弘《前征君泉上李先生墓表》论云:"先生必至八十五年,然后归全正命而死,则余所谓天必留三数人于残山剩水之间,以为逋民遗老,完一代兴亡之局。"[⑦]

李世熊所撰《答黄中美书》对少时生活有所回忆:"回念少时放浪形骸,寒夜漏残,置鼓五衢,作《渔

① 柯愈春《清人诗文集总目提要》著录《寒支集》十六卷,含《寒支初集》十卷、《二集》六卷(康熙四十三年檀河精舍本。北京大学图书馆藏);道光七年活字本印行《初集》,明年续印《二集》四卷(第38页),选文有所不同。而李灵年等《清人别集总目》著录《寒支初集》十卷,诸刻卷数同,《二集》则有六卷(康熙刻本,上海图书馆、中国科学院图书馆、北京大学图书馆等处藏;道光八年刻本,首都图书馆等处藏)、四卷之分(原刻本,福建省图书馆藏;道光二十年刻本,台湾"中央研究院"历史语言研究所傅斯年图书馆藏;同治十三年刻本,福建师范大学图书馆等处藏;道光八年陈氏木活字本,南京大学图书馆藏)(第773-774页)。

② 民国《福建通志》总卷二十五,《福建艺文志》卷六十五,第六页,引《穆堂别稿》。

③ 李世熊《寒支初集》卷八,《四库禁毁书丛刊》集部第89册,影印第294页。

④ 黎士弘《宁化县志序》,乾隆《汀州府志》卷三十九,《艺文序》,影印第442页。

⑤ 彭士望《耻躬堂文钞》卷七,《四库禁毁书丛刊集部》第52册,影印第125页。

⑥ 同治刻本《汀州府志》卷三十四,《隐逸传》,卷首,影印第383页。《中国方志丛书》第75号,成文出版社1967年影印同治六年刊、乾隆十七年修本。

⑦ 黎士弘《前征君泉上李先生墓表》,乾隆《汀州府志》卷四十三,影印第601页。

阳挝》,或歌或哭,恼长老美睡;玩弄谐诞,名教所仇,邑士反优容之。今持药自医,任人唾溺,嘒嘒秋蜩,委露遂枯,而鬼弹逼人,恐不刺骨,荡荡两寰,何至不相容也。"[①]少年风流倜傥,性复谐谑,跳出名教藩篱;中年命与仇谋,遭遇鼎革巨变,有龁龁构陷李世熊于镇将于永绶[②]之前者,诬其"怀二心",李世熊面对此汹汹不测局面,拒不诣庭为谢,不做"戕性刳心"[③]之举,极为强项,祝发入山,却得名教安身立命之所。

彭士望(1610—1683,字躬庵,江西南昌人)评李世熊《赠汀州学博丘先生序》一文云:"一似司马子长《报任安书》,一似韩昌黎《进学解》,气体音节逼真汉人。"[④]在《赠汀州学博丘先生序》中,李世熊以"某"与丘学博主客问答的方式,自叙崇祯七年甲戌(1634)之前即其三十三岁之前文学创作的风格嬗变历程:"始某心好沉博绝丽之文,欲如子云赍油素,与天下英绝有志者泛猎古文奇字,而所见士大夫皆可知矣;既以无所受学则又浮江涉淮,窃效司马子长之为,欲有所穷力逞志,勒成一家之书,而长老教某为课试芜烂之业即可得志干时,无徒阔远为也。……三尺童子徒烂然谙为对偶之文,异时所崇尚《性理》、《或问》诸书即没齿不知为何物,卑疵纤趋,其琐已甚,而高明隽异为文章娴美以旁通于诸子百家者一朝逢时不若,或不能与腐儒小生争糠粃之前,迁延至于头白齿落,一为郡县学列官,即文章之毕局矣。"[⑤]其志向远大阔远,视彼时科举业中"芜烂"、"卑疵纤趋"为腐臭、庸琐。其文"雄杰逸群"、"博辨宏肆","已忌讳于时"[⑥],在明朝虽先后为谭凡同、余昌祚、寇从化、何万化、陶承谟、吴之屏、陆之祺、唐锡藩、宋应星、冯之图、郭之奇等闽省官员赏识,却屡试不第:二十六岁(天启七年,1627)赴乡试,至三十八岁(崇祯十二年,1639)不得一举;二十七岁(崇祯元年,1628)预选贡,累见黜,至四十四岁(1645)赴省预南明弘光朝[⑦]选贡,仍为督学李长倩摈落。

李世熊师归化揭春高(号于门),读书从诸子、六朝、三唐文人。揭春高之文"包络绵远,如地海含负,读者不竞端委,于是五试两踬,率以奇败","试一论,累累千言,穿贯经史,浩无涯涘,司勋解公学夔心慑其奇"[⑧],揭春高既以"奇"败于场屋中,亦以"奇"为解学夔所赏识,用与不用之权决定于衡文者的眼光和识见。李世熊的古文、时文创作风格无疑深受揭春高之文"奇"、"穿贯经史"、"浩无涯涘"的影响,又师晋江张元(熙伯),嗜读韩非、苏轼、王世贞、李贽诸人集,造豪畅之文,又学为制义,习嘉靖以来归、胡、方、孟等制义大家及近世徐子卿、陈际泰、艾千子等人,变而为"沉深峭刻之文",二十岁时预省试取冠本房,却以离奇见黜于大主考;二十一岁,读孙矿评注《左传》、茅坤评注八大家文,悟古文法,触类旁求于制义,自述谓二十一岁时眼光始溢,更触类旁求,熟读《史记》[⑨];二十二岁游兴化府,与余光、余飏兄弟先后定交,主奥博,莆士以为怪[⑩];专主出入子史,并得莆田友人郭邦筦所主"法脉"之剂,在郭朗山家肆阅汉魏丛书及经史编年。其生平所与交,著名者若本省曾异撰、董谦吉、陈燕翼、刘廷标、陈

① 李世熊《寒支初集》卷六,《四库禁毁书丛刊》集部第89册影印清初檀河精舍刻本,影印第214页。

② 按:乾隆《汀州府志》卷四十五《丛谈附》记载:"于公名永绶,关东人。顺治丁亥、戊子间镇汀州。"(影印第654页)于永绶传见民国《长汀县志》卷三十三《循吏传》。李世熊有《答书以珍书》,其子李向旻识云:"丁亥(1647)十一月。长汀胡丞,镇将于永绶之妻父也。于示意于胡,命郡诸生郝某、韦某移书,延先子入郡相谒,当待以殊礼。先子报之云云。"(《寒支初集》卷六,《四库禁毁书丛刊》集部第89册,影印第210-211页)

③ 黎士弘《前征君泉上李先生墓表》,乾隆《汀州府志》卷四十三,《艺文墓表》,影印第600-601页。

④ 李世熊《寒支初集》卷三,影印第108页。

⑤ 同上书,影印第106页。

⑥ 同上书,影印第107页。

⑦ 按:明宗室、福王朱由崧建立的南明弘光朝败亡于1645年(顺治二年、弘光元年)五月,本年六月二十八日,唐王朱聿键称监国,闰六月移福州,七月初一称帝,改弘光元年为隆武元年。

⑧ 李世熊《明浙川知县愚山揭公墓志铭》,《寒支初集》卷八,影印第281页。

⑨ 按:本段中所述李世熊的事迹及其习文经历除上条注释外均出自《李寒支先生岁纪》(《寒支二集》卷首,《四库禁毁书丛刊》集部第89册,影印第396-398页)。

⑩ 按:此处云二十二岁李世熊游莆,据《李寒支先生岁纪》(《寒支二集》卷三,影印第398页);李世熊又曾自述二十一岁游莆,其《答官公璧书》:"仆年二十一,游莆;二十六游吴,以制义就质诸名宿。莆人大怪之,吴中仄可者半,怪者亦半。"(《寒支二集》卷三,影印第466页)

士奇、何楷等及江西易堂九子辈，皆一时志节之士[①]，内在的养气外化于文章中形成创作的风格，对于李世熊古文创作的面貌极有影响。

汪之绩以为"李世熊尝自谓文凡三变：少时不蹈绳检，好为驰骋无涯涘之文；已，又一变为沉深窅渺之文，方是时，世未尝读《繁露》、《太玄》、黄、管、王、郭诸书，则莫不以某文为妖妄；后又变为纵横曲折之文，间取唐宋大家叙事、议论之法，行其臆见，自谓淋漓适志矣。此虽为应制言，而今古之文皆一理也，即是亦可以知其诗、古文辞之大略矣。"[②]这是对李世熊古文的高度概括，其文虽宗秦、汉，但李世熊本人反对李、何、王、李（分别指明代前七子的领袖李梦阳、何景明与后七子的领袖李攀龙、王世贞四人），故其古文非复明代弘治以来至万历年间盛行的七子派（指前七子、后七子及其阵营）古文，而是自悟古文法的"古文辞"。

晚年李世熊为友人林逢经（守一）之弟林逢平（守衡）作《承德郎兵部司务林公墓志》："钟伯敬（钟惺，字伯敬，湖广竟陵人）督学闽中，以闽文色不附骨，欲以清遥森秀救之……继督学葛屺瞻（葛寅亮，号屺瞻，浙江钱塘人）又以闽文理不胜辞，欲救以净劲高亮……（守衡曰）'文惟明理耳。理彻则神清，神清则骨立，骨立则色正。'……铭曰：'文求正宗，吾爱葛、钟。……学宗周孔，吾敬黄、董。……'"[③]按：福建隆武朝败亡之后，林逢经、林逢平兄弟俱于1648年数日之间殉国。李世熊所撰此墓志在于福州别林逢平四十年之后，正值晚年。晚明福建的文学创作存在"色不附骨"、"理不胜辞"的弊端，"清遥森秀"、"净劲高亮"为前后提学使钟惺、谭元春开出的救弊之方。从这篇墓志可知李世熊追求"古文正宗"，林逢平之文均受钟、葛两任督学赏识，其人非工于逢时，不做首鼠两端之事。所引林逢平语道出其文宗旨，谦逊为仿佛近似而得高名。李世熊曾经实践过钟惺、葛寅亮督学闽中时的文学理论，无论"清遥森秀"还是"净劲高亮"都是针对闽文色不附骨、理不胜辞开出来的药方，在这两种风格诗文创作用力甚深，濡染甚深，又服膺林逢平的"明理"主张，终究钟惺和葛寅亮所主张的都仅仅是治标之方，更何况闽中作者学钟惺之流者还出现了诗文创作上的流弊，以偏锋矫闽文之弊，弊未必尽去而又新添竟陵的"鬼趣"和"兵象"，出现"理不胜辞"之弊。李世熊服膺林逢平"明理"主张，此"理"即后来桐城古文之"义理"。

李世熊尝自述"某少不自菲，志在用时，不谓困顿科场脱颖无术"[④]，但李世熊在明朝年至四十余岁，九冠诸生[⑤]终不得一举，或得一贡，不得肆遂其志，遂自嘲文学创作"追马模班，同于买菜之求益"[⑥]，文风渐已变豪畅为沉深，心境渐老；遭国变，在清初，"河山易位，人物失伦，欲哭则不敢，欲泣则近妇人，欲死则二耄在堂，相依为命。当尔之时，如失路之儿、丧巢之鸟，傍徨怆恻，视昼如昏"[⑦]，守节

---

① 民国《福建通志》总卷四十三，《福建高士传》卷六，李世熊传，原第十六页。

② 李世熊《寒支二集》汪之绩序，影印第387页。按：汪序本诸李世熊《答阴元征书》："某少时误有慧声，不蹈绳检，好为驰骋无涯涘之文，长老命某曰：'子文如失教之驹，一往辄蹷矣。'遂一变而为沉深窅渺之文。方是时，世未尝读《繁露》、《太玄》、黄、管、王郭诸书，则莫不以某文为妖妄者。及乙丑间，经子之言遍天下而某所为沉深窅渺者则已臭腐不可陈矣，则又变为纵横曲折之文，间取唐宋大家叙事、议论之法，行其臆见，自谓淋漓适志，然乃三徙其业，屡见摈于主司，盖至今伎穷而不敢复论天下之文也。"（《寒支二集》卷三，影印第459页）乙丑，康熙二十四年(1685)。

③ 李世熊《寒支二集》卷六，影印第543-544页。

④ 李世熊《答马令君书》，《寒支初集》卷六，影印第238页。按：李世熊《答马学师》亦有类似追忆文字，略曰："追念壮年久侨三山，前辈如崇相、能始、子长诸先生熟聆绪论，颇知文学源流，同席如叔会、弗人、守一诸君子左右劘切，间以诙谐，与吴、越、江、楚诸名彦互为秦晋。于时年日清壮，妄意事会可乘，譬饥鹰睨平芜、怒马临峻坂，思得一当以毕所怀。"（《寒支二集》卷四，影印第482页）

⑤ 李世熊《与郭正夫老师书丙戌》，《寒支初集》卷六，影印第208页。

⑥ 李世熊《答雷震甹》，《寒支初集》卷七，影印第247页。

⑦ 汪之绩（仁寿山庄）《寒支集序》，李世熊《寒支二集》，影印第388页。按：汪序这段话本诸李世熊《答官公璧书》（《寒支二集》卷三，影印第466页），仅有两字不同。

不仕，却备受猜忌[①]，内心痛楚，“清夜自勘，惭痛匪人”[②]，故其一生中国变前后的遭际并未对李世熊的文风造成巨大的撕裂，反而呈现出国变前文风顺利过渡到国变后的和谐感。李世熊晚年《答官公璧书》：“至丁卯（天启七年，1627）不第，枯落无聊，乃粹制义以问世，自序曰：‘闻文愤怨之篇，则于是始也。’以视曾子弗人，读之而叹曰：‘悲哉！何气味之似屈原、韩愈也？屈原非其遇也，韩愈乃晚达，名遂山斗，子亦足矣。何栖栖为？’久之，沦落不偶老矣。南州彭躬庵（彭士望）读其文，则曰：‘骚之变体。’黎愧曾（黎士弘）则曰：‘小雅之诽怨。’怨也，屈也，骚之变体也，其源一也。”[③]李世熊从明天启七年不第至晚年始终不仕新朝，其间跨度几六十年，“生平病痛，发舒于文”[④]，而其文的感情内核则高度一致，“其源一也”。其文深刻反映李世熊“哀切”、“痴恸”的亡国之悲，藉所撰清流秀才邓应康墓志铭（即《寒支初集》卷八《邓秀才显卿墓志铭》，附顺治五年戊子自识语）吐胸中块垒，“沉吟一过，不觉笔墨皆泪，声韵皆啼，泪竟可浴面，啼竟可彻泉”，“亦天下极悲”之文[⑤]。

彭士望评其《直报传序》云：“兹篇泽调颇近六朝，而气骨则仍两汉，识议遂壁立千秋矣；以视屈原《天问》，未免荒唐，不若此之直切，遂令天无遁情，乃知人有定力矣。”[⑥]彭士望序《寒支初集》，以“变”字概括李世熊之文特征：“元仲之文何其多变欤！不有掇英奏簇，自东周，自南朝，卓荦而茹吐之者邪？不有研精刺害，凡狂谲，凡权穴，数奥诘屈而抑宣偃侧，复反以有之者邪？既而徐以定视之曰：‘不有不同希文进见《再上石斋书》，又若诘奏若讷书《褒恤孤忠疏》者邪？不有邹、枚辞令而穆醴去就《与林守一书》之类？不有稷下辨而昼邑矢答赖时见、雷扶上之类也邪？不有抽都尉慆悔忿愎之情文而牧之节旄餐啮者邪？’三十余年居土楼中不数出。又久之则妄言之曰：‘猗嗟夫！此正则之变思也邪？此无咎之广体也邪？’……阴阳，变道者也。善变阴阳，性变善，其不可得见者邪！性变情，情变才，才变经，经变子，子变集，集变而元仲之集，夫元仲之文其古正则之变者乎！……是故元仲之文，凡其变而若屈，广而若鼍，而卒归于若无有穷尽，乃其穷于其才，亘于其情而不变于其性。……然而其文变也，其才未变；其才变也，其情未变；其情变也，而性未变，所谓浮游尘埃之外，不获世之滋垢，皭然泥而不滓者非邪？然而曰彼离忧者忧不一端，何其文痛而若隐，憾而若思，呵诘而若以怒而宜，莫如其弟子者师之友之而知之，而卒所祖在从容辞令间，何邪？”[⑦]评其所撰《明光禄寺署丞李公墓志铭》曰：“此最超脱奇变文字，从平实中写得高远，高远中写得深厚，局量甚大，不止好行其德，为善乡里已也。……与寒支共赏之。”[⑧]同邑同社友人叶颖以“变化”，以“变之化之”为能事[⑨]。李世熊的古文创作在司马迁、韩愈之间，而其诗推崇韩愈、李贺，作有《李贺诗解序》，以故其文章奥博离奇，文字“超脱奇变”[⑩]，“奇峰错落，缥缈天际，如蓬莱、三山，望不可即，不能测其首尾之所至，而首尾自贯，如大地九万里之三条两戒，自为起伏，自

---

① 按：李世熊《再答李咸斋》附彭士望评云：“忍死偷生，苟即苟耳，何能全，俱真实不欺语。”（《寒支初集》卷六，影印第 227 页）《答连城杜令君》云：“古人谓隐为嘉遁，今反以为诡诞；往闻鬼瞰高明，今见蜮丛衡泌，即曾、史传其攫金，即巢、许疑其窃屦，怒涛横漂，猿鹤悲摧，安得石藏而隐诸，但为逃死之逋民而已。”（《寒支初集》卷七，影印第 249 页）

② 李世熊《答马令君书》，《寒支初集》卷六，影印第 238 页。

③ 李世熊《寒支二集》卷三，影印第 466 页。

④ 李世熊《答官公璧书》，《寒支二集》卷三，影印第 467 页。

⑤ 李世熊《寒支二集》卷三，影印第 466 页。

⑥ 李世熊《寒支初集》卷四，影印第 136 页。

⑦ 李世熊《寒支初集》，彭士望《寒支集序》，影印第 2-3 页。按：此序在咸丰刻本《耻躬堂文钞》卷五，文字稍异，可补正《寒支初集》彭序之阙文。

⑧ 李世熊《寒支初集》卷八，影印第 280 页。

⑨ 李世熊《寒支初集》，叶颖《寒支集序》，影印第 6 页。

⑩ 李世熊《明光禄寺署丞李公墓志铭》附彭士望评语，《寒支初集》卷八，《四库禁毁书丛刊》集部第 89 册，影印第 280 页。按：《李寒支先生岁纪》崇祯五年(1632)条下记载督学何万化(宗元)“文字奇变”、“品骨卓绝”之评价(影印第 399 页)。

为融结”[①],“胸中无数郁勃,偶尔拈发,遂若决河,有一泻千里之势”[②],被誉为沉深峭刻[③]之文;又能创格[④],与明末闽地风习相同[⑤]。

李世熊门人、宁化黎士弘撰《前征君泉上李先生墓表》。黎士弘评云:“先生文奇杰凄丽,长于推测情变,层见叠出,虽百家无不窥,少独好韩非、屈原、韩愈之书,故其造就咸有根柢。昔楚中冯公之图谓先生得秦文气多,汉文气少,先生每诵为知言。”[⑥]按:李世熊于崇祯十三年庚辰(1640)九月受知于参宪冯之图(密庵)[⑦],冯之图所评的是中年李世熊(时年三十九岁)的文学创作及其风格。彭士望评《直报传序》亦云:“兹篇泽调颇近六朝,而气骨则仍两汉。”[⑧]彭士望评其《(宁化)邑志自序·度支》云:“文亦似汉名臣奏疏,古朴绝胜。”[⑨]李世熊中晚年以后则更有所得,于唐宋古文家叙事、议论之法多所借鉴,挥洒自如,甚至直接称其所推崇的古文为“班、马、欧、苏”之文,能“扬厉幽芳”,“令神气溢流,倾动寰宇”[⑩]。七十岁之李世熊称许彭士望之文“局阵奇,针线奇,穿插点缀奇,文之能事毕矣”。[⑪]

民国《福建通志·福建高士传》李世熊本传:“少豪宕不羁,视天下人读书无当意者,自经、史、子、集及秦、汉、唐、宋、近代百家靡所不览,独好韩非、屈原、韩愈之书,故其所为文如悲如愤,如哭如笑,如寒泉烈日,如暴风雷雨。”“手评《左》、《国》、子、史及古今人文集,甚备于古文赏心。”[⑫]“视天下人读书无当意者”,眼界极为高阔,李世熊古文创作有其拨乱反正的意义和贡献。通过其所撰《北山草序》,还可以观察出李世熊是一位绝不轻易追随时论的、具有独立思考意识的作家。中国古代的文学理论并非呈现出随朝代更替,后代作家必然能够创新理论,发展出后浪推倒、跃出前浪的推陈出新态势,反而是前进与倒退的态势交织的复杂态势,某种文学理论的出现与彼时的历史、社会、思想相紧密关联,而不都是站在前人、前代的基础上予以推进、推高,这种反复、倒退的格局显著地反映于两宋与宋之后的元代、明代的文学理论对比中。时论以为“格力稳称、声调铿谐即真诗矣”,李世熊撰《北山草序》,却能洞察出这种理论的偏颇之处:“然余读《相鼠》、《投兔》、《巷伯》、《苕华》之篇,促调急音,‘其细已甚’,而《繁霜》、《日食》、《板荡》、《召旻》之作,靡不痛激稜厉,心忧首疾,假令先师不编,必在近世气格声调之绳矣。《离骚》体裁放恣,声繁旨杂,沉折往复,词不胜情,而马迁以为足兼《国风》与《小雅》。呜呼!盖诗人发愤而有作,所从来矣。”在此序中,李世熊还对先秦庄子、屈原两家文章发表独特见解:“前辈谓《庄》、《骚》两家文无首尾,由其哀乐过人。余谓庄生嘲谑天地,讥侮圣贤,其胸中欲哭欲泣,悯世嫉俗,乃甚于《离骚》耳,又何乐之有?”李世熊一生经历明末清初的特殊历史阶段,“所见天灾物怪,吏弊民

① 李世熊《抗谈斋制艺自序(1637年作)》附彭士望(躬庵)评语,《寒支初集》卷三,影印第91页。

② 李世熊《答彭躬庵书》附魏禧(冰叔)评语,《寒支初集》卷六,影印第225页。

③ 语出李世熊《李寒支先生岁纪》泰昌元年(1620)条(影印第397页),时李世熊十九岁。按:此种风格并非源自黄道周。李世熊十七岁(1618)在福州往谒黄道周,为所赏识,手录黄氏闱牍而还(《李寒支先生岁纪》,影印第397页);十九岁,时李世熊师晋江张元,“始变为沉深峭刻之文”(同上书,影印第397页);至四十二岁(1643)时,与黄道周定交;明年(1644),黄道周至建宁府,李世熊“始执贽及门,极见器许”。(影印第401页)

④ 按:彭士望评李世熊《秀才李居仲墓志铭》云:“文闳肆而中正,以议论写生,若规若惜,志文又创一格。”(《寒支初集》卷八,影印第296页)

⑤ 按:李世熊《闽社采风录序》后自识:“壬、癸之间(指崇祯十五年壬午、十六年癸未之间,1642—1643),闽士制文创变新调,或似丹经,或似谣识,玄、繇、骚、子,纷茁笔端,类有鬼物凭之者。”(卷三,影印第106页)《(与彭躬庵)又乙卯(康熙十四年,1675)》论彭士望之文云:“但可惜好题目,作者又好主意,只苦学俭笔涩,不能曲折如意,颇夹杂时俗,阻碍真气,不得一泻千里。诚得韩、苏手笔,就彼题另出机轴、间架,大篇真堪推倒一世也。”(《寒支二集》卷五,影印第492页)其实也是李世熊古文夫子自道的写照。又,明末清初人、晋江林嗣环有三异,其一“下笔落落,能为岬屼俶诡之词,出入于孙樵、刘蜕之间,则异在文笔。”(民国《福建通志》总卷三十四,《福建列传(清二)》卷三十三,林嗣环传,第三页,引王士禄书信语)

⑥ 乾隆《汀州府志》卷四十三,《艺文墓表·前征君泉上李先生墓表》,影印第601页。

⑦ 李世熊《李寒支先生岁纪》,《寒支二集》卷首,影印第401页。

⑧ 李世熊《寒支初集》卷四,影印第137页。

⑨ 李世熊《寒支初集》卷四,影印第161页。

⑩ 李世熊《(答李化舒)又乙丑(康熙二十四年,1685)》,《寒支二集》卷四,影印第487页。按:此书作于李世熊卒(1686)前一年,值其晚年。

⑪ 《(与彭躬庵)又躬庵冰叔各撰七十寿序见赠》,《寒支二集》卷四,影印第491页。

⑫ 民国《福建通志》总卷四十三,《福建高士传》卷四,李世熊传,原第十五、第十七页。

穷，权珰党锢之祸，盗贼之变，纷然结雄，茁轧不平，草莽间放搔首狂歌，或以为山鸣谷啸，风凄雨苦，霆梗电走，不可卒读。”惟有借助《庄》、《骚》体文字，方得将“欲哭欲泣”、“悯世嫉俗”的情志抒写出来，明知“不谐合今人诗”，而以“犹不失《相鼠》、《巷伯》、《板荡》、《召旻》之义”，却合乎《诗经》之义，较诸有首尾、“格力稳称、声调铿谐”之诗文之为愈也，“诗岂余亡也”[①]，李世熊以振诗道、文道自任。

康熙十八年己未(1679)，晚年李世熊作《答雷幼韫书》，回忆其学诗经历：“先朝甲戌、乙亥间(崇祯七年、八年间，1634、1635间)，仆始为诗，如狐嗥鸟噪，不择声调，尝为三山作者徐兴公所笑[②]，仆心知其然而不能折节就其教，犹以险拔自矜，此恨至今耿耿也。是时左青不言诗，然恒览仆作，至新警语亦微笑哦之。”[③]按：雷元明，字左青，宁化诸生；其子雷焻，字幼韫；雷元明弟雷骏鸣，字赓飏。黎士弘称雷焻文章奇情奥衍，父子间自成一家，又为宁都魏禧所推许。[④] 请参看《明代福建文学结聚与文化研究》第三〇三“宁化雷元明家族”条。在《答官公璧书》中谓：“大约作诗一道，以清新为体，磨练为用，博稽穷讨为尽变。佳篇有其体矣，所未足者，用与变而已，但取古今作者之诗与己作比类参观，浅深、厚薄丝毫毕见，工拙、老稚上口即知，自此日异月新，水尽山穷，途径忽豁，古人亦不难到也。钟谭诗人手殊便，但失其深、灵，染其肤贫，堕于纤鄙，终不成家，是亦诗家所深戒。”[⑤]在时尚所趋为竟陵牢笼之明末清初诗坛，李世熊主张清新为体，磨练为用，讲究以“博稽穷讨”为变，既是针对竟陵诗歌创作之弊开出的药方，其实又开启清代学人之诗的理论先风。

虽然李世熊之诗主清新，讲究“博稽穷讨”，亦主以学问剂肤贫之匮乏，但仍以“情性”为主。康熙二十三年甲子(1684)，作《答施天乳》信札以评定施天乳诗作，并以己身壮年三十余岁之时嗜好之李贺诗为例分析李贺诗中之“情性”：“大抵尊诗好奇，好使学问，宁强屈学问以就韵，不肯拼舍学问以从情，遂少清俊飘然之致。东坡之论诗，曰：‘字字见奇险，节节累枝叶。咬嚼二十年，转更无交涉。’此好奇者对症之药，某尝言世徒知昌谷之怪鬼，不知其本于性地，高爽灵洁，自然吐出如许。奇幻如‘霜重鼓寒声不起’云云，非真有血性人不解道；《梦天诗》‘遥望齐州九点烟，一泓海水杯中泻’，恰恰是梦天；《天上谣》云‘天河夜转漂回星，银浦流云学水声’、‘呼龙畊烟种瑶草’，恰恰是天上谣；《浩歌》一首，句句可浩歌；《感讽》五首，实实可讽感；《猛虎行》之鬼怪，《日出行》之峭曲，却又一气流转，全无棘涩；若《苦昼行》一篇，以‘吾不识’三字直贯到底，‘唯见’二字止于四句，纵横佚荡，目无人天；至于刻画精工，抉人识藏，幽眇如《美人梳头》及《秦宫诗》，真是毫发毕照，不留余地；他如‘天若有情天亦老’、‘酒酣喝月使倒行’、‘桃花乱落如红雨’、‘酒不到刘伶坟上土’、‘石破天惊逗秋雨’，其挚情兀傲，皆加人数等，至于‘东家蝴蝶西家飞，白骑少年今日归’，意谓少年情踪似蝶，今日归矣，安得不转而西乎？此则酝籍温雅，真入风人之室矣。本其性地无尘，随境触发，不由章句袭取，宜其光怪照映千古，若但解作‘玉轮轧露湿团光’、‘宫城团回凛严光’、‘白天碎碎堕琼芳’，又‘岑光晃縠襟’、‘谧谧厌夏光’，晦涩吃謇，当用桃茢祓除之不暇，况奉为天上作赋乎？后代聪达之士拾其爪甲，遗其情性，饮毒遂多。弟壮年已堕此堑，为三山徐兴公所笑，当时不能虚心承教，更反唇讥之，垂老知误，仅能十除三三，以此近年都不作诗，自知不及古人，徒劳烟墨，无益也。语曰：‘同病相怜’，故不惮破口以求正于兄，以兄之才学，少拨机牙，便赴正鹄，不知刍荛可采否？”[⑥]所举李贺诗作甚夥，谈论诗道甚悉，反映出李世熊的诗歌鉴赏水平和理论见地。

按：李世熊《寒支初集》、《寒支二集》中回忆早年作诗为徐氏所规劝而未从往事至少三次以上[⑦]，可

① 李世熊《寒支二集》卷二，影印第420页。

② 按：李世熊少年所学诗，据其康熙二十三年(1684)《答施天乳》札，指为学李贺。请参看下段所引文字。

③ 李世熊《寒支二集》卷三，影印第455页。

④ 民国《福建通志》总卷四十三，《福建高士传》卷六，雷元明传，原第二十页。

⑤ 李世熊《寒支二集》卷五，影印第499页。

⑥ 李世熊《寒支二集》卷五，影印第507-508页。

⑦ 如李世熊作于康熙十九年(1680)的《(与黎愧曾)又庚申》书(《寒支二集》卷四，影印第478页)、作于康熙十八年(1679)的《答雷幼韫书己未》书(《寒支二集》卷三，影印第455页)及作于康斯二十三年(1684)的本通书信(《答施天乳》)等。

见其晚年对于壮岁入诗道歧途之悔甚深。即便如此，李世熊对李贺诗之体味、鉴赏异常深刻，端为俊赏，确为学李贺专家。晚年李世熊所悔者只不过是学李贺的过程中类乎"少陵自有连城璧，争奈微之识碔砆"[①]句中的"爪甲"、皮毛之类的"碔砆"章句，而非诗人"连城璧"之属的内在"情性"。李世熊认识到壮岁之时学诗曾入"拾其爪甲"的歧途，晚年深刻反省以明确合于"情性"、"性地"之诗方为诗歌之"正鹄"。李世熊认为研习李贺诗歌应当摒弃、去除李贺诗歌"晦涩吃謇"、"棘涩"语言风格的影响，不堕此堑，不必专嗜李贺诗歌的语言及其光怪陆离的诗境；应透过李贺诗之"奇幻"、"鬼怪"、"峭曲"、"兀傲"的面目，知其诗能映照千古的原因在于原本于性地，性地无尘，自然吐出，随境而发，以故李贺诗风格酝籍温雅，面貌百态生新。诗人好奇，好使学问，字字见奇险，节节累枝叶，与性情无涉；若能屈学问以就韵，舍学问以从情，诗歌的风貌自然有清俊飘然之致。李世熊在诗歌创作中讲究"博稽穷讨"，主学问以剂肤贫，固然有导引清代诗歌与学问结合的理论萌芽，而其强调以约学问以就韵，舍学问以从情便可造清新飘然之致的理论，更多的已经算不上诗歌创作理论领域的创辟，而是更接近于闽中固有的闽诗传统，与明代福州诗人徐𤊹、曹学佺、曾异撰、孙昌裔等晋安诗人群体靠拢。在这一点上，李世熊的诗歌理论走回了明代闽中诗人的老路，不能在创作实践中冲破明代闽诗的藩篱，没有开辟出清初闽诗与学术相结合的新路。有清一代同光之前闽诗的成就决定于此种闽诗创作理论，固步自封，故未能有新的、更高的诗歌境界。

李世熊在诗文创作的理论上创获甚多，除了以变、求洁为核心的古文理论之外，还在作者与读者关系的理论上著论甚多。《〈答官公璧书〉又》中提出作者本(初)意与读者自有之诗文的看法："仆尝言金圣叹解唐人诗多有出唐人本意之上者，此圣叹自有之诗，而唐人于千载下坐享佳名也。今阅足下所评鄙文，仆初意不及此，亦足下自有之文，仆倖得享其佳耳，所谓不虞之誉非邪？窃意文章佳恶虽有定价，若行世通厄似别有机缘，扬雄澹雅之材，汉代称为杰构，遇苏子瞻，则姗为浅陋；苏子瞻百代文豪，遇朱元晦，则摘剥无完肤。"[②]作者之意与读者之意本不尽相同，孔子解《诗三百》"起予"之法，也重视从读者鉴赏的角度去分析诗歌的含义；孔子所谓诗可以兴、观、群、怨的理论均重视读者生发、溢出原诗原意的积极意义。从作者创作作品的情境而言，必有一固定的本意(初意)；从读者以己意忖度作品的意图，必定或对作者原意不能完全把握，见识逊次者可略而不论，作品面世之后更加积极的意义在于读者能够于作品的鉴赏分析中，结合作者彼时的处境(或个人境况，或时代风习，或学术思潮)、情境，不可避免地掺入读者所处时代的审美风尚、时代、学术、思想等方面的信息，产生的作品读解、释读，必定不同于作者之意。李世熊以为作者有本意，读者，包括千载之下的读者都将产生"自有之意"，使作者坐享"不虞之誉"与"佳名"；作者、读者两方面未必契合，但于理均可存世。至晚清，谭献(1832—1901)倡论："作者之心未必然，而读者之心未必不然；作者未必然，读者何必不然"[③]，是关于作者、读者之意理论的高度凝练，与当代西方文本接受理论相通。

李世熊在探讨文学创作中作者与读者关系时，对于"移情"有着精辟的论述，尝以"移"为标准评论友人的创作。顺治十五年(1658)，李世熊作《移忧帖纪事》，引刘霞起语，谓"神物移人如是乎?"[④]《西园稿序》倡论诗当以"三立"，即立于时、立于俗、立于才。其中"立于时"之论云："诗至阅化而静居，不既尽人天之故矣乎？夫天下之密移人者，时也。治世之音安以乐，亡国之音哀以思。彼何知为哀思、安乐哉？时移之耳。""夫不移于时者，殆将移夫时者也？不移于俗者，殆能移夫俗者也？不移于才者，殆能用其才者也。"[⑤]李世熊以为作者受到时世的濡染，如"寒暑之易肤而靡觉"，以陶渊明之豪放而不自知为例，余论及立于时、立于俗，举楚辞的楚地风格、李白、韩愈、明代前后七子的文学创作等为例证。

① 元好问《论诗三十首》,《遗山先生文集》卷十一，明弘治刻本。

② 李世熊《寒支二集》卷五，影印第500页。

③ 谭献《复堂词录序》,《复堂词录》，浙江古籍出版社2016年版。

④ 李世熊《寒支初集》卷七，影印第274页。

⑤ 李世熊《寒支初集》卷四，影印第123-124页。

《睿和尚纪略》转述睿和尚云:“吾非能移人情者,是阳复之候,鬼神者告之耳。”[①]具体论述到作家的撰述时,李世熊所描摹的“移情”所激发的读者内在情感之情状更加生动贴切。李世熊七十之时(1671),江西易堂九子中的彭士望(躬庵)、魏禧(冰叔)均为之撰作寿序,李世熊复信彭士望,论魏禧所撰寿序云:“乃文有冰叔一篇,于前后世人思索不到处拈出一确然实有之事,又探出本人肺肝无处告诉者隐跃即离,始读之而狂叫大笑,以为实然,既而累欷太息,以为无是也;已,又以为何必无是,则又大笑。是夕也,倏拍案起舞,倏挥涕沾襟,倏又微吟长啸,膏火屡续,几不成寐,乃援笔书曰:‘家祭无忘告老公’,吾不复咏此诗矣,盖生平一切不如意事,胸中荡然无复有存者,其快至此,洵二先生之移我情也。”[②]彭士望序见《耻躬堂文钞》卷七,题《李元仲七十序》;魏禧所作寿序不存,仅存其所作《李元仲六十寿序》[③]。李世熊以为即使作者本意与读者“自有之意”不尽相合,犹以作者之意能“移我情”为最无凿枘之佳作。魏禧所撰寿序抉发李世熊之隐微,在“实然”与“无是”之间,产生“何必无是”的艺术认同,激发出高度愉悦的艺术感受。

李世熊《寒支初集》卷八收录《明光禄寺署丞李公墓志铭》为李联春作。李联春,字时登,别号旭阳。父李厚盛,号东桥[④]。李联春“读书不呫哔章句,见古人高行,务躬践力行之。”[⑤]李联春之子李世宇(1601—1672),字伯启,晚称觉非,李世熊自称“缌弟”,知为同宗。李世熊为作《明教谕觉非李先生墓志铭》。李世宇师事姚江学者朱仲生,又迎曾异撰,馆其家,师事之[⑥]。

李世熊撰《明贵州镇远府知府李公墓志铭》,为从兄李世辅作。李世辅(1587—1647),字左宜,号我持。祖李厚仁,父李芳春,子李日郕。崇祯元年选贡,七年为贵州铜仁知县。李世辅这一支自其祖父李厚仁“始为风雅之言,斐然文士也。……其先皆力田起家,不详所自徙。”李世辅“所学自天官、地里、日者、医算、浮屠、老子之言无不穿贯,边幅颓然而中肃括。”[⑦]传又见同治八年重刊本《宁化县志》卷四。

李世辅之弟李世弼(?—1629),字右宜。李世熊撰《明秀才李右宜传略》,传称李世弼“少而羸秀,孤绪冥往,想构至精。”万历三十七年已酉(1609),学使熊尚文拔置汀州府童生第一,送省试;四十年壬子(1612)苦疴几殆,不克终七义,其废卷“当压元白,惜哉废矣”,与榜首高崇谷卷意格一辙而高氏雅秀逊之;天启七年丁卯(1627)意在秋试必捷,考官陈仲谋以为其文“孤邃幽迥”,似黄道周,竟乃不售。其年不永,而于平朱陆之诤,断老、释之殊,无以夺其勇刻。生平穷钻四子,“握管淫思,跋幽跻险,务饵出渊鱼,弋下霄乌,翕心发气,不云疲也。尝言君不为诗而有诗情,不谈禅而有禅意,不登临而峙青流碧见于眉宇。”[⑧]李世弼由儒童而入闱,为宁化科举史上破天荒大事;其钻研四子,辨章朱陆,入佛谈禅的行事及其“孤邃幽迥”、“跋幽跻险”的文学创作均对其从弟李世熊的学术和文学创作有着很大的影响。这是晚明福建省、汀州府乃至宁化县一个家族内部共同的学术和文学创作的声气,而李世熊一生的学术、文学创作转变的重要意义在于既入乎其内,接受晚明学术风气、时代思潮和文风的影响,又能出乎其外,不止于接受、沉溺于晚明学术、文学的影响,基本上顺应清初这一巨变时代在学术、文学创作领域发生的嬗变,通过《宁化县志》的修纂确立辟佛、排击阳明心学的学术思想转变,通过其长寿的一生观察到自身文学创作的多次转变,勤于反省,不断探索,建立系统的古文创作理论和诗歌创作理念,在

---

① 李世熊《寒支初集》卷九,影印第330页。

② 李世熊《(与彭躬庵)又躬庵冰叔各撰七十寿序见赠》《寒支二集》卷五,影印第491页。

③ 魏禧《魏叔子文集》卷十一存《李元仲六十寿序》(原刻第五六、五七页。第五七页“危言危行”后空九字)、《彭躬庵七十寿序》(原刻第七八至八十页),李世熊长彭士望(1610—1683)八岁而魏禧赠彭氏七十寿序犹存,大概可以推定魏禧集有意刊落赠本之序。

④ 李世熊《寒支初集》卷八,影印第280页。

⑤ 李世熊《寒支初集》卷八,影印第280页。

⑥ 李世熊《寒支初集》卷八,影印第298-299页。

⑦ 李世熊《寒支初集》卷八,影印第290页。按:此处言李世辅之祖李厚仁“始为风雅之言”,与李世熊《家谱后序》中云“所幸高、曾以来,力田编户,追熊父行,风雅始芽”(《寒支初集》卷五,影印第164页)有所矛盾。

⑧ 李世熊《寒支二集》卷六,影印第535页。

清初全国文坛,可称得风气之先,意义远远超出一县、一府、一省以及闽西北、赣东南这一更大的区域。

李世安,字居仲,改名复膺。李世熊撰《秀才李居仲墓志铭》:“居仲少也材,轻赀重气,旷意嗜奇,每谈排纷振困、出险运奇之事则忻然就之;及谈赋山铭器、练都研京者,则又忻然就之也;每阅金石铭识,恨世无辨服匿识铜盎者,又恨欧公之《集古录》、赵氏之《金石录》佚漏不传,博采勤搜;既似与古为徒矣,及读堕珥遗簪、留髡送客,与夫庐江吏、华山畿、欧阳行周、秦少游之佚事,辄徘徊色动,婉娈结缠,如将一往不悔矣。……既羡朱家、郭解之节侠,复艳杨、马、李、杜之诗文;既贪张华、永叔、诚甫之博古,复慕陈遵、淳髡之酒豪,与马融、谢安之女乐丝竹,万欲章章,从镝一生。”①据此墓志铭,李世安是一位博物学者,兼能文学。

李世熊子三:李日尧(1621—1665,字伯阳)②、李日堂(1623—?),俱原配邱氏出;李向旻(1650—1719,字允怀;更名子权,字求可),侧室赖氏出;孙、曾十四人。对于季子李向旻,李世熊评云:“季儿读书不得趣味,故笔头不开展,精彩不焕烂,仅能酬酢世法,至于敬重父执至诚悦服,似有天性,从此皈依师友,或不堕落,每承告诫,未尝不喜见颜色,庶为可教耳。”③李向旻的文学才华虽逊色于其父,仍不失为可教之孺子,在李世熊身前、身后整理刊刻《寒支初集》十卷、《寒支二集》六卷。

李茜茜《李世熊散文研究》,福建师范大学 2010 年硕士学位论文,未刊稿;又有李茜茜《李世熊家世研究初探》,载《鸡西大学学报》2010 年第 1 期。

## No. 305 上杭刘廷标家族

刘坊:《大潮阁诗文集》十二卷(乾隆《汀州府志》卷三十三《文苑》著录题《天潮阁诗文集》)(同治刊本《福建通志》卷八十)、《天潮阁集》(《闽词征》卷四。民国《福建通志·福建艺文志》卷六十四作《天潮阁集》六卷,道光《福建通志》作十二卷;柯愈春《清人诗文集总目提要》第 376 页作十二卷,一名《刘鳌石诗文集》,康熙六十年刻本,别有六卷本,康熙间初刻、乾隆间重刻)、(集)《释记》四十余卷、《三才指掌》二十四卷、《古诗盼》廿八卷、《天潮阁诗文钞》(民国《福建通志》总卷四十三,《福建高士传》卷五,刘坊本传)、(丘复重编)《天潮阁集》六卷、《八家翼》四卷、《前八家》十二卷(一名《八家》十二卷)(民国《上杭县志》卷二十三《艺文志》)、《天音阁诗摘钞》一卷(民国方树梅辑,钞本,云南省图书馆藏。柯愈春《清人诗文集总目提要》第 376 页)

**谨按:**同治刊本《福建通志》著录汀州府上杭人刘坊著作,注:“(周维庆)《闽汀文选》:‘坊原名琅,字季英,号鳌石。祖廷标为云南永昌判,明季殉难,父之谦从焉。坊生于滇,及长始归。尝言“吾周游五岳,历遍天下九万六千程。”’”④

李世熊为刘坊祖父刘廷标撰《明云南永昌府通判刘公墓表》:“崇祯九年丙子(1636),乌程温相公当国,易卢总理(卢象升)以熊文灿,改三秦洪总督以督蓟辽。是岁,寇益剧,闯贼入西川。天子慨然,念吏治利弊、人才委顿,急开辟召之科,于是刘君奉诏⑤至阙下,有司不深惟天子求材至意,以举主贱赂为上下,刘君方雅自负,无为奥援者,就试,竟得县丞。升云南永昌府通判。……丁亥(1647),东岳不守,公知国事无济,自缢永昌粮署,临绝题幅布,自序(略,不引)……复为诗四章,有‘三载偷生惭后死,

① 李世熊《寒支初集》卷八,影印第 296 页。

② 李世熊有《过罗汉滩告亡子伯阳》五首,《寒支初集》卷二,影印第 74-75 页。下一组诗题《丁未之秋寂居檀河伍黎二君百里枉顾为赋河水七章以识颠倒》(影印第 75 页)。

③ 李世熊《(与彭躬庵)又》,《寒支二集》卷五,影印第 494-495 页。在前辛酉(康熙二十年,1681)九月信后。

④ 同治刊本《福建通志》卷八十,影印第 1624 页。

⑤ 李世熊《赠刘季英》诗句“天末幽忠四十年”注:“刘君霞起别予应诏在崇祯戊寅(十一年,1638),今四十余年。”(《寒支二集》卷一,影印第 417 页)

今亡犹是大明臣'之句。……时丁亥(1647)九月三日也。……公字起霞,别号存玉。……少宗姚江之学,晚乃亟称管登之先生语曰:'心宗不印合于应世之仪象者皆狂儒门,不究极于出世之因果者皆伪。'公讽咀其言,以为儒释合谛无精于此,故消融名相,破除贪执,浑然如未孩之婴。其见几洞决,了无凝滞,盖宿学所至,非临时取办也。公应务精沉,初无声色,既而丝分理解,确惬机宜,尤长于论事,援古据今,端末井然。每述当代畸人异绩及长德细行,则引伸霏娓,累如贯珠,历历可数,要其点缀敲提必以忠孝仁义为究竟,故其成就如此。……(子刘之谦)己亥(顺治十六年,1659)三月,清师破云南(遭炮烙死)。"①根据《李寒支先生岁纪》,李世熊于顺治十八年辛丑(1661)六十岁时作《刘霞起先生墓表》②。刘廷标,字霞起,汀州府上杭人。《墓表》一作起霞,系误笔。《寒支初集》卷六有《与刘霞起书》③。据此《墓表》,知刘廷标能诗文。

刘廷标之孙刘坊(1658—1713),系刘之谦(无咎)季子,最少而才。乾隆《汀州府志·文苑传》本传:"刘坊,原名琅,字鳌石,上杭人。祖廷标,父之谦,仕云南,俱死难。坊生于滇,长而始归。为人卓荦豪爽。有《天潮阁诗文集》。"④《寒支岁纪》记载崇祯二年己巳(1629),李世熊与蔡廷铨(人镜)、刘廷标(霞起)等订交;又康熙十九年庚申(1680),刘廷标之孙刘坊访李世熊,留泉上,李世熊作《赠刘季英》⑤,忆及刘坊祖父刘廷标(霞起)、父刘之谦(无咎)、叔父刘无怠,称许刘坊(季英)"立谈倾倒尽珠璿,世家风节云霄迥"。李世熊时年六十九,刘坊年二十三。又称刘坊"妙年博雅,周通世务"⑥。刘坊《禹碑跋》,收录于乾隆《汀州府志》卷四十三《艺文跋》。

民国《福建通志》有刘坊传。明末,刘廷标祖、父相继死国,一门殉难八十余口。刘坊儿时即能诗,十五六岁学益进。年十九,以云南永昌僻处天末,慨然出游,平生足迹所至,访求遗迹,最推重蜀都刘茝、衡阳王夫之、江右丘维屏、彭任、宁化李世熊、南海陶叶、明州万斯同、释天曙、长庵等。在江南与友论诗,不论体格,专以神气为主。卒后,周维庆为刻其集⑦。民国《福建通志》著录其《天潮阁集》六卷,解题引陈衍《石遗室书录》云:"卷首序、传、年谱,卷一文钞,卷二以下皆诗钞,卷六末诗余。坊字鳌石,生于云南永昌,实顺治十五年。身丁国难,家族殉焉。浪游四方,不仕不娶,亦可悲矣。此集初刊于康熙间,再刊于乾、嘉间,近人上杭邱复又为重印,并补年谱,前有李世熊序,推挹其诗甚至。"⑧

刘坊能词。《闽词征》卷四有传及词。

## No. 306　宁化黄钦望家族

黄钦望:《紫竹林诗集》二卷(同治刊本《福建通志》卷八十。李世熊《宁化县志》卷四题《紫竹林稿》二卷)

黄钦杰:《五经存论》四卷、《迩室遗集》二卷(同治刊本《福建通志》卷八十)

**谨按:**宁化黄钦望与弟黄钦杰、子黄中美均能文学,为明末清初家族作家。

黄钦杰传见同治重刊本《宁化县志·人物传》,本诸友人李世熊之笔。传云:"黄钦杰,字孺子。性澹定,不可窥其喜愠。为文标极理奥,析镂丝发,人固无解者。……独昵山人谢五[下文所引黄钦杰所

---

① 李世熊《寒支初集》卷八,《四库禁毁书丛刊》集部第89册,影印第307-308页。按:乾隆《汀州府志》卷四十三《艺文墓表》收录题《云南永昌府通判刘公廷标墓表》。

② 同上书,影印第403页。

③ 同上书,影印第231页。

④ 乾隆《汀州府志》卷三十三,影印第381页。

⑤ 李世熊《寒支二集》卷一,影印第417页。

⑥ 李世熊《答詹□□》,《寒支二集》卷四,影印第488页。

⑦ 民国《福建通志》总卷四十三,《福建高士传》卷五,刘坊传,第三、四页。

⑧ 民国《福建通志》总卷二十五,《福建艺文志》卷六十四,第十六页。

撰《谢五传》即谢时宪传。谢时宪(1588—1625),字用周。其父能诗,谢时宪遂工诗],所倡和诗幽凉馨逸,交相得也,盖气韵投合耳。……观此二篇(指《谢五传》及《酒人巫晦之行略》),钦杰文笔之雅倩、意趣之踽凉亦可得其概矣,惜乎不见其止也。"[①]黄钦杰传又见同治刊本《福建通志·文苑传》:"黄钦杰,字孺子。沉酣经史,为文探极理奥。与同邑谢宪时为诗文相倡和。诗幽凉馨逸,气韵相似。钦杰屡试不遇而殁。宪时,字用周……文词议论辄如老宿,不喜为举子业。工诗及画。"[②]黄钦杰著《五经存论》四卷、《迩室遗集》二卷。

李世熊《寒支二集》卷一有诗题《谢用周卒于天启乙丑时予年二十有四今六十九岁矣其令孙某持用周遗像见示怆然如生同社黄孺子黄陟瞻丘德长雷震甹先后沦亡向之哭用周者予又哭之四子矣余此老顽瘤赘于世人欲久不死者何也因为感逝一篇书其像后》,知明末李世熊与黄钦杰、黄钦望、谢时宪、雷动化四人者结社唱和。

李世熊为黄钦望撰《紫竹林诗草序》:"往余亡友黄孺子素为余称诗,余谓:'子于诗,性之乎?将有受之也?'孺子曰:'……性固有之:家有兄陟瞻,雅善唐音,气韵撄感,在门日久习闻焉;同学谢子用周,意邻风雅,语默淡然,即不吮墨含毫,仙然诗人也。二人者,左金而右玉之,予鼓缶而和,则犹张乐洞庭也。'余曰:'二子之称诗奈何?'孺子曰:'谢生清材,惜也俭学,不能起其文;吾兄寝食三唐,字权而句衡之,当其按节摅怀,应宫应徵,虽使李、杜合喙,沈、宋同声,犹不易其独有之矩也。其严也如此,余则浮沉陶、谢间,淡也愧云,沉也愧渊,于是不魏,不晋,不三唐,茫茫荡荡,见有诗焉,追焉亡之矣。啾啾吟焉已耳。'盖孺子之论如是。无何,用周氏死,孺子出挽诗示予,有句曰:'石咽澄江声带雨,梦遛春草夜繁阴。'又云:'蓝田兰玉留空碧,素练烟云结暮青。'予读而再三叹曰:'悲哉!何怨而丽也!斯今人语欤?抑昔之人为此欤?'孺子曰:'此兄陟瞻氏之言也。'……予益叹曰:'此真诗矣,亦子所谓不魏不晋不三唐,自为幽吟之诗矣!夫今之能为唐诗者,前有李、何,后有王、李;今之能不为唐诗而有其唐诗者,前有袁公安,后有钟竟陵,陷李、王之淖,堕钟、袁之堑,陈新相诮,若聋瞽相逐也,必曰为幽吟者谁氏也,我将见陟瞻氏而高言之。'于是孺子与余相视而笑也。未几,孺子弃余而死。悲夫!余僻陋慢訑已矣,无所发余之狂言而死矣。……孺子死之八年,而陟瞻氏有子中美始以诗名,高怀奇响,落落一世,于余有针芥之合,因得卒读陟瞻氏之集而序之。"[③]据黄钦杰所撰《谢五传》,谢时宪卒于天启五年乙丑(1625),黄钦杰"未几而死",当在明末;黄钦杰卒后八年,其侄、黄钦望之子黄中美以诗名世,在明末清初之间。观李世熊此序,黄钦望的诗歌主张和创作实践不如黄钦杰、谢时宪固守门户而较折衷,以黄、谢二人固执所守而有所失,黄钦望的诗歌创作则是"不魏,不晋,不三唐",几乎与李世熊同调。

入清,李世熊作有《答黄中美书》,其中有语"来书谆复十九好我之言,亦愿兄无复作此语"[④]云云,据此推测黄中美大概亦是受到汀州知府、宁化知县、守将等朝廷官员托请中介,前来说项,邀请李世熊出山。

## No. 307　永定廖冀亨家族

廖冀亨:《子平五星集腋》(同治刊本《福建通志》卷八十)、《求可堂家训》一卷、《求可堂自记》一卷(求可堂两世遗书本)

廖鸿章:《藜余诗草》(同治刊本《福建通志》卷八十)、《紫阳书院题解》一卷(求可堂两世遗书本)、《南云书屋文钞》一卷(刘声木《桐城文学渊源撰述考》卷二廖鸿章【补遗】、《桐城文学渊源考·引用书目补》)、《紫阳书院题解》一卷(求可堂两世遗书本、《桐城文学渊源撰述考·补遗引用书目》)、《仪礼□□》□卷(《桐城文学撰述考》卷一)

---

① 同治重刊本《宁化县志》卷四,《人物传》,影印第191-192页。

② 同治刊本《福建通志》卷二百十四,影印第3928页。

③ 李世熊《寒支初集》卷三,影印第119页。

④ 李世熊《寒支初集》卷六,影印第214页。

**谨按：**永定廖冀亨，“康熙庚午(二十九年，1690)举人。传见《良吏》。”[①]其子廖鸿章，“字南匡。乾隆丁巳(二年，1737)进士。”[②]官翰林院检讨，主讲紫阳书院。廖冀亨父子的著作在同治刊本《福建通志·经籍志》著录之外，尚有光绪间永定廖氏刻本《求可堂两世遗书》。此书计有：《求可堂家训》一卷、《求可堂自记》一卷，廖冀亨撰；《南云书屋文抄》一卷、《紫阳书院题解》一卷，廖鸿章撰[③]。

## No.308　长汀李长秀家族

李长秀：《易经大全纂要》、《孝经集传》(同治刊本《福建通志》卷八十)

李长日：《石村草堂诗文集》(乾隆《汀州府志》卷三十三《文苑传》本传题作《石村草堂诗文》若干卷)

**谨按：**长汀李长秀、李长日兄弟齐名。邑人黎士弘赠诗云：“大苏固自推能赋，近日诗名说颍滨。”[④]李长秀，字乔英。顺治十八年(1661)岁贡。传见民国《长汀县志·文苑传》。有神童之目，以母老不赴州同之任[⑤]。

乾隆间修、同治六年刻本《汀州府志》有李长秀、李长日兄弟传：“李长秀，字乔英。长汀人。顺治十八年(1661)岁贡。著有《易经大全纂要》、《孝经集传》。”“李长日，长秀弟。善古文词，尤长于诗。著有《石村草堂诗文集》若干卷。”[⑥]民国《福建通志·福建艺文志》作李长口[⑦]。

李长日，字化舒，号石村。善古文词，尤长于诗。方伯周亮工取其诗编入《赖古堂文选》。[⑧] 黎士弘称赞其文“骨节珊然，一洗世俗之陋”[⑨]。

李世熊《李母张孺人九十又一寿序》：“近年阅周栎园(周亮工)《藏弆集》，见李君化舒所为古文词卓然大家，意尝惮之，后儿子晤化舒于会城(福州)，述其言备经史，行有绳尺，真所谓千里一贤也。由此岁相问闻，乃知其家有母师，云母张姓，少归于李君幼诚，即教授少岳公之子。”[⑩]

李世熊与李长日订交之后，相与论文谈道。李世熊《答李化舒》：“近年儿子外游，稍亲有道，侧闻高论一二，深叹细心读书，澄怀遇物，天下将无不成之务。……乃蒙崇饰朽腐，锡以高文，如吹送微尘，跻诸霄汉，曾不虞其陨坠耶，但尊旨乃在挽回运世，思得整顿乾坤之手，如庞、马、徐、葛一流人，且以薄顽淹渍，久当迁变，不觉发为高雅秀拔之文，特不宜降屈元直、孔明与凡庸同日语耳。”[⑪]康熙二十四年乙丑(1685)，李世熊又撰有与李长日书。

当明末清初之际，长汀县诗人黎士弘、黎士毅、黎时雍、杨玉晖、陈胤虞、杨宛怀、李长秀、李长日、郑士乾多唱和为诗[⑫]。

## No.309　长汀陈胤虞家族

陈允虞(乾隆《汀州府志》卷三十三《文苑》作陈孕虞，民国《长汀县志》卷二十二《艺文志》作陈胤

① 同治刊本《福建通志》卷八十，影印第1626页。
② 同上书，同卷，影印第1627页。
③ 福建师范大学图书馆古籍组《福建地方文献及闽人著述综录》，第239页。
④ 民国《长汀县志》卷三十五，《杂录》，原第五页，影印第607页，引。
⑤ 民国《长汀县志》卷二十五，《文苑传》本传，原第三页，影印第539页。
⑥ 同治刻本《汀州府志》，卷三十三，影印第381页。《中国方志丛书》第75号，成文出版社1967年影印乾隆十七年修本。
⑦ 民国《福建通志》总卷二十五，《福建艺文志》存目卷四十二，第八页。
⑧ 民国《长汀县志》卷二十五，《文苑传》本传，原第三页，影印第539页。
⑨ 民国《长汀县志》卷三十五，《杂录》，原第五页，影印第607页，转引黎士弘《复化舒书》。
⑩ 李世熊《寒支二集》卷二，影印第443页。
⑪ 李世熊《寒支二集》卷四，影印第486-487页。
⑫ 民国《长汀县志》卷二十五，《文苑传》郑士乾传，原第四页，影印第540页。

虞):《淳意斋集》(乾隆《汀州府志》卷三十三《文苑》题作《淳意斋稿》)(同治刊本《福建通志》卷八十)、《淳意斋遗稿》(民国《福建通志》总卷二十五,《福建艺文志》卷六十四)

陈工亮:《百梅集》(同治刊本《福建通志》卷八十。民国《长汀县志》卷二十二《艺文志》题《百梅诗集》)

**谨按:**陈胤虞,字次弓,教谕陈以荣子。长汀人。顺治八年辛卯(1651)拔贡。避清世宗讳改陈孕虞或陈允虞。民国《长汀县志·文苑传》陈胤虞传:"殚见洽闻,诗词渊雅,所刻《淳意斋稿》有刘长卿、司空图之风。楷书精绝,拟率更(欧阳询)。临没,赋诗别友,深窥性命之理焉。"[①]

民国《福建通志·福建艺文志》著录长汀陈次弓《淳意斋遗稿》,解题云:"次弓,名未详。《托素斋文集》云:'次弓为人孝弟,不欺朋友,称诗者数十年,又精楷书,尺幅寸笺皆可宝重。汀邑处万山中,文章风气之开,至崇祯年间为极盛。与次弓同时者孝廉若水沈公、司训叔夜杨公、文学与叔胡公、予从父文学振三公,皆修文立行,发前人之所未有,特当时无有声势气力者为之推挽前后,故诸先生之遗文不大显于世。'"[②]民国《福建通志》"名未详"之说失之考据,陈次弓即陈胤虞,避讳改陈允虞。

陈胤虞之子陈工亮,字夔若。康熙二十八年(1689)拔贡生。真、草、隶、篆无不精绝,尤长于诗。传见民国《长汀县志·文苑传》,附同治刊本《福建通志》陈胤虞传。

明清之际,汀州府诸县的文学创作蔚然兴起,涌现一批作家,与毗邻的漳州府、邵武府以及江西的建昌、赣州、宁都等府(州)连成一片,形成跨省域的文学创作集结现象。

## No.310 长汀杨联榜家族

杨澜(杨联榜子):《临汀汇考》四卷(民国《长汀县志》卷二十二《艺文志》作十二卷,云今刻分为四卷,《文苑传》本传作十三卷)(民国《福建通志》总卷二十五,《福建艺文志》卷二十八)、《汀南廑存集》四卷(杨澜编)、《负薪初稿》、《诗集》(民国《长汀县志》卷二十二《艺文志》、卷二十五《文苑传》本传)

长汀杨濬(杨澜弟):《见山园诗赋钞》、《韵府分编》(王水香《清代汀州客家诗歌研究》第33页)、《见山园诗钞》(民国《福建通志》总卷二十五,《福建艺文志》卷七十一,《汀南廑存集》四卷解题引陈衍《石遗室书录》)、《郡志补正》二卷、《竹书纪年辨讹》(民国《长汀县志》卷二十五《文苑传》本传作《竹书纪年辨伪》)、《五经字音辨讹》(民国《长汀县志》卷二十五《文苑传》本传作《五经字音辨伪》)《四书典林古注》、《异韵通用考》(民国《长汀县志》卷二十二《艺文志》)

**谨按:**长汀杨联榜,字敦三,号訒斋。乾隆二十七年壬午(1762)魁于乡,三十一年丙戌(1766)成进士。官平南、永宁、桐庐、海盐等地。卒年五十三。传见民国《福建通志·福建循吏传》卷十二、民国《长汀县志》卷二十三《列传》。门人宁化伊秉绶、吴贤湘等。

《国朝全闽诗录初集》杨联榜条:"乾隆三十一年丙戌(1766)进士,官浙江桐庐、海盐知县。"引《注韩居诗话》:"讱斋居官有'三吏'称,以其干局慈惠不名一钱也。诗无成集。"选其诗《春日田园杂兴》[③]。

杨联榜之子杨澜,字蓉江,号二樵。乾隆五十四年(1789)举人。官昭化知县。为文尚汉魏之风。传见民国《长汀县志》卷二十五《文苑传》。传称杨澜与其父门人伊秉绶、吴贤湘为文字交,"转相切劘,以古人自期。为文务枕经葄史,《载德堂制艺》所刊其兄弟之文,皆各具标格,卓有根柢。……初,其弟濬以郡志阙讹,因相与采辑诸书,成《郡志补正》二卷,同邑汤志尧以为后之修志者得此如据深山大泽,

① 民国《长汀县志》卷二十五,《文苑传》本传,原第三页,影印第539页。
② 民国《福建通志》总卷二十五,《福建艺文志》卷六十四,第三页。
③ 《国朝全闽诗录初集》续集卷十,杨联榜条,《全闽诗录》第五册,第690页。

以资渔猎之采取,可喜也。晚年因重加删定,为《临汀汇考》十三卷,藏于家。”①

杨澜之弟杨濬②,字心泉,号三樵。生而岐嶷,年十四,学政朱珪(朱珪乾隆四十五至四十八年任福建学政大臣)试《小山丛桂赋》,擢古学第一。著述多种。尝撰郡志③。为文喜自抒所得,虽惊骇流俗,不顾也。晚年优游泉石,与兄杨澜相唱和④。王水香《清代汀州客家诗歌研究》作简要介绍⑤。

## No.311 宁化邱应登家族

邱应登:《西园集》一卷(同治刊本《福建通志》卷八十。同治重刊本《宁化县志》卷四《艺文总目》、乾隆《汀州府志》卷三十三《文苑》题《西园稿》)

邱琇:《兰雪堂集》(同治刊本《福建通志》卷八十)

**谨按:**宁化邱应登,字子澹,号小鲁。明崇祯十五年壬午(1642)举人。入清,官香河知县。有《西园集》。李世熊所撰《西园稿序》)称:“乃今读西园诗,有异时非将乐之时也,意其哀思怨诽当不后千载上人也,乃际乱趋乱之篇,温如田园饮酒之事,怨且无隙也。奚其安哀且无声也?……西园独以澹杳深倩之音进韦、孟、储、王之坐。”⑥

邱应登之子邱琇,字秀玉。康熙间诸生。

## No.312 宁化王汝楫家族

王汝楫:《琐言偶录》七卷(同治刊本《福建通志》卷八十)

王世仁(王汝楫从子):《周易泝洄》六卷、《四书注注》(同治刊本《福建通志》卷八十)

**谨按:**宁化王汝楫,字若济,号思庵。康熙二十三年甲子(1684)举人,官丽水知县。传见同治刊本《福建通志·列传》。从子王世仁,字象贤。康熙五十九年庚子(1720)举人。官光泽教谕。与漳州府漳浦人蔡世远订交⑦。

## No.313 宁化伊氏家族

伊予先:(刻)《读诗引谚》、《诗经说》、《左传析疑》、(刻)《四书引谚》、《杜诗参》、《宰桂存稿》、《诗文集》(民国《福建通志·福建艺文志》存目卷四十二题《伊予先诗文集》)(同治刊本《福建通志》卷八十)

伊予任:《四书述》、《周易宗解》(同治重刊本《宁化县志》卷四本传)

伊世衡:《五经要略》、《律吕存征》(同治刊本《福建通志》卷八十)

伊起屿:《对山亭集》(同治刊本《福建通志》卷八十)

伊恒聪:《焚余偶存诗》一卷(民国《福建通志·福建艺文志》存目卷四十二作二卷)(同治刊本《福建通志》卷八十)

---

① 民国《长汀县志》卷二十五,《文苑传》本传,原第七页,影印第541页。

② 按:民国《福建通志·福建艺文志》卷七十一著录《汀南廑存集》四卷、《续集》二卷,引陈衍《石遗室书录》(第十六页)。

③ 民国《长汀县志》卷二十二,《艺文志》,原第十页,影印第520页。

④ 民国《长汀县志》卷二十五,《文苑传》本传,原第七、八页,影印第541-542页。

⑤ 王水香《清代汀州客家诗歌研究》,第33页。

⑥ 李世熊《寒支初集》卷四,影印第124页。

⑦ 民国《福建通志》总卷三十六,《福建循吏传(清一)》卷十一,王汝楫传,原第三十二页。

伊朝栋:《南窗丛记》八卷、《赐砚斋诗钞》(民国《福建通志·福建列传》卷三十七本传题《赐砚斋集》)四卷、《宁阳诗存》三卷(同治刊本《福建通志》卷八十)、《南窗丛书》、《赐砚斋集》(《清儒学案》卷六十六《翠庭学案·伊先生朝栋》)、《云林诗钞》八卷(嘉庆五年刻本,中国社会科学院文学研究所藏)、《赐砚斋诗钞》四卷(嘉庆十二年刻本,国家图书馆藏)(柯愈春《清人诗文集总目提要》第723页)

伊秉绶:《留春草堂诗钞》[1]七卷(同治刊本《福建通志》卷八十)、《坊表录》、《攻其集》、(修)《齐正论》(民国《福建通志》总卷三十四,《福建列传》卷三十七伊秉绶本传)、《坊表录》、《留春草堂制义》□卷、《默庵集锦》一卷、《广陵图经》□卷(与阮元合撰)、《攻其集》□卷、《修齐正论》(《桐城文学撰述考》卷一)、《春及草堂诗钞》(《桐城文学渊源撰述考·引用书目》)、《留春诗草》(林昌彝《林昌彝诗文集》卷七,《论诗一百又五首》第七十二首注)、《留春草堂集》(《清儒学案》卷六十六《翠庭学案·伊先生朝栋》伊秉绶附)、《水经注碑录》一卷(《福建文献集成初编》第91册影印上海图书馆藏清钞本)、《伊墨卿自书诗册》一卷(民国十七年商务印书馆影印,上海图书馆、南京图书馆藏。李灵年等《清人别集总目》第481页)

伊念曾:《守研斋诗钞》(同治刊本《福建通志》卷八十、梁桂元《闽画史稿》第248页)

伊舜年:《读史例》(同治刊本《福建通志》卷八十)

伊襄甲:《励隅诗文集》二卷(同治刊本《福建通志》卷八十)

伊名世:《丹洲集》(同治刊本《福建通志》卷八十)

伊长赓:《桃花馆诗》(同治刊本《福建通志》卷八十)

伊元复:《地理集注》、《医学集注》、《焦桐集》(同治刊本《福建通志》卷八十)《读书说》(民国《福建通志》总卷四十,《福建儒行传》卷五,伊元复本传)

伊恒山:《粤游小草》(嘉庆六年刻本,福建省图书馆藏)

伊云崧[2]:《采峰诗文集》(王水香《清代汀州客家诗歌研究》第20页)

**谨按:**黎士弘为伊尧夫(字宗邵,号易庵)所撰《伊易庵先生传》云:"宁化之伊为望姓,代有闻人。"[3]明代援例出仕的伊氏族人有伊尧协(增生,序班)、伊尧岳(增生,鸿胪寺序班,随侍经筵)、伊尧稷(礼部儒士,金山卫经历)[4]等;清代宁化援例出仕的有伊应聚(顺昌教谕)、伊自熊(南平、清流训导)、伊起璵(政和教谕)、伊起璋(泰宁教谕)、伊牧(阳谷知县)、伊景嵘(将乐训导、泰兴知县)、伊宝树(陕西理问)、伊毅远(广西县丞)、伊益炘(雷州经历)[5]。伊天佑,字顺甫。嘉靖间以岁贡知桃源县。能诗,善楷书。传在乾隆《汀州府志·人物传》[6]。明末清初宁化诸生伊勋(字无功)"下笔数千言,能弓马,旁及书、画、琴、弈。明亡,弃诸生。"其兄伊志可(字有之)"弱冠补诸生,有文名,与莆田朱继祚善"[7]。

入清,伊氏五贡生有伊在湄、伊甲臣、伊应荐、伊应熊、伊毓芳、伊天峻[8]。康熙二十三年(1684)举人宁化伊逢吉,官当阳知县;三十五年(1696)举人宁化伊予先,官桂东知县[9]。李世熊撰《伊有一五十寿序》,称其友伊有一"行谊卓越,文章淹博","古文、诗律工之而不自为名"[10]。按:此寿序中有"某四十

① 李灵年等《清人别集总目》著录此集,一卷,清钞本;七卷附录一卷,嘉庆十二年刻本、嘉庆十九年刻本、光绪六年补刻本、光绪二十三年刻本、民国二十一年伊立勋铅印本(第481页)。

② 按:《清代汀州客家诗歌研究》作伊彩峰,宁化人,嘉庆间进士。查题名录,嘉庆间宁化伊氏进士仅伊云崧一人。

③ 乾隆《汀州府志》卷四十二,《艺文传》,影印第532页。

④ 乾隆《汀州府志》卷二十六,影印第325页。

⑤ 乾隆《汀州府志》卷二十六,《选举志》,影印第327页。

⑥ 同上书,卷三十,《人物传》,影印第347页。

⑦ 民国《福建通志》总卷四十三,《福建高士传》卷四,伊勋传,原第十七、十八页。

⑧ 同上书,影印第312页。

⑨ 乾隆《汀州府志》卷二十三,《选举志》,影印第306、307页。

⑩ 李世熊《伊有一五十寿序》,《寒支二集》卷二,影印第432页。

年不望见城阙”语及伊有一之子中举的记载[1]，推知为康熙二十三年(1684)至李世熊逝世(1686)前所作。伊有一系康熙二十三年甲子(1684)福建乡试举人伊逢吉之父。

伊予先，字介耳，号简庵。康熙三十五年丙子(1696)举人。官湖广桂东县知县。丕振文风，邑之登乡荐自此始[2]。传又见同治刊本《福建通志·良吏传》。

伊世衡，字泽世。康熙间诸生。黎士弘尝序其著作。林佶作有七律诗《宁化伊母张氏百有二岁予往见之类六七十者子泽世亦年八十二》[3]。

伊起屿，字鱼若。官政和教谕。

伊恒聪，传见同治刊本《福建通志·孝义传》。

伊元复，字顺行。康熙间诸生。巡抚张伯行以博学鸿词荐，以疾辞。乾隆《汀州府志》本传称其“淹贯经史，泛及天星、堪舆、医卜、禽遁诸书，诗文极典雅，同乡李元仲(李世熊)、黎愧曾(黎士弘)交推之”。[4] 民国《福建通志·福建文苑传》作伊名元[5]。

伊朝栋(1729—1807)，原名桓瓒[6]，榜名朝瓒，字用侯，号云林。“伊氏唐末有讳显者自莘城迁闽，世为宁化人。曾祖某以岁贡生官顺昌县训导，不污耿精忠伪命。祖为皋，字景陵。藏书千余卷，皆经点勘，撰著文字，手书精楷成巨册者尺余。”[7]乾隆三十四年己丑(1769)，伊朝栋成进士。累官至光禄寺卿。卒年七十九。师事雷鋐等，与同里阴承方、雷鋐讲朱子之学，为蔡新所叹赏。所著多发先儒疑义。子伊秉绶、伊秉徽。传见《清史列传》卷七十二等，《桐城派编年》记载其事迹[8]。其子伊秉绶之师纪昀作《云林诗钞序》[9]，姚鼐撰墓志铭。

伊朝栋所著《赐砚斋诗钞》，有纪昀、曾燠、林乔荫三人序。纪昀序略曰：“光禄云林先生平生寡所嗜好，亦不甚喜通交游，惟偶有所感，辄发于诗，今就养京邸，优游多暇，乃自订旧诗，为几卷，令子秉绶余甲辰所取士也，持以求序于余。余反覆□诵，‘理扶质以立干，文垂条以结繁’，先生其殆兼之矣。是真诗人之诗，而非辞人之诗矣。”[10]此序纪昀援陆机《文赋》语褒扬伊朝栋。陈衍论《赐砚斋诗钞》云：“近体风华掩映，古体文从字顺。末有《书尚书古文孔传后》七古一首，以伪《尚书》古文为真，力诋阎百诗(阎若璩)之说并无确证，盖于考据之学未有得，不必以此等议论入诗也。”[11]

伊朝栋门人阴东林，原名福昆，字桂友，号青原，宁化人。与邑人吴贤湘[12](师事伊朝栋、阴承方、朱仕琇)同时受业于伊朝栋。诗工近体[13]。门人张孟词，撰有《山海精良》[14]。门人巫尹亭、张登岸[15]。

伊朝栋之子伊秉绶(1754—1815)，字组似，号墨卿、默庵、墨庵。少师父执阴承方，为宋儒之学，又见闻先正雷鋐绪论。受朱珪、纪昀赏识，从刘墉学书法。乾隆五十四年己酉(1789)进士。初官刑部主事。嘉庆三年(1798)，简放为湖南戊午科乡试副主考。晚年寓扬州黄氏园，与名流酬唱，卒于斯。民国《福建通志》本传称伊秉绶“工于诗，尤善隶法，好蓄古书画，而以前贤手迹为重，颇究性命之学，不傍

---

① 李世熊《伊有一五十寿序》，《寒支二集》卷二，影印第432页。
② 民国《福建通志》总卷三十六，《福建循吏传(清一)》卷十一，伊予先传，原第四十三页。
③ 林佶《朴学斋诗稿》卷五。
④ 乾隆《汀州府志》卷三十三，《文苑传》，影印第382页。
⑤ 民国《福建通志》总卷三十九，《福建文苑传(清一)》卷七，原第二十八页。
⑥ 柯愈春《清人诗文集总目提要》，第723页。
⑦ 民国《福建通志》总卷三十四，《福建列传(清六)》卷三十七，伊朝栋传，第十八页。
⑧ 俞樟华、胡吉省《桐城派编年》，第350页。
⑨ 纪昀《纪文达公遗集》，卷九。嘉庆十七年刻本。
⑩ 同治刊本《福建通志》卷八十，影印第1620页，引。
⑪ 民国《福建通志》总卷二十五，《福建艺文志(清二)》卷六十五，原第十八页。
⑫ 俞樟华、胡吉省《桐城派编年》，第316-317页。
⑬ 刘声木《桐城文学渊源考》，卷二。
⑭ 同上注。
⑮ 俞樟华、胡吉省《桐城派编年》，第317页。

门户,屏谢声色”。[①] 传又见《清史稿》卷四百七十八,又附于同治刊本《福建通志》其父伊朝栋传、民国《福建通志·福建列传》伊朝栋传等。

同治刊本《福建通志》著录伊秉绶《留春草堂诗钞》七卷,法式善(1753—1813。乾隆四十五年进士,官至侍读、国子监祭酒)序。略曰:“少作多幽洁之节;官西曹,多雍容之什;居粤,多峭厉之词。境屡变,诗亦屡变云。”[②]陈衍论云:“世重其字,而罕称其诗。著有《留春草堂诗钞》七卷。近体笔情娟秀,而时时喜作雄迈浑成语。”[③]

刘声木《桐城文学渊源考》伊秉绶条:“师事阴承方,教以实学。工诗,书法尤善。”“师事吴贤湘,受古文法。究心性理之学,省身克己,务归于是。诗集中以言愁为最工。”门人陈昙,广东番禺人。“师事伊秉绶,以诗受业,亲承指授。”[④]按:阴承方亦宁化籍古文家。

《赌棋山庄词话》之“梅信诗唱和”条,有伊秉绶和汪志伊诗,并有跋云:“墨卿先生(伊秉绶)与外大父丁嗜庭先生(桐)同举春官,素相得。……‘……其隶法骖汉走唐,无一俗笔,与所述并负重名。’”[⑤]

《竹间续话》:“宁化伊秉绶,字组似,号墨卿。乾隆庚戌(五十五年,1790)进士。官扬州府知府。文学、吏治为江左所推,尤以古隶名当代。劲秀古媚,独创一家。偶作山水,不泥成法,水木云峦,简淡幽秀,金石气溢于楮墨间。然流播绝少,所作墨梅尚多。子(伊)念曾,字少沂,工隶法及篆刻,亦善画山水墨梅。咸丰辛酉(十一年,1861),官严州,城陷,骂贼被戕。”[⑥]按:伊秉绶系乾隆五十四年己酉(1789)正科二甲第十四名进士[⑦]。《竹间续话》误。

伊秉绶族弟娶陈璞(1820—1887,字子瑜,号古樵。广东番禺人)之女。陈女能文墨绘事,于陈衍之友马季立为舅之妻。陈女为刊父遗集[⑧],今存陈璞《尺冈草堂遗集》十二卷,《清代诗文集汇编》第676册影清刻本。

伊秉绶之子伊念曾(1790—1861),字少沂,号梅石。嘉庆十八年(1813)拔贡,官同知。有《守研斋诗钞》。孙伊性存。晋江陈庆镛有《十月初一到杭州甘小仓鸿伊小沂念曾两大令招游西湖小食出孤山补梅图属题》、《题伊墨卿太守西溪消夏图为令子小沂作》、《伊小沂万梅花里坐诗人图》[⑨]、《刘文正公墨迹跋尾为伊小沂》、《刘文清公墨迹跋尾为伊小沂》[⑩]等。

晚清伊立勋,汀州伊氏族子,为容闳(莼圃)文案。尝过两江总督幕僚郑孝胥[⑪]。

## No.314　宁化阴氏家族

阴龙坤:《大观文集》(同治刊本《福建通志》卷八十)

阴燮理:《宁阳诗钞》、《慎余堂诗文集》(同治刊本《福建通志》卷八十)

阴延昇:《淇园诗集》二卷(同治刊本《福建通志》卷八十)

阴承方:《丧仪述》二卷、《阴静夫遗文》二卷(同治刊本《福建通志》卷八十)、《阴氏族谱》□卷(《桐城文学撰述考》卷一)、《阴静夫遗集》二卷(嘉庆十二年刻本,国家图书馆藏。另有民国十一年、二十四年两种重刻本。柯愈春《清人诗文集总目提要》第580页)

---

① 民国《福建通志》总卷三十四,《福建列传(清六)》卷三十七,原第二十一页。

② 同治刊本《福建通志》卷八十,影印第1620页。

③ 陈衍《石遗室诗话》卷二十四,第二十六条,第333页。

④ 刘声木《桐城文学渊源考》,卷二。

⑤ 谢章铤《赌棋山庄词话》卷五,刘荣平《赌棋山庄词话校注》,第123-124页。

⑥ 郭柏苍《竹间续话》卷四,第73页。

⑦ 朱保炯、谢沛霖《明清进士题名碑录索引》,第2749-2750页。

⑧ 陈衍《石遗室诗话》卷十八,第三条,第250页。

⑨ 陈庆镛《籀经堂类稿》卷九,《清代诗文集汇编》第587册,影印第525页。

⑩ 同上书,卷十五,影印第585页。

⑪ 郑孝胥《郑孝胥日记》,第575页。时光绪二十二年九月廿日(1896年10月26日)。

**谨按**:宁化阴氏功名首见于北宋淳熙十一年(1184)特奏名阴一鹗,官潮阳县丞[①]。清代雍正元年(1723)举人阴日嵘,官楚雄知县[②]。宁化阴永庚,贡生,官长泰教谕。五贡生则有阴来善、阴念祥、阴承天、阴象地[③]。援例出仕的有阴念良(建宁训导)、阴承健(宝丰知县)、阴承昌(河内知县,升户部员外)[④]。

阴龙坤,字无疆,号存庵。以国子生官永福教谕。

阴燮理,字寅宾,阴宜登之子。阴宜登,字应寿。生七日而孤,三岁复失恃。同治重刊本《宁化县志》阴宜登传:"寄养外家,五岁,外祖死,依祖母巫。……经营诸村间,与时转货,久之多得粟。……子燮理,工诗古文,不应举。"[⑤]乾隆《汀州府志》卷三十一《孝义传》有阴宜登、阴燮理本传。顺治、康熙间,土寇窃发,阴燮理上六议,当事多用之。尝师宁都魏礼。以居亲丧,哀毁卒[⑥]。

阴延昇,雍正间诸生。撰《淇园诗集》二卷,雷鋐序。略曰:"丰致悠然,其意思深长处尤有诗外远致。"[⑦]

阴承方[⑧],字静夫、克斋。少孤,藉祖父教养,究心心性之学。同邑雷鋐视学浙江,重其学行,招之入幕,不就。及雷鋐告养归里,相得甚欢,以所著文集与商订。建宁朱仕琇亦折节与订交[⑨],朱仕琇《周笏廷制义序》云周绍缙与阴承方"方力学为古文"[⑩]。门人伊秉绶。

## No.315 宁化黎栋家族

黎栋:《池上集》二卷、《杜诗辑注》(同治刊本《福建通志》卷八十)

黎良德:《漫游草》八卷(同治刊本《福建通志》卷八十)

黎良行:《余杭草》、《游杭草》、《摩云集》(同治刊本《福建通志》卷八十)、《黎生诗》(民国《福建通志》总卷二十五,《福建艺文志》卷六十五。柯愈春《清人诗文集总目提要》第479页题《黎生诗选》不分卷,清花雨楼刻本)

**谨按**:黎栋,字于郑,黎楚友之子。宁化人。遭逢数奇,生平不得志。有《池上集》二卷、《杜诗辑注》。

黎栋之子黎良德(1686—1750[⑪]),字质存,号怀古。以太学生官州同知,寓居南昌。著有《漫游草》。江西新建人熊为霖撰《漫游草序》。略曰:"怀古(黎良德)好游士也,籍闽宁,倜傥不可羁。生平浸淫经史百家,又能跌宕□臬以出之,才大奇,窘所遇。发愤游六宇,携一琴一剑、襆被行李,期与山川巨川通都大邑为缘,一一涉历,如五岳之镇,西湖之丽,峨眉、太行之雄伉,瞿塘、禹穴、龙门之险荡,与夫咸阳、燕、蓟之威壮,胸中口中时复吞吐出没,不可名状。若可名状,概寄托之于诗。所至裒然成帙,类皆可存而未谋行也。……怀古老寓西江,傲泛宅龟蒙江上,狎鸥鹭。与汪子挚云、杨子子载为忘年约。……令嗣君愧尹奉书至,以遗言属叙遗草……嗟夫人之相知贵相知心,今人于泛泛交,展其笺草,动以汉、魏、六朝、三唐诸老相盲,諛其于人之性情与诗之性情,了不相及……先生名良德,字质存,怀

---

① 同治重刊本《宁化县志》卷二十三,《选举志》,影印第281页。
② 同上书,影印第308页。
③ 同上书,影印第312页。
④ 同上书,影印第267页。
⑤ 同治重刊本《宁化县志》卷四,阴宜登传,影印第202-203页。
⑥ 同治刊本《福建通志》卷八十,影印第1618页。
⑦ 同治刊本《福建通志》卷八十,影印第1619页。
⑧ 徐世昌《清儒学案》卷六十六《翠庭学案·阴先生承功》作阴承功(第2567页)。
⑨ 民国《福建通志》总卷四十,《福建儒行传》卷五,阴承方传,原第十三页。
⑩ 朱仕琇《梅崖居士文集》卷十九,《清代诗文集汇编》第336册,影印第362页。
⑪ 黎良德卒年据柯愈春《清人诗文集总目提要》(第468页)。

古其晚号也。"①观此序,黎良德的诗歌创作与汉、魏、六朝、三唐之诗有别,是抒写其性情之诗,"神气不朽,挟以俱行"之诗,是"游气之精"者。

乾隆《汀州府志》黎良德本传:"博雅淹贯,足迹遍天下。工书画。著有《漫游草》。由太学授州司马,学士、大夫咸重其文行,所至传佳什焉。"②

黎良德从弟黎良行,字六先、复生。乾隆间诸生。民国《福建通志·福建艺文志》著录黎良行《黎生诗》,解题引华亭黄之隽《庑堂集》云:"闽汀黎生良行,予试宁化,识之。所著诗,吾友陆锡山尝评之曰'乐府近魏晋,五律学杜陵',知言哉!生诗学盖得诸其乡李先生元仲(李世熊)云。元仲与黎楚有先生游③,持论往复。生之祖也。"④明末清初,宁化县文人黎楚有、李世熊、黎栋等均具有非常才干和襟抱,"刚毅多略,锐意功名,欲有所大用于世"⑤,"负气刚决,意天下事一二着可了,利钝不介介于怀"⑥,所谓"梗概而多气"⑦,延至黎栋之子侄黎良德、黎良行,亦具有同一种气质。

《国朝全闽诗录初集》卷二十一黎良行条引《注韩居诗话》:"六先楷法二王而持流朴致,历游幕府,以诗、字重于时。"⑧

## No.316 宁化张其恂家族

张其恂:《竺隐诗钞》、《篑山文集》十二卷(同治刊本《福建通志》卷八十)

张可定(张其恂之子):《兰畹文钞》八卷、《兰畹诗钞》二卷(同治刊本《福建通志》卷八十)

**谨按**:张其恂,字孺子,一字篑山。宁化人。康熙间诸生。邑人雷鋐撰张其恂《行略》。略曰:"先生尝从游易堂魏季子(魏礼)之门。黎愧曾(黎士弘,1618—1697)称其文得易堂家法。"⑨按:江西宁都三魏是明末清初江西著名的古文家。魏际端(1620—1677),初名祥,字善伯,号伯子;魏禧(1624—1681),字冰叔,一字凝叔、叔子,号裕斋、勺庭先生,与汪琬、侯方域称清初三家;魏礼(1628—1693),字和公、季子,其姊夫邱维屏。张其恂系江西宁都魏礼门人。黎士弘与易堂九子[李腾蛟、彭士望、林时益、邱维屏(1614—1679,字邦士,号慢庑,人称松下先生。宁都人。其古文义法实自归有光出⑩)、曾灿、彭任、魏祥、魏禧、魏礼]同时人稍后。张其恂有《竺隐诗钞》自序称以私居名集⑪。

张其恂序邑人伍有假《影庐诗稿》。略曰:"伍子之诗如荆卿之歌,渐离之筑,越石之啸,闻者惊神动魄。"⑫

张其恂之子张可定,字维求,号愚如。著有《兰畹文钞》八卷、《兰畹诗钞》二卷。

---

① 乾隆《汀州府志》卷三十九,《艺文序》引熊为霖序,影印第449-450页。

② 乾隆《汀州府志》卷三十三,《文苑传》,影印第381页。

③ 按:李世熊《寒支初集》卷七《(尺)牍》有《与黎楚友》(《寒支初集》卷七,《四库禁毁书丛刊》集部第89册,影印第250页),作于康熙十二年癸丑(1673)前。黎楚有,此牍作黎楚友,是。根据牍中语气,黎楚友与李世熊当是朋友,不是师弟的关系。此外,本卷《邑志辨牍》目下尚有《与黎楚友》(同册,影印第260-264)十四牍,商榷邑乘事宜。

④ 民国《福建通志》总卷二十五,《福建艺文志》卷六十五,第十五页。

⑤ 李世熊《黎子(黎振三)遗编序》,《寒支初集》卷三,《四库禁毁书丛刊》集部第89册影印檀河精舍刻本,影印第92页。

⑥ 李世熊《曾弗人行稿序》,《寒支初集》卷三,《四库禁毁书丛刊》集部第89册,影印第102页。

⑦ 刘勰《文心雕龙》,《时序》第四十五。

⑧ 《国朝全闽诗录初集》卷二十一,黎良行条,《全闽诗录》第五册,第460页。

⑨ 同治刊本《福建通志》卷八十,影印第1619页。

⑩ 刘声木《桐城文学渊源考》,卷十一。

⑪ 同治刊本《福建通志》卷八十,影印第1619页。

⑫ 同治刊本《福建通志》卷八十,影印第1619页。

## No.317 宁化雷鋐家族

雷鋐:《读书偶记》三卷、《校士偶存》一卷、《自耻录》一卷、《闻见偶录》[①]一卷(《桐城文学撰述考》卷一作四卷)、《经笥堂集》三十五卷、《翠庭诗集》(民国《福建通志·福建艺文志》存目卷四十二作《翠亭诗集》)(《桐城派编年》第203-204页)、《经笥堂文钞》二卷、《励志杂录》一卷、《雷氏族谱》□卷、《翠庭诗集》□卷、杂著五种、《闻见偶录》四卷(《桐城派编年》第203页)、《校士偶存》(民国《福建通志》总卷三十四,《福建列传》卷三十六,雷鋐本传)、《经笥堂文钞》二卷(嘉庆十六年刻本,国家图书馆等处藏。李灵年等《清人别集总目》第2314-2315页、卢前《八股文小史》、《清儒学案》卷六十六《翠庭学案·雷先生鋐》)

**谨按:**雷氏先世陕人,后自江西迁福建宁化,为宁化望族,“户数百,科第衣冠林立”[②]。雷世守,字卫天,号慎庵。雷鋐祖父。传见民国《福建通志·福建儒行传》卷五。宁化人施心传(字结如),好学工文词。善山水,得云林笔法,颇自矜重,不妄作。与同里雷鋐之父雷惕庐[③]交最善,每同构文,日当亭午,市豆饼充饥而已[④]。

雷鋐(1697—1760),字贯一,号翠庭。年十七补县学生,肄业鳌峰书院,出蔡世远门下。雍正元年癸卯(1723)举于乡,为朱轼、孙嘉淦所知。雍正十一年癸丑(1733)成进士,朝考第一,选庶吉士。时桐城方苞教习庶吉士,独心契之。乾隆元年(1736),侍皇子书房,赐第内城。特授编修,历官谕德、少詹事、通政使、浙江学政、都察院左都御史。卒年六十四。居浙六年,举拔多士。事迹见《碑传集》卷三十所录阴承方《都察院左副都御史雷公行状》、朱仕琇《通奉大夫都察院左副都御史雷公墓志铭》、彭启丰《通奉大夫都察院左副都御史加二级雷公鋐墓志铭》诸文,传见同治刊本《福建通志·列传》、《清史稿》卷二百九十。

雷鋐一生与清代古文运动的推进密切相关,既承接闽中李光地至蔡世远一线的古文创作的衣钵,亦不讲门户之别,师从方苞,接受桐城古文创作的理论和技法。“为文章,简要冲夷,有古作者风。所著《经笥堂集》、《自耻录》、《读书偶录》、《校士偶存》、《闻见录》等书,凡若干卷。”[⑤]《经笥堂文钞》二卷系邑人伊秉绶从《经笥堂集》三十五卷中选刻百篇而成。[⑥] 朱仕琇撰《经笥堂文集序》。略曰:“昔桐城方学士(方苞)贤江阴杨文定公(杨名时,1661—1737)之为人,尝与蔡文勤公(蔡世远)言,叹其后无继者,文勤以今副宪雷公对。故文勤弟子而又尝受文于学士者也,自学士与文勤公薨,而公遂以道德文章为天下所宗。公之学以躬行为主,以仁为归,以敬义为堂户,以人情事势为权衡,以六经为食饵,以文艺为绅佩,以奖引天下之士为藩墙,而于邪正之界、流渐之溃,析之尤精,防之尤豫,大要宗朱文公(朱熹)[⑦]而以薛文清(薛瑄)、陆清献(陆陇其)二公之书为谱牒。……(所为文章)其言深厚而切至,安定而光明,宽而不衰,峻而不迫,淡而弥旨,约而弥余,虽专门名家之士调合心气,敷陈矩矱,不能以有加也。韩子曰:‘君子慎其实。’柳子曰:‘文以行为本。’欧阳子曰:‘道至者文不期而自至。’观于公文,而三君子之言益信矣。文定公道德显闻而文辞不概见于天下,及公立言以继其后,则教弥著焉。”[⑧]朱仕琇视

---

① 陈寿祺《左海文集》卷七《书雷翠庭先生闻见录傅鹏起事后》作《闻见录》。

② 民国《福建通志》总卷四十,《福建儒行传》卷五,雷世守传,原第三页。

③ 朱仕琇《诰封宁化李太夫人传》,《梅崖居士文集》卷二。朱仕琇自称“姻家晚学生”(《清代诗文集汇编》第336册,影印第216页),朱、雷两姓当为姻亲。

④ 民国《福建通志》总卷四十四,《福建艺术传》卷二,施心传传,原第十一页。

⑤ 朱仕琇《通奉大夫都察院左副都御史雷公墓志铭》,《梅崖居士文集》卷七,《清代诗文集汇编》第336册,影印第254页。

⑥ 徐世昌《清儒学案》卷六十六,《翠庭学案·雷先生鋐》,第2552页。

⑦ 朱仕琇《与林穆庵书》:“雷宪副亦为朱氏之学者”(《梅崖居士文集》卷二十三,《清代诗文集汇编》第336册,影印第425页)。

⑧ 朱仕琇《梅崖居士文集》卷十七,《清代诗文集汇编》第336册,影印第336页。

雷鋐为方苞之后古文的继承者，其言过誉。就闽中古文创作的作者阵营而论，雷鋐虽在李光地、蔡世远之后，而其古文创作的成就却未能领袖作者之林。《答雷宪副书》："执事之文言简意足，不失本宗，而气尤宽平，无张皇偃蹇之态、攀援盖覆之饰，令学者推见其志，自岿然有不可犯之色，此所谓由衷之信，李汉所称'浑然'、'杰然'而得六经之意者也。"[①]持论较为公允。兹列举雷鋐有关古文事业的事迹如下(此外，尚分置于本书各家族条下和行文中)：

蔡世远主鳌峰书院时，雷鋐从之问学；雍正元年癸卯(1723)，雷鋐举人中式，侍郎蔡世远兼授国子监学正[②]；八年庚戌(1730)，雷鋐于蔡世远家见到方苞，蔡世远即命受业于方苞[③]，"得方苞视野宽阔之传，以博大胸怀为文，时人以'言简意足'称之"[④]。

江苏太仓人陈鋐(1691—1763，字宏猷)，雷鋐任江苏学政时以礼延留署中，宾主论学无虚日；江西武宁人汪轫(1714—1771，字辇云，号鱼亭)，乾隆初尝与新城鲁仕骥、新城鲁九皋(1732—1794)同客浙江学政雷鋐幕；如皋姜恭寿，乾隆十八年(1753)入江苏学政雷鋐幕[⑤]。雷鋐有门人浙江象山姜炳璋[⑥]、仁和王曾祥、扬州王世球[⑦]、宁化伊朝栋等。《清儒学案》卷六十六列《翠庭学案》，有童能灵、阴承功、张甄陶、伊朝栋、朱仕琇、孟超然、谢金銮等学者。

邵武府建宁县古文家朱仕琇早受雷鋐知遇，其《梅崖居士文集》卷二十二收录大量与雷鋐的书札，谈论古文、诗歌、人情、政事，内容复杂。朱仕琇亦称雷鋐之子"世兄天慧绝人，诗笔兼胜，为人澹易安详，所以承衍执事家学者流大且远，今始得接而知之"。[⑧]

雷鋐能诗。《国朝全闽诗录初集》雷鋐条："有《翠庭诗草》。"引《注韩居诗话》："翠庭官终左副都御史，受学蔡文勤公(蔡世远，谥文勤)，笃行程朱，躬行实践。著有《经笥堂文集》，诗不多作。"[⑨]入《黄任集·黄任交游人物表》。

雷鋐兄弟三人，姊妹二人，子侄十人。雷鋐长子雷定淳。《桐城派编年》乾隆十七年壬申(1752)："雷鋐迁左庶子，晋少詹事，授河南南汝光道。雷定淳中举人。按：雷定淳，一作定洵，生卒年不详。字颙若，号朴先，福建宁化人。雷鋐子。'夙承家学，博学雄文。著有《咏史诗》□卷。'(刘声木《桐城文学渊源考》卷二)"[⑩]按：民国《福建通志》雷鋐本传，雷定淳字蕙亩[⑪]。据朱仕琇《通奉大夫都察院左副都御史雷公墓志铭》，朱仕琇与雷定淳为男女姻家[⑫]，其子娶雷氏。又有《复雷朴先书二首》、《与雷朴先书》。

雷鋐之次子雷定澍，字时诺。卒年二十五。子二。刘声木《桐城文学渊源考》小传云："监生。承其家学，好读书，尤好义理，有逸才，敏于文章。"[⑬]朱仕琇作《雷时若哀辞》[⑭]。又次雷定源，贡生。

泉州府李光地(1642—1718)长方苞(1668—1749)26岁，方苞长雷鋐(1697—1760)29岁，方苞在

---

① 朱仕琇《梅崖居士文集》卷二十二，影印第410页。

② 俞樟华、胡吉省《桐城派编年》，第117页。

③ 同上书，第126页。方苞延接闽中古文作者尚多，如林枝春等。闽县人林枝春(1699—1763，字青圃)，雍正八年庚戌(1730)考取中书，十三年乙卯(1735)派军机处行走，有能手、神手之目；乾隆二年丁巳(1737)第二名进士及第，授编修，独为侍郎方苞器重(民国《福建通志》总卷三十四，《福建列传(清六)》卷三十七，林枝春传，第一页)。

④ 柯愈春《清人诗文集总目提要》，第555页。

⑤ 尚小明《清代士人游幕表》，第80、92、108、302页。

⑥ 俞樟华、胡吉省《桐城派编年》，第192页。

⑦ 柯愈春《清人诗文集总目提要》，第562页。

⑧ 朱仕琇《答雷通政书》，《梅崖居士文集》卷二十二，《清代诗文集汇编》第336册，影印第409页。

⑨ 《国朝全闽诗录初集》卷十四，雷鋐条，《全闽诗录》第五册，第287页。

⑩ 俞樟华、胡吉省《桐城派编年》，第186页。

⑪ 民国《福建通志》总卷三十四，《福建列传(清五)》卷三十六，雷鋐传，第二十八页。

⑫ 朱仕琇《梅崖居士文集》卷七，《清代诗文集汇编》第336册，影印第254页。雷鋐之孙二，雷定澍出；孙女二人，一雷定澍出，一雷定淳出。

⑬ 刘声木《桐城文学渊源考》，卷二。

⑭ 朱仕琇《梅崖居士文集》，卷四。

闽中重臣李光地身后仍然与闽中文人交接、过往甚密，在任庶吉士教习大臣之时于馆阁中以第一流人物期许雷鋐，构成明末清初闽中古文与桐城派古文交汇、融合的代际传承。

当邵武府建宁县古文作家朱仕琇（1715—1780）崛起以后，闽中形成了雷鋐一脉与朱仕琇一脉两个古文阵营，朱仕琇崛起的时间稍早于桐城宗师姚鼐。这是明末清初闽中古文李光地一脉与汀州府李世熊一脉双峰并峙局面的重演，反映出自明末以来直到乾隆年间闽中古文创作的盛况。

## No.318　宁化邱世琮家族

邱世琮：《天山草堂集》（同治刊本《福建通志》卷八十。柯愈春《清人诗文集总目提要》第446页作五卷）

邱鸣岐（邱世琮族人）：《邱鸣岐古文集》（同治刊本《福建通志》卷八十）

**谨按：**邱世琮，字位坤。宁化人。居泉下，去泉上李世熊居甚近。好读书以激发其志气，老于诸生。所居曰天山草堂，因以名集。同里雷鋐谓其诗与文皆脱町畦而自立崖岸，论史更有特见[①]。

族人邱鸣岐，著有《邱鸣岐古文集》。

## No.319　宁化谢崧家族

谢崧：《西园诗集》（同治刊本《福建通志》卷八十）

刘志南（谢崧外孙，刘继伦子）：《云庄诗钞》（同治刊本《福建通志》卷八十）

**谨按：**宁化谢崧，字毓南。雍正间诸生。同治刊本《福建通志》著录谢崧《西园诗集》，引《注韩居诗话》："毓南创西园别业，吟咏其中，年八十余，犹能作蝇头楷。……邑雷翠庭（雷鋐）副宪读书，偶记录之。"[②]

《国朝全闽诗录初集》谢崧条引《注韩居诗话》："毓南轻财爱客，创西园别业，日与李山依、丁南溟明府吟咏其中。……文本先民，试皆高等。偶为沈公岁试所抑，郡伯方公月课首拔之。后刊课艺，改生学。永定刘继伦少孤贫，生见于塾，许字以女。后果成进士。年八十余，犹能作蝇头小楷。署其斋额曰'读来世书'，邑雷翠庭副宪《偶录》记之。集未刻。吴清夫述。"[③]

刘继伦之子刘志南，字云庄。乾隆间诸生。官高密知县。《国朝全闽诗录初集》刘志南条引《注韩居诗话》："衡山，继伦进士子。三世孝廉，先福之闽县人，宦于宁，遂籍焉。少豪迈，九试不第，寄情诗酒，年四十余始为一邑所知，随以渡海，而卒不得当。归抱病三年，穷以死。诗多本其性情。吴清夫进士述其事并录其诗，兹择其尤雅者。"[④]

## No.320　宁化巫氏家族

巫国维：《馥余诗集》不分卷（道光元年刻本，中国社会科学院文学研究所藏）

巫近汉：《西铭口义》、《待质文集》（乾隆《汀州府志》卷三十本传题《待质集》）、《何庐诗稿》（乾隆《汀州府志》卷三十本传题《匋庐诗稿》若干卷）、《巫进士古文》（民国《福建通志》总卷二十五，《福建艺

① 同治刊本《福建通志》卷八十，影印第1619页。
② 同上书，影印第1619页。
③ 《国朝全闽诗录初集》卷十四，《全闽诗录》第五册，第300页。
④ 《国朝全闽诗录初集》卷二十一，《全闽诗录》第五册，第464页。

文志》卷六十五。柯愈春《清人诗文集总目提要》第469页作一卷)

巫近斗:《勉庐集》十卷、《长恨集》、《骚余集》(后两种,同治重刊本《宁化县志》卷四《艺文总目》、同治刻本《汀州府志》卷三十三《文苑》著录题《长恨草》、《骚余草》)(同治刊本《福建通志》卷八十)

巫国匡:《漱园诗草》一卷(同治刊本《福建通志》卷八十)

清流巫天嵋:《五经要略》、《渔沧庙志》、《香远堂集》、《哀哀吟》、《孺慕藏稿》(同治刊本《福建通志》卷八十)

**谨按:**巫氏系聚居于福建闽西汀州府、闽西北邵武府诸县及江西省与福建交界地方的客家特有姓氏。汀州府宁化县巫氏,南宋朝有宋孝宗隆兴元年(1163)特奏名巫晦,宋宁宗嘉定十三年(1220)特奏名、怀集县尉巫潜[①]。明代援例出仕者有巫国贤(官武英殿中书舍人)、巫国宾(官高密县丞、肇庆经历)、巫国宝(鸿胪序班)、巫如衡[②]。巫国贤之父巫廷珂,巫国宝之父巫廷韶[③]。宁化巫绍辉,清初拔贡生,官寿宁教谕[④]。五贡生有巫之云、巫慕贤、巫学展、巫永雯、巫贤芳、巫近汉[⑤]。巫学展之父巫如衡传见乾隆《汀州府志》卷三十。

巫近斗,字亦侯。江西魏礼称其古貌古心古学[⑥]。巫近斗著有《长恨集》,李世熊撰有《长恨草书后》,极言巫近斗此集三十章之沉痛[⑦]。李世熊又有《答巫亦侯书》,与巫近斗探讨其巫氏远祖巫俗为唐初宁化土知县之事[⑧]。

巫近汉,字碧瞻,号甸庐。尝受业于蔡世远,潜心宋儒书。乾隆二年丁巳(1737)进士。官至权知府事,以老引疾归[⑨]。

清流巫天嵋,字眉山。雍正间贡生,乾隆元年(1736)诏举博学鸿词。"五岁丧母,泣不欲生,父死庐墓五年,为《哀哀吟》、《孺慕藏稿》以写其悲。"[⑩]传见同治刻本《汀州府志》卷三十一《孝义传》。

## No.321　宁化张腾蛟家族

张腾蛟:《山海精良》二十卷、《张孟词遗集》一卷(同治刊本《福建通志》卷八十)、(伊秉绶辑刻)《思庭应试文》(梁章钜《张孟词贡士传略》)

**谨按:**张腾蛟(1759—1795),初字思庭,改字孟词。宁化人。与吴清湘、伊秉绶称黄连三才子[⑪]。乾隆四十八年癸卯(1783)解元,五十八年癸丑(1793)贡士,磨勘停科,六十年乙卯(1795)赴补殿试,未及补[⑫],卒于都。张腾蛟是伊秉绶至交,亦杨联榜、朱珪门人,颇受纪昀爱重。梁章钜撰《张孟词贡士传略》。传见同治刊本《福建通志·文苑传》、民国《福建通志·文苑传》、《国朝耆献类征初编》卷四

① 乾隆《汀州府志》卷二十三,《选举志》,影印第280、281页。
② 同上书,影印第325页。
③ 同上书,卷二十八,影印第332页。
④ 同上书,卷二十三,《选举志》,影印第311页。
⑤ 同上书,影印第312页。
⑥ 同治刊本《福建通志》卷八十,影印第1620页。
⑦ 李世熊《寒支初集》卷十,影印第382页。
⑧ 李世熊《寒支二集》卷三,影印第457页。
⑨ 民国《福建通志》总卷三十六,《福建循吏传(清二)》卷十二,巫近汉传,原第十七页。
⑩ 同治刊本《福建通志》卷八十,影印第1622页。
⑪ 梁章钜《退庵文存》,《清代诗文集汇编》第515册,影印第359页。
⑫ 据朱珪《哭张孟词进士五首》其三诗末句"一第尚虚名"后注"生未及补殿试而卒"(《知足斋诗集》卷十,《续修四库全书》第1452册,影印第64页)。梁章钜在《张孟词贡士传略》、《许画山邑侯传略》均提及磨勘停科之事,一在乾隆五十八年(1793)癸丑科(《退庵文存》,《清代诗文集汇编》第515册,影印第359页),一在乾隆五十五年(1790)庚戌科(同书,影印第358页)。

四〇等。

民国《福建通志·文苑传》张腾蛟本传:“腾蛟为人温而介,才高而苦学,(朱)珪进御之作间属腾蛟为之,瑰丽称其体。尝为珪草《十全老人颂》进呈,特荷褒赉,珪诗誉之云:‘万锦云霞天上笔,双清梅雪岁寒姿。’……尝欲取宋章如《愚山堂考索》、王应麟《玉海》删益之,为书曰《山海精良》,稿未就。有四六文八十首,没后,为人取去,遂无传者,独传其诗二十余篇。《知足斋文集》、《东越文苑后传》。”[①]按:张腾蛟于乾隆四十六年辛丑(1781)为福建学政朱珪从汀州府校士落卷中拔置第一,招入朱氏之幕[②];四十八年癸卯(1783)乡试之年,朱珪亲加指授三月,遂举乡榜第一[③]。

同治刊本《福建通志》著录其《张孟词遗集》一卷,注引《注韩居诗话》:“生平不多作诗,亦不惜,随手弃去。卒之前日,乃自订古近体二十余篇,并《山海精良》,书付其友孝廉方正吴清夫进士,为刑部郎金兰畦光悌持去,无副本,后从杨二樵(杨澜)孝廉收得数十首。”[④]《国朝全闽诗录初集》卷二十一张腾蛟条引《注韩居诗话》,与同治刊本《福建通志》所引差异较大:“孟词乙卯(六十年,1795)赴补殿试,卒于都。著《山海精良》二十余卷未成。生平不多作诗,作亦不惜,随手弃去。卒之前月,乃自订古近体二十余首并《山海精良》书付其友孝廉方正、进士吴清夫(吴贤湘),为刑部郎金兰畦光悌持去,谋梓未克。进士无副本,从杨二樵孝廉收得数首。(吴贤湘)进士云。”选其诗《杨二樵昆仲邀饮探梅即席留别三首》、《二樵昆仲以素心兰十年不花唱和诗见示漫题数绝》[⑤]。按:杨氏昆仲(杨澜、杨濬)之父讱斋杨联榜,系张腾蛟受业师。

民国《福建通志》著录《张孟词遗集》,引林昌彝《射鹰楼诗话》云:“古文词源出秦、汉,骈体文追近燕(张说)、许(苏颋)。”[⑥]

乾隆六十年乙卯(1795),朱珪作有《哭张孟词进士五首》,其三有“心是幽兰素,人如大玉清。五车便炙輠,三箧富遗篇”,其四有“奇文应泣鬼,苦学亦伤神”句[⑦],极为赞赏张腾蛟其人其才其学。

## No.322 宁化吴世膺家族

吴世膺:《鳌江清啸集》三卷(同治刊本《福建通志》卷八十)

吴正兰:《续东征集》(同治刊本《福建通志》卷八十)

**谨按:**宁化吴世膺,乾隆间武学生。传见同治刊本《福建通志·孝义传》。

吴世膺之弟吴正兰,号琢亭。传附同治刊本《福建通志·孝义传》吴世膺传。同治刊本《福建通志》著录其《续东征集》,引伊阙名集后书。略曰:“余读吴琢亭先生集而慨然有感也。日者,台匪作乱……先生兄世膺殉难事,详某司教集中。先生以六十老诸生,奋迹于帷幄戎马间,上报国恩,下雪家耻,可谓不负所学矣。”[⑧]

## No.323 宁化刘文谦家族

刘文谦:《受庐诗稿》(同治刊本《福建通志》卷八十)

---

① 民国《福建通志》总卷三十九,《福建文苑传(清二)》卷八,张腾蛟传,第十四、十五页。

② 尚小明《清代士人游幕表》,第134页。

③ 据朱珪《哭张孟词进士五首》其二诗末句“九旬亲拂拭,一响震空寥”后注(《知足斋诗集》卷十,《续修四库全书》第1452册,影印第64页)。

④ 同治刊本《福建通志》卷八十,影印第1620页。

⑤ 《国朝全闽诗录初集》卷二十一,张腾蛟条,《全闽诗录》第五册,第459-460页。

⑥ 民国《福建通志》总卷二十五,《福建艺文志》卷六十五,第二十三页,引。

⑦ 朱珪《知足斋诗集》卷十,乙卯上,《续修四库全书》第1452册,影印第64页。

⑧ 同治刊本《福建通志》卷八十,影印第1620页。

刘文谋：《墨庄季子古文集》（同治刊本《福建通志》卷八十）

**谨按：**宁化刘文谦，字受庐，乾隆间诸生。著有《受庐诗稿》。其弟刘文谋序《受庐诗稿》。略曰："予兄弟四人皆从先君子学诗，仲兄受庐才最敏捷，积二十余年，兄诗日多，雅而炼，婉而多风，恢恢有余，宜乎传也。"[①]知刘氏父子及刘文谦四兄弟俱能诗。

刘文谦之弟刘文谋，字以燕。乾隆间诸生。与兄刘文贤、刘文谦齐名，邑人雷鋐目为"三刘"[②]。

## No.324　宁化雷在琼家族

雷在琼：《春岩诗草》一卷（同治刊本《福建通志》卷八十）

雷士鸣（雷在琼之子）：《梅庄广录》、《仙兰偶笔》、《名言笔记》、《奎瀛阁藏帖》、《澹宁斋墨迹》、《蓉塘汇钞》（同治刊本《福建通志》卷八十）

**谨按：**宁化雷在琼，乾隆间诸生。著有《春岩诗草》一卷。

雷在琼之子雷士鸣，字盛喈。乾隆间贡生。著述多种。

明、清两代，宁化县还有雷动化、雷殷荐、雷鋐、雷霜等著名人物。按：雷氏为闽西特有姓氏，故当同宗。

## No.325　清流伍氏家族

伍朝铁：《笔花斋集》（同治刊本《福建通志》卷八十）

伍翥：《欧寮署中草》（同治刊本《福建通志》卷八十）

伍宁之：《文园集》（同治刊本《福建通志》卷八十）

伍拔：《啸楼草》（同治刊本《福建通志》卷八十）

伍嘉谋：《忙闲草》二卷（同治刊本《福建通志》卷八十）

**谨按：**伍氏在福建汀州府和江西部分府县聚族而居，宗族庞大。宁化县的伍氏闻人有伍有僩、伍元英等，清流县伍氏闻人有伍朝铁、伍翥、伍宁之、伍拔、伍嘉谋等作家。

## No.326　归化（明溪）余秦杲兄弟

余秦杲：《余春圃集》一卷（民国《明溪县志》卷十三《艺文志》题《春圃集》）

余秦柏：《余坦庵集》一卷（民国《明溪县志》卷十三《艺文志》题《坦庵集》）

**谨按：**归化余秦杲，字蔚赡。嘉庆三年戊午(1798)举人。

余秦柏，字鲁赡。嘉庆间诸生。兄弟均有集。

## No.327　连城李炯家族

李炯：《中庸正义》、《史论》（民国《连城县志》卷二十《艺文志》）

---

① 同治刊本《福建通志》卷八十，影印第1620页。

② 同上注。

李梦箕:《四书训蒙》、《稳卧轩诗文集》(同治刊本《福建通志》卷八十)、《稳卧轩集》(王钟翰《清史列传·儒生传上》,第5323页)、《稳卧山房文集》(民国《连城县志》卷二十《艺文志》、卷二十五本传)

李图南:《简庵诗文集》(同治刊本《福建通志》卷八十)、《留村礼意》数卷、《清时新语》一卷(民国《连城县志》卷二十一本传)

**谨按:**李梦箕,字季豹,晚明岁贡生李炯之子。连城人。康熙四十四年乙酉(1705)贡生,年八十一卒。传见同治刊本《福建通志·儒林传》,又见民国《福建通志·福建儒行传》卷五。《清史稿》卷四百八十李梦箕传,传后附其子李图南、张鹏翼、童能灵三人传①。

李图南(1676—1733②),字开士,号简庵。康熙五十九年庚子(1720)举人。"工诗、古文词,生平究心濂、洛、关、闽书,以反躬为切务。"卒于雍正十年十二月③。民国《连城县志》卷三十二《杂录》收有《李简庵墓志铭》。

## No.328 连城童氏家族

童三纲:《童君重遗言》(同治刊本《福建通志》卷八十)、《壁经说》(民国《连城县志》卷二十《艺文志》)、《诗文集》(民国《连城县志》卷二十四《文苑传》本传)

童日鼎(童三让之子):《私淑堂日录》、《我梅诗文集》(同治刊本《福建通志》卷八十)、《连城童氏族谱》(清刻本)

童正心:《留村礼义》三卷(《冠豸山堂全集》本)、《清时新语》一卷(民国《福建通志》总卷二十五,《福建艺文志》存目卷三十五)

童能灵(童玺玄孙、童正心子):《冠豸山堂全集》十六卷(光绪二十三年连城童氏木活字本)、《理学疑问》四卷(光绪二十三年连城童氏木活字本,《四库全书存目丛书》子部第28册)、《周易剩义》二卷(乾隆《汀州府志》卷三十本传题《易经剩义》)、《乐律古义》二卷、《理学疑问》四卷、《洪范剩义》、《诗大小序辨》、《三礼分释》、《朱子为学考》三卷、《朱陆渊源考》、《理学疑问》四卷、《五伦说》、《中天河洛》、《河洛太极辨微》(乾隆《汀州府志》卷三十本传题《太极辨微》)、《留村家学述》、《冠豸山堂文集》三卷(同治刊本《福建通志》卷八十)、《周礼分释》数十种(民国《连城县志》卷二十《艺文志》、卷二十一本传)、《周礼分辨》、《乐律古文》、《留村家学述》(民国《连城县志》卷三十二《童寒泉墓志铭》作《家学述》)、《冠豸山堂文集》(闲味斋藏板)、《朱子为学次第考》二卷(《四库全书存目丛书》子部第28册)、《中天河洛》一卷(嘉庆刻本)、《冠豸山堂集》(《桐城文学渊源撰述考·补遗引用书目》、《清儒学案》卷六十六《翠庭学案·童先生能灵》)、《太极辨微》(《国朝全闽诗录初集》续集卷九童能灵条)

童孙灿(童能灵从子):《澹志诗草》(同治刊本《福建通志》卷八十)

童廷寅:《种梧斋诗文集》、《种梧斋唐宋八家文评选》(同治刊本《福建通志》卷八十)

童荣南(童廷寅子):《三经义贯》(民国《连城县志·文苑传》本传作《周易上述春秋三经义贯》)、《未能信斋文集》(民国《连城县志·文苑传》本传作《未能信斋诗文集》)(民国《连城县志》卷二十《艺文志》)

童世菁:《简溪诗集》(同治刊本《福建通志》卷八十)

童积超:《童氏易通》二卷、《文庙丁祭礼书》一卷、《太极西铭讲义》、《揲蓍考正》一卷、《玉屏山房诗稿》四卷(同治刊本《福建通志》卷八十)、《易通》、《太极西铭解》、《乐论》、《丁祭书》、《学庸讲义》(民国

---

① 按:民国《连城县志》卷二十一李图南传云"子能灵",下接童能灵传(原第二十四页,影印第203页),当非同一人。

② 按:民国《连城县志》卷三十二《杂录》著录雷鋐所撰《李简庵墓志铭》,云"(雍正十年)壬子十二月二十九日卒。"(原第十七页,影印第328页)时已入公元1733年。

③ 民国《福建通志》总卷四十,《福建儒行传》卷五,李梦箕传附,原第三页。

《连城县志》卷二十一本传)

童士辉:《抗言集》(民国《连城县志》卷二十《艺文志》)、《旅野则鸣集》、《冠豸山集》、《雀望集》、《抗言居集》(民国《连城县志》卷二十四《文苑传》本传、卷二十六孙童梦南传)

**谨按:**汀州府各县系童氏聚居地,以连城县为最多,直至当代,学者童庆炳(1936—2015)亦连城人。连城童氏家族,明、清两代多人传见同治刻本《汀州府志》卷三十《人物传·孝义》、卷三十一《人物传·乡行》,民国《福建通志》李氏传云"童本仕族"[①]。

童三纲,字君重。康熙间贡生。博洽,工文词,邑中碑记多出其手。从子(童)日鼎为编遗文,序之[②]。

童日鼎,童三让之子。康熙间贡生。传见同治刊本《福建通志·列传》。福建巡抚张伯行谓其言入理窟,语契道妙[③]。民国《连城县志》童日鼎本传称其"工古文辞,富著述"[④]。著有《私淑堂日录》,尝就正于张伯行[⑤]。民国《连城县志·杂录》收录童日鼎所撰《和宇公传》[⑥]。

同治刻本《汀州府志·孝义传》童永恕传:"童永恕,连城人。孝事二亲,友爱弟侄,有田、荆风。尝置义田以赡族人。罄家粟以赈一邑,八世不分居,一门仁让。子昱、孙世坚俱以儒显。"[⑦]民国《连城县志》卷二十一有童永恕、童昱、童世坚三人传。

童永恕之子童昱撰有《东皋集》。童昱,字道彰,自号东皋居士。自少研经史,能文章。从吴与弼学,悟道在动静语默间,是自宋至清连城正学传承脉络的重要学者。[⑧] 有《东皋子集》[⑨]。

童昱之子童世坚,正德间人。以文知名。从王守仁学。童世坚其学术在童氏家学与王守仁心学之间融贯,提学邵锐尝称之为阳明弟子,自称"寻乐先生"[⑩]。

童正心(1643—1710),字七其,号留村,童锡禧[⑪]之子。连城童氏至童锡禧之时已是第十六世[⑫],为崇祯、顺治间人。童能灵著《留村家学述》。略曰:"连城童氏,九传始以《礼经》起家,再传习《尚书》。由此迭传,至先君子留村府君,即博综诸经焉。"[⑬]

童正心之子、童玺玄孙童能灵(1683—1745),字龙俦,晚号寒泉。雍正间贡生。学问本乎其父童正心(留村)[⑭],与宁化雷鋐交二十余年,晚年主漳州芝山书院,著述繁富。传见同治刊本《福建通志·儒林传》,附《清史稿》卷四百八十儒林李梦箕传。同治刻本《汀州府志》本传:"博闻强记,尤精于经术、性理,立言能综罗百家,贯穿诸儒,常读书莲峰,卒业武彝。汀漳道觉罗·雅尔哈善聘为芝山书院山长,卒。"[⑮]民国《福建通志·福建儒行传》童能灵传一字龙俦,作宁化人[⑯]。童能灵嗣子童祖创。

---

① 民国《福建通志》总卷四十五,《福建列女传》卷五下,连城李氏传,原第七十页。

② 同治刊本《福建通志》卷八十,影印第1623页。

③ 同上注。

④ 民国《连城县志》卷二十二,原第十三页,影印第216页。

⑤ 同上书,卷三十二,《杂录》,李图南《童日鼎传》,原第十页,影印第325页。

⑥ 民国《连城县志》卷三十二《杂录》,原第五十二、五十三页,影印第346页。

⑦ 同治刻本《汀州府志》卷三十,影印第354页。

⑧ 徐世昌《清儒学案》卷六十六,《翠庭学案·童先生能灵》,第2567页。

⑨ 民国《连城县志》卷二十一,童昱传,原第十页,影印第196页。

⑩ 民国《连城县志》卷二十一,童世坚传,原第十页,影印第196页。

⑪ 童锡禧,字祉繁,一字建行。童氏十六世孙,童能灵祖父。童能灵撰有《先大父建行公行状》,民国《连城县志》卷三十二收录。

⑫ 民国《连城县志》卷三十二《杂录》,童能灵《先大父建行公行状》,原第二十五页,影印第332页。

⑬ 民国《连城县志》卷三十二《杂录》,童能灵《留村家学述》,原第二十三页,影印第331页。

⑭ 民国《连城县志》卷三十二《杂录》,《童寒泉墓志铭》,原第十六页,影印第328页。

⑮ 同治刻本《汀州府志》卷三十,《人物传》,影印第352页。《中国方志丛书》第75号,成文出版社1967年影印乾隆十七年修本、同治六年刻本。

⑯ 民国《福建通志》总卷四十,《福建儒行传》卷五,童能灵传,原第十页。按:民国《福建通志》汀州府连城人张鹏翼传注道光《福建通志》作张鹏翼宁化人(同书,同卷,原第八页),纠正同治刊本《福建通志》之误,而民国《福建通志》童能灵传则误书其乡贯,以为宁化人。

民国《福建通志》著录童能灵《朱子为学考》三卷，解题云:“宝应朱泽沄亦有是书，大致互相出入。”①

《国朝全闽诗录初集》续集童能灵条:“字龙侔，号寒泉，连城人。乾隆九年(1744)优贡生。有《冠豸山堂集》。”引《注韩居诗话》:“结庐冠豸山十余年，著作等身。有《周易剩义》、《洪范剩义》、《太极辨微》、《中天河洛》、《诗大小序辨》、《三礼分释》、《理学疑问》、《乐律古义》、《朱子为学考》、《朱陆渊源考》、《留村家学述》。留村，其父也。门人醵金刊梓。”②童能灵“文澹而有远致”，为侍御曹一士(谔廷)赏识③。连城谢上霁(字映川)，乾隆间诸生。“常从童能灵游。工吟咏、绘画，遗稿甚富，童积超为之编次。”④

童能灵从父童家锦，字孙织。诸生。尝手钞《李义山全集》，工妙绝伦，逼近逸少(王羲之)。行草神似董思白(董其昌)，尤工径尺书。诗学李商隐，而宕逸过之。与从侄童能灵研求易理，互有启发⑤。

乾隆《汀州府志》卷四十《艺文记》收录明代童玺《重修冠豸寨记》、《乡约亭记》，卷四十二《艺文疏》有《筑城奏疏》。据《筑城奏疏》，童玺亦连城童氏族人，官刑部江西清吏司郎中，出为知府。童玺，字信之。成化间人。系童应凰之子，童尹诚之孙。传见民国《福建通志·循吏传(明七)》卷十、民国《连城县志》卷二十一《列传》。

连城诸童氏均同族，裔孙众多。康熙四十一年壬午(1702)举人童祖望与从弟童祖尹、堂弟童祖侃、三从侄童飞熊均有文名。民国《连城县志·杂录》:“童祖望，号敬斋。康熙壬午举人。初肄业榕园，次入牛斗山，后入封弟深谷中。博极经史，所为文驰骤风雨，有‘韩潮苏海’之气。从弟祖尹，雍正(七年，1729)己酉科亚元。居恒读书，凝神屏虑，为文不轻落纸，格律严而丰骨精粹。堂弟祖侃，邑庠生。饱酣经史，说理则冰雪聪明，行文则雷霆精锐。三从侄飞熊，邑庠生。能于文坛高树一帜，那制军[那苏图，乾隆七年(1742)从两江总督任调闽浙总督，九年(1744)调两广总督]赞其驰微骋隽。以五服之亲而后先竞爽，可不谓盛欤!”⑥

童廷寅，字敬亭。乾隆五十三年戊申(1788)举人。传见同治刊本《福建通志·孝义传》。童廷寅是乾隆年间倾心唐宋八大家之文的作者，编有《种梧斋唐宋八家文评选》。

童廷寅之子童荣南，传见民国《连城县志》卷二十四《文苑传》⑦。

童孙灿，字若是，号慕陶、澹志，童能灵从子。乾隆间国学生。民国《福建通志·文苑传》:“童孙灿，字若星。连城诸生。有《澹志诗草》，陆锡熊为作序，以‘乾坤有清气，散入诗人脾’称之”。⑧ 民国《连城县志》童孙灿本传称其从叔父童能灵游，昼夜刻苦。卒年五十七⑨。

童世菁，字茂莪。乾隆间诸生。民国《连城县志》本传称其为文敏赡，有诗癖、酒癖、琴癖⑩。

民国《连城县志》卷三十二《杂录》所录《童寒泉墓志铭》后有童积超识语，称童能灵为叔祖⑪。童能灵从孙童积超，号一斋。嘉庆元年丙辰(1796)，举孝廉方正。主讲宁化诚正书院，掌教本邑豸山书院。晚年家益窘，信道益笃。传见民国《连城县志》卷二十一。

---

① 民国《福建通志》总卷二十五,《福建艺文志》卷四十二,第八页。
② 《国朝全闽诗录初集》续集卷九,《全闽诗录》第五册,第 670 页。
③ 民国《连城县志》卷三十二《杂录》,原第十九页,影印第 329 页。
④ 同治刊本《福建通志》卷八十,影印第 1624 页。
⑤ 民国《连城县志》卷二十六,童家锦传,原第二页,影印第 267 页。
⑥ 民国《连城县志》卷三十二《杂录》,原第四十四页,影印第 342 页。
⑦ 民国《连城县志》卷二十四,《文苑传》,原第四、五页,影印第 262 页。
⑧ 民国《福建通志》总卷三十九,《福建文苑传(清二)》卷八,童孙灿传,第七页。
⑨ 民国《连城县志》卷二十五,童孙灿传,原第六页,影印第 266 页。
⑩ 民国《连城县志》卷二十五,童世菁传,原第五页,影印第 265 页。
⑪ 民国《连城县志》卷三十二《杂录》,《童寒泉墓志铭》,原第十七页,影印第 328 页。

## No.329　永定卢氏家族

卢化:《乐耕堂遗稿》(同治刊本《福建通志》卷八十)

卢铨(卢化之孙):《省非诗文集》(同治刊本《福建通志》卷八十)

**谨按:**汀州府永定县卢化,字鲲浪。康熙十一年壬子(1672)举人。官繁昌知县,调永寿县。传附同治刊本《福建通志·良吏传》其孙卢铨传。卢铨,字省非。雍正五年丁未(1727)进士,知铁岭。卢铨之子卢观源,乾隆十七年壬申(1752)举人[①]。

永定县多位卢姓作家。卢英、卢奏平、卢维翰、卢复、卢殿人、卢菶、卢声抡等,当皆为卢氏族人。

同治刻本《汀州府志·乡行传》卢英传:"卢英,永定贡生。事嫡母、生母色养惟一,葬舅氏遗骸十余具,岁置田以供祭。邑令延为山长,以累年积谷供生徒膏火资,又于抚溪河涧舍田设舟以免病涉。著有《四书会参》行世。子祖禧,戊子(康熙四十七年,1708)举人。博学,善属文,教谕仙游,有贤声。"[②]

## No.330　长汀黎士弘家族

李世熊、黎有纲:《剑华合刻》(乾隆《汀州府志》卷三十九《艺文序》曾曰瑛《剑华合刻序》,系黎有纲《北楼留稿》和李世熊《抗谈斋制艺》合刻[③])

黎有纲(黎士弘叔父):《篁啸斋诗》、《北楼文稿》(乾隆《汀州府志》卷三十一本传)、《黎子遗编》(李世熊《黎子遗编序》)、《定郡檄略》(黎士弘《黎振三先生传》)

黎士弘(清代乾隆以后避讳改作黎士宏):《理信存稿》四卷(民国《福建通志·福建艺文志》存目卷二十四作三卷,民国《长汀县志》卷二十二《艺文志》疑作二卷)、《西陲闻见歌》、《仁恕斋笔记》(乾隆《汀州府志》卷三十三《文苑》题《仁恕堂笔记》一卷,光绪《托素斋诗文集》附,又昭代从书本,王水香《清代汀州客家诗歌研究》第13页作三卷,民国《长汀县志》卷二十二《艺文志》作四卷)、《托素斋集》十卷(乾隆《汀州府志》卷三十三《文苑》题《托素斋诗文集》)、《托素斋文集》六卷(王水香《清代汀州客家诗歌研究》作十卷)、《诗集》三卷(民国《长汀县志》卷二十二《艺文志》作四卷)(民国《福建通志》总卷三十四,《福建列传》卷三十三本传,第十四页)、《托素斋诗集》四卷[④](康熙间刻本、道光二十五年长汀黎氏刻本)、《托素斋诗文》(郭柏苍《竹间十日话》卷一)、《诗经手抄》(乾隆《汀州府志》卷三十九《艺文序》黎士弘《诗经手抄序》)、《礼记手抄》(乾隆《汀州府志》卷三十九《艺文序》黎士弘《礼记手抄序》)

黎士毅(黎士弘弟):《宝穑堂诗集》(同治刊本《福建通志》卷八十)

黎基远:《春秋定旨》(民国《长汀县志》卷二十二《艺文志》)

黎承忠:《葵园诗草》四卷(民国十九年铅印本,首都图书馆藏。柯愈春《清人诗文集总目提要》第1857页)

**谨按:**清初汀州府长汀县黎氏涌现数位作家,延续三代以上,以黎士弘最为著名。

---

① 民国《福建通志》总卷三十六,《福建循吏传(清一)》卷十一,卢化传,原第二十五页。

② 同治刻本《汀州府指》卷三十二,影印第371页。

③ 民国《长汀县志》卷二十二,《艺文志》,原第六页,影印第518页。

④ 李灵年等《清人别集总目》著录《托素斋诗集》六种:《托素斋诗集》一卷本,顺治十五年刊本,江西省图书馆藏;《托素斋诗集三刻》不分卷,康熙刻本,南京图书馆藏;《托素斋文集》一刻一卷二刻一卷诗集一刻一卷二刻一卷三刻一卷,康熙九年至二十八年黎氏仁恕堂家刻本,安徽师范大学图书馆藏;《托素斋诗文集》十七卷,顺治十五年刻本,中国社会科学院文学研究所藏;《托素斋文集》六卷《诗集》四卷,雍正二年黎致远等合刻本,福建省图书馆等处藏(第2392页)。

黎士弘祖父黎惠、父黎有纶(1595—1644,字懋经)以黎士弘赠官参政[①],李世熊撰有《黎懋经先生墓志铭》,见《寒支初集》卷八,附民国《长汀县志·孝友传》黎有纶传。黎士弘仲弟黎士毅,字道存。顺治十二年乙未(1655)拔贡生,入京试第一。授南昌县,迁知寿州,与兄皆以文章名。有《宝穑堂诗集》。卒年七十七。传见民国《福建通志·福建循吏传》卷十一、乾隆《汀州府志》卷三十。季弟黎士楷,由监、贡试州同,亦有文名[②]。长子黎文远(字质扶),拔贡生、康熙二十年(1681)顺天亚魁举人;次子黎翰远(字简栖),贡生;幼子黎致远(字宁先,自号抑堂门人),康熙三十五年(1696)举人、四十八年(1709)进士,授检讨,典试粤西,视学两楚,官至盛京刑部侍郎,卒年五十六;侄儿黎基远,康熙四十八年(1709)岁贡生;孙黎维星、黎维昇均康熙五十二年(1713)举人,黎维景康熙五十三年甲午(1714)举人。黎时雍,恩贡生;黎维昂,副举人;黎基远,贡生。此外,乾隆《汀州府志》记载"国朝援例"名单:黎绪远(兵马司副指挥)、黎家全(山阳县丞、通州州判)、黎恭远(瓯宁训导)[③]。自明末以来,黎氏既从戎,亦业儒,均有所成就,更以科举事业和文学创作成就为世所知。

黎有纲(1605[④]—1632[⑤]),字振三,黎有纶胞弟,黎士弘叔父。为人意气任侠,知兵能军。乾隆《汀州府志》黎有纲传:"长汀人。有文名。崇祯间流寇犯境,有纲破产募兵,郡恃无恐,当事皆式庐延礼之。著有《篁啸斋诗》、《北楼文稿》。"[⑥]另有《黎子遗编》,系其应制文,李世熊撰《黎子遗编序》[⑦]。李世熊又有《答潘湘友》,追忆三十六年前黎有纲去世,顺治二年乙酉(1645)曾遇黎氏遗孤。黎士弘撰有《黎振三先生传》,称其"耻从佔毕",而"制举之言,高华奇丽,甫脱稿,即传写遍国中,后进小生无不规模刻画,多因之以就声名",学使何万化两试汀州,皆置第一,评其文"艳如花,热如火,变幻如风云",人以为定论。黎有纲"于经史百家之言无不习,诗词传注之学无不精",与乃师李世熊齐名,称汀南二生。有《啸篁斋诗》、《楼文稿》、《定郡檄略》行世[⑧]。

黎士弘(1618—1697),乾隆朝以后避讳改作黎士宏,字愧曾。长汀人。籍汀州卫左所[⑨]。少游宁化李世熊之门,与弟黎士毅读书佛祖峰。明季为诸生,应试福州,作《兰与兰语》诗,投曾异撰,异撰语人曰:"黎生,汉、魏之苗裔也。"[⑩]顺治四年丁亥(1647),贡国子监,自是北涉大江,走青、齐、幽、燕,交一时名公,如开封府祥符周亮工(1612—1672,祖籍江西金溪)、南昌府新建徐世溥(1608—1657)、桐城方以智等,时有"汉阳李文孙,长汀黎愧曾"[⑪]之誉,才在湖广[⑫]汉阳李昌祚(1616—1667,字文孙、剑浦,号来园、过庐)之上。顺治十一年甲午(1654)举人中式,历官江西广信府推官、永新知县甘州同知、洮岷道副使等,累陕西布政司参政兼管巡道事。黎士宏传见《清史稿》卷二百八十五、同治刊本《福建通志·列传》、民国《福建通志·列传》等。

文渊阁四库全书著录黎士弘《托素斋集》十卷,《四库全书总目·〈托素斋集〉提要》:"是集诗四卷,

---

① 乾隆《汀州府志》卷二十八,《选举志》,影印第334页。

② 李世熊《黎懋经先生墓志铭》,《寒支初集》卷八,影印第279页。

③ 乾隆《汀州府志》卷二十六,《选举志》,影印第326-327页。

④ 据李世熊《黎懋经先生墓志铭》(《寒支初集》卷八,《四库禁毁书丛刊》集部第89册,影印第278页)推算。黎士弘之父黎有纶生于万历二十三年乙未(1595),卒于崇祯十七年甲申(1644),卒年五十。墓志云黎有纶年十二(1606),其弟黎有纲"生数月而孤"。按:黎士弘《仁恕堂笔记》记载其叔黎有纲"卒于壬申岁,年仅念八"(乾隆《汀州府志》卷四十五《丛谈附》转引,影印第656页),则其生年当在万历三十三年乙巳(1605)。

⑤ 《李寒支先生岁纪》:"癸酉(崇祯六年,1633),三十二岁。还自闽门,始知黎振三于去冬病故。"(《寒支二集》,影印第399页)

⑥ 乾隆《汀州府志》卷三十一,《孝义传》,影印第358页。

⑦ 李世熊《寒支初集》卷三,影印第92页。

⑧ 黎士弘《黎振三先生传》,载乾隆《汀州府志》卷四十二,影印第535-536页。按:《楼文稿》,乾隆《汀州府志》卷三十一、民国《长汀县志·孝友传》黎有纲传作《北楼文稿》。

⑨ 黎士弘《左所屯粮改抵记》,载乾隆《汀州府志》卷四十一,影印第507页。作于康熙二十六年(1687)。

⑩ 民国《福建通志》总卷三十四,《福建列传(清二)》卷三十三,第十一页。

⑪ 易宗夔《新世说》,《品藻》卷九,《清代传记丛刊》第18册影印第375-376页,引徐世溥(字巨源)语。

⑫ 按:学术界关于清代湖广布政使司分省湖南、湖北,有康熙三年(1664)说、康熙六年(1667)说、雍正初说(又有1723、1725、1729等说)诸说。请参看段伟《清代湖北、湖南两省的形成——兼论分闱与分省的关系》(载《清史研究》2009年第2期,第32-39页)。

文六卷。诗集凡四刻,文集凡三刻,盖积数年而汇为一册,故每刻各体皆备。士宏(清代避讳改,当作"弘")没后,其子文远复合而刻之。自序称'少时诗好李贺,文好王勃'。今观集中诸作,大抵多宋人末派,绝无一篇与子安、长吉相近者。盖嗜好虽笃,而才地则与之不近也。"[①]黎士弘既长寿,从嗜唐转至"多宋人末派"的风格,是清初较早的宋诗创作者;又与郡人上官周及著名宋诗作者查慎行等人交往,于其人一生的文学思想当有接近者,推动、催化黎士弘的文学思想,使之发生转变,非《四库全书总目》"嗜好虽笃"而"才地"不近之谓者。

民国《福建通志》著录《托素斋文集》,解题引陈衍《石遗室书录》云:"诗文皆卷为目录,文卷一有周亮工、潘耒、魏礼三序,卷三、卷五各有序,诗一卷一自序,卷三自序,卷四无,卷一又有周亮工及弟士毅两序。自序述豫章陈伯玑为点次篇章,选入《国雅》,且云'子诗近乃更喜宋,实则古体颇似傅青主,近体颇似袁公安。'先生为李元仲先生弟子,而散文文从字顺,与元仲不同。"[②]陈衍引陈允衡之论,评定黎士弘的诗风近傅青主(傅山)[③]和明代公安三袁。

南昌黎元宽撰《理信存稿序》:"愧曾学有本原,言语妙天下。其所制长行各体与夫有韵之文既莫不自跻大家而脍炙人口,乃初筮得理刑信州官,稍雄骏。"[④]黎士弘的诗风与其师李世熊的气质、文学创作有必然的关系。

闽县黄晋良《寄赠长汀黎愧曾宪副七十大寿》,论黎士弘文学创作云:"忆昔文律趋萎苶,鄞水渊渊表黎、李。卓然共唱古文辞,四海英雄争雁雉。振三(黎有纲)虽谢犹子(黎士弘)兴,壮发垂肩砥经史。弟兄许国旗鼓鸣,大寨旄节小专城。……议论远胜陈同甫,文章有道苏端明。"[⑤]此诗论及黎士弘的叔父黎有纲、黎士弘兄弟以及黎士弘之师李世熊的影响。黄晋良亦曾作《寄赠宁化李元仲先生八十寿》[⑥]诗对李世熊的文学创作表达过敬佩的感情。

《国朝全闽诗录初集》卷三黎士宏条引郑方坤《诗钞小传》云:"愧曾负岸异姿,童时即能读等身书,嗜声诗,又不好繁艳谐俗语。少游宁化李元仲(李世熊)之门,称入室弟子。应试三山,见曾弗人,作《兰与兰语》诗为贽。弗人大击节,且语人曰:'黎生诗,汉、魏之苗裔也。'时新建徐世溥有文名,谓:'今海内人士,惟长汀黎愧曾及汉阳李文孙(李昌祚,字文孙,一字来园,号过庐)两人而已。'而周栎园方伯谓:'黎自可单行,若比并汉阳,恐疑哙伍。'其为名公大人所倾倒若此。……著作甚富,选家谓其古文清新俊逸,未尝步武前人,而动与古会。诗格随年而变,大抵刊落陈言,清真朴老,与周栎园(周亮工)、汪舟次(汪楫)诸公后先竞爽,异于以鞶帨为工者。"[⑦]《竹间十日话》卷一所引《诗钞小传》语略同,但在"时新建徐世溥有文名"、"谓今海内"之间有"与虞山宗伯书"句[⑧],虞山即钱谦益。《国朝全闽诗录初集》续集卷二张琮条诗《送黎愧曾还闽》[⑨]。张琮,顺治间福州人。

黎士弘尝师事长汀沈士鉴。黎士弘所撰《沈未空先生诗序》:"未空先生其人伟哉?先生幼负异姿,耻为俗学,籍诸生二十年,于时艺之言莫如也。……乙酉(弘光元年,1645),伤国事多故,郁郁致病,死。先生究习当世典章,畜书七千卷,一览皆能背诵。先君常得旧钱一甕,出以试先生,先生略不经思,随手分别,即至幽僻如残唐、蜀、夏,人所不记忆者,皆为指划年代,捡本按之,百不失一,然先生

① 永瑢等《四库全书总目》卷一百八十二,影印第1645-1646页。按:同治刊本《福建通志》转引时有所节略:"是集诗四卷,文六卷。自序称少时诗好李贺,文好王勃。今观集中诸作,大抵多宋人末派,绝无一篇与子安、长吉相近者,盖嗜好虽笃,而才地则与之不近也。"(卷八十,影印第1616页)

② 民国《福建通志》总卷二十五,《福建艺文志》卷六十四,第九页,引《石遗室书录》。

③ 按:宁化黄慎《蛟湖集》,其诗乐府、五七古兀傲不群,颇似傅青主(傅山)、邝海雪(邝露)(民国《福建通志》总卷二十五,《福建艺文志》卷六十四,第二十二页),清初傅青主的诗风在福建似乎影响较大。

④ 乾隆《汀州府志》卷三十九《艺文序》,影印第435页。

⑤ 黄晋良《和敬堂全集》诗部卷九,原第十二页,《清代诗文集汇编》第54册,影印第298页。

⑥ 同上书,诗部卷五,原第四、五页,影印第263页。

⑦ 《国朝全闽诗录初集》卷三,黎士宏条,《全闽诗录》第五册,第55页。

⑧ 郭柏苍《竹间十日话》卷一,第18页。

⑨ 《国朝全闽诗录初集》续集卷二,张琮条,《全闽诗录》第五册,第508页。

神简高闲,亦不见先生数读书也。……窃私议吾邑言理学负博雅名者当奉先生尸祝,而文章意气则又予叔振三先生,有廓清之功,人不以为非也。……以予奉教于先生者久,属为点次,而又令识其一二遗事于卷端。"[①]据此序,亦可知黎士弘叔父黎有纲在本邑的文学成就。

李世熊、黎有纲师生著作合刻《剑华合刻》,汀州知府、江西南昌人曾曰瑛重刻,并撰序:"闽海故多才士,仆为童子时,耳噪宁化李元仲先生名,而其高弟子则有临汀黎君振三,每欲读二公之文而恨不一遇也。二公渊源一派,类能镂胆钩心,激吐晶采,惜生当末造,故皆奇于才而踬于遇。李公侘傺以老,晚号寒支。寒支云者,松柏之心也。黎公日依太夫人膝下,潦倒一衿,不及中寿而卒,二公虽各有传稿而曲高和寡,云门之瑟,不与人间筝篴同宫徵,遂久而弗章,并无人牙慧及之矣。尔以纂郡乘,搜采先辈遗文,于珠丝蟫屑中获二公遗文各一册,觉颎颎熊熊,不敢逼视,急呼鹤峤太史、嘉樵上舍击节读之,咸怍愕以喜,谓得见天(天启)、崇(崇祯)诸老旗帜。……痛其师若弟宗门授受,笔矫霜稜,不幸久厄巾笥……仆有守汀之责,不敢或任,为司空雷君之镵,当先驱负之。李刻旧名《抗谈集》,黎刻旧名《北楼留稿》,敬为合汇如次,颜曰《剑华合刻》,重付梓人。"[②]

魏礼所撰《黎士弘托素斋集序》:"古之为诗文者,盖有其本矣。……是故文章之盛者,则政治与盛,往往为古今名臣,姑以八家论之。……八家之中,韩文公与两文忠尤著,而苏文忠为人坦白,无矫饰,岸然见其肺肠,洵君子人也,故其文章亦然。长汀黎公愧曾以诗、文章名天下,为闽南首出。予读其文,光明俊伟,有千里浩瀚之势,而矩度不失古人,尝私拟之子瞻(苏轼);观其笔记、诸小品,亦大相类;诗则有魏、晋、四唐之遗,则似又超子瞻而出之。"[③]魏礼以黎士弘上拟苏轼,甚至以为黎士弘之诗有迈越苏轼者,未免失之溢美。潘耒《遂初堂集》有序。略曰:"文章踔厉清娇,其气充以完,其词辨以达,诗章一本性情,刊落浮华,始乃刻画,渐近自然。"[④]

黎士弘论古文,以为文之理类乎神仙家相人,必先视其骨法,骨法若不应得仙,则无论肥肠、重脑,无冀骖鸾,往往俗学浸淫,渐忘本领;又云文章一道以自立者为尊,从古无有依附他人而能声施后世者,司马(迁)之前无司马,退之(韩愈)之前无退之,而近代诸贤无不争唾抄袭《左》、《国》者为臭腐,至其所作古文词,步武欧、曾,不敢失尺寸,形骸土木,神采都无[⑤]。明末清初,闽西汀州府作家从李世熊到黎士弘,所探索的是一条别于"步武欧、曾","抄袭《左》、《国》",以"自立为尊"的闽中古文创作道路。

从更加阔大的地域背景来看,漳州府、汀州府的古文作者从黄道周(1585—1646)到门人李世熊(1602—1686),再到李世熊门人黎士弘(1618—1697),明末清初福建的诗歌和古文创作均完成转型。清人对黄道周的文学创作不敢遽断,模糊其辞:"(黄道周)古文不循《史》、《汉》、八家,诗歌不涉汉、魏、唐、宋,而博奥黝深,雕镂古健,风骨成一家矣。"[⑥]"黄文明晚出,学博才雄,浩乎莫穷其际,或骚或子,固当辟一诗宗。"[⑦]论其门人李世熊的文学创作云:"文学孙樵、刘蜕,记、序各体,多近纤仄。然如上石斋先生诸书,《拟闽督院与海上书》、《呈郭令君详免卫官书》、《回详丁方伯揭》、《答彭躬庵书》以及碑志传略诸作,皆可追孙可之、杜牧之集中之雄俊者。诗造语纤涩,似元人之学长吉,时复与黄石斋、倪鸿宝相仿佛。明末风气,大抵然也。其《检寒支集》云:'洒洒烹蔬自祭诗,骚宗雅系嗣无儿。新编突兀如《天问》,六代三唐彼一时。'此其最文从字顺者。自言其所作奇崛如《天问》,六代三唐另是一时体格,皆所不屑为也。"[⑧]其实黄道周、李世熊的文学创作都有韩愈诗文的影子,藉以变革其时文风,到李世熊

---

① 乾隆《汀州府志》卷三十九,《艺文序·沈未空先生诗集序》,影印第440页。

② 乾隆《汀州府志》卷三十九,《艺文序》,影印第448-449页。

③ 乾隆《汀州府志》卷三十九,《艺文序》,影印第445页。

④ 民国《福建通志》总卷二十五,《福建艺文志》卷六十四,第九页,引。

⑤ 民国《长汀县志》卷三十五,《杂录》,原第五、六页,影印第607-608页,转引黎士弘《复化舒(李长日)书》。

⑥ 光绪《漳州府志》卷三十一,影印第641页。

⑦ 光绪《漳州府志》卷四十八,影印第1156页。

⑧ 陈衍《石遗室诗话》卷二十四,《民国诗话丛编》第一册,第333页。按:所引李世熊诗题《检寒支集前韵》(二首)其一,见《寒支初集》卷一,首字作"置"(原三十七页,影印第42页)。此二诗在隆武二年(1645)二月《谢烈妇》诗后,丙戌《除夕》诗,当作于丙戌(1645)。

门人黎士弘之时，确然已经是宋调。

黎士弘尝预持社雅集，社九人，为释客杨、陈貌弱、杨宛怀、马眉叟、郑健、李翘英、黎尧夫、黎士毅(道存)、黎士弘(愧曾)，社外人谢怡古。黎士弘撰《持社小记》："同社中凡九人，自声律之外，僧客杨师夙有长者名，草书得东海笔法，妙绝当时，为镌印成一家书，自秦斯以下能分别流派。陈貌弱、杨宛怀皆工为小楷：陈学率更，杨学大令，又咸能低声度曲，善为愁叹，呜咽可人。吴人马眉叟精绘事，勾画一纸，凄瑟难怀。又谑笑诙谐，满其四座，郑健也。雅有棋癖，当陈貌弱角子丁丁，常漏下二鼓不置。每就一局，手势、呼声与丁影杂出，童仆梦中起立退听。家尧夫美髭须，新奉道士法，不妄语，然情艳未消，每谈色动。李翘英精悍沉挚，时至耳熟酒酣，跃跃自赏。家道存雄于酒，虽不大称门户，率常以豪气屈其座人。愧曾量不如阿弟，而疏狂自喜。此外，豫章人谢怡古虽未与坛坫，时发邮筒，征题送难。正如李卫公(李靖)闻扶余自王，遥向南面洒酒三升。又如吴、晋争霸于黄池，越人时遣尺一，谬为忠附，其意未尝不欲长江淮而跨东海，皆一时之盛。念不可以无记，而愧曾黎子为之序其略。"①

南昌黎元宽撰《理信存稿序》②，反映出福建、江西文人之间的密切交往，延续了汀州府宁化县李世熊与江西宁都易堂九子文学交流的传统。

黎士弘幼子黎致远。黎致远(1676—1731)，字宁先，号抑堂。康熙四十七年戊子(1708)春，应福建巡抚张伯行聘，居省垣修书讲学一载。康熙四十八年己丑(1709)进士，为李光地门人。授检讨，试粤西，视学两楚。累迁至大理寺卿，雍正七年己酉(1729)典试江南，授奉天府尹兼盛京刑部侍郎，卒于官③。传见乾隆《汀州府志》卷三十，附民国《福建通志・福建列传》黎士弘传。《国朝全闽诗录初集》黎致远条："字宁先，长汀人，士宏子。康熙己丑进士，官至顺天府尹。"④有诗。

黎士弘七世孙黎承忠，字献臣，号喟园、葵园。大约咸丰元年至五年间(1851—1855)生人。著有《葵园诗草》四卷，民国十九年铅印本。⑤

## No.331　归化王璞家族

**谨按：**汀州府归化县王璞兄弟系明末清初诗人。王璞，字非石，归化县柳杨里人。善绘事。能诗，与其弟王琬相唱和⑥。民国《明溪县志》王璞传："精淡墨山水，胸怀旷达。常于清风明月中与其弟琬拈韵微吟，浩然有得。……遍游武彝、虎邱诸名胜，而诗画益进。时值明季变乱，屋遭兵毁……每与邑中李子式、罗子起潜为忘形交。李子有俊才，善古文辞，而书法尤著。"⑦

## No.332　归化陈珙繁家族

陈珙繁、陈琚繁：《镇原县志》(民国《明溪县志》卷十三《艺文志》)

陈琚繁：《镇邑田事论》(同治刊本《福建通志》卷七十九)

**谨按：**归化陈珙繁，字扈茝，陈汝鹏之子。乾隆五十七年壬子(1792)举人。民国《明溪县志》陈珙繁传："天姿超迈。弱冠举于乡。廷试大挑一等。历任县尹，擢升州牧。……(宁)朔之人士著有诗词

① 黎士弘《持社小记》，载乾隆《汀州府志》卷四十一，影印第506-507页。

② 乾隆《汀州府志》卷三十九，《艺文序》，影印第435-436页。

③ 按：王英撰《铁面侍郎黎致远》(载《炎黄纵横》2017年第6期)叙黎致远"21岁中康熙己丑年(1685)进士"，雍正九年(1731)黎致远67岁云云，均存在明显的错误，不足为信。

④ 《国朝全闽诗录初集》卷十，黎致远条，《全闽诗录》第五册，第201页

⑤ 柯愈春《清人诗文集总目提要》，第1857页。

⑥ 梁桂元《闽画史稿》，第104页。

⑦ 民国《明溪县志》卷十五，王璞传，影印第757页。

诗章纪德政,繁亦自作诗记以志之,均经陕西督学使者康纶钧采风选入《镇原县志》。寻以功升知州,历任安西、灵州、静宁等州州牧,俱多善政云。"[①]同书《选举志》乾隆五十七年举人陈珙繁名下注:"号扈茝,改名溥,汝鹏之子。任甘肃镇原、合水、宁朔知县。"[②]

陈珙繁胞弟陈琚繁,字瑶碧。乾隆五十四年己酉(1789)恩科举人。民国《明溪县志・选举志》题名注:"与胞兄珙繁著有《镇原县志》。"[③]民国《明溪县志・文苑传》陈琚繁传:"天分殊高,博览十三经、子、史。尝从宁化伊墨卿(伊秉绶)游。墨卿谓其文有熊(熊伯龙)、刘(刘子壮)气象。年十九,肄业鳌峰书院。时于雯峻(字次公,金坛人)、孟瓶庵(孟超然,闽县人)、徐雨松诸名士素主文衡者咸击节其文。后受聘为宁化书院山长。喜作文,日课十余艺。……随兄珙繁之任,同修《镇原县志》,典核详博,立言有体,为不朽之业。"[④]

陈琚繁,有《喜雨诗并记》,作于嘉庆七年壬戌(1802)其兄镇原任上。民国《明溪县志》卷十三《艺文志》全录此诗,诗后有跋云:"以上诗词十首俱经陕甘学政康纶钧选登《镇原县志》,今摘录于此,亦以见陈琚繁居官时之关心民瘼焉。"[⑤]按:此跋内容与陈珙繁传相同,误为陈琚繁事迹。

归化陈氏族人为民国《明溪县志》采访者、著录者颇多,其辈分以锡、汝、繁为区分[⑥]。陈氏有陈枢繁者,字紫垣,乾隆五十一年丙午(1786)举人。九岁能文,肄业峨嵋书院,留心经学,下笔成文,诗亦敏妙。著述颇多,有《训子戒酒六箴》[⑦]。

## No.333 归化李维垣家族

李镐:《诗柄汇记》、《庄子解蒙》(同治刊本《福建通志》卷八十)、《四书体注订补》、《日勖记》、《实字说》(民国《明溪县志》卷十三《艺文志》)

**谨按:**归化李维垣家族崛起于清初,在科举和文学事业上俱有成就。

民国《明溪县志》李维垣传:"李维垣,字拱辰,号珍山。邑之杨柳里温庄人。父名光华,字白生。岁贡。为温庄李氏发启人文之始。垣生于清顺治甲午十一年,昆季六人,序居长。性敏嗜学,弱冠以第一名入泮,旋食饩,贡成均,八战棘闱,几捷而蹶者再。……子六人:次鉴、三钫、四鋮皆邑诸生;五镐,赐进士,积学立品,尤为时所推重。孙十五:涵、沛、濩、洵、沅皆庠生。曾孙六。"[⑧]

李鉴,字与参,号环溪。民国《明溪县志》李鉴传:"少颖异,博览群书,发为文词,根诸经史。早年蜚声黉序,振藻儒林。"[⑨]

李鉴胞弟李镐。雍正元年癸卯(1723)举人,乾隆二年丁巳(1737)进士。学宗朱子,主讲峨嵋书院。传见同治刊本《福建通志・文苑传》、民国《福建通志・福建儒行传》卷五。

李镐从弟李际隆,原名李锋。民国《明溪县志・轶事摭闻》李际隆条:"善属文,曾师事李镐。……游学于江西,从名师苦读三年,文思大进。"[⑩]

---

① 民国《明溪县志》卷十四,陈珙繁传,影印第617-618页。《中国方志丛书》华南地方第235号,成文出版社1975年影印民国三十二年铅印本。

② 同上书,卷六,《选举志》,影印第153页。

③ 同上书,卷六,《选举志》,影印第153页。民国《福建通志・福建艺文志》存目卷二十二著录《镇原县志》署"归化陈琚繁及弟珙繁著"。(第四页)

④ 同上书,卷十五,《文苑传》本传,影印第730页。

⑤ 民国《明溪县志》卷十三,《艺文志》,影印第555页。

⑥ 请参看民国《明溪县志》卷六《清封赠》(影印第205-206页)。

⑦ 民国《明溪县志》,卷十四,陈枢繁传,影印第695-696页。

⑧ 民国《明溪县志》卷十四,李维垣传,影印第676页。

⑨ 同上书,同卷,李鉴传,影印第687页。

⑩ 民国《明溪县志》卷十五,《轶事摭闻》李际隆条,影印第825页。

## No. 334　归化傅绍斑家族

傅绍斑:《读檀弓》一卷(同治刊本《福建通志》卷七十九)

**谨按**:归化傅绍斑,字亦书,号瓠山。乾隆四十二年丁酉(1777)顺天举人。著有《读檀弓》一卷。民国《明溪县志·轶事摭闻》傅绍斑条:"傅绍斑,城东坪埠上人。与子迪钦皆举孝廉。授徒为业,城中俊秀多出其门。钦幼惠,读书过目成诵,下笔成文,不假思索。……钦果刻苦自励,采芹后即登拔萃科,是秋联捷秋闱。……(某老者评傅绍斑之文)'文固佳,惜非其时也。若在兄弟阅卷时,定魁多士,现在趋时之文应新旧参半……先生佳构,近于古雅,恐有司无此巨眼也。'"①傅绍斑之子傅迪钦,乾隆五十四年己酉(1789)举人。

傅绍斑外孙罗联棠,字竹溆。嘉庆二十一年丙子(1816)举人。系邑中大洋窠人,为该乡举业破天荒的举人。民国《明溪县志·文苑传》罗联棠本传:"岐嶷颖异,过目不忘,经、史、子、集、百家之书靡不毕读,人号为'罗书橱'。……某制军闻其名,聘任省鳌峰书院掌教。省中名宿以举人掌教鳌峰,实破前例,互相哄然。因以考试为去留请,制军允之,乃招闽中博学多人与试,联棠非特物无不知、典无不识,且佛经、方外诸题悉能详为解答,全场为之折服。道光八年重修《福建通志》,总纂为陈寿祺,分纂为高澍然等十七人,联棠亦与焉。生平事迹颇多,其才学均为人所不可企及云。"②同书《轶事摭闻》亦有罗联棠条,述及傅绍斑嫁女时"泼墨分香"之举,傅氏生子罗联棠。"联棠聪颖绝伦,博通经籍,过目不忘。"③

## No. 335　连城杨万占家族

**谨按**:连城杨万占及其弟杨斌占,乾隆间人。均以善医著称。

民国《连城县志》杨万占兄弟传:"杨万占,字一庆;弟斌占,字一雄,皆善医。万(占)精研伤寒杂病,所诊辄愈。大兴朱文正公(朱筠)督学莅郡,患危疾,诸医束手,廪生杨登璐以言语于公,延诊,遂愈。所著医案,见解超异,版毁于兵燹。斌(占)精痳痘及喉科,皆有专著。"④

## No. 336　连城项氏家族

项上玑、项乾雄:《鉴水轩诗集》(民国《连城县志》卷二十《艺文志》、卷三十二《杂录》)

**谨按**:民国《连城县志》记载宋末项氏追随文天祥入闽,定居连城,渐成大族。《杂录》云:"项一斋,宋为泰兴令。从文信国公入闽至县属王城,以孙托王姓,承转托于温坊之温姓,即项四六郎公也。后经元、明二代之蕃衍,至清乾嘉间,人口最盛,将达千户。"⑤

同书记载项上玑事迹:"项上玑,文坊人。邑庠生。生而颖异,高雅拔俗,文亦如之。如《兴丁赋》有序,建义塚、设义仓有序,立小宗,修家谱,多出其手。通阴阳地理之学,与侄乾雄著有《鉴水轩诗集》。"⑥

---

① 民国《明溪县志》卷十五,《轶事摭闻》傅绍斑条,影印第826-827页。
② 同上书,卷十五,《文苑传》罗联棠传,影印第731-732页。
③ 同上书,卷十五,《轶事摭闻》罗联棠条,影印第830页。
④ 民国《连城县志》卷二十六,杨万占传,原第三页,影印第267页。
⑤ 民国《连城县志》卷三十二,《杂录》,原第六十一页,影印第350页。
⑥ 民国《连城县志》卷三十二,《杂录》,原第六十二页,影印第351页。

## No.337　长汀胡国模家族

胡国模:《拈花微笑斋诗话》若干卷、诗文数千首(民国《长汀县志》卷二十二《艺文志》)

**谨按:**长汀胡国模与其兄胡国梁尝同游于寓居江宁(今南京)的著名诗人袁枚门下。胡国模,号云鹤、秋水,江宁盐道胡纯基第六子。民国《长汀县志·文苑传》胡国模传:"十六补邑庠,随官金陵,授业师皆一时知名士。与其兄国梁久游随园(袁枚)之门,故其诗皆抒写性灵,无烦藻绘。中年以饥躯浪游,足迹半天下,晚乃寄寓赣州。……卒后,所著诗文数千首、《拈花微笑斋诗话》若干卷皆散佚。"①

## No.338　长汀胡、段家族

胡德惺:《四书启奥》、《春秋摘要》、《松原诗草》(民国《长汀县志》卷二十二《艺文志》)

段廷燮:《枫香阁稿》(民国《长汀县志》卷二十二《艺文志》。同书卷二十五《文苑传》本传题《枫香阁诗稿》)

**谨按:**长汀胡德惺之孙胡翘椿,胡翘椿之子胡俨,胡俨之女适段氏,生段廷燮。

胡德惺,字熙叔,号森青。民国《长汀县志·文苑传》胡德惺传:"少读书,不屑口耳。学为文,峻洁超脱,吐弃一切。初心慕董华亭(董其昌),既乃纵观诸家,自标心得。督学范公光奇其文,拔郡庠第一,旋食饩,屡试皆冠军。督学周公学健得其牍,深加叹赏,且语之曰:'文太好了!'意欲其降格以从时也,卒以是不售。屡困棘闱,澹如也。……年仅五十三。……识者谓其文饶有蒙、庄之飞动,诗则间有子瞻(苏轼)之滑稽,而清真洒落,拟以香山(白居易)、放翁(陆游),不啻神似。以孙翘椿仕,赠如其官。"②按:周学健于雍正十三年至乾隆四年(1735—1739)简放福建学政,回京任翰林院侍读学士,乾隆八年(1743)升福建巡抚,十年(1745)去闽③,故知胡德惺系雍正、乾隆间人。

胡翘椿,字龄兹,号浴鹤。乾隆二十五年庚辰(1760)举人。累官贵州同知。卒年七十九。其子胡俨,号捧我、荔生。嘉庆十三年戊辰(1808)举人,二十二年丁丑(1817)成进士。官广东知县。胡翘椿、胡俨父子传均见民国《长汀县志》卷二十三《列传》。

段廷燮(1851—1873),字翠山,长汀县陈屋村人。父段福邦,举人,娶胡俨之女。胡氏通经史,深于文翰,以礼自持。传见民国《长汀县志》卷三十四《列女传》。段廷燮少孤,母督教成人。民国《长汀县志》本传:"年十二,遍读诸经,以默写十三经进庠,益自淬励。文名噪一时,尤工诗赋,诗宗晚唐。同治癸酉(十二年,1873),以第一人选拔,未省试而卒,年二十有三。"④

## No.339　上杭莫氏家族

莫洲:《易经三礼春秋左传句音韵辨讹》、《荻芦山房诗钞》十二卷(民国《上杭县志》卷二十三《艺文志》)

莫树椿(莫洲之子):《师竹堂集》(民国《福建通志》总卷三十六,《福建循吏传》卷十二,莫树椿本

---

① 民国《长汀县志》卷二十五,《文苑传》胡国模传,原第五页,影印第540页。

② 民国《长汀县志》卷二十五,《文苑传》本传,原第四、五页,影印第540页。

③ 同治刊本《福建通志》卷一百七,影印第2044、2043页。

④ 民国《长汀县志》卷二十五,《文苑传》本传,原第八页,影印第542页。

传)、《师竹堂文集》十四卷[1](道光二十三年癸卯刻本,疑即《师竹堂集》)、《不朽录》(民国《上杭县志》卷二十三《艺文志》)

**谨按:**上杭莫但存,莫树椿曾祖,岁贡生。莫大振,莫树椿祖父。乾隆九年甲子(1744)武举人。官浙江衢州卫,升山西抚标中军守备。居官清廉,立品端正,公余吟诗临帖,同僚皆称"老先生"。莫洲,莫树椿之父[2],邑诸生。学使朱珪督学汀州府,拔置第一,与张腾蛟、温谦山等八人同送鳌峰书院肄业,有"闽南八士"之目。其集《芦荻山房诗钞》十二卷刻于嘉庆二十五年(1820),侄莫树蕃序。

莫树椿,字峻垣,号翘南。家筑古香书屋。嘉庆二十五年庚辰(1820)成进士,改选庶吉士。道光三年(1823)散馆,授山东临邑知县。道光九年(1829),丁母忧,遂归,不复出。郡守聘主龙山书院,邑令迭请主讲琴冈,雅意栽培人才。所著《师竹堂集》,中有《师竹堂文集》十四卷。咸丰四年甲寅(1854)重游泮水。卒后,祀乡贤祠。曾孙莫锟撰莫树椿行述[3],刊《不朽录》部分[4]。

莫树椿之子莫嫌,官两淮板浦场大使。

上杭莫氏另一支为莫但存之子、莫大振之兄莫天香后裔,亦多仕宦。

## No. 340　永定巫应秋家族

巫应秋:《桂苑四书讲义》(同治刊本《福建通志》卷八十)

**谨按:**汀州府永定县巫应秋家族以科举知名,自其子巫维咸登进士第至其孙两人两入馆阁,巫氏家族的科举和文学事业在乾隆、嘉庆间的汀州府极为耀目。

巫应秋,字桂苑。乾隆间贡生。著有《桂苑四书讲义》。子六:第三子巫维咸,系乾隆四十五年庚子(1780)举人,官新郑知县。第五子巫绳咸,系嘉庆三年戊午(1798)举人,十三年戊辰(1808)登进士第,官赣榆知县。

巫应秋诸子中以巫少白一支最为显达。巫少白,字宾莲,号虚轩。乾隆四十四年己亥(1779)举人。历任河南知县、通判。嘉庆十八年癸酉(1813)官永城,丁内艰,遂不出。子四:长子巫宜福,系乾隆六十年乙卯(1795)举人、嘉庆二十四年己卯(1819)进士,官翰林院编修;次子巫宜耀,廪贡生,候选训导;三子巫宜禊,系嘉庆二十一年丙子(1816)举人、二十二年丁丑(1817)进士,改选庶吉士,改礼部主事[5]。

## No. 341　汀州杨少山家族(未明年代,姑系于此)

**谨按:**汀州诸生杨少山之妹杨佩英及妻郑氏均能诗,《避暑钞》著录二人事迹。杨佩英传见民国《福建通志》总卷四十五《福建列女传》卷六,郑氏附传。

---

① 柯愈春《清人诗文集总目提要》著录《师竹堂文集》十四卷、《补遗》一卷,道光二十八年刻本(第1048页);李灵年等《清人别集总目》又著录《师竹堂文集》五卷,清刻本,福建省图书馆藏(第1735页)。

② 按:民国《福建通志》莫树椿传直迻钞自莫锟所撰其曾祖莫树椿行述,无所变更称谓,故造成传主世系、称谓混乱,称莫大振、莫洲为莫树椿太高祖、高祖者(民国《福建通志·福建循吏传》卷十二莫树椿传,原第七十一页),系莫锟尊称其祖上,而莫大振、莫洲实乃莫树椿祖、父。

③ 民国《福建通志》总卷三十六,《福建循吏传(清二)》卷十二,莫树椿传,原第七十一、七十二页。

④ 民国《上杭县志》卷二十三,《艺文志》,原第三十七页,影印第304页。

⑤ 民国《福建通志》总卷三十六,《福建循吏传(清二)》卷十二,巫少白传,原第四十七、四十九页。

# 第六节 漳州府、延平府、建宁府、福宁府、永春州、龙岩州文学家族考

## 漳州府

### No.342 龙溪陈里家族

**谨按:**龙溪陈里女兄及妻蔡氏俱能诗,传见民国《福建通志·福建列女传》:"蔡氏,陈里妻。少能诗。里有女兄溥娘亦能诗,多唱和。夫卒,家贫,依姑以生。姑卒,终丧,遂投缳死,溥娘亦以节终。"[①]此传在顺治六年(1649)遇害的节妇严氏传后,蔡氏、陈溥娘当是顺治、康熙间人。蔡氏传重出,一见民国《福建通志·福建列女传》卷六,蔡氏、陈里俱龙溪人,《闽川闺秀诗续话》载其事迹[②]。

### No.343 漳浦侯世潅家族

侯世潅:《椒园诗》(同治刊本《福建通志》卷七十四)

侯烜(侯世潅孙):《趋庭集》(同治刊本《福建通志》卷七十四)

**谨按:**漳浦侯世潅,字晋水。籍龙溪。明崇祯十五年壬午(1642)举人。入清,官泾川令。

侯世潅之孙侯烜,字薇卿。籍漳浦。顺治间神童。同治刊本《福建通志·(漳浦县)经籍志》著录其《趋庭集》,注云:"魏惟度(魏宪)云烜早慧以诗名,从乃祖晋水先生令泾江,舟过鄱阳,望庐山,有'云飞洞口过还往,泉汇波心泻又倾'句,为时叹赏。"[③]《国朝全闽诗录初集》续集侯烜条下:"魏惟度(魏宪)云:薇卿早慧,以诗名。从乃祖晋水先生令泾江,舟过鄱阳,望庐山,有'云飞洞口过还住,泉汇波心泻又倾'之句,极为同时所叹赏。"[④]选诗二首。

### No.344 海澄郑亦邹家族

郑亦邹:《明季遂志录》十卷、《黄忠端公年谱》二卷、《白麓藏书》(民国《福建通志·文苑传》本传称《白麓藏书》十数种)、《白麓诗文钞》十卷、《郑居仲诗文集》、《乐府》一卷、《明遗民录》、《明余行国录》、《明季辨误》、《江闽事略》(同治刊本《福建通志》卷七十四《(诏安县)经籍志》)、《白麓文抄》五卷(旧抄本。一名《明季遂志录传论》)(《福建地方文献及闽人著述综录》第81页)、《国姓爷郑成功传》二卷(民国《福建通志》总卷二十五,《福建艺文志》卷二十三)、《白麓文钞》五卷(清钞本,福建省图书馆藏。柯愈春《清人诗文集总目提要》第465页)

**谨按:**郑亦邹,字居仲,号白麓。同治刊本《福建通志》著录其著作时作诏安人,本海澄人。康熙三十二年癸酉(1693)举人,四十五年丙戌(1706)进士。授内阁中书,旋乞假归里,授徒著书。从郑亦邹

① 民国《福建通志》总卷四十五,《福建列女传》卷五下,蔡氏传,原第三十八页。

② 民国《福建通志》总卷四十五,《福建列女传》卷六,蔡氏传,原第四十三页。

③ 同治刊本《福建通志》卷七十四,影印第1543页。

④ 《国朝全闽诗录初集》续集卷三,《全闽诗录》第五册,第516页。

的著述情况来看,郑亦邹是一个专考明季史事的学者。

民国《福建通志》郑亦邹本传:“郑亦邹,字居仲,海澄人。父之惠,顺治十三年(1656)举人。知山东。……亦邹幼颖敏,十岁能诗文,十三补县诸生,长博览群籍。闻宁都魏禧善古文,赍粮往谒。既举于乡,第康熙四十五年进士,执政荐其才,授内阁中书,与何焯、汪份、吴士玉、方苞交。苞许其所著书兼蔚宗(范晔)、承祚(陈寿)之长,(吴)士玉亦称其诗才、史学肩唐踵汉,又言闽中同年称‘二郑’,谓亦邹及侯官郑任鑰也。亦邹澹于仕进,未几乞假归,结庐白云洞之麓,倡南屏文社,学者远至。仪封张伯行抚闽,聘为书院学正,深敬礼之。亦邹荐同邑耆儒詹明章于伯行,见漳浦蔡世远,折辈行为友。尝致书戴盼,谓‘君有高弟庄亨阳、吴开叶,吾门有陈先登、郭成郭及从子溥皆后来英彦,宜加护惜’。康熙间,张伯行荐亦邹入纂修馆,未赴而卒。”[①]从魏禧到郑亦邹再到其从子郑溥、门人郭成郭和郑亦邹友人漳浦蔡世远构成闽中古文的传承脉络,是对从李光地到蔡新到蔡世远这一条古文传承脉络主线的添附。

郑亦邹与同里蔡日光齐名,称“蔡经郑史”。蔡日光,字于章。康熙三十三年甲戌(1694)进士。精于经学,著有《周易传义》。

郑亦邹从子郑溥,附民国《福建通志·福建文苑传》郑亦邹传:“溥字百泉。为人雅饬而博学多才,自经史以至方书、地理靡不精究,工诗及书画。海澄籍。雍正癸卯(1723)进士,授泉州府教授,卒于官。”[②]门人郭成郭慕归有光,作为古文,风格精邃淳古。

## No. 345 龙溪袁庭家族

袁庭:《舍南集》、《推袁集》、《拱戟集》(同治刊本《福建通志》卷七十四)

袁田:《初游草》(同治刊本《福建通志》卷七十四)

**谨按**:龙溪袁庭,字子楚。同治刊本《福建通志》著录袁庭著作,谓其所著《舍南集》多变徵之音;其后所著《推袁集》,不离慷慨本色;晚著《拱戟集》一变而为冲和恬适,得风人深趣[③]。

袁庭之弟袁田,字畊野。以诗名。

## No. 346 龙溪李赞元家族

李赞元:《出门吟》(同治刊本《福建通志》卷七十四《(龙溪县)经籍志》)、《悔斋诗集》、《文集钞》、《遁园草》、《怡老编》(同治刊本《福建通志》卷七十四《(平和县)经籍志》)、《师白堂集》十卷(柯愈春《清人诗文集总目提要》第91页)

**谨按**:龙溪李赞元,字匡侯,又字素园、悔斋。康熙初,累官参议。尝放游闽、越、燕、齐,胜水奇山靡不周历[④],晚年寓居金陵。李赞元的著作又见录于同治刊本《福建通志》平和县《经籍志》[⑤]。

李赞元之子李孚良,字右起。康熙间布衣。《国朝全闽诗录初集》续集有李孚良小传及选诗,引邓孝威云:“素园(李赞元)先生急流勇退,早解河北之绶,寓居白下,惟事啸咏登临。令嗣右起(李孚良)

---

① 民国《福建通志》总卷三十九,《福建文苑传(清一)》卷七,郑亦邹传,第二十六页。

② 同上注。

③ 同治刊本《福建通志》卷七十四,影印第1537页。

④ 同治刊本《福建通志》卷七十四,影印第1538页。

⑤ 同治刊本《福建通志》卷七十四,影印第1548页。

日相随于杖履笔砚间，其诗高雅妍丽，固堪继美。”[①]选其诗《江上追送六卿叔不及》。

柯愈春《清人诗文集总目提要》著录《师白堂集》十卷，系李赞元康熙间陆续刻成诸集合称。包括《山门吟》、《悔斋诗集》、《又新集》、《怡老篇》、《纪年稿》、《集外录》、《遁园文集》、《遁园草》、《远门吟》、《出门吟》十种，各一卷。[②]

## No.347　龙溪昌天锦家族

王柏(修)、昌天锦(纂)：《平和县志》十二卷(康熙五十八年修，光绪十五年刻本)
昌锡晋：《榜村集》、《北征集》(同治刊本《福建通志》卷七十四)

**谨按**：龙溪昌天锦，系康熙五十年辛卯(1711)举人。康熙五十四年乙未(1715)成进士，籍漳浦。

昌天锦之弟昌锡晋，字耀西。乾隆三十三年戊子(1768)举人。“为古文词，有法度。诗清隽，得唐人风度。”[③]

## No.348　长泰两戴氏妻

诸耀霜(戴钾妻)：《冰心集》六卷(民国《福建通志》总卷四十五，《福建列女传》卷六，诸耀霜本传)
刘氏(戴达妻)：《希行刘氏稿》(民国《福建通志》总卷四十五，《福建列女传》卷六，诸耀霜传附)

**谨按**：长泰戴氏在明代即为望族，请参看《明代福建文学结聚与文化研究》第二六八“长泰戴昫家族”条。长泰戴氏均同宗。

诸耀霜、刘氏均适长泰戴氏。民国《福建通志》：“诸耀霜，长泰人戴钾妻。著有《冰心集》六卷。其《别妹》云：‘相逢无一话，别后有千思。’《金陵道中》云：‘对酒客谈桃叶渡，题诗人羡凤凰台。’《春日遣怀》云：‘穿林明月花三径，隔岸青山水一湾。’皆警句。同邑刘氏，戴达妻。著有《希行刘氏稿》。其咏腊梅云：‘寿阳近日嫌脂粉，洗尽宫装学道妆。’”[④]

## No.349　漳浦陈祗受兄弟

陈祗受：《挹翠亭诗草》(同治刊本《福建通志》卷七十四)
陈垂：《拄颊诗草》(同治刊本《福建通志》卷七十四)

**谨按**：漳浦陈祗受，顺治间诸生。著有《挹翠亭诗草》。

陈祗受之弟陈垂，字次和。顺治十六年己亥(1659)特赐进士。传见同治刊本《福建通志・良吏传》。

## No.350　漳浦蓝氏家族

蓝鼎元：《修史试草》二卷、《潮州府志》、《鹿洲公案》二卷、《平台纪略》一卷、《东征集》六卷、《棉(按：刻本如此)阳学准》五卷、《女学》六卷、《鹿洲初集》二十卷(同治刊本《福建通志》卷七十四)、《绵阳

---

① 《国朝全闽诗录初集》续集卷七，李孚良条，《全闽诗录》第五册，第619页。
② 柯愈春《清人诗文集总目提要》，第91页。
③ 同治刊本《福建通志》卷七十四，影印第1538页。
④ 民国《福建通志》总卷四十五，《福建列女传》卷六，诸耀霜传，原第三十五页。

学准》五卷(雍正十年刻《鹿洲全集》本)、《鹿洲公案》一卷、《修史试笔》六卷(《国朝全闽诗录初集》卷十二蓝鼎元条引郑杰《注韩居诗话》)、《鹿洲奏疏》一卷(民国《福建通志》总卷二十五,《福建艺文志》卷二十二)、《修史试笔》二卷(《清儒学案》卷六十《梁村学案·蓝先生鼎元》作六卷)(民国《福建通志》总卷二十五,《福建艺文志》卷二十三)、《鹿洲文集》三十二篇(《台湾文献丛刊》第17种)、《鹿洲文录》三卷(国朝文录初编本)、(修)《潮州府志》(民国《福建通志》总卷三十四,《福建列传》卷三十六,蓝鼎元本传)、《潮州海防记》一卷、《边省苗蛮事宜论》一卷(小方壶斋舆地丛抄本)、《鹿洲全集》四十三卷(民国《福建通志》总卷二十五,《福建艺文志》卷七十六。含《初集》二十卷、《平台纪略》一卷、《东征集》六卷、《鹿洲公案》二卷、《修史试笔》二卷、《绵阳学准》五卷、《女学》六卷、《鹿洲奏议》一卷)

蓝应元(蓝鼎元族弟):《古萝诗文集》(同治刊本《福建通志》卷七十四、《国朝全闽诗录初集》续集卷十蓝应元条)

**谨按**:漳浦蓝氏家族世居漳浦县官塘,今聚居漳浦县赤岭、湖西两乡。蓝氏先世世习海事,多将才,称"世习海事,为将率有功"[①]。独蓝鼎元祖父蓝继善改业儒,以积学闻。蓝继善,字逸淑,号逸叟。本名初蕙。居邹湖墘里,迁长溪山中,涉趣行吟,卒年九十四。蓝继善博通经史及天文、地理诸书,其族父(叔父)蓝紫涛巡按三楚,初蕙预言其不返[②]。蓝鼎元之父蓝斌,字郁人,号文庵,蓝继山仲子。九岁通六经、《史记》、《左氏传》,以能文见称。比长,益刻励理学、经济、诸子百家以及天文地理、礼乐、律历、韬黔、行阵、奇门、星卜,诸书靡不讲究,欲以措诸世用。为县诸生,为总督姚启圣所重,早卒[③]。蓝氏因此形成"文经武纬"[④]的发展格局。

蓝鼎元(1680—1733),字玉霖、任庵,号鹿洲,蓝斌之子。蓝鼎元十岁而孤。鄞县陈汝咸出知漳浦,集绅士,为讲经之会,月课制艺、诗歌、古文辞。蓝鼎元既喜经济之学,又好古文辞,请业论难,所学大进。又为学使沈涵、巡抚张伯行赏识。康熙六十年辛丑(1721),族兄蓝廷珍以南澳总兵统师平台,要与偕行。雍正元年(1723)拔贡。六年(1728),大学士朱轼荐引朝廷,授普宁知县。十一年(1733),署广州府知府,甫任一月而卒,年五十四。子蓝云锦等六人。[⑤] 传见《碑传集》卷一百、《文献证存录》卷五。

蓝鼎元一生多历省内外幕政,为幕宾。康熙四十二年(1703),入福建学政沈涵幕;四十六年至四十八年(1707—1709)入福建巡抚张伯行幕;六十年(1721),佐族兄蓝廷珍幕,平朱一贵叛乱;雍正十年(1732),入广东总督鄂弥达幕。

蔡世远以为蓝鼎元"开拓心胸,推倒豪杰,陈同甫一流人物也"[⑥]。生平具经世之才,雅意著述,风云月露不以染其笔端,见忠孝节义必纪之。有《论台湾事宜书》、《论南洋事宜书》、《福建全省总图说》、《粤夷论》、《潮州海防图说》等,传称其见识远出南宋刘过、陈亮、明代唐顺之上。

民国《福建通志》著录其《鹿洲初集》二十卷,引旷敏本序。略曰:"鹿洲经济之儒,文章之匠也。其志存乎世道人心,其心系乎生民社稷。刊有道之碑,殉阵骂贼必录也;表《柏舟》之节,投环刲股必录也。形势之要害,士马之强弱,必纪之;海洋之情状,蛮徼之咽喉,必纪之。"[⑦]引《四库全书总目》称其未免掇拾陈言,其文间有轻薄谑詈之失,尤为所养不纯所致,然文笔条畅,多切事理,在近人文集之中犹

① 民国《福建通志》总卷三十四,《福建列传(清五)》卷三十六,蓝鼎元传,第十六页。

② 民国《福建通志》总卷四十三,《福建高士传》卷五,蓝继善传,原第一、二页。

③ 同上注。

④ 今漳浦赤岭乡石椅村蓝氏种玉堂祖祠大门楹联下联句中四字。全联为:"由镇海而分枝木本水源思先德,卜长溪以衍派文经武纬振后昆"。

⑤ 民国《福建通志》总卷三十四,《福建列传(清五)》卷三十六,蓝鼎元传,原第十六至二十一页。

⑥ 同上书,同卷,第二十一页。

⑦ 按:同治刊本《福建通志》著录蓝鼎元《鹿洲初集》二十卷,引《四库全书总目》:"集为其友旷敏本所编。鼎元喜讲学问,尤喜讲经济,于时事最为留心。"(同治刊本《福建通志》卷七十四,影印第1544页)

可谓有实际者。复引蔡世远《二希堂文集》云:"鹿洲负不羁之才,语经济必曰诸葛武侯,言文章必曰韩吏部,以振古人豪自命。"[①]故知蓝鼎元古文推重韩愈。

蓝鼎元能诗。《国朝全闽诗录初集》蓝鼎元条:"字玉霖,一字任庵,号鹿洲,漳浦人。雍正癸卯(元年,1723)优贡生。官至广州知府。""《注韩居诗话》:……及长,佐族兄南澳总兵廷珍幕。康熙六[②]年,台湾朱一贵倡乱,全郡俱陷。……雍正六年(1728)冬,以相国朱高安荐,授普宁令,兼摄潮阳。……后制府鄂西林知其冤,延入幕中。年余,具折昭雪引见,授广州守。抵任逾月而殁。所著《鹿洲初集》二十卷、《女学》六卷、《东征集》六卷、《平台纪略》一卷、《绵阳学准》五卷、《鹿洲公案》一卷[③]、《修史试笔》六卷,俱付梓行世。"[④]

蓝鼎元母许氏,通载籍,娴吟咏。年十四之后,绝不复吟。蓝斌卒后,许氏督教蓝鼎元兄弟,讲授诗书[⑤]。蓝鼎元六子。

蓝鼎元与族兄蓝廷珍(1664—1730[⑥])均系蓝理族孙。蓝理,字义甫,号义山。次弟蓝瑗,四弟蓝珠,族子蓝草茵等,俱以军功见用。蓝理子六:长子蓝国英,岁贡生;三子蓝国庭,副贡生,以军功候选同知;四子蓝国定,岁贡生。见民国《福建通志·福建列传》卷三十五蓝理本传。

蓝廷珍远奔二千里渡海至舟山,自请入蓝理戎幕,以军功发迹。事详见民国《福建通志·福建列传》卷三十五蓝廷珍传[⑦]。蓝鼎元尝佐蓝廷珍军幕、鄂西林(鄂尔泰,西林觉罗氏)幕。蓝廷珍传见《清史稿》卷二百八十四,附蓝鼎元事迹,蓝鼎元传又见《清史稿》卷四百七十七。

蓝鼎元族弟蓝应元,字资仲、古萝。乾隆二十五年庚辰(1760)进士。改庶吉士,授编修。官至礼部侍郎。传见民国《福建通志·福建列传》卷三十七。传称其"嗜书,通文艺,经史子集靡不究览,凡奏折、文移、书札往来皆操笔立就,不假他手"。[⑧]《国朝全闽诗录初集》续集蓝应元条:"字资仲,号春圃,漳浦人。乾隆二十五年庚辰(1760)进士,官翰林院庶吉士。有《古萝诗文集》。"[⑨]选其诗《题榕林别墅图》(第684页)。关于"榕林别墅"诗题,《国朝全闽诗录初集》续集所选诗尚有龙溪人廖飞鹏《过榕林别墅次石壁原韵》(续集卷十,第681页)、南靖人许清奇《过榕林别墅》(续集卷九,第677页)及同安人林应震《题黄叶庵别墅》(续集卷九,第665页)等。按:"榕林别墅"在同安县凤凰山,黄日纪筑,漳浦蔡新题匾。

蓝廷珍之孙蓝元枚(1735—1786),字卜臣,号苌溪。初袭轻车都尉,乾隆五十一年(1786)官至福建陆路提督,调水师。往台湾镇压林爽文之乱,病逝于军中,年五十二。

## No.351　长泰杨魁植家族

杨魁植:《九经图》(同治刊本《福建通志》卷七十四)

杨文源:《根黄集》(同治刊本《福建通志》卷七十四)

**谨按:**长泰杨魁植,字辉斗。著有《九经图》。

---

① 民国《福建通志》总卷二十五,《福建艺文志》卷六十五,第二、三页。

② 按:同治刊本《福建通志》著录《东征集》引《四库书目提要》称平定朱一贵乱在康熙六十年辛丑(1721),故脱一"十"字(卷七十四,影印第1514页)。《四库全书总目》著录《平台纪》十一卷附《东征集》六卷,谓:"是编纪康熙辛丑平定台湾逆寇朱一贵始末"云云(卷四十九,史部纪事本末类存目,影印第444页)。

③ 按:民国《福建通志·福建列传》卷三十六蓝鼎元传作二卷(第二十一页),是。

④ 《国朝全闽诗录初集》卷十二,蓝鼎元条,《全闽诗录》第五册,第250-251页。

⑤ 民国《福建通志》总卷四十五,《福建列女传》卷一,许氏传,原第十七页。

⑥ 按:蓝廷珍卒于雍正七年己酉(1729)仲冬二十七日(民国《福建通志·福建列传》卷三十五传,第二十七页),时已入1730年。

⑦ 民国《福建通志》总卷三十四,《福建列传(清四)》卷三十五,第二十四页。

⑧ 民国《福建通志》总卷三十四,《福建列传(清六)》卷三十七,蓝元枚传,第四十二页。

⑨ 《国朝全闽诗录初集》续集卷十,蓝应元条,《全闽诗录》第五册,第684页。

杨魁植之子杨文源，字泽汪。著有《根黄集》。

## No.352　龙溪黄可润家族

黄可润：《无极县志》、《宣化府志》、《口北三厅志》、《畿辅见闻录》、《黄泽夫诗文集》(同治刊本《福建通志》卷七十四)、《壶溪文集》八卷(稿本，福建省图书馆藏)、《壶溪文集初稿》不分卷(清钞本，福建省图书馆藏)(柯愈春《清人诗文集总目提要》第617页)

黄宽：《黄济夫诗文集》(同治刊本《福建通志》卷七十四)、《选亭诗集》一卷[①](清钞本，上海图书馆藏。柯愈春《清人诗文集总目提要》第664页)

**谨按：**黄可润，字泽夫。漳州府龙溪人。曾祖黄恢甲、祖父黄淑允(避讳作淑孕)、父黄文扬皆以孝谨闻。黄可润(？—1764)系乾隆四年己未(1739)进士，官满城、无极、大城、宣化知县。乾隆二十八年迁知湖北黄州，改知河间府，卒于官。弟黄可丰(振夫)，监生；黄可泰，监生，官知州。从弟黄宽，字济夫，号选亭。乾隆六年辛酉(1741)举人，十三年戊辰(1748)进士。官知县，引疾归，主郧山书院[②]。

陈庆镛撰《龙溪黄君墓志铭》，为黄宗源作。黄宗源(1760—1827)，字学易，号逸圃，黄可润之子，黄文扬之孙，黄淑孕曾孙。兄弟七人，序四。略曰："比长，锐志为学。补弟子员，不屑为科举文。数上秋闱，报罢。乃力求用世之学，教于乡。暇时与都人士剧谈风雅，能诗能史能画能书能棋能琴。……为子延师，不惜费。授经而外，课文课赋，不名一家，故其子之承之也，亦诗亦史亦画亦书亦棋亦琴，人咸谓'弓冶之子，世为箕裘'。……子天球，嘉庆癸酉科拔贡，户部七品小京官；开荣，广东试用县丞。其婿嘉兴沈则可，江苏候补知县。"[③]又为黄宗源之配郑氏作《龙溪黄母郑氏墓志铭》。

陈庆镛又尝撰《东莞县丞黄君墓碣铭》，为乡试同年黄开鼎之父黄宗鹰作。黄宗源、黄宗鹰系同祖父兄弟。黄宗鹰(　—1825)，字学冠，号直斋，江南道监察御史黄史照第四子，黄文扬之孙，黄淑孕曾孙。兄弟六人，娶泉州府安溪李复发之女，子黄开鼎、黄开治、黄开勋三人。略曰："世居闽龙溪。以读书起其家。……禀承家训，初攻举业，力于学，与昆季优荐某、选拔某并有文名。入监，应京兆试，荐而复黜，乃援例为县丞，分发粤东。……前后仕粤二十年，卓有政声。……子三：长开鼎，道光壬午科举人，顺天宁河县知县；次开治，广东县丞；三开勋。"[④]

## No.353　漳州陈维邦家族(未明年代，姑系于此)

**谨按：**陈维邦，字于庆，号云庄山人。家居四壁，诗画自怡，善人物花鸟，尤工写照。其子陈少逸，字少和。亦能诗画，书宗松雪[⑤]。

# 延平府

## No.354　南平林就日家族

林就日：《春秋胡传删补》、《春秋讲义》、《元祐党人碑赞》、《太极图解》(同治刊本《福建通志》卷七

---

① 李灵年等《清人别集总目》题《巽亭先生诗集》一卷，清钞本，福建省图书馆藏(第1996页)。

② 民国《福建通志》总卷三十六，《福建循吏传(清二)》卷十二，黄可润传，原第十八页。

③ 陈庆镛《籀经堂类稿》卷二十二，《清代诗文集汇编》第587册，影印第653页。

④ 同上书，卷二十一，影印第649-650页。

⑤ 民国《福建通志》总卷四十四，《福建艺术传》卷二，陈维邦传，原第十二页。

十五)

林钟:《哦松集》、《归园集》、《拙庵纪事》(同治刊本《福建通志》卷七十五)

林昌麟:《易经纂要》、《书经纂要》、《诗经庭训》、《礼记考古纂要》、《春秋庭训》、《孝经麟旨秘拟》、《四书庭训》、《四书融会解》、《性理纂要》、《医学纂要》、《自娱集》(同治刊本《福建通志》卷七十五)

**谨按:**南平县林就日,顺治初诸生。同治刊本《福建通志》著录林就日之孙林昌麟《春秋庭训》,注云:"昌麟祖就日、父钟皆治《春秋》。"[①]

林就日之子林钟。顺治五年戊子(1648)拔贡生。传见同治刊本《福建通志·良吏传》。

林钟之子林昌麟,字尼臣。康熙间诸生。传附同治刊本《福建通志·良吏传》林钟传。

## No. 355 永安杨郁林家族

杨郁林:《续鹤林玉露》、《慧业堂集》、《泽癯阁诗》、《雨航草》(同治刊本《福建通志》卷七十五)

**谨按:**永安杨郁林,字文仲。顺治初贡生。民国《福建通志·文苑传》杨郁林传:"性嗜古,博极群书,能诗词。晚筑别业于北郊,曰'笠园'。俯瞰江喷,著述其上。子凤瑞,字于冈,贡生。亦喜吟咏。"[②]

## No. 356 南平县施中家族

施中:《望岁庄集》(同治刊本《福建通志》卷七十五)、《田间施先生诗》(民国《福建通志》总卷二十五,《福建艺文志》卷六十四)

施开治:《自怡集》(同治刊本《福建通志》卷七十五)

**谨按:**施中,字田间。南平人。顺治间诸生。与将乐余思复(1614—1693)齐名。传见同治刊本《福建通志·孝义传》。其子施开治,字晚林,亦知名士。父子皆享高年[③]。同治刊本《福建通志》著录施中《望岁庄集》,引黄晋良所作引。略曰:"延平高士施子雯倩与予为道义交。别面十载,暮春寄诗云……六月十一日果至,相与留连晨夕,因得读其《望岁庄》全诗,孤高绝俗,当澂荔液盈斗以滋其隽永,非世俗之所知也。"[④]知施中一字雯倩。民国《福建通志》著录施中《田间施先生诗》,引萧正模序。略曰:"由延津西上二百里,有江村曰吉田,故明侍御九峰胡先生实生其地,所传《黯淡滩》、《猿洞》、《西芹》诸作皆近世诗人所罕,后百余年而其里人田间施先生殆欲驾而上之。"[⑤]

施开治系康熙间诸生。"诗文奇宕,有乃父风。"[⑥]

## No. 357 将乐吴以敏家族

(明)萧来凤:《演宗问答》、《雅歌集》(《闽中理学渊源考》卷八十四)

(明)吴以敏:《书经琬炎》、《正修演宗》(同治刊本《福建通志》卷七十五)

---

① 同治刊本《福建通志》卷七十五,影印第1553页。

② 民国《福建通志》总卷三十九,《福建文苑传(清一)》卷七,第五页。

③ 民国《福建通志》总卷四十三,《福建高士传》卷五,施中传,原第一页。

④ 同治刊本《福建通志》卷七十五,影印第1552页。

⑤ 民国《福建通志》总卷二十五,《福建艺文志》卷六十四,第八页。

⑥ 同治刊本《福建通志》卷七十五,影印第1553页。

吴殿龄(吴以敏之子):《尚书广注庭训》(同治刊本《福建通志》卷二百三十九《文苑传》吴殿龄本传引府志一作《尚书广义庭训》)、《顺治延平府志》(同治刊本《福建通志》卷七十五)

**谨按:**将乐吴以敏,郡庠生。父客死广东,随母鞠养于外祖萧来凤家。萧来凤系江西丰城李材门人,以理学名家,吴以敏受其学。传见同治刊本《福建通志·忠节传》[①]。

吴以敏之子吴殿龄,字梦九。康熙间人。邑廪生。以经学名。吴殿龄能诗、古文,与余思复、萧正模、车耆善等交好。同治刊本《福建通志·文苑传》将乐人萧正模传:"正模少从同邑廖腾煃学,与郡人余思复、施中、邓拔萃、吴日彩、吴殿龄、车耆善,以诗、古文辞相切劘。诗不喜齐梁体,文则力学归有光。"[②]

## No. 358　将乐廖腾煃家族

廖腾煃:《海阳纪略》二卷、《三大公案》、《秋水亭偶订》、《晨钟群纂》、《寿世鸿篇》、《慎修堂诗集》八卷(康熙四十五年将乐廖氏刻本。民国《福建通志·福建艺文志》卷六十四引萧正模《萧深谷文集》作《浴云楼诗》)、《浴云楼诗稿》(同治刊本《福建通志》卷七十五)、《廖莲山稿》(卢前《八股文小史》)、《慎修堂诗稿》[③](《清代诗文集珍本丛刊》影印清钞本)、《浴云楼诗》一卷(魏宪《皇清百名家诗》本,国家图书馆藏。李灵年等《清人别集总目》第2363页)

廖长龄:《兵垣疏草》、《西园集》(一作《白云楼集》)(同治刊本《福建通志》卷七十五)

廖其义:《春霖话异》二十八卷、《待删诗草》八卷、《骈体文》二卷、《词》一卷(民国《福建通志·福建艺文志》卷七十一作《廖其义词》一卷)(同治刊本《福建通志》卷七十五)

**谨按:**同治刊本《福建通志》著录清代将乐廖氏祖孙三人的著作。廖腾煃,字占五,一字莲山。康熙八年己酉(1669)举人。二十六年丁卯(1687)选江南休宁知县,累官户部右侍郎。卒年七十六。《国朝全闽诗录初集》廖腾煃条下引林从直(白云)之说,作卒年七十七[④]。传见同治刊本《福建通志》卷二百三十一[⑤]。其《海阳纪略》二卷,有汪晋徵、查昇二序。《国朝全闽诗录初集》廖腾煃条:"字占五,号莲山,将乐人。康熙己酉举人。历官丰田府尹、左副都御史、户部右侍郎。"[⑥]萧正模以为其师之诗弘音亮节,无寒瘦卑靡之习[⑦]。《四库全书总目》以为其服官颇著清节,诗则尚未成家[⑧],当时诸家之间的评价颇有不同。

廖腾煃之子廖长龄,字维庚,一字西缠。康熙三十三年甲戌(1694)进士。累官广东粮驿道,兼摄南韶道。年羹尧欲以女妻之,辞不从。传附同治刊本《福建通志》廖腾煃传。同治刊本《福建通志》著录其著作,小字注:"字维庚。康熙甲戌(三十三年,1694)进士。官终广东粮驿道。附父腾煃列传。"注《西园集》:"一作《白云楼集》。"[⑨]《国朝全闽诗录初集》续集廖长龄条:"字西缠,将乐人。"[⑩]

---

① 同治刊本《福建通志》卷二百十六,吴以敏传,影印第3971页。

② 同治刊本《福建通志》卷二百三十九,影印第4323页。

③ 柯愈春《清人诗文集总目提要》著录此集,题《慎修堂诗集》八卷,康熙五十五年刻本,云《贩书偶记续编》著录;国家图书馆藏钞本四册,不署撰者(第282页)。

④ 《国朝全闽诗录初集》卷七,廖腾煃条,《全闽诗录》第五册,第132页。

⑤ 同治刊本《福建通志》卷二百三十一,廖腾煃传,影印第4202页。

⑥ 《国朝全闽诗录初集》卷七,廖腾煃条,《全闽诗录》第五册,第132页。

⑦ 民国《福建通志》总卷二十五,《福建艺文志》卷六十四,第十三页。

⑧ 永瑢等《四库全书总目》卷一百八十三,《〈慎修堂诗集〉提要》,影印第1656页。

⑨ 同治刊本《福建通志》卷七十五,影印第1556页。按:法式善《清秘述闻》卷十四作"维赓"(《清秘述闻三种》上册,第414页)。

⑩ 《国朝全闽诗录初集》续集卷四,《全闽诗录》第五册,第562页。

廖腾煃之孙廖其乂,字若时。邑诸生。先世藏书甚富,锐意搜罗,老而不倦①。著作颇富,诗、文、词均有所结撰。入《闽诗选》。

延平府将乐县的文学创作实绩主要表现在顺治、康熙间,一时以萧正模为中心,涌现郡(邑)人廖腾煃祖孙、余思复、施中、邓拔萃、吴日彩、吴殿龄、车奢奎等作者。在顺、康之后,从乾隆到同治刊本《福建通志》所著录经籍的时间截止(1736—1835),100年间,为同治刊本《福建通志》所著录者寥寥可数,与清代康熙之后福建政治平稳、士人复归本籍并向省垣福州聚集,形成一府独大的局势相符。同治刊本《福建通志》著录建宁府崇安县的经籍,自乾隆三十年乙酉(1765)拔贡范思敬《方雅堂文集》后,至嘉庆中,数十年无经籍为所著录,也反映了同样的趋势和时代背景境迁之后文化及文学创作的现象。

## No.359 沙县王殿家族

(明)王殿:《王训导遗集》(同治刊本《福建通志》卷七十五)、《和庵诗集》(民国《沙县志》)

王嗣坦:(与苏之琨合辑)《洞天岩志》、《琴谱》(同治刊本《福建通志》卷七十五)

**谨按:**沙县王殿,明崇祯九年丙子(1636)岁贡生。

王殿之子王嗣坦,字孺安。年近九旬卒。传见同治刊本《福建通志·孝义传》②,其父王殿附见。

## No.360 南平卢家元家族

卢家元:《学庸五经集疑》、《畏垒集疑》(民国《福建通志》总卷三十六,《福建循吏传》卷十二,卢家元传)

**谨按:**南平卢家元(?—1835),字世美,号畏垒。兄弟四人,三人均力田。壮年未娶,游省会,寄食族人经商者。乾隆四十四年己亥(1779)举于乡,出朱珪门下。六十年乙卯(1795)以大挑分发湖北试用知县。官黄安、云梦、来凤、利川、遂安知县,补宜昌分府。生平以名臣自许,以上万言书言事夺职,谪戍乌鲁木齐。道光十三年(1833)蒙赦,升知府。致仕归,主讲龙溪、建瓯书院,十五年(1835)卒。

卢家元之配魏氏,通经史,亦工文艺。子勉卿,前卒。二孙怿、瑞麒均郡诸生,皆魏氏躬自督教③。

# 建宁府

## No.361 瓯宁谢宏钟家族

谢宏钟:《□斋集》、《偶游草》(同治刊本《福建通志》卷七十六)

谢元铨:《康熙建宁府志》四十八卷、《□今是园集》(同治刊本《福建通志》卷七十六)

**谨按:**瓯宁谢宏钟,字闲生。顺治间贡生。官宁洋、归化训导,终晋江教谕。

谢宏钟之弟谢元铨,字传公。顺治十五年戊戌(1658)进士。

① 同治刊本《福建通志》卷七十五,影印第1556页,引《闽诗选》。

② 同治刊本《福建通志》卷七十五,影印第4416页。

③ 民国《福建通志》总卷三十六,《福建循吏传(清二)》卷十二,卢家元传,原第五十四、五十五页。

## No.362　建阳徐起鸿家族

徐起鸿:《易经解》、《见界总星图》、《周天星图》(同治刊本《福建通志》卷七十七)
徐文炳:《吟云阁诗草》(同治刊本《福建通志》卷七十七)

**谨按:**建阳徐起鸿,字为仪。康熙间贡生。官宁德训导。

徐起鸿之孙徐文炳,字大文。康熙间贡生。官渑池知县。

## No.363　建安、建阳朱氏家族

建安朱秀:《蕊春堂诗草》(同治刊本《福建通志》卷七十六)
建阳朱玉:《朱子文集大全类编》一百一十卷(同治刊本《福建通志》卷七十七)
建阳朱世润:《朱子年谱》六卷(同治刊本《福建通志》卷七十七)
建阳朱世泽:《考亭志》(同治刊本《福建通志》卷七十七)

**谨按:**南宋理学家朱熹的裔孙散布在福建闽北、闽西北各府县及其祖籍婺源县(按:婺源县,明代属南直隶徽州府,清代属安徽省徽州府,今属江西省)等地。

《清代硃卷集成》收录同治十二年(1873)癸酉科福建乡试第一百三名举人朱紫佩的履历及乡试硃卷。据《清代硃卷集成》朱紫佩履历,本支情况如下:婺源始祖、茶院公朱环,始祖妣杜氏;八世入闽祖、韦斋公朱松,妣祝氏;九世祖、晦翁公朱熹,妣刘氏;十世支祖、敬之公朱在,妣赵氏、吕氏、方氏;廿一世翠帷支祖朱钺,字妹一,居尤溪,妣刘氏;廿二世祖朱瀛(字贵士),妣邹氏;廿三世朱凤梧,妣郑氏;廿四世祖朱煌(字应富),妣廖氏;太高祖朱乾璿(字玉衡,号衡庵),康熙间由尤溪迁建州,妣吕氏;太高叔祖朱燀(字应龙);高祖朱上鉉(号莹庵),妣李氏;高伯叔祖朱上镳、朱上锦、朱上铭、朱上钰(进士)、朱上钟、朱上銮;曾祖朱国清(号起亭),妣陆氏;胞曾叔祖朱国淮、朱国洸、朱国淇,曾堂伯叔祖朱国演、朱国海、朱国汉(字廷楷)、朱国治、朱国溙(字藜然)、朱国淳、朱国泗、朱国濠;祖父朱正懋(号美邨),妣谢氏;胞叔祖朱正梅,堂伯叔祖朱正椟、朱正棠、朱正杰、朱正椿、朱正楦、朱正枢、朱正桐、朱正榜、朱正榕、朱正槐、朱正模、朱正枫、朱正楫、朱正梓、朱正霖;父朱世煃(号思斋),母邓氏;胞伯朱世炤、朱世烨、朱世炜、朱世焯,从堂伯叔朱世勋等十八人;(廿九世)朱紫佩(1843—?),字崇增,号雨樵,娶侯氏,继娶郑氏(系郑起澜曾孙女,郑乡材孙女,郑之翼次女,郑驯嫡堂妹);胞弟朱崇坤(名紫玉,号韫石)、朱崇墣(名紫泮,号芹溪),嫡堂弟朱崇城等三人,从堂兄弟朱崇基等六人;子侄朱尚铨等六人。世居芝城兴仁坊[①]。知朱紫佩本支自其太高祖迁建州之后,历六世,族繁指多。朱氏族人在建安县地位颇高,或业儒,或授武职,出仕为低级职官。

建安朱秀,字蕊春,朱熹十九世孙[②]。乾隆九年甲子(1744)举人,与朱仕琇同年。

建阳朱玉,字石中,朱熹十六世孙[③]。编著《朱子文集大全类编》一百一十卷。

建阳朱世润,系朱熹十八世孙。袭翰林院五经博士。著有《朱子年谱》六卷。朱世润之弟朱世泽,著有《考亭志》。

当代著名学者朱杰人系朱熹第二十九世孙,"于朱子学领域有功独多"[④]。

---

① 《清代硃卷集成》第三三八册,朱紫佩履历,影印第 87-96 页。
② 同治刊本《福建通志》卷七十六,影印第 1569 页。
③ 同治刊本《福建通志》卷七十七,影印第 1585 页,引《四库全书总目》。
④ 陈才《〈朱子诗经学考论〉后记》。《朱子诗经学考论》,华东师范大学出版社 2020 年版。

## No.364 浦城孙振豪家族

孙振豪:《赓籁集》(同治刊本《福建通志》卷七十八)

孙景韩:《喷墨轩学吟草》(同治刊本《福建通志》卷七十八)

**谨按:**浦城孙振豪,字汝西。乾隆十八年癸酉(1753)举人,官邵武县学教谕。传见同治刊本《福建通志·文苑传》。《国朝全闽诗录初集》续集孙振豪条引张甄陶云:"君诗浑雄雅丽,于闽派不忘其祖。"①《赌棋山庄词话》卷四"孙振豪词"条②。《闽词征》卷四有传及词。

孙振豪之女孙若孟,适贡生毛廷枚。著有《诗稿》一卷③。

孙振豪之子孙景韩,乾隆间诸生。孙景韩娶瓯宁郑天锦次女、女诗人郑佩玟,有女孙兰如,母女均能诗④。孙兰如,未嫁而卒。其十岁时所作送春诗,情见乎词。为《补萝山馆诗话》所推许⑤。

## No.365 浦城朱秉鉴家族

朱秉鉴:《周易释疑》、《周礼详解》、《荟萃录》、《柘浦摭闻》二卷、《柘浦文钞》、《柘浦诗钞》、《茹古堂文集》、《诗集》四卷、《吴梅村诗注》(同治刊本《福建通志》卷七十八)、《茹古堂文稿》(卢前《八股文小史》)、(合纂)《嘉庆浦城县志》四十卷、《柘浦诗文钞》(民国《福建通志》总卷三十九,《福建文苑传》卷八本传)、《茹古堂集》十四卷(道光五年刻本,北京大学图书馆藏。柯愈春《清人诗文集总目提要》第941页)

朱秉铭:《绿筠堂菊花诗集》四卷(同治刊本《福建通志》卷七十八。民国《福建通志·福建艺文志》卷六十六作二卷)、《焚余草》一卷(民国《福建通志》总卷二十五,《福建艺文志》卷六十六)、《雪龛制义》(卢前《八股文小史》)

**谨按:**浦城朱秉鉴(鹿坪)、朱秉铭(雪龛)兄弟著述甚夥。民国《福建通志·文苑传》朱秉鉴本传:"朱秉鉴,字清如。浦城人。幼颖异,好读书,敦行谊。第乾隆丁未(五十二年,1787)进士,以亲老不乐仕进。治古文词。《浦城旧志》六十余年未修,秉鉴与祖之望商榷付梓,订讹补缺,厥功为多。复搜罗先辈诗文之散佚者,景为一篇,曰《柘浦诗文钞》。既终养,请改教职,选福宁府学教授。未半岁,引疾归。"⑥朱秉鉴《茹古堂集》十四卷,其子朱贺编,道光五年刻本。此集文十卷、诗四卷。⑦

朱秉鉴弟朱秉铭,字缄三,号雪龛。嘉庆六年辛酉(1801)举人。"中年失明,性爱菊花,凡得花二百七十余品,扪叶闻香即辨其种,各系以诗。"⑧道光二十四年(1844),陈庆镛作《朱雪龛绿筠堂菊花诗序》,称朱秉铭《绿筠堂菊花诗》二册⑨。

---

① 《国朝全闽诗录初集》续集卷十,孙振豪条,《全闽诗录》第五册,第681页。

② 谢章铤《赌棋山庄词话》卷四,刘荣平《赌棋山庄词话校注》,第104页。

③ 民国《福建通志》总卷四十五,《福建列女传》卷六,孙若孟传,原第二十三页。

④ 民国《福建通志》总卷四十五,《福建列女传》卷六,郑徽柔传附郑佩玟传,原第二十二页。

⑤ 民国《福建通志》总卷四十五,《福建列女传》卷六,孙兰如传,原第三十四页。

⑥ 民国《福建通志》总卷三十九,《福建文苑传(清二)》卷八,朱秉鉴传,第十四页。

⑦ 柯愈春《清人诗文集总目提要》,第941页。

⑧ 同治刊本《福建通志》卷七十八,影印第1597页。

⑨ 陈庆镛《籀经堂类稿》卷十一,《清代诗文集汇编》第587册,影印第540页。

## No.366　浦城吴伯景家族

吴伯景:《琵琶谱》一卷、(祖之望纂)《琵琶谱系》一卷(民国《福建通志》总卷四十四,《福建艺术传》卷二,吴伯景本传)

祖之望(吴伯景妹婿):《节制纪闻》、《管窥略》、《乳训逸名录》、《迩言录》、《洞神录》、《长语漫录》、《金凤子》、《皆山草堂诗钞》十二卷(嘉庆十七年留香室刻本)、《文钞》十二卷、《祖氏遗编》十卷(同治刊本《福建通志》卷七十八)、《舫斋小言》、《青凤子》、《皆山草堂文钞》、《诗钞》凡若干卷、(增修)《嘉庆浦城县志》四十卷、(辑)《柘浦文钞》、《诗钞》、(刊)祖无择文集、(订)杨亿等人遗书十余种(民国《福建通志》总卷三十四,《福建列传》卷三十七,祖之望本传)、《三尺须知录》(陈寿祺《左海文集》卷九《皇清诰授光禄大夫刑部尚书祖公墓志铭》)、《琵琶谱系》(梁章钜《退庵诗存》卷三《题琵琶谱系后为吴君仰作》诗及题注)

祖之望等:《嘉庆浦城县志》四十卷(同治刊本《福建通志》卷七十八)

**谨按:**浦城吴伯景,初名焕文,字君仰,号墨涛。鄙举业,不事,去而学诗、画,习骑射,尤精音律。以善琵琶名,大江以南无敌手。嘉庆间卒。长子吴统,号懒仙。工琴,亦善琵琶,以书画噪名吴越间[①]。梁章钜《退庵诗存》卷三诗《题琵琶谱系后为吴君仰作》。梁章钜《退庵文存》有《吴式丹传》。据此传,吴式丹(世熹)系祖之望舅父。吴氏原籍江右,至吴式丹之父吴维容方卜居浦城,再至吴式丹之身而为邑中巨富之室。[②]

吴伯景妹婿祖之望(1755—1814),一作望之,字载璜、子久,号舫斋、青凤子[③]。祖之望系祖伊曾孙、祖德洽孙、祖率英次子。乾隆四十二年丁酉(1777)举人,四十三年戊戌(1778)联捷成进士。选庶吉士,散馆改刑部主事。累官至湖北巡抚、刑部尚书。子祖琼林、祖桂林,婿祝春熙等。陈寿祺撰《皇清诰授光禄大夫刑部尚书祖公墓志铭》。门人梁章钜。梁章钜登进士第后主讲浦城南浦书院,晚年留滞、定居浦城,亦与其师祖之望有着重要的关系。

同治刊本《福建通志》著录其《皆山草堂诗钞》十二卷,解题云:"是集刊于嘉庆壬申(十七年,1812)。卷一为《小华草》,卷二、卷三、卷四为《小华续草》,卷五为《汾晋草》,卷六为《鄂渚草》,卷七、卷八为《北归草》,卷九为《南归草》,卷十为《湘草》,卷十一为《鹊华小草》,卷十二为《矢音草》。"又著录所辑《祖氏遗编》十卷,解题云:"是编录祖氏诗文,附以类事。卷一至卷六为著述,卷七至卷九为赠遗,卷十则附以传志及阕亡焉。"又著录祖之望等所纂的《嘉庆浦城县志》四十卷,解题云:"(祖)之望序。略曰:'……嘉庆乙丑(十年,1805)冬告养归里,谋之黄明府恬。与梁仪部章钜(门人)、朱进士秉鉴共成厥事。汇为四十卷。'"[④]按:梁章钜主浦城县南浦书院,嘉庆十四年(1809)襄其师祖之望修志之举,后于道光二十二年(1842)正月引疾开缺,寓居浦城四年(1842—1846),筑北东园[⑤]。浦城知县黄恬,号兰皋。进士朱秉鉴,字清如。

## No.367　建阳游艺家族

游艺:《历象成书》、《奇门超接》、《万法归宗》、《天经或问前集》一卷、《天经或问后集》(同治刊本

① 民国《福建通志》总卷四十四,《福建艺术传》卷三,吴伯景传,原第二页。

② 梁章钜《退庵文存》,《清代诗文集汇编》第515册,影印第362页。

③ 李灵年等《清人别集总目》,第1682页。

④ 同治刊本《福建通志》卷七十八,影印第1597页。

⑤ 蔡莹涓《梁章钜家世与生平推考》,《厦门广播电视大学学报》2009年第4期,第86页。

《福建通志》卷七十七)、《天经或问》前集四卷、后集无卷数(民国《福建通志》总卷四十四,《福建艺术传》卷三,游艺本传)、《诗法入门》(民国《福建通志》总卷二十五,《福建艺文志》存目卷四十五)

黄淑窕(游艺妻):《墨庵楼试草》一卷[①](福建师范大学图书馆藏郑丽生春檗斋钞本。黄惠《墨庵楼试草序》、《黄任年表》)

**谨按:**建宁府建阳人游艺,字子六。与揭暄友善。著有《天经或问》四卷、后集等[②]。卢美松以及《黄任年表》均作永泰秀才[③]。同治刊本《福建通志》著录游艺著作,注作建宁府建阳人[④],是。游艺传又见同治刊本《福建通志·文苑传》、民国《福建通志·艺术传》。游艺子游鹏程,女游合珍。游合珍适邵武训导余位躬(号辑庭)[⑤]。按:乾隆三十六年辛卯(1771)科福建举人有游艺者,同年余位躬。

永福著名诗人黄任长女黄淑窕(1705—1772),字姒洲,小字兰。民国《福建通志·福建列女传》黄任妻庄氏传:"其二女,长淑窕字姒洲,次淑畹字纫佩,皆擅诗名。淑窕更工绘事,适诸生游艺。……淑窕有女(游)合珍,亦能诗。"[⑥]

## 福宁府

### No. 368 福宁府王锳家族

王锳:《怡情小草》(同治刊本《福建通志》卷八十一)

**谨按:**王锳,字声公。康熙间诸生。幼谙音韵,长通经史,尤工诗,与从兄王镕、王銮倡和不倦,年八十卒[⑦]。

### No. 369 宁德张国铎家族

张国铎、张国锳:《花萼联吟》(同治刊本《福建通志》卷八十一)

张国铎:《秋园八咏》(同治刊本《福建通志》卷八十一)

**谨按:**福宁府张国铎,字亦韵,宁德贡生。慕陶征君为人,性喜菊。每花时,与兄国铎吟成菊谱。[⑧]《花萼联吟》即其昆弟同撰著者。

### No. 370 福鼎王孙恭家族

王孙恭:《寄草庐集》、《无聊集》、《无聊二集》、《熊山学吼》、《星溪集》、《丹诏集》、《榕荫书屋集》(同治刊本《福建通志》卷八十一)、《乳香集》、(纂)《政和县志》、(纂)《太姥山续志》(王世昌《海邦师范——王孙恭》)

---

① 柯愈春《清人诗文集总目提要》著录此集,不分卷,春檗斋钞本,福建省图书馆藏(第597页)。黄淑窕生卒年从柯氏说。

② 民国《福建通志》总卷四十四,《福建艺术传》卷三,游艺传,原第七页。

③ 卢美松《松轩诗话》,第28页;《黄任年表》,《黄任集》第563-564页。

④ 同治刊本《福建通志》卷七十七,影印第1584页。

⑤ 卢美松《松轩诗话》,第28页。

⑥ 民国《福建通志》总卷四十五,《福建列女传》卷六,庄氏传,原第二十页。

⑦ 同治刊本《福建通志》卷八十一,影印第1632页。

⑧ 同治刊本《福建通志》卷八十一,影印第1632页。

王锡聆:《春秋三家经文同异考》(同治刊本《福建通志》卷八十一)

**谨按:**福宁府福鼎县王孙恭,字敬相,一字恪亭。其先世自福清迁籍福鼎,家秦屿。乾隆二十五年庚辰(1760)举人。二十八年(1763)以大挑二等授政和训导,迁福州府教授,监理鳌峰书院。

王孙恭之弟王家宾,字悦相、雨岩。由拔贡举乾隆四十五年庚子(1780)顺天乡试。试四库馆誊录。笃于友谊,经纪同县夏鼎奎、王天镐、宁德周应元、闽县闵鹏元之丧,活同年生张纲于狂易之疾。迁长芦通判,卒于官①。

王孙恭之子王锡龄,原名永龄。旁通堪舆、六壬之学。乾隆五十一年丙午(1786)举人。梁章钜诗友②。传见同治刊本《福建通志·文苑传》。王绍言,乾隆五十四年己酉(1789)举人。官海澄县学训导。

## No.371　福安陈绰家族

陈绰:《周易录疑》、《四书录疑》三十九卷(同治刊本《福建通志》卷八十一)

**谨按:**福安县陈绰,字文裕。康熙间拔贡生。其所著《周易录疑》,"每条之下多有标湜附二字。湜字亦徵,绰之子也"。③

## No.372　宁德崔氏家族

(明)崔世召:《华盖山志》八卷、《支提山志》、《秋谷集》二卷、《半吃窝集》四卷、《问月楼稿》四卷、《连啸》一卷、《湖隐草》二卷、《腋斋遗稿》、《湖心亭别集》(同治刊本《福建通志》)

崔秉镜:《勺园集》、《洗心堂集》(同治刊本《福建通志》卷八十一)

崔嵸:《宁德支提寺图志》(福建省地图出版社1988年版)、《畊秋诗》一卷、《竺庵集》、《瑶光集》、《洞庭秋集》、《衡庐合咏》、《西庄集》(同治刊本《福建通志》卷八十一)、《续宁德县志》(同治刊本《福建通志》卷二百三十九崔嵸本传)、《月楼诗》、《蟾台集》(黄晋良《中秋崔五竺寄示月楼诗蟾台集兼惠香鱼值病重不能答岁杪稍起奉报此诗》,《和敬堂全集》诗部卷十四,《清代诗文集汇编》第54册,影印第335页)

崔衍湄:《啸谷草》(同治刊本《福建通志》卷八十一)

陈海嵩(崔嵸外甥女):《幽窗草》十九首(民国《福建通志》总卷四十五,《福建列女传》卷六,陈海嵩本传)

**谨按:**自明代以来,宁德县崔氏代有作者。在宁德蕉城,明清两代崔氏与彭、陈、林、左并为五大望族。明代宁德作家崔世召(1567—1639)是清代词人崔挺新的先祖。崔世召与其九世孙崔挺新之间相隔时代较远,约300年。

崔世召,字霍霞,号秋谷、西叟。系万历三十七年己酉(1609)福建举人,晚明著名作家。著述多种。朱彝尊《静志居诗话》有传。其诗为晋安派风格,锻炼工巧,在唐大历、贞元之间,异于竟陵派,文擅苏、柳,时称矫矫。

---

① 民国《福建通志》总卷三十六,《福建循吏传(清二)》卷十二,王孙恭传,原第三十三、三十四页。

② 梁章钜《退庵诗存》卷二《京居过夏感旧怀人以先后知交略为诠次得诗二十首》其十八《王虚谷孝廉锡龄》。

③ 同治刊本《福建通志》卷八十一,影印第1633页,引《四库全书总目》。

崔世召之子崔嵸,字殿生,号五竺(一作五竹[①])。生于明末,顺治间乡贡,兴化府教授。为云间陈继儒诗弟子,与陈函辉、黄晋良等诗人交善。好古文词,工诗赋。同治刊本《福建通志·文苑传》、郑方坤《全闽诗话》有传。民国《福建通志·文苑传》崔嵸本传:"崔嵸,字殿生,号五竹《县志》作竺。宁德人。……名列云间社十八才子中。同时陈继儒、夏允彝皆心折焉。寒山陈函辉见而奇之,为赋《惊崔篇》。顺治八年旧《选举志》作顺治十六年岁贡,以贡生北上,所至题咏。尝修《宁德续志》若干卷。子衍湄,字星野。克承家学,工吟咏。时同里续修县志者黄美中,字麟伊,以岁贡生选福州府训导,权教授。持躬端重,造就多士。"[②]谢章铤《赌棋山庄集》诗集卷一有诗《阅宁德县志杂感》及之。

崔嵸师从侯官诗人郑翡。郑翡,字羽人,号静庵。有《毅远堂诗》二卷。顺治间贡生。官建宁训导。《国朝全闽诗录初集》郑翡条引《注韩居诗话》论云:"毅远诗手自删削,仅存百余篇。及门崔嵸序其集,称欲学夫子诗教而未能。余细阅数过,微妙处恐不能知,不敢多录。"[③]

同治刊本《福建通志》著录崔嵸著作,引《榕城诗话》:"嵸十三能诗。自号西竺村童。古诗摹长吉,近体尤纤微憔瘁。"[④]按:《国朝全闽诗录初集》卷五崔嵸条引《榕阴诗话》:"殿生十三能诗,自号西竺村童。古诗摹形长吉。"[⑤]《榕阴诗话》疑为《榕城诗话》之误。选其诗《僧楼晚同戴而玄坐雨》。黄晋良《寄复老竺(即五竺)》:"老兄所示近作,奇气瀇瀇灝灝,精光常透出纸背。""所遗憾者章法颇觉稠叠。""抑扬一体,颇逊《南华》之纵送耳。"[⑥]黄晋良又有《闻崔五竺博士讣诗以哭之》[⑦]、《题五竺小像》[⑧]等诗。

陈仕玲《蕉堞纪闻》:"刺史有子五,昆、仑、峣、岑、嵸。以嵸最著诗名。嵸,字殿生,号五竺,名列云间社十八才子。陈眉公、陈卧子、夏彝仲皆心折之。后虽仕清,念念不忘前明恩典礼制。"[⑨]

崔嵸诗友众多。《竹间十日话》记漳州府漳浦诗人赵潜事迹云:"(赵潜)顺治初廪生,初寓福州。其时天启辛酉(元年,1621),举人长乐陈肇曾、宁德崔嵸俱居省会,潜与往来唱和。晚寄居云间,以诗交诸名宿。"[⑩]赵潜,一名炎,字双白,号蕁客。同治刊本《福建通志》著录赵潜《冷瓯堂集》,注云:"魏惟度(福清魏宪)云:'双白侨寓云间,以诗鸣。董苍水俞(董俞,选辑《高言集》)赠以长歌,有"□□孟郊、贾岛今不死,风流吐纳千余年"句,其人其诗可想见矣。'"[⑪]《国朝全闽诗录初集》卷一收录此四句诗。《国朝全闽诗录初集》卷一赵潜条下:"吴星若云:双百诗字字警拔,句句苍秀,造中唐人妙境。""《注韩居诗话》:双百诗力追少陵,神似而非貌似。董苍水拟以孟、贾,吴星若目以中唐,均未尽其妙也。"[⑫]有诗题《初秋同施则威(施鸿)魏惟度(魏宪)徐松之(徐崧)许九日(许旭)周釜山(周茂源)吴六益(吴懋谦)张研铭刘栎夫沈彦彻董榕庵集且庵斋用工部波漂菰米沉云黑露冷莲房坠粉红句为韵分得菰字》[⑬],诗题中的这些诗人确实是当时名宿。又有《陈昌箕(陈肇曾)先生过访有赠奉酬四律》诗,诗有"榕社同星散,回思各黯然"句[⑭],据此知赵潜、崔嵸等人在福州结榕社,时在明末。按:施鸿,字则威,邵武人,《国朝全闽诗录初集》续集卷三有传。董含,字阆石,号榕庵,华亭董其昌之孙。赵潜还与吴伟业等明

---

① 同治刊本《福建通志》卷二百三十九,崔嵸传,原第三十七页,影印第4327页;黄晋良《题崔博士八十双寿图序》,《和敬堂全集》文部卷六,原第十六页,《清代诗文集汇编》第54册,影印第159页。

② 民国《福建通志》总卷三十九,《福建文苑传(清一)》卷七,原第四页。

③ 《国朝全闽诗录初集》续集卷二,第492页。

④ 同治刊本《福建通志》卷八十一,影印第1637页。

⑤ 《国朝全闽诗录初集》卷五,崔嵸条,《全闽诗录》第五册,第94页。

⑥ 黄晋良《和敬堂全集》文部卷十一,《清代诗文集汇编》第54册,影印第195页。

⑦ 黄晋良《和敬堂全集》诗部卷十四;同书,卷十六,同题二首。

⑧ 同上书,诗部卷二十二。

⑨ 陈仕玲《蕉堞纪闻》,第二十八条,福建人民出版社2010年版。事又见同治刊本《福建通志》卷二百三十九崔嵸传。

⑩ 郭柏苍《竹间十日话》卷二,第24页。

⑪ 同治刊本《福建通志》卷七十四,影印第1543页。民国《福建通志·文苑传》赵潜传引董俞诗四句:"古剑半蚀土花紫,铁笛横吹秋云穿。孟郊、贾岛今不死,风流吐纳千余年。"(《福建文苑传(清一)》卷七,原第四页)

⑫ 《国朝全闽诗录初集》卷一,《全闽诗录》第五册,第1页。

⑬ 同上,第3页。

⑭ 同上,第4页

末清初著名诗人有所唱和。这些诗人中,陈肇曾与钱谦益之间交往密切,钱氏集中存有为陈肇曾撰作的诗文,友朋之间辗转相递信息,福建作家与彼时文坛名宿巨手之间的交往可窥一斑。

《竹间十日话》:"王子彪,字虎子,晚号素毳,侯官人。崇祯间庠生。与邑诸生郑磊齐名,时称'王郑'。磊字三石。康熙间侯官岁贡生。有《南湖集》行世。虎子赅博群书,志气宏放,诗文亦雄深磊落,为侪辈矜式,晚依崔嵸,居霍童(今属宁德)。"[①]王子彪、郑磊等福州诗人亦与崔嵸交往。

清初崔秉镜,字去尘,一作公受,号冰庵。顺治十四年丁酉(1657)举人,官浙江宁海知县,迁兵马司指挥[②]。

崔嵸之子崔衍湄,字星野。少承家学。工吟咏。传附同治刊本《福建通志·文苑传》崔嵸传[③]。著有《啸谷草》。

崔嵸外甥女、陈良鼐之女陈海嵩,号霍童幽史,归秀才彭维芳。卒年二十八。有《幽窗草》十九首[④]。传重出,一见于民国《福建通志·福建列女传》卷六陈氏传,作参政陈勖曾孙女[⑤]。

崔世召女孙崔宜端,诸生彭如璠妻。传称其知诗善书画[⑥]。

清代中叶,谢章铤词友崔挺新是专力填词的作者,《闽词征》卷五有传及词。《赌棋山庄词话》之"蔡崔记"条:"明代词学,譬诸空谷足音,而海滨朴习,更无有肄业及之者。芑川(刘家谋)居宁德,撰《鹤场漫志》,采先辈遗著数十家,而长短句无闻焉。近人则惟蔡笏山明绅明经、崔松门挺新秀才颇有涉笔。而秀才词尤清折。《醉花阴》云:'绣陌和风收宿雨。簇簇霞千缕。时节正花朝,嫩绿嫣红,都藉春为主。　一尊醽醁斟芳圃,看日高葩吐。扑鼻清香,十二阑干,蛱蝶争飞舞。'秀才为秋谷世召刺史裔孙,刺史与先方伯在杭(谢肇淛)先生称诗友。秀才一见余,谆谆以古谊相砥砺。余归,复以诗文宠余行,其言俱极郑重也。余酬以绝句云:'俯仰乾坤共叹嗟,崔郎家世自清华。楼头好月依然在,知有文章继霍霞。'霍霞,刺史别字。刺史有《问月楼稿》。"[⑦]刘荣平所作校注,引《赌棋山庄文集》卷六《重摹金门待漏图记》,知崔挺新系崔世召之九世孙。崔挺新,字于盘、松门,刘家谋门人[⑧]。谢章铤《赌棋山庄集》文集卷九《重摹金门待漏图记》记载了谢章铤与崔挺新修谢、崔两姓通家兄弟之义。

道光二十八年(1848),谢章铤、黄宗彝、刘家谋、崔挺新、郑承芳、蔡明绅、郑思诏、郑大铨、蔡宗健、冯埏等十位诗人在宁德组织建社雅集。

## No.373　霞浦卢澍家族

*卢元铮:《易解》(民国《霞浦县志》卷二十五,《艺文志》所录张甄陶《诸生卢元铮墓志铭》)*

*卢澍:《四书文稿》(民国《霞浦县志》卷三十《儒林传》卢澍本传)*

*卢季章:《右青遗著》、《謦砖遗著》、《三层楼吟草》(民国《霞浦县志》卷二十五《艺文志》)*

**谨按:**清代福宁府郡治附郭霞浦县,卢氏为郡中著姓。建宁朱仕琇尝官福宁府教授,撰有《故进士霞浦卢君墓志铭》,为卢澍作。卢澍(1709—1747),字及人,号霈苍。乾隆十年乙丑(1745)进士。据此文,卢澍系明代福州府福清县进士卢以诚[一作卢一诚,万历二十三年(1595)进士,官翰林院编修等]

---

① 郭柏苍《竹间十日话》卷二,第25页。

② 民国《福建通志》总卷三十六,《福建循吏传(清一)》卷十一,崔秉镜传,原第十二、十三页。

③ 同治刊本《福建通志》卷八十一,影印第1637页。

④ 民国《福建通志》总卷四十五,《福建列女传》卷六,陈海嵩传,原第二十七页。

⑤ 民国《福建通志》总卷四十五,《福建列女传》卷六,陈氏传,原第三十五页。

⑥ 民国《福建通志》总卷四十四,《福建艺术传》卷二,原第九页。

⑦ 谢章铤《赌棋山庄词话》卷三,"崔挺新词"条,刘荣平《赌棋山庄词话校注》第63页。

⑧ 同上注。

之裔孙[①]。卢一诚四世孙卢毓侃迁霞浦,为卢澍曾祖。历卢允宏、卢元铮二世,均业儒。张甄陶撰有《诸生卢元铮墓志铭》。卢元铮,字子功。祖父卢毓侃,号实庵;父卢允宏,号任斋。卢允宏传见民国《霞浦县志》卷三十《儒林传》。卢元铮系卢允宏长子,卢澍之父[②]。

民国《霞浦县志》本传称卢澍"业思甚敏,日可得二十篇","所著文稿数百篇,不戒为蠹鱼所蚀,及披阅,愤懑疾益甚。更七日卒,年三十九"。[③] 子卢作彬、卢作标,女子二。

卢澍二子,长卢作彬,文笔秀异,有父风,兼好古。

卢澍曾孙、卢作彬之孙卢春坡(1802—1879),字开銮,学者称敬砖先生。福宁府知府周懋琦撰有《恩贡生卢春坡墓志铭》。子卢庆瑜,增贡生,候选儒学训导;次卢庆璪。孙卢守恒(卢庆瑜子)、卢守信、卢守谦(卢庆璪子);女孙卢顺娟(卢庆璪女)、卢琼娟(卢庆瑜女);曾孙卢观涛(卢守恒子)[④]。

朱仕琇《莲麓画册诗序》为卢清作:"霞浦卢君莲麓读书喜为诗,间弄笔墨,山水村落渔樵畜牧诸小图,识者以为工。顾君自娱耳,不苟为人作也。乾隆某年,以诸生贡入京师,士大夫间传其画册十种,为赋诗,缀君自题之次。"[⑤]知卢清亦卢澍同时人。

## 永春州

### No.374 永春颜氏家族

(明)颜廷榘:《楚游草》、《燕南寓稿》、《丛桂堂集》四卷(《闽书》题《丛桂堂存稿》、同治刊本《福建通志》题作《丛桂堂全集》四卷)、《杜律意笺》二卷(乾隆《福建通志》)、《匡庐倡和集》(《闽书》卷九十一)、《丛桂堂文集诗集》、《颜桃陵全集》五卷、《杜律意笺》二卷(《福建文献书目》)、《诗集》四卷(同治刊本《福建通志》卷八十二)、《丛桂堂全集》八卷(陈笃彬、苏黎明《泉州古代著述》)

颜尧揆(颜廷榘孙):《梅庐草》、《北游草》、《西秦草》、《燕山草》、《楚游草》、《塞上草》(同治刊本《福建通志》卷八十二)、《无为州志》十六卷(康熙十二年刻本)

颜奇宿:《四书解醒》(同治刊本《福建通志》卷八十二)

颜仪凤:《黔草集》、《带山堂诗稿》(同治刊本《福建通志》卷八十二)

颜璹:《罙山存稿》、《传信集》(《泉州古代著述》第317页作四卷)(同治刊本《福建通志》卷八十二)、《四书解义》(陈笃彬、苏黎明《泉州古代著述》第282页)、《写心集》(陈笃彬、苏黎明《泉州古代著述》第317页)

颜璹、林为楫:《乾隆永春州续志》十六卷(同治刊本《福建通志》卷八十二)

**谨按:**永春颜廷榘,字范卿。《国朝全闽诗录初集》续集颜廷榘条云"顺治间永春人"[⑥],选诗一首。颜廷榘(1519—1611),颜溥之子,颜廷棐兄,今永春县石鼓镇桃场村人。嘉靖三十七年(1558)岁贡,官九江通判、岷府长史等,年七十余告归。颜廷榘非清代"顺治间人",故《国朝全闽诗录初集》续集卷二颜廷榘条显误。

颜廷榘《丛桂堂全集》诗、文各四卷,系清初其孙颜尧揆、曾孙颜镰编纂[⑦]。

---

① 按:卢一诚裔孙有移居福州府侯官者。《清代硃卷集成》第三三九册收录光绪十九年癸巳(1893)恩科第七十五名举人福州府侯官县卢景渊的履历,卢一诚系其支祖(影印第293页)。

② 民国《霞浦县志》卷二十五,《中国地方志集成》福建府县志辑第13册,原第三十四、三十五页,影印第222-223页。

③ 同上书,卷二十五,原第三十三、三十四页,影印第222页。语本朱仕琇《故进士霞浦卢君墓志铭》(《梅崖居士文集》卷八)。

④ 同上书,卷二十五,原第三十六、三十七页,影印第223-224页。

⑤ 朱仕琇《梅崖居士外集》卷二,《清代诗文集汇编》第336册,影印第525页。

⑥ 《国朝全闽诗录初集》续集卷二,颜廷榘条,《全闽诗录》第五册,第511页。

⑦ 颜廷榘《丛桂堂全集》,卷首目录,《四库全书存目丛书》集部第193册影印清初刻本。

颜廷榘之孙颜尧揆,字孝叔、孔叙,号紫崖。顺治八年辛卯(1651)拔贡生。知邵阳,迁无为州知州、庐州知州。《国朝全闽诗录初集》颜尧揆条作顺治八年辛卯(1651)举人[①],恐误。《国朝全闽诗录初集》卷三颜尧揆条,引魏宪论云:"紫崖守古巢(庐州)时,紫芝、白湖之胜尽入诗囊,不减苏州刺史、永嘉太守之风焉。"[②]善诗能书。子颜镛,拔贡生[③]。

永春多颜氏作者:颜奇宿、颜仪凤、颜璹等。颜奇宿,康熙五年丙午(1666)举人。颜仪凤,康熙五十二年癸巳(1713)进士。榜姓林,传见同治刊本《福建通志·(晋江)良吏传》。颜璹,字其蕴。乾隆二十八年癸未(1763)进士。

## No.375 德化李道泰家族

德化李道泰:《响草》、《剩园四草》、《修水草》[④]、《缨溪文集》、《籓书》十八卷、《南州耳鸣集》、《滇行草》(同治刊本《福建通志》卷八十一)

李鼒:《燕吴游草》、《匡庐草》、《麈松诗话》(同治刊本《福建通志》卷八十一)、《燕吴草》、《麈松编》。(《国朝全闽诗录初集》卷十一)、《匡庐近草集》、《诗话》(陈笃彬、苏黎明《泉州古代著述》第313页)

**谨按:**李道泰(1617—1683),字子交,号霍思。明末清初泉州府德化县人。顺治十八年辛丑(1661)进士,官开化知府。传见同治刊本《福建通志·良吏传》、《德化县志》。同治刊本《福建通志》著录其《响草》、《剩园四草》,俱引其自序。康熙、雍正间,泉州府安溪县李钟旺之子李道泰,别是一人。

李道泰之子李鼒,《泉州古代著述》作李鼎,字梅子。康熙间,以诸生入国子监,不就职,归。其诗元意渺音,有晋人风致[⑤]。《国朝全闽诗录初集》卷十一有李鼒条[⑥]。

## No.376 德化林朝荐家族

林朝荐:《潜山楼诗文集》(同治刊本《福建通志》卷八十一)

林朝陛:《诗经蒙述编》、《四书蒙述编》(同治刊本《福建通志》卷八十一)

林汪远:《大学儿说》、《燕回》、《闲史》、《林希士诗集》(同治刊本《福建通志》卷八十一)、《诗删》(陈笃彬、苏黎明《泉州古代著述》第281页)

林模:《易解义》、《书解义》、《诗解义》、《四书解义》(同治刊本《福建通志》卷八十一)、《四书讲章》、《诗书易解义》(陈笃彬、苏黎明《泉州古代著述》第281页)

**谨按:**泉州府德化林朝荐与弟林朝陛结庐潜山,相为倡和,均为诗人。林朝陛,传见同治刊本《福建通志·孝义传》。

林朝荐之子林汪远,字希士,号涵苍。康熙五年丙午(1666),与从弟林模同举于乡。官知县,以老致仕。传见同治刊本《福建通志·良吏传》。林汪远嗜学绩文,力追古雅,尤工声律,多入时人所选

---

① 《国朝全闽诗录初集》卷三,颜尧揆条,《全闽诗录》第五册,第48页。

② 同上注。

③ 民国《福建通志》总卷三十六,《福建循吏传(清一)》卷十一,颜尧揆传,原第二十三页。

④ 柯愈春《清人诗文集总目提要》著录《剩园四草》、《修水草》,各一卷。《剩园四草》指《枯草》、《拙草》、《讷草》、《块草》(第227页)。

⑤ 同治刊本《福建通志》卷八十一,影印第1641页。

⑥ 《国朝全闽诗录初集》,《全闽诗录》第五册,第244页。

集[①]。林模(1646—1691),字靖若。康熙十二年癸丑(1673)成进士。官知县,卒于官[②]。附同治刊本《福建通志·良吏传》林汪远传。

## No.377　泉州府德化毛一夔家族

毛一夔[③]:《半吟集》、《一草亭编》、《梅花百咏》、《艺苑汇观》、《名文观止》、《诗学朝宗》(同治刊本《福建通志》卷八十一)

毛恩盛:《醉月轩诗集》(陈笃彬、苏黎明《泉州古代著述》第313页)

**谨按:**毛一夔(1635—?),字日舞,明末清初泉州府德化县人。淡于荣利,啸咏林泉。子熹,字晦谷,隐处清泰之嵩山,亦工诗画[④]。

陈笃彬、苏黎明《泉州古代著述》引《德化县志》作毛一夔,增补著述多种。其子毛恩盛,字湛若。诸生。工诗,著《醉月轩诗集》[⑤]。

## No.378　德化邓薰家族

邓启元:《周礼考注》(《泉州古代著述》第278页作五卷)、《礼记注》(《泉州古代著述》第278页作一卷)、《孝经注》、《邓翰林诗文集》(同治刊本《福建通志》卷八十一)

**谨按:**顺治、康熙间,德化县仍隶泉州府。雍正十二年(1734)升永春县为永春州,辖原泉州府德化县、永春县及延平府大田县。

邓薰,字仲慈。邑监生。博通经史。湖广总兵、李光地叔父李日煌,重其文学,延至署,进平海五策,切中机宜。又为李日煌修《四书集注》,辑录《或问精义》等。受业多当代闻人,有李光墺、李光型及侄儿邓启元等。传见民国《福建通志·福建文苑传》卷七。

邓薰之侄邓启元(1699—1732),字公季,一作幼季,号蓝阳。雍正五年丁未(1727)殿试一甲第二人。博通经学,与内阁学士方苞纂修三礼。雍正十年壬子(1732)典试湖北,所拔皆知名士。同治刊本《福建通志》卷八十一著录其著作,并有按语。

## No.379　德化黄叔权家族

黄叔权:《七松楼集》、《纲鉴摘要》(陈笃彬、苏黎明《泉州古代著述》第313页)

德化黄宪文(黄叔权孙):《元明诗选》(同治刊本《福建通志》卷八十二)、《西山小草》、《省斋外篇》、《家训十则》、《历科墨萃》、《闽海元灯》、《元明诗隽》(陈笃彬、苏黎明《泉州古代著述》第313页)

黄守仁:《自娱草》、《耐瘦草》、《五峰随笔》(陈笃彬、苏黎明《泉州古代著述》第313页)

黄好仁:《历试草》(陈笃彬、苏黎明《泉州古代著述》第313页)

**谨按:**同治刊本《福建通志》著录黄宪文《元明诗选》,注:"宪文时代未详。《续通志》作明人,兹据

---

① 《德化县志》,《人物志》,林汪远传。

② 民国《福建通志》总卷三十六,《福建循吏传(清一)》卷十一,林汪远传,原第二十一页。

③ 按:民国《福建通志·福建艺文志》著录《艺苑汇观》作王一夔著(《福建艺文志》存目卷二十六,第二页)。

④ 同治刊本《福建通志》卷八十一,原第1641页。

⑤ 陈笃彬、苏黎明《泉州古代著述》,第313页。

《永春州志》入国朝。"[①]陈笃彬、苏黎明《泉州古代著述》对黄宪文及其家族考辨甚多:黄宪文(1676—1735),字符美,号简亭,德化人。贡生。传在《德化县志》中。祖父黄叔权,廪生。著作两种。黄宪文之子黄守仁,工诗。乾隆间预修《德化县志》。子黄好仁,亦工诗[②]。

## 龙岩州

### No.380　龙岩林泰家族

林泰:《远峰诗存》二卷(同治刊本《福建通志》卷八十二)

林研庄:《林研庄诗集》(民国《福建通志》总卷二十五,《福建艺文志》卷六十五)

**谨按**:林泰,一名宝,后改名镐[③],号远峰。同治刊本《福建通志》著录其著作,注云:"初学诗于袁枚,后与吴锡麒、洪亮吉相倡酬,当时有林七古之目。"引其侄所作序。略曰:"族叔远峰侨居吴中,江左名流咸推为作手,然负才气,不修边幅。年六十三卒于吴,葬虎丘之西。此卷久存虞山孙子潇太史家,余与太史互相精择,得古今体若干首付梓。"[④]

按:林泰族侄疑为林研庄。民国《福建通志》著录《林研庄诗集》,按语称佚其名;引《天真阁集》,略曰:"研庄弱冠时自闽来吴学诗,其叔远峰即已丁当清逸诗坛旗鼓,倾其座人,已而自谓无与于性情也,乃悉屏其声律、比偶之习,感时触物,一以自抒其情志,而于思亲怀友之什尤缠绵悱恻,一唱而三叹焉。"[⑤]

---

① 同治刊本《福建通志》卷八十二,影印第1640页。

② 陈笃彬、苏黎明《泉州古代著述》,第313页。

③ 民国《福建通志》总卷二十五,《福建艺文志》卷六十五,第十二页。

④ 同治刊本《福建通志》卷八十二,影印第1643页。

⑤ 民国《福建通志》总卷二十五,《福建艺文志》卷六十五,第二十四页,引。

# 第三章

# 嘉庆至道光间(1796—1850)福建的文学家族

## 第一节　福州府文学家族考

### No.381　侯官蔡以成家族

蔡以成:(纂)《冕宁县志(草稿)》(嘉庆十七年本)

蔡征藩:(自撰)《年谱》(民国《福建通志》总卷三十四,《福建列传》卷三十八本传注)

**谨按:**蔡以成(?—1819),字乔木,号韶九。侯官人。嘉庆三年戊午(1798)福建乡试举人,与廖鸿藻、曾晖春、叶申芑、龚受谷、冯缙、陈徵芝、叶申菜等同年;七年壬戌(1802)二甲进士,与陈徵芝、林春溥、叶申菜、林轩开、梁章钜等同年。选庶吉士,散馆授四川冕宁知县。二十四年(1819)卒。蔡以成能诗。在冕宁任上,蔡以成撰有内、外《八景诗》,毛泽东主席尚能诵其《雪山开霁》、《萧寺寒灯》、《神钟远闻》等诗。尤溪县洋中镇桂峰村蔡氏族谱保存蔡以成咏酒诗。

蔡以成第四子蔡征藩(1808—1859),原名蔡国瑛,字价期,号薇堂。久困童试,游幕台湾。道光十二年壬辰(1832),年二十五方为诸生,是年举于乡,与沈廷枫、郭柏心、刘家谋等同年。历应江苏巡抚林则徐、江苏学政廖鸿荃之聘,返闽复就凤山知县曹谨[①]之聘,渡台主凤仪书院。二十一年辛丑(1841)成进士,与刘齐衔、刘齐衢、梁逢辰等同年。改选庶吉士,散馆授编修。二十五年(1845),闽抚徐继畬荐主台湾崇文书院讲席。历官至广东高廉道、雷琼兵备道。咸丰九年(1859)卒。传见民国《福建通志·福建列传》卷三十八。

蔡征藩亦能诗,与邑人郭柏苍友善,尝同赋净慈寺、红雨山房。郭柏苍《补蕉山馆诗》卷下有《同李子金庚蔡子征藩别贾三益谦归山右》、《观音院别蔡编修征藩》(均1844年作)。自撰有年谱。

### No.382　侯官廖英家族

侯官廖炳:《香粟斋诗集》(民国《闽侯县志》卷四八《侯官艺文志》)、《荔枝百吟》一卷、《杂著》一卷(均清钞本,国家图书馆藏。柯愈春《清人诗文集总目提要》第877页)

---

① 按:曹谨(1786—1849)是一位颇具才干的官员,道光十七年丁酉(1837)任凤山知县,后官淡水同知,在台任职到道光二十六年丙午(1846),乞病归(施懿琳、廖美玉《台湾古典文学大事年表·明清篇》,第467页)。

**谨按:**侯官廖英,卢前《八股文小史》列为乾隆朝(下)声闻全国的八股制义名家。民国《闽侯县志·儒行传》本传:"廖英,字允仪,又字佩香。嘉庆间诸生。苦耽吟咏,工骈俪,文在迦陵(宜兴陈维崧,字其年,号迦陵)、思绮(康熙间进士、浙江钱塘人章藻功,有《思绮堂集》)之间。年未四十,偃蹇以没。妻陈若苏,名家女,亦能诗。"①民国《福建通志》总卷三十九廖英夫妇均在《福建文苑传》(清二)卷八廖英传中,梁章钜录其妇诗入《闺秀集》。廖英(?—1803)系梁章钜堂兄梁云雷挚友,亦与梁章钜为友②。廖英身后,梁运昌为谋营葬、抚孤,其《秋竹斋诗存》多有与廖英之诗。

陈若苏,侯官布衣陈贤开之女。陈贤开有道学名,故陈若苏幼明大义,通诗文③。

梁运昌《为佩香营葬讫赋诗》末句自注:"尊甫香粟先生诗文、杂著余皆为收藏。又为看视坟茔十载,甲戌年(1814),其长子已二十岁,始指示其处,交还之。"④知廖英之父廖炳亦有所著述。诗《先人敝庐歌为佩香作》句中注云:"佩香尊甫香粟先生博学工诗。"推许廖炳的策略、赋才,而惜其命奇不偶,止于孝廉,落拓终生。⑤

## No.383　闽县黄敏元家族

黄懋祺:《话雨山房诗钞》、《入蜀日记》、《政余随笔》、《群经考异》(民国《福建通志》总卷三十六,《福建循吏传》卷十三,黄懋祺本传)

**谨按:**黄懋祺,榜名黄庭经,字信范、巽甫。籍闽县。嘉庆二十一年丙子(1816)举人,间为仙游、永春教谕;道光十三年癸巳(1833)成进士,与陈文翥、董平章、周瑞图等同年。成进士后,官知县,所至皆称循吏。其先世由长乐迁福州。父黄敏元能诗文,学者称道斋先生。黄懋祺好聚书,藏书万卷,斋名适自适斋。著述多种。子黄景傅,官知县;黄景侨,官教谕⑥。据《清代硃卷集成》刘齐浔履历,闽县刘齐浔续娶黄懋祺孙女、黄景侃女,黄景伊、黄景傅、黄景侨、黄渤胞侄女⑦,知黄懋祺后人仕宦者多人。

永福黄懋祺系光绪二十八年壬寅(1902)举人,非闽县黄懋祺。

## No.384　侯官刘端家族

刘端:《左传补疏》六十卷、《史汉引春秋三传考》二卷、《昏礼重别论五篇辨证》二卷、《西斋劄记》三卷、《和顺团防规略》一卷、《捕蝗考》一卷(民国《闽侯县志》卷八十四《循吏传(五下)》本传)

刘大受(刘端孙):《樊香词》一卷(光绪九年小摩竭室《影事词存初稿》本)

陈鸿章(刘端外孙):《周礼释义》二十卷、《仪礼释义》二十卷、《春秋纲要》十卷(民国《闽侯县志》卷七十七《儒行传(四上)》本传)

**谨按:**《清代硃卷集成》收录同治十二年(1873)癸酉科第一百二十二名举人、侯官刘大受履历及其硃卷。

据刘大受履历,侯官刘氏家族的基本情况如下:支祖刘熙宇,邑庠生,妣邓氏;二世祖刘翊赤,妣邓

① 民国《闽侯县志》卷七十七,原第十四页,影印第302页。

② 梁章钜《廖佩香上舍英》,《京居过夏感旧怀人以先后知交略为诠次得诗二十首》其二,《退庵诗存》卷二,《清代诗文集汇编》第515册,影印第38页。

③ 民国《福建通志》总卷四十五,《福建列女传》卷六,陈若苏传,原第三十三页。

④ 梁运昌《秋竹斋诗存》卷四,《清代诗文集汇编》第499册,影印第30页。

⑤ 同上书,卷二,影印第18页。

⑥ 民国《福建通志》总卷三十六,《福建循吏传(清三)》卷十三,黄懋祺传,原第七页。

⑦ 《清代硃卷集成》第三十五册,进士刘齐浔履历,影印第135页。

氏、二林氏;三世祖刘维周,妣周氏;四世祖刘德峻,妣林氏;太高祖刘鹏翔,妣叶氏;高祖刘一溶,妣邹氏;曾祖刘以觐,妣林氏、陈氏;曾伯祖刘超[乾隆五十七年壬子(1792)副举人,候选知县]、刘如珪、刘青藜[乾隆五十九年甲寅(1794)亚魁,大挑一等,授知县];祖父刘端[字步铭,号鲁汀。道光十二年壬辰(1832)经魁,授知县,钦加知州衔;升知州,加运同衔],祖妣林氏(林良弼次女、林应祥胞姊),庶祖妣任氏;胞伯叔祖刘鸿波、刘琛,嫡堂胞叔祖刘步蟾(候选训导)、刘羹元、刘冠卿、刘靖卿、刘鼎卿、刘步滨、刘步向、刘步标、刘步诗(候补知县)、刘承廉(盐场大使);父刘祖荫(号柏庭),母曾氏(系曾奋春孙女,曾晖春本生孙女,曾元海女,曾元基、曾元炳、曾元燮、曾元澄胞侄女,曾兆鍠胞姊,曾宗藩、曾宗亮胞姑);胞叔刘祖祺、刘祖禨、刘祖煌,嫡堂伯叔刘祖勋、刘祖望、刘兆康、刘襄、刘挺,堂伯叔刘祖耀、刘祖雍、刘松年、刘祖汉、刘祖颂、刘兼三、刘祖弼、刘松云、刘祖范、刘祖泰、刘祖桓、刘涵章(举人)、刘琳章(翰林院待诏)、刘祖麟、刘祖树、刘衡、刘凤章、刘又庚、刘祖坚、刘耀焜、刘祖沂、刘祖征、刘天锡(右营候补千总)、刘祖淄、刘祖尧、刘廷辛、刘荣昇(军功,六品衔,尽先外委)、刘祖和、刘祖亿;刘大受(1852[①]—?,字道传,号绍庭,行三),娶郭氏(系郭阶三曾孙女,郭柏苍孙女,郭柏心、郭柏荫、郭柏蔚、郭柏芗胞侄孙女,郭溶长女,郭增芸、郭曾荃胞姊);嫡堂弟刘道基、刘道模、刘道扬,堂兄弟刘道广、刘道齐、刘道谦、刘道全,从堂兄弟刘道辉、刘斌(翰林院待诏)、刘道矩、刘寿椿(举人)、刘荃(副举人)、刘秉乾、刘夔、刘道舆、刘道钰、刘藩、刘道颜、刘道梁、刘道忠、刘道隆、刘道志、刘道成等。住西门大街[②]。观刘大受履历,知刘氏自其支祖刘熙宇起多业儒,自刘大受祖父辈以来,确实族繁指多,而且业儒、从戎者兼而有之;刘大受父子与侯官望族曾氏、郭氏、林氏等联姻。

侯官刘端(1805—?),字鲁汀,号章甫。道光八年戊子(1828)乡试报罢,闽浙总督孙尔准延请林则徐复核落卷,拔其尤者三人,刘端名列第二,送鳌峰书院,受业于陈寿祺。道光十二年壬辰(1832)举人,大挑知县,分发山西。官泾县、祁门知县,为曾国藩所知。年七十归里,又十余年卒。著有《左传补疏》六十卷、《史汉引春秋三传考》二卷、《昏礼重别论五篇辨证》二卷、《西斋劄记》三卷、《和顺团防规略》一卷、《捕蝗考》一卷。传见民国《福建通志·福建循吏传》卷十三、民国《闽侯县志·循吏传(五下)》。子刘文煛,光绪二十年甲午(1894)举人。

刘端之孙刘大受(1852—1887),字绍庭、道传。幼孤,育于寡母曾庚宝[③]。受业师为表叔张继善、萨兼坡、族叔刘祖宏、梁济谦(德邻)、林少彭、何履亨(翊卿)、郑世恭(虞臣)[④]。同治十二年癸酉(1873)为选拔之岁,学使孙毓汶选拔黄增、何玮、陈琇莹、叶大壮等,刘大受以副拔举正优第一,是年秋举于乡。明年刘端归里,病几殆,服其孙大受药即愈。巡抚王凯泰创致用书院,延郑世恭主讲席,课经史,刘大受与张亨嘉为经史兼优者。刘大受以保举得知县,分发江西。丁祖父忧,归。光绪十三年丁亥(1887)春,主温麻书院讲席,夏卒。友陈衍《近代诗钞》有传及诗,其诗"近明七子,渊博无伦"[⑤]。民国《闽侯县志》本传称刘大受"才学优长,下笔数千言立就。困下吏,意气颓丧。生平富有经史之作,弃斥不存一字,惟有词一卷,诗稿数十首,残缺不完。子达,副贡生,以知县用"。[⑥] 此传本诸刘大受叔父刘文煛所撰传文。

刘大受胞姑之子、表弟陈鸿章亦勤于著述。陈鸿章传见民国《闽侯县志·儒行传》:"陈鸿章,原名棣前,字星衡。幼孤,母刘氏,知绛州端女也,课之读。八岁病足辍读,期年乃瘳,遂不良于行。光绪己丑(十五年,1889)举于乡,前后十余年,益肆力于学。郑户部世恭掌教书院,专课经史,鸿章与中表兄

① 刘大受履历记载其生于"咸丰辛亥(元年,1851)十二月十四日吉时"(《清代硃卷集成》第三三八册,刘大受履历,影印第169页)。按:咸丰元年十一月十一为1852年1月1日,故刘大受生年作1852年。

② 《清代硃卷集成》第三三八册,刘大受履历,影印第174页。

③ 曾庚宝,闽县曾元海之女。年十七,适刘端长子。夫卒,曾氏有孕五月在身,生男大受。卒年八十二,孙刘尔常述事略(民国《福建通志》总卷四十五,《福建列女传》卷一,曾庚宝传,原第二十七页)。

④ 《清代硃卷集成》第三三八册,刘大受履历,影印第173页。

⑤ 林纾《李琴寄》,《蠡叟丛谈》,《林纾集》第三册,第636页。

⑥ 民国《闽侯县志》卷八十四,原第十八页,影印第355页。

刘大受均为高才生。母春秋高，多病，鸿章乃从名医郭永淦游，潜心医理，尽得其秘，乃专以授徒、行医奉母。壬寅(二十八年，1902)截取，以直(隶)州同用，入都主顺天高等学堂、五城中学堂讲席，未几改礼部太常司主事。时礼部奏设礼学馆，纂修陈衍荐鸿章为帮纂修。……暇则从事著述，计成《周礼》、《仪礼》释义各二十卷，《春秋纲要》十卷，泰半散佚矣。"[①]卒年五十三。

## No.385　侯官刘士棻家族

刘士棻：《绿满斋诗钞》十卷(同治刊本《福建通志》卷六十八。谢章铤《赌棋山庄集》文集卷五《刘心香先生自怡悦草堂诗钞序》、《清人诗文集总目提要》第1068页作《自怡悦草堂诗钞》，李灵年等《清人别集总目》第509页作四卷)

刘锡经(刘士棻子)：《初阳书屋诗钞》(同治刊本《福建通志》卷六十八)

**谨按：**刘士棻，字周有，号心香。侯官人。著有《绿满斋诗钞》十卷，一名《自怡悦草堂诗钞》。同治刊本《福建通志》著录《绿满斋诗钞》十卷，注云："是集分十卷：曰《抱膝吟》，曰《红棉吟》，曰《拥鼻吟》，曰《转蓬吟草》，曰《望瀛集》，各二卷。"述其生平及诗云："士棻，嘉庆辛酉(六年，1801)翰林。出宰岭南，性耽诗酒，而所至辄有廉名。惠州知府宁化伊秉绶赠以诗，有'玉堂才子贵，珠浦长官清'之句，其可想见矣。"[②]

民国《福建通志》亦著录《绿满斋诗钞》，解题云刘士棻之诗瓣香十砚老人黄任，又论云乾嘉之间，袁枚以通隐享盛名，其于黄任之诗，钦佩弗谖，所谓"唐代诗原中、晚佳"者，刘士棻曾游袁枚金陵寓所小仓山房，针芥之投，有所推挹云云[③]。嘉庆二十二年(1817)秋重阳节前三日，梁章钜在京师，与廖鸿藻(仪卿)、叶申万(芷汀)与刘士棻晤，作《同芷汀仪卿访刘心香邑侯留饮寓斋和韵》二首[④]。

刘士棻之弟刘士宗，号霁川。侯官杨庆琛《南浦晤刘霁川感旧》："难兄与我共题襟。"[⑤]其实指向的是刘士宗与其兄刘士棻的才华不分伯仲。

刘士棻之子刘锡经，字天传，号藜仙。道光五年乙酉(1825)举人。同治刊本《福建通志》著录其《初阳书屋诗钞》，云："其诗体格纤丽，音情流美，绰有父风，兼善丹青。其友陈广文葆善、陈明仁□□、周茂□□、林茂才闻音咸以诗中有画、画中有诗□□。"[⑥]

## No.386　闽县陈烺家族

陈烺：《庄子注》、《杜诗注》、《垂老诗集》、《紫霞巾》、《花月痕》(同治刊本《福建通志》卷六十七)、《掇余晚存稿》诸刻(谢章铤《赌棋山庄余集》文集卷二《跋丁氏因话录》)

陈登瀛：《三山乐府》一卷(官崇《紫霞巾》题词注)

**谨按：**陈烺(1743—1827)，字士辉，号东村，又号榕西逸客。闽县人。陈烺博学多才，而科举不利，屡试不售。乾隆四十二年(1777)中举，乾隆五十八年(1793)官德化县训导，后因病归里，卒于道光七

① 民国《闽侯县志》卷七十七，原第七页，影印第318页。
② 同治刊本《福建通志》卷六十八，影印第1400页。
③ 民国《福建通志》总卷二十五，《福建艺文志》卷六十五，第七页。
④ 梁章钜《退庵诗存》卷八，《清代诗文集汇编》第515册，影印第96页。
⑤ 杨庆琛《绛雪山房诗钞》卷十，《清代诗文集汇编》第542册，影印第437页。
⑥ 同治刊本《福建通志》卷六十八，影印第1401页。

年丁亥(1827)五月,享年八十五岁①。陈烺的著作有《庄子注》、《杜诗注》、《垂老诗集》及传奇《紫霞巾》、《花月痕》等。《玉狮堂十种曲附一种》(光绪十七年刻本)的作者陈烺(1822—1903,字叔明,号潜翁)别是一人,江苏常州府阳湖人②。

同治刊本《福建通志》著录其著作,注云:"(陈烺)文法庄、列,诗宗杜、韩,兼工倚声。早岁著有《紫霞巾》、《花月痕传奇》行世。举乾隆丁酉举人,官德化教谕……卒年七十余。子登瀛,嘉庆辛酉(六年,1801)进士,官中书;孙庚,郡博士弟子员,俱负隽才,善承家学,顾皆蚤世,故所著多散佚不传。其晚年诗文集皆门人姚大令怀祥、萨大令察伦、婿丁孝廉钰、甥黄秀才光宇为之辑刊云。"③据今存资料,陈烺卒于道光七年,故同治刊本《福建通志》所云"卒年七十余"误。又,康熙中福清人陈登瀛,字海鹤,为儒行陈九龄之父④。

《花月痕传奇》剧本今存道光七年序刻本,乃其婿丁学海(当是丁钰⑤)及门人在陈烺死后所刻。林宾日道光丁亥(1827)序,署签"道光疆梧大渊献孟秋愚弟林宾日拜稿";陈登龙嘉庆十三年(1808)序,署签"嘉庆戊辰中秋秋坪宗弟登龙"。陈登龙《秋坪诗存》卷十一《归田草》(戊辰,1808)的《林敬庐先生邀同家士辉家舍耀林守端立茶社予参末座首春十日集士辉宅》诗中提到陈烺及其剧作:"东村更奇绝,一官不待考。归来谢人事,簪笔赋香草。士辉有《紫霞巾》、《花月痕》填词二种行世。"⑥

从《紫霞巾传奇》剧本邱如衡题词中"斋头无事谱清歌,却讶青楼有玉娥"语及邱瑞云诗小注"先生自德化回,即寓寒斋,因先得见此"句来看,剧本作于陈烺官德化训导期间(1793—1796),有郑振图嘉庆六年辛酉(1801)序及诸人题词。题词者有崑石林熯、东峙林兆泰、书岩叶文超、畹滋谢春兰、孺庭林志仁、苏林邱如衡⑦、心香刘士棻、片山陈玉崐、莔汀杜洲、暖村俞蓝瑛、笏骈冯缙等。

侯官刘士棻题词:"文章吏部诗工部,大笔先生一手持。又把闲情托风月,焚香填就宋元词。"门人邱瑞云题词:"一肩行李到吾庐,异宝惊将引贾胡。苜蓿满囊犹有此,可知薏苡是真珠。先生自德化回,即寓寒斋,因先得见此。诛茅斜傍半轩梅,寒居近移梅枝里。细蕊何当羯鼓催。"门人丁椿年题词:"巧将月镂与云裁,雅擅西京乐府才。……到六么花十八,一时低首遍诸伶。"门人罗希含题词:"瓣香本自奉南丰,谁道还兼玉茗工。今日大江唱东去,低头惭愧小江东。"门人邱音越题词:"闽南赋虎久传薪,词曲谁知又绝伦。从此乐工停院本,旗亭争唱紫霞巾。"门人萨廷沛题词:"元人词曲最称工,滴粉搓酥百种中。惭愧雁门旧子弟,未能衣钵嗣宗风。忽见吾师绝妙辞,如将全豹一斑窥。季长以后真风雅,不属先生更属谁。"朱仕琇门人、侯官举人官崇(字述言)题词:"桃李春风植满庭,共君隔院夜谈经。君掌铎南安时,余主丰州书院讲席。绛纱独奏宫商谱,肯许同人入座听。秋波临去悟禅因,人讶华严法界身。色色空空难着相,幻情记取紫霞巾。梅花词赋久蜚声,铁石依然说广平。只解呼为好才子,那知道学属先生。一唱芳辞四座惊,阿戎况复擅才名。三山乐府多风雅,雏凤何如老凤声。贤郎登瀛,著有《三山乐府》一卷。"道光十五年乙未(1835),郭柏苍作《同称中翰登瀛游长箕蔡岭宿文阳题周志炽壁》⑧。

陈烺表弟池伯炜、池仲祐⑨,池伯炜家族亦一科举和文学家族。

---

① 庄小珊《明清福建曲家考》,第57-58页。福建师范大学2010年硕士学位论文,未刊稿。

② 潘融《戏曲家陈烺研究》,南京师范大学2011年硕士学位论文,未刊稿,第7页。

③ 同治刊本《福建通志》卷六十七,影印第1384页。

④ 民国《福建通志》总卷四十,《福建儒行传》卷五,陈九龄传,原第十一页。

⑤ 民国《福建通志》总卷二十五,《福建艺文志》卷五十,第八页,引谢章铤《赌棋山庄余集》。

⑥ 陈登龙《秋坪诗存》卷十一《归田草》。

⑦ 按:邱如衡,字宾上,又字鸿南,晚号苏林。闽县人。乾隆四十五年庚子(1780)举人。诗境淡远有味。传见民国《福建通志·文苑传》,一作侯官人(《福建文苑传》卷八,原第十二页)。

⑧ 郭柏苍《补蕉山馆诗》卷上,《清代诗文集汇编》第662册,影印第4页。

⑨ 郑孝胥《郑孝胥日记》,第171页。

## No. 387　闽县林芳春家族

林芳春:《介石堂文集》七卷(同治刊本《福建通志》卷六十八、民国《闽侯县志》卷四八《侯官艺文志》)、《介石堂文钞》四卷、《山左宦游录》一卷、《语录》四卷(民国《福建通志》总卷三十六,《福建循吏传》卷十二,林芳春本传)、《介石堂文钞》八卷(道光五年刻本)、《半塘山人自订年谱》一卷(《介石堂文钞》卷七附,国家图书馆藏)

林志仁:《写意斋诗草》二卷(民国《福建通志·福建儒行传》林志仁传作一卷)、《陔华斋赋草》一卷(同治刊本《福建通志》卷六十七。民国《福建通志·福建儒行传》林志仁传题《赋草》一卷)、《试帖》一卷(民国《福建通志》总卷四十,《福建儒行传》卷五,林志仁本传)

林元英:《潄石斋吟草》十四卷[①](同治刊本《福建通志》卷六十七)

林氏:《林氏家谱》(民国《福建通志》总卷四十,《福建儒行传》卷五,林志仁本传注引)

林宝辰:《耕邨全集序》(余潜士《余潜士全集》,序)

**谨按:**林芳春(1729—1813后),字崇兰,号敬庐、半塘山人。闽县人。民国《福建通志·福建循吏传》本传[②]、梁章钜《君子斋记》[③]作侯官人。据其自编《半塘山人自订年谱》的记载,幼丧父母,依舅母。乾隆二十一年丙子(1756)举人中式,三十一年丙戌(1766)大挑,授官知县,签分山东,历署栖霞、乐陵、海丰(今滨州市无棣县)等县。乾隆五十六年辛亥(1791)告归。谱止于嘉庆十六年辛未(1811),当卒于本年之后;民国《福建通志》林芳春本传云其八十五犹好学(见下段引),则其卒年在嘉庆十八年(1813)之后。

乾隆四十二年(1777),林芳春官山东武定府海丰知县。《无棣县志》林芳春本传:"林芳春,乾隆四十二年任海丰知县。温厚慈和,与民坦白相示,如家人父子,历十余年,专务以德化,不事敲扑。尤加意兴学,下车伊始,即于西城隙地创建希贤书院,延名师主讲席,执经请业者络绎相属。将去官,捐廉俸置负郭田若干亩,为膏火长久费,邑人食其德。"[④]《侯官县乡土志》本传云:"林芳春,乾隆丙子(二十一年,1756)举人。授海丰知县。有武生四人颇刁悍,举人韩某为之谋主,时号'四虎一豹'。芳春莅任,皆敛戢。县役杜姓,以娼妓诱故家子弟。芳春尽法惩治,尝创希贤书院,集生徒肄业,以时考课,砺以醇行之学,士习以振。后引疾归,卒年八十四。"[⑤]民国《福建通志》林芳春本传:"林芳春,字崇兰,号敬庐。侯官人。乾隆丙子举人。大挑一等,知山东海丰县。十余年不求徙官,西乔杨某以同里年家子观察本道,念海丰僻小,欲为筹迁善地,芳春谢才短,不愿得大邑,杨不敢强,深嗟异焉。……乾隆庚戌(五十五年,1790),移疾归。……初归时,尝欲集会城名下(按:疑误刻,当做"士"字)为论学之会[⑥],而不欲立讲学名,则惟与陈庚焕、林希五诸人共之。名其读书处为'君子斋',遍索知交题记。……年八十五犹好学不倦,每晨起,诵四子书数章。"[⑦]此传所记林芳春的宦迹、归年、卒年均不同于他传。又,连

---

① 柯愈春《清人诗文集总目提要》著录此集,十四卷,道光五年刻本,中国科学院图书馆藏。另有《潄石斋全集》不分卷,稿本,子目《潄石斋后集》、《文集》、《消闲杂录》,福建师范大学图书馆藏;《潄石山房诗草》十卷,道光五年刻本,福建省图书馆藏(第884页)。

② 民国《福建通志》总卷三十六,《福建循吏传(清二)》卷十二,林芳春传,原第二十八页。

③ 梁章钜《退庵文存》,《清代诗文集汇编》第515册影印钞本,影印第274页。

④ 张方墀等纂《无棣县志》卷九,《宦绩志·贤宰》林芳春传,原第五页,影印第290-291页。《中国方志丛书》华北地方第13号,成文出版社1968年影印民国十五年山东商务印刷所铅印本。

⑤ 《侯官乡土志》卷四,林芳春传,原第三十六、三十七页,影印第282-283页。

⑥ 按:林宝辰《耕邨全集序》:"嘉庆戊辰、己巳间(1808—1809),叔祖敬庐(林芳春)公邀里中耆旧为真率之会,每月一集,至则各出所著述,以相质讨论。"(余潜士《余潜士全集》,第1页)有陈大煜(俟庵)、陈召亭、陈庚焕(惕园)、高环九、林志仁(孺庭)、陈登龙(秋坪)、谢金銮(退谷)等与讲。

⑦ 民国《福建通志》总卷三十六,《福建循吏传(清二)》卷十二,林芳春传,原第二十八页。按:来新夏《近三百年人物年谱知见录》云:"不知卒于何年。"(上海人民出版社1983年版,第106页)

江林芳春,系乾隆四十二年丁酉(1777)举人。按:此论学之会,陈寿祺以为系林芳春"仿唐人为九老会以乐其乐",而林芳春年最长[①]。

林芳春侄林志仁,字首端,号孺庭,林濬之孙。乾隆五十一年丙午(1786)举人,五十二年丁未(1787)会试后至山东海丰省叔父林芳春,芳春欲留其掌希贤书院,以母老辞。六十年乙卯(1795)大挑,以母未葬,不果行。弟林霁周,从弟林衡端,中表蓝幹庄[②]。

林芳春之孙林元英,原名汝璜,字弁瀛。嘉庆十六年辛未(1811)进士。官江西龙泉县知县。同治刊本《福建通志》卷六十七著录其《漱石斋吟草》十四卷,有小传。林元英之集,今存三种:《漱石斋全集》不分卷,内有《漱石斋后集》、《文集》、《消闲杂录》,稿本,福建师范大学图书馆藏;《漱石斋吟草》十四卷,道光五年刻本,中国科学院图书馆藏;《漱石山房诗草》十卷,道光五年刻本,福建省图书馆藏。[③]

林芳春侄孙、林志仁之子林宝辰,永福余潜士友。尝为之撰《耕邨全集序》[④]。杨庆琛《绛雪山房诗钞》、《绛雪山房诗续钞》中一作林丞英书甫[⑤],一作林宝辰书甫[⑥],当是同一人。

## No.388 侯官林则徐家族

林宾日:《小鸣集》十卷(同治刊本《福建通志》卷二百四十一本传。林则徐《先考行状》作十二卷)、《倒颠集》(林则徐《先考行状》,《林则徐全集》第五册)

林则徐:《云左山房文钞》五卷(原稿,浙江省图书馆藏)、《云左山房文钞》四卷(又称《林则徐先生文钞》,上海广益书局1916年石印本)、《云左山房文钞》不分卷(钞本,沈祖牟辑,福建省图书馆藏)、《文忠公文稿》(林增和藏)、《文忠公骈文稿》(林增和藏)、《信及录》(稿本,林增和藏;福州林氏1916年铅印本,林翔辑)、《畿辅水利议》(光绪二年三山林氏家刻本。别称《北直水利书》、《直隶水田事宜》)、《道光年奏稿》(钞本)、《林文忠日记》(民国《福建通志》总卷二十五,《福建艺文志》卷五十)、《试帖诗稿》(残)、《己卯以后诗稿》(含《使滇小草》等,旧称《使滇吟草》、《使滇小草》)、《拜石山房诗集》、《黑头公集》、《云左山房诗稿》(稿本,佚)、《云左山房诗钞》[⑦]八卷附一卷(光绪十二年福州林氏家刻本)、《林则徐诗集》(郑丽生辑,海峡文艺出版社1987年版)、《林则徐对联拾存》(1984年,杨国桢、邓华祥编,未刊稿)、(萨嘉榘编)《林则徐联句类集》、《林则徐楹联集注》(170联,李文郑辑注,中州古籍出版社1993年版)、《林则徐集·公牍》(中华书局1963年版)、《林文忠公政书》(民国《福建通志·福建艺文志》卷二十二作三十七卷)、《林则徐奏稿·公牍·日记补编》(中山大学出版社1985年版)、《林则徐全集》[⑧](海峡文艺出版社2002年版)、《荷戈纪程》(光绪三年刻本)、《林则徐集·日记》(中华书局1962年版)、《林则徐集·奏稿》上中下三册(中华书局1965年版)、《重浚江南水利全书》、《云左山房诗钞》、《使滇吟草》、《林则徐全集》十册、《拜石山房诗集》、《黑头公集》、《林则徐日记》(中华书局1962年版)、《云左山房诗文集》(《赌棋山庄词话》续编卷二"林则徐与邓廷桢词"条、《闽词征》卷四)、《林文忠公政书》三十七卷、《畿辅水利议》一卷、《直隶水田简要事宜》一卷、《滇轺纪程》一卷、《荷戈纪程》一卷、《云左山房诗钞》八卷文钞四卷(民国《闽侯县志》卷四八《侯官艺文志》)、(编)《四洲志》(道光二十四年古微堂《海国图志》五十卷本)、《林文忠公书翰墨迹》八卷(姚觐元砖刻拓本)、《林文忠公尺牍》(北京懿文

① 陈寿祺《赠林丈敬庐序》,《左海文集》卷六,《清代诗文集汇编》第499册,影印第276页。

② 民国《福建通志》总卷四十,《福建儒行传》卷五,林志仁传,原第十六、十七页。

③ 柯愈春《清人诗文集总目提要》,第884页。

④ 余潜士《余潜士全集》,第1页,序。按:林宝辰此序称林芳春为"叔祖敬庐公"。

⑤ 杨庆琛《怀人三十首》其十三,自注:"林书甫茂才丞英。"(《绛雪山房诗钞》卷五,《清代诗文集汇编》第542册,影印第389页)

⑥ 杨庆琛《感逝五十首》其四十四,自注:"林书甫广文宝辰。"(《绛雪山房诗续钞》卷六,《清代诗文集汇编》第542册,影印第612页)

⑦ 李灵年等《清人别集总目》著录《云左山房诗钞》三种:光绪十二年侯官林氏刻本,八卷,国家图书馆等处藏;光绪十二年福州刻本,八卷附录一卷诗余一卷试帖一卷,南京图书馆等处藏;宣统元年《邓林唱和诗词合刻》本,一卷(第1367页)。

⑧ 柯愈春《清人诗文集总目提要》著录林则徐诗文集著作写本15种、刻本3种、石印本1种(第1190-1191页)。

斋影印本)、《漱香精舍旧藏林文忠公手牍》、《林则徐集·书札》(未刊稿)、(杨国桢编)《林则徐书简》(福建人民出版社1985年版)、《林则徐书札手迹选》(紫禁城出版社1985年版)、《林则徐书札手稿》(上海古籍出版社1985年版)、《林文忠公手改尺牍录存》残存四卷(道光林直手写本,福建省图书馆藏)、《林则徐手札真迹》(上海图书馆藏)、(凌青藏)《林文忠诗札》、(陈锡祺辑)《致怡良书柬》、(汇编)《澳门新闻纸》(南京图书馆藏本)、(编)《澳门月报》(《海国图志》本)、(纂)《华事夷言录要》(《海国图志》百卷本)、(辑)《滑达尔各国律例》(《海国图志》六十卷本)、(辑)《洋事杂录》(上海社会科学院历史研究所藏手抄本)、《云左山房诗余》不分卷(刘荣平《赌棋山庄词话校注》卷二注)、《云左山房诗钞》八卷附二卷(民国《福建通志》总卷二十五,《福建艺文志》卷六十六)、(与邓廷桢)《邓林唱和集》一卷(宣统元年浦江陈氏刻本。《清诗纪事》第8611页作《林邓唱和集》)、《塞上诗塞上竹枝词》一卷《回疆竹枝词》一卷《珠江竹枝词》一卷(清钞本,首都师范大学图书馆藏)、《题杨太真墓诗》(拓本,南京图书馆藏)、《林文忠公诗集》(光绪十二年福州刻本,厦门图书馆藏)、(郑丽生辑)《云左山房佚诗》一卷校录一卷(郑氏春檗斋钞本,福建师范大学图书馆藏)、(郑丽生辑)《云左山房佚文》(钞本,福建省图书馆藏)、《侯官林文忠公遗稿》不分卷(稿本,上海图书馆藏)、《林文忠公遗墨》一卷(稿本,中国科学院图书馆藏)、《林文忠公遗集》(光绪刻本,日本东洋文库藏)、(萨嘉榘辑)《林文忠公文稿编选》二卷(1959年手抄本,福建师范大学图书馆藏)、《林文忠尺牍》(《福建丛书》稿本,福建省图书馆藏)、《林文忠公书札诗稿》不分卷(稿本,国家图书馆藏)、《林则徐家书汇钞》(原稿本,福建省博物馆藏)、《林则徐家书》(民国十四年《清朝十大名人家书》本)、(中山大学历史系编)《林则徐集·书牍》(中华书局1985年排印本)、(黄泽德编)《林则徐信稿》(福建人民出版社1985年版)、《林则徐遗墨三种》(1962年钞本,福建师范大学图书馆藏)、《林则徐诗文选注》(上海古籍出版社1978年版)、(辑)《软尘私议》(共十九则)

林聪彝:《文忠公年谱草稿》(厦门大学历史系、南开大学图书馆藏,传抄本)、《西行日记》(民国《闽侯县志》卷六十九本传,民国《福建通志·福建列传》卷三十八题《广成西行日记》)

林贺峒:《味雪堂遗集》二卷①(宣统元年刻本。民国《福建通志》、民国《闽侯县志》本传作《味雪堂遗稿》)

李枝青(林则徐侄女婿):《诗文集》(陈昌强《谢章铤年谱简编》光绪九年)、《西云札记》(陈昌强《谢章铤年谱简编》光绪十年)、《仓颉类篇辑本》、《佚海防略》、《诗文》等二十六卷、《西云文稿》一卷、《西云诗钞》二卷、《西云遗书》十卷(光绪间刻本,国家图书馆藏。柯愈春《清人诗文集总目提要》第1343页)、《芗园笔记》、《西云诗钞》、《仓颉字考》、《说文疑》

林扬光(林则徐侄孙):《胜庄诗钞》不分卷(民国七年石印本,福建省图书馆藏;钞本,上海图书馆藏。柯愈春《清人诗文集总目提要》第1866页)

陈氏(林瀫桢之母):《闻妙香室集》(陈衍《近代诗钞》所引《悼亡十首》第六首注)

林瀫桢:《北征》、《感秋》诸集(陈衍《近代诗钞》下册第2212页)、《感旧集》不分卷(民国间铅印本,厦门市图书馆藏。柯愈春《清人诗文集总目提要》第1990页)、(编)《文藻遗芬集》(民国二十六年铅印本,中国社会科学院文学研究所藏)

李桂玉(署浣花女史,林瀫桢妻):《榴花梦》三百六十卷(抄本、中国文联出版公司1998年版)、《三奇缘》

邹姚华(无锡人,林瀫桢妻):《偕燕楼诗遗稿》一卷(民国二十六年《文藻遗芳集》本。李灵年等《清人别集总目》第968页)

张清扬(林瀫桢弟林兰亨室):《潜玉集》一册、《清安词》一册(《闽词征》卷六作《清安室词》,《闽词钞

---

① 《清代诗文集珍本丛刊》收录林贺峒《味雪堂遗草》文一卷诗一卷,影印民国林氏家刻本。柯愈春《清人诗文集总目提要》著录《味雪堂遗集》二卷,民国二十二年刻本,国家图书馆藏;又《味雪堂遗草》不分卷,一册,林玉铭辑,光绪三十三年铅印本,国家图书馆、北京师范大学图书馆藏;《味雪堂遗集》不分卷,林源熵辑,林玉铭、林炳章订正,宣统三年刻本,南京图书馆藏(第1764页)。

闽词征》,福建人民出版社2014年版)(民国《闽侯县志》卷四八《侯官艺文志》)、《清安室词甲乙稿》(民国十年福州刻本)、《清安室诗补遗》一卷(《文藻遗芬集》本。柯愈春《清人诗文集总目提要》第2017页)

林源焴:(辑)《欧农浅语》(刻本)

林家溱:《闽画记》四册、《西湖社诗存》、《福州坊巷志》(钞本,存四卷)、《魏子安年谱》一卷、《拥尘室读书记》一卷(收入《福州坊巷志:林家溱文史丛稿》,福建文史丛书本)、《观稼轩笔记》一策、《张亨甫年谱》、《闽中沿革表》五卷、《福州西湖简介》、《飏歌》(《福建省文史研究馆志》)、《平治楼书目》(《竹间续话》卷四)

**谨按:**侯官林则徐家族自林则徐以迄当代,代有显人,是福州府侯官县的著名家族,以林则徐为林氏之杰。《清代硃卷集成》载光绪二十八年(1902)壬寅科福建举人、林则徐曾孙林大任硃卷及其履历,其履历备载其家族功名、外氏婚姻等情况,以下簃录至林则徐之时诸世系:支祖林存素,原籍福清[①],福州府府学增生,清初迁居省城[②],支祖妣陈氏;太太高高祖林廷癸,妣郑氏;太高祖林万迈,字潜堂,妣胡氏;高祖林宾日,字旸谷,妣陈氏,系陈圣灵女,陈文治、陈文蔚、陈文华、陈兰泰胞姊,陈象仪、陈端士、陈树枫、陈福畴、陈鸣昌胞姑,陈宪周、陈翼谋、陈宝璿、陈葆胞祖姑,陈钦铭、陈镜河、陈燮铭胞曾祖姑;胞高伯祖林文藻、林天轩、林天策;曾祖林则徐,妣郑氏,系郑大谟女,郑炳文、郑德裕、郑德崇、郑文远、郑蔚文胞妹,郑德昌胞姊,郑彰仁、郑醇仁、郑尊仁、郑观仁、郑敦仁、郑安仁、郑居仁、郑景仁、郑金钊、郑达仁胞姑,郑永祥、郑桐、郑承洛、郑组成、郑兆祥、郑承式胞祖姑,郑学清胞曾祖姑,庶曾祖妣穆氏;嫡堂曾伯祖林春三,嫡堂曾叔祖林逢吉,胞曾叔祖林霈霖(出嗣林天策)[③]。

林则徐之父林宾日(1749—1827),原名天翰,字孟养,号旸谷,林万选第四子[④]。岁贡生、候选儒学训导;母陈帙(1759—1824),陈圣灵第五女,陈文华、陈兰泰胞妹。林则徐撰有《先妣事略》。林宾日夫妇育有三男八女[⑤],子林鸣鹤(早夭)、林则徐、林霈霖(雨人,出嗣三伯父林孟典),孙林汝舟、林秋柏、林聪彝、林拱枢(四人系林则徐之子)、林龙言(林霈霖之子),孙女三人[⑥],曾孙林贺峒、林鸿翥[⑦]、林臻品[⑧]等。林宾日少时预游敦社、诚交社、绵统山堂,与里中诸杰士讲习;晚主将乐正学书院讲席十年,将乐科目因之复盛。[⑨] 能诗,嘉庆间尝与林雨化、陈梁[⑩]等结真率会[⑪],垂二十年。传在民国《福建通志·儒行传》。林宾日所作"不务炫异,惟以达理适情为主。涉乐必笑,言哀已叹","诸经中尤邃于《易》,汉宋

① 明代大臣闽县林庭㭿(谥康懿)系林则徐先世族人,林庭㭿(1472—1541)先世亦福清人。林则徐乡人郑开禧作《送林少穆方伯之任湖北》组诗,其三诗后注:"君先世康懿公明嘉靖中任湖广布政使。"(《知守斋诗二集》卷四,《清代诗文集汇编》第560册,影印第78页)

② 林宾日先世自莆田徙福清杞店乡岑兜村,再徙省治(民国《福建通志》总卷四十,《福建儒行传》卷五,林宾日传,原第二十一页)可参看林则徐《先考行状》(《林则徐全集》第五册,第445页)。

③ 《清代硃卷集成》第三四〇册,影印第83-88页。林则徐有《挽雨人四弟霈霖》联(《林则徐全集》第六册,第326页)。

④ 据林则徐《先考行状》,林万选子林文藻(芝岩)、林孟昂、林孟典、林宾日,林宾日有从子林奉吉、林春三等(《林则徐全集》第五册,第451页)。

⑤ 据林则徐《先考行状》,林宾日八女分别适太学生邓学汶、处士翁崇起、举人李铭经、职员李颖钊、太学生程立爰、沈廷枫、陈嘉勋、叶预昌(《林则徐全集》第五册,第453页)。

⑥ 林则徐《林则徐全集》第五册,第441页。

⑦ 林则徐《舟儿初举一男诗以示之》,《林则徐全集》第六册,第229-230页,第230页注。道光二十四年(1844)春作,有"家书万里至",当生于道光二十三年(1843)冬。

⑧ 林则徐《舟儿妾生子》,《林则徐全集》第六册,第239页,注。此诗道光二十五年(1845)二月作,有句"冬春连报见双丁",当生于二十四年(1844)。

⑨ 民国《福建通志》总卷四十,《福建儒行传》卷五,林宾日传,原第二十一页。

⑩ 道光九年(1829),林则徐撰有《诰封中宪大夫浙江道御史松轩陈先生墓志铭》(《林则徐全集》第五册,第467-468页)。陈梁(1756—1829),系古灵陈廷凤曾孙,有子陈朝绅(嗣陈世范,娶范氏)、陈朝纲(嗣陈世宇,娶余氏)、陈功(字叙斋,进士,娶林雨化女,继娶吴光悦女,再娶陶桂桢女)。

⑪ 谢章铤《校阅余话》引闽县诗人莫友棠《屏麓草堂诗话》:"(结社谈宴)国朝嘉庆中,吾乡林旸谷封君与先师赵溥堂夫子及谢发川(谢曦)、陈东村(陈烺)、陈俟庵(陈大煜)、林香竹诸先生踵而行之,并戏撰社规二十事。"(《赌棋山庄余集》文集卷三,《清代诗文集汇编》第681册,影印第110页)

之学皆深究之。与生徒讲《易》,辄至移晷,间或发前人所未发,而终以义蕴深微,不以一己所见遽矜述作”。[①]

林则徐(1785—1850),字元抚、少穆、石麟,号俟村(一作竢村)老人、俟村退叟、七十二峰退叟、瓶泉居士、栎社散人等。少入鳌峰书院,与梁章钜同学,受知于郑光策。嘉庆九年甲子(1804)福建乡试举人中式,与萨廷沛、廖鸿苞、叶申芗、廖金城等同年。入福建巡抚张师诚幕府,得闻先朝掌故及兵、刑诸大政。十六年辛未(1811),以二甲第四名进士登第。改选庶吉士,派习国书,散馆授编修。历任监察御史、江苏按察使、陕西按察使署布政使、江宁、湖北、河南等省布政使、江苏巡抚、署两江总督、湖广总督、陕甘总督、陕西巡抚、云贵总督等。谥文忠,赠太子太傅。多次任钦差大臣,重要政绩为虎门禁烟,抚定新疆、云南、广西等边疆省份及治理水利等。传见《清史稿》卷三百六十九、《清代学者象传》第一集(第343-344页)。其人以经世致用立身,尝撰有“苟利国家生死以,岂因祸福避趋之”(《赴戍登程口占示家人》二首其二,1842年作)诗句[②],实为林则徐一生行事的真实写照。

民国《闽侯县志》林则徐本传称其“书具体欧阳,诗出入白、苏”[③],《竹间续话》以为林则徐“诗宗白傅,书体欧阳”。[④] 陈衍《石遗室诗话》云:“公少工骈俪,饶有才华。”“《云左山房诗钞》使事稳切,对仗工整。”[⑤]潘焕龙《卧园诗话》以为林则徐诗“沉博绝丽,卓然大家”[⑥],由其得养气之正。陈衍以为林则徐之诗古今体稳惬流美,几欲媲美韩琦(安阳)、范成大(石湖)[⑦]。林则徐在京师任官翰林间,曾与宋诗提倡者程恩泽等参加宣南诗社[⑧],亦曾推重翁方纲[⑨],与魏源、龚自珍等订交,为诗社祭酒。道光三十年(1850),与林昌彝等畅游西湖,欲立湖上诗社,未果[⑩]。来新夏撰有《林则徐年谱新编》,上海人民出版社1981年版。《林则徐全集》系林则徐全集编辑委员会编纂,由海峡文艺出版社2002年出版。分十册:第1-4册为奏折;第5册为文录;第6册为诗词;第7-8册为信札;第9册为日记;第10册为译编。

林则徐为当世闻人,交游广泛,其中作者众多,与乡人陈寿祺、陈若霖、梁章钜、廖鸿藻、廖金城、叶申万、叶申芗、杨庆琛、刘建韶、刘敬与(《林则徐日记》一作刘敬余)、郭阶三、林靖光、林蓼怀、郭尚先、达麟、王道行、沈廷槐、沈廷枫、郑瑞麒、李彦章、苏廷玉、邱景湘、郭柏荫、陈景亮、龚瑞谷、龚云畤、陈敬猷、表妹夫孙惠霖、表弟江宗周、姨侄女婿何圣求、王庆云、何冠英、郑琼诏、邱璋、郑元璧、龚溶孙、杨簣、林昌彝、林春溥、林鸿年等;外省师友张师诚、沈维鐈、李象鹍、蒋攸铦、潘锡恩、潘曾沂、潘曾莹、黄宅中、张祥河、程祖洛、陶澍、朱为弼、姚莹、钱泳、阮元、贺长龄、李昭美、钱宝琛、龚自珍、怡良、潘仕成、冯登府、李星沅、姚椿、龚润森、王柏心、刘源灏、奕经、丰绅、张集馨、全庆、杨以增、郑祖琛、陈德培、邵懿辰、吴钟骏、吴振棫、魏元烺、孙瑞珍、延隆、戴絅孙、祝庆蕃、陈德培、白熔、陶廷杰、姻亲陆我嵩、程恩

① 林则徐《林则徐全集》第五册,第452页。

② 林则徐《林则徐全集》第六册,第209页。按:民国《福建通志·福建列传》林则徐传作“苟利国家生死以,敢因患难避趋之”,系道光三十年(1850)林则徐被任钦差大臣往广西剿灭洪秀全稔乱途中作(卷三十八,林则徐传,第二十四页)。

③ 民国《闽侯县志》卷六十九,原第十五页,影印第259页。

④ 郭白阳《竹间续话》卷一,第七页。

⑤ 陈衍《石遗室诗话》卷二十二,第一条,第300、299页。

⑥ 潘焕龙《卧园诗话》,道光二十年刻本。转引自魏慧娟《嘉道时期经世派诗歌论》(苏州大学2010年硕士学位论文)第15页。

⑦ 民国《福建通志》总卷二十五,《福建艺文志》卷六十六,第十页,引陈衍《石遗室书录》。

⑧ 按:闽人所结宣南诗社当有数种,时间跨度很长,非同一社集。嘉庆、道光间的宣南诗社初名消寒诗社,由嘉庆七年壬戌(1802)科进士发起,朱珔参与了全部社集,其他成员有陶澍、钱仪吉、董国华、刘嗣绾、陈用光、梁章钜、李彦章、林则徐、潘曾沂、程恩泽、谢学崇、李宗昉等二十余位,闽人有梁、林、李数位。闽人另结有同治宣南社。同治九年庚午年末至十年辛未(1870—1871)四月间,闽诗人林直北上京师,晤其弟林秉淳、舍人谢章铤、侍讲林锡三、水部郑守廉、编修郑守孟、吏部高纪、沈咏彤、比部杨廷传、大令刘勷、学博徐一鹗、农部郭溶、水部高胪璟、举人卓云祥(望岩)、曾兆鍠、陈钦铭(少希)等在京闽籍诗人屡有唱和,饮宣南酒楼。林直《壮怀堂诗三集》卷十至十一有诗纪行程,谢章铤为林直《壮怀堂诗三集》作序,署“同治辛未首春长乐弟谢章铤撰于宣南寓斋”(《清代诗文集汇编》第703册,影印第654页)。

⑨ 按:嘉庆二十年(1815)前后,林则徐《致商云》,内有“兹恳者贵省所制黎峒丸,极为神效,尊处谅必有之。缘覃溪先生现患足疾,亟需此物,用敢为乞醯之请。尚祈多惠数丸,以便转致,亦一无量功德也”。(《林则徐全集》第七册,第6-7页)覃溪,即翁方纲。

⑩ 钱洪来《林昌彝年谱》,第41页,引《射鹰楼诗话》卷十一。

泽及宣南诗社诸友、周凯及龙树院雅集诸友等。于乡人,林则徐与刘建韶、郑瑞麒、梁章钜、叶申芗、郭柏荫等交往较密;于师友,林则徐与张师诚、沈维鐈、潘氏诸人、李星沅、杨以增、阮元、姚莹、陶澍、魏元烺、吴钟骏、邵懿辰等当代闻人交往最密。

林则徐娶同邑郑大谟之女郑淑卿(1789—1847)①。郑氏能诗,尝赋《述怀》、《纪事》七古二章,以手稿寄夫②。卒于昆明云贵总督署。子林汝舟、林秋柏(夭)、林聪彝、林拱枢,女林尘谭、林金鸾、林普晴、林郑氏③。长女林尘谭适刘齐衔,次女林普晴(字敬纫)适沈葆桢,三女林郑氏适郑葆中。一说林郑氏即林金鸾,误。林则徐子女之夭殇,林则徐在书信中屡屡纪之④。

林则徐撰《先考行状》,其父幼时躬习劳苦,以孝闻;比长立志奋发,不以贫废学,刻自激励,科场不售,转以孜孜教诲子弟、成就后学为事;"府君笃于天伦,事诸兄惟谨",抚从子,赒宗族;"舍己宅为(支)祠,买田数亩以供时祭,下及子孙读书膏油之助,章程悉具,不孝等当守而行之。"在父亲的影响下,林则徐"自问何所树立,安能无忝所生"⑤,极具积极经世的精神和震撼力。

林则徐家族由于其父林宾日教导有方,世泽绵长,直到当代。

## No.389 侯官冯缙家族

冯缙:《读史纂误补》、《兰话堂后金石纪存》(民国《福建通志·文苑传》本传题《兰话室后金石存》。民国《福建通志·福建艺文志》卷三十七作《兰话堂后金石纪存》二十卷,《福建文献集成初编》第92册影印福建省图书馆藏民国间钞本一卷)、《昭陵陪葬姓氏考》(民国《福建通志·福建艺文志》卷三十七一题《唐昭陵陪葬名氏考》)、《陶舫枣窗拾慧》、《冶南黎献诗文钞》(同治刊本《福建通志》卷六十八、民国《闽侯县志》卷四八《侯官艺文志》)、(校刊)《来斋金石考》(林侗撰)、《亦园亭全集》(孟超然撰)(民国《福建通志》总卷三十九,《福建文苑传》卷八本传)、《枣窗拾慧》十卷(民国《福建通志》总卷二十五,《福建艺文志》卷五十)、《瓻瓻䅲米集》四卷(道光元年刻本。柯愈春《清人诗文集总目提要》第1125页)

**谨按:**侯官冯氏累世簪缨,多取功名,并与福州望族联姻。《清代硃卷集成》第六一册收录光绪十二年丙戌(1886)科第二百四十一名贡士、殿试二甲第八十二名进士叶大琛的履历,叶大琛本生祖妣冯氏系国学生冯澍孙女,国学生、候补布政司经历冯光纁长女,嘉庆三年戊午(1798)举人、内阁中书冯缙、嘉庆五年庚申(1800)举人冯光祚胞侄女,道光五年乙酉(1825)举人、直隶大名府同知冯章嫡堂侄女,道光元年辛巳(1821)举人、山西文水知县冯新堂妹,国学生冯寿康、道光十二年壬辰(1832)进士、知县冯燕誉、国学生、候补分州冯宝莱⑥、国学生冯燕翼胞姊,咸丰元年辛亥(1851)举人、直隶博野知县冯庆扬、咸丰五年乙卯(1855)举人、刑部江西司主事冯庆熙堂姊,道光二十六年丙午(1846)举人、教谕冯应曾嫡堂姑,咸丰九年己未(1859)进士冯荣萱、同治四年乙丑(1865)举人冯荣图、光绪元年乙亥(1875)举人冯廷珹堂姑,浙江候补主簿冯藻、江苏候补主簿冯骥胞姑;其父叶滋纯,娶冯氏,系例贡生

① 林则徐有诗《辛丑三月十七日室人生日有感》,《林则徐全集》第六册,第199页。

② 民国《福建通志》总卷四十五,《福建列女传》卷二,郑氏传,原第二十二页。

③ 林则徐《挽室人》联有"共生成三男三女"句(《林则徐全集》第六册,第342页)。

④ 按:林则徐长子林汝舟出生之后,多名子女夭折。嘉庆二十年三月初十日(1815年4月19日)《致杨庆琛》云"今春养儿不成"(《林则徐全集》第七册,第5页),三月二十八日(1815年5月7日)《致刘敬与》云"正月间举男儿不成"(同书,第5页);嘉庆二十三年六月二十五日(1818年7月27日)《致郭阶三》云"三四月间,连殇二女,妇病连绵"(同书,第10页);道光元年十月二十七日(1821年11月21日)《致林蓼怀》云"内人舟中生女,病亦不支"(同书,第21页)。

⑤ 林则徐《林则徐全集》第五册,第445、451-452页。

⑥ 冯宝莱,字蘅舲,冯燕誉弟。与侯官郭柏苍交密,尝与江庚先、郭柏苍等客建宁府芝城。郭柏苍作有《祭七十六叟侯官冯州守宝莱文》,时光绪十三年丁亥(1887)。

冯永龄孙女，冯振钧女，咸丰元年辛亥(1851)举人冯旭升胞侄女，光绪二年丙子(1876)、邵武府学教授举人冯梦辛、国学生冯成锵胞姊[①]。侯官举人郭则沄之父郭曾炘，娶冯氏，系道光元年辛巳(1821)举人、山西永宁知州冯新孙女，咸丰元年(1851)举人、直隶博野知县冯庆扬、咸丰五年乙卯(1855)举人、刑部员外郎冯庆熙侄孙女，浙江兰溪县丞冯廷琛女，咸丰九年己未[②](1859)进士、临川知县冯荣萱、同治三年甲子(1864)举人冯荣图嫡堂侄女，陕西候补知县冯廷钰、安徽候补府经历冯廷瑜胞侄女[③]。据此，叶大琛与郭曾炘配冯氏为表兄妹行。

冯缙(1782[④]—1839后、1858前[⑤])，字光通，号笏軿、栖鹤。张人寿姊婿[⑥]。嘉庆三年戊午(1798)举人中式，与廖鸿藻、曾晖春、龚以镗、叶申棻、叶申芑、龚受谷等同年，陈寿祺挚友。家有陶舫别业，其中兰话室、志在楼、朴学斋、鹤巢、林亭等旧迹[⑦]。道光十三年(1833)，陶舫易手他人[⑧]，冯缙迁西城之麓善化坊[⑨]，有亦陶舫[⑩]。陈寿祺称冯缙笃嗜博搜，积十年所藏，碑版遂富，陶舫中"缣缃三万轴，照耀东海东"[⑪]。冯缙撰成《兰话堂后金石纪存》二十卷等[⑫]。同治刊本《福建通志》著录其著作，注："缙，字光通，号笏軿。嘉庆戊午(三年，1798)举人，内阁中书。"[⑬]尝梓林侗《米金石考》、孟超然《亦园亭全集》行于世。传见民国《福建通志·文苑传》。

杨庆琛诗《陈恭甫编修招同林少穆观察赵谷士编修在田萨檀河大令玉衡冯笏軿孝廉集小娜嬛馆》[⑭]，知陈寿祺与林则徐、赵在田、萨玉衡、冯缙、杨庆琛在小娜嬛馆雅集。按：诗中第四句下注："少穆自浙假归。"时任浙江杭嘉湖道林的则徐从浙中以父病假归，事在道光元年(1821)，明年复入京引见。此前，嘉庆十一年(1806)杨庆琛尝以光禄诗社一派的复振事业归诸冯缙："光禄诗社列一

---

① 《清代硃卷集成》第六一册，进士叶大琛履历，影印第6-9页。

② 《清代硃卷集成》第三四〇册举人郭则沄履历作"咸丰乙未科进士"(影印第105页)。

③ 《清代硃卷集成》第三四〇册，举人郭则沄履历，影印第104-105页。

④ 卢美松《松轩话史》，第72页。卢氏据林则徐道光二十一年(1841)所作《和冯笏骈六十自寿诗四首》推断。按：所据可能有误。《林则徐全集》第六册原题《和冯笏骈〈六十自寿诗〉》七律组诗四首(第267-268页)。杨庆琛《补和冯笏軿中翰六十自寿诗》二首(《绛雪山房诗钞》卷十，《清代诗文集汇编》第542册，影印第435-436页)作于道光十二年之后是无疑的，此诗在《(道光十二年)腊月二十七日同莨林方伯饮许菌坪学博嫣红院》之后、《服阕北行感赋》之前。前诗有"何事迁延竟五年"以道"补和"之因，补作于五年之后，仍旧按照前后时间编次；后诗有"道光壬午冬，挈眷入燕都"、"及兹甫十年，重上旧征途"，则服阕还京在道光十三年(1833)春(以还京途次诗《建溪舟次和笏軿赠行长句兼寄恭甫莨林莲渚》首句"春云起层坳"推断时节)，冯缙的六十寿当在此年，又与杨庆琛(1783—1867)自憾"平头五十未归田"(影印第436页)相合，逆推冯缙生年在乾隆三十九年甲午(1774)，长杨庆琛九岁。然梁章钜《笏骈出示六十自寿诗次韵奉赠》六首其五(耆筵偏我未抽簪)诗中注云"君诗成于数年前，余归田后始属和焉"(《退庵诗存》卷二十，《清代诗文集汇编》第515册，影印第215页)，此六首诗作于道光十二年(1832)，则冯缙六十之寿在数年之前，其生年亦当更早。道光十四年(1834)十月，梁章钜作《十月二十日霁峰招集自怡轩是日会者八人笏轩最长年六十七莲渚六十六霁峰与鲁庭同六十五穀士六十四余与鉴塘同六十香农最少亦五十七合成五百四岁口占索诸公同纪之》(《退庵诗存》卷二十三，影印第241页)，据此题，冯缙长梁章钜七岁，其生年当在乾隆三十三年戊子(1768)。按：笏軿，《退庵诗存》此诗题作"笏轩"。

⑤ 咸丰八年(1858)，杨庆琛作《感逝五十首》，《引》云"兹已皆作古人"(《绛雪山房诗续钞》卷六，《清代诗文集汇编》第542册，影印第610页)其中第二十七首追念冯缙。

⑥ 杨庆琛《晤张又川广文话旧》其三首句注，《绛雪山房诗续钞》卷一，《清代诗文集汇编》第542册，影印第559页。作于道光三十年庚戌(1850)。

⑦ 梁章钜《冯恪甫陶舫第三集》句中自注，《退庵诗存》卷五，《清代诗文集汇编》第515册，影印第70页。梁章钜自注陶舫为冯光祚伯兄冯缙所居。

⑧ 梁章钜《笏軿招同莲渚恭甫雪茉芸卿饮于陶舫赋谢》其二诗句"见说夜舟须转易"及注，《退庵诗存》卷二十一，《清代诗文集汇编》第515册，影印第218页。作于道光十三年(1833)。

⑨ 梁章钜《笏軿将移居以别陶舫二律索和次其韵》其一诗后注，《退庵诗存》卷二十一，影印第218页。

⑩ 梁章钜《周鼎歌笏軿属赋》首句"亦陶舫中开吟坛"，《退庵诗存》卷二十一，影印第221页。又见同卷《笏軿移居属予作亦陶舫三字扁并以诗招饮次韵奉答》诗，有"区区我藤馆，厥主且屡易"、"我非藤馆主"句(影印第222页)。

⑪ 梁章钜《冯恪甫陶舫第三集》，《退庵诗存》卷五，《清代诗文集汇编》第515册，影印第70页。

⑫ 陈寿祺《兰话室后金石纪存序》，《左海文集》卷七，《清代诗文集汇编》第499册，影印第312页。

⑬ 同治刊本《福建通志》卷六十八，影印第1400页。

⑭ 民国《雁门萨氏家谱》卷五，《叙赠录下》引杨庆琛《绛雪山房诗钞》(原第十六页，影印第861页)。

派,长林子弟雄能文","旧时文献久衰歇,谁与继者今属君"。[①] 嘉庆十七年壬申(1812),陶舫诗事最盛[②]。道光二年壬午(1822)冬,北上的杨庆琛作《寄冯大笏畊》组诗四首,其三有句云:"南州坛坫尊陶舫,北海宾朋属笏畊"[③],不改其初衷。萨玉衡《题冯笏畊陶舫三绝句》其二:"莫倚一军矜旧派,只今光禄有新诗",自注:"莘田(黄任)与雪村(许均)诸同社有光禄坊派之称,故其诗云'况我光禄张一军。'"[④]按:光禄诗社指的是清初林侗、林佶等"长林子弟"组织并延至乾隆间黄任的福州诗社。道光十二年壬辰(1832)八月至十五年(1835)五月间[⑤],江苏布政使梁章钜因病开缺回到福州期间,组织三山吟社雅集活动,冯缙的新居亦陶舫、梁章钜的黄楼、曾晖春的自怡轩和福州西湖是四个诗社雅集的重要场所,相约"十旬一集"[⑥],梁章钜《退庵诗存》多次韵、用韵冯缙原诗之作,福州诗坛再次出现了活跃的文学活动,这是嘉庆间冯缙旧居光禄坊陶舫雅集、梁章钜藤花吟馆诗社唱和活动的延续。

冯缙之配张娇娥,能诗,早卒。冯缙有《悼亡诗草》,遍征同人题咏[⑦]。

冯氏子弟多英俊人物,所谓"坛坫推元戎,流徽盛群季"。[⑧] 冯缙之弟冯光祚(?—1813[⑨]),字恪甫,行五。嘉庆五年庚申(1800)举人,梁章钜诗友。尝入藤花吟社,刻意为诗。藤花吟馆系梁章钜与诗友唱和之所,在今福州三坊七巷内。道光二十五年(1845),杨庆琛作《题冯恪甫孝廉光祚风木图遗照》绝句组诗五首。杨庆琛《建溪舟次和笏畊赠行长句兼寄恭甫茝林莲渚》其三有句"檐里难弟与阿戎",注:"谓绥之、梅士。"[⑩]分别指的是冯缙的胞弟冯纲(绥之)和堂弟冯章(梅士)[⑪]。民国《雁门萨氏家谱》收录叶申蔼《宛在堂小集和珠士即次元韵》,诗中注:"是日招同冯梅士孝廉往游,孝廉乃余文命初交。"[⑫]叶申蔼亦杨庆琛诗友,其侄叶荣昌娶冯缙胞侄女,形成冯、叶两家族联姻。

嘉庆十八年癸酉(1813),陈寿祺赋《陶舫诗三十韵为冯氏兄弟作》,末句注:"星绮及其弟星永同举于乡。余少与星绮进庠,相知最早。"[⑬]冯缙,字星绮;冯光祚,字星永。兄弟分别于嘉庆三年(1798)、五年(1800)中举。

冯燕誉,字訒庵,冯缙胞侄,杨庆琛女婿[⑭]。能诗。冯燕誉有诗《与燕南兄同舟至建宁分路承惠诗赠行次韵奉答事余将赴四川》[⑮]。萨龙田,字肇珊,号燕南。诗中尚有"少农"者为冯燕誉新订交者,亦萨氏族人。萨富,字怀敦,号少农。

---

① 杨庆琛《冯笏畊招集陶舫》,《绛雪山房诗钞》卷三,《清代诗文集汇编》第 542 册,影印第 368 页。时嘉庆十一年(1806),以杨庆琛嘉庆十年季秋归家,《归家作》诗后有《春暮》诗,是为十一年(1806),本诗后有《丁卯(嘉庆十二年,1807)季秋同林书坡孝廉北行舟次口占》诗。

② 梁章钜《笏畊招同莲渚恭甫雪茶芸卿饮于陶舫赋谢》其二诗中注,《退庵诗存》卷二十一,《清代诗文集汇编》第 515 册,影印第 218 页。作于道光十三年(1833)。

③ 杨庆琛《绛雪山房诗钞》卷七,影印第 413 页。

④ 萨玉衡《白华楼焚余稿》,《清代诗文集汇编》第 484 册影印光绪二十九年刻本,影印第 632 页。

⑤ 梁章钜《退庵自订年谱》,页十三、十四。光绪元年梁氏二思堂从书本。

⑥ 梁章钜《上巳日笏畊招小西湖修禊次其韵》,《退庵诗存》卷二十一,《清代诗文集汇编》第 515 册,影印第 223 页。

⑦ 民国《福建通志》总卷四十五,《福建列女传》卷六,张娇娥传,原第三十页。

⑧ 梁章钜《冯恪甫陶舫第三集》,《退庵诗存》卷五,《清代诗文集汇编》第 515 册,影印第 70 页。

⑨ 《林则徐日记》记载嘉庆十八年(1813)十一月十二日,接到冯缙书信,知恪甫遽尔下世(《林则徐全集》第九册,第 33 页)。

⑩ 杨庆琛《绛雪山房诗钞》卷十,《清代诗文集汇编》第 542 册,影印第 436 页。

⑪ 根据《清代硃卷集成》第六一册所收录的光绪十二年丙戌(1886)科第二百四十一名贡士、殿试二甲第八十二名进士叶大琛的履历,冯缙兄弟行中举人功名者有冯缙、冯光祚(亲兄弟)和冯章三人。

⑫ 民国《雁门萨氏家谱》卷五,《叙赠录下》,原第二十二页,《北京图书馆藏家谱丛刊》闽粤侨乡卷第 49 册,影印第 873 页。

⑬ 陈寿祺《左海诗钞》卷一,《清代诗文集汇编》第 499 册,影印第 518 页。

⑭ 杨庆琛《建溪舟次和笏畊赠行长句兼寄恭甫茝林莲渚》其四首二句:"君家龙文彦,作我门楣光。"注:"令侄燕誉为余子婿。"(《绛雪山房诗钞》卷十,《清代诗文集汇编》第 542 册,影印第 436 页)

⑮ 《雁门萨氏家谱》卷五,《叙赠录下》,影印第 868 页。

## No. 390　闽县王庆云家族

王庆云:《熙朝纪政》(改名《石渠余纪》)八卷(光绪二十八年铅印本)、《石渠余纪》六卷(光绪十六年黄氏刻本。民国《闽侯县志》卷四七《闽县艺文志》)、《石延寿馆文集》(民国三十二年石印本)、《荆花馆遗诗》一卷(民国三十年仿宋聚珍本)、《王文勤公奏稿》八卷(民国二十三年刻本)、《王文勤公奏稿》二十四卷(《福建文献集成初编》第58-59册影印福建省图书馆藏稿本)、《王庆云日记》(《福建文献集成初编》第70-78册影印国家图书馆藏稿本)、《西清王氏族谱》

王传璨:《王文勤公年谱》(民国二十二年王氏铅印本)

王仁堪:《王苏州遗书》十二卷首一卷(王孝绮汇刻,民国二十二至二十三年王氏仿宋本、二十五年王孝绮跋)、《王仁堪殿试卷》(光绪三年石印本)、《王苏州遗书补》一卷(民国二十五年铅印本。李灵年等《清人别集总目》第101页)

王仁东:《完巢剩稿》(徐世昌《晚晴簃诗汇》卷一七一、《近代诗钞》中册第1011页。柯愈春《清人诗文集总目提要》第1858页作一卷,民国十年铅印本)

王孝缉等:《王苏州年谱》(民国二十二年仿宋本《王苏州遗书》附)

钱塘许之雯(许佑身女,王孝亮妻):《缃云馆诗钞》一卷(光绪二十五年刻本,国家图书馆藏。柯愈春《清人诗文集总目提要》第1574页)

王氏:《西清王氏族谱》(道光本、1993年本)、(王孝总、王孝缃等修)《西清王氏重刊族谱》(《近代中国史料丛刊续编》第八十四辑,文海出版社有限公司1980年版;1972年铅印本)

王世襄:《中国古代音乐书目》(音乐出版社1962年版)、《画学汇编》(1959油印本)、《中国画论研究——世襄未定稿》六册(广西师范大学出版社2002年版)、(编)《清代匠作则例汇编·佛作·门神作》(1963年油印本、香港中美图书公司1969年铅印本、中国书店2008年版)、《王世襄集》(生活·读书·新知三联书店2013年版。包括《明式家具研究》、《〈髹饰录〉解说》、《中国古代漆器》、《竹刻艺术》、《说葫芦》、《明代鸽经　清宫鸽谱》、《蟋蟀谱集成》、《中国画论研究》上下卷、《锦灰堆:王世襄自选集》三册、《自珍集:俪松居长物志》十种十四册)、《竹刻鉴赏》(台湾先智出版事业股份有限公司1997年版)、《竹刻艺术》(人民美术出版社1980年版)、(整理)《竹刻小言》(金西涯著。中国人民出版社2010年版)、《竹墨留青:王世襄致范遥青书翰谈艺录》(生活·读书·新知三联书店2015年版)、《髹饰录解说》(1958年油印本、文物出版社1983年版)、《明式家具珍赏》(香港三联书店/文物出版社1985年联合出版、文物出版社2003年版。在台湾出版了中、英、法、德文等版本)、《中国古代漆器》(文物出版社1987年版。有中、英文本)、(与朱家溍合编)《中国美术全集·竹木牙角器》(文物出版社1988年版)、(与朱家溍主编)《中国美术全集·漆器》(文物出版社1989年版)、《明式家具研究》(生活·读书·新知三联书店2007年版,袁荃猷制图。中、英文本)、《北京鸽哨》(辽宁教育出版社2000年版)、《中国历代蟋蟀谱集成》上下册(上海文化出版社2012年版)、《说葫芦》(香港壹出版有限公司1993年中、英双文版)、《美国加州中国古典家具博物馆选集》(中、英文本。1995年英文版,与Curtis Evarts合编)、《锦灰堆:王世襄自选集》三卷(生活·读书·新知三联书店2001年版)、《锦灰二堆:王世襄自选集》二卷(生活·读书·新知三联书店2003年版)、《锦灰三堆:王世襄自选集》(生活·读书·新知三联书店2005年版)、《锦灰不成堆:王世襄自选集》(生活·读书·新知三联书店2007年版)、(与赵传集合著)《明代鸽经清宫鸽谱》(河北教育出版社2000年版)、《明式家具萃珍》(上海人民出版社2005出版,王世襄编著、袁荃猷制图)、(编著)《竹刻》、《中国传统家具的黄金时期——明至清前期》等三十余部

**谨按:**据《西清王氏族谱》,西清王氏于明代正德、嘉靖间迁自江西清江(一说吉水县清江乡,一说清江县),始迁祖为王旭窗,二世王子遇、三世王长龄、四世王爱南均单传,五世二支、六世三支,七

世王秀卿之下分今之六房。十世王庆云、王书云之后，六房子孙簪组相望，至1992年已历十七世，号贻书堂王氏[①]。王庆云乾隆间在福州城内登龙巷（今福州鼓楼区东街竹林境小区灯笼巷北侧7、8号，一说孝义巷12-13号[②]）北侧建尚书第，其孙王仁堪状元及第后又称“状元府”。姻亲陈宝琛在王仁堪去世之后在螺洲店前后门埕购置房屋，建“状元府”，为王氏子弟读书之所。王庆云编制王氏后裔辈分字：“家传仁孝，世敦友于；念祖厥德，受祜孔多；贤为士仪，学乃人福；立身扬名，克长以翼。”

王庆云（1798—1862），字家鑅、贤关，号乐一、雁汀，王彩凤次子。嘉庆二十四年己卯（1819）举人中式，与魏本唐、萨文鼎等同年。道光九年己丑（1829）成进士，与郭昌年、曾元卿等同年，改选庶吉士，散馆授编修，历官贵州学政、侍讲学士重日讲起居注官、侍读学士、户部右侍郎等，累官四川总督兼署成都将军、两广总督、都察院左都御史、工部尚书。卒谥文勤。传见《清史稿》卷四百二十六。传又见民国《闽侯县志》卷六十八，此传文多载其生平重要奏章和事迹。王庆云与晚清重要人物、大学士祁寯藻等交密，尝荐曾国藩应诏。次子王传璨编有《王文勤公年谱》，谱中多记述王庆云在财政、经济、钞法、盐务、河工、漕务、饷需、捐输等重要财经问题上的主张和措施[③]。

王庆云弟王书云，字竹汀。道光二十六年丙午（1846）优贡生。穷究地理舆地之学，手绘十八省舆图，成书四卷，又精于算学。传见民国《闽侯县志》卷六十八、民国《福建通志·福建列传》卷三十九其兄王庆云传后。子王传琨。王氏又有王岩孙者，陈宝琛为撰《王岩孙妻弟七十寿序》，其子王振先游学日本，其侄儿王运亨系光绪二十八年壬寅（1902）福建乡试举人中式，与郭则沄、陈海瀛、林大任等同年。

王庆云侄王彝，字子舟。光绪元年乙亥（1875）福建乡试举人，与叶滋春、陈宝琦、郑虞、郭曾珣、郭曾炬、郭事昌等同年。风流俊赏，能诗善饮。能词，《闽词征》卷五有传及词。《赌棋山庄词话》之“王彝招吟菊之局”条：“咸丰己未（九年，1859）之秋，闽县王子舟彝孝廉，购菊花三百盆，五色纷如，堂庑庭阶皆满，招诸君为吟菊之局。一人一席，一笔，一墨，一砚，一韵本，肴四，酒无算。拈题分笺，三日始罢。夜则然红蜡数十枚，浅斟密咏于冷叶幽香之下。至今思之，如在天上。子舟为文勤尚书从子，门地清华，风姿玉立，能诗善饮，裙屐洒然，固翩翩佳公子也。未几，文勤卒于位，生计渐窘，而君之意兴，亦渐阑珊矣。乃入资为学官，又未几，哭其妻妾并及子女，一年数丧，而君之生意殆尽矣。迁俄数月，竟殁于建阳。其时赞轩（刘勷，刘家谋之弟[④]）家亦中落，而词榭中遂无人能为东道主者。盛衰之转移，不堪置念。赞轩刻有《效颦词》。子舟于词不多作，余屡属赞轩搜其遗稿，不可得也。牵连书之，亦吾不死吾友之意而已矣。又有浙人王筠舲廷瀛者，锡三（林天龄）之弟子也。暂来词局，归应秋试，获隽即死，其所作亦不可考矣。”[⑤]

王庆云这一支的世系为：王庆云→王传璨→王眉寿、王仁堪、王仁熟、王仁东→王孝缉（1876—1965，字彦和，号忆园）、王孝缙（1882—1956，字彦强）、王孝缃（1890—1988，字彦芸）（王仁堪四、七、十子）、王孝绰、王孝絜、王继曾（王仁东子）、王孝缜（1884—1968）、王荃芬（王仁东子女）等→王世襄（王继曾之子）、王世真。

王庆云之子王传璨（1826—1882），字子恒。官刑部候补主事。

王庆云孙、王传璨之子王仁堪（1849—1893），字可庄、忍庵、忍盦、忍龛[⑥]，号公定。光绪三年丁丑（1877）状元及第。官修撰，与曹鸿勋、黄国瑾等二十四人疏劾崇厚。出为山西学政、镇江知府，调苏州

① 卢美松《芸编留简》，福建美术出版社2018年版，第102-109页。

② 谢其铨《丁戊山小志》，第49页。

③ 来新夏《近三百年人物年谱知见录》，第184页。上海人民出版社1983年版。按：来氏误璨为灿。

④ 民国《福建通志》总卷二十五，《福建艺文志》卷七十二，第八页，《效颦词》解题引《赌棋山庄集》序。

⑤ 谢章铤《赌棋山庄词话》续编卷五，刘荣平《赌棋山庄词话校注》，第395页。

⑥ 郑孝胥《郑孝胥日记》，第391、393页。

知府，卒年四十六。挚友郑孝胥。门人徐世昌、梁启超等。王仁堪传见《清史稿》卷四百七十九，《闽词征》卷五有传及词。

王庆云之孙、王仁堪胞弟王仁东(1854—1918)，字刚侯，号旭庄、勖专。光绪二年丙子(1876)举人，官江苏候补知府。子王继曾撰行述。传见民国《福建通志·福建循吏传》卷十三。《晚晴簃诗话》王仁东小传："旭庄初官内翰，与兄可庄先生同在京朝，时称'二俊'。兄殁于苏州，旭庄以郡守待阙江南，寻进阶观察。辛亥后，移家沪渎，郁郁不自得，遂有心疾，居数年乃下世。其女荇芬为搜辑遗稿刻行。"[①]王仁东尝预上海超社、艺社唱和活动[②]。

## No.391 侯官郭阶三家族

郭守仁：《敬斋诗文集》(《清代硃卷集成》第338册郭绩昌履历，影印第63页)、《敬斋诗草》一卷(郭白阳《竹间续话》卷四)

郭阶三：《家塾易说》三卷，《诗草》一卷(郭白阳《竹间续话》卷四)

郭柏心(郭阶三长子)：《琴学尊闻》二卷(民国《闽侯县志》卷六十九、郭白阳《竹间续话》卷四；《清代硃卷集成》第338册郭绩昌履历，影印第66页。民国《闽侯县志》卷四八《侯官艺文志》作一卷)

郭柏荫(郭阶三次子)：《变雅断章衍义》一卷(侯官郭氏家集汇刻本)、《鳌峰课艺初编》(咸丰五年刻本)、《天开图画楼文稿》四卷、《石泉集》四卷(民国《闽侯县志》卷四八《侯官艺文志》)、《试帖》四卷、《击钵吟存稿》四卷、《嘐嘐言》、《续嘐嘐言》两种十卷[③](郭白阳《竹间续话》卷四。民国《闽侯县志》卷四八《侯官艺文志》作《嘐嘐言》六卷、《续嘐嘐言》四卷)、《击钵吟二集》(道光二十五年刻本)、《吴笺录》、《出陇杂诗》(杨浚《冠悔堂诗钞》卷三《和郭远堂观察被命入成都感怀原韵》)、《天开图书楼诗文稿》(《桐城文学渊源撰述考·补遗引用书目》)、《郭中丞诗钟存稿》七卷(光绪七年青莲书屋刻本)、《石泉诗集》(《冶山史话》，第216页)、(辑)《击钵吟全集(收前五集，陈焙焜署签)》上下册(福州诗社1995年重印本)、(修)《福州郭氏族谱》十卷(陈庆镛《籀经堂类稿》卷十二《福州郭氏族谱序》)、《石泉山人吟稿》不分卷(清钞本，福建省图书馆藏。柯愈春《清人诗文集总目提要》第1366页)、《悼亡集》(郭柏荫《天开图画楼文稿》卷一《悼亡集自序》)、《天开图画楼文稿》二卷(同治刻本，厦门图书馆藏)、《天开图画楼试帖》二卷(同治刻本，复旦大学图书馆藏)、《郭远堂所著书六种》二十三卷(同治刻本，南京图书馆藏)(李灵年等《清人别集总目》第1945页)

郭柏荫、黄绍芳、林寿图：《西湖冶春词》一卷(何振岱《西湖志》卷十九引杨浚《冠悔堂笔记》)

郭柏蔚(郭阶三第三子)：《重订东越文苑传》六卷、《半野轩诗集》、《洪塘历代乡先生小传》(郭白阳《竹间续话》卷四。郭柏苍《补蕉山馆诗》卷上《过千里眼庙游通骨岩宿借借室》后注："秀农兄曾撰《洪塘江历代名贤小传》，嵌诸寺壁"云云)、《半野炫诗文集》(《清代硃卷集成》第338册郭绩昌履历，影印第64页)

郭柏苍(郭阶三第四子)：《云闲堂诗文集》十三卷、《七月漫录附左传臆说》、《闽中郭氏支派大略附我私录》一卷、《闽会水利四种》、《闽中乌石山石刻》、《历代纪元宅都纪略年号相同考》(《郭柏苍及其诗文研究》)[④]、《嘐嘐言》六卷续编四卷(侯官郭氏家集汇刻本)、《我私录》一卷、《七月漫录》二卷(郭氏丛

① 徐世昌《晚晴簃诗话》下册，卷一百七十一，第1239页。

② 曹辛华《民国词史考论》，第83、88页。

③ 柯愈春《清人诗文集总目提要》著录《石泉山人集》二十六卷，同治间刻本，上海图书馆藏。内分《石泉集》四卷、《击钵吟存稿》四卷、《天开图画楼文稿》四卷、《试帖》四卷、《嘐嘐言》六卷、《续嘐嘐言》四卷(第1365页)，《清代诗文集汇编》第609册影印《天开图画楼全集》二十七卷，以上诸集外，尚有《变雅断章衍义》一卷，合二十七卷，原刻本十册；《试帖》四卷题《天开图画楼试帖》四卷。

④ 按：郭柏苍《葭柎草堂集》卷上《历代纪元宅都纪略自序》，道光二十三年癸卯(1843)作。硕士学位论文《郭柏苍及其诗文研究》著录作《历代纪元宅都纪略年号相同考》，应当是《历代纪元宅都纪略》、《年号相同考》两种书；郭震《书香门第育英才》著录《历代纪元》、《宅都纪略》则将《历代纪元宅都记略》分作两种。

刻本)、《历代纪元》、《宅都纪略》、《金鱼经》等三十余种(郭震《书香门第育英才》)、《福州郭氏族谱》(郭柏苍《葭柎草堂集》卷中《第六次修支谱序》作《福州郭氏支谱》十二卷)、《补蕉山馆诗》二卷(光绪七年辛巳刻本)、《鄂跗草堂诗》一卷(民国《福建通志·福建艺文志》卷六十六作二卷,是。光绪八年壬午刻本)、《三峰草庐诗》二卷(光绪九年癸巳刻本)、《沁泉山馆诗》二卷(光绪十年甲申刻本)、《柳湄小榭诗》一卷(民国《福建通志·福建艺文志》卷六十六作二卷。《清代诗文集汇编》第662册影印光绪十年甲申刻本,目录作一卷,版心作上卷)、《葭柎草堂集》三卷(民国《福建通志·福建艺文志》卷六十六作《葭柎草堂集》三卷续一卷,是。《补蕉山馆诗》至《葭柎草堂集》六种据光绪间郭氏汇刻本)、《七月漫录》二卷、《左传臆说》(民国《闽侯县志》卷四八《侯官艺文志》、民国《福建通志·福建艺文志》卷十作一卷)、《闽中郭氏支派大略》一卷(民国《闽侯县志》卷四八《侯官艺文志》作《闽中郭氏支派大略》一卷附《我私录》一卷)(数种总题《云闲堂全集》)、《竹间十日话》六卷、《海错百一录》五卷、《闽产录异》六卷、《三元沟始末》二卷、《新港开塞编》、《闽会水利故》一卷、《福州浚湖事略》一卷、《乌石山志》十卷、《历代纪元》、《都宅纪略》、《杜律臆解》、《全闽明诗传》五十五卷、(校刻以下九种)《周太朴诗》一卷、《制诏集》二十卷、《蓝山集》六卷、《蓝涧集》六卷、《石门集》七卷、《傅木虚集》十五卷、《林涵斋诗文集》二卷、《黄陶庵诗》一卷、《洪永十子诗》三十卷(郭白阳《竹间续话》卷四)、《三峰草庐诗注》(郭白阳《竹间续话》卷三)、《蒹秋葭柎草堂诗文集》(《桐城文学渊源撰述考·引用书目》)、《葭柎草堂集续》(光绪间刻本)、《葭柎草堂文集经说杂著》、《郭氏丛刻》三十六卷[民国《福建通志》总卷二十五,《福建艺文志》卷七十六。系《七月漫录》二卷、《左传臆说》一卷、《闽中郭氏支派大略》一卷、《我私录》一卷、《竹间十日话》六卷、《三元沟始末》一卷、《闽产录异》六卷、《闽中海错百一录》五卷(民国《闽侯县志》卷四八《侯官艺文志》题《海错百一录》五卷)、《葭柎草堂集》三卷续一卷、《柳湄小榭诗》一卷(民国《闽侯县志》卷四八《侯官艺文志》作二卷)、《鄂跗草堂诗》二卷、《三峰草庐诗》二卷、《沁泉山馆诗》二卷、《补蕉山馆诗》二卷合刻]、重修家乘及提井马鞍墓志图释三十卷(郭柏苍《三峰草庐诗》卷下《礼闱后寄都下示溶儿》诗中自注)、《郭柏苍集》二十四卷(光绪间刻本,日本京都大学文学部中哲文研究室藏。柯愈春《清人诗文集总目提要》第1506页)、《云闲堂诗》四卷(原刻本,南京图书馆藏。李灵年等《清人别集总目》第1944页)

郭溶(郭杰昌,郭白阳曾祖):《三亩园诗集》三卷、《虚受斋语》一卷(郭白阳《竹间续话》卷四)、《三亩园诗初集》不分卷(稿本,福建省图书馆藏)、《郭水容集》一卷(清钞本,国家图书馆藏。柯愈春《清人诗文集总目提要》第1782页,李灵年等《清人别集总目》第1937页题《郭水容稿》)

郭式昌(郭白阳曾叔祖):《说云楼诗草》二卷(台湾文海出版社1967年影印侯官郭氏家集汇刻本;郭白阳《竹间续话》卷四、民国《闽侯县志》卷四八《侯官艺文志》)、《说云楼诗草》不分卷(清钞本,福建省图书馆藏。李灵年等《清人别集总目》第1939页)、(纂)《湖州府志》

郭传昌(郭白阳曾叔祖,字子冶):《惜斋吟草》二卷、《剩存》一卷(民国《闽侯县志》卷四八《侯官艺文志》)、《吟草别存》一卷、《词草》一卷(郭白阳《竹间续话》卷四)、《惜斋词稿》(《闽词征》卷五,《闽词钞闽词征》,福建人民出版社2014年版)、《惜斋词草》一卷(民国十五年刻本,《民国词集丛刊》本)、《惜斋诗集》(曹辛华《民国词史考论》第452页)、《惜斋吟草》二卷(石印本,上海图书馆藏)、《惜斋吟草》二卷《词草》一卷《别存》一卷(民国十五年排印本,上海图书馆藏;民国二十三年刻《侯官郭氏家集汇刊》本,无锡图书馆藏)(李灵年等《清人别集总目》第1941页)

郭曾炘(郭白阳伯祖):《匏庐诗存》九卷[1](陈宝琛《匏庵诗存序》)、《读杜札记》一卷(上海古籍出版

① 据谢海林《〈郭曾炘集〉前言》,《匏庵诗存》九卷,含《亥既集》、《徂年集》、《云萍篦稿》三集,集各三卷,系郭曾炘手自删定的晚年诗作。柯愈春《清人诗文集总目提要》著录此集,九卷,附《剩草》一卷,首都图书馆藏(第1868页)。

社1984年版)、《楼居杂记》一卷、《邴庐日记》若干卷[①]、(修)《德宗景皇帝本纪》、《圣训》(陈宝琛《郭春榆宫太保七十寿序》)、《德宗景皇帝实录》(陈宝琛《郭春榆掌院六十寿序》)、《剩草》一卷、《再愧轩诗草》一卷、《楼居偶录》一卷(郭白阳《竹间续话》卷四)、《徂年集》、《云萍麓稿》、《匏庐剩草》、《论诗绝句》(王树楠《赐进士出身诰授光禄大夫太子太保头品顶戴署典礼院掌院学士郭文安公神道碑》,见《辛亥人物碑传集》第605页、《广清碑传集》卷十七第1158页)、《再愧轩草》、《读杜札记》一卷、《楼居杂记》一卷(民国《闽侯县志》卷六十九本传)、《亥既集》(《近代诗钞》中册第1154页,民国八年铅印本)、《郭曾炘集》(人民文学出版社2018年版)、《陋轩诗钞》不分卷(稿本,福建省图书馆藏。柯愈春《清人诗文集总目提要》第1868页)、《施注苏诗订讹》、《五臣本〈昭明文选〉注校误》

郭则沄(郭柏荫曾孙、郭曾炘子、郭白阳伯父):《龙顾山房诗集》十一卷、《龙顾山房骈体文钞》、《龙顾山房骈体文续钞》、《世爔堂日记》、《龙顾山房年谱》、《旧德述闻》六卷、《十朝诗乘》(一题《十朝诗》)二十四卷、《清词玉屑》十二卷、《遁圃詹言》十卷、《竹轩摭录》八卷、《庚子诗鉴》五卷、《南屋述闻》二卷、《知寒轩谈荟》、《各国政艺通考》七百七十五卷(合编)、《瓯东尘牍》、《瓯江去思录》、《龙顾山房诗赘集拾遗》、《龙顾山房文集》、《洞灵小志》八卷、《洞灵续志》、《洞灵补志》、《红楼真梦》(一名《石头记补》)、《蛰园律集》、《击钵吟》、《水香洲唱和集》、《瀛海采风录》(一题《瀛海采风记》)二卷、《江户竹枝词》、《金台录别集》、《铨政纲要》(郭则沄长孙郭久祺《郭则沄传略》)、(辑)《侯官郭氏家集汇刊》(民国二十三年侯官郭氏刻本)、《龙顾山房诗余》(一题《词集》)三卷(民国十七年栩楼刻本。曹辛华《民国词史考论》第452页一作六卷)、《龙顾山房诗余续集》(民国间刻本)、《独茧词》(民国《龙顾山房诗赘集》铅印本,曹辛华《民国词史考论》第384页)、(与袁思亮等合撰)《烟沽渔唱》七卷(民国二十二年铅印本)、《小鄂跗堂诗集》六卷四册(宣统元年钞本,中国社会科学院文学研究所藏)、《龙顾山房诗集》十五卷(民国十七年刻本,首都图书馆藏)、《龙顾山房诗余续集》一卷《诗余补录》一卷(民国三十三年铅印本,南京图书馆、中国社会科学院文学研究所藏)(柯愈春《清人诗文集总目提要》第2021页)、《龙顾山房诗》(民国七年刻本,南京师范大学图书馆藏)、《龙顾山房诗集》十二卷《诗余》三卷(民国十七年栩楼刻本)、《龙顾山房诗集》十二卷《续集》六卷《诗余》六卷(家刻本,南通大学图书馆藏)、《龙顾山房诗赘集》四卷(民国三十三年油印本)、《龙顾山房诗赘集》四卷《诗余续集》一卷《诗余补录》一卷(民国三十三年排印本、1955年排印本)、《龙顾山房全集》三十六卷(民国十七年至二十五年刻本。收骈体文七卷、诗集十三卷、诗续集九卷、诗余七卷)(李灵年等《清人别集总目》第1940页)、《知寒轩谈荟》、《红楼真梦传奇》

郭则涛(叶大焯外孙,郭白阳父):《潇碧诗钞》二卷、《怀璞斋剩草》一卷(郭白阳《竹间续话》卷四)

俞琎(郭则沄妻,俞平伯长姊):《临漪馆诗词稿》四卷(含《临漪馆诗稿》三卷[②]、《临漪馆词稿》一卷,民国三十三年本)

郭则寿:《卧龙阁诗》一卷词一卷(民国三十三年排印《龙顾山房诗赘集》本附,南京图书馆藏。李灵年等《清人别集总目》第1940页)

郭仲年(郭柏荫长女、郭白阳曾祖姑):《继声楼诗集》二卷(长乐市首占镇首占村存复印件)、《继声楼古今体诗》一卷(光绪四年刻本,福建省图书馆藏)、《继声楼帖体诗存》二卷[③](同治十二年刻本,福建省图书馆藏)(李灵年等《清人别集总目》第1941页)

郭白阳(郭可光):《鼓山揽胜集》、《闽藏书家考略》二卷、《全闽词话》八卷、《福建艺文续志》二卷、

① 谢海林《〈郭曾炘集〉前言》:"今有家集刻本与手稿钞本两个版本。家集刻本扉页有杨钟羲题签,卷前载郭曾炘自序,后有(郭)则沄辑录之附卷及跋识。手稿钞本今见于李德龙、俞冰主编《历代日记丛钞》(学苑出版社2006年版),第一八三册,乃民国间钞本。所见手稿钞本有两种不同笔迹,当为两人所抄录。据笔者比对,手稿钞本与家集刻本存在明显的差异。一是时间上有先后之别,手稿钞本在前,家集刻本在后;二是内容上互有增损改益,因家集刻本在后,对手稿钞本倒乙修正之处俯手即拾;三是卷帙、字数上有多寡之分,手稿钞本今厘为七卷,远远超过二卷的家集刻本,此乃家集刻本删汰过重所致。手稿钞本也经郭曾炘手自删削。"

② 李灵年等《清人别集总目》著录,民国三十三年铅印郭则沄《龙顾山房诗集》本附(第1638页)。

③ 柯愈春《清人诗文集总目提要》著录《继声楼古今体诗》一卷,清刻本,国家图书馆藏;《帖体诗存》二卷,同治七年刻本,首都图书馆藏(第1540页)。

《竹间续话》四卷(一名《琐录》)(郭白阳《竹间续话》卷四)

郭可诚(郭则沄次子):《潜思庵诗草》一卷(民国《龙顾山房全集》本附,国家图书馆藏。李灵年等《清人别集总目》第1939页)

**谨按:**侯官郭柏苍家族原籍福清[①],元代三至五世祖墓葬在福清三山镇泽朗大网里[②],八世祖瑞吾公由福清后洋籍福州[③]。迁福州后,郭氏墓葬在福州市北郊马鞍村金狮山,葬其家族前后五世50余人。列左中右三座坟墓:中间墓葬为郭阶三、配林氏、第四子郭柏苍及其配严氏墓,左侧为郭阶三第二子郭柏荫、配沈氏、侧室杨氏、侧室王氏墓,右侧为长子郭柏心及其配郑氏、三子郭柏蔚及其配胡氏、五子郭柏芗及其配陈氏墓。陈庆镛《籀经堂类稿》卷十二有《福州郭氏族谱序》,卷十三有《寿郭介平先生暨配林宜人双度》文。

郭氏家族世居仙塔街(郭氏故居,郭式昌、郭曾准、郭则沄等后人居住)及黄巷(郭柏荫故居)、化民营(郭绩昌住处)、南大街妙巷(郭曾焜住处)等处。郭氏宗族在东门提井山、北门三峰山均有草庐,乌石山之鄂跗草堂、九仙山之补蕉山馆为论文谈酒之地,光绪七年(1881)又于闽县丽文铺贡院直街郭敬斋旧宅营建为郭氏子弟试寓,名"葭柎草堂"[④]。侯官郭氏家族在近现代福建文化史上具有重要的意义,至今人才灿烂炳焕。

清代举人、进士的履历一般都谦称"族繁不及备载"、"族属蕃衍不及备载"或"族繁只载本支",侯官郭氏确实称得上族繁指多。《清代硃卷集成》收录同治十二年(1873)癸酉科第九十八名举人郭绩昌(第三三八册)、光绪十五年(1889)己丑科福建乡试其七十七名举人郭曾焜(第三三九册,缺硃卷)、光绪十八年(1892)壬辰科二甲第八十名进士郭曾准(第七八册)、二十八年(1902)壬寅科福建乡试第一百六十一名举人、二十九年(1903)癸卯科二甲第三十一名进士郭则沄(第三四〇册、第八九册)的硃卷及履历,共五份。

举人郭绩昌履历记载:始祖郭嵩,号维太;高祖郭守仁,号敬斋,高祖妣萨氏;曾祖郭万祥,曾祖妣陶氏;胞曾叔祖郭万禧等;祖郭阶三,祖妣林氏;胞叔祖郭世厚、郭世挺,嫡堂叔祖郭世诚、郭世恭、郭世宽、郭世信、郭世敏、郭世惠;父郭柏心,号新甫,举人,官教谕,保升知县,母郑氏,系郑大谟孙女,郑文远长女,郑述人、郑观仁胞姊,郑鹤杰胞姑;胞叔郭柏荫(号远堂,进士,累官至署理湖广总督、现任湖北巡抚)、郭柏蔚(号秀农,举人,拣选知县)、郭柏苍(号蒹秋,举人,官内阁中书)、郭柏芗(号合亭,举人,现任噶玛兰训导),嫡堂叔郭弥清、郭柏荣、郭柏达,从堂叔郭弥煌、郭弥蕤、郭弥宣、郭弥森;郭绩昌(1850—?),号咸熙,行三,又行十二,娶林氏,系进士、翰林院检讨、广西道员、掌教凤池、鳌峰书院林士傅次女;胞兄郭聿昌(号瞻洛)、郭继昌(号辑熙,官训导)、胞弟郭事昌(号成熙);嫡堂兄郭式昌(号穀斋,举人,官广东肇庆、浙江温州知府)、郭元昌(号汝雨,举人,署教谕、候补同知)、郭烈昌(号小农)、郭滘(号鹿泉,举人,官户部郎中)、郭调昌(号羹梅,候选训导),嫡堂弟郭兆昌(号幼培,候选员外郎)、郭书(郭名昌,字宾实,一作宾石[⑤])、郭传昌(号子冶)、郭赞昌(字皋思)、郭韡昌(字季伟),从堂弟郭耀昌、

---

① 郭氏子孙从福清泽朗往外府县(福州、仙游、温州、南京、古田、莆田、罗源、陕西等)的代迁情况,请参看郭柏苍《葭柎草堂集》卷中《归拜泽朗后洋祠墓记》;郭阶三家族迁福州的情况,清参看郭柏苍同书卷中《闽县东门提井山重砌祖坟说》、《第六次修支谱序》、卷下《记修福清泽朗各祖墓》。

② 郭柏苍《归泽朗后洋》、《中兴社寻祖居》、《观音山(元二十世祖)耀公墓》,《鄂跗草堂诗》卷上,作于咸丰二年壬子(1852);《寻福清泽朗大网里元三世祖师容公四世祖生员训公五世祖聆公卷圹六墓立巨碑》,《鄂跗草堂诗》卷下,作于咸丰十年庚申(1860)。

③ 郭柏苍《提井祖茔工竣书碑阴》,诗题下自注,《三峰草庐诗》卷上,《清代诗文集汇编》第662册,影印第64页。前页有诗,题《马鞍金狮山去福州城北五里其顶夷旷自祖父至子孙得以世葬亲故萃焉嘉卉数百本郁然成林石兽各署篆隶复于岩壁屡屡题刻今矣五十言殿之》。

④ 郭柏苍《葭柎草堂落成》,《沁泉山馆诗》卷下。据诗题自注,郭敬斋(郭守仁)系郭柏苍曾祖,郭阶三夫妻尝读书郭敬斋旧宅中。又可参看《葭柎草堂集》卷下《侯官郭氏葭柎草堂落成记》,郭敬斋旧宅由其配萨氏分给其子、郭柏苍叔祖郭肇华名下,郭敬斋派下共有十房子孙。

⑤ 郑孝胥《郑孝胥日记》,第58页。

郭承昌、郭祐昌、郭吉昌、郭淇昌;子郭曾墀;胞侄郭曾壮,嫡堂侄郭曾炬、郭曾衍,郭曾尚、郭曾珣、郭曾准、郭曾渭、郭曾芸、郭曾程、郭曾珂、郭曾玓、郭曾湜、郭曾浩、郭曾琇、郭曾荃、郭曾亶、郭曾度;受业师赖钟华(仁谦)、萧德音(秩序)、何履亨(翊卿)、外舅林士傅(可舟)、郑世恭(虞臣)、胞叔郭柏荫、先兄郭聿昌,受知师罗运端(寅生)、尹西铭(竹民)、朱绳武(兰皋)、邵亨豫(汴生)、孙毓汶(莱山)。至郭绩昌之时,侯官郭氏历代娶萨氏、二林氏、郑氏等望族女,其姊四人,分别适高梅岩、林澄鳌、陈祖诒、陈鹤书[①],反映出郭氏家族的成长及其与望族间复杂的婚姻关系。

进士郭曾准履历记载:始祖郭嵩,唐郭子仪孙,代国公郭曜子,咸通间入闽;高祖郭万祥,号霁华,国学生,高祖妣陶氏,高叔祖郭万禧;曾祖郭世厚;本生曾祖郭阶三,号阶平,举人、教谕,本生曾祖妣林氏,系林春芳女,林振东[②]、林振夏胞姊,林树桢胞姑,林孝述、林孝佑、林孝斌、林孝恂、林孝彝、林孝纯胞祖姑;胞曾叔祖郭世挺,嫡堂曾叔祖郭世诚、郭世恭、郭世宽、郭世信、郭世敏、郭世惠;祖郭柏荫,累官至湖广总督、钦差比国换约大臣,祖妣沈氏,系沈捷宽女,解元沈捷锋胞侄女,沈鸿熙、沈鸿铭胞姊,沈家泽胞姑,祖妣杨氏,系杨道彰女,杨鹤鸣、杨和鸣胞妹,杨叔怿、杨仲愈、杨仲恩、杨季忠、杨季熊、杨季坡、杨诚胞姑,庶祖母王氏;胞伯祖郭柏心,胞叔祖郭柏蔚、郭柏苍、郭柏芗,嫡堂叔祖郭弥清、郭柏荣、郭柏达,从堂叔祖郭弥煌、郭弥薤、郭弥宣、郭弥森;父郭式昌,号榖斋,官浙江兵备道,母陈氏,系螺洲陈隆谦孙女,陈承虞女,陈修齐侄女,陈文彬胞姊,陈恂胞姑,庶母蒋氏;胞叔郭兆昌(号幼培,官刑部河南司员外郎)、郭名昌(号宾实,举人、候选同知)、郭传昌(号子治,优贡生)、郭赞昌(号皋思)、郭韡昌(进士郭则沄履历一作懋昌[③],号季伟),嫡堂叔郭元昌(号汝雨,举人、补用知府)、郭聿昌(号瞻洛)、郭烈昌(号小农)、郭溶(号鹿泉,举人、按察使衔道员)、郭继昌(号缉熙,贡生、台湾府学训导)、郭调昌(号羹梅)、郭绩昌(号咸熙)、郭事昌(号成熙),从堂叔郭耀昌(一作曜昌)、郭承昌、郭祐昌、郭吉昌、郭淇昌;郭曾准(1860—?),字亲纶,号少莱、肖莱[④],行二,翰林院庶吉士,官同知,配王氏,系王家亨孙女,王彬女,王金墀、王心忻、王彤、王为霖、王澍胞侄女,王维祺胞妹;胞兄郭曾炘(号春榆、春如[⑤],进士、庶吉士、记名军机章京),胞弟郭曾程(号南云,进士、内阁中书)、郭曾度、郭曾法(号亦廉)、郭曾量(号同甫)、郭曾辙(号景舆),嫡堂弟郭曾亶、郭曾钝、郭曾钊、郭曾彭、郭曾燏、郭曾悦、郭曾靖、郭曾沂、郭曾城,从堂兄弟郭曾衍、郭曾尚(号德人)、郭曾珣(号旬臣,经魁)、郭曾熊(号又方,一作幼芳[⑥],举人)、郭曾渭(号望臣)、郭曾珂(号可士)、郭曾芸(号士香)、郭曾玓(号粹叔,举人)、郭曾湜(号子寔)、郭曾焜(1870—?,字亲颐,号鞠人,举人[⑦])、郭曾琇、郭曾墀(号丹丞)、郭辅衷、郭曾坡、郭曾汾、郭曾圻、郭曾垌、郭曾松、郭曾焯、郭曾甄、郭曾葵、郭曾堃、郭曾桐、郭曾鸿、郭曾埏、郭曾埙;子郭则泌(号石琴)、郭则涑、郭则范、郭则涛,女五;胞侄郭则沄、郭则瀚、郭则洵、郭则濬、郭则江、郭则济,从堂侄郭则常、郭则起、郭则揆、郭则恒、郭则建、郭则蕃、郭则谦、郭则振、郭则豫等;受业师林鸿声(戟卿)、张梦型(筱仙)、王起(雅庭)、陈鸿波(秋帆)、郑奇峰(云友)、何嵩祺(伯希)、何履亨(逸卿)、林鸿年(勿村)、郑世恭(虞臣),受知师张梦元(蓉轩)、冯誉骥(展云)、陈庆生(厚庵)、施锡卫(稚莲)、秋文澂(瀛夫)、费延釐(芸舫)、孙寿铭(少彭)、翁学本(兰畦)、孙钦昂(师竹)、叶永元(善堂)、庆裕(兰圃)、孙诒经(子授)、袁

---

① 《清代硃卷集成》第三三八册,举人郭绩昌履历,影印第63-69页。

② 咸丰三年(1853),郭柏苍作《舅氏林公振东宦豫时以表妹适嘉善钱侍郎樾家早寡予与钱子宝青同举乱中为探亲访故之行风鹤已警置酒楼头且饯且哭予以欲往京口一别蒋生勉强出新湖》(《蓴跗草堂诗》卷上),知郭柏苍与嘉善钱氏为表亲。钱樾(1743—1815),字黼棠,一作抚棠。钱宝青(?—1860),系钱樾曾孙,钱宝廉胞兄,民国北洋政府内阁总理钱能训胞伯父。道光二十年(1840)举人中式,二十一年(1841)联捷成进士,官至都察院左副都御史。据郭柏苍《汇释福州沙合新港历代开塞议论序》,林振棨亦其舅氏(《葭柎草堂集》卷下,《清代诗文集汇编》第662册,影印第182页)。

③ 《清代硃卷集成》第八九册,进士郭则沄履历,影印第4页。

④ 郑孝胥《郑孝胥日记》,第185页。

⑤ 郑孝胥《郑孝胥日记》,第102页。时光绪十二年(1886)三月会试,郭曾炘及其弟郭曾准(少莱)俱在京。郭曾炘已于光绪六年(1880)庚辰科登进士第,郭曾准预春闱,与郑孝胥闱中同卷,后于十八年(1892)壬辰科登第。

⑥ 《清代硃卷集成》第三三九册,举人郭曾焜履历,影印第188页。

⑦ 《清代硃卷集成》第三三九册,举人郭曾焜履历,影印第185页。

子善(心谷)、何璟(小宋)、杨昌濬(石泉)、陈士杰(隽臣)、卞宝第(颂臣)、刘树堂(景韩)、徐桐(荫轩)、翁同龢(叔平)、景善(茀亭)、洪思亮(朗斋)、祁世长(子禾)、爱新觉罗·霍穆欢(慎斋)、李端棻(苾园)、许庚身(星叔)、贵恒(午桥)、廖寿恒(仲山)、谭钟麟(文卿)、薛允升(荣阶)、洪钧(文卿)、周德润(生霖)、爱新觉罗·松森(吟涛)、徐郙(颂阁)、汪鸣銮(柳门)、恩承(露圃)、额勒和布(筱山)、李鸿藻(兰孙)、启秀(颖芝)、陈学棻(桂生)、张之万(子青)、爱新觉罗·麟书(芝莽)、徐树铭(寿蘅)、李端遇(小砚)、孙家鼐(燮臣)、冯煦(孟华)[①]。郭曾准的履历具有特征的是其受知师多闻人,如晚清政坛、学界重要人物孙诒经、何璟、卞宝第、翁同龢、张之万、李鸿藻、孙家鼐、冯煦等。

举人郭则沄的履历记载:郭则沄父郭曾炘,十年之间(1892—1902)已从记名军机章京升任内阁侍读学士、太常寺少卿、光禄寺卿、通政使司通政使加侍郎、政务处提调,妣冯氏,系冯新孙女,冯庆扬、冯庆熙侄孙女,冯廷琛女,冯荣萱、冯荣图嫡堂侄女,冯廷钰、冯廷瑜胞侄女,母王氏,系王家亨孙女,王为霖女,王金墀、王心忻、王彬、王彤、王为澍胞侄女,王鸿喆、王鸿珏、王鸿林、王鸿犹、王修文、王懋庸、王维祺堂妹——郭曾炘、郭曾准兄弟均就婚于王氏;胞叔郭曾准(在任候选知府)、郭曾程(号南云)、郭曾钧(号嶰筠)、郭曾法(号亦廉)、郭曾量(号同甫)、郭曾辙(号景舆),据此知郭式昌七子名讳[②];嫡堂叔郭曾亶、郭曾钝、郭曾钊、郭曾彭、郭曾熾、郭曾悦、郭曾靖、郭曾沂、郭曾城、郭曾任、郭曾铨;从堂叔郭曾龢(号叔畴)、郭曾尚(号德人)、郭曾珣(号甸臣)、郭曾熊(号又方)、郭曾渭(一作郭曾鋆,号望臣[③])、郭曾珂(号可士)、郭曾芸(号士香)、郭曾玙(号粹叔)、郭曾焜(号鞠人)、郭曾墀(号丹丞)、郭辅衷(号仲起)、郭曾淀(号子寔)、郭曾渠(号子植)等;胞弟郭则江、郭则济,嫡堂兄郭则泌(号石琴),嫡堂弟郭则瀚、郭则洵、郭则溉、郭则沛、郭则濂、郭则涪等,从堂弟郭则枚、郭则沅、郭则闾等;嫡堂侄郭可读,再从堂侄郭可光;郭则沄(1884—1946),一作蜇云,字养云,号筱陆,又号桂岩,行一,序二;妻王氏,系舅氏王鸿喆女;子郭可诜(学群);受业师郭传昌、郭曾程、周旭宸(幼笙)、周登皞[④](熙民)、陈子震(仲起),受知师檀玑(斗生)、张澂(雁初)、黎国廉(季裴)、鹿学良(遂侪)、杨文鼎(俊卿)、周子莲(子迪)、秦绶章(佩鹤)、许应骙(筠庵)[⑤]。从举人郭则沄的履历看,郭氏家族的成员继续壮大,仕宦渐跻高位,而其家族与本邑科举家族王氏累世联姻,其母出身于侯官世宦冯氏,而冯氏与闽县叶氏亦有婚姻,叶大琛本生祖妣冯氏系郭曾炘配冯氏之祖姑[⑥];郭则沄得益于其叔祖郭传昌、叔父郭曾程的教育,受业师较少而能成功。进士郭则沄的履历中至受知师则增加了吴树梅(燮臣)、黄思永(慎之)、熙子元(吉甫)、王懿荣(廉生)、贻子谷(蔼人)、吴郁生(韡若)、张亨嘉(燮钧)、刘彤隽(瓛廷)、爱新觉罗·载昌(克臣)、吴荫培(颖芝)、沈子卫(淇泉)、吴怀清(莲溪)、孙家鼐(燮臣)、徐会澧(东甫)、荣庆(华卿)、张应麟(振卿)、徐郙(颂阁)、张百熙(冶秋)、葛宝华(振卿)、陆润庠(凤石)、王文韶(夔石)、杨佩璋(筱村)、李绂藻(伯愚)、李联芳(实斋)、唐景崇(春卿)、刘永亨(子嘉)、熙子瑛(菊彭)、李昭炜(鑫纯)、裕子德(寿田)、张仁黼(劭予)、爱新觉罗·溥良(玉岑)、陈邦瑞(瑶圃)、爱新觉罗·寿耆(子年)、松寿(鹤龄)、张人骏(安圃)[⑦]。在其举人中式到河南开封会试之间数月,郭则沄密集地与王懿荣、张亨嘉等当代名人交往,对于其登进士第具有积极的作用。

郭阶三(1778—1856),初名璧,谱名世敦,号介平,谱称荣禄公,侯官人。与同邑林则徐同学,亦林则徐之父林宾日门人。嘉庆二十一年丙子(1816)举人中式。配林桂馨(1779—?),系乾隆五十三年戊申(1788)恩科举人林春芳(号怡庭)女、林振东姊。林氏"通书史,父孝廉怡庭君最钟爱之,口授十三经

① 《清代硃卷集成》第七八册,郭曾准履历,影印第 169-180 页。

② 按:郭曾法以下三人和郭曾淀、郭则泌的雅号据《清代硃卷集成》第八九册进士郭则沄履历(影印第 5、6 页)补入。

③ 《清代硃卷集成》第三三九册,举人郭曾焜履历,影印第 188 页。

④ 按:周登皞,字熙民,侯官人。光绪十四年(1888)举人,官浙江道监察御史。系晚清、民国间著名词人。侯官何启椿(寿芬)、闽县高彤(荫午)、长乐陈保棠(伯南)等均有词作与之唱和。

⑤ 《清代硃卷集成》第三四〇册,举人郭则沄履历,影印第 101-108 页。

⑥ 《清代硃卷集成》第六一册,进士叶大琛履历,影印第 7-8 页。

⑦ 《清代硃卷集成》第八九册,进士郭则沄履历,影印第 11-15 页。

及《国策》、《文选》,皆能背诵、讲解。”[①]又根据郭柏苍《七月漫录序》的记载,林氏母系其外祖“授吾母书,使为师,课二弟学,故吾母娴熟经传”,受到乾嘉学术的影响,具有“读经必先辨字”的朴学观念[②],代父督课兄弟,训子有成是必然的收获。清代福建科举史上出现9次“五子登科”现象,闽县叶氏、安溪李氏各两次,其余福清李郁家族、侯官曾晖春家族、闽县陈氏、侯官廖氏、侯官郭氏各一次,而郭阶三亲见五子登科的殊荣外,诸孙辈又有七孙登科的盛举。其家文献足征,郭氏中多人为礼官并兼史职,正故家遗俗之谓。

郭氏家族第一次科举盛况“五子登科”指的是郭阶三的五个儿子取得举人以上功名:长子郭柏心(?—1867[③]),号新甫,一号苠庵[④],道光十二年壬辰(1832)举人中式,与刘家谋等同年,官本省各县教谕、知县;次子郭柏荫,号远堂,称中丞公,道光八年戊子(1828)举人中式,与叶宸昌、萨克持、曾元炳、叶仪昌、林鸿年等同年,十二年壬辰(1832)恩科成进士;三子郭柏蔚,号秀农,道光十四年甲午(1834)举人中式,与曾兆鳌、曾元燮等同年;四子郭柏苍,号蒹秋,道光二十年庚子(1840)举人中式,与萨大文、刘齐衔、叶绍昌等同年,官内阁中书、候选主事;五子郭柏芗(1819—1882[⑤]),字弥章,号合亭,咸丰元年辛亥(1851)举人中式,官国子监学正、本省汀州府学训导、噶玛兰厅训导等,同治六年(1867)尝乐助重刊乾隆十九年修《汀州府志》。以通贤里第阻不可居,郭氏兄弟于同治二年癸亥(1863)分爨[⑥],郭柏苍移居文儒坊。

郭氏第二次科举盛况“七从子登科”出现在郭阶三孙辈、郭柏荫子侄这一辈七人登科:郭式昌(1830—1905,郭柏荫长子,号榖斋)[⑦]、郭元昌(郭柏荫子、郭曾焜父,字汝雨[⑧])、郭绩昌(1847[⑨]—1898,郭柏心三子,字咸熙)、郭名昌(郭柏荫三子)、郭传昌(1855—?,郭柏荫四子,字学裘,号子治、惜斋)[⑩]、郭事昌、郭杰昌。从郭柏荫至其曾孙郭则沄四代人中六人登进士第,且仕至高官:郭柏荫(远堂),道光十二年壬辰(1832)进士,累官至按察使、江苏布政使、署理湖广总督、巡抚;郭柏荫四子郭传昌(子治),光绪二十年甲午(1894)进士;郭式昌(谷斋)长子郭曾炘(文安),光绪六年庚辰(1880)进士,累官至礼部侍郎;郭式昌次子郭曾准(字亲纶,一字少莱),光绪十八年壬辰(1892)进士,改庶吉士;郭式昌三子郭曾程(1866—?,字亲缃,号南云),光绪十五年己丑(1889)进士;郭曾炘长子郭则沄,光绪二十九年癸卯(1903)进士。废除科举后,郭氏进士尚有郭柏荫曾孙、郭曾炘次子郭养刚(名则江,以字行,号民原)、郭柏苍曾孙郭则寿,均于宣统三年(1911)朝廷赐游学毕业进士。

郭柏荫(1807—1884),字远堂、弥广,号荫堂、古伤心人、石泉。七岁入学,受到学政沈维鐈赏识。道光八年戊子(1828)科经魁,十二年壬辰(1832)成进士,改庶吉士,散馆授翰林院编修,累官至按察使、江苏布政使署巡抚、兵部侍郎兼都察院右副都御史、广西巡抚、调湖北巡抚留署苏抚、湖北巡抚、署湖广总督等封疆大吏。在平定太平天国的军事活动中,咸丰三年(1853)在福州会办团练;同治元年壬戌(1862)赴安庆军营,襄助曾国藩,旋入李鸿章幕,累受推重。与父执、邑人林则徐之间交往密切。曾

① 陈庆镛《寿郭介平先生暨配林宜人双度》,《籀经堂类稿》卷十三,《清代诗文集汇编》第587册,影印第562页。

② 郭柏苍《葭柎草堂集》卷下,《清代诗文集汇编》第662册,影印第210页。

③ 郭柏苍《六月哭伯兄新甫》,《三峰草庐诗》卷上。作于同治六年丁卯(1867),郭柏心卒于漳州城。

④ 陈寿祺《终吾轩记》,《左海文集》卷八,《清代诗文集汇编》第499册,影印第344页。

⑤ 郭柏苍《十一月二日葬合亭弟》,《沁泉山馆诗》卷下。作于光绪八年壬午(1882)。

⑥ 郭柏苍《斗铭》,《葭柎草堂集》卷中,《清代诗文集汇编》第662册,影印第174页。

⑦ 据民国《闽侯县志》卷六十九郭式昌传,郭式昌子七人:郭曾炘;郭曾准,壬辰进士、候选知府;郭曾程,己丑进士,江苏元和知县;郭曾钧,长芦运判;郭曾法,议叙盐大使;郭曾量、郭曾辙俱庠生。

⑧ 按:一说郭名昌字汝雨,误。今据明代陈鸣鹤《东越文苑》后“同治癸酉六月邑后学郭元昌汝雨氏书”及《清代硃卷集成》第三三八册郭绩昌履历(影印第65页)郭元昌名下注订正。又,《东越文苑》卷首题“邑后学郭柏蔚增订”。《竹间续话》亦云“汝雨公讳元昌”,“子十二人”(第92页)。郭名昌,号宾实(《清代硃卷集成》第三三九册,郭曾焜履历,影印第187页)。

⑨ 郭绩昌的履历记载其生年为道光三十年庚戌(1850)八月初三(《清代硃卷集成》第三三八册,郭绩昌履历,影印第63页)。

⑩ 按:张杰《清代科举家族》以为“福建侯官郭氏,自道光朝以来,两次创造‘五子登科’的科场奇迹。”(第145页)其实不然,所列郭氏五子郭式昌(郭柏荫长子)、郭元昌(郭柏蔚子)、郭绩昌(郭柏心子)、郭名昌(郭柏荫三子)、郭传昌(郭柏荫四子)为嫡堂兄弟。

经主讲本省泉州清源、厦门玉屏、紫阳、福州鳌峰等书院讲席。光绪元年(1875),回里再主鳌峰讲席,前后主鳌峰二十年;十年甲申(1884)正月二十七日卒,年七十八[①]。传见《清史稿》卷四百二十六、《清儒学案》卷一百七十八《湘乡学案下·郭先生柏荫》、马昌华《淮系人物列传》、民国《福建通志·福建列传》卷三十九、民国《闽侯县志》卷六十九。子六:郭式昌,先以军功得知府,咸丰九年己未(1859)举于乡,署温州、湖州、台州知府、金衢严道,署按察使,卒年七十六;郭兆昌,刑部员外郎;郭名昌,光绪八年壬午(1882)举人、湖北直隶州知州;郭传昌,光绪二十年甲午(1894)科进士;郭赞昌,邑庠生;郭懋昌(一作郭韡昌,国学生)。郭阶三子六,以郭柏荫这一支的后裔最为显达。

郭柏苍(1815[②]—1890),又名弥苞,号蒹秋、青郎,行五。家有补蕉山馆、鄂跗草堂、三峰草庐、沁泉山馆、柳湄小榭、秋翠院、红雨山房、葭柎草堂、枕石草堂、天开图画楼、乌园、但寤轩、沁园、梦鸯藤馆等别业馆舍。其诗集《补蕉山馆诗》二卷、《鄂跗草堂诗》二卷、《三峰草庐诗》二卷、《沁泉山馆诗》二卷、《柳湄小榭诗》上卷[③]为系年诗作,光绪七年以来逐年刻行,《清代诗文集汇编》第662册影印光绪间郭氏汇刻本。子郭溶,孙郭曾芸等,孙女郭凤楣等。与归安陆心源、丹徒蒋星槎、仁和魏锡曾、新城杨希闵、长沙周寿昌等外省学者友善。

民国《福建通志·文苑传》郭柏苍本传:"识见恢廓,时有新议论……不慕禄仕,殚心有用之学,旁及堪舆、星卜……尤习掌故、全闽人物、名胜,言之凿凿……构乌麓红雨山房,读书其中,后得于麓天开图画楼[④]、绿玉斋旧址,葺补蕉山馆为别业,筑草庐于北郊三峰山、东郊提井山,筑葭柎草堂于贡院丽文坊,为试馆,又与林处士士灑筑鄂跗草堂于乌麓灵响境。……光绪三年(1877),疏浚怀安、洪塘、濂浦诸江以杀省垣水患[⑤]。晚得玉尺山房于光禄坊,构沁泉山馆、柳湄小榭诸胜其中,梓先辈诗文集散佚不存者……(所梓)《全闽明诗传》则本郑杰《全闽诗录》,改订之。"[⑥]按:郭柏苍于光绪七年(1881)入居闽山,浚沁泉、漾月池,九年(1883)从叶氏(道光二十年叶敬昌购自齐鲲后人)购玉尺山房,葺沁泉山馆、柳湄小榭[⑦]。郭柏苍是郭氏家族中著名的诗人、学者、藏书家,著述繁多,达数百卷。其诗《补蕉山馆诗》二卷、《鄂跗草堂诗》二卷、《三峰草庐诗》二卷、《沁泉山馆诗》二卷、《柳湄小榭诗》二卷,陈衍以为系郭柏苍道光癸未(三年,1823)至光绪庚寅(十六年,1890)数十年间诗之编年,体格近白、苏[⑧]。按:读郭

① 郭氏兄弟及郭柏荫事迹相见郭柏苍《十月初一日远堂兄生辰诗以纪之》(《沁泉山馆诗》卷下,《清代诗文集汇编》第662册,影印第106页)。

② 光绪九年癸未(1883),郭柏苍作《沁园花朝同诸女作》,诗中句自注云"外孙女陈闺瑜姊妹剪彩作七十灯毬,连夕悬树阴……"云云(《沁泉山馆诗》卷下,《清代诗文集汇编》第662册,影印第103页),以明年甲申(1884)郭柏苍七十之故。光绪十六年(1890),谢章铤作《全闽明诗传序》,自记年七十一,郭柏苍年七十六(《赌棋山庄文续》卷二,《清代诗文集汇编》第680册,影印第776页),则郭柏苍生于嘉庆二十年乙亥(1815)。

③ 郭柏苍《我私录序》:"以我历年所营之地为诗文之名。"(《葭柎草堂集》卷下,《清代诗文集汇编》第662册,影印第211页)

④ 按:天开图画楼原系明代郑逑故居,郑氏子孙三百年居此(陈寿祺《左海文集》卷八《鳌峰里宅记》)。入清,辗转易手数家。道光间为叶修昌别业。道光十年庚寅(1830),张际亮有诗《正月十五日叶十七荀卿招同人集天开图画楼饯余遂至郑少谷迟清亭故址》、《(八月)二十九日西堂梅友乾生薇卿雪樵同集旬卿天开图画楼》(《思伯子堂诗集》卷十二,《清代诗文集汇编》第601册,影印第130、134页)

⑤ 郭柏苍《予以足疾不至官府近因当轴奏派浚怀安江洪塘江濂浦江推求水患之原半因废磳田拓茶山述其利害以呈大吏》、《洪塘浚新泷工次》,《沁泉山馆诗》卷上,影印第85、86页。光绪三年(1877),郭柏苍与邑人杨浚同任此役,见诗《塔湖》诗中自注(《沁泉山馆诗》卷下,影印第93页。1880年作),前有《金山塔湖》诗(影印第89页。1878年作)。

⑥ 民国《福建通志》总卷三十九,《福建文苑传(清三)》卷九,第七页。

⑦ 卢美松《松轩话史》,第20页。卢美松先生以为清代玉尺山房曾经住有林(林有台)、孙(孙昌裔)、许(许豸)、金、何(何勉)、齐(齐鲲)、叶(叶敬昌)、李(李宗言)、郭(郭柏苍)、陈等家族(第21页)。

⑧ 民国《福建通志》总卷二十五,《福建艺文志》卷六十六,第二十页,引陈衍《石遗室书录》。按:今《清代诗文集汇编》第662册影印光绪间郭氏汇刻本,有《补蕉山馆诗》二卷(1823—1850年诗,光绪七年刻本)、《鄂跗草堂诗》二卷(1851—1861年诗,光绪八年刻本)、《三峰草庐诗》二卷(1862—1874年诗,光绪九年刻本)、《沁泉山馆诗》二卷(1875—1884年诗,光绪十年刻本)、《柳湄小榭诗》上卷(1885—1890年诗,光绪十一年闽县陈闰瑛署签本)五种,最晚者为《柳湄小榭诗》上卷为光绪十一年乙酉(1885)陈闰瑛署签本,所收诗最晚者为《(光绪十六年庚寅,1890)首夏游东郊至上埔》。《补蕉山馆诗》首诗《读书将乐县高滩》系道光三年癸未(1823)作,实无《柳湄小榭诗》下卷。又,各种目录书不能称之为光绪十一年郭氏汇刻本,以《柳湄小榭诗》收录郭柏苍卒年光绪十六年庚寅(1890)所作诗。

柏苍《葭柎草堂集》[①]及诸种诗集中自注余,其风格、体式亦近苏,以光绪八年壬午(1882)所撰《闽山瀼月池记》为典型。组织有补蕉山馆社集,成员二十五人[②]。其配严氏(严蕙怀,1818—1879[③])亦能诗。一子三女俱能诗。子郭溶,女郭媄宜、郭问琴、郭拾珠。郭溶三子七女,亦皆能诗。同治三年甲子(1864),杨浚代福建巡抚徐宗幹(树人)作有《郭副郎五十双寿序》[④]。苏秋红撰有《郭柏苍及其诗文研究》,福建师范大学2010年硕士学位论文,方盛良教授指导。

郭氏家族与福州望族曾氏、郑氏、叶氏、陈氏、萨氏联姻,形成盘根错节的婚姻关系。郭阶三祖母萨氏,郭阶三又以萨氏女为养女;郭柏荫六女:长女郭雅宜,适林登鳌;次女郭仲年(字敏斋),适长乐郑元璧(凤池书院山长)之子郑景渊;三女郭好宜,适曾兆珪;四女郭勉宜,适曾兆锟;五女郭嫕宜,适林岐镜;六女郭菊宜,适谢崇书。连同郭阶三养女萨氏嫁曾元澄为妻,以上所示,郭氏与曾氏之间两代六人结三对婚姻。郭柏苍三女[⑤]:长女郭媄宜适闽县陈为舟(济臣)[⑥],次女郭问琴(1840[⑦]—?,字燠宜)适叶观国曾孙叶大泳(子翔)[⑧],三女郭拾珠(一作十珠[⑨],字莔宜)适闽县陈懋侯(伯双)[⑩],即今中科院院士陈篪、科学家陈彪兄弟的曾祖母,而陈懋侯孪生兄弟陈建侯之女陈闺瑛则嫁入叶家,为叶大泳、郭问琴儿媳。郭柏苍独子郭溶娶侯官诗人、词人徐一鹗次女徐淑昭[⑪]为妻,有女六人,与福州府望族联姻。

至清末,郭氏家族尚与陈衍家族、沈葆桢家族后人通婚。郭养刚妻沈佩芳(婉君),系沈葆桢曾孙女,而郭养刚长女郭可珍适沈祖浔。郭则沄著有《龙顾山房诗赘集》,黄葆戉题签;《龙顾山房诗余续集》,吴庐题签;其妻俞琎(俞平伯长姊)著《临漪馆诗词稿》四卷,俞平伯题签,此三种著作均为刘孟纯旧藏。一说刘孟纯系郭则沄姊夫。

在郭阶三这一支之外,侯官郭氏家族族蕃指多,郭守仁(敬斋)派下有十房子孙[⑫]。

---

① 《葭柎草堂集》首篇《于峰小纪序》作于道光十三年癸巳(1833),与《补蕉山馆诗》首篇相较,晚10年,知郭氏诗文两种文体的创作几乎同时,而以诗歌创作为主。

② 郭柏苍《新亭过亡友庄子韶音墓》,诗句"皤然存五老"下自注:"补蕉山馆社集二十五人,存者林华平、陈履仁、施登龙三孝廉、远堂及予两兄弟而已。"(《沁泉山馆诗》卷下,《清代诗文集汇编》第662册,影印第101页)时光绪八年壬午(1882)。据首句,庄韶音卒于道光三十年庚戌(1850)正月初九。据《入居闽山者五年时物屡变涉趣乃深略述其况》其五诗后注云"补蕉山馆友二十五人,内苍五兄弟,今存者独道光十九年己亥(1839)举人林华平与苍两人矣"(《柳湄小榭诗》,影印第111页),知社集中郭柏苍兄弟五人,又知至光绪十一年乙酉(1885),光绪八年存世五人中谢世者三人,仅余林华平、郭柏苍二人;此注补出补蕉山馆社友亡故者:闽县庄韶音、侯官曾铿鸣、姚宝训、黄宗彝、福清许庆龄、闽县林熙、曾锵鸣、侯官郑尔恭、赵坤、黄元禧、薛凌霄、蔡元祁、黄紫华、陈三英、陈履仁、施登龙、赵新、吴伯敬、姚宝铭十九人(同页),加上林华平、郭氏五兄弟(郭柏心、郭柏荫、郭柏蔚、郭柏苍、郭柏芗),正二十五人。据《乌石山志》所引郭柏蔚《社集玉雨山房》诗序,道光十七年丁酉(1837)假何春元、何承元兄弟的何氏园举行首集。

③ 郭柏苍《不寐自述》诗题下自注:"八月一日严夫人初丧。"(《沁泉山馆诗》卷上,《清代诗文集汇编》第662册,影印第90页)时光绪五年己卯(1879)。又,《挽太仓州孙太守寿铭》诗句中自注:"苍己卯六十五岁亦丧偶。"(《柳湄小榭诗》,影印第112页)己卯,光绪五年(1879)。

④ 杨浚《冠悔堂骈体文钞》卷三,原第二十三至二十六页,影印第527-528页。

⑤ 郭柏苍《携陈婿为舟陈女媄宜次女问琴三女拾珠女孙凤楣凤韶避地仙坡》,《鄂跗草堂诗》卷下,《清代诗文集汇编》第662册,影印第40页。时咸丰七年丁巳(1857)。

⑥ 郭柏苍《寄长泰教官陈婿为舟》,《鄂跗草堂诗》卷下,《清代诗文集汇编》第662册,影印第45页。时咸丰九年己未(1859)。又有《陈女媄宜随婿为舟之官》诗(《三峰草庐诗》卷上),同治七年戊辰(1868)作。

⑦ 郭柏苍《次女叶问琴五十》,《柳湄小榭诗》,《清代诗文集汇编》第662册,影印第118页。时光绪十五年己丑(1889)。

⑧ 郭柏苍《寄永安教官次婿叶大泳》,《三峰草庐诗》卷上,《清代诗文集汇编》第662册,影印第60页。时同治五年丙寅(1866)。

⑨ 郭柏苍《三女十珠素有胆气随宦汉阳暑天独行适蕲黄寇警书来则已抵汉作诗邮寄用息其劳》,《三峰草庐诗》卷上。时同治七年戊辰(1868)。诗中句"诗名远欲依诸娣"下自注:"仲耦(陈建侯)继夫人何氏,嘉庆丙子科福建考官何公彤然之女孙,能诗善画。"(《清代诗文集汇编》第662册,影印第63页)此时郭拾珠往依署湖广总督、二伯父郭柏荫。陈建侯(1837—1887)原配河南龚氏。

⑩ 郭柏苍《寄三婿陈懋侯》,同书,影印第51页。时咸丰十一年辛酉(1861),陈懋侯在瓯宁县小湖。又,《辛酉雪中除夕喜伯双至》,同书,影印第53页。

⑪ 郭柏苍《九月五日遣子女孙曾辈并婢仆登石鼓》诗自注有郭氏诸人名:郭溶妻徐淑昭名徐彦姑,郭溶子郭曾芸、郭辅衷,郭曾芸配叶叔滟,郭柏苍曾孙郭孝孜;郭媄宜之子陈常铧,媳郑彝者;郭问琴之子叶在衍、叶在汶、女叶叔一(《柳湄小榭诗》卷上,《清代诗文集汇编》第662册,影印第110页),时光绪十一年乙酉(1885)。

⑫ 郭柏苍《侯官郭氏葭柎草堂落成记》。

## No.392 侯官齐耕师家族

齐洪超:《痢疾辨疑》(黄晋良《齐仪鲁先生传》、《闽县乡土志·耆旧录二学业》齐洪超传)

许福祉(齐弼妻,齐鲲母):《玉尺山堂存稿》(民国《福建通志》总卷四十五,《福建列女传》卷六,许福祉本传;卢美松《松轩史话》第75页)

齐鲲:《东瀛百咏》[①](同治刊本《福建通志》卷六十八、民国《闽侯县志》卷四八《侯官艺文志》)

齐祥棣:《玉尺山楼遗稿》一册(光绪九年铅印本[②]。卢美松《松轩史话》第75页作《玉尺楼遗诗》五十首)

**谨按:**侯官齐氏家族于唐德宗在位年间(780—824)进入福建,世代居住在南台岛高盖山齐坑山齐安村,所谓"显示多居南山之麓,族最盛,故俗称齐坑,盖地以人名也"[③]。至齐鲲居玉尺山房,擅池馆之胜。

明末清初有齐洪超(1617[④]—1685)者,师黄道周。《闽县乡土志·耆旧录二学业》(国朝)齐洪超传:"字仪鲁。大父任吾以医名于明嘉靖间,故齐氏世通医学。洪超少受业于漳浦黄道周,学易象,复以母痢卒,恨不早习医,因究心医理,以传家学。……著《痢疾辨疑》。"[⑤]齐洪超传又见民国《福建通志·福建艺术传》卷三。黄晋良撰《齐仪鲁先生传》,称其"读书不辍,酷好六经、史、汉文字,不肯俯狥时俗","所著文章诗歌,浑脱浏亮,即少陵所称公孙大娘剑器,不能明言而尽悉也。"[⑥]黄晋良有《雪中得仪鲁和韵诗口答》[⑦]等。由此可见,清代齐氏以悬壶为家学,后转而业儒。在本书所梳理的福建家族作者中,清代福建的士子医、儒二者的身份时常兼有,不以行医而下视之。

清代齐氏从齐耕师起家,齐耕师与林佶同时,两家在福州城中为邻居。其子齐念祖,齐念祖二子齐璋、齐球。齐璋(?—1798)四子。长子齐弼(1753—1815),字兰皋。乾隆三十六年辛卯(1771)福建举人中式,与葛玉春、李清珠同年;四十六年辛丑(1781)成进士,与庶吉士萨龙光、检讨蔡善述同年。好友、侯官郑杰编《国朝全闽诗录初集》、《续集》,病革交代齐弼"代分其任",齐弼"为之校次",谋铅椠,并为之序。署"嘉庆辛酉(六年,1801)秋七月兰皋齐弼书于话雨轩"。[⑧] 陈寿祺撰《皇清赐进士敕授文林郎湖南醴陵县知县诰封奉政大夫翰林院编修侯官齐公墓志铭》。

齐弼妻许福祉,自号梦槐老人,梁章钜叔父梁上国妻许鸾案(许馥荃)胞妹、许崇楷之女。籍闽县。虽喜吟咏而从不存稿。晚年家多变故,乃偶藉诗以写哀情。有《玉尺山堂存稿》[⑨]。妾周氏、葛氏。

齐弼二子齐鲲、齐鲸,分别出许氏、周氏,均有功名。齐鲲(?—1818),字澄潇、腾霄,一字北瀛。乾隆五十七年壬子(1792)福建乡试第二名举人中式,嘉庆六年辛酉(1801)成进士,与曾晖春同年。改

① 柯愈春《清人诗文集总目提要》作一卷,嘉庆十三年知今堂刻本(第1067页)。

② 柯愈春《清人诗文集总目提要》著录此集,民国间铅印本,不分卷,一册,中国科学院图书馆藏(第1373页)。

③ 黄晋良《齐仪鲁(齐洪超)先生传》,《和敬堂全集》文部卷七,原第十五页,《清代诗文集汇编》影印第167页。

④ 按:黄晋良诗《秋分后苦热李章甫邀同蓝兴汉陈筠园齐仪鲁谢尔方林吉人集逸光堂纵观古墨迹洎吾党往还尺牍皆部次装潢成帙感而有赋》第四句下注蓝镏本年八十五,陈则见本年七十五,黄晋良、齐洪超各七十(《和敬堂全集》诗部卷十五,原第八页,《清代诗文集汇编》第54册,影印第340页),则齐洪超生于万历四十三年(1615),比《齐仪鲁先生传》所称齐洪超"生于神宗丁巳(四十五年,1617)"(同书,文部卷七,原第十七页,影印第168页)早两年。

⑤ 《闽县乡土志·耆旧录二学业》,(国朝)齐洪超传,影印第305页。

⑥ 黄晋良《齐仪鲁(齐洪超)先生传》,《和敬堂全集》文部卷七,原第十六页,《清代诗文集汇编》影印第167页。

⑦ 黄晋良《和敬堂全集》诗部卷六。

⑧ 《国朝全闽诗录初集》,齐弼序,《全闽诗录》第五册,第2页。

⑨ 民国《福建通志》总卷四十五,《福建列女传》卷六,许福祉传,原第二十五、二十六页。

庶吉士,授编修、记名御史,赐一品服册封琉球正使[①],京察一等,叙议以道员用。丁外艰归,旋卒。娶许懿善之女、许福祉之女许氏。许福祉有《戊寅(嘉庆二十三年,1818)哭鲲儿》、《鲲儿妾玉麟尽饰自经吊之以诗》等。同治刊本《福建通志》著录其《东瀛百咏》,注:"嘉庆十三年(1808),鲲使册封琉球时所作也。鲲,弼子。传见《良吏》。"[②]闽县陈寿祺撰《送齐编修使琉球序》。齐鲸,嘉庆二十三年戊寅(1818)福建乡试举人中式,与萨龙骧、梁拱辰、刘家镇、叶大章、曾元海等同年。官知府,尝居光禄坊玉尺山(乌石山,一名闽山)。据《竹间续话》卷二的记载,明清以来居玉尺山的福建名人有嘉靖间林有台、崇祯间孙昌裔、清代何勉(尚敏)、齐鲲(澄潇,嘉庆间)、叶敬昌(道光间)、李作梅(同治间)、郭柏苍(光绪间)等。宣统初年,郭氏以钱业败,郭氏光禄坊故宅没官[③]。

齐鲲之子齐祥庆,道光五年乙酉(1825)福建乡试举人中式,与郑世祺、陈乔枞、廖鸿禧、梁逢辰等同年。官直隶知县。娶郭仁图女。齐鲲之孙齐寿昌,系咸丰十一年辛酉(1861)举人,拣发陕西知县。

齐鲲女五,诸婿侯官郑世祺(长婿)[④]、梁云铣、陈麟书[⑤]等。第六女齐祥棣(1817—1838),许闽县螺洲望族陈兆熊,陈未婚而卒,女赴池殉之,年二十二,称贞女。《福建地方文献及闽人著述综录》著录齐祥棣《玉尺山楼遗稿》,光绪九年铅印本[⑥]。传称其"有《玉尺楼遗诗》五十首"。[⑦] 齐弼孙女齐祥宜适何伯稚。侯官林则徐娶于郑氏。道光三年(1823),林则徐撰《郑岳母齐太恭人七秩寿序》[⑧]。故知福州齐氏与郑、梁、许、陈、林、郭等以婚姻形成家族之间复杂而紧密的社会关系。

## No.393　闽县陈崇砥家族

陈崇砥:《治蝗书》(一名《治化生蝻子图》,同治十三年莲池书局刻本)一卷、《固安县志》八卷(咸丰九年刻本)、《圣训绎谣》一册(同治元年刻本)、《拙修老人遗稿》一卷(民国《高节陈氏诗略》本,民国间铅印本,清华大学图书馆藏)

陈宝廉:《残叶笺》一卷(民国《高节陈氏诗略》本)

陈与同:《一系之居遗稿》一卷(民国《高节陈氏诗略》本)、《可斋诗存》(民国《福建通志》总卷三十九,《福建文苑传》陈与冏本传附陈与同传)

陈与冏:《缄斋遗稿》一卷(民国《高节陈氏诗略》本)、《缄斋词》(《影事词存六种》,光绪九年曾淞刻本)、《读经说约》、《读鉴随笔》、《缄斋杂辑》(民国《福建通志·文苑传》本传作《缄斋杂葺》)、《疏纳草》(《侯官县乡土志》卷三本传)

陈与尚:《悔斋诗稿》一卷(民国《高节陈氏诗略》本)

**谨按:**陈登华(1778[⑨]—?),字香农,籍侯官。嘉庆五年庚申(1800)举人,以大挑官四川知县,护理

① 嘉庆十三年(1808),《浮生六记》的作者沈复尝随齐鲲所率领的使团至琉球国,游历中山等地,书中一记即《中山记历》。(尚小明《学人游幕与清代学术》,第40、353页,东方出版社2018年版)

② 同治刊本《福建通志》卷六十八,影印第1400页。

③ 郭白阳《竹间续话》卷二,第30页。

④ 《清代硃卷集成》第二七册,郑守孟履历,影印第201页。

⑤ 陈寿祺《皇清赐进士敕授文林郎湖南醴陵县知县诰封奉政大夫翰林院编修侯官齐公墓志铭》,《左海文集》卷九,《清代诗文集汇编》第499册,影印第398页。

⑥ 福建师范大学图书馆古籍组《福建地方文献及闽人著述综录》,第96页。《螺江陈氏家谱》载光绪九年林鸿年所撰《玉尺山楼遗稿序》(第12册,影印第877-878页)、嗣男陈继俊所撰《玉尺山楼遗稿序》(第12册,影印第879-883页)。

⑦ 民国《福建通志》总卷四十五,《福建列女传》卷六,齐祥棣传,原第三十页。

⑧ 林则徐《林则徐全集》第五册,第369页。

⑨ 梁章钜《十月二十日霁峰招集自怡轩是日会者八人笏轩最长年六十七莲渚六十六霁峰与鲁庭同六十五谷士六十四余与鉴塘同六十香农最少亦五十七合成五百四岁口占索诸公同纪之》,《退庵诗存》卷二十三,《清代诗文集汇编》第515册,影印第241页。

知府。罢归后,林则徐屡劝出山,以既归不出。子陈崇砥、陈宝廉、陈宝琇①,胞侄陈崇恺、陈崇葆、陈崇玑、陈崇光,孙陈师颜、陈吉庚、陈与同、陈与冏、陈以尚②等。

陈登华之弟陈楷,字则权,号朗川,籍闽县。道光二十年庚子(1840)举人,咸丰十年庚申(1860)进士。改选庶吉士。受郡人、山西巡抚王庆云器重,延请掌教云中书院。卒后,其兄陈涵撰传。传见民国《福建通志·福建循吏传》卷十三。

陈崇砥(1817—1874),字泽萱,一字亦香、弈轩③,号拙修老人,籍侯官。道光二十六年丙午(1846)举人。咸丰三年(1853)大挑,授献县知县,官直隶河间府知府。《清史稿》卷四百七十九本传称其治行卓著,当时风气为之一振。传又见民国《福建通志·福建循吏传》卷十三。陈崇砥能诗,尝作有《登镇海楼诗》:"镇海高楼俯夕晖,无诸故国锁烟霏。白龙人去江河在,金风春深寝殿非。万井市廛环近郭,千山岚翠敞晴扉。霸图销歇沧桑改,落尽林花乳燕飞。"气势俊逸,俊丽情深。道光二十四年甲辰(1844),福州西湖社集,主其事者九人:刘端、沈绍九、周麟章、萨大滋、陈福嘉、陈崇砥、林寿图、孙翼谋,在西湖荷亭。"社之集或七八人、五六人,人各一题,篇各一体,自巳至申……"福州西湖设龛,祀沈绍九等诗人。光绪七年辛巳(1881),林师尚(渭如)、陈尔履(礼刚)于大梦山麓购得萨氏故地筑室结社,亦称"西湖社"④。《青冢志》卷十收录闽人黄幼藻(字汉荐)、郭柏荫(号远堂)、刘端(字鲁汀)、杨维屏(字翠岩)、曾元海(字少坡)、曾元澄(字亦庐)、陈崇砥(字亦香)、郭兆昌(字幼培)、郭名昌(字宾实)、郭绩昌(字咸熙)、刘大受(字绍庭)、黄元釆(字佺期),卷十一收录叶敬昌(字芸卿)、许冠瀛(字鹤舲)、林绂(字湘帆,一作湘飔)咏唱王昭君出塞诗。

陈崇砥之弟陈宝廉(? —1855⑤),初名隅廷,字幼农,一字仲坚。陈崇砥兄弟均受业陈寿祺之门,林则徐以其弟之女妻之。道光二十九年己酉(1849)拔贡生,朝考一等,官兵部小京官。咸丰元年(1851)举人,卒于京师。子:陈与同、陈与冏、陈与尚。叔父陈涵撰传⑥。陈宝廉与同里林寿图辈结西湖吟社⑦,其遗诗陈崇砥录成《残叶笺》,有高节陈氏诗略本。陈宝廉能词,《闽词征》卷四有传及词。林直《壮怀堂诗初稿》卷五有《酬陈幼农隅廷茂才见赠即步原韵》诗,在道光二十四年(1844),称陈宝廉"与君相见各倾倒,意气照耀双干将。更无余地置诸子,径放巨眼观沧桑。……新诗沉雄劲无敌,独树旗帜登词场。朅来文辞益精进,凌厉董贾超班杨。才华发越气蓬勃,如矢出彀马脱缰。"⑧陈宝廉二女慧庄、慧敬皆殉母⑨。传见《清史稿》卷五百八。

民国间刻本《高节陈氏诗略》尚有陈与同《一系之居遗稿》一卷、陈与冏《缄斋遗稿》一卷、陈与尚《悔斋诗稿》一卷。

## No.394 侯官杨庆琛家族

杨庆琛:《绛雪山房诗钞》二十卷、《续抄》六卷、附《试帖》三卷(《清代诗文集汇编》第542册影印道

① 民国《福建通志》总卷三十六,《福建循吏传(清二)》卷十二,陈崇砥传,原第五十九页。

② 侯官举人范继馨娶陈氏女。陈氏系陈登华孙女,陈崇砥之女,陈宝廉胞侄女,陈崇恺、陈崇葆、陈崇玑、陈崇光嫡堂侄女,陈师颜胞妹,陈吉庚胞姊,陈与同嫡堂姊,陈与冏、陈以尚嫡堂姊(《清代硃卷集成》第三三八册,举人范继馨履历,影印第353页)。范氏三世与陈宗濂、林星赓、林昌彝、陈登华等家族联姻(同书,影印第352-354页)。

③ 按:林直诗题《陈二幼农以明经入都作此送之兼呈令兄弈轩崇砥孝廉》(《壮怀堂诗初稿》卷六,原第六页,《清代诗文集汇编》第703册,影印第582页)。

④ 郑子端《沈葆桢积极推荐沈绍九到台湾》,载2014年8月17日《福州晚报》第A17版"闽海神州"专栏。

⑤ 按:林直有《哭陈二幼农》:"欣君三十为郎日,遽尔千秋决我时。"(《壮怀堂诗初稿》卷十,原第十页,影印第616页)时在1855年。民国《福建通志·福建循吏传》陈宝廉传亦云:"乙卯(咸丰五年,1855),宝廉卒于京师。"(《福建循吏传》卷十三,原第十五页)

⑥ 民国《福建通志》总卷三十六,《福建循吏传(清三)》卷十三,陈宝莲传,原第十五页。

⑦ 民国《福建通志》总卷三十九,《福建文苑传(清三)》卷九,第二十一页。

⑧ 林直《壮怀堂诗初稿》卷五,原第二、三页,《清代诗文集汇编》第703册,影印第570-571页。

⑨ 《清史稿》卷五百八,第46册,总第14036页。

光二十八年至同治元年刻本)、(辑)《击钵吟》七集(道光二十五年刻本)、(合作)《红楼梦戏咏》(民国间刻本)、《绛雪山房集》三十余卷(民国《福建通志》总卷三十四,《福建列传》卷三十八本传)、《绛雪山房诗抄》(谢其铨《丁戊山小志》第45页)、《绛雪山房诗钞》、《绛雪山房诗续钞》(《雁门萨氏家谱·雁门萨氏家谱引用各书书目》)、《绛雪山房诗钞续钞》三十卷(民国《福建通志》总卷二十五,《福建艺文志》卷六十六;民国《闽侯县志》卷四八《侯官艺文志》)、(与曾光澄辑)《击钵吟》一集、二集(道光十一年、二十年刻本)、《击钵吟偶存》十四卷(清刻本,台湾师范大学图书馆藏。李灵年等《清人别集总目》第712页)

杨秀珠(杨庆琛女):《筠青阁吟稿》一卷(光绪十七年刻本、民国《福建通志》总卷二十五,《福建艺文志》卷六十六)

**谨按**:当代作家冰心的若干回忆文章,均将嘉庆、道光间的两位福州著名人物杨簧、杨庆琛混淆,误作同一家族中人。闽县陈寿祺《杨实庭家传》为杨名标(1744—1798)作:“君讳名标,字辉世,一字实庭。先世由福清西井迁福州,遂为侯官人。父肇修,县学生,早卒。君生四岁而孤,奉母力学。从进士卓道翼游,棋斋深器之。肄业嵩山书院,每试辄冠其曹。无何,伯兄殁,家益贫,孤孀待以举火,遂辍业,游乍浦,为人殖货,以其赢完诸从子婚娶。……嘉庆三年(1798)七月卒,年五十有五。子际熙、际春。(际春)嘉庆二十五年(1820)进士、刑部河南司主事。”[①]杨际春即杨庆琛。故知杨庆琛家族祖上迁自本府福清县,从杨肇修、杨名标到杨庆琛祖孙三代渊源清晰,与迁自连城的侯官杨簧仅同姓而已。再观杨庆琛《绛雪山房诗钞》诸诗:嘉庆二十三年(1818)《四月抵都重晤林少穆编修叶芷汀侍御梁茝林仪部杨竹圃比部喜而有作》[②]、嘉庆二十五年(1820)《请假旋闽留别杨竹圃比部叶芸卿吏部》[③]、道光十四年(1834)《晤江宁方伯杨竹圃同年留饮》[④]诸诗,杨庆琛之于杨簧的称谓仅以乡人之谊,连“(吾)家竹圃”的亲热都无[⑤],无论出仕还是归里之后,杨庆琛诗作中与杨簧本人及其家族中人的唱和绝少;此外,我们还观察到《清代硃卷集成》第336册所收录的道光十五年(1835)乙未恩科举人、杨簧长子杨维屏的硃卷履历未载杨庆琛名讳及功名,因此本书将杨庆琛、杨簧两位诗人分立条目,以示谨慎。

杨庆琛(1783[⑥]—1867),原名际春,改名庆琛,字廷元,号云山行脚僧、雪椒、雪茉[⑦]、雪蕉[⑧],晚号绛雪老人。行十。籍侯官,居福州城内宫巷二十二号,迁新美里、仙宫里。欲卜居浦城与梁章钜为邻,未成。民国《福建通志》杨庆琛本传:“年十三,肄业于山长郑光策之门,同邑林则徐、廖鸿荃时皆髫年,于郑门称高足,庆琛尝与二人颉颃也。”[⑨]系嘉庆九年甲子(1804)林凤翘榜举人,与林则徐、廖鸿苞、叶申芗、廖鸿荃等同年;八上公车[⑩],至二十五年庚辰(1820)陈继昌榜成进士。尝入福建巡抚张师诚幕府。

---

① 陈寿祺《杨实庭家传》,《左海文集》卷九,《清代诗文集汇编》第499册,影印第376页。

② 杨庆琛《绛雪山房诗钞》卷六,《清代诗文集汇编》第542册,影印第397页。

③ 同上书,卷七,影印第407页。

④ 同上书,卷十一,影印第446页。

⑤ 杨庆琛对于同是侯官人的杨叔怿、杨仲愈兄弟则较亲密。杨庆琛《重九夜闻马生捷乡闱志喜》四首组诗,其四有句“季方行并元方显,大宋才偕小宋优”,“吾家子弟龙文彦,好向瀛洲结伴游”。注云:“谓豫庭(杨叔怿)、子恂(杨仲愈)昆仲。”(《绛雪山房诗续钞》卷三,《清代诗文集汇编》第542册,影印第579页)

⑥ 按:郑祖琛序《绛雪山房诗钞》引杨庆琛语,谓“吾三人(林则徐、杨庆琛、郑祖琛)为同岁生”,所谓“同岁生”当指三人均为嘉庆九年(1804)甲子科举人,即乡试同年。而杨庆琛实生于乾隆四十八年癸卯(1783),咸丰十年自序《绛雪山房诗续钞》,时年七十八岁(《清代诗文集汇编》第542册,影印第551页)。

⑦ 林则徐《致杨庆琛》,《林则徐全集》第七册,第39页,道光六年(1826)。

⑧ 林则徐《致杨庆琛》,上海图书馆藏手稿。

⑨ 民国《福建通志》总卷三十四,《列传》(清七),第四十页。

⑩ 按:杨庆琛《自记》云“六赴春官”(《绛雪山房诗钞》,《清代诗文集汇编》第542册,影印第342页)。根据《绛雪山房诗钞》卷一至卷七的内容,杨庆琛六赴春官的记载是准确的,民国《福建通志》杨庆琛本传所谓“八上公车”指的是从嘉庆十年乙丑科至杨庆琛登第的嘉庆二十五年庚辰科,其间一共八科(正科六,恩科二),杨庆琛不赴嘉庆十九年甲戌科、二十四年己卯恩科两次会试,系不核实文献之误。

杨庆琛登进士第时榜名"际春"[①],知其改名在登第之后。杨庆琛成进士后,"观政秋曹。各部额外司员因补缺无期,不常至署。庆琛以练习法令自此始,日从公不少倦。一日,雨甚,泥淖没踝,尚书韩公桂舲退朝至部,惟庆琛在,询以始末甚悉,心大悦"[②],终为尚书韩崶[③](桂舲)激赏,累官至山东布政使、署巡抚兼署学政、光禄寺卿。道光二十三年癸卯(1843)夏致仕归里。尝力荐徐宗幹,徐氏后来任福建巡抚。操守甚严,晚年坚辞闽抚郑祖琛延聘鳌峰书院、闽抚徐宗幹延聘凤池书院之请。同治三年甲子(1864),偕廖鸿荃重宴鹿鸣,奉旨赏加二品衔;六年丁卯(1867)八月卒,年八十五。林鸿年为撰墓志铭。杨庆琛子十一,女十五,孙十五,孙女七,曾孙五,曾孙女五。

道光二年壬午(1822),杨庆琛挈眷北还,作《建溪舟次寄怀吟榭诸君子》组诗十二首,追怀刘士棻、林轩开、冯缙、冯纲、曾景南、吴调元、张昆玉、张翼、张人寿、王溱、柳际春、周人龙十二人[④]。道光间,杨庆琛曾经和林鸿年、王庆云、曾元燮、许冠瀛等在京师组织荔香吟社,与魏茂林、李璋煜、康兆奎、张澧中、汪铭谦等诗人集龙树寺,刻有《击钵吟》二卷[⑤]。林鸿年辑有《续击钵吟》,系道光四年、五年(1824—1825)间福建在京诗人结社击钵之作,杨庆琛以为晋安风雅之遗,日可得绝句百余首。又,杨浚《积翠寺老梅》诗题下注:"道光丁亥(七年,1827)间,家雪椒光禄都门结吟社,命题有忆梅[⑥]之作,即指此也。自辛丑(二十一年,1841)后为外人占住。"[⑦]嘉庆十年(1805),杨庆琛作有《积翠寺同魏香士孝廉刘近宸茂才小饮》诗[⑧],杨庆琛等诗人积翠寺诗酒之会历史悠久。道光十年(1830),浙江富阳人、古文作家周凯任兴泉永海防兵备道,驻厦门,道光十二年壬辰(1832)聘服丧守制的杨庆琛主厦门玉屏书院[⑨],主宾、幕友之间如周凯、孙云鸿、吕世宜、王乃斌、许原清、来锡蕃、叶化成、林必瑞等"鹭江诸君子"[⑩]亦时有诗文唱和之作。

杨庆琛诗友众多,自少壮至老年,有方壮猷(艺田)、陈宜豪(榕浦)、魏龄(香士)、林楚(翰云)、陈赓元(瀛仙)、董正方(治堂)、萨察伦(珠士)、刘紫岚(近宸)、张惟孝(于田)、孙兆申(庚西)、陈篆(梦郊)、邵鹏抟(云翼)、冯缙(笏畊)、林澍芗(书坡)、蒋傅风(松崖)、林炳英、内兄陈经(星垣)、廖鸿藻(仪卿)、廖鸿荃(钰夫)、叶申芗(小庚)、刘勋(缄亭)、林靖光(梅甫)、谢龙标(仙舫)、叶殿铭(心盘)、林澍坚(薇臣)、朱湘琳(玉海)、梁章钜(茝林)、林则徐(少穆)、沈廷槐(荫士)、李彦章(兰卿)、张应鼎(同甫)、杨惠元(蓉峰)、刘澄波(敬舆)、郑大烈(德园)、王绍兰(南陔)、卢坤(厚山)、黄奎光(星岩)、翁元珍(瑜轩)、周嘉璧(苍士)、刘士棻(心香)、林元英(弁瀛)、叶大章(继业)、柯能章(仪周)、施邦镇(怡岩)、林轩开(朗孙、蓼怀)、林丞英(书甫)、蓝建英(紫石)、林云程(万芝)、陈箴(虞九)[⑪]、张人寿(又川)、王溱(成

---

① 民国《福建通志》:"榜名际春。"(《选举志》十,第十一页)《明清进士题名碑录索引》:"改名:杨庆琛。"(第2779页)

② 民国《闽侯县志》卷六十九,杨庆琛传,原第二十页,影印第261页。

③ 按:韩崶善识鉴,林则徐为诸生时,韩以国士相待,及则徐官吴门,韩崶里居,尤欣亲炙。林则徐作有《挽韩桂舲尚书崶》联(《林则徐全集》第六册,第321页,注引梁章钜语)。

④ 杨庆琛《绛雪山房诗钞》卷七,《清代诗文集汇编》第542册,影印第412-413页。

⑤ 杨庆琛《雪后林范亭农部邀同何杰夫侍御邱镜泉吏部简星槎农部林铭石仪部曾梅岩水部集寓斋拈韵感赋》诗后注,《绛雪山房诗钞》卷十五,影印第496页。作于道光二十二年(1842)冬。

⑥ 道光十五年乙未(1835),杨庆琛作《偕冯婿訒庵黄甥达夫圆照寺观梅》,诗后注:"福州积翠寺老梅一株,花时游屐最盛。"(《绛雪山房诗钞》卷十一,原刻第十五页,影印第452页)

⑦ 杨浚《冠悔堂诗钞》卷五,原第三十页,影印第398页。

⑧ 杨庆琛《绛雪山房诗钞》卷三,《清代诗文集汇编》第542册,影印第366页。

⑨ 杨庆琛《感逝五十首》其十二,自注:"道光壬辰,观察延余主鹭门讲席。"《绛雪山房诗续钞》卷六,影印第611页。杨庆琛于道光十三年(1833)春服阕还京,梁章钜《三月望日黄楼饯春次笏畊韵》有"关西刚送杨"及注(《退庵诗存》卷二十一,《清代诗文集汇编》第515册,影印第221页)及之。

⑩ 杨庆琛《将归榕城留别鹭江诸君子》,《绛雪山房诗钞》卷十,影印第429页。厦门南普陀现存道光十二年(1832)七月十五日周凯、杨庆琛、孙云鸿、吕世宜、叶化成同游石刻,《绛雪山房诗钞》卷九有《芸皋观察招同仪国都尉西郛孝廉叶生东谷游南普陀遇雨》诗(影印第427页),归福州后又有《闰九月十九日同莲卿重登鼓山宿白云堂》(同卷,影印第432页),道光十二年闰九月,确为本年游厦门。

⑪ 杨庆琛《怀人三十二首》第二十首:"洛中二陆擅雄文,酬唱西风断雁群。"(《绛雪山房诗钞》卷五,《清代诗文集汇编》第542册,影印第390页)此诗为陈箴、陈篆兄弟作。陈箴系陈篆兄(《梦郊出其兄虞九秀才遗照为题四首》,《绛雪山房诗续钞》卷一)。

渠)、游大琛(漫堂)、李铭经(汉渠)、赵轩波(颐山)、张应昌(仲甫)[①]、黄其棻(则仙)、杨鹤鸣(琴友)、刘光枫(彤卿)、李长清(菡农)、陈龙标(虚舟)、姊婿林作梅(存光)、陈文楷(介亭)、叶申万(芷江)、庄篑(疏篆)、叶敬昌(芸卿)、郑醇仁(朴山)、陈寿祺(恭甫)、郭尚先(兰石)、曾元海(少坡)、王志沂(鲁泉)、龙汝言(子嘉)、何鲲(小谢)、冯云鹓(集轩)、李廷钰(润堂)、陈继昌(莲史)、陆元烺(虹江)、许邦光(莱山)、苏廷玉(鳌石)、余国琛(温如)、赵在田(谷士)、萨玉衡(檀河)[②]、张翼(篪仙)、吴调元(和宇)、冯纲(绥之)、曾景南(艺林)、张昆玉(心壶)、柳际春(讷斋)、周人龙(卧波)、许乃普(滇生)、章沅(荆颿)、何汝霖(雨人)、吴嵩梁(兰雪)、张深(茶农)、张祥河(诗舲)、李威(凤冈)、陈荣瑞(雪航)、王观成(绳斋)、郑开禧(云麓)、郭鸣高(蔼士)、陈若霖(望坡)、陈璜(渭川)、戴兰芬(湘园)、魏茂林(笛生、宾门)、陈銮(玉生、芝楣)、廖鸿苞(竹臣)、李彦彬(兰屏)、李璋煜(篛汀)、王有树(植庭)、林士傅(可舟)、何大经(左卿)、张际亮(亨甫)、赵炳言(竺泉)、鹿泽长(春如)、斌良(笠畊)、王瑞征(紫澜)、汪铭谦(益斋)、张澧中(兰沚)、周凯(芸皋)、孙云鸿(仪国)、吕世宜(西邨)、王乃斌(香雪)、许原清(少鄂)、来锡蕃(子庚)、林庆章(药渊、研樵)、叶化成(东谷)、林必瑞(研香)、林树梅(瘦云)、曾元澄(亦庐)、林聿蕃(价人)、甥黄瑞麟(莲卿)、黄宅中(心斋)、陈登华(香农)、叶申蔼(次幔)、林春溥(鉴塘)、郭仁图(莲渚)、梁云镛(兰笙)、林琼树(仙庚)、凤来(丹崖)、许德树(荫坪)、刘士宗(霁川)、夏之盛(松如)、钟昌(仰山)、庆安(云舫)、朱壬林(小云)、甥黄珪华(达夫)、宋楷达(葵如)、侯云倬(端生)、陆鲲(晓峰)、朱坚(石梅)、侯敦典(梅士)[③]、黄钺(左田)、阮文藻(侯亭)、顾翰(兼塘)、萨龙田(燕南)、杨维屏(翠岩)、陈泰登(柏君)、王荫森(槐卿)、卓秉怡(眉西)、徐廷华(子楞)、程嘉杰(卧梅)、汤贻芬(雨生)、陶澍(云汀)、龚绶(莲舫)、欧阳原均(坦斋)[④]、陈肇波(紫澜)、李星沅(石梧)、桂超万(丹盟)、汤禄名(乐民)、刘绎(詹岩、瞻岩)、许春台(熙亭)、甥林东藩(岱宇)、王道新(兰屿)、孔宪彝(绣山)、祝庆谷(诒庭)、徐宗幹(树人)、潘曾莹(星斋)、林廷禧(范亭)、何冠英(杰夫)、邱景湘(镜泉)、简丰泰(星槎)、林懋勋(铭石)、曾元燮(梅岩)、姻翁陈功(叙斋)、张用糈(辛田)、陈鹏元(秋溟)、王道征(叔兰)、蔡廷兰(香祖)、陈汝实(茂甫)、黄庆安(蘅洲)、甘澍(滋苍)、江湜(弢叔)、陈偕灿(少香)、廖天衢(云路)、甥孙竺云、萨大滋(树堂)、马凌霄、陈孚恩(子鹤)、李家瑞(香蘋)、高铣(畬甫)、姻亲林正杰(豫庭)、曾兆鹏(于程)、陈惠恩(朗川)、鲍桂星(觉生)、曾燠(宾谷)、叶绍本(筠潭)、吴荣光(荷屋)、程恩泽(春海)、陈嵩庆(荔峰)、汤储蕃(茗孙)、许冠瀛(鹤舲)、丁汝恭(朴夫)、黄燧(汞孚)、林芬(春皋)等，这些诗人不分省内外，包含父子、叔侄、兄弟、同宗、同僚、幕宾、师友、姻亲等关系。杨庆琛先后与魏龄、曾元海、李廷钰、李彦章、周凯、梁章钜、王道征等交谊最深。

杨庆琛为人豪宕萧散，风流自赏[⑤]。八岁解声律，耽于苦吟[⑥]。早年掉鞅文坛，驰声京国，又享高寿，于嘉庆、道光间闽中著名诗人群体凋谢之后岿然独存，为海峤灵光[⑦]。长于诗，深有得于风人之旨。刘韵珂评以为"各体具备，不名一家"，"芬芳悱恻之情流露于行间字里"，登临怀古之诗亦间出"激昂慷慨，而天然秀色别具韵致"，"志和则音雅，情深则文明"[⑧]；郑祖琛序引杨庆琛语，谓其在张师诚幕中，

---

① 杨庆琛《怀人三十二首》第二十九首为张应鼎、张应昌兄弟作，诗称张应鼎与己最相知(《绛雪山房诗钞》卷五，影印第 390 页)；杨氏又有《喜仲甫书至》诗，嘉庆二十三年(1818)作，诗中注"康甫三弟夏杪下世"(卷六，影印第 398 页)。

② 杨庆琛《陈恭甫编修招同林少穆观察赵谷士编修萨檀河大令冯笏畊孝廉集小娜嬛馆》(《绛雪山房诗钞》卷七，影印第 409 页)，时道光元年(1821)。

③ 宋楷达之后的五人系道光十五年乙未(1835)杨庆琛兼摄臬篆后征辟的幕宾(《闰六月二十五日招同幕宾宋葵如侯端生陆晓峰朱石梅侯梅士暨黄莲卿甥集希右园观荷即東园主人王子卿(泽)太守》，《绛雪山房诗钞》卷十一，影印第 453 页)；道光十九年己亥(1839)杨庆琛权山东巡抚篆，有幕宾刘文桂(竹坪)、彭陵(南星)、王熙镜(蓉舟)、顾桢(子幹)(《九月十四日晚邀幕宾刘竹坪彭南星王蓉舟顾子幹饮节署池上草堂时权抚篆》，同书卷十四，影印第 484 页)。

④ 柯愈春《清人诗文集总目提要》作欧阳厚均(1766—1844)，曾国藩业师(第 1018 页)。

⑤ 黄赞汤《序》，杨庆琛《绛雪山房诗钞》，影印第 339 页。作于道光二十九年(1849)。

⑥ 杨庆琛《自记》，《绛雪山房诗钞》，影印第 342 页。作于道光二十六年(1846)。

⑦ 季芝昌《序》，杨庆琛《绛雪山房诗钞》，影印第 341 页。作于咸丰二年(1852)。

⑧ 刘韵珂《序》，杨庆琛《绛雪山房诗钞》，《清代诗文集汇编》第 542 册，影印第 333 页。作于道光二十七年(1847)仲春。

“暇则肆力于诗,沉思苦吟,忘寝食”,论其诗“浩瀚磅礴,瑰奇磊落,不可磨灭之气按之声律动中自然,非犹世之雕绘刻镂以为工者”[①];彭蕴章引《文心雕龙》诸篇如《物色》、《神思》、《明诗》、《辨骚》、《风骨》等衡之,以为杨庆琛之诗“肴馔百家,陶镕六义,磅礴上下,俯仰古今”[②];姻亲、同门、乡试同年、同官廖鸿荃序:“前在京时,光禄与梁茝林(梁章钜)、李兰卿(李彦章)诸君子联诗社”,“光禄之诗以为若者学庾、鲍,若者学李、杜,若者学元、白,是犹聋者品《阳春》而盲者誉西子也”,“其诗必温柔敦厚,原本《三百篇》”,“其为诗必忠爱悱恻”,“光禄耽禅悦,多方外交,视昌黎之于大颠,东坡之于蜜殊、参寥子,尤称神契”,“其所唱和诗必脱烟火气,证最上乘。”[③]姻表侄林廷禧序云:“生平精力尤在于诗”,“豪不伤激,丽不入纤,敦厚和平,力扶风雅”,“公出处之暇亦以诗人自命,故多而益精,老而愈壮,吾乡言诗者莫不推公为一大家。”[④]乡人梁章钜论杨庆琛,以两人有“九同”的人生经历,评其诗云:“君之诗历经严自删汰,尚有数千首之多,君之才地本数倍于余”,“君精力弥满,万象在旁,余所万不能及。”[⑤]乡人苏廷玉序,引浙江诗人陆元烺(1789—1860,字韫山,号虹江,海宁人)之论云:“雪茮诗无体不备,而七律悲壮淋漓,直逼老杜,诗坛畏友也”。[⑥] 黄赞汤序云:“敦厚缠绵,根于忠孝;宦游所历,凡山川、风物、登临、怀古诸什辄复淋漓感慨,一往情深。上者追法开、宝,次亦在晚唐、北宋间”,“光禄以垂老之年乐此不疲,而兴会标格犹似三河少年,风流自赏,绝无靡弱浅易之习,藉非读书养气、悠然有得于中而不为尘俗所挠,乌能如是至是?”[⑦]桂超万序云:“才罗万有而出以平易,识高群彦而出以浑涵,硬语盘空而不至于凿,秀气成采而不失之纤,益信中声所在,至性毕呈,真可以砭俗式靡,千古长存者矣。”[⑧]徐宗幹跋:“鸾凤得路,自在翱翔,蛟龙盘空,不可捉摸,落落乎墨云旁沈,笔露横飞,此少壮之作也;粉米兼施,五采来备,咸韶竞响,六律斯谐,渊渊乎吹籥成颂,补笙奏雅,此通籍后之作也;至若山耕水钓,结调于琴边,子雨友风,选声于酒半,征乡邦之文献,就地搜材,怀往昔之贤豪,借诗作赞,有杜陵之悲壮,而独得其真传,兼大历十子之雄奇,而不安于偏霸,自非手抉应无,胸包诸有,禀海天苍莽之气,发风人婉转之思,有能如此之金应声铿、珠随唾落哉!”[⑨]

杨庆琛生平于诗尤擅,为当代诗人张祥河、姚莹、张际亮等著名诗人所推许,其诗以“豪”、“悲壮”、“丽”为特征,极乎沉博绝丽的诗歌风格,与其性情、品格相一致,而这一特征亦嘉庆、道光间诗坛的共同追求,于张际亮等诗人的诗境中常见之。

具体而言,杨庆琛善押限韵,用难字,能作组诗、长诗,至作十二叠韵七律[⑩];《绛雪山房诗钞》卷二《西湖杂诗六十首》绝句组诗之外,同卷《伏暑寓吴门杂作》至三十六首,卷四《(嘉庆十六年,1811)五月归里疟痢迭作困顿四阅月几殆愈后述此》几四百言,卷六《(嘉庆二十四年,1819)沧州舟次再寄少穆六十韵》六百言,晚年所作《(道光二十六年,1846)榕城古迹杂咏六十首》七律(卷十八);《绛雪山房诗续钞》卷四中《花客二十四咏》、《十友吟》与十宫、十楼、十关、十桥、十老、后十老、十雪、十景等以“十”为

① 郑祖琛《序》,杨庆琛《绛雪山房诗钞》,影印第 334 页。作时同上。

② 彭蕴章《序》,杨庆琛《绛雪山房诗钞》,影印第 336 页。作时同上。

③ 廖鸿荃《序》,杨庆琛《绛雪山房诗钞》,影印第 337 页。作时同上。

④ 林廷禧《序》,杨庆琛《绛雪山房诗钞》,影印第 337 页。作时同上。

⑤ 梁章钜《序》,杨庆琛《绛雪山房诗钞》,影印第 338 页。作于道光二十八年(1848)仲冬。“九同”为同里闬、同门、同幕、同官京邸、同历外台、同解组归田、同喜为诗、同搜忆本朝闽诗事、同手定诗集以存。

⑥ 苏廷玉《序》,杨庆琛《绛雪山房诗钞》,影印第 339 页。作于道光二十八年(1848)季冬。

⑦ 黄赞汤《序》,杨庆琛《绛雪山房诗钞》,影印第 339 页。作于道光二十九年(1849)。

⑧ 桂超万《序》,杨庆琛《绛雪山房诗钞》,影印第 340-341 页。作于道光二十九年(1849)。

⑨ 徐宗幹跋,杨庆琛《绛雪山房诗续钞》,影印第 615 页。作于道光三十年(1850)。

⑩ 杨庆琛《五更就道十二叠前韵》,《绛雪山房诗钞》卷十四,影印第 480 页。作于道光十八年(1838)卸湖南按察使任北行赴山东布政使任途中。

题的七律等，卷五《课余杂咏六十四首》等，富才情，用情深挚；早年诗作秾丽以媚[①]，多学李商隐及西昆体，诗中常有蝶、莺、花、酒、脂粉等意象，其一生各阶段均有此类诗作，壮年三十以后诗渐趋萧索，感慨深至，晚年以禅悦入诗；多用杜甫、苏轼、白居易、韩愈、李商隐、欧阳修、吴伟业[②]等前代诗人的诗意、典故，或次韵原作；多作近体，对仗工整，字法、句法尤所注意，出人意表；从嘉庆朝起，其诗具有学人之诗的特征，其诗作自注中非常清晰地表现出此种特征。杨庆琛归里之后，“键户课子，过庭之训，诗学为多”[③]，对杨氏家族成员文学创作的方向起到重要的指导作用。

杨庆琛次女杨秀珠，字碧如。耽吟咏，女红之外，笔墨自娱。杨庆琛《寄次女秀珠》其四：“虞褚临摹细格丝，女红余暇事吟诗。左芬才藻宣文范，好与吾儿作女师。”[④]归解元林廷祺。夫弟林廷禧(1817—1856，字孝源，号范亭[⑤]，亦杨庆琛表侄[⑥])官户部郎中，迎双亲入都，杨氏随侍北行。林廷祺中解元后，北上赴会试，抵都未久，遽殁，幼子亦殇。林廷禧后官迤西道，双亲及嫂随任，未几贼起，陷大理，林廷禧殉难，家属得救，忽忽还里。杨秀珠诗笔清秀，无尘俗气[⑦]。有《筠青阁吟稿》。妹杨秀璁，亦能诗。[⑧]《福建地方文献及闽人著述综录》引陈衍《石遗室书录》：“秀珠字碧如，杨庆琛女。适林解元廷琪，早寡无子。诗皆近体，清秀无俗韵。”[⑨]按：林廷祺系道光十四年甲午(1834)解元，与曾兆鳌、曾元燮、郭柏蔚、杨和鸣等同年。林廷祺夫妇与林廷禧俱能文学，亦文学家族，与林鸿年同祖[⑩]。本书未予另立条目。

根据杨庆琛《绛雪山房诗钞》，杨氏家族中人有伯兄杨际昌(云亭)、同怀兄杨际熙、兄杨际泰(雪圃)、子杨士鉒(1816—?)、三子杨士澄(1828—?)、次子杨士颐[⑪]、侄孙杨鹤龄、侄孙杨鹤樵[⑫]；据《绛雪山房诗续钞》，杨庆琛有子杨士堃、杨士瀛[⑬]。

从杨庆琛《绛雪山房诗钞》观察到侯官杨氏与林氏、廖氏、陈氏、黄氏、孙氏等福州世家联姻。

---

① 杨庆琛《过鳞次山房晤林仙庚广文话旧》其三：“当年牛耳盛诗场，魏野刘叉句最香。丝格墨痕分体媚，糟床酒味逐春尝”，第二句下注：“谓香士同年(魏龄)、心香明府(刘士棻)”(《绛雪山房诗钞》卷九，《绛雪山房诗钞》卷九，影印第434页)，早年诗《题笏畊红杏梢头春意闹图照》其二：“君才信手散天葩，清丽豪雄擅八叉”，“从古词华艳杏花”，“合举随园诗句赠，两行红烛状元家。”此诗大概作于嘉庆十一年(1806)，可以视作嘉庆年间福州府诗人群体(如杨庆琛、冯缙、魏龄、刘士棻等)的某种整体风格。道光二十三年(1843)，杨庆琛辞光禄卿归里，乡人何冠英(杰夫)赋诗赠行，杨庆琛赋《酬何杰夫侍御赠行四首》，其一诗云：“半载香分入室兰，和神四座却春寒。句如锦缎新裁艳，书到黄庭恰好难。意气元龙压湖海，文章司马壮波澜。灯宵记斗尖叉险，旗鼓曾登大将坛。”(同书，卷十六，影印第499页)形容何冠英的诗风、诗才，艳、险、富有新意是其诗特征。咸丰元年(1851)，为陈篆作《题陈梦郊明经诗后》其二有句“晓风牙拍大江东，绮丽沉雄总化工”(《绛雪山房诗续钞》卷二，影印第562页)，知绮丽与沉雄风格并有。咸丰五年乙卯(1855)，马凌霄中举，杨庆琛作《重九夜闻马生捷乡闱志喜》四首，第二首云：“慧根吐雪牙常艳，奇句如花色倍鲜”(《绛雪山房诗续钞》卷三，影印第579页)合看学温李而形成的此种风格，存在时间超过50年。

② 《绛雪山房诗钞》卷一有《读吴祭酒诗集》(《清代诗文集汇编》第542册，影印第)；《绛雪山房诗续钞》卷四有《杜工部诗集题后》等首七律，分别题杜甫、李白、韩愈、白居易、李商隐、李贺、苏轼、陆游八人诗集(《清代诗文集汇编》第542册，影印第591页)。

③ 林廷禧《序》，杨庆琛《绛雪山房诗钞》，影印第337页。

④ 杨庆琛《绛雪山房诗钞》卷十二，影印第458页。作于道光十五年乙未(1835)冬，时林廷祺尚在世。

⑤ 朱则杰《〈清人诗文集总目提要〉订补——以李瑞和等八位福建籍作家为中心》，载《闽江学院学报》2017年第4期，第5页。但是《清代乡会试硃卷齿录汇存》(福建省图书馆藏，总十二册)第四册道光辛卯恩科福建乡试举人林廷禧名下注：“林廷禧，字孝源，号范亭，行九。嘉庆戊寅年三月十四日生。”戊寅，嘉庆二十三年(1818)，此书记载林廷禧生于1818年，非1817年。

⑥ 林廷禧《序》，杨庆琛《绛雪山房诗钞》，影印第337页。据序文，林廷禧父与杨庆琛为中表兄弟。

⑦ 民国《福建通志》总卷二十五，《福建艺文志》卷六十六，第二十四页，引陈衍《石遗室书录》。

⑧ 民国《福建通志》总卷四十五，《福建列女传》卷六，杨秀珠传，原第四十页。

⑨ 福建师范大学图书馆古籍组编《福建地方文献及闽人著述综录》，第104页。琪当作祺字。

⑩ 据陈庆镛所作《林节母余恭人课孙图》，余氏系侯官林廷祺、林廷禧祖母，“嫡子、己子、众支子凡十一人”，从孙林鸿年(《籀经堂类稿》卷十，《清代诗文集汇编》第587册，影印第529页)。

⑪ 根据道光十五年(1835)乙未恩科举人杨维屏履历记载，其胞侄名杨士颐(《清代硃卷集成》第336册，影印第306页)，若照此推算，杨庆琛当与杨维屏为兄弟行，与杨维屏之父杨簧为叔侄行，故恐是二人同名。

⑫ 杨庆琛《绛雪山房诗钞》卷一，影印第347、348、348页；卷六，影印第397页；卷四，影印第381页(又，卷十二，影印第458页)；卷八，影印第420页(又，自记，影印第342页；《十一夜口占示士鉒士澄两儿》，《绛雪山房诗续钞》卷二，影印第562页)，叶氏出(《绛雪山房诗续钞》卷六诗题《寄三儿士澄浙中客长兴县署》)；卷十四，影印第483页(又，卷十七，影印第512页)；卷十七，影印第512页；卷十八，影印第520页。

⑬ 杨庆琛序，《绛雪山房诗续钞》，《清代诗文集汇编》第542册，影印第551页；卷一，影印第556页。

## No.395 闽县刘家谋家族

刘家谋:《操风琐录》四卷(赌棋山庄抄本传抄本)、《外丁卯桥居士初稿》八卷(一题《东洋小草》[①]。艺川先生合集[②]本、青莲书屋刻本)、《外丁卯桥居士诗集》、《鹤场漫志》二卷(《闽县乡土志》本传)、《海音诗》二卷(咸丰五年刻本、《台湾文献丛刊》第28种《台湾杂咏合刻》本、钞本)、《观海集》四卷(道光二十八年东洋学署《艺川先生合集》本)、《东洋小草》四卷(艺川先生合集本)、《东海纪程》一卷、《开天宫词》二卷[③]、《怀藤吟馆随笔》一卷、《揽环集》十卷、《斫剑集》(《赌棋山庄词话》卷一"刘家谋词"条、续编卷五"刘家谋黄宗彝词"条。一作《斫剑词》,道光二十八年《东洋小草》附)、《艺川先生合集》十七卷(含《外丁卯桥居士初稿》八卷、《东洋小草》四卷、《观海集》四卷、《斫剑集》一卷)、《开元宫词》二卷、《海音》二卷、《东洋纪程》一卷、《鹤场漫志》二卷、《怀藤吟馆随笔》一卷、《揽环集》十卷(谢章铤《教谕刘君小传》,《赌棋山庄文集》卷二,光绪十年南昌刻本[④])、《龙湫纪游》(刘荣平《赌棋山庄词话校注》第31页)、《观海集》一卷(民国《福建通志》总卷二十五,《福建艺文志》卷六十六)、《海音》一卷(民国《闽侯县志》卷四七《闽县艺文志》)、词一卷、《东洋纪程》一卷(民国《福建通志·(福建)文苑传》卷九)、《斫剑集》(《闽词征》卷四)、(吴守礼校注)《校注海音诗全卷》(1953年台北台湾省文献委员会铅印本)、《开元宫词》一卷(台北文海版《清代稿本百种汇刊》影印清稿本)(李灵年等《清人别集总目》第545页)

刘勷:《非半室词存》(铅印本。《闽词征》卷五)、《效颦词》(民国《闽侯县志》卷四八《侯官艺文志》、谢章铤《赌棋山庄词话》续编卷五)、《非半室文集》、《诗存》、《词存》、《随机决疑》一卷、《瘟病条理》四卷(民国《福建通志》总卷三十九,《福建文苑传》卷九本传)、《非半室诗集》(谢章铤《赌棋山庄集》诗集卷七《题赞轩非半室诗集》)

刘绍纲:《屏绿山房诗词集》若干卷、《情眷集》十六卷(民国《福建通志》总卷三十九,《福建文苑传》卷九本传)

**谨按**:《闽县乡土志·耆旧录二学业》文苑刘家谋弟永松、族弟勷附:"字芑川祖国柱[⑤],见侯官《耆旧》。少举于乡,与弟永松齐名。所交游皆知名士。长乐谢章铤负恃才略,独推服家谋,兄事之。然屡踬礼闱,终台湾教谕。守陴,殒,年方四十。所著有《外丁卯桥居士诗集》、《观海集》、《东洋小草》、《鹤场漫志》等书,多章铤序行之,且祀其粟主于小西湖宛在堂诗龛。永松,字筠川。少籍学,善篆隶,姿禀雄异,亚其兄,亦早卒。族中有稍晚起而亦以诗文鸣者曰勷,字赞轩,少豪迈,好结客。尝橐笔从戎,游林刚愍军中。福州故有聚红词榭,各负才名,勷年最少而跌宕。既乃以举人卒官教谕,非其志也。授徒里中,弟子箸录者数十百人,多显于世者。第三子齐衎,副举人,学甫成,先卒。"[⑥]此传记载了刘氏家族中的四人事迹及福州聚红词榭雅集故事。

据查紫阳《晚清词社知见考略》考订,咸丰六年至同治二年(1856—1863)间,福州府长乐词人谢章铤曾经在闽县刘勷家组织聚红榭唱和群,称聚红词社。词人有李应庚(星村)、徐一鹗(云汀)、高思齐

---

① 按:林直《岁暮怀芑川》诗"诗歌倒沧洲"句下注:"时君方梓其诗曰《外丁卯桥居士初集》,又曰《东洋小草》。"(《壮怀堂诗初稿》卷五,原第十六页,影印第577页)作于道光二十八年(1848)。陈昌强《谢章铤年谱简编》道光二十四年十一月谢章铤序刘家谋《外丁卯桥居士初稿》;道光二十六年三月二十,"(黄)宗彝序刘家谋《东洋小草》,先生亦有序"(载《闽江学院学报》2009年第1期,第39页),恐误,或为历年征题之故。

② 柯愈春《清人诗文集总目提要》著录《芑川合集》十七卷,道光咸丰间刻本,南京图书馆藏,分《外丁卯桥居士初稿》八卷、《东洋小草》四卷、《观海集》四卷、《斫剑集》一卷(第1495页)。

③ 柯愈春《清人诗文集总目提要》著录此集,一卷,清稿本,台北"中央图书馆"藏(第1495页)。

④ 刘荣平《赌棋山庄词话校注》,第31页。

⑤ 朱仕琇所撰《诰赠奉直大夫太学生豫斋刘君同妻诰赠宜人陈夫人合葬墓志铭》(《梅崖居士文集》卷八)为其门人刘国柱、刘国榍兄弟之父母刘鸣雷、陈宜人作。

⑥ 郑祖庚《闽县乡土志》,原第一百六十五页,影印第328-329页。

(文樵)、刘绍刚、谢章铤、梁鸣谦(礼堂)、宋谦(已舟)、陈文翊(彦士)、刘三才(寿之)、马凌霄(子翊)、陈遹祺(子驹)、林锡三、杨浚、梁履将、王彝(子舟)、刘勷(赞轩)、魏秀仁、林天龄、王廷瀛、张承栔、薛禧年二十一人,以李应庚为社长。诸人中仅高思齐为浙省钱塘人,余为闽县、侯官、长乐等本郡作者。刊有词集《雅集词》、诗集《过存集》[①]。按:郑祖庚《侯官县乡土志》刘绍纲传:"刘绍纲,字云图。幼敏慧,弱龄补弟子员。工诗歌古文词,与都转郑元璧、茂才何卓然诸先生结飞社(一作"非社"),有声于时。时林学士天龄(锡三)、谢侍读章铤方倡聚红词社,征集十九人,皆一时豪杰,绍纲亦与焉。"[②]则在查氏所考十七人之外,尚逸二人[③]。谢章铤组织的词社有雅集合刊成《聚红榭雅集词》初集、二集,分别刻于咸丰六年(1856)、同治二年(1863)。按:刘绍纲,字鸿图[④],一字健为,系刘勷从弟,籍侯官。援例为县佐,官广东,淡于宦情。尝入船政大臣沈葆桢幕,辟为掾属,监督诸厂。工歌诗、古文辞、长短句,一寄其平生劳苦奔走、忧乐聚散之故于诗词。著《屏绿山房诗词集》若干卷、《情眷集》十六卷。传见民国《闽侯县志》卷七十二《文苑传下》、民国《福建通志·文苑传》。关于"飞社",民国《闽侯县志》刘绍纲传云:"绍纲与同里徐一鄂、李镜芙、何卓然诸人吟集于小西湖宛在堂,曰'飞社'。"[⑤]则飞社成员有刘绍纲、徐一鄂、李镜芙[⑥]、何卓然、郑元璧诸人。

刘绍纲之子刘崧英,字筱云、小云。光绪二十九年癸卯(1903)举人。能世其父之学。中年以后尽弃少作,存诗数百首。陈衍《石遗室诗话》卷十二第二十四条、卷二十九第二十五、二十六条录其诗及事迹。

刘家谋(1814—1853[⑦]),字仲为、芑川,别号外丁卯桥居士,行九。籍侯官。道光十二年(1832)福建举人中式,二十六年(1846)以大挑任宁德教谕,二十九年(1849)调台湾府学训导。卒于官。子刘齐晟等。其著作中《外丁卯桥居士初稿》八卷,多与张际亮唱和之诗作,故陈衍云其"诗格所心摩力追者似在萨檀河、张亨甫。"[⑧]又有《斫剑集》。张际亮《思伯子堂诗集》所存与刘家谋之诗不多,仅见卷二十八《八月十五日同芑川孝梁访少谷先生迟清亭故址归饮寓斋作》(1839年作)、卷二十九《芑川归自京师有诗枉赠感事伤怀泫然酬和》七古长篇、《芑川出视近诗骤进于古兼屡念鄙人情溢词外读之既喜且悲遂书其后即以录别》七律四首、《次日黄莲卿招同香溪刘东臣芑川啖荔枝积翠寺叠前韵》、《四君各次前韵有诗三叠韵奉柬》、《芑川和诗有瘴海烽烟犹未息同心有愿祝禅幢句枨触予怀叠韵二首奉柬》、《叠韵在柬芑川》四首、《芑川复有和诗再叠韵四首戏柬》、《六月初十日芑川兄弟招同郑修楼同年铁岭莲卿香溪北溪登乌石山文昌阁口号四首》、《自题九曲泛月图赠芑川》(均1841年在福州作)、卷三十《再寄芑川》、《过分水岭寄芑川》(1841年作)等。

长乐谢章铤与刘家谋最契,称"芑川尤生平知己之最"[⑨],类乎宋代欧阳修之于梅尧臣的关系。谢章铤《赌棋山庄词话》多处记载刘家谋词体创作及其事迹,如卷七"纳兰性德其人其词"条称刘家谋最喜纳兰性德词,又素爱李后主词,以此二家皆深于情[⑩];卷十二"刘家谋词"条以为刘家谋旅居台湾之后

---

① 查紫阳《晚清词社知见考略》,载《中国韵文学刊》2010年第2期,第84页。

② 郑祖庚《侯官县乡土志》卷三,原第五十二页,影印第204页。

③ 按:查紫阳所考为17人,郑祖庚《侯官县乡土志》刘绍纲传以为有19人,陈昌强《谢章铤年谱简编》(《闽江学院学报》)所考为20人(其中列魏秀仁、杨浚、张承栔、薛禧年4人为客串),合查紫阳、陈昌强所考则为21人。

④ 按:《闽词征》刘绍纲传作字云图,一字健为,侯官人(《闽词征》卷五,《闽词钞 闽词征》,第819页)。

⑤ 民国《闽侯县志》卷七十二,原第十七页,影印第304页。

⑥ 郭柏苍《鄂跗草堂诗》卷上有《李镜芙十二试未第嘱作诗生挽之》,诗中注:"镜芙示信于友,断其两指。"时咸丰元年辛亥(1851)。(《清代诗文集汇编》第662册影印光绪八年刻本,影印第28页)

⑦ 刘荣平《赌棋山庄词话校注》第31页。据陈昌强《谢章铤年谱简编》(载《闽江学院学报》2009年第1期,第39页),刘家谋生于嘉庆十九年(1814)二月十六日。

⑧ 民国《福建通志》总卷二十五,《福建艺文志》卷六十六,第十五页,引陈衍《石遗室书录》。

⑨ 谢章铤《赌棋山庄词话》续编卷五,黄燏刘家谋词条。

⑩ 谢章铤《赌棋山庄词话》卷七,刘荣平《赌棋山庄词话校注》第156页。

所作词,兼揽晏几道、苏轼词之胜[①]。《赌棋山庄词话》之"刘家谋词"条:"戊申(道光二十八年,1848),予依刘芑川家谋于东宁,唱和颇多。芑川有《斫剑集》。……(寄黄肖岩宗彝词'快婿东床君所喜')自注:'大儿为君婿。'皆可以右挹苏、辛,左联秦、柳。芑川与其妇詹氏伉俪极笃,余尝见《计偕入都寄内四绝》。"[②]道光二十五年乙巳(1845),刘家谋尝填《沁园春》词,感愤时事,与辛弃疾同调。

侯官林直与刘家谋、刘永松兄弟俱有交往。引诗他见本书。

刘家谋之弟刘永松尝赋有红雨山房诗。据《竹间十日话》的记载,刘永松在咸丰初得晚明曹学佺石仓园地,架楼七楹[③],又筑有得过草堂。道光二十六年丙午(1846),郭柏苍撰《刘氏池栏记》,为刘永松之父所建池栏而作。族人刘勷,字勖为,号赞轩。同治三年甲子(1864)举人中式,礼部试报罢,则设讲席授徒,成就称盛。除长泰教授,士风一变。调宁洋、诏安,卒年六十九。其人明易数,研究医理,知戎事,入孙开华等军幕。子刘齐衔、刘齐烜等。传见民国《福建通志·文苑传》。

近代福州最大的工商业家族"电光刘"这一支成员众多,另立条目,不在本书。

## No. 396 闽县林春溥家族

林兆泰:《禹贡河道考》、《占易一得》、《竹柏山房诗文钞》(民国《福建通志》总卷三十九,《福建文苑传》卷八林春溥传附传)

林春溥:《孟子外书补证》一卷、《四书拾遗》五卷、《宜略识字》二卷、《识字续编》一卷(竹柏山房十五种本[④])、(已刻以下四种,实列三种)《孔子年表》、《论世约编》若干卷(《清儒学案》卷一百三十四《鉴塘学案·林先生春溥》作七卷)、《竹柏山房丛书》七十六卷、(未刻以下十六种)《开辟至春秋年表》一卷、《古帝王年疑》一卷、《十六国年表》一卷、《历代年号分韵》一卷、《说文引经考异》一卷、《穆天子传日谱》一卷、《经学渊图》(民国《福建通志·文苑传》本传作《经学渊源图》一卷,未刻书卷数据本传补)、《说文方言》一卷、《石鼓文考》一卷、《韵府险字摘抄》二卷、《开辟传疑》(民国《福建通志·福建艺文志》卷十九作二卷,《丛书集成三编》第006册)、《古史纪年》十四卷、《战国纪年》(民国《福建通志·福建艺文志》卷十七、民国《闽侯县志》卷四七《闽县艺文志》作六卷)、《武殷日记》、《竹书纪年补正》(民国《福建通志·福建艺文志》卷十七、民国《闽侯县志》卷四七《闽县艺文志》作四卷)、(校勘)《高宗实录》、(修)《一统志》、《郑蔡年谱合表》(杨浚《林鉴塘太史〈郑蔡年谱合表〉序》,(民国《福建通志·福建艺文志》卷二十三作一卷)、(手抄)清文数十卷、《春秋比事》(民国《闽侯县志》卷四七《闽县艺文志》作《春秋经传比事》二十二卷)、《古史考年异同表》(民国《福建通志·福建艺文志》卷十九、民国《闽侯县志》卷四七《闽县艺文志》作二卷)、《闲居杂录》(《清儒学案》卷一百三十四《鉴塘学案·林先生春溥》作二卷)、(修)《三山林氏支谱》、(修)《罗源县志》三十卷(官刻,不计入《竹柏山房家刻总目》[⑤])、《埤雅字释》一卷(民国《福建通志》总卷三十九,《福建文苑传》卷八本传)、《榕城要纂》(抄本;《榕阴新检 闽中录 榕

---

① 谢章铤《赌棋山庄词话》卷十二,刘荣平《赌棋山庄词话校注》第254-255页。

② 谢章铤《赌棋山庄词话》卷一,刘荣平《赌棋山庄词话校注》第30页。

③ 郭柏苍《竹间十日话》卷五,第97页。

④ 按:支伟成《清代朴学大师列传》中林春溥传,《竹柏山房十五种》指的是《开辟传疑》一卷(一说二卷,是)、《古史纪年》十四卷、《古史考年异同表》二卷(一说三卷,二卷是)、《武王克殷日记》一卷、《灭国五十考》一卷、《春秋经传比事》二十二卷、《战国纪年》六卷(一说八卷,六卷是)、《竹书纪年补证》四卷、《孔孟年表》二卷、《孔子世家补订》一卷、《孟子列传纂》一卷、《孟子外书补证》一卷、《四书拾遗》五卷、《古书拾遗》四卷、《开卷偶得》十卷(第236页)。卷数异同者根据张天禄《清代福州方志的繁盛》一文,引《竹柏山房家刻总目》辨正。张氏文云《竹柏山房十五种》另有《孔门师弟年表》二卷、《孟子时事年表》一卷,俟考。民国《福建通志·福建艺文志》卷七十六著录林春溥《竹柏山房丛书》七十六卷,引陈衍《石遗室书录》,称林春溥自序此书卷一百四十有奇,实际上并袖珍书、制义等仅一百九卷:《宜略识字》二卷自注"以下袖珍《识字续编》一卷、三种《论世约编》七卷、九种《闲居杂录》二卷,外《制义》四种",不计外书,合十九种,而"除袖珍小本另订外,实十五种"(第六页)。按:咸丰五年乙卯(1855),林春溥自撰《竹柏山房家刻总目序》:"计前后四十年所刻二十余种,为卷百四十有奇,大小版一千九百三十片。"(《丛书集成三编》第006册,影印第587页)

⑤ 《丛书集成三编》第006册,《开辟传疑》卷首,影印第588页。

城要纂》，海风出版社2001年版；《福建文献集成初编》第85册影印福建省图书馆藏稿本，一卷）、《孟子列传纂》（民国《福建通志》总卷二十五，《福建艺文志》卷二十三）、《武王克殷日记》一卷、《灭国五十考》一卷、《开辟传疑》二卷、《孔子世家补订》一卷、《孔门师弟年表》一卷、《孟子时事年表》一卷、《郑蔡年谱合表》一卷、《古书拾遗》四卷、《开卷偶得》十卷（民国《闽侯县志》卷四七《闽县艺文志》）、《竹柏山房九种》三十六卷（陈庆镛《籀经堂类稿》卷十三《寿林鉴塘太史暨龚夫人双庆》，《清代诗文集汇编》第587册影印第564页）、《清书略》二卷（《福建文献集成初编》第40册影印福建省图书馆藏稿本）、《岁时日记》一卷（《福建文献集成初编》第79册影印福建省图书馆藏稿本）、《秉烛卮言》不分卷（《福建文献集成初编》第124-125册影印福建省图书馆藏稿本）、《竹柏山房遗集》文二卷诗一卷（三山林氏家存稿传钞本，福建师范大学图书馆藏。李灵年等《清人别集总目》第1372页）

林齐韶：《味秋吟馆集》四卷（稿本，福建省图书馆藏。柯愈春《清人诗文集总目提要》第1740页）

林齐霄：《泰西归附始末》、《梼杌发覆》、《洋防通论》（林列《林琴南书信（四封）》）、《国朝柔远记》（陈宝琛《林竹坪表兄八十寿序》）

林志烜：《林志烜杂钞》（上海图书馆藏，钞本）

林志钧：《汉律考》、（编）《饮冰室合集》（中华书局1936年版，梁启超著）、《林宰平先生书画集》（珂罗版线装影印）、《林宰平先生帖考及书画集》六册（上海教育出版社1999年版）、《北云集》（陈陶心注，民国十一年排印本，辽宁省图书馆藏；1951年排印本。李灵年等《清人别集总目》第1370页）

林庚（林志钧之子）：《夜》（1933年自费出版，开明书店代售）、《春野与窗》（北平文学评论社1934年版、中国文联出版公司1998年新版）、《北平情歌》（北平风雨诗社1936年版）、《冬眠曲及其他》一卷[①]（北平风雨诗社1936年刻本，西泠印社2003年《新文学珍本丛书》重版）、《问路集》（北京大学出版社1984年新版）、《空间的驰想》（北京大学出版社2001年版、清华大学出版社2008年新版）等六部诗集及《中国文学史》（1947年版，清华大学出版社2009年新版）、《中国文学简史》（北京大学出版社1995年版）、《诗人屈原及其作品研究》（上海古籍出版社1981年版）、《天问论笺》（人民文学出版社1983年版）、《诗人李白》（上海文艺出版社1954年版、清华大学出版社2011年新版）、《唐诗综论》（商务印书馆2015年版）、《新诗格律与语言的诗化》（经济日报出版社2000年版）等十一部学术著作

**谨按**：闽县林春溥家族世居福州道山路怀德坊，其家族在科举上的成功自其父林兆泰。林兆泰（1744—1830），字宗期，号东峙。乾隆四十四年己亥（1779）恩科福建乡试以经魁举人中式，与郑光策、郑大坤、龚景沆、许作霖等同年，卒年八十七。林兆泰三子：长子林春海，号雨帆，乾隆六十年己卯（1795）举人，与赵在田、叶申万、叶申霭、陈钟纶等同年，博闻强识，卒年仅四十六；次子林春溶，号苏门，嘉庆六年辛酉（1801）举人，道光十五年乙未（1835）成进士，与叶承昌、刘建庚等同年；三子林春溥（1775—1862）[②]，字立源，号鉴塘、鉴堂、讷溪。

林春溥于嘉庆三年戊午（1798）举人中式，与廖鸿藻、曾晖春、叶申菜、叶申苞、龚受谷、许亨超等同年；七年壬戌（1802）成进士，与梁章钜同年。改选庶吉士，从梁上国及编修赵在田悉心研究国书，尽得

---

① 刻本扉页上有“林庚诗集第四”字样，说明《冬眠曲及其他》是林庚《夜》、《春野与窗》、《北平情歌》之后的第四部诗集，废名撰序。

② 民国《福建通志·文苑传》林春溥传：“戊午（咸丰八年，1858）重宴鹿鸣，军务未竣，己未（九年，1859）补行，明岁重宴琼林，先期呈请赏加四品卿衔，而春溥先于腊月卒矣，年八十有七。”（《福建文苑传（清二）》卷八，第二十八页）而林春溥自撰《竹柏山房家刻总目序》，题“咸丰五年（1855）岁在乙卯春正月庚寅三山居士鉴塘识，时年八十有一”。（《丛书集成三编》第006册，《开辟传疑》卷首，影印第587页）晋江陈庆镛《寿林鉴塘太史暨龚夫人双度》云：“我年丈鉴塘先生是岁甲辰（道光二十四年，1844）仲冬吉日七十偁庆。”（《籀经堂类稿》卷十三，《清代诗文集汇编》第587册，影印第564页）梁章钜《十月二十日霁峰招集自怡轩是日会者八人笏畊最长年六十七莲渚六十六霁峰与鲁庭同六十五谷士六十四余与鉴塘同六十香农最少亦五十七合成五百四岁口占索诸公同纪之》（《退庵诗存》卷二十三，《清代诗文集汇编》第515册，影印第241页），则其生年当在乾隆四十年乙未（1775），柯愈春《清人诗文集总目提要》作1775—1861（第1093页）。《清儒学案》卷一百三十四《鉴塘学案》云“（辛酉）是岁十二月卒，年八十有七”。（第5257页）林春溥卒于1862年1月。

其秘。十年乙丑(1805)散馆,以国书第一授编修,名擅京师,同馆后辈郭尚先、林则徐皆来问学。十三年戊辰(1808)丁内艰南旋,主讲厦门玉屏书院八年。不乐仕进,乞假侍父终养,受聘福州鳌峰书院等。卒年八十七。民国《福建通志》本传称其弱冠即淹贯群经,辨析疑义辄有创解;在朝博涉群书,随时纂辑[①]。四校京闱,得士如张万年、来学醇、冯登府、铭禹民、钟云亭、曾卓如等。道光十四年甲午(1834)起,长主鳌峰书院,至咸丰二年壬子(1852)辞讲席,凡十九年,作养士子甚多。林春溥与舅氏陈登龙及游光绎、陈寿祺、赵在田诸人相过从,讲论学问,阐述经史[②]。著述贯串百家,莫测其涯涘,尤精于稽考古史。

林春溥对其家族从事文学创作和学术著述起到重要的示范作用。《闽县乡土志·耆旧录二学业》经学林春溥传:"字鉴塘。官编修。假归闭户著书,当轴延主鳌峰书院,以经史为本,一字之讹必辨,士风丕变。重宴琼林,为科目盛事焉。所著有《古史纪年》等共十余种,皆津逮后学,世争宝贵。子懋勋,进士,礼部郎;懋烈,举人,国子助教。孙齐韶等亦多举于乡者,咸有文誉,能世其家。"[③]

嘉庆七年(1802)林春溥登进士第,改选庶吉士,散馆授编修。道光十四年(1834),林春溥主讲福州鳌峰书院,达十九年之久,作养人才。在主讲鳌峰书院之外,尚主讲厦门玉屏书院、晋江梅石书院、浦城南浦书院、江西鹅湖书院等。林春溥寓厦门之时,习修炼,侯官杨浚《冠悔堂诗钞》卷八《鹭江感旧诗六十二首》有诗纪之。

林春溥娶于龚氏[④],三子:长林懋勋,号铭石,一作铭室[⑤],道光十六年丙申(1836)林鸿年榜恩科进士,尝主越山金石讲席;次子林懋烈,字劭甫,道光十四年甲午(1834)福建乡试举人中式,与曾兆鳌、曾元燮、刘萃奎、郭柏蔚等同年,系陈景亮侄女婿、陈宝琛姑父,与杨浚、何学远、郑圣孩(林懋烈侄孙女婿、林齐韶女婿)等交密;三子林懋杰,秀才,先卒。孙七人:林齐韶、林祚曾、林祐曾、林齐翔、林祇曾、林齐霄、林齐衡(按长幼序齿),其中林齐韶、林祚曾[⑥]、林齐翔俱举人。林春溥曾孙林志煜、林志钧、林志钟、林志墀、解元林志烜、举人林志濂、亚元林钧天、亚魁林志埏、林志钰等[⑦],功名屡占鳌头。

林春溥故居竹柏山房在今福州道山路怀德坊(旧门牌为44、46、48号,新门牌为112、114、124、126号),有主座"诗"座(114号,长子林懋勋所居)、东面"礼"座(112号,三子林懋杰所居)、"仪"座(花厅,126号)、西面"书"座(124号,次子林懋烈所居)建筑。

## No. 397　侯官魏本唐家族

魏本唐:《爱卓斋文集》[⑧](郑祖庚《侯官乡土志》卷三)、《夏小正校注》四册(民国《闽侯县志》卷四八《侯官艺文志》、民国《福建通志·福建艺文志》卷二十六作四卷)、《读经劄记》四册、《东越沿革表》五册(民国《闽侯县志》卷四八《侯官艺文志》、民国《福建通志·福建艺文志》卷二十八作五卷)、《山川古迹订讹》二册、《海防洋予补》二册、《文信国御试策注》一册、《魏氏世谱》五册、《文集》(散体文八册、古近体诗三册,试帖诗二册)(民国《福建通志》总卷三十九,《福建文苑传》卷八本传)、《爱卓斋集》八卷(民国《闽侯县志》卷四八《侯官艺文志》、民国《福建通志》总卷二十五,《福建艺文志》卷六十六)、《福建通

① 民国《福建通志》总卷三十九,《福建文苑传(清二)》卷八,第二十七、二十八页。

② 民国《福建通志》总卷三十九,《福建文苑传(清二)》卷八,第二十八页。

③ 郑祖庚《闽县乡土志》,原一百六十六页,影印第330-331页

④ 陈庆镛《寿林鉴塘太史暨龚夫人双度》,《籀经堂类稿》卷十三《清代诗文集汇编》第587册,影印第563-564页。

⑤ 林则徐《致村懋勋》、《林则徐全集》第八册,第252页。

⑥ 林祚曾胞侄女林氏(1855—?)适闽县龚礼图(1849—?,龚葆琛长子),为继配(《福州通贤龚氏支谱》,影印第301页)。

⑦ 《清代硃卷集成》第三八一册,沈觐平、沈觐宸合刻履历,影印第11-12页。沈玮庆娶林懋烈女、林祚曾胞妹林氏,沈玮庆之子沈翊清娶林祚曾(林懋烈之子,沈玮庆内兄)第三女林氏,沈氏、林氏两世亲上加亲,缔结婚姻。

⑧ 柯愈春《清人诗文集总目提要》著录此集二种:同治间钞本,八卷,北京大学图书馆藏;道光三十年刻本,二卷,《续修四库提要》著录(第1353页)。

志古迹校勘记》一卷(民国《闽侯县志》卷四八《侯官艺文志》)

魏秀仁:《咄咄录》(旧抄本。民国《闽侯县志》卷四八《侯官艺文志》作四卷)、《海氛诗话》(抄本)、《花月痕》(一题《花月痕全书》、《花月因缘》、《花月痕全传》,光绪十四年闽中双笏庐刻本)、《魏秀仁杂著钞本》(江苏古籍出版社 2000 年版)、《陔南石经考》四卷、《熹平石经遗文考》一卷、《正始石经遗文》一卷、《开成石经校文》十二卷、《石经订顾录》二卷、《西蜀考》一卷、《西安开成石经考》一卷、《益都石经考》一卷、《开封石经考》一卷、《临安石经考》一卷、《陔南山馆诗话》十卷、《蹇蹇录》二卷、《彤史拾遗》四卷、《三朝谠论》四卷、《故我论诗录》二卷、《论诗琐录》二卷、《丹铅杂识》四卷、《榕阴杂掇》二卷、《蚕桑琐录》一卷、《湖壖闲话》一卷、《惩恶录》一卷、《幕录》一卷、《巴山晓音录》一卷、《春明摭录》四卷、《铜仙残泪》一卷、《陔南山馆文录》四卷、《陔南山馆骈体文钞》一卷、《陔南山馆诗集》二卷、《碧花凝唾集》一卷等四十余种(民国《福建通志》总卷三十九,《福建文苑传》卷八本传)、《陔南山馆诗钞》四卷(民国《福建通志》总卷二十五,《福建艺文志》卷六十六)、《榕社丛谈》十二卷、《铜仙残泪记》(民国《闽侯县志》卷四八《侯官艺文志》)、《读史随笔》(郑孝胥《郑孝胥日记》第 1448 页)、《西蜀石经残本》一卷、《北宋石经残本》一卷、《南宋石经残本》一卷、《洛阳汉魏石经考》一卷(谢章铤《赌棋山庄集》文集卷五《魏子安墓志铭》)、《治经随笔》一卷(《福建文献集成初编》第 33 册影印福建省图书馆藏稿本)、《百美帖体诗》二卷(咸丰四年刻本,福建师范大学图书馆藏)、《陔南山馆诗钞》不分卷(清钞本,中共中央党校图书馆藏)、《碧花凝唾集》二卷(钞本,福建师范大学图书馆藏)、《陔南山馆遗文》不分卷(钞本,福建省图书馆藏)(柯愈春《清人诗文集总目提要》第 1546 页)、《陔南山馆诗钞》不分卷(稿本,中国社会科学院文学研究所藏。李灵年等《清人别集总目》第 2452 页)

魏起(魏秀潜):《古文尚书讲授遗迹》、《汉书地理志补注》、《水经注校本》(郑祖庚《侯官乡土志》卷三)

金贞玉(魏本唐族祖母):《遗诗》二卷(民国《福建通志》总卷四十五,《福建列女传》卷六,金贞玉传)

魏氏:《魏氏世谱》(民国《福建通志》总卷四十五,《福建列女传》卷六,金贞玉传注引)

**谨按**:魏秀仁家在侯官东门外(今洪山镇东门村塔头),据民国《福建通志·文苑传》魏本唐传,魏氏唐末迁闽,居福清,清初始迁会城[①]。《侯官县乡土志·耆旧录内编二(学业)》有魏本唐及其子魏秀仁、魏起传:"魏本唐,字又瓶。举嘉庆己卯(二十四年,1819)乡试第一。……好读书,九经三史,点注殆遍。著有《爱卓斋文集》。子秀仁,字子安。道光丙午(二十六年,1846)举人。困于春官……尝主讲成都芙蓉书院。值寇起,军事日坏,乃出其闻见,为《咄咄录》。……作《诗话》若干卷。生平著述甚多。此二书尤关风教,足为治鉴,惜皆不甚传于世。起,字子寿,诸生。博通经史,授徒讲学,以著述自娱。所著有《古文尚书讲授遗迹》、《汉书地理志补注》、《水经注校本》等书。"[②]

魏本唐(1791—1857),字又瓶、富春、夔馨。嘉庆二十四年(1819)福建乡试解元。道光六年丙戌(1826),以大挑一等,直隶候补知县,改教职,历县学教谕、训导、府学教授。尝官广东及福建的永安、台湾、上杭、晋江、长汀等地。道光十九年己亥(1839),调台湾县学训导,至二十五年(1845),前后台道姚莹、熊一本[③]均不以吏属相待,视之为师[④],且令子侄及门下士受业,相与谈艺;二十三年(1843)卸县学篆,署台湾府学教授;二十七年丁未(1847)巡抚徐继畬聘魏敬中、魏本唐为正副总校,校勘《福建通志》(即同治刊本《福建通志》,道光九年己丑陈寿祺总纂);二十九年调晋江学教谕。著有《爱卓斋文集》、《夏小正校注》四册、《读经劄记》四册、《东越沿革表》五册、《山川古迹订讹》二册、《海防洋予补》二册、《文信国御试策注》一册、《魏氏世谱》五册等,其文集系晚年自定,有散体文八册、古近体诗三册,试帖诗二册。

---

① 民国《福建通志》总卷三十九,《福建文苑传(清二)》卷八,魏本唐传,第三十五页。

② 郑祖庚《侯官乡土志·耆旧录内编二(学业)》卷三,原第四十七页,影印第 195-196 页。

③ 按:姚莹于道光二十三年(1843)三月以杀英国俘虏罪革职,台湾知府熊一本继任分巡台湾兵备道,次年魏本唐由台湾县学训导署台湾府儒学教授(施懿林、廖美玉《台湾古典文学大事年表·明清篇》,第 452-453 页)。

④ 卢美松《薇园掬露》,第 87 页。

魏本唐之子魏秀仁、魏秀孚(子愉)、魏起(秀潜)、魏森(秀枬)、魏秀铜。魏秀孚系光绪十五年(1889)己丑科福建乡试解元陈懋鼎受业师之一[①],魏秀孚、魏起(子寿)系光绪十五年(1889)己丑科福建乡试举人叶在衍受业师[②]。

魏秀仁(1819—1874),字子安,又字子敦,自署眠鹤山人。道光二十六年丙午(1846)福建举人中式,屡试不第。游山西、陕西、四川等地,为陕西巡抚王庆云幕宾,长期追随王氏。曾为成都芙蓉书院山长,迁家延平,寻卒。挚友谢章铤为作墓志铭。民国《福建通志·文苑传》魏秀仁本传:"故乡先达与一时能为祸福之人莫不爱重之,而卒不能用。秀仁见时事多危,手无尺寸,言不见异,亢髒抑郁之气无所发舒,因遁为稗官小说,托于儿女子之私,其言绝沉痛,阅者讶之,而秀仁初不以自明,益与为惝恍诙谲,人亦终莫之测。……(主讲成都芙蓉书院,以太平天国运动不得归)乃出其闻见指陈利弊,慎择而谨发之,为《咄咄录》;复依准邸报,博考名臣章奏、通人诗文集为《诗话》,相辅而行。……秀仁既与世龃龉,乃摧方为圆,见俗客亦谬为恭敬周旋,顾其人方出户而讥诮随之。"[③]魏秀仁权奇有气,在樽俎之间,嬉笑谐谑,坐废千人。著述繁富。其诗集《陔南山馆诗钞》四卷,大半缘情绮靡,据其己巳(同治八年,1869)自序,有本事,有寓言,不能删薙[④]。

魏本唐族侄魏起骅,字子骥。邑庠生。巡抚王凯泰在福州设致用堂,试多高等,然久困场屋;济宁孙毓汶提督学政,补增广生,以教授终。著述多散佚。传见民国《闽侯县志》卷七十八《儒行传四下》。

金贞玉,苏州人,侯官魏某字岱崖之侧室。魏某卒,家中落,金氏奉女君林氏及嫡孤某。嘉庆九年甲子,嫡孙某举于乡。按:嘉庆九年甲子(1804)侯官举人魏龄[⑤],系魏腾龙之子,当即金贞玉嫡孙。乙丑(十年,1805)大挑,得教官,归,又遽卒,无子[⑥]。金贞玉为族从孙魏本唐迎养,抚族从曾孙魏秀仁、魏秀孚、魏秀潜。卒年八十八。金贞玉善饮工谈,与许德瑗为闺中诗友。有《遗诗》二卷[⑦]。魏龄能诗,诗好清新。杨庆琛挽诗云:"诗场得句每骄人。"魏龄与杨庆琛为诗友,每岁从杨氏处索诗数十首粘于壁。[⑧]

永安女诗人陈氏,与魏本唐妻有姐妹约。魏本唐调台湾,岁暮携眷行,陈氏以诗篁赠行,一时传诵[⑨]。

魏秀仁从母叶氏,工诗。晚喜谈禅,遂不复作。同邑许亭亭诸女士结吟社,奉为祭酒[⑩]。许亭亭(1817—1835),侯官人。其人慈仁好施,直质负气。与俦侣结访红楼诗社,终日吟诗抚琴以为乐。书法工丽,词句秀雅。道光十五年乙未(1835)年卒,年十九[⑪]。

魏秀仁族弟魏秀琦,字挺生。郑孝胥乡试同年。尝与郑氏同舟北上,赠以(魏秀仁所著)《花月痕》一部[⑫]。

---

① 《清代硃卷集成》第三三九册,举人陈懋鼎履历,影印第 110 页。

② 《清代硃卷集成》第三三九册,举人叶在衍履历,影印第 140 页。

③ 民国《福建通志》总卷三十九,《福建文苑传(清二)》卷八,第三十七页。

④ 民国《福建通志》总卷二十五,《福建艺文志》卷六十六,第二十一页,引。

⑤ 魏龄,号香士。四月初八浴佛日为其初度。杨庆琛有诗《浴佛日为魏香士生辰戏柬》(《绛雪山房诗钞》卷二)。

⑥ 杨庆琛《哭魏香士孝廉》其四诗句:"洁癖如今累细君。"自注:"香士好洁,终岁不入内室,卒无嗣。"其二诗句:"堂余孀母室余妻,遗老茕茕吊影悽。"(《绛雪山房诗钞》卷五,影印第 392 页)知其身后况景。

⑦ 民国《福建通志》总卷四十五,《福建列女传》卷六,金贞玉传,原第二十六页。按:乙丑当作丁丑(嘉庆二十二年,1817)。魏龄同年杨庆琛有诗《哭魏香士孝廉》组诗五首,其二句云:"十二年前赴北燕。"(《绛雪山房诗钞》卷五,《清代诗文集汇编》第 542 册,影印第 392 页)指的是嘉庆九年甲子(1804)杨、魏同科举人中式后北上预会试事,杨庆琛有诗《腊杪同魏香士林翰云陈瀛仙董治堂公车北上》诗(卷一,影印第 353 页),其四注云:"香士今春挑取教职。"又注:"余赴粤五阅月,比归,香士已卒。"(卷五,影印第 392 页)杨庆琛又有诗《丁丑闱后作》组诗四首,其三诗后注:"是科挑取教职。"(卷五,影印第 385 页)故知魏龄得官在嘉庆二十二年丁丑(1817),亦卒于是年。

⑧ 杨庆琛《哭魏香士孝廉》其一、其五,影印第 392 页。

⑨ 民国《福建通志》总卷四十五,《福建列女传》卷六,陈氏传,原第三十二页。

⑩ 民国《福建通志》总卷四十五,《福建列女传》卷六,叶氏传,原第四十一页。

⑪ 民国《福建通志》总卷四十五,《福建列女传》卷六,许亭亭传,原第四十三页。

⑫ 郑孝胥《郑孝胥日记》,第 135 页。时光绪十五年二月初一日(1889 年 3 月 2 日)。按:郑氏称魏秀仁系魏挺生族叔,以魏氏字辈按之,误。

## No. 398　侯官周梅初家族

**谨按**:侯官周梅初家族从事文学创作的活动见于《闽县乡土志·耆旧录二学业》文苑何尔璸传周长庚、李格等附:“别有侯官大布衣周咏,字永言,一字夔歌,太朴后人也。祖梅初,副举人,能诗。咏生而岐嶷,不屑应举,诗境肖虞山、樊谢。而忠孝本天性,发之文章。尤精舆图天算之学,能以寸幅测绘方舆。顾癖孤冷,落落寡交,复讷于词,罕知其为人者。当光绪初,与闽县陈宗遹、号云窗,从未赴试,有《补眠庵词刻》。孙梦潇号湖,后又改号商隐,商于星坡。曰闽海三布衣。咏死后,处幽居卑者,更阒然无所闻。”①

唐代诗人周朴(字太朴、一字见素)之裔孙周梅初及其孙周咏均能诗。周氏先世从吴兴徙福州,周朴有《周太朴集》一卷,道光二十四年郭柏苍刻本。按:周梅初系咸丰元年辛亥(1851)恩科副榜举人。民国《福建通志》:“赏福建等省乡试年老诸生洪际昌等五人副榜。见《东华录》。”②其实福建此科副榜举人共有 17 人。据《闽县乡土志·耆旧录二学业》所记载的事迹知周咏的诗歌境界与明末清初诗人钱谦益、浙派宗宋诗人厉鹗(1691—1752,号樊谢)相近,是同光体闽派诗人的同声。

## No. 399　长乐郑元璧家族

郑元模:《唧唧斋文集》

郑嗣音(郑榕女):《芷香阁遗草》(民国《长乐县志》卷二十九《闺秀传》本传,民国《福建通志·福建列女传》卷六本传作《茝香阁遗草》一卷)

郑振铎:《郑振铎卷》(《海上文学百家文库》第 52 册,上海文艺出版社 2010 年版)、《郑振铎文集》(人民文学出版社 1963 年版)、《郑振铎全集》二十册(花山文艺出版社 1998 年版)、《中国文学研究》(《民国丛书》第二编第 59 册,上海书店 1990 年版)

郑天挺:《郑天挺西南联大日记》(中华书局 2018 年版)、《清史探微》(1946 年版、商务印书馆 2014 年版)、《郑天挺明史讲义》(中华书局 2017 年版)、《列国在华领事裁判权志要》、《多尔衮称皇父之臆测》、《多尔衮与九王爷》、《墨勒根王考》、《清世祖入关前奏章程式》、《探微集》(43 篇)、《清史简述》、(与翦伯赞合编)《中国通史参考资料》8 册、(主编)《史学名著选读》6 册、(主编)《明清史资料》、(主编)《中国历史大辞典》、(主编)《明末农民起义史料》、(主编)《宋景诗起义史料》等

**谨按**:郑元璧家族原籍长乐县,徙居侯官境。其原籍长乐县首占(古称洲店)村,称岱阳郑氏。据下引民国《长乐县志》郑榕传,其家迁会城始于十四世郑惟润(1723—1785)。郑惟润之下,长乐郑氏在科举事业上出现一门数位进士,兄弟举人(郑廷珪、郑元璧道光甲午同榜举人)、祖孙(郑廷珪、郑叔忱)进士的盛况,在文学创作、学术著述上卓有成就。略分二支:(1)十三世郑善彰→四子郑惟润(必德)→长子郑道东→长子郑廷珪(用桐)→郑虞(宏泳)→郑伯棠、郑祖荫、郑叔忱(允迪)→郑天挺→郑克晟;(2)十三世郑善彰→四子郑惟润→三子郑道商→嗣子郑元璧(字用苍。本生父郑榕,第三子。郑榕,即郑道植,郑道东季弟)→郑宏溥(景渊)→郑允屏(承晟)→郑庆咸→郑振铎→郑尔康。明清以迄当代,郑氏辈分字为:子、孔、淑、德;汝、世、昌、大;崇、学、师、善;惟、道、用、宏;允、忠、克、守;于、祖、友、光。子字辈后,分为仁、义、礼、智、信五房。郑善彰四子:郑必恭、郑必敬、郑必惠、郑必德;郑必德(惟润)五子:郑道东、郑道夏、郑道商、郑道玉、郑道植③。郑道植四子,第四子早夭:郑用赉(元模)、郑用翰(元

① 郑祖庚《闽县乡土志》,原第一百七十二页,影印第 344 页。

② 民国《福建通志》总卷三十三,《选举志》卷十三,第一页。

③ 新浪博客:鹿鸣《郑天挺、郑振铎家族世系》。网址:http://blog.sina.com.cn/s/blog_490bc36f0102vogu.html。

经)、郑用苍(元璧)。郑用模三子:郑宏鸿、郑宏观、郑宏轩。郑宏轩(榜名郑景沄,一字幼升)二子:郑钱(允铿)、郑筹(允展),俱成进士。奕世形成五代之间祖父子孙曾、伯叔兄弟侄世科甲的科举成就①。

《清代硃卷集成》第六四册收录光绪十五年(1889)己丑科第一百四十三名贡士、殿试三甲第一百五十五名进士、朝考一等第七十二名、钦点主事签分刑部直隶司郑钱履历。略述如下:郑氏先世由河南光州固始迁闽,居长乐县,元末郑悦斋迁首占村,为本族始祖;支祖郑绥,邑庠生;太高祖郑善章,太高妣高氏;诸祖郑崇、郑绘、郑娇、郑国域、郑世威(嘉靖进士,官至刑部侍郎)、郑应晓、郑功甫、郑应升、郑镆、郑梦牛、郑梦轸、郑如登、郑有梅、郑梦斗、争兆奎、郑振武(乾隆十七年戊午举人)、郑天汉、郑士鋐、郑天爵、郑光金、郑作梅、郑燮理、郑鸣谦、郑光汉、郑光浩、郑立荣、郑立升、郑家贵、郑家声、郑濬源、郑日章、郑锡玉;高祖郑惟润;胞高伯祖郑惟安、郑惟诚、郑惟爱,堂高伯叔祖郑凤阳、郑玉峰、郑上腾、郑元瑛、郑如圭、郑玉昆、郑凤翔、郑上标、郑如璋、郑上锦、郑凤鸣;曾祖郑榕,乾隆五十四年己酉(1789)举人,官同知,曾祖妣陈氏(陈仲宽女,举人陈金骊胞妹,进士、学政陈兰畴嫡堂妹,邑庠生陈晋年、举人陈伟观、举人陈升年胞姑),庶曾祖妣程氏;胞曾伯祖郑道东、郑道夏、郑道商、郑道玉,堂曾伯叔祖郑道乾、郑道珠、郑道致、郑莲波(举人,署儋州知州)、郑廷楷、郑杰辉、郑廷栋、郑廷球、郑作燮、郑作朱、郑玉科、郑文衡、郑邦瑞、郑暹(候选按察使司照磨)、郑邦俊、郑金寿、郑文驹、郑廷桂(候选州同)、郑廷瑞、郑廷兰、郑文洲、郑龙彪;祖郑元模,道光十七年丁酉(1837)举人、截取拣选知县,祖妣刘氏(系乾隆进士、知县刘永标孙女,举人、知县刘建藩第三女,刘建衡、乾隆举人、知县刘建区、进士、知县刘建庚、道光会魁、候补知府刘建韶胞侄女,道光举人刘德威、刘德戴胞妹、道光举人刘德瑛胞姊),庶母张氏;胞叔祖郑元经(副举人、候选教谕)、郑元璧(进士,历官编修、监察御史、山东盐运使等)、郑元图,嫡堂伯祖郑廷胙、郑廷珪(进士,累官同知衔知县)、从堂伯叔祖郑禧鸾(增贡生、训导)、郑璞、郑用信、郑文谟(岁贡生、候选训导)、郑瑞图(候选州同)、郑葆初、郑颐等;父郑景沄,咸丰元年辛亥(1851)亚魁,妣李氏(系乾隆五十一年丙午举人李鸿诗孙女,举人李鸿瑞、李鸿槐、举人李鸿钧、举人李鸿珍、李鸿玑胞侄孙女,李彦通女,举人、知县李彦昭、李彦修、县丞李彦菁胞侄女,进士、刑部主事李彦彬、进士山东盐运使李彦章、郡庠生李彦超、举人、训导李彦俊、附贡生、候选按察司经历李彦程、署四川州判李彦钦嫡堂侄女,李家麟胞妹,李锡鸣、李敬嫡堂妹,进士、知县李勋煌嫡堂姊);胞伯郑景泽、郑景濠,嫡堂伯叔郑寅(举人、训导)、郑景燮(廪贡生、训导)、郑景洙(署袁州同知)、郑兆庚、郑景渊、郑景灏,从堂叔郑虞(附贡生、知府衔候选县丞)、郑景涵,再从伯叔郑惠裳(副举人)、郑惠棠(举人、凤山县教谕)、郑炳荣、郑树棠、郑天玉、郑书云、郑金鸿、郑景陶、郑桂怡;郑钱(1854—?),字允铿,号肖彭,行一,又行二,籍闽县,娶林氏(系嘉庆进士、礼部主事林东垣曾孙女,林元德孙女,盐提举林士彦女,候选知州林士龙胞侄女,举人、教谕林焘胞妹);胞弟郑筹(进士,官侍读衔内阁中书),嫡堂兄弟郑绍崇、郑承佑、郑承荣,从堂弟郑受康(举人、教谕)、郑承煊、郑承渠、郑承祁、郑承康、郑承晟、郑琼锵、郑承福、郑承垌等,再从兄弟郑伯棠、郑祖荫、郑叔忱、郑篪、郑振香(举人)、郑兆禧(举人)、郑鸿琛、郑安澜、郑怡、郑韵玉;子郑宝池、郑宝青,胞侄郑宝栋,堂侄郑庆杜、郑兆芝等;受业师胞伯郑景泽(丽波)、林廷玑(子璿)、从堂叔祖郑文谟(谋仲)、林一鹏(程甫)、从堂伯郑惠棠(爱甫)、族叔祖郑奇峰(云友)、鳌峰院长林士傅(可舟)、越山院长何嵩祺(伯希)、致用风池院长郑世恭(虞臣)、鳌峰院长郭柏荫(远堂)、正谊院长林鸿年(勿邨)、致用院长谢章铤(枚如),受知师邵亨豫(汴生)、裘澄宗(芝舫)、孙诒经(子授)、爱新觉罗·昆冈(筱峰)、罗大佑(谷臣)、冯光遹(仲梓)、裴荫森(樾岑)、曾国荃(沅圃)、古尼音布(子性)、杨昌濬(石泉)、饶世缨(漱青)、陈学棻(桂生)、张鼎华(砚秋)、刘纶襄(次方)、李鸿藻(兰孙)、潘祖荫(伯寅)、廖寿恒(仲山)、贵恒(隝樵)、孙家鼐(燮臣)、张之万(子青)、翁同龢(叔平)、许庚身(星叔)、爱新觉罗·麟书(芝荞)、嵩申(犊山)、祁世长(子和)、许应骙(筠庵)、宝昌(朗轩)、沈源深(叔眉)②。

---

① 陈松溪《关于郑振铎的家世》,载《固原师专学报》1997年第2期,第5页。

② 《清代硃卷集成》第六四册,进士郑钱履历,影印第169-179页。

郑镂的十二位受业师，为其同族长辈的有郑景泽、郑文谟、郑惠棠、郑奇峰四位，家族内部转相授受，有益于郑氏家族子弟在儒业和科举事业的成长，再加上咸丰、同治、光绪以来福州著名的士大夫林士傅、何嵩祺、郑世恭、郭柏荫、林鸿年、谢章铤等掌教鳌峰、越山、正谊、致用四大书院，前后数十年间，作养人才，促进省城福州的人才稳定成长。

据《清代硃卷集成》第三三九册董元度、董元亮合刻履历，董氏兄弟俱就婚于郑氏，以下分别列举：(1)董元度娶郑元璧长孙女、郑景洙长女，系郑廷珪、郑元模、郑元经、郑元图嫡堂侄孙女，郑兆庚、郑景渊、郑景灏胞侄女，郑景泽、郑景濠、郑寅、郑景燮、郑景沄(亚魁)、郑虞棠侄女，郑承煊胞姊，郑承渠、郑承康、郑承晟嫡堂姊，郑绍崇、郑镂堂妹，郑受康、郑伯棠、郑筹、郑仲恂、郑叔忱、郑篪、郑绍康堂姊。(2)董元亮先聘陈兆珪次女，后娶郑虞次女。郑氏系郑廷珪次孙女，郑伯棠、郑仲恂胞妹，郑叔忱、郑篪胞姊，郑绍崇、郑镂、郑受康、郑承煊、郑承渠、郑承康、郑筹、郑承晟堂妹，郑绍康堂姊。据此履历，郑氏家族中多人出仕，入翰林者有庶吉士郑叔忱、侍读衔内阁中书郑筹；亦可据此履历知郑氏诸人长幼行辈。

郑惟润迁居会城福州，因此郑元璧(1806—1864)家族诸人传见于《侯官县乡土志》："郑元璧，字用苍，号锡侯。兄元模，举人，掌吴航书院；从兄廷珪，以进士作宰，有声。元璧，道光甲午(十四年，1834)举人，庚子(二十年，1840)进士，改庶吉士。……主凤池书院，训士有方……元模孙镂，光绪己卯(五年，1879)进士，以刑部改官无锡令；筹，进士，官内阁中书，均博通经史，精古文词，名重一时。廷珪孙叔忱，庚寅(光绪十六年，1890)翰林，亦工文，官终奉天学政。"[①]按：《侯官乡土志》误系郑镂为光绪五年己卯进士。据民国《长乐县志·选举志》，郑筹系光绪五年己卯(1879)福建乡试举人，九年癸未(1883)成进士；郑镂系光绪十一年乙酉(1885)福建乡试举人，十五年己丑(1889)成进士。[②] 民国《长乐县志·名臣传》郑元璧传："字用苍，一字锡侯，榕三子。道光庚子进士，改庶吉士，丁生母忧，旋里……服阕，授编修。庚戌(道光三十年，1850)，补陕西道御史。……以母艰，归主凤池书院(一名圣功书院)，训士有方。……擢山东盐运使司，未赴任，以劳瘁卒于官。……年五十九。"[③]郑元璧丁生母忧，回籍主讲建溪书院；咸丰元年辛亥(1851)丁嗣母忧，明年主讲兴化府兴安书院，兼主本邑吴航书院，又明年延主福州凤池书院；官湖南盐法道，兼管岳麓、城南书院，颇用力于湖南文化教育事业[④]。

郑惟润第五子郑榕(1769—1807)传见民国《长乐县志·循绩传》："字道植，一字荫莽。世居首占村。父惟润(1723—1785，号厚斋)，让产于兄弟，营生会城，遂家焉。榕生而颖异，游孟超然、刘永标之门，刻意励行，习为古文词。乾隆己酉(五十四年，1789)举于乡，留京十年，考取教习，以知县需次广东，署和平县事。……莅琼七年，升同知，以母老乞养，归。……得暑疾，道卒羊城。柩归日，宦橐萧然。"[⑤]郑惟润系郑元璧、郑廷珪祖父，有五子，第五子郑榕，郑榕子郑元模、郑用翰、郑元璧。据郑榕传，郑榕是闽中古文作者。同邑陈时夏亦是孟超然的及门弟子，详请参看长乐陈氏之陈时夏家族条。

郑榕妻陈氏，陈仲宽之女。"幼同诸兄读书，于五经四书均能成诵……榕解组归，道卒羊城。携四幼子，扶柩归。……尝曰：'经术者，文章之本，作文不先通经，是犹无源之水，其流必竭。'故其子若孙接武科名，均能本经术为文章，皆氏栽培力也。"[⑥]

郑榕之女郑嗣音、郑徽音俱有诗名。传见民国《长乐县志·闺秀传》："(郑嗣音)首占村榕次女也。适侯邑儒士陈景程。……娴吟咏。在家时，每与兄弟姊妹相唱和。及井臼躬操，遂不复事笔墨。年二

① 郑祖庚《侯官县乡土志》卷四，原第四十七、四十八页，影印第303-305页。

② 民国《长乐县志》卷十四上，《选举志上》，原第七十七页，影印第236页。

③ 民国《长乐县志》卷二十三，原第五十一页，影印第466页。按：民国《福建通志·福建列传》卷三十九郑元璧传引其子郑景洙所撰行状，云"卒后三日，补授山东盐运使"(第二十九页)。

④ 民国《福建通志》总卷三十四，《福建列传(清八)》卷三十九，郑元璧传，第二十七、二十八页。

⑤ 民国《长乐县志》卷二十四，原第二十五、二十六页，影印第479-480页。

⑥ 民国《长乐县志》卷二十九下，原第三十页，影印第596页。

十四,以娩难卒。今所存《芷香阁遗草》,皆其未嫁前作也,弟元模辑而序之。""(郑徽音)首占村榕第三女也。适龙门高轩。屡踬童试,咯血而卒。徽音奉迈姑,抚嗣子,苦节十二年殁。素通文翰,在家时与诸兄唱和,旋焚弃之,以吟咏非女子所宜也。今所存者《别吴门大姑》及《训侄》二律,犹有《柏舟》之遗音。"[①]按:"二律。"民国《福建通志·福建列女传》郑徽音传引《长乐县志》作"之律"[②]。

长乐郑氏另一支郑天挺亦出自郑惟润。郑惟润长子郑道东→长子郑廷珪(用桐)→郑虞(宏泳)→郑叔忱(允迪)→郑天挺→郑克晟。郑叔忱之子郑天挺(1899—1981。又名庆甡,字毅生,郑振铎从父)是我国近现代历史学家、教育家。郑天挺子郑克晟、郑克扬均为当代著名学者。

郑廷珪传见民国《长乐县志》卷二十四《循绩传》:"字用桐,一字桐侯。(郑)榕胞侄。……道光甲午(十四年,1834)举于乡,以母病不赴春官者十年。丁母忧,服阕。甲辰捷南宫,即用浙江。……丙午、辛亥分校浙闱,称得士。以病归,卒于家。"[③]

首占郑氏重视教育,这是清代长乐郑氏代有闻人的原因。

## No.400　长乐梁章钜家族

梁澄漪:《锦河诗集》一卷(民国《长乐县志》卷十四下《选举志下·封赠》)

梁邦柱:《砥峰诗集》二卷(民国《长乐县志》卷十四下《选举志下·封赠》)

梁剑华:《天池堂诗文集》四卷、《策学类编》四卷、《书香堂笔纪》八卷(民国《长乐县志》卷十四下《选举志下·封赠》)

梁上宝(梁剑华长子):《易篮徼诗文集》二卷(民国《长乐县志》卷十四下《选举志下·封赠》)

梁赞图(梁剑华次子,改名梁上治):《四勿斋诗文集》四卷、《四勿斋随笔》二卷(民国《长乐县志》卷十四下《选举志下·封赠》)、《四勿斋剩稿》、《翼斋公遗诗文》(蔡莹涓《梁章钜家世与生平推考》,载《厦门广播电视大学学报》2009年第4期)

梁上泰(梁剑华三子):《漱芳编》、《格言》二卷、《漱芳斋诗文集》四卷(民国《长乐县志》卷十四上《选举上》)、《湛持室诗钞》(民国《福建通志》总卷三十四,《福建列传》卷三十七,梁上泰本传)

梁上国(梁剑华四子,梁云镛、梁云铣、梁云镶之父):《驳阎氏尚书古文疏证》五卷、《驳毛氏大学证文》一卷、《奏疏》一卷(同治刊本《福建通志》卷六十九题《梁九山奏疏》一卷)、《进御诗文》(同治刊本《福建通志》卷六十九、民国《福建通志·福建列传》梁上国本传题作《进御诗赋》)一卷、《山左游记》一卷、《辽藩游记》(陈寿祺《皇清诰授通议大夫太常寺卿广西提督学政梁公墓系铭》题《辽沈游记》)一卷、《山右游记》一卷、《粤西游记》一卷、《诗文集》十余卷(民国《长乐县志》卷二十三本传)、《国朝闽海人文》五卷(同治刊本《福建通志》卷六十九题《闽海人文》五卷)、《数目通典》十余卷(民国《福建通志·福建艺文志》卷三十三、同治刊本《福建通志》卷六十九作十卷)(民国《福建通志》总卷三十四,《福建列传》卷三十七本传)、《九山诗文集》十二卷(同治刊本《福建通志》卷六十九作十卷)、《数目通典》十卷(刘荣平《赌棋山庄词话校注》第391页)、《古文尚书条辨》五卷[④](同治刊本《福建通志》卷六十九。陈寿祺《左海文集》卷六《古文尚书条辨序》、民国《福建通志·福建艺文志》卷三注云一作八卷)

许馥荃(梁上国妻):《琴韵轩诗词》四卷(民国《长乐县志》卷二十九下《闺秀传本传》、民国《长乐县志》卷二十九《闺秀传》本传。民国《长乐县志》卷十九《艺文志》题作《琴音轩诗词》四卷)、《琴音轩诗草》(民国《福建通志》总卷四十五,《福建列女传》卷六,许骞案本传;《闽川闺秀诗话》"先叔母许太淑

---

① 民国《长乐县志》卷二十九下,原第二十八页,影印第595页。

② 民国《福建通志》总卷四十五,《福建列女传》卷六,郑徽音传,原第三十四页。

③ 民国《长乐县志》卷二十四,原第二十九页,影印第481页。

④ 陈寿祺《皇清诰授通议大夫太常寺卿广西提督学政梁公墓系铭》题作《驳阎氏古文尚书疏证》五卷(《左海文集》卷九,《清代诗文集汇编》第499册,影印第396页)。陈氏《古文尚书条辨序》一作八卷(《左海文集》卷六,影印第305页),二说抵牾。

人"条)、《琴音轩集》(《闽川闺秀诗话》"先叔母许太淑人"条)

梁韵书(梁上国女,梁章钜从妹):《静庵诗文草》八卷(民国《长乐县志》卷二十九《闺秀传》本传)、《静安吟草》(民国《福建通志·福建艺文志》别集清三第八页)、《影香窗诗词》(《闽词征》卷六,《闽词钞闽词征》,福建人民出版社 2014 年版)

梁云铣(梁上国子):《辽东行记》三卷、《养心录》三卷、《山居小稿》一卷、《正心斋诗文集》六卷(同治刊本《福建通志》卷六十九)、《正心斋诗文集》四卷、《辽沈纪游》二卷、《正心斋随笔》一卷(民国《长乐县志》卷十四上《选举上》)(民国《长乐县志》卷二十九《闺秀传》本传)、《九山梁四府君行述》(《福建地方文献及闽人著述综录》第 171 页)

梁云镛(梁上国子,梁佑辰、梁聿龄、梁春晖、梁清辰、梁靖辰之父①):《无俗声室诗文集》八卷、《琴谱》二卷(民国《长乐县志》卷十四上《选举上》)、《散花丈室诗》②[谢章铤《赌棋山庄文又续》卷一《散花丈室诗后序》。一名《天花丈室诗》六卷(民国《福建通志》总卷二十五,《福建艺文志》卷六十六]

周蕊芳(周登龙女、梁云镛妻):《生红馆诗钞》(民国《福建通志》总卷四十五,《福建列女传》卷六,周蕊芳传)、《生红馆诗词》一卷(民国《闽侯县志》卷四八《侯官艺文志》;民国《福建通志》总卷二十五,《福建艺文志》卷六十六)

梁云镶:《洗心轩诗文》二卷(民国《长乐县志》卷十四下《选举志下·封赠》)、《洗心书屋词》(《闽词征》卷四)

梁际昌(梁功,梁上宝长子,梁章钜从伯兄):《瞻彼□斋诗文集》六卷(民国《长乐县志》卷十四上《选举志上》)、《节录石墨镌华节录金石史节录闲者轩帖考》(稿本)、《虚白室偶存诗草》一卷(清钞本,福建省图书馆藏)

梁运昌(梁章钜从兄,原名梁雷):《秋竹斋诗文集》八卷、《两汉魏晋宋齐诗式》、《苏诗钞》、《唐人风格集》、《杜韩诗纲》、《唐诗随笔》、《杜园说》、《陈氏古音考订》、《读诗考韵声谱》(梁章钜《曼云公家传》作《读诗考韵新谱》)、《陈心炳韵语琐掇》、《说文小笺》、《四书偶识》(民国《长乐县志》卷十九《艺文志》)、《方言摭遗》(民国《福建通志·福建艺文志》卷十五作《方语摭遗》)、《说文小笺》(民国《福建通志·福建艺文志》卷十五作《说文解字小笺》)、《秋竹斋别集》十卷、《劳薪集》一册无卷数、《杜园说杜》二十卷附录四卷、《杜园臆说》、《韩诗细》、《东坡诗钞》(民国《福建通志》总卷二十五,《福建艺文志》卷六十六)、《秋竹斋诗文集》八卷、《葵外山房剩稿》、《史汉眉评》、《难经发明》、《全唐诗随笔》、《唐文风格集》(《长乐市志·古代人物传》)、《春秋竹斋诗存》八卷(民国《福建通志》总卷三十九,《福建文苑传》卷八本传)、《秋竹斋诗存》八卷③、《秋竹斋试律附存》一卷(《清代诗文集汇编》第 499 册影印道光二十四年刻本)、《唐人风格集》、《杜园说杜》、《四书文稿》(梁章钜《曼云公家传》,《秋竹斋诗存》卷首,《清代诗文集汇编》第 499 册,影印第 3 页)、《读说文解字小笺》不分卷(《福建文献集成初编》第 34、35 册影印复旦大学图书馆藏稿本)

梁章钜(梁上治长子):《老子随笔》二卷(《无求备斋老子集成续编》第 7 函光绪二十八年避舍盖公堂刻本)、(辑)《南省公余录》八卷④(二思堂丛书本,谢振定序)、《制义丛话》二十四卷六册(咸丰八年刻本。《退庵自订年谱》作《制艺丛话》二十四卷)、《论语集注旁证》二十卷(支伟成《清代朴学大师列传》一作《论语旁证》二十卷)、《孟子集注旁证》十四卷(支伟成《清代朴学大师列传》一作《孟子旁证》十四卷,《退庵自订年谱》作《孟子集注》十四卷)、《夏小正经传通释》四卷(梁章钜《退庵自订年谱》第六页。支伟成《清代朴学大师列传》一作《夏小正通释》四卷,《福建文献集成初编》第 16 册影印上海图书馆藏

---

① 《清代硃卷集成》第三四〇册,刘敬履历,影印第 6 页。

② 柯愈春《清人诗文集总目提要》著录《散花丈室诗稿》不分卷,清钞本,谢章铤校,福建省图书馆藏(第 1243 页),系同一种;李灵年等《清人别集总目》著录此集,题《天花丈室诗稿》,不分卷(第 2129 页)。

③ 李灵年等《清人别集总目》题作《秋竹斋诗卷》八卷,稿本,残存二卷,上海图书馆藏(第 2131 页)。

④ 梁章钜《退庵自订年谱》云《南省公余录》十卷,嗣复拓为八卷(页五)。

光绪间刻本一卷）、《仓颉篇校证》三卷（民国《福建通志·福建列传》卷三十八本传、《退庵自订年谱》作《校补仓颉篇》三卷、民国《福建通志·福建艺文志》卷十五作《仓颉篇校补》）、《经麈》八卷、《古格言》十二卷、《三国志旁证》三十卷（支伟成《清代朴学大师列传》、《清儒学案》卷一百三十四《鉴塘学案·梁先生章钜》作二十四卷）、《文选旁证》四十六卷[①]、《清臣工言行记》十二卷（支伟成《清代朴学大师列传》一作《国朝臣工言行记》十二卷，又二十卷）、《枢垣纪略》十六卷（《归田琐记》题《枢垣纪录》十六卷。《退庵诗存》卷九《军机章京以论政为宜而五人者独喜谈艺珥笔之暇辄相与往复喧辨不休旁观多窃议之因戏为枢直五君咏聊代解嘲云·叶云素农部》诗中注云辑《枢直题名录》）、《退庵随笔》八卷[②]（同治刊本《福建通志》卷六十九、《退庵自订年谱》作二十卷，民国《福建通志·福建艺文志》卷五十作二十二卷）、《退庵题跋》二十卷（同治刊本《福建通志》卷六十九作二卷）、《续跋》二卷、《退庵文存》二十四卷[③]、《藤花吟馆诗钞》十二卷、《退庵诗存》二十四卷、《续存》八卷（同治刊本《福建通志》卷六十九题《退庵诗续存》八卷）、（辑）《东南峤外诗文钞》三十卷[④]、《闽诗钞》五十卷（民国《福建通志·福建艺文志》卷七十一题《全闽明诗钞》五十卷）、《闽川文选》五十卷、《三管英灵集》五十八卷、《脞说》、《诗话》（民国《长乐县志》卷二十五《文苑传》本传）、《楹联丛话》（上海古籍出版社 1987 年版）、《春曹题名录》六卷、《称谓拾遗》十卷（支伟成《清代朴学大师列传》梁章钜传）、《称谓录（校注本）》十卷（福建人民出版社 2003 年版）[⑤]、《楹联丛话全编》、《乾嘉全闽诗传》十二卷首一卷（清手抄本）、《退庵诗续存》（道光二十四年刻本）等八十五种（蔡莹涓《梁章钜研究》，福建师范大学 2009 年硕士学位论文）、《师友记》（道光二十六年刻本）、（与陈寿祺合纂）《御制全史诗注》四十六卷、《农候杂占》四卷（中华书局 1956 年版）、《制艺丛话试律丛话》（上海书店出版社 2001 年版）、（辑）《东南峤外书画录》二十卷、（辑）《长乐诗话》八卷、（分纂）《西域图志》、《沧浪亭题咏》二卷（同治刊本《福建通志》卷六十九、《清儒学案》卷一百三十四《鉴塘学案·梁先生章钜》作《沧浪题咏》二卷，《退庵自订年谱》作《沧浪亭题咏》二卷）、《铜鼓联吟集》二卷（《退庵自订年谱》作二卷，蔡莹涓《觞吟往来重风雅——梁章钜诗事探析》作四卷附卷首一卷）、《退庵随笔》二十卷（《清儒学案》卷一百三十四《鉴塘学案·梁先生章钜》作二十二卷）、（自辑）《年谱》（民国《福建通志》总卷三十四，《福建列传（清七）》卷三十八，梁章钜本传；一题《退庵居士自订年谱》，道光二十九年刻本）、《沧浪亭图诗册》（林则徐《梁芷邻观察沧浪亭图诗册序》）、《闽文复古编》六卷（《清儒学案》卷一百三十四《鉴塘学案·梁先生章钜》；林则徐《制义丛话后序》，《林则徐全集》第五册）、《戏彩亭唱和集》一卷、《吴中唱和集》八卷[⑥]、《小沧浪七友图》、《沧浪亭志》四卷、《经尘》八卷、《文选考证》四十六卷、《退庵随笔》二十四卷、《随园诗话随笔》二卷、《玉台新咏读本》十卷、《试律丛话》十卷、《楹联丛话》十二卷、《楹联续话》四卷、《楹联剩话》二卷、《巧对录》四卷[⑦]（民国《福建通志·福建艺文志》卷五十作八卷）、《农家占验》四卷、《东南峤外诗话》三十卷（《清儒学案》卷一百三十四《鉴塘学案·梁先生章钜》作二十卷）、《三管诗话》四卷、《雁宕诗话》二卷（民国《福建通志·福建艺文志》卷七十五作《雁荡诗

---

① 梁章钜《文选旁证自序》云“勒成三十卷，统名之曰《文选旁证》”（《退庵文存》，《清代诗文集汇编》第 515 册，影印第 321 页），当是初刻卷数。《福建文献集成初编》第 181-184 册影印上海图书馆藏稿本四十六卷存三十九卷，缺卷一至卷七。

② 梁章钜《退庵自订年谱》云《退庵随笔》二十卷（卷字前旁添“二”字，光绪元年二思堂刻本《退庵随笔》即二十二卷），为关中友人所刻，至桂林，复加增删，扩为二十四卷（页十四）。

③ 按：柯愈春《清人诗文集总目提要》云“《退庵文存》二十四卷，未刊。今存《退庵文稿》不分卷，稿本，上海图书馆藏”。（第 1094 页）《清代诗文集汇编》第 515 册所影印《退庵文存》四卷即柯著所称《退庵文稿》。

④ 按：民国《福建通志》著录《东南峤外诗钞》宋三十卷，解题云：“据此，并未有文钞；即有，亦不在三十卷之内。”（民国《福建通志》总卷二十五，《福建艺文志》卷七十一，第十三、十四页，引）

⑤ 福建人民出版社《福建文献集成初编》第 127-128 册影印天一阁博物院藏稿本《称谓录》十二卷存十卷（缺卷一、卷二），第 128 册影印天一阁博物院藏稿本《称谓录》三十二卷存三卷。

⑥ 梁章钜《程竹庵光禄以绿荫轩园居即事诗八首索和》其八诗后注：“时将编梓吴中同年唱和诗。”（《退庵诗存》卷十七，影印第 183 页）“吴中同年唱和诗”即《吴中唱和集》八卷，编成于道光九年己丑（1829）（《退庵自订年谱》，页十二）。

⑦ 按：民国《福建通志·福建艺文志》卷七十六著录梁章钜《二思堂丛书》，解题引陈衍《石遗室书录》云：“《年谱》作四卷，误。”（第五页）

话》二卷,同治刊本《福建通志》卷六十九作《雁荡诗话》三卷)、《闽中闺秀诗话》二卷(同治刊本《福建通志》卷六十九作四卷,光绪元年刻本)、《武彝游记》二卷、《梁祠辑略》(《退庵自订年谱》作《梁祠纪略》)二卷(同治刊本《福建通志》卷六十九作一卷)、《梁氏家谱》四卷、《吉安室书录》十六卷、《退庵续跋》二卷、《归田琐记》十卷(同治刊本《福建通志》卷六十九、《清儒学案》卷一百三十四《鉴塘学案·梁先生章钜》作八卷)、《浪迹丛谈》十一卷(同治刊本《福建通志》卷六十九作十卷。按:卷十一为附卷)、《浪迹续谈》八卷(民国《福建通志·福建艺文志》卷五十题《浪迹丛谈》八卷、《续谈》八卷)、《浪迹三谈》六卷、《退庵诗续存》八卷、《师友集》八卷(《浪迹丛谈》卷二"师友集"条作十卷,道光二十五年刻本)、《寒檠杂咏》一卷、《藤花吟馆试帖》二卷、《宣南赠言》二卷、《江汉赠言》二卷(《退庵自订年谱》作二卷,同治刊本《福建通志》卷六十九作一卷)、《沧浪题咏》二卷、《东南棠荫图咏》三卷(同治刊本《福建通志》卷六十九作《东南棠阴图咏》一卷,《清儒学案》卷一百三十四《鉴塘学案·梁先生章钜》、《退庵自订年谱》作三卷)、《葑江别话》四卷、《三山唱和集》(一名《三山唱和诗》)十卷、《闽文复古编》六卷、《闽文典制钞》四卷、《师友文钞》二十四卷、《八家师友文钞》十二卷、(校刊郑光策)《西霞文钞》、校刊程同文、吴慈鹤遗集数十卷(林则徐《诰授资政大夫兵部侍郎都察院右副都御史江苏巡抚梁公墓志铭》)、《续诗存》(林则徐《致梁逢辰》,《林则徐全集》第八册)、《随安室书录》(林则徐《致梁章钜》,《林则徐全集》第八册、《浪迹丛谈》卷一"水仓"条)、《退庵文集》、《退庵诗存》二十五卷、《藤花吟馆诗钞》十卷(民国《福建通志》总卷二十五,《福建艺文志》卷六十六)、《东南峤外诗钞初集》唐十二卷、《东南峤外诗钞》宋三十卷(民国《福建通志》总卷二十五,《福建艺文志》卷七十一)、《二思堂丛书》十六册(道光至光绪刻本)、《闽川诗话》(民国《福建通志》总卷二十五,《福建艺文志》卷七十五引谢章铤《赌棋山庄余集》)、《南浦诗话》四卷(《二思堂丛书目录》。同治刊本《福建通志》卷六十九作八卷)、《南浦诗话》八卷、《补萝山馆诗话》、《竹窗杂录》(民国《福建通志》总卷二十五,《福建艺文志》卷七十五)、《试帖丛话》八卷、《辑古格言》十二卷、《江田梁氏诗存》九卷、《三管诗钞》五十八卷、《北行酬唱集》四卷(同治刊本《福建通志》卷六十九)、《退庵金石书画跋》二十卷(道光二十五年刻本。书牌题《退庵所藏金石书画跋尾廿卷》,即李放、叶眉《皇清书史》卷二十九"谢瑽"条下注引的《退庵书画跋》)、《闽中闺媛诗》(《闽川闺秀诗话》"梁兰省"条)、(辑)《秀峰题咏》(蔡莹涓《觞吟往来重风雅——梁章钜诗事探析》)、《武夷游稿》(杨庆琛《读梁茝林仪部武夷游稿题后》,《绛雪山房诗钞》卷四)、(辑)《安定遗编》(梁章钜《退庵诗存》卷一《述祖德诗三十首》序)、(核办)《名宦乡贤疏稿》(《退庵诗存》卷九《题邓簣山太守崇祀名宦录后》其二诗中注)、(预校勘)《辽史》、《金史》、《元史》三史[①]、(预分纂)《大清通礼》(《退庵诗存》卷十一《京居十日叠前韵复得四首》其三句中注)、(辑)《翼斋公遗诗文》两卷、《行状》一卷、《家谱》十卷、(与陈名世同校刊)《西霞文钞》二卷、(与陈寿祺分纂)《御制全史诗注》六十四卷、(辑程同文)《密斋诗存》四卷(梁章钜《退庵自订年谱》)、《清书录》(陈铁民《浪迹丛谈续谈三谈·点校说明》)、《梁茝林沧浪诗》一卷(浙江图书馆藏稿本,柯愈春《清人诗文集总目提要》第1094页)、《国朝臣工言行记》二十六卷(《福建文献集成初编》第66-68册影印上海图书馆藏清钞本)、(辑)《闽贤遗墨》不分卷(《福建文献集成初编》第187册影印国家图书馆藏稿本)、《梁章钜科举文献二种校注》(陈水云、陈晓红校注,武汉大学出版社2009年版)、《藤花吟馆诗钞》五卷(道光五年序刻本,上海图书馆藏)(李灵年等《清人别集总目》第2137页)

梁恭辰(梁章钜第三子):《劝戒录》五集二十七卷(道光、同治间柏香山馆刻本)、《劝戒录类编》(民国十年铅印本)、《劝戒录类编节本》(民国十九年丁氏铅印本)、《北东园笔录》(一名《池上草堂笔记》)初编、续编、三编、四编合二十四卷(同治五年刻本、光绪二十一年刻本、《笔记小说大观》本)、《楹联四话》、《巧对续录》(《楹联丛话全编》本)

杨渼皋(梁恭辰妻、杨簣女):《不忘初斋诗草》二卷(光绪十年福州梁氏刻本。《福建地方文献及闽人著述综录》第101页)、《榕风楼诗存》二卷(民国《福建通志》总卷二十五,《福建艺文志》卷六十六;民

① 《退庵自订年谱》云分得校刊《金史》全部(页九)。

国《福建通志》总卷四十五,《福建列女传》卷六,杨渼皋本传)

梁兰省:《梦笔山房诗稿》(民国《福建通志》总卷四十五,《福建列女传》卷六,梁兰省本传)

梁赋茗(梁云铣女):《卧云楼诗草》(民国《福建通志》总卷四十五,《福建列女传》卷六,梁兰省传附)

梁兰芳(一作梁兰芬[①],梁云铣女):《小方壶诗草》(民国《福建通志》总卷四十五,《福建列女传》卷六,梁兰省传附)

梁金英(梁云铣女):《爱荷香诗草》一卷(民国《福建通志》总卷四十五,《福建列女传》卷六,梁兰省传附)

梁佩荭:《蕉雪轩吟草》(民国《福建通志》总卷四十五,《福建列女传》卷六,梁兰省传附)

梁瑞芝(梁尧辰女,梁云铣孙女,梁章钜侄孙女):《香雪斋小草》一卷(民国《福建通志》总卷四十五,《福建列女传》卷六,梁瑞芝本传)

梁履将(梁上国曾孙):《木南山馆词》一卷(谢章铤《赌棋山庄词话》续编卷五"梁履将《木南山馆词》"条。一题《木兰山馆词》,不分卷)

梁鸿志(梁章钜曾孙):《爰居阁诗集》十卷附续集(民国二十八年梁氏自刻本,南京图书馆等处藏)、《爰居阁诗续》一卷(民国三十年排印本,南京图书馆藏)(李灵年等《清人别集总目》第2139页)、《入狱集》、《待死集》

**谨按**:长乐梁氏派出安定梁氏,宋时分居长乐县南乡之江田里,复迁福州城中,"祖籍犹长乐"[②],先世墓庐多在福州梅亭[③]。自明代以来至梁章钜之时计十六传,皆郡县学博士弟子,称"书香世业"之族[④],福建学政大臣纪昀"访察(梁剑华、梁上治父子)渊源,知由家学"。[⑤] 清代梁氏在乾隆之后崛起[⑥],在科举事业、学术著述和文学创作上对于福建乃至全国均产生过重要的影响,以梁章钜最为杰出。梁章钜既为封疆大吏,复善撰著,其著作刊行者达七十余种。

根据民国《长乐县志》卷十四下《选举志下·封赠》的记载,梁澄漪(名常定,一字锦河,庠生)、梁邦柱(字砥峰,庠生)、梁剑华(1704—1785[⑦],字执莹,一字天池,郡增生)之间已历三代,且代有诗文集:梁澄漪著《锦河诗集》一卷,梁邦柱著《砥峰诗集》二卷,梁剑华著《天池堂诗文集》四卷、《策学类编》四卷、《书香堂笔纪》八卷[⑧]。民国《长乐县志》梁上国传:"字斯义[⑨],一字九山。江田人。父剑华,字天池,郡诸生。以耆宿教授里中垂五十年,门下士多成伟器。剑华生五子:长上宝,邑诸生;次赞图;三上泰;四即上国。赞图初名上治,字翼斋,与上国同举乾隆戊子(1768)乡荐,咸安宫教习,以知县用,呈改教职,补宁化县教谕。……上泰,字岱岩。乾隆乙酉(三十年,1765)乡荐。旋贵州余庆知县,有循声。上国、赞图、上泰同为太傅朱珪所赏识,入读书社。上国,乾隆乙未(四十年,1775)成进士,选庶吉士,习国书。散馆改除,相国于敏中惜其才,请仍留庶吉士学习,旋丁母忧。服阕,以父疾乞养。复丁外艰。五十年再散馆,授编修,分校乡、会试。……以劳成疾,卒于庆远试院,年六十八。既归葬,太史陈寿祺为志其墓。所著有《驳阎氏尚书古文疏证》五卷、《驳毛氏大学证文》一卷、《奏疏》一卷、《进御诗文》一卷、《山左游记》一卷、《辽沈游记》一卷、《山右游记》一卷、《粤西游记》一卷、《诗文集》十余卷。子云铣,乾

① 卢美松《松轩史话》,第70页。

② 梁章钜《长乐诗话自序》,《退庵文存》,《清代诗文集汇编》第515册,影印第347页。

③ 梁章钜《营先墓工竣作此抒哀》诗中注,《退庵诗存》卷五,《清代诗文集汇编》第515册,影印第65页。

④ 林则徐《诰授资政大夫兵部侍郎都察院右副都御史江苏巡抚梁公墓志铭》,《林则徐全集》第五册,第482页。"书香世业"系学政纪昀语。

⑤ 梁章钜《先教谕公行略》,《退庵文存》,《清代诗文集汇编》第515册,影印第377页。

⑥ 按:梁氏家族在清代的崛起是长期积累的必然结果。民国《福建通志》梁上国传称"自明以来十五世皆为郡县诸生。"(民国《福建通志》总卷三十四,《福建列传》卷三十七,第三十七页)纪昀尝颜其堂"书香世业"(同上书,同卷,第三十七页)。

⑦ 梁章钜《退庵自订年谱》,页二。光绪元年福州二思堂丛书本,浙江书局翻印。

⑧ 民国《长乐县志》卷十四下,《选举志下·封赠》,原第三十三页,影印第271页。

⑨ 钱维福《清秘述闻补》一作斯仪(《清秘述闻补》卷二,《清秘述闻三种》中,第949页)。

隆乙卯举人;云镶,附贡生;云镛,嘉庆己卯举人。”[①]据此传,知梁剑华五子:长梁上宝;次梁赞图,初名梁上治;三梁上泰;四梁上国,另一子不名。梁氏五兄弟中,三人举人中式,一人登进士第。

梁上泰,“字斯明,一字翠岩。江田人。省居。……著有《漱芳编》、《格言》二卷、《漱芳斋诗文集》四卷。”[②]为学士朱珪所激赏,擢冠军。与兄梁上治、弟梁上国有三珠之誉。梁上泰系乾隆三十年乙酉(1765)福建乡试举人,次科乾隆三十三年戊子(1768),梁上治、梁上国兄弟同榜举人中式,梁上国于乾隆四十年乙未(1775)成进士。

梁上国(1758—1815[③]),字斯仪,一字九山。少为学政纪昀所赏,梁氏兄弟均受业于朱筠、朱珪门下[④]。乾隆三十三年戊子(1768)福建乡试举人中式,四十年乙未(1775)成进士。选庶吉士,散馆改除,为于敏中所惜,仍留学习,习满书,乡后辈经其讲画皆掇高等。丁内外艰归,至乾隆五十五年庚戌(1790)再散馆,授编修,洵称异数。嘉庆十八年(1813)督学广西,明年晋太常寺卿,以劳卒于庆远试院。年六十八。梁上国服官数十年,多所建白,对福建本省事宜尤其详明剀切,如剿灭闽南天地会、疏请开垦噶玛兰(今宜兰县)等事。尝主清源、金石、玉屏书院讲席十二年。陈寿祺撰《皇清诰授通议大夫太常寺卿广西提督学政梁公墓系铭》。

同治刊本《福建通志》著录梁上国《古文尚书条辨》五卷,引翁方纲序。略曰:“说经家之彼此互歧也,自谷梁子……杭州姚忍斋语予曰:‘吾见阎氏驳古文,辄为之发指。’噫!此人人具有天良,何独姚君为之发指乎?长乐梁子所为条辨,颇亦多出嫉激语以敌之,此非梁子之过而实阎之过也。”[⑤]翁序之外,有陈寿祺序[⑥]。阎若璩《古文尚书疏证》的结论,发《古文尚书》之伪,基本上为后世学者所肯定,但在清代即有学者如毛奇龄等对阎氏的考辨进行反驳,维护儒家经典的权威地位,梁上国也是这个阵营中人,所作辩解其实无力[⑦]。数十年间,闽籍学者伊朝栋(1729—1807)、梁上国、余潜士(1786—1854)等仍然为伪《古文尚书》辩护,反映闽中学术的保守与滞后,是为学术“差序格局”的一种反映。

梁上国妻许馥荃,字鸾案,闽县举人许崇楷之女。民国《长乐县志·闺秀传》许馥荃传:“女少随宦,父公余辄授以诗史之学,兼工琴。……所著有《琴韵轩诗词》四卷,不轻示人。子云铣、云镶、云镛皆励学成名。第三女适侯官许明经濂,尤工诗画。”[⑧]梁上国诸女梁秀云、梁香云、梁蓉函均工诗画。梁上国长女梁符瑞,字紫瑛,梁章钜六妹。少时学诗于母氏,每拈一题,辄有灵颖之句。中年以后不暇兼涉吟事。适闽县、天门令龚丰谷。[⑨]

梁上国第三女即梁韵书,字蓉函,梁章钜九妹。民国《长乐县志·闺秀传》梁韵书传:“字蓉函。太常卿上国第三女。少从其母许夫人学,善□工琴,精于诗,尤长乐府。适侯官副贡生许濂。许家世多

---

① 民国《长乐县志》卷二十三,原第四十四至四十五、四十七页,影印第462、464页。

② 民国《长乐县志》卷十四上,《选举志上》,原第六十四页,影印第230页。按:同治刊本《福建通志》梁上国传附梁上泰传称“上泰,字岱岩。……选贵州余庆县知县。”(卷二百二十六,影印第4130页)

③ 刘荣平《赌棋山庄词话校注》梁上国生卒年作1748—1815(第391页)。

④ 梁章钜《为姜受庵朱笥河先生玉华纪游册后步叶筠潭学使韵》诗中自注,《退庵诗存》卷三,《清代诗文集汇编》第515册,影印第52页。姜祝龄,号受庵。朱筠,号笥河。叶绍本,号筠潭。

⑤ 同治刊本《福建通志》卷六十九,影印第1411页。

⑥ 按:陈寿祺以为经过宋吴棫、朱熹至清阎若璩、惠栋、江声、王鸣盛、段玉裁等学者的研究,梅赜所献《尚书》基本上被论定为伪作,“近日通人硕学莫不翕然尊信,无异词”,而梁上国(梁章钜叔父)所著《古文尚书条辨》八卷力攻阎氏,故于梁氏“未敢违衷而附和”(《左海文集》卷六,《清代诗文集汇编》第499册,影印第305页)。此与同书卷七陈寿祺所撰《藤花吟馆诗钞跋》可能为陈寿祺、梁章钜关系恶化的原因之一。

⑦ 谢章铤《与伯潜论竹坡古文尚书解纷书》:“然古文(《尚书》)之伪,至今日已有定论”,“毛氏(毛奇龄)即强悍善辨,亦终无以间执其口,后起虽多才,恐未必能翻此铁案矣。”(《赌棋山庄文续》卷二,《清代诗文集汇编》第680册,影印第773页)又可参看谢氏《古文尚书条辨跋》(《赌棋山庄余集》文集卷二,《清代诗文集汇编》第681册,影印第99页)。

⑧ 民国《长乐县志》卷二十九下,《闺秀传》,原第二十七页,影印第595页。按:民国《福建通志·福建艺文志》著录《静安吟草》:“长乐梁韵书著。《课余续录》云:‘梁太常三女次女蓉函韵书诗笔足以函盖闺秀……’”(《福建艺文志》卷六十六,第八页)其意以为梁上国二女蓉函,三女韵书,其实系同一人。

⑨ 民国《福建通志》总卷四十五,《福建列女传》卷六,梁符瑞传,原第三十一页。

闺秀,如寿竹廖夫人(廖淑筹)、许素心(许琛)、洪兰士(洪龙徵,一作洪龙珍),皆有集传,蓉函踵其后,尤轶然于女士之表。……拟白香山诸乐府诗寓意深远,□□可诵。著有《静庵诗文草》八卷。”[①]《闽词征》卷六有传及词。民国《福建通志》梁韵书传称其“于诗用力尤专,随宦京师时,每陪诸昆季作八韵试律,杂之馆阁名篇中,几莫能辨;间作小文小赋,亦深得骚雅之遗。尝随其夫游辽沈,又获山川之助,所作益工。著有《静安吟草》。”[②]一说《闽川闺秀诗话》四卷系“章钜从妹韵书字蓉函者就同时亲串诸家耳目较近者详加采访,录寄其兄而章钜已编成付梓矣。”[③]三妹梁秀芸,适过学生陈兆骧,早卒。工绘事,亦喜为诗。与诸姊唱和,独能作豪壮语[④]。

梁上宝之子、梁功胞弟梁雷(改名运昌,1771—1826),字春中,一字曼云、曼叔,号田父、江田,行三。乾隆五十九年(1794)甲寅科福建乡试,梁雷、梁章钜、梁功三人同榜举人中式。嘉庆四年己未(1799)成进士,改选庶吉士。座主朱珪领实录馆事,择儒臣二十八人,梁运昌以庶常预纂修。散馆,授编修。居乡,与诗人曾晖春、廖英为贫贱交;在京师,与同年萧山汤金钊、高邮王引之、涿州卢坤、通州白镕、桐城吴赓枚为道义文字交。精通堪舆、篆刻、绘画、音律、医卜,倾力杜诗数十年。卒年五十六[⑤]。著有《方言摭遗》、《说文小笺》、《秋竹斋别集》、《杜园说杜》二十卷、《韩诗细》、《苏诗抄》、《劳薪集》、《秋竹斋诗文集》八卷、《葵外山房剩稿》、《陈氏古音考订》、《读诗考韵新谱》、《四书偶识》、《史汉眉评》、《难经发明》、《两汉魏晋宋齐诗式》、《全唐诗随笔》、《唐文风格集》等[⑥],与民国《长乐县志·艺文志》所著录的梁运昌著作有所出入。梁雷事迹又见《竹间续话》:“长乐梁雷,字曼云,芷林先生之从兄也。楷法、篆、隶并工,精篆刻,善写生。花卉每以淡远相胜,世知之者鲜。”[⑦]在乾隆、嘉庆、道光年间,梁运昌是一个知识渊博的学者,明显受到清代乾嘉考据学的时代风气影响,研习唐宋两朝文学各不偏废,而其诗学主张偏于宋调,在杜诗、韩诗及宋诗的研究上有得。

梁上国长子梁云铣,字刚中,一字泽卿,行四。乾隆六十年乙卯(1795)举人。著有《正心斋诗文集》四卷、《辽沈纪游》二卷、《正心斋随笔》一卷等。次子梁云镶,字桂岩、颖中。副贡生。好为诗,尝手录苏诗,能诵十六七。能词,有《洗心书屋词》。季子梁云镛,字兰生、大中、兰笙,三兄弟中最为知名。嘉庆二十四年己卯(1819)举人,官晋江训导、福宁府学教授。著有《无俗声室诗文集》八卷、《琴谱》二卷等。工书法,有名于时。兄弟并见《闽词征》卷四。梁云镛词《沁园春》(廿载神交)词调下注:“题叶小庚(叶申芗)太守与芷邻兄庚午(嘉庆十五年,1810)《雅集图》。”[⑧]芷邻即梁章钜。梁上国诸孙有梁尧辰、梁拱辰等。

梁上治(1739—1802[⑨]),民国《长乐县志·选举志》题名下注:“改名赞图,字斯志,一字翼斋。经魁。江田人。省居。宁化教谕。”[⑩]民国《福建通志》梁上治本传:“所作诗文词采焕发,绝不似讲学家

---

① 民国《长乐县志》卷二十九下,《闺秀传》,原第二十七页,影印第595页。按:雷瑨、雷瑊《闺秀诗话》作“中丞(梁章钜)叔父九山公次女”,误,然与前引《课余续录》语相合。

② 民国《福建通志》总卷四十五,《福建列女传》卷六,梁符瑞传附梁韵书传,原第三十一页。

③ 民国《福建通志》总卷二十五,《福建艺文志》卷七十五,第十页,引陈衍《石遗室书录》。按:同书《福建艺文志》卷六十六梁韵书《静安吟草》解题下亦云“茝邻中丞《闽川闺秀诗话》首有蓉函序诗,已录卷中,或谓《诗话》皆出蓉函手笔,让于其兄。”(第八页,引陈衍《石遗室书录》)

④ 民国《福建通志》总卷四十五,《福建列女传》卷六,梁符瑞传附梁秀芸传,原第三十一页。

⑤ 民国《福建通志》梁运昌本传一作卒年五十七(民国《福建通志》总卷三十九,《福建文苑传》卷八,梁运昌本传,原刻第十九页)。

⑥ 《长乐市志·古代人物传》。网址:http://www.fjsq.gov.cn/showtext.asp? ToBook=3234&index=1789&。

⑦ 郭白阳《竹间续话》卷四,第73页。

⑧ 林葆恒《闽词征》卷四,《闽词钞 闽词征》,第766页。

⑨ 梁章钜《接闽信知逢儿登乡荐第二名志喜》其二诗末二句后注:“逢儿初生时,先大父已司铎宁化,嗣后遂不获相见矣。”(《退庵诗存》卷十一,《清代诗文集汇编》第515册,影印第127页)梁逢辰生于嘉庆五年(1800)。根据《退庵自订年谱》,嘉庆七年壬戌(1802)岁秋梁上治卒于宁化教谕任上,梁章钜在京师(《退庵自订年谱》,页五。二思堂丛书本)。又据梁章钜《先教谕公行略》。

⑩ 民国《长乐县志》卷十四上,《选举志上》,原六十四页,影印第230页。

言。有《四勿斋剩稿》。”[①]其子梁章钜撰《先教谕公行略》,称梁剑华、梁上治父子同受知于纪昀[②],至梁章钜登进士第之时又出纪昀门下,纪昀与梁氏有三代交谊。梁上治“所读书,多手自钞写,自诗、古文辞以及类书、说部,凡有裨于博闻强识者靡不搜采,间为点定,行楷错出,裒然累帙,至今不孝等犹涉猎未尽也”[③],其庭训及其所躬行似成家法,对梁章钜的为学具有深刻的影响。

梁上治之妻王淑卿,闽县人。喜流观经史,通其大义。能诗而不甚注意,仅存遗稿数首。[④] 钱仲联《清诗纪事·列女卷》有其传及诗。

梁上治之子、梁章埙胞兄梁章钜(1775—1849),字闳中,一字茝林、芷林[⑤]、紫林[⑥],号茝邻,晚号退庵。梁章钜从伯兄梁功发蒙、习举子业,少从长乐陈士炜(字大晋、茂真)学诗,从父执、闽县学者林茂春治经,鳌峰书院山长、受业师郑光策妻以长女。据其《营先墓工竣作此抒哀》诗,梁章钜早年命薄艰难,先后失恃怙,为生事所牵[⑦]。乾隆五十九年甲寅(1794),梁章钜与从兄梁雷(改名运昌)、梁功(改名际昌)福建乡试同榜举人中式;五次北上会试,以叔父梁上国为内帘同考官回避嘉庆六年(1801)辛酉科会试,实预试四次,嘉庆七年壬戌(1802)[⑧]以二甲第九名成进士,与吴廷琛、叶申芗、林春溥、陶澍、沈维鐈等同年,朝考第二名改选庶吉士。四十余岁方敭历中外,逐渐通显。历官军机章京、知府、道台、署江苏按察使、山东按察使兼署布政使、江苏布政使权江苏巡抚、直隶布政使、广西巡抚兼署学政、江苏巡抚署两江总督。梁章钜才识精敏,治务通练,功业所施,以在江苏任为最久最著。道光二十二年(1842)奉准回里,暂驻浦城,二十九年病卒。林则徐撰《诰授资政大夫兵部侍郎都察院右副都御史江苏巡抚梁公墓志铭》。居官之余,不废著述,诗文杂著纂辑者不下数十种[⑨],八百余卷,蔡莹涓《梁章钜研究》考定为八十五种。林则徐称“仕宦中著撰之富,无出其右者”[⑩]。子梁逢辰(1800—?,小名瑚官)、梁丁辰(1811—　)、梁恭辰(1814—　)、梁映辰(一作梁暎辰[⑪],1817—?)、梁敬辰(一作梁英辰[⑫],1821—　),女梁兰省、梁兰台、梁兰芳、梁兰衡,分别适祝普庆、邱藜辉、陈延诜、林庆祐[⑬],卒时孙梁佺(年)、梁侨(年)、梁佳(年)[⑭]等十七人,曾孙二人。吴观乐、王珦、郑鹏程、祝昌泰、邱绍琼、林荣芳亦是梁章钜儿子妇翁[⑮]。支伟成《清代朴学大师列传·考史学家列传》有传。

梁章钜通籍后居福州城夹道坊、黄巷,家有藤花吟馆、东园、藤花书屋、黄楼[⑯]等,又尝在浦城筑北东园,侨居四载有余[⑰],在杭州有亦东园寓所。其文学和讲学活动主要有以下事迹:(1)梁章钜登进士

---

① 民国《福建通志》总卷三十四,《福建列传》卷三十七,梁上治传,第三十八页。

② 梁章钜《退庵文存》,《清代诗文集汇编》第515册,影印第377页。

③ 同上书,影印第379页。

④ 民国《福建通志》总卷四十五,《福建列女传》卷六,王淑卿传,原第二十七页。

⑤ 林直诗题《和中丞梁芷林章钜先生修复独秀峰五咏堂纪事原韵二首》(《壮怀堂诗初稿》卷二,原第十五页,影印第552页)。

⑥ 《参订姓氏》,林霪《印商》。

⑦ 梁章钜《退庵诗存》卷五,《清代诗文集汇编》第515册,影印第65页。

⑧ 按:民国《福建通志·福建列传》梁章钜传作“乾隆壬戌成进士”(卷三十八,第八页),误。乾隆七年壬戌,1742年。

⑨ 支伟成《清代朴学大师列传》,第227-228页。岳麓书社1998年版。

⑩ 林则徐《诰授资政大夫兵部侍郎都察院右副都御史江苏巡抚梁公墓志铭》,《林则徐全集》第五册,第487页。

⑪ 梁章钜《焦山》,《浪迹丛谈》卷一、《浪迹丛谈续谈三谈》,第12页。

⑫ 《清代硃卷集成》第三三九册,梁继曾履历,影印第27页。按:梁继曾系梁章钜曾孙、梁恭辰长孙。

⑬ 蔡莹涓《梁章钜家世与生平推考》:“三女兰芳(寿笙),适陈延诜(故浙江泰顺县陈征芝四子)。四女兰衡(寿溥),归未详。”(《厦门广播电视大学学报》2009年第4期,第88页)按:陈徵芝,字世善,晚号韬庵,闽县著名学者。嘉庆七年(1802)进士。官浙江秀水、绍兴知县,非泰顺县人。梁章钜《归帆杂咏二十八首》其六(一别京华十六年)诗后自注:“过秀水,陈兰邻亲家飞棹相迎,谈至三塔湾而别。”(《退庵诗存》卷二十,《清代诗文集汇编》第515册,影印第211页)

⑭ 林则徐《林则徐全集》第五册,第471页。

⑮ 吴观乐三女、王珦长女适梁逢辰;郑鹏程三女、祝昌泰次女适梁丁辰;杨簧四女适梁恭辰;山西温启鹏三女适梁映辰;林荣芳三女适梁敬辰(梁章钜《清河郑夫人行略》,《退庵文存》,《清代诗文集汇编》第515册,影印第384页)。又可参看梁章钜《退庵自订年谱》(页七。二思堂丛书本)。

⑯ 梁章钜《归帆杂咏二十八首》其二十八“择里仍居黄巷宅”诗句后注:“余旧宅黄巷,新宅在旧宅对门。”(《退庵诗存》卷二十,影印第212页)

⑰ 梁章钜《浪迹丛谈》卷一,“别北东园诗”条。

第后尝滞留浦城县，主浦城南浦书院讲席七年（1807—1813），嘉庆十二年丁卯（1807）撰《南浦诗话》八卷①。(2)嘉庆间，梁章钜退居福州，举行庚午（嘉庆十五年，1810）十三人雅集②，复于其夹道坊新居藤花吟馆诗榭主持雅集③。(3)嘉庆二十年乙亥（1815），在京师从翁方纲学诗，为翁氏苏斋诗弟子者三年，而诗风不似覃溪，却与吴中七子相伯仲④。梁上国、梁章钜叔侄均与大兴翁方纲有着两代的交谊，颇为翁方纲的学术成就和文学创作活动所倾倒。(4)嘉庆二十一年（1816）考取军机章京第一，引见记名，仍在礼部；是年冬入宣南诗社⑤；二十三年（1818）四月十三日入直军机处⑥，仕宦渐有起色。(5)在江苏布政使任（1827—1832）上，四度短暂护理江苏巡抚职务，梁章钜本任驻苏州，修苏州府学名宦专祠，修沧浪亭，撰《沧浪亭志》，砌五百名贤刻石，与在苏州的诗人陶澍、石韫玉、朱珔、陈銮、卓秉恬、吴廷琛等举行吴中唱和雅集，《吴中唱和集》作者二十一人，"皆壬戌同年之在吴与过吴者"⑦，"同谱者十许人"⑧，所谓"近年同谱多聚于吴门，人数之盛，几与春明相埒"⑨。又有小沧浪七友之集⑩等。(6)晚年依其子梁恭辰于浙江官所，往游温州等地。梁章钜与郑鹏程、林轩开、全徵兰、刘嗣绾、吴嵩梁、陈用光、李彦章、李宗昉、程恩泽、王驹、陶澍、孔昭虔、顾莼、江景阳、郭尚先、林则徐、廖鸿藻、吴荣光、黄丕烈、郭廖、汪饴孙、叶申万、叶申芗、廖鸿荃、达麟、戈宝树、朱珔、黄安涛、刘士棻、李宗传、吴慈鹤、贺长龄、陈銮、卓秉恬、石韫玉、吴廷琛、韩崶、朱绶、程同文、潘曾沂、刘鸿翱、钮树玉、吕璜等省内外作者交密，大得声名于时。

梁章钜著有《二思堂丛书》，据陈衍《石遗室书录》所经眼、校订异同，与本条下所列书名及卷数不

---

① 民国《福建通志》总卷二十五，《福建艺文志》卷七十五，第九页，引陈衍《石遗室书录》。

② 梁章钜《书重摹庚午雅集图后》，《退庵诗存》卷十六，《清代诗文集汇编》第515册，影印第176页。十三人为郭仁图（莲渚）、龚以镗（楞香）、冯元镇（节楼）、林轩开（蓼怀）、林庆章（研樵）、冯光祚（恪甫）、魏龄（香士）、何恒鍠（石农，《退庵文存·庚午雅集图记》作研农）、高立诚（甫申）、叶申蔚（文石）、梁云镳（桂岩）、叶申芗（小庚、薇澳）、梁章钜。存者五人：郭仁图、林庆章、梁云镳、叶申芗、梁章钜。据《庚午雅集图记》"事之缘起在己巳秋而图成于庚午春夏"（《清代诗文集汇编》第515册，原第274页），则雅集始于嘉庆十四年己巳（1809）秋。

③ 按：道光十年（1830），林则徐撰有《为梁芷邻方伯庚午雅集图后》，称："图作于嘉庆十有五年（庚午，1810），是时芷邻先生以仪部主事家居，既开藤花馆，倡结诗榭，复与图中十三人为文酒之会，因仿《西园雅集图》而为之记。"（《林则徐全集》第五册，第382页）道光七年（1827），林则徐作《题梁芷林方伯藤花书屋图》诗；道光十年（1830），十四人存者仅四人。四人者为莲渚、砚樵、芷林、小庚（林则徐《道光壬辰四月小庚年老前辈大人过任城出〈庚午雅集图〉重摹本见示并属题句灯下草草应命不值一粲》其一，《林则徐全集》第六册，第164页，"何日四公同握手"句下注）。

④ 民国《福建通志》总卷二十五，《福建艺文志》卷六十六，第七页，引陈衍《石遗室书录》。按：吴中七子指钱大昕、曹仁虎、王昶、赵文哲、王鸣盛、吴泰来、黄文莲七人，籍嘉定、青浦、长洲等县。

⑤ 据梁章钜《退庵自订年谱》"丙子四十二岁"条。宣南诗社即消寒诗社。消寒诗首见于梁章钜《退庵诗存》卷九的是《胡墨庄（胡承珙）斋中消寒咏琴鱼》，"是集以琴鱼泾笋饷客索诗"（影印第103页），陆续有《董琴南（董国华）斋中消寒咏寒云》（影印第104页）一首、《陶云汀（陶澍）斋中消寒题旧本麓山寺碑》组诗四首（影印第104页）、《黄霁青斋中消寒题琅琊王德政碑拓本》（影印第109页）、《胡墨庄斋中销寒出赠宣纸芽茶索诗》（影印第110页）、《题消寒诗社图送黄霁青出守广信》（影印第110页）、《朱兰坡斋中消寒同作窖钱歌》（影印第110页）等。梁章钜预消寒诗社直至道光二年壬午（1822）闰三月出为荆州知府为止，首尾七年。出守之日，京中同好各有赠言，绘成《宣南话别图册》（《京居十日叠前韵复得四首》其二句中注，《退庵诗存》卷十一，原第128页）。郑开禧在道光六年（1826）预消寒诗会，其诗《消寒第三集咏物四首》（《知守斋诗二集》卷二，《清代诗文集汇编》第560册，影印第63页）作于道光六年（1826），诗《题城南雅集图》作于道光七年夏，回忆"去年消寒集迭为宾客"事（同卷，原第66页），集七人：陈孚恩（子鹤）、程厚（勤斋）、潘挹奎（石生）、王玮庆（藕塘）、黄乐之（爱庐）、汪清夫及郑开禧（《陈子鹤考功邀同人作消寒集即事成长歌一首》诗中注，同书，卷二，影印第62页）；道光九年至十年（1829—1830、1831）仍然举行雅集，多至八次[《（道光十年）二月四日勤斋寓中作消寒八集用前韵》及诗中注"（道光九年东开始的）消寒之局至此已毕"，《知守斋诗二集》卷四，影印第76页。本年冬亦有消寒雅集]，郑开禧有《陈子鹤招作消寒集即席呈程勤斋汪清夫王藕塘员外黄爱庐王慈雨（王钦霖）朱峻生（朱崇庆）主事》诗（同书，卷三，影印第73页）等，与梁章钜所预者当非同一种雅集。

⑥ 梁章钜《戊寅四月十三日初直军机处》及自注"前年考试，以第一卷引见，记名"语，《退庵诗存》卷九，影印第105页。

⑦ 梁章钜《退庵自订年谱》，页十二。

⑧ 梁章钜《吴中唱和集自序》，《退庵文存》，《清代诗文集汇编》第515册，影印第345页。

⑨ 梁章钜《闱座主玉研农师暨朱咏斋吴退旃李芝龄三同年同日被命为己丑会试总裁诗以纪盛》诗中注，《退庵诗存》卷十五，影印第166页。

⑩ 梁章钜《小沧浪七友杯》，《浪迹丛谈》卷四，第311-312页。《浪迹丛谈续谈三谈》，中华书局1981年版。据《沧浪主客图诗》序，七人为陶澍、朱珔、卓秉恬、吴廷琛、朱士彦、顾莼、梁章钜七人，沧浪主客则为陶澍、朱珔、卓秉恬、吴廷琛、朱士彦、程邦宪六人（《退庵诗存》卷十八，影印第199-200页）。《为李芝龄总宪题壬戌同年雅集卷次陶宫保韵》诗中注："余在吴门作《小沧浪雅集图》，实为同年绘事之唱。"（卷二十五，影印第258页）

同者有:《文选旁证》四十六卷《行素堂书目》作四十八卷、《藤花吟馆诗钞》若干卷、《退庵续诗存》八卷、《退庵随笔》二十四卷《年谱》作二十卷、《退庵题跋》若干卷、《读渔洋诗随笔》若干卷(同治刊本《福建通志》卷六十九作二卷)、《楹联丛话》十二卷、《楹联续话》四卷、《巧对录》八卷、《沧浪亭志》四卷《年谱》作二卷、《浪迹丛谈》八卷、《闽川闺秀诗话》四卷、《退庵自订年谱》一卷、《农候杂占》四卷附《月令》、《劝戒近录》六卷、《三国志旁证》二十四卷、《仓颉篇校证》三卷《年谱》作《校补仓颉篇》三卷、《玉台新咏定本》十卷《年谱》作"读本"、《东南峤外诗话》二十卷、《叠韵诗》若干卷、《闽文复古编》六卷、《随园诗话录》八卷、《翼斋公遗诗文》二卷、《翼斋公行状》一卷、(校刊)《西霞文钞》二卷、《游记诗》、(分纂)《御制全史诗注》六十四卷、《程春庐弥斋诗存》四卷、《联吟集》二卷、《退庵题笔》;尚有一种《二思堂丛书》,据光绪元年(1875)福州梁氏藏板总目录,仅五十一卷①。

陈寿祺《藤花吟馆诗钞跋》引翁方纲评价梁章钜之诗:"覃溪学士之序茝邻按察诗曰'不名一家而能奄有众家之美',曰'沉着按切,一时才隽莫能近',数言足以尽茝邻矣。同时诸公所以交口称茝邻者甚至,然莫如覃溪之简而尽,余虽欲赘一词,卒无以加之也。"②翁方纲之序即沈津《翁方纲年谱》中的《藤花吟馆诗钞题词》③,梁章钜《退庵诗存》卷首《题词》首篇④,事在嘉庆二十二年丁丑(1817)中秋日。所谓陈寿祺《藤花吟馆诗钞跋》亦弁诸《退庵诗存》卷首,文字略有不同⑤,不影响语意。

《清代诗文集汇编》第515册影印梁章钜《退庵诗存》二十五卷,为《藤花吟馆诗钞》十卷、《退庵诗存》十卷(收道光三年癸未至十一年辛卯诗)⑥及晚年所作诗五卷。道光四年甲申(1824),曾燠《〈退庵诗存〉题词》称梁氏之诗"五七古取材奥衍,用笔生健,其选韵虽险而控制自如,则尤非深于韩、苏者不能;近体亦质实不佻,具征功力之纯。"⑦本年郭麐《题词》云:"(《藤花吟馆诗》十卷)其取法也自三谢而下以至苏、黄,罔不有其为言也。驰骋合辟、磔卓排奡、春容和雅、刻饰靓庄,亦罔不极其致。原本人纪,推究物化,稽取经史,商榷篆籀,博而不杂,深而不窒。"⑧陈若霖为梁章钜《藤花吟馆诗钞》题词:"余读未出山诸作,蓄之也厚,造之也深;都门唱和,沉博绝丽,日大以肆;襜帷所至,既得行其所学,而忧勤恻怛之意盎乎篇什。是其学足以博综古今,才足以经纬本末,而又广以贤豪之交,畅以山川之助,凡胸中之所蕴,志之所寄,宦迹之所历,政事之所展布,自然流露,溢为咏吟,如籁鸣空,如风行水,不名一长而各擅其美。"⑨吴县吴慈鹤题词称"公有《藤花吟馆诗钞》十卷,一以杜、韩为宗主,而出入于唐宋诸大家,以成为公之诗。理实而气空,才大而心细,不故蹈钩章棘句之习,亦不必为缥缈恍惚之辞……以为有箨石(钱载)、覃溪(翁方纲)两先生之典博,而通达浏亮公实过之。盖雄于诗而不独雄于诗,所以施之政事,罄无不宜。"⑩以杜、白、韩、苏期许梁章钜⑪。道光十二年(1832),梁章钜同年、唱和诗友吴廷琛题词:"茝林才大而学赡,于经史百家之言无所不究。览其诗也,陶冶群籍而杼轴予怀,奄有众美而不名一家。时而为啴谐和易之音,则垂绅正笏、佩玉锵鸣不足形其春容而庄雅也;时而为发扬蹈厉之作,则鲸鱼掣海、威凤昂霄不足形其瑰玮而腾踔也;时而为曼衍奇恣之观,则风雨雷霆交发并至、龙蛇虎豹变现出没不足形其震荡而翕辟也。其间次韵叠韵,更唱迭奏,则八音繁会,异曲同工,又如天孙云锦,绝无裁缝针线之迹……其言为有用之言,即其诗为有用之诗也。若其精鉴密识,考证金石,品题翰墨,又察物之余绪,好古之极思已。……《藤花吟馆诗》中时有镵刻峭厉之作,年来所处不同而诗境亦

---

① 民国《福建通志》总卷二十五,《福建艺文志》卷七十六,第五、六页,引陈衍《石遗室书录》。
② 陈寿祺《左海文集》卷七,《清代诗文集汇编》第499册,影印第331页。
③ 沈津《翁方纲年谱》,第483页。
④ 梁章钜《退庵诗存》卷首,《题词》,《清代诗文集汇编》第515册影印道光刻本,影印第21页。
⑤ 同上注,影印第24页。所引文字中"茝邻"作"茝林","按察"作"廉使","莫能近"作"莫能数言足以尽茝林矣"。
⑥ 根据元和吴廷琛《退庵诗存》题词(梁章钜《退庵诗存》卷首,《题词》,影印第26页)的记载。
⑦ 梁章钜《退庵诗存》卷首,《题词》,《清代诗文集汇编》第681册,影印第24页。
⑧ 同上书,影印第22页。
⑨ 同上书,影印第23页。据题词中交代的时间,陈若霖题词当作于道光五年(1825)。
⑩ 同上书,影印第24页。
⑪ 梁章钜《吴巢松侍讲凤巢山樵求是续录序》,《退庵文存》,《清代诗文集汇编》第515册影印清钞本,影印第338页。

为一变，其酝酿深厚与年俱进如此，一日一品集成，更何能量其涯涘哉！”①

中年的梁章钜其诗最得晚年的翁方纲推许，以为众多诗弟子中梁章钜既迥异时流又最笃信其说，“许于侪辈拟传人”②，奄有众家之美，将来更加精进，不可预测③。梁章钜深于韩、苏之诗，其诗歌创作实主宋诗，梁章钜之诗取法广阔，自《诗经》、《离骚》、汉魏古诗④、三谢⑤而至南朝陶潜⑥、唐贺知章、李白、杜甫、韩愈、白居易、李商隐、皇甫湜⑦、韦应物⑧、宋林逋、欧阳修、苏舜钦、王安石、苏轼、苏辙、黄庭坚、陈师道、陆游、金元好问⑨、元管道升、虞集、明王世贞⑩、汤显祖⑪、黄道周、本朝施闰章⑫、吴伟业⑬、王士禛、查礼⑭、黄任⑮等历代诗人广泛涉猎，尤好韩愈、苏轼、陆游、白居易之诗，隐然为同光体诗歌理论和创作实践的先声，这一集成的特征已经初步形成。而至道光十一年(1831)以后，吴廷琛以为梁章钜之诗于经史百家之言无所不究，其诗风格奄有众美而面貌多端，改变了其早年《藤花吟馆诗钞》“鑱刻峭厉”的诗境⑯，而梁章钜之诗关系世用、经世致用的观念则一以贯之，始终未变，这是道光年间时代的变化在诗人诗歌创作中烙下的深刻印记。

梁章钜早年之诗《苦雨》有“重阴常过午，积水易生寒”⑰之句，想落天外；进士登第前后之诗，句式奇崛，如“亲见丹毫点注才，冰衔便许署兰台”⑱的前句。在师从翁方纲之前，梁章钜之诗已用陶渊明、杜甫、李商隐、欧阳修等诗人诗文中典故及句法⑲；《桃笙》⑳用入声韵，用字务奇，“鑱刻峭厉”，他如《退庵诗存》卷三《瑞岩》三首、《九曲舟中书所见》、卷五《渔梁万叶寺》、卷六《癸酉仲冬携家北上》其四，《大

① 梁章钜《退庵诗存》卷首，《题词》，《清代诗文集汇编》第681册，影印第26页。

② 梁章钜《苏斋师以谈诗二律见示谨步原韵》其一，《退庵诗存》卷七，影印第89页。

③ 引文见本书第十三章《嘉庆之前闽人与全国诗坛的关系》第四节《乾嘉间翁方纲与福建学者、诗人的交往》，兹不重复。

④ 梁章钜《滹沱河舟中作》、《过河南府怀齐大北瀛》，《退庵诗存》卷二十五，影印第255页。前诗用《离骚》语，后诗似汉末《古诗十九首》。

⑤ 诗如嘉庆十八年癸酉(1813)所作《严州道中忆〈文选〉任彦昇谢康乐诗句即效其体》(《退庵诗存》卷六，《清代诗文集汇编》第515册，影印第76页)等。

⑥ 诗如《癸酉仲冬携家北上》其十之“出岫云心仍澹定”句(《退庵诗存》卷六，影印第75页)、《三月三日程云芬编修招同吴退旃光禄黄在庵编修胡笛农驾部姚雪逸明经修禊于城西之龙泉寺》第三句“地偏始心远”句(卷七，影印第91页)等。云出岫典另外还用在《姚少师庵》(卷八，影印第100页)、《董琴南斋中消寒咏寒云》(卷九，影印第104页)等。

⑦ 梁章钜《浯溪》诗中注，《退庵诗存》卷二十五，影印第260页。

⑧ 梁章钜《吴红生舍人以壬辰闰重九诗画卷索题即次卷中原韵》诗中注，《退庵诗存》卷二十五，影印第254页。

⑨ 道光十年(1830)冬所作《题孔荃溪方伯绘声琴雅词后》组诗四首(《退庵诗存》卷十八)的命意用语皆摹仿元好问《论诗绝句三十首》。又如《小住浦城祝东岩亲家招同魏和斋太史饮有斐园用题榕阴话别册韵奉谢》诗句“怜余小草偏怀远，羡尔幽兰自发妍”自注化用元好问诗“小草不妨怀远志，幽兰谁为发幽妍”(同书，卷二十四，影印第245页)。

⑩ 梁章钜《摹刻苏子美留别王原叔诗迹于沧浪亭纪事》诗中注引，《退庵诗存》卷十八，影印第189页。

⑪ 梁章钜《寒食日集黄楼笏畊用韩公寒食日出游韵索和》“雨丝风片不关愁”句，《退庵诗存》卷二十一，影印第223页。此诗用韩愈《寒食日出游》诗韵，化用韩愈、陆游诗句。

⑫ 管道升、虞集为元代诗人，梁章钜《退庵诗存》卷七有《管仲姬寄子昂墨竹画卷款作夫君去日竹初栽竹已成林君未来玉貌一衰难再好不如花落又花开仲姬题寄子昂君览》、《苏斋观岱顶秦篆新剔十字》句“嵯峨文字压钟隶，伯生曾跋曹丕碑”自注：“虞伯生题钟繇为曹丕作劝进碑诗云：‘李斯文字更嵯峨’”(影印第91页)分别引管道升、虞集诗句。“李斯文字更嵯峨”系虞集《道园学古录》(文渊阁四库全书本)卷三十《题魏受禅碑》七绝末句。《书施愚山先生遗像卷后》有“瓣香我欲探渊源”(《退庵诗存》卷八，影印第94页)句，说明梁章钜对施闰章之诗亦颇注意。

⑬ 梁章钜《古瓦研斋所藏国朝书画杂诗》其四首句“江山幻出王郎笔”，《退庵诗存》卷二十三，影印第235页。

⑭ 梁章钜《题长州吴文定公诗稿册后》诗中注：“用查俭堂诗中语意。”《退庵诗存》卷十五，影印第167页。查礼(1716—1783)，字恂叔，号俭堂。

⑮ 梁章钜《叠前韵题黄莘田先生遗像研》，《退庵诗存》卷二十三，影印第242页。

⑯ 吴廷琛《退庵诗存》题词，梁章钜《退庵诗存》卷首，《题词》，影印第26页。

⑰ 梁章钜《退庵诗存》卷二，《清代诗文集汇编》第515册，影印第36页。

⑱ 梁章钜《春榜纪事六首》其三，《退庵诗存》卷二，影印第38页。

⑲ 用陶渊明《归去来兮辞》者如《有感》之“三径具”；类似李商隐诗歌风格者如《乙丑二月入都》八首组诗，缠绵销魂，其二有句“此身原不合离乡”句法与欧阳修《戏答元珍》同，而其四“鸿爪”典故则出苏轼《和子由渑池怀旧》诗；《留别吴六和庭(吴观乐，梁章钜姻亲)》首句“此情可待苦追思”语近李商隐《锦瑟》；《扬子江边清明日作》首句“梦回何处是乡关”从崔颢《黄鹤楼》化出；《高邮大风》次句“退鹢”用《左传》典故，又有杜甫、苏轼诗歌气象。本注所引诗及句均见《退庵诗存》卷二。

⑳ 梁章钜《退庵诗存》卷二，《清代诗文集汇编》第515册，影印第44页。

雪渡仙霞关》等诗,俱与韩愈诗歌同调。登第前后所作诗,亦能见心地、心性澄净,登第前所作如《苏岭次壁间韵》"坐看云欲流"、"尘心一扫尽,林鸟若相留"[①]等句;释褐后所作,如主浦城南浦书院游武夷山时诗《水帘洞》"长风中容与"、"喧寂不自主"、"一心汇声光,万状析条缕"、"武彝见肺腑"[②]等句,明心见性,品地甚高。嘉庆十八年癸酉(1813),梁章钜人都途中经过漕运总督阮元淮安衙署,作《芸台先生廨中观四明本华岳碑》[③],既富才情,且句式奇崛,又述华岳碑辗转多手及四明本、华阴本、双钩本等不同拓本和印本,呈现学人之诗的面貌。

嘉庆二十年乙亥(1815),梁章钜师从翁方纲之后,借助翁方纲数十年来在文坛形成的声望和学术资源,"师门独许拓眼福,翰墨缘兼金石契"[④],其学殖和诗学俱得以精进。广泛参与京师师弟、诗友之间雅集,风流俊赏,聚朋观书画册、金石器物拓本,观摩诗册,研究施顾注苏诗;雅好辞章,模拟、步韵苏轼诗歌,摹仿宋代翰林诗酒和学术活动。其诗歌创作明显善用宋人句及宋典,逞诗才与学问,学人之诗的特征显著:《翁覃溪先生招饮苏斋观苏文忠公天际乌云墨迹》诗事、用典均与苏轼关系密切[⑤];《三月十六日招杨蓉峰中允叶芷汀侍御达玉圃仪部廖仪卿钰夫王兰谷林少穆四编修李兰卿舍人看花施园索和》其二用杨亿前身典故[⑥];《二十一日逆蠡蓬招同人续集红窗小舫叠前韵谢之》其二自注用张先"还丹欲问仆仆仙"诗句[⑦];《兰卿既和予施园雅集韵复以长句张之步韵奉答》用陆游《得都下八月书报蒙恩牧叙州》"看花且作拾遗颠"诗句,改作"看花复踵拾遗颠"[⑧];《展上巳日邀云芬子彦同观宋四家天冠山诗画合卷留饮小斋叠前韵》有"吾道须参活脱禅,玄箸超超词滚滚"[⑨],参禅、悟活法是两宋诗人的习语,"超超玄箸"语出《世说新语·言语》;多作叠韵诗[⑩],才力迈往沉雄;《题苏斋新装建武泉范拓本册后》是一片无作者夹注文字的学人诗,叙述在其师翁方纲所赏玩东汉建武泉范拓本,广泛涉及朱彝尊创泉范题辞及建武泉的器物尺寸、款识、形制、学者订讹、职官、朝代、用途等[⑪]方面内容,掉转自如;《除夕和苏集中馈岁别岁守岁三诗韵》、《春雪戏学禁体用苏集聚星堂韵》俱为和苏之作,有"差胜喜岂嫌来迟,果有补何嫌去瞥"[⑫]之句,对仗工整却有奇气;道光六年(1826)夏,时任山东按察使的梁章钜在济南作《长夏雨中武骏亭中丞招饮珍珠泉以诗督和同巢松学使步韵》七言古体长诗,想象奇特,造景奇丽丰富,形成"伏暑如深秋"的坐忘通感,全诗押入声"药"部韵,首句尾字"乐"入韵[⑬],此诗与本年所作《陈心畲中丞属题揭钵图》[⑭]堪称梁氏诗作中才力兼具的典型之作。道光十二年(1832),杨庆琛盛赞梁章钜的文学创作,有诗句云"先生之才今韩、苏,淋漓墨汁濡金壶"[⑮],是对时年五十八岁的梁章钜其大半生文学

---

① 梁章钜《退庵诗存》卷二,影印第37页。

② 梁章钜《退庵诗存》卷三,影印第51页。

③ 梁章钜《退庵诗存》卷六,影印第80-81页。

④ 梁章钜《谒苏斋遍观所藏汉碑旧拓本同荃溪作》,《退庵诗存》卷八,影印第94-95页。

⑤ 梁章钜《退庵诗存》卷七,影印第84页。

⑥ 梁章钜《退庵诗存》卷七,影印第85页。

⑦ 同上注。

⑧ 梁章钜《退庵诗存》卷七,影印第86页。

⑨ 梁章钜《退庵诗存》卷七,影印第92页。

⑩ 如《三月十六日招杨蓉峰中允叶芷汀侍御达玉圃仪部廖仪卿钰夫王兰谷林少穆四编修李兰卿舍人看花施园索和》七言律诗组诗二首,其一平起首句用"忙"字,次句用"芳"字(首联用韵),全诗韵字属于平水韵部中上平声"七阳"部;其二平起首句用"年"字,次句用"颠"字,全诗韵字属于下平声"一先"部。梁章钜和诗友连续唱和,有《二十一日逆蠡蓬招同人续集红窗小舫叠前韵谢之》组诗、《二十七日王月船孝廉招游崇效法源寺再叠施园韵索和》组诗、《月船和诗未至倒叠前韵以速之》组诗计三组六首七律,在叠韵、倒叠韵步韵诗的创作同时,还用"一先"部诗韵创作七言古诗,如《兰卿既和予施园雅集韵复以长句张之步韵奉答》长诗、《芷汀招游崇效寺为饯春之会叠前韵奉答》长诗、《四月初三夜饮兰卿斋中三叠前韵》长诗,才力惊人。诗俱在《退庵诗存》卷七。

⑪ 梁章钜《退庵诗存》卷七,影印第88页。典型者又如同卷《苏斋观苏诗施顾注宋椠本》,神理具备,行止自然,毫无窒塞之感,而"宋商邱特称好事,邵青门乃所见偏"、"赵右史本或来会,范至能愿谁当肩"等似运散文笔法,句式变化出乎意料。散文笔法又如同卷《绛山铭》中"徐骑省得之晚学,果否信宿书门限"(影印第90页)句等。

⑫ 梁章钜《退庵诗存》卷七,影印第89-90页。

⑬ 梁章钜《退庵诗存》卷十二,影印第131页。

⑭ 梁章钜《退庵诗存》卷十二,影印第134页。

⑮ 杨庆琛《莅林方伯嘱题仿禹鸿胪卜居图》,《绛雪山房诗钞》卷十,《清代诗文集汇编》第542册,影印第435页。

创作的总结。

观察梁章钜的诗歌创作,尤其要注意到学术活动在其诗歌创作中的作用。学术活动固然是清代乾嘉学术兴起之后诗歌的必然反映对象,“己未(嘉庆四年,1799)同年多专精汉学者,君(苏兆登)持汉宋之平”①,汉学亦成为梁章钜诗歌创作的重要题材。登进士第后的十余年间(1802—1813),梁章钜从翰林院散馆为礼部主事,久不升迁,自喻为“鲇上竹”,“行藏如冷暖,自审当已熟”②,远离政治中心,却趁此时间博极群书,“功名轻万里,志向尚千秋”③,学问因此精进;嘉庆十八年(1813)入都之后,梁章钜声誉渐起,又入翁方纲门墙,师从翁方纲学诗,两代诗人在此时方正式形成师弟衣钵传承的关系,梁章钜因此得到翁方纲等前辈的培养,受到翁氏门人圈子的的熏陶,眼界和学问因此阔大,“我生癖铅椠,所至勤搜罗”④是其一生的写照,淡泊雅致⑤是其一生的风度。从具体的文献来看,大概《退庵诗存》卷六之后,梁章钜诗歌创作中的学问气息、学人气象愈加浓烈,经、史、子、集及佛经、道藏诸部⑥、碑刻文字⑦均可资以入诗,文字愈加奇崛,甚至晦涩,句式多变,精工切对,这一趋势有增无减。

中年以后,梁章钜以诗与诗序(或记)结合的方式,改变诗歌正文诗句下夹注的格式,形成诗句下自注和诗题下自作序两种创作模式。在诗序中记载其学术流变、传播及考据、辨正、订讹的过程,在诗正文中简要及之,形成诗序长于正文,诗序与正文各司其职、各得其所的整齐形式,这是梁章钜在道光间的学人之诗创作的特征。如道光十年(1830)所作《书李龙眠白描罗汉卷后》诗。其诗序几 700 字,原刻二大叶,叙李龙眠所作罗汉像的用纸、14 佛像数量、佛像座次及前人所作 16 佛像、18 佛像的数量异同,以“佛之为教,神通显示,圆满充实,千百亿身只是一身”释之,再叙该卷历朝收藏的历史⑧。此类诗又如《退庵诗存》卷十五《焦山还带诗并记》、卷十八《虎邱古鼎歌》、卷十九《蜀石经左氏传残本册》、《题林吉人焦山鼎铭册》诗等。《退庵诗存》卷二十二以《古瓦研斋所藏历代书画杂诗》为题,作组诗 95 首,构成单独一卷,组诗以七绝题论书画,笔力雄赡,畅论梁氏所藏历代书画,每首下均有自注语,广征博引,学殖深厚⑨。以其自作诗句譬况之,梁章钜一生的诗歌创作历程正是所谓“苍茫伫极观,精进敢停屦?谁知卓阔境,更在烟云杪”⑩,愈晚所作愈造精深、阔大、变动。

从《退庵诗存》二十五卷的诗歌创作现象看,梁章钜的诗歌从卷十六《李兰卿太守寄示智诚洞碑拓本》、《文绮园榷使观瀑小照》、《焦山还带歌》等诗到卷十七《书李龙眠白描罗汉卷后》、《黔西州牧吴兰

---

① 梁章钜《军机章京以论政为宜而五人者独喜谈艺珥笔之暇辄相与往复喧辨不休旁观多窃议之因戏为枢直五君咏聊代解嘲云·苏朴园农部》诗中注,《退庵诗存》卷九,影印第 108 页。苏兆登(1768—1847,号朴园)系嘉庆四年(1799)己未科榜眼。

② 梁章钜《送顾南雅出京》,《退庵诗存》卷九,影印第 103 页。

③ 梁章钜《江心葵邑侯由滇运铜入都差竣假旋福州诗以送之》其一,《退庵诗存》卷九,影印第 103 页。

④ 梁章钜《戊寅四月十三日初直军机处》,《退庵诗存》卷九,影印第 105 页。

⑤ 梁章钜《河山杂诗》“我本淡泊人,喜值清明会”句,《退庵诗存》卷十,影印第 121 页。道光三年(1823)作于江南淮海河务兵备道(驻清江浦)任上。又,《阻雨众兴行馆熊益堂郡丞款留甚殷出旧藏莱花画幅索题即步幅中原韵》其三有句云“仅堪淡泊明吾志,那有清真似此花”(卷十一,影印第 128 页)。道光六年(1826)作。道光六年(1826)所作《宦游》:“宦游易华发,劳尘侵客衣。薄雪有余涧,斜阳多远晖。虾菜市声迴,鹊华烟气微。但闻天末雁,一一东南飞。”(《退庵诗存》卷十二,影印第 136 页)此诗稍后其所作《连日卸藩臬两篆有作》,可见梁章钜倦于官场、保全逸趣、泉石远志的宦情。晚年为妻所作《清河郑夫人行略》云“余宦情素淡”(《退庵文存》,《清代诗文集汇编》第 515 册,影印第 381 页),殆为实情。

⑥ 佛经、道藏典故俱有者如嘉庆二十三年(1818)季冬(已入 1819)所作《题苏斋壁上太白少陵二像合轴》二首中“金鸡”、“香象”、“瑶草”、“青精”(《退庵诗存》卷八,影印第 102 页)。梁章钜精通佛学,晚好禅悦。道光十五年(1835),六十一岁的梁章钜作《病卧扬州长生庵即事》组诗,其一“万虑都空万象澄”句,其三“形影神偏赠答忙,非因非想杳难详”句,其七“但言过去浑忘却,揽镜谁知失故吾”句(《退庵诗存》卷二十四,影印第 250-251 页),又如《病后观黄晓山明经于清和道人对弈皆广陵高手也作诗示逢辰映辰》“藉彼活泼机,涤我胸虑滓。无忘又无助,神行官自止”(同卷,影印第 251 页)等都是典型。

⑦ 《新春赴徒阳运河勘工夜出浒墅关作》其二“每际腊正勤畚锸”,自注:“‘腊正之际’语出张迁碑。”(《退庵诗存》卷十五,影印第 158 页)又如《李兰卿太守寄示智诚洞碑拓本》句:“推锋陷阵阒墙讼”、“穿窬绝患沟洫利”二句,皆有自注:“碑中语。”(《退庵诗存》卷十五,影印第 163 页)

⑧ 梁章钜《退庵诗存》卷十七,影印第 179-180 页。

⑨ 梁章钜《退庵诗存》卷二十二,影印第 226-235 页。卷二十三尚有《古瓦研斋所藏国朝书画杂诗》三十五首(影印第 235-238 页),几乎半卷。合计卷二十二、二十三,梁章钜所撰论历代书画诗共 130 首,作于道光十四年(1834)。

⑩ 梁章钜《上戒坛登千佛阁》,《退庵诗存》卷八,影印第 100 页。

雪挐眷过苏赋此识别》、《富海帆中丞举杯邀月画卷》等诗之间变量较大。我们观察到梁章钜的才情和学力之间此消彼长的变化，这个时间在道光九年、十年之间(1829—1830)，即梁章钜55～56岁之时，道光十年之后也有部分杰出才情之诗，如卷十八《渔洋山人禅悦图》、《王香湖以久雨望晴七律索和步原韵》、《张芥航河帅得汉铜鼓送焦山寺属同作诗》等，但总体上逊色良多[①]，其诗自谓"微吟或未免，渐觉不如昨"[②]。这两卷之诗分别创作于道光九年、十年，显示了中年梁章钜创作才情的消退和学问的增长，基本上显示了梁章钜诗歌创作面貌的转变。

嘉庆十七年(1812)，梁章钜在《九月十九日郑松谷睫巢书屋第二集》诗中描述了自北宋以来闽诗的历史，提出他的诗歌理论："由来此事须多师，力扶质干删繁枝。不缘温厚固无本，徒恃性灵亦易衰。读万卷书行万里，了不关诗诗在此。求其合处又难言，我心知之力则靡。"[③]梁章钜对于历代闽诗的创作及其理论具有清晰的认识。在藤花吟馆诗社诸友中，社中祭酒陈登龙"简斋诗老眼如电，导我源流赅正变"；梁章钜许陈氏以诗中疏凿手，能知诗歌创作正变，社中诗人游光绎"豸山先生律更严，相期直与曹、刘战"，知藤花吟馆诗社志向远大，故知藤花吟馆诗社的诗人们以当代闽诗创作的预流自任，认定从宗唐转换到学习、模拟宋诗，拓展到研习历代诗歌的转向是闽诗发展的方向。藤花吟馆诗社的诗歌理论与诗歌实践相辅相成，相得益彰。虽然由于梁章钜及社中人为生计、仕宦之故陆续离开福州，奔波四方，诗社的文酒活动仅两年(1812—1813)即告消歇，但是意义重大，其诗歌理论中的"多师"、"扶质干"、"删繁枝"，以温厚为本，批判性灵，"读万卷书"重学问，"行万里"重实践等观点和创作实践实际上是后来同光体闽派诗人的先声。将梁章钜嘉庆二十年乙亥(1815)师翁方纲之后所作诗和晚清、民国间同光体重要诗人陈宝琛(1848—1935)《沧趣楼诗集》作一比较，凡所陈宝琛的诗歌创作技法如叠韵、倒叠韵等基本上已在梁章钜的诗歌创作中出现，"返生香岂人间有"[④]句式，梁章钜"差胜喜岂嫌来迟，果有补何嫌去瞥"[⑤]有之，梁章钜及其诗应当是陈宝琛诗歌创作追摹的重要对象。清代中后期福建诗歌理论和创作实践私淑传承的现象，从嘉庆、道光两朝往下递伸到咸丰、光绪、宣统三朝乃至民国间，一直存在，形成闽中诗歌创作与传承的清晰脉络。

梁章钜家族多闺秀作者。梁氏子孙世代簪缨，科举上极为成功。从梁上治至梁继曾前后五代，梁氏业儒有成，多取功名。从整个清代来看，自梁继曾中举之后迄清亡，梁氏科举事业逐渐衰落。

## No.401　永福余潜士家族

余潜士：《余潜士全集》(厦门大学出版社2011年版)、《困学迩言初编续编三编》、《居官臆测》一卷、《教学编》一卷、《北行杂录》一卷、《畊邨姑留稿》六卷、《北行草》、《北行杂咏》(一题《北游杂咏》)一卷、《北行续咏》(一题《北游续咏》)一卷、《困学迩言》一卷、《自鸣集》二卷(咸丰二年务本堂耕村全集[⑥]本)、《养蒙故事》(民国《福建通志·福建艺文志》卷四十二作二卷)、《冶南古学课钞》、《耕村姑留诗文稿》共若干卷(民国《福建通志》总卷四十，《福建儒行传》卷五，余潜士本传)、《举业汲绠》(稿本)、《礼记揭要》(稿本)、《务本堂书目》(《余潜士全集》附录《永泰樟坂余氏略谱》)、《时文稿》(余潜士《时文稿自序》)、《姑留诗文稿》(丁汝恭《(余潜士)本传》)

张瑞贞(余善妻)：《瑞贞吟草》(张瑞贞《祭公爹余潜士夫子文》)

---

① 梁章钜晚年之诗《退庵诗续存》八卷，道光二十四年刻本，《续修四库提要》著录(柯愈春《清人诗文集总目提要》，第1094页)，未寓目。

② 梁章钜《东岩招游梦笔山饮于等觉寺》其三，《退庵诗存》卷二十，影印第212页。作于道光十二年(1832)。

③ 梁章钜《退庵诗存》卷五，影印第69页。

④ 陈宝琛《次逊敏斋主人落花四首》其三，《沧趣楼诗集》卷八，《沧趣楼诗文集》上册，第180页。

⑤ 梁章钜《春雪戏学禁体用苏集聚星堂韵》，《退庵诗存》卷七，影印第90页。

⑥ 柯愈春《清人诗文集总目提要》著录《耕村全集》十卷，咸丰二年务本堂刻本，福建省图书馆藏。内分《耕村姑留草》六卷、《自鸣集》二卷、《北游草》一卷、《北游续咏》一卷。国家图书馆藏《耕村姑留草》六卷(第1160页)。

**谨按：**余氏本永福县西山辅弼乡（今永泰县同安镇樟坂村）人，后移居福州郡城内宫巷。余潜士（1784—1851[①]），字时缵，号耕村，自称高盖山人。曾祖余邦玑，祖余登龙，父余而羲，嗣父余而遂[②]。胞伯余而炳、余而遂、余而送、余而昂，胞兄余时鉴，胞弟余时玥，胞侄余洙、余煇、余昆、余垚等。余潜士尝从陈庚焕受业，潜研宋五子之书，专精朱子学。宁化吴贤湘扬之于总督汪志伊（稼门），汪令肄业鳌峰书院。道光五年乙酉（1825），学政沈维鐈（鼎甫）问士于鳌峰山长陈寿祺，首拔贡成均。道光二十三年癸卯（1843）举人中式，年六十。余潜士与将乐梁杉、邵武张冕、闽县何则贤等学者交善。张娴熟地理、历法，兼长经济，梁湛深宋明儒书，何文追东汉，好为济人事，而余潜士规矩小学，平生治小学和程朱理学[③]。

余潜士曾参加陈庚焕等人组织的讲学会，长期在福州魏氏寿泉精舍授徒自给。咸丰元年（1851）朝廷特赐予进士，而余潜士已卒，年六十八。丁汝恭作《余潜士本传》，陈宗英撰传略，魏敬中撰事实。

张瑞贞（1809—1897）系余潜士嗣子余善（1809—1870。字习简，本余时玥第五子）妻。张氏自幼在余家成长，受余潜士养育，长博通经史，能为女师。在余潜士身后编纂其遗著，刊行《耕村全集》[④]。自撰有《瑞贞吟草》[⑤]。

## No. 402　侯官李鸿瑞家族

李鸿瑞：《治春秋三礼学》、《两汉循吏补遗》、《校官碑考》一卷、《三江指掌图》、《川沙志略》、《吴中田赋考》、《三吴水利书》、《素兰唱和集》、《扶荔山房诗集》（同治刊本《福建通志》卷六十八）、《谕民诗》三十章、《诗集》十余卷（民国《福建通志》总卷三十六，《福建循吏传》卷十二，李鸿瑞本传）

李彦彬：《心太平室诗文抄》三卷（传抄本，福建师范大学图书馆藏）、《榕亭诗文抄》十五卷（据稿本传抄十三册：《榕亭文集》四卷、《荔庄吟草》一卷、《行云杂咏》一卷、《吴门吟草》一卷、《燕游吟草》一卷、《归燕吟草》一卷、《虹月船吟草》一卷、《窥杜窗诗草》一卷、《永慕轩诗草》一卷、《还朝集》一卷，仅十三卷）（《福建地方文献及闽人著述综录》）、《文字窗集》、《补藤簃集》、《昌其志斋集》（同治刊本《福建通志》卷六十八）、《玉堂清课》、《兰亭年谱》、《山谷年谱》、《榕亭诗文集》（民国《闽侯县志》卷六十九本传）、（林昌彝校订）《榕亭诗钞》（林昌彝《射鹰楼诗话》卷七）、《榕亭诗钞》四册不分卷、《榕亭文钞诗钞词钞》十七册无卷数（民国《福建通志》总卷二十五，《福建艺文志》卷六十六）、《榕亭诗钞》十四卷（清钞本，福建省图书馆藏。分《荔庄吟草》一卷、《行云吟草》一卷、《燕游吟草》一卷、《都门吟草》三卷、《窥杜吟草》一卷、《永慕轩吟草》二卷、《还朝集》一卷、《吴门吟草》一卷、《归燕吟草》一卷、《虹月船吟草》二卷）、《榕亭诗词文钞》十七卷（清钞本，福建省图书馆藏）、《心太平室文存》不分卷（清钞本，福建省图书馆藏）、《榕亭文钞》四卷（钞本，福建省图书馆藏）（柯愈春《清人诗文集总目提要》第1269页）、《榕亭诗词文钞》十七卷（清钞本，福建省图书馆藏。李灵年等《清人别集总目》第807页）

李彦章：《润经堂自治官书》六卷（道光九年刻本）、《榕园识字编》一卷（榕园全集本）、《赐题薇垣归娶图》（嘉庆间稿本）、《榕园文钞》六卷、《诗钞》十六卷（道光二年刻《榕园全集》本，《福建地方文献及闽

---

① 按：一说余潜士的生卒年为1786-1854。据《道光乙酉拔贡齿录》余潜士履历，余潜士出生于乾隆四十九年甲辰（1784）七月十一日；据张瑞贞所撰《祭公爹余潜士夫子文》中"维咸丰元年岁次辛亥仲秋之月二日壬子，公爹永阳余潜士先生撒手人寰，永登仙籍"语，余潜士卒于咸丰元年辛亥（1851）。

② 陈庚焕《永福余而遂七十寿序》，《惕园遗稿》卷十二，附《余潜士全集》第288-289页。按：余潜士本人的说法是"伯兄既以长继长，潜士仍为先考后"，以季弟为二伯父余而遂嗣（《伯父济川府君行实》，《余潜士全集》，第217页）。

③ 丁汝恭《（余潜士）传》，《余潜士全集》，第4页。按：陈衍以为余潜士"喜据伪《古文尚书》及伪孔传"（民国《福建通志·福建艺文志》卷六十六，第二十页，引《石遗室书录》），是其病处。

④ 按：《耕村全集》一名《耕村先生全集》（张瑞贞《自述》，《余潜士全集》第280页）。《耕村全集》十五卷，咸丰二年（1852）务本堂刻本，包括《教学编》一卷、《困学迩言》三卷、《居官臆测》一卷、《姑留稿》六卷、《自鸣集》二卷、《北游杂咏》一卷、《北游续咏》一卷。

⑤ 请参看福州市林则徐纪念馆《榕城故事永泰女师张瑞贞》、卢美松《晚清闽中理学宗师余潜士》（载《福州晚报》2015年11月21日第A16版）二文。

人著述综录》)、《榕园学矩》、《榕园辨韵编》、《江南劝种早稻说》、《江南劝种再熟稻说》、(修)《思恩府志》、《刘河志》、《练湖志》、《三十六湖志》、《焦山志》、《芍药志》、《苏亭小志》、(编)《江南催耕课稻编》(民国《福建通志·福建艺文志》卷四十五作一卷)、《榕园诗钞》、《榕城楹贴》(同治刊本《福建通志》卷六十八)、《思恩府新建书院义学事宜》、《新编保甲事宜》、《榕园楹帖》、《榕园证词》、《思江谂别诗存》、《荷花生日词》、《思田方言》(同治刊本《福建通志》卷六十八一作《思恩方言》)、《思田草木状》、《西邕讲授》、《江淮文选》、《扬州水利书》、《镇江水利书》、《扬关志》、《增辑历朝艺文》、《韩忠文献公年谱》(民国《闽侯县志》卷六十九本传)、(编)《石斋唱和集》、《小红桥唱和集》、《桃花庵唱和集》、《蜀冈登高唱和集》、《三十六湖楼唱和集》、《载酒堂唱和集》、《补柳亭唱和集》、《四并美堂唱和初二集》、(刻)《德政录》、(刻)《复初斋文集》三十五卷、(刻)《紫蝴蝶花馆诗存》等(民国《福建通志》总卷三十四,《福建列传(清七)》卷三十八本传)、(刻)《蒹葭草堂集》(民国《福建通志》总卷四十五,《福建列女传》李蕊馨本传)、《四并堂唱和集》、《岚猗诗屋唱和集》、《补柳亭唱和集》、《载酒堂唱和集》、《小红桥唱和集》、《桃花庵唱和集》、《双石斋唱和集》、《四并堂唱和第二集》(同治刊本《福建通志》卷六十八《榕园诗钞》按)、《榕园全集》六种十九册(道光二十二年李以烜刻本,福建省图书馆藏。即《榕园文钞》、《榕园诗钞》、《榕园楹帖》、《润经堂自治官书》、《江南催耕课稻编》、《榕园识字编》)、《粤西文稿》(陈寿祺《左海文集》卷八《榕园修禊图记》)、《榕园全集》二十八卷[①](道光二十六年刻本,国家图书馆藏。柯愈春《清人诗文集总目提要》第1296页)、《菰庐诗草》不分卷(稿本,中国科学院图书馆藏)、《双石斋诗草》(刻本,广东图书馆藏)、《榕园文钞》无卷数(道光十二年刻本,福建省图书馆等处藏)、《榕园文钞》一卷《诗钞》一卷《附录》一卷(道光刻本,南京图书馆藏)、《载酒堂集》二卷(清刻本,南京图书馆藏)、《榕园文钞》一卷《楹帖》一卷《灯事附钞》一卷《庆江楹帖》一卷(道光刻本,北京大学图书馆藏)、《江山文选楼集》(道光十三年刻本,广东图书馆藏)(李灵年等《清人别集总目》第807页)

李氏:《李氏家谱》(民国《福建通志》总卷三十四,《福建列传(清七)》卷三十八,李彦彬传注)

李蕊馨(李彦章从妹):《霜筠轩诗草》、《篝灯课读草》(民国《福建通志》总卷四十五,《福建列女传》卷六,李蕊馨本传)

李镜林:《小蒹葭山庄诗草》(民国《福建通志》总卷四十五,《福建列女传》卷六,李镜林本传)

**谨按**:今人李孔诚撰有《解开仓山凤高村巨型神道碑之谜》,载《福州晚报》2014年4月27日A17版《三坊七巷》专栏。李孔诚十世祖李其蒙(1647—1721),号育斋,祖籍福清北垞村,明末已经迁居会城观贤里,但其家业仍在福清。

李其蒙长子李德纯的后裔从乾隆五十一年(1786)至嘉庆二十三年(1818)间,七人登第;据《清代硃卷集成》第三四〇册光绪二十年甲午(1894)举人刘敬的履历,其祖母李氏外家中乾隆五十一年丙午(1786)举人李鸿诗、嘉庆三年戊午(1798)举人李鸿瑞、李鸿钧、十二年丁卯(1807)举人李鸿珍、道光四年甲申(1824)举人李彦俊、嘉庆十八年癸酉(1813)举人李彦昭、道光三年癸未(1823)进士李彦彬、李彦章、咸丰九年己未(1859)李吉士[②],这份履历中李氏诸人基本上均出仕为官,家族实力不俗,其中以李其蒙六世孙李彦彬、李彦章兄弟最为杰出,称"殿阁联珂"。

侯官李鸿瑞(?—1818),字道昇,号砚云,一作研云[③],李开楚(?—1813)[④]、林芳蕤之子。唐成国

---

① 柯愈春《清人诗文集总目提要》著录此集,分《榕园文钞》六卷、《诗钞》十二卷、《润经堂自治官书》六卷,《诗钞》十二卷分《槐忙吟草》、《归槎杂咏》、《都门旧草》、《榕园诗钞》、《江山文选楼集》、《恋春园诗草》、《出山小草》、《双石斋诗草》、《载酒堂集》诸集,别有光绪二十年刻本(第1296页)。

② 《清代硃卷集成》第三四〇册,影印第4-5页。按:李氏家族有功名,出仕为官者尚有李季聪二子。民国《福建通志·福建列女传》张月娥传,山东人、骑都尉张某(字南溪)之女张月娥适李彦彬弟之子李季聪,有二子(李世新、李世中)一女(李淑贞)。李世新,光绪二十八年壬寅(1902)举于乡;李世中,供职都中(原第二十四页)。

③ 梁章钜《为兰卿观察题其尊甫李研云邑侯南武奉祠图卷》,《退庵诗存》卷二十四,《清代诗文集汇编》第515册,影印第249页。

④ 按:林则徐于嘉庆十八年八月初十接到福州来信,云李兰卿(李彦章)之祖仙逝(《林则徐全集》第九册,第26页)。

公李椅之裔。师林茂春及舅氏林乔荫、林澍蕃，为学使朱筠所知，以为精许、郑之学。嘉庆三年戊午(1798)举人，初官高淳知县。家有春晖草庐，系林芳蒹葭草堂故址，在福州城西罗汉洋，先后为明曹学佺、清林侗、林佶兄弟别业，其子李彦章增构石画园[①]。李鸿瑞传见同治刊本《福建通志·良吏传》、民国《闽侯县志·循吏传》、民国《福建通志·福建循吏传》卷十二。子李彦彬、李彦章。

李彦彬(1792—1837)，字则雅，又字兰屏，号苏楼。嘉庆十五年庚午(1810)福建乡试举人中式，与叶敏昌、何尊联等同年；道光三年癸未(1823)成进士，与何大经、林士傅、林彭年、王有树同年，林则徐之友。传附同治刊本《福建通志·良吏传》李彦章传。民国《闽侯县志》李彦彬传："唐成公(李)椅之裔。……道光癸未(三年，1823)成进士。选庶常，充武英殿纂修，改官刑部……母陈氏卒于京邸，奉榇南旋，于西园荔水庄[②]之东构春晖草庐，以安灵寝。……乙卯[③]服阕，将还朝，会岁荒谷踊，民大哗变，彦彬出见当路，请下令发仓谷以安民心，民之哄者始结散去。……(刑部)部中章奏各稿多出其手。好金石字画，收藏亦夥。卒于道光丁酉(十七年，1837)年，春秋仅四十有六。所著有《玉堂清课》、《兰亭年谱》、《山谷年谱》、《榕亭诗文集》。"[④]李彦彬年十二，与弟李彦章摹写《东坡笠屐图》，用苏过(字叔党，号小坡)《小斜川集》中韵各赋诗五首，作东坡生日，兄弟皆早慧而才。李彦彬卒时尚有日记、杂著，多散佚不全。李彦彬身后潦倒，"其状况如此之艰。兰卿(李彦章)身后旧橐颇充，兰屏(李彦彬)何致尔尔?"[⑤]道光二十五年(1845)七月，林则徐《致刘建韶》信云"承教以枢儿完姻不如送出，然李家人少，伴送实难。"[⑥]林则徐三子林拱枢[⑦]娶李彦章之女，彼时李彦章已离世，林则徐正在谪戍哈密，"钦差查勘回疆开垦事宜"[⑧]，双方家境、遭际均不容乐观。

李彦彬之弟李彦章(1794—1836)，字则文、兰卿，号榕园[⑨]。其诗屋号岚漪轩[⑩]，在京师有妙吉祥馆[⑪]，构有石画园、小雪浪斋、焦山墨缘堂等。嘉庆十三年戊辰(1808)举于乡，年十五；十六年辛未(1811)举进士，年仅十八，与林元英、林则徐等同年。以内阁中书用。累官军机章京、内阁侍读、思恩知府、吉安知府(未任)、江苏常镇通海道、权江苏按察使，升山东盐运使，留江苏未任。积劳卒，年四十三。子李宜麟，婿林拱枢、林廷禧等。

举凡南北任所，李彦章均喜讲学，组织、参与文学创作和学术活动。道光五年乙酉(1825)，李彦章简放广西思恩知府[⑫]，筑阳明书院，"又于院中分濂学、洛学、关学、闽学、郑学、许学、古学、词学、选学、诗学为十斋，德性、文艺、经义、史论、道古通今、象舆、仓雅、礼、乐、兵、农、知音读律、水利、算学、金石、

---

① 张际亮《李兰屏比部兰卿太守招饮石画园读画论诗相欢竟日别离之感亦复系之因成七律四首》其一诗后注："园旧为郡西园地，蔡忠惠、曾南丰皆尝有诗，明维王宪长应钟中丞梦雷别业，国初归林同人、吉人，筑荔水庄，与乡先辈结社其中。"(《思伯子堂诗集》卷十二，《清代诗文集汇编》第601册，影印第137页)梁章钜《兰卿既和予施园雅集韵复以长句张之步韵奉答》诗中自注"蒹葭草堂及荔水庄皆西园中胜境"(《退庵诗存》卷七，《清代诗文集汇编》第515册，影印第86页)，嘉庆间西园成为李兰卿家族别业。石画园，一名石画书室，见郑开禧《题石画留人图》题下注(《知守斋诗二集》卷四，《清代诗文集汇编》第560册，影印第83页)。

② 荔水庄本林佶(鹿原)别业，后易数主，民国间改建为沁园。江古怀有《八月十六日集沁园》诗，陈衍《石遗室诗话》卷三十第三十六条引。

③ 按：道光间有乙酉(五年，1825)、乙未(十五年，1835)、辛卯(十一年，1831)，无乙卯年。据民国《福建通志·福建列传》李彦彬传"服阕将还朝"，"入都仍官刑曹，补山东、四川清吏司主事"，"浮沉郎署十有余年"(卷三十八，李彦彬传，第二十八页)语，与其弟李彦章传中"己丑(道光九年，1829)调署浔州府事"，"八月，丁母忧，去官扶柩抵里门"，"服阕之明年，里中谷价大踊"(卷三十八，李彦章传，第三十二页)云云相证，是为道光十一年辛卯(1831)之误。

④ 民国《闽侯县志》卷六十九，李彦彬传，原第十七页，影印第260页。按：乙卯，当作乙未，道光十五年乙未(1835)。

⑤ 林则徐《致郑瑞卿》，《林则徐全集》第七册，第140页。道光十七年四月初五日(1837年5月9日)于武昌。

⑥ 林则徐《林则徐全集》第八册，第58页。

⑦ 按：林拱枢实系林则徐第四子，林则徐殇第二子林秋柏。

⑧ 语出道光二十五年七月十二日(1845年8月14日)《家书》(《林则徐全集》第八册，第52页)。

⑨ 按：同治刊本《福建通志》卷六十九《侯官经籍志》著录《榕园学矩》，注："彦章守思恩日，得城南榕园故址，建阳明书院，祀王文成，因自号'榕园'。"(影印第1400页)

⑩ 民国《福建通志》总卷三十四，《福建列传(清七)》卷三十八，李彦章传，第三十四页。

⑪ 梁章钜《兰卿借苏斋所藏笠屐像及松屏真迹卷为供集同人赋诗赋得二首》其一诗中注，《退庵诗存》卷八，《清代诗文集汇编》第515册，影印第95页。又《兰卿集同人作坡公生日用坡韵题所制雪浪盆铭笺》首句"妙吉祥馆藏腊雪"(同卷，影印第102页)。

⑫ 郑开禧《送李彦章侍读出守思恩》，《知守斋诗二集》卷一，《清代诗文集汇编》第560册，影印第52页。

书画为十六轩，而统于实学、实用二斋。”[①]又尝主讲兴安书院等，兴办义学和书院，修复庆江书院。其所著述诸种，“广西所刻者为《润经堂自治官书》、《思恩府新建书院义学事宜》、《新编保甲事宜》、《榕园文钞》、《榕园诗钞》、《榕园楹帖》、《榕园证词》、《思江謻别诗存》、《荷花生日词》。……手所编纂，有《思恩府志》、《思田方言》、《思田草木状》、《榕园学矩》、《西邕讲授》、《榕园识字编》、《榕园辨韵编》、《刘河志》、《练湖志》、《三十六湖志》、《焦山志》、《芍药志》、《苏亭小志》，皆有成书；未竟者，如《江淮文选》、《扬州水利书》、《镇江水利书》、《扬关志》、《增辑历朝艺文》、《韩忠文献公年谱》。”[②]著述繁富，允为学者。

李彦章藏金石文字数千通，藏书数万卷，其著述量可观，所涉猎的学术领域繁杂，淹通经史，明显受到乾嘉朴学的浸染。同治刊本《福建通志》著录其著作《榕园文钞》六卷，引吴兴叶绍本序。略曰："天才亮特，博学多闻，尤长于考据纪事，征引繁富，规画详明，灏气流行，有汪茫浑涵之概。古今体诗亦穷力追新，雄深雅健，不堕纤靡□嚣之习。夫以兰卿之学识行谊，济物爱民，……道光二十年(庚子，1840)季春。”又光泽高澍然序。略曰："兰卿经世之书，意恳而思周，辞质而气厚，其治古之治，其文亦古之文。君初无意于为文，凡有作，求信于民而已，故名《文钞》。夫求信则诚立，无意于文则嚣矜，远兹所以为古之文与？道光十二年(1832)孟秋。”著录其《榕园诗钞》，引宁德魏敬中序。略曰："先生天才赡逸，意概雄豪，政事文章绰有余裕，固宜风云供其吐纳，珠玉生其咳唾，嗣君以烜女婿张钰尝偕余游，汇《诗草》若干种，征序于余。余犹忆西湖酣宴，东华联踪，循诵遗编，琅然大雅之音，益怅然今昔之感也。道光丙午(二十六年，1846)季春三月。”按：魏敬中与陈寿祺、梁章钜等同时代，卷入道光年间修纂《福建通志》之陈、梁公案。《榕园诗钞》"是集分九集：一《槐忙吟草》，二《归楂杂咏》，三《都门旧草》，四《榕园诗钞》，五《恋春园诗草》，六《出山小草》，七《江山文选楼集》，八《双石斋诗稿》，九《载酒堂集》，外更有《四并堂唱和集》、《岚猗诗屋唱和集》、《补柳亭唱和集》、《载酒堂唱和集》、《小红桥唱和集》、《桃花庵唱和集》、《双石斋唱和集》、《四并堂唱和第二集》别本刊行，附识于此。”[③]陶澍、林则徐序《江南催耕课稻编》，《榕城楹贴》系“道光戊子(八年，1828)榕园著录弟子李馨等联句序庆江书院，弟子姚人鹤等跋。”[④]以叶绍本序所论之“穷力追新，雄深雅健”特征，李彦章之诗似为韩孟诗派和宋诗的面目，深契宋代文人文风。李彦章诗作近体十之八九，古体十一一二，在闽籍作者中，与侯官杨庆琛相伯仲。

李彦章擅词，谢章铤以为“公固不必以词见，而其词则与嘉、道间诸大老可以并驾齐驱。”[⑤]尝在道光七年丁亥(1827)、八年戊子(1828)集榕园修禊填词，又于石画园雅集寄声联句。《闽词征》卷四有传及词。

李彦章入馆阁三年，奉旨归娶[⑥]，公卿士大夫争相图画歌咏以荣其归，成《薇垣归娶图诗》，翁方纲有《薇垣归娶图诗序》详记此事始末。该集有嘉庆二十二年刻本、咸丰九年重刊本。士大夫有杭州汪家禧、邹绅、仁和吴上尊、仁和龚丽正、安陆易本杰、南丰刘斯嵋、长洲谭瑞东、归安卞斌、灵石何炳彝、固始王云锦、谭清长、福申、大姚刘荣黼、宁化谢崧、顺德温承悌、顾时雷、戴延祄、朱达吉、杨勋、郑士杰、宝应朱士彦、汉军正白旗李恩绎、黄梅喻士藩、王培、长乐梁云铣、贺桂龄、芜湖王泽、闽县曾晖春、歙县鲍勋茂、张鸿、泾县胡承珙、光泽龚绶、苏州陈钟麟、潘榞、端木坦、蓬莱辛文沚、广安、江安杨庚、武昌袁绍安、天台汪

---

① 民国《闽侯县志》卷六十九，李彦章传，原第十七、十八页，影印第260页。

② 同上书，原第十九页，影印第261页。

③ 同治刊本《福建通志》卷六十八，影印第1401页。

④ 同治刊本《福建通志》卷六十八，影印第1400页。所引诸序均在本页。按：陈衍《石遗室书录》著录《榕园诗钞》十六卷，分《槐忙吟草》一卷、《归楂杂咏》一卷、《都门旧草》二卷、《榕园诗钞》一卷、《江山文选楼集》一卷、《恋春园诗草》二卷、《出山小草》二卷、《双石斋诗草》一卷、《载酒堂集》二卷，又不署集名诗三卷(民国《福建通志》总卷二十五，《福建艺文志》卷六十六，第十页，引)。

⑤ 谢章铤《赌棋山庄词话》续编卷二。

⑥ 按：《林则徐日记》记载嘉庆十八年(1813)七月十二日事："明日考内阁中书。昨于将考之时，忽有御史傅棠参奏内阁保送人员太多，特旨删减。先前内阁保送三十二人，李兰卿彦章与焉，今删去，只剩八人。兰卿不能与考，甚为可惜。渠留都三年，专候此席，今既画饼，八月初当必归娶矣。”(《林则徐全集》第九册，第24页)八月十二日返闽(同书，第26页)。

霖、山阴朱渌、夏修怒、临川汤储璠、吴县吴俊、常熟杨景仁、虞惠芬、仁和关炳、史评、瓮安宋廷芳、陆尧松、莫焜、连城谢凝道、魏茂林、程德楷、嵩庆、泾县吴芳培、长洲彭希濂、庐演复、张锡谦、汤池胡稷、顺德龙元任、闽县郑鹏程、查讷勤、阳湖龚镗、桐城孙世昌、侯官廖金城、石屏丁运泰、庐万之、黄嘉谟、张有标、南丰雷维霈、吴县董国琛、林轩开、天门罗家彦、吴县吴毓英、湖州凌鸣喈、吴县高翔麟、桐乡蔡銮杨、德清李恩绶、黄中模、南昌徐宝森、平乐何彤然、释道暹、□元瑢、万启昀、昆明倪琇、龙东山,计88人。

民国《闽侯县志》本传称李彦章中进士后,以内阁中书用,"时大兴翁方纲自命主持风雅,后进咸乐从之游,彦章以所学贽,号苏斋入室弟子。复偕谢启昆、吴嵩梁、陈用光、梁章钜、刘嗣绾、顾莼、程恩泽诸先生论文赋诗,昕夕切劘。寻奏派核勘《实录》红本,诣馆校雠,多所厘订。"尝赋《秋雪》四首,都下骚流传观属和,媲诸前辈王士祯《秋柳》之作[①],乡人梁章钜称其诗"清发"似谢朓[②]。李彦章曾参加京师宣南诗社,与程恩泽、林则徐、梁章钜最契[③]。嘉庆十九年甲戌(1814),京师诗人组织宣南诗社(一名消寒诗社),参与者有陶澍、朱珔、胡承珙、李彦章、梁章钜、刘嗣绾、周之琦、林则徐、陈用光等,李彦章是该社重要成员;里居时,组织石画园修禊、桑溪修禊、西湖秋禊文学创作活动;道光十三、十四年间(1833—1834)于苏州组织沧浪亭修禊,十五、十六年(1835—1836)于扬州小红桥修禊。李彦章任官所到之处均大兴文教,与海内作家交流甚繁,"所作诗、古文、四六数千首"[④],惜其年寿不永。

李彦章第三女适同邑、同年林则徐第四子林拱枢(1827—1880),是李、林世交和同年间的联姻。此外,李氏家族曾经与闽县林侗家族、闽县林乔荫家族、闽县螺洲陈氏家族、闽县刘萃奎家族、长乐冯鼎高家族、长乐郑元模家族、长乐林天龄家族联姻[⑤]。

李鸿瑞弟李鸿珍之女李蕊馨,字绛卿。适冯景淮。少工诗,不事雕饰。李氏传见民国《长乐县志·闺秀传》:"名蕊馨,字绛卿,侯官举人鸿珍女。少工诗,不事雕琢。常与从兄庶常彦彬、中翰彦章等相唱和。彦章刻《蒹葭草堂集》,绛卿诗最多。……年十九,景淮卒,代事太姑李、节姑丁尤极孝养。卒年五十有六。所著有《霜筠轩诗草》、《篝灯课读草》。子承基,道光庚戌进士。"[⑥]李蕊馨传又见民国《福建通志》总卷四十五《福建列女传》卷六。冯景淮、李蕊馨之子冯承基,道光三十年庚戌(1850)进士,亦道光、咸丰间作者,请参看长乐冯鼎高家族条。

李彦彬之女李镜林,适儒士王汝钦。有《小蒹葭山庄诗草》[⑦]。

## No.403 闽县陈寿祺家族

陈寿祺:《说文经字考》一卷(小学类编本)、《左海文集》十卷、《左海诗钞》(左海全集本)、《左海文录》二卷(国朝文录续编)、《绛跗草堂诗集》六卷(民国《福建通志》本传题《绛跗堂诗集》六卷,《福建艺文志》卷六十六题《绛跗草堂诗集》六卷,《清史稿》卷四百八十二《儒林传》本传作《绛趺草堂诗集》六卷)、《东观存稿》一卷[⑧]、《洪范五行传》三卷(左海全集本)、《篡喜堂诗稿》一卷(滂喜斋丛书第一函、丛书集成初编)、《陈太史试帖详注》(道光二十六年刻本)、《尚书大传定本》五卷(阮元《隐屏山人陈编修

---

① 民国《闽侯县志》卷六十九,李彦章传,原第十七页,影印第260页。

② 梁章钜《苏斋师以谈诗二律见示谨步原韵》其二"清发先应输小谢"及注,《退庵诗存》卷七,《清代诗文集汇编》第515册,影印第89页。

③ 梁章钜《兰卿叠前韵见示载答其意》其二诗中注,《退庵诗存》卷二十,影印第213页。作于道光十二年(1832)。

④ 民国《闽侯县志》卷六十九,李彦章传,原第十九页,影印第261页。

⑤ 李孔诚《解开仓山凤高村巨型神道碑之谜》,载《福州晚报》2014年4月27日A17版《三坊七巷》专栏。网址:http://mag.fznews.com.cn/shtml/fzwb/20140427/77722.shtml。

⑥ 民国《长乐县志》卷二十九下,《闺秀传》,原第二十七、二十八页,影印第595页。

⑦ 民国《福建通志》总卷四十五,《福建列女传》卷六,李镜林传,原第三十九页。

⑧ 柯愈春《清人诗文集总目提要》著录《左海文集》十卷、《绛跗草堂诗集》六卷、《左海乙集骈体文》二卷、《东观存稿》二卷,编入《左海全集》,统称《左海诗文集》二十卷,国家图书馆藏;别有《左海续集》不分卷,道光八年刻本,存二十七册,中山图书馆藏;《左海拾遗文》一卷,赌棋山庄钞本(第1062页)。所著录《澹静斋文钞》十四卷,龚景瀚著,误系陈寿祺名下。

传》作三卷)、《洪范五行传辑本》三卷(民国《闽侯县志》本传一作六卷)、《齐鲁韩诗说考》(民国《闽侯县志》本传题《鲁齐韩诗说考》三卷)、《礼记郑读考》(民国《闽侯县志》本传作四卷,民国《福建通志·福建文苑传》卷七作六卷)、《欧阳夏侯经说考》(民国《闽侯县志》本传作一卷)、《五经异义疏证》三卷(陈寿祺《左海文集》卷四《答许子锦论经义书》题《驳五经异义考证》三卷)、《左海经辨》四卷(民国《福建通志·福建艺文志》卷十二作三卷,《清儒学案》卷一百二十九《左海学案上·陈先生寿祺》作二卷)、《两汉拾遗》(民国《闽侯县志》本传作二卷)、《东越儒林后传》一卷、《东越文苑后传》一卷、《遂初楼杂记》(民国《福建通志》本传题《遂初楼杂录》二卷,民国《福建通志·福建艺文志》卷五十题《遂初楼杂录》一卷)、《左海文集》十卷、《左海乙集骈体文》[①](民国《福建通志·福建艺文志》卷六十六作二卷,《清儒学案》卷一百二十九《左海学案上·陈先生寿祺》、阮元《隐屏山人陈编修传》题《左海骈体文》二卷)(同治刊本《福建通志》卷六十七)、《左海文集》乙编二卷(《福建地方文献及闽人著述综录》)、(纂)《福建通志》二百七十八卷(同治十年重刊本)、《说文经诂》二卷(民国《闽侯县志》本传)、《东越文苑传》(《桐城文学渊源撰述考·补遗引用书目》)、(修)《海塘志》、(刊)《黄忠端集》六十六卷、(总纂)《(道光)福建通志》四百卷(张天禄《清代福州方志的繁盛》)、《东越儒林文苑后传》二卷、《左海骈体文》二卷(民国《福建通志》总卷三十八,《福建儒林传》卷五,陈寿祺本传)、《尚书大传笺》五卷、《洪范五行传》三卷(民国《福建通志》总卷二十五,《福建艺文志》卷三,《书四》)、《尚书纬抄》一册(民国《福建通志》总卷二十五,《福建艺文志》卷十二)、《福州乌石山石刻》一本(民国《福建通志》总卷二十五,《福建艺文志》卷三十七)、《左海乙集》(《雁门萨氏家谱·雁门萨氏家谱引用各书书目》)、《左海文拾遗》一卷(民国《福建通志》总卷二十五,《福建艺文志》卷六十六)、《春秋左氏礼》、《公羊礼》、《穀梁礼》(林昌彝《陈恭甫先生传》,《林昌彝诗文集》卷十四)、(选)《冶南文选》(陈庆镛《籀经堂类稿》卷十一《蓝水何氏三孝义传序》)、《欧阳夏侯尚书考》、《说文引经考》、《辑别录七略》、《昭代文征》(陈寿祺《左海文集》卷四《答许子锦论经义书》)、《校定伏生大传》、《七纬考正》、《闽诗苑》(《左海文集》卷五《上仪征阮夫子书》)、(覆审、编校)《(邵晋涵)南江诗文钞》(《左海文集》卷七《南江诗文钞序》)、《左海文集》八卷(道光五年写刻本,上海图书馆藏。李灵年等《清人别集总目》第1285页)

陈乔枞:《鲁诗遗说考》六卷叙录一卷(左海续集本。皇清经解续编本一作二十卷,《清儒学案》卷一百三十《左海学案下·陈先生乔枞》一作二十卷,《叙录》一卷)、《齐诗翼氏学疏证》二卷、《齐诗遗说考》四卷叙录一卷(左海续集本。皇清经解续编本一作十二卷,《清儒学案》卷一百三十《左海学案下·陈先生乔枞》一作十二卷,《叙录》一卷)、《韩诗遗说考》五卷叙录一卷附录一卷补遗一卷(左海续集本。皇清经解本一作十七卷,《清儒学案》卷一百三十《左海学案下·陈先生乔枞》一作十八卷,《叙录》一卷,附《韩诗内外传补逸》一卷)、《诗经四家异文考》五卷(谢章铤《赌棋山庄集》文集卷七《左海后人朴园陈先生墓志铭》、民国《闽侯县志》本传题《齐鲁韩毛四家诗异文考》五卷)、《今文尚书经说考》三十二卷首一卷叙录一卷(左海续集本。谢章铤《赌棋山庄集》文集卷七《左海后人朴园陈先生墓志铭》作三十四卷,《清儒学案》卷一百三十《左海学案下·陈先生乔枞》一作三十四卷、《叙录》一卷)、《礼堂遗集》三卷[②](同治十二年刻本)(《福建地方文献及闽人著述综录》)、《礼堂经说》二卷、《毛诗郑笺改字说》四卷、《礼记郑读考》六卷、《诗纬集证》四卷、《今文尚书经说考》三十四卷、《欧阳夏侯经说考》一卷(《清儒学案》卷一百三十《左海学案下·陈先生乔枞》一作《尚书欧阳夏侯遗说考》一卷)(民国《闽侯县志》卷七十本传)、《诗纬集证》四卷(民国《福建通志》总卷二十五,《福建艺文志》卷四,《诗四》)、《陈朴园遗稿》一卷(民国《福建通志》总卷二十五,《福建艺文志》卷六十六)、《陈朴园藏书目录》(稿本。福建省图书馆藏)、《尚书说》(《清史稿》卷四百八十二《儒林传》本传)

---

① 按:《左海乙集骈体文》系陈寿祺骈体文及《左海文集》未收各体文的续编,共二卷。卷一卷首作《左海文集乙编骈体文》,卷二卷首作《左海文集乙编骈体文》,而所收诸文非仅骈体文,《萧山汤君墓表》以下墓表、墓志铭、墓碑文、寿序若干篇什骈散杂作,版心均作《左海乙集》,《清代诗文集汇编》第499册影印,题《左海文集乙编》。

② 柯愈春《清人诗文集总目提要》作《礼堂遗集》四卷、补遗一卷、诗一卷,同治十二年《左海续集》本,首都图书馆藏(第1443页)。

陈子端(陈寿祺从孙):《小学注辑本》(谢章铤《赌棋山庄余集》文集卷一《小学注辑本跋》)

**谨按**:闽县陈鹤书(1746—1810),字锡三,一字东麓,陈起龙之子。其先自泉州府惠安县后坑乡迁晋江后市乡、泉州府郡治再迁省垣福州[①]。朱珪、纪昀提督学政,鹤书辄取高等,乡试屡不售,补岁贡生。谒选,官永安县学训导等。主讲仙游、龙岩、邵武、漳州、漳州、上杭各地书院,门人魏茂林、张星象等。著有诗集数卷,诗风冲雅。娶侯官郭阶三长子郭柏心长女、郭绩昌之姊[②]。子三:陈寿祺、陈寿恺、陈履祥(陈寿富),孙六人。

陈寿祺(1771—1834),字介祥,又字恭甫,一字苇仁,号梅修,又号左海,晚号隐屏山人,陈鹤书长子、郭柏心外孙。娶郑氏。家有绛跗草堂、遂初楼。朱仕琇门人魏瑛系其发蒙受业师[③],又从梅社七子之周秉礼学[④],与光泽高澍然均为朱仕琇的再传门人。陈寿祺幼而能文,"仆少自十七八时则心好古文词"[⑤],"溯游于六艺,斟酾于马、班、韩、柳、欧、苏而下逮震川,擩染于当世巨人、通儒、贤士、大夫"[⑥],被誉为闽中古文创作朱仕琇之后的中坚,"补梅崖(朱仕琇)所未备,澍然以为合德与功见于立言者,非过也。其气格高者近习之(李翱)、子固(曾巩),时摩韩(韩愈)垒,次不失为刘原父(刘敞)、虞道园(虞集)、方希直(方孝孺),其考据之文络以真气,亦高出全绍衣(全祖望)、钱竹汀(钱大昕)诸君子,而词章则上归中郎(袁中道)、子建(曹植),下抗休文(沈约)、彦昇(任昉)矣"[⑦],其晚年"颇作古文词,务去俗而不求异,惟达其所欲言,而不沾沾于伸缩搏捖之工"[⑧],"(古文诗辞)率抒胸臆,于古人义法无所解"[⑨],好用四个字构成的语词,《左海文集》十卷一以贯之,均有此用语特征;诗风沉博绝丽[⑩],博奥惊其长者。

陈寿祺年十七师学者孟超然,为宋学,笃守师训。乾隆五十四年己酉(1789)举人中式,年仅十九。嘉庆四年己未(1799)成进士,考选庶吉士,六年辛酉(1801)授编修,假归;九年甲子(1804)、十二年丁卯(1807)分别简充广东、河南乡试主考官。京察一等,记名御史。丁忧奔归,不复出仕。尝主讲浙江省敷文书院(嘉庆八年癸亥,1803)、兴化府仙游县金石书院、泉州府清源书院、省垣鳌峰书院等。陈寿祺是清代中叶福建著名的藏书家、学者、教育家、文学家,"经学博通两汉,文章雅似齐梁"[⑪],"文体诗格皆沉著结实,无一豪浮之习,洵为近今大家,不第闽省所罕见也。"[⑫]这是对陈寿祺的最高评价。

陈寿祺自作《隐屏山人传》,身后传文多种,可参合所长,取其学术、文学、交友等各方面事迹。同治刊本《福建通志》陈寿祺传:"祖起龙、父鹤书,有传。寿祺,嘉庆己未(四年,1799)成进士,改翰林院庶吉士,六年授职编修,九年典试广东,十二年典试河南,旋记名御史,十四年丁外艰,归。服除,以母老遂不复出。主讲泉州清源书院。道光三年[⑬],主讲鳌峰书院。……先是,康熙间昆山顾炎武、太原阎

---

① 陈寿祺《先祖行实》,《左海文集》卷十,《清代诗文集汇编》第499册,影印第427页。又,《家谱序》,《左海文集》卷六。

② 《清代硃卷集成》第三三八册,郭绩昌履历,影印第66页。据陈寿祺《先考行实》,郭柏心号贡许(《左海文集》卷十,《清代诗文集汇编》第499册,影印第430页)。

③ 陈寿祺《答何岐海书》,《左海文集》卷四下,《清代诗文集汇编》第499册,影印第195页。

④ 陈寿祺《隐屏山人传》,《左海文集》卷九,影印第378页。

⑤ 陈寿祺《与饶啸渔书》,《左海文集》卷四下,影印第204页。

⑥ 陈寿祺《隐屏山人传》,《左海文集》卷九,影印第378页。

⑦ 高澍然《光泽高雨农舍人札》,《左海文集》卷首,影印第83页。朱仕琇古文的不足在于"经史均无所得"(陈寿祺《与陈石士书》,同书,卷四下,影印第203页),按其缺点即其长处,故与桐城诸家古文面目不同。

⑧ 陈寿祺《上仪征阮夫子书》,《左海文集》卷五,《清代诗文集汇编》第499册影印清刻《左海全集》本,影印第218页。

⑨ 陈寿祺《上宫保尚书仪真公书》,同上书,卷五,影印第219页。

⑩ 阮元《隐屏山人陈编修传》,《左海文集》卷首,影印第79页。

⑪ 阮元《隐屏山人陈编修传》,《左海文集》卷首,影印第81页。

⑫ 阮元《仪征阮宫保尚书札》,《左海文集》卷首,影印第82页。作于道光元年(1821)。

⑬ 按:林昌彝《哭陈恭甫师》首句"金鳌峰畔旧帷堂",自注:"师自道光甲申主讲鳌峰十年。"(《林昌彝诗文集》卷三,第61页)甲申,道光四年(1824)。此说不确,当以道光三年为是。根据陈寿祺《左海文集》卷五《上仪征公夫子书》、《与叶健庵巡抚书》、《与卢厚山巡抚书》等篇,陈寿祺在叶世倬甫任福建巡抚之时敦聘为鳌峰书院山长,根据同治重刊本《福建通志》的记载,叶世倬于道光二年(1822)任福建巡抚(卷一百七,影印第2044页),同卷《与朱咏斋(朱士彦)侍郎书》云"明岁承大府邀以主讲鳌峰,固辞不获"(影印第238页),则主讲鳌峰始于道光三年(1823)。

若璩倡为考订之学，其源出于汉刘氏向、歆父子。刘氏校雠之业将以辨章学术考镜源流，非屑屑于字句之异同讹舛也，然承古学式微之后而以旧本之殊异正古经之舛误，由汉郑氏、许氏以上，通雅故于经训，未尝无补焉。元和惠栋、余姚卢文弨、休宁戴震、曲阜孔广森、嘉定钱大昕、金坛段若膺复继起之，至大兴朱珪、仪征阮元大畅其说，一时闻风兴起，江左尤盛。闽中自李光地、王士让、官献瑶为宋儒之学，兼崇汉儒。寿祺初受业于孟吏部超然，为宋儒之学，及后出朱珪、阮元之门，因是博闻强识，专为郑、许之学，以疏证经传于闽中，实开其端。寿祺又善为沉博绝丽之辞，词馆中亦推重焉。年六十四卒。"①陈寿祺卒后，其座师阮元、其友陈善为撰传，古文家周凯为撰家传，门人林昌彝撰《陈恭甫先生传》、《公请陈恭甫先生入祀鳌峰名师祠》、《陈恭甫师请崇祀鳌峰名师祠事实》。

民国《闽侯县志·儒林传》陈寿祺本传："成童，遂淹贯群籍，文藻博丽，有六朝、三唐风格。年十五，补县学生，游乡贤孟考功瓶庵先生之门。先生待以国士，谓人曰：'十年后，福州将有通儒出，陈生其是矣。'寿祺亦遗书同县萨玉衡，自咎'不能高行邃学，担荷世宙如宋广平、范希文；雄节伟略，建树奇勋如终孺子、班仲升；焠掌苦学，目不窥园如董广川、何邵公'。然自守澹静，力绝征逐，非同志一人不妄交，而其胸中时有浩浩落落、慷慨郁勃、不可告人之意，其年少自状如此。嘉庆四年(1799)成进士，与张惠言、高邮王引之三人名相次，皆经生也，座主为大兴朱珪、仪征阮元。闱中卷为某所遏，元言于珪曰：'师欲得如博学鸿词科之士乎？闽某卷，经策也。'遏者犹摘其四书文中语，元曰：'此语出《白虎通》。'于是珪由后场力拔出之。既而改翰林院庶吉士，时掌院即朱公也。在都下，与惠言、引之、全椒吴鼒、歙鲍桂星齐名。……归省，适阮元巡抚浙江……(元)延主敷文书院，兼课诂精精舍生徒。一时仁和赵坦、德清徐养源、养灏、钱塘严杰、临海洪颐煊皆相从问业。元又属修《海塘志》，命创义例，编纂《群经古义》，为《经郛》数百卷，令高才生分任之。……教习庶吉士……及见嘉定钱宫詹竹汀(钱大昕)、金坛段大令懋堂(段玉裁)、高邮王观察怀祖(王念孙)、歙程征君易畴(程瑶田)诸老，故学益精博。……(丁父艰)适巡抚张师诚入觐仁宗，命注《御制全史诗》，携带回闽纂办，延寿祺总其事，克期告竣，其中每有所发明。……主泉州清源书院讲席者十年，训讲生以经术，一洗空疏之习，若陈给事庆镛其最也。……壬午(道光二年，1822)秋，丁母忧，家居。上元叶世倬来抚闽，聘主鳌峰书院……每月兼课经史、杂学一，一时承学之士，经指授者若仙游王捷南之《诗》、《礼》、《春秋》、诸史、舆地，晋江杜彦士之小学，惠安陈金城之汉《易》，将乐梁文之性理，建安丁汝恭、德化赖其瑛、建宁张际亮之诗、古文辞皆足名家。主讲十有一年，罢于文字之役，汲汲然以汲引后进如恐不及为心。……初受业于孟超然，为宋学；及出阮元之门，又交一时朴学士，因专学汉儒治经，精于今文残缺之学，而于大义、名物又能贯彻而博辩之。……所聚有八万卷。……娶郑氏，无出。子三。乔枞，妾梁氏出。"②

民国《福建通志》陈寿祺传在《福建儒林传》卷五，列陈迁鹤、方迈、李光坡、官献瑶等之后，传称其年十七(乾隆五十二年，1787)，与名宿陈登龙、黄世发、林学陵、许作屏等长者为文字交；称其《上福嘉勇公(福康安)》百韵诗并序文沉博绝丽，传诵一时，张惠言拟之于燕、许手笔；主讲鳌峰书院讲席十一年，每见诸生实力切劘者无不为之延誉、嘉赏、拔萃于当途大府、学使，使人兴劝；晚节支离，颇遭物议，为人所鄙夷；其所撰著之外，中年治古文词，经术闳深，未尝一橅欧、苏而论经世之务切中时事。③ 陈寿祺传又见《清史稿》卷四百八十二《儒林传三》，附其子陈乔枞、谢震、何治运、孙经世、柯衡等人传。

《左海文集》有"仪征阮元、德清许宗彦、宝应朱士彦、光泽高澍然为之序。"《绛跗草堂诗集》六卷，"大兴翁方纲、仁和马履泰、嘉应宋□、东乡吴嵩梁、歙县鲍桂星、闽县萨玉衡、桐城姚莹、光泽高澍然、宝山沈学渊、汀州伊秉绶、华亭张祥河、金匮孙尔准题词。弟子张际亮识后。"④陈衍《石遗室书录》论定

① 同治刊本《福建通志》卷二百三十八，陈寿祺传，原第四、五页，影印第4298-4299页。

② 民国《闽侯县志》卷七十，陈寿祺传，原第九至十二页，影印第277-278页。按：民国《福建通志》陈寿祺传作陈乔枞"妾梁氏出"(《福建儒林传》卷五，陈寿祺传，原第二十九页)。

③ 民国《福建通志》总卷三十八，《福建儒林传》卷五，陈寿祺传，原第二十五、二十七、二十九页。

④ 同治刊本《福建通志》卷六十七，闽县经籍志，影印第1385页。

其成就,略曰:“寿祺于经史群书无不贯通精熟,故考证辨论之作触处洞然沛然,文字似亭林(顾炎武)、竹垞(朱彝尊),而心思沉细,人所忽略读过处独能推见至隐,层出不穷,则亭林、竹垞有所未及”,“自谓作古文词务去俗而不求异,惟达其所欲言而不沾沾于伸缩搏捖之工,亦可谓自知之明言,不至于不掩,惟间喜用事,终近骈体。……若《朱文正(朱筠)神道碑》、《答张亨甫(张际亮)书》则通篇骈俪之词,当入《乙集》(按:指《左海乙集骈体文》二卷)矣。”陈衍以为陈寿祺风格近朱彝尊。[①] 高澍然以为陈寿祺“家传头绪颇繁,风神弥逸,其行文有收有放,有节制,并取法《史》、《汉》,而取格于承祚,故优游有余”[②]。陈寿祺少工诗及骈体文,中年治古文辞[③]。文藻博丽,有六朝、三唐风格,与同年张惠言、吴鼒、鲍桂星、王引之齐名[④]。骈体文有《左海乙集骈体文》二卷,同年张惠言题词以为“清丽似梁人,温润条畅,质有其文,任彦升之俦,特古朴少逊之耳。《平台诗序》一篇格律止是唐人,而其雄伟卓踔若骏马在衔,磬控如舞,拟之燕、许,何多让焉。”吴鼒题词称其“句法、字法浸淫于任、沈、江、鲍四家,于巽轩(孔广森)、季逑(孙星衍)外又逢畏友,实则作者才学淹博,故能无对不工,无联不整。”[⑤]萨玉衡尝论其诗,以为秀逸沉雄[⑥]。

陈寿祺撰《绛跗草堂诗集》六卷,有翁方纲(覃溪)、宋湘(芷湾)、吴鼒(山尊)、吴嵩梁(兰雪)、鲍桂星(觉生)、萨玉衡(檀河)、姚莹(石甫)、高澍然(雨农)、张际亮(亨甫)等人题词,陈衍以为推挹过至,“实则七古多平仄转韵,七律中两联多填满,不用虚字,如赵松雪所称大略才雄学富。远与卧子(陈子龙)、梅村(吴伟业)相伯仲,近则挹拍檀河。拟以阮亭(王士禛)、竹垞(朱彝尊),则所谓不于伦者也。”[⑦]按:《绛跗草堂诗集》一名《绛跗草堂诗钞》,林廷禧为林昌彝诗集题词:“绛跗一集冠吾乡。”自注:“恭甫师有《绛跗草堂诗钞》。”[⑧]

陈寿祺及其子陈乔枞著有《左海全书》一百四卷。陈衍《石遗室书录》云书分前左海、后左海二集,前称三山陈氏家刻《左海全集》,包含陈寿祺所著《左海文集》十卷、《降跗堂诗集》六卷、《左海乙集》二卷、《五经异义疏证》三卷、《经辨》二卷、《尚书大传定本》五卷(阮元《隐屏山人陈编修传》作三卷)、《洪范五行传辑本》三卷、《东越儒林后传》一卷、《(东越)文苑后传》一卷、《东观存稿》一卷;后称《小琅嬛馆丛书》,陈乔枞官江西时所刊,包含陈寿祺之学而陈乔枞述之《鲁诗遗说考》六卷、《韩诗遗说考》五卷、《齐诗遗说考》四卷、《礼记郑读考》六卷及陈乔枞所著《齐诗翼氏学疏证》二卷、《毛诗郑笺改字说》四卷、《礼堂经说》二卷、《诗经四家异文考》五卷、《诗纬集证》四卷、《今文尚书经说考》三十二卷[⑨]。

通观陈寿祺的一生,陈寿祺主要在闽中从事学术活动和文化活动,为培养闽中学者作出重要的贡献,承上启下地接受和传播乾嘉朴学的学术理念和精神:(1)朱珪(1731—1807)早年在闽中提督学政,对闽中乾嘉朴学厥功甚伟,又为陈寿祺座师;陈寿祺举进士之后,朱珪又为翰林院掌院学士,陈寿祺所获亲炙机遇更多;(2)陈寿祺在举进士、过浙江时均受到阮元(1764—1849)的赏识、爱重和延聘,在阮元的关照下,嘉庆六年辛酉(1801)起,官编修的陈寿祺学术和实践得以结合和锤炼;(3)陈寿祺获得一个重要的际遇,即与桐城文派的重要一支阳湖文派的创始人张惠言(1761—1802)同榜进士,同在庶常馆受教习,又与王引之(1766—1834)、鲍桂星(1764—1824)、吴鼒(1755—1821)等学者交游,对于陈寿祺在福建开创左海派不无关系;(4)陈寿祺之时,尚能交接钱大昕(1728—1804)、段玉裁(1735—1815)、王念孙(1744—1832)、程瑶田(1725—1814)等诸老,“故学益精博”;(5)当陈寿祺未登第之前,

① 民国《福建通志》总卷二十五,《福建艺文志》卷六十六,第二页,引。
② 同上注。
③ 林昌彝《陈恭甫先生传》,《林昌彝诗文集》卷十四,第362页。
④ 陈衍《石遗室诗话》卷二十一,第十三条,第291页。
⑤ 民国《福建通志》总卷二十五,《福建艺文志》卷六十六,第二页,引,转引自陈衍《石遗室书录》。
⑥ 《雁门萨氏家谱》卷五,影印第727页,《白华楼诗钞序》。
⑦ 民国《福建通志》总卷二十五,《福建艺文志》卷六十六,第三页,引。
⑧ 林昌彝《林昌彝诗文集·附录》,第450页。
⑨ 民国《福建通志》总卷二十五,《福建艺文志》卷七十六,第四、五页,引陈衍《石遗室书录》。

福建本省"乡党渊源罕言许、郑之学,再上公车,然后见当世大雅宏达所讨论而得其门"①,嘉庆十五年庚午(1810),以丁父艰回闽,服阕陈情乞养母,不复出,主讲清源书院十年,传播乾嘉朴学,传汉儒师法,培养出陈庆镛(1795—1858,其门人陈棨仁)等门人,转变闽中学风,推动闽中学术从康熙、雍正间李光地、官献瑶等人主宋学,兼宗汉学的思想转变为"专学汉儒"之学的范式转型,带来新的学术思潮,"一洗空疏之习",并向总督汪志伊、孙尔准、巡抚王绍兰、韩克君等进言敬教劝学;道光二年壬午(1822),为继任闽抚叶世倬聘主鳌峰书院讲席,"具规程十条"②,"重廉耻"、"尚经学"、严董戒③,整肃规程,力挽处于"十数年久弛之后积习败坏,靡所不至"④的鳌峰书院,"穷经讲学辟荆榛"⑤,十一年间培养出大批学者,实现乾嘉朴学在闽中的代际传承;(6)我们固然观察到陈寿祺的学术从宋学转变为汉学,但更应看到陈寿祺的学术思想具有兼容并包、兼收并蓄的精神,为其门人林昌彝等所继承,影响深远⑥。林昌彝论云:"今之治经者,或专小学,而近烦碎;或举大义,而略雅训;又或界域汉、宋,以文字、义理为二途,而训诂、文笔亦鲜有兼长者。先生闳览精识,赅贯本末,无是同非异之见,故游先生之门者,有专肆,无遍訾也。"⑦梁章钜称陈寿祺"先生治经极精博","耄学不倦勤搜披","灵光岿然峙闽峤","海内学者瞻风规"⑧云云。(7)陈寿祺的著述为四库所采录者多至十种,尤湛深于《易经》、《孝经》,其讲学闽浙,以格物致知发端,以物格知至为第一要义;(8)在修纂《福建通志》局中,受聘为总纂,所修同治刊本《福建通志》体现出乾嘉学术的方法和成就,"论者谓《职官表》综核可参六典,《经籍志》派别可寻家法,《方言考》通转可悟小学"⑨;陈寿祺举才分任,卓卓可传,如其弟子王捷南所分纂《地理沿革考》之翔实,冯登府所纂《金石志》之补前此所未有,陈善、高澍然所纂《列传》之雅驯,体现闽中桐城古文的实绩,陈寿祺自纂《形势》、《山川》二门。此次修省志是对闽中学者阵营和文学创作队伍的一次集中检视,展示嘉庆以来闽中学术的转变、成长和坚实的文学创作力量。

《清儒学案》卷一百二十九、一百三十列《左海学案》上、下。

陈寿祺子三:陈乔枞、陈朝枢、陈鸿棣。长子陈乔枞(1809—1869⑩),字朴园,一作璞园⑪,一字树滋,号礼堂。道光五年乙酉(1825)举人。七试不第,道光二十四年甲辰(1844)以大挑分发江西,历官江西分宜、弋阳、德化、南城知县,署袁州、临江、抚州知府,卒于抚州官舍,年六十一。受知于左宗棠、刘坤一,以太平天国之乱捐款办防、挪借亏空屡经参劾,一参于袁州任上,再撤于江督曾国藩,三劾于赣抚沈葆桢,至鬻先人之庐筹为弥补,传称其"可谓拙宦"⑫,身后惟书籍、刻板百有余箧。吴守礼撰有《陈朴园先生年谱》,民国二十六年《陈恭甫父子年谱》排印本。

陈乔枞克承其父遗训,好汉学,知师法,见博而思精,治经有所创获。《清儒学案》之论云:"朴园继志述事,父子并为大师。"⑬引说者谓"清代经学家自元和惠氏、高邮王氏外,惟陈氏能修世业,张大其家

① 陈寿祺《答段懋堂先生书》,《左海文集》卷四,《清代诗文集汇编》第499册,影印第181页。

② 陈寿祺《上仪征公父子书》,《左海文集》卷五,影印第228页。

③ 陈寿祺《与叶健庵巡抚书》,《左海文集》卷五,影印第234页。

④ 陈寿祺《与朱咏斋侍郎书》,《左海文集》卷五,影印第238页。

⑤ 谢章铤《论诗绝句三十首》其二十五,《赌棋山庄集》诗集卷五,《清代诗文集汇编》第680册,影印第855页。

⑥ 刘师培认为江北之学亦有输入南方者,一为闽中学派,一为浙中学派,且论闽中学士疏略,自陈寿祺得阮元之传,殚深三礼疏证、五经异义,条鬯朴纯,传陈金城、陈庆镛、王捷南,后起林春溥、刘端。

⑦ 林昌彝《陈恭甫先生传》,《林昌彝诗文集》卷十四,第362页。

⑧ 梁章钜《寄题陈恭甫所藏伏生授经图》,《退庵诗存》卷九,影印第108页。作于嘉庆二十三年(1818)。

⑨ 民国《福建通志》总卷三十八,《福建儒林传》卷五,陈寿祺传,原第十一页,影印第278页。

⑩ 谢章铤《左海后人朴园陈先生墓志铭》:"年六十一,同治己巳卒于抚州官舍。"(《赌棋山庄集》文集卷七,《清代诗文集汇编》第680册,影印第733-734页)徐世昌《清儒学案》卷一百三十《左海学案下·陈先生乔枞》小传云"同治七年卒,年六十一。"(第5137页)则陈乔枞卒于1868年。

⑪ 林昌彝《陈恭甫先生传》,《林昌彝诗文集》卷十四,第363页。

⑫ 民国《闽侯县志》卷七十,陈乔枞传,原第十三页,影印第279页。

⑬ 徐世昌《清儒学案》卷一百二十九,第5069页。

法云”。[①] 陈庆镛作《陈树滋齐诗翼氏学疏证序》。陈乔枞之子陈绍钊,同治元年(1862)壬戌科举人;孙陈培业,光绪十四年(1888)戊子科萨嘉乐同榜举人。陈乔枞第七女适萨嘉乐之父萨承流[②]。至陈培业之时,陈家衰落,家藏图书逐渐散出。

同治八年(1869),谢章铤应陈元禧之请,作其叔父陈乔枞墓志铭[③],即《赌棋山庄集》文集卷七《左海后人朴园陈先生墓志铭》。晚年的谢章铤撰有《小学注辑本跋》,为陈寿祺从孙陈子端作。陈子端承陈氏家学,有汉儒师法,在致用书院讲考据。所著《小学注辑本》数卷,“以刘向、扬雄校勘训诂之法用之程朱”[④]。

《郑孝胥日记》记载光绪十一年七月十二日(1885 年 8 月 21 日)郑孝胥在南京见陈绩堂,陈氏系陈寿祺后人[⑤]。陈、郑两家族累世缔结婚姻,自陈寿祺、郑鹏程之时即已为姻亲[⑥],郑鹏程系郑孝胥曾祖父。《郑孝胥日记》记载民国七年(1918)10 月 21 日事:“陈清湘表弟之妇及一侄、一戚同来。三祖姑为裴太夫人之女,嫁陈朴园先生,即恭甫先生之子。其子为丽川姑丈,为叔言九叔之妹夫,曰十一姑,生子曰清湘,已卒。其妇语余:门中丁单,两代各四房,唯余此一侄矣。其戚为镇江人,乃其族叔之妾。”[⑦]按:裴氏为郑孝胥曾祖母,陈乔枞(朴园)系郑孝胥三祖姑丈,陈乔枞之子丽川又娶郑孝胥十一姑,形成陈氏、郑氏两代婚姻关系。从陈寿祺《先祖行实》观察其家族的婚姻状况,福州郭氏、萨氏、郑氏、萨氏、林氏、许氏、曾氏等诸姓之间藉婚姻嫁娶形成复杂的亲戚关系。

从陈寿祺高祖陈文侯迁福州至陈乔枞,凡六世,门祚衰薄,不绝如缕。自陈寿祺祖父陈起龙始治儒术,至陈寿祺而至巅峰,其后数世绵延有绪,然陈寿祺家族面临“人事之煎迫,菑播之艰难,顾复之勤苦”[⑧]诸种境况,终于难挽家族衰败的命运。

## No.404　闽县郑瑞凤家族

郑瑞凤:《小有池馆集》(民国《闽侯县志》卷六十八郑瑞凤本传)

郑祖庚:《闽县乡土志》、《侯官县乡土志》(民国《闽侯县志》卷六十八郑瑞凤本传)

**谨按**:闽县郑瑞凤家族在科举上颇为成功,自郑瑞麒起,历三世,出现八位举人。郑瑞凤兄弟有“麒麟凤图”之目。

《闽县乡土志·耆旧广录二》之《事功下》有“循吏郑瑞麒弟瑞麟、瑞凤、瑞图、从子植、锡甲”郑氏诸人列传:“(郑瑞麒)字仁圃。以进士官中书,撰文直军机。旋出为九江吉安知府,报最,权广饶九南道,摄九江关监督,商旅喜跃。艰归,再守庆远,尤多德政,便民事无不为,民称‘郑菩萨’。发匪攻庆远,坚守匝月。绅民感其义,相率助守,乘间破贼。以功叙道员,寻解组归。时寇氛满地,中途遇劫贼,审知贤守眷属,骇不敢犯,其德足以感人若此。弟瑞麟,字绂廷。健文,以优贡教授延平。勤学督课,多士悦服。瑞凤,字桐村。以名孝廉就教职。知医,尤工诗,著《小有池馆集》。瑞图,字球亭。籍学,举孝廉方正,不出。瑞麒兄弟既以政绩、文学知名,瑞麒归田时,诸弟亦逾耆艾,咸健在,高年硕德,聚处一

---

① 同上书,卷一百三十,《左海学案下·陈先生乔枞》,第 5137 页。按:此“说者”指谢章铤等人。语本谢章铤《赌棋山庄集》文集卷七《左海后人朴园陈先生墓志铭》。

② 《清代硃卷集成》第六七册,进士萨嘉乐履历,影印第 87-88 页。按:萨玉衡系萨氏十五世,萨承流系萨氏十八世。郭阶三养女萨氏系十六世萨龙光孙女,于萨氏亦十八世,于陈寿祺为姨大母辈。陈、萨联姻颇失伦序。

③ 陈昌强《谢章铤年谱简编》,载《闽江学院学报》2009 年第 1 期,第 43 页。

④ 谢章铤《赌棋山庄余集》文集卷一,《清代诗文集汇编》第 681 册,影印第 79 页。

⑤ 郑孝胥《郑孝胥日记》,第 66 页。

⑥ 陈寿祺《郑松谷聊以拙斋诗序》,《左海文集》卷七,《清代诗文集汇编》第 499 册,影印第 306 页。

⑦ 郑孝胥《郑孝胥日记》,第 1750 页。

⑧ 陈寿祺《先祖行实》,《左海文集》卷十,《清代诗文集汇编》第 499 册,影印第 428 页。

堂,闾里重之,有'麒麟凤图'之目。弟子植,字德建。父瑞凤祈嗣九鲤湖,梦神授《陈思王集》。既生男,因以名焉。少有神童称,甫冠成进士。官礼部,旋告归,课弟甸、虞、锜,皆有文名,先后成孝廉。发匪乱,植偕从兄锡甲团练于乡,斥家资营乌龙江炮垒。事平,当轴陈其绩于朝,奖四品卿衔,以积劳先卒。锡甲获奖,得教职。甲申法事起,复联南乡团防,编户口,领枪械,使乡各自卫。南乡连马江,炮声昼夕闻,闾阎卒无恐者,人以联团之力为多。"①

郑瑞麒,字仁圃、莹圃,号其昌,行五。嘉庆二十四年己卯(1819)成进士,授官内阁中书。历官江西九江府知府、权广饶九南道兼九江关监督、庆远知府,解组归家。弟郑瑞麟,字绂廷,以优贡教授延平府;弟郑瑞凤,字桐村,道光八年戊子(1828)举人中式,谒选教职,著有《小有池馆集》;弟郑瑞图,字球亭,举孝廉方正,不出,为其外侄孙陈承裘受业师②。

郑瑞凤之子郑植、郑瑞麟之子郑锡光均为近代作者。

郑氏与侯官林则徐家族、闽县陈若霖家族、台北林维让家族联姻。林则徐第四女林诗镇适郑瑞麒次子郑葆中(字月庭),而郑瑞麒长女、郑葆中之姊郑氏(1806—1844)适陈景亮,是为陈宝琛祖母。

## No.405　长乐黄一桂家族

黄一桂:《读左广义》(民国《长乐县志》卷二十五本传)

黄见三:《学官景仰篇》四卷、《全史辑要》二卷(民国《长乐县志》本传、卷十九《艺文》)、《红楼梦广义》(秦淮梦《青山山农黄见三及其〈红楼梦广义〉》)

**谨按:**宋儒黄榦(勉斋)及其黄氏族人世居长乐县古槐青山下村③,民国《长乐县志》之《选举志》多见注"青山下"科举人物题名,知黄氏聚居于此,该村建有江夏黄氏祠堂。明代黄氏裔孙中黄一桂父子均从事文学创作和学术著述。

闽县陈宝琛胞弟陈宝琦聘黄氏。黄氏系黄观营(岁贡生)曾孙女,黄万敦、黄观书(乾隆五十七年壬子科亚魁,官邵武府学教授)曾侄孙女,黄一桂(郡廪生)孙女,黄一夔(邑庠生)、黄一彪侄孙女,黄见三次女,黄宝三、黄鹤三(道光二十年庚子科亚魁,官知县)、黄晋三、黄锡三胞侄女,黄友坡(候选主事)胞妹,黄耀(官建宁县教谕)、黄秉经(官县丞)、黄友壮(同治元年壬戌科举人,大挑即补教谕)嫡堂妹④。据此,知长乐黄氏自黄观营以下四世子孙均业儒,逾百年,有所成就。

黄一桂传见民国《长乐县志·文苑传》:"字国雍,一字芗林。郡廪生。……一桂少承家学,不屑屑章句,长从同邑陈玉华孝廉游。……尤喜《左传》,尝采旧说,傅以心得,辑为一书,名《读左广义》。……次子鹤三,字景树,一字声亭。道光庚子(二十年,1840)亚魁。读父书,有文名。署江西安义知县,以劳勚卒于官。四子见三。"⑤由于黄一桂早卒,诸儿均未成立而终于有成,得力于黄一桂的继室王氏。王氏传见民国《长乐县志·贤媛传》:"幼涉诗书,娴阃范。……及(黄一桂)卒,诸儿均未成立,(王氏)勉力延师。尝述先业艰难及人事之得失、世态之炎凉以训其子。未几仲子鹤三、季子见三先后举于乡,见三复成进士,并登仕版。"⑥

黄一桂第四子黄见三,字景知,一字心垣。系陈国猷⑦外孙、陈孚作之婿。道光二十年庚子(1840)

---

① 郑祖庚《闽县乡土志》,《耆旧广录二》。

② 《清代硃卷集成》第十八册,陈承裘履历,影印第 87 页。

③ 民国《长乐县志》卷四,《山川》,影印第 39 页。

④ 《清代硃卷集成》第三三八册,陈宝琦履历,影印第 300 页。

⑤ 民国《长乐县志》卷二十五,原第十三页,影印第 491 页。

⑥ 民国《长乐县志》卷二十九下,原第三十页,影印第 597 页。

⑦ 按:陈国猷,字希和,一字仲嘉,长乐石门人。天才超逸,卓荦不群(民国《长乐县志》卷十四下,《封赠》,影印第 274 页)。

副贡、副榜举人,咸丰元年(1851)辛亥科福建乡试举人中式,与陈承裘、郭柏芗、杨仲愉同年;三年癸丑(1853)成进士,与萨维瀚、黄图南等同年。历官知县、知府。晚年潜心五子之学,长乐知县彭光藻聘修县志,著述多种。卒年六十四。民国《长乐县志》卷二十四有传,传称其"博极群书,精熟史事,工制义,为同考官,辄有拟墨"①。今人秦淮梦著文《青山山农黄见三及其〈红楼梦广义〉》,考订《红楼梦广义》的作者为黄见三,并指出黄见三又名次公,号子久。长乐黄世鼎对《红楼梦广义》进行详细分析,据该文,黄见三所撰评、赞、题咏《红楼梦》的诗300多首,其中七律多达100余首,别有排律、词等体裁的创作。

黄见三曾祖父黄邦柱,笃学工文,邑生,早卒,传附其子黄观营传;伯祖黄国营、祖父黄观营、叔祖黄观书,民国《长乐县志》均有传,前二人在卷二十六《义行传》,一在卷二十四《循绩传》;父黄一桂,字国雍、芗林,从邑人陈玉华游,潜心经学,传见《长乐县志·文苑传》。黄见三子黄友坡,字明坚,一字少垣,咸丰九年己未(1859)附贡生,官主事。黄见三仲兄黄鹤三,字景树、声亭,有文名。道光庚子二十年(1840)举人,与吴伯敬(维肃)同年。黄观书,字万钟,一字益斋。其子黄春云,邑诸生,以能文名于时,传附民国《长乐县志》卷二十四《循绩传》黄观书本传。按:民国《长乐县志》黄观书传本诸同治《长乐县志》。

同村族人黄观潮,字万董,一字畊心。附贡生。传见民国《长乐县志·义行传》:"谦和谨慎,笃学能文,乡前辈陈九鼎器之,妻以孙女。"②

乾隆三十三年戊子(1768)福建乡试举人黄邦楷"字德方,一字端亭。青山下人。居家孝友,立品端方,作文清真雅正,不背先民矩度。"③黄邦楷是清代黄氏族人中较早的作者。

近代长乐青山下村黄氏名人尚有艺术家黄葆钺(1880—1968)。黄葆钺,字蔼农,小名破钵,别号青山农,室名暖日庐、蔗香馆。系黄淇彬(字景星,号霁亭)季子、黄士棻之弟④。民国间,任福建省图书馆馆长、上海商务印书馆美术部主任等职。与王福厂、马公愚称"海上三老",与姚虞琴、吴湖帆、张大壮称"沪滨四慧眼"。著有《青山农篆书百家姓》、《青山农分书千字文》、《青山农书画集》、《暖日庐摹印集》、《青山农一知录》等⑤。

## No.406 长乐陈趋家族

陈趋:《偶峰集》、《绳武堂诗文集》八卷、《外集》数种、《姚金集句摭余》(民国《长乐县志》卷十九《艺文志》)、《偶峰诗集》(同治刊本《福建通志》卷六十九)

陈寿喆(陈萼联次子):《尔雅补郭》(民国《福建通志》总卷四十,《福建儒行传》卷五,陈寿喆传)

陈寿臧(陈鹗联三子):《文集》六卷(民国《福建通志》总卷四十,《福建儒行传》卷五,陈寿臧传。谢章铤《赌棋山庄集》文集卷七《绳武堂存稿序》作《绳武堂存稿》)

**谨按:**长乐陈趋家族从事文学创作延绵三代之久,家族中四人入县志《文苑传》。陈趋,道光间人。传见民国《长乐县志·文苑传》:"字偶峰。父行登,沙京人。以让产故徙会垣。趋生而岐嶷,性宽洪笃厚,慕韩乐吾[韩贞(1509—1585),号乐吾。扬州府兴化人。明代泰州学派学者]之为人,家徒四壁而能以好施闻。闽县陈左海(陈寿祺)聘主家塾,旦夕讲经,辄与左海上下古今,纵横得失,左海每为之动

① 民国《长乐县志》卷二十四,原第三十页,影印第482页。

② 民国《长乐县志》二十六,原第四十九页,影印第518页。

③ 民国《长乐县志》卷十四上,《选举志上》,原第六十四页,影印第230页。

④ 黄淇彬事迹请参看民国《闽侯县志》卷六十八、民国《福建通志·福建列传》卷三十九黄淇彬传。黄淇彬,字景星,号霁亭,籍闽县。官游击、署陆提左营游击、权督右参将、副将。与闽抚徐宗幹、团练大臣林寿图等协防福州。季弟黄景云。子黄士棻,官广东知府;黄仲璇,邑庠生;黄葆钺,能篆隶雕刻。

⑤ 《长乐市志·近现代人物传》。网址:http://www.fjsq.gov.cn/showtext.asp?ToBook=3234&index=1790&。

容而折服之,谓为学者是泰斗。其所居距左海馆将十里,时年且六十,早出夜归,徒步袖甘旨以奉母,如是者以为常。同郡陈若霖,趋故人也。督河南、四川时,辄以书招其入幕,以母老辞。著有《绳武堂诗文集》八卷、《外集》数种,其梓以行世者,《姚金集句》二百五十余篇。子萼联,孙寿喆、寿臧自有传。"[①]同治刊本《福建通志·(长乐)经籍志》著录陈趋《偶峰诗集》,注:"字偶峰。道光间诸生。……同乡王庆云素重其人,比督学贵州,作书招之,以母老辞不赴。晚卒。潦倒场屋四十年以终。"[②]陈趋婉拒陈若霖、王庆云之招而不赴,表现出其才而兀傲的个性。

陈趋之子陈鹗联、孙陈寿喆、陈寿臧均为近代作者。

## No. 407　长乐陈万春家族

陈万春:《诗经编义》八卷(民国《长乐县志》卷十九《艺文志》、卷二十五《文苑传》本传)

陈澍霖:《秋田吟草》二卷(民国《长乐县志》卷十九《艺文志》)

陈澍云:《漱芳山房诗集》三卷、《(漱芳山房)文集》一卷(民国《长乐县志》卷十九《艺文志》)

**谨按:**陈万春传见民国《长乐县志·文苑传》:"字孟璜,一字新圜。青桥人。邑诸生。屡试优等。家贫舌耕自给,一时知名士如林调阳、林芝芳、黄金鉴、黄日华辈皆出其门,其他蜚声文苑者不一而足。生平湛深经术,年八十余犹手不释卷。……卒年八十四。著有《诗经编义》八卷。子澍霖、澍云。"[③]

陈万春长子陈澍霖,传见民国《长乐县志·义行传》:"字允雅,号秋田,万春长子。以古学第一补邑诸生。屡试优等,食廪饩。充嘉庆己卯(二十四年,1819)恩贡。……中年丧弟,抚孤侄如己出。授徒数十年……晚岁家居……年七十七,以寿终。生平留心书法,喜吟咏。著有《秋田吟草》二卷。子四。"[④]

陈万春第四子陈澍云,传见民国《长乐县志·循绩传》:"陈澍云,字尤龙,一字松轩,万春四子。嘉庆辛酉(六年,1801)拔贡,庚午(十五年,1810)举于乡。考授镶白旗教习,秩满以知县用,呈改教职。性温厚笃实,正直廉平。工诗。善书法,得黄山谷笔意。任武平教谕,士多固陋自安,澍云以忠孝廉让训诫诸生,复为之明经术,定课程。在任二十年,士习文风翕然丕变。……壮岁授徒,造就甚众,王文勤瑞璸其最著也。……年八十五以寿终。著有《漱芳山房诗集》三卷、《文集》一卷。"[⑤]

## No. 408　长乐陈应驹家族

陈应驹:《亦足轩杂录》二卷、《游磁九梦》、《续梦》、《又梦》三集(民国《长乐县志》卷二十五本传)

陈亦瞻:《养正堂文集》(民国《长乐县志》卷二十五陈应驹传)

陈瑞唐:《养正书塾四书义》二卷(民国《长乐县志》卷二十五陈应驹传)

**谨按:**民国《长乐县志·选举志》道光二十年庚子(1840)福建乡试池剑波榜举人陈应芝题名下注:"字季赞,一字拱溪,(陈)应驹弟。英才卓荦,文笔清超,名擅一时。"[⑥]陈应芝之兄陈应驹崚嶒举业,迟至咸丰五年乙卯(1855)举人中式,得售秋闱。近代以来,长乐陈应驹家族是一个成功的科举家族。

---

① 民国《长乐县志》卷二十五,原第十五页,影印第492页。
② 同治刊本《福建通志》卷六十八,影印第1420页。
③ 民国《长乐县志》卷二十五,原第十页,影印第490页。
④ 民国《长乐县志》卷二十六,原第四十八页,影印第518页。
⑤ 民国《长乐县志》卷二十四,原第二十七页,影印第480页。
⑥ 民国《长乐县志》卷十四上,《选举上》,原第七十一页,影印第233页。

陈应驹传见民国《长乐县志·文苑传》:"陈应驹,字介吾,岱峰人。性敏悟,博涉群书,作文如天马行空,不受羁勒。年二十七,补弟子员。屡踬场屋。咸丰乙卯以第六人举于乡,然无意仕进,授徒里中,而成就者甚众,陈绍棠、陈萼芬、卢聿炳等皆出其门。晚年以著书自娱,如《亦足轩杂录》二卷、《游磁九梦》、《续梦》、《又梦》三集尤脍炙人口,盖皆怀才不遇有托而言也。子亦瞻,字幼吾。品端学邃。同治丁卯(六年,1867)乡试第三人。著有《养正堂文集》。孙瑞唐,字铸农。年二十入庠。宣统纪元举孝廉方正,笃实诚朴,诲人不倦,门下多知名士。亦著有《养正书塾四书义》二卷。"①

## No.409 长乐邱景湘家族

林蕊仙:《绣余吟集》(民国《长乐县志》卷十九《艺文志》。民国《长乐县志》本传题《绣余吟诗集》,民国《福建通志》本传题《绣余吟草》)

丁氏(林枝高妻,林蕊仙母):《哀弦集》二卷(《避暑钞》。民国《福建通志》总卷四十五,《福建列女传》卷六,丁氏本传)

**谨按:**长乐邱景湘及其妻林蕊仙均从事文学创作。别立"闽县邱氏家族"条,主要搜集咸丰以来邱氏家族其他成员的文学活动。

邱景湘,字镜泉,行十。林则徐之友。所居福州化民营,有池馆林木之胜。道光十一年(1831)辛卯科举人中式,十三年癸巳(1833)汪鸣相榜进士。改庶吉士,授主事。两广总督黄宗汉奏留粤,署理高廉兵备道,调署惠潮嘉兵备道。晚年主鳌峰书院、越山书院讲席。传见民国《福建通志·福建列传》卷三十九。民国《长乐县志》道光十三年癸巳榜进士邱景湘题名下注:"翰林院庶吉士,吏部验封司主事,文选司员外郎,郎中掌印务,则例馆纂修、提调官,京察一等,奉旨筹办闽省团练,保浙江补用道……经粤督奏调襄办军务,署高廉兵备道,调惠潮嘉兵备道,军需局提调。掌教鳌峰、越山两书院。"②民国十八年(1929)福州逸社铅印本《闽百三十人诗存》,收录道光至民国十年(1921)间林藩③、邱景湘、刘明等130位诗人作品数千首。

《闽县乡土志·耆旧录二》文苑邱景湘传:"字敬韶,号镜泉,籍长乐。能文。以庶吉士改官吏部郎中,蹶而复起,出为广东惠、潮、嘉兵备道,主鳌峰、越山书院。卜筑小荔湾一曲,在城东北隅,风趣佳绝。"④邱景湘之子邱仲山,字少泉。咸丰间附贡生。官连城、龙溪训导。

邱景湘妻林蕊仙传见民国《长乐县志·闺秀传》:"字梅卿,闽县孝廉守中次女,观察邱景湘妻。幼娴诗礼,及□□□□,贤孝有声。景湘宦游京、粤,多得其内助;归里后,偕隐退思,居辄于池亭荷荔间眉案联吟,俨若老友。著有《绣余吟诗集》。"⑤民国《福建通志》林蕊仙本传作林枝高次女⑥,据此知林枝高字守中。林枝高,系嘉庆十二年丁卯(1807)举人。林枝高妻丁氏,有《哀弦集》二卷⑦。林枝高祖孙未另立一条。

长乐梁章钜曾孙、梁恭辰之孙、梁伽年长子梁继曾(1850— )娶邱氏女。据《清代硃卷集成》第三三九册梁继曾履历,邱氏女系邱凌云(嘉庆九年甲子科举人)曾孙女,邱恒春(道光五年乙酉科举人,拣选知县)孙女,邱钟棻(国学生)嫡堂侄孙女,邱钟奇(国学生)、邱梦锦(国学生,候选州判)、邱绍琼(贡

---

① 民国《长乐县志》卷二十五,原第十六页,影印第493页。

② 民国《长乐县志》卷十四上,原第三十七页,影印第216页。

③ 按:林藩,字说樵,闽县萨察伦女婿。《雁门萨氏家谱》卷五《叙赠录下》收录其《九日侍外舅珠士先生登于山是晚即席赋呈》两首(影印第875页)。

④ 郑祖庚《闽县乡土志》,影印第335-336页。

⑤ 民国《长乐县志》卷二十九,原第二十八页,影印第595页。

⑥ 民国《福建通志》总卷四十五,《福建列女传》卷六,林蕊仙传,原第三十六页。

⑦ 民国《福建通志》总卷四十五,《福建列女传》卷六,丁氏传,原第三十八页。

生)、邱钟受(国学生,候选州同)、邱景淞(道光十五年乙未科举人,官教谕)、邱景湘、邱景陶(道光二十三年癸卯科举人)、邱景蕃(浙江尽先补用知州)、邱景敦(国学生)、邱景汾(浙江候补巡检)堂侄孙,邱鸿辉(号和宇,咸丰五年乙卯科举人,广东候补同知)次女,邱鸿潮(号蓉帆,贡生,训导)、邱鸿钧(咸丰九年己未科举人)胞侄女,邱镕(贡生)、邱琛(贡生)嫡堂侄女,邱兆钰(江苏候补同知)胞妹,邱兆琮(广东候补巡检)胞姊,邱兆祺(国学生)、邱兆荣(同治十二年癸酉科举人)嫡堂妹,邱恩泽(广东候补巡检)、邱为钰(光绪五年己卯科举人)堂妹[①],所列邱氏四代人物中,多有仕宦经历,产生八名举人,其中邱景湘成进士,入翰林,归掌鳌峰、越山书院。

据《清代硃卷集成》第三三九册叶在衍履历记载,叶在衍的祖父叶云滋娶邱氏,邱氏系邱凌云孙女,邱恒春女,邱鸿潮、邱鸿辉胞姊,邱兆荣、邱兆钰、邱兆琮、邱兆麟胞姑,邱豫鼎胞姑[②],以此知梁氏、邱氏、叶氏之间形成姻亲网络关系。

## No.410　侯官许亨超家族

许贞幹:《味青斋藏书画目》、《八家四六文注》八卷(民国《福建通志》总卷二十五,《福建艺文志》卷六十六;民国《闽侯县志》卷四八《侯官艺文志》)、《淮阴吟草》(陈衍《近代诗钞》第1735页)、《遥集集前编》六卷、《遥集集后编》[③](光绪二十八年味青斋精刊精印本,天津图书馆藏)、《八家四六文注》八卷首一卷(吴鼒辑,许贞幹注。光绪十七年刻本,绍兴图书馆藏)、《剑南诗钞　七言律》上下册(陆游著,杨大鹤选,许贞幹校。宣统二年上海扫叶山房石印本)、《国朝八家四六文》(题《八家四六文注释》,许贞幹注,陈衍补注,陈宝琛序,光绪十八年上海图书集成印书局印)、《红楼梦广义》(青山山农撰,味青斋光绪二十八年刊)、《味青斋藏书画目》(国家图书馆藏)

**谨按:**侯官许氏从闽清迁入,聚族居上街之都巡(今闽侯县上街镇红峰村都巡自然村),许贞幹尝居福州城内仙塔街。清代许氏有"父子三进士"的荣耀,指的是许氏家族培养出许亨超、许利宾及许利宾之子许贞幹三位进士。

许亨超,字敏甫。嘉庆三年戊午(1798)福建乡试郑兼才榜举人中式,与廖鸿藻、曾晖春、叶申棻等同年;四年己未(1799)成进士,与赵天、陈寿祺、梁运昌等同年。与陈寿祺等俱改庶吉士,尝官云南腾越厅(今腾冲)同知。撰有《重建腾越天后宫修观音阁记》。据此记,许亨超在嘉庆十年乙丑(1805)来牧,十一年丙寅[④](1806)撰记。嘉庆五年庚申(1800),陈寿祺撰《奉赠同年许敏甫之江川》。

许利宾(1814—?),许贞幹之父。道光十九年己亥(1839)福建乡试叶修昌榜举人中式,与沈葆桢、郑守诚、林昌彝等同年,二十七年丁未(1847)成进士,与沈葆桢、徐树铭同年。娶陈氏,有一子三女。

许贞幹(1850—1914),字舜枝、豫生、裕生,号味青斋主人。晚清福建著名藏书家、书法家。

## No.411　闽县林熙家族

林熙:《井窗子集》、《中山杂咏》一卷、《井窗蛩吟集》二卷[⑤](光绪七年乌园读画亭刻本)、《中山纪游吟》一卷(光绪十八年刻本)

---

① 《清代硃卷集成》第三三九册,举人梁继曾履历,影印第32页。

② 同上书,举人叶在衍履历,影印第134页。

③ 李灵年等《清人别集总目》著录《遥集前后编》十六卷,光绪二十八年味青斋刻本(第599页)。

④ 按:萧霁虹《从碑刻看云南与妈祖信仰》误作"清嘉庆十五年(1806)"(《世界宗教文化》2014年第1期第44页)。

⑤ 柯愈春《清人诗文集总目提要》著录《井窗蛩吟集》二卷、《中山纪游吟》一卷,均作光绪十八年林怡游乌园读画亭刻本,中国社会科学院文学研究所藏;别本《井窗蛩吟集》一卷,清钞本,福建省图书馆藏(第1523页)。

林瀍:《秋来堂诗》二卷(光绪六年刻本、光绪三十年石印本。郭柏苍《鄂跗草堂诗》卷下《戊午七月十九日侯官林处士瀍葬北郊马鞍金狮山》诗中注:"著《秋来堂集》")、《秋来堂文》二卷、《蠖官谈艺录》三卷、《草堂语剩》四卷、《乌园饮酒》四篇(民国《福建通志》总卷四十三,《福建高士传》卷五,林瀍本传)

**谨按:**民国《闽侯县志·(侯官)儒行传》有林寿英传,附子林熙、孙林景崧传。林寿英(1780—1848),号介眉,林调燮之子,府园林氏之后。籍侯官县。[①] 嘉庆二十四年己卯(1819)举于乡,道光六年丙戌(1826)大挑得教职,家居候选。"时总督孙尔准建贡院,濬欧冶池,陈编修寿祺司其成,以寿英善于笔墨,举为监工。……补授建宁府学训导。……调补漳浦县学训导。""熙,字绍眉,以所居有古井,自呼为井窗子。……子五人,长景崧,光绪乙亥(元年,1875)恩科举人,拣选知县。"[②]

林熙、林瀍兄弟无功名,关于其人其文的存世文献较少。据苏秋红《郭柏苍及其诗文研究》,道光二十五年乙巳(1845),郭柏芗与戴成芬[③]、陈心平、蔡澧兰(蔡元祁)[④]、徐一鹗[⑤]、严鸿谟、李希文、林洛西(林瀍)倡榕阴吟社[⑥]。《竹间续话》:"道光甲辰,闽县戴芷农成芬、陈心平芝田、侯官徐一鹗云汀、林洛西瀍、蔡澧兰香叔、严鸿谟秋屏[⑦]诸先辈结榕阴吟社,以落叶为题,征及十郡,得诗一千三百首。时先光禄公旅游杭州,邮寄评定。余曾购刻稿一册,诗仅四十余首,不拘体韵,不录姓名。每诗下列卷数,盖即评取本也。《葭跗草堂集》有序,其中'非衣子'即林洛西先生也。诗云:'霜信觉已紧,西风况复生。满阶闲不扫,众树冷无情。夜雨秋窗响,斜阳古驿明。频年感飘泊,物候客心惊。'公于千余卷中录为第一,遂与订交。先生居安民巷,因公常来栖息,署名曰秋来堂。著有《秋来堂诗》二卷、文二卷。"[⑧]按:此处"光禄公"指的是郭柏苍,非郭氏中尝官光禄寺少卿的郭曾炘及其封、赠诸先人。《竹间续话》卷二:"鼓山之麓,有刻'张佩纶避兵处'六字。按:光绪甲申马江中法之战,已见先光禄公《竹间十日话》。"[⑨]"光绪辛巳(七年,1881),先光禄公入居,创沁泉山馆,并移家祠其中。"[⑩]

林瀍(1824—1858[⑪]),字洛西,号非衣子。家安民里,颜所居里巷曰蠖宧,于新美里筑秋来堂。其家多藏书,有"闽中林洛西鉴藏"藏书印。与郭柏苍、林直等交游。传称秀才戴成芬、教谕徐一鹗辈招集吟社,以落叶命题,郭柏苍于千卷中录林瀍所作为第一,遂与订交。林瀍昆季约郭柏苍弟、侄于乌山麓筑鄂跗草堂,日夕往来。与将乐秀才袁辅宜、福清征士施天球交善。[⑫] 咸丰八年(1858)葬于福州北郊马鞍金狮山。郭柏苍为撰《林处士瀍墓志》。林直《送家洛西瀍游莆阳》:"林生倜傥良可喜,文采风

① 郭柏苍《敕授修职郎漳浦县学训导林公墓志铭》,《葭柎草堂集》卷上,《清代诗文集汇编》第662册,影印第144页。作于道光二十八年戊申(1848)。

② 民国《闽侯县志》卷七十八,《儒行传四下》,原第六页,原第321页。此传本郭柏苍《葭柎草堂集》卷上《敕授修职郎漳浦县学训导林公墓志铭》。

③ 郭柏苍《哭闽县戴秀才成芬》(《三峰草庐诗》卷上,《清代诗文集汇编》第662册,影印第60页)作于同治四年乙丑(1865),故知戴成芬卒年。据《于峰小纪序》,戴成芬系郭柏苍舅氏婿(《葭柎草堂集》卷上,《清代诗文集汇编》第662册,影印第120页)。

④ 道光二十六年丙午(1846),郭柏苍为祖籍连江的蔡元祁、蔡赓良及其族叔蔡庆东撰《山蔡氏重修族谱序》。

⑤ 郭柏苍《哭宁德教谕徐君一鹗》,《三峰草庐诗》卷下,《清代诗文集汇编》第662册,影印第76页。此诗作于同治十三年甲戌(1874),故知徐一鹗卒年。徐一鹗系福宁府教谕、道光二十四年(1844)进士徐世昌之子。光绪五年(1879),郭柏苍作《为徐教谕一鹗成丞相坑墓》,诗中注云:"龚方伯易图乌石双骖园设亡友数座,君与焉。"知徐一鹗亦龚易图诗友。又,"君季女能诗,继君卒。君之诗遂失。"(《沁泉山馆诗》卷上,影印第90页)知徐氏父女能诗。徐一鹗父女未另立一条。

⑥ 苏秋红《郭柏苍及其诗文研究》,福建师范大学2010年硕士学位论文,未刊稿,第66页。

⑦ 按:严鸿谟,侯官郭柏苍之配严蕙怀之弟、严九皋(秀川)之子。官长汀教谕。郭柏苍《鄂跗草堂诗》卷下有《内弟严鸿谟任长汀教谕陷贼中近得生存之信作诗寄之》诗,作于咸丰八年(1858)。

⑧ 郭白阳《竹间续话》卷一,第9页。道光二十五年乙巳(1845),郭柏苍撰《榕阴吟社序》,列出榕阴吟社成员陈心平、戴成芬、徐一鹗、蔡元祁、严鸿谟、林瀍、李希文、郭柏芗、郭式昌结社,征诗得卷一千有奇,邮寄时在光泽杭川的郭柏苍评定,择优付梓(《葭柎草堂集》卷上,《清代诗文集汇编》第662册,影印第138页)。

⑨ 郭白阳《竹间续话》卷二,第43页。

⑩ 郭白阳《竹间续话》卷二,第30页。

⑪ 按:民国《福建通志》林瀍传称其卒于咸丰七年丁巳(1857)十二月(民国《福建通志》总卷四十三,《福建高士传》卷五。林瀍传,原第八页),本年十一月十八日已入1858年。

⑫ 民国《福建通志》总卷四十三,《福建高士传》卷五,林瀍传,原第七页。

流妙无比。廿载栖迟守故园，一朝慷慨辞乡里。平生意气高青云，白眼那识平原君。诗篇自矜万夫敌，谈笑欲却千人军。”[①]

林灜之兄林熙(1817—1877)，字绍眉，号井窗子。能诗。著有《井窗子集》、《中山杂咏》。侄林怡游，有乌园、读画亭。[②]

## No.412　侯官廖鸿苞家族

廖鸿荃：(纂)《仁宗实录》四百七十六卷(民国《闽侯县志》卷六十九本传)

廖鸿藻：《进奉文钞》一卷[③](同治刊本《福建通志》卷六十七)

廖鸿苞：《竹臣诗草》一卷(同治刊本《福建通志》卷六十七)

廖毓英：《自怡庵诗钞》(刻本)

**谨按**：廖氏祖籍延平府将乐县，廖君弼于清代康熙间迁福州东关外，为迁榕始祖；第三世迁城内夹道坊，第四世廖冈陵(陆峰)迁北后街。

廖冈陵传在民国《福建通志·孝义传》。子八，殇二，其余六子，一为国子生，五子登科(长子廖鸿翔，举人、知县；三子廖鸿禧[④]，举人、拣选知县；四子廖鸿苞，举人、进士；五子廖鸿藻，举人、进士，官兵备道；六子廖鸿荃，举人、进士，官总督)[⑤]，其中三人成进士，入翰林，一时极为荣耀。

五世廖鸿苞(？—1836[⑥])，字竹臣，鸿藻、鸿荃兄。嘉庆二十二年丁丑(1817)二甲第四十五名进士。由庶吉士历官至苏州府同知。其弟廖鸿藻，字应祉，一字斯嘉[⑦]，号仪卿，廖鸿荃兄。嘉庆十四年己巳(1809)进士。由编修出为江西督粮道，以病乞归，隐于棋酒。尝寄居衢州[⑧]。同治刊本《福建通志》卷六十七著录廖鸿苞、廖鸿藻兄弟的著作，以为闽县人。误。

廖鸿荃(1784—1864)，原名金城，字应礼，一字斯和[⑨]，号钰夫。嘉庆九年甲子(1804)福建乡试举人中式，与林则徐、四兄廖鸿苞、叶申芗、三萨氏同年；十四年己巳(1809)第二人进士及第，与五兄廖鸿藻、叶申芗同年。起家寒畯，无所依傍，专以文翰之工洊历清要。授编修，累官署漕河总督、工部尚书、太常寺卿，加太子少保衔。咸丰二年(1852)冬致仕；三年(1853)，署闽浙总督王懿德疏请在籍尚书衔廖鸿荃等佥同筹办团练事宜[⑩]，赏戴花翎。同治三年卒，年八十一。谥文恪。杨浚所撰挽联，称之为“五朝元老”、“一代青宫”[⑪]。传称其“门生半天下，湘乡曾国藩即戊戌(道光十八年，1838)所荐士”[⑫]。

六世廖鹤年，举人、拣选知县；廖仰贤，候补知县。七世廖熹时，军功议叙；廖骧(号执斋，一作绩

---

① 林直《壮怀堂诗初稿》卷五，原第十二页，影印第575页。按：此诗次序在《余家旧植梅二株红白各一丁未冬适鄂跗草堂落成兼秋(郭柏苍)洛西(林灜)枉过言及园中花木甚乏因移其白者赠之并系以诗》前。丁未，道光二十七年(1847)。鄂跗草堂，郭柏苍别业。

② 柯愈春《清人诗文集总目提要》，第1523页。

③ 柯愈春《清人诗文集总目提要》著录作《仪卿进奉文钞》不分卷，道光十二年刻本，江西省图书馆藏(第1135页)。

④ 按：《清代硃卷集成》第三三九册举人陈眉翰履历记载道光乙酉(五年，1825)举人廖鸿莼(影印第285页)，系同一人。

⑤ 据《清代硃卷集成》第三三九册举人陈眉翰履历记载，廖冈陵第二子名廖鸿猷，子廖庆年、廖引年，孙廖积裕，侄孙廖齐廉，孙女廖氏适陈蔚章，生子陈眉翰、陈眉岳(影印第285-286页)。廖鸿猷女廖氏(1818—1866)，适龚杲孙(1817—1878，龚福康第三子，龚易图叔父)，子龚慎图、龚承基、龚昌图、龚应图(《福州通贤龚氏支谱》，影印第286页)。

⑥ 按：林则徐道光十六年八月二十五日(1836年10月5日)《致郑瑞麒》云“廖竹臣四兄人极浑厚，吏才亦极明练，忽以微疾不起，深堪悼惜”。并云廖鸿苞之弟弟廖鸿藻(仪卿)“渠迩来家运亦颇不振”(《林则徐全集》第七册，第128页)。

⑦ 《清秘述闻续》卷二，《清秘述闻三种》中册，第566页。

⑧ 梁章钜《招隐篇赠廖仪卿观察鸿藻时寄居衢州城中》，《退庵诗存》卷二十四，《清代诗文集汇编》第515册，影印第245页。

⑨ 钱维福《清秘述闻续》卷十三，《清秘述闻三种》中册，第829页。

⑩ 民国《闽侯县志》卷一，原第八页，影印第7页。

⑪ 杨浚《冠悔堂楹语》卷下，原第七页，影印第775页。

⑫ 民国《闽侯县志》卷六十九，廖鸿荃传，原第十页，影印第256页。

斋[①],廖鸿藻侄孙),进士,尝主讲兴化府擢英书院、台湾明志书院、福州越山书院等,任越山书院山长;廖炳枢,副举人、知府;廖駪,优贡、知县;廖绍绩,候选知府;廖兆琛,奏奖副举人。八世廖鸣韶,进士、同知;廖毓英(笠樵),亚魁、进士、补用知府;廖德钊,赐工科进士出身;廖德钧,曾任民国福建教育厅次长;廖德锟,任四川都督府秘书长;廖德观,广东海军学校毕业,留学英国,任应瑞舰总教官。九世廖能同(1886—1919),廖毓英长子,京师大学堂毕业,奖举人,赴德留学;廖能申,廖毓英第三子,清华学堂毕业,赴美留学,浙江大学教授。廖氏后裔能继踵前武,人才辈出,至今未艾。

八世廖毓英(1863—1929,字立樵)是福州廖氏家族最后的进士,尝官宛平知县,亦诗人。梓有《自怡庵诗钞》行世。廖毓英系闽县萨嘉曦姻弟,撰有《寄农姻兄以先芬集见示为填满庭芳一阕即乞郢政》[②]。

## No.413　闽县张见心家族

**谨按:**现存闽县张见心祖孙从事文学创作的资料较少。《竹间续话》:"闽县张见心,字复斋,嘉庆贡生。能诗,擅书画。余藏先生画绿萼梅箑面,具幽姿之致。孙承渠,字轩叔,画承家学。"[③]

张承榘[④],字轩叔,号痴张,张见心之孙。能词。尝填《惜分飞》,有"三载相知承眷注","长亭离树横朝雾"之句。

谢章铤《赌棋山庄词话》"张承渠词"条载其事迹:"轩叔为复斋见心先生之孙,复斋能诗,擅书画,有疋量。予旧赠轩叔诗云:'轩叔名公孙,饥驱向海甸。濯濯杨柳姿,不为污泥变。填词有新听,作画究真面。'盖轩叔能守其家学。余之自感化溪归,轩叔填《惜分飞》五阕送余。自跋云:'余与枚如相识甫三载,而相知之深,欢若平生。秋日过我,客次拌酒,纵歌互答。承惠新诗数章,意气陵铄,金石逾坚,余将何以对我故人也。今枚如行有日矣。嗟嗟!热血三升,痴情万种,为古担忧,依人作嫁。一副头颅自喜,满腔肝胆向谁。本意业多磨,岂英雄无赖。长年马磨,异梦同床,到处蛇神,奇形丑状。茫茫知己,落落人间。何幸大苏青眼,酒边联听雨之欢。无如老杜思归,客里唱停云之曲。扪心别后,憔怅奚如。执手今朝,缠绵乃尔。会当铸汝黄金,作客犹留鸿爪。更愿贻余彤管,封侯共奋鸢肩云尔。'词云:'阿大才华当有数,不独登高能赋,自步江东路。古人深慕今人怒。秋雨湖西弦管度,家世清华如故,莫把浮名误。黄金应铸纱应护。(其一)我辈钟情轻世故,谣诼蛾眉空妒,岂受樊笼锢。冲天竟去休愁顾。霜雪人间寒已固,鬼垒登场堪恶,一笑东流付。天心保护无迟暮。(其二)何处清辉长夜度,冷落云鬟香雾,征鸟飞无数。恼他云路频来去。玉桂凉风金菊露,多被秋花猜妒,难得杯中趣。斋期宁误茵宁吐。(其三)三载相知承眷注,骥尾龙麟欣附,倦眼风尘顾。长亭离树横朝雾。肝胆牢骚收不住,润色诗筒酒具,萧索真难度。孤弦自语秋心聚。(其四)颠酒狂歌能几度,此别何时再晤,不恨来迟暮。深情如铸新如故。好月幽花难凑趣,总为离愁绊住,尤抱伤心处。临行分付书来去。(其五)'嗟乎,若轩叔者,能不令人增交道之重哉?"[⑤]

又据该书同卷"《友仁精舍雅集图》题词"条,知张承榘尝与谢章铤等人于友仁精舍雅集和酬唱活动。友仁精舍在漳平北门外。据谢章铤、高应焱两首词,知有长乐谢章铤枚如、钱塘高应焱文樵、吴中李堉涵亭、闽县董庆澜少白、闽县叶鼎全甲三、闽县潘联禧蔼庭、闽县张承榘轩叔、吴中计树谷荣村、汀州廖镜清菊农、诏安陈玉宇星垣等人唱和,时咸丰二年壬子(1852)。

---

① 《清代硃卷集成》第三四〇册,举人林大任履历,影印第95页。

② 《雁门萨氏家谱》卷五,影印第965-966页。

③ 郭白阳《竹间续话》卷四,第73页。

④ 按:《闽词征》传作张承渠(《闽词征》卷五,《闽词钞 闽词征》第842页。

⑤ 谢章铤《赌棋山庄词话》卷五,刘荣平《赌棋山庄词话校注》第118-119页。

## No.414　侯官薛禧年家族

薛嘉颖(薛禧年祖父):《易经菁华》六卷(刘荣平《赌棋山庄词话校注》第121页注作《易经精华》六卷附一卷,光绪元年刻本)、《书经菁华》六卷(嘉庆二十四年刻本)、《诗经菁华》十卷(光绪九年刻本)(同治刊本《福建通志》卷六十七)

李应庚(薛禧年舅):《琴寄老人诗剩》(郭白阳《竹间续话》卷一)、《琴寄斋诗剩》(民国《福建通志》总卷三十九,《福建文苑传》卷九本传;林纾《李琴寄》)、《琴寄诗剩》一册(陈衍《石遗室诗话》卷十六,第一条。李灵年等《清人别集总目》第791页作《琴寄斋诗剩》一卷,同治三年刻本)

**谨按**:侯官薛嘉颖,字悟郇,薛朝标(字信龙)之子。系嘉庆十二年丁卯(1807)福建乡试举人,与郭尚先、林蔚春、黄铨等同年。官封丘知县。同治刊本《福建通志》著录其著作,所著题"菁华"者,谢章铤《赌棋山庄词话》及刘荣平校注均作"精华"[①],谢章铤对其所著评价甚低;同治刊本《福建通志》卷二百四十一《孝义传》立薛朝标传。

薛禧年,字幼臣,与谢章铤为词友。谢章铤《赌棋山庄词话》多有记载,"薛幼臣(薛禧年)、黄宗彝和《友仁精舍雅集图》题词"条:"友仁精舍之会,肖岩、幼臣俱以秋试未与。后二君皆落孙山外,幼臣至而余已归,于甲三(叶甲三,字鼎全,闽县人)处见其和作,归以视肖岩。肖岩亦和一阕,失意之言,令人寡欢。……幼臣为星村之甥,星村屡向余称其刻苦,幼臣亦雅知余,然相见初不相亲。壬子(咸丰二年,1852)作客漳平,余至而幼臣归矣。余遣使要自同安,既至,甚莫逆。其客中不寐填《满江红》云:'十日离乡,路迢迢、寸心千里。又况是、客中作客,劳尘未已。绝险风波经弗尽,不情岁月伊胡底。叹无端、一付好鬓眉,依人耳。　寒窗外,江如市。孤枕畔,夜如水。苦思量欲觅,家山梦里。白发高堂游子泪,青灯短榻读书味。恼来时、辗转睡难成,鸡声起。'比之星村,洵为宅相。幼臣大父悟郇嘉颖先生,积学有重名,著《书经精华》、《诗经精华》等书,为家塾蒙训善本,盛行于时云。"[②]知谢章铤与薛禧年订交于咸丰二年(1852)。该书同卷"友仁精舍雅集图题词"条称许薛禧年"半世蹉跎怨素琴"句。

薛禧年之舅氏李应庚,号星村,号琴寄老人,行二。闽县人。居钓龙台畔。少有惊才,能为骈体文。李应庚父兄俱出仕为令[③],家用甚饶,好与贫贱多文者交,选舞征歌有年,垂老家道中落。晚年穷老失明,寄食于友朋以终。慕北宋词人柳永、周邦彦为人,才调亦复济之。传见民国《福建通志·文苑传》。李应庚与台江妓张锦云善,有长生七夕之约。《赌棋山庄词话》卷一有"李应庚词"条,摘录其诗词数首。郭白阳《竹间续话》载其事:"李星村先生应庚,喜邪游。其兄作令皖江,资给颇丰,尽付缠头之用。以杜牧之、柳耆卿自命,与台江校书张锦云有长生七夕之约。所居曰餐霞楼,朝夕二人书声相间也。未三年而锦云竟死,先生图其影为长卷,葬之于天宁山。山对过有酒楼,先生饮其上,必酾酒隔江遥酹之。岁时致祭,尝有《祭冢诗》云:'原头宿草不重肥,我亦人间万事非。有墓清明来一恸,无家魂魄汝何依。零星挂纸冥资薄,仓卒焚香野祭微。岁岁萧郎代添土,可怜故鬼尚啼饥。'可谓酸辛之极。晚景穷困,无家可归,寄食于友朋以终。著有《琴寄老人诗剩》。"[④]按:同治二年(1863),谢章铤送

---

① 谢章铤《赌棋山庄词话》卷五,刘荣平《赌棋山庄词话校注》第121页。

② 谢章铤《赌棋山庄词话》卷五,刘荣平《赌棋山庄词话校注》第120-121页。

③ 《清代硃卷集成》第八四册收录光绪二十一年(1895)乙未科第一百九十五名贡士、殿试二甲第七名进士林开谟履历,第三三八册收录光绪元年(1875)乙亥科福建乡试第三十八名举人林开章履历,知林氏兄弟高祖妣李氏,系举人、肃州直隶州知州李国轩和国学生李国雍的胞姑(《清代硃卷集成》第三三八册,林开章履历,影印第241页),系举人、安徽知县、知州李金庚和国学生李应庚胞祖姑,则李应庚之父名李国轩,其兄名李金庚。李应庚系林开章、林开谟兄弟的表叔祖父行姻亲。

④ 郭白阳《竹间续话》卷一,第15页。

李应庚赴皖省兄[①];又,《赌棋山庄词话》此诗题作《视墓》,或无题,文字并有不同[②]。《赌棋山庄词话》卷一之“刘家谋”条称李应庚“俊爽”[③]。

李应庚尝与谢章铤等结聚红词榭,为社中祭酒。又与龚易图、林直等有交游,林直作《同李星村上舍夜坐有怀芑川(刘家谋)肖岩(黄宗彝)》、《和李二星村感怀韵》[④],后诗有“君自背人频叹息,世谁为汝惜艰难”句,时道光三十年庚戌(1850);龚易图有《和李星村上舍见赠步韵》组诗四首[⑤],时光绪三年丁丑(1877)。又尝入净名社。该社旧有吴泰来、叶大庄、陈琇莹、陈书、龚易图[⑥],新入社徐葆龄、李应庚、刘学畲。社人有《骖鸾诗》[⑦]。净名社之诗清新俊逸,不出王士禛、朱彝尊之范围[⑧]。

## No. 415　闽县李光瑚夫妇

蔡梅魁:《焚余集》(《赌棋山庄词话》卷二。民国《福建通志·福建列女传》卷五蔡如珍传作一卷)、《诗稿》一本(民国《福建通志》总卷四十五,《福建列女传》卷六蔡如珍传)

**谨按:**谢章铤《赌棋山庄词话》之“刘士棻吊李光瑚夫妇词”条:“闽县李亦珊光瑚仕广州别驾,家庭多缺憾,一弟又桀惊不可驯,自甘凉解饷归,抑郁以死,棺久不得归。其妻蔡氏名梅魁,字如珍,有《焚余集》,卒年二十九,尝割股愈姑疾。谓老妇曰:‘吾夫死,无一过问者,没久殡此,其何以堪?我将死之,闻者或怜我之节,送夫柩归,吾翁姑亦籍以同归,吾无憾矣。’乃冠帔拜堂上,自缢。其同官某之妻闻于老妇而悯之,属其夫醵金以助,已,仍出二百金送之归,且立庙祀之。粤中南海知县仲振履为之填《双鸳祠院本》。振履字柘泉,一字柘庵,又号览岱庵木石老人,籍江南,长于倚声。此词尤哀怨动人,卷首有吾乡刘心香士棻先生题词。余调《乳燕飞》,书其后,云:‘苦雨凄风夜。把此卷、长吟一遍,数行泣下。夫妇人间多似鲫,似汝凄凉盖寡。侭辛苦、艰难都罢。委曲求全还未得,况无端、贝锦工嘲骂。心中痛,谁能写。　　肝肠寸断颜凋谢。却犹将、纲常二字,时时认者。为妇为儿无一可,此罪千秋难赦。说不出、泪行盈把。博得旁观称苦节,想君心、听此添悲诧。不得已,如斯也。’”[⑨]按:《酒边词》卷一词调《贺新凉》,词序:“闽县李光瑚字亦珊。仕广州别驾。以家难歿于官,妻蔡氏殉之,其友仲振履为之填《双鸳词院本》,甚悽惋,哀之而作。”《赌棋山庄词话》所引文字中,“祠”作“词”,“此卷”作“这卷”,“似鲤”作“似蚁”,“不得已”作“真不愿”[⑩]。

梁廷枏《曲话》卷三:“番禺令仲拓庵振履卸事后,寓省垣,作《双鸳祠》八折,即别驾李亦珊事也。起伏顿挫,步武井然,惜点谱一折,人手太闲,《歌赛》一折,收场太重。通体八出,杂剧则太多,传奇又太少,古今曲家无此例也。”按:《双鸳祠传奇》,嘉庆二十五年(1820)刻本。

蔡如珍传见民国《福建通志》:“蔡如珍,广州通判李光瑚妻。知书耽吟,随夫之任,戚然有《思归忆亲》诗。……夫卒,无以归榇……无子。有《焚余集》一卷。”[⑪]蔡如珍传重出,一见于民国《福建通志》总

① 陈昌强《谢章铤年谱简编》,载《闽江学院学报》2009年第1期,第41页。

② 谢章铤《赌棋山庄词话》卷一,刘荣平《赌棋山庄词话校注》第16页。据刘氏校注,“原头”作“山头”,“汝何依”作“汝河归”,“尚”作“已”。

③ 谢章铤《赌棋山庄词话》卷一,刘荣平《赌棋山庄词话校注》第30页。

④ 林直《壮怀堂诗初稿》卷七,原第三、五页,《清代诗文集汇编》第703册,影印第584、585页。

⑤ 龚易图《乌石山房诗稿》卷十六,原第十六页,《清代诗文集汇编》第731册,影印第315页。

⑥ 叶大庄、陈琇莹、陈书三人见陈衍《石遗室诗话》卷十六第一条(第222页),龚易图见同书卷二十一第十九条(第295页)。

⑦ 陈衍《石遗室诗话》卷十六,第一条,第222-223页。按:陈衍云净名本吴泰来(企晋)号,在京师降神二年,皆称净名,在闽则称不庵居士(第223页)。

⑧ 陈衍《石遗室诗话》卷十六,第一条,第224页。

⑨ 谢章铤《赌棋山庄词话》卷二,刘荣平《赌棋山庄词话校注》第36页。

⑩ 谢章铤《赌棋山庄集》词集卷一,《清代诗文集汇编》第681册影印光绪十五年刻本,影印第6页。词集即《酒边词》。

⑪ 民国《福建通志》总卷四十五,《福建列女传》卷五,蔡如珍传,原第二十七页。

卷四十五,《福建列女传》卷六。

## No.416 闽县翁氏家族

翁时稚:《金粟如来诗龛稿》四卷(民国六年刻本。民国《福建通志》综卷三十九,《福建文苑传》卷九本传)、《金粟如来诗龛集》四卷(光绪二十四年林纾刻本,南京大学图书馆藏;民国六年福州翁氏刻本,福建省图书馆、福建师范大学图书馆藏。李灵年等《清人别集总目》第 1911 页)

翁时农:《正则诗》(陈昌强《谢章铤年谱简编》)、《正始堂诗集》[①](光绪三十三年南洋官报局铅印本。一题《正始堂诗钞》一卷。复旦大学图书馆藏)

**谨按**:闽县南台(今福州市仓山区)诗人翁时稚、翁时农两位作者的存世文献较少,以翁时稚的时代为较早。

郑振铎《晚清文选》中收有林纾所撰翁时稚《金粟诗龛集序》:"天下文章之美,非有所幸得也。必其周历世事,详览变故,洞窥乎诗书之源,游览乎著作之庭,而后发而为辞,乃非委巷者之言。渊乎铄乎,始成为至文。然其间之幸而存,广而传,又若有鬼神护持于蒙昧,必使作者之光气无所漫灭,若珠之不秘于川,玉之不匿于璞焉。唐之李、杜、王、孟,皆屡历兵燹,诗仍流传人间,不能不谓鬼神之无功。吾乡当嘉、道间,陈苇仁(陈寿祺)太史为老师大儒,持倡闽诗,同时张松寥(张际亮)、林芗溪(林昌彝)、郑修楼(郑天爵)、许秋史(许赓皞)诸先生,造怀指事,各出其磊落慨慷之气,一时旗鼓张于东南。而南台翁薰卿先生,方以诸生伏处林麓,诗名蔚然,与诸先生追逐。时侯官林文忠公(林则徐)、李兰卿(李彦章)观察咸家居,得先生诗,命驾访之茅茨之下。一时惊叹二公为能下士,而先生亦未尝以事干二公也。先生晚年,于诗益邃。虽以松寥之豪恣,不可一世,而先生未尝自屈。先生初师青莲(李白),间出以昌谷(李贺)之凄艳。近世拘于格调,与务为涩体者,颇引为病。然吾乡欧斋林公(林寿图),诗雄一时,于先生则盛加推引。先生遗诗,手定为《金粟如来诗龛集》四卷,藏之欧斋。光绪某年,欧斋火,先生之稿亦从而烬焉。余太息痛愤于先生之诗之不传,又以造化之心,与诗人乃多所龃龉也。寻晤先生从孙仙孙上舍,亟问先生副本存否。时魏祯甫芝芳司马在座,则先生之从子婿,亦趣问上舍。上舍始出先生手定全稿,余跃起座间,读尽卷,余始释。司马言与先生有旧恩,请出资刊之。余为校雠,自丁酉讫戊戌竣。其间诗次略有颠倒者,以稿出先生手定,不敢僭易,悉仍其旧。呜乎!先生不仕于朝,而姓名又不出里,乃径寸之稿,几复不能自存。吾意天厄诗人,既挫其身,当终昌其诗,已而果得诸上舍家,又有祯甫为剞劂。先生之诗,其果存矣!而吾不知世之抱幽坠潜,均得有上舍、司马其人否?是又诗人之不易为也。"[②]据民国《福建通志·福建列传》林寿图本传,"光绪某年"为光绪十七年辛卯(1891)[③]。光绪二十三年丁酉、二十四年戊戌间(1897—1898),林纾校雠翁时稚的诗集,魏芝芳(祯甫)出资刊行《金粟如来诗龛集》四卷。民国《福建通志》著录此集,引陈衍《石遗室书录》云林寿图《榕阴谈屑》亟称其诗,并称遗稿藏于书楼,楼火稿烬,引为至恨[④]。

今引《石遗室诗话》林寿图之论如下:"道光间,亨甫凌轹一代,独许翁蕙卿诗,奇才逸气,同辈罕俪。赠诗云:'近来海内为长句,蕙卿欲轶高青邱。'又云:'世无李太白,高才竟谁偶?'[⑤]蕙卿性孤介,老于诸生。尝尽汉、魏、齐、梁、唐、宋之源流,心摩而手追之。少年自伤名不出里巷,同辈无能知之,故狎

① 李灵年等《清人别集总目》题《正如堂诗钞》,不分卷,光绪三十三年南洋官报局排印本(第 1911 页)。

② 林纾《金粟诗龛集序》,郑振铎《晚清文选》卷下,中国社会科学出版社 2002 年版,第 222 页。

③ 民国《福建通志》总卷三十四,《福建列传(清八)》卷三十九,林寿图传,第三十七页。

④ 民国《福建通志》总卷二十五,《福建艺文志》卷六十六,第十八页,引。

⑤ 张际亮两诗分别为《书蕙卿扇》、《蕙卿出视诗草兼屡有怀忆投赠之词赋此奉赠即以录别》,均《思伯子堂诗集》卷二十九,道光二十一年(1841)作。

游以自晦。四十以后,闭关守穷,人罕见其面,乃遭蚍蜉之撼,薄以温李体。马平王定甫、瑞安孙琴西、介休王霞举,海内所推能诗者,尝于余处见其《金粟如来诗龛集》,结郑少谷、王子衡之遥契焉。三君辄曰:'使蕙卿出游大江南北,必能极所变以尽其才。惜年不永,如高青邱,而遇不逮。'知言哉!"[①]按:广西马平人王拯(1815—1876),初名锡振,字定甫,号少鹤。著《王少鹤先生文稿》等。浙江瑞安人孙衣言(1815—1894),字绍闻,号琴西、逋拔等。有《逊雪斋诗文钞》等。陕西介休人王轩(1823—1887),字霞举,号顾斋、壶翁。有《顾斋诗集》等。又,郑少谷、王子衡之契,指明代福建作家郑善夫(1485—1523,字继之,号少谷。福建闽县人)亟赏前七子之王廷相(1474—1544,字子衡,号浚川。河南仪封人),虽未曾谋面而相知,郑氏身故后,王廷相不远千里入闽为治丧。道光十四年(1834),张际亮作《寄翁蕙卿》诗,小序云:"蕙卿名时稚,有隽才。今年在福州,屡来访余,投诗枉赠,拟以太白,余病不能答,于心阙然。既谒太白墓,枨触于怀,乃作此寄之。"诗句有"翁君年少才甚奇,自云十载好我诗"。[②] 知翁、张订交之年及交谊。此后张、翁之间唱和诗甚多。

翁时稚,字蕙卿,号南台,行二。闽县南台人。陈寿祺门人。邑诸生。肆力为诗,与刘家谋、林昌彝、李应庚等同时并辔齐驱,三年积诗千首[③],与邑人林寿图、建宁张际亮相友善,二人皆盛推其诗。系生活于嘉庆、道光间的一位著名诗人,受到林则徐、李彦章等乡贤的推挹。由于其不仕于朝,名不出里闬,诗集几乎不传。直至光绪间,林纾为其校雠,其从子婿魏芝芳出资,最终在民国六年(1917)刻行。陈衍云"蕙卿全稿,林畏庐有之,闻在孙师郑(孙雄)处"[④]。翁时稚身后与李应庚(1815—1865)、林纾(1852—1924)被陈衍称为南台(今仓山区)三大诗人。

徐世昌《晚晴簃诗话》"翁时稚"条:"翁时稚,字蕙卿,侯官人。诸生。有《金粟如来诗龛集》。《诗话》:'蕙卿少与欧斋(林寿图)方伯同学,久困名场,独刻意为诗,诗格在樊南(李商隐)、樊川(杜牧)间。赋《杏花》有"诗梦如烟寻雪北,客程计月到江南"、"村间画意影在水,客里乡心红到桥"之句,与赋《秋海棠》诗,皆别饶风调。'"[⑤]据陈昌强《谢章铤年谱简编》,咸丰六年(1856)十二月十九日,翁时稚与谢章铤、王朝枢、梁履将、刘三才、刘勷等聚于小雪浪斋,为苏轼初度雅集;同治元年(1862)谢章铤答翁时稚;同治二年(1863),翁准过访,示以翁时稚遗墨[⑥],推知翁时稚卒于1862—1863之间。

据陈昌强《谢章铤年谱简编》,同治三年(1864)谢章铤读翁时农《正则诗》,题翁时农《独立图》,题翁炳南《苏长公墨梅》;四年(1865),题翁时农所藏张际亮《王郎曲诗册》[⑦]。翁时农,字莘老,一字莘夫[⑧],道光至光绪间人。按:翁时农诗《南禅寺有怀旧遇》,"垩棹新修四十秋"句下注:"寺为先严道光间重修。"据此推算,翁时农在咸丰末年(1861年前后)到寺,方才符合"四十秋"之数。又,翁时农系侯官郭曾焜受业师,恐非其母翁氏族人[⑨]。郭曾焜出生于同治九年庚午(1870),系光绪十五年(1889)己丑恩科举人。据此可知翁时农的生活年代。

## No.417 闽县何春元家族

何承元:《守吾素斋诗草》一卷(清钞本,国家图书馆藏。柯愈春《清人诗文集总目提要》第1446页)

---

① 陈衍《石遗室诗话》卷十五,第二条,第210-211页。

② 张际亮《思伯子堂诗集》卷二十一,《清代诗文集汇编》第601册,影印第244页。

③ 张际亮《蕙卿出视诗草兼屡有怀忆投赠之词赋此奉赠即以录别》,同上书,卷二十九,影印第344页。作于道光二十一年(1841)。

④ 陈衍《石遗室诗话》卷十五,第211页。

⑤ 徐世昌《晚晴簃诗话》卷一百四十八,第1075页。

⑥ 陈昌强《谢章铤年谱简编》,载《闽江学院学报》2009年第1期,第41页

⑦ 陈昌强《谢章铤年谱简编》,载《闽江学院学报》2009年第1期,第42页。按:张际亮《王郎曲》作于道光十八年(1838)(《思伯子堂诗集》卷二十七,《清代诗文集汇编》第601册,影印第321页)。

⑧ 《清代硃卷集成》地三三九册,举人郭曾焜履历,影印第189页。

⑨ 同上注。

**谨按**:闽县何春元、何承元的兄弟关系见于《乌石山志·潄石山房》的记载:“道光间何孝廉春元、字乾生,道光辛卯(1831)举人。何大令承元字松亭,道光丁酉(1837)举人,官江苏。粤匪陷苏州,靖难。兄弟读书其中,种梨百本。”①潄石山房在明清之间易手多人,据《乌石山志》此条记载,潄石山房先是明人陈一元习静处,清代道光年间为何春元、何承元兄弟所有,林则徐题曰“玉雨山房”,近为翁祖列(字次竹)别业。

清代福州诗人于潄石山房结社聚会,多有诗作。《乌石山志》:“国朝何春元《玉雨山房》诗:‘红尘不上山人山,山中岁月殊宽闲。白云别我向天际,日暮闭门犹未还。’郭柏蔚《社集玉雨山房》诗并序:‘岁丁酉(道光十七年,1837),同志二十五人,得于麓明郑少参述天开图画楼地,结屋于前堂,题曰补蕉山馆。落成有日,假何氏园亭先行社集②,叶君修昌为绘《道山燕集图》,至者:福清许庆龄,闽县庄韶音、曾铿鸣、曾锵鸣、林熙、施登龙,侯官赵坤、赵新、黄元禧、黄紫华、黄宗彝、郑尔恭、陈履仁、陈三英、林华平、吴伯敬、薛凌霄、姚宝铭、姚宝训、蔡元祁、伯兄柏心、弟柏苍、柏芗、次兄柏荫。猗欤盛哉!搦管跻于何氏三壁,诗成,月落矣。山中秋日间,晴色满草木。松竹既多姿,兰蕙气亦馥。一筇陟峰巅,江海在两目。遥天晚逾净,远山寒更肃。补蕉廿五人,筑室于山麓。永订文酒会,先绘燕集轴。倚岩或坐树,动静含幽独。兴来行且歌,兴尽歌者哭。美酒无重欢,良时将不复。客至日初升,酒罢云已宿。吾心本多悲,诗成难再读。’……张际亮《宿乾生松亭玉雨山房》③诗:‘朔风吹海水,万里气苍然。旷野飞蓬地,高台落日天。茫茫思终古,忽忽感流年。两载从淹滞,谁知鬓已玄。’‘此地时来往,壶餐感激频。定知长路别,难见小园春。山峭岩当户,天寒月傍人。沉沉岚翠外,一火著江滨。’‘接席皆兄弟,尊前感更多。十年疏骨肉,千里复关河。夜静鸦如语,江长雁独过。毋劳时问讯,临别莫蹉跎。’‘清旦高台上,萧萧老木风。万山青到海,千石气盘空。远望愁天外,思归阅梦中。佳晨各异俗,不与故乡同。’又《刘西堂建庚孟井文曾贻乾生松亭再饮玉雨山房》诗:‘昨宵有约梦中来,破晓山光照酒杯。至日年年皆作客,故人处处共登台。马牛放牧城濠出,鸿雁惊寒泽国回。万里幽并空怅望,扁舟迟去岁时催。’又《再宿乾生玉雨山房》④诗:‘复此寻觞咏,凄然惜别真。日斜已新月,山暝自留人。园橘重来熟,岩花小折频。翻因迟二仲,开径暮逡巡。’”⑤郭柏苍等人在潄石山房、补蕉山馆结道山燕集,题诗。更有张际亮、刘建庚、孟曾贻等诗人为潄石山房赋诗。按:二十五人中,闽县曾铿鸣、曾锵鸣,侯官赵坤、赵新,侯官黄紫华、黄宗彝,侯官姚宝铭、姚宝训或为四对昆仲,俟考。

道光十五年(1835),张际亮在福州中举后作《乙未秋九月将去福州友人多有以笺素索书旧作者无以应也口号成述旧绝句三十首别同志》(山中玉雨化为尘)后注:“何乾生孝廉卒于京师”,“玉雨山房,乾生别业。昔尝招余及友朋宴会,今亦属他人矣”。⑥ 何春元的卒年在道光十二年(1832),身后凄凉,无人周恤其后事⑦,其玉雨山房在道光十七年(1837)为郭柏蔚购得之前,当为翁祖列或他人别业。

据《谢章铤年谱简编》的记载,同治五年(1866)谢章铤从闽江西上取道仙霞岭至杭州、苏州、上海、

① 郭柏苍《乌石山志》卷五。

② 郭柏苍《种蕉山馆落成记》云“丁酉九日假何氏园亭社集,酒次甚欢。许子友竹当席啸曰”云云(《葭柎草堂集》卷上,《清代诗文集汇编》第662册,影印第125页),即指补蕉山馆首次社集。根据郭柏苍道光十八年戊戌(1838)十一月十日所撰《种蕉山馆落成记》,文中虽有“补之以蕉”,而补蕉山馆初名当是种蕉山馆,且社集早于山馆落成之时。

③ 按:此诗在《思伯子堂诗集》卷十二中题《次日乾生广茂兄弟招同梅友西堂麓樵井文再集玉雨山房留宿有作》三首,道光十年(1830)作。其一“台”刻本作“城”;其二“时”刻本作“吾”,“壶餐感激频”刻本作“户飧累汝频”;《乌石山志》录其诗四首,《思伯子堂诗集》无第三首;其四“远望”刻本作“望远”,“佳晨各异俗,不与故乡同”刻本作“搓丸曾一笑,清兴昨宵同”,自注:“福州俗:至日前一夕,以米粉作丸,聚家人为之曰搓丸。”(《清代诗文集汇编》第601册,影印第138页)

④ 按:此诗在《思伯子堂诗集》卷十二中题《西堂乾生招同麓樵井文梅友雪樵复集玉雨山房未至者薇卿荀卿是夜余再宿此》。“凄然惜别真”刻本作“情知惜别真”,“已新月”刻本作“新见月”,“自留人”刻本作“旧留人”,“来”刻本作“看”(影印第137页)。

⑤ 郭柏苍《乌石山志》卷五。

⑥ 张际亮《思伯子堂诗集》卷二十三,原刻第六页,《清代诗文集汇编》第601册,影印第264页。

⑦ 张际亮《答石甫明府书》:“何乾生自三月初七日即得病,亮至十一日始知之。嗣是侍疾五日夜,而乾生于十六日竟卒矣。”(《张亨甫文集》卷三,影印第432页)此书作于道光十二年(1832),张际亮已经从西山大悲寺移居城内莲花寺。

天津途中,以诗吊江湜、何承元①,是何承元死难于苏州沦陷之佐证。郭柏苍《过玉雨山房怀何孝廉春元何大令承元》,诗题下注:"予尝与乾生兄弟游眺山海,求古砖拓得十数种,乾生早卒,松亭咸丰戊午在苏州靖难。"②则何承元死难于咸丰八年戊午(1858)。

## No.418 侯官谢金銮家族

谢金銮:《蛤仔难纪略》一卷(民国《福建通志·福建艺文志》卷二十八题《噶吗兰纪略》)、(与郑兼才)《重修台湾县志》(一名《续修台湾县志》)、《论语续注补义》四卷、《教谕语》一卷、《泉漳治法论》一卷(民国《福建通志·福建儒行传》卷五谢金銮传题《漳泉治法论》)、《三字史》六卷、《怀友集小传》一卷、《二勿斋文集》六卷(同治刊本《福建通志》卷六十八)、《大学古本论》、(刻)《春树暮云编》(施懿林、廖美玉《台湾古典文学大事年表》第353-354页)、(纂)《台湾县志》、《大学古本说》、《二勿斋集》(民国《福建通志·儒林传》本传)、《噶玛兰纪略》(同治刊本《福建通志》卷二百四十一本传)、《退谷文集》、《教论语》(《清儒学案》卷六十六《翠庭学案·谢先生金銮》)

谢宗本:《硕甫公日记》不分卷(《福建文献集成初编》第79册影印福建省图书馆藏稿本)、《果堂诗文杂存》不分卷(钞本,福建省图书馆藏。李灵年等《清人别集总目》第2300页)

谢宗善:《红叶山房诗草》五卷(稿本,福建省图书馆藏)、(校)同治刊本《福建通志》、(校)《小腆纪年》、《吟秋山馆诗》一卷(民国《闽侯县志》卷七十八本传)、《吟秋山馆诗钞》八卷(民国十五年刻本,福建省图书馆藏。柯愈春《清人诗文集总目提要》第940页)

谢采蘩(谢金銮女):《冰壶集》(民国《福建通志》总卷四十五,《福建列女传》卷六,谢采蘩传)

**谨按:**侯官谢金銮(1757—1820),字巨廷,一字退谷,晚名灏,谢正之子。谢正,乾隆二十四年己卯(1759)举人,孟超然同年。大挑一等,官教谕,乾隆三十四年己丑(1769)卒。母萨氏(?—1792),闽县萨鼎之女。幼读陈宏谋《女训》,率而行之③。谢金銮未冠则喜读宋儒书,以忠信好学为立志,以伦常日用为力行。乾隆五十三年戊申(1788)举人,与丁桐、萨履泰、郑大谟等同年。与同里官崇、布衣陈天文、贡生陈庚焕相切劘。嘉庆六年(1801)大挑二等,试邵武教谕,补南靖,识南靖诗人黄元纁,序其诗④。寻调台湾府嘉义县教谕,台湾县知县薛志亮聘修《台湾县志》。谢金銮走使京师,通过乡人、少詹事梁上国建议朝廷在噶玛兰(旧称蛤仔难,嘉庆十五年入版图⑤)厅地设官管理⑥,嘉庆十六年(1811),朝廷令闽浙总督汪志伊、福建巡抚张师诚议丈田地,置官师。按:光绪元年(1875),在谢氏身后,朝廷改噶玛兰厅为宜兰县。嘉庆十四年(1809),谢金銮秩满内渡,为南平教谕,移彰化,复调安溪。与德化郑兼才(1758—1822)同寮,交最笃⑦,又与陈天文、官献瑶、陈庚焕等为莫逆之交。卒年六十四。嘉庆二十五年庚辰(1820),张际亮作《哭福州谢退谷先生》五律四首。陈寿祺撰《皇清敕授文林郎安溪县学教谕谢君墓志铭》。同治刊本《福建通志》、民国《福建通志·福建儒行传》卷五有传。《二勿斋文集》六卷,高澍然序。《泉漳治法论》,陈寿祺序。光绪十五年(1889),致用书院山长、长乐谢章铤应谢宸封(谢宗申之子)之请,序谢金銮遗稿,即《赌棋山庄文续》卷二《乡贤谢教谕遗书序》。

乾隆五十二年丁未(1787),侯官谢金銮尝馆闽县之琅岐,与侯官翁曾(一名溱,字徽西)为诗酒山

① 陈昌强《谢章铤年谱简编》,载《闽江学院学报》2009年第1期,第42页。

② 郭柏苍《三峰草堂诗》卷上,《清代诗文集汇编》第662册,影印第56页。

③ 民国《福建通志》总卷四十五,《福建列女传》卷一,萨氏传,原第十九页。

④ 民国《福建通志》总卷四十三,《福建高士传》卷五,黄元纁传,原第六、七页。按:传称癸亥(嘉庆八年,1803)谢金銮官南靖教谕。

⑤ 施懿琳、廖美玉《台湾古典文学大事年表·明清篇》,第328页。

⑥ 按:事在嘉庆十二年十二月(同治刊本《福建通志》卷三《沿革志》,影印第235页)。

⑦ 民国《福建通志》总卷四十,《福建儒行传》卷五,郑兼才传,原第二十二页。

水之乐[①]。建宁诗人张际亮视谢金銮为知己，在谢氏身后校其遗稿。道光十年(1830)，作《(七月)二十五日校读谢退谷先生遗诗毕率题绝句奉柬孝知孝至兄弟》、《奉酬孝知孝至兄弟枉题》四首[②]；道光十五年(1835)，张际亮在福州，作有《谢孝知兄弟招饮席间喜晤林大瘦云因有此作》[③]。

谢金銮四子：谢宗本、谢宗善、谢来雨、谢复生[④]。长子谢宗本，字硕甫。工书。一时福州每有碑版文字，必陈寿祺撰文，谢宗本书丹。乡试屡荐不售，绝意仕进。柯愈春《清代诗文集总目提要》著录谢宗本《果堂诗文杂存》不分卷，清钞本[⑤]，未知是否谢金銮之子谢宗本所著。谢宗善，字定甫、台生。受知于新城陈用光。道光十七年丁酉(1837)拔贡生。撰述甚富。尝校刊同治刊本《福建通志》，校《小腆纪年》。谢应奎，邑庠生。道光十五年乙未除夕(已入1836年)，张际亮所作《怀人诗》其四云："豪情壮采气空群，海上真能张一军。长为颍滨忆坡老，澹于天际太湖云。"自注："谢樵云秀才君兄硕甫(谢宗本)亦能诗，今年常同倡酬。"[⑥]

谢金銮之女谢采蘩，少好读书，夜分不辍。尝随父宦台东渡。年二十，归连江贡士郑光裕，未三十卒。有《冰壶集》[⑦]。《全台诗》收录其诗一首。谢采蘩尝与屏南县(清属福州府)闺秀诗人邓秋英(字菊如，号佩环)闺秀唱和[⑧]。

谢金銮长孙女适邑人王卿云。王卿云系王燮孙、王有龄次子，咸丰九年(1859)举人[⑨]。

## No. 419　侯官林一鹏家族

**谨按：**侯官林一鹏、林纁兄弟能诗，请参看何学远家族条所引杨浚于同治元年壬戌(1862)所作诗《步渔洋山人壬戌年作摩崖碑诗原韵》之诗序。

林一鹏，字程甫。道光十七年丁酉(1837)广西乡试举人中式，籍侯官。其年纪稍长于杨浚(1830—1890)。

林纁系杨浚同年，咸丰二年壬子(1852)福建乡试举人中式，十年庚申(1860)成进士，籍闽县。尝官阳城等地，丁内艰，归卒于家。杨浚有诗《林翊仲纁同年惠赠和章作此答之》[⑩]，作于咸丰三年癸丑(1853)；又有挽联。

## No. 420　闽县郭礼图家族

**谨按：**闽县郭礼图系道光八年戊子(1828)福建乡试解元，与叶宸昌、萨克持、曾元炳、郭柏荫、林鸿年等同年；二十一年辛丑(1841)成二甲进士，与刘齐衔、萨克持、刘齐衢、梁逢辰同年。钦点庶吉士，尝官工部主事等。

咸丰六年丙辰(1856)元夕，杨浚有诗《元夕年伯郭芷修[⑪]观察招饮碧萝山馆赋此志谢兼视瀚江同年》："过江名士如鲫来，一一争上黄金台。不知主持二百载，谁为今之坛坫才。先生蓬莱旧仙侣，绮岁文章冠燕、许。宦余不废金石声，大笑倒屣仲宣迎。愧我风尘迟识面，紫芝眉宇今得见。咄嗟忽报东

---

① 民国《福建通志》总卷四十三，《福建高士传》卷五，翁曾传，原第十页。
② 张际亮《思伯子堂诗集》卷十二，《清代诗文集汇编》第601册，影印第134页。
③ 同上书，卷二十二，影印第258页。
④ 陈寿祺《皇清敕授文林郎安溪县学教谕谢君墓志铭》，《左海文集》卷十，《清代诗文集汇编》第499册，影印第420页。
⑤ 柯愈春《清人诗文集总目提要》，第1522页。
⑥ 张际亮《思伯子堂诗集》卷二十二，影印第275页。
⑦ 民国《福建通志》总卷四十五，《福建列女传》卷六，谢采蘩传，原第二十六页。
⑧ 民国《福建通志》总卷四十五，《福建列女传》卷六，邓秋英传，原第三十八页。
⑨ 《清代硃卷集成》第三三七册，影印第4页。
⑩ 杨浚《冠悔堂诗钞》卷一，原第二十一页，《清代诗文集汇编》第712册，影印第311页。
⑪ 芷修，一作茝修(《清代硃卷集成》第四〇七册，余瑞麟履历，影印第264页)。

阁开,张灯邀作元夕宴。长空古月明到今,鱼龙百戏青春深。明朝小别隔山岳,六鳌何处扶桑濯。"[①]此诗用韵颇有特殊之处,有隔句韵,亦有对句连押,疏密有致。诗中用王粲、王弼祖孙故事,以王粲之字"仲宣"典故以譬其同年、诗友郭福沅,杨浚有诗《送郭翰江同年福沅之袁浦》,作于咸丰三年癸丑(1853)。

咸丰二年壬子(1852),杨浚中举,闽县郭福沅是该科17名副榜举人之一,故亦得称同年,以此故,杨浚称郭礼图为年伯。

## No.421 侯官何大经家族

杨维屏、何大经、杨庆琛、曾元海:《红楼梦戏咏》(民国间刻本,福建省图书馆藏)、《红楼梦分咏》(收于《文生于情》,嘉庆间抄本)

**谨按:**侯官何大经,字左卿,号小牟尼室主人,何式璜堂伯(叔)、何恒瀛之子、举人何天休之孙。何天休与何式璜之曾祖何亦珽皆何敬祖之孙[②]。何大经于嘉庆二十四年己卯(1819)福建举人中式,与王庆云、萨鸿基等同年;道光三年癸未(1823)成进士,与林彭年、王有树同年。官吏部郎中、考功司主事、钦命七省坐粮厅、湖北施南府知府、湖北督粮道。

何大经尝作题《红楼梦》诗。据寇春华《道咸以降题红诗研究》,侯官诗人杨维屏(大邦、翠岩、湘秋居士)作有《红楼梦戏咏》七律十五首,分咏十五人,何大经(左卿、小牟尼室主人)、杨庆琛(雪椒、云山行脚僧)、曾元海(少坡、浣纱溪渔郎)各和诗十五首,题"湘秋居士首唱,小牟尼室主人和作、云山行脚僧同和、浣纱溪渔郎同作"[③]。

何暐,字子逸,侯官何大经孙、何式璜堂兄弟何同文之子,亦作者。

## No.422 侯官林绂家族

林直(林绂之子):《壮悔堂诗初稿》十卷[④](咸丰六年福州林氏刻本)、《壮悔堂诗二集》四卷(光绪三十一年羊城刻本)、《壮悔堂诗三集》十四卷[光绪三十一年羊城刻本。一名《岭海诗存》,谢章铤撰《岭海诗存》序,民国《福建通志·福建列传》卷三十九林直传题《岭南诗存》。十四卷分别是:《筹帷集》上(卷二,甲子)、《筹帷集》下(卷三,甲子、乙丑上)、《端居集一》(卷四,乙丑下、丙寅上)、《端居集二》(卷五,丙寅中)、《端居集三》(卷六,丙寅)、《端居集四》(卷七,丁卯、戊辰上)、《越游集》(卷八,戊辰下)、《端居续集》(卷九,己巳、庚午)、《北征集一》(卷十,庚午下)、《北征集二》(卷十一,辛未上)、《东官集》(卷十二,辛未下)、《南武集一》(卷十三,壬申)、《南武集二》(卷十四,癸酉)](均收入《清代诗文集汇编》第703册)、《从戎集》(李光廷《壮怀堂诗三集》序)、《壮怀堂诗稿》十卷(民国《闽侯县志》卷四八《侯官艺文志》)、《西来集》(谢章铤《赌棋山庄集》文集卷四《林子鱼岭海诗存序》)

林秉镐:《养宜斋吟草》(《雁门萨氏家谱·雁门萨氏家谱引用各书书目》、《雁门萨氏家谱》卷五《叙赠录下·送中表萨鹤皋贰尹箴宦浙》题下注)

**谨按:**侯官林直,字子隅。少有诗名,以诸生从军得官。传见民国《闽侯县志》卷六十九,附民国

① 杨浚《冠悔堂诗钞》卷二,原第六页,《清代诗文集汇编》第712册,影印第320页。

② 《清代硃卷集成》第四三册,进士何式璜履历,影印第407-410页。

③ 寇春华《道咸以降题红诗研究》,第13页。集美大学2012年硕士学位论文,未刊稿。

④ 柯愈春《清人诗文集总目提要》著录别本《壮怀堂诗初稿》八卷,清钞本,国家图书馆藏(第1627页)。

《福建通志·福建列传》林绂传。其家在福州府城西郊竹岐附近①,家筑有托轩,与闽县林春溥家族世居道山路怀德坊距离较远,但二林氏却是同出林氏宗族的分支。

林直之父林绂,字湘飘(帆),一字鸥恬,侯官林准之子②。系嘉庆二十三年戊寅(1818)福建乡试举人,道光二年壬午(1822)恩科会魁、进士。累官广西、湖北按察使,署广西右江道、山东运河道,以母老乞养归。林绂能诗,曾预曾元海、杨庆琛、柳际春等人组织的击钵吟诗歌唱和,诗见录于《击钵吟偶存》。传见民国《闽侯县志》卷六十九《列传五下》、民国《福建通志·福建列传》卷三十九。据其本传,林绂子三人:林瀚,浙江盐大使、运同衔浙江候补同知;次林直,分发广东补用知府;次林惠臻,浙江於潜、嵊县知县。请参看陈崇砥家族条中咏青冢诗诸诗人述略。

林直有兄林秉烈(子骏)③、弟林秉淳(廉叔)④、林秉镐⑤、兄韶宇⑥、兄子珊、弟林祚曾(省轩)⑦、弟小樵⑧,侄林承芬⑨、林筠笙⑩、子林豫棻(1848⑪—?,桐庚)等⑫。据《清代硃卷集成》举人杨崧年履历,其配林氏系林直长女,林肃、林腾飞堂侄女,林诒恩胞姊,林承芬、林诒榖、林守箴、林诒恭堂妹⑬。据《清代硃卷集成》举人刘孝祐履历,其胞妹适林绂曾孙、林瀚孙、林诒恭之子林明熤⑭。林直《到家》诗云:"家园今日喜归来,尽室同斟庆寿杯。兄弟欢呼如往日,亲朋相见是初回。绮筵蜂蜡通宵彻,画阁银屏向晓开。乡语未谙劳问询,几番低首费疑猜。"⑮据此诗,林直在福州的家人、亲朋甚多。林秉淳、林秉镐亦能诗,与兄林直经常同游唱和,林直《壮怀堂诗初稿》卷十保留林秉淳送陈偕灿归宜黄诗二首,《壮怀堂诗三集》林直《自东莞赴石龙舟中有作》、《由石龙夜回东莞》后均附林秉镐和诗。林秉淳(廉叔)在文学创作之外,善书法。龚易图作《岁暮怀人诗二十二首》,其八云:"与君立马吴山日,篆法

---

① 林直《自水口放舟至竹崎》,《壮怀堂诗初稿》卷四,《清代诗文集汇编》第703册,影印第564页。

② 同治刊本《福建通志》卷一百六十五,《国朝贡生》,影印第2916页。

③ 林直《浓翠亭同子骏秉烈家兄夜话》,《壮怀堂诗初稿》卷四,原第一、二页,《清代诗文集汇编》第703册,影印第561-562页。

④ 林直《送廉叔秉淳舍弟之山东二首》,《壮怀堂诗初稿》卷五,原第十三页,影印第576页。按:林直《别陈氏妹兼示庚司妹婿》"同母十五人,汝实承其末。尚余三昆存,各自励腾达。长兄计门户,牢盆藉生活;季弟百里才,一官尚羁浙。……妹婿青云姿,才调亦发越。新诗清可诵,疾惜烟霞痼。"(《壮怀堂诗三集》卷一,原第一、二页,影印第656页)又,咸丰六年所刻《壮怀堂诗初集》十卷,署"惠臻谨识",钤"廉叔"印。林秉淳一名惠臻,与民国《闽侯县志》林绂传之"惠臻,浙江於潜、嵊县知县"(卷六十九,影印第262页)相合。

⑤ 按:林秉镐,字子京。《壮怀堂诗三集》卷十《自东莞赴石龙舟中有作》后附林秉镐和诗,据诗中"东江驰檄去,弱弟喜随征"句(原第三页,影印第733页),同治十年辛未(1871)林秉镐在林直军中。林秉镐与闽县萨振为中表兄弟,林秉镐有《送中表萨鹤皋贰尹振宦浙》诗(《雁门萨氏家谱》卷五,影印第911页)。萨振的世系为:十世萨佶→六子、十一世萨万选→长子、十二世萨国霖→三子、十三世萨景阿(字肇玉)→十四世萨寿祺(字聿佑,号步庐)→长子、十五世萨振(字怀振,号鹤皋)→长子、十六世萨镕(1853—1914)→十七世萨福畴(字鹤孙。烟台海军学校毕业)(同书,影印第416页)。

⑥ 林直诗《四十初度寄韶宇家兄》(《壮怀堂诗三集》卷五,原第十三页,影印第684页)。韶宇长林直十岁。

⑦ 林直《送家子珊兄兼示省轩弟》,《壮怀堂诗二集》卷二,原第十三页,影印第635页。

⑧ 林直《东行就道廉叔小樵弟饯于台江酒楼即席为别》,《壮怀堂诗三集》卷一,原第二页,影印第656页。

⑨ 林直《俞仁甫太守招饮署斋作此奉贻即以志别》诗后注:"犹子承芬去岁捷秋闱,卷有舛误,承君力获全。"(《壮怀堂诗二集》卷二,原第十二页,影印第635页)

⑩ 按:林筠笙系林直之弟林秉淳之子。同治十年(1871),林直作有《三月二十二日廉叔弟出都返浙诗以勖之》中"会逢阿宜至",注:"谓筠笙侄。"(《壮怀堂诗三集》卷十一,原第五页,影印第731页)又有《四月初二日出都筠笙侄送十里许依依而别车中得二十二韵寄之即送其归省后补官江右》:"芬也吾家驹,英姿逞神秀。季父三四人,而独厚于我。……全家七十口,待食共箪豆。……非关苦吟瘦。篇章恣流览,奇书喜常购。及发为文章,造语必深透。"(《壮怀堂诗三集》卷十一,原第五页,影印第731页)林筠笙亦能文章歌诗,亦可观林氏家族之规模。

⑪ 按:林直《四十皋言七首》其五句"有子有子十八强"(《壮怀堂诗三集》卷五,原第十二页,影印第684页),又《四十初度寄韶宇家兄》句"弟愧孤儿未成立"句(《壮怀堂诗三集》卷五,原第十三页,影印第684页)。又,诗《岁暮寄恢垣》有句"因忆杭州小儿女",自注:"儿子豫棻送长女雅端于归武林。"(《壮怀堂诗三集》卷六,原第十七页,影印第695页)长女即适杨叔怿之子杨崧年者,《四十皋言七首》其四云:"有女有女二十余,母死近傍叔母居"(《壮怀堂诗三集》卷五,原第十二页,影印第684页),时林直弟林秉淳(廉叔)在浙中,林直有诗《七夕寄廉叔舍弟浙中》(《壮怀堂诗三集》卷五,原第十一页,影印第683页)。《久不得雅女豫儿武林讯作此寄示》其二诗句"杭州见阿叔"下注:"时廉叔舍弟官浙。"(《壮怀堂诗三集》卷七,原第二页,影印第696页)

⑫ 按:同治十二年(1873)春,林直卒年作《纪梦三十韵》诗中注:"予自甲子(1864)来粤,亡室严恭人、长女雅官相继云徂,近年四女端官、次儿阿到、冢孙毓麟俱不育。"(《壮怀堂诗三集》卷十四,原第二页,影印第746页)

⑬ 《清代硃卷集成》第三三七册,举人杨崧年履历,影印第181页。

⑭ 《清代硃卷集成》第三三九册,举人刘孝祐履历,影印第253页。

⑮ 林直《壮怀堂诗初稿》卷四,原第六、七页,影印第564页。

离奇学邈、斯。好取铭功烽火急，擘窠大字待题碑。林廉叔大令。”①

林春溥长孙林齐韶(1825—1874)为林直撰《题子隅四弟壮怀堂集》组诗八首，其二下注：“伯父廉访公敭历中外，君皆随任。”②叙谱，林直为林齐韶从弟。林直(1827—1873③)，字子隅④，一字子鱼⑤，所居桐雨轩，一名托轩，引以为雅号。籍侯官。诸生。道光三十年(1850)，林则徐归自滇，激赏之，招林直为记室⑥，不久林则徐卒于钦差赴广西任途中，以故林直未能施展其才干。按：林则徐置记室四人。《竹间续话》云：“(林则徐)每见客，必详文其生平及技能嗜好，与所遇山川风俗、所交豪杰。退即令记室籍，凡四人专司其事。斋中置大柜、函子、箱十八，分省以藏籍。有所资考，按籍厘然。”⑦咸丰间林直从军，为幕宾。以军功升用道，赏戴蓝翎，官至广东知府。有《壮悔堂诗初稿》、《壮悔堂诗二集》、《壮悔堂诗三集》数十卷。论诗主杜甫⑧。《晚晴簃诗话》卷一百三十三有传。

贺县张培仁所撰(《壮悔堂诗初稿》)《序》：“吾友林君子隅神清秋水，藻艳春华。式承庭诰，方裴骏之幼聪；博览邺签，讶班生之夙悟。怀文抱质，思乙乙其若抽；研精覃思，理庚庚其不紊。溯其随侍尊甫廉访公簪笔上京，宣猷北塞，英簜远驰于百粤，旌旆遥拂乎三湘，以其阅历之伟奇，佐其流览之宏富。胭脂塞上，天山之积翠横空；鹦鹉州边，汉水之晚霞入座。金爵玉虹，比其猎词之采；双榕八桂，分其织字之香。登高怀古，大有助于江山；启秀谢华，更得师于耆旧。归里后，以绣虎之才，峻登龙之望；以凤毛之美，修雉坫之仪。惟时侯官太傅林文忠公方养疴家居，辄邀奇赏，呼邺侯为小友，许昌谷是神童。中郎闻仲宣之至，倒屣而迎；修文与王筠共谈，抚掌而抃，信不诬也。……子隅以俊逸之才，清刚之气……”⑨张集馨《弁言》论曰：“子隅以沉博绝丽之才，运润古雕今之笔。”⑩卷首有宜黄符兆纶(雪樵)、闽县李应庚(星村)、长乐谢章铤(枚如)题词，其中谢章铤的题词有“一代能诗许四家君选唐宋以来诗，一代不过四家。”句⑪，知林直尝选唐宋以来诗。林则徐评曰：“隶事典切，结响沉雄，诗笔与梅村(吴伟业)为近。”杨庆琛评曰：“无叫嚣气”，“各体俱能直抒己见，大放厥辞，怀古感时诸作尤极沉着。秒年具此隽才，所造岂复可量!”。宜黄陈偕灿(少香)评曰：“子隅天才隽爽，绮岁即工吟咏，下笔滚滚千言立就。……其气体高华，音节宏亮，不拘一格，动能弃其糟粕而咀其京华，骎骎乎古作者之室，非时辈所

① 龚易图《乌石山房诗稿》卷五，原第八页，《清代诗文集汇编》第731册，影印第242页。按：龚易图在咸丰十一年辛酉作《岁暮怀人诗二十二首》，据其诗后自注，依次分别为：高琳园先生、陈少香先生、符雪樵先生、张辛田大令、林子鱼大令、杨豫庭太守、杨子恂舍人、林廉叔大令、陈子驹上舍、严缁生庶常、贾小樵学使、林锡三庶常、郑仲濂工部、张吉人农部、李若农太史、刘云生比部、梁礼堂黄縠生两吏部、高筱白农部、陈少希工部、邱蓉帆诸舅、叶协恭诸昆季，计20首，组诗最后二首无注。

② 林直《壮怀堂诗初稿》，《清代诗文集汇编》第703册，影印第538页。

③ 按：林直《四十皋言七首》其一有句“翳余降生岁丁亥”(《壮怀堂诗三集》卷五，原第十一页，影印第683页)，丁亥即道光七年(1827)。又，《清代诗文集汇编》第703册林直小传以其卒于同治十年(1871)，误。《壮怀堂诗三集》卷十四《南武集》(二)卷首注有明确的“癸酉”(影印第746页)年份。癸酉，同治十二年(1873)。大概死于疟疾，其诗《为严四兰史书便面走笔率成二首奉赠并柬南屏》其二“药垆久拥迟闻道”下注：“余病店新愈。”(《壮怀堂诗三集》卷十四，原第十页，影印第750页)或酒后疾病复发，其诗《作止酒诗以自戒并勖同人》有句“疾病劳酸呻。为欢但须臾，伊戚贻终身。”(《壮怀堂诗三集》卷十四，原第十页，影印第750页)陈昌强《谢章铤年谱简编》(载《闽江学院学报》2009年第1期第44页)亦作林直卒于同治十二年(1873)。

④ 按，《清代诗文集汇编》第703册林直小传云其“号湘飘”，误。湘飘系林直之父林绂别号。林直《壮悔堂诗初集》张集馨(椒云)所撰《弁言》：“余与林湘飘(林绂)廉访至契，相别十余年，不料其遽归道山。今春莅闽，得见令嗣子隅大守。”(影印第536页)

⑤ 按：龚易图有《与林小铭梁礼堂杨雪沧马子翊郭縠斋林锡三黄笛楼杨豫庭子恂昆季集林子鱼桐雨轩》诗(《乌石山房诗稿》卷一，原第二页，《清代诗文集汇编》第731册影印第220页)，时1854年；又有《集林子鱼托轩》诗(《乌石山房诗稿》卷二，原第八、九页，《清代诗文集汇编》第731册影印第227-228页)，时1856年。

⑥ 林直诗《哭宫傅家文忠公四首》其四：“年来开阁喜追从公自滇归，招予掌记室，因得请业焉，何武风流再世逢。物外狂能容阮籍，人前名遍说林宗。文章入幕珊瑚贵，军令行杯琥珀浓。往事即今浑似梦，几番回首泪沾胸。”(《壮怀堂诗初稿》卷七，原第七页，影印第586页)

⑦ 郭白阳《竹间续话》卷一，第7页。

⑧ 按：林齐韶为林直撰《题子隅四弟壮怀堂集》组诗其六下注：“君论诗大旨以宗杜为宗。”(《清代诗文集汇编》影印第535页)又，林直诗《读江弢叔湜茂才诗率题二律》其二云：“闻道谈诗旨，惟宗杜与韩。”(《壮怀堂诗初稿》卷九，原第十七页，影印第608页)时1854年。《壮怀堂诗二集》卷二有《答弢叔》、《得江弢叔杭州讯却寄》等诗。

⑨ 林直《壮悔堂诗初稿》，《清代诗文集汇编》第703册，影印第535页。按：林直随父宦南北，十年间泛游大江南本，具体见《壮怀堂诗初稿》卷一至卷四诸诗及卷七《饮家听孙聪彝公子斋头大醉走笔赋呈》(1851年作)中。

⑩ 同上书，影印第536页。

⑪ 同上书，影印第537页。

能后先已。”侯官刘家谋评曰:“才气横厉,风骨高骞,直可远接遗山(元好问),近揖大复(何景明)。”江宁夏垲(紫嶷)评曰:“沉雄秀逸,卓然大家。”谢章铤评曰:“子隅诗气劲词雄,不为铮铮西响,其五七律尤佳,足使何(何景明)、李(李梦阳)望而却步,吾闽坛坫君其与甸男(谢震)、檀河(萨玉衡)代兴也夫!”①林昌彝以为林直之诗与李梦阳为近。② 咸丰十一年辛酉(1861),龚易图作《岁暮怀人诗二十二首》,其五为林直作。诗云:“豪气元龙海内知,十年戎马亦奔驰。等身著述浑闲事,慷慨谈兵杜牧之。”③以东汉陈登、唐杜牧譬况林直,甚为推崇林直的才能、遭际和著述。

林齐韶为林直撰《题子隅四弟壮怀堂集》组诗其七:“南社曾扶大雅轮,月泉旧例又翻新。谈诗肯落公安派,膳部宗风此替人。”诗后有注:“甲寅春,君倡南社之会,作者十三人,余与焉。吾闽二百年坛坫于兹再振。”④林直在福州组织南社,时在咸丰四年甲寅(1854)。与会者林齐韶、林天龄、郭式昌、杨叔怿、陈遹祺⑤等十三人。吴可文博士考订十三人为:杨叔怿、郭式昌、林天龄、陈遹祺、马凌霄、林直、林齐韶、梁鸣谦、黄经、杨浚、龚易图、陈锵⑥、杨仲愈;据魏秀仁《陔南山馆诗话》的记载,辨正福州南社首集在咸丰三年癸丑(1853)九月⑦,这个结论仍有商榷的余地。林直《壮怀堂诗初稿》卷七诗《闰秋十五夜饮心北斋头对月》第六句“沧海有珠遗”下注:“时彦士、韶邻秋闱报罢”⑧,知为咸丰元年辛亥(1851)闰八月间事。此诗后为《奉杨光禄庆琛雪椒先生二首》,其二云:“坛坫东南感废兴,扶轮大雅几人胜。公真爱士如严武,我愧能诗继杜陵。”⑨此即林齐韶“南社曾扶大雅轮”之句意,杨庆琛亦是南社中人,则林齐韶、魏秀仁二人所记均误。我们还在同卷同页读到林直诗《闰秋十九日同社中诸子游石鼓》,注:“是日至者为家允臣(林)龙言、听孙(林)聪彝、心北(林)拱枢、陈彦士文翊、李少棠敬、陈韶邻承妫、敬甫(陈)遇恩、黄圣莞经、舍弟廉叔(林)秉淳及余共十人云。”⑩此次社集中人又在所谓的“十三人”之外。这次社集,林直创作了上诗及《芳崱峰望海歌》、《访天风海涛亭故址》、《宿白云堂》、《喝水岩》、《灵源洞》、《水云亭写望》、《达磨洞》、《天镜岩》、《循保老洋般若庵》、《东际楼夜坐》、《欲寻白云洞不果》、《归途杂诗四首》⑪诗,创作力宏富。林直、龚易图均有《闽中十子歌》⑫、和韩愈《山石》诗作⑬、题高胪璟《再生藤图》诗⑭、寿山石诗⑮、《岁暮感怀》诗⑯、《闽宫词》⑰、《集施氏别

① 林直《壮怀堂诗初稿》,《清代诗文集汇编》第703册,影印第537-538页。

② 民国《福建通志》总卷二十五,《福建艺文志》卷六十六,第二十三页,引陈衍《石遗室书录》。

③ 龚易图《乌石山房诗稿》卷五,原第八页,《清代诗文集汇编》第731册,影印第242页。

④ 林直《壮悔堂诗初稿》,《清代诗文集汇编》第703册,影印第538页。

⑤ 陈衍《石遗室诗话》:“南社者,君与林锡三学使、郭谷斋按察、杨豫庭观察、陈子驹明经,五人皆以庚寅生,曾同刻‘惟庚寅吾以降’一印,可以公用。结社联吟,时有‘南社五虎’之称。”(卷二一,第297页)

⑥ 按:陈锵,字心濂,号幼仙,闽县人。传见民国《闽侯县志》卷七十一《文苑上》。林直有诗《哭陈幼仙锵茂才》(《壮怀堂诗初稿》卷九,原第二十页,影印第609页),陈锵卒于1854年冬,非侯官陈寿彭之子名陈锵者。

⑦ 吴可文《〈石遗室诗话〉“南社诗龛”辨证——兼及咸丰间南社之社集活动》,载《厦门广播电视大学学报》2017年第1期。

⑧ 林直《壮怀堂诗初稿》卷七,原第八页,影印第587页。

⑨ 同上书,原第九页,影印第587页。

⑩ 同上注。

⑪ 林直《壮怀堂诗初稿》卷七,原第九至十三页,影印第587-589页。

⑫ 龚易图《闽中十子歌》在《乌石山房诗稿》卷一,咸丰四年(1854)作;林直《闽中十子咏》在《壮怀堂诗初稿》卷十,咸丰十年近岁暮。

⑬ 龚易图《西龙洞山用昌黎山石韵》在《乌石山房诗稿》卷八,同治三年(1864)作;林直诗《秋怀十一首和韩韵》(《壮怀堂诗三集》卷八),同治四年(1865)作;《石南州孝廉邀游南山读宋元人碑刻遂登绝顶用昌黎山石韵奉柬》(《壮怀堂诗三集》卷六),同治五年(1866)作。

⑭ 按:龚易图所作《题高铁农工部再生藤图》,见《乌石山房诗稿》卷十(原第八页,影印第270页),时同治八年(1869);林直诗题《再生藤图歌为高铁臣胪璟水部丈作》,见《壮怀堂诗三集》卷十一(原第三页,影印第730页),时同治十年辛未(1871),晚于龚氏所作。

⑮ 按:林直《寿山石》长诗见《壮怀堂诗初稿》卷九(原第十五、十六页,影印第607页),咸丰四年(1854)闰七月后至九月前之间作;龚易图所作《寿山石》见《乌石山房诗稿》卷一(原第七、八页,影印第222-223页)。

⑯ 按:林直所作《岁暮感怀三首》见《壮怀堂诗初稿》卷十(原第四页,影印第613页);龚易图所作《岁暮书怀》见《乌石山房诗稿》卷一(原第五页,影印第221页),在《闽中十子咏》、《寿山石》、《闽宫词》前。

⑰ 按:林直所作《闽宫词十首》见《壮怀堂诗初稿》卷十(原第四至六页,影印第613-614页),在《集施氏别业》诗后、《桑溪修禊》(咸丰五年上巳日)诗前;龚易图所作《闽宫词》仅八首,见《乌石山房诗稿》卷一(原第八、九页,影印第223页)。

业》[①]、《采茶曲》[②]、《团扇曲》[③]、轮船歌(引文见本书他处),可以看作是该社诗人的同题、同趋的唱和之作。

林直自觉继承建宁诗人张际亮(1799—1843)的成就和端绪而继续发展。象州郑献甫题词诗其二云:"阔疏近日张亨甫,细密前朝谢在杭。刻羽引商为异曲,登山临水别同乡。"[④]张亨甫指清代张际亮,谢在杭指明代谢肇淛。林直诗《追悼张亨甫孝廉即题其娄光堂稿后二首》,其一有句"几年挟策谒天关,闽峤燕台数往返。奇士曾闻倾北海,斯人何意老东山","一棺盖后犹遭谤";其二诗有句"飘零书剑逐风尘,宇内谈诗三十春。身似杜陵常作客,才如王粲尚依人"。[⑤] 对张际亮的际遇和才华深表感慨。林直熟悉张际亮之诗,能引其诗句以赠人,如赠林庆铨句"一与传经一授诗"[⑥]。诗《酬刘芑川家谋外翰见赠》诗云:"(刘家谋)言与建宁亨甫好。亨甫文章一代雄,滚滚洪涛三峡倒。我昔一晤燕京城,剧谈宏辩真豪英。酒酣辄喜策时务,言之切中闻者惊。别来夜梦追秋浦,风采仪容谁复睹。"[⑦]时在道光二十四年(1844)。道光二十九年(1849),林直《酬王雨庵澍少尹见赠》:"卧龙山势连云高,钱清江水飞寒涛。君生其间具仙骨,放眼吴越空英豪。昔游君乡不相遘,一朝握手如欢旧。入门意气万夫雄,直卷沧溟倒怀褒。自惜昂藏七尺身,廿年闽楚走风尘。曲江以后无奇士谓亨甫,薄海于今有故人谓王子寿柏心比部。昨宵示我诗盈尺,陶谢风流建安格。"[⑧]王澍视林直为张际亮之后的曲江奇士。

林直的诗明显受到清代朴学的影响,其《述怀三首》其一云:"夙龄嗜书史,展卷心自怡。廿年恣探讨,往往穷研思。孙子侈兵法,马卿富文辞。称诗李与杜,一一皆吾师。朅来效撰述,下笔风雨驰。"[⑨]道光二十四年(1844)所作《放歌行柬芑川即送其司训宁德》诗中"我尝东登泰岱,西薄函关,南观沧海,北尽燕山,吴头楚尾瓯越间"[⑩],即其早年随父宦游的自叙,大量的纪游、登临、怀古诗俱有学、诗、识合一的特征。其诗《石鼓歌》[⑪]规模最为宏大,光怪陆离,学识渊博,是一典型;《忆热河》第二首"立马道旁看断碣,纪功无字满苍苔"[⑫];咸丰四年(1854)所作《杨椒山先生名印歌为家小铭孝廉兄作》[⑬],叙林齐韶从山东携杨继盛铜印归之事;同年又有《雪樵(符兆纶,号雪樵)先生约过苏翁寓李香蘋家瑞适至谈诗甚欢次苏翁韵》诗,诗中注:"时先生方勒书石鼓","雪樵先生出郑板桥书画见示"[⑭];同治四年乙丑(1865),《去白云寺至跃龙潭遂登涅槃台观智常题字》诗题下注:"三行左读,曰涅槃妙,曰正眼法,曰心藏,八字。题名在,戈字无年月。《鼎湖志》作'正法眼藏涅槃妙心',非。"[⑮]这个结论为实地眼见所得,纠正了《鼎湖志》之误。其余如《题玉融真仙岩重刻元祐党籍碑拓本》[⑯]、《吴觉翁先生以汉瓦砚见贻走笔赋呈》[⑰]、李光廷题林直诗集原作语称誉林直"割炙经籍腴"等。同治十年(1871),林直犹作《二分明

---

① 按:林直所作《集施氏别业》见《壮怀堂诗初稿》卷十(原第四页,影印第 613 页);龚易图所作《集施氏别业》见《乌石山房诗稿》卷一(原第一页,影印第 224 页),咸丰五年乙卯(1855)作。

② 按:林直所作《采茶曲》见《壮怀堂诗初稿》卷十(原第七页,影印第 614 页),在《桑溪修禊》诗后;龚易图所作《采茶曲》见《乌石山房诗稿》卷一(原第三页,影印第 220 页),咸丰四年甲寅(1854)作。

③ 按:林直所作《团扇曲》五首见《壮怀堂诗初稿》卷十(原第十一页,影印第 616 页),在《桑溪修禊》、《采茶曲》诗后;龚易图所作《团扇曲》见《乌石山房诗稿》卷一(原第三页,影印第 220 页),咸丰四年甲寅(1854)作。

④ 郑献甫题词诗二首,林直《壮怀堂诗三集》,影印第 654 页。

⑤ 林直《壮怀堂诗初稿》卷五,原第三、四页,影印第 571 页。

⑥ 林直《题家蘅甫庆铨诗集二首》其二,《壮怀堂诗三集》卷一,原第七页,影印第 659 页。

⑦ 林直《壮怀堂诗初稿》卷五,原第五、六页,影印第 572 页。

⑧ 林直《壮怀堂诗初稿》卷六,原第六页,影印第 580 页。

⑨ 林直《壮怀堂诗初稿》卷九,原第七页,影印第 603 页。作于咸丰四年(1854),时林直二十八岁。

⑩ 林直《壮怀堂诗初稿》卷五,原第七页,影印第 573 页。

⑪ 林直《壮怀堂诗初稿》卷一,影印第 542-543 页。

⑫ 林直《壮怀堂诗初稿》卷一,原第八页,影印第 543 页。

⑬ 林直《壮怀堂诗初稿》卷九,原第二页,影印第 600 页。

⑭ 林直《壮怀堂诗初稿》卷九,原第五页,影印第 602 页。

⑮ 林直《壮怀堂诗三集》卷四,原第三页,影印第 672 页。

⑯ 林直《壮怀堂诗初稿》卷二,原第十四页,影印第 551 页。

⑰ 林直《壮怀堂诗初稿》卷三,原第十一、十二页,影印第 558 页。

月小砚歌》长诗，并有长序，并有长洲彭翰孙和作①，是诗、学结合的典型之作。

林直《壮怀堂诗初稿》十卷截止到咸丰五年乙卯(1855)，《壮怀堂诗三集》十四卷断自同治三年甲子(1864)，这两个集子均严格编年，而《壮怀堂诗二集》四卷不分年，为林直从军闽浙时所作，系林直之子林桐庚搜剔丛残而得其父手书诗百余篇。“先生初集汪洋恣肆不可抑，三集则精炼清老，学养深粹，而由绚烂以渐归平淡，实二集为之枢纽，功候之次第、阅历之甘苦系焉。”②番禺李光廷论曰：“尝梓其二十九岁以前诗十卷，为《壮怀堂初稿》，感时怀古，顿挫沉着，余既受而读之矣；其二稿则从军闽浙所作，梓于闽未竟，余赠诗所云‘尚有《从戎集》，惠未见刀匕’者也……君诗得酒愈恣，每兴至命酌，则呼童濡墨以俟，伸纸引笔，顷刻千百言，如风雨之骤至，如鱼龙之骇动，如奔马脱衔之惊飘，而倏忽掷笔酣卧。既醒而稿已具，故其才最捷而诗亦最多。”③

在提倡宋诗之外，林直的诗歌还主建安诗歌，似乎亦可看作同光体浙派诗人沈曾植的三关说中“元嘉”关的理论先声。道光二十七年丁未(1847)，林直诗《送黄肖岩宗彝上舍之永安六首》其二云：“学隶追秦汉，论诗逼建安”④；《叶辰溪滋沅以近诗见示》诗云：“建安才调数曹徐，太息奇篇众不如”⑤；道光二十九年(1849)，《酬王雨庵澍少尹见赠》诗云：“昨宵示我诗盈尺，陶谢风流建安格”⑥；同治六年丁卯(1867)，《和恢垣病中遣怀见柬五首次韵》其四诗云：“我昨读《饮酒》，一和渊明诗。高怀未能及，聊复味其词”⑦；同治九年(1870)，林直所作《饮酒五首》⑧；同治十二年(1873)，林直卒年所作《正月五日同俞溥臣(洵庆)戴云墀汪芙生(瑔)陶卿田(文鼎)冯云伯(泰松)胡敬甫(秉钧)彭南屏(翰孙)蕴小泉(璘)卢海楼及余十人游花埭同人有诗纪事余与南屏用渊明游斜川韵》⑨等，均是推崇汉魏六朝诗歌的理论和创作痕迹。此外，林直诗和韩愈(见前)，宗林鸿(膳部)⑩及公安派的性灵，喜本朝黄仲则诗⑪，与闽县龚易图的旨趣相同，反映出林直的诗歌创作及其诗歌理论不受门户限制、不专主一家的广阔视野。在这一点上，后来的著名诗人陈衍与林直极为相似。

林直家族与谢章铤家族有姻亲关系⑫，其女婿杨崧年系杨叔怿之子⑬，与杨氏家族亦缔结婚姻，又有陈氏妹等若干姻娅。如同治九年(1870)所作诗《罗少畊嘉杰甘雨香泽宣二司马卢实夫思诚大令连日置酒同梁梅湾僖年司马游兰仲宝善甘子明隆春妹婿两二尹饮金阊桥南酒楼慨然有作》⑭、同治十一年(1872)所作诗《陈幼莲宗濂水部以便面索书即送其晋都供职》“照耀门楣忝末姻”⑮等，反映出林直家族在福州有着复杂的人际关系和婚姻状况。

---

① 林直《壮怀堂诗三集》卷十二，原第五至八页，影印第734-735页。

② 宋寿昆《序》，林直《壮怀堂诗二集》，《清代诗文集汇编》第703册，影印第619-620页。

③ 李光廷《序》，林直《壮怀堂诗三集》，《清代诗文集汇编》第703册，影印第652-653页。

④ 林直《壮怀堂诗初稿》卷五，原第十一页，影印第575页。

⑤ 林直《壮怀堂诗初稿》卷六，原第一、二页，影印第578页。

⑥ 林直《壮怀堂诗初稿》卷六，原第六页，影印第580页。

⑦ 林直《壮怀堂诗三集》卷七，原第九页，影印第699页。

⑧ 林直《壮怀堂诗三集》据那就，原第十、十一页，影印第717页。

⑨ 林直《壮怀堂诗三集》卷十四，原第一页，影印第746页。

⑩ 番禺李光廷(恢垣)题林直诗集原作：“明季(林鸿等十子系洪武、永乐间诗人，误；又，下之“二百载”亦误，当作“四百载”)膳部兴，只手开鸿蒙。拂袖举泰华，移置扶桑东。十子炫珠玫，照耀龙王宫。风雅二百载，正声归文忠(林则徐，谥文忠)。……君才最后出，乃克追其宗。割炙经籍腴，锻炼归冲融。一家自坛坫，余子谁雌雄。”(林直《壮怀堂诗三集》，原第五页，影印第673页)

⑪ 按：道光二十一年(1841)，林直作《过太白祠用黄仲则秋浦怀李白韵》；同治九年(1870)，林直作《苏州至常州舟中口号四首》其三：“风诗一代两当轩，忆着清名酒更温。肠断江南倦游客，青枫江上吊吟魂。”(《壮怀堂诗三集》卷十，原第七页，影印第721页)黄景仁(1749—1783)，字仲则，著《两当轩集》。

⑫ 谢章铤《〈岭海诗存〉序》：“予识子隅将三十年矣。予与君本戚属，而识君则由芑川(刘家谋)。”(《清代诗文集汇编》第703册，影印第653页)据陈昌强《谢章铤年谱简编》(载《闽江学院学报》2009年第1期，第39页)，谢章铤与林直相识于道光二十四年(1844)。

⑬ 林直有诗题《喜杨婿翰臣乡闱报捷贺尊甫豫庭观察杭州》二首，注：“时女雅端殁一年矣。”(《壮怀堂诗三集》卷十，原第三页，影印第719页)

⑭ 林直《壮怀堂诗三集》卷十，原第六页，影印第720页。

⑮ 林直《壮怀堂诗三集》卷十三，原第十二页，影印第744页。

林直在晚清福建诗坛上的创作和地位长期人为忽视。郑献甫题词诗其一中有句“欲问射鹰楼上客,品题争失许文休”[①],颇为林直不平。按:许靖,字文休,东汉末年名士;又,晚清侯官林昌彝(1803—1876),所居射鹰楼,所撰《射鹰楼诗话》二十四卷,咸丰元年(1851)刻本。林昌彝与刘存仁为儿女亲家,与林直亦为侯官林氏同宗,刘存仁、林直皆为林则徐幕僚,林昌彝不应对林直的文学创作品鉴失当。

## No.423 闽县何轩年家族

何御(何则贤族祖):《白湖诗草》(民国《闽侯县志》卷七十一《文苑传(上)》何则贤本传)

何则贤:《球使礼服答问》一卷、《蓝水书塾笔记》一卷、《蓝水书塾诗文集》(民国《闽侯县志》卷四七《闽县艺文志》)、《蓝水书塾诗草》四卷文集八卷(林昌彝《射鹰楼诗话》卷十八)、《读经札记》、《球使礼服答问》、《涉史漫笔》、《晋书举要》、《史通何氏偶笺》、《增补儒林宗派》、《昭代碑传表志文辑》、《何氏史传汇编》、《蓝水书塾文草》、《诗草》、《词草》、《丛笔》、《结怀剩笔》、《侨浦随笔》、《课程日记》、《年记》凡若干卷(民国《闽侯县志》卷七十一《文苑传(上)》何则贤本传)、《蓝水书塾文钞》□卷、杂著□种、《蓝水书屋诗草》四卷、《词草》□卷、《文集》八卷(刘声木《桐城文学渊源撰述考》卷十二何则贤条)、《蓝水书屋丛笔》一卷、《晋史补略》□卷、《史通》□卷、《何氏偶笺》□卷、《名人轶事随录》□卷、《东越著述所见录》□卷、《东越历朝文辑》□卷、《皇朝东越文辑》□卷、《何氏家谱》□卷(《桐城文学撰述考》卷四)、《蓝水书塾诗文草丛笔》(余潜士《何道甫蓝水书塾诗文草丛笔序》,《余潜士全集》第105-106页;民国《福建通志》总卷二十五,《福建艺文志》卷六十六)、《蓝水书塾诗文草》一卷丛笔一卷(民国六年其孙何子恪油印本)、《闽省近事竹枝词》不分卷(清钞本)(柯愈春《清人诗文集总目提要》第1364页)

何嵩祺:《悟莲室笔记》一卷、《悟莲室文钞》一卷、《髩丝词》一卷(民国《闽侯县志》卷四八《侯官艺文志》)、《悟莲室诗钞》(陈昌强《谢章铤年谱简编》光绪四年。民国《福建通志·福建艺文志》卷五十作一卷)、《莲因室诗集》十六卷(郑祖庚《侯官乡土志》)

何氏:《何氏三孝义事实册》(余潜士《何氏三孝义事实册序》,《姑留稿》卷一)

**谨按:**闽县何氏,派出福清蓝水何氏。始祖何文奎,明代自河南迁福清县城西隅玉街,称玉街何氏,再徙县城蓝水巷,称蓝水何氏。

民国《闽侯县志》记载道光十八年,闽县贡生何恭崇子、六品衔贡生何道观、州同何道中;儒士何恒喜[②]子、举人何则贤;何恒挺子、庠生何轩年承先人遗意,共捐纹银八百二十两,二十年又共捐钱三千充膏火增置名师祠[③]。按:何恭崇、何恒喜、何恒挺为胞兄弟,三人皆旌奖孝友义行,建坊入祠,里人称“孝义何家”[④]。何恭崇,字慎斋;伯兄何恒坦;叔弟何恒喜,字乐崇;季弟何恒挺,字拔崇。何恭崇传见同治刊本《福建通志·孝义传》,附诸弟传[⑤]。《清代硃卷集成》第三四〇册光绪二十年(1894)甲午科第七十六名举人李宣龚履历亦载有其曾祖妣何氏外家何氏诸人情况:曾祖妣何氏,系何恒嘉[⑥]孙女,何则贤长女,何积原胞侄女,何德佑、何德佺胞妹,何德俦、何德佁、何德杰胞姑,何冠鳌、何克怀、何冠章、何福

① 林直《壮怀堂诗三集》,《题词》,《清代诗文集汇编》第703册,影印第654页。

② 按:《清代硃卷集成》第三四〇册光绪二十年(1894)甲午科第七十六名举人李宣龚履历,其曾祖妣何氏系何恒嘉孙女(影印第21页)。何恒喜,一作何恒嘉。

③ 民国《闽侯县志》卷三十三,原第二页,影印第95页。

④ 民国《福建通志》总卷三十九,《福建文苑传(清三)》卷九,第四页。

⑤ 同治刊本《福建通志》卷二百四十一,原第十三、十四页,影印第4351页。

⑥ 据陈庆镛《蓝水何氏三孝义传序》,何则贤父“赠君乐崇先生与其仲恭崇先生、季拔崇先生兄弟让善于其家,以孝闻”,道光十四年,朝廷下诏旌其门为“三孝义”(《籀经堂类稿》卷十一,《清代诗文集汇编》第587册,影印第538页)。硃卷中之何恒嘉即民国《福建通志·文苑传》之何恒喜。

骥、何贻谋胞姑[1],何氏诸人仕宦均不显。

何恒喜之子何则贤(1801—1852),一名积贤,字道甫,号三山樵叟、蓝水后人,何嵩祺伯父。闽县人。世居福州登龙巷。受业于陈寿祺、陈庚焕、高澍然等学者,与张冕、余潜士、孙经世、陈茂坚、王溱、林观成、梁杉等一时名宿游,为林则徐所重。道光十五年乙未(1835)福建乡试举人,与曾元基、刘齐衢、林汝舟等同年,大挑用教职。道光二十八年戊申(1848),官建阳县学训导,主景阳书院,卒后建阳诸生勒碑颂之。系刘声木《桐城文学渊源考》朱仕琇下所列八十位闽中古文作者之一,为光泽高澍然高足弟子。余潜士《何道甫蓝水书塾诗文草丛笔序》称何则贤"继从高雨农舍人揣摩古文,而得其绳墨"[2],文品雅驯。广搜典籍,积书至五万卷,筑有"静学书屋"、"蓝水书塾"藏书楼,钤"则贤"、"曾经何则贤丹墨"、"积贤"、"蓝水后人"、"道甫手记"、"惕园弟子"等印[3]。何则贤多所著述,刻《陈惕园全集》[4],是福州府道光间重要的学者。子何德儒撰行状。何则贤次子何德佺,字勤学,号全人、菌鹤,"善属文","为诗多衰飒,早卒",[5]卒年二十二。何则贤孙何子恪,用新法油板写印《蓝水书塾诗文草丛笔》各一册。

何恒挺之子何轩年,传见民国《福建通志·福建儒行传》:"何轩年,侯官人。道光丙午(二十六年,1846)举人,大挑以教职用。授漳州府训导。……产仅中人,然好施与。群从十人,早殁者四。……风池书院膏火额绌,主讲魏敬中以为言,轩年即捐千缗以充经费。……调补台湾县训导。子嵩祺,道光己酉(二十九年,1849)优贡,咸丰壬子(二年,1852)举人,庚申(十年,1860)进士。官兵部主事。家居,掌教越山、龙光书院,所赏皆名下士。"[6]

何轩年之子何嵩祺,字伯希。咸丰二年壬子(1852)福建乡试举人中式,与杨浚、龚维琳、黄梧阳等同年;十年庚申(1860)成进士,与林天龄同年。是著名诗人林直的诗友。林直诗《酬何伯希孝廉见赠》:"海内风尘晚,何人更论诗?无心得枚马,许我共文词。病觉看山减,才堪用世期。时危思献赋,北去莫迟迟。"[7]何嵩祺撰著颇富,尝毁于火,所存《悟莲室文钞》一卷,仅二十六首,系其家后人钞存者[8]。

何嵩祺能词,有《髩丝词》一卷,四十余阕。陈衍以为何氏词"仍闽派,多近龙川(陈亮)、龙洲(刘过)两家";《南檐琐录》则以为何氏词"与(黄景仁)《竹眠词》为近"[9]。

何氏与福州府诸家族通婚。上已列李宣龚祖母何氏,系何恒嘉之子何则贤长女。再如咸丰九年己未(1859)举人、侯官钟大钧娶何道观第三女,何炜山、何德溱妹夫[10],与李宣龚祖母何氏同辈;同治十二年癸酉(1873)举人、闽县林福熙原聘何轩年长孙女、何嵩祺长女[11]。

## No. 424　闽县何蔚然家族

姜氏:《纫兰闺杂咏》(《孺慕轩诗集》附。民国《福建通志》总卷四十五,《福建列女传》卷六,姜氏传)

何蔚然:《孺慕轩诗》四卷(同治刊本《福建通志》卷六十七。民国《福建通志·福建儒林传》卷五何

---

① 《清代硃卷集成》第三四〇册,光绪二十年(1894)甲午科第七十六名举人李宣龚履历,影印第21-22页。

② 余潜士《余潜士全集》,第106页。

③ 李鹏连《明代罕存刻本〈文章辨体〉递藏源流考略》,载《湖南师范大学社会科学学报》,2016年第3期,第122页。

④ 民国《福建通志》总卷四十五,《福建列女传》卷六,长乐冯元镇继室、诗人林氏传,原第三十四页。

⑤ 民国《闽侯县志》卷七十一,《文苑传(上)》,何则贤传,原第十九页,影印第292页。

⑥ 民国《福建通志》总卷四十,《福建儒行传》卷五,何轩年传,原第三十九页。

⑦ 林直《壮怀堂诗初稿》卷八,原第一页,影印第592页。时在咸丰二年(1852)恩科三月乡试后,故此诗后有《浴佛歌》诗,为四月八日浴佛节作。

⑧ 民国《福建通志》总卷二十五,《福建艺文志》卷六十六,第二十三页,引《南檐琐录》。

⑨ 民国《福建通志》总卷二十五,《福建艺文志》卷七十二,第七页,引。

⑩ 《清代硃卷集成》第三三七册,举人钟大钧履历,影印第113页。

⑪ 同上书,举人林福熙履历,影印第292页。

治运传附题《孺慕轩诗集》。《孺慕轩诗集》四卷,嘉庆十五年瑞室刻本)

何治运:《何氏学》四卷(嘉庆二十四年刻本。同治刊本《福建通志》卷六十七、郭白阳《竹间续话》卷二)、《方言考》(郭白阳《竹间续话》卷四)、《公羊精义》、《论语解诂》、《孟子通义》、《东越志》、《周书后定》、《傅子后定》、《姓苑钩沉》、《纂文捃逸》、(总纂)《广东通志》(陈若霖序)、《大元(太玄)经补注》(同治刊本《福建通志》卷二百三十九《文苑传》本传)

林万忠(何治运妹婿):《罳罳亭笔记》四卷(民国《闽侯县志》卷四七《闽县艺文志》;民国《福建通志》总卷二十五,《福建艺文志》卷五十)

**谨按:**闽县何蔚然,字素宜,号秀岩、秀林。民国《福建通志·文苑传》本传作侯官人。何蔚然先世业盐,雄于赀财,富甲一方。家福州城迎仙门外。筑西郊草堂,藏书十万卷。乾隆三十年乙酉(1765)副贡生[①]。著有《孺慕轩诗》四卷。梁章钜《退庵诗存》卷五有《题何秀岩先生孺慕轩诗集后》诗。

何蔚然次子何治运(1775—1821),字志贤,号郊海,一作岐海[②]、郊郊[③]。与游光绎、陈寿祺等游,义兼师友。嘉庆三年(1798)福建乡试副举人中式,十二年丁卯(1807)福建乡试举人中式,与郭尚先、陈上彤、林蔚春等同年。久之,以大挑用教谕,未及选而卒,年四十七。子五:何广忠、何广熹、何广懃、何广惠、何广恕,何广懃、何广惠早殇。陈寿祺撰《乡贡士郊海何君墓志铭》,称其家自曾祖以下累世业儒,为奇杰之才,逸群绝伦,终其生为沉博之学,令见者目瞠口挢,为文博奥而廉悍[④]。

何治运传见同治刊本《福建通志·文苑传》:"治运洽闻强识,笃嗜汉学,尤精《说文》,于近日惠栋、全祖望、钱大昕、段玉裁诸儒[⑤]所著往往抉其违而弥其罅隙。两广总督阮元聘修《广东通志》。浙抚陈若霖为锓经解及论辨文字四卷,名《何氏学》。其未刊者:《公羊精义》、《论语解诂》、《孟子通义》、《周书后定》、《傅子后定》、《大元经补注》;未成者:《东越志》、《姓苑钩沉》、《纂文捃逸》,凡若干种。"[⑥]其子何广熹系梁运昌之婿,多藏梁氏遗书[⑦]。

何治运与福建学者游光绎、陈寿祺等交游,博极群书,尤精于经学、小学、音学,多发前人所未发,"(陈)若霖称其精能之至,入神出天……视高邮王氏派单文孤证,轻于改字者迥不相同……陈若霖称其抗辞幽说,闳意眇指,不蹈袭前人一字一句"。[⑧] 民国《闽侯县志·儒林传》、民国《福建通志·福建儒林传》卷五本传对于何治运的学术创获,于小学、舆地、音韵学等领域,俱有论列,迭予举例,多达二千二百余字,极为推许。

何治运生前尝入邑人、广东、浙江巡抚陈若霖之幕。同治刊本《福建通志》著录其《何氏学》时,注引陈若霖所撰序。略曰:"丁丑(嘉庆二十二年,1817)冬,郊海游岭南,寓余抚署,阮云台(元)聘为《广东通志》纂修。其所著《公羊精义》、《论语解诂》、《孟子通义》、《东越志》、《周书后定》、《傅子后定》、《姓苑钩沉》、《纂文捃逸》诸书,卷帙繁富,未携行箧,仅刊《何氏学》四卷,前二卷解经,后二卷杂著也。"[⑨]按:民国《闽侯县志》何治运传称"嘉庆末,归自京师,复客若霖浙江巡抚署,若霖为刊《何氏学》四卷,凡

---

① 民国《福建通志·福建儒林传》何治运传附何蔚然传作乾隆三十年乙酉举人(《福建儒林传》卷五,原第三十一页),误。民国《福建通志》何治运之母姜氏传作"归副举人何蔚然"(总卷四十五,《福建列女传》卷六,原第二十三页),是。

② 陈寿祺《答何岐海书》,《左海文集》卷四下,《清代诗文集汇编》第499册,影印第195、197页。

③ 柯愈春《清人诗文集总目提要》,北京古籍出版社2002年版,第1093页。

④ 陈寿祺《左海文集》卷九,《清代诗文集汇编》第499册,影印第405页。

⑤ 按:民国《闽侯县志》何治运传称其"于阎百诗(若璩)、臧玉林(臧琳)、惠定宇(栋)、全绍衣(全祖望)、钱晓徵(钱大昕)、段若膺(段玉裁)诸儒所著,往往有以抉其违而弥其罅"(卷七十,原第十六页,影印第280页)。二传其实本诸陈寿祺《乡贡士郊海何君墓志铭》(《左海文集》卷九,《清代诗文集汇编》第499册,影印第405页)而同治刊本《福建通志·文苑传》有所删汰。

⑥ 同治刊本《福建通志》卷二百三十九,原第六页,影印第4311页。

⑦ 民国《福建通志》总卷二十五,《福建艺文志》卷六十六,引陈衍《石遗室书录》。

⑧ 民国《闽侯县志》卷七十,《儒林传》何治运传,原第十三、十四页,影印第279页。

⑨ 同治刊本《福建通志》卷六十七,影印第1385页。

数万言。”[①]陈寿祺称《何氏学》“精严不苟而深博无涯涘，读之犹未能尽究其源流也。”[②]

嘉庆二十二年丁丑(1817)冬，何治运游广州，寓巡抚陈若霖署中，陈若霖向两广总督阮元推荐了何治运，聘为《广东通志》总纂。传称陈若霖“爱才若命，抚广东时，修通志，荐同里举人何治运于总督阮元，俾为总纂。”[③]民国《闽侯县志》何治运传转引陈寿祺《与何岐海书》的评价，“称其文博奥廉悍”[④]。

何治运也是闽中著名的藏书家，传称其“聚书十万卷”[⑤]，曾经得到藏书家何应举[⑥]的部分藏书，藏书印有“述善”、“述善珍赏”、“述善珍藏”、“应举珍赏”、“苍璧斋述”等[⑦]。何蔚然之孙、何治运之子何广熹，字肫邁。道光十九年(1839)举人。何广熹“寝馈图籍中，能古文，喜作书，篆、隶瘦劲，得汉魏遗意。《兰修庵避暑钞》、《鹤汀渔隐笔记》”[⑧]。何广熹的藏书室名“丁戊山馆”，藏有其岳父、长乐人梁运昌多种著作，事见民国《福建通志·文苑传》梁运昌本传。

晚清何尔璸著有《丁戊山馆吟草》，民国二十六年(1937)铅印本，陈衍《陈石遗集·石遗室文四集》有《丁戊山馆未定稿叙》，朱则杰教授以为系同一种书[⑨]。以其集名“丁戊山馆”，疑何尔璸即何治运后人。何尔璸系光绪十四年(1888)戊子科福建乡试举人。

何蔚然妻、何治运之母姜氏，侯官人。能诗，有《纫兰闺杂咏》，附见何蔚然《孺慕轩诗集》中[⑩]。

何治运妹婿林万忠，号菊潭，是一位精于史学的布衣学者。民国《福建通志》著录闽县林万忠《嚣嚣亭笔记》四卷，引林昌彝《小石渠阁文集》云：“余得布衣交三人，一则陈思赓，一则何道甫(何则贤)，一则吾家菊潭。思赓邃于音学，道甫邃于古文词，菊潭邃于史学。菊潭多读书，何郊海(何治运)先生奇其才，以女弟妻之。何氏家多藏书，菊潭借读几遍万卷。”[⑪]钱洪来《林昌彝年谱》作广东番禺人[⑫]，误。

## No.425　闽县高世焕家族

高均儒：《续东轩诗文集》(光绪七年刻本。民国《闽侯县志》卷七十一《文苑传》本传)、《续东轩遗集》四卷[⑬](刘声木《桐城文学渊源撰述考》卷一。《清儒学案》卷一百六十《柘唐学案·高先生均儒》作三卷)、《周易一得》□卷(《桐城文学撰述考》卷一)、《柯亭文稿》(光绪《嘉兴府志》卷八十一)、《续东轩遗文》不分卷(红荔山房蓝格钞本。李灵年等《清人别集总目》第1926页)

---

① 民国《闽侯县志》卷七十，《儒林传》何治运传，原第十三页，影印第279页。

② 陈寿祺《与何岐海书》，《左海文集》卷四下，《清代诗文集汇编》第499册，影印第197页。

③ 民国《闽侯县志》卷六十八，原第十四页，影印第240页。

④ 民国《闽侯县志》卷七十，《儒林传》何治运传，原第十六页，影印第280页。原文为：“足下天才英特，博闻强识闳辨，文章杰悍，笔力复足以济之，盖兼万人之勇。”(《左海文集》卷四下，影印第197页)

⑤ 民国《闽侯县志》卷七十，《儒林传》何治运传，原第十三页，影印第279页。

⑥ 何应举，字述善，号五梅，闽县人。家有苍璧斋。积书四万余卷。建宁朱仕琇《梅崖居士文集》卷三十有《答何述善书》、《梅崖居士外集》卷一有《苍璧斋记》(1777年作)。

⑦ 李鹏连《明代罕存刻本〈文章辨体〉递藏源流考略》，载《湖南师范大学社会科学学报》，2016年第3期，第122页。

⑧ 民国《福建通志》总卷三十九，《福建文苑传(清二)》卷八，第四页。

⑨ 朱则杰先生推测《丁戊山馆未定稿》当是《丁戊山馆吟草》(《〈清人诗文集总目提要〉订补——以李瑞和等八位福建籍作家为中心》，载《闽江学院学报》2017年第4期，第6页)。

⑩ 民国《福建通志》总卷四十五，《福建列女传》卷六，姜氏传，原第二十三页。

⑪ 民国《福建通志》总卷二十五，《福建艺文志》卷五十，第八页，引《小石渠阁文集》。按：原文在《小石渠阁文集》卷二，题《林菊潭嚣嚣亭笔记序》。《林昌彝诗文集》卷十二作《林菊潭嚣嚣亭笔记序》(上海古籍出版社2012年版，第318-319页)，民国《福建通志》所引，有所节略。

⑫ 钱洪来《林昌彝年谱》，第14页。

⑬ 李灵年等《清人别集总目》著录《续东轩遗集》不分卷，光绪七年刻本，国家图书馆等处藏，注云：“或云为三、四卷。”(第1926页)柯愈春《清人诗文集总目提要》著录《续东轩遗集》不分卷，高氏钞本，南京图书馆藏(第1460页)

**谨按**:闽县高世焕(?—1817)、高均儒(1812—1869)[①]父子均入民国《闽侯县志·文苑传》:"高世焕,字承轩,号竹云。父积,贵州按察使。为仇家所断,得罪籍没,暴卒。世焕御柩至嘉兴,不克归,极流离之苦。及壮,供事实录馆。嘉庆九年(1804),迁四川筇州火井漕巡检,二十二年(1817)卒于官。初,世焕客金陵,袁枚评其手稿云:'清词丽句,触手纷来。'少年在忧患之中,天性有风骚之好。继配车氏,为长寿(清代长寿隶四川重庆府)巨姓,时生子均儒方六岁,奉丧来嘉兴,教育之。""均儒,字伯平,又字可亭,寄籍秀水。为廪贡生。治经,精声音、训诂之学,三礼主康成,故自号郑斋,二笃守程朱之学,文章师桐城,服膺山阳潘四农[潘德舆(1785—1839),字彦辅,号四农],订其文集、诗话若干卷,又手写姚姬传尺牍刻之。漕督吴棠欲刊其诗文集,均儒辞谢。总兵某能杀贼,雅敬均儒,以二百金为寿,却之,卒暗置于床上之寝衣中而去,及知之,总兵出征矣,以缴吴棠,总兵固棠麾下将也。棠乱后刊刻书籍,迎均儒于兵火中,为主校勘,后三至淮上,抱病困甚。某总兵复以三百金乞丁晏持赠,不受。晚主讲东城讲舍,谭献、袁昶、张景祁、张预诸人皆其弟子。遘疾捐馆,贫不能敛,郡守陈鲁率肄业生经纪之。门人私谥为孝靖先生。有《续东轩诗文集》。"[②]高世焕以迎父柩至嘉兴葬焉,遂定居寄籍。民国《福建通志·文苑传》高世焕本传记载高世焕客金陵时与卢竹圃、郭频伽(郭麐,字祥伯,号频伽,江苏吴江人,桐城姚鼐古文传人,《桐城文学渊源撰述考》卷四有传)诸人游,论诗谈艺,甚为相得,身后仅存手稿,诗一二十首[③]。

高均儒,字伯平、可亭。承母车氏[④]命寄籍浙江秀水。高均儒是道光间的古文家,其古文旨趣主归有光。尝为江宁布政使、漕运总督吴棠、两江总督曾国藩所重,此外尚入三任南河总督潘锡恩、杨以增、庚长、浙江巡抚马新贻幕府。《桐城文学渊源撰述考》有传:"工古文,得归、方正规,其为文淳实高古,书法亦遒劲入古,诗不多作。撰《续东轩遗集》四卷。《续东轩遗集》、《柳隐丛话》、《悔过斋文集》、《敬斋杂著》、《皇朝续文献通考》。""【补遗】高均儒,一字可亭,号郑斋,闽县人,寄籍秀水。主讲城东讲舍,治经精声音训诂之学,学不求博,贵专,《三礼》主郑康成,知治经必先识字,故于小学为勤,古文师桐城,主于简尽质实,不屑词藻为工,力学自修,欲以体道于身,笃守程、朱之学,尤服膺应潜斋(应撝谦,号潜斋,明末清初浙江仁和人)、陆稼书(陆陇其,原名龙其,字稼书,明末清初浙江平湖人)两先生。《汲庵诗文存》、《闽侯县志》、《续补碑传集作者纪略》。"[⑤]高均儒门人有钱塘陈祖延(字子鸿)等,陈祖延"师事高均儒二十二年,受古文法"。[⑥]

柯愈春《清人诗文集总目提要》著录胡天游《石笥山房集》,山东省图书馆藏钞本、道光二十六年刻本各一种,有高均儒批;高均儒辑成胡氏《文补遗》一卷、《诗补遗》二卷、《续诗补遗》二卷[⑦]。

## No.426 长乐董炳章家族

董炳章:《经义解纷》四卷、《屈蠖斋集》(民国《长乐县志》卷二十四本传)

董藻翔(董执谊):《闽都别记》、《藕根斋摭拾》、《闽故别录》、(协修)《福州府志》、(协修)《福建通志》、(协修)《福州西湖志》、(分纂)《长乐县志》、(辑)《近人荣哀文件汇订》十二卷、(编)《闽都别记》(宣统三年初刻本)、《藕根斋存稿》四卷、《惜昔室丛抄》、《藕根斋格言丛抄》、《藕根斋联语丛抄》、《龚易图海防条陈书稟》等(福建省图书馆、福建师范大学图书馆藏)

---

① 按:尚小明《清代士人游幕表》高均儒生卒年作1812—1872(第192页)。

② 民国《闽侯县志》卷七十一,原第二十页,影印第292页。

③ 民国《福建通志》总卷三十九,《福建文苑传(清三)》卷九,高世焕传,第十页。

④ 车氏传见民国《福建通志·福建列女传》卷二,第二十五页。

⑤ 刘声木《桐城文学渊源撰述考》卷一,第82页。

⑥ 刘声木《桐城文学渊源撰述考》卷一,第99页。

⑦ 柯愈春《清人诗文集总目提要》,第551页。胡天游(1696—1758),字稚威,号云持,浙江山阴人。

**谨按**:长乐董氏家族中人董正芳,一作董正方,今福州市长乐区文岭镇迁董村人。嘉庆三年戊午(1798)举于乡,与廖鸿藻、曾晖春等同年;十四年己巳(1809)成进士,与廖鸿荃、廖鸿藻、叶申芗、郭尚先等同年。

董正芳系董述昆、董述阳兄弟的族父。董述昆娶林乔荫堂侄女林煦。林煦工文墨,董述昆卒后,林煦使子董祖诒、夫弟及董述阳之子董廷霖等从族父董正芳读书,其传见民国《福建通志·福建列女传》卷五上,林煦传后为其姒蓝氏(董述阳妻)之传。

董述昆、林煦夫妇之子董祖诒,娶葛文芳之女葛氏,生子董炳章。葛文芳本侯官宿儒,故民国《福建通志》葛氏传称其女葛氏"通经史,能诗文","氏与姑林氏设幔训徒,迭相教授。……无何,郡有铁钱之变,益以上游兵燹,米珠薪柱,乃大困。炳章亦授徒亲串家,岁脯才二十千。氏老不任针黹,则为人点勘文字,佐家用。咸丰纪元(1851),炳章入邑庠,旋举于乡,就教授,氏已前卒矣。有诗选入《闽闺秀诗录》。"[①]"姑林氏"即林煦。

董述昆、董述阳、董祖诒父子叔侄三人业儒皆不售,至积愤成疾,郁郁而终,至董炳章始登乡榜。董炳章(1828—1877),一名道行、炳昌,字琅山,号纫兰。董炳章系同治元年壬戌(1862)福建乡试举人,与梁俊年、林寿年等同年,娶螺洲陈兰泰孙女、陈钦铭胞妹陈氏为妻。官上杭教谕、台湾淡水厅教谕[②],主讲福州琴江书院、台湾淡水厅明志书院。陈氏传见民国《福建通志·福建列女传》卷二。

董炳章之子董执谊(1863—1942),榜名藻翔,号藕根居士。居福州,家有味芸庐书坊。今福州南后街西侧158、161号有"董执谊故居"。董藻翔系光绪二十三年丁酉(1897)福建乡试举人,与陈培锟、何振岱、张福谦等同年。董家曾是福州晓社雅集的场所。

董藻翔长孙(一作长子,待考)董岳如,号悦如,诗人。董氏后人有董藻翔曾孙董琨(四孙董碧辰之子)、董瑜等。

## No.427　福清(平潭)陈承颖家族

林琪树(陈承颖侄女婿):《凤社奚囊集》(民国《平潭县志》卷二十七本传)

**谨按**:陈承颖、林琪树系翁婿关系,以陈承颖爱惜林琪树之才而妻以兄女。陈承颖,字上敏,号古愚。民国平潭县敖网区南安村人。民国《平潭县志·文苑传》本传:"邑庠生。性刚正严毅,学问淹洽。为文苦心孤诣,力矫时趋。于笔架山中筑豁开精舍,聚生徒,讲学其中,从游多所成就。奇林瑶川才,以兄之女赘之。……曾侄孙逢成,咸丰九年(1859)己未恩科举人。"[③]林琪树,字敬芳,号瑶川。祖籍福清县平上里硋窑村,父授徒平潭,因家焉。民国《平潭县志·文苑传》本传:"琪树游庠后益刻苦于学。领嘉庆十五年(1810)庚午科乡荐第二,三赴春闱,放归。主讲兴文书院,精研训诂,讲授不少倦,从游者多登贤书,成名士。兴化进士郭龙光与交最深,故《苕溪诗集》中多赠林瑶川作。……著有《凤社奚囊集》。年七十回籍卒。子尧封自有传。"[④]平潭有兴文书院,陈承颖尝募捐重建,改名澄潭书院,颇能造就平潭诸岛人才。

林琪树之子林尧封传见民国《长乐县志·方技传》:"林尧封,字宜尹,号莘圃,琪树长子。幼承庭训,经史甚该贯,笔下洒洒恒数千言。……失怙后绝意进取,益肆力于书,别成一格。"[⑤]

---

① 民国《福建通志》总卷四十五,《福建列女传》卷五上,葛氏传,原第六十五页。

② 按:董炳章署台湾府儒学训导事在同治十三年(1874)(施懿琳、廖美玉《台湾古典文学大事年表·明清篇》,第612页)。本年正月,侯官郭柏芗署噶玛兰厅儒学训导(同书,第611页)。

③ 同①,同卷陈承颖传,影印第728页。

④ 同上书,同卷林琪树传,影印第728页。

⑤ 同上书,卷三十林尧封传,影印第734页。

陈承颖侄孙陈逢成,字孝松,号友梅。民国《平潭县志·文苑传》本传:"幼时以贫废学,任杰惜其才……学使李小湖(李联琇,号小湖,江西临川人。咸丰三年至五年任福建学政)拔冠全军,又受知于吴南池(吴保泰,字南池,号和庵,河南光州人。咸丰五年至八年任福建学政)、徐寿蘅(徐树铭,字寿蘅,湖南长沙人。咸丰八年至十一年任福建学政)两学使,叠置高等,食饩。咸丰己未(1859)恩科以亚魁捷秋闱。一上春官报罢即绝意进取。平时所作文多可传。长子绍棠、孙维实皆邑庠生;次子绍基,太学生。"①李联琇,系桐城派李兆洛一支传人,《桐城文学渊源撰述考》卷九有传。徐树铭尝问学于湖湘文派的宗师曾国藩,曾国藩是姚鼐古文的传人。徐树铮小传见《桐城文学渊源撰述考》卷十。

## No.428 福清(平潭)任氏家族

任柱鳌:《榕石山房文集》若干卷(民国《平潭县志》卷二十七《文苑传》)

**谨按**:民国平潭县敖网区潭蛟村任可大、任玮、任杰、任柱鳌诸人均能文学,传并见民国《平潭县志·文苑传》:"任可大,字登元,号罶东。敖网区潭蛟村人。幼时从陈玉山学,与(陈)方策相切磋,学问淹洽。未冠游泮,屡试高等,食廪饩,贡成均。……性慈和,不标奇立异,人称长者。所著文稿藏于家。年九十余卒。子浩然、孙贤俱邑庠生。"②

任杰、任柱鳌传附任玮传:"任玮,字朝康,号玉□。敖网区潭蛟村人。父炅,邑廪生,才学清超,品望峻洁,早卒。家徒四壁,璋乃训蒙自给,刻苦读书,善为文,性狷介,寡交游。年八十有二卒。子杰,岁贡生;孙佩锵,太学生;柱鳌,同治癸酉(十二年,1873)举人;绍光,太学生;柱郎,邑庠生;曾孙学曾,邑庠生;显曾、希曾、步曾皆邑庠生。杰字廷雍,号卓卿。……淹贯群书。弱冠应试,王令耀枢拔冠军,遂受知于学使吴晴舫(吴钟骏,字崧甫、吹声,号晴舫,江苏吴县人。道光、咸丰间两任福建学政),科试叠列高等,食廪饩,以贫故终身授徒自给,造就甚夥。所著诗、古文词各臻其美,稿若干卷藏于家,未梓。柱鳌字聿臣,号蓬山。弱冠补弟子员,试辄冠军。父杰不禄,祖玮命授徒自给,益励志力学,遂领同治癸酉科乡荐。三上公车,报罢。大挑二等教谕。归主兴文书院讲席。……年甫强壮,病卒。著有《榕石山房文集》若干卷,稿藏于家。"③

## No.429 福清(平潭)林钟华家族

林钟华:《诗经类典》四卷、《尚书类典》四卷(民国《平潭县志》卷二十七《文苑传》本传)

**谨按**:福清县林钟华及其子林庆祺④俱能文学。民国《平潭县志·文苑传》林钟华本传:"林钟华,号月川。朴秀区朴秀下村人。清道光间邑庠生。学问淹博,著有《诗经》、《尚书》类典两部,各四卷,稿藏于家。早卒。子庆祺,号晴波。咸丰辛亥(元年,1851)入庠,己未(九年,1859)输军饷,得以直隶州分州签分浙江。时太平天国方破杭城,路梗,不就职。秉性浑厚,学问渊雅,尤长于诗、书,□工山水,得者视同拱璧。"⑤

---

① 同上页①,卷二十七陈逢成传,影印第729页。

② 同上书,同卷任可大传,影印第728页。

③ 同上书,同卷任玮传,影印第728-729页。

④ 按:福州府林庆祺同名者有:(1)侯官林则徐之孙、林聪彝之子、林大任之父林庆祺,字子庄;(2)福清县林钟华之子,号晴波;(3)侯官林则徐的进士同年林士焕之子林庆祺,娶萨龙光之孙女、萨侍枫之次女(《皇清诰授朝议大夫户部江西司兼山东司主事翰林院庶吉士诰封中宪大夫工部营缮司员外郎露萧府君行述》,《雁门萨氏家谱》,影印第1082页)。

⑤ 同上页①,同卷林钟华传,影印第729页。

清代今平潭县地有邑人陈方策等从事桐城古文创作的作家，又建有兴文书院以培养人才，多任福建学政嗜好桐城古文，通过考试擢拔人才的方式以端正文风，矫正时趋，这是清代乾隆以来至咸丰间今平潭县域多桐城古文作者的原因。

从明、清两代更宽广的时段看，今平潭县域多桐城作者不是一个小范围的、特殊的文学现象，是福清县、福州府乃至整个国家文学创作的共同选择。晚明万历至天启间，福清大学士叶向高领袖文坛，以其文学创作及其融通七子派与馆阁的文学理论为馆阁文学夺回从弘治到万历间100年间为七子派强势压倒的文学创作地位，重新确定唐宋古文的崇高地位，为晚明至清初古文创作运动和理论探索指明方向。与叶向高同时和稍后的福清人薛泉、郭应宠、陈五昌、施兆昂等俱能古文词创作。薛泉是叶向高的父执，"以文章问学，负人伦之鉴"，许叶向高"当以文名世"[①]。郭万程之孙郭应宠，万历三十一年癸卯(1603)举人，世其家学，于六籍、九流、百家、诸子之书，靡所不窥，学问淹贯[②]。陈五昌，万历三十二年甲辰(1604)进士，官检讨，其"遗文若诗若馆课斋皇典丽，可以仿佛六朝三唐，以彼才，天假以年，其所就讵特古文词而已，惜哉！"[③]施兆昂，万历四十七年己未(16190进士，"少颖慧，九岁嗜异书，运笔皆古文词"。改选庶吉士，入翰林。时读书中秘书者咸问奇于施兆昂。生平学问淹博，材艺尤多。工于诗赋，赋奇丽若六朝，诗则入唐人之室。其文高怀旷朗，非人所及[④]。

## No. 430　罗源游琼枝家族

游琼枝：《昨非集》、《楚北游草》(民国《福建通志》总卷四十，《福建儒行传》卷五，游琼枝本传)

**谨按：**罗源游琼枝，字则畴，号翠轩。父游登第，例贡生。游琼枝年甫冠，即笃行力学，讲贯经史，旁及子、集、志、乘，靡不披阅。嘉庆五年庚申(1800)副榜举人，十八年癸酉(1813)举人中式。

游琼枝之子游世元，以名诸生克世其家；孙游煃，同治元年壬戌(1862)举人，能诗[⑤]。同治六年丁卯(1867)，侯官郭柏苍撰《罗源游孝廉传》。

## No. 431　闽县林筠家族

林光谱：《礼释》二卷(民国《福建通志》总卷四十，《福建儒行传》卷五，林光谱本传)

林步瀛：(总纂)《宁德县志》、《榕荫草堂集》不分卷(民国二十十年铅印本，福建省图书馆藏。柯愈春《清人诗文集总目提要》第1730页)

**谨按：**闽县螺洲人林光谱，字采南。少从从祖林筠肄业。林筠，嘉庆十三年戊辰(1808)举人中式，与何逢吉、陈上泰等同年；二十二年丁丑(1817)成进士，与廖鸿苞同年。授知县，不赴，改教职，官漳州府教授。筠没，益自刻励，工举子业，绝意名场。受知于鳌峰山长郑世恭。手《大戴礼》、《临川集》，嗜《庄》、《列》诸书，兼习堪舆。诗文外，攻经史。中年专以课徒为事，及门陈懋豫、侄林蔚华、林菁(号诸栾、书栾、翥鸾[⑥])、林桂芳、子林步瀛等先后举于乡[⑦]。按：陈懋豫系光绪二十九年癸卯(1903)举人，林

① 乾隆《福清县志》卷十四，《教泽传》本传，影印第358页。

② 同上书，卷十四，《文苑传》本传，影印第368页。

③ 同上书，卷十四，《文苑传》本传，影印第369页。

④ 同上注。

⑤ 民国《福建通志》总卷四十，《福建儒行传》卷五，游琼枝传，原第二十三页。

⑥ 郑孝胥《郑孝胥日记》，第169、171、173页。《郑孝胥日记》云光绪十六年闰二月在京师遇到林诸栾、林笏孙，又称之为"林菁兄弟"(第169、171页)。笏孙当是林蔚华，以林菁、林蔚华俱去年乡试中举，今年赴春闱会试。

⑦ 民国《福建通志》总卷四十，《福建儒行传》卷五，林光谱传，原第四十一页。

蔚华、林菁系光绪十五年己丑(1889)举人,林桂芳系光绪二十年甲午(1894)举人,林步瀛系光绪二十八年壬寅(1902)举人。

按:永福林步瀛系同治四年乙丑(1865)举人,七年戊辰(1868)进士。光绪举人、闽县人林步瀛系著名作家谢婉莹(冰心)在福州女子师范学校时的国文老师。闽县林步瀛尝为族祖林云章撰《事略》①,故知林雨化(林云章祖父)与林步瀛系族人。陈衍《石遗室诗话》卷二十九第三条记载林之夏事迹,兼及林之夏诗友林步瀛,陈衍称其诗"有静者机",能为"诗人之诗"②。

## No.432 侯官朱锡縠家族

朱锡縠:《瞻云草》二卷、《陇蜀游草》、《归云草》(同治刊本《福建通志》卷六十八。民国《福建通志·福建艺文志》卷六十六云此三种合为《怡山馆诗钞》四卷)、《怡山馆集》(《闽词征》卷四)、(修)《巴州志》、《怡山馆诗钞》二卷(清刻本,福建省图书馆藏)、《怡山馆文稿》不分卷(稿本、清钞本,福建省图书馆藏)(柯愈春《清人诗文集总目提要》第1064页)

甘和:《韫玉轩诗》(民国《福建通志》总卷四十五,《福建列女传》卷六,甘和本传)

朱芳徽(朱锡縠侄女):《绿天吟榭诗稿》一卷③(民国《闽侯县志》卷四八《侯官艺文志》)、(《闽词征》卷六,《闽词钞 闽词征》,福建人民出版社2014年版)、《荔香斋前后集》、《阿那偈》一部(民国《福建通志》总卷四十五,《福建列女传》卷六,朱芳徽本传)

**谨按:**朱锡縠,号菽原。侯官人。嘉庆辛酉(六年,1801)进士,官四川泸州知州。能诗词。陈衍以为朱锡縠"词笔雄整,可以兄事檀河(萨玉衡)、弟蓄秋坪(陈登龙)"④。

朱锡縠妻甘和,字瑶轩。侯官人。提督甘国宝孙女。能为诗。有《韫玉轩诗》⑤。

朱芳徽,字懿卿,朱锡縠侄女、朱锡晋女⑥。朱锡縠未有子,以芳徽幼,且性聪敏,依膝下。宦四川时,携之随任,课以经史,习诗文。长适同邑姜承雯。蜀中向焘,为朱锡縠门下士。知闽县,延至署,教子女读书,有上行禀牍,皆烦手削。岁入修金颇丰,立义学,招贫苦子弟,使侄孙某教之,而资以百数十金。又著《阿那偈》一部,奥旨秘词,不落寻常蹊径。有《荔香斋前后集》诗稿。刘文熙撰事略⑦。

## No.433 侯官王燮家族

王燮:《易经经义》、《汉学采精》、《梅花书屋全集》、《金石考》、《居官实鉴》、《香雪斋诗钞》(《清代硃卷集成》第337册王庆云、王见三履历,影印第5页)

王琼瑛(曾光斗妻):《万里游诗草》(民国《福建通志》总卷四十五,《福建列女传》卷六,王琼瑛本传)

**谨按:**《清代硃卷集成》第三三七册收录咸丰九年(1859)己未科福建举人王卿云、王见三履历,侯官王氏始祖王审知,入闽至王庆云兄弟中举之时近1000年。

兹簃录王卿云、王见三兄弟履历如下:高祖王元苑,高祖妣卢氏;曾祖王家祥,曾祖妣黄氏本生曾

---

① 民国《福建通志》总卷四十,《福建儒行传》卷五,林云章传注引,原第四十一页。

② 陈衍《石遗室诗话》卷二十九,第三条,第390页。

③ 柯愈春《清人诗文集总目提要》著录此集,二卷,同治十年刻本,中国社会科学院文学研究所藏(第1466页);李灵年等《清人别集总目》著录此集,二卷,同治三年刻本,福建省图书馆藏(第432页)。

④ 民国《福建通志》总卷二十五,《福建艺文志》卷六十六,第五页,引陈衍《石遗室书录》。

⑤ 民国《福建通志》总卷四十五,《福建列女传》卷六,甘和传,原第二十四页。

⑥ 民国《福建通志》总卷二十五,《福建艺文志》卷六十六,第十八页,引陈衍《石遗室书录》。

⑦ 民国《福建通志》总卷四十五,《福建列女传》卷六,朱芳徽传,原第三十页。

祖妣林氏;祖王夔,祖妣刘氏,庶祖妣萨氏、龚氏;胞伯祖王朝弼、王朝佐,胞叔祖王朝举;父王有龄,母周氏,系周云程孙女,周懋修次女,周德建胞姊;胞叔父王有章、王有瓛,嫡堂伯叔王有金、王有荣、王有筠、王有为、王有封、王有仪;王卿云,字贤景,号梅孙、虞辅,序二,娶谢氏,系侯官谢金銮长孙女,谢宗本长女,谢宗善、谢应奎胞侄女;王见三,原名吉云,字贤绍,号小轩、心甫,序三,娶郑氏,系侯官郑鹏程长曾孙女,郑世光长孙女,郑守诚长女,郑孝愉胞姊,郑世祺、郑世平、郑世恭胞侄孙女,郑守廉胞侄女,郑守孟嫡堂侄女,同榜举人郑孝铭堂姊;胞兄王裔云,胞弟王瑞云、王茗云、王江云,嫡堂弟王隽云、王松云,堂兄弟王名杰、王名佑、王名烈、王名钦、王名威、王名成、王名咸、王名荫、王名彪、王名立;受业师赵新(又铭)、宋晋(雪帆)、沈丙莹(菁士)、杨维诚(砚农)、周树藩(屏陈)、姑丈曾光斗(星斋)、陈偕灿(少香)、周来裕(厚庵)、秦光第(次游)、和钦(东桥)、张尔俊(半石)、马之龙(子云)、董不园、易庆云(蔼人)、陈春光、陈观竣(极甫),受知师何福咸(受山)、朱凤标(桐轩)、刘翊宸(雪樵)。住福州省城新美里①。

王夔(?—1849),字世调,号梅林。侯官人。嘉庆二十三年戊寅(1818)举人,与刘家镇、曾元海等同年。未通籍时,家贫甚,南北奔驱。道光二十年庚子(1840),王夔由云南巧家营同知入觐见,请假回里;二十九年己酉(1849),新授平凉知府,由四川乞假来浙就养,至吴门,中暑病卒②。王氏家族自王夔科举发家,始与福州望族通婚,三代之间与萨氏、谢氏、郑氏、刘氏、曾氏、杨氏等联姻,形成业儒家族。

王夔次女王氏,王有龄姊,闽县国学生刘家铭妻。刘家铭,闽县刘家谋堂兄弟。子刘瑜,卒年十九岁。民国《福建通志·列女传》王氏传称王氏"工文翰,最得父夔欢。……氏甫垂髫即解持,诵经文……日治针黹,夜课弟读。女红之暇,兼习书、数"。③

王夔之女王琼瑛,字琴史。适古田曾光斗。尝从父宦游滇海。有《万里游诗草》④。

王夔之子、杨浚女婿王炎祖父王有龄(1810—1862),字英九,号雪轩,侯官人。入赀为浙江盐大使,累官至浙江巡抚。咸丰十一年辛酉(1861)十二月二十九日死杭州城难,谥壮愍,给骑都尉世职。传见《清史稿》卷三百九十五、民国《福建通志·福建列传》卷三十九、民国《闽侯县志》卷六十九。

王有龄诸子:王裔云,字贤彦,号霁斋,袭骑都尉,官浙江补用道;王卿云(1836—?),咸丰九年己未(1859)第四十六名举人,官刑部郎中、湖南知府;王见三(1837—1877),与兄王卿云同榜第一百五十一名举人,官户部郎中、候选知府;王瑞云、王茗云,均候选郎中。王见三卒年据民国《福建通志·福建列女传》卷四陈景韶妻王氏传⑤推算。

## No.434　侯官黄汉章家族

黄汉章、黄铨、谢淞、华文漪:《兰社诗略》(郭柏苍《竹间十日话》卷二)

**谨按:**侯官黄汉章,号紫云老人。道光初岁贡生。传见民国《福建通志·福建文苑传》卷九,以其传附兰社同仁黄铨、谢淞等人传及事迹,本书闽县谢道承家族条下已引,故略。光绪十九年癸巳(1893)兴化府莆田县举人黄汉章,非同一人。

黄汉章妻林惠芳,侯官人。能诗⑥。

---

① 《清代硃卷集成》第三三七册,王卿云、王见三兄弟履历,影印第3-14页。

② 民国《福建通志》总卷四十五,《福建列女传》卷四,刘家铭妻王氏传,原第二十一页。

③ 同上注。

④ 民国《福建通志》总卷四十五,《福建列女传》卷六,王琼瑛传,原第三十二页。

⑤ 同上书,《福建列女传》卷四,陈景韶妻王氏传,原第二十六页。

⑥ 民国《福建通志》总卷四十五,《福建列女传》卷六,林惠芳传,原第三十三页。

## No.435 闽县王修文家族

许季兰(梁韵书第三女,王修文妻):《剑香诗草》一卷(民国《福建通志》总卷四十五,《福建列女传》卷六,许季兰本传)

王珪如(王修文女,刘存仁孙妇):《春晖阁初草》(谢章铤《赌棋山庄文又续》卷一《春晖阁初草序》)

王鸿兟(王修文从弟):《无离龛诗拾》九卷(民国二十九年铅印本,国家图书馆藏。柯愈春《清人诗文集总目提要》第2000页)

**谨按:**闽县王修文(1819—1859),谢章铤中表兄弟。道光二十九年己酉(1849)福建乡试举人,与郑守孟、郑守廉、刘存仁等同年。娶侯官许濂、梁韵书第三女许季兰。许季兰,字湘蘋。有《剑香诗草》一卷,其诗古体胜近体[①]。请参看梁章钜家族条。

王鸿兟,字啸龙,号无离。王修文从弟。光绪三十年进士,官邮传部员外郎。著有《无离龛诗拾》九卷。

王修文之女王珪如,字和卿。适刘存仁之孙、举人刘孝佑(桂莽)。曾经参与光绪十年(1884)侯官郭氏家族围炉谈诗雅集。光绪二十年甲午(1894),谢章铤撰有《春晖阁初草序》,称其诗"诸体皆工,而赋得之作尤善,足与其外祖母梁蓉函老人竞爽……夫人手笔风格不亚前修",并叙及梁韵书及梁韵书之父梁上国的文学创作,"此道固贵有渊源哉!昔九山宫詹官翰林,以应制为职业,与同官习熟此体,今所流传九家诗者,是老人以爱女随侍,濡染既深,合弦应节,著手成春,遂与其所为古、近体并重一时。……老人既归闽,每院(鳌峰书院)中课诗,宛若姑、姊、妹莫不代人,求捉刀"[②]。

## No.436 刘义问家族

梁赋茗(刘义问妻,梁云铣女、梁章钜侄女):《卧云楼诗草》(民国《福建通志》总卷四十五,《福建列女传》卷六,梁茗本传)

**谨按:**刘义问,上舍生。生平事迹不详。其妻梁赋茗,字藻芬,梁章钜四兄梁云铣(刚中、泽卿)之女。适刘义问。喜作咏史诗。有《卧云楼诗草》[③]。

刘义问之女、梁瑞芝表妹刘篸林,拙于女红,而诗才特秀发。适虞一元。有《艳雪斋诗草》[④]。

## No.437 侯官卢氏家族

卢蕴真:《紫霞轩诗钞》二卷(道光二十六年刻本、林直《壮怀堂诗初稿》卷五)、《紫霞轩诗词》(徐乃昌《小檀栾室闺秀词钞》卷十五、《闽词征》卷六,《闽词钞 闽词征》,福建人民出版社2014年版)、《紫霞轩稿》(民国《福建通志》总卷四十五,《福建列女传》卷六,卢蕴真本传)

**谨按:**卢蕴真,字倩云。侯官人。闽县诸生魏鹏程(仙洲[⑤])室。著有《紫霞轩稿》。闽县诗人林直

---

① 同上书,同卷,许季兰传,原第三十九页。

② 谢章铤《赌棋山庄文又续》卷一,《清代诗文集汇编》第680册影印光绪二十四年刻本,影印第797页。

③ 民国《福建通志》总卷四十五,《福建列女传》卷六,梁兰省传附,原第三十九页。

④ 同上书,同卷,刘篸林传,原第四十页。

⑤ 李灵年等《清人别集总目》第294页;柯愈春《清人诗文集总目提要》,第1210页。

有诗及之。卢蕴真之妹卢蕴玉,亦能诗。卢氏姊妹事迹载《闽川闺秀诗话》[1]。

## No.438 闽县郑氏家族

郑瑶圃:《绣余吟草》二册(民国《福建通志》总卷四十五,《福建列女传》卷六,郑瑶圃本传)

**谨按:**闽县人郑瑶圃,适贡生林材,系嘉庆十三年戊辰(1808)举人林琼树之母。有《绣余吟草》二册:上册律赋二十一篇,下册骈体文三篇,近体诗一百六十余首。诗人陈登龙(秋坪)序之[2]。

闺秀郑绛霞能诗,民国《福建通志》郑绛霞传引其《题〈绣余吟草〉诗》:"书带堂深敞绣帷,忆曾学谱鹧鸪词。家风愧少都官调,合让才名擅扫眉。姜蒜屏间拜淑仪,离褕德象总堪师。只愁未乞飞霞玑,敛手新编敢说诗。"云"《吟草》,郑安人浑冰著也"[3]。书带堂系郑氏堂号,郑安人即指郑瑶圃,以此知郑瑶圃本名浑冰。郑绛霞当是郑氏家族中人。

林琼树家有鳞次山房。林琼树亦能诗。杨庆琛作有《过鳞次山房晤林仙庚广文话旧》七律四首[4],时道光十二年季冬(已入1833年)。

## No.439 侯官陈定涛家族

陈定涛:《蘖义辨伪》二卷、《药性补遗》一卷、《伤寒论集说便读》六卷(民国《福建通志》总卷四十四,《福建艺术传》卷三,陈定涛本传)

**谨按:**陈定涛,字德渊,号一瀌。侯官人。父陈纲,邑庠生。以父病瘫痫而习医,陈定涛晚年尤精脉法。道光十四年甲午(1834),郡多疫,得其疗者百不失一。总督孙尔准屡招入署,手书"鸿术"二字题额。有中山国门人淑世昌。著述多种[5]。

陈定涛之子陈福嘉,诗人。尝预道光二十四年甲辰(1844)福州西湖社集,与刘端、沈绍九、周麟章、萨大滋、陈崇砥、林寿图、孙翼谋等主其事。

## No.440 闽清刘祖宪家族

刘祖宪:《橡茧图说》(同治刊本《福建通志》卷六十九)

刘作霖:《医录》若干卷(民国《福建通志》总卷四十四,《福建艺术传》卷三,刘作霖本传)

**谨按:**闽清刘祖宪,系乾隆五十九年甲寅(1794)举人。

刘祖宪堂弟刘作霖,字元铨。岁贡生。少多病,究心医学,积久有神悟。家小康,不藉医为生活,人呼为"刘半仙"。有《医录》若干卷。孙刘善性,亦习医[6]。

---

① 民国《福建通志》总卷四十五,《福建列女传》卷六,卢蕴真传,原第四十二页。

② 同上书,同卷,郑瑶圃传,原第二十八页。

③ 同上书,同卷,郑绛霞传,原第四十二页。

④ 杨庆琛《绛雪山房诗钞》卷九,《清代诗文集汇编》第542册,影印第434页。

⑤ 民国《福建通志》总卷四十四,《福建艺术传》卷三,陈定涛传,原第十二、十三页。

⑥ 民国《福建通志》总卷四十四,《福建艺术传》卷三,刘作霖传,原第十三页。

## No. 441 闽县翁怀清家族

翁惠农:《翁舍人遗稿》(民国《闽侯县志》卷四七《闽县艺文志》)

**谨按:**翁怀清,字徽英,号镜轩。闽县人。少孤贫,不能从师,中废而为人司计,母命从学季父于小宗祠。甫两月,季父卒,乃独居祠中,自以己意推测古人,有冥契焉。乾隆五十一年丙午(1786)福建乡试中式,与萨玉衡、林茂春、陈若霖、曾奋春等同年。嘉庆六年辛酉(1801)大挑,官建宁、晋江等县学训导,迁郡教授,调台湾府学。尝掌教同安大轮书院。传在民国《福建通志·儒行传》卷五,此传据高澍然所撰文改写。

翁怀清之子翁吉士名在同治刊本《福建通志》之《道光九年重纂职名》中分纂九名福建举人之列[①],其父翁怀清传亦云"子吉士,故淹雅,以举人分发湖北试用知县"[②]。高澍然亦在此《重纂职名》中。翁吉士,字惠农。嘉庆二十四年己卯(1819)举人,与魏本唐、王庆云、郑世倌等同年。道光、咸丰间三任湖北郧西知县,殁于官。能诗文,有善政。《伊园文钞》云翁惠农之作"诗词一以温厚为宗,即偶然赋物,深情如见;古文亦无非发挥其衷臆"[③]。

## No. 442 侯官林一桂家族

林一桂:《读周礼私记》三十卷(同治刊本《福建通志》注引《东越儒林传》作数十卷)、《(读周礼)长编》数十帙(民国《闽侯县志》卷七十《儒林传》本传)、《周官私记》一百卷(民国《福建通志》总卷二十五,《福建艺文志》卷五)

林景忠(林一桂孙):《闽中忠义纪略》四卷(民国《闽侯县志》卷四八《侯官艺文志》)

**谨按:**林一桂,字则枝,号钝村。侯官人。乾隆四十四年己亥(1779)举人,与龚景沆、郑光策、许作霖等同年。官永安教谕。同治刊本《福建通志》著录其《读周礼私记》,引《东越儒林传》:"钝村性嗜学,老而不衰,尤好《周官》,自王与之订义外,博收汉、唐以来迄国朝诸通儒所论著涉《周官》者,条比件系,手纂为《长编》百册,复删繁掇要,为《读周礼私记》数十卷。"[④]民国《福建通志》本传:"朴学方闻,深于《礼》学。于《周官》用力尤勤。……生平居贫力学,老而不衰,入殖社时,鬓发皓然。善议论,言满堂室。卒年八十余。著述散落,《长编》、《私记》两稿相传并存陈编修寿祺家。子锟,字侗叔。嘉庆庚午举人。亦官永安教谕。《师友集》、《乾嘉全闽诗传》。"[⑤]陈寿祺《前诗意有未尽再叠元韵呈莒林藩伯》其四句"著述二林淹梓里"下注:"林钝邨教谕撰《周礼私记》六十巨册,采摭极博,余屡索之其后人,稿幸仅存。"[⑥]

林一桂系殖社成员。请参看本书长乐谢氏家族其他作家条。

林一桂之子林锟,于嘉庆十五年庚午(1810)举人中式。能制艺、诗文。民国《福建通志》周广和传:"周广和,侯官人。祖嘉璧,制艺大师,门下极盛。广和精于医,能读《灵素》诸书,立方多用(张)仲

---

① 同治刊本《福建通志》,《职名》,原第二页,影印第 24 页。
② 民国《福建通志》总卷四十,《福建儒行传》卷五,翁怀清传,原第十八页。
③ 民国《福建通志》总卷二十五,《福建艺文志》卷六十六,第十八页。按:民国《福建通志》词条解题云:"佚其名。"
④ 同治刊本《福建通志》,卷六十八,影印第 1398 页。
⑤ 民国《福建通志》总卷三十八,《福建儒林传》卷五,林一桂传,原第二十一页。
⑥ 陈寿祺《绛跗草堂诗集》卷五,《清代诗文集汇编》第 499 册,影印第 577 页。

景。林一桂两子皆善医,广和所从受业也。"[①]按:周嘉璧系嘉庆十二年丁卯(1807)举人,为杨鹤鸣之师、林昌彝岳父。官训导。

林一桂有孙名林景忠,就提镇幕馆[②]。

## No. 443　闽县魏杰家族

魏杰:《逸园诗钞》四卷、《后钞》四卷、《鼓山吟草》五卷[③](民国《闽侯县志》卷四七《闽县艺文志》)、《九峰(寺)志》四卷(同治六年刻本)、《耽读吟》、《诗稿》、《洗心吟草》(余潜士《魏拙夫以诗稿见示得一截酬之》、《和魏拙夫耽读吟勉同学生徒》、《拙夫以盐课之累系狱寄示洗心吟草咭以七律逾月遂得释》)、《闽盐论》、《鼓山吟草》一卷、《逸园诗钞后集》一卷、《玉融魏氏迁省族谱》(《清代福清籍"田园诗人"魏杰》,载《福清侨乡报》2012年3月13日)

**谨按:**闽县魏拙夫及其弟魏竹村俱能诗,永福余潜士与魏氏兄弟俱有交游。余潜士为魏拙夫撰《甲辰季秋偕魏拙夫及诸同学游鼓山涌泉寺》、《魏拙夫以诗稿见示得一截酬之》、《和魏拙夫耽读吟勉同学生徒》、《题魏拙夫脱屣图》、《拙夫以盐课之累系狱寄示洗心吟草咭以七律逾月遂得释》诸诗[④],又有《答魏拙夫书》,知魏拙夫邀请余潜士来年留馆伴读[⑤]。《题魏拙夫洗心吟草》云:"承示狱中近稿,笔底翻澜,恒出不平之鸣,每多有感而发。如嵇叔夜之《幽愤》,永啸长吟;类阮嗣宗之《咏怀》,忧思不寐。始信冰渊,涉世跬步,殊少坦途;正当风月,随缘寸地,自寻乐趣。所以达人安命,志士盟心;唯是硬着脊梁,放开眼孔。任他鹬蚌之相持,笑作渔樵之问答云尔。"[⑥]

余潜士为魏竹村作《和魏竹村读小学感怀韵》,自注:"竹村为拙夫令弟,其诗多思亲责己之言。"[⑦]

按:魏杰(1796—1876),字从岩,号拙夫、松筠、鹤山樵者。原籍今福清县十六都东瀚镇文林村,迁闽县东门塔头街。业盐。博学多才,家富藏书。筑有鹤山草庐。

## No. 444　闽县高明远家族

高明远:《全史备考》(民国《福建通志》总卷四十,《福建儒行传》卷五,高明远本传)

**谨按:**高明远,字镜洲。闽县人。侯官陈宪周妻兄、高廉远之兄、陈钦铭舅父。嘉庆二十四年己卯(1819)举人、侯官人高鸿湘之子。娶谢章铤从姑,其一女适刘齐康[⑧]。道光十四年甲午(1834)福建乡试举人,与赵新、曾元燮、刘萃奎、郭柏蔚等同年。高明远与闽县王景贤、侯官叶衍兰[⑨]最为莫逆[⑩]。

高明远之孙高其闳,字阆川。能诗。

---

① 民国《福建通志》总卷四十四,《福建艺术传》卷四,原第十二页。

② 民国《福建通志》总卷二十五,《福建艺文志》卷八,原第十页。

③ 柯愈春《清人诗文集总目提要》著录《鼓山吟草》五卷,咸丰五年刻本,福建师范大学图书馆藏;《逸园诗钞》四卷,咸丰七年刻本,福建省图书馆藏;《逸园诗钞后集》四卷,同治五年魏氏寿泉精舍刻本,福建省图书馆藏(第1423页)。

④ 余潜士《自鸣集》卷二,《余潜士全集》第241-243页。按:甲辰系道光二十四年(1844)。

⑤ 余潜士《姑留稿》卷四,《余潜士全集》第163页。

⑥ 余潜士《姑留稿》卷三,《余潜士全集》第142页。按:原标点不妥,以偶俪之文径改。

⑦ 余潜士《自鸣集》卷二,《余潜士全集》第242-243页。

⑧ 谢章铤《刘母高太夫人诔》,《赌棋山庄文续》卷二,《清代诗文集汇编》第680册,影印第780页。

⑨ 叶兰台,号香侍。咸丰元年(1851)辛亥科福建乡试举人。是同治七年(1868)戊辰科进士陈钦铭的受业师之一(《清代硃卷集成》第三一册,影印第386页),非广东广州府番禺人叶衍兰。番禺叶衍兰(1823—1897),字南雪,号兰台。咸丰二年(1852)壬子科举人、咸丰六年(1856)丙辰科进士,钦点庶吉士。有《海云阁诗钞》、《清代学者像传》等。

⑩ 民国《福建通志》总卷四十,《福建儒行传》卷五,高明远传,原第三十七、三十八页。

## No. 445 侯官林兆惠家族

林兆惠:《修余堂集》(民国《闽侯县志》卷四八《侯官艺文志》。李灵年等《清人别集总目》第1369页作二卷,道光刻本,南京图书馆藏)、《修余堂诗》二卷(民国《福建通志》总卷二十五,《福建艺文志》卷六十四)

**谨按:**民国《福建通志》著录侯官林兆惠《修余堂诗》二卷,引《葭柎草堂集》云:"先生康熙己卯(1699)与张远、林佶同举于乡,诗得国初诸老气象而工于言情,时有酸楚之调,以中年所亲尽丧,孑焉独存故,惜《闽诗传》、《闽诗选》、《闽诗录》均未采。"[①]据其意,林兆惠之诗于张远为近,称得清诗"国初气象"。

按:侯官郭柏苍《葭柎草堂集》三卷及续卷,光绪十六年刻本。郭柏苍为林兆惠撰《修余堂诗序》。略曰:"侯官林瀚海先生,名兆惠,字子方。……道光戊戌(十八年,1838),补蕉山馆社友锡九茂才出其家谱并先生所著《修余堂诗》相示。蠹粉剥落之余,得古近体九十一首,分上下卷。适通志局采访,锡九将竭力梓行以备增修。先生康熙己卯(1699)与张远、林佶、林绪光同举于乡。远以诗雄闽中,其时同辈亦各树一帜。先生诗得国初诸老气象,而以和雅胜,且工于言情,惟时有酸楚之调,以中年所亲尽丧,孑焉独存。故云'亦有天伦乐,其如独立何!'又晚年作《忆昔》一篇,曰:'即今门内安娱者,谁是当年共辛苦',语挚而音凄矣,惜曾客生《闽诗传》、林白云《闽诗选》、郑杰人《国朝闽诗录》均未采收。……(累官至)广东分巡广南韶兵备道,权藩臬及肇高廉罗道篆。乾隆二年入觐,寻告病归。越四年,年七十卒于家。……家谱载先生事求切实而韬光自晦。"[②]此文后附录郭柏苍兄郭柏蔚所撰《广东广南韶道林瀚海先生传》。根据二文所叙,林兆惠的生卒年基本可以推定为1672—1741。

据《柳湄小榭诗》卷上《入居闽山者五年时物屡变涉趣乃深略述其况》其五诗后注[③],详见郭阶三家族条下,郭柏苍组织的补蕉山馆诗社有林熙、林华平二林姓诗人。林熙,闽县人。著有《井窗蛩吟集》、《中山纪游吟》。林华平,道光十九年(1839)举人,籍侯官,当即锡九。

## No. 446 侯官林光天家族

林光天:《冶麓草堂诗钞》一卷(道光二年刻本。同治刊本《福建通志》卷六十七)、《蕃薯粿先生歌曲》一册(郭白阳《竹间续话》卷一)、《冶麓草堂诗钞》不分卷(清刻本,福建省图书馆藏)、《榕腔白话文》不分卷、《榕腔白话诗》不分卷(民国十六年福州黄氏石印本,福建省图书馆藏)(柯愈春《清人诗文集总目提要》第1218页)

**谨按:**道光二十七年丁未(1847),侯官郭柏苍应林樛之请,为其祖父林光天作《林水如先生传》。略曰:"先生姓林,名光天,字忠惠。侯官人。水如其号也。先生先世不可考,支祖达公明中叶以青州太守归,隐东门马鞍山,今之府园即其地也。凡十八传而至先生。……比壮,有文名。瓶庵孟先生掌教鳌峰,引为弟子。时朱石公督闽学,以得士闻。适科试,先生出其门下,论者谓先生受业受知皆老师宿儒,以此器先生者遂日益众,而先生仍兢兢于交游,与黄卓人、陈东郇、林希五诸先辈结社,论文外不及他事。中岁家道渐乏,受徒为业。……及门多所造就。先生累困场屋。嘉庆丁卯(十二年,1807)举

① 民国《福建通志》总卷二十五,《福建艺文志》卷六十四,第三十页。

② 郭柏苍《葭柎草堂集》卷上,《清代诗文集汇编》第662册,影印第124页。

③ 郭柏苍《柳湄小榭诗》卷上,影印第111页。

乡副。”[①]其人正之敢言，尝为福建布政使李赓芸冤抑自经事签词直道。晚好吟咏，著有《冶麓草堂诗钞》百余篇，为其孙林樛所刻行世，问传于郭柏苍。

林樛，郭柏苍诗友。道光二十五年乙巳(1845)五月十三日，郭柏苍作《竹醉日林子樛招饮黄巷南小林竹馆题石上》，诗云：“居士藏身处，连轩结构深。长年常闭户，佳节始邀饮。池草滋夏绿，竹林收夕阴。更应有明月，留醉减归心。”[②]咸丰二年壬子(1852)，郭柏苍作《忆林樛》，诗句有“诗少从无向客题”、“忆君梅下独扶藜”，知林樛能诗，且年齿长于郭柏苍；据诗后自注“鄂跗草堂探梅之会，君恒主之”[③]，知郭、林之间交谊深厚。

道光二十八年戊申(1848)，郭柏苍作《敕授修职郎漳浦县学训导林公墓志铭》。据此铭，林寿英二子，长林熙、次林樛，孙林景崧等，“柏苍与公(林寿英)子侄为文字交”[④]。林调燮之孙、林寿英之子林樛与林光天之孙林樛当是两人，非同一人。郭柏苍《林处士瀌墓志》中云林瀌卒后，卜葬于西坛山，以故权厝未葬，“其兄熙、樛挟堪舆家择北门外马鞍金狮山苍墓右隙地，扶其七岁孤仰鋆葬焉”[⑤]。则府园林氏从兄弟有林熙、林樛、林瀌。

## No.447　闽县孟超然家族

孟超然：《焚香录》一卷、《求复录》四卷、《晚闻录》一卷、《丧礼辑略》二卷、《诚是录》一卷、《家诫录》(民国《闽侯县志》本传、民国《福建通志·福建艺文志》卷四十二作二卷)、《广爱录》一卷、《瓜棚避暑录》一卷(民国《福建通志·福建艺文志》卷五十作二卷)、《使粤日记》一卷(陈寿祺《为孟考功夫子请祀乡贤呈词》作二卷)、《使蜀日记》一卷(民国《福建通志·福建艺文志》卷三十二作五卷)、《瓶庵居士文钞》四卷、《瓶庵居士诗钞》四卷(同治刊本《福建通志》卷六十七)、《亦园亭集》(《黄任集·黄任交游人物表》)、《丁戊集》、《武部集》、《吏部集》、《假归集》、《呻吟稿》(《国朝全闽诗录初集》卷十七孟超然条)、《亦园亭文》、《诗集》若干卷(民国《闽侯县志》本传)、《明诗话》(郭白阳《竹间续话》卷四)、《瓶庵先生遗书》八录十二卷(民国《福建通志》总卷二十五，《福建艺文志》卷七十六。八录指《焚香录》、《求复录》、《晚闻录》、《丧礼辑略》、《诚是录》、《家诫录》、《广爱录》、《避暑录》，陈寿祺《左海文集》卷七《孟氏八录跋》作《孟氏八录》)、《瓶庵居士诗文钞》(民国《福建通志》总卷二十五，《福建艺文志》卷七十六引冯缙跋；柯愈春《清人诗文集总目提要》第736页作十五卷，分文钞四卷、诗钞四卷、《使粤日记》二卷、《使蜀日记》五卷，嘉庆二十一年陈寿祺等校刻本，北京大学图书馆藏)、《亦园亭全集》(孟超然撰，冯缙刻)(民国《福建通志》总卷三十九，《福建文苑传》卷八冯缙本传)、诗文集数十卷、《家谱辨证》及《家传》若干卷(陈寿祺《为孟考功夫子请祀乡贤呈词》作二卷)

**谨按：**闽县孟超然(1731—1797)，字朝举，号瓶庵，孟传德[⑥]之孙、孟宸篔[⑦]之子。尝师钱塘范咸[⑧]。孟超然是陈寿祺、郑兼才在鳌峰书院时之受业师，亦龚景瀚之友。孟超然系乾隆二十四年己卯(1759)福建乡试解元，出学者王鸣盛门下，明年联捷成进士，钦改庶吉士。官四川学政。乾隆三十七年壬辰

① 郭柏苍《葭柎草堂集》卷上，影印第143页。
② 郭柏苍《补蕉山馆诗》卷上，影印第23页。
③ 郭柏苍《鄂跗草堂诗》卷上，影印第31页。
④ 郭柏苍《葭柎草堂集》卷上，影印第144页。
⑤ 郭柏苍《葭柎草堂集》卷中，影印第159页。
⑥ 孟传德，字惠卿，清初藏书家。好医，录方书数十卷，聚书数千卷。传见同治刊本《福建通志》卷二百四十一《孝义传》。
⑦ 朱仕琇《皇清诰封奉直大夫兵部武选司主事晋封朝议大夫提督四川学政吏部考功司郎中兼翰林院编修赓亭孟公墓志铭》，《梅崖居士文集》卷七。孟宸篔(1700—1774)，字廷韶，以字行，晚号赓亭。好读《左传》、《国语》，兼通医理。
⑧ 范咸，号浣浦。桂林陈宏谋于乾隆十七年至十九年(1752—1754)为闽抚时，偕往福建，主讲鳌峰书院，为孟超然之师；范咸在闽与黄任、游绍安诸名宿为诗酒之会(陈寿祺《范浣浦功过录序》，《左海文集》卷六，《清代诗文集汇编》第499册，影印第286页)。

(1772),告归侍养。年甫四十二,遂不复出[①],居乡二十六年。终制后,为巡抚徐嗣曾所延,主鳌峰书院讲席八年(1787—1794),从游者几近千人,培养出陈寿祺、郑兼才、郑杰、郑榕、陈时夏、陈念祖、王庆长等门人百数十人[②]。陈寿祺撰《为孟考功夫子请祀乡贤呈词》。传见《清史稿》卷四百八十,入《清儒学案》卷六十六《翠庭学案》,为雷鋐私淑门人。其遗著多种,为门人冯星绮锓板以行,尚主持纂修孟氏四百年之谱牒[③]。

《国朝全闽诗录初集》有孟超然传及诗,所选《感旧》诗下注:"朱梅崖每相见,必论文竟日。"[④]亦时时与朱仕琇商榷古文,其诗"冲和恬淡之意盎然于楮墨之外"[⑤]。孟超然创作的古文、古今体诗,别为一帙,题《瓶庵居士诗文钞》[⑥]。

道光十年(1830),邵武府建宁县著名诗人张际亮在福州预《福建通志》纂修事,由于人事的关系,张际亮辞去纂修事[⑦],北上京师。十月廿五日,与十位友人雅集,作《次日西堂克和兄弟梅友薇卿雪樵乾生荀卿同序招集孟式斯曾穀贻斯曾贻兄弟宅饯余赋此奉柬》:"万里重为朔野行,七年深望故人情。晋安风雅能无继,高密门闾况有名。宅为瓶庵先生故居,式斯兄弟其孙也。落日停云怀远道,严霜成火话边城。不须更奏凉州曲,已怅阳关第一声。时闻新疆用兵,余欲从军,诸君止之,且欲余小住数日,递为主人,益增余别离感。"[⑧]"次日"即十月廿五日。此十人者,知其姓名者如下:长乐刘建庚(西堂)、长乐刘建韶(克和)兄弟,刘萃奎(薇卿)、闽县何春元(乾生)、闽县叶修昌(荀卿)、侯官周瑞图(同序,行八)及闽县孟曾穀(式斯)、闽县孟曾贻(贻斯)兄弟;此外,林国士(梅友),行七[⑨](一作行四[⑩]),与姚莹善;雪樵者,江西宜黄人符兆伦,侨寓福州。根据此诗,孟曾穀、孟曾贻兄弟系孟超然之孙[⑪],孟氏郡望今山东高密。张际亮又作有《(又)次日荀卿招同梅友式斯贻斯西堂薇卿雪樵集乾生玉雨山房饯余即席得二首是夜余留宿焉复成二首》诗四首,时十月廿七日[⑫]。玉雨山房即漱石山房。孟氏兄弟主持、受邀参预饯别张际亮的诗酒雅集,预集者大都为世家子弟,知其能诗。整理本《思伯子堂诗集》收录《次日麓樵井文兄弟招同梅友西堂乾生价岩复集亦园亭》,句中自注:"曩者西堂八兄尝察余食性,于是诸友宴会,置味皆曲为余。是日麓樵兄弟置味亦然。"[⑬]据《乌石山志》卷五簃录《刘西堂建庚孟井文曾贻乾生松亭再饮玉雨山房》诗题,知麓樵亦孟氏。孟氏在福州属于罕见姓氏,应当亦孟超然裔孙。至于孟麓樵、孟井文是否即孟曾穀、孟曾贻兄弟,俟考。

后此二十一年,孟曾穀于咸丰元年(1851)辛亥恩科福建乡试发解,成为该科福建乡试解元,与林齐韶、陈承裘、梁钦辰、郑韶庚、林云章、郭柏芗等同年。由此可见清代孟氏家族的科举事业在福建相当出色,孟曾穀的诗歌创作当亦为翘楚。根据孟曾穀与张际亮交往的时间推算,此时孟曾穀至少年在四十以上。

---

① 同治刊本《福建通志》卷二百三十八,孟超然传,原第二页,影印第4297页。

② 陈寿祺《为孟考功夫子请祀乡贤呈词》,《左海文集》卷十,《清代诗文集汇编》第499册,影印第433页。

③ 陈寿祺《为孟考功夫子请祀乡贤呈词》,《左海文集》卷十,影印第431页。冯星绮即冯缙。

④ 《国朝全闽诗录初集》卷十七,第362页。

⑤ 同上书,第356页。

⑥ 民国《福建通志》总卷二十五,《福建艺文志》卷七十六,引冯缙跋。

⑦ 张际亮《(十月廿六日)是夜同雨农舍人(高澍然)怀佩孝廉(王捷南)饮瑞莲石大令(瑞光)侯官署中醉后有作》诗中注:"时余已辞通志纂修",《思伯子堂诗集》卷十二,《清代诗文集汇编》第601册,影印第136页。

⑧ 张际亮《思伯子堂诗集》卷十二,影印第136页。

⑨ 张际亮《酬林七秀才国士梅友》三首组诗其二诗后注:"君与桐城姚石甫明府善。明府时在台湾。"(《思伯子堂诗集》卷六,《清代诗文集汇编》第601册,影印第59页)

⑩ 张际亮《林四梅友刘八西堂建庚令弟闻石建韶周八同序瑞图诸君饯予于乌石山文昌阁即席赋别》,同上书卷六,影印第62页。

⑪ 根据陈寿祺《孟氏八录跋》,孟超然生前其二子已卒,诸孙年幼,长孙孟善斯(《左海文集》卷七,《清代诗文集汇编》第499册,影印第321页)。

⑫ 张际亮《思伯子堂诗集》卷十二,影印第136页。

⑬ 张际亮《思伯子堂诗集》卷十二,王飚点校《思伯子堂诗文集》,上海古籍出版社2007年版,第460页。

孟氏家族自元代入闽，历四百余年，至孟超然时，家族颇大，三党、族戚孤寒者尚“数十口”[①]。

## 第二节　泉州府文学家族考

### No. 448　惠安孙氏家族

孙珩：《归田稿》四卷(同治刊本《福建通志》卷七十三。民国《福建通志·福建循吏传》孙珩传作六卷，同书《福建艺文志》卷六十六著录《归田稿》四卷，解题亦仅四卷)、《归田草》六卷四册(福建省图书馆藏)[②]、《经义抄》(陈笃彬、苏黎明《泉州古代著述》第323页)

孙至正：《小题》、《课艺》(《泉州古代著述》第318页)

孙经世(孙至正之子)：《说文会通》十六卷、《尔雅音疏》六卷、《释文辨证》十四卷、《韵学溯源》四卷、《十三经正读定本》八十卷、《经传释词续编》八卷(民国《福建通志·福建艺文志》卷十二作二卷)(同治刊本《福建通志》卷七十三)、《小学辑记》、《近思录附注》、《性理辑义》、《四书集解》十二卷、《周易本义发明》四卷(《泉州古代著述》第320页作十三卷)、《春秋例辨》八卷、《惕斋经说》六卷、《读经校语》四卷(民国《福建通志·福建艺文志》卷十二作二卷)、《孝经说》二卷、《夏小正集说》一卷、《诗韵订》二卷、《通经略》、《释词附录》八卷(民国《福建通志》总卷三十八，《福建儒林传》卷五，孙经世本传)、《惕斋制义》四卷(陈金城编)、《圜珏山房诗集》(《泉州古代著述》第320页作《圜珏炉山诗集》)四卷、《经传释词补》一卷(心矩斋从书本。《泉州古代著述》第320页)

陈金城(孙经世婿)：《福州团练纪事》一册(道光二十三年刻本)、《汉易释例》、《宋易释例》、《互卦说易》、《陈念庭文稿》[③](稿本，十一册)、《杞忧私记》(钞本，一册)、《恰恰堂文集》四卷[④](陈笃彬、苏黎明《泉州古代著述》第321页)

**谨按**：孙珩(1772—1837)，字汝芾，号兰陔。孙隆曾孙、孙士藻孙、孙炽之子，四代俱有文名[⑤]。泉州府惠安县(今张坂镇大坪村)人。嘉庆三年戊午(1798)福建乡试举人，与廖鸿藻、曾晖春、叶申菜、叶申苞等同年；十四年己巳(1809)进士，与廖鸿荃、廖鸿藻、叶申芗同年。孙珩中举和登第，打破了惠安县从乾隆二十四年到嘉庆十四年(1759—1809)50年间无功名的科举局面。官河南郏县、商丘知县，有惠政。迁直隶州知州，病归[⑥]。

孙氏为惠安望族，子姓数千人聚居。同时族人孙经世(1783—1832)，字济侯，号惕斋[⑦]。惠安县(今张坂镇埔塘村)人。道光十二年(1832)贡生。祖父孙秉金，字逊玉，太学生；父孙至正，县学生，精通经术，工文章。家故富藏书，孙经世幼即嗜学。潜究经传、百家之说，于文字、声音、训诂、义类之别，考之尤详，以此终其身。民国《福建通志》本传录其言曰：“不通经学无以为理学，不明训诂无以通经，

① 陈寿祺《为孟考功夫子请祀乡贤呈词》，《左海文集》卷十，《清代诗文集汇编》第499册，影印第431页。

② 柯愈春《清人诗文集总目提要》著录《归田集》四卷，清碧畅斋刻；《归田稿》六卷，道光二十年刻本，中国科学院图书馆藏；传钞本，福建省图书馆藏(第1149页)。

③ 李灵年等《清人别集总目》题《恰恰堂文稿》，稿本，福建省图书馆藏(第1296页)。

④ 柯愈春《清人诗文集总目提要》著录《恰恰堂文集》四卷，钞本，福建师范大学图书馆藏；《恰恰堂文稿》不分卷，稿本，福建省图书馆藏(第1380页)。

⑤ 陈笃彬、苏黎明《泉州古代著述》，第323页。

⑥ 民国《福建通志》总卷三十六，《福建循吏传(清二)》卷十二，孙珩传，原第七十二页。

⑦ 陈庆镛《洪稚存先生转注考序》一作惕垒(《籀经堂类稿》卷十一，《清代诗文集汇编》第587册，影印第543页)。

不知声音文字之原无以明训诂。"所著书凡数百卷[①]。所著《释词附录》系孙经世研究王引之《经传释词》后所撰著,倍于王氏原作,鳌峰书院山长陈寿祺大加叹赏,寄其书于王氏,王引之称赞孙氏"研究经义,辟晚近之臆说,非好学深思、实事求是者不能。"沈维鐈以为孙氏学术学有心得,皆平实,无考据家党同伐异之见。孙经世的学问得到陈寿祺、王引之、叶世倬、陈用光、苏廷玉、沈维鐈、张际亮等名臣、前辈学者、同学的肯定[②],反映出福建学术在道光年间陈寿祺之后达到的高度。包世臣作《孙君墓志铭》。

孙经世的门人陈金城、陈庆镛、苏廷玉等。邑人陈金城(1802—1852),字殿臣,号念庭。道光二年壬午(1822)举人。既是孙经世门人,亦子婿。著有《福州团练纪事》。陈庆镛(1795—1858),字乾翔、颂南,晋江人。陈寿祺主讲清源书院,授以《三礼》、《春秋》、《说文》、《广韵》等书,发疑、辩难、指画无虚日,暇则课读《史》、《汉》、《文选》。陈庆镛品望既高,文章学问震动一时。阮元、孙经世为之师,何绍基、魏源、张穆、苗夔、赵振祚、朱琦、梅曾亮为之友,何秋涛、陈棨仁、张鸿逵[③]等为之徒,相与切劘,覃心考据,尤深于文字、声音之学[④],何秋涛以为其师兼尽学问之义理、考证、文章三义,擅其全美[⑤],从而开启泉州府道光以来文学、学术的传承,从孙经世、陈寿祺到陈庆镛再到许祖涝、龚显曾等,前后超过50年。

同治刊本《福建通志》著录孙经世《经传释词续编》,注云:"王尚书引之作《经传释词》,经世以为未备,续为附录八卷。"[⑥]王引之(1766—1834),王念孙长子。《经传释词》十卷刻于嘉庆二十四年(1819)。

## No. 449 同安李正华家族

李正华:《问石山房诗存》(1962年铅印本)

李禧:《梦梅花馆诗钞》(1962年铅印本)、《紫燕金鱼室笔记》(北京广播学院出版社1995年版)

**谨按:**同安李正华、李禧诗集,《福建地方文献及闽人著述综录》题作《问云山房诗存附梦梅花馆诗抄》,清李正华撰《问石山房诗存》附李禧所撰《梦梅花馆诗钞》,1962年厦门石印本一册,藏福建省图书馆、福建师范大学图书馆。李正华系道光五年(1825)同安县贡生,厦港(今厦门市思明区下辖街道,泛指厦门岛)人。

## No. 450 同安苏廷玉家族

苏廷玉:《亦佳室诗文钞》[⑦](《泉州古代著述》第342页作八卷,咸丰刻本,泉州市图书馆藏。陈庆镛《籀经堂类稿》卷十二《苏鳌石亦佳书室诗文钞序》)、《从政杂录》(《泉州古代著述》第342页作一卷)(民国《福建通志》总卷三十四,《福建列传(清七)》卷三十八本传)、《苏廷玉自记年谱》(咸丰二年家刻本)、《亦佳室题跋》一卷(陈笃彬、苏黎明《泉州古代著述》第343页)、《温陵盛事》(厦门大学南洋研究

---

① 民国《福建通志》总卷三十八,《福建儒林传》卷五,孙经世传,原第三十四、三十五页。

② 同上书,原第三十五、三十六页。

③ 陈庆镛撰《诰授奉直大夫州同张君墓志铭》(《籀经堂类稿》卷二十二),为张鸿逵之父张正瑞作,据此文知张鸿逵之兄张鸿祥与陈庆镛之子陈彦麟联姻;同卷《张母王氏墓志铭》为张和平之配王氏作,张和平、王氏系张正琛、张正瑞父母。与陈庆镛家族联姻者,尚有邵武杨氏(同书,卷二十二,《广平府知府杨君墓志铭》)、惠安庄氏(同书,卷二十三,《庄母陈太恭人墓志铭》)等。

④ 民国《福建通志》总卷三十八,《福建儒林传》卷五,陈庆镛传,原第三十六、三十八页。

⑤ 何秋涛《旧序》,陈庆镛《籀经堂全集》,《籀经堂类稿序》,《清代诗文集汇编》第587册影印光绪九年癸未(1883)陈棨仁刻本,影印第370页。

⑥ 同治刊本《福建通志》卷七十三,影印第1519页。

⑦ 柯愈春《清人诗文集总目提要》著录《亦佳室诗文集》八卷,咸丰六年刻本,南京图书馆藏(第1172页)。

所藏)、《亦佳室文钞诗钞》四卷(民国《福建通志》总卷二十五,《福建艺文志》卷六十六)

**谨按:**同安苏廷玉(1783—1852),字韫山,号鳌石,晚号退叟,派衍澳头(今属厦门市翔安区新店镇)苏氏,宋名臣苏颂(1020—1101)裔孙[①]。徙居会垣文儒坊。嘉庆十三年戊辰(1808)福建乡试举人中式,与李彦章等同年;十九年甲戌(1814)成进士,与林凤仪同年。改庶吉士,散馆改刑部主事。历官江苏多府知府、督粮道、山东四川按察使、四川布政使、署四川总督、广东按察使等,有能声。能诗,尝集句武侯祠楹联。子苏士荣等。李禧《紫燕金鱼室笔记》多条记载苏氏家族事迹。道光三年(1823),郡人、应试举人陈庆镛在京师与苏廷玉相识,相交三十几年。陈庆镛撰有《苏鳌石亦佳书室诗文钞序》。长乐梁章钜赏识其才,尝荐举之[②],作有《苏鳌石太守万里看山画卷》[③]、《苏鳌石观察以二画卷属题即送其督运北行》[④]等诗,道光十一年所作《腊月二十四日集同人于箴白堂饯陈硕士学使报政还朝即席口占索和》,此会有梁章钜、陈用光、吴廷琛、朱琦、苏廷玉五人,陈用光将任礼部侍郎,苏廷玉将赴榆林观察之任[⑤]。梁章钜又撰有《重锓苏魏公谭训序》。

苏廷玉之孙苏瑞书,系咸丰二年壬子(1852)优贡生,杨浚称之为同年,盖系贡生同年[⑥]。同治元年壬戌(1862),侯官杨浚作《苏少伊同年瑞书读史图》:"命仆儿童薄稗官,遗编在手独铅丹。及身好定潜虬计,支厦休愁一木难。幸有乔馨留石砚,不曾稷契误儒冠。年来自笑毛锥恋,许国文章共校刊。"注云:"君为鳌石制军文孙。"[⑦]许国,指的是唐代许国公苏颋(670—727),是苏廷玉的远祖。杨浚晚年所作《鹭江感旧诗六十二首》中又有诗及苏氏祖孙三代,其中又有诗赋苏廷玉外孙曾瀚(靖波)、曾涛(香圃)。

杨浚应厦门吴静安(吴葆晃之子、吴惇之孙、吴洪嗣孙)之请撰《吴母许太夫人墓志铭》,许太夫人四子(吴阶亨、吴定安、吴静安、吴阶秀)一女,女适四川总督苏廷玉之孙苏瑞云[⑧]。苏廷玉曾孙、苏士荣孙女、苏瑞书第三女、苏奎胞妹苏氏适福州府侯官林则徐孙、林聪彝第三子林钧泽[⑨]。

## No.451　晋江许邦光家族

许邦光:《二思堂史论》四卷、《诗文稿》六卷、《使湘小草》三卷、《进奉文》一卷、《榕轩诗赋钞》四卷、《师鲁试艺》二卷、《湘南纪游志》五卷、《国史拟稿》若干卷、《大清一统志稿》若干卷(郭柏荫《天开图画楼文稿》卷二《许莱山先生墓志铭》)、《馆阁诗赋钞》二卷、《湘南纪游草》四卷、《国史拟稿》百数卷、《大清一统志拟稿》百数卷(陈笃彬、苏黎明《泉州古代著述》第328页)、《许光禄父子遗集》(1989年影印。即《榕轩诗赋钞》四卷、《聊中隐斋遗稿》)

许祖淓(郭尚先婿):《聊中隐斋遗稿》二卷[⑩]、《王文附遗稿》[⑪](同治二年刻本,福建省图书馆藏本)、(辑)《芳坚馆题跋》二种(民国《福建通志》总卷三十九,《福建文苑传》卷九本传,泉州市图书馆藏

① 陈寿祺《苏魏公谭训序》,《左海文集》卷六,《清代诗文集汇编》第499册,影印第302页。

② 梁章钜《退庵自订年谱》,页十三。光绪元年二思堂刻本。

③ 梁章钜《退庵诗存》卷十八,《清代诗文集汇编》第515册,影印第188页。作于道光十年(1830)。

④ 梁章钜《退庵诗存》卷十九,影印第201页。作于道光十一年(1831)。

⑤ 梁章钜《退庵诗存》卷十九,影印第206页。已入1832年。

⑥ 杨浚《鹭江感旧诗六十二首》其三十八为同安孙长龄赋,自注云孙氏系其优贡同年(杨浚《冠悔堂诗钞》卷八,原第十二页,影印第454页)。

⑦ 杨浚《冠悔堂诗抄》卷三,原第三页,影印第340页。

⑧ 杨浚《冠悔堂骈体文钞》卷五,原第三十三、三十四页,影印第578-579页。

⑨ 《清代硃卷集成》第三三九册,林炳章履历,影印第332页。

⑩ 柯愈春《清人诗文集总目提要》著录《联中隐斋遗稿》二卷,同治二年刻本,福建省图书馆藏;又光绪四年诵芬堂活字本,天津图书馆藏(第1422页)。

⑪ 李灵年等《清人别集总目》题《联中隐斋遗稿》二卷附《王文学遗草》,同治二年刻本,福建省图书馆藏(第608页)。

本)、《聊中隐斋诗文稿》二卷(清刻本,福建省图书馆藏。陈笃彬、苏黎明《泉州古代著述》第329页)、(评)《(储欣辑)唐宋十大家全集录》十种二十九册(泉州市图书馆藏)、《又航公杂钞》一卷(许氏稿本,一册)

**谨按:**唐末王审知入闽,许爰以侍御史由光州固始出镇泉、漳,定居泉州晋江县,枝叶盛大。许邦光(1780—1833),字汝韬,号莱山。曾祖许世模,雍正十三年(1735)乙卯科举人;祖父许才高,邑庠生;父亲许继元,乾隆四十五年(1780)庚子科举人。许邦光于嘉庆十三年(1808)戊辰科举人中式;十六年(1811)辛未科二甲第七名进士登第,与林则徐同年。改庶吉士,授编修。嘉庆二十三年戊寅(1818)大考翰詹,试一等五名①,而郭尚先反乙置②。历官翰林院侍讲学士、大理寺少卿、光禄寺卿等,尝两充庶吉士教习大臣。同邑陈庆镛撰《皇诰授中议大夫晋资政大夫光禄寺卿许公神道碑铭》,称其"为学不务艰深"、"诗、古文辞一以雅正为宗"③。民国《福建通志》许邦光传称其"为学根柢经史,居家居官以扶植名教为己任。"④兴化府莆田人郭尚先与泉州府晋江人许邦光在道光间累充翰林院庶吉士教习大臣,对于培养庶吉士有一定影响。

许邦光聘洪氏、娶蒋氏,继娶龚氏。子七:许祖培,优贡生,试用训导;许祖钦,殇;许祖泌,从九品职衔;许祖更,殇;许祖武,殇;许祖衡,殇;许祖淳,举人。女二。

许邦光之子许祖涝(1826—1866),即许祖淳,字澂甫,号又航。室名聊中隐斋。咸丰元年(1851)辛亥科福建乡试举人。官至刑部员外郎。其父许邦光尝与黄宗汉指腹为婚,由于两家均有弄璋之喜,许祖涝遂与黄宗汉之子黄贻楫结为兄弟,为许邦光同年郭尚先⑤女婿。许祖涝又与原籍晋江的侯官人杨浚交好,皆好金石。两人曾经一道打碑、校书,系咸丰、同治间闽中著名学者。家有藏书数万卷,手雠目校殆遍。又尝重校闽刻欧阳詹《欧阳四门文集》八卷本,与陈棨仁、龚显曾二人同校雠,雌黄满帙,几类年谱。

许祖涝的古文创作主光泽高澍然,置高氏所编《韩文故》一编,深羡其书,注释详核,评论文章盛衰、源流,确有所见。尝论闽中明清两代古文云:"闽中古文词,前推王遵岩(王慎中),后数朱梅崖(朱仕琇),但存文太繁,利钝错出。"⑥

## No.452 晋江龚维琳家族

龚九震(龚显曾十三世伯叔祖):《筮仕箴》、《李计余录》(同治刊本《福建通志》卷七十二、《清代硃卷集成》第三三七册龚显曾履历,影印第52页)

龚锡瑗(龚显曾十四世伯叔祖):《邮亭草》十卷(同治刊本《福建通志》卷七十二。民国《福建通志·福建艺文志》存目卷四十二作一卷)

龚维琳(龚维琳祖父):《芳草堂诗》、《芳草堂赋抄》、《朱批点校南北史》(光绪七年六月点校本)(民国《福建通志》总卷三十四,《福建列传(清七)》卷三十八本传)、《芳草堂诗赋钞》(《清代硃卷集成》第三

① 民国《福建通志》总卷三十四,《福建列传(清七)》卷三十八,许邦光传,第十五页。

② 民国《福建通志》总卷三十四,《福建列传(清七)》卷三十八,郭尚先传,第十三页。

③ 陈庆镛《籀经堂类稿》卷二十,《清代诗文集汇编》第587册,影印第645页。

④ 民国《福建通志》总卷三十四,《福建列传(清七)》卷三十八,许邦光传,第十五、十六页。

⑤ 郭尚先(1785—1833),字元开,号兰石、伯抑。兴化府莆田人。历官编修、四川学政、左赞善、洗马、侍读、右庶子、侍讲学士、光禄寺卿、大理寺卿等。郭尚先卒于道光十二年壬辰(1832)十二月二十九日,即公元1833年2月18日。请参看来新夏《近三百年人物年谱知见录》第161页。按:林则徐所撰《大理寺卿兰石郭先生墓志铭》作许祖淳(《林则徐全集》第五册,第489页),《清代硃卷集成》第三三七册举人龚显曾履历列龚显曾受业师"澂甫许老夫子名祖淳,道光己酉(二十九年,1849)拔贡,咸丰辛亥(元年,1851)亚元,刑部云南司七品京官"(影印第54页),知许祖涝改名许祖淳。

⑥ 民国《福建通志》总卷三十九,《福建文苑传(清三)》卷九,许祖涝传,第十五页。

三七册龚显曾履历,影印第53页)、《芳草堂诗赋拾钞》二卷、《芳草堂遗稿》二卷(柯愈春《清人诗文集总目提要》第1322页)

龚丕钺:《琴舫杂稿》(民国《福建通志》总卷三十四,《福建列传(清七)》卷三十八本传)

龚显曾(龚维琳孙):《薇花吟馆诗存》四卷(光绪七年晋江龚氏刻本,泉州市图书馆藏)、(与陈棨仁编)《温陵丛话》、(与陈棨仁编)《温陵诗纪二编》十二卷(光绪元年亦园活字本)、《亦园脞牍》八卷(光绪间刻本,福建省图书馆藏)、《金史艺文志补录》一卷(《亦园脞牍》本)、《葴斋金石目》一卷(光绪晋江龚氏稿本,福建省图书馆藏)、《龚显曾丛抄》(光绪间刻本,泉州市图书馆藏)、《葴斋诗话》三卷(《亦园脞牍》本)、《温陵遗书》(抄本八册,福建省图书馆藏同治间刻本)、《薇花馆诗文抄》、《亦园脞牍》(民国《福建通志》总卷三十九,《福建文苑传》卷九本传)、《薇花吟馆诗录》二册(光绪七年晋江龚氏刻本。一作《薇花吟馆诗存》)、(龚显曾、陈棨仁合刻)《双华馆赋合刻》(杨浚《双华馆赋合刻序》)、《薇花吟馆初稿》六卷、《续稿》六卷(柯愈春《清人诗文集总目提要》第1691页)

**谨按**:明代泉州府晋江县龚氏家族中人共有四位著有文集,分别是龚显曾五世祖龚炳,著有《楼居集》;龚炳弟龚炯,著有《芳草集》;龚显曾十二世伯叔祖龚廷宾,著有《家居懿范》;龚廷宾之弟龚云致,著有《不迩斋诗集》。

《清代硃卷集成》第三三七册收录咸丰九年(1859)己未科福建乡试第六十九名举人龚显曾履历,簃录如下:始祖龚茂良,南宋绍兴进士,累官资政殿大学士,家莆田,数传分派泉州;开基沙堤房祖、十三分派塘市西偏四世祖龚安,元朝官晋江县丞,称西山先生;五世祖龚炳,五世叔祖龚炯、龚兴,龚兴,随明太祖平定湖广,世袭武略将军;六世祖,失载;六世叔祖龚惟英;七世祖龚鉴,七世叔祖龚敏;八世祖,失载,八世叔祖龚叙;九世祖龚株,九世叔祖龚裕、龚椿、龚松;十一世伯叔祖龚时应、龚道馨、龚一濂、龚用焕;十二世伯叔祖龚廷宾、龚云致、龚廷禄、龚廷铨;十三世伯叔祖龚天池、龚贞、龚九震、龚邦彦、龚和麟;十四世伯叔祖龚寿祖、龚宪祖、龚昌祖、龚锡瑗;十五世伯叔祖龚龙见、龚必第、龚必飏;世祖龚龙乡,妣柯氏;(十五世祖)太高高祖龚赉候,妣郭氏;(十五世祖)太高高伯叔祖龚乡座[1]、龚之辅、龚继绪、龚万福、龚录名;(十六世祖)高高祖龚度人,妣柯氏;高高伯叔祖龚廷耀、龚一枝;高祖龚烈士,妣吴氏;高叔祖龚纯祺、龚经士;(十七世祖)曾祖龚怀清(季),本生曾祖龚大占(仲),本生曾祖妣蔡氏;胞曾伯祖龚元(伯),嫡堂曾叔祖龚添彩、龚添赏,族曾叔祖龚作楫、龚作魁、龚作晖、龚作厚、龚作礼、龚作迈、龚作念、龚作式、龚作梅、龚作霖、龚作佑、龚钟腾、龚连高;(十八世祖)祖父龚维琳,祖妣柯氏,系柯联登女;李氏,系李鸿瑞女,李彦彬、李彦章胞妹;钟氏;胞伯叔祖龚维珩、龚维琛、龚维瑞、龚维琨、龚维珪,族叔祖龚维璇、龚维琼;父龚丕谟,母黄氏;胞叔龚丕超、龚丕科、龚丕胪、龚丕瀛、龚丕炜,嫡堂伯叔龚丕煊、龚丕缵、龚丕庆、龚丕枢、龚丕禄、龚丕懋、龚丕江、龚丕皓、龚丕西、龚丕赓、龚丕丙、龚丕钺、龚丕启、龚丕同、龚丕龄、龚丕翘、龚丕锡、龚丕烳。龚显曾(1844[2]—?),字毓沂,号咏樵,行一,聘陈氏,系陈大源第四女,陈棨仁胞妹;嫡堂弟龚显忠、龚显道、龚显义、龚显邦、龚显珍、龚显功,堂兄弟龚显赐、龚显椿、龚显钦、龚显勋、龚显广、龚显庇、龚显寿、龚显森、龚显沛、龚显登、龚显博、龚显名、龚显振、龚显宗、龚显谋、龚显尚、龚显荣、龚显钟、龚显保、龚显镛;受业师许祖淳(澂甫)、黄金华(子纯)、吴世淳(宗哲)、施应辰(君与)、庄树本(亦华)、陈钟琦(璧岩)、陈庆镛(颂南)、庄俊元(印潭)、陈毓书(琴船)、吴炳麟(晓瞻)、黄福潮(小海);受知师来锡蕃(子庚)、韩湛(渌琴)、孙长煦(小岚)、陶庆章(定轩)、吴保泰(南池),徐树铭(寿蘅)。住泉城万厚里,移居三朝新巷[3]。

龚氏自明初以来科第、军功名世,自龚兴之后,世袭武略将军,而业儒者在功名上颇有成就。当龚

---

① 按:龚乡座名下注:"顺治甲午举人。任武平县训导。与叔(十四世)锡瑗、宪祖、龙见俱同榜。"(《清代硃卷集成》第三三七册,影印第53页)据此,龚显曾履历中的"太高高祖"、"太高高伯叔祖"即第十五世祖。

② 按:履历记载龚显曾生于"道光甲辰年五月初五日"(《清代硃卷集成》第三三七册,龚显曾履历,影印第51页),此当是官年。

③ 《清代硃卷集成》第三三七册,龚显曾履历,影印第51-58页。

氏第十三世之时，值明、清两朝易代之际。龚天池系崇祯三年(1630)庚午科福建举人，十年丁丑(1637)成进士；龚贞系崇祯十二年(1639)己卯科举人；龚九震系顺治八年辛卯(1651)举人，十二年乙未(1655)成进士，官推官，署知府。龚显曾履历所记载的清代举人以上的龚氏诸人十五人(不含隆武举人龚寿祖在内)，其中成进士者龚九震、龚维琳、龚锡瑗、龚龙见、龚必第、龚作楫六人，后龚显曾亦登进士第；此外，副举人若干人，从戎者若干人。

清代晋江罗山龚氏的泉州小宗祠扁额"世翰林第"，指的是顺治间九年壬辰(1652)进士、庶吉士龚必第(字体升，号天阶)、龚维琳及其孙龚显曾三人历官翰林的荣耀。龚维琚之父本晋江南塘人，经商致富，至龚维琚之时迁郡城，家业渐丰[①]。

龚维琳(1792—1837[②])，字承研，号春溪。幼与邑人陈庆镛同受学于龚维琳胞伯父龚元。道光二年壬午(1822)举人中式，六年丙戌(1826)成进士，选庶吉士。散馆，以国书第一授编修。官至湖南学政。罢归，主讲泉州清源书院。卒年四十六。陈庆镛为撰《故翰林院编修湖南提督学政龚君墓志铭》。据此铭，龚维琳"聪警绝人，经史多所涉猎，诵《西铭》、《通书》、《正蒙》如流水"；初娶柯氏，继娶福州李氏，妾钟氏；子七：龚丕谟、龚丕超(出为胞弟龚维琛后)、龚丕科等，女二。

龚维琳胞弟龚维琨，字承碧，号瑶陔。咸丰二年壬子(1852)举人中式。今泉州有"旧馆驿龚"古厝(龚维琨故居)。当代著名诗人舒婷即龚维琨后人。

民国《福建通志》总卷三十四《福建列传》卷三十八有龚维琳及其弟龚维琚、侄龚丕钺、龚显鹭诸人传。

龚维琳弟龚维琚(1798—1854)，字承础，号朴庵。九岁随父商于本邑金井，遂通商。长迁郡城泉州，家业渐丰。居乡，为释泉以南蔡、吴诸姓积忿。龚维琚兄弟多业儒，食于饩，举于乡，官于朝，独龚维琚不得志，励其子习贾。子龚丕枢、龚丕江(举人，出嗣胞兄龚维琛)、龚丕西、龚丕焯、龚丕桐、龚丕丙六人。陈庆镛撰《龚朴庵墓志铭》。

龚维琨之子、龚维琳侄、龚显曾叔父龚丕钺，字濂卿。民国《福建通志》龚丕钺配苏氏传云："龚氏世业儒，丕钺庶出，未冠而孤，贫甚。方苏氏之来归也，家无儋石储。"[③]龚丕钺通群经，学有根柢，与弟丕翘并有声于时。有《琴舫杂稿》。子九女一。

龚丕钺之子龚显鹭，字仲鸣。泛海经商南洋，资诸弟婚学之费，卒于香港，年二十九。龚显鹭之弟龚显鹤，传见《晋江县志·文苑传》。

龚显曾(1841—1885)，字毓沂，一字咏樵、薇农，号盥薇公子，龚丕谟之子。传见民国《福建通志·文苑传》。

## No.453 同安李长庚家族

李长庚：《水战纪略》、《忠毅诗翰》(同治刊本《福建通志》卷七十三)、《李忠毅公遗诗》不分卷(清刻本，福建省图书馆藏。台湾文献丛刊续编本)

李增阶：《外海水程战法纪要》(一名《外海纪要》，李禧《紫燕金鱼室笔记》。民国《同安县志》卷二十五《艺文志》、卷三十俱作李增阶《外海水程战法纪略》)

李廷钰：《海疆要录》(李禧《紫燕金鱼室笔记》)、《七省海疆纪程》、《新编靖海论》、《行军纪律》、《美荫堂书画论跋》、《临各家帖砚铭》(已梓)、《秋柯草堂文集》、《承恩堂奏稿》、《自治官书》、《诗集》等七种

① 民国《福建通志》总卷三十四，《福建列传(清七)》卷三十八，龚维琚传，第四十二页。

② 王志双《〈清人诗文集总目提要〉订补八则》，载《图书馆理论与实践》2013年第7期，第42页。陈庆镛《故翰林院编修湖南提督学政龚君墓志铭》云"卒年四十有六，时道光十有七年夏四月五日"(《籀经堂类稿》卷二十二，《清代诗文集汇编》第587册，影印第655页)。

③ 民国《福建通志》总卷四十，《福建列女传》卷一，苏氏传，原第二十八页。

(未梓)(民国《福建通志》总卷三十四,《福建列传》卷三十七本传)、《屏山集》二十卷(光绪二十八年刻本,湖南省图书馆藏。柯愈春《清人诗文集总目提要》第1349页)

**谨按:**侯官(原籍泉州府晋江)杨浚为李廷钰撰《诰授建威将军福建水师提督前浙江水陆提督世袭三等壮烈伯李公墓志铭》。泉州府同安县李廷钰,字润堂,一字鹤樵,高祖李思拔、曾祖李宗德、祖李希岸(寄籍彰化县学)、嗣父李长庚、伯兄李廷驹。

李长庚(1750—1808[①]),字超人、西岩,李思拔曾孙、李宗德孙、李希岸子。寄籍台湾府彰化县学。乾隆三十六年辛卯(1771)武进士,初官蓝翎侍卫。累官至福建水师提督,调浙江,战死海上。追封三等壮烈伯,诏世袭十六次恩,谥忠毅[②]。著有《忠毅诗翰》等。陈寿祺为撰《大清建威将军浙江提督总兵官追封三等壮烈伯忠毅李公神道碑文》,梁章钜有《壮烈伯李忠毅公挽歌》。传见《清史稿》卷三百五十附其嗣子李廷钰传、同治刊本《福建通志·封爵》等。民国《福建通志·福建列传》卷三十七有李长庚、从子李增阶(字益伯,号谦堂)、李懋庸(李增阶第三子,子炳辉,号鸿山)、从侄孙李懋元(字正亨)、李廷钰(李长庚所抚同姓子)传。

闽县陈寿祺应李长庚女婿、宁波同知陈大琮之请撰《李忠毅公神道碑文》,云:"嘉庆十二年冬十二月二十有五日,浙江提督李公帅师剿海盗,死之。"[③]据此传,李长庚(1750—1808)系李希岸第三子,乾隆三十五年庚寅(1770)乡试武举人,连捷成武进士。养子李廷驹,字诚骥,武举人,早卒;嗣子李廷钰,袭爵三等壮烈伯。陈庆镛《籀经堂类稿》卷十四《寿同安陈母李宜人六十》,为李长庚之女、陈大琮妻作。陈大琮之子�竹、秋崖等四人。

李廷钰(1782—1861),字润堂,号鹤樵。官至福建水师提督。善诗文,工书画,善鉴别。杨浚《诰授建威将军福建水师提督前浙江水陆提督世袭三等壮烈伯李公墓志铭》述其事迹云:"(道光)帝曰:'尔能文,必能坐镇岩疆。'退而自喜,志为殊荣。……子二十有一……女二十有二,孙十有七。"[④]

《竹间续话》论李廷钰云:"善诗工书,长于画墨兰,有小李太尉之目。"[⑤]李禧《紫燕金鱼室笔记》"小李将军"条:"李润堂袭伯廷钰,风雅能诗,督浙时以耽吟被劾职。《桐西旧话》曾录其《易水吟》及《鸾波古渡》、《石桥春色》等篇,别摘佳句,如'岭云多携雨,野雾欲沉山','红叶他乡树,寒江独夜潮','扑蛾摇烛影,惊鼠落梁尘',洵堪传读。"[⑥]

李廷钰从兄李增阶,字益伯,号谦堂。官广东虎门提督、南洋总巡大臣。李禧《紫燕金鱼室笔记》有"外海纪要"条。

## No.454　同安黄日纪家族

黄日纪:《荔崖诗钞》(同治刊本《福建通志》卷七十四)、《全闽诗俊》六卷、《奚囊集》、《内史集》、《中枢集》、《龙江集》、《榕林偶吹》、《倡和集》、《鹪栖琐缀》、《归田集》、《嘉禾名胜记》二卷、《榕林汇咏》一卷、《菜根清谭》(《厦门志》卷九)、《诗集汇咏》、《榕林倡和集》、《挫鲛精时艺》(《厦门志》卷十三引《嘉禾文献考》)、《榕村偶作》、《榕村唱和集》、《荔涯诗集》(陈笃彬、苏黎明《泉州古代著述》第351页)

① 按:李长庚于嘉庆十二年(1807)十二月廿五日(已入1808)追击海盗蔡牵(漳州府人)至广东黑水外洋,仓卒中炮,遽死(民国《福建通志》总卷三十四,《福建列传》卷三十七,李长庚传,第三十二页),年五十八(陈寿祺《左海文集》卷九《诰授建威将军福建水师提督前浙江水陆提督世袭三等壮烈伯李公墓志铭》)。

② 杨浚《冠悔堂骈体文钞》卷五,原第二十八页,影印第576页。

③ 民国《同安县志》卷二十五,《艺文志》,影印第776页。全文在民国《同安县志》影印第776-781页。

④ 杨浚《冠悔堂骈体文钞》卷五,原第三十至三十二页,影印第577、578页。

⑤ 郭白阳《竹间续话》卷四,第76页。

⑥ 李禧《紫燕金鱼室笔记》,第42页。

**谨按**:同安黄日纪,字门庵,号荔崖。长乐梁恭辰《北东园笔录》:"费炳文曰吾闽近年称富贵旧家者,首推安溪李氏、永春黄氏,而不知其先代积德之报,非偶然也。……黄镜塘之祖黄公,常在永春贩布经营,适值州中大饥,公将所带资本呈官助账,行将空手回家矣。主人观其罄本施舍,必非负心之人,自请将布赊公贩回。其时一路饥民抢劫夺食,喧传黄公罄本账济,货非己资,群相约誓,纵其来往不劫,而他商一概断绝。贩归,一人贾盈三倍,辗转数次之间,遂成巨富,以子贵得二品诰封。天之报施善人不爽如此。"[①]而同治刊本《福建通志·经籍志》、《厦门志》黄日纪传均以黄氏为漳州府龙溪县籍。

《厦门志》黄日纪本传:"龙溪籍,住厦门张厝保(清代泉州府同安县嘉禾里)。以生员特用中书科中书。升兵部武选司主事,丁父艰,遂不仕。辟别墅于凤凰山麓,饶泉石亭榭之胜。园多古榕,蔡文恭公题曰榕林。日纪工诗文,性好客,往来名流多主其家,觞咏无虚日。著有《全闽诗俊》、《嘉禾名胜记》、《榕林偶吹》、《榕林唱和(集)》、《荔崖诗集》、《挫鲛精时艺》等书,行于世。"[②]同治刊本《福建通志》著录其著作,注:"字协(叶)三,号叶庵。官兵部主事。"[③]《国朝全闽诗录初集》续集同安人林应震条下选其诗《题黄叶庵别墅》[④],《国朝全闽诗录初集》续集卷十一黄日纪条作"叶庵"[⑤]。朱仕琇作《龙溪宫边黄氏家庙祀田学田碑记》:"余门人龙溪黄生利邦述其家庙祀田学田之设可尚已。黄氏本临漳望族,始居宫边,经乱子孙散处,而祖庙仍在宫边。今兵部武选司主事时庵先生始置是田,以给祭祀及族士应试之费,凡用白金若干。兵部好学工文,著述甚富。"[⑥]根据朱仕琇所作此文,可以厘清黄日纪的祖籍、雅号、职官等问题。

诗人杨浚于光绪十五年己丑(1889)创作组诗《鹭江感旧诗六十二首》,其二云:"风月婆娑感主宾,凤凰一梦百年身。不祧幸有名山业,大小榕林见海滨。"自注:"黄荔崖驾部日纪由诸生特用中书,升主事。建别墅于凤凰山麓,漳浦相国蔡文恭公题曰榕林。驾部与薛震湖孝廉起凤辈结瀛洲诗社,后园归其从子镜塘司训克明。予尝题句云:'樊川双鬓渐霜如,禅榻茶烟伴起居。绝好清音有山水,一灯重读选楼书。'"[⑦]

黄日纪四弟黄国楷,字皆木,号仙崖。《厦门志》卷十三有传。乾隆间,官詹事府。性倜傥不羁,工书善画,能诗歌古文词。殁于京。

保利厦门2014年秋季拍卖会之《和硕宝亲王射猎图卷》(原署《黄詹事射猎图卷》,何西泰题"骏足齐驱",陈丹初旧藏)为黄国楷画作,后有跋语数则:(1)蔡新跋:"黄枢部荔厓先生,出四弟仙厓射猎长卷图嘱题,因书于后。"署"年愚世弟蔡新拜题",钤印二方:臣蔡新印、葛山。(2)孟超然跋:"黄詹事仙厓出猎图",署"年通家弟孟超然拜题",有句"嗣君继美二难擅"、"学问旁通兼杂技,出猎为娱聊尔尔"。钤印二方:孟超然印、瓶庵。(3)林鹗腾跋,署"咸丰壬子四月,恭题仙厓先生遗照,林鹗腾拜稿",钤印二方:林鹗腾印、晴皋父。

黄日纪侄、黄国楷之子黄克明,号境塘。《厦门志》黄克明传:"字诏卿,张厝保人。廪贡生。嘉庆间,任永春(州)学正。州有梅峰书院,倡捐膏火,延师课艺。知州汪楠为文纪之,士人歌颂。改泉州教授,得士望。后退老家居,以寿终。"[⑧]

---

① 梁恭辰《北东园笔录》三编卷六,"富贵旧家"条。

② 道光《厦门志》卷十三,原第十五页,影印第275页,引《嘉禾文献考》。《中国方志丛书》第80号成文出版社1967年影印道光十九年刊本。

③ 同治刊本《福建通志》卷七十四,影印第1537页。

④ 郑杰《国朝全闽诗录初集》续集卷九,《全闽诗录》第五册,第665页。

⑤ 郑杰《国朝全闽诗录初集》续集卷十一,《全闽诗录》第五册,第705页。

⑥ 朱仕琇《梅崖居士文集》卷五,《清代诗文集汇编》第336册,影印第242页。乾隆四十年(1775)十月作。

⑦ 杨浚《冠悔堂诗钞》卷八,原第六页,影印第451页。

⑧ 《厦门志》卷十二,原第十二页,影印第248页。

## No. 455　同安孙长龄家族

**谨按**:杨浚《鹭江感旧诗六十二首》其三十八:"飒飒长杨认将门,难兄难弟一家言。怪来文思清于水,星宿虞山解探源。"自注:"孙梦九通守长龄、受百茂才长禄兄弟为复生镇军长子、次子也。通判,壬子(咸丰二年,1852)优贡同年,两摄梅菉篆。与弟皆能文,曾师事常熟相国翁文瑞公。通守尤善岐黄术。又弟善百守戎长年、星五茂才长庚近亦物故。"①常熟相国,指的是翁心存(1791—1862,字二铭,号邃庵,谥文瑞),咸丰间官至体仁阁大学士。杨浚此诗所注孙氏兄弟有孙长龄、孙长禄、孙长年、孙长庚四人。

晋江陈庆镛撰《寿孙母苏太夫人八十晋一》文,作于咸丰元年辛亥(1851),以明年苏氏八十一寿。苏氏,原籍漳州府海澄人;孙氏,原籍漳州府龙溪人。知孙氏五世零丁,自澹亭、启堂、仪国至孙长龄兄弟。孙长龄之父、曾官江南福山镇总兵、中军参将署福建水师提督孙云鸿(1795—?,仪国),孙云鸿之母苏氏(1772—?,佩玉),为赠振威将军、广东水师提督孙全谋(?—1816,澹亭)长子孙丕烈(1772—1796,字骏承,号启堂)德配②。

侯官杨庆琛于道光十年(1830)尝游厦门,与孙云鸿交契,游赏厦门附近胜景。尝作《题仪国夹漈草堂砚拓本》诗,首唱:"我作鹭门游,获与孙子契。孙子富金石,石刻以千计。"③时孙云鸿以通判引见,奉旨改袭都尉,隶厦门水师④。

## No. 456　南安张南英家族

**谨按**:张南英(1782—1854),字毓九,号郁山。南安县丰乐铺人。徙居郡城东。民国《南安县志·文苑传》张南英传:"为文沉奥,不囿于时趋。……年七十有三,以咸丰四年(1854)卒。……子师洛,道光庚子(二十年,1840)副榜。季子家驹,子漪文,号斐屏。……弱冠食饩,名噪黉序,而棘闱屡荐未售。益肆力坟典,规抚大家。咸丰初元(1851),(张家驹)以第三人举于乡。……卒年四十九。"⑤

## No. 457　晋江蔡鸿捷家族

蔡鸿捷:《天和堂读书密记》、《庭闻录》、《愿陋录》、《天和堂杂著》、《勿非室隐箴》、《闽学编》、《慕江诗文稿》(同治刊本《福建通志》卷七十二)、《评点孟子》(陈笃彬、苏黎明《泉州古代著述》第 327 页)、《知堂读书密记》、《知堂杂著》、《慕江时文》(陈笃彬、苏黎明《泉州古代著述》第 349 页)

蔡鸿儒(蔡鸿捷弟):《墨稼余闲录》、《桐谚常谈录》、《柳堂琐录》、《帚石诗话》、《帚石诗钞》、《阆湖草》(陈寿祺《蔡蒹秋诗序》作一卷)(同治刊本《福建通志》卷七十二)、《荔桐书屋诗钞》、《文集》、《诗话》(陈寿祺《蔡蒹秋诗序》作二卷)、《李氏蒙求释注》十余种(民国《福建通志》总卷三十九,《福建文苑传》卷八本传)、《蝶楼琐录》(民国《福建通志》总卷二十五,《福建艺文志》存目卷三十五)、《杂志讲演录》、《读杜随笔》、《劝学迩言》十余种(陈笃彬、苏黎明《泉州古代著述》第 341 页)、《帚石路》四册(陈寿祺《左海文集》卷六《蔡蒹秋诗序》)、《蒹秋遗稿》不分卷一册(钞本,中国科学院图书馆藏)

---

① 杨浚《冠悔堂诗钞》卷八,原第十二页,影印第 454 页。

② 陈庆镛《籀经堂类稿》卷十四,《清代诗文集汇编》第 587 册,影印第 579 页。

③ 杨庆琛《绛雪山房诗钞》卷十,《清代诗文集汇编》第 542 册,影印第 427 页。

④ 郑开禧《孙仪国别驾改袭都尉将归隶厦门水师诗送其行》,《知守斋诗二集》卷三,《清代诗文集汇编》第 560 册,影印第 71 页。作于道光八年(1828)。

⑤ 民国《南安县志》卷三十一,《文苑传》张南英传,原第二十四页。

**谨按:**蔡鸿捷,号慕江,蔡畹次子,泉州府晋江人。其先世自莆田迁泉州。乡试中式科第年份不详。嘉庆四年(1799)己未科进士,与陈寿祺、赵在田、许亨超、蔡本俊等同年。卒于嘉庆间。嗣子蔡垂昂。

蔡鸿捷之弟蔡鸿儒(1772—1817),号兼秋,蔡畹四子,闽县陈寿祺之友。从学于兄蔡鸿捷。子蔡垂晨、蔡垂昂、蔡垂昕。陈寿祺撰有《蔡兼秋墓志》、《蔡兼秋诗序》。

《蔡兼秋诗序》:"兼秋蔡子,余同年生慕江进士之弟也。慕江惇谨,修儒言儒行,兼秋少从之学,笃于孝弟而愤时嫉俗,意气激昂,往往见于诗。余比主讲清源,寡交游,所与为文字友,兼秋一人而已。今岁兼秋设教安溪之阆湖李氏,初夏其徒侣赴郡岁试,因归里,尝一见余。无何,兼秋遽病卒,年仅四十有六。君昆弟皆好学敦善,而并不永其年,伤已!兼秋未卒年数日,命其从子持《阆湖草》一卷,属予点定。洎属纩,又命以《帚石录》四册诗乞余序,余悲兼秋之早逝而重违其遗言,乃为删存若干篇而归之。兼秋之诗洋洋洒洒,直抒胸臆,无纤艳淫哇之习,特词意太尽,风力未遒耳。君尝撰《诗话》二卷,颇得风趣。使天假之年,所造固不可量也。……余方悲兼秋之不暇,又安忍峻深苛酷于兼秋之诗也哉!"[①]根据此序,蔡氏兄弟为乾隆、嘉庆间人,自相师友,好学敦善而皆享年不永,富于著述。当陈寿祺主讲泉州府清源书院十年中,陈、蔡成为知交。蔡鸿儒晚年去往同郡安溪县湖头李光地家族设教。在学术著述之外,蔡鸿儒善诗,撰有诗集及诗话若干卷。《蔡兼秋墓志》:"其诗力洗铅华,直而不纹,庄而不迂……长歌慷慨以发幽光,亦一时雅材也。"[②]

陈寿祺为蔡鸿捷之父蔡畹(1734—1813)撰《皇清例封文林郎滋园蔡先生暨室徐孺人墓志铭》。

## 第三节　兴化府文学家族考

### No.458　仙游王捷南家族

王捷南:《闽中沿革考》五卷(道光十九年刻本、郭白阳《竹间续话》卷四)、(分纂)《(道光)福建通志》、《王氏族谱》、《闽中沿革表》、《东越感征录》、《金石书院志》、《评选仙溪文存》、《春秋左传仪礼补注》、《丧服考》、《考工记考》、《四书笔记》、《乡党补考》、《战国事略》、《宋名臣列传稿》、《仙游图经稿》、《本草经疏》(民国《福建通志》总卷三十九,《福建文苑传》卷八本传)、《窦荧录》(民国《福建通志》总卷二十五,《福建艺文志》卷十二)

王绍燕:《不忘初斋诗草》二卷(民国《福建通志》总卷二十五,《福建艺文志》卷六十六)、《不忘初斋诗草》四卷(道光二十三年刻本,中国社会科学院文学研究所、福建省图书馆藏;福建师范大学图书馆藏残钞本)、《不忘初斋辑稿》不分卷(稿本,福建省图书馆藏)

**谨按:**仙游王捷南(1779—1853),字怀佩。嘉庆九年甲子(1804)举人。官国子监学正。民国《福建通志·文苑传》王捷南本传:"自少力学。……七上公车不第,授职国子监学正,受业于福州陈编修寿祺之门,誉益驰。孙尔准督闽,聘修(道光)《福建通志》,分纂宋朝人物,搜讨靡遗,创《郡县沿革表》,采辑祝穆《方舆胜览》,参以《魏书·地形志》。书成,谈地理者奉为圭臬。尤善岐黄,洞达五色奇胲,邃于三礼之学。家藏书数万卷,下丹黄者钩稽辄当。尝出所钞本金诚斋《求古录》及蔡邕《明堂月令》,与

① 陈寿祺《左海文集》卷六,《清代诗文集汇编》第499册,影印第285页。

② 陈寿祺《左海文集》卷九,影印第397页。

晋江陈庆镛商确参订，以待梓行。又追念前明戚少保平倭有功，重修祠宇，岁时荐祀，手辑《南塘年谱》，刻于仙游，以广流传。居乡数十年，凡有义举无不悉力为之，纂修王氏族谱。”王捷南著述繁富，体现出其师陈寿祺回到福建讲学、主鳌峰书院传播乾嘉朴学的成就[①]。此传语本同门、晋江陈寿祺《籀经堂类稿》卷十九《王怀佩先生殉难纪遗》文，文作于咸丰六年丙辰(1856)冬月。

王捷南之子王绍燕，字贻穀。道光十九年己亥(1839)举人，与叶修昌、林昌彝、沈葆桢等同年。民国《福建通志》著录其《不忘初斋诗草》二卷，引侯官林昌彝之论，称其诗“高朗可诵”[②]。林昌彝系陈寿祺晚年的门人。

## No.459　莆田陈云章家族

陈云章:《清远楼稿》、(重刊)《任史黄诗三集注释》、(修)《武宁县志》、《东阳族谱》、《义仓成案》、《北游日记》、《清远楼文集》、《绿筠吟馆诗钞》(民国《福建通志》总卷三十六,《福建循吏传》卷十二李云章本传)、《陈秋河遗诗》一卷(民国《莆田县志》卷二十三《艺文志》)

李仲筠(陈云章继室):《芙蓉吟馆诗》(旧抄本。民国《福建通志·福建循吏传》陈云章本传、《历代妇女著作考》一作《芙蓉吟馆诗钞》)

陈乔龄:《陈荔庄诗抄》一卷(校抄本)、《陈乔龄诗集》一册(钞本,原莆田县图书馆藏)、《陈荔庄诗钞》一卷附《补桐书屋诗钞》(钞校本,福建省图书馆藏。李灵年等《清人别集总目》第1280页)

陈椿龄:《兰波诗话》、《荔农诗话》(民国《莆田县志》卷二十二《艺文志》)、《补桐书屋草》(民国《莆田县志》卷二十三《艺文志》)、《补桐书屋诗抄》(钞本,《陈荔庄诗钞》附。福建师范大学藏)、《德星堂诗钞》不分卷(钞本,中国科学院图书馆藏)(李灵年等《清人别集总目》第1320页)

**谨按:**莆田陈云章(1779—1850),字君兴,号秋河,晚号海东钝叟、茶隐老人。少从闽县郑天策、瓯宁万世美[③]游。嘉庆十四年己巳(1809)进士。历官知县、同知。尝登江西宁都翠微山,怀念清初易堂九子,镌“易堂私淑弟子”印;重刊《任史黄诗三集注释》,好聚书,累五万余卷,贮清远楼。著述多种[④]。

陈云章继室李仲筠,字秀如,李光珽女,云南晋宁人。《福建地方文献及闽人著述综录》径作莆田人[⑤],误。李仲筠能诗,莆阳刘尚文《续梅花百咏斋诗话》称其清思逸藻。

黄祖绪撰《莆阳历代闺秀名媛、才女诗人纪略》,寻访得陈云章墓葬,墓碣镌:“咸丰二年岁次壬子冬月皇清赐进士奉政大夫江西宁都直隶州淇阳秋河陈公墓孝男乔龄椿龄翰龄等立石”[⑥],知陈乔龄、陈椿龄等俱陈云章之子。

陈云章之子陈乔龄,字荔庄。道光十七年丁酉(1837)福建乡试举人。其弟陈椿龄,字荔农。咸丰二年壬子(1852)举人中式,官安溪训导。福建师范大学图书馆藏钞校本《陈荔庄诗钞》一卷附《补桐书屋诗钞》一册。陈云章之女陈谨媛,能诗。适邑人郭尚先之子郭镂龄。

## No.460　莆田郭尚先家族

郭捷南:《易要诂》二卷、《书要诂》二卷、《礼记要诂》六卷、《四书要诂》三卷、《律吕考》一卷、《丛书

---

① 民国《福建通志》总卷三十九,《福建文苑传(清二)》卷八,王捷南传,第三十页。

② 民国《福建通志》总卷二十五,《福建艺文志》卷六十六,第二十页。

③ 万世美,字虞臣。建宁府瓯宁人。家福州。嘉庆六年辛酉(1801)进士,官中书舍人。治《三礼》,通天算。传见民国《福建通志·福建儒林传》卷五。

④ 民国《福建通志》总卷三十六,《福建循吏传(清二)》卷十二,陈云章传,原第六十九、七十一页。

⑤ 福建师范大学图书馆古籍组《福建地方文献及闽人著述综录》,第96页。

⑥ 按:竖排孝男三人,横排表述时当以中间者为长,然后次以昭穆之序,本书径改之。

守雅集》五卷(同治刊本《福建通志》卷七十)、《近光楼草》、《五经要诂》十余卷(民国《莆田县志》卷二十三《艺文志》)、《迎光楼诗文集》若干卷

郭尚先:《增默庵文集》八卷二册(民国二十年郭嗣蕃铅印本)、《增默庵诗遗集》二卷(增默庵三种本)、《芳坚馆题跋》四卷(藏修堂丛书本。民国《福建通志·福建艺文志》卷三十八、民国《莆田县志》卷二十二《艺文志》作三卷)、《增默庵遗集》、《芳坚馆印存》二卷(民国《莆田县志》卷二十二《艺文志》、梁桂元《闽画史稿》第174页)、(修)《治河方略》、(修)《大清一统志》、《大理遗集》八卷(民国《福建通志》总卷三十四,《福建列传》卷三十八本传。民国《福建通志·福建艺文志》卷六十六、同治刊本《福建通志》卷七十作《郭大理遗稿》八卷,道光二十四年刻本,魏茂林辑)、《使蜀日记》一卷(郭氏家刻本。民国《福建通志》总卷二十五,《福建艺文志》卷三十二)、《增默庵诗》二卷(民国《福建通志》总卷二十五,《福建艺文志》卷六十六)、《郭大理遗稿》八卷(道光二十四年刻本;民国二十二年郭嗣芳增补本,民国《莆田县志》卷二十三《艺文志》)、《进奉文》一卷、《经筵讲义》八卷、《诗集》二卷、《芳坚馆题跋》三卷(光绪十六年刻《吉雨山房全集》本附。李灵年等《清人别集总目》第1942页、民国《莆田县志》卷二十六下郭尚先本传、李禧《紫燕金鱼室笔记》)、《增默庵诗遗集》二卷(郭氏家刻本)、《郭兰石印谱》二卷(拓本,原莆田县图书馆藏)、(选)《宋元明诗三百首》(光绪二年刻本)、《郭尚先临大唐王居士砖塔铭》(道光间钞本,一册)、《许母林太夫人墓志铭》(道光稿本,一册)、《芳坚馆书髓》一卷(《福建文献集成初编》第114册影印国家图书馆藏清钞本)、《郭兰石文钞》不分卷(一题《郭兰石先生文钞》,清钞本,南京图书馆藏)、《郭大理遗稿》不分卷、《芳坚馆题跋》不分卷(均清钞本,国家图书馆藏)、《芳坚馆题跋》七卷(一题《芳坚馆题跋三种》七卷,同治十年刻本,江西省图书馆藏。柯愈春《清人诗文集总目提要》第1193页)

郭篯龄(郭尚先子):《吉雨山房遗集》十卷[①](一名《吉雨山房全集》,光绪十六年刻本。即《吉雨山房文集》四卷、《吉雨山房诗集》四卷、《吉雨山房偶笔》(词集)一卷、《北山樵唱》一卷、《周易从周》九卷附辨一卷)、《三易三统辨证》二卷(同治九年家刻本)、《山民随笔》十卷十册(稿本,存九册,国家图书馆藏)、《筮法从周》一卷、《周易从周述正》一卷、《山民学筮草》一卷、《易林伐山》一卷、《易海归宿》二卷(民国《莆田县志》卷二十二《艺文志》作《明海归宿》二卷、《读左疏证》一卷、《吉雨山房偶草》二卷、《笔辨繁露》四卷(王敏娟《郭篯龄〈周易从周〉研究》)、《吉雨山房诗文集》(民国《福建通志》总卷三十四,《福建列传》卷三十八本传)、《周易从周》八卷、《述正》一卷(民国《福建通志》总卷二十五,《福建艺文志》卷二,《易四》)、《吉雨山房遗集》十卷(民国《福建通志》总卷二十五,《福建艺文志》卷六十六)、《郭氏易学书》九卷附辨一卷(民国《福建通志》总卷二十五,《福建艺文志》卷七十六)、《周易述正》一卷(民国《莆田县志》卷二十二《艺文志》)、《戆后山人诗集》一卷(民国《莆田县志》卷二十三《艺文志》)、《诗文集》四卷、《诗余》一卷(民国《莆田县志》卷二十九《理学传》本传)、(郭慎行等校)《吉雨山房》文集四卷、诗集四卷补遗一卷词钞一卷(光绪十六年刻《吉雨山房全集》本,一册)

郭慎行(郭篯龄子):《爱吾鼎斋印存》四卷(民国《莆田县志》卷二十二《艺文志》)、《醉石山房印集》

郭宜璋:《牵萝茅屋诗钞》(民国《福建通志》总卷二十五,《福建艺文志》卷六十六)

**谨按:**佚名所辑、旧抄本《郭氏正续世庆志》上溯唐下至明代兴化府莆田县郭氏人物,末附清代郭氏(如郭尚先、郭篯龄等人)科名录,知郭氏为莆中望族。结合同治刊本《福建通志·孝义传》郭云鹏传[②],其家世系为:郭云鹏→郭文炳→郭占选→郭捷南→郭尚先→郭篯龄→……→(郭篯龄五世孙)郭风。

郭占选,字子徽,榜姓陈。乾隆二十五年庚辰(1760)举人。官江苏溧阳、无锡等地,凡三十载。郭

① 按:《北京师范大学图书馆藏稀见清人别集丛刊》第27册影印光绪十六年刻本《吉雨山房遗集》,作十卷。

② 同治刊本《福建通志》卷二百四十二,郭云鹏传,影印第4375页。

捷南(1761[①]—1820),字邦贤,号仲伊。乾隆间诸生、附贡生。以诗古文名于时。民国《莆田县志》著录郭捷南《近光楼草》,引戚人镜(蓉台)之论,云:"诗宗子美(杜甫)、义山(李商隐),能得其性所近。兰石(郭尚先)廷尉才学得力于庭训者为多。"[②]

郭尚先(1785—1833[③]),字元开,号兰石,又号伯抑父,郭捷南长子。郭尚先幼时即为大父郭占选所器,瓯宁万世美主讲兴化府兴安书院,称其博洽,亟赏其文。嘉庆十二年丁卯(1807)福建乡试解元,十四年己巳(1809)以二甲第三十名登进士第,与廖鸿荃、廖鸿藻、叶申芗等同年。选庶吉士,授编修,历官四川学政、侍讲学士、光禄寺卿、大理寺卿等,教习庶吉士。寓京师方壶斋,斋又名芳坚馆。与晚一科的侯官林则徐为莫逆之交[④],同为大学士、德州卢荫溥(1760—1839)所喜,尝馆卢家,为钱塘戚人镜所见重。留心时务,多历官所,兴利除弊,大著明效。弟郭尚英。子郭篯龄。女六,婿李逢时(李长庚孙)、廖勉、许祖淳等。孙郭定履。

林则徐撰《大理寺卿兰石郭先生墓志铭》。据此墓志铭,郭尚先"学有体用,垂髫即喜读经世书。……自经史外,博涉诸子百家及舆地象纬之学,尤喜郑渔仲(樵)《通志》,谓其兼综条贯,有裨实用"[⑤]。

同治刊本《福建通志》著录其《郭大理遗稿》八卷,魏茂林序。略曰:"兰石文名溢天下,书名耀海外,乃年甫四十有九而殁。求其诗文全稿而不可得,仅为掇拾八卷,存什一于千百,开雕于道光甲辰(二十四年,1844)春,至乙巳(二十五年,1845)冬而竣。"[⑥]若同治刊本的此条记载可信,则可观察到兴化府的文学创作在嘉庆、道光间衰落得相当严重,数十年中无他作者。

郭尚先子郭篯龄(1825—1886),字子寿、祖武,一字山民,号戆复道人。咸丰间选贡得官,候补浙江。传见民国《莆田县志》卷二十九《理学传》。民国《福建通志·福建艺文志》卷六十六著录《吉雨山房遗集》十卷,引陈衍《石遗室书录》云此集"文四卷,诗五卷,词一卷"[⑦],与民国《莆田县志·艺文志》所引张琴《寄赏园藏书记》的记载[⑧]一致,当与《吉雨山房全集》不同。郭篯龄之诗,宋际春以为其"古体矫健,近体神清骨秀","二十年间吾乡诗未有作者";陈偕灿(少香)以为郭篯龄之诗"硬语盘空,雅近昌黎(韩愈)"[⑨]。今有王敏娟《郭篯龄〈周易从周〉研究》,福建师范大学2011年硕士学位论文。郭篯龄之配陈谨媛,系邑人陈云章之女,能诗。

郭尚先长女郭宜璋(1821—?),字云萝,郭篯龄三姊。长适壮烈伯、同安李长庚之孙李逢时。郭篯龄《吉雨山房文集》卷三《牵萝茅屋诗序》称:"姊年十有二,学已淹贯,工吟咏……吾姊诗宗魏晋,慨当以慷,有为而长言,非无病而呻吟矣。"[⑩]郭宜璋诗集《牵萝茅屋诗钞》,曾孙李渔仙、李霭如藏有抄本。

郭捷南之子、郭尚先之弟郭尚英,嘉庆十八年癸酉(1813)拔贡生。有诗名,撰兄郭尚先行状。

郭慎行(1849—1909),字幼安、心余,郭捷南曾孙、郭篯龄子。拔贡生,官教谕。工书法、篆刻。传见民国《莆田县志·艺术传》。

---

① 按:郭捷南生于乾隆二十五年庚辰(1760)十一月廿六日,是为1761年1月1日。

② 民国《莆田县志》卷二十三,原第九十三、九十四页,影印第213页。

③ 按:郭尚先卒于道光十二年(1832)壬辰十二月二十九日子时除日(民国《福建通志》总卷三十四,《福建列传(清七)》卷三十八,郭尚先传,第十四页)。民国《福建通志·福建列女传》二黄氏传云郭尚先殁日孤郭篯龄六岁(《福建列女传》卷二,原第二十三页),则郭篯龄出生于道光七年丁亥(1827)。

④ 郭尚先与郑开禧亦为莫逆之交,郑开禧有《郭兰石为余作名印戏成长歌报之》(《知守斋诗初集》卷四,第一页)等诗。

⑤ 林则徐《林则徐全集》第五册,第488-489页。

⑥ 同治刊本《福建通志》卷七十,影印第1468页,引。

⑦ 民国《福建通志》总卷二十五,《福建艺文志》卷六十六,第十八页,引陈衍《石遗室书录》。

⑧ 民国《莆田县志》卷二十三,《艺文志》,原第九十九页,影印第216页。

⑨ 同上注。

⑩ 民国《福建通志》总卷二十五,《福建艺文志》卷六十六,第十六页,引。

## No.461 莆田翁焕文夫妇

陈淑英(一作陈叔英[①]):《竹素园诗集》[②]二卷、《集句》二卷(同治六年刻本)、《竹素园集句》二卷(民国《福建通志》总卷二十五,《福建艺文志》卷六十六)、《竹素园集》四卷(民国《莆田县志》卷二十三《艺文志》)、《□□回文诗》(民国《莆田县志》卷二十八陈淑英条)

**谨按:**陈淑英(1808—1877),字德卿,陈捷登女。乡前辈廖德星誉以才女,归道光五年(1825)举人、莆田人翁焕文(号朴园)。民国《福建通志》陈淑英本传:"陈淑英,字德卿。莆田诸生翁焕文妻也。幼通经史,工针夫。十八岁,归焕文。佐读间暇,每以唱和自娱。早寡居,贫,赖十指养活,课二子,皆成器。长子兆兰,岁贡生;次子兆熊,邑庠生。"[③]

据当代莆田文化学者黄祖绪《莆阳历代闺秀名媛、才女诗人纪略》:"归清江秀才翁焕文(号朴园)为继娶。焕文博通经史,善属文,兼诸词赋。……道光五年庚子乡试膺鹗荐。……咸丰二年壬子(1852),邑人林杨祖(字孙诒)膺命分巡汴省,代理陕西、甘肃总督,焕文承命游幕道署,代办家务,与爱妻淑英分别已久。未几,焕文以劳疾捐馆。"按:查民国《福建通志·选举志》道光五年福建乡试举人题名中无翁焕文[④]。林杨祖,当作林扬祖,字孙诒,号岵瞻。道光五年乙酉(1825)福建乡试解元,九年己丑(1829)进士。黄祖绪此文引胡文楷《历代妇女著作考》卷十五:"道光乙酉(1825)举人翁焕文妻。中年而寡。诗皆近体,所集句自六朝、唐、宋以迨元、明,机绪甚清。"不妥之处已辨如上,盖沿胡著之误。

邑人郭镂龄有《题翁母陈德卿孺人诗稿》诗三首,载郭氏《吉雨山房诗集》卷一。

## No.462 莆田张氏夫妇

江西南城陈圻:《娄江集》三卷(黄祖绪《莆阳历代闺秀名媛、才女诗人纪略》之五十五)

张氏:《针余小草》(林扬祖《莆田县志稿·艺文志》刘尚文注)

**谨按:**黄祖绪《莆阳历代闺秀名媛、才女诗人纪略》之五十五:"张氏,清代莆田人。张氏适丹霞(今江西南城县)陈圻为室。陈圻官江南娄县县丞。著有《娄江集》三卷。后罢官随张氏定居莆阳。张氏有才情,聪敏能诗。著有《针余小草》存世。(见林扬祖《莆田县志稿·艺文志》刘尚文注)"

## No.463 莆田林扬祖家族

林扬祖:《莆田县志》二十一册(同治间修,稿本、抄本)

**谨按:**莆田林锡龄妻室翁氏(1783—?),生长望族之家,通书史,知大义。少好吟咏,称秀慧恭孝。年二十三而夫殁,力抚其子林扬祖成长。传见同治刊本《福建通志》卷二百五十二[⑤]。

林锡龄之子林扬祖(1798—1882),字孙诒,号岵瞻、觉斋。六岁而孤。从邑人郭尚先受学。道光

① 民国《莆田县志》卷二十三,《艺文志》,原第九十九页,影印第216页。

② 柯愈春《清人诗文集总目提要》著录《竹素园诗钞》二卷,附《诗余》一卷、《集句》二卷,咸丰九年刻本,中国科学院图书馆藏;又同治六年刻本、光绪三年刻本(第1531页)。

③ 民国《福建通志》总卷四十五,《福建列女传》卷六,陈淑英传,原第三十五页。

④ 民国《福建通志》,《选举志》十二,第四十九页。

⑤ 同治刊本《福建通志》卷二百五十二,《(莆田)列女传》国朝节孝"监生林锡龄妻翁氏"条,影印第4653-4654页。

五年乙酉(1825)福建乡试解元,九年己丑(1829)成进士。签分刑部主事,累官署陕甘总督。同治元年壬戌(1862)告养回籍,前后家居二十余年。历主本邑擢英书院、本郡兴安书院及仙游、永春、厦门各书院讲席,造就人士甚众。卒年八十五,翁同龢为撰墓志,倭仁为撰寿文。传见民国《莆田县志》卷二十六下、民国《福建通志·福建列传》卷三十九。林扬祖五子:林寿熙、林寿勋、林寿煦、林寿燕、林寿照,均业儒,四人仕宦。

## No.464　莆田陈恒山家族

陈梓:《玲珑山馆诗集》(光绪三十四年刻本、民国十二年刻本)

**谨按:**黄祖绪《莆阳历代闺秀名媛、才女诗人纪略》之四十一记载莆人陈恒山妻林氏、子陈学田、孙陈梓三代从事文学创作和文化事业的事迹。

林氏敏悟过人,工诗。黄祖绪引刘尚文《续梅花百咏斋附记》云:"文泉(陈梓)为恒山孙。恒山性孤洁,与妻林氏隐于大蚶山,课徒自乐。"陈恒山子陈学田,聚书万卷。陈梓诗法得诸家法,选词炼调颇合唐调。官八旗教习,惜享年不永。遗有《玲珑山馆诗集》,存百二十篇,邑人刘尚文为刻其诗,并为序。

## No.465　莆田陈池养家族

陈池养:《慎余斋诗集》(台湾文献丛刊续编本)、(陈奋孙续)《毛诗择从编》(民国《莆田县志》卷二十二《艺文志》作《毛诗择从》,其孙陈奋孙续钞本)、《莆阳水利志》(民国《莆田县志》卷二十二《艺文志》作八卷)、《莆阳逸叟文集》、《慎余书屋诗集》(民国《福建通志》总卷三十六,《福建循吏传》卷十二,陈池养本传)、《慎余书屋诗钞》六卷(民国《福建通志》总卷二十五,《福建艺文志》卷六十六。民国《莆田县志》卷二十三《艺文志》作《慎余书屋诗集》六卷)、《慎余书屋文集》五卷(民国《莆田县志》卷二十三《艺文志》)、《慎余书屋诗钞》六卷(咸丰五年刻本,中国社会科学院文学研究所藏)、《慎余书屋诗稿》六卷、《文稿》一卷(稿本,中国科学院图书馆藏)、《慎余书屋文集》五卷(同治九年刻本,首都图书馆)(柯愈春《清人诗文集总目提要》第1134页)、《讲习管窥》、《慎余书屋诗文集》、(预修)《道光福建通志》

陈奋孙:《敬斋文集》(民国《莆田县志》卷二十九《理学传》本传)

**谨按:**莆田陈池养(1788—1859),字子龙,号春溟。嘉庆十二年丁卯(1807)举人中式,十四年己巳(1809)成进士,与郭尚先、陈云章同年,三人乡试、会试、殿试均同年,俱成闻人,洵称盛事。陈池养自订《慎余书屋诗钞》六卷,分三集,初集曰《畿辅游宦》、《三山避地》、《归田》,二集曰《玉屏滥竽》、《木兰泛寄》,三集曰《莆阳逸叟》,咸丰五年刻本,中国社会科学院文学研究所藏,又有《慎余书屋文集》五卷,同治九年刻本,合为《慎余书屋集》十一卷①。侯官郭柏荫为撰《春溟诗集序》②及《莆田陈春溟先生七十寿序》③。

陈奋孙(1847—1930),字敬斋,陈池养之孙、陈清馥之子。父殁时,陈奋孙方六岁,由祖父陈池养亲教之成。陈奋孙十一岁能文,试辄高等。光绪八年壬午(1882)举人。六上公车不第,授徒自给。学问淹博贯通,潜心默识,年逾古稀犹手不释卷。续成祖父陈池养《毛诗择从编》。年八十四,卒④。

---

① 柯愈春《清人诗文集总目提要》,第1134页。

② 郭柏苍《天开图画楼文稿》卷三,《天开图画楼全集》,《清代诗文集汇编》第609册,影印第529页。

③ 同上书,同卷,影印第532页。

④ 民国《莆田县志》卷二十九,《儒林传》,原第七十三、七十四页,影印第578-579页。

# 第四节　漳州府、邵武府、建宁府、福宁府、永春州文学家族考

## 漳州府

### No.466　诏安谢声鹤家族

谢声鹤:《云溪诗钞》、《词林荟萃》、《礼经汇解》、《古文类选》

谢浣湘:《咏雪斋诗录》

**谨按:**诏安谢声鹤家族祖籍漳州,康熙间迁漳州府诏安县。其家以商业发家,继而转业儒,从事诗文、书画艺术创作。谢声鹤高祖谢捷科,曾祖谢国栋,父亲谢廷烘。谢廷烘业儒,以草书卓然成家。

谢声鹤,字梅贵,号云溪。嘉庆间岁贡生,历任仙游、清流训导。工诗画。女兄谢浣湘,字芸史,著名闺秀诗人。著有《咏雪斋诗录》。兄谢维松,秀才终身,能诗。

谢声鹤之子谢颖苏(1811—1864),字管樵、琯樵,号书画禅、懒云山人、北溪渔隐。与沈瑶池、王志周等开创"诏安画派"。入闽浙总督颜伯焘幕府,寓居福州。谢颖苏多次东渡台湾[①],居"海东精舍",曾主淡水林氏,被称为台湾美术的开山祖师。谢颖苏知兵,同治三年(1864)四月入林文察提督幕府,内渡居漳州。郭柏苍曾在同治三年(1864)九月挽谢氏,有诗《甲子九月挽诏安谢画师颖苏》,诗题下自注称其诗"悲壮"[②]。入祀福州西湖忠烈祠。传见民国《福建通志·福建艺术传》卷二。

《竹间续话》:"谢颖苏,字琯樵,诏安人。行、草书法元章,晚学颜鲁公。工画能诗,善篆刻。咸丰间,殉粤匪之难于漳州,闽南人士甚重之。琯樵画山水最工,兰竹次之。翎毛多用秃笔,不失为能手。署款恒不书姓,惟署'琯樵苏'。传其画兰竹也,先写兰,置瓦盆于窗间,移灯取影,故放笔为之,未尝为古人所囿,其得力处,全在一两笔生动也。""诏安多画家,著者无几人。谢琯樵外,有沈古松瑶池,人物规模黄瘿瓢(慎)。许万涯钓龙、吴织云天章善花卉翎毛。胡汉槎倬善人物写意。沈云湖祖文善兰竹。谢半圭锡璋工草虫,尤长墨牡丹。许友农士谷善花鸟。马子般兆麟号竹坨,又称东山里人。光绪间举人。画山水花卉,以北派为宗,参以己意。"[③]

### No.467　龙溪杨廷球家族

吕世宜:《爱吾庐文钞》(民国《福建通志·文苑传》本传题《爱吾庐文稿》)三卷、《笔记》二卷、《古今文字通释》三十四卷(民国《同安县志》卷二十五《艺文志》、杨浚《冠悔堂诗钞》卷八《鹭江感旧时六十二首》其十六。《泉州古代著述》第343页作十四卷)(民国《同安县志》卷二十五《艺文志》)、《爱吾庐笔记》一卷(滂喜斋丛书本)、《爱吾庐续笔记》一卷、《爱吾庐题跋》一卷(光绪抄本,福建省图书馆藏;光绪五年刻本,南京图书馆藏。李禧《紫燕金鱼室笔记》、郭白阳《竹间续话》卷四)、(参纂)《厦门志》□□

---

① 按:谢颖苏于咸丰七年(1857)东渡,寓居台南吴霈家、海东书院、板桥林本源家(施懿琳、廖美玉《台湾古典文学大事年表·明清篇》,第525页)。

② 郭柏苍《三峰草庐诗》卷上,《清代诗文集汇编》第662册,影印第57页。

③ 郭白阳《竹间续话》卷四,第77页。

卷[①](《桐城文学撰述考》卷三)、《篆隶法初刻》(民国《福建通志》总卷四十四,《福建艺术传》卷五,林必焊本传)、《千字文通释》四卷(民国《福建通志》总卷二十五,《福建艺文志》卷五十)、《经传子史集览》(道光间抄本,厦门市图书馆藏)、《吕西郇类稿》[②](民国《福建通志》总卷二十五,《福建艺文志》卷六十六)、《爱吾庐文钞》三卷(咸丰四年刻本,二册。泉州市图书馆藏)、《爱吾庐汇刻》(厦门大学出版社2010年版)、《爱吾庐文钞》一卷(钞本,福建省图书馆藏。李灵年等《清人别集总目》第387页)、《历代碑帖题跋》一卷

杨廷球(吕世宜婿):《栩庵诗稿》一卷(嘉庆二十年刻本)

**谨按:**侯官杨浚《鹭江感旧诗六十二首》其十六:“不惟滂喜访遗书,尺素零缣更起予。绝好《鄐君》神笔授,一生低首爱吾庐。”自注:“吕西村孝廉世宜又号不翁,道光壬午(二年,1822)举人。善八分书,盖得力于《鄐君碑》与《杨宗阙》也。所著《爱吾庐文钞》、《笔记》,吴县潘氏(潘祖荫)采入《滂喜斋丛书》。隶书大字如《张公去思碑》、《吕孝子碑》,与汉人楮叶莫辨,小字如四十九石,亦不让鲁公《小麻姑坛》。近枋桥林氏又刻其《古今文字通释》一书。”[③]杨浚此诗为同安学者、作家吕世宜而作。

陈庆镛撰《吕孝子传》,为吕世宜之父吕仲诰作。据此传,吕仲诰字谦六,同安浯江里人,祖父吕敏文侨居厦门,遂为厦门人。吕仲诰父吕国典,嫡母陈氏,因母谢氏。有兄三人,先卒。吕仲诰子三:长吕世宜、次吕世仁、吕世俨[④]。

吕世宜(1784—1855),字可合,号西村、不翁、可老、种花道人、髯可、瓢道人、百花瓢主、铁生、顽皮汉子等。泉州府同安县马巷厅金门(今金门县)人。清代福建著名的书法家,与稍早的汀州府长汀人伊秉绶(1754—1815)齐名。精通训诂、文字、金石诸学。主浯江、紫阳、玉屏书院讲席,协修《厦门志》、《金门志》。与先后任福建兴泉永海防兵备道的周凯、刘喜海二人及本省学者高澍然、郭尚先善,多所交游。晚年与板桥林氏林国华、林国芳兄弟关系密切,长期主其家,为林氏子弟受业师。

吕世宜著作多种:《爱吾庐文稿》简朴有法;《爱吾庐笔记》则多考核经义,发明小学,同年、晋江陈庆镛《吕西村爱吾庐笔记跋》亟称之,以为于阎若璩、钱大昕、刘逢禄之外独辟己见,补所未备,可为桂馥《札朴》之续[⑤];《古今文字通释》则多采诸家之说;《爱吾庐题跋》评骘碑版,审正文字,足与时人郭尚先《芳坚馆题跋》相上下[⑥]。

吕世宜的学问和古文创作,晋江陈庆镛所撰《吕西邨类稿序》评价甚高:“读书自束发,识字寝馈凡四五十年。……治经先以声音、训诂,其于一词一字,古注有异同者必明辨而缕分之。……读史则博综上下,判黑白,别是非,故其摇笔缅缅数千言,其简处则又一语不苟下,余观其论渑池、论与夷,及拟昌黎《伯夷颂》,答李翊、卫中行、吕暨山人诸作,识见高卓,即起唐、宋诸贤,亦莫不錞至。所撰碑志及传记,动与古会,出入经史而不自知。岂非韩公所谓‘气盛则言之短长与声之高下皆宜’欤?尤善金石,凡商、周吉金,下暨秦、汉、北魏石刻拓本,靡不搜罗……每有奇字,稽撰不遗余力,合于祭酒六书之旨。尤精古籀、篆、隶。……其著述未可涯,进而上之广邃渊微,当陆续以出也。”[⑦]

吕世宜之婿杨廷球,字鸣轩,号介眉。漳州府龙溪人。杨浚《鹭江感旧诗六十二首》其二十八:“佳

---

① 按:刘声木《桐城文学撰述考》卷三周凯条下著录《厦门志》十六卷(《桐城文学渊源撰述考》第464页)。《中国方志丛书》第80号成文出版社1967年影印本道光十九年刻本《厦门志》,十六卷本。

② 柯愈春《清人诗文集总目提要》著录《吕西村类稿》十四卷,清末吕氏刻本;《爱吾庐文钞》不分卷,清刻本,国家图书馆藏(第1179页)。

③ 杨浚《冠悔堂诗钞》卷八,原第八页,影印第452页。

④ 陈庆镛《籀经堂类稿》卷十九,《清代诗文集汇编》第587册,影印第620页。

⑤ 民国《福建通志》总卷二十五,《福建艺文志》卷五十,第七页,引《籀经堂类稿》卷十五(原第六页,《清代诗文集汇编》第587册,影印第583页。道光二十九年作)。

⑥ 民国《福建通志》总卷三十九,《福建文苑传(清三)》卷九,第一页。

⑦ 陈庆镛《吕西邨类稿序》,《籀经堂类稿》卷十二,《清代诗文集汇编》第587册,影印第548页。

婿乘龙亦快哉,机、云兢说弟兄材。大难两字称端士,云水师门洗眼来。”自注:“家鸣轩茂才廷球为吕不翁之女婿,亦工隶书。庄牧亭观察志谦主讲玉屏,每语人曰:‘介眉,端士也。’介眉,亦其号。弟承渊茂才廷藩亦能文。”①

## No.468 海澄叶化成家族

**谨按:**海澄叶化成,字东谷,号尔翁。籍漳州府海澄县,迁泉州府同安县靖山。道光十五年乙未(1835)福建乡试举人,与曾元基、朱霞等同年。叶化成与吕世宜同学齐名,并为台湾府枋桥林氏西席。

《桐城派编年》将叶化成列入桐城派周凯一支作家②。民国《厦门市志》卷二十五将叶化成及其子叶来临、叶来昌均列入《文苑传》。

李禧《紫燕金鱼室笔记》“墨蜘蛛”条:“同里叶小谷先生来昌,为名孝廉东谷哲嗣。幼承家学,能书画。妻林祥英女士,字梅仙。同安锦园人。家饶富,适叶,能同甘苦。尝赴戚家宴,座有巨贾妇额戴珠蜘蛛,价值千金,颇自矜耀。梅仙归,以手中纨扇乞叶绘墨蜘蛛,自题句云:‘邀郎纨扇写蜘蛛,巧样超新出画儒。自是书生真本色,当余点额漫云迂。’‘蜘蛛濡墨胜于珠,儒雅风流信不虚。珍重视为无价宝,旁人莫笑我如愚。’士林传为佳话,多赋诗张之。”③据此,叶来昌妻林氏娴于诗。又有《梅林》条,谓其夫妇唱和诗酒垂数十年,夫妇撰有唱和诗集。

## No.469 漳州府郭钤家族

郭钤:《易易录》一编(陈庆镛《籀经堂类稿》卷十一《郭榴山钤易易录序》)

郭米山:《求是录》(陈庆镛《籀经堂类稿》卷十五《郭米山求是录跋》)

**谨按:**陈庆镛撰《郭榴山钤易易录序》,为郭米山大令尊人右房先生手著《易易录》一编作。据此序所引漳州南宋大儒陈淳、明大儒黄道周、何楷先贤著书事迹,推知郭钤(榴山、右房先生)为漳州府人,子郭米山。序略曰:“其事则日用行习之常,其理则儒者粹精之语,而创为天地䜣合、天地合一诸图,则本于北溪(陈淳)之学。……先生是书确归醇正,其解《语》、《孟》也表诸当而不为雷同之见,其论身心也要诸实而不为高远之言,自洒扫应对以及寸心养性诸节,言之能详,以是知先生之所以私淑于北溪之学,而石斋(黄道周)、元子(何楷)诸儒其流风余韵犹有存者。先生弱冠游胶庠,即屏诸俗务,著述自娱,未三十已归道山。设天假之年,是所为当必更有进于是者。”④

咸丰二年(1852),陈庆镛作《郭米山求是录跋》,为郭钤之子郭米山作。略曰:“米山世承家学。曩尝抱其尊人右房先生《易易录》一册来问序。其书多得宋儒精蕴,为读《易》一助。兹米山复以所自著《求是录》携京质证。大都发明《论》、《孟》二书之旨,大义一以《集注》为宗。……今世之为学者好攻抵前人,遂至立为门户之见,不知立言不在乎艰深奇古,贵乎明理而已,如程朱之说平易简实,而理自明,米山窃奉是说以为书,其有补于程朱之学者已不少,况进而求之年力方富,研且益深,当几于大醇而无疵矣。”⑤

---

① 杨浚《冠悔堂诗钞》卷八,原第十页,影印第453页。

② 俞樟华、胡吉省《桐城派编年》,第364-365页。

③ 李禧《紫燕金鱼室笔记》,第1-2页。

④ 陈庆镛《籀经堂类稿》卷十一,《清代诗文集汇编》第587册,影印第538-539页。

⑤ 同上书,卷十五,《清代诗文集汇编》第587册,影印第581-582页。

## No.470　龙溪郑开禧家族

郑开禧:《知守斋诗》初集六卷、二集四卷、别集一卷(道光六年、十二年刻本;民国《福建通志》总卷二十五,《福建艺文志》卷六十六)、(编)《虚受斋汇刻诗钞》二十二卷(民国《福建通志》总卷二十五,《福建艺文志》卷七十一。含许珌《铁堂诗钞》二卷、严仙藜《野航诗钞》二卷、林梦斗《云(雪)岩诗钞》二卷、郑琮《樗云诗钞》五卷、郑开禧《知守斋诗》初二集十卷别集[①]诗一卷)、《知守斋诗》初集六卷、二集四卷、文集八卷、砚铭一卷(清钞本,北京大学图书馆藏。李灵年等《清人别集总目》第1495页)

郑琮:《樗云楼诗钞》五卷(道光四年《虚受斋汇刻诗钞》本,福建省图书馆等处藏)、《樗云诗钞》不分卷(钞本,福建省图书馆藏)(李灵年等《清人别集总目》第1491页)

**谨按:**郑琮,漳州府龙溪人,诸生。郑开禧族人。张际亮《严野航诗序》:"龙溪郑云麓观察将之官粤东,出其州人严太乙《野航诗集》属为选定,盖欲梓之也。因为汰其三之二,存二百余首。太乙名仙黎,康熙间诸生。……观察昔梓其族人琮诗,今又将并梓福州许珌诗,不忍乡先生湮没无传,类如此,可谓笃好风雅古君子。"[②]郑开禧家族成员众多,称"封胡羯末骋才奇"[③],有十二从弟郑徽典(?—1819)[④]、伯兄[⑤]、季弟晓亭、子第[⑥]、侄郑宗濂(?—1822)[⑦]等,郑徽典亦能诗,有所著作[⑧]。

郑开禧于道光间编《虚受斋汇刻诗钞》二十二卷。此刻收有龙溪严仙藜《野航诗钞》二卷、龙溪林梦斗《雪岩诗钞》二卷、龙溪郑琮《樗云诗钞》五卷诗,可谓揄扬其郡人的诗歌成就。郑琮,字亮卿,号樗云,乾隆、嘉庆间人。郑开禧序称其老无所遇,则尽屏他学,专肆力于诗,奥博不可极。[⑨] 别本《樗云诗钞》,不分卷,钞本,福建省图书馆藏[⑩]。

郑开禧(1776—1837[⑪]),字迪卿,号云麓,郑季璞裔孙[⑫]、郑云鏄之子。嘉庆十三年(1808)戊辰恩科举人中式,十九年(1814)甲戌科弱冠成进士,官至山东转运使。家有可园,富藏书。建宁张际亮系郑开禧挚友,《思伯子堂诗集》中多有二人在京师的唱和诗作。《张亨甫文集》又有《郑云麓诗序》,为郑开禧作。序略云:"大抵经以才气,纬以华藻,不废风格而不为摹仿,视诸君子(按:指前文所叙之许友、许珌、黄任、李俊、萨玉衡、伊秉绶等本省诗人)涂径又一变焉,殆欲为其真而可传者与?"[⑬]郑开禧的诗歌主真,《销夏杂诗》等有宗陶痕迹;《知守斋诗初集》卷五中有《食荔支》诗多用蔡襄、苏轼宋人故事,

---

① 按:郑开禧《知守斋诗别集》一卷系试帖体诗,《清代诗文集汇编》第560册收录。

② 张际亮《张亨甫文集》卷二,《清代诗文集汇编》第601册,影印第412页。

③ 郑开禧《哭从甫十二弟》其四,《知守斋诗初集》卷三,《清代诗文集汇编》第560册,影印第23页。

④ 郑开禧《寄十二弟从甫》,《知守斋诗初集》卷一,影印第9页。

⑤ 郑开禧《寄别三首》其二,《知守斋诗初集》卷二,影印第11页;《伯兄铭亭以荔支酿酒既成色香味俱绝真佳品也诗以记之》,卷五,影印第36页。

⑥ 郑开禧《季弟晓亭率弟儿迎至同安感赋二首》,《知守斋诗初集》卷四,影印第32页。

⑦ 郑开禧《哭漾东侄》,《知守斋诗初集》卷五,影印第36页。

⑧ 郑开禧《哭从甫十二弟》其一有句"生前著作书空在",其三有句"人说机云是可人。险语诗成争叠韵"句(《知守斋诗初集》卷三,影印第23页)。

⑨ 民国《福建通志》总卷二十五,《福建艺文志》卷七十一,第十四页,转引自陈衍《石遗室书录》。

⑩ 柯愈春《清人诗文集总目提要》,第841页。

⑪ 道光十七年丁酉(1837),张际亮作《衢州舟中作》,诗后注:"去年春,何礼门明府卒于保定。夏五月,李兰卿都转卒于扬州。冬十二月,郑云麓都转卒于赣州。今年春,李兰屏比部卒于都门。"(《思伯子堂诗集》卷二十五,《思伯子堂诗文集》下册,第981页)四人去世的时间均确凿。据方诗铭《中国历史纪年志》,道光十六年"冬十二月"已入1837年(第148页。上海人民出版社2007年版,修订本)。道光十九年己亥(1839),张际亮从福州南下至漳州,至九龙江对面的南山寺祭奠郑开禧,以其夫妇、长子国殡于南山寺旁,作有《宿龙江》、《漳州》、《南寺》诗等与《思伯子堂诗集》卷二十八,《思伯子堂诗文集》下册,第1082-1083页)。

⑫ 郑开禧《食新芥》诗后注,《知守斋诗初集》卷一,《清代诗文集汇编》第560册,影印第8页。

⑬ 张际亮《张亨甫文集》卷二,《清代诗文集汇编》第601册,影印第417页。

《苏质民孝廉邀啖荔支用东坡集中韵》[①]用苏轼诗韵及典故,都是所谓变"涂径"的创作表现,时在道光二年壬午(1822),盖道光十一年姚莹序所称"先生诗用力魏晋以迄唐宋名贤,持格甚慎,妙理清才,都雅有则,有明代诸公学古之善而无其失"[②]。在"魏晋以迄唐宋名贤"之外,郑开禧《题水绘园读书图为魏笛生比部》用王士禛"独许先生此高卧"句及王士禛、冒辟疆交游事[③],则是郑开禧摹拟清初王士禛诗的痕迹。其诗尤擅七言古体、歌行、七律等,如《知守斋诗初集》卷六《正月十日重游云洞将及绝顶为怪风所阻》;《知守斋诗二集》卷一《崇祯乐府》,卷二《罗浮仙蝶歌》、《题游衡图为陈焕岩上舍》、《陈子鹤考功邀同人作消寒集即事成长歌一首》,卷三《天台观瀑图为亨甫题》、《王铨卿司勋邀食鱼脍》、《贾行可考功惠鲜笋醃菜》等诗及所作禁体物诗诸题。

据道光六年(1826)诸城王玮庆序,郑开禧诗集有《悔存》、《闻鸡》、《吹剑》三集,风格"绮丽芊眠"、"瑰奇谲诡",《思荔》、《啖荔》二集"格老气苍,诗境益进","《画眉小草》体艳"[④];"大抵云麓之诗直举胸臆,刮抉浮华,其师古人不专一家,而各能学其所长而弃其所短"[⑤]。道光十二年(1832),嘉应吴兰修序《知守斋诗二集》,称"亨甫(张际亮)之诗以才胜,先生之诗以学胜;亨甫骛精八极,游兴万仞,好为噌吰镗鞳之音,而先生朱弦疏越,一唱三叹,虽亨甫不能掩其声,此亨甫与先生相视而莫逆也"[⑥]。吴兰修系陈寿祺门人、张际亮同门,于郑开禧极为推重。

郑开禧师友陈用光、郭尚先、张际亮、许邦光、杨庆琛、黄亮国、黄乐之、王玮庆、陈璜、穆扬阿、陈云章、潘挹奎、陆元烺、李家蕙、郭基、魏茂林、黄爵滋、陈若霖、龚润森、林扬祖、廖鸿藻、姚莹、苏廷玉、汤鹏、祁寯藻等诗人。道光六年(1826)起,在京师逐年组织消寒雅集,前后至少五年。

道光二十四年甲辰(1844),晋江陈庆镛作《郑云麓先生文集序》。本书他处转引该序。

## 邵武府

### No.471　光泽何长聚家族

何氏:《何氏世谱》(光绪《光泽县志》卷二十六《列女传·节孝》陶氏条注引)

何国模:《春秋传注辨讹》(光绪《光泽县志》卷十五本传,卷十三《经籍志》作八卷)、(辑刊)大小宗谱(光绪《邵武府志》卷二十三《(光泽)孝友传》本传)、《默庵医论》(光绪《邵武府志》卷二十九《艺文志》、卷十三《经籍略》)

何以烈(何国模次子):(李绂编)《敬斋文稿》十二卷(乾隆十五年刻本,日本内阁文库藏。柯愈春《清人诗文集总目提要》第301页;光绪《光泽县志》卷十七《文苑传》本传)

何以镛(何斌次子):《知非草》(光绪《光泽县志》卷十三《经籍略》、光绪《邵武府志》卷二十三《义行传》何思安本传)

何泽风(光绪《光泽县志》卷十三《经籍略》作何泽凤):《偶记备考》一卷(光绪《邵武府志》卷二十九《艺文志》、光绪《光泽县志》卷十三《经籍略》)

何长敦:《恺乐堂经辨》三十卷、《文集》六卷、杂著及骈体文、诗若干卷、《制艺》若干卷、《棋谱》一卷(陈庆镛《籀经堂类稿》卷二十一《博野县知县何居墓表》)、《诗集》、《文稿》(光绪《邵武府志》卷二十《人

---

① 郑开禧《知守斋诗初集》卷五,《清代诗文集汇编》第560册,影印第34-35页。道光六年丙戌(1826),郑开禧作有《十月二十二日始雪用苏集聚星堂诗韵》(《知守斋诗二集》卷二,影印第61页)、《雪夜忆山中梅花用苏集尖叉韵》二首(同卷,影印第64页),道光七年丁亥(1827)作《九月望日雪再用苏集禁体诗韵》(同卷,影印第66页)亦摹仿宋代欧阳修、苏轼等诗人的馆阁风流。

② 姚莹叙,郑开禧《知守斋诗二集》卷首,《清代诗文集汇编》第560册,影印第48页。

③ 郑开禧《知守斋诗二集》卷二,影印第64页。

④ 王玮庆序,郑开禧《知守斋诗初集》卷首,影印第2页。

⑤ 潘挹奎序,郑开禧《知守斋诗初集》卷首,影印第3页。

⑥ 吴兰修序,郑开禧《知守斋诗二集》卷首,影印第49页。

物·(光泽)宦绩》何长敦本传)、《恺乐堂文集附诗》(光绪《邵武府志》卷二十九《艺文志》。光绪《光泽县志》卷十三《经籍略》题《恺乐堂文集》)

何淑蘋(何长敦之女):《琴北诗钞》一卷(光绪《光泽县志》卷十三《经籍略》、卷二十七《闺秀传》本传)

上官紫凤(何秋涛之母):《八角楼诗集》十二卷、《歧园标雅诗余》四卷(光绪《光泽县志》卷十三《经籍略》)

何秋涛(何长敦之孙):《周易爻辰申郑义》一卷(皇清经解续编本)、《俄罗斯互市始末》一卷(小方壶斋舆地丛抄)、《朔方备乘》八十五卷(原题《北徼汇编》。光绪《光泽县志》作八十卷)、《王会篇笺释》三卷、《孟子编年考》、《一镫精舍经解》、诗文诸集(光绪《邵武府志》卷二十一《文苑传》本传)、《一镫精舍文集》(光绪《邵武府志》卷二十九《艺文志》)、《库页岛附近诸岛考》(《海疆文献初编》第一辑,知识产权出版社2011年版)、《泽门客话》一卷(民国六年福建修志局印本)、《水经注考》、(校镂)《李忠定公全集》二百卷、《忠定公年谱》、遗著数十种(民国《福建通志》总卷三十八,《福建儒林传》卷五,何秋涛本传)、《元圣武亲征记》(民国《福建通志》总卷二十五,《福建艺文志》卷二十)、(辑)《北徼汇编》六卷(民国《福建通志》总卷二十五,《福建艺文志》卷三十)、(编)《大清律例根原》一百二十四卷(民国《福建通志》总卷二十五,《福建艺文志》卷四十四。一名《律心》、《律例按语》)、《一灯书舍诗草》(民国《福建通志》总卷二十五,《福建艺文志》卷六十六)、《篆隶源流》、《一灯精舍甲部稿》[①](《清儒学案》卷一百六十六《鳞学案·何先生秋涛》)

何如兰(何秋涛胞妹):《绮余阁诗稿》(光绪《光泽县志》卷十三《经籍略》影印第1017页;卷二十七《闺秀传》本传)

何长载:《第五居士文集》六卷(光绪《光泽县志》卷十三《经籍略》。柯愈春《清人诗文集总目提要》第1123页作五卷[②],李灵年等《清人别集总目》第933页作四卷)、《三易集解》、《第五居士诗集》(光绪《邵武府志》卷二十九《艺文志》)、《易经集解》(光绪《光泽县志》卷十五《本传》)

何长诏(何长载之弟):《敝帚斋诗集》六卷[③](同治刊本《福建通志》卷七十九《经籍志》、民国《福建通志·文苑传》何长诏传、柯愈春《清人诗文集总目提要》第1190页作七卷)、《删集》三篇(光绪《光泽县志》卷十三《经籍略》,同治刊本《福建通志》卷七十九《经籍志》作《删集》三卷)、《敝帚斋初集》七卷、《续集》三卷(民国《福建通志》总卷二十五,《福建艺文志》卷六十六)、《敝帚斋集》(陈衍《石遗室诗话》卷二十二,第五条)

何长聚(何国模玄孙):《鑫园未定草》(光绪《光泽县志》卷十三《经籍略》)、《鑫园诗集》□卷[④]、《文集》三卷(光绪《邵武府志》卷二十九《艺文志》题《鑫园文集》三卷)(刘声木《桐城文学渊源撰述考》卷十二)、《鑫园诗文集》、《乐事录》、《义仓序》、《音学管见》若干卷(光绪《邵武府志》卷二十三《义行传》本传)、《义仓汇编》二卷、《闲居乐事》(光绪《邵武府志》卷二十九《艺文志》)、《离骚解》若干卷(光绪《光泽县志》卷十五本传)、《闲居乐事录》□卷、《离骚解》一卷(《桐城文学撰述考》卷四)

何高雍:《医学求真》十二卷、《从义堂古文》四卷(光绪《邵武府志》卷二十二《人物传·(光泽)忠节》本传。光绪《光泽县志》卷十三《经籍略》题《从义堂文集》四卷)

何高慰(何长聚之子):《企园文稿》□卷、《诗稿》□卷、《草间吟》□卷(光绪《光泽县志》卷十三《经籍略》作四卷)(刘声木《桐城文学渊源撰述考》卷十二)、《企岸诗文稿》(光绪《邵武府志》卷二十三《义

---

① 柯愈春《清人诗文集总目提要》著录此集八卷,钞本;又五卷,光绪五年刻本。又《一灯精舍未定稿》一卷,稿本;又《一灯书舍未定稿》一卷,钞本;《一灯精舍诗草》二卷,同治间刻本(第1601页)。

② 柯愈春《清人诗文集总目提要》著录咸丰间光化轩刻本《第五居士文集》一卷、光绪间刻本《第五居士文集》四卷,合为五卷(第1123页)。

③ 柯愈春《清人诗文集总目提要》著录此集,七卷,附录一卷,道光四年半窝居刻本,南京图书馆藏;又《敝帚斋初集》七卷、《续集》三卷,传钞本(第1190页)。

④ 现存咸丰元年(1851)何高慰刻本《鑫园诗集》四卷首一卷。柯愈春《清人诗文集总目提要》著录此集四卷,咸丰元年刻本,中国科学院图书馆藏(第1376页)。

行传》本传)、《企园文集》、《草涧吟》(光绪《邵武府志》卷二十九《艺文志》)

何秋渊(何高森之子、何长聚之孙):《课耕草堂文稿》(光绪《光泽县志》卷十六《儒林传》上官承祜传注引云《可耕草堂文集》)、《君山樵子吟》(光绪《光泽县志》卷十三《经籍略》)、《诗学举隅》二卷(光绪《光泽县志》卷十三《经籍略》)、(高澍然纂,光绪末何秋渊等增修)《光泽县志》三十卷(民国《福建通志》总卷二十五,《福建艺文志》卷二十八)

**谨按:**陈庆镛撰《博野县知县何君墓志铭》,为何秋涛祖父何长敦作。据此传,何氏先世为江西人,先祖为唐代金紫光禄大夫何逸。自唐迄宋初,凡四世居光泽,后徙江西金溪,十余传至元代泰宁县尹何功敏,复还故居,于是世为光泽人,遂成望族[①]。

邵武府光泽县何氏多才俊,以居在都(县治)、一都为多。光绪《邵武府志·选举志》"封赠"记载:何泽旭(字映辰)"以子长聚赠朝议大夫",何长敦"以孙秋涛赠朝议大夫、刑部主事,见《宦绩传》",何高华"以子秋涛封朝议大夫、刑部主事",何高昺"以从子秋涛貤封朝议大夫",何国模"以孙世臣貤赠儒林郎",何以焘"以子世臣赠儒林郎",何泽周"以子长敦赠文林郎、博野知县",何以镛"以子世玥赠修职佐郎",何思安"以子泽崇赠修职佐郎",何世振"以子泽凤赠修职佐郎、龙溪训导"[②],何泽周"以子长霖赠奉直大夫",何泽鲁、何长琚父子以何云龙赠征仕郎、内阁中书,何高森(字宝书)以子何秋渊(字泉如)赠征仕郎[③]。光绪《光泽县志·(国朝)封赠》记载:何以镇、何世珧父子以何泽传赠官;何世玥以子何泽著赠官;何斌以孙何世珧赠官;何以烈、何世珵父子以何泽旭赠官;何国模以孙何世臣(何世垂弟,字秉直)赠官;何以焘(字肇仁)以子何世臣赠官;何泽人以子何长资赠官[④]。其辈分大概用"以、世(思)、泽(则)、长、高(云)、秋、芳"等字区别,至何秋涛,系何国模七世孙[⑤]。根据科举、世宦、族人的规模和文学创作等各方面的盛况来看,何氏都称得上清代光泽县最为显赫的家族。

清代光泽何氏世宦者众多,根据光绪《光泽县志·赀选》的记载,何氏人才济济:何则传,由廪贡生投效部郎,至山东盐运使;何长聚,字焕奎,由监生投效中书科,改主事,至即用知府;何则传之子何长庚,字西垣,由附贡生投效布政司理问,官知县;何长曦,字体刚,由监生投效布政司理问;何泽茂,字如柏,由贡生投效县丞;何泽克,字猷壮,由贡生投效县丞;何以鍠由廪生投效训导;何世玥,字朗行,由廪贡生任仙游训导;何泽凤,字群从,由廪贡生投效训导;何泽可,字许谨,由廪贡生投效训导,任台湾、诸罗训导;何长敦之兄何长庄,字敬临,由廪贡生投效训导;何长资,字溯渠,由廪贡生投效训导,官海澄、安溪、彰化、永定训导;何长颖,由廪贡生用训导;何长政,字友于,高澍然戚友,由武生投效,分发河南;何求湘,字子丹,由军功保知县;何秋□,字幼源,由监生投效县丞,升知县;何秋谱之子何芳炳,字耀临,县丞、云骑尉;何秋良之子何芳旭,云骑尉、守备;何长载之子何高玮,字隽人,由附贡生投效训导;何秋翎,字翊臣,由廪贡生投效训导;何高禧,字寿祺,由附贡生投效训导;何高聘,由附监生投效巡检;何高畹,字兰征,由监生;何高绩,由监生投效,官湖北主簿;何秋淦,由监生投效典史;何元龙,字子猷,由监生投效巡检;何秋颢,字巽峰,由监生投效;何秋泰,字吉云,由监生投效;何秋澍,字润农,由附贡生投效;何秋闽,字榕生,由增贡生投效;何长驭,卫千总[⑥]。何国模之孙何世华,字恒斋,由庠生投效州同[⑦]。五贡生有:何泽崇(字峻也)、何泽闳(字中扩)、何长霖、何高让、何泽人(字育万)、何泽成(字立予)、何长义(字为质)、何标、何炯、何高联、何高维、何高霪(字甘霖)、何长化、何秋渊等,举人何高瑞

① 陈庆镛《籀经堂类稿》卷二十一,《清代诗文集汇编》第587册,影印第646页。

② 光绪《邵武府志》卷十八,《选举志·(光泽)封赠》,影印第370页。

③ 同上书,同卷,影印第371页

④ 光绪《光泽县志》卷四,影印第386、387、389-390、393、402页。

⑤ 光绪《光泽县志》卷十五,何秋涛传,影印第1088页。成文出版社1974年影印光绪二十三年(1897)增修《光泽县志》。

⑥ 光绪《光泽县志》卷四,影印第386、387、387-388、388、396-397、397、402、402、403、403-404、404、404-405、408、429、430、436、437、448-449、449-450、450、457、457-458、458、458、461、463、464、465、466、398页。

⑦ 光绪《光泽县志》卷二十二,《义行传》何世华传,影印第1271页。

(何泽年孙、何长瑚子)、何长阁等。

光绪《邵武府志·人物传》有光泽何氏多人传,略述如下:

(1) 何世珖,字荆石、韫斋,何国模族孙[①]。祖何斌[②],康熙间人;父何以镇,康熙、雍正、乾隆间人。俱见光绪《邵武府志·义行传》。何世珖以贡生发广东,知德庆州,补星子知县。

(2) 何世珖之子何则传,字勉承,号捧亭。以廪贡生入刑部为郎,转山东都转运使,权按察使,左迁顺德知府。年八十余卒。何则传之子何长载,号厚庵(一作厚莽)、任君,嘉庆三年(1798)举人;何长阁,道光八年(1828)举人;何长载、何长诏别有传。

(3) 何以镛之孙、何世玥之子何泽著,字形则。以拔贡官甘肃知县,调陕西耀州知州,卒于官。[③]何泽著精《易》,在楚南于巡抚、布政使座讲《易》,惜不克成书[④]。

(4) 何泽周之子何长庄,字敬临。由廪生任诏安教谕,学政恩雨堂欲荐而归。子何高衢,道光十七年丁酉(1837)举人。何长庄授以汉学,遂称淹博。历任浦城、崇安教谕,迁汀州教授。父子俱见光绪《光泽县志》卷二十一《武功传》。

(5) 何长庄之弟何长敦(? —1836[⑤]),字礼门[⑥]。嘉庆五年庚申(1800)举人。以大挑知直隶新城等县。生平宗尚汉学。著有《恺乐堂经辨》及《诗集》、《文稿》藏于家。孙何秋涛,别有传[⑦]。

(6) 何秋涛从弟何秋淦,字心农。幼颖慧,音乐、弈算、书画靡不精通。以太学生援例典史,铨发广东[⑧]。

(7) 何高玮,字隽人。增贡生。司训连江[⑨]。

(8) 何长载,字任驰、任君,号厚庵(莽),何则传长子。以兄弟行第五,又号第五居士。光绪《邵武府志》卷二十一《人物传·(光泽)文苑》本传:"(何)长载,嘉庆戊午(三年,1798)乡贡。性静谧,勤学博览。与弟长诏并以诗名。中年工骈体,专学徐孝穆(陵),一洗驰骤藻绘之习。建宁张绅称其引事比类曲折如意,提防于理,不涸不滥。同邑高澍然,其挚交也,谓其以质厚浑穆之词,施之骈体,尤难能而可贵也,为之评注以传。因其自号第五居士,即以名其集,而长载谦冲,不矜其能,犹自叹其体之未逮于秦、汉也。晚著《易经集解》,楚黄汪镛见之,谓于吉凶、悔吝、进退、存亡独见其大。选江西铅山县知县,辞不赴。弟长诏。"[⑩]民国《福建通志》引建宁张绅《怡亭文集》序。略曰:"厚莽少时有志古文,既而自谓非其性之所近,遂改习偶体。"引光泽高澍然《抑快轩文集》云:"厚庵(何长载)诗与金门(何长诏)相伯仲,而文专学徐孝穆(徐陵),虽骈体也,而翛然有自得之乐。"[⑪]

(9) 何长诏(1785—1822),字丹凤,号金门,行七。嘉庆间诸生。卒于福州府侯官县竹崎(今竹

① 光绪《光泽县志》卷十五,何国模传,影印第1070页。何世珖别字韫斋,见同卷同页何世珖传。

② 按:光绪《邵武府志》卷二十三《人物传·(光泽)义行》何斌(字登水)传,何斌子何以鍠(字书云)、何以镛(何斌次子)、何以铣(字云晶)、何以镇(字云远)等五人(影印第549页)。何斌之孙、何以镛之子何思安传亦在此卷中。

③ 光绪《邵武府志》卷二十,《人物·(光泽)宦绩》,影印第431-432页。

④ 光绪《光泽县志》卷二十,《良吏传》本传,影印第1222页。

⑤ 张际亮《衢州舟中作》诗后注:"去年春,何礼门明府卒于保定;夏五月,李兰卿都转卒于扬州;冬十二月,郑云麓都转卒于赣州;今年春,李兰屏比部卒于都门。"(《思伯子堂诗集》卷二十五,《清代诗文集汇编》第601册,影印第300页)作于道光十七年丁酉(1837)。

⑥ 据陈庆镛《博野县知县何君墓表》,何长敦(1775—1835),字厚勉,号礼堂,晚更号礼门,何亦邢之父、何泽周之子、何世垂之孙、何以烛曾孙。兄弟八人,序五。少鲁钝,读书期艾不上口。善属文,年二十五领乡荐。闲居丹铅不释卷,于《易》、《礼》、《诗》、《春秋》、三礼、《论语》、《孟子》取诸家异同,钩贯而条纂之。著述多种。子三:何高华、何高轩、何高昺。(《籀经堂类稿》卷二十一,《清代诗文集汇编》第587册,影印第646页)按:何长敦卒于道光十五年(1835)正月某日,卒年六十一岁,则拟推其生年在乾隆四十年(1775),而文中云其二十五岁时领嘉庆五年庚申(1800)乡荐,逆推其生年当在乾隆四十一年(1776),姑从卒年逆推其生年。

⑦ 光绪《邵武府志》卷二十,《人物·(光泽)宦绩》,影印第433页。

⑧ 光绪《邵武府志》卷二十,《人物·(光泽)宦绩》,影印第434页。

⑨ 光绪《邵武府志》卷二十,《人物·(光泽)宦绩》,影印第435页。

⑩ 光绪《邵武府志》卷二十一,《人物·(光泽)文苑》,影印第462页。

⑪ 民国《福建通志》总卷二十五,《福建艺文志》卷六十六,第一页,引。

岐)[①]。光绪《邵武府志》卷二十一《人物传·(光泽)文苑》何长诏传:“何氏世宦而长诏工诗,为名人。甫成童,有诗数百篇,皆可咏诵,今选载《删集》者是也。年十八,受知学使恩侍郎,目为奇才。……然长诏夷然不屑科目士,与其第五兄(按:何长载,字厚莽,行五,系何则传长子)长载相师友倡和。兄温谨谦抑,长诏鲜衣美仪观,豪饮善曲,不问家人产,有承平公子风焉。其诗初侈于才,继范以格,贯意连辞,其光耀焉,海内评诗家谓可到温、李。长诏折节潜思,上规韦、孟,去华归根,味于无味。卒年三十八。长载为梓其诗曰《敝帚斋集》七卷、《删集》三卷。”[②]

何长诏与邵武诗人杨兆璜被宁化吴贤湘目为“二七”,以二人皆行七。何长诏与邵武府建宁张际亮友善,二人订交于嘉庆二十二年丁丑(1817),备极推许张际亮其人其诗。何长诏卒后,道光三年癸未(1823),张际亮至光泽何家,为校定其《敝帚斋诗集》七卷,作《至光泽删定金门遗稿追感泫然却题》。何长诏年稍晚于高澍然而早逝,无子,女三,高澍然为作传,并序其诗,二人定交于嘉庆二十年乙亥(1815)[③]。高澍然《抑快轩文集》云:“金门天资绝人,自童年嗜为诗,积二十,成是集。初侈于才,继范于格,已而思去华根,味于无味,以几成诗之正则者,而自惜兹汇之未臻于斯也。”[④]侯官林昌彝论定其诗瓣香朱彝尊,兼采蒋士铨[⑤]。

何长诏在何氏家族及光泽县文学史上具有特别的意义:“何氏世望于光泽,而长诏独与其兄长载以诗文名于时”,“光泽建邑以来,无以诗名者,有之自长诏始。其邑妇人、童子皆知长诏,皆称为才子。”[⑥]

(10)何秋涛(1824—1862),字巨源,号愿船,何高华之子、何长敦之孙。光绪《邵武府志》卷二十一《人物传·(光泽)文苑》何狄涛传:“天资颖异,幼即嗜学,父母爱之,不使就外傅,而强记洽闻,虽宿儒勿能难。年十六,补弟子员,以诗赋见知于学使李公,由是知名。道光癸卯(二十三年,1843)举于乡,明年成进士,除刑部主事。通籍后,益肆志于汉学,与当时名士何绍基(一作绍箕[⑦])、张穆等讨论讲贯[⑧],于经史百家、训诂、考证钩析不遗余力,公卿见耳其名者益众。……独师事泉州陈御史庆镛。……以祖母老旋归,主讲邵属五书院。会粤匪告警,避之福州。丁母艰,遂航海之京师,以所著《北徼汇编》进呈显庙。咸丰十年正月二十二日,召见奉旨赋律诗二章,翼日奉赐名《朔方备乘》。此书于制度沿革、山川形势考据详明,具见学有根柢。加恩俟补缺,后以员外郎即行升补,并着懋勤殿行走。未几,卒,年仅四十有二。子二。所著《朔方备乘》外,有《王会篇笺释》、《孟子编年考》及《一镫精舍经解》、诗文诸集。”[⑨]咸丰八年十二月何秋涛呈览《北徼汇编》,到十年正月召见,跨三年,实际历时一年许。友人黄彭年撰《刑部员外郎何君墓表》,见录于《续碑传集》卷二十。陈庆镛《籀经堂类稿》卷十七《贾门卢贞妇赞》后附录何秋涛《何氏说》,《何氏说》一千三百余言[⑩]。

(11)何高维,字慎思。增贡生。光绪《邵武府志·(光泽)义行传》何高维传:“少失怙,笃学砥行。……同学生伊光华将死,托以遗孤(即伊象和),高维抚之成立。……所著述,经兵燹皆佚。”[⑪]为从叔何长聚器重,何长聚之子何高慰为撰身后行述。传又见光绪《光泽县志》卷十六《儒林传》。

---

① 张际亮《竹崎阻风是去年何金门亡处》,《思伯子堂诗集》卷五。

② 光绪《邵武府志》卷二十一,《人物·(光泽)文苑》,影印第462页。

③ 光绪《光泽县志》卷十三,《经籍略·敝帚斋诗集》引高澍然序,影印第976页。

④ 民国《福建通志》总卷二十五,《福建艺文志》卷六十六,第八、九页,引。

⑤ 民国《福建通志》总卷二十五,《福建艺文志》卷六十六,第九页,引。

⑥ 民国《福建通志》总卷三十九,《福建文苑传(清二)》卷八,何长诏传,第三十二页。

⑦ 光绪《光泽县志》卷十五,何秋涛传,影印第1088页。传云何秋涛与何绍基、张穆等结“顾词社”,执牛耳。

⑧ 道光间,京师倡言宋学的学者有倭仁、曾国藩、何桂珍、吴延栋、邵懿辰、丁彦俦等,言汉学者有何绍基、张穆、苗夔、陈庆镛等,言古文词者有梅曾亮、朱琦、王拯、冯志沂等。何秋涛专精汉学而从诸公游,未尝以门户标异(民国《福建通志》总卷三十八,《福建儒林传》卷五,何秋涛传,原第三十八页)。

⑨ 光绪《邵武府志》卷二十一,《人物·(光泽)文苑》,影印第463页。

⑩ 陈庆镛《籀经堂类稿》卷十七,《清代诗文集汇编》第587册,影印第599-601页。

⑪ 光绪《邵武府志》卷二十三,《人物·(光泽)义行》,影印第554页。

(12) 何长钊,字原夏。恩贡生。为文叉手立就。咸丰七年(1857)光泽城破,与二子何高谦、何高履相继死难[①]。

(13) 何高雍,字简斋。岁贡生。光绪《邵武府志·(光泽)忠节传》何高雍传:"生平恣力古文辞,为文真朴自遂,风格遒逸。少师李古山(李祥赓)、高雨农(高澍然)二先生,各得其要。晚精于医。著有《从乂堂古文》四卷、《医学求真》十二卷。咸丰七年,粤匪陷城,殉焉。"[②]光绪《光泽县志·文苑传》何高雍传引高澍然评价,以为何高雍文有真朴之气,得作文根柢,文风宽平浑穆,颇近欧阳修。咸丰七年(1857),太平天国攻陷光泽,何高雍与长孙何芳栋、外孙童逢年俱死难。邑人毛乘鳌撰传[③]。

(14) 何国模等人。何国模(字汝范)及其庶弟何国樽见光绪《邵武府志》卷二十三《孝友传》。何国模长子何以焘,何以焘之子何世臣。何国模仲子何以烈,传见光绪《光泽县志·文苑传》:"字肇扬,自号敬斋,国模仲子也。……治古文有法,手订《敬斋文稿》十二卷,就正临川李黻[④]。黻负一代文望,得(何)以烈,恨相知晚,为之序以传焉。"[⑤]序见光绪《光泽县志》卷十三《经籍略》。何以烈之子何世理,何世理之子何泽旭[⑥]。

何氏后人从事文学创作的有何长聚、何高雍、何高慰诸人:

(1) 何长聚(1802—1849?[⑦]),字焕奎,号鑫园、化井。援例候选知府。传见光绪《邵武府志》:"生平笃于实学,事同邑高澍然二十年,益敦践履,为文得韩昌黎真气。著有《鑫园诗文集》及《乐事录》、《义仓序》、《音学管见》若干卷。"[⑧]又尝师事张绅,其文得韩愈古文真髓。

(2) 何长聚之子何高慰。"何高慰,生卒年不详。字孟思,福建光泽人。何长聚子。'诗文皆有家法,以典籍自娱。撰《企园文稿》□卷、《诗稿》□卷、《草间吟》□卷。'(刘声木《桐城文学渊源考》卷十二)"[⑨]何高慰,道光二十六年丙午(1846)举人,官永安县教谕。传见光绪《光泽县志·文苑传》:"道光丙午(二十六年,1846)乡试中式第五。父长聚,在《列传》。高祖(何)以烈,入前《文苑传》。由截取改授永安教谕。……天姿敏达,少时趋承庭训,著述并有家法。一赴春闱,旋闻寇警,遂绝意进取,日以典籍自娱。能古文章,诗律尤细。著有《草涧吟》、《企岸诗文稿》藏于家。录上官纪云撰传。"[⑩]

(3) 何泽凤,高澍然修《光泽县志》同事何承燨先人,著《偶记备考》一卷[⑪]。

(4) 何长聚从子何高雍(?—1857)。"字希仲,号简斋,福建光泽人。何长聚从子。诸生,晚精于医。著有《医学求真》12卷。《从乂堂古文》4卷。按:刘声木《桐城文学渊源考》卷一二曰:'师事高澍然、李祥赓,受古文法,各能得其要旨。其文真朴自遂,风格遒逸,充其所学,可进于古。晚精于医,撰《从乂堂古文》四卷。'"[⑫]

(5) 何长韶,字永谐,号文轩,何秋涛伯祖父,何泽康嗣子、何泽周本生子,何世垂孙。"弱冠,不弟子员,试辄高等。秋闱弗隽,益发愤为学,学尝达旦不寐。功律赋,屡夺上席,然稿多散佚,不甚惜,得

---

① 光绪《邵武府志》卷二十二,《人物传·(光泽)忠节》何长钊传,影印第490页。

② 光绪《邵武府志》卷二十二,《人物传·(光泽)忠节》何高雍传,影印第490页。

③ 光绪《光泽县志》卷十七,《文苑传》何高雍传,影印第1117页。

④ 按:李黻即李绂。光绪《光泽县志》卷十三《经籍略》所录《敬斋文稿》十二卷下所引序即作李绂(卷十二,影印第958页)。

⑤ 光绪《光泽县志》卷十七,《文苑传》何以烈传,影印第1108-1109页。按:何国模长子何以焘(字肇仁),与从子何世垂(字秉绎,号恒斋)传见光绪《邵武府志》卷二十三《义行传》(影印第552-553页)。何氏尚有何长聚(字焕奎)、何长韶(字永谐)、何高慰(字孟思)、何高解(字顺于)、何高维(字慎思)、何世琮(字建侯)、何长琚(字驭良)并见《义行传》。

⑥ 光绪《邵武府志》卷十八,《选举志·(光泽)封赠》,影印第370页。

⑦ 柯愈春《清人诗文集总目提要》,第1376页。

⑧ 光绪《邵武府志》卷二十三,《人物传·(光泽)义行》,影印第553页。

⑨ 俞樟华、胡吉省《桐城派编年》,第525页。

⑩ 光绪《光泽县志》卷十七,《文苑传》何高慰传,影印第1118-1119页。

⑪ 光绪《光泽县志》卷十三,《偶记备考》高澍然序,影印第949页。

⑫ 俞樟华、胡吉省《桐城派编年》,第603页。

二十余篇,乃其从业者辑之。”[①]子五。

同邑上官家族之女上官紫凤(朴庵之女)适何高华,为何秋渊族伯母、何秋涛之母。何秋渊跋《八角楼诗集》:“族伯母上官太恭人生而庄静,质既敏慧,兼好读古人书,其于汉魏乐府尤嗜,滥及明初诸家无不寝馈其中,故诞我愿船先生(何秋涛,号愿船)亦敏慧绝伦,性之庄静一如之焉。其相伯父朴庵先生,能使忘贫,尤不易也。当君舅礼门先生(何长敦,字礼门,何秋涛祖父)时,初际优裕之境,及后以清宦贫家,而恭人治内井然,不觉其骤贫也。终日垂帷读书,与小姑淑蘋相切磋,有作呈诸君舅,执业如弟子,礼门先生顾而乐之,以为女博士皆集门庭矣。及后诞女如兰,又喜诗,授受有传人,诚闺帷一时之盛。尝闻先辈雅叙其事,甚觉欣然可喜。其诗刊行既久,板毁于寇,所存十之一二,偶浣诵之,犹见贞静和淑之气充溢于刍秼间也。”[②]

何长聚三从兄何长敦之女何淑蘋(1810—1831)传见光绪《邵武府志》:“字淑蘋。……少学诗,有隽才。已,随父宦直隶,遍行吴、越、齐、鲁、郊,又其父历宰新城、盐山、饶阳、博野,皆古蓟地。女既耽诗,所至山水草木,耳目所睹闻以及怀古感时皆于诗发之。会从父、刑部郎长聚叩其业,出质,品曰:‘儿才大异,但风格尚为慧业掩耳。’女请所向,曰:‘盍读《文选》?’遂学《选》体,兼及骚经,其诗益遒。解音律,琵琶筝篴少涉辄工。……年十九,其舅吴某携子就婚博野署。既礼成,事舅尽孝,俾寄旅如归,然未二年竟殂于署,年二十一。有《琴北诗钞》行世。”[③]按:何长聚所序《琴北诗钞》云何淑蘋病卒于道光十年(1830)冬十二月,明年何长聚之友张际亮至博野,为何淑蘋删定诗六十首及回文、词若干,名《琴北诗钞》,又撰《何孺人传》,称其诗“多清婉可诵”[④]。何淑蘋弟何高昺[⑤]。

何秋涛之母上官紫凤,光绪《邵武府志》本传:“上官紫凤,字灵仙,职员何高华[⑥]妻、刑部主事秋涛之母也。性端凝而敏慧……通文翰,秋涛五经四子书皆其口授,及秋涛成进士,就养京邸,尝织《金鳌玉蝀》并《山川锦绣图》,诸宦眷传观,共叹针神焉。著有《八角楼诗集》十二卷,又《岐园标雅诗余》四卷。女名如兰,亦才,适工部主事邱寯,著有《绮余阁诗稿》四卷,待梓。”[⑦]

何长载之子何高玮,字隽人。传见光绪《光泽县志》卷十八《孝友传》。咸丰七年(1857)光泽城破,何秋实及其子何芳诒并群从兄弟叔侄十余人殉难,入光绪《邵武府志》卷二十二《忠节传》。此外,殉难何氏族人尚有何高解(字顺于,何长聚从子)及其子何秋谱(候选布政司经历)、何秋词(即用训导)、何秋良四人[⑧]与何秋切(候选县丞)、何长胜、何高缙、何高朗、何秋纶、何高驹、何高惇、何求瑶、何秋璜、何长炘、何高淑、何泽星、何秋勤、何高普、何秋蘋等。

上引光绪《邵武府志·封赠》记载,何泽鲁、何长琚父子以何云龙赠征仕郎、内阁中书。何泽鲁娶邑人彭显扬之姊,生二子一女,次子即何长琚;彭显扬在何泽鲁夫妇去世之后,抚养三甥;何长琚之子何云龙,后与彭显扬之子彭荣诰先后举于乡。彭显扬著有《春秋捷讲》若干卷[⑨]。

何氏族人女眷多人被采入《列女传》,请参看光绪《光泽县志》卷二十六《列女传》中何氏族人名录。

---

① 陈庆镛《何文轩家传》,《籀经堂类稿》卷十九,《清代诗文集汇编》第587册,影印第621页。按:陈庆镛云“君之弟子秋涛”(影印第621页),误。何秋涛为何高华之子、何长敦之孙(《博野县知县何君(何长敦)墓表》,同书,卷二十一,影印第646页),陈庆镛此传少了何氏高字辈,当为“君之弟孙秋涛”。

② 光绪《光泽县志》卷十三,《经籍志》,影印第1014-1015页。

③ 光绪《邵武府志》卷二十七,《列女传·(光泽)闺秀》传,影印第762页。部分文字校以光绪《光泽县志》卷二十六下《列女传》何淑蘋传(影印第1427-1428页)。

④ 张际亮《何孺人传》,《张亨甫文集》卷四,《清代诗文集汇编》第601册,影印第451页。

⑤ 光绪《光泽县志》卷十三,《经籍略·(何淑蘋)琴北诗钞》引族父何长聚序,影印第988-989页。

⑥ 按:何高华、何高轩、何高昺系兄弟。何高轩妻陶氏,何高昺妻曾氏,见光绪《光泽县志》卷二十六《列女传》陶氏条(影印第1324页)。

⑦ 光绪《邵武府志》卷二十七,《列女传·(光泽)闺秀》传,影印第762页。

⑧ 光绪《邵武府志》卷二十三,《人物传·(光泽)义行》,影印第553-554页。何高解传又见光绪《光泽县志》卷二十二《义行传》。何氏父子殉难后,邑人上官寅志为撰传。

⑨ 光绪《光泽县志》卷二十二,《义行传》彭显扬传,影印第1283-1284页。

## No. 472 光泽高腾家族

高氏:《高氏族谱》(光绪《光泽县志》卷十九《忠节传》高孝述传注引)

高腾:《古今文》六卷(《桐城文学渊源考》卷十二作《兰陔室古今文》六卷)、《彀音初集》二卷(光绪《邵武府志》卷二十九《艺文志》、光绪《光泽县志》卷十三《经籍略》题《彀音集》二卷,周凯序又名《彀音诗集》)、《汉学咫闻》二卷(《桐城文学撰述考》卷四作廿卷、三卷两种)(同治刊本《福建通志》卷七十九)、《九皋草堂文》三卷(光绪《光泽县志》卷十七《文苑传》本传)

高搏(高腾之弟):《天经或问补数》十卷(光绪《光泽县志》本传。光绪《邵武府志》卷二十九《艺文志》题作《天经或问补数》一卷,光泽《光泽县志》卷十三《经籍略》亦作一卷,家藏本)

高澍然(高腾子):《李习之(翱)文读》十卷(同治十年抑快轩刻本。同治刊本《福建通志》、光绪《光泽县志》卷十三《经籍略》题作《习之先生文读》十卷)、《诗音》十五卷、《春秋释经》十二卷(《桐城文学撰述考》卷四题《春秋释注》十二卷,陈寿祺《左海文集》卷七《春秋释经序》作四卷)、《论语私记》二卷、《福建历朝官绩录》四十卷、《闽水纲目》十二卷(图一卷)、(重纂)《光泽县志》三十卷、《韩文故》十三卷、《抑快轩文集》七十三卷[①](同治刊本《福建通志》卷七十九。高熙晋序上官承祜《寄寓生文集》云七十四卷[②],民国《福建通志·文苑传》本传作七十四卷)、《易述》十二卷、《诗考异》三十卷、《河防三编》各一卷、《悬籀房制艺》十二卷(陈庆元《嘉道间古文家高澍然及其〈抑快轩文集〉九种传世钞本[③]》,载《福州师专学报》1998 年第 4 期)、《古本大学解》二卷、《汉历律志注》二卷(刘声木《桐城文学渊源撰述考》卷十二高澍然条)、《山居闻见录》(光绪《光泽县志》卷二十九《杂录》陈大斌条注引[④])、《古今大学解》、《何氏族谱》、《思存录》、《杭州二院课艺》、《河防编》、《河略》、《高氏支谱》□卷、《吾过录》□卷、《春秋圣证》□卷、《抑快轩文集》甲编□□卷、《抑快轩文集》乙编四十九卷、《抑快轩文集》丙编十六卷、《抑快轩文集》丁编九卷、《抑快轩外集》□卷、《春秋释经》四卷(《桐城文学撰述考》卷四、民国《福建通志·福建艺文志》卷十。民国《福建通志·福建艺文志》卷六十六作《抑快轩文集》乙编四十八卷、丙编十六卷、丁编九卷)、《抑快轩乙丙丁三集》(《桐城文学渊源撰述考·引用书目》)、(刻)《家录》一帙、(重纂、合纂)《(道光)福建通志》一百六十卷(民国《福建通志》总卷三十九,《福建文苑传》卷八本传)、《春秋解》(张际亮《张亨甫文集》卷五《答雨农舍人书》)(《福建文献集成初编》第 169-171 册影印福建省图书馆藏周凯评本)、《抑快轩遗集》一卷(《福建文献集成初编》第 171 册影印福建省图书馆藏赌棋山庄钞本)、(何嵩祺辑)《抑快轩遗文稿》(螺江陈氏传钞本,福建省图书馆藏。李灵年等《清人别集总目》第 1933 页)

高孝敭(高澍然子):《箓园文稿》(光绪《邵武府志》卷二十九《艺文志》)

---

① 柯愈春《清人诗文集总目提要》著录《抑快轩文集》七十四卷(即李灵年等《清人别集总目》第 1933 页著录"《抑快轩文钞》乙编四十九卷丙编十六卷丁编九卷"),光绪间冠悔堂精钞本,复旦大学图书馆藏;亦有著录为七十三卷,则以其子高孝敭补录遗文为一卷,编入乙编,合为七十四卷。又有《抑快轩文集》乙编四十八卷、丙编十三卷、丁编四卷,合六十五卷,底稿本,《贩书偶记》著录;《抑快轩文集》三十卷,同治十年谢章铤写校本,中山大学图书馆藏;《抑快轩集》三十卷,同治间赌棋山庄旧钞本,福建师范大学图书馆藏;《抑快轩文集》二卷,民国三十三年黄曾樾铅印本,国家图书馆藏;《文续集》一卷,黄曾樾编;《抑快轩文钞》二卷,民国三十七年铅印陈宝琛沧海楼选本,中国科学院图书馆藏(第 1086 页)。

② 光绪《光泽县志》卷十三,《经籍略·寄寓生文集》引高熙晋序,影印第 1009 页。

③ 据陈庆元先生此文,高氏九种指的是《抑快轩文集》三十卷,四册,同治十年谢章铤钞本,藏福建师范大学图书馆古籍部善本书室;《抑快轩文集》三十卷,七册,铁石轩钞本;《抑快轩遗集钞》不分卷,一册,光绪八年谢章铤钞本;铁石轩遗集本,不分卷,一册,铁石轩钞本;《抑快轩文集》乙编四十八卷、丙编十六卷、丁编九卷、补录一册,十七册,光绪十三年谢章铤钞本;又一种,十六册本;《抑快轩文集》三十卷,十册,周凯评本;《抑快轩文集》不分卷,一册,润经堂钞本;《抑快轩文选》不分卷,一册,何振岱 1916 年批选本,后八种均藏福建省图书馆善本部(《福州师专学报》1998 年第 4 期,第 54 页)。按:陈衍尝云"其稿本数种,有八本者,有十二本、十六本者,全存陈太傅处,尚未付梓以公同好也"。(黄曾樾《陈石遗先生谈艺录》,《民国诗话丛编》第一册,第 796 页)

④ 据光绪《光泽县志》卷二十九《杂录》"花之变者"条中"从子青阳"考订作者姓氏,又据同卷"生生数排比所成"条"嘉庆辛酉乡试余与友何金鱼同得一数","余获举而金鱼死,据第二句"云云的记载(影印第 1544 页),核对嘉庆六年辛酉(1801)福建乡试题名光泽举人,正是高澍然。

高南阳(高澍然侄):《还珠记》(光绪《邵武府志》卷二十三《义行传》本传)

高熙晋(高南阳子):《自娱斋文集》六卷、《诗集》二卷(光绪《邵武府志》卷二十一本传。光绪《光泽县志》卷十三《经籍略》题《自娱斋诗集》二卷,《自娱斋文集》自序有《自娱斋未定稿》)(光绪《邵武府志》卷二十九《艺文志》、刘声木《桐城文学渊源撰述考》卷十二)

**谨按**:光泽高氏世居本邑一都(即光泽县治)。光绪《光泽县志·(国朝)封赠》记载:高觐光(字仰宸)、高经纬(字可参)父子以高麟书赠官;高经组以子高腾赠官;高南阳以子高熙晋赠官;高寅越、高熙远父子以高士铨赠官;高青阳以子高邦彦赠官。[①] 据光绪《邵武府志》的记载,高麟书以奉直大夫赠祖高觐光、父高经纬,高青阳以子高邦彦赠官[②],高士铨以己官赠祖高寅越、父高熙远[③]。

根据光绪《光泽县志》卷四《恩例表》的记载,高氏族人仕宦的有:高青阳,字春卿,由监生投效部寺司务;高麟书,字华年,游贡生投效府经历贵州,官至府经历;高炳坤,字如登,由廪贡生用教谕;高士铨,字湘帆,由监生投效县丞,以知县用;高熙晋,由增贡生投效太常寺典簿;高邦彦,字俊夫,由监生投效詹事府主簿[④]。五贡生有一都人高孝颖(字实夫)等。

高腾之父高经组[⑤],字黼宸,号补亭,府学生。三岁而孤,有一兄。明代光泽一县掇取功名、有著述者尚屈指可数,而至清代遂成邵武府中仅次于建宁县的人文中心。清代光泽乃至高氏族人在经学、文学上的崛起归功于高经组,传称其功于士林尤钜:"初,光泽学者知习考墨卷而已,比数十年,遂为名县,其振而兴起者由高氏。盖泸溪黄进士堂[⑥]、建宁金举人荣镐有盛名江西、福建间,某先后延教二子,又选士之才良者,资之费,使同学,皆有闻。"[⑦]至高腾之时,光泽县籍士大夫及士子已经蜚声省内外,这是一个何其难,又何其幸运的过程[⑧]! 高经组之举措、设施泽被邑人良多,大有功于光泽。

泸溪黄堂,字禹传,号秋水。乾隆二十六年辛巳(1761)进士,候铨知县。乾隆三十二年、三十三年(1767—1768)间馆光泽高氏。高澍然纂《光泽县志》为黄堂立传,入《寓贤传》:"从游者先考腾、先叔考搏、曾韶、高迪四人,而韶举庚寅(乾隆三十五年,1770),先考与迪同举丁酉(四十二年,1777)。堂学有渊源,高骋□厉。与学者语,皆当时塾师所未闻者。诗学义山,骎骎乎上窥老杜。有《秋水集》行世。平生至交唯广昌何鹤年,二人者并抗志古人,不可一世,视科目蔑如也。然丁亥(三十二年,1767)时,清兴百二十年,光泽得科者止九人,戊子(三十三年,1768)逮今七十年,得科者四十六人,得第者七人,佥曰邑文之盛自黄秋水先生来教始,于是知笃古者未尝不宜今也。"[⑨]

建宁人金荣镐亦尝馆光泽高氏,"与高海樵(高腾,晚号海樵)、曾夔堂(曾韶,字虞奏,一字夔堂)、上官犹石(上官瑗,字殷尚,号犹石)为深交,并以道义文章相切劘,从游之士咸斌斌知向方焉。……踵庶常(朱仕琇,改选庶吉士)主本邑书院,讲以终"。[⑩]

---

① 光绪《光泽县志》卷四,影印第390、397、419、420、426页。

② 光绪《邵武府志》卷十八,《选举志·(光泽)封赠》,影印第370页。

③ 光绪《邵武府志》卷十八,《选举志·(光泽)封赠》,影印第371页。

④ 光绪《光泽县志》卷四,影印第390、394-395、401、406、431、433、433页。

⑤ 光绪《光泽县志》卷十五,高经组传,影印第1071页。高经组妻梁氏,有二子,传见光绪《邵武府志》卷二十五《列女传·(光泽)贤淑》。高经组卒于嘉庆六年辛酉(1801)十月十二日(光绪《光泽县志》卷二十九《杂录》,影印第1544页,生生数排比所成条)。

⑥ 江西泸溪(隶建昌府,与邵武府光泽县毗邻,今改名资溪县)人黄堂系乾隆二十六年三甲第二十二名进士(《明清进士题名碑录索引》,第1572页)。

⑦ 光绪《光泽县志》卷十五,高经组传,影印第1072-1073页。

⑧ 按:光泽上官灿,年逾五十犹老布衣,其子上官曦于道光二年壬午(1822)中举,孙上官懋本于道光十五年乙未(1835)成进士。光绪《光泽县志·高士传》上官灿传"论曰":"上官氏三世儒书,而为诸生自曦始,又年五十始得一举,盖科名若斯之难也。而懋本遂称进士,官刑部,人曰城南先垄地脉当得甲科,须至某连发耳。呜呼! 舍人事而功施地脉,言已不经,又乌知其先世宿幽光,所以劬躬寿后者,其来有自哉。"(光绪《光泽县志》卷二十三,上官灿传,影印第1289-1290页)上光灿家族历三世而上官懋始成进士,是一个家族在科举上取得有所成就的艰辛历程之缩影,也是光泽文化、科举及文学创作发展的缩影。

⑨ 光绪《光泽县志》卷二十七,《寓贤传》黄堂本传,影印第1486-1487页。

⑩ 光绪《光泽县志》卷二十八,《寓贤传》金荣镐本传,影印第1488页。

建宁人、金荣镐同门友陈绩后金荣镐九年来馆光泽高氏,“澍然兄弟同受业焉”,陈绩“为制艺名家,有金陈(指金荣镐、陈绩二人)之目,论者谓视正希(金声,字正希)、大士(陈际泰,字大士)不愧也”[①]。

馆高氏者尚有著名学者、建宁人李祥赓,这是一个为朱仕琇延请以教诸子孙,临终戒告家人勿易他师的学者,有隐德和经世之略。李祥赓“馆朱氏最久。年跻五十,始来馆光泽,主高氏。……遇后进士,不必门弟子,每因材造就之,唯恐不及,其才士轶出绳尺者亦不弃而曲成之。……邑士毛鹤龄、何长诏负异才,不可一世,惟先生柔之,就其范焉。其治经必求之于心,于先儒说不苟为随,亦不苟为异”[②]。

又有古文兼朱仕琇、李俊之长的建宁古文家张绅。“道光壬午(二年,1822),(张绅)馆光泽高氏绣草庐,与澍然为兄弟交,所识并邑中贤豪,宴会交错,如座无怡亭,诸贤豪皆不欢,怡亭亦忘其身之在客也。丙申(十六年,1836)母卒,遂徙眷,赁上官氏宅居之。不二年,修志省城,归隐邵武天成岩。”[③]

高腾(1749—1807),字鹤年,号九皋、海樵,门人私谥文穆先生,高经组长子。高腾为诸生之时,闻建宁朱仕琇古文有重名,往受业于福州鳌峰书院[④],得其窔奥以还。由副贡生举乾隆四十二年丁酉(1772)福建乡试。同治刊本《福建通志·文苑传》本传:“腾少学诗于泸溪进士黄堂,学古文于建宁朱仕琇。乾隆丁酉由副贡生举于乡。选福鼎学训导,以汉经师说训士。著《汉学偲闻》,授诸生。福鼎士知汉学自腾始。……官福鼎五年,以亲老告归。子澍然,嘉庆辛酉举人、内阁中书。有文名。”[⑤]其诗集有道光十六年(1836)六月周凯序。略曰:“雨农手钞先生《觳音诗集》示凯,凯受读卒。盖浸淫汉魏,下及盛唐,意取真朴以适,故其气悠然,其色穆然,凯于是又悟作诗之旨矣。世谓昌黎不善诗,其诗强断,盘空作硬语,或曰无一字无来历,皆非也,昌黎主气,气盛则言之短长、声之高下皆宜。诗,声也。书曰:‘歌永言,声依永。’昌黎之诗,昌黎之文也。诗之至者莫如陶,陶之取意在真,真则自有真气行其间,不假雕凿文饰而神与韵俱永,先生知之矣。”[⑥]

高腾传又见光绪《光泽县志·文苑传》:“聪颖绝人,十岁遍群经,作文能自铸辞,老宿惊服。既籍学,受业泸溪黄进士堂,得诗宗旨。已,师建宁朱庶常仕琇,得古文义法。乾隆四十二年,由副贡生举于乡,选福鼎训导。福鼎故霞浦北鄙,置县才五十年,风气未辟,士鲜实学。腾至,以汉经师说训士,谓《易》假象,《诗》假物,《礼》、《乐》假器,汉人去古未远,有师承。著《汉学偲闻》授诸生。福鼎士知汉学自腾始。官五年,以亲老告归。即本训士者教授乡里,邑士咸斌斌知所向方,转相授受,人才郁然,光泽遂为名县。腾卒已三十年,犹岁时尸祝不绝,其感人心深且久,庶几以善养人者欤!卒年五十九。著《九皋草堂文》三卷、《觳音初集》二卷,并《汉学偲闻》二卷藏于家。”[⑦]高腾子五女六。光泽高氏延请名师,以教胄子,子弟转益多师,多有成就;又秉承乃师精神,善于训迪士子,是著名的教育世家,随着高氏子孙多历官所,高氏的教泽被及省内外及光泽本县,贡献可谓大矣。

高腾既师事金荣镐,又师事朱仕琇。“诗亦有宋人学唐格调。”[⑧]是朱仕琇之后乾隆、嘉庆间古文作者,亦是宋诗作者。民国《福建通志》著录高腾《觳音集》二卷,引其子高澍然语,略曰:“尝闻诸先人曰:‘五古宜学汉、魏以逮盛唐,其余则视其材质所近,虽中晚唐及两宋,学皆可以有成也。’先人之训盖自

---

① 光绪《光泽县志》卷二十八,《寓贤传》陈绩本传,影印第1489页。

② 光绪《光泽县志》卷二十八,《寓贤传》李祥赓本传,影印第1490-1491页。

③ 光绪《光泽县志》卷二十八,《寓贤传》张绅本传,影印第1492页。

④ 按:乾隆间,朱仕琇主鳌峰书院讲席者十一年(1769—1779),四十四年(1779)引疾归建宁(民国《建宁县志》卷十六,《文苑传》本传,影印第171页)。

⑤ 同治刊本《福建通志》卷二百三十九,高腾传,原第三十三页,影印第4325页。

⑥ 光绪《光泽县志》卷十三,《经籍略》引周凯序,影印第964-965页。

⑦ 光绪《光泽县志》卷十七,《文苑传》高腾传,影印第1112-1113页。

⑧ 刘声木《桐城文学渊源考》卷十二。

道所用力也。”[①]高腾的诗歌、古文理论对高澍然产生了影响,形成高氏的家学。

前此,明末清初汀州府宁化县李世熊的诗歌、古文创作俱有变化之奇。李世熊《谈长伊制义序》:“今制科之文,非古也。世士惑于非古之名,谓当贬损谐夷,适时而止,此其意甚猥鄙而不可为训。……世士之论曰:‘今文必无浸淫于经史子集,必无影涉三代以后事,必无肆才而尽意,浑沦希渺,若灭若没于事理之文,即已足矣。’夫以国家求士之劳、需士之急,徒信于士一日之文,而士所为方务铲才匿意,摸稜中庸,缉缀盈幅,斤斤封律唯谨,使其诵文阐义务可通晓,则苟说卑情,至不可白于僮仆,而琐词累牍,上献君父而无惭,以所所为,匪独不文于言,抑甚不忠于君也;若乃奇诡高张,动云忤俗,必束缩钳络,婢仆其声,自谓投世,是以公卿大夫率无淹雅而鄙贱功令,为庸劣之薮渊,又与于不忠其君之甚矣;必不得已,文以美名曰:‘此孔孟之教,非诸家之臆编也。’圣贤之吻,噩噩尔,悫悫尔,搜垢剔瘢,既近于刑名捣幽锤险,又滥于巫鬼,然吾观《文言》、《易系》,既演达于象、爻,孟文流畅,亦详尽于鲁《语》,原夫诠释事理、昭示性情必曲譬而旁通,乌有心口格格汶晉隔塞而止乎?且夫拟孔孟于操觚之子,非人敢任也,而排章比句则人人任,孔孟弗疑,量材以较,即贾谊、杨雄、司马迁鲜不意沮而愧逊者,胡士轻于任孔孟而重于让贾谊、杨雄、司马迁乎?今世士非宋儒之书不信,非宋儒已定之案弗遵,则不知秦汉而下、后周以上千百年人物、事业悉当暗昧沉沦与否耳?夫关、闽、濂、洛共谓得孔孟之传者也,读其明经辨学之书,纷纶往复,不一而足,亦既殚生平之才,镂渺忽之虑,未闻简略缺残托诸悫噩尔尔也。今谈理详尽不能加于关、闽、濂、洛,为文古雅不能少及贾谊、杨雄、司马迁,而寻声步响、敛才降气则务登跻于孔孟,呜呼!其亦诬罔而失实矣。”[②]李世熊明确反对明末八股制艺中的“庸琐之文”[③]。所谓“世士之论”主张的三“必无”,必形成“浑沦希渺”、“若灭若没于事理之文”,这是晚明“铲才匿意,摸稜中庸”的时文之贼,将导致“公卿大夫率无淹雅而鄙贱功令,为庸劣之薮渊”的严重危害。

我们观察到明末清初李世熊所主张的必浸淫经史子集、必涉人物事业暗昧沉沦之迹、必肆才而尽意的“三必”之论与乾隆间黄堂之“与学者语皆当时塾师所未闻者”的教化及建宁朱仕琇“制艺益奇”,“古今文□日著”,“(解元乡试)闱艺出,四方诧为怪”[④]的现象,及其弟子、乾隆庚子乡试第二名金荣镐“为文,已不懈而及于古,立说喜与先儒异,能发前人所未发”[⑤]的科举表现与古文创作具有一致的特征。将李世熊、黄堂、朱仕琇、金荣镐等作者在古文与时文创作中呈现的共同特征联系起来,因此推知在乾隆间汀州府宁化县、长汀县及邵武府建宁县、光泽县等地作家和八股制艺的作者掀起了一股洗刷塾师陈腐旧习的文风,不仅影响了闽西、闽西北区域古文创作的风气,而且还与全国古文、时文旨趣转变同步,深契时尚。这个全国性的、整个时代、整个地域的共同趋向和创作思潮深刻影响了邵武府(领邵武、建宁、光泽、泰宁四县)时文创作的风格,因此邵武府士子得科、得第者逐渐见多,甚至成为一时上乘之选,其中佼佼者若朱仕琇领解、登第,改选庶吉士,入馆阁。

高腾之子高澍然(1774—1841),字时埜,号甘谷、雨农,轩名抑快。家有青山白云楼、问亭、薜荔涧等[⑥]。配黄氏,乾隆三十年乙酉(1765)拔贡、化州知州黄宗杰[⑦]女。嘉庆辛酉(六年,1801)拔贡、举人。

---

① 民国《福建通志》总卷二十五,《福建艺文志》卷六十五,第二十页。

② 李世熊《寒支初集》卷三,影印第94页。

③ 按:《李寒支先生岁纪》记载崇祯七年(1634)八月,督学陶文谟以“清浅”试士,置李世熊二等;本年李世熊游上杭后返汀州郡治长汀,与京口谈长益(汀州知府笪继良之表侄)“对寓半月,极诗酒之欢”(《寒支二集》,四库禁毁书丛刊集部第89册,影印第400页),《谈长益制义序》作年当与此相近,为崇祯间所作。又,隆武元年(1645)正月,四十四岁的李世熊往福州选贡,为素嗜“庸琐之文”的督学李长倩所摈,事见《李寒支先生岁纪》乙酉年(同书,影印第401页)。

④ 民国《建宁县志》卷十六,《文苑传》本传,影印第170页。

⑤ 刘声木《桐城文学渊源撰述考》卷十二,第353页。

⑥ 张际亮《绣草庐八咏》,《思伯子堂诗集》卷八。

⑦ 黄宗杰,字卓庸,号劲莽。以知县用,护理廉州同知,改署化州知州。罪夺职,长流贵州,为巡抚李庆棻、督学陈本忠请主贵山书院,不就而讲学武侯祠,弟子数百人;久之,云南延主五华书院,书院生四十三人发解,占云南解额五十三人之绝大部分,传为盛事,知其训士卓有成效。乾隆五十六年辛亥(1791),遇恩赦,释罪复秩(民国《福建通志》总卷三十六,《福建循吏传》卷十二,黄宗杰传,原第三十七、三十八页)。

官内阁中书，摄侍读，以宦、学不可兼，归闽。高澍然承其父高腾家学，从叔父高搏(1750—1822)研习《说文解字》，在文章、学术两方面都得家法精要。道光九年(1829)，总督孙尔准聘修福建省志，与陈寿祺同在通志局，在陈寿祺卒后任道光《福建通志》(即同治刊本《福建通志》)总纂。著有《抑快轩文集》乙、丙、丁编合七十三卷[①]。

光绪《邵武府志·儒林传》高澍然传："祖经组、父腾皆有传。澍然生而明敏，所为文不随时尚。试内阁中书，半年，摄侍读，谢病。某大臣美其名，闻丧妇，将女之，澍然竟归不复出，年三十余即不乐仕进，肆力为古文辞，于韩昌黎文治之尤深，尝仍其故而评注之，命曰《韩文故》。……(总督孙文靖公)以其学行上闻。掌教郡邑书院，条举朱子学规而诱以自得之乐，故士乐从之游。主讲厦门，亦然。……曰古文之学当去人、己之见，无是二见则存为道心，发为道气，古称文以载道，贵载以气，不载以辞，辞可袭取而气不可伪也。又言气得所养则气裕，裕气而臻乎醇厚冲和，气之善者也。使名利心胜则中不足，其气内茶，外流于穷理论学，皆无当也。著《抑快轩文集》七十三卷。晚年以邑前志芜杂，重纂县志三十卷，他著散见《艺文》。卒祀乡贤。子孝祚、孝敡。孝祚，字岵民，善书。以道光丁酉(十七年，1837)拔贡就职州判，未几归，掌教杭川书院。戚某以百金求为邑令关说，孝祚拒之，其廉介有父风。年七十四卒。孝敡，岁贡生。能属文，守家德。为人简淡嗜学。年四十五卒。孝祚子熙翰，同治癸酉(十二年，1873)拔贡、本科举人。静挚好学，笃于内行。掌教杭川书院，士望归之。卒年三十八。熙翰子维岳，弱冠为弟子员，有声。"[②]按：民国《福建通志·文苑传》高澍然本传称高孝祚能文[③]，非仅《桐城文学渊源撰述考》所录之高孝扬(扬当作敡。高孝敡，字幼瞻)能文学。高澍然、高孝祚、高孝敡、高熙翰、高维岳四代连同高澍然之父高腾、叔父高博及祖父高经组，高氏前后六代业儒，从事文学创作，成为光泽文学世家。

《清史稿》高澍然传称其"尤笃嗜《昌黎集》"[④]，尝选《韩文故》十三卷；又选韩门弟子李翱《李习之(翱)文读》十卷，在其身后同治十年(1871)抑快轩刻。高澍然在长期的文学创作中形成稳定的、推崇韩愈古文特征的面貌。光绪《光泽县志》高澍然本传称其"得韩昌黎文，治之三十年，仍其故而评注之，得其所谓浩然之气，本其气以为文，故其文独真独厚也"[⑤]。浙江仁和陈善(扶雅)序高澍然《抑快轩文集》云："内阁中书高君雨农，余同年也。潜心宋儒之学，将由宋儒以上达于孟子、曾子，故其为文不矜才辩，不尚奇特，所言皆平易近情而清微淡远之旨、淳茂渊雅之气，时流露于吐纳嘘噏之间，则其所以养之者岂一朝一夕之故哉？……余以君之文独得气之醇者。"[⑥]高澍然题何长聚《鑫园未定草》云："余论文，先气体而后辞意，维诗亦然，得神为上格，次之辞，又次之描，斯下矣。"[⑦]高澍然以为其门人何高雍的古文"真朴之气能固而存之，得作文根柢"[⑧]。高澍然论文主"气"，故陈善亦以"气"论定其文集。

高澍然主"气"，影响深远，引领光泽一地的古文风尚，如上官承祜与高澍然侄孙高熙晋商榷古文云："为古文在养气。曾子曰：'出辞气，斯远鄙倍矣'，孟子曰：'吾善养吾浩然之气'，非是，无以为文。"高熙晋序上官承祜《寄寓生文集》云："余转以正五(上官承祜)之所谓气以读正五之文，觉清明之气得诸天者，诗书之气泽于古者，道义之气足乎己者，皆备之矣，至笔力之隽杰廉悍、词句之劲健清简又其余也。嗟乎！古文之道讲求者鲜矣。吾邑近代得此道者惟先叔祖雨农先生一人，韩、李文章皆有注，自著《抑快轩文集》七十四卷。继其业者，何化井、何简斋(何高雍)、公子幼瞻(高孝敡)三先生，合正五

① 按：民国《福建通志》引谢章铤《课余续录》云高澍然尝著《春秋释经》、《诗音》、《论语私记》等书，欲列为甲集，故其文集无甲编(《福建艺文志》卷六十六，第六页，引)。

② 光绪《邵武府志》卷二十一，《人物传·(光泽县)儒林》高澍然传，影印第448-449页。

③ 民国《福建通志》总卷三十九，《福建文苑传(清二)》卷八，第二十六页。

④ 赵尔巽等《清史稿》卷四百八十五，列传卷二百七十二，朱仕琇传附高澍然传，第13388页。

⑤ 光绪《光泽县志》卷十五，高澍然传，影印第1081页。

⑥ 光绪《光泽县志》卷十三，《经籍略·抑快轩文集》引陈善序，影印第985页。

⑦ 光绪《光泽县志》卷十三，《经籍略·鑫园未定草》引高澍然题词，影印第986页。

⑧ 光绪《光泽县志》卷十七，《文苑传》何高雍传，影印第1117页。

而四,皆无意于传,故所存者少,复遭兵燹,即正五所学亦多乱后之作。"[①]养气,是孟子思想的重要理论核心范畴。气势磅礴,正义凛然,是孟子散文的一个特征。养气,是孟子指示后世作家形成与"浩然之气"相近的文学风格的重要途径。高澍然序《李习之文读》以为韩愈古文取源于《孟子》[②],故其论文一脉相承孟子养气的理论,这是高澍然古文理论的重要创见。

陈寿祺《春秋释经序》:"光泽高雨农先生深于《春秋》,撰《释经》四卷,大旨皆以经求经,不苟阿三传,能一扫诸家缴绕苛细之习,文洁而不浅,义密而不烦,此其读《春秋》者之指南乎?先生治古文辞,撢稽济时之略,有位于朝而优游家衖,勤味道腴,其胸次有大过人者。"[③]以陈寿祺原本经术,尤重《春秋》的古文观念,高澍然的古文创作分明得益于对《春秋》的体味。《抑快轩文集》有同学友、建宁张绅为之评定:"(张绅)称其独立尘壒之外,有以自得,故欢愉恬适之趣足于中而溢于文也。"[④]富阳周凯之论推挹太过,然以为高澍然古文极似归有光,工于碑、志、传、状,短篇者尤工,各有以见其面目精神所在,惟所作太多,乏意味,而不必存者时时有之。高澍然古文的整体风格以谢章铤概括得最为中肯。谢章铤《赌棋山庄文集》所论略曰:"文以养胜,其体洁,其气粹,平淡出之,令人有悠然不已之思。生平致力韩子而所得和易,乃近于欧、曾,于欧去剽,于曾去滞。"又云:"《拓古录序》、《与李申耆书》、黄母李恭人、周封公、杨太淑人等传皆极用意,俯仰掩抑,情挚神远。"[⑤]高澍然浸淫韩愈古文三十年,得养气之正,其文文从字顺,一反韩愈古文中"无一字无来历"的瘦硬生新和倔强的性情,与韩文面目有着较大的不同,学韩而近欧、曾,又取法归有光氏,弥合韩愈古文与欧、曾古文之间的沟壑,这是高澍然古文的重要风格和成就。

陈衍给出高澍然古文创作从韩愈而入却形成于欧、曾为近的古文风格的原因:"澍然自序称昌黎之文广博易良","习之(李翱)先生其广博稍逊,易良则有进焉,盖昌黎取源于《孟子》而汇其全,先生取源《论语》而得其一至",高澍然"于昌黎犹为公好,于先生若为私嗜,然先生之文平淡,不见可悦",故选评兹编,"以启悟来学","澍然文则固学习之(李翱)之易良者"[⑥]。又著论云:"吾闽古文家,朱梅崖(朱仕琇)之外,允推高雨农先生澍然。其抑快轩文,得力于李习之者甚深。难者集中碑版诸作,除《陈望坡尚书神道碑》等一二篇外,其余皆乡曲庸行,高先生能描写各肖其人而不雷同。"[⑦]高澍然在韩愈、李翱两位唐代古文家的风格中互相取剂,形成自身独特的古文创作风格。

建宁张绅尝主高澍然家,与高澍然风格接近。民国《福建通志·文苑传》张绅传:"桐城姚莹谓绅文视(朱)仕琇犹习之(李翱)之于昌黎(韩愈),其广博不及,其易良、隐厚故非韩所能囿也。"[⑧]陈衍评价张绅云:"文笔淡婉,肩随高雨农而较薄。"[⑨]

高澍然之子高孝祚、高孝敭均有所成就。光绪《光泽县志》卷十五有高孝祚传,卷十六《儒林传》有高孝敭传。高孝敭能古文,"穷六经诸史,蕲以理贯物情,久之,得要,于是周彻毕合……为文有家法,善叙事,措辞如铸而平澹简逸,如其为人,然作之不多"[⑩]。

又有高惺然(所庵)[⑪]、高灏然(美叔)等与张际亮友善。道光三年癸未(1823),张际亮作《月夜所庵

---

① 光绪《光泽县志》卷十三,《经籍略·寄寓生文集》引高熙晋序,影印第1008-1009页。

② 民国《福建通志》总卷二十五,《福建艺文志》卷六十六,第六页,引。

③ 陈寿祺《左海文集》卷七,《清代诗文集汇编》第499册,影印第308页。

④ 光绪《光泽县志》卷十五,高澍然传,影印第1083页。

⑤ 民国《福建通志》总卷二十五,《福建艺文志》卷六十六,第五页,引。

⑥ 民国《福建通志》总卷二十五,《福建艺文志》卷六十六,第六页,引《石遗室书录》。

⑦ 陈衍《陈石遗先生谈艺录》,黄曾樾辑,《民国诗话丛编》第1册,第706页。

⑧ 民国《福建通志》总卷三十九,《福建文苑传(清二)》卷八,第三十三页。

⑨ 民国《福建通志》总卷二十五,《福建艺文志》卷六十六,第十二页,引陈衍《石遗室书录》。

⑩ 光绪《光泽县志》卷十六,《儒林传》高孝敭传,影印第1101页。

⑪ 张际亮《寄赠高所庵丈》诗有"喜君磊落如大苏,子由雨农正辅寅斋游咏俱"(《思伯子堂诗集》卷六,《清代诗文集汇编》第601册,影印第55页)句及自注,推知高所庵系高澍然胞兄,非高惺然者。

先生令弟美叔灏然秀才寅斋孝廉家严山兄集绣草堂》，自注："雨农时往凤阳。"[①](春)绣草堂是高澍然的别业[②]，以故二高当为高澍然兄弟。此诗所及者有二高、上官曦、张绅、张际亮。

高澍然父子之外，《桐城文学渊源撰述考》高氏家族名录尚有高□□、高汸然、高炳坤、高熙晋等作者[③]，而何长杕亦曾"师事高腾"[④]。另有高澍然从弟高惺然者，"字敬止。郡廪生。少与澍然同以文学名，与建宁张际亮及其族兄张绅游，二人每至光泽，必主惺然之春绣草堂[⑤]云"[⑥]，高惺然、张绅、张际亮均当视为高澍然古文的同调。高惺然与高澍然同师邑人李梦白[⑦]，李梦白可视为对高澍然有所影响者。高澍然黄氏妻父、邵武人黄宗杰[⑧]，著述多种，传见光绪《光泽县志》卷十七《文苑传》，亦可视为高澍然的前辈。

高澍然侄孙、高南阳之子高熙晋，字进阶。由增贡援例太常寺主簿。光绪《邵武府志》高熙晋传："席祖、父产甚优，惟励志古人为己之学，不随时见。为古文章，思追从祖雨农先生之业。生平寡嗜好而敦惠义。郡城初建试院，输千金。……晚尤好学，以古文引诱后进。……著有《自娱斋文集》六卷、《诗集》二卷，待梓。"[⑨]自序其《自娱斋文集》云："古文之道至大至微，其法严且密，非极有才学者不能，尤必有德器以载之，故溯渊源必称韩、欧，以韩、欧之才学固足以凌驿诸子，其德器尤超群绝代，至于约六经之旨，旁及于史及各大家以治其气，是又其功力之不易也。与戏！其难矣。然日月星辰光也，爝火萤火亦为光，大小不同耳，如因其难遂弃之，人皆如此，岂非绝学乎？熙晋少常读建宁朱梅崖先生文，云古文虽难，然随人才质习之即其所得浅深，皆可以正心术，导引善气，由是遂参究梅崖集中诸作，由梅崖上推唐宋十家，递及于明之王阳明、归熙甫及国朝侯、魏、姜、汪四子，转及梅崖同里张怡亭先生。怡亭(张绅)与家叔祖、乡贤雨农公同学，相友善，复为近代作者，知人论世较为易也，益加参究，遂间有作，执贽于叔祖高弟何化井先生之门，冀其有成，或得与诸君子司阍之列，亦不虚此余生。"[⑩]其父高南阳，字任卿，高经组曾孙。传见光绪《光泽县志》卷二十二《义行传》。高熙晋之子高来仪，"少负隽才，自期远甚，年二十七病殁"。妻黄氏，黄凤梧之女[⑪]。

高氏家族中人高孝述及其从弟高孝项，皆邑诸生。咸丰七年(1857)光泽城破，殉难。入光绪《邵武府志》卷二十二《忠节传》。未入《忠节传》而殉难的高氏族人亦数十人，详情请参看光绪《邵武府志》卷二十二《(光泽)忠节传》之"附录咸丰七年殉城阵亡官绅军民"名录及光绪《光泽县志》卷十九《忠节传》"附殉难官绅军民"[⑫]，以后者的记载更为详尽。

族人高孝辅，字右侯。岁贡生。传见光绪《光泽县志》卷十八《孝友传》。高氏族人女眷多人被采入《列女传》，请参看光绪《光泽县志》卷二十六《列女传》中高氏族人名录。

高澍然的影响不仅在邵武府一带，在福州、厦门等地均有追随者和爱好者，远播台湾及外省。杨浚有诗《鹭江感旧诗六十二首》其十五诗后注："(厦)文教振兴，以道光中年周芸泉观察凯与光泽名孝

---

① 张际亮《思伯子堂诗集》卷五，《清代诗文集汇编》第601册，影印第47页。

② 张际亮《绣草庐坐月》诗题下自注："雨农舍人别业也。"(《思伯子堂诗集》卷五，影印第43页)作于道光二年(1822)。

③ 俞樟华、胡吉省《桐城派编年》，第504页。高澍然之子高孝祚、高孝敏。高孝祚，字屺民，高澍然长子、湖北程怀璟婿、高熙翰父。甫晬失母，长为拔贡生，官直隶州州判、州同，执掌杭川书院二十余年。有四子。传见光绪《光泽县志》卷十五(影印第1092-1093页)。高熙翰，字銮坡。同治十二年癸酉(1873)举人。高熙霖撰行状。传见光绪《光泽县志》卷十八《孝友传》。

④ 俞樟华、胡吉省《桐城派编年》，第325页。

⑤ 道光五年(1825)，张际亮作《三月十九日至光泽止高雨农舍人秀草庐临行前夕留别舍人上官寅斋何厚莽两孝廉》诗，有句"忆昔初来游，暮冬岁在巳。越壬午癸未，夏秋再至止"，知张际亮初至光泽在道光元年辛巳(1821)，时年二十三岁。

⑥ 民国《福建通志》总卷三十九，《福建文苑传(清二)》卷八，第二十六页，高澍然传附。

⑦ 光绪《光泽县志》卷十三，《经籍略·学录》，影印第941页。

⑧ 光绪《光泽县志》卷十五，高澍然传，影印第1082页。

⑨ 光绪《邵武府志》卷二十一，《人物传·(光泽)文苑》，影印第463页。

⑩ 光绪《光泽县志》卷十三，《经籍略·自娱斋文集》引高熙晋自序，影印第1011-1012页。

⑪ 光绪《光泽县志》卷二十六，《列女传》黄氏传，影印第1334页。

⑫ 光绪《光泽县志》卷十九，《忠节传》，影印第1191-1211页。

廉高雨农舍人澍然善诱称最。"[①]按:民国《福建通志·文苑传》高澍然本传:"(高澍然)在厦门玉屏书院方三月,士皆知古学,受业者日益众,学舍至不能容。及归,诸生远送,皆泣下。有庄生中正者渡海而西,犹不肯还,固辞,乃泣请终身之行而去。"[②]高澍然与姚莹(1785—1853)、陈寿祺(恭甫)、周芸皋(仲礼)、建宁张绅交好,是金门林树梅(1808—1851)之师。

高澍然成为继承朱仕琇古文创作衣钵的传人,其古文是清代闽中继朱仕琇之后的区域性古文创作的又一高峰。民国《福建通志·文苑传》高澍然本传称:"吾乡自梅崖朱先生之逝,继起为古文词者惟澍然。澍然肆力于韩昌黎、李习之而与李极相近,一时碑版之作多出其手。兴泉永周凯能诗、古文,不轻许人,见澍然文,叹曰:'今之宗匠也。'"[③]其著作的一种稿本为厦门某收藏家所藏,近见有该稿本影印本。

## No.473 光泽上官曦家族

上官瑗:《上官犹石制艺》(光绪《光泽县志》卷十三《经籍略》)

上官承祜:《易象质传》一册、《寄寓生诗文集》、(庚午)《续修县志稿》(光绪《光泽县志》卷十六《儒林传》本传)、《心象图说》(光绪《邵武府志》卷二十九《艺文志》)、《寄寓生文稿》(光绪《光泽县志》卷十三题《寄寓生文集》)、《偶吟草》(光绪《邵武府志》卷二十九《艺文志》)

上官寅志:《蕉轩》(注"杂录诗稿"。光绪《光泽县志》卷十三《经籍略》)、《蕉轩诗稿》、《蕉轩杂录》(光绪《邵武府志》卷二十九《艺文志》)

上官曦:《春秋纪事》若干卷(光绪《邵武府志》卷二十一本传)

上官芬:《诗文集》二卷(光绪《光泽县志》卷十七《文苑传》本传)、《诗经辑要》四卷、《加批书经句解注释》四卷、《四书便读释义》(光绪《光泽县志》卷十三《经籍略》题《四书释义便读》)六卷、《自注诗文集》二卷(光绪《邵武府志》卷二十一《文苑传》本传)

**谨按:**上官氏自唐代以来聚居邵武府的邵武、光泽等县。唐代乾符(874—879)末邵武县上官洎与其子上官兰"同御黄巢,战死,赠忠勇将军"[④]。北宋庆历二年(1042)进士、邵武县上官凝之后,上官均[⑤]、上官恢、上官愔、上官模、上官端义、上官粹、上官涣西、上官涣然、上官必克、上官损数代为朝廷名臣,于政事、文章均有建树;上官基(上官恢曾孙)、上官公颖、上官铨父子均为名宦,上官基犹邵武人,传见光绪《邵武府志》卷二十邵武府《宦绩》,而其子上官公颖传见同书卷十九光泽县《列传》;光泽县庆历六年(1046)进士上官拯,见光绪《邵武府志》卷二十光泽县《宦绩》。陈庆镛《候补教谕上官君墓志铭》列举上官家族前后众人的科举成就:"宋时(上官)均为侍御史,史载书先后若拯,若基,若公裕,若敦复,若行,若公颢,若公举皆起家进士。越六七百年,衣冠儒业累传。"[⑥]光绪《光泽县志·高士传》危昂霄本传云:"时光泽初建县,至昂霄神宗世,邑故家惟李氏、上官氏渐有仕进者"[⑦],故在北宋之世,上官氏即为邑中世家望族。民国《福建通志》上官曦本传云"宋以来先墓之颓坏者次第加封树"[⑧],亦是明证之一。

---

① 杨浚《冠悔堂诗钞》卷八,原第八页,影印第452页。

② 民国《福建通志》总卷三十九,《福建文苑传(清二)》卷八,高澍然传,第二十六页。

③ 民国《福建通志》总卷三十九,《福建文苑传(清二)》卷八,高澍然传,第二十五页。

④ 光绪《邵武府志》卷十八,《选举志·封赠》,影印第368页。

⑤ 按:光绪《光泽县志》记载北宋神宗朝元丰初知县事上官均立义社事(卷一,《时事表》,影印第31页),传见光绪《光泽县志》卷二十七《宦绩录》。

⑥ 陈庆镛《籀经堂类稿》卷二十一,《清代诗文集汇编》第587册,影印第652页。

⑦ 光绪《光泽县志》卷二十三,《高士传》本传,影印第1285页。

⑧ 民国《福建通志》总卷四十,《福建儒行传》卷五,上官曦传,原第三十页。

上官临之子上官铨(号竹园子)传见光绪《邵武府志·隐逸传》,传称其"读书过目成诵,殚力于诗古文词"[①]。上官临五世孙上官瑗,字殷尚,晚号犹石。以岁贡生终,年八十三。民国《光泽县志》上官瑗传称其"工古文,不欲自名,有作随毁去;其制艺冲澹而腴,世罕知者"[②]。

上官承祜,字正五,晚号寄寓生。邑廪生。光绪《邵武府志·文苑传》上官承祜传以为顺治十一年(1654)拔贡生、光泽上官临九世孙[③]。光绪《光泽县志·儒林传》上官承祜传:"少时一屋外无别产,尝题所居楹联云:'食古不妨作寒士,生今原要学通儒。'室中虽竹几敝席,皆修洁无纤尘。……于学多心得,时以四子书为乡农讲说,听者皆乐而忘倦,为所启诱甚众。……天姿高绝,料事深远过人,然讲学最为切近,惟不屑于制艺,独嗜古文,书法学王、柳。……晚年学行益高,交游益寡,而形神畅适,吟啸自得,知与不知,一望而皆起敬焉。著有《易象质传》、《寄寓生诗文集》及庚午《续修县志稿》。"[④]

光泽高氏家族中人高熙晋与上官承祜同里、同居处、同业,与试同场,序其《寄寓生文集》云:"余转以正五之所谓气以读正五之文,觉清明之气得诸天者,诗书之气泽于古者,道义之气足乎己者,皆备之矣,至笔力之隽杰廉悍、词句之劲健清简又其余也。……所存者少,复遭兵燹,即正五所存,亦多乱后之作,盖避乱居乡穷益极,益自肆于山水间,得诸心,见诸言而岸岸自高。"[⑤]高熙晋并为上官承祜撰传。

据光绪《邵武府志·隐逸传》上官灿本传,上官灿字崇德,号介庵,系上官铨族孙[⑥]。子上官曦,孙上官懋本。光绪《邵武府志·选举》"封赠"记载:上官灿"以孙懋本封奉直大夫,见《隐逸传》",上官曦"以子懋本赠奉直大夫"[⑦]。

上官曦(1773—1845),字载升,号寅斋,上官灿第三子。兄弟地、勤、逵、珣、堃(一作堃)五人,子懋本、懋忠、懋兰、懋曾等五人。家有铸冶庐。[⑧] 道光二年壬午(1822)举人,与晋江陈庆镛举人同年。师事高腾,受古文法。与高腾之子高澍然同学十六年。名列刘声木《桐城文学渊源撰述考》卷十二。光绪《邵武府志》本传:"上官曦,字载升,号寅斋。父灿,别有传。喜讲经史及先儒实践之学,曦闻之即能稽核,穷其旨趣,于父子之间时深师弟之乐。……兄弟数人,皆前卒,诸子贫不能立,极力筹画,皆令无失所。四弟乏嗣,迎其孀养之,并令子承祧以慰之。族叔某死,家贫,二妾守志,亦迎养之……少有文誉,而年届五十始举于乡,三试春宫不第,遂潜自修治,日以实学励生徒,谓学者见理不真则放其心而不自知,必去仁义远矣;又谓人知所惧则恶念不生,然后可以为善,《春秋》一书乃圣人示人知所戒惧也。著《春秋纪事》若干卷以授学者,学者、同邑高澍然撰《春秋释经》多所采资焉。晚岁掌本邑书院,学者日进。……以子懋本贵封奉直大夫、刑部四川司主事。……年七十三卒。"[⑨]上官曦传又见民国《福建通志·福建儒行传》,云其主杭州书院讲席,与同郡高澍然、张绅最相得,高、张皆好古文词而上官曦深于《春秋》,采各国事实,属辞为书[⑩]。

乡试同年陈庆镛撰有《寿上官寅斋七十》。略曰:"寅斋先生以宿学硕行闻于乡。道光壬午与余同谱,且同出方云庄夫子之门。房卷行,余见其文苦鷇,读详而知先生之力于古,不屑为科举学。……

---

① 光绪《邵武府志》卷二十四,《人物传·隐逸》,影印第570页。

② 光绪《光泽县志》卷十五,上官瑗传,影印第1075页。

③ 光绪《邵武府志》卷二十一,《人物传·(光泽)文苑》,影印第463页。上官临,字以庄,传见光绪《邵武府志》卷二十三《(光泽)义行传》,上官临之子上官铨(字式之,康熙四十四年岁贡生,非上官公颖之子者)传见同书卷二十四《隐逸传》。上官临传又见光绪《光泽县志》卷十五《列传》。

④ 光绪《光泽县志》卷十六,《儒林传》上官承祜传,影印第1099-1100页。

⑤ 光绪《光泽县志》卷十三,《经籍略·寄寓生文集》引高熙晋序,影印第1009页。

⑥ 光绪《光泽县志》卷十三,《经籍略·寄寓生文集》引高熙晋序,影印第1009页。

⑦ 光绪《邵武府志》卷十八,《选举志·(光泽县)封赠》,影印第370页。《中国方志丛书》华南地方第73号,成文出版社1967年影印光绪二十六年刻本。

⑧ 张际亮《光泽杂诗》其二句"绣草庐连铸冶庐"及自注,《思伯子堂诗集》卷八,《清代诗文集汇编》第601册,影印79页。

⑨ 光绪《邵武府志》卷二十一,《人物传·(建宁县)儒林》,影印第449-450页。

⑩ 民国《福建通志》总卷四十,《福建儒行传》卷五,上官曦传,原第三十页。语本陈庆镛《候补教谕上官君墓志铭》(《清代诗文集汇编》第587册,影印第652页)。

(道光十五年,1835)大挑,用教谕。濒行,为予言:'吾家故朴,愿儿子守先业,趋勤从公,不愿为奔竞也。'归益肆力于古文辞,斢鬴于经史子集而尤醰粹于左氏史。……因乎辑《纪事本末》成帙,条分义例,俾学者观览,如眎诸掌。当道延主邑之杭川讲席。"[①]在上官曦身后,陈庆镛撰有《候补教谕上官君墓志铭》。略曰:"能承其家学,以道义发为文辞。童试辄冠军,年二十七补郡博,三十一食饩,五十与余同举道光壬午乡贡。晓揭,余始识君于省寓。见其文章沉奥,全学江右五家。……深于《春秋》,采各国事实,属辞为书。"[②]

上官曦之子上官懋本,字仪卿,号蓉湖。道光十五年乙未(1835)成进士,官刑部四川司主事。改官州牧,权唐县等。传见光绪《邵武府志》卷二十《人物传》,本诸何汉槎所撰传。上官懋本幼秉父教,不名他师[③],长师事高澍然,受古文法。名列刘声木《桐城文学渊源撰述考》卷十二。

上官芬,字滋兰[④]。郡廪生。光绪《光泽县志·文苑传》上官芬传:"终岁静读,属思未得,辄中夜起坐达旦以为常。专于经学,皆有纂述,又著《诗文集》二卷行世。"[⑤]上官芬之配陈氏。光绪《邵武府志》本传称陈氏"承芬志,以遗书训嗣子,皆蜚声庠序,孙复雅慧,童稚能文。"[⑥]子上官瑞云,字安卿,传见光绪《光泽县志》卷十八《孝友传》。上官瑞云配危氏,嗜读,博览经史。传见光绪《邵武府志》卷二十五《列女传·贤淑》。

上官寅志,字玉台。由恩贡举同治十二年癸酉(1873)乡荐,晚年掌教杭川书院。传见光绪《光泽县志》卷十八《孝友传》。

上官氏族人女眷多人被采入《列女传》,请参看光绪《光泽县志》卷二十六《列女传》中上官氏族人名录。

## No.474 邵武杨兆璜家族

杨兆璜:《太霞山房诗集》六卷(民国《福建通志·文苑传》杨兆璜本传注"一作《东霞集》四卷")、《文编》(陈庆镛《籀经堂类稿》卷二十二《广平府知府杨君墓志铭》)、《文集》□卷(刘声木《桐城文学渊源撰述考》卷二)、《太霞山房诗》六卷(刘锦藻《清朝续文献通考》卷二百八十)、《东霞山馆诗钞》六卷(道光二十三年刻本,中国科学院图书馆藏。柯愈春《清人诗文集总目提要》第1121页。光绪《邵武府志》卷二十九《艺文志》作《东霞山馆诗集》)

**谨按:**邵武府邵武县杨兆璜及其子杨宝臣均能文学。杨兆璜父杨煐、弟杨学基、弟杨兆琮。[⑦]

晋江陈庆镛撰《广平府知府杨君墓志铭》,为其挚友、姻好杨兆璜作。据此铭,杨兆璜(1778—1845),字飧秋,号古生,杨瑛之子,杨春秀(号镜村)之孙。明代杨氏以军功授邵武指挥同知,遂由江南占籍福建。杨兆璜系嘉庆十三年(1808)戊辰科举人,十四年己巳(1809)捷南宫,乞假,卒未补殿试,朝考入选以知县用。知金华,迁广平知府。子三:仲子杨宝臣,官户部郎中,余殇。孙三。女孙一,适陈

① 陈庆镛《籀经堂类稿》卷十三,《清代诗文集汇编》第587册,影印第567页。

② 同上书,卷二十一,《清代诗文集汇编》第587册,影印第652页。按:此传中云上官曦主杭州书院讲席,为民国《福建通志·福建儒行传》上官曦本传沿用。杭州书院,系杭川书院之误。杭川,一名西溪,流经光泽县的河流名称,亦为光泽别称。郭柏苍《补蕉山馆诗》卷上有《同高中翰澍然邱秀才亮采游乌君山》,《杭川杂诗》组诗十二首(《清代诗文集汇编》第662册,影印第3-4页),均为郭柏苍与光泽作家高澍然等人游光泽境内乌君山等胜景时所作诗,时道光十四年(1834);卷下《杭川茶市看花》、《光泽西溪小立作》两诗相连,均为道光二十五年乙巳(1845)年作。

③ 光绪《光泽县志》卷二十,《良吏传》本传,影印第1228页。

④ 按:光绪《邵武府志》上官芬传:"字湘圃,学者称滋兰先生。"(卷二十一,《人物传·(光泽)文苑》,影印第463页)

⑤ 光绪《光泽县志》卷十七,上官芬传,影印第1118页。

⑥ 光绪《邵武府志》卷二十五,《列女传·(光泽)贤淑》,影印第591页。

⑦ 光绪《邵武府志》卷十八,《选举志·(邵武县)封赠》,影印第369页。

庆镛第四子陈彦禄。[①]

杨兆璜传见光绪《邵武府志·文苑传》:“杨兆璜,字渭渔,号古生。倜傥有奇气,资性明敏,目数行下。嘉庆己巳(十四年,1809)登进士第,官浙江金华令,后历任广西柳州府、直隶广平府知府。著有《东霞山馆诗钞》行世。”[②]据民国《福建通志·文苑传》杨兆璜本传,杨兆璜一字飧秋,号古生、古心。“以《十三经注疏》未卒读,不与省试。好古文词,问学于郡教授吴贤湘,誉日起。应当道聘修《台湾志》,不合,归,读书邑万峰庵。……足迹及十四省,好置书,所至恒数千卷自随。作为歌诗,近李沧溟、何大复。手校二十四史,凡历代职官及舆地沿革,缕缕能详,而于国朝掌故尤瞭如指掌。”[③]

刘声木《桐城文学渊源撰述考》将杨兆璜列为与方苞风格相近的古文作者:“师事吴贤湘,受古文法。颇悉古文利病得失。喜为事,手校二十四史,凡历代职官及舆地沿革缕缕能详,而于国朝掌故尤了如指掌,撰《太霞山房诗集》六卷、《文集》□卷。”[④]

杨兆璜之子杨宝臣,字湘云。入赀为户部郎中。在朝直声大震,中外交荐,为名臣胡林翼(1812—1861)、刘蓉(1816—1873)等器重,官至布政使衔山西河东道。光绪《邵武府志》本传称杨宝臣“通算学,伸中抑西。所著因归途舟覆,其稿无存。”[⑤]从传文看,杨宝臣卷入近代中学、西学之争。

杨宝臣之子杨枢孙,同治九年庚午(1870)顺天乡试副举人,官至工部郎中。

杨兆璜之女杨淑媛,字幼荃。能诗,《闺秀正始集》选其诗[⑥]。

## No.475　光泽毛鹤龄家族

毛鹤龄:《毛耻庵文集》(光绪《光泽县志》卷十三《经籍略》)、《毛耻庵文集》、《耻庵诗集》、《耻庵制艺》、《论语所知》、《春秋所知》、《诗经所知》、《易传所知》七种三十六卷(《光泽毛氏宗祠说毛家》,载《闽北日报》2012年2月20日)

毛搏昊:《毛简在制艺》(光绪《光泽县志》卷十三《经籍略》)

**谨按:**光泽县旧有乡名毛湛,在二十四都(今光泽县台山村毛湛),为毛氏聚居地。光泽毛氏开基祖毛孟升(1344—1424),元末明初人。光绪《光泽县志》卷十八《孝友传》有毛世品传、毛凤仪传、毛鹤龄传,光绪《邵武府志》卷二十三《义行传》有毛寿永(字伯龄)传。

毛翼鹏之侄毛鹤龄(1772—1832),字配遐,别字耻庵。友何长敦。能真草,称一家书。邑人高澍然为传。传见光绪《光泽县志》卷十八《孝友传》。

毛鹤龄之孙毛乘鳌,字步莱。光绪《光泽县志·文苑传》毛乘鳌传:“事母孝甚。……自少至老无偶懈,尤笃学,不习时见。十三四岁,春秋列国瞭如指掌,与人谈盲左至于忘食。凡经史及医卜诸书无不有钞本,至六七十岁尚勤学如少时。古文辞学欧、苏,诗近陆。以恩贡授松溪教谕,卒。据《余馨集》。”[⑦]

毛搏昊(1772—1831),字简在。工制艺,有《毛简在制艺》。道光八年(1828)高澍然为序。高澍然以为毛搏昊的八股制艺师明末江西时文大家陈际泰(1567—1641),“其体不恒,其意不匮,其气朴,其色古,其辞不饰而文”,“能变,能蓄,能固,能穆,能拙”。[⑧]

---

① 陈庆镛《籀经堂类稿》卷二十二,《清代诗文集汇编》第587册,影印第653-654页。

② 光绪《邵武府志》卷二十一,《人物传·(邵武)文苑》杨兆璜传,影印第459页。严格地说,杨兆璜只是会试中式。

③ 民国《福建通志》总卷三十九,《福建文苑传(清二)》卷八,第三十一页。语本陈庆镛《广平府知府杨君墓志铭》。

④ 刘声木《桐城文学渊源撰述考》卷二,第133页。

⑤ 光绪《邵武府志》卷二十,《人物传·(邵武县)宦绩》,影印第429页。

⑥ 民国《福建通志》总卷四十五,《福建列女传》卷六,杨氏传,原第三十二页。

⑦ 光绪《光绪县志》卷十七,影印第1120-1121页。

⑧ 光绪《光泽县志》卷十三,《经籍略·毛简在制艺》引高澍然序,影印第968-969页。

## No.476 光泽裘氏家族

裘绍箕:《来鹤轩文集》四卷、《鹿门诗草》三卷(光绪《光泽县志》卷十三《经籍略》影印第1011、1013页;光绪《邵武府志》卷二十九《艺文志》、卷二十本传)

裘维祺:《昀光遗诗》(光绪《光泽县志》卷十三《经籍略》。民国《福建通志·福建艺文志》卷六十六作《裘昀光遗诗》)

**谨按:**光泽裘氏系江西新城县迁入邵武府光泽县的家族。光绪《邵武府志·丛谈》:"裘源,字昇万。由江西新城占籍光泽。……享年七十有五。今孙、曾数十人。孙绍箕举道光辛卯京兆试。"[①]

裘绍箕[②],字星寓。传见光绪《邵武府志·宦绩传》:"祖时由江西新城徙居县治。绍箕以太学生举道光辛卯(十一年,1831)顺天乡试。……咸丰乙卯(五年,1855),选授湖北京山县。……在任五年,百废俱举,调补襄阳县,谢病归。著《来鹤轩文集》四卷、《鹿门诗草》三卷。子宪珂,官广东白石场盐大使;宪穀,知府衔刑部主事;伯玉、宪璟、宪璘均有传。"[③]《邵武府志·宦绩传》尚有裘氏多位人物传记:裘绍箕长子裘伯玉,字味兰,官知县,分发广东;裘宪璟,字辅卿,由监生得官知县,分发广东;裘宪璟弟裘宪璘,字吴卿,以增生议叙主事,改知县,分发广西。

裘维祺与伊光华同学于建宁张绅,均短寿,裘维祺卒年三十一岁。其《昀光遗诗》为光绪《光泽县志·经籍志》所著录,注引张绅序。

## No.477 光泽伊光华家族

伊光华:《留朴诗存》□卷[④](刘声木《桐城文学渊源撰述考》卷十二,光绪《邵武府志》卷二十九《艺文志》作二卷)

伊象和:《全唐诗人名考》四卷、《金石图书》一卷(光绪《光泽县志》卷十八《孝友传》本传)

**谨按:**《桐城文学渊源撰述考》伊光华条:"字留璞,光泽人。□□□□□□。师事张绅,受古文法,笃信其说。工诗,善篆隶。诗境冲夷,篆隶亦有骨法可观。撰《留朴诗存》□卷。"[⑤]光绪《光泽县志》著录伊光华《留朴诗存》二卷,引张绅序:"留朴,名光华,姓伊氏,先世宁化人。自其高祖时贾光泽,遂留家焉。留朴少孤,为县学生,能自砥于学问。余客授光泽,留朴来以诗从予游。……留朴虽以业诗亲予,而窥其意,喜与予游则不因夫诗也;而予之爱留朴也,亦未始徒以其诗而遂爱之耳。……留朴于诗,期欲嘘清吸洁、引气希微,卒跻于峻极,以适己为尚,不务炫采曜色、靡节新声,取悦于人,其志可谓高矣。……道光八年十月二十一日卒,年二十七。为之编集而刻之者,其友何焕奎(何长聚,字焕奎)、何慎思(何高维,字慎思)也。"[⑥]光绪《邵武府志·文苑传》伊光华本传:"字蕴芹,一字留朴。其曾祖(伊)富由宁化迁为邑人。光华少孤,奉母、兄甚谨……工诗,善篆。宁化宗人秉绶诗、字名海内,佥谓光华可嗣其笔。为诸生六年,年二十七而卒。"[⑦]

---

① 光绪《邵武府志》卷三十,影印第830页。

② 按:光绪《邵武府志》卷十八《选举志·(光泽)封赠》一作裘绍基(影印第370页)。

③ 光绪《邵武府志》卷二十,《人物传·(光泽)宦绩》,影印第434页。

④ 柯愈春《清人诗文集总目提要》著录此集,二卷,道光间刻本,南京图书馆藏(第1263页)。

⑤ 刘声木《桐城文学渊源撰述考》卷十二,第365页。

⑥ 光绪《光泽县志》卷十三,《经籍志》,影印第979-981页。

⑦ 光绪《邵武府志》卷二十一,《人物传·(光泽)文苑》,影印第462页。按:光绪《邵武府志》卷三十《丛谈》记载:"伊富,字非求。其先宁化人。少从父贾光泽梅坪,家焉。"(影印第829页)

伊光华(1822—1828)之子伊象和,字宗惠,号柳村。咸丰十一年辛酉(1861)拔贡。署永福教谕。传见光绪《光泽县志·孝友传》:"寡兄弟,侍同祖兄如父母。……华祝三太史敬之,延为子弟师;观察韶州,招之往,遂卒于署,太史致其柩还里,并恤赠其家,为出资购藏其法书。著有《全唐诗人名考》四卷、《金石图书》一卷。"[①]其总角友高熙晋为作行状,并序其《全唐诗人名考》[②]。华祝三(1811—1900),字肇猷,号尧峰。江西铅山人。道光二十七年(1847)进士。钦点庶吉士,散馆授编修。

## No.478　建宁张绅家族

张绅(张际亮族兄[③]):《怡亭文集》八卷、《诗集》六卷(同治刊本《福建通志》卷七十九)、《怡亭文集》二十卷、《诗集》六卷[④](刘声木《桐城文学渊源撰述考》卷十二张绅条)、《怡亭诗》、《古文集》(光绪《邵武府志》卷二十一《文苑传》张绅本传)、《宋代列传》(郭白阳《竹间续话》卷四)、《怡亭诗集》、《闽中合集》(陈衍《石遗室诗话》卷二十二,第五条)

张际亮:《思伯子堂稿》三十四卷(同治六年刻本,一名《张亨甫全集》,国家图书馆藏。柯愈春《清人诗文集总目提要》第1346页)、《思伯子堂诗集》三十二卷十册(光绪二十八年刻本;同治八年姚濬昌刻本,中山大学图书馆藏)、《松寥山人集》[⑤]、《翠薇堂稿》、《娄光堂稿》四卷、《南来诗录》四卷、《匡庐游草》一卷(同治刊本《福建通志》卷七十九)、《日记》十卷、《政书自序》、《耆旧钞记》、《国朝建宁耆旧诗钞》(民国《福建通志·福建艺文志》卷七十一题《建宁耆旧诗钞》十四卷,凡例云十六卷)(民国《建宁县志》卷廿五《杂著》题《耆旧诗钞》,张际亮原辑,李云诰续纂)、《交旧录文》二卷[⑥]、《黄垆录文》一卷、《童言》一卷、《缉盐事宜》一卷、《娄光堂诗稿》、《娄光堂文稿》六卷、《娄光堂杂录》、《娄光堂别集》四卷、《娄光堂骈体》一卷、《娄光堂赋》一卷、《南来草》、《翠微亭稿》一卷、《制艺》二卷、《金台残泪记》三卷、《张亨甫集》二十七卷(《桐城派编年》第515页)、《南浦秋波录》三卷附《翠眉亭稿》一卷[⑦]妓慕碧云所撰《碧云遗稿》一卷(民国《福建通志》总卷二十五,《福建艺文志》卷五十一)、《张亨甫全集》诗二十七卷文六卷(同治六年孔庆衢刻本、清代诗文集汇编本,郭白阳《竹间续话》卷二、刘声木《桐城文学渊源撰述考·引用书目补》第49页)、《谷海三编》(见李云诰所撰年谱,来新夏《近三百年人物年谱知见录》第186页)、《亨甫诗文集》(民国《同安县志》卷二十五《归道杂诗》题下注)、《蚕缫集》一卷、《南来集》(民国《建宁县志》卷十六《文苑传》本传,民国《福建通志·文苑传》本传题《南来录》[⑧])、《制艺》二卷、《骈体文》一卷(《桐城文学撰述考》卷四、民国《福建通志·文苑传》本传)、《张亨甫未刻文稿》(民国《福建通志》总卷三十八,《福建儒林传》卷五,孙经世传注引、民国《福建通志》总卷三十九,《福建文苑传》卷八,李祥赓传注引)、《松寥山人诗集》(民国《福建通志》总卷二十五,《福建艺文志》卷六十六)、《松寥山人诗初

---

① 光绪《光泽县志》卷十八,影印第1159页。

② 光绪《光泽县志》卷十三,《经籍略·全唐诗人名考》引高熙晋序,影印第1004页。

③ 民国《福建通志》总卷三十九,《福建文苑传》卷八,高澍然传附高惺然传,原刻第二十六页。请参看高澍然《松寥山人诗初集序》(张际亮《思伯子堂诗文集》下册,第1445页)。道光七年(1827),张际亮《光泽》诗有"阿兄方昼卧,呼起颜色异",自注"阿兄":"严山"(《思伯子堂诗集》卷八,《思伯子堂诗文集》上册,第279页),严山即张绅。

④ 柯愈春《清人诗文集总目提要》著录《怡亭文集》二十卷,道光十三年留香书屋刻本,北京大学图书馆藏;《怡亭诗集》六卷,道光十五年留香书屋刻本,上海图书馆、福建省图书馆藏(第1074页)。

⑤ 黄爵滋称张际亮旧刻《松寥山人馆诗》,见《思伯子堂诗文集》下册附录二《相关诗文评论资料选辑》第1457页,引。

⑥ 福建人民出版社《福建文献集成初编》第69册影印福建省图书馆藏民国间钞本《交旧录》,不分卷。

⑦ 王飚整理《思伯子堂诗文集》,将《翠眉亭稿》称为翠眉亭本(《思伯子堂诗文集》上册,《前言》第21页,正文第73页),多次提及,其卷数确非一卷(第73、120页),至十二卷(第184页),然王飚亦称"《南浦秋波录》附《翠眉亭稿》一卷"(《前言》,第20页),前后抵牾。

⑧ 《张亨甫文集》卷二收录《南来集自序》(《思伯子堂诗文集》下册,第1311-1313页),王飚校勘记云"《全集》本《目录》作'南来诗录自序',文作《南来录自序》。此从已刻之《南来诗录》。"(同书,第1313页),《思伯子堂诗文集》附录二辑录《南来诗录自序》,注云:"张际亮《松寥山人诗集自序》及《南来录自序》均已入《张亨甫文集》卷三。然《文集》卷三《目录》之《南来录自序》别作《南来诗录自序》,文字也与此文不同,故是文另收入本集《附录》"(同书,第1442页)按:《南来录自序》在《张亨甫文集》卷二。《南来集》、《南来录》、《南来诗录》、《南来草》均是张际亮同一诗集名。

集》(道光四年刻本)、《王郎曲诗册》(陈昌强《谢章铤年谱简编》同治四年)、(李祥赓刻)《蚕缫集》一卷(嘉庆二十一年刻本)、《松寥山人诗初集》十卷[①](道光五年刻本)、《娄光堂稿》四卷(道光八年刻本,后易名《松廖山人诗二录》)、《亨甫诗选》八卷(光绪八年邵武徐榦辑刻《徐氏丛书二集》本)、《张亨甫文集》六卷(同治六年刻本,福建省图书馆藏)、《张亨甫全集》十三卷(同治六年孔庆衢校刻本,台湾大学图书馆藏)(李灵年等《清人别集总目》第1150页)、《张亨甫诗选》二卷(光绪二十六年刻本,湖南省图书馆藏)、《松廖山人诗集》不分卷(清钞本,一册,浙江省图书馆藏。柯愈春《清人诗文集总目提要》第1346页)

**谨按:**建宁张绅及其族弟张际亮均能文学创作。张氏世居建宁县北乡蓝田(今溪口镇渠村),张际亮诗《寄赠家搏九先生》首云:“吾宗自宋世,来宅山水区。”此后四句下自注:“官庄以始祖来居得名”[②],故知张氏家族在建宁的历史。民国《福建通志·文苑传》张绅传:“建宁故多才士。朱仕琇古文、李俊诗且名天下,后五十年,绅继起,遂兼具其美。邑耆儒李祥赓,(李)俊之族子,而受业于仕琇,独推绅,谓与朱、李二人代兴。同宗张际亮负诗名,不可一世,独于绅执弟子礼,谓当尚友古人,不当较量乡国间也;桐城姚莹谓绅文视仕琇犹习之之于昌黎,其广博不及,其易良、隐厚故非韩所能囿也。”[③]在朱仕琇、李俊之后,张绅继起,兼具诗文之擅,在邵武府诗文创作的传承上具有承上的意义,而张绅为光泽高氏延请,主其家八年,教育高氏子弟,有作悉授高澍然,与澍然论次古文法,澍然深以三人之言为然,张绅对于道光间闽中古文创作以高澍然为代表的再度崛起具有启下的作用。

张绅(1777—1832),字怡亭。为诸生三十五年。肆力古文词,风格淳古冲淡而孕奇气。道光九年(1829),总督孙尔准聘修《福建通志》。居二年,为忌者所中伤,谢去。移居光泽。遁迹泰宁天成岩,逾年卒于邵武[④]。光绪《邵武府志》张绅本传:“张绅,字怡亭,号严山。性孤耿。妻死,鳏居数十年,不再娶。生平不妄交,一二知己外,无往来者。为学务博综,工诗文。诗自盛唐上溯汉、魏,下逮元、明诸家。文学欧、曾,间取奥峭于子厚(柳宗元),制艺则喜言归(归有光)、胡(胡友信),其尺度与有司戾,屡试辄蹶,年逾五旬,曾一列高等,例得食饩,绅弃不取,遂以诸生终其身。然绅文名甚盛,四方贤士大夫多与之游。道光己丑(1829),大吏聘修通志,所作诸传,识者以为欧、曾嫡派云。卒年五十六。有《怡亭诗》、《古文集》行世。”[⑤]光绪《邵武府志·艺文志》著录其著作,注云:“绅字怡亭。少慕豪杰之行,及长,病瘵,自分必死,遂弃人事,习静三月而病已,由是折节为儒,恂恂温谨,肆力诗、古文词,淳古冲淡而孕奇气。”[⑥]族弟张际亮撰《张怡亭诗序》,见《张亨甫文集》卷六;嘉庆二十五年(1820),张际亮作有《读严山先生诗集书后》,见《思伯子堂诗文集》诗集卷四。张绅之诗,陈衍以为学韦应物、白居易,得其平淡处;高澍然以为其诗归于自得,无所迎而悠然与之会,无所拒而泊然与之忘,无所一著而浩然与之深[⑦]。

① 王飚整理点校张际亮诗集,云张氏集最早的是道光四年(1824)刻行的《松寥山人诗初集》十卷,后与《娄光堂稿》四卷、《南来诗录》四卷、《匡庐游草》合编为《松寥山人诗集》(载《厦门教育学院学报》2007年第2期,第16页),所言未确。李灵年等《清人别集总目》著录《松寥山人诗初集》十卷(道光四年晴雪山房刻本)、《松寥山人诗集》不分卷(钞本,浙江省图书馆藏)、《松寥山人诗初集》十四卷《匡庐游草》一卷《南来诗录》四卷(道光刻本,国家图书馆藏)(第1150页)。

② 张际亮《思伯子堂诗集》卷二十四,《清代诗文集汇编》第601册,影印第286页。

③ 民国《福建通志》总卷三十九,《福建文苑传(清二)》卷八,第三十三页。

④ 张际亮《二月二十九日自里门赴汴梁是日行三十里宿于刊都符氏别业次日至南丰却寄赞夫益谦雅怀厚园诸子》诗中注,《思伯子堂诗集》卷十九,影印第207页。

⑤ 光绪《邵武府志》卷二十一,《人物传·(建宁)文苑》,影印第471页。

⑥ 光绪《邵武府志》卷二十九,《艺文志》,影印第818页。

⑦ 民国《福建通志》总卷二十五,《福建艺文志》卷六十六,第十二页,引。

张际亮(1799①—1843),字亨甫、亨辅②,托名华胥大夫③。建宁县渠村(今建宁县溪口镇渠村)人④。家业贾而少孤,继母吴氏抚养成人。长兄张来仪(?—1828),兄弟姊妹十六人,系季子⑤。张际亮感念长兄至深,以"思伯子堂"名其诗集。妻朱氏系出本邑杨林望族,为朱仕琇曾孙辈⑥、朱锡周之妹⑦。十二至十四岁⑧张际亮从其姑丈何凤起学⑨,受知于邑人李祥赓,与族兄张绅⑩、光泽高祖望、何长诏相友善⑪,与杨林朱氏子弟若朱硕元、朱兰蓴、朱亨韶、朱锡周、朱亨曜、朱懽⑫等交游甚密。肄业于福州鳌峰书院,为山长陈寿祺所器重,其诗歌创作得到邑人熊际遇的指导⑬,制艺则得道时文作手、闽县何青芝(1781—1820⑭,字玉田、希修)的指授。拔贡中选,朝考报罢,寓新城陈用光侍郎家,颇有诗

---

① 按:张际亮《建昌游麻姑山诗》中注:"山僧印心字香谷,与余同甲子生,能诗、字,因为之略陈诗法。"(《思伯子堂诗集》卷二十五,《清代诗文集汇编》第601册,影印第299页)若将"甲子"理解成生年,则是嘉庆九年甲子(1804),但它尚有纪年、生年的意思。据《思伯子堂诗集》各卷诸诗、《自题读书斋壁》"甲戌(嘉庆十九年,1814)予年十六,应童子试"(《张亨甫文集》卷一,页一)自述,张际亮生于嘉庆四年己未(1799)。

② 按:《竹间十日话》卷五张际亮名下注:"初名际亮,甲午(1834)改亨辅,乙未(1835)乡举又改际亮。"(第85页)

③ 民国《福建通志》总卷二十五,《福建艺文志》卷五十一,第八页,引《石遗室书录》。

④ 张际亮《先曾祖原若公暨妣黄孺人墓碣》,《张亨甫文集》卷一,《清代诗文集汇编》第601册影印同治六年建宁孔庆衢刻本,影印第400页。

⑤ 张际亮《姊婿鄢太学墓志铭》,《张亨甫全集》卷四,《清代诗文集汇编》第601册影印同治六年刻本,影印第456页。从兄张际时,移家江西浮梁(《至日》题下注、《别从兄际时》,《思伯子堂诗集》卷二十一,《清代诗文集汇编》第601册,影印第242页)。张际亮长兄卒于道光七年岁杪,时已入1828年。潘德舆《题亨甫翠微山寓诗册后》诗中注:"亨甫昆弟六人,已丧其四。"(《思伯子堂诗文集》下册,《附录三相关诗文评论资料选辑》,第1462页,引)张际亮读书翠微山在道光十一年十月至十二年二月(1831—1832),时其长兄张来仪已卒,存者四兄(张荆玉)、五兄(张韶)。

⑥ 王飚《张际亮与近代初期诗风新变》引《张亨甫文集》卷一《朱明经传》内容,以为张际亮舅父系建宁朱仕琇侄孙、朱文伦之侄(载《厦门教育学院学报》2007年第2期,第12页),这种理解是有问题的。按:原文作"舅氏,明经从子也","舅氏"指的是张际亮的岳父。张际亮有《题壮悔堂集寄朱大宪仪亨韶秀才》,序云"(熊际遇)其弟子朱大宪仪,于予妻为从曾祖兄弟行"(《思伯子堂诗集》卷四,《思伯子堂诗文集》上册,第105页)。排列朱氏人物世系,正相合。

⑦ 张际亮《作前诗后因忆去年(1819)见朱星槎内兄所藏唐子畏山水画卷绝佳遂更作歌》,《思伯子堂诗集》卷四,《思伯子堂诗文集》上册,第113页。

⑧ 张际亮《题黄素堂(云)明经诗后》其三诗后注,《思伯子堂诗集》卷十四,影印第161页。注云何凤起学诗于李俊(栒园)弟子、教谕余润园。

⑨ 民国《福建通志》总卷四十,《福建儒行传》卷五,何凤起传,原第三十二页。按:道光九年(1829),张际亮在京师作《绝句》组诗其六有句"白发今年八十三",有注云"卧云先生,余姑父且受业师也。"(《思伯子堂诗集》卷十,影印第102页)知何凤起(1747—1830)号卧云及其生年,又据道光十年(1830)八月所作《八月八日校西堂(刘建庚)同年诗竟缀此于后》其三诗后注(卷十二,影印第134页),知其师之讣。何凤起亦张际亮五兄张韶岳父。

⑩ 张际亮《陆莱臧司马属题来梦亭感旧图》其三自注:"怡亭与余同邑同族,而相距百余里。甲戌(嘉庆十九年,1814)寓郡城李忠定公祠五曲水前,始相识。"(卷二十三,影印第272页)

⑪ 姚莹《张亨甫传》,张际亮《思伯子堂诗集》,《清代诗文集汇编》第601册,影印第1页。此传中"十八年乡试,主闽试者途中约张际亮狂士不可中,而亨甫已易名亨辅。中式拆卷,见其名,欲去之,副考申解而止。及来谒,果际亮也,主试愕然"中之"十八年"误,当作"(道光)十五年"。《清秘述闻续》卷四记载本科福建乡试主考为侍讲学士李煌(梢堂),副主考为太常寺少卿金应麟(兰汀)(中册,第631页),与《重纂邵武府志》的记载相反。

⑫ 分别见《朱明经传》(《张亨甫文集》卷一)、《沁轩朱公墓志铭》(同书,卷四)、《题壮悔堂集寄朱大宪仪亨韶秀才》、《柬式轩兰蓴》诗及夹注、《作前诗后因忆去年朱星槎内兄所藏唐子畏山水画卷绝佳遂更作歌》、《延平舟中寄怀四兄荆玉兼柬朱雅怀懽秀才》(前三首见《思伯子堂诗文集》本《思伯子堂诗集》卷四,后一首见卷六)等。

⑬ 张际亮《归自都门李君鸿仪两度过访出示其诗情辞斐美因忆余年十七时以诗就正于熊藕亭先生辱为题词今次其韵以赠君》,《思伯子堂诗集》卷二十四,影印第287页。按:嘉庆二十年乙亥(1815),张际亮年十七。

⑭ 张际亮《书何希修先生诗后》,《张亨甫文集》卷一,《清代诗文集汇编》第601册,影印第405页。按:张际亮对于何青芝的卒年另有一种说法。《思伯子堂诗集》卷五《嘉庆丁丑九月同邑李古山先生卒庚辰侯官谢退谷先生长乐陈惕园先生卒道光辛巳正月古山先生孤孙实敷卒二月闽县何希修先生卒四月归化罗瓛书卒今年壬午七月德化郑六亭先生卒八月而金门又卒古山退谷惕园希修四先生家贫特甚实敷年二十一聘而未娶瓛书年未及三十金门年未及四十皆无子而六亭先生又与金门同卒于异地其皆可哀也已既哭金门以诗追念平生古人不胜黄公酒垆之痛辄复赋此》(《思伯子堂诗文集》上册,第168页)诗题云何青芝卒于道光元年辛巳(1821)二月,与此诗后书中的"庚辰(嘉庆二十五年,1820)二月",差一年。

名于京朝,其时大概在嘉庆末年、道光之初[①]。道光三年(1823)[②]起,与桐城姚莹交密,姚莹推许其才在明代李梦阳、何景明之间。户部尚书黄钺(1750—1841)致书侍读许乃普(1787—1866)、学士祁寯藻(1793—1866)云"福建有张亨甫者,其诗学李、杜,嘉庆、道光以来作者未能或之先"[③]。山阳诗人潘德舆称之为"千百年大手"[④]。道光十五年(1835 乙未恩科福建乡试举人中式,榜名张亨辅。张际亮中举前颇为曾燠毁诸当道贵人[⑤],因为所扼,九次参加乡试,均报罢。"苦海神蛟冻潜蛰","老剑生花绣铜泣","玉颜宛转回星眸,桃花命薄西风愁"[⑥],其诗穷愁慷慨,音调悲壮[⑦],以《送芝叟归朝鲜》最为凄苦愤懑,当作于得罪曾燠之后。卒于京师,其友姚莹、朱琦、何绍基、陈庆镛、苏廷魁、汤鹏、王锡振等为经纪丧事。同治六年(1867),《张亨甫全集》十三卷刻于福州。同治八年(1869),《思伯子堂诗集》三十二卷刻竣,姚濬昌跋。

《桐城文学渊源撰述考》张际亮条:"师事族兄张绅,受古文法。私淑方苞、刘大櫆、姚鼐、李祥赓,志在经世。喜为诗,其诗才气横溢,情致绵邈,变化驰骤,有嫖姚飞动不可控抑之势,而仍不骫于法。"[⑧]张际亮尝馆于阁学、新城陈用光(石士)家[⑨],在京师与歙县徐宝善(廉峰)、龙溪郑开禧(云麓)、宜黄黄爵滋(树斋)、益阳汤鹏山(海秋)、山阳潘德舆唱和尤密,又与闽县叶敬昌(云卿)、桂林朱琦(濂甫)、柳州王锡振(少鹤)、道州何绍基(子贞)、晋江陈庆镛(颂南)、高要苏廷魁(赓堂)、闽县陈景亮(弼夫)、政和宋人杰、闽县郭礼图、惠安陈金城、闽县(寄籍建宁府瓯宁县)郑天爵、临桂龙启瑞、永福余潜士、侯官林则徐等交厚。张际亮与桐城姚莹最为莫逆之交,为救姚莹出狱其力最大。在张际亮身后,姚莹为搜访、编辑、保全其遗著,厚遇张际亮之子张诵芬;在姚莹身后,又由姚莹之子姚濬昌(字孟成,号慕庭、幸余)刊梓张际亮全集,并因张际亮门人李云诰(华峰)之书荐,厚赠张诵芬季子张昌翰,是为张际亮、姚莹、姚濬昌之间三代人的交谊。

光绪《邵武府志》张际亮本传:"张际亮,字亨甫。父锡千,早卒[⑩]。际亮幼颖异,年十六为诸生,生平慷慨负奇气,喜为诗、古文词,于俗学视之蔑如也。自为诸生时,与族兄张绅、光泽高澍然、何长诏以才学相友善。至福州,师事闽县陈寿祺。时寿祺以经师负海内重望,一见大器之,由是知名。道光四年(1824),选拔贡,至京师,诸公贵人及名士好言诗者无不愿交。……(为两淮盐运使曾燠所中伤)毁之于诸贵人,于是际亮狂名震都下。主闽试者途中至相诫张际亮狂士不可中,故际亮以易名亨辅始举于乡,会试又辄罢。际亮既不得志于时,乃之齐,之鲁,之梁,之楚,由江淮转吴越,往反闽、粤、江、浙

① 张际亮《酬铁岭杜赠长歌即以奉别》其三"白璧吾惭昭九州"句下注:"来诗有'廿载声华遍九州'之语"(《思伯子堂诗集》卷二十九,影印第 348 页)。组诗作于道光二十一年辛丑(1841)。郑开禧《天台观瀑图为亨甫题》诗中有"抑君诗才如谪仙,诗名已满天地间"句(《知守斋诗二集》卷三,《清代诗文集汇编》第 560 册,影印第 71 页),亦可资证,此诗作于道光八年戊子(1828)。

② 姚莹《张亨甫传》,张际亮《思伯子堂诗文集》下册,《附录一相关传记资料辑录》,第 1439 页。

③ 张际亮《述感奉廉峰树滋二太史兼呈农部况先生》诗句"司农报许祁"注,《思伯子堂诗集》卷十五,影印第 172 页。《清史列传·张际亮传》亦云"所为诗,天才奇逸,感时记事,沉郁雄宕。嘉庆、道光以来作者,未能或之先也。"

④ 张际亮《答潘彦辅书》(伏承赐阅近诗)引潘德舆语,《张亨甫文集》卷三,《清代诗文集汇编》第 601 册,影印第 436 页。

⑤ 据姚莹《张亨甫传》,张际亮与时任两淮盐运使的曾燠交恶事在道光五年乙酉(1825)(姚莹《张亨甫传》,张际亮《思伯子堂诗文集》下册,《附录一相关传记资料辑录》,第 1439 页)。按:道光五年(1825),张际亮以选拔贡京师,明年丙戌(1826)朝廷考察外官。《思伯子堂诗集》卷七有道光五年(1826)《十月十一去福州作》(《思伯子堂诗文集》上册,第 241-242 页),是张际亮离开福州西进江西、湖北而北上之诗;同卷道光六年(1826)诸诗正是张际亮北上之作(同册,第 245-249 页),故二人交恶事当在道光六年(1826)。曾燠(1759—1831)后于道光十年庚寅(1830)冬卒于京寓。

⑥ 张际亮《送芝叟归朝鲜》,《思伯子堂诗集》卷九,《清代诗文集汇编》第 601 册,影印第 94-95 页。作于道光八年(1828),时年三十岁。

⑦ 民国《福建通志》总卷三十九,《福建文苑传(清三)》卷九,张际亮传,第五页。

⑧ 刘声木《桐城文学渊源撰述考》卷十二,第 366 页。

⑨ 据张际亮所作《书陈约堂太守寄子书后》,陈道(凝斋)与建宁朱仕琇为同年好友,陈道次子陈守诒(约堂),陈守治之子陈用光(石士);陈守诒妻弟鲁九皋,师从朱仕琇,为古文辞(《张亨甫文集》卷五,《思伯子堂诗文集》下册,第 1410 页)。张际亮本人娶于朱。江西新城县陈氏、鲁氏与毗邻的福建建宁县朱氏之间的关系密切。

⑩ 张际亮《除夕》第四句后自注:"余年十三,先君子卒,依倚伯兄以至今。"(《思伯子堂诗集》卷八,影印第 87 页)作于道光七年丁亥除夕(已入 1828 年)。

间，所历名山大川半天下，以其穷愁抑郁磊落雄奇之气，耳目所闻见，惊喜骇愕，流连凭吊之迹，生死离合、欣愉悲戚之情，悉寄之于诗。其为诗若深山长林，若碧梧翠竹，若策骏马下平地，若出太阿斫生铁，变化驰骤，无不如意而不骫于法，见其诗者或惊以为太白、少陵复出。自订其集，名曰《思伯子堂诗》。桐城姚莹官福州，际亮投以诗，定交焉。莹移台湾，招际亮行，不果。后莹为英人所诉，被逮，际亮在吴闻之，意莹必道此，遂迟留以待之。莹至，际亮方病痁，力疾，与莹入都。莹事白而际亮疾益剧，道光癸卯(二十三年，1843)十月卒于明杨忠愍公(本书按：杨继盛，号椒山，谥忠愍)故宅，年四十五。诸公贵人闻际亮急人之难，皆惊疑，以为际亮果奇士，或狂生，弗测也。然际亮善事继母，与伯兄[①]友爱甚，抚诸侄有恩。在都，又尝自作疏稿，趣晋江陈庆镛劾贵人奕经、奕山，则固非徒以诗名者。……际亮所著《思伯子堂诗集》外，又有《制艺》若干卷、《交旧录文》二卷、《黄垆录文》一卷、《骈体文》一卷、《童言》一卷、《缉盐事宜》一卷、《金台残泪记》三卷、《翠眉亭稿》一卷、《日记》十卷、《政书》、《自序耆旧钞》、《建宁耆旧诗钞》。子一名谕芬。”[②]

光绪《光泽县志》张际亮本传：“少负大志，有经济才，而时人不识也，惟林少穆(本书按：林则徐，字少穆、元抚、石麟、俟村等)、卢厚山(本书按：卢坤，字静之，号厚山)、姚石甫(按：姚莹，字石甫，号明叔、展和、幸翁)诸人称之。……当时名公卿皆艳其才而忌其口，乃其气骨嶙峋，百折不能挫焉。”[③]

民国《建宁县志·文苑传》张际亮本传：“道光三年(1823)，桐城姚石甫先生初选县令，至福州，亨甫以诗谒，石甫曰：‘何、李之流也。子才可及空同，若去其粗豪，则大复矣。’明年沈廉甫侍郎视学闽中，试拔贡第一。……以其穷愁、慷慨、牢落古今之意发为诗歌，益沉雄悲壮，至天才艳逸、情致绵邈则其本色，而亨甫之诗乃大成矣。”[④]据此，知姚莹与张际亮定交在道光三年(1823)，提督福建学政者为嘉兴沈维鐈，亦知张际亮之诗风格初在明代前七子李梦阳(字献吉，号空同子、崆峒)、何景明(字仲默，号大复山人)之间，不是空同便是大复，但是后来张际亮的诗歌创作却是更上层楼，走向集大成的成就。张际亮的诗集有十八岁(嘉庆二十一年丙子，1816)时所刻《蚕缫集》一卷，嘉庆二十年乙亥至道光四年甲申(1815—1824)间六百首之《松寥山人集初集》十卷，道光五年乙酉至八年戊子(1825—1828)之《娄光堂稿》四卷(后易名《松廖山人诗集二录》)，道光九年己丑至十二年壬辰(1829—1832)之《谷海前编》，道光十三年癸巳(1833)之《南来诗录》(一名《南来录》)，道光十四年甲午(1834)所编《豫粤游草》(含《南来诗录》)，道光十五年乙未、十六年丙申诗集《惜山楼诗录》，道光十七年所编《匡庐游草》，道光十六年丙申至二十年庚子(1836—1840)之诗《谷海二编》，道光二十一年辛丑、二十二年壬寅(1841—1842)之《谷海后编》，《翠眉亭稿》一卷及晚年手定《思伯子堂诗集》三十四卷[⑤]。刘存仁言“已刻者吾闽有传本，未刻者凡二十八卷，编年自己丑(道光九年，1829)迄庚子(道光二十年，1840)计万余首”[⑥]，知在整理本《思伯子堂诗集》之外刊落、散佚之诗尚多。

清代各种史籍中的张际亮传，以民国《建宁县志》卷十六《文苑传》本传为最详尽，而同书《丛谈》云：“有清一代，吾闽诗人推永福黄莘田任与吾乡张亨甫二人，而亨甫才实倍于莘田。宋湘(1757—1826)尝云：‘亨甫如九天商人，人间何处得来。’又云：‘吾观长安非惟无汝师，亦难觅汝友，仆老朽或可附于友之列，然吾诗只独来独往，非如君诗千门万户无不有也。’又云：‘外人拟君以黄仲则(黄景仁，1749—1783，江苏武进人)、吴兰雪(吴嵩梁，1766—1834，江西东乡人)，二人何能及君。’又作擘窠大书

① 按：张际亮诗集名《思伯子堂诗集》，志不忘伯兄张来仪(道光七年卒)(民国《福建通志·福建艺文志》卷六十六，第十七页，引陈衍《石遗室书录》)。

② 光绪《邵武府志》卷二十一，《人物传·(建宁)文苑》，影印第471-472页。

③ 光绪《光泽县志》卷二十八，《寓贤传》本传，影印第1493页。

④ 民国《建宁县志》卷十六，《文苑传》，影印第172页，引姚莹《张亨甫传》语。

⑤ 民国《福建通志》总卷二十五，《福建艺文志》卷六十六，第十七、十八页，《思伯子堂诗集》、《松寥山人诗集》、《南来诗录》、《翠眉亭稿》四种解题。根据解题、同治八年己巳(1869)姚浚昌识语(《思伯子堂诗集》，《清代诗文集汇编》第601册，影印第6页)、王飚《张际亮年谱简编》略述。据姚浚昌识语，《思伯子堂诗集》原本缺道光九年己丑(1829)诗，系张际亮入京时未携入行笈。

⑥ 王飚《相关诗文评论资料选辑·刘存仁〈屺云楼诗话〉》，张际亮《思伯子堂诗文集》下册，第1470页。

云:'精骛八极,心游万仞,览古今之须臾,抚四海于一瞬',跋云:'亨甫先生惠读大集,惊才奇抱,求之古人亦不多得,无以名之,书此四语以志。'项礼姚石甫亦云:'捕赤蛇,搏生象,含弄风景,出入造化,不作一凡近想、当境语,在作者且不自知其何故,读者又安测其何来耶?平心论之,才力当与玉局(本书按:指苏轼。苏轼改舒州团练副使后,行至英州,奉敕授朝奉郎提举成都府玉局观,有《提举玉局观谢表》)争后先,余人不足道也。'其令人倾倒如此。"①道光初,杨庆琛作《送张亨甫拔萃南归》组诗,其二有句云:"牛马风尘名士贱,鸡虫得失古人轻。曲高难与巴渝和,花好原无世俗情。暮雪双鬟低首拜,姓名何止动公卿!"描述张际亮之才、遇合不偶及其在京名动公卿的情形;其三开篇则劝张际亮宽心:"天下奇才得几何?不须斫地起悲歌。丰城剑气干霄久,沧海珠光遏月多。圭角应防锋易耗,宫商尤贵韵能和"②,杨庆琛(1773—1867)曾经在中举(1804)之后十六年(1820)中六赴春官,三十八岁方成进士,杨氏走过了张际亮才而不售的经历,以其经历劝张际亮处理好社会关系③,以防圭角被斫、锋芒易耗,然张际亮终身不改,落拓崚嶒。

张际亮《述感奉廉峰树斋二太史兼呈农部况先生》自述云:"往往冠其曹,处处称其诗。旷代骇逸才,先泽谓遗留。"④嘉庆、道光间的学者、作者陈寿祺以为张际亮的七言古诗在明代高启之后罕有其匹⑤。闽县林寿图于张际亮的才华极为追慕,其《榕阴谈屑》云:"诗才自天分中带来,有是种方有是树。张亨甫尝戏其友云:'君等譬学佛,半路修行,吾乃自幼出家。'噫,亨甫可谓有是种成是树矣。而才气有余,学殖或不足,使天假以年,安能量其所至?"⑥陈衍本人亦甚推许其《武夷宫望大王幔亭诸峰》、《宿天游道院》、《醉题一览亭》、《王郎曲》等诗,以为张际亮之诗"不专仗笔气以为盛唐者"、"名句在唐、宋之间"⑦。可见清代中叶道光以来诗坛对张际亮的推许。民国间,晚年陈衍对张际亮的评价有所修正,以为其人得盛名,由其人高友朋气谊及道、咸间斯文凋敝,易以诗鸣两个重要原因;其诗宗盛唐,学李白而实不相似,与黄景仁较絜短长则亦未能相伯仲,待祁、程、何、郑诸贤起而老守古法的张氏黯然失色⑧。

张际亮交游的师友捋列如下:师何凤起(卧云、桐侣)、师陈寿祺(恭甫)、族兄张绅(严山)、廖定畴(西田)、师宋湘(芷湾)、李祥赓(古山、梅岩)、熊湘臣、蒋蘅(殿元、拙斋)、丁汝恭(朴夫)、郑兼才(六亭)、何长诏(金门)、甘志翀(搏南)、李良铣(后山)、熊际遇(藕亭)、朱元登(益谦)、朱耕亭、熊嘉会(寿礼,其师熊际遇之子)、陈庚焕(惕园)、谢金銮(退谷)、张焜(敦复)、黄肇元(未涯)、戴杰(惕庵)、高澍然(雨农)、上官曦(寅斋)、叶纡青(露萧)、高惺然(所庵)、叔父张文衡、朱文莹(赞夫)、家兄张来仪、上官懋本(近仁)、舒怀(继元)、何仙洲(何长诏六兄)、彭伯埙、内兄朱锡周(星槎)、高灏然(美叔)、上官信(懋诚)、熊允成(拔才)、何长载(厚斋)、四兄张荆玉、朱憻(雅怀)、余潜士(时缵)、叶席珍、林国士(梅

① 民国《建宁县志》卷廿六,《丛谈》,影印第285页。

② 杨庆琛《绛雪山房诗钞》卷八,《清代诗文集汇编》第542册,影印第423页。当作于道光九年(1829)春夏之间,根据此首前诸诗及诗句自注中有"日南坛坫逐春开"、"新正"等字,后此诗题有"暑夜"字眼推断。张际亮《杨雪椒比部闻余将行屡属为诗感怀有作》六首(《思伯子堂诗集》卷十,影印第110-111页),作于道光九年(1829)六月前,其三、其四两首诗表明了张际亮对曾燠的态度,本年秋七月四日出都(《七月四日出都至通州作》,同书卷十一,影印第115页)。

③ 杨庆琛亦曾任两淮盐运使的曾燠之诗友,咸丰八年(1858)作有《感逝五十首》其四即为曾燠作(《绛雪山房诗续钞》卷六,《清代诗文集汇编》第542册,影印第610页),在曾、张之间进退维谷。

④ 张际亮《思伯子堂诗集》卷十五,《清代诗文集汇编》第601册,影印第171页。作于道光十一年(1831),时年三十三岁。

⑤ 民国《福建通志》总卷二十五,《福建艺文志》卷六十六,第十七、十八页,引闽县陈寿祺语。

⑥ 陈衍《石遗室诗话》卷十五,第二条,第210页,引。

⑦ 同上书,卷二十一,第十五条,第292页。

⑧ 黄曾樾《陈石遗先生谈艺录》,《民国诗话丛编》第一册,第705-706页,两条"师云"内容合并。按:陈衍之论,非为首发。其实谢章铤《张亨甫全集序》文中即已提及同治、光绪间诗人对张际亮诗歌的非议:"乃迟之又久,忽闻异论,岂盛名之下难久居,固宜有吹求之者乎?抑两贤相扼,后死者为雄,亨甫之同辈将尽,无有能定论其是非耶?昔明(后)七子之将兴也,问途于谢茂秦(谢榛),及坛坫既立而眇君子(谢榛)首被摈斥,究之四溟之集固自若矣。"(《赌棋山庄文又续》卷一,《清代诗文集汇编》第680册,影印第793页)《赌棋山庄文又续》系光绪二十四年刻本,收录谢章铤(1820—1903)晚年光绪十七年辛卯至二十二年丙申(1891—1896)年间所作文。

友、三山醉者)[①]、刘建庚(西堂)、刘建韶(闻石、克和)、周瑞图(同序)、高铭丙、何冠英(杰夫)、刘萃奎(薇卿)、张冕(繁露)、王臣鹄(莘夫)、张文瑾(素先)、阮应侯(石梅)、姚继光(慎之)、王晋槐(春卿)、李宗传(海飘)、郑开禧(云麓)、吴嵩梁(兰雪)、郭尚先(兰石)、许邦光(莱山)、曾承基(白亭)、何式玉、杨庆琛(雪椒)、陈辉文(春林)、卢赞虞(居蒲)、鹿泽长(春如)、吴嘉宾(子序)、吴嘉言(子顾)、陆言(心兰)、陈用光(石士)、黄爵滋(树斋)、陈若霖(宗觐、望坡)、陈景亮(弼夫)、潘挹奎(石生)、丁履恒(道久、若士)、汪喜孙(汪喜荀,字孟慈)、徐松(星伯)、陈鸿墀(范川)、徐宝善(廉峰)、周仲墀(雪桥)、许乃榖(玉年)、何长聚(焕奎)、高象绅、高炳坤(如登)、黄十瀛(仙峤)、龚润森(木民)、吴云(玉松)、张维屏(子树、南山)陈子恩(子鹤)、何长敦(礼门)、李彦彬(兰屏)、何高雍(希仲)、程恭寿(容伯)、陈方海(伯游)、林茂藩(价亭)、潘曾莹(星斋)、潘曾绶(绂庭)、张深(茶农)、张焕文(际唐)、纪钟珽(搢方)、朝鲜李在洽(石隐)、金老商(芝叟)、李宗瀚(春湖)、陆嵩(希孙、方山)、姚朔(萱阶)、洪符孙(幼怀)、何亦邢(何长敦子)、杨登训(筌泉)、张鉴竹(秋水)、陈延恩(登之)、郭仪霄(羽可)、简钧塘(梦岩)、管同(异之)、马沅(湘帆)、龚自珍(定庵)、汤鹏(海秋)、顾瀚(兼塘)、杜煦(尺庄)、杜宝辰(稼轩,杜煦子)、谭桐生(祖同)、谭祖勤(菊农,谭祖同弟)、谭锡洪(梅臣)、潘德兴(砚圃)、徐卓(洛生)、吴嘉淦(清如)、卢諴(籁亭)、苏孟旸(宾嵎)、苏兆熊(渭占)、宋翔风(于庭)、周作楫(梦岩、小湖)、光聪谐(栗原、律原、栗园[②])、潘曾沂(功甫、念祖)、潘世恩(芝轩)、张桢(步云)、钟昌(仰山)、崔国琚、蒋立镛(笙陔)、李玮煜(方赤)、马星昱(东泉)、马星璧(友泉)、高竹庵、叶修昌(荀卿)、林寿图(颖叔)、符兆伦(雪樵、卓峰)、黄俊苑(清美)、毕华珍(子筠)、何春元(乾生)、陈兰滋(诗庭)、甘澍(滋苍)、孟曾穀(式斯)、孟曾贻(贻斯)、林敦仁(香溪)[③]、刘存仁(炯甫)、张翼(篪仙)、王景贤(子希)、王捷南(怀佩)、瑞光(莲石)、陆我嵩(莱臧)、萧重(远村)、方履籛(彦闻)、唐黄裳(勉斋)、欧鸿飞(振声)、林烝英(书甫)、黄宗杏(学坛)、林调梅(鼎卿)、刘斯恒(庾香)、朱膢(丹木)、马树华(小眉、筱湄)、马瑞辰(元伯)、朱雅(歌堂)、江开(龙门)、吴湛恩(晓峰)、左星穀(穗六)、方东树(植之)、刘师陆(子敬)、姚椿(春木、子寿)、宗室履亭、潘德舆(四农、彦辅)、俞树风(松石)、侯登岸、方士超(鲁生)、叶名澧(润臣)、叶名琛(崐臣)、斌桐(秋士)、胡方朔(小东)、光聪谐(粟原、律原)、苗仙露、王玮庆(藕唐、藕塘)、潘绍曾(翰芬)、朱绶(西生)、姚柬之、艾畅(至堂)、徐湘潭(东松)、林滋秀(纫秋)、龚维琳(春溪)、龚文焕(霞城)、邱才颖(仲嘉)[④]、张机(斗垣)、徐庆超(星溪)、黄钊(香铁)、黄钺(左田)、姚思赞(子襄)、蒋湘南(子潇)、陈銮(芝楣)、陆继辂(祁孙)、顾莼(南雅)、张寅(子畏)、卢坤(厚山)、吴兰修(石华)、胡昭惠(伯仁)、许乃济(乃济)、黄乐之(爱庐)、曾钊(勉士)、林观成(霈然)、林藩(价岩)、叶宪昌(慎勤,行十三)、叶倬昌(卓人,行五)、叶景昌(仲勤,行十五)、叶仪昌(季韶,行四)、赵建封(藤庵)、杨维屏(翠岩)、许作朋(德远)、陈用宾(玉崟)、张心斋、何广熹、梁丁辰(平仲)、赵秉惠(厚坤)、刘彝生、吴嘉忠(子诚)、郑天爵(修楼)、许赓皞(秋史)、黄琮(渠卿)、鲁一同(兰岑)、潘希甫(补之)、张鹏(搏九)、汤储瑶(若孙)、李兆洛(申耆)、梅植之(蕴生、嵇庵)、魏源(默深)、吴熙载、杨亮(季子)、周光祺(青士)、刘斯嵋、刘绩、刘綮、刘绎、孔继鑅(宥函)、孔宪彝(绣山)、王柏心(子寿、筠亭)、乔松年(鹤侪)、温训(伊初)、吴大田(芸圃、稼轩)、何则贤(道甫)、庆霖(伯苍)、伊涓(猗君)、苏廷玉(鳌石)、蔡廷兰(香祖)、王春霖(雨庵)、刘家谋(芑川)、陈偕灿(少香)、朱琦(伯韩、濂甫)、刘琛(东臣)、何震亨(穀贻)、朱锡筠(芷湘)、杨浚等。在京师尝与黄爵滋、徐宝善、汤鹏、郭仪霄、潘曾莹、潘

---

① 张际亮《酬林七秀才梅友》三首组诗其二诗后注:"君与桐城姚石甫明府善。明府时在台湾。"(《思伯子堂诗集》卷六,《清代诗文集汇编》第601册,影印第59页)

② 栗园,见谢章铤《赌棋山庄笔记》,《思伯子堂诗文集》下册附录二《相关诗文评论资料选辑》,第1475页,引。

③ 林敦仁,即林昌彝,号芗溪,刘存仁儿女亲家,陈寿祺晚年门人,侯官学者、诗人。张际亮《思伯子堂诗集》卷十二有诗《次日林君香溪刘三炯甫招同家篪仙王二子希饯余口号为别》、《口号别香溪即次赠别元韵》两诗,均作于道光十年(1830)。《口号别香溪即次赠别元韵》,林昌彝《林昌彝诗文集》卷二《题张亨甫松廖山人诗集后即送其入都》(上海古籍出版社2012年版,第43页)题下《附亨甫次韵》诗,即此诗,字句略有不同,钱洪来《林昌彝年谱》第16页(沈阳师范大学2010年硕士学位论文,未刊稿)已指出。

④ 邱才颖系高澍然门人,见张际亮《范华原栈道图为邱仲嘉孝廉题》诗中注(《思伯子堂诗集》卷十七,影印第195页)。

曾绶为诗社[①]，并与其他诗人集龙爪槐寺（龙树寺）[②]，与叶绍本等四十二人修禊江亭[③]；在福州，与建州籍诗人八位举行上巳日松风堂同人燕集[④]。

纵观张际亮的一生，早年与乡人高澍然、何长诏、何长敦等交密，壮年与宜黄黄爵滋、歙县徐宝善、吴县潘曾绶、潘曾莹、青浦陆我嵩、闽县李彦彬兄弟、龙溪郑开禧、永丰郭仪霄、闽县叶氏兄弟、长乐刘建庚兄弟、闽县刘家谋、闽县刘存仁等关系密切，中晚年与桐城姚莹交最挚[⑤]。

张际亮能文，十三岁得桐城方苞文章，后又接触到刘大櫆、姚鼐文及诗[⑥]；尝为桐城派古文家、姚鼐门人李宗传评阅古文，其议论识见为宪副陆言（心兰）所推许[⑦]，二人之间多所书信来往。张际亮五兄张韶[⑧]亦能文。《夜梦检先五兄洞庭遗文泣志》诗有"零落残编几蠹鱼"，"故山千里梦遗书"。[⑨]

张际亮亦工词，《闽词征》卷四有传及词。

张际亮门人李云诰，字鸿仪，建宁人。刘声木《桐城文学渊源撰述考》李云诰小传："诸生。师事张际亮，受古文法，称高第弟子。工诗、古文词，兼精于《易》，通河洛理数，所言多奇中。撰《太华山人剩稿》□卷、《续稿》□卷。"[⑩]李云诰撰《张亨甫先生年谱》，附同治六年刻本《张亨甫全集》后。

张际亮尝至光泽，与高祖望、何长诏最契，邑中一时名辈无不重之。光绪《光泽县志·寓贤传》有张际亮传。张际亮《松寥山人诗初集》，张绅、何长载、高澍然序，道光四年刻本。

自道光二十三年（1843）张际亮去世之后至清末严复、林纾之时，福建作者绝少出现在《桐城派编年》中，这是一个显眼的现象，意味着道光以来福建古文创作的衰落。

## No.479　建宁张际虞家族

张大孙：《南窗诗文谱》四十卷、《格言》二册（光绪《邵武府志》卷二十四《隐逸传》本传）

张际虞：《读史蠡测》十四卷、《南窗制义》十卷（光绪《邵武府志》卷二十一《文苑传》）

---

① 张际亮《郭羽可孝廉枉示谪芬堂稿赋赠》组诗其四"短鬓苍凉邺下时"句后自注，卷十，影印第 109 页。又，《余五月出都时与徐廉峰黄树斋两太史有重来结诗社之约今在道遇廉峰家人言渠丁内艰南归矣怅然有作并寄树斋》，同书卷八，影印第 83 页。

② 道光七年（1827），张际亮作《四月三日丁若士大令（丁履恒）招同汪孟慈（汪喜孙、汪喜荀，汪中之子）农部徐星伯（徐松）陈范川（陈鸿墀）两舍人徐廉峰（徐宝善）周雪桥（周仲墀）两太史许玉年（）许乃穀孝廉集饮龙爪槐院若士属为诗漫作》（《思伯子堂诗集》卷八，影印第 76 页）。

③ 张际亮《丙申四月四日叶筠潭黄树斋二鸿胪徐廉峰黄渠卿二太史汪孟慈陈颂南二农部招同四十二人展禊江亭孟慈出所藏定武兰亭装潢成卷将送之枣花寺中温翰初农部绘江亭展禊图于其次各有诗及文余得二十八字》，同上书，卷二十四，影印第 279-280 页。

④ 张际亮《上巳日松风堂同人宴集序》，《张亨甫文集》卷二，《清代诗文集汇编》第 601 册，影印第 425—426 页。按：松风堂，在福州南台岛（今仓山区），南宋宰执李纲罢政后游息之地，后为天宁寺。

⑤ 张际亮与姚莹之诗首见《思伯子堂诗集》卷五《寄怀姚石甫明府》，作于道光三年癸未（1823）。

⑥ 张际亮《马小眉诗序》，《张亨甫文集》卷二，《清代诗文集汇编》第 601 册，影印第 410 页。

⑦ 张际亮《十一月十五夜对月》，《思伯子堂诗集》卷七，影印第 73 页。时道光六年（1826）。道光九年（1829），所作《钟仰山侍郎黄树斋太史招陪潘芝轩总宪观荷花同集者潘绂庭公子吴兰雪刺史》其一首句"欧阳文章世所无，高才弟子推曾、苏"；其二首句"文章之伯当世无，欧阳门下匹曾、苏"（同书，卷十一，影印第 115 页），引宋代文坛典故。按：《钟仰山侍郎黄树斋太史招陪潘芝轩总宪观荷花同集者潘绂庭公子吴兰雪刺史》，《思伯子堂诗集》编次为卷十一首诗，在卷十《六月廿八夜周梦岩太史招集郭羽可孝廉家步云明府黄树斋太史饯余即席赋别》（影印第 114 页）后，其实根据潘世恩《六月二十四日钟仰山侍郎黄树斋太史招同吴兰雪刺史张亨甫明经净业湖观荷》（徐世昌《晚晴簃诗汇》卷一百九），知观荷花雅集在六月廿四日，故张际亮此诗在《思伯子堂诗集》中的位置当在卷十《潘星斋绂庭公子藏陆包山画卷董元公宰为题曰花坞幽禽六月廿六日二君置酒饯余且招同人共作七言长句余走笔为之志别云尔》（原刻第二十八页，影印第 113 页）之前，往前越五题六首诗作，在《己丑六月同人约为欧阳文忠黄文节二公作生日十六日树斋太史招同人看花十刹海即修前约分得十三职》（原刻第二十七页，影印第 113 页）后。又，《己丑六月同人约为欧阳文忠黄文节二公作生日十六日树斋太史招同人看花十刹海即修前约分得十三职》身下一首诗题《松筠庵谒杨椒山先生遗像分得气字》（原刻第二十八页，影印第 113 页），不知作时。

⑧ 张际亮《何卧云先生七十寿序》，《张亨甫文集》卷五，《清代诗文集汇编》第 601 册，影印第 462 页。

⑨ 张际亮《思伯子堂诗集》卷二，影印第 15 页。作于嘉庆二十三年戊寅（1818），以首句"八年天上事如何"，知其五兄于八年前辞世。

⑩ 刘声木《桐城文学渊源撰述考》卷十二，第 367 页。按：光绪《邵武府志》卷二十一《人物传·文苑》李云诰传作"著有《太华山人剩稿》书卷、《续稿》一卷、《续订建宁耆旧诗钞》十四卷。"（影印第 472 页）

**谨按**:建宁张大孙传见光绪《邵武府志·隐逸传》:"张大孙,字若武。邑之岩上人。幼而灵敏,出口成诵。……无意进取,惟修孝道,勤课儿读,构南窗书舍,日夕讲学其中,虽寒暑不辍,诸子百家靡不淹贯。……卒年八十七。著有《南窗诗文谱》四十卷、《格言》二册,待梓。"①

张大孙之子张际虞兄弟传见光绪《邵武府志》:"张际虞,增广生,大孙之子。与弟岁贡生际时同得力于庭训,共相劘切,皆以文学名。从游者多上达,如南平吴家驹、宁都邹观化皆以名进士②出宰剧邑。宁化雷翠庭(雷鋐)以老友称之,年八十二。著有《读史蠡测》十四卷、《南窗制义》十卷藏于家。"③

张际虞兄弟与张绅兄弟之间的年代相距较远,即为同宗,亦可别立一条。

## No.480　建宁陈邦典家族

陈培元:《悔懒斋吟草》二卷、《石溪人物类传》一卷、《杜诗句解》一卷、《读史笔记》十余卷(同治刊本《福建通志》卷七十九)、《悔懒斋诗集》(民国《建宁县志》卷廿五《杂著》)

陈邦栋:《西陲游草》、《木天诗文集》若干卷(民国《建宁县志》卷十六《文苑传》本传)、《寄情吟》(民国《建宁县志》卷廿五《杂著》)

**谨按**:建宁县陈邦典及其曾孙陈培元等均能文学。陈邦典,字健斋、可型。工书法,亦能文,颖童试辄列前茅。光绪《邵武府志·文苑传》陈邦典传:"以书法见重于巡抚某公,尝延入署中。饮酒赋诗,经日不出,亦不以私干。嘉庆己未(四年,1799)以书游姑苏,疾作,殁于福建会馆,孙(陈)作模负骸骨而归。"④陈作模之子陈培元,字子为,号懒斋。传亦见光绪《邵武府志·文苑传》:"父作模殁后,家计萧然,授徒糊口。学使章公采南按郡,拔为诸生冠。……日以著书课徒为乐。著有《悔懒斋吟草》二卷、《石溪人物类传》一卷、《杜诗句解》一卷、《读史笔记》十余卷,藏于家。"⑤此传以陈培元为陈邦典之孙,又云其父为陈作模,与陈邦典传中"孙作模"之人物关系矛盾。

民国《建宁县志·文苑传》有陈培元、陈邦栋传,俱本县北乡蓝田石溪人,当是同宗。陈邦栋传:"陈邦栋,字汉卿。廪生。北乡石溪人。父国宏以艺寓建阳书坊,善挥霍,戚友多所优恤。殁后,邦栋奉母归里,朝夕刻励,授徒以供菽水,抚诸弟有恩。尝游幕西凉。所著有《西陲游草》、《木天诗文集》若干卷,藏于家。并工书法。"⑥

## No.481　建宁黄士迁家族

黄士遇:《槎客吟草》二编(民国《建宁县志》卷十六《文苑传》本传)

**谨按**:建宁黄士迁及其弟黄士遇博学能文。黄士迁,字伯侨;黄士遇,字畏臣。建宁县北乡岭头人。黄氏兄弟均入民国《建宁县志·文苑传》:"其父未涯先生,宿儒也,教诸子以经古,不屑于帖括。士遇幼颖异,十三经及汉魏诸家诗、古文皆能成诵。年十六,与兄士迁以经解受知于陈石士(江西新城陈用光,号石士)阁学,旋食饩。后游福州,师陈恭甫(陈寿祺,字恭甫)编修,文名大噪。意取科名旦夕

① 光绪《邵武府志》卷二十四,《人物传·(建宁)隐逸》,影印第572页。

② 按:吴家驹,《明清进士题名碑录索引》作湖北麻城人,乾隆十九年(1754)甲戌科二甲五十四名进士(第840页);邹观化,《明清进士题名碑录索引》无题名。同治刊本《福建通志·选举志》乾隆四十五年(1780)庚子科福建乡试举人吴家驹,侯官籍(卷一百六十三,影印第2889页)。大概可确定所谓"名进士"之说误。

③ 光绪《邵武府志》卷二十一,《人物传·文苑》,影印第469页。

④ 光绪《邵武府志》卷二十一,《人物传·(泰宁)文苑》,影印第470-471页。

⑤ 光绪《邵武府志》卷二十一,《人物传·(泰宁)文苑》,影印第472页。

⑥ 民国《建宁县志》卷十六,《文苑传》,影印第172页。

耳,顾侘傺不售,遂发为诗歌,以抒其怀。著《槎客吟草》二编,梓于福州,其雄逸出入盛唐,多愤郁,论者谓其才不可限量,卒为地力所囿,仅以诗人名,悲夫!……(黄士迁)亦博学能文,兄弟擅名,张亨甫《与未涯诗》有'诸郎解读书'之句,应乡闱十七科,主司尝批其文,有'匣剑帷灯之妙',而卒不遇,人哀其志。诗文甚多,俱散失无存。年六十余,以岁贡生终。"①高澍然有《答黄未涯书》。黄肇元,号未涯。

## No.482 光泽王增高家族

王增高:《周易申义》四卷(光绪《邵武府志》卷二十三《孝友传》本传)

王增本:《君山草堂诗》若干卷(光绪《邵武府志》卷二十三《孝友传》本传)

**谨按:**邵武府光泽县十九都人王增高兄弟均有著述,传见《邵武府志·孝友传》:"王增高与弟增本皆诸生,友爱甚笃。叔无子,增本为之后。及叔殁,增本与兄合产同爨,内外无间言。增高著《周易申义》四卷,增本著《君山草堂诗》若干卷。"②

## No.483 建宁谢五衔家族

谢琳英:《碎玉集》(光绪《邵武府志》卷二十七《闺秀传》本传。民国《福建通志·福建列女传》谢琳英本传作《碎金集》,民国《建宁县志》卷廿二题《碎石集》)

**谨按:**建宁谢五衔之女谢琳英能诗。光绪《邵武府志》谢琳英传:"谢氏琳英,诸生谢五衔女。性聪慧,幼从学于伯母王氏,授以《孝经》、《论》、《孟》诸书,辄不忘。好吟诗。年十六,归杨氏子,事舅姑惟谨。杨故纨绔子,好浮荡,氏苦谏不听,遂厌之,屡迫其改嫁,氏咈然曰:'吾身可灭,吾志不可夺。'遂抑郁成病而死,年甫十九。死之日,曾作绝命词一首。其伯母王氏有诗哭之曰:'落花啼鸟已春过,怨入东风旧绮罗。碧玉游魂招不返,新诗写罢泪痕多。'又曰:'艳骨难销兰麝灰,黄泉有恨玉长埋。诗魂死后不终散,化作寒香上早梅。'且序其诗曰《碎玉集》。"③王氏和诗的风调近李商隐,知其能诗。民国《福建通志》谢琳英传:"(王氏)序其诗,名《碎金集》。集中有《伤亲十恸》,寄其哀郁,多闺阁本色语。《绥安存雅》、《榕阴谈屑》。"④

# 延平府

## No.484 将乐袁辅宜家族

**谨按:**侯官林直与将乐袁辅宜兄弟有交谊,彼此相惜。按照《壮怀堂诗初稿》的编年次序,道光二十九年己酉(1849),林直为袁辅宜作《酬袁岱莱辅宜秀才》长歌:"玉华嵷巃高插天,四山岩谷纷相连。就中变异岂人境,托足便可名千年。袁君少年豪宕者,自道家居穴其下。文采真疑秀气钟,襟怀日待山灵写。囊底新诗夺化工,势如奔马气如虹。清奇雄健各尽妙,知有邱壑填君胸。记得去年侈高会,草堂梅花开正大戊申遇君于鄂跗草堂。成式思题汉上襟,季鹰忽忆吴中脍。一别经年不见君,鱼书莫达苦离群。相知未得通怀抱,几向天涯望夕曛。昨日相逢郭南陌,握手欢然话畴昔。访古同寻驸马园今

① 民国《建宁县志》卷十六,《文苑传》,影印第172页。

② 光绪《邵武府志》卷二十三,《人物传·(光泽)孝友》,影印第531页。

③ 光绪《邵武府志》卷二十七,《人物传·(泰宁)闺秀》,影印第763页。

④ 民国《福建通志》总卷四十五,《福建列女传》卷六,谢琳英传,原第三十七页。

为李兰卿(李彦章)都转别业,探幽夜过逋仙宅谓洛西(林灜)。坐中李郎已人豪谓星村(李应庚),夺臂气逼青云高。无端聚散偶然耳,天意似欲全吾曹。结交自古许王贡,肝胆相倾共魂梦。漫向洛阳吊二鸿,早从北海轻双凤。何时重倒黄金觞,娇歌醉舞征吴娘。酒酣斫剑看星斗,意气同争万古芒。"[①]戊申,指道光二十八年(1848),这是林直和袁辅宜结交的时间。袁辅宜其人少年豪宕,其诗能夺化工,气势奔放,清奇雄健。

咸丰元年辛亥(1851),林直撰《送袁岱莱辅宜明经及令弟笏卿辅廷茂才归将乐》诗二首:"相聚未几日,轻装忽戒途。西风吹大野,别酒置官湖。雁影乡心切,鸡声客梦孤。尺书如可达,倘讯古人无?""送子城西路,离情逝水俱。风尘暂挥手,岁月忽长徂。兄弟今双璧,文章古二苏。升沉应有定,未可怨穷途。"[②]咸丰五年(1855),本年举人中式的侯官诗人杨叔怿谒选将乐教谕,林直作《送杨二豫庭司训将乐二首》以送之,又作《再送一首兼讯袁大岱莱》[③]问候袁辅宜。

侯官郭柏苍有诗《将乐袁秀才辅宜招林洛西游玉华洞宝盖岩初春携箐云饯送鄂跗草堂》,作于道光二十八年戊申(1848)。诗后附录《秋来堂集》赠名妓罗秋云诗,此《秋来堂集》为林灜诗集。律诗四首篓录如下:"乌鹊声声唤渡河,客情早已动横波。缠绵每恐伤萍梗,薄倖深惭托茑萝。金屋看花成梦短,章台问柳寄诗多。良宵玉漏催何急,肠断当筵白纻歌。""脉脉柔情独往还,五陵年少不同班。最怜红拂垂青眼,几见金夫惜玉颜。明镜照妆朝暮速,香车在院去留艰。何须更诉琵琶曲,风月关心已等闲。""游骖未敢屡栖迟,歧路愁怀若早知。客里阮囊难买笑,帏中秦瑟自相思。随风归旆魂同远,泣雨征衫力已疲。回首故乡明月好,凄凉看到半圆时。""湘水微茫不可期,牵衣仍道是生离。还珠早痛今生误,解佩长贻后日痴。酒入愁肠都化泪,梦惊残夜复何词。王孙去后春欲暮,飞絮飘摇好自持。"[④]

## 建宁府

### No.485 政和秦韫家族

秦韫:《覆瓿集》(同治刊本《福建通志》卷七十八)

秦功诏:《一粟斋诗文集》四卷、《书札外集》二卷(民国《福建通志》总卷四十,《福建儒行传》卷五,秦功诏本传)

**谨按:**建宁府政和秦韫,传见同治刊本《福建通志·孝义传》。

秦韫从子秦功诏,字受禄,号毂斋。道光元年辛巳(1821)副举人。三荐不售,遂绝意仕进。多有善举。著有《一粟斋诗文集》、《书札外集》。晚年精医理,志在活人。道光间修县志,佐从叔秦韫搜罗富有,阅三载事成[⑤]。

### No.486 政和宋捷登家族

宋捷登:《周易心解》、《云峰读书记》、《朱陆通旨》、《性理求精》、《云峰杂记》、《井里储丰册》(民国《福建通志》总卷四十,《福建儒行传》卷五,宋捷登本传)

宋人杰(宋捷登子):《易说》四卷、《知足知不足斋遗诗》二卷(民国《福建通志·福建艺文志》卷六十六

① 林直《壮怀堂诗初稿》卷六,原第三页,影印第579页。
② 林直《壮怀堂诗初稿》卷七,原第九页,影印第587页。
③ 林直《壮怀堂诗初稿》卷十,原第十一页,影印第616页。
④ 郭柏苍《补蕉山馆诗》卷下,《清代诗文集汇编》第662册,影印第25页。
⑤ 民国《福建通志》总卷四十,《福建儒行传》卷五,秦功诏传,原第三十页。

作《知足知不足斋遗草》二卷)、《杂著》二卷(民国《福建通志》总卷三十九,《福建文苑传》卷九本传)

宋士琛(宋人杰子):《享帚斋吟草》四卷、《丁戊六卷记问》、《建郡松政被匪克复纪略》一册(民国《福建通志》总卷三十九,《福建文苑传》卷九本传)

宋滋兰:《省疚斋吟稿》三卷(光绪宋衍生《二宋诗钞》排印本)、《随轺漫纪》、《后庵居士诗集》六卷、《后庵居士文集》四卷、《周易异文考》一卷、《毛诗异文考》一卷、《后庵偶笔》四卷、《词馆日记》四卷(民国《福建通志》总卷三十九,《福建文苑传(清三)》卷九本传)

宋滋蓍:《恐斋诗钞》二卷(光绪宋衍生《二宋诗钞》排印本)、《夬庵文录》四卷(光绪间铅印本。民国《福建通志·福建艺文志》卷六十六作《夬庵文钞》四卷)、《夬庵经说》十六卷、《毛诗释义》八卷、《周易释义》四卷、《夬庵诗集》十二卷、《夬庵文集》八卷(《政和县志稿》、民国《福建通志·福建儒林传》卷五宋滋蓍本传)

宋滋兰、宋滋蓍:《二宋诗钞》五卷(民国《福建通志》总卷二十五,《福建艺文志》卷七十一)

宋衍桐:《嘉阴堂史论》二卷(民国《福建通志》总卷三十九,《福建文苑传(清三)》卷九本传)

**谨按:**清代建宁府政和县宋人杰家族从事文学创作从间宋人杰始至其曾孙宋衍桐止,越100年。

宋捷登,字用吉,号云峰。曾祖宋轮秀,岁贡生;祖宋韶,邑庠生;父宋龙光,郡增生。宋捷登幼岐嶷,好读书。嘉庆十年(1805)补博士弟子,益自发愤,精究程朱之言。积书数万卷,皆手加丹铅,至老不辍,邃于《易》、《书》二经。其他若设义仓、义学,聘宿儒,广捐资,修文庙、县志,建星溪书院,修明伦堂、城池等,宋捷登辄襄其事,出重资,为一邑先。这些善举为宋氏后人在僻处偏隅、文教不兴的政和县取得卓异的成就奠下基础。

宋人杰(?—1847[①]),字栒侯,晚易名芑培。政和人。民国《福建通志·文苑传》宋人杰传:"父云峰,积产千金,辄散去,与人交无贵贱,重然诺。人杰少有大志。道光戊子(八年,1828)举于乡。……留都下不归,久之则益闻天下利病,交豪杰,讲求兵食、吏治源流至熟……试礼部者十有一,卒无成。……或目为狂生,建宁张际亮曰:'栒侯不狂。……'人杰既不得志,抱负无所施,又羞以入资仕资,居恒邑邑,与同志郭礼图、陈金城、郑天爵、张际亮、龙启瑞辈益纵酒赋诗,或大醉连日,遂以病殁京师,年廑四十。……子士琛,贡生。历任连江、顺昌、南平、侯官训导,升武平、归化教谕。"[②]宋人杰著作数种,其诗多忧愁怫郁之音[③],其子宋士琛亦能著述。

宋滋兰,字佩之,一字秋馨,号后庵居士,宋士琛长子。光绪二年丙子(1876)举人中式,十二年丙戌(1886)与弟滋蓍同登进士第,授编修。有二宋之目。光绪二年(1876),游直隶学政孙诒经幕,兼治朴学。卒年四十二岁。民国《福建通志·文苑传》本传于宋滋兰在《周易》、《周礼》、《汉书》、《左传》及训诂、音韵等领域的成就逐项介绍,著笔较多。其《省疚斋吟稿》三卷,近体颇学南宋刘克庄[④]。

宋滋蓍,字象之,一字梦爻,号夬庵。幼有神童之目,为学政孙毓汶所赏识。肆力诗、古文词,尤邃于经学。解经释字,时有前人所未发。入致用书院,试经史、古学常高等。光绪十一年乙酉(1885)举人中式,明年联捷成进士。授官刑部主事,未任引归,十三年丁亥(1887)卒。传见民国《福建通志·福建儒林传》卷五。《恐斋诗钞》二卷,古体间似前辈诗人张际亮[⑤]。

宋滋兰犹子宋衍桐,有《嘉阴堂史论》二卷。

---

① 柯愈春《清人诗文集总目提要》,第1389页。

② 民国《福建通志》总卷三十九,《福建文苑传(清三)》卷九,第二页。

③ 民国《福建通志》总卷二十五,《福建艺文志》卷六十六,第十四页,引林昌彝《射鹰楼诗话》。

④ 民国《福建通志》总卷二十五,《福建艺文志》卷七十一,第十六页,引陈衍《石遗室书录》。

⑤ 同上注。

## No.487 瓯宁许赓年家族

许赓皞:《平远堂遗诗》五卷附补录一卷(道光二十九年刻本)、《萝月词》二卷(《赌棋山庄词话校注》卷一、民国《建瓯县志》卷三十三本传)、(修)《武夷山志》(郭柏苍《补蕉山馆诗》卷上《瓯宁许秀才赓皞修武夷山志坠岩死》。谢章铤《赌棋山庄集》诗集卷十四《别武夷感咏》其一首句注作《武夷小志》)

**谨按**:瓯宁许氏家族诸弟子辈互相唱酬,是清代中后叶闽北重要的文学艺术家族。

许赓皞(1815—1842[①]),字秋史、克孳,号萝月,廪生。传见民国《建瓯县志·文苑传》:“天资颖敏,髫龄即娴词学。……与弟赓年、侄作朋同以诗名。其师蒋拙斋谓其诗格七年凡三变,竟能脱去窠臼,自成一家,而又未尝不深合古人法度。……素好度曲,兼善鼓琴,无不各致精妙,皆授于其父所传,家中无论少长多解音律。……登仙(人)掌绝巅,失足坠崖而亡,年甫三十。”[②]按:民国《福建通志》著录许赓皞著作,引蒋蘅《云寥山人文钞》云:“秋史髫龄即喜吟咏,天资清妙,往往有中晚唐人佳句,至乙未(道光十五年,1835)而诗境一变,五言幽微淡远,具有王、孟、韦、柳四家神理;至戊戌(十八年,1838)而诗境又变,然醇而未肆也;逮庚子(道光二十年,1840)、辛丑(道光二十一年,1841),则汩汩然来矣。”[③]集题《兰悟》、《刺船》、《梅岩》、《宾云》、《天风海涛》、《岩扃》。

道光十五年乙未(1835),许赓皞从蒋蘅游,后又与长乐谢章铤订交。道光十八年(1838),许赓皞结梅崖词社。按:梅崖,指宋刘子翚之梅崖别墅,道光十八年戊戌(1838)许赓皞始寻得[④]。《赌棋山庄词话》之许赓皞词条:“瓯宁许秋史赓皞著《萝月词》,于里门举梅崖词社。同社十一人,大半出其指授。生平酷好白石(姜夔)、玉田(张炎)二家。尝有‘人在子规声里瘦,落花几点春寒骤’句,为陆莱庄我嵩、沈梦塘学渊、王友山塀所叹赏,呼为‘许子规’。后以修《武夷志》故,搜幽剔险,坠仙掌峰下死,惜哉。未死时,自编是年诗,名曰《岩扃》,是殆俗所谓诗谶也。……他如《菩萨蛮》云:‘语燕替人愁。夕阳红上楼。’《虞美人》云:‘离愁无力似杨花。纵趁东风,飞不到天涯。’嗟乎,若秋史者,天假以年岁,岂不攀辛揖柳哉。汪于鼎集载:乡邻某,娶妇甫一月即行贾。妇刺绣易食,以其余积岁易一珠,用彩丝系焉,名曰纪岁珠。夫归,妇殁已三载,启箧得珠二十余颗。秋史有《高阳台》一阕咏其事。”[⑤]按:许赓皞词风前后有所变化。蒋蘅《云寥山人文钞》序《萝月词》:“(为陆我嵩、沈学渊、王塀)诸人所激赏,至是词格一变,易其柔曼纤靡而为悲壮苍凉,且时有出格高浑语,非复词家所能束缚,如‘月出树苍然,水声高在天’,‘风叶下纷纷,四山都是云’及‘明河高不落,海空闻雁语’等语,且无论词,即在五言诗中,亦当入王右丞之室。”[⑥]

建安人杨廷钺,字雅南。诸生。《闽词征》卷四有传及词。所选词《杨州慢》(山翠凝烟)调下注:“菱角井观残荷,复登贞元阁,偕许克孳表丈联句”[⑦],知其为瓯宁许氏姻亲。

许赓皞弟许赓年,字海樵,贡生。师浦城祝凤喈(1796—1864,字桐君,号云寥山人)学古琴。民国

① 刘荣平《赌棋山庄词话校注》,第8页。引蒋蘅《云寥山人文钞》所云“辛丑(道光二十一年,1841)岁,秋史出里门,题曰《岩扃》,莫测其意,明年二月遂有仙掌坠崖之变。”郭柏苍《瓯宁许秀才赓皞修武夷山志坠岩死》诗在《舒啸岩己亥》、《山居寄林生穀贻庚子》明确注明时间的两诗之间,当是道光十九年己亥(1839)所作,许氏卒年当在本年,与蒋蘅所记不同,似郭柏苍误记。

② 民国《建瓯县志》卷三十三,许赓皞传,原第八、九页,影印第381-382页。《中国方志丛书》华南地方第95册影民国十八年铅印本。

③ 民国《福建通志》总卷二十五,《福建艺文志》卷六十六,第十三、十四页引。

④ 按:许赓皞与蒋蘅谈艺、志成连之契及寻得梅崖别墅等事迹均出蒋蘅《云寥山人文钞》,民国《福建通志·福建艺文志》转引(《福建艺文志》卷六十六,十四页,《平远堂遗诗》五卷解题)。

⑤ 谢章铤《赌棋山庄词话》卷一,刘荣平《赌棋山庄词话校注》,第8页。

⑥ 民国《福建通志》总卷二十五,《福建艺文志》卷七十二,原第七页,引。

⑦ 林葆恒《闽词征》卷四,《闽词钞 闽词征》,第772页。

《建瓯县志》许赓年本传:“善鼓琴,能填谱,工诗画。”[①]祝凤喈著有《与古斋琴谱》、《与古斋琴谱补义》。同治、光绪间,许赓年在家设艺苑,邀集同好,从事文学创作和古琴演奏活动。

## No.488 建阳江远青家族

江远青:《丛桂轩诗》、(同修)《建阳县志》(民国《福建通志》总卷三十九,《福建文苑传》卷八徐经传附)

江远涵:《建阳诗钞》民国《福建通志》总卷三十九,《福建文苑传》卷八徐经传附)

**谨按:**民国《福建通志·文苑传》徐经本传附江远青、江远涵兄弟传:“(徐经)与一时文人商订《建阳诗钞》,县志亦以重修。……同邑江远青,字云屿。道光岁贡。与经辈同修《(建阳)县志》。有《丛桂轩诗》,力追初唐。弟远涵,有《建阳诗钞》。”[②]张际亮尝作《与建阳江秀才远青札》,王飏系于道光六年(1826)[③]。

# 福宁府

## No.489 福安李枝青家族

李枝青:《诗文集》(陈昌强《谢章铤年谱简编》光绪九年)、《西云札记》(陈昌强《谢章铤年谱简编》光绪十年)、《仓颉类篇辑本》、《佚海防略》、《诗文》等二十六卷、《西云文稿》一卷、《西云诗钞》二卷、《西云遗书》十卷(光绪间刻本,国家图书馆藏。柯愈春《清人诗文集总目提要》第1343页)、《西云诗钞》四卷文钞二卷(咸丰元年刻本)(李灵年等《清人别集总目》第793页[④])、《芗园笔记》、《仓颉字考》、《说文疑》

李应奎(李枝青子):《京壶课艺》、《江西吟稿》

**谨按:**福宁府福安县阳头察阳李氏是当地的望族。明清两代均有宦绩。廿三世、李枝青祖父李龙文,诸生。廿四世、李枝青之父李焯培(1753—?),字丰树,号桂山,岁贡生。

廿五世李枝青(1799—1858),榜名李枝馨,字兰九,号芗园、西云,李枝春胞弟。林则徐门人。林则徐对林枝青的才华颇为欣赏,尝致信其座师沈维鐈[⑤],云“壬午门生李枝青与徐有亲,其人文笔甚开展而家极寒,乞荐一馆以为留京地,是所虔恳”[⑥]。配林氏,林则徐侄女。林则徐撰有《挽李芗园枝青母郑太孺人》挽联[⑦]。系清代福建著名诗人,书法家、史学家和收藏家。李枝青,道光二年壬午(1822)福建乡试举人中式,与龚维琳同年。以举人大挑得知县,分拨浙江,累官同知。颇受林则徐、何绍基等推

---

① 民国《建瓯县志》卷三十四,《方技传》,原第四页,影印第384页。

② 民国《福建通志》总卷三十九,《福建文苑传(清二)》卷八,第十七页。

③ 王飏《张际亮年谱简编》,张际亮《思伯子堂诗文集》下册,第1499页。

④ 李灵年等《清人别集总目》著录《札记》有二卷(咸丰元年刻本《西云诗钞》四卷《札记》二卷)、四卷(光绪六年福安李氏刻本《西云文钞》六卷《札记》四卷、光绪十年刻本《西云文钞》二卷《诗钞》四卷《札记》四卷)两种;《西云文钞》有二卷本(南开大学图书馆、福建省图书馆、北京师范大学图书馆、中国科学院图书馆藏本)、六卷本(光绪六年福安李氏刻本)两种;《西云诗钞》均为四卷本(第793页)。

⑤ 陈庆镛撰《诰授荣禄大夫工部左侍郎沈公墓志铭》(《籀经堂类稿》卷二十三)为沈维鐈作。沈维鐈,字子奂,一字鼎甫,号小湖,浙江嘉兴人。道光二年(1822)壬午科福建乡试正主考,陈庆镛座师,本年提督福建学政,六年丙戌(1826)差竣,改顺天学政,“所至风清弊剔,振拔皆知名”,“喜读宋五子书,以为典章制度与夫声音训诂文字之学必宗汉人,而道理则备于程朱”,“公之志向与其诱进后学,盖可知矣”。(《清代诗文集汇编》第587册,影印第666页)

⑥ 林则徐《致沈维鐈》,《林则徐全集》第七册,第71页。道光十二年(1832)四月。

⑦ 林则徐《林则徐全集》第六册,第340页。

重。光绪十年(1884),李荷绅尝请谢章铤序其祖所著《西云札记》[①]。民国《福建通志》著录《西云札记》引谢氏《赌棋山庄续集》云:"乡先生西云李氏诗文集其言真朴,有关系。所为《札记》大抵上稽经典,下考子史,而尤注意于小学,盖实事求是之家法也。"[②]

廿六世、李枝青之子李世綎(1824—?),字膺绶,号印林,一作印邻。附贡生,官浙江候补县丞、龙游知县。

李世綎胞弟李应奎(1827—?),字膺绂,号荷绅。咸丰二年(1852)福建乡试第五名经魁举人中式;光绪二年丙子(1876)科成进士,与陈懋侯、陈翥、陈琇莹等同年。官江西、浙江等地。有《京壶课艺》、《江西吟稿》等。

同治七年戊辰(1868),侯官诗人林直作《李印林世綎大令以尊甫芗园枝青先生大集惠读奉题》诗二首:"太白不可作,仙才今几人。岂期供奉集,重见宰官身。惠政时争颂,高歌独有神。老成感凋谢,盛业足千春。""善人宜有后,令子副嘉誉。久以推循吏,真能读父书。遗编存著作,通德耀门闾。百里才非尽,应看骥足舒。"[③]时林直至浙江杭州候胞弟林秉淳相聚,李世綎亦在浙中为官。

## No.490　宁德(周宁)魏敬中家族

魏敬中:(纂)《(道光)福建通志》二百七十八卷、(修)《政和县志》、《屋漏讼过录》、《观我生日记》、《炳烛轩抄撮》、《诗文集》(民国《福建通志》总卷三十四,《福建列传》卷三十九本传)

**谨按:**宁德魏敬中(1778—1860),本名建中,字治原,号和斋、和宇。民国三十四年(1945),新置周宁县。魏敬中原籍所在地在今周宁县咸村镇樟源村。祖父魏昌佐,父魏德化。五岁就傅,嘉庆六年(1801)拔贡,本年举于乡。七上春官,嘉庆二十四年己卯(1819)成进士。改庶吉士,散馆授编修,伊秉绶、游光绎的进士同年、曾任翰林院掌院学士等官的那彦成目为上书房之选[④]。魏敬中不喜奔竞,服阕抵京,以大考笔误对品改京秩,遂告归不出,以讲学、著述为业。一生屡主松溪湛卢书院、政和星汉书院、宁德莲峰书院、浦城南浦书院、福州鳌峰书院等。道光十六年丙申(1836),继赵在田掌凤池书院,咸丰二年壬子(1852)辞席,前后垂十七年。葬福州西关文山。

魏敬中长子魏开镕,道光二十年庚子(1840)优贡,官邵武府学、连城、龙溪县学训导;次子魏开鉴,附贡生,官署闽清县训导;三子魏开铨,同治元年壬戌(1862)副榜举人,官署汀州府学教授、武平县学教谕、训导,魏氏成为宁德著名的科举家族和教育世家。魏敬中诸孙亦颇掇取功名:魏鸿章,同治十二年癸酉(1873)举人,官闽县学教谕、福州府学教授、永福县学训导;魏鸿勋,光绪十七年辛卯(1891)举人,二十四年戊戌(1898)进士,官山西汾阳、武乡知县;魏鸿翚,光绪二十九年癸卯(1903)副举人,官山东清平县知县;魏鸿翔,光绪二十三年丁酉(1897)举人,官江西崇仁县知县。

魏敬中曾孙、魏鸿翚之子魏锡华(1913—1982),系著名的生物学家。

# 永春州

## No.491　德化苏履吉家族

苏履吉:《友竹山房诗草》八卷(道光十五年刻本。陈笃彬、苏黎明《泉州古代著述》第347页)、(纂修)

① 陈昌强《谢章铤年谱简编》,载《闽江学院学报》2009年第1期,第46页。按:李应奎(荷绅)系李枝青之子。

② 民国《福建通志》总卷二十五,《福建艺文志》卷五十,第七页。

③ 林直《壮怀堂诗三集》卷八,原第十三页,影印第711页。

④ 民国《福建通志》总卷三十四,《福建列传(清八)》卷三十九,魏敬中传,第三十七页。

《敦煌县志》、《友竹山房诗草》七卷补遗一卷(道光十年刻本,国家图书馆藏)、《友竹山房诗草续钞》七卷(道光十三年刻本,中国社会科学院文学研究所藏)、《友竹山房燹余集》一卷(同治间刻本,中国科学院图书馆藏)、《友竹山房诗存》一卷(光绪间刻本,南京图书馆藏)(柯愈春《清人诗文集总目提要》第1131页)

苏履吉、张淑芳:《怜香杂咏》(道光十五年刻本。陈笃彬、苏黎明《泉州古代著述》第347页)

苏如兰:《纫蕙山房诗草》(道光十五年刻本。陈笃彬、苏黎明《泉州古代著述》第348页)

**谨按:**苏履吉(1779—?),字其旋,号九斋。永春州德化县(今春美乡双翰村)人。嘉庆十八年(1813)登拔萃科,历官西北诸府县,终广东佛山海防厅。工诗,诗作三千余首。选编为《友竹山房诗草》八卷。妻张淑芳,亦能诗。《怜香杂咏》系苏履吉夫妇诗合辑。

苏履吉之妹苏如兰(1781—1801),号梦香,善诗。卒年二十一。其遗诗辑为《纫蕙山房诗草》。

## 龙岩州

### No.492　龙岩林泰家族

林泰:《远峰诗存》二卷(同治刊本《福建通志》卷八十二)、《双树生诗草》一卷(《春晖堂丛书》本,咸丰元年刻本,国家图书馆藏;同治元年补刻本,国家图书馆藏;《仲瞿诗录》附录本,咸丰间刻本,南京图书馆藏;稿本,一册,上海图书馆藏。柯愈春《清人诗文集总目提要》第848页)

林炳辰:《研庄诗集》一卷(嘉庆间刻本,附《远峰诗存》后。柯愈春《清人诗文集总目提要》第1108页)

**谨按:**柯愈春《清人诗文集总目提要》著录林镐及其族子林泰著作。林镐,同治刊本《福建通志》作林泰,著录其《远峰诗存》二卷,注云:"初学诗于袁枚,后与吴锡麒、洪亮吉相倡酬,当时有'林七古'之目。侄□□序略:'族叔远峰侨居吴中,江左名流咸推为作手,然负才气,不修边幅,年六十三卒于吴,葬虎邱之西。此卷久存虞山孙子潇太史家,余与太史互相精择,得古今体若干首付梓。'"[①]柯愈春径作族侄林炳辰刻于吴中,长乐谢章铤赌棋山庄旧藏,又录其别本三种[②],如条目所示。

柯愈春《清人诗文集总目提要》著录《远峰诗存》二卷,作者林镐。林镐,初名泰,一名实,字远峰,自号双树生。其族侄林炳辰,字研庄。所著《研庄诗集》一卷,附于《远峰诗存》后。[③] 李灵年等《清人别集总目》著录林镐(改名宝,字乾生,号远峰)《双树生诗草》一卷,稿本,国家图书馆藏;《春晖堂丛书》本,咸丰元年刻本[④]。

① 同治刊本《福建通志》卷八十二,影印第1643页。
② 柯愈春《清人诗文集总目提要》,第848页。
③ 同上书,第848、1108页。
④ 李灵年等《清人别集总目》,第1360页。

# 第二部分

## 清代福建家族文学创作综论

本书的主体框架、思路与作者前著《明代福建文学结聚与文化研究》基本相似，在文学家族和家族文学研究之中试图考察清代福建境内的结社活动，在文学家族从事文学创作之外考察文学思潮、哲学思潮、社会思潮、政治制度对文学创作的影响，试图钩沉出清代福建文学史、清代全国文学史中福建文学家族参与、活动的身影及其活动、发生影响的程度。同理，各省的文学创作均形成向全国文坛“奔趋辐凑”①的态势和创作生态，共构出全国文坛的景象。

我们主张将明清两代的文学创作视为不间断的、连续发展的文学之流，事实确实如此，明清两代文学创作不随明清王朝更迭而发生断裂或改流，但我们关注到任何一个事物因长时间积累而导致变化，这是物质世界存在的本质，所积累愈多，变化愈大，必然达到质变的地步，向人们所期待的和所不欲期待的两个向度发生变化。明清两代累计近 600 年的时间，历史积累了足够多的能量，在政治制度、社会观念、学术思想、哲学观念、文化结构等领域均发生嬗变：某些领域所发生的窳败变化导致整个社会的颠覆性变革；某些领域发生的变化则是对已有制度的部分扬弃、修正、改良，使制度更加严密、合理；某些领域的变化则是对明朝灭亡痛定思痛的汉民族全体共识，对全国人民包括上层满汉统治者均产生镜鉴的意义；统治思想则是有所倒退，清王朝在程朱理学与陆王心学之间，以排击“高谈性命”、“空谈性命”、儒释出入、朱王蒙混之弊②，排斥了心学，程朱理学再次成为清代的统治思想，清代学风转向笃实，而陆王心学的传播现象却在全清的局部时段存在。

清代福建文学家族从事文学创作的活动在文学家族的总数量上超越明代，而在福建省内的结社活动有别于明人结社：一者，清代福建人在省内的文学结社活动不甚明显，这是与明代福建文人的文学活动相比最显著的变化；二者，清代福建文人退居乡里虽然乐于郊游、雅集，却不称之名之为社集，社名不甚显，以晚清陈宝琛《沧趣楼诗文集》所载诗可为典型；三者，清代福建文人雅集多有“寿苏会”③(亦有纪念黄庭坚④、王士禛⑤、韩愈、欧阳修陈师道等诗人及莲花生日⑥之诗会)等活动，与全国纪念苏轼等前代著名作家诞辰的文学创作活动相类，每年大都必有，持续时间甚久，不冠社名；四者，清代福建诗钟创作盛行，这种创作形式传播到各省⑦；五者，清代福建仕宦在外省的作家往往与全国作者一起

---

① 陈寿祺《科举论》引朱熹《贡举私议》“大学但为声利之场，掌教事者徒取其善为科举之文，士之奔趋辐凑而来者徒为解额之滥、舍选之私而已”(《左海文集》卷三，《清代诗文集汇编》第 499 册，影印第 124 页)语。

② 请参看永瑢等《四库全书总目》卷九四之《(陆世仪)〈思辨录辑要〉提要》、《(周召)〈双桥随笔〉提要》、《(陆陇其〈读朱随笔〉提要)》(影印第 798 页)。

③ 据沈津《翁方纲年谱》，乾隆三十八年癸巳(1773)十二月十七日翁方纲于厂肆购得宋椠《苏东坡诗施顾注》残本，三十一册(第 69 页)；十二月十九日(苏轼初度日)，以合装苏斋，图供苏轼像前，同人小集拜苏轼生日(第 71 页)，晋江陈庆镛《东坡生日为潘比部仕成》诗末句“倍忆苏斋酹酒频”后自注：“覃溪先生屡有此举”(《籀经堂类稿》卷八，《清代诗文集汇编》第 587 册，影印第 513 页)，翁方纲身后清代寿苏会日渐流行，成为清代知识分子阶层的一种仪式。清代士人纪念苏轼的活动大都伴随有写(摹)苏轼像(包括笠屐像图、折梅图等)、造苏轼塑像、以苏命名书室、焚香雅集、次韵赋诗等行为。

④ 翁方纲亦有纪念黄庭坚的仪式，如乾隆四十九年(1784)六月十二日黄庭坚生日事(《翁方纲年谱》，第 207 页)，其好友黄景仁系黄庭坚之后，翁方纲为编《悔存诗钞》，撰序回忆每年苏斋同拜黄庭坚像、赋诗的情形(同书，第 196 页)。清代亦有纪念欧阳修等宋人的仪式，如张际亮在道光九年(1829)作《己丑六月同人约为欧阳文忠公黄文节二公作生日文忠此月二十一文节此月十二十六日树斋(黄爵滋)太史招同人看花十刹海即修前约分得十三职》(《思伯子堂诗集》卷十，原刻第二十七页，《清代诗文集汇编》第 601 页，影印第 113 页)，注云在翁方纲之前诗人宋荦(1634—1712，字牧仲)亦作苏轼生日。

⑤ 沈瑜庆有诗题《超社分韵渔洋生日得东字》(《涛园诗集 · 义熙集》，原第四页，《清代诗文集汇编》第 785 册，影印第 148 页)。

⑥ 道光八年(1828)，张际亮作《六月二十四日树斋(黄爵滋)太史招同苏宾隅(苏孟旸)舍人潘星斋(潘曾莹)绂庭(潘曾绶)两公子木民(龚润森)伯游(陈方海)子序(吴嘉宾)十刹海作莲花生日分得佳字》(《思伯子堂诗集》卷九，《清代诗文集汇编》第 601 册，影印第 92 页)。张际亮曾经在其师陈寿祺初主鳌峰书院时组织的荷花生日诗课中以四律冠军，有“六月能为水底春”之句(谢章铤《过鳌峰访荷花口占呈陈伯潜》诗后自注，《赌棋山庄余集》诗集，《清代诗文集汇编》第 681 册，影印第 122 页)。

⑦ 请参看学者黄乃江的相关研究，其所主持项目《中国诗钟艺术的历史重构与现代阐释》、《诗钟与晚清民国间的两岸诗坛》、《诗钟史研究(1823—2000)》等，著作《台湾诗钟研究》(复旦大学出版社 2009 年版)、《东南坛坫第一家——菽庄吟社研究》(武汉出版社 2011 年版)、《台湾诗钟社团及相关组织考略(1865—2014)》(人民出版社 2016 年版)等。

从事文学创作活动，不局限于福建。基于以上五个方面的观察，又由于精力有所不逮，未能精密考索清代福建省内的福建文人结社活动，故本书略于考察清代福建文学家族的结社活动，不再冠之以“文学结聚”之名。将来对清代福建境内的结社活动再行考察，若有繁密的结社活动事实的支撑，再与清代福建的文学家族和家族文学创作活动关联，名之为“文学结聚”。

第二部分设五章，对清代福建文学家族与家族文学创作进行完整的、必要的论述，形成内部自洽的研究框架，藉此对《明代福建文学结聚与文化研究》论证的内在逻辑进行揭橥和补充，亦藉本书的论证显示出本课题与《明代福建文学结聚与文化研究》的区别。

# 第四章
# 清代福建文学家族概说

## 第一节　福建科举、文化、文学事业中的家族特征
### ——从唐宋到近现代的福建家族现象

从上古以迄南朝，福建僻在海陬，处于未开发、初步开发的状态。同治刊本《福建通志·星野》：“星野之说昉于《周官》，散见《左》、《国》、《史》、《汉》诸书，然无专言闽者。”[①]又云：“闽地纪山海之经，列职方之掌，其来旧矣。顾三代而上，殆鸿蒙之未启；秦、汉以还，若草昧之初开。三国孙吴始设县立郡，晋、宋迄隋，区画加详。唐初建都督府，立军置使，分设五州，骎骎乎与上国之制侔焉。五代王氏保据偏隅，亦颇有所增置。历宋至明，风气日新，山川献秀，昔时獉狉之壤悉为绣错之区矣。”[②]中原帝国乐居于经济、文化高度发达的黄河流域，直至唐代中叶经济中心方才南移到长江流域，渐次向南开发。中国历史上的永嘉南渡、唐代藩镇割据、晚唐王审知入闽、宋代靖康南渡等历史事件促进了中原人民向福建移民，历次入闽移民逐渐与原住民畲族等民族融合，进而以汉文化、语言、经济等方式促进了福建的开发和发展，这段历史从秦朝算起到唐代中叶时长达1000年左右。

福建的文教事业在中唐之后渐露头角，所谓“中唐风气初开”[③]，如唐德宗贞元八年(792)泉州欧阳詹(755—800)进士及第，与进士韩愈、李观、李绛、王涯等共二十三人称“龙虎榜”，又如唐文宗开成三年(838)裴思谦榜闽人四人登第，“朝士诗曰：‘几人天上争仙桂，一岁江南折四枝。’闽中自是号为文儒之乡”[④]，福建的文教事业渐入佳境。民国《福建通志·福建文苑传》首列唐中宗神龙二年(706)进士薛令之及其孙(一说从子)薛芳杜两人传[⑤]，这是福建文学家族的肇端；次列林藻传[⑥]，林藻(765—840)少与欧阳詹刻意攻文，系莆田县望族九牧林的先祖，宋、明两代九牧林子孙在事功、文学创作上成就斐然。进入宋代，福建经济、文化、科举的发展速度加快，浦城杨亿[⑦](974—1020)、崇安柳永(984?—1053?)[⑧]是福建在中国文学史上具有全国性名望与声誉的作家[⑨]，一出场，便得无限风流。南宋朝廷

① 同治刊本《福建通志》卷一，影印第189页。

② 同上书，卷一，影印第193页。

③ 朱筠《林青圃先生诗集》，《笥河文集》卷五，《续修四库全书》第1440册影印嘉庆二十年乙亥刻本，影印第190页。

④ 正德《福州府志》卷二十一，《选举志》，开成三年进士进士萧膺名下注，第2页。

⑤ 民国《福建通志》总卷三十九，《福建文苑传》卷一，原第一页。民国二十七年(1938)刻本。

⑥ 同上注。

⑦ 杨亿家族传见《闽书》卷一百，第2956-2961页。杨氏家族有杨徽之、从孙杨亿、杨亿从子杨纮、杨亿弟杨伟、杨倚、杨备、杨倬、杨亿六世孙杨邦弼八人传。

⑧ 柳永家族传见《闽书》卷九十七，有柳宏、兄子柳永二人传，传文中兼及柳宏之父柳崇，见同书《韦布传》，柳宏之兄柳宜、柳永兄柳三复、柳三接事迹(第2906-2907页)。

⑨ 按：杨亿、柳永均出自官宦世家。杨亿祖父杨文逸官南唐玉山县县令，祖母章氏系章仔钧第四子章仁嵩之女，母亲亦章氏女，与章氏累世婚姻。柳永祖父柳崇官沙县丞，父柳宜仕南唐、北宋，官至工部侍郎。柳永三兄弟柳三复、柳三接、柳三变(柳永本名)均进士登第，皆能诗文，称“柳氏三绝”。

以临安为都，福建的地理位置几乎相当于传统意义上的畿辅周边地区，其重要性明显提升。受到南宋王朝政策辐射的强度骤增，福建的科举、教育、经济、社会发展进入快车道，与江西、浙江成为全国文化教育事业最发达的地区。

北宋苏轼撰《书黄子思诗集后》云："闽人黄子思，庆历、皇祐间号能文者。予尝闻前辈诵其诗，每得佳句妙语，反复数四，乃识其所谓，信乎表圣之言，美在咸酸之外，可以一唱而三叹也。予既与其子幾道、其孙师是游，得窥其家集，而子思笃行高志，为吏有异才，见于墓志详矣，予不复论，独评其诗如此。"[①]黄孝先，字子思，福建浦城人。历官大理寺丞、太常博士、石州通判。在文学创作上，黄孝先是苏轼的前辈，在庆历（1041—1048）、皇祐（1049—1053）年间号能诗文，彼时苏轼还未登进士第、未为天下人所知。黄孝先著有诗集二十卷，而苏轼又与黄孝先的儿子黄几道、孙子黄师是交游，得到苏轼的肯定是前辈文人黄孝先的殊荣。

苏轼有《水龙吟》（似花还似非花）词调名作，小题云："次韵章质夫杨花词"，是一首次韵章质夫原作的词，作于元丰四年（1081）[②]，时苏轼被贬为黄州团练副使本州安置，章质夫时官荆湖北路提点刑狱。章楶（1027—1102），字质夫，建州浦城人。宋英宗治平二年（1065）进士。章氏在浦城族大指繁，声势煊赫，与杨、黄、陈并称浦城四甲族。仅章楶本支，六世祖章仔钧仕闽王王审知政权，高祖章仁彻，官建州节度使推官，曾祖章文谷南唐状元及第，入宋仕至侍郎，祖父章频官刑部郎中，出使辽国，父章访被荐出仕，叔父章得象官宰相，封国公，六个儿子均在北宋时为官，与蔡京不谐，受排挤。章楶的族弟章惇（1035—1106）也曾经是苏轼、王安石的朋友，官至宰相。《闽书》卷九十九有章频传，附其弟岵、侄章得象、孙楶、楶子综、综、综、绾、綖、缜、缜、章得象侄章望之、章得象从孙章授 12 人传[③]，确系望族。

上古三代至秦汉，以世官制度而形成史官世代著述的家族文学创作现象。司马迁《太史公自序》云："当周宣王时，失其守而为司马氏。司马氏世典周史。……自司马氏去周适晋，分散，或在卫，或在赵，或在秦。"[④]汉兴，历司马昌、司马无泽、司马喜、司马谈、司马迁，为太史公。从两汉到两宋，以帝王对文学的爱好、士族的形成和世袭而形成帝王、士族身份的文学世家。刘勰《文心雕龙·时序》："孝武崇儒，润色鸿业"，在两汉以来皇帝、王公的提倡之下，"礼乐争辉，辞藻竞骛"，营造了家族型作家产生的优渥环境；"魏武（曹操）以相王之尊，雅爱诗章；文帝（曹丕）以副君之重，妙善辞赋；陈思（曹植）以公子之豪，下笔琳琅；并体貌英逸，故俊才云蒸"[⑤]，曹操、曹丕、曹植父子兄弟对从事文学创作事业作出了典型的示范，上有所好，下必甚焉。汉魏以后，又由于政治制度变革的原因，士族掌握了政治、经济、文化教育的特权，对文学而言，起到积极的作用。魏晋以迄南朝，西汉以来的文学创作活动在士族阶层如火如荼，这个哲学史上的黄金时代也是家族文学创作的黄金时代，"今之士俗，斯风炽矣。才能胜衣，甫就小学，必甘心而驰骛焉"，"膏腴子弟，耻文不逮，终朝点缀，分夜呻吟"[⑥]，形成大量的士族型文学家族。

日本学者沟口雄三认为中国社会在中唐之后逐渐与传统的贵族社会疏离，跃进、替换为平民掌握实权的近世社会[⑦]。这种近世社会打破了社会垂直流动的凝固、停滞状态，朝廷通过科举制度的实施、完善和强化，"振拔单寒"[⑧]，提供了平民从社会底层上升、跃迁到士、农、工、商四类身份中最显赫的"士"阶层，合法获得特权、地位、财富和生前身后的荣耀。"多少英豪起儒素，朱门原不抵蓬茅"，"回甘

---

① 苏轼《苏轼文集》文集卷六十七，第 2125 页。中华书局 1986 年版，孔凡礼点校。

② 苏轼《苏轼词编年校注》，邹同庆、王宗堂校注，第 314-315 页。中华书局 2002 年版。

③ 何乔远《闽书》卷九十九，第 2965-2968 页。按：本卷目录仅列前 10 人，传文中实有章望之、章授 2 人，共 12 人。

④ 司马迁《史记》，卷一百三十，《太史公自序第七十》，第 3285-3286 页。中华书局 1982 年版。

⑤ 刘勰《文心雕龙》，《时序》第四十五。

⑥ 钟嵘《〈诗品〉序》，郭绍虞《中国历代文论选》本。

⑦ 沟口雄三《中国的历史脉动》，乔志航译，三联书店 2014 年版，第 372 页。

⑧ 张际亮《书院芭蕉》诗题下小序云福建学政大臣陆锡熊"任侠好义，振拔单寒"（《思伯子堂诗集》卷六，《清代诗文集汇编》第 601 册，影印第 54 页）。作于道光四年（1824）。

今日忆青箱,世味真如橄榄尝"①,而朝廷借科举制度这个途径源源不断地从社会各阶层中遴选政治精英,调整社会各阶层的矛盾,实现社会的动态平衡,这是贵族社会过渡到近世社会之后社会资源分配更加合理、合适的机制。

宋代福建作家在中国文学史上的表现与他省作家颇有不同之处,他们登上文学史舞台之时就伴随着家族丛聚的特征,包括奸臣吕惠卿、章惇、蔡京在内的家族均具有这个特征,表现在政治、科举、文学创作等诸多领域。结合中国社会的历史变迁进程考察之,福建文学史上的文学家族既非世官制度下世袭罔替的朝廷政府机构功能型家族,也不是汉魏以后士族型的文学家族,是平民社会中依靠科举制度而形成的新型文学家族,较诸世袭职官功能型文学家族和士族型文学家族,这是一种新事物。

明代正德《福州府志》的《选举志》开篇对于选举人物题名就很重视血缘关系,明确说明《选举志》的编纂"系家世,以征邦献焉。"②"献"在此是人物的意思,即"文献"一词中"献"的意思。这句话说的是《选举志》通过对科举人物家世的考订来反映乡邦在科举事业上的成就。福州府第二位进士是唐德宗贞元十三年丁丑(797)郑巨源榜进士陈诩,注云:"字载物,闽县人,有传。"③第十三位进士是唐武宗会昌四年甲子(844)郑言榜进士陈纳,注:"字广誉,闽县人,诩之子。"④唐敬宗宝历元年乙巳(825)柳璟榜进士欧阳衮,其子、唐懿宗咸通七年丙戌(866)韩衮榜进士欧阳琳,又子、咸通十年己丑(869)归仁绍榜进士欧阳玭⑤亦如此"系以家世"。到明代部分,纂修者在科举人物名下注明了其所习《周易》、《诗经》、《礼》、《尚书》、《春秋》五经中之某部,我们根据这个材料,能够知道明代的福建士大夫确实在从事科举的世代累积中形成了家学,每个科举家族的"家学"实际上增加了他们家族的声望,提高了家族中人在科举中中式的概率,甚至朝廷亦闻知福建的《易经》学大名,能判断出时文作者研习《周易》所宗师的是哪一家的易学。

正德《福州府志》是福州市现存较早的一部府志⑥,它的编纂体例对于此前的明代府志编纂经验应当有所借鉴,对于此后福建府县志、通志的编纂则产生了深远的影响。《闽书》正是受到正德《福州府志》编纂体例影响的第一部福建通志。

试举宋代一例。《闽书》卷九十六《英旧志·缙绅·建宁府·建阳县二》是以朱熹开头的人物传记,列传主朱熹、蔡谅、熊克、陈焕、魏掞之、刘颁、周明仲、熊以宁、陈总龟、余冀、熊节、宋巩、熊刚大、宋慈、刘子寰、叶味道、游义肃、宋秉孙、吴居仁、熊禾 19 人,但是朱熹传附有其子塾、埜、在、塾子鉴、曾孙浚 5 人传,蔡谅传附有玄孙模、杭 2 人传,魏掞之传附有其子应仲 1 人传,刘颁传附有弟崇之、崇之子纯、族人懋、懋子煸、炳、炯、爚子垕、孙鉴、垕子钦、炳子填、炳孙应李、铨 12 人传,叶味道传有其子采 1 人传,以传主领诸传,附传诸人均省姓⑦。这种处理则反映出何乔远极为重视具有血缘关系的人物,不论衍传时间长短、代际的多寡、直系旁系,均视为同一家族,刘颁传尤为明显。《闽书》还提示了同一家族中人放置在其他卷人物传中的信息,比如杨宏家族中人的传文基本在卷九十七《英旧志·缙绅一》中,杨宏之父杨崇其传在《韦布传》。根据《闽书》提供的资料,就能将同一朝代的同一家族的人物搜集

① 杨庆琛《口占示颐澄两儿》其一、其四,《绛雪山房诗钞》卷十五,《清代诗文集汇编》第 542 册,影印第 486-487 页。作于道光二十年庚子(1840)。

② 正德《福州府志》(叶溥修,张孟敬纂)卷二十一,《选举志》一,下册第 1 页。福州海风出版社 2001 年版。根据《出版说明》,该志始纂于正德初年,由林瀚、林泮等人组织编纂,中辍未成书;正德十五年(1520),由福州知府叶溥倡修,林瀚之孙林炫主持修纂,张孟敬等编纂,五阅月而成。

③ 同上注。按:第一位进士是贞元十年甲戌(794)李程榜第四名进士陈通方。

④ 同上书,卷二十一,《选举志》一,下册第 2 页。

⑤ 同上书,卷二十一,《选举志》一,下册第 1-2 页。

⑥ 福州旧志有东晋太元十九年(394)陶夔《闽中记》、唐大中五年(851)林谞、宋庆历二年(1042)林世程增修本,均散佚;宋淳熙九年(1182)梁克家《三山志》,原本散佚,今存明刻本、钞本;元代《三山续志》,亦不存,明正德《福州府志》是现存较早的府志,详请参看陈旭东《福建师范大学图书馆藏〈(正德)福州府志〉递藏源流述略》(载《福建师范大学学报》2009 年第 6 期,第 167 页。唐、元两代年号有误)。

⑦ 何乔远《闽书》卷九十六,第 2869 页,目录。

完整。《闽书》所撰明代的科第、《英旧志》更能将本朝人物的祖先尽可能往前追溯,最为极致者能直接其姓入闽始祖或始迁祖或科举上首得功名者,如宋林绪“藻六世孙”、宋徐复“寅三世孙”、徐膺“亦寅后”[1],反映出何乔远对更加庞大规模家族的溯源意图,几乎是刘勰《文心雕龙·序志》篇中所揭示的“原始以表末”的“论文叙笔”原则的翻版。

倘若一个家族在立德、立功、立言方面取得成就的成员如上段所举刘颌家族数量多至13人,依然可以在《闽书》中逐一为之立传,铺展开来。但福建各府县还有比建宁府建阳县、浦城县更加发达的区域和家族如兴化府莆田县及其境内的家族,《闽书》是怎么处理的呢?该府的科举、政治、文化、文学创作的实力集中体现在莆田县一县之中,以故无论是以府为单位,还是以县为单位,兴化府和莆田县在宋、元、明三代福建各府(军)县的实力对比中均为福建府县前茅,排名屈指可数。迄至今日,莆田县的林氏、方氏、黄氏、陈氏、郑氏、柯氏、顾氏、宋氏、郭氏、俞氏、彭氏、吴氏、翁氏、游氏、余氏等姓氏仍然可以追溯到入莆之后的共同祖先。举莆田县明代林氏为例。林俊作《十德堂记》,叙林氏入闽数传而及唐代林披,林披(733—802)有子九人:林苇、林藻、林著、林荐、林晔、林蕴、林蒙、林迈、林蔇,皆官刺史,故称九牧林。林藻为“闽破荒进士,林世科之始也。”[2]九牧林距明代林俊(1452—1527)之时近800年,家族庞大,势不得笼统而系之于九牧林单一家族。清代乾隆间李清馥著《闽中理学渊源考》,其中《九牧林氏家世学派》论云:“贞肃林公俊曰‘林自矩轩应成、松湖栋、于野、慎斋冈孙、玉井以辨、子木以顺、三复圭,世以道学名。敬斋公宗庄重古质,而尤名经学,远迩及门,往往荣显,仕天官卿尹公旻尤显者。’按:贞肃所叙此一派为九牧邵州公蕴之后,源流最夥。曰三复讳圭者,正学道风,为时推首,所指授弟子数十名辈,皆一时伟望;其余端州公苇之后,有林氏环、林氏富、林氏文、林氏尧俞、林氏云同;江陵公藻之后,有林氏廷纲、林氏澜、林氏嵒、林氏大辂,皆卓然鸿硕之彦,典型表著,可为世法者也。”[3]其实《闽书》已有凡例,虽同一姓氏、同族同宗而必析,另起条目[4],完整条列传主姓名,而同一家族之下,亦省姓氏而仅称名。

这样,《闽书》对于同血缘关系的同一姓氏的家族成员就有两种处理方式:其一,对于众多的立传人员、科第人员,则按迹循踪,从文献中考索他们的血缘关系,形成家族的观念,可以历数百年而家族血脉潜流暗行,最主要的是形成科举家族的观念,撰写家族人物传记系列。最为典型者如兴化府莆田县的黄寿生家族,列黄寿生、子黄子嘉、黄子嘉子黄仲昭、黄子嘉孙黄乾亨、黄乾亨子黄如金、黄希雍、黄仲昭孙黄懋官、黄仲昭族孙黄洙、黄洙从侄黄文炳九人,从洪武间的黄寿生到卒于嘉靖三十九年(1560)的黄懋官[5],几乎200年。其二,对于家族异常庞大的家族,则对该家族成员适当予以分离、断限。如黄重、黄寿生同为唐代黄滔十五世孙,仍然分开为两条,各冠姓氏[6],黄滔之裔黄察单立小传[7],典型者如郑露之裔在《闽书》卷一百十中立有郑云、郑彦成(孙郑华、曾孙郑思亨、郑华侄孙郑祥、郑祥子郑洛书)、郑瑗、郑循初(子郑嘉祐、从侄孙郑弼、郑弼之子郑东白、郑任、郑俶)、郑岳、郑玉(侄郑敬

---

① 同上书,卷一百二十九,第3845-3846页。林绪传、徐复传、徐膺传。

② 林俊《见素集》卷八。

③ 李清馥《闽中理学渊源考》卷五十一。

④ 清代乾隆间宋仕琇撰《建宁大南何氏族谱序》,云建宁县历史最悠久的著姓有谢、何二姓,其中何氏“在县凡十余族”(《梅崖居士文集》卷二十,《清代诗文集汇编》第336册,影印第387页),亦有何氏别分为族的观念。张剑《宋代以降家族文学研究的理论、方法及文献问题》一文,尾注第6条云该文对家族的定义取自徐扬杰:“家族,又称宗族……是同一个男性祖先的子孙,若干世代相聚在一起,按照一定的规范,以血缘关系为纽带结合而成的一种特殊的社会组织形式。”徐扬杰认为家族成员不一定要“若干世代相聚在一起”,只要是在一定社会历史条件下,具有较可靠的世代相继记录,同一男性祖先的所有后代自然形成的血缘集团,即可归入所谓的“家族”;张剑对徐扬杰的观点有所发展,认为在具体研究中要划分层级,须在观照总体的家族结构视野下给予每个分支家族相对独立的研究,不能忽视在次层级上构成多个文学家族的事实(载《文学评论》2010年第4期,第38-39页)。徐扬杰所著《宋明家族制度史论》家族、宗族观念不分,张剑的认识和《闽书》、《闽中理学渊源考》的体例暗合。

⑤ 何乔远《闽书》卷一百十,第3301-3304页。

⑥ 同上书,同卷,第3301页。

⑦ 同上书,同卷,第3304页。

道、郑敬道子郑茂、郑敬道侄郑芸)、郑一鹏(子郑应龄、侄郑光琬)[①],郑氏传共七处,括号内为免姓氏附小传或免姓氏单列传文的家族成员,形成簇状家族人物传记。本诸祖父李光地的学术观念,李清馥编纂《闽中理学渊源考》时,充分理解、吸收、借鉴了《闽书》的编纂体例。

何乔远的《闽书》人物传记广泛论及人物的立德、立功、立言事业,并不专门记载立言(文学创作和学术著述)事迹,其历代科第题名之下所注血缘关系对未入传的家族成员进行补充,隐含了以家族作为区分人物的方法,表现出何乔远《闽书》修纂体例的内在理路和规律。李清馥的《闽中理学渊源考》九十二卷侧重于考察福建历代至本朝的理学发展脉络,设立"学派"的撰写体例,对清初黄宗羲《明儒学案》、《宋元学案》的"学案"体例有所创新:李清馥以理学家族为"学派"的主体,以学术思想相近者为补充,而同一家族中人,即使在同一时代或世代相近,若学术思想有所分歧,则另立"学派",形成了《闽中理学渊源考》独特的著述体例,也可以说是李光地、李清馥祖孙两代人的心血结晶。

本项目研究的是清代福建文学家族和家族文学的创作,本诸《闽书》、《闽中理学渊源考》的著述体例来认定文学家族是合适的选择。《闽书》卷九十六魏掞之传附有其子应 1 人传,叶味道传有其子 1 人传,卷九十九杨训、杨公度父子与刘毅、刘汝舟父子均仅 2 人[②],反映出人物传记以血缘关系组成的簇状丛聚现象的出现和学者何乔远对簇状人物的关注。簇状作者多到一定程度为文学家族,累积到一定程度为文学世家,反之则降维到簇状现象最简单的祖孙、父子、兄弟、姊妹、母子等仅有两个数量单位的存在。

## 第二节 福建相对封闭的地理空间与家族势力的盛行

林佶诗云:"七闽僻处在东南,亘以群山环巨鳌"[③],"负山襟海"[④],这是福建的地理区位特征。秦代设闽中郡,管理今临海、温州以南,漳州以北的区域,西汉则把福建纳入扬州刺史部,南部小块区域纳入交阯刺史部管理。隋代,福建所辖的区域基本确定,除了后来设置为邵武府(军)若干县的一块地方属于江西的临川郡。唐代,今福建省地方设福州、建州、汀州、漳州、泉州五州,一度属江西临川郡的邵武等县已划归建州。至此,今福建省的位置境域基本形成,清代增设台湾府,至光绪十一年(1885)台湾府置省。

北部进入福建的通道是由浙江衢州府江山县经仙霞岭过枫岭关进入浦城县[⑤],从江西广信府经分水关、桐木关进入崇安县[⑥]两条线打通福建与浙江、福建与江西的交通;西北方向则江西建昌府经铁牛关、杉关、云际关进入光泽县,从黄土关进入邵武县,从朝天隘、蟠湖隘、茱萸隘等进入建宁县,打通福建与江西的交通,邵武府"乃全闽屏藩而光泽之杉关实邵武之门户"[⑦];正西方向则是主要依靠宁都州瑞金、石城和赣州府会昌、安远、长宁与汀州府相连,"险隘最多"[⑧]。对于福建的威胁经常来自北方和西北、正西方向,越过省界即成大患,明代倭患则是来自广东和海上。福建的地理形势有利于依靠高峻、险要的山脉形成天然的"鹿砦"、"拒马"进行防守,也形成福建人民走出该地的天然障碍,给任何一

---

① 何乔远《闽书》卷一百十,第 3293-3298 页。

② 何乔远《闽书》卷九十九,第 2975-2976、1977-1978 页。按:杨训著有《礼记解》二十卷、文集十卷,其子杨公度著有《玉峰集》,刘毅父子传中无著述记载。

③ 林佶《辛巳五月望前渡鹭岛再叠前韵》,《朴学斋诗稿》卷二,原第九页,《清代诗文集汇编》第 205 册,影印第 499 页。

④ 陈庆镛《泉郡明伦堂题名辑略后序》,《籀经堂类稿》卷十二,《清代诗文集汇编》第 587 册,影印第 552 页。

⑤ 同治刊本《福建通志》卷八十五,影印第 1703 页。

⑥ 同上书,同卷,影印第 1702-1703 页。

⑦ 同上书,同卷,影印第 1704-1705 页。

⑧ 同上书,同卷,影印第 1706 页。

个逃入福建、躲避战乱的中原移民以安全的心理慰藉，让他们停止逃难的脚步，奔波极度疲倦之后顿入黑甜梦乡，极容易产生依恋、乐土的心理①，在此繁衍生息，安土重迁，视之为乐园，"闽越之区，聚族而居，丁多者数千，少亦数百"，安溪李氏"历禩五百算，丁逾六千"②，历史上福建与他省人员的社会水平流动频率低于中原地区和平原地区，形成异常固定、稳定的家族（宗族）社会结构③和文化结构④，"流风协气，至今存者，岭（本书按：此引文前有"闽在江南浙江诸岭西南"句）以北，华靡烂发之习不能乱也"⑤，某些家族（宗族）在福建的繁衍和发展具有超过1500年的历史，这是福建历史上特殊的社会形态和文化现象。

晚明漳州府龙溪人张燮（1574—1640）累试不第，其《霏云居集》五十四卷、《霏云居续集》六十六卷、《群玉楼集》八十八卷（今点校整理为《张燮集》四大册，中华书局2015年版）详细记载了张燮一生中多次往返奔波于京师与福建及福建与故乡之间。张燮的线路基本上不变：从漳州东面的江东出发，经过轮山，向北经过泉州、兴化，到达福州，再从福州西面的西关沿着闽江西上到延平府折向建宁府，从福建北面的崇安（今武夷山市）或浦城出闽、赣分水关，望浙江北行，基本不走从福州北面去往福宁（明称福宁州，清称福宁府）通往温州这条路，以闽、浙之间悬崖峭壁、崇山峻岭的天然屏障不易通行⑥之故，海路从福州过温州北上的极少⑦。

福建形成从海上通往南北的便利交通线⑧要到十九世纪八十年代⑨以后。林纾短篇小说中之"前四十年无公车船，陆行赴顺天"⑩，指的是1860年代尚无南北送举人赴京应试的"公车船"，福建举人仍循驿站北上。我们从《郑孝胥日记》所记载的郑孝胥（1860—1938）乘坐轮船南下广东、北上京师和上

---

① 请参看谢章铤《闽省形势答权守某公》（《赌棋山庄文集》卷一，《清代诗文集汇编》第681册，影印第66页）。

② 陈寿祺《安溪李氏续修族谱序》，《左海文集》卷六，《清代诗文集汇编》第499册，影印第294页。

③ 大致来讲，福建面向大海，多通过海上航行实现南北移动的社会水平流动，这是历史上的福建向外移民的重要特征。向北移民到江浙地区，向南移民到今广东、海南，远至东南亚各国。

④ 福建各府向来分内陆延平、建宁、邵武、汀州上四府和沿海福州、兴化、泉州、漳州（包括后来设置的福宁、永春、龙岩、台湾）下四府的地理空间格局。朱仕琇《李世昇传》："父老言（邵武府）建宁闽下邑僻远，生民不知兵。明季闯、献毒延天下，建宁民自若。"（《梅崖居士文集》卷二，《清代诗文集汇编》第336册，影印第207页）福建西北部邵武府建宁县的民生及庶民的心理具有乐土的特征。而漳州府的形势"负山面海，前障泉、兴，后控汀、潮，扼吭捣虚，为兵法所必争之地。其人资山者四，资海者六，疾贫尚气，勇于私斗"（谢章铤《重建漳州府署碑》，《赌棋山庄文集》卷五，《清代诗文集汇编》第680册，影印第712页），"其气嚣然不静"（谢章铤《乡贤谢教谕遗书序》，《赌棋山庄文续集》卷二，《清代诗文集汇编》第680册，影印第772页），则反映出福建东南部泉、漳两府一带沿海闽人的性格。

⑤ 朱筠《林青圃先生诗集》，《笥河文集》卷五，《续修四库全书》第1440册影印嘉庆二十年乙亥刻本，影印第190页。

⑥ 中国新闻网2014年1月20日电《中国特高压电网工程首次采用直升机大规模吊运塔材》，文中称"为解决浙北-福州特高压工程'无人区'材料运输的实际，推进直升机在特高压输电线路施工中的应用，提升中国大电网建设的机械化程度和装备水平，国家电网决定在该标段'无人区'实施直升机运输施工材料试验"，"位于福建省宁德市蕉城区虎贝乡梅鹤村1000千伏浙北-福州特高压工程福建段16标段的'无人区'施工现场"，"当天吊运的任务是从停机坪向16标段A25号塔位吊运塔材，A25号塔位所处的位置是坡度超过70度的山脊，飞机吊装的8根长10米、重4吨的钢材，要准确卸载在徒坡的指定位置上，而且确保不下滑，挑战了飞行的极限。"此施工"无人区"在宁德市辖区，距离闽浙边界尚远，但可说明闽北地势之险要。

⑦ 道光二十一年（1841），侯官举人林昌彝、吴景禧入京，由福州而温州，舟行入都（《射鹰楼诗话》卷二十）。道光五年（1825），梁章钜任盘运漕粮总局，运河不通，连樯列城，滞留亿秭，"时有主海运之议，为期已迟，未能集事"（《接运漕粮总局纪事》，《退庵诗存》卷十一，《清代诗文集汇编》第515册，影印第125页），道光六年（1826）梁章钜有《喜闻海运竣事寄和陶云汀中丞望祭海神韵》（《退庵诗存》卷十二，影印第133页），江苏巡抚陶澍试办海运，时道光五年乙酉（1825）（《叶次幔邑侯墓志铭》《清代诗文集汇编》第515册，影印第373页，"是年，江南漕改海运。"）为漕运梗阻临事应急之举，意义重大，此后海运渐开，然终道光朝南北海运尚未成为粮食运输的大动脉。

⑧ 按：清代自第一次鸦片战争以来，海禁渐弛，海上交通线的开拓一方面由于西方先进航海技术的输入及船舶运输条件的推进，另一方面因为太平天国军事活动造成南北陆路交通中断，促进了近代以来中国海上交通运输事业的快速发展。闽县王庆云夫妇卒于同治元年（1862），时在山西汾州，棺柩须运回福建安葬。王庆云之配袁氏夫人遗言交代其子王传璨云："东南糜溃，旱路梗塞，取道海上，势不能不假于夷舶，非所以体先志也，尔尚殡余二人，以待时清乎。"（王仁堪《先中宪公事略》，《王苏州遗书》卷十二，原第二页，《清代诗文集汇编》第771册，影印第292页）"夷舶"似乎垄断了南北海运事业。

⑨ 光绪八年壬午（1882）二月末（4月），郑孝胥从南京返闽参加本年八月福建乡试，顺长江而东，上海展轮一日半之间（4月15日早至4月16日夜半）已至马祖澳，离闽江五虎口仅二十余里，明日至罗星塔、南台，乘轿入城（《郑孝胥日记》，第1-2页）。福州府侯官沈瑜庆诗题《余八世祖……孝廉船改海道后会试多不取道于杭光绪壬午余与二兄莹庆往祭一次……》（沈瑜庆《涛园诗集·正阳篇》，原第十一页，《清代诗文集汇编》第785册，影印第110页），知光绪八年壬午（1882）之前，福建赴京应会试的孝廉船已改海道。

⑩ 林纾《陈孝廉》，《技击余闻》，《林纾集》第三册，第309页。按：《技击余闻》初刻于光绪三十四年（1908），据此逆推40年，正是1860年代末。

海、天津、烟台等地的详细日记得到印证，林直的《壮悔堂诗二集》、《壮悔堂诗三集》记载林直(1827—1873)乘坐军舰在香港、广东各地之间往返，政府官员方有权力乘坐军舰，在海面上航行的是清朝的军舰，至郑孝胥之时营运固定航线的船只已有官舱[①]和民舱的区分。

近现代以来，地理空间对福建的限制逐渐被打破，100余年之后的21世纪初福建与全国、全世界的互联互通问题已经得到解决。

1905年秋，卸任广西边防督办大臣的福建人郑孝胥从广西龙州乘船历南宁至广州，光绪三十一年十月初十日(1905年11月6日)应酬事毕的郑孝胥登香港轮船汉口号至港，登广大轮船，北返上海居所，十六日(11月12日)抵达吴淞，入住图南里住所；十一月十七日(12月13日)从上海和陈宝琛等登船返闽，二十日午刻抵达马尾[②]。这是二十世纪初南至广东(时广西尚未有出海口)北到上海的沿海交通路线，数日之内南北往返，较诸陆路交通便捷甚多，与郑孝胥父辈、祖辈北上江浙和京师的路线截然不同。这是晚清福建人出省交通方式的改变，沿海已成通途，重山叠嶂、崇山峻岭再也不是阻遏外敌入侵闽地的天险，再也不是闽人走出福建的障碍，僻在一隅的地理空间劣势得以改变。

本书就福建与浙江、江西两省的交通略举事例以说明一直到清代福建封闭的地理环境对于该省形成家族形式的社会形态的重要性。

清初周亮工选择从福建与江西交界的杉关入闽，入闽即可接近邵武府郡治邵武县。沿着这条线路，省外官员、人民南下入闽，从闽北、闽西北方向进入福建即能抵达最近的府城。官员可以得到较为完备的物质补给，享受优渥的接待及相应的排场。顺治四年丁亥(1647)，归顺清朝的明朝旧臣周亮工被任命为福建按察使，周氏原本计划从浙江由福建北部浦城、崇安入闽南下抵达福州到任的路途已经被堵住了，无奈之下，周亮工只好从福建西北部邵武府与江西省交界的杉关入闽，十月在邵武府就任，任邵武府城守城之责。因此周亮工前后在邵武府七个月，这时的邵武虽僻在一隅，但形势危如累卵，“盗贼蜂起，水陆俱为贼踞，省会音信不得达，城外烽火烛天，公(周亮工)督苍头奴子且战且守，城赖以全。”盗贼指的是唐王隆武朝的军队和本省趁机群起作乱的匪徒。至顺治五年戊子(1648)五月，“大兵云集，路渐通，公(周亮工)始入省受事。”[③]

闽、赣边境险要的地势固为守土优越的战略优势，但如“所守或匪亲，化为狼与豺”，“磨牙吮血，杀人如麻”，则转为战略的劣势。闽西北诸县在匪徒、粤寇、溃兵、清兵的反复争夺下，其势围如铁桶，险峻地势导致乡民无处可逃，逃不出去，生灵涂炭。汀州府的宁化县北部与邵武府南部的建宁县接壤，明末清初的宁化县泉上镇的作家李世熊带领家族成员筑土堡，浚壕沟，聚族而居，力行保甲，以抵御粤寇和明溃兵的劫掠[④]，颇有成效。根据李世熊之子所撰《岁纪》，李世熊筑堡事在顺治九年壬辰(1652)，时年五十一岁，除匪患，有功于地方。李世熊作有《寇变记》、《寇变后记》、《寨堡记》、《堡城记》等文章以纪事。

清初，沿海各府士人迁居闽西、闽西北的汀州、邵武、延平、建宁等府客观上促进、巩固了清代福建西部、西北部的文教发展，使远离沿海福州、兴化、泉州、漳州四府的福建内地出现次区域文化与文学创作中心，直到咸丰间受到太平天国的军事活动的波及。

太平天国的军事力量从长江流域向下游发展，先后攻占湖北、江苏、安徽、江西、浙江，沿着闽浙、闽赣边境进攻福建，于咸丰六年至同治三年(1856—1864)间与朝廷反复争夺闽西、闽西北及闽北地

---

① 郑孝胥《郑孝胥日记》:“(登新裕船)幼莲(陈宗濂，郑孝胥亡友)之子林官同船赴沪，持统舱票，余买官舱票易之。”(第1022页)时光绪三十一年十二月初九日(1906年1月3日)。光绪六年(1880)，陈宝琛典试甘肃差竣请假回原籍省亲，假满“由福建航海回京”覆命(陈宝琛《典试甘肃差竣假满覆命折》,《沧趣楼诗文集》下册，第589页)。

② 郑孝胥《郑孝胥日记》，第1020页。周振鹤认为福建向广东移民“大多泛海而至”(《中国的方言为何如此复杂》，凤凰网文化读书频道在线发表。网址 https://culture.ifeng.com/c/7vexOmNwvw. 2020年4月14日10:38)，其实这种迁徙方式适用于福建向沿海各省及海外各国的移民。

③ 周亮工《赖古堂集·附录》，影印第910-911页。

④ 按:时清兵已入汀州府宁化境，然按兵不发而坐视涂炭，进而指民为贼纵兵杀戮的行径令人发指。请参看李世熊《与雷扶九》、《庚寅夏四月大水书事》、《寇变记》等文。

方，顺着进出福建的通道铁牛关、云际关、岑阳关、黎川到邵武县（府）、江西瑞金县到福建汀州府长汀县、江西永丰县至福建建宁府崇安县、建阳县、建安县等关隘反复四次大规模进出福建省界附近府县，由于遇到福建延平、建宁、邵武、汀州四府军民的强烈抵抗，不能深入福建腹地，但太平天国部队数次攻陷邵武府及其所属光泽等县、汀州府及其所属归化等县、建宁府及其所属崇安、浦城等县。太平军所至之处，烧杀抢掠[①]，文物荡然无存，致使这些区域的文教事业在咸丰以后发展乏力，逐渐衰落。

闽北浦城县正当闽浙两省咽喉，扼守福建省内外交通，其地理位置非常重要。长乐梁章钜尝主浦城南浦书院讲席七年，嘉庆十二年丁卯（1807）撰《南浦诗话》八卷，与其师、浦城人祖之望等修《浦城县志》四十卷；道光二十二年（1842）从江苏巡抚署两江总督任上开缺回里，暂驻浦城，乐浦城山水及其便利的交通条件，筑北东园以居，又与浦城祝氏联姻，将浦城县视作其故乡福州之外的第二故乡。梁章钜三子梁恭辰，尝官温州知府、浙江宁绍台道等，梁章钜曾经往依梁恭辰浙江官所，游温州府乐清县境内之雁荡山，留有大龙湫刻石。咸丰间，梁恭辰在浙江任上，被“发逆之难，仓皇惊窜”，其子梁伽年“死于难”，梁伽年之女梁茂漪（萨承钰妻）回忆其“小弱弟被伤甚重，妹复散失，又身受流离颠沛、丐食之苦”[②]。咸丰八年戊午（1858），太平天国部队从岑阳关入闽，从崇安县岚谷攻打浦城县，占领松溪、政和等县，攻打建宁府府城。升平岁月和战乱颠沛两幅生活画面，形成鲜明的对比。

咸丰七年丁巳（1857），太平天国部队从江西铁牛关、云际关攻陷邵武府光泽县城，光泽殉城、阵亡者众多，严重摧残了光泽的科举和文学创作队伍，何氏、高氏、上官氏、官氏、邓氏、董氏、饶氏、龚氏、危氏、曾氏等望族均有两位数以上族人死亡，邵武府所辖其他三县邵武、泰宁、建宁[③]所遭受太平天国的劫掠约略同之，请参看光绪《邵武府志》卷二十二光泽县《忠节传》之“附录咸丰七年殉城阵亡官绅军民”名录、邵武府邵武县《忠节传》“附录咸丰七年殉城阵亡官绅军民”名录、建宁县《忠烈传》“附录咸丰间殉城阵亡官绅军民姓名”[④]，极为惨烈，对同治以至晚清的光泽乃至邵武府的文化、文学创作发展造成了巨大的、无可挽回的损失。

同年，太平天国军队陷汀州府，寇归化、连城、武平、宁化等县及他府的建阳、将乐等县，所到之处人为制造的灾难罄竹难书。太平天国后期军事运动于1861年、1864年两次分别从江西南部向东攻打汀州，从广东进入汀州，远及漳州府[⑤]、龙岩州，均未能停留长久，类乎强弩之末的无力，反映了太平天国运动的式微。

以邵武府光泽、邵武、泰宁等县的伤亡扩而观之，太平天国这种灭绝人性的攻城略地对长江流域以及长江以南各省的经济、文化和文学事业造成了毁灭性的打击。相较于受到太平军和清政府军事力量绞杀式攻城略地影响最巨的江苏、浙江、江西、安徽、湖北、湖南等省，福建全境仅北部以太平军攻占浙江，余势波及建宁府、福宁府两府靠北毗邻浙江、江西的小部分区域，以及福建西部与江西[⑥]接壤的邵武府、汀州府部分县域，受到太平天国运动的劫掠，所辖十府（包括台湾府在内）二州基本得以保

① 咸丰八年戊午（1858）二月，太平天国杨国琮、戚国琮部入岑阳关，攻打浦城县，城破。“贼首令移尸沙岸”，“共男女（尸）六万七千余人”，七月初八日“贼运财物、妇女由广丰（北）遁”，陷婺源；“浦城积尸六万余，八月十六日溪涨，始浮江而下，南剑至（建瓯县）芝城百二十里，舟行八日，避浮尸也。”（郭柏苍《八月十八日别南剑入芝城》诗题下自注，《鄂跗草堂诗》卷下，《清代诗文集汇编》第662册，影印第43页）

② 萨嘉曦《先妣梁夫人事略》，民国《雁门萨氏家谱》卷六，原第六十七页，影印第1152页。梁茂漪适萨承钰，子萨嘉曦、萨嘉榘、萨嘉徵、萨嘉燮。

③ 根据建宁县《忠烈传》“附录咸丰间殉城阵亡官绅军民姓名”（影印第510-514页）的记载，建宁望族中鄢氏、邱氏、朱氏、余氏、夏氏、张氏、李氏、廖氏、宁氏、钟氏、黄氏、高氏、揭氏、谢氏殉难者尤多。

④ 请参看光绪《邵武府志》卷二十二光泽县《忠节传》之“附录咸丰七年殉城阵亡官绅军民”名录（影印第491-505页）。此外，请参看邵武府邵武县《忠节传》“附录咸丰七年殉城阵亡官绅军民”名录（影印第483-488页）、建宁县《忠烈传》“附录咸丰间殉城阵亡官绅军民姓名”（影印第510-514页）等。建宁县《忠烈传》陈俊偕、徐祖镗两传均有“同死者数百人”（均在影印第509页）的记载。

⑤ 郭柏苍《甲子（同治三年，1864）四月二十五日遣溶儿试北闱》诗题下注：“（十月）十六日粤匪陷漳州城，至乙丑（同治四年，1865）五月窜粤东，歼焉。”（《三峰草堂诗》卷上，《清代诗文集汇编》第662册，影印第57页）1864—1865年，太平天国军队据漳州。

⑥ 按：《清实录·文宗实录》咸丰十年正月：“江西省自咸丰三年以来叠遭匪扰，经该省文武员弁悉力防剿，业经全省肃清。”（卷三百六，影印第477页）

全,在乱世中犹能有一方净土,获得太平天国运动爆发以后各省区竞争性发展的相对优势。

从清初清军入闽到太平天国骚扰福建各府县的军事行动,基本上是沿着形成地理标志的分水岭、分水关——横亘在江西、福建两省的武夷山脉多断崖式山体,度越闽浙、闽赣、闽粤之间的关隘,从“鸟道”而得以进入福建。这种天然的屏障构筑了福建腹地对于他省的前沿阵地,形成三面封闭东南面海的自然地理特征,仅有沿海舢板远行的畏途,对福建人民性格、心理的形成,语言、文化、礼俗制度的相对凝固状态①,商业活动及区域经济社会的发展均具有特定作用。

厦门大学陈支平教授著有《近 500 年来福建的家族社会与文化》(生活·读书·新知三联书店 1991 年版。中国人民大学出版社 2011 版,改题《近五百年来福建的家族社会与文化》)一书,其中第一章“福建的开发与聚族而居的传统”、第六章“割据与官府统治”、第七章“乡族间的联络与冲突”、第八章“家族与家庭裂变”及附录一“流动的移民社会与松散的宗族组织”、附录三“清代泉州福全所的众姓合族”所论福建地理形势、聚族居住的传统、宗族之间械斗、众姓合族的特殊现象等方面立论精辟,颇有创新,对本书的研究很有启发意义。

家族的存在由于婚姻、血缘关系而自然形成,发展出宗族、氏族、社群、部落、民系、族群、民族和国家,形成人类繁衍的社会形态,古今中外概莫能外。《诗经》云:“思齐大任,文王之母。思媚周姜,京室之妇。大姒嗣徽音,则百斯男。”周文王“刑于寡妻,至于兄弟,以御于家邦。”②大任(太任),王季之妻,文王之母。周姜,太姜,古公亶父之妻,王季之母,文王祖母。大姒,太姒,文王之妻。在中国人看来,夫妻以及由夫妻养育的子女形成家的观念,从而构成了人类社会中社会关系的雏形,这是社会关系的核心要件。父子、兄弟、姊妹等家庭关系是在夫妻关系存有的基础上形成的。战国时期,孟子在这种认识的基础上,明确了国家治理的路径:“老吾老以及人之老,幼吾幼以及人之幼,天下可运于掌。诗云:‘刑于寡妻,至于兄弟,以御于家邦。’言举斯心加诸彼而已。”③中国社会最基本的结构是夫妻及子嗣,所以孟子认可《诗经》“刑于寡妻,至于兄弟,以御于家邦”的行为方式,从夫妻做起,处理好社会关系中小而不能再小的社会关系;扩展、推广到治理国家的事务中,即社会关系中最小单位的夫妻关系不断推衍、扩大的结果。约简至简,是以夫妻为最小单位的社会关系;扩展至极,衍生出家国天下的治理思想④。陈寿祺对清初上杭傅鹏起的德行操守大为赞赏:“君所行廛里党耳,海内郡县鳞次,傥尽得如君等千百辈,彬彬参错其间,教诱人士,守令可不劳而治”⑤,此种脱离了血缘的政治理想其逻辑仍在于认定一个人的德行操守可以以家族内部成员之间“举斯心加诸彼”的普遍属性旁推、扩展至乡人、国人等不同规模、不同关系的社会群体,从而实现“不劳而治”、“天下可运于掌”的国家治理目标。

在封闭的地理空间中,在低收益率、资源有限的客观条件下,移民以聚族居住的方式才能在与原住民、其他宗族的资源争斗中占得优势,获得生存和发展的空间,老子云“九层之台,起于垒土”,这个积累与发展过程必定伴随着残忍、血腥和野蛮的行径。个体依附于历朝历代国家政权的统治权力之下,与国家共构共存,逐步强化其获得资源的能力,是人类社会国家政权组织形成之后的秩序和规则,也是一个家族对于发展条件的共同认识。陈寿祺《科举论》:“自隋唐而后,设科专以文辞取士,乃驱天下尽纳于利禄之途矣。”⑥凭借科举获得全国性资源分配的资格,拥有权力、财富、社会地位,反哺于该

---

① 宋代大儒朱熹归葬建阳嘉禾里大林谷,自此以后,“嘉禾每岁输赋先诸乡,无一人抗逋者,风俗之美钟于里闬,固已异矣。乃如修墓一事,虽妇人女子咸知感慕,非先贤之教深入人心,何以至今不泯也。”(陈寿祺《重修建阳朱子墓记》,《左海文集》卷八,《清代诗文集汇编》第 499 册,影印第 359 页)这是典型产生的积极作用。消极的一面如漳、泉、台三府根深蒂固的械斗及其心理,反映出官府、胥吏、军队和宗族势力之间的长时利益博弈及各方的心理。

② 《诗经》,《大雅·思齐》。

③ 孟轲《孟子·梁惠王上》。

④ 费孝通《乡土中国》第四章《差序格局》推导出“从己到家,由家到国,由国到天下,是一条通路”的结论(人民出版社 2008 年版,第 31 页),并说“在这种社会结构里,从己到天下是一圈一圈推出去的,所以孟子说他‘善推而已矣’。”请参看。

⑤ 陈寿祺《书雷翠庭先生闻见录傅鹏起事后》,《左海文集》卷七,《清代诗文集汇编》第 499 册,影印第 320 页。

⑥ 陈寿祺《左海文集》卷三,《清代诗文集汇编》第 499 册,影印第 124 页。

家族，为家族置宗祠、家产、义田，办家塾，购买田产，救恤家族中的贫弱成员，有力地推动该家族的壮大，是为“禄养”[①]之义。在传统中国社会行之有效，概括起来是“力田事稼穑，厉志敦诗书”[②]所包含的耕、读两件事。《郑孝胥日记》记载了郑孝胥来自叔祖郑世恭对他的特别疼爱和教诲，也记载了郑孝胥游幕、使日及在广西边防督办大臣任上对胞兄弟、从兄弟、诸多从子、寡嫂、二姨、六姨、从父、舅父、表兄弟、诸多从妹、诸多外甥等本家族和姻亲等人员的关照，尤其是每当薪水领讫，必分一份寄往胞弟郑孝柽，作为家用，表现出郑孝胥作为家族中“孝”字辈中稍有出息的成员对家族中人的照顾，这是家族赋予成员的责任。传统中国家庭的独立性较小，除非背井离乡迁徙远方，一般依附于本姓家族而生存，既有得自家族的扶持而艰难生存的，亦承受来自家族内部的压力。所举《郑孝胥日记》中郑孝胥对家族中人的照料，这是家族的存在对于家族成员所具有的积极意义。宗族在福建历史上扮演的角色较诸他省更为鲜明，堪称文化基因，是历史上的福建人民世代相沿，入脑、入心、入髓的族群观念。

我们从明末清初福建文学家族和家族文学的创作实际中观察到科举及科举功名所带来的政治权力对于文学家族产生、维持的重要性：我们从福建首府福州府观察到晚明侯官曹学佺家族以曹学佺忠于明朝、殉难而死，受到抄家没产的打击，不仅国家有黍离之悲，曹氏家园亦荒芜为荆棒；闽县徐𤊹家族科举无成，在徐𤊹在世之日已经难以支撑，至其子之世则完全破家；福清县林章家族客居金陵，林章以举人不得一第，游幕塞下，至其子林古度飘零而亡，诗稿散佚殆尽，这些家族中从事文学创作的成员几臻于无。康熙间兴化府布衣、贡生、国学生、诸生等低级阶层身份的作者众多，如林文豹、康琨、余怀、黄帝臣、朱黄石、郑熊佳、林元海、钟豫、林桢、林一銮、林元之、余震飏、陈兰英、林煌、戴一球、戴炳畿、林泌、郑镛、宋翃、贺梁、贺青来等诗人，无科举事业作为基础，这对康熙朝之后该府科举、文学、文化带来不利影响，清代兴化府的科举、文学创作渐趋消歇的趋势已经呈现；汀州府宁化县李世熊曾为明朝生员，入清之后不和政府合作，虽著述甚多，寄托遗民之志，然隐居和不参加新朝科举的观念对其家族影响巨大，李氏家族的文学事业仅持续到李世熊儿子这一代，两世而斩。从洪承畴、李光地、施琅、黄梧等和清朝政府合作的福建士人的家族发展状况明显地看到权力、财富、科举对于其所属家族发展的积极作用，这些家族部分以军功受封成政治世袭家族，政治世袭家族又部分地发展成为文学家族，而长久地看，若无科举力量的支撑，绝大部分成为文学家族的家族将缺乏物质财富的稳定支持，无力从事文学创作和学术著述，逐渐剥离其家族身上附着的文化意义，如李光地家族维持至其曾孙辈(宗字辈)，降维成为仅仅具有血缘关系的家族[③]，繁衍至今。以故林佶《青儿南归诗以遣之》其十三告诫其长子林正青云：“群从皆良式好欢，浮浇易浼独行难。要知家法存矜贵，勿浑庸奴一例看。”[④]

在降维、维持和发展三种类型的家族发展方向的选择中，不可谓不慎重。宋代郑樵(渔仲)云：“一树十获者，谷也；一树百获者，人也；一树万获者，德也。”[⑤]家族中需有卓识者指明道路，有典型者示以榜样，有子孙能坚持家族发展的方向。从明代永乐朝至清代乾隆间，闽县郑方城家族历三百年，犹以诗书耕读勉励子弟；安溪李光地家族的发展跨越明、清两代，李氏“每阅一世，辄有贤子孙”[⑥]，以李光地为最杰出人物。郑方城《和荔乡(郑方坤)杂诗十首次韵》其十诗云：“水源遥溯曲成湍，门地依然未改

---

① 张际亮《答雨农舍人书》，《张亨甫文集》卷五，《清代诗文集汇编》第601册，影印第461页。

② 郑开禧《修家谱成感赋》其二，《知守斋诗初集》卷六，《清代诗文集汇编》第560册，影印第40页。

③ 周绚隆先生《历史夹层中的明清易代——〈易代：侯岐曾和他的亲友们〉前言》：“在新、旧秩序大调整，利益和机会重新分配的易代之际，随着新的地方势力崛起，侯家这个‘犯顺’之族，必将无条件地退出地方精英的行列……我注意到了他们几代人在坚守过程中，内心的痛苦与挣扎。前面几代人坚持不参加科举，彻底断绝了他们在社会中上升的通道，而长期的贫困，则加剧了后世衰落的步伐。一代名门，终成寻常百姓。”(周绚隆《易代：侯岐曾和他的亲友们》，中华书局2020年版)晚清福建侯官沈葆桢家族即有衰落的危险：沈葆桢身后，沈氏后人良莠不齐，先是光绪八年(1882)郑孝胥看到了在沈葆桢祠“为赌饮之局”的沈家子弟(《郑孝胥日记》，第22页)，而后是沈葆桢诸子中仕途最达、官至巡抚的第四子沈瑜庆(1858—1918)在辛亥革命后七年(1911—1918)居沪上，内心“愤悒而得疾”(同书，第1746页)，卒年六十一岁。

④ 林佶《青儿南归诗以遣之》其十三，《朴学斋诗稿》卷十，《清代诗文集汇编》第205册，影印第591页。

⑤ 陈寿祺《安溪李氏续修族谱序》引郑樵序语，《左海文集》卷六，《清代诗文集汇编》第499册，影印第294页。

⑥ 同上注。

寒。子弟真佳亦我与，诗书自昔讵香残?”[①]郑氏家族对于其自身地位的维持一直有着清醒的认识，以此警惕、勉励裔孙。

明末清初闽县人叶矫然《和韩读书诗有引》，《引》:“春雨弥漫，兀坐砚北，督儿子句读。见琴几上韩集《符城南读书》诗，漫次一首，诵之，俾悚息惰嬉云。”诗云:“士期于圣贤，惟学为权舆。圣贤久已往，学之在《诗》、《书》。读书志欲大，穷理心欲虚。虚以成其大，学以全其初。所以男子生，里党庆充闾。贫富各生子，眉目总相如。富人日万钱，贫子食无鱼。同来学文艺，勤成惰则疏。维此贫人子，决疑易决渠。惟彼富家儿，蠢若庑下猪。贫子登云霄，手探月中蜍[②]。富儿日沦落，何异沟壑蛆。贵贱迥霄壤，试问义何居? 总学与不学，汝可无戒欤?”[③]叶矫然在诗中举了贫子、富儿两种家境出身的孩子，在勤成惰疏不同的学习态度中收获了霄壤之别的人生，诠释了“君子之泽，三世而斩”的历史必然性，告诫子弟无论是在“期圣贤”的永恒价值上还是获取功名富贵的现实目标上，都要以学为权舆，学习《诗》、《书》等儒家经典，“舍是则蹉跌”，“多咎而少誉”[④]，家族的期望亦无所寄托。

## 第三节　论清代福建文学家族产生的文化基础

自唐、宋以来，迅速开化的福建一直是国家选举制度下的有力竞争者和受益者。通过选举制度，福建向国家输送了大批的人才，其质量和数量均可媲美上国，与中原早已开化的地区不相上下，甚至在中原地区呈现衰落的疲态时，福建依旧走在向更高质量、更多人才的培养之路上。仅兴化府一地的科举成就，“非惟不下于闽之七州，即吴、越、晋、楚最号多材之地，几颉颃而无殊。”[⑤]兴化府(宋代称“兴化军”)所属县最多的时候有兴化县、莆田县、仙游县三县，明清以来基本上保持在莆田县、仙游县两个属县的行政区划，地域狭小而人口众多，科举事业发达，人才众多，以宋、明两代尤为卓著，元代进士亦多，声闻全国。

同治刊本《福建通志・选举志》卷首论曰:“选举昉于唐，闽士登科第者亦自唐始。其时曶爽耀明，若薛令之之清德，齐声贺监(贺知章);欧阳詹之文誉，见重昌黎(韩愈)。有开必先，实足应期运而重科名，自是而后，人文郁兴。有宋一代，科目弥繁，闽产亦弥盛。政事、文章，后先辉映;道学群儒，亦参其选。绍兴戊辰(1148)题名碑至今存者，以有朱子也。”[⑥]唐朝时福建开始有闽人登进士第[⑦]，“有开必先”，“人文郁兴”，开启福建作为“海滨邹鲁”、“东南文献之邦”的征程。从两宋至明清[⑧]，福建的科举一直有着上好的表现，明代尤为卓异，反映出历代福建重视教育、重视科举的整体认知，反映出福建人民在本省的发展历史上始终具备高水准的整体文化素质。这是历代福建文化、科举、文学创作事业成果斐然最根本的动因。具体而言，每个朝代则提供本朝士人从事科举、文化事业的驱动力量，斯《文心雕

---

① 郑方城《绿痕书屋诗集》卷六，《清代诗文集汇编》第241册，原第六页，影印第508页。

② 叶矫然《长歌寄怀吴香为同年》:“一夕桂苑秋风起，吹君乘云腾赤鲤。升平冠盖重科名，何人不羡读书子? 鸣镳张宴歌《鹿回》，一时动色馆阁里。空余点额笑凡鳞，何异盐车看騄駬!”(《龙性堂诗集》卷下，《清代诗文集汇编》影印第13页)此诗形容吴香为举人中式时的荣耀和尚为童稚的叶矫然内心的艳羡。

③ 叶矫然《龙性堂诗集》卷上，原第六页，《清代诗文集汇编》第50册，影印第8页。

④ 同上书，影印第9页。

⑤ 康熙四十四年乙酉(1705)朱元春序康熙《莆田县志》，载廖必琦《兴化府莆田县志》卷首。

⑥ 同治刊本《福建通志》卷一百四十六，影印第2557页。

⑦ 学术界普遍认为福建第一位进士是当时福州下属的长溪县(今其地在福安市廉村)人薛令之(683—756)。薛令之于唐中宗神龙二年(706)登进士第。

⑧ 按:元代开科较晚，《元史・选举志》元仁宗皇庆二年(1313)诏“以三年(1314)八月天下郡县兴其贤者、能者充赋有司，次年二月会试京师”(同治刊本《福建通志》卷一百五十一，影印第2651页)。皇庆三年改元延祐元年(1314)，首科为延祐二年(1315)乙卯科。元代进士共16科，福建进士73人，至元六年(1340)状元林济孙，成绩亦不俗。

龙·时序》“与世推移,风动于上,而波震于下者”之谓。

科举的繁荣带动了福建文化的发展、繁荣和强盛。同治刊本《福建通志·选举志》之论福建士子“有开必先,实足应期运而重科名,自是而后,人文郁兴”[①],林佶《青儿(林正青)南归诗以遣之》其二云:“读书求志戒浇漓,身外浮云那及知。且把研田勤艺垦,好凭天运待逢时。”其十四云:“科名品望与文章,接武相绳光禄坊。也是老夫提唱力,炳彪代起望诸郎。”[②]说明前贤已有科名之重是人文郁兴必要条件的认识。林佶《晟孙将归娶诗以勉之》其二:“光禄坊派号多贤,济济科名相后先”[③],其实当以“科名相后先”为必要条件,而后才有世泽绵长的文化家族。

两宋抑武右文的国策使宋王朝摆脱从唐代藩镇割据以来军阀割据不断、愈演愈烈的五代十国的政治乱局,促进了文学、艺术的发展,成为中国文学史、哲学史上的堪称继魏晋之后又一个黄金时期。宋朝优待文人的政策、大部分时间相对宽松的政治气氛使宋代成为后人怀念的对象,两宋文人“政事、文章,后先辉映”,对同时代的文人产生强烈激励的积极作用。又由于宋代书籍刻行更加便利,知识的授受更加容易,文化传播较诸前代更加快捷,扩散所及地区的范围更广阔。综合多方面条件,宋代创造了唐代之后又一个文学创作的巅峰状态。科举、人文、政治、经济等诸环节之间形成闭合的链条,产生互相促进、向更高发展阶段进发效应的良性循环。费孝通先生说:“个人不但可以信任自己的经验,而且同样可以信任若祖若父的经验”,“前人所用来解决生活问题的方案,尽可抄袭来作自己生活的指南。愈是经过前代生活中证明有效的,也愈值得保守”[④],这是两宋福建科举发达,科举家族、文学家族大量出现的原因。晚清林纾借僧人之口云“中国数千年,寒畯不得巨公援引,万无以自表于世”[⑤],家族中人在科举、文学创作、儒经研习、仕宦等等方面的成功经验在家族内部的传递、缔姻家族间的浸润和积累都有助于家族裔孙自我振拔,自我援引,“自表于世”,提供与寻常人家子弟不一样的自信和成功体验,形成内驱力,有助于家族中人及其裔孙实现社会阶层的跃升。

我们在《明代福建文学结聚与文化研究》一书第一章《明代福建的科举事业》第四节《科举家族与文学家族的关系》中讨论科举事业与文学创作的关系,结论是“明代福建的科举家族和文学创作家族之间的关系密不可分,能科举者非必能文学,故科举家族的数量多于文学家族,文学家族基本上受益于家族性从事科举事业的成功”。清代福建的科举家族与文学家族的关系大概也是这样的。由于明清两代制度基本面是接续的,无断裂痕迹。清代入关定都北京以后,不随朝代鼎革而另起炉灶,但在具体的政策措施、治理手段上面有所转进和变革。

明清两代福建科举的繁荣仍然受到宋代文化的沾溉和荫泽,延续两朝近600年。叶向高撰《福清县重建儒学记》:“至宋,承五季休明,祚开濂、洛、关西,续线肇绪,而吾乡以山陬海国,比隆东土,昭融润色,抵今遵其业不废,盖海内皆蒙宋之化,而闽海独得宋之宗。洪濛以来,于斯为盛。”[⑥]所谓“宋之化”指宋代高涨的文化气象,以理学为哲学,以诗文革新运动而形成宋调(或称“宋型”)的文学思潮和创作实践,以优雅的诗性生活态度对全国及周边邻国产生深远的影响。所谓“宋之宗”指的是宋代理学之濂、洛、关、闽中的闽学,以朱熹(1130—1200)集大成宋代理学的成就,构建闽学的大厦,形成以福建建州为中心的理学传播空间。朱熹一生出仕的时间极短,他的一生最重要的“三立”事功是立德和立言,以建州的建阳、崇安等地为基地授徒讲学,影响渐次扩散到今天江西、浙江、湖南、安徽、江苏等省,形成队伍庞大的及门及再传、私淑弟子,使福建成为南宋理学的重镇。

从明代开始,“稍变”唐宋科目试士之法,全国府(州)、县均设学校,设教授、学正、训导、教谕等教

---

① 同治刊本《福建通志》卷一百四十六,《选举志》卷首,影印第2557页。

② 林佶《朴学斋诗稿》卷十,《清代诗文集汇编》第205册,影印第590-591页。

③ 林佶《晟孙将归娶诗以勉之》其二,《朴学斋诗稿》卷十,《清代诗文集汇编》第205册,影印第592页。

④ 费孝通《乡土中国》,第八章《礼俗秩序》,第62页。

⑤ 林纾《方广僧》,《林纾集》第三册,第726页。

⑥ 叶向高《苍霞草》卷十,四库禁毁书丛刊集部第124册,影印第246-247页。

官，以各省按察司官员提调学校，建立起八股取士制度。清沿明制，直至光绪二十八年壬寅(1902)乡试及二十九年癸卯(1903)、三十年甲辰(1904)两科会试改为艺文策论取士，第二年(1905)废除科举，基本上亦以八股取士制度为国家抡才[①]，制度基本不变[②]。《明史·选举志》概括八股取士制度如下："科目者，沿唐宋之旧，而稍变其试士之法，专取四子书及《易》、《书》、《诗》、《春秋》、《礼记》五经命题试士。……初设科举时，初场试经义二道，《四书》义一道；二场论一道；三场策一道。中式后十日，复以骑、射、书、算、律五事试之。后颁科举定式，初场试《四书》义三道，经义四道。《四书》主朱子《集注》，《易》主程《传》、朱子《本义》，《书》主蔡氏传及古注疏，《诗》主朱子《集传》，《春秋》主左氏、公羊、谷梁三传及胡安国、张洽传，《礼记》主古注疏。永乐间，颁《四书五经大全》，废注疏不用。其后，《春秋》亦不用张洽传，礼记止用陈澔《集说》。"[③]从明朝廷专从四子书和五经命题试士的制度设计以及所指定的传、笺、注、疏和永乐以后的《四书五经大全》、陈澔《集说》，朱熹及其所代表的程朱理学成为明代科举考试制度的指导思想，对福建士子而言是最得心应手不过的敲门砖，好似毛竹的竹鞭长时潜行在地底下，笋芽经过一个冬天能量的蕴蓄，破土而出，恰逢其时，陨箨长成新竹。黄佐《翰林记》云："(永乐间)首甲三人，或纯出江西者凡数科，间亦有连出福建者。"[④]就福建而言，除了福建人民根深蒂固重视科举功名的观念之外，绝对是明代福建文化高涨之故，是南宋以来闽中朱子学繁荣的必然结果。

晚明的科举一度曾有心学思想阑入会试时文的现象，即万历五年(1577)丁丑科进士、广东解元杨起元(1547—1599)的会试制艺，这是明代统治思想发生的严重危机。清代康熙间重臣、福建泉州府安溪人李光地(1642—1718)对朝廷重新确定程朱理学的统治地位起到关键作用，对朱子学的发展作出了重要贡献。李光地主持刊刻《二程子遗书纂》二卷、《二程子外书纂》一卷，纂《朱子礼纂》五卷，刻《朱子语类四纂》五卷，编《朱子全书》六十六卷、《性理经义》十二卷、《御纂性理大全》六十六卷等。《四库全书总目·〈榕村语录〉提要》论云："光地之学，源于朱子，而能心知其意，得所变通，故不拘墟于门户之见。其诂经兼取汉唐之说，其讲学亦酌采陆王之义。"[⑤]但清初更大的思潮在于矫正明末空疏的学风。比李光地稍早的陆陇其(1630—1692)之学"一以朱子为宗，在近儒中最称醇正"，其《读朱随笔》四卷"尤在于辟异说，以羽翼紫阳(朱熹)，故于儒、释出入之辨，金溪(陆九渊)、姚江(王守仁)蒙混之弊，凡朱子书中有涉此义者，无不节取而发明之。其剖析疑似、分别异同，颇为亲切"[⑥]；周召所著《双桥随笔》十二卷，"所言皆崇礼教，斥异端，于明末士大夫阳儒阴释、空谈性命之弊，尤为言之深切，于人心风俗颇有所裨"[⑦]，陆王之学在折衷、酌采的口号下逐渐被扬弃，清朝的统治思想完全回归到程朱理学上。

与明朝相比，清代南北各省的教育、文化、经济发展水平均有所改善，得到进一步提高。这种现象要归功于明朝的政治措施。元朝在中国的统治结束之后，被驱回漠北草原，朱明王朝取代了元朝在中国的正统地位，而元代统治之后"北方丧乱之余，人鲜知学"[⑧]。明朝用它一个朝代近300年的时间通过建都北京、分省取士和重视教育制度等措施，逐步使得北方诸省的文化、教育的水平提升到肩随南方诸省的水平。宣德二年(1427)，山东临朐人马愉成为明朝长江以北省份产生的第一位状元；明英宗朱祁镇生长在一群由南方籍大学士杨士奇(江西泰和人)、杨荣(福建建安人)、杨溥(湖广石首人)等组

---

① 按：康熙三年(1664)甲辰科会试，奉旨："以八股文章于政事无涉，自后永行停止，惟策论、表、判出题"；六年(1667)丁未科会试，"是科以策论二场取士"；九年(1670)庚戌科，"复用八股三场取士。"(同治刊本《福建通志》卷一百六十一，影印第2842页)加上光绪间的两科会试用艺文策论取士，清朝共四科会试不用八股取士方法。

② 乾隆二十二年(1757)丁丑之后的科举程式改革请参看本书第十一章《清代选举赋诗与清诗繁荣的关系》第一节。

③ 《明史》卷七十，《选举志》二，第1694页。

④ 黄佐《翰林记》卷十九，文渊阁四库全书第596册，第1072页。

⑤ 永瑢等《四库全书总目》卷九五，《榕村随笔》提要，影印第799页。

⑥ 同上书，卷九五，《读朱随笔》提要，原第798页。

⑦ 同上书，卷九五，《双桥随笔》提要，影印第798页。

⑧ 张廷玉等《明史》卷六十九，《选举志》一，第1679页。

成顾命大臣的教育环境中，对南方士人具有天生的厌恶感，英宗在位期间，重用北方人[①]，这是家天下的皇帝本不应有的情感，但确实对北方人才的崛起起到一定作用。

在明代国家抑强扶弱的强制干预之下，北方诸省的教育得到充分的发展。清代强调满、汉取士之分，弃用分省取士的制度，各省的科举实力真实地反映了一个省份的教育、文化、学术成就在全国的水平。根据何炳棣的研究，江苏、浙江、直隶、山东四省进士在2260～2920人之间，划为第一梯队；江西、河南、山西、福建、八旗、湖北、安徽、陕西、广东八省和八旗的进士在1012～1895人之间，划为第二梯队。全清福建进士1399人，居全国各省直第8位[②]，这是一个综合的、未展开细致分析的统计数据，直观反映出各省直科举实力强弱的对比，说明清代福建进士占全国进士总数的分量下降但仍居全国前列的状况。

江苏、浙江、直隶的进士总量都超过福建两倍以上，山东比福建多产出800余名进士，说明清代福建在人才培养、文化教育、文学创作、学术著述等诸多方面均远远落后于以上四省直。细致分析的情况将展示在本书的第十五章《康熙中后叶至乾隆间的闽诗传承》第三节、第十六章《嘉庆、道光间的闽诗宗尚》第一节及全书《结语》中。

清代福建科举事业所占全国分量下降，不仅仅是比例缩小的问题，值得进行多方位、多角度的深入探讨。固然有清初朝廷对福建、台湾的军事征服、全国各省文化事业持续走强、康雍乾盛世持续百年等因素削弱了福建在全国科举版图所占的份额，然而入清以来，福建学术对全国学术风气、思潮转变的滞缓反应和传播是影响福建科举成就的最根本原因。本书在第十章《宦闽官员与清代福建文教的振兴》以及陈寿祺家族、张捷春家族等条目下讨论了这个问题。然而福建本省内部的科举事业依然强劲，只是福建省内各府(州)科举实力发生版图改变，我们将在第九章《清代福建士人省内迁移及其影响》中全面分析。

下面从清代选举考试时文和试帖诗的制度层面讨论清代福建文学家族的认定问题。

清初至乾隆二十二年(1644—1757)之间的科举制度与明朝的制度基本一致，属于萧规曹随的一味沿用。但是，乾隆二十二年(1757)朝廷更定了科举考试的内容，发展成俗称"三书一诗"[③]的新制度，试帖诗的考试纳入了朝廷各级考试内容，这样就与明代的试士制度不同了。这是乾隆朝起考试试帖诗制度的来源，而时文所发生的变化则更早。明朝已有时文、古文互渗的现象，到了清代，康熙年间李光地、桐城二方(方苞、方舟)、戴名世等文章大家均是时文制作的名家，促进了时文向古文借鉴、融合的方向，基本不搞时文、古文对立的做法，这是清代时文创作的大趋势，没有摇摆和反复。到了乾隆朝，时文、古文融合的趋势更加激烈，桐城派大师姚鼐登乾隆二十八年(1763)癸未科进士第后以二甲三十五名钦点庶吉士，后以文章宗师倡天下古文，对时文、古文的创作影响巨大。

清代作家均将时文和试帖诗收入其诗文集中，说明清人对于时文、试帖诗的观念与今人将时文、试帖诗与文学创作区分的看法大不相同。我们观察到《清代硃卷集成》所刻硃卷附有考官评语者大部分，乾隆二十二年(1757)之后绝大部分评语援引《文心雕龙》诸篇之语以评鉴之，这种现象也能说明清

---

① 请参看拙著《明代洪武至正德年间的翰林院与文学》(中国社会科学出版社2011年版)第八章第三节《大家论——倪谦、邱濬》中关于邱濬的部分。在邱濬早年的经历中，他深刻体会到英宗歧视南方士子的不公平待遇。

② Ping-ti Ho, The Ladder of Success in Imperial China. p96; p228。转引自李林《从经史八股到政艺策论：清末癸卯、甲辰科会试论析》(载香港中文大学《中国文化研究所学报》第193页)。全清十二省直和八旗进士数量依次分别为2920、2808、2701、2260、1895、1693、1430、1399、1300(八旗)、1221、1189、1130、1012人。何炳棣此著有中译本，题《中华帝国晋升的阶梯》(上海译文出版社1981年版)。按：清代朝廷重视福建乡试，将直隶、江南(含江苏、安徽)、浙江、江西、湖广(含湖南、湖北)、福建列为大省。乾隆九年(1744)，定福建乡试解额85名，仅次于直隶、浙江、江西，在乾隆元年江南乡试分省录取[苏、皖二省共考场，但分省录取。道光八年(1828)，张际亮《送树斋(黄爵滋)太史典试江南》其一诗中注："江苏、安徽两省共乡试。"(《思伯子堂诗集》卷九，《清代诗文集汇编》第601册，影印第92页)]前35科、湖广分省乡试(湖广分省乡试在雍正二年甲辰科，事见《清秘述闻三种》上册，《清秘述闻》第132页)之前福建的解额实际上高于江苏(69名)、安徽(45名)，江南总114名；湖北(48名)，湖南(45名)，湖广总93名。需要注意的是各省进士数量并不与各省乡试举人数量呈正比：山东本为中省，而其进士数量却居第四位；河南、山西两中省的进士数量也超过福建。

③ 林则徐《致沈维鐈》，《林则徐全集》第七册，第9页。

人将时文、试帖诗视作文学创作的类别，什袭珍藏。

本书第十一章《清代选举赋诗与清诗繁荣的关系》研究了清代试帖诗创作的情况。清代士子只要踏上业儒科举的人生道路，必然操觚创作时文和试帖诗。清代名目众多的各级各种考试，如乡试、会试、覆试、朝考、翰詹大考、庶吉士散馆考试、考差、五贡生选拔考试、童生入学考试(岁试、科试)、教官月课季考以及塾师馆课，无论选举功名成功与否，均创作了大量的试帖诗。清代士子的考试内容在这一点上和明代士子绝不不同，明代士子迟至考中进士以后方着力于诗艺的锤炼，以功名的敲门砖并不要求具备诗歌创作的能力。从清代士子创作试帖诗现象出发，推测清人毕生创作数量可观的试帖诗，也创作出数量数倍于试帖诗的时文。按照清人的观念，似乎必须视士子为作者，但以今人的观念视之，则未免太过宽泛。本书对清代福建家族文学创作的研究，在认定文学家族的标准上，较诸明代更加严谨，有意筛落部分科举家族。

一个文学家族在创作时文、试帖诗之外的事实是，更应考察其从事文学创作和学术著述的专注性、持久性，若仅有硃卷所存的时文和试帖诗，可以追溯若干世代科举成员，亦不将其视作文学家族，只能算作科举家族①。即使如侯官范熙溥家族，范氏始祖可以追溯到北宋范仲淹，至范沛濬娶陈大魁之女，始与福州大族通婚。范沛濬之子范熙溥(号新溪，字粹臣、春田)于咸丰元年辛亥(1851)举人中式，六年丙辰(1856)成进士，官翰林院编修。范熙溥之子范继声(字韵笙、伯甡，号又新)于同治元年壬戌(1862)举人中式，五品衔浙江补用知县；次子范继馨(字桂山、季珊，号少裕)，光绪二年丙子(1876)举人中式。本书仍然只将范氏视为科举家族，即使其家累世与望族婚姻——范沛濬娶陈大魁之女、陈宗濂胞祖姑，范熙溥娶侯官林高汉孙女、林昌彝胞侄女，范继馨娶陈崇砥之女②，两陈氏、侯官林氏家族中均有从事文学创作和学术著述的成员，而范氏家族本身并无对文学创作和学术著述专注的作者。

明代科举家族中人未必皆能诗歌创作，但是清代乾隆以后科场中人却必然能诗，这是强制性制度起到的积极作用。即便本书对福建文学家族的定义注重其文学创作和学术著述的专注性、持久性，有意不将部分科举家族纳入文学家族中来，但是全清福建的文学家族，包括台湾府在内的数量初步估算有650个，这个数据超过了明代福建文学家族350个的数量。明清两朝，明祚稍长，清祚稍短，而清代福建所产生的文学家族几乎是明代的翻倍，在这两个数据的对比上，说明单从福建一省明清两代的文学而言，清代福建的文学创作仍处于走强的态势，清代福建的文化事业也是如此。

## 第四节　清代福建新崛起文学家族的水平流动特征及原因

本书将明末清初的文学活动视作一个整体，不轻易被明清易代的政权更迭所打断，固然有如福州府侯官曹学佺者，属于忠于朱姓王朝的臣子之一，殉国而死；如汀州府宁化李世熊者，虽不曾取得明朝的功名，亦不曾入仕，而深念尝食国饩，不参加清朝的科举，不仕而隐，这些心念旧恩、生活在明清鼎革时代的作家发出了“不平则鸣”的声音，鸣国家之不幸，为明王朝统治的终结唱了挽歌，这是时代的最强音符。无论是殉国而死的臣民还是活着的遗民，付出了生命、财产的代价，受到新政权的打压，其家族和文学事业均受到一定的抑制。虽然如此，从全国和全省来看，文学创作之流、文学创作的传统并

① 根据《清代硃卷集成》所收闽人硃卷，作者基本上不是“冷籍”，所以科举家族中人必然创作时文和试帖诗。当然福建士子也有“冷籍”现象，如敝县光绪十二年丙戌(1886)赵以炯榜进士许益谦，其硃卷、履历尚存(不为《清代硃卷集成》收录)。按照陈宝琛的说法，“冷籍”指的是士子身家清白，而三代无人与考，今其子孙出而应试的现象(陈宝琛《附陈考试情形片》,《沧趣楼诗文集》下册，第662-663页。作于1883年)，与“暖籍”相对。朝廷并未明文规定，而各省均有群诋“冷籍”的潜规则。

② 《清代硃卷集成》第三三八册，举人范继馨履历，影印第353-354页。

未被喝止[①]而消失，明清两代文学创作的洪流只是在1640’巨变年代发生窾坎镗鞳的声部改变，这种改变而产生的文学异样状态和突变色彩至清初诗人王士禛（1634—1711）的晚年消退殆尽，而文学的干流一直呈现“星汉西流夜未央”[②]的状态，星汉流动之势未央，夜亦未央，转为新朝润色鸿业[③]的声音，构成明清两代文学创作的演变进程。

处于萌芽状态的文学观念，转变中的文学思潮，逐渐转换的学术风气，在承受了明清易代的惨痛教训之后，加速了它们破壳而出的脚步，只不过不是由曹学佺、黄道周等人来实现、见证明清之际的转变，它们在钱谦益、黄宗羲、顾炎武、王夫之、朱彝尊、李光地、陈梦雷、周亮工、王士禛、阎若璩等各种身份的人们手中共构完成了清初文学、学术、哲学思想的框架，完成明清之间知识结构、知识观念的嬗变。

本书观察明末清初福建文学家族及其家族文学的创作是以明清之际文学与学术自身的演进为视野和背景，观察易代之际福建文学家族在这场历史巨变中所受到的冲击及其人生态度、应对反应在文学创作中的表现。这场历史巨变对于文化发达的福建来说，不啻于一场劫难。从顺治元年至康熙二十二年（1683）平定台湾这40年时间里（1644—1683），福建境内重大的历史事件唐王隆武政权的建立和溃败（1645—1647）、清军入闽（1646）、郑氏渡台反攻沿海（1644—1684）、耿精忠叛乱（1674—1676）等连接发生，在每一个历史事件当中福建士人都遭受类似表忠心的政治忠诚度考验，并接受由此带来的侮辱、伤害和打击，对于精神世界的打击尤其严酷。我们在清初福建作家的文集中体味到人间地狱的黑暗和炼狱的痛楚，体味到福建士人“存者且偷生，死者长已矣”[④]的人生况味，众味杂陈的世道辛酸。

我们在本书第九章《清代福建士人省内迁移及其影响》分析了清初战乱形成的福建人口迁移，由于迁界令的执行，形成福建下四府（漳州、泉州、兴化、福州）及福宁州人口向福建内陆的上四府（建宁、邵武、汀州、延平）[⑤]迁移，甚或迁出福建省的移民现象。清廷平定台湾之后的和平时期，福建内部的人口迁移的现象并未停止，各府县向福州的人口迁移始终存在，最大的趋势是各府州县的人口向福建的省垣福州迁移，福州府所属各县向福州府城附郭两县[⑥]迁移。平定台湾前后是清代福建人民内部人口迁移两个阶段，其原因不同，待下文讨论。

福州府各县士人向府城亦即福建会垣的迁移最得地利之便。本书第九章《清代福建士人省内迁移及其影响》以清代福清、长乐两县迁福州士人最多。以两县士人为例，详细地列举了《福清县志》、《长乐县志》中所记载的寓居福州的两县士子，有些士子已经著籍闽县或侯官，有些士子仍然著原籍，因此两县县志的《选举志》、《艺文志》（或《经籍志》）、各种《列传》均有大量人物与《闽县乡土志》、《侯官县乡土志》、民国《闽侯县志》重合。这是清代各府州县士人向福州府城迁移最典型、规模最大的两个县，壮大了福州全城的科举力量，换句话说，壮大了福州府两个附郭县闽县和侯官县的科举实力。本节不再举例。在福清、长乐两县之外，永福县的黄任家族中人亦迁往福州，黄任罢官之后退居福州城里侯官许氏家族光禄坊早题巷故屋，筑香草斋以居。晚清黄任家族中后人黄敬熙、黄懋谦著籍侯官，

---

① 福州鼓山涌泉寺有一景点名“喝水岩”，传说寺东侧灵源洞附近涧水喧哗，禅师神晏大喝以止，使之改从石壁涌出。

② 曹丕《燕歌行》二首其一，清嘉庆胡克家刻《昭明文选》本。

③ 《文心雕龙·时序》有“润色鸿业，礼乐争辉，辞藻竞骛”之语。王士禛、陈廷敬、叶方蔼皆清初进士，诗文气象相近。《四库全书总目·〈王士禛〉〈精华录〉提要》：“士祯等以清新俊逸之才，范水模山，批风抹月，倡天下以‘不著一字，尽得风流’之说，天下遂翕然应之。”（卷一七三，影印第1522页）《四库全书总目·〈陈廷敬〉〈午亭文编〉提要》：“生平回翔馆阁，遭际昌期，出入禁闼几四十年。值文运昌隆之日，从容载笔，典司文章。”（同卷，同页）《四库全书总目·〈叶方蔼〉〈读书斋偶存稿〉提要》：“复蒙圣祖仁皇帝召入内廷，矢音赓唱，歌咏升平。”（同卷，同页）

④ 杜甫《石壕吏》，《读杜心解》卷一之二，第54页。浦起龙注，王志庚点校，中华书局1978年重印本。

⑤ 同治刊本《福建通志》建宁府下注：“居闽上游。置最古。当建安初立时，盖兼全闽之地而有之，迨分置晋安后，上、下之势成矣。下四为福、兴、泉、漳。……上四为建、汀、延、邵。”（卷八十五，《关隘》，影印第1701页）

⑥ 按：明代福州府城附郭县为闽县、侯官、怀安三县，万历年间废怀安县，其地并入闽县和侯官县，故清代福州府附郭县为闽县和侯官，同城治事。

请参看黄任家族条。永福力氏家族中的力钧早年寓居陶江阳岐楞岩[①](在今仓山区),筑有医隐庐,并置产业,后易手为陈衍所有,陈衍《石遗室诗话》卷五第九条有诗及故事及之[②]。

福州府之外的各府县向福州省垣迁移的士人增强了福州府的科举实力和文化实力,对福州府的文学创作起到积极的作用。略举数例如下:(1)侯官陈衍家族本泉州府晋江人,顺治间迁会城。二百年间,读书、科举无所成就。至陈衍祖父陈起龙能文[③],再到陈书、陈豫、陈衍、陈迁及姊妹这一代惊艳全省,其家族的文学创作拥有全国性的声望,陈衍、陈书均为同光体一流诗人。(2)侯官杨篑家族原籍汀州府连城县芷溪草洋[④],杨有略在康熙末年迁往侯官,杨维屏履历记载"住省城南门外新道长汀乡"[⑤],仍籍连城。杨维屏之女、杨维宝养女杨福慈(1871—1930),适长乐谢銮恩三子谢葆璋(1866—1940,原名学朗,号镜如),为现代作家冰心(谢婉莹)之母。(3)侯官杨浚家族原籍晋江,其祖父从晋江曾坑乡迁居福州镇纪铺,至杨浚之后成为文学家族。(4)武状元黄培松虽以武科出身,而其家族能文,成为文学家族。黄培松家族原籍泉州府南安县洪梅镇仁科村后坑埌,其父黄位中时以经商移居福州,家有泉泰茶栈。(5)侯官黄彦鸿家族[⑥]迁自兴化府莆田县,始迁祖黄震旦,第四世黄元吉为乾隆十二年(1747)丁卯科解元。从黄元吉起家至清末,侯官黄氏人才鼎盛。民国间著名诗人、词人、大汉奸黄濬即其后人。(6)延平府将乐县廖氏于康熙间迁福州东关外,再迁城内夹道坊,又迁北后街。廖氏迁福州第五世廖鸿翔、廖鸿禧、廖鸿苞、廖鸿藻、廖鸿荃五子登科,其中廖鸿荃登进士第,官至总督,极尽荣耀,多能诗文。廖氏后裔能继踵前武,人才辈出,至今未艾。

省外迁闽成为文学家族者亦颇多。清代福建文学家族固然有贯穿明清两代的望族,也有延续到清初仍存在但逐渐衰落乃至消失的文学家族,清代福建亦有新兴的文学家族,其中不乏从外省迁入者,包括镇守福建的八旗士人。略举数例如下:(1)侯官王庆云家族明代正德、嘉靖间迁自江西清江,十世王庆云、王书云之后,六房子孙簪组相望,乾隆间王庆云住福州城内登龙巷,其孙王仁堪于光绪三年丁丑(1877)状元及第,当代学者王世襄系侯官王氏后人。(2)侯官吴维允家族迁自浙江嘉兴府桐乡县石门,筑有半野轩,至吴维允为第二世,吴清源为第四世。(3)闽县刘文成家族明代迁自北直隶,至清代发展成科举、商业、文化、文学家族,成为近现代福州城首屈一指的工商业家族。(4)长乐黄曾源家族原本旗籍,康熙间入闽,雍正间再移驻福州洋屿(今属长乐市航城街道,与马尾隔江相望),世居洋屿旗营。长乐黄氏家族存在旗营军功和科举业儒两条发展道路,均取得不俗的成就。黄曾源寄籍闽县,光绪十六年庚寅(1890)成进士。黄曾源及其子黄孝先、黄孝纾、黄孝绰、黄孝平等均能文学,在近现代文坛上有一定影响。

福建移民在台湾形成科举、文学家族的情况亦不容忽视。明清两代是近代台湾被割让、被殖民之前得以快速开发的时期,大陆人民积极向台湾及其附属岛屿迁移,促进了台湾的垦殖、发展和政府对台湾的有效管辖。在沿海诸省对台湾的移民中,江、浙、粤等省的移民远远比不上来自海峡西岸的福建各府,在福建各府州向台湾的移民中又以闽南语、客家语为母语的原籍泉州府、漳州府、汀州府的人民居多,当代台湾人民使用的方言分布情况和福建省漳州市政协自 2009 年起组织实施的台湾、漳州两岸族谱对接工程清晰地展示了福建向台湾移民的情况。清代台湾出现了淡水厅郑用锡家族、台北林国华家族、淡水林占梅家族、彰化林文察家族、彰化丘逢甲家族等著名的文学家族以及泉州府施氏

---

① 据《石遗室诗话》卷五第一〇条所引陈衍仆张宗扬诗句"此诗岩下梅应发"下自注:"主人所居名楞岩"语(《民国诗话丛编》第一册,第 78 页)推知。按:陈衍阳岐房产典自力钧。

② 陈衍《石遗室诗话》卷五第九条,《民国诗话丛编》第一册,第 77-78 页。

③ 民国《福建通志》总卷四十,《福建儒行传》卷五,陈用宾传,原第三十六页。

④ 按:杨发泗,字德会。家贫好学,三子杨篑、杨镛、杨埙俱有功名。传见民国《连城县志》卷二十二《列传》(原第二十四页,影印第 242 页)。

⑤ 《清代硃卷集成》第三三六册,举人杨维屏履历,影印第 308 页。

⑥ 我们观察黄彦鸿家族的时候还应当关注到这是一个从侯官迁居台湾府淡水新竹的家族,在台湾割让给日本之后,黄氏家族内渡,复籍侯官。详情参考陈宝琛所撰《黄君芸溆(黄彦鸿)墓志铭》(陈宝琛《沧趣楼诗文集》下册,第 433-434 页)。

家族的迁台分支等，基本上是迁台数世之后方才成为文学家族的，每一个文学家族形成的时间都比较长，或者经历以财富捐官实现家族发展方向的转型，或者经历以科举实现家族声望的提升等途径，均不是一蹴而就的。郑用锡家族的北郭园是清代道光以来台湾府文人雅集和其他文学活动集中的地方，而林国华家族财力雄厚，在光绪年间以捐输得官，林国华次子林维源(1840—1905)官至太仆寺卿，招揽吕世宜、谢颖苏、叶化成等学者，加速金石学、文学等学术、文学思潮东传台湾的步伐，其后人一支与闽县螺洲陈氏、侯官严氏缔结婚姻，另一支林尔嘉及其妻儿在割台之后内渡厦门，筑菽庄花园于鼓浪屿，创菽庄吟社，形成民国间南方各省在南社之外规模壮观的文学雅集活动。

清代福建设十府二州①，除了存在各府州县士人向福州迁移、聚集的现象，同时也存在各府、州所属各县士人向府、州附郭县聚集的现象，如泉州、漳州、汀州、兴化等府②，使各府县尚存一部分科举力量。简单地看，清代福建省内迁移现象反映出类似城市化的人口水平流动，其实不然，清代的福建尚无能力实现城市吸附人口的功能，只有凭借财富和权力才能在城市获得立锥生存的能力。

清代福建士人向府城、省垣流动的最重要原因应是清代书院的兴起。清代各县、府均设有书院，作为县学、府学教育设施的补充，给应试士子提供优级师资，监督指点士子学业，而省垣福州先后建有鳌峰书院(1707年创建)、凤池书院(1817年创建)、正谊书院(1864年奏设)、致用书院(1871年奏设)等四间书院，培养全省人才，又以鳌峰书院规模最大，最为著名，对于士子乡试、会试中式以及贡生选拔考试将起到重要的作用。这种重要的信息记录在《清代硃卷集成》举人、进士、贡生的履历中。以下略举数例：

同治十二年(1873)癸酉科福建乡试第五名举人、闽县郭翊，其受业师有梁鸣谦(号礼堂)，吏部考功司主事，我们知道梁鸣谦在考功司主事任上以母老乞终养辞官，移家福州城内文儒坊闽山巷(今闽山巷9号)，讲学授徒，主鳌峰书院讲席；郭柏荫(远堂)，鳌峰山长；林士傅(可舟)，鳌峰山长。郭翊的受知师有福建学政曹秉濬(朗川)，科考蒙取一等四名，拔补廪膳，鳌峰月课蒙取超等，文刻试牍；福建学政邵亨豫(汴生)，岁考蒙取一等九名，与考优行，蒙咨部，文刻试牍；宫保、总督左宗棠(季高)，鳌峰甄别蒙取超等，月课蒙取超等一名；总督吴棠(仲山)，鳌峰月课蒙取超等六名；总督英桂(香岩)，鳌峰月课蒙取超等，又取超等四名；署理总督文煜(星岩)，鳌峰月课蒙取超等，又取超等一名；总督李鹤年(子和)，鳌峰甄别蒙取超等；巡抚徐宗幹(树人)，鳌峰甄别蒙取超等，月课蒙取超等，决科蒙列正取九名；护理巡抚周开锡(受山)，鳌峰月课蒙取超等；巡抚李福泰(云衢)，鳌峰月课蒙取超等；巡抚卞宝第(颂臣)，鳌峰甄别蒙取超等，又月课蒙取超等；巡抚王凯泰(补帆)，鳌峰甄别蒙取超等，又月课蒙叠取超等；布政使邓廷枏(双波)，鳌峰月课蒙取超等；署布政使夏献纶(筱涛)，鳌峰月课蒙取超等；布政使潘霨(伟如)，鳌峰月课蒙取超等，又蒙取超等五名；按察使康国器(友之)，鳌峰月课蒙取超等；署按察使傅观海(星源)，鳌峰月课蒙叠取超等；按察使葆亨(芝岑)，鳌峰月课蒙取超等；粮道周揆源(within③)，鳌峰月课蒙取超等；粮道耿曰椿(寿鹏)，鳌峰月课蒙取超等；粮道叶永元(善堂)，鳌峰月课蒙叠取超等；盐道吴大廷(桐云)，鳌峰月课蒙取超等，又蒙取超等八名；盐道裕宽(泽生)，鳌峰月课蒙取超等④。以上簃录郭翊中举之前学习期间26位受业师和受知师，均与鳌峰书院有着密切的关系。

大概通过考察四位督抚和曹秉濬任福建学政的时间即可知郭翊在鳌峰书院肄业的情况：左宗棠于

① 指福州、兴化、泉州、漳州、汀州、邵武、延平、建宁、福宁、台湾十府和永春、龙岩二州。

② 请参看刘海峰《台湾举人在福建乡试中的表现》(载《厦门大学学报》2013年第6期，第69页)的统计数据：全清福州府举人4607人，泉州府1742人，漳州府922人，汀州府673人，兴化府564人。

③ 周揆源，原名镳，字铁臣。湖北沔阳人。铁臣，《清代硃卷集成》第三三七册举人郭翊履历刻作谶臣二字(影印第285页)。

④ 《清代硃卷集成》第三三七册，举人郭翊履历，影印第280-286页。在郭翊之前，同治四年(1865)乙丑科福建乡试第七十四名举人、闽县陈宝琛的履历记载陈宝琛的受业师有梁鸣谦、林士傅(鳌峰书院掌教)、林鸿年(正谊书院掌教)，受知师有学政徐树铭、学政厉恩官、学政章鋆、学政曹秉濬、巡抚徐宗幹、巡抚周开锡、总督吴棠、现任巡抚李福泰，章鋆之后(包含章氏)6位受知师与陈宝琛的事迹均与鳌峰书院有关(同书，举人陈宝琛履历，影印第160-162页)，陈宝琛的中举是闽县螺洲陈氏家族五子登科科举奇迹的肇端，但是郭翊的履历更具有典型的意义。

同治二年(1863)任闽浙总督,李鹤年于同治十年(1871)任闽浙总督,徐宗干于同治元年至五年(1862—1866)任福建巡抚,王凯泰于同治九年至光绪元年(1870—1875)任福建巡抚,曹秉濬于同治三年(1864)任福建学政,故知郭瑚在鳌峰书院的时间大概10年,直至同治十二年(1873)以第五名举人中式,即"五经魁"之一,俗称"五魁首"之一。郭瑚生于道光十九年己亥(1839)[①],高中第五名举人之时年35岁,知其人20余岁起在鳌峰书院的考课、甄别中多次掇得优等、超等的评定,试帖诗、时文为历任总督、巡抚、学政、臬宪等福建省头面官员广泛肯定,为所熟知,其乡试中式在早晚之间,其名次亦当早已拟定。

同榜第二十九名举人林振声(1845—?,侯官上街人,籍闽县)的受业师中与鳌峰书院、凤池书院、正谊书院、越山书院关系的有以下5位:林可舟(可舟),鳌峰书院掌教;黄庆安(衡洲,一作蘅洲[②]),前凤池书院掌教;林懋勋(铭石),前越山书院掌教;郑世恭(虞臣),凤池书院掌教;林鸿年(勿邨),正谊书院掌教;受知师12位,均与凤池书院有关系:福建学政章鋆(采南),科试蒙取入泮并凤池书院超等;按察使徐运澜,凤池书院月课超等;知府丁嘉玮(韫石),凤池书院超等;巡抚卞宝第(颂臣),凤池书院月课超等;布政使邓廷枬(双波),凤池书院叠取超等;知府尹西铭(竹民),凤池书院月课超等;布政使潘霨(伟如),凤池书院月课超等;道员傅观海(星源),凤池书院叠取超等;道员耿曰椿(寿鹏),凤池书院月课超等;盐道泽宽(生裕),凤池书院月课超等;闽浙总督李鹤年(子和),本年甄别凤池书院内课十三名;按察使葆亨(芝岑),本年月课凤池书院第六名[③]。

章鋆于同治二年(1863)正月任福建学政,继任者为曹秉濬,同治三年(1864)八月任。据此推知林振声与福建书院中的凤池书院的关系最为密切,从1863—1873年,与郭瑚之于鳌峰书院的时间不相上下。此外,林振声还与鳌峰书院、正谊书院、越山书院的山长互通消息,这对于林振声的时文、试帖诗创作和科举应试训练大有帮助。

同治十二年(1873)癸酉科福建乡试第十四名举人、闽县林福熙(1850—?)的受业师中有林士傅(可舟),鳌峰书院山长;岳父何嵩祺(伯希),越山书院山长;受知师有邵亨豫(汴生),现任陕西巡抚,前任福建学政,科试蒙取入泮,鳌峰书院月课蒙取案首[④]。邵亨豫于同治六年(1867)八月继曹秉濬任福建学政,九年(1870)卸任。根据明清两代乡试选举的基本规则,十六房师和正、副主考各有所荐第一名在前十八名中[⑤],林福熙高中第十四名举人,亦属此科福建所有考生中的佼佼者。林福熙是一个年轻的举人,自其祖父林怀少中举出仕起,其家族三代科举有成。父亲林灼三登进士第,堂叔林钺中举,出仕为邵武府学训导,至林福熙之时,教育条件明显优越,堂叔林钺、经魁郑炳、山长林士傅、山长何嵩祺都成为林福熙的受业师,何嵩祺将亡女许聘给林福熙,二人具有翁婿情谊,并入鳌峰书院肄业,受到邵亨豫的赏识,对林福熙乡试中式无疑具有积极作用。

福建省垣四大书院的吸引力对于福州府之外的士子具有强烈的吸引力,对于生员考取举人功名作用甚大,对于贡生选拔的作用亦如此。建宁府松溪县贡生刘济善系道光二十九年(1849)己酉科福建选拔贡卷中式第一名贡元,其受业师有魏敬中(号和斋),注:"己卯翰林,国史馆总纂。现凤池书院掌教。"[⑥]

在福建省垣四大书院之外,各府州县和道驻地所建立的书院对于士子亦有一定的吸引力。台湾府凤山县张大河系光绪十一年(1885)乙酉科福建选拔贡卷中式第一名,其受业师有黄福潮(号海若),泉州梅石书院掌教;梁钦辰(号小若),泉州清源书院掌教;林梁材(号悦萱),清源书院掌教;陈棨仁(号铁香),清源书院掌教;杨浚(号雪沧),泉州紫阳书院掌教;曾兆鳌(字晓沧),厦门(厦门道驻地)玉屏书

① 同上书,举人郭瑚履历,影印第279页。
② 同上书,举人卢应昌履历,影印第145页。
③ 同上书,举人林振声履历,影印第374-376页。
④ 同上书,举人林福熙履历,影印第291、296-297页。
⑤ 龚笃清《明代科举图鉴》,第412页。
⑥ 《清代硃卷集成》第四〇七册,贡生刘济善履历,影印第256页。

院掌教[①]。根据履历，张大河原籍泉州府惠安县，系明代张岳家族后人，虽然学籍台湾府凤山县，但张大河现住泉州城内上峰巷，就近向清源书院、紫阳书院、玉屏书院的老师请教。

以上所论福建省垣、各府县和各道驻地书院对于士子的作用，在正常校艺，研习儒家经典，培养训练时文、试帖诗创作的技巧，提升应试水平之外，士子们所刻意经营的人际关系，书院山长和前辈所给予的名誉使之扬声于官员、学校、文坛和应试生员之中，是生员举人中式前、贡生选拔中式之前最重要的收获。

从两宋到明代，明代到清代，福建各府(军、州)的科举版图不断发生变化，各府(军、州)的人才数量和质量也发生如影随形般的变化。两宋的科举以福州、兴化军、建州、南剑州、泉州为盛，符合中原帝国先进的教育、文化从福建北部渐次向南传播、覆盖的地理空间分布规律；明代福建科举逐渐向沿海府县倾斜，以福州、兴化、泉州、漳州为盛，晚明泉州、漳州的科举事业快速崛起；清代福建以福州一府举人占全省总数的44.33%独大，泉州、漳州、汀州、兴化次之，反映出清代福建福州府之外各府科举衰落的历史真实。

在清代各府(州)、县学学额不变的情况下，府学、县学培养出来的生员只能算是下层的、低级的知识分子，而举人、进士方是科举社会中上层的、高级知识分子和特权阶层，也是从事文学创作的中坚力量。清代福建福州府之外各府科举衰落的历史真实与士子无论是趋利还是尚友向好的社会心理相结合，促使福建省内各府县士子向福州的迁移和流动。比较明清两代的选举制度，在顶层制度设计上，清朝沿用了明朝对于学额的规定，各府、县学的学额并无大的变化。发生各府县士子向福州迁移和流动的现象，其原因只能是福建全省性质的书院和各府县及道驻地书院的设置，对于士子乡试、会试、贡生选拔提供了与明朝选举不同的、倾斜的政策环境和资源，尤以设在省垣福州的四间全省性质的书院与政府关系密切，政府视此四间书院为禁脔，予四间书院山长和主讲席者以特殊礼遇，对书院给予雄厚财力支持，造就优越的养士条件，因而人才辈出，近代名臣、福州府侯官人沈葆桢为其子“求师资则必于鳌峰、风池、正谊三书院屡考取前数名者选择之”[②]，鳌峰书院“书院诸生皆由各官拔取充之”，“应课者至二百余，多福州人，其由外郡至者则希矣”[③]，“(外郡士子)其尤者拔入鳌峰，要亦百不一二”[④]，遂令福州产生了其他各府(州)府治所不具有的区位优势和资源优势。

我们比较郭瑚在鳌峰书院的23位受知师和林振声在凤池书院的12位受知师，可以感知到鳌峰、凤池两书院主持甄别、岁考、月课、科试、决科等考试的官员品级、层次明显有别，闽浙总督、福建巡抚、福建学政、布政使、按察使、各道道员经常主持鳌峰书院的考试，而风池书院偶见总督、巡抚莅临，多属福州知府、布政使、按察使、各道道员主持，两书院的荣耀、排场、风光大不相同，鳌峰书院在全省所获得的政府资源和关注度首屈一指，独占鳌头，远远超过其他书院，表现出书院与书院之间在发展过程中形成的地位等级。各府县道所设书院的层次、等级亦如之。全省书院之间客观上存在的这种现象也促使士子们竞争进入省垣四大书院，尤其是进入鳌峰书院的机会。

清代福州府高质量的人才培养有目共睹，形成科举事业、学术研究、文学创作事业良性的发展效应，福建其他各府州对福州府的科举成功只能仰视。清代的台湾府(1885年建省)形成“无福不成衙”的官场现象[⑤]，说明福州府士人对福建省内文化教育事业的强力输出，具备榜样典型的示范作用。我们还从贡生余瑞麟的履历中看到边远府县士子对福州府师资的推崇。建宁府政和县贡生余瑞麟系道

---

① 同上书，同册，贡生张大河履历，影印第273-274页。

② 民国《福建通志》总卷三十四，《福建列传(清八)》卷三十九，沈瑜庆传，第七十二页。

③ 朱仕琇《存庵黄君六十寿序》，《梅崖居士外集》卷四，《清代诗文集汇编》第336册，影印第543页。

④ 陈寿祺《再与总督汪尚书书》，《左海文集》卷五，《清代诗文集汇编》第499册，影印第226页。

⑤ 谢海潮《清代台湾无福不成衙：闽都文化对台湾的影响》，载《福建日报》2013年6月17日。1684—1895年间，台湾各级教官644人，福州籍192人，占比30%。192人中教授34人，教谕75人，训导83人。请参考薛菁《清代榕台两地儒学教育渊源探略》(载《闽江学院学报》2014年第4期，第16-23页。数据在第20页)一文和本书附录《清代福建历科进士、举人表》所注引民国《闽侯县志》卷四十三《选举志・清举人》题名等文献。

光二十九年(1849)己酉科福建选拔贡卷中式第一名,其受业师有许冠瀛(号鹤龄),注:“侯官县人。壬午进士。前翰林院检讨、实录馆总校”;郭礼图(号茝修),注:“闽县人。辛丑进士。前翰林院庶吉士,现工部主事、都水司行走”;郭奇峰(号云友),注:“长乐县人。甲辰进士。现刑部主事。”①余瑞麟的履历比较特殊,此三位受业师均是福州府人,非建宁府人氏,说明优质师资对于余氏的学业精进产生作用,师门渊源对余氏的拔贡产生社会关系的作用,也有攀援之交的社会功利目的。

① 《清代硃卷集成》第四〇七册,贡生余瑞麟履历,影印第263-264页。

# 第五章
# 清代福建文学创作、学术著述与全清全闽家族作者、学者的关系

## 第一节　清代福建文学创作、学术著述概貌

清代是我国封建社会最后一个朝代，也是中国古代文学全面复兴的一个朝代，但并未在全面复兴之后向“一代之文学”的巅峰攀登，而是随着晚清政治巨变和诗界革命推动文学创作在语体、文体上的变革，文学被赋予国家救亡的政治使命，旧体文学创作中的诗歌、词、曲、古文创作为白话文创作的诗歌、散文、小说等新文体和新载体所代替，中国古代文学在民国间终于降下它的帷幕。清代文学可以说是中国古代文学的绝响，也是一笔丰厚的文化遗产。

福建文学既是福建的，也是全国的。清代福建文学既是历代福建文学的组成部分，也是历代中国文学的组成部分。我们分：(1)清初顺治、康熙、雍正(1644—1735)时期；(2)乾隆朝(1736—1995)；(3)嘉庆至道光朝(1796—1850)三个历史阶段简要列举清代福建作者和学者对全国所具有的意义：

第一阶段，清初顺治、康熙、雍正(1644—1735)时期。

清初在朝的贰臣泉州府南安人洪承畴(1593—1665)对于清朝定鼎中原出力甚多；泉州府安溪人李光地(1642—1718)对于康熙朝统治思想的确定和程朱理学的发扬光大具有重要意义，所撰、纂、辑、校、编、注、刊刻之书达500余卷；福州府侯官陈梦雷(1651—1740?)编纂了大型图书《古今图书集成》三千余卷，历时二十八年(1701—1728)，是现存规模最大的类书，王掞序称此书“牢笼三才，囊括万有”；侯官许友(1615—1663)之诗在明末清初文坛领袖钱谦益所编《吾炙集》中最多，福州府闽县人林佶(1660—1722)、兴化府莆田人林尧光(顺治初拔贡生)等受到文坛领袖王士禛的重视，王士禛身边有一群闽籍门人，如林尧光兄弟、丁炜、林佶、林一瑹、林麟焻、张远等人；福州府闽县人、顺治九年(1652)壬辰科进士叶矫然(1614—1711)是清初较早的宋诗论者，著有《龙性堂诗话》；闽县人(《侯官乡土志》一作侯官人)王九徵从康熙四年至五十三年(1665—1714)50年间作诗2000余首，其诗变革了闽中传统晋安风雅的平稳风格，以出入唐、宋，伐毛洗髓的诗歌创作实现其闽诗变革的目标，张远评价王九徵的诗歌创作“一洗吾乡习气”[①]；侯官人张远(1648—1722)较早地改变了诗歌创作的旨趣，推崇宋诗、韩愈诗，被称为晋安诗派的“别调”[②]，是前辈诗人王九徵的同道，近代诗人、贵州遵义人郑珍(1806—1864)的诗歌风格与之相似；兴化府黄轼、黄辙兄弟是顺治间宗宋的诗人；福州府侯官林云铭(1628—1697)《挹奎楼文集》以时文之法创作古文，又以时艺之法评古文，反映时文、古文合流的尝试，对清初闽中古文创作乃至全国文风的演变都具有先驱的历史性意义；寓居江宁的福州府福清诗人林古度(1580—1666)是一位酷嗜竟陵派诗歌的诗人，从林古度到他的晚辈诗人王士禛之间两种诗风的转换

① 《国朝全闽诗录初集》卷十，第208页。

② 永瑢等《四库全书总目》卷一八三，《超然诗集》提要，影印第1660页。

见证了清初诗歌创作的进程,竟陵派受到清初诗人的集体唾弃,而以王士禛为领袖的神韵派形成,成为有清一代重要的诗歌流派和创作宗尚,王士禛也成了清代康熙以来令诗人敬仰的重要诗人。清初周亮工所选的《尺牍新钞》,钱谦益所选的《吾炙集》,田茂遇、董俞所选的《高言集》等选本均收入大量的闽人著作,反映闽人创作在全国文坛的地位。

从清代福建的古文创作来看,闽西北汀州府宁化县人李世熊(1602—1686)的《狗马史记》、康熙《宁化县志》是学习司马迁《史记》的典范作品,当时获得极高的声誉,又与江西宁都古文家三魏等过往甚密。泉州府安溪人李光地对于桐城戴名世(1653—1713)、方苞(1668—1749)这一对表兄弟古文作家极为赏识,福建自明代嘉靖以来有唐宋派的领袖作家王慎中及其同道古文作者,形成闽中明代古文作家群体,渊源正宗,传承到明末清初李光地等人手中,李光地编著有《古文精藻》二卷、《韩文考异》、(刻)《韩子粹言》二册、《文略内外编》,李光墺、李光型编次《遵岩王先生文集》四十二卷,康熙五十年(1711)刻行,康熙二十一年(1682)晋江张汝湖编选了一部《王遵岩先生集选》十卷等。李光地等闽中古文家与方苞等古文作家融合,汇成清代统称为桐城派的古文创作阵营。李光地在朝亦培养闽籍古文作家及其家族子弟,如其孙李清植等,经历漳州府漳浦人蔡世远(1682—1733)、汀州府宁化人雷鋐(1696—1760)、漳州府漳浦人蔡新(1707—1799,蔡世远从子)及蔡新门人徐时作、郭起元、孙蔡行达等一脉相承,延续到乾隆年间。民国《福建通志》蔡新传:"上(乾隆)以新归之后,在朝无可与言古文者,御制诗文必寄令阅看。"[①]乾隆五十年乙巳(1785),蔡新以原官致仕,时年78岁,知蔡新其人及其古文成就极受乾隆皇帝恩眷,亦知闽中李光地这一支古文的生命力延续到1800年左右,前后超过150年。

第二阶段,乾隆时期。

纵观全清历史,清代国家治理能力达到一个新的历史水平。由于顺治、康熙、雍正三朝的励精图治,不断累积能量,至乾隆朝之时达到了巅峰状态,清朝鼎盛的实力全面反映在政治、军事、经济、文化、文学、学术等各领域之中。学术界认为清代文学是全面复兴的,但没有一种文体产生"一代之文学"的标志性成果,清代学术是传统学术所能达到的天花板极限,取得前无古人的成就,更开创了甲骨学(Oracle Bone Studies)等前代所无的研究领域。在这样的时代背景下,本书观察乾隆朝福建家族作者和学者对于本省的文学创作、学术范式建构的意义及其成就。

明末清初以来,福建的古文创作与桐城派古文创作两线几乎同时、并行,在李光地生活的时代里,李光地与戴名世、方苞等桐城派古文作者交流、交融、合流。乾隆朝福建的古文创作异军突起,朱仕琇(1715—1780)早于桐城派宗师姚鼐(1732—1815)成名,开创闽中古文创作极力追踪韩愈古文的方向,形成特征,在福建、江西等省传播,与姚鼐古文并世盛行于中国南部省份,朱仕琇古文创作的影响可以与桐城派古文的影响相抗衡。

古文家朱仕琇的曾祖父朱国汉以诗歌创作闻名邵武府及建宁县,诗歌创作成为朱氏家族的家学,至朱仕琇之时是朱氏入清第四代,而朱仕琇(1715—1780)的贡献是为家学增添了古文创作的传统,这一传统对邵武府及所属各县的影响最大,中间经历邵武府高澍然家族、何氏家族的发扬和光大,远及江西境内府县与本省福州府的作家。从乾隆时下探到光绪时期的福州府作家谢章铤(1820—1903),一脉不绝如缕,形成超过150年的古文创作洪流。谢章铤在《抱山楼词序》中描述在清代浙江词的创作云:"国朝词学浙最盛,竹垞倡于前,樊榭骋于后,羽翼佐佑,俊才辈出,而派别成焉。"[②]浙派词之所以称派,固有典型作家朱彝尊、厉鹗先后继起,更重要的是"羽翼佐佑"、"俊才辈出",形成一定规模的作者阵营。此种描述方之福建从朱仕琇发端的古文创作端绪和创作现象,本书仿照《桐城文学渊源考》古文创作命派的凡例,称之为"建宁派"古文创作。

朱仕琇年轻时得到汀州府宁化县古文家雷鋐的赞赏,雷鋐是蔡世远的门人,因此李光地到雷鋐这

① 民国《福建通志》总卷三十四,《福建列传(五)》卷三十六,蔡新传,第八页。

② 谢章铤《赌棋山庄集》文集卷五,《清代诗文集汇编》第680册,影印第705页。

一支闽中古文的传承在乾隆间与朱仕琇开创的古文派别两线交会。建宁徐氏中作者徐时作系雷鋐老友，得蔡新举荐京秩而不就，亦古文作者，而徐氏家族中徐惇典、徐家璠、徐家泰、徐家恒、徐显璋、徐开祖（四人为祖孙三代作者）六人多从学朱仕琇、高澍然古文，徐家泰系朱仕琇女婿。建宁李祥赓从朱仕琇习古文，又将古文法传授于张际亮，形成从朱仕琇到张际亮之间的古文传承。

在诗歌创作领域，福建产生了与袁枚齐名的诗人、福州府永福县的黄任。黄任平生的诗作数千首，几乎与陆游等埒，其才名远逸本府、本省，具有全国性的影响；建宁府建安县（原籍福州府闽县）诗人郑方坤（1693—1755）之诗具有六朝、两宋气象，嗜杜学宋，其所撰著又为乾嘉考据学派学者的先声，以出入韩愈[①]、苏轼，衔接彼时闽派，其实是明代晋安诗派宗唐诗歌创作的变调；吴士宏是雍正、乾隆年间学苏轼、陆游的诗人，而其子、康熙六十年（1721）进士吴文焕之诗"最豪爽，大致于苏、陆为近"[②]，亦能世其家，于晋安风雅之外另辟蹊径，使清代福建诗歌创作慢慢实现变化。

在清代的学术领域，泉州府安溪（迁晋江）学者陈迁鹤（1639—1714）名列民国《福建通志·福建儒林传》清代闽籍儒林第一人。其友李光地及其赞赏其才华，为之扬名于公卿间。李光地（1642—1718）的学问在经传以外，旁涉会通诸子、百家，下及星日命卜之流，向顾炎武问音学，向梅文鼎学历算等。李光地之弟李光坡著《三礼述注》，传称"闽人通汉学自此始"[③]，李光坡卒于雍正元年（1723），确实是福建汉学最早的一批学者之一。

乾隆间，大兴朱珪、朱筠兄弟多年在福建，担任过福建地方的数种官职，先后任福建学政大臣，对福建的教育具有重要的意义。朱珪所组织的读书社成员共二十八人，后来成为著名作者和学者的有林茂春、龚景瀚、林乔荫、林澍蕃、陈登龙、龚景沆、梁赞图、梁上治、梁上泰、梁上国、林开琼、林昆琼、林春琼、郑光策、叶观国、孟超然等人，但清代朴学传入福建，深得朴学精髓的是学者陈寿祺。同治刊本《福建通志》陈寿祺传称"闽中自李光地、王士让、官献瑶为宋儒之学，兼崇汉儒。寿祺初受业于孟吏部超然，为宋儒之学，及后出朱珪、阮元之门，因是博闻强识，专为郑许之学，以疏证经传于闽中，实开其端"。[④] 陈寿祺"深于经术"，"其学问根柢犹见乾嘉老辈之遗"[⑤]。陈寿祺晚年主讲省垣鳌峰书院讲席11年（1823—1834），培养了兴化府仙游人王捷南、泉州府晋江人杜彦士、泉州府惠安人陈金城、延平府将乐人梁文、建宁府建安人丁汝恭、永春州德化人赖其瑛、邵武府建宁人张际亮、福州府侯官人林昌彝等作者和学者，分别以经学、历史、舆地、小学、性理、典章制度、诗文等各自名家。

第三阶段，嘉庆至道光（1796—1850）时期。

乾嘉考据学在福建的的影响方兴未艾，福建学者的成就正当其时。福建僻在陬隅，按照"差序格局"的文化传播理论，似乎传播到福建的学术将如强弩之末，渐远渐弱，乾嘉考据学在挺进福建的过程中其影响和精神都将被削弱、变小甚至消失在福建原有的学术生态之中，即使存者亦不能发生作用。如果持这样的眼光和观念来看乾嘉考据学的传播，确实如此，但学术的传播具有汉儒传经的严谨，在传播过程中尽可能地保持其精神，减少损耗和衰化，甚或者秉持乾嘉学术的精神，日新又新，形成新的学术增长点，为乾嘉学术增添新的光彩，起到学术研究增强器的作用，延缓了其消亡的时间，米歇尔·福柯称之为转换所具有的"时间'粘滞性'的迹象"[⑥]。

福州府闽县学者、嘉庆四年（1799）进士陈寿祺（1771—1834）的性格一如入清以来大部分闽籍士

---

① 清代诗人、古文家对韩愈诗文极其推崇。大兴朱筠在乾隆二十八年癸未（1763）创作《癸未初夏赵舍人损之用韩韵赠冲之作依韵作一首》、《用韩韵再叠》、《损之再用韩韵四叠》、《王生西文用韩韵五叠》、《龚子鉴戌用韩韵六叠》、《韩韵七叠》、《蔡生予嘉和予用韩韵八叠》、《锋光禄君弼九叠》、《补三叠前韵报冲之》等诗（朱筠《笥河诗集》卷四，《续修四库全书》第1439册影印嘉庆九年椒华吟舫刻本，影印第518-521、525页）。

② 民国《福建通志》总卷三十九，《福建文苑传（清一）》卷七，吴文焕传，原第二十八页。

③ 民国《福建通志》总卷三十八，《福建儒林传》卷五，李光坡传，原第十三页。

④ 同治刊本《福建通志》卷二百三十八，陈寿祺传，原第五页，影印第4299页。

⑤ 王凯泰《重纂福建通志序》，同治刊本《福建通志》，影印第3页。

⑥ 米歇尔·福柯《知识考古学》，第195页。

人,谦逊自牧,通籍后任翰林院编修等职,嘉庆十四年(1809)丁外艰,遂不复出,以讲学、授徒、著述终其余生。稍晚于陈寿祺的福州府长乐人、嘉庆七年(1802)进士梁章钜(1775—1849)却是经历了另外一种人生。梁章钜之前有亦有名进士者若陈寿祺、赵在田,均嘉庆四年己未(1799)进士,陈寿祺官止编修,均不乐仕宦,长期主福州鳌峰、风池等书院讲席。梁章钜一生任过军机章京、知府、道台、署江苏按察使、山东按察使兼布政使、江苏布政使、直隶布政使、广西巡抚兼署学政、江苏巡抚、署两江总督等中外职务,多在外任,成为闽人出任地方大员,置府开幕的典型人物。陈寿祺、梁章钜两人的人生经历如同鸿沟,存在绝大差别,两人可以被视作清代闽人对待仕宦前程的分水岭式不同态度的标志性人物,梁章钜的生存状态转变对于道光以来福建士人游幕风气兴起具有引导作用,而游幕和仕宦对于闽籍作者、学者接受清代学术思潮传播,推进本省乃至全国文学创作风气的转变均具有重要的意义。

梁章钜登进士第之后一直在京师任职,道光二年(1822)外授湖北荆州知府,其间有 20 年时间在京师生活、学习,在馆阁历练,跟随前辈翁方纲(1733—1818)学诗(1815—1818);在外任官亦 20 年,至道光二十二年从江苏巡抚、署两江总督任上开缺回乡。居官之余,不废著述,诗文杂著纂辑者不下数十种[①],八百余卷,蔡莹涓《梁章钜研究》考定为八十五种。林则徐称"仕宦中著撰之富,无出其右者"[②]。

道光九年(1829),在闽浙总督孙尔准、巡抚韩克均的主持下,陈寿祺担任《福建通志》总纂,高澍然等任分纂;道光十五年(1835)年,陈寿祺已经离世,《福建通志》的修纂反复聚讼,滋生纷扰,酿成公案;道光十九年(1839),福建巡抚、署闽浙总督魏元烺复延魏敬中纂校、续成之,一路坎坷,平衡各方矛盾,最终将 400 卷删成 278 卷定本,同治十年(1871)经林鸿年等校刊予以重刊。此次所修的《福建通志》是对福建全省学者的学术造诣和古文创作之综合性检验,其体例和出版虽然受到梁章钜等人的杯葛和阻碍,但其成就不容置疑,颇受学者赞赏。举其一隅,这部《福建通志》卷六十七至八十二为《经籍志》,其命名根据的是《隋书·经籍志》,而不是《汉书·艺文志》,但是在沿用《经籍志》的名称之外,其著录目录的编纂凡例却是先按各府县划分作者,再按朝代前后排列作者,不明具体年代者、佚名著作者附在该朝代之后,一位作者的所有著作均列在其名下,对《汉书·艺文志》的七略分类法、《隋书·经籍志》的四部分类法都是一种改变,这在清代史志的编纂中是比较特殊的现象,同治刊本《福建通志·经籍志》提供每一位作者著作的全貌,是其长处,后来民国年间陈衍编纂《福建通志》(1938 年刻本)的时候就改回到《隋书·经籍志》四部分类法的路子上来了,卷目名称亦改称《福建艺文志》。

光泽高澍然(1774—1841)的古文创作对于建宁朱仕琇古文创作的延伸和影响的扩大具有重要的贡献。高澍然之父高腾(1749—1807)是朱仕琇在鳌峰书院的门人,得其古文窔奥,此前还接受过建宁古文家金荣镐的教诲。高澍然承其父家学,是朱仕琇的再传弟子,又从其叔父高抟(1750—1822)学,在文章、学术两方面都得家法精要,笃嗜韩愈《昌黎集》,得韩愈古文中的"浩然之气",巩固了中国古代古文传统中韩愈、李翱古文创作的特征,在文气上则与孟子相近。高澍然浸淫韩愈古文三十年,得养气之正,其文文从字顺,一反韩愈古文中瘦硬生新的风格和文中人物倔强的性情,与韩文面目有着较大的不同,学韩而近欧、曾,又取法归有光氏,弥合韩愈古文与欧曾古文之间的沟壑,形成高澍然古文的重要风格和成就。对于朱仕琇的古文,高澍然发展和巩固了朱氏古文创作宗师韩愈的旨趣;对于韩愈的古文,高澍然的古文既有追随的一面,也有更近李翱古文的路数,又广泛取径,对韩愈古文的偏至有所匡正。

被列入刘声木《桐城文学渊源考》闽籍作家的数量略输于今安徽桐城、江苏常州、湖南湘乡,却远多于江西新城、宁都等地,其中尤以乾隆间朱仕琇开创的古文流派,在其再传门人高澍然的发扬下,衍派自建宁朱仕琇、从事古文创作的作者达 80 人,朱仕琇堪称宗师,这一古文创作群体可以命派。

嘉、道两朝,清代的诗歌创作处于质变到同光体之前的渐变阶段,福建的诗歌创作风气亦与全国同步转换,自元明以来形成的福建宗唐诗歌创作传统——晋安风雅的面目已经大大改变,更多的诗人

---

① 支伟成《清代朴学大师列传》,第 227-228 页。岳麓书社 1998 年版。

② 林则徐《诰授资政大夫兵部侍郎都察院右副都御史江苏巡抚梁公墓志铭》,《林则徐全集》第五册,第 487 页。

敢于突破晋安诗派的陈规,进行创新的尝试,"吾乡萨檀河(萨玉衡,1758—1822)、谢甸男(谢震,1865—1804)、陈恭甫(陈寿祺,1771—1834)诸公方将变易闽派,务为黄钟、大吕之音"①,新变因素因此越来越丰富,推动本省诗歌创作从单一的晋安风雅向多样化的诗歌创作生态演进,形成更高级的、超越晋安风雅的创作境界。在晋安风雅所习唐诗之外,清代的福建士人广泛学习、模拟历代诗歌风格,向不同朝代、不同风格的诗人学习,"转益多师是汝诗"②成为包括福建在内的清代诗人的共识,反映出清人阔大的眼界和极其广大、高明的境界,远远超迈元明两代诗人所能具有的见识。

## 第二节 文学创作和学术著述的关键少数律(The Key Minority Rule)
### ——论清代福建家族著述与清代全闽著述的关系

1896年,意大利经济学家、社会学家帕累托(Vilfredo Pareto,又译作巴莱特,1848—1923)研究19世纪末英国人的财富分布和生产经营模式,提出了一个观念:整个社会上20%最富有的少数人占有了80%的全社会财富,这就是著名的"二八定律"(The 20/80 Rule)③,又称关键少数律(The Vital Few Rule/The Key Minority Rule)、不重要多数法则(The Trivial Many Rule)、帕累托法则(Pareto's Principle)、朱伦法则(Juran's Principle)、巴莱特定律(即帕累托定律)等。这一定律宽泛地描述为:在任何特定群体中,重要的因子通常只占少数,而不重要的因子则占多数,因此只要能控制具有重要性的少数因子即能控制全局④,是精英主义理论(The Elite Theory)的发展。这个定律(或称原理、法则、效应)及其改进理论广泛应用于社会学、企业管理学等领域中,成为常识。

明清两代福建的文学史实际上是由众多的文学家族及其文学创作活动为基础、为主轴的文学史,符合帕累托法则。我们通过统计发现明清两代福建的文学创作事实表现为文学家族的数量与作家总数之比在20%之内,而在重要的作家、文学作品和关键的文学观念、理论创获方面,均属于文学家族的成员。我们观察到明、清两代福建家族文学创作现象符合"二八定律"(本书统称为"关键少数律",英文又译为 The Key Minority Rule)的实质,福建文学家族中的成员在明清两代福建的文学创作和学术著述队伍中属于最顶端的20%部分,即所谓的头部阶层。这是通过对明代福建著述总目和清代福建著述总目的搜集,明清两代福建文学家族作者、学者的著作分类统计以及明清两代福建文学创作与理论批评演进的探讨而得出的结论。

越是在教育权利被垄断、限制于社会上层的朝代中,文学创作中帕累托定律所产生的作用和影响越明显,体现出文学创作领域关键少数存在的价值和重要性。也正是在这样的朝代中,整个社会的文学创作数量本身就狭小,所以关键少数有时即是全体或绝大部分,所占比例大到我们都忽视了其本身20%关键的分量,以为这是彼时文学创作的常态,就像排骨、排骨上不可完全剔除的肉(《庄子·养生主》中称之为"肯綮")和动物全身的肉混同在一起,从而混同了排骨和肉类的价值。在南朝,文化教育的机遇得以普及到士族阶层的时代,士族子弟"才能胜衣","必甘心驰骛"⑤,从事文学创作,这种士族

---

① 谢章铤《刘心香先生自怡悦草堂诗钞序》,《赌棋山庄集》文集卷五,《清代诗文集汇编》第680册,影印第704页。

② 杜甫《戏为六绝句》其六,浦起龙《读杜心解》卷六之下,第842页。

③ 帕累托《经济政治学讲义》(*Cours d'economie Politique*),1896年法文版。请参看孙波、朱文博浩《基于帕累托定律模型的高校科研项目评审机制研究》对帕累托理论的介绍(《广东科技》2017年第6期,第69页)。2020年11月8日,凤凰网发表《中国最精准分析师:拜登当选因为人们受够了特朗普,一个泡沫可能破裂》对话实录,交银国际董事、总经理洪灏认为"(当今美国)1%的人拥有50%的财富,10%的人拥有90%的财富,这真的是触目惊心"。(网址:https://finance.ifeng.com/c/81EgDeDfQ7c)。

④ 百度百科《二八效应》。网址 https://baike.baidu.com/item/二八效应/5155000? fromtitle=%E5%B8%95%E7%B4%AF%E6%89%98%E6%B3%95%E5%88%99&fromid=7224763&fr=aladdin。

⑤ 钟嵘《诗品序》,郭绍虞《中国历代文论选》第1册,第309页。上海古籍出版社1979年版。

阶层普遍化的文学创作现象，其实不改“关键少数律”的实质。

明清两代，福建家族文学创作“关键少数律”表现在三个方面：

其一，明清福建家族文学创作构成福建省域明清两代文学创作和学术著述最顶端的20%部分，具有引领福建省域著述的地位、影响力和文学史(学术史)意义。家族作者的簇状丛聚现象持续存在于明清两代的福建省文坛(学术界)，家族文学创作成为研究明清福建省域文学创作的新视角。

其二，明清两代福建文学家族的数量与所属朝代福建省域作家总量之间存在小于20%比例的数量关系。这个数量关系表明家族文学创作成为明清福建省域文学创作、学术著述的主体，明清两代福建文学史并非由于数以千计的单个作家以个体碎片式的存在而简单构成，单个个体作家的文学史意义消退，隐身于所属的文学家族，亦表明重要作者的家族归属性质。

其三，明清福建文学家族的成员及其著述量规模可观。以家族作者的著作卷数作为统计口径，较之以著作多寡的种数为统计口径更加科学，文学家族的著作量占比轻易达到80%的庞大规模。

具备条件A，就能产生结果(结论)B，逻辑上称之为充分条件推理。形成充分条件推理的条件只要满足产生出结果(结论)的要求，可以有N个。作家首先是个体存在的，个体作家撰著量高，建构出某种文学理论，这种说法没有问题；也可以表述为文学家族的这个作者撰著量高，建构出某种文学理论，这两种表达都是允许的，所以说文学家族的作者既是个体作者，也是文学家族的成员。

不具备条件A，则不能产生结果(结论)B，逻辑上称之为必要条件推理。必须具备条件A，才能产生结果(结论)B，必要条件推理要求条件A对于产生结果(结论)B是不可缺少的。我们观察明清两代福建省域的作者整体，发现撰著量高或者建构出某种文学理论的作者，完全具备文学家族成员的属性；在文学家族作者群体之外，大量的个体作者群体中，不存在撰著量高或者建构出某种文学理论的作者现象，也就是说文学家族的作者对于撰著量高或者建构出某种文学理论的文学现象是必要条件。

在第六章第四节《论清代福建家族文学著述的家学特征》中，我们探讨了家族文学发轫肇端、中间扬抑(低谷或高峰)、终竟消歇三个阶段中家族最重要的作者(学者)出现的时间，表现为在前树纛引领，中间巅峰岳峙，最后集成总结三种形态。在中间巅峰岳峙和最后集成总结两种形态中，文学家族作者的家族属性是撰著量高或者建构出某种文学理论的作者现象的必要条件，家族作者必然接受文学家族内在精神、家学或者家法的洗礼及先芬手泽的熏陶、影响。在家族文学发轫肇端阶段产生树纛引领意义的作者，作者的单个个体属性强烈，与前此、后此的历代作者并无不同，而后以其家族绵延，累叶传承，才产生作者的家族属性。然而观察此类作者，绝大部分亦由于数世业儒，其来有自，由科举成功的科举家族而提升转型为具备文学、著述长才的文学家族，作者兼具家族成员的科举、著述两种身份，实现从科举家族成员转换为文学家族成员的身份迁移。外于此者，如明代福州府侯官曹学佺者极少，屈指可数。所以，我们的观点是明清两代福建文学创作的建构主体必由文学家族，文学家族的形成必由科举家族，舍科举家族必无文学家族。

我们还有一种相对容易的验证方法。意大利经济学家、社会学家帕累托研究19世纪末英国人的财富分布，面对全英国人的社会财富分布状况，选取的是英国最富有的20%人群。受此方法启发，我们选取明代或者清代福建文学创作和学术著述中卷帙最富者、文学理论和学术建树最具有标杆意义的作者组成明代或者清代福建文学创作(学术著述)领域占比不多于20%的头部阶层，再来观察这不多于总数20%的头部阶层作者的家族属性，无例外地，这些作者均具有家族属性。明代360个左右的文学家族丛聚着1300位左右的作者，家族作者数量占明代福建作者总数的50%(1300/2600)，清代福建630个左右的文学家族丛聚着2100位左右的作者，家族作者占清代福建作者总数的52.5%(2100/4000)，而明清两代福建文学创作和学术著述中卷帙最富者、文学理论和学术建树最具有标杆意义的作者群体仍然在20%的头部阶层之中。这是一个双20%的关键少数律：一方面表现在文学家族数量与作者总数的比例关系；一方面表现在卷帙最富者、文学理论和学术建树最具有标杆意义的作者群体与作者总数的比例关系，令人惊讶的是簇状丛聚着的家族作者占作者总数的比例竟然达到50%左右。

宋代福建的文学家族及其文学创作、学术著述的表现绝对符合帕累托法则，取得辉煌的成就，形成文学创作和学术著述领域的“关键少数律”。在文学创作上，北宋浦城杨亿以西昆体饮誉文坛，亦令杨氏家族生辉；崇安柳氏家族中的柳永以婉约词著名天下，影响远及巴蜀少数民族地区，“凡有井水处，即能歌柳词”[①]是何等的奇迹！南宋兴化军莆田县的刘克庄家族延至清代仙游县刘章天、刘尚文，代有作者，刘克庄（1187—1269）本人著述繁富，卷帙浩繁，其《大全集》200 卷，现存《后村先生大全集》四部丛刊本共 196 卷；程朱理学集大成者朱熹（1130—1200）生于福建，长于斯，老于斯，现存著作 25 种，600 余卷，总字数 2000 万字，数量惊人，影响巨大，对中国政治、文化、学术、文学等领域均产生极其深远的影响；黄宗羲《宋元学案》所立学案的学者共 988 人，其中宋、元两朝闽籍学者 178 人，在今天的中国省级行政区中居首位，非出身家族者不能占有一席之地。因此，我们确定宋代福建的文学家族之于文学创作及学术著述活动亦符合“关键少数律”。

在文学批评领域，对宋、元、明、清四朝福建诗歌创作产生极大影响的历史事件是南宋诗论家严羽撰著了《沧浪诗话》一书。严氏在南宋邵武军郡治邵武县为望族，严羽与同宗严仁、严参号“三严”，与严肃等称“九严”。《沧浪诗话》主张“以汉魏晋盛唐为师，不作开元天宝以下人物”；推崇“汉、魏、晋与盛唐之诗”为“第一义”之诗；一味崇拜“妙悟”，以为汉、魏之诗为“不假悟”之诗，“谢灵运至盛唐诸公”之诗为“透彻之悟”之诗，启发了明代“诗必盛唐（及以前）”的诗学观念。严羽言之凿凿地教学诗者应当“取汉、魏之诗而熟参之，次取晋、宋之诗而熟参之，次取南北朝之诗而熟参之，次取沈、宋、王、杨、卢、骆、陈拾遗之诗而熟参之，次取开元、天宝诸家之诗而熟参之，次独取李、杜二公之诗而熟参之，又取大历十才子之诗而熟参之，又取元和之诗而熟参之，又尽取晚唐诸家之诗而熟参之，又取本朝苏、黄以下诸家之诗而熟参之”，以李、杜二公为盛唐诗歌创作的巅峰，为初、盛唐诗歌与中、晚唐诗歌之间的分水岭，李杜之前为“不假悟”、“透彻之悟”之诗，李杜之后，“他虽有悟者，皆非第一义也”，“皆非正也”。严羽还指出了学诗路径，逆着以上所列各阶段，严羽以为可以按照他的指示，循阶登堂入室，从“透彻之悟”之诗以至于“不假悟”之诗。明代洪武、建文、永乐间（1368—1424）的诗论家、长乐人高棅（1350—1423）编《唐诗品汇》，对全唐诗歌的历史分期，对唐代诗人进行分层、分级，明确划分出唐代诗歌艺术水平高下若干阶梯，使得明代以来习唐诗者进阶的路径更加清晰，形成可循的方法，闽中晋安诗派、晋安风雅标榜的传统终于形成[②]，“其后宗派相沿数百年，莫能自拔于流波之外”[③]。

根据拙著《明代福建文学结聚与文化研究》（本节中简称标识为《明》）一书的研究数据，作以下定量研究。明代福建从事文学创作和著述的作者总数在 2600 人（不包含单篇或零散篇章作品的作者）强，著述总量 7000 种强，而文学家族总数在 360 个以上[④]，在 2600 名作者中产生 360 个以上的文学家族，形成了以血缘（婚姻）为纽带的簇状丛聚的文学创作现象，不再以作家独立的个体为显著特征，作家个体的身影消退到家族群体中去，文学家族的数量与作者总数之比为 13.8%（360/2600），符合关键少数比率，凸显了文学家族簇状丛聚的意义。占比 13.8%的明代福建文学家族簇状丛聚着大量作家（1300 位左右），留下明代福建文学创作中卷帙浩瀚、最重要的著述和文学理论[⑤]，著述 3800 余种，卷帙以万计，总字数无算，体现出明代福建文学家族及其创作的主体地位、主体作用和历史意义，这是文学创作领域中“关键少数律”的反映。

---

① 叶梦得《避暑录话》卷下。

② 请参看陈广宏教授《晋安诗派：万历间福州文人群体对本地域文学的自觉建构》（载《中国文学研究（辑刊）》，中国文联出版社 2008 年第 2 期，第十二辑，第 82-117 页）一文。

③ 陈寿祺《许元孟户部诗序》，《左海文集》卷六，《清代诗文集汇编》第 499 册，影印第 279 页。

④ 根据拙著《明代福建文学结聚与文化研究》第二章《明代福建著作文献研究的新视角》第一节作者总数、著述总数数据及第三至第六章《明代福建文学结聚》的文学家族总数数据。

⑤ 明代福建文学家族的部分作者著述量惊人，如高棅编选《唐诗品汇》100 卷，王偁（任副总裁）等人编辑《永乐大典》近 23000 卷；张燮著述量近 1000 卷（陈庆元《张燮著述考》，《漳州师范学院学报》2010 年第 4 期）；张岳著述“凡数千卷”（《都察院右都御史张公岳撰》，焦竑《国朝献征录》卷五十八，《明人传记丛刊》第 111 册，第 746 页），他如曹学佺、黄道周等均著述规模可观而散佚严重，不能作精准统计。

在明代福建的文学创作和学术著述方面,我们略举福建文学家族中的成员作为典型,说明福建文学家族在明代福建文学发展史和学术史上的关键少数效应(具体标识为【姓名+《明》+阿拉伯数字序号】,序号即在该书中的文学家族条目序数):

在《易》学领域,福州府怀安县林玭【《明》27】传授给泉州府晋江县的蔡清【《明》106】,蔡清成为明代首屈一指、具有全国性影响力的《易》学宗师,称蔡氏《易》。在蔡清的传授之下,《易》的研究和有关著述成为泉州府、漳州府占据全国学术前沿的阵地,称"清源学派",产生蔡清《易经蒙引》十二卷、陈琛【《明》116】《易经浅说》五卷、林希元【《明》118】《易经存疑》十二卷、苏濬《易经达说》四部称"蒙浅存达"《易经》研究系列著作。

在史学方面,兴化府莆田县黄仲昭【《明》188】所纂《八闽通志》是现存福建省第一部以"八闽"为名的全省总志,其体例为清代各种《福建通志》所沿袭;泉州府晋江县何乔远(1558—1631)【《明》164】纂修的《闽书》一百五十四卷,创设二十二门"志"的体例,史料搜集到何乔远晚年为止,《闽书》堪称明朝万历(含万历朝部分史料)之前最完备的福建全省总志,何乔远又有《名山藏》一百六卷、《镜山前后集》八十卷、《明文征》七十三卷等,堪称晚明著名学者。

在文学创作领域,明初的闽中十子诗派是全国五个重要的区域性诗歌流派之一[①],与江西的西江诗派(江右诗派)合流,形成明代的馆阁体诗歌。闽中十子诗派成员王偁(1370—1475)【《明》6】尝入翰林,任《永乐大典》副总裁,与解缙交密;建宁府建安县杨荣(1371—1440)【《明》313】是明初馆阁重臣,"三杨"之一,是台阁体的代表作家之一;泉州府惠安县的张岳(1492—1553)【《明》117】今存著作不多,其文学创作的地位不显,但是《闽中理学渊源考·惠安张氏家世学派》引《闽书》并《惠安县志》张岳传:"公为文章根据义理,体尚欧阳,卓然成一家言,自负正、嘉二朝文第一,第不以文士自命也"[②],其著述散佚严重,在明代之时时人即有"泉中但知有王遵岩(王慎中),不知有公"[③]的观念;泉州府晋江县的王慎中(1509—1559)【《明》119】在明代文学史上首倡唐宋古文,得到常州府武进唐顺之的响应,称"唐宋派",形成明代反对前七子古文创作的潮流,明代"唐宋派"遥接唐、宋古文,下接清代桐城派,代表着古文创作的正确发展方向;我们在万历间大学士、福州府福清县叶向高(1559—1627)【《明》67】的著作《苍霞草》、《苍霞续草》中观察到叶向高的创作代表着明代馆阁作家从后七子阵营重新夺回文学坛坫的领导权[④],有了这个必要的环节,明代唐宋派的古文创作才能与清初桐城派古文创作接续;晚明福州府侯官县曹学佺(1574—1646)【《明》72】既是学者也是著名的作家,著述繁富,仅选《石仓十二代诗选》五百六卷,选《明诗选》三百七十四卷,著《舆地名胜志》一百九十三卷、《石仓诗文集》一百卷,卷帙数量已非常可观,曹学佺引领晚明福建诗歌创作向宗宋方向的转向;漳州府龙溪县张燮(1574—1640)(【《明》277】)自著书四百卷[⑤],选《汉魏七十二家集》三百五十一卷,陈庆元先生整理闽南文献,认为张燮著作有22种,近千卷,包括其著、编校和所辑的著作[⑥],其人虽不得一第而著作惊人,张燮七十二家之选是太仓州张溥(1602—1641)《汉魏六朝百三家集》的底本;从福州府闽县陈价夫(1557—1614)、陈荐夫兄弟(1560—1610)【《明》16】到福州府闽县邓原岳(1555—1604)【《明》63】再到福州府长乐县谢肇淛(1567—1624)【《明》59】,嘉靖以来闽中诗歌创作沉寂的局面逐渐改观,闽诗逐渐复兴,诗道复臻强盛,"闽诗于是三变"[⑦],明代晋安诗派的创作有三次变化,至邓原岳晚年,闽诗堪与吴中诗歌相颉颃,而此时竟陵诗派尚未流行。

---

① 纪昀等:《(刘崧)槎翁诗集·提要》,《槎翁诗集》,《文渊阁四库全书》第1227册,第205-206页。

② 李清馥《闽中理学渊源考》卷六十四。

③ 何乔远《闽书》卷八十九,康朗传,第2680页。

④ 请参看《明代福建文学结聚与文化研究》第十六章《叶向高在晚明馆阁文学创作中的意义》。

⑤ 黄道周《明漳浦黄忠端公文集》卷二十七。又同书《张大夫墓表》有"键户著书,可四百卷"句(卷二十五)句,可资互证。

⑥ 陈庆元《张燮著述考》,载《漳州师范学院学报》2010年第4期,第48页。

⑦ 谢肇淛《邓汝高传》,《小草斋集》文集卷十一,第253页。

本书通过对清代福建文学及学术著述材料的搜集、整理和爬梳，目前搜集到近 12000 种存佚著作（详见附录二《清代闽人著述目录》），卷帙、总字数的规模益发壮观，著述作者 4000 人左右（不含无著作但有零星篇什存世、称诗人而无作品遗存的作者），文学家族总数估算在 630 个以上（含 1840 年以后的文学家族估算数量，家族作者 2100 人左右），文学家族的数量与作者总数比率（630/4000）。综合来看，清代福建艺文（或称经籍，包括文学创作和著述）的总量、著述作者总量、家族作者总数、文学家族总量、文学家族著述量（种）五类统计数据与明代相比均呈同比例上升趋势，比例分别为 12000/7000、4000/2600、2100/1300、630/360、7200/3800，清、明两代著述数据差距约为 1.71 倍、1.53 倍、1.61 倍、1.75 倍、1.89 倍，反映出清代福建文化持续发展的态势。

从清代福建文学创作和学术研究的实际情况看，福建文学家族在福建清代文学和学术发展史上稳定地发挥着帕累托法则关键少数因子的作用，“关键少数律”不因清代福建作者总数量和著作总量的增长而改变，文学家族作者群体的著述意义更加显著。下面亦略举数端作为典型以说明（具体标识为【姓名＋《清》＋阿拉伯数字序号】，序号即本书中文学家族的条目序数）：

程朱理学的尊崇地位重新得到确立，泉州府安溪县大学士李光地（1642—1718）【《清》73】与有力焉，对此有着重要的贡献。虽然李光地的学术研究、组织、编纂、刻书及其政治活动都是在康熙皇帝的领导之下进行的，李光地一生从事学术研究的智力活动是不可替代的，其心血所凝炼的学术著述是不可磨灭的，他对《周易》、《论语》、《中庸》、《孟子》、《大学》、《春秋》、《尚书》、三礼、《孝经》等儒家经典著作，二程著作、朱熹的著作及儒家性理，《阴符经》、《参同契》、《握奇经》、音韵、文字、《离骚》、《九歌》、古乐经、星历、通书、算术等传统及偏门的学问进行了研究，学术兴趣广泛而皆有所成，反映了李光地积极的学习精神和深入的研究能力，编刻的《御纂朱子全书》六十六卷、《朱子语类》是李光地借助国家的力量对前代朱熹著作进行规范和研究，是一次总结性的汇编，对于确立朱子及其思想在清代的地位具有积极的意义。对于文学而言，李光地对于制艺、古文、诗歌用力颇多，自著有《榕村诗选》八卷等在内的《李文贞公全集》、《榕村全书》，是清初的大儒和重要的文学家，影响全国、全清。

李光地家族和受到李光地影响的泉州府晋江县陈迁鹤家族【《清》225】、漳州府漳浦县蔡世远（1682—1733）、蔡新（1707—1800）之蔡氏家族【《清》79】、汀州府宁化县雷鋐家族【《清》317】形成清初福建学术研究和文学创作的主力代际传承，以宋学为主，使闽中古文与桐城古文合流，影响直到乾隆朝末期。

与李光地同时的福州府侯官县陈梦雷（1651—1740?）【《清》111】极有才华而遭时坎壈，抑塞磊落，在诗文的风格上与李光地截然不同。陈梦雷垂名不朽的立言事业在于康熙四十五年（1706）编成《古今图书集成》10000 卷，该书“牢笼三才，囊括万有”①，是现存规模最大的类书。洪承畴（1593—1665）【《清》68】、李光地、陈梦雷是清初在政事、学术、文学创作上具有全国性影响的福建人物。

十八世纪六十年代至八十年代（1760'—1780'），直隶献县人纪昀（1724—1805。1762—1765 在任）、直隶大兴人朱筠（1729—1781）、朱珪（1731—1807）兄弟先后典试福建乡试，提督福建学政（朱筠，1779—1780 在任；朱珪，1780—1783 在任），朱珪在任学政之前尝官福建按察司（1761—1763 在任），朱氏兄弟在福建的时间不少于 10 年，乾隆间清代朴学在福建的传播由此开始。朱珪在福州组织读书社，成员二十八人，来自福州府闽县龚氏家族【《清》144】的龚景瀚、龚景沆兄弟，闽县林逸家族【《清》20】的林乔荫、林澍蕃兄弟，长乐梁章钜家族【《清》400】的梁赞图、梁上泰、梁上国兄弟，闽县林廷对家族【《清》168】的林开琼、林昆琼、林春琼兄弟，闽县叶观国家族【《清》146】的叶观国，侯官郑光策家族【《清》172】的郑光策，闽县陈丹萐家族【《清》137】陈登龙等，以上诸姓均藉此形成家学，乾嘉朴学在福建会垣福州开枝散叶。

福州的鳌峰书院系福建全省规模最大、享誉全国的著名书院，朱珪任福建学政之时，聘与朱氏兄

---

① 王掞序，陈梦雷《松鹤山房诗集》，《清代诗文集汇编》第 179 册，影印第 4 页。王序作“撰集类书三千余卷”（影印第 4 页）。

弟的同道学者、闽县张甄陶【《清》163】为鳌峰书院山长，对于改变闽中士习，传播乾嘉考据学具有一定的贡献。自此以来，鳌峰书院一直是福建学术研究的中心和重镇。道光间，朱珪、阮元的门人、闽县陈寿祺(1771—1834)【《清》403】担任鳌峰山长十一年(1823—1834)，以鳌峰书院为基地，传播乾嘉朴学，使福建的学术真正地从宋学转变为汉学。陈寿祺任总纂的《福建通志》修纂始自道光九年(1829)，经后任总纂魏敬中(1778—1860)【《清》490】续纂、校正而成。魏敬中是陈寿祺的同志，先后主持鳌峰书院、凤池书院，作养福建士子功劳甚著。道光《福建通志》的修纂体现出福建学术和古文创作的总体成就和水平，参与者著名的有邵武府光泽县高澍然【《清》472】、兴化府莆田县陈池养【《清》485】、福州府长乐县刘建韶【《清》147】、邵武府建宁县张际亮【《清》478】、张绅【《清》478】、福州府闽县刘存仁【《清》原416(按：刘存仁家族原序号，以其家族多近代人物，今删除该条)】、福州府长乐县梁尧辰【《清》400】、福州府侯官县魏本唐【《清》397】等。

在陈寿祺等学者之外，闽县何治运【《清》424】、侯官林则徐【《清》388】、长乐梁章钜【《清》400】、侯官李彦章【《清》402】、同安吕世宜【《清》467】等都是嘉庆、道光间著名的学者，而延及咸丰、同治、光绪三朝(1851—1908)，又有侯官杨浚、侯官林昌彝[①]、长乐谢章铤、光泽何秋涛、晋江陈庆镛等学者和作者，均出身于文学家族，在他们的周围，形成福州、泉州、厦门、台北、光泽等学术和文学创作丛聚的次区域中心。

在文学创作领域，除李光地及其周围的文学家族之外，家族众多，文学创作生态复杂。明末清初的侯官许氏家族【《清》15】中的许友在明清之际颇受钱谦益、周亮工推重；受到王士禛、朱彝尊、宋荦、汪琬等名家关注的尚有闽县林佶【《清》103】等人，多属福州府、兴化府籍，已见前。汀州府宁化县的李世熊【《清》340】继承其师黄道周的遗志，以遗民终老，表现出可贵的气节，为著名的宗司马迁古文、"秦文气多，汉文气少"[②]的作家，其传人有长汀黎士弘【《清》330】等。

乾隆朝以来直到道光间乃至晚清，朱仕琇—高澍然—谢章铤这一支传承脉络清晰的古文阵营，特征清晰，声势浩大，是清代李光地之后，福建古文创作对全国文坛的贡献。邵武府建宁县朱仕琇(1715—1780)【《清》284】登进士第后，钦点庶吉士，散馆授知县，改福建福宁府教授，此后长在福宁(治所在霞浦县)、福州鳌峰书院，主讲福州鳌峰书院十一年(1768—1779)。其古文以韩愈古文为师，博采秦汉诸家之长，独成其体，与闽中古文专擅柳宗元者[③]不同。刘声木《桐城文学渊源考》朱仕琇名下(合朱仕琇，共80人)古文作家，有朱仕琇家族中作者多位，本省其他古文家有福州府闽县龚景瀚【《清》144】、邵武府光泽高腾家族多位【《清》472】、邵武府建宁李祥赓【《清》270】、邵武府建宁张绅家族【《清》478】、邵武府光泽何氏家族多位【《清》471】、邵武府建宁徐氏家族多位【《清》277】、福州府闽县刘存仁【《清》原416】、邵武府光泽上官家族多位【《清》473】等，延及晚清谢章铤等传人。这一派古文传承，从朱仕琇到高腾到高澍然再到谢章铤，中间至少经历四代。

诗歌是历代福建文学创作的大宗，诗人众多。清代郑杰【《清》129】、郭柏苍【《清》391】等编选的《全闽明诗传》是对明代福建诗歌创作的摘选，多有文学家族中人，《明代福建文学结聚与文化研究》多所采用其中的人物传记。郑杰又编选有《国朝全闽诗录初集》二十一卷、《续集》十一卷，亦有为家族作者存诗、选诗的意识。本书第十三至十六章共四章对清代道光之前的福建诗歌创作及其发展历史展开论述，福建文学家族的成员深度参与其中。

晚清、民国间的陈衍是同光体著名的诗人，其家族能诗文和学术者父子、兄弟、妻子、子侄成员众多，而陈衍本人在民国间纂《近代诗钞》，选编了近代370位诗人的诗作，《石遗室诗话》、《石遗室诗话续编》两编记载了道光以来以迄民国间以同光体诗歌创作为主的诗坛掌故，梳理、论述了同光体诗歌

① 林昌彝《射鹰楼诗话》卷二十："道光壬辰，陈恭甫先生命予协修《福建通志》。"道光十二年壬辰，1832。

② 乾隆《汀州府志》卷四十三，《艺文墓表·前征君泉上李先生墓表》，影印第601页。

③ 郑孝胥《郑孝胥日记》，第446页。光绪二十年甲午(1894)11月12日，张之洞"闽人固多好子厚"语。

理论主张，总纂民国《福建通志》、民国《闽侯县志》等地方史乘。这些工作量巨大的著述工程是陈衍在晚年组织完成的，其年愈老而名望愈高，体现出陈衍在晚清学术、文学创作坛坫上的地位。陈衍还培养了下一代著名的诗人，门人众多，如其《石遗室诗话》、《石遗室诗话续编》所示，形成民国间后期同光体诗歌创作的重要力量。单论诗歌创作，梁鸿志、黄濬是陈衍最为欣赏的门人，也是全国一流的诗人，只是他们均甘为汉奸自污，辱及师门，这种侮辱是陈衍身后始料未及的。

从以上所举例，我们清楚地看到，清代福建文学家族所发生的作用具有关键少数律的意义，即使家族作者的数量占总量的比例超过20%。清代福建文学家族之于清代福建文学创作和学术著述的关系，如同地理空间上的大小城市对周边村庄市集及其人民所具有的集散功能，承担着对上、下一级行政区域的枢纽作用，这是他们作为中间节点的关键所在。每一个文学家族都对本家族成员作者和外于家族的作者产生辐射、熏染作用，由点到面，连成一片，“可谓泰山遍雨，河润千里者也”①，这是清代福建文学家族对于全省文学创作和学术著述的少数关键因子作用发生的机制。

纵观从宋代以来的福建文学发展历史，我们观察到历史上福建文学创作开始繁荣的两宋时期，福建的文学家族几乎同时产生，直至民国间，数量惊人，文学家族众多。“关键少数律”在宋代以来的福建文学发展史上一直都存在着，发挥着文学创作、文学理论顶层设计和引领风气的作用。明、清两朝福建文学家族及其创作依然是该省文学创作中“具有重要性的少数因子”，对全省的文学创作产生关键性的作用。

## 第三节 清代福建文学家族强化、弱化的两个向度

家族基于血缘关系形成的直线衍传功能，能使中国曲阜孔氏家族通过谱牒精准地追溯到孔子及其先祖，前后近3000年，这是从时间纵向线性可以观察到的不朽；通过婚姻关系形成的社会关系，可促进婚姻双方姓氏之间在社会活动中的合作、互助和提携，再通过累世婚姻，构筑较诸世交这种社会关系更加稳定的家族之间的情谊，通过彼此姓氏和其他姓氏的婚姻关系，有效地拓展原本限于婚姻双方已有的社会关系，形成更加稳固的社会基础，这是从当下或一个历史时期内可以观察到的家族组织逐渐形成的利益积累效益。

文学家族的文学创作和学术著述事业会对家族成员形成典型示范的作用，内化成该家族的文明基因和家风。明代蔡清（1453—1508）是福建泉州府晋江县著名的科举人物、学者、作家和全国知名的大儒，其裔孙女、卒于咸丰五年（1855）的蔡氏（1763—1855）“幼受教于其家，派出蔡寮，父（蔡）质为先儒文庄公裔，礼法犹存焉”②，蔡氏家族的家传“礼法”历300余年而不衰。同化向风的激励机制在一国之内各区域，一省之内各府县，一个家族之内各成员间均能发生。文学家族内产生著名作者的意义在于激励家族内部或与之有姻亲关系的家族成员，形成具有强烈正向示范效应的激励机制，这种激励很大程度上并非在家族文学创作已有的层次上朝着攀登顶峰的目标进发，更多的是以潜移默化的方式，使家族成员塑成“我要成为他这样的人”的心志和成长目标。人文社会领域的前进不像登山运动可在沿途路径的树木器物上做下明显标识，表明所抵达的高度，不能做类似刻舟求剑而剑无可求的无功，每个家族成员个体必然有其当世当下的建树，但它的永恒价值留待后世评判，这种评判也会发生变化，不是固定的。

---

① 刘勰《文心雕龙》，《宗经》第三。

② 陈庆镛《皇清貤赠修职郎松溪县儒学训导乡饮介宾毅亭陈君暨配蔡孺人合圹志铭》，《籀经堂类稿》卷二十三，《清代诗文集汇编》第587册，影印第671页。

2009年上映的电视剧《我的团长我的团》的团长龙文章就是上海籍军官阿译口中的“那样的人”。家族成员向往、追求的是“做成龙文章那样的人”、“他那样的人”，虽然达到的高度不可能等齐划一。文学家族所形成的“家学”、“家学渊源”所指当是从事文学创作的志趣以及从事文学创作的基本素养和技能，家族文学创作能够经过家族成员作者世代积累或并世共构的方式形成一个家族内部文学创作的多种风格、多种成就，学术家族亦如此。

上所所论文学家族的事业对家族成员的积极影响以及累世家族成员的加入对文学家族本身的强化效应，这是民国以来学者对单个文学家族进行个案研究的固定论述模式。

强化的向度是学术界着重强调的积极指向，但学术界基本忽略了文学家族本身的弱化向度。弱化的向度表现为家族的势力、谋生的艰难困境迫使家族成员放弃该家族保持着或发展为文学家族的可能性，如侯官林昌彝家族、侯官杨浚家族等家族成员均曾承受来自家族施加的压迫或压力。

侯官林昌彝家族亦儒亦商，在家族成员业儒之外，尚有弃儒入商的一条生活道路[①]。林昌彝(1802—1876)之母吴氏系其父林高汉(1748—1821)副室，当林昌彝出生之时，其父年事已高，母子二人在家庭中的地位均低于嫡妻、嫡子，不受家庭、族人待见[②]。“封翁卒后，家人欲使芗溪(林昌彝)废读业贾，孺人争之不得，至自投于井，拯之始生。”[③]幸有族中长者为林昌彝母子主持正义，持刀逼退逼迫者，林昌彝方不为亲人、族人所逼，废儒业贾。类乎女子再嫁再醮之“夺志”[④]，何相煎之太急！如汉乐府诗《孤儿行》之惨剧。林昌彝终生感激母亲吴氏和族中长者，发愤著书，成长为著名学者，著有《三礼通释》二百八十卷，咸丰三年(1853)向朝廷献此书得官，洵为一代儒者，并培养出著名的门人、晚清重臣沈葆桢。成为儒者的道路其实艰辛，徐子陵云“古之学者勤治经，今之学者勤治生”。[⑤] 林昌彝作有《君勿为名士》：“君勿为名士，名士本如娼。谁想真颜色，空作野鸳鸯。”“君勿为名士，名士多于卿。大千只一粟，立身无寸尺。”[⑥]在林昌彝身后，其诸子坚持父亲走过的道路，亦以文学著述名家。林昌彝之子林庆炳好学，林昌彝作有《炳儿好解经其说易诸篇颇有理悟因成二十八字》诗，首二句云：“苦心长对一灯青，喜汝髫辰善说经”[⑦]，道出父亲对佳儿的挚爱之情。林母的坚持和抗争挽救了没落的林氏家族走向业贾的道路。

侯官杨浚家族亦商亦儒，杨浚的祖上本来是泉州府晋江县的商人，到福州坐贾经商，至其父始挈眷移居福州，入侯官籍。杨浚及其子孙明显地转向儒业和文学创作、学术著述之路，我们在《郑孝胥日记》中还可以看到杨浚之子杨鞠和郑孝胥之间的密切交往[⑧]，亦与闽县萨嘉曦交往密切[⑨]。杨浚家族从商贾之家转变为文学著述家族之路走得异常艰辛。杨浚(1830—1890)系咸丰二年(1852)壬子科福建乡试举人，但是此后八试春闱不第，却牢记其母“立品、读书、会试”遗命[⑩]，奔走在科举一途上。杨浚早年为左宗棠赏识，游左氏幕却不得叙功，乡榜获隽却不能得一第，一生中以儒者身份居多，兼在福州聚书散书，并奔走福建南北，主厦门紫阳书院、漳州丹霞书院、龙溪霞文书院、金门浯江书院等地方书院讲席，卒于厦门，堪称晚清福建坚守儒者身份的士人。其内心自骄自傲才华，感慨暗淡的科举事业，

---

① 林昌彝《射鹰楼诗话》卷十九，“先大人”条。

② 按：道光三十年(1850)，合肥徐子陵(易甫)题林昌彝《一灯课读图画册》，云“林子少时，族人利君财，议业贾，太安人争之力”(钱洪来《林昌彝年谱》，第38页引)。

③ 张际亮《吴太孺人一灯课读图》，《思伯子堂诗集》卷二十三。钱洪来《林昌彝年谱》(沈阳师范大学2010年硕士学位论文，未刊稿)第20-21页引。

④ 石景芬《题一灯课读图》诗有“性命胥可捐，此志谁能夺”(《诵清阁集》卷四，钱洪来《林昌彝年谱》第67页引)，正是此意。

⑤ 转引自钱洪来《林昌彝年谱》第38页。

⑥ 林昌彝《林昌彝诗文集》卷二，第44页。

⑦ 林昌彝《林昌彝诗文集》卷三，第84页。

⑧ 郑孝胥《郑孝胥日记》，第1022页，时光绪三十一年十二月初三日(1905年12月28日)；又1039页，时光绪三十二年三月三十日(1906年4月23日)；又1152页，时光绪三十四年七月初六日(1908年8月2日)。

⑨ 《雁门萨氏家谱》收有杨鞠赠送萨嘉曦诗《寄农仁兄大人以先芬集嘱题谨缀俚句并希教正》，注：“广东通判，杨鞠字季鹿，侯官人。”(影印第958-959页)萨嘉曦作有《杨季鹿先生五十寿言》等。

⑩ 杨浚《十月八日六十初度感怀十二首》其二，《冠悔堂诗钞》卷八，原第十六页，影印第456页。

这两种情感时常交织在《冠悔堂全集》的诗文中，也使得杨浚的作品前后期风骨判若初、盛唐①。

科举不第，无疑导致士子的精神世界日渐消沉。我们读明代张燮《霏云居集》五十四卷、《霏云居续集》六十六卷、《群玉楼集》八十八卷诸集，可以观察到张燮从一个才华横溢、挥斥方遒、意气骏爽的年轻才子逐渐退化为消极抑郁、感慨命运不济的中老年人，尤其科举屡次不第与家中诸子甫成年即夭殇的家难构成双重打击，直接击垮了张燮的心灵世界。我们读晚清诗人、政治人物郑孝胥的《郑孝胥日记》，也有同样的感受与心灵触动②。最典型的是光绪十一年八月十二日(1885 年 9 月 20 日)郑孝胥入谒大学士李鸿章，以大卷呈阅。《郑孝胥日记》记载："十点，同稷臣入谒中堂，余以大卷呈阅。中堂方临《圣教序》，取卷披阅，曰：'好，有别致矣。'俄笑曰：'劲气直达矣。'翻复数四，乃笑谓余曰：'此岂非二甲高等卷乎？我平生不以鼎甲许人，为其系于运气：可以二甲，即可以鼎甲矣。'"③按：此"大卷"系郑孝胥光绪十一年八月以来所作文④。本年八月初四到初十(9.12—9.18)，每日均作大卷，至有日作三开的记载。两年之前，彼出闱时，已有表叔杨心觊击节预言"必售"⑤而终落第，郑孝胥对于癸未(1883)落第确有颇深的怨望和失落感情。

失败的科举事业，不仅使士子内心世界产生压抑、扭曲、奔溃等各种负面的情绪，长期陷入囚徒困境之中，士子的生计无着，生存状况恶化更迫使他游幕、经商甚至弃儒⑥，改弦更张，放弃该家族业儒、从事文学创作和学术著述的人生目标，弱化家族从事艺文著述的力量。侯官郑开极之孙、康熙五十年(1711)辛卯科副榜郑培"年十五，入府学，为诸生。屡踬于乡试。比年四十，乃罢去，治生计以养父母，而课其子独严，曰：'吾家名翰林后，不可以不读书'"。⑦ 郑培之子郑际熙、郑际唐均有功名，郑氏两世还因郑际唐官诰赠奉直大夫、翰林院编修加三级。若无此等信念，郑氏将由仕宦之家降维为普通宗族。

拙著《明代福建文学结聚与文化研究》已经观察到明代福建巨族由富而儒而文身份转变的观念⑧，清代福建家族亦以儒业为荣，以士的社会地位为高。民国《雁门萨氏家谱》载康熙间萨希亮所撰《萨氏族谱条例》第八条云："聪明智慧之胤(按：胤字原刻末笔缺省)必择渊通博雅之儒以教之，故玉不琢不成器，人不学则不知道，此教之尤宜豫也。吾宗子姓既离襁褓，出就外傅，须延名儒训诲，以为陶淑之

---

① 陈棨仁题词，《冠悔堂诗钞冠悔堂骈体文钞冠悔堂赋钞冠悔堂楹语》，《清代诗文集汇编》第 219 册，第 297 页。

② 郑孝胥《郑孝胥日记》，第 664、688-689、771、786、797、802、819、894 页。

③ 同上书，第 71 页。

④ 同上书，都 70 页。

⑤ 同上书，第 39 页。

⑥ 我们从朱仕琇《梅崖居士文集》观察到清代士人在经商就贾之外，心中尚以儒士相期，如江西新城人陈以汧"精学不治生，以故家益贫"，其子陈世爵(立轩)"去儒事贾"起家，"援例入太学"终以其子陈绍洙贵赠奉直大夫(《诰赠中宪大夫分巡金衢道加一级赐同进士出身新城陈君墓表》，《梅崖居士文集》卷十五，《清代诗文集汇编》第 336 册，影印第 322 页。又可参看同卷《诰封奉直大夫例授州同知立轩陈公暨元配诰封太宜人鲁氏合葬墓表》)；朱仕琇家族中亦有数人经商，如从兄朱仕璠之父朱震"家事一委府君(朱震)，府君春治装，贾四方，秋归课家田租入"(《从兄太学君理山墓志铭》，同书，卷十一，影印第 291 页)；如族祖朱廷秀之子"公转四方财佐家甚力"，"公善殖生，府君(朱廷秀)殁后，家益饶"(《族祖朱公墓志铭》，同书，卷十一，影印第 289 页)。朱氏饶赀财，"县宰与先孝廉(朱霖，康熙四十一年武举人)弟兄善，亟为吾家纳粟入太学者三人，先生(朱仕珏)与焉，不能辞也"(《伯兄太学生默轩先生墓志铭》，同书卷十二，影印第 298 页)则是以赀财向朝廷捐纳得贡(监)生名额。陈庆镛撰《寿吴馨圃暨配林恭人双庋》，吴馨圃"生而孤，继复失恃，育于诸母，得成立。长，负不羁才。食贫，弃举业，习猗顿，家道渐充，奏名得同知衔"(《籀经堂类稿》卷十三，《清代诗文集汇编》第 587 册，影印第 563 页)，《寿陈母杨宜人七十》叙刑部湖广司主事陈大勋之父陈崇庵"习猗顿业，山于梯，海于航"，致富，子孙"游庠序，荐成均"(同书，卷十四，影印第 571 页)，亦是弃儒经商而富而输捐得官的例子。状元林鸿年之父小溪"业学，屡应童试弗售，寻家落，走外郡，寄迹猗顿"(《寿福州林母谢太夫人七十》，同书，卷十四，影印第 572 页)。陈庆镛《籀经堂类稿》卷十九尚有吴氏(《吴垒畦家传》)、王氏(《王节妇陈氏传》)、陈氏(《陈蔗田家传》)、卷二十二杨氏(《诰赠中宪大夫杨君墓志铭》)、卷二十三陈氏(《陈江蔡孺人墓志铭》)、王氏(《王学润墓志铭》)等均弃儒服贾，而同安吴葆晃家族则是由贾业儒的家族(卷二十三《吴旸谷员外墓志铭》)。道光二十一年(1841)，郭柏苍撰《带草先生小传》记载侯官郑椒蕃举业不成，开书市起家(《葭柎草堂集》卷上，《清代诗文集汇编》第 662 册，影印第 129 页)。儒业不利则变业习贾，为贸迁，待家境起色，则复拾业儒旧业，就贾与儒业并非对立的两种人生道路。

⑦ 朱珪《诰赠奉直大夫郑蕙园先生墓志铭》，《知足斋文集》卷三，《续修四库全书》第 1452 册，影印第 297 页。

⑧ 请参看《明代福建文学结聚与文化研究》一一八"林希元家族"条下，所举林希元家族、叶向高家族等例。

资,不可因循苟且,自坠先业,而且取友有方,非僻有戒,以无负箕裘弓冶之家声。”[①]清代萨氏在福州城内是地位一等一的巨族,这份条例所约束和要求的都比一般家族要严格,不惟家族子弟须业儒,且须延名儒训诲,以雕琢成器,以学知道,又须择友有方以符尚友之道。维持“箕裘弓冶之家声”是族人承担的责任,倘若“因循苟且,自坠先业”,其行为则为通族所鄙视。

弱化的向度又表现为家族发展到相当壮大之时,家族成员之间存在无可讳言的疏远倾向,有待于家族中人重新凝聚其大家族各房分支成员之间的关系,如闽县螺洲陈若霖家族、永福黄氏家族等。闽县螺洲陈氏家族其来久远,至清代陈宝琛曾祖父陈若霖(1759—1832)时始在科举上发家崛起,最为辉煌的是陈宝琛兄弟这一代实现六子登科的科举奇迹,在文学上大有成就,这是福建清代屈指可数的文学家族,且族人众多。我们观察到陈宝琛的父亲陈承裘(1827—1895)的进士履历仅上溯至陈若霖高祖陈藻[②],更早以前的家族历史则付之阙如。后来陈宝琛主持了《螺江陈氏家谱》(民国二十二年铅印本)的修纂,花费极大人力、物力,追溯陈氏派出颖川,唐末从固始入闽,先居长乐,明代洪武年间迁闽县螺洲,以陈广为始迁祖,十四传至陈若霖的家族历史。这项工作具有收宗睦族的积极意义,但我们通过螺洲陈氏家族笼聚在一起的表象,实际上观察到的是陈氏家族以繁衍壮大之故而疏远、别立分支的现实。陈宝琛的族侄陈琇莹,其辈分在陈宝琛胞弟、光绪十六年(1890)庚寅恩科进士陈宝璐、陈宝瑨合刻的履历中反映出来[③],而光绪二年(1876)丙子恩科进士陈琇莹自身的履历却不记载陈宝琛兄弟及其祖上以及其他本族陈氏有功名者、仕宦者的姓名及简历,略言“只载本支”[④]。陈琇莹的履历在《清代硃卷集成》所收录的世家子弟履历中显得特殊,这种现象说明宗族势力强盛使陈氏族人产生疏远的意识,或者说明陈氏虽自明初迁居螺洲,而功名不显,家产不丰,家族成员之间的关系并不紧密,缺乏收宗睦族的能力。陈宝琛的另一族子陈元凯(号陀庵),迁居到福州城内文儒坊大光里,与螺洲陈氏几乎失去了联系,陈宝琛云“予初识陀庵于乡举之岁”[⑤],此前并不认识。陈元凯于光绪十五年己丑(1889)陈懋鼎榜福建举人中式,与族人陈懋鼎、陈柏侯、陈成侯等同年,又依陈宝琛于京师、天津,陈宝琛与陈元凯之间的同族关系才逐渐得以恢复。

永福黄氏是一个在明清两代均产生过重要学者、作家的文学家族,其在明代以黄文焕(1596—1644)为黄氏家族人物之杰,清代黄氏家族中最重要的作家是黄文焕的曾孙黄任(1683—1768)。同光体闽派诗人之前,黄任与道光间诗人张际亮并为清代福建诗歌创作成就最为杰出的两位诗人。黄任的香草笺诗为世所好,风靡本省的台湾府全岛,笺注其诗者甚多。黄任的直系子孙均早卒于黄任之前,其身后黄氏家族的作者为黄任旁支和族人。永福黄氏在晚清、民国间涌现多位作者,如黄懋谦、黄经、黄錞、黄懋和、黄檠、黄宗宪等,时间在黄任身后的100年以后。侯官黄懋谦,号默园,一作嘿园,是清末民国间诗人、词人、书法家。师从陈宝琛。我们从陈宝琛、郭曾炘诗知侯官黄懋谦源出永福黄氏。陈宝琛诗《次韵答默园即送再游江西》云:“山中浑是我春秋,粗取容身不起楼。雨过亦疑泉稍激,云行宁与月相谋。寤歌水竹吾何闷,旅食江湖子勿忧。十砚家风仍世在,西来宗派正嘤求。”[⑥]郭曾炘诗《默园枉赠绿净亭四十云次韵奉答》亦有“传家十砚斋,横枝推法嗣”[⑦]句。按:黄任晚号十砚老人、十砚翁,故知黄懋谦为永福黄氏后人。但是我们知道黄懋谦诗学其师陈宝琛,非复黄任之体。黄氏家族又有黄经(1830—1860)者,能诗词,为谢章铤词友。黄檠,字欣园,改名育韩,光绪间举人,官知县。黄宗宪,光绪二十年甲午(1894)进士。黄懋和,陈衍弟子,官至海军少将。黄懋和之诗豪壮、绮丽,亦非黄

① 民国《雁门萨氏家谱》卷首,影印第21-22页。

② 《清代硃卷集成》第一八册,进士陈承裘履历,影印第83页。

③ 《清代硃卷集成》第六八册,进士陈宝璐、陈宝瑨履历,影印第228页。

④ 《清代硃卷集成》第四〇册,进士陈琇莹履历,影印第323-326页。按:陈宝琛已先于同治七年(1868)登进士第,选庶吉士,散馆授编修,翰林风采动天下,陈琇莹不可能不知。

⑤ 陈宝琛《沧趣楼文存》卷上,《沧趣楼诗文集》上册,第314页。

⑥ 陈宝琛《次韵答默园即送再游江西》,《沧趣楼诗集》卷五,《沧趣楼诗文集》上册,第104页。

⑦ 陈衍《石遗室诗话》卷十五,第十三条,第215页,引。

任之体格风调。时人推尊黄懋谦、黄懋和其家风则有，而其家学则发生变异，表现出家族晚出作者对家学的扬弃，这不是坏事，实际上该家族创作、学术著述范围的扩大，增益了家族作者原所不能、原未涉猎的领域。

家族在强化、壮大之时其成员内部的分离、分枝倾向也在某个历史时期悄然发生，这是我们观察清代福建文学家族时要关注的现象[①]。

闽县郑孝胥的祖上迁自本府福清县，自其曾祖父郑鹏程嘉庆元年丙辰(1796)成进士，明显提升郑氏家族的声望。郑鹏程的孙辈郑守诚、郑守廉、郑守盂兄弟之时，均成进士，选庶吉士，入翰林，和他们的叔父郑世恭均为高第进士，这是郑鹏程子孙两代最为荣耀之时。至郑守廉之子郑孝胥则高中光绪八年(1882)壬午科解元，成为同光体诗歌领袖，在政坛上则成为晚清督抚争相延请的幕僚，但这并不意味着郑鹏程家族四代人具有愈走愈高的家族发展态势，郑氏家族在郑守廉这一代人离世之后，家族陷入困境，郑孝胥二十岁即出游幕南北，颇为辛苦，其叔祖郑世恭(1814—1892)生活颇为困顿，而此时郑氏家族已经人丁众多，姻亲亦多，内外戚属均陷入一种业儒无成、困坐愁城、耗费巨大的处境之中。光绪八年(1882)春，郑孝胥从江宁岳家归来，与弟郑孝柽尝自煮粥以食。"颓运方至，变故渐多"，有如贾宝玉呼吸而领会"悲凉之雾"者[②]，郑孝胥曾经十分真切地体会到。

功名既不可得，入幕和捐官是郑孝胥进入仕途的方式。我们从《郑孝胥日记》中看到郑孝胥对于叔祖郑世恭终身感念，对胞弟郑孝柽最为关照，兄弟之间称得上友于的典范，其次对发哥、栗哥、葵舅、怡舅、诸姨、寡嫂、从兄弟、从姊妹、诸侄等族鄙姻属的生活均有所照顾，备极周恤展亲之谊，"观其事异母之兄及其从母，足以知其人之孝友"[③]。光绪三十四年除夕夜，"家人悉完聚，惟文虎、十二尚在日本耳"[④]，"家人"包括了郑孝胥兄弟、妻室及其子女。在这些方面我们看到郑孝胥对于家族、宗族的责任和义务[⑤]，但是另一方面，郑孝胥对于攀附亲戚的行为颇为厌恶，如曾宗锵自称表亲，郑氏辨别云"误也，彼乃大伯母之侄，于砚孙亡兄为中表"[⑥]，似乎不肯认这门亲戚，考其时郑氏正受到湖广总督张之洞的重视，别有意味；方寿伯之甥孙多冀来攀亲，呼郑孝胥为"表叔"，至有"一何可笑"之讥[⑦]；从弟、诗人郑孝崧持父九家(即九叔)书来见郑孝胥，郑孝胥却评以"甚劣"[⑧]；另一从弟幼莪(亦九家之子)来奉天托郑孝胥觅馆，郑孝胥"以觅馆不易，此地尤不易居，劝入京寻其舅柯凤孙(柯劭忞)，徐更设法"[⑨]，对于其家族中人及关系稍远的表亲则有明显的排斥心理。

放眼到全国各省，往往也有类似的现象，对家族、文学家族进行研究的时候需要加以细密区分和探讨。

---

① 道光末，陈庆镛在所撰《福州郭氏族谱序》中指出宋代王安石、苏洵均有只重本支的观念："昔王荆公作相，欲删汰宗人恩礼，谓祖宗亲尽亦祧，何况贤辈，是欲蔑其亲也；苏老泉为族谱，只叙祖父已下所由生，其余以次从略。二公居心虽不同，然于宗盟之系，务专所亲，是可为后世言宗法者法令。"(《籀经堂类稿》卷十二，《清代诗文集汇编》第587册，影印第552页)

② 鲁迅《中国小说史略》，第二十四篇《清之人情小说》，第165页。上海古籍出版社1998年版。

③ 林纾《郑苏堪六十寿文》，《林纾集》第一册，第381页。福建人民出版社2020年版。

④ 郑孝胥《郑孝胥日记》，第1173页。时光绪三十四年十二月三十日(1909年1月21日)。

⑤ 传统中国社会生活中宗族以及个人对于宗族的责任重大，有力的士大夫及乡绅成为维持社会运营的重要力量。朱仕琇所撰《诰授奉直大夫云南镇南州知州龚君墓志铭》记载闽县龚一发事迹："君笃于姻族，远祖皆置祀田，其疏属男女，贫者计口存恤，破产不自悔，重以历官交代之累益困，然君垂殁，犹以义田义塾为惓惓"，铭文曰："斯人失庇，宗族衔哀，旧民陨涕。昔范文正，仁设义田；君病弥留，亦致拳拳。岂私一家，恩有自延。忧乐同人，宗族先焉"(《梅崖居士文集》卷八，《清代诗文集汇编》第336册，影印第261页)；又所撰《诰赠奉直大夫太学生豫斋刘君同妻诰赠宜人陈夫人合葬墓志铭》记载刘鸣雷(1703—1765，字宗祥，号豫斋)"家世仕宦，所见者大，喜施与，时佐公家之急。值岁凶米贵，上人忧之，公率众转米海外以济助无力者。举丧数百棺葬之以应功令，为贫无子者买妾，嫁其瞽女，葬中表三世之丧。"(同书，同卷，影印第272页)

⑥ 郑孝胥《郑孝胥日记》，第636页。时光绪二十三年十二月十六日(1898年1月8日)。

⑦ 郑孝胥《郑孝胥日记》，第1051页。

⑧ 同上书，第1059页。时光绪三十二年八月十四日(1906年10月1日)。

⑨ 同上书，第1280页。时宣统二年九月朔(1910年10月3日)。

## 第四节　论福建文学家族在近代(1840—1949)的特征

整个清代的文学创作本来应当包括清朝统治从顺治元年到宣统三年(1644—1911)整个历史阶段,但是基于道光二十年(1840)第一次鸦片战争爆发,学者将道光二十年至1949年中华人民共和国成立之前的100余年时间划分为中国近代史,这使得我们研究对象的时间截止到道光朝(1821—1850),基本上与中国近代史的开端时间点一致。

中国近代史其中包括道光二十年(1840)之后的清代后期咸丰(1851—1861)、同治(1862—1874)、光绪(1875—1908)、宣统(1909—1911)完整四朝和中华民国(1912—1949.9.30),即晚清和民国两个不同政体的历史时期。根据初步观察,虽然从晚清到民国,国家的政治体制、社会状况、学术思想、文学创作等领域发生巨大的变化,但是就文学创作和传统的学术研究领域而言,民国间的文学创作和学术研究仍然割断不了它们与清代文学创作、学术研究的关系。将来必然要将晚清70余年和民国38年的旧体文学、传统学术连接成一个整体予以整体性的观照和研究,研究近代中国文学创作、学术研究中的一致性,也研究近代中国文学、学术研究领域发生的渐变,观察中国近代以来传统与现代、中学与西学之间发生的碰撞、冲击、破坏和融合的全过程。

从明代到民国(1368—1949.9.30)是沟口雄三教授所区分的近世社会历史阶段中最具有连续性的500余年。唐、五代十国、两宋也是一个较长的历史时期,这一时期与明清两代之间的连续性被元代打破,处于礼失求诸野的状态,科举家族、文学家族的色彩褪色、淡化,家族基本上回归于纯粹的血缘意义上的家族。虽然元代后期,蒙古族统治者逐渐与汉族为主体的士大夫阶层融合,吸收历代王朝的统治经验,元仁宗皇庆二年(1313)重新恢复科举制,重视农耕文明,然而距离元朝政权被驱逐出长城以南,回归大漠,结束它在中原的统治只有55年的时间,成效不大。已经被蹂躏、被破坏的故家面貌难以恢复,铜驼荆棘之悲融进汉族人民的民族心理。清朝入主中原的情形与元朝迥异,与汉文化深度融合。

我们通过《明代福建文学结聚与文化研究》和本项目《清代福建家族文学研究》的实施,逐渐将明清两代福建的文学史、学术史以及明清两代福建的文学家族、学术著述家族的数量及其成员搜集完成,将可描述从明代到民国间500余年的福建家族文学、家族学术图景。

福建的先民不论原住民还是从中原南下迁入的人民都具有家族聚居的特征,唐代以后凭借科举制度跃迁到社会上层的家族发展成科举家族,在科举家族所能提供的物质基础和教育条件下形成文学家族,但是到了清代,学者众多,崇尚著述,用文学家族一词已经不能将从事学术著述的家族成员覆盖,只能勉强沿用旧称。清代至民国间旧体文学创作和传统学术著述的情形大体如上所述,这是一种全国性的现象,非独福建一省有之;中国文学、中国学术二分的情形一直存在,但是历代正史、地方史乘均笼统以艺文或经籍称之[①],反映出在中国现代学术明晰其与文学创作之间的界限前,传统旧体文学与传统学术之间模糊的关系。

罗时进教授称清代的文学家族和著述家族为"文化家族"。罗教授使用"文化家族"大概的用意是安顿、放置、统辖家族成员"立言"事业中文学创作和学术著述这两大分支的复杂现象。"文学"即文学与学术,即使到明代之时,亦是如此。洪熙元年(1425),明仁宗赐胡广(1370—1418)祭文曰:"卿德行

① 清代涌现大量的学者、作家,在它之前,近世社会中人文精神高涨,文学、学术生态最接近清代的当属宋朝,宋代学者、作者也呈现两栖,甚至多栖的述作状态。

之修，文学之懿，士林所重。”①合文学于儒术，总为一词②。文学创作和学术著述原本是“文学”的必有之义，这两大分支到了中国近现代，其间的区别越来越大，犹如鸿沟，不可泯灭与度越。

清代全国文学家族的著作普遍存在文学和学术两歧的现象，这对文学家族术语本身的定义是不合适的，但却可以遵循传统史家所持的艺文或经籍观念，继续沿用，直至西方科学技术和社会科学引进中国，形成新的论著，与中国本土的传统学术轩轾分明，不得将从事自然科学技术和社会科学的学者及其论著再纳入文学家族著述的范围。

本书赞成三人以上作家方得称文学家族、须有三世或三世以上作家方得称文学家族③的定义，这是最为学界接受的概念，已然成为学术界研究文学家族和家族文学创作的通用术语。这种类型的家族文学创作属于世代累积型的家族文学创作。

相形之下，本书认为清代福建文学家族存在的另一种形态——同时并存在世数位有血缘关系的作家或者作家之间其血缘关系再世而斩的现象更能直观体现出家族并世或两世甚或三世构成相邻世代出现作家的规模，更加切合以血缘关系对作家进行分类的文学家族的概念，这种现象本书中多有存在，称之为并世共构型的家族文学创作。溯其语源，当是《管子》云“公修公族，家修家族”④中“家族”一词。本书以血缘和婚姻两种关系形成并世共构型的家族，文学家族亦以血缘和婚姻两种关系考察之，化简至父子、翁婿、父女、母子、祖孙、夫妻、妯娌、姊妹、兄弟、连襟等具有血缘和婚姻关系、仅有两个成员的文学创作现象，目的是考察杂乱无章、纷纭复杂的文学创作现象中所出现的簇状丛聚现象，试图对游离无定的、漂浮无端的文学创作现象初步进行凝结、凝炼、厘清和分析，探讨文学创作现象中的某些规律。

鲁迅先生说：“自有《红楼梦》出来以后，传统的思想和写法都打破了。”⑤当中国历史进程推进到近代之时，西学如洪水猛兽一样进入中国，不管主动地还是被动地接受西学，随着近现代中国与世界的接轨，西学的知识体系和知识结构与中国绵延数千年发展起来的传统国学（洋务运动中称之为“中学”）迥然不同，引发了近现代中国知识分子精神世界的坍塌和重建，“传统的思想和写法都打破了”这句话用来形容近现代中国知识分子的文学创作和学术著述的行为也是合适的。

我们初步观察到同治五年（1866），朝廷在福建创办福建船政，其时“延致熟习中外语言文字洋师教习英法两国语言、文字、算法、画法，名曰求是堂艺局，挑选本地资性聪颖、粗通文义子弟入局肄习”⑥，光绪元年（1875）起朝廷开始派遣留洋学生，到民国间，前后共629名。这些留洋学生到西欧各国学习了气学、化学、格致之学、矿务、制造理法及技艺、法律、铸铁、铁甲、绘图、驾驶、营造、语言、文字、翻译等知识门类。光绪十六年（1890），船政奏报留学生所学的专门之学更加复杂：派赴英国者有专习海图、巡海、练船、驾驶铁甲兵船之学的，专习操放大炮、枪队、阵图、大副的，专习兵船轮机之学的，专习水师兵船算学、格物学的，专习水师海军公法及英国语言文字的，专习海军制造之学的；派赴法国专习海军制造、算学、化学、格物学的，专习万国公法、法文、法语的；陈恩寿在法国海部学绘图、并图之法；贾凝禧学雷学；周献琛学练船用帆驶风之学；刘冠雄等三人在英国操练大炮、洋枪，习阵图及修理、制造理法，讲求雷学；王学廉等五人在英国专习算学法、格致学、水机、水汽等学，又学习操炮、操弹、操机、操转轮、炮台、操洋枪队学、制造枪炮理法、腰刀手枪等学；吴光建等三人在英国海部学习代

① 《明仁宗实录》，台湾“中央研究院”历史语言研究所校印，卷九下，影印第291页。

② 郑礼炬《明代洪武至正德年间的翰林院与文学》（中国社会科学出版社2011年版）第一章《儒家经学思想与明代翰林院馆阁文学》第三节《明代文学与文章的含义》援引明代文献对“文学”、“文章”、“文辞”的含义进行了辨析。

③ 费孝通《乡土中国》第六章《家族》：“家族在结构上包括家庭，最小的家族也可以等于家庭。……家族是从家庭基础上推出来的。但是包括在家族中的家庭只是社会圈子中的一轮，不能说它不存在。”“我们所谓族是由许多家所组成，是一个社群的社群。”费先生原先在《江村经济》中把中国乡土社会中的基本社群称之为“大家庭”（Expanded Family，即“扩大了的家庭”），《家族》章谓“比较确当的应该称中国乡土社会基本社群作‘小家族’”（第47、44-45页），以区别于西洋诸国的“家庭”。

④ 管仲《管子·匡君小匡》。按：根据周室分封制和宗法制，诸侯国国君为大宗，其嫡长子世代为大宗，形成公族；其他诸子均为小宗，分封为卿大夫，公子之长子为该支大宗，形成家族，再降而为士、平民。

⑤ 鲁迅《中国小说的历史的变迁》，《中国小说史略》附录，《鲁迅全集》第九卷，人民文学出版社1981年版。

⑥ 民国《福建通志》总卷三十，《船政志》，第六页。

数、三角学、圆锥学、重学、动学、水学、积分、微分学、杂学、算学、格致理法、化学理法、汽机学、图学;张秉圭、罗忠尧学习拉丁文字、英国律例、海军捕盗公法;李大受于开河、筑坝、起造铁石桥梁、试估车铁道各项工程皆能绘图、算料、计工、科程;陈长龄等二人于船身、轮机各学均有心得。[①] 杞庐主人《时务通考》(光绪二十三年点石斋石印本,《续修四库全书》影印)初版于 1897 年,分天算、地舆、公法、约章、使臣、税则、钱币、礼制、兵政、律例、工政、铁路、矿务、电报、邮政、农桑、商务、教务、学校、官制、议院、史学、算学、化学、电学、重学、汽学、声学、光学、测绘、医学,共三十一卷,李林以为"凡当时所能涉猎之西学知识,几无所不包,实为一百科全书,洋洋三百万言"。[②] 实际上当时引进、译介到中国来的西学不止《时务通考》所列三十一卷,可见当时的中国知识界虽然在抵抗西学东渐,而另一方面却是欣喜地拥抱前所未闻、前所未见的西方世界,加速了西学的传播。

近现代之后成长起来的中国作家的文学创作、中国学者的学术著述对传统的文学创作、学术著述起到摧枯拉朽的作用,同时产生了新问题:近现代中国作家的白话文语体的创作如何和旧体文学相处?近现代中国学者的著述如何归类,是否和传统学术归类统一?使用日趋实用化的语体表达、撰写的现代学术论著能否与传统国学著作归置为同类?实用语体和文学性语体的疏离程度是否将近现代从事自然科学技术的学者从文学著述型家族中划分出去?

近代以来,福建文学家族的成员受到西学冲击的影响极大,一方面我们观察到从从事旧体文学创作的文学家族中产生了新文学创作的家族成员,这算是晚清福建的文学家族在新旧文学运动之际代际的衍传。文学创作地位的下降、语体的实用化[③]等因素对近现代文学家族产生的消极、负面因素极其严重,文学创作的生存空间被压缩到极为狭窄的地步,使得福建近现代以来在原先从事旧体文学创作之外所产生新的文学家族数量极少。我们还观察到只有从旧体文学家族母体中产生了从事新文学创作作家的现象,在福建甚少观察到从事新文学创作的文学家族和家族文学的创作。

文学家族代际衍传中发生惯用文言进行书写的旧体文学创作(包含使用同样语体的学术著述)向使用白话文语体进行创作的新体文学的转变,是数千年中国文学史上发生的重大事件,属于质变性质的转变,为文学研究提供了新的对象和领域,所不幸的是随着中国近现代社会历史进程的加剧和中国政治、经济、社会、观念形态的全面转型,近现代福建文学家族的代际数量普遍减少,从事新文学创作的作家罕见家族性质的丛聚现象。即使还存在家族性质的丛聚现象,亦不能成长为文学创作的家族集群。我们在朱羲胄《林氏弟子表》所录林纾 396 名门人中,发现福建省内数量不少于 30 对的兄弟(包括叔侄)[④]从学于著名的古文家、诗人、画家林纾,却不能藉此成长为文学家族,没有留下重要家族文学创作的著作。这种状况不能不归因于晚清社会、政治、制度、文学创作、学术等领域发生的巨变。

另一方面,由于近现代自然科学技术的兴起和科举制度的废除,福建原先选择科举出身的知识分子转而学习新兴学堂中的专业,走上以新技能谋生的道路[⑤]。在科举家族、旧体文学创作家族中分离出了从事自然科学研究的学者群体,一部分从事自然科学研究的学者及其撰著呈现类似家族性质的丛聚现象,但很难将他们的著作归类到传统的学术著述类别中去,从传统学术著述门类迁移到近现代

① 民国《福建通志》总卷三十《船政志》,第二十二、二十三页。

② 李林《从经史八股到政艺策论:清末癸卯、甲辰科会试论析》,载香港中文大学《中国文化研究所学报》,2012 年 6 月,第 182 页,本页脚注 22。

③ 林纾《送大学文科毕业诸学士序》有"世变方滋,文字固无济于实用"云云之说(《林纾集》第一册,第 124 页。福建人民出版社 2020 年版)。此文作于辛亥(1911)之后。

④ 朱羲胄《林氏弟子表》,第 3-48 页。《民国丛书》第四编,第 94 册,上海书店 1992 年版。林纾的某些门人其父或兄长文学创作卓有成就,这种人物关系存在数例,亦当予以统计。

⑤ 原籍莆田的徐祖莆,其祖徐学进迁福州,以贸迁致富,而徐祖莆改业儒,著有《书樵漫草》四卷、《越麓日记》十二卷,此支徐氏本来有望转型成为文学家族,然而于晚清、民国之间,新学堂兴起,游学之风盛行,七子所业皆不同:长子徐宗稷业商;次子徐宗稚由福建高等学堂毕业,奏奖拔贡,留学日本,习法学、商业,独能文;三子徐宗积福建高等学堂毕业,奏奖拔贡,留学日本政法大学,归国任南台地方审判厅推事;四子徐宗穆英华书院毕业,供职闽税关;六子徐宗稹,英华书院毕业生;五子早夭,七子幼读(林纾《清修职郎训导徐君墓志铭》,《林纾集》第一册,第 245-246 页)。徐祖莆诸子所业的分化状况对于文学家族的形成是不利的。

的自然科学研究领域中去的分离趋势无可挽回、弥合。另者，不论在科举时代还是科举时代之前的朝代，中国历史上虽然会出现从事数学、天文学等领域研究的学者，如张衡、康熙之于星算（天文学），黄道周之于《周易》术数的推演近乎数学，梅文鼎、李光地、李光地家族中成员之于数学，历代史家之于所撰志、表部分，但是他们的人生与文学创作之间没有形成不可度越的隔绝，他们的一生以文字及其运用为基础，时而转研感兴趣的学术，我们依然把这部分学者视作文学家族的成员，《文心雕龙》各篇所论及其文学理论仍可适用于传统文学家族及其文学创作，于近代以来的文学创作和学术著述却逐渐不相适应，终至完全疏离①。近现代以来，由于家族成员著述的转向而形成家族中文学创作和学术著述的日益扩大、无法弥合的鸿沟，无法将近现代从事自然科学研究的学者及其著述视作文学家族的成员、家族文学的组成部分。同时，我们看到近代开始阶段甚至近现代史开始前数十年以来所形成的福建文学家族的代际数量明显减少，甚至只有并世共存的一代，因此本书对并世共构型的家族文学创作关注尤多。

简言之，在晚清、民国100余年社会巨变的历史时期，由于政治制度、选举制度的变革，原本可以延续多代的科举家族、文学家族的历史从此中斩，这不是科举家族、文学家族所期望的家族命运；另一方面，由于西方学术体系与中国传统学术的巨大区别，近现代从事自然科学研究的学者及其著述不能被视作文学家族的成员、家族文学的组成部分。当此之际，父子、兄弟、姊妹、同宗同时能文学的现象可能发展成累世文学家族的可能性被时代的巨变掐断了，被扼杀在该文学家族孕育、萌芽的阶段，称之为家庭式的簇状文学创作丛聚现象更为合适②。这两方面情况均导致我们观察晚清、民国间文学家族的标准发生变化，适合使用较宽口径的文学家族概念，内在理路一直与何乔远《闽书》的人物传排列方法，与李清馥《闽中理学渊源考》立“学派”的处理方法契合，也与拙著《明代福建文学结聚与文化研究》的著述体例保持一致。

在本章论述即将结束之时和下一章论述清代福建家族文学创作形态之前，我们总结一下本书所使用的文学家族这个概念及其要素与特征。清代福建文学家族具有血缘、婚姻、簇状丛聚三个要素与特征③，使用这个概念之时不再区分宗族、家族、家庭大小规模之别及代际衍传的最小数量④，是一个

① 《文心雕龙·原道》开篇：“文之为德也大矣，与天地并生者何哉？夫玄黄色杂，方圆体分，日月叠璧，以垂丽天之象；山川焕绮，以铺理地之形，此盖道之文也。”“人文之元，肇自太极，幽赞神明。”讲的是天文、地文、人文合而为三，这就是立言以不朽的价值所在。天文、地文之外皆是人文，文学、学术都被刘勰视为人文的范畴，但随着西学传入中国，西学的体系却难以纳入传统的人文，导致《文心雕龙》对自然科学研究著作、社会科学研究著作以及白话文为语体的新文学创作现象失声，丧失了话语权。

② 张剑先生认为“在进入家族或家族文学研究之前，人们毫无疑问知道其属于血缘关系的研究。按照血缘关系的由远至近和由疏至亲，可以分为宗族、家族和家庭等不同层次”。（《家族文学研究的分层与守界原则》，载《华南师范大学学报（社会科学版）》2011年第3期，第13页）罗时进先生认为“家族文学研究将触角深入到‘家—族—宗’宗法社会的基本构成中”（《家族文学研究的逻辑起点与问题视阈》，载《中国社会科学》2012年第1期，第163页），家庭是以血缘关系组成的最小单位的社会组织。

③ 王跃生教授《家和家人的范围、层级和功能分析》（载《开放时代》2020年第2期）认为费孝通先生不包括母亲方面的亲戚和已出嫁的女儿，扩大父系亲属群体的家的定义及日本学者滋贺秀三关于广义之家的定义“忽略了家的层级和其成员的范围之别”，以不同时期的历史文献特别是制度文献为基础，划分出同宗之家、服亲之家、同祖之家、同父之家、夫妇之家五个类型或组织，表现为五个层级，呈现前者涵盖、后者递减递缩的关系。其中关于夫妇之家及其功能的提法见解独到，与本书的内在理路相通。本书关于文学家族的概念不可能排除女性成员，无论成年已婚嫁还是未成年的女儿或者嫁入该家族的女性都是文学家族的必然成员。乾隆三十五年（1770）福建乡试举人、闽县林芳搜集家族文献，编成《蒹葭馆拾遗》，自序（嘉庆十六年，1811）。略曰：“余手录先人稿，兼次亡兄若水、酌泉，亡侄雨苍（林霔）、春江、敬南、徽南，妹婿张素斋（张国香）诸遗什，更溯先师余畏斋（余正烈），先世故人……暨亡友……并将余弟怀冈、男静修、敬修、妹婿陈蕙洲（陈芳蕤）、甥方葵（方钦世）将附后。”先血缘，后婚姻，再及师友。按：费孝通先生的定义见于《乡土中国》第六章《家族》，论述家的结构扩大路线之限制（第46页）。

④ 晚清福州府侯官杨浚（1830—1890）及其子杨辂、杨韶、杨鞾、杨軿、杨辅、杨轳（一作杨鞠）仅两代而至民国，但是唐宝鉴序《冠悔堂诗钞》云“今幸嗣君辈能读父书，守家学”（卷首，《清代诗文集汇编》第219册，影印第296页）；侯官张亨嘉（1847—1911）作《冠悔堂骈文序》：“公子季鹿（杨鞠）茂才尤喜与余论文，余于是知公之诸子能趾美名父，世其业矣……诸子濡染家学，举于乡，充明经茂才，皆绩学能文。”（张亨嘉序，杨浚《冠悔堂骈体文钞》，影印第471页）无论“守家学”、“世其业”还是“濡染家学”，时人均已将杨浚及其诸子看作一个文学家族。杨浚之前，其祖上或耕或商，并无业儒者，成“家学”者首推杨浚，杨鞠即可称“世其业”，说明最少两代（历时代际传衍）、两人（共时并世存在）的具有血缘、婚姻关系的事业可泛称为家族事业，属于最小单位、约简至小的丛聚关系。有一种看法认为，“从严格意义上讲，现在意义上的家庭同新中国成立之前的家庭有很大区别，或者说将历史上的家庭称为家族更确切。不可否认，中国古代存在着小家庭，但是这种小家庭是依附于宗族或者家族的”。这种观点颇为折衷，本书对于文学家族的定义包含了这种“小家庭”。按：费孝通《乡土中国》第六章《家族》称“小家族”或“大家庭”。

宽口径的概念，已如前章和本章所论。

在这三个要素与特征之中，血缘这个重要的内涵一直是家族、科举家族、文学家族等与家族相关的领域研究和立论的基础和出发点，本书在认定家族的血缘特征之时，还和构成家族的婚姻状态、簇状丛聚结合在一起，倘若一个家族出现作者、配偶、簇状丛聚三个条件中之二者，即可认定为文学家族，无论代际有无，毋论人类学意义上家族的结构扩大与否。在以往的若干对文学家族及其文学创作研究的著作中，对文学家族进行定义的时候，基本上沿用社会学、人类学、历史学等学科对于家族的定义，凸显父系血亲的直线衍传特征①，以为符合传统中国宗法制度。这样的定义适用于科举家族的研究，因为自隋唐以来以迄清代，场屋、棘闱基本上是纯一色的男性角斗、竞技的场所；对于文学家族及其文学创作的研究不能生硬套用，以文学家族定义的内涵比科举家族定义的内涵更小，外延更大之故。已有论著在具体论述文学家族的文学创作之时，仍然把女性成员列入；在论述家族中培养子弟的教育状况时，也会论及族人、长辈、父母对子女的教育，仍然涉及女性家人，因此注重父系血亲的直线衍传特征与文学家族研究的实际论述凿枘不合。论述一个家庭尚且不能排除女子的存在，论述一个文学家族焉可将女性逐离到夫姓家族中去，有意将女性作者剥离本姓家族？更何必忽视当今世界欧洲国家中的英国、丹麦等君主立宪制国家主张第一顺位继承人男女平等继承的潮流？本书主张将男性、女性作者均纳入文学家族的成员中，虽然将因婚姻关系造成文学家族之间成员认定的交叉，但比将女性成员逐离的做法要妥当得多，符合事实的存在。

婚姻关系对于清代福建文学家族研究是非常重要的观察点，可以扩大文学家族的研究范围，考察文学家族之间的文学交往和复杂社会关系的构成状况。传统的家族谱牒一般排除己方家族成员中的女性后代，只记载嫁入本族的女性生卒年、子女、封赠、享年、墓葬等情况，基本不记载本族女性后代及其婚配对象、后代繁衍情况。《清代硃卷集成》第420册提供了清代进士、文武举人、贡生等身份和功名的士子的硃卷，我们固然可以根据硃卷考察清代士子的八股制艺、试帖诗的创作和评点情况，此外还要关注大部分硃卷前的履历。根据这些履历所记载的婚姻状况，我们知道家族谱牒中所隐去不载的家族中历代女性的婚配对象及其后代的情况，反过来也可以根据履历所记载的士子历代祖先的婚配对象及婚配对象②的家庭血缘关系及家族世代关系、选举情况（功名、官职、封赠等），以补充该姓家族谱牒记载阙如的女子婚配对象信息。清代硃卷及其履历的特殊文献意义，不止对于清代福建文学家族的研究产生意义，对于清代全国文学家族、科举家族的研究都具有普遍性的意义。

簇状丛聚，是在血缘、婚姻之外，本书研究清代福建文学家族及其创作的第三个要素与特征。美国意象派诗人庞德（1885—1972）之诗《在一个地铁车站》，杜运燮先生译作："人群中这些面孔幽灵一般显现；湿漉漉的黑色枝条上的许多花瓣。"③这首诗杜运燮先生中译本中的"幽灵"、"枝条"、"许多花瓣"等词富有诗意，本书借用来阐释福建文学家族成员簇状丛聚的特征。

《明代福建文学结聚与文化研究》曾经使用过"文学结聚"一词以统合文学家族的文学创作和结社创作两种文学现象，单论文学家族的文学创作之时，其实亦已注意到簇状丛聚的家族文学创作特征。

---

① 费孝通1947年出版的《乡土中国》的《家族》章云："中国的家扩大的路线是单系的，就是只包括父系这一方面；除少数例外，家并不能同时包括媳妇和女婿。在父系原则下女婿和结了婚的女儿都是外家人。在父系方面却可以扩大得很远，五世同堂的家，可以包括五代之内所有父系方面的亲属。"（第46页）民国《雁门萨氏家谱·（萨希亮撰）萨氏族谱条例》第十一条云："女子既字，义在从夫。""或膺一命之恩，或叨旌表之典，冠帔虽荣，皆所不载。"（影印第23页）反映出传统中国宗族谱编纂的普遍操作和传统观念。

② 所见《清代硃卷集成》清代福建士子的履历中记载有"原聘"、"许字"之类的婚姻状况。"原聘"应当指两家原有婚约而女方未婚而夭，另聘他女；"许字"指己方女子已有婚约，而未成婚。如同治十二年癸酉（1873）举人、闽县林福熙原聘何轩年长孙女、何嵩祺长女（《清代硃卷集成》第三三七册，举人林福熙履历，影印第292页）；道光二十四年（1844）甲辰科福建解元叶畊心之长女许字陈笙的长子（同卷，举人叶畊心履历，影印第335页）。这两种仅有婚约而实际尚未形成的婚姻关系，履历都予以记载，记录了对方家族（家庭）的人物关系、仕宦、功名等情况，印证了费孝通先生"家并没有严格的团体界限"（《乡土中国》第六章《家族》，第46页）的观点。

③ Ezra Pound, *In a Station of the Metro*: The apparition of these faces in the crowd; Petals on a wet, black bough.

簇状丛聚表现为同时代以血缘、婚姻以及婚姻关系双方的人际交往圈子①形成的簇状丛聚的文学创作现象和异代以代际血缘关系形成的簇状丛聚的文学创作现象，覆盖面超过单纯以血缘关系形成的群体性文学创作现象。从杂乱无章的著述文献中，钩沉出同姓作者的血缘关系，形成文学家族，研究家族文学创作，是家族文学研究的意义所在。在归纳、凝炼出文学家族存在的事实基础上，便可着手进行家族文学研究，更要发现文学家族之间的通婚情况，研究家族之间缔结婚姻而形成的复杂社会关系，研究文学家族之间的社会关系、社会地位、文化素养、家学、师资对于家族文学成员进行创作，形成风格的影响与作用。

① 费孝通《乡土中国》在《差序格局》章云："我们社会中最重要的亲属关系就是这种丢石头形成同心圆波纹的性质。亲属关系是根据生育和婚姻事实所发生的社会关系。从生育和婚姻所结成的网络，可以一直推出去包括无穷的人，过去的、现在的和未来的人物。""以亲属关系所联系成的社会关系的网络来说，是个别的。每一个网络有个'己'作为中心，各个网络的中心都不同。"（第28页）在《家族》章云："在中国乡土社会中，家并没有严格的团体界限，这社群的分子可以依需要，沿亲属差序向外扩大。构成这个我所谓社圈的分子并不限于亲子。但是在结构上扩大的路线却有限制。"（第46页）本书搜集的部分文学家族在其结构扩大上达不到三代，但是其社圈（社会圈子）的分子呈现出簇状丛聚的状态。中国文学家族研究应当沿着费先生所说的"家并没有严格的团体界限"的思路走下去，开拓思维和视野，然后再去确定"家"、"家族"概念的边界。

# 第六章
## 清代福建家族文学的家学特征

本书侧重于考察清代福建文学家族进行文学创作的创作形态，初步认为凡所清代文人、清代文学家族所发明和热衷的文学创作形态（文体或样式），福建文学家族的成员均曾进行过大量的创作。罗时进教授将社会学中的“差序格局”概念引进到明清文学研究中，认为明清两代的诗歌创作存在“差序混层”与“众层化创作”[①]。我们通过对明清两代的社会生活、文学创作活动、哲学社会思潮、学术思潮的综合考察，明清两代适合用“差序格局”来阐释中国包括作家在内的人们的日常生活，当清朝终结其国祚之时，清朝的学术和传统文学创作并未即时终结，呈现出“一轮轮波纹”（引罗时进教授《明清诗界的“差序混层”与“众层化创作”》文中语，语本费孝通先生《乡土中国》[②]）的延迟消亡状态。与清朝统治的中心区域京师、北直隶距离越是遥远的地方，该地方清代制度、学术、文学状态保持的时间越久，又以“波纹”扩散得越远，越是微弱、无力之故[③]，原先已经成型的文化遗存状态不易发生变化。

本书设三章对清代福建家族文学创作形态进行探讨，本章讨论科举家族的家学、文学家族的家学及其在清代福建家族文学创作中的形态和特征。

### 第一节　家学及科举家学的意义

陆机（261—303）《文赋》：“咏世德之骏烈，诵先人之清芬。”[④]指的是吴郡陆氏祖上立功的“骏烈”、立言的“清芬”，连同立德在内都属于家学的范围。范晔（398—445）《后汉书·党锢传》孔昱传称“昱少习家学”[⑤]，则东汉中后叶孔昱之时（公元100—180）已有习语“家学”一词，家学已经成为东汉人们的观念之一。《文心雕龙》的《时序》篇所述“魏武以相王之尊，雅爱诗章；文帝以副君之重，妙善辞赋；陈思以公子之豪，下笔琳琅；并体貌英逸，故俊才云蒸”，所论曹操、曹丕、曹植父子兄弟三人从事诗歌、辞赋等体裁的文学创作，指的是文学创作的家学。

---

① 罗时进《明清诗界的“差序混层”与“众层化创作”》，载《江海学刊》2017年第3期（全文，第194-202页），第194页。费孝通《乡土中国》中首用“差序格局”（人民出版社2008年版，第28-29页）术语，描述传统中国的社会结构及其特点。

② 费孝通《乡土中国·差序格局》：“我们的格局不是一捆一捆扎清楚的柴，而是好像把一块石头丢在水面上所发生的一圈圈推出去的波纹。”“以‘己’为中心，象石子一般投入水中，和别人所联系成的社会关系，不象团体中的分子一般大家立在一个平面上的，而是象水的波纹一般，一圈圈推出去，愈推愈远，也愈推愈薄。”“伦是什么呢？我的解释就是从自己推出去的和自己发生社会关系的那一群人里所发生的一轮轮波纹的差序。”（第28、30页）

③ 按：费孝通先生的原意是“像水的波纹一般，一圈圈推出去，愈推愈远，也愈推愈薄”（《乡土中国》，第30页），以至于消失，这是一个渐远渐散失的传播过程。本书认同文明传播具有“水的波纹”荡开的渐次性质和时间上的延迟效应，但另一方面的实际情况是僻远地区在中华帝国的有效统治之下，虽较晚沾溉清代朴学的精神，而一旦朴学在本地得以传播、传承、发展、成熟之后，它的消失却较国家的京畿地区、文化的中心区域慢，呈现出“一轮轮波纹”的延迟消亡状态。

④ 陆机《文赋》，萧统编，李善等六臣注《六臣注文选》卷十七，影印第310页。

⑤ 范晔《后汉书》卷六十七，《党锢传》孔昱传，第2213页。中华书局1965年版。

《文心雕龙》的《祝盟》篇云："牺盛惟馨，本于明德。祝史陈信，资乎文辞。""群言发华，而降神务实。修辞立诚，在于无愧。"祝盟需要以文辞为资，"神之来格，所贵无惭"，人、神之间藉祝盟、封禅等仪式沟通，这是中国上古原始社会及漫长的封建社会所固有的思想。《原道》篇云："自鸟迹代绳，文字始炳。""道沿圣以垂文，圣因文而明道，旁通而无滞，日用而不匮。"《练字》篇云："苍颉造之，鬼哭粟飞；黄帝用之，官治民察。"文字的力量极其神秘而莫测，在左氏、右史记事记言的使用过程中，焕发出文采，以媲于天、地之文，形成人文，以方于万品动植，而其应用的极大功用则是"道沿圣以垂文，圣因文而明道"，其效果则是旁通无滞、日用不匮。

由于文字生来具有的神秘性质，掌握文字及其使用能力的人群享有社会上层的尊崇地位和权力，在人类古老文明国家中莫不如此，因此也是被垄断的。《史传》篇云："开辟草昧，岁纪绵邈。居今识古，其载籍乎？轩辕之世，史有苍颉。主文之职，其来久矣。"[①]中国传统语境中所有学术性的、文学性的家学都可以追溯到所谓的轩辕之世及史官苍颉。国家所置主文之职左史、右史以记事、记言，分别形成《春秋》和《尚书》两部经典，衍生出《三坟》《五典》之类的书籍。世官制几乎伴随着先秦之前的中国文明，对于家学的形成条件而言极为关键。史官是遗存较长时间的"主文之职"，于某姓氏家族内形成了世袭的史官家世传统，形成史官著述家学及其传统和技能，至西汉司马迁之时犹如此。

从更广泛的知识背景看，从上古三代至秦汉，通过世官制度、荐举制度，知识的传授被严格限制在统治阶级内部，社会下层民众接受知识、教育的权利几乎被剥夺；曹魏九品中正制实施的原意被歪曲了，直接客观的后果是造就社会上层的士族和草根阶层的庶族之间的严重隔离和对立，知识的接受和传播也是士族集团的特权，形成贵族社会中的文学家族，甚至历代皇室亦热衷文学创作之道。钟嵘《诗品序》形容南朝的诗歌创作盛况云："今之士俗，斯风炽矣。才能胜衣，甫就小学，必甘心而驰骛焉。于是庸音杂体，人各为容。至使膏腴子弟，耻文不逮。终朝点缀，分夜呻吟。"这是曹魏以迄南朝（延伸到隋唐两朝）士族集团优游无忧的精神生活状态，在文学创作、艺术、哲学中表现出极其旺盛的创作力，源于是士族集团的话语特权，为后世中国人所追想。

简言之，从中国社会的历史进程来看，帝王皇家的言行被记载在历史和典籍中，他们是最早的一批文学家族，殷商诸王的文献从甲骨文中依稀可以了解，"西伯拘而演《周易》"，周文王据说尝演《周易》八卦为六十四卦，周公制礼作乐，周室天子、姬姓诸国形成周代的文学家族；其次为世官制而形成的史官著述世家，史官掌握着国家国史的撰著职责和原则，世代相传，较之现当代文体中纯粹的应用文，中国历史上的史籍一直是秉笔直书、实录的精神和文学虚构相结合的产物，不能算是纯粹的历史记载，具有文学意味，史官世家亦即文学世家；汉代以降，士大夫阶层产生文学世家，而史官世职的传统则逐渐消失，形成帝王身份的文学家族和士大夫阶层的文学家族并存的格局，在两汉、两晋、刘宋、齐、梁、陈、隋、唐[②]、两宋等若干朝代尤其烂然。

严格地说，汉代学术的传承首重传授，在师弟之间传授，学术的传承不局限于家族之内，而家族学术之所以能成为家学，其初亦以师弟名分传授而得，并非由于血缘而自然形成父子、祖孙之间的传承。汉代学术同一领域卓异有成就者，非在同一家族之内，而是由于师弟传授关系，得其人而授衣钵，维护师说，发展学术，如马融、郑玄之间，所以司马迁所说的"一家之言"指的是世官制时代史官著述世家所传承而最终形成的学术观念、学术思想、历史观念，两汉经学家所形成的则是师弟相传的学术观念，前后继替，恪守前说，极少变化，这一点上是相通的。

隋唐以来，随着科举制度的实施，历代朝廷通过这一途径延揽到知识分子中的精英，为国家统治集团充实了新生力量。随着纸张的发明，印刷术的发明和推广，书籍的获得越来越便利，知识和教育开始下沉、扩大，甚至普及到庶民阶层，知识接受和传播的社会特权性质最终消失，增加了社会阶层垂

---

① 刘勰《文心雕龙》，《史传》第十六。

② 陈寿祺《伊阙石刻录序》："唐自文皇工染翰，文学名家比肩。"（《左海文集》卷六，《清代诗文集汇编》第499册，影印第297页）

直流动的动能。社会的所有阶层都有可能实现有序的流动,但是社会垂直流动的流动性质对已经上升到社会顶层的人群具有破坏性,通过不间断的淘汰不使社会阶层利益板结,不使藉由社会阶层垂直流动途径上升到社会顶层的人群反身破坏了社会垂直流动性,造成社会阶层固化。

孟子云:“君子之泽,五世而斩;小人之泽,五世而斩。”[①]泽即德,儒家三立事业中最崇高者。如何保有先世之“泽”? 君子和小人,贵族和庶民都有同样的危机意识。贵族社会中的家族通过世袭和宗法制度保持大宗继承(包括朝代更迭降等世袭罔替)先世的地位、权力,使之世代延续,保持家族“君子之泽”不斩,通过分封和爵位递降(本朝降等承袭)的方式体面地与大宗保持距离,同时感知生活的危机,体验贵族尊严下亲疏有别的秩序。从三代到隋唐的贵族社会及历代王朝之于宗室基本上遵守这一整套完备的制度。近世社会的选举制度以科举为主选拔管理国家的官员,辅以荐举、征辟等途径,全面网罗社会各阶层人才,“入吾彀中”,为朝廷所用,但荐举、征辟等途径所起的作用几乎可以忽略不计。无论“君子”还是普通的“小人”都无法长久地把持权位和荣耀,合理地通过科举制度、利用科举制度实现个人的社会垂直流动,在获得成功的社会垂直流动体验之后,带动社会各阶层人群实现社会垂直流动,首先受到影响、得到受益的将是家族内部成员及其后裔,“挟策为士”[②],形成科举家族,模仿贵族社会中家族、宗族的生存模式,壮大其家族、宗族的力量。北宋范仲淹、欧阳修是范氏、欧阳氏家族在近世社会中取得异常成功的科举家族,这两个家族世泽绵长,人才众多,宋、元、明三代按谱历历可迹,延至当代。

近世社会中,科举家族的形成是文学家族形成的基础和必要条件。科举家族若无能形成,文学家族则必然难以成形,文学创作上只能表现为个体作家存在的形式。我们确实观察到近世社会中如繁星一样闪耀的文学家族,簇状结聚,构建起近世社会历史阶段两宋、明、清等朝代文学创作的星座,成为近世社会文学创作的主流。观察近世社会中的每一位大作家,按照明代高棅《唐诗品汇》的作家划分法,亦可称之为大家、名家的重要作家,其身后均形成文学家族人物背景墙:或者其家族中已经出现科举、仕宦、从事文学创作者,至此产生家族中标志性的作家,如宋代眉山苏轼家族、明代太仓王世贞家族、明末清初新城王士禛家族等,或者在标志性的作家之后,该作家成为该家族史上人物的典范、榜样,之后家族中产生多位作家,如宋代以来吴县的范仲淹家族、宋代以迄民国间高邮的秦观家族等,或者同一家族中不同历史时期产生了数位标志性的作家,如明清长乐谢氏家族等,莫不如此。

罗时进教授与门人陈燕妮博士在《清代江南文化家族的特征及其对文学的影响》一文中对“家学”定义如下:“清代江南文化家族的家学传承有狭义和广义两种。狭义的家学指家族传承的专门学术性的私学,广义的家学指诗书传家的文学艺术创造活动。”[③]这个狭义的家学在明代基本上指的是儒学,具体而言指的是四书(《大学》、《中庸》、《论语》、《孟子》)五经(《周易》、《诗经》、《尚书》、《礼》、《春秋》)之学,是选举制度中的敲门砖,具有预备科举考试的实用性和适用性,比清代“学人”之学要狭窄得多,清代学术中各专门学问得到充分发展,然较之近代以来大规模输入的“西学”,清代学术又显得捉襟见肘,有所不足。

明代福建学者所修《八闽通志》、正德《福州府志》、万历《福州府志》、《闽书》等地方志的本朝《选举志》进士、举人题名下常常注明其人字号、籍贯、血缘、所认习五经某部、封赠、官爵等个人简历情况,这是常常被忽略、不作分析的科举材料。我们根据这些士人的血缘关系,收集到福建明代科举家族及其成员,亦可补救其人家族谱散佚之失,往往可以采信;再通过前后数科乡试举人、会试进士题名所注所习儒家经书的信息,观察到福建科举家族在科场中形成的“家学”。

以明代福州府闽县竹屿邓氏为例,诸邓在科举事业上所习皆为《礼》经,当是其家学。福州府怀安

① 《孟子·离娄章句下》。

② 朱仕琇《泥坑邓氏族谱序》,《梅崖居士文集》卷二十,《清代诗文集汇编》第336册,影印第385页。

③ 罗时进、陈燕妮《清代江南文化家族的特征及其对文学的影响》,载《江苏社会科学》2009年第2期,第155页。

县洪顺家族亦以习“三礼”为家学：万历《福州府志·选举志》弘治十四年辛酉（1501）举人洪晅名下注：“《礼记》。字继明，英之孙，郯城知县。谨厚有文，精于《礼》经，门下教授多所造就，能世其家学。以子世文贵，赠户部郎中。”①洪顺、洪英分别于永乐元年（1403）、十三年（1415）以《礼记》取中福建第三名举人，洪英曾孙洪世迁是嘉靖二十五年丙午（1546）福建乡试第一人，以《礼记》中式。福州府闽县陈叔刚之父陈周通《春秋》，《全闽诗话》陈周条引《闽书》称其“通《春秋》，好为诗。”②陈叔刚又于刘九畴门下受《春秋》，其弟陈叔绍亦精通《春秋》。《闽书》陈叔绍传：“叔绍，以字行。精《春秋》。”③次子燿又从“长乐陈思懋受《春秋》”④，陈氏历代学者于《春秋》均有所增益，《春秋》遂成陈氏家学。

从明代泉州府的情况看亦如此。自嘉靖年间开始，泉州府晋江县史朝宾家族开始崛起，整个明代出现近20名举人，举进士者亦在10人左右。史朝宾于嘉靖十年辛卯（1531）举人中式，二十六年丁未（1547）成进士；史宏询于嘉靖十三年甲午（1534）举人中式；史宏询侄史朝宜（方斋）与其弟史朝富（礼斋）并举嘉靖十六年丁酉（1537）、三十二年癸丑（1553）福建乡试、会试，联袂登第。乾隆《晋江县志》史宏琏本传：“其为诸生时，子朝宾、侄朝宜、朝富皆禀受其家学。”⑤据《晋江县志·封荫》的记载，史朝宾为史宏琏之子，史朝宜为史宏珂之子⑥。

在明代福建省内，曾经有福州府怀安人林玭精通《周易》，泉州府晋江县蔡清从林氏游⑦，称高弟，将《易》学传播到泉州一带，形成了蔡清家族及整个泉州府研究《周易》的学术气氛，门人研《易》学者称“二十八宿”，在更多的泉州府各县科举家族中形成家学。

从具有血缘关系的多位士人个人的科举简历的关联中，我们可以清晰地观察到科举家族成员所习儒家经书的情况，不论同时还是异代，大部分具有趋一认同的特征，以此形成科举家族认习某部儒家经书的家学。出于对所认习经书的世代研读，科举得售、得第者具有成功的心得体悟，家族中人集中精力，专习一经，可以更加深刻地领会科举指挥棒下儒家经典所蕴含的“德性”及应试写作时文的技巧，提高中式的概率，以“梯取利禄”⑧。朱仕琇《侯官文学蓼衔刘君墓志铭》为刘元喈作，其弟刘元钟、子刘逢春、刘逢圣皆举于乡，独刘元喈老于诸生，朱仕琇云“余尝读君文，敷畅圆美，最合有司之法度，而一家得之，君乃独失者”⑨，说明刘氏科举家族成员对于“有司之法度”的时文制艺之创作形成“家法”，独得“门径”⑩，其“家法”成为家族成员科举成功的敲门砖。“今世科举之学，父子相承，谓有秘计私传，而人亦艳求之，志在苟得而已。”⑪明清两代，除去八股时文的写作技巧和此类“家学”，研习儒家经典，浸淫久之，自然具有“道问学”的学术性质，亦可称家学⑫。

明代福建科举家族兼文学家族者亦有以古文创作为家学者，如泉州府晋江县史朝宾家族。叶向高为晋江史继偕父亲史朝宜撰《史母李太孺人六十寿序》：“不佞始受书时，即知有温陵史先生，其所论

---

① 喻政《福州府志》卷四十八，第356页。

② 郑方坤《全闽诗话》卷六，第320页。按：陈周传见《闽书》卷一百二十六《韦布》（第3761页）。

③ 何乔远《闽书》卷七十三，第2170页。

④ 同治刊本《福建通志》卷百九十六，影印第3534页。

⑤ 方鼎、朱升元《晋江县志》卷十一，影印第307页。

⑥ 方鼎、朱升元《晋江县志》卷十三，影印第401页。

⑦ 请参看《明代福建文学结聚与文化研究》第二七“侯官（怀安）林瑭家族”条、第一〇六“晋江蔡清家族”条及《闽中理学渊源考》之“副使林廷珍先生玭学派”。

⑧ 张际亮《读易慎疑序代》，《张亨甫文集》卷二，《清代诗文集汇编》第601册，影印第420页。

⑨ 朱仕琇《梅崖居士文集》卷八，《清代诗文集汇编》第336册，影印第270页。

⑩ 谢章铤《上座主小峰侍郎书》云：“盖（吴晴舫）先生及闽孙渊如、洪稚存、王引之、阮文达诸老之绪言，于汉学得其门径”（《赌棋山庄集》文集卷七，《清代诗文集汇编》第680册，影印第731页）。清代汉学阵营的学者形成固定的家法，以实事求是为宗，示以门径。

⑪ 朱仕琇《刘则宗制义序》，《梅崖居士文集》卷十九，影印第376页。

⑫ 五经皆可自成家学，但是研习《诗经》者，非必成就诗歌创作的家学，以传授、接受、解释《诗经》者均需按照汉、唐、宋诸儒传疏笺注的意思，非关诗歌创作技巧和文学修养传授之故。雍正十一年（1733）进士郑方城《呈赵屺庵夫子四首》其一首句“惭愧相承戴氏经”下注：“城承家学，少治《礼记》。”（《绿痕书屋诗集》卷三，《清代诗文集汇编》第241册，原第十六页，影印第477页）清代尚有专习一经制度的遗留；后句云“顿然草色映袍青”指郑方城入学，补博士弟子员（生员），开始举业的征途。

著文章,粹然一禀于古,学士家翕然宗之。时闽中称古文辞尚少,独先生与王道思(王慎中)崛兴。道思既以才见抑,先生官至楚辖,亦自免而去,未究其用,然闽人自是袭轨濡芳,作者递兴,甲于海内,承明金马之庭,何翩翩也。而先生有子太史君(按:指史继偕),用家学冠大廷,裒然为词臣首。不佞日从太史君游,论其家世,知先生之泽弘远矣。……不佞昔诵慕史先生而以不及见其人为恨,今幸见太史矣。先生之业,至太史而昌,几文明矣。"[①]知史朝宜秉承王慎中唐宋古文的理论,继续变更闽中文章轨辙,扩大了唐宋散文的影响。

## 第二节　清代福建科举家学的普遍现象

科举家族是文学家族出现的政治基础,时近明清,士人的生存条件越发艰难[②],如无通过成功科举入仕获得丰厚物质条件的支持,文学家族则很难形成,维持文学家族的代际衍传更是艰难。清初直隶、江南、浙江、江西、湖广、福建被朝廷划定为科举大省(区域),正主考用翰林官[③],福建的科举事业依旧繁荣,具有很强的竞争力,福建士子在科举上的代际成功形成了科举家族,科举家族是清代福建文学家族出现的物质基础和文化基础。在逻辑上,清代福建的科举事业、科举家族是清代福建文学家族形成及家族文学创作的必要条件。本书附录一《清代福建历科进士、举人表》搜集了清代福建士子的科举功名(进士、举人)情况,基本无遗漏。根据表中所列举人、进士名后所注表明科举家族的世代及人物的血缘关系,观察到清代福建科举家族的数量及其成员。在此基础上,我们观察到在数量众多的科举家族当中产生了600余个文学家族,清晰地表明了清代福建科举家族对于家族成员从事文学创作进而形成文学家族所具有的基础性支撑作用。

清代福建士子的履历信息没有被详细地记载在地志中,这是清代迄民国间递修地方志(尤其是《选举志》部分)较诸明代志书逊色的地方,但是清代科举的材料大量保存在《清代硃卷集成》420册及未收硃卷[④]之中。若"家学"、"渊源"、"桥梓"、"庭训"、"乔训"、"联芳"、"棣华"、"传家"、"踵武"、"绳武"、"世德"、"先芬"、"积学"、"绩学"、"传家"、"祖述"等批语均提示士子所属家族已然成为科举家族,在科举事业上取得一定的成功。

我们略举《清代硃卷集成》闽人硃卷数例如下:

1. 道光十四年甲午(1834)福建乡试第十名举人、福州府闽县曾兆鳌乡试硃卷本房总批:"撤棘后,知生学有渊源,年方弱冠,龙孙著誉,大有祖风。鲤射亲承,克传家学。此日竹林联袂,欣偕阮籍同登。"[⑤]曾兆鳌系道光九年(1829)己丑科进士曾元炳之子,嘉庆六年(1801)辛酉恩科进士曾晖春之孙,乾隆五十一年(1786)丙午科举人曾奋春侄孙,同榜举人曾元燮系曾兆鳌胞叔,故本房总批云以曹魏竹林七贤之阮籍、阮咸叔侄媲之。道光十四年甲午(1834)科曾兆鳌、杨和鸣、曾元燮三人履历和硃卷是《清代硃卷集成》所收清代福建士子最早的硃卷。

2. 道光十四年甲午(1834)福建乡试第十九名举人、福州府侯官杨和鸣乡试硃卷本房总批:"揭晓

① 叶向高《苍霞草》卷四,影印第92页。

② 请参看朱丽霞《会向黄山去,栖迟意泊如——〈送孙无言归黄山〉的经济学诠释》(载《中国韵文学刊》2008年第4期,第98-103页)。康熙元年(1662),客居扬州的诗人孙默(1617—1678,字无言)欲归黄山,旧交新贵赠以1700余首诗而无人慷慨解囊相助,终谋资未果而不归,反映了孙无言穷苦清贫而尴尬的生存状态。

③ 赵尔巽《清史稿》卷一百八,志八十三,选举三,第3154页。直隶、江南两省正、副主考皆用翰林官,其他各省仅正主考用翰林官,共八员。从法式善《清秘述闻》辑录的清初各省直历科乡试考官题名次序、正副主考是否翰林官观察到朝廷对各省直乡试的重视程度及各省科举实力。

④ 近年观察到部分清人硃卷、履历未被《清代硃卷集成》著录,流散在文物市场、旧书店、拍卖会等场合,或为墨卷集等他书辑录。

⑤ 《清代硃卷集成》第三三六册,举人曾兆鳌硃卷,影印第250页。

来谒，知生鲤庭承训，雁序联芳。"[①]杨和鸣之父杨道彰，其胞兄杨鹤鸣于道光元年（1821）辛巳恩科举人中式，胞兄杨善鸣系国学生，知其家科举渐有成就。我们根据进士郭曾准履历，知其祖父郭柏荫娶杨氏，系杨道彰女，杨鹤鸣、杨和鸣胞妹，杨叔怿、杨仲愈、杨仲恩、杨季忠、杨季熊、杨季坡、杨诚胞姑[②]，杨叔怿（杨善鸣之子）、杨仲愈（杨鹤鸣之子）均为晚清福州府著名文人。

3. 道光十四年甲午（1834）福建乡试第六十八名举人、福州府闽县曾元燮乡试硃卷本房总批："揭晓来谒，知生乔训亲承，棣华竞爽。泮芹早掇，夙冠全军；廪粟旋颁，已登上舍。且喜籍、咸媲美，直追阮氏竹林；定看仪、俨齐名，不让窦家桂树。"[③]曾元燮是曾兆鳌的胞叔，曾元炳胞弟。五代窦禹钧，有窦仪、窦俨等五子，俱登科，俱官赵宋。

4. 咸丰九年（1859）福建乡试第一百五十一名举人、福州府侯官王见三硃卷本房总批："揭晓后，知生缥缃积学，圭璧禔躬。家传清白之风，世守诗书之训。"[④]按：王见三系同榜第四十六名举人王卿云胞弟，王燮之孙、现任江苏布政使王有龄之子。王卿云的本房总批云："撤棘后，知生荫承兰甸，训禀薇垣，鹗荐燕台，树称连璧，鹏搏榕峤，桂折骈枝。从兹杏苑连镳甲第，绍传家簪笏；他日槐厅授简弓裘，看接武屏藩。"[⑤]

5. 咸丰九年己未（1859）福建乡试第六十九名举人、泉州府晋江龚显曾乡试硃卷本房总批："揭晓来谒，知生阀阅名门，缥缃家学。范乔受研，嗣世德之清芬；李泌赋碁，擅神童之令誉。……喜此日鹿苹奏曲，标蕊榜而拔尔奇才；卜来年雁塔题名，步花砖而绳其祖武。"[⑥]晋江龚氏宗祠匾额"世翰林第"，指的是龚必第、龚维琳及龚维琳之孙龚显曾三人历官翰林的荣耀。

6. 同治十二年（1873）癸酉科福建乡试第三名举人、建宁府瓯宁邹家驹乡试硃卷本房加批："揭晓后来谒，知生诗礼传家，文章有价。"[⑦]邹家驹家族自高胞伯祖邹学圣为庠生，高堂伯祖邹关亭为监生，高祖邹学贤为庠生起，监生、贡生、武庠生、生员、举人多矣，分文、武二途[⑧]，师胞叔祖、庠生邹绍泗，是所谓"诗礼传家"的科举家族。

7. 同治十二年（1873）癸酉科福建乡试第三十三名举人、建宁府建安黄献图乡试硃卷本房总批："揭晓后来谒，知生渊源祖述，理学家传。"[⑨]黄献图的祖上自其支祖黄芳镆起即是廪生，太高祖黄树德为贡生，家族中人既有为贡生、生员者，亦有仕宦官州同、州判者，师胞兄、贡生黄献章[⑩]。

清沿明制，清初顺治二年乙酉（1645）至乾隆二十年丙子（1756）这一段时间（1645—1756[⑪]）里，除了康熙三年甲辰科会试至六年丁未科会试（1664—1667，共两科会试、一科乡试）用策论取士[⑫]外，明清选举制度是完全一样的，福建科举家族家学的依托基础与明代相比没有什么不同，很容易让人产生错误的认识，默认明清两代士子所参加各级各种考试的内容基本相同。但是清代选举制度既有对明制沿袭的部分，也有作出重大改革的地方，包括各省学政职官的改变、任命，书院的设置，以及考试内容的改革等，均值得我们对明清两代的选举制度作出重新的审视。

乾隆二十二年丁丑（1757）之前，清朝的选举制度完全与明代一致，无甚两样。乾隆二十二年之

---

① 《清代硃卷集成》第三三六册，举人杨和鸣硃卷，影印第 268 页。杨和鸣胞兄杨岐鸣、杨鹤鸣、杨善鸣（影印第 265 页）。

② 《清代硃卷集成》第七八册，进士郭曾准履历，影印第 172-173 页。

③ 《清代硃卷集成》第三三六册，举人曾元燮硃卷，影印第 290 页。

④ 《清代硃卷集成》第三三七册，举人王见三硃卷，影印第 34 页。

⑤ 同上书，举人王卿云硃卷，影印第 16 页。

⑥ 同上书，举人龚显曾硃卷，影印第 60 页。

⑦ 同上书，举人邹家驹硃卷，影印第 226 页。

⑧ 同上书，举人邹家驹硃卷，影印第 211-215 页。

⑨ 《清代硃卷集成》第三三八册，举人黄献图硃卷，影印第 14 页。

⑩ 同上书，举人黄献图履历，影印第 3-5 页。

⑪ 顺治二年乙酉（1645）是清朝入关以后首科乡试，明年首科会试；乾隆二十一年丙子（1756）是明清两朝按规定举行乡试正科的年份，二十二年丁丑（1757）是会试的年份。

⑫ 法式善《清秘述闻》卷一，第 33-39 页。康熙八年己酉（1669）乡试已经恢复八股取士制度（第 39 页）。

后,清代统治者对选举制度进行改革,永著为令。新的考试制度被概括成“三书一诗”[①],广泛应用于各级各种考试中,直至清朝于光绪二十七年(1901)作出变通科举决定之时止。乾隆二十二年丁丑之后,考核士子诗歌创作的能力进入选举制度的设计中,而且试帖诗试律被提到首场,与三书并列,各科会试、乡试的命题均如此,试帖诗成为此后各级考试、各种考试士子都必须接受考试,考官必须进行考核、评判的内容。这是乾隆二十二年(1757)之后清代选举制度与明代选举制度最大的区别,它势必对清代士子的文学创作能力产生积极的影响。

前贤时彦曾经认为清代试帖诗的写作遵循八股时文起承转合的内在要求,诗句分布正好构成类似时文八比(起股、中股、后股、束股)的四联,这种看法找到了八股时文和试帖诗创作的方便法门,将“三书一诗”统合在同一种写作模式之中。

但是诗歌体裁毕竟是诗歌体裁,与文章类体裁的一种时文不同,各各具有文体自身的内在约束和要求,不能被错位、僭越,甚至被混同为一。观察《清代硃卷集成》试帖诗题的命题大部分为成句,取自《诗经》以来迄清代历朝诗人诗作。综览包括房师在内的考官对试帖诗的评价,士子的创作取径广泛,模拟三唐最多,余者有魏晋、两宋等朝代诗人诗作及其风格,请参看本书第十一章《清代选举赋诗与清诗繁荣的关系》第四节《闽籍诗人试帖诗的创作以林则徐、林昌彝为中心的考察》。考官们对士子试帖诗的评点概括地说有稳、(隽)雅、秀(雅)、洁、谐、妥、佳、丽、工(雅)、俊、可、叶(韵)、不俗、清切、浑成、雅切、雅饬、清丽、刚健、流丽、诗律圆彻等高频率使用的评价用语,包括了格律、结构、音节、文字、风骨、风格等方面的要求。

具体地说,考官们能够准确指出试帖诗的风格及其所模拟的前代诗人。以下略举数例:道光十四年甲午(1834)福建举人曾元燮试帖诗《赋得飞泉漱鸣玉》本房加批云“庾新鲍逸,兼擅其长”,本房总批云“诗踵三唐之武”[②];道光二十年庚子(1840)科福建乡试举人骆旸试帖诗《赋得良玉比君子》本房眉批云“盛唐遗音”[③];道光二十四年甲辰(1844)福建乡试第一名举人叶畊心试帖诗《赋得挹露收新稼》本房加批云“八十字鱼鱼雅雅,嗣响唐音”[④];咸丰九年己未(1859)福建乡试举人龚显曾试帖诗《赋得诗似冰壶见底清》本房加批云“清新(庾)开府,俊逸(鲍)参军”[⑤],以庾信、鲍照许之;同治十二年(1873)癸酉科福建乡试举人邹家驹试帖诗《赋得月过楼台桂子清》本房加批云“韵语入三唐之室,句杂仙心”[⑥];同治十二年(1873)癸酉科福建乡试举人刘大受试帖诗《赋得丹过楼台桂子清》本房加批云“天然秀丽,发源青莲(李白)”[⑦];光绪二年(1876)丙子科福建乡试举人叶珊试帖诗《赋得南飞觉有安巢鸟》本房加批云“骨重神寒,晋、唐余响”[⑧];光绪十七年(1891)辛卯科福建乡试举人董元度试帖诗《赋得天风海涛》本房加批云“沉雄壮丽,开(元)、(天)宝遗音”[⑨]。在福建乡试之外,其他各省士子的硃卷中这类例子不胜枚举。

光绪十四年(1888)戊子科福建乡试第二十八名举人、福州府旗籍黄曾源的试帖诗《赋得幔亭峰影蘸晴川得峰字五言八韵》是一首泯灭试帖诗痕迹的佳作。全诗云:“武彝君不见,惆怅幔亭峰。山影涵波活,川流蘸笔浓。四围青了了,九曲碧淙淙。屏障开无地,烟霞认旧容。神仙张宴罢,僧侣抱琴逢。倒浸层螺色,重寻放鹤踪。茶歌中棹发,藓迹古碑封。几处开天乐,登临且倚筇。”本房加批云:“刚健婀娜,流丽端庄。”[⑩]此诗声、情、动、静、远、近、今、古安排妥帖,端的是试帖诗中的佳作。诗中“涵波活”、

① 林则徐《致沈维鐈》,《林则徐全集》第七册,第9页。

② 《清代硃卷集成》卷三三六册,举人曾元燮硃卷,影印第303、290页。

③ 《清代硃卷集成》卷三三六册,举人骆旸硃卷,影印第328页。

④ 《清代硃卷集成》第三三六册,举人叶畊心硃卷,影印第338页。

⑤ 《清代硃卷集成》第三三七册,举人龚显曾硃卷,影印第73页。在所见《清代硃卷集成》闽籍举人试帖诗的评点语中,以评为清新俊逸风格和所指庾信、鲍照两人为最多。

⑥ 《清代硃卷集成》第三三七册,举人邹家驹硃卷,影印第226页。

⑦ 《清代硃卷集成》第三三八册,举人刘大受硃卷,影印第189页。

⑧ 《清代硃卷集成》第三三八册,举人叶珊硃卷,影印第349页。

⑨ 《清代硃卷集成》第三三九册,举人董元度硃卷,影印第223页。

⑩ 《清代硃卷集成》第三三九册,举人黄曾源硃卷,影印第73页。

“蘸笔浓”富丽流动，“青了了”、“碧淙淙”着色深青，山川静穆，声情绵邈，顺笔写入神仙张乐武夷的场景，暗用钱起《省试湘灵鼓瑟》诗境，铺垫自然；“倒浸层螺色”既用黄庭坚过洞庭山典故，又以“倒浸”别出心裁，写出武夷层峦叠嶂的倒影；“茶歌中棹发，藓迹古碑封”两句茶歌其声既远，声彻群山、曲溪，神韵悠远，意在言外，藓迹复封古碑，年代久远，茶歌之远与古碑之藓封令人神往，忘其为一首格律严谨，须照顾题目的命题要求，暗用朱熹《九曲棹歌》原诗意境的试帖诗。

科举考试制度中增加考试试帖诗（或称试律诗、试赋得体诗）是清代乾隆二十二年（1757）之后清朝选举制度的改革，它直接的效果是让此后清代士子必须锻炼创作近体五言律诗[①]的技巧，获得即席命题创作近体五言律诗的普遍能力和上好的应试五言近体诗的能力，间接的作用是养成了近体诗歌创作的技能，形成了清代士子成为诗人的土壤。光绪八年（1882）壬午解元、时年 23 岁的郑孝胥（1860—1938）本年从金陵返回故乡福州备考，六月十八日（1882 年 8 月 1 日）所作诗《赏雨茅屋得茅字》五言八韵试帖诗中有“故交谁下榻？风雨旧诛茅。竹影侵书幌，苔痕上砚坳”，“秋风愁欲破，池水起潜蛟”等句，无论是抒发感情的喟叹句子还是生动的写景句子，皆称得上郑氏一生所创作的所有诗歌中的警句；对于全诗的境界，郑孝胥的胞叔祖郑世恭批云：“入后二比，昂首高歌，气象万千，直俯视熊、刘以下。”[②]此诗即使放在郑孝胥《海藏楼诗》中亦是上乘之作[③]。

清代时文的创作是否有助于清代古文、骈体文创作的成绩呢？对于骈体文的作用是肯定的，对于古文创作的作用则有异议。当今学界部分学者持时文妨碍古文创作、时文与古文对立的观点，即便是清代的古文家，其文集中也曾有过时文妨碍古文创作的自述，但同时我们也应看到清代的古文与时文的关系不再鸿沟分明，彼此敌视，彼此双方作者阵营、文体反而更多相互借鉴，相互渗透，古文家兼为时文大家的现象[④]大量存在，谁又能分得清楚他们从事古文创作之时阑入的时文技法呢？我们在阅读明末清初作家钱谦益《牧斋初学集》文集中的墓志铭、传记、神道碑、序等文体创作，明显感觉到钱谦益所作文铺陈排奡，善于做大段排比，可以看作是时文创作中八比的写法在古文创作中的运用，并有所拓展，不限于时文之八比。本书在第十二章《清代选举制艺与福建古文创作的关系》第二节《清代时文与古文的关系》讨论了清代古文创作与时文创作之间的关系，论证清代古文与时文之间的密切关系，以古文为时文和以时文为古文这两种现象均分别存在与时文创作和古文创作之中。

清代乾隆之后从科举家族滑向文学家族的条件越来越成熟，远比明代的选举制度提供的现实条件优越，科举不再是走进仕途的敲门砖，一定程度上也训练了应试士子的写作能力，无论时文、古文还是诗歌及其他体裁的文类创作，尤其在试帖诗的创作上除了符合科举试律的规则之外，确确实实培养了乾隆以来应试士子的诗歌创作能力，以至于我们在本书第十一章《清代选举赋诗与清诗繁荣的关系》第三节《清代应试诗与清诗繁荣的关系》的末段提出要提高文学家族的文学创作属性认定的标准。

## 第三节　从科举事业到文学创作、学术著述的家学现象

《清代硃卷集成》所收闽人硃卷及履历略举如上节所示，从中我们观察到清代硃卷中记载的科举

---

① 清代乾隆二十二年（1757）以后绝大部分考试要求创作赋得体诗五言八韵一首，儒童入学考试减二韵，要求赋得体诗五言六韵一首。

② 郑孝胥《郑孝胥日记》，第 17-18 页。

③ 按：《海藏楼诗》未收此诗，所收第一首诗为《春归》七律，题下注：“以下己丑。”己丑系光绪十五年（1889），郑孝胥时年三十。据此诗，又可知清代科举时文与试帖诗创作与评点共用“八比”格式的现象。

④ 如咸丰元年（1851）举人、长乐陈鹗联，其传云“鹗联以古文为时文，顷刻千言，一气呵成，神似《战国策》”。（民国《长乐县志》卷二十五，《文苑传》陈鹗联传，原第十五页，影印第 492 页）

家族的家学情况，由于试帖诗(试律)的存在和以古文为时文的制艺写作模式的存在，科举家学与文学创作的家学不能截然分开。我们还可以从其他文献的记载中看到清代福建科举家族、文学家族的“家学”现象。不同的著作主体(作者)和不同的著作、不同时期、不同地域的著作中均出现“家学”的现象，说明“家学”是一个全国性的现象，并且颇有历史渊源，在文学创作中出现家学的现象属于应有之义。

曹丕《典论·论文》云：“盖文章，经国之大业，不朽之盛事。年寿有时而尽，荣乐止乎其身，二者必至之常期，未若文章之无穷。是以古之作者，寄身于翰墨，见意于篇籍，不假良史之辞，不托飞驰之势，而声名自传于后。”①时为东汉魏王世子、五官中郎将的曹丕在年寿、荣乐、文章三者之中选择文章，以其可以“无穷”而不朽，“虽然天能绌其命而不能绌文”②，突破吾生有涯的限制，其他二者分别只是止乎其身和必至之常期的人生幻影，随着生命的终结而化为乌有。曹丕的思考是积极的，超越庄子消极避世，反智以求保身、全生、养亲、尽年的悲观人生观。立言固然是立德、立功、立言三立事业之一，而文章较诸立德、立功事业又有着不假良史之辞、不托飞驰之势的长处，声名可以自传于后。这样的价值判断是一个崭新的认识，超越立德、立功二者，以其对于士、庶不同身份的人们都可以普遍适配，虽然成为作者的门槛仍然较高，却是相对容易的、最优选择的人生目标。谢章铤晚年以为“古云三不朽，斯言也可大可小，可近可远，然必以小者、近者为之基。士以读书为职，一日不读书，是不恒其德矣”。③以立言“为之基”，而后拓展为立功、立德，渐次展开。太上立德、其次立功的人生目标非社会的上层人物、不世出的人物不可能实现，然而部分作者的著述中可能寄托着作者的立德、立功的理想和信念。高澍然致陈寿祺札云：“尊著循环讽诵，叹其浩如渊海，纯如金玉，精实如布帛菽粟，盖合德与功，见于立言者也。”④立言的意义和作用非自限于立言本身，亦为立德、立功事业的不二载体。陈寿祺论曰：“若野鄙憔悴专一之士，被褐怀珠，文采不传于没世，虽其后人克绍基绪，而名位未起，末由播先世之美于宇内，故闾巷耆旧湮抑无闻者何限？所恃者独论叙文词，能使余泽遗芬流诵弗衰，翰墨之耀反复胜于轩冕之荣耳，故寒门后进莫不感奋于文学者，此也。”⑤其意以为立言事业提供了包括野鄙憔悴之士在内的所有作者自传于世，使其余泽遗芬流诵弗衰的可能性，虽然天“能厄其身而不能厄其名”⑥，而且立言具有完胜官场轩冕之荣的优越性，使寒门后进感奋而从事之。

费孝通先生说：“文化本来就是传统，不论哪一个社会，绝不会没有传统的”，“在乡土社会中，传统的重要性比现代社会更甚”，“那是有效的经验。只要环境不变……这套不必讲学理的应付方法，总是有效的”，“像这一类的传统，不必知之，只要照办，生活就能得到保障的办法”，“前人所用来解决生活问题的方案，尽可抄袭来作自己生活的指南。愈是经过前代生活中证明有效的，也愈值得保守。”⑦福建的北面、西面、西南面以绝对险峻的山脉分别与浙江、江西、广东构成地理上的自然交界线，只有东部面向大海——在航海技术地位低下的古代中国，亦是天险，形成依山面海的、与外界相对隔绝、近乎封闭的地理空间，古代福建的传统因此变化不如中原地区频繁，福建人民比照中央朝廷的制度和本地文化现状的异同，自唐代之后，对于科举、文学创作这类“有效的经验”深信不疑，“愈值得保守”，视之为解决生活问题的方案，尽可抄袭。

两宋以来，福建的科举家族、文学家族在从事科举、文学创作和学术著述的人生中类似当下网络语言(2019—2020年)所谓的“抄作业”无疑是成功的，“始作俑者”的选择是正确的，“抄作业者”的追随是高质量的，包括《福建通志》在内的各种地方史乘对福建的科举和艺文、人物的记载满满当当，民国

---

① 魏文帝(曹丕)《典论·论文》，萧统编，李善等六臣注《六臣注文选》卷五二，中华书局1987年影印《四部丛刊初编》本，影印第967页。1919年，商务印书馆据涵芬楼所藏宋刊《六臣注文选》影印，收入《四部丛刊初编》。

② 陈寿祺《清敕授文林郎署福建闽县知县方君墓志铭》，《左海文集》卷九，《清代诗文集汇编》第499册，影印第413页。

③ 谢章铤《校阅余话》，《赌棋山庄余集》文集卷三，《清代诗文集汇编》第681册，影印第106页。

④ 高澍然《光泽高雨农舍人札》，陈寿祺《左海文集》卷首，《清代诗文集汇编》第499册，影印第83页。

⑤ 陈寿祺《赖忍庵茂才遗像跋》，《左海文集》卷七，《清代诗文集汇编》第499册，影印第340页。

⑥ 陈寿祺《清敕授文林郎署福建闽县知县方君墓志铭》，《左海文集》卷九，《清代诗文集汇编》第499册，影印第413页。

⑦ 费孝通《乡土中国》，第八章《礼治秩序》，第62页。

《福建通志》(1938年刊本)总卷五十一,分卷六百一十,卷帙繁富,是珍贵的文化遗产。陈寿祺从历代文献中观察到闽人和闽中文学望族"先后文采相照耀,而耆旧世德又皆能绳绳缉缉,以无陨家声的荣耀"。[①] 呈现出文化传承的意义。

下面我们来看地方史志《列传》和《文苑传》等文献所记载的清代福建文学家族文学创作的家学现象。

福宁府宁德县崔氏家族是明末清初福宁府最著盛名的文学、科举家族。从明代万历间的崔世召至其九世孙、晚清的崔挺新,约300年,宁德崔氏家族的文学创作延续了九个世代之久。崔世召对于宁德崔氏从事文学创作活动起到奠基性的作用,其子、顺治间乡贡崔嵸十三岁就能文学[②],名列云间社十八才子中。崔嵸之子、崔世召之孙崔衍湄,字星野,克承家学,工吟咏[③]。崔世召的九世孙崔挺新,道光末年曾经与谢章铤等词人结社,名动一时。

泉州府安溪县李氏家族自明代以来为郡中望族,在科举、文学、经学著述方面代有闻人。清代李氏家族中最重要的人物李光地"于律吕、算术皆所究心"[④],其家族后人在经学、律吕、算术、音韵研究之外,研究领域多有扩展,多有从事自然科学研究的戚党,并且在李光地周围形成科学家群体的丛聚现象。李光地之子李钟伦的学术在专治三礼之外,旁及历律、甲数、乙数用法等;李钟佐,极思奥解,凡西土所传历法、几何、数法、万支、干凑,无不冥悟;李钟伦长子李清藻,受业于徐用锡、何焯,学博而醇正,淹贯经、史、子、集及历代典章制度、音学、书法,而其祖父李光地曾经向顾炎武请教音学的知识,亦有李光墺、李光塽等家族成员专攻音学;李清植少承家学,应诏修《周易折中》、《性理精义》,又与漳浦蔡世远论次古文雅正,故所学有渊源,诗文雅健精深。[⑤] 李光地仲弟李鼎征,沉浸经史,兼通音韵、算学,刻梅文鼎《方程论》等;从弟李光芳博览百家,研究声律。李光地家族在程朱理学、礼学、文学、儒学(在程朱理学、礼学之外)、算学、音学等俱形成家学的特征,史称"安溪李氏自光地以经术显,传业一门"[⑥],其家族中人数代之间皆能世其家学。

兴化府莆田县林氏家族,从宽泛的家族(宗族)概念来看,兴化府诸林氏均出自九牧林,九牧林历代盛产作家,其家族兴旺繁荣,族繁指多,渐渐细化成各房支派,《闽书》、《闽中理学渊源考》分别将兴化府九牧林族人细分成簇状丛聚的人物传记和众多学派:

(1) 晚明以来,林凤仪这一支林氏作家众多,可参看《明代福建地域文学研究》第二四八"莆田林简家族"条。同治刊本《福建通志》著录林凤仪著作,注:"与从叔嵋、从弟向哲相切劘。尝以诗谒黄道周,道周谓嵋有二侄,犹王之养(王筠,小名养)、炬(王泰,王筠从兄,小名炬),谢之览(谢览)、举(谢举)也。"[⑦]林凤仪是林齐圣之子,与从叔林嵋、从弟林向哲切劘诗歌创作,号称二难。林凤仪家族中尚有林佳玑,亦黄道周弟子;林嵋之子林人中,林人中之子林元之,均是诗人。

(2) 林友王、林宾王、林翰王、林赞王、林翼王均林友恭诸孙,均为布衣,甘为前朝遗民终老。家有春草堂,兄弟朝夕吟咏,怡怡如也。林宾王诗有"先朝绮丽三千户,往事凄凉十六州"[⑧]句,颇有铜驼荆棘的况味。子侄辈林一璘、林一臻、林一銮始为贡生等,亦为诗人。

(3) 林煇章之子林尧华、林尧英、林尧光一支,是清初归顺新朝的林氏支派,政治态度与林友王兄弟明显有别。

(4) 林麟焻与弟林凤焻均明代林应采裔孙、林铭几曾孙。林麟焻(1646—?),字石来,号玉岩、竹

① 陈寿祺《鳌峰里宅记》,《左海文集》卷八,《清代诗文集汇编》第499册,影印第364页。

② 《国朝全闽诗录初集》卷五,崔嵸条,《全闽诗录》第五册,第94页。

③ 民国《福建通志》总卷三十九,《福建文苑传(清一)》卷七,原第四页。

④ 纪昀等《四库全书总目》卷九五,《榕村语录》提要,影印第799页。

⑤ 民国《福建通志》总卷三十四,《福建列传(清三)》卷三十四,李清机传,第十一页。

⑥ 民国《福建通志》总卷三十八,《福建儒林传》卷五,李光坡传附,原第十三页。

⑦ 同治刊本《福建通志》卷七十,影印第1463页。

⑧ 同治刊本《福建通志》卷七十,影印第1464页,引《兰陔诗话》。

香。康熙八年己酉(1669)举人、九年庚戌(1670)进士。历官礼部郎中、贵州提学佥事,是清初福建著名的作家。

(5) 林熼章及其子林尧光、林尧英、林尧华等。林熼章父子在明末清初均有功名。林熼章系崇祯十五年(1642)举人,清初顺治十五年(1658)出仕清廷。长子林尧光,顺治五年(1648)拔贡,这是清代福建兴化府选举最早的拔贡生员,也是林熼章家族归顺清朝最早的举动;次子林尧英于顺治十一年(1654)拔贡,十七年(1660)顺天举人中式,十八年(1661)成进士,成为清代莆田县57名进士中较早登第的士大夫;三子林尧英于顺治十一年(1654)举人中式,谒选出仕。林尧光是闽人中较早宗尚宋诗的诗人,与清初宋诗派的风气相通。林尧光、林尧英、林尧华等受到王士禛的赏识和器重,风格各不相同,各臻妙境。

汀州府宁化人、古文家雷鋐及其子。雷鋐的古文创作传授自闽中蔡世远,又和桐城派古文合流,上承李光地以来闽中古文传统,下接朱仕琇开创的古文流派。雷鋐之子雷定淳(一作定洵,字颙若,号朴先),乾隆十七年壬申(1752)举人,官清河县知县。夙承家学,博学能文。[①] 又一子雷定澍,字时若。监生。承家学,敏于文章。[②]

邵武府建宁县朱仕琇,自其曾祖父朱国涵起能诗,又有朱璜、朱霞两人,建宁六诗人而朱氏有其三,朱氏家族诗人与习唐调的闽人步趋不同,取径宋人,形成家学。至朱仕琇之时,朱仕琇开创了闽中古文在李光地和蔡新以外的流派,为朱氏家族的家学增添了新的传统,在长期的传播过程中,逐渐形成邵武府各县乃至汀州府北部诸县古文创作的规模群体。朱氏家族诗歌创作与古文创作及儒业之志不下常人,不为明代闽派诗歌常调所束缚,在诗、文创作中所表现出来的旨趣一致。

福州府福清县郭氏家族,郭氏家族从明代郭万程、郭造卿、郭应宠至清初郭文祥四世,于科举、文化、文学创作俱有建树,尤以史学著称,代代传承,成为郭氏家学。晚明郭应宠世其家学,于六籍、九流、百家、诸子之书,靡所不窥,学问淹贯[③]。乾隆间,闽县叶观国(1720—1792)家族开始发家,成为一个科举家族,也形成文学家族。叶氏家族的文学创作有一个新的特征,即其家族适逢清代诗风转变,以宗宋为叶氏家族诗歌创作的传统,同时能填词,词学成为叶氏文学创作的另一个家学传统。

乾隆以来,福州府闽县林春溥家族。林春溥(1773—1859)著作《古史纪年》等十余种,对其家族从事文学创作和学术著述起到重要的示范作用。《闽县乡土志・耆旧录二学业》经学林春溥传云其子林懋勋、林懋烈,孙林齐韶等"咸有文誉,能世其家"。[④] 林齐韶之外,其实还有林祚曾、林祐曾、林齐翔、林祗曾、林齐霄、林齐衡(按长幼序齿),其中林齐韶、林祚曾等系孙辈,林志煜、林志钧、林志钟、林志墀、林志烜、林志濂、林钧天、林志埏、林志钰等系曾孙辈,林庚等系玄孙辈。

福州府侯官人陈大煜及其子陈茂坚。乾隆间人陈大煜(1748—1821)少工书及诗、古文词,受知于朱珪。朱珪力为扬誉,使之名满京都。陈大煜之子陈茂坚(1779—1837),长乐陈庚焕称其博雅有奇气,得家学渊源。[⑤] 福州府长乐县郑元璧家族,延续到当代,郑振铎、郑天挺为其裔孙。郑奇峰之子郑献宣"天资绝人,手不释卷,渊源家学,又为谢章铤入室弟子,经学、词章俱有根底。"[⑥]此外,长乐刘永标家族迁福州,累世缥缃,各有著述。省城称家学者,首推刘氏。[⑦] 闽县龚氏以《礼记》为家学,长乐陈永书家族以《诗经》为家学,建宁县何洪源家族以《周易》为家学,建宁县吴师聃家族以

---

① 刘声木《桐城文学渊源撰述考》卷二,《补遗》,第131页。

② 刘声木《桐城文学渊源撰述考》卷二,《补遗》,第132页。

③ 乾隆《福清县志》卷十四,《文苑传》本传,影印第368页。

④ 郑祖庚《闽县乡土志》,原一百六十六页,影印第331页。

⑤ 同治刊本《福建通志》卷六十八,影印第1398页。

⑥ 民国《长乐县志》卷十四上,《选举上》,原第四十一页,影印第218页。

⑦ 民国《长乐县志》卷二十四,原第二十五页,影印第479页。

《礼记》为家学等。

福州府自明末产生了新的剧种——闽剧，是以方音福州话作为道白、演唱的语言，因晚明陈一元（泰始）、曹学佺（能始）、谢肇淛（在杭）等和清代道光、咸丰间孙翼谋（谷庭）等福州府文人参与其中，逐渐发展而兴盛的地方剧种。乾隆间，闽县陈烺作有传奇《紫霞巾》、《花月痕》等，均为闽剧剧本。陈烺另有《庄子注》、《杜诗注》、《垂老诗集》，在戏曲创作之外尚有学术撰著和诗歌创作，陈烺之子陈登瀛、孙陈庚，俱负隽才，善承家学①，陈登瀛著有《三山乐府》。

清代福建士人在科举、学术、文学事业之外，还悬壶济世，能为良医。长乐陈氏既是文学家族亦能医，陈念祖从祖父习文学医；侯官诗人林昌彝能医②，侯官陈衍之兄、诗人陈书能医③。世代为医的家族亦有，如福州齐氏家族，齐洪超者“因究心医理，以传家学。……著《痢疾辨疑》”。④ 清代齐氏家族中人大部分转为业儒，成为文学家族。

综观清代至民国间的300余年，从事旧体文学⑤创作和学术著述的福建文学家族之家学，其形态多样，大概有以下八个方面的认知：

1. 科举家学和文学家学、学术家学一直同时并存。乾隆二十二年选举制度改革之后，它们之间所存在的千丝万缕的关系必然存在，三者之间尤其是前二者之间始终不能截然分离：士子所研读的四书五经及科举指定的对儒家经典的传笺注疏类著作是从事学术研究的基础和开端，时文与古文之间、试帖诗与诗歌创作之间难以区分何者为制艺时文，何者为古文创作，亦难以区分何者为纯粹的试律，何者为近体诗的创作，反而是文学家族从事文学创作与从事学术研究之间的能力区别明显，但一个文学家族成员间往往科举、文学、学术事业兼顾，部分家族成就惊人，声闻全国。

2. 本书所搜集到的文学（学术著述）家族，基本上剥离了其作为科举家族的共性，着重观察它们的文学创作和学术著述即传统所谓的“艺文”或“经籍”的成就，具有纯文学创作和纯粹学术著述的特征。近代以来，传统学术（中学）为西学所冲击、碰撞，不能驱逐西学，谋求共处而不能之后，进而为西学所逼不断后退、萎缩，逐渐失去其阵地，传统学术的地位最终为现代意义上的科学所取代。自然科学、社会科学等现代科学各分支领域的著作与文学创作的形态判然不同，不能再纳入传统的“艺文”或“经籍”卷目之下；科学家与文学家各自成家，基本不能兼有二者身份。这些变化均是历史发展的必然。

3. 本书在清代福建文学家族队伍中观察到士人业儒者最多，从事科举（包括文科、武科），追逐名利场，亦从事文学创作，其他职业者如经商（细分盐业、书商等门类）、从军、游幕（充折奏、刑名、钱谷、书启、征比、挂号等职能的幕僚）、从医等亦多见载籍，尤以游幕、经商、从医三类从业者为多，作为业儒事业的补充⑥，形成不同门类的学术著作，著作之多，请参看本书附录二《清代闽人著述目录》。

4. 清代福建产生不少的学术家族，形成学术研究的家学，且非仅一种学问成为家学。在乾嘉朴学兴起之前，泉州府安溪县的李光地家族在算学、儒学、音韵等领域形成家学，并在李光地的身边形成队伍壮观的学术兴趣相同的学术家族和学者群体，这些学术家族形成基本一致的家学，如泉州府晋江陈迁鹤家族，而学者如漳州府南靖人庄亨阳有《庄氏算学》八卷。在乾嘉朴学兴起之后，陈寿祺引领清代福建学术从宋学向汉学的转换，形成对“三礼”学、古今文《尚书》、《诗经》等儒家经典专书研究的家学、

① 同治刊本《福建通志》卷六十七，影印第1384页。

② 林昌彝有《六经伤寒辨证补方序》，见《林昌彝诗文集》卷十二；其子林庆铨著有《时疫辨》，广东科技出版社2009年版。

③ 光绪二十年（1894）十二月，郑孝胥尝延请陈书为视其子东七病（《郑孝胥日记》，第457-459页）。

④ 《闽县乡土志·耆旧录二学业》，（国朝）齐洪超传，影印第305页。

⑤ 在新文学出现之前，无新体、旧体文学之分，至多只有文言与白话之别，远不如新文学与旧体文学之间判若鸿沟的差别。

⑥ 清代福建部分士人以业儒不售，为生计谋，转而经商、从医，亦有部分士人不乐仕宦，登第或得官之后退隐而经营有方，成为富商，具有经济长才，成为其家族的特征，如闽县刘齐衔等，或者爱好医术，钻研医术，仕宦之时不废医术，如力钧等，并不以业儒为最上品而轻视其他职业。

家法和宗传①。

5. 清代福建文学家族的家学具有溢出效应,超越本家族线性传承的单一性,形成区域性的规模化、多个文学家族丛聚的效应。部分家学与全国文学思潮的转变同步,部分家学引领本府、本省乃至全国的文学创作和学术著述的风气,具有更强烈、更深远的溢出效应。朱仕琇的古文创作传承到晚清、民国间,对其家族而言,在建宁朱氏四代诗歌家学之外添加了古文创作的新成分,对于邵武府、福建省而言,则是形成规模壮观的、稍早于姚鼐的福建古文创作队伍和流派,推崇、追求韩愈的古文风格,与桐城派古文创作的面貌不同,外传到江西等省,在有清一代的古文创作阵营中占有重要的席位。

6. 在以文学创作为家学的福建文学家族中,存在着对文学创作的家学进行调整的现象,表现为添加、扬弃、创新的形态,并且非仅一种文体成为家学。对于原先能诗的文学家族而言,从明代到清代,闽中诗歌创作从晋安风雅逐渐转换为对宋调诗歌的追求和爱好,再从唐、宋两种主要调型(或称唐音宋调,或称唐型宋型)的诗歌创作模式拓展到"三元说"或"三关说",传统诗歌创作的境界愈来愈高明,这是一种总体趋势,清代福建文学家族的家学同步转移、调整、创新。长乐谢章铤家族发展到谢章铤之时,著《赌棋山庄词话》,成为晚清福建的词宗,这是对明代以来谢氏文学创作家学的重笔添加。闽县郑孝胥的祖上即能文学,而经历其叔祖郑世恭和郑孝胥本人的毕生探索,诗学明显转向,郑孝胥成为晚清诗坛上一流的诗人和同光体的领袖之一,对其家学而言则是部分扬弃和另方向转进。

7. 在文学创作领域,诗歌、散文、词、戏曲、小说等文体的创作均有若干文学家族擅长某些文体,形成家学。从事诗歌和散文创作的文学家族最多,复次为词体的创作。从清初的泉州府晋江县丁炜、丁焯兄弟,兴化府莆田县余飏家族、林氏家族,福州府侯官林云铭家族的蔡捷、林瑛珮母女,乾隆间侯官林乔荫家族、建安郑方坤家族,到道光以后的福州府永福县的黄经、黄宗宪、黄燊,侯官丁氏家族,闽县叶观国家族,闽县龚氏家族,闽县郑守廉、郑孝胥父子,侯官洪塘鄂里曾氏家族、侯官郭阶三家族、闽县陈崇砥家族、闽县刘家谋家族、长乐梁章钜家族、侯官薛禧年家族、闽县邱氏家族、闽县何轩年家族等均有词体创作的家学。晚清福州府长乐县谢章铤从其外祖丁氏兄弟(丁桐、丁铸)得其词体家学,形成谢氏家族文学创作新的家学,谢章铤复倡妙论,与表弟李敬等掀起晚清福建词体文学创作的高潮。

8. 文学理论的探索成为清代福建部分文学家族的自觉精神。一个区域、一个文学家族、一个作家若仅能文学创作,缺席文学理论领域,不能提出高明的见解,或仅能揭櫫某种文学理论,而其本身的文学创作水平却不能相称、相符,不能树立文学理论与创作实践完美结合的典型,文学理论与创作实践其间的关系将如索子和散钱②,都不是理想的境界。清代福建文学家族中的部分家族对于文学理论的探索是极为有益的文学活动,反映了在感性的、审美的文学创作活动之外,福建文学家族及其成员对于文学创作活动理性的思考。以长乐的谢章铤所在的谢氏家族为例。谢氏家族从明代以来代有作家,晚明谢氏家族最著名的作家、学者谢肇淛在文学创作和学术著述之外,撰有《小草斋诗话》四卷,晚清谢氏家族最著名的诗人、古文家、词人、学者谢章铤有《赌棋山庄词话》正续编,对闽中词学理论进行探讨和总结,谢章铤对于古文亦有妙解,反映出明清两代谢氏家族在文学创作和文学理论两座高峰上的攀登意识。郑孝胥与叔祖郑世恭之论诗备见于《郑孝胥日记》,侯官陈书

---

① 黄晋良《题何郢生十家隽永画稿》:"画家之有粉本,如书家之有法帖,虽以通神入圣随手变为妙而不繇古法、临仿习熟入者,终属野狐外道,故书画之门必有宗传,必先办前人家法。"(《和敬堂全集》文部卷十二,原第六页,《清代诗文集汇编》第54册,影印第201页)文学家族的传承情况亦如此。

② 黄瑜《双槐岁钞》卷十《丘(邱)文庄公言行》:"刘学士健谓曰:'丘(邱)仲深有一屋散钱,只欠索子。'公曰:'刘希贤有一物索子,只欠散钱。'健默然甚愧。"(《明代笔记小说大观》本,第282页)刘健(1433—1526),字希贤,号晦庵,河南洛阳人。邱濬(1420—1495),字仲深,号琼台,广东琼山(今属海南)人。

(1838—1905)一生的诗学转变多次,其诗论对胞弟陈衍的诗歌理论和创作实践影响甚巨,陈衍复善论诗,为同光体著名的理论家,陈书、陈衍及门人论诗见载于《石遗室诗话》正、续编,俱是清代闽人诗论之高明者。

## 第四节　论清代福建家族文学著述的家学特征

邵武府建宁县朱文佑,乾隆间诸生。朱文佑著有《松阴诗钞》,李俊序称其渊源不失筠园(朱仕玠)、梅崖(朱仕琇)家法。[①]"家法"谓何?作为一个术语,其来已久,渊源深远,亦可称为"宗风"。汉代经师传经、解经,门人承受,重师弟之间的传授渊源。"汉人穷经,各有家法,犹之宋人讲学,各有宗旨。"[②]以汉儒承秦代燔书之余,"学者不见全经,经传多由口授,古文始出壁中,经生递传,各持师法,宁固而不肯少变","去圣久远,枝叶日蕃",虽师承各出,传写日繁,然"一致百虑,殊途同归"[③]。儒家五经,陈寿祺以为《春秋》系孔子最晚修之书,"圣人以其褒贬当世君臣,志显而词晦,卒未尝明示其笔削所存,故经传中孔子发挥《春秋》之遗言独无所见,三传渊源授受虽均有自来,然皆各以意说,未尽得圣人本旨"[④],其实儒家《诗经》、《周易》、《尚书》、《礼经》诸经不同程度存在着"均有自来","各以意说","未尽得圣人本旨"的问题。作为学术,儒家诸经开启了学者不断追问,皓首穷经,寻求终极之道的皓经生涯,"善体经义,驳正旧解","求自慊于心以合圣人之心而后已"[⑤]。谢章铤曾经以十三经之《尔雅》为例,云研治《尔雅》本经的方法:"以郭(郭璞及其《尔雅郭注》)为宗,以邵(邵晋涵及其《尔雅正义》)、郝(郝懿行及其《尔雅义疏》)为辅,其余博涉诸家,取其合,去其违,总以训诂为要,不在搜采异闻,盖诂经与注杂书其法不同也"[⑥],对于"其中不无汉儒附益之处"要取合去违,"故曰:'治经须守家法,引书当知去取'"[⑦]。扩而言之,不止儒家,释家、道家乃至当代学术无不如此。

道光九年(1829),陈寿祺总纂《福建通志》,撰《凡例》,立《儒林传》,其意为"纪传经授受之源流,类而叙之,以明家法","一脉师承,累世不坠"[⑧]。所撰《上仪征阮夫子请定经郛义例书》云:"汉代经师恪守家法,专门命氏,显于儒林。精习师传则独推张禹,不依章句则见诋徐防。而王吉兼经,能为驺氏;贾逵好古,并通五家","(东汉鲁丕上疏云)'说经者,传先师之言,非从己出','必明其据,说者务立其义','法异者各令自说师法,博观异义',盖守一先生之言而不敢杂,此经生之分也","典午以后,家法渐改,涂径方岐"[⑨];清人皮锡瑞云:"师之所传,弟之所受,一字毋敢出入。"[⑩]都是对汉代经学授受途径和方法的总结。此处之"家"指专门家,"师传"、"所传"既称之为师法,又通称家法、宗风、家数。恪守同一师法、家法、宗风、家数的学者队伍形成学派。李清馥《闽中理学渊源考》所列学派既能揭橥前后

---

① 同治刊本《福建通志》卷七十九,影印第1612页。

② 谢章铤《与伯潜论竹坡古文尚书解纷书》,《赌棋山庄文续》卷二,《清代诗文集汇编》第680册,影印第774页。

③ 陈寿祺《五经异义疏证自序》,《左海文集》卷六,《清代诗文集汇编》第499册,影印第264页。

④ 陈寿祺《春秋释经序》,《左海文集》卷七,影印第308页。

⑤ 陈寿祺《周易慎疑序》,《左海文集》卷七,影印第311页。

⑥ 谢章铤《答黎生》,《赌棋山庄文续》卷二,《清代诗文集汇编》第680册,影印第766页。

⑦ 谢章铤《校阅余话》,《赌棋山庄余集》文集卷三,《清代诗文集汇编》第681册,影印第105页。

⑧ 陈寿祺《答陈石士阁学书》,《左海文集》卷五,影印第252页。

⑨ 陈寿祺《左海文集》卷四,影印第159页。"典午以后,家法渐改"在陈寿祺《经郛条例》作"典午以后,家法遂亡"(同卷,影印第165页)。按:徐防疏有"见太学试博士弟子,皆以意说,不修家法,私相容隐","以遵师为非义,意说为得理"(范晔《后汉书》卷四四,徐防传,中华书局2000年版,第1502页)云云。

⑩ 皮锡瑞《经学昌明时代》,《经学历史》。但应看到各家所传,有所专精,亦有所忽略,产生歧义。翁方纲云"古时师承之原委,必不可废也。然古时经师相承,或又有各遵其师说,未尽能画一之处,而《三礼》尤甚。"(沈津《翁方纲年谱》,第477页,引嘉庆二十一年翁方纲致朝鲜金正喜手札语)

代际学者之间的授受渊源以聚成同一学派，亦能在具有血缘关系的学者群体中抉出彼此之间学术的异同以分置不同的学派[①]。

文学创作中的“家法”，则类似于社会学意义上的家族组织的家法。家法是为了约束、激励整个家族成员而制定的一套行为规范[②]，在传统中国社会基层有效实现家族自治[③]。梁章钜云：“今吴中之范蕃衍昌炽，而泉州之苏亦堪竞美，殆家范传守者实有维持于不坠者，乃克臻此。”[④]北宋苏颂的《谭训》十卷，同安苏廷玉重锓，梁章钜认为还将产生溢出苏氏一个家族的意义，获得更大范围的传播，具有更高的社会性价值：“考朱子《名臣言行录》往往采取是书，今得此本流布，将使承学之士户置一编，以为蓄德之助，则又太守(苏廷玉)匡俗之盛意，而岂仅区区一家言乎哉?”[⑤]无论经学传授中的师法还是家族组织中的家法，都把学问的渊源、一定的准则、有效的规范作为师法和家法的要件。文学创作中的家法指的是一个家族或家庭成员通过创作实践，通过累代积累而形成、添加、修订的，凝炼成其家族成员的著作(诗集、词集、文集等形式)而为其家族成员所接受的关于文学创作的技巧、心法、旨趣、体悟、体验、判断。

我们观察到师弟之间传授经学的闭合过程按照一定的仪式和程序以传授“家法”，家族内部的学术、文学创作心法的传承通过类似于师弟传授的形式得以完成，则是模拟汉儒经师授经的师弟仪式和程序;来自不同姓氏的成员在师弟传承形式的基础上有时也通过缔结婚姻的方式形成家族成员之间的关系，使师弟之间的关系更加巩固，在宗法制度之下彼此之间按照亲属称谓相处，使师弟关系亲密，专门家之“家”的意义与家族之“家”的意义杂糅在一起，互相借助而成。

家法源于家学。陈寿祺之论“家学”云：“寿祺考之《汉书·儒林传》，所称《易》有施、孟、梁、丘之学，有京氏之学，有高氏学;《尚书》世有欧阳氏学，有大小夏侯之学;《鲁诗》有韦氏学，有张、唐、褚氏之学，《齐诗》有翼、匡、师、伏之学，《韩诗》有王、食、长孙之学;《礼》有大戴、小戴、庆氏之学;《公羊春秋》有严、颜之学，《谷梁春秋》有尹、胡、申、章、房氏之学，凡皆经师颛门自名其家，立于学官，往往有章句、训故，相传授。”[⑥]两汉经师传授儒家五经，均形成专门之学，称家学。既言“经者，先师之言，非从己出，不得相让”以明道，又言“去圣弥远，方语不同，传写遂错”[⑦]，长久以往必然会产生各家学说，形成经师各自的家学，以故“法异者各令自说师法，博观异义”，实现会通。“法异”指的是家法的不同，“自说师法，博观异义”，展示不同门派的家法，以博观各家学说之奥筊，了解各家学说的异义，“绎其微言大义”[⑧]。

福州府闽县作家黄晋良(1615—1689)晚年撰有《题何郢生十家隽永画稿》，以为“书、画之门，必有宗传，必先办前人家法”[⑨]，以“诗”为典型形态的传统中国文学，具有与书、画一致的特征，亦必有“宗

---

① 学案的概念近似于学派，然以《明儒学案》中的十五卷的《诸儒学案》囊括“无所师承”的学者，知其书意在于全面展示明代理学的镜像，《闽中理学渊源考》的立意与之异，重在闽中理学学术渊源的稽考。

② 关于立德方面的行为规范，通常在家族内部凝炼为家训(遗训)，如孟超然遗命训诸孙：“治家莫如勤俭，起家莫如读书，居官以情慎为先，居乡以安静为本。”(陈寿祺《为孟考功夫子请祀乡贤呈词》，《左海文集》卷十，《清代诗文集汇编》第499册，影印第434页)如林宾日对林则徐的教育以“勤慎”、“廉仁精敏”(陈寿祺《皇清岁贡士例封通奉大夫江宁布政使林旸谷先生墓志铭》，《左海文集》卷十，影印第426页)，如萨龙光之训子弟云：“败家子有二等：荡淫赌博，骄奢纵佚，丧祖父之赀产者，败其家门也，此愚顽不读书之人为之；妨贤病国，贪贿肥家，辱祖父之名节者，败其家世也，此聪明能读书之人为之。尔曹知保赀产，尤宜爱名节。”(陈寿祺《皇清诰授朝议大夫户部江西司兼山东司主事翰林院庶吉士晋封中宪大夫工部营缮司员外郎萨君墓志铭》，《左海文集》卷九，影印第)保存在家族谱牒中的此类家训更多，是该家族的生存经验，亦家学的重要组成部分。

③ 举一个颇为极端的例子：明代常州府郑鄤(1594—1639)被诬告杖打母亲而被崇祯皇帝下令凌迟处死，这是晚明最大的冤案之一。郑鄤某弟参与做伪证，人伦至为惨绝，所以郑鄤此弟被家法处以除名、逐出族谱的处置，以匡正义(《郑氏通族诛不弟郑一谦檄》，郑鄤《峚阳草堂文集》附，《四库禁毁书丛刊》集部第126册，影印第506页)。

④ 梁章钜《重锓苏魏公谭训序》，《退庵文存》，《清代诗文集汇编》第515册影印清钞本，影印第349页。

⑤ 同上注。

⑥ 陈寿祺《与何岐海书》，《左海文集》卷四下，《清代诗文集汇编》第499册，影印第197页。

⑦ 陈寿祺《上仪征阮夫子请定经郛义例书》，同书卷四，影印第159页。

⑧ 陈寿祺《与饶啸渔书》，同书卷四下，影印第204页。

⑨ 黄晋良《和敬堂全集》，文卷十二，原第六页，《清代诗文集汇编》第54册，影印第201页。

传”、“家法”。黄晋良《东窗书事》论“作诗之道”，即是诗歌创作的独门技法，称之为家法亦可。其论云：“作诗之道，虽发乎性情，然必有格样，前辈已详言之，不必赘。第以予所历征之：初年每吟，听其所之则适，稍稍摹拟则意竭而体闷，非惟不肯就规矩，实以规矩为不足就，当日非不读魏、晋、三唐，然而见识本如此；及庚寅（顺治七年，1650）、辛卯（顺治八年，1651）以后，作客多暇，遂将历代诸体研虑辨解，考其要领所在，始悟面目虽殊、用法则一，与今作者厚薄终不相同。大都古人厚处有三格：必高意，必坚辞，必古今人；薄处亦有三：调卑则薄，义俗则薄，辞陋则薄。所以不依他格样，终不能登堂，何况入室？近见云间、太仓、西陵诸作者极力顶着样子，虽以丽藻牿性情，而声调融合处渐入蕴奥，不可不谓文人之雄也。植子与孟昭皆初学诗，聊书以定其趋向。”[①]黄晋良的诗歌创作先从性情入手，而后在摹拟中突破造成“意竭”、“体闷”的规矩限制，获得诗歌创作活动的自由度。自黄晋良总结出历代诗歌创作中的要领，形成家学，授诸子女，指导其子黄农（天植）等人以学诗“趋向”，我们可以相信黄晋良的家学通过其女黄昙生在黄昙生、郑善述这一支郑氏子孙的文学创作中传承下去。

明代李贽《童心说》以为人关于这个世界的知识体系的形成一是靠闻见道理，一是多读书识义理[②]获得，前者相当于直接知识，即目即耳而入，后者相当于间接知识，通过书本获得知识。文学创作中的家法属于间接知识的获得，是家族成员作者自身创作经验、体验的参照物，校正其创作得失，有助于提升家族成员作者的文学创作技艺水平。

本节开头所论的对象朱文佑是古文家朱仕琇的长子，李俊序其《松阴诗钞》称其接受、遵循伯父朱仕玠、父亲朱仕琇的家法，其实朱文佑祖上已有四代人从事文学创作，而且特别专精于诗歌创作，明末清初的朱国汉与丁之贤俱为著名布衣诗人，传其子朱家端、孙朱霞、朱震、朱霖、曾孙朱仕玠、朱仕琇，至朱文佑是朱氏文学家族中的第五代，兼习朱氏家族的诗歌家学与其父朱仕琇所创立的古文家法。

本书第一部分开篇三章对492个清代福建文学家族的文献进行了整理，第三部分第十一、十二章及第四部分各章节分文体，按照清代历朝的时间前后分阶段对福建家族文学创作对福建乃知全国文坛的作用及影响进行论述。在文献基本具备的情况下，我们可以归纳、概括清代福建文学家族的家学特征，即由于家族成员世代之间或内部的内在凝聚力而形成的一致性特征、对其他家族形成的浸润作用、家族之间互动交流而产生的积极性三个方面。

首先，清代福建文学家族的家学体现出家族成员文学创作的内在凝聚力，这种内在凝聚力表现为家学具有一致性。家学在家族内部以父子之间传授、兄弟之间自相授受为主线，以婚媾关系形成家学的外溢现象，跨越于两个家族之间，类似新生蜂王分巢迁居的习性，笃信师言，有效实现家学的知识传承。在父为庭训，在子为能读父书，子弟“耳濡目染”以接受，“胚胎先德”以成立[③]，家学渊源绵长；在兄弟之间，“伯霜复仲雪，师资差雁行”[④]，虽辈分相同，而授受谊属师弟，亲亲、敬学之间界限分明、分寸清晰；同时，存在着师生关系亲密者受业师将女（侄女）或本族中女子许配予门人，缔结婚姻，形成“姻族”[⑤]关系，表现为家族的成员外溢现象，构成家学传承中家族成员之间的三种基本关系。如泉州府安溪李光地家族、福州府闽县（寄籍建宁府建安县）郑善述家族、邵武府建宁县张绅家族等，家族内部成员之间均具有前两种关系，而侯官周嘉璧将女儿许配给门人林昌彝，侯官郑光策将女儿许配给梁章钜则是结成了翁婿的关系，黄任则亲自为外孙女择婿，将外孙女许配给叶梦苓为继室，使叶梦苓能追陪觞咏，承其謦欬，表现为家族成员外溢、家族关系扩展的现象。

---

① 同上书，文部卷十四，原第五、六页，影印第216-217页。

② 李贽《童心说》，《焚书》卷三。

③ 谢章铤《吟香室未定草序》，《赌棋山庄文又续》卷一，《清代诗文集汇编》第680册，影印第789页。

④ 梁章钜《李芝龄祭酒宗昉以弟能读邻工诗僮善种花客频载酒属关午亭水部绘成横幅索题》，《退庵诗存》卷七，《清代诗文集汇编》第515册，影印第88页。

⑤ 张际亮《答雨农舍人书》，《张亨甫文集》卷五，《清代诗文集汇编》第601册，影印第461页。“姻族”语出《国语·晋语》“君定王室而残其姻族”句。

张际亮《林醇叔大令读书松桂林图令子价岩明经属题》云:"潇湘源自清,潇湘流自深。丈人有遗爱,门子吾所钦……愿君崇令德,毋忘鹤在阴。"①此诗将林昆琼(醇叔)家族比作潇湘之水,源头既自清,其流复能自深,林氏家族的令德令张际亮倾倒。侯官林中芝家族是一个在顺治间产生、嘉庆间犹有作者的文学家族,延续200年左右。林中芝(顺治间诸生)曾孙林芳尝搜集家族文献,编成《蒹葭馆拾遗》,为同治刊本《福建通志》所著录,并引其人自序云:"余手录先人稿,兼次亡兄若水、酌泉,亡侄雨苍(林霪)、春江、敬南、徽南,妹婿张素斋(张国香)诸遗什,更溯先师余畏斋(余正烈),先世故人薛桐溪(薛任骥,字子健,号桐溪,侯官人)、彭石钟(彭蠡云)、钱清(钱清,康熙间侯官人,《国朝全闽诗录初集》续卷七有传及诗)、周圣春(周天汉)、陈次庐(陈嘉洙)各先进,暨亡友杨松村(杨玉龙)、杨润田(杨洲)、林惺庭(林炯)、郑西瀍(郑洛英)、王广庭(王韶钧)、金雨舟(金章)诸作,名曰《蒹葭馆拾遗》,并将余弟怀冈、男静修、敬修、妹婿陈蕙洲(陈芳蕤)、甥方葵将(方钦世)附后,余盖不胜瞻前顾后之感云。嘉庆辛未(十六年,1811)九月九日竹佃记。"②从此段所引序文看,林芳家族中多人从事文学创作。丧亡者亦多,遂使其家族从事文学者逐渐凋零。张际亮对于长乐诗人刘近宸的遭遇感慨云:"夫天地生才难矣,既生之,又或艰其成,自暴弃者毋论也。仕宦、奔走、疾病、忧患、夭折皆足为才之累。"③培养家族成员成才堪称难矣,在此基础上形成一致家学的条件和难度可见。

闽县王九徵,康熙间诸生。博极群书,工诗、古文,"子孙皆以文学起家,克继其志"。④ 王九徵之子王敕励志绍述家学,并研究易理。闽县林佶师事江南长洲人汪琬和山东新城人王士禛,受古文法和神韵诗歌理论,好金石,工书法,"当时几为天下第一人"⑤。林佶之子林正青"能传其父学,留心文献,熟悉掌故,其文虽未足名家,进退颇有法度,诗亦清切可诵"。⑥ 兴化府郭捷南(1761—1820),诗宗杜甫、李商隐,能得其性之所近,戚人镜著论以为其子郭尚先(1785—1833)才学得力于庭训者为多⑦。闽县王氏、林氏家族,莆田郭氏家族的文学创作和学术著述均具有家学一致性的特征。

我们考察福清县的郭万程家族,则可发现郭氏四世郭万程、郭造卿、郭应宠、郭文祥于科举、文化、文学创作俱有建树,尤以史学著称,四代传承,成为郭氏家学。郭万程(1507—1538),嘉靖十四年(1535)进士。著有《福清辨》、《儒学志》、《乡贤议》、《词科考》、《儒林传》、《列女传》、《玉融山图记》等;其子郭遇卿,著有《蓟昌图说》、《汉玉考》一卷等;郭遇卿弟郭造卿,著有《燕史》一百二十卷、《九边要略》、《卢龙塞略》四卷、《碣石丛谈》八卷、《永平府志》、《玉融古史》十卷、《上杭县志》七卷等;郭造卿之子郭应宠,著有《续读史漫录》、《笔麈》等;郭应宠之子郭文祥系明崇祯十三年(1640)进士,明亡之后隐居黄檗山,"以余力留心梓里,博征文献,为亿代眉目"⑧,著有《玉融人物志》、《名胜纪》、《福清县志》、《福唐风雅》等。100余年间,郭氏家族对史学的专注,与明末清初的学术转向同步,反映出全国性的学术流变正在同步发生。乾嘉学术向福建传播是一个大趋势,因为清代乾嘉时期的学术处于清代学术的最高水准,风靡之下,全国各省直都受到乾嘉学术思潮的影响,也就在这样的时代大背景下,应当看到明末清初福建的学术生态本来就有郭万程家族对史学的专精和李光地家族等对儒学及其他专门性学问的研究,清代福建学术的发展与演变不能视作完全是乾嘉学术的影响。

自明末清初以来,全国文坛对于散文创作的认识达到高度一致,基本上舍弃了明代前后七子阵营"文必秦汉"的复古路径,认同嘉靖间唐宋派以及经过前后七子冲击而退却,借鉴、吸收前后七子古文的经验,最后复夺文学坛坫权柄的翰林院馆阁作家的古文创作路径,发展成清初以桐城派为大宗的古

① 张际亮《思伯子堂诗集》卷十二,《清代诗文集汇编》第601册,影印第138页。作于道光十年(1830)。

② 同治刊本《福建通志》卷六十七,影印第1383页。

③ 张际亮《梅月山楼诗序》,《张亨甫文集》卷一,《清代诗文集汇编》第601册,影印第407页。

④ 《侯官乡土志》卷三,原第四十五页,影印第192页。

⑤ 刘声木《桐城文学渊源撰述考》卷一,第90-91页。

⑥ 刘声木《桐城文学渊源撰述考》卷一,第91页。

⑦ 民国《莆田县志》卷二十三,原第九十三、九十四页,影印第213页,引戚人镜。

⑧ 乾隆《福清县志》卷首,《跋》,《中国方志集成·福建府县志辑》第20册,影印第6页。

文创作阵营及其创作路径，有清一代古文创作的基本面貌具见刘声木《桐城文学渊源考》正续编、《著述考》正续编。我们在清代福建文学家族的文学家学中观察到了文学家族成员古文创作相对稳定的状态，在地域上则表现为丛聚传承的现象。从邵武府建宁县朱仕琇家族的古文传播到邵武府光泽县高腾家族，朱氏、高氏两个家族一直保持着推崇韩愈古文的趋向，对韩愈一派古文的境界及其技法颇有深解。朱仕琇开创的古文传统又从光泽高腾家族、李氏家族传播到光泽何氏家族，《桐城文学渊源撰述考》列出高氏九位作者（高腾、高澍然、高炳坤、高象升、高博、高又渠、高熙晋、高孝扬、高沩然[①]）、何氏五位作家（何长栻、何则贤、何高雍、何长聚、何高慰[②]），规模壮观。经过从朱仕琇到高澍然到谢章铤的传承，形成了以推崇韩愈为宗师的古文创作流派，于理论和实践两方面不断添加新的积累。如果仿照以地域命名古文创作流派的做法，可称为“建宁派”（或“建宁——光泽一派”）古文，规模壮观，影响省内外。

学术性的家学亦具有较强的稳定性和持续添加、增长的空间，甚至可以跨朝代存在。朱仕琇序蔡溟飞之父蔡孝廉的制义，期望蔡氏“拨华得根，善言德行而追紫峰（陈琛）诸先生，以为徒以绍文庄之家学，当必有在。余将拭目俟之，区区制义盖不足道也”。[③] 蔡溟飞父子系明代泉州府晋江县大儒蔡清（1453—1508）的裔孙，至乾隆间，距离明代蔡清之世，已经300余年。泉州府安溪县李光地家族已述如前。福州府闽县陈寿祺家族的学术著述在清代福建的学术史上具有转换研究范式的意义，引领福建学术从宋学向汉学的转换，实打实地反映出闽人在乾嘉考据学方兴未艾之时对乾嘉学术的接受。陈寿祺在泉州清源书院、福州鳌峰书院两地讲学，开启了清代福建朴学的传播历史。陈寿祺的学术造诣多端，是位通儒，在多个学术领域内有着较深的造诣，“每有所发明”[④]，其家族的家学表现为陈寿祺、陈乔枞父子均从事《诗经》著述，尤其陈乔枞所著《诗经》著作尤多，能读父书，修世业，张大家法[⑤]，知《诗经》学已成为其家族家学，形成家风。

汀州府连城县童氏家族从事科举业和学术研究的传统源远流长。童能灵著有《留村家学述》。留村者，童能灵之父童正心。童氏祖上学者以《礼经》起家，再传习《尚书》，至童正心之时博综群经，而童能灵的著述更加繁富，有《周易剩义》、《洪范剩义》、《太极辨微》、《中天河洛》、《诗大小序辨》、《三礼分释》、《理学疑问》、《乐律古义》、《朱子为学考》、《朱陆渊源考》、《留村家学述》等，并能文，风格轻澹而有远致。

汀州府上杭县范正国家族以理学为家学。康熙五十九年（1720）举人范正国博极群书，尤遂意于濂、洛、关、闽，掌本邑濂溪书院，著有《四书融旨》[⑥]。范正国子孙《诗》、《礼》绍庭，至其子范泰元，文学创作中带上了明显的家学色彩。民国《上杭县志·艺文志》著录范泰元《后乐楼诗集》二卷，注云：“今考其诗，首题道脉，余如读《太极图》、《西铭》及《书义》七首，皆近道学气，但家学渊源，语多醇朴。”[⑦]道学气是范氏家族文学创作的特征，这种特征和北宋道学家的文学创作风格一脉相承。

建宁府朱氏家族指的是南宋朱熹在福建的后裔。朱熹子孙散布在福建闽北、闽西北各府县及其祖籍婺源等地，以建宁府为数最多。

兴化府莆田人郭尚先（1785—1833）在经史之外，博涉诸子百家及舆地象纬之学，其子郭篯龄（1825—1886）“诗文皆时有新意，文较透辟，以颇究考据之学”。[⑧] 父子两代人在乾嘉考据学方兴未艾之际，受到乾嘉学术的熏陶。

---

① 高氏尚有高惺然、高南阳、高来仪、高孝述、高孝项、高孝辅等光绪《光泽县志》立传人物，请参看本书“光泽高腾家族”条。

② 何氏尚有何长载、何以烈等作者，请参看本书“光泽何长聚家族”条。

③ 朱仕琇《蔡孝廉制义序》，《梅崖居士文集》卷十九，《清代诗文集汇编》第336册，影印第367页。

④ 民国《闽侯县志》卷七十，陈寿祺传。

⑤ 谢章铤《左海后人朴园陈先生墓志铭》，《赌棋山庄集》文集卷七，《清代诗文集汇编》第680册，影印第733-734页。

⑥ 民国《上杭县志》卷二十六，《儒林传》范正国传，原第六页，影印第369页。

⑦ 民国《上杭县志》卷二十三，《艺文志》，原第二十五页，影印第298页。

⑧ 民国《福建通志》总卷二十五，《福建艺文志》卷六十六，第十八页，引陈衍《石遗室书录》。

泉州府同安县吕世宜(1784—1855)是一个生活在清代中叶乾隆、嘉庆、道光、咸丰四朝的学者,有“台湾金石学宗师”之誉。高澍然《拓古录序》云:“西村研精象有,成一家学。”①吕世宜善八分书,盖得力于《郙君碑》与《杨宗阙》。侯官杨浚《鹭江感旧诗六十二首》其十六注云:“隶书大字如《张公去思碑》、《吕孝子碑》,与汉人楮叶莫辨,小字如四十九石,亦不让鲁公《小麻姑坛》。近枋桥林氏又刻其《古今文字通释》一书。”②吕世宜善书法,还精通训诂、文字、金石诸学及古文词、诗歌,其婿杨廷球亦工书法,擅长隶书。吕世宜尝馆台湾府板桥林家,为林氏子弟老师,为林氏购置大量古籍善本、金石拓本、古董、字画,置于桃园大溪林氏汲古书屋。乾嘉学术东渡海峡,传至台湾,是吕世宜等人(包括叶化成、谢琯樵等)的贡献。林氏后人林熊光、林柏寿、林宗毅均为台湾近现代著名的收藏家。

文学、学术之外艺术领域的家学如绘事、书法等艺术门类及医学等专门性学问,家学所具有的基础性技法是家族成员成才、成名的起点,亦是关键。汀州府宁化县伊氏家族,以伊朝栋、伊秉绶、伊念曾祖孙三代最为杰出。伊朝栋(1729—1807)是一个理学家,与阴承方、雷鋐讲朱子之学,所著多发先儒疑义。伊朝栋之子伊秉绶(1754—1815)师阴承方,为宋儒之学,又师雷鋐、吴贤湘、刘墉等,学为古文、书法,工于诗,诗境屡变;善隶法,在福建,伊秉绶的隶篆书法与前辈林佶、后学吕世宜齐名,为当世珍宝。伊秉绶在其父工诗的基础上,为伊氏家学增添了绘画、书法。伊秉绶之子伊念曾工隶法及篆刻,亦善画山水墨梅。我们在清代福建文学家族中多见家族成员在文学、学术著述之外能绘事、书法者,如侯官许氏家族,闽县林侗、林佶兄弟,同安吕世宜、杨廷球翁婿,闽县郑孝胥、郑禹父子的书法,又如侯官林昌彝、林庆铨父子的医学著作皆有家学的渊源。

清代福建的诗歌创作在唐、宋之间互相角力,在同光体崛起之后福建诗人眼界阔大,突破唐、宋诗之争,以诗歌为家学的福建文学家族既保持诗歌创作的一致性,其成员亦在热衷诗歌创作之时探索诗歌创作新变的路径,甚至易辙。本书在第四部分中分章进行论述。侯官曾氏家族是一个贯穿明清两代至现当代中国的望族,在科举上曾经取得五子登科的奇迹,其后裔至今遍布福州市区和闽侯县。1945年,曾克耑出版《鄂里曾氏十一世诗》;1959年,曾克耑在香港出版《曾氏家学》,分上下册,收录十八人二十一种诗集,三种词集;1966年在香港出版《福州曾氏十二世诗略》,增入己作及家乘、家训。曾氏十二世代的诗人创作风格不尽相同,这是一个普遍现象。

其次,家学对其他家族学术、文学创作的影响,产生浸润③的传播效果。当代散文家严阵《牡丹园记》:“这蒙蒙的绿意,这团团的红雾,真像刚滴到宣纸上的水彩一样,慢慢地浸润开来。”④将费孝通先生的“差序格局”理论应用来描述学术“波纹”和关系亦可,但若借用“浸润”一词以形容清代福建文学家族对区域内其他文学家族的影响,其形象、真切的程度则莫过此词。清代福建的文学创作与全国几乎同步,“枢中所动,环流无倦;质文沿时,崇替在选”⑤,而清代福建的学术史则有明显的阶段性质,以陈寿祺为标志性人物,前此阶段为闽中固有的学术传承,从明末清初李光地始至嘉庆、道光间,陈寿祺之后的清代福建学术谱系则以陈寿祺等人之功而发生改变,乾嘉学术的学术体系和精神被引入福建学术界,被接受并传播开来。在这两个阶段,福建文学家族的学术著述和文学创作均产生浸润的传播效果,促进了福建各府州县的文学著述家族的成长,起到星火燎原的作用,也使得文学家族、人才丛聚的福州府、泉州府、邵武府、汀州府等次区域的文学家族数量更加密集,使该区域的文化更加璀璨。

清初李光地家族与泉州府晋江县陈氏、漳州府漳浦县蔡氏关系密切,浸润的机制很好地发挥作

① 高澍然《抑快轩文集》卷七,《拓古录序》。

② 杨浚《冠悔堂诗钞》卷八,《清代诗文集汇编》第219册,原第八页,影印第452页。

③ 《史记》:“怀生之物,有不浸润于泽者,贤俊耻之。”(卷一百一十七,《司马相如列传》第五十七)“浸润”有沾濡滋润、浸染熏陶、渗透积久而发生作用之义,作褒义词用。张际亮代撰的《重修石溪桥序》,有“其流风遗泽所渐染乡党,各能自好”(《张亨甫文集》卷二,《清代诗文集汇编》第601册,影印第423页)语,其中“渐染”语意亦近之。

④ 严阵(阎桂青)《牡丹园记》,人民文学出版社1983年版。

⑤ 刘勰《文心雕龙》,《时序》第四十五。

用，使清代陈氏、蔡氏两家族的学术、文学创作发生转向，塑造出这两个家族的新家学和传统。安溪（迁晋江）陈迁鹤及其子陈万策的才学颇受李光地欣赏，延陈万策入其门下，教授以诗文及理学、律法、六书、九算等，复延主其家，教育子弟。陈万策所撰《中西算法异同论》"颇能究其所以然"[①]，这是清初朝廷重视数学之风在福建部分家族中的传播。数学是四库馆臣都极为推崇的艰深学问[②]，尤其难得。漳浦蔡世远的远祖蔡元鼎是著名的理学家，祖父蔡而煜系明末大儒黄道周的门人，蔡氏家族自明代以来在科举和文学创作上的成就显著。蔡世远幼承家学，以真德修（希元）学问、范仲淹（希文）事业自期，尝出所刻《扪斋初集》，以古文示士子，受到李光地、方苞的赏识，形成李光地至蔡世远的闽中古文代际传承序列。蔡世远得到李光地理学和古文的传授，又回传给李光地的孙子、李钟伦第三子李清植。李清植少承家学，应诏修《周易折中》、《性理精义》，后又佐高安朱轼撰名臣、循吏、名儒传，又与漳浦蔡世远论次古文雅正，故所学有渊源。

宁化雷鋐从蔡世远问学于鳌峰书院，蔡世远复命雷鋐受业于方苞。雷鋐一生与清代古文运动的推进密切相关，既承接闽中李光地至蔡世远一线的古文创作衣钵，亦不讲门户之别，师从方苞，接受桐城古文创作的理论和技法。雷鋐二子均能文学，承其家学。

汀州府宁化县雷鋐、邵武府建宁县朱仕琇、邵武府建宁县李大儒的古文传授予与福建邵武府毗邻的江西建昌府新城（今黎川）人鲁九皋（1732—1784），鲁九皋又接受从父鲁鸿、姚鼐等人的古文法[③]，和鲁氏原先的古文传统结合，发展成家学，传授鲁缤、鲁肇光、鲁嗣光、鲁兰枝、鲁云、鲁元复、鲁希晋、鲁应祥、鲁迪光等鲁氏族人，又传授给外甥、江西新城人陈用光[④]，由陈用光而传授至其婿祁寯藻及秦瀛、安诗、徐熊飞、徐金镜、黄奭、秦缃武、秦缃业、秦赓彤、秦丽、秦濂、孙世均、陈兰瑞、陈大庆、高嵩瑞、袁钧、安吉、刘元培、卢正烈、张金镛、方垌等人，在门人之间、家族内部传播，向下延伸数代。我们观察到道光初陈用光复以提督学政官闽，反哺杭建士人，颇著政绩，对福建士人的成长具有积极的意义。嘉庆十一年（1806），侯官杨庆琛作《冯笏斡招集陶舫》诗，有"阶兰庭蕙培羯、末，玉昆金友联纪群"，"李汉序韩衣钵绍，庐陵集古校雠勤。才人胜迹重相值，遂使卉木生奇芬"[⑤]数句，这些诗句综合了一个区域文化传承、兴盛、繁荣必须具备的三种因素，即家族子弟（包含构成姻亲关系的其他家族的成员）的培养、志同道合的诗友文友的加持共襄（亦即《清儒学案・凡例》中所谓"家学濡染"之外的"气类薰陶"[⑥]）、师弟授受的世代传承。这三种因素在以朱仕琇为中心的、跨省份的古文传播格局中全部具有。

刘端（1805—?）是陈寿祺的门人，其撰著发礼学之幽音者有《昏礼重别论五篇辨证》二卷，精于考订史事。刘端的家学传至外孙、光绪十五年己丑（1889）举人陈鸿章，陈鸿章著有《周礼释义》二十卷、《仪礼释义》二十卷、《春秋纲要》十卷等，为晚清名儒。从陈寿祺到陈鸿章是一条辗转传播四代的学术传承脉络，反映了《三礼》之学从陈寿祺到陈鸿章之间的渊源关系。

从陈寿祺至其门人林昌彝的礼经研究，则表现出学术研究累代积累的厚度和高度。闽县陈寿祺是侯官林昌彝的受业师，林昌彝曾经在七年之间（1822—1829）[⑦]遍读陈寿祺藏书八万卷，晚年的陈寿

---

① 永瑢等《四库全书总目》卷一百八十四，《〈近道斋文集〉〈诗集〉提要》，影印第 1671 页。

② 永瑢等《四库全书总目・〈绩学堂文钞诗钞〉提要》："盖算术虽一艺，而非以毕生之精力专思研究，则莫造其微。虽超特绝世之姿，其势不能以旁及。"（卷一八四，影印第 1669 页）

③ 刘声木《桐城文学渊源撰述考》卷十三，第 369 页。

④ 按：陈用光祖父陈道（字绍洙，号凝斋）系朱仕琇进士同年，陈用光父陈守诒（字仲叔，号约堂）妻弟为鲁九皋（更名鲁仕骥，字絜非，人称山木先生）。

⑤ 杨庆琛《绛雪山房诗钞》卷三，《清代诗文集汇编》第 542 册，影印第 368 页。嘉庆二十一年（1816）冬，杨庆琛作《腊月十九日翁覃溪先生集同人于苏斋作坡公生日抵京后闻而赋之》，有句："读公文集知公心，笑貌声音得摹拟。剩馥残膏沾丐多，报以馨香礼应尔"，"精灵耿耿照乾坤，苾芬何必皆儿孙。君不见韩文传自婿，白傅老无儿，与山并寿名长垂。"（《绛雪山房诗钞》卷五，影印第 384 页）道光元年（1821）所作《张又川孝廉家藏朱笥河学士墨迹题后》中句"庭芝岂仅期群从"（同书，卷七，影印第 410 页），意思亦相近。

⑥ 徐世昌《凡例》，第一页。《清儒学案》，中华书局 2008 年版。

⑦ 钱洪来《林昌彝年谱》，第 11、14 页。按：该谱对林昌彝的生年遵循旧说，以为林昌彝生于嘉庆八年（1803），现据新发现的刘存仁文，林昌彝生于嘉庆七年（1802），故钱氏的推断当前移一年到 1821 年。

祺(1771—1834)对林昌彝(1802—1876)器重异常,林昌彝尝云:"余之知读书者,陈恭甫师之所铸也。"[①]是陈寿祺教其为学,无陈师则无昌彝。陈寿祺师阮元,得阮氏之传,殚深《三礼》,疏证《五经》异义。林昌彝精通《礼》书,咸丰间著成《三礼通释》二百八十卷。这部书规模庞大,分1300门,释230卷,图50卷。时人李慈铭评价:"发明郑学,而博采自汉迄今诸家之说,多所辩证,亦时匡裨郑义体例,略依陈氏礼书,而确守古训,不同陈氏的好出新意,诚礼学之钜观,不朽盛业也。"[②]《三礼通释》代表了道光、咸丰间福建学者在经学上的最高成就。

除了师弟传授、宾主雅集切磋这些途径,清代福建文学家族之间浸润的影响还表现为缔结婚姻而产生的文学创作传播和影响过程。上所引刘端至陈鸿章是这种类型,刘端的老师陈寿祺之于妻族也产生浸润影响,谢章铤称赞此种"家教之可恃而家风之必有其基也"[③]。我们再观察侯官(原籍长乐)郑任鑰、晋江(后入籍侯官)许氏、长乐梁氏、侯官齐氏之间,俱是文学家族,他们之间的互相作用通过婚姻而产生的,是一典型。郑任鑰官至巡抚,著有《古文正宗》和诗稿,是一个不以诗重而诗亦可传[④]的官员型作者。郑任鑰之女郑孟姬(雍正、乾隆间人)适泉州府晋江人许臣骥而早寡,郑孟姬因携子女从父居侯官,许氏因籍侯官。郑孟姬能诗文,教育、抚养儿子许崇楷有成,至其孙辈许懿善、许馥荃、许福祉,曾孙许德树皆从事文学创作。许馥荃适长乐梁剑华第四子、梁章钜叔父梁上国,子女梁云镛、梁云铣、梁云镶、梁蓉函(梁韵书)、梁茗、梁兰芳、梁金英等是梁章钜嫡从兄妹同辈著名作者,梁上国、许馥荃的内外孙子孙女辈作者多矣;许福祉适福州望族子弟齐弼,齐弼、许福祉之子齐鲲、女齐祥棣均能文学,长女适闽县郑世祺,郑世祺、齐氏之子郑守孟,系同治朝名进士。这些子女继续与其他家族联姻,构成清代中叶福州府最为复杂的一张家族关系网,文学创作和学术著述因此产生层次极其丰富的浸润作用。

明末清初,汀州府连城县杨氏家族对于连城"三隘文运"的形成和传承具有重要的作用。连城县草坪人杨赐儒遣子杨中槐受业于邑人黄秋芳(黄桂),得其传授毛诗,为邑南经师大家,授其子杨开春兄弟,遂以经学世其家,遂开三隘文物[⑤],而黄氏之学亦为师弟传授而成。连城芷溪乡黄氏家族先世黄万德、黄万诚兄弟建书楼于桃源山上,黄万诚复遣其孙黄必昇往漳州,从彭毅斋受《诗经》,成家学。黄必昇传子黄桂,桂传其门人杨中槐。对于福建最为偏远的汀州府而言,文学家族之间的浸润作用产生了提升区域文化、教育、文学创作整体水平[⑥]的结果。

在家族内部传承和家族与家族之间浸润影响这两种传播形式中,均存在发轫肇端、中间扬抑(低谷或高峰)、终竟消歇三个阶段,家族中最重要的作者(学者)所起到的作用,以其位置前后,表现为在前树纛引领,中间巅峰岳峙,最后集成总结的意义。在前两种位置之时,重要作者(学者)均对其身后的家族成员或其他作者产生拖影式的引领影响,其文学史意义或学术史意义较之作为单个作者(学者)对当代文坛和后世的影响,表现为更有力地影响着家族的其他成员,形成家学,在家族的代际传播中形成家学传授的渊源,体现为文学的家族自觉传承(传播)意识。

复次,文学家族之间的互动对于彼此家族文学创作的繁荣和发展而言是必须的条件。一个文学家族与其他文学家族的作者之间的传授、交流对文学家族的文学创作产生积极的作用,同时也接受对

---

① 林昌彝《海天琴思续录》卷八。钱洪来《林昌彝年谱》第20页引。

② 钱洪来《林昌彝年谱》,第81页,引李慈铭《越缦堂日记》第十九册同治十二年(1873)十月二十九日甲辰日记。

③ 谢章铤《董母陈太宜人七十寿序》,《赌棋山庄余集》文集卷二,《清代诗文集汇编》第681册,影印第102页。陈氏系名儒陈兰泰之女孙,进士陈钦铭胞妹,适长乐董炳章(1828—1877),子董藻翔(董执谊)。

④ 《国朝全闽诗录初集》续集卷五,《全闽诗录》第五册,第572页,引沈德潜之论。

⑤ 按:三隘甲科自张斯泉始。张斯泉,乾隆七年壬戌(1742)进士。选授知县。事迹载民国《连城县志》卷三十二《杂录》(原第六十五页,影印第352页)。

⑥ 文学家族之间的浸润效应普遍发生在清代全国文学创作和传播现象中,尤为典型者以桐城派古文为例。桐城古文宗师姚鼐之后姚氏作者有姚莹、姚浚昌、姚永概、姚永朴祖孙,林纾之友范当世(娶姚蕴素。姚蕴素系姚鼐的侄曾孙女)、马其昶(姚永概姊夫)俱姚氏婿,因此林纾感慨说:"姚氏不惟擅其文章,兄弟绵绍其家学,乃其亲戚亦皆以文名天下,何其盛也!"(《送姚叔节归桐城序》,《林纾集》第一册,第129页)

方文学观念、文学创作实践和学术研究的良性经验回传，对方家族的事迹反作用于己方家族，形成刺激、反省、竞争的机制。文学创作和学术研究之路从来就不必担心人多构成瓶颈拥堵的零和博弈，“骋骥騄于千里，仰齐足而并驰”[①]，“其乡先正流风遗韵有以倡导之故，历久而不衰”[②]，从而获得一个区域内部文学家族群体之间文学创作和学术著述活动激活、活跃、“腾踊”[③]、共赢的发展状态。

道光间修纂《福建通志》之时，福建文学家族中人陈寿祺、高澍然、张绅、刘建韶、张际亮、何治运、翁吉士等参纂，修成之后，以梁章钜等（可能包括廖鸿荃、廖鸿藻、齐鲲等郑光策门人）为其师郑光策未入《儒林传》发难，引发争议，前后又有刘存仁、林昌彝、陈乔枞、魏敬中、林则徐、陈庆镛、谢章铤、林鸿年等发表看法，基本上形成以陈寿祺和梁章钜双方对立和驳难的阵营。溯其源，陈寿祺与郑光策都是福建著名的学者，彼此学术观念不同[④]。郑光策（1759—1804）、陈寿祺（1771—1834）、梁章钜（1775—1849）三人在世的时代，福建文学家族阵容极盛，在这场纠纷、争议中，分成对立的两个阵营，但亦有如林则徐等人在两个阵营之间调和折衷，撮合歧见，以泯灭本省文人相倾的恶习。随着同治十年（1871）道光《福建通志》的剞劂版行，乾嘉学术在福建的传播益为深远，陈寿祺阵营中的文学家族成员的古文观念、学术观念得到肯定。

侯官沈瑜庆之女沈鹊应适林旭（1875—1898），沈鹊应亦陈衍之姊陈芷容（沈瑜庆长兄沈玮庆继室）的侄女，林旭、沈鹊应俱师陈书、陈衍兄弟学诗。林旭系光绪十九年癸巳（1893）福建解元，深受沈瑜庆赏识。发愤为歌诗，取径孟郊、贾岛、陈师道、杨万里，一寄于诗章，苦涩幽僻。其诗才高绝，论者以为可与唐李贺、宋王令相拟，“以诗格伦，亦庶几卓然成家者”。[⑤] 钱仲联论曰：“陈石遗称戊戌六君子诗，以杨漪春深秀为最。余谓当以刘裴村光第为冠，林暾谷旭次之，又次为谭复生嗣同。石遗喜香山、放翁二家，故亟称漪春（杨深秀）而不知其论之不公也。”“林暾谷诗，用意溪刻，而措词涩苦，镵削之痕未泯。天夺其年，不克徐待其成，致使海藏所望‘试回刻意功，一极才与思’者不见于《晚翠轩集》中，亦恨事也。”其佳句瘦折可喜，能道未经人道之眼前意境；其古体诗《马房沟》“通首精力弥满，有古图画之景色，有古美人之风致，有古子都之恢诡，有古衣冠之伟异。一结亦有千钧之力，非湛思者不办”。[⑥] 陈衍“喜说诗”[⑦]，在南北各省的客幕中与沈曾植等人交流诗法，论诗见解日益以进，善于培养门人[⑧]。林旭是陈衍早年门人中最为中意的诗弟子，远早于陈衍培养的黄濬（1891—1937）、梁鸿志（1882—1946）、黄曾樾（1898—1966）著名诗弟子之前，可惜天夺其年，钱仲联先生直接许以戊戌六君子中诗歌成就第二的诗人，在谭嗣同之上。

闽县李宣龚家族系盐商世家，转变而为文学世家，有李宗言、李宗祎、李宣龚、李慎容等著名作者。李慎容原本家学，又学于王允晢为词。光绪二十年甲午（1894）举人李宣龚（1877—1953，号拔可）成为追随郑孝胥最早，海藏派最著名的弟子，学其师之诗极其肖似。早年学陈师道，师郑孝胥之后，转学王安石[⑨]。同是写景之作，李宣龚《徐州道中》诗“全首皆工”：“车行追日落，淮泗失回顾。乱峰隐尘埃，野

① 魏文帝（曹丕）《典论·论文》，《六臣注文选》卷五二，影印第 967 页。

② 张际亮《岭南后三家诗序》，《张亨甫文集》卷二，《清代诗文集汇编》第 601 册，影印第 414 页。

③ 刘勰《文心雕龙》，《明诗》第六。

④ 陈忠纯以为“嘉道年间的福建学术界，正处于学风转型期，作为主导人物之一的陈寿祺，将其学术观点贯彻到他所总纂的道光《福建通志》当中”，“这场围绕《道光志》展开的纠纷，实际上根源于嘉道闽省汉宋兼蓄新学风的形成过程中复杂交错的学术门户之争”。（《学风转变与地方志的编纂——道光〈福建通志〉体例纠纷新探》，载《福建论坛（人文社会科学版）》2007 年第 2 期，摘要）但是我们应当看到陈寿祺之师阮元（1864—1849）与梁章钜之师翁方纲（1733—1818）是密友，都是乾嘉学者，翁、阮二人的学术交往相当密切，请参看沈津所著《翁方纲年谱》；又，梁章钜亦称阮元为师，其《浪迹丛谈》卷一有“（阮）云台师唱和诗”、“眉寿说”、“红船”、“相府新旧门联”、“太傅衔”条，卷二《喜雪唱和诗》、“师友集”、“云台师寿联”、“但都转寿联”条等，均称“云台师”，间或称“吾师”，陈寿祺、梁章钜之间的学术畛域并非如鸿沟不可调和，陈文的结论值得商榷。

⑤ 王揖唐《林旭取径涩僻》，《今传是楼诗话》第 28 页。《新世纪万有文库丛书》，辽宁教育出版社 2003 年版。

⑥ 钱仲联《梦苕庵诗话》，《民国诗话丛编》第六册，第 162、166-167 页。

⑦ 钱基博《现代中国文学史》，第 192 页。

⑧ 钱基博《现代中国文学史》：“长乐梁鸿志众异有作，必请益陈衍。”（第 210 页）

⑨ 同上书，第 208 页。

水清可渡。连村阙人力,舍柳无他树。去年雪苦晚,一麦犹堪虑。道旁哺蔡饥,船粟争濡呴。胜衣已学乞,姑息真汝误。展转入徐州,严城郁高怒。秦越异肥瘠,朱陈互嫁娶。当关有虎豹,行李生恐怖。语罢自推窗,暝色没雁骛。”陈衍评价以为此诗首二句写景苍莽,“‘乱峰’句、‘严城’句、‘暝色’句,皆逼肖车行景;三韵至六韵,全于‘阙人力’处寄慨;‘蔡饥’用得切当,‘学乞’写得可笑可哀。视苏堪《登石钟山作》,彼超诣,此沉着也。”[①]当时社会的凋敝、乱离、人民的苦难和军阀割据纷争历历可见。“拔可诗最工嗟叹,古人所谓悽惋得江山助者,不必尽在迁客羁愁也”,“拔可少游白下(今南京),后自筑屋青溪旁,小有林亭,经乱颇遭蹂躏,又目击武昌兵乱,故语意时含悽惋。”陈衍以为寓居南京的王安石名作“多类抚景感时,藉抒悒悒之抱。苏堪(郑孝胥)、拔可(李宣龚)先后寓居金陵,又皆服膺荆公诗,发音之同,有自来矣。”[②]

侯官黄彦鸿家族中的诗人黄濬,系侯官著名诗人陈衍的重要诗弟子(梁鸿志、黄濬等)之一,受严复、陈宝琛、林纾等乡人赏识。陈衍《石遗集》、《石遗室诗话》、《石遗室诗话续编》多处记载其人其诗。夏敬观《忍古楼词话》卷二有黄秋岳条。论者称黄濬之诗有杜、韩之骨干,苏、黄之诙诡,其诗与天才学力稳称,沉著隐秀,与林纾诗均有苍秀之格[③],又如凝妆中妇,仪态万方[④];其骈文集清代之大成[⑤],才气横溢[⑥],是一个有才无行的文人。

“同声相应,同气相求;水流湿,火就燥,云从龙,风从虎。”[⑦]文学家族之间的交流、互动,有助于区域文学家族之间呼应聚合,形成更加庞大的家族文学创作和家族学术撰述的图景。

---

① 陈衍《石遗室诗话》卷十四,第十四条,第 205-206 页。李宣龚诗据陈衍引。

② 同上书,卷十四,第十四、十五条,第 205-206 页。

③ 钱基博《现代中国文学史》,第 210 页。

④ 汪辟疆《光宣以来诗坛旁记》,辽宁教育出版社 1998 年版,“近人诗评”条引《青鹤》杂志无名氏《时人诗与女性美》评黄秋岳(濬)语。按:《青鹤》半月刊创办于 1932 年 11 月 15 日,主编兼社长陈灨一(一作陈甘簃)。

⑤ 陈衍《石遗室诗话续编》卷二,第二十一条,第 527 页。

⑥ 李吉奎《整理说明》,第 2 页。《花随人圣庵摭忆》,中华书局《近代史料笔记丛刊》2008 年版。

⑦ 《周易·乾·文言》。

# 第七章

# 清代福建家族文学的现象与形态(上)

## 第一节　“母师”[①]“母训”[②]

### ——母亲的教诲

费孝通先生说:“家族在结构上包括家庭,最小的家族也可以等于家庭。因为亲属的结构的基础是亲子关系,父母子的三角。家族是从家庭基础上推出来的。”“家庭者概念在人类学上有明确的界说:这是个亲子所构成的生育社群。亲子指它的结构,生育指它的功能。”[③]周代的《桃夭》诗云:“桃之夭夭,灼灼其华。之子于归,宜其室家。桃之夭夭,有蕡其实。之子于归,宜其家室。桃之夭夭,其叶蓁蓁。之子于归,宜其家人。”[④]一个女子成年之后,通过婚嫁组成家庭,使家庭的结构和功能实现,在婚姻家庭生活中要担负宜其室家、家室和家人的责任。

“除了少数例外,家并不能同时包括媳妇和女婿。在父系原则下女婿和结了婚的女儿都是外家人。”[⑤]嫁入的媳妇(婚配对象,不限数量)和入赘的女婿及从女方姓氏的子女则算自家人,传统的中国诚然如此,中国汉族的家族谱牒也是这样处理的,反映了中国人传统观念中排他的和利己的同时而有的思想:外嫁的女性视为己方利益的割舍,不再算入本家族的成员,一定程度上视作家庭(族)利益的削减和销蚀,而嫁入本家族的女子则视作己方利益的扩张和增长,通过婚娶仪式迎亲婚礼、婚闹的举行并宴请本宗族本房族人的方式予以认同女性成员的加入,通过新夫妇的新生男性婴儿三日浴洗、满月、周岁晬日宴请等仪式扩大、强化嫁入的女性成员在本宗族中的认知和影响,通过官府建立牌坊旌表女性节烈、孝亲等高尚道德事迹,特别是对家庭、家族有贡献的女性在谱牒、祠庙、祖先牌位上予以大书特书。基于家族利益的扩张和家族规模的扩大,要求门当户对的婚配条件[⑥]暗合物竞天择优选的

---

① 康熙间,李世熊《李母张孺人九十又一寿序》中云“乃知其家有母师,云母张姓”(李世熊《寒支二集》卷二,影印第 443 页),张氏母即长汀李长日之母。乾隆间,朱仕琇《谢夫人墓志铭》中有“邑令宋鍠旌其堂曰‘淑慎母师’”(《梅崖居士文集》卷十四,《清代诗文集汇编》第 336 册,影印第 315 页)。晚清沈瑜庆《题机声灯影图》为陈献丁母作,次句云“传经还以母兼师”(《涛园诗集·义熙集》,原第五页,《清代诗文集汇编》第 785 册,影印第 148 页)。徐雁平教授称之为“母教”,撰有《青灯课读图与文学传承中的母教》(载《古典文献研究》第 11 辑,凤凰出版社 2008 年版)一文。母师,区别于父师。杨庆琛《张又川孝廉家藏朱笥河学士墨迹题后》有句“渊源诗礼过庭训,有子犹能读父书”,“父师遗泽留一纸,此纸珍于径寸珠”(《绛雪山房诗钞》卷七,《清代诗文集汇编》第 542 册,影印第 409 页)等。

② 语出谢章铤《题献臣机声灯影图》(《赌棋山庄集》诗集卷九,《清代诗文集汇编》第 680 册,影印第 884 页)。

③ 费孝通《乡土中国》第六章,《家族》,第 47、45 页。

④ 《诗经·国风·周南》。

⑤ 费孝通《乡土中国》第六章,《家族》,第 46 页。

⑥ 清代福建家族关于婚配男女对象均反对以财物多寡为条件,关于择婿则有郭则沄《旧德述闻》所记“择婿以赀,不可为训”的观点(详见侯官洪塘鄂里曾氏家族条下引文);闽县萨氏对于婚姻的观点上升为族谱的条例:“婚姻论财,昔贤所戒,古人所以有‘嫁女须胜吾家,娶妇则不及吾家’之说。予侍郎公女出配休休高公均,皆以至行旌表,与敦孝公称内外大小孝子,为世美谈。嗣后男女嫁娶必取氏族相当,勿因附势趋利以图一时之便,则问名纳采一本衣冠诗礼之旧。”(民国《雁门萨氏家谱》卷首,影印第 22-23 页。康熙间萨希亮所撰《萨氏族谱条例》)按:高均系萨琅(礼部侍郎萨琦之父,称孝子公、敦孝先生)的孙女婿,撰有《外大父敦孝先生画像记》(同书,卷六,《哀荣录上》,影印第 1017-1018 页)。

原则,也是同声同气相应相求①、方以类聚人以群分②的社会性原则的反映,这是婚姻选择对象对于家庭、家族的意义和价值。

当嫁入的女子成为母亲之后,母系和父系的影响双线碰撞、冲突或交融、添加,形成特定的、对子女的原生家庭影响,作用于子女,作用分成积极的和消极的两方面,效果相应地分增强和削弱两种,从而改造和影响父系家庭和所属家族的发展,这是母系成员对家庭、家族本身产生的最初、最关键的效应,也符合孔子、孟子等推己及人的儒家思想。

《世说新语》记载了谢安与从子谢玄的一次对话:"谢太傅问诸子侄:'子弟亦何预人事,而正欲使其佳?'诸人莫有言者。车骑答曰:'譬如芝兰玉树,欲使其生于阶庭耳。'"③说的是人们(除非反社会人格障碍症患者)希望自己的子弟优秀、出类拔萃、"策龙骧于康庄"④的普遍心理,移易用来形容母亲对子女成长的期待也是合适的。

"盖士大夫之母以教子为贤,称于前世者众矣。"⑤"教子为贤",这是中国社会的优秀传统。晚清谢章铤(1820—1903)云:"从来魁奇豪杰之士得力于母教居多,是故孤子而无闻则已,孤子有闻,其必加人一等矣。"⑥复旦大学教授陈绛(1929—2019)先生是清代福州府闽县螺洲望族陈氏的后人,著有《陈绛口述历史》(上海书店出版社 2016 年版)等著作。2013 年 12 月 22 日《东方早报·上海书评》曾刊发访谈文《陈绛谈螺洲陈家》,2019 年 8 月 20 日凌晨一点,陈绛先生因病去世,享年九十岁,当日十一点半,澎湃新闻网重刊该文,以纪念陈先生。《陈绛谈螺洲陈家》回忆陈氏家庭中的两位母亲之事,其一是陈景亮之妻、陈承裘的母亲、陈绛高祖母郑氏:

他(陈承裘,陈宝琛之父,陈绛曾祖父)的六个儿子都中举,邻里熟人向他道贺,他却沉痛地说:"我的母亲(陈绛高祖母)临终时握我的手说:'你不要追慕做有钱人,能够好好读书,做个好秀才,我便瞑目了⑦。'"曾[高]祖母临终这句话影响了他的一生。

其二是陈承裘的侧室、陈绛的庶曾祖母张氏⑧:

(陈宝琛)弟兄七个,有一个很早就过世了。前面三个中进士,包括我祖父陈宝瑄在内的后面三个,中了举人。他在光绪癸巳(1893 年)恩科中举后,有人对我的曾祖母说,可以挂"五子登科"的匾额了,曾祖母说:"不,还有一个儿子没中举呢。"一年后,也就是甲午战争那年,七叔祖陈宝璜(砚樵)也中了举人,家里厅堂上才挂上"六子科甲"的匾额。大伯祖陈宝琛很早就中了进士,一般中进士要在二十八岁左右,他二十一岁就考中了。而二伯祖宝瑨(仲勉)却要到四十二岁才中进士,比他哥哥迟了好几年。曾祖母当时很着急,二伯祖考中后,曾祖母高兴地说"石臼终于飞上天了",人家说"鸡毛能飞上天",指其轻而易举,而石臼能飞上天,就是很难的事。二伯祖宝瑨是和三伯祖宝璐、二伯祖的大儿子懋鼎三人同时考中光绪庚寅(1890 年)恩科进士,家里就挂出"父子兄弟叔侄同榜进士"的匾额。⑨

根据进士陈承裘的履历,我们知道陈承裘父亲陈景亮娶郑氏,郑氏系庆远知府郑瑞麒长女,郑瑞

---

① 《周易·乾·文言》。

② 《周易·系辞》上。

③ 刘义庆撰,徐震堮校笺《世说新语校笺》,《言语》第二,第 82 页,"谢太傅问诸子侄"条。中华书局 1984 年版。

④ 黄晋良《吴香为大令七十寿序》,《和敬堂全集》文部卷一,原第一页,《清代诗文集汇编》第 54 册,影印第 107 页。

⑤ 朱仕琇《徐母余宜人墓志铭》,《梅崖居士文集》卷十三,《清代诗文集汇编》第 336 册,影印第 306 页。

⑥ 谢章铤《邓节母颂并序》,《赌棋山庄集》文集卷三,《清代诗文集汇编》第 680 册影印光绪十年刻本,影印第 670 页。

⑦ 此语见陈宝琛为其父陈承裘所作《先光禄公行述》,原作:"至甲午(1894),不孝宝璜继举于乡,于是先君六子无不登科者,里鄘以为贺,(陈承裘)则泫然曰:'吾母疾革时,执吾手曰:"儿勿望为赀郎,好读书,作一秀才,吾目瞑矣。"'"(《沧趣楼诗文集》下册,第 386 页)

⑧ 陈宝璜光绪二十年甲午(1894)科福建乡试举人中式,陈宝琛兄弟实现六子登科的科举荣耀,此时陈宝琛母亲林氏(1826—1884)已卒(《先妣林太夫人行略》,《沧趣楼诗文集》下册,第 391 页),父亲陈承裘(1827—1895)卒于陈宝璜中举之明年六月初七(《先光禄公行述》,《沧趣楼诗文集》下册,第 387 页),陈绛自述中的"曾祖母"指的是陈承裘侧室张孺人,陈宝璜生母(同上文,第 388 页)。

⑨ 郑诗亮、沈奕《纪念陈绛先生:陈绛谈螺洲陈家》。网址:https://www.thepaper.cn/newsDetail_forward_4205491。福州话中"鸡毛飞上天"和"石臼飞上天"均为生动而贴切的形容性描述语言,二者对比,难易反差极大。

麟、郑瑞凤、郑瑞图胞侄女[①]；根据进士陈宝璐、陈宝璠兄弟的合刻履历和进士陈承裘的履历，知其父陈承裘娶林氏，系林应卿次女[②]，均是出身于福州府的科举、仕宦家族，尤其以闽县郑氏家族在科举和文学创作事业上极为成功。陈氏累代祖先内外对于螺洲陈氏家族陈若霖（陈宝琛曾祖父）这一支（陈若霖→次子陈景亮→陈承裘→陈宝琛七兄弟）的科举、德行、仕宦事业有着清醒的认识，这是陈若霖以来家族得以持续良性发展的保证。

上海市文史馆保存有陈绛教授的自传。《陈绛自传》回忆了陈绛的母亲、吴维允孙女吴泰（吴珠端）对陈绛兄弟姊妹的抚养和教育。陈绛出生之时，封建社会已经终结它的使命，民国社会走向何方，无人可觇知先机，科举一途无望，其父陈懋丰（陈宝琛六弟陈宝瑄次子）以经营钱庄破产之故，在福州城里艰难度日。在这种动荡的时代里，螺洲陈氏这一支是如何延续它的世家望族的生命呢？陈绛对吴氏母亲的回忆反映了没落望族后人由母亲"慈训"[③]启蒙的人生奋斗之路[④]：

我兄弟姐妹共16人，幼殇不计在内，父亲平生没有另娶，都是同母所生，我最幼，母亲生我时已经43岁。从1905年大哥出生到1929年我出生24年间，母亲几乎不到一年半便生一个孩子。《诗·小雅·蓼莪》："哀哀父母，生我劬劳。"即以生育子女而言，母亲一生劬劳，令我们众多子女感念罔极。

……

大约三四岁，母亲便教我唐诗，不是认字，只是朗诵，我睡在母亲的床上，她读一句，我跟一句，便渐渐琅琅上口。她选的都是一些浅显易懂的绝句，如"床前明月光，疑是地上霜"（李白：《静夜思》）"北斗七星高，哥舒夜带刀"（西鄙人：《哥舒歌》）之类，那些"斗大黄金印，天高白玉堂，不读万卷书，安得见君王"，"书中自有黄金屋，书中自有颜如玉"之类表现热中功名的劝学诗，一般人家的启蒙读物，她从来没有教过我，我只是长大后乱翻杂览中接触到的。母亲还常常对我讲孟母三迁、王祥卧冰之类的故事。她买了一盒"字片"，教我看图识字，这是我接触汉字的开始；她拿出父亲从日本带回来的八音钟、木琴给我玩，这是我接触音乐的开始。人们常说，母亲是第一个老师，就我自己体会而言，的确如此。

……

1941年4月，福州沦陷，学校内迁。母亲和我们在闽东山区翻山越岭，从永泰徒步到南平，我们兄弟俩年纪轻，两双脚都磨起水泡，母亲缠了的双足，走崎岖山路，哪里经得起这样的折磨，但是母亲却从来不在我们面前叫苦抱怨，晚上在小客栈烧了热水让我们泡脚。她只是担心少女时戴的一双碧绿的玉镯，无法脱下，遇到土匪，为了抢玉镯而砍掉双手，所幸一路虽然备尝艰辛，却未遇上土匪，平安到达南平。[⑤]

上引段是陈绛对母亲的亲切回忆。陈绛作为大家庭中最小的幼子，母亲并未一味宠溺他，母亲未因养育太多而倦勤而放任。陈绛成长为学者，其家庭教育无疑是成功的，以母亲的影响尤著。孟子尝云"人皆有不忍人之心"，"今人乍见孺子将入于井，皆有怵惕恻隐之心。非所以内交于孺子之父母也，非所以要誉于乡党朋友也，非恶其声而然也。由是观之，无恻隐之心，非人也；无羞恶之心，非人也；无辞让之心，非人也；无是非之心，非人也。恻隐之心，仁之端也；羞恶之心，义之端也；辞让之心，礼之端也；是非之心，智之端也"[⑥]。吴氏母亲的教诲激发出陈绛对父母养育劬劳的感恩，激发出作为子女的

---

① 《清代硃卷集成》第一八册，进士陈承裘履历，影印第86-87页。

② 《清代硃卷集成》第六八册，进士陈宝璐、陈宝璠合刻履历，影印第224-225页。陈承裘履历记载林氏为林正孙女、林道凝次女（《清代硃卷集成》第一八册，影印第84页），林道凝字应卿。

③ 沈瑜庆《题机声灯影图》诗有"孤子有成慈训在"句（《涛园诗集·义熙集》，原第五页，《清代诗文集汇编》第785册，影印第148页）。

④ 在下引段文字之前，陈绛先生回忆其父陈懋丰性格拘谨，不问家务，行文间似乎有颇多埋怨。无独有偶，清初长乐陈明弼也是这样的人物："沧桑化后，吾舅（陈明弼）不肯从醯鸡尘马往来烟井，蘧蘧然长往，独以衣囊书卷。良苗秀实，尽托之于舅母（黄文焕次女），是则孝廉（陈明弼之子、康熙十一年举人陈定国）今日之文章声名，皆慈母手中线也。"（黄晋良《舅氏陈耕烟先生传》，《和敬堂全集》文部卷七，原第二页，《清代诗文集汇编》第54册，影印第160页）

⑤ 上海市文史馆《陈绛自传》。网址：http://wsyjg.sh.gov.cn/d/96/119.html。

⑥ 《孟子·公孙丑上》。

恻隐、羞恶、辞让、是非之心，形成仁、义、礼、智“四端”，激发出子女对世界的认知和责任，在养育过程中子女自然生成乌鸦反哺的愿望，这是传统中国家庭教育的开始，如此遵循以往将培养出符合中国传统标准的子女。

侯官沈葆桢家族世代尊崇朱熹的学术思想，这种家族观念来自沈廷枫、沈葆桢父子的妻家侯官林氏。沈廷枫娶林则徐的六妹林惠芳，其子沈葆桢又娶于林氏，为林则徐次婿，自沈葆桢起，沈氏成为福州府著名的望族。沈葆桢第四子沈瑜庆有诗题《先母林夫人课瑜庆兄弟读诗谱小序闽塾子弟授诗皆用朱注故坊间无谱序单行本手写全部命子妇永以为法先祖母林太夫人教先公手写大学中庸注一部故吾家读诗必用郑谱小序遵母训也读四子书必用朱注遵祖母训也己卯先公疾梦老人授心经一卷展示则学庸朱注也遂命检先祖母先母墨迹各数叶刻石以贻后来并以拓本分饷钟山尊经书院诸生》，此诗缅怀了沈氏祖上两代母亲，她们对于沈氏家族形成以朱熹所注释的儒家经典为家教传统具有“永以为法”的意义。我们看到林氏姑侄(婆媳)对于沈氏子弟教育的作用表现在以下两方面：其一，在闽中子弟授读《诗经》普遍使用朱注本的教育背景下，择“郑谱小序(即《诗谱》及郑玄《诗谱序》)”，沈葆桢之配、沈瑜庆母亲林氏“手写(单行本)全部”，示范子妇，以为典型，这是一种有益的精心选择，形成沈氏子弟课读《诗经》必用“郑谱小序”的传统；其二，沈瑜庆祖母、沈葆桢母亲林氏教育沈葆桢之时，要求沈葆桢手抄《大学》、《中庸》朱注，形成沈氏家族训迪子弟四子书必用朱注的传统。沈氏家族的学风无疑来自侯官林则徐家族的文化迁移，“以母传陶(陶士行)、柳(柳谕蒙)风范”[①]，是“世学家”传统[②]的迁移，不是一时心血来潮、简单草率的选择、假借或嫁接，对沈葆桢及其子弟产生内化的、自觉的影响。光绪五年(1879)沈葆桢梦到老人传授《学庸》朱注，所谓的“心经”一部，遂检其母、妻墨迹数叶以刻石，并以拓本分饷其两江总督驻地南京钟山尊经书院诸生，广其影响。

以上所论母氏对家族的影响基本上是以富裕家境[③]或者虽然走向没落但仍然具有普通黎民百姓所不能企及的生存条件为出发点，论述“知书”母氏对于家庭或家族成长、壮大的积极意义，在笃爱孝敬、门庭雍肃、和敬娣姒[④]、和风蔼然[⑤]、柔巽慈祥[⑥]、礼顺柔嘉、辩慧婉转[⑦]、徽柔懿恭[⑧]等妇德[⑨]之外。母氏对于家境贫苦或者遭受宗法制度迫害的家族的影响更是我们观察的对象，对于这种家庭或家族中母氏影响产生的观察更能看到母氏影响的价值和意义。

我们从《郑孝胥日记》中看到安徽合肥李鸿章家族中对无子嗣一房欺压的例子，这是驻日公使李经方亲口告诉郑孝胥的，家族作为宗法制度整体力量的代表起到了恶劣的消极作用。《郑孝胥日记》光绪十八年闰六月廿八日(1892年8月20日)记载：

李氏第五房遗业产合百五十万。有妾生子，十岁而殇。已聘妇。妇家利其资，妾亦欲得妇为立孙计，妇及笄而来守节。既而主妇、众妾均无子，取族子某甲为嗣，生子许以嗣寡妇。寡妇忌某甲，

---

① 黄晋良《许母邵硕人寿序》,《和敬堂全集》文部卷三,原第十一页,《清代诗文集汇编》第54册,影印第129页。

② 郑方坤《金銮四女于归有日先期遣之返里诗送其行时己巳孟冬四日》有句“传业应夸世学家”,注云:“《晋书·列女传》:‘(博士卢壶云太常韦逞之母)宋氏世学家女,传其父业,得《周官》音义。’”(《蔗尾诗集》卷十四,《清代诗文集汇编》第275册,影印第96页)

③ 又如朱仕琇《皇清诰封宜人晋封夫人黄太夫人墓志铭》所记载的安溪李清植(官礼部侍郎)“礼部丁文贞公艰,服阕,成进士,入翰林。或值公事不得暇,太夫人代课二子极勤。郁斋先生(李宗文,李清植之子,官工部侍郎)尝谓人曰:‘吾于诸经章句至今成诵者,固父、师督教之严,亦母力也。’”(《梅崖居士文集》卷十三,《清代诗文集汇编》第336册,影印第302页)

④ 张际亮《陈太孺人寿序代》,《张亨甫文集》卷五,《清代诗文集汇编》第601册,影印第464页。

⑤ 黄晋良《许母邵硕人寿序》,《和敬堂全集》文部卷三,原第十页,《清代诗文集汇编》第54册,影印第128页。

⑥ 黄晋良《陈伯良先生双寿序》,《和敬堂全集》文部卷三,原第十一页,《清代诗文集汇编》第54册,影印第129页。

⑦ 黄晋良《林肇敏处士暨节妇施氏合传》,《和敬堂全集》卷八,原第九页,《清代诗文集汇编》第54册,影印第173页。

⑧ 朱仕琇《巫太夫人七十寿序》,《梅崖居士外集》卷五,《清代诗文集汇编》第336册,影印第555页。

⑨ 谢章铤云:“妇人无外事,所传者大抵庸德,是故孝于姑,慈于妾,和妯娌,勤中馈,是亦闺门之盛节。然能相其夫者率循矩矱,不过有至不至耳,惟嗜书爱文、不厌寒酸,是则所谓‘女有士行’者欤?”(《刘澹斋元配方孺人墓志铭》,《赌棋山庄文又续》卷二,《清代诗文集汇编》第680册,影印第822页)谢章铤列出六种女德,前四种为常见的“庸德”,后二种为难得的两种女德,最后一种为艺文经籍之好,与文学素养、文学创作相关。

声言立子欲取近族，而某甲疏宗，不可立。于是复议立六房子某乙为嗣，并留某甲。主翁卒，析产久不决，族中不敢问。适星使自日本归，星使亦六房而出继二房者也，主妇呼使主析产事。乃以二十万金为一股，悉疏所有田产于纸，尽估其直，聚族人而语之曰：死者葬祠及祭田，此不可不办也，以一股归死者。主妇，家之长，以一股归主妇为养赡费。寡妇为己子冢妇，且有守节之艰，以一股有半归寡妇，使立孙而畀之。某甲为子久，且主翁之意，以一股归之。某乙，近族而立，为最亲，以一股归之。主翁有三女，无子则女犹亲产也，各归以半股。一女早嫁而夭，无出，别以四万金俾婿立子为之嗣。众妾各得三万金，与息不与本，没则归于甲、乙焉。众环视书押而定，无敢议者。乙不悦曰："女也，何以得产？"斥之曰："自死者视之，则女亲而侄疏耳。"亦屏息而退。中堂闻之曰："儿处置甚善，我犹畏其难也。"[①]

上引文是驻日公使李经方（李经方本六房李昭庆长子，出嗣二房李鸿章为长子）的家族五房李凤章身后析产事。李鸿章胞兄弟六人，李鸿章行二（二房），五弟李凤章（1833—1890，五房），嗣子甲指的是李凤章的堂哥李章启的第四子李经藩，嗣子乙指的是李鸿章六弟李昭庆（六房）的第四子李经翊。李凤章身后所遗150万两银子的业产，其直系四位女儿所继承者仅一股半加4万银子，合计34万两，为嗣子甲、乙所得者二股计40万两，外加三位妾室（洪、孙、王）将来所归之本9万两银子，合计49万两银子，寡妇得30万两银子，寡妇、二嗣子较诸亲生女更重要。这样的例子发生在传统中国毫不意外，家族中绝嗣的某支、某房时常面临族人对其家产的觊觎，觊觎者视之为天经地义，符合伦理，受伤害的就只有孀居的未亡人及其子女。

一个小家庭当丈夫去世之后，家庭的重担就转移到妻妾身上，尤其是主持家计的女性身上。在此之外，还要提防来自家族中人对其夫家家产的觊觎。除非甘愿让家庭走向破败的穷途末路，否则主持家计的女性将被激发出求生存的责任感。部分有远见的妇女早早为之设防，尤其是老夫少妻型婚配中嫁入为继室、为妾室、为媵的身份的年轻女子不甘命运的安排，将希望寄托在已出的子息身上，期待将来能显亲扬名，母凭子贵，本生子为自身生前身后赚得诰命封赠的荣耀。清代人物最著名者有如河南袁世凯，福建文学家族中人陈乔枞、陈景亮、郑孝胥、严琥等俱为继妻所生或侧室、妾侍庶出者，都很争气，成就一番事业。

福州府侯官县林昌彝是嘉庆至光绪初一个励志苦学的著名作家、学者，林昌彝的成长得益于母亲为多。林昌彝的母亲吴氏系其父继室，夫妻之间年龄悬差23岁，林昌彝出生的时候，吴氏母32岁，林父55岁，已有同父异母兄4人，吴氏及其亲生子林昌彝在这个大家庭中立足确实不易。但是，"昌彝幼娴母教，先太安人导以立身行己之方，敦品力学之旨，谆谆教诲，面命耳提；先太安人弃世五十余年矣，言犹在耳，谨志之不敢忘。今者昌彝年近知非，谨守四端，不敢失坠，力防物诱。"[②]"四端"即前引《孟子·公孙丑上》之义，为儒者仁心之始，林昌彝咸丰间即以所著《三礼通释》而成为福建著名的学者。其实20岁的青年林昌彝有过被族人在其父病危时应允让林昌彝弃儒出洋从商，为吴氏母以死相争、叔父持刀吓退族人而罢的经历：

业师黄则仙先生告昌彝曰："尔尊病困床褥，尔慈亲服劳尔尊，衣不解带两月余矣。尔知尔族人某，嗾尔同室人利尔尊财，逼尔行贾往大西洋之信乎？"昌彝曰："不知也。"时先君病亟，忽有数人来束装，继而同室人并至，太安人争之不已，族人某愈逼昌彝行。太安人自投于井，有乡女入井救之；昌彝亦思从母于井死，至井栏上，太安人已救出。……时叔父高枝公从南关回，闻变，持刀立于门曰："谁敢多言者，试吾刀，吾抵其命耳！"事遂寝。[③]

---

① 郑孝胥《郑孝胥日记》，第315-316页。

② 林昌彝《刊刘忠介公人谱序》，《林昌彝诗文集》卷十二，第311页。

③ 林昌彝《先妣吴太安人行略》，《林昌彝诗文集》卷十四，第379-380页。

此事发生在道光元年(1821),林昌彝为族人与父兄合谋所赚,险些被逼束装促行至东南亚行贾,幸有吴氏母以死相争,叔父林高枝主持正义,方得事寝。越二年,吴氏母弃世。临终前,犹以为圣贤之学、勿以科名为重为遗言,且以"哀死灭生同于不孝"禁林昌彝悲恸[①],然林昌彝五十年来人子思亲,魂魄散乱,追思恒在,图画成《一灯课读图》,遍请师友题咏[②]。

林昌彝《自题一灯课读图后》诗云:"寸草难酬罔极亲,井灯回首泪犹新。种瓜负米今无分,天下伤心第一人。"[③]道光二十五年(1845),王柏心(1799—1873,字子寿,号�亭,湖北监利人)为林昌彝作《述慈训为林芗溪孝廉作》;同治三年(1864),石景芬(1797—1874,字志祈,号云斋,江西乐平人)作《题一灯课读图》诗,有序。这两位题赠者所叙《一灯课读图》,情景交会,重现吴氏母课子的场景。《述慈训为林芗溪孝廉作》:"哑哑林间鸟,轧轧机上丝。琅琅空中韵,荧荧灯火辉。劳劳母心苦,呼儿前受词:'业精母所喜,业荒母则悲。母喜非金紫,悲岂寒与饥?宫墙今释菜,曷往瞻先师?先师去已久,仁义留其规。众山仰岱宗,百川趋海湄。修学苦不早,何不努力为?'……卓哉贤母心,迪志在践履。佳儿遂感奋,覃思究经旨。学成俪马郑,贡牒冠州里。哀哀堂背萱,花落不能俟。追维束发初,慈训尚在耳。……荧荧窗前灯,犹似昔年炯。痛彼三春晖,驰光未能永。东逝无还波,西没无留景。念此泪泛澜,掩卷辄悲哽。子其勉终业,迈往汲修绠。迢迢千圣途,落落一灯秉。希光勤加膏,冥照发余颎。庶答寒泉思,无忘断机警。"[④]石景芬《题一灯课读图・序》:"披图则瓦屋数间,一灯荧荧,据案而坐者,吴太安人也。案前童子,侍坐咿唔作声者,昌彝也。门外一井,深不可测,仰而思之,索解不得。取家传读之,则云林之宗老为昌彝画策,煮字不疗饥,将改贾业。谋于乃公,既成言矣。吴母争之不获,跃入井中,以救得苏,议中辍。昌彝传经,为名儒,赖有此耳,此图之所以作也。图中人坐,披图人却立,而拱揖而拜伏;图中人读,披图人饮泣,而失声而晌仆。"[⑤]林昌彝先后追随黄则仙、周嘉璧、陈寿祺等学者学习,学业大进,但母亲却未能看到林昌彝中举,获得功名之日,卒于道光三年(1823);亦未能看到林昌彝献书得官的荣耀,林昌彝于道光十九年(1839)中举,屡试不第,咸丰三年(1853)以向朝廷献《三礼通释》二百八十卷得官府学教授。

道光三十年(1850),合肥徐子陵题《一灯课读图》云:"大抵君之通经植行,皆太安人之教。"[⑥]吴氏母所教诲者以德行为首善,以科名为身外事(林则徐题诗小序)。本年,广东嘉应州长乐县(今五华县)温训题《一灯课读图》云:"宋仁宗谓蔡端明有子如此,其母之贤可知。若吴太安人之望子读书,至于以死争族人改业之言,且教之为人之道,非徒科名显达,犹古今巾帼所罕有,贤于蔡母远矣。孝廉博通群籍,纷论贯穿,三礼尤精熟,今之郑孔也。行将膺特科之选,为一代硕儒,岂区区科第已哉。"[⑦]其实林昌彝曾经八上公车不第,非不以科名为念,但是林昌彝对国家的关注,对时事的担忧,对门人的教诲却表现出士人和儒者应有的操守,这与林昌彝母亲的教育有着绝大的关系。

清代福建母亲课儿苦读的事迹颇多,所谓"千丝万缕拼辛苦,一目十行垂泪洟"[⑧]。康熙三十八年己卯(1699)福建解元、闽县张远家族世代治《易》,形成家学。少孤,从母陈氏(明代工部尚书、长乐陈

① 林昌彝《先妣吴太安人行略》,《林昌彝诗文集》卷十四,第380页。

② 民国三年甲寅(1914),林纾作《周养庵篝灯纺织图》。在此文中,林纾"心悲节母之劬,因而自伤吾母",回忆母亲"吾母之劬,良未后于太夫人(指周氏母)也。横山老屋,树古鸱啼,星火荧然,纾挟卷就母姊刺绣之灯,读必终卷始寝。视养庵城北隅故宅,机声杂书声,至于夜午,景物历历印合"。(《林纾集》第一册,第162-163页)篝灯课读系清代文学、艺术创作中的重要题咏、图画题材,盖子女出自天性追念母亲之作。

③ 林昌彝《射鹰楼诗话》卷十四。

④ 王柏心《百柱堂全集》卷十,《清代诗文集汇编》第603册。

⑤ 转引自钱洪来《林昌彝年谱》第67页。标点已径改正。

⑥ 转引自钱洪来《林昌彝年谱》第38页。

⑦ 转引自钱洪来《林昌彝年谱》第39页。

⑧ 沈瑜庆《题机声灯影图》,《涛园诗集・义熙集》,原第五页,《清代诗文集汇编》第785册,影印第148页。

长祚曾孙女)受经书章句，稍长，下笔有奇气。若无其母，张氏焉有解元张远[①]？乾隆间，邵武府建宁朱仕琇之女朱韶音(一作韶香，朱召南妹)有《课儿草》[②]。侯官郑孟姬其人"聪明刚毅，能断大事。其于文学，天性也。甫晬能言，父授一字令识之，遂不复忘，后遇他字相类者辄有奇悟。父(郑任鑰)惩早慧，固禁读书。稍长，闻诸弟书声，默识之，就校读本，遂尽识字，数年博极群书"，年二十九岁孀居，泣诺亡夫许臣骥，必教"四子成名"，"不负遗志"，其孙许懿善言"生而家破，不能延师，其学皆孺人教之"，又言"孺人事夫为益友，教子为严师"[③]，对于晋江(迁居侯官)许氏家族子弟的成名著功甚大。咸丰元年(1851)举人、福州府长乐县陈鹗联父亲陈趋授徒馆于外，其母林氏课之读，陈鹗联年方四岁而卒业《尔雅全书》，群经训诂之字，琅琅然口讲而指画之[④]。漳州府漳浦蓝斌之妻许氏，康熙二十八年(1689)蓝斌早卒，子蓝鼎元年仅十岁，许氏督教蓝鼎元兄弟，讲授诗书[⑤]；延平府南平卢家元之妻魏氏，通经史，工文艺，躬自督教二孙以成，为郡诸生[⑥]；兴化府莆田县林锡龄妻翁氏(1783—?)，生长望族之家，少好吟咏，称秀慧恭孝，年二十三而夫殁，"课孤读，率漏下三鼓乃罢。《尚书》、《左传》皆亲自讲画"，激顽起懦，力抚其子林扬祖成长[⑦]，林扬祖系道光五年乙酉(1825)福建乡试解元，九年己丑(1829)成进士，累官署陕甘总督；莆田陈淑英(1808—1877)在其夫翁焕文去世之后"早寡居，贫，赖十指养活，课二子(翁兆兰、翁兆熊)，皆成器"[⑧]；福州府长乐县郑榕(1769—1807)道卒广州，妻陈氏携四幼子归家，课读子女有方，女郑嗣音、郑徽音俱有诗名，传称"其子若孙接武科名，均能本经术为文章，皆氏栽培力也"[⑨]。莆田画家姚云系教谕姚黄甲之孙、姚鼎立季子，其母叶氏归十载而寡，抚三孤以立，姚云作《夜课图》，陈寿祺赋《画史姚云自作其节母畅山夜课图》。[⑩] 长乐陈君耀之母阙氏教育子弟："顾耀两(陈君耀)兄弟曰：'汝父(陈寿喆)刚正，汝宜继志，勿为他人议也。'是时君举、君良齿稚，太恭人(阙氏)忍泪授读，一如封君(陈鹗联，陈寿喆之父、阙氏之舅)平日，遂皆以能文自见。"[⑪]阙氏对子弟的成功教育使得陈鹗联"不元而其孙君耀得元于辛卯(光绪十七年，1891)"[⑫]，陈君耀领解弥补了其父陈鹗联40年前"不元"的缺憾，维续了长乐陈氏四世文脉，续写了陈氏科举事业的辉煌。闽县林寿图(1821—1897)失怙之时年十二，家道中落，孤贫无所为计，其母张氏"授公(林寿图)《毛诗》、《尔雅》及制举文，一灯课读。读偶辍，辄扑扑，已，辄对泣。及数月，文体以立"[⑬]，"母张太夫人苦节抚孤，搜破箧残书授读"[⑭]。林寿图终成一代名臣和学者，实其母张氏之力。谢章铤铭张氏曰："不恃荆布，曷得圭组；女而士行，光我邹鲁。"[⑮]谢章铤云母织儿读的意义在于人间孤苦激发了孤子"回首母训淑且温"的教诲，励志成才，以"一

① 民国《福建通志・福建列女传》母仪陈安传："年十九，归同邑张泰元，三年而寡，远生才两月。哀恸几绝，既而叹曰：'张氏两世惟有此儿，吾未可遽死。'是岁福州大饥，人相食。安遂素服茹斋，复理家务，十数口免饥寒于兵燹中。远幼软弱善病，每病，安必祷于天地、先灵，昼夜不寐，病闲方食。及远稍长，《诗》、《书》皆口授。一夕，远读《周易》灯光中，手抚远颈，不能一握，对其姑流涕曰：'是儿若长大，虽聋暗可也。何用读为？'既而族人有侮者，复流涕曰：'儿若徒长大焉，吾何以见夫子于泉下也？'于是课益严。逮远既长，赋役频繁，家产一空。安语人曰：'儿能读父书，守先志，足矣。贫富，命也。'"(卷一，母仪五，原第十五页)

② 光绪《邵武府志》卷二十七，《闺秀传》朱韶音本传。

③ 朱仕琇《节孝郑孺人传》，《梅崖居士文集》卷三，《清代诗文集汇编》第336册，影印第220页。

④ 民国《长乐县志》卷二十五，《文苑传》陈鹗联传，原第十五页，影印第492页。

⑤ 民国《福建通志》总卷四十五，《福建列女传》卷一，许氏传，原第十七页。

⑥ 民国《福建通志》总卷三十六，《福建循吏传(清二)》卷十二，卢家元传，原第五十四、五十五页。

⑦ 同治刊本《福建通志》卷二百五十二，《列女传》"监生林锡龄妻翁氏"条，影印第4654页。

⑧ 民国《福建通志》总卷四十五，《福建列女传》卷六，陈淑英传，原第三十五页。

⑨ 民国《长乐县志》卷二十九下，原第三十页，影印第596页。

⑩ 陈寿祺《左海诗钞》卷一，《清代诗文集汇编》第499册，影印第513页。

⑪ 谢章铤《陈母阙太恭人六十寿序》，《赌棋山庄文又续》卷二，《清代诗文集汇编》第680册，影印第818页。

⑫ 同上注。

⑬ 谢章铤《大清赐封一品夫人太夫人张氏墓志铭》，《赌棋山庄集》文集卷七，《清代诗文集汇编》第680册，影印第700-701页。

⑭ 谢章铤《赏四品顶戴团练大臣前陕西山西布政使林公墓志铭》，《赌棋山庄文又续》卷二，《清代诗文集汇编》第680册，影印第820页。

⑮ 谢章铤《大清赐封一品夫人太夫人张氏墓志铭》，《赌棋山庄集》文集卷七，《清代诗文集汇编》第680册，影印第702页。

片凄凉报母心”,体会到“至甘由来出至苦”的人生况味,实现“慈孝蒸为诗礼门”的价值[①]。

清代福建“母教”的现象颇多,在闺秀中间有表率懿范的意义,反映出清代福建文化教育的整体面貌。清代福建还曾经出现过“以嫂代母,以母兼师”的现象。如谢章铤在《杨太宜人寿序》中记载侯官林初士之配杨氏对林初士之弟林开士(林泰曾,1851—1894,一字凯仕)、对己子林梦秋的教育:“每晤少棠(李敬,谢章铤姨表弟),辄询其家,辄问其后人,而少棠曰:‘初士虽没,不没也。有贤妇在。’又后十余年,闻孝廉(林梦秋,林初士之子)入学,又闻孝廉捷秋试,予喜甚,谓少棠曰:‘是殆母教欤!’而少棠曰:‘信也。非吾甥妇之力不及此。……初士之没也,其弟开士辈皆幼,嗣子方八龄。家故贫,所余者老屋数椽耳。……吾甥妇又以为欲兴其家,必培其子弟,于是以嫂代母,以母兼师,令诸孤习勤就傅,各娴一艺,惧其性情之或偏也,必闲以正道;虑其举止之有乖也,必训以古义;其或扞格而不入也,则需以时日,将以委屈,盖方寸之中不知费几许心血,而诸孤始克以有成。’”[②]杨氏系杨鹤鸣(琴友)之女、杨仲愈(子恂)女弟,“其渊源有本也”,“出其学问之气以酝酿其门材”,林开士成为水师名将,林梦秋“倜傥,能文章,转瞬扶摇直上。家庭雍睦,囊无异财,人无异趣,长幼秩然,惟太宜人之教是率”[③]。侯官林氏中林霈霖一支到了其孙林初士去世之时,家道中落,贫困到室无重袭之衣,瓮无累宿之粮,生活极为拮据,林氏家族的复兴和门风之正完全是杨氏的功劳。

清代闽中甚至还出现祖母课孙的现象。如侯官林廷禧(1817—1856),年方十七登道光十三年(1833)癸巳科进士第,后为祖母余氏绘《侯官林节母课孙图》,遍索题诗,咸丰四年(1854)彭蕴章作有《题侯官林节母课孙图》、《题林范亭观察廷禧诗钞》两题各二首[④]。林廷禧少年登第,仿佛其岳父李彦章当年故事,而其兄林廷祺系道光十四年(1834)甲午科福建乡试解元,在二林兄弟的科举事业上可以看到祖母余氏对子孙的训迪异常成功,林氏兄弟一为解元,一少年登第的现象在清代全国都很罕见。又如谢章铤表妹高氏适刘齐康,七年而寡,嗣子刘学性官至同知而不禄,高氏“复以教子者教其两孙,皆成立:长者瀛,成进士,作令山西;少者濂,亦籍博士”,其实刘瀛后于光绪十七年(1891)辛卯科举人中式,高氏对子孙的教育“有非寻常闺阁所及者”[⑤]。

清代福建亦有继母训子成就的例子。长乐黄一桂家族系宋黄幹裔孙。由于黄一桂早卒,诸儿均未成立而终于有成,得力于黄一桂的继室王氏。王氏传见民国《长乐县志贤媛传》:“幼涉诗书,娴阃范。……及(黄一桂)卒,诸儿均未成立,(王氏)勉力延师。尝述先业艰难及人事之得失、世态之炎凉以训其子。未几,仲子鹤三、季子见三先后举于乡,见三复成进士,并登仕版。”[⑥]黄鹤三系道光二十年庚子(1840)亚魁,传称其读父书,有文名,署江西安义知县。按照宗法制度,生身母亲、嗣母、嫡母对子女的教育是比较上心的,而继母教育子弟的例子比较少[⑦],侯官陈衍六姊陈芷洲(仲容)适沈葆桢长子沈玮庆为继室,亦是一例。谢章铤总结道:“自古家道寖昌后起大贤,大抵胥由于母教,而其母必习《礼》明《诗》,若《传》之所谓‘女有士行’者,乃能及此。”[⑧]

---

① 谢章铤《题献臣机声灯影图》,《赌棋山庄集》诗集卷九,《清代诗文集汇编》第680册影印光绪十四年刻本,影印第884页。邓琛,字献臣,一作献之。

② 谢章铤《杨太宜人寿序》,《赌棋山庄文续》卷一,《清代诗文集汇编》第680册,影印第763页。按:林初士、林开士系林则徐胞弟林霈霖之孙。林初士之父林讷山(林龙言)娶李氏,李氏系谢章铤中表女弟、李敬(少棠)女弟,林初士、林开士称李敬为舅氏、谢章铤为表舅,林初士之子林梦秋则称李敬为舅公、谢章铤为表舅公,杨氏亦称如是。

③ 谢章铤《杨太宜人寿序》,《赌棋山庄文续》卷一,《清代诗文集汇编》第680册,影印第763页。

④ 林廷禧生卒年、事迹、彭蕴章题诗均采自朱则杰先生的论文《〈清人诗文集总目提要〉订补——以李瑞和等八位福建籍作家为中心》(载《闽江学院学报》2017年第4期,第5-6页)。

⑤ 谢章铤《刘母高太夫人诔》,《赌棋山庄文续》卷二,《清代诗文集汇编》第680册,影印第780页。

⑥ 民国《长乐县志》卷二十九下,原第三十页,影印第597页。

⑦ 如清初福建兴化府莆田人郭凤喈本“席丰履厚”,一旦罹嗣母之变,“困厄摧折”(《国朝全闽诗录初集》卷五郭凤喈条引林麟焻语);清代戏剧家、浙江杭州人洪昇(1645—1704)亦尝为继母所虐,为父母不容;晚清湖南浏阳人谭嗣同(1865—1898)在母亲徐氏去世(1876)以后,为父谭继洵妾(继母)所虐,遍遭纲伦之厄。

⑧ 谢章铤《董母杨太淑人六十寿序》,《赌棋山庄文续》卷二,《清代诗文集汇编》第680册影印光绪十八年刻本,影印第781页。按:所谓“《传》之所谓‘女有士行’者”指的是《诗经·大雅·既醉》郑玄笺语。

将母亲对家族的影响缩小到文学创作，我们亦观察到母亲对于家族文学创作的积极作用。人类固然有男、女性别的区分，在教育、工作、智力、情感等方面的权利却是平等的、无差别的。在中国传统社会中，由于女性社会地位受到男权的压制，反而更能激起她们与男子比较高低的心理。女性产生了与男性平权的意识，确实产生了如期的效果，甚至超越了原先的预期。

建安郑氏（原籍闽县）家族形成的诗歌创作传统，很大原因归结到郑善述之妻黄昙生。黄昙生系明末清初闽县诗人黄晋良之女、永福黄任族姑。黄昙生，一作黄昙，字护华。由于避乱，郑善述举家迁建宁府建安县。黄昙生与群从、子婿、通家子倡和，著作甚富，秘不示人。其集《萧然居集》有林云铭之母林大家（林佩瑛）所撰序。其女郑徽柔、郑淑止及郑方城之女郑翰蓴，郑方坤之女郑镜蓉、郑云荫、郑青蘋、郑金銮、郑咏谢、郑玉贺、郑风调、郑冰纨皆能诗，实黄昙生教之。晚年失明的黄昙生还在口授为孙辈课读，堪称贤淑、母仪，是女性懿德的典范。

黄昙生之孙女、郑方城之女郑翰蓴适闽县林其茂，林其茂早卒，年方三十（一说卒年三十九岁），郑氏抚其二子林乔荫、林澍蕃以成，皆有令名，堪称名母。林乔荫、林澍蕃都是乾隆间福建粮储道、主持鳌峰书院的官员朱珪组织的读书社成员。同治刊本《福建通志》著录林澍蕃《南陔集》，引《注韩居诗话》云："香海少孤。母郑氏，荔乡先生（郑方坤）女[①]，教以经史及汉魏、六朝、李、杜、韩、苏诗，过眼辄不忘。九岁学为诗，出语即超凡俗。年十七，举于乡。二十三，成进士。"[②]郑氏的影响不仅抚养二子成就，而且影响到其女林芳蕤、孙女林淑卿，俱能诗，有诗集。

黄昙生的教育影响所及外孙的还有一支，即郑方城长子郑天锦之女、黄昙生曾孙女郑佩玟适浦城诸生孙景韩，郑佩玟及女孙兰如俱能诗，有子孙承谟。[③]

侯官李鸿瑞家族中女性李蕊馨，系李彦章从妹，著有《霜筠轩诗草》、《篝灯课读草》[④]。李蕊馨，字绛卿，李鸿瑞弟李鸿珍之女、李彦章从妹。适长乐冯景淮。少工诗，不事雕饰。李氏传见民国《长乐县志·闺秀传》："名蕊馨，字绛卿，侯官举人鸿珍女。少工诗，不事雕琢。常与从兄庶常彦彬、中翰彦章等相唱和。彦章刻《蒹葭草堂集》，绛卿诗最多。……年十九，景淮卒，代事太姑李、节姑丁尤极孝养。卒年五十有六。所著有《霜筠轩诗草》、《篝灯课读草》。子承基，道光庚戌进士。"[⑤]冯景淮、李蕊馨之子冯承基，道光三十年庚戌（1850）进士，亦道光、咸丰间作者。冯景淮卒之日，其子冯承基仅三岁，作为母亲，李蕊馨为冯承基的科举成功和冯氏家族付出极大的辛劳，《篝灯课读草》就是这样环境中的创作结集。

如李蕊馨这样早年丧偶孀居苦节的女性，与本节所举的黄昙生、林昌彝母吴氏等家庭相对圆满的女性境遇不同，大量地被记载在地方史乘中，以示纪念和表彰，以引导社会风尚。同治刊本《福建通志·列女传》卷二百四十八至二百六十二，合计十五卷，是《列传》之外篇幅较多的部分。同治刊本《福建通志》的《列女传》每一卷每一县的女性人物均分成贤淑、节孝、节烈、闺秀四类[⑥]：贤淑类记载妇人贤

---

① 按：《注韩居诗话》误。郑翰蓴系郑方城（石幢）第三女。郑方城《绿痕书屋诗集·目录》卷三《寄长女琼芝》、《三女翰蓴邮诗请定作寄》（《清代诗文集汇编》第241册，影印第440页）、卷二《抵水口寄次女畹兰叠前韵》（同书，影印第439页）。

② 同治刊本《福建通志》卷六十八，影印第1398页。

③ 民国《福建通志》总卷四十五，《福建列女传》卷六，郑徽柔传，原第二十一、二十二页。

④ 民国《福建通志》总卷四十五，《福建列女传》卷六，李蕊馨本传。

⑤ 民国《长乐县志》卷二十九下，《闺秀传》，原第二十七、二十八页，影印第595页。

⑥ 我们一直在观察同治刊本《福建通志》与前后所修福建省志、府县志的不同之处，即其创新之处，本书在第五章《清代福建文学创作、学术著述与全清全闽家族作者、学者的关系》第一节中对同治刊本《福建通志》的《经籍志》体例有所讨论。比较同治刊本《福建通志》和民国《福建通志》，二者《列女传》也存在着不同的处理：同治刊本《福建通志》总称《列女传》，每卷之下，按照各府、州为序，分县立传，既有简略条目性质的人物传，在简略的人物传之外，也开列大量女性姓氏、姓名，作简单陈列，意在保存女性事迹，而这些女性统一分成四类：贤淑、节孝、节烈、闺秀；民国《福建通志·列女传》卷首凡例明确说"自来通志之传列女，专重贞烈，其余贤淑、闺秀偶及一二而已"，陈衍仿刘向《列女传》分类而稍变通，分为母仪、贤明、仁智、节烈（合贞顺之贞与节义之节）、孝义（合节义之义与孝女孝妇之孝）、辩通、孽嬖七类（民国《福建通志》总卷四十五，《福建列女传》卷一，卷首，原第一页），每一类型女性基本上不再分府县（《节烈》这一类女性仍旧按照各县排列）而按照朝代、年代前后排列，不开列大量列女的姓氏、姓名、人物关系，因此我们看不到同治刊本《福建通志》中无简略传记的大量节孝女性。

淑事迹,亦有未嫁女性的事迹;节烈类主要记载殉夫、遇强暴死义(节)的妇女及其事迹;闺秀主要记载能文学的女性及其事迹;节孝类记载夫死之后守冰操苦节、孝奉姑舅(奉亲)和鞠养幼孤(育子)有成的女性及其事迹,三种事迹在一人传记中往往皆有。闺秀类女性能文学者最多,部分女性兼有节孝事迹,而节孝类各县清代女性总量数以千计,部分女性能文学创作、绘画艺术与学术著述。

节孝类女性有简略传记者保存了最多的母亲鞠养幼孤事迹,这是对文集中所涉及的"母师"现象的补充。如果把篝灯课读图卷题咏看作是能文学的子孙有声歌颂的吞声苦难,而大量的母亲鞠养幼孤现象则是无声的吞声苦难,她们默默地抗击着人生的灾难,仅存片语于同治刊本《福建通·列女传》及各府县志中。由此,可以观察到清代福建家庭所遭遇的、频繁的壮年男子去世的不幸,清代福建女性在人生遭遇灾难和重大转折关口所表现出来的坚韧性格和优秀的品质。

福清李玉聪"有声庠序,人称氏(吴淑女)之孝慈致焉"[①],长乐董述昆之妻林煦及子媳葛氏二人主持家计,"氏与姑林氏设幔训徒,迭相教授",葛氏"老,不任针黹,则为人点勘文字,佐家用"[②],堪称生计困顿而倔强,葛氏之子董炳章后于同治元年(1862)举人中式,谒选得官。母氏对于家族培养出来的子弟的优劣质量起着决定性作用;又有所谓"家之难齐,皆起于妇人"[③],家族每一世代都必须重视子弟婚配选择的女性,经纪家政,督训子孙,才能形成齐家睦宗、家族世代累积的效应。从某种程度上讲,文学家族的壮大类似于地质学、考古学中层累的堆积,文学家族的衰落则不能视为有效的层累。

对母亲的怀念和追思本是人类文学创作的永恒母题之一,也是清代福建家族文学创作的重要内容和对象。如上引林昌彝《一灯课读图》题咏,这种篝灯课读图卷题咏不单林昌彝己身、族亲、姻戚之属连类创作,题诗的作者视属题者的交游圈广狭而定,省内外均有之。放眼全国,图画题咏创作形成了清代文学创作的一种重要类型。

## 第二节　家族作者内部的交流——兼谈"舅氏"[④]对家族成员的影响

清代福建文学家族是一个历史产物,民国三十八年间(1912—1949.9.30)尚有文学家族及其创作遗响,民国之后再无文学家族的土壤。从大背景来看,在清代文学家族形成的过程中,朝廷的选举制度基本上沿袭了明代选举的成制,重用科举出身的官员,使士子对科举一途趋之若鹜;对各省学政官制和书院教育制度的重视是明制所无清代独有的制度创新;清代作家、学者整体的高素质在中国史上仅宋代可堪比肩;伴随明清易代的剧痛,知识界反思、沉淀,学风从空谈性理的玄虚转向朴实,有清一代学风明显转换;乾隆二十二年(1757)以后科举考试中对试帖诗的重视以及清代时文、古文创作的某种程度上的融合综合营造了清代文学家族产生的外部环境,这是福建与其他省份文学家族产生所"共适"的土壤。

研究福建文学家族形成和成长本身固有的特征才能真正了解清代福建文学家族从事文学创作的内生性力量,不至于隔靴搔痒,无关痒痛。本节从清代福建文学家族成员内部和文学家族之间师弟授受(包括文学创作中的"舅氏"影响)形式,来观察清代福建文学家族的传衍及其家族文学创作的形态。

---

① 同治刊本《福建通志》卷二百五十,《(福清)列女传》节孝"李文烜(李开叶子)妻吴氏(吴淑女)"条,影印第4592页。

② 民国《福建通志》总卷四十五,《福建列女传》卷五上,葛氏传,原第六十五页。

③ 民国《雁门萨氏家谱》,《萨氏族谱条例》第九条,影印第22页。

④ 本书本节所使用的"舅氏"概念,不仅指姑舅之舅(即通俗称谓的公公),若婚姻关系中男女双方的父亲本是舅父的关系者(即男娶表姊妹和女适表兄弟的两种情形)除外,泛指各种、不同层次的"舅氏"人物关系,如母舅、舅祖、表舅、岳舅等,也不仅仅指母亲的兄弟对于外甥(女)形成的舅父称谓的单一对象。同治刊本《福建通志·列女传》闺秀"何光云妻许氏"条下所引黄惠序中之"舅氏"指的是何光云的父亲、许琛的公公(卷二百四十九,影印第4568页)。

《清代硃卷集成》福建士子履历中多有履历，我们列举成为文学家族成员的士子履历（请勿将本节所举事例视为科举事业成功的论证）以观察师弟授受和“舅氏”影响。咸丰二年（1852）壬子科进士陈承裘履历记载其受业师之一为外叔祖郑瑞图（球亭）[①]；同治四年（1865）乙丑科进士郑守孟受业师中有表叔陈文翔（砚卿）、姑丈陈学澜（海门）[②]；同治七年（1868）戊辰科进士邵积诚的受业师有母舅梁钦辰（？—1886[③]，小若）、胞兄邵积善（次佑）[④]；同治七年（1868）戊辰科进士陈钦铭的受业师有其伯祖陈端士（名驹）[⑤]；同治十年（1871）辛未科进士刘齐浔的受业师特别注明庭训有堂叔刘勷（赞轩，同榜举人）、胞兄刘齐肃（仲山）[⑥]；同治十三年（1874）甲戌科进士黄贻楫受业师有从兄黄贻林（半庵）[⑦]；光绪二年（1876）丙子科进士陈琇莹[⑧]；光绪三年（1877）丁丑科进士何士璜受业师有姑丈邵焜岐（敬周）、表伯应抡元[⑨]；光绪十二年（1886）丙戌科进士曾福谦的受业师有舅祖萨镛（少山）、舅祖萨蘐寿（翰臣）[⑩]、表叔陈翥（汝翼）、表叔叶滋任（雨信）、伯父曾兆鳌[⑪]；光绪十二年（1886）丙戌科进士叶大琛的受业师有胞伯叶滋熊（小莱）、胞叔叶滋濬（槐轩）、嫡堂叔叶滋春（绍香）[⑫]；光绪十五年（1889）己丑科进士郑籛的受业师胞伯郑景泽（丽波）、从堂叔祖郑文谟（谋仲）、从堂伯郑惠棠（爱甫）、族叔祖郑奇峰（云友）[⑬]；光绪十五年（1889）己丑科进士萨嘉乐的受业师中有胞伯祖萨克庄（菊山）[⑭]、嫡堂叔萨承钧（芑轩，萨克庄长子）[⑮]、堂叔萨承谟（润卿，萨克修次子）[⑯]、胞叔萨承钰（又恒）、舅祖郑世恭[⑰]；光绪十六年（1890）庚寅科进士陈宝璐受业师之一外舅梁鸣谦（礼堂）[⑱]；光绪十六年（1890）庚寅科进士陈懋鼎（陈宝瑨之子，光绪十五年福建解元）的受业师中有族叔陈廷蔚（次叔）、外祖父曾光斗（星斋）[⑲]；赞轩光绪十六年（1890）庚寅科进士黄曾源受业师中有太姻伯张长春（光宇）、表舅贾廷禧（凤仪）、太姻叔张翊（辅云）、表叔张朝树（丕发）、堂叔黄运乾（子宜）、堂叔黄运恒（愫开）、姑丈张朝法（丕谟）、姑丈李九烈（又承）、年伯施以熊（梦周）、年伯萧奋（子豫）、年伯刘勷（赞轩）[⑳]；光绪十八年（1892）壬辰科进士池伯炜的受业师堂兄池寿光（镜如）、母舅刘蓉（雨臣）、母舅刘齐煜（辉如）、岳父林毅（远之）、太年伯郭柏荫（远堂）、太夫子林寿图（颖叔）[㉑]；光绪二十九年（1903）癸卯科进士郭则沄的受业师有胞叔祖郭传昌（子冶）、胞叔郭曾程（南云）[㉒]。

---

① 《清代硃卷集成》第一八册，陈承裘履历，影印第87页。

② 《清代硃卷集成》第二七册，郑守孟履历，影印第202页。

③ 郭柏苍《六月九日挽梁观察钦辰》，《柳湄小榭诗》，《清代诗文集汇编》第662册，影印第113页。作于光绪十二年（1886）。

④ 《清代硃卷集成》第三一册，邵积诚履历，影印第63、65页。

⑤ 同上书，陈钦铭履历，影印第383页。

⑥ 《清代硃卷集成》第三五册，刘齐浔履历，影印第135页。

⑦ 《清代硃卷集成》第三八册，黄贻楫履历，影印第257页。

⑧ 《清代硃卷集成》第四〇册，陈琇莹履历，影印第324页。

⑨ 《清代硃卷集成》第四三册，何式璜履历，影印第405页。

⑩ 按：曾福谦的嗣嫡祖母萨氏系萨履亨长女，萨锵胞妹、萨鍹、萨鏻、萨鋐胞姊，萨冠鳌胞姑，本生祖母郑氏（《清代硃卷集成》，第六〇册，曾福谦履历，影印第211页、214页），萨镛、萨蘐寿系萨锵从兄弟（《清代硃卷集成》第六七册，萨嘉乐履历，影印第88页）。

⑪ 《清代硃卷集成》第六〇册，曾福谦履历，影印第215-216页。

⑫ 《清代硃卷集成》第六一册，叶大琛履历，影印第10页。

⑬ 《清代硃卷集成》第六四册，郑籛履历，影印第175-176页。进士郑叔忱亦师郑奇峰（《清代硃卷集成》第六九册，郑叔忱履历，影印第273页）。

⑭ 《雁门萨氏家谱》卷三，影印第513-514页。

⑮ 同上书，影印第513页。

⑯ 同上书，影印第510-512页。

⑰ 《清代硃卷集成》第六七册，萨嘉乐履历，影印第89-90页。

⑱ 《清代硃卷集成》第六八册，陈宝璐、陈宝瑨合刻履历，影印第227页。梁鸣谦系举人钟大钧的胞姨丈（《清代硃卷集成》第三三七册，钟大钧履历，影印第115页），可见梁、钟、陈三家族之间的关系。

⑲ 同上书，陈懋鼎履历，影印第4-5页。曾光斗系举人王见三、王卿云的姑丈（《清代硃卷集成》第三三七册，王卿云、王见三合刻履历，影印第9页），可见曾、王、陈三家族之间的关系。

⑳ 《清代硃卷集成》第七三册，黄曾源履历，影印第7-8页。

㉑ 《清代硃卷集成》第七八册，池伯炜履历，影印第131-133页。

㉒ 《清代硃卷集成》第八九册，郭则沄履历，影印第11页。

以上所列为《清代硃卷集成》中闽籍进士履历的受业师情况，这些进士都是清代福建文学家族中的成员。清代福建举人不论是科举家族还是文学家族中的成员，他们的受业师中师弟授受或受到“舅氏”影响都是普遍性的存在，毋庸列举更多的事例[①]；如果一个贡生、监生、举人、进士的履历中无家族成员师弟授受或舅氏影响反而说明其家族的科举事业不振或婚配对象家庭(家族)衰微的现实，这是一个普遍的认知，偶有例外。

我们分析以上文学家族内部或文学家族之间的师弟传授现象：其一为家族内部的师弟传授，可以是平辈之间的兄弟，也可以是跨越辈分的代际传授，总之要恪守师弟的名分，为师的族人或者是科场上的成功者，具有庠生、贡生、监生、举人、进士的身份，不同阶段不同身份的为师者对于科举事业具有不同的作用，或者是通晓八股、试帖诗创作的科场老手，可能在家族所设的塾学讲学，或为族中富贵族人的西席，或随官所教其子弟，自然要有束脩；其二为跟从父执尤其是科场上同年父执“年伯”，或者更上一层祖辈的“太年伯”、“太世伯”[②]学习，表现出科举家族之间牢固、紧密的世谊，对于交好家族的晚辈在社会、科场上站稳脚跟提供支持和经验，也作用于家族文学创作领域；其三为从老师学习，后为老师器重，妻之以女，如池伯炜，再如侯官林昌彝，先从黄则仙学，再从其岳父周嘉璧学，表现为“舅氏”[③]对子婿家族文学创作的影响；其四为跟从具有婚姻关系的前辈学者学习，如同姓的“家”(老)夫子[④]、妻兄、“峦兄”[⑤]、“外兄”[⑥]、姊丈[⑦]、姑丈、表伯(叔)、表舅、母舅、岳舅[⑧]、姨丈、太姨丈[⑨]、姻翁[⑩]、岳伯[⑪]、太世叔[⑫]、太姻伯(叔)、舅祖、外(叔)祖等，不仅限于外舅(岳父)或母舅的人际关系，表现为“泛舅氏”的影响和作用，如太姻伯叔之于履历的主人关系相对疏远，完全由于婚姻缔结形成家族之间关系的桥梁。

这些类型的受业师来源于宗族、世交和婚姻的社会关系，林则徐晚年家居尝设“亲社”，“课戚中子弟”[⑬]，非具有这些关系者往往构不成师弟授受的知识传播可能性，表现出清代科举中人物所具有的社会分层特殊性、优越性和排他性。师者、受业者均通过师弟授受的方式确立受业师与门人之间的关系，舅权[⑭](外舅、母舅等类别)的发挥是通过师弟授受的方式而产生影响，反映出师弟关系在清代社会诸种关系中的重要地位，也可以认为家族内部的代际辈分差别虽然显示其长幼有序，但师弟之间的感情较诸普通的同族关系而产生的感情更加牢固和亲密。

---

① 《清代硃卷集成》第三三六册举人履历中大部分无开列受业师、受知师者姓名，部分有之，如暨之骐；第三三七册则大部分有之，仅陈栻、林寿鼎、林贺峒履历无有，第四〇七册贡生卷张纲缺整份履历，第三三八至三四〇册、第三八一册所有履历及受业师、受知师皆有。读者若有进一步探究的兴趣，请阅读《清代硃卷集成》第336-340、381、407册福建举人、贡生履历。

② 《清代硃卷集成》第三三九册，刘孝祐履历，影印第256页。

③ 此处“舅氏”指岳父，义同“外舅”。具有母舅和岳父双重身份者，如林则徐之于沈葆桢。林则徐族弟林昌彝尝为沈葆桢授业，林昌彝之于沈葆桢具有外叔祖的身份。道光十七年(1837年)，沈葆桢年十七，从林昌彝游，林昌彝教以“持躬涉世之道”，后二年福建乡试，同榜举人中式，沈葆桢中第三名，林昌彝中七十七名(钱洪来《林昌彝年谱》第22页)。

④ 《清代硃卷集成》第三三八册，陈其昌履历，影印第30页，“赞虞家老夫子”、“抑之家老夫子”。

⑤ 《清代硃卷集成》第三三七册，林振声履历，影印第374页。

⑥ 《清代硃卷集成》第三三九册，举人董元度、董元亮合刻履历，影印第204页。

⑦ 《清代硃卷集成》第三三九册，刘怡履历，影印第83页。

⑧ 如方珙、方瀛舟之于林振声，系林振声妻刘光芹长女刘氏的母舅(《清代硃卷集成》第三三七册，林振声履历，影印第372-374页)。

⑨ 《清代硃卷集成》第三三九册，举人董元度、董元亮合刻履历，影印第201页。

⑩ 《清代硃卷集成》第三三八册，叶珊履历，影印第332页。

⑪ 《清代硃卷集成》第三三九册，梁继曾履历，影印第32页。

⑫ 《清代硃卷集成》第三三九册，萨起岩履历，影印第361页。

⑬ 沈瑜庆《刘少如太守表兄六十寿诗二首》其一诗句“亲社渐推君祭酒”后小字注：“林文忠公晚年家居，设亲社，课戚中子弟。”(《涛园诗集·春申篇》，原第四页，《清代诗文集汇编》第785册，影印第130页)沈瑜庆《刘宣甫大令六十寿诗》诗中注“外祖林文忠公道光辛亥由云贵总督乞病归，作亲社”(《涛园诗集·南州集》，原第十五页，影印第142页)。据此，“亲社”事在道光辛亥，而道光中无辛亥年，当是二十九年己酉(1849)林则徐奏请开缺，明年庚戌(1850)三月到家。

⑭ 罗时进教授以为舅甥之间存在天然形成的亲密关系，仅次于父子血亲关系，舅甥若进一步发展成为翁婿，则更加亲密，双方具有双重关系，具有双重责任和义务，舅甥关系对于文学作品中的舅甥之情(“渭阳”题材)的表现、舅甥之间文学观念和创作风格的影响、家学的遗传与舅甥文学风格相似的必然性都产生极大关系(《清代江南文学发展中的“舅权”影响》，载《江海学刊》2011年第5期，第186-187页)。

在师弟传授的主要形式之外，文学家族成员内部的交流也是家族文学创作实践及其理论建树发生的重要因素。晚清福州府侯官陈衍家族是这方面的典型。福建诗人李审言的诗有"石遗一门自师友"[①]一句，虽为父子、叔侄、兄弟、姊妹的家族血缘关系而转成类似"师友"(或师或友)的师弟、友朋关系，陈书(1838—1905，字伯初，号木庵)对于其幼弟、同光体著名的诗歌理论家、诗人陈衍(1856—1937)影响极大，陈衍终身对伯兄陈书怀有长兄如父的感情。陈书一生诗歌创作和诗歌理论主张演变的过程，是同光体闽派诗歌创作旗帜树立的过程。陈衍《石遗室诗话》记载其兄陈书的创作和交游及理论创获等方面的事迹甚多：

余九岁时，先伯兄讲授唐诗。自秋徂冬，王、孟、韦、柳诗成诵，上及陈伯玉、张曲江之作。次年，乃及李、杜与晚唐。十余岁时，已习举业，然有终年学为诗，日课一首者。时闽人诗极陈腐，袭杜之皮，而木庵先兄(即先伯兄，陈书系陈衍长兄)年二十余，出语高隽浑成，绝无所师承，天才超逸然也。所与游者，惟陈子驹明经通祺、徐云汀孝廉一鹗、李星村太学应庚、杨子恂庶常仲愈、林希村季才如玉数人，则才华自喜，自命能为玉溪生、杜樊川近体者，伯兄久而厌之。同治季年，乃与叶损轩中书(叶大庄)、徐仲眉副将(徐葆龄)[②]、陈芸敏(陈琇莹)编修，倡为厉樊榭(浙江钱塘人厉鹗，1692—1752)、金冬心(浙江钱塘人金农，1687—1763)、万柘坡(浙江秀水人万光泰，1717—1755)、祝芷塘(浙江海宁人祝德麟，1742—1798)辈清幽刻峭之词。[③]

根据此条记载，陈书在同治(1862—1874)初年其弟陈衍"十余岁时"，大约同治四年(1865，陈衍10岁)以后开始转变闽诗的面貌，转变为宗晚唐李商隐、杜牧的创作方向，努力改变闽诗自明代以来"极为陈腐"、"袭杜之皮"的积弊，这是闽中同光体出现的曙光。同治末年，陈书等闽中诗人厌为"才华自喜"的创作，转向模拟清初以来厉鹗、金农、万光泰、祝德麟等浙派宗宋诗人的诗风，诗歌创作的风格再次转变为"清幽刻削之词"，是为同光体闽派的先驱。

木庵伯兄四十以后倦游，能为医，奉母不出者十余年。村居陶江，城居龚氏双骖园、武陵园。损轩、芸敏皆出山，乃与陈弢庵(陈宝琛)、龚霭仁布政易图、刘特舟州牧玉璋游，具林壑琴尊之乐。岁得诗百十首，尽弃少作。论诗宗旨略见前后与损轩(叶大庄)诸诗。

……

又答损轩云……又《戏为绝句效杜老》云："健笔盘拏不肯直，费人悬解是吾师。他年嗤点关何事？且复相逢千载期。""句法若能顺流俗，须知此事市门如。师资一远尘容出，不读《法华》须读书。"[④]

陈书的诗歌创作和理论转向并未停止。"四十以后"，当光绪十四年(1888)以后，中年陈书主张"健笔盘拏"的风格，其"费人悬解是吾师"的理论认知是由于"句法若能顺流俗，须知此事市门如"，不肯从流俗以取悦，乃以费艰辛从事诗歌创作，以多读之"书"为"师资"，涤荡"尘容"，去除陈腐之习。陈书常与闽县陈宝琛探讨诗法、句法：

伯兄有《与弢庵夜谈》云："……咫闻乍爱贞元士，癖好谁甄雅故流？落与闲中商句法，定交京兆马笼头。"又《呈弢庵》："元祐诸公天人姿，庆历圣德天所毗。……乡党流风要人纪，文献晻昧烦探披。……摩崖浯溪兴不衰，老于文学今其谁？温良颜色入座有，时以句法相质疑。……"又《即事书怀

① 陈衍《石遗室诗话》卷三十，第四十七条，第438页。

② 按：徐葆龄(？—1878)，字仲眉。杨浚《徐仲眉游戎》挽联题下注："仲眉工诗。甲戌(同治十三年，1874)与予同在李子和(鹤年)制军幕。"(《冠悔堂楹语》卷下，原第十七页，影印第780页)亦善楷书(《竹间续话》卷四)，年老无子多病，其事迹请参看《石遗室诗话》。又，陈琇莹诗《题徐仲眉落叶庵诗榻》，有句"秋因社长南州徐，家法渊源出落木"(《近代诗钞》中册，第953页)，盖徐葆龄与明人徐㶿、徐𤊹兄弟同宗，系从侯官县荆溪迁闽县徐氏后人。

③ 陈衍《石遗室诗话》卷一，第二二条，《民国诗话丛编》第一册，第31页。

④ 同上，卷一，第二五、二六条，《民国诗话丛编》第一册，第32-33页。

示弢庵》:“句法危疑鲠在喉,移时不吐是吾忧。……”①

这些都是陈书诗歌创作的心得,与陈宝琛交流。陈书长陈宝琛10岁,陈宝琛长陈衍8岁。青年的陈书进行诗歌创作时正值咸丰朝和同治初年,陈宝琛和陈衍的诗歌创作则贯穿同治、光绪、宣统三朝,延伸到民国间,构成了最符合同光体之以同治、光绪两朝年号命名的诗人之流和诗歌创作之流。

文学家族成员之间的交流在文献上常表现为唱和结集的形式。同治刻本《福建通志》著录闽县林徽琼《楚游剩草》,注云:“伯兄昆琼作宰湖南,迎养(其父林玉友)官署,徽琼随侍,故集以是名。季弟瑞琼、犹子初聚首衙斋,一家酬唱之作也。”②是闽县林廷对家族后人林玉友及其子林昆琼、林徽琼、林瑞琼、孙林初唱和诗集。林昆琼,字长实,号醇叔、醰侯。籍侯官。乾隆三十年乙酉(1765)举人,官湖南宜章县知县,钦加同知衔道州知州。林昆琼之父林玉友,乾隆间布衣,有《潇湘游草》,“是集乃就养时作”③。唱和结集的现象,本书还将在第三节中结合闺秀作者的创作进行讨论。

## 第三节　家族闺秀作者及闺秀雅集

在清代文化高涨的社会大背景之下,清代文学创作队伍中的女性作者大量出现,女诗人、女词人等女性作者的作品浩如烟海。现存清初钱塘顾若璞《卧月轩稿》六卷续刻一卷、桐城吴坤元《松声阁集》五卷、会稽商景兰《商夫人锦囊集》二卷、山阴王端淑《吟红集》三十卷、庐州张娴婧《蕉窗遗韵》三卷、嘉兴黄媛介《黄皆令诗选》一卷、江宁卞梦珏《卞玄文诗》不分卷、海盐彭琰《闲窗集》一卷、钱塘李因《竹笑轩诗草》三卷、庐陵刘淑英《个山遗集》八卷、长洲吴琪《吴蕊仙诗选》一卷、泰兴季娴《雨泉龛集》八卷、桐城左如芬《缫芷阁遗稿》一卷、海宁查惜《南楼吟香集》六卷、华亭夏惠吉《玉樊丙戌集》一卷、长洲顾莹《青湄遗稿》三卷、吴县张学象《砚隐集》八卷、莱阳冷玉娟《砚炉阁诗集》五卷、汉军正红旗高景芳《红雪轩稿》六卷;桐城张令仪《蠹窗集》二十一卷④等,湖州沈淑兰(1652—?)“姊妹十人皆能诗”⑤,金山曹鉴冰与祖母吴朏、母亲李玉燕合刻诗稿《三秀集》⑥,长洲翁静如《朱楼余草》一卷,集附女周月贞《月贞遗草》一卷、媳主雪英《冰心草》一卷⑦,邹斯漪辑《诗媛八名家集》(顺治十二年刻本。系王端淑、吴琪、吴绡、柳如是、黄媛介、季娴、卞梦珏、吴山八位女诗人诗选)、王士禄《燃脂集》、陈维崧《妇人集》都昭示了清代闺秀作者创作的繁荣局面。

乾隆以来,安徽歙县人汪启淑辑《撷芳集》八十卷(乾隆三十八年飞鸿堂刻本)、江苏武进人恽珠等编《国朝闺秀正始集》二十二卷(道光十一年刻本)、恽珠等编《国朝闺秀正始续集》十三卷(道光十六年刻本)、江西德化人蔡殿齐编《国朝闺阁诗钞》一百卷(道光二十四年刻本)、江西宜黄人黄秩模编《国朝闺秀诗柳絮集》五十二卷(咸丰三年刻本)、安徽歙县人鲍友恪编《国朝闺秀诗选》(敬戒斋钞本)、王淑坤《国朝闺秀诗选》八卷《姓氏小传》一卷(同治八年钞本)、安徽南陵人徐乃昌编《小檀栾室汇刻闺秀词》十集一百十二卷、《小檀栾室闺秀词钞》十六卷,福建侯官薛绍徽编《国朝闺秀词综》十卷、《国朝女

---

① 陈衍《石遗室诗话》,卷一,第一〇条,《民国诗话丛编》第一册,第24页。

② 同治刊本《福建通志》卷六十八,影印第1399页。

③ 同治刊本《福建通志》卷六十八,影印第1397页。

④ 柯愈春《清人诗文集总目提要》,第14-141页,顾若璞至季娴;第226页;左如芬;第228页,查惜;第246页,夏惠吉;第326页,顾莹;第330页,张学象;第384页,冷玉娟、高景芳;第426页,张令仪。顺治、康熙两朝闺秀别集。

⑤ 同上书,第348页,沈淑兰《黛吟草》。

⑥ 同上书,第351页,曹鉴冰《清闺吟》。

⑦ 同上书,第482页,翁静如《朱楼余草》。

文苑小传》，今人王英志等编《清代闺秀诗话丛刊》等，均对清代女性作者的相关文献进行收集[①]。同治刊本《福建通志·列女传》的"节孝"、"闺秀"类型人物条目下多有清代福建闺秀作者事迹、著作、篇什的简略记载。

全清闺秀作家数以千计，乾隆间《撷芳集》即已收录1853名闺秀作者，诗6029首；《国朝闺秀正始集》、《国朝闺秀正始续集》（合称《正始集》）收1526名，诗2965首；《国朝闺秀诗柳絮集》收女诗人1949名，诗8343首[②]。今人胡文楷所著《历代妇女著作考》，收录明清两代女性作者近4000人，清代3670人[③]。太山遍雨之下，流风余韵所及，清代福建文学家族中的闺秀作者亦多[④]。梁章钜《闽川闺秀诗话》五卷、丁芸《续闽川闺秀正始集》、《闽川闺秀诗话续编》，今人黄祖绪《莆阳历代闺秀名媛、才女诗人纪略》等均记载了清代福建部分闺秀作者。本书在各文学家族条中具列清代福建闺秀作者姓名及其事迹，读者可以按图索骥，了解她们的文学创作现象。

德、言、容、功是传统社会中所谓"妇人四德"，但能真正认识到"言"的重要性者不多。晚清学者谢章铤（1820—1903）高度肯定妇女之"言"："有辞命焉，所谓'言'也。而琴瑟之，音韵之，以副笄之德，则诗者尤其言之精者也。彼《柏舟》、《燕燕》诸篇特其绪语之流露耳。……孔子曰：'不学《诗》，无以言。'后世妇学不讲，妇人之能言者尠矣，不亦四德而缺其一乎？"[⑤]依《诗经》立义，谢氏认为以诗歌创作为主体的文学创作之"言"对于妇女而言异常重要。但是中国在漫长的封建社会中形成一整套禁锢女性的宗法制度和性别制度。相对于男性作者，闺秀作者的受教育条件受到限制，地位远不如男子，不受家庭和家族的重视，普遍遭遇差别对待，已经因为性别而形成女性接受教育的障碍；能接受知诗书的教育，形成从事文学创作的能力更是难上加难。如同钻燧取火，父母（祖父母）和女子（孙女）宛若草木与燧石两端，要在燧石被击打之时，捕获燧石闪现的火星，瞬间相遇，用草木助燃，形成火源。父母（祖父母）要有充当草木被燃烧的大爱，创造女子受教育的机会，以培植女子的文学创作才华[⑥]。同时，我们也正在这样的环境中看到清代闺秀作者产生的特定背景。清代闺秀作者的出身阶层相对较高，提供她们受教育和从事文学创作的家庭条件相对优越，这是闺秀作者比男性作者幸运的地方。在无人资助士人隐居、己身无力耕读的情况下，清代产生明末福建像徐英[⑦]那样家境贫困、立志向学的男性诗人的土壤及其可能性几近于无；在此基础上，若无一定的经济基础，又缺乏父母的重视，设想培育闺秀诗

---

① 道光九年（1829），张际亮作《绂庭公子玉台丽美图》诗。末句"后先都有织云星"，自注："近归安叶筠潭（叶绍本）方伯父子、兄弟皆能诗。其母太夫人、嫂陈夫人及方伯之妇诗亦工，有《织楼合刻稿》，实闺秀之雄也。"（《思伯子堂诗集》卷十，《清代诗文集汇编》第601册，影印第107页）乾隆五十九年甲寅（1794），陈寿祺撰《题吴江闺秀沈氏诗录五首》（《绛跗草堂诗集》卷五，《清代诗文集汇编》第499册，影印第562页）。

② 付琼《〈国朝闺秀诗柳絮集〉的地位和特色》，载《苏州大学学报》2010年第6期，第98页。

③ 《历代妇女著作考》陆续有增订、补辑、补正文章出现，如张宏生先生增订该书，新增女性作者259人，订正原书女性作者53人；黄湘金《南国女子皆能诗：〈清闺秀艺文略〉评介》（2008），许红霞撰《〈历代妇女著作考〉清人著述拾补》（2010）、《〈历代妇女著作考〉清人著述拾补—江浙部分》（南京师范大学硕士学位论文，2011），陆勇强撰《〈历代妇女著作考〉补正》（2019）等论文，徐雁平以为经过以上学者的努力搜集、考订，清代女性作者超过3900人（徐雁平《清代文学世家联姻与地域文化传统的形成》，载《华南师范大学学报》2011年第3期）。

④ 《明代福建文学结聚与文化研究》通过对明代福建330余个文学家族（后续的研究表明大约有350个以上文学家族）的研究，发现明代福建文学家族中女性作者进行文学创作和结社的现象较少。根据明、清两代福建文学家族创作现象的对比研究，清代福建文学家族中女性成员进行创作和著述的现象是历代福建文学创作现象中的特殊现象，归结于清代全国文化高涨和风气转变之故。

⑤ 谢章铤《吟香室未定草序》，《赌棋山庄文又续》卷一，《清代诗文集汇编》第680册，影印第789页。

⑥ 在西方文学世界里，我们读到因病变得"又盲又聋又哑"的海伦·凯勒（1880—1968）童年的心灵世界被老师莎莉文打开刹那的美妙感受："莎莉文老师引导着我把一只手放在水龙头下，一股清凉的水瞬间倾泻在我的手上。然后她在我的一只手上拼写'water（水）'这个词开始写得很缓慢，后来逐渐加快速度。我一动不动地站着，全神贯注于她手指的动作。就在那一刹那，灵感袭遍了我的全身，我记起了忘却已久的事情。我似乎拿到了通向语言宫殿的金钥匙，一股神奇的感觉激励着我的大脑。我彻底地区分了'杯'和'水'两个单词，这种从我手上流过的清凉而奇妙的东西就是水。可以说，水开启了我的心灵，光明、快乐、希望和自由都是它赐予我的。"（海伦·凯勒《假如给我三天光明》第二篇《照亮心灵的人》）

⑦ 侯官徐英，字振烈。以佣为生，人称"担米徐英"。担米，即今言之挑米。能诗，有《鸣剑集》。邑人曹学佺（1574—1646）筑石仓园，延为上座，并选其诗入《十二代诗选》。曹学佺殉明，徐英伏尸恸哭，啮舌喷血以死。传见《全闽明诗传》卷五十三、同治刊本《福建通志》卷二百十五等。

人，那是更不可能。一言以蔽之：若无可能，便一切乌有；一旦若有可能，便得天独厚①。

我们在清初观察到福建文学家族中闺秀作者逐渐养成的过程。这个过程从明末清初的侯官许氏、永福黄氏、闽县黄氏、闽县（迁建安）郑氏三姓四个家族发展起来，形成了规模壮大的家族文学创作群体和区域丛聚的现象②：

永福黄文焕（1595—1664）之女即黄任的祖姑适侯官许豸长子许友，开启了永福黄氏与侯官许氏之间累世婚姻、互为舅甥的家族婚姻史，成为清代福建"甥出"文化现象③的典型。黄任之母许氏，即许友之女、许遇之胞妹，许友是黄任的外祖父，也是黄任的祖姑父；检《麟峰黄氏家谱》，黄文焕长子黄瑾之次子黄鑣，娶许氏，可知黄鑣亦娶许友之女。黄任祖父黄琠（顺治间贡生）晚年迁居光禄坊，黄任晚年筑香草斋，形成黄氏家族后人一在永福故家麟峰一在福州的衍传。

闽县黄晋良（1615—1689）系黄文焕从子、陈明弼外甥。著有《和敬堂文集》十六卷、《诗集》二十八卷、《井上述古》六卷、《桂林笔录》、《唐诗剩义》三十卷等著作，是明末清初福建著名的作者和学者。黄晋良尝从黄文焕学诗，诗风悲凉激楚，具有明清易代所产生的悲慨情感。黄晋良之女黄昙生适闽县郑善述，郑氏家族遂成为清代著名的文学望族。

闽县郑善述系郑邦祥（1586—1624）之孙，祖籍长乐县。郑氏与长乐巨姓谢氏婚姻，郑邦祥为谢汝韶女婿、谢肇淛妹婿，诗风沉博绝丽。郑善述，康熙间举人，官固安知县，著有《敬修堂集》。由于避乱，郑善述举家迁建宁府建安县，至郑方城兄弟时已著籍建宁府建安县。郑善述之子郑方城（1678—1747，字则望，号石幢）、郑方坤（1693—?，字则厚，号荔乡）兄弟及郑方城之子郑天锦及其子郑若沂父子皆能文。从父系衍传的世代数量来看，郑氏六代均能文学。由于时代积累以及家族累世婚配对象家族的文化、学术、文学创作的传统影响所致，郑氏家族文学创作和学术著述的著作量惊人，郑方城兄弟的著作详见同治刊本《福建通志》之建安县《经籍志》，见录于民国《建瓯县志》卷十二《艺文志》的从第三十至三十四页，十分可观。郑氏自晚明郑邦祥以来"子弟多才，虽夭殇者俱负文采，几于崔氏，世擅雕龙之盛，而闺秀人皆有集，则海内所未闻也"④。

黄昙生，一作黄昙，黄晋良长女，黄任族姑。黄氏传见民国《建瓯县志·列女传》："（黄晋良）既归，寄情诗史。时夫人（按：指黄昙生）幼，侍几案，听说忠孝事，受经，学作诗文，温纯大雅，不为闺阁香艳之句。处安公（按：黄晋良，字朗伯，号处安）喜曰：'是伏生女、曹大家流，苏若兰岂足方哉！'尝曰必择快婿，既见蕉溪（按：郑善述，号蕉溪），遂受聘，年二十于归。有子方城、方坤、孙天锦先后成进士。夫人佐蕉溪劳逸教子琴堂，赋诗帷中答之，故方城兄弟积学半由母训，子女皆知诗。方城令固安，期年政平，招戚友滞畿下者至署，作竟岁欢，拈韵赋诗，鱿政具举。夫人在阃内，亦与群从、子婿、通家子倡和。除日，夫人剪绢成梅花，插胆瓶奉客，偶作小诗，诸子竞次其韵，为夫人寿。夫人喜谓方城曰：'迩来落拓一官，独此耳！'晚年失明，犹口授孙曹书，有句云'不辞严课读，家世是儒冠。'著《萧然居集》。初，夫人年小，见兄镌私印文，曰：'得意金多日赠人易人为贫'，识者叹为仁者立达与墨氏兼爱之分也。著作

① 明代吴文华为其陈氏姊撰《奉贺姊陈母七十八寿序》，回忆云："其少时也，犹及见吾王父（吴瑲，吴文华祖父）甚怜爱之。余父大中丞（吴世泽）方为诸生，每夜读，吾姊必在侧……当是时，年方八九岁，闻史书大义，必贯于心，称敏慧。家中丞筮令庐陵，携母夫人及姊氏与俱。在官廨中，益得习女红，览《孝经》、《列女传》诸书，间睹屏幛所图画山水人物花卉诸状，试模效之，绝似，家中丞尝诧曰：'此恨不得为男子也。'……乃今则望耄之期矣，尚躬纺绩，却兼味，时取书史观之，以娱心目，未尝倦焉。"（吴文华《济美堂集》卷二，四库全书存目丛书集部第131册，影印第559页）陈氏姊少时聪慧，令祖、父怜爱，加以培养，长能督训子孙，老能以书史娱心目，说明其所受教育对本人一生和夫家所产生的积极影响。

② 本书本节所举例均为清代福州府文学家族中的闺秀作者，非有意忽略其他府州的闺秀作者。通观清代福建文学家族及家族文学创作的状态，其他府州的文学家族虽有部分家族闺秀作者从事文学创作，无奈数量少且不能成为典型案例。特此说明。

③ 朱仕琇《林母郑太夫人六十寿序》，《梅崖居士外集》卷五，《清代诗文集汇编》第336册，影印第557-558页。原文："自宋以来，甥出之盛其最盛者王魏公（王旦）有韩（韩持国兄弟，王旦外孙）、苏（苏舜钦，王旦外孙）二氏，黄鲁直（黄庭坚）有洪（洪刍）、徐（徐俯），而孔毅父（孔平仲）之甥为曾文清（曾幾），文清之甥为吕成公（吕祖谦）兄弟，展转相接发祥尤奇，其他如是者众矣，而不详母氏之贤。其以贤母名者，自二程、二苏外，唯虞邵庵（虞集）母杨氏，口授二子书及性理之说，其父文仲、夫汲皆闻人。"

④ 朱仕琇《连山令郑君墓志铭》，《梅崖居士文集》卷八，《清代诗文集汇编》第336册，影印第266页。

甚富，秘不示人，惟吴兴臧夫人《皆绿轩诗》、西陵《林大家集》，奉处安公命为序，两家寿之梨枣，脍炙人口。他有存者，皆女孙翰蓴所录也。女徽柔适侯官陈日赞，以节老，著《芸窗蛩响集》。方坤有四女：镜蓉、云荫、青蘋、金銮，皆能诗，合著《垂露斋集》。方城女翰蓴、天锦女佩玟诗皆可传。一时闺阁瑰然竞秀，盖师承黄氏也。"[①]黄昙生的事迹可以概括为：其一黄昙生幼年所表现出来的才识受到父亲黄晋良的发现和培养，并为择婿，使郑氏的文学、科举、仕宦事业进一步推向更高的发展阶段；其二黄昙生善于佐夫教子，二子若孙在科举上俱有成就，黄昙生对宦途、富贵认识通达，端为良母；其三在课读、程督子孙外，黄昙生能文学，传授黄氏家学，在阃内唱和吟咏，闺阁竞秀，同时在世的本家女性作者10余人，形成郑氏家族内部雅集和创作的盛况，又与"群从、子婿、通家子倡和"，形成传播范围更广阔的诗歌创作群体。移用杨庆琛为陈宗英母亲田氏所题诗句"下笔千秋著阃仪，大家才德两兼之。合教咏絮铭椒辈，帘幙春风拜女师"[②]以表彰黄昙生的才德，也是合适的。

梁章钜《闽川闺秀诗话》卷二记载郑善述女、郑方坤姊郑徽柔、郑方城女郑翰蓴、郑方坤九女（郑镜蓉、郑云荫、郑青蘋、郑金銮、郑长庚、郑咏谢、郑玉贺、郑风调、郑冰纨）及郑翰蓴（郑天锦姊，适林其茂）女林芳蕤、孙女林淑卿的诗歌创作事迹。丁芸《闽川闺秀诗话续编》卷四又补录郑方坤季妹郑淑止（字菊生，著有《蕴玉轩集》）、郑天锦女郑佩玟，堪称闺门诗歌创作的盛事。朱仕琇称"郑氏故多才女"[③]，王蕴章《燃脂余韵》记载郑方坤"九女中惟冰纨未嫁而殇，长庚诗无可考，余则人人有集"，惊叹云"自古至今，一家闺门中诗事之盛，无有及此者"[④]。我们看到包括黄昙生在内，往下直至其曾孙郑若沂、曾外孙林乔荫、林澍蕃、林芳蕤（黄昙生孙女郑翰蓴孙子孙女）、玄外孙林淑卿（林澍蕃独女）均能创作，影响何止100年。朱仕琇以为郑方城之配叶孺人"在郑门一时舅姑、夫妇、母子群贤相遇之盛"，其女、郑天锦女弟郑翰蓴"又著于林氏。传曰：'学犹殖也'，诗书之泽勿替，引之衍而弥繁，移而愈大，理固然矣"[⑤]。文学创作传统的传承及其传播也是如此。

黄文焕曾孙黄任（1684—1768，号莘田），侯官许友外孙、许遇外甥、郑方城表弟、郑方坤表兄，居福州光禄坊。康熙四十一年壬午（1702）举人，官四会知县。黄任是清代雍正、乾隆年间福建著名的诗人，"不独倾倒吾闽"[⑥]，具有全国性的影响力，与晚辈诗人、邵武府建宁县张际亮（1799—1843）并称为同光体闽籍诗人之前福建籍两大成就最高的诗人。

黄任家族及其周围多闺秀诗人，黄任及其家族的闺秀诗人创作形成较大的社会影响。黄任之妻庄氏（？—1744）、妾金樱（？—1752）、妻族女庄九畹、表嫂廖淑筹（1684—？，黄任师林佶兄林侗之女，为廖氏养女，适黄任表兄许均）、女黄淑窕（1705—1773）、黄淑畹及黄淑窕之女游合珍、黄淑畹之女林琼玉、表侄孙女许琛等亦能诗。在黄任家族内部、婚配对象家族及黄任身边能够涌现一批闺秀作者，跟黄任的诗歌创作和个人魅力具有密切的关系。《闽川闺秀诗话》："（黄淑畹）纫佩为莘田先生次女，与姒洲（黄淑窕，黄淑畹胞姊）同承庭训，于诗功力尤深。""（黄淑畹女林琼玉）林琼玉亦莘田先生外孙女……《闺秀正始集》云：'琼玉为女史黄纫佩女，绰有外氏家风。'《寄许德瑗表姊》云：'疏影楼头问起居，迩来诗思复何如。知君多为梅花瘦，我比梅花瘦有余。'与素心老人可称同调。"[⑦]林琼玉与表姊许琛（1731—？，字德瑗，号素心，系许友曾孙、许遇孙、许良臣女）相唱和。按：所谓"同调"，其实许琛之诗异常凄苦。同治刊本《福建通志・列女传》"何光云妻许氏"条："素心婿、何公光云就婚粤署，甫四载，称未亡人。归则舅氏远客吴门，无一椽蔽风雨，依母氏以居。无何，而又失所怙恃。时素心以茕茕孑

① 蔡振坚《建瓯县志》卷三十，影印第348-349页。
② 杨庆琛《绛雪山房诗续钞》卷一，《清代诗文集汇编》第542册，影印第558页。
③ 朱仕琇《林母郑太夫人六十寿序》，《梅崖居士外集》卷五，《清代诗文集汇编》第336册，影印第557页。
④ 王蕴章《燃脂余韵》卷二，《清代闺秀诗话丛刊》第一册，第691页。
⑤ 朱仕琇《林母郑太夫人六十寿序》，《梅崖居士外集》卷五，《清代诗文集汇编》第336册，影印第557页。
⑥ 黄任《黄任集》，后记，引郑杰语，第604页。
⑦ 梁章钜《闽川闺秀诗话》卷一，第2页。

子之身，极憔悴、困顿、疾病、离别而不悔，以冰雪之心抒其冰雪之辞。举凡疾病、困顿、离别之况，一一寄之于诗，宜其黯然以伤，悄然以悲，读之而哀且肃也。其所居一小楼，颜曰疏影，因即以名其集，然则谓其志其诗与梅比芳而竞洁焉，可也。”[①]可知清代女子成年婚配之后由于遭遇家难之不幸而形成诗风之转变，与早年因优渥的生活状态而形成的诗风大不相同。

黄任次女黄淑畹适侯官林春起，育有子林昂霄、女林琼玉、林玉红，俱能诗文。黄任非常中意年轻诗人叶梦苓的才华，叶梦苓对黄任及其诗歌怀有艳羡的心理，于是黄任亲自选择叶氏为外孙女林玉红之夫婿，成为乾隆间福建文坛的佳话。叶梦苓所著《秋江集笺注》六卷，是黄任香草斋诗的主要注本，为黄任诗歌的普及性传播起到重要作用。

侯官许氏家族既多产作者，富于著述，又多闺秀作者。同治刊本《福建通志》著录许氏家集《笃叙堂诗集》五卷，按语称：“许氏自友以来……闺阁亦娴翰墨，风流儒雅，一时称盛。”[②]郭白阳《竹间续话》：“侯官许氏，世以工诗画名，闺阁亦娴翰墨，风流儒雅，一时称盛。”[③]女性作者有许均(许友之孙)之妻廖淑筹、许良臣女(许友曾孙女、许鼎孙女)许琛、许濂之妻梁韵书(梁蓉函)、梁韵书长女许还珠、梁韵书三女许季兰、梁韵书子妇赵玉钗、许濂侧室林炊琼等。

《闺秀诗话》：“侯官许琛，字德瑗，号素心老人。澳门郡丞良臣之女，适同里何燧隆。著有《疏影楼稿》。素心年及笄，有诗名，工书画，与胡石兰姊妹往来甚笃。……后与闺秀廖淑筹、庄九畹、郑徽柔、镜蓉、黄淑窕、淑畹，结社倡和，诗学益进。”[④]此派诗称“光禄派”[⑤]，以许氏家族光禄坊及闺秀能诗得名。陈芸《小黛轩论诗诗》：“派传光禄记吾乡，姊妹黄家草亦香。”“福州城南有巷曰‘光禄坊’，宋法祥院旧地，中有小邱曰‘玉尺山’。熙宁时，知州事程师孟以光禄卿游其地，并书‘光禄吟台’四字刻于石。明末为邑绅许豸宅。清初豸子友仍居之。著《许有介集》。其家妇女皆能诗，多与戚属女眷相赠答，诗筒往返，婢媪相接于道。轻薄子弟恒赂而窃录之，称‘光禄派’。”[⑥]永福黄氏家族与闽县许氏家族、建安郑氏家族以及各家族眷属、子孙之间文学雅集的活动异常活跃，长乐梁氏女梁韵书嫁入侯官许氏则是为许氏家族的文学创作增添了“咏史体”的新类型，这是清代福州府文学家族间的联姻推进、繁荣区域文学创作活动的典型例子。

我们明确观察到清代福建文学家族形成数代闺秀能文、酬唱的传统，从本家族扩展到婚嫁对象家族，作用于后代，继续产生积极影响的现象。同治刊本《福建通志》著录林澍蕃《南陔集》，引《注韩居诗话》云：“香海少孤。母郑氏，荔乡先生女[⑦]，教以经史及汉魏、六朝、李、杜、韩、苏诗，过眼辄不忘。九岁学为诗，出语即超凡俗。”[⑧]林澍蕃的母亲郑翰蓴是建宁府建安县(原籍闽县)郑善述、黄昙生孙女，郑方城之女。黄昙生既能吟咏，又能课读子孙，培育家族人才极有成效。诗歌创作是黄昙生父亲黄晋良的家学，郑氏家族本来是诗书簪缨之族，黄昙生的嫁入，使郑氏家族的文学创作发扬出诗歌创作的优势，数代之间诗道不废。郑翰蓴将其祖母黄昙生的门风带到林氏家族，培养出林乔荫、林澍蕃两个儿子和林芳蕤、林淑卿姑侄两位闺秀诗人，传称林淑卿得祖母郑翰蓴门风[⑨]，影响当亦及其夫家郭氏。从黄氏

---

① 同治刊本《福建通志》卷二百四十九，《(侯官)列女传》，闺秀“何光云妻许氏”条引许琛表叔黄惠序，影印第4568页。

② 同治刊本《福建通志》卷六十八，影印第1399页。

③ 郭白阳《竹间续话》卷一，第4页。

④ 雷瑨、雷瑊《闺秀诗话》卷十一，《清代闺秀诗话丛刊》第二册，第1192页。

⑤ 道光十年(1830)，建宁张际亮作《张红桥画像诗》组诗，其五：“晋安风雅尽曹(曹学佺)、徐(徐𤊹)，远忆林(林鸿)、高(高棅)那得如。读画分明感闺秀，谁知光禄旧门闾。”诗后注：“福州许氏自明季以来居光禄坊，闺阁皆能诗画。数十年前，福州士女多以诗筒往来倡和，时谓之光禄派，今则不闻此语矣。”(《思伯子堂诗集》卷十二，《清代诗文集汇编》第601册，影印第138页)又有《许天玉诗序》：“乾隆初，黄莘田尝言少时见城中诸巨家女子以诗往还，僮婢日在道，父老谓之光禄派。”(《张亨甫文集》卷二，《清代诗文集汇编》第601册，影印第412页)

⑥ 陈芸《小黛轩论诗诗》，《清代闺秀诗话丛刊》第二册，第1531页。

⑦ 按：此处误。郑翰蓴系郑方城之女，郑方坤侄女。郑方城号石幢，郑方坤号荔乡。

⑧ 同治刊本《福建通志》卷六十八，影印第1398页。

⑨ 民国《福建通志》总卷四十五，《福建列女传》卷六，林淑卿传，原第二十五页。

到郑氏再到林氏、郭氏，辗转四个家族，中间至少六个代际。

以上所述的两黄氏、郑氏、许氏家族的闺秀作者创作是清代福建从清初至乾隆末、嘉庆初的大规模闺秀作者丛聚现象，以下列出这些家族对应世系的人物关系表（横向表示世代，竖向左对齐为同一辈分，用英文大写字母标识，括号内表示夫妻、子女等人物关系）：

1. 永福黄任家族世系及闺秀作者

黄文焕→黄瓒

　　黄瑊→次子：黄鐻

　　　　妻：许氏

　　　　（许友女）

　　黄玑→黄绍洽→黄任→女：黄淑窕→

　　　　妻：许氏　　妻：庄氏；妾（侍）：金樱　　黄淑畹→

　　　　（许友女，许遇妹）　　妻族：庄九畹

A　B　C　D　E

游合珍（黄淑窕女）

林琼玉（黄淑畹女）

林玉红（黄淑畹女）

叶梦苓（林玉红夫婿）

F

2. 闽县黄晋良家族世系及闺秀作者

陈明弼→甥：黄晋良→黄昙生

　　（黄文焕族侄）（黄任族姑）①

　　　　夫：郑善述

A　B　C

3. 闽县（建安）郑善述家族及其闺秀作者

郑邦祥→郑桢→郑善述→女：郑徽柔

　　　　（黄任表姊）

　　妻：黄昙生　长子：郑方城→子：郑天锦→

　　　　（黄任表兄）　女：郑翰蓴→

　　　　　　夫：林其茂

　　次子：郑方坤→女：郑镜蓉、郑云荫、郑青蘋、

　　（黄任表弟）　郑金銮、郑长庚、郑咏谢、

　　　　郑玉贺、郑风调、郑冰纨

　　胞妹：郑氏

　　（适侯官曾孙汀，为曾元燮高祖母）

A　B　C　D　E

郑若沂（郑天锦子）

郑佩玟（郑天锦女）

---

① 据前引黄晋良《舅氏耕烟先生传》文字（《和敬堂全集》文部卷七，原第二页，《清代诗文集汇编》第54册，影印第160页），黄晋良的舅母陈黄氏系黄文焕次女，推知黄晋良为黄文焕孙辈，仅长黄任一个辈分，然而黄晋良与黄文焕后人叙谱，称黄文焕孙、黄瑁次子黄鐻（字汝合）为“仲侯”（《题汝合诗集》，《和敬堂全集》文部十三，原第八、九页，影印第210页），则黄晋良长黄文焕曾孙黄任两个辈分，黄晋良之女黄昙生为黄任族姑。

林乔荫(以下三林均郑翰莼、林其茂子女)<br>
林澍蕃——→女:林淑卿<br>
林芳蕤　　　夫:郭仁图<br>
F　　　　　G

4. 侯官许氏家族世系及其闺秀作者

许豸——→许友——→许遇——→许鼎——→许良臣——→(五子三女[①])<br>
　　　　妻:黄氏(黄文焕之女)　(黄任表兄)　许荩臣<br>
　　　　许宾　　　　　　　　许均——→许王臣→<br>
　　　　　　　　　　　　　　妻:廖淑筹　许雍<br>
　　　　　　　　　　　　　　(黄任表兄、嫂)<br>
A　　　B　　　C　　　D　　　E

许琛(朱文炳、张季琬外孙)　……→许濂[②](未知世系,待考)→长女:许还珠<br>
许作霖(许王臣子)　　　　　妻:梁蓉函(梁韵书)　　三女:许季兰<br>
许作屏(许王臣子)　　　　　侧室:林炊琼　　　　　子妇:赵玉钗<br>
F

说明:读者可以根据英文字母快捷推算以上四个家族之间人物的辈分关系。

侯官许氏家族在明末以来主要与永福黄氏家族之间往复婚姻,形成两大家族的密切交往,而其在乾隆间的著名闺秀诗人许琛则参与了更多的闺秀雅集,彼时黄氏、许氏、郑氏以及、胡石兰姊妹、洪兰士等闺秀结社唱和,形成光禄诗派。许氏家族的后期则是由于许濂妻妾及女儿、子妇等再次形成闺秀酬唱的高峰,这次的闺秀酬唱是以长乐(居福州)的梁氏家族力量加盟许氏家族而形成的。

长乐梁氏家族的标志性人物是梁章钜(1775—1849),官至江苏巡抚署两江总督,著作宏富。在梁章钜的祖父梁剑华之前,已有梁春晖、梁珪、梁澄漪、梁邦柱四代著有诗集,梁剑华复著有《天池堂诗文集》四卷、《策学类编》四卷、《书香堂笔纪》八卷等,长乐梁氏是一个贯穿清代始终的文学家族,直至民国间犹有梁鸿志等诗家。梁剑华五子中四子皆有著作,其中第二子梁上治一支、第四子梁上国一支的妻室和子女中尤多作者,梁上治(改名梁赞图)之子梁章钜称"仕宦中著撰之富,无出其右者"[③]。略列这两支梁氏后裔中的闺秀作者如下:(1)梁上治之妻、梁章钜母亲王淑卿能诗而不甚注意,仅存诗少许;梁章钜弟女梁佩茳,梁章钜之女梁兰省、梁兰台、梁兰芳、梁兰衡,梁章钜第三子梁恭辰之妻杨渼皋均能文学;(2)梁上国之妻、闽县许崇楷之女许馥荃著有《琴韵轩诗词》四卷、《琴音轩诗草》、《琴音轩集》等,诸女梁符瑞(长女)、梁蓉函(三女)、梁秀云、梁香云等均工诗画;梁秀云与诸姊唱和,独能作豪壮语;周登龙之女、梁上国季子梁云镛之妻周蕊芳著《生红馆诗钞》、《生红馆诗词》一卷等,梁章钜从兄、梁上国长子梁云铣之女梁赋茗(梁茗)、梁金英,梁云铣孙女、梁尧辰之女梁瑞芝,梁韵书长女许还珠、三女许季兰等能文学。梁氏文学家族中闺秀作者的文学活动主要在乾隆末、嘉庆、道光、咸丰、同治数朝。

在梁章钜诸从姊妹中,九妹梁韵书的才华最高。少从母亲许氏学,工琴,精于诗,尤长乐府,善拟白居易乐府[④]。尝与诸昆竞作八韵试律,杂之馆阁名篇中,几莫能辨[⑤]。长适侯官许豸家族后人许濂。许氏一门之内,累世有闺秀著述。传闻《闽川闺秀诗话》四卷亦出梁韵书之手,假梁章钜之名刻行于世。

---

① 黄任《萨母许孺人五十寿言》,民国《雁门萨氏家谱》卷五,《叙赠录上》,影印第717页。

② 按:许濂系道光元年辛巳(1821)侯官副贡生(同治刊本《福建通志》卷一百六十五,《国朝贡生》,影印第2916页)。

③ 林则徐《诰授资政大夫兵部侍郎都察院右副都御史江苏巡抚梁公墓志铭》,《林则徐全集》第五册,第487页。

④ 民国《长乐县志》卷二十九下,《闺秀传》,原第二十七页,影印第595页。

⑤ 民国《福建通志》总卷四十五,《福建列女传》卷六,梁符瑞传附梁韵书传,原第三十一页。

梁章钜子妇、梁恭辰之妻杨渼皋，字婉蕙，侯官杨簣之女。民国《福建通志》杨渼皋传："幼时父但授以书义，不知有声韵之学，迨归长乐梁恭辰，恭辰姑母（梁）韵书工诗，乃从之游，与小姑筠如（梁兰省）、寿研（梁兰台）相约请题为课，数年间积至百数十首，自次为《榕风楼诗存》。"[①]《浪迹丛谈》称"婉蕙喜谈诗"，翁媳之间多有谈艺之举[②]。

总兹以上所列，梁氏闺秀作者20人左右，集中在梁章钜的姊妹妯娌和女儿侄女两代，这两代梁氏女性作者占绝大部分数量，除此之外的上下各一代（指梁章钜的母亲辈和内外孙女辈）闺秀作者较少。梁氏家族的众多女性以嫁出为主，亦有文学家族如许氏、周氏、杨氏嫁入梁氏，在梁氏家族环境中继续发挥其创作才华，或者培养成闺秀作者，如杨渼皋。从梁氏家族的闺秀作者文学创作的发展情况看，如果嫁入家族对于文学创作事业极为重视的话，则梁氏女性在该家族中能够坚持并在对方家族的环境中得益，汲取丈夫家族的文学创作和艺术创作经验，取得更好的成就，反之梁氏诸女在离开娘家之后，其文学创作活动有所减少，甚至不能从事文学创作活动。

嘉庆以来，福建文学家族多闺秀作者的还有侯官魏本唐家族、长乐郑元璧家族、谢章铤家族等。魏本唐（1791—1857）的祖上原籍福州府福清县，迁侯官。魏氏族中有金贞玉、陈氏（魏本唐妻义姊妹）、叶氏（魏秀仁从母）等能诗，叶氏尝与侯官许亭亭等女诗人结社吟咏。长乐郑元璧家族亦多闺秀作者。郑元璧之父郑榕（1769—1807）妻陈氏，陈仲宽之女。"幼同诸兄读书，于五经四书均能成诵……榕解组归，道卒羊城。携四幼子，扶柩归。……尝曰：'经术者，文章之本，作文不先通经，是犹无源之水，其流必竭。'故其子若孙接武科名，均能本经术为文章，皆氏栽培力也。"[③]郑榕女郑嗣音、郑徽音俱有诗名。民国《长乐县志・闺秀传》："（郑嗣音）首占村榕次女也。适侯邑儒士陈景程。……娴吟咏。在家时，每与兄弟姊妹相唱和。及井臼躬操，遂不复事笔墨。年二十四以娩难卒。今所存《芷香阁遗草》，皆其未嫁前作也，弟元模辑而序之。""（郑徽音）首占村榕第三女也。适龙门高轩。屡踬童试，咯血而卒。徽音奉迈姑，抚嗣子，苦节十二年殁。素通文翰，在家时与诸兄唱和，旋焚弃之，邑吟咏非女子所宜也。今所存者《别吴门大姑》及《训侄》二律，犹有《柏舟》之遗音。"[④]郭柏荫女郭仲年（1836—1877）适长乐郑元璧之子郑景渊，系郑振铎曾祖母。郭仲年亦女诗人，有《继声楼诗集》。谢章铤的祖姑二人、妻子、妾室均能文学，请参看本书长乐谢章铤家族条下。

侯官郭阶三家族是晚清福建产生闺秀作者最多的文学家族。郭阶三（1778—1856）虽然撰有《诗草》一卷，而郭氏家族的崛起实际上自郭氏首次五子登科之后，这个时间从咸丰元年（1851）辛亥科郭阶三第五子郭柏芗举人中式算起。陈宝琛称侯官郭氏"门阀之隆，作述之美，世所艳称，无取覙缕"[⑤]，郭氏家族出现两次五子登科现象，家族中人入翰林，典乡试，郭柏荫官至署湖广总督、湖北巡抚，累世簪缨不断、著述繁富。

郭氏家族的文学创作有一个重要特征，郭氏家族中人丁旺盛，男子多在科举、仕宦、文学、学术领域多有成就，其家亦多育女子，其家族闺秀及室人众多，多能诗文，经常举行雅集，超过郡中永福黄任家族、侯官许氏家族、长乐梁章钜家族、闽县（迁建宁府建安县）郑善述家族闺秀雅集的规模，即使放眼全国也极少如此规模的闺秀雅集。

据郭氏后人、学者郭白阳《竹间续话》转引王道征《避暑钞》所记，郭阶三配林氏少通经史，亦能诗，存诗四首，姻家子、郭阶三门人李家瑞《停云阁诗话》称其诗和婉[⑥]。郭柏荫长女郭仲年（字敏斋）、郭柏苍的三位女儿郭媄宜、郭问琴（字燠宜）、郭拾珠（十珠，字茝宜）均能诗，以郭仲年的诗才尤为特出。福

① 民国《福建通志》总卷四十五，《福建列女传》卷六，杨渼皋传，原第三十九页。
② 梁章钜《金山》，《浪迹丛谈》卷一，《浪迹丛谈续谈三谈》，中华书局1981年版，第11页。
③ 民国《长乐县志》卷二十九下，原第三十页，影印第596页。
④ 民国《长乐县志》卷二十九下，原第二十八页，影印第595页。
⑤ 陈宝琛《郭春榆掌院六十寿序》，《沧趣楼文存》卷上，《沧趣楼诗文集》上册，第335页。
⑥ 郭白阳《竹间续话》卷四，第90-91页。按：李家瑞，字香蘋，侯官人。官浙江巡检。《闽词征》卷五有传及词。

州鼓山摩崖石刻书云:“同治癸酉年(十二年,1873)冬,侯官女士严蕙怀携女陈媄宜、叶问琴、陈拾珠、女侄郑仲年、侄妇何镜蓉、陈令姮游鼓山,三婿陈懋侯、侄郭调昌、绩昌侍。拾珠篆。”刻石在鼓山更衣亭附近。郭氏诸女均冠以夫家姓氏。

郭柏苍《乌石山志》记载了光绪十年甲申(1884)人日(正月初七)的一次赏梅活动:“光绪甲申人日,闽县郭媄宜、妹问琴、拾珠、问琴媳陈闺瑛、拾珠女陈闺瑜、闺琬、闺琛、犹女王珪如、侯官郭凤楣、妹凤楹、沁园主人叶淑艳冒冻历览(十五树梅花),围炉谈诗于柳湄小榭,夜分而罢。拾珠识之。”[①]陈闺瑛,陈建侯女。郭凤楣(适词人刘大受[②])、郭凤韶(适刘齐涞)、郭凤订(适曾宗韩)、郭凤楹(适黄彦鸿)、郭凤梁(适黄懋谦)、郭凤芑(适林鼎章)均为郭柏苍之子郭杰昌(1838—1903。榜名郭溶,号鹿泉,谱称资政公。同治三年顺天举人)之女,均能诗。王珪如,闽县举人王修文(1819—1859)女,陈懋侯犹女(义女)。叶淑艳(蕙蕴),号沁园主人,闽县叶大焯(叶观国后人,叶大泳弟)女、叶在琦女弟,适郭柏苍长孙、郭溶长子郭曾芸。陈懋侯、郭拾珠之女陈闺瑜、闺琬、闺琛与陈建侯之女陈闺瑛为从兄弟行姊妹,而陈闺瑛又嫁入叶家,成为叶大泳、郭问琴的儿媳妇。

以上两种文献记载的两次游赏雅集活动中计有福州女诗人十五人参与[③],基本上以郭氏家族为中心,郭氏家族之外的女诗人系其姻亲。

错综复杂的婚姻构成清代福建文学家族进行家族文学创作和交流及科举活动的要素,也是文学家族中闺秀作者展开文学活动诸种条件中的重要构件。从光绪十九年(1893)癸巳科福建乡试两位同榜举人刘孝祐、陈眉翰的履历中略窥之:刘孝祐家族自其曾祖父刘廷章出仕、从事文学创作,祖父刘存仁踵武家族事业,刘氏家族刘廷章、刘紫岚、刘庆祺、刘存仁、刘懋修四代以来在科举事业和文学创作中取得较高的成就,渐成文学家族。曾祖妣沈氏系解元沈捷锋胞姊;胞祖姑适王晖如,有子、亚魁王守诚;祖父刘存仁娶张氏,系进士张明三孙女,张翼长女、张人寿、张人香侄女、举人张希颜堂姑;父刘敬修娶主簿王昌纶之女王氏和陈佐楫之女陈氏;胞姑长适林昌彝之子林庆炳,次适郑赞宸;胞妹适林绂曾孙林明熼;刘孝祐娶郭荣登之女郭氏,继娶黄良楷堂妹黄氏,继娶王修文之女王珪如[④],尤以王氏出身名门,且能文学,并与侯官郭氏女眷雅集、游赏。刘氏与沈氏、诸王氏、张氏、诸林氏、郑氏、陈氏、郭氏等家族联姻。陈眉翰家在清初从泉州迁至福州,至其曾祖父方与福州家族联姻,后代逐渐业儒有成。陈眉翰的父亲陈蔚章(号剑溪)娶工部尚书、太子太保廖鸿荃胞侄孙女廖氏,陈眉翰胞妹一适曾元海曾孙曾尔瑚,一适刘家镇曾孙、刘齐昂长孙、刘学畬长子刘崇澄;娶黄氏,黄氏系黄培昌孙女、黄孝楷长女,也是其曾祖母黄氏的从曾孙女[⑤],可以看到陈氏与廖氏、曾氏、刘氏、黄氏等联姻。刘孝祐和陈眉翰系同榜同年举人,他们之间又有着同娶于黄氏的关系,因此双方的关系就更加密切,成为具有婚姻关系的同年,也使得彼此社会关系网的差序格局(单看刘、陈的科举履历,不论其他)由此有一个互通的渠道,形成更加复杂而细密的社会关系网络,形成沈氏、诸王氏、张氏、诸林氏、郑氏、诸陈氏、郭氏、廖氏、曾氏、刘氏、黄氏之间边界更加远拓的关系网[⑥]。王珪如又是闽县螺洲陈懋侯的义女,陈懋侯系侯官郭柏苍的子婿,以故这些家族之间的婚姻关系又扩展到侯官巨族郭氏。我们在鼓山摩崖石刻中(已见上引)可以见到同治十二年(1873)年冬郭柏苍妻严蕙怀携郭氏子、女、婿、侄游赏鼓山的情形,戚

---

① 郭柏苍《乌石山志》卷六。

② 按:刘大受,字绍庭,号樊香。与刘荃(字旭初,号茗尹)、曾淞(字犹荃,号纫荼;《闽词征》卷五传作幼荃,号纫荼)、陈与冏(字弼宸,号缄斋)、黄宗宪、黄燊等撰《影事词存》一册(民国《闽侯县志》卷四十七《艺文志上》,原第十七页,影印第151页)。诗学韩愈(郭柏苍《为刘绍庭成西郊文笔山墓》诗后自注,《柳湄小榭诗》,《清代诗文集汇编》第662册,影印第115页)

③ 请参看卢美松《天与清才偏怜女——记郭氏家族秀女群体》,载《福州晚报》2012年3月6日。

④ 《清代硃卷集成》第三三九册,刘孝祐履历,影印第254-255页。

⑤ 《清代硃卷集成》第三三九册,陈眉翰履历,影印第284-285页。

⑥ 在婚姻关系之外,还存在着朋友、同年之间的世谊。如陈蔚章和刘孝祚都与闽县萨氏交往密切,民国《雁门萨氏家谱·叙赠录上》有陈蔚章《寄农世大兄以先芬集嘱题成古体二十六韵即呈正句》(卷五,影印第962-964页),刘孝祐有《读先芬集敬题》二首(卷五,影印第952页),均为萨嘉曦(寄农)题。

友族党中各种身份、不同关系的人物队伍颇为壮观。

这种文化、科举、社会、文学创作的现象，如果各自孤立的观察，只能看到一个作者或者单个家族的现象，类似于平面上的点的存在；一旦考察了他们之间联姻和师弟授受的情况，就能将孤立的现象联接起来，形成一个千丝万缕的关系网络。越是细密地考察到家族之间的关系，就愈能将空白予以填充，形成面的饱满感觉。我们再把每一个家族的世代人物关系拉伸成金字塔式的构造，如同剪纸艺术，能够呈现多层纸张被剪裁之后构成的丰富层次，平面的家族人物关系将呈现出历史应有的立体感。在立体构造中观察每一世代家族与家族之间的平层关系，上下世代的人物关系，这才是家族以及家族从事科举、文学创作，缔结婚姻关系，产生社会活动的本真面貌，也是中国人社会结构和社会活动的缩影。

文学家族中的女性成员留下了大量的著述文献，除此之外，部分女性成员由于谦抑，文学创作的事实和传播、传抄、保存不同步，作品仅在家族成员之间传阅，或在闺阁作者之间传看，不外传，随手创作，随手散佚，甚至存在焚稿的现象，女性作者的心态极其矛盾、复杂。如上所述黄昙生著作甚富，秘不示人，然尚有《萧然居集》；闽县陈登龙表甥女江鸿祯能诗，十五岁卒，“将卒，索平日所作诗，焚之，今仅传诗草一帙，名曰《焚余草》”①。陈日蓁妻、晋江施世騋之女施朝凤能诗，“自以闺作不宜外见”，成即焚稿②；漳浦蓝鼎元母、蓝斌妻许氏，娴吟咏，年十四后，绝不复吟③；长乐郑榕第三女郑徽音，“以吟咏非女子所宜”，“与诸兄唱和，旋焚弃之”④；闽县李光瑚妻蔡梅魁，卒年二十九，有《焚余集》等，堪可嗟叹。

较之焚稿的消极、极端做法，清代福建文学家中的闺秀作者存在著作托署现象，则表现为强烈的著作存世意识，即使署为他人（多为本家族中成员），只要达到存诸名山、流传后世的著述目的亦可。如梁韵书托从兄梁章钜刊行《闽川闺秀诗话》⑤，又如梁氏与诸昆试律创作，皆是梁韵书杰出才情的表现。

进入近代以后，福建的福州、厦门等城市由于列强逼迫清政府签订的条约而被迫开放，率先向西方国家打开大门，接受西方文化、宗教、科学、思想的输入。滴水可以穿石，更何况西方列强用心的文化殖民，经过数十年的开放，福州、厦门一代的民众很大一部分接受天主教、基督教，我们从林昌彝（1802—1876）《辟邪教议》⑥可知矣，顺带接受西方思想中的平等、民主等观念，反映在家庭中对待男子、女子的地位一视同仁，福州等地甚至珍视女子胜过男子（本书作者原籍福建福州永泰，有此观察），女子受教育的机遇空前提高⑦，19 世纪末、20 世纪初从福建文学家族中成长起来的女性作家如林徽因、庐隐、冰心等均因此受益匪浅。

## 第四节　家族著作的编纂与立言价值的传承

当代作家王小波（1952—1997）说：“我知道一种文化的定义是这样的：文化是一个社会里精神财

---

① 同治刊本《福建通志》卷二百四十八，《列女传》“江氏女”传，影印第 4359 页。

② 民国《福建通志》总卷四十五，《福建列女传》卷六，傅氏妻陈雪榭传附，原第三十五页。

③ 民国《福建通志》总卷四十五，《福建列女传》卷一，许氏传，原第十七页。

④ 民国《长乐县志》卷二十九下，原第二十八页，影印第 595 页。

⑤ 民国《福建通志》总卷二十五，《福建艺文志》卷七十五，第十页，引陈衍《石遗室书录》。按：同书，《福建艺文志》卷六十六梁韵书《静安吟草》解题下亦云“茝邻中丞《闽川闺秀诗话》首有蓉函序诗，已录卷中，或谓《诗话》皆出蓉函手笔，让于其兄”。（第八页，引陈衍《石遗室书录》）

⑥ 林昌彝《林昌彝诗文集》卷十一，第 292-295 页。按：此文不署创作时间，但此文后附录“道州何子贞师”评语，根据何子贞（1799—1873）卒年可以基本断定此文的创作时间下限 1873 年，距离福州开埠仅 30 年左右。

⑦ 我们观察到福建闺秀充当“女师”以谋生的现象，反映福建家族中对女性教育的重视，日后竟成为受教育闺秀的谋生之道，无论年代早晚均出现这种现象，其有替代、补充“母师”的作用，亦有填补男性受业师受礼教约束、不能对闺秀进行施教的教育空白区域之作用。如晋江傅慭（傅为霖之子）妻陈雪榭“善吟咏，有屠赤水、黄葵阳遗风。晚年搢绅内眷多延为女师”（同治刊本《福建通志》卷二百五十三，《列女传》闺秀“傅慭妻陈氏”，影印第 4706 页），这是清代康熙、雍正年间的故事；又如余潜士之媳张瑞贞（1809—1897）在余家长成，博通经史，在福州城内设塾授徒，编纂余潜士遗著，这是近代福建的文坛佳话。

富的积累,通过物质媒介(书籍、艺术品等等)传诸后世或向周围传播。""(佛罗伦萨)那里满街都是文艺复兴时期的建筑,这种建筑是种人文的成果","由于这些人文的成果,才可以说有人文精神。倘若没有这些成果,佛罗伦萨的人空口说白话道:'我们这里有过一种人文精神',别人不但不信,还有说他们是骗子"[①]。文学、学术著述是保存一个国家、一个民族的文化或人文精神的重要媒介,正如王小波所说,在现代信息技术产生和兴起之前,凭借纸质、金石等载体和口述的手段得以延续,"以示文献有征信,以传信也"[②]。

2015年,徐雁平教授、张剑教授编成《清代家集丛刊》200册目录索引1册,收录清代家集184种;2018年,徐雁平教授编成《清代家集丛刊续编》200册目录索引1册,收集清代家集179册,所影印家集的出版时间下探到民国间的铅印本,均由国家图书馆出版社出版。这两套丛刊为清代家族文学研究提供了宝贵的文献,嘉惠学界良多。清代福建文学家族的家集亦有6部入选,即梁章钜编《江田梁氏诗存》九卷(正编第164册)、林轂桢编《文藻遗芬集》(正编第164册)、郑方城等《却扫斋诗集》二卷(续编第164册)、萨嘉曦编《闽中萨氏家集》十一卷(续编第171册)、宁化伊氏《耕道堂诗钞》七卷(续编第172册)、曾克耑编《鄂里曾氏十一世诗》[③](续编第172～173册),清代福建文学家族的现存家集文献远不止这个数目,且一些家集的调查未能尽功,如《侯官丁氏家集》收藏于中国社会科学院文学研究所,属于较易获取、影印出版的家集,又如上海图书馆藏清代光绪二十九年(1903)举人陈声骏所辑《江田诗系》稿本,虽多明代陈氏先人诗集,亦收清初陈騄《偶庵集》一卷,置于明、清两代皆可。福建师范大学图书馆古籍组1985年所编《福建地方文献及闽人著述综录》,对于现存福建地方文献及其馆藏地有着基本清晰的认识。

本书在第六章第四节《论清代福建文学家族的家学特征》已经论述清代福建文学家族的著述具有一致性的特征,这种一致性在一个家族的文学创作和学术著述中均有所表现,在一个家族内部和区域数个家族之间亦有所表现,都形成规模效应和丛聚效应。如李光地家族历代著作围绕着儒学、算学、音韵学等领域,成就卓著,不仅仅关注李光地本人的《榕村全书》、李文珍公全集的编纂,根据李清馥所著《清溪李氏世学考》进行考索,关注李光地若子若孙直系子孙和兄弟等旁系家族成员的著作编纂,能全面观察到李光地家族的文学创作和学术著述成就。李光地的学术观念和文学创作实践及其理论又通过师弟授受和幕府宾主谈论的方式向漳浦蔡氏家族、晋江陈迁鹤家族等世家传播,因此观察这些家族的著作以形成清初福建文学家族文学创作和学术著述丛聚的图景,这是另一种家族文学创作和家族学术著述一致性的现象。

我们平常的视野基本上关注一个家族世代积累的文学作品结集,如《鄂里曾氏十一世诗》、《湘潭郭氏闺秀集》、侯官许氏《笃叙堂诗集》、《养根集》以及诗辑、全稿、清芬集、遗爱集、联璧集、棣华集、闺秀联珠集、汇钞、汇草、诗存、诗萃、合稿、传家集、渊源集、传芳集、家学、家藏集、鄂韡集、埙篪集、联吟集、先泽残存编、陔南集/南陔集、同根集、同怀集、景行录、乔梓集等,或家族成员诗文集的总集(如名之为丛书、丛刻、丛刊、家集、合集、家言、×世遗集、×世劫灰集、遗书、全集、合钞、一家集、一家稿之类的总集)或一个家族成员并世创作的作品结集(如《京江鲍氏三女史诗钞合刻》、《西峰倡和小草》、《却埽斋倡和集》、《范氏三女史同怀诗钞》、《袁家三妹合稿》等)及合钞、合刻、附刻诗文集(或称别集),视之为文学家族的家集,忽视了文学家族和学术家族地域丛聚的现象。选编家集丛刊之时应当考虑一致性的因素:选编一个家族内部具有衍传端绪、始末的文学创作集子和学术著述的专著,不必皆以冠有家集之名者;还应当选编家族之间文学创作风格一致和研究领域、研究方法一致的具有一致性因素的著作。道光九年(1829),在总纂陈寿祺的遴选下,以闽浙总督孙尔准的名义聘修《福建通志》的作者

① 王小波《我看文化热》,《一只特立独行的猪》,北京十月文艺出版社2017年版,第92页。

② 民国《雁门萨氏家谱》,《北京图书馆藏家谱丛刊》闽粤侨乡卷,第49册,影印第38页。

③ 按:民国三十四年(1945),曾克耑印行《鄂里曾氏十一世诗》,后来又编有《福州曾氏十二世诗略本》(香港1966年版)、《曾氏家学》(1959年香港曾氏排印本)。《福州曾氏十二世诗略》增入曾克耑已作《颂橘庐诗》。

(详见同治刊本《福建通志·道光九年重纂职名》)来自福建各地,多是文学家族成员,这些家族作者著作丛刊的编集则能体现出道光间福建文学、福建学术的整体面貌和总体水平,也是文学家族规模丛聚效应的反映。对于清代福建文学家族诗歌、古文、词创作结集和文学理论(诗话、词话、选本、评点本、注本等)的分类编录也具有规模丛聚效应,这种凡例之下的丛书编辑则不限于某一家族,而是清代福建省域文学创作的共同取向和风格追求。

若不能实现以上对区域文学创作和学术研究进行总体性构建的目标,退而求其次,若能将一个文学家族的著录文献全部刻行,也是保存家族文献的最基本手段,但这样的目标似乎也不能达到,致使道光间《福建通志》、《经籍志》著录的部分文献在民国陈衍修《福建通志》时已经看不到了;民国间陈衍修《福建通志》及其撰《石遗室诗话》正编、续编之时能够过目的文献,到了当代大部分已经散佚,陈衍身后其文集交于门人亦不知去向。"文章千古事",固然如是,而其散佚,则令人追悔莫及。清初尤侗(1618—1704)为长乐陈氏撰《江田诗系序》,称"七闽为人文渊薮,载籍之富几汗牛马,乃数十年来兵火流离,十不留一,予过而问之,故家遗业迥非昔矣。无论(郑樵)夹漈草堂不可复识,即求曹氏(曹学佺)之石仓,而已荡为荒烟蔓草,间或有一二残编断简,仅与海波上下,若有若无之中。昔人所叹声华湮没、光灵歇绝,虽有孝子慈孙,鲜有能保其球璧者"[①],感慨尤深。

反之,整理家族著述文献对于保存家族、国家的集体记忆、集体意识,形成民族的共同心理、共同的精神认知则有积极的意义。道光三年癸未(1823),郑开禧赋诗云:"先畴既已远,渐觉风俗漓。根株不培植,枝叶将就衰。作歌告我后,努力勤敷菑。沃膏而竢实,式穀以为期"[②],修家谱、族谱在内的家族文献整理厥功甚伟。光绪十九年癸巳(1893)仲春,谢章铤为其曾祖父谢世南(慈田)《东岚谢氏明诗略》四卷撰后序。略云:"《诗》曰:'昔我有先正,其言明且清。'又曰:'夙兴夜寐,毋忝尔所生。'自兹以往,庶几后之人感奋振作,不甘庸鄙,读其书,仰其人,数典不忘其祖,则所以为门户之光者岂但博文采风流之誉而已哉?"[③]绍其端绪,抗其言行,后人感奋振作,家族著述文献的保存、编纂、整理的意义无逾于此。

清代福建旧体文学创作的总量在12000种左右(包含部分生活在民国的前清福建作者和学者),文学家族数量在600个以上,家族性的著述量可观,家族文献丛刻现象在明末清初以迄民国从未消歇,新中国成立之后,部分家集还继续在香港、台湾等地出版。清代福建文学家族对保存家族文献的自觉认识,各各不同,差别较大。可以分成以下六种类型:

其一,家族后人编纂先人遗著。

这是最普遍的文化现象,放眼全国以及历朝历代,基本如此。稍有赀财和能力,后人一般都会谋求梓刻、传播、保存先人著述。如清初侯官诗人张远的三个儿子张继曾、张继绍、张继祖尝校辑其父《无闷堂集》;许遇辑《养根集》十卷,系其家族7代13位诗人诗作合集;闽县郑鹏程辑其母何玉瑛《疏影轩遗草》二卷,郑鹏程兄弟三人、子二人同校字;寄籍瓯宁的、祖籍闽县的郑天锦"梓《三郑进士文稿》行世,又梓先世遗文为《青氈集》,盖郑氏自太学府君(郑邦祥,郑天锦高祖)以来,子弟多才虽夭殇者俱负文采,几于崔氏,世擅雕龙之盛"[④]。清代福建文学家族尤多家族文献的编纂、刻行以传世,如长乐江田陈氏《江田诗系》三十六卷,侯官许氏《五许合集》、《笃叙堂诗集》五卷;林其茂编《长林四世弓冶集》五卷,系其曾祖林逸、祖父林秉中、父亲林赞龙、林其茂家集,进呈《四库全书》馆;兴化府莆田林源《箕

① 李驹《长乐县志》卷二十上,《中国地方志集成》福建府县志辑第21辑,上海书店出版社2000年影印,影印第337页。此文又见于《重修南阳陈氏族谱》正文第209页。

② 郑开禧《修家谱成感赋》其二,《知守斋诗初集》卷六,《清代诗文集汇编》第560册,影印第40页。

③ 谢章铤《东岚谢氏明诗略后序》,《赌棋山庄文又续》卷一,《清代诗文集汇编》第680册,影印第794页。

④ 朱仕琇《连山令郑君墓志铭》,《梅崖居士文集》卷八,《清代诗文集汇编》第336册,影印第266页。

裘集》[①];侯官林欣荣辑《凤池林氏遗诗》一册,民国十九年铅印。明代永春颜廷榘《丛桂堂全集》诗、文各四卷,系清初其孙颜尧揆、曾孙颜镰编纂;侯官林则徐的著作陆续有光绪间三山林氏家刻本《畿辅水利议》、《云左山房诗钞》八卷附一卷等;浦城祖之望编《祖氏遗编》,同治刊本《福建通志》著录此书十卷,解题云:"是编录祖氏诗文,附以类事。卷一至卷六为著述,卷七至卷九为赠遗,卷十则附以传志及阕亡焉。"[②]谢章铤之曾祖谢世南编有《东岚谢氏明诗略》四卷,收录明代东岚(今在平潭)谢氏谢磐、谢士元、谢文著、谢廷秀、谢廷柱、谢杰、谢汝泮、谢汝韶、谢肇淛九人诗;同安苏廷玉《亦佳室诗文钞》为其孙苏瑞书请侯官杨庆琛择定,厘为四卷,咸丰间付梓[③];闽县陈崇砥家族有民国间刻本《高节陈氏诗略》,收录陈与同《一系之居遗稿》一卷、陈与冏《缄斋遗稿》一卷、陈与尚《悔斋诗稿》一卷。光绪十五年(1889),谢金銮的遗集在其身后几乎七十年(1820—1889)由其孙谢宸封汇梓刻行,其著作"皆粹然德人之言,固不必高陈家数,侈语义法,而不愧一代作者","匪独克守其家学",以其经世之学"必将大有造于今之世"[④]。

陈寿祺家族两代学者陈寿祺、陈乔枞的著作有嘉庆十八年癸酉(1813)三山陈氏本《五经异义疏证》;又"三山陈氏家刻左海全集"本,系其孙陈绍镛补刻,全集二十七册;《左海文集》有陈宝琛署签"陈恭甫先生所著书"八字[⑤];又有左海续集本。陈衍《石遗室书录》云陈寿祺、陈乔枞父子《左海全书》一百四卷,分前左海、后左海二集,前称三山陈氏家刻《左海全集》,包含陈寿祺所著《左海文集》十卷、《降跌堂诗集》六卷、《左海乙集》二卷、《五经异义疏证》三卷、《经辨》二卷、《尚书大传定本》五卷、《洪范五行传辑本》三卷、《东越儒林后传》一卷、《(东越)文苑后传》一卷、《东观存稿》一卷;后称《小琅嬛馆丛书》,陈乔枞官江西时所刊,包含陈寿祺之学而陈乔枞述之《鲁诗遗说考》六卷、《韩诗遗说考》五卷、《齐诗遗说考》四卷、《礼记郑读考》六卷及陈乔枞所著《齐诗翼氏学疏证》二卷、《毛诗郑笺改字说》四卷、《礼堂经说》二卷、《诗经四家异文考》五卷、《诗纬集证》四卷、《今文尚书经说考》三十二卷[⑥]。陈乔枞能承其父陈寿祺遗训,好汉学,知师法,见博而思精,治经有所创获,虽然不善于仕宦,但是在保护、搜集、整理、保存父亲及自己的著作方面卓有成效,我们看到陈乔枞之后陈氏逐渐落魄,在陈氏子孙不善于经营家业的情况下,陈寿祺父子的著作已经传世,也是庆幸之事。

侯官郭氏有郭柏苍所编《郭氏丛刻》三十六卷,即《七月漫录》二卷、《左传臆说》一卷、《闽中郭氏支派大略》一卷、《我私录》一卷、《竹间十日话》六卷、《三元沟始末》一卷、《闽产录异》六卷、《闽中海错百一录》五卷、《葭柎草堂集》三卷续一卷、《柳湄小榭诗》一卷、《鄂跗草堂诗》二卷、《三峰草庐诗》二卷、《沁泉山馆诗》二卷、《补焦山馆诗》二卷合刻;又有郭柏苍曾侄孙郭则沄所编《侯官郭氏家集汇刊十一种》(民国二十三年刊本),这套家集汇刊本包含郭氏家族第二代柏字辈、郭阶三第三子、郭则沄曾祖父郭柏荫五种(《石泉集》四卷、《天开图书楼文稿》四卷、《变雅断章衍义》一卷、《嘐嘐言》六卷、《续嘐嘐言》四卷),昌字辈三种(郭则沄祖父郭式昌《说云楼诗草》二卷、郭则沄胞叔祖郭传昌《惜斋吟草》二卷、《惜斋吟草别存》一卷),曾字辈、郭则沄之父郭曾炘五种(《匏庐诗存》九卷、《匏庐剩草》一卷、《再愧轩诗草》一卷、《郭文安公奏疏》一卷、《楼居偶录》一卷)。闽县陈崇砥家族有高节陈氏诗略本著作系列,包括陈崇砥之弟陈宝廉《残叶笺》一卷、陈宝廉之子陈与同《一系之居遗稿》一卷、陈宝廉次子陈与冏《缄斋遗稿》一卷、陈与尚《悔斋诗稿》一卷。

---

① 以箕裘命集的多属于家集,《清代家集丛刊续编》中收录有缪之镕编《箕裘集诗钞》二十四卷(第30～32册)、宦应清辑《屏凤山庄集》二十二卷(第182～183册)等。

② 同治刊本《福建通志》卷七十八,影印第1597页。

③ 杨庆琛《题苏少伊明经校书图·引》,《绛雪山房诗续钞》卷六,《清代诗文集汇编》第542册,影印第604页。作于咸丰六年(1856)。

④ 谢章铤《乡贤谢教谕遗书序》,《赌棋山庄文续》卷二,《清代诗文集汇编》第680册影印光绪十八年刻本,影印第772-773页。

⑤ 林东进、黄跃舟、邱志玲《〈降跗草堂诗集〉概貌及其文献价值》,载《福建教育学院学报》2009年第6期,第84页。

⑥ 民国《福建通志》总卷二十五,《福建艺文志》卷七十六,第四、五页,引陈衍《石遗室书录》。

闽县龚氏著述丰富。龚葆琛(1824—1901[①]后)编辑《福州通贤龚氏支谱》(光绪九年刻本)时增加的《凡例》六条之第四条云:“祖父文字暨家世志铭须知宝重珍藏,倘有遗佚,加意搜求齐全,有应行世立传者随时刊印纂辑,为人子孙责无旁贷。厚斋公曰:‘艺文手泽尤当宝惜,后世不能勤而知此,则与夫世之绝也何异。’观乎此,可以知所劝矣。”[②]《福州通贤龚氏支谱》分卷上、卷中、卷下三部分,卷中的《传略状述》、《志铭》和卷下《文字诗附》一共 386 半页,保存的龚氏文献和文学作品丰富;卷上、卷中《传略状述》(不含)之前合计 182 页,故知该谱对于龚氏历代艺文异常珍宝,这是龚氏族人和龚葆琛可贵之处。

在《福州通贤龚氏支谱》所保存的文献之外,龚氏历代作家富有文集刊行问世(该谱部分文字即从龚氏历代文集中选取)。入清以来,闽县龚氏有两次家运兴隆的阶段,其一为从龚其裕(1634—1698)、龚嵘(1654—1719)、龚一发(1715—1773)、龚景瀚(1747—1803),即 1670’—1800’年代,大约 130 年,但是到龚景瀚晚年家境渐落,龚景瀚身后龚氏主宅典为他人所有;其二为龚景瀚玄孙龚易图(1836—1893)之时,家道复兴,龚易图官至布政使,拥巨资,筑别业,喜聚书,与藏书家陈宝琛并称北龚南陈。在这两个阶段,龚氏具有刊刻保存先人文献的能力,不断对先祖的著作进行搜集、刻行:龚景瀚(1747—1803)去世之后,其子龚式谷于道光六年(1826)刻行《澹静斋全集》(龚氏恩锡堂刊本。《澹静斋全集》包括《澹静斋文钞》六卷、《外编》二卷、《澹静斋说稞》一卷、《图》一卷、《邶风说》二卷及《离骚笺》二卷);同治八年(1869),其玄孙龚易图重新编定《澹静斋全集》并付刻;龚易图第三子龚鸿义于光绪二十七年(1901)刊刻龚景瀚编著、林昌彝补笺的《孔志》四卷;光绪十年(1884)龚易图《龚蔼仁自定年谱》付刻,这是龚易图生前定本年谱,十九年(1893)其子龚晋义追记并补刻;光绪六年(1880),龚易图将高叔祖龚景李、龚景淙的《双骖亭遗稿合刊》二卷付刻[③]。即使到了龚氏家族逐渐解体、消散的新中国,龚氏后人仍然致力于保存先人著作。龚礼逸编有《龚氏家言汇存》。龚礼逸在给福建省图书馆馆长萨兆寅的手札中说:“先世著述,凡未刊印之稿,或已印行之原刊稿及已刊行而稿版均毁之孤本,均予编录于本汇存目内,别以时代,辑为《龚氏家言》一函。……便于保存云尔。”[④]这一函包括 16 种龚氏祖上著作并龚礼逸、龚礼贤各 1 种著作,计 25 册。

学术上,则有长乐陈文翥之父陈寿仁所撰《删定家存金石文字考》;闽县龚礼逸(龚纶)对其祖上藏书进行编目,撰成《大通楼藏书目录》,钞校龚易图、杨希闵合撰的《乌石山房藏书简明目录》,编成《龚氏家言汇存》等。

闽县王九徵的著作为其子王敕编次。王九徵博极群书,著述几乎等身。王敕之言曰:“奚囊所贮,卷帙错综,恐久而漫漶剥蚀,因依年次钞录,汇为一集”,“至旧刻已毁,亦补载焉”,失怙三十多年的王敕“抱兹遗编,手泽犹新,不胜泫然涕下云”[⑤]。

其二,在宦途或讲学授徒生涯中随作随刻。

清初李光地是一个著述繁富,热衷学术活动,热心提携后学的学者型官员,其著作形态表现为在官所版刻行世、以“御纂”、“御定”等名义刻行和手稿三部分。李光地著有《李文贞全书》(即《榕村全书》)一百六十七卷,《礼学四际约言》、《礼记纂编》、《朱子文略》三种毁于康熙四十四年乙酉(1705)保定直隶督署之火,《韵笺》、《西汉文目》二书未见[⑥]。今所见《榕村全书》主要系其子孙于乾隆、嘉庆、道光三朝连续编刻而成:乾隆元年(1736),李光地孙子李清植刻《榕村集》四十卷;嘉庆六年(1801),以

---

① 济南趵突泉景区有“鸢飞鱼跃”立石,右书:“光绪辛丑仲春”,左署:“福州龚葆琛书时年七十有八”。辛丑,光绪二十七年(1901)。

② 《福州通贤龚氏支谱》,《北京图书馆家谱丛刊》闽粤侨乡卷第 18 册,影印第 190 页。龚一发(1715—1773),号厚斋。

③ 廖剑华《闽县通贤龚氏家族著述考略》,《图书馆理论与实践》2014 年第 4 期,第 73-74 页。

④ 廖剑华《闽县通贤龚氏家族著述考略》,福建省图书馆 2014 年学术年会论文集论文,引龚纶手札。

⑤ 《国朝全闽诗录初集》卷十,第 214-215 页。

⑥ 民国《福建通志》总卷二十五,《福建艺文志》卷七十六,第二页,引陈寿祺《左海文集》。

《榕村集》四十卷为基础，增入《榕村别集》等三十八种著作，附李清植著作一种、李钟伦著作三种，改称《李文贞公全集》；道光九年、十年间(1829—1830)，李维迪刻《榕村全书》，较诸《李文贞公全集》有所增删，并有李钟伦、李清植、李清馥著作十一种附刻。

闽县叶观国家族的著作形态表现为叶氏多支后人进行刊刻，道光三十二年叶氏天籁轩刻叶申芗(1780—1842)所辑《本事词》，叶大焯(1840—1901)等于光绪十六年刻《三山叶氏祠录》，叶大庄于光绪二十一年玉屏山庄刻《写经斋全集》十七卷等。叶大庄(1844—1898)为清代光绪间既藏且刻的著名学者、作家，卒于江苏邳州知州官所，其所著、刻合为《玉屏山庄丛书》。

侯官郭阶三家族累世均有著述，柏字辈出现了郭柏荫、郭柏苍两位勤于著述的作者，郭柏荫在仕宦，累官至湖北巡抚署湖广总督，兼以讲学，为福州鳌峰书院山长，而其胞弟郭柏苍则在福州，主要搜集乡邦文献，校刻《周太朴诗》一卷、《制诏集》二十卷、《蓝山集》六卷、《蓝涧集》六卷、《石门集》七卷、《傅木虚集》十五卷、《林涵斋诗文集》二卷、《黄陶庵诗》一卷、《洪永十子诗》三十卷等九种，编纂《全闽明诗传》五十五卷等乡贤文献，自有特色；曾字辈、郭柏荫长子郭曾炘(1855—1929)著有《施注苏诗订讹》，这是翁方纲得到宋本《施(施元之)顾(顾禧)注苏诗》，作《苏诗补注》八卷之后的一项研究成果，又有《五臣本〈昭明文选〉注校误》、《读杜札记》一卷等著作；晚清的郭则沄系郭柏荫曾孙，著作量惊人，有《十朝诗乘》二十四卷、(合编)《各国政艺通考》七百七十五卷及龙顾山房诸种著作。且其家族多闺秀作者，声闻省内外。郭柏苍晚年曾云："吾闽王褒、徐𤊹、许豸子孙皆有著述以世其家，吾甚艳之，汝曹留意于此，使志乘有其名焉可？"[①]通过若子若孙持续不断地从事文学创作和学术著述活动，付出艰辛的努力之后，郭氏家族在中国近现代福建文学史和学术史上留下辉煌的身影。

光泽高澍然著有《抑快轩文集》乙、丙、丁编合七十三卷。《抑快轩文集》缺甲编，民国《福建通志》引谢章铤《课余续录》云高澍然尝著《春秋释经》、《诗音》、《论语私记》等书，欲列为甲集，故其文集无甲编[②]。计划虽然未实现，然高澍然确实有此著述愿望。

梁章钜、林春溥、陈衍等人著作的行世具有相近的性质，都属于自身有计划地组织人力、物力，刊刻著作形成丛书的类型。梁章钜(1775—1849)著有《二思堂丛书》，收录其著作《文选旁证》、《藤花吟馆诗钞》、《退庵续诗存》、《退庵随笔》、《退庵题跋》、《读渔洋诗随笔》、《楹联丛话》、《楹联续话》、《巧对录》、《沧浪亭志》、《浪迹丛谈》、《闽川闺秀诗话》、《退庵自订年谱》、《农候杂占》附《月令》、《劝戒近录》、《三国志旁证》、《仓颉篇校证》、《玉台新咏定本》、《东南峤外诗话》、《叠韵诗》、《闽文复古编》、《随园诗话录》、《翼斋公遗诗文》、《翼斋公行状》、(校刊)《西霞文钞》、《游记诗》、(分纂)《御制全史诗注》、《程春庐弥斋诗存》、《联吟集》、《退庵题笔》[③]；尚有一种《二思堂丛书》，据光绪元年(1875)福州梁氏藏板总目录，仅五十一卷[④]。

闽县林春溥(1773—1859)长期主福建鳌峰、玉屏各书院，主持自刻《竹柏山房十五种》，所撰《竹柏山房家刻总目序》："计前后四十年所刻二十余种，为卷百四十有奇，大小版一千九百三十片。"[⑤]林春溥的竹柏山房十五种反映出林春溥精于稽考古史，贯串百家的学术成就。侯官林直著作《壮悔堂诗初稿》十卷，咸丰六年福州林氏刻本；《壮悔堂诗二集》四卷，光绪三十一年羊城刻本；《壮悔堂诗三集》十四卷，光绪三十一年羊城刻本，这三种诗集的梓刻情况是：早年的林直在其父亲湖北按察使林绂去世以后回到福州城，咸丰间刻有《壮悔堂诗初稿》，而二集、三集是伴随着林直从军得官广东而逐渐付刻

① 郭柏苍《我私录序》，《葭柎草堂集》卷下，《清代诗文集汇编》第662册，影印第211页。时光绪十四年戊子(1888)，郭柏苍年七十四岁，卒前两年。

② 民国《福建通志》总卷二十五，《福建艺文志》卷六十六，第六页，引《书所钞高雨农抑快轩文集》(《赌棋山庄集》文集卷四，《清代诗文集汇编》第680册，影印第698页)。

③ 陈衍《石遗室书录》经眼、校订《二思堂丛书》书名、卷数异同，此处不列各书卷数及不同书名，请参看本书梁章钜家族条下。

④ 民国《福建通志》总卷二十五，《福建艺文志》卷七十六，第五、六页，引陈衍《石遗室书录》。

⑤ 《丛书集成三编》第006册，影印第587页。

羊城(广州)的诗集。

晚清谢章铤《赌棋山庄所著书》七十二卷,即《文集》七卷、《文续》二卷、《文又续》二卷、《诗集》十四卷、《酒边词》八卷、《词话》十二卷、《词话续编》五卷、《说文闽音通》二卷、《围炉赘忆》一卷、《籐阴客赘》一卷、《稗贩杂录》四卷、《课余偶录》四卷、《课余续录》五卷、《东岚谢氏明诗略》四卷、谢世南著《八十寿言》一卷、《余集》五集、《尚书注疏毛本阮本考异》一卷、《毛诗注疏毛本阮本考异》三卷、《春秋左氏传注疏毛本阮本考异》一卷、《说文大小徐本录异》八卷、《我见录》十卷、《备忘录》三十卷、《陈乡贤鳌峰载笔图纪事缉录》一卷合刻。

其三,官员捐俸助刻。

东汉末,曹丕鼓励文人从事文学创作,以文学创作可以超脱年寿“有时而尽”、荣乐“止乎其身”的缺憾,具有无穷、不朽的价值意义,而且在声名的追求上,可以不假良史之辞、不托飞驰之势,声名自传于后[①],这是人生价值实现最为理想的状态。但从古至今,文人、学者固然勤奋地从事文学创作和学术著述,而其生命的价值、声名的传播并没有呈现出曹丕所畅想的“自传于后”的状态,其原因在于文献没有得到保存和流传。在印刷术出现之前,纸质(包括绢帛等载体)书稿状态的著作在传播过程中在自然状态下逐渐散佚,在战争、灾难环境下会加速消亡;印刷术出现之后,中国历代文献主要以雕版印刷的形式,辅以金石物件的样式进行传播和保存;直至处于当今无纸保存文献的信息技术的历史阶段,电子文献逐渐取代纸质文献,但文献的公开发表仍然要按照出版的流程,遵循出版物的固有形式,文献才能获得更大的传播空间,作者才能获得著作的权益和声名。“板且散失”[②],何况纸质的书籍和稿本、钞本形态的著作?只是说版刻、铅印、电子出版的书籍为作者的著作保存提供了一层保护性盔甲,聊胜于无,在著作散佚、消亡和出版、整理、保护这两个向度、两条路线之间顽强地构建我们民族、国家的文化与文明大厦。

明代福建文人徐𤊹和张燮都曾经得到右副都御史巡抚福建(1623—1625)南居益的资助而刊刻著作,尤其是张燮选编的《七十二家集》在南居益的资助之下,放在建阳书坊刊刻,全过程记录在张燮的《群玉楼集》[③]中。这种资助具有多方面的效应,一者体现出官员本身的雅量和远见卓识,为其自身获得美誉,二者纾解作者出版著作的困难,三者泽被福建的文化、教育事业,意义重大。清代仕宦福建的闽浙总督、福建巡抚、学政等官员的文教活动以康熙年间福建巡抚张伯行组织的以鳌峰书院为基地的《正谊堂全书》五十五种丛书校书和刊刻活动、道光至同治间从闽浙总督孙尔准开始组织的《福建通志》纂修工作和同治间闽浙总督左宗棠委任杨浚主持的重刻、补刊《正谊堂全书》六十八种为最著。最早的当属周亮工,周亮工从闽西北的邵武府进入福建,滞留邵武数月,前后在闽任官十二年,与福州、邵武、汀州一带著名的文人均有推心置腹的交往,这些文人多少受到周亮工之狱的牵连,却依然为周氏辩诬,甚至身死在所不惜。今《周亮工全集》可见周亮工与闽人在绘画艺术、书法、印谱、文学、学术上的交流,保留闽人大量的书信及闽人与周氏的唱和作品。典型的事例反映在周亮工和汀州府宁化县作家李世熊的交往上,一为降清高官,一为遗民秀才,身份虽然不同,却不妨碍彼此的文字交往。李世熊之子李向旻(李子权)在《画网巾先生传》后识云:“先子初集,原周栎园先生欲为选刻。未几,先生作古,人正悼间,释人岳移其梓语录之赀,为成其事。”[④]经历周亮工、释人岳两人的热心襄助,李世熊的

---

① 魏文帝(曹丕)《典论·论文》,《六臣注文选》卷五二,影印第 967 页。

② 李宗言《支社诗拾》跋,宣统元年(1909)撰。《清末民国旧体诗词结社文献汇编》第一册,影印民国二十五年《墨巢丛刻》本,第 230 页。

③ 《群玉楼集》八十八卷是张燮 1619 年夏至 1628 年冬诸体文章的结集。南居益在天启三年(1623)以右副都御史巡抚福建,五年(1625)迁工部右侍郎总督河道。陈庆元教授所撰《张燮年表》天启五年(1625)条:“四月,十八日,抵建阳,南居益持资助梓《汉魏七十二家集》,燮料理其事。”“夏,致书贺万祚、南居益,言《汉魏七十二家集》以四月念九起工。”(载《南京师范大学文学院学报》2013 年第 1 期,第 186 页)《七十二家集》先是寻求同乡、右佥都御史巡抚苏松周起元(1571—1626)助刻,未果,转由南居益资助。由于南居益离任、刻工刁难、全部耗费大大超过预算等诸多原因,《七十二家集》的刊刻过程十分艰辛。

④ 李世熊《寒支初集》卷九,四库禁毁书丛刊集部第 89 册,影印第 337 页。

著作《寒支初集》以草稿付刻，这是李世熊《寒支初集》最早的刻本，较康熙四十一年壬午(1702)李向旻翻刻、编校的檀河精舍本更早。

同治三年(1864)，两广总督毛鸿宾(1806—1867)出资为林昌彝在广州刻《三礼通释》。林昌彝《海天琴思录》："历城毛寄云尚书鸿宾，甲子(同治三年，1864)任两广总督，尝出一千八百金为余刻《三礼通释》二百八十卷。又出五百金刷印本书一百部，弘奖风流，世所罕觏。"[①]《三礼通释》是咸丰三年(1853)林昌彝向咸丰皇帝进献并获皇帝召见、授官的一部声闻天下的《三礼》研究巨著，但是它的剞劂行世却成了大问题，林昌彝作有《王雨庵澍观察叠次过访悃愊殷勤近与王静山增谦都转商刻拙著三礼通释感成四律》，其二句"集勘《江湖》遇亦奇"，注："观察近与王静山都转商刻彝所著《三礼通释》一书"，句"此生心血有相知"，注："观察谓《三礼通释》为彝半生心血所萃，不可湮没，议虽中寝，意可感也"[②]，王澍、王增谦谋刻亦未果，此书进献朝廷十一年之后在两广总督毛鸿宾的资助下于广州付刻。

闽县何治运的《何氏学》四卷，浙江巡抚、闽县人陈若霖于嘉庆二十四年(1819)助刻，彼时何治运客陈若霖浙抚幕下。

其四，将其他文学家族成员的著作事业"接着"往下编写以完成一个整体著作的泛家族著述行为。

递修族谱是一种普遍的形式，家训[③]、先芬、祖烈等具有约束性、道德教化性质的言行一般都在家族谱牒中被慎重地记载和强调，关于这一点，学界著论已多，本书不予赘论。

《学易大象要参》此书，同治刊本《福建通志》著录云系明代林先春所著，《四库全书总目》提要疑为林先春著稿，林赞龙为之编次，林赞龙之孙林澍蕃献书[④]，这是一个家族之内某种著作得到历代家族成员的修订、递增、删节和完善的著述现象。而乾隆间郑方坤(1693—1755)著有《补五代诗话》十卷，原意为续清代康熙间王士禛(1634—1711)《五代诗话》之作，得王氏残稿，重为补正，闽县萨玉衡(1758—1822)接着著《续郑荔乡五代诗话》二卷。经过王士禛、郑方坤、萨玉衡三人，《五代诗话》的内容逐渐完善。

清初林从直(白云)编有《明闽诗选》、《国朝闽诗选》，自序云其父林衡集明人，留心先哲，已有遗稿，但未全备，林从直敬而辑成之。林从直的批评多为《全闽明诗传》、《国朝全闽诗录初集》及续编所引。侯官郑杰(1750？—1800)编有《国朝全闽诗录初集》二十一卷、《国朝全闽诗录初集续集》十一卷，其《明全闽诗传》系未竟事业，为其父郑廷莅、同邑杨浚、郭柏苍等接手，直至编成《全闽明诗传》五十五卷，由郭柏苍闽山沁泉山馆光绪十五年己丑(1889)重镌梓行。福建省组织了《全闽诗录》的出版计划，计划从郑杰所选编的《国朝全闽诗录初集续集》往下继续编纂，完成直到当代福建诗坛诗人诗作的"全闽诗录"编选。

楹联方面的著述、诗钟的收集与出版是清代福建文学活动、文学创作和学术研究的新的增长点。乾隆间郑方坤有《集唐千联》，规模可观，在闽中诗人中较早关注声律对偶之联。楹联渐渐成为闽籍学者关注的一个研究对象。大学者梁章钜(1775—1849)及其子梁恭辰撰有《楹联丛话》十二卷、《楹联续话》四卷、《楹联三话》130余则、《楹联四话》六卷、《巧对录》八卷、《巧对续录》二卷等著作，合编为《楹联丛话全编》，梁章钜被称为楹联学的鼻祖。此后，闽县萨嘉曦有《楹联类聚》四卷、《一砚斋楹语》二卷，建宁李藩撰《拙斋楹联》一卷，莆田涂庆澜撰《荔隐居楹联偶存》，侯官林庆铨撰《楹联述录》(光绪七年刻本)、《楹联续录》前后集，闽县萨伯森撰《林则徐联话》(46联)、《爽庵楹联剩稿》、《爽庵楹联新稿》、《楹联闲话》等，夥夥可观。

---

① 林昌彝《海天琴思录》卷二。转引自钱洪来《林昌彝年谱》第69页。

② 林昌彝《林昌彝诗文集》卷八，第227页。

③ 福建文学家族著述中亦有专门辑录家族言行，形成类乎《颜氏家训》的著作，如兴化府莆田人林源著有《家礼须知》、《师曾广义》、《格言家训》，蔡新以为可与颜氏、司马氏、吕氏诸家家训并传不朽(同治刊本《福建通志》卷七十，影印第1465页，引)。

④ 同治刊本《福建通志》卷六十八，影印第1396页。

与楹联对偶之学相关的是清代福建诗钟[①]之学特盛，其集以《击钵吟》为名。有道光十一年刻本曾元海辑《击钵吟偶存》，又民国间刻本十册，含《击钵吟偶存》、二集、三集、四集、五集、六集；道光二十五年刻本《击钵吟二集》；福州诗社 1995 年重印本、郭柏荫辑《击钵吟全集》等；道光二十五年杨庆琛辑《击钵吟七集》、林鸿年《续击钵吟》、郭柏荫《击钵吟存稿》四卷、郑鹏云《台海击钵吟集》、张纯甫《击钵吟集》、民国二十一年铅印本新竹德兴书局《击钵吟诗集》十五册、《东宁击钵吟前集》、《东宁击钵吟后集》等。请参看福建师范大学学者黄乃江的著作《台湾诗钟研究》（复旦大学出版社 2009 年版）及其主持的项目、系列论文。

我们在古文选本及古文创作力量的累积和定型过程中也观察到泛家族编著的行为，根据清代福建作者的古文选本以确定清代福建推崇韩愈古文的创作思潮。请参看第十七章《论清初 100 年间福建的古文创作》第二节。

其五，门人、友人襄助刻行遗集。

何则贤家族系从福清迁入福州城的巨著，家富赀财，何则贤为其师陈庚焕刻《陈惕园先生全集》，此事经林祖瑜、何则贤、陈庚焕文孙某、陈庚焕族子陈宗英、同邑冯守臣合力刻成全集，然“其他手纂群籍百有余种，尚藏之于家”[②]。闽县学者孟超然“《八录》具存，及使粤入蜀日记、文、诗裒然凡数十册，（陈）寿祺因刺取为传，上其稿史馆，而同门冯子星绮悉举遗书锓木，传于世”[③]。谢章铤的《赌棋山庄所著书》之《赌棋山庄集》文集七卷于光绪十年（1884）由陈宝琛刻于江西学政任上，《赌棋山庄文续》二卷、《赌棋山庄文又续》二卷由门人黄彦鸿分别于光绪十八年（1892）、二十四年（1898）助刻。谢氏所著书，希望友人、门人助刻，曾对其友林寿图说“谨循尊旨，留三百首左右，或有力，即刻之”[④]，亦曾致书陈宝琛云“近料理旧稿，已得三四种，意欲稍刻问世”[⑤]，广予流布。侯官陈衍生前著作极富，除了家刻《石遗室丛书》（细目可查看《陈石遗丛书总目录》）、商务印书馆印行著作、无锡国学专修学校排印本外，身后诗文集嘱托门人叶长青，谋作刻行。叶长青生前追随其师陈衍，撰《石遗室丛书提要》，补订陈声暨、王真所撰《侯官陈石遗先生年谱》，但是不久叶氏辞世，陈衍遗稿散佚无存[⑥]，非常可惜。

其六、为姻亲助刻的家族文献。

闽县李宣龚刻行其舅祖沈瑜庆《涛园集》及林旭、沈鹊应表姑夫妇诗集，即林旭《晚翠轩诗》及沈鹊应《崦楼遗稿》；萨嘉曦之于岳曾祖杨维屏，为刻《云悦山房偶存稿》六卷、《红楼梦戏咏》一卷；闽县林其茂所著《山阴集》一卷、《归田遗草》一卷均为其内弟郑天锦（郑方城子、林其茂妻郑翰蕁胞弟）所编等。

---

① 朱则杰教授云：“所谓‘诗钟’实际上也是一种楹联，不过比较特殊——通常预先规定两个字，要求分别嵌在上、下联的同一个位置，并且还限定写作时间。这种文体形式，最初即流行于福建，后来遍及全国。”（朱则杰《清代福建诗人诗歌丛考——以林启、林葵、方家澍、黄经藻为中心》，载《闽江学院学报》2015 年第 4 期，第 2 页）

② 民国《福建通志》总卷二十五，《福建艺文志》卷六十六，第七、八页。这种现象全国皆有，如翁方纲所撰《苏诗补注》八卷，乾隆四十六年（1781）由门人、歙县人曹振镛锓梓（第 71、166 页）；四十七年（1782）《七言律诗钞》十八卷由曹振镛付梓（第 173 页）；《咏物七言律诗偶记》一卷由门人谢学崇于嘉庆十年（1805）锓梓（沈津《翁方纲年谱》，第 414 页引《家事略记》），乾隆四十八年（1783）翁方纲选刻其友黄景仁遗诗，题《悔存诗钞》八卷（第 196 页）。

③ 陈寿祺《孟氏八录跋》，《左海文集》卷七，《清代诗文集汇编》第 499 册，影印第 321 页。

④ 谢章铤《答颖叔书》，《赌棋山庄集》文集卷四，《清代诗文集汇编》第 680 册，影印第 690 页。

⑤ 谢章铤《答陈伯潜书》，《赌棋山庄集》文集卷六，影印第 720 页。

⑥ 洪峻峰《陈衍与近代厦门诗词的发展》，载《闽台文化交流》2008 年第 2 期，第 137 页。原文为：“1937 年陈衍逝世后，全部未刊遗稿交他（叶长青）整理。但遗憾的是，他未及整理付梓便逝世，而陈衍遗稿也从此下落不明，损失无可挽回。”陈衍女弟子王真撰有《侯官陈石遗先生年谱》（1961 年油印本）。按：陈衍之子陈声暨撰其父五十三岁三月前事迹，王真续编至七十五岁，两人所编厘为七卷，题《侯官陈石遗先生年谱》，叶长青补订，陈衍生前刊行，后王真又编七十六岁至八十二岁卒年，为第八卷。

# 第八章
# 清代福建家族文学的现象与形态(下)

## 第一节 《雁门集》的整理及其作为典型的意义

闽县萨氏家族从元代南下进入福建,居福州,逐渐发展成福建著名的望族,迄今超过600年,属于典型的、华化的色目姓氏家族,正张际亮所谓"乔木成阴古,名家旧泽长"[①]。萨氏主动接受汉文化的熏陶,明代之时萨琦(1397—1457)"饮食、居处、婚姻、葬祭一本朱元晦夫子《家礼》","悉革先世色目旧习"[②],此后萨氏与汉人无异。清代以来,萨氏更加发达,在科举、武功、仕宦、商贾、文学、教育、科学等领域均取得优异的成就。在福州,萨氏有大梦山赐茔、宗祠、宅第、田产,历代递修有族谱,文献可征可信,是福州城历史悠久、声名显赫的望族。

乾隆间,朱珪认识到"高明之家世济其美,不充诎于富贵,而循墙于诗、礼"[③]。"勿令外荣,勿俾内朽"[④],诗礼优于富贵,是一个世家、巨族子弟最为高贵的品质。民国间,林纾在旧都北平(今北京)见到门生王孝缙、林彦京二人。这两位门人从林纾学为古文,王孝缙同时精通西学,林彦京有文采学尚,分别出身于福州府世家闽县王氏、长乐林氏,两家族之间联姻而成中表,各有成就。林纾云:"余观今之少年负隽才而干时赏者,名或过于二生,然华实弗称,纷纶葳蕤,转眼已萧索可怜,余又私叹家学指不能无验也。"[⑤]即使在旧学消退的民国时期,家学对于家族的意义依然存在。

福州萨氏家族的文学创作及其藏书文献之富省内屈指可数,就家族文献而言,萨嘉曦(1874—1959)编有《先芬集》十三卷、《闽中萨氏家集》六种,萨本珪(1929— )所编《雁门萨氏诗选》(内部资料,2001年版),辑有历代萨氏15名诗人的诗作,诗集题名20余部,这些诗人当称为萨氏"宗英"[⑥]。萨氏家族历代作家及著作最为重要的当属萨都剌《雁门集》、萨玉衡《白华楼诗钞》两人两种,在萨氏家族历代文学创作中及全国、全省文学史上占有重要的地位,产生深远影响,成为家族文学创作的荣耀,铸成萨氏家族崇拜(Family Worship)的对象。

"杜陵诗派吾家事"[⑦],萨都剌《雁门集》的传世(请参看本书闽县萨氏家族条下脚注),成为雁门萨氏家族的精神归宿和家族徽章。尤其在嘉庆间萨龙光整理、研究、梓行萨都剌《雁门集》十四卷,其裔孙萨承钰、萨嘉曦父子于光绪三年丁丑(1877)重刊《雁门集》之后,大大促进了萨氏家族文化、学术事

① 张际亮《是日骤雨叠韵四首》,《思伯子堂诗集》卷二十九,《清代诗文集汇编》第601册,影印第353页。

② 民国《雁门萨氏家谱》,林涵春《雁门萨氏宗谱序》,影印第7页。

③ 朱珪《祭李郁斋少宗伯文》,《知足斋文集》卷六,续修四库全书第1452册,影印第347页。

④ 谢章铤《梁礼堂文集序》,《赌棋山庄集》文集卷六,《清代诗文集汇编》第680册,影印728页。

⑤ 林纾《赠王林二生序》,《林纾集》第一册,第132页。王孝缙系工部尚书王庆云孙、状元王仁堪之子,林彦京系学政林开謩之子、学士林天龄之孙,俱陈宝琛内侄。

⑥ "我家有宗英",谢章铤《将入都留别诸生》其三首句,《赌棋山庄集》诗集卷十一,《清代诗文集汇编》第680册,影印第903页。

⑦ 萨玉衡《祖砚行》,《白华楼诗钞》卷二,《清代诗文集汇编》第484册,影印第580页。

业的发展，“表章先哲，以启后学之盛心”[①]，“典型虽邈，遗风可师”[②]，使萨氏子孙谨守矩矱，祖述世德，克绍箕裘，奕世传芳，“世承家业，勿堕前徽”[③]，“各能出所树立以自显于世”[④]，对家族事业和声望起到积极的提振作用。

明代萨琦（1394—1457）于宣德五年（1430）登进士第，改选庶吉士，授官编修，累至礼部侍郎。萨琦曾经利用文渊阁藏书搜集、整理过萨都剌的《雁门集》，得二十卷。其《诸祖直斋公〈雁门集〉跋》：“但念兵燹以来，旧本散佚，不肖琦读书中秘，得窥石室之藏，谨辑遗篇，汇锓以传，编摩考订，以一体为一卷，合旧刻二十卷，总而为六记[⑤]。”[⑥]此跋作于明代英宗天顺三年己卯（1459）孟秋，知明代萨琦重锓《雁门集》的状况。清代萨希亮《诸祖直斋公〈雁门集〉跋》云有元至正末年刻本、明天顺萨琦刻本、明成化兖州知府赵廷猗刻本、明弘治东昌知府李举刻本[⑦]，但是清代修《四库全书》之时，收录江苏巡抚采进本《雁门集》八卷、集外诗一卷（文渊阁《四库全书》第1212册），已经与萨琦所辑、所刻二十卷大为不同[⑧]。《四库全书总目·〈雁门集〉提要》：“虞集作傅若金诗序，称‘进士萨天锡最长于情，流丽清婉’，今读其集，信然。……集本八卷，世罕流传。毛晋得别本刊之，并为三卷，后得获匾王氏旧本，乃以此本未载者别为集外诗一卷，而其集复完。其中《城东观杏花》一诗，今载（虞集）《道园学古录》中，显为误入，则编类亦未甚确。然八卷之本，今不可得，故姑仍以此本著录。（毛）晋跋又称尚有巧题七言八句百首，别为一集[⑨]，惜其未见。今距晋又百余载，其存佚益不可知矣。”[⑩]提要称《雁门集》的流传渊源向来难晓[⑪]：有八卷之本，毛晋并为三卷；在此之外，又得王氏旧本，毛氏剔除重复者，编为集外诗一卷，称完集，然毛晋称萨都剌又有百首七言八句诗，别为一集，惜未见，今此集存佚益不可知。

根据《雁门萨氏家谱》的记载，萨都剌（天锡）《雁门集》的葛希亮雕板于乾隆四十六年辛丑（1781）因福州萨氏“家中不戒于火”，“举为烬”[⑫]。康熙十九年庚申（1680）萨希亮半野轩刻本之外，尚有嘉庆十二年丁卯（1807）萨龙光《雁门集》十四卷刻本、日本刻本等。嘉庆萨龙光刻本之后，以光绪二年丙子

① 朱仕琇《复李广平书》，《梅崖居士文集》卷三十，《清代诗文集汇编》第336册，影印第488页。

② 陈寿祺《赵笛楼尚书静坐澄心图赞》，《左海文集》卷八，《清代诗文集汇编》第499册，影印第370页。

③ 陈庆镛《诰赠中宪大夫杨君墓志铭》，《籀经堂类稿》卷二十二，《清代诗文集汇编》第587册，影印第659页。

④ 谢章铤《满江红》序中注，《赌棋山庄集》词集卷四，《清代诗文集汇编》第680册，影印第25页。

⑤ 张旭光、葛兆光以为萨琦刻本《雁门集》六卷（《萨都剌集版本考》，载《扬州师院学报》1986年第1期），混同卷、记。

⑥ 萨琦《诸祖直斋公〈雁门集〉跋》，民国《雁门萨氏家谱》卷七，原第三页，影印第1187页。

⑦ 萨希亮《诸祖直斋公〈雁门集〉跋》，民国《雁门萨氏家谱》卷七，原第四页，影印第1189页。元刊本系元至正八年（1348）刊本，八卷；张习刻本《雁门集》八卷本，成化十二年丙申（1476）刻，国家图书馆藏；李举重刊赵兰刻本，题《萨天锡诗集》，五卷，明弘治十六年（1503）刻，《四部丛刊》影印所据底本；下文之萨龙光嘉庆刻本，上海古籍出版社1982年出版殷孟伦、朱广祁整理本，十四卷本，附录、倡和录、别录各一卷。

⑧ 道光三年（1823）萨知时《续修族谱序》云“伯祖都剌直斋公著有《雁门集》二十卷，高宗纯皇帝收入四库全书”（民国《雁门萨氏家谱》，影印第13页），则以文渊阁四库全书本《雁门集》八卷集外诗一卷即萨琦所辑二十卷本，恐误。四库全书本《雁门集》系虞山毛晋汲古阁刊元人十种诗本，三卷，集外诗一卷。萨龙光《编注雁门集缘起》：“《雁门集》二十卷，元至正末年已有刻本，为直斋公所手定者，今不可复见矣”，“（凡此流传各本）皆非直斋公手定二十卷之旧矣。”（同书，卷七，影印第1203-1204页）

⑨ 按：此语出元延祐乙卯进士、礼部尚书兼集贤待制甘文传《雁门集序》，原作：“以生居雁门，遂取名集，又有巧题百首皆七言律，别为一集云。”（民国《雁门萨氏家谱》卷五《叙赠录上》，影印第693-694页）

⑩ 永瑢等《四库全书总目》卷一百六十七，影印第1446页。

⑪ 根据民国《雁门萨氏家谱》所著录的萨龙光《编注〈雁门集〉缘起》（卷七，《吉光录》）、萨承钰《补刊〈雁门集〉跋》（卷七，《吉光录》）等序跋文献的记载，《雁门集》有元至正八年（1348）刻本、成化二十一年乙巳（1485）赵兰刻本（据仁和沈文进家藏本刻，题《萨天锡诗集》，六卷）、弘治十六年癸亥（1503）李举重刻本（朱珪以为据赵兰本重刻，见其《〈雁门集编注〉序》，民国《雁门萨氏家谱》影印第703页）、毛晋汲古阁元人十种诗本、康熙十九年庚申（1680）葛希亮刻本、顾嗣立《元诗选》本、日本刻本、萨龙光嘉庆十二年丁卯（1807）刻本等，其中至正八年（1348）刻本非萨龙光所称“至正末刻本”。殷孟伦《雁门集·前言》云有嘉靖十五年刊本、日本《萨都拉诗选》。孔毅以为毛晋汲古阁本正集、外集的刊刻时间一为崇祯，一为顺治（《汲古阁本〈雁门集〉》，载《读书》1985年第7期）。更深入的研究，萨都剌著作及其版本有63种之多，其中已佚或存疑者12种，1种存佚不明，5种为日本刻本，现存38种诗集版本，分《雁门集》与《萨都剌诗集》两大系统（刘嘉伟《萨都剌研究综述（1949—2015）》，载《大连民族大学学报》2016年第6期，第553页，引查洪德《中国古代诗文名著提要：金元卷》第316页）。

⑫ 萨知时《濠梁公家传》，民国《雁门萨氏家谱》卷六，《哀荣录上》，原第二十七页，影印第1061页。作于道光三年（1823）。

(1876)福州城水灾损坏板片,又有其侄孙萨承钰重刊之举[①],萨嘉曦系萨承钰长子,亦热衷于藏书和刻书事业,利用其父所镌板片,印行《雁门集》。萨氏家族对于萨都剌《雁门集》的整理、刻行工作,从萨琦到萨嘉曦持续了400余年,堪称保护家族文献工作的典型。

明末莆田林嵋序《雁门萨氏家谱》:"自天锡先生由翰林应奉出幕闽宪,词章文采辉映东南,实与奎章(按:指揭傒斯[②])、铁崖(杨维桢)诸子登坛设墠,狎主齐盟,为有元一代词人之冠。"[③]清初林涵春《雁门萨氏宗谱序》:"(萨都剌)偕揭曼道学士傒斯、虞伯生学士集同时有'元朝四才子'之誉,不特文章为先正所宗,而骚坛诸体尤开晋安风雅之倡者也。"[④]晚清萨嘉曦《重编族谱例言·传信录》:"雁门公为有元一代词人之冠。自元迄今五六百载,其间推崇《雁门集》者奚止百十家。"[⑤]清初莆田人、顺治间诸生、林嵋之子林人中《萨天锡先生诗跋》解释了萨都剌诗歌创作成就之高的原因:"先生之诗才藻艳发,词气高浑,信笔所如,自成雅调",又受虞集一字锻炼的启发,"自是倍加工炼,始信大海回风、紫澜万里,先生之才足以驭之,固不以字比句栉为工。今观集中诸体,风流蕴藉,衣被后人,不但集铁崖(杨维桢)、松雪(赵孟頫)之成,且以开犁眉(刘基)、四杰之首,元音正始具在斯文,又岂揭、范、张、杨所能颉颃也哉?"[⑥]。意指萨都剌的诗歌在元代后期承上具有集虞集、赵孟頫之成,启下具有导夫元末明初刘基、四杰诗歌创作的意义,成就远远超过揭傒斯、范梈、张雨、杨载等诗人。萨都剌及其《雁门集》获得全国性的声誉和影响,对萨氏家族而言是不可企及的丰碑。

对于福建元代以后诗坛而言,清初康熙间林涵春以萨都剌(1272—1355)为"晋安风雅之倡者",萨都剌的时代确实在元末明初的福州府古田县张以宁(1301—1370)、建宁府崇安县二蓝(蓝仁、蓝智)兄弟、以福清县林鸿为首的闽中十子之前。明末清初的学者通常认为,自张以宁、二蓝兄弟、闽中十子之后,明代诗坛形成了富有地方特色的诗歌创作流派"晋安风雅",贯穿明清两代,影响深远。钱谦益之论张以宁云:"国初诗派,西江则刘泰和,闽中则张古田。泰和以雅正标宗,古田以雄丽树帜。江西之派,中降而归东里,步趋台阁,其流也卑冗而不振;闽中之派,旁出而宗膳部,规摹唐音,其流也肤弱而无理。"[⑦]朱彝尊《静志居诗话》:"二蓝学文于武夷杜清碧(本),学诗于四明任松卿,其体格专法唐人,间入中晚。盖十子之先,闽中诗派,实其昆友倡之。"[⑧]崇安县二蓝兄弟的诗、文授受俱有渊源,宗旨明确。《静志居诗话》:"二蓝学文于武夷杜清碧(本),学诗于四明任松卿,其体格专法唐人,间入中、晚。盖十子之先,闽中诗派,实其昆友倡之。"[⑨]另一源头则是明初林鸿闽中十子为核心成员的闽中诗派。乾隆间,纪昀等人为刘嵩(一作刘崧)《槎翁诗集》作提要时说:"当明之初,雄才角立,吴中诗派昉于高启,越中诗派昉于刘基,闽中诗派昉于林鸿,岭南诗派昉于孙蕡,而江右诗派则昉于(刘)嵩。"[⑩]八十岁的林涵春介于钱谦益、朱彝尊二人之间[⑪],对萨都剌的诗歌创作所作的评价虽与钱谦益、朱彝尊二人不一致而

---

① 萨承钰《补刊〈雁门集〉跋》,民国《雁门萨氏家谱》卷七,影印第1229-1230页。

② 永瑢等《四库全书总目·(揭傒斯)〈文安集〉提要》:"天历初开奎章阁,首擢为授经朗。"(卷一百六十七,影印第1441页)

③ 民国《雁门萨氏家谱》,影印第6页。

④ 同上书,影印第7页。

⑤ 同上书,影印第39页。

⑥ 同上书,影印第702页。

⑦ 钱谦益《列朝诗集小传》,上海古籍出版社1983年版,甲集,第89页,"刘司业崧"条。

⑧ 朱彝尊《静志居诗话》卷四,第90页。可参看陈广宏教授《元明之际宗唐诗风传播的一个侧面——以"二蓝"师法渊源为中心》(罗宗强等主编:《明代文学研究国际学术研讨会论文集》,南开大学出版社2006年版,第71-78页)。

⑨ 朱彝尊《静志居诗话》卷四,第90页。

⑩ 纪昀等《槎翁诗集·提要》,《槎翁诗集》卷首,文渊阁四库全书第1227册,第205-206页。

⑪ 按:林涵春所撰《雁门萨氏宗谱序》,署"塔江八十叟后学林涵春盥题"(影印第8页),《编辑雁门家谱缘起》记载萨氏家谱康熙十五年丙辰(1676)八世孙萨希亮(葛斋)重修(影印第25页),据此可大概推知林涵春生卒年(1597—1676后)。

可值得思考，而且以其身为闽人对闽诗的近距离思考[①]而更值得重视。

嘉庆间萨龙光在京师及福州搜集、整理、刻行《雁门集》用力尤著，得到翰林前辈朱珪、翁方纲的帮助，前后历二十余年，至嘉庆十二年丁卯（1807）刻行《雁门集》十四卷附《倡和录》一卷《别录》一卷，另有《雁门集笺注》八卷。其曾侄孙萨嘉曦《雁门集补遗跋》称"嘉曦尝据其所引用书目，手为汇录，几及三百种之多，间有珍秘之本，为世所罕见"，盖其人博极群书，考核旁证，深得乾嘉考据学的精髓。

萨侍枫《皇清诰授朝议大夫户部江西司兼山东司主事翰林院庶吉士诰封中宪大夫工部营缮司员外郎露萧府君行述》："直斋公（萨都剌）所著《雁门集》，与同时虞、杨、范、揭共流传不朽者也。康熙间，经葛斋公（葛希亮）锓板，至辛丑年遭回禄之厄，府君方官户部，谋于朱文正公、翁覃溪先生，遂得善本而重锓之。南旋装载舟中，复为河伯所夺。至是厘定始末，编年纪事笺注，益加详焉，遂付梓以应四方之求。"[②]康熙间葛希亮刻本《雁门集》的雕版毁于乾隆四十六年辛丑（1781），至嘉庆十二年（1807）萨龙光锓《雁门集》十四卷，经历26年，期间在京师有过一次重刻，嘉庆刻本系萨龙光第二次重锓。

萨龙光撰有《编注〈雁门集〉缘起》，记载由于葛希亮《雁门集》雕板毁于火，萨龙光在京调查了《雁门集》的所有版本，除了不能复见的萨都剌手定二十卷本和赵兰刻本外，皆"亲为校对异同"，合毛晋汲古阁本、顾嗣立《元诗选》本和翁方纲藏李举刻《萨天锡诗集》本共三种本，编校刊行，时在乾隆五十年（1785），朱珪、翁方纲均在本年撰序："然都中携书甚少，中间注释颇多讹误。戊申（五十三年，1788），龙光丁艰奔里，其板由海舟而回，中道又厄于水。以今思之，或先灵有所警而使然欤！归里后，将二十载，惟以祖集未刻萦抱在心，欲挽救前愆，乃加意搜采遗佚，增多旧刻三十一篇，并考证旧闻。仿任子渊、史公仪谱《山谷内外集》之例，以诗系年，其有一二不可考者亦即依其例，或从旧次，或以类相从；其有关于时事及编年者各详注其本末，离为一十四卷，大概以一官为一卷，则仿梁王筠以一官为一集之例也。中间各本同异并胪列于字句之下，则仿朱子《韩文考异》之例也。每诗末多附以'谨按'，则仿许慎《五经异义》之例也。本集十四卷之外，附载《倡和录》一卷、《别录》一卷，凡以资考证焉。本集序跋俱依旧次。在都校刻时，朱石君、翁覃溪二先生均惠序言，今仍取为弁首，以志弗谖。但自念归里后将及二十载，学殖荒落，舛错之讥知必不免，尚望博雅君子匡其不逮，俾得陆续补正，辑成完书，区区之心感且不朽。"[③]萨龙光以为乾隆五十三年（1788）归里之时，京师《雁门集》雕板载回闽中途中沉没之事是萨氏先灵对他草率从事编校刊行的警告，因此回闽将二十年间，断绝宦情，对《雁门集》编注异常用心，且在闽中以经营盐鹾有方，家致巨资[④]，疏财仗义，多行善举。综合言之，近二十年间，萨龙光学识增长，又遵循翁方纲所期许的"如任渊谱黄诗之例积二十余年之功"[⑤]，积累益夥，物质条件日益充裕，对于《雁门集》的完善和刊行提供了最合适的条件。

此外，萨龙光所撰《雁门集编注跋》、《〈雁门集·倡和录〉跋》[⑥]二文备道编校、笺注经历及其体例。萨龙光（1752—1818）对《雁门集》的编注和刻行可视为陈寿祺（1771—1834）之前闽中学者在整理家族文献运用乾嘉考据学的成功典型。

民国间，诗人林俊选以为萨氏家族内部诗人群体形成"雁门诗派"[⑦]，这是不争的事实。萨都剌之

---

① 大兴朱珪在乾隆五十年撰《〈雁门集编注〉序》云："予读《雁门集》，旖旎如春华之含露，磊砢若散木之亚风，尤长于歌行，其源出于鲍照，婉而多风，可以论世。"（民国《雁门萨氏家谱》卷五《叙赠录上》，影印第703页）初看之下，萨都剌与明代晋安风雅面目差异较大，但若观察谢肇淛之诗，其实取资汉魏六朝诗人者极多，其典故多用刘义庆《世说新语》者（请参看《明代福建文学结聚与文化研究》第五九"长乐谢汝韶家族"条下），则又途径相通。

② 民国《雁门萨氏家谱》卷六，影印第1076页。

③ 同上书，卷七《吉光录》，影印第1203-1206页。

④ 《皇清诰授朝议大夫户部江西司兼山东司主事翰林院庶吉士诰封中宪大夫工部营缮司员外郎露萧府君行述》："代认帮额，代完课帑，乾隆年间不计外，嘉庆九年迄今不下数十万金。"（民国《雁门萨氏家谱》卷六，《荣哀录》，影印第1075页）

⑤ 翁方纲《重刻雁门集序》，载民国《雁门萨氏家谱》卷五，《叙赠录上》，影印第705页。

⑥ 民国《雁门萨氏家谱》卷七，《吉光录》，影印第1207-1208、1209-1210页。

⑦ 林俊选《即萨伯森社兄厦门》诗有句云"君家竹林皆清绝，雁门诗派绍箕裘"（民国《雁门萨氏家谱》卷五，《叙赠录下》，原第八十三页，影印第997页）。

后，福州萨氏家族诗人代出不穷，产生积极的良性效应和内生的驱动力，其家族声望得以不坠、不泯[①]，使得“克家肩荷任非轻”[②]、“好教接武继薪传”[③]的责任落到实处。与萨龙光(1752—1818)同时的从叔、萨氏第十五世萨玉衡(1758—1822)之诗“沉雄瑰丽，不亚于吴伟业、朱彝尊”，“玉衡自辟途径，足以震扬一代”[④]，被视为对闽诗的变化[⑤]，是与陈寿祺齐名，能够超轶、“弟蓄”陈寿祺的著名诗人，是萨都剌之后萨氏家族最优秀的诗人。萨玉衡著有《白华楼诗钞》四卷及多种学术著作。林昌彝以为萨玉衡之诗“沉雄玮丽，合义山、遗山为一手”，“隶事典确，非读万卷书者不能为”[⑥]；陈宝璐以为萨玉衡“以沉博绝丽之才，为诗一变闽派，哲嗣燕坡孝廉钟镛嗣响，号称极盛”[⑦]，确实是宋调和学人之诗。兹不再详细展开，请参看本书闽县萨氏家族条下对萨玉衡的论述。

从萨龙光、萨玉衡之时形成的学术精神也在萨氏家族内部渗入到萨氏后人的文化基因之中，“知立身治家之道”[⑧]，形成家族文化自觉和家族学术自觉，“虽由于祖功宗德积累之所致，要以后起多贤，克自树立，光大门闾于勿替也”[⑨]，这是福建文化家族的共识。出于清醒的认识，水源木本之思不仅仅指一个家族血缘方面的衍传和回顾，更指向家族先人世德清芬的传承。后人或者显扬，或者循守，或者愧怍而日竞竞，亢身亢宗，求不负于先人，避免如“栾、郤、胥、原”诸家族“巨室式微”，子弟降为皂隶，沦于卑贱、数典忘祖的命运[⑩]。

清初，黄晋良《舅氏陈耕烟先生传》：“国家隆盛之时，子弟辅轻肥，席厚赀，赘视诗书，沉酣声色，竞侈较豪，名曰贵游，比比也。陈氏科名禄秩之盛，国中无比，而吾舅逡巡若处子，依卷籍为庐舍。”[⑪]传主黄晋良舅父陈明弼系长乐江田陈氏家族后人。江田陈氏自明初永乐年间起即为世代科举、簪缨望族，延至陈明弼，其曾祖父为兵部尚书陈瑞，而到陈明弼之时，遭遇明清鼎革国变，其前半生为贵介公子，身为贵介公子而亲诗书，好学如是，后半生为遗民，具有民族气节，至其子陈定国，复举康熙十一年壬子科乡荐，父子俱能诗文。在江田陈氏及陈明弼父子身上，我们分明看到陈氏家族能自外于所谓的“贵游”子弟的生活方式和价值观念之外，优于“沉酣声色，竞侈较豪”的行为，使其家族的荣耀继续绵延下去。

于君彦《先芬集序》云：“寄农(萨嘉曦)手辑是篇，既能心其先人之心，复能以其先人之心贻厥后人。萨氏之兴其有艾乎?”[⑫]萨氏家族诸人之中，近人、萨氏第十九世(《清代硃卷集成》第三三九册萨起岩履历、第六七册萨嘉乐履历所标萨氏世系)萨嘉曦(1874—1959)对于保存祖先的文献用力较多。萨

---

① 高向瀛《萨寄庐文稿序》云“千百年间名公钜卿泯灭相望”有两个原因：一在于“子孙式微，不能阐扬”，二在于子孙无知立言一道，立言渊源当自其祖先先芬，而先人清芬“托之非人，文字不足以传信”，世德、先型亦以之湮没无闻。此文收录于《雁门萨氏家谱》卷五《叙赠录上》(无原页码，手写增入，影印第805-806页)。

② 林佶《青儿南归诗以遣之》其九，《朴学斋诗稿》卷十，《清代诗文集汇编》第205册，影印第591页。

③ 林佶《晟孙将归娶诗以勉之》其二，《朴学斋诗稿》卷十，《清代诗文集汇编》第205册，影印第592页。

④ 《檀河公国史文苑本传附伊秉绶传》，民国《雁门萨氏家谱》卷六，《荣哀录上》，影印第1069页，引。

⑤ 从萨都剌到萨玉衡，一为“开晋安风雅之倡者”，一为“一变闽诗”的作者，仿佛抵牾，其实有相通之处。翁方纲《重刻雁门集序》云：“读《雁门集》，足以砚风会焉，则亦不尽晚唐也。吾每爱昔人举南宋采莲之词，与雁门并论，所以究极唐、宋以来波澜顿挫，虽较其分寸毫厘，不过如是”，“即其(按：此系指元代礼部尚书甘文传所作《雁门集序》)过抑宋诗以求合于六艺者，正与后人撰录，断自《小畜集》者等也，吾乌能以勿辨哉!”(民国《雁门萨氏家谱》卷五.《叙赠录上》，影印第705-706页)翁方纲以为萨都剌之诗有宋诗风调，则与乾嘉时期诗风的脉理相合。

⑥ 林昌彝《白华楼诗钞笺注序》(1852年作于京师天根月窟斋)，《雁门萨氏家谱》，北京图书馆藏家谱丛刊第50册，影印第731页。按：《林昌彝诗文集》未收此序。《林昌彝诗文集》系林昌彝《衣讔山房诗集》八卷和《小石渠阁文集》六卷、《试帖诗》一卷、《赋》一卷合编整理本，都十六卷。

⑦ 陈宝璐《(萨察伦)珠光集后序》，《雁门萨氏家谱》，影印第735页。

⑧ 于君彦《先芬集序》，民国《雁门萨氏家谱》卷五《叙赠录上》，《北京图书馆藏家谱丛刊》闽粤侨乡卷第49册，原四十九页，影印第799页。

⑨ 陈宝琛《昆陵袁氏族谱序》，《沧趣楼诗文集》下册，第386页。作于1924年。

⑩ 谢章铤《重摹金门待漏图记》，《赌棋山庄集》文集卷六，《清代诗文集汇编》第680册，影印第727页。

⑪ 黄晋良《和敬堂全集》文部卷七，原第三页，《清代诗文集汇编》第54册，影印第161页。

⑫ 于君彦《先芬集序》，民国《雁门萨氏家谱》卷五《叙赠录上》，《北京图书馆藏家谱丛刊》闽粤侨乡卷第49册，原四十九页，影印第799页。

嘉曦"重刻远祖《雁门集》六卷暨(萨龙光)《雁门集编注》本十四卷、手抄元刊本八卷,考订精密,丁宁详尽。族祖檀河公《白华楼集》,既为撰《附录》,又刊《赵氏注孟子章指复编》,更传写《史记·历术甲子篇》,解经学名著,嘉惠士林。至敦孝先生(萨琅)事实、曾祖像颂、本支至行,聪听不忘。校刊《湘南吟草》、《珠光集》,宗老遗风,表章无已。《武城府君行述》、《梁夫人事略》及《南北洋炮台图说》、《藏弆集》诸跋、《一砚斋》、《莳花吟馆》各记,政事、国防之大,交游居处之常,手泽具存,心丧如在,诚之至也,言之粹也"[①]。萨嘉曦尝刻书近 20 种,除萨氏先人著作外,又为其岳曾祖杨维屏刻诗文集。

在重刻《雁门集》之外,萨嘉曦选萨氏历代著作为《先芬集》十三卷,民国《雁门萨氏家谱》收录时人于渐逵、林福熙、赵以成、刘孝祐、张士佶、陈望林、陈君耀、王莹修、黄雪丰、谢贤霖、刘崧英、王宣辰、林岐铙、杨鞫、潘炳年、刘孝祚、陈宝璐、张炜、陈海鳌、陈蔚章、陈宪弼、陈海梅、锺大椿、郑容、廖毓英、董翔藻、卢希孟、邱炳萱、梁孝熊、邱懿元、沈觐平、陈棨伦、薛莹、孙葆璠、林履端、郑淑璋、俞秉文、吴曾祺、江祖著、陈景韶、沈觳清、高其闳、陈钜前、王国瑞、高向瀛、林扬光、林时煇 47 人题词诗作[②],或律或古,或长篇或短篇,或一首或数首;文则有江春霖、陈景韶、于君彦[③]三篇,诗文合观,题赠文献可观。这是萨嘉曦在晚清、民国数十年的历史巨变中,以振兴家族文献和竭力从事旧体文学创作因应疾风骤雨般变化的时代,试图在旧体文学节节败退之时力挽狂澜,江春霖、陈景韶、高向瀛等人之序均有此希冀[④],至少希冀能够站定脚跟,期待大动乱、大变化的时代澄净之后,否极泰来,旧体文学依然有着它的价值。

## 第二节　文学家族成员的诗画创作——以侯官许氏、闽县龚氏为例

明清文学研究中,需要关注的重要对象是画家这一类人物的文学类创作,此种文学与绘画、书法等类型的艺术活动相结合的创作亦是清代文学家族成员生活常态之一。从艺术本身看,从《诗经》的时代开始,诗歌、音乐、舞蹈三者一体,后来诗、乐、舞各自沿着自身的轨道发展成为艺术创作的门类,但是文学与艺术活动及艺术内化为雅致的生活场景和生活态度从来未曾断绝它们之间的关系。

文学与艺术难以确然分离,能文学者未必均能绘事,而能绘事者大多能诗文[⑤],反映在对画作的题诗、赓作、鉴赏、鉴定及所作序、跋、题签等文字上,自明末清初以来福建本省的作者兼画家型的文学家许友、许遇父子及外省宦闽的作者兼学者型官员周亮工均如此,此风在清代方兴未艾,蔚为大观,清代福建的文学创作不能排除画家这一类作者,但是若非文献明确记载画家的文学创作情况,即使家世数代能绘事者,本书不能贸然予以著录,类乎乾隆中叶以来科举家族虽人必能赋五言赋得体律诗,但未必全部为本书认定为文学(学术)家族的情形。这个分寸不易把握,往往因不能准确了解研究对象的文学创作情况而有所缺憾。

---

① 高向瀛《萨寄庐文稿序》,《雁门萨氏家谱》卷五《叙赠录上》,无原页码,手写增入,影印第 805-806 页。

② 民国《雁门萨氏家谱》卷五,《叙赠录下》,影印第 951-978 页。江祖著系江春霖第三子。

③ 同上书,卷五,《叙赠录上》,影印第 795-799 页。

④ 江春霖《先芬集序》收录于《雁门萨氏家谱》卷五《叙赠录上》(《北京图书馆藏家谱丛刊》闽粤侨乡卷第 49 册,原第四十七页,影印第 795-796 页);陈景韶《〈先芬集〉序》,收录于同书卷五《叙赠录上》(原四十八页,影印第 797-798 页);高向瀛《寄农兄出手辑〈先芬集〉见示感题一律》,收录于同书卷五《叙赠录下》(原第七十四页,影印第 977 页)。

⑤ 以乾隆、雍正间福建画家黄慎为例:黄慎自其少时于山川、翎毛、人物,下笔便得造物意,已乃博观名家笔法,师其匠巧,不拘一格。其母海之曰:"吾闻此事非薰习诗书,有士夫气韵,一画工伎俩耳。"黄慎亦以学画时有鹘突于胸者为不读书之故,又闻诗人张钦诗中有画之语,于是发愤取《毛诗》、三礼、《史》、《汉》、晋宋间文、杜韩五七言及中晚唐诗,熟读精思,其后为画,于昆虫、草木、四时推谢荣枯、历代制度、衣冠、礼器罔不穷形尽相,有得于心,应之于手,成为闽籍画家中的一代宗师(民国《福建通志》总卷四十四,《福建艺术传》卷二,黄慎传,原第十三页)。

略举以下事例。闽县张见心能诗,擅书画。其孙张承渠(一作榘),画承家学①。张承渠能诗词,谢章铤《赌棋山庄词话》有其事迹。泉州府同安县叶化成及其子叶来昌、叶来临均能诗画,李禧《紫燕金鱼室笔记》称叶来昌"幼承家学,能书画"②。福州府长乐县施景琛家族亦多文学兼擅绘画艺术的成员。施景琛(1873—1955)是一位在晚清出生,生活到新中国的诗人。施景琛育有施秉章、施秉望、施秉智、施秉仁四子和施秉端(聆秋)、施秉庄(浣秋)、施秉雅(味秋)、施秉漪(剑秋)、施秉黛、施秉岚(史明)、施秉秀、施秉翠八女。其中聆秋、浣秋、味秋三女幼承家学,擅长诗词、绘画,并称画坛"三秋"。

举清代福建文学家族中从事文学创作之外在绘画等艺术活动中最为璀璨的星座,则属侯官许氏、闽县龚氏两个家族,这两个家族成员不仅众多而且历代均工于绘画和文学创作,是清代福建文学家族兼工艺术创造现象的典型。

侯官许氏家族是一个崛起于晚明、持续到乾隆间的福州府文学望族。《国朝全闽诗录初集》续集许王臣条引《注韩居诗话》云:"许氏自明季以来,以诗、画、仕宦线其家,七世同居。"③黄惠序许琛《疏影楼诗》云:"闺媛许氏素心者,余中表兄石泉(许良臣)先生之女也。先生仕粤二十余年,素心(许琛)幼随宦署,佩容臭问饮食而外,日婉转于笔床砚匣中。字临摹董文敏(董其昌),神似而非貌似。又以侍外祖母月鹿张夫人(张季琬)久,传其渲染折枝法最工。若诗则其先自督学公(许豸)传至石泉先生,五世矣,皆有声坛坫,其家学有由来矣。"④许氏家族发家自明代进士许豸。许豸系天启四年甲子(1624)福建乡试举人,与黄文焕等同年;崇祯四年辛未(1631)成进士,与周之夔等同年。累官至浙江提学使,即黄惠序中的"督学公"。从明代到清代乾隆年间,侯官许氏七世同居,为朝廷所表彰。许氏家族在道德、宗法、礼教方面为世楷模,又形成了诗、画、仕宦的悠久传统,家族成员许友、许珌等与周亮工等官员型学者交往密切,互相切磋诗、画、印、书法、文学观念和学术,确实是一典型的科举家族和文学家族,明显具有家族发展、认同的事业和目标,形成固定的价值观念。

郭白阳《竹间续话》卷一对许氏家族的翰墨风流记载甚悉:"侯官许氏,世以工诗画名,闺阁亦娴翰墨,风流儒雅,一时称盛。许豸,字玉史,崇祯进士,历户部郎。有《春及堂诗》四卷。豸生二子。长友,字有介,号瓯香。善画竹,有逸致。小竹仿管仲姬,姿态尤佳。有《米友堂集》四卷。次宾,入清顺治辛卯(八年,1651)举孝廉,官至御史。……友子遇,字不弃,号真意,又号月溪。受诗于渔洋(王士祯),得其宗派。善画松石,兼工梅竹。有《紫藤花庵诗钞》一卷。遇生六子。长名鼎,字伯调。雍正间举人。有《梅崖集》、《少少集》、《刺桐纪游》。工书画。鼎子良臣。有《石泉诗钞》、《影香窗存稿》。遇第四子均,字叔调,号雪村。康熙戊戌(五十七年,1718)翰林。有《玉琴书屋诗钞》。均生三子。长雍。次荩臣。有《客游草》。三王臣,字思恭,号陶瓶。亦工诗画。……著有《陶瓶集》、《多佳楼诗钞》。子二。长作霖,有《桐花书屋诗钞》。次作屏,号画山。乾隆癸卯(四十八年,1783)经魁。有《青阳堂文集》、《拜云楼诗集》。……又杨雪沧(浚)《冠悔堂书目》有抄本《五许合集》二册、《笃叙堂许氏集》七册,久访之不获。"⑤特别指出的是,自许遇祖、父以来,许氏家族皆以画松石名。

许氏闺阁雅人众多,且多书画家,这是许氏家族成员的特征:

许均之妻廖淑筹,字寿竹,侯官人。本闽县林侗女,为廖氏养女。工词翰,间写花竹,皆极精致。陈宏谋以为不减管道升、赵文淑风味。本生父林侗好古迹,作金石文字,巍然成集,淑筹胚胎前光,所为诗和以庄,其音亮而婉。

许友曾孙女、许良臣之女、张季琬外孙女许琛(1731—?),字德瑗。善书画,工诗。书法学董其昌,又得其外祖母张季琬传其书法。对许氏家族祖传的绘画、书法技艺有所发展。孀居,专写梅、竹、菊,

---

① 郭白阳《竹间续话》卷四,第73页。

② 李禧《紫燕金鱼室笔记》,第1页。

③ 《国朝全闽诗录初集》续集卷十一,许王臣条,《全闽诗录》第五册,第709页。选其诗《送石林伯兄之岭南》(第709页)。

④ 同治刊本《福建通志》卷二百四十九,《(侯官)国朝闺秀》"何光云妻许氏"条下注引黄惠序《疏影楼诗》。

⑤ 郭白阳《竹间续话》卷一,第4-5页。按:本书引用《竹间续话》,重新标点。

著苍凉之致，诗亦直摅胸臆，不规樵藻饰以为工。

许氏家族中其他闺秀、姻娅戚好作者如张季琬、梁蓉函、梁茗、许还珠、许季兰、赵玉钗、林炊琼等，请参看长乐梁章钜家族、侯官许氏家族等家族条目下。

闽县龚氏家族的发家早于侯官许氏家族，但是龚氏家族兼擅诗画的传统形成却晚于许氏家族。闽县龚氏与明代嘉靖五年(1526)丙戌科状元龚用卿(1501—1564)同族，龚用卿系龚源长子，龚璲孙，龚氏第七世，为大宗，后绝嗣；闽县龚氏为小宗，系龚用显之后，龚用显系龚泽子、龚璲孙。清代龚氏成为福州府城著名的望族，其家族人才辈出，直至当代。

入清龚氏家族的重新崛起在康熙间第十二世龚其裕(1634—1698)之时，龚氏累世簪组辉映，至咸丰、同治、光绪间龚易图(1836—1893)之时龚氏的功名、仕宦、财富达到巅峰状态。

龚易图既富赀财，又于福州城内多筑别业，极富园林之壮丽及图书，且其家族多为雅人，世代以诗画传家，活跃在现当代福州诗坛、画坛：

龚易图诗集中多有题画诗，同治十三年甲戌(1874)作有《题自画山水十册》、《又画竹石自题》[①]等诗，传称龚易图"天资高旷，通禅理，书画皆学苏(轼)"[②]。

龚易图四弟龚彝图，字季仁，擅山水，兼花鸟。

龚易图三子龚鸿义(1871—1947)，字颖叔、永叔。谢章铤主致用书院时门人。工诗、书、绘事，称三绝。

龚鸿义长子龚礼田，又名龚肃，与妻陈乐如(祖鹏)，均为诗家、画家。龚礼田夫妻曾组织中国女子图画刺绣研究所、撷芳社。

龚易图三女龚韵珊(1868—?)，字玉册、瑶因。适浙江湖州画家沈端琳(号研传)。沈端琳、龚韵珊之子沈迈士(1891—1986)，名祖德，号宽斋，亦著名画家。

龚易图四子龚桢义，字晓京。善画。壮岁卒。

龚桢义长子龚礼逸(1903—1965)，名纶，号习斋，以字行。龚礼逸从伯父龚鸿义、姑母龚韵珊学画，能书善画。龚礼逸妻王孝莹(1904—2007)，字倩石，福州西清王氏王仁堪侄女。合著有《书画作品集》。

龚易图之孙龚肃夫妇俱是知名画家。

龚氏家族从事文学创作名望最高的属明代龚用卿、清代龚景瀚和龚易图三人，尤以龚易图为杰出，其他龚氏家族成员或能文学而成就不高，故在优裕的生活环境中培养绘画、藏书、鉴赏的能力，不失为弥补才情不足的手段和途径。《文心雕龙·神思》探讨文学创作的"神思"问题，涉及到作家的才思和表达的能力，刘勰以为："积学以储宝，酌理以富才"，"若学浅而空迟，才疏而徒速，以斯成器，未之前闻"，刘勰提出"博见为馈贫之粮"，以博见、积学、酌理以弥补作家缺乏天才"神思"之不足。《文心雕龙·时序》云："文蔚(路粹)、休伯(繁钦)之俦，于叔(当作"子叔"，邯郸淳)、德祖(杨修)之侣，傲雅觞豆之前，雍容衽席之上，洒笔以成酣歌，和墨以藉谈笑。"龚氏既富园林之雅，又有插架十万之藏书，子弟从事诗歌、绘画创作，优游于文学、绘画、雅集的生活方式，愈于"荡淫赌博、骄奢纵佚"之败家[③]，何况"区区饮博污流俗"，龚氏祖先原"不愿孙曾辈此俦"[④]，龚氏家族中的生存方式基本上可以看作是福州世家望族及其子弟优雅生活的缩影和典型形态。

绘画艺术在唐代受朝廷重视，但士大夫家庭仍视之为有伤身份的爱好。唐代阎立本虽已为主爵

① 龚易图《乌石山房诗稿》卷十三，原第五至七页，影印第288-289页。

② 民国《闽侯县志》卷六十八，原第三十一页，影印第249页。

③ 萨龙光引魏象枢(1617—1687)家训，见陈寿祺《皇清赐进士出身诰授朝议大夫户部江西司兼山东司主事翰林院庶吉士诰封中宪大夫工部营缮司员外郎露萧萨君墓志铭》(民国《雁门萨氏家谱》卷六，《荣哀录》，影印第1088页，引《左海文集》)

④ 林佶《晟孙将归娶诗以勉之》其三，《朴学斋诗稿》卷十，《清代诗文集汇编》第205册，影印第592页。此诗首二句云"习气先须除却俗，工夫惟在静中求"。

郎中,仍以丹青受主知。唐太宗宣召画春苑景色,近侍传呼“画师阎立本”,阎立本“奔走流汗,俯伏池侧,手挥丹粉,瞻望座宾,不胜愧赧”。由于蒙受“画师”之耻,阎立本退而诫子:“吾少好读书,幸免面墙,缘情染翰,颇及侪流。唯以丹青见知,躬厮役之务,辱莫大焉!汝宜深诫,勿习此末伎。”[①]在阎立本看来,画工犹如汉代之文学侍从之臣,皇帝俳优蓄之,耻辱等同,登第入仕的士大夫之于画工之间有着坚韧的阶层隔阂。早在魏代,嵇康作有《声无哀乐论》,以为乐器演奏所发出的声音本无哀乐之分,听者受众其哀乐之感由于人心之感触。文学创作的各种体裁、绘画及其他艺术本身亦无哀乐、高低、贵贱之分,这种认知在老、庄等道家人物的世界里经常被强调,“齐物”的重要用意在于泯灭人心所产生的执念。宋、明两代两次儒、释、道三教合一的思想运动形成宋代理学和明代王守仁为代表的心学,宋代理学和明代心学都对士人打破执念,追求真理和良知的境界提升产生过重要的作用。在坚韧、森严的认识壁垒被构筑之时,历代哲人也在不断地破除、摧毁这种人为的壁垒,推动文学创作、艺术创造的发展,推平雅、俗之间的沟壑。在旧体文学因为时代巨变失去其存在的社会基础而逐渐消歇之时,绘画艺术以其历久弥新的艺术生命力在民国、新中国依然获得生存空间,龚氏族人反而凭借绘画艺术的技艺能够在帝制崩溃之后的世代里谋生,反比迷恋、从事旧体文学创作的作者幸运。

## 第三节　题画诗创作——以林则徐和林昌彝题画诗为例

乾隆四十七年壬寅(1782),侯官许氏家族中的许□□作《画梅竹送萨霁襟甥五十》诗:

小楼却与乌山偶,内有家藏书一酉。笔床茶臼共花罇,一一安排供座右。傍楼耐雪岁冬梅,护楼修竹绿成亩。其中座卧有衰颜,多病只余骨未朽。釜中无米赖阿甥,裙布荆钗未露肘。高情敦挚世所难,尔之天性本孝友。诗书遗泽不殚劳,奉母承欢亲饭糗。嗟乎我姊隔尘凡,五载桮棬犹在口。我亦凄凉影伴形,百感无聊凭窗牖。今朝秋日扬清光,喜尔悬弧在北斗。因子之寿招子言,欲进金樽一杯酒。反覆言之尔固辞,泣下伤心怀阿母。如尔襟怀明月同,艺林早已驰名久。如尔德厚与行醇,泮宫啧啧为优首。复有明月同森阶,庭寖炽昌应在后。予言纪实非虚誉,彩服称觞固宜有。飞腾月窟待明秋,丹桂高枝攀在手。纯禧祝嘏从兹来,梅竹年年为子寿。[②]

按:福州府永福诗人黄任作《萨母许孺人五十寿言》[③],知其表侄许良臣(石泉)长女松斋(1717—1777)适萨万选(字心衹,号青峰),生子萨国霖、萨国楷、萨国柱。萨氏第十二世萨国霖(1733—1821),字启雪,号霁襟[④]。根据《世系录》萨国霖生卒年推知此诗作于乾隆四十七年壬寅(1782)。又,许良臣之子侄辈以“作”为辈分字,为萨国霖诸舅。许氏所作诗题中有“画梅竹”字样,知此七言古诗与画作并为题赠萨国霖贺寿。

题诗与图画、作文与画卷的并行共存现象在整个清代盛行,举凡社集、同年会、山居、雅兴、宴集、咏怀、咏物、渔樵、寿庆、课读、夜读、思亲、娱亲、饯别、消夏、游赏、报绩、四时、节令、思归、世德、诗意、词意等等题材均可形诸图画,遍征题咏。大量的题画诗、题画文章保存在作家的诗文集中,成为清代文学创作中的重要类型。我们可以在嘉靖、道光间的名臣、侯官林则徐的创作中看到清代题画诗文创作的盛况[⑤]。

---

① 刘昫等《旧唐书》卷七十七,列传第二十七,阎立德传附阎立本传,第2680页。中华书局1975年版。

② 民国《雁门萨氏家谱》卷五,《叙赠录下》,影印第863页。

③ 同上书,卷五,《叙赠录上》,影印第717-718页。

④ 同上书,卷三,《世系录》,影印第368页。

⑤ 林佶《朴学斋诗稿》卷十收录其题画诗三十八题六十首(《清代诗文集汇编》第205册,影印第594-598页),是闽籍诗人诗集中连续不间断著录题画诗最多、所题画内容丰富的一位诗人。由于本书本节著论的侧重点不同,对林佶的题画诗不作论述。

林则徐之父林宾日作有《饲鹤图》，族弟林昌彝撰《少穆先生属题其尊人旸谷封翁饲鹤图》[①]。此《饲鹤图》三卷，尺寸分别为29.5×115.5 cm、29.5×109.5 cm、30×29.5 cm，中国嘉德国际拍卖有限公司2012年秋季拍卖会卖品。著录于陈康祺《燕下乡脞录》、《林公则徐家传饲鹤图暨题咏集》（福建人民出版社1992年版）、《林则徐旧藏饲鹤图题跋录》（日本艺文书院2012年版）。

雅昌拍卖网站《0869　嘉庆戊辰（1808年）作道光丁酉（1837年）作〈饲鹤图〉手卷（三卷）设色纸本》介绍如下：

据《林公则徐家传饲鹤图暨题咏集》，第二、三图旸谷先生小像为林则徐手绘。

林则徐之父林宾日，在嘉庆戊辰（1808年），正值花甲，绘制了《饲鹤图》，自我形状，借以遣怀。林宾日殪后，林则徐缅怀情深，延请汤贻汾、吴荣光以同一画题，重新创作出两卷各具风貌的《饲鹤图》，更历经多年，遍求各家题跋。林宾日所绘卷绘得二十二年后，曹振镛于道光庚寅（1830年）首作题跋，至林昌彝在道光庚戌（1850年）所作最末跋语，这三件一套手卷前后历时四十二年，经由父子两代传承，数十人参与，最终完成，实为难得。清人陈康祺《燕下乡脞录》记："林文忠公服官中外，常以封翁旸谷先生饲鹤图珍藏行胜，遍索题咏，一时作手阐述其先德甚详。"历经过程之长久绵续，诸家题跋之字里行间，无不映衬出林则徐对这三件手卷珍重有加，视如至宝的情怀。

此三卷《饲鹤图》六十余（五）位题咏者皆一时名士，或尝交游，或相投契，颂扬林则徐在楚、豫、苏之政绩，亦有对鸦片战争后林公遭遣戍边的强烈不平，包含诸多闽地掌故和林氏家事。林则徐游宦他乡，随身不离先父手绘《饲鹤图》，并遍请友人题咏，这不仅出于对父亲的怀念，也侧面反映出其奋不顾身，为民请命，又能不计得失，恬澹处世的达观。这或许恰是得益于乃父饲鹤养性的启发，堪称佳话。

第一卷题识："嘉庆戊辰长夏旸谷自绘于将乐正学书院"。

本卷后有曹振镛、潘世恩、白镕、曾燠、孙尔准、汤金钊、李宗昉、沈学渊、陈寿祺、朱珔、石韫玉、吴廷琛、韩崶、梁章钜、朱绶、顾莼、吴清皋、汤鹏、沈彪、吴清鹏、张维屏、张祥河、郭尚先、吴云、张际亮、汤贻汾等，应林则徐之邀，为林父旸谷先生自绘饲鹤遗照所赋词章。据诸家落款及钤印，知时在道光庚寅（1830年）至丙申（1836年）间。

本卷前有陈延恩题引首："饲鹤图道光辛丑秋七月陈延恩补题"。辛丑，道光二十一年（1841）。

第二卷题识："汤贻汾补图"。

本卷后有阮元、英和、邓廷桢、祁寯藻、许乃普、翁心存、池生春、朱为弼、顾莼、陈嵩庆、龚镗、邵正笏、李昭美、陆我嵩、蒋立镛、李彦章、黄爵滋、徐宝善、蒋祥墀、张井、穆彰阿、何凌汉、王柏心等23人应林则徐之邀，为其所绘林父旸谷公饲鹤图题和诗词，据落款及跋文知在道光庚寅（1830年）至道光丁酉（1837年）间。

本卷前有阮元题引首："饲鹤第二图阮元题"。

第三卷题识："道光丁酉正月敬为旸谷老伯大人遗照写图愚侄吴荣光并识时廿有五日"。

丁酉，道光十七年（1837）。本卷后有吴荣光、陶澍、程恩泽、潘锡恩、廖鸿荃、陈嘉树、邓显鹤、姚椿、陈荣试、张应昌、王景贤、张珍臬、陈延恩、魏源、陈功、林昌彝等16人于道光戊戌（1838年）和辛丑（1841年）、庚戌（1850年）应林则徐之邀为旸谷先生遗照题奉诗文。

本卷前有程恩泽题引首："饲鹤第三图旸谷年伯大人遗照年家子程恩泽题"。

这套手卷不仅满载父子、友朋之深情厚谊，而且对于闽地文化研究、林氏家族事迹的深入探讨，以及清末书法风格对比，同样意义深远。[②]

---

① 林昌彝《衣讔山房诗集》卷六。林昌彝《射鹰楼诗话》卷四："道光庚戌（1850）秋，家文忠公少穆公傳出其封翁旸谷先生饲鹤第三图横卷命题。"

② 中国嘉德2012年秋季拍卖会（2012年10月28日）"大观—中国书画珍品之夜（古代）"《0869　嘉庆戊辰（1808年）作道光丁酉（1837年）作〈饲鹤图〉手卷（三卷）设色纸本》。雅昌拍卖网址 https://auction.artron.net/paimai-art5025040869/。文字略有改动。

按:《饲鹤图》题赠六十五人,多为福建之外的外省士大夫,本省者如陈寿祺、梁章钜、郭尚先、张际亮、李彦章、廖鸿荃、林昌彝、王景贤,屈指可数。这三卷《饲鹤图》题咏的价值和意义已如雅昌拍卖网站介绍所言。

观《林则徐全集》,林则徐为他人所作的题画诗数量惊人,可以在诗题中观察到各种类型、各种人物所拥有的画作。兹不厌其烦,胪列如下,题后随文附页码:

《林则徐全集》第六册诸题有《题冯笏軿〈红杏枝头春意闹〉图》(第105-106页。随文注页码,不出注,下同)、《题秦琴山(按:秦凤梁,号琴山,江苏无锡人)同年〈滇华五芝图〉》(第15-16页)、《题李海帆宗传〈海上钓鳌图〉》(第25-26页)、《题王竹屿通守凤生〈江声帆影图〉》(第26-27页)、《题王竹屿都转〈黄河归棹图〉》(第49-50页)、《题李润堂(按:李廷钰,泉州府同安人)袭伯〈秋柯草堂图〉》(第35页)、《题李润堂袭伯〈秋林逸兴图〉》(第149页)、《题潘功甫舍人曾沂〈宣南诗社图卷〉》(第38-40页)、《刘默园司马〈虫敢洋遇盗图〉》(第41-42页)、《又刘默园〈钱江出险图〉》(第42-43页)、《题罗次垣明府升梧〈梦影图〉》(第43-44页)、《题韩芸昉抚部克均〈龙湫宴坐图〉》(第44页)、《题祝誉延庆普〈广陵观潮图〉浦城人官浙江同知》(第48-49页)、《题黄树斋爵滋〈思树芳兰图〉》(第51-52页)、《题张雪樵郡丞宝荣〈洗月轩图〉》(第52页)、《题彭鲁青大令〈冶山饯别图〉》(第53-54页)、《题梁芷林方伯〈目送归鸿图〉》(第54页)、《题〈南武奉祠图〉应李兰卿同年彦章属》(第55页)、《题李兰卿〈湖西秋禊图〉》(第56页)、《题李兰卿〈灯窗梧竹图〉次苏斋韵》(第165页)、《题钱南园先生澧〈守株图〉遗照即追和自题原韵》(第57页)、《题钱梅溪泳〈梅花溪上图〉》(第58页)、《任阶平太史泰〈寒夜写经图〉》(第60-61页)、《题俞陶泉都转德渊〈水流云起遗照〉》(第65页)、《齐梅麓彦槐〈送古佛入焦山图卷〉》(第65-66页)、《杨雪茉〈秋窗涤笔图〉》(第66-67页)、《题陈石士侍郎用光〈韬光步竹图〉遗照》(第68-69页)、《题怡悦亭中丞怡良〈沧浪话别图卷〉》(第70-71页)、《补题赵兰友同年〈雪舫传觞图〉》(第79-80页)、《张篪县〈牡蛎瓶图〉》(第106-107页)、《戴筠帆工部綗孙〈陇树瞻思图〉》(第107-108页)、《题严小农观察烺〈皋亭饯别图〉即送入都》(第130页)、《题家鉴堂前辈春溥〈爱日图〉》(第131页)、《吴渭泉观察篪〈橹摇背指菊花开图〉小照》(第133页)、《吴菘圃协揆〈涵恩归棹图〉》(第137页)、《题延淇园尚衣延隆〈柳阴放棹图〉》(第140-141页)、《题延尚衣〈绿竹图照〉》(第30页)、《题曾静斋总戎大观〈巡海图〉》(第142页)、《梁芷邻观察五十初度写〈报闰图〉寄祝并系以诗》(第143页)、《〈芸馆集仙图〉朱芝圃观察桓属赋》(第147页)、《题赵淞舲孝廉〈秋园涉趣图〉》(第148页)、《题吴荷屋方伯荣光〈归省图〉》(第148页)、《题梁吉甫〈摄山诗境图〉即次自题原韵》(第149页)、《题梁吉甫舍人〈载书图〉》(第150页)、《题周桐峰大令兴峄〈湖上谒祠图〉》(第151页)、《题张云巢直指青选〈明月送行图〉即送赴两淮直指任》(第151-152页)、《题张南山郡丞维屏〈黄梅拯溺图〉》(第162页)、《茅松坪中翰润之〈南山丝竹图〉》(第163页)、《题袁介庵太守谓钟〈海塘筹御图〉时介庵下世三年矣》(第168页)、《郑苏年师〈抱膝图〉遗照》(第174页)、《潘芝轩相国世恩〈花瑞图〉属赋》(第175页)、《题杨雪茉庆琛〈金陵策蹇图〉》(第177页)、《题蒋丹林先生祥墀〈童子钓游图〉即次自题原韵》(第179页)、《徐访岩同年宝森由粤西观察擢皖臬入觐过楚出〈漓江话别图〉属题即送其行》(第182页)、《题朱久香学使兰〈花间补读图〉》(第183页)、《谷美田比部善禾以其祖〈秋灯课读图〉属题》(第191页)、《戴醇士学使熙画松题句》(第196页)、《题关滋圃(按:关天培,号滋圃,官广东水师提督)〈延龄瑞菊图〉》(第196页)、《题龚木民明府润森〈清笳画角看荆州〉画卷》(第198页)、《题章次白学博黼〈西溪秋雪图〉》(第200页)、《乙未在吴张童装明府珍臬出〈萝月听诗图〉冗中仅题额应之辛丑重晤武林则余亦有荷戈之役矣率成志感》(第201页)、《题陈登之〈罢读图〉》(第202页)、《题陈登之〈暨阳瑞麦图〉》(第203页)、《题海帆〈松阴补读图〉》(第213页)、《题项易庵山水卷》(第255页)、《题杨平阶〈沃州归饯图〉》(第260页)、《题赵述园光祖〈横琴诗鹤图〉》(第261页)、《陈朴园大令乔枞属题其尊人恭甫前辈〈鳌峰载笔图〉》(第264页)、《家芗溪孝廉昌彝母吴孺人〈一灯课读图〉》(第266-267页)、《题屠琴坞倬〈耶溪渔隐图〉》(第268-269页)、《题徐星溪总戎庆超〈春波洗砚图〉》(第269页)、《题岳菘亭藩伯良〈春湖夜泛图〉》(第270页)、《题赏大令绶〈采芝图〉》(第270-271

页)、《题陈芝楣都转銮〈沧浪话别图〉》、(第 271 页)、《题陈芝楣都转〈三世传砚图〉》(第 271 页)、《伊少沂念曾属题其尊人墨卿太守秉绶〈西溪消夏图〉》(第 272 页),词作《贺新郎·题潘星斋画梅团图顾南雅学士所作也》(第 287 页)、《念奴娇·题潘星斋〈藤花馆填词图〉》(第 287 页)、《壶中天·题伊小沂〈江阁展书图〉》、《金缕曲·题刘西堂〈惊涛收钓图〉》(第 292 页);第五册有《陈枫阶大尹宸书〈载书归里图序〉》(第 423 页)、《张松生大令邦栋〈攀辕图〉序》(第 424 页)等,可见林则徐与彼时画家、诗人的交往,亦说明林则徐好绘事,具有公认的、较高的艺术鉴赏能力。

道光二十八年戊申(1848)腊月苏轼生日,林则徐作《戊申腊月十九日滇中节署招同人作坡公生日》,有注:"严比玉太守夫人王云兰与喆嗣伯牙、郡丞夫人汪绚霞合摹《笠屐图像》。"(第 96 页),这是纪念宋代文学家苏轼的一种方式。观沈津所著《翁方纲年谱》,乾隆、嘉庆间的翁方纲(1733—1818)数十年间对苏轼艳羡不已,每年均主持寿苏会活动,这个活动包括题咏苏轼真像、苏轼《笠屐图》,图画苏轼各种服装和活动图、苏轼诗意图,造苏轼塑像,和苏轼原诗诗韵,习苏轼书法,模仿苏轼的生活方式等等。咸丰、同治、光绪间,福州府侯官诗人、学者杨浚(1830—1890)对宋代文豪苏轼也极其崇拜,甚至到了迷信的地步,以为苏轼庇佑其家藏书得以免于火灾,杨浚家有苏轼的塑像、画卷等物件,为此作有系列诗歌,如诗《除夕祭诗用坡公寄段屯田韵和鹤修感怀》(咸丰三年癸丑,1853)、《坡公笠屐图》(咸丰六年丙辰,1856),《舣舟江口同翊仲说鬼》(咸丰六年丙辰,1856)用苏轼好闻说鬼故事[①],《王莲叔师洗砚图》(咸丰六年丙辰,1856)有句"先生长公之后身,淋漓大笔如有神"[②],以苏轼美誉王师俭;同治二年癸亥(1863),撰作《题东坡像》、《题坡公真像用公除夜赠段屯田韵》、《叠前韵题坡公笠屐图》、《叠前韵题王见大缩刻坡公像》[③]数首。

有清一代绘画艺术与诗文创作的高度结合,文武官员均乐衷此道,既能绘事与文学,亦从事围绕画卷的鉴定、交易、鉴赏、赠送与酬唱,藉此打破文、武官员之间的界限[④],打破上下层级的官员界限,打破仕宦与隐逸之间的界限,主、宾之间形成新的文艺活动模式。

本书已经在第七章《清代福建家族文学的现象与形态(上)》第一节《"母师""母训"——母亲的教诲》中讲到侯官林昌彝感念母亲吴氏而作《一灯课读图》,遍请诗友题咏的事例。本节我们来详细观察林昌彝《一灯课读图》本事及其题咏现象。

林则徐族弟、侯官林昌彝随身携带《一灯课读图》,索诗亲朋。林昌彝的母亲吴桂(1771—1823),闽县监生吴翔麟(西渔)之养女,年二十一适垂老之林高汉(1748—1821)为副室,嘉庆七年(1802)生林昌彝,一生极尽辛苦。林昌彝六岁时,邻家演剧,欲往观,吴氏母曰:"此能摇荡人心,不可往。"林昌彝为之凛然,即不敢往,又启发幼年的林昌彝学做性善之人。吴氏母出身儒者之后,通文字,尝检字典以课林昌彝抄读六经;加意训督,母教极严,在母亲的影响下,林昌彝幼年表情端重,不苟言笑。在这样的成长环境中,林昌彝发奋读书,十七岁即在侯官县试名列前茅。二十岁之年,其父弃世,族人欲夺昌

① 杨浚《冠悔堂诗钞》卷二,原第十六页,《清代诗文集汇编》第 219 册,影印第 325 页。

② 杨浚《冠悔堂诗钞》卷二,原第二十页,影印第 327 页。

③ 杨浚《冠悔堂诗钞》卷三,原第七至九页,影印第 342-343 页。按:杨浚用苏轼典诗作较多,另如同治戊辰(七年,1868)《林锡三太史赠诗和原韵》其一"吃饭真难学老坡"(卷四,原第十三页,影印第 366)、己巳(八年,1869)《雨夜赠何子逸茂才》其三"肚皮太不宜"(卷四,原第十六页,影印第 367 页)、辛未(十年,1871)《立春日折庭梅一枝赠林颖叔方伯用坡公馈岁韵》、光绪乙亥(元年,1875)《十二月十九日抵都吴春海侍御招饮观善堂拜坡公像用公集除夜赠段屯田韵》、丁丑(三年,1877)《丙子除夕同龚蔼仁观察游僧寮拟用坡公粲字韵未成今春观察将乞假南旋临别书此赠之》、《除夕大雨用东坡守岁韵呈勿村中丞》、戊寅(四年,1878)《丁丑十二月十九日坡公生日戊寅正月二十日白傅生日予以二公在杭有功水利因出家藏内府南薰殿本摹像刊置塔江小金山寺同人拜祀礼成并系长言呈葆芝帅》;十一年乙酉(1885)杨浚创作了赠送林维源二首、窦壮龄、杨和声、黄谋烈、王兰卿、林鹤年、周余庆、杨炳奎、杨萃奎、洪幼梅、杨声甫、张元鼎、傅以礼等十三人十四首坡公像诗;直至杨浚去世前一年的光绪十五年己丑(1889),还创作了《读苏集有感》、《坡公生子三长迈知河间县次追过皆承务郎孙男十四箪符箕筌筹箦籥籍节笈箪篴竺宋史竺作箾与纪年录异按周省斋集苏岘东坡曾孙过之孙居颖昌从竹之下又从山诗以纪之》,似独好苏轼其人其事其诗其像。李禧《紫燕金鱼室笔记》之东坡像诗条:"杨雪沧先生浚《冠悔堂诗钞》题坡公像诗最多,而坡公像悉出苏笑三(元)画师手笔。……(李禧诗云杨浚)'年年题像酹公魂'。"(第 57 页)

④ 请参看本书闽县龚氏家族条下以林直《壮怀堂诗三集》为例所列举的林直与周河清提督等题画诗。

彝儒业之志而从商，吴氏母以死抗争，这是来自家庭、家族内部的迫害，此种人伦的悲剧激发出林昌彝苦学的精神，铭记母亲的养育之情。“儿母亦坎坷”，“儿莫负所生，读书有令名”，“儿今一灯来，不见阿母迎?”[①]。江开题林昌彝所绘《一灯课读图》云:“孝廉之学、之行得力于太安人之教者多。少时遭家不造，且身经百折而后学成，此天之玉汝也。余稽之史策，古来凡立德、立功、立言者，皆由劳苦困乏而后动心忍性而名成。先生得贤母教之，遂成大儒。迥思太安人之教以视熊丸之授读、萤幌之传经、断识之殷勤、絮羹之规诲，不是过也。”[②]

吴氏母去世之后，林昌彝常有“蓼莪”之感[③]，自绘《一灯课读图》，题诗以志。前后有林梦郊(1835年)、张际亮(1835年)、孔宪彝(1844年)、王柏心(1845年)、陈庆镛(1848年)、徐子陵(1850年)、温训(1850年)、林则徐(1850年)、刘存仁(1850年)、罗惇衍(1851年)、江开(1852年)、杨希闵(1858年)、徐鼒(1859年)、郑献甫(1862年)、何绍基(1863年)、石景芬(1864年)、郭嵩焘(1864年)、强汝谌(1865年)、方濬颐(1865年)、戴肇辰(1866)、丁杰(1869年)、方濬师(1869年)、汪瑔(1873年)[④]等题画之作，诗、文体裁俱有。

林则徐撰《吴太孺人一灯课读图序》[⑤]并诗。其诗《家芗溪孝廉昌彝吴孺人一灯课读图》序:“林母吴太孺人，吾家芗溪孝廉生母也。年二十一，归太翁卿云先生。先生以家计故，航海远游。孝廉方髫龀，端重不苟言笑，太孺人教之严。七岁从学宫观释菜归，太孺人问之曰:‘儿见殿上高座之圣人乎?见若四配两庑之贤人乎? 是皆古之读书穷理、仁义道德中人，儿当学之。科名身外事耳。’以故孝廉即能知立志。稍长，出就外傅。有族人谋使孝廉行贾者，太孺人争之力，不得，则自掷于井，援而苏，议亦寝。孝廉既得卒业，益自奋，邃经学，博极群书，尤精三礼。年甫冠，声誉大起。道光二年三月之朔，太孺人年五十三，以疾卒。弥留，语不及其他，惟切切以立身行己诏孝廉，于是孝廉益洁修克励，品学日优。”[⑥]

谢章铤《浣溪沙》词“题杨春寅兄弟《纺灯课读图》”，自注:“国朝士大夫以节母而大其名者十数，而龙庄汪氏最著;其以机声灯影绘为图者亦十数，而北江洪氏最著。自他有耀前薪之传，不在后膏之郁哉?”[⑦]“龙庄汪氏”指的是乾隆、嘉庆间浙江萧山汪辉祖(1731—1807)家事，汪辉祖著有《双节堂庸训》等，“双节”指汪辉祖的两位母亲王氏、徐氏[⑧];“北江洪氏”指的是江苏阳湖洪亮吉(1746—1809)家事，洪亮吉母亲蒋氏训迪二子成人[⑨]。机杼图或课读图成为清代文人图写、欣赏和题咏撰文的重要题材，节母训子成为清代文学创作的母题之一[⑩]，在诗、词、文等不同文体中均有高频率的创作。

林昌彝的人生中亦有欢乐之时，如迎妻室周氏来归之年，友人亦作图画并诗以赠。道光七年丁亥

---

① 张际亮《吴太孺人一灯课读图》,《思伯子堂诗集》卷二十三。此诗为钱洪来《林昌彝年谱》第21-22页征引。张际亮另有《芗溪犹子又崧以滋苍同年画石榴扇子属题书题赠》(1841年作)诗(《思伯子堂诗集》卷二十九)。

② 钱洪来《林昌彝年谱》,第47页引。

③ 林昌彝《林昌彝诗文集》卷十四,《先妣吴太安人行略》,第380页。咸丰二年(1852),扬州汪昉为绘《一灯课读图》。

④ 请参看钱洪来《林昌彝年谱》第21、22、33、35、38、38、39、42、44、45、47、56、58、60、65、66、67、71、71、73、76、77、80页。王柏心诗题《述慈训为林芗溪孝廉作》(《百柱堂全集》卷十)。

⑤ 林昌彝《射鹰楼诗话》卷十四。

⑥ 林则徐《云左山房诗钞》卷八。钱洪来《林昌彝年谱》第42页引,标点稍异。

⑦ 谢章铤《赌棋山庄集》词集卷八,《清代诗文集汇编》第681册,影印第58页。

⑧ 罗有高《萧山汪氏两节妇传》、彭绍升《汪氏二节妇传》、鲁仕骥《萧山汪氏世德传》、焦循《萧山双节记》,钱仪吉《碑传集》卷一六〇,《清代碑传全集》上册,第778-779页。上海古籍出版社2018年版。

⑨ 郑虎文《洪母蒋太孺人圹志铭》,钱仪吉《碑传集》卷一四九,《清代碑传全集》上册,第737页。

⑩ 略举林纾、陈宝琛诗文集中此类创作,《林纾集》第一册古文有《秋檠夜课图记》、《周养庵篝灯纺织图记》、《风雨恩勤图记》、《理耕课读图记》(分别见第69-70、162-163、260、261页。福建人民出版社2020年版),陈宝琛《沧趣楼诗文集》上册诗歌有《为赵孝陆录绩题夜纺授经图》、《杨屏衡乞题其母金太孺人经声灯影图》、《题林天禧篝灯课读图》(分别见第213、233-234、249页。上海古籍出版社2013年版)等。

(1827)，林昌彝妻室周氏来归，友人吴景禧(蔚林)七人赋七言律《鸳鸯曲》三十章，并绘图以赠[①]。这种方式大概模仿明代年轻进士登第乞假归娶的佳话，明太祖赐新进士张宣归娶，宋濂撰有《送编修张仲藻还家毕姻》诗[②]，成为一代词林极为荣耀之事。明世历代皇帝均沿此制度以激励士子。近在嘉庆年间，侯官李彦章亦膺此殊荣。李彦章(1794—1836)的文章风流洵为一时佳话。嘉庆十六年辛未(1811)，李彦章举进士之时年方十八岁，惊艳翰林，而此时同省先辈郭尚先、同年林则徐均已二十七岁，李彦章算得上是清代早慧士子的典型。李彦章入馆阁三年，奉旨归娶，绘成《薇垣归娶图诗》画卷，公卿士大夫相继题诗以赠。李彦章亦林昌彝诗友[③]。

林昌彝尚有《海上仙龛图》，陈偕灿(1839年)、朱琦(1847年)等题诗，其友林仰东绘有《翠袖倚修竹图》，题诗赠林昌彝[④]；有《射鹰图》，温训(1850年)题诗；有《海天琴思图》，郭嵩焘题诗。《林昌彝诗文集》中存林昌彝自作诗。

明、清绘画及题画诗文创作具有不分地域、盛行全国的普遍性质，成为明清两代文人的生活行为方式和交游情感表达的寄托对象。以清代的诗家而言，均能诗画，甚至大部分武将亦善诗画[⑤]，雅爱诗文，文学与艺术兼擅，尤见风雅，成为清代文学艺术创作的重要特征。

## 第四节　文学家族和家族文学创作的地域丛聚现象

罗时进教授提倡在地域和家族视野中展开清代江南文学研究，这是文学研究的新路径、新方法[⑥]。罗教授认为地域和家族对文学的影响在江南表现得相当突出，作家创作往往受到"文化根性"的影响，家族的家风、家学、家脉对作家创作具有直接而深刻的影响，"江南"是文学研究中特具典型意义的地域文化、家族文化样本[⑦]，分布区域在今天的江苏、上海、浙江、江西、安徽等省(直辖市)，如果沿着长江往中游、上游去，还应当包含湖北、湖南、重庆、四川等省(直辖市)，这是中国最大范围的家族文学地域丛聚存在。罗教授又云"中古以后文学创作重心也逐渐下移，出现了地域化、家族化倾向。家族环境中的文学创作往往比京师、台阁、幕府中的文人集团创作更活跃、更丰富，地方家族成为不可忽视的创作基地"[⑧]，家族文学创作现象与文学家族的地域分布状况得同时兼顾。

---

① 林昌彝《林昌彝诗文集》卷七，第195页，《亡室周孺人遗镜词》注。七人者，见《射鹰楼诗话》卷十四"余以道光丁亥完娶……作者凡七人……"句。

② 宋濂《宋濂全集》，《傅刻辑补》，第2189页。全诗："少年归娶奏金銮，喜得天颜一笑看。红锦裁云朝奠雁，紫箫吹月夜乘鸾。灵椿堂上承中馈，宝镜台前结合欢。从此梅花消息好，青绫不似玉堂寒。"诗后有傅旭元按语："钱谦益《历朝诗集》云：此诗见张宣《青旸集》附录，今误入解缙集。"解缙诗题《赠刘编修归娶》。

③ 钱洪来《林昌彝年谱》，第18页。

④ 钱洪来《林昌彝年谱》，第26页。

⑤ 以林直为例，其人能诗画，其诗《自题泛海图》(《壮怀堂诗初稿》卷五，作于1842年后)、《画梅赠倬伦商人并系一绝》(《壮怀堂诗三集》卷六，作于1866)、《画兰便面为李德廖寿仁茂才题》(《壮怀堂诗三集》卷八，作于1868年)为自作题，其诗《题甘军门画虎》(《壮怀堂初稿》卷五，作于1842年后)为武人题；林直的诗友中能诗画者，林直为作有《少香(陈偕灿)先生以鸥汀渔隐图属题漫赋三十二韵》(《壮怀堂诗初稿》卷八，1853年为陈偕灿作)、《题徐树人廉访觉岸图即送入觐》(《壮怀堂诗初稿》卷十，1855年为徐宗幹作)、《题许九霞炳章大令秋江诗画册》、《戴文节公墨笔山水画卷为许九霞大令题》(《壮怀堂诗三集》卷二，1864年为许炳章作)、《澹如都转以南山西溪纪游二册属题走笔成二首》(《壮怀堂诗三集》卷八，1868年为秦缃业作)、《宝刀图为周润田河清军门作》(《壮怀堂三集》卷十，1870年为周河清作)、《磊园诗事图为彭南屏翰孙太守题》(《壮怀堂诗三集》卷十二，1871年为彭翰孙作)、《科尔沁杏岑果尔敏都护以近诗属为点订奉题二首》、《落花吟册为杏岑都护作二首》(《壮怀堂诗三集》卷十三，1872年为科尔沁·果尔敏作)。

⑥ 张剑先生以为"同样是关注地域文化，人文地理学可以详述地域文化特点的形成过程，家族文学研究则侧重地域文化对家族成员文学素质的培育和对文学题材、风格的薰染，以及不同地域家族文学风格的差异。"(《宋代以降家族文学研究的理论方法及文献问题》，载《文学评论》2010年第4期，第33页)

⑦ 罗时进《在地域和家族视野中展开清代江南文学研究》，载《苏州教育学院学报》2010年第3期，第15-19页。

⑧ 罗时进《关于文学家族学建构的思考》，载《江海学刊》2009年第3期，第188页。

从清初福建的文学创作、学术传承实际情况看,家族文学创作现象与地域丛聚现象结合在一起,表现为一个地域之内产生若干文学家族,更大的区域则产生跨地域的多个家族之间文学创作、学术交流和融合的现象。朱仕琇《皇清诰封儒林郎翰林院编修加一级晋封朝议大夫刑科掌印给事中加一级乡进士四川成都郫县知县江西抚州府经历司经历陈公墓志铭》:"闽中人才自宋称盛,入国朝而安溪、漳浦二县为最。漳浦蔡氏,安溪则李氏、陈氏,皆世以科第入翰林,官内外贵显,而道德艺术炳然见于世,为学者宗。三家相为姻娅,而陈氏庶子介石公、掌詹侍读学士谦季公父子从相国李文贞公游,与漳浦蔡文勤公讲明宋学,闽学称盛焉。庶子、学士先后薨,而学士子雪涛先生与从子林村先生皆能嗣其家学者也。雪涛先生讳葂世,字周志,学士公之冢子也。幼凝重不戏,与林村先生俱以文学为王父庶子公所器,遂以县学生同举于乡。""铭曰:陈自安溪,迁居郡城。世族之盛,与李同称。懿哉文贞,儒术相国。维蔡与陈,李门之特。三姓在闽,如鼎峙然。道艺炳蔚,冠绅蝉联。"[①]安溪属泉州府,漳浦属漳州府,均属闽南语区。蔡文勤指蔡世远,明代漳州府漳浦县蔡大壮裔孙,在蔡世远之后,其从子蔡新官至乾隆朝文华殿大学士。安溪陈氏家族陈迁鹤(1639—1714),字介石。陈迁鹤之子陈万策(1674—1734),号谦季。陈万策之子陈葂世,字周志,号雪涛。与陈葂世同科举人陈亮世,字南志,号林村。通过家族间、家族内的互为师友及师弟授受的方式,安溪陈氏、李氏家族在儒学和数学领域均形成各自的家学,具有共同的兴趣,而蔡氏与李氏、陈氏对清代儒学贡献颇大,提振闽学,在李光地之孙李清馥所著《闽中理学渊源考》梳理的闽学渊源中占据重要的地位。李氏、陈氏、蔡氏三家之间通过学术、师承、科举和婚姻等方式形成紧密的关系,在泉州府内部,在漳州府、泉州府两府跨地域的空间形成地域丛聚现象。

本书将在下一章《清代福建士人省内迁移及其影响》专门讨论清代福建由于战争、科举制度、文化制度的原因在地理空间形成的地域丛聚现象。其实,在福建的历史上,人才、文化、科举在地域分布上一直呈现丛聚的集结:唐、宋两朝在福州、泉州、兴化及福建的北部、西北部的建宁府、南剑州、邵武军(北部诸府、州、军唐属建州,今属南平市)这些地方出现文化高涨的现象,这些地方是唐、宋两朝福建文化、经济最发达的地区;到了明代,福建的北部、西北部的邵武府、延平府、建宁府、福宁州均呈现不同程度的衰落,人才聚集在福州、兴化、泉州、漳州等沿海各府县,往东南沿海方向转移,其中漳州、泉州二府地方在晚明的科举和文化实力爆发,渐有超越省垣福州府的趋势和可能性[②];明末清初,福建成为郑成功反清复明军事斗争的前沿阵地,清军在福建沿海与明郑军队反复交战,拉锯黏着,血腥的战争对福建沿海的物力、人力、图书和文化破坏极大,清廷又在福建沿海实施残酷的迁界令,片板不能下海,沿海数十里成为废墟,战争和迁界令引发福建省内移民,在平定台湾之前,福建又爆发耿精忠之乱,历时三年(1674—1676),何闽人民生之多艰!多重灾难严重遏制了清初福建的发展,使得福建在全清一代的科举、文学、文化、学术研究诸领域的成就下降良多,历200余年尚不能恢复到明代最为强盛的时期在全国的分量。仅从科举而言,从明代仅逊于浙江的分量降为第8名(明代的南直隶含清代的江苏、安徽二省),列在江苏、浙江、直隶、山东、江西、河南、山西之后(不含单列的满洲籍进士),若在明代,北部中国直隶、山东、河南、山西诸省的科举成绩难望福建项背。即便如此,清代福建的人才从未停止向省垣福州丛聚和向府城丛聚的两种趋势,反映出清代福建的人才和资源向中心城市(镇)丛聚、集结的同一种趋势[③]。

---

① 朱仕琇《梅崖居士文集》卷七,《梅崖居士全集》,《清代诗文集汇编》第336册,影印第255、256页。

② 请参看《明代福建文学结聚与文化研究》第一章《明代福建的科举事业》第一节、第二节内容。

③ 按:本书着重讨论基本上属于并世共存的地域文学创作家族丛聚现象,必然会有时代延续的问题,关系到地域性的文学文化成长现象,这种现象在宋代以来即为文化大省的福建显而易见,出现大量的总集、选集,即清代而言,如邵武府建宁县朱氏家族所编纂的《绥安存雅》、漳州府漳浦县蔡世远所纂的《漳江先正文钞》、泉州府晋江县尤天舆所纂的《温陵先正文藏》、莆田县郑王臣所纂的《莆风清籁集》、福州府侯官县郑杰、郭柏苍等所纂的《全闽明诗传》等等俱是地域文学文献。

根据刘海峰教授《台湾举人在福建乡试中的表现》一文中清代福建举人10391人数据[①]统计，福州府4607人，占44.3%；泉州府1742人，占16.7%；漳州府922人，占8.85%；汀州府673人，占6.1%；兴化府564人，占5.4%；建宁府410人，占3.9%；延平府320人，占3%；台湾府305人，占2.9%；邵武府266人，占2.5%；福宁府219人，占2.1%；龙岩州184人，占1.7%；永春州162人，占1.5%，反映出清代福建各府州递减的科举实力分布。以目前所搜集到的文献，清代福建产生大约620个文学家族（部分文学家族的创作延至民国间），其中福州府276个，占44.5%；泉州府101个，占16.2%；漳州府24个，占3.8%；汀州府49个，占7.9%；兴化府56个，占9%；建宁府14个，占2.2%；延平府10个，占1.6%；邵武府49个，占7.9%；台湾府21个，占3.3%，福宁、永春、龙岩三府州均以数量较少忽略不计，反映清代福建文学家族分府州（未细分各阶段，下两段有所说明）数量多寡的地域分布。这两组数据之间存在不同步、犬牙齿互的现象。

从福建各府州举人数量与全省数据占比、福建各府州文学家族数量与全省数据占比的对比来看：(1)我们观察到清代福建除了福州府之外，其他府州的科举和文学创作实力均大幅下降，呈现出福州府一府独大的局面；(2)福州府、泉州府的两组数据是同步吻合的；(3)两组数据出现较大反差的是漳州府、建宁府、延平府，反映出两府文学家族的数量不能跟上科举成绩占比的现象，其实质则是清代福建这三府文学创作的衰微；(4)汀州府、邵武府的文学家族数量超过其科举成绩占比，说明文学创作、文学家族在这两府及其属县地域的聚集、繁荣的现象，尤其以邵武府的文学创作表现极为卓异；兴化府的数据虽然表现类似汀州府、邵武府，但是该府明末清初之间的文学家族27个，几乎占到全清兴化府文学家族数量的一半，除去此数量，正说明清代绝大部分时间兴化府的文学家族与科举成绩不能相匹，也说明清代兴化府文学创作的衰落；(5)两组数据的对比说明了科举事业和文学创作事业所反映出来的不同的人生价值取向，从事科举事业反映了世俗功利的价值观念，而从事文学创作事业则反映某种程度上超越功利的、短视的、狭隘的人生志趣的高远境界，漳州府、汀州府、延平府部分属县的士人依然看重功名利禄的荣耀；(6)台湾府的文学家族数量与其科举成绩相匹，台湾府主要接受来自福建的移民，福建士子冒籍、占籍台湾府学额的现象比较严重，但也促进了台湾文化教育的发展，使台湾府的文学创作在福建各府州之中具有后来居上的势头，说明清代对台湾的开发极其成功；(7)我们观察到清代福建文学家族较多的府州为福州府、泉州府、汀州府、邵武府和台湾府，在福州之外的其他各府中，也呈现出区域聚集的分布状态。

从分阶段产生的文学家族数据来看，顺治至乾隆间福州府产生102个文学家族，兴化府产生18个文学家族，泉州府产生54个文学家族，汀州府产生了46个文学家族，邵武府产生了34个文学家族，反映出这一时期福建全省文化虽受阻遏仍然高涨的态势，即使僻在西部和西南部的绍武府、汀州府经过百年的休养生息，在明末清初较少受到破坏的基础上出现了文学创作高涨的一幕。在乾隆朝之后，福建全省的科举和文学创作进一步向福州聚集，其他各府的文学家族数量均大幅下降，呈现衰落的状态，产生10个以上文学家族的只有福州、泉州、兴化、邵武四个府，邵武府是福州之外产生最多文学家族(13个)的府州。

本书在第五章《清代福建文学创作、学术著述与全清全闽家族作者、学者的关系》第四节《论福建文学家族在近代(1840—1949)的特征》中讨论簇状丛聚现象，指的是清代福建作者与作者之间并非杂乱无章的、各自孤立的作者群像，而是由于血缘、婚姻而形成簇状显现的家族丛聚状态。簇状丛聚的家族文学创作普遍地存在于清代福建文学创作中，对于全国、全清的文学创作而言，也是一种普遍共性的文学文化现象。本节我们探讨的是家族文学簇状丛聚在福建省内的分布状况及其数量多寡变化的情况，属于家族文学创作的地域丛聚性质的问题。清初黄晋良论一省会垣（首府）的作用，云“礼师

① 刘海峰《台湾举人在福建乡试中的表现》，载《厦门大学学报》2013年第6期，第69页。

友,攀葛罗,叙齿让,角才艺,致身名,必荟聚并向焉,朝宗之义也”①,泛言之,一省的府治、县治等区域集中区域均以地理优势、文化优势具有这些功能。

以福州、泉州、邵武、汀州为文学家族和家族文学创作丛聚的主要区域,在此四府之外的其他府州,福州、泉州、漳州府向台湾府的移民和回流,福州府向福宁府的迁入较为明显。下章《清代福建士人省内迁移及其影响》对清代福建省内迁移进行论证,分析了福建省内士人向福州的迁移,所以本节不再详细讨论福州府家族文学丛聚的现象。泉州府家族文学丛聚的现象表现为清初李光地家族为中心的泉州府大部分文学家族学术研究同轴向心的辐凑现象和李光地家族文学创作、学术研究向泉州府、漳州府文学家族影响的浸润现象(见前),清代乾隆以后则表现为泉州府各属县的文学家族在学术研究、文学创作上的滚雪球效应,表现为晋江龚显曾(1841—1885)所在的龚氏、晋江陈庆镛(1795—1858)②、陈棨仁(1837—1903)所在的陈氏、晋江许祖涝(1826—1866)所在的许氏三个家族为中心的校雠金石、文学结社唱和及整理乡邦文献的学术活动,在钟鼎、碑志、金石、考据、训诂、文字等领域均有所造诣,在古文创作上陈棨仁与同安县吕世宜同一机杼,龚显曾追随高澍然古文,表现出高度的一致性。

汀州府、邵武府两府与江西交界,语言相近,大部分属县以客家语系为通用语,其地理形势更有利于家族聚居现象的出现。邵武府建宁县的朱氏家族、宁氏家族、聂氏家族、李氏家族、鄢氏、谢氏、李氏等家族,光泽县的何氏、高氏,汀州府宁化县的阴氏、伊氏、雷氏、巫氏、张氏、吴氏等家族,连城县的童氏、杨氏,长汀县的黎氏等家族,涌现大量作者。

在福州府之外的各府州及其属县,尤以邵武府建宁县、光泽县为最璀璨,本节特别予以表而出之。建宁朱仕琇家族的祖上数代作者从事诗歌创作,同时注意搜集本邑文献。朱霞编著《拟(建宁)志补遗编》、《樵川二家诗》四卷、《绥安存雅》四卷,选《闽海风雅》三十卷。朱霞的著述不仅对宋元先贤严羽、黄镇成进行搜集,又从僻在一隅的闽西北邵武府放眼整个福建,编选《闽海风雅》,突破县域诗歌创作的局限。朱霞犹子朱仕玠编著有《溉溪四家诗钞》九卷,对其曾祖父朱国汉、何梅、李荣英、族父朱璜四家诗作进行编选,突出建宁四诗人“自出新意,皆不囿于土风”,以与闽诗之林鸿、高棅等主“盛唐之学”抗行,以救闽诗“摹拟失真,沿成习派”之失③,具有引人发醒,反思明代以来闽派诗歌创作之失,进而改变清代闽诗创作面目的意义。

朱仕琇所撰《吴士林诗序》,历数建宁置邑以来500余年而名人未出,明神宗朝有太学生谢兆申以博学雅游得时誉,然其所传诗文多沿时习,未为大雅君子所许④;清初有二家、四家之称的诗人涌现,最杰出者为何梅、李荣英;何、李殁后四十年,“吾邑学者益趋于古,于诗文真伪、源流略能辨识,所为多远去流俗,其见于耳目者既彬彬矣”。“推本邑士之由衰而盛者,以识兴起之匪易。夫山川之体势相因袭而成,其神气亦积久而降,则吾邑名人安知后不踵出乎?”⑤此序反映了清初邵武府建宁县县域文学创作的成长以及家族作家集群的出现。从明代万历到清代乾隆中叶,建宁作家对于诗文创作的探讨已经上升到甄别真伪的层次,其诗文创作的境界也已达到文质彬彬的高度。就诗歌创作而言,晚明至清代乾隆间,建宁诗人簇状涌现。朱仕琇《屏峰集序》:“明季谢耳伯(谢兆申)、何樵仲(何其渔)、李又元(李嗣玄,李春熙之子)雅游外,人时有称者,所著诗文或见采录。至先曾王父(朱国汉)擅古歌诗,与丁德举(丁之贤)齐名,号‘绥安二布衣’,而族父待滨(朱肇璜)与曲庐世父(朱霞)、何雪芳(何梅)、连柳村

① 黄晋良《连隐君寿序代》,《和敬堂全集》卷二,原第八页,《清代诗文集汇编》第54册,影印第118页。

② 陈庆镛在京师有籀经堂(《林梧圃诗钞跋》,《籀经堂类稿》卷十五,原第五页)、籀经书府(《韩渌琴规政吟跋》,同书,卷十五,原第八页)、实事求是斋(《题吕西村髯可我我图赞集易林语》,同书,卷十七,原第九页)等书室(斋、房),结交潘世恩、阮元、梁章钜、洪亮吉、伊念曾、刘位坦、孔宪彝、李光彦、李杭、何绍基、魏源、曾国藩等当世学者。

③ 民国《福建通志》总卷三十九,《福建文苑传(清二)》卷八,朱仕玠传,第四页。

④ 顺治间,周亮工宦闽,嘲笑闽中有“七不解者”,“于文不解谢耳伯”(《闽小记》卷一)。

⑤ 朱仕琇《梅崖居士文集》卷十七,《清代诗文集汇编》第336册,影印第342页。

(连青)、余韦斋(余敏绅)、席未亭(席大霁)、李白云(李荣英)者相继并起。余兄岵庵(朱仕琪)、筠园(朱仕玠)与友人李君栎园(李俊)选四家诗。韦斋集前亦有刻,于是外间颇有录以传者。诸人名字始闻于世,而连、席二君遗书尚无好事者为之搜辑表章。"①建宁诗歌创作经历四代人的努力,云蒸霞蔚,大具规模。

在朱氏、何氏之外,建宁徐氏家族多作者,如徐必章、徐必孺、徐显璋、徐显琮、徐时作等,刘声木《桐城文学渊源撰述考》卷十二及《补遗》卷十二所列建宁徐氏有徐惇典、徐家璠、徐家恒、徐显璋(徐家恒之子)、徐开祖(徐显璋之子)、徐家泰(徐光羲之子,徐时作之孙)诸人,多是本邑朱仕琇及其再传高澍然古文的传人。

朱霞、朱仕玠生活于清代康熙至乾隆间,继朱霞、朱仕玠等朱氏家族中人对建宁文献进行搜集工作的有李云诰。建宁李云诰是张际亮的门人,生活于清代道光、咸丰、同治间。编有《世德流芳录》、《建宁耆旧传》、《绥安文献录略》、《建宁耆旧诗钞删纂》二十四卷。李云诰既编纂家族文献,也对建宁县的文献进行搜集。又编辑、梓行其师张际亮遗著《张亨甫全集》二十七卷,多方襄助张际亮孤孙张昌翰。滋兰九亩,须有良师;皮之不存,毛将焉附?县域文献的搜集和整理有助于区域文学保存其历史累积形成的养分,这些养分能滋养出新的作者,发挥出文献搜集、整理所具有的作用。

邵武府光泽县的高腾家族和何长聚家族先后继起,是光泽县最显赫的两个望族。以何氏为例,高氏请参看本书光泽高腾家族条下。何长聚家族世泽绵长且多闺秀作者,有何高华之妻、何长敦子媳、何秋涛之母上官紫凤,何长聚从兄何长敦之女何淑蘋,姑嫂相切磋,翁媳如师弟。何秋涛(1824—1862)是何氏家族中最负盛名的学者。道光二十四年(1844)登进士第后,益肆力于汉学,经史百家、训诂、考证钩析不遗余力,师事泉州府晋江学者陈庆镛。以所著《北徼汇编》进呈朝廷,咸丰十年(1860)正月皇帝召见何秋涛,奉旨赋诗,赐书名《朔方备乘》。何秋涛向朝廷进献这部著作应当是仿效咸丰三年(1853)七月福州府侯官学者林昌彝向朝廷进呈《三礼通释》二百八十卷②的先例,何、林二人曾经通书信,互相商榷学问③。林昌彝、何秋涛及其所著都代表了道光、咸丰年间福建学术在某一专门领域中的卓越成就,达到领先当代学者的学术水平,何绍基(1799—1873)称近日海内传经甚少有如林昌彝之精且博④,李慈铭读过《三礼通释》后一改对林昌彝的傲慢,推重此书"浩博无涯"⑤,而《朔方备乘》是一部八十五卷的巨著,对于中国北方边疆历史地理多有研究,为防备清代北方劲敌俄罗斯、经世致用之撰述。

在以上所列清代福建各府县文学家族地域丛聚现象的大端之外,其他府、州、县也有零星的家族文学地域丛聚现象。地处福建中部的延平府将乐县的文学创作实绩主要表现在顺治、康熙间,一时以萧正模为中心,涌现郡(邑)人廖腾煃祖孙、余思复、施中、邓拔萃、吴日彩、吴殿龄、车耆奎等作者,在诗歌、古文、词等体裁的文学作品创作上均有很高的成就,在事功上又以廖腾煃为最显。我们还在福州府福清县的平潭岛(今平潭县)观察到一个海岛上的作家如陈承颖家族、任氏家族、林钟华家族等家族成员作家在古文创作上宗桐城古文的同趋同诣现象。

清代将台湾收归版图之后,新增设的台湾府隶属福建省。在福建省十府、二州中,台湾府以其后发优势以及台湾府士人与泉州府、福州府这两个清代文教事业最为发达的地区的紧密联系之故,在文学创作上取得不俗的成绩,岛内文学家族更鲜明地表现出地域丛聚的特征。

康熙二十二年(1683),清廷平定台湾岛上的明郑政权之后,二十三年(1684)在台湾本岛设台湾府,隶属福建省。光绪十一年(1885),台湾府从福建省析出,升设台湾省,隶属闽浙总督。200年间,台

① 朱仕琇《屏峰集序》,《梅崖居士文集》卷十七,《清代诗文集汇编》第336册,影印第345页。

② 钱洪来《林昌彝年谱》,第49-50页。本年四月间,林昌彝进呈《三礼通释》,为礼部某郎中所阻。

③ 林昌彝有《答何愿船比部问古韵书》,见《林昌彝诗文集》卷十三(第349-351页)。

④ 林梦郊题《一灯课读图画册》语,钱洪来《林昌彝年谱》第21页,引。

⑤ 钱洪来《林昌彝年谱》,第81页。时同治十二年(1873)十月二十八日、二十九日。

湾府与福建省各府县深度融合，福建泉州府、漳州府百姓大量向台湾府移民，是台湾人民祖籍地最密集的地方；福州府的举人、贡生东渡到台湾任教职和幕宾的人数最多，俗有“无福不成衙”之谚，福建对台湾的语言、文学创作、民俗、文化等各方面影响巨深。

台湾府文学家族的生成和台湾文学创作的形成是清代中国大陆文学创作以福建省作家为主经过漫长的、持续的东向传播的结果：从宦台官员作者、游台士人的文学创作发展到台湾府本土士人开始从事文学创作，壮大台人文学创作的队伍，逐步发展学术研究，最终形成文学和学术著述家族。台湾府文学家族的出现，一者系台湾士人以特殊军功发家，发展贸易，累积财富，使其子弟具有接受教育，转向文学家族的基础，如彰化县雾峰(今属台中县)林文察家族；一者为移民垦殖家族，经过数代在台垦殖有成，积累巨资，如枋桥(今属新北市)林氏家族；一者以科举发家，业儒有成，对其家子弟和台湾的教育影响极大，如淡水厅竹堑(今属新竹)郑氏家族；一者系福建世家仕宦台湾，在台广置产业，入籍台湾府，并发展成文学家族，这种类型以泉州府晋江县的施氏家族为典型。

台湾人文的开化在历史上是从台湾岛南部开始的，由南向北而东，越过斜亘台湾岛的中央山脉，从而完成全岛的垦殖。台湾府府治最初设在台湾县(今台南市)，辖台湾(今台南市、台南县等)、凤山(今高雄县、高雄市)、诸罗(今嘉义县、嘉义市)三县。朝廷在泉州府同安县厦门岛设台厦兵备道署，分巡台湾。台湾的南部[雍正五年台厦兵备道改称台湾道，移驻今台南市地方。兴泉道(后改称兴泉永道)移驻厦门]和福建南部、台湾府对面的厦门成为两岸人员往来的中心，是连接台湾岛与大陆的桥梁两端。

台湾士人向风慕化，往往通过厦门接触到大陆先进文明、文学创作成果，进而将其输入到台湾岛本土。道光十年(1830)，浙江富阳人周凯(1779—1837)任福建兴泉永道，十六年(1836)调任台湾兵备道，回任兴泉永道，卒于任。周凯是一个古文家，初从阳湖派古文家习为古文，又和福建邵武府光泽县的古文家高澍然商榷古文创作，对高氏极为倾心。在福建八年(1830—1837)，周凯在福建兴办文教事业，纂修志书，影响力很大，对福建、台湾府的文人极具号召力。当时文人高澍然、蔡廷兰、施琼芳、吕世宜、林鄂腾、林树梅、陈棨仁、林维源、叶化成、林焜煌等数十人在道署谈艺论文，对于台湾府的士人的影响也极大，有黄应清、林克家等台湾府的贡生、生员来厦门追随在这些文人身边。在周凯、高澍然聚集在厦门风流余韵消歇之后，泉州府同安人吕世宜、漳州府诏安人谢颖苏、漳州府海澄人叶化成等人东渡台湾，向台人传播艺术、园林、学术、文学创作、教育等观念。吕世宜馆于林平侯家，教其子弟林国华、林芳华等，并为林氏购置图书、金石，吕世宜被称为开台湾金石学研究风气第一人。近代之后，尤其在台湾被割让给日本后，大量爱国的台湾士人西渡，以居厦门最多，远眺台湾故园，厦门成为晚清、民国间中国文学创作的南方中心之一。

清代盛行游幕之风，学术研究和文学创作因幕府而存在、发展、提升，尤其在晚清，幕府被称为“众流之汇”、“播种之区”[①]，对士人的才干增长、知识结构完善、接触先进的西方思想均有裨益之处，进而推动社会发展。晚清福建士人亦热衷于出为督抚幕僚的生涯，幕府中同乡投靠的现象，也是福建文学家族地域丛聚的表现。清代福建文学家族和家族文学创作的地域丛聚现象则有二种形态：一为福建省内各府县之间的文学家族和家族文学地域丛聚现象，一为幕府中同乡投靠、聚集的文学家族成员地域丛聚现象，都具有流动不居的动态调整过程。家族作者在全国各地的幕府中所组成的家族成员之间的交流和文学创作活动，这种现象表现出地域丛聚的另一种形态，即依托于幕府的家族文学创作同省籍士人的地域丛聚，离开了福建本省而依然存在的丛聚现象，多以同府所属各县作者为主，在官话之外基本上使用同一种方言为交流工具，同省、同府、同县的士人往往互相照顾、互通消息、互相援引，在幕府中结成小团体，也形成文学创作的同道。

在《郑孝胥日记》中，我们以晚清政坛重要人物郑孝胥的眼光观察晚清官场，反映出晚清两江总

① 薛福成《叙曾文正公幕府宾僚》，左舜生编《中国近百年史料初编》，第135页。

督、湖广总府幕府内闽人的丛聚现象[①]。光绪二十年(1894)11月以来,在两江总督幕府即在南京者中,有沈瑜庆(督署总文案见总筹防局营务处)、郑孝胥(以江苏试用同知充洋务文案)/辜鸿铭(洋文案,即外文秘书、译人)、黄孝明、游雪门/叶大庄、林子扬//陈星枢(陈宗辰,陈宗濂族弟,行十一)(第448页)/林右丞/沈翊清、陈书、陈衍/林旭、沈鹄/郑希杜、沈黻清、陈绩九/李格、李苇杭/吴焕其、王翔光、邵正甫(第455页)/陈春瀛/沈琬庆、沈颐清/乌哥(第463页)/郑孝柽、郑凤生、王仁东/翁绍文、王叔抚/林若村(林旭叔父)、刘铁侯/李宣龚(第475页)/施滋卿、施筱樵(一作小樵)、叶鹤皋/何福禩(何修熹)/沈瑶庆/林孟骧/叶滋熊/何刚德(肖雅)/刘少如、卢莲士(第517页)/李赞臣、翁长溥、梁孝熊/陈谅三/林希白[②]等,人数不可谓不多,同光体闽派的重要作家几乎在列。以上所列人员中,多福建文学家族中人。这是一种特殊形态的文学家族地域丛聚现象。

---

① 闽人在京组织有福建同乡会,建有福建会馆、福州新馆等机构,在京人数不在少数,具有为同省士人代办印结事务、联谊等功能。宣统三年(1911)六月,郑孝胥补授湖南布政使,"福建同乡会公请于福州新馆,到者数十人"。(《郑孝胥日记》,第1328页)

② 郑孝胥《郑孝胥日记》,第444、446、447、448、449、450、451、452、454、455、457、458、463、464、470、471、475、479、480、481、485、500、508、517、542、545、568页。标示双斜线以区分、对照注释中的页码。

# 第三部分

## 福建家族文学创作与学术著述的清代背景

（1644—1840）

研究单个作家的文学创作,必须以追问其对本地域的作用,在全国文坛的分量以及对后世文学创作的影响为鹄的;研究中国各省的地域文学,必须和同时段全国文学的成就进行联系,凸显一个地域文学创作的价值和意义;研究一个朝代的文学,必须与中国历史上各朝代的文学创作进行文学嬗变的比较,以观察文学之流的"跃"、"趋"、"沸"及其"激"、"梗"、"炙"[①]的原因。以朝代为横坐标,以全国为纵坐标,确定一个地域文学在文学史上、在全国的位置。标其宏义,以期实现"入门须正,立论须高"[②]的研究目标。

我们在《明代福建文学结聚与文化研究》一书中,通过对明代福建家族文学和结社的研究,确立起一部与明代文学史平行的明代福建文学史的观念,这种观念来自于明代福建高度发达的科举事业和庞大的作家群所提供的旺盛创作力,清代福建的家族文学创作(兼论学术)具有类似的特征:不仅具有省域文学关键少数律的意义和作用,而且对全国文学创作和学术著述的嬗变产生同心圆式的差序响应,在清代的若干时段甚至形成引导全国风气的作用。我们在第五章《清代福建文学创作、学术著述与家族作者、学者的关系》第二节《清代福建文学创作、学术著述与家族作者、学者的关系》统计清代福建近12000种著作,著述作者4000人左右,文学家族总数600个左右(含1840年至民国间的文学家族数量),有著述目录的家族作者数量在1700人左右(本书稿所列福建文学家族条目下有著书目录的家族作者总数约1370人,近现代福建文学家族作者总数约350人),符合关键少数律(帕累托法则),著作卷帙大大超过20%,清代福建文学创作的生态可以认定为文学家族深度参与其中、波澜壮阔的文学活动图景,凡所论清代福建文学创作的章节均有关于文学家族及其成员的文学创作活动和学术著述活动。

本书所论文学家族及其成员的文学创作活动,将第一至第四部分章节各自的功能进行区分,各有侧重:第一部分三章各家族条目下列举家族著述书目,考订家族作家成员,予以归纳和论述,以考述为主,同时对家族文学创作及其理论建树作简要钩玄,如侯官林云铭家族、建宁朱仕琇家族、光泽高腾家族、安溪李光地家族、永福黄任家族、晋江陈棨仁家族等等,不及一一枚举;第二部分五章,对清代福建省域家族文学研究模式进行探究,在理论与实践上构建省域家族文学研究的范式,揭示清代福建家族文学创作的特征;第三、四部分各章予以连贯性论述,揭示清代福建家族文学创作的共性。

通过第一部分三章的考订、简要钩玄和第三、四部分各章节的专论,我们可以观察到与清代全国文学史、文学创作现象基本同步的福建文学史、福建文学创作活动(学术史亦如之)基本上是福建家族作家合力共构的,清代福建最著名的作者、学者莫不出于家族。张剑先生认为"家族的文学","以自身特色充实着文学史研究,有效补充和丰富着文学史的面貌","家族文学的研究促使我们对彼时的文学生态和文化氛围重新定位、思考和认识,甚至构建出新的文学史观"[③]。此为家族文学研究的崇高目标。

本书公开出版之前,部分阅读过书稿的学者持论以为本书未论及清代福建文学家族的文学创作活动,以此之故特于各章节行文中提到文学家族成员时,各处均曾标识出第一部分其所在家族的序号,其在《明代福建文学结聚与文化研究》中者亦如之,1840年以后可以观察到的福建文学家族亦在作者名下作简要的说明。具体标识为【姓名+《清》(或《明》)+阿拉伯数字序号】,序号即在两书中的文学家族条目序数。现在,这些标记仅在本书第二部分《清代福建家族文学创作综论》第五章《清代福建

---

① 韩愈《送孟东野序》,世彩堂本《昌黎先生集》卷十九。

② 严羽《沧浪诗话校释》,郭绍虞校释,人民文学出版社1961年版,第1页。

③ 张剑《宋代以降家族文学研究的理论、方法及文献问题》,载《文学评论》2010年第4期,第33-34页。

文学创作、学术著述与全清全闽全清全闽家族作者、学者的关系》的第二节《文学创作和学术著述的关键少数律(The Key Minority Rule)》中作为典型示范予以保留。

特别说明：本书在第五章《清代福建文学创作、学术著述与家族作者、学者的关系》第二节《文学创作和学术著述的关键少数律(The Key Minority Rule)》中已经按照上段提出的解决方法，对清代福建家族作者、学者予以标识，密密麻麻，用古语"丹铅满纸"形容亦可，破坏了书稿的整体形象，故仅于该节展示所标识者，书稿其余部分的标识皆予抹除，敬请谅解。

# 第九章
# 清代福建士人省内迁移及其影响

## 第一节　论清初迁界背景下的福建人口省内迁徙

明末清初，福建是一个多事的省份，其运势与崇祯自缢之后在各地成立的南明诸小朝廷中之唐王朱聿键(1606—1646)[①]、鲁王朱以海(1618—1662)[②]、郑成功(1624—1662)等人建立的政权紧密相关。城头变幻大王旗，瞬息之间风云变化，至康熙二十二年(1683)朝廷平定台湾为止。"明末海寇滋蔓，迁滨海居民，(陈氏家族从泉州同安县高浦)徙灌口"，"邻里凶饥寇乱相乘，米至石八千"[③]；顺治五年(1648)，侯官诗人张远出生之年，"是岁福州大饥，人相食"，"远既长，赋役频繁，家产一空"[④]；"顺治间，寇祲，人相食"[⑤]；"无何，海滨乱，(翁氏从福清)徙连邑，又徙三山龙台。当是时岁荒，所在兵、寇视经书若赘疣，执卷者率不得衣食，至展转徙去"[⑥]。康熙间，郑经在台湾休养生息十余年，逐渐恢复势力，骚扰福建沿海，海氛因以复炽，闽中征饷家耗，兵凶相仍。邵武府所隶之光泽县"数被兵火，民半系江西，半系漳、泉，光泽土著不过三之一，故粮米奏减后，田虽稍辟，民犹未苏"[⑦]，福建的发展已然受到严重的影响。郑成功及其子孙长期据台[⑧]，反清复明的军事活动此起彼伏，耿精忠在福建发动叛乱[⑨]，这些历史事件更是对清初福建的发展影响深远[⑩]。所有这些历史事件对于福建的发展均是消极的，不正常

---

① 按:《侯官乡土志》记载"唐王入闽"事在顺治二年(1645)闰六月(卷二,影印第91-92页),唐王朱聿键在福州称帝,建立隆武朝;十二月,朱聿键移驻建宁(府);明年,朱聿键移延平,奔汀州,与妃曾氏被执,死。

② 按:民国《闽侯县志》记载顺治四年(1647)二月,明监国鲁王遣兵攻福州不克;五年(1648)正月鲁王驻闽安镇(卷一《大事记》,原第六页,影印第6页)。

③ 民国《福建通志》总卷四十五,《福建列女传》卷一,泉州陈健继室王氏传,原第十七页。

④ 民国《福建通志》总卷四十,《福建列女传》卷一,(张远母)陈氏传,原第十五页。

⑤ 民国《福建通志》总卷四十五,《福建列女传》卷一,福清林氏传,原第十六页。传云其子许廷训康熙间举于乡,科目失考。

⑥ 民国《福建通志》总卷四十五,《福建列女传》卷一,郑尾玉传,原第二十一页。

⑦ 民国《福建通志》总卷四十,《福建儒行传》卷五,何方升传,原第三页。

⑧ 按:郑成功、郑经父子所部长期据厦门、金门、铜山、台湾等地,侵扰漳州、泉州等府,与清廷反复争夺福建沿海地方。在三藩之乱中,与驻福建的靖南王耿精忠勾结,互为犄角,康熙十五年郑经夺福建之泉、漳、汀、邵诸府(《侯官乡土志》卷二"耿精忠之乱",影印第95页);又民国《闽侯县志》记载顺治十三年七月郑成功遣部将甘辉等人闽安镇,在南台桥登岸,劫掠南台等处,十五年退守琅岐。清兵和移封福建的靖南王耿继茂部在福州"索酒食金帛,役使主人饲马,稍违即捶楚交加","匡屋"、"行劫"、"各村供柴炭鸡鹅鸭不绝","当铺牙行盐商王人共分抽税","康熙元年正月匡城外屋七千余间,田园数百亩"(《闽侯县志》卷一《大事记》,原第六、七页,影印第7页),苛派夫驿,勒索银米,攻防双方均极为扰民。

⑨ 按:《侯官乡土志》(卷二,影印第93-97页)记载"耿精忠之乱"事在康熙十三年(1674)正月。继康熙十二年(1673)吴三桂起兵之后,嗣靖南王耿精忠造反,分兵袭浙江、江西等省,沿海震动。康熙十五年十月,耿精忠降,康亲王杰书平定耿乱。至康熙二十一年(1682),耿精忠复谋不轨,伏诛。

⑩ 东南沿海部分省区不同程度受到影响,如顺治十六年己亥(1659)、十七年庚子间,郑成功军逼近金陵,被清军击退,清廷对东南沿海士绅进行清算:"己亥七月,海上师逼金陵,其退也,所经郡县之缙绅多以疑似获罪,至赤其族者三千余人,庚子春狱尚未定。"(黄晋良《和敬堂全集》文部卷十六,附录,黄晋良之子黄农跋,原第八页,《清代诗文集汇编》第54册,影印第235页)

的，阻遏了晚明以来福建文化蓬勃的发展势头，使之停滞、延缓，缩小了福建在全国政治、经济、文化、科举版图中的份额和分量①。

郑成功占据福建泉州府、漳州府以至退守台湾岛，虽孤悬海外，海内士大夫和明朝遗民颇以归附明郑政权②为复国的寄托，这是明末清初海内人才聚集于福建的重要契机，但是明郑政权反清复明的军事行动对沿海各省破坏严重，以对明郑政权大本营和最近的防线——福建沿海的破坏尤甚，使得晚明以来复苏的福建人口、财富、科举、文化与文学事业等均受到前所未有的劫难。

从方志记载的资料可知，郑成功据厦门、金门、台湾，归附明郑的士大夫、遗民众多，近四十年间，势力极其庞大，是对抗清廷最强有力的力量。康熙三年(1664)七月，管理福建安辑投诚事务的官员奏报自康熙元年至三年止，合计投诚文武官 39815 员，食粮士兵 40962 人，归农官兵兵民 64230 人，眷属人役 63000 余名，大小船 900 余艘③。可见明郑政权规模之一斑。

在顺治朝至康熙朝前二十年间(1660'—1680')，郑成功及其子郑经频繁侵扰福建及沿海诸省④，"郑氏窃踞海岛，凡粮食、衣甲、器械、船料皆取给于内地"⑤，而朝廷的军需亦索求无度，为害颇重⑥。1645 年，隆武立朝以来，郑成功初踞泉州府同安县的金、厦诸岛与漳州府沿海诸县及铜山(今东山)等岛屿，军需仰给严重依赖福建及毗邻省份，即使后来郑经退居台湾本岛，于时台湾尚未得到充分垦殖，不能完全供应郑氏政权所需，以此之故明郑政权时时劫掠沿海诸省，每夺一地，首必索饷，克期完成，尤以福建被害最为惨烈，史称"海滨抢攘"⑦，"山海交讧"⑧。康熙十六年(1677)二月，时耿精忠之乱平定，郑经复占闽、粤八郡之地⑨。"二月，谕户部：闽地经海寇扰害，又遭逆贼暴征横敛，民困已极，今年

① 按：影响清代各省进士分布的因素，一在于清代进士科考试基本上废除了南北卷制度(即"南北豫定名数"制度)，修正为"按省酌定取中进士数额"(康熙五十一年谕旨)制，同时北部省份如直隶、山东、河南、山西、陕甘诸省经历有明一代的恢复和发展，其文化和科举进入强盛时期，此五省直全清所录取的进士人数均在 1300 人以上，可与南部诸省抗衡(李润强《清代进士的时空分布研究》，载《西北师大学报》2005 年第 2 期，第 64-65 页)；一在于入清以来，北部中国迅速被清军铁骑征服，较少战事，生产力和文化均受到较少的破坏，这是不争的事实，而福建全省、广东东北部、浙江的南部则成为明郑政权攻取大陆的前沿阵地，受到战争的严重摧毁，导致晚明以来表现强劲的福建、广东在清代的进士科考试中表现不佳。

② 同治刊本《福建通志》引总兵观喜、署道方传檖、署府邓传安三人所上朝廷奏折部分节文，俱称"伪郑"(卷八十七，影印第 1730 页)，本书称"明郑政权"。

③ 民国《福建通志》总卷一，《福建通纪(清二)》卷十二，原第九页。注引《东华录》。

④ 按：清军于顺治二年乙酉(1645)八月陷福州，三年丙戌(1646)平定全闽。郑成功以厦门、金门、铜山为基地，反复攻打浙江、福建、广东，北至浙江温州、象山、本省福州、南至广东潮州沿海，请参看民国《福建通志·福建列传》卷三十一郑成功传。李世熊《寒支初集》、《寒支二集》、《宁化县志》及乾隆《福清县志》所记海寇事迹颇多。乾隆《福清县志》卷十九《节妇传》李冬宋传记海上寇扰事(影印第 473 页)；卷十六《贞女传》郑氏传记顺治四年丁亥(1647)腊月海寇蹂躏福清事(影印第 402 页)；卷十七《烈妇传》林氏传记顺治四年至五年间(1647—1648)寇掠福清迳江事(影印第 429 页)；吴氏传记顺治四年丁亥(1647)寇围城事(影印第 428 页)；吴氏传记顺治四年丁亥(1647)寇踞镇城事(影印第 428 页)；陈氏传记顺治四年丁亥(1647)寇警事(影印第 429 页)；戴氏传、曾氏传记顺治四年丁亥(1647)寇陷城事(均在影印第 428 页)；严氏传、谢氏传记顺治五年戊子(1648)寇犯境事(均在影印第 429 页)；王氏传记顺治八年辛丑(1651)海氛猖突，滨海调迁，人民移居，以及康熙元年壬寅(1662)海寇蹂躏福清方成里事(影印第 444 页)；林氏传记、郑氏传(均在影印第 431 页)、林柔宋传(影印第 435 页)记顺治十三年丙申(1656)福清东南寇乱海警事；黄氏传(影印第 439 页)、二林氏传(影印第 432 页、影印第 433 页)记顺治十七年庚子(1660)秋海寇事；吴氏传(影印第 434 页)、李氏传(影印第 433 页)记顺治十八年辛丑(1661)海寇事；陈守娘传记康熙十年辛亥(1671)被寇事；林氏传(影印第 448 页)记康熙十三年甲寅(1674)海寇事。民国《福建通志》漳浦蔡祚达传记载顺治十二年(1655)郑氏攻入漳浦，掳蔡而烷，幽于厦门，索饷金事(《福建列传》卷三十三，第七页)。同书长泰叶先登传记载康熙十七年(1678)海寇入长泰，叶先登被掠至厦门事(《福建列传》卷三十三，第八页)。同书惠安张焞传称郑成功据泉州，絷绅士，勒饷令从(《福建列传》卷三十三，第三十六页)。按：张氏系顺治十八年辛丑进士，丁外艰归，康熙十六年(1677)城复、十七年(1678)郑氏再陷城。同书李日煜传，康熙十七年(1678)郑经率刘国轩攻陷漳州海澄，围泉州城，断万安桥(《福建列传》卷三十四，第十一页；同卷，饶元传，第二十九页)，李光地使叔父李日煜、从兄李光斗、同母弟李光垤等乞援师从南、西、北夹击(《福建列传》卷三十四，李光斗传，第二页)，解泉州围。

⑤ 民国《福建通志》总卷三十四，《福建列传(清三)》卷三十四，李日煜传，第十一页。

⑥ 同治刊本《福建通志》福清陈学圣传："顺治四年，海寇窃发，军糈屡匮，学圣弃产易银四千三百，赏军前。"(卷二百四十一，影印第 4361 页)

⑦ 民国《福建通志》总卷三十四，《福建列传(清四)》卷三十五，吴英传，第一页。

⑧ 民国《福建通志》卷四十五，《福建列女传》卷二，安溪吴氏等四人传，原第十五页。

⑨ 民国《福建通志》总卷一，《福建通纪(清二)》卷十二，原第十八页。按：《台湾古典文学大事年表·明清篇》云康熙十五年(1676)六月，郑经收复全粤并闽省兴化、泉州、漳州、汀州、邵武等府(第 48-49 页)，于时郑经的势力达到巅峰状态。

钱粮尽与蠲免,其遭乱窜避人民俱招徕还籍,俾各安本业。"[①]避往深山、万山之中[②]仅为暂时权宜之计,或者谋往祖居[③],依宗族屏居。顺治十二年乙未(1655)春,"兴化、福清、长乐惧兵变[④],饥民男妇流至会城南郊,(鼓山释元贤)乃敛众遗徒,设粥以赈,死者具棺葬之,凡二千余人,至五十日而止"[⑤];十三年(1656)秋七月,郑成功趁省垣空虚,北上围福州,焚掠南台等地,周亮工有诗题《南台万家无一存者泫然有感》[⑥]。在周氏官福建之时,其友福州府闽县徐陵、侯官许友均有移家外省的想法;"(郑)成功将掠粤之惠、潮以佐饷"[⑦],"郑成功攻破之(指台湾本岛),盘踞其地,……窥伺南北,侵犯江浙"[⑧],"戾气所钟"[⑨],东南震动,造成严重的"海警"灾难[⑩],清初朝廷及福建地方以严海禁、绝敌粮以拒之,"内地奸民有阴为接济者亦绳以重典,务使一丝一粒不相通,不过数月彼将自溃,此不劳而灭贼之第一策"[⑪]。

清军为孤立、决胜明郑政权,在福建沿海与明郑军队反复拉锯战中采取的策略亦残忍类之,毫不逊色。如顺治末[⑫]、康熙初,福建地方"申严海禁,移兵驻防,增造战舰",康熙二年十月,"(郑)经益众寡不敌,退保铜山,(周)全斌退保浯屿,(海澄公)黄梧乘胜入金、厦,堕其城,徙民于漳、泉诸县,墟其地,经乃悉众东徙。"[⑬]大量沿海人民被迫向内陆迁徙[⑭],地方志书或称"迁界"[⑮]、"调迁"[⑯]、"调移"[⑰],严禁通贼,让明郑反清力量悬绝于海外。民国《福建通志》详细记载迁界的具体设施及其贻害流毒。自省城闽安镇始,北抵浙界之沙埕,六百七十里;南抵粤界之分水关,一千一百五十里,通为闽边一千八百二十里。筑寨固守,禁外出,其入海之水曰潘渡河,曰铜镜河,曰廉村河,曰羊尾河,曰大梅河,曰赤头

---

① 民国《福建通志》总卷一,《福建通纪(清三)》卷十三,原第一页。

② 请参看民国《福建通志·福建列女传》卷二戴氏传"窜山谷,克免于难"(原第十七页)、安溪吴氏等四人传"随夫扶舅姑避乱山中"(原第十五页)的记载。

③ 民国《福建通志·福建列女传》漳浦陈氏传记载官塘蓝继善知明末天下将乱,与妻陈氏计议:"此处非避兵之所,蓑溪山先世故居,左右数十里皆吾宗族,且深邃,在万山中,无他患,当徙宅焉。"(《福建列女传》卷三,原第七页)

④ 按:兵变指的是顺治十二年正月郑成功攻陷仙游县事(民国《福建通志》总卷一,《福建通纪(清一)》卷十一,原第十六页)。

⑤ 民国《福建通志》总卷四十六,《福建高僧传》卷七,元贤传,原第二页。

⑥ 周亮工《赖古堂集》卷五,原第八页,影印第253页。按:南台即南台岛,指今福州市仓山区全境。

⑦ 民国《福建通志》总卷三十四,《福建列传(清一)》卷三十二,施琅传,第十八页。

⑧ 同上,第二十页。

⑨ 民国《福建通志》总卷三十四,《福建列传(清一)》卷三十二黄梧传,第十四页。

⑩ 按:康熙十三年甲寅(1674)三月,福建耿精忠叛,踞泉州,更与台湾明郑政权勾结联手,黄芳度(海澄公黄梧之子,嗣爵)守漳州,介耿、郑(经)之间;十四年(1675)五月,黄芳度疏言"臣拒耿饵郑,设为固守完全之计,已历一载有余。近二逆通好,臣谋已泄";七月疏言"漳州自五月被围,日夜对垒,至七月贼兵益集,攻城愈急";十月,漳州城中粮尽,黄芳度督众死守。城陷,黄芳度、母赵氏、从父黄枢、从兄黄芳名、弟黄芳祐及期功男女从死者合家三十余人,掘黄梧棺毁尸,以报复黄梧陈剿海五策,戕毁郑芝龙父祖及先世五坟之仇。又载嗣海澄公黄芳世(黄梧兄子)遗疏语,谓"闽疆自甲寅乱后受害已惨,而漳州之惨更甚;近来山海交讧,如平和、漳浦等十余县处处蹂躏。"事见民国《福建通志·福建列传(清一)》卷三十二黄梧传(第十四至十七页)、同书卷三十四李光地传(第一页)。又,戴玑(1606—1679)传,康熙十三年甲寅(1674)耿精忠反,郑成功(误。当作郑经,时郑成功已卒十二年)据海澄,欲见戴玑而不得;十四年乙卯(1675)夏,郑氏围漳州,劫戴玑,招降其次子戴鏻,戴鏻巷战死,阖门为俘;十六年丁巳(1677),清兵复漳州,戴玑与子戴鐗乘间入山而原配黄氏、诸幼子被执去台;十七年戊午(1678),郑世复犯海澄及长泰,戴玑再被执(《福建列传(清二)》卷三十三,第一页)。数年之间,台湾明郑政权于清廷反复争夺漳州等地,极其惨烈。

⑪ 民国《福建通志》总卷三十四,《福建列传(清三)》卷三十四,李日煋传,第十一页。

⑫ 同治刊本《福建通志》:"国朝顺治十八年,迁沿海居民,以垣为界,三十里以外悉墟其地","康熙十八年,命沿海二三十里量地险要,各筑小寨防守,限以界。"(卷八十六,影印第1735页)

⑬ 民国《福建通志》总卷三十四,《福建列传(清一)》卷三十二郑经传,第十页。

⑭ 顺治十三年(1656)六月,郑成功至四明州,议揭阳丧师罪,斩苏茂等人,緅责黄梧,计责照旧管事。黄梧献海澄县降清,向清廷陈剿海五策:一、屯沿海以堵登岸;二、造小舟以图中、左;三、清叛产以裕招徕;四、锄奸商以绝接济;五、划伪坟以泄众愤(民国《福建通志》总卷一,《福建通纪(清一)》卷十一,原第十八页)。顺治十八年,原任漳州知府房星华通过其弟、候补通判房星耀上言徙沿海百姓,不许下海(同书同卷,原第二十七、二十八页);黄梧更是奏请清廷诛求郑氏亲党,徙沿海居民,漳泉之间大遭其祸(同书同卷,原第十九页)。《台湾古典文学大事年表·明清篇》考迁界始于顺治十七年九月十一日(1660年10月14日)"移同安、海澄民于内地"(第17页)。

⑮ 民国《平潭县志》卷三,《大事志》,影印第536页,康熙十七年十二月事。

⑯ 乾隆《福清县志》卷十五,《仙释传》释真昇传,影印第399页。

⑰ 乾隆《福清县志》卷十七,《烈妇传》韩贞宋传,影印第437页。

河,曰云霄河,曰开溪河,皆断而守之。百姓失业流离,死亡者以亿万计。[①]《榕城纪闻》云:"福建、浙江、广东、南京四省近海处各移内地三十里……即一、二能至内地者,俱无儋石之粮,饿殍已在目前。如福清二十八里,只剩八里;长乐二十四都,只剩四都。火焚二个月,惨不可言,兴、泉、漳三府尤甚。"[②]民国《福建通志》又云康熙三年"(闽浙总督)李率泰尽徙诸岛遗民于内地,开界沟,筑界墙,五里设炮台、烟墩,二十里设营将守之,弁兵得贿,纵出入……"[③]。福清李复旦传云:"康熙元年(1661),迁滨海居民。总督李率泰欲并移方城、新安二里,令严,稍拂辄从军法。复旦以二里可以不迁而无敢言者,遂遮马首,陈迁民离析状,求展界址,获允,所请五千余家藉以安宅。"[④]以故康熙五年(1666)正月,李率泰遗奏云数年以来海禁甚严,迁移之民尽失故业,宜略宽界限,俾获渔耕,稍苏残喘[⑤]。虽然如此,随着康熙十三年(1674)郑经西征以来,数年之间,福建地方屡次收紧海禁,奏请迁界[⑥]。康熙十九年(1680)六月,福建总督姚启圣上疏倡言当时已经具备界外田地尽行给还的条件;二十二年(1683)七月二十七日(1683年9月17日)平定台湾,十月十九日(12月6日)驰海禁,命吏部侍郎杜臻往闽、粤、江、浙勘沿海边界,招垦荒地,复诸迁民业。福州、兴化、泉州、兴化四府及福宁州所属十九州县原迁界外地25904顷,自康熙二十年展界至二十二年(1681—1683)止,已经复垦4886顷,余未垦田地21018顷及荒地700顷,合21718顷,交付地方,招原主及劝垦者仅丁口40800余,承垦田地17132顷[⑦],尚有4586顷无人承垦,可见迁界对于沿海诸省的破坏力,尤以福建百姓所罹最毒,可谓"闽其瘳乎"、"困剧甚矣"[⑧]。黄晋良云:"今夫猛虎馋狼交驰乎平原,爪搏齿啮唯恐兽之不尽;鹰鹯乌啄充满乎林麓,疾鸷勇攫唯恐鸟之不尽。"[⑨]在这种被蹂躏的社会及其经济、文化的背景之下,我们观察到晚明以来福建地方文化、科举强劲的发展势头被人为地遏制,但也看到清初康熙平定三藩、收复台湾之后福建的文化、科举事业惊人的复苏态势。

略举福建各种方志所载清初迁界事件留下的惨痛记忆:侯官陈希元于顺治十三年(1656)避海寇迁闽县[⑩],福清张、刘两家"因海警,两家俱徙于三山"[⑪],高细宋父母"四年洎内徙,始至三山"[⑫],福清化南里薛桀、韩贞宋夫妇"辛丑(顺治十八年,1661)调移,桀徙居闽县扈屿"[⑬],时和里林景高幼习儒,初移邑,再寓福州,因迁徙弃儒业贾[⑭],化南里郭文富夫妇内迁,寄居仁寿里郭刺史(本书按:指郭文祥,明末官胶州知州)庄中,康熙二年癸卯(1663)夫死妇殉[⑮]。海禁是清廷孤立、对付郑成功的良方,但在实施

---

① 民国《福建通志》总卷一,《福建通纪(清一)》卷十一,原第二十八页。时顺治十八年(1661)十二月,投诚原任漳州知府房星华通过其弟房星耀上言,加上此前海澄公黄梧亦有类似建言,朝廷遂命户部尚书苏纳海至闽迁界。

② 海外散人《榕城纪闻》,《清史资料》第1辑,中国社会科学院历史研究所清史研究室编,中华书局1980年版。

③ 民国《福建通志》总卷一,《福建通纪(清二)》卷十二,原第八页。时在康熙三年(1664)三月,郑经部尽数东渡台湾后。

④ 同治刊本《福建通志》卷六十九,李复旦传,影印第4362页。

⑤ 民国《福建通志》总卷一,《福建通纪(卷二)》卷十二,原第十页。

⑥ 请参看《台湾古典文学大事年表·明清篇》康熙十七年闰三月申严海禁(第52页)、九月皇帝谕(第53页)、十一月福建总督姚启圣奏请迁界事(第55页)。

⑦ 民国《福建通志》总卷一,《福建通纪(卷三)》卷十三,原第二十一页。按:康熙二十年(1681)二月,福建总督姚启圣、巡抚吴兴祚奏请开边界,俾沿海人民复业,得旨厦门、金门诸处已设官兵防守,应如所题,照旧展界(同书同卷,原第十六页)。

⑧ 此二语出明吴文华《赠参伯泗桥陶公擢福建按察使序》(《济美堂集》卷三,四库全书存目丛书集部第131册影印耿定力刻本清印本,影印第580页),本用以形容明代嘉靖间福建所罹的倭难。陶承学(1518—1598),字子述,号泗桥。嘉靖间任福建按察使,有宦绩。

⑨ 黄晋良《送苏康生还玉田序》,《和敬堂全集》卷五,原第十一、十二页,《清代诗文集汇编》第54册,影印第147页。

⑩ 民国《福建通志》总卷三十四,《福建列传(清四)》卷三十五,陈子威传,第七页。

⑪ 乾隆《福清县志》卷十六,《烈女传》张丙宋传,影印第408页。

⑫ 同上书,同卷,《烈女传》高细宋传,影印第409页。

⑬ 同上书,卷十七,《烈妇传》韩贞宋传,影印第437页。

⑭ 同上书,卷十七,《烈妇传》何端仪传,影印第443页。

⑮ 同上书,卷十七,《烈妇传》杨氏传,影印第434页。

过程中手段颇为残忍,人民飘零,养生无计,所受迫害巨深[①]。民国《福建通志·福建文苑传》张元传谓"时海氛未靖,军需旁午,长吏率以箕敛为事,户有逋亡,则连及亲党"[②]。民国《福建通志·福建儒林传》陈迁鹤传云:"自海上军兴,泉州有里长大当之费,胥役缘为奸,千金之家一日立尽,沿及承平未息。""海滨居民避贼徙内地,荒其土田,名曰界外,而蠲其赋,比台湾平,有司按籍征科,岁久民莫知其故业,大困,往往挈家流离。"[③]民国《福建通志》施琅传称"闽人罹海患久,闾阎元气未复",施琅在镇十四年(1683—1696),"一意休养生息","濒海数千里桑麻被野,烟火相接,琅之力也。"[④]

战争和迁界对福建沿海造成严重的灾难,人民陷入水深火热之中,田园、财产、钱物和人身安全均受到对峙双方的严重威胁,逃离作为主战场的泉州、漳州二府以及沿海地区犹恐不及。福建内陆的闽西、闽北各府县和闽浙总督、福建巡抚衙门所在地、重兵把守的福州均是逃难的方向,尤以福州为上选之区。除去福建省内各府县自觉、自发地向福州迁徙的惯性流动现象之外,晚明以来泉、漳二府的民间械斗频频引发政府各级官吏设计勒索财物乃至血腥镇压,也是促使二府士民外迁避祸的原因。

泉州府、漳州府二府自晚明以来形成械斗[⑤]的痼疾,"械斗连数十乡"[⑥],对社会的稳定治理形成一定的压力。械斗自发于民间,并随着漳、泉籍人口向台湾迁徙,民间械斗也成为清代台湾府社会治理的一个现象。民国《福建通志》谢金銮本传记载乾隆、嘉庆年间的泉漳二府械斗及其处理机制:"泉、漳俗好斗[⑦],其来久矣。初皆愚民争细故,至聚族千万人,相仇杀掠相当而止。官素为民所信者,自往谕,

---

① 按:明清鼎革之际,除郑成功和海寇侵扰之外,史称"时值明社已屋,流贼蜂起。"(民国《明溪县志》卷十五,叶石富传,影印第743页)"顺治初,闽中未靖。"(民国《福建通志》总卷三十四,《福建列传》卷三十三,陈宝鑰传,原第十八页)粤寇、赣寇、山寇、土贼、土寇、草寇、流贼频发。由原来明朝溃兵溃将形成的四营头贼合众至数万人,往来福建邵武、江西建昌、赣州三府之间,"所过地,毛如洗",流毒赣、闽;顺治七年(1650)除日,突入宁化乌村,执东南山男妇殆尽,仓屋皆火,山石爆烈,人畜烬者以千计(民国《福建通志·福建通纪》卷十一,原第十页)。清军亦骚扰地方,指民为贼,发兵围剿,正是丁炜传所谓"时乱初定,师旅驿骚"(民国《福建通志》总卷三十四,《福建列传(清二)》卷三十三,第三十七页)的写照。《榕城纪闻》一书多载清军、官员入闽之暴虐行径,尤以耿继茂移藩福建为害最剧,劣行罄竹难书。清军亦掳妇女,如顺治七年剿匪参将龙得云狎逼逃难至归化山中的沙县廖氏(民国《明明溪县志》卷十四,《贞烈传》,影印第797页);仇家乘机构陷,与官府勾结倾覆世家,从沿海的兴化府到福建西南、西北的汀州府、邵武府,闽中兵燹此起彼伏,风雨交侵,给福建地方造成严重的破坏。汀州府宁化县泉上李世熊在顺治八年至十年间(1651—1653)筑成土堡以保护族人(《李寒支先生岁纪》,李世熊《寒支二集》,四库禁毁书丛刊,集部第89册,影印第402-403页);兴化府彭鹏(1637—1704)其家系莆田县望族,在清初遭遇灭顶之灾。传云彭鹏"十岁(1646),山寇窃发,围郡城,大掠,劫人要赎。贼蔡某与汝柏(彭鹏之父)有隙,发卒围其家。汝柏他出,免。鹏,孺子早慧,必欲杀之。鹏登屋急走,逃于族叔祖母床下二日得免。十岁从父母避寇徒跣八九十里,时麦五两一石,父自磨麸作糜浆,寝席湿卤地,夜不能寐。为人画一袍,购麦一斤八两,父子止一餐。寇退始返,躬自割麦,日烈,鹏持大葵扇,随母扫落叶代薪,负筐贮之。"(民国《福建通志》总卷三十四,《福建列传(清二)》卷三十四,彭鹏传,第二十八页)明代成化间崛起的、已历200余年的彭家几乎跌至社会最底层,与庶民无异;顺治五年(1648),汀州府归化"寇掠四郊,(曾)弘宇挈家属避山谷间。一日,贼至,其妻吴氏及同里数人均为贼刃死。弘宇纠壮丁伏险隘以伺,次日贼果挟妇女二十余人过其地,弘宇突起击贼,贼败走,乘胜追之,夺回所掠妇女。"(民国《明溪县志》卷十五,曾弘宇传,影印第744页)顺治九年(1652),"寇破祖乡寨,族兄(官)正品被贼擒往禁锢,(官正)昺闻讯,率众冲入贼巢,将品夺回,旋宰猪会众,将贼党歼灭十余人。"(民国《明溪县志》卷十五,官正昺传,影印第745-746页)此年贼围归化县姜坊寨见同书同卷萧文南传。康熙十七年,同安贼蔡寅假称明宗室,结聚二万余人,掠泉州;郑经复遣其党刘国轩等陷海澄、漳平、同安、惠安等县,直犯泉州(民国《福建通志》总卷三十四,《福建列传(清三)》卷三十四,李光地传,第一页)。在朝廷与明郑反复争战之外,福建地方还承受来自官府、旗人的役使和剥削。康熙十八年,李日煜蒙召见,上平海机宜五事,其一曰:"急抚绥。闽民自康熙十三年以后遭海寇荼毒者三年矣。时当用兵之际,徭役输将亦势不能无,惟在去其太甚:买籴必使民沾实惠,用夫毋得过滥,夫额将弁不由有司不得擅索夫役、擅派草料,旗丁不得藉口铡草虐索民夫,有司不得有无名之征、奉一派十。"(民国《福建通志》总卷三十四,《福建列传(清三)》卷三十四,李日煜传,第十一页)即使台湾平定以后,康熙间依然"海洋多盗"(民国《福建通志·福建列传》卷三十五,蓝理传,第十七页),时有海盗劫掠商贾(同书同卷,吴郡传,第五页)。

② 民国《福建通志》总卷三十九,《福建文苑传(清一)》卷七,张远传,原第二十一页。

③ 民国《福建通志》总卷三十八,《福建儒林传》卷五,陈迁鹤传,原第六页。

④ 民国《福建通志》总卷三十四,《福建列传(清一)》卷三十二,施琅传,第二十一页。

⑤ 同治刊本《福建通志》黄文炤传:"崇祯十一年(1638),南安斗栳之变,文炤方与监司曾樱讲学于笋江(即晋江),出片纸谕之立散,其德感如此。"(同治刊本《福建通志》卷二百五,影印第3754页)斗栳之变也有地方宗族的势力交织在其中。

⑥ 民国《福建通志》总卷四十五,《福建列女传》卷三,陈文波母张氏传,原第十一页。语本陈庆镛《籀经堂类稿》卷二十三《陈母张孺人墓志铭》。

⑦ 曾经任福建粮驿道、福建按察使、署福建布政使的朱珪亦以为"闽俗愚悍"(朱锡经《皇清诰授光禄大夫经筵日讲起居注官太子太傅南书房供奉体仁阁大学士管理工部兼翰林院掌院学士赠太傅入祀贤良祠赐谥文正显考南厓府君年谱》,即朱珪年谱,续修四库全书第1452册,影印第401页,乾隆二十八年癸未条)。

即解散，否则虽往谕，不听也，于是官牒文武大吏勒兵，尽焚掠其村郭室庐而去，以为利。每闻民斗，官辄往激成之，又以民有余财而善逋，惟牒羁士：士豪者习武断，与吏为市，则横行无窒碍；廉静者闭门自守，则反波及。士既无所逃罪名，重其家族，必恐或怜之，必尽财若醵金以贿而出之，于是每械斗必先捕士，官果多贿，校官亦与有利焉，大吏以为此守、令、营弁自然之利也，不复问。”[①]以士、民为利薮，本为封建社会历朝的共识，只是民利要长养而取有时、有节，不能杀鸡取卵式地攫取。泉、漳二府的士、民原以细故争执，是黎民之争，酿成焚掠村郭室庐的大祸而不自知，两府守、令、营弁食髓知味，每每凭藉民斗的契机，故意激成械斗，陷民于罪，从而刑之、胁之、灭之，既收受贿赂，又勒兵劫掠，软硬兼施，完成一次又一次对民间财富的野蛮收割，而这种劫掠所得的财富落入各级官吏的口袋，并未增加国家的收入，于国于民都是弊政，更是漳、泉二府百姓的悲哀，胁迫到泉、漳二府无论士、民各阶层民众的生存和利益，必定形成泉、漳二府士、民外迁的内在动力，寻往他乡的乐土以避祸。以此之故，谢金銮撰《漳泉治法论》[②]，道光三年(1823)闽浙总督赵慎畛(1822—1825 在任)深知其书利害所系，道光三年(1823)为刊其书，以劝民安民，以期绝此弊政。然而直至晚清械斗依然是福建地方治理的痼疾，并未得以完全解决[③]。

在清代福建省内，械斗的存在以及福建官员对械斗的认识，解决民间矛盾的手段在泉、漳二府的士人心理层面形成高压、恐怖的心理震慑，促使泉、漳二府人口外迁，本省之内理想的乐土即省垣福州。

福州府所属各县及省内各府县的人才向省垣集中并不以海疆底定、海禁解除(即史称“复界正图回籍”[④]、“展界复沿海移民”[⑤]、“复籍”[⑥]诸事)而为之终结，福建士、民各阶层向福州府的流动从未停止，这中间必须区分出清初“迁界令”、泉漳械斗、士民从事科举事业之间发生于不同历史时期，具有不同性质的社会阶层水平流动，从强迫驱离到主动逃离再到主动迁徙，并出现主动逃离、主动迁徙并存以及三者并存的社会现象。不论被动还是主动，清代福建士民阶层水平流动是始终一致的现象，是这些历史事件之间的共同点，冲击了“安土重迁”的固有观念。不同的是顺治、康熙时期“迁界令”的迁徙行为内化到福建士民的观念世界，支撑社会水平流动观念的驱动力因此内在地生成，并内化为福建士民的主体意识，全省士民形成主动选择流动迁徙的观念。这一过程完成了从被动到主动、消极到积极的范式转换，这是一个主体接受和范式转换中关于立场、情感、态度、倾向的问题[⑦]，并未激化为不可调解的矛盾，反而是得到很好的解决。

---

① 民国《福建通志》总卷四十，《福建儒行传》卷五，谢金銮传，原第十七页。民国《福建通志·福建列女传》记载嘉庆间蔡新(1707—1799)孙女蔡氏的事迹：“当乡人争斗之顷，郡邑吏以军役至，空一乡以逃，蔡独留不行，能才智，保其门户及族人数家，至今邑人称之。”(民国《福建通志》宗卷四十五，《福建列女传》卷三，蔡氏传，原第十页)按：以蔡氏传中称“故相国”推知蔡新已去世，时当嘉庆中，械斗事在彼时已成恶俗，盛行漳、泉等地。陈寿祺《左海文集》卷三《治南狱事录》记载泉州府各县械斗甚悉。

② 道光七年(1827)，张际亮在京师作《正月六日陆心兰言宪副招饮寓庐因话吾闽泉漳民风吏治感赋二首》(《思伯子堂诗集》卷八，《清代诗文集汇编》第 601 册，影印第 76 页)，宾主谈论的即福建械斗恶习。

③ 光绪七年(1881)十一月陈宝琛上《请覆讯江宁命案摺》，后附三片，其中《附陈澎湖通判鲍复康劣迹片》，论鲍复康“著名贪酷。前在莆田任内办理乡民斗案，滥拘婪索，擅请发兵会剿”(《沧趣楼诗文集》下册，第 646 页)，说明械斗在福建的存在极其顽固，而官吏的贪酷可以想见，声闻朝廷。

④ 乾隆《福清县志》卷十七，《烈妇传》何端仪传，影印第 443 页。

⑤ 民国《平潭县志》卷三，《大事志》，影印第 535 页，康熙十二年事。

⑥ 乾隆《福清县志》，《凡例》，影印第 46 页。

⑦ 林语堂先生曾经改编唐代传奇《白猿传》，编入其《中国传奇》一书。林语堂所编的《白猿传》有这么一段话：“(将军要请求白猿放夫人回去)但是夫人很坚定。‘不必。你自己走吧。我离不开孩子。我是孩子的妈妈呀。’‘你的意思是你宁愿留在这儿吗？我想你不喜欢酋长。难道你喜欢他吗？’‘这个我不知道。他总是孩子的父亲。你一个人回去吧。我在这儿过得很快乐。’”(《白猿传》，《林语堂名著全集》第六卷《中国传奇》，东北师范大学出版社 1994 年版，第 36 页)这是故事的结尾，叙述欧阳将军的妻子对土著酋长白猿死心塌地的跟随，其实讲的就是主体接受和范式转换的问题。《中国传奇》英文原版 *Famous Chinese Short Stories* 初版于 1952 年。

## 第二节　科举家族和文学家族迁往省垣福州的社会流动

宋、明两代,福建的科举事业及其影响力呈现曲折上升的态势,如此论定并无推誉过情之谀。彭士望为宁化李世熊所撰《李元仲七十序》云:"明季科目莫盛于福南四郡。一时宰相、卿贰莫可纪数,而泉州为尤盛。及崇祯更祚十余年,犹能立大功于天末,用兵力蹙之,鬼方永绝株蔓,为开国相臣,元勋第一,非史天泽、张宏范所敢望,岂非科名之效有如是之彰彰尤异者哉?"[①]"福南四郡"指的是福州府、兴化府、泉州府、漳州府这四个福州以南沿海府郡,"崇祯更祚十余年,犹能立大功",成为开国相臣的福建人指的是降清的泉州籍进士、蓟辽总督洪承畴(1593—1665)。晚明以来,福建科举事业愈加强劲发展,与明朝国势濒危的趋势形成反向的对比,详情请参看拙著《明代福建文学结聚与文化研究》第一章《明代福建的科举事业》第二节、第三节内容及其"漳、泉两郡的崛起态势不可扭转,在全省人才角力的格局上,福州、兴化两郡难以再取得上郡的优势地位"之结论[②]。

晚明福建的科举版图、文化事业的分布状况在清代被彻底地改变。根据王学深的研究及其他学者的统计数据,"明代福州府进士 650 人,泉州府进士 586 人,兴化府进士 533 人(根据《明代福建进士的地域分布研究》,载《教育与考试》2009 年第 6 期》),此外进士分布为漳州府 306 人,建宁府 131 人,汀州府 52 人,延平府 42 人,邵武府 38 人和福宁州 34 人……据(民国)《重纂福建通志》载,清代福建举人共 9967 名,福州府达 4309 名,约占全省举人总数的 43%,其中闽县与侯官县以绝对优势名列全省各县第一、二名。对于进士籍属,作为首府的福州府,有清一代的进士达到 723 人,占整个清代福建进士 1399(据李润强《清代进士的时空分布研究》,载《西北师大学报》2005 年第 1 期)人的 51.7%。根据何炳棣所作统计得出,其中福州府闽县和侯官籍进士达到 557 人,占全省进士 40%,位列清代科甲鼎盛地区的第三名,占福州府进士比例更是高达 77%"[③],明末科举表现最为强劲的泉州府、漳州府,清代以来逐渐衰落,仅泉州府尚有部分科举家族。清代福建省十二个府州中,"福州尤甲他郡"[④],反映出福州府及其郡治附郭两县闽县、侯官县在全省及本府的科举实力,这是福州府在历史上所未曾获得的殊荣。

从嘉庆十一年(1831)之后,福建省的科举和文学家族逐渐向福州会城聚集,呈现出社会流动(Social Mobility)中的水平流动(Horizontal Mobility)和竞争性流动(Contest Mobility)性质。通过刘海峰教授《台湾举人在福建乡试中的表现》一文中的统计数据,福建各府的乡试中式举人数量前五名在顺治、康熙、雍正、乾隆、嘉庆、道光、咸丰、同治、光绪间的人数为:

福州府 145、346、166、869、456、639、324、504、1158(总数 4607 名);
泉州府 126、408、171、447、115、146、61、92、158(总数 1742 名);
漳州府 74、220、89、260、65、92、24、18、56(总数 922 名);
汀州府 24、103、42、222、75、91、29、23、64(总数 673 名);
兴化府 66、142、44、116、27、43、26、27、73(总数 564 名)[⑤]。

---

① 彭士望《耻躬堂文钞》卷七,四库禁毁书丛刊集部第 52 册,影印第 125 页。

② 郑礼炬《明代福建文学结聚与文化研究》,人民文学出版社 2015 年版,第 10-27、27 页。

③ 王学深《清代福州府科举家族初探——以洪塘鄂里曾氏为中心》,载《福建师范大学学报》2016 年第 2 期,第 140 页。该文断言清代福建科举家族 30 个(第 141 页)的结论,甚为武断。又,王学深此文统计所得的数据与厦门大学刘海峰教授《台湾举人在福建乡试中的表现》(载《厦门大学学报》2013 年第 6 期,第 69 页。见下文)不同。

④ 陈寿祺《福州凤池书院碑记代》,《左海文集》卷八,《清代诗文集汇编》第 499 册,影印第 361 页。

⑤ 刘海峰《台湾举人在福建乡试中的表现》,载《厦门大学学报》2013 年第 6 期,第 69 页。

备注：以上每行数据中第2、4两个数字表明清代福建康熙、乾隆二朝各府的举人数量，各自与前后数字进行对比将反映出各府科举实力的变化。

从以上数据可以看出，福州府之外最有可能和福州府相颉颃的是泉州府，顺治间稍逊于福州府，而康熙、雍正两朝均比福州府略胜一筹，乾隆朝泉州府的举人数量几乎对折为福州府举人数的一半，嘉庆以后历朝100余年间各科乡试，泉州府的举人数量均远逊于福州府。泉州府之外的其他府的举人数量及其反映出的科举实力自郐无讥，反映出乾隆、嘉庆以来福建全省各府科举实力逐渐演变为福州府一府独大的格局。此局势终有清一代牢不可破，稍后发生于福建各府科举实力的消长，以科举为基础的家族势力格局因此改变，形成文学家族向福州府聚集的格局。福建省垣福州所拥有的文教资源相对优越，具备实现阶层跃迁(Class Transition)的更成熟的条件，清代福建的家族聚集无疑地说明省垣福州以及各府府治所在地的附郭县提供了优越而成熟的向上阶层流动的通道，福建士人意识到这一优势并加以充分利用。

同治元年(1862)之后，科举和文学家族基本上集中在福州，零星数家族散落分布在各府州，福建科举家族和文学家族已经完成地域结聚的社会阶层水平流动。晚清陈衍《石遗室诗话》："吾乡丁耕邻孝廉芸，旧为会城六大姓之一。家赀钜万[①]，所称邱、冯、邵、丁、萨、谢者也。"[②]光绪间，谢章铤云："漳(漳州府)，名邦也，文德武功贤豪相望，而今稍衰矣。"[③]福州府之外的其他各府大略类之，均呈现人才衰落、凋零的现象。清代福州城除了陈衍所称的六大姓之外，尚有廖、林、刘、陈、沈、严、吴、郭、曾、龚等著姓。在著姓之外，福州府尚有270余个文学家族，占清代福建全省文学家族的44.5%，和比文学家族更多的科举家族、商业家族，洵为福建政治、经济、文化、科举、教育的中心。通过比较，我们能够清晰观察到明清两代福建省的科举、文化和文学创作事业发生的巨变。明代福建省内科举和文化实力较强的福州、兴化、泉州、漳州四府内部消长波动的幅度依然平稳，即使某些府县出现过强劲的增长和结构性的消退，各府之间长期维持着科举和文化事业的稳定结构，但在清代，福建的科举事业、文化事业和文学创作版图发生了极度扭曲的改变。

从本书第三章《嘉庆至道光间1796—1859福建的文学家族》的文学家族(台湾府的文学家族单列，除外)分布情况看，本段全闽文学家族112个，福州府67个家族，其他泉州、兴化等府州45个，这种分布已经较清初至乾隆间150余年的分布有很大改变：嘉庆之前全闽文学家族380个，其中福州府文学家族134个，兴化府文学家族35个，泉州府文学家族73个，其余府州138个，详见《明清文学与学术演进视野下的清初福建文学家族》、《顺治至乾隆间(1644—1795)福建新兴的文学家族》两章；而到同治以后以迄清逊国(1862—1911)的50年间，全闽文学家族150个(截止到本书出版时的数据)，福州府75个，泉州府17个，其他各府13个，表现出晚清福建科举和文学家族基本上集中在福州的分布特征，亦反映出清代福建科举家族和文学家族已经完成地域结聚的社会阶层水平流动进程。

福建省内各府士人迁居省垣现象大概有从外府迁省垣、从属县迁福州府附郭闽县、侯官县两县这两种情况[④]。原籍晋江、籍侯官的杨浚曾记泉州府同安凤山人郑景陶[⑤]"近由省垣分眷旋故居"，杨浚

① 按：丁氏以业盐起家(民国《福建通志·福建艺文志》卷五十著录《丁氏因话录》，引谢章铤《赌棋山庄余集》，第七、八页)。

② 陈衍《石遗室诗话》卷二四，第二一条，《民国诗话丛编》第一册，第332页。吴清源回忆录云："吴府作为家境充裕的世家，与陈府、林府、沈府，并称为福州名门四家。"(《以文会友——吴清源回忆录》，《围棋春秋》编辑部编辑出版，1985年版，第2页。转引自上海市文史馆《陈绛自传》)

③ 谢章铤《重建漳州府署碑代》，《赌棋山庄集》文集卷五，《清代诗文集汇编》第680册，影印第712页。

④ 按：以明清两代闽县、侯官县俱为福州府附郭县，县治均在福州城，本章对两县士子在两县之间的籍贯变动略而不论。如侯官人林祖望籍闽县，见民国《福建通志·福建循吏传》卷十一；侯官人曹岱华、石国任、石国偁籍闽县，闽县人林自远、叶声远、叶睊心、林昆琼、郑大谟、陈登华、陈崇砥、陈霁学、叶文英籍侯官等，诸人均见民国《福建通志·福建循吏传》卷十二。

⑤ 郑景陶，字于拔，号香岩。籍闽县。以邑廪生办团练功授教职，不赴。一意习医，活人无算(民国《福建通志》总卷四十四，《福建艺术传》卷三，郑景陶传，原第十三、十四页，注引《凤山郑氏族谱》)。其弟郑宴清、子郑心恪传亦在同书同卷。

族弟杨孙龄(号太和)"由晋江瑶林乡迁于(福州)台江上杭街"[①],而杨浚家族则是因为祖上经商有成而定居福州,落籍侯官。汀州府连城县的杨有略康熙间迁福州[②],至嘉庆、道光间杨簧之时已经是第四代,发展成为福州府著名的文学家族。南安黄培松之父黄位中以经商移居福州,黄培松中光绪二年丙子(1876)武状元,福州中平路建有状元府,亦为黄氏家族聚居地。提督黄有才,原籍同安,迁福清[③],等等。

我们观察到福建省内部发生的大规模的社会阶层水平流动,从清初到晚清,从未停止,反映在福州府科举事业和文学创作的规模集结,形成数量远远超轶其他府州的科举家族和文学家族,表现为明清两代福建的科举、文学创作版图的极大改变。由于明、清科举制度本身所具备的一致性、延续性的特征[④],科举制度不能解释清代福建省科举、文学创作版图改变的现象,而"重迁"、主动选择迁徙流动则为解释这一现象提供了合理的视角。清代福建士民所具有的社会阶层水平流动思想对传统中国的"安土重迁"的观念而言是一种思想世界的革新,侧重于"重迁"的字面意思,即主动选择流动迁徙的观念。其根源在于"迁界"意识的内化,"迁界"由历史事件下沉、内化为福建士人积极的、主动选择流动迁徙的观念,由此继续推动福建的科举、文学创作人才向省垣福州集中,催生出清代福州城规模庞大的科举家族、文学家族等文化现象。

## 第三节　清代福清、长乐士人向府城附郭县的迁移
### ——作为属县向府城迁移的典型

在康熙二十二年(1683)平定台湾之前,顺治、康熙两朝采取"迁界令"的非常规政策,有效地打击了明郑军队在沿海筹集物资的渠道,限制了明郑政权的军事活动能力,但对福建省的黎民百姓和士人而言,被迫离开故土,田园物产化为乌有,执行"迁界令"之残酷和严重后果,则是惨痛的历史记忆。迁界令强迫福建沿海人民向内陆府县及福州府城迁徙,以重建安居乐业的家园。这是一次持续时间较长的福建人口迁徙,逐渐改变了福建省内各府人口、科举、文化的分布结构,由强迫迁徙而转换形成的、主动选择流动的迁徙意识则有力地冲击了明代268年间福建省内各府长期维持的科举和文化事业的稳定结构。

清代福建省省志、府县志中各《选举志》题名、人物列传、《文苑传》等各部分所载的人物情况提供了清代福建士人迁徙的信息,大概可以分为两种:一种为各府县士人向福州省垣聚集的趋势,细分为福州府内部所属各县(长乐、福清、连江、罗源、永福、闽清、古田、屏南,不含闽县、侯官二附郭县)向福州城聚集和福州府之外九府二州[⑤](兴化、泉州、漳州、汀州、延平、建宁、邵武、台湾[⑥]、福宁九府及永春、龙岩二州)士人向福州府聚集的两种情况;另一种为福建省内士人向省外迁徙、外省士人定居福建及先世在外省的闽人回迁的状况,而明清易代之际尚有福建沿海各府县士人迁居福建腹地府县甚至

---

① 杨浚《冠悔堂楹语》卷中,《郑香岩移居》,原第十二;《太和族弟新居》,原第十三页,影印第753页。

② 民国《闽侯县志》卷六十八,杨簧传,原第十七页,影印第242页。

③ 同治刊本《福建通志》卷二百二十六,黄有才传,原第四十九页,影印第4133页。

④ 《清史稿》:"有清学校,向沿明制。"(赵尔巽等《清史稿》卷一百六,志八十一,选举一,第3099页)"有清科目取士,承明制用八股文……悉仍明旧称也。"(同上书,卷一百八,志八十三,选举三,第3147页)光绪末年(1905)废科举之前,清代的选举制度基本上是沿袭明朝的制度,但有所改变,制度趋向更加严密,正是"有清以科举为抡才大典,虽初制多沿明制,而慎重科名,严防弊窦,立法之周……远轶前代"(同上书,卷一百八,志八十三,选举三,第3149页)之谓。

⑤ 康熙二十二年(1683)收复台湾以后,设台湾府隶属福建省;雍正间又增设龙岩州、永春州,形成福建管辖十二府州的行政架构。

⑥ 按:明郑时期的台湾、清代台湾府乃至1885年所设的台湾省和日据时期的台湾人民和士人均与福建原籍地有着千丝万缕的紧密关系,从迁台人民祖籍地的情况分析,以福建、广东两省最多。割台议成,光绪二十一年乙未(1895)以后内渡,归籍或回原籍的士人情况请参看施懿琳、廖美玉编著的《台湾古典文学大事年表·明清篇》列表。

迁往外省[①]的情况。本节主要讨论前一种现象,分析福清、长乐两县士人向福州府城附郭县的迁徙,作为属县向府城迁徙的典型。

从福清、长乐迁居省垣福州城的士人在全省各县中数量特多,从明代到清代,迁入者通过世代层累形成福州的望族,明清易代之际福州望族遭遇近乎灭顶之灾,清代迁入者又逐渐形成新的家族,在福州城的废墟上竖起其家族的功名旗杆,形成福州府既被严重破坏又迅速得到新鲜血液补充的复杂政治局面。康熙中叶,林佶云"闽地休兵革于今十余年矣,颇无水旱疾疫之灾,父子骨肉聚庐相保","风俗日益以靡"[②],福州城市的繁华很快得以恢复。以鼓楼观之,"楼前百货衍溢,市肆鳞次,袂连肩摩,朝以及暮,肩舆负担,争道叫呼,东西交午,前后叠袭,海贾游客,番舶贡使,间厕出没于其间。至于大比之年,士子云合会聚尤盛"[③]。鼓楼成为清代福州城中文化、教育、商业活动的中心区域。

明清两代,福清县在福州府所属诸邑中,"连山薄海,方括甲于郡属诸邑"[④]。在明朝,其人文在嘉靖以前尚未崛起,嘉靖以来科举渐多,方有万历十四年丙戌(1586)进士林继衡及其侄天启五年乙丑(1625)进士林宪濩寄籍长乐、崇祯四年辛未(1631)进士陈志广寄籍闽县、崇祯十三年庚辰(1640)进士林日光(林子勉曾孙)寄籍闽县、崇祯十六年癸未(1643)进士林垒寄籍侯官、翁冠英寄籍兴化府莆田县等少数现象,举人寄籍现象稍多,以闽县、侯官、长乐、闽清及外府兴化府、泉州府、漳州府(镇海卫郑氏)为主,有部分外省(以顺天、应天、广东等为多)中式现象。在清初100余年间,福清县举人和进士寄籍、迁居省垣福州的现象成为清代福建士子向福州聚拢的典型例子。以乾隆《福清县志》所载清代顺治五年至乾隆九年(1648—1744)的福建科第为分析对象,大略搜集到以下寄籍现象:

(1) 顺治五年戊子(1648)举人张可仰、黄贞吉、陈元勋、薛澐,侯官学中式,薛澐于顺治九年壬辰(1652)以侯官籍成进士;严宗望,闽县学中式;

(2) 顺治八年辛卯(1651)举人余光辰、陈其殷以府学中式;林荣芬(字芝室)以侯官学中式;林启旦以闽县学中式;

(3) 顺治十一年甲午(1654)严登庸、庄振徽以侯官学中式,陈艺蘅、何徵兰、翁周鼎、翁翼、涂之尧以府学中式,毛鸣岐以闽县学中式;

(4) 顺治十四年丁酉(1657)举人王士元以府学中式;

(5) 顺治十七年庚子(1660)举人陈师孔以闽县学中式,魏焕、郑应侯以府学中式,魏、郑均以原籍成进士;

(6) 康熙五年丙午(1666)举人施泽、薛翔高以府学中式,杨绅以侯官学中式,陈沩潢以闽县学中式;陈沩潢籍闽县[⑤];

(7) 康熙八年己酉(1669)林云虬以侯官学中式,林兰华以闽县学中式,林璋、林飏以府学中式;

(8) 康熙十一年壬子(1672)举人林蔚春以闽县学中式,翁应宠以侯官学中式;

(9) 康熙十九年庚申(1680)补科举人黄桥升以府学中式,谢肇凤以长乐县学中式;

(10) 康熙二十年辛酉(1681)举人蔡其聪、毛翼坦以闽县学中式,蔡其聪于康熙二十四年乙丑(1685)以闽县籍成进士;

(11) 康熙二十三年甲子(1684)举人芦新穛、杜成锦以侯官学中式;

(12) 康熙二十九年庚午(1690)举人林子芸以府学中式,严宗溥以闽县中式,严云以侯官学中式,

---

① 闽县叶矫然避地往吴门(孙枝蔚《龙性堂诗序》,叶矫然《龙性堂诗集》卷首,《清代诗文集汇编》第50册,影印第2页),其世交吴香为罢官初栖会稽最后寓吴(民国《福建通志》总卷二十五,《福建艺文志》卷六十四,第十三页,引华亭黄之隽《庑堂集》序文;黄晋良《吴香为大令七十寿序》,《和敬堂全集》文部卷一),周问公流寓广东东莞(黄晋良《寄周问公温陵人流寓广东东莞县》,《和敬堂全集》文部卷十一)等。

② 林佶《上御史某公书》,《朴学斋文稿》,《清代诗文集汇编》第205册,影印第615页。

③ 朱仕琇《重建福州鼓楼记》,《梅崖居士文集》卷五,《清代诗文集汇编》第336册,影印第241页。

④ 乾隆《福清县志》,卷首《方括图考》,《中国地方志集成》福建府县志辑第20册,影印第28页。

⑤ 民国《福建通志》总卷三十六,《福建循吏传(清一)》卷十一,陈沩潢传,原第二十页。

严宗溥于康熙三十九年庚辰(1700)以闽县籍成进士;

(13) 康熙三十二年癸酉(1693)举人林祖望以闽县学中式,魏来聘以侯官学中式,陈圣范、陈迈真以府学中式;林祖望于康熙四十二年癸未(1703)以闽县籍成进士;

(14) 康熙三十五年丙子(1696)举人方矩以府学中式,翁肃以闽县学中式;

(15) 康熙三十八年己卯(1699)举人翁咏榴、施雯以府学中式、王士颖以闽县学中式,王兆惠、林霖以侯官学中式;

(16) 康熙四十一年壬午(1702)举人李建极、林联登以府学中式,江云龙以侯官学中式,施松龄以古田学中式;

(17) 康熙四十四年乙酉(1705)举人余兴祖以侯官学中式;

(18) 康熙四十七年戊子(1708)解元林昂以侯官学中式,五十一年壬辰(1712)以侯官籍成进士;陈愫以连江县学中式;

(19) 康熙五十年辛卯(1711)举人庄宽、林士秀、李蓁以府学中式;郭美以闽县学中式,雍正元年癸卯(1723)以闽县籍成进士;

(20) 康熙五十二年癸巳(1713)举人周绍龙以府学中式,雍正元年癸卯以侯官籍成进士;何陈宫以侯官籍中式①;

(21) 康熙五十三年甲午(1714)举人庄振甫以府学中式;

(22) 康熙五十六年丁酉(1717)举人李开叶以府学中式,六十年辛丑(1721)以闽县籍成进士;陈帝简、何瀚以府学中式,薛楷、薛履以侯官学中式;薛士中于雍正二年甲辰(1724)以闽县籍成进士;刘圣振以闽县籍举人中式②;

(23) 康熙五十九年庚子(1720)举人何兰以府学中式,张应渭、薛士衡以闽县学中式,陈文炅以侯官学中式;

(24) 雍正元年癸卯(1723)举人李良荣、钟国佐以府学中式,李长绶、李时宪以闽县学中式,李时宪于雍正八年庚戌(1730)以闽县籍成进士;林其渊以侯官学中式,于雍正五年丁未(1727)以侯官籍成进士;

(25) 雍正二年甲辰(1724)举人谢人骅以府学中式,李大廉、高应鸿以侯官学中式;

(26) 雍正四年丙午(1726)举人潘豹蔚以府学中式,杨珪以侯官学中式,王琼以闽县学中式;杨珪于乾隆四年己未(1739)以侯官籍成进士;

(27) 雍正七年己酉(1729)举人李修卿以侯官学中式,十一年癸丑(1733)以侯官籍成进士;翁怀忠以闽县学中式,薛国策、卓道异以侯官县学中式;卓道异于乾隆七年壬戌(1742)以侯官籍成进士;严圣泰以瓯宁学中式;

(28) 雍正十年壬子(1732)解元叶有词以闽县学中式,乾隆四年己未(1739)以福清籍成进士;周正峰以府学中式,雍正十一年癸丑(1733)以闽县籍成进士;夏金章以闽县学中式,于乾隆四年己未(1739)以闽县籍成进士;陈九龄、李晋岳以府学中式;

(29) 雍正十三年乙卯(1735)举人李若庚、施万春以府学中式,施万春于乾隆七年壬戌(1742)以福清籍成进士;李景明、李捷以闽县学中式;严以治、李鸣峤、游光镐以侯官学中式;严以治于乾隆元年丙辰(1736)以侯官籍成进士;

(30) 乾隆元年丙辰(1736)恩科举人李若青及其子李璋、李开春与高鸿谟、高蔚起、王必兴、何恒潮以闽县学中式,陈鹿耀、林志、翁璋以府学中式,林茗华、郭赵璧、薛大均以侯官学中式;翁文达以古田学中式,二年丁巳(1737)以古田籍成进士;

① 民国《福建通志》总卷三十六,《福建循吏传(清一)》卷十一,何陈宫传,原第五十二页。

② 民国《福建通志》总卷三十六,《福建循吏传(清一)》卷十一,刘圣振传,原第五十六页。

(31) 乾隆三年戊午(1738)举人钟林树、陈善以侯官学中式，七年壬戌(1742)钟林树、陈善以福清籍成进士；林斌以闽县学中式，毛用锡以府学中式，陈国梁以闽清学中式；

(32) 乾隆六年辛酉(1741)陈裕连、江文宫、魏成三以府学中式，何鹏程、陈剑光、林京以闽县学中式，七年壬戌(1742)以闽县籍成进士；林京、林长仁以侯官学中式；

(33) 乾隆九年甲子(1744)举人何逢僖、张甄陶以府学中式，刘经文、韩纯、林从直以侯官学中式，陈廷对、陈纯基以闽县学中式；张甄陶于乾隆十年乙丑(1745)以闽县籍成进士。

寄籍福州府附郭闽县、侯官县成进士的有：

(34) 顺治十七年庚子(1660)举人高宫以闽县籍于康熙三年甲辰(1664)成进士；

(35) 康熙二年癸卯(1663)举人陈魁宇于康熙六年丁未(1667)以侯官籍成进士；

(36) 康熙五十六年丁酉(1717)举人薛士中于雍正二年甲辰(1724)以闽县籍成进士①。

以上所辑科举人物从清代顺治朝至乾隆九年为止(1648—1744②)，福清县士子寄籍(占籍)福州府及其附郭闽县、侯官两县的举人、进士在130名以上。五贡生由府学、闽县、侯官学出贡者数量相当，载乾隆《福清县志》卷十《(国朝)岁贡》(刻本第七十一至七十五页)。除此之外，福清士子寄籍福州府及其附郭之外的府、县尚有谢恩于康熙二十一年壬戌(1682)以闽清籍成进士，余祖训以南平籍于康熙四十五年丙戌(1706)成进士，而寄籍建宁府有高城(雍正十年举人)和严有朝(雍正四年举人)、严圣泰(雍正七年举人)、严重(乾隆六年举人)等严氏诸人，寄籍延平府的有何彬(康熙五十九年举人)。如果本项研究的时间向上延伸至明代，统计福清士子寄籍福州府学、闽县学、侯官县学以及向省城迁居的现象③，则会形成明、清两代福清士子向福州城川流不息的迁徙图景。

清代福清县的士子不仅在学额上占福州府学、闽县县学、侯官县学的名额，以所在府学、县学的学缘举人中式，登进士版，部分士子在得科举功名前后其家业已迁至福州所属附郭闽县、侯官二县。原籍福清县的、康熙二十三年(1684)甲子举人李馥迁居福州黄巷，属闽县界；康熙三十九年(1700)进士严宗溥，原籍福清，籍闽县④；乾隆甲午副贡生、侯官翁一桂(字允树，一字漱泉)原籍福清⑤；明末清初侯官人薛学韩(字泉斗，号潮阳)“原籍福清，迁居本境”⑥；庠生陈溥迁居侯官光禄坊⑦；乾隆间的附贡生张中煜(字思荣、邃堂)“由福清迁居闽县”⑧，其子张国洙、张国奎俱登乾隆五十一年(1786)丙午福建乡榜；康熙四十七年(1708)戊子福建乡试解元林昂，原籍福清，寄侯官；乾隆元年(1736)丙辰举人林召华，一名林苕华，与其兄林长楠原籍福清，迁侯官⑨；乾隆初诸生邱振芳，侯官人，福清籍⑩；乾隆十二年

---

① 按：《明清进士题名碑录索引》周正峰作“福建闽县”籍(第2192页)，夏金章作“福建闽县”籍(第362页)，严以治作“福建侯官”籍(第1915页)，陈魁宇作“福建福清”籍(第2107页)，薛士中作“福建闽县”籍(第1520页)。此索引对于明清进士的籍贯，未严格区分原籍和寄籍，时有混淆，可以更作细致的考订。

② 按：福建入清朝版籍在顺治三年(1646)，故清代福建乡试首科在顺治五年(1648)；康熙十三年甲寅(1674)，福建耿藩作乱，以故十四年乙卯(1675)、十七年戊午(1678)福建乡试俱停，至十九年庚申(1680)补科。

③ 按：从乾隆《福清县志》所载明代福清举人，正德五年庚午(1510)科举人郑伯栋寄籍侯官学(影印第206页)，嘉靖十三年以后，福清士子寄籍福州府附郭县及他县的现象渐多，嘉靖四十三年(1564)甲子科有施以敬、陈信、陈鸿渐、陈道箴、郑恭5人寄籍(影印第207页)，万历四十年(1612)壬子科举人陈亨嘉、陈有元、石映斗、郑龙东4人寄籍(影印第209页)，万历四十六年(1618)戊午科有陈志广、刘应期、林宪濩、陈世濬、施兆昂、林开春6人寄籍(影印第209页)，天启元年(1621)辛酉科有吴道亨、施丙先、陈钟鼎、郑腾云、郭志孔5人寄籍(影印第影印第209页)。天启以来至清乾隆间的福清贡生多标注某府、某县学贡的信息，以故知福清士子向省城及外府、县寄籍、迁居的走势延续到清代。

④ 同治刊本《福建通志》卷二百二十六，原第五十页，影印第4133页。

⑤ 《侯官乡土志》卷三，翁一桂传，原第十四页，影印第129页。

⑥ 《侯官乡土志》卷三，薛学韩传，原第十六页，影印第133页。

⑦ 乾隆《福清县志》卷十六，《烈女传》余翼官传，影印第415页。

⑧ 同治刊本《福建通志》卷二百二十六，张中煜传，原第十七页，影印第4117页。

⑨ 林苕华，见乾隆《福清县志》卷九《选举志》，影印第215页；林长楠，见同治刊本《福建通志》卷六十八《(侯官)经籍志》，影印第1397页。

⑩ 《国朝全闽诗录初集》卷十七，《全闽诗录》第五册，第384页。

丁卯(1747)林昂撰《重修福清县志纪事》,署"邑人太史林昂"①;福清化南里人、万历八年庚辰(1580)进士卢一诚②,其裔孙、光绪十九年癸巳(1893)恩科第七十五名举人卢景渊籍侯官③;勇于为义的何长浩(字得然)、何际球自福清迁闽县④,发展成著名的文化世家;嘉庆二十四年己卯(1819)福建乡试解元魏本唐,其家唐末入闽,世居福清,清初始迁会城⑤;光绪八年壬午(1882)福建解元、晚清重要政治人物郑孝胥家本福清港头,迁侯官县梯云里数世,簪缨不绝。

清代福州府的科举除了附郭闽县、侯官县极为强盛之外,福清、长乐等县也称得上科举强县。福清县举人寄籍说明清代福建科举和文学家族向会城福州及其附郭(闽县、侯官两县)集中的现象,福州府除附郭之外各县以福清县最为典型,其次以长乐为盛,民国《长乐县志》诸传多迁会城福州。长乐县的士子及其家族也逐渐向省垣迁移,和同郡的福清等县籍的人才构成向福州城聚拢的态势。以民国《长乐县志》卷十四上《选举上》所载长乐士子占籍福州府学及福州附郭闽县、侯官两县县学以及寄籍本府、外府的资料,贯穿有清一代268年历史,在福建各府所属县志之中堪称最为完整、详尽。兹开列如下:

(1) 顺治五年戊子(1648)举人谢果以闽县学中式;

(2) 顺治十一年甲午(1654)举人王则谦、高子翼以闽县学中式;郑章于顺治十二年乙未(1655)以闽县籍成进士;陈殿邦以府学中式;高子翼于十五年戊戌(1658)成进士;

(3) 顺治十四年丁酉(1657)举人陈玉骥以府学中式;

(4) 顺治十七年庚子(1660)解元吴道来以府学中式,康熙六年丁未(1667)以侯官籍成进士,吴氏祖上从长乐徙侯官,故其传两见于《长乐县志·文苑传》、《侯官乡土志·耆德录》卷三;

(5) 康熙十一年壬子(1672)举人吴士宏以府学中式,吴士宏之子吴文焕居会城⑥;

(6) 康熙十九年庚申(1680)举人陈璧以闽县学中式;

(7) 康熙二十六年丁卯(1687)举人郑晃以侯官中式,三十三年甲戌(1694)成进士,籍浦城;同年进士林豫吉,长乐松下人,寄籍福安;

(8) 康熙二十九年庚午(1690)举人陈位以府学中式;

(9) 康熙三十八年己卯(1699)举人郑演寄籍侯官,陈羹臣寄籍闽县;

(10) 康熙四十一年壬午(1702)举人林元实以府学中式;

(11) 康熙四十四年乙酉(1705)举人郑任鑰以侯官学中式,康熙四十五年丙戌(1706)成进士,寄籍侯官;

(12) 雍正二年甲辰(1724)举人吴涛(吴士宏之子)、郑念盥(郑任鑰长子)、吴九叙寄籍侯官;

(13) 雍正四年丙午(1726)举人吴浣安侯官学中式,乾隆元年丙辰(1736)成进士,寄籍侯官;吴应造(吴涛之子)以侯官学举人中式,雍正八年庚戌(1730)成进士,寄籍福清县;

(14) 雍正七年己酉(1729)举人吴应运(吴涛之子)以侯官学中式,寄籍闽县;林执中以闽县学中式,寄籍闽县;

(15) 雍正十年壬子(1732)举人陈琬昭以府学中式;

(16) 乾隆二年丁巳(1737)进士黄元宽,籍福清,民国《长乐县志》补入⑦;

(17) 乾隆十五年庚午(1750)举人郑念荣(郑任鑰次子)寄籍闽县,以侯官学中式;

---

① 乾隆《福清县志》卷首,《中国地方志集成》福建府县志辑第20册,影印第14页。

② 乾隆《福清县志》卷十三,卢一诚传,影印第334页。

③ 顾廷龙主编《清代硃卷集成》第339册,成文出版社有限公司1992年版,第293页。

④ 同治刊本《福建通志》卷二百四十一,何长浩传,原第九页,影印第4349页。

⑤ 民国《福建通志》总卷三十九,《福建文苑传(清二)》卷八,魏本唐传,原第三十五页。

⑥ 民国《福建通志》总卷三十九,《福建文苑传(清一)》卷七,吴文焕传,原第二十七页。

⑦ 民国《长乐县志》卷十四上,《选举上》,影印第215页。

(18) 乾隆十八年癸酉(1753)举人吴学韩寄籍闽县；

(19) 乾隆二十一年丙子(1756)举人陈钦元寄籍河南，顺天中式，二十八年癸未(1763)成进士；

(20) 乾隆二十四年己卯(1759)举人郑邦柱(郑念荣子)，寄籍浙江桐乡；谢生晋，寄籍侯官①；

(21) 乾隆二十五年庚辰(1760)举人谢瑾(谢绍鼎孙)以府学中式；冯鼎高籍侯官②；

(22) 乾隆二十七年壬午(1762)举人施楠以府学中式；

(23) 乾隆二十八年癸未(763)进士李廷钦，寄籍侯官；

(24) 乾隆三十年乙酉(1765)举人梁上泰、柯为柱省居，陈学澜寄籍闽县；

(25) 乾隆三十三年戊子(1768)举人梁上治省居，陈士玉寄籍闽县；

(26) 乾隆三十五年庚寅(1770)举人张道缵以侯官学中式；

(27) 乾隆三十七年壬辰(1772)进士陈九叙省居；

(28) 乾隆四十五年庚子(1780)举人陈日煌寄籍本府古田县中式；

(29) 乾隆四十五年庚子(1780)进士游光缵与乾隆五十四年己酉(1789)进士游光绎、嘉庆十二年丁卯(1807)举人游大琛、道光六年丙戌(1826)进士、游光绎子游大琛均为长乐人，寄籍福宁府霞浦县③；

(30) 乾隆四十八年癸卯(1783)举人陈春雷以府学中式；

(31) 乾隆五十四年己酉(1789)谢震寄籍侯官，涂天枢省居；

(32) 乾隆五十七年壬子(1792)举人陈应龙以府学中式，居玉溪；

(33) 乾隆五十九年甲寅(1794)举人梁功(梁际昌)、陈仕炜省居，黄道启以府学中式④；

(34) 嘉庆五年庚申(1800)江三晋以府学中式；

(35) 嘉庆六年辛酉(1801)刘建藩以府学中式；

(36) 嘉庆九年甲子(1804)林凤翘以府学中式解元，邱凌云、邱瑞云兄弟省居；

(37) 嘉庆十二年丁卯(1807)举人刘宗恒省居；

(38) 嘉庆十三年戊辰(1808)举人董鸾以府学中式；

(39) 嘉靖二十四年己卯(1819)举人林经光省居；

(40) 道光元年辛巳(1821)举人潘江以府学中式；

(41) 道光三年癸未(1823)进士王有树，迁居闽县亭江象洋；陈志魁寄籍罗源县；

(42) 道光五年乙酉(1825)举人谢英省居，以府学中式；邱恒春以府学中式；郭云章、陈寿仁省居；陈寿仁之子陈文翥以府学中式，道光十三年癸巳(1833)以闽县籍成进士；

(43) 道光八年戊子(1828)举人谢玉汉省居；

(44) 道光十一年辛卯(1831)举人林世美、王延龄寄籍侯官；

(45) 道光十二年壬辰(1832)举人柯永龄省居；

(46) 道光十五年乙未(1835)举人谢桀、林振祖省居，梁康辰以府学中式；

(47) 道光十七年丁酉(1837)举人刘兰芝，寄居闽安镇；

(48) 道光十九年己亥(1839)举人施文功、林荣高省居；

(49) 道光二十年庚子(1840)举人池剑波(？—1864⑤)以闽县学解元中式，二十五年乙巳(1845)

---

① 民国《福建通志》总卷三十六，《福建循吏传(清二)》卷十二，谢生晋传，原第三十一页。

② 民国《福建通志》总卷三十六，《福建循吏传(清二)》卷十二，冯鼎高传，原第三十九页。

③ 按：民国《长乐县志》记载游氏本籍长乐七都，寄籍霞浦(卷十四上，《选举上》，影印第216页)。霞浦县为福宁府附郭县。

④ 按：嘉庆三年戊午(1798)举人、十四年己巳(1809)进士董正芳籍闽县，而民国《福建通志·福建列女传》林煦传称其为林煦(董述昆妻，侯官人，一作闽县人)夫党"族父"(《福建列女传》卷五，原第六十五页)，则知其原籍长乐县。

⑤ 郭柏苍《挽漳州府教授池君剑波》诗题下自注云甲子(同治三年，1864)十月十六日粤匪陷漳州，池剑波不屈而死。(《三峰草庐诗》卷上，《清代诗文集汇编》第662册，影印第57页)

成进士，寄籍闽县；本年进士邱璋省居；李维藩、柯霄峰、陈惟熙省居；周作人寄居闽县后屿；陈应芝以府学中式；

(50) 道光二十三年癸卯(1843)举人林为仪以府学中式，陈升扬、江有年寄籍闽县；

(51) 道光二十四年甲辰(1844)进士郑奇峰省居；本年举人郑兴山、陈莲峰省居；吴英寄籍侯官，以府学中式；陈其昌寄居闽县后屿；

(52) 道光二十六年丙午(1846)举人陈镕寄籍闽县；金缄三省居；

(53) 道光二十九年己酉(1849)举人林弼初寄籍闽县，以府学中式；

(54) 咸丰元年辛亥(1851)举人郑韶庚以侯官学中式，二年壬子(1852)成进士，寄籍侯官；梁侨年以府学中式；

(55) 咸丰二年壬子(1852)举人柯兆鳌寄居侯官；陈蒸寄籍闽县，咸丰六年丙辰(1856)成进士；

(56) 咸丰五年乙卯(1855)举人方镛原籍闽县，咸丰十年庚申(1860)恩科成进士，籍闽县；黄翼为于咸丰九年己未(1859)成进士，籍侯官；谢铭恩、郑昭慈、陈笏三省居；

(57) 咸丰九年己未(1859)举人林秋奇、林天龄以府学中式；邱长庚省居；

(58) 同治元年壬戌(1862)举人郑振香以府学中式；李寿榕、陈增省居；

(59) 同治四年乙丑(1865)举人陈诠寄籍侯官，董浚明以府学中式；

(60) 同治六年丁卯(1867)举人陈亦瞻以侯官学中式；陈式遵、刘善曾省居；郭房陵寄籍闽县，以闽县学中式；

(61) 同治九年庚午(1870)举人杨鸿祺、梁亿年、梁仁年省居；樊锡侯寄居闽县亭头；陈寿根改名陈熙恺，于光绪二年丙子(1876)成进士，籍侯官；

(62) 同治十年辛未(1871)进士潘炳年，省居；

(63) 同治十三年甲戌(1874)举人李仰曾省居；林日新以府学中式；王功蒲寄居闽县亭头；

(64) 光绪二年丙子(1876)举人陈修以府学中式，林庭植寄居闽县闽安镇；

(65) 光绪五年己卯(1879)举人林毓元、李锦省居；李锦(絅斋，谢章铤门人)于光绪十五年己丑(1889)成进士，籍侯官；

(66) 光绪六年庚辰(1880)进士刘钰成寄居闽县琅崎，邱兆荣省居；

(67) 光绪八年壬午(1882)举人高凤岐以府学中式；

(68) 光绪九年癸未(1883)进士郑筹省居；

(69) 光绪十一年乙酉(1885)举人陈文明、王允哲省居；郑籛、谢鸿昌、蒋训、林芗以闽县籍中式，郑籛于光绪十五年己丑(1889)以闽县籍成进士；陈兆丰以府学中式，省居，光绪十八年壬辰(1892)成进士；

(70) 光绪十四年戊子(1888)举人邱鸿光省居；

(71) 光绪十五年己丑(1889)举人林徵祥、陈仲谦、陈韵珂以府学中式；蒋诒寄籍闽县，以闽县学中式；陈祖乾省居；

(72) 光绪十六年庚寅(1890)进士邱聿征省居；本年举人郑迪功、吴沅省居；陈锡瓒寄籍闽县，于光绪十八年壬辰(1892)成进士；

(73) 光绪十九年癸巳(1893)举人林秉衡寄籍闽县，以侯官学中式；郑篪以闽县学中式；蒋仁寄籍闽县；蒋琛寄籍闽县，以侯官学中式；

(74) 光绪二十年甲午(1894)进士陈君耀省居；本年举人陈端徽省居；

(75) 光绪二十一年乙未(1895)进士邱炳萱省居；

(76) 光绪二十三年丁酉(1897)举人董藻翔、陈毓琦、陈平瑛省居；

(77) 光绪二十四年戊戌(1898)进士陈易奇省居；

(78) 光绪二十八年壬寅(1902)举人高士湘、陈颛、潘荫棠省居；蒋筠寄籍侯官；刘元任以府学顺天中式；

(79) 光绪二十九年癸卯(1903)举人陈耀妫、林锡光、陈国麟、陈祖烈、林星赓省居；

(80) 光绪三十年甲辰(1904)进士郑猷宣省居，郑元桢寄籍南平；石恩纶寄籍闽县。

民国《长乐县志》于长乐县科举事业的记载备极详细，在长乐县进士、举人题名之外，尚有贡生题名，原籍长乐县的有：郑翡，顺治间贡生[①]，同治刊本《福建通志》卷六十八侯官县《经籍志》著录其子郑晃七种著作，而郑晃又籍浦城[②]；康熙间贡生林有苞寄籍建宁[③]；王世光(字殖庭)之父王子文(字泰庐)乾隆间由长乐迁闽县，其兄王世耀客建安[④]；乾隆、嘉庆间闽县孝子方英颖，其先长乐人，徙闽县[⑤]；乾隆三十年乙酉(1765)副贡生陈治本长乐古槐人，省居[⑥]；乾隆四十五年庚子(1780)副贡生陈仕彪本古槐人，省居[⑦]；乾隆四十二年丁酉(1777)拔贡王元麟寄居闽县后屿[⑧]；乾隆五十七年壬子(1792)副贡生冯琭本长乐屿头人，省居；嘉庆十四年己巳(1809)岁贡陈金泰本古槐人，省居[⑨]；嘉庆二十一年丙子(1816)副贡王观澜寄居闽县亭头[⑩]；嘉庆二十三年戊寅(1818)岁贡高腾芳，省居[⑪]；道光三年癸未(1823)岁贡柯为楷、五年乙酉(1825)岁贡陈广华、十一年辛卯(1831)岁贡郑毓霞、十七年丁酉(1837)副贡谢登扬、二十一年辛丑(1841)岁贡陈向瀛、二十九年己酉(1849)优贡谢宸书，省居[⑫]；道光二十四年甲辰(1844)岁贡陈赓晖，寄籍侯官；道光二十五年乙巳(1845)岁贡陈青瑶，寄居闽县[⑬]；道光二十六年丙午(1846)副贡、咸丰九年己未(1859)举人林弼初，寄籍闽县[⑭]；咸丰二年壬子(1852)副贡谢藜光、咸丰三年癸丑(1853)岁贡陈丙东、咸丰五年乙卯(1855)恩贡柯崇楷、咸丰九年己未(1859)副贡陈葆康、同治元年壬戌(1862)优贡陈琪、同治十一年壬申(1872)恩贡高辉，省居[⑮]；光绪十五年己丑(1889)副贡马启人，寄籍闽县[⑯]；光绪二十年甲午(1894)副贡柯受谦、陈准、光绪二十三年丁酉(1897)拔贡高稔、岁贡陈颖祺、光绪二十八年壬寅(1902)副贡高鸿章、郑钟熺，省居[⑰]；宣统元年己酉(1909)拔贡黄文元，寄籍福清；拔贡周祖丰，寄籍福安，省居；拔贡周祖颐，寄籍福安，省居；拔贡高信举，省居。[⑱] 附生蒋诰，寄籍侯官，从左宗棠幕，官至署理新疆按察司；邑人练敬，省居，保吉林同知[⑲]。光绪三十三年丁未(1907)选士高宗恺、潘韬、陈镇藩，省居[⑳]；民国五年丙辰(1916)考取俊士林景殷，省居[㉑]。武科举人、进士及晚清留学各国毕业生、晚清福建船政前后学堂、天津水师学堂、广东黄浦水师学堂毕业生寄籍、省居若干人。

从民国《长乐县志》中所记载乡科举人、贡生资料来看，寄籍和寄居(包含省居在内)是两种显然有

---

① 民国《长乐县志》卷十四上，《选举上》，影印第 241 页。
② 民国《长乐县志》卷二十四，原第十九页，影印第 476 页。
③ 民国《长乐县志》卷十四上，《选举上》，影印第 242 页。
④ 同治刊本《福建通志》卷二百四十一，王世光传，原第十七页，影印第 4353 页。
⑤ 同治刊本《福建通志》卷二百四十一，原第十八页，影印第 4353 页。
⑥ 民国《长乐县志》卷十四上，《选举上》，影印第 243 页。
⑦ 同上注。
⑧ 同上注。
⑨ 民国《长乐县志》卷十四上，《选举上》，影印第 244 页。
⑩ 同上注。
⑪ 同上注。
⑫ 同上注。
⑬ 同上注。
⑭ 同上注。
⑮ 民国《长乐县志》卷十四上，《选举上》，影印第 245 页。
⑯ 同上注。
⑰ 民国《长乐县志》卷十四上，《选举上》，影印第 246 页。
⑱ 同上注。
⑲ 民国《长乐县志》卷十四下，《选举下》，影印第 258 页。
⑳ 民国《长乐县志》卷十四下，《选举下》，影印第 259 页。
㉑ 同上注。

别的情况，前者指本籍长乐的举子其祖先数代已迁居他县并入(占)籍该县、以该县县学学额中式而民国《长乐县志》溯其本籍给予记载的情形，后者则属于其人虽迁居于他县，置有房屋、家产而仍然以本籍长乐中式功名的情况。籍指的是府学、县学的学额。谢章铤云："予自胜朝即省居，然累世皆籍长邑(长乐县)，为弟子员。"[①]长乐谢氏自"我(谢章铤)本支十四世祖孟安公乃居省城，自孟安公以下皆省居，而往来(长乐)江田，盖宗祠在焉耳。清兴，我太高祖云美府君治盐策致资巨万，名在六大姓之一"[②]。虽然自明代以来谢氏已经迁往省城福州，且在清代以盐务致富，"名在(福州)六大姓之一"，但是谢氏子弟业儒仍籍长乐，称长乐谢氏。无论寄籍还是寄居福州附郭的长乐举子及其家族在福州府城的壮大，都有力促进了福州城内世家大族层累式的聚集，而长乐家族在福州府城所能得到的资源和环境，亦输送给本籍的后学，部分家族不忘桑梓故土，形成其家族在福州、长乐两地两栖的家族生长形态，足为典型者如江田谢氏、古槐陈氏、首占郑氏、龙门高氏、青山下黄氏等巨族，于长乐县本身亦有荣与共焉。

据统计，有清一代，福州府举人数达4607人，占全省总数的44%强[③]。此种人文聚集现象一定程度上使各府县的人才被抽空[④]，出现人口流出地人才、文化空心化现象，不利于原籍地的发展[⑤]；对于输入地福州城的两个附郭县闽县、侯官县(两县县治均在福州城内，东西分治)而言，则是强化了福州城的人才优势和文化优势，形成了人才竞争的良性环境，提供福州城文化发展内在的、强劲的驱动力，产生类似马太效应(Matthew Effect)强者愈强的聚集效果、弱者愈弱的衰减效果，这是历史的必然趋势，破除了一省之内各府县之间行政区划的限制[⑥]。

整个清代，福建各府州、各县人才更是源源不断地向福州输送，符合孟子"尚友"之论，不再是一种被强制实施的行为，而是人心关于利害考量的必然选择：从各府州主动迁徙到福州府及其属县，再从福州再走向全国。从被动到主动的转变，主动选择流动迁徙，是清代福建士民观念世界中发生的巨大

---

① 谢章铤《黄母李太淑人寿序》,《赌棋山庄文又续》卷二,《清代诗文集汇编》第680册,影印第814页。

② 谢章铤《东岚谢氏明诗略后序》,《赌棋山庄文又续》卷一,影印第794页。

③ 卢美松《薇圃掬露》,第82页。

④ 按:由于南北文化教育水平的差异,明初北士绝少入彀。从明代立国之始,朝廷即已意识到问题的严重性,经历数朝,逐渐建立会试分卷录取贡士(进士)的制度,形成北、中、南三个片区。其制度若以百人为率,"南取五十五名,北取三十五名,中取十名"(请参看《明史》卷七十《选举二》,第1697页),以平衡明代各省文化发展不平衡的现象,历200余年,北卷所属的顺天、山东、山西、河南、陕西(直)省份(北卷)及中卷所属的四川、广西、云南、贵州等省份和南直隶若干府(州)(中卷)(按:南卷所属浙江、江西、福建、湖广、广东和南直隶应天、苏、松诸府,请参看《明史》卷七十《选举二》第1698页)的文化和科举的弱势得到扭转,呈现恢复性的成长,此种政策扶植的效果相当显著。清沿明制,继续实行分卷取士制度(请参看《清史稿》卷一百八《选举三》,第3158-3159页)。入清以来,今山东、河北、河南等若干省份的文化、学术研究的水平及科举事业的规模可与南方诸省分庭抗礼,可相颉颃。依然可在清代看到清代版图内偏远地区人文落后的现象,如安溪人、雍正八年(1730)进士李清载出知云南顺宁府,"顺宁古蒲蛮地(按:顺宁府最南面毗邻缅甸),不贡士者六十年矣。清载修凤山书院,捐俸延师以教士,十日一课文,五日入院劝学,又给资使应试,于是始有举于乡者"。(民国《福建通志》总卷三十四,《福建列传》卷三十四,李清载传,第十八页)安溪人、乾隆四年(1739)进士李复发初授甘肃山丹知县,"县在天山下,民朴而少文,复发置义塾,延名师以课之。"(同上书,同卷,李复发传,第二十页)清代人才迁徙表现在人才省际流动和省内流动两大类水平流动。且不论科举大省福建人才省际外向流出的情形,在福建省内人才流动现象之外,我们还要关注到人才被抽空的府县其文化、科举的命运与清代偏远地区具有相同的宿命。

⑤ 按:拙著《明代福建文学结聚与文化研究》观察到"自天启二年(1622)以来,漳州府的进士数量仅次于泉州府,超过福建其他各府,此趋势保持到明亡之时"(第15页),福建泉、漳二府的科举和文化事业走向与明朝走向覆亡的命运呈反向分布,而入清以后,泉、漳二府成为清廷与明郑政权对峙的最前沿阵地,兵燹近四十年,文化事业所遭受的打击极其严重。民国《福建通志·福建列传》蓝理传云"漳郡人文郁塞",须毁学宫后山仙殿以解地脉受压之势,填筑田里港以阻直泻之弊(卷三十五,第十八页),事虽极荒诞,而清初漳州人文凋敝之状可见。又,明末清初的兴化府之科举及其文化事业、文学创作活动在福建省仍然举足轻重,在科举和文学创作领域极其繁荣,但是乾隆以后呈现断崖式下降状态。民国《莆田县志》著录嘉庆间拔贡生、八旗教习陈樟的《玲珑山馆诗钞》一卷,注引刘尚文(澹斋)所作序的评价,略云:"文泉研词炼格,上追唐人,下希七子,吾莆上下百年间,兰陔(郑王臣,乾隆初贡生,官兰州知府)而后,当以文泉为首。"(卷二十三,原第九十三页,影印第213页)亦知清代乾隆之后、道光间郭尚先(1785—1832)崛起之前兴化府及莆田县文学创作中衰的情形。

⑥ 陈兴杰《广东富可敌国背后的残酷真相》:"一个地区发展经济的条件,不会因行政区划改动,就产生根本性变化","改用一句俗语,商人虽有省籍,生意却不分省籍。哪里有生意,哪里就是商人的家乡。正如水往低处流是物理规律,自然条件优越,区位条件好的地区繁荣起来,也符合经济规律。行政区划改变不了这种规律"。(https://pit.ifeng.com/c/7p7vjoWadnc。2019年8月14日凤凰网国际智库。文章来源:《功夫财经》)清代全国各省因科举形成的人口水平迁徙类似于市场经济规律。

变化,这对清代福建人在省内的迁徙,向沿海外省的迁徙乃至向东南亚国家所谓“下南洋”的移民以及当代福建人民对海外的移民等历史现象的发生均提供了内在原生的驱动力,具有历史性的意义。

## 第四节 清代福建沿海漳、泉等府县士人的迁徙

我们已重点讨论福州府内部士人向福州城聚集的情况,同时也观察到了清代科举、文化事业仅次于福州府的泉州府内部士人著籍及流动情况,泉州府士人向府城泉州及其附郭县晋江的流动自古以来如此,史籍所见以明、清两代最著。下面略列地方志书所载清代福建沿海各府士人迁徙现象,重点观察泉州府及其属县士人的迁移事例,兼举部分漳州等府士人迁移事例佐证之。

泉州府晋江人林逢泰之弟林逢济籍本府同安县[①],顺治五年戊子(1648)泉州府南安县举人王钟鸣居惠安[②],顺治五年戊子(1648)拔贡生、漳浦人吴维圻籍镇海卫[③],顺治八年辛卯(1651)南安县举人吴朝栋惠安县学中式、叶献论安溪县学中式[④],顺治十一年甲午(1654)举人、晋江人陈殿桄籍本府南安县[⑤],南安举人何承宠居晋江[⑥],南安举人蔡润晋江县学中式[⑦],顺治十四年丁酉(1657)举人、漳州府长泰人薛正冠籍本府漳平县[⑧],延平府南平县人、顺治十四年丁酉(1657)举人邱三捷籍本府尤溪县[⑨],漳州府南靖人、顺治十八年辛丑(1661)进士许来音籍本府龙溪县,从子、康熙十九年庚申(1680)举人许隆远籍本府漳浦县[⑩],泉州府晋江人、康熙间诸生庄烈系晚明庄际昌之子,庄际昌“自曾祖(庄)用宾以下皆晋江人,际昌始为永春人”[⑪],泉州府南安县人、康熙三年甲辰(1664)进士洪承龙籍晋江[⑫],泉州府同安人王凤来籍台湾府凤山县[⑬],康熙八年己酉(1669)南安县举人吕元寿,一作晋江人[⑭],康熙十一年壬子(1672)南安县举人陈犹龙惠安学中式,洪奕懿府学中式[⑮],泉州府晋江人、康熙十九年庚申(1680)举人施德馨籍漳州府南靖县[⑯],泉州府晋江人、康熙十九年庚申(1680)举人蔡仕岳籍惠安[⑰],康熙二十年辛酉(1681)南安举人苏肇彩由府学中式[⑱],康熙二十三年甲子(1684)南安举人欧阳巽、林可煌均由府学中式[⑲],泉州府晋江人、二十六年丁卯(1687)举人吴一豪籍永春[⑳],南安县同科举人黄金榜,《府志》作晋江人,南安县同科举人苏元霖惠安学中式[㉑],康熙二十九年庚午(1690)南安举人梁国宝安溪学

---

① 民国《福建通志》总卷三十六,《福建循吏传(清一)》卷十一,林逢泰传,原第二页。
② 民国《南安县志》卷二十一,《选举志》,原第三十八页,影印第144页。
③ 民国《福建通志》总卷三十六,《福建循吏传(清一)》卷十一,吴维圻传,原第五页。
④ 民国《南安县志》卷二十一,《选举志》,原第三十八页,影印第144页。按:其父吴澧,明天启七年丁卯(1627)泉州府学中式(同书,同卷,原第三十五页,影印第142页)。
⑤ 民国《福建通志》总卷三十六,《福建循吏传(清一)》卷十一,陈殿桄传,原第十一页。
⑥ 民国《南安县志》卷二十一,《选举志》,原第三十八页,影印第144页。
⑦ 民国《南安县志》卷二十一,《选举志》,原第三十九页,影印第144页。
⑧ 民国《福建通志》总卷三十六,《福建循吏传(清一)》卷十一,薛正冠传,原第十二页。
⑨ 民国《福建通志》总卷三十六,《福建循吏传(清一)》卷十一,邱三捷传,原第十二页。
⑩ 民国《福建通志》总卷三十六,《福建循吏传(清一)》卷十一,许来音传,原第十五页。
⑪ 同治刊本《福建通志》卷二百五,庄际昌传,影印第3773页。
⑫ 民国《福建通志》总卷三十六,《福建循吏传(清一)》卷十一,洪承龙传,原第二十页。
⑬ 民国《福建通志》总卷三十六,《福建循吏传(清一)》卷十一,王凤来传,原第二十二页。
⑭ 民国《南安县志》卷二十一,《选举志》,原第四十页,影印第145页。
⑮ 民国《南安县志》卷二十一,《选举志》,原第四十页,影印第145页。
⑯ 民国《福建通志》总卷三十六,《福建循吏传(清一)》卷十一,施德馨传,原第二十五页。
⑰ 民国《福建通志》总卷三十六,《福建循吏传(清一)》卷十一,蔡仕岳传,原第二十七页。
⑱ 民国《南安县志》卷二十一,《选举志》,原第四十页,影印第145页。
⑲ 民国《南安县志》卷二十一,《选举志》,原第四十一页,影印第145页。
⑳ 民国《福建通志》总卷三十六,《福建循吏传(清一)》卷十一,吴一豪传,原第三十三页。
㉑ 民国《南安县志》卷二十一,《选举志》,原第四十一页,影印第145页。

中式[①],康熙三十二年癸酉(1693)南安举人许维登晋江学中式[②],泉州府晋江人、康熙三十五年丙子(1696)举人黄天简籍同安县[③],泉州府晋江县人、康熙五十二年癸巳(1713)举人蔡元成籍南安[④],泉州府南安人、康熙五十六年丁酉(1717)举人苏光濂籍晋江县[⑤],泉州府晋江人、康熙三十八年己卯(1699)举人黄志弼籍永春[⑥],泉州府晋江人、康熙三十八年己卯(1699)举人施奕簪籍安溪[⑦],泉州府南安人、康熙三十八年己卯(1699)举人潘维飏籍惠安[⑧],泉州府晋江人、康熙三十九年庚辰(1700)进士蔡任鹄籍同安[⑨],漳州府南靖人、康熙四十四年乙酉(1705)举人张福昶籍龙溪[⑩],泉州府晋江人、康熙四十五年丙戌(1706)进士何秉忠籍同安县[⑪],漳州府南靖人、康熙四十五年丙戌(1706)进士徐登甲籍漳浦[⑫],泉州府晋江人、康熙五十二年癸巳(1713)进士颜仪凤籍永春[⑬],泉州府晋江人、康熙五十七年戊戌(1718)进士陈之缇籍南安[⑭],泉州府同安县人、康熙间诸生陈鹏南居台湾[⑮],泉州府南安人、雍正元年癸卯(1723)进士黄允肃籍晋江[⑯],泉州府晋江人、雍正四年丙午(1726)举人陈兴国籍安溪[⑰],泉州府南安人、雍正十一年癸丑(1733)进士李允昌籍永春[⑱],福州府福清县人、乾隆二十五年庚辰(1760)举人王孙恭其先世自福清迁籍福宁府福鼎县,其弟王家宾,其子王锡龄、王绍言俱举人[⑲],建宁府建阳(一作建安)人、乾隆三十年乙酉(1765)拔贡生范思敬籍崇安[⑳],福州府古田人、乾隆三十一年丙戌(1766)进士黄世模籍屏南,其弟、乾隆二十五年庚辰(1760)进士黄世枢[㉑],泉州府同安人、乾隆五十三年戊申(1788)举人童浚德籍台湾府彰化[㉒]等,大概在乾隆中叶之后渐少而不绝。

明清科举史料中有占籍、寄籍、冒籍等诸种名目,这些概念之间的区别并不清晰。大概而言,占籍指上报户口,入籍定居的情形,如清人杨鹤鸣传中记载"闽人之贸易者多占籍于兰(溪)"[㉓];寄籍指离开原籍,在寄居地落户以及挂名、列名的寄名现象;冒籍则指假冒籍贯的现象[㉔]。侯官郑孟姬

① 民国《南安县志》卷二十一,《选举志》,原第四十一页,影印第145页。

② 民国《南安县志》卷二十一,《选举志》,原第四十一页,影印第145页。

③ 民国《福建通志》总卷三十六,《福建循吏传(清一)》卷十一,黄天简传,原第四十一页。

④ 民国《福建通志》总卷三十六,《福建循吏传(清一)》卷十一,蔡方生传附,原第三十页。

⑤ 民国《福建通志》总卷三十六,《福建循吏传(清一)》卷十一,苏光濂传,原第四十二页。

⑥ 民国《福建通志》总卷三十六,《福建循吏传(清一)》卷十一,黄志弼传,原第四十四页。

⑦ 民国《福建通志》总卷三十六,《福建循吏传(清一)》卷十一,施奕簪传,原第四十四页。

⑧ 民国《福建通志》总卷三十六,《福建循吏传(清一)》卷十一,潘维飏传,原第四十五页。

⑨ 民国《福建通志》总卷三十六,《福建循吏传(清一)》卷十一,蔡任鹄传,原第四十六页。

⑩ 民国《福建通志》总卷三十六,《福建循吏传(清一)》卷十一,张福昶传,原第四十八页。按:其父张雄及其兄弟、从子均南靖籍。请参看附录一《清代福建历科进士、举人表》。

⑪ 民国《福建通志》总卷三十六,《福建循吏传(清一)》卷十一,何秉忠传,原第四十九页。

⑫ 民国《福建通志》总卷三十六,《福建循吏传(清一)》卷十一,徐登甲传,原第五十页。传称其"由漳浦籍成康熙丙戌进士"。

⑬ 民国《福建通志》总卷三十六,《福建循吏传(清一)》卷十一,颜仪凤传,原第五十二页。

⑭ 民国《福建通志》总卷三十六,《福建循吏传(清一)》卷十一,陈之缇传,原第五十七、五十八页。

⑮ 民国《福建通志》总卷四十,《福建儒行传》卷五,陈鹏南传,原第十二页。又,朱仕琇《陈训导传》(《梅崖居士文集》卷二)。

⑯ 民国《福建通志》总卷三十六,《福建循吏传(清二)》卷十二,黄允肃传,原第二页。

⑰ 民国《福建通志》总卷三十六,《福建循吏传(清二)》卷十二,陈兴国传,原第四页。

⑱ 民国《福建通志》总卷三十六,《福建循吏传(清二)》卷十二,李允昌传,原第十二页。

⑲ 民国《福建通志》总卷三十六,《福建循吏传(清二)》卷十二,王孙恭传,原第三十三、三十四页。

⑳ 民国《福建通志》总卷三十六,《福建循吏传(清二)》卷十二,范思敬传,原第三十七页。传称其曾祖范廷高为官兵向导至崇安,遂家焉。

㉑ 民国《福建通志》总卷三十六,《福建循吏传(清二)》卷十二,黄世模、黄世枢传,原第四十页。

㉒ 民国《福建通志》总卷三十六,《福建循吏传(清二)》卷十二,童浚德传,原第五十一页。

㉓ 民国《福建通志》总卷三十六,《福建循吏传(清三)》,杨鹤鸣传,原第一页。

㉔ 按:李图南《童日鼎传》:"父侨寓浙之开化,因生其地焉。八岁出就傅,俨若成人,日授千言无遗,及成童,淹贯经传。年十六,督学使者按临衢州,或劝之就浙试,对曰:'昔宋李君行先生有虔州门人欲冒开封籍赴试,责之曰:"欲求事君而先欺君,可乎?"吾闽人也,敢冒浙籍为欺哉?'越明年,归闽,补博士弟子员。"(民国《连城县志》卷三十二《杂录》,原第七页,影印第323页)童日鼎自其出生即在浙江,仍以闽人自居,以就浙试为冒籍,这是一种籍贯认同的观念。雍正六年(1728),有官员称广东省广州、潮州等府内各州县向有通考之弊,隔府隔县混入学者甚多;乾隆十年(1745),江苏省官员称该省童试彼此通融互考的现象(梁志平《清代科举怎样分配录取名额》,网易2016年5月18日。网址:http://help.3g.163.com/16/0518/16/BNC42REB00964JT6.html)。

适晋江贡生许臣骥，夫卒，携家从父居侯官，其子许崇楷童试，“督学取附侯官籍，生讼之除名，孟姬赴诉辕门。官令具牒，孟姬舆中出纸笔，手书数千言，各得条理，观者惊叹”[①]。晋江人许崇楷取附侯官县学，侯官人“讼之除名”[②]，应当是以冒籍的理由，而郑孟姬具牒以应，反驳冒籍的控诉，应当属于占籍或寄籍，这是明清科举制度允许的现象，梁章钜给出的理由是“受廛古所许，何妨采其芹？瑞芝不择地，芳兰岂当门？如何起众讧，忍同非种删”[③]。我们还观察到一府之内各县生员可以籍府学，亦可以籍本府所隶他县的生员学额的现象[④]。雍正四年丙午(1726)福建晋江举人陈兴国，“以安溪籍举于乡”[⑤]；民国《福建通志·福建艺术传》清代黄士炯传记载黄氏本南安武生，“弗就，复为晋江学生”[⑥]。黄士炯及其子黄允肃的著作均收录于同治刊本《福建通志》卷七十三南安县《经籍志》[⑦]，确系南安县人。黄士炯本南安武生，不愿从武科博取功名，故改武就文，为晋江县学学生(秀才)。南安县在晋江县南，均泉州府属县。

通过《清代硃聚集成》乡会试、贡生履历，得知明清科举硃卷及履历中的里籍实际上是根据生员入学时所占的某县学学额而定[⑧]。籍、贯二词分而所指明确，如《雁门萨氏家谱》所载萨琦科名录：“第二甲第二名萨琦。贯福州府闽县。民籍，儒士。治《易经》。”[⑨]清代亦如是，如同治刊本《福建通志》著录南安人郭元奕《梅园外集》，注云：“南安人，永春庠。康熙间贡生。”[⑩]指的是生员学籍，而非其居住地所属的县域；府学生员由学政、府、道、各县官员考核、举荐，在一府之内分配而定，由此亦可知其学籍。一个典型的例子是光绪十九年(1893)癸巳科福建乡试第十九名举人林宗奇，其履历书“福州府学优行廪生侯官县民籍”、“世居福清古龙前，寓侯官学里，现移井楼门街”，科份页书“福建乡试硃卷光绪癸巳恩科中式第十九名举人林宗奇，福州府学优廪生，侯官县民籍”[⑪]，林宗奇原籍福州府福清县，寓侯官，即寄籍侯官，著籍焉，为福州府学优行廪生。“占别籍”(如经商、随宦占别省府县学额，一府之内别占他县学额，一省之内别占他府学额)的情况[⑫]在明清科举史上比较普遍，在非到矛盾(指占籍士子与本县士子之间竞争学额的矛盾)激化的时期为时人所默许。民国《莆田县志》郭尚先传记载道光八年(1828)郭氏视学四川，革除枪替、传递、换卷诸弊外，“有占别籍而岐考者，一以祖父籍贯及现居地为断”[⑬]，则是通融的做法。如此看来，晋江许崇楷取附侯官籍符合以现居地(母家侯官)为标准的入学，

---

① 民国《福建通志》总卷四十五，《福建列女传》卷二，郑孟姬传，原第十九页。

② 梁章钜《报德歌为戴昆禾太守作兼示陈叙斋侍御》的序记载了原籍安徽休宁的戴第元(1728—1789，号篁圃，一作筤圃)在江西大庾县以幼童“应县试，戴本徽产，众攻之不释”，南安府知府游绍安与大庾知县孙迈“力护之”，“久之得入籍”(《退庵诗存》卷二十一，《清代诗文集汇编》第515册，影印第224页)，与乾隆二十四年(1759)举人许崇楷的遭遇最为相似。

③ 梁章钜《报德歌为戴昆禾太守作兼示陈叙斋侍御》，《退庵诗存》卷二十一，《清代诗文集汇编》第515册，影印第224页。

④ 清代士子科举履历中的籍表明身份，其入学所取中之府学、县学近乎今人所谓籍贯(偏义复词，指乡贯)，但亦时有邻县侵占学额的情况。旗人参加科举，该士子著籍则表明其所隶府、县学及户籍，不著乡贯。如光绪十四年(1888)戊子科福建乡试第二十八名举人黄曾源，“汉军正黄旗驻防福州。府学附生。旗籍。”(《清代硃卷集成》第三三九册，黄曾源履历，影印第51页)黄曾源的居住地可从其履历中获知：“三世祖讳(黄)中极，雍正七年挈眷移驻福州三江口洋屿水师旗营”(同书，影印第51页)，“世居洋屿旗营”(同书，影印第58页)，其地在闽江南岸，今属长乐。又，同治十二年(1873)癸酉科第一百三名举人、建宁府建安县朱紫佩其履历载“建宁府建安县选拔贡生贤籍”(《清代硃卷集成》第三三八册，朱紫佩履历，影印第87页)，“贤籍”仅表户籍，不表示乡贯，乡贯为建安县。

⑤ 民国《福建通志》总卷三十六，《福建循吏传(清二)》卷十二，陈兴国传，原第四页。

⑥ 民国《福建通志》总卷四十四，《福建艺术传》卷三，黄士炯传，原第十三页。

⑦ 黄士炯《竹溪逸稿》，著录于同治刊本《福建通志》卷七十三影印第1513页；黄允肃《萍游偶记》、《思亭文集》、《东山文萃》著录于同书同卷影印第1514页。

⑧ 按：清代举子遇到旗籍，则以学籍断之。如光绪十六年(1890)庚寅科进士、黄曾源其远祖黄希宣“以军功编入汉军旗籍”，黄曾源本人“汉军正黄旗驻防。福州府学附生。旗籍。”(《清代硃卷集成》第73册，影印第3页)，“世居洋屿旗营”(影印第12页)。

⑨ 民国《雁门萨氏家谱》卷四，《北京图书馆藏家谱丛刊》闽粤卷第49册，影印第608页。

⑩ 同治刊本《福建通志》卷八十二，影印第1640页。

⑪ 《清代硃卷集成》第三三九册，举人林宗奇履历，影印第241、246、247页。

⑫ 按：清代科举还有私立学户、不问初应试者身家籍贯概准与考的现象：“(四川)建昌廪生私立学户，凡初应试者勒令出钱俵份，不问身家、籍贯，概准与考，否则斥不画给。”(民国《莆田县志》卷二十六下，郭尚先传，原第四十八页，影印第431页)

⑬ 民国《莆田县志》卷二十六下，郭尚先传，原第四十八页，影印第431页。《中国地方志集成》福建府县志辑第17册影印民国《莆田县志》。

其母郑孟姬言之在理。

## 第五节　清初福建避乱闽西北的人口迁移

明清鼎革对于福建省内的大家族影响巨深,福建本地的朱明宗室所建立的政权苦苦支撑至顺治三年(1646)才完全覆亡。在甲申年(1644)崇祯皇帝自缢死国以来的三年中,闽省士大夫的内心常常受到扶明反清与依违新朝两种命运选择的煎熬。选择效忠、输忠、效死于朱明一姓朝廷的气节必然导致其人、其家族在清初付出重大的代价。顺治三年丙戌(1646)八月,清军入福州,朱明皇室唐王、鲁王所建小朝廷为所击溃,福建大部入清版籍,征南大将军、多罗贝勒博洛"下教录用故明大臣子弟,水樵不出,则使索之山中。水樵蓬首披麻,出见使者,曰:'哀哉天乎!奈何傫然衰绖之中而觍颜衣锦临民乎?'使者感动。"[①]名为优待前朝故家,实际所为无异于强行征用,迫使胜国臣民归顺。死者长已矣,存者且偷生。顺治四年(1647)十月,史载"巡按周世科开妄告之令,无赖之人辄肆志于乡绅大室,凡城外民获进者俱指为贼。前松江知府陈亨被人告,责十五板;前户部主事林宏衍锁链到官;前处州知府郑奎光锁拿到官,馈银八百两免罪"[②]。林纾回忆清初福州城"捕奴广连坐,汉产声为吞。旗汛人踪绝,草长如荒园"[③]。在忠臣义士身后,其家族命运发生不可预测的逆转,转瞬滑向人间的地狱,类似于抄没、重新分配的财产转移在福建会城福州尤为典型。

《寒支二集》所收李世熊写给彭士望的第七书,怀念福州诸亡友,兼叙及入清以来的时局:"弟旧交尽登鬼录,最相契惟曾弗人、林守一。弗人没时有千金之产,前过其地,宅已属他人,长郎依外家为蒙师,离会城三十里,竟不得一面。守一亦漳浦(黄道周)所荐士,官五经博士,城陷时奔祖家长乐,投海而死,前亦过其宅,舆人指一瓦砾坪曰:'此是也。'为之洒涕。又东街陈尚书之孙,富甲闽省,凡东街大厦悉属陈姓。宅中复道曲台、凉阁别院,几拟宫禁,今皆为马厩兵房,弟向借寓其园馆,前讯其主人,已寄居人庑下,瓶无储粟,衣不蔽体。叶文忠公赐第亦在东街,今亦为兵宅。近时鲜衣怒马、奴婢成群、高栋连云者,大半衙门用事之人及新朝二三仕宦而已,故家百无一二也。最可伤如孙凤林,旧为浙江督学,有知人之鉴。居家礼贤下士,泽及乡里。所居宅在光禄坊,前后际街,深将一里,其中水石结构,宛如仙馆。前讯之,则他人入室矣,三子流落,几无接枝。盛德之报,一旦至此,天道又何知乎!聊举一二事其可感怆者已如此,他可知矣。青原恶耗使人心胆堕地,惠逆吉凶,到此都无可言,天人之变遂极于此。哀哉!哀哉!"[④]李世熊历举明清易代之后福建福州城内曾氏、林氏、陈氏、叶氏、孙氏等"可感怆者"的衰败,反映明清易代之际福州城内"故家百无一二"零落以及用事新贵崛起的、无可名状的"天人之变"之极。此五姓中:曾氏系从泉州迁福州,曾异撰(1590—1644,字弗人)与李世熊交密;林氏从长乐迁福州,累世已成望族,林逢经(字守一)系李世熊挚友;陈氏当指明代中叶嘉靖间即从长乐迁福州的陈瑞、陈长祚[⑤](父子均官尚书)家族,族繁指多,详请参看拙著《明代福建文学结聚与文化研究》中

---

① 民国《福建通志》总卷四十三,《福建高士传》卷四,沧浪水樵者传,原第十九页。按:《清世祖实录》记载福建列郡悉平,一切官民人等从前罪犯咸赦除之,横征逋赋概与豁免,山林隐逸各以名闻录用,民年七十以上给米绢有差(顺治四年二月)。

② 民国《福建通志》总卷一,《福建通纪(清一)》卷十一,原第四页,引《榕城纪闻》。周世科于顺治六年(1649)八月被劾贪婪无忌等,罪在不赦,处死,籍没妻孥、家产(同书同卷,原第八页)。

③ 林纾《闻福州兵变凄然有作》,《畏庐诗存》卷上,《林纾集》第二册,第10页。福建人民出版社2020年版。林纾小说《醉徐》写帅青济者满洲某公,"好迹人阴事,开告密,以故骈戮者无虚日"(《林纾集》第三册,第366页),广开告密之风以镇压抗清者是清初朝廷允许甚至鼓励的手段。

④ 李世熊《(与彭躬庵)又》,《寒支二集》卷五,四库禁毁书丛刊集部第89册,影印第492页。

⑤ 郭柏苍《记七城水泉·东方诸井》:"国初八旗入居东方,祠宇归官。墙屋之美,冠于七城。其井多深广。自镇闽将军衙署过大陈衙、小陈衙,至太阳巷,皆陈培所(陈长祚,明代隆庆五年进士,官至工部尚书)居宅,内多美井。"(《清代诗文集汇编》第662册,影印第226页)七城即福州城。

之“长乐陈仲进家族”条；叶文忠公即福清叶向高，官至内阁大学士，其后人亦居会城；侯官孙昌裔，字子长，号凤林，明亡前其家多官九列，极为显赫。这些家族有一个共同特征，即以科举发家，累积财富，成为福州城内著名大家族，而在明清易代之际，风云变化，家产、财物易手翻覆于官家或告密者或仕宦新朝者或他人，后人沦落到寄食旅居的地步。

陈轼云：“变迁以来，老成之人寥若晨星。……余有诗赠曰：‘中台簪笔曾趋侍，故阙铜驼几梦思。’……令人叹息不已。”[①]出身累世铁衣杆楯之家的蔡在新(1601[②]—　，字又新，号未极)在明清一代之际“转徙多方，家废而身益贫，几不足治饔飧”，晚年“困约益甚，甕牖栖迟”[③]，更何况四方流离之百姓，被逼入无可奈何的处境。

清代顺治、康熙间，福建的诸种弊政中以“匡屋”者对世家巨族的财产剥夺最为直接。匡屋，民居概令搬移住兵之谓，语出《榕城纪闻》[④]。尽管福建地方、靖南王府给予民间一定的补偿价[⑤]，其实类乎《卖炭翁》中宫使的廉价夺取。其他军械、徭役、赋税等项横征暴敛同样相当残酷，往往令百姓破家丧产，流离失所。顺治十二年(1655)十月，贝子王爱新觉罗・济度统领旗兵、汉兵三万众至福州，匡屋驻二十日，往漳州。史载“满洲兵至，驻(福州)南门、水部、东门各郊外。住人家，索酒肉、金帛，役使主人饲马，稍违即捶楚交加”，取锅万余口，铡草刀万余把，马槽万余个，一马月支谷六百斤，草若干，每旗锉草夫百余名，每工日值一钱二分，皆民间办给；贿托不称意，则赔费甚多[⑥]；顺治十六年(1659)十一月，满洲兵复至，“先至屯东门外，途中所过，各掠三十里居住人家，令供酒肉，役使主人，拆毁房屋”，“大队以十二月二十六日至，屯七门外，南至藤山，东至竹屿，北至崎山，人民住屋大屋留一进，小屋留一房与主人，仍令供给油柴酒肉，至次年四月始往海澄”[⑦]。顺治十八年(1661)，靖南王耿继茂移藩福建[⑧]。本年末，“复匡屋与(靖南王耿继茂)王兵凑住。闽县直街沙桥一带，原系满营，对门更至中卫前，开元寺之北街，龙山巷、经院巷、井楼门之西街、三牧坊之东边一带，居民尽逐。又，匡居东街闽县前一带，自孝义巷、灯笼巷、花园口、法海寺前起至观巷各处居民尽逐”[⑨]。耿乱之后的康熙十七年戊午(1678)，叶矫然除夕夜作诗《戊午过子敬弟郊园除夕醉歌》：“苦忆频年困兵革，千门万户少安宅。吾家环堵最偪窄，刍秣苓通恣狼藉。健儿无礼百需索，裂眦动色怒呵斥。”[⑩]回忆的就是入闽清兵对百姓及富家大户勒索和戕害的情形。

侯官人黄晋良(1615—1689)“所居在郡城石井巷，屋在井边，有树石之胜，故自额其斋为‘井上草堂’。入清，毁车束马，匿迹韬光”[⑪]。黄家在福州石井巷(又称清泰坊)，孝义巷又称小石井，南通登龙巷(俗称灯笼巷)[⑫]，均在耿继茂匡屋范围之内。观黄晋良《初秋缓步过静香亭留连信宿旧日常假榻于此十年迫为戎垒今始复业頫仰有怀用谢青门即席韵二首呈叶子声桥梓》[⑬]诗题，静香亭[⑭]亦在清初毁为戎垒。黄晋良预见到清初乱象，及早迁往延平府南平县、永安县、建安县，游省外江西鄱阳、庐山、彭

---

① 黄晋良《毘陵陆孝标中翰八十寿序》后陈轼评语，《和敬堂全集》文集卷一，《清代诗文集汇编》第54册，影印第109页。

② 据黄晋良《赠蔡又新六十初度》诗序称“又新长我十四岁”(《和敬堂全集》诗部卷二十一，原第七页，《清代诗文集汇编》第54册，影印第388页)句推算。

③ 黄晋良《故文学未极蔡公墓志铭》，《和敬堂全集》文部卷九，原第六页，《清代诗文集汇编》第54册，影印第181、182页。

④ 民国《福建通志・福建通纪》卷十一，原第二十页，顺治十四年五月条下注引。

⑤ 《榕城纪闻》记载康熙元年正月靖南王令匡屋六千间，“所匡屋，给银大间八两，中六两，小四两，田每亩三两，即日逐民离屋别住。”

⑥ 民国《福建通志》总卷一，《福建通纪(清一)》卷十一，原第十七、十八页。

⑦ 同上书，同卷，原第二十二页。

⑧ 按：耿继茂移藩福建事，《台湾古典文学大事年表・明清篇》作顺治十七年七月十七日(1660年8月22日)(第17页)。

⑨ 民国《福建通志》总卷一，《福建通纪(清一)》卷十一，原第二十八页。按：关于匡屋的记载，民国《福建通志》均注出《榕城纪闻》。

⑩ 叶矫然《龙性堂诗集》卷下，《清代诗文集汇编》第50册，影印第15页。

⑪ 民国《福建通志》总卷四十三，《福建高士传》卷五，黄晋良传，原第一页。

⑫ 林枫《榕城考古略》，《坊巷》第二。民国《福建通志・福建艺文志》卷六十四著录黄晋良《井上述古》引薛镕序谓玉井在丁戊山北百步(第一页)。

⑬ 黄晋良《和敬堂全集》诗部卷十五，原第一页，《清代诗文集汇编》第54册，影印第336页。

⑭ 静香亭当为闽县叶氏产业。黄晋良《中秋初八夜同恒斋桐庵因亭释净如宿子声香亭晓起分得葭字》，《和敬堂全集》诗部卷十五，原第二页，《清代诗文集汇编》第54册，影印第337页。子声系叶矫然弟。

泽、苏州虎丘等地,"穷奔失计"①,"居无常处","亲戚朋友多哀之,所至解衣推食,得不转死沟壑"②,其生计窘困,"晋则饔飧、席门、藜羹不足,负笔去之江湖,谋为馆以活其家"③,晚年方归福州井上故庐④,确系见几之举。"余以乱后避地栖延,脱身还乡十二载,尚有二子四孙三曾孙不得归,贫窭难自授也。"⑤黄晋良因得与闽北、闽中作家交往。与黄晋良(1615—1689)交游的延平府作者有南平施中⑥、顺昌何纯子⑦、大田(雍正十二年后改隶永春州)曾应灼⑧等,这种现象与后来郑方城、郑方坤兄弟移居建宁府建安县、瓯宁县相关联,都是为了避祸。周亮工《喜蒋用弢至自闽南》其二"田园净尽剩奇书,赖得先人有敝庐"句下注:"闽会居室多为兵子所踞,独用弢屋宇无恙"⑨,蒋玢⑩其人能在乱世中"屋宇无恙"确属幸运。清初福建作家内移的现象为数不少。

民国《福建通志》孙学稼传:"唐王入闽,开储贤馆以选士,咸来汲引,学稼以政自郑氏,事不可为,不出。唐王避地长乐之三溪。鲁王监国,攻福州旁近郡县,故家子弟多从之,学稼亦弗与。鲁王又败。兵燹之余,田园尽失,乃弃诸生籍,居杭州西湖,自号'圣湖渔者'。久之,一出游,佣笔墨以为养……耿精忠之将叛也,学稼适归里,知难将作,以家托其友,复跳北游,及变作,众乃服其远识。……以疾卒于怀庆僧舍。"⑪在1646—1646年间,福州的故家子弟积极追随南明唐王、鲁王两个小朝廷,弹冠汲引,以期建永世之业,流金石之功,而这两个朱姓小王朝旋即被清军击败,故家所遭受的连累和灭顶之报复自然顷至⑫,一切俱成梦幻泡影,连孙学稼这样见机明哲的人物,在唐王、鲁王、耿精忠之乱中屡次预先觇机,都不能自免于兵燹,以至田园尽失,流离异乡,卒于僧舍,更何况深深卷入到政权更迭的斗争中,

① 黄晋良《复叶正则》,《和敬堂全集》文部卷十,原第十二页,《清代诗文集汇编》第54册,影印第192页。据《跋手书孝经与娄东王藻孺宫允》"某已亥、庚子时避地漫游,因至流落兵间……越十四年,癸丑复至吴下"句,顺治十六年己亥(1659)、十七年庚子(1660)黄晋良避地江南,展转谋生。而《挽邵长倩先生》诗后注云"其明年戊戌(顺治十五年,1658)正月晋良有江左右之行"(同书,诗部卷五,原第二页,影印第262页),是顺治十五年(1658)黄晋良游江浙等地。

② 黄晋良《具略与薛勉斋求赠言》,《和敬堂全集》卷十二,原第一、二页,《清代诗文集汇编》第54册,影印第199页。

③ 黄晋良《挽邵长倩先生》诗后注,《和敬堂全集》诗部卷五,原第二页,影印第262页。

④ 民国《福建通志》总卷四十五,《福建列女传》卷二,黄晋良配林氏传,原第十四、十五页。

⑤ 黄晋良《次孙宗表得傍山书屋三间聚花石为娱屡来乞诗迩见孚世有赠即用其韵示之》诗后注,《和敬堂全集》诗部卷十六,原第十四页,《和敬堂全集》诗部卷十六,《清代诗文集汇编》第54册,影印第351页。黄晋良另有诗《余不远游吴楚一十八载忽归相见素发苍颜握手道旧喜而有赠》(《和敬堂全集》诗部卷二十四),知其避乱在外十八年。

⑥ 黄晋良为施中《望岁庄集》作引,同治刊本《福建通志》卷七十五引黄晋良所作引(影印第1552页)。

⑦ 黄晋良为何纯子《十咏楼集》作序,同治刊本《福建通志》卷七十五引黄晋良《和敬堂集》(影印第1554页)。

⑧ 黄晋良为曾应灼《况亭诗集》撰序,同治刊本《福建通志》卷八十二引黄晋良序(影印第1642页)。

⑨ 周亮工《赖古堂集》卷十二,原第九页,影印第524页。

⑩ 按:蒋玢,字绚臣、用弢,号词海闲人,福州府闽县人。崇祯间诸生,藏书家。有玉笋堂。藏书印有"闽中蒋氏三径藏书"、"是书曾存蒋绚臣家"、"蒋绚臣曾经秘藏"、"蒋绚臣曾经校藏"、"晋安蒋绚臣家藏书"、"晋安蒋绚臣收藏印"、"绚臣父"、"廷恩堂三世藏书印记"等(见李鹏连《明代罕存刻本〈文章辨体〉递藏源流考略》,载《湖南师范大学社会科学学报》,2016年第3期,第121、124页。第124页"闽中蒋氏三径藏书"分开,作"闽中蒋玢"、"三径藏书")。

⑪ 民国《福建通志》总卷三十九,《福建文苑传(清一)》卷七,原第二、三页。

⑫ 清初福建地方军兴之后颇多弊政。周亮工《署道十二禁之一》针对泉州府"各项铺行皆系兵丁把持,盖始则铺户借兵丁之威,继则兵丁擅铺户之利,终则利尽归于兵丁,害独归于铺户,深为民厉,殊可发指"。(《周亮工全集》第18册,第35页)周亮工尝发布《逃人示》,称"为遵奉新例,晓谕逃人自行出首","解到督捕衙门,逃人不过鞭刑,窝主新例责四十板,面上刺字,并家产发人旗下穷丁;两邻、十家长、该管地方,其房地入官,妻子家产一并流徙,抛离坟墓,妻孥冻馁,永无回日",奖励告密、自首者,"今奉有新法,如窝主出首者,不惟本身一毫无事,而两邻、十家长、地方,亦全然无事;如窝主不自行出首,傍人出首者,将窝主家产分为三分,内以一分给与出首之人。"(同上书,第35-36页)兵丁(八旗兵)擅利,侵占巨室为兵宅,反映明清政权变更之后,清朝新政权对版图内人民、财产专政处置的现实;鼓励出首、严惩逃人及其窝主的新法新例,以利相诱,以威相胁,本意在于侦缉逃人或东人(《活保甲条谕》,同上书,第52页),客观上却实实在在地助长了告讦、倾陷之风,恐是明末福建巨族遭受财产没官、移易、侵占、剥夺命运的一个原因。以周亮工在福建的政绩为例,其《拿解余叛事》中范近达占种梁以政、梁以达兄弟田地、会银角口,遂以"四营(头)遗叛报",诬陷梁氏,周亮工"清监审明释放"二梁,薄责范近达(《周亮工全集》第18册,第58页)。《周亮工全集·传记编》籍录《福州府志·名宦传》周亮工传云:"时寇患频仍,告讦者多以通贼为词,亮工多所平反。"(《周亮工全集》第18册,第224页)黄虞稷所撰《栎下先生行状》记载闽帅某诬良为盗,周亮工雪之事迹(同上书,第194页)又,康熙间福州府闽县学者方迈"有才名,仗义负气,为俭人所罗织下狱,郡守于按察使爱其才,援之得免"。(民国《福建通志·福建儒林传》卷五,方迈传,原第六页)闽县黄晋良(1615—1689)"客金陵张大将军也,海上人寇之师方遁,所过州县,缙绅多为怨家所持,动辄罹网,大将军亦不免修睚眦之却,君直词正色,晓以大义,所全甚多。"(郑梁《黄晋良墓志铭》,《碑传集》卷一百三十八,《文学》上之下)

为明清易代大潮流挟裹得不能自已的福建故家之命运①。李世熊以为盛德之报，天道无知！在这么一个价值标准、道德体系崩坏的时代里，清浊混同，黄黑皆可，所谓的世道、天命对于个人行为失去了约束力量。

黄晋良云："三四十年间，金铁之气方壮，渔网荒陬悉纳炉鞴之中。尚书故第，马园其前，燧炀其后。"②明清易代之际，会城福州居大不易，为生存计，引发福建省内人口迁移，由沿海迁往福建内陆各府县，或者迁往外省③。周亮工云："闽自海上乱，文人墨士多有避地不能归如平子(吴晋，兴化府莆田人)、公兆(林熊，兴化府莆田人)辈者，不可枚举，悲也夫!"④如闽县徐𤊹之子徐陵"家藏书埒曹学佺、谢肇淛。乱后，田园尽失之，将移家湖南，道扬州，与王士禛定交"⑤。徐陵于康熙元年(1662)举家迁往湖南。侯官张远其祖上业儒，以《易》名家，而在明清易代之际，"远以孱弱孤童"难以应付官府箕敛，"急装亡命，走吴楚、百粤，踪迹无定"，中间遭遇耿乱，"道路梗塞，音书不通者数年。事平反里，母已弃世，家荡于兵营"。"复游吴中，慕常熟虞山之盛，为何氏赘婿，因家焉"。⑥ 清廷与盘踞台湾、澎湖一带的明郑政权的对峙以及顺治十八年(1661)发布，康熙元年(1662)实施，至康熙二十二年(1683)台湾平定之后废除的禁海迁界强制政策(即迁海令，或称迁界令)，对福建沿海的影响最大，加剧了福建沿海巨室乃至百姓向内陆地区迁移的步伐。

清初内迁建宁、延平、邵武、汀州诸府的现象。以福清县为例，邑人林云翔"侨居瓯宁，遂籍焉"⑦；邵景文(长倩)寓延平，就馆于王氏⑧；康熙三十五年(1696)举人余甸寄籍南平⑨，南平县学中式；康熙四十一年(1702)举人施松龄古田县学中式，五十年(1711)举人陈士胜建宁府学中式；雍正四年(1726)举人严有朝建宁府学中式、雍正七年(1729)举人严圣泰瓯宁县学中式、雍正十年(1732)举人高城瓯宁县学中式、乾隆元年(1736)举人翁文达古田县学中式、乾隆六年(1741)举人严重建宁府中式、九年(1744)举人翁晟南平县学中式，有力地说明了清初福清士子内迁现象。

明末清初，福州府多位诗人移家今闽北建瓯等地，如顺治间诸生魏宪，本福清人。"遍游名山，爱浦城山水之胜，寓浦者十年，后移建溪。尝寓姑苏、白下间，以诗交海内。"⑩后卒于中州。如林云铭，民国《建瓯县志》卷三十五《流寓传》有其本传。如祖籍长乐县的闽县郑善述家族以郑善述于清初避乱建安，使得郑氏一族的生存在远离沿海的建安县得到庇护。历康熙、雍正、乾隆三朝，郑氏祖孙、父子、兄弟、姊妹雅意文学，搜集整理文献，郑氏成为建宁府首屈一指的文学世家。康熙间侯官人张斌，有诗

---

① 民国《福建通志》著录曹学佺《石仓诗稿》三十卷，解题云："先生所著书共十六部，凡一千二百七十七卷。其书板之在石仓者遭海寇焚掠，片板无存。"(《福建艺文志》卷六十三，第七页)顺治十五年(1658)，林凤仪序徐钟震《徐器之集》，云庚寅(1650)福州经重围之后，父老尚存，物力尚丰，室庐田园尚无恙，至甲午(1654)数万顷皆荒草，到处皆凋敝匮乏之象，逾年而南台失守，繁华之场竟成灰烬，草堂为牧马之区，宛羽楼舍佛作祗园；顺治十六年(1659)，余扬序《徐器之集》，云明清之际兵燹屡更，朱门废墟，邸第秀草，曹氏石仓园转盼鞠草，镂书锓板，片叶不存(马泰来《南明隆武朝史料〈思文大纪〉作者考证——兼论红雨楼藏书下落》，载《中国典籍与文化》2017年第3期，第81页引林、余两序)。

② 黄晋良《飞庐记》，《和敬堂全集》文部卷十五，原第十二页，《清代诗文集汇编》第54册，影印第228页。

③ 漳浦陈梦林之父陈聿毅，遭乱徙潮州。陈梦林生二岁而母卒，鞠养于浙人寓居潮州者林雄(民国《福建通志》总卷三十九，《福建文苑传(清一)》卷七，陈梦林传，第二十页)。据赵潜诗题《初秋同施则威魏惟度徐松之许九日周釜山吴六益张研铭刘栎夫沈彦御董榕庵集且庵斋用工部波漂菰米沉云黑露冷莲房坠粉红句为韵分得菰字》(《国朝全闽诗录初集》卷一，赵潜条，《全闽诗录》第五册，第1页)，邵武施鸿、福清魏宪、漳浦赵潜等均与松江府华亭诗人唱和，赵潜晚年寓居华亭。据民国《福建通志》崔㟲传(民国《福建通志》总卷三十九，《福建文苑传》卷七，原第四页)，崔㟲亦移居华亭。宣统二年(1910)，林纾作《明一品服少詹醴原陈公像题咏》，署"乡后学林纾敬题"，此诗录自1918年版的《金华陈氏重修族谱》(《林纾集》第二册，第129页。福建人民出版社2020年版)，根据全诗推定金华陈氏明末清初迁自福建。

④ 周亮工《书林公兆印谱前》，《印人传》卷三，原刻第十三页，《周亮工全集》第5册，影印第126页。

⑤ 民国《福建通志》总卷三十九，《福建文苑传(清一)》卷七，徐延寿传，原第六页。

⑥ 民国《福建通志》总卷三十九，《福建文苑传(清一)》卷七，张远传，原第二十一页。

⑦ 乾隆《福清县志》卷十五，《义行传》本传，影印第392页。

⑧ 黄晋良《挽邵长倩先生》诗后注，《和敬堂全集》诗部卷五，原第二页，影印第262页。

⑨ 同治刊本《福建通志》卷二百二十六，原第五十页，影印第4133页。按：余甸祖父余光辰(字汝枢)，顺治八年辛卯(1651)举于乡，署南平县学教谕。遭康熙十三年甲寅(1674)之变，呕血而死(乾隆《福清县志》卷十四《教泽传》本传，影印第259页)。

⑩ 民国《福建通志》总卷三十九，《福建文苑传(清一)》卷七，原第四页。

《移家柘浦》①,是明末清初福州府士子外迁的例子。祖籍福清的邵武府邵武诗人陈彦开,其先流寓邵武②。

惠安人骆俨,字温如。寄籍邵武县。传见光绪《邵武府志》:"康熙壬子(十一年,1672)例得兼试武闱,遂举于乡,丙辰(十五年,1676)成进士。值耿藩之变,赴兵部会试者惟俨一人。十七年,从提督万正色讨海寇,陈靖海三策,以平金、厦功加都督,授汀州游击……晋楚雄总兵官。俨以书生入仕,能以贼攻贼,所向有功。……日延文士讲学,著诗文集。卒于官。"③

福州府福清人何履鉌,字君龢。寄籍泰宁。顺治十四年(1657),海寇肆暴,其父何绍绪及族人率乡勇抵御,父子皆罹难④。永春州湖阳人刘崇德,其家于康熙初徙家光泽县西乡茅坪;北乡有刘毓仁亦自湖阳来,刘崇德稽考其世系,为族父行⑤。

嘉庆二十四年己卯(1819)举人、瓯宁人蒋衡,其先世"自福清徙瓯宁,百有余年",逆推蒋氏内迁之时,正康熙间。蒋氏"历世业农,皆有隐德",至蒋衡之父蒋良嘉之时,焚所积累逋券数十纸,约千金,为德乡里;蒋良嘉更是行贾于崇安,徙居崇安星村里,又徙居建宁府郡城;既逐利而居,又使其子蒋衡由商贾而业儒,家中聚书至万卷⑥。

康熙十九年庚申(1680),七十九岁的汀州府宁化作家李世熊作《与黎媿曾又庚申》书:"吾汀文章郁塞既数百年,近方芽茁长养,使畅茂参天者非门下谁肩此责乎?仆少颇志学,壮逐时趋,老竟沦落,久无传世之想,但壮年偶有小作,不敢自信。尝拟托巨公名字,流传莆、漳间,遂亦有信为真者,仆闻而窃笑之;己卯(崇祯十二年,1639)寓白门,戏作数诗,隐其名字,书之,未几,竟有易名书为己作转赠他人,甚有刻作社集者,自讶此物果可行世乎!是后始妄有灾木之想,愧恨时不自释,诗尤不当行。往曾与徐兴公论诗不合,仆谓之曰:'公等乃诗人之诗,仆自作秀才之诗耳。'今见栎园与门下诸公诗,香风秀韵,萦缭心眸,真可谓诗人之诗矣,益自觉形秽,况可行世乎?既又念如韩昌黎诵述樊宗师不啻口出,今所传《绛记》殊未厌人意,穆伯长世无传文而欧阳公推为古文之宗,得门下辈为韩欧,使仆附樊、穆之列,不亦休乎?"⑦汀州府的文学创作"郁塞"数百年,此"数百年"当指有宋以来的400年时间。但自明代成化以来,间有起色,有清流叶元玉家族、长汀钟文俊家族、长汀杨汉家族、长汀郝凤升、清流邓向荣家族、长汀康诰家族、宁化阴兴期家族、长汀沈一亨家族、清流伍可受家族、永定吴懋中家族、归化陈甠家族、宁化雷元明家族等从事文学创作,明末清初以来以汀州府、邵武府两地形成一个远离沿海福州、兴化、泉州、漳州诸府的文学创作中心,与江西东部、南部文学创作聚合形成更大的区域性文学创作圈子。李世熊对黎士弘的嘱托,有着区域文学创作权柄授受转移的托付意味,远超出李、黎二人师弟衣钵传承的意义。

从本书搜集到的福建文学著述家族的分布情况看,汀州、邵武、延平、建宁四府形成了众多家族性文学创作的群体结聚现象,对清代福建乃至全国的文坛产生影响。以邵武府的光泽县(高氏、何氏、上官氏、伊氏)、建宁县(朱氏、诸张氏、鄢氏、诸李氏、何氏、谢氏、廖氏、徐氏、聂氏)、邵武县(诸张氏),汀州府的宁化县(李氏、雷氏、黄氏、伊氏、阴氏、巫氏、黎氏)、连城县(杨氏)、长汀县(黎氏、李氏、陈氏、杨氏)、连城县(诸童氏)、归化县(揭氏、陈氏、王氏、李氏、傅氏),延平府将乐县(揭氏、吴氏、廖氏),建宁府的建安县(郑氏)等县的文教大著于时。建宁府的建安郑氏原籍福州府闽县,郑善述(康熙二十九年举人)避乱迁建安县,扩展到瓯宁县,成为作者众多、上下数世的家族作家群体,洵为从沿海迁往福建

① 《国朝全闽诗录初集》续集卷七,张彬条,第615页。
② 光绪《邵武府志》卷二十一,《人物传·文苑》陈彦开传,影印第457页。
③ 光绪《邵武府志》卷十九,《人物传·列传》骆俨传,影印第402页。
④ 光绪《邵武府志》卷二十三,《孝友传》,影印第532页。
⑤ 光绪《邵武府志》卷二十三,《义行传》,影印第551页。
⑥ 民国《福建通志》总卷四十五,《福建列女传》卷一,瓯宁吴翠传,原第二十二、二十三页。
⑦ 李世熊《寒支二集》卷四,《四库禁毁书丛刊》集部第89册,影印第478-479页。

内陆诸家族中最具有代表性的家族。

从汀州府宁化县李世熊家族传至长汀县黎士弘家族，与宁化雷鋐家族形成明末清初至乾隆二十年左右福建古文创作的重要作家群；从建宁朱仕琇家族再传至光泽县高氏，则构成有别于桐城姚鼐古文一派并稍先于姚鼐、著声于全国的闽中古文传统，从乾隆初的朱仕琇(1715—1780)到道光末的高澍然(1774—1841)，时长超过100年，影响巨大；建宁县张际亮是清代嘉庆、道光间同光体闽派诗人登上诗歌创作坛坫之前影响最大的两位诗人(黄任、张际亮)之一。

清初，沿海各府士人迁居闽西、闽西北的汀州、邵武、延平、建宁等府客观上促进、巩固了清代福建西部、西北部的文教发展，使远离沿海福州、兴化、泉州、漳州四府的福建内地出现次区域文化与文学创作中心，直到咸丰间为太平天国的军事活动所波及而遭受蹂躏。

相较于太平天国运动时期，受到太平军和清政府军事力量绞杀式攻城略地影响最巨的江苏、浙江、江西、安徽、湖北、湖南等省，福建全境仅北部以太平军攻占浙江，余势波及建宁府、福宁府两府靠北毗邻浙江、江西的小部分区域，以及福建西部与江西[①]接壤的邵武府、汀州府部分县域，所辖十府(包括台湾府在内)二州基本得以保全，在乱世中犹能有一方净土，获得太平天国运动爆发以后各省区竞争性发展的相对优势。第一次鸦片战争以后，福建亦有厦门、福州两地被迫向列强开放，中外交流的窗口得以打开；洋务运动中，朝廷在福州开办福州船政，设置马尾船政学堂，客观上促进了新思想、新技术的输入，形成闽籍人才培养的新方向。

① 按:《清实录·文宗实录》咸丰十年(1860)正月:“江西省自咸丰三年(1853)以来叠遭匪扰，经该省文武员弁悉力防剿，业经全省肃清。”(卷三百六，影印第477页)

# 第十章
# 宦闽官员与清代福建文教的振兴

## 第一节　清初周亮工宦闽及闽中学术的转变

清代闽中自有学者,如光绪《邵武府志·儒林传》所列邵武县清代第一个学者、邵武张文瑾(字玉堂,号素先),"诸生。幼聪颖力学,嗜古,日记数千言,自周秦金石文字、经传、诸子暨天官、地志、医卜诸书靡不究心钻研,探厥奥窔。"①明末清初汀州府连城县的杨开春"读书认真,不从口耳,尤喜注疏,于制度、事迹、音释、《说文》皆考据不苟"②;明末汀州府宁化县的李世熊"当天启、崇祯间,若预知有甲申(崇祯十七年,1644)以后事者,每谕古今兴亡、儒生出处及江南江北利害、备兵屯田、水利诸大要,未尝不慷慨欷歔,惓惓有所属",所读书"自经、史、子、集及秦、汉、唐、宋、近代百家靡所不览"③,是明清之际学术风气转变的自觉现象。

康熙间,闽县人黄鷟来(叔威)文名藉甚,弃去京师,"京师名流谈经济,稽典故,论理学,衡文章者必以叔威为主","诗格在元、白、苏、陆间"④;诸生林乔材"自经史以至天官、职方、兵、农、医、卜之书,无不搜访。"⑤顺治四年丁亥(1647)举人、兴化府莆田人王凤九,耿精忠之乱中间道逃归,"家居著书积三十年,晚尤究心理数、性命、天文、地理之学,于汉、宋儒外多所发明"⑥。康熙八年己酉(1669)举人、泉州府南安人王之珂"平日留心韵学,考核群书,辨其毫芒,正其讹舛"⑦。李光地胞弟李光坡(1651—1723),治十三经,专意《三礼》,史称"闽人通汉学自此始"⑧。

清代学术、文学风气的转变不惟发生在黄宗羲、顾炎武⑨、王夫之这些大儒身上,顺治七年(1650)去世的熊明遇曾经与西士辨复"物理之学"⑩,这是清代学术史中极早的、可确定的学术风气转变的时间,此后"国朝诸儒崛起,接二千余年坠绪"⑪,它是一个全国性的转变。若论考据与文学、辞章的结合,

---

① 光绪《邵武府志》卷二十一,《人物传·儒林》张文瑾传,影印第 448 页。

② 民国《连城县志》,卷二十二,杨开春传,原第三十六页,影印第 227 页。

③ 民国《福建通志》总卷四十三,《福建高士传》卷四,李世熊传,原第十五、十六页。

④ 民国《福建通志》总卷三十九,《福建文苑传(清一)》卷七,黄鷟来传,原第十九页。

⑤ 民国《福建通志》总卷三十九,《福建文苑传(清一)》卷七,原第二十页。

⑥ 民国《福建通志》总卷三十六,《福建循吏传(清一)》卷十一,王凤九传,原第十六页。

⑦ 民国《南安县志》卷三十一,《文苑传》王之珂传,原第十六页,影印第 283 页。

⑧ 民国《福建通志》总卷三十八,《福建儒林传》卷五,李光坡传,原第十三页。

⑨ 按:清末柯劭忞序长汀江瀚所著《石翁山房札记》:"国朝学派自亭林(顾炎武)以汉儒之训诂通宋儒之义理,既无凿空之弊,亦无琐碎之讥,固一代之儒宗也。乾隆中,钱竹汀少詹(钱大昕)继亭林而起,所学益博,所诣益邃,然偏于考订经史,视亭林之学则有间矣。沿至今日,海内通儒皆循竹汀之轨辙者也。"(民国《长汀县志》卷二十二《艺文志》,原第十四页,影印第 522 页)

⑩ 熊人霖《文直行书凡例十六则》第十二则,熊明遇《文直行书》,《四库禁毁书丛刊》集部第 106 册影印顺治十七年刻本,影印第 26 页。按:熊人霖于顺治八年辛卯(1651)夏五撰《文直行书凡例十六则》(影印第 27 页)。

⑪ 叶衍兰、叶恭绰《清代学者象传》,第一集,第 280 页,汪中传,引汪中语。

拙著《明代洪武至正德年间的翰林院与文学》曾经上溯到明代丘濬(1420—1495)、程敏政(1444—1499)两代作家之间[①],非可谓乾嘉年间考据学骤然奇峰突起,石破天惊,藉此转变明代学术风气和学术思潮,数十年间即兴盛为有清一代学术的巅峰。我们溯流及源,原始以表末,亦原始以要终,清代学术其来有自,有一个从前代积累、量变到质变、定性的过程,伴随着学术传统从隐性到显性集中的展示过程,至清代逐渐从潜流或一线不绝之学术传统凸显到清人的视野中,成为显学,考据遂成为清代"一代之学术",结合到文学创作中,形成学人之诗、学人之词、学人之赋乃至学人之戏剧等"学人"的特征。

黄晋良《齐仪鲁先生》为齐洪超作。明季,天步艰阻,齐洪超(1617—1685)"年当阳九遘屯,世运糜溃,意以为章句必不济事"[②],舍章句而经世致用,这是齐洪超的卓识。其思想即为明末清初主动适应时代变化,掀起学术转变的士大夫、学者之一斑。入清以来,学者们反思、矫正明代嘉靖(1522—1566)以来虚妄之习[③],历顺治、康熙、雍正三朝,至乾隆间,逐渐沉淀、内敛为醇厚朴实的学风,福建的学风跟随着全国思潮的嬗变而转换。宦闽的周亮工(1612—1672)是一个标志性人物,处于明清学风转换之间。周氏宦闽八载(实际在闽十二年),好文学、金石、印章、字学、书法、绘事、经学、书牍、砚台[④],与明代文人所好明显不同。据朱天曙《周亮工年表》:顺治四年丁亥、五年戊子间(1647—1648),周亮工于邵武府治撰成《同书》四卷、《字触》六卷、《蕉堂诗》一卷、《翼扬》二卷成其半;十一年甲午(1654),辑成《赖古堂文选》,钱谦益序,郑簠书;十五年戊戌(1658),钞《赖古堂未刻诗》;十六年己亥(1659),于狱中著成《因树屋书影》诸集;康熙元年壬寅(1662),选《尺牍新钞》[⑤],编成《杨升庵朱郁仪两先生著述目录》;三年甲辰(1664),编成《赖古堂印谱》;六年(1667),刻《闽小纪》;十二年癸丑(1673),周亮工卒后一年,其子周在浚等刻《印人传》、《读画录》[⑥]。周亮工三十六岁之时便对字书有所撰著,此时距离明朝灭亡仅三年,在清初学者中属于最早一批有意识地推动清代学风、文风转型的先行者。

历任福建按察使、福建左右布政使的周亮工在福建度过其一生中最有作为的年代,福建地方本应最受其影响,但事实上福建学术和文学创作的转变极其缓慢,远逊于江浙乃至山东、北直等省。从福建左布政使职务离任的周亮工后来的遭遇或许对闽中士大夫形成心理震慑的消极影响。顺治十一年甲午(1654),周亮工擢升都察院左副都御史、户部侍郎、吏部侍郎。十二年乙未(1655)十一月,周亮工被闽浙总督佟代(一作佟岱、屯泰,顺治十一年七月任)弹劾革职并遣返福建质审,至十五年戊戌(1658)返京待罪,是为清初著名的周亮工之狱。周亮工之狱连累士人颇多,是清初一次打击面较大的冤案。周亮工的幕僚、朋友及其所交的闽中文人颇受其累,以闽人为多。《赖古堂诗集序》云:"案验六年,为公拷掠垂毙者百余人,毙三木下者十数人,有司白公冤死道路者一人,庾死者二人,余皆论死,然无一人诬公者,公卒不免。"[⑦]郑方坤《赖古堂诗钞小传》云:"其时连染者近千人,考治搒掠,瘐死无算,犹数百人从公,对簿舆大呼,白公忠直无罪。"[⑧]清廷对周亮工反复讯问、锻炼,罗织罪名,虽然"无一人诬公",最后清廷还是偏袒了前任闽浙总督佟代(其中还夹杂着郑芝龙勾结地方官员陷害周氏的复杂因素),定周亮工流放宁古塔之罪,此案六年查验无果及其模糊的结论一定程度上反映了清初仕清的汉族士大夫与满族权贵之间的尖锐矛盾。周亮工治闽的措施及其人对福建地方士大夫、文人的结交

① 请参看拙著《明代洪武至正德年间的翰林院与文学》第397页(丘濬)、第485-486页(程敏政)。

② 黄晋良《和敬堂全集》文部卷七,原第十六页,《清代诗文集汇编》第54册,影印第167页。

③ 何良俊《四友斋丛说》所记嘉靖三十一年(1552)何良俊到京师见到聂豹,"先生方谈心性,而黜记诵之学",而何良俊"心甚不然之"(《明代笔记小说大观》第二册,第901页)。聂豹(1487—1563),字文蔚,号双江。江西永丰人。正德十二年(1517)进士。累官兵部尚书。王守仁身后,聂氏自称门人,系王学江右学派重要学者。聂豹"黜记诵之学"的作为消解了"记诵之学"的工夫和严谨,聂氏和王学左派的其他学者对嘉靖以后的明朝学风有极大的消极影响。

④ 张怡《赖古堂印谱引》称周亮工有书画、砚、印章三癖,见朱天曙《周亮工年表》(《周亮工全集》第18册,第380页)

⑤ 按:周亮工《尺牍新钞》、《藏弆集》、《结邻集》分别编成于康熙元年(1662)、五年(1666)、九年(1670)(朱天曙《周亮工年表》,《周亮工全集》第378、380、382页)。

⑥ 朱天曙《周亮工年表》,《周亮工全集》第18册,第372-373页、375页、376页、376页、378页、379-380页、384页。

⑦ 周亮工《赖古堂集》卷十三,原刻第一页,《周亮工全集》第2册,影印第530页。

⑧ 周亮工《周亮工全集》,第18册,第219页,簃录自《国朝名家诗钞小传》卷一。

有效地缓和了忠于朱明王朝(包括唐王、鲁王建立的小朝廷)的福建官民与新建立的清朝政权的对立,而其遭受弹劾、质审的遭遇及其追随者的下场则又严厉地警告了福建士大夫、士子、山人等各阶层人士,形成闽人对周亮工其人、其学、其言自觉疏离、疏远的态度。

晚明以来福建福州府的曹学佺、谢肇淛、徐𤊹,兴化府的宋珏,泉州府的何乔远,漳州府的何楷、黄道周及其弟子李世熊等均显示出与明初以迄万历初全国学术风气的不同,在文学创作之外多所学术撰述,在经学、史志、金石、校勘等方面有着坚实的成就,闽中这一条学术发展脉络随着明朝灭亡、故家败落旋即断绝,而周亮工在清初福建的学术传播亦再次遭受打击,以致汩没不显,这是清代福建学术保守,迟迟不能实现转型的两方面原因。但任何一个区域的发展都不能自外于时代,从大处观之,清初地处闽西、西南的汀州府的学风亦随全国思潮的嬗变而驿动,只是由于汀州府偏处一隅,其影响不能扩展到全省、全国。明末清初大文学家李世熊(1602—1686)宁为遗民,隐遁不仕,居汀州府宁化县西北偏远的泉上,“四十年不望见城阙,邑里少俊无识面者,惟老友数人常过临”①,其文学影响力逐渐消失,几至于无。汀州府宁化县的伊有一,在康熙年间“学道则以周、程、朱、张为宗,身体《太极》、《西铭》之旨,旁及天经地志,辑绎成书,欲贯通其义以施用于世,由是根理要以制文,无世俗肤浅诡僻之语,他若古文、诗律工之而不自为名也”②。按:李世熊所撰此《伊有一五十寿序》中有“某四十年不忘城阙”及“令子服承加血,年胜冠而遂举于乡”③语,据清代福建乡试举人题名,清代宁化伊氏康熙十一年壬子(1672)举人为伊见知,二十三年甲子(1684)举人为伊逢吉,知此寿序为明亡四十年后(1684 以后)作,亦知伊有一之子为伊逢吉。伊有一的学术及其“施用于世”的致用目的深契清代学术精神,因此引发了其子伊有一文学创作上“根理要以制文,无世俗肤浅诡僻之语”的转变,与清代学风对文风的影响完全相同。

康熙二十年(1681)以来,清廷对于全国的统治已然巩固,其时朝廷政治、武功渐臻三代之致的气象,意识形态、学术、文化、文学创作等领域产生积极的转变,以黼黻至治,润色鸿业。波震于下者,即使身为胜朝遗民的黄宗羲、顾炎武、王夫之等学者也在总结明朝灭亡的历史教训,以夷夏之辨④的认知高度,对于入主中原的清朝产生文化上的认同⑤。进入人生晚年的李世熊对于明末清初的学风转变著论云:“善者,人之性,而人者天地之心。倘天不生善人,则天心无所托而瞀乱,失其正,于是有薄蚀陨裂震动崩陷水旱疠疫诛伤夭札之病,即飞走花实,多幻为妖孽而反,咸若之恒。人不行善事,则天性灭,于是犯乱典而顺子贞臣折节,风雷不能警凶暴,三光无以烛魅魑,趋利捍纲而跤蹠盈天下矣。家习者,城旦之书,市复艳妖婬之册,世遂谓《诗》、《礼》发塚,文学与逆悖相半,是不知善性以失学败,不以好学败也。譬嘉谷然,孝弟其萌芽,惩忿窒欲为耘锄,学问思辨以膏雨之,文章畅茂则秀矣,经理世务乃其实也,然后邦民饱而积贮为大命,嘉种之利用始竟。今稿其萌芽,复杂以稂莠,致绝食阻居圉卒荒乱不可救药,此于嘉种奚罪哉!”⑥李世熊以为学术思想失正,则导致天性灭,“顺子贞臣折节”,究其竟归因于“失学败”;伦理纲常、天理人欲、学问、文章、世务与治民均为不可分割的一体,通过惩忿窒欲以耘锄人性,思辨学问、畅茂文章,目的在于经理世务,实现“嘉种之利用”。

李世熊还注重对传统经典的阐释和理解。《伊有一五十寿序》云:“古人往矣,独其书在耳。邪慧

① 李世熊《伊有一五十寿序》,《寒支二集》卷二,影印第 432 页。

② 李世熊《伊有一五十寿序》,《寒支二集》卷二,影印第 432 页。

③ 同上注。

④ 夷夏之辨的认识最终反映在雍正七年(1729)清世宗御制《大义觉迷录》“中国而夷狄也,则夷狄之;夷狄而中国也,则中国之”的论述中。这种思想既渊源于先秦儒家思想,又有因应时代命题的积极意义,基本上反映了大部分清朝知识界、满汉士大夫关于夷夏之辨的认识。

⑤ 康熙十三年甲寅(1674),李世熊《答黄司衡书》云:“若足下所云兴复之旗于今四举,则又误矣。弘、隆、永历一家嗣续,不得谓之举义,近日滇闽之事则非有后緍之胤可奉。”(《寒支二集》卷三,影印第 460 页)此年福建发生耿精忠之乱,与云南吴三桂、广东尚可喜的反清军事行动相呼应,但李世熊断然否定这是义举。

⑥ 李世熊《伊有一五十寿序》,《寒支二集》卷二,影印第 432 页。

破经以矫诬古人,古人能正之乎?《易畴》幽赞神明,固也。以术智穿穴之,即有《揣摩》、《飞钳》、《阴符》、《奇遁》诸谲妄矣。黄老理亦深远,不善学之,即有刑名残忍惨礉少恩之弊。《周官》之名法精详善矣,用之非道,即烦苛骚屑,搰乱天下而有余。世好言天学,天日高远,故亦可求也,舍其故而假经设谊,依托象类,则天经亦夏侯、眭孟、京房、李寻辈之刑书而已。世好规地险,莫整齐于《禹贡》。及商之正域,四海周之,日辟百里,便方正位,纲维诸夏,截如也,故唐季之贤谓祖宗以一旅取天下而子孙不能以天下取河北,苟失此不省,而以张骞凿空,都实穷源,朱清、张瑄为海运,君子不乐道之矣,故曰邪学不熄者,由经不正也。不明乎经者,由不明乎善也。明善而天下之理得矣。"[①]李世熊从儒家求"至善"而泛论及黄老之理,返诸源头,有清代朴学重训诂求确解的学术意识,通过"正经"以熄灭"邪学",矫正历代尤其明代嘉靖以来迄晚明"邪慧破经"、"矫诬古人"诸种歪曲、扭曲经典的学说、行为之弊。

李世熊通过"易堂诸君子",因得读到顾祖禹《读史方舆纪要》,康熙十五年丙辰(1676)撰《答顾胶山书》[②],"析探所疑";而其《答伍引之书》引证"布"、"泉"义同钱,学问淹博,驳斥注《周礼》者穿凿附会,近乎考据[③];《答巫亦侯书》,与巫近斗论辩巫氏远祖巫俗为宁化土知县事,以为"《齐东》"虚妄,纰缪百出,见笑识者,"岂可以吾邑荒忽无征,顿掩塞他邑之耳目哉","凡史家修饰语言、疏通关目,务为可信其法,其法皆然"[④],则有良史精神,与时代风气相近;《答雷吉又书》论唐人律绝"被管弦"的特征,诗歌不仅"以陶冶性灵,标举兴会",当讲求音调之相关,有"唱叹余音","其实性灵、兴会未必相关"[⑤],李世熊所论出人意表,但又属于必有之义。

在《答阴元征书》中,李世熊则云:"及乙丑间,经、子之言遍天下,而某所为沉深窅渺者则已臭腐不可陈矣,则又变为纵横曲折之文,间取唐宋大家叙事、议论之法,行其臆见,自谓淋漓适志。"[⑥]时在康熙二十四年乙丑(1685)。古文家已经普遍崇尚"经、子之言",这是时代风气嬗变的结果,是时桐城戴名世(1653—1713)浸染于此种学术思潮的光辉之中,闽中作家李世熊亦因时而变,而方苞(1668—1749)正弱冠少年。"淋漓适志",这是李世熊晚年古文创作的最终面貌。

泉州府的学者在经术、文学之外,有一个特别值得注意的学术研究领域和方向,即对天文、律历、几何、数法、计算等中西新旧学科领域的关注,及时吸收、借鉴康熙年间西学东传的学术新气象,形成泉州府学者的学术专长,形成学术研究和传承的阵营。以大学士李光地为中心,泉州学者借助李光地在朝的权位和可以提供的学术研究的机遇、待遇,昙花一现地闪耀在十七世纪中后叶至十八世纪初的中国。李光地博学多览,于儒典、诸子、百家、历数、律吕、音韵等均有所研究,能发舒心得,抉奥探窔,与博学多识、嗜好西方科学的康熙皇帝甚为相得;又善于延揽人才,如顾炎武、德格勒、徐元梦、卫既济、汤斌、李颙、李因笃、仇兆鳌、杨文言、朱轼、杨名时、陆陇其、赵申乔、刘炎、文志鲸、冉觐祖、陈瑸、徐用锡、魏廷珍、李绂、蔡世远、张昺、张瑗、梅文鼎、惠士奇、秦道然、王兰生、何焯、庄亨阳、刘谦等学者及官员,其中宣城梅文鼎(1633—1721,字定九,号勿庵)于康熙二十八年(1689)入都,李光地不仅将其荐入明史馆,负责修《历志》,梅氏更在李家设馆,其子李钟伦、弟李鼎徵等师焉,京中贵宦子弟亦争从学焉,形成数学研究的学者集群。梅氏前后撰有《明史历志拟稿》、《平三角举要》、《弧三角举要》、《几何补编》、《几何通解》、《堑堵测量》等。

明末清初以来,西方传教士汤若望、利玛窦、南怀仁、利类思、安文思、安多、洪若翰、毕嘉、殷铎泽、白晋、徐日升、张诚等来华,带来西方自然科学中的历法、代数、几何、测量等领域的知识,以康熙一朝尤为风靡。这是清朝学者第一次面临中学、西学之争,在学术争论中,在康熙皇帝的主持下,中学和西

① 李世熊《伊有一五十寿序》,《寒支二集》卷二,影印第432页。
② 李世熊《寒支二集》卷三,影印第453页。
③ 李世熊《寒支二集》卷三,影印第456页。
④ 李世熊《寒支二集》卷三,影印第457页。
⑤ 李世熊《寒支二集》卷三,影印第461页。
⑥ 李世熊《寒支二集》卷三,影印第459页。

学之争没有走向严重对立和对峙,反而促进了中西学的融合以及中国传统学术的发展。李光地、梅文鼎等与来华的传教士安多等讨论西学,将中国传统的数学、历算、舆地、天文观察和研究的方法与西学(西方自然科学)融合,以考订古法,或比较融通,或新创方法,产生了一些新的成果。

李光地虽然"以学术结主知"[①],以学术为晋身之阶,以学术增进、巩固康熙皇帝对他的宠眷,但在客观上造就了康熙年间浓厚的学术研究氛围,提供了令学者舒畅的学术研究环境。

李光地本人在儒学(如程朱理学、礼学、易学、四书学等)、音韵、声律、历法、数学、天文学、文学、历象算法等领域积累深厚,形成家学,同时对本省泉州府、漳州府等府的学者影响巨大。在数学领域做出非凡成就的福建学者有李光坡、李鼎徵、陈万策、李钟伦、李钟佐、庄亨阳、游艺、丁拱辰、张经纶等[②]。

李鼎徵,字安卿,李光地次弟。沉浸经史,融贯洛、闽诸书,兼通音韵、算学。在泉州刻《梅氏方程论》,为手写《几何补编》[③]。

李光地长子李钟伦的研究以《三礼》著称,"旁及历律、甲数、乙数,用法甚奇。本以赤道求黄道,钟伦准其法,以黄求赤,作为图论,又制器以象之"[④]。李钟佐,"能极思奥解,凡西土所传历法、几何、数法、万支、干凑,无不冥悟。西法运水车轧井下水,上出十余丈,挥洒灌注,捷于辘轳。钟佐戏截小管,置杯水间,吸入瀵张,具如其巧"[⑤]。

陈万策(1666—1734),字对初、谦季。泉州府安溪人陈迁鹤之子。李光地对陈迁鹤父子极为器重,延陈万策入其门墙,教授以诗文及理学、律法、六书、九算等,延主其家。陈万策尝撰《中西算法异同论》,"颇能究其所以然"[⑥],见收于阮元《畴人传》。

泉州府安溪李、陈两家族在乾隆间被称为向心"实学"者有李宗文和陈科捷,与名臣朱珪曾经同在馆选。朱珪《祭李郁斋少宗伯文》:"是时同馆者闽有三人,梅崖独攻古文词,而公与绳庵鸿胪争以实学磨砺,不苟为琅琅麟麟,盖鼎足而力均。"[⑦]朱仕琇,号梅崖;李宗文,号郁斋;陈科捷,号绳庵,累官鸿胪寺少卿。李宗文、陈科捷、朱仕琇均乾隆十三年戊辰(1748)进士,钦点庶吉士,为同年朱珪好友。

从李光地开始至漳州府南靖人庄亨阳(1686—1746)或者稍后一些时间,即从康熙朝至乾隆朝前期,福建人热衷于数学、历象算法的学术新变,形成新的学术研究领域,前后持续时长超过50年。

至李光地曾孙李宗文、陈迁鹤曾孙陈科捷之时,在十八世纪四十年代(1740')末起,转向乾嘉朴学,与全国同一步趋,这是一个时间清晰的学术现象,从而形成前有李光地为中心的学术群体,中间以李宗文、陈科捷等为承接和下启乾嘉学术的关键节点,往下则是从孙经世、陈庆镛师弟而往下传递、传衍的清代泉州府学术传承脉络。

## 第二节　福建全省性书院的建置

北宋仁宗年间,范仲淹意欲复古劝学,"数言兴学校,本行实",得到宋祁等人的支持:"教不本于学校,士不察于乡里,则不能核名实","乃诏州县立学,士须在学三百日,乃听预秋赋"[⑧]。宋代在全国州

---

① 民国《福建通志》总卷三十四,《福建列传(清三)》卷三十四,李鼎徵传,原第十四页。

② 郭金彬《清代八闽数学论略》,载《自然辩证法通讯》1984年第2期,第62页。

③ 民国《福建通志》总卷三十四,《福建列传(清三)》卷三十四,李光地传附,原第十四页。

④ 民国《福建通志》总卷三十四,《福建列传(清三)》卷三十四,李光地传附,原第九页。

⑤ 同上注。

⑥ 永瑢等《四库全书总目》卷一百八十四,《〈近道斋文集〉〈诗集〉提要》,影印第1671页。

⑦ 朱珪《知足斋文集》卷六,续修四库全书第1452册,影印第347页。按:李宗文、陈科捷、朱珪为该榜二甲进士,朱仕琇为三甲进士。

⑧ 《宋史》卷一百五十五,《选举志一·科目上》,第3613页。

县普遍设立学校，置教授，立考选法，对在学的士子进行考核。至宋神宗之时，“神宗尤垂意儒学，自京师至郡县，既皆有学”①。

唐代书院之设为编书的机构，转为私学，后世渐渐纳入朝廷选举的范围，成为官学的一部分，这种现象从北宋开始有之。范仲淹本人服丧其间曾经执掌位于商丘的、改为府学的应天府书院，撰有《南京书院题名记》，南京书院即应天府书院。书院的教育对于州县学校士子的培养是一有益的补充。范仲淹在此文中说应天府书院的学生“二十年间相继登科”，“魁甲英雄，仪羽台阁，盖翩翩焉。”②由此可见北宋应天府书院作养人才的成功。

清代文教事业的一个特色是兴起书院教育，康熙中叶以后书院教育即已盛行全国，雍正十一年(1733)令全国皆置书院，书院成为清代学校之外最为重要的教育辅助机构。《清史稿》：“各省书院之设，辅学校所不及，初于省会设之。世祖(雍正皇帝)颁给帑金，风励天下。厥后府、州、县次第建立，延聘经明行修之士为之长，秀异多出其中”，“儒学寖衰，教官不举其职，所赖以造士者，独在书院。其裨益育才，非浅尠也”③。福州鳌峰书院山长陈寿祺云：“三代遗法至今廑存者学校，然已名存实亡，独书院与学校相表里，可以辅成教化。”④江苏布政使梁章钜云：“盖国家书院之设，与学校相辅而行，而人才之所由造也。”⑤谢章铤以为：“教士之权惟山长为最，学使、学官有所弗及。学使尊而为日暂，与士弗亲；学官亲而体统卑，士或狎之，弗畏。弗亲则教不入，弗畏则教不肃。惟山长于官为宾师，于士为父兄，无二者之患焉。”⑥清代统治者认识到学校与书院并行，形成有效的竞争。书院的山长(或称院长)由省、府、县各级长官聘请经明行修之士充任，类似公司的职业经理人，形成管理学中的首问负责制。若各级教官不举其职，则书院造士的功能更加凸显，以此反向刺激、约束、激励一省府、州、县学的各级学校及朝廷所设提督各省学政大臣及教授、学正、教谕、训导等各级教官克尽其责。

康熙中叶，闽县人林佶曾经向某御史建议设置书院以育人。其《上御史某公》曰：“尝读枫山章先生语录，谓宋元学校之外，又有书院之设。书院则无利禄之诱，凡有志之士，皆听其就学，有田以供给之，延名师硕儒为山长以主教之，故出其中多有好人才，诸老先生有不就任而反就山长之聘，乐为之开讲者，今日朝廷须是复立书院，庶几作养得些人才出。愚尝反覆之，窃韪其说，谓诚今日之急务也。”⑦林佶进此言时当福建收复台湾军事活动停歇十年之后的1690年代，堪称先见之明。康熙四十六年丁亥(1707)，巡抚张伯行建成福建第一间全省性书院——鳌峰书院。福建省垣福州城内陆续建有鳌峰、凤池、正谊、致用四大书院。鳌峰书院的创建具有标志性的意义，它的建制、建筑、管理、功能等诸多方面对后来的凤池、正谊、致用三书院的创建均具有借鉴的作用。

清代福建福州府进士的受业师多为鳌峰、凤池、正谊、致用四大书院的山长(院长)。略举以下：同治十年(1871)辛未科进士刘齐浔的受业师为鳌峰山长郭柏荫、林士傅，凤池山长郑元璧、黄庆安，越山山长林懋勋、正谊山长林鸿年⑧；光绪十五年(1889)己丑科进士梁肇荣的受业师鳌峰山长郭柏荫、林士傅、邱景湘、梁鸣谦，越山山长林懋勋、陈翼、何嵩祺，凤池山长黄庆安、郑奇峰，凤池致用山长郑世恭、

---

① 同上书，卷一百六十，《选举三》，第3660页。

② 范仲淹《南京书院题名记》，《范仲淹》卷二〇，曾枣庄编《全宋文》总卷三八六，第18册，第419页。上海辞书出版社、安徽教育出版社2006年版。原《范文正公集》(古逸丛书三编影宋刻本)卷七。

③ 《清史稿》卷一百六，《选举一》，第3119页。

④ 陈寿祺《上仪征公夫子书》，《左海文集》卷五，《清代诗文集汇编》第499册，影印第228-229页。

⑤ 梁章钜《重修苏州可园记》，《退庵文存》，《清代诗文集汇编》第515册，影印第275页。嘉庆十二年(1807)梁氏所作《浦城祝封翁捐充南浦书院经费碑》引嘉庆初(1796年左右)祝氏云“国家令典：书院与学校相辅而行，非仅息游所也。”(同书，影印第281页)

⑥ 谢章铤《送林锡三之海东书院序》，《赌棋山庄集》文集卷二，《清代诗文集汇编》第680册，影印第661页。作于同治元年(1862)。

⑦ 林佶《朴学斋文稿》，《清代诗文集汇编》第205册，影印第615-616页。文中有“闽地休兵革于今十余年”语，清廷收复台湾事在康熙二十三年(1684)。

⑧ 《清代硃卷集成》第三五册，进士刘齐浔履历，影印第135页。

正谊山长林鸿年[①];光绪十五年己丑(1889)科进士萨嘉乐的受业师有郑奇峰、邱景湘、郭柏荫、林寿图、陈翼、曾光斗、郑世恭[②]等山长(院长)。四大书院兴贤育才,堪称清代福建的“文薮”,文气郁积,其中又以鳌峰书院培养的人才最多,最负盛名。

**鳌峰书院** 康熙四十六年丁亥(1707),福建巡抚张伯行[③]于鳌峰坊九仙山麓建鳌峰书院,历一百九十八年(1707—1905)。鳌峰书院初名正谊堂,后为藏书楼,置经史子集于其左。张伯行招延学者和儒士,日给廪饩,以讲明正学为务。按:清代福建历任督、抚、学政、布政使、按察使,以周亮工、张伯行、周学健、朱筠、朱珪、陈用光、沈维鐈等最著声绩,对于清代福建的教育事业贡献最为宝贵。仪封张伯行(1651—1725)于康熙四十六年至四十八年(1707—1709)任福建巡抚,创建鳌峰书院,是清代福建全省性大规模书院设置的开端。张伯行在福建延揽各地人才,如下历历可考,讲学、修书、课读、校艺,其法简易可行;其中意义最大者系张伯行在鳌峰书院延揽众多闽籍学者校刊成《正谊堂全书》五十五种[④],规模庞大,通过对入选《正谊堂丛书》各种著作的校订、选编、删订、纂注等方式有效地发掘、培养福建各府、州、县的人才[⑤],“十郡人才荟萃其中,道德文章之杰肩踵相望”[⑥]。

张伯行为连城张鹏翼撰《张警庵传》,云:“自明季正学衰靡,士之卑陋者,既帖括成习,其高明者又皆儒名墨行,显背吾道”,“先生僻处陬裔,卓然奋起,一寻乎濂洛关闽之绪,以上承洙、泗之传……岂非见之真、守之力,厚其源而裕其流者?”[⑦]明末清初间发生的不仅是单纯的易代事件,学术、制度等均发生程度不等的变更。就制度而言,清沿明制,大体上呈现延续性,而清代的制度更加细密、完备,体现在清代馆阁词林人才培养和使用的制度与明制大不相同,全国教育考试和管理制度不断改进调整,中央政权体制及地方督抚治理制度的逐步演变等方面;就学术而言,清代学术在程朱理学和陆王心学的选择中确定了程朱理学的统治思想地位,同时逐渐催生出清代朴学。张伯行意识到明末以来“正学”衰靡,卑陋者浸染帖括成习[⑧],高明者所务“儒名墨行”,均非儒家正学之道。因此,“正学”[⑨]的恢复和重建是清初统治者的重要任务,不仅要端正源头,承接孔孟之传,而且在士子中营造革除“帖括成习”的卑陋观念,重建儒家价值观。

鳌峰书院初创之时,闽抚张伯行延请漳浦蔡世远主讲,倡明正学,宏奖士类,一时称盛;其后继之(蔡世远)者独通政林枝春、编修张甄陶严惮有法,然犹以法绳诸生。[⑩] 林昌彝云“其后主讲者多宿儒大

① 《清代硃卷集成》第六四册,进士梁肇荣履历,影印第312-313页。

② 《清代硃卷集成》第六七册,进士萨嘉乐履历,影印第90页。

③ 按:张伯行(1651—1725,字孝先,号敬庵、恕斋,河南仪封人)在福建、江苏巡抚任上颇著士望,为世循吏,系清代仕宦福建最著声绩的官员。《清儒学案》卷十二列《敬庵学案》。康熙四十六年(1707),张伯行从江苏按察使任上擢升福建巡抚,四十八年(1709)调江苏巡抚,与两江总督噶礼互纠,朝廷遣大臣往讯不决,康熙帝忽罢、挚戮噶礼而复伯行官,盖得闽籍大学士李光地密赞之力。事见民国《福建通志·福建列传》李光地传(《福建列传》卷三十四,第五页)。按:仪封张伯行为泉州府晋江县康熙九年庚戌(1670)进士郭天锦(字于絅)分校文闱所得士(民国《福建通志》总卷三十六,《福建循吏传(清一)》卷十一,郭天锦传,原第二十二页)。同治刊本《福建通志》记载多条张伯行事迹。

④ 闽县人林佶在康熙中叶曾经向某御史建议设置书院(引文见前),并建议“补衮之余,留心文献,收拾选辑,俾成一书,如有元苏御史伯修所著《文类》,以续《文粹》、《文鉴》之传,用昭圣代人文之盛,非阁下之任而谁耶”?(《上御史某公书》,《朴学斋文稿》,《清代诗文集汇编》第205册,影印第616页)张伯行应当看到此通书信并决心采纳,故有创建鳌峰书院、辑行《正谊堂全书》之举。陈寿祺《重修鳌峰书院并建考棚记》以为鳌峰书院创于康熙四十八年己丑(1709)(《左海文集》卷八,《清代诗文集汇编》第499册,影印第365页)。

⑤ 朱仕琇《鳌峰课艺尤雅编序》:“(鳌峰)书院,郡、县人才所萃。”(《梅崖居士文集》卷十九,《清代诗文集汇编》第336册,影印第380页)

⑥ 陈寿祺《鳌峰里宅记》,《左海文集》卷八,《清代诗文集汇编》第499册,影印第364页。

⑦ 民国《连城县志》卷三十二《杂录》引,原第五、六页,影印第322-323页。

⑧ 按:汀州府连城人童日鼎认为:“制艺为国家取士之法,即古所谓敷奏以言者也,体圣贤意,代圣贤立说。剿袭雷同,胡以为文也?试观本朝及前明诸钜公所作,其生平学问、终身事业,无不可于此见之,非仅帖括也。”(民国《连城县志》卷三十二李图南《童日鼎传》,原第九页,影印第324页)

⑨ 按:所谓正学即程朱理学。民国《连城县志·杂录》之《张警庵先生传》云:“当明季学术庞杂,海内宿耆如孙夏峰(孙奇逢)、李中孚(李颙)、黄梨洲(黄宗羲)尚多濡染。(张鹏翼)先生与当湖陆清献公(陆陇其)并时,宗主程朱,异地同心。”(民国《连城县志》卷三十二,原第十五页,影印第327页)

⑩ 同治刊本《福建通志》卷二百三十八,孟超然传,原第二页,影印第4297页。

师，百余年间，闽人之出鳌峰，砥行立名者甚众”[①]。据尚小明《清代士人游幕表》所考，福建巡抚张伯行所聘者有延平府将乐萧正模，纂朱子书[②]；江西乐安原敬，主九闽书院，校正先儒理学诸书；兴化府莆田林元之，入幕，于鳌峰书院修书；漳州府龙溪蔡登渊，入鳌峰书院，编辑先儒遗书[③]；延平府将乐吴日彩，编《朱子大全》[④]；漳州府漳浦李松龄，校先儒著作；如皋姜任修，入幕，讲闽洛之学[⑤]，福建省内外学者均有之。此外，又有漳州府海澄人詹明章入主鳌峰书院讲席，修周、程、朱子之书，汀州府长汀人陈正朔主讲席，订儒书[⑥]；惠安(一作南安)吴振蛟，少有文名，尝从张伯行编纂儒先诸书，讲明身心切己之学[⑦]；福清陈登瀛(字海鹤)携其子陈九龄(字希江，一字补堂)从福建巡抚张伯行抵江苏，令九龄就学焉，张伯行授以濂洛关闽之书[⑧]；晋江(一说永春)李丹桂(字月阶，号东槎)，学问渊博，文词警拔，为张伯行所欣赏，聘主鳌峰书院，参校《二程粹言》等理学书，称琢月仙才[⑨]；晋江陈石钟，张伯行令多士作鳌峰书院落成赋，援笔立就，举座搁笔[⑩]；福清吴濂(字元吉)“学行渊粹，受知于巡抚张伯行”[⑪]，雍正十一年癸丑(1733)成进士；康熙间诸生、兴化府莆田人黄潦，注《朱子学的》[⑫]；康熙间诸生、汀州府长汀人黄鼋(字阳升)“巡抚张伯行聘入紫阳书院修性理书”[⑬]；汀州府宁化县伊元复(字顺行)，“巡抚张伯行以博学宏词荐，以疾辞”[⑭]。长乐吴文焕于康熙六十年(1721)辛丑科以第二人进士及第，时张伯行以户部侍郎为会试考官。[⑮] 陈寿祺《与叶健庵巡抚书》：“清恪所造就名德异才，如蔡文勤(蔡世远)、蓝鹿洲(蓝鼎元)、陈少林(陈梦林)、李广卿(李光墺)、仪卿(李光型)、詹莪士(詹明章)、林苍岩(林正青)、雷翠庭(雷鋐)、余田生(余甸)、黎宁先(黎致远)、萧深谷(萧正模)，皆儒林、文苑之杰。”[⑯]除去与上列才士重合者，陈寿祺所列人物有漳浦陈梦林、安溪李光墺、安溪李光型、闽县林正青、宁化雷鋐、福清(寄籍南平)余甸、长汀黎致远等人尝肄业于鳌峰书院。

张伯行之后，康熙五十五年(1716)巡抚陈瑸始集郡邑生徒肄业其中，聘耆儒主讲。道光二年(1822)，巡抚叶世倬于崇德斋旧址建考棚十数楹，以课诸生[⑰]。鳌峰书院屡有扩建之举，规模为全省之最，朝廷年拨款银四千余两，在全国独占鳌头，作养人才的成效亦最为显著，堪称“全闽育才之奥区”[⑱]。历任山长著名者有蔡璧、蔡世远、傅玉露、林昂、鲁曾煜、洪世泽、游绍安、孙拱极、沈廷芳、林枝春、朱仕琇、张甄陶、孟超然、陈化龙、郑光策、游光绎、陈寿祺、林春溥、郭柏荫、林士溥、梁鸣谦、曾光斗、陈宝琛、张元奇、郑锡光等，均为一时硕望宿德。此外，鳌峰书院主讲席者“人师、经师比肩接踵”[⑲]，学术活动居全省之冠。闽人游光绎纂《鳌峰书院志》十六卷首一卷，嘉庆十一年(1806)正谊堂刻本。

---

① 林昌彝《陈恭甫先生传》，《林昌彝诗文集》卷十四，第361页。上海古籍出版社2012年版。

② 一说张伯行“纂修先儒书，属(萧)正模总编，不以弟子相视也”。(同治刊本《福建通志》卷二百三十九，萧正模传，影印第4323页)

③ 民国《福建通志》总卷三十九，《福建文苑传(清一)》卷七，原第十九页。

④ 民国《福建通志》总卷三十九，《福建文苑传(清一)》卷七，吴日彩传，原第二十九页。吴日彩重正宋人杨时世系，又主讲正音书院。卒年七十六。

⑤ 尚小明《清代士人游幕表》，第294-296页。尚小明《学人游幕与清代学术》附录《清代重要学人幕府表》之《附表-3张伯行幕府》尚列有漳浦蔡璧、漳浦陈梦林、漳浦蓝鼎元、罗源陈绍濂、寿宁柳椿等福建士人(东方出版社2018年版，增订本，第426-428页)。

⑥ 詹明章、陈正朔均见民国《福建通志·福建儒行传》卷五传(原第一页、第三页)。

⑦ 民国《福建通志》总卷四十，《福建儒行传》卷五，吴振蛟传，原第九页。

⑧ 民国《福建通志》总卷四十，《福建儒行传》卷五，陈九龄传，原第十一页。

⑨ 乾隆《泉州府志》卷五十五，第十六页，《文苑传》李丹桂传。

⑩ 民国《南安县志》卷三十一，《人物志七》清文苑，第十五页陈石钟传。

⑪ 同治刊本《福建通志》卷六十九，影印第1422页。

⑫ 同治刊本《福建通志》卷七十，影印第1466页，引《四库全书总目》提要语。

⑬ 同治刊本《福建通志》卷八十，影印第1616页。

⑭ 同治刊本《福建通志》卷八十，影印第1618页。

⑮ 法式善《清秘述闻》卷四，《清秘述闻三种》上册，第125页。

⑯ 陈寿祺《左海文集》卷五，《清代诗文集汇编》第499册，影印第235页。

⑰ 民国《闽侯县志》卷三十三，原第一页，影印第95页。

⑱ 谢章铤《送林锡三之海东书院序》，《赌棋山庄集》文集卷二，《清代诗文集汇编》第680册，影印第661页。

⑲ 同上注。

**风池书院** 嘉庆二十二年(1817)创建,前后历八十九年(1821—1905)。在风池里三牧坊。先是嵩山书院久废,省会仅存鳌峰一书院,总督汪志伊、盐法道孙尔准欲广育才之途,于是年卜地兴建,命训导刘照董其役,置讲堂三楹十二间,专为课童子,颜曰"圣功书院",膏火未就。道光元年(1821),盐法道吴荣光因而廓之,捐廉倡率,始有经费,兼育生童,如鳌峰书院。巡抚颜检以其地本宋相许将所居,易名"风池"。风池书院于讲堂东贮藏书籍,建有藤阴书屋。时刘照之子、举人刘家镇承遗命捐钱五千千文以充膏火。五年(1825),盐法道朱桓请于总督赵慎畛、巡抚孙尔准,捐养廉银以充经费,出讲堂数武构轩,总督赵慎畛颜曰"佳士轩",士商输金钱者益众,养士额倍过于前,乃以书院告成请于朝,颁"正学明道"匾。陈寿祺代撰《福州凤池书院碑记》。前后任山长赵在田、魏敬中、郭柏荫、黄庆安、曾宗彦等十二人。

道光十八年(1838),闽县贡生何恭崇子六品衔贡生何道观、州同何道中;儒士何恒喜子举人何则贤;(何)恒挺子庠生何轩年承先人遗意,共捐纹银八百二十两。二十年(1840),又共捐钱三千充膏火增置名师祠[①]。按:何恭崇,字慎斋,贡生;伯兄何恒坦;叔弟何恒喜,字乐崇;季弟何恒挺,字拔崇;子何道观、何道中、何道晋[②],孙举人何炜山、邑庠生何德溱[③]等。何恭崇传见同治刊本《福建通志·孝义传》[④]。何氏在福州建敬节堂、贻穀堂,由何则贤(何恒喜子)、何轩年(何恒挺子)分别经理,赡养族人,赖举火者且百家[⑤]。今为福州一中校舍。所培养出来的重要人才有叶大焯、陈宝琛、林纾、陈衍、吴曾祺等。

**正谊书院** 同治三年(1864),闽浙总督左宗棠所奏设,课举人、贡生[⑥]。林鸿年为首任山长,郑世恭书匾。同治五年(1866),左宗棠尝设正谊书局,延聘侯官学者杨浚主其事,刊《正谊堂全书》六十三种。同治至光绪间,又续刊《唐宋八大家文钞》等五种。《正谊堂全书》计六十八种,五百二十六卷。同治九年(1870),总督英桂撤书局,设书院。这是福建乃至全国都很少见的一个从书局、书院并设而后改制为书院的特殊现象。光绪二十八年(1902),正谊书院与凤池书院合并,更名"全闽大学堂",后改名为福建高等学堂,先后由叶在琦、陈宝琛、林炳章、陈培锟、王修等任监督(后改称校长)。今为福建省图书馆旧址。

**致用书院** 初名致用堂,借用西湖书院,课经史。同治十年(1871),福建巡抚王凯泰奏设致用堂。旋改名,移建于乌石山南范公祠左[⑦]。先后聘林寿图、郑世恭、谢章铤为山长。筑有"十三本梅花书屋"[⑧]。培养了张亨嘉(1847—1911,字燮钧、铁君。1904—1906年间任京师大学堂首任监督)、陈宝璐、何振岱、黄彦鸿、林欣荣、林纾、黄介、陈聚星、叶大焯、陈书、陈衍等晚清政坛、文坛重要人物。

清代福建在省垣福州设全省性质的鳌峰、凤池、正谊、致用四大书院之外,在各府(州)、县、散厅亦广置书院,推动文教事业和学术研究的发展,建宁府浦城县的南浦书院成为全省仅次于鳌峰书院的县一级书院[⑨]。全省性质书院的设置和学政大臣按部视学、考试(科考、岁考等)的管理制度结合,在选拔人才方面形成运作有效的机制;各级书院的管理则又体现出学政大臣统筹、以地方官为主分级管理的自主性。清代福建各级书院的造士功能,如杨庆琛追怀吴荣光之诗所称:"凤池活泼源头水,照见先生

---

① 民国《闽侯县志》卷三十三,原第二页,影印第95页。

② 何道晋财雄一乡,尝接手何则贤所藏唐、五代、元、明闽诗数十册,谋剞劂,以钱业败而未果。(谢章铤《全闽明诗传序》,《赌棋山庄文续》卷二,《清代诗文集汇编》第680册,影印第776页)

③ 《清代硃卷集成》第三三七册,举人钟大钧履历,影印第113页。按:钟大钧系何道观三女婿,何炜山、何德溱妹夫。

④ 同治刊本《福建通志》卷二百四十一,何恭崇传,影印第4351页。

⑤ 同治刊本《福建通志》卷二百四十一,原第十三、十四页,影印第4351页。

⑥ 民国《闽侯县志》卷三十三,原第四页,影印第96页。

⑦ 民国《闽侯县志》卷三十三,原第四页,影印第96页。

⑧ 林佶《题王楼邨修撰十三本梅花书屋图即送其归》,《朴学斋诗稿》卷三。王式丹(1645—1718),号楼邨,江南宝应人。王凯泰系其五世侄孙。福州致用书院所建十三本梅花书屋本事源于王式丹。

⑨ 梁章钜《浦城祝封翁捐充南浦书院经费碑》,《退庵文存》,《清代诗文集汇编》第515册,影印第281页。以浦城书院得到邑人祝氏的二万两银捐资,自是岁入倍于常,厥规益扩。

造士心"[①],长令士子感念。

## 第三节　大兴朱氏兄弟对乾隆间福建文教的重要贡献

晚清闽县状元王仁堪(1849—1893)《戊子科江南乡试进呈御览册跋后》:"国初文轨大同,化光道洽。自昆山顾炎武、太仓陆世仪、山阳阎若璩、宣城梅文鼎、吴县惠周惕诸大儒躬抱绝业,扇扬宗风,郁勃滂沛。迄于乾隆、嘉庆之际,既明且融,大抵论经术则徽州与扬州相倡和,而训诂之说又以王念孙、王引之父子为最精,论文章则桐城与阳湖相颉颃,而骈俪之词又以孙星衍、洪亮吉之徒为特出,至若理学之有王懋竑、史学之有钱大昕、小学之有段玉裁、算学之有顾观光,环才粹诣,旷世渺俦,渊源所渐,覃研著述,成一家言者,殆难偻指。异时异地,得其一人,传其一艺,足以彪炳儒林。"[②]是清人对本朝嘉庆之前学术成就的概括。

乾隆二十五年(1760)以来,福建的学术受到乾隆间方兴未艾的、后来被命名为乾嘉考据学[③]的清代学术典型形态影响。乾隆二十七年(1762)五月,直隶献县人、著名学者纪昀(1724—1805)提督福建学政,至二十九年(1764)以父丧开缺丁忧[④]。而直隶大兴人朱筠(1729—1781,字美叔、竹君,号笥河)、朱珪(1731—1807,字石君,号南厓,晚号盘陀山人)[⑤]兄弟对福建学术和文学创作深有影响[⑥](1760'—1780'),其中朱珪在福建任按察使,尝与纪昀在福建有三年(1762—1764)交集的时间,开启福建学术

① 杨庆琛《感逝五十首》其七,《绛雪山房诗续钞》卷六,《清代诗文集汇编》第 542 册,影印第 610 页。作于咸丰八年(1858)。

② 王仁堪《王苏州遗书》卷十二,原第十五页,《清代诗文集汇编》第 771 册,影印第 298 页。

③ 请参看漆永祥《乾嘉考据学研究》(中国社会科学出版社 1998 年版)。朱珪所撰《诰授中议大夫翰林院编修日讲起居注官翰林院侍读学士加二级竹君朱公墓志铭》云乾隆三十六年辛卯(1771)朱筠为安徽学政,"安徽故有朴学,公躬拜奠婺源故士江永(1681—1762)、汪绂(1692—1759)之主,祠之乡贤以劝"云云(《笥河诗集》卷二十,《续修四库全书》第 1439 册影印嘉庆八年癸亥刻本,影印第 715 页)是"朴学"非待乾隆年间而有。

④ 朱珪《监事谥文达纪公墓志铭》:"壬午(乾隆二十七年,1762)充顺天乡试同考官,命视学福建。癸未(二十八年,1763)升侍读。明年(1764)丁父忧。"(《知足斋文集》卷五,《续修四库全书》第 1452 册,影印第 332 页)按:二朱与纪昀之间的关系是朱珪系乾隆十三年(1748)进士,而其兄朱筠与纪昀皆乾隆十九年(1754)进士,先后考选庶吉士,三人均为馆阁中人,而朱珪早朱筠、纪昀三科(乾隆十三年、十六年、十七年壬申恩科)成进士,实为翰林前辈人物。

⑤ 大兴朱氏系浙江萧山朱文炳迁籍。朱文炳父为萧山朱登俊,母为闽人冯氏,师为高安朱轼(民国《福建通志》总卷四十五,《福建列女传》卷一,冯氏传,原第二十页)。又可参看朱珪所撰《诰授中议大夫翰林院编修日讲起居注官翰林院侍读学士加二级竹君朱公墓志铭》(《笥河诗集》卷二十,《续修四库全书》第 1439 册影印嘉庆八年癸亥刻本,影印第 713 页)、《五代会》(《知足斋诗集》卷九,续修四库全书第 1452 册,影印第 49 页)。

⑥ 嘉庆九年(1804),朱珪《笥河先生诗文钞前序》:"笥河先生之诗文盖出入于马、班、杜、韩之外,而自成一家言者也。其源本于经史子集之富而有兼人之才,笔其意所欲为卷轴,性情无不曲赴其腕下。……回视珪之诗文平平如道家常言也,然珪不敢学先生之手笔者,耳目虽同,性情各得二宋二苏,亦有不能强合者。"(《笥河诗集》,朱珪序,影印第 428 页)朱筠又好书法、金石、文字、训诂、音声,"尤喜小学"(姚鼐《朱竹君先生别传》,《笥河文集》,《续修四库全书》第 1440 册影印嘉庆二十年乙亥刻本,影印第 110 页),"遗草儿于龙蛇蟠曲,又参以六书","常自叹使后死无珪,则先生之集其不为别风淮雨、鲁鱼亥豕者几希。"(《笥河诗集》,朱珪序,续修四库全书第 1439 册影印嘉庆八年癸亥刻本,影印第 427 页)朱珪所撰《诰授中议大夫翰林院编修日讲起居注官翰林院侍读学士加二级竹君朱公墓志铭》又云:"珪悔不从兄学古文,而何以铭吾兄耶?"(《笥河诗集》卷二十,影印第 713 页)"公益卓然以韩、欧阳、苏自任,振起古学,奖藉寒畯"(同书,影印第 715 页),"先生诗、古文词并于昌黎为近","毛举细故","生动婉挚,神理逼真。尝论作文叙事最难,数十年来作者无足当其意,独于吾闽朱梅崖先生之文辄首肯焉"(李威《从游记》,《笥河文集》卷首,续修四库全书第 1440 册影印嘉庆二十年刻本,影印第 116 页),朱筠亦乾隆间古文重要作者。其弟朱珪亦好韩愈诗,乾隆十五年庚午(1750)有《万寿诗用韩愈南山诗一百韵》(《知足斋诗集》卷一)、二十四年己卯(1759)有《观韩集有感作此自警》(同书,《卷三》)、四十六年辛丑(1781)后作《汀州试院天香堂前补栽两小桂他年或不借香于邻寺乎用昌黎杏花诗韵》、四十八年癸卯(1783)作《食兴化荔枝用昌黎游青龙寺韵》(同书,卷六)、《祭南海神庙用昌黎谒衡岳庙韵》(同书,卷十)等,兼好苏轼诗,有诗《读东坡集》(同书,卷十二),老而弥笃,多次唱和聚星堂禁体物诗,朱氏兄弟旨趣差近。朱珪的文学渊源,请参看朱锡经《皇清诰授光禄大夫经筵日讲起居注官太子太傅南书房供奉体仁阁大学士管理工部兼翰林院掌院学士赠太傅入祀贤良祠赐谥文正显考南厓府君年谱(卷上)》乾隆十年乙丑、十二年丁卯条,"文宗明黄石斋"、"韩孟诗句争唱酬"、"年少而魄力大似先师安溪李文贞公"、"诗文务为恢奇奥衍之作,不肯一字犹人,帖括亦然"(《续修四库全书》第 1452 册,影印第 397-398 页)。

向乾嘉考据学的转向[①]。

朱筠兄弟在乾隆、嘉庆间学术地位极崇。孙星衍所撰《笥河先生行状》作出描述:"先生以南宋已来说经之学多蹈虚,或杂以释氏宗旨,明儒学无渊源,矫枉不得过正,又牵于制义、声律而经学放绝焉。国朝顾氏炎武、阎氏若璩虽创通大义,惠氏士奇父子抱残守缺,而向学者尚未殷盛。先生以为经学本于文字训诂,又必由博返约。周公作《尔雅》,训诂居首;保氏教六书,《说文》仅存。于是刊布许氏《说文》于安徽,以教士。复奏请采录《永乐大典》逸书,上揽奏,异之,乃命开四库全书馆,御制诗以纪其事。又以十三经文字传写伪舛,奏请仿汉熹平、唐开成故事,择儒臣校正,立石太学。奉缓办,因著《十三经文字同异》若干卷,藏于家。于是皖、闽之士闻绪言余论,始知讲求根柢之学。四海好学能文者俱慕从先生游,而戴征君震、邵学士晋涵、王观察念孙诸人深于经术、训诂之学,未遇时皆在先生幕府,率以撰述名于时","其后,文正(朱珪)主持文教,海内名流皆以暗中索拔,多先生说赏契者,故世称据经好古之士为'朱派'云"[②]。朱筠对两宋以来学术发展弊端的认识极为清楚,又以入清以来朴学已兴而学者尚未殷盛,在安徽学政任上祀学者江永、汪绂于乡祠,刊布许慎《说文解字》,向乾隆皇帝奏请搜《永乐大典》佚书,促成四库全书开馆修书,躬校十三经,至阮元于嘉庆二十年(1815)重刻,对于朴学宗师戴震、邵晋涵、王念孙、章学诚、孙星衍、阮元、张师诚、王绍兰等极力扶持,与古文家及诗人姚鼐、汪中、黄景仁、洪亮吉、张惠言等俱有深厚交情,推动清代学术、文学发展。受到朱氏兄弟恩泽,活动在朱氏兄弟身边的学者士人有"朱派"[③]之誉,而早在乾隆四十五年庚子(1780)之夏闽士致石,为学政朱筠筑有"三百三十有三士亭"[④],朱筠门下士极盛。朱氏兄弟凡历官所至,朱筠督学安徽(1771—1773)[⑤]、福建(1779—1780),朱珪尝任福建(1760—1764,1780—1783)、湖北(1767—1768)、山西(1768—1775)、浙江(1786—1789)、安徽(1790—1794,1796—1799)、广东(1794—1796)等省学政、按察使、布政使、巡抚、总督[⑥]等职,匠成人才如恐不及,兄弟先后视学福建是清代福建教育的极大荣幸和机遇。

朱筠、朱珪先后典试福建乡试,先后任提督福建学政大臣,朱珪前又曾经在福建按察使司任职多

---

① 以乾隆五十年(1785)年朱珪为闽县萨氏撰《雁门集编注序》为例:"予读雁门诗,旖旎如春华之含露,磊砢若散木之亚风,尤长于歌行。其源出鲍照而多风,可以论世。露萧农部慨然念其先世刻板之取于六丁也,乃就流传诸本考证譌缺,将重刻之,而质之于予。予为借得同年翁覃溪宫詹所藏旧本。盖隆庆壬申叶伯寅收藏者,断以为宏(本书按:避讳改,本弘字)治李举重刻赵兰之本也,以校汲古阁毛氏本,多从之,农部甚喜。又,按集中诸诗及《溪行玩月叙》参互考核而得公之登第、历官本末,较之干尚书所述更为详实,盖尚书错综其大略,固不如以诗论世之不可诬也。然非农部善于求间,亦安能稽古若发覆哉? 先生起家于泰定丁卯(1327),洎至元丁丑(1337),迁官河北廉访经历,十年事迹略见于诗。"(民国《雁门萨氏家谱》卷五《叙赠录上》,影印第703页)《雁门集》,系萨氏先祖萨都剌集;干尚书指元代平江人干文传,撰有《雁门集序》(《雁门萨氏家谱》卷五《叙赠录》上,影印第691-694页);露萧指乾隆四十六年(1781)进士、庶吉士萨龙光,尝与翁方纲交游。从《雁门集编注序》可知,朱珪与萨龙光围绕《雁门集》进行的学术活动有三方面:其一、从翁方纲处为萨龙光借得翁氏所藏原叶伯寅藏本《雁门集》;其二、解决了《雁门集》的版本问题,确定叶伯寅藏本系弘治李举重刻本赵兰之本,并参校汲古阁毛氏本进行《雁门集》的编注工作;其三、考证萨都剌登第、历官本末事迹,主张知人论世的解诗方法。这些方面体现了清代乾嘉学术具体而微的研究方法。

② 孙星衍《笥河先生行状》,《笥河文集》卷首,《续修四库全书》第1440册影印嘉庆二十年乙亥刻本,影印第110-111页。

③ 一种说法为"朱门弟子"之目,"称弟子者不下五六百人"(李威《从游记》,《笥河文集》卷首,《续修四库全书》第1440册影印嘉庆二十年刻本,影印第116页)。

④ 朱筠撰有《三百三十有三士亭记》,《笥河文集》卷七,影印第224-225页。按:《郑孝胥日记》记载阮元使门生各致一石建亭,遂以名亭(《郑孝胥日记》第1591页),当误记。

⑤ 罗继祖《清朱笥河先生筠年谱》,第七至九页。第八页"乾隆二十八年癸巳",系"三十八年"之误。王云五主编《新编中国名人年谱集成》第十五辑,台湾"商务印书馆"1981年版。又可参看朱珪《诰授中议大夫翰林院编修前日讲起居注官翰林院侍读学士加二级竹君朱公神道碑》(朱筠《笥河文集》卷首,《续修四库全书》第1440册,影印第103页)。

⑥ 据朱锡经《皇清诰授光禄大夫经筵日讲起居注官太子太傅南书房供奉体仁阁大学士管理工部兼翰林院掌院学士赠太傅入祀贤良祠赐谥文正显考南厓府君年谱》(即朱珪年谱)。

年，朱氏兄弟在福建的时间，不少于10年[①]。《竹间十日话》记载乾隆甲戌(十九年，1754)以来提督学政官员题名，在朱珪条下注："乾隆戊辰(十三年，1748)进士。四十五年(1780)，以日讲起居注官翰林院侍讲学士，继兄朱筠任。岁科所取士及优贡生，如林乔荫、林澍蕃、林开琼、郑天錡、黄世发、张腾蛟、游光绎、许作屏、张星象辈皆名士。又令诸生与光泽学训导林茂春结读书堂。……乾隆四十五年(1780)以后，闽士讲求汉、唐注疏之学，皆由朱学士筠、朱太傅珪及鳌峰掌教张公甄陶始。"朱筠条下注："字竹君，大兴人。乾隆甲戌(十九年，1754)进士，庚寅(三十五年，1770)典闽试，得士称盛。四十四年(1779)，以编修任。是年，弟朱珪以侍讲学士主闽试，填榜之夕，兄弟同宴，人士羡之。是科，闽县张经邦发解。经邦，福清进士，昆明县、鳌峰掌教甄陶子。甄陶著《十三经经说》授之，父子皆宏博。竹君(朱筠)学使岁科拔为第一，时人服其兄弟操鉴之精。"[②]按：朱筠，字竹君、美叔，又号笥河，谥文正。闽县孟超然(1731—1797)有《金缕曲》(廿载蓬瀛客)词[③]怀之，侯官杨庆琛(1773—1867)诗句云"笥河老人今韩苏"[④]，可见闽人对朱筠的尊敬。《清代学者象传》多名学者如钱坫、汪中、陈用光传中均有朱筠赏识人才的事迹。朱筠(1729—1781)、朱珪(1731—1807)兄弟在福建提督学政[⑤]、选拔人才，同时传播了乾嘉学术，"公(朱筠)至闽，一以经学六书倡，口讲指画，示以乡方"，"暇则搜奇广洞，遍著手迹"[⑥]，这是福建乾嘉考据学派的开端。闽县张甄陶(1713—1780)曾经为鳌峰书院山长(1776—1780)，主鳌峰书院讲席，被视为"闽士知讲汉唐注疏之学"之端始[⑦]，对于改变闽中士习，调和汉学、宋学的门户之争[⑧]，传播乾嘉考据学，具有一定的贡献。朱氏兄弟典试福建乡试，提督福建学政，同时张甄陶主讲鳌峰，是朱氏兄弟的同道者，其子张经邦更是直接受到朱氏兄弟的赏识，冠诸全闽举子。至朱氏兄弟主

---

① 朱珪乾隆二十五年(1760)仕福建，任福建按察使司粮驿分巡道(朱锡经《皇清诰授光禄大夫经筵日讲起居注官太子太傅南书房供奉体仁阁大学士管理工部兼翰林院掌院学士赠太傅入祀贤良祠赐谥文正显考南厓府君年谱》，即朱珪年谱，《续修四库全书》第1452册，影印第400页，乾隆二十五年庚辰秋七月条)，其兄朱筠作有《(庚辰，1760)石君之官福建既发数日作诗寄之》诗(《笥河诗集》卷四，《续修四库全书》第1439册影印嘉庆八年癸亥刻本，影印第513页)，自作有《涌泉寺》、《喝水岩》(朱珪《知足斋诗集》卷三)，《五代会》有"庚辰我适闽"(《知足斋诗集》卷九，《续修四库全书》第1452册，影印第49页)句；二十六年至二十八年(1761—1763)署按察使，兼福州府事(朱珪年谱，影印第401页)；二十八年(1763)升福建按察使，未任，署布政使(同书，影印第401页)；二十九年至三十二年(1764—1767)正月以父丧守制，朱珪云"甲申冬，予以忧去"(朱珪《诰封奉政大夫林君墓志铭》，《知足斋文集》卷三，《续修四库全书》第1452册，影印第296页)；三十二年(1767)服阕，补湖北按察使，调山西按察使，升山西布政使、护理山西巡抚兼提督篆；四十年(1775)任翰林院侍读学士；朱筠于三十五年庚寅(1770)、朱珪于四十四年己亥(1779)典福建乡试(朱筠有诗《庚寅闰五月十五日典试福建》、《石君闻余使闽以诗见寄和之》，见《笥河诗集》卷五，《续修四库全书》第1439册，影印第526页)；朱筠于四十四年至四十五年(1779—1780)任福建学政；朝廷派其弟朱珪接任，朱珪于四十五年冬至四十八年(1780—1783)任福建学政。

② 郭柏苍《竹间十日话》卷四，第76页。

③ 《金缕曲》序云："朱竹君学使先于庚寅(乾隆三十五年，1770)岁主试闽中，梦武夷君见召，约以十年。逮辛丑(四十六年，1781)视学任满，入都未久，以微疾逝。赋此哀之。时令弟石君方视闽学，并以奉諗。"(林葆恒《闽词征》卷四，《闽词钞 闽词征》，第744页，引孟超然词)

④ 杨庆琛《张又川孝廉家藏朱笥河学士墨迹题后》，《绛雪山房诗钞》卷七，《清代诗文集汇编》第542册，影印第409页。

⑤ 朱珪于乾隆四十五年庚子(1780)八月简放福建学政，接其兄朱筠任，十一月十八日到任(朱锡经《皇清诰授光禄大夫经筵日讲起居注官太子太傅南书房供奉体仁阁大学士管理工部兼翰林院掌院学士赠太傅入祀贤良祠赐谥文正显考南厓府君年谱》，续修四库全书第1452册，影印第409页，乾隆四十五年)。

⑥ 朱珪《翰林院编修诰授中议大夫前日讲起居注官翰林院侍读学士加二级先叔兄朱公墓志铭》，《知足斋文集》卷三，续修四库全书第1452册影印嘉庆九年阮元刻增修本，影印第295页。此墓志铭一题《诰授中议大夫翰林院编修日讲起居注官翰林院侍读学士加二级竹君朱公墓志铭》(朱筠《笥河诗集》卷二十，《续修四库全书》第1439册影印嘉庆八年癸亥刻本，影印第713页)，与所引文字较，少一"倡"字(影印第716页)；又与朱珪所撰《诰授中议大夫翰林院编修前日讲起居注官翰林院侍读学士加二级竹君朱公神道碑》接近(朱筠《笥河文集》卷首，《续修四库全书》第1440册影印嘉庆二十年刻本，影印第104页)。

⑦ 民国《福建通志》总卷三十八，《福建儒林传》卷五，张甄陶传，原第二十页。

⑧ 福建自宋代以来成为全国理学传播的重镇。南宋之时，闽学与关学、洛学、濂学并立。在明代阳明心学、白沙心学盛行，风靡全国之时，闽中仍潜行程朱理学。清初，安溪李光地使程朱理学成为清代的官方哲学和统治思想，闽中士子以程朱理学从事科举之业，在清代学术转型中反应迟滞，是一大遗憾，但学者阮元、段玉裁均主张以宋学调剂汉学之失，拈出宋学之长处："段君曰今日大病在弃洛、闽、关中之学，谓之庸腐，而立身苟简气节败、政事芜，天下皆君子而无真君子，故专言汉学不治宋学乃真人心世道之忧，而况所谓汉学者如同画饼乎？抚部(阮元)曰近之言汉学者知宋人虚妄之病，而于圣贤修身立行之大节略而不谈，以遂其不矜细行，乃害于其心其事。"(陈寿祺《孟氏八录跋》，《左海文集》卷七，《清代诗文集汇编》第499册，影印第321页)在尊德性与道问学二者的关系上，清代福建学术之失在于迟迟实现朴学的传播，朴学盛行的省份之失在于基本抛弃宋明理学的合理内核。

试、督学福建之时,乾嘉考据学作为清代学术的典型形态,逐渐趋于成熟,朱氏兄弟闽中传播乾嘉学术的构想通过张甄陶主持鳌峰书院事务而得以实现。

按:读书堂,别称读书会、读书社[①],名称不一,福州著名文会之一。梁章钜《先教谕公行略》称由时任福建粮储道、主持鳌峰书院的朱珪组织[②]。同治刊本《福建通志》林茂春传云:"质近鲁而好读书,尤专精三礼、《左氏传》及马、班二史。时福州多为文会,治制艺。茂春独约朋辈,立程限,考经史。时前太傅朱珪为学政,令与十余人合为'读书堂'。堂中人龚景瀚、景沆、林乔荫、澍蕃、梁赞图、上泰、上国、林开琼、昆琼、春琼[③],皆以兄弟竞爽;此外,郑天錞、黄世发、郭文銡、郑光策、陈登龙皆知名士。"[④]民国《福建通志·文苑传》林茂春传后按语对同治刊本《福建通志》(即所谓"道光(通)志")的说法有所辨正,以为读书堂即读书社,社友二十八人,二十八人为林茂春、龚景瀚、林乔荫、林澍蕃、林其宴[⑤]、陈登龙、龚景沆、梁赞图、梁上治、梁上泰、梁上国、林开琼、林昆琼、林春琼、郑天錞、郭文銡、郑光策、叶观国、孟超然、张国洺、郑存敦、许作屏[⑥]二十二人及文甫、述圣、含耀、弱中、维颖、维芳等未详名姓者六人[⑦],实际上仅有文甫、维芳二人俟考。读书社中多林氏、龚氏、梁氏、叶氏等世家子弟,容易形成家学,促使学术传播产生家族内部授受、影响和代际传承的规模效应。其他为朱珪、朱筠兄弟在闽、在朝廷所知、推荐、赏拔的福建人甚多,如连江章朝栻[⑧]、侯官

① 梁章钜《先教谕公行略》称"读书会"(《退庵文存》,《清代诗文集汇编》第515册,影印第377页),《清和郑夫人行略》称"读书社"(同书,影印第380页),皆读书堂别称。

② 梁章钜《先教谕公行略》,《退庵文存》,《清代诗文集汇编》第515册,影印第377页。按:梁章钜所称朱珪职官不确。朱珪于乾隆二十六年(1761)到任福建按察使司粮驿分巡道(同治刊本《福建通志》卷一百七,影印第2049页),朱珪年谱记载朱珪于二十五年七月任(朱锡经《皇清诰授光禄大夫经筵日讲起居注官太子太傅南书房供奉体仁阁大学士管理工部兼翰林院掌院学士赠太傅入祀贤良祠赐谥文正显考南厓府君年谱》,续修四库全书第1452册,影印第400页,乾隆二十五年庚辰秋七月条)。梁章钜《先教谕公行略》所记载的读书会组成时间要早于同治刊本《福建通志》林茂春传所记朱珪为福建学政(1780—1783)之时,将近20年。以梁赞图乾隆三十三年(1768)戊子科举人中式的事实看,其子梁章钜《先教谕公行略》的记载是可靠的,这关系到乾嘉学术在福建传播的时间。

③ 按:民国《福建通志·福建艺文志》著录林乔荫《樾亭杂纂》,引谢章铤《赌棋山庄余集》,略云林乔荫少与龚海峰(龚景瀚)、郑有美等十人结读书社,时有"后十才子"之目(民国《福建通志》总卷二十五,《福建艺文志》卷五十,第二页。谢氏文即《赌棋山庄余集》文集卷二《樾亭杂纂序》),疑即此二龚、两林、三梁、三林十人,然郑有美不在此数。又,龚景瀚作有《去腊兰州送别施云在未尽所言兹留平凉月余始归因叠前韵四首重赠并酬见答之作》组诗,其二诗中注云:"戊子(乾隆三十三年,1768)春,予得咯血之病,先君不令就读。与(施)云在为酒会,时陈友美昆仲、林文震昆仲皆预,皆予之姻娅也。"(龚葆琛《福州通贤龚氏支谱》,影印第664页)疑郑有美即陈友美。

④ 同治刊本《福建通志》卷二百三十九,林茂春传,原第五页,影印第4311页。

⑤ 林其宴系林正辉次子,受到摄福州府事、福建粮驿道朱珪的赏识,"昔岁癸未(乾隆二十八年,1763),予兼摄福州府事,取其宴第二人,试使者不录,予招之署,自教之。……庚寅乡试,为予兄竹君所举,遂成进士,闽人以予为知人"。(《诰封奉政大夫林君墓志铭》,《知足斋文集》卷三,影印第296页)

⑥ 陈寿祺《家秋坪同知诗集序》:"时先生及同社诸君黄耦宾(黄世发)、龚维靖(龚景沆)、林学陵、许子锦(许作屏)等皆已举于乡。"(《左海文集》卷六,《清代诗文集汇编》第499册,影印第284页)

⑦ 民国《福建通志》总卷三十九,《福建文苑传(清二)》卷八,第十三页。按:侯官何莹,字述圣,号芝卿。乾隆间诸生。有《芳兰诗钞》(《国朝全闽诗录初集》续集卷十一何莹条,第722页)。龚景瀚有《忆昔怀人复得二十首叠用杜工部韵》(觞榼群英会)有句"君家兄弟好",又诗后注:"述善、述圣、介堂三何君"(《福州通贤龚氏支谱》,影印第655页),知述圣姓何,当为何应举兄弟行。陈发其侄孙陈大煜,字含耀,号俟庵,籍侯官。受知于朱珪。乾隆四十八年癸卯(1783)举人。有《俟庵文稿》。叶观国诸子别字中有"维"字,其次子叶申菉,字维芳。嘉庆三年(1798)举人,未知即是同一人。维芳、维颖当是叶氏家族中人。又,侯官人张国洺,字维扬,号息庐。乾隆间邑诸生。善赋试帖诗、春草诗。有《广亭集》,"大都清丽和雅,近十才子风调。林乔荫尝择其五言佳者数首入《摘句图》。"(民国《福建通志》总卷三十九,《福建文苑传(清二)》卷八,张国洺传,第六页)《国朝全闽诗录初集》选其诗《舟泊白沙寄怀诸兄弟》(卷二十一,第455页)、《过维周乌石山房》(同书,第456页),其家兄弟众多,亦或有为二"维"者。据《福州通贤龚氏支谱》记载,龚景潞原名滟,字惟颖,龚一登三子;龚景淳,原名漱,字惟方,号又瞿,龚一登长子,俱龚景瀚从兄弟(影印第258-259页)。弱中,黄世发,侯官宋道策外孙。民国《福建通志·福建艺文志》著录佚名《春台赘言》,引谢章铤《课余续录》所考,其第五卷末云"吾友林春园其宴为袁州守",推断为读书社中人(民国《福建通志》总卷二十五,《福建艺文志》卷五十,第三页),是。龚景瀚诗《忆昔怀人复得二十首叠用杜工部韵》(郑子美无度)诗后注:"郑君宪公、陈君文耀及同社诸子"(《福州通贤龚氏支谱》,影印第656页),回忆的当是读书社中人。

⑧ 民国《福建通志》总卷三十九,《福建文苑传(清二)》卷八,原第十二页。

郑振图①、龙溪李威②、宁化张腾蛟③、长乐梁运昌④、建阳徐经⑤、古田张星象⑥、瓯宁万世美、侯官陈大煜、霞浦游光绎、长汀汤志尧、侯官许作屏⑦、郑洛英⑧、归化谢绍谋⑨、长乐梁上泰⑩、侯官林宾日⑪、连城杨登璐⑫、龙溪郑琮⑬、长汀杨濬⑭、南安杨芳⑮、邵武黄利通⑯、莆田郑远芳⑰、闽县萨龙光⑱、建宁黄宗健⑲、宁化伊秉绶⑳、侯官陈鹤书㉑、侯官谢金銮㉒等。朱珪爱惜人才,善于识鉴、品藻人物,在士林具有极高声望。在闽先后将林其宴、张腾蛟招至署、至院,亲自教育成才,此种做法在官场中罕见,堪称师范典型。乾隆四十八年癸卯(1783)乡试年,乡试前决科,朱珪于1400余本诸生卷中得张腾蛟、游光绎、许作屏,以为"必元必魁",会考优贡生,即按次送交抚军,榜发,果前三人,无少参差,布政使徐嗣曾惊以为神㉓。

对于清代福建学术升降转换的过程,光绪十年甲申(1884)福建学者谢章铤论云:"吾闽自龟山(杨时)得道南之统,而集大成于考亭(朱熹),数百年来一以朱学为职志。读《四子书》内外注,不敢蹉跌一字,而又广搜《或问》、《语类》以及《蒙》、《存》、《浅》、《达》,下逮《大全》、《汇参》,其书满室。即五经自程朱外,亦惟蔡、胡、陈之说是守。不如是者,虽博犹谓之杂。延至乾隆中叶,纪文达、朱文正相继视闽学,以淹洽倡庠序,于是高才辈出,星联霞蔚。或通九经,或通十一经,或通十四经,且并《逸周书》、《竹书纪年》、《山海经》、管、荀、老、庄诸子,凡称为周秦古书者,莫不张皇幽眇,见之文字,老生宿儒虽未尝

① 民国《福建通志》总卷三十九,同卷,第十一页。

② 同上书,同卷,第十一页。

③ 民国《福建通志·文苑传》张腾蛟传:"乾隆辛丑(四十六年,1781),大兴朱珪视学至汀州,搜落卷,得其文,大赏之,置第一;癸卯(四十八年,1783)招至鳌峰书院中,肄业,遂举是科乡试第一。自是,珪仕宦所至,常与偕。"(总卷三十九,《福建文苑传(清二)》卷八,第十四页)朱珪作有《哭张孟词进士五首》诗(《知足斋诗集》卷十,续修四库全书第1452册,影印第64页)。

④ 民国《福建通志》总卷三十九,《福建文苑传(清二)》卷八,第十八页。

⑤ 民国《福建通志》总卷三十九,《福建文苑传(清二)》卷八,第十七页。

⑥ 民国《福建通志》总卷三十九,《福建文苑传(清二)卷八,张星象传,第十五、十六页。传云古田张星象文学《史记》,抵书龚景瀚,愿为受业弟子,景瀚言于学使朱珪,朱珪选九郡诸生之尤者福州十人,外郡二十四人,肄业于鳌峰书院,亲课之。其中张腾蛟最为朱珪所赏,其余不相伯仲者有张星象、霞浦游光绎、长汀汤志尧、侯官许作屏等,时有"二张"之目。一说张星象与宁化张腾蛟、瓯宁万世美、侯官陈大煜同学于学使署。梁章钜《退庵文存》有《张星象传》。

⑦ 按:游、汤、许、万、陈五人人俱见民国《福建通志·文苑传》张星象传。汤志尧传又见民国《长汀县志》卷二十四《儒林传》本传。汤志尧精中西之学,尝测汀州府北极出地、赤道刻度。与宁化张腾蛟、霞浦游光绎、晋江谢淑元齐名,称"张游谢汤"。

⑧ 民国《福建通志》总卷三十九,《福建文苑传(清二)》卷八,郑洛英传,第七页。

⑨ 民国《明溪县志》卷十三,《小峨嵋山人诗集》条,影印第571页。《中国方志丛书》华南地方第235号影印民国三十二年铅印本。

⑩ 民国《福建通志》总卷三十四,《福建列传(清六)》卷三十七,梁上泰传,第三十九页。

⑪ 林则徐《先考行状》,《林则徐全集》第五册,第445页。

⑫ 民国《连城县志》卷二十一,杨登璐传,第二十八页,影印第205页。

⑬ 郑开禧序郑琮《樗云诗钞》语,见民国《福建通志·福建艺文志》卷七十一引(第十四页)。

⑭ 民国《长汀县志》卷二十五,《文苑传》本传,原第七页,影印第541页。

⑮ 民国《南安县志》卷三十一,《文苑传》杨芳传,原第二十页,影印第285页。

⑯ 民国《重修邵武县志》卷二十八,《文苑传》黄利通传,原第四页,影印第958页。

⑰ 民国《莆田县志》卷二十九,《文苑传》郑远芳传,原第一百二十三页,影印第603页。

⑱ 萨龙光系乾隆四十五年(1780)庚子科福建乡试第五名举人,四十六年(1781)辛丑科联捷成进士,考选庶吉士。萨龙光登进士第之年,福州萨氏所藏其先祖萨都剌《雁门集》板片尽毁于火,萨龙光谋编校重刊斯集,介朱珪从大兴翁方纲处借得明弘治李举刻本《萨都剌诗集》,合毛晋汲古阁刻本、顾嗣立《元诗选》本,于嘉庆十二年重刊(萨龙光《编注〈雁门集〉缘起》,民国《雁门萨氏家谱》卷七《吉光录》,影印第1203-1204页)。乾隆五十年乙巳(1785)朱珪作《〈雁门集编注〉序》,见民国《雁门萨氏家谱》(同书,卷五,《叙赠录上》,影印第703-704页)。萨龙光"弱冠入郡庠,食廪饩。丁酉选拔,丹阳吉渭岩、大兴朱竹均两先生先后视学,深器重之"。(《皇清诰授朝议大夫户部江西司兼山东司主事翰林院庶吉士诰授中宪大夫工部营缮司员外郎鬣萧府君行述》,民国《雁门萨氏家谱》卷六,影印第1072页)

⑲ 朱珪《太学生黄存庵墓志铭》,《知足斋文集》卷四,《续修四库全书》第1452册,影印第306页。

⑳ 朱锡经《皇清诰授光禄大夫经筵日讲起居注官太子太傅南书房供奉体仁阁大学士管理工部兼翰林院掌院学士赠太傅入祀贤良祠赐谥文正显考南厓府君年谱》,即朱珪年谱,《续修四库全书》第1452册,影印第408页,乾隆四十四年(1779)己亥科福建乡试。此科举人著名者有张经邦、郑光策、龚景沆、伊秉绶等。

㉑ 陈寿祺《先考行实》,《左海文集》卷十,《清代诗文集汇编》第499册,影印第429页。

㉒ 陈寿祺《皇清敕授文林郎安溪县学教谕谢君墓志铭》,《左海文集》卷十,《清代诗文集汇编》第499册,影印第419页。

㉓ 朱锡经《皇清诰授光禄大夫经筵日讲起居注官太子太傅南书房供奉体仁阁大学士管理工部兼翰林院掌院学士赠太傅入祀贤良祠赐谥文正显考南厓府君年谱》,影印第410页,乾隆四十八年癸卯。

不谨守朱子之法,然其议论则有加焉,见闻则有进焉。乃相与立为读书榭,榭中名宿如梁九山宫詹、林樾亭大令、龚海峰太守十数公皆读书等身、著作等身,最后陈恭甫侍御出,以沉博绝丽之才,专精许、郑,建汉学之赤帜。先导者为林畅园(林茂春)、郑西霞(郑光策)诸公,羽翼者为万虞臣(万世美,一字虞亭[①])、萨檀河(萨玉衡)、谢甸男(谢震)诸公。其时先生之同郡王虚谷之经义、林纫秋(林滋秀)之词章皆有盛名,而先生独归心朴学,兼擅著作,非所谓质有其文者耶?嗟乎!千里同声,一何盛也!而今可再得耶?章铤窃谓学术一道因时而变,亦因人而兴。穷则必反,能者居风气之先,皆可以取大名。"[②]在清代学术风气嬗变的背景下,福建学术从宋学转变为汉学,以实事求是为家法,"因人而兴",以陈寿祺为赤帜,有先导者,有羽翼者,有追随者,尤其以陈寿祺门人众多,"极一时之选"[③],如王捷南、叶修昌、张际亮、翁时稚、刘存仁、林昌彝、曾元澄、林寿图等,千里同声,声势浩大,有力有声之故,终于实现本省学术范式的转变。这一进程不断加强,道光二十六年(1846)谢章铤(1820—1903)云"吾闽称海滨邹鲁者数十百年。山水奇以秀,于星度属牛、女之墟,文风蔚然特盛,顾好朴学而不善为名"[④]。"好朴学"、文风特盛成为清代中叶以后福建学界的气象。

民国《闽侯县志·儒林传》林乔荫传:"(林乔荫)少与弟澍蕃及龚景瀚、郑存敦、郑光策诸人均以府试为大兴朱珪所赏,命联为文会,名'读书社'。嗣诸人又各招其亲知及有声于庠者,社日以大,共二十八人,皆里中豪隽,博学健文。里中人闻社名之夸也,或相与窃笑之,诸人不以为意,聚则各出所读,往复质正,辨论丛起。乔荫以博洽多闻,通晓吏事,屡佐大寮幕,府,倾动一时。晚宰江津,檄赴西藏管粮,受代归,遽卒于官。……尝著《三礼陈数求义》三十卷,自谓生平精力尽于是书,以多掊击注疏,为时流所不喜,然贯通经传,纲举目张,能使读之者涣然冰释,怡然理顺,视陈用之礼书,有过之无不及也。"[⑤]林乔荫系乾隆三十年(1765)举人。上引传文所谓读书社成员"各出所读,往复质正,辨论丛起",及林乔荫所著《三礼陈数求义》,"多掊击注疏","贯通经传,纲举目张"正是乾嘉学人学术研究的风气和基本面貌。

民国《福建通志》著录林茂春《史汉拾遗》十六卷,解题引晚清学者谢章铤《课余续录》:"林畅园先生在读书社中著述最富,多巨帙,可以名家。"[⑥]

建阳徐经,以父荫正八品,例授奋武校尉,不就。总督某知经有学问,两咨兵部,请改文职,皆格于吏议。归筑楼读书,为邑增生。大兴朱筠、朱珪两学使试古学,冠建宁七邑。饫闻兵制、兵谋,又留心吏治及一切有关于经世者。著述繁富,于《春秋》著力尤深[⑦]。

此后,乾隆五十一年(1786),陆锡熊任福建学政,至五十四年(1789),促进福建学术的发展和古文创作的传播。至朱珪入阁为大学士以后的门人陈寿祺(1771—1834)[⑧]之世,闽中的学术从宋学完全转向为汉学,各种专门学问俱全,完全具备乾嘉朴学的格局。又有著名学者王绍兰仕宦福建。王绍兰(1760—1835),浙江萧山人。乾隆五十八年癸丑(1793)进士。嘉庆二年(1797)从福州府屏南知县调本府闽县知县兼海防同知,除丁母忧守制外,一生多在福建任官,历任知县、泉州知

---

① 谢章铤《建宁(府)杂诗》其四诗后注,《赌棋山庄集》诗集卷八,《清代诗文集汇编》第680册影印光绪十四年刻本,影印第874页。

② 谢章铤《西云札记序》,《赌棋山庄文续》卷一,《清代诗文集汇编》第680册影印光绪十八年刻本,影印第755页。此前,同治八年(1869)谢氏为陈乔枞作《左海后人朴园陈先生墓志铭》,首云"国家经学昌明,硕儒辈出,闽人则谨守五子渊源,风气不变",直至陈乔枞(朴园)之父陈寿祺出,其所著诸书"远与两汉大师相羽翼","论者谓自元和惠氏三世传《易》,高邮王氏父子明小学之外,盖莫与抗手焉"(《赌棋山庄集》文集卷七,同书,影印第733页)从陈寿祺(1771—1834)的生平看,闽中乾嘉学术传播、畅行之风迟于江苏、浙江、安徽、直隶、河北等直省数十年。

③ 谢章铤《孝廉方正刘征君别传》,《赌棋山庄文续》卷一,《清代诗文集汇编》第680册影印光绪十八年刻本,影印第760页。

④ 谢章铤《瓣香堂集钞序》,《赌棋山庄余集》文集卷二,《清代诗文集汇编》第681册,影印第91页。

⑤ 民国《闽侯县志》卷七十,原第十七页,影印第281页。

⑥ 民国《福建通志》总卷二十五,《福建艺文志》卷十六,第二页。

⑦ 民国《福建通志》总卷三十九,《福建文苑传(清二)》卷八,第十七页。

⑧ 按:陈寿祺于嘉庆四年己未(1799)成进士,为大兴朱珪、仪征阮元门下士。陈寿祺闱中卷为人所遏,朱珪、阮元联手施援,力拔出之。事具民国《福建通志·福建儒林传》陈寿祺传(《福建儒林传》卷五,原第二十五页)。

府、兴泉永道、福建按察使、福建布政使、福建巡抚署闽浙总督，嘉庆二十二年(1817)夺职归里，前后近二十年。王绍兰的著作近三十种，专治礼经、《说文解字》，治学方法近于惠周惕、惠士奇、惠栋为典型的吴派。

转型后形成的朴学(乾嘉考据学)并非独立于在科举事业之外的、不干利禄的象牙塔。清代学术的转型和科举的转型几乎同步，紧密相关。学术的转型促使科举之诗若文的内容发生转变，科举的转型反过来又促进了清代学术的繁荣。以下略举四例：光绪十二年(1886)丙戌科第二百九名贡士曾福谦会试硃卷本房原荐批谓："五策考证详明，迥非钞胥者比"，聚奎堂原批："策对精详"；光绪二十一年(1895)乙未科第一百九十五名贡士林开謩会试硃卷本房原荐批："《春秋》用张氏说，笔有断制。考证详明，第二道尤翔实，第五道熟于有明文章沿革"[①]，而前此同治十二年(1873)癸酉科举人、侯官郭绩昌乡试硃卷《乐节礼乐道人善乐多贤友益矣》著论云"考据亦繁缛之为而乐焉，既以为甘，即节焉，不以为苦也，容有不受礼乐之益者"[②]，是郭氏对乐者三益之"乐节礼"经义的阐发。陈衍(1856—1937)在光绪八年壬午(1882)举人中式时，年二十七岁，而在此前的光绪四年戊寅(1878)、五年己卯(1879)年间，"石遗方舍其词章之学，治《说文》、三礼"[③]，有助于其在科场上掇取功名，可视为清代时文、古文和学术高度结合的重要例证。

清代乾隆间福州府闽县人张甄陶(1713—1780)枕葄经史，博览全书，从方苞读"未见书"，文宗苏轼[④]，其人受到朴学的影响，又为桐城门人，已经暗合桐城宗师姚鼐的古文理论。桐城派古文创作宗师姚鼐(1732—1815)提出义理、考据、辞章三结合的古文创作理论，随着桐城派古文创作的传播，姚鼐的古文理论亦渐次传入福建。明、清两代举业制艺的创作本需阐发儒家经典的经义(即义理)，盖本诸宋人"以文载道"的观念，而在清代乾嘉考据学的学术背景下，义理、考据二者相结合的观念强力渗透到举业中，几乎达到制艺若无考据必无以言义理的地步。经义与考据相结合，将明代以迄乾隆二十年代的八股文创作推向新的高度。义理、考据二者与辞章的结合方显示出在举业之外，古文家的辞章之于义理和考据的要求。同治十二年(1873)癸酉科福建乡试举人郭绩昌在其硃卷《乐节礼乐道人善乐多贤友益矣》中云"考据之纂订足参制作之权，即极之"的观念。郭绩昌在此制艺终还提到"考据亦繁缛之为而乐焉，既以为甘，即节焉，不以为苦也，容有不受礼乐之益者"[⑤]，阐发了"益者三乐"之"乐节礼"之乐的经义意蕴。由此观之，同治年间福建的学术已经受到考据学的深刻影响，影响泛及福建举子的举业。郭绩昌所谓"制作"的本意固为制艺而发，其实不止于制艺，应当包含了文学创作在内的所有文体的"制作"。"考据之纂订足参制作之权"，亦即姚鼐考据助益辞章的论述，郭绩昌认为应当"极之"，挖掘、发明考据助益、拓展古文创作的途径、方式、方法，以期开辟古文创作的新境界。

## 第四节　清代福建的朴学及其成就

民国《闽县乡土志》经学谢章铤传："其掌教致用堂最久，文益远，名公钜卿碑版多出其手。吾闽经学家曰芝圃吴氏(吴兰荪)，诗学家曰十砚黄氏(黄任)，两家后人皆能世其学。嘉、道后，左海派治训

① 《清代硃卷集成》第六〇册，进士曾福谦硃卷，影印第224页；第八四册，进士林开謩硃卷，影印第344页。

② 《清代硃卷集成》第三三八册，郭绩昌硃卷，影印第74页。

③ 民国《福建通志》总卷四十五，《福建列女传》卷六，萧道管传，原第四十九页。

④ 民国《福建通志》总卷三十八，《福建儒林传》卷五，张甄陶传，原第十九页。

⑤ 《清代硃卷集成》第三三八册，郭绩昌硃卷，影印第75-76页。

诂,而林派治掌故,相持不下。近与谢氏并世治古文词者有欧斋林氏(林寿图,字颖叔),治时务经济[1]者有鹤汀王氏(王庆云),治辞章者尤多,则有子安魏氏(魏秀仁)、子恂杨氏(杨仲愈)、礼堂梁氏(梁鸣谦),而希村林氏(林晟)、允卿李氏(李骏斌)[2]、伯初(陈书)陈氏伯仲(陈书、陈衍)辄思所以继之。……惟谢氏享大年,储硕望。自少至老,文境数变,卒乃集汉学、宋学、经史、掌故、诗、古文辞诸家而成为旧学一巨子,可不谓盛耶!"[3]左海,指孟超然门人、著名学者陈寿祺(1771—1834),门人众多,称左海派。林派指闽县学者、陈寿祺之友林春溥(1773—1859)的学术门派,《清儒学案》为立《鉴塘学案》。自道光十四年甲午(1834)起,林春溥长主鳌峰书院,至咸丰二年壬子(1852)辞讲席,其著述精于稽考古史。嘉庆、道光以来福建的左海派、林派及古文创作均与乾隆间乾嘉考据学在福建的传播紧密相关。

近现代学者刘师培(1884—1919)论云:"江北之学亦有输入南方者,一曰闽中学派,一曰浙中学派。闽中学士疏陋,自陈寿祺得阮氏(阮元)之传,殚深三礼,疏证《五经》异义,条鬯朴纯,里人(当作乡人,指同省之人)陈金城、陈庆镛、王捷南传其学,后起之士有林鉴塘(林春溥)、刘端。端于《礼》学为尤精,是为闽中之正传。"[4]陈寿祺精于《说文》、《尚书》、三家《诗》、大小《礼》经等儒家经典,搜集乡邦文献,修纂地方史志,嗜好图书,同治间福建巡抚王凯泰称誉"其学问根柢犹有乾嘉老辈之遗"[5],道光元年(1821)阮元评价闽粤二省学术谓"粤中学术故不及闽"[6],朱筠、朱珪、张甄陶、孟超然、陈寿祺等学者对闽中学术的推动功不可没。林春溥所著有《竹柏山房》十五种著作,集中在对战国以前历史文献的考订,对儒家经典、儒家先贤事迹的辨正及音韵文字训诂之学。刘端为陈寿祺门人,其撰著发《礼》学之幽音者有《昏礼重别论五篇辨证》二卷,亦精于考订史事。刘端的家学传至外孙陈鸿章,陈鸿章著有《周礼释义》二十卷、《仪礼释义》二十卷、《春秋纲要》十卷等,为晚清名儒。

除了刘师培所论陈寿祺门人之外,与陈寿祺游者还有著名的学者、闽县何治运。何治运(1775—1821)著述丰富,博览群籍,能于阎若璩、惠栋、全祖望、高邮王氏、钱大昕等乾嘉考据名家的著述抉其违而弥其罅,令学者叹服其精微。

闽县孟超然(1731—1797),字朝举,号瓶庵。是陈寿祺早年在福建时候的老师,龚景瀚之友。为巡抚徐嗣曾所延,主鳌峰书院讲席八年,"材俊辈作士之来者,横舍不能容"[7],培养出陈寿祺、郑杰、郑榕、陈时夏、陈念祖、王庆长等门人。传见《清史稿》卷四百八十,入《清儒学案》卷六十六《翠庭学案》,为雷鋐私淑门人。孟超然《瓶庵先生遗书》内有八录十二卷,其中《晚闻录》,辑朱熹与朋友弟子问答;《丧礼辑略》,纂《礼经》及《朱子家礼》,正乡俗之失;《避暑录》,杂考经史、文字,识遗闻轶事[8]。从孟超然到陈寿祺,既是闽中学术一脉的传承,也是桐城派古文传承的一条脉络,其律动与朱仕琇等古文创

---

① 经济一词,古今所指不同。道光五年(1825),闽县学者陈寿祺《鳌峰崇正讲堂规约八则》其五《择经籍》:"经济之书,则《通典》、《文献通考》、《续文献通考》、《大学衍义补》、《思辨录》、《读史方舆纪要》、《郡国利病书》、《农政全书》、《行水金鉴》、《武经纂要》、《虎钤经》、《荆川武编》、《筹海图编》、《纪效新书》、《历代名臣奏议》、《明臣奏议》、《大清会典》、皇朝三通、《御纂律吕正义后编》、《御纂数理精蕴》、《御定仪象考成》,所以通知古今,可施实用,此皆问政之津梁也"(《左海文集》卷十,《清代诗文集汇编》第499册,影印第447页);长乐谢章铤:"于时哄夷滋事,沿海多边患,中国苦兵单财匮,余慨然有建树之志,乃读《通鉴》、列史与古今时务诸书,于是知有经济之学"。(《残书目录序》,《赌棋山庄集》文集卷一,《清代诗文集汇编》第680册,影印第653页)谢章铤《东南兵事策》(咸丰七年作),主减兵、选将、严赏罚、府县久任四策,吴观礼评价谓"振笔直书,大气包举,仍由理实耳,绝大经济,孰谓非儒生事哉"?(同书,文集卷二,影印第657页)据此,大略知清人"经济"一词所指,亦知古文家使用"经济"这一术语的内涵。

② 按:郑祖庚《闽县乡土志》卷首之《新撰闽县乡土志》"赞成者"名单有"总理同知衔知县、戊子科经魁闽县李骏斌",下小字注:"允卿"(原第十页,影印第19页。《中国方志丛书》华南地方第226号,成文出版社1974年影印)。李骏斌系闽县李春林曾孙、李彦禧孙、李鸿基之子,侯官林庆祺配李氏胞弟,李宜龚从堂祖,光绪十四年戊子(1888)福建乡试举人,与郑祖庚、丁芸、陈宝璐等同年。李骏斌之子、福州船政学堂前学堂学生李兰漪(向澧,亦陈宝琛甥),曾至龙州依郑孝胥(《郑孝胥日记》,第951页),时光绪三十年六月十九日(1904年7月31日)。李兰漪系船政前学堂第六届毕业生,光绪三十一年冬毕业。

③ 《闽县乡土志》,《耆旧录二·学业》谢章铤传,原第一百七十、一百七十一页,影印第340-341页。

④ 刘师培《南北学派不同论南北考证学不同论》,载《国粹学报》(月刊)光绪三十一年乙巳(1905)第七号。

⑤ 王凯泰《重纂福建通志序》,同治刊本《福建通志》,影印第3页。

⑥ 阮元《仪征阮宫保尚书札》,陈寿祺《左海文集》卷首,《清代诗文集汇编》第499册,影印第82页。

⑦ 王凯泰《重纂福建通志序》,同治刊本《福建通志》,影印第3页。

⑧ 民国《福建通志》总卷二十五,《福建艺文志》卷七十六,引陈寿祺《左海文集》。

作既有交流,亦有区别,区别之处在于"左海派治训诂","以通儒"[①]名世,而且陈寿祺的学术从宗宋学(师孟超然)发展到宗汉学(师朱珪、阮元),形成家学[②]。

与陈寿祺同时的闽中学者有林天光。林光天是乾嘉间福建与陈寿祺等同道的学者,均受业于孟超然。《侯官乡土志·耆德录》林光天传:"字忠辉,号水如。少知孝友,比壮有文名。孟吏部超然掌教鳌峰,引为弟子。朱太傅珪督闽学,以得士闻。科试,光天出其门下。前后受业受知皆老师宿儒,以是声名日起。中年家渐落,授徒为业。时复以束脩之赢分给穷士。累困场屋。嘉庆丁卯举乡副。……光天求记于御史(陈)寿祺……"[③]林光天场屋数奇不售,而擅于结撰"白字诗"(指的是纯以里谚方言编为韵语者[④]),穷极工巧,名噪一时。林光天尝与黄卓人、陈东郇(陈烺)、林希五(林雨化)结社论文[⑤]。

漳州府龙溪人李威(字畏吾、述堂,号凤冈)"少受知于学使者朱筠,长交益友孔广森,通六书之学,举乾隆庚寅(三十五年,1770)乡试,考取内阁中书,戊戌(四十三年,1778)成进士。……主讲丹霞书院……卒年九十余。所著书言天人事物之理。……已成者有诗、古文词若干卷、《说文解字定本》十五卷、《岭云轩琐记》二十一卷"[⑥]。

清代乾嘉考据学从京师南传至闽,以人文最为发达的福州府为渊薮,次之者为邵武府,再次之者为泉州府,进而扩散到台湾府。乾隆四十九年(1784),黄任的外孙女婿、《秋江集笺注》作者、闽县叶梦苓官台湾凤山县教谕,传播黄任之诗;此后又有德化县郑兼才、侯官县谢金銮以教职官台湾,修《台湾志》;道光间著名学者、侯官刘家谋司训台湾府县,殁于官;至光绪间,谢章铤的门人、专治《说文解字》的高足弟子王小樵"得台檄,将为教士之官"[⑦],闽人前仆后继,东渡台湾,传播朴学。

**邵武府**　光泽人高腾以举人大挑任福鼎训导,将汉学传播到闽北置县才五十年的福鼎县[福鼎置县始于乾隆二年(1737),县学教谕为训导兼官[⑧]],后辞归光泽,继续在光泽传播汉学,两邑士以是彬彬向学,转相授受,人才郁然,士风丕变。民国《福建通志·文苑传》高澍然本传:"其论学以去名利为第一义,谓去名利心不尽,有时而发,君子之决裂尤甚于小人。去名利心在能轻外,轻外在能重内,重内在能立志,故狂者必简简之极,至于有天下而不与焉;反是为卑琐,卑者内轻,琐者外重也。治经以经本义为重,不拘守传注而期于自得。著《春秋释经》,继三传后以经释经。论文主质而无人己之见,谓人见为鄙,己见为倍,无是二者则文皆其质存为道心,发为道气,古称文以载道,贵载以气,不徒载以辞,辞可袭取而气不可伪也。自言初学古文时苦无师承,日与古人往复,久之恍然有见于所谓浩然之气者。"[⑨]高澍然平生于论学、治经、论文具有卓识,将哲学思想、学术研究和古文创作视为一体。详请参看本书光泽高氏家族条所引光绪《光泽县志》高腾传文字。

从民国《建宁县志》卷廿五《杂著》著录的情况看,何国桢撰《春秋传注辨讹》八卷,邓林华撰《十三经经解》,游韶章撰《歧韵辨》、《经字借读》,徐时作撰《闲居猫史》十二卷、《菜堂节录》二十卷,李云诰撰《学庸精义》、《诗骚叶音考》、《诗律中声集》、《世德流芳录》、《建宁耆旧传》、《绥安文献录略》、《亦乐斋

---

① 民国《闽侯县志》卷七十,陈寿祺传,传文所录孟超然语,原第九页,影印第277页。

② 按:民国《闽侯县志·儒林传》陈乔枞传:"以经术饰吏治,居官有声而独居深念,抚其先世遗著,辄慨然曰:'昔先大夫病革,有言:"吾四十归田,惟以书为性命,疲于文字之役,纂述未尽就,尔好汉学,治经,知师法,他日能成吾志,九原无憾矣。"小子虽无状,敢不勉诸!'乃于簿书之隙,紬绎旧闻次第,勒为定本。"(卷七十,原第十二页,影印第278页)又,同治刊本《福建通志》陈寿祺传云"寿祺初受业于孟吏部超然,为宋儒之学,及后出朱珪、阮元之门"(同治刊本《福建通志》卷二百三十八,陈寿祺传,原第四、五页,影印第4298-4299页),而民国《闽侯县志》陈寿祺传仅云"初受业于孟超然,为宋学;及出阮元之门,又交一时朴学士"(民国《闽侯县志》卷七十,陈寿祺传,影印第278页),民国《福建通志》陈寿祺传的内容(《福建儒林传》卷五,陈寿祺传,原第二十九页)与民国《闽侯县志》同,均不提及朱珪。

③ 《闽县乡土志》卷三,原第二十五、二十六页,影印第152-153页。

④ 民国《福建通志》总卷四十九,《滑稽传》,林光天传,原第一页。

⑤ 郭柏苍《林水如先生传》,《葭柎草堂集》卷上,《清代诗文集汇编》第662册,影印第143页。作于道光二十七年丁未(1847)。

⑥ 民国《福建通志》总卷三十九,《福建文苑传(清二)》卷八,第十一页。

⑦ 谢章铤《送王小樵之台》诗序,《赌棋山庄余集》诗集,《清代诗文集汇编》第681册,影印第119页。

⑧ 民国《福建通志》总卷三十九,《福建文苑传(清二)》卷八,高腾传,第十页。

⑨ 民国《福建通志》总卷三十九,《福建文苑传(清二)》卷八,高澍然传,第二十六页。

笔记》、《建宁耆旧诗钞删纂》二十四卷，黄宪文撰《养心编》[①]，何英标撰《周易昧根》，董腾蛟撰《汇典》二十卷，董润撰《建宁耆旧文钞》十卷、《女宗金鉴定》、(选刻)《濉川讲舍课录》，艾作霖撰《易经解义》，艾观澜撰《易经集解》，邹一枚撰《批点史记》、《毛诗解说》，刻施鸿《史测》十四卷，何其恭撰《四书旁注》、《周易批解》，李东苑撰《佩文韵府摘要》(光绪《邵武府志》卷二十九《艺文志》作《典韵摘要》二十卷)二十卷、《字舛音误》二卷、《注阴骘文》四卷，张文瑾撰《周易传解》、《经诗韵解》(光绪《邵武府志》卷二十九《艺文志》题《诗经韵解》)、《四子心解》、《论孟随解》、《道人峰志》，饶典撰《声政谱》，谢景星撰《河洛洪范勾股》、《先后天图》、《读书管见》，陈培元撰《石溪人物类传》一卷、《杜诗句解》一卷、《读史笔记》十余卷，张际虞撰《读史蠡测》十四卷，张际亮撰《耆旧钞记》、《国朝建宁耆旧诗钞》、《交旧录文》二卷、《黄垆录文》一卷、《缉盐事宜》一卷、《谷海三编》、《南浦秋波录》，杨瀚撰《儒备录》三十卷，李飞鹏撰《春秋讲义》若干卷，王增高撰《周易申义》四卷，虞景熹(刊)《胎生达生合编》、《疟疾奇方》，撰《地理都是春》十一卷，虞瑞图撰《邵武殉难备乘》；从光绪《光泽县志》卷十三《经籍略》著录的情况看，高澍然撰《诗音》十五卷、《春秋释经》十二卷、《论语私记》二卷、《福建历朝宦绩录》四十卷、《闽水纲目》十二卷(图一卷)、《重纂光泽县志》三十卷、《河防三编》各一卷、《汉历律志注》二卷，何国模撰《春秋传注辨伪》八卷，游绍章撰《歧韵辨》、《经字借读》，何秋渊撰《诗学举隅》，何秋涛撰《孟子编年考》、《朔方备乘》八十卷，伊象和撰《全唐诗人名考》四卷，何长聚撰《音学管见》等。

光泽李复悦(字铭中，乾隆五十一年丙午副榜举人)“潜心韵学，未竟而逝”[②]；邵武县人、嘉庆十四年己巳(1809)进士杨兆璜“以《十三经注疏》未卒读，不与省试。……足迹及十四省，好置书，所至恒数千卷自随……手校二十四史，凡历代职官及舆地沿革，缕缕能详，而于国朝掌故尤瞭如指掌。”[③]邵武县人、道光六年(1826)进士张冕师侯官谢金銮、宁化吴清夫、德化郑兼才，与高澍然善，张冕“经史外，晓天文、地理诸学。夙志著述，不屑为应举时文”[④]，著述多种；建宁县李祥赓“为学期于经世，天文、地理诸书无不通达”，为同邑前辈朱仕琇所重，延主其家；其人怀经世之志，学问于《易》尤邃，撰有《读易慎疑》；李祥赓之子李锺信“精算学、开方、勾股诸法，去繁就简，得其要领。”[⑤]邵武府所辖数县的学者及其著述林林总总，方方面面均有所涉及，在闽西北的邵武府形成一个学术中心。将学术与辞章结合起来的写法，朱仕琇亦擅长，少年之时朱仕琇即承其师汪世麟“子但通习诸经，可以推倒一世豪杰”[⑥]的教诲，古文作家杨瀚“宏才博学，诸子百家、天文地理、农田水利，与夫兵法、驳制、船制无所不通；其为古文，璀璨瑰丽，淹征博引，与世俗异”[⑦]，却与桐城家法同。咸丰间，光泽何秋涛“连捷成进士，益肆志于学，罄囊购书数万卷，与何绍箕、张穆等讨论讲贯，结顾祠社，执牛耳焉，然日与京师名公相游处，未尝以学问门户标异，惟于经史百家之词、事物之理考证钩析，务穷源委，较其同异，归诸实用”[⑧]。何秋涛师事泉州陈庆镛，咸丰三年(1853)受安徽巡抚李嘉端器重，奏辟随营入幕，采官私载籍编成《北徼汇编》，尚书陈孚恩言于上，命呈进，御赐书名《朔方备乘》，增衍图说[⑨]，累八十五卷，刻于保定。民国《福建通志·福建艺文志》著录作八十一卷，引陈衍《石遗室书录》[⑩]。

**福州府**　著名学者有郑方坤、萨龙光、陈庚焕、陈寿祺、赵在田、林春溥、谢章铤、陈书兄弟、林昌彝及其传人。

---

① 民国《福建通志》作黄应文(民国《福建通志》总卷二十五,《福建艺文志》存目卷二十九,第四页)。

② 光绪《光泽县志》卷二十二,《义行传》本传,影印第 1258 页。

③ 民国《福建通志》总卷三十九,《福建文苑传(清二)》卷八,第三十一页。

④ 民国《福建通志》总卷三十九,《福建文苑传(清三)》卷九,第一页。

⑤ 同治刊本《福建通志》卷二百三十八,李祥赓传,原第十七、十八页,影印第 4305 页。

⑥ 民国《建宁县志》卷十六,《文苑传》朱仕琇传,影印第 170 页。

⑦ 民国《建宁县志》卷十六,《文苑传》杨汉本转,影印第 173 页。

⑧ 光绪《光泽县志》卷十五,何秋涛传,影印第 1088 页。

⑨ 光绪《光泽县志》卷十五,何秋涛传,影印第 1089 页。按:光绪《光泽县志》卷十三《经籍略》著录《朔方备乘》八十卷,板存保定书局(影印第 1001 页)。

⑩ 民国《福建通志》总卷二十五,《福建艺文志》卷三十,第二页。

闽县郑方坤(1693—1755,迁建安),生于康熙三十二年癸酉(1693),雍正元年(1723)进士,卒于乾隆二十年乙亥(1755)。其人“天分既高,记诵尤广,故其诗下笔不休,有凌厉一切之意。尤力攻严羽《沧浪诗话》‘诗不关学’之非,然于涩字险韵恒数十叠,虽间见层出,波澜不穷,要亦不免于炫博,此又以学富失之”[①]。南宋严羽著《沧浪诗话》,有“诗不关学”之论,反对宋人“以才学为诗”,清人郑方坤在康、雍、乾盛世之时以闽人反对闽人,不以乡曲而回护严羽,此举着实出人意表,既反映出清初学风、诗风的转变,此种学风转变非必待诸乾嘉考据学兴起之后,清代学风的转变是一个渐进的过程,也反映出清初闽人对严羽及其影响下形成的闽诗派的不满态度。

乾隆六年辛酉(1741)举人、侯官人邓浩,教授永福。著有《孙吴统笺》十六卷、《车载博议》四卷、《炮战源流》三卷、《圭旨撮要》四卷、《道藏诗文选注》六卷、《汉魏诗评注》十卷、《马班古文通义》十卷、《词苑丹头》二十卷、《瀚海拔尤》十卷、《文坛举逸》二十卷、《黄庭经注》二卷、《道德经补注》四卷、《青乌经注》一卷、文集四卷、诗集二卷等[②],著述涉及军事、道藏、古文、诗歌等领域。

闽县萨龙光(1752—1818[③]),字肇藻,号露萧。萨龙光受知于大兴朱珪,其一生精力在于编校重刊《雁门集》,从登进士第、入翰林的乾隆四十六年辛丑(1781)始谋事,至嘉庆十二年丁卯(1807)蒇事,历二十余年,所编《雁门集》十四卷附《倡和录》一卷《别录》一卷、《雁门集笺注》八卷,其曾侄孙萨嘉曦《雁门集补遗跋》称“嘉曦尝据其所引用书目,手为汇录,几及三百种之多,间有珍秘之本,为世所罕见”,盖其人博极群书,考核旁证,深得乾嘉考据学的精髓。萨龙光撰有《编注〈雁门集〉缘起》[④]、《〈雁门集·倡和录〉跋》[⑤],备道编校、笺注之艰辛及其体例。

长乐陈庚焕(1757—1820),字道由,号惕园。乾隆至道光间闽籍大儒。陈氏自明代累世簪缨,世代业儒,至陈庚焕之时大著声名。手纂群籍百余种,见闻淹博,陈衍以为陈氏“尤熟于乡邦掌故,文章亦扶质立干,绝无庇类”[⑥]。陈衍精于鉴赏,学问淹贯,心思沉细,对前代著述时发己见。这种评价在陈衍《石遗室书录》中属于毫无保留的溢美之词,可见陈衍对陈庚焕的学问极为推挹。

闽县吴玉麟(1748—1817,字协书,号素村),乾隆四十二年丁酉(1777)举人。五上公车不售,游幕从戎,踪迹半天下。中年就教职,历龙溪、惠安、尤溪、福鼎、仙游、同安、凤山诸县,谪湖南桃源十六年。“生平邃于《易》,精天文”,所著多种,十之八九沦没湘中,藏于家者尚十余种。有《素村小草》十二卷、《五经诠解》、《管窥汇编》、《研几秘录》、《千姓编》一卷、《重修湖南省志》、《恒星歌》一卷等撰著。[⑦]

闽县林茂春“乾隆丁酉(四十二年,1777)拔贡,廷试第一,官教谕。丙午(五十一年,1786)举于乡。质近鲁而好学,视经、史、子、集如性命,尤专于左氏传及班、马二史,爬罗剔抉,目钛心刿,旁及古今人之评骘、论证,悉罗致以订其是非,难得之书必穷搜无遗,次则于后汉、晋、南北朝诸史及历代古近体诗、近代诸公选集,如是者垂五十年,成《左传补注》、《后汉书补注》、《文选补注》诸书若干卷”[⑧]。其及门弟子梁章钜等。林茂春殚精经史,所著《左传补注》、《汉书补注》,足与顾复初、万斯同相发明;尤喜读萧统《文选》,荟萃旧闻,辨析疑义,启发其门人梁章钜《文选旁证》四十六卷之撰著[⑨]。

侯官学者、乾隆四十四年己亥(1779)举人林一桂(字则枝,号钝村)。“朴学方闻,深于《礼》学,于《周官》经用力尤勤”,著成《读周礼长编》数十帙,节略为《读周礼私记》三十卷。[⑩] 清代福建学者李光

---

① 永瑢等《四库全书总目》卷一百八十五,《〈蔗尾集〉提要》,影印第1675页。

② 民国《福建通志》总卷三十九,《福建文苑传(清二)》卷八,第二页。

③ 民国《雁门萨氏家谱》卷三,《世系录》,影印第227页。

④ 同上书,卷七《吉光录》,影印第1203-1206页。

⑤ 同上书,同卷,影印第1209-1210页。

⑥ 民国《福建通志》总卷二十五,《福建艺文志》卷六十六,第八页,引陈衍《石遗室书录》。

⑦ 民国《福建通志》总卷三十九,《福建文苑传(清二)》卷八,吴玉麟传,第十页。

⑧ 民国《福建通志》总卷三十九,《福建文苑传(清二)》卷八,第十二、十三页。

⑨ 梁章钜《林畅园师传略》,《退庵文存》,《清代诗文集汇编》第515册影印清钞本,影印第358页。

⑩ 民国《福建通志》总卷三十八,《福建儒林传》卷五,林一桂传,原第二十一页。

地、李光坡、官献瑶、王士让、李清植、龚景瀚、林乔荫、林一桂、万世美、谢震、陈寿祺、陈乔枞、刘端、林昌彝等行列而来，从清初延续至同治间，“咸通礼学，基绪未坠”[①]。

侯官人(原籍杭州)仲杭(字之人)，乾隆五十九年甲寅(1794)举人。“负才跌宕，诗文亦肖其为人。又精隶，能为金石刻画。尝以拔萃科试京师，孙星衍、伊秉绶诸名流引为同调。后以贫不能入都，客死台湾。无子，手稿悉佚。”[②]

古田丁得舆(字民载，号石楼)，乾隆五十九年甲寅(1794)举人。“究心经世之学，于天文、地理、律算、兵刑皆能穷其根底。”[③]

侯官郑杰(1750？—1800)，邑庠生、乾隆间贡生。潜心稽古，好读、注韩诗，尤喜博览肆搜，著力于整理闽中文献。有《唐陈观察墓志铭考》一卷、《陈观察遗事》一卷、《注韩居七种》七卷、《明全闽诗录》、《国朝全闽诗录初集》二十一卷、《续集》十一卷，辑《红雨楼题跋》二卷等著作。

长乐梁运昌，嘉庆四年己未(1799)进士。为座主朱珪延入实录馆。梁运昌“闭户读书，于医卜、堪舆之学无不宣究，精篆刻，通绘事，以恽南田花卉设色太浓，每以淡远胜，然不多作……生平酷嗜杜诗，枕葄其中者数十年，有《杜园读杜》二十卷，合史学诗学而会通之，多发明，自来评杜注杜者多未及，可谓一生精力尽于此书矣”[④]。著作多种，藏其婿、举人何广熹家。

侯官冯缙，一赴礼闱即不复出，以书籍自娱，撰有《兰话堂后金石纪存》、《唐昭陵陪葬名氏考》等，校刊郡人林侗《来斋金石考》、孟超然《亦园亭全集》等。[⑤] 闽县陈寿祺为撰《唐昭陵陪葬名氏考序》。

闽县赵在田，嘉庆四年己未(1799)进士，与陈寿祺同年。考选翰林院庶吉士，散馆以国书第一，授编修。归里后，主凤池书院十四年。“生平精于三礼、三《传》、《史》、《汉》诸书，诗宗韩、苏。好蓄古研及碑版文字，聚书万余卷。”[⑥]

陈寿祺之外，同时长乐县著名学者、嘉庆七年(1802)进士梁章钜(1775—1849)，一生著述近七十种，足以体现乾嘉考据学对福建学者的影响。梁章钜所著《退庵随笔》二十二卷，“分旅行、交际、学殖、官常、政事、家礼、家诫、摄生、知兵、读经、读史、读子、学文、学诗、学字各门，引前人言行而加以论断、考证”[⑦]；其《巧对录》八卷，“尤佳在句句载明出处”[⑧]；《文选旁证》四十六卷(道光十四年初刻本)之作，阮元序称梁氏采书计一千三百余种，陈衍云“书中考证，颇兼精博”，然“误者亦不少”，瑕瑜参见[⑨]；《东南峤外诗钞初集》唐十二卷，“旁采诗话、杂记，条理明晰”[⑩]；《全闽明诗钞》五十卷，“体例与前书(按：指《东南峤外诗钞初集》唐十二卷、宋三十卷二种)同，胪列一切，殿以《退庵诗话》，钩稽旧籍，编摩不苟，犹是考据家实事求是之遗则”[⑪]。

侯官王道征，林昌彝之友。嘉庆、道光间人。“性嗜学。家故贫，不能多蓄书，每向朋辈借钞奇逸，得遍读古文字。”“赤兰每得先辈未刊遗集，即片楮只字，亦宝贵若珠玉”，对于先正遗稿及师友诗钞的搜集颇下功夫，尝辑为四录，先后锓板，公之同好[⑫]。

闽县人林春溥(1773—1859)，“弱冠即淹贯群经，辨析疑义辄有创解”，在朝“博涉群书，随时纂辑”；居乡，与舅氏陈登龙及游光绎、陈寿祺、赵在田诸人相过从，讲论学问，阐述经史；长洲彭蕴章

---

① 陈寿祺《李侍郎仪礼纂录序》，《左海文集》卷六，《清代诗文集汇编》第499册，影印第294-295页。

② 民国《福建通志》总卷三十九，《福建文苑传(清二)》卷八，仲杭传，第十六页。

③ 民国《福建通志》总卷三十九，《福建文苑传(清二)》卷八，丁得舆传，第十六页。

④ 民国《福建通志》总卷三十九，《福建文苑传(清二)》卷八，梁运昌传，第十九页。

⑤ 民国《福建通志》总卷三十九，《福建文苑传(清二)》卷八，冯缙传，第二十页。

⑥ 民国《福建通志》总卷三十九，《福建文苑传(清二)》卷八，赵在田传，第二十一页。

⑦ 民国《福建通志》总卷二十五，《福建艺文志》卷五十，第六页，引陈衍《石遗室书录》。

⑧ 同上书，同卷，第六页。

⑨ 民国《福建通志》总卷二十五，《福建艺文志》卷七十一，第十二页，引陈衍《石遗室书录》。

⑩ 同上书，同卷，第十三页，引谢章铤《课余续录》。

⑪ 同上书，同卷，第十四页，引谢章铤《赌棋山庄余集》。

⑫ 林昌彝《书王素兰辟暑录后》，《林昌彝诗文集》卷十二，第321页。

(1792—1862)督学闽中,相见恨晚,互出诗文集、著作,相与商榷。著述贯串百家,莫测其涯涘,尤精于稽考古史,为其父编订年谱,撰行状,订诗文集,修《三山林氏支谱》。① 林春溥是民国《福建通志》、清代《福建文苑传》中传文文字较长者之一,几三大页,仅次于高澍然传之四页。

陈寿祺门人、仙游王捷南(1779—1853,字怀佩),"自少力学。嘉庆甲子(九年,1804)举于乡,七上公车不第,授职国子监学正,受业于福州陈编修寿祺之门,誉益驰。孙尔准督闽,聘修《福建通志》,分纂宋朝人物,搜讨靡遗,创《郡县沿革表》,采辑祝穆《方舆胜览》,参以《魏书·地形志》。书成,谈地理者奉为圭臬。尤善岐黄,洞达五色奇胲,邃于三礼之学。家藏书数万卷,下丹黄者钩稽辄当。尝出所钞本金诚斋《求古录》及蔡邕《明堂月令》与晋江陈庆镛商确参订,以待梓行。又追念前明戚少保平倭有功,重修祠宇,岁时荐祀,手辑《南塘年谱》,刻于仙游,以广流传。居乡数十年,凡有义举无不悉力为之,纂修王氏族谱。"著述繁富。②

何治运妹婿、闽县林万忠,是一位精于史学的布衣学者。遍读其妻兄藏书几万卷,著有《嚣嚣亭笔记》四卷,系其生平读书有得之语。③ 何治运(1775—1821),详请参看闽县何蔚然家族条。

闽县人李彦彬(1792—1837),嘉庆十五年庚午(1810)举人,道光三年癸未(1823)进士。著有《榕亭文钞诗钞词钞》十七册,陈衍《石遗室书录》云:"散体杂文十余首,多考据之作。"④

闽县人刘家镇(字奂为),嘉庆二十三年戊寅(1818)举人。传称其"稍长,嗜训诂、音韵之学,日与业师季宗诚辨析南北音同异。……暇即考订韵书,鉴赏法书、名画,修西湖宛在堂,祀福州诗人……以聚珍版印《小西湖治略》。……(平生两愿,其一萃韵书)则所得旧家藏书、京师、吴门秘本及杭州文澜阁所钞者百七十余种……所纂书目有五:曰《五朝切韵萃编》,曰《皇朝华韵合声谱》,曰《切韵指南阐说》,曰《五音字韵汇编》,曰《掰均尻小学书经眼录》,手稿盈尺,皆梓行"⑤。道光二十七年丁未(1847)谢章铤撰《操风琐录序》,描述了自宋吴棫、明陈第、本朝李光地、黄宗彝、何治运、刘家镇、刘家谋、黄蕙田、陈金城、谢章铤等学者前后相继的学者,称"音韵之学,吾闽最精"⑥。

侯官魏本唐(1791—1857)校勘《福建通志》,"于山川、古迹、沿革悉多补订,《海防》一志,原纂在十数年以前,时势顿殊,用意自别……本唐更为类次编定,以广向来所未及"。尝授其子魏秀仁小戴《记》,"至月令,兼取大戴《礼》夏小正为讲解,此书汉、唐传本久佚,宋韩元吉本讹谬非一,惟通志堂傅子骏本最善,而亦有不尽然者,于是求之经典,旁及古书,更合诸家异文,时出己见,订正成《夏小正校注》四册。频年披阅经说,凡有心得辄书卷端,晚则删繁就简,成《读经劄记》四册。……考订编辑成《东越沿革表》五册";他所校勘者,更成《山川古迹订讹》二册、《海防洋予补》二册、《文信国御试策注》一册、《魏氏世谱》五册。"平日说理以程朱为宗,谈经则意主汉学,旁及诸儒异说。"⑦

闽县赵轩波(字颐山),郑光策门人。嘉庆二十四年己卯(1819)进士。"精天文之学,推测入微"⑧,著有《战国通考》十六卷、《结古斋诗文集》四卷、《犀照杂志》二卷。

侯官林则徐侄女婿、福安李枝青,道光二年壬午(1822)举人。其所著《西云札记》,谢章铤《赌棋山庄续集》云:"乡先生西云李氏诗文集其言真朴,有关系。所为《札记》大抵上稽经典,下考子史,而尤注意于小学,盖实事求是之家法也。"⑨其所著《西云文钞》二卷,陈衍《石遗室书录》云:"篇数不多,考证、

① 民国《福建通志》总卷三十九,《福建文苑传(清二)》卷八,林春溥传,第二十七、二十八页。

② 民国《福建通志》总卷三十九,《福建文苑传(清二)》卷八,第三十页。

③ 民国《福建通志》总卷二十五,《福建艺文志》卷五十,第八页。

④ 民国《福建通志》总卷二十五,《福建艺文志》卷六十六,第十三页。

⑤ 民国《福建通志》总卷三十九,《福建文苑传(清二)》卷八,第三十二页。

⑥ 谢章铤《赌棋山庄余集》文集卷二,《清代诗文集汇编》第681册,影印第97页。序云李光地"尤为神解",称康熙《钦定音韵阐微》半出李氏之手。

⑦ 民国《福建通志》总卷三十九,《福建文苑传(清二)》卷八,第三十六、三十七页。

⑧ 民国《福建通志》总卷三十九,《福建文苑传(清二)》卷八,第三十八页。

⑨ 民国《福建通志》总卷二十五,《福建艺文志》卷五十,第七页。

论事、记载诸体皆文有其质,与空疏者不同。"①

侯官刘家谋(1813—1853),师陈寿祺,与同门张际亮、赖其瑛、郑天爵、许赓皞相切劘。以大挑得教谕,历官宁德、台湾等地。"留心文献,所至辄搜罗掌故,在宁(德)著《鹤场漫志》二卷,在台著《海音》二卷,于地方利弊尤惓惓焉。"②

侯官黄宗彝(?—1861③),"与同里刘家谋、谢章铤交最笃,治古文有义法,尤精小学,《遗诗》一卷、《婆娑词》二卷、《方言古音考》八卷、杂文若干篇。……子增,承其学。同治癸酉(十二年,1873)科拔贡,通经学、小学、史学"④。

闽县何则贤(1801—1852),"道光乙未(十五年,1835)举于乡,大挑用教职。所师如陈庚焕、陈寿祺、高澍然诸先生讲明性理,参考经传,旁及古文词。……尝考订福州郡学所祀名宦、乡贤并邑学所祀忠义孝悌官爵、里第、谥讳、事行,讹者正之,缺者补之,商定《黄文肃年谱》,增补俞武襄《正气堂全集》,分校张惕庵(张甄陶)先生《正学堂经解》,旦夕不倦"⑤。

侯官林昌彝(1803—1876)"喜考据之学,历数十寒暑,著作不倦。道光己亥(1839)举于乡,座主何绍基以其五策进呈,是科所问《说文疑义》,非有心得者不能对也"⑥。著有《三礼通释》二百八十卷。著有《砚桂绪录》十六卷,自述云"凡经史子集之得失,及天地鬼神之屈伸,旁至格言、医方及草木虫鱼有疑义异闻者悉载之,多所论辨"⑦。其子林庆炳著有《爱梅楼著述》,光绪八年刻本,所著于《周易》、《四书》、《说文》、音韵等俱有精研。

永福黄钟泽(字子望、雨人,号师磐),徙居福宁府霞浦。受知于学使吴钟骏,吴钟骏宦辙所至,必与偕焉,得其亲炙甚久。黄钟泽"究心笺疏,通训诂,不喜举业,道光癸卯(二十三年,1843)应乡试,策对偶用汲冢文,典试者訾为僻书,几遭摈斥,本房高某力争得售。……慕汉周磐之为人,自号师磐,私淑郑氏康成之学,又自号师郑。尝谓'吾读书以太史公网罗天下散失旧闻为准,以河间献王(刘德)实事求是为归,而要不外于古训是式。'生平著述有《说文繁辞正误》、《续方言》、《续释名》诸书,皆草创未成"⑧。

永福陈应魁(号戆窝),由恩贡应道光二十六年丙午(1846)乡试,恩赐举人。尝就馆于编修赵在田家,与闽县学者何治运交善,学问淹洽为何氏所许。"比长,博极群书"⑨,于三礼、《春秋》、《四书》、黄任诗笺注等用力甚深,著述多种。同邑弟子何桂林,通三礼、三传,专治坟典,著述隆富。

寄籍浙江秀水的闽县人高均儒(1812—1872)"为廪贡生。治经精声音训诂之学,与攻《说文》之日照许瀚最相契。桐城苏惇元与讲学,杭州邵懿辰、伊乐尧与研经,泾包世臣、上元梅曾亮与论文,三礼主康成,故自号郑斋,而笃守程朱之学;文章师桐城,服膺山阳潘四农,订其文集、诗话若干卷,又手写姚姬传尺牍,刻之。……晚主讲东城讲舍,谭献、袁昶、张景祁、张预皆其弟子"⑩。

**泉州府** 乾隆间晋江庄麟(字非园)"精韵学,析六书之毫芒,正闽音之讹舛,学者宗焉"⑪。乾隆三十年乙酉(1765)举人、晋江蔡常云,著有《五音谱》一卷、《六壬经》三卷、《山语楼订正地书明简录》三卷、《注释蒋氏地理辨正》二卷、《陟瞻文集》四卷、《诗集》八卷、《赋》一卷等,所学驳杂,亦反映出乾嘉之间学术门类的发达。乾隆间晋江人黄国裳(字怀一),少博学,以《易》图久失其传,广探载籍,竭虑覃

---

① 民国《福建通志》总卷二十五,《福建艺文志》卷六十六,第十三页,引。
② 民国《福建通志》总卷三十九,《福建文苑传(清三)》卷九,第三页。
③ 郭柏苍《鄂跗草堂诗》卷下《哭黄子宗彝》,作于咸丰十一年辛酉(1861)。
④ 民国《福建通志》总卷三十九,《福建文苑传(清三)》卷九,第三、四页。
⑤ 民国《福建通志》总卷三十九,《福建文苑传(清三)》卷九,何则贤传,第四页。
⑥ 民国《福建通志》总卷三十九,《福建文苑传(清三)》卷九,第六页。
⑦ 民国《福建通志》总卷二十五,《福建艺文志》卷五十,第八页。
⑧ 民国《福建通志》总卷三十九,《福建文苑传(清三)》卷九,第七、八页。
⑨ 民国《福建通志》总卷三十九,《福建文苑传(清三)》卷九,陈应魁传,第九页。
⑩ 民国《福建通志》总卷三十九,《福建文苑传(清三)》卷九,高均儒传,第十页。
⑪ 同治刊本《福建通志》卷七十二,影印第1507页。

思，能发先儒所未发，又论律吕、经学、字学、诗学，皆不执常谈，别有契悟。[①] 清代泉州府的科举、文学及学术著述的表现在沿海福宁府、福州府、兴化府、泉州府、漳州府五府中仅次于福州府，入清以来人文积累既厚，代有人才，有着持续发展的良好势头。至乾隆四十二年丁酉(1777)举人、晋江柯辂(1746—1830后[②])之时，达到一个高峰。史称柯辂一生著述凡四十七种，八百六十余卷，夥夥可观。

道光末年至光绪末年，泉州府著名学者惠安县孙经世(1783—1832)、惠安陈金城(1802—1852)、晋江陈庆镛(1795—1858)、同安吕世宜(1784—1855)、晋江陈棨仁(1837—1903)、龚显曾(1841—1885)、许祖涝(？—1866)、黄贻楫(1833—1895)及原籍晋江的侯官学者杨浚(1830—1890)、德化(明属泉州府，清隶永春州)陈煦[③]对于金石、鼎彝、考据、训诂、音学、文字、碑版、墓志、校雠、古文、骈文、诗歌、乡邦文献、书法、篆刻等领域均有较高的造诣，与外省学者高邮王引之、大兴傅以礼、山阴何栻、钱塘张景祁等互通消息。这是泉州府富庶的物质与省内仅次于福州府的、繁荣的科举力量的两相结合的果实，其中从陈寿祺至孙经世至陈金城、陈庆镛再到陈棨仁四代学者迭相传授，推动泉州府本区域的学术、文化发展，亦推动清代学术思想、学术风气以福州、泉州两府为陆基渐次向海峡东岸的台湾府传播、迁移。

**建宁府**　瓯宁人蒋衡(一作蒋蘅[④])，嘉庆二十四年(1819)举人。“喜治汉学，于六书、音韵尤有心得。”[⑤]陈衍《石遗室书录》对蒋衡评价甚高，云“蘅喜考证之学，如自书《毛诗正韵》凡例，后书木渎周氏刻本《郑氏诗谱》，再书、三书皆抉择颇当，与丁朴夫论古韵书，陈恭甫先生加有旁批”[⑥]。欲作《毛诗正韵》、《周易正象》，重振经传而不及为。

政和县人、嘉庆十年(1805)弟子员宋捷登，著《云峰读书记》四卷，“是书自四书五经以及《周礼》、《尔雅》、《说文》均有论释，于汉、宋之学各有去取，义多可采”[⑦]。

**兴化府**　莆田县郭尚先(1785—1833)及其子郭篯龄(1825—1886)，形成家学。郭尚先“自经史外，博涉诸子百家及舆地、象纬之学”[⑧]；其子郭篯龄“诗文皆时有新意，文较透辟，以颇究考据之学”[⑨]。

**汀州府**　上杭县李梦登，乾隆十八年癸酉(1753)举人、二十二年丁丑(1757)进士。所著《井观录》，“分测古、循行、应试三编。测古六十一条，于经史诸书、河洛易理、历象、舆地、数律、礼制、音韵诸学，兼附图说，莫不考核精审，辨解详明。梦登读书，尝谓‘义理归于融，象数精于辨’两语即其生平得力处。……其学识淹通，江南蔡以台、福州叶观国俱深佩服”[⑩]。

---

① 民国《福建通志》总卷三十九，《福建文苑传(清二)》卷八，第九页。

② 按：王志双根据《淳庵诗文集》作者的若干自述，确定柯辂生于乾隆十年(1745)十二月二十七日，卒年在道光十年(1830)以后，享年逾八十六岁(《〈清人诗文集总目提要〉订补八则》，载《图书馆理论与实践》2013年第7期，第42-43页)。

③ 民国《福建通志·文苑传》陈煦传：“字星槎，一字惺斋……咸丰辛亥(元年，1851)副举人。穷经，富著述。能实事求是，统会众说，不以一家之言先入为主，至于钩稽名物、象数，务合乎制度之宜而后止。”(《福建文苑传(清三)》卷九，第十一页)陈煦于《考工记》、三礼、山川、史志均能发前人所未发，尝与谢章铤论学。谢章铤有《致陈惺斋广文书》，称其治古文“贯通众说，气粹而词举”(《赌棋山庄集》文集卷六，《清代诗文集汇编》第680册，影印第722页)。陈庆镛《籀经堂类稿》卷十一有《陈星槎所著书序》。

④ 按：民国《福建通志·福建艺文志》著录《云寥山人文钞》八卷、《云寥山人诗钞》四卷，其作者作瓯宁蒋蘅，两书解题所引陈衍《石遗室书录》亦同(《福建艺文志》卷六十六，第十一页)。

⑤ 民国《福建通志》总卷三十九，《福建文苑传(清二)》卷八，蒋衡传，第三十九页。

⑥ 民国《福建通志》总卷二十五，《福建艺文志》卷六十六，第十一页。

⑦ 民国《福建通志》总卷二十五，《福建艺文志》卷五十，第六页，引《政和县志》。

⑧ 林则徐《大理寺卿兰石郭先生墓志铭》，《林则徐全集》第五册，第488页。

⑨ 民国《福建通志》总卷二十五，《福建艺文志》卷六十六，第十八页，引陈衍《石遗室书录》。

⑩ 民国《上杭县志》卷二十三，原第二十七页，影印第299页。

# 第十一章
# 清代选举赋诗与清诗繁荣的关系

## 第一节　试帖诗的起源与诗歌创作的关系

关于唐代科举取士进士科省试有"以诗取士"之说,所试诗称应试诗、省试诗、省题诗、赋得体、试帖诗[①]等。历代试帖诗基本上以五言律诗为主,有五言六韵(清代童试用诗格式。童试亦称童子试,包括县试、府试、院试三个阶段)、五言六韵(唐代府试、省试用诗格式)、五言八韵(清代乡试、会试用诗格式)及五言四韵等形式。明人王世贞以为唐进士赋诗与唐人工诗之间并无正态关联:"人谓唐以诗取士,故诗独工,非也。凡省试诗,类鲜佳者。"[②]程千帆先生在《唐代进士行卷与文学》(上海古籍出版社1980年版)中较早注意到唐代进士行卷的问题,以为"行卷之风,确有助于诗歌的发展"[③];傅璇琮先生《关于唐代科举与文学的研究》对唐诗与唐代科举制度的关系进行了更加深入的探讨,得出的结论出人意表:"所谓唐代进士科以诗取士促进唐诗的繁荣,就是误解之一","片面地强调唐代进士以诗取士促进了诗歌创作的繁荣,是与历史发展的客观事实不符的","而且,唐代进士科的考试诗赋,还对文学的发展起过一定消极的作用",原因是"省题诗本身由于内容的限制和形式格律的拘牵,不容易产生出好的作品","进士科试文字那种'雕琢绮言'与讲究'声病'的风气,只能窒息正常的文学创作活动,而不能给文学发展以任何的生机"。[④] 此结论[⑤]并不能支持明朝以八股取士,各级选举(童子试中县试、府试、院试三阶段考试,乡试、会试及选拔贡生的考试等)罢诗赋,明诗必定繁荣的观点。

明代诗歌创作的水平劣于唐、宋两朝,数量多于元朝,原因是多方面的:明代尊奉程朱理学为统治

---

① 按:傅璇琮先生云:"从开元(713—741)时起,礼部试进士,大抵分三场,即帖经、杂文(诗、赋各一)及时务策五条。"(《唐代科举与文学》,第57页)又引赵翼《陔余丛考》卷二十八《进士》条云永隆二年(681)为"进士试诗赋之始"(第164页),"开元十二年(724)才开始有试诗的记载,这就是著名的祖咏《终南山望余雪》诗。"(第170页)又,唐代制举科加试诗赋则始于唐玄宗天宝十三载(754),详请参看《唐代科举与文学》第158页。

② 王世贞《艺苑卮言》卷四。

③ 程千帆《唐代进士行卷与文学》,《程千帆全集》第八卷,第64页。河北教育出版社2000年版。

④ 傅璇琮《关于唐代科举与文学的研究》,《当代学者自选文库:傅璇琮卷》,安徽教育出版社1998年版,第194-195、198、202页。傅璇琮先生在《唐代科举与文学》(陕西人民出版社2007年重印版)中更细致地探讨唐代科举与文学的关系。如:"试诗则一般为五言律诗十二句。……这些诗大多是千篇一律,比较死板。当然偶而也有写得较为有个性的,如中唐时刘得仁。"(《唐代科举与文学》,陕西人民出版社2007年重印版,第58页)"人们往往有一个误解,以为进士既称为文学之科,那就是试诗赋,于是就促进了唐代诗歌的繁荣。实际情况恐怕倒是相反。在唐初一个相当长的时期,进士考试是与诗赋无关的。"(同上书,第165页)"那种片面地强调唐代进士以诗取士促进了诗歌创作的繁荣,在历史发展的客观事实面前,是站不住脚的。""唐代进士科的考试诗赋,还对文学的发展起过一定消极的作用。"(同上书,第408页)"按照对省题诗的要求,以及省题诗的具体创作实践,来比较唐代现实主义和积极浪漫主义诗歌的发展道路,可以说二者正好是背道而驰的。"(同上书,第410页)

⑤ 按:傅璇琮先生虽有否定诗赋取士促进唐诗繁荣的观点,但他也认为诗赋取士对于诗人及其诗作内容具有积极的意义。详请参看《唐代科举与文学》第十四章《进士试与文学风气》。

思想的做法禁锢了士人的头脑,僵化了明人的思维;朝廷禁止士大夫流连青楼眠花宿柳的制度[①]压缩了官员身份作者的生活空间,阉割了他们的诗思;诗人在成长过程中其创作经历缺少自蒙童时期开始后天长期的磨砺、浸淫;通观有明一代,士大夫与宦官、士大夫之间党争不断,学者、文人之间均坚持狭隘的门户观念[②],诗人对唐前、唐、宋、元诗等前代诗歌认识偏颇,产生近乎偏执狂的态度;诗学理想之高与现实创作中模拟、剽窃比比皆是[③]形成强烈反差,等等,导致明代诗歌创作整体水平不高,明诗人个体的创作未臻化境,未能开辟出唐、宋诗之外的新境界,也未能达到唐诗、宋诗及汉魏晋诗歌的水平。其中,尊唐贬宋、尊元抑宋的对待前代诗歌遗产的态度和努力方向是其整体水平不高的主要原因,明代科举弃诗赋的制度设计也是明诗成就不高的诸多原因之一。

自隋唐确立科举取士制度以来,唐代自高宗永隆二年(681)之后大部分时间里"以诗取士",文宗大和八年(834)以后,"以诗赋为第一场,论第二场,策第三场,帖经第四场"[④],基本成为制度,直至北宋王安石熙丰变法之时。王安石变法系列政策之一为变更科举制度,以经义取士代替诗赋策士[⑤],后世学者基本上认为王安石变法中的经义取士改革是明代八股取士制度的源头和雏形。《闽书》记载了明代的科举制度:"洪武三年,初开科乡试,福建布政使司中式举人额四十名。后暂罢科举,专用荐辟。十七年,复开举人、进士之科,以子、午、卯、酉为乡试期,辰、戌、丑、未为会试期。第一场,试《四书》义三道,每道二百字以上;经义四道,每道三百字以上,未能者各减一道;第二场,试论一道,三百字以上,判语五条,诏、诰、表内科一道;第三场,试经、史、时务策五道,未能者许减二道,俱三百字以上。"[⑥]明制,乡会试科举三场试题均无诗赋。我们通过对明人黄佐所著的《翰林记》、廖道南所著的《殿阁词林记》等著作的考察,了解到明代朝廷基本停止诗赋取士的制度,只在翰林院培养庶吉士的过程中,庶吉士们有研习诗歌创作的任务,朝廷和教习大臣对庶吉士的考课中考核各体诗歌的创作。

从制度的层面看,清代乾隆二十二年丁丑(1757)改变明代八股取士的部分程式[⑦],希望兼取经义

---

① 宣德四年(1429),明宣宗谕行在礼部尚书胡濙曰:"祖宗时,文武官之家,不得挟妓饮宴。近闻大小官私家饮酒,辄命妓歌唱,沉酣终日,怠废政事,甚者留宿,败礼坏俗,尔礼部揭榜禁约,再犯者必罪。"(黄彰健等校《明宣宗实录》卷五十七,傅斯年历史语言研究所校印,影印第1366页)

② 朱志远《余怀研究》(南京师范大学2008年硕士学位论文)所撰余怀年谱(不以年谱名之,而分成若干节)于顺治七年庚寅(1650)条下云:"明末以来,东南文士以立社自豪,道不同则亲懿视同仇敌。复社余波遂分两派,曰慎交,曰同声。两派各立门,相为水火。"(第25页)其实不止明末,通代如此;亦不止文社,政治党争和学术门户对立更加严重,同是复社余波却对立成仇雠,一如王学衍派后学诸人。

③ 陈书录《明代诗文的演变》,第308-309、331-333页。

④ 《宋史》卷一百五十五,《选举一·科目上》,第3612页,李淑对奏语。

⑤ 《宋史》卷一百五十五《选举一·科目上》:"神宗始罢诸科,而分经义、诗赋以取士,其后遵行,未之有改。"(第3604页)"(初)凡进士,试诗、赋、论各一首,策五道,帖《论语》十帖,对《春秋》或《礼记》墨义十条。"(第3604页)宋仁宗时即有改革科举制度的想法,宝元中访诸大臣李淑,范仲淹意欲复古劝学,三场先策,次论,次诗赋(第3613页),复以诗赋声病易考,策论汗漫难知,诏复旧法(第3613页);神宗笃意经学,遂议更法:"罢诗赋、帖经、墨义,士各以占治《易》、《诗》、《书》、《周礼》、《礼记》一经,兼《论语》、《孟子》。每试四场,初大经,次兼经,大义凡十道,后改《论语》、《孟子》义各三道。次论一首,次策三道,礼部试即增二道。"(第3618页)"熙宁三年(1070),亲试进士,始专以策,定著限以千字。"(第3619页)"四年,乃立经义、诗赋两科,罢试律义。""凡诗赋进士,于《易》、《诗》、《书》、《周礼》、《礼记》、《春秋左传》内听习一经。初试本经义二道,《语》、《孟》义各一道,次试赋及律诗各一首,次论一首,末试子、史、时务策二道。"(第1370页)虽然宋神宗变更科法,但实际上进士分经义、诗赋两科并行。从诗赋进士科的考试内容来看,试《论语》、《孟子》经义为首场,试诗赋被抑至第二场。

⑥ 何乔远《闽书》,卷七十三,第2149页。

⑦ 按:清代顺治、康熙、雍正及乾隆改革选举制度之前,基本沿袭明朝八股取士的制度,而翰林院庶吉士考选的考试内容则"初以论、诏、疏及试帖诗,乾隆辛未(1751)科则试赋一,状一,论、诗如初,至嘉庆丁丑,以拟古诏皆临时强记,非关学问,遂裁去,惟以论、诏、诗三者而已。"(邸永君《清代庶吉士研究》,第3页,引《大清会典事例》卷1053)则知试帖诗一直是清代庶吉士考选的重要内容。乾隆十六年(1751)辛未科对庶吉士考选制度进行改革,增加了试赋的内容,二十二年(1757)的科举制度改革是将诗、赋下移到会试、乡试中,至此形成从清代士子参加县试、府试、院试三级考试(合称童生试或童试、小试、小考。通过县试、府试者称童生,通过府试的童生称秀才,或生员)至翰林院庶吉士朝考全过程一以贯之的试诗考试制度,以为永制,下至光绪二十四年(1898)戊戌科会试为止。光绪二十八年壬寅(1902)乡试、二十九年癸卯(1903)会试均改八股、诗为策论。据清代名臣朱珪的年谱《皇清诰授光禄大夫经筵日讲起居注官太子太傅南书房供奉体仁阁大学士管理工部兼翰林院掌院学士赠太傅入祀贤良祠赐谥文正显考南厓府君年谱(卷上)》的记载,乾隆十七年壬申(1752)六月大考翰、詹,题《纳凉赋得风动万年枝》诗,拟董仲舒《天人》第三策(《续修四库全书》第1452册,影印第398页);二十三年大考翰、詹,题《瑾瑜匿瑕赋》、《河防得失疏》、《野含时雨润诗》(同书,影印第399页),翰、詹大考的内容又有所不同。

策士和诗赋取士的好处。沈德潜《本朝馆阁诗序》:"今天子崇重风雅,诏乡会试改用五言八韵诗,欲俾多士咸殚心于声律,他日飏言矢音,继虞廷成周之盛,诚旷典也。"[①]这一科举制度仍然属于八股取士科法的范畴,以经义为主,以《四书》艺为第一场考试内容;罢论、表、判,增五言八韵律诗,乾隆末试诗移置首场后,重要性明显提升。

参诸前朝选举制度,明清八股取士制度当是从宋高宗绍兴年间的试法(科法)中来。《宋史》记载:"自经、赋分科,声律日盛,帝(宋高宗)尝曰:'向为士不读史,遂用诗赋。今则不读经,不出数年,经学废矣。'(绍兴)二十七年(1157),诏复行兼经,如十三年(1143)之制。"[②]到南宋之时,经、赋分科的制度出现了选择性的偏向,士子偏声律而忽经学,宋高宗诏如绍兴十三年旧制。绍兴十三年旧制指国子司业高闶上奏言:"取士当先经术。请参合三场,以本经、《语》、《孟》各一道为首,诗赋各一首次之,子史论一道、时务策一道又次之,庶几如古试法。又《春秋》义当于正经出题",朝廷诏并从之[③]的考试制度。

## 第二节　清代选举赋诗制度的确立

从《清代硃卷集成》所收乡试、会试硃卷来看,凡题"钦定四书诗题"[④],以此取中者,理应均能诗,无一例外为诗人。部分硃卷题《钦命四书经义题》[⑤],如《清代硃卷集成》第八九册光绪二十九年(1903)癸卯科会试第五十四名贡士郭则沄硃卷,分别为《敬事而信节用而爱人义》、《管子内政寄军令论》、《泰西最重游学斯密氏为英大儒所论游学之损亦最挚切应如何固其质性限以年例以期有益无损策》三道,其实是清廷落实科举改革[⑥],于光绪二十七年辛丑七月十六日(1901年8月29日)颁布新制科举考试内容的结果。

《清代硃卷集成》所收最早的会试硃卷系康熙三十六年丁丑(1697)第六十六名贡士李继修硃卷,为《钦命四书诗题》,存其《子曰参乎吾道一以贯之曾子曰唯子出门人问曰何谓也曾子曰夫子之道忠恕而已矣》、《天所以覆地之所载日月所照霜露所队凡有血气者莫不尊亲》、《禹闻善言则拜大舜有大焉善与人同舍己从人乐取于人以为善》三篇,缺所制诗。纵观之,从康熙到雍正朝的《钦命四书诗题》均不附应试诗[⑦]。至乾隆二十六年(1761)辛巳科第一百名贡士沈作梓硃卷,始见其诗《赋得贤不家食得同字五言八韵》[⑧],而乾隆二十四年(1759)己卯科乡试系清朝正式试诗的首科[⑨]。然而试诗的做法在清初朝廷拣选、考核人才之时已有,非为乾隆朝突然、仓促之举[⑩]。康熙四十五年(1706)九月,福建举人林佶

---

① 沈德潜《归愚文钞余集》卷二,《沈德潜诗文集》第三册,第1541页。

② 《宋史》卷一百五十六,《选举二·科目下》,第3630页。

③ 同上书,同卷,第3629页。

④ 现存咸丰亲拟咸丰元年九月二十一日补考优生、选拔生钦命《四书》题一道、钦命诗题一道实物,硃笔御书《四书》题:"好学近乎知力行近乎仁知耻近乎勇",十五字;御书诗题:"赋得霜叶红于二月花得然字五言韵",十五字。

⑤ 按:光绪二十九年癸卯科会试的硃卷亦有题《钦命四书诗题》者,如第七十四名贡士章钰(《清代硃卷集成》第八九册,影印第80页),但无附硃卷,故无法判定是否有应试诗,而其附会试墨卷批语均有"论策"、"经义"分别加批的现象(影印第93页),同科第九十五名贡士史国琛硃卷封面亦题"《钦命四书诗题》",附《管子内政寄军令论》、《汉文帝赐南粤王佗书论》、《刘光祖言定国是论》三篇(影印第133-143页),章钰硃卷封面"《钦命四书诗题》"可能是临时移来影印(页码作08页,第80页颠倒之误)而不察者,以此类推。

⑥ 《清史稿》卷一百七,《选举志》二,总第3153页。

⑦ 按:陈志扬以为顺治十五年(1658)帝覆试江南丁酉(1657)贡士,以古文诗赋拔吴珂置第一,是清代以诗策士改革的先声,其后历康熙十八年(1679)博学鸿词科以诗赋为主选材,五十四年(1715)令二场加试五言六韵唐诗一首的尝试,均未成功,至乾隆二十二年丁丑(1757)始定(陈志扬《论清代试帖诗》,载《学术研究》2008年第4期,第131页)。

⑧ 《清代硃卷集成》第三册,沈作梓会试硃卷,影印第257页。

⑨ 蒋寅《纪晓岚试律诗学述论》,载《阅江学刊》2016年第2期,第100页。

⑩ 谢章铤《城东菊隐旧庐试帖诗序》:"专用科举而擅场莫与京者,则明之制艺、国朝之试帖诗也。试帖始亦滥觞于唐,自其法流入于制艺而试帖反衰。国朝承明制,科举不用试帖,惟鸿博大科及巡幸召试则有之。严荪友以《省耕》一诗登康熙己未(十八年,1679)词科,是试帖绝无仅有之奇遇也。乾隆二十二年(1757)始易二场表文以五言八韵唐律一首。"(《赌棋山庄文续》卷二,《清代诗文集汇编》第680册,影印第767页)

向康熙皇帝进献手写御制集，康熙帝命翰林多官“著汝等看过，并带去试他学问如何”，查学士“以御集中‘野静知民乐’为题，命赋五言排律八韵”，林佶“著在武英殿办事”，后又以“御制诗‘稼穑天工乐，岁□□□考’七律一首”再试[①]。

《清史稿・选举志二》：“(康熙间)时诏、诰题士子例不作，文、论、表、判、策率多雷同剿袭，名为三场并试，实则首场为重[②]。首场又《四书》艺为重。”[③]乾隆二十二年丁丑(1757)，“诏剔旧习、求实效，移经文于二场，罢论、表、判，增五言八韵律诗。……四十七年，移置律诗于首场试艺后。”[④]本年丁丑科会试即付实施[⑤]。考官所阅闱卷，林则徐称之为“三书一诗”[⑥]。光绪间，泉州府同安县金门人林豪主讲文石书院，草《续拟学约八条》，规定加试帖一首[⑦]。沈作梓硃卷中的应试诗正是乾隆朝的制度产物，至清末光绪二十七年(1901)“变通科举”[⑧]之时方为废止。

《清代硃卷集成》现存最早的硃卷是康熙三十六年(1697)丁丑科进士李继修的会试硃卷，题《钦命四书诗题》，无诗；乾隆二十六年(1761)辛巳恩科胡高望的会试硃卷亦无诗[⑨]，而同榜进士沈作梓的会试硃卷则有诗，题《赋得贤不家食得同字五言八韵》：“悬禄希良士，唯贤禄在中。河干惭伐辐，槃涧畏招弓。国典诚难倖，家修定不空。鼎烹欣有实，井渫叹无穷。好爵縻鸣鹤，于磐衎渐鸿。观光多士庆，颐养庶民通。每念笙簧乐，宁甘藜藿终。朝宗趋圣育，踊跃万方同。”[⑩]以“赋得”加“得某字五言八韵”成为固定格式，在乾隆三十一年丙戌(1766)科进士福保的会试硃卷，其所赋诗前题有“钦命诗题”字样[⑪]，乾隆三十年乙酉(1765)科江南乡试举人徐藻、周赞的硃卷诗题为《恭赋御制群言辨泾渭得贤字五言八韵》[⑫]，乾隆三十九年甲午(1774)山东乡试举人谢显谟、王余庄的乡试硃卷题《恭赋御制洙泗发源长得长字五言八韵》[⑬]，多以“赋得(四言、五言或七言一句[⑭])得某字五言八韵”为基本格式，形成有清一代乡、会试诗题的标准命题形式。[⑮] 正是在乾隆三十七年(1772)开始，朝廷设四库全书馆，历时十年左右时间，纂修《四库全书》。四库

---

① 林佶《朴学斋文稿》，《清代诗文集汇编》第205册，影印第604-605页。

② 按：林则徐于嘉庆二十一年丙子(1816)典试江西，其父林宾日谕：“已荐之卷，首场三艺当通阅到底，逐篇分评”(《先考行状》，《林则徐全集》第五册，第447页)，可为佐证清代科举重首场的制度。

③ 《清史稿》卷一百七，《选举志》二，总第3149页。

④ 同上书，总第3151页。

⑤ 《清秘述闻》：“乾隆二十二年丁丑科会试。是科奉旨乡、会试易表判为诗，永著为例。”(《清秘述闻三种》上册，第198页)

⑥ 林则徐《致沈维鐈》，《林则徐全集》第七册，第9页。《林则徐日记》记载嘉庆十八年癸酉(1813)顺天府乡试首场题目：首题《才难不其然乎唐虞之际于斯为盛》，次《修道以仁》，三《有大人者正己而物正者也》，诗《赋得大田多稼得多字五言八韵》(《林则徐全集》第九册，第26页)。次场题目五：《易》“修辞立其诚”二句，《书》“列爵惟五”四句，《诗》“何蓑何笠或负其糇”，《春秋》襄公十一年“公会诸侯于萧鱼”，《礼》“以日星为纪故事可列也”(同书，第27页)。第三场题目，关于经学、农桑、疆域、文体、弭盗(同书，第28页)。首场、次场(又称二场)策题的类型又可从林则徐日记所记嘉庆二十一年江西乡试诸题窥知(《林则徐全集》第九册，第71-72页)。《大清会典》、法式善等所撰《清秘述闻》三种等书多所记载清代乡会试制度及其变化和各场试题。

⑦ 施懿琳、廖美玉《台湾古典文学大事年表・明清篇》，第202页，引林豪《澎湖厅志》。

⑧ 《清史稿》卷一百七，《选举志》二，总第3153页。

⑨ 《清代硃卷集成》第三册，进士胡高望硃卷，237-240页。

⑩ 《清代硃卷集成》第三册，进士沈作梓硃卷，影印第257页。

⑪ 《清代硃卷集成》第三册，进士福保硃卷，影印第291页。

⑫ 《清代硃卷集成》第一三〇册，举人徐藻硃卷，影印第315、331页。

⑬ 《清代硃卷集成》第二一〇册，举人谢显谟硃卷，影印第391、415页。

⑭ 按：部分诗题非句，如咸丰二年(1852)壬子科会试诗题《赋得东壁图书府得心字五言八韵》(《清代硃卷集成》第一八册，进士陈承裘会试硃卷，影印第105页)，诗题出自唐代张说《恩制赐食于丽正殿书院宴赋得林字》诗首句，“心”字系该诗领联末韵脚字；同治十三年(1874)甲戌科会试诗题《赋得无逸图得勤字五言八韵》(《清代硃卷集成》第三八册，进士戴锡钧会试硃卷，影印第39页)，“勤”字不在“无逸图”中；光绪十八年(1892)壬辰科会试诗题《赋得柳拂旌旗露未干得春字五言八韵》(《清代硃卷集成》第七八册，进士郭曾准会试硃卷，影印第197页)，诗题出岑参《奉和中书舍人贾至早朝大明宫》颈联下句，而赋诗分韵则为“春”字，系首联第二句、尾联第八句中字；光绪十六年庚寅(1890)科会试诗题《赋得城阙参差晓树中得门字五言八韵》(《清代硃卷集成》第七三册，进士黄曾源会试硃卷，影印第27页)，诗题出杨巨源《春日题龙门香山寺》颈联，而分韵所得韵“门”字却是杨巨源原作题中的第五字；光绪二十一年(1895)乙未科会试诗题《赋得褒德录贤得廉字五言八韵》(《清代硃卷集成》第八四册，进士林开謩会试硃卷，影印第357页)的命题则与“赋得无逸图”相类。

⑮ 按：清代应试赋诗的制度不仅应用在科举中，还广泛应用于选拔人才的考试中。光绪《光泽县志・经籍略》著录何秋涛《朔方备乘》，注曰：“上谕：刑部候补主事何秋涛著于本月(咸丰十年正月)二十二日豫备召见，钦此。二十二日，军机大臣奉硃笔，命何秋涛赋诗二章：《赋得读书破万卷得书字五言八韵》、《赋得下笔如有神得神字五言八韵》。”(卷十三，影印第1003页)

馆臣论明代曹于汴之诗云:“于汴之诗,亦在理学、举业之间,或似语录,或似八比。”①以“八比”之法写作赋得体试帖诗的指导思想,基本上与清代朝廷增试律诗的政策同步。

从各省乡试的墨、硃卷来看,顺天府康熙五十年(1711)辛卯科第八名举人孙式发的硃卷中无诗题及诗②,直到乾隆二十四年(1759)己卯科第六十二名举人司凤泗的硃卷有《赋得秋日悬清光得清字五言八韵》诗:“白帝司秋令,天高爱日晶。烟霏光愈炯,云敛色长明。宝镜知同洁,冰壶喜共清。疏阴斜照入,晓气薄寒迎。映水珠光动,穿檐璧彩生。欲晞窥湛露,如沐想新晴。玉烛调时序,金凤报顺成。欣看载绩者,共作太平声。”③由此可证得清代乡试、会试中赋诗的制度建立于乾隆二十二年丁丑(1757)④,留存最早的硃卷文献是制度建立后的首科乡试乾隆二十四年(1759)己卯科,中间并无恩科,知乾隆二十五年庚辰(1760)以后的乡试、会试以及会试之后的覆试、翰詹朝考均试诗,“永著为例”,形成“三文一诗”的“场屋条例”⑤。

## 第三节 清代应试诗与清诗繁荣的关系

据测算,清代乡试、会试硃卷以《钦命四书诗题》者十居其九有余,乡试、会试中三场中大部分有“赋得”诗题⑥。以乾隆二十二年丁丑(1757)为朝廷“增五言八韵律诗”为朝廷取士制度必有之对象(乡试则从乾隆二十四年己卯科起)的建制推算,从乾隆二十四己卯(1759)乡试开始试诗至光绪二十三年丁酉(1897)乡试⑦、光绪二十四年戊戌(1898)会试为乡、会试最后一科试诗止⑧,清朝六十四科福建乡试(1759—1897)、六十五(一说六十七科,则是包括 1757、1898 两科)科会试(1760—1898)考试中以五言律诗为考试内容,带动举子应试考试内容的转变和知识结构的转换,藉此机制培养了大量的诗人,无论取中举人⑨、进士⑩与否,以张仲礼保守估计的每科参加乡试的 18.96 万考生

① 永瑢等《四库全书总目》,卷一百七十二,《〈(曹于汴)仰节堂集〉提要》,影印第 1514 页。

② 《清代硃卷集成》第九二册,举人孙式发硃卷,影印第 83-97 页。

③ 《清代硃卷集成》第九二册,举人司凤泗硃卷,影印第 223 页。

④ 《清秘述闻》卷六记载本科会试试题:“题‘臧文仲其’一句,‘在上位不’二句,‘一箪食一家焉’。赋得‘循名责实’得‘田’字。”(《清秘述闻三种》上册,第 198 页)

⑤ 谢章铤《将入都留别诸生》其二诗中注,《赌棋山庄集》诗集卷十一,《清代诗文集汇编》第 680 册影印光绪刻本,影印第 903 页。

⑥ 清代会试试帖诗诗题的内容分析请参看杨春俏、吉新宏所撰《清代会试试帖诗题目出处及内容类型分析》(载《晋阳学刊》2007 年第 2 期,第 111-114 页)。

⑦ 按:光绪二十三年丁酉(1897)福建乡试《钦命四书诗题》林欣荣硃卷有五言八韵律诗题,中间二十六年庚子(1900)、二十七年辛丑(1901)乡试俱因庚子之变暂停,二十八年壬寅(1902)福建乡试为“补行庚子、辛丑恩正并科”,此科中式举人郭则沄硃卷只有《汉唐宋开国用人论》、《勾践焦思尝胆论》、《子贡使外国论》、《唐藩镇论》、《筹边防论》四篇(《清代硃卷集成》第三四〇册),无诗。光绪二十四年戊戌会试硃卷仍有《赋得云补苍山缺处齐得山字五言八韵》题(请参看《清代硃卷集成》第八七册光绪二十四年戊戌科会试硃卷)。

⑧ 全国的情形则有别,统一划到光绪二十八年(1902)壬寅科乡试改试为止。此前,光绪二十七年辛丑(1901)甘肃、广东、广西、云南、贵州五省补行庚子恩科,试诗(徐沅、祁颂威《清秘述闻再续》卷一,《清秘述闻三种》下册,第 990-992 页)。

⑨ 张仲礼认为“(全国每科)乡试考生总数,据保守估计为 18.96 万人”,其所著《中国绅士研究》考察道光二十四年(1844)广西考生 7500 余人,道光二十六年广东考生 8000 余人,同治三年(1864)江南(江苏、安徽)考生约 16000 人,同治四年至光绪二年(1865—1876)浙江 6 次乡试每科考生均 10000 余人,同治九年广东考生 9000 余人,同治十三年(1874)直隶考生约 13000 人,同治末山东考生 12900 余人,广西考生“实际应试数高于规定数的 60%”,所以“潜在地考生为数是相当多的”(第 140-142 页)。嘉庆间,陈寿祺云“大比之岁,列郡士子不下万人”(《再与汪尚书书》,《左海文集》卷五,《清代诗文集汇编》第 499 册,影印第 226 页),卢美松《薇园掬露》记载咸丰九年(1859)福建乡试,应试生员达 9000 余人,取中举人 225 名(第 84 页),乡试中式取中率仅 2.5%弱。乾隆四十八年(1783)癸卯科顺天乡试,“印题九千六百七十张,进场人数八千九百四十人”,“取中举人裴显相等二百三十七人,副榜刘腾蛟等四十二人”。(沈津《翁方纲年谱》,第 195 页,引翁方纲《癸卯入闱记》、《翁氏家事略记》)取中率为 2.65%,副榜取中率为 0.46%,稍高于正榜、副榜 5∶1 的比例。

⑩ 张仲礼估算“太平天国前(任何时期)举人人数近 1.8 万人,太平天国后约 1.9 万人”,扣除已中进士的和已经步入仕途的约 6000 人,“余下的举人人数将近 1 万人”。这一数字与所谓“三年一度聚首以应会试的人数一般约 8000 正相吻合,因为必须留有某种余量,总有人会因丁忧或屡试不第无意进取,而不参加会试”。(《中国绅士研究》,第 104 页)

和64科乡试作初步计算,仅此项制度作养的清代诗人其数量1213.44万,达到数千万规模;而此类试帖诗的创作数量,仅以每人100首的创作数量计算,达到12亿首(1213.44万×100)之多,其实何止此数①。

乾隆中叶以后,儒童入学亦试诗,赋五言六韵,仅省二韵四句。《清史稿》:"儒童入学考试,初用《四书》文、《孝经》论各一……嗣定正试《四书》文二,覆试《四书》文、《小学》论各一。……(乾隆)中叶以后,试《书》艺、经艺各一。增五言六韵诗。"②增试五言六韵诗的制度视同乾隆间乡、会试的制度变更而略省,是乾隆间选举制度的系统性变革的一项内容,以之与乡、会试增试五言八韵诗的制度变动相配套、相一致。本书以晚明学额作为清代学额的一个参照。崇祯间,"命礼臣较天下州县,分为大中小三等入学,以定为差,著为令:大州县五十,中三十,小十五"。③ 嘉庆间《学政全书》记载:"顺治四年,定各省儒学,视人文多寡,分为大、中、小学。"④《清史稿》:"生员色目,曰廪膳生、增广生、附生。初入学曰附学生员。廪、增有定额,以岁、科两试等第高下者补充。生员额初视人文多寡,分大、中、小学。大学四十名,中学三十名,小学二十名。嗣改府视大学,大州、县视中学减半,小学四名或五名。康熙九年,大府、州、县仍旧额,更定中学十二名,小学七名或八名。后屡有增广。"⑤

清代各省儒学学额大致上较明代有所缩减。以福建言之,兴化府(今莆田市)的学额在清代发生很大的变化,"洪武初,生员虽定额,至二十年即命增广,不拘额数。正德始定食廪者,谓之廪膳生员,府学四十人,县学二十人,增广之额如廪生之数,谓增广生员。岁取军民子弟之秀者,待补于学,谓之附学生员。清仍明制。"顺治五年(1648),兴化府生员、县学、卫学各取40、65、10余人,其后减为20、15、15人,耿精忠叛乱后减为4～5、4～5、4～5人,康熙二十年(1681)后裁去平海卫学,府学、县学定为20、15人,捐输加7人,逢国家大典增加12人⑥。细按之,《清代硃卷集成》所收各种硃卷,清代选举中的武会试硃卷以《钦命武经题》,试帖默写《武经》片段,无试制艺及诗;武乡试仍题《钦命四书诗题》,而贡生的试题一如(文)乡试、(文)会试,亦试五言八韵律诗若干首⑦。清代在县、府、省、全国四个层次培

---

① 蒋寅先生序马大勇《清初庙堂诗歌集群研究》云:"就诗歌而言,大勇在'绪言'中曾按人均10卷400首计算,推量清诗的总量应在400万首以上,为《全唐诗》的80倍。这应该说是个很保守的估算,根据新校定的唐诗数量是约100倍。还有一种更直观的计算法,即现知清代别集有4万余种,将《全唐诗》的每一首诗扩充为一部诗集(其中乾隆皇帝的诗集甚至比《全唐诗》的篇幅一倍还多),那就是清诗的总量!"(蒋序,第3页。吉林人民出版社2007年版)今未见《清初庙堂诗歌集群研究》有《绪言》部分。蒋序提到清诗估算的两种算法,本书提供了新的测算方法。

② 《清史稿》卷一百六,《选举一·学校》,总第3115页。

③ 崇祯《兴宁县志》卷二,《学校志》,中国书店1992年影印本,第419页。转引自梁志平、张伟然《清代府州县学学额及专设学额的运作:基于长三角地区的研究》(载《中国历史地理论丛》2001年第26卷第1辑,第102-111页)。民国《连城县志·学校志》云:"(明洪武)当时之制,县学设教谕一员,训导二员,生员府学四十人,州县以次减十。生员专治一经,以礼、乐、射、御、书、数,设科分教。"(民国《连城县志》卷十四,原第三页,影印第126页)"清代学校之制,一仍明旧,顺治初年,命直省选拔贡生,府学二名,州县学各一名。"(同书,同卷,原第六页,影印第128页)"据徐志所载,学额廪膳生员二十名,增广生员二十名。三年考校一次,名岁考,考取文童入学者十五名;逢大比前一年为科考,考取文童入学者十五名,皆为附学生员。"(同书,同卷,原第九页,影印第129页)"查道光年间,岁、科考各取进县学十五名,府学或四五名,或二三名;咸丰时,或恩加,或额加,取进县府学二十五六名;同治时,恩加额加,共取县府学二十九名,非加则取进县学十八名,府学四名;光绪年间,加恩取进县学二十五名,府学五名,常制仍取进县学十八名,府学四名。"(同上注)康熙二十六年(1687),议定台湾府学廪生、增生各二十名,县学各十名(《台湾古典文学大事年表·明清篇》,第71页);乾隆五十六年(1791)统计台湾府及所隶台湾、凤山、嘉义、彰化四县学额,廪生60人、增生60人、童文生76人、童武生64人(同上书,第276页),本年朝廷增广岁、科两试各文童生四名(同书,第276-277页),等等。从上举各例及《台湾古典文学大事年表·明清篇》一书可看到清代入学府县生员的名额变动及其一般常制的取进名额。光绪九年(1883),分巡台湾道刘璈上呈文给闽浙总督何璟,云台湾府"文风日起,每届应乡试者八百余名,应会试者二十余人"。(转引自卢美松《芸编留简》,第44-45页)又,咸丰九年(1859)福建乡试应试者九千余人,取中二百二十五人(《冶山史话》,第123页)。

④ 嘉庆《钦定学政全书》卷六十五,《学额总例》,海南出版社2000年影印本,第296页。转引自梁志平、张伟然《清代府州县学学额及专设学额的运作:基于长三角地区的研究》(载《中国历史地理论丛》2001年第26卷第1辑,第102-111页)。

⑤ 《清史稿》卷一百六,《选举一·学校》,总第3115页。嘉庆末年,全国215个州,平均每州15名;1281个县,平均每县不足14名。

⑥ 石有纪、张琴《莆田县志》(一)卷十一,影印第421页。

⑦ 如道光二十九年己酉(1849)广东选取第一名拔贡生郭元龙选拔贡卷有《赋得黄日尊得尊字五言八韵》、《赋得紫燕骈衡得骈字五言八韵》(《清代硃卷集成》第四〇七册,影印第309、311页);咸丰十一年辛酉(1861)广东考选第一名拔贡生罗惇策选拔贡卷有《赋得先向百花头上开得开字五言八韵》、《赋得拔茅连茹得连字五言八韵》二首(《清代硃卷集成》第四〇七册,影印第333、334页)。

养了大量的秀才层次以上各种名目繁多的士子,以故清末光绪三十一年(1905)八月诏令废科举制度后,“天下生员无所托业,乃广议用途”,然所取为巡检、典史等低级官吏的,“大省百名,中省七十名,小省五十名”,[①]杯水车薪,难以为继,引发社会阶层中士子这个层级的巨大动荡[②]。“科举初停,学堂未广,各省举、贡人数不下数万人,生员不下数十万人,中年以上不能再入学堂,保送优拔人数定额无多。”[③]仅以此数万举、贡及数十万生员计算,估算出来的能诗者和应试诗歌创作的数量比之 10^5 量级更多若干倍,虽有“村俗之气,殊不可耐”[④]、“谨于刻画,而体格卑下,故能诗者羞称”[⑤]之讽。“据张仲礼统计分析,19 世纪平均一个县的童生数要略高于 1000 人而学额却只有区区几十。”[⑥]任何时期,全国童生总数可能达到近 200 万[⑦]。如果将有清一代童试应试诗[⑧]估算在内,清代乡试、会试、覆试、朝考、翰詹大考、庶吉士散馆考试、试差(雍正以后或称考差)考、五贡生选拔科试、童生入学考试(岁试、科试,合称岁科考试)、选优考试[⑨]、各书院试(官课)及知府、知县、教官组织的月课、正课、季考等名目繁多的考试均试试帖诗,此外士子们为应试而组织的文会诗歌创作亦与时文制作同时而进行,清人创作的此类诗歌数量惊人,殆难指陈。

从乾隆二十二年丁丑(1757)会试到光绪二十四年戊戌(1898)会试,142 年之中有 67 次会试(包含恩科、正科),相当于每两年(2.10 年)举行一次会试,频繁的会试[⑩]激励了对于举人试帖诗的创作热情,高水平层次的科举竞争促进了清代试帖诗创作的技艺和水平。在《清代诗文集汇编》目录和清人

---

① 《清史稿》卷一百六,《选举一》,第 3118 页。

② 按:康熙四十年(1701),广东巡抚彭鹏上奏疏云:“本朝武科乡、会并试如悬鹄,而较射中者固踊跃奋兴,不中者亦甘心奔走其间,消磨岁月而不自觉,此国家宾兴大典,实寓驾驭微权。惟粤西向以人数无多停试,今各学武生有一千数百所,当开以功名之门,使之不自暴弃。”(民国《福建通志》总卷三十四,《福建列传》卷三十三,彭鹏传,第三十二页)彭鹏所论虽武科事,其实科举制度自隋唐以来一直是朝廷选拔、笼络、控制、利用士子的“驾驭微权”。仅粤西一地不开武科,使千余武生“自暴弃”;清末废除科举,其制度变革影响到十余省之广的全国士子之命运前程,其政治后遗症类乎此,全国读书人“自觉”,因此酿成全国性的灾难,形成中国近现代史的历史转折,导致巨大的社会动荡和变迁。

③ 朱寿朋《光绪朝东华录》1906 年 3 月 9 日政务处奏章。又见刘锦藻《清朝续文献通考》(第二册)卷八十七,《选举四》,浙江古籍出版社 1988 年版,第 8457 页。按:《清史稿》记载废科举制后,天下生员无所托业,朝廷议广用途,“令州县官、教官会保申送督、抚、学政,考取文理畅达、事理明晰者,大省百名,中省七十名,小省五十名,咨部议巡检、典史分别注选,或分发试用”。(卷一百六,总第 3118 页)

④ 张仲礼《中国绅士研究》,第 147 页,引湖北学政龙启瑞《经德堂集·晓谕生童讲求音韵示》。

⑤ 张仲礼《中国绅士研究》,第 148 页,引《凌霄一士随笔》。《凌霄一士随笔》,原载《国闻周报》卷七,第 9 期。

⑥ 梁志平《清代科举怎样分配录取名额》,网易新闻,2016 年 5 月 18 日。(网址:http://help.3g.163.com/16/0518/16/BNC42REB00964JT6.html。原载澎湃新闻,标题为《清代如何分配学额资源》。)按:张仲礼《中国绅士研究》原作“平均一个县童生数估计略高于 1000 人,肯定不超过 1500 人。”(第 74-75 页)又云:“(要成为生员),学政主考的院试,所取得考生是有名额限制的。中央政府对各地每次院试考中人数俱有定额。由于考生数总是大大超过定额,故通过这最后一关者比例很小,一般大约为百分之一、二。”(第 10 页)举晚明福建科举强县、泉州府首邑晋江县为例,“应试童生数约有一万,由知县推荐给知府的为七千至八千名,由知府选送往学政的,为二千至三千人”。(第 59 页)对于清代全国各县的情况,张仲礼先生取其认为合理的中等数。又,苏州府吴县绅士沈守之自述道光间预本县童试,近 1000 名学生竞争 25 个学额(第 74 页)。举人录取的比例一如生员录取率,“(举人)中举者不过百分之一、二,”(第 19 页)竞争激烈。

⑦ 张仲礼《中国绅士研究》,第二章,第一节,第 75 页。上海人民出版社 2008 年版。张仲礼先生云:“太平天国前全国 1741 所官学每次院试录取名额为 25089 名。”(第 63 页)编有《太平天国前后文生员学额简表》(第 71 页),太平天国平定后,全国各省官学 1810 所,生员数量增加到 30113 名。以每次院试百分之一、二的录取率据此推知全国童生数量。又编有《太平天国前后任何时期生员总数简表》,太平天国前任何时期全国生员数 739199 名,太平天国后 910597 名(第 81-82 页),分列各省各类别生员数据(含十八省、八旗、奉天、商籍生员,其中甘肃、陕西二省数据合为一组)细目。

⑧ 请参看梁志平、张伟然《清代府州县学学额及专设学额的运作:基于长三角地区的研究》(载《中国历史地理论丛》2001 年第 26 卷第 1 辑,第 102-111 页)及其脚注文献。又,王立刚《清代童试录取率研究》以为清代童试录取率在 1%(载《社会科学论坛》2014 年第 3 期,第 67 页),说明清代参与科举最初等级考试——童试的举子数量极其庞大。

⑨ 请参看《清代硃卷集成》第三三八册举人范继馨履历受知师冯誉骥、文煜、丁日昌名下注(影印第 356-357 页)。

⑩ 清代选举基本上沿袭明制,但恩科的设置和频繁举行恩科考试的清代科举事实,却使清代的选举制度与明制不同。从顺治三年丙戌(1646)首开会试至光绪三十年甲辰(1904)会试之后废科举,清朝在 259 年中举行 112 科会试,相当于 2.31 年举行一次会试,实际上改变了三年一科的明代选举制度,增加了科举的频率,促进选举制度各个环节的高效运行。

别集中可以见到大量的试帖诗创作结集保存①,试帖诗成为清人诗歌创作的重要类型,它对于清诗的发展具有一定的积极意义。

本书对清代福建文学家族的研究,在认定文学家族的标准上,较诸明代更加严谨。虽然所有科举家族的成员在乾隆中叶以来以至清末均曾接受过诗律试律的锤炼,在律诗的创作上达到较高水平②,为乡试、会试考官所肯定。在朝廷普遍强制必须进行试帖诗创作的基础上,乾隆二十四年至光绪二十四年之间(1759—1898)所形成的科举家族即为宽泛意义上的文学家族,这个结论对于全国各省都是适用的,但本书仍有意筛落部分科举家族:既注意到士子赋诗的事实,更重视家族成员从事文学创作和学术著述的专注性、持久性,对文学家族的判定,本书的持论更加严格。全书在清代福建科举家族的基础上筛选数量惊人的福建文学(学术)家族,描绘出清代福建文学家族的图景。读者若将本书的附录一和文学家族中的婚姻情况结合,则会观察到数量可观的科举家族,他们中的部分在本书中仅作为科举作家的存在而未加以更加细致的探讨。

---

① 以《清代诗文集汇编》所收清人诗集为例,如爱新觉罗・载澂《世泽堂试帖遗稿》一卷(第785册影印光绪十五年刻本)、延清《锦官堂试帖》二卷(第765册影印光绪十一年刻本)、《锦官堂七十二候试律诗四卷》(第765册影印民国六年石印本)、孙国桢《憩尘吟试帖》一卷(第741册影印光绪二十四年刻本)、王作枢《慕陶山房赋试帖》二卷(第730册影印光绪十六年刻本)、周天麟《水流云在馆试帖》二卷(第722册影印光绪二十一年刻本)、夏同善《俟斋试帖》一卷(第718册影印民国朱栏打印本)、何元普《丽生诗文合集》十卷(第719册影印光绪元年刻本。试帖一卷)、严辰《忆云集试帖》一卷、《籋云集试帖》一卷(第689册影印光绪刻本)、丁绍周《浮玉山房试帖》一卷(第682册影印同治十年刻本)、赵新《还砚斋试帖》一卷(第665册影印光绪八年刻本)、张凤翥《镜真山房试帖》二卷(第663册影印同治二年刻本)、吴棠《望三益斋诗文钞》十四卷(第653册影印同治十三年刻本。塾课一卷、试帖一卷)、杨彝珍《移芝室全集》二十三卷(第627册影印光绪二十三年刻本。试帖一卷)、赵昀《遂园试律诗钞》四卷(第628册影印咸丰十一年刻本)、宝鋆《文靖公诗钞》八卷(第623册影印光绪三十四年重刻本。《试帖诗存》二卷、《自怡悦斋试帖诗存》二卷)、殷兆镛《齐庄中正堂试帖》八卷(第623册影印光绪无年刻本)、董恂《荻芬书屋试帖》二卷(第625册影印咸丰刻本)、李佐贤《石泉书屋馆课诗》二卷(第624册影印咸丰至同治间石泉书屋全集本)、郭柏荫《天开图画楼试帖》四卷(第609册影印清刻本)、赵廷恺《十三翎阁试帖》二卷、《二十四孝题注试帖》一卷(第605册影印同治十年刻本)、高继珩《培根堂集》二十二卷(第600册影印道光至同治间培根堂全稿本。《铸铁砚斋试帖》二卷、《铸铁砚斋试帖续编》二卷)、吴文锡《半螺龛试帖存》一卷(第590册影印清刻本)、黄富民《试帖剩稿》一卷(第589册影印同治九年刻本)、熊少牧《读书延年堂试帖辑注》四卷(第588册影印道光二十一年至同治十年刻本)、马国翰《月令七十二候诗》四卷、《夏小正诗》十二卷、《文选拟题诗》一卷、《五峰山馆诗课》二卷(第586册影印光绪刻本)、罗绕典《戊戌刊知养恬斋试帖》三十卷、《甲辰刊知养恬斋试帖》二卷(第581册影印道光刻本)、徐士芬《辛庵馆课诗钞》一卷、《辛庵历试试帖诗钞》一卷(第570册影印同治十一年刻本)、余锡椿《试帖诗钞》二卷(第566册影印光绪六年刻《培园全集》本)、徐湘潭《徐睦堂先生集》一百十三卷(第558～559册影印道光二十三年刻本。含试体诗一卷)、王藻《恩晖堂贴体诗》三卷(第557册影印咸丰六年刻本)、林则徐《云左山房诗钞》八卷(第548册影印光绪十二年刻本。附诗余、试帖)、陈沆《简学斋馆课试律存》一卷、《简学斋试律续钞》一卷(第547册影印咸丰二年刻本)、杨庆琛《绛雪山房试帖》三卷(第542册影印同治三年刻本)、李象鹍《双圃氏同馆诗钞》一卷、《周梦岩同馆诗钞》一卷(第540册影印道光刻《棣怀堂随笔》本)、黄本骥《夏小正试帖》一卷(第532册影印道光刻本)、陆以庄《小书巢诗课偶存》四卷、《小书巢诗课续存》六卷(第519册影印道光二十七年刻本)、改琦《泖东诗课》一卷(第512册影印稿本)、查元偁《臶斋集》四卷(第508册影印道光二十一年刻本。试律一卷)、梁运昌《秋竹斋试律附存》一卷(第499册影印道光二十四年刻本)、成书《多岁堂诗集》六卷(第463册影印道光十一年刻本。附《试律诗集》一卷)、陈廷桂《香草堂试帖》一卷(第456册影印嘉庆十六年刻本)、宋湘《红杏山房试诗》一卷、《红杏山房试帖诗》一卷(第450册影印嘉庆二十年刻本)、郝懿行《晒书堂试帖》一卷(第2249册影印光绪十年刻本)、王芑孙《渊雅堂外集》七卷(第442册影印嘉庆刻本。赋得诗二卷)、陈廷庆《谦受堂全集》三十卷(第439册影印道光刻本。试体诗一卷)、范鹤年《藐雪山房全集》六卷(第434册影印嘉庆刻本。附《试帖墨帐杂俎》一卷)、铁保《惟清斋全集》十九卷(第432册影道光二年刻本。应制诗一卷)、陈文瑞《瘦松柏斋诗集》十二卷(第423册影印道光三年刻本。试帖体诗一卷)、吴锡麒《有正味斋诗集》十六卷、《有正味斋诗续集》八卷等(第415册影印嘉庆有正味斋全集本)曹文埴《石鼓砚斋试帖》二卷(第387册影印嘉庆五年刻本)、纪昀《纪文达公遗集》三十二卷(第354册影印嘉庆十七年刻本)、于宗瑛《来鹤堂全集》十四卷(第350册影印嘉庆二年刻本。试帖钞二卷)、刘墉《刘文清公应制诗集》三卷(第348册影印道光六年刻本)等。嘉庆以后所刻试帖诗集渐多,《清代诗文集汇编》第348册之前绝少收录,时间正在乾隆二十二年(1757)增试五言律诗之后。柯愈春《清人诗文集总目提要》(北京古籍出版社2001年版)提要中亦细列试帖、馆课、塾课诗卷,甚者如钱禄泰《虞山七家试律钞》(同治十二年刻本)、赵昀《遂园试律诗钞》四卷(咸丰十一年刻本)。李灵年等《清人别集总目》著录卢鑫《萍南书屋试帖诗诗钞》十卷(嘉庆刻本)。

② 清初闽县黄晋良《题汝合诗集》:“吾乡可百万户,不辨四声者无一家。”(《和敬堂全集》文部卷十三,原第九页,《清代诗文集汇编》第54册,影印第210页)说明闽中诗歌创作、吟咏风气的流行。乾隆间,朱仕琇为邵武府建宁县李大仁作《李生传》:“始生与兄大儒从其从祖书学为制义,又学诗于族父俊,辄工。是时,里中诸人方相厉为古学,生兄弟年甚少,亦与其间,间出所业,其才有过人者……生既入学,稍稍绌诗文不事,以为士之为士者,非徒艺焉已也,将必有合于圣人者。”(《梅崖居士文集》卷二,《清代诗文集汇编》第336册,影印第209页)李大仁兄弟既学制义,又学为诗歌,但是诗文创作被视为“艺”,这是清人的认识。本书作者另外撰有《清代闽人集外诗文辑佚》,辑存大量诗名不彰的清代福建诗人的诗作。

## 第四节　闽籍诗人试帖诗的创作
### ——以林则徐、林昌彝为中心的考察

康熙六十年(1721)辛丑科进士、闽县谢道承的《小兰陔集》十二卷,“其集中所载则应制、馆课之作皆在焉”①,晚清谢章铤(1820—1903)亦云“诗虽先生(魏本唐)余事,然经生之作本原自厚,宜全留应试帖体”②,故知清代文人诗文集所收入的文章、诗歌体裁广泛,“应制、馆课之作”中包含了诗歌作品,乾隆朝改革选举制度之后,试帖诗亦是诗歌创作的重要体裁③。梁运昌(1771—1826)云“己未(嘉庆四年,1799)成进士,改庶常。方肆力于八韵之作,亦无暇为古近体诗”④。“八韵之作”即指试帖诗创作,清代翰林院庶吉士考较文学才能的重要内容,而其诗集《秋竹斋诗存》八卷后附《试律》一卷。晚清谢章铤总结有清一代试帖诗、制艺均成为清代作家创作的重要文体:“近者古文推桐城,而望溪(方苞)、海峰(刘大櫆)、惜抱(姚鼐)师弟三传,时艺皆有声;王惕甫(王芑孙)、鲍觉生(鲍桂星)、陈秋舫(陈沆)俱以诗鸣,而别集不废帖体;吾闽陈恭甫(陈寿祺)先生制作才也,而《左海诗文集》外亦有《东观存稿》之刻,岂结习难忘哉?夫试帖与制艺同为士人进身之始资,须知贾、董著书,枚、马应制,各有体裁,亦各有功候,不可诬也。”⑤乾隆中叶以来,清代诗人、古文家之于八股制艺、试帖诗的创作概莫能外。试帖诗既与历代诗歌创作具有文学创作的共同属性,又具有帖体所独有的应试特征,成为清代文学研究中的重要对象⑥。

嘉庆十六年辛未(1811),闽籍名臣林则徐以二甲第四名进士登第,进入仕途。初历考选庶吉士,散馆授编修,累官至总督。林则徐不仅是清朝重要的政治家,也是重要的文学家,其早年诗歌创作中有试帖诗一类,曾倾注精力以赴,晚年亦以其精于试帖诗创作的经验,奖掖后进。道光三十年庚戌(1850)七月,林则徐(1785—1850)为宗弟林昌彝撰《诗外集序一》:“试帖至近代而极盛,吴(吴锡麒)、纪(纪昀)二家各树一帜⑦。吴以才华雄丽胜,纪以法律谨严胜。嗣后有(吴锡麒等)九家之选、(纪昀)《庚辰集》之选、(张熙宇)七家之选、(朱埏之)《瀛海探骊(集)》之选,吾乡陈恭甫(陈寿祺)先生《东观藏稿》以唐律入试帖,气魄雄迈,壁垒一新。吾宗芗溪(林昌彝)孝廉为恭甫先生高足,直接师传,雄处极似恭甫先生,而高超浏脱处似又过之,能于诸家外独建旗鼓。前读孝廉古今体诗,钦佩无量,今复读外集试帖,不禁俯首至地。”⑧陈寿祺,字恭甫,福建福州府闽县人。嘉庆四年己未(1799)二甲进士,改庶吉士,散馆授编修,典试广东、河南,充会试同考官。主讲福州鳌峰书院十一年,系林昌彝之师,林则徐的馆阁前辈。馆阁之作则有《东观存稿》,系四六骈体文、试帖诗合集。陈寿祺的门人林昌彝(1803—1876)是陈寿祺、林则徐之后试帖诗创作的高手。陈寿祺、林则徐、林昌彝系嘉庆至道光间前后相续的

---

① 永瑢等《四库全书总目》卷一八四,《〈小兰陔集〉提要》,影印第1673页。

② 谢章铤《与魏子安书》,《赌棋山庄集》文集卷二,《清代诗文集汇编》第680册,影印第666页。

③ 《清诗总集丛刊》第147~149册收录法式善等编、乾隆五十二年刻本《同馆试律汇钞》二十四卷;第152册收录王芑孙辑、嘉庆五年重刊本《国朝馆阁九家诗笺》九卷;第219册收录春晖阁主人辑、光绪十四年刻本《馆律分韵初编》六卷;第277~278册收录张熙宇等辑、光绪十六年刻《七家试帖辑注汇钞》九卷,金华诗人方元鹍(1753—　)所著《铁船诗钞》附录试律四卷,保存大量的试帖诗作品。

④ 梁运昌《秋竹斋吟卷自序》,《秋竹斋诗存》,《清代诗文集汇编》第499册,影印第1页。版心作《秋竹斋吟卷》。

⑤ 谢章铤《城东菊隐旧庐试帖诗序》,《赌棋山庄文续》卷二,《清代诗文集汇编》第680册,影印第767-768页。

⑥ 蒋寅撰有《科举试诗对清代诗学的影响》(《中国社会科学》2014年第10期)一文,请参看。本书著论点与蒋先生不同。

⑦ 按照谢章铤的理解,纪昀、吴锡麒创作试帖诗集的用意不同:“其时士子多不谙体制,于是纪文达公为之职志,著《唐人试律说》、《我法集》导其渊源,《庚辰集》示其范围,然拟之高氏所谓《品汇》,则犹是初唐也。未几,七家、九家继起,而吴穀人祭酒乃以古今体之格律,才气滂沛,镕铸于其中,撷厥菁华,别开生面,是于《品汇》为盛唐矣。”(《城东菊隐旧庐试帖诗序》,《赌棋山庄文续》卷二,《清代诗文集汇编》第680册,影印第767页)吴锡麒《有正味斋集》七十三卷,其中《试帖详注》四卷(柯愈春《清人诗文集总目提要》第845页)。

⑧ 钱洪来《林昌彝年谱》,第41页,引。

试帖诗创作名家,本节对林则徐及师承陈寿祺的林昌彝两位诗人的试帖诗进行分析,观察两位诗人在试帖诗创作中反映出的生活状态及其创作试帖诗的原因。

道光二十四年(1844),林则徐撰《梅生(李杭,长沙李星沅长子)太史联步蓬瀛三叠尊甫中丞文闱即事前韵为贺并希和政》四首,其一第三句"洞庭秋月传吟后",注:"君去岁在楚闱赋'月满洞庭秋'一诗,格调绝美"①。其三第四句"空谷名驹又著鞭",注:"白驹、空谷是科帖题也。"②另撰《梅生(李杭)太史寄示春闱试卷读至白驹空谷试帖赏其寄托之深聊复效颦二首录奉喷饭知必笑其倒绷孩也》,是为林则徐模仿道光二十四年甲辰科赋得体诗,诗如下:"漫道驹能絷,高踪未易亲。青山空谷路,白马素心人。翔影岩前月,鞭丝树外尘。峰回千里足,云掩五花身。径岂终南捷,才堪冀北抡。食苗曾永夕,吹黍待回春。夙负驰驱志,今为草莽臣。闲天方考牧,行地要骐驎。"其二:"空谷高贤去,名驹白似人。不污真皎皎,靡及旧駪駪。大隐原随地,孤行已绝尘。入山风骨劲,载道雪毛匀。伴鹰寒长放,为龙性转驯。据鞍虽矍铄,伏枥任沉沦。谁道骓难逝,应怜骏有神。徜徉聊秣马,请谢九方歅。"③此六首诗是系林则徐为李杭作。李杭,字孟龙,号梅生,时任山西巡抚署陕甘总督、湖南湘阴县李星沅之子。在赋得体应试诗的写作中,高明者仍然可以体现出作者本身的艺术修养和诗人情怀,李杭参加道光二十三年(1843)乡试时的《月满洞庭秋》之作,格调绝美;李杭参加会试时的赋得体诗《白驹空谷得人字》诗题出自《诗经・白驹》,此章诗云:"皎皎白驹,在彼空谷。生刍一束,其人如玉。毋金玉尔音,而有遐心。"以"空谷"和"白驹"为该诗题审题应有的两方面内容,用韵字为平水韵上平十一真字韵部。

《林则徐全集》中收录其所作拟赋得体诗有《赋得练迹校名得官字》、《赋得文昌气似珠得珠字》、《赋得百谷权舆得舆字》、《赋得万木无声待雨来得来字》(以上四首嘉庆二十一年作)、《赋得好竹连山觉笋香得山字》、《赋得树德务滋得滋字》、《赋得一卷冰雪文得文字》、《赋得书名玉杯得杯字》、《赋得卷帘烧烛看梅花得帘字》、《赋得露似真珠月似弓得江字》、《赋得书味夜灯知得灯字》、《赋得石磴泻红泉得红字》、《赋得远峰隐半规得规字》、《赋得敬实不求华得诚字》、《赋得吹万群芳悦得哉字》、《赋得古砚微坳聚墨多得多字》、《赋得一字拔人得人字》、《赋得四时和谓之玉烛得时字》、《赋得冬夏播琴得琴字》、《赋得井收勿幕得收字》、《赋得民生在勤得兴字》、《赋得岁丰仍节俭得仍字》、《赋得冬日可爱得和字》、《赋得月傍九霄多得秋字》(以上不署时间)④计 24 首。

上段林则徐所拟赋得体试帖诗题(一名题句)"文昌气似珠"出自庾信《周宗庙歌・皇夏》;"百谷权舆"出自《后汉书・鲁恭传》;"万木无声待雨来"出自文征明画题诗,画家汪东 1953 年有仿作;"好竹连山觉笋香"出自苏轼《初到黄州》诗;"树德务滋"出《尚书・泰誓下》;"一卷冰雪文"出自孟郊《送豆卢策归别墅》诗;"书名玉杯"出自庾信《小园赋》;"卷帘烧烛看梅花"出自李进《西湖夜宿》诗;"露似真珠月似弓"出自白居易《暮江吟》;"书味夜灯知"出自林景熙《溪亭》诗;"石磴泻红泉"出自谢灵运《入华子岗是麻源第三谷》诗;"远峰隐半现"出自谢灵运《游南亭诗》;"敬实不求华"之"(衣)不求华"出自王安石《长安县太君墓表》;"华而不实"出自《左传》鲁文公五年;"吹万群芳悦"出自谢灵运《九日从宋公戏马台集送孔令诗》;"古砚微坳聚墨多"出自陆游《书室明暖终日婆娑其间倦则扶杖至小园戏作长句二首》;"一字拔人"典出《太平御览》,事出晋代吏部尚书山涛;"四时和谓之玉烛"出自《尔雅・释天》;"冬夏播琴"出自《山海经・海内经》;"井收勿幕"出自《周易》第四十八卦《井》;"民生在勤"出自《左传》鲁宣公十二年;"岁丰仍节俭"出自白居易《太平乐词》诗;"冬日可爱"语出《左传》鲁文公七年;"月傍九霄多"出自杜甫《春宿左省》诗。这些试帖诗的诗题泛出经、史、子、集,原本诗人诗句者,诗题原作者上自《诗经》产生的周代下至明代,时代不单一。

从《林则徐日记》来看,林则徐早年在京任职翰林院之时,京师大不易居,生活颇为艰苦。嘉庆十

---

① 林则徐《林则徐全集》第六册,第 230 页。

② 同上书,第 231 页。

③ 同上书,第 233、234 页。

④ 林则徐《林则徐全集》第五册,第 273-284 页。诗原在《云左山房诗钞》附卷。

九年(1814)四月十八日《致姜苍雨》云:"兹四月初间散馆,幸居首列,仍窃清资。……至于都中难住之况,什倍从前,候转阶则约十年,即考差亦待三载。"①后来,林则徐在《致郭柏荫》书信回忆道:"愚初作翰林时,即有家眷在京,一年俭用,约以五百金为度。编修俸银、俸米及馆上月费,合计将及二百,寻常笔墨中亦有所得,能觅一馆地贴补,则又觉从容矣。"②馆阁职司清闲,地位清华,而俸禄微薄,只有外放迁转方有机会摆脱困境。为贴补家中用度,林则徐确实在京觅馆地,兼职课读京中官宦子弟。《林则徐日记》翔实记载了嘉庆十九年(1814)年三十岁、已在翰林院三年时任编修的林则徐在京课艺的生活。嘉庆十九年(1814),林则徐日记记载了本年课艺的题目:十月(1)初三日,出课题《学如不及犹恐失之》、《赋得华封三祝得封字》;(2)初八日出课题《去谗远色》一段、《赋得灯盏柄曲得声字》;(3)十三日,出课题《我欲仁斯仁至矣》、《赋得时有养夜得长字》;(4)十八日,出课题《礼云礼云》一节、《赋得折糠为舆得舆字》;(5)二十三日,出课题《天地之道可一言而尽也》、《赋得布指知寸得知字》;(6)二十八日,出课题《诗三百》一节、《赋得瓶冻知寒得知字》;十一月(1)初三日,出课题《君子之道解如行远》一节、《赋得寒梅著花来得来字》;(2)初八日,出课题《好仁者无以尚之》、《赋得日月如连璧得桓字》;(3)十三日,出课题《无情者不得尽其辞大畏民志》、《赋得言在区盖之间得言字》;(4)十八日,出课题《子曰辞达而已矣》、《赋得宵尔索绹得宵字》;(5)二十三日,出课题《仁者安仁》二句、《赋得理士甘于肉得甘字》;(6)二十八日,出课题《辅世长民莫如德》、《赋得户枢不蠹得勤字》;十二月(1)初三日,出课题《人人亲其亲长其长而天下平》、《赋得率马以骥得人字》;(2)初八日,出课题《敬其所尊》二句、《赋得瘦羊博士得廉字》;(3)十三日,出课题《召太师曰至是也》、《赋得冻令玉楼寒起粟得苏字》。③ 从日记所载十月至十二月间三月(十二月十八、二十三日除外)课读情况看,林则徐每月隔五日出一课题,然后阅、批所课文,课题均制艺一道、赋得体试帖诗一首。嘉庆二十年(1815)三月初十《致杨庆琛》云:"本年授徒四人,一月即须评改数十篇文艺。"④三月二十八日《致刘敬舆》云:"则徐今岁有生徒四人,而馆谷仍如其旧。每月须改诗文廿四篇、试帖廿四首,即已不胜其繁。"⑤林则徐在京授徒补贴家用的艰难日子至少维持了两年(1814—1815)。以林则徐课徒的方式及其所命时文、试帖诗制作的数量来看,大概可知试帖诗的训练在清代家塾教育中的分量相当重。

林则徐对于试帖诗的爱好非同寻常,不仅课子弟、学生作诗,在翰林日常生活中亦常作试帖诗,刻自磨砺,培养试帖诗创作的长材,通过试帖诗培养近体诗创作的技巧、手法和风格,更通过清代试帖诗本身和八股制艺相关联的共同特性熟练掌握五言八韵近体诗创作中内部各联、格句之间紧凑的结构⑥及五言律诗的创作技法。嘉庆二十一年(1816),正月初十日,作排律二首,题《练迹校名得官字》、《文昌气似珠得珠字》,即是五言八韵试帖诗拓展成排律的深度训练;十一日赴友人陈潼溪处,课题《润叶津茎得甘字》、《明镜照心得心字》、《守道蒙福得全字》、《闰月定四时得时字》、《花里叫春禽得花字》;二十一日,在廖鸿藻(仪卿)课所课诗,诸题《整纷剔蠹得韩字〈元史·韩延徽传〉》、《慈竹义木得诗字〈宋史·牟字才传〉》、《他山之石得攻字》、《以鱼羡鸟得庄字〈庄子〉》、《绿杨宜作两家春得家字白香山诗》;二月初一日,在达麟(字为昭,号玉圃)处课诗,作《山不让座得山字》、《雨息云犹渍得犹字》、《春入烧痕青得痕字》、《鸿门留宴得留字》、《今月曾经照古人得今字》;十一日,在许邦光(莱山)处课诗,作《政平讼理得安字》、《五经指南得南字》、《知白守黑得常字》、《名实久相宾得宾字》、《二分春色到花朝得分字》;十五日,在刘嵋生处课诗,诸题《益忠损欲得多字〈管子〉》、《春风鼓俗得春字〈魏书·辛雄传〉》、《夜火杂星回得

① 林则徐《林则徐全集》第七册,第3页。

② 林则徐《林则徐全集》第七册,第83页。道光十三年(1833)六月十三日于苏州。

③ 林则徐《林则徐全集》第九册,第38-44页。

④ 林则徐《林则徐全集》第七册,第5页。

⑤ 林则徐《林则徐全集》第七册,第6页。

⑥ 如诗题《小栏花韵午晴初》,作者注云句出司空图《归王官次年》,上句为"孤屿池痕春涨满"(《林则徐全集》第九册,第53页),这两句所写景物交融一体,出题句暗示此试帖诗必须写足"孤屿池痕春涨满"之义;又,诗题《户映花丛当下帘》,作者注云句出白居易诗,原题《三月三日》,上句为"阶临池面胜看镜"(同书,第54页),亦是同一作法。

星字王右丞诗》、《柳偏东面受风多得风字元微之诗》；二十三日，司文会，出诗题《仁义为巢得巢字》、《故人家在桃花岸得花字》；二十五日，李彦章（兰卿）司课，诗题《雨丝烟柳欲清明得丝字》、《尧鼓舜木得言字》、《拔十得五得人字》、《祈为天下丰年得丰字》；三月初一日，李彦章（兰卿）司课，诗题《辟宇启龠得才字〈晋书·陆云传〉》、《騑马辍解得春字〈后汉·章帝诏〉》、《多少楼台烟雨中得南字杜牧之诗》；初五日，赴黄在庵处诗课，诸题《双燕却来时得双字郑谷诗》、《道义渊海得渊字〈抱朴子〉》、《木生于亥得辰字〈齐书·礼志〉》、《一川桑柘晚烟平得痕字元遗山句》；十一日，在廖鸿荃（钰夫）处课诗，诸题《儒馆钦歌得歌字》、《薰风自南来得来字》、《绿枝阴浓夏日长得长字》、《鱼星知期得期字〈晋书·天文志〉》；十五日，在李象鹍（双圃）家课诗，诸题《小栏花韵午晴初得花字司空表圣〈归王光次年〉诗出句"孤屿池痕春涨满"》、《仁风被宿麦得仁字苏东坡〈送范中济诗〉》、《浸仁沐义得江字江文通句》、《政平讼理得平字》；二十一日，作排律三首，赴许邦光（莱山）处会课，诗题《斗南万物盈得盈字〈扬子〉》、《礼义为器得为字》、《德柔垂祉得垂字〈旧唐书·乐志〉》、《暑信土肥得肥字〈吕氏春秋〉》；二十七日，赴王赠芳（霞九）家课诗，诸题《赏雨茅屋得茅字》、《户映花丛当下帘得帘字白香山诗上句阶临池面胜看镜》、《搜岩探干得岩字》、《族云苍郁得云字〈齐书·乐志〉》；四月初三，赴达麟会课，诗题《山盈川地得冲字》、《新种竹都活得新字》、《隔岫窥红蕖得蕖字》、《又展芭蕉数尺阴得阴字》；初五日，在寓会课，诗题《政如农功得农字》、《心正笔正得权字》、《锄禾当午得锄字》、《兰池清夏气得兰字》；十四日，赴廖鸿藻家会课，诗题《百谷权舆得舆字〈后汉书·鲁恭传〉》、《桐叶知闰得知字》、《五月江深草阁寒得寒字》、《以虚受人得咸字》；十五日，赴王鹤亭家诗课，课题《朱华冒绿池得华字曹子建〈公宴〉诗》、《马上凉于床上坐得凉字》、《须臾慰满三农望得农字韩魏公诗》、《松花满碗试新茶得新字刘梦得诗》；二十三日，司文课，诗题《平秩南讹得南字》、《新竹压檐嗓四周得檐字》、《以爪镇心得爪字》、《点溪荷叶叠青钱得溪字》；二十五日下午，赴张晓沂家诗课，诗题《夕阳频见树阴移得阴字》、《暑信土肥得肥字》、《松凉夏健人得松字》、《水光兼竹净得兼字》；五月初一日，李彦章司文课，诗题《经正民兴得兴字》、《化鸥为凤得为字〈颜氏家训·言治民〉》、《平铺风簟寻琴谱得铺字》、《万木无声待雨来得来字》；初七日下午，赴潘锡恩（芸阁）处诗课，诗题《布帛有幅得严字》、《宫商还古风得丝字陆鲁云素丝诗》、《日长山邻得长字》、《水面风回聚落花得回字》①。按：嘉庆十九年冬至二十一年（1814—1816）闰六月初十日林则徐简放江西乡试考官②止，林则徐在京参与宣南诗社雅集③。据上列《林则徐日记》所记在李彦章、廖鸿藻等人住所进行的诗歌创作，其中称"会课"④者即文人结社的别称，林则徐与这些诗人定期集会，研习功课，传观所作文字，故推知宣南诗社诗人的创作中试帖诗的组织、命题和创作是一个重头戏。民国《福建通志》著录同治二年癸亥（1863）二甲第四名进士陈翼的《春明课草》。按：陈翼尝官翰林院左赞善、陕西学政。陈衍《石遗室书录》云："此同治辛未、壬申间（十年至十一年，1871—1872）芑庭赞善供职都门，与同人会课试帖，约二百余首，分上、下平韵排列之，妥帖匀称，合于应试体裁，故能屡得试差、学差。"⑤陈翼在京馆阁供职，以会课写作试帖诗锻炼诗才与诗艺。虽然朝廷于五月初一方下旨考差，按照朝廷考差的惯例，事预则立，林则徐在道光二十一年（1841）正月至五月间所作诗应当算是同人之间的会课试帖诗，但由于林则徐同时还参与了宣南诗社，会课与诗社的文学活动不应截然分开。

讨论林则徐创作试帖诗的情况有助于我们理解清代翰林考差外放为考官、学官的知识储备和磨

---

① 林则徐《林则徐全集》第九册，第46-59页。

② 林则徐《先考行状》："（丙子）是秋，不孝则徐典试江西。"（《林则徐全集》第五册，第447页）据日记，系简放江西乡试副主考（《林则徐全集》第九册，第64页）。

③ 按：林则徐在京与友人课诗文的活动因为嘉庆二十一年五月初一朝廷的安排而遽止："是日有旨：十六日在正大光明殿考试试差，二十四日在尚书房考试二品以下京堂"，十一日"赴廖仪卿处会课，因考期已近，同人各书折字，不作时文，晚饭后散。"（《林则徐全集》第九册，第58-59页）

④ 林则徐《林则徐全集》第九册，第53页。《林则徐日记》中或云"赴某某某家课诗"，课题若干，有时在课所不尽全部完成诸题诗、文，"余另缴"（第51页）。

⑤ 民国《福建通志》总卷二十五，《福建艺文志》卷六十六，第二十四页，引陈衍《石遗室书录》。

练历程。

林则徐宗弟林昌彝的功名止于举人，终身不售，不得一第，仅以献《三礼通释》得官，担任过短暂的邵武府、建宁府教授，与林则徐的仕宦生涯有天壤之别，但是林昌彝为了会试及入仕之后的选拔考试，对试帖诗及赋体文进行大量的模拟和练习。今所见《林昌彝诗文集》卷九《试帖诗》即林则徐所谓《诗外集》，收录林昌彝五十首试帖诗，连同卷十《赋》九篇、卷十一《文》十八篇论、议、说、序体文即为科举应试而作，部分诗、赋、论文章附有朋友的原批文字。

林则徐对林昌彝试帖诗的创作极为赞赏，下面迻录《林昌彝诗文集》卷九诗题：《赤壁箫盛得箫字》、《庾亮登楼得楼字》、《杜舍人注兵书得功字》、《红拂随李卫公之太原得公字》、《国士无双得韩字》、《曲江观涛得涛字》、《三箭定天山得功字》、《枕戈待旦得戈字》、《孟浩然夜归鹿门得归字》、《关山月得乡字》、《虎豹之鞟得之子》、《江南草长得秋字》、《秋水蒹葭得秋字》、《浮家泛宅得舟字》、《送君南浦得波字》、《群鸟养羞得羞字》、《五香水浴佛得华字》、《东坡似乐天得天字》、《不闻人声闻碓声得声字》、《山意冲寒欲放梅得寒字》、《荻阴连水气得阴字》、《月映清淮流得流字》、《高浪驾蓬莱得高字》、《绿头相并鸭眠沙得沙字》、《龙井白泉甘胜乳得甘字》、《舍南舍北皆春水得鸥字》、(《茶戌得茶字》)、《晚晴风过竹得晴字》、《淡云微雨养花天得培字》、《烟雨冥冥开橘花得烟字》、《朗吟飞过洞庭湖得飞字》、《秋澄万景清得清字》、《山外青山楼外楼得楼字》、《天晴雁路长得晴字》、《月中清露点朝衣得朝字》、《心清闻妙香得闻字》、《山雨欲来风满楼得楼字》、《努力加餐饭得餐字》、(《经霜愈茂得冬字》)、《扶桑影里看金轮得州字》、《绿藤阴下铺歌席得阴字》、《山碓水能舂得山字》、《守口如瓶得瓶字》、《似曾相识燕归来得来字》、《长笛一声人倚楼得楼字》、《一日看遍长安花得看字》、《天心水面得知字大内养正书屋额匾》、《深树云来鸟不知得深字》、《七月七日长生殿得清字》、《禹穴得宫字五言十二韵》，其中《曲江观涛》诗后注："曲江在扬州，不在浙江，辨之最精。"[①]《禹穴》附有方濬颐(子箴)批语："老杜壁垒。"[②]

《林昌彝诗文集》卷九《试帖诗》收录林昌彝五十首试帖诗，《孟浩然夜归鹿门得归字》之后的四十一首中，除《关山月得乡字》、《茶戌得茶字》和《禹穴得宫字五言十二韵》三首外，都是典型的赋得体试帖诗，《禹穴》体制五言十二韵是清代县试、府试、院试中考生试帖诗"五言六韵"长度的两倍。这四十一首试帖诗，诗题出自《论语》、南朝梁丘迟《与陈伯之书》、《诗经》、《新唐书》、江淹《别赋》、吕不韦《吕氏春秋》所载月令七十二候，元吴澄撰《月令七十二候集解》、南朝梁宗懔《荆楚岁时记》、宋苏轼诗《予去杭十六年而复来留二年而去平生自觉出处老少粗似乐天虽才名相远而安分寡求亦庶几焉三月六日来别南北山诸道人而下天竺惠净师以丑石赠行作三绝句》其二、宋陆游诗《客中作》、唐杜甫《小至》、南朝梁萧纲诗、唐徐敞诗《月映清淮流》、晋郭璞诗《游仙诗》其六、宋宋无诗《春日野步书田家》、宋苏轼诗《送刘寺丞赴余姚》、唐杜甫诗《客至》、唐李商隐《春宵自遣》、宋耿仙芝诗、陆游诗《荆州歌》、《唐才子传》所录吕洞宾诗、唐刘禹锡诗《八月十五日夜玩月》、宋林升《题临安邸》、唐李白诗《送张舍人之江东》(原句天晴一雁远，海阔孤帆迟)、唐李德裕诗《长安秋夜》、唐杜甫诗《大云寺赞公房》、唐许浑诗《咸阳城东楼》、《古诗十九首·行行重行行》、南朝宋刘义庆《世说新语·方正》宗世林条、宋文天祥诗《怀扬通州》、唐白居易诗《西湖留别》、唐岑参诗《野山寺僧房》、唐《诸经要集·惩过》、宋晏殊词《浣溪沙·一曲新词酒一杯》、唐赵嘏诗《长安晚秋》、唐孟郊诗《登科后》、宋张镃词《蝶恋花·门外沧州山色近》、唐钱起诗《山中酬杨补阙见过》、唐白居易诗《长恨歌》。这些诗题出自经、史、子、集四部，唐代诗人覆盖盛、中、晚三个阶段，宋代则以诗、词两种体裁的句子为题，时间上从周代到两宋末，贯穿数千年。

林则徐以为林昌彝的试帖诗创作"能于诸家外独建旗鼓"，既具有继承自其师陈寿祺"以唐律入试帖"的优长，亦复具有创造性。下面选择林昌彝四首试帖诗试作分析：

《晚晴风过竹得晴字》："忽似喧疏雨，掀帘晚却晴。单温丛竹语，如觉阵风生。薄蔼春无缝，斜阳碧

---

① 林昌彝《林昌彝诗文集》卷九，第239页。

② 同上书，同卷，第256页。

有情。袖寒愁日暮,窗夕聚秋声。爽籁穿林出,残霞隔叶明。光生金琐碎,韵入玉锵鸣。补网蛛初定,归巢鸟不惊。花梢回首望,一片月华清。”①诗题出李商隐《春宵自遣》第二联上句,下句为“深夜月当花”。这是一首中规中矩的试帖诗。第一、二韵写诗题:首韵“忽似喧疏雨,掀帘晚却晴”,以物象的因果关系写“晴”;第二韵“但闻丛竹语,如觉阵风生”,揭示“疏雨”之喧来自丛竹语,觉如阵风,写“风过竹”,不粘不离。三四韵写晚晴至窗夕的时间变化,渐渐与李商隐原诗“月当花”契合,至第八韵直接云“月华清”扣题。而第七韵“蛛初定”、“鸟不惊”则是回应李商隐诗首联下句之“身闲”意思。

《不闻人声闻碓声得声字》:“谁坐茅檐下,愁深雨乍晴。客闲闻碓声,僮去杳人声。沙际争舟静,霜前著杵轻。谢墩无屐到,梁庑有舂鸣。天远衣难寄,林喧耳倍明。溪云疑路断,野水向山清。极目愁谁语,关心梦不成。异乡岑寂甚,籴米尚流行。”②题出陆游《客中作》第六联下句,上句为“茅檐独坐待僮仆”。原诗中有茅檐、秋光、溪、云、籴米、争渡、僮仆、碓声、极目、独坐等意象与物象,林昌彝此诗就此展开,以上意象、物象分布在不同句子中。首两句一问一答,直接点明深愁,这是原诗未言之义;第五韵上句云“天远衣难寄”,进一步明确为闺中之愁,最后两韵则写诗中人与闺中人的思念,侧重写诗中人的行路乡思。第二韵两句:“客闲闻碓响,僮去杳人声”,写足诗题。对陆游原诗的最大改造在于一写愁,其次写岑寂,在岑寂中写平沙争渡的飞鸟喧杂,以动衬静,表现诗中人内心的愁绪与静寂。第二韵至第六韵均精工对仗,格律谨严。

《舍南舍北皆春水得鸥字》:“绿水分南北,刚宜草舍幽。一春红涨雨,两度碧通沟。别浦行前路,横塘住后头。花天寒有雪,茅屋小于舟。乔木摇清影,滮池接浅流。悠悠连黍青,活活趁葭抽。山气横江合,书声夹巷留。杜陵诗思好,日日见群鸥。”③诗题出自杜甫《客至》首联上句,下句为“但见群鸥日日来”。林昌彝此诗以“鸥”字为韵字,最后一韵“杜陵诗思好,日日见群鸥”直接回应原诗,但林昌彝此诗的诗意与杜甫原诗区别甚大。首二韵写足诗题:“绿水分南北,刚宜草舍幽。一春红涨雨,两度碧通沟”,具有春天红绿的新鲜意象和清幽的诗趣。第三至七韵十句全为独创,与杜甫原诗无关。其中第六韵上句“悠悠连黍青”,自注:“《诗》:‘悠悠南行。’”下句:“活活趁葭抽”,自注:“《诗》:‘北流活活’,又苏诗:‘春流活活走黄沙’。”引经据典,表现学人创作的素养。

《山雨欲来风满楼得楼字》:“大块嘘还噫,风声已满楼。溪云方极目,山雨拦前头。电影遥峰闪,岚光隔水收。酿成千亩润,挹注一庭秋。寒色添珠箔,疏声碎玉钩。有无斜照暝,远近暮烟浮。作势连番卷,余音四面留。登临凭眺后,衫袖亦飗飕。”④诗题出自许浑《咸阳城东楼(一作咸阳城西楼晚眺)》颔联下句。原诗有愁、眺、秋、登临、山雨欲来、风满楼等意象。林昌彝此诗首二韵写诗题,类乎八股文创作程式的“破题”:首韵二句写风,引《庄子·齐物论》“大块噫气”释风,以《庄子》中仄声之“噫”作首句结,具有学人诗的特征;次韵二句写山雨欲来,顺带登楼与远眺意象。侧重写秋寒之意,与许浑诗不同:第五韵上句云“寒色添珠箔”,第八韵末句云:“衫袖亦飗飕”。又善写岚光、电影闪动之间的色感、声感与影像,如用“润”字,如“寒色添珠箔,疏声碎玉钩”,“远近暮烟浮”等句,摇荡性灵,这是林昌彝的创造。

民国间,章中如著《清代科举考试》,云清代学子“学为应试之诗,始则读唐宋人之诗,继则读清名家之诗,以其根柢深厚,为诗之正宗。后则专读馆阁之诗,以其词藻富丽,对仗工稳,利于应试也”⑤。林昌彝和林则徐的试帖诗创作分别代表了普通士子、馆阁作者两类不同的试帖诗创作面貌,与章中如所论正复相同。林昌彝的试帖诗对于清代普通作者而言,具有典型性,反映出攀登在科举之途上的广大士人试帖诗创作的普遍状态,区别于林则徐等已经登第,进入仕途,尤其是任职于馆阁的士人的试

① 林昌彝《林昌彝文集》卷九,第247页。
② 同上书,同卷,第244页。
③ 同上书,同卷,第246-247页。
④ 同上书,同卷,第250-251页。
⑤ 张仲礼《中国绅士研究》,第148页,引章中如《清代考试制度》。章中如《清代考试制度》,黎明书局1932年版。

帖诗创作经验、状态。从林昌彝的试帖诗创作经验来看,一个生活在清代的士人如果想在功名上有所成就,必须学习试帖诗的创作方法。试帖诗创作方法的要点有以下四点:(1)与八股文的创作方法有相近之处,遵守起承转合的写作程式,但同时对诗歌创作亦有害处,陈衍云"专守起承转合格调者,作试帖诗之余毒也"①;(2)试帖诗的作者当对诗题所自的原诗明晓其诗意,有时赋得的某字(韵字)在原诗某句中,一般在诗题所在联的上下句对句中,并不在题句;(3)试帖诗较诸诗题所出原诗应有所创造,做法类乎宋代江西诗派"夺胎换骨"的家法;(4)试帖诗作者在场屋的各级考试中,乃至登第进入仕途之后,长期浸淫在本朝以及历朝的诗人诗作中,持之以恒,坚持不懈,广泛研读、习得经、史、子、集四部著作,长此以往,形成具备深厚、广博的知识储备。

近代诗人陈衍云:"盖作诗不徒于诗上讨生活,学问足,虽求工,亦不至于苦也","求诗文于诗文中,末矣。必当深于经、史、百家,以厚其基。然尤必其人高妙,而后其诗能高妙"②。这两句话是民国十六年(1927)年冬黄曾樾从陈衍学诗时书绅所记,是陈衍晚年习诗心得,大概有三层意思:其一、诗人未必专于诗中讨生活,可以在人生仕宦、游幕等经历中获得诗材,如陈衍所举的俞明震(恪士)等;其二,必当深于学问,淹贯经、史、子、集、百家之学,以厚其基,这是学人之诗的好处;其三,不仅要有阅历和学问③,还必须"其人高妙","高妙"一词含有诗人真性情④在内,而后诗方能高妙,否则"虽工不到甚么地步"⑤,讲的是诗人主观的境界和诗歌所能达到的高度。关于第二层意思,是清代朴学兴起之后,学人之诗的创作蔚然兴起的背景下,诗歌创作理论出现学问与诗歌创作相结合的新思潮,陈衍对此尤其推重,如其称赏柳诒徵云:"余久耳京江柳翼谋名,近乃屡晤,然以为学人也。今读其《劬堂诗录》,乃知固功力甚深之诗人。夫学人不屑为诗人与不能为诗人者众矣。学人肯致力为诗,自有左右逢源之境"⑥。

重视学识的积累,弥补作家主观才思的不足和匮乏,其观念即是南朝刘勰《文心雕龙·神思》篇所谓的"积学以储宝"。对于清人而言,其时传统知识得以系统的整理,专门学问得以建立并达到空前成熟的地步,传统的学术思想和研究成果均抵达到巅峰的高度,无疑为清代诗歌创作提供了可供利用的无尽宝藏,清诗因此开拓了新的创作视域,形成新的诗歌境界,可以说唯有到了清代,学术之于诗歌创作的意义真正称得上"积学以储宝"的美誉。

观察清代科举制度中增加赋得体试帖诗内容的时间,可以准确知道乾隆年间朝廷科举制度的改革对于清诗繁荣⑦产生影响的时间,可以根据各省、府县的举人、秀才(诸生员)、五贡生的数额推算出

---

① 黄曾樾《陈石遗先生谈艺录》,《民国诗话丛编》第一册,第704页。陈衍给出破除试帖诗余毒作七律的方法:"作七律,第三联可脱开前半截,另出新意,不必死承前半首作下","至此联作法,则当视前联用意而力求与之异。如前联大,则此联小,余可类推。"(同页)

② 黄曾樾《陈石遗先生谈艺录》,《民国诗话丛编》第一册,第702页。

③ 按:陈衍举樊增祥为例,服膺其"少山水登临之乐"而闭门索句数千首,"无歌舞酒色之娱"而能成艳体诗千百首,为无阅历亦能创作的特殊现象(《陈石遗先生谈艺录》,第705页)。

④ 陈衍云:"渔洋最工摹拟,见古人名句,必唐临晋帖,曲肖之而后已。持斯术也,以之写景,时复逼真;以之言情,则往往非由衷出矣。"引郑孝胥之论云:"苟能自得其性情,则吾貌吾神,未尝不可以不似似之,则为己之学也。世之学者慕之,斯貌之;貌似矣,曰异在神;神似矣,曰异在性情。"(《石遗室诗话》卷一,第三十条,第34页)反对言不由衷的摹拟。又云:"作诗文要有真实怀抱,真实道理、真实本领,非靠一二灵活虚实字、可此可彼者斡旋其间,便自诧能事也。"引沈春泽所撰钟(惺)诗序后进学竟陵诗"得其形貌,遗其神情","号于人曰:'吾诗空灵已极。'余以为空则有之,灵则未也",沈春泽之论"不啻为今日言之。"(同书,卷八,第一条,第112页),彼时之诗"妙手空空一派"(同书,卷九,第二十二条,第136页)。称罗惇曧《志哀》诗"作者真性情,无心流露矣"。(同书,卷九,第三条,第128页)

⑤ 黄曾樾《陈石遗先生谈艺录》,《民国诗话丛编》第一册,第702页。俞明震例亦在本页。

⑥ 陈衍《石遗室诗话续编》卷五,第九条,第629页。

⑦ 清代诗人之于明代诗人有一个明显的区别,明人奔走在举子业道路上,对于诗歌创作较少关注,关注、学习诗歌创作的技能在通籍后或放弃举业之后,部分士人在翰林院庶吉士培养期间方习诗艺,而清人对于诗歌创作能力的培养则极其重视,略举两例。清初黄晋良《况亭诗序》:"近世以为士人作诗赋偏妨举子业,即搢绅前辈尝言之,是古圣人别立一举业之教,驱天下才智之士尽纳其中而不许出,而风雅一道乃属教外之别传也。其说有据乎哉?……(龙岩曾俊心)固倡为举子业也,亦倡为诗。凡及门之彦莫不善为诗,即莫不善为举子业。"(《和敬堂全集》卷二,原第九页,《清代诗文集汇编》第54册,影印第119页)乾隆间进士郑方坤(1693—1755)有诗《茉莉词》,自序云:"少日为诸生,西瓯邑侯蔡甘泉先生季试外学制举文,外旁及声诗,仿橘枝柳枝之例,以茉莉词命题,予为赋十绝句,极蒙咨赏,且曰:'子异日当以诗名世。'"(《蔗尾诗集》卷十四,原第七页,《清代诗文集汇编》第275册,影印第98页)近代王仁堪(1849—1893)十一岁时"课文之暇,兼学为诗"(《王仁堪年谱》,《清代诗文集汇编》第771册,影印第135页),均无意将诗文与举子业二元对立。

清代诗歌创作规模的基数，这是以前清史研究者没有关注到的事实。此外，我们更应当看到同光体所谓“三元说”、“三关说”的诗歌理论形成的历史必然性。

从浙江钱塘吴锡麒(1746—1818)、直隶献县纪昀(1724—1805)到闽人林则徐(1785—1850)、林昌彝(1802—1876)，反映了清代乾隆年间考试试帖诗成为制度以来乾隆、嘉庆、道光三朝不间断的、具有典型意义的试帖诗创作情况。我们看到试帖诗的命题范围广泛，覆盖及经、史、子、集四部著作，要求应试者要具有渊博的知识储备；根据试帖诗题句追溯到该题句所自出的原诗及原作者，则有重要的信息隐藏在试帖诗的诗题及其创作中。对原作者的分析则可知清代试帖诗题句原作作者所属的朝代、年代、原诗诗意及诗歌风格，自周代《诗经》以下至清代本朝的诗歌均被用作诗题，说明清代上自朝廷下至普通的科举应试者广泛学习、模仿历朝历代诗歌，接受其影响，绝不再以对某一朝代诗歌的偏好轻易树立主观观念的壁垒，用二元对立的眼光否定、排斥其他朝代的诗歌，走宋、明两代政治、学术、文学诸领域党同伐异、断断争门户之别的老路，尊重“众说”“和而不同”的客观存在，不同程度地追求融通、超越学术宗派、文学创作流派的不同门户①，这个不容否定的历史事实打破了文学复古创立门户的研究模式，也打破唐、宋诗之争的空想和伪命题。

从乾隆以来一直存在的试帖诗创作，不专主某一朝一代一诗人，对历朝历代诗歌给予广泛关注，这种现象先于同光体“三元说”(陈衍)、“三关说”(沈曾植)的诗歌理论而存在，历百余年而尚未进行理论总结、提炼和升华。清人大量创作、热衷创作试帖诗仅仅是应对科场考试吗？其意义绝不止于锻炼应对科举赋诗的技巧和能力。同光体“三元说”、“三关说”的诗歌理论主动因应试帖诗创作的现象，应答了清代试帖诗创作境界的理论问题，是对乾隆以来清代诗歌创作实践的理论总结，前者提出盛唐开元、中唐元和、北宋元祐是中国诗歌史上的三个高峰时期，号召同光体诗人应当超越三元；后者对“三元说”进行修正，易开元为元嘉，以为当代诗歌创作应当打通北宋元祐、唐代元和以及南朝刘宋元嘉三关②，臻于至境。

## 第五节　清代八股制艺技法对试帖诗的影响

在清代乾隆中叶以后所刻的福建乡、会试硃卷中，收有制艺若干篇③，一般附有五言八韵诗一什，诗、文之间的文体界限毋庸置疑，但是考官的评语却呈现出诗文不分、一律同论的现象。

在同光体兴起之时，光绪十五年(1889)己丑科第一百四十三名贡士、殿试三甲第一百五十五名进士郑钱会试硃卷(三篇制艺、一首五言八韵律诗)后，有本房原荐批云：“摛藻扬葩，镂金错采，入后愈唱愈高，真力弥满；次沉郁顿挫，运典如自己出；三典赡风华，词皆新颖，望而知为绩学之士，次、三场笔非

---

① 按：清代学术存在汉、宋之争，这是客观事实。林昌彝《汉宋学术论》设为主客问答，“或问林子曰：‘今世为学之断断者，其汉学、宋学门户之争乎？’”直指江藩《汉学师承记》“恣睢谬戾”之非，以为汉学、宋学之间存在“一以贯之”的分合之道，不可“偏讥而互诮”，学者“毋蹈于争”，“毋以愤激之论，断断而效报复之偏见”(《林昌彝诗文集》卷十一，第274-275页)。汉、宋学术之争的龃龉逊于明代良多，故林昌彝《与温伊初论转移风俗书》云“门户之祸不作于时”(同书，卷十三，第355页)。

② 陈衍在《石遗室诗话》“古之诗人笔意各异”条似乎倾向沈曾植的三关说，以民国间陈衍观察出元和、元嘉两个时间点的诗人具有“各具笔意”的共同精神，而盛唐王维、杜甫，中唐韩愈，两宋诗人皆具“兼有”笔意的特征。其论云“李习之论文，谓六经之创意造言皆不相师”，“古之诗人亦然，一人各具一笔意”，至杜甫而各种笔意无不具备，相当于开元及开元之前，包括刘宋元嘉时期历朝诗歌的特征；“元和以降，又各人各具一种笔意”，陈衍指出元和之后，唐代诗家又“一人各具一笔意”，至韩愈兼有清妙、雄伟、磊砢三种笔意；北宋人多学杜、韩，南宋人稍学韦、柳，陆游无不学，独七古不学韩、苏(卷十八，第259-260页)。

③ 《清代硃卷集成》所收清代乡试、会试硃卷，一般前有履历、科份页，然后是制艺、试帖诗。制艺一般收三篇，是所谓“三书”，但是士子的硃卷也会收录其选拔贡生考试卷(请参看《清代硃卷集成》第四〇七册湖南、四川、福建、广东贡卷目录)，会试硃卷之后附有覆试制艺若干。

秋而垂露,思异水而涌泉,非徒藻丽为工,獭祭从事以自矜博洽也。"[①]本书以为这段评语主要针对郑锳所撰《赋得马饮春泉踏浅沙得泉字五言八韵》而作,"沉郁顿挫"语望而知为前人对诗圣杜甫的评价[②],移易以评价郑锳,并以为郑锳在晚清仍然"绩学",高出"獭祭从事"之"自矜博洽",是为受到清代朴学在晚清余响的影响,故大总裁廖寿恒批曰"宏博",大总裁潘祖荫批曰"藻密"、"富赡",大总裁昆冈批曰"体大思精,经策赅洽",大总裁李鸿藻批曰"功深养到,经策淹通"[③]。

傅璇琮先生著《唐代科举与文学》,举白居易于贞元十六年(800)应进士试时所作赋《省试性习相远近》,论曰:"其文章的结构,已类于明清的八股,因此钱大昕说'唐人应试诗赋,首二句谓之破题。'"[④]傅先生之论似乎不论诗、赋之间的区别,以钱大昕所论(下引文中钱大昕亦诗、赋不分)论白居易此首应试赋作。所引钱大昕所论今转抄录于下:"韦彖《画狗马难为功赋》,其破题曰:'有二人于此,一则矜能于狗马,一则夸妙于鬼神。'(见《摭言》)此赋有破题也。……宋熙宁中以经义取士,虽变五七言之体,而士大夫习于排偶,文气虽疏畅,其两两相对,犹如故也。"[⑤]可以说白居易应试赋作有破题的痕迹,而钱大昕进一步认为诗、赋均有破题的写法,自北宋以经义取士以来,破题的写法就从诗、赋的创作中转移到经义的撰作中去,本是经义撰作"借代"了诗赋破题的手法,破题等技巧原在明代经义、明代八股文体式规范、产生之前即已有之。

傅先生论唐代诗赋取士的制度缺点时说"省题诗本身由于内容的限制和形式格律的拘牵,不容易产生好的作品。宋人阮阅《诗话总龟》后集卷三十一《丹阳集》说:'省题诗自成一家,非他诗之比也。首韵拘于见题,则易于牵合;中联缚于法律,则易于骈对;非若游戏于烟云月露之形,可以纵横在我者也。王昌龄、钱起、孟浩然、李商隐之辈,皆有诗名,至于作省题诗,则疏矣。'"[⑥]省题诗的弊端亦即后世试帖诗的弊端,概莫能外。这种弊端也是准诸八股文八比程式而产生的。六韵十二句排律的体式本有八比(除首尾两韵外,中间四韵八句分承题或颔比、颈比或中比、腹比、后比两句一联,称诗中八比)的格式,试帖诗五言八韵的形式较诸六韵十二句多二韵,更适合运用八比格式。

明清以来八股文的写作却将破题的写法专有化,破题(包括接题、小讲、大讲、儒题诸式)在八股文的创作中获得更适应的土壤和更大的空间,遂不再将破题写法还给诗、赋各体的创作。由诗赋破题而论八股是文学创作技巧向八股文写作的顺势迁移,因此专由八股而论诗赋破题,是一种本末颠倒的认识。

---

① 《清代硃卷集成》第六四册,进士郑锳会试硃卷,影印第182页。

② 按:"沉郁顿挫"语出杜甫《进雕赋表》,用以形容扬雄、枚皋之徒的辞赋成就。明王嗣奭评杜甫《自京赴奉先县咏怀五百字》云"婉转悬至,抑扬吞吐,反复顿挫,曲尽其妙"(《杜臆》卷一),清杨伦评此诗谓"五古前人多以质厚清远胜,少陵出而沉郁顿挫,每多大篇"(《杜诗镜铨》卷三);清方东树评《观公孙大娘弟子舞剑器》云"此诗亦豪宕感激,浏亮顿挫,独出冠时"(《昭昧詹言》卷十二)等。

③ 《清代硃卷集成》第六四册,进士钱篌合试硃卷,影印第181页。

④ 傅璇琮《唐代科举与文学》,第175页。

⑤ 钱大昕《十驾斋养新录》卷十,《经义破题》。转引自傅璇琮《唐代科举与文学》第189页。

⑥ 傅璇琮《唐代科举与文学》,第408-409页。

# 第十二章

# 清代选举制艺与福建古文创作的关系

## 第一节　清代福建士人选举与文章事业

有清一代,科举取士的制度基本上沿袭明朝,除晚清罢科举及罢科举前数科外,基本上以八股取士[①]为选举制度。林则徐《制义丛话后序》:“国家承前代之旧,以四书文取士,自春秋两闱,内而成均,外而学使及郡县诸试,咸以四书文定取舍,名曰制艺。盖朝廷之功令,士林之趋向系焉。”[②]

明代是福建科举事业达到巅峰状态的朝代,视前之唐、宋、元,后之清诸朝均过之,登举人、进士榜者亦多于清代。卢前《八股文小史》引黄人所撰文学史之明人制艺章所列明代制义名家计152人,闽籍(包含上元许穀)名家23人:杨荣、林瀚、林庭㭿、林燫(三林系祖孙)、蔡清、张经、王慎中、梁怀仁、郑晋、许穀、傅夏器、田一儁、李廷机、苏濬、刘庭兰、曹学佺、王畿、骆日升、许獬、黄道周、何楷、黄文焕、林坙,所占比例为15.1%,以嘉靖、隆庆、万历三朝得功名者为最盛,反映明代中后叶福建科举事业继续攀升更高峰顶的事实。

清代福建的科举事业经历了明末到清初的悬崖式下降,逐渐恢复,再到晚清同治、光绪二朝强劲表现的全过程。请参看本书第十六章《嘉庆、道光间的闽诗宗尚》第一节的分析。坚实的科举成绩体现出清代福建在文化、教育、文学、学术各方面可观的综合实力。梁章钜曾撰有明清两代八股制义名家题名,至道光朝止;卢前《八股文小史》以梁章钜题名为底本,开列清代道光前(包含道光朝)制义名家184人,闽籍(不含翁方纲)名家为51人。具体名单如下:廖腾煃、李光地、赵晋、蔡世远、谢道承(康熙朝,5人)、郑方坤(雍正朝)、朱士琇、张甄陶、林人槐、郑天锦、孟超然、林乔荫、林澍蕃、龚景瀚、张经邦、郑光策、张腾蛟、许作屏、游光绎(乾隆朝上,13人)、谢淑元、萨玉衡、洪晨芳、林茂春、曾奋春、朱秉鉴、郑大谟、万世美、方镇、陈寿祺、谢震、叶大观、杨惠元、黄琮、赵在田、郭龙光、叶申蔼、应丹诏、廖英(乾隆朝下,19人)、郑兼才、陈廷焕、叶申棻、张翘、朱秉铭、许德树、郭尚先、林则徐、张梦魁、陈肇波、万云程、曾秉文(嘉庆朝,12人)、林彭年(道光朝,1人)[③]。闽籍制艺大家在全国的占比27.7%,在三分之一至四分之一之间,其中以乾隆朝(上)的13/51、乾隆朝(下)的19/31、嘉庆朝的12/19人的占比,

---

① 傅璇琮先生云:“考策论、经义的结果,自明以后即逐步衍化为八股制艺。”(《唐代科举与文学》,第401页)八股取士是对诗赋取士科法的一次重大变革。而清代乾隆间试赋得体诗,八股时文的做法影响所及,波及到试帖诗的创作中去。陈志扬曾经引用多种文献说明清代八股时文的方法对试帖诗的影响,如梁章钜《试律丛话》卷二载金雨叔云:“其起承转合、反正浅深,一切用意布局之法,真与时文无异。”叶葆《诗法百篇弁言·应试诗法浅说(卷首)》云:“初学习文,其于破题、承题、前比、中比、后比、结题等法讲之久矣,今仍以文法解诗,理自易明。”梁章钜《退庵随笔》卷二十一云:“凡作诗不可有时文气,惟试帖诗当以时文法为之。”(均见引于《论清代试帖诗》。《论清代试帖诗》,载《学术研究》2008年第4期,第132页)

② 林则徐《林则徐全集》第五册,第420页。

③ 按:此福建林彭年,非咸丰十年(1860)庚申科进士、广东南海人林彭年。广东林彭年系福建莆田迁广东南海林氏第十七世,始祖林泰(《清代硃卷集成》第二三册,林彭年履历,影印第87-90页)

反映出清代闽籍八股制艺名家所撰制义的水平、影响力和成就。也许梁章钜出于乡曲之情对闽籍八股名家特予推许,但有清一代闽籍进士通过朝考大量改选为庶吉士和任官翰林院的事实却是真实地反映了清代中叶福建科举事业高涨的信息。

光绪十六年(1890)庚寅恩科会试、殿试,福建的举子大放异彩。一甲第一名状元为泉州府晋江人吴鲁,全省成进士者 25 人,其中福州府登进士第者 21 人。闽县的陈懋鼎(会试第十五名贡士、殿试二甲第一百二十七名进士,陈宝瑨长子)、陈宝璐(会试第六十七名贡士、殿试二甲第一百三十二名进士,陈宝瑨之弟)、陈宝瑨(会试第四十名贡士、殿试三甲第五十六名进士,陈宝璐次兄)成就兄弟、父子、叔侄同榜登科的佳话。

## 第二节　清代时文与古文的关系[①]

清代乾隆间的福建古文家朱仕琇云:"夫制义之体岐出古文,而作者相沿,巧生其间,固有不可相一者",所不同者在于"古文自为言,制义代古人之言,体寔不同","而代古人之言,其辞必取于三代之书,其所存必圣人之志,与韩子自言所学者尤符合焉。世之学古文者未必尽能如是也。"[②]则是古文、时文二岐之后,各有优势、擅场。清代选举制艺(另称制义、八股、时文、八比等)文章与清代古文创作之间的关系密切,不可截然分开,更不可截然对立。隋唐科举制度确立之后,即有以时文(非指明清两代的八股文)和策士的理念,时文逐渐发展成与古文相对的概念和文体。明清两代基本上固定为八股取士的制度[③],清代"初制多沿明旧,而慎重科名,严防弊窦,立法之周,得人之盛,远轶前代。其间条例之损益,风会之变迁,系乎人才之盛衰,朝政之得失"[④]。综合古、今学人所论,古文、时文之间的关系大致有古文、时文截然对立如冰炭水火不容者[⑤]、以时文为古文者[⑥]、以古文为时文者[⑦]三种,本书所著论以为清代古文、时文之间并无鸿沟界限,随其所用而为之,八股大家亦古文大家,古文中亦暗以时文法勒之,时文亦以行古文法而增色。观明末清初学者、作家钱谦益之集即可感受之,嘉庆、道光间梁章钜《赐砚堂从书序》[⑧]、《粤麓赠言序》[⑨]、《浦城遗书序》[⑩]等亦如此,不再举例。

---

① 朱仕琇《王夫人墓志铭》:"(黄)凤举书列理学、古文、制艺三者諗于余,谋择一以致力。"(《梅崖居士文集》卷十三,《清代诗文集汇编》第 336 册,影印第 311 页)建宁黄凤举系朱仕琇门人,乾隆中人,其观念中理学、古文、制义三分,非仅古文与制义(时文)对立。本节专论清代时文、古文的关系。

② 朱仕琇《就正编序》,《梅崖居士文集》卷十九,《清代诗文集汇编》第 336 册,影印第 377 页。

③ 《清史稿·选举志》:"乡、会试首场试八股文,康熙二年,废制义,以三场策五道移第一场,二场增论一篇,表、判如故。行止两科而罢。……七年,复初制,仍用八股文。"(卷一百八,《选举三》,总第 3149 页)

④ 《清史稿》卷一百八,《选举三·文科武科》,总第 3149 页。

⑤ 《〈御制乐善堂文集定本〉提要》:"乾隆二十三年(1758),协办大学士、户部尚书蒋溥等奉敕重编。……乾隆丁巳(二年,1737),取《文钞》所载,存十之三,益以雍正乙卯(十三年,1735)续著十之七,汇为《乐善堂文集》,颁示海内,词林艺圃,弦诵相闻。至是,以初刻卷帙稍繁,复指授(蒋)溥等校阅删定,并省去制义一卷,定为此本。伏考今之制义,即宋之经义也,刘安节等皆载入别集,吕祖谦选《宋文鉴》,亦载入总集。初刻兼录制义,盖沿古例,而我皇上区分体裁,昭垂矩矱,俾共知古文、今文之分,睿鉴精深,逾安节、祖谦等之所见不啻万倍。"(《四库全书总目》卷一百七十三,影印第 1519 页)乾隆间,乾隆皇帝及四库馆臣犹且认为古文、今文之间体裁应当予以区分。

⑥ 在古文选本评点上,明代茅坤是以时文手眼评点古文类型的典型。请参看孟伟《清人选编的文章选本与文学批评研究》第一章及所引钱仲联先生《梦苕庵论集》语(中国社会科学出版社 2016 年版,第 12-13 页)。

⑦ 如光绪元年(1875)乙亥科福建乡试第十六名举人、侯官林洄淑的乡试硃卷,其制艺第三场荐批云:"下笔千言,饶有古文局势。论朱、陆异同处语有根底,迥异抄胥。"衡鉴堂荐批云:"就人人共有之意而翻转出之斯觉,耳目一新,其苦心孤诣,骨力苍耸处仍夏一片神行,非俗手也。"(《清代硃卷集成》第三三八册,林洄淑硃卷,影印第 226 页)林洄淑的制艺在局势、根底和翻转出新三方面与清代桐城古文理论深相契合。

⑧ 梁章钜《退庵文存》,《清代诗文集汇编》第 515 册影印清钞本,影印第 322 页。

⑨ 同上书,影印第 324-325 页。

⑩ 同上书,影印第 326 页。

在大部分明人的观念中,时文与古文的界限森严。卢前《八股文小史》:"卢前案:黄氏所列嘉靖一朝之作者,大率在八股文外亦有所表见。如唐荆川(唐顺之)、归震川(归有光)、茅鹿门(茅坤),以至王元美(王世贞),皆卓有声名于文学史者。"[①]卢前确实是把八股文制义与"八股文外"划成两个范围,将八股文章与文学对等而观。至清初依然有此观念。若经学家以讲学为宗,推重经典,本着这样的崇高精神从事古文创作,代圣人言,容易将古文写成时文,甚或自以为高,自命为一种体裁。明末清初福州府闽县人林云铭(1628—1697)于顺治十五年戊戌(1658)成进士,官通判。著有《挹奎楼文集》。《四库全书总目·〈挹奎楼文集〉提要》:"其志操有足多者。学问则颇为弇陋,所评注选刻,大抵用时艺之法,不能得古文之源本。故集中诸文,亦皆不入格也。"[②]按:康熙二十九年庚午(1690)举人、上杭邱嘉穗撰《陶诗笺》五卷,《四库全书总目》论曰:"是编乃所注陶潜集,摸索语气,全类时文批语。"四库馆臣以为邱嘉穗刻意讲学,故力辨陶潜不信佛,为能崇正学,远异端。[③] 康熙间贡生、汀州府连城人张鹏翼著有《芝坛集》二卷,《四库全书总目》以为"其诗文者皆以讲学为宗,体格多近于语录"[④]。清初闽人四家之一的林豫吉,"其言文章能从经学出,即小品、杂说,一二谑笔亦有关世教"[⑤]。这是一种将文学创作与道学家讲学证道人生对立的观念,学究、经师将道学体验等同于文学创作,以语录作为文学,染指文学创作,进而意欲覆盖、取代文学创作的意图。

然而就在明代,时文评点与古文评点之间、古文创作与时文创作的技法不能截然区分其区别。明代王鏊(1450—1524)"以制义名一代,虽乡塾童稚才能诵读八比,即无不知有王守溪(王鏊,号守溪)者。然其古文亦湛深经术,典雅遒洁,有唐宋遗风。盖有明盛时,虽为时文者亦必研索六籍,泛览百氏,以增其根柢,而穷其波澜。鏊困顿名场,老乃得遇,其泽于古者已深,故时文工而古文亦工也"[⑥]。四库馆臣概括了明代八股制义创作中出现的一个现象,即为时文者必研索六籍,泛览百氏,以增所撰制义之根柢,穷八股制义之波澜[⑦],这种做法已经突破了根于四书五经、《性理大全》诸书以发抒儒家义理,"代圣人言"的樊篱,表现为时文与古文创作两相借鉴、两相成就的新风向,王鏊的创作树立了时文、古文相结合的典范。稍后,古文大家归有光(1507—1571)亦制义大家,曾经评点过《史记》,从《史记》中习得的古文创作技巧对于归有光的古文、时文创作都有不可低估的裨益。龚笃清以为归有光"是继唐顺之之后的又一个以古文为时文的八股制义大师,其八股文已具有明显的古文风格,是万历之后古文与时文合二为一的开先河者"[⑧]。朱仕琇《与筠园(朱仕玠,朱仕琇胞兄)书》:"明时学者以古文通制义有之,唐荆川(唐顺之)、茅顺甫(茅坤)、归震川(归有光)、黄陶庵(黄淳耀)是已。"[⑨]此四位在王鏊之后,延续到明末,形成明代中后叶一队"古文通制义"的人物序列。

我们同时观察到清代八股名家对于时文、古文二者的关系大都持融通的态度,表现出不立门户、有意识消弭二者对立的关系,即使时文、古文对立的现象客观存在[⑩]。朱仕琇《三郑进士文稿序》:"昔

---

① 卢前《八股文小史》第三章。

② 永瑢等《四库全书总目》卷一百八十二,影印第1648页。

③ 民国《福建通志》总卷二十五,《福建艺文志》卷六十四,第十六页,引。

④ 民国《福建通志》总卷二十五,《福建艺文志》卷六十四,第二十三页,引。

⑤ 民国《福建通志》总卷二十五,《福建艺文志》卷六十四,第二十三页,引陈衍《石遗室书录》。

⑥ 永瑢等《四库全书总目》卷一百七十一,《〈震泽集〉提要》,影印第1493页。

⑦ 按:清初李光地编《榕村讲授》三卷,引李光地自序云:"举成(化)、弘(治)之文章以勖人,举王鏊会试墨卷以韩愈成句对《论语》者为法,而以读杂书异说为深戒。"明确认为李光地此选"盖即科举之文以诱掖初学之书也。"(民国《福建通志》总卷二十五,《福建艺文志》卷七十一,第二页,转引自《四库全书总目》卷一九四)

⑧ 龚笃清《明代科举图鉴》,第679页。该书引方苞《进四书文选表》中"至正、嘉作者,始能以古文为时文"(第701页),倡论"唐顺之、王慎中、茅坤等人以其对古文与时文有相通之处的认识,发起了以古文为时文的运动,引入古文写作的理念与作法,融液经史"。(第701页)

⑨ 朱仕琇《梅崖居士文集》卷二十九,《清代诗文集汇编》第336册,影印第486页。

⑩ 晚清林纾《薛则柯先生传》叙其师薛锡极的观念,通过欧阳修古文和杜甫诗"增广胸次",以"乡之贡士","以时文博科第,对案至不能就一札"(《林纾集》第一册,第31页)之悖,时文为害不浅。林纾《赠林长民序》云:"治制举之学而鹄于科名,千数百年以来,虽韩、柳、欧、曾,匪不颠倒于是,然亦敛其鸿笔,俯就有司之绳墨,而后可得。既得而始归宿于古作者之言,而其先疚其神殚精取决于庸俗之眼,求幸于蒙昧之获,于向道之心不为无间矣。"(《林纾集》第一册,第19页)时文、古文之间还是客观存在对立的关系,制举之学对士人人格精神及其才华鸿笔的戕害匪浅。

姜编修宸英曰'时文至黄蕴生、杨伯祥、吴梅村诸公,而六经三史尽入垆冶,始与古文之源流合。'编修之言盖其外也,若归熙甫、唐应德、茅顺甫、徐思旷、罗文止、章大力、杨维节之七八人者,皆周匝会通四库之书而蜕释之,以务明圣之意,其迈往精微,形器泯灭,编修不能知也。"[①]姜宸英(1628—1699,字西溟,浙江慈溪人)认为时文至晚明黄淳耀(1605—1645,南直隶嘉定人)、杨廷麟(1596—1646,江西清江人)、吴伟业(1609—1672,南直隶太仓人)之时,与古文创作的源流融合,康熙十二年(1673)状元、古文家韩菼(1637—1704)"以时文之面目,运古文之精神"[②],而乾隆间古文家朱仕琇(1715—1780)的观点则更往前推进一步,认为明代中叶嘉靖以来的归有光(1507—1571,南直隶昆山人)、唐顺之(1507—1560,南直隶武进人)、茅坤(1512—1601,浙江归安人)、徐方广(1606 年前后在世[③])、罗万藻(? —1647,江西临川人)、章世纯(1575—1644,江西临川人)、杨以任(1600—1634,江西瑞金人)诸制艺大家已能之,除罗万藻、章世纯、杨以任三人外,其余诸人系明朝嘉靖、隆庆、万历以来古文家兼八股大家,故知时文、古文合流的趋势于明代嘉靖间已有之,"国家文教日昌,磅礴上下,光岳神气之所感见于一家者往往叠生骈出,如江左桐城之方,金坛、宜兴之王与储,皆以祖孙、兄弟崛起于归、唐十数公之后。今郑氏又兴,建安继之,与前数祖者若镛响而磬答,斯亦太平之瑞也",朱仕琇认为建安三郑(郑方城、郑方坤、郑天锦)兄弟、父子、叔侄能将时文与古文合一源流[④]。

部分清代作者甚至直接点明八股制艺与古文创作可以兼治[⑤],不偏废而兼擅[⑥]。乾隆四十七年壬寅(1782)朱珪为三兄朱筠撰《诰授中议大夫翰林院编修日讲起居注官翰林院侍读学士加二级竹君朱公墓志铭》,论定其兄朱筠(1729—1781)的时文与古文创作成就,"制义自荆川(唐顺之)、震川(归有光)而下贯串数万篇,与古文为一"[⑦]。翁方纲致朝鲜友人金正喜手札云:"有义理之学,有考订之学。考订之学,汉学也;义理之学,宋学也。其实适于大路,则一而已矣。千万世仰瞻孔、孟心传,自必恪守程、朱,为指南之定程。士人束发受读,习程、朱大儒之论",清代士人习科举、学为时文之始必须研习程朱理学,然须讲究考订之学,使适于大路;"古文不可空支韩、欧架局,今日文教昌明大备之际,考证为最要。考证即义理之学,不分二事,切勿空谈"[⑧]。合而言之,汉学、宋学为一,古文、时文亦为一,乾

① 朱仕琇《梅崖居士文集》卷十九,影印第 365 页。

② 柯愈春《清人诗文集总目提要》,第 265 页,引邱炜萲《五百石洞天挥麈》语。

③ 李流芳(1575—1629)《檀园集》卷七《徐思旷制义序》作于万历三十七年己酉(1609),称徐、李初识于万历三十四年丙午(1606),而此前十年李流芳已心许愿与订交。

④ 朱仕琇《三郑进士文稿序》,《梅崖居士文集》卷十九,《清代诗文集汇编》第 336 册,影印第 366 页。按:郑方城(1678—1747)与其弟郑方坤(1693—1755)、子郑天锦(1717—1776)均康熙间生人,卒于乾隆间,三郑的生活年代在康熙至乾隆间。

⑤ 按:自有时文、古文两种文体区分以来,论时文体卑者多,强调时文、古文壁垒者亦多。明清时期的时文主要指八股文,对八股文深恶痛绝者历明、清两朝历代有之。蒋寅主编的《中国古代文学通论·清代卷》第六章《清代文学与科举制度》第三节《时文与传统文学的分流》有"能文之士明显地划分为时文作家与文章作家两个阵营"(第 327 页),"时文和诗文两种文体不是到作家扬名立万之日才分疆划畛,而是在幼学启蒙时即已分道扬镳"(第 328 页)的观点,第四节《举业对文学写作的具体影响》,多论举业所产生的负面影响(第 336-342 页),第五节《寻求时文与文章的内在沟通》,选题立意具有价值,而未展开宏论。《清人焚稿现象的历史还原》并引毛奇龄之论云举义与诗不可得兼,"与古文相比,韵语与制义之间的畛域更加分明"(载《文学遗产》2017 年第 5 期)。《中国古代文学通论·清代卷》对时文的负面、消极影响及古文家对创作时文的内心反省及其精神痛苦等等方面著论稍过,观书中所举毛先舒、彭蕴章、朱仕琇(第 330-331 页,引《梅崖居士文集》卷二十二《又答雷宪副书》)等名家皆为兼擅古文、时文者,颇得声名,毕竟是场屋中人,均未能尽去时文而专攻古文,"储同人(储欣)以老诸生自述科举败其业,尤甚病也"(朱仕琇《又与石君书》,《梅崖居士文集》卷二十七,《清代诗文集汇编》第 336 册,影印第 455 页),"许多批评者骨子里对它仍情有独钟"(龚笃清《明代科举图鉴》,《明代科举概述——代序》第 18 页。岳麓书社 2007 年版)。本书以为对八股制艺的批评声音如蠡水之于大海,浮沤之于侯波,作用微小,不必夸大。按:朱仕琇《复答鲁絜非书》云:"尝见近世名士好薄时文,此皆夸气所为,心尝鄙之,愿足下勿效之也。"(《梅崖居士文集》卷二十八,《清代诗文集汇编》第 336 册,影印第 466 页)朱仕琇此语明显地劝鲁仕骥毋薄时文,其实在朱仕琇的古文理论中,孟、荀之后,能依经立义的古文家只有扬雄、韩愈,而"时文依经立义,深者往往得圣人之意","何尝为病?"(同页)时文在这个层次上与古文相通。

⑥ 本节所论专为治古文而对治制艺产生的积极影响,而八股制艺对古文影响亦不小。民国八年(1919),林纾《论古文白话之相消长》:"康、乾之盛,文人辈出,亦关气运而然。道、咸以下即寥寥矣,间有提倡者,才力亦薄。病在脱去八股而就古文,拘局如裹足之妇,一旦授以圆履,终欠自如。"(《林纾集》,第一册,第 376 页)

⑦ 朱筠《笥河诗集》卷二十,《续修四库全书》第 1439 册影印嘉庆刻本,影印第 716 页。

⑧ 沈津《翁方纲年谱》,第 476、479 页,引美国哈佛大学燕京图书馆藏日本昭和七年十二月藤塚邻据手迹影印《翁覃溪手札帖》,时嘉庆二十一年(1816)正月二十五日。

隆、嘉庆以来时文、古文均讲究考证，切勿空谈。时文、古文彼此之间互有增益的好处，并非形成所谓能古文者不能制艺，善制艺者必劣于古文的对立认知，善制义者反倒是很好地调和了古文与时文二者之间的关系，这在清人看来是再自然不过的事[①]，也是清代从庙堂到底层作家创作的现实图景。

以闽人观之，明末的李世熊(1602—1686)即有此种观念。其《谈长益制义序》："以今观谈子长益之为文，理既掇宋儒之精而色光亦掩映秦、汉、唐之际，使世士读之，不能绳以刑名、巫鬼之律，又不能蒙以寡陋缉缀之讥，详其矜慎周至，剂合今古，亦既竭才尽意，敬重于制科取士之意。"[②]此中所论镇江谈长益之文，指的是谈长益的八股制艺文，非古文，但其文有秦、汉、唐古文痕迹。又《王晦季制义序》引司马迁、韩非以论制义："司马子长善为叙置之文，先是有韩非者长为刻核情伪之语，此两家者搜垢剔瘢，洞胸彻髓，千情万态，编镂靡遗，若程以今日制义之评，仅称切题而止耳，然司马纵横于《封禅》、《河渠》、《滑稽》、《游侠》而局促于礼、乐二书，韩非精深于《说难》、《孤愤》，《诡使》、《难势》而淡泊于《解老》、《喻老》，即切题亦近制小题而止，非能切义理之题也。"[③]

康熙二十九年庚午(1690)，明代罗玘(1447—1519，字景鸣，号圭峰)八世从孙罗美才编次刊行《罗圭峰文集》三十卷，"其凡例第二条云：'集中详加评缀，凡有资举业者，联圈标出。'"[④]据四库馆臣所撰《〈罗圭峰文集〉提要》的意见，罗玘是明代弘治、正德年间一位规模韩愈，戛戛独造的古文作家[⑤]，是茶陵派中一位重要作者，在唐宋散文的传承序列中是明代王慎中、唐顺之、归有光之前少数被肯定的有着鲜明特色的古文作家。罗美才"详加评缀"所为的重点固然为举业时文创作服务，以为罗玘之文"有资举业"。从罗美才之举，我们认为从古文创作中汲取时文创作的可资资源至少在清代康熙间就已经是很稳定的一种认识。抛开罗玘身后的后人各种解读(包括正读和误读)，反观及罗玘之文，其制作本身即具有增益时文的作用，所以毋宁说罗玘古文创作和时文创作的世界本来就可水乳相融，互不排斥，应当视为一体。

顺治、康熙间汀州府连城人童正心(1643—1710，童能灵之父)，"(童正心)少以古文为时文，不与时调合。……语学徒曰：'经书逐句理会后，须令通体在胸中流转，方见得大意；作举子业，须识所宗，方与实学不相隔碍，震川、荆川、正希、大士四家是古文，舍此别出时文一派，日间便有两般功夫，往往误人也。'"[⑥]童正心以为明代制义大家归有光、唐顺之、金声、陈际泰之文仅是古文，不是时文，古文即是时文，没有两般功夫。童氏以为视古文、时文为两般功夫之人，本身在认识论上是错误的，"往往误人"。

顺治、康熙之间，闽中文坛以时文之法评点古文，反映了时文、古文经历分流、对立之后合流的尝试和趋势。时人以时文之法评注古文，我们藉此角度观察时文、古文合流的动向。本书侧重考查的是从时文(制艺、制义)评点的角度观察时文、古文合流的时代动向，具有基于文献进行考察的学理依据。《清代硃卷集成》420册所载有清一代制艺文章提供了坚实的文献材料，以见清代庙堂对于古文、时文合流的重视，藉古文之成就作为镜鉴，以观察、映照、提高时文制艺的水平。

《清史稿》记载康熙三十八年己卯(1699)御史鹿佑弹劾顺天乡试不公，"正考官、修撰李蟠遣戍，副

---

① 龚笃清以为"到嘉靖之后，随着以古文为时文运动的开展，古文写作的理念与方法被引进了八股文，其体式与语言中的文学因素受到催化而开始表现出来"，"到万历以后，随着反对程朱理学思潮的高涨，八股文的经学性质被大大削弱，而文学化的趋势越来越明显，八股文与古文开始合二为一，文学化已成为历史的必然。文学化的八股文成为八股文坛的主流，许多八股名家的文章在当时及后来都被学界与古文等同而视。"(龚笃清《明代科举图鉴》，《明代科举概述——代序》，岳麓书社2007年版，第18页)孟伟以为"'以古文为时文'观念为清代社会所普遍认同，根本原因在于古文写作与时文写作有内在的相通之处"(《清人编选的文章选本与文学批评研究》，中国社会科学出版社2016年版，第21页。又第18页)。

② 李世熊《寒支初集》卷三，影印第95页。按：此文编次在李世熊崇祯十一年(1638)所作《徐燕嘉制义序》(同书，影印第97页)前。李世熊以为汉代即有制(策)科之文，见其《王晦季制义序》(《寒支初集》卷三，影印第95页)。

③ 李世熊《寒支初集》卷三，影印第96页。

④ 永瑢等《四库全书总目》，卷一百七十一，影印第1495页，《〈罗圭峰文集〉提要》。

⑤ 同上书，同卷，影印第1494页。

⑥ 民国《连城县志》卷三十二《杂录》，童能灵《留村家学述》，原第二十三、二十四至二十五页，影印第331-332页。

主考、编修姜宸英牵连下吏，未置对，死狱中。宸英浙江名士，善属古文，举朝知其无罪，莫不叹息。”①以善属古文者为乡试、会试考官成为有清一代选举制度的显著特征，有助于矫正士风、文风，闻诡异、浅陋、支离怪诞、炫耀新奇、乖文体，别裁伪体，以词达理醇为尚，建立清真雅正②、沉博绝丽③的时文格调，而清真雅正、沉博绝丽亦为清代古文的重要风格和艺术追求。清高宗乾隆帝诏云：“当明示以准的，使士子晓然知所别择”，“学士方苞奉敕选录明、清诸大家时文四十一卷，曰《钦定四书文》，颁为程式”④。选《钦定四书文》事始于乾隆元年丙辰(1736)六月，至乾隆四年(1739)告成⑤。清代对选举制度作出的顶层设计和精密管控收到很好的效果：“议者谓文风关乎气运。清代名臣多由科目出身，无不工制义者。开国之初，若熊伯龙、刘子壮、张玉书，为文雄浑博大，起衰式靡。康熙后益轨于正，李光地、韩菼⑥为之宗。桐城方苞以古文为时文，允称极则。雍、乾间，作者辈出，律日精而法益备。”⑦史臣所谓文风“雄浑博大”是兼指制艺文章和古文创作的成就的，桐城方苞“以古文为时文”“允称极则”，方苞之前有大学士李光地柄文衡，而当代学者认为桐城派古文始祖之戴名世(1653—1713)，亦为八股大家，于康熙四十八年(1709)己丑科会试第一名、殿试一甲第二名进士及第，该科会试总裁为李光地、赵廷枢，可谓师弟相得，李光地欣赏戴名世的文章，仿佛宋代欧、苏之间故事。顺天府康熙五十年(1711)辛卯科孙式发制艺《君子无众寡无小大无敢慢》，本房加批：“笔致疏落而思路偏，能刻入，气味从眉山得来”，眉批云“理境澄澈”⑧，眉山指的是北宋苏轼，此艺不仅有苏轼制艺的妙处，亦有苏文说理透辟，澄澈之兴味。

道光二十年(1840)庚子科福建乡试第二十七名举人骆旸的《尽信书则不如无书》制艺得到本房座师的批语：“欧阳子跌宕，苏长公之豪迈，沉郁顿挫，逼近大家之文”⑨，欧阳修、苏轼固然尝作时文，而其体制、面目与明清八股制艺截然不同，欧、苏并未作八股文章，以故所谓“跌宕”、“豪迈”系指欧、苏文风的总体风格，移易以论骆旸的制艺文，给予高度的评价⑩；骆旸《子曰不知命无以为君子也不知礼无以立也不知言无以知人也》得到座师的评价云：“方望溪谓读金、黄二家文，能使人自警省。作者亦然。”⑪金声，字正希，谥文毅，嘉鱼人，籍休宁。黄淳耀，初名金耀，字松厓、蕴生，号陶庵，嘉定人。按：卢前《八股文小史》云：“黄蕴生(淳耀)文，较金、陈(陈际泰，字大士，临川人，流寓福建汀州府武平县，传见乾隆《汀州府志》卷三十五《流寓传》)、章(章世纯，字大力，临川人)、罗(本书按：罗万藻，字文止，临川人)气质略粗，而指事类情，肝胆呈露，精神自不可磨灭。”“金、黄二家之文，言及世道人心，便能使读者义理之心勃然而生，故知言者心之声，不可以伪为也。”⑫方苞，号望溪。是清初著名学者、制艺大家和桐城古文重要作家。撰作八股制艺文章的作者和提倡古文的作者两种身份统合在一起，清代古文和

① 《清史稿》卷一百八，《选举三·文科武科》，总第3156页。

② 《清史稿》卷一百八，《选举三·文科武科》，总第3152-3153页。

③ 如《清代硃卷集成》道光十四年甲午(1834)举人杨和鸣制艺《吾学周礼今用之吾从周》衡鉴堂原评：“沉博绝丽，却都从经典中探讨”(第三三六册，影印第276页)，光绪二年丙子(1876)举人叶珊制艺，本房总批谓“首场沉博绝丽，切响坚光”(第三三八册，影印第336页)等，而“沉博绝艳”却是古文家的重要风格，请参看刘声木评沈廷芳(《桐城文学渊源撰述考》卷二，第110页，沈廷芳条)。

④ 《清史稿》卷一百八，《选举三·文科武科》，总第3153页。

⑤ 俞樟华、胡吉省《桐城派编年》，第132-133页。

⑥ 朱仕琇《半江书屋课艺序》以为康熙十一壬子、十二年癸丑间(1672—1673)长洲韩菼之文能合归有光(嘉定之学的开创者)、汤显祖两家之文，风格雄奇幽丽(《梅崖居士文集》卷十九，《清代诗文集汇编》第336册，影印第366页)。

⑦ 《清史稿》卷一百八，《选举三·文科武科》，总第3153页。

⑧ 《清代硃卷集成》第九二册，举人孙式发硃卷，影印第92、91页。

⑨ 《清代硃卷集成》第三三六册，举人骆旸乡试硃卷，影印第328页。硃卷全文在本册影印第327-328页。

⑩ 咸丰二年(1852)壬子恩科进士、浙江宁波府鄞县人张庭学的会试硃卷，本房总批有“经搜马、郑之遗”、“学溯渊源，原继大苏之手笔；名争甲第，还圖小宋之心”(《清代硃卷集成》，第一八册，影印第46页)，此科张庭学与胞兄张鼎辅同登进士第，同为翰林院庶吉士，其殿试、朝考名次均在其兄之上，故前后句分别誉之为宋代的苏辙、宋祁。咸丰三年(1853)癸丑科进士任重光的制艺《孟子道性善言必称尧舜》眉批云“老气横秋，笔意酷似眉山父子”(同书，同册，影印第198页)，眉山父子指的是苏洵及其子苏轼、苏辙。

⑪ 《清代硃卷集成》第三三六册，举人骆旸乡试硃卷，影印第318页。

⑫ 卢前《八股文小史》第四章。

制艺文之间必然存在着天然的、割断不了的联系。

乾隆四十二年(1777)丁酉科福建选拔贡卷中式第一名、福州府屏南县张纲硃卷总批语有“闳其中而肆其外”[①],道光十四年(1834)甲午科福建乡试第六十八名举人曾元燮的乡试硃卷《吾学周礼今用之吾从周》中一段:“盖一人圣,则薄海皆愚,草野无制礼之才,未尝无明礼之责。吾也俎豆嬉陈以后入庙问以每事,礼因祭而加详,下堂拜以明恭礼在朝而必谨用之,而范围不过者皆学焉而大小无遗者也,今日者俟堂诗刺,亲迎之礼失矣;犯齿风炽,乡饮之礼失矣,而衣冠犹思尹姞,觵罚尚凛;州庠昭穆考,谟烈未湮,何在不为用行之准也。吾是以有宪章之志也夫。且一人贵则天下皆贱,韦布无议礼之柄,何尝无守礼之能。吾也洙泗设教以来观蜡而思大泽,知礼之寓乎张弛延射而凛,序贤知礼之行乎揖让,从之一日而无弊者即用之百世而咸宜者也。今日者冠纯可尚,已非缁布之遗;告朔无闻,徒惜饩羊之具,而违时议者必师先进,观鲁史者犹凛春王,东西京法物如新,何在不为率从之藉也。吾是以有东周之思也夫”,得到其房师所作眉批的高度评价:“玉佩大放厥词,惟气盛故言之长短与声之高下皆宜。”[②]按:“气盛故言之长短与声之高下皆宜”语出唐代韩愈《答李翊书》:“气,水也;言,浮物也。水大而物之浮者大小毕浮。气之与言犹是也,气盛则言之短长与声之高下者皆宜。”[③]上引曾元燮所作此段文系标准、规范的八比模式,得到房师所给予相当高的评价。咸丰九年(1859)己未科福建举人吴叔章的乡试硃卷《大学之道》本房原批亦有“气盛言宜”[④]之评。道光二十四年(1844)甲辰科福建乡试解元叶畊心硃卷《及其广大草木生之禽兽居之宝藏兴焉》,大主考批语云“高华典贵,经训菑畬”[⑤],“经训菑畬”语本韩愈《符读书城南》诗“文章岂不贵,经训乃菑畬”[⑥]句。咸丰元年(1851)辛亥科福建乡试举人陈承裘硃卷《悦周公仲尼之道》,本房加批:“行文亦不懈而及于古”[⑦],“不懈而及于古”是韩愈《送孟东野序》[⑧]中对友人孟郊诗歌创作的期许。“惟陈言之务去,戛戛乎其难哉”语出韩愈《答李翊书》[⑨]。

清代硃卷多有“戛戛独造”之评,本书以为一般本诸韩愈之意。咸丰九年(1859)己未科举人王卿云乡试硃卷《大学之道》,有其受业师刘翊宸“劈分两比,戛戛生新”[⑩]的评价,同榜举人、王卿云胞弟王见三乡试硃卷《动之不以礼》有本房加批“气清二腴,笔曲而达,有戛戛独造处,无拾人牙慧语”[⑪]的评价,同治十年(1871)辛未科进士刘齐浔的会试硃卷《人一能之己百之人十能指己千之果能此道矣》有“力厚思沉,戛戛独造,虚实兼到之作”[⑫]之评,光绪元年(1875)乙亥科举人林洄淑乡试硃卷《子路问政子曰先之劳之请益曰无倦仲弓为季氏宰问政子曰先有司赦小过举贤才曰焉知贤才而举之曰举尔所知尔所不知人其舍诸》有本房加批“以互济为两章结不解之缘,信手拈来,都成妙谛,可谓戛戛独造”[⑬],光绪二十年(1894)甲午科福建乡试第七十五名举人、闽县刘敬硃卷本房原荐批:“首艺命意精卓,一扫陈言”,“五艺均戛戛独造、簇簇生新”,衡鉴堂原批“五艺布局甚新,笔无滞机”[⑭]。

同治十二年(1873)癸酉科福建乡试第三名举人邹家驹乡试硃卷《乐节礼乐乐道人之善乐多贤友

① 《清代硃卷集成》第四〇七册,拔贡张纲硃卷,影印第244页。
② 《清代硃卷集成》第三三六册,举人曾元燮乡试硃卷,影印第296-297页。眉批在影印第297页。
③ 韩愈《答李翊书》,《朱文公校韩昌黎文集》卷十六,四部丛刊影印元刊本。
④ 《清代硃卷集成》第三三七册,吴叔章硃卷,影印第82页。
⑤ 《清代硃卷集成》第三三六册,叶畊心硃卷,影印第346页。
⑥ 《全唐诗》卷三四一,第3822页。
⑦ 《清代硃卷集成》第一八册,陈承裘硃卷,影印第120页。
⑧ 韩愈《朱文公校韩昌黎文集》卷十九。
⑨ 韩愈《朱文公校韩昌黎文集》卷十六。按:咸丰二年(1852)壬子恩科进士朱潮的制艺《楚国无以为宝惟善以为宝》,本房加批语有“征实翻空,陈言务去”的评价(《清代硃卷集成》第一八册,影印第14页),而“征实翻空”语本《文心雕龙·神思》之“意翻空而易奇,言征实而难巧”句。
⑩ 《清代硃卷集成》第三三七册,王卿云硃卷,影印第21页。
⑪ 同上书,第三三七册,王见三硃卷,影印第42页。
⑫ 同上书,第三五册,刘齐浔硃卷,影印第148页。
⑬ 同上书,第三三八册,林洄淑硃卷,影印第230页。
⑭ 同上书,第三四〇册,刘敬硃卷,影印第12页。

益矣》,本房原荐评有"纡徐为妍,卓荦为杰"[①]之评,语出韩愈《进学解》[②];邹家驹在中举之前参加本年拔贡考试,取中为第一名,其拔贡卷《陈良之徒陈相一节》眉批有"马迁青史笔","如观列传","曼倩诙谐,孟坚古艳"[③]之评,引司马迁及其《史记》、东方朔、班固的成就和风格以誉之。邹家驹的乡试同年、侯官陈善贶乡试硃卷有本房总评,谓"第三场,韩、欧义法,晁、董精神"[④],单看此语,"韩、欧义法"或者指唐宋时文的技巧或精神,但是陈善贶硃卷《乐节礼乐道人善乐多贤友益矣》后本房加批谓"'杜诗韩笔'拈来,读'似倩麻姑痒处搔',可以移赠"[⑤],语本杜牧《读韩杜集》"杜诗韩笔愁来读,似倩麻姑痒处搔",则是以杜甫、韩愈诗文的成就许之。

以历代古文家的成就,引古文家之语评价八股制艺[⑥],是清代硃卷中常见的现象,甚至有"下笔千言,饶有古文局势"[⑦]的评语论制艺,反映了当时乡试、会试、五贡(副贡、优贡、拔贡、岁贡、恩贡)试乃至各种、各级考试中房师、主考们评定举子文章优劣的普遍现象,更能说明清代制艺文与古文创作的密切关系。

道光间,闽籍古文家、光泽高澍然(1774—1841)选编有《韩文故》十卷、《李习之文读》十卷。《韩文故》之选,有总评、旁批、眉批、夹行注,陈衍以为此书与《李习之文读》为学古文者重要选本,当家置一编,而谢章铤以为"其考订史事,不失详赡,若眉诠、旁注之语则多染时艺家习气"[⑧]。高澍然《李习之文读》,同治十年福州刻本。该选亦总评、旁批,为助益《韩文故》之古文风格,取李翱古文之易良以剂韩愈古文之广博,形成平易尽情、淳茂渊雅、清微淡远的风格,"冀后进资以启发"[⑨],对当时举子时文制义的创作也有一定的启发。

同治十二年(1873)癸酉科福建中式第一名拔贡元、建安朱紫佩硃卷《陈良之徒陈相与其弟辛负耒耜而自宋之滕曰闻君行圣人之政是亦圣人也愿为圣人氓》中一段:"当溯其琴书薰炙之人,维彼陈相,夫非陈良之徒欤?为问当时,国门至止,与者谁?则其弟辛。负者何?则耒与耜。噫嘻!彼陈相也,胡为乎来哉?"[⑩]总体上看,采用散体句式,多用语气词和问句以抒发感慨,中间两问句及其答语尤与宋人欧阳修《醉翁亭记》之"作亭者谁?山之僧智仙也。名之者谁?太守自谓也","太守谓谁?庐陵欧阳修也"的句式酷似,当是借鉴了欧阳修的古文做法,体现出以古文入时文的创作理念。光绪十七年(1891)辛卯科福建乡试第六十九名举人、闽县董元度的乡试硃卷《我欲中国而授孟子室养弟子以万钟使诸大夫国人皆有所矜式》,本房加批谓:"取精屈、宋,采隽马、班,词斐韡而有余,气磅礴而愈沛,是能以古文为时文者。"[⑪]此艺又与董元亮胞兄、同榜第四十名举人董元度的同题制艺形式极为相类,皆用主客问答形式,亦同一房同考官加批、荐卷。董元度同题制艺本房加批谓:"通篇以苍劲之笔运朴茂之词,遂觉逸趣横生,尤非深于古者不办"[⑫],可谓董氏兄弟均为"能以古文为时文者"。我们又看到董氏兄弟均作有《哀公问社于宰我宰我对曰夏后氏以松殷人以柏周人以栗曰使民战栗子闻之曰成事不说遂事不谏既往不咎》制艺,题出《四书》中的《论语》,四对八股具备,遵守八股矩矱,而同科副榜举人(后中光绪十九年癸巳举人)的卢景渊亦作有同题制艺。收录卢景渊的前科副榜中式的首艺八股文,这种

---

① 《清代硃卷集成》第三三七册,邹家驹硃卷,影印第239页。

② 韩愈《朱文公校韩昌黎文集》卷十二。

③ 《清代硃卷集成》第三三七册,邹家驹硃卷,影印第269-270页。

④ 《清代硃卷集成》第三三八册,陈善贶硃卷,影印第48页。

⑤ 同上书,陈善贶硃卷,影印第52页。

⑥ 按:除了引古文家的古文理论来评价时文的水平和成就之外,硃卷评语中同时而有以前人诗句、诗论评时文,以文论评试帖诗两种批语现象。

⑦ 《清代硃卷集成》第三三八册,林洄淑硃卷,影印第226页。

⑧ 民国《福建通志》总卷二十五,《福建艺文志》卷六十六,第六页,引。

⑨ 民国《福建通志》总卷二十五,《福建艺文志》卷六十六,第六页,转引陈衍《石遗室书录》所录高澍然自序。

⑩ 《清代硃卷集成》第三三八册,朱紫佩硃卷,影印第120页。

⑪ 《清代硃卷集成》第三三九册,董元亮硃卷,影印第238页。

⑫ 《清代硃卷集成》,举人董元度硃卷,影印第222页。

现象在《清代硃卷集成》所收录的硃卷中极为少见，目前所寓目者惟此，可以理解为此篇系卢景渊得意之作，本房加批谓“以苍劲之笔运朴茂之词，非深于古者不办”[①]，盖以古文运笔居多。卢景渊此艺只有少数两两相对的文字，基本上以字数大约相等的散行文字制作成篇，不甚合乎时文规矩，无怪乎卢氏未能取中前科正榜举人。

嘉庆二十四年(1819)己卯科福建乡试解元魏本唐，其乡人谢章铤评价其文云：“勤于读书，遍点九经三史，发之于文，博而不见其杂也，容而不见其靡也，气劲而言遂，有物有则，于刘、董为近。”[②]咸丰九年(1859)己未科福建乡试第六十九名举人龚显曾，其乡试硃卷《动之不以礼》，眉批有“朴寔诂题，望溪家法”，“机神一片，如游鱼衔钩而出重渊之深”[③]的评价，指出龚氏制艺有方苞家法，又以陆机《文赋》语推重之；其乡试硃卷《地之相去也千有余里世之相后也千有余岁得志行乎中国若合符节先圣后圣其揆一也》，眉批云“罗罗清疏，古文蹊径”[④]，指的是此文中“以地而论，相去固千有余里矣。载稽其世，由有虞以迄成周，其间丕若有夏历年，式勿替有殷历年，遥遥相望，盖又千有余岁焉。地之相去也如彼，世之相后也又如此，而何以精一之传、缉熙之学、斋舜之孝、服事之忠，舜也文也，得志行乎中国，无不一一其相同也，盖已若合符节矣”[⑤]这一段文字，几乎散行，又富排比，文气极其畅达。

光绪二年(1876)丙子科福建乡试第八十九名举人、福州府长乐县梁继曾乡试硃卷《我善养吾浩然之气》，题出《孟子》。梁继曾所发挥者如下：“今夫气，水也；言，浮物也。水大而物之浮者大小毕浮，气之与言犹是也。”[⑥]原本韩愈《答李翊书》，一字不差；远典出《庄子·逍遥游》。梁继曾此艺，具八股形式，而其行文酷似古文。如上引文字之后段：“虽然吾之言可以觇吾气之盛衰，人之言似不与吾气相感应，我又何恃而听言乎？《诗》有之，发言盈廷，谁敢执其言，言之纷然而前陈者孰得孰失？几于无从辨别矣。我既不能藐然中处，离乎人而不与察言；我又不能冥然不疑，随乎言而无所可否。言之足以惑我志者，心不已为言所动耶。我则曰言者心之声，人各有心，而流露于言，我因其言而内断于心。告子之不得于言，其失正在不知耳，我则格物以致之，穷理以明之，言虽纷，度以理，则纷者自一，以至虚至灵之心，而静辨有可有否之言，如镜照神，妍媸毕显，而后谬悠之口不足扰我镇定之心矣。”[⑦]虽有少数若干文字构成两两相对的形式，但大部分文字属于散行，故此艺本房加批云“文气浩瀚，畅所欲言”[⑧]，斯之谓也。

光绪十四年(1888)戊子科福建乡试第二十八名举人黄曾源，其所撰《然则小固不可以敌大寡固不可以敌众弱固不可以敌强》制艺，虽然诸股具备，而本房加批谓：“知复述法，不呆写。小大、众寡、强弱固为得解，尤妙在力阐‘然则’二字，不泛写征战浮词，亦不坠落摩神套调，是枕藉集虚斋者！”[⑨]集虚斋，指康熙四十五年(1706)进士方楘如。方楘如，浙江淳安人，毛奇龄门人。系清代康熙、乾隆间著名学者、古文家、八股制艺名家。著有《周易通义》、《尚书通义》、《毛诗通义》、《集虚斋学古文》、《离骚经解》等。

光绪二十年(1894)甲午科第七十六名举人李宣龚乡试硃卷，《清代硃卷集成》选刻其《颜渊季路侍子曰盍各言尔志子路曰愿车马衣轻裘与朋友共敝之而无憾颜渊曰愿无伐善无施劳子路曰愿闻子之志子曰老者安之朋友信之少者怀之》、《使天下之人齐明盛服以承祭祀洋洋乎如在其上如在其左右》、《昔

① 同上书，举人卢景渊前科副榜硃卷，影印第320页。董元度同题文在211-214页，董元亮同题文在影印第227-230页，卢景渊同题文在影印第317-320页。

② 民国《福建通志》总卷二十五，《福建艺文志》卷六十六，第十一、十二页，引。

③ 《清代硃卷集成》第三三七册，龚显曾硃卷，影印第66页。

④ 同上书，影印第70页。

⑤ 同上注。

⑥ 《清代硃卷集成》第三三九册，梁继曾硃卷，影印第45-46页。

⑦ 同上书，影印第46-47页。

⑧ 同上书，影印第48页。

⑨ 同上书，第三三九册，黄曾源硃卷，影印第72页。

者王豹处于淇而河西善讴緜驹处于高唐而齐右善歌》三篇及诗《赋得溪声凉傍客衣秋得秋字五言八韵》一什，附有本房原荐批语："博大昌明，读之忘其为短章文字，此文之有本领者；次理实气空，无一门面语；三有古色，妙能处处针对；诗亦俊。五艺皆从《选》楼出，是精于昭明之业者，学有专家矣。五策俱艳博，不专以钞胥为能。"[①]衡鉴堂原批："三艺俱有佳胜，文品在归太仆、熊宗伯之间，此非兼治古文者不能。诗谐雅。经文大有精采，不徒以楚艳汉侈为《选》学也。五策组织俱美。"[②]房师从李宣龚所撰制艺判断其学源出《昭明文选》，认定改卷举子是精熟《选》学的士子，时人又论其文品在明代归有光(累官南京太仆寺丞)、清初熊伯龙(尝官礼部侍郎)之间。归、熊本是八股制艺大家，但是衡鉴堂批语特别指出"此非兼治古文者不能"，确指李宣龚的制艺文章得到古文创作的濡染、裨益，古文创作的技法渗透到李宣龚的制艺文章中去。

在李宣龚之前的汀州府长汀人汤志尧，系乾隆五十三戊申(1788)举人、嘉庆四年己未(1799)进士，是乾隆、嘉庆间著名儒家学者。著有《谦山文稿》三卷，古文一卷，制艺二卷[③]。"姚文僖公文田为之序，评其文冲融演迤，不求合于古而自不失古人法度，制艺虽皆应试之文，然雄直俊伟，特与时异，是能矫然自拔于俗者也。"[④]咸丰初，侯官郭柏荫主厦门玉屏书院，作有《玉屏示多士文》，训士云："国家以制艺衡才，先正名文皆可师法，原无时、古之分。"[⑤]郭柏荫(1807—1884)系道光十二年(1832)壬辰恩科二甲进士，改庶吉士，散馆授翰林院编修，累官至湖北巡抚署湖广总督，其观点代表了士人阶层中的精英对时文和古文的看法。

道光二十四年(1844)甲辰科福建乡试第一名举人侯官叶畊心的乡试硃卷《及其广生草木生之禽兽居之宝藏兴焉》句"物有其时而不见发荣之妙，物有其类而不见滋息之繁，物有其质而不见珍奇之育"有排比的句式；"见夫朝荣夕秀秋实春华，草木之长以其时也，虽夭乔称其盛，黄落纪其衰，而既植体于广大之山，则盛者生，衰者亦无害于生，初何虑根不茂而实不遂耶？则生之有然"[⑥]写草木生长的全过程，单行而下，具有气势，此文稍后的眉批评语所谓"能发难显之情"[⑦]用来评价这写句子也是合适的，这是叶氏向古文学习的结果。同治四年(1865)乙丑科福建乡试第七十四名举人闽县陈宝琛的乡试硃卷《师旷之聪不以六律不能正五音》，先从"六律不以，五音不正"讲起，拟想尝游汾水师旷审音之处，描摹汾水景象："循汾水之侧，经施夷之宫，见夫高台既已圮，而凉飔犹泠泠，曲池亦已平，而流水犹琤琤，父老告余曰此师旷审音处也，因想当日商角均奏、鹤群骤飞、零雨滲漉、白云纷霏、震雷砰訇而激荡鬼神，睢盱而逶迤，不禁慨然长思、罣然满志，曰乌虖盛哉"[⑧]，散偶杂行，气势澎湃，本房加批云"真气盘郁"[⑨]，所铸词和所运用句式所形成的气势不亚于叶畊心硃卷。

光绪十五年(1889)己丑科第一百四十三名贡士、殿试三甲第一百五十五名进士郑籛的会试硃卷《取人以身修身以道》，文中有"其后嗣王，占小善者率以录，名一艺者无不庸"[⑩]，语句出自韩愈《进学解》[⑪]；其"是故求木之长者必固其根本，欲流之远者必浚其泉源"，语出魏徵《谏太宗十思疏》[⑫]，又与韩

① 《清代硃卷集成》第三四〇册，举人李宣龚乡试硃卷，影印第30页。硃卷在影印第31-43页。

② 同上书，影印第30页。

③ 民国《长汀县志》卷二十二，《艺文志》，原第十二页，影印第521页，引姚文田序。

④ 民国《长汀县志》卷二十四，《儒林传》本传，原第六页，影印第537页。

⑤ 郭柏荫《天开图画楼文稿》卷三，《天开图画楼全集》，《清代诗文集汇编》第609册，影印第528页。按：郭柏荫另撰有《经修文庙笔记》，记载咸丰元年八月福州文庙失火，当年十月复建，郭氏董其事，"明年柏荫当赴玉屏讲席，以(杨)和鸣代"(《天开图画楼文稿》卷三，《天开图画楼全集》，《清代诗文集汇编》第609册，影印第530页)，知郭柏荫主玉屏书院的时间在咸丰二年(1852)。

⑥ 《清代硃卷集成》第三三六册，影印第344页。

⑦ 同上书，影印第345页。

⑧ 《清代硃卷集成》第三三七册，陈宝琛硃卷，原第174页。

⑨ 同上书，影印第176页。

⑩ 《清代硃卷集成》第六四册，进士郑籛会试硃卷，影印第188页。所引俱在同页。

⑪ 韩愈《朱文公校韩昌黎集》卷十二。

⑫ 《古文雅正》卷六，题作《上十思疏》。《增注唐策》卷五题作《魏徵十思九德疏》。

愈《答李翊书》中"将蕲至于古之立言者,则无望其速成,无诱于势利,养其根而遂其实,加其膏而希其光。根之茂者其实遂,膏之沃者其光晔"[①]接近,郑镬取古文文体中的"书"、四六文中的"奏疏"体、赋类文体中的"解"的文字为己所用,泯灭时文、古文之间的界限。

道光十五年(1835),林则徐为林观成撰《制义平秩集序》:"举子之治文,犹农夫之治田,大约勦其力者必丰其获。虽然,有次第焉,不可紊也。"这个次第如何?林则徐以为"士子发初总,恒学为四书文,宜若易易,顾有久而不一工者,因材质有高下,抑诱掖之法,有善有不善也"。这是指学为制义,以四书为核心,围绕四书及五经进行阐发,代圣人言的基本准则,然后必须以经史、诸子百家为材料,"经史以厚其基,基愈固则发愈荣,犹农亩之有膏腴也。诸子百家以博其趣,趣愈博则择愈精,犹百谷之属皆可助谷,而谷为之长也"[②]。"博其趣"语本柳宗元《答韦中立论师道书》。明清以来八股制义文章愈写愈出新奇,后出转精之谓也。

略举外省进士、举人所制时文以观之:

康熙五十七年(1718)戊戌科第十名贡士、三甲第十五名进士、山东登州府福山县人谢光纪硃卷,本房总批:"文以气为主,然必理精法老,笔健词赡,其气乃郁勃而不可御,知此卷之擅胜大有在矣。"制艺《必得其位必得其禄必得其名必得其寿》,眉批:"文势充沛,真行乎其所不得不行。"本房加批:"紧切舜孝,扫尽肤词,清刚之气溢于行间,知其学诚不凡。"[③]总批、加批语均本诸古文家文气说[④],"行乎其所不得不行"出苏轼《文说》;

雍正元年(1723)癸卯恩科进士、山东登州府文登县人丛洞制艺《齐庄中正足以有敬也》,本房加批:"闳中肆外,入深出显,文之能事毕矣"[⑤]。

雍正八年(1730)庚戌科进士、江南松江府娄县人林令旭制艺《志于道据于德依于人》,眉批:"雄深雅健,笼盖一切"[⑥],"雄深雅健"语出《新唐书》柳宗元传,韩愈评柳氏文:"雄深雅健,似司马子长,崔、蔡不足多也。"[⑦]林令旭制艺《自诚名谓之性自明诚谓之教诚则明矣明则诚矣》,眉批:"理足气充,闳中肆外"[⑧],"理足气充"语意本韩愈《答李翊书》,"闳中肆外"出韩愈《进学解》。

乾隆二十一年(1756)丙子科举人、直隶天津府天津县人杨秉铎制艺《闵子侍侧誾誾如也子路行行如也冉有子贡侃侃如也子乐》,本房加批:"纡徐为妍,卓荦为杰,自是功成九转之候"[⑨]。

乾隆二十八年(1763)癸未科三甲第九名进士、江西建昌府新城县人鲁鸿制艺《子曰宁武子邦有道则知邦无道则愚》,眉批:"纡徐为妍,卓荦为杰。"[⑩]按:江西建昌府新城鲁氏系科举和古文世家,鲁鸿系古文家鲁九皋从父,尝授鲁九皋古文法。

嘉庆十九年(1814)甲戌科二甲第五十七名进士、广东潮州府大埔县人张翱硃卷本房总批有"万斛词源"[⑪],语本苏轼《文说》,其制艺《行有不得者皆反求诸己其身正而天下归之》眉批:"纡徐为妍,卓荦为杰"[⑫],本诸韩愈《进学解》。

---

① 韩愈《朱文公校韩昌黎集》卷十六。

② 林则徐《林则徐全集》第五册,第402页。

③ 同上书,第三册,进士谢光纪硃卷,影印第59、67、68页。

④ 按:"文以气为主"见曹丕《典论·论文》,"知言养气"见《孟子·公孙丑》,两种"气"之间存在先天"不可力强而致"、后天可养之隔,古文家则合二为一。

⑤ 《清代硃卷集成》,第三册,进士丛洞硃卷,影印第102页。

⑥ 同上书,第三册,进士林令旭硃卷,影印第135页。

⑦ 欧阳修《新唐书》,卷一百六十八,《柳宗元列传》。

⑧ 《清代硃卷集成》第三册,进士林令旭硃卷,影印第141页。

⑨ 同上书,第九二册,举人杨秉铎硃卷,影印第164页。

⑩ 同上书,第三册,进士鲁鸿硃卷,影印第264页。

⑪ 同上书,第五册,进士张翱硃卷,影印第234页。

⑫ 同上书,第五册,进士张翱硃卷,影印第244页。张翱制艺《子曰德之不修学之不讲闻义不能徙不善不能改是吾忧也》眉批有"依经树义,就题发挥,而神气婉约,面面俱圆,宛从宣圣肺腑中流出,洵属切理厌心之文"(影印第241页),用《文心雕龙》语。

嘉庆七年(1802)壬戌科二甲第五名进士、安徽池州府青阳县人章道鸿硃卷,本房总批:"昌黎云'气盛则言之短长与声之高下者皆宜',是卷语有根柢,知其潜心经学而博大昌明,端由盛气转运也。"①

嘉庆十年(1805)乙丑科一甲第一名进士、湖南衡州府衡山县人彭浚制艺《喜怒哀乐之未发谓之中》,聚奎堂原批:"陈言务去,清光大来,是理境中上乘文字。"②

咸丰三年(1853)癸丑科一甲第一名进士、山东济宁直隶州人孙如仅制艺《孟子道性善言必称尧舜》的眉批有论云:"清刚隽上,灏气盘旋,昌黎所云'言之短长与声之高下皆宜也。'"③

咸丰三年(1853)癸丑科贡士、江苏常州府荆溪县人任重光④的制艺《孟子道性善言必称尧舜》本房加批:"结撰戛戛异人。"⑤语本韩愈《答李翊书》。

光绪十六年(1890)庚寅恩科二甲进士、浙江绍兴人蔡元培的会试硃卷得到本房原荐批:"'孰与周秦诸子'句奇笔峭,是能规放定盦者。《易》深文隐玮,似乾坤凿度。《书》篇体疏古如《洪范五行传》。《诗》旁罗故训,雅善□度。《春秋》元本《穀梁》,洄曲湍回,即体成势,文笔之妙,识解之精,真足发墨起废。《礼》境元思澹,秘响旁通,置诸吕不韦、淮南王中几不可辨。综观五艺,非锻岁炼年未易臻此渊粹。韩子云'文从字顺',此卷足当之矣。旁通曲证,累如贯珠,而笔之清遒,文之疏古,几与彦和《雕龙》、子元《史通》相轩轾。此才何可以斗石计!"⑥这段荐批语与古文理论密切相关:首先,这段话讲到蔡元培的会试制艺文与龚自珍的关系。龚自珍(1792—1841),号定盦,浙江仁和人。是绍兴府蔡元培的同乡前辈。龚氏古文之于桐城古文有很大创造,直接上承先秦两汉之文,有奇峭的特征。其次,荐批语认为蔡元培的制艺文学习先秦两汉诸子文章,与吕不韦《吕氏春秋》、刘安《淮南子》文风接近;第三,原荐批语直接用韩愈的文从字顺的古文行文高境界形容蔡元培的制艺;第四,荐批语以为蔡元培的制艺可以和刘勰《文心雕龙》、刘知几《史通》相轩轾。在奇峭⑦与文从字顺之间达到矛盾的和谐,这是蔡元培会试硃卷制艺文章的成功之处,分明受到古文家文风、观念和技法的影响。《清代硃卷集成》收录蔡元培的会试硃卷(含二问)制艺诗文共七篇制艺和一首试帖诗,数量比大部分贡士、举人、进士多;荐批语所包涵的丰富内容,也比绝大部分硃卷荐批语的层次多,维度广,堪称确认清代时文与古文密切关系的典型批语。

章中如《清代考试制度》云:"凡青年学子,发蒙后即读十三经,然后开讲,学为应试之文(即制艺),读古文(如唐宋韩柳欧苏诸大家之文)。"⑧清代士子发蒙后,一边研习十三经,学为八股文,一边研读古文,历数十年,将经术、制艺和古文三者酝酿结合,为普通士子向学人、八股制艺名家和古文作家转化指明一条渊懿雅正的道路。

## 第三节　八股制艺文所反映的学术思想

明、清两代科举用八股制艺策士,朝廷对于八股制艺的内容和格式规定为制艺的立意专为代圣人言,阐发儒家经典的意蕴。随着八股制艺制作技巧的探索和发展,原原本本、僵硬死板的代圣人言的

---

① 《清代硃卷集成》第四册,进士章道鸿硃卷,影印第 402 页。

② 同上书,第四册,进士彭浚硃卷,影印第 422 页。

③ 同上书,第一八册,状元孙如仅硃卷,影印第 258 页。

④ 任重光系咸丰三年(1853)癸丑科贡士,后于六年(1856)丙辰殿试登第,系丙辰科二甲第八十八名进士(《明清进士题名碑录索引》,第 712 页)。

⑤ 《清代硃卷集成》第一八册,进士任重光硃卷,影印第 201 页。

⑥ 《清代硃卷集成》第六九册,影印第 404 页。

⑦ 蔡元培硃卷的聚奎堂原批将蔡氏比作"时文中之樊宗师"(《清代硃卷集成》第 69 册,影印第 404 页)。

⑧ 张仲礼《中国绅士研究》,第 148 页,引章中如《清代考试制度》。

形式也发生了改变[①],而其代圣人言的立意、宗旨并未改变。

明代理学宗师王守仁卒于嘉靖七年(1528)末(已入1529),阳明心学在他身后传播,在嘉靖、万历年间虽然遭遇来自朝廷的阻碍,但仍然迅速传播开来,史称"正、嘉以后,天下之尊王也,甚于尊孔子"[②],心学的影响遍及大江南北。王学的传播以隆庆、万历间最为迅速,《明史·儒林传》称"嘉、隆而后,笃行程、朱,不迁异说者,无复几人矣"[③]。本书且不对王学的积极意义展开讨论,我们观察到王守仁创立心学以来,对明代学风产生消极影响,嘉靖中其门人聂豹即"谈心性,而黜记诵之学"[④],而李贽更把"道理""闻见"视为"绝假纯真"的"童心"("真心"、"最初一念之本心")之所以瀹失的原因,而"道理""闻见""皆自多读书识义理而来",鼓噪"多读书识义理障其童心"的反智理论,倡言"不读书,童心固自在也"的好处[⑤],流沫所及,泥沙俱下,对明代学风产生巨大的消极影响。万历间,叶向高云"是时言良知者甚多,而率皆空虚无实,言青天而行污池,致使人以此相诟病而讳言学"[⑥]。人品"言青天而行污池",学风则"率皆空虚无实",从而在晚明触发了叶向高、刘宗周、黄宗羲等学者对王学的反思。

明末清初以来,学者对明代空疏、游谈不根的学风进行了大力的矫正,总体上凝聚为一代共识,促进清代朴学崇尚致用、绵密严谨的学风形成。

据汀州府宁化县李世熊《寒支初集》、《寒支二集》,我们观察到明末清初福建以宁化县为中心的汀州府士人对王守仁所创立的心学之热衷、接受以及李世熊等人对王学末流弊端的反驳,在肯定王守仁创立心学的意义同时矫正士风、学风,引导清初汀州府的学术、文学创作走上正确的道路。

顺治三年丙戌(1646)[⑦]仲春,李世熊撰《朱非能先生寿序》:"(朱非能)壮而淹串古文,蔚为人宗,外若傥荡不备而中设橥括,不可得而贵也,矧又得而贱乎? 一时钜公先进为见罗李氏之学者,必于先王断同异,取表正焉,盖学道之不明久矣。仲尼既往,卜子夏、田子方始相继为人师。迄五百年而刘向、杨雄之学始见,向、雄之学不醇于董仲舒,于是江都、河间执经问义,汉之侯王则犹强学尚儒也,汉祚之所以隆也。又五百余年而王通氏始出,使人主恨其见晚,公卿率而问业,可谓盛矣,而通犹有忧之,曰:'杨素与吾言政而不及化,是天下无礼也;苏夔与吾言声而不及雅,诗天下无乐也;李德林与吾言文而不及理,是天下无文也。王道何从而兴乎?'遂归隐于河汾,而隋之不祀也忽。诸故如王通者可以为世师矣。又五百余年而程颢氏出,颢以庄敬日强奉为学的,而随材造就,天下学士皆归之。朱元晦因以集大成而垂正统。程朱去今又五百余年,虽以阳明(王守仁,字伯安,号阳明,创立明代心学,世称姚江学派。黄宗羲《明儒学案》卷十《姚江学案》)开绝绪于前,近溪(罗汝芳,号近溪)、念庵(罗洪先,号念庵)畅宗风于后,要皆扬洙、泗之澜而望嶧、邹之室也。非能先生独遗落世荣,强学待问,为见罗氏(李材,号见罗)剪稗锄莠,老而弥矻者,则是光远他耀必在五百余岁以前也,光耀在五百余岁以前者则是敷条遗荫必在五百余岁以后也。"[⑧]朱非能是李世熊前辈学者,学宗江西丰城李材止修学说,有功于见罗学派。

朱非能并不是当时福建学术宗尚王守仁心学后辈学者李材止修学说的少数士人之一,汀州府宁

---

① 在《清代硃卷集成》所收录的福建士子各种硃卷、墨卷中,同治十二年(1873)癸酉科举人、建宁府建安县的朱紫佩所作的《乐节礼乐道人善乐多贤友益也》(《清代硃卷集成》第三三八册,影印第99-102页)模仿孔子语气,惟妙惟肖,类乎明初八股初期的写法,是清代福建士子硃卷、墨卷中极少变化制艺面目的八股文之一。

② 顾宪成《日新书院记》,《泾皋藏稿》卷十,文渊阁四库全书本。

③ 张廷玉等《明史》卷二百八十二,第7222页。

④ 何良俊《四友斋丛说》,《明代笔记小说大观》第二册,第901页。按:时在嘉靖三十一年(1552),聂豹、何良俊会于京师。

⑤ 李贽《童心说》,《李氏焚书》卷三,万历刻本。按:李贽在此文中亦云"古之圣人曷尝不读书哉","纵多读书,亦以护此童心而使之勿失焉耳",但其立论偏向于"童心"为"道理"、"闻见"及其载体书籍所障,极言其为糟粕。李世熊《与吴愉之书》(《寒支初集》卷六,影印第232-233页)著论颇似李贽,以论道理、心想、知见、窟穴、偷心之间因缘关系,惟不似李贽返诸"童心",去道理闻见,绝去知识之偏颇。

⑥ 叶向高《大廷尉华阳宋先生传》,《苍霞续草》卷十五,《四库禁毁书丛刊》集部第125册,影印第228页。

⑦ 按:明清易代之后,李世熊以遗民终其一生,其著作不书清帝年号,仅书干支以识。

⑧ 李世熊《寒支初集》卷五,《四库禁毁书丛刊》集部第89册,影印第179页。有关李材在福建的讲学活动及其传人情况,请参看拙著《明代福建文学结聚与文化研究》第八章第二节(第813-820页)。

化县是彼时闽中王学的中心[①],王学追随者规模颇为壮观,李世熊家族中人亦是王学中坚力量。李世熊为从兄李世宇(1601—1672)撰《明教谕觉非李先生墓志铭》:"始先生尝屈于小试,辄弃家入金铙山,折节师事朱仲生。朱仲生得姚江之学,超然神悟,纵横摄放,妙有机用,阅学人所撰文字,辄知心术纯诡、事业成废,间及福祥咎悔,事皆验,自号相文道人。先生既久事仲生,复延至家塾,侍学者二年,仲生遂游罗浮,不复返。是时,闽中曾异撰以文雄海内,先生又远迎致家塾,师事之,为梓其制义,行于世。……其精详委顺,亦学力静定之征也。"[②]据《李寒支先生岁纪》记载,曾异撰于崇祯元年(1628)从福州来宁化,馆于李世宇家,与李世熊倡和无间[③]。李世宇延请王学学者朱仲生主家塾,必定会影响到李氏家族以及和李世熊交密的朋友;延请曾异撰主西席,必定使李氏家族的学术、文学与福州府作家之学术、文学产生互动和影响。

李世熊与江西南昌文人彭士望(1610—1683)定交于顺治十六年(1659),之后二人的交往在各自的朋友圈中最为密切。李世熊《答彭躬庵书》中有"漳浦出关,哲人旋萎,邦国随沦","历年十五"[④],推算此信为康熙十年(1671)年作。《书》中云:"今国变以来,曾几何日,盖有俨然先老蒙面扬言,美叛帅为弃项就刘,指正朔为赵佗、吴济者矣,岂俟日远乃渐忘乎?某以为彝伦之斁由无廉耻,廉耻之丧由无是非,是非之倒由无理学。三四十年前,温陵李秃(李贽,号秃翁、温陵居士等,泉州人)赞龙溪之员妙,几掩阳明而上之,论大臣则有忍辱因时之目,评长乐则有真佛菩萨之赞,其乡人酣饱厥毒,遂有操戈噬主之相、撤关导敌之将,盖张柔、刘整、蒲庚寿备见于一隅,李秃岂知其流毒至此哉?亦可为寒心矣。今躬庵表阳明之精一,锄龙溪之虚妄,此扶植彝伦之第一事也。盖讲良知必先爱敬、是非、廉耻,一时发见矣。世无不孝之子,无不忠之臣,自无不雪之耻,以此补漳浦(黄道周,籍漳州府漳浦县。有陈寿祺所刻《明漳浦黄忠端公全集》五十卷)所未逮,其可乎!若夫军旅之事,此敬仲所逊王子成甫而陈寿所不许诸葛者,某敢轻议漳浦哉?假令阳明易漳浦之时,行漳浦之事,其迎刃批隙必不能如南昌之暇整亦明矣,阳明岂遂可议乎?别示训词皆关切性命之谈,永奉指车,竟免泣岐矣。高山在瞻,学虽不至,终不敢丘陵自画也。"[⑤]从此书信内容看李世熊,他是一个精熟阳明心学的学者,前半生在明朝食饩二十三年[⑥],"金以百计者当三矣"[⑦],坚持为明朝遗民,"清夜自思(明)朝廷费此金钱豢养血躯将作何用"[⑧],视"操戈噬主之相"、"撤关导敌之将",以"忍辱因时""美叛帅为弃项就刘,指正朔为赵佗、吴济者"的品地判若天壤,可谓有"知解"、有"见"、有"把持"、有"力量"、有"知见持力"[⑨],"以己方寸之心为天汉之辰"[⑩]的儒者。李世熊以为"近代姚江拈出良知二字,直是彻上彻下、至易至简之宗,世儒病其无善无恶一语,遂以禅攻之"[⑪]之非,敢与明辨李贽之流王学左派近狂禅者的思想流毒,反思王学后人的偏颇,在阳明心学的传播和发展史上正源清流,反对泥沙俱下的乱象和迷障,正所谓"苏门果有忠臣在"[⑫]。

李世熊与好友刘廷标(?—1647)定交于崇祯二年(1629),时李世熊二十八岁。《李寒支先生岁

① 按:康熙初举人、建宁府瓯宁人陈文森亦宗王守仁、陈献章之学,但能反思,"常以阳明、白沙之学入于禅寂,故日用动静间必检其得失而践之至实"(民国《福建通志》总卷四十,《福建儒行传》卷五,陈文森传,原第二、三页)。

② 李世熊《寒支初集》卷八,影印第299页。

③ 李世熊《寒支二集》卷首,影印第399页。

④ 李世熊《寒支初集》卷六,影印第224页。

⑤ 李世熊《寒支初集》卷六,影印第224-225页。

⑥ 李世熊《答马令君书》,《寒支初集》卷六,影印第238页。

⑦ 李世熊《首夏答张道羽乙卯》,《寒支二集》卷四,影印第485页。

⑧ 同上注。

⑨ 李世熊《与吴愉之书》,《寒支初集》卷六,影印第232页。

⑩ 李世熊《与温星郎书》,《寒支初集》卷六,影印第233页。

⑪ 李世熊《答蔡人镜书》,《寒支初集》卷六,影印第228页。

⑫ 元好问《论诗三十首》(金入洪炉不厌频),《遗山先生文集》卷十一,四部丛刻本影明弘治本。

纪》记载李世熊于顺治十八年辛丑(1661)六十岁时作《刘霞起先生墓表》[①]。《明云南永昌府通判刘公墓表》:"少宗姚江之学,晚乃亟称管登之(管志道,字登之,号东溟)先生语曰:'心宗不印合于应世之仪象者皆狂儒门,不究极于出世之因果者皆伪。'公讽咀其言,以为儒、释合谛无精于此,故消融名相,破除贪执,浑然如未孩之婴。其见几洞决,了无凝滞,盖宿学所至,非临时取办也。公应务精沉,初无声色,既而丝分理解,确惬机宜,尤长于论事,援古据今,端末井然。每述当代畸人异绩及长德细行,则引伸霏娓,累如贯珠,历历可数,要其点缀敲提必以忠孝仁义为究竟,故其成就如此。"[②]李世熊所撰刘廷标墓志铭和《答彭躬庵书》均为其晚年所作,二文的思想共同点是将王守仁心学思想与"应务"、锄"虚妄"以经世致用结合起来[③],强调无理学必颠倒是非观,颠倒是非必丧失廉耻心,丧失廉耻必导致纲常斁败的严重后果,对于现实具有重要的先天意义,这是入清十余年后李世熊对明社覆亡和士人生存状态的思考与总结,带有人生反思的积极意味。

乾隆中,汀州府宁化人雷鋐(1697—1760)抑制王守仁心学,传称其"尝谓陆王人品事功卓然千古,学术则恐贻误后人,因作《象山禅学考》、《阳明禅学考》以示学者"[④]。稍晚的孟超然(1731—1797)主践履博见闻,主检身,对明代王守仁心学及其后学者颇多贬抑之词。孟氏"论明学曰明讲学家宗旨最繇:王文成(王守仁,谥文成)曰致良知,其徒罗近溪(按:罗汝芳,学者称近溪先生)易之曰赤子良心,聂双江(按:聂豹,号双江)曰归寂,季彭山(按:季本,号彭山)曰主宰,黄绾曰艮止,王心斋(按:王艮,号心斋)曰百姓日用,耿天台(按:耿定向,号天台)曰常知,李见罗(按:李材,号见罗)曰止修,耿楚倥(按:耿定理,号楚倥)曰不容已,唐一庵(按:唐枢,号一庵)曰讨真心,胡庐山(按:胡直,号庐山)曰无念,湛甘泉(按:湛若水,号甘泉,陈献章门人)曰随处体认天理,诸家各有语录,不可胜纪。要之,陈白沙(按:陈献章,广东新会白沙人,学者称白沙先生)静中养出端倪为王氏之先驱,而焦竑、李贽之佛学即圣学亦王氏之极流弊也。"[⑤]孟超然所论明学指的是陈献章、王守仁所创立的心学之后的明代理学,非二人之前的明理学——仍然纳入宋理学的范畴,明理学的重大发明自陈、王二人之后,呈现出百家争鸣的状态。孟超然所论即是指心学内部的论争,所开列诸家学者也是陈献章、王守仁之后心学的支与流裔,构成明理学内部的门户之争。康熙间,虽然李光地其人好朱子学,对于清代恢复程朱理学的独尊地位有特定意义,尚能对宋、明理学作出相对公允的评价,而到乾隆间的雷鋐、孟超然则着力抨击明理学之非,以捍卫程朱理学的道统。

清代学术思想尊崇程朱理学、贬抑阳明心学,汉学、宋学反复论争。明代王守仁所创立的阳明心学遭遇边缘化的调整,则是清代历史发展的最终结果,非李世熊始料所及,但纵观整个清代,历朝均有士大夫或隐或现追随阳明心学及其后学发展出来的各种心学思想。

道光二十年(1840)庚子科举人骆旸《尽信书则不如无书》中"抑或师心自用,才不过乎中人,直藉

---

① 李世熊《寒支二集》卷首,影印第403页。

② 李世熊《寒支初集》卷八,影印第308页。

③ 按:李世熊清晰区分明代阳明心学与禅学之间的关系。明朝灭亡之前,李世熊撰有《与刘霞起(刘廷标)书》,云佛门中一种人"世上空谈禅道可以画饼充腹","日谈妙悟,自称见地卓然,一遇酒林色海,便尔浑身放倒,何曾有丝发能自主持耶?口谈向上,身即向下,实是谤佛谤法谤僧耳,岂能平地撒手耶?至有闻少许法,持少许戒,作少许善事者,便又自谓清净,横谤大乎眼大行愿人,其实只成就得个悭贪种子而已,又何尝识毫头许清净法耶?总为俗情俗见做成窠臼,牢不可解,所以一学佛法,反增窟穴耳。"(《寒支初集》卷六,影印第231页)刘廷标宗阳明心学,李世熊所论,毫不混同儒、释之间的界限。另一方面,李世熊于佛学造诣甚深,尝假佛言以曲折明志,季子李向旻评其《与何令君(何凤岐,宁化知县)书》云:"先子自丙戌入山,当时多方物色,因托迹缁流,矢死不出,故凡简诸当事间,与友人往复多用彼氏言句,览者幸会于言表。"(《寒支初集》卷六,影印第223页)遁入空门,用"彼氏言",掉转自如,皮里阳秋,作者能达意,览者能会意。另请参看李世熊《与吴愉之书》(《寒支初集》卷六,影印第232-233页),将孔子与世尊并提;《答温星郎又》(《寒支初集》卷七,影印第246页)、《寄杨屯田郎》(《寒支初集》卷七,影印第246页)、《准提阁记(卷七,影印第272-273页)》论儒、释关系,主儒、禅不可混为一宗。按:李世熊从其从学佛的从父李联春身上观察到晚明风气:"神宗之季,盖儒、禅杂云,士大夫厌苦名教,逃而之洄漩无涯涘,譬测景弃圭臬而耕烟种瑶以代稼食也,极流之渐则婴赤之脂化而旃檀屠封。为妙净乎,丝管之劳续而梵呗优伶;畜尊宿乎,罟阱之铦涌而机锋炙毂;为秘谛乎,非禅也,又不儒。呜呼,杂矣!"(《明光禄寺署丞李公墓志铭》,《寒支初集》卷七,影印第279页)

④ 民国《福建通志》总卷三十四,《福建列传(清五)》卷三十六,雷鋐传,第二十七页。

⑤ 民国《福建通志》总卷三十四,《福建列传(清六)》卷三十七,孟超然传,第十五页。

谈辨余雄，以粉饰其词华之丽，故或剽窃见长，摭拾清庙明堂之作，纵情自是，点窜尧典之章，遂使大书特书之例自同于志奇记怪之篇，传之后世，安知不为口实之贻乎？"这一段论述，有本房座师眉批曰："深中后代学人之病。"[①]以"师心"、"粉饰"与"剽窃"、"纵情"、"点窜"为因果关系，为"学人之病"，不可征证，非经考订，又辗转剿袭，为"学术害"（骆旸语）。就单篇来看，骆旸之意似乎是在清代乾嘉考据影响之下，针对学人之病而发；其乡试制艺《日省月试既禀称事所以劝百工也》中"世主嗜欲之念开，奇技日呈于殿陛，而器用渐习于新奇，绳墨无一定之程，官府鲜不时之察，无怪乎师心自用，以悦耳目之需，淫伪日滋，以干爵赏之逮"[②]之论则与"师心"形成内在联结，面对在上之"世主""嗜欲之念开"，在下的百工"奇技日呈"，导致器用"渐习于新奇"，绳墨"无一定之程"，这是"师心自用"的后果，其矛头直接指向明代心学。自明代正德、嘉靖以来，王守仁心学逐渐盛行，明代士大夫阶段片面、庸俗、浮浅理解"良知"，以类似于当今社会之"多元价值"以释民众之"知"为阳明心学之"良知"，将程朱理学之"理一分殊"的"理一"最高境界去权威、去威权，以为"良知"为民众所普遍性共有，将上至帝王之"欲"，下至百工之"技"的存在寻找到合理性的阐释，放浪形骸，以炫奇、重欲为我心所能感知、体悟到的"良知"。

同治四年（1865）乙丑科福建乡试举人陈宝琛乡试硃卷《发强刚毅足以有执也》有论云："顾执之难也。游移莫执，委靡亦莫执，亦事之来，我欲坚为持之，彼乃急而夺之，非彼能夺我也，我固有其可夺者乎，此非至圣谁能卓卓乎自握不夺之权者。拘泥非执，坚僻尤非执，一事之至，我欲静为守之物，每纷而摇之，非物能摇我也，我殆有其易摇者乎，此非至圣谁能矫矫乎。"[③]此段所论"执之难"，论"我"坚持，"彼能夺我"，在于"我固有其可夺者"，只有圣人具有"能卓卓乎自握不夺之权"；论"我"之"拘泥"、"坚僻"，"欲静"，而"每纷而摇"，为物所摇，在于"我殆有其易摇者"，陈宝琛讨论到"我"及"我心"尚未达到圣人之"卓卓"、"矫矫"，确乎不只是讨论客观世界所施加的"夺"、"摇"，其根本在于"我"心有可"夺"者和可"摇"者。以此来观察清代反乱拨正，以一代考据学及其巨大的成就对明代空疏学风坚决抵制，在思想上回归程朱理学，讳言王守仁创立的心学，但通过细致地观察，王学潜流暗伏[④]，其统绪不绝如缕，在士大夫阶层中有一定的影响力，并未销声匿迹。

道光十四年（1834）甲午科福建乡试第六十八名举人闽县曾元燮乡试硃卷《有孺子歌曰沧浪之水清兮可以濯我缨沧浪之水浊兮可以濯我足》得到异常推许的加批语："清空一气，爽洁无尘。涤笔于冰瓯雪碗中，方能有此。"[⑤]眉批有"发端隽永，神味渊然"、"活笔"、"滴滴归源"[⑥]评价。文中语如"盖天真不滞，故遇物无非鼓荡之机；亦矢口成声，故触境适得泳游之趣"，"大抵性情之流露惟童子为最真，知识为漓则借物抒怀，皆有合风人之旨，而舞蹈之端倪惟歌词为最质，于喁自喜则遥吟俯唱，皆足正天籁之真"，"想其睹波流而寄兴，原无成见之存，水何必皆清而清者猝与缨相值？水何尝无浊而浊者适与足相遭？逝者如斯，惟静观之，各有其所可耳，岂如清济、浊河，不免望洋之惊叹。观流水而兴怀，别有会心之妙，缨未与清谋，而清者若特乘其用；足未与浊谋，而浊者若特触其机。物自无心，在当境者之勿忘所可耳，岂如濯罍濯溉，徒忧挹注之无多？斯时也，为清为浊无烦较量之劳，或足或缨妙得转移之用。"[⑦]心境确实清空，唯心中无纤芥、无尘滓，方能有此见解，达到宋代理学家"以物观物"的至高境界，超越"以我观物"的"情累"[⑧]层次。

---

① 《清代硃卷集成》第三三六册，举人骆旸乡试硃卷，影印第 326 页。

② 同上书，影印第 323 页。

③ 《清代硃卷集成》第三三七册，陈宝琛硃卷，影印第 169-170 页。

④ 道光元年（1821），阮元致陈寿祺札云："（陈寿祺）恬然于经史文艺之中，心安理得，此乃真道学，非末流空讲象山之派所知也"（阮元《仪征阮宫保尚书札》，陈寿祺《左海文集》卷首，《清代诗文集汇编》第 499 册，影印第 82 页）；陈寿祺《答丁朴夫书》："不博之以文，则所谓治心养性者或蹈于空虚，而流于心学、禅机之弊"（同书，卷四下，影印第 207 页），知嘉庆、道光间，理学中陆（陆九渊）王（王守仁）一派的思想依然颇有追随者。

⑤ 《清代硃卷集成》第三三六册，举人曾元燮乡试硃卷，影印第 302 页。

⑥ 同上书，影印第 299-301 页。

⑦ 同上书，影印第 299-302 页。

⑧ 邵雍《原序》，《击壤集》，文渊阁四库全书第 1101 册，影印第 4 页。

同治九年(1870)庚午科福建乡试第五十三名举人侯官林寿鼎乡试硃卷《至于心独无所同然乎》,题出《孟子・告子》,《孟子》原文讲人的口味有同嗜,耳声有同听,目色有同美,人心亦当有所同,所同者在理、义。林寿鼎此艺分析心有体用,用在口耳目之中;心统情性,而情以口耳目为役,肯定心有所同,“无定所以终于有定”①,定于理、义。林寿鼎阐发心之于身的体用关系,阐发变与常、至变与至常、可与否及纷与一、知纷与至一、非与是两组概念各自的关系,神明默运而终于有定,去戕贼陷溺而求心所同,有所新解。

同治十二年(1873)癸酉科福建乡试第三十名举人侯官林贺峒乡试硃卷《孟子曰由尧舜至于汤》发抒的“天之生人,皆可尧、舜也;天之生人,又不能皆尧、舜”②见解,属于宋明理学中的心学思想,亦属于所代“圣人”孟子所未言之“言”。略为区分宋理学与宋明理学中陆(陆九渊)王(王守仁)之学的思想分歧:“天之生人”不能皆尧、舜大概是宋代及宋前中国儒学固有的思想,而“天之生人,皆可尧、舜”的思想则是宋明理学中陆王心学一派学者萌发的新知,是明代王守仁心学在哲学思想上的重要创获,消弭芸芸众生与尧、舜、孔、孟登圣贤俨若鸿沟的界限。麦仲贵在其所著《明清儒学家著述生卒年表》中指出:“明儒之学,承宋儒遗绪,由程朱转而直宗孟学,而开一新局面……至明中叶,阳明兴起,其强曰遥承陆氏,而实直宗孟学,上希孔、颜。”③王守仁的心学与明代科举考试所用《孟子》所蕴含的哲学思想遥相契合,真正理解了孟子的哲思和境界。

在程朱理学和阳明心学之外,清代朴学思想在考试中亦有具体的体现。乾隆五十一年(1786)丙午科举人、学者梁章钜之师林茂春殚精经史,其身后存时文十余篇,“皆以全力赴之者,遇考据,典实题,实能□金、陈、熊、刘之外,别具炉锤,尤非寻行数墨家所能梦见也”④。龚笃清云:“到乾隆、嘉庆年间,考据之风大行,开启朴学之风,八股文开始受到影响,在义理的发明上力求准确精深,甚至弃经而史,以史实为骨干来构文,从而使清代八股文屡出新义,在精审深细上远出于明代八股文之上。”⑤其论以为清代的八股文以有考据之故,义理和史实相结合,成就和水平远出明代八股文之上。

考据之风是如何对场屋科举之文产生影响的呢?通多对《清秘述闻》十六卷、《清秘述闻续》十六卷的观察,有两种途径:其一,简放乾嘉朴学的学者充任乡会试主考官和学政大臣。学政大臣与各省文风的关系请参看本章第五节,此处不再展开。乾隆二十四年(1759)己卯科乡试,学者翁方纲(1733—1818)、王鸣盛(1722—1798)、朱珪(1731—1807)、钱大昕(1728—1804)、纪昀(1724—1805)、钱载(1708—1793)分别简放到江西、福建、河南、山东、山西、广西六省担任主副考官⑥,这是可观察到最早的学者群体分遣各省典试的历史事件。除钱载之外,其余五人均在壮年,此时是乾嘉朴学形成星火燎原之势的力量蓄积阶段。如福建本科解元孟超然(1730—1797)就是出自王鸣盛门下的闽籍学者,主讲鳌峰书院,致力于在福建传播乾嘉朴学;如学者毕沅、王文治于乾隆二十五年(1760)一甲及第,赵翼于乾隆二十六年(1761)恩科及第,乾嘉朴学重要学者的队列渐次形成。我们观察到乾隆二十七年(1762)壬午科简放彭启丰、秦大士、翁方纲、钱大昕、王绍增⑦,四十四年(1779)己亥科简放蔡新、翁方纲、钱载、朱珪⑧充各省乡试主副考官,朝廷选择乡试主副考官的做法表现出朝廷将学者集体下沉到各省以验视、引导学风的意识,对乾嘉考据学的传播和影响场屋之文起到作用,不同时段的科举进程的相同做法则表现出朝廷不断增强影响的主导意愿。其二,朝廷将各科会试一甲、二甲进士中的修撰、编修快速派充乡试主考官,最早的例子是清朝首科顺治三年(1646)丙戌科二甲第六十二名进士、

① 《清代硃卷集成》第三三七册,林寿鼎硃卷,影印第207页。
② 《清代硃卷集成》第三三七侧,林贺峒硃卷,影印第415页。
③ 麦仲贵:《明清儒学家著述生卒年表》,台北学生书局1977年版,第1页,自叙。
④ 梁章钜《林畅园师传略》,《退庵文存》,《清代诗文集汇编》第515册影印清钞本,影印第358页。
⑤ 龚笃清《明代科举图鉴》,第26页。岳麓书社2007年版。
⑥ 法式善《清秘述闻》卷六,《清秘述闻三种》上册,第200-203页。
⑦ 同上书,卷七,第213-217页。
⑧ 同上书,卷七,第254-255页。

编修傅维麟充顺治五年(1648)戊子科江南乡试副主考官[①]，貌似紧锣密鼓，实则着意安排，这些考官的择士观念与应试的士子及其文风之间形成紧密的关联，前后勾连，不使脱节，有效地约束全国各省的文风，控制着全国文风的走向。如纪昀系乾隆十二年(1747)丁卯科顺天乡试解元，十九年(1754)甲戌科庄培因榜二甲第四名进士，二十四年(1759)以编修典试山西，同科榜眼王鸣盛[②]以侍读学士典试福建，距离他们登第仅隔乾隆二十二年(1757)丁丑科一科。在乾嘉朴学兴起的年代里，学者们的学术观念和取士标准必然产生一定的融合，对全国场屋之文产生影响。

以《清代硃卷集成》中的乡试、会试硃卷为例，我们来观察清代学术对文风的影响。道光十四年(1834)甲午科福建乡试第六十八名举人曾元燮乡试硃卷有本房总批"文会六籍之腴"、经义"旁通妙解，博丽丁鸿"，策学"讹详亥、豕"的评语[③]；道光二十年(1840)庚子科福建乡试第二十七名举人骆旸的乡试硃卷有"议论俱有根柢，不似浮烟涨墨"、"如此用史，浑然无迹"眉批语[④]；道光二十四年(1844)甲辰科福建乡试解元叶翀心硃卷《及其广大草木生之禽兽居之宝藏兴焉》，本房批语云"精理名言，奔赴腕下，与撦衍《山经》、《尔雅》者有上下床之别"[⑤]；咸丰九年(1859)己未科福建乡试举人王卿云硃卷《大学之道》本房加批有"学、养兼到之作"[⑥]的评价；同治十二年(1873)癸酉科福建乡试第三名举人、瓯宁人邹家驹乡试硃卷《君子以裒多益寡称物平施》，邹家驹精通《易》理，论"裒多""非故抑之"，"物惟其称"；论"益寡"，"非故增之"，"施惟其平"；又"从变卦言之"、"从之卦言之"，得出"观《谦》之象，不可以得治盈之道哉"的结论，本房原荐评有"精通汉学，斧藻群言"[⑦]之誉；同治十二年(1873)癸酉科福建乡试第二十四名举人、长汀人胡钦乡试硃卷《乐节礼乐乐道人之善乐多贤友益矣》衡鉴堂原批有"《易》艺深明汉学；《春秋》真谛独标；《诗》、《书》、《礼》义据精通，词旨整饬，望而知为经生之作"[⑧]语；同治十三年(1874)甲戌科进士、江苏苏州府长洲县人戴锡钧硃卷本房原荐批："第三场征引博洽，有确对处。"[⑨]同榜进士、浙江湖州府归安县人李宗莲硃卷本房原批："第二场五艺佩实衔华，镂金错采，且绝无引用后世故实，足征洗伐功深；第三场旁征博引，学有本原"[⑩]，李宗莲能旁征博引，并能区分远典、近典；同榜进士、江苏太仓直隶州人杨钦琦硃卷本房原荐批："第三场考据典核，疏解明通"[⑪]；同榜进士、江苏扬州府江都县人顾怀壬硃卷本房原荐批："第三场五策条对详明，征引博洽"，聚奎堂原批："第三场原原本本，殚见洽闻"[⑫]；光绪十二年(1886)丙戌科二甲进士曾福谦的会试硃卷有"五策考证详明，迥非钞胥者比"、"功深养邃"、"策对精详"的评价[⑬]；光绪十五(1889)年己丑科三甲进士、朝考一等第七十二名郑笺会试硃卷有"运典如自己出"、"经策富赡"、"赅洽"、"淹通"[⑭]的评价；光绪十六年(1890)庚寅恩科二

① 法式善《清秘述闻》卷一，《清秘述闻三种》上册，第9页。按：清朝首科乡试顺治二年(1645)乙酉科顺天乡试副主考官、检讨罗宪汶，江南正副主考官刘肇国、成克巩，河南副主考官吕云藻，陕西副主考官上官铉，均系明朝最后一科、崇祯十六年(1643)癸未科进士，仅隔年而任(同书，同卷，第3-4页)，借助于前朝的官员。光绪十二年(1886)丙戌科状元赵以炯、探花冯煦分别充十四年(1888)戊子科乡试湖南、四川副主考；光绪十五年(1889)己丑科榜眼李盛铎充十七年(1891)辛卯科江南乡试副主考官；光绪十六年(1890)庚寅科状元吴鲁充十七年陕西乡试副主考官(徐沅、祁颂威《清秘述闻再续》卷一，《清秘述闻三种》下册，第959、961、969、971页)是晚清的例子。

② 王鸣盛此前已于乾隆二十一年(1756)充顺天乡试同考官，二十二年(1757)丁丑会试同考官(同上书，卷十五，第470、472页)，此种情况甚多。

③ 《清代硃卷集成》第三三六册，曾元燮硃卷，影印第290页。

④ 同上书，同册，骆旸硃卷，影印第319、327页。

⑤ 同上书，第三三六册，叶翀心硃卷，影印第346页。

⑥ 同上书，第三三七册，王卿云硃卷，影印第21页。

⑦ 同上书，第三三七册，邹家驹硃卷，影印第244-245页。

⑧ 同上书，第三三七册，胡钦硃卷，影印第326页。

⑨ 同上书，第三八册，进士戴锡钧硃卷，影印第26页。

⑩ 同上书，第三八册，进士李宗莲硃卷，影印第52页。按：清代乾隆变革科举制度之后，会试、乡试分三场：第一场试三书一诗，第二场试五经艺，第三场试策五道，制度稍异于明制及清初。

⑪ 同上书，第三八册，进士杨钦琦硃卷，影印第84页。

⑫ 同上书，第三八册，进士顾怀壬硃卷，影印第130页。

⑬ 同上书，第六〇册，曾福谦硃卷，影印第224页。

⑭ 《清代硃卷集成》第六四册，郑笺硃卷，影印第181页。

甲进士黄曾源有“策对条分缕析”、经策“渊茂”、“湛深”、“博洽”、“典雅”的评价[①]；光绪十七年(1891)已卯科福建乡试第四十名举人董元度的乡试试卷，本房原荐批云：“第二场，说经铿铿，具有家法；五艺援据、辨正一律谨严，是尝寝馈汉学者。第三场，考核详赡，断制精审，不惟以十举十对见长”，衡鉴堂原批云：“经文根柢湛深，五策条举靡遗，自是绩学之士。”[②]董元度胞弟、同榜第六十九名举人董元亮的乡试硃卷有“博洽精详”的本房原荐批语和《诗》、《书》均有疏证，《春秋》能断”的衡鉴堂原批语[③]。光绪十八年(1892)壬辰科二甲进士郭曾准的会试硃卷有经策“闳深”、“淹通”、“赅博”、“详明”、“典敷”[④]的评价。光绪十九年(1893)癸巳科福建乡试第四十一名举人、闽县刘孝祐乡试硃卷本房原荐批语谓其“策考证明确，殚见洽闻”，衡鉴堂原批语谓其“经艺考证不芜，《诗》有古意；策条对详明”[⑤]，刘孝祐乡试第二场试《诗经》艺，题《皇皇者华于彼原隰駪駪征夫每怀靡及》，获得正、副、同考官的好评，“《诗经》文进呈御览”[⑥]，具有殊荣。

光绪二十一年(1895)乙未科二甲进士林开謩的会试硃卷有“考证详明”、“详明”、“博赡”、“淹通”、“渊懿”、“粹精”[⑦]的评价，其进士同年、顺天府武清县曹宝珣硃卷，本房原荐批有“考证精当”[⑧]之评；光绪二十九年(1903)癸卯科二甲进士郭则沄的硃卷有“学问淹贯”、“论策精详”、“经义精研”、“论策淹通”[⑨]的评价。以上诸人的乡试、会试硃卷评语中均有关于考证、积学、学问、经术的评价，骆旸乡试硃卷至有“深中后代学人之病”[⑩]、王卿云硃卷眉批有“异学、伪学、曲学、俗学，他人满纸铺张，以开笔了之最为简当”[⑪]的评价。凡此种种，均可觇知清代朴学兴起之后，《清代硃卷集成》所保留的闽中士子与全国各省士子一样，自道光以迄光绪末年均受到朴学影响的学术思潮气息。

同治十二年(1873)癸酉科福建乡试第三十三名举人、建宁府建安县人黄献图所作制艺《乐节礼乐道人善乐多贤友益矣》是《清代硃卷集成》所收录清代闽人硃卷中具有别开面目的八股文。这篇制艺能够反映出作者具有深厚的学养，可以作为清代学术与清代制艺完美结合的典型。试分析如下：(1)此艺题出《论语》，孔子所谓益者三乐：节礼、道人善、多贤友，同治十二年福建癸酉科乡试保存下来的同题制艺文较多，基本上沿着礼、人善和多贤友三者展开论述；(2)黄献图此艺与他人所不同者在于从《论语》本意出发，“根据《礼经》”[⑫]，继之以“探三百八十四爻之象”，讨论《易经》和《诗经》的蕴意；复“览二十四十余年之史”，讨论《春秋》经的蕴意[⑬]；通观全篇，又略及《尚书》，云“诵《诗》而深感慨”、“读《书》而善会通”[⑭]，所以本房加批有“熔铸经义如数家珍”之评，李吉言(蔼臣，建宁府知府)有“取镕经义，自铸伟词，生面力开，匠心独运”[⑮]的评价，都是对黄献图此艺的赞赏；(3)黄献图此艺表现出其人所具备的深厚学养，本房总批云：“炉锤在手，矩矱从心”，“经阐匡、刘之奥，训诂精详；策兼董、贾之长，见闻博洽”，“生渊源祖述，理学家传”[⑯]，反映出黄氏研读儒典诸经的功力；(4)本房加批宏奖此艺云“树骨典训之区，选言宏富之场”，李吉言评语以为此文“取镕经义，自铸伟词”，两种评语分别以《文心雕龙》

---

① 同上书，第七三册，黄曾源硃卷，影印第 14 页。
② 同上书，第三三九册，董元度硃卷，影印第 220 页。
③ 同上书，第三三九册，董元亮硃卷，影印第 226 页。
④ 同上书，第七八册，郭曾准硃卷，影印第 184 页。
⑤ 同上书，第三三九册，刘孝祐硃卷，影印第 262 页。
⑥ 同上注。
⑦ 同上书，第八四册，林开謩硃卷，影印第 343 页。
⑧ 同上书，第八四册，曹宝珣硃卷，影印第 87 页。
⑨ 同上书，第八九册，郭则沄硃卷，影印第 17-18 页。
⑩ 同上书，第三三六册，骆旸硃卷，影印第 326 页。
⑪ 同上书，第三三七册，王卿云硃卷，影印第 19 页。
⑫ 《清代硃卷集成》第三三八册，黄献图硃卷，影印第 15 页，眉批。
⑬ 同上书，影印第 16-17 页。
⑭ 同上书，影印第 16 页。
⑮ 同上书，影印第 18 页。
⑯ 同上书，影印第 14 页。

的《封禅》篇、《辨骚》篇的论述来推许黄献图的制艺，此艺确是文章和学术结合的典型。

光绪二十三年(1897)丁酉科福建乡试第六十四名举人、侯官林欣荣乡试硃卷《尽信书不如无书》，破题云“大贤欲辨古书之伪，以不尽信笃其信也”，承题云“夫《尚书》之有伪古文，乃孟子以后事，然孟子时亦有不可尽信矣，故为读书者正告之”，反映了清代学者阎若璩(1636—1704)所撰《尚书古文考证》对晚清闽人的影响。林欣荣的这种认识迥异于长乐梁章钜四叔父梁上国，梁上国系乾隆三十三年(1768)戊子科福建乡试举人，四十年(1775)乙未科进士，官至内阁侍读学士、太仆寺卿、太常寺卿[①]，撰有《驳阎氏尚书古文疏证》五卷。考据学方兴未艾的乾隆、嘉庆两朝，尚有包括梁上国在内的学者对《尚书古文考证》的结论进行反复驳难，至晚清学人则基本接受阎氏的研究，无害于《尚书》作为儒家经典的存在和崇高的地位。林欣荣之论云：“后世之好学深思者心知其意，否即狃于口耳、章句之末，以训诂、通假互相回护，将受愚于古人者反滋疑于后人，而后人之偏信乎古人者复自欺以欺人，庸有济乎?”对儒家经典的《易》、《诗经》、《尚书》展开考订，余及《礼》、《春秋》，均有“不可尽信者”，有破有立，立场鲜明，不偏不颇，同时以为“吾正所以笃其信，杜后世以单辞只字，遂疑古人之尽不可信，则不如无书，犹得以见古人之真也”，得清代学术的精神，本房加批谓其“文成法立”。[②]

福州府侯官人郑孝胥系光绪八年(1882)壬午科福建乡试解元，其家世数代科举有成，家学渊源深湛，精于八股文制艺和试帖诗创作毋庸置疑。然屡赴春闱不售，出为幕宾，后随出使日本大臣李经方东渡为外交官，至光绪二十年甲午(1894)归国，寓居南京。值甲午科江南乡试，友人请以试作：“晨，过草堂，得二场题。博泉请余试作《礼记》艺，题为‘天子之阁’至‘士于坫一’。余用婺源江氏说、绩溪胡氏说以为言：燕寝之制，诸侯以下，燕寝皆东房西室而无夹室，故皆于房中置阁。既成，与博泉同步贡院前，薄暮先返。”[③]婺源江氏，指清代乾隆间婺源籍学者江永(1681—1762)，著有《礼记训义择言》、《礼书纲目》、《江氏礼记约编》(樊增祥署签)等。绩溪胡氏指乾隆、嘉庆、道光间安徽绩溪县的胡匡衷(1728—1801)、胡秉乾(1769—1832)、胡培翚(1782—1849)祖孙三世解经世家，其中胡匡衷著有《礼记职官考》、《三礼札记》、《仪礼释官》等，其孙胡培翚著有《仪礼正义》四十卷、《研六室文钞》等，胡培翚撰有论燕寝书多篇。由此可见清代乾嘉学术对闽中士子、对郑孝胥产生的影响，也可确证清代科场对本朝学术成就的关注和应用。

光绪二十七年(1901)，朝廷准张之洞变通科举之奏，乡、会试首场内容改试中国政治史事论五篇[④]。二十八年(1902)壬寅科，福建选优贡卷首场次艺题《夫圭田无征义》，侯官沈觐平取中为第二名。沈氏闱卷仍然有八股制作的痕迹，虽以论为文体，而格式依旧本诸八股，在散、骈之间。沈氏此艺征引繁多，若《周礼·王制》、《周礼·考工记》、《公羊传》、《孟子》、《晏子春秋》、《尚书序》等诸书，以勾股释圭田，解释“圭田无征”的制度设计原因，释“生”、“夫”及圭田亩数等语言现象[⑤]，反映出沈觐平深厚的学养，尤擅训诂，这是晚清考据学的遗响。

## 第四节　清代乡会试考官制度与古文的传播

清代乡会试考官多数具有较高的文学修养，不仅工制义，而且工于古文，二者兼擅。我们在《清代硃卷集成》中观察到一个特殊的现象，即考官大量使用《文心雕龙》的语言对硃卷进行评价。《文心雕

① 《清代硃卷集成》第三三九册，梁继曾履历，影印第25页。

② 同上书，第三四〇册，林欣荣硃卷，影印第77-80页。

③ 郑孝胥《郑孝胥日记》，第435页。时光绪二十年八月十三日(1894年9月12日)。

④ 《清史稿》卷一百八，第12册，第3153页。

⑤ 《清代硃卷集成》第三八一册，沈觐平硃卷，影印第27-29页。

龙》在清代受到特别推崇，在批评文章之时具有权威的标准，也是在清代，《文心雕龙》这部南朝的文艺批评巨著成为显学，周振甫先生所撰《〈文心雕龙注释〉前言》综合清代对此书的评价："到了清朝，本书(指《文心雕龙》)更受重视。章学诚称：'《诗品》之于论诗，视《文心雕龙》之于论文，皆专门名家、勒为成书之初祖也。《文心》体大而虑周，《诗品》思深而意远。盖《文心》笼罩群言，而《诗品》深从六艺溯流别也'(《文史通义・诗话》)。又称'自出心裁，发挥道妙'(《校雠通义・宗刘》)。谭献称：'并世则《诗品》让能，后来则《史通》失隽。文苑之学，寡二少双。立言宏旨，在于述圣宗经，所以群言就治，众妙朝宗者也'(《复堂日记》)。"[①]自明代中叶嘉靖以来，杨慎、焦竑、朱谋𬍛、曹学佺、谢兆申、徐𤊹、俞安期、钟惺、商家梅、程嘉燧、曾光鲁、梅庆生、王惟俭、冯舒等[②]明代学者对《文心雕龙》进行过批评、音注、校雠、校正和研究工作；清代以来，何焯(1661—1722)、黄叔琳(1672—1756)、纪昀(1724—1805)、卢文弨(1717—1795)、张松孙(1730—1795)、章学诚(1738—1851)、吴伊仲(翌凤，1742—1819)、黄丕烈(1763—1825)、顾广圻(1766—1835)、孙诒让(1848—1908)、谭献(1832—1901)、李审言(1859—1931)、黄侃(1886—1935)等学者进行辑注、批评、补正、刊刻等整理和研究工作，反映了自嘉靖年间起至晚明，延伸至整个清代乃至民国间的近四百年间，《文心雕龙》的重要性日益彰显，集中于乾隆朝到道光100年余间，乾隆三年戊午(1738)黄叔琳的辑注本完成[③]，《文心雕龙》重要的研究者纪昀、卢文弨、张松孙、章学诚、吴伊仲、黄丕烈顾广圻等俱为乾隆至嘉庆、道光间人，它对晚明至清代文学理论的转型影响深刻，其作为文学创作的绳约和标准的意义也得以在实践中体现。从这个意义上讲，受到《文心雕龙》绳约和影响的清代诗文及各体文章的创作实绩都以自律高标而提升。

光绪十五年(1889)己丑科第一百四十三名贡士、殿试三甲第一百五十五名进士、朝考一等第七十二名郑镬，在会试、殿试、朝考的三次考试中，名次降而复升，最后考中朝考一等第七十二名。按：清制，进士登第后，朝廷举行朝考，对与朝考者的文学才能再次进行考核，取优于文学者改选翰林院庶吉士，余者分签各部、省。郑镬在此科296名进士(其中三甲161名)中名次靠后，几近孙山，却在朝考中高中一等，其文学才华与会试中考官给予的评价基本一致。郑镬会试硃卷所附大总裁潘祖荫的评语是"虑周藻密，经策富赡"，大总裁昆冈的评语是"体大思精，经策赅洽"，大总裁李鸿藻的评语是"功夫养到，经策淹通"[④]。潘祖荫(1830—1890)、昆冈(1836—1907)的评语几乎是上段所引章学诚对《文心雕龙》、《诗品》的评价语的翻版，由此可见光绪间学者对于《文心雕龙》及章学诚著述的稔熟以及清代学术的代际传承。根据郑镬的履历，此科朝考的阅卷大臣是张之万、翁同龢、许庚身、麟书、嵩申、祁世长、许应骙、宝昌、沈源深[⑤]，因此可知光绪十五年的会试考官与朝考阅卷大臣之间对于郑镬文学才华的认知是一致的，也可以反观在朝、把持文衡的若干高级士大夫之间文学观念的一致。

这些大臣中的若干人，在光绪一朝曾经多次知贡举：如翁同龢，于光绪九年癸未(1883)、十五年己丑(1889)、十六年庚寅(1890)、十八年壬辰(1892)、二十一年乙未(1895)等科充考官；许庚身充光绪九年癸未(1883)、十五年己丑(1889)、十六年庚寅(1890)、十八年壬辰(1892)等科考官；嵩申、许应骙充光绪九年癸未(1883)、十五年己丑(1889)、十六年庚寅(1890)等科考官；李鸿藻充光绪九年癸未(1883)、十五年己丑(1889)、十六年庚寅(1890)、二十一年乙未(1895)等科考官；昆冈充光绪十二年丙戌(1886)、十五年己丑(1889)、十八年壬辰(1892)、二十一年乙未(1895)等科考官；潘祖荫、宝昌、沈源深充光绪十五年己丑(1889)、十六年庚寅(1890)等科考官；祁世长充光绪十五年己丑(1889)、十六年

① 周振甫《文心雕龙注释》，第3页。人民文学出版社1981年版。

② 据范文澜先生《文心雕龙注・元校姓氏》(第3页，人民文学出版社1958年版)，又见《文心雕龙注・校勘记》中之《黄叔琳辑注本》下所载原校姓氏(第13页)。下文所见清代学者参见该书第13-15页。

③ 请参看范文澜先生《文心雕龙注》所载《黄校本原序》(第2页)。

④ 《清代硃卷集成》第六四册，进士郑镬会试硃卷，影印第181页。

⑤ 同上书，影印第179页。按：同治十二年癸酉(1873)福州府拔贡生林振声硃卷《是故居上不骄为下不倍国有道其言足以兴》附有本房批语"陈言务去，清光大来"(《清代硃卷集成》第三三七册，影印第386页)；光绪十六年庚寅(1890)科进士黄曾源的硃卷有"陈言务去"语(《清代硃卷集成》第七三册，影印第13页，沈源深评语)，陈言务去是唐代古文家韩愈对古文语言的要求。

庚寅(1890)、十八年壬辰(1892)等科考官;麟书充光绪十五年己丑(1889)、十六年庚寅(1890)、十八年壬辰(1892)、二十一年乙未(1895)等科考官;张之万充光绪十五年己丑(1889)、十八年壬辰(1892)等科考官①。此外,从《清代硃卷集成》福建进士履历还可以看到孙毓汶、卞宝第、薛允升、孙诒经、贵恒、廖寿恒、孙家鼐、徐桐、福锟等多次充考官的现象。

清代朝廷通过科举制度内的各级考试,通过各级学臣(学政、教授、教谕、训导、学正等)和乡会试考官等来控制文风的意图始终是明确和清晰的②,一如北宋欧阳修以翰林学士权知贡举,"力革其[指搜奇抉怪、险怪奇涩、雕镂相尚的北宋仁宗皇祐(1049—1053)、至和(1054—1055)年间文风]弊"③,天下翕然尊师之,文风为之一变,"文格终以复故"④。光绪间帝师、军机大臣、大学士翁同龢文宗桐城,诗宗江西,折衷汉宋,尝以归有光文章许浙江人葛嗣溁便是典型例子。《清史稿》云:"(乾隆间《钦定四书文》)行之既久,攻制义者,或剽窃浮词,罔知根柢,杨述曾至请废制义以救其弊。(乾隆)四十五年,会试三名邓朝缙首艺语意粗杂,江南解元顾问四书文全用排偶,考官并获谴。嘉庆中,士子挦撦僻书字句,为文竞炫新奇,御史辛从益论其失。诏曰:'近日士子猎取诡异之词,以艰深文其浅陋,大乖文体。考官务各别裁伪体。支离怪诞之文,不得录取。'历代辄以厘正文体责考官,而迄无实效。议者谓文风关乎气运。……雍、乾间,作者辈出,律日精而法益备。陵夷至嘉、道而后,国运渐替,士习日漓,而文体亦益衰薄。至末世而剿袭庸滥,制艺遂为后人诟病矣。"⑤此段中虽有"迄无实效"一句,其实清朝对于文风的控制异常关注,且并无分"时文"、"古文",统称之曰"文风"。我们看到了冠于《清史稿·文苑传》卷首的对有清一代文学创作、成就的概括性描述,与本段的表述相符:"明末文衰甚矣!清运既兴,文气亦随之而一振。(钱)谦益归命,以诗文雄于时,足负起衰之责;而魏、侯、申、吴,山林遗逸,隐与推移,亦开风气之先。康、乾盛治,文教大昌。圣主贤臣,莫不以提倡文化为己任。师儒崛起,尤盛一时。自王、朱以及方、恽,各擅其胜。文运盛衰,实通世运。此当举其全体,若必执一人一地言之,转失之隘,岂定论哉?道、咸多故,文体日变。龚、魏之徒,乘时立说。同治中兴,文风又起。曾国藩立言有体,济以德功,实集其大成。光、宣以后,支离庞杂,不足言文久矣。"⑥

入清以来,桐城文风风行天下,朝廷不能置身事外,必定受其文风濡染。桐城宗师方苞受到康熙皇帝的特别眷顾,康熙五十二年(1713)以死罪免为布衣,继而入直南书房;以桐城宗师姚鼐这一支而言,"姚门四杰"之方东树的曾祖父方泽[雍正七年(1729)己酉科举人],少师族人方苞,曾经充八旗教习;姚鼐门人张聪咸[嘉庆十五年(1810)庚午科举人]"觉罗宗学教习","其为文笔力精悍无前,振厉风发,不可一世,姚鼐谓充其学力,能直追古人,尤耽说杜诗"⑦,清代宗室子弟已经不同程度受到桐城文风的影响,如宗室怀仁(恒仁⑧)师事方苞的高足沈廷芳(椒园),"受古文法,诗亦清微朴老,颇具宗室紫幢居士文昭风格。"⑨恭(礼)亲王永恩列刘大櫆弟子,"与刘大櫆、朱孝纯等讲习议论,为学日益精励,诗、古文皆得师承,其论文亦以义法为要,诗以清远澹约为宗。"⑩

---

① 请参看《清代硃卷集成》第五四册光绪九年(1883)进士曾宗彦履历、第六一册光绪十二年(1886)进士叶大琛履历、第六四册光绪十五年(1889)进士梁肇荣等人履历、第七三册光绪十六年(1890)进士黄曾源履历、第七八册光绪十八年(1892)进士池伯炜履历、第八四册光绪二十一年(1895)进士林开謩履历。

② 陈宝琛《陈君香雪七十有二寿序》:"我朝科举因明制,用经义以约诸程朱,所以一道德、齐风俗,为天下后世虑至深远矣。经义之文,其陈义也必高,而其属辞也有体。陈义高,故道必衷于圣人,而一切卑猥偏宕之言不敢陈;属辞有体,故文必出于《六经》,而曲学华士诡奇辨丽之文不敢袭。养之于学官,一以此为的,有司即秉此为去取。"(《沧趣楼诗文集》上册,第343页)

③ 杨杰《故刘之道状元墓志铭》,《无为集》卷十三,文渊阁四库全书本。按:刘幾(1030—1065),字之道,原名刘辉。

④ 韩琦《太子太师欧阳公墓志铭》,《安阳集》卷五十。

⑤ 《清史稿》卷一百八,《选举三》,总第3153页。

⑥ 《清史稿》卷四百八十四,《文苑一》,第44册,总第13315页。

⑦ 刘声木《桐城文学渊源撰述考》卷四,第161-162页。

⑧ 请参看汪祚民《〈桐城文学渊源撰述考〉作家姓名著录辩正》(载《安庆师范学院学报》2014年第5期,第95页)。

⑨ 刘声木《桐城文学渊源撰述考》卷二,第132页。

⑩ 刘声木《桐城文学渊源撰述考》卷三,第152页。

姚鼐[①]、姚鼐门人祁寯藻及梅曾亮门人、再传门人宗室奕询(师事梅曾亮门人孙衣言[②])、张之洞、瞿鸿禨中多人曾经多次充当乡会试、殿试主考或阅卷大臣,无疑对清代古文创作具有很大的影响力。寿阳祁寯藻,“官体仁阁大学士,谥文端。师事其舅陈用光,受古文法。笃于经学,工诗、古文词,皆卓然成家。”[③]新城陈用光(1768—1835)系姚鼐著名门人,官礼部左侍郎。“师事舅氏鲁九皋、姚鼐,皆受古文法。从鼐最久,师说尤为笃信。”[④]南皮张之洞,字孝达、香岩,号香涛、壶公、抱冰、无竞居士。谥文襄。“师事从舅朱琦,受古文法,为诗务典丽,不喜江西派”,“学术兼宗汉、宋”[⑤]。临桂人朱琦,师事梅曾亮,“文得方、姚之传,挥斥万有,丽掩雅,变而不离其宗,尤深于诗,其源出浣花,旁及昌黎,遒郁雄厚,善叙事而能自成一家。”[⑥]善化瞿鸿禨,字子玖,号止庵、心庵、西岩老人。谥文慎。“师事周寿昌、郭嵩焘,受古文法。工诗、古文词”,“郭嵩焘主讲城南书院,鸿禨从之游,文字多所点定,鸿禨自谓得力最多”[⑦]。长沙周寿昌“官内阁学士兼礼部侍郎衔,学文于梅曾亮,受古文法,其为文清绝可喜,诗亦由博奥转造平淡”[⑧]。周寿昌与瞿鸿禨的仕履接近,均曾在翰林院、礼部等任职。湘阴人郭嵩焘私淑桐城,“与曾国藩、刘蓉、吴敏树等友善,以文字相切摩,研贯经史”[⑨]。

除了桐城古文得到清代统治者的提倡之外,与桐城古文渊源相近的明代归有光等作者的古文也是清代时文、古文创作心仪模仿的对象。闽县陈宝璐,字敬果,号叔毅、韧庵。改选庶吉士。谢章铤主白鹿洞书院时,陈宝璐从之问学,“以古文下询”[⑩]。陈宝琛撰《谢枚如先生八十寿序》:“先生志行,于姚江(王守仁)、蕺山(刘宗周)为近,而其居业,则一以许、郑、程、朱为指归。故治经重家法,讲学不立门户。其为教也,曰有耻,曰近情,曰有恒,曰不苟。其骫髀之气、深至之情、纯懿之养,悉发之于文,使读者感激缠绵而不能自已,论者或拟先生于惜抱。”[⑪]知谢章铤为桐城古文作者。陈宝琛在该序文中多引姚鼐之言行事迹为谢章铤品行佐证,知陈宝琛亦桐城古文作者,而陈宝璐继踵之,其文私淑明代归有光、本朝姚鼐二人。[⑫] 民国《闽侯县志》陈宝璐本传称:“其于国朝诸儒学问,古文若方氏、姚氏,经学若惠氏、庄氏,文史校雠若章学诚氏,汉宋兼通若陈澧氏尤所服膺,学为古文词,不易下笔,或稿已及半,毁而复作,故传作极尠。”[⑬]陈宝璐的文学观念影响到女儿陈秀贞。陈秀贞(瑟如),字愔如。适侯官沈葆桢之曾孙、沈玮庆之孙、沈翊清之子沈靓冕(1887—1945):“沈靓冕室。通经史,泛滥诸子,治小学,工小文函札。祈向归有光、姚鼐,实受父(沈翊清)教然也。”[⑭]清代文坛固然已是桐城古文的天下,而桐城古文作家之间宗尚不一,有宗明代归有光者,也是一时重要的衍派。陈宝璐的古文创作,本书作者尝从《雁门萨氏家谱》中辑录三篇。

陈宝璐之侄、二兄陈宝瑨之子陈懋鼎系光绪十六年(1890)庚寅恩科同榜进士,陈懋鼎的会试硃卷

---

① 乾隆三十三年(1768)戊子科乡试,礼部主事姚鼐充山东乡试副主考官;三十五年(1770)庚寅恩科乡试,礼部郎中姚鼐充湖南乡试副主考官(法式善《清秘述闻》卷七,《清秘述闻三种》上册,第226、232页);三十六年(1771)辛卯恩科会试充会试同考官(同书,卷十六,第488页)。

② 刘声木《桐城文学渊源撰述考》卷七,孙衣言,第254页;奕询,第255页。

③ 刘声木《桐城文学渊源撰述考》卷四,第175页。

④ 刘声木《桐城文学渊源撰述考》卷四,第160页。

⑤ 刘声木《桐城文学渊源撰述考》卷七,第257-258页。

⑥ 刘声木《桐城文学渊源撰述考》卷七,第246页。

⑦ 刘声木《桐城文学渊源撰述考》卷七,第258页。

⑧ 刘声木《桐城文学渊源撰述考》卷七,第248页。

⑨ 刘声木《桐城文学渊源撰述考》卷十一,第329页。

⑩ 谢章铤《答陈伯潜书》,《赌棋山庄集》文集卷六,《清代诗文集汇编》第680册,影印第720页。

⑪ 陈宝琛《沧趣楼文存》卷上,《沧趣楼诗文集》上册,第321页。按:清代学术本有宗姚江者,只是阳明之学在清代受到排斥,不为显学而已。古文作者中既有宗程朱者,亦有宗阳明者,如姚门四杰之姚莹,“其学出于姚江,志在经世”,又能“不假依傍,不为空谈”(《桐城文学渊源撰述考》卷四,姚莹条,第160页)。

⑫ 刘声木《桐城文学渊源考》卷一。

⑬ 民国《闽侯县志》卷六十八,原第十六页,影印第241页。

⑭ 同上注。

之聚奎堂批语为:"上章补出行字,义理圆足,笔力清刚透到,诠发无遗;次理真法密,虚实兼到;三纵宕开合,逸趣横生,是以古文为时文者。"[①]"以古文为时文"的评价是《清史稿》的修纂者对桐城派古文宗师方苞八股制义文章的评价。这种写法,打破古文、时文之间的文体界限,将古文的技法妙处与时文结合起来,是意中新颖的冒险,亦可观察到陈懋鼎受到家传散文传统的影响[②]。陈宝琛《葛君云威墓表》为浙江平湖人葛嗣溁(1862—1890)而作,叙其"戊子(1888),举顺天乡试,座主翁文恭(本书按:翁同龢,谥文恭)称其文累归震川,名益起"[③]。葛嗣溁是清末浙江文人,其时毋论闽、浙,均有一批作者追随明代归有光。

## 第五节　清代学官制度与文学传播
### ——论清代学政大臣[④]与文学传播的关系

晚明崇祯(1628—1644)年间,崇祯皇帝简选天下官员,经过考核,充实到馆阁,而馆阁官员也被外放到地方任职,改变了明朝永乐以来馆阁官员例不外放的制度,只是由于崇祯在位十七年间内患外忧,积重难返,翰林院制度的改革并无多大效果。清朝入关之初,沿袭了崇祯年间变革翰林院制度的做法。侯官人薛沄,顺治九年壬辰(1652)进士,改选庶吉士,散馆授官检讨,改授右江兵备道,升广西按察司副使。传称:"时朝廷将以翰苑臣储大用,选知吏事者十五人,(薛)沄与焉。"[⑤]

清朝的馆阁制度在明制的基础上有所损益。庶吉士制度本诸明制,经过朝廷任命的教习大臣教习,考核散馆,留下的授予检讨、编修、修撰等馆职,日后成长为大学士,固为培养储相的有效途径。然而,清制较诸明制更加严密,馆阁官员务必经历简放为地方官的履历,甚至在馆阁任职和为方面大员之间反反复复,多方历练,方有入阁为大学士的可能性。

对于翰林院馆阁词臣中的官员,卓异者由朝廷试差简放为各省乡试主(副主)考官及学政大臣。清制:"(提督学政)提学道并。国初因明制,原设道一员,隶按察司,以副使、佥事任。康熙四十二年(1703),改置提督学政,或差翰林院,或差监察御史,无定员。"[⑥]《清史稿》:"初,各省设督学道,以各部郎中进士出身者充之。惟顺天、江南、浙江为提督学政,用翰林官。"[⑦]康熙皇帝提高了提督学政的官员的资格,多以翰林院官任学政,以表示朝廷对教育的重视,但康熙、雍正迄乾隆朝初期官阶并未显著提

---

① 《清代硃卷集成》第六八册,进士陈懋鼎会试硃卷,影印第8页。

② 按:陈宝璐、陈懋鼎父子皆预光绪十六年庚寅科会试,登进士第。父子均赋《赋得城阙参差晓树中》五言八韵诗,陈懋鼎以繁、门、尊、暾、喧、痕、村、恩为韵,其父陈宝璐以存、门、痕、垣、暾、昏、暄、恩为韵,二诗均有"龙门"、"痕"、"暾"、"羃䍥"、"觚"等共用韵字和词汇,此数处近乎雷同,推知陈氏父子应试之前平日拟作的景象,亦可知陈氏家族内部文学观念的互相影响和借鉴。

③ 陈宝琛《葛君云威墓表》,《沧趣楼诗文集》下册,第457页。

④ 法式善《清秘述闻》:"学道学政分院并院,各省旧制不同,今则悉称提督学政。"(《清秘述闻三种》上册,第314页)学政职官有各种称谓,名目不同,体现清代学政的演变过程:"直隶初设监察御史一员提督学政,顺治十年,专用翰林官"(同页),下分列"提督学政监察御史"(同页)、"提督学政翰林院"(第315页);"江南,顺治二年上下分差督学御史二员,九年合为一员。十年停差御史,照直隶顺天等处特设督学翰林二员,分上下江。十二年改南直隶为省,照例用提学佥事二员,停差翰林。康熙元年裁改学道一员,二十四年复用翰林"(第318页),分"御史"、"内院"、"提学道"(第319页)"通省学院"(第320页)、"江苏学院"(第321页);安徽省称"提督学院"(第323页);"江西省旧例以佥事提学,康熙四十六年特差学院"(第326页),分"提学道"、"提督学院"(第326、327页);"湖广初分设湖北督学道、湖南提学道。顺治十八年改为通省提学道,康熙四十二年始以翰林视学为学院"(第338页),分"湖北督学道"、"湖南提学道"、"湖广通省提学道"(第338、339页)、"提督通省学院"(第340页)、"提督湖北学院"(第341页);"山东提学,旧制按察司佥事道,康熙四十二年定例由翰铨科道四衙门特差者为学院,由部郎及外任升转者为学道。雍正四年定例直省提督学政官,通称提督学院。"(第346页)"康熙四十二年又京堂翰詹科道任者,为提督学政,由部郎任者,仍为提学道,雍正三年由部郎任俱加翰林衔,自是各省提学无道衔矣。"(第351页)亦称"学臣",见陈宝琛《沥请陛见片》(《沧趣楼诗文集》下册,第683页。作于光绪十年五月初十日)。

⑤ 同治刊本《福建通志》卷二百二十六,薛沄传,原第二十四页,影印第4120页。

⑥ 民国《福建通志》卷一百七,影印第2044页。

⑦ 《清史稿》卷一百六,《选举志一》,第3114页。

高。康熙间，福建学政范光宗，康熙二十七年戊辰（1688）进士，四十八年（1709）以左赞善任；李钟峩，康熙四十五年丙戌（1706）进士，五十七年（1718）以检讨任；车鼎晋，康熙三十六年丁丑（1697）进士，六十年（1721）以翰林侍读学士任；阿尔赛，康熙三十六年丁丑（1697）进士，六十年（1721）以翰林院侍读学士任；雍正间程元章，康熙六十年辛丑（1721）进士，雍正四年（1726）以少詹事任；戴瀚，雍正元年癸卯（1723）进士，七年（1729）以左庶子人；杨炳，雍正元年癸卯（1723）进士，十一年（1733）以侍读任。

通过考差择优外放为各省乡试主考官或副主考官（这一过程，通称"试差"），这是清代馆阁制度和学官制度的创造性改革。通观有清一代制度，翰林院馆阁官员被挑选为乡试考官，是其仕宦生涯的重要一步。若无外放，则无望升迁，亦无望摆脱馆阁低阶官员的清贫生活；若得外放，则大多是其出任一省学政大臣的前奏。朝廷通过选择考官，考察其掌控一省乡试的政绩，以确认其人才干优劣，以便确定是否顺利升迁到曾经任乡试考官的省份或他省的学政大臣。多数情况下，若翰林院官为朝廷考差出为乡试考官，下一步就将出任学政大臣，所以被派遣到各省充考官似乎成为翰林院官外放学政的前哨试水的临时性工作，而后则正式出任学政，主管一省的教育和选举事业。[①]

大兴朱筠、朱珪兄弟先后典试福建，出任福建学政。乾隆十九年（1754）进士、前翰林院庶吉士朱筠于乾隆三十五年（1770）典试福建，三十六年（1771）提督安徽学政，四十四年（1779）以翰林院编修出任福建学政；乾隆十二年（1747）进士、前庶吉士朱珪，历编修、侍讲学士、按察使等官，于四十四年（1779）典试福建，四十五年（1780）继兄朱筠为福建学政。

闽县叶观国（1720—1792），于乾隆十六年（1751）登进士第，考选为翰林院庶吉士，十七年（1752）散馆授编修，十八年（1753）典试河南乡试，甚称得士，二十一年（1756）典试湖北乡试，事竣还京，即途中改云南学政，时年仅三十六；浙江归安人姚文田（1758—1827），嘉庆四年己未（1799）第一人进士及第，授修撰，叠充广东、福建、顺天、山东、顺天考官，提督广东、河南、江苏学政[②]；安徽歙县人鲍桂星（1764—1824），嘉庆四年己未（1799）进士，改选庶吉士，散馆授编修，九年典试河南，即督河南学政，十五年擢侍讲学士，督湖北学政[③]；江苏高邮人王引之（1766—1834），嘉庆四年己未（1799）第三人进士及第，六年典试贵州乡试，九年典湖北乡试，闱后丁母忧，十一年服阕还京补原官，督河南学政，十三年升侍读学士，叠擢大理寺卿，十九年督山东学政，二十一年转都察院左副都御史[④]；江西新城人陈用光（1768—1835），嘉庆六年辛酉（1801）成进士，选庶吉士，授编修，十三年充河南乡试正考官，后充会试同考官、顺天乡试同考官、江南乡试副考官，道光八年（1828）以内阁学士督福建学政，晋礼部侍郎，十二年督浙江学政[⑤]；安徽桐城人姚元之（1773—1852），嘉庆十年乙丑（1805）进士，改选庶吉士，散馆授编修，十三年典陕甘乡试，十九年提督河南学政，道光十五年（1835）以侍郎典江西乡试，十七年提督浙江学政[⑥]；福建莆田人郭尚先（1785—1832），嘉庆十四年己巳（1809）成进士，入翰林，授编修，十八年起累典贵州、云南、广东乡试，道光八年（1828）督四川学政[⑦]；闽县、侍讲学士陈宝琛于光绪八年（1882）充江西乡试考官，不久转江西学政，九年（1883）升内阁学士兼礼部侍郎。近代诗人、湖南道州人何绍基（1799—1873），道光十五年乙未（1835）湖南解元，十六年丙申（1836）二甲进士，改庶常，散馆授编修，历典福建、广东、贵州乡试，咸丰二年（1852）擢四川学政。[⑧] 浙江长兴张麟（？—1835），嘉庆四年（1799）进士，改庶吉士。历官侍讲学士、国子监祭酒、兵部侍郎，道光十一年至十四年（1831—1834）简

① 张伟《清秘述闻三种·点校说明》："清代各省设提督学政一人，任期三年，执掌一省生员考课黜陟之事及一省士习文风之政令。"（《清秘述闻三种》，《点校说明》，第2页）

② 叶衍兰、叶恭绰《清代学者象传》，第一集，上海书店出版社2014年版，第302页，姚文田传。

③ 同上书，第一节，第306页，鲍桂星传。

④ 同上书，第一集，第304页，王引之传。

⑤ 同上书，第一集，第310页，陈用光传。

⑥ 同上书，第一集，第316页，姚元之传。

⑦ 同上书，第一集，第342页，郭尚先传。

⑧ 林昌彝《师友存知诗录小传》，《林昌彝诗文集》卷十四，第369页。

福建学政。[①] 广西临桂、古文家龙启瑞(1814—1858),系道光二十一年(1841)状元,授修撰。二十三年(1843)简放顺天乡试同考官,二十四年(1844)简广东乡试副考官,二十七年(1847)升侍讲,是年外放为湖北学政,咸丰六年(1856)简江西学政[②]。直隶南皮张之洞于同治六年(1867)充浙江考官,简放湖北学政;同治十二年(1873)以侍读衔编修充四川考官,简放四川学政[③],至光绪二年(1876)末,在四川任上撰《书目答问》[④]。

乾隆三十九年(1774)福建学政吉梦熊,系乾隆十七年壬申(1752)进士,以太仆寺卿任,这是清代福建学政以京卿(京堂)出为学政大臣的开始。太仆寺卿,从三品,地位明显比此前学政高出。此后,从侍郎出授学政,则得从二品,较诸由郎中授学政者的正五品高出五阶。清代学政大臣名单详见王家相《清秘述闻续》卷九、十、十一《学政类》共三章及徐沅、祁宋威《清秘述闻再续》卷二《学政类》的记载。

侯官郭柏苍《竹间十日话》根据《福建通志》和其他材料整理出乾隆十八年癸酉(1753)起至光绪十一年(1885)的福建学政,列有镇洋汪廷玙(乾隆十八年至二十一年,1753—1756)、临川李友棠(二十一年至二十三年,1756—1758)、蕲水范思皇(二十三年,1758)、阳湖庄培因(二十四年,1759)、镇洋汪廷玙(二十四年至二十七年再任,1759—1762)、献县纪昀(二十八年至三十年,1763—1765)、韩城王杰(三十年至三十三年,1765—1768)、阿肃(三十三年至三十五年,1768—1770)、仁和汪新(三十五年至三十九年,1770—1774)、丹阳吉梦熊(三十九年至四十二年,1774—1777)、平湖沈初(四十二年至四十四年,1777—1779)、大兴朱筠(四十四年至四十五年,1779—1780)、大兴朱珪(四十五年至四十八年,1780—1783)、固始吴玉纶(四十八年至五十年,1783—1785)、上海陆锡熊(五十年至五十四年,1785—1789)、丹阳吉梦熊(五十四年至五十六年再任,1789—1791)、金匮邹奕孝(五十六年至五十八年,1791—1793)、仁和赵佑(五十八年至六十年,1793—1795)、平湖陈嗣龙(乾隆六十年至嘉庆三年,1795—1798)、莱阳初彭龄(三年至四年,1798—1799)、嘉兴钱福胙(四年至六年,1799—1801)、恩普(六年至九年,1801—1804)、大兴邵自昌(九年至十一年,1804—1806)、归安叶绍本(十一年至十五年,1806—1810)、南昌方振(十五年至十八年,1810—1813)、钱塘汪润之(十八年至二十一年,1813—1816)、歙县吴椿(二十一年至二十四年,1816—1819)、长寿韩鼎晋(嘉庆二十四年至道光二年,1819—1822)、嘉兴沈维鐈(二年至五年,1822—1825)、江都史致俨(五年至八年,1825—1828)、新城陈用光(八年至十一年,1828—1831)、长兴张鳞(十一年至十四年,1831—1834)、武进吴孝铭(十四年至十七年,1834—1837)、吴县吴钟骏(十七年至二十年,1837—1840)、会稽陶恩培(二十年,丁忧)、上元温葆淳(二十年至二十二年,1840—1842)、大兴李嘉端(二十二年至二十六年,1842—1846)、长洲彭蕴章(二十六年至二十九年,1846—1849)、吉安黄赞汤(道光二十九年至咸丰二年,1849—1852)、吴县吴钟骏(咸丰二年至三年再任,1852—1853)、临川李联琇(三年至五年,1853—1855)、光州吴保泰(五年至八年,1855—1858)、徐树铭(八年至十一年,1858—1861)、仪征厉恩官(咸丰十一年至同治二年,1861—1863)、鄞县章鋆(二年至三年,1863—1864)、番禺曹秉濬(三年至六年,1864—1867)、宛平邵亨豫(六年至九年,1867—1870)、黄体芳(九年,1870)、济宁孙毓汶(九年至十二年,1870—1873)、高要冯誉骥(同治十二年至光绪二年,1873—1876)、钱塘孙诒经(二年至五年,1876—1879)、昆冈(五年至八年,1879—1882)、阳湖冯光遹(八年至十一年,1882—1885)、安陆陈学棻(十一年起任,1885—?)[⑤]诸

---

① 钱洪来《林昌彝年谱》,第18页。

② 赵尔巽《清史稿》卷四百八十二,《列传》第二百六十九《儒林传三》,第13291-13292页。

③ 清代乡试考官试差和简放学政大臣之间存在某种联系,从清代职官年表上观察到大量的乡试主考官随后被朝廷留任到该省(或他省)视学,这是一个较为普遍的做法,但并非所有乡试主考官在乡试事务完结之后均得以实授学政之职。

④ 张之洞《书目答问略例》,《略例》第2页。光绪元年九月撰《略例》。商务印书馆1935年排印本。

⑤ 郭柏苍《竹间十日话》,卷四。又可参看同治刊本《福建通志》卷一百七《国朝职官·总辖》。汪廷玙至钱福胙,见《清秘述闻》卷十《福建省》(《清秘述闻三种》上册,第337-338页);恩普至韩鼎晋,见《清秘述闻续》卷九《福建省》(中册,第772页);沈维鐈至吴钟骏,见《清秘述闻》卷十《福建省》(中册,第784页);陶恩培至陈学棻,见《清秘述闻续》卷十一《福建省》(中册,第798-799页)。在任时间以《清秘述闻三种》诸书所载为准。

人，刘声木列入桐城古文作家的有陈用光(见《桐城文学渊源撰述考》卷四，师事姚鼐)、李联琇(见同书卷九，师事李兆洛)、徐树铭(见同书卷十，私淑姚鼐)等。冯誉骥(？—1883，字仲良，号展云等)，道光二十七年(1847)丁未科进士，初官翰林院编修，以内阁学士兼礼部侍郎衔，出任福建学政[1]，未为郭柏苍所注意。

前此，江西新建人周学健于乾隆三年至五年任福建学政(1738—1740)[2]，颇著政绩。乾隆间，朱仕琇在所撰《复李郁斋督学书》云："昔周力堂先生在吾闽，文之平奇、浓淡、整散、长短无不录，虽其间伪杂百出，然英才伟器蒐讨亦略尽矣。计吾闽督学数十年来振兴文教，殆未有过于先生者也。盖构堂必资群材，罗雀必兼众目。"周学健在福建学政任上，通过视学、科试、岁试等手段，勤劳国事，尽心人才，为福建拔擢一批人才，成为清代纪昀、朱筠兄弟之前福建历任学政中最负盛名的学政。朱仕琇建议时任浙江学政的好友、安溪人李宗文："诚欲得奇硕隽伟之士，必先出示郡县，勖之通经学古：经则汉唐注疏，宋元儒说；古文自《左氏》、《公》、《穀》、《庄》、《骚》、马、班、贾、董、荀、扬，下迄唐宋作者，以及管、韩、孙、吴、老、列、晏、吕、淮南、东京诸杂家；制义则列王、钱、归、唐、茅、金、陈、章、罗为宗，而旁饮以王荆石、周莱峰、胡思泉、黄蕴生之作，其余隆、万、天、崇百家岐出，皆天地间应有文字。苟有合者，即揽取之，总期涤荡揣摩墨卷恶习而已。如是人士知我意旨，所同必有疾趋以应者。而又临试之时，进郡县学官而语之；既试，集诸生而告之。其才异者，不惜美言叹赏，以劳来之，为之旁谕众人效法，以激励之，将风声所动，翕然丕变矣。"[3]朱仕琇所建议的措施设置严密，学政作为一省之最高教育主管官员，在通经学古方面措施分儒经、古文、制义，各各有标准和规范；在监督、考核、责成各级学官方面，进而语之，反复强调；在岁试、科试之期，集诸生而告之，出示诰诫，以揄扬奖掖人才激励众人效法。多管齐下，剔绝弊端，促使学风、文风发生转变，端正士习。

明清两代，朝廷对教育异常重视，建立起更加完备的选举制度，将各级学校纳入行政的范围[4]。"国家以文教一海内，州郡既皆设学，复专命学臣衡试多士，而进其才者，籍于学，将以登于朝以大其用。"[5]乾隆四十五年庚子(1780)，大兴朱珪以侍讲学士、四库全书关总阅简放为福建学政大臣。行前请训，乾隆皇帝谕曰："学政与士子相见，有教导之责。近来文风愈趋愈下，屡经申饬，而所录仍不过如是。当知返朴还淳，以清真雅正为贵。"又曰："作文当以意理胜，不专在记诵故实、引用难字。"反覆申明取文贵正之意，叮嘱朱珪谨慎行事。明年，朱珪向朝廷汇报提督福建地方学政情形，"臣抵任后通行各学，谕以文必根柢经传。已，试各学。永春州人颇能记诵，阙于讲贯，间拔一二以劝读读书。泉州属县考者多至四五千人，少亦二千，臣加慎稽防，有好学通经者甄奖。漳州人数稍减，怀、挟、倩、袭之弊较甚，按法惩警。查闽省文学，以南为优，而争尚虚名，不务淳实。士子好高者矜言博洽，陋者至本经不能诵，经艺相沿草率。臣前典试，即以二场参看，现在五经不出拟题，与四书文并重。又，学政例试古学，或须觅宽格招徕，未免有名无实，臣务得真材。海滨音韵不谐，随时指示"；又明年，上奏云："昨秋试。龙岩州士风与漳州似。汀州境接广东、江西，实学不及漳、泉，文词亦尚可观。邵武颇有颖秀之资。建宁接壤浙江，文风差逊。延平文士空疏，武力略胜。今春试福宁，地逾重岭，文风稍陋，然亦有一二不囿习俗之士，卓荦可观。臣力劝诸生安分读书，崇尚实学。各属考古学者大郡千余人，小亦数百，虽不能合辙，亦可节取"，陈科试情形云："臣科试福州、兴化、泉州、漳州、汀州五府，永春、龙岩两州，其地均知读书学古，漳、泉尤胜，惟土风强悍，莠良不一，有犯必惩，而于安分守法之义尤反覆申明，

① 《清代硃卷集成》第三三八册，举人高乃钦履历，影印第387页。

② 法式善《清秘述闻》卷十，《清秘述闻三种》上，第336页。

③ 朱仕琇《梅崖居士文集》卷二十五，《清代诗文集汇编》第336册，影印第440页。

④ 《明实录》记载明代朝廷重要的职务任命，其中一类是地方各省的教育官员，通常表述为"提督学校"或"提调学校"，隶属于各省按察使司，或以按察使司副使，或以佥事。该员职衔不高而为朝廷重视若此。清沿明制，逐渐加以完善，最终将学政的职责从按察使司中剥离出来，品级加以提升，甚至以侍郎或侍郎相当级别的官员考差简放充任，规定三年一任的任期，在省与督、抚抗礼，以示重视。

⑤ 张际亮《改建许州试院记代》，《张亨甫文集》卷四，《清代诗文集汇编》第601册，影印第449页。

苦于语音各异,彼此之情不通,选晓官音者近前听闻转相告儆,复缮写简明告示,期以诚感,俾不致视为具文,庶几转移浇俗”[①]。朱珪宦游所至各省,匠成人才甚众,是清代学政大臣中恪守职责、善于培养人才的典型。[②]

各省学政大臣简放之后、临行之前均要谢恩,面圣陛辞,聆听皇帝的最高指示,在任上随谕,随时指示本省各府县士子,在任的重要政务是“考核(各级)教官,按其文行及训士勤惰,随时荐黜”[③],科试、岁试等按部视学及乡试选拔人才的考试均须上奏折恭陈地方情形[④],天子“报闻”[⑤]。同时,朝廷对于科试、岁试、各科乡试的试卷均有“解部”[⑥]覆核[⑦]的强制性措施,“各省则但录元墨以呈中,卷有理谬体乖或疵纇者,部议得黜罚之,且罪试官”[⑧],以此彰显朝廷对学政大臣视学、考试、阅卷等事务勤绩和公正的监督[⑨],对于统一各省直录取标准,作养同质化的人才也具有积极的意义。乾隆九年(1744)甲子科福建乡试解元、十三年(1748)戊辰科进士朱仕琇所作《周笏廷制义序》:“在京师,与笏廷(周绍缙)尝论及之,因谓应科第者使文诚佳而京师士大夫知好之即谓所以得之者。……得科第者,我也;所予科第与我者,京师士大夫也。”[⑩]乾隆四十八年至五十一年(1783—1786),河南光州人吴玉纶(1732—1802,字香亭)以左副都御史任福建学政,长乐梁雷(1771—1826)“闻其为文章宗匠,锐欲入试,诸季父私纵之出,遂补弟子员”[⑪],梁雷对吴玉纶的倾慕使其冲破父亲梁上宝“虑其弱”、童试“禁弗使出”的约束。从京师至各省直,从士大夫到普通士子,形成同心向风的学习摹仿时文、古文创作的轨辙。清代的制度大概如此,已成定制。乾隆皇帝通过学政大臣、学官和各级政府所建立的书院等组织来引导学

① 朱锡经《皇清诰授光禄大夫经筵日讲起居注官太子太傅南书房供奉体仁阁大学士管理工部兼翰林院掌院学士赠太傅入祀贤良祠赐谥文正显考南厓府君年谱》,即朱珪年谱,《续修四库全书》第1452册,影印第409-410页。

② 清代广西状元及第者4人,超过福建、江西、广东(各3人)、湖南、湖北(各2人)等省份,反映出清代广西教育的发达,这对处于边疆的省份而言是非凡的科举成就,在杨庆琛的同年陈继昌(嘉庆二十五年状元,三元及第)之后产生龙启瑞、张建勋、刘福姚三位状元,部分原因归结于学政大臣。道光间,杨庆琛《寄粤西学使曾少坡(曾元海)编修》其二:“文星光与使星分,听报韶车度粤云。蓬苑恩荣双拜命,梓邦耆宿七逢君。三年珠浪珊瑚网,百篋鸳丝锦绣纹。机杼未成花样改,灯前樽酒苦论文。”第四句下注:“吾乡督学粤西者,至君共七人。”(《绛雪山房诗钞》卷八,《清代诗文集汇编》第542册,影印第422页)七人分别是泉州府惠安人卢易、泉州府安溪人官献瑶、泉州府南安人陈滋洲、福州府闽县人叶观国(法式善《清秘述闻》卷十二,《清秘述闻三种》上册,第373、375、376页)、福州府侯官人陈兰畴、福州府长乐人梁上国、福州府闽县人曾元海(王家相《清秘述闻续》卷九,《清秘述闻三种》中册,第777、778;卷十,第789页)。颈联、尾联对于曾元海在广西学政任上(1828—1831)拔擢、作养人才(《己亥监临秋闱至公堂即事四首》有句“海东珊瑚入网来”,同书卷十四,影印第483页)的措施和作为颇为称道。清代乾隆及以前数朝用人制度有重满洲、重边疆身份人才的做法,也是一个原因。杭世骏曾经在乾隆八年(1743)条上时务,其中有“总督则汉人无一焉,何内满而外汉也?”“今则果于用边省之人,不计其才,不计其操履,不计其资俸,而十年不调者,皆江、浙之人”(《清儒学案》卷六十五《堇浦学案·杭先生世骏》,第2523-2524页。中华书局2008年版)云云。

③ 赵尔巽等《清史稿》卷一百六,选举一,第3116页。

④ 陈宝琛《沧趣楼诗文集》下册收录光绪八年(1882)六月十三日《谢充江西正考官摺》(第656页)、八月二十六日《谢授江西学政摺》(656-657页)、十月初二日《报接印任事摺》(第657-658页)、十一月初二日《报出省按试摺》(第658页),光绪九年三月八日《附陈考试情形片》(第661-664页)、七月二十九日《附陈考试情形片》(第667-668页),光绪十年(1884)三月二十四日《报岁试情形摺》(第676-677页)、《附陈武生汪镇波闹考情形片》(第678-680页)、闰五月十五日《交印抚臣赴防所摺》(第688-689页)诸文,反映陈宝琛1882—1884年间试差江西乡试主考官,在闱中接任江西学政以及在学政任上的作为。

⑤ 泉州府晋江人许邦光提督湖南学政,清宣宗道光帝“询所过地方情形及湘楚人文甚悉”(陈庆镛《皇诰授中议大夫晋资政大夫光禄寺卿许公神道碑铭》,《籀经堂类稿》卷二十,《清代诗文集汇编》第587册,影印第644页)。

⑥ 郑孝胥《郑孝胥日记》记载光绪八年三月廿八日(1882年5月15日)事:“早,至学署阅卷,仍照原卷书一本,云以解部者。”(第8页)光绪十九年(1893)癸巳科福建乡试第四十一名举人、闽县刘孝祐乡试硃卷钤盖“《诗经》文进呈御览”七字的印章(《清代硃卷集成》第三三九册,影印第262页);同治十二年(1873)癸酉科福建乡试第三名举人、瓯宁邹家驹乡试硃卷本房加批有“经义括两汉之精,文呈御览”语(《清代硃卷集成》第三三七册,影印第226页),以示特殊荣耀。

⑦ 乾隆五十九年(1794)甲寅科福建乡试,“是科功令:新举人归督部覆试,重榜亦张鼓楼。”(梁章钜《曼云公家传》,《秋竹斋诗存》,《清代诗文集汇编》第499册影印第2页)

⑧ 陈宝琛《陈君香雪七十有二寿序》,《沧趣楼诗文集》上册,第343页。

⑨ 乾隆三十八年癸巳(1773),大兴朱筠在安徽学政任上以“某生欠考事部议降级,得旨:‘朱筠学问尚优,加恩授编修,在四库全书处行走。’”(朱珪《诰授中议大夫翰林院编修前日讲起居注官翰林院侍读学士加二级竹君朱公神道碑》,《笥河文集》卷首,《续修四库全书》第1440册,影印第103页)

⑩ 朱仕琇《梅崖居士文集》卷十九,《清代诗文集汇编》第336册,影印第362页。

⑪ 梁章钜《曼云公家传》,《秋竹斋诗存》,《清代诗文集汇编》第499册影印第2页。

风、文风的走向①,矫正文风之弊,控制文化和教育事业,而其所谕的学风和文风与清代桐城古文理论高度契合,也表现出时文、古文同一轨辙的趋向。

在桐城古文传播之外,我们还看到桐城派的诗歌创作在全国的传播。桐城派虽以散文创作著声文坛,而其诗歌创作实际上也形成了桐城特色,称桐城派诗体②。邵武府建宁诗人张际亮在《马小眉诗序》中自叙早年接触到桐城三祖方苞、刘大櫆、姚鼐"所为文及诗,则益好之","今天下文学稍衰,轻三先生者尝等其诗文,目之曰'桐城派'","小眉故家桐城为人伉爽磊砢,无脂韦齷齪之习,而其五七言近体诗抑扬往宕,宛然海峰(刘大櫆)、惜抱(姚鼐)二先生之风焉"③。以桐城古文、诗歌合称为桐城派。其《答姚石甫明府书》论桐城刘开(1784—1824)、姚莹(1785—1853)之诗④,二人亦桐城诗派诗人之诗。张际亮对桐城派甚为推崇,其诗文受到桐城古文、诗歌创作的影响。谢章铤论云:"亨甫(张际亮)长古分合串插,可悟文法,殆所谓'有物有序'也"⑤,既与桐城古文法同,亦与八股文技法相通。钱基博《现代中国文学史》:"道、光而后,何绍基、祁寯藻、曾国藩之徒出,益盛昌宋诗,而国藩地位最显。其诗自昌黎、山谷入杜,实衍桐城姚鼐一脉。"⑥姚鼐门人、曾经流寓闽中十余年的毛岳生(1791—1841)其诗"宗江西,颇似王介甫(王安石)、黄鲁直(黄庭坚)一派"⑦,桐城诗体也与清代学政大臣的简任有关系,一如桐城古文的传播,在同样的机制下发生。

---

① 宝山举人钟文标于乾隆三十年至三十二年(1765—1767)任邵武府建宁知县,所著有《半江书屋课艺序》,朱仕琇序。朱仕琇肯定亡友蔡芳三前序论定钟氏之文"波澜意度出于嘉定之本派(指从归有光到黄淳耀的"嘉定之学"。宝山,明世宗初年从嘉定析出置县)",然后阐发己见,以为钟氏之文学长洲韩菼,得归有光、汤显祖两派文章的优点,能融合两派(《梅崖居士文集》卷十九,《清代诗文集汇编》第336册,影印第366页)。至知建宁之时,钟文标已在福建"前后知七县(包括光泽县)",其古文、时文观念和创作必然影响到这些县域人才的培养。此例可以视为作清代古文、时文观念在各省直传播的典型。钟文标见同治刊本《福建通志》卷一百十四《国朝职官》光泽县、建宁县(影印第2145、2146页)。

② 徐世昌《清儒学案》卷八十八、八十九列《惜抱学案》上、下,《惜抱学案上》卷首:"桐城学派始于望溪(方苞),至惜抱(姚鼐)标义理、考据、辞章三者并重为宗旨。"(第3451页。中华书局2008年版,沈芝盈、梁运华点校)桐城学派由学术、古文、诗歌等部分组成,均可冠以"桐城派"三字。钱钟书先生《谈艺录》云:"桐城亦有诗派,其端自姚南箐范发之。"(《钱钟书集·默存谈艺录》四二《名清人师法宋诗　桐城派诗》第471页)迄至晚清,桐城方昌瀚(1827—1897)著有《虚白室诗钞》十四卷,其为文谨守义法,于诗"亟诋竟陵诗派","于宋诗有所仿造"(柯愈春《清人诗文集总目提要》第1627页)。

③ 张际亮《张亨甫文集》卷二,《清代诗文集汇编》第601册,影印第410页。此文作年,王飚系于道光八年(1828)(《张际亮年谱简编》,《张际亮诗文集》下册,第1502页)。

④ 同上书,卷三,影印第430页。其论云:"今天下诗派,唯贵邑与山东最正,作者尤盛",姚莹之诗"慷慨沉響,在子建、少陵之间",刘开之诗"近体大有佳处,惜古体不求神骨,而贪使才气"。"深观海峰、惜抱二先生诗文,则孟涂(刘开)诗文之缺失自见。"

⑤ 王飚《相关诗文评论资料选辑·谢章铤〈谢章铤笔记〉》,张际亮《思伯子堂诗文集》下册,第1475页。

⑥ 转引自俞樟华、胡吉省《桐城派编年》,第17页。

⑦ 刘声木《桐城文学渊源撰述考》,第172页。

# 第四部分

## 清代福建家族诗文创作的嬗变（1644—1840）

——以福建家族作者、学者为基础

根据本书目前所搜集的资料,清代福建文学家族多达 492 个,呈现出簇状丛聚的文学创作图景。家族作者在诗、文、词、四六、楹联、戏曲、小说等各种文体的文学创作及诗话、词话等文学理论领域均有所撰著,表现出强盛的创作力。本书所论清代文学创作的嬗变进程主要关注于诗和古文创作方面,于词体、辞赋、戏曲、小说等体裁的创作略在各文学家族条目下述及,尤其是清代闽人词体的创作,观道光间叶申芗所辑《闽词钞》四卷、民国林葆恒所辑《闽词征》六卷,则包括清代在内的历代闽词及其作者的资料基本得以搜集。晚清谢章铤《赌棋山庄词话》十二卷、《赌棋山庄词话续编》五卷,则专注于闽词的创作理论及其轶事的记载,观谢氏词话则可知清代闽词理论集大成者谢章铤的理论框架及其体系。经过《赌棋山庄词话校注》(厦门大学出版社 2013 年版)作者刘荣平先生所撰《前言》的阐发,谢章铤的词学理论为所抉发,基本无剩意;刘荣平先生又撰有《清代至民国闽词集编年(1644—1949)》(载《闽江学院学报》2012 年第 1 期)等论文,学有专攻,不能掠美,因此本书不再对清代闽人的词体创作及其嬗变著论。

本部分从第十三章到第十九章,共七章,分论清代福建的诗歌和古文创作。先论以清代福建家族作家和学者为基础的清代闽诗嬗变的全过程,共设四章。再论清代福建的古文创作的成绩,亦以家族作家为背景,辨析清初福建古文创作的汀州府宁化县李世熊、泉州府安溪县李光地、桐城古文创作的三支古文传承线索,辨析乾隆以来朱仕琇至高澍然至谢章铤的古文传承脉络,考订朱仕琇—高澍然这一支古文创作阵营的成员,考订地方志等文献所载的整个清代福建古文作家人数,多于 500 人,对刘声木《桐城文学渊源撰述考》的著录是必要的补充,注意到清代福建古文作家宗韩、宗柳、宗欧曾等古文创作的不同趋向。

# 第十三章
# 嘉庆之前闽人与全国诗坛的关系

## 第一节　晚明诗文在福建的延续
### ——周亮工宦闽与闽籍文人的交往考

晚明万历以来,福建文人再次崛起,涌现著名作家如叶向高、曹学佺、徐𤊹、张燮、黄道周等,各有成就:叶向高世宦通显,历翰苑,入部院,为大学士,使文学创作的权柄重归馆阁,为嘉靖间的唐宋派与晚明、清代的古文传承和创作搭建起通道;曹学佺以其旺盛的创造力,"胸中纵横有万古"①,在南京和故里倡导诗文创作,在学术著述和文学创作两方面开辟了闽中诗歌发展的新路,预示着诗歌创作风气向清诗的转变,这是一种同频共振的文学创作现象;徐𤊹与张燮虽科名不显,一生步履所及以在本省为多,而著述丰富,与省内外作者多有交往,其声望和影响力远播大江南北;黄道周壮岁掇取功名,入翰苑,与江南郑鄤、钱谦益、倪元璐、黄尊素等为友,其立身、臣节、著述及文学创作俱有夐绝尘寰的表现,洵为人杰。钱谦益所编《吾炙集》收录明末清初作者20人,诗245首,其中收诗最多的是福建诗人许友,诗107首,远远超过收诗74首、占第二位的钱澄之②,令人诧异。

顺治间,明末清初著名文人、官员周亮工(1612—1672)③与福建文人的交往是入清之后闽籍作家文学创作活动逐渐消歇趋势下的一抹亮色。周亮工与明末清初著名诗人钱谦益④、龚鼎孳、吴绮等俱有交往,亦与将来的文坛盟主王士禛有所交往⑤,与龚鼎孳、吴绮感情尤挚。周亮工于顺治四年丁亥(1647)任福建按察使⑥,时年三十六,间道江西,由杉关入闽邵武府。六年己丑(1649)以福建按察使署

---

① 谢章铤《石仓园吊曹能始先生》,《赌棋山庄集》诗集卷五,《清代诗文集汇编》第680册,影印第853页。

② 根据张晖《易代之悲——钱澄之及其诗》的统计,韦力《钱澄之:岂无他树,恋此旧枝》一文引用(微信公众号"芷兰斋"在线发表)该书数据。

③ 周亮工,字元亮,籍祥符,一说南京人。"其先世自金陵徙金溪之栎下,迨祖辈复自栎下徙江宁,再迁大梁。""以万历四十年四月七日生于金陵状元境祖居,康熙十一年六月二十三日于焉终老,虽曰占籍祥符,而实吾金陵人也。"(蒋寅《〈〈周亮工全集〉〉序二》)请详看朱天曙《〈〈周亮工全集〉〉前言》)周亮工诗《哭四十六叔穆然》,首句"风雨秦淮别"(《赖古堂集》卷三,原刻第二页,影印第165页);《望方山敝庐在其下》及诗句"我屋方山下,学耕愧未能"(同书,卷三,原刻第七页,影印第176页)亦是佐证。

④ 周亮工《钱牧斋先生赋诗相送张石平顾与治皆有和次韵留别》(《赖古堂集》卷八,凤凰出版社2008年影印,《周亮工全集》第1册,原刻第十三页),又有《题画寄林铁崖》云"乙未(顺治十二年,1655)冬,将复入闽,牧斋先生送予江上,出此为赠"(《赖古堂集》卷二十二,原第十一页,影印第838页)。钱谦益为撰《赖古堂诗集序》(《赖古堂集》,影印第15-18页),称其诗笔力苍老,感激悲壮,情深文明,言近旨远,涤荡尘俗。

⑤ 周亮工诗《新秋过阳丘见西樵贻上旅壁诗用西樵望女郎山韵寄贻上》(《赖古堂集》卷十,原第十三页,影印第465页)时康熙二年癸卯(1663);康熙四年乙巳(1665),王士禛扬州推官任满,过青州,周亮工为题画册十余首(《周亮工年表》,《周亮工全集》第18册,第380页);《再渡浒山泊见西樵壁上诗有怀阮亭》(《赖古堂集》卷十二,原第七页,影印第520页)、《六度入会城见贻上韵有感》(《赖古堂集》卷十二,原第八页,影印第522-523页)。按:王士禛于顺治十六年(1659)十一月谒选,授扬州府推官,开始其一生长达45年的仕宦生涯(蒋寅《王渔洋与康熙诗坛》,中国社会科学出版社2001年版,第191页)。

⑥ 同治刊本《福建通志》卷一百七,影印第2047页。

理兵备、海防、督学三道事,冬入觐,转福建右布政使,七年(1650)还闽,先后署建南道(汀州)、延津道(延平)、漳巡道(漳州)、兴泉道(泉州);十年癸巳(1653),升福建左布政使①;十一年甲午(1654)十月,离闽入京任都察院左副都御史,十二年乙未(1655)正月赴任,十一月革职;十二年冬十一月至十五年戊戌②(1655—1658),赴闽质审,还闽听勘、候审③;顺治十三年(1656),复在闽解郑成功攻福州之围。因此,周亮工前后在闽十二年(1647—1658),两署督学,尝以臬宪兼摄兵备、督学、海防三篆,七署道员,靖大乱者六,专理旁应,事无留滞,吏事精能。周氏在福建爬搔垢敝,与民休息,素得民心,颇著政声,尝"维舟洪塘环而雪涕者数千人相与入榕城"④,又"以扶士气、拯民瘼为己任,故功德之在人者深"⑤,是清初仕宦福建的著名循吏。

周亮工在福建任上,"八郡惟霍童(指福宁州,雍正间改福宁府)未至"⑥,其所交往的闽人地域主要分布在福州府、邵武府、汀州府、漳州府、泉州府等府。

顺治四年丁亥(1647),周亮工"擢福建按察使。由浙入豫章,展鸿胪公墓,遂从杉关入闽之邵武府。抵光泽,寇乱道阻,公遂于邑中莅任,任城守之责"。"十月抵邵武。时盗贼蜂起,水陆俱为贼踞,省会音信不得达,城外烽火烛天,公督苍头奴子且战且守,城赖以全。"至顺治五年戊子(1648)五月,"大兵云集,路渐通,公始入省受事。计在邵七阅月⑦。"⑧《赖古堂集》五言律《郑圣胎(伦)杨凌飚(翰)朱璧符(宿)张龙玉(孟玫)自樵川尾予舟至柘浦别》,诗中注云:"予困守樵川凡一周星。"又注:"予为樵川诸士刻《万山中诗》。"⑨邵武县别称樵川,建宁县别称濉川,皆邵武府属县,周亮工在邵武府之时俱有诗纪之,如《赖古堂集》卷三《自光泽发邵武初登闽舟》、《樵川城中从米澹生(米嘉穗)借书送日》、《乱后过米澹生(米嘉穗)遁园》、卷七七律《夜登邵武城楼感怀四首》、《丁亥(顺治四年,1647)除夕独宿邵武城楼永夜不寐成诗四章》、《戊子(顺治五年,1648)上元独坐旧雨堂感怀四首》、《寒食诗话楼感怀四首》等。

周亮工在邵武府近一年,邵武僻处闽西北,近江西,而周氏莅任,使该府文事赓续。在周氏身边聚集了一批文人,有米嘉穗、张孟玫、张孟玑兄弟、朱宿、杨翰等人,形成一个邵武(府治)县域文学创作的集群,在邵武府城上的诗话楼雅集。周亮工诗《哭樵川门人杨凌飚》四首,其四诗后注云"己丑(顺治六年,1649)十月,予北上,凌飚偕朱璧符、郑圣胎送至柘浦"⑩。顺治十三年(1656),周亮工重登诗话楼,作《丙申寒食同张玄洲暨诸同社重登诗话楼见壁上和予丁亥寒食诗凄然有感再成四首》⑪。

顺治五年戊子(1648),周亮工抵达福州,前后任福建按察使、福建右布政使、福建左布政使等职。

---

① 同治刊本《福建通志》卷一百七,影印第2045页。又见同书卷一百四十《国朝宦绩传》周亮工传(影印第2478-2479页)。按:林佶《名宦户部右侍郎栎园周公传》称周亮工康熙七年以右布政使署建南道,八年署左布政使,九年署漳南道,十年署兴南道,升左布政使,前后在闽凡八年(林佶《朴学斋文稿》,《清代诗文集汇编》第205册,影印第621页)。

② 周亮工《书丙申入闽图后》云"遣亮工复入闽,盖乙未冬十一月也"(《赖古堂集》卷二十一,原第六页,影印第799页),《闽雪小引》有"(顺治十三年丙申,1656)其年春予复入闽"(《赖古堂集》卷二十一,原第一页,影印第789页),《北雪小引》有"予丙申入闽……戊戌(顺治十五年,1658)北上"(同上,影印第790页),盖被遣入闽在顺治十二年乙未(1655),由豫入吴,过金陵,明年(1656)正月自金陵解缆,至则春将尽。十三年丙申,郑成功围福州,周亮工助巡抚守城,逼退郑氏。民国《福建通志·福建列女传》王国玺妻蔡氏传云"寇入洪塘"(《福建列女传》卷五,原第五十三页)与周亮工诗文集的记载吻合。

③ 《赖古堂集·年谱》,影印第910-915页。

④ 周亮工诗《维舟洪塘环而雪涕者数千人相与入榕城》,《赖古堂集》卷五,原刻第七页,影印第251页。

⑤ 林佶《名宦户部右侍郎栎园周公传》,《朴学斋文稿》,《清代诗文集汇编》第205册,影印第621页。

⑥ 周亮工《今年夏在铁岭赋二诗寄怀汀南诸同人冬初以使事至丹霞亦汀南接壤地得黎媿曾道存郑健也诸子所刻续怀帖感其意成诗二首再用前韵》其二诗后注,《赖古堂集》卷八,原刻第十页,影印第385页。

⑦ 周亮工《丙申(顺治十三年,1656)寒食同张玄洲暨诸同社重登诗话楼见壁上和予丁亥寒食诗凄然有感再成四首》其二诗后注云:"予困守樵川八阅月,同时诸君皆以英年并作古人。"(《赖古堂集》卷八,原刻第十三、十四页,影印第392-393页)《题蕉堂索句图》亦云"予困守孤城者八阅月"(卷二十三,原第八页,影印第855页)。

⑧ 周亮工《赖古堂集·年谱》,影印第910-911页。

⑨ 周亮工《赖古堂集》卷三,原刻本第十二页,影印第186页。

⑩ 周亮工《赖古堂集》卷十一,原第六、七页,影印第490-491页。

⑪ 周亮工《赖古堂集》卷八,原刻第十三、十四页,影印第392-393页。

纵观周亮工在闽与文人的交往,以其与福州府文人的交往最为密切,这些文人多出世家,具有深厚的文化沉淀。

抵达福州之后,即有诗《林异卿》,句中注曰:"时异卿再与宾筵"[①],林宠,字异卿,号三山墨农,闽县人[②];《林得山》,诗后注曰:"得山堂名退耕"[③]。另有《别许有介即用其韵》[④]、《有介弱弟中殇赋此慰之》[⑤]等诗。

侯官许友,字有介、介寿、介眉等,号瓯香。其诗为钱谦益所重,钱谦益《吾炙集》选时人诗,人一二首,独友选十九首。[⑥] 据周亮工《与有介》诗首句"戊子之夏相与友"[⑦],周亮工与许友订交自顺治五年戊子(1648)。周亮工与许友诗较多,如《重九有介送菊有介春日数折芍药赠我》(《赖古堂集》卷五)、《有介漫游遂至江南今日忽返得家书感赋》(卷九)、《芝麓(龚鼎孳)自粤返白门送有介诗有加餐为报周公瑾老眼秋随雁一行之句依原韵奉寄》(卷九)、《雨中闻有介携具过彦远道山亭子彦远初至有介亦甫自秣陵返》(卷九)、《除夕前一日高云客始过我减斋时有介初自秣陵返》(卷九)、《渡口答有介即用原韵》、《再次前韵》(卷九)、《瓯香买得芍药数枝苇屋中苦无花具强予为诗》(卷九)、《介寿以胡彦远见慰札子相示却寄》(卷九)、《哭许有介》(卷十)、《题有介画再送(纪)伯紫》(卷十二)、《东瓯香》、《瓯香醉卧醒始见前诗以一绝来答之》、《重九和瓯香韵》二首、《重阳后二日得萧伯玉许介寿两家日记喜其三数行一则易于作辍遂尽数叶》(卷十二)、《题许有介急就帖》(卷二十二)、《题宋去损八分书(许有介)群鸦寒话图歌》(卷二十三)等。周亮工诗《冬夜同冠五灯下兀坐有怀闽南高云客》为福州府诗人高兆作,其四第二句"许生亦比邻介寿"[⑧]。据周亮工《即席再次存永韵时有介欲移家秣陵不果》[⑨],清初许友尝欲移家金陵:"欲弃家园去,谋生钟阜前。途危难自定,岁苦不如先。"许友尝往返金陵与福州,为周氏携带家书,又尝为周亮工图画《蕉堂种芝图》[⑩]。

周亮工序侯官诗人、许友从兄许珌(1614—1671)诗集。同治刊本《福建通志》著录许珌《铁堂诗钞》一卷,小字注:"周亮工序。略曰:'许子天玉《铁堂诗》若干卷。判年为集,无体不备,升沉感愤,可涕可歌,变而不穷,放而愈细,至于侘傺雍土,驰骋边塞之作,莫不穷览山川,熟视形胜,阅历之奇境尽而文章之能事亦尽矣。'"[⑪]周亮工《赖古堂集》五言律有《陈昌箕郑圭甫许天玉诸君子至江上视予医》[⑫]、《闽中许天玉徐存永广陵宗定九黄济叔吴宾贤(嘉纪)汪舟次(楫)夜集寓园即席分得看字》[⑬]、《月夜同陆违之陈昌箕许存永陈开仲涂子是谢尔玄许天玉过有介陶瓶看梅》[⑭]、《同许天玉程穆倩集许力臣师六宿影亭即席分得枫字》[⑮]等。徐陵,字存永,号延寿,闽中诗人徐𤊹次子。又有诗《陈开仲至》,

① 周亮工《赖古堂集》卷三,原刻第十一页,影印第 184 页。按:同书卷五有《哭林征君异卿》五言律六首。

② 按:陈洪绶《出处图》(一题《大风堂藏老莲出处图》,《宋元明清中国古代书画选集(一)》,第 130-133 页),有林宠(异卿)、郭鼎京(去问)于顺治九年壬辰(1652)在剑浦为周亮工书诸葛亮前后《出师表》、陶潜《归去来兮辞》。

③ 周亮工《赖古堂集》卷三,原刻第十二页,影印第 185 页。按:同书卷四有《哭林得山》六首,在周亮工四十岁(1651)所作诗《今年予四十吾弟靖公亦三十矣感赋一诗寄靖公》、《郝敏公初度予长敏公十年》前;同书卷七有《重阳后二日林得山退耕堂看菊分得如字》七律、卷八有《林得山同次君孔硕招过嵩山草堂看梅得曾字》。

④ 周亮工《赖古堂集》卷三,原刻第十二页,影印第 185 页。

⑤ 周亮工《赖古堂集》卷四,原刻第十三页,影印第 223 页。

⑥ 民国《福建通志》总卷二十五,《福建艺文志》卷六十四,第一页,按语。

⑦ 同上书,卷九,原刻第三页,影印第 408 页。

⑧ 同上书,卷五,原第二页,影印第 290 页。

⑨ 同上书,卷五,原第九页,影印第 255 页。按:许友欲移家金陵之又见周亮工《与有介》诗"江南移家欲更去"句(卷九,原刻第三页,影印第 408 页)。

⑩ 周亮工《又题蕉堂图》,《赖古堂集》卷二十三,原第九页,影印第 857 页。

⑪ 同治刊本《福建通志》卷六十八,影印第 1393 页。

⑫ 周亮工《赖古堂集》卷四,原刻本第十二页,影印第 221-222 页。

⑬ 同上书,卷六,原第十页,影印第 306 页。

⑭ 同上书,卷五,原第九页,影印第 255 页。

⑮ 同上书,卷十,原第九页,影印第 457 页。

注云:“陈开仲、徐存永己丑冬从予游秣陵。”[①]据周亮工年谱,顺治六年己丑(1649)冬,周亮工奉委代觐,赴京道过江宁[②]。按:钱谦益有诗《赠徐存永陈开仲过访见赠四首》[③],作于顺治七年(1650),故知陈、徐二人游江宁之后,又访常熟钱氏。又有《送徐存永游大梁》诗(卷九)、《再步同人韵送徐存永游大梁》七首(卷十二)、《书徐氏所藏张林宗(张民表,周亮工之师,与徐𤊹定交)先生旧稿》(卷二十一)、《徐存永钞秦京诗集跋》(卷二十三)、《哭徐存永》(卷十)。康熙元年(1662),以家贫,失所庇,徐陵举家迁往湖广布政使司之湖南,卒于善化[④]。陈濬,字开仲,闽县陈衎(字磐生)之子。周亮工诗有《哭陈开仲》[⑤],又有《哭陈磐生》组诗四首[⑥],哭陈濬之父陈衎。

福州府长乐诗人陈骝。陈骝与郡人黄晋良、许友善,又与曹溶、尤侗称莫逆之交。民国《长乐县志·文苑传》陈骝本传:“顺治间岁贡生。性聪颖,过目成诵。幼即工诗。与闽县黄晋良、许友相善,尤见赏于侍郎周亮工。中年纵游燕齐吴越,著作益富。与嘉兴曹溶、长洲尤侗称莫逆交。为人孝友。晚偕兄澥隐溪湄。”[⑦]陈骝从子陈子钦为周亮工、纪映钟、大学士明珠器重[⑧]。长乐江田陈氏自明初起世代簪缨,即为闽中屈指可数的望族。同出长乐陈氏家族的有陈肇曾,字昌箕,钱谦益之友。请参看拙著《明代福建文学结聚与文化研究》第九“长乐陈仲进家族”条。周亮工有五言律《冬夜同陈昌箕毛子仪郑圭甫集王逸庵大行此君堂看菊》、《送陈昌箕北上》(《赖古堂集》卷五)等。

侯官郑翡有诗题《辛丑秋杪晤栎园夫子武林舟次因出龚芝麓先生都门早春送别索和次韵聊述以纪始末》,收录于《国朝全闽诗录初集》续集卷二。辛丑为顺治十八年(1661),芝麓即龚鼎孳。

侯官谢天枢及其兄谢尔将,为周亮工所延揽。周亮工有《寄闽南高云客蒋用弢谢尔将》七言律二首[⑨]、《病中不寐示谢尔将》[⑩]、《月夜同陆违之陈昌箕许存永陈开仲涂子是谢尔玄许天玉过有介陶瓶看梅》[⑪]。谢天枢,字尔玄,号星枢。高兆,字云客,籍侯官,顺治间著名布衣诗人。周亮工《冬夜同冠五灯下兀坐有怀闽南高云客》,其二有“十载闽南客,心悲晚识君。文章真细密,慰藉日殷勤”[⑫]句,又有《除夕前一日高云客始过我减斋时有介初自秣陵返》(《赖古堂集》卷九)、《寒食郑宜兮崔五竺高云客谢尔将过敢园》(卷九)、《重九寄郑宜兮蒋用弢谢尔将高云客》(卷九)、《题高云客诗后》(卷二十一)。蒋玢,字用韬,一作用弢,一字绚臣,号词海闲人,籍闽县,清初著名藏书家、诗人。周亮工又有《喜蒋用弢至自闽南》六首(《赖古堂集》卷十二)。

郑方坤所撰《赖古堂诗钞小传》云:“先祖二铭公,辱公文章道义之交,尝枉驾三造敝庐,闾里传为佳话。”[⑬]黄晋良撰《故文学二铭郑先生行状》[⑭],代撰《郑二室广文八十寿序》[⑮],撰《题白瀍郑二室广文寿幛》[⑯]。闽县郑邦祥家族迁自福州府长乐县,至郑善述(郑方坤之父)时避地迁往建宁府。请参看《明代福建文学结聚与文化研究》第八三“闽县郑邦祥”条。

---

① 同上书,卷四,原第十七页,影印第231页。

② 周亮工《赖古堂集》,《年谱》原第六页,影印第911页。

③ 钱谦益《牧斋有学集》卷二。

④ 按:周亮工《十月廿六日城阳寄(吴)冠五》组诗其三“徐生新赋鹏”句下注:“存永没于长沙。”(《赖古堂集》卷六,原第十三页,影印第312页)民国元年(1912)废善化县,其地并入长沙县。诗《哭徐存永》注:“存永客死善化。”(卷十,原第十六页,影印第471页)

⑤ 周亮工《赖古堂集》卷十,原第十六页,影印第471页。

⑥ 同上书,卷三,原第十、十一页,影印第182-183页。

⑦ 民国《长乐县志》卷二十五,《文苑传》陈骝传,原第六页,影印第488页。

⑧ 民国《长乐县志》卷二十五,《文苑传》陈子钦传,原第七页,影印第488页。

⑨ 周亮工《赖古堂集》卷十,原刻第七页,影印第453-454页。

⑩ 同上书,卷五,原第八页,影印第254页。

⑪ 同上书,卷五,原第九页,影印第255页。

⑫ 同上书,卷六,原第二页,影印第290页。

⑬ 郑方坤《国朝名家诗钞小传》卷一。

⑭ 黄晋良《和敬堂全集》文部卷九,《清代诗文集汇编》第54册。

⑮ 同上书,文部卷三。此序当为郑善述代笔。

⑯ 同上书,诗部卷八。

闽县黄晋良。黄晋良尝选《唐诗剩义》三十卷，“周栎园侍郎见之，谬谓其论多特解，语许有介（许友）曰：‘黄书行，诸选废矣。’居秣陵后，犹驰书趣使卒业。”①

闽县人叶瑛，字子尚，号一山，叶履春（素庵）之子。少以诸生负文名，屡困场屋。顺治三年（1646），始循资出贡。时国初定制，其以贡入仕者，上可得郡推，次亦可守一县，而叶瑛以侍亲辞，终不出仕。出贡时，为署学政周亮工所雅重。周亮工之狱起，词连叶瑛，为刑部逮讯②。林佶代撰《叶一山墓志铭》。

侯官布衣诗人李根，字云谷，一字阿灵。性沉静，精篆籀之学，尝注《广金石韵府》，周亮工为之梓以行世。③ 民国《福建通志》李根传注引《闽书》，《闽书》系晚明泉州府晋江人何乔远（1558—1631）著作，疑误。同治刊本《福建通志》著录莆田林尚葵、晋江李根所著《广金石韵府》，注云：“尚葵，字朱臣。根，字阿灵。”④以李根为泉州府晋江县人。

移家会城的兴化府莆田县人郭巩（字无疆），以写生名。为周亮工作小照。闽臬长程仲玉以白周亮工冤，同被逮，病死霞岭。周亮工北归，属高兆请郭巩追写程仲玉影，笔之如生。⑤

长乐士人陈兆申，陈骧之父。垂老，“以某甲事株及，并左伯周亮工下廷尉，骧橐饘三载，备极艰辛”，“后朝审，旋风吹牍入云中，亮工与兆甲冤俱白”⑥。按：周亮工于顺治十年（1653）由福建按察使任福建左布政使，即左伯，十一年正月入为京官都察院左副都御史。陈骧亦与周亮工关系密切。

福州府福清县人郭鼎京（字去问），隐居绵亭山中三十年，不求仕进。能诗，工书画。周亮工称其诗芊绵可爱，画亦如之。尝为周氏作数千竿竹，写《楚辞》全部又一册，写陶诗全部，书《苏蕙织锦诗》，纵横数十图，计五万余字。同时又有龚懋壂（字克廉）亦亦书法著，周亮工《读画录》及之。⑦

诗人林古度困顿潦倒，当明清易代之际，“海内士夫过金陵者必过访，然浮慕而已，不能有所缓急”，竟于康熙五年丙午（1666）下世，其子贫不能葬，侍郎周亮工尝葬之于钟山⑧，为买墓田⑨。寓居金陵的兴化府诗人余怀，作《金陵怀古六十咏》，周亮工尝为之序⑩，周亮工有诗题《从余鸿客乞竹澹心躬送至甫种值雨》（《赖古堂集》卷六）。兴化府雕刻名家吴晋（字平子）从周亮工游，治印风格一洗其旧；泉州府晋江人陶碧（字石公）以从之游，入周亮工《闽小纪》⑪。康熙间，闽县诗人叶矫然、吴香为“游金陵，见周栎园先生”⑫。叶矫然作有《题周栎园侍郎读画楼》二首⑬。

周亮工交往的汀州府文人层次较高，有明末清初著名的古文家、汀州府宁化人李世熊及其门人、汀州府长汀人黎士弘等人。

宁化李世熊有《答周栎园方伯书》：“不肖往为俗儒，今为俗僧，如失道逋儿骤入异乡，循篱傍壁，不识安身何所。……顾帖括之业已腐而不灵，诗赋之坛复志焉不逮。然而乡人述之，先正引之，即道师亦道之，如实有文行焉者，事即不虞，何遂至此，乃知沤花影内一切声闻色相悉是幻妄构成，类如此矣，惟道师以再来人偶见文士，身为说法，所至惠风开畅，令诸人士胸洞日明，意芽抽变，此与雨花点石机神何二何一？近世老宿乃谓文字结习非关正觉，窃不谓然。使诸祖仅以不立文字立教，引人入黑漆漆

① 黄晋良《题叶井叔手钞王西樵选诗六则》，《敬和堂全集》文部卷十三，原第一页，《清代诗文集汇编》第54册，影印第206页。
② 民国《福建通志》总卷四十三，《福建高士传》卷五，叶瑛传，原第二、三页。
③ 民国《福建通志》总卷四十四，《福建艺术传》卷二，李根传，原第十页。
④ 同治刊本《福建通志》卷七十，影印第1463页。
⑤ 民国《福建通志》总卷四十四，《福建艺术传》卷二，郭巩传，原第十页。
⑥ 民国《长乐县志》卷二十六，原第二十一页，影印第504页，陈骧传。
⑦ 民国《福建通志》总卷四十四，《福建艺术传》卷二，郭鼎京传，原第十页。
⑧ 民国《福建通志》总卷三十九，《福建文苑传（清一）》卷七，林古度传，第一页。
⑨ 黄虞稷《栎下先生行状》，《周亮工全集》第18册，第196页。
⑩ 民国《福建通志》总卷三十九，《福建文苑传（清一）》卷七，余怀传，第一页。
⑪ 民国《福建通志》总卷四十四，《福建艺术传》卷三，林熊、吴晋合传及陶碧传，原第四页。
⑫ 叶矫然《自序》，《龙性堂诗集》卷首，《清代诗文集汇编》第50册，影印第5页。
⑬ 叶矫然《雁唳集》，原第一、二页，《清代诗文集汇编》第50册，影印第65页。

地,宗风之微久矣。惟有二楞、维摩、员觉、华严诸大部渊藻华妙,包络俊秀。敏异之徒故虽以韩原道于前,欧正本于后,终不能使宗风抑而不振者,此文字维持宗教之方也。”[①]按:李向旻云“先子自丙戌(顺治三年,1646)入山,当事多方物色,因托迹缁流,矢死不出”[②];《答赖时见书》后李向旻附记:“先子丙戌(1646)秋入山,三载绝迹城市……戊子(1648)六月事”[③]。李世熊为僧在1646—1648年间。根据这一段书信中语,李世熊与周亮工讨论文学、佛教均有超迈认识,于仕清为福建按察使、福建布政使[周亮工于顺治六年(1649)起任福建右布政使,十年转左,至十一年(1654)正月内召]的周亮工亦无恶感,李之视周,态度明显区别于李世熊对待降清的其他士大夫,未引后段书信文字还显示李世熊为周亮工作寿言以及周亮工所嘱“广搜文字”之事。

李世熊、周亮工均为同时人,入清以后,一隐逸林泉,一热衷功名,虽如此,不害彼此交谊。李世熊为周亮工父母撰《周太翁朱太君七十偕寿序》,据周亮工父亲周文炜的生卒年(1583—1658),推断为顺治九年(1652)作。在周亮工获罪、待闽质审之时,李世熊作《周元亮诗卷书后》二什。其一云:“闻栎园在系时,谗忌竖垒,患且不测,而栎园衔杯洒翰,酬接啸吟,落落如平时。今读此卷,虽声情掩抑,而怨诽都忘,若飘瓦来触,狷心无忤者,所谓生死一条非耶?阳明云人惟当厉害,经忧危,遭屈辱,愤怒不平者到此能不愤怒,惶惑失措者到此能不惶惑,此是凡人得力处,亦是用力处。为学、经世一以贯之矣。栎园岂得力于忧辱时哉?当是用力殊耳。”其二云:“三复此卷,颇获四益:一知立言之体。凡哀而不伤,斯谓风;怨诽不乱,是为雅。此诗哀矣怨矣,乃如秋风洒肌,顿涤烦眚,无论欢、怨、哗、寂,各有登山临水、送归远行之意,何伤与乱乎?一得弭怨之道。鬼弹蜮矢,虽曰潜伏,然亦缘影而至耳,此诗唱叹余音绕萦如缕,即使仇嫉读之,正如林岛杳冥、海波澒洞,移换宿情自悔,张弧注矢全无质的,不觉敛手释弸矣。一增师友之重。往观颠沛流离,即父母兄弟,或智计无戎而窒衅弥瑕,分忧茹痛,惟师友特笃。今见周、黎始终之交,生离托付之重,益信同心之言听于神鬼,岂但金兰云尔乎?亦悟生死无常之理。凡人以无益之愁横忧莫致之命,不知荣辱、死生幻逾瞬转,虽有大力,岂能留持?昔之板倒鬓、苍声嘶、溺下谬、迷颠倒,自栎园观之,乃可噱然一笑也。”[④]盖深情知音之鉴赏。

李、周之间的交情在周亮工离开福建后依然深笃。李世熊《与彭躬庵书》第六书:“前岁周栎园欲选刻拙集,因媿曾(长汀黎士弘,字媿曾,李世熊门人)抄本多淆伪,耑书来索原稿,及邮稿人归,言栎园已作古。”[⑤]按:此书信中有“某无先父之隐德,辄逾古稀二年,过叨天锡矣”[⑥]云云,知此信作于康熙十二年癸丑(1673),亦与周亮工(1612—1672)已卒之事相合,亦知“前岁”即康熙十年(1671)周亮工晚年仍然谋刻李世熊著作,虽以斯人长逝而不克,足以佐证周、李交情之深挚。

李世熊门人、长汀黎士弘与周亮工较深交往,亦为周亮工门人[⑦]。周亮工五言律《黎媿曾北上寄张远公》其一:“媿曾天下士,到即诵君贤。不及观标格,时从谋简编。诗能删世好,交或引余前。我友怀人去,相看意倍坚。”[⑧]黎士弘系顺治四年(1647)贡国子监,十年(1653)举人。此诗在《陈开仲至》诗后,当在顺治六年己丑(1649)之后。周亮工又有《予以庚寅(顺治七年,1650)冬日出临汀壬辰(九年,1652)夏日再至铁岭是为临汀界不获见八邑诸同人黯然久之赋此寄怀黎媿曾宣岩诸君子》二首[⑨]、《今年夏在铁岭赋二诗寄怀汀南诸同人冬初以使事至丹霞亦汀南接壤地得黎媿曾道存郑健也诸子所刻续

① 李世熊《寒支初集》卷六,四库禁毁书丛刊集部第89册,影印第220页。
② 李世熊《与何令君书》后,影印第223页。又见李世熊自撰《岁纪》丙戌年入山,明年祝发,号寒知(《寒支二集》,影印第402页)。
③ 李世熊《寒支初集》卷六,影印第212页。
④ 李世熊《寒支初集》卷十,影印第383页。
⑤ 李世熊《寒支二集》卷五,影印第491页。
⑥ 李世熊《寒支二集》卷五,影印第490页。
⑦ 翁方纲《跋周栎园手书与黎媿曾诗卷》,《复初斋文集》卷三十二,《周亮工全集》第18册第278页簃录。
⑧ 周亮工《赖古堂集》卷四,原刻第十七页,影印第232页。
⑨ 周亮工《赖古堂集》卷八,原刻第七、八页,影印第380-381页。

怀帖感其意成诗二首再用前韵》[①]。其他诗尚有七言律《黎媿曾过慰儿子过西昌时媿曾与大令宣岩存恤备至》(《赖古堂集》卷十)等。周亮工撰《托素斋诗序》:“予于古文之道固未及窥,而甚伤乎今人之文之靡,思一返诸古,《赖古堂近文》一选务求合于欧、曾诸大家者以救正之。至于诗则又不好为繁艳谐俗之声,此皆世人所为迂阔而非笑之者,媿曾不与时共诋毁,幸矣。”[②]周亮工以己身之迂阔许之。周亮工复作《理信斋存稿序》、《托素斋文集序》(《赖古堂集》卷十四)、《与黎媿曾》(《赖古堂集》卷二十),黎士弘亦作有《尤难为怀集序》(《托素斋文集》卷一)、《闽雪篇序》(《托素斋文集》卷五)等。

汀州府(别称临汀)属县上杭县,别称杭川[③]。周亮工多有诗及之,如《赖古堂集》卷四《杭川同王将军大士庵礼佛》、《杭川署中杂咏》、《留别杭川诸生》、卷八《杭川舟中怀陈阶六》、《自清溪返杭川诸子衿有以诗文相质者愧赋一诗谢之》、《夜登杭川城楼有感四首》、《杭川城上有怀樵川郑圣胎朱璧符张龙玉》、《杭川署中哭张崧瞻》、《裴符剖自清溪以新诗来质时予已发杭川邂逅中途喜赋一诗》、《次馆前驿念已与临汀诸君子别黯然久之》、《庚寅在杭川赋诗寄怀樵川诸君子顷乃复至樵川竟岁回环曾无定迹再叠旧韵却寄杭川诸子》等。在《庚寅在杭川赋诗寄怀樵川诸君子顷乃复至樵川竟岁回环曾无定迹再叠旧韵却寄杭川诸子》诗后注云“樵川入汀,顺流至剑津,复逆流而上,至九龙”[④],即从邵武沿邵武溪、富屯溪顺流东南至南平,折向西南,沿沙溪、九龙溪(亦称清溪、正溪)逆流而上至清流县,从清流陆路至长汀,这是一条主要从水路往返邵武府、汀州府的捷径。

清流人裴汝甲、裴汝甲,裴应章子,俱能诗。福建布政使周亮工“最加叹赏,有‘海内风流全黯淡,汀南词赋尔崚嶒’之句”[⑤]。顺治七年庚寅(1650),周亮工至汀州,汀州人士结撰《续怀帖》,属和三十五篇,黎士弘为序。[⑥] 吴县申时行(明代万历间大学士)之孙申绎芳(号霖臣),“尝至汀,与方伯周亮工交好,有《游闽诗纪》,亮工极击节之,且为之序焉”[⑦]。周亮工有诗《清流雨中与客饮》(《赖古堂集》卷四)等。

周亮工与泉州府士大夫亦有所交往。与泉州府前辈黄景昉交往,作有《答黄东厓先生》、《饮东厓先生湘隐园同林素庵周芮公杨康侯》[⑧]等。黄景昉(1596—1662),字太稚,号东厓。崇祯间官至文渊阁大学士,崇祯十六年(1643)致仕;林胤昌(1595—1657),字为磐,号素庵,俱晋江人。顺治十五年戊戌(1658),与泉州府晋江人林嗣环(1607—?,字铁崖,一作鋏崖,今其地属安溪县)同在狱中,为患难之交。周亮工有《与林鋏崖》五首,称“十年知己泪,愿借北风飘”[⑨]。又有诗题《铁崖林公被逮北上侍者粤人邓猷怀絮温公银铛日凡数十易左右公患难三年终始不怠高子云客为作絮铁行予值猷湖上感而赠此兼呈鋏崖》[⑩]、《林鋏崖从琼海惠书见慰感赋》[⑪]、《再与鋏崖》[⑫]、《五月廿九日烈风雷雨闻鋏崖明朝行黯然赋此送之》[⑬]、《与林铁崖》书信二通[⑭]、《题陈章侯画寄林铁崖》二通[⑮]、《为林铁崖题吗咖哕国画》[⑯]、

---

① 周亮工《赖古堂集》卷八,原刻第十页,影印第 385 页。

② 周亮工《赖古堂集》卷十四,原第十、十一页,影印第 578-579 页。

③ 按:邵武府光泽县亦别称杭川,多见于《光泽县志》及光泽籍贯的清代作家文集中。综合观之,周亮工集中之“杭川”当指上杭县,以其《夜登杭川城楼有感四首》其三第四句“孤城秋色七峰山”,此七峰山在上杭县;诗后注云“汀治初造,砍大树千余”云云(《赖古堂集》卷八,原第四页,影印第 374 页)。发源自汀州府治长汀县的鄞江,至上杭县称汀水,南流入广东称韩江,于潮州府入海。

④ 周亮工《赖古堂集》卷八,原刻第八页,影印第 381 页。

⑤ 乾隆《汀州府志》卷三十三,《文苑传》裴汝申传附,影印第 381 页。

⑥ 乾隆《汀州府志》卷三十九,《艺文序・续怀帖序》,影印第 438-439 页。

⑦ 乾隆《汀州府志》卷三十五,《流寓传》,影印第 385 页。

⑧ 周亮工《赖古堂集》卷四,原刻第十六、十七页,影印第 230-231 页。

⑨ 同上书,卷五,原刻第十四、十五页,影印第 266-267 页。

⑩ 同上书,卷六,原第八页,影印第 302 页。

⑪ 同上书,卷八,原刻第十五页,影印第 395 页。

⑫ 同上书,卷九,原刻第九页,影印第 420 页。

⑬ 同上书,卷九,原刻第十六页,影印第 434 页。

⑭ 同上书,卷二十,原刻第九、十页,影印第 768-770 页。

⑮ 同上书,卷二十二,原刻第四、五页,影印第 824-826 页;卷二十二,原刻第八页,影印第 831-832 页。

⑯ 同上书,卷二十二,原第十、十一页,影印第 836-837 页。

《题画寄林铁崖》①。有同门、泉州府晋江人吴第,周亮工诗《同门吴曰庸先生徒步自泉州过慰》②。周亮工尝为原籍晋江、寓言居金陵的黄虞稷撰《黄母(黄虞稷之母)周宜人七秩序》③,而黄虞稷在周亮工身后为撰《栎下先生行状》④,述往事云:"先生卧苛时,稷时往起居","间一二日偶以事未往,夜梦先生如平时,云将有远行。醒而念先生病甚,斯言得无不祥乎? 急如先生所,而已复魄矣。嗟乎! 斯言莫践,知先生犹念亡友也。"⑤反映出黄、周二家之间的深厚情谊。

周亮工与福建士人交游忘返的诗作尚有《送陈陉山(陈克张⑥)下第返闽》二首(《赖古堂集》卷五)、《(泉州府)江皜臣(? —1656)将游丹霞入潮阳以道阻却返皜臣天都人家于温陵》(卷四)、《鼓山西禅华林法海诸开士来相迓云宗宝和尚有返怡山消息》、《维舟洪塘环而雪涕者数千人相与入榕城》(卷五)、《(福州府侯官县)竹畸先寄林孔硕》(卷十)、《亘信和尚俗腊予别和尚于清漳漳城陷和尚移钵(福州府侯官县)雪峰顷复辟兵来省今日语予曰入秋太平见矣》(卷九)、《偶过陶瓶(侯官许友别业)值胡彦远(原名胡士登,字彦远,号旅堂)小饮得酸字》(卷九)、《闽人翁陵移家公路浦过予舟与其同里徐延寿(陵)醉》(卷九)、《(闽县)陈香初诗集序》(卷二十一)、《(延平府)南溪陈克兴以所著诗文见示赋此奉赠克兴著有车尘杂述》、《过(延平府)陈简庵溪南草堂》(卷八)、《将入清漳(即漳州府)留别佟汇白宋辕文郝敏公诸君子》(卷八)、《清漳城上感怀四首同唐肯堂作》(卷八)、《王美厥自清漳过慰漳城前岁陷贼美厥仅以身免》(卷八)、《周方叔(婴)⑦至自(兴化府)莆田》(卷七)、《桃源县答宋去损(兴化府莆田宋祖谦,宋珏从孙)卓初荔》(卷九)、《宋去损以予累客死都门重九前二日素旐南返哭送四诗兼贻令嗣峨长》(卷九)、《送宋去损返莆田》(卷十一)、《宋去损冰荔编序》(卷十五)、《题宋去损分书卷后》(卷二十二)、《题宋去损八分书群鸦寒话图歌》(卷二十三)、《复余澹心(兴化府余怀)》(卷二十)、《清漳送郭无疆(巩)归莆田》(卷十一)、《将发青齐闽中毛文山⑧(毛鸣岐,闽县人,顺治十一年举人)孝廉适至即赋别》(卷十)等。

在上引诗题中具名的诗人之外,《读画录》中尚有翁陵(寿如,建宁人)、郭鼎京(去问,福清人)、郭巩(无疆,莆田人)、林之蕃(孔硕),《印人传》卷三有薛居瑄(弘璧,原籍晋江,占籍侯官)、薛穆生(薛居瑄子)、黄枢(子环,漳浦人)、黄炳猷(克侯,黄枢子)、陶碧(石公,晋江人)、杨玉晖(叔夜,长汀人)、吴晋(平子,莆田人)、林熊(公兆,莆田人)、吴晖(秋朗,邵武人)、吴道荣(尊生,原籍新安,家福州)、魏植(伯建、楚山,莆田人)等;《广印人传》及其《补遗》中尚有林晋(晋白,莆田人)、余藻(采芝,莆田人)、郑篨(雨篁,莆田人)、程为仪、李鹏(九扶)等。高阜作《赖古堂印谱》序,莆田郑簠(字汝器、良常,号谷口,占籍上元)书。

刻于康熙元年(1662)的周亮工《赖古堂名贤尺牍新钞》以及续刻的《藏弆集》、《结邻集》三部尺牍选集收录闽中多位作者尺牍,详列如下:陈衎、曾异撰、王志远、曹学佺、谢肇淛、林之蕃、宋珏、宋祖谦、韩廷锡、何楷、陈翰、周婴、高兆、张燮、陈士奇、崔嵸、黄虞龙、黎士弘、余怀、周庚、蔡复一、郑昆贞、林章、林嵋、林嗣环、叶甲、方鋐、林简、周闻、张壬则、朱泰徵、徐延寿、许友、黄景昉、林弘衍(以上据《尺牍新钞》目录)、蔡复一、高澂、许友、曾楚卿、余怀、高兆、余怀、邓汝高、黎士弘、林古度、李长日、何乔远、黄文焕、黄瓒、黄虞稷(以上据《尺牍新钞》二选《藏弆集》目录,余怀重出)、李世熊、曾异撰、林之材、陈

---

① 同上书,卷二十二,原第十一页,影印第 838 页。

② 同上书,卷八,原刻第十七页,影印第 399-400 页。

③ 周亮工《赖古堂集》,卷十六,原第一至三页,影印第 627-632 页。

④ 周亮工《周亮工全集》第 18 册,第 192-198 页。

⑤ 同上书,第 197 页。

⑥ 按:周亮工《又题蕉堂图》云"送陈克张返闽,有'修修闲绿里,为我拂蕉堂'"(《赖古堂集》卷二十三,原第九页,影印第 858 页),正此组诗其一的最后两句。

⑦ 顺治六年(1649),兴化府莆田周婴跋周亮工《字触》,序《同书》(朱天曙《周亮工年表》,《周亮工全集》第 18 册,第 373 页)。

⑧ 按:民国《福建通志》著录毛文山《菜根堂全集》,解题引毛奇龄《西河合集》云:"周侍郎栎园每称文山为五言长城,宛平王文贞之五言古诗,太仓吴学士之歌行,中原彭禹峰方伯之七言律与文山五律可以颉颃。间尝读侍郎所摘文山五字句而慕之。今文山合辑其序、记、赋、颂,汇为一集。"又按称其名佚,误(《福建艺文志》卷六十四,第十五页)。

奎辉、林嵋、陈衎、林向哲、赵世显、郑磊、释元贤、陈第、黄虞稷、徐延寿、陈濬、黎士弘、何絅、周婴、张光世、陈肇曾、余怀、高兆、林嗣环(以上《尺牍新钞》三选《结邻集》)。

周亮工内升都察院副都御史,骎骎向用,为继任福建总督所讦,夺职下狱,解闽对簿,最终罢官还居扬州,持亲丧,扬人、闽人作诗文投赠者二十五家,闽人有徐延寿、侯官许珌、建阳黄澂之、晋江林赐环、侯官高兆、永福黄文焕、晋江黄志遴、闽县陈润、陈焯(涤岑)等。[①]

顺治四年丁亥(1647),以建瓯(别称芝城)陷寇,剑南道梗,福建按察使周亮工取道江西,从杉关间道邵武府入闽,道阻于光泽县、邵武县,即邵武府郡治莅任,停留于邵武府近一年。初到福建的周亮工接触到邵武府诗文创作的整体风貌,大为欣慰,敏锐察觉到邵武府的竟陵诗歌创作现象,及时进行了纠正。周亮工撰于顺治四年丁亥(1647)季冬的《万山中诗序》云:"予初至樵,士以予至,旅见予,揖让间多古人风,与之语,质而慗。予退而喜,曰:山居之益人如是哉。及观其诗若文,纯庞浑朴者在在是。间有靡甚,与其人其地弗顙者。然即靡甚,而纯庞浑朴之气终隐隐露。私窃疑之,以为生万山中而所构如是,殆有以移其见闻者欤?其纯庞浑朴之气终隐隐露也,则终山居之益哉!阅数日,知楚之狡狯隐予乡阀阅姓字,诡为僧,多与人言诗,复窃竟陵余唾以欺人耳目。樵士虽心非之,而间为之逦。久之,厌其所作,相与焚弃之。予乃信予言之不谬也。予于是合樵士之诗纵观之,大约味澹而旨永,与柴桑近,落落穆穆,不失为万山中人、万山中诗,如是而已。"[②]明末清初福建各府诗人及其诗歌创作颇受竟陵派诗风影响,请参看拙著《明代福建文学结聚与文化研究》第二十章第三节。周亮工高度肯定邵武府及其属县诗人其人质慗,其诗纯庞浑朴、味澹旨永,与陶潜诗近,察知湖广宗竟陵诗风的诗人避地邵武,传播竟陵诗风,使邵武诗风转向轻靡纤巧,遂起而矫之,与邵武府城上建诗话楼,祀南宋乡贤严羽,主《沧浪诗话》,屡行雅集,使邵武诗人厌竟陵诗而焚弃之。建宁府浦城诗人沈之倬学诗于海宁诗人查伊璜,风格冷峭幽异,大致与竟陵为近;顺治六年(1649),按察使周亮工行部至建宁府,同知潘沂以沈之倬荐,周亮工特加赏识,可视为沈氏诗歌创作风格转变的契机;明年(1650)入都,与周亮工好友龚鼎孳游,尽交海内知名士,诗格为之一变;周亮工入闽就勘,沈之倬与高兆、许友等极力谋讼周亮工之冤,有少年闻雀悲之慨,后又入周亮工门人黎士弘之幕[③],俱为同道者,沈之倬是闽中诗歌创作改弦易辙的典型。

周亮工还观察到邵武府的优良文风:"樵在万山中,虽隶闽,而闽之方物无一出,以故商贾不至,玩好之物、游冶之具亦无由入。士君子自父兄、师友之外,无杂交。其工为古文词者,自经、传、《史》、《汉》、韩、欧之文外,不他见。学为诗者,大约如其乡之陈白云(陈昂,寓居金陵),得王右丞即诵王右丞,得杜工部即诵杜工部,尚不知有北地,何论竟陵?以故发为文词,多纯庞浑朴之气。其习为轻靡纤巧者,百无一人焉。即间为他方之人如楚之狡狯者流所中,寻即自悔其作,相与焚弃之,其纯庞浑朴之气终隐隐自露也。"[④]周氏论明末清初的江南文风,以为其人轻浮浅露,摇唇鼓舌,类乎钟嵘《诗品序》所状之态,江南文人从事文学创作之时固垒建帜,门户森严,聚族相诟,其诗文纷华靡丽,欲求其为纯庞浑朴而不可得。邵武府僻处闽西北,相对封闭,明代文学创作上的前后七子、竟陵派等各种思潮及其嬗变几乎为地理所隔绝,不能传至该地,引起邵武古文家的追摩,故而能在古文词创作上保有经、传、《史》、《汉》、韩、欧传统。

周亮工自撰《赖古堂诗集序》,论其诗云"公诗肤七子,戋竟陵,藺驿骑两家者"[⑤]。《与林铁崖》谓"伯敬、友夏只是好新,落笔遂不顾所安耳"[⑥]。周亮工导引清初福建诗风转变,为清代福建诗歌创作从

---

① 民国《福建通志》总卷二十五,《福建艺文志》卷六十六,第二页。
② 周亮工《万山中诗序》,《周亮工全集》第18册,第123页。
③ 民国《福建通志》总卷三十九,《福建文苑传(清一)》卷三十七,沈之倬传,原第七、八页。
④ 周亮工《万山中诗序》,《周亮工全集》第18册,第123页。
⑤ 周亮工《赖古堂集》,卷十三,原第一页,影印第530页。
⑥ 同上书,卷二十,原第九页,影印第768页。

竟陵到神韵的转型打下坚实的基础。其古文理论主唐宋八家、明唐宋派及晚明艾千子等人，也是清初逐渐确立的古文理论体系的重要组成部分。《南昌先生四部稿序》:“至启、祯之际，千子(艾南英)大振坛坫，而士业、巨源、茂先、武子诸君子相与后先倡道文章，遂复炳中天然，迹其所为碑、表、志、序、诗、传、铭、赞，古体与应德(唐顺之)、遵岩(王慎中)、鹿门(茅坤)、震川(归有光)诸先生相絜量，而与七子绝远，歌行、近体、截句诸篇什与季迪(高启)、茂秦(谢榛)辈并驰驱，而亦与王、李不啻径庭，两壁争持，若凿枘之不相入，而泾渭之不可与同流也。其初亦均推本秦汉，导扬风雅，而其后各得其一端，或出之以澹宕，或深之以瑰奇，遂至分道而驰，然由吾豫章之说，取径欧、王以合轨唐宋，固为适于秦汉之路。彼徒事雕缋以剽窃为工者当无以夺其说，而渐流渐敝，亦有不可救之势。余见数年以来文人竞尚八家叹息之音，呜咽满幅，层叠之句，反复连篇，自以为韩柳复生、曾苏再见而不知不至，复入于晚宋不止，亦何以厌向者慕效王、李之心？彼趋王、李而斟酌之，去其秾纤，根极典要，著为沉博绝丽之文，不出数年，必将大胜乎为八家者，而八家醇洁简劲之风反至代受诬呵澌灭，不可再振。虽诗文异辙，揆其大要，均之不出乎此也。”[①]周亮工以为自唐宋之后，诗文之弊异辙而同弊，唐宋诗歌、古文之后，有晚宋诗歌、古文之弊，为学唐宋古文、诗歌之失；有明代前后七子诗文之弊，为变异明代馆阁作者宗尚唐宋古文的创作途径而专主学秦汉之失，确认“取径欧、王以合轨唐宋，固为适于秦汉之路”的观点，善学秦汉者莫过于唐宋八家，这是清代古文家主张学唐宋古文的理论基础，非必要从学习秦汉古文方得古文真髓。

## 第二节　明清诗歌的转型

### ——论文坛盟主王士祯与福建诗人的关系

康熙间，继钱谦益而起的诗坛盟主新城王士禛(1634—1711)与清初闽籍诗人的来往在其诗歌创作活动中的意义值得研究。闽籍诗人与王士禛及其建构的神韵说的诗歌理论的关系大致分成三类：其一为年纪、辈分均长于王士禛的闽籍诗人，在明清易代之际起到接续、维持清初诗歌创作作用的诗人；其一为王士禛主盟文坛之时，受到王氏指点，向王氏学习诗法的闽籍诗人；其一为向王士禛的神韵说诗歌理论提出挑战，修正其诗歌理论的闽籍诗人，以乾隆、嘉庆间的翁方纲(1733—1818)为代表，与王士禛的生平并无交集。

王士禛与原籍福州府福清县、著名诗人林古度(1580—1666)的交往。明清易代之后，林古度在金陵的旧家被毁，化为灰烬，移居真珠桥南陋巷，屋仅数椽，生活日益困苦。传称其“年八十余，贫日益甚，又失明，冬眠败絮中”，年轻诗人王士禛任扬州推官，于顺治十八年、康熙元年间(1661—1662)屡过金陵，年八十余岁的林古度与未三十岁的王士禛这两位前后辈诗人得以定交。林古度与王士禛遍游金陵胜景，又与谈诗论艺，多次嘱托王士禛删定诗稿。王士禛得到前辈诗人的指点，对其诗坛地位的确立无异具有益处，然而林古度的诗集最终康熙四十九年庚寅(1710)得以付梓[②]。而王士禛序《林茂之诗选》则只肯定林古度万历四十年壬子(1612)之前诗，以彼时林古度之诗尚未受到竟陵派诗风的影响。序云：“康熙甲辰(1664)，林翁古度自携其万历甲辰(1604)以后六十年之诗来广陵，属余删定……其诗清华省净，具江左之体。逮壬子(1612)以还，一变而为幽隐钩棘之词，如明妃远嫁后无复汉宫丰容靓饰，顾影徘徊，光照殿中之态。今所录篇什，率皆辛亥(1611)以前之作。宣城施闰章□出过扬州，得是本读之，叹翁真面目今日始出。”[③]现存《林茂之诗选》中为1604—1611之间诗，仅二卷，是林古度

① 周亮工《赖古堂集》卷十四，原第十四、十五页，影印第584、585页。

② 详请参看拙著《明代福建文学结聚与文化研究》第六二“福清林章家族”条(上册，第228-229页)。

③ 林古度《林茂之诗选》,《清代诗文集汇编》001册，影印第1页。

早年之诗，不存其楚音。按照八年二卷的数量推测，林古度在1604年以后六十年间的诗歌数量应当在十五卷左右，所刊者严重损坏了林古度诗歌的全貌，亦有力地阻止了金陵以林古度为首的竟陵派诗人及其诗风在清初的传播。林古度携其自定六十年间之诗交付于王士禛，而最终梓行之集非复全貌，又在托付之日的四十六年之后(1664—1710)付刻，可谓所托非人[①]。林古度、王士禛两代诗人的关系和遭际可谓“庭坚不祀，徒深建德之悲；文季长贫，深负没身之托”[②]，令人叹息。民国《福建通志》著录林古度《挂剑集》，引陈衍《石遗室书录》：“此本乃渔洋先生所录。康熙甲辰，茂之携其六十年之诗属渔洋删定，渔洋序以为少作具江左、初唐之体，后一变为幽隐钩棘之词。今所录皆辛亥以前之作，仅存百数十首，施禺山(施闰章)叹真面目始出云，盖渔洋论诗喜清华而恶幽深云尔也。”[③]

在这四十六年间，王士禛诗歌声誉日隆[④]，成为一代诗坛领袖，代表了明末清初竟陵派、清初神韵派这两种诗歌创作风格在清代截然不同的命运。从钱谦益在明末抨击竟陵派诗歌的气象为“亡国之音”[⑤]，到王士禛以神韵说领袖诗坛，竟陵派在清代全国诗坛的地位一蹶不振，被贴上“纤诡诗文”[⑥]的标签。

王士禛与长于他二十岁的、福州府侯官诗人许珌(1614—1671，字天玉)交往。许珌与王士禛、陈维崧、邓汉仪诸公游，王士禛称之为闽海奇人。按：蒋寅《王渔洋事迹征略》顺治十五年戊戌(1658)：“以书抵许珌订交。”[⑦]民国《福建通志·福建文苑传》许珌本传：“珌尝赴试北上，缺赀斧，士禛时为扬州司理，告焉，士禛亦无以应，妻张氏脱金约腕付士禛，使为珌费，珌作长歌纪其事。士禛尝作《慈仁寺双松歌》赠之。”[⑧]《福建地方文献及闽人著述综录》引《衎石斋记事续稿》云：“天玉之诗，新城(王士祯)极称其沉雄孤峭，周元亮(周亮工)谓其雍土边塞之作尤工。”[⑨]闽县徐陵(存永)亦与王士禛定交。传称徐陵“将移家湖南，道扬州，与王士禛定交。士禛亟称其《过燕子矶》一律。”[⑩]以王士禛彼时的财力，恐亦爱莫能助。徐陵“绮岁才藻丽逸，钱尚书谦益以徐孝穆期之”，“著有《尺木集》，谦益作序，称其富有日新，标举其哭曹能始长篇不啻古良史。延寿谈闽诗，盛推许友，谦益读友作，逢佳处辄狂叫，延寿为知言。绛云楼灾，延寿寓书，相三日之哭，想见其交情”。“同邑陈濬字开仲，衎子。衎与徐熥、徐𤊹相切磨，为诗文。濬亦有才名，谦益称之。濬与延寿诗，士禛均选入《感旧集》。”[⑪]徐𤊹、陈衎、曹学佺、谢肇淛、黄道周、何乔元、林章、叶向高是晚明闽中作家中才情最为杰出者，在明亡之前或明清易代之际离世，标志着明代闽人杰出作家文学创作的谢幕，而其子侄辈中卓荦者徐陵、陈濬、林古度等与许友、许

---

① 按：王士禛曾经谋刻林古度诗集，蒋寅《王渔洋事迹征略》云康熙八年己酉(1669)王士禛奉使淮南，“检此本适在箧衍，谋为雕布”。(第165页)

② 张际亮《李古山先生鼃鸣集序》，《张亨甫文集》卷六，《清代诗文集汇编》第601册，影印第470页。

③ 民国《福建通志》总卷二十五，《福建艺文志》卷六十四，第一页。按：康熙中，闽中尚有部分诗人宗尚竟陵诗风，如福州府侯官诗人蓝涟，详请参看其家族条下；兴化府莆田县林宓，康熙中布衣，著有《壶壮集》，《兰陔诗话》云：“诗宗钟、谭，刻意求新，殊少合作。”(民国《莆田县志》卷二十三《艺文志》，原第八十九页，影印第211页，引)

④ 按：康熙八年己酉(1669)冬，王士禛读韩愈、苏轼、黄庭坚、陆游、元好问、虞集诸家诗，“是为公涉猎宋元诗之始”。(蒋寅《王渔洋事迹征略》，第166页)康熙二十二年癸亥(1683)，王士禛读司空图集，赏其论诗之说，著于笔记(同书，第280页)。“不著一字，尽得风流”之评(康熙初年宗元鼎诗评语，见《王渔洋事迹征略》第280页)及司空图诗论与王士禛早年在扬州所作深契，逐渐凝聚为王氏神韵说的诗歌理论。康熙二十七年(1688)，编《唐贤三昧集》三卷告竣，撰序(同书，第341页)。王士禛论诗之神韵宗旨俱在是编，时论以为神韵说凌前邈后，迥然出众家之上。

⑤ 钱谦益《刘司空诗集序》，《牧斋初学集》卷三十一，上海古籍出版社2009年版，第908页。《牧斋初学集》系钱氏在明朝的诗文集，初刻于崇祯十六年(1643)。

⑥ 陈寿祺《鳌峰崇正讲堂规约八则》其四，《左海文集》卷十，《清代诗文集汇编》第499册，影印第447页。

⑦ 蒋寅《王渔洋事迹征略》，第33页。

⑧ 民国《福建通志》总卷三十九，《福建文苑传(清一)》卷七，许珌传，第三页。按：事在顺治十八年辛丑(1661)岁暮(蒋寅《王渔洋事迹征略》第79-80页)

⑨ 福建师范大学图书馆古籍组《福建地方文献及闽人著述综录》，第75页。

⑩ 民国《福建通志》总卷三十九，《福建文苑传(清一)》卷七，徐延寿传，原第六页。按：顺治十六年十一月王士禛谒选，官扬州推官，明年到任，康熙四年(1665)秋满回京，在扬州六年(1660—1665)。

⑪ 民国《福建通志》总卷三十九，《福建文苑传(清一)》卷七，徐延寿传，原第六页。按：《感旧集》十六卷编定于康熙十三年(1674)。

珌兄弟继起,多与明末清初文坛盟主钱谦益有着深厚的交谊,钱氏亦颇赏识这些闽中诗人,但他们的命运则不尽相同,或者家道中落,潦倒以终,是为闽中文学世家嗣响的终结,或者转变诗歌旨趣,转以钱谦益之后的新一代文坛领袖王士禛为师,为神韵诗歌理论所笼罩,是为清代福建文学家族文学创作的新气象。

王士禛与侯官许氏的文学创作渊源颇长。从许珌到其侄子许遇两代人均与王世贞交往,一为师友,一为门人,王士禛居中以承上启下。许遇(许友之子、许豸之孙,许珌侄)受诗于王士禛。同治刊本《福建通志》著录许遇《紫藤花庵诗钞》一卷,引郑杰《注韩居诗话》云:"月溪工松梅竹石,受诗于新城王贻上,贻上尝题其画竹:'许侯磊落负奇气,平生节目坚苍莨。石林手种竹万个,兴来自写千筼筜。'"[①]许遇之诗学授予其外孙黄任(1683—1768,号莘田)。《国朝全闽诗录初集》许遇条下引《注韩居诗话》云:"七绝实为所长,莘田学焉。"[②]黄任亦以七绝享誉乾隆朝诗坛。

与兴化府莆田县诗人余怀(1616—1696,字澹心)的交往。余怀流寓金陵,征歌选曲,俨如少年。悯明之所以亡,著有《板桥杂记》,备载亡国之俗,自比《梦华录》。作《金陵怀古六十咏》,始旧内,终大本堂,皆有所寄意,王士禛以为不减刘禹锡[③],选入《感旧集》,并赠以诗。[④] 康熙三年甲辰(1664),余怀客广陵,王士禛屡见召燕集赋诗。[⑤] 二十三年甲子(1684)冬,邀余怀等人分韵赋诗;本年王士禛与余怀诗酒之会甚夥。[⑥] 康熙三十三年(1694),诗答余怀,告以郑重之讣。[⑦]

建宁府建阳人黄澂之(原名黄师先,字帅先,晚易名,改字静宜),为史可法幕客。史可法殉国后,行遁以老,殁于扬州。黄澂之才略似王京略,节义谢翱,而其诗笔妍丽,不类其为人,王士禛选其诗入《感旧集》。[⑧] 按:感旧集系王士禛于康熙十二、十三年间(1673—1674)间所编师友往来诗,计诗人333人,诗作2572首。[⑨]

与王士禛同时,在朋友、门弟子之间的闽籍诗人甚多。兴化府林尧英(号澹亭)为王士禛诗侣,称燕台十子之一。林尧英首见《王渔洋事迹征略》在康熙十六年丁巳(1667)冬十二月送田雯归乡时[⑩];十九年庚申(1680)春丁炜分巡南赣,施闰章等送行,五月,宋荦到京,王士禛等集林尧英寓所诗酒唱和[⑪]。同治刊本《福建通志》著录林尧英《澹亭诗略》,引《兰陔诗话》云"王阮亭(王士祯)选燕台十子诗,澹亭与焉。"[⑫]《国朝全闽诗录初集》选其诗《读〈双江唱和集〉》,诗中注:"时牧仲(宋荦)同阮亭(王士祯)、实庵(曹贞吉)、漪亭(田雯)、峨嵋、蛟门(汪懋麟)、方山(谢重辉)集余寓斋。"[⑬]是为清初结社雅集。今存《大通秋泛图》,康熙十五年丙辰(1676)作。沈荃(1624—1684)书引首《秋槎觞咏》。受画人田雯(1636—1704)题诗。卷后曹贞吉、王曰高、颜光敏、林尧英、汪懋麟、宋荦、宋炘、赵文煚、张完臣、李符、叶封、孟亮揆、顾嗣鲁、朱彝尊、谢重辉、孙效曾、张百龄、汪如洋、钱楷、萧霖、邵瑛、冯集梧(鹭庭)、张问陶、王昶、谢启昆、纪昀、刘墉、刘跃云、赵怀玉、吴锡麒、许兆椿、曹振镛、沈初、曾燠、洪亮吉、冯应榴、法式善、伊秉绶、施朝干、卢荫溥、张云璈、应沣、詹肇堂、秦瀛、程同文、吴文溥、钱福昌、金安澜、阮元、王

---

① 同治刊本《福建通志》卷六十八,影印第1394页。

② 《国朝全闽诗录初集》卷四,许遇,第69页。

③ 民国《福建通志》总卷三十九,《福建文苑传(清一)》卷七,余怀传,第一页。

④ 同治刊本《福建通志》卷二百十三,余怀传,影印第3922页。

⑤ 蒋寅《王渔洋事迹征略》第110页,引廖景文《罨画楼诗话》卷一所传引《古檀诗话》中余怀二律之"甲辰夏五日,曾问广陵潮。可爱王司李,官亭屡见召"句。

⑥ 同上书,第293-297页。

⑦ 同上书,第408页。

⑧ 民国《福建通志》总卷四十三,《福建高士传》卷四,黄澂之传,原第十七页。

⑨ 请参看蒋寅《王渔洋事迹征略》第207-208页、张亚琼《〈渔洋感旧集〉研究》(苏州大学2013年硕士学位论文)绪论第2页。

⑩ 蒋寅《王渔洋事迹征略》,第227页。

⑪ 同上书,第258页。

⑫ 同治刊本《福建通志》卷七十,影印第1463页。

⑬ 《国朝全闽诗录初集》卷四,林尧英,第78页。

鼎五十人题咏。康熙十五年(1676年)丙辰九月,田雯时任工部郎,分司通惠河上大通桥,效仿晋人兰亭雅集事,号召宾客,泛舟通惠河,饮酒作诗,并请郁姓画师绘《大通秋泛图》,涂饰风流。又邀曹贞吉、王曰高、颜光敏、林尧英、汪懋麟、宋荦等曾与会名流赋诗,汪懋麟署年款为"丙辰(1676年)九月"。其中田雯、曹贞吉、宋荦、颜光敏、谢重辉、汪懋麟、林尧英、叶封系京师"金台十子"诗人。按:康熙间"十子"诗人另指田雯、宋荦、曹禾、王又旦、颜光敏、谢重辉、丁炜、汪懋麟、曹贞吉、叶封十人,王士禛为之命名①。

与泉州府晋江人、顺治六年己丑(1649)进士林嗣环交游。林嗣环,字起八,一字铁厓、铁崖,号彻呆子。官历广东提刑按察司副使,分巡番琼道兼理学政,驻节广州。在狱中与周亮工同系,遂递相唱酬诗句。落职,客武林,遂家焉。与曹溶、朱彝尊辈相唱和。王士禄(号西樵)与书谓林嗣环之异人者三,其一下笔落落,能为崪屼俶诡之词,出入于孙樵、刘蜕之间,则异在文笔;其一则异在性情语言,自比乡人李贽。②《赌棋山庄词话》云:"居西湖,与朱锡鬯(朱彝尊)、宋玉叔(宋琬)、王贻上(王士禛)相引重。……铁崖名嗣环,字起八,晋江人。……既殁,葬西湖白沙泉右,琼人祀之包拯祠。"③其诗"多奥异不可读"。④叶矫然最爱其《西湖竹枝》中"妇人不识征南骨,错指灰堆是白云"之句⑤。

兴化府林氏家族自明代以来科举、文学事业极为繁荣,与林应采、林应标家族等为近支,请参看拙著《明代福建文学结聚与文化研究》第二五一"林熣章家族"条。林熣章系林尧光、林尧英、林尧华兄弟之父,与林熣章家族同时并能诗、以诗著称者为林恭章家族。林恭章诸孙林友王、林翼王、林赞王、林翰王、林宾王皆能诗。康熙二十三年甲子(1684),林人中介舅氏张松龄以父林嵋《蟛蜞集》序相属。⑥

十子中的丁炜,系出泉州府晋江丁氏家族,自明代丁自申以来丁氏家族代有文人,丁炜从弟丁焯亦能诗词。丁炜之诗力追唐宋,其集为施闰章(1618—1683,字尚白)、王士禛所定;其词集《紫云词》一卷,为朱彝尊选定,吴绮、徐釚评点。康熙二十四年乙丑(1685),王士禛在赣州,过江西按察司佥事丁炜甓园赏花,两人唱和诗作多首,别丁炜登舟;门人、兴化府莆田县林一璘(林宾王之子)时在丁炜幕,前来送别。⑦

侯官张远(1648—1722)一生踪迹不定,多在京师、广州,为王士禛等器重,与朱彝尊、查慎行、屈大均、魏禧、潘耒等唱和。《国朝全闽诗录初集》张远条:"偶道出西江,题诗滕王阁上,适曹秋岳(曹溶1613—1685)侍郎持节过此,大加激赏,亟招入芙蓉幕所,至为延誉,一日而诗名满长安。渔洋、绵津(宋荦,有《绵津山人诗集》十八卷)二公尤深器重,皆引之为入室弟子。'扬雄更有河东赋,惟待吹嘘送上天',岩穴之士,所由愿附青云而声施后世也。"⑧

闽县林佶(1660—1723后),同治刊本《福建通志》著录其著作,引《四库书目提要》:"工楷法,文师汪琬,诗师陈廷敬、王士祯。琬之《尧峰文钞》、廷敬之《午亭文编》、士祯之《精华录》皆其手书付雕。廷敬、士祯之集皆刻于名位烜耀之时,而琬集则缮写于身后,世以是称之。诗渊源有自,故体格犹为近古。"⑨刘声木《桐城文学渊源考》林佶传:"师事汪琬,受古文法。诗则师事王士祯。诗文皆渊源所自,当时几为天下第一人。义法体格犹为近古。"⑩所写刻汪琬《尧峰文集抄》、王士禛《古夫于亭稿》、《渔洋

---

① 福建师范大学图书馆古籍组《福建地方文献及闽人著述综录》,第76页。按:蒋寅《王渔洋事迹征略》系康熙十六年丁巳(1677)年(第226页)。

② 民国《福建通志》总卷三十四,《福建列传(清二)》卷三十三,第三、四页。

③ 谢章铤《赌棋山庄词话》卷三,宋琬戏林嗣环词条,刘荣平《赌棋山庄词话校注》第41-42页。

④ 同治刊本《福建通志》卷七十二,影印第1503页,注引邓孝威语。

⑤ 叶矫然《同里林铁崖作西湖竹枝有妇人不识征南骨错指灰堆是白云之句余最爱之因为之谣效王建》,《东溟集》卷二,原第九页,《清代诗文集汇编》第50册,影印第60页。

⑥ 蒋寅《王渔洋事迹征略》,第288页。

⑦ 同上书,第304-305页。王士禛返程亦经赣州,与丁炜、林一璘再会,有诗作(同书,第313-314页)。

⑧ 《国朝全闽诗录初集》卷八,张远条,第164页。

⑨ 同治刊本《福建通志》卷六十七,影印第1380页。

⑩ 刘声木《桐城文学渊源考》卷一。

山人精华录》、陈廷敬《午亭文编》,署“侯官门人林佶耆写”,称“林氏四写”。康熙三十年辛未(1691),林佶从王士禛学,时王士禛年五十八。[①] 康熙三十九年庚辰(1700),林佶下第,王士禛请林佶题画,并询林氏归期和《精华录》缮写事,指示《精华录》编次问题,林佶辞归,又商增益《精华录》之事[②]。

泉州府晋江县蔡震升系康熙二十九年庚午(1690)举人。民国《福建通志·福建文苑传》本传称蔡震升“少负奇姿,诗文绮丽,新城王士禛称为天才,泉帅张云翼及同里施琅延为上客。与侯官林佶、同安阮旻锡之子允让著有《理气漫言》、《事行卑论》二书”[③]。

泉州府晋江人(侨寓金陵)黄虞稷。顺治十六年己亥(1659),与年方二十六岁的王士禛交,有索王氏所作香奁诗事。[④] 王士禛多次向黄虞稷借阅藏书。[⑤]

福州府闽县人林云铭(1628—1697)。顺治十七年庚子(1660),与年方二十七岁的王士禛在江南乡试乡闱论交,同考官尚有晋江黄熙缵。[⑥] 黄熙缵系顺治十一年甲午(1654)举人。著有《儆庵诗集》。康熙二十年辛酉(1681),林云铭欲编当代文选,来书征文。[⑦]

兴化府莆田人林麟焻。康熙二十一年壬戌(1682)四月,林麟焻为册封琉球国王副使,王士禛、施闰章、陈廷敬、尤侗等有诗送之。[⑧]

邵武府施鸿。康熙十四年乙卯(1675),青浦县丞施鸿以部运至京,赠王士禛以所著书《史测》。[⑨]

建宁府建安人郑重,顺治十五年戊戌(1658)进士。康熙三十三年(1694),郑重卒于刑部左侍郎任,石交友王士禛往哭。[⑩] 郑重、施闰章、叶方蔼、沈荃为王士禛挚友,但郑重之诗“苍老无俗调”[⑪],似乎与王士禛异调。

雍正六年(1728)前后任福建巡抚的济南历城人朱纲(1674? —1728,字子聪),系王士禛的诗弟子。著有《苍雪山房稿》一卷。朱纲与兄朱缃、朱绛皆学诗于王士禛。[⑫]

王士禛身后,其风流文采吸引着全国诗人不断地进行模拟、唱和,形成影响深远的诗歌创作潮流。以下略考王士禛对闽中诗坛的影响:

漳州府漳浦人、嗣海澄公黄仕简(1722—1789,字立斋)之配苏世璋(字文圭、又珪,海澄人、提督苏明良之女)。著《瑞圃诗钞》一卷。在闺阁中,独能学选体,和王士禛《秋柳》诗,学王氏风韵[⑬]。

福州府侯官冯缙,字笏骈。嘉庆三年(1798)举人,官内阁中书。林则徐撰《陶舫诗二十韵为冯笏軿孝廉缙赋》,冯缙系林则徐诗友,诗句“冯君招我文字饮”,又云冯缙“平生风义重渊源,精写三诗付剞劂”,注:“渔洋(王士禛)、午亭(陈廷敬)、尧峰(汪琬)三家集皆其手书。”[⑭]

在清代中后叶,王士禛身后,仍然有不少闽人摹拟、学习王士禛之诗。如宁化吴贤湘(1748—

---

① 蒋寅《王渔洋事迹征略》,第369页。

② 同上书,第481、483-484、485、488页。

③ 民国《福建通志》总卷三十九,《福建文苑传(清一)》卷七,蔡震升传,原第十七页。

④ 蒋寅《王渔洋事迹征略》,第49页,引周亮工《藏弃集》卷十五黄虞稷《复新城王子底》书信。王士禄,字子底,王士禛伯兄。二王首唱为香奁诗,使温、李失声,和、韩却步(同书第47页)。

⑤ 兹略举数端,如康熙二十二年(1683)闰六月,王士禛向黄虞稷借抄《毗陵集》,时黄氏以徐元文荐入《明史》馆,王士禛向其借李观《李元宾集》、司空图《一鸣集》、沈亚之《下贤集》、柳开《河东集》、王令《广陵集》、牟巘《陵阳集》、李之仪《姑溪集》、耶律楚材《湛然居士集》等(《王渔洋事迹征略》,第280页);二十八年(1689)向黄虞稷借《书纂言》抄本(第349页);三十年(1691),借读黄虞稷藏明本《攻愧集》,校正经解数十字(第377页)。

⑥ 蒋寅《王渔洋事迹征略》,第53页。引林云铭《挹奎楼选稿》卷九《上王阮亭内翰》诗。

⑦ 同上书,第270页。

⑧ 同上书,第273页。此条下,蒋寅先生埒列王士禛、尤侗、施闰章、陈廷敬、李天馥等人诗。

⑨ 同上书,第213-214页。

⑩ 蒋寅《王渔洋事迹征略》,第406页。

⑪ 同治刊本《福建通志》卷七十六,影印第1568页,引《注韩居诗话》。

⑫ 永瑢等《四库全书总目》卷一百八十五,影印第1675页。

⑬ 民国《福建通志》总卷四十五,《福建列女传》卷六,苏世璋传,原第十九页。

⑭ 林则徐《林则徐全集》第六册,第22页。

1828)、侯官李彦章(1794—1836)、龙溪郑开禧(？—1837)、长乐梁鸣谦(1826—1877)、闽县王崧辰(1831—1900)、闽县叶大庄(1844—1898)等。

## 第三节　康熙至乾隆间沈德潜与福建诗人的交往

入清伊始，进入新朝的诗人以及在清代成长起来的诗人俱以反思明诗之于亡国的关系，延续钱谦益于明季对于竟陵派"亡国之音"的抨击①，进而决然与竟陵诗风决裂，为清诗的发展廓清道路，以王士禛为转变的关捩②——王士禛之前的清诗则在延续明诗的做法，部分诗人开始反思明代诗歌创作和理论体系中存在的问题，酝酿着清诗的转变；王士禛之后的清代诗歌则以王士禛为本朝宗师，在其诗歌理论和创作技法上产生清诗通则变、变则久的进路，层出不穷。神韵论盛行之时有赵执信著《谈龙录》对王士禛的神韵理论和创作缺陷进行批评③，雍正间有长洲沈德潜倡格调说，沈德潜之后复有翁方纲以肌理说以调剂神韵、格调，诗歌创作的旨趣渐渐由唐转宋。

乾隆间，长洲沈德潜(1673—1769)与闽诗人多有交集。沈氏编著的《明诗别裁集》、《国朝诗别裁集》均对明、清两代闽籍诗人著录甚多，本书开列《国朝诗别裁集》三十二卷本选所选清代至沈德潜生活的时代闽籍诗人及所在卷目：

黎士弘(卷三)、徐延寿(卷六)、余思复(卷六)、黄虞稷(卷七。江宁人，祖籍晋江)、许友(卷七)、赵潜(卷七)、阮旻锡(卷七)、翁叔元(卷十。常熟人，祖籍莆田)、丁炜(卷十三)、何梅(卷十八)、张远(卷十八)、黄任(卷十九)、陈睿思(卷十九)、许润(卷二十)、郑任鑰(卷二十二)、黎志远(卷二十二。即黎致远)、林佶(卷二十三)、余敏绅(卷二十三)、谢道承(卷二十四)、俞荔(卷二十七)、吴履泰(卷二十七)、朱国汉(卷二十八)、朱肇璜(卷二十八)、朱霞(卷二十八)、王道(卷二十八)共 25 人(闺秀、释子除外)，其中邵武府建宁朱氏家族选朱国汉、朱肇璜、朱霞 3 人，建宁县合选 4 人(加上何梅)，汀州府长汀县选黎士弘、黎志远父子 2 人，选福州府张远、陈思睿表兄弟 2 人，沈德潜所选清代福建诗人多在顺治、康熙、雍正朝，对于乾隆朝的福建诗人基本不予著录。黄任(1683—1768)以其高寿成为时限最下的福建诗人，而其人系康熙四十一年(1702)举人，仕宦时间在雍正朝当中的五年(1723—1727)，罢官之后回故乡未获起复而投闲置散。以《国朝诗别裁集》的选编工作开始于乾隆十九年(1754)，二十二年(1757)完成，二十四年(1759)初刻三十六卷，二十六年(1761)写刻三十二卷，所选黄任之诗入乾隆朝仅十余年，在康熙、雍正朝诗三十余年。沈德潜《国朝诗别裁集·凡例》称："陈检讨《箧衍集》，较诸本为善；然治及康熙癸丑，以下阙如。兹补癸丑后八十余年诗。"④康熙癸丑(十二年，1672)到八十余年，当在乾隆十七年壬申(1752)之后不久。以此揣测沈德潜之意，仍然把黄任当作康熙、雍正朝成名，在乾隆朝与沈氏并世的诗人。

以《国朝全闽诗录初集》、《国朝诗别裁集》和诗文集、史乘中人物传记为基础，本书对清代闽籍诗

---

① 明末，钱谦益在《刘司空诗集序》论曰："万历之季，称诗者以凄清幽渺为能……海内靡然从之，迄今三十余年，甚矣诗学之衅也。"(《牧斋初学集》卷三十一，上海古籍出版社 2009 年版，第 908 页)抨击竟陵派诗文创作为末世之作，为亡国之音的征兆。按：《牧斋初学集》系钱谦益明亡之前文集。入清以后，钱谦益在《列朝诗集小传·钟提学惺》中著论云："余尝论近代之诗，抉摘洗削，以凄声寒魄为致，此鬼趣也。尖新割剥，以唯音促节为能，此兵象也。鬼气幽，兵象杀，著见于文章，而国运从之。以一二轻才寡学之士，衡操斯文之柄，而征兆国家之盛衰，可胜叹悼哉！"(上海古籍出版社 1983 年版，第 571 页)

② 《四库全书总目·〈精华录〉提要》："平心而论，当我朝开国之初，人皆厌明代王、李之肤廓，钟、谭之纤仄，于是谈诗者竞尚宋、元，既而宋诗质直，流为有韵之语录；元诗缛艳，流为对句之小词，于是士祯等以清新俊逸之才，范水模山，批风抹月，倡天下以'不著一字，尽得风流'之说，天下遂翕然应之。"(卷一七三，影印第 1522 页)

③ 《四库全书总目·〈精华录〉提要》："赵执信作《谈龙录》，排诋尤甚。"(卷一七三，影印第 1522 页)

④ 沈德潜《清诗别裁集》,《凡例》，第 1 页。河北人民出版社 1997 年版。《点校说明》中所谓"据编选'凡例'，所选止于乾隆二十五年(1760)前已去世者的诗作"(《点校说明》，第 2 页)是不准确的，至少诗人黄任仍然在世。

人与沈德潜的关系略作以下辑考：

福州府侯官人、雍正八年庚戌(1730)进士吴履泰于乾隆四年己未(1739)分校礼闱，沈德潜出其门下。①

永春州大田人、乾隆六年辛酉(1741)以贡生任泉州府训导的柳维珣"工咏吟，长洲沈德潜序其诗集行世"②。

张畏庐，佚其名。其父宦浙，退休后流寓为浙人，居候潮门之郊。喜为诗，有得，浩然长吟。沈德潜《归愚文钞续集》序其诗，拟以前明诗人孙一元。③ 据整理本《沈德潜诗文集》，《归愚文钞余集》卷一收录《张畏庐诗序》④。

康熙间诗人、侯官张远，沈德潜评论其人生平及诗云："超然旅寓常熟，久困举场。发解时，其年老，以老名士终，贤于方干身后成名矣。诗格大段疏朗，异于局束如辕下驹者。"⑤又评张远之诗《题黄山山人墨竹》诗"笔下有兔起鹘落之势，神肖东坡"⑥。

康熙三十五年(1696)举人、邵武府建宁县何梅之诗，《国朝全闽诗录初集》何梅其诗《望接筍峰不得上》，后注："沈归愚(沈德潜)云：'险语破鬼胆。'"⑦

康熙间诗人、闽县许润有诗《舟泊剑津怀亡友刘复庵》，沈德潜评价云："哭故人一层，白发盈头一层，孤舟一层，夜一层，风雨一层，合并写来，如听猿鸣三峡。"⑧

康熙间进士、侯官郑任鑰，沈德潜评其人不以诗重，而其诗可传⑨。

漳州府漳浦诗人王道，字直夫。康熙、雍正间人⑩，官金山知县。其诗"据所自述，初学李梦阳，后乃变以王维、陆游，然先入者为主矣"⑪。是康熙、雍正间闽人尚学明代七子诗者，也是转向学唐代王维、宋代陆游的诗人，而其转向却不尽去原来蹊径，为先入者所囿。民国《福建通志》引陈衍《石遗室诗话》，云此集为黄庑堂(黄之隽)、沈归愚(沈德潜)二人所定，蔡世远《二希堂文集》称其诗从近体入，沉郁雅健，古风乐府气味渊蔚，意理蓄足。⑫ 沈德潜作有《王直夫诗序》。⑬

沈德潜为邵武府建宁县作家、康熙五十四年乙未(1714)进士余敏绅(字张佩、书慎)《韦斋诗集》撰序，称"集中《秋兴》八章，当时所传诵，意味隽永，传胪日作"⑭云云，并选余氏诗数首入《国朝诗别裁集》⑮。

康熙四十八年己丑(1709)进士、汀州府长汀人黎致远，有诗《礼执客鄂城用和巨来韵见贻事牵未报汉阳舟次次韵寄达》，诗后注："沈归愚云：运旋转于无痕之中，善学选体。"⑯

兴化府莆田诗人俞荔，系雍正二年甲辰(1724)福建乡试解元。同治刊本《福建通志》著录俞荔著

---

① 民国《福建通志》总卷四十，《福建儒行传》卷五，吴履泰传，原第九页。

② 民国《福建通志》总卷三十六，《福建循吏传(清一)》卷十一，柳维珣传，原第二十一页。柳维珣传又见同治刊本《福建通志》卷八十二(影印第1642页)。

③ 民国《福建通志》总卷四十三，《福建高士传》卷五，张畏庐传，原第六页。沈德潜《归愚文钞余集》卷一有《张畏庐诗序》(《沈德潜诗文集》第三册，第1520-1521页)。

④ 沈德潜《沈德潜诗文集》第1520页。

⑤ 《国朝全闽诗录初集》卷八，第164页，张远条。

⑥ 同书，同卷，第169页。

⑦ 同上书，卷八，何梅条，第163页。

⑧ 《国朝全闽诗录初集》卷十，第233页，许润条。

⑨ 《国朝全闽诗录初集》续集卷五，《全闽诗录》第五册，第572页。

⑩ 《国朝全闽诗录初集》续集卷八，王道条，《全闽诗录》第五册，第653页。

⑪ 同治刊本《福建通志》卷七十四，影印第1544页，引《四库全书总目》。

⑫ 民国《福建通志》总卷二十五，《福建艺文志》卷六十五，第八页。

⑬ 沈德潜《归愚文钞余集》卷一，《沈德潜诗文集》第三册，第1522-1523页。

⑭ 同治刊本《福建通志》卷七十九，影印第1610页，引。柯愈春《清人诗文集总目提要》引沈德潜序语："《秋兴》八章，固为时流所钦慕，然余尤爱其《漫兴》诗'客中重作客，春尽不知春'，意味隽永。"(第504页)

⑮ 光绪《邵武府志》卷二十一，《文苑传》，余敏绅传，影印第468页。按：实际只选《传胪日作》一首。

⑯ 《国朝全闽诗录初集》卷三，黎致远条，《全闽诗录》第五册，第201页。

作，引《兰陔诗话》：“崟山翛然绝俗，晚年究心释典，结茅山中，罕至城市。诗如其人，冲澹无烟火气。沈归愚（沈德潜）云硕卿居官清正，以失上官意落职，归筑堂曰迂溪，犹柳子厚自愚而愚其溪也。”①

乾隆九年(1744)甲子科乡试，漳浦人、编修蔡新简放江西副考官，安溪人、编修官献瑶简放浙江副考官，少詹事沈德潜简放湖北考官②，均为同时任职翰林院、詹事府的在朝京官，而这两个机构在明清中央政府各部门中关系最为密切，同被视作文学侍从之臣。

邵武府建宁县余尧文“幼聪明，过目成诵，后弃儒就贾，奔走吴、楚、燕、越间，积赀巨万……延名师以教子弟，皆底于成。癸亥岁饥，设粥振贫，全活甚众。取借券数十纸焚之。卒年八十九。尚书沈德潜志其墓”③。

建宁古文家朱仕琇撰有《上沈侍郎求选先集书》：“朱仕琇谨禀：甲戌（乾隆十九年，1754）冬曾辱执事手书……兹闻执事征选本朝诗，嘘苏枯槁，不遗荒远，则曾祖集宜得以次进览者，切惟执事青云之德，翔举诸潜匿者而登诸光明”④，此“沈侍郎”即沈德潜。从《国朝诗别裁集》入选朱国汉、朱肇璜、朱霞诗看，沈德潜玉成此事。朱仕琇另作有《复沈侍郎书》、《上沈尚书书》等。沈德潜系朱仕琇乾隆十三年戊辰科进士登第时的座师，官礼部侍郎。⑤ 沈、朱二人感情深厚，朱仕琇必称“归愚师”⑥、“余师沈文悫公”⑦。朱仕琇《与杨默堂书》云“甲子、乙丑之间，在京师，沈归愚（沈德潜）、张南华（张鹏翀）二前辈特深倾倒”⑧，据此知朱氏兄弟乾隆九年甲子、十年乙丑(1744—1745)在京师，为当代闻人长洲沈德潜、嘉定人称谪仙的诗人张鹏翀所赏识的往事。

乾隆间拔贡生、邵武府建宁人朱仕玠，沈德潜以为其诗“超轶唐格”，脱去闽派⑨。朱仕玠编有《濉溪四家诗钞》。朱仕琇《筠园先生墓志铭》：“在京师，最为嘉定张宫詹鹏翀、长洲沈学士德潜所知，前辈如黄昆圃（黄叔琳）、方望溪（方苞）、王罕皆（王步青）皆一见称许。”⑩沈德潜尝作朱仕玠诗序⑪，序作于乾隆九年(1744)⑫。

福清诗人李馥，字汝嘉，号鹿山。沈德潜作《春林散牧图为李鹿山观察题》四十字五言古一首⑬、《归愚文钞》卷十四有《送李鹿山大中丞归里序》，序文作于乾隆二年丁巳(1737)⑭。

乾隆十三年戊辰(1748)，沈德潜作《西湖散步同雷翠庭大银台作》⑮，系与雷鋐唱和之作。沈德潜予告还里之时，雷鋐作有六首七言绝句⑯，《归愚先生予告归里同人饯别敬拈御制清时旧寒士吴下老诗翁向每诵新句犹然见古风二十字分韵成诗》，福建出科联得“然”字，赋五言排律长篇一首⑰。

沈德潜为漳州府漳浦县黄性震作《黄太常传》⑱，为原籍福建兴化府莆田县、现籍常州府江阴人、诗

---

① 同治刊本《福建通志》卷七十，影印第1466页。

② 法式善《清秘述闻》卷六，《清秘述闻三种》上册，第170-171页。

③ 光绪《邵武府志》卷二十三，《人物传·（建宁）义行》，影印第565页。

④ 朱仕琇《梅崖居士文集》卷二十一，《清代诗文集汇编》第336册，影印第402页。

⑤ 法式善《清秘述闻》卷六，《清秘述闻三种》上册，第179页。

⑥ 朱仕琇《与林穆庵书》，同上书，卷二十三，影印第425页；《与杨默堂书》，同上书，卷二十五，影印第442页；《复鲁絜非书》，同上书，卷二十八，影印第467页。

⑦ 朱仕琇《唐诗别裁集注序》，《梅崖居士外集》卷二，《清代诗文集汇编》第336册，影印第523页。

⑧ 朱仕琇《梅崖居士文集》卷二十五，《清代诗文集汇编》第336册，影印第442页。

⑨ 民国《建宁县志》卷十六，原第六页，影印第170页，《文苑传》朱仕玠传。

⑩ 朱仕琇《梅崖居士文集》卷十二，《清代诗文集汇编》第336册，影印第300页。

⑪ 朱仕琇《上沈尚书书》，《梅崖居士文集》卷二十一，《清代诗文集汇编》第336册，影印第404页。

⑫ 沈德潜《序》，朱仕玠《筠园稿》卷首，《清代诗文集汇编》第317页，影印第68页。

⑬ 沈德潜《沈德潜诗文集》，潘务正、李言编辑点校，第828页。人民文学出版社2011年版。

⑭ 同上书，第1366页。

⑮ 同上书，第359页。

⑯ 沈德潜《沈德潜诗文集》下册，第2157页。

⑰ 同上书，第2165-2166页。

⑱ 沈德潜《归愚文钞》卷十七，《沈德潜诗文集》第三册，第1405-1407页。

友翁照作《征士翁霁堂传》[①]。沈德潜予告归里时，诸人以《奉送归愚少宗伯予告归里》为题赋诗，翁照作五言古体三首。[②]

沈德潜选编《唐诗别裁集》，漳州府龙溪县黄步春作《唐诗别裁集注》。朱仕琇《唐诗别裁集注序》："龙溪黄步春，博雅士也。喜为作注，其庶几嗣渊洽之风而能以学识自见者欤！君官台湾学，海外羁远，教官又闲曹，他人率无聊饮奕，计日俟代而已。君三年中遂成此书，盖韩、朱二公谓殷侑辅广，味于众人之所不味者也。"[③]以朱仕琇称其师沈德潜"文悫公"，知黄步春注《唐诗别裁集》为沈氏卒后之举。

从沈德潜编著的《明诗别裁集》、《国朝诗别裁集》对明、清两代闽籍诗人著录和沈德潜对当代闽籍诗人的交往、交游，均反映出以沈德潜为代表的吴中诗人创作群体对闽籍诗人的重视，在明清两朝的诗歌创作历史之流中，吴、闽、楚、赣、浙若干省份和地区的诗人一直处于诗歌创作乃至文学创作的上游，为中坚力量，彼此之间颉颃上下，轩轾难分，构成文学创作坛坫上良性的竞争，促进全国文学创作的发展。

## 第四节　乾嘉间翁方纲与福建学者、诗人的交往

与沈德潜(1673—1769)同时而稍后的祖籍兴化府莆田县、迁居京师的著名诗人翁方纲(1733—1818，籍顺天府大兴县)在乾隆、嘉庆之间对清代学术和文学创作影响巨深。史称"时大兴翁方纲主持风雅，后进咸乐从之"[④]，翁方纲其人其事迹于清代立言事业的建设具有积极的意义。翁方纲与著名学者纪昀、朱珪等乾隆十二年(1747)丁卯科顺天乡试同年，志趣相近，他们生活的时代是乾嘉朴学方兴未艾的时期，学术和文学创作的结合产生了文学创作的新变因素，催生出清代文学创作的新面貌，这是清代文学创作最为醒目的独创性开掘，清代文学的面目在乾嘉之后具有鲜明的"学人"特征。

翁方纲曾经三次出为学政大臣：乾隆二十九年(1764)七月提督广东学政，三任至三十六年(1771)十一月，在广东各府县视学，有着充裕的时间寻觅宋代苏轼、唐代韩愈等前代作者在广东的踪迹和遗物，撰有《粤东金石志》十二卷[⑤]等；五十一年(1786)九月至五十四年(1789)九月，提督江西学政，在视学途中多觅宋代黄庭坚、王安石、明代王守仁等前人踪迹，梓行黄庭坚诗集；五十六年(1791)九月至五十八(1793)年七月，提督山东学政，寻觅本省及本朝王士禛等山东人物的踪迹和文物，实地调查、考证。所到之处按迹考察前代具有标志性意义的人物踪迹及其金石等文物，这个经历非翁氏之前的清代一般学者所能有，又先于翁氏之后的清代学者之所为，亦非独坐书斋、皓首穷经的学者和在京师任职的官员型学者所能经历。翁方纲三十岁左右即已学苏轼、陆游、虞集诗[⑥]，其中广东三任八年的学政仕宦生涯(1764—1771)对翁方纲的学术、诗歌创作活动及定型具有非同寻常的意义，对于翁氏一生的诗歌创作宋苏、宗宋的旨趣和理论建构具有奠基性的作用。乾隆三十九(1774)正月二十五日，翁方纲在诗稿上书："五古，即用现在之实境，运以自己之真气而薄彩，格调取诸古人，但薄彩不可有心填砌，格调不可有心摹仿耳。"[⑦]四十四年(1779)，作《宝苏室研铭记》云"(癸巳，1773)得《苏诗施顾注》宋椠残

① 同上书，同卷，第1410-1411页。
② 沈德潜《沈德潜诗文集》下册，第2174页。
③ 朱仕琇《梅崖居士外集》卷二，影印第523-524页。
④ 民国《福建通志》总卷三十四，《福建列传》(清七)，李彦章本传，原第二十八页。
⑤ 沈津《翁方纲年谱》，第56页。时乾隆三十六年(1774)四月二日翁方纲致钱载札中语。
⑥ 同上书，第29页。时翁方纲三十二岁。又32-33页。
⑦ 同上书，第73页，引《复初斋诗稿》稿本。

本，益发奋自勖于苏学”①；五十八年(1793)评曹振镛诗集稿本以“藻韵有余，而肌理不密”②；嘉庆初，其诗歌理论及其风采扫空诗坛，在王士禛、沈德潜之后独步一时，其论诗宗旨转向中晚唐和两宋诗歌。同时响应翁方纲的诗学转向和宗韩愈、两宋的诗歌理论探索的著名诗人有朱筠、朱珪③兄弟，翁氏和朱氏兄弟这些诗人在乾隆年间几乎如同同心圆式地在同一段时间内，同步发生转向——既提出共同的诗歌理论主张，又在创作中烙上诗学转向的清晰痕迹。

当代学者沈津在其《翁方纲年谱》对翁方纲的生平事迹有着详尽的考察④，兹开列如下：

与兴化府莆田县翁氏家族中人交往，这是直隶顺天府翁氏家族的原籍族人。乾隆十九年甲戌(1754)，翁方纲通过赴考举人翁霈霖的硃卷履历，始知翁氏原籍福建兴化府莆田县，与举人翁霈霖认亲，按家世辈分排序，翁霈霖系翁方纲族侄⑤。这是翁方纲与福建士子交往之始。

乾隆三十年(1765)，任广东学政的翁方纲与自莆莅穗的族侄翁霈霖(雨三)唱和，有诗《雨三自莆田来惠州舟中次韵》、《(杨)钝夫(杨宗岱)用苏文忠合江楼韵赠雨三因和一首即赠钝夫兼示雨三》、《舟中阅傅宗文赋并兰时文喜呈雨三》、《舟至观音岩水大不得上介庐钝夫雨三别雇小船直抵寺前录壁上赵秋谷二诗见示因用其韵》、《仆人于江边得树枝状如鸟又得怪石一峰承之雨三见之喜曰此凤鸣高冈之象也因为作》⑥；乾隆四十年(1775)四月十一日，致莆田十五侄(即翁霔霖，见《翁方纲年谱》第114页)信札，有诗记事⑦；四十三年戊戌(1778)二月二十八日，翁霔霖自莆偕计吏入都，摹先像十二幅见示并奉于祠，翁方纲作《家祠画像册后记》记之⑧；五十五年(1790)十月，跋莆田族人所摹先人像册二十六幅⑨。

在翁方纲提督广东学政任上，翁方纲与闽人郑润、林道山有所交往，与郑润的交往延伸到1780年代。又有画师、上官周弟子郑润(雨亭)为画翁氏先祖翁一桂以下遗像成册；又侯官林道山赠翁方纲玉枕兰亭原石本于广州⑩，郑润、林道山与翁方纲的交往又见于乾隆三十五年(1770)⑪；乾隆四十七年(1782)，郑润至京师访翁方纲，翁方纲有《郑雨亭自湖北来为予画赤壁图二首》、《寿郑雨亭》、《郑雨亭将之保定来苏斋话别以其名印印于东坡嵩阳帖内予感其意赋此兼以赠行》⑫。

翁方纲从广东学政卸任，回京师任职《四库全书》馆、国子监等，1770—1780年代与侯官林澍蕃、江

---

① 沈律《翁方纲年谱》，第130页。按：几乎同一时期，朱珪之兄朱筠在乾隆三十六年辛卯(1771)，作有《过徐州用东坡答子由逍遥堂诗二首韵寄石君》、《怀衮楼雪用禁体和邵二云韵》，三十七年壬辰(1772)作《吴大元润以东坡自书以铜剑易龙尾砚诗墨本见赠即用东坡韵赠吴君》(《笥河诗集》卷八，影印第565、573页；卷九，影印第582页)，以故乾隆间学苏是一个时代的总体风雅，而朱筠集中其他次韵宋人张孝祥、张文潜、党怀英等及元张翥，唐李白、杜甫、韩愈、高适、孟浩然、韦庄，南朝谢灵运等诗人诗作尚多，朱珪概括为“诗初学昌谷、昌黎，五言力逼汉魏，既而道汇百家，变化创辟，神明独得”(朱珪《诰授中议大夫翰林院编修日讲起居注官翰林院侍读学士加二级竹君朱公墓志铭》，朱筠《笥河诗集》卷二十，续修四库全书第1439册影印清刻本，影印第716页)，反映出后来陈衍《石遗室诗话》所倡导的、类似“三元说”或沈曾植“三关说”的诗学路径。

② 同上书，第319页。又第329页，乾隆五十九年十二月二十日。

③ 朱珪系乾隆十三年(1748)进士，翁方纲系乾隆十七年(1752)进士，朱筠、纪昀系乾隆十九年(1754)进士，均改选庶吉士，官翰林院，出为学政大臣。

④ 请参看本书兴化府翁氏家族条。福州府闽县萨龙光尝读书中秘，谋重镌梓其先祖萨都剌《雁门集》，介朱珪(石君)借得翁方纲所藏明弘治李举所刻《萨天锡诗集》，编校刊行(萨龙光《编注〈雁门集〉缘起》，民国《雁门萨氏家谱》卷七，影印第1204页)；乾隆五十九年(1794)秋九月翁方纲为撰《重刻雁门集序》(民国《雁门萨氏家谱》卷五，影印第705-706页)。此事未载于《翁方纲年谱》。

⑤ 沈津《翁方纲年谱》，第15页，引《翁氏家事略记》。按：《翁氏家事略记》称翁霈霖“庚子举人”，误。翁霈霖系乾隆十五年庚午(1750)举人，前一庚子年系康熙五十九年(1720)。翁霈霖后于乾隆二十六年(1761)辛巳恩科成进士。《翁方纲年谱》乾隆五十年十二月二十二日跋《翁铁庵尚书广族谱》云：“岁甲戌(十九年，1754)，莆田族人雨亭、霈霖计偕北山。”(第226页)按：乾隆十九年(1754)之前，莆田翁氏举人仅有翁帝城(雍正二年，1724)、翁霈霖(乾隆十五年，1750)两位举人，雨亭系翁霈霖别号，沈著以顿号隔开为二人，误。

⑥ 沈津《翁方纲年谱》，第34-35页。

⑦ 同上书，第79-80页。

⑧ 同上书，第113-115页。

⑨ 同上书，第279页。

⑩ 沈津《翁方纲年谱》，第44-45页。时乾隆三十三年(1768)，在广州。

⑪ 同上书，第51页。又乾隆三十六年(1771)《郑雨亭扁舟远眺图二首》(第59页)。

⑫ 同上书，第180、184、188、189页。

宁(原籍福建兴化府莆田县)周榘、闽县叶观国、漳浦蔡新、侯官郑际唐、沙县范元飏等人交往。

乾隆三十九年甲午(1774)三月三日，翁方纲与侯官林澍蕃、纪昀、陆锡熊、朱筠、姚鼐、程晋芳、钱载等三十九人举行修禊故事[①]。林澍蕃(1749—1777)是朱珪在福州组织的读书会二十八人成员之一，乾隆三十六年(1771)辛卯恩科进士，考选庶吉士，散馆授编修。本年(1774)，翁方纲与原籍福建兴化府莆田县的江宁周榘(幔亭，明代周瑛裔孙)有诗文来往，有诗《江宁周幔亭文学见予焦山鼎铭考释蚀处肺字谓其先翠渠公拓本此字尚可辨本藏闽中康熙三十年其祖视鼎腹蚀处以告其尊甫曰须识是肺字也诗来次答》、《清凉山居图歌为江宁周幔亭赋》[②]。江宁周榘，字于平，号幔亭，周荣光之子，与袁枚善，工诗、书法。明代周瑛(1430—1518)，生于镇海卫(在今漳州龙海境内)，通籍后回归故籍兴化府莆田县。著有《翠渠类稿》。周瑛后裔从莆田迁江宁，历十余世代，其本事不明。乾隆四十七年(1782)翁方纲有诗《江宁周梦溪秀才以其十二世祖翠渠先生海天空阔四字石本装卷属题二首》[③]，周梦溪亦周榘族人。

乾隆四十五年(1780)十二月十九日，苏轼生日雅集。延请福州府闽县、翰林院同僚叶观国等到苏斋[④]。四十六年(1781)四月，翁方纲任国子监司业，五月一日新科进士释褐国子监，行拜谒簪花礼，总理监事、福建漳州府漳浦人蔡新以状元钱棨系翁方纲去年江南乡试所得解元故推让备用金花一枝；乾隆四十九年(1784)，翁方纲作《澄怀园二十友图为漳浦阁老题》，诗见《复初斋集外诗》卷十八[⑤]，“漳浦阁老”指蔡新。

与福州府侯官郑际唐交往。郑际唐(号云门)系乾隆三十四年(1769)己丑科进士。改庶吉士，授编修，直尚书房，典云南、湖南乡试，督学山西，累擢至内阁学士兼礼部侍郎。乾隆四十六年(1781)八月，翁方纲跋郑际唐所藏《魏劝进碑》足本[⑥]；五十年(1785)十一月朔日，郑际唐至翁氏小蓬莱阁观《汉王稚子二阙》[⑦]，在翁氏外放江西学政之前(九月简放，十二月初八到任)。当翁方纲出为江西学政时，郑际唐亦外简学政，乾隆五十二年(1787)谕学政翁方纲、郑际唐等六员差满后，往盛京校看所藏《四库全书》[⑧]。

与沙县范元飏的交往。乾隆四十九年(1784)，翁方纲作《续六客诗》并序，序云“今之集话而题于卷后者，长白博西斋明、永虑轩安、沙县范迈亭元飏、宛平张晴溪、临桂胡书巢德琳、大兴翁覃溪方纲也。甲辰二月十三日，方纲序”[⑨]。按：范元飏系乾隆十七年(1752)壬申科福建乡试举人，延平府沙县人。翁方纲把范元飏等六人称之为后六君子，图画《后六君子图》，他们的雅集创作称之为后六客诗。五十年(1785)翁方纲与吉梦熊、范元飏等小集范氏旅寓[⑩]。

与闽县陈寿祺的交往。翁方纲《赠李兰卿归福建序》：“闽中故多硕学，迩者如伊墨卿(伊秉绶)、陈恭甫(陈寿祺)皆时时来吾斋赏析考证，盖欲切磋植行植学之要，必以精研经训为急，不为空谈也。”[⑪]以陈寿祺成进士、伊秉绶出为惠州知府的嘉庆四年(1799)的时间推测，“伊墨卿、陈恭甫皆时时来吾斋赏析考证”交游事当在嘉庆四年前后。嘉庆十二年丁卯(1807)，陈寿祺作有《奉和翁覃溪学士蒙赐三品衔重预鹿鸣宴纪恩述怀之作二首》[⑫]。翁方纲为陈寿祺《绛跗草堂诗集》题词：“才力雄大，各体皆足以

① 沈律《翁方纲年谱》，第74、76页。
② 同上书，第76页。
③ 同上书，第187页。
④ 同上书，第152页。
⑤ 同上书，第216页。
⑥ 同上书，第162、164页。
⑦ 同上书，第224页。
⑧ 同上书，第251页。翁方纲于乾隆五十四年(1789)九月任满北归。
⑨ 同上书，第202页。
⑩ 同上书，第218页。
⑪ 翁方纲《送李兰卿归福建序》，《复初斋文集》卷十七，第17页。
⑫ 陈寿祺《绛跗草堂诗集》卷三，《清代诗文集汇编》第499册，影印第548页。

胜时辈友朋。视彼逞才、貌李长吉者高百万层。"[①]这篇题词《翁方纲年谱》失收。陈寿祺《左海文集》卷四收有《答翁覃溪学士书》,二人之间对《阮氏释文校勘记》(即阮元《经典释文校勘记》,嘉庆十三年刊本)的若干问题发生过激烈的争执,"数蒙手教",反复辨析,针锋相对,双方语气并不友好[②],影响了翁、陈二人的关系[③]。陈寿祺《藤花吟馆诗钞序》以为"覃溪(翁方纲)所奉者眉山(苏轼),所宗者渔洋(王士禛),而其所为诗瘦硬槎枒,乃于涪翁(黄庭坚)为近,去眉山、渔洋若风马牛之不相及也。"[④]陈寿祺《题茝林藩伯灯窗梧竹图》题下注:"嘉庆丙子(1816)苏斋与茝林、兰卿论诗,落句有'多少窗灯梧竹响,欲凭旧雨为传神'之句,茝林、兰卿因先后绘此图。"诗云:"诗老门庭晚最亲,苏斋得士契无邻。妙龄李峤呼才子,高咏梁鸿迈古人。意味应从皮骨别,兴观直取性情真。疏帘梧竹灯窗夕,弹指流光一怆神。"末句注:"苏斋归道山距绘图时已十七年。"[⑤]则此诗作于道光十二年(1832)。反对翁方纲诗歌之"瘦硬槎枒",要求梁章钜不必"墨守覃溪","误据覃溪一语以为宗派口实"[⑥],当"直取性情真",这对翁方纲身后而言是一个比较苛刻的批评。在乾嘉学术谱系中,陈寿祺更加偏向朱珪、阮元这两位座师[⑦],推崇段玉裁《说文解字》[⑧]。

陈寿祺所撰《唐昭陵陪葬名氏考序》:"吾又闻之梁九山(梁上国,梁章钜叔父)太常者:吾乡林樾亭尝续考昭陵石刻,樾亭固博雅,左右采获颇用心。既而持入京师,质之翁覃溪阁老。久之,覃溪匿不见归。樾亭无副墨,遂失此书。"[⑨]闽县林乔荫,字樾亭。朱珪门人。乾隆三十年(1765)举人。

又有闽县萨龙光者,介翁方纲之友、大兴朱珪从翁氏家藏书中借得萨氏先祖萨都剌《雁门集》。此条为《翁方纲年谱》所未及载。乾隆五十年乙巳(1785)孟夏五月,朱珪《〈雁门集编注〉序》:"露萧农部慨然念其先世刻板之取于六丁也,乃就流传诸本考证譌缺,将重刻而质之于予,予为借得同年翁覃溪宫詹所藏旧本,盖隆庆壬申叶伯寅收藏者,断以为宏治李举重刻赵兰之本也,以校汲古阁毛氏本,多从之,农部甚喜。"[⑩]萨龙光(1752—1816),字肇藻,号露萧。乾隆四十六年辛丑(1781)进士。改庶吉士,散馆授官户部主事。嘉庆十二年(1807)刻有《雁门集》十四卷。《翁方纲年谱》乾隆五十年下仅有"九月既望,先生撰《雁门集序》。(《雁门集》)"的简略记载[⑪]。按:翁方纲于乾隆四十九年三月闰三月升授詹事府少詹事并翰林院侍讲学士,六月升授詹事府詹事兼翰林院侍读学士,即所谓"宫詹",五十年九月简放江西学政[⑫],则朱珪为萨龙光借得翁方纲所藏《雁门集》事在乾隆四十九、五十年之间(1784—1785)。

嘉庆四年(1799)进士、福州府长乐人梁运昌,于六年辛酉(1801)请假还里[⑬]。此后不再出仕,尝游

---

① 陈寿祺《绛跗草堂诗集》卷首,清陈绍镛补刻本。一作《左海诗钞》题词,署"大兴翁方纲覃溪",列于第一条,后逐条列马履泰(秋药)、宋湘(芷沅)、吴鼒(山尊)、吴嵩梁(兰雪)、鲍桂星(觉生)、萨玉衡(檀河)、姚莹(石甫)、高澍然(雨农)、沈学渊(梦塘)、张际亮、张诗舲(祥河)、伊秉绶(墨卿)、孙尔准(平叔)等人题词。《左海诗钞》即《绛跗草堂诗集》卷一至三,嘉道间写刻本。《清代诗文集汇编》第499册,影印第507-509页。

② 陈寿祺《左海文集》卷四,原刻第十九页至二十九页,《清代诗文集汇编》第499册影印《左海全集》本,影印第167-172页。有"极訾《校勘记》"、"盛气相凌"、"忿戾"(影印第167页)等语。另请参看陈寿祺《答段懋堂(段玉裁)先生书》,似乎若干年后对翁氏至有"浅人"之诮(同书,卷四,影印第181-182页)。

③ 陈寿祺《汉北海相景君铭跋》以永福友人郑汝霖所藏《汉北海相景君铭》校翁方纲《两汉金石记》所录第一行脱相字及异文等(《左海文集》卷七,《清代诗文集汇编》第499册,影印第314页),也是翁、陈二人争较长短的例子。此外,可参看同书同卷《藤花吟馆诗钞跋》对翁方纲论诗宗旨和风格的批评。

④ 陈寿祺《左海文集》卷七,《清代诗文集汇编》第499册,影印第331页。

⑤ 陈寿祺《绛跗草堂诗集》卷五,《清代诗文集汇编》第499册,影印第577页。

⑥ 陈寿祺《藤花吟馆诗钞序》,《左海文集》卷七,《清代诗文集汇编》第499册,影印第331-332页。

⑦ 请参看陈寿祺《左海文集》卷六《(李赓芸)稻香吟馆遗稿序》。

⑧ 请参看陈寿祺《左海文集》卷三《答翁覃溪学士书》、卷四《答段懋堂先生书》等。

⑨ 陈寿祺《左海文集》卷六,《清代诗文集汇编》第499册,影印第272页。

⑩ 民国《雁门萨氏家谱》卷五,《叙赠录上》,影印第703页。

⑪ 沈津《翁方纲年谱》,第222页。翁方纲所撰《重刻雁门集序》收录于民国《雁门萨氏家谱》卷五《叙赠录上》(影印第705-706页)。

⑫ 同上书,第204、206、225页。

⑬ 梁运昌《九月请假还里出都门作》,《秋竹斋诗存》卷三,《清代诗文集汇编》第499册,影印第27页。

历文幹学幕,九年甲子(1804)以后又往泉州府安溪、晋江一带。梁运昌为安溪知县赵同岐作有《兕觥归赵歌为赵邠亭明府作》诗,序曰:"明赵忠毅公用贤以检讨劾张江陵,廷杖,谪官庶子。许文穆国赠以兕觥,铭其上。觥旧藏曲阜颜衡斋博士家。明府尊甫槐庭先生见其拓铭,乃制为银舟玉觥,走京师乞宫詹翁覃溪先生诗,为介绍,往曲阜,请易以归。绘图征诗,刻碑历于家庙。明府赠余《兕觥归赵图册》,请余作诗。"①以诗后有《送邠亭明府调任晋江四首》,赵同岐于嘉庆十三年(1808)由安溪调晋江,故此诗应作于本年。

侯官杨庆琛(1783—1867),虽中举甚早,然久不售,但是其诗名早已驰誉京华,为时所知,与翁方纲等诗人的活动当有呼应的活动。我们观察到嘉庆二十年乙亥(1815),侯官李彦章从京师归里,奉旨归娶,有《薇垣归娶图》并诗册,翁方纲作《薇垣归娶图诗序》,杨庆琛作有《贺李兰卿舍人薇垣归娶》七律组诗二首,二诗未为传世稿本《李彦章辑赐题薇垣归娶图》诗册所收;嘉庆二十二年丁丑(1817)春,第五次上京赴试的杨庆琛甫至京师,作《(丙子)腊月十九日翁覃溪先生集同人于苏斋作坡公生日抵京后闻而赋之》②唱和;道光初,杨庆琛作《文信国公与新溪吴架阁三劄为兰雪舍人题》其四首两句:"北平学士古名卿,想像重摹墨迹明",注云:"三劄真迹已佚,兰雪请其师翁覃溪先生仿信国笔意为之"③。吴架阁系吴嵩梁(兰雪)的十五世祖,此诗记载翁方纲想像重摹文天祥与吴名扬(奏除礼、兵二部架阁)三劄事。

翁方纲(1733—1818)晚年20余年中所收的福建门人以伊秉绶、李彦章和梁章钜最为著名。伊秉绶(1754—1815)工于隶法,与其同乡前辈林佶(1660—1731后)皆以书法擅声京师,前后辉映联镳,为清代馆阁作者所知。在书法和金石书画的鉴定、收藏、欣赏等领域,翁方纲和伊秉绶之间有着共同的雅好。李彦章和梁章钜在师从翁方纲之后,更多接受的是乾嘉朴学的方法和立言著述的精神,与先后主持鳌峰书院,及早从官场抽身的张甄陶、以讲学为务的陈寿祺等学者一道,对乾嘉以后福建学术的发展具有推进的意义。

与汀州府宁化人伊秉绶的交往,持续十年以上。首见于乾隆六十年(1795)五月朔翁方纲跋伊秉绶《方望溪先生十四札手迹》、《题罗两峰(罗聘)为伊墨卿摹郑夹漈像二首》、《伊云林光禄梅花书屋图二首》④。伊云林即伊朝栋(1729—1807),伊秉绶之父,官至光禄寺卿。伊朝栋、伊秉绶父子俱与翁方纲交密,尤以伊秉绶为翁氏门人。伊秉绶在京任主事、员外郎,外任惠州知府、扬州知府期间,都与翁方纲保持着密切的联系。

嘉庆元年(1796)正月十六日,伊秉绶、罗聘、邵晋涵等集苏斋,本月为伊秉绶跋《黄石斋先生隶书》,二月为伊秉绶题手札;本年,跋伊秉绶藏《圣教序》、《百石卒史碑》残本(《翁方纲年谱》,下同。第348页);三年(1798)除夕,题伊秉绶所得宋拓本怀仁集《圣教序》,本年有诗《伊墨卿秋曹以滦阳扈从图索题二首》、《伊云林光禄左手写经图》、《为墨卿题石涛画二首》⑤;四年(1799)三月五日,伊秉绶将之粤东,得黄道周51岁时手迹《梁峰二山赋》,属记于卷尾;本年有诗《送伊墨卿守惠州三首》、《伊墨卿将行惠州手山为作诗画小册持过苏斋题之》;六年(1801),惠州守伊秉绶掘苏轼有邻堂地得砚,拓以寄;七年(1802)有诗《惠州守伊墨卿摹勒苏书德有邻堂思无邪斋拓本见寄》、《有邻砚斋诗三首》;九年(1804)九月九日,题伊秉绶《圣教序》宋拓本;本年,跋伊秉绶所收《乙瑛碑》;本年有诗《伊墨卿得邢子愿与谢在杭手牍云后五日当与墨卿周旋也异哉为题此》(第409页)、《沈石田枫桥饯别图维墨卿太守赋》(第409页)、《墨卿将出都以所装砚屏属题即以赠行四首》(第411页)、《墨卿属友写白鹤峰小幅于苏斋施

① 梁运昌《秋竹斋诗存》卷四,影印第31页。

② 杨庆琛《绛雪山房诗钞》卷五,《清代诗文集汇编》第542册,影印第384页。此诗中称翁方纲为"今通儒"。

③ 同上书,卷八,影印第418页。此诗作于道光三年癸未至七年丁亥(1823—1827)之间。

④ 沈津《翁方纲年谱》,第335、339页。

⑤ 同上书,第341、342、348、362、364-365页。

顾注本惠州诗卷端赋酬》(第411页)、《张南华仿王叔明夏木清阴帧子为伊墨卿题》(第411页)①;十年(1805),伊秉绶至苏斋论画,翁方纲有跋;四月十日作《送伊墨卿郡守之官江南序》,本年再题伊秉绶所藏《董其昌书册》、《送墨卿太守之江南即题其江城视膳图二首》②;十一年(1806),跋伊秉绶所藏《圣教序》,本年有诗《扬州甘泉山石字歌寄阮芸台中丞伊墨卿郡守》③;十二年(1807)十月,撰《皇清诰授中议大夫晋封资政大夫前光禄寺卿云林伊公墓表》,为时官两淮盐运使伊秉绶之父伊朝栋(1729—1807)作④;十四年(1809)作《墨卿书来云先生春来日与莲裳南山论诗可羡也是日适得南山手书而莲裳将归矣》诗⑤;十八年(1813)作《答钱梅溪寄所刻坡公偃松屏赞兼寄墨卿南山二首》;十九年(1814)作《禁苑鹤鸣图为伊墨卿题二首》诗⑥。此后不见《翁方纲年谱》对翁、伊交往的记载,大概止于伊秉绶丁父忧(1807)返乡,伊秉绶不再出仕,伊秉绶于嘉庆二十年(1815)辞世。

翁方纲与闽人的交往在伊秉绶之后又有李彦章、梁章钜等人,李、梁似乎代伊秉绶而继起为翁方纲门人,以李彦章为稍早,而以梁章钜为闽人与翁方纲交往最晚者。

与侯官李彦章的交往。侯官李彦章(1794—1836),字则文、兰卿。年少而有才,嘉庆十三年戊辰(1808)举于乡,年十五;十六年辛未(1811)举进士,年仅十八,与林元英、林则徐等同年。李彦章入馆阁三年,供职二年,嘉庆十八年(1813)八月奉旨归娶。公卿士大夫争相图画歌咏以荣其归,成《薇垣归娶图诗》四卷(嘉庆二十二年初刻本、咸丰九年重刻本、稿本),翁方纲有《薇垣归娶图诗序》详记此事始末,并作《题李兰卿薇垣归娶图》诗(第467页);十九年(1814),翁方纲又作《林吉人兰话堂未央瓦册邀兰卿兰雪同赋又书一绝》诗⑦。翁方纲《薇垣归娶图诗序》云:"(李彦章)无日不来吾斋赏析考证,从游日亲,学亦日进",《送李兰卿归福建序》云"勉(李彦章)以朴学考订,又于古文、诗期以沉博典则"⑧,李彦章藏金石文字数千通,分明受到翁方纲的影响,诗歌创作亦如此。道光十二年(1832),林则徐(1785—1850)有诗《题李兰卿〈灯窗梧竹图〉次苏斋韵》二首为其同年、侯官李彦章作,其一有句云:"苏斋学士论诗日,京国贤豪尽结邻。海内已空坛坫地,图中如聚古今人。"其二有句云:"鸾鹤遥天答远音,灯传须证本师心。即看政与人情合,早识诗含道味深。出岫心闲年正富,回澜手挽力能任。韩、苏建树皆非偶,相待千秋石引针。"⑨所忆之事即梁章钜为翁方纲门下士时论诗的情景。

与长乐梁章钜的交往。福州府长乐县学者、诗人梁章钜(1775—1849)于嘉庆二十年(1815)起曾经学诗于翁方纲(1733—1818),称苏斋诗弟子三年,是翁方纲晚年的诗弟子,获得翁氏亲炙甚多,至嘉庆二十三年戊寅(1818)正月二十七日翁方纲辞世。当代最著盛名学者翁方纲的传灯式、金针度与式的指导,对于梁章钜成为清代中叶闽中著述最为繁富的大学者⑩(详请参看本书"长乐梁章钜家族"条),对于梁章钜乃至闽中诗歌创作思潮的转变产生过积极的作用。

《翁方纲年谱》记载嘉庆二十年(1815),"梁章钜同刘嗣琯、吴嵩梁、陈用光、李彦章谒翁方纲。时

---

① 沈律《翁方纲年谱》,第366、372、388、397、404、408、409、411页。

② 同上书,第411、412、416、417页。

③ 同上书,第419、422页。

④ 同上书,第426页。

⑤ 同上书,第438页。

⑥ 同上书,第468、471页。

⑦ 沈津《翁方纲年谱》,第467、471页。吴嵩梁,号兰雪,翁方纲诗弟子。

⑧ 翁方纲《送李兰卿归福建序》,《复初斋文集》卷十五,第17页。

⑨ 林则徐《林则徐全集》第六册,第165-166页。

⑩ 徐世昌等人编纂的《清儒学案》所立学案中对于闽中学者的处理颇有不当之处,如将梁章钜列入林春溥为正案的《鉴塘学案》(卷一百三十四),正案、附案都两人(林春溥、梁章钜),而这两人生平经历大不相同,梁氏多在仕途,退隐之后又多侨居本省建宁府浦城县,依其子温州知府梁恭辰居温州,而林春溥于嘉庆十三年戊辰(1808)丁内艰南旋,屡主本省各地讲席,长主鳌峰书院,两人共处的时间短暂,实在不必强立学案,将梁章钜、李彦章、伊秉绶等闽人学者附《苏斋学案》(卷九十)则更加合理。其他学案尚有未尽全功之处,此处不予赘论。

梁章钜年四十一,师为苏斋诗弟子者三年"①。自此以后,梁章钜、李彦章往往一起去苏斋向翁方纲请益、游赏:嘉庆二十一年(1816)四月十三日,同陈用光、梁章钜、李彦章等游崇效寺,有诗一首(第479页),梁章钜诗题《崇效寺西来阁前丁香一树相传为渔洋竹垞手植四月十三日侍覃溪师往观寺僧磨石乞勒记因同作诗》、《次覃溪师游崇效寺韵是日同游者为查梅舫廷尉陈石士编修鲁服斋侍御戈珊如孝廉李兰卿舍人》②;五月二十九日,梁章钜约李彦章等来题汉石经残字石,梁章钜恰得此残字十段,翁方纲作《题观碑图》记之(第479页);本年有诗《东卿茝林兰卿同校刘熊碑双钩本二首》、《兰卿移居》(第481页),本年翁方纲与梁章钜、李彦章论诗,有"多少灯窗梧竹响,欲凭旧雨为传神"之句,梁、李先后分别图写为《灯窗梧竹图》③;二十二年(1817)正月,李彦章借苏斋《笠屐像》、《偃松屏赞》卷,集同人作苏轼生日,求翁氏诗,翁方纲又有《茝邻同日作坡公生日求赋》诗④;中秋,翁方纲撰《藤花吟馆诗钞题词》:"余与海内才士以诗相切劘者垂五十年,其就吾斋学诗称著录弟子者亦不下百十辈,茝林最后至,而手腕境界迥异时流,又最笃信余说。尝与刘芙初(刘嗣绾)、吴兰雪(吴嵩梁⑤)、陈石士(陈用光)、李兰卿(李彦章)诸子分题角胜,每一稿出,必就余点定之。既又以旧稿相质,虚衷雅怀,往复商榷,愈唱而愈高,盖不名一家,而能奄有诸家之美者也。忆昔年并几论诗,如谢蕴山(谢启昆)之圆隽,冯鱼山(冯敏昌)之纵横,皆不若茝林之得路,不过沉着按切而已,无他巧也,而一时才隽竟皆莫能近,惟兰卿可为茝林畏友耳。兰卿之失在手腕轻松,然实众妙之门,无不可以锐入;茝林之失在贪焉,正面欲求其松而不可得,然究其极致,则成就正果,直造古人。余谓茝林已考选枢廷,行将簪毫禁近,不复能从容谈艺,亟宜乘此未膺繁剧,印涉问津。倘更精进不已,余能测茝林之所至哉? 嘉庆丁丑中秋,八十五叟翁方纲题。"⑥对李彦章、梁章钜的诗歌创作进行了评价。本年有诗《茝林取予诗句作灯窗梧竹图》、《又题二首》(第487页)、《兰卿属友写去年崇效寺看花图索题》、《茝林作种瑶草图索题》(第488页)、《焦山鼎歌为茝林题》、《再题焦山鼎铭释文后三首》、《答兰卿》、《题兰卿小印椟二首》、《赠兰卿》、《次韵筠潭与兰卿论诗二首》、《兰卿缩摹雪浪盆铭笺歌》、《兰卿摹雪浪石盆铭为笺石士摹石铫为笺赋此记之》(第489页)⑦等。

梁章钜《退庵诗存》卷七以下以诗歌的形式记载梁氏与其师翁方纲之间的学术、游赏、文学创作活动。卷七有《翁覃溪师招饮苏斋观苏文忠公天际乌云墨迹卷》、《苏斋师命题瓦当诗册摹本谨步自题原韵》、《题苏斋新装建武泉范拓本册后》、《苏斋观苏诗施顾注宋椠本》、《苏斋师以谈诗二律见示谨步原韵》、《唐顾升瘗琴铭旧拓本》、《苏斋观岱顶秦篆新剔十字》、《和题苏斋四十五年前裕轩学士漫圃题叶诗册同孔荃溪郎中作》、《崇效寺西来阁前丁香一树相传为渔洋竹垞手植四月十三日侍覃溪师往观寺僧磨石乞勒记因同作诗》、《次覃溪师游崇效寺韵是日同游者为查梅舫廷尉陈石士编修鲁服斋侍御戈珊如孝廉李兰卿舍人》、《题苏斋旧藏元四贤天冠山诗墨迹卷》,作于1815—1816年间。其中,梁章钜所作诗《唐顾升瘗琴铭旧拓本》,诗后自注:"适与陈石士、刘芙初、李兰卿同题管仲姬墨竹,呈之苏斋,

---

① 沈津《翁方纲年谱》,第475页,引梁章钜《退庵自订年谱》。《退庵自订年谱》:"乙亥,四十一岁。同刘芙初、吴兰雪、陈石士、李兰卿谒翁覃溪师,为苏斋诗弟子者三年。"(《退庵自订年谱》,页七。光绪元年福州二思堂丛书本,浙江书局翻印)但是陈寿祺《藤花吟馆诗钞跋》云梁章钜"自嘉庆癸酉(十八年,1813)入都以后从覃溪游,间效其体"(《左海文集》卷七,《清代诗文集汇编》第499册,影印第331页),则梁章钜从翁方纲游当在嘉庆十八年(1813)。按:刘嗣琯当作刘嗣绾(1762—1820),字简之,号芙初。嘉庆十三年(1808)戊辰科会元,二甲进士。《明清进士题名碑录索引》(第2764页)、梁章钜《十二月十九日招朱兰坡侍读陶云汀胡墨庄两给事刘芙初董琴南黄霁青三编修集小斋作坡公生日》(《退庵诗存》卷八,《清代诗文集汇编》第515册,影印第95页)诗中名下注均作绾字,系沈津之误。

② 梁章钜《退庵诗存》卷七,《清代诗文集汇编》第515册,影印第92页。

③ 陈寿祺《题茝林藩伯灯窗梧竹图》诗题下注,《绛跗草堂诗集》卷五,《清代诗文集汇编》第499册,影印第577页。陈氏所作诗距绘图时已十七年。

④ 按:苏轼生日在十二月十九日,而沈津《翁方纲年谱》系于嘉庆二十二年丁丑正月下(第482页),殊不可解。当是嘉庆二十一年作寿苏会,梁章钜求翁氏赋诗,翁氏诗作于正月。

⑤ 《翁方纲年谱》乾隆五十八年(1793),吴嵩梁以《兰雪新田十忆图》属题(第316页),本年翁方纲为吴嵩梁所作诗甚多(第323页)。

⑥ 同上书,第479、481、482、483页。《藤花吟馆诗钞题词》,见梁章钜《退庵诗存》卷首《题词》首篇(《清代诗文集汇编》第515册影印道光刻本,影印第21页),沈津年谱籍录文字中之"榷"、"邛"两字从《退庵诗存》径改。

⑦ 同上书,第487-489页。

并几赏此。"[①]亦翁方纲师弟唱和之诗。所谓"题管仲姬墨竹"诗，指的是《唐顾升瘗琴铭旧拓本》后二首之《管仲姬寄子昂墨竹画卷》诗。卷八有《谒苏斋遍观所藏汉碑旧拓本同荃溪作》[②]、《兰卿借苏斋所藏笠屐像及松屏真迹卷为供集同人赋诗赋得二首》，后诗系嘉庆二十一年丙子(1816)十二月十九日苏轼生日会所作，该日梁章钜作有《十二月十九日招朱兰坡侍读陶云汀胡墨庄两给事刘芙初董琴南黄霁青三编修集小斋作坡公生日》诗。据诗中自注，嘉庆二十一年丙子(1816)系苏轼北宋仁宗景祐丙子(1036)诞辰之后780年，历第14个丙子年，是日诗人们午前在李彦章斋中拜祭从老师翁方纲借得的苏轼笠屐像，拟绘拜像图以纪念，午后在梁章钜家中雅集[③]。卷八尚有《种瑶草图次苏斋师韵同石士芙初兰卿作》、《苏斋旧藏兰亭五字损本真影卷》、《苏斋师致书陈笠帆中丞移城武庙堂碑于曲阜庭廨属同人赋诗纪之》，作于嘉庆二十二年(1817)；《兰卿集同人作坡公生日用坡韵题所制雪浪盆铭笺》诗句"适共苏斋拜苏像"下自注："晨同荃溪(孔昭虔)、兰卿(李彦章)在苏斋拜像"[④]，则是翁氏门人同往其家中拜祭苏轼像，以京师苏轼生日会无岁不作[⑤]，必以翁方纲为祭酒[⑥]；《题苏斋壁上太白少陵二像合轴》是该年苏轼生日会后所作诗。卷九《题苏斋旧藏王石谷渔洋山庄图》是嘉庆二十三年(1818)翁方纲卒后梁章钜所作诗。

梁章钜《浪迹丛谈》卷八《皮硝桑叶汤》条记载翁方纲晚年用瓜子仁、胡麻仿文征明书法故事[⑦]。从《浪迹丛谈》卷一《云台师唱和诗》、《眉寿说》、《红船》、《相府新旧门第》、《太傅衔》[⑧]等记载看，梁章钜还接受过翁方纲友人阮元的影响。这些词林、学术前辈的熏陶、训练、授受，在李彦章、梁章钜的一生中发生了积极的影响。李彦章和梁章钜都富于著述，详见各自家族条目下。

翁方纲在苏轼生辰日举行寿苏会成为后代诗人纪念苏轼，向苏轼表达敬意的仪式，扩展到全国各地，翁方纲的福建门人李彦章、梁章钜也继承了这一仪式。道光六年(1826)，梁章钜任山东按察使，约与学政吴慈鹤(1778—1826)作坡公生日会，以吴氏旋卒，不果[⑨]；道光七年(1827)冬，梁章钜任江苏布政使，驻苏州，与朱珔(兰坡)、卓秉恬(海帆)、潘奕隽(榕皋)、韩崶(桂舲)等十三人作坡公生日会，并赋诗[⑩]。道光七年(1827)，张际亮作《(十月)二十九日李兰屏刑部招饮寓庐见宋芷湾观察画东坡笠屐图慨然口号》，张际亮在李彦章之兄李彦彬的寓庐见到宋湘(芷湾)所图画的《东坡笠屐图》[⑪]，说明寿苏、尊苏的风习在李彦章家族内部扩散开来。道光九年(1829)腊月十六日(已入1830年)，漳州府龙溪县诗人、张际亮挚友郑开禧在京作消寒第三集，预为苏轼生日，诗云"六百余载世阅人，爱公犹如公尚存"，诗中注云："翁覃溪先生在时，每值此日，必招同人集苏斋作诗"[⑫]。道光十二年(1832)十二月十九日(已入1833年)，开缺回籍调理的梁章钜集陈寿祺、林春溥、杨庆琛、郭仁图、冯缙、叶申蔼、梁云镛等

---

① 梁章钜《退庵诗存》卷七，《清代诗文集汇编》第515册，影印第90页。

② 梁章钜此诗末句云"嘉庆纪元丙子年"，嘉庆二十一年丙子(1816)系此诗作时。

③ 梁章钜《退庵诗存》卷八，影印第95页。

④ 梁章钜《退庵诗存》卷八，影印第102页。

⑤ 梁章钜《和兰坡在小寒碧斋作坡公生日诗用潘榕皋农部韵》其二诗末句注，《退庵诗存》卷十三，影印第146页。

⑥ 梁章钜《(卓)海帆以坡公生日有怀旧游诗索和往在京师每为公作生日无虚岁自外任乃无岁不忘之沉迷簿领悉然于怀用其韵答之见示兰坡》其一诗中注，《退庵诗存》卷十三，影印第146页。

⑦ 沈津《翁方纲年谱》，第486页。《重镌金石录十卷印歌》下民国龚心钊跋引梁章钜《浪迹丛谈》。《浪迹丛谈续谈三谈》，中华书局1981年版，第128-129页。

⑧ 梁章钜《浪迹丛谈续谈三谈》，中华书局1981年版，第13-18页。

⑨ 梁章钜《(卓)海帆以坡公生日有怀旧游诗索和往在京师每为公作生日无虚岁自外任乃无岁不忘之沉迷簿领悉然于怀用其韵答之见示兰坡》其二诗中注，《退庵诗存》卷十三，影印第146页。

⑩ 此年坡公生日会前后，梁章钜所赋诗有《(卓)海帆以坡公生日有怀旧游诗索和往在京师每为公作生日无虚岁自外任乃无岁不忘之沉迷簿领悉然于怀用其韵答之见示兰坡》二首、《和兰坡在小寒碧斋作坡公生日诗用潘榕皋农部韵》二首、《雪后复雪海帆用坡公书北台壁韵索和》二首、《次海帆寒夜读云汀中丞兰坂(当作坡字)侍讲诗草及拙集用坡公次张安道读杜诗韵纪事原韵》一首(《退庵诗存》卷十三，影印第145-146页)。

⑪ 张际亮《思伯子堂诗集》卷八，《清代诗文集汇编》第601册，影印第85页。

⑫ 郑开禧《腊月十六日消寒第三集预为坡公作生日》，《知守斋诗二集》卷三，《清代诗文集汇编》第560册，影印第74页。

雅集于梁氏新筑的黄巷芝南山馆，拜苏轼生日。此会悬挂苏轼所作墨梅帧、《东坡笠屐图》[①]，以黄道周、董其昌、王士禛、朱彝尊四像作配，梁章钜赋《坡公生日小集芝南山馆叠前韵约笏畊莲渚次幔恭甫鉴塘雪茱兰笙同作》两首诗[②]，诗友陈寿祺有诗《梁藩伯芝南山馆作东坡生日有诗属和》，杨庆琛有诗《腊月十九日茝林方伯招同陈恭甫林鉴塘两编修郭莲渚冯笏畊中翰叶次幔大令令弟兰笙学博集芝南山馆拜东坡生日》二首，据第二首诗中注："兰卿太守(李彦章)在都，每岁必举是集"，末两句云："芝南山馆新题咏，重为苏斋续瓣香"，注云："翁覃溪先生集同人于苏斋作坡公生日，方伯为苏斋门人，故云"[③]，杨庆琛推称梁章钜云"先生之才今韩、苏"[④]。道光十四年甲午(1834)，梁章钜在黄巷新居黄楼作坡公会，赋《黄楼作坡公生日和壁间苏斋老人韵》、《叠前韵题黄莘田先生遗像研》[⑤]。李彦章、梁章钜不仅仅继承了仪式，更重要是推动了苏轼文学创作在清代京师和福建地区的传播。同治八年己巳(1869)，谢章铤预陕西布政使、乡人林寿图组织的寿苏会，赋诗题《十二月十九日颖叔方伯招同蔚青观察荻庵学博杨种珊陈屺瞻二秀才祀坡公于欧斋以问我平生功业为韵分得我字》，与会者林寿图(颖叔)、谢章铤、谢质卿(蔚青)、张森钺(荻庵)、杨鼎昌(种珊)、陈树勋(屺瞻)，以"问我平生功业"分韵赋诗。谢章铤在诗中自注："自戊申(道光二十八年，1848)至今己巳(同治八年，1869)余与此会十一次矣。"[⑥]宣统二年冬(已入 1911 年)，端方在京师招集寿苏会，陈宝琛作《陶斋招为东坡生日节庵(梁鼎芬)新至信宿即归陶斋有诗索和》[⑦]。民国六年(1917)前后某年的苏轼生日，身在北京的闽县人林纾尚绘制《东坡生日图》，观翁方纲"苏斋至宝"[⑧]。1927 年除夕前，陈宝琛作有《郭侗伯(郭宗熙)招饮集寒碧簃拜东坡生日分韵得孤字》[⑨]。故知闽中文人不论在乡里还是游宦、讲学在大江南北，都在所在之处举行寿苏会，将此风气扩散开来。

在上述闽籍诗人与翁方纲授受交游，转变闽诗的创作风格之外，乾隆间的全国诗坛发生巨变，一以矫正王士禛神韵派流弊为目标，具有普遍的共识，引领清诗创作不断嬗变。朱仕琇《复家石君书》："五兄(朱珪)诗文在京师卒卒，杂文恨未得读，诗歌专意杜陵，苍郁壮浪，一洗近习。昔王贻上(王士禛)兄弟惩空同(李梦阳，前七子领袖之一)、于麟(李攀龙，后七子领袖之一)二李之敝，力矫荒伧，以清新俊逸为宗，数十年来遂成风气，前后二宋玉叔(宋琬)、绵津(宋荦)。颇以健格撑拄其间而力不胜，于时李天生(李因笃)独探原经术，其后铁君(李锴)稍循岭南诸家之径，别立风格，今吾兄昆弟与李廉衣、戈编修等角出争辙，拔垒杜、韩，遂使《北征》、《南山》之音铿然复振，亦一奇也。"[⑩]朱仕琇与朱珪所述的是在翁方纲(1733—1818)之外，清代馆阁诸臣中尚有朱筠(1729—1781)、朱珪(1731—1807)、李中简(1721—1781)、戈涛(1717—1768)等诗人扭转时习的努力。其实，这两股诗人在馆阁中交往甚密，尤以朱氏兄弟与翁方纲为挚友。清代顺治、康熙、雍正年间，以新城王士禛(1634—1711)为领袖的神韵派诗歌风行天下，以反对前明竟陵派和前后七子诗歌创作的流弊，挽狂澜于既倒，形成清初与清朝盛

① 悬挂《东坡笠屐图》事，据杨庆琛《腊月十九日茝林方伯招同陈恭甫林鉴塘两编修郭莲渚冯笏畊中翰叶次幔大令令弟兰笙学博集芝南山馆拜东坡生日》其一诗中注。

② 梁章钜《退庵诗存》卷二十，《清代诗文集汇编》第 515 册，影印第 216-217 页。

③ 杨庆琛《绛雪山房诗钞》卷九，《清代诗文集汇编》第 542 册，影印第 434 页。

④ 杨庆琛《茝林方伯嘱题仿禹鸿胪卜居图》，《绛雪山房诗钞》卷十，影印第 435 页。时道光十二年(1832)季冬(已入 1833 年)。

⑤ 梁章钜《退庵诗存》卷二十三，《清代诗文集汇编》第 515 册，影印第 242 页。

⑥ 谢章铤《赌棋山庄集》诗集卷十一，《清代诗文集汇编》第 680 册，影印第 899 页。陈昌强《谢章铤年谱简编》系于同治八年(1869)(载《闽江学院学报》2009 年第 1 期，第 43 页)。按：谢氏自注谓"十一次"，其间 22 年，非不间断连续预会。《赌棋山庄集》此诗前有《富平张文治刻石精工屡镌巨碑为吕曼叔观察余葵阶太守所激赏庚午冬予来同原文治求作诗以张之因书廿八字惜予不能作鸿都三体令来观者日车千辆耳》，庚午即同治九年(1870)，后诗题《庚午人日颖叔招同王霞举兵部袁篠坞学士鲍子年太守展祀杜子祠分韵的堂字率成二十韵》，人日即正月初七；卷十二有《甲戌京寓杂诗》，后有《癸酉重五即事》分别为 1874、1873 年诗，故推知谢氏诗集非严谨编年。

⑦ 陈宝琛《沧趣楼诗集》卷六，《沧趣楼诗文集》上册，第 132 页。上海古籍出版社 2013 年版。已入 1911 年。

⑧ 林纾《与冒广生书》其二十，《林纾集》第一册，第 527-528 页。福建人民出版社 2020 年版。

⑨ 陈宝琛《沧趣楼诗集》卷九，《沧趣楼诗文集》上册，第 205 页。

⑩ 朱仕琇《梅崖居士文集》卷二十七，《清代诗文集汇编》第 336 册，影印第 453 页。

世相称的、清新俊逸的诗歌风格。朱仕琇所叙的宋琬(1614—1673)、宋荦(1634—1712)、李因笃(1632—1692)、李锴(1686—1746)等诗人基本上与王士禛兄弟同时并世,只有李锴的时代稍后,反映出清代神韵派诗歌盛行之时,诗坛上探索与神韵派诗歌不同风格面貌的现象,但始终未取得矫正神韵派诗歌创作末流弊端的压倒性胜利。直至乾隆、嘉庆两朝,在朱氏兄弟及翁方纲等诗人手中,宋诗创作(或称宗杜、韩诗风)成为当时声势浩大的创作潮流。

# 第十四章

## 顺治、康熙间的闽诗创作

### ——清代闽诗史论略之一

雍正十一年(1733),郑方城序其弟郑方坤《蔗尾诗集》云:"周栎园先生久于吾闽,每艳称会城(按:指福州)人虽傭、贩、甿、隶操笔动辄成文。予谓惟诗亦然。今试入村塾中五尺童子,悉能谐四声,又随即途之人而询,率臆探喉度,无不解吟五七言律者。"①乾隆元年(1736),杭世骏序郑方坤《蔗尾诗集》:"我朝人文蔚起,闽疆诗学日昌,较前代称盛,然而前喁后于,守家法而不坠者则更千百二人不得一焉。"②此二序指明清两代全国以至福建文化高涨的态势,以及闽中的诗法在不断递进式嬗变、演进的事实。

陈衍之论明清两代闽诗云:"闽派盛于明,非盛唐之诗不读。及钟伯敬(钟惺)入闽,竟陵体风行,稍有学中晚唐、宋人者。有清初叶犹然。及沈归愚(沈德潜)唐诗、明诗、国朝诗三《别裁集》出,海内奉为圭臬,闽人又专为通套盛唐诗矣。"③陈衍的观点基本上符合明清两代闽诗的发展史,但是在有清一代诗人多追随宋诗的背景下,福建诗人宗唐者可谓固守。陈衍序王树枏诗集云"人之言曰:明之人皆为唐诗,清之人多为宋诗"④,这是清代诗学的大背景。清代闽诗在宋、唐之间反复,宗唐、宗宋情况复杂,陈衍云:"自咸、同以来,言诗者喜分唐宋,每谓某也学唐诗,某也学宋诗。"而陈氏自身却突破了宗唐或宗宋的畛域,其论诗云:"余谓唐诗至杜、韩而下现诸变相,苏、王、黄、陈、杨、陆诸家沿其波而参互错综,变本加厉耳。……诗之于唐、宋果异与否? 殆未易以断言也。"⑤陈衍论道光以来清代诗人对诗歌发展道路的理论探索:"道、咸以来,程春海(程恩泽)、何子贞(何绍基)、曾涤生(曾国藩)、郑子尹(郑珍)诸先生之为诗,欲取道元和、北宋,进规开(元)、天(宝),以得其精神结构所在,不屑貌为盛唐以称雄。"⑥将中国旧体诗歌的发展视作绵延、完整的河流,前后朝代有所嬗变,无所断裂。陈衍的"三元"说是对程恩泽等人的诗歌创作和理论精神加以进一步的提炼,以求清代诗歌创作的"精神结构所在",明确抛弃所谓的"貌为盛唐"者。陈衍又著论云:"尝谓诗至曹子建、杜少陵,论者几叹观止矣。然使子健享大年,少陵至七十,其诗境不知更当何如? 所谓进境者,只问其视前之同不同,不问其视前之工不工也。前工于丹,后工于素;前工设色,后工白描,工同而所工不同矣。"⑦诗歌只有境界高低之分,无朝代人为断代、工与不工的区别,陈衍创立"三元"说,凝练了同光体诗歌创作的实践经验,提升了同光体诗歌理论的高度,融合了复古主义诗歌运动对于历朝历代旧体诗歌宗尚的视野分歧。

清初100余年的福建文学创作是明代福建文学创作的余响。比较诗、文两种文体,清初福建的古文创作成就显著;而闽诗在延续明代诗风、开辟清诗风貌之间迟疑、徘徊才终于转变,成就从执坛坫牛

① 郑方城序,郑方坤《蔗尾诗集》,《清代诗文集汇编》第275册,影印第8页。按:郑方城此段话后云"此非诗之盛,乃诗之衰也",下文别有一番理解。

② 杭世骏序,郑方坤《蔗尾诗集》,《清代诗文集汇编》第275册,影印第3页。

③ 陈衍《石遗室诗话》卷十五,第二条,第211页。

④ 同上书,卷十四,第十条,第203页。

⑤ 同上书,卷十四,第十一条,登第203页。

⑥ 同上书,卷二十一,第十七条,第293页。

⑦ 同上书,卷二十五,第十九条,第345页。

角降而为追随王士禛开创的神韵诗风。在这100余年间,泉州府的李光地、兴化府的诸多诗人具有重要的地位,之后闽省的文学创作和科举重心方转向福州府。这种转向在福州府内部早已发生,即人才大规模地向会垣福州集中。

## 第一节　晚明诗风的余响
### ——曹学佺与寓居金陵的林古度等诗人

清初顺治、康熙间闽诗的阵营变化,反映在晚明福建诗坛的代表曹学佺辞世,其转变闽诗面貌的努力仍然对清代闽诗的发展具有启发的意义;反映在从林古度等明末清初闽诗人到王士禛门下诗人的转变,闽中诗人集中在福州、兴化、汀州三府;反映在诗人社集唱和的地域变迁方向上,从江南的南京、扬州北趋集中在京师,为王士禛等北方诗人及其诗歌夺去坛坫和文柄。整个明代诗歌的领袖基本上为南方作者,其间在成化至嘉靖间,李东阳(李东阳犹自称湖广茶陵人)、前七子等北方作者夺取了诗歌坛坫的权柄,入清之后的二十余年(1660'年代)诗坛领袖再次变更为北方作者,王士禛所倡的神韵诗风流行清初诗坛,风靡海内外,一时无俩。

福州府侯官诗人曹学佺(1574—1646,字能始),晚年乡居,唐王时官礼部尚书。顺治三年丙戌(1646),清兵入闽,曹学佺整顿冠服,从容自缢殉国。在其身后,图书、著述散佚,房屋、财产为所侵占没官,子孙困顿。尽臣节而不顾子孙与田园,在明清易代之际端为忠臣,无亏臣节。详请参看《明代福建文学结聚与文化研究》第七二"侯官曹学佺家族"条。

曹学佺的诗歌在晚明大得声名,而其诗风与同侪徐熥、徐𤊹兄弟不同。郭柏苍《全闽明诗传》卷三十四、三十五以两卷的篇幅选其诗,所论曹学佺生平和诗歌最细。钱谦益《列朝诗集小传》丁集下有曹学佺小传,称其:"为诗以清丽为宗,程孟阳苦爱其送梅子庾'明月自佳色,秋钟多远声'之句。其后,所至各有集。自谓以年而异,其佳境要不出于此。而入蜀以后,判年为一集者,才力渐放,应酬日烦,率易冗长,都无持择,并其少年面目取次失之。"[①]钱谦益推许曹学佺的诗歌在晚明以清丽标宗,又云曹学佺之诗不断变异,"以年而异",似乎不为钱氏所喜,至曹氏入蜀以后"才力渐放","并其少年面目取次失之"。从积极的角度看曹学佺之诗,其人在晚明闽中诗坛与谢肇淛、徐𤊹等并雄于诗歌创作,角力甚久,各有所长,曹学佺诗歌创作的变化正是摆脱晋安诗派旧格与樊篱的尝试,以求突破。

叶向高为曹学佺《曹大理集叙》云:"大理好称诗,诗格益高,而其辞益出于独创,众复哗之。……大理诗刻意《三百篇》,取材于汉魏,下乃及王右丞、韦苏州。其文则如韩昌黎所谓'凿凿乎惟陈言之务去'者,故其旨沉以深,其节纡以婉,其辞清冷而旷绝。其初之不合于世,以此久而为世所称服……明兴,文章沿前代之流,病于率易,其后矫之以慕古,转相剽猎,其为率易愈甚,世稍稍厌之而未能反之者。……大理工其所难而不足其所易,日新月盛,过此以往,莫之或穷,吾又安敢以今日之见为足尽大理乎?"[②]据谢肇淛诗集《小草斋集》诗作编年,知万历三十三年至三十四年(1605—1606),谢肇淛在南都,与叶向高、曹学佺等人倡和,举行社集,故叶向高作此序的时间大概可知。与叶向高的诗歌风格比较,曹学佺的诗歌创作有着与叶氏较明显的差异,反映出晚明福建文坛后出转精的风格变迁,这种差异在万历二十年(1592)[③]以来显得戛戛独造,特立独行,不趋同于时风,所以一时间未被接受,但随着时间的推移,万历三十年(1602)以后曹学佺的诗歌逐渐为世人所接受。

① 钱谦益《列朝诗集小传》丁集下,第607页。上海古籍出版社1983年版。

② 叶向高《苍霞草》卷八,影印第215-216页。

③ 请参看拙文《论叶向高的文学活动在晚明文坛的意义》(载《漳州师范学院学报》2013年第2期)。

朱彝尊《静志居诗话》“曹学佺”条云:“(竟陵)枯槁幽冥,风雅扫地矣。……能始与公安、竟陵往还唱和,而能皭然不滓,尤人所难。”[①]曹学佺的诗歌创作不同于晚明竟陵派的风格,反映出晚明福建作家独具眼光,突破后七子和馆阁体诗文创作的一种努力,表现出晚明曹学佺特立独行的开辟精神。

南宋严羽撰《沧浪诗话》,检视、反省宋诗“以文字为诗”、“以议论为诗”、“以才学为诗”之弊,提倡学盛唐及唐以前之诗,其诗歌理论在南宋之后产生巨大影响。元、明、清三代均有诗人受其理论熏陶、沾溉,明初人悍然宣称“宋无诗”之说[②],前七子更凝练成“文必秦汉”、“诗必盛唐”[③]的口号,以为圭臬。闽中诗人更是醉心于严羽的理论和明初长乐高棅《唐诗品汇》所提供的路径。清初朱彝尊、钱谦益等人乃至今人均以为明代闽诗一贯是沿着宋代严羽《沧浪诗话》所揭櫫的诗歌理论和明初林鸿为首的闽中十子诗派的“声律圆稳”[④]传统发展的,陈寿祺《陶舫诗三十韵为冯氏兄弟作》云“国初盛文章,波澜廓溟涨。吾闽守谷音,丘壑自清尚”[⑤]。其实不然:万历三十二年(1604)刻本、宋人黄庭坚的著作《重刻黄文节公山谷先生文集》三十卷,系兴化府莆田人、隆庆二年(1568)进士方沆所校,其人早年虽学后七子之吴国伦,而其晚年的文学观点有所转变[⑥];再往后,晚明在曹学佺、谢肇淛的诗歌创作实践中均有意背离闽诗学唐的传统。

曹学佺之诗变更了闽诗人学唐的路径。周亮工《闽小记》评价其友曹学佺:“谢在杭云曹能始诗以浅淡情至为工,不甚学盛唐。然其《送西安太守》云:‘长安西望路漫漫,泰华峰阴日色寒。长乐中宫秦辇绝,未央前殿汉钟残。月明渭水浮三辅,花满骊山绣七盘。京兆风流谁不羡,时从闺阁画眉看。’大历以来罕见斯语。予谓此诗尚非石仓极境。在杭学七子,故独髓心于此耳。”[⑦]

与曹学佺、徐𤊹同时并雄的福州府诗人谢肇淛(1567—1624),其创作比起邓原岳(1555—1604)、陈荐夫(1569—1610)来说,体裁更加多样,又由于其无门户之见,转益多师,深谙文学创作之道,风格较他人更为多变、老成。由于谢肇淛卒于天启四年(1624),本书不予详论,请参看《明代福建文学结聚与文化研究》第七五“长乐谢汝韶家族”条所论。谢氏变异闽诗风格、路径的方向与曹学佺却有异曲同工之处。

福州府福清县诗人林古度(1580—1666),其父林初文(林章)卜居金陵,家华林园。入清,其家池馆胥化为灰烬,别卜金陵珍珠桥南陋巷数椽。万历间,侯官曹学佺官南京大理评事,林古度与相友善,诗亦似之,清绮婉缛;万历三十七年己酉(1609)至四十年壬子(1612)间钟惺、谭元春先后游金陵,古度见而悦之,其诗一变而为竟陵。新城王士禛登进士第后任扬州推官在顺治十七年(1660),前后五载(1660—1665)。官扬州之时,王士禛数过金陵,日与林古度游雨花台、秦淮、青溪、灵谷寺诸名胜,怅惘久之[⑧]。林古度卒于康熙五年丙午(1666),生前将其诗稿交付王士禛,嘱为删定、刊刻,林古度的诗集最终在康熙四十九年庚寅(1710)付梓[⑨]。

---

① 朱彝尊《静志居诗话》卷二十一,第636-637页。

② 请参看拙著《明代洪武至正德年间的翰林院与文学》(中国社会科学出版社2011年版)第十章。

③ 按:“文必秦汉”、“诗必盛唐”出《四库全书总目·〈怀麓堂集〉提要》(卷一百七十,影印第1490页)、《明史》卷二百八十六《李梦阳传》,而其语实本诸明人著作,“秦汉”原作“西京”。

④ 郑方坤《全闽诗话》卷八,第402页,谢肇淛条下引《列朝诗集》钱谦益所记谢肇淛的观点。

⑤ 陈寿祺《左海诗钞》卷一,《清代诗文集汇编》第499册,影印第518页。

⑥ 按:明人习宋诗的风气一直存在,即使在提出“宋无诗”(请参看明初刘崧《鸣盛集原序》、黄容《江雨轩诗序》、李梦阳《潜虬山人记》、杨慎《升庵诗话》卷一文与可条)的年代,亦可反观彼时明代诗人对待唐、宋诗态度的对立,正是因为宋诗的存在和研习,逼使前七子和后七子这一阵营的诗人以彻底否定的粗暴态度对待宋诗及其追随者。后七子中的大家王世贞晚年的时候已经不再坚持唐诗的一尊地位,嗜好宋人苏轼诗文,临终而不释手,提供了我们理解方沆诗学观点的知识背景。

⑦ 周亮工《闽小记》卷三,第132-133页。

⑧ 民国《福建通志》总卷三十九,《福建文苑传(清一)》卷七,林古度传,第一页。按:蒋寅《王渔洋事迹征略》系于顺治十八年(1661)三月底(第65页),引林古度所撰王士禛《入吴集序》、《十笏草堂诗集序》、王士禛《阮亭诗选》卷十五《长歌赠林茂之先生》。康熙元年(1662)五月十六日,《渔洋山人诗集》十七卷刻竣,卷首有林古度序(第84页);三年(1664),林古度客扬州,正月初九日,王士禛与林古度等诸名士修禊红桥,雅集之后刻《阮亭甲辰诗》一卷,林古度等序之(第106页)。

⑨ 详请参看拙著《明代福建文学结聚与文化研究》第六二“福清林章家族”条(上册,第228-229页)。

林古度一生的诗风,以宗竟陵为主,其间时长近六十年。林古度与王士禛在金陵相遇之时,互相欣赏,但彼此对于诗歌创作宗尚不同。林古度之诗尚楚音,是竟陵派的遗响,而王士禛的诗风明显带有王氏后来主张的神韵说风格。王士禛走在构筑康熙诗坛一代主流新诗风的道路上,不为晚明以迄清初盛行的竟陵诗风所左右,竭尽全力清除竟陵派的诗歌影响,林古度"所有旧作,经钟伯敬、谭友夏丹黄者,阮亭为删削殆尽,只存风华近六朝之作,与曹能始、吴非熊唱和者"[①],表现出力挽狂澜、开宗立派的气象。

与林古度等寓居金陵的诗人尚有兴化府莆田人余怀[②]、泉州府晋江人黄虞稷等,均与清初的文学创作和学术事件有着重要的关系。

## 第二节　福州府林佶、张远等人为中心的诗人群体

福州府闽县诗人黄晋良(1615—1689),字朗伯、处安、处庵,晚又号东叟,崇祯末诸生。编著《唐诗剩义》三十卷,同治刊本《福建通志》著录此书,略引著名诗人吴伟业所作序,曰:"朗伯人才清拔,其于诗剪刻深秀,不愧前人,然其游于吴越也,携其残书废簏,在长海之滨,哀吟不辍,故读其集,伤乱思家,悲凉激楚,岂非时为之耶?"[③]黄晋良"肆力于诗文字,同时名流曹秋岳(溶)、纪伯紫(映钟)皆为知己"[④]。黄晋良之女适闽县(原籍长乐)郑善述,郑善述夫妇抚育二子九女孙,形成庞大的文学著述家族。

诸生、侯官王九徵(号卧山)于康熙四年至五十三年间五十年(1665—1714)创作诗歌二千余首,邑人张远(字超然)评云"晋安风雅一派过于平稳,其不异唐人者在此,而不出范围者亦在此。卧山出入唐宋,伐毛剔髓,一洗吾乡习气"[⑤]。王九徵的诗歌创作面貌与晋安诗派迥异,标志着清代闽诗的尝试与创新。而对于当时被推为"闽诗第一"的张远[⑥]而言,有一批同道者继承着谢肇淛、曹学佺等诗人未竟的事业,共同开辟闽诗的新方向。

清代康熙至乾隆间,福州平远台组织诗社,风流迭起。同治刊本《福建通志》著录侯官林衡《平远集》,引郑杰《注韩居诗话》云:"衡,康熙癸未、甲申间(四十二至四十三年,1703—1704),尝与郡守顾焯、都督李涵、太原王弈驹、太仓穆坤、长洲陆鸿典、襄平苏世禧、延安白长庚、山阴钟芝豫、云间张恒、邵武杨应翰、闽中陈祖虞、林曒、郑熼新、林豫吉、林绍勋、林伟、林仪、郭人麟、朱任宏(弘,避讳改[⑦])、郑维忠、郑郊、蓝涟、陈祁广、方京、李馥等四十余人,结诗社于平远台,一时称盛事焉。"[⑧]康熙四十二年癸未、四十三年甲申(1702—1703)间,来自省内外诸诗人唱酬结集,刻有《平远集》。平远台诗社是康熙四十年代中福建诗坛颇具规模和影响力的结社。自明末以来,福州骚坛消歇六十年左右,康熙间的平远台结礼对于晚明福建的诗歌创作来说是一次遥相呼应。平远台结社在清代成为福州文人雅集的重

---

① 陈衍《石遗室诗话》卷二十一,第八条,第287页。

② 明末清初,原籍兴化府莆田县的诗人余怀称能诗(请参看本书莆田余氏家族条),交游亦广,达数百人之多,与明末清初著名诗人钱谦益、龚鼎孳、吴伟业、冒襄、周亮工、林古度、王士禛、李渔、尤侗、陈维崧、纪映钟、宋琬、方文、顾梦游、方以智、吴绮、徐釚、曹寅等均有所往返酬唱,而其先人流寓、侨居金陵,余怀一生足迹未至祖籍地(请参看朱志远硕士学位论文《余怀研究》第一章《余怀字号、籍贯及家庭考——余怀家世初探》、第二章《以才情名世:久湮西风的绚烂行旅——余怀生平研究》),本书故以不著论。

③ 同治刊本《福建通志》卷六十七,影印第1379页。按:蒋寅《王渔洋事迹征略》系黄晋良嘱托吴伟业选诗事于康熙三年(1664)除夕(已入1665),吴伟业为选其诗223首(第120-121页)。

④ 民国《福建通志》总卷四十三,《福建高士传》卷五,黄晋良传,原第一页。

⑤ 《国朝全闽诗录初集》卷十,第208页。

⑥ 按:张远传称"著有《无闷堂诗文集》,共四十余卷。世称闽人诗远第一,许珌《铁堂集》次之,蓝涟《采饮集》又次之"。(《侯官乡土志》卷三,张远传,影印第192页)又,张远与郭雍、张畲、林豫吉称康熙四大家。林豫吉诗学杜甫、郑善夫。

⑦ 民国《福建通志》总卷三十九,《福建文苑传(清一)》卷七,林衡传,原第十六页。此传中平远台诗人籍贯、字号均一一载明。

⑧ 同治刊本《福建通志》卷六十七,影印第1380页。

要活动,雍正、乾隆间陆续举行社集,同名社集的文酒活动延续了很长一段时间。

陈寿祺尝序萨玉衡《白华楼诗钞》,云“清兴,称诗于吾乡者百数十家,以张超然(张远)、蓝君漪(蓝涟)为巨擘”①。又有康熙四大家之谓,指张远与郭雍、张崙、林豫吉四人齐名,诗风各不相同。张远(1648—1722)为四人之首,其诗多元白长庆体,与晋安诗派为别调②,陈衍以为其五古学韩愈,七古参以李白,气象超轶朱彝尊、王士禛③,乾隆、嘉庆间郑杰以为张远之诗好用苏轼诗韵,沈德潜评以神肖苏轼④,谢章铤《论诗绝句三十首》其二十首句云“泼墨淋漓学大苏”⑤。诸家所论着重点不同,但均指出张远之诗宗宋。张崙系善学杜诗的诗人,郑杰评定为“宋调之佳者”⑥,闽中诗人好学郭雍、林豫吉,形成水火不容、互相诋毁的态势⑦。

闽县林侗(1628—1716)、林佶(1660—1731后)兄弟及其家族在清初闽中诗坛处于一个重要的地位。按照陈寿祺对闽诗的回顾,其诗句云“吾闽守谷音”,“长林固多材,弟舅郁相望。莆阳闻二亭,侯官出其上”⑧。清初福建诗歌创作的重心从兴化府转移到福州府侯官县。“二亭”指林尧光澹亭、林尧英涑亭,侯官诸林指的是林侗、林佶及其子侄。林侗兄弟虽为闽人但凭其对金石、书法艺术的优长、嗜好与朝廷重臣陈廷敬、王士禛、汪琬及知名学者朱彝尊等保持着密切的联系;出生于明末却仕清,并且见证到康熙一朝的盛世,犹及见证乾隆朝著名诗人黄任(1683—1768)的腾声飞实。康熙三十八年己卯(1699),林佶与张远同年举于乡,张远为解元。林佶之诗云:“吾家诗格复如何?士子才名不啻过。派衍晋安风雅盛,节逢重九兴怀多。”⑨林佶先从王士禛学诗,再从汪琬学为古文及诗歌,以汪琬诗兼范成大、陆游、元好问之胜而弃早年六朝、三唐诸体诗格之故⑩。这种转变也反映出清初诗坛风气转变在每一位诗人身上留下了时代的烙印。

## 第三节　兴化府诸林氏家族诗人

明末清初,兴化府籍的官员和士人与湖广竟陵派的关系较诸他府县的诗人更加密切,兴化府籍官员周爀督学湖广拔擢了竟陵派的领袖人物谭元春,竟陵诗风扩散到全国后,福建兴化府的大部分诗人追随竟陵诗风,以结社方式形成创作群体。晚明兴化府文学家族诗人郑郊、周闻、方锵兄弟、林简、黄担、郑锜等追随竟陵派,使竟陵诗风在兴化府文学家族内部扩散开来,仅有如柯甡、林铭几、郑泾、周婴、林璟、姚旅等少数诗人不坠时趋,敢于反思竟陵诗风的弊端。请参看拙文《晚明福建的竟陵诗歌创作》⑪及《明代福建文学结聚与文化研究》一书。

在动荡的明清易代的时代背景下,明郑政权与清廷争夺沿海诸省的战争持续到康熙二十三年(1684),中间还夹杂着康熙十三年至十五年(1674—1676)的耿精忠叛乱,省垣福州府生灵涂炭,世家(包括文学家族在内)遭受灭顶之灾,或断崖式沉入人间地狱,或外迁省内外避祸,曹孟善(一作曹梦善)、许友、孙学稼、徐陵等世家子弟均曾罹难,甚或横死外乡。相对于福州府世家子弟和作家的不幸遭际,兴化

① 同治刊本《福建通志》卷六十七,影印第1384页。

② 永瑢等《四库全书总目》卷一百八十三,影印第1660-1661页。

③ 民国《福建通志》总卷二十五,《福建艺文志》卷六十四,第二十四页,引。

④ 按:沈德潜评《题黄山山人墨竹》诗云:“笔下有兔起鹘落之势,神肖东坡。”(《国朝全闽诗录初集》卷八引,第169页)

⑤ 谢章铤《赌棋山庄集》诗集卷五,《清代诗文集汇编》第680册,影印第854页。

⑥ 同治刊本《福建通志》卷六十八,影印第1396页,张崙《晚香堂集》十二卷解题引。

⑦ 郭柏苍《竹间十日话》卷一。

⑧ 陈寿祺《左海诗钞》卷一,《清代诗文集汇编》第499册,影印第518页。

⑨ 林佶《朴学斋诗稿》卷六,《清代诗文集汇编》第205册,影印第542页。

⑩ 《清史列传》卷七十,汪琬传。

⑪ 郑礼炬《晚明福建的竟陵诗歌创作》,载《闽南师范大学学报》2014年第3期,第64-69页。

府作家则相对幸运,基本上能苟全性命于乱世,世家势力所受冲击相对较轻,基本得以保全。在明清易代的背景下,本书所考福州府文学家族32个,泉州府19个,而只有莆田、仙游两个属县的兴化府有27个。在曹学佺等福州府诗人辞世之后,兴化府成为闽中诗歌创作的重镇,是全闽不幸世道中的一缕亮色。

清初兴化府的文学家族以林燫章诸子(林尧光、林尧英、林尧华。请参看《明代福建文学结聚与文化研究》第二五一"明末清初林燫章家族"条)和林恭章诸孙(林友王、林翼王、林赞王、林翰王、林宾王)为中心的诗人群体表现最为典型。诸林家族诗人均与新城王士禛之间有着密切的关系,基本上成为神韵派的及门弟子。入清以来,全国文坛领袖王士禛和晚明文坛领袖钱谦益、竟陵派代表作家钟谭一样对闽人闽诗给予极高的评价,反映出明清两代福建文教事业的高涨态势及其引人瞩目的成就。

林古度的影响至康熙间衰微,随着钱谦益对竟陵诗歌创作与明朝国运的关联性反思[①],这种极具鼓噪性质的反思声音影响极大,士大夫阶层和诗歌作者决然站到反对竟陵诗歌的对立面,竟陵派的诗歌理论及其创作受到排斥和否定,其没落势在必然,不可挽救。明末出生的王士禛(1634—1711)在新朝应时而起,壮岁登进士第,任扬州推官,所作已有神韵面目。明清易代既定之后,经过顺治、康熙两朝的治理,国力逐渐恢复。适逢康熙盛世,亟需反映康熙盛世、润色鸿业的文学。诗歌创作理论中的神韵说正是这种政治生态和文学思潮新变的产物。山东新城(明清属属济南府,今桓台县,属淄博市)王士禛才华横溢,淹贯博学,诗歌造诣超轶常人,在历代诗歌流派、诗歌理论中,在唐、宋两朝诗歌中,经过反复审慎的选择,糅合严羽《沧浪诗话》有关"妙悟"、"别趣"、"兴趣"、"玲珑透彻,不可凑泊"的理论内核和《二十四诗品》"冲淡"、"典雅"、"含蓄"、"自然"、"超诣"诸品的美学境界,形成神韵诗歌理论。

由于清初顺治、康熙间竟陵诗歌浪潮的消退,神韵说理论建树的及时更张,王士禛作为新一代文坛盟主的成功实践和模范示范等诸方面因素的合力作用,康熙间闽籍诗人的创作与林古度诗歌的面目大相径庭,而诗人们基本上为王士禛的蕴藉风流所倾倒。这是清代闽诗取径和风格的一次重大改变,与明末闽中风行的竟陵诗风面目迥异。

在神韵派诗歌创作之外,我们更可进一步观察到兴化府莆田县诸林氏家族中的诗人林尧光其诗歌创作转向学宋的现象及其意义。林尧光在昆季间尤为秀拔,被称为类乎"马氏之白眉(马良)",其诗宗宋。《国朝全闽诗录初集》卷五传引《兰陔诗话》:"涑亭伯仲诗各臻妙境,而涑亭尤为秀拔。上猎汉、晋,下汲李唐,又错出苏、黄、范、陆间,其马氏之白眉欤?"[②]林尧光与清初全国的宋诗派习气相通,是清初闽诗人中较早学宋诗的诗人。其弟林尧英却受到王士禛等清初诗人的推重,为"燕台十子"群体中诗人;弟林尧华所著有《浣亭诗略》、《归来吟》、《山姜花坞长短句》,王士禛为之论定,序之[③]。兴化府莆田县诗人、康熙间诸生黄帝臣(字敬卓,号秀川、忆趋),邑人郑王臣《兰陔诗话》评论其诗:"忆趋七言如'半空鸦阵疑云影,一径松涛作雨声。''爱闲未免诗添累,助兴从来酒有功。''老至情如棋欲罢,静来神似梦初醒。'此等佳句皆步趋陆放翁(陆游)者也。"[④]黄帝臣也是云化府诗人转向学宋的例子之一。

## 第四节　宗宋诗风的星火态势

明清之际的诗人如钱谦益(1582—1664)、吴伟业(1609—1672)、黄宗羲(1610—1695)、曹溶

① 钱谦益《刘司空诗集序》:"万历之季,称诗者以凄清幽渺为能……海内靡然从之,迄今三十余年,甚矣诗学之衅也。"此序收录于《牧斋初学集》卷三十一。按:《牧斋初学集》系钱氏在明朝的诗文集。入清以后,钱谦益编著《列朝诗集》,作《列朝诗集小传》,其《钟提学惺》条论云:"余尝论近代之诗,抉擿洗削,以凄声寒魄为致,此鬼趣也。尖新割剥,以唯音促节为能,此兵象也。鬼气幽,兵象杀,著见于文章,而国运从之。以一二轻才寡学之士,衡操斯文之柄,而征兆国家之盛衰,可胜叹悼哉!"(第571页)

② 郑杰《国朝全闽诗录初集》卷五,《全闽诗录》第五册,第89页。

③ 石有纪、张琴《莆田县志》(二)卷二十九,影印第602页。

④ 同治刊本《福建通志》卷七十,影印第1466页,注引。

(1613—1685)、申涵光(1618—1677)、朱彝尊(1629—1709)、吴之振(1640—1717)、汪琬(1624—1691)及其弟子惠周惕(?—1694)等均曾经推崇宋诗,或学苏,或学黄,或兼论唐宋,或专主一家,钻研、模拟过宋代诗人诗作,“物穷则变,故国初多以宋诗为宗”①,“国初诸家,颇以出入宋诗,矫钩棘涂饰之弊”②,聚合起来,形成声势渐大的宋诗运动。清代闽诗自有一派宗宋诗人,数量不在少数。民国六年(1917),林纾《拜菊盦诗序》云“近来南士大昌宋诗”③,由此看来,自清初至民国六年(1917),整个清代福建省域诗歌创作中宗宋的风习一直存在。我们对明末清初福建全省的文学创作进行全域审视,可以看出福州府、兴化府、漳州府、汀州府、邵武府的诗人不同程度均存在宗宋的倾向,宛若星星之火,呈现出同时而起的分布态势。

乾隆间福州府闽县诗人谢道承(1691—1741)尝倡言“闽无诗”④,是对清初福建诗歌创作固有之“闽派”创作的不满。然而明末清初福建的诗歌创作正处在变化中,这种消息愈加明显。福州府诗人如曹学佺,兴化府诗人如林尧光,均从专学唐诗转向,或学宋,或兼学元及唐前古诗,已论列于如上,均预示着明末清初闽中诗歌创作方向和路径的转变。明末清初,被誉为可与郑善夫、曹学佺鼎立的兴化府莆田诗人余飏,其诗“间出宋、元”⑤,形成家学,为其子余佺所发扬⑥。顺治间,兴化府诸生黄辙其诗诗格苍老⑦;顺治十八年(1661)进士、兴化府程甲化之诗古体学苏轼,多用苏轼诗原韵⑧。程甲化与林尧华、林尧光、林尧英兄弟同时,亦与福州府宗宋诗人叶矫然同时。

顺治九年壬辰(1652)进士叶矫然撰《龙性堂诗话》“今海内趋风宋、元,斗秘炫诡极矣”⑨,且复述晚明黄景昉、黄道周之论诗语云“黄东厓(黄景昉)与黄明立(黄居中)论诗云:‘使昉改从时贤,入今吴、楚诸名流中,则亦有所不屑。’黄石斋(黄道周)与计甫草(计东)云:‘吾闽人之称诗也,与尔吴人异。’卓哉言乎!可想二黄胸中壁立处”⑩。黄景昉、黄道周之诗大抵与明代闽诗主流晋安诗派异,又与晚明盛行闽中、发源吴楚的竟陵诗风异趋,标称“与尔吴人异”,矫矫生新。以黄道周而论,为当时文宗:“古今名人志士传者何限,要知文章、道学、经济、气节大都微有耑属,道周负其聪明气岸,直欲兼之。古文不循《史》、《汉》、八家,诗歌不涉汉、魏、唐、宋,而博奥黝深,雕锼古健,风骨成一家矣。”⑪“黄文明(黄道周)晚出,学博才雄,浩乎莫穷其际,或骚或子,固当辟一诗宗。”⑫晚明漳州府的黄道周、泉州府的黄景昉的主张和诗歌创作实践引发明末清初闽诗的嬗变,其结果固然不同于竟陵诗风和吴中诗风,亦绝非复归于明代晋安诗派的传统。

我们明确观察到明代闽诗与清代闽诗之间存在着难以度越的鸿沟,由于清人对诗歌认识的提高和清诗的演进,清代闽诗的绝大部分作者与明代闽派⑬诗(或称晋安风雅、闽中流派⑭)轨辙不同。道光十年(1830),建宁张际亮作《张红桥画像诗》组诗,其五首两句云“晋安风雅尽曹(曹学佺)、徐(徐

① 永瑢等《四库全书总目》卷一九〇,《〈御选唐宋诗醇〉提要》,影印第1728页。

② 同上书,同卷,《〈宋诗钞〉提要》,影印第1731页。

③ 林纾《林纾集》,第一册,第192页。福建人民出版社2020年版。原收于《畏庐三集》。按:毓廉诗卷《拜菊盦诗》系民国五年(1916)十月祭德宗崇陵后交与林纾,明年再觐崇陵,林纾序而还之。

④ 谢章铤《自怡山馆偶存诗序》,《赌棋山庄文续》卷二,《清代诗文集汇编》第680册,影印第771页,引。谢文作于1880',序何芝轩诗集。

⑤ 石有纪、张琴《莆田县志》(二)卷二十三,影印第202页。

⑥ 《国朝全闽诗录初集》卷十一,余佺条,《全闽诗录》第五册,第236页。

⑦ 同治刊本《福建通志》卷七十,影印第1464页,引郑王臣《兰陔诗话》。

⑧ 《国朝全闽诗录初集》卷四,程甲化条,第81页,引郑王臣《兰陔诗话》。

⑨ 叶矫然《龙性堂诗话》初集。

⑩ 同上注。

⑪ 光绪《漳州府志》卷三十一,影印第641页。

⑫ 光绪《漳州府志》卷四十八,影印第1156页。

⑬ 张际亮《与朱秦洲书》(《张亨甫文集》卷一,《清代诗文集汇编》第601册,影印第408页)、《郑云麓诗序》(同书,卷二,影印第416页)均直呼为“闽派”。

⑭ 沈德潜序,朱仕玠《筠园稿》卷首,《清代诗文集汇编》第317册影印乾隆刻本,影印第68页。

爀)，远忆林(林鸿)、高(高棅)那得如"[①]，其意以为晋安风雅消歇于晚明曹、徐两人诗人在世之时，曹学佺自缢殉明于1646年清兵入闽之时[②]。从清代闽诗的创作和风格来看，最著声名的黄任和张际亮之诗与晋安风雅面貌大异[③]，且不论张际亮本人之诗歌行学吴伟业、酷似"梅村体"者，黄任之诗所模拟者在本朝王士禛诸人，"清华绵绮"[④]，不再亦步亦趋地以严羽《沧浪诗话》[⑤]和高棅《唐诗品汇》为圭臬，遵循晋安风雅一派的故辙。

孙枝蔚《龙性堂集序》："因宋人既有西江派，而近代牧斋钱公乃目林子羽(林鸿)、高廷礼(高棅)为闽派，斯有过矣。余谓林与高亦自闽中健者，独惜其诗但从唐人入手耳"，(叶矫然之诗)"似惩廷礼之专喜圆美而思补救之者，惜虞山氏逝矣，不及一见之矣"[⑥]。吴彦芳序《龙性堂诗集》云："予诗率意出，思庵(叶矫然)必且三四推敲。说者谓予多得自性情，思庵(叶矫然)兼得诸学力，精焉而不得当，思庵无之。"[⑦]清初闽诗创作及其理论确实已经跳脱出明代闽诗的故辙[⑧]，这个时间不会晚于康熙十五年(1676)[⑨]。吴彦芳所述，明确指出明代闽诗的特征是"得自性情"，清代闽诗的特征是"兼得诸学力"、"兼资学识为用"[⑩]。重"学力"、学问是明代闽诗创作中除了晚明数位诗人之外所不具有的时代特征，也说明了清代诗歌中"学人"特征的出现在康熙间已经具备，自乾隆间以翁方纲为典型而大盛。"学人之诗"成为有清一代诗人的共同追求，形成清诗的独特面貌。

根据李世熊(1602—1686)自撰、其子李权(李向旻)续成之《李寒支先生岁纪》，黄道周与李世熊之间结成师弟情谊，最重要的因素在于李世熊对黄道周的仰慕及两人诗文创作的风格接近，故在崇祯十七年甲申(1644)黄道周晚年方入其门下[⑪]，李世熊恨为太晚。李世熊"文学孙樵、刘蜕，记、序各体，多近纤仄"，部分散文可追杜牧、孙樵风格中之雄伟者，"诗造语纤涩，似元人之学长吉，时复与黄石斋、倪鸿宝相仿佛。明末风气，大抵然也。其《检寒支集》云：'洒酒烹蔬自祭时诗，骚宗雅系嗣无儿。新编突兀如《天问》，六代三唐彼一时。'此其最文从字顺者。自言其所作奇崛如《天问》、六代、三唐，另是一时

---

① 张际亮《思伯子堂诗集》卷十二，《清代诗文集汇编》第601册，影印第138页。

② 乾隆间，沈德潜作《王直夫诗序》，以为明代闽诗只有林鸿至曹、徐的"闽派"和郑善夫"欲别开生面"的两派(《沈德潜诗文集》第三册，第1522-1523页)。关于明代闽诗，可以参看陈广宏《闽诗传统的生成》(上海古籍出版社2018年版)一书的论述。张寅彭教授发表有《略论明清乡邦诗学中的"泛江西诗派"观》(《文学遗产》1996年第4期)，似乎福建历史上的闽诗也只能算作"泛晋安风雅派"，但不能把历史上的闽诗创作看作完全不变。

③ 请参看张际亮《与朱秦洲书》(《张亨甫文集》卷一)所论黄任诗风与张氏诗风。

④ 张际亮《与朱秦洲书》，《张亨甫文集》卷一，《清代诗文集汇编》第601册，影印第408页。

⑤ 道光二十一年辛丑(1841)，张际亮作《诗话楼》诗，有"诗坠三唐后，风开十子先"之句(《思伯子堂诗集》卷二十九，《清代诗文集汇编》第601册，影印第342页)。诗话楼在邵武府郡城，清初周亮工所建。

⑥ 孙枝蔚《龙性堂诗序》，叶矫然《龙性堂诗集》卷首，《清代诗文集汇编》第50册，影印第1-2页。

⑦ 吴《序》，叶矫然《龙性堂诗集》卷首，《清代诗文集汇编》第50册，影印第3页。

⑧ 这种诗歌理论突破虽然在康熙初出现，但是坚持严羽《沧浪诗话》和闽派诗的创作实践依然存在。明末清初黄晋良(1615—1689)《昆陵赵去邪诗序》："严子羽言'诗不关学'，此先辈最会心语。非谓作诗者可以无学，谓夫学既成，乃得所以为诗之趣，诗之趣岂有学问之迹哉？""古之达人初沉酣于六艺之文，豁然知所谓诗者理趣之微，盖别有一道而不与文字为伍"，"今人以其所学为诗，及乎学之自信不定而为诗之怀疑无穷，既以自疑，因而疑人，甚而疑前之人，疑古之人，乃复意见横生，谈论多端，而是非反覆不相率，而归之俗学不止"。(《和敬堂全集》文部卷一，原第十一、十二页，《清代诗文集汇编》第54册，影印第112、113页)清初黄晋良对于性情、学问之间关系的认识还是对立的，至乾隆间其外孙郑方城、郑方坤之时，对于学问、性情的认识则颠覆了黄氏的认识。当然，通观黄晋良《和敬堂全集》诗部二十八卷全部诗歌，黄氏的诗学观点前后有所变化。

⑨ 吴彦芳序《龙性堂诗集》，开篇称："明癸酉闱墨，予彦芳为杨维节先生首荐刻三十八艺中，时叶思庵年甫八，《大学》即有嗜痂之癖，今且五十矣。"(《龙性堂诗集》，《清代诗文集汇编》第50册，影印第2页)癸酉，明崇祯六年(1633)。据"年甫八"及"今且五十"推算。

⑩ 朱仕琇《耻虚斋诗集序》，《梅崖居士文集》卷十八，《清代诗文集汇编》第336册，影印第353页。在此序中，朱仕琇之论严羽所谓"诗有别趣"："自其才与相近，非关学识"，主张"兼资学识为用，要其才之隐然浮动，与元气上下者不可得而掩也"(影印第353页)。朱仕玠胞弟朱仕琇云"严羽曰诗有别才，故必兴趣超胜，乃具诗意"(《示子文佑书》，《梅崖居士外集》卷七，《清代诗文集汇编》第336册，影印第584页)，朱氏兄弟的诗学主张应当比较一致。比较宋、清两代之"学识"，其差别在于宋诗主用事，"无一字无来历"，而清代则以学术与诗歌创作相结合，其范围远比典故、故实宽泛，真正体现刘勰《文心雕龙·神思》"积学以储宝"的精神。

⑪ 《李寒支先生岁纪》："(甲申，四十三岁)十月，黄石斋先生以吏部起用，差官敦趋至建，予始执贽及门，极见器许。"(李世熊《寒支二集》，四库禁毁书丛刊集部第89册，影印第401页)

体格,皆所不屑为也。"[①]李世熊的文学创作反映出明末清初全国文坛复杂的生态,时代正处于衰变和新变的关口。细按之,黄道周、李世熊的文学创作都有韩愈诗文的影子,藉以变革晚明文风。到李世熊门人黎士弘(1618—1697)之时,黎士弘的诗确然已经是宋调。

汀州府以李世熊、黎士弘师弟相承的诗学宗旨及其创作,诗人们又与江西宁都等地作家交游,产生跨省域的接受熏染和给予影响的互动效应;延平府将乐县诗人余思复(1614—1693)嗜好韩愈著作,为诗奇崛不驯,其才学为李世熊、魏禧、施闰章、王时敏等所推服。

邵武府建宁县诗人朱国汉,明末清初人。其诗"步趋在香山、剑南之间。而激昂凄婉,每每写难状之景如在目前,留不尽之意见于言外"[②],"状难写之景如在目前,含不尽之意见于言外"[③],是北宋梅尧臣与欧阳修论诗语。清人评论朱国汉诗成就之语分明以梅尧臣所倡论者衡之,朱国汉之诗明显系宋调。梅尧臣此语前还主张"意新语工",雍正、乾隆间号称"濉溪四家"的建宁县诗人何梅、李荣英、朱肇璜、朱霞均"自出新意,不囿于土风"[④],均本于梅尧臣的诗歌理论,其中何梅之诗,"诗品在北宋诸子间,其清深和畅犹唐贤家法"[⑤],确定为学宋诗者无疑。

从沿海到内陆,福建各府的诗人在明末清初这一特定时期内出现不同程度的对明代闽诗传统[⑥]的背离,宗宋成为最成气候的转向,预示着清代福建全省诗歌创作的全面转向。这些看似星星之火的分布,其实有着内在的联系,如福州府侯官人曾异撰与汀州府宁化人李世熊之间,李世熊与兴化府莆田诗人之间,漳州府漳浦人黄道周与福州府、兴化府诗人之间,黄道周与李世熊之间均有密切的交往。一个新的诗歌创作局面已经打开,持续改变明清晋安诗派的风格和面目,铸造出清代福建诗歌创作的全新景观。

---

① 陈衍《石遗室诗话》卷二十四,第二十五条,《民国诗话丛编》第一册,第333页。

② 《国朝全闽诗录初集》卷一,朱国汉条,《全闽诗录》第五册,第14-15页。

③ 欧阳修《六一诗话》,引梅尧臣语,《宋诗话全编》第一册,第214页。凤凰出版社1998年版。

④ 民国《福建通志》总卷三十九,《福建文苑传(清二)》卷八,朱仕玠传,第四页。

⑤ 民国《福建通志》总卷三十九,《福建文苑传(清一)》卷七,何梅传,原第二十一页。

⑥ 按:明、清两代以迄当代,学者一般以为明代闽诗有着固定的风格,形成传统,称"晋安诗派"。而明人谢肇淛《陈女翔诗序》(《小草斋集》文集卷十一,第253页)、《邓汝高传》(《小草斋集》文集卷四,第73页),以为闽诗自明初自万历间,发生三次变化。举其标志性人物,分别为林鸿、郑善夫、谢肇淛。

# 第十五章

# 康熙中后叶至乾隆间的闽诗传承

## ——清代闽诗史论略之二

## 第一节　闽西北邵武府建宁县的诗歌创作

明清易代之际,顺治四年(1647)四月,降清的周亮工升任福建按察使。取道江西从杉关入光泽,十月至邵武,为闽中道梗受阻,滞留邵武府至明年初夏方至省垣福州,其间在邵武府八阅月。周亮工在邵武府治邵武县建诗话楼,祀严羽,招能诗者日与唱和,刻成《万山中诗》[①],这是清初较早的一次由朝廷官员召集的酬唱社集。周亮工在福建,多与闽省作者交往,在省垣福州任所及分巡、按部汀州等府县均留下与当地作者交往、唱和的文墨。

清代邵武府治邵武县,辖邵武、光泽、建宁、泰宁四县,前三县的文学创作成就高出泰宁甚多,以建宁县最为杰出。从康熙中后叶到乾隆间,建宁县有朱仕琇家族、何洪源家族、鄢尚丰家族、何兴咏家族、宁之藩家族、李祥赓家族、吴师聃家族、谢玉成家族、廖氏家族、官氏家族、应氏家族、徐氏家族、聂氏家族、张鹏翔家族、余氏家族、李云诰家族、吴登举家族、李书家族、王笏家族;邵武县有米嘉穗家族、黄金铉家族、张能恭家族、朱元仪家族、杨崇道家族、张大镛家族、张名标家族、魏昉家族、官赞朝家族;光泽县有危士亨家族、李奇家族、黄溶家族、龚懋家族、高隆程家族。这些家族均从事文学创作和学术著述活动,成就斐然。

建宁县朱仕琇家族的代表人物朱仕琇以古文鸣天下,而其曾祖父朱国汉以诗名。朱国汉,字为章,明末清初人。闻崇祯甲申之变,北向号恸。以布衣终。能诗,工五、七言诗,其诗清削刻露[②],极尽锻炼。与邑人丁之贤齐名,合刻有《绥安二布衣诗钞》[③]。何梅作《朱布衣小传》。《国朝全闽诗录初集》朱国汉条称其诗"步趋在香山、剑南之间","每每写难状之景如在目前,留不尽之意见于言外,其有合于风骚之意多矣"。[④] 而丁之贤的诗歌不依傍竟陵,"其诗高者出入唐初、盛,次亦足当李崆峒、何大复后劲",在晚明建宁诗坛不为重视,"时吾绥安人论诗,争奉竟陵钟、谭派为质的,见布衣诗,固未之许也"[⑤]。在竟陵诗风浪潮歇息之后,闽中诗坛方才发现建宁诗人"真淳"[⑥]诗意之所在。

朱仕琇之兄朱仕玠又辑有《濉溪四家诗钞》,系建宁县乡先辈何梅、李荣英、朱璜、朱霞四人之诗,

---

① 孟晗《周亮工年谱》,广西师范大学 2007 年硕士学位论文,第 49、51 页。
② 民国《福建通志》总卷三十九,《福建文苑传(清一)》卷七,丁之贤传,原第二页。
③ 陈衍《石遗室诗话》一作《绥安二布衣诗》(卷二十二,第五条,第 302 页)。
④ 《国朝全闽诗录初集》卷一,朱国汉条,《全闽诗录》第五册,第 14-15 页。
⑤ 《国朝全闽诗录初集》卷一,丁之贤条,《全闽诗录》第五册,第 9 页。
⑥ 语见元好问《论诗绝句三十首》其四"一语天然万古新,豪华落尽见真淳"。

四人之诗“自出新意,不囿于土风”,以救明代闽诗人“林鸿、高棅倡盛唐之学”,“摹拟失真,沿成习派”之失①,“四先生诗祖祢两宋,虽视大家掣鲸碧海尚为有待,而泳沫灵府,自出新意,皆不囿于土风者”②。从明末丁之贤、朱国汉至清代康熙二十九年庚午(1690)武举人李荣英、三十五年丙子(1696)举人何梅之时,超过50年时间当中,这四位闽西北的作家具有集体反动闽派诗歌传统和传承的整体意识,向闽诗的对立面转变,或专意创作闽诗所不能范围、笼罩者的诗歌。

“绥安二布衣”之朱国汉系朱仕琇曾祖父,“濉溪四家”之朱璜系朱仕琇族父,朱霞系朱仕琇伯父,建宁六诗人而朱氏有其三,朱氏诗人与习唐调的闽人步趋不同,取径宋人,形成家学。朱霞又整理了《樵川二家(严羽、黄镇成)诗》四卷、《绥安存雅》四卷,选辑《闽海风雅》三十卷,对清初至乾隆间的建宁乃至全闽的诗歌有着整体的掌握。朱氏家族诗歌创作与古文创作及儒业志不下常人,不为明代闽派诗歌常调所束缚,在诗、文创作中旨趣一致。

建宁县诗人还注意搜集、整理乡邦文献。如朱霞辑《樵川二家诗》;朱仕玠辑《绥安存雅》四卷,编《濉溪四家诗钞》,选《闽海风雅》;邑人连青辑《绥安存雅》三卷等,均为邵武府全郡前代及当代文献之属。

在朱仕琇家族之外,建宁县尚有近二十个家族的作者进行诗文创作;在建宁县之外,邵武府尚有邵武、光泽两县十余个家族作者进行文学创作,清初闽西北作者与周亮工遇合,进行文学活动的传统被很好地继承下来,而光泽县的高腾(1747—1807)为乾隆、嘉庆间人,系嘉庆、道光间朱仕琇古文最杰出的传人高澍然之父,乾隆间学诗于黄堂,学古文于金荣镐、朱仕琇,构成福建古文朱仕琇一派从乾隆到道光间的传播,也是闽西北文脉的嫡派相传。以邵武府文学创作延续时间之长,以该府若干文学家族内部作家数量之夥,有力地说明邵武府的文学家族对本府文学创作所起到的支撑作用,在康熙中后叶至乾隆朝的全闽文学创作中,只有福州府可堪肩随。

清初福建的诗歌创作不可谓不繁荣,然朱仕琇等闽中作者的志向更加远大,欲使闽诗人与王士禛、朱彝尊、施闰章、宋琬等全国一流诗人颉颃。朱仕琇《黄石山人诗集序》:“余惟国朝诗教大盛,青、豫、荆、扬人才森蔚,而闽为大省,诗独萎薾不振,余窃耻之。今先生(郑王臣)与筠园(朱仕玠)才格并美,嵩、华争高,一振百年旧习,使王、朱、施、宋之集不得独擅,斯真邦家之光者矣。余故不禁狂喜而为之序。”③据文中所示时间,此序作于乾隆三十六年辛卯(1771),《黄石山人诗集》的作者、莆田郑王臣与朱仕琇三兄、建宁朱仕玠(筠园)犹在世,而下节所论的著名诗人、永福黄任已卒。这些作者确实是乾隆间具有独特风格、享誉全国的福建诗人。

## 第二节　十砚老人黄任及其《香草笺》诗

黄任(1683—1768),字于莘,号莘田、十研(砚)老人、樵谷等,福州府永福县人。永福黄氏自晚明起已成文化世家,又与侯官世家许氏累世互为婚姻,至黄任之时迁福州城内光禄坊,为诗人黄任的成长提供优越的人文环境。黄任于康熙四十一年壬午(1702)举于乡,年方二十,壮岁得名天下,然屡试不第。雍正元年(1723),终以谒选得官,为广东知县,年四十一。雍正五年(1727)被劾去职,归福州。乾隆间预鹿鸣宴,卒于乾隆三十三年(1768),享年八十六。

黄任是清代福建可以和王士禛(1634—1711)等一流诗人并立抗衡的闽籍诗人,在王士禛的晚年

① 民国《福建通志》总卷三十九,《福建文苑传(清二)》卷八,朱仕玠传,第四页。

② 民国《福建通志》总卷二十五,《福建艺文志》卷七十一,第九页,引朱仕玠自序。

③ 朱仕琇《梅崖居士文集》卷十八,《清代诗文集汇编》第336册,影印第358页。朱仕琇本人亦好《文选》古体诗及杜、韩、苏、黄诸家长句(《孙武水诗序》,《梅崖居士文集》卷十八,《清代诗文集汇编》第336册,影印第360页)。

声名鹊起，在雍正、乾隆间大著声名，对当时全国诗坛和后世诗人影响深远。《国朝全闽诗录初集》卷九黄任条：“《诗钞小传》：……居会城之光禄坊。弱冠举于乡，屡上春官不第。……所居矮屋三楹，花竹秀野，图史纵横，饮馔裙屐间，真有雅人深致。最工诗，菁葱韶蒨，务去陈言。慧业文人，吾于莘田首屈一指矣。”引《注韩居诗话》：“素有砚癖。……自号十砚老人。一时余京兆(福清余甸，曾官顺天府丞)、谢阁学(闽县谢道承)、林涪云(林在莪，林佶之子)兄弟多出所蓄，互为铭词以相质。文士赓和如林，由是十砚名传海内矣。诗逼真玉溪生，脍炙人口，不独倾倒吾闽而已也。”[①]道光三年癸未(1823)，张际亮在福州，狎江姬玉莲，玉莲姊名桂花，“诵《香草笺》如流水，余至，辄乞为解说诗义”[②]，黄任卒后六十年其诗的影响普遍到福州的江姬。

黄任一生喜为诗论诗，其诗源出唐代钱、刘、温、李诸人，在近人学王士禛，又与吴越间前辈诗人顾嗣立(1665—1722，长洲人)、姜宸英(1628—1699，慈溪人)、汤右曾(1656—1722，仁和人)交往，不专主一人，其诗益进。与省内谢道承、余甸、周绍龙、陈治滋、吴文焕、游绍安、刘敬与、郭起元、林正青、郭雍等诗人数相唱和，诗风益芊眠清丽。言情独绝，绝句尤所擅场。与诗人高其倬(1676—1738，有《味和堂诗集》)为袁枚所服膺。[③] 谢章铤以为黄任之诗虽然具有元稹、白居易新乐府的长处，风怀诗又能寄托遥深，然“取法温、李而摩荡圆融，犹是林(林鸿)、高(高棅)十子家法”[④]。

同治刊本《福建通志》著录黄任著作《十研轩诗集》、《秋江集》六卷，引《四库全书总目》论云：“其诗源出温、李，往往刻露清新，别深怀抱。如《杨花》绝句云：‘到底不知离别苦，后身还去作浮萍。’《春日杂思》云：‘夕阳大是无情物，又送墙东一日春。’所为缘情绮靡，殆于近之。而低徊宛转，亦或阑入小词。”[⑤]著录所著《香草斋集》六卷，引傅玉露序。略曰：“余交莘田垂三十载，既稔其为人，而尤笃其诗，尝手抄其《香草笺》，凡三数过……盖莘田生平所为诗不下数千首，六十年间几与放翁(陆游)埒。最初为《十研轩》，既而有《秋江集》，最后曰《香草斋》。香草者，沅沣潇湘之产，以之喻美人者也。”[⑥]《福建地方文献及闽人著述综录》引阮恕斋(阮芳潮，字以平，号恕斋，宁德人[⑦])云：“生平所为诗，无虑数千首。若《十研斋稿》、《秋江集》，多与一时公卿士大夫酬赠纪游感遇之篇，并皆春容尔雅，嗣响唐音。而笺中诗独写闺房儿女之事，流连往复，纯以绮语摅其深情。”[⑧]论以“芊绵婉丽，卷轴琳琅”。[⑨]

邑人陈应魁撰《香草斋诗注》六卷，陈衍云此集“诗九百六十余首，而七言绝句居六百余首，为古今所无，盖专学义山、牧之、飞卿、东坡诸家俊逸处，故杭大宗以为最工绝句，袁随园以为‘唐代诗原中晚佳’也，然先生人品高洁，五古实有近王、孟与常建、刘眘虚者”[⑩]。陈衍以为黄任专学李商隐、钱谦益、温庭筠、苏轼诸家之俊逸风格；五古则近王、孟、常、刘；部分诗逾跻韩碑晋石；又有仿佛元稹、白居易之作；最工绝句，七绝守唐音，颇多佳作，调虽旧而命意新[⑪]；《西湖》、《虎丘》等诸绝句，风神绝世；其绝句

---

① 《国朝全闽诗录初集》卷五，《全闽诗录》第五册，第178页。

② 张际亮《癸未在此间尝醉江姬玉莲家姬有姊曰桂花能识字诵香草笺如流水每余至辄乞为解说诗义余每与姬小忤桂花辄为调停尝谓姬曰□□才子岂可视之如俗客邪比余临行固乞余赠诗余素不善画而桂花必欲余自书于便面其可感如此今年再来则姬已另有所主问桂花则死三年矣相与泫然既写前诗因湖州句更足二十八字》，王飚点校《思伯子堂诗文集·思伯子堂诗集》卷十二，第430页。

③ 民国《福建通志》总卷三十九，《福建文苑传(清一)》卷七，黄任传，原第二十四、二十五页。

④ 谢章铤《刘心香先生自怡悦草堂诗钞序》，《赌棋山庄集》文集卷五，《清代诗文集汇编》第680册，影印第704页。

⑤ 《〈秋江诗集〉提要》，《四库全书总目》卷一百八十四，影印第1668页。

⑥ 同治刊本《福建通志》卷六十九，影印第1434页。又见永瑢等《四库全书总目》卷一百八十四，《〈秋江集〉提要》，影印第1668页。

⑦ 连天雄、郭云《黄任年表》，《黄任集》第593页。

⑧ 福建师范大学图书馆古籍组《福建地方文献及闽人著述综录》，第82页。

⑨ 连天雄、郭云《黄任年表》，《黄任集》第594页。

⑩ 民国《福建通志》总卷二十五，《福建艺文志》卷六十四，第二十五页。《石遗室诗话》原作：“《香草斋》六卷，计九百六十余首，而七言绝句居六百余首，为古今所希有，盖专学义山(李商隐)、牧之(钱谦益)、飞卿(温庭筠)、东坡(苏轼)俊逸处，故杭堇浦(杭世骏)以为最工绝句，袁简斋(袁枚)以为‘唐代诗原中晚佳’也。然先生人品高洁，五言古实有近王、孟与常建、刘眘虚者。”(卷二十六，第一条，第349页)

⑪ 黄曾樾《陈石遗先生谈艺录》，《民国诗话丛编》第一册，第704页。

有突过清初王士禛者,以《杨花》诗,得名"黄杨花"①。

黄任著有《消夏录》二卷,系诗话著作。陈衍《石遗室书录》云:"先生诗学中晚唐,专工近体,此录亦多论近体诗,皆凄楚隽永之作,惟谓冬郎(韩偓)《香奁集》语工格卑,似尚装门面,非能作《香草笺》者由衷之言。"②

黄任曾经向王士禛学诗,王氏神韵说与黄任其人的才情和风流具有契合之处,这是黄任的诗承接王士禛部分诗风的主要原因;在王士禛的影响下,黄任类乎神韵的诗歌面貌是其诗歌创作风格的主体,而其场屋不售、仕宦潦倒,在诗歌中"别深怀抱",以寄托难言之隐,与李商隐诗风接近;专写儿女之情,流连往复,绮语以摅深情,在袁枚(1716—1798)之前而大相近似,则又与乾隆年间国家富强,在乾隆皇帝骄奢生活方式的影响下,上下共其雍熙,士大夫耽于优游闲适、风流俊赏的生活趣味紧密关联。正因如此,后世诗人张际亮批评黄任之诗"未具大力"③,是其短处。

## 第三节　清代闽中文学家族的兴盛

本书搜集了顺治至乾隆年间在新朝新崛起的全闽文学家族(虽不尽准确,但其主体或说大部分家族的出现时间是可信的)290个左右,福州、泉州、汀州、邵武、兴化所涌现的文学家族较多,为福建各府州的前五名。文学家族在各府县的具体分布详请参看《顺治至乾隆间(1644—1795)福建新兴的文学家族》章。

福州府优越的地理位置以及强势的科举实绩催生了全闽为数最多的文学家族,顺治至乾隆间(1644—1795),福州府各县新兴的文学家族102个,占全闽此阶段家族数量的三分之一(102/293)强。

福清李馥家族是清代福建第一个五子登科的科举家族。李馥兄长李郁子九人,从康熙五十年辛卯(1711)至雍正十三年乙卯(1735)止,登科者六人(李若泌、李若采、李亨、李若庚、李大廉、李若青)。在李郁六子之外,乾隆《福清县志》记载的举人、例贡、仕籍题名尚有李瑜、李大夏、李琳、李纶、李大受、李大有、李大泰、李修卿、李璋、李开春、李景明、李捷等,堪称清初福清县最繁荣、实力最雄厚的家族。李馥系康熙二十三年(1684)举人,累官浙江巡抚。好藏书,积至十余万卷,系清初福建著名的藏书家。著有《居业堂诗稿》、《李鹿山集》等。

侯官许氏发家始于晚明崇祯进士许豸,真正反映出其家族在文学、艺术上成就的时间在清代。入清,许氏家族以诗、画名家,在科举、仕宦事业方面也取得不俗的成绩,乾隆间以七世同居上闻朝廷,御赐诗及匾额褒扬。同治刊本《福建通志》著录许氏家族《笃叙堂诗集》,系许氏七人八种集;许遇又辑有《养根集》,系其家族七代十三位诗人诗合集。道光许氏妇梁韵书(梁章钜九妹)身后,许氏方渐渐衰落。溯源及流,许氏家族在科举和文学、学术等方面维持着200余年的辉煌。

建宁府建安县郑方城家族,原籍福州府闽县,祖籍长乐县。郑氏家族在明代即有零星作者出现,郑方城之父郑善述系康熙间举人,迁建宁府建安县。由于郑氏母黄昙生得其父黄晋良传授,能诗文,通文墨,训子女、孙辈有方。在郑善述之后,康熙至乾隆间,主要是在乾隆年间,郑善述之子郑方城、郑方坤难兄难弟,两代人诸兄弟、姊妹肩行,一门之内,优游翰墨。郑方城、郑方坤及郑方城之子郑天锦以时文称雄闽中,号"三郑"。入清,郑氏家族的文学创作延续四代,从郑善述至其曾孙郑沂若。

① 陈衍《石遗室诗话》卷二十六,第一条,第349-350页。

② 民国《福建通志》总卷二十五,《福建艺文志》卷五十五,第七页,引。

③ 张际亮《题词》,陈寿祺《左海诗钞》卷首,《清代诗文集汇编》第499册,影印第508页。

郑方坤(1693—1755)著述丰富,天分亦高,深于诗歌理论。于学术,著有《十三经经稗》六卷、《邯郸县志》、《邯邑人士小传》、《杜诗宣和谱》一卷、《读书劄记》四卷等;于诗文评、词评,则辑、著、编有《全闽诗话》十二卷、《补五代诗话》十卷、《集唐千联》、《蘧庐词话》一卷、《词林玉屑》、《四六谈柄》、《读文劄记》、《古今词选》、《岭海文编》五十卷、《岭海丛编》四十卷、《历代文钞》、《本朝文钞》、《本朝诗钞》二百卷等;自著有《蔗尾诗集》十五卷、《蔗尾文集》二卷等,总共二十余种著作,卷帙数量众多,诗歌理论见解超轶侪辈,亦乾隆二十年(1755)之前一著名学者。

郑氏家族最具有特征的文学创作现象是从郑氏母黄昙生始,其女郑徽柔、郑淑止及郑方城之女郑翰蓴,郑方坤之女郑镜蓉、郑云荫、郑青蘋、郑金銮、郑咏谢、郑玉贺、郑风调、郑冰纨十二人皆能诗,"一门风雅,妇女皆娴吟咏"①。

郑方城之女郑翰蓴适山阴令林其茂,有子林澍蕃。林澍蕃之诗得自母亲郑翰蓴的讲授,风格与外叔祖父郑方坤接近,与嘉庆四年(1799)进士发家的陈寿祺一样,根柢俱在唐前六朝,反映出乾隆以来闽中文风的相似性,其实也是全国文坛共同推崇的一种文学思潮映射所及的结果。详请参看本书建安(闽县)郑方城家族、侯官林逸家族、闽县陈寿祺家族三条中。侯官(闽县)林氏家族有《长林四世弓冶集》五卷,系林逸家族四世诗合集。林逸,著籍闽县,其子孙散布闽县、侯官两县。林逸系顺治十七年(1660)举人。其裔孙以林乔荫、林澍蕃为最著名,二人既称八股名家,又擅诗、文、词创作。林氏家族自晚明至清代林淑卿(林澍蕃之女),历八世,族人众多,均能创作。

永福黄氏是一个贯穿明、清两代至民国初的世家,黄任之后数世世系不明,后人散居福州、永福等地而不显。本书通过对黄氏家族材料的收集和整理,使之暗线潜伏的家族繁衍状态得以浮现。晚明黄文焕是一位著名的学者,与漳州府漳浦黄道周齐名。黄文焕数传至其曾孙黄任(1683—1768),已是康熙、雍正、乾隆间人,黄任是永福黄氏在清代最为杰出的诗人,诗名远播省外。清末民国初诗人、词人、书法家黄懋谦系黄任后人,陈宝琛的诗弟子。

邵武府在此阶段新兴文学家族 34 个,次于福州府、泉州府而居全闽第三位,其数量超越了兴化府,显示出自顺治以来截止至乾隆之间邵武府繁荣强盛的文学创作力。建宁县朱仕琇家族成为邵武府首屈一指的文学世家,朱氏家族在全闽文学家族中也可置于前列,于诗、文创作都留下浓墨重彩,具有超越全闽的意义和地位。朱仕琇的古文创作及其传人、再传弟子的古文创作独立于清代桐城古文这一最大的古文创作阵营之外。高澍然之论云:"窃以为国朝诸公如魏冰叔(魏禧)之嚣,汪苕文(汪琬)之茶,方望溪(方苞)之矜,刘海峰(刘大櫆)之放,恽子居(恽敬)之野,皆去古文道远。冰叔尤甚,识鄙而气妄,且喜作态悦时目,殆古文之蠹也。侯壮悔(侯方域)、姜湛园(姜宸英)、姚姬传(姚鼐)稍治气格矣,而侯未醇,姜未固,姚亦未充,皆非其至也。惟朱太史梅崖(朱仕琇)上接震川(归有光),其昭代一人乎!然亦有歉于人心者,经术疏而实用少,志局于文而性不足于仁也。……大抵昭代古文嫡系在吾闽,前有梅崖(朱仕琇),今又得先生(陈寿祺),充其所至,固齐驱并驾,即友人张怡亭(张绅)及拙著亦思如骖之靳。"②此系古文创作非由桐城古文作家衍派形成支派支流支脉的古文创作队伍,直承明代归有光而下启道光间的高澍然。以朱仕琇之名或朱仕琇—高澍然的传承脉络或朱仕琇的籍贯称为"建宁派古文"来命名清代福建以朱仕琇为首的古文创作阵营,既以区别于清代古文创作的主流桐城派古文,又区别于清代福建朱仕琇一脉之外庞大的阳湖派古文作家队伍是比较合适的③。

闽西、闽西北的汀州府、邵武府二府及其属县自明末清初以来一向表现不俗,且有逐渐繁荣的趋势,但这个趋势在咸丰年间受到太平天国军事活动的干扰破坏。咸丰间,太平天国余部长期活动在江

---

① 谢章铤《赌棋山庄词话》卷六,刘荣平《赌棋山庄词话校注》,第 138 页。厦门大学出版社 2013 年版。

② 高澍然《光泽高雨农舍人札》,陈寿祺《左海文集》卷首,《清代诗文集汇编》第 499 册,影印第 83 页。陈寿祺以为此论"诚不易之言"(《答高雨农舍人书》,《左海文集》卷四下,《清代诗文集汇编》第 499 册,影印第 205 页)。

③ 按:本书考订、搜集了 200 余位闽籍古文作者,姓名、小传、师承、风格等详见后,故以省籍命名朱仕琇为首的古文阵营不妥。

西、福建交接处,反复蹂躏二省府、县。咸丰七年(1857),太平天国[1]部队攻陷邵武府光泽县城,光泽殉城、阵亡者众多,严重摧残了光泽的科举和文学创作队伍,何氏、高氏、上官氏、官氏、邓氏、董氏、饶氏、龚氏、危氏、曾氏等望族均有两位数以上族人死亡[2],邵武府所辖其他三县邵武、泰宁、建宁[3]所遭受太平天国的劫掠约略同之,极为惨烈,对同治以至晚清的光泽乃至邵武府的文化、文学创作发展产生巨大的、无可挽回的损失。

泉州府在此阶段新兴的文学家族54个,虽然超过在前明一直有着强势家族实力的兴化府,但其家族数量仅为福州府的一半稍多一些,福州府的实力将位次第二的泉州府拉开不小的距离,反映出人才向省垣流动、聚集的效应已然产生实际的效果。

泉州府安溪县李光地家族虽以李光地(1642—1718)最为显达,而在其身后,家族中人登科出仕,成为学者的却较李光地在世之时更多。李光墺,康熙六十年(1721)进士;李清江,雍正元年(1723)举人;李清植,雍正二年(1724)进士;李钟侨之子李清载,雍正八年(1730)进士;李光型,雍正四年(1726)举人,十一年(1733)特赐进士;李清江之子李清馝,雍正十年(1732)举人;李清恺,雍正十三年(1735)举人;李玉鸣,乾隆元年(1736)进士;李清芳,乾隆元年(1736)进士,累官兵部左侍郎;李复发,乾隆四年(1739)进士,累官知府;李道济,雍正七年(1729)举人;李济泰,乾隆七年(1742)进士;李天宠嗣子李清时,乾隆七年(1742)进士,累官至山东巡抚;李光地曾孙李宗文,乾隆十三年(1748)进士。在李光地晚年及身后其家族出现两次"五子登科"的科举盛况,即李日煌(李光地六胞叔)的五子登科:康熙六十年辛丑(1721)三甲第一名进士李光墺(康熙五十年辛卯举人)、雍正十一年癸丑(1733)进士李光型(雍正四年丙午举人)、康熙四十七年戊子(1708)举人李光北、康熙五十二年癸巳(1713)举人李光塽、雍正十年壬子(1732)举人李光袁,与这些登科者同时的还有李钟份、李方馥、李正恺、李济泰等家族中人,此五子中在李光地身后登进士的有李光墺、李光型,登乡榜的有李光袁;另一次是李钟侨(李光地仲弟李鼎徵之子)的五子登科:雍正八年庚戌(1730)进士李清载(康熙五十三年甲午举人)、乾隆元年丙辰(1736)进士李清芳(雍正元年癸卯举人,与李清江、李钟俾同榜)、雍正元年(1723)癸卯举人李清江、雍正十三年乙卯(1735)举人李清恺、乾隆七年壬戌(1742)进士李清时,其中雍正元年癸卯(1723)科乡试中式李清芳、李钟俾、李清江三名举人,雍正十年(1732)壬子科乡试中式李清馥、李清时、李光袁三名举人,只有李清载于李光地身前的康熙五十三年(1714)中举人。这是清代安溪李氏家族科举事业最为鼎盛的时期,有力地说明了安溪李氏家族在李光地之后有更好的发展势头,并不因为李光地的去世而没落,也说明安溪李氏家族并非完全生活在李光地权势的庇荫之下。

## 第四节　闽中炽盛的宗宋诗风

康熙以来,诗坛出现了如宋荦(1634—1714)、查慎行(1650—1727)、厉鹗(1692—1752)等具有全

---

① 按:光绪《邵武府志·(邵武县)忠节传》张文炳传:"咸丰七年,粤匪陷光泽,郡城汹惧……(张文炳)作书诀其母,后大书'咸丰七年三月初七日'九字,贼见,令易'咸丰'二字为'太平天国',文炳怒曰:'吾知咸丰皇帝而已,岂知汝贼乎!'"(卷二十二,影印第480页)《闽县乡土志》郑植传有"发匪"之称(《耆旧广录二·事功下》)而民国《福建通志·福建列传》郑植传则称"粤匪"(卷三十八,第三十九页),民国《福建通志·福建循吏传》王仁堪传称之为"发乱"(卷十三,原第三十一页),民国《福建通志·福建循吏传》李宗言传称之为"赭寇"(卷十三,原第三十九页),民国《福建通志·福建列女传》吴氏传称之为"发逆"(卷四,原第二十四页)。

② 请参看光绪《邵武府志》卷二十二光泽县《忠节传》之"附录咸丰七年殉城阵亡官绅军民"名录(影印第491-505页)。此外,请参看邵武府邵武县《忠节传》"附录咸丰七年殉城阵亡官绅军民"名录(影印第483-488页)、建宁县《忠烈传》"附录咸丰间殉城阵亡官绅军民姓名"(影印第510-514页)等。建宁县《忠烈传》陈俊偕、徐祖鍠两传均有"同死者数百人"(均在影印第509页)的记载。

③ 按:建宁县《忠烈传》"附录咸丰间殉城阵亡官绅军民姓名"(影印第510-514页)的记载,建宁望族中鄢氏、邱氏、朱氏、余氏、夏氏、张氏、李氏、廖氏、宁氏、钟氏、黄氏、高氏、揭氏、谢氏殉难者尤多。

国性影响力的诗家，致力于推崇宋诗，编选《宋诗纪事》等著作，将明末清初潜行暗流的宋诗思潮推向明朗化，与王士禛主神韵宗唐，偏向王孟韦柳一派的诗歌理论和创作实践并重一时，朝廷对本朝诗歌宗唐抑或宗宋的动向没有进行刻意的指导，并未使用统治公权力进行调节，身居高位的诗坛重要人物未凭借其政治地位对诗歌创作进行干预，未如明代前后七子之于茶陵派、唐宋派及馆阁作家人为地制造文坛门户纷争，有助于形成优游宽松、竞相比高的诗歌创作环境，推动清代诗歌的发展。

远在海陬一隅的福建在地理空间上与京师敻绝相隔，距离数千公里，但是福建自宋代以来教育、文化发达，借助历朝建立的发达、快捷的邮驿(又称传遽、驿传、驿站、驿递、站赤、邮传等)制度和通报朝政讯息的邸报(又称邸钞、朝报、京报、条报、杂报等)制度及其传递手段，使全国政治、文坛的变化讯息数天就能传递抵达各地的州县，闽中学者、作者亦如影随形感知，并未落后、滞后于其他地方多时。明末清初，闽人往东南沿海的海道为郑成功等势力阻隔，而北上去往江南、京师之路依然通畅。清初全国诗歌创作中产生宗宋的倾向，闽中诗人或者受全国风气熏染而后作，或者以其毗邻浙江而感受到清初浙派诗歌[①]的强烈影响，或者异地共时而兴起推崇宋人宋诗的思潮。时至雍正、乾隆两朝，闽中已经形成炽盛的宗宋诗风。

康熙间贡生、兴化府莆田人林元海(一作林元晦[②]，字献可，号愧聪、愧聘。有《南村诗集》)，林学川论之曰："愧聪诗取材赡，用古化，于唐、宋名家不事规抚而自然吻合。"[③]

雍正、乾隆间，汀州府宁化人黄慎(字躬懋、恭寿、菊庄，号瘿瓢山人)"取《毛诗》、三礼、《史》、《汉》、晋宋间文、杜韩五七言及中晚唐诗，熟读精思"，同邑雷鋐称其诗"如巉岩绝巘，烟凝霭积，其字亦如疏影横斜，苍纠盘结"，自述其画意云"爱看古庙破苔痕，惯写黄崖乱树根。画到情神飘没处，更无真相有真魂"[④]，确实受到"诗中有画"理论的影响，又以杜韩诗之盘硬瘦新为特征。

乾隆五十一年丙午(1786)举人林茂春编选《元诗类选》十四卷，又曾编选明诗、清诗等，其编选之《宋诗搜玉前后集》十二卷，同治刊本《福建通志》注引林茂春自序。略曰："余钞宋诗前集，入选者自元之(王禹偁)以下，得百一十家，喜为略备宋人之诗，与唐诗在离合间，而诗人之盛，视唐过之。自明嘉、隆诸子黜宋尊唐，宋人文集弃若弗尽，吾闽石仓先生(按：指曹学佺)序宋诗谓'取材广而命意新，不剿袭前人一字。'石门吴梦举云'宋人之诗变化于唐而出其所自得，皮毛落尽，精神独存。'此真能知宋诗者也。故余前集所钞，大抵皆名家得意之什，雄词硬句，杰出于柔筋脆骨间，风气所开，欧、梅盛矣，而大海回澜，终以苏、黄为尽，至若此集所钞，则诸家兼收，不名一律，总期无失作者之意云。"谢金銮《二勿斋文钞》论其人诗"沉博宏肆，七言古体出入韩、苏间"[⑤]。梁章钜《林畅园师传略》："惟遗诗一帙仅存，分体为卷，尚为吾师所手定，坚光切响，非晋安风雅所能囿。"[⑥]按：从曹学佺始，闽人即重视宋诗，至林茂春[乾隆五十一年丙午(1786)举人]之时，有一百余年时间。约在光绪二十五年己亥(1899)前后，谢章铤作《评诗课卷答伯潜同年》，以为"诗教之终于不振"在于"读书社"之兴，至"成庙"(清宣宗，年号道光)朝改变了闽派诗歌的轨辙："读书社之初兴也，社中诸老力以其坚光切响渐易其平日圆稳秀润之习，于闽派殆去其半矣"[⑦]。按：读书社系福建粮驿分巡道朱珪1760年代在福建振兴教育的举措，该社二十八人，成员有林茂春、龚景瀚、林乔荫、林澍蕃、林其宴、陈登龙、龚景沆、梁赞图、梁上治、梁上泰、

① 按：康熙、雍正、乾隆三朝，浙江诗人以黄宗羲为发端，前后诗人百余辈，形成宗宋诗的浙派诗人群体，名家数十人，如黄宗羲、朱彝尊、毛奇龄、吕留良、吴之振、查慎行、郑梁、姜宸英、厉鹗、全祖望、杭世骏、汪师韩等，独树一帜。请参看张仲谋《清代文化与浙派诗》(东方出版社，1997年版)。

② 按：民国《莆田县志》卷二十三《艺文志》著录林元晦《南柯诗集》，引林学川语，以为林元晦号愧聘(原第八十五页，影印第209页)。

③ 《国朝全闽诗录初集》续集卷六，林元海条，《全闽诗录》第五册，第609页。

④ 民国《福建通志》总卷四十四，《福建艺术传》卷二，黄慎传，原第十三页。

⑤ 同治刊本《福建通志》卷二百三十九，林茂春传，原第五页，影印第4311页。

⑥ 梁章钜《退庵文存》，《清代诗文集汇编》第515册影印清钞本，影印第358页。

⑦ 谢章铤《赌棋山庄余集》文集卷一，《清代诗文集汇编》第681册，影印第70页。此文在光绪二十五年乙亥(1899)所作《祥符沈公祠陷壁记》之后。

梁上国、林开琼、林昆琼、林春琼、郑天鉟、郭文銡、郑光策、叶观国、孟超然、张国洺、郑存敦、许作屏等，颇多福州林、龚、梁、许等巨族子弟者。谢章铤颇左袒闽派以"圆稳秀润"为特征的诗歌理论和创作实践，痛惜闽诗风气的改变，其人亦同光体的反对者，其言可信。至读书社成员的子侄辈，闽诗则被推向宗宋的方向，与全国诗坛的转向一致："彼时若得一二盛年贵仕有志风雅之人，为之登高一呼，声必加疾。乃其时适有二妙才不幸而误于导师，一李都转(李彦章)，一梁中丞(梁章钜)，而皆为翁覃溪詹事所收罗。夫詹事以考据为诗，生硬堆垛，口称杜陵，实摹山谷，袁随园所谓'强把抄书当作诗'者也。都转受病轻，中丞受病重，今三家遗集俱在，可考而知之也"①。由乾隆朝1780'年代朱珪组织的读书社发端，至迟于道光朝诗人李彦章(1794—1836)、梁章钜(1775—1849)之时，清代福建的诗歌创作与明代以来的闽诗风格大相径庭，闽诗的新变从胚胎之基萌芽而成长，嘉庆、道光以后蔚为大观。这是一个准确的时间点，是明代以来号称"晋安风雅"的闽派诗歌创作与晚清同光体闽诗创作的分界时间。

乾隆初廪生、侯官陈绳，其诗"入手元、白、飞卿，后乃肆力杜、韩、中唐诸家，戛戛独造。间有艰涩之语，要之根柢槃深，吐属自无凡近，非藉口别才、仅袭三唐之面目者所可同日语也"②。乾隆间诸生、侯官张国洺字学苏轼、米芾，诗"戛戛独造，有幽秀之致"③。按：在《注韩居诗话》的批评话语体系中，"戛戛独造"即中唐韩愈及宋诗的特征，如其评论陈绳之语，而"幽秀之致"则与乾隆间著名的宋诗诗人厉鹗(1692—1752)风格相近。

乾隆间举贤良、荐授舒城知县，闽县人郭起元(号复斋)尝自序《介石堂文集》。略云："余有志学古，三复《史》、《汉》、八家，心痒手搰，间有所作，猥辱名流许可，余力奋踊跃登其岭中，其的是余之志也"④，是其文宗秦汉、唐宋古文之自道。郭起元复师漳浦蔡新，学为古文，讲实用之学⑤，而其诗为郑杰所欣赏，郑氏称其诗"篇篇烹炼，句句琢磨，庶几无懈可击，然于天然神韵处不无稍减"⑥，主唐代杜甫与宋诗人梅尧臣。《国朝全闽诗录初集》传引储六雅[储大文(1665—1743)，字六雅，号画山。今江苏宜兴人]云："复斋《建溪纪行》诗胎息少陵《发秦州》、《入同谷》诸作，而不袭其形貌，笔力驱驾，自在杜韩之间。至江浙诸篇，锦屏细剔，玉锁玲珑，又何妍以丽也。"又潘思光[潘思光(1704—1766)，字亚卿，号涵亭、梓亭。福建安溪人]云："力堂[周学健(1693—1748)，字勿逸，号力堂。江西新建人]师视学闽中，独标复斋第一。今视其诗集，清而和，丽而有则，何其神似梅都官也。宜于吾师有欧阳之契焉。"⑦郭起元的诗风在杜甫、韩愈、梅尧臣之间。

乾隆三十年乙酉(1765)举人、邵武府建宁诗人余春林，李俊以为其诗不落南宋杂家之习而瓣香六朝，恪守唐音，李俊是以南宋诗歌流弊为参照物反观余氏之诗。⑧

乾隆三十六年辛卯(1771)进士、福州府侯官诗人林澍蕃，《注韩居诗话》以为其母郑氏教以经史及汉魏、六朝、李杜、韩苏诗，过眼辄不忘。⑨ 林澍蕃的进士同年龚景瀚，作有《小园见蝴蝶感而有作》组诗，其一诗句云："非无文采惊流辈，未免轻狂学后生。终被涪翁诗句误，穿花入柳岂无情?"注云："山谷诗云：'人见穿花入柳，岂知有体无情?'"⑩黄庭坚原诗题《次韵石七三六言七首》其一，龚景瀚所作诗在黄庭坚原句的基础上翻出新意。诗《女弟蕙殇七年矣今冬纶城许君宠为代立墓碣榻本见寄阅之潸然抒写哀情长歌当哭》末句"与汝结来生，哭咏苏公诗"⑪，化用苏轼《狱中赠子由二首》其一诗尾联两

---

① 谢章铤《评诗课卷答伯潜同年》,《赌棋山庄余集》文集卷一,《清代诗文集汇编》第681册,影印第70页。

② 《国朝全闽诗录初集》卷十四,第302-303页。

③ 同治刊本《福建通志》卷六十八,影印第1400页,引郑杰《注韩居诗话》。

④ 同治刊本《福建通志》卷六十七,影印第1385页,《介石堂文集》注。

⑤ 郭柏苍《竹间十日话》卷二,第23页。

⑥ 同治刊本《福建通志》卷六十七,影印第1385页,《介石堂诗集》注。

⑦ 《国朝全闽诗录初集》卷十三,第270页。

⑧ 民国《福建通志》总卷二十五,《福建艺文志》卷六十五,第二十一页,引李俊序。

⑨ 民国《福建通志》总卷二十五,《福建艺文志》卷六十五,第十九页,引。

⑩ 龚葆琛《福州通贤龚氏支谱》,影印第660页。

⑪ 同上书,影印第696页。

句。龚景瀚《小范大兄行有日矣追忆四十年盛衰聚散之感不禁怃然重作五言长句一百韵志吾两人行踪并示子侄令其无忘艰难也》有句云"学文始弄笔","韩、苏各专家",其下自注回忆"先君(龚一发)以韩、苏二集分授吾兄弟(龚景范、龚景瀚)"[①],说明乾隆间龚氏家族的作者对宋人诗文集的酷嗜。

乾隆四十二年丁酉(1777)举人、邵武府光泽诗人高腾,其教育子弟云:"五古宜学汉魏以逮盛唐,其余则视其材质所近,虽中晚唐及两宋,学皆可以有成"[②],高澍然因以用力焉。

乾隆四十四年己亥(1779)举人、侯官诗人郑振图(字绍侠,号咸山),自篆小印"韩门弟子"[③],长乐梁上国序其《观澜堂诗钞》,云"古近体踔厉风发,气骨稜稜,远步趋于山谷,近则为吾乡郑少谷之嗣响"[④],黄庭坚、郑善夫皆学杜而有成。陈寿祺将郑振图、萨玉衡、林茂春三人之诗许为"庶乎骎骎张大风而角中原者"[⑤]。

乾隆四十八年癸卯(1783)举人、延平府顺昌诗人陈琔,与闽县陈登龙、郑杰等结文酒之社,其诗"七古学韩、苏"。[⑥]

清代闽诗从传统的晋安诗派转向学宋、学韩、学六朝、学选体,从顺治间即有闽诗人进行诗歌创作转向的实践,乾隆间实践闽诗转向的诗歌创作更多,而突破理论樊篱的约束也在逐步推进,为嘉庆、道光间"前同光体"闽诗面貌的出现做好了创作实践和理论建构的双重准备。建安(闽县)郑方坤(1693—1755)学问渊博,记诵尤广,已作下笔不休,凌厉一切,力攻闽诗人奉为圭臬的《沧浪诗话》[⑦],好为涩字、险韵,波澜层出,是一个既有理论亦有诗歌创作实践的诗人。稍后于郑方坤的侯官何逢僖(1724—1769),博闻强记,其诗力辟严羽"不关学"之说[⑧],"不喜迂阔者高谈心性,而于淳厚质直之士又未尝不心倾"[⑨],卒年在乾隆三十四年(1769)。郑方坤、何逢僖之时,乾嘉考据学著名学者惠栋(1697—1758)、戴震(1724—1777)等人均为同时人,考据学方兴未艾,虽尚未最终凭借修纂《四库全书》的机遇蔚成大国,成为有清一代学术的典型形态,但郑、何两人所创作的诗歌却已经反映出乾嘉学风与诗歌创作相结合的倾向。

在郑方坤、何逢僖之后,闽县叶观国及其家族开始崛起,直至近代。叶观国系乾隆十六年(1751)进士,其登第、登上文坛之时恰在郑、何谢世之后。叶观国之论能够跳出"惑于严沧浪(严羽)'诗有别才非关学'"和"泥于高廷礼(高棅)初、盛、中、晚之分"[⑩]的局限,对宗唐、"唐后无诗"(即"宋无诗")之论颇为不满,嗜好宋调,对苏轼、黄庭坚、陈师道、陆游等宋人之诗均有好感。其诗为郑杰选入《国朝全闽诗录初集》卷十五者八十二首,仅次于同书卷十九林澍蕃八十六首的数量。

侯官布衣诗人郑廷莅喜诗,其文学创作活动主要在乾隆至嘉庆间,但其人诗学旨趣"不屑拘守闽派"[⑪],至其子郑杰(1750?—1800)之时进一步发展为宗宋宗韩的诗歌理论和创作实践,有《注韩居诗话》和《注韩居诗钞》等著作。郑杰自弱冠好读韩诗,注韩愈文集总五十二卷,题其书室曰注韩居。郑杰又在其父藏书的基础上,潜心稽古,博览肆搜,编著《明全闽诗录》、《国朝全闽诗录初集》二十一卷、

① 龚葆琛《福州通贤龚氏支谱》,影印第674页。仅次于用书卷十九村□□八十六首的数量。

② 民国《福建通志》总卷二十五,《福建艺文志》卷六十五,第二十页,引高澍然《抑快轩文集》。

③ 柯愈春《清人诗文集总目提要》,第956页。

④ 民国《福建通志》总卷二十五,《福建艺文志》卷六十五,第二十页,引。

⑤ 陈寿祺《许元孟户部诗序》,《左海文集》卷六,《清代诗文集汇编》第499册,影印第279页。此序中,陈寿祺以为入清闽诗人以许珌、许友、张远、蓝涟为最,近时则萨玉衡、林茂春、郑振图;《萨檀河白华楼诗钞序》以许珌、张远为巨擘,近时以郑洛英、郑振图、林茂春、萨玉衡为最(同书,卷六,影印第283页),此序的《雁门萨氏家谱》本以张远、蓝涟为巨擘,以刘永标、郑振图、林枝春、萨玉衡为最(卷五,影印第726页),略有不同。

⑥ 《国朝全闽诗录初集》卷二十一,陈琔条,《全闽诗录》第五册,第461页。

⑦ 永瑢等《四库全书总目》卷一百八十五,《〈蔗尾集〉提要》,影印第1675页。

⑧ 民国《福建通志》总卷三十四,《福建列传(清六)》卷三十七,第四至六页。

⑨ 民国《闽侯县志》卷六十九,原第六页,影印第254页。

⑩ 《国朝全闽诗录初集》卷十五,第323页,引郑杰论叶观国语。

⑪ 民国《福建通志》总卷三十九,《福建文苑传(清二)》卷八,郑杰传,第十八页。

《续集》十一卷、《全闽明诗传》五十五卷、《闽诗录》四十一卷等。郑杰撰《注韩居诗话》,宣扬其宗韩、宗宋的诗歌旨趣;通过清诗之选、评,实践、传播其宗宋诗歌理论。所著《注韩居诗话》论陈绳云:"戛戛独造,间有艰涩之语,要之根柢槃深,吐属自无凡近,非藉口别才、仅袭三唐之面目者所可同日语也"[①],也是对严羽《沧浪诗话》"诗有别才,非关学"观点的反驳,表现出乾嘉学风影响下闽中诗人的学人身份与诗思意境的结合。

① 《国朝全闽诗录初集》卷十四,第302-303页。

# 第十六章

## 嘉庆、道光间的闽诗宗尚
## ——清代闽诗论略之三

### 第一节　陈寿祺等左海诗人群体

拙著《明代福建文学结聚与文化研究》观察过晚明福建科举的走势，认为虽然嘉靖年间福建沿海受到倭寇的严重侵扰，但是随着倭寇骚扰沿海的态势逐渐被遏制，晚明福建的科举恢复了它曾经有的辉煌，并且出现了一个反向的发展趋势，即明朝国家虽然走向它的穷途末日，而以表现强劲的泉州府、漳州府引领的福建科举事业却正处于蒸蒸日上的上好状态[①]。这个趋势在明清易代之际被打断了，主要原因归根于明郑政权和清朝廷对福建的反复争夺，以福建为阵地，战争异常残忍，夺得福建各府县的双方均对福建人民横征暴敛，暴力征收房屋、财产、税赋；清朝廷在以福建为重点盯防对象的沿海数省实行严酷的迁界令，福建人民首罹其毒，人口大量减少，迁移到内陆府县甚或到外省，高明之家，鬼瞰其室，化为瓦砾，图书文物荡然无存，对福建的文化、科举和文学事业造成摧毁性的破坏。陈寿祺在《答陆莱臧县尹论福州水利书》中借福州新港之开濬、填塞对全省人物盛衰的影响云“本朝新港既开之后人物渐衰”[②]，清初开新港事最早在康熙十三年(1674)，福建士人将清初本省人才凋零的原因归之于堪舆。待到清朝将台湾收归版籍，全国其他省份的文化、科举事业或者已经占得先机，或者比福建恢复得更早更好，竞争极为激烈、残酷，均不会轻易让出名额[③]，晚明以来福建科举的优势不复得以保持，观察清代前期福建进士较多的乾隆七年(1742)壬戌科，福建全省进士 22 人，本科录取 323 名进士[④]，也只达到 6.8%，在数量上始终恢复不到明朝福建进士在全国 10%的占比[⑤]，而 10%的占比正是清代

---

① 郑礼炬《明代福建文学结聚与文化研究》，第一章《明代福建的科举事业》，第二节《嘉靖后期到崇祯年间福建各府人才消长》，第 10-12 页。

② 陈寿祺《左海文集》卷四下，《清代诗文集汇编》第 499 册，影印第 209 页。根据文中修贡院事，知此文作于道光七年(1827)。

③ 按：清代乡试、会试均存在溢额打退的现象。以会试为例，会试数位总裁汇总拟中卷，统计出某省拟取中若干卷，每每遇到溢额，综合衡量后以打退处理，换言之，就是被生硬挤兑落第，极为悲催。请参看本书附录一《清代福建历科进士、举人表》道光十八年戊戌科进士林汝舟名下注释。又，林昌彝所作《咄咄翁传》，记载宜黄陈偕灿九上公车，“五荐并以额溢见遗，人咸惜之”。(《林昌彝诗文集》卷十四，第 374 页)

④ 清代各科会试取中贡士、进士及入翰林的人数请参看张仲礼《中国绅士研究》第二章中所编《表 27 清代会试授进士和贡士的人数》(第 129-133 页)。

⑤ 多洛肯《明代福建进士研究》，上海辞书出版社 2004 年版，第 62 页。根据李润强的统计，清代 114 科，录取进士 26848 人，每科录取近 240 人，福建进士 1399 人，仅占清代全部进士的 5.21%；清代进士科取中进士人数在 1000 人以上的省份依次为江苏(2920 人)、浙江(2808 人)、直隶(2701 人)、山东(2260 人)、江西(1895 人)、河南(1693 人)、山西(1431 人)、福建(1399 人)、陕甘(1385 人)、湖北(1221 人)、广东(1021 人)(李润强《清代进士的时空分布研究》，载《西北师范大学学报》2005 年第 1 期，第 62、65 页)。

江苏、浙江两省进士与全清进士总数的比例,分别为 2920 人,占 10.9%和 2808 人,占 10.5%[①]。

顺治三年丙戌(1646)傅以渐榜,福建泉州府黄志遴、福州府林起龙、延平府朱之弼登进士第,黄志遴考选翰林院庶吉士,是为闽人在清朝登第的开始。顺治、康熙两朝闽人登第的人数均寡,登第人数较多科年如:顺治十五年(1658)戊戌科泉州府 10 人;康熙三十九年(1700)庚辰科福州府 6 人,泉州府 5 人;五十七年(1718)戊戌科福州府 3 人,泉州府 6 人;六十年(1721)辛丑科福州府 6 人,泉州府 5 人。顺治、康熙两朝福建进士登第人数说明了三种情况:(1)闽人登第并未受到李光地任大学士的影响;(2)说明福建进士登第人数远远落后于江南省、浙江省等,各府进士人数在以 5 为基准上下浮动 1~2 人,与明代福建各科登第人数相比差强人意;(3)说明在入清以来近八十年的时间中,福建各府的进士科考试以泉州府为最强劲[②],大半时间超过福州府举人的表现。

福建人才的恢复性增长表现在雍正以来的科举中。雍正元年(1723)癸卯科福州府 6 人,泉州府 5 人;二年(1724)甲辰科福州府 3 人,泉州府 4 人;八年(1730)庚戌科福州府 6 人,泉州府 8 人;十一年(1733)癸丑科福州府 7 人,泉州府 4 人。雍正皇帝在位的最后一科福州府出现了反超泉州府进士人数的现象,说明福建全省人才向省垣聚集的助力效应初步显现出来,福州府人才具备登顶全省进士最多人数府、州的实力。历乾隆元年(1736)丙辰科至七年(1742)壬戌科共 5 科,福州府的进士均多于泉州府,并于乾隆二年(1737)丁巳科达到 10 人、乾隆七年(1742)壬戌科达到 11 人的新纪录。

乾隆间各科基本上以福州府进士人数超过泉州府及其他各府,仅有少数数科福州府进士人数逊于泉州府或其他府[③]。乾隆十六年(1751)辛未科,福州府进士 6 人,泉州府进士 5 人,闽县叶观国于此科登第——从这一科起到乾隆三十一年(1766)丙戌科止,除二十二年(1757)丁丑科与泉州府均 5 人登第、二十六年(1761)辛巳恩科无人登第外,其间 6 科(1751、1752、1754、1760、1763、1766)福州府进士人数均远远超过泉州府的进士人数,清代福建科举、文化福州一府独大的新局面从此形成。从乾隆十六年(1751)进士叶观国(1720—1792)、二十五年(1760)进士孟超然(1730—1797)、三十六年(1771)进士龚景瀚(1747—1803)、四十五年(1780)进士郑光策(1759—1804)的功名及其生活、成就事业的时间看,基本上在乾隆一朝,说明乾隆以来社会经济的持续发展对福建人才成长正面的影响,促进了闽籍学者、作者以及家族性文学(学术)群体的产生,福建士人追时代骥尾,渐与全国学术、文学思潮同声气,共呼吸。

我们观察到福建人才自雍正年间开始的恢复并非水涨船高,自然向好,而是出现多次反复、曲折:(1)上面列举乾隆二十六年(1761)辛巳恩科,福州府无一人登第,全省仅 7 人登第;三十四年(1769)己丑科,福州府进士 1 人,全省 7 人登第,这两科福建举子的表现出现较大反复,而此后 10 年间(三十六年辛卯恩科至四十六年辛丑科)福建进士登第人数(主要看福州府的进士指标)又恢复常态,直到乾隆四十五年(1780),出现一个急剧下降后的平台期;(2)从乾隆四十五年(1780)庚子科起至六十年(1795)乙卯恩科计 6 科 16 年中,福州府每科的进士最多不超过 3 人,乾隆六十年乙卯恩科竟无人登第;(3)汀州府的表现可圈可点,登第者络绎不绝,乾隆二年(1737)丁巳登第 7 人,四年(1739)己未科、三十四年(1769)己丑科均 4 人登第,五十四年(1789)己酉科伊秉绶登第,五十八年(1793)癸丑科古文家张腾蛟会试中式(未补殿试),汀州府各县形成巫氏、伊氏、伍氏、雷氏、张氏、廖氏、杨氏等科举家族。大概可以说明乾隆四十五年(1780)之后的 16 年间,福建举人在与全国其他省份举人的校试中落于下风,延宕了福建人才恢复性增长的时间,而这一阶段正是《四库全书》修成、乾嘉考据学成熟的时期。

---

① 李润强《清代进士的时空分布研究》,载《西北师大学报》2005 年第 1 期,第 66 页。

② 按:本书在泉州府惠安县何中岳家族条下观察到同治刊本《福建通志》所著录的泉州府所属惠安县、南安县文献凋零的现象及其时长:惠安县从康熙十九年副贡生何洛的著作到四十七年举人洪达尊之间,中间(1680—1708)隔 28 年,与南安县康熙八年举人王之珂到三十九年进士梁国宝之间,中间(1669—1700)隔 31 年,有 20 年重合的时间中均无著作为省志所著录,此现象不仅说明惠安、南安二县 20 年间人文不振,著作之事荒废,也说明康熙间受战事影响,二县科举实力衰减,振乏起匮无力,士人功名表现差强人意。

③ 如乾隆三十四年(1769)己丑科,福州府进士仅 1 人,泉州府 2 人,而汀州府 4 人。

乾隆三十七年(1772),朝廷启动《四库全书》修纂工程,历十年,至四十七年(1782)编纂初成,五十八年(1793)基本告成。《四库全书》的修纂基本聚集齐了清代乾隆中叶所涌现的著名学者,代表了清代学术所达到的最高水平,汉学与宋学在修纂过程中产生碰撞、清算、融合的复杂形态,促进乾嘉考据学的形成和成熟。学术风气的转换,是乾隆中后叶朝野的共识,自然渗透到科举制度中,影响到国家最高层次的进士科考试的取士标准。因此,从乾隆四十五年(1780)至六十年(1795)间16年福建进士的低谷表现足以说明福建举子对于清代学风转换的感觉迟钝,也说明福建学者接受到乾嘉考据学(朴学)的影响较之江、浙诸省晚10～20年。

嘉庆一朝开科十二次,福建的进士科考试均取得不俗的成绩,我们观察到在表现强劲的福州府之外,汀州府、建宁府、兴化府、永春州、福宁府在某些科年有着出人意料的表现①,逐渐缩小福建进士录取名额跟江苏、浙江、直隶等科举强省的差距,从康熙朝近四倍(3.74倍)的悬殊差距缩小到嘉庆朝1.76倍的差距,到同治朝缩小为1.64倍,光绪朝为1.18倍②。从嘉庆四年开始至二十五年(1799—1820)11科,每科福州府的进士均在5人以上,其中嘉庆六年(1801)辛酉科达到12人,七年(1802)壬戌科达到13人的新纪录,其他各府、州从此不能与福州府抗衡③,甚至沦落到无足轻重、附庸的地位,福州府与福建其他各府、州进士科登第人数拉开了悬殊的差距④,至光绪三十年(1904)甲辰科,前后时长超过100年。本节所叙内容是清代咸丰朝(咸丰十一年,1861)之前福建科举所达到的巅峰时代,不惟福州府取中进士的人数达到顶点,而且还可以观察到成为名臣、著名学者、著名作者的赵在田、陈寿祺、吴贤湘(此3人系嘉庆四年己未科进士)、万世美、达麟(此2人系六年辛酉科进士)、梁章钜、林春溥、陈徵芝(此3人系七年壬戌科进士)、廖鸿荃、廖鸿藻、叶申芗、孙珩、郭尚先、陈池养、陈云章(此7人系十四年己巳科进士)、林则徐、李彦章、杨兆璜(此3人系十六年辛未科进士)、苏廷玉、郑开禧(此2人系十九年甲戌科进士)、叶敬昌、魏敬中(此2人系二十四年己卯科进士)、杨庆琛、杨簣(此2人二十五年庚辰科进士)次第成为进士,行列而来,而入清以来既然进士数量严重下降,福建举人中产生的人才一直充当着主力,这一阶段则涌现得更多。优越的地理位置、政策措施促进人才的聚集,人才的聚集构成了科举事业的辉煌,而文学、学术家族的出现数量多寡则以科举为基础。

纵观全清的政治,至嘉庆帝即位之时,历顺治、康熙、雍正、乾隆四朝,清朝对全国的统治已历150余年,自康熙中叶以来的强盛历100余年,清初在政治、文化领域的高压政策逐渐松弛,清代的文教事业进入持续高涨的时期,或称之为"嘉道风流"⑤。

郑振铎《晚清文选》所收林纾《金粟诗龛集序》:"吾乡当嘉、道间,陈苇仁(陈寿祺)太史为老师大儒,持倡闽诗。同时张松寥(张际亮)、林芗溪(林昌彝)、郑修楼(郑天爵)、许秋史(许赓皞)诸先生,造怀指事,各出其磊落慨慷之气,一时旗鼓张于东南。而南台翁薰卿(翁时稚)先生,方以诸生伏处林麓,诗名蔚然,与诸先生追逐。时侯官林文忠公、李兰卿观察咸家居。"⑥林纾所描述的是嘉庆、道光间[时间下限至李彦章(1794—1836)]陈寿祺以馆阁文章名家归乡,无心仕宦,任鳌峰书院山长,以鳌峰书院

① 嘉庆四年(1799)己未科,汀州府进士3人,古文家吴贤湘登第;六年(1801)辛酉科,建宁府进士2人,瓯宁万世美登第;十四年(1809)己巳科,兴化府郭尚先、陈池养、陈云章3人登第;十六年(1811)辛未科,汀州府进士3人;二十四年(1819)己卯科,永春州进士2人,福宁府魏敬中登第;二十五年(1820)庚辰科,汀州府进士2人,祖籍连城的杨簣登第。

② 按:这个倍差在有清各朝均取各省最高数值与福建进士人数比较:康熙朝江苏进士666人,福建进士178;嘉庆朝直隶进士275人,福建进士156人;同治朝直隶进士135人,福建进士82人;光绪朝江苏进士318人,福建进士269人(根据李润强《清代进士的时空分布研究·清代进士人数分省统计表》数据)。

③ 按:同治元年(1862)壬戌科是一个例外,此科福建2人登第,即福州府闽县程光溥、汀州府连城吴存刚。其原因大概是太平天国攻占浙江、江西,阻挡了福建举人北上赴京应试的道路,浙江巡抚、侯官人王有龄于咸丰十一年辛酉(1861)十二月二十九日殉杭州城。

④ 按:福州府士子的科举事业在咸丰年间更是高涨到惊人的地步。咸丰九年己未(1859)戊午(1858)恩正并科周庆丰榜,福州府举人中式121人,福建各府、州中式举人数排在福州府之后的泉州府仅中式18人,不足福州府的十分之一。

⑤ 罗惇曧有诗《邱蔷庵属题所藏黄叶邨山人获石图山人甃地作池得一石案有斑篆七字留赠山人黄叶村图而辑之亦淮上一故实也》中有"嘉道风流久更新"句,陈衍《石遗室诗话》卷九,第128页,引。

⑥ 林纾《金粟诗龛集序》,郑振铎《晚清文选》卷下,中国社会科学出版社2002年版,第222页。

为阵地,又曾经主持《福建通志》的修纂,选用分纂人员,多数是福建籍士大夫及士子(姓氏人名如下),形成嘉庆、道光间的“左海派”[①]乾嘉学术群体。陈寿祺能诗,在福州城举起诗文创作的大纛,形成左海诗人群体,同时而后建宁何长诏、建宁张际亮、侯官林昌彝等渐次兴起,林昌彝之后同光体闽派诗人崛起诗坛,晚清闽中文学创作出现一次攀爬至巅峰的状态[②],这是有清一代闽中旧体文学最后的辉煌。

乾隆至道光间(1736—1850),福州府诸邑郑光策、谢震、龚景瀚、林茂春、冯缙、萨玉衡、萨龙光、许作屏、曾晖春、林则徐、曾元炳、曾元海、赵在田、林春溥、郭仁图、冯缙、林国士、叶申蔼、叶申芗、叶修昌、冯承基、何芝轩、刘士棻、许德树、郭阶三、梁章钜、杨庆琛、郭柏荫等一众诗人行列而来,以陈寿祺著有以“左海”命名的诗文集,以陈寿祺为首的学者及其学术称左海派,这一时期福州涌现的诗人群体称左海诗人群体:以郑光策(1759—1804)、谢震(1765—1804)为较早者,以陈寿祺及郑光策的门人梁章钜、林则徐为主力,声名远播江浙江淮、最富才情者则为梁章钜,梁氏著有《退庵诗存》二十五卷,以林则徐谆谆教诲过的早年郭柏荫(1807—1884)殿后,上下包括三代诗人,有师弟诗人,有父子诗人,有翁婿诗人,有规模可观的家族内部诗人吟咏唱和形成的诗人群体以及盘根错节的家族联姻形成的家族之间诗人唱和的群体,以故林纾云“吾闽于道咸间诗流最盛”[③]。

在这些诗坛主将的成就之外,我们观察到清代道光间《福建通志》的修纂促进了闽中文学创作的活动。道光九年重纂《福建通志》书局人员,根据道光九年(1829)重纂《福建通志·职名》,除了福建官员外,总纂陈寿祺,分纂、分校、采访人员中沈学渊、陈善、冯登府、汪晨、孙士瑞系江浙人氏,其他如高澍然、王捷南、陈池养、林丞英、翁吉士、刘建韶、林彦芬、丁汝恭、赖其瑛、张际亮、张绅、罗联棠、饶廷襄、陈茂坚、孟曾穀、刘存仁、甘鸿、梁尧辰、黄光宇、何春元总共 21 人均闽人[④];道光十五年(1835)年,陈寿祺已经离世,《福建通志》的修纂反复聚讼,滋生纷扰,酿成公案,坚持完成延宕已久的通志修纂事业的人员基本上是主张替陈寿祺伸张公道的门人和后学,使陈寿祺未竟的事业有一始终交代,纂修魏敬中,协修、校录郑嘉玉、陈世盛、林之华、郑国葵、余纶光、林廷相、万年椿、陈国琠、魏光文、林灏英、阴树槐、陈景崧、陈鸣昌、梁云镛、魏本唐、林藩、杨维基、王道征[⑤],计 19 位闽人,参与两次修志的闽人达到 40 人之多。修志的过程必然伴随着公余同事之间、友朋之间的诗文唱和,所以道光间《福建通志》的修纂,促进了全省文学、学术向福州城的聚集和交流,也促进了福建学术思潮、文学创作的风气从省垣向各府县的传播,表现出向上、向下同步发生进行的双向流动和影响,就文学创作而言,称得上一次大规模的聚集,使得左海派的学术探讨和文学创作规模更加壮观。

陈寿祺(1771—1834)学问渊懿、博雅宏通,为其师朱珪、阮元、陈其元等所叹赏,与著名学者王引之关系密切,不仅以讲学著称闽中,其古文创作受到多年庶吉士教习训练的影响,官编修之时继续受其浸染,与桐城古文有着相关合的关系,藉鳌峰书院及讲学传播古文思想,与朱仕琇的再传弟子高澍然志同道合,引领嘉庆、道光间福建的古文创作风格,其诗歌创作亦颇有声。撰有《鲁齐韩诗说考》三卷,为福建巡抚张士诚注《御制全史诗》,多所发明,是一位深于诗学的诗人;晚年为明末漳浦黄道周编辑遗诗文,刊《黄忠端集》六十六卷。从陈寿祺、陈乔枞父子均从事《诗经》著述,尤其陈乔枞所著《诗经》著作尤多,知《诗经》学已成为其家族家学。陈寿祺自撰有《左海诗钞》、《绛跗草堂诗集》六卷、《纂喜堂诗稿》一卷等诗集,其诗才力雄大(翁方纲语)、沉博绝丽(民国《福建通志·儒林传》本传语)、秀逸

---

① 语出《闽县乡土志》谢章铤传(《耆旧录二·学业》)。

② 林昌彝《衣讔山房诗集》八卷(同治二年刻本,收在《林昌彝诗文集》卷一至卷八)所收诗按年编次,其论诗标准为“存者不与,未见者不与,见而无容轩轾者不与”,推知《论诗一百又五首》作于 1857[以魏源卒于咸丰七年年三月初一(1857 年 3 月 26 日)],“自顺治至咸丰,成一百又五首”,论诗人 106 人(其中第四十四首合论江都朱贺、如皋江干 2 位诗人),以之与《晚晴簃诗汇》、《清诗纪事初编》等合观,知清诗在咸丰七年之后至宣统逊位之间的六十年余间极为繁荣,包含林昌彝其人在内的诗人灿若星辰。林昌彝《题严山人诗卷》其二“迩来诗伯多于鲫,不让梅邨(吴伟业)况宛邨(钱谦益)”(《林昌彝诗文集》卷七,第 207 页),正是晚清诗歌繁荣的写照。

③ 林纾《李琴寄》,《蠡叟丛谈》,《林纾集》第三册,第 634 页。

④ 同治刊本《福建通志》,影印第 24-25 页。张际亮系陈氏门人,饶廷襄为小门生,林昌彝亦尝预通志修纂事而姓名不入《职名》。

⑤ 同上书,影印第 25-26 页。

沉雄(萨玉衡语),与萨玉衡齐名。《闽川闺秀诗话》记载陈寿祺在鳌峰书院课诗赋,以《荔支香》命题,梁章钜九妹梁韵书(蓉函)为群从捉刀,而为陈寿祺亟称,拍案叫绝[①],梁章钜也引以为豪,陈氏故为一知诗作者。梁章钜在陈寿祺身后撰《陈恭甫太史传略》,称其诗"思深力厚,无体不工,切响坚光,得未曾有",雅练雄健、神韵典重[②],在嘉庆、道光间陈寿祺隐然为闽中学术、古文创作和诗歌创作的领袖。

陈寿祺具有"韩苏才情"[③],其诗受到时代思潮的影响,模拟苏轼,晚笔愈转愈健[④];又转益多师,习陈子昂、张九龄、杜甫、高适、岑参、韩愈、李商隐、李贺、陆游、吴莱、虞集、高启、李梦阳、何景明、李攀龙、王世贞、吴伟业、朱彝尊、王士禛、施闰章、宋荦等前代和本朝诗人[⑤],反映清代诗人眼界开阔、不立门户的事实;吴嵩梁以为其诗宗杜甫,风格沉雄、奇丽、顿挫、跌宕,七律、歌行与清初号称"西昆面子"、"老杜骨头"的吴伟业抗行[⑥];沈学渊之论以陈寿祺诗歌原本汉魏以至本朝,出入杜甫、韩愈、苏轼三大家,系"以经术擅诗名"、"词章、考据奄有其长"的作者,可与毛奇龄、朱彝尊、全祖望、杭世骏等并为"学人之诗"的典型[⑦]。

## 第二节　梁章钜——引领同光体诗歌创作的先驱

在陈寿祺之外,另一重要学者、作者梁章钜(1775—1849)耽于诗酒文会、学术的雅集活动。凡梁氏所到之处,雅集骤兴,对嘉庆、道光间的京师、江南和福建本省的诗歌创作活动助力良多。梁章钜居乡、出仕期间均曾经组织过多种诗社,在故乡福州组织过嘉庆间的藤花吟馆诗社和道光间的三山吟社等诗社活动[⑧],对于嘉庆、道光间福建的诗歌创作及其走向产生了重要的影响,甚至向下影响了同光体闽籍诗人群体的诗歌创作,其诗歌创作与理论之于同光体具有类似陈涉之于汉高的历史意义,这是左海诗人群体绝大部分诗人及其创作所不曾具有的历史意义。

壮年梁章钜组织的藤花吟馆雅集,是梁章钜与陈寿祺在《福建通志》修纂之事而起龃龉之前[⑨]共同

---

① 梁章钜《闽川闺秀诗话》卷三,梁韵书条。

② 梁章钜《退庵文存》,《清代诗文集汇编》第515册,影印第360页。

③ 张际亮《题词》,陈寿祺《左海诗钞》卷首,《清代诗文集汇编》第499册,影印第508页。

④ 宋湘《题词》,陈寿祺《左海诗钞》卷首,影印第507页。模拟苏轼诗作,见《左海诗钞》卷二《南靖寓斋啖荔用东坡惠州四月十七日诗韵呈桂林朱小岑寿宁卢于湘》组诗(《清代诗文集汇编》第499册,影印第526-528页),包括倒韵在内七次次韵。其友萨玉衡有《和陈恭甫次东坡初食荔枝韵》一首,序云其时在乾隆五十九年甲寅(1794)(萨玉衡《白华楼诗钞》卷四,《清代诗文集汇编》第484册,影印第597-598页)。

⑤ 鲍桂星、萨玉衡、高澍然、沈学渊、张际亮《题词》,陈寿祺《左海诗钞》卷首,影印第507-509页。

⑥ 吴嵩梁《题词》,陈寿祺《左海诗钞》卷首,影印第507页。

⑦ 沈学渊《题词》,陈寿祺《左海诗钞》卷首,影印第508页。沈氏以为全祖望(谢山)、杭世骏(大宗)与朱彝尊鼎峙。

⑧ 如藤花吟馆社集之前嘉庆十四年己巳(1809)秋,梁章钜往浦城前,与高立诚、廖应祥、林轩开、魏龄、林庆章。张登瀛、冯光祚、许德树"排日煮酒为乐"(《退庵诗存》卷四《己巳初秋风雨甫霁乃与诸同人排日煮酒为乐华筵未匝二人余适有南浦之役黯然以去舟中坐怀情景各系以诗以抒离绪纪胜游使后之视今有所考焉》,《清代诗文集汇编》第515册,影印第54-55页),明年春复与郭仁图、丁椿年、叶申蔚、姜鼎、龚以镗、叶申芗、何恒鍠(同前书,同卷,《旧秋近局既纪以诗今春谯聚益密人数益多复不可无诗仍以年齿为次旧秋已赠者不重出尔》,影印第55-56页)唱和。

⑨ 梁章钜、陈寿祺二人的关系至少在陈寿祺生前尚能保持表面上的和谐,至少未破裂。道光十三年(1833),梁章钜作多首和陈寿祺诗韵之作(《退庵诗存》卷二十一,《清代诗文集汇编》第515册,影印第217、219页);道光十四年(1834)寒食节所作诗《寒食日集黄楼笏畊用韩公寒食日出游韵索和》有句"安计邻家歌哭并",注云"陈恭甫新逝世"(《退庵诗存》卷二十一,影印第223页),依旧朋友之谊;本年末(十二月十九日后)所作《叠前韵题黄莘田先生遗像研》诗句"绝无猿鹤归山怨,笑倒蚍蜉撼树时",注云"志局近识如此"(同书,卷二十三,影印第242页),语气间透露着不屑的意味;道光十五年乙未(1835)二月所作《花朝集林鉴塘竹柏山房次笏畊韵》其二诗中注云"当事以省志稿委余勘定"(同书,卷二十三,影印第243页),随后两派之间的争执遂大作。梁章钜接手勘定省志后,"余近纂闽省通志",欲作李鸿瑞传(《退庵诗存》卷二十四《为兰卿观察题其尊甫李研云邑侯南武奉祠图卷》其四句中注)、郑光策传(同卷《题郑苏年先生抱膝遗像后》其二诗后注)。

参与的大规模诗酒雅集。修纂道光《福建通志》而产生的分歧[①]使得陈寿祺、梁章钜两人身边的闽籍士大夫、作家、学者分化成两个立场鲜明、针锋相对的阵营,连与两人关系均非常密切的林则徐等人都感到棘手,难以调和。这场不期而遇的分裂产生于道光间三山吟社雅集之时[②],终随当事者的去世、后来主持《福建通志》的官员及一众修志人员(见《福建通志同治七年合刊职名》[③])的弥缝而勉强消弭。

藤花吟馆风流韵事始于嘉庆十七年壬申(1812),时梁章钜三十八岁。梁章钜《闽川诗话》:"嘉庆壬申(1812),余迁居(福州)夹道坊。新宅之东,有藤花一架甚古,值重阳前二日,招先生(陈登龙)及萨檀河……十二人联吟其下……自是旬日一聚,迭为宾主,各出新篇,榕城诗事于斯为盛。"[④]陈登龙题"藤花吟馆"匾额[⑤]。明年春,梁章钜主闽北建宁府浦城县的南浦书院讲席,仲冬携家北上京师[⑥],离开福州。梁章钜本人撰有《藤花吟馆诗钞》十卷,道光五年苏州吴青霞斋氏刻本;《藤花吟馆试帖》二卷,道光五年刻本。从《闽川闺秀诗话》的记载来看,藤花吟馆的名声大著于时,海内闻名。梁章钜曾经为藤花吟馆的故事征求名流诗文,一如李彦章《薇垣归娶图》的做法。在梁章钜离开福州去往浦城讲学、外宦之后,藤花吟馆的酬唱似乎并未停止消歇,只不过梁章钜缺席而已。梁章钜《闽川闺秀诗话》:"嘉庆辛未(十六年,1811),余方里居。腊月二十五日,由赛月亭移居夹道坊。夫人(按:梁章钜妻郑氏)外家本在夹道坊,与新宅斜对门。自少时即随其祖母廖太孺人曾屡入此屋,盖亲串旧居也,故有诗纪之云:'夹道坊南屋,童时记钓游。门闾犹似昔,亭沼几经秋。自笑移家惯,浑忘逼岁愁。藤花有吟馆,此外复何求。'自注云:'屋前有老藤一株,荫满庭院。耆旧陈秋坪先生为撰'藤花吟馆'四字额之,夫子遂开三山吟社于此。嗣后刻诗即以名其集,而藤花吟馆之名乃愈著于大江南北,诸名流各为之记矣。'"[⑦]

梁章钜自谓藤花吟馆初集十二人,然据其《重阳前二日招陈秋坪司马万虞臣舍人赵穀士编修叶文石明经林蓼怀进士郑松谷太守冯恪甫裴古悫二孝廉小集藤花吟馆》诗题[⑧],有陈登龙(秋坪)、万世美(虞臣、济其)、赵在田(穀士)、叶申蔚(文石)、林轩开(蓼怀)、郑鹏程(松谷)、冯光祚(恪甫)、裴显忠(古悫)及梁章钜九人。据蔡莹涓考订,后来又有游光绎(彤卣)、余片玉、陈寿祺(恭甫)、许德树(春甸)、林则徐(少穆)五人加入[⑨],则有十四位诗人,非止十二人,但是根据其他文献的记载,蔡莹娟之说似乎又不确[⑩]。

---

① 仅从《左海文集》、《左海诗钞》中保存的二人往返诗歌、文章、书信等文字看,陈寿祺对梁章钜的批评不少,部分批评指向梁章钜的老师翁方纲,陈寿祺以为这些批评是坦诚的、开诚布公的,不会伤害到彼此之间的感情。陈、梁之间的矛盾逐渐积累,最后以《福建通志》的修纂事件为临界爆发点,走向决裂。

② 道光十三年癸巳重阳节,梁章钜应冯缙之招,集于福州西湖李纲祠,赋《展重阳日笏畊招集小西湖李公祠以西湖二字为韵索和》二首,其二诗中注"同人到者深稀,可为一慨"(《退庵诗存》卷二十一,《清代诗文集汇编》第515册,影印第222页),理可推测彼时修志之隙已甚,同人感到棘手难办,不应斯集以避嫌疑。

③ 同治刊本《福建通志》,《职名》,影印第26-27页。

④ 梁章钜《闽川诗话》,陈登龙条。

⑤ 梁章钜《藤花吟馆》,《东园落成杂诗十二首索同人和作》其一,《退庵诗存》卷二十三,《清代诗文集汇编》第515册,影印第238页。

⑥ 梁章钜《癸酉仲冬携家北上》,《退庵诗存》卷六,影印第74页。

⑦ 梁章钜《闽川闺秀诗话》卷三,先室郑夫人条。

⑧ 梁章钜《退庵诗存》卷五,《清代诗文集汇编》第515册,影印第68页。

⑨ 蔡莹涓《觞吟往来重风雅——梁章钜诗事探析》,载《龙岩学院》2009年第6期,第44页。按:据梁章钜诗题,许春甸即许荫坪,春甸、荫坪皆闽县许德树的雅号;裴古悫本名裴显忠;余片玉疑非余潜士,以梁章钜《许春甸嫣红小院第六集先期赋赠同人各一首依次和之》其四诗自注称其为"孝廉"(《退庵诗存》卷五,《清代诗文集汇编》第515册,影印第73页),而余潜士于道光二十三年(1843)方举人中式。或为乾隆五十三年(1788)举人余瑛,与梁章钜年代较近,待考。梁章钜作有《九月十九日郑松谷睫巢书屋第二集》有句"豸山先生律更严"自注指游光绎(《退庵诗存》卷五,《清代诗文集汇编》第515册,影印第69页),说明游光绎入社颇早。

⑩ 道光十年(1830),林则徐撰有《为梁芷邻方伯庚午雅集图后》,称:"图作于嘉庆十有五年(1810),是时芷邻先生以仪部主事家居,既开藤花馆,倡结诗榭,复与图中十三人为文酒之会,因仿《西园雅集图》而为之记。"(《林则徐全集》第五册,第382页)道光七年(1827),林则徐作《题梁芷林方伯藤花书屋图》诗;道光十年(1830),十四人存者仅四人。四人者为莲渚(郭仁图)、砚樵(林庆章)、芷林(梁章钜)、小庚(叶申芗)(林则徐《道光壬辰四月小庚年老前辈大人过任城出〈庚午雅集图〉重摹本见示并属题句灯下草草应命不值一粲》其一,《林则徐全集》第六册,第164页,"何日四公同握手"句下注)。陈寿祺《郑松谷聊以拙斋诗序》回忆在嘉庆十七、十八年之间(1812—1813)预社集,萨玉衡、陈登龙为职志(陈寿祺《左海文集》卷七,《清代诗文集汇编》第499册,影印第306页)。郭仁图、林庆章、叶申芗、萨玉衡,这五人又在以上十四人名单之外。梁章钜《许春甸嫣红小院第六集先期赋赠同人各一首依次和之》有陈登龙、游光绎、萨玉衡、余片玉、林轩开、叶申蔚、陈寿祺、郑鹏程、赵在田、冯光祚、许德树、裴显忠、姜桐雨(《退庵诗存》卷五,《清代诗文集汇编》第515册,影印第73页)共十三人成员,其中姜桐雨当系姜祝龄(受庵)之子、姜澍(苍雨)兄弟,姜桐雨亦为藤花吟馆诗社成员。至此,藤花吟馆成员有二十人。

道光十二年秋至十五年春(1832—1835),梁章钜归里,组织了后期的三山吟社活动,这是梁章钜五十八岁以后的诗社活动。参加的本省诗人有陈寿祺、赵在田、林春溥、郭仁图、杨庆琛、冯缙、叶申蔼、陈登华、叶敬昌、许德树、何兆鳌、梁云镛①、李彦章、吴赞韶、刘士棻、曾晖春、陈徵芝②、陈经③等。有社集《三山唱和集》十卷。④

梁章钜、李彦章均师翁方纲,其诗宗宋,有力地改变明清以来闽诗创作的面貌,转变了闽派诗歌的传统。对此,陈寿祺曾撰多文致书梁章钜,劝梁氏放弃宗宋的诗歌方向。如《藤花吟馆诗钞序》云:"茝邻之诗自嘉庆癸酉(十八年,1813)入都以后从覃溪游,间效其体云耳。其才力之雄固自足深造古人之堂室,恶在其为墨守覃溪也。余惧不知茝邻者,误据覃溪一语,以为宗派口实也。故相为明之,茝邻其亦自知之矣。"⑤然而陈寿祺等的诗歌创作亦转变闽派的轨辙,谢章铤《又答颖叔书》指陈寿祺、萨玉衡、谢震、张际亮"此三数子者则皆鄙薄闽派者也"⑥。以故陈寿祺指责梁章钜之宗宋,其实类乎五十步之于百步之诮。

梁章钜对道光以后清代福建诗坛的积极影响是陈寿祺所无法预料到的,也是无法企及的。《石遗室诗话》全书开篇第二条云:"道咸以来,何子贞绍基、祁春圃寯藻、魏默深源、曾涤生国藩、欧阳磵东辂、郑子尹珍、莫子偲友芝诸老始喜言宋诗。何、郑、莫皆出程春海侍郎恩泽门下。湘乡诗文字皆私淑江西。……都下亦变其宗尚张船山、黄仲则之风,潘伯寅、李莼客诸公稍为翁覃溪,吾乡林欧斋布政寿图亦不复为张亨甫,而学山谷。"⑦这是《石遗室诗话》的作者陈衍继开篇第一条说明撰著诗话缘起之后的首条,在第三条揭橥"同光体"命派由来之前,具有深意,非常重要。换句话说,即道咸以来全国诗坛的风气基本上转向以宗宋为思潮,在此共同旨趣之外,人各有偏至,姿态纷呈,而张问陶(1764—1814)、黄景仁(1749—1813)、张际亮(1799—1843)这些诗人的风格不再为时所推尊,王闿运(1833—1916)仍然宗六朝、三唐之诗,但是《光宣诗坛点将录》列之为"诗坛旧头领",称之为"托塔天王晁盖"⑧,藉此绰号以譬况王氏之诗如同梁山泊前代寨主晁盖的命运系过去一代领袖非当下诗坛主流。梁章钜是翁方纲的诗弟子,师弟之间感情深厚,梁章钜受到翁方纲的影响最深;程恩泽(1785—1837)系梁章钜的馆阁晚辈,其年辈与梁章钜的好友林则徐相当,为林则徐进士同年,亦梁章钜诗友,程恩泽尝为《退庵诗存》题签,梁、程二人在诗歌创作上有着共同的方向。

梁章钜接过翁方纲的诗学衣钵,以其诗笔诗才雄峙嘉庆间京师诗坛。在外放为官的仕宦生涯中,主要在江苏一省,任江南淮海河务兵备道、管理盘运漕粮总局、两署江苏按察使(1823—1826)、江苏布政使、四署江苏巡抚篆(1827—1832),长期生活在苏州,旁及淮安等地,受到文化、教育、学术极其发达的江南地区的影响,增益其所不能;与吴中学者、文人交游密切,其诗歌创作和学术领域更见拓深,与吴中学者、文人相较并未见逊色。《退庵诗存》之诗二十五卷除卷一《述祖德诗三十首》,卷二从嘉庆七年(1802)《春榜

---

① 道光十二年壬辰(1832)秋闰重阳,梁章钜等人登乌石山,饮于文昌祠,作有《闰重阳日陈恭甫赵縠士林鉴塘三编修郭莲渚杨雪茱二比部冯笏畊舍人叶次幔陈香农二县尹叶芸卿太守许荫坪何耐亭家弟兰笙三广文同登乌石山饮于文昌祠有作》(《退庵诗存》卷二十,影印第213页),诗人十四,与庚午(1810)雅集人数相同。

② 梁章钜《人日集亦陶舫和笏畊韵》诗句"从此八仙成九老",注:"陈兰邻解组新归,即入会"(《退庵诗存》卷二十三,《清代诗文集汇编》第515册,影印第243页)。"八仙"应当是《十月二十日霁峰招集自怡轩是日会者八人笏轩最长年六十七莲渚六十六霁峰与鲁庭同六十五縠士六十四余与鉴塘同六十香农最少亦五十七合成五百四岁口占索诸公同纪之》(同书,影印第241页)中的曾晖春、冯缙、郭仁图、吴赞韶、赵在田、梁章钜、林春溥、陈登华。人日指的是道光十五年乙未(1835)正月初七日。

③ 梁章钜《三山诗社同人排日饮饯赋诗绘成榕阴话别册赠行舟次题册后寄谢》诗后注,《退庵诗存》卷二十四,影印第245页。

④ 蔡莹涓《觞吟往来重风雅——梁章钜诗事探析》,载《龙岩学院》2009年第6期,第46页。按:社中诗人黄宅中(1796—1863,星斋、惺斋),山西河曲人。

⑤ 陈寿祺《左海文集》卷七,《清代诗文集汇编》第499册,影印第331-332页。

⑥ 谢章铤《又答颖叔书》,《赌棋山庄集》文集卷四,《清代诗文集汇编》第680册,影印第688页。

⑦ 陈衍《石遗室诗话》卷一,《民国诗话丛编》第一册,第18页。上海书店出版社2002年版。

⑧ 汪辟疆《光宣诗坛点将录笺证》,王培军笺证,上册,第1页。中华书局2008年版。

纪事》诗始[①]止于道光十六年(1836),系梁章钜手订28～62岁之间、人生最重要时期的诗歌创作结晶。这部诗集反映了梁章钜主宋诗,推崇韩愈、苏轼、陆游、白居易等诗人之诗,而取径广泛,研习《诗经》以下以迄本朝的历代诗歌、诗人诗集的诗学路径,真正体现杜甫"转益多师"的精神,为如何"转益多师"树立了成功的榜样和典型。同光体的诗家也是"转益多师"而取得诗歌理论和创作实践的成功,因此,从这种一致性的取向上,我们看到了道光间梁章钜通往同光体诗人、本省同光体闽派诗人及其诗歌理论和创作的桥梁,梁氏之于同光体的作用与程恩泽同时,甚至早于程恩泽若干年,渊源于翁方纲,往下连接到同省的同光体诗人及其创作,尽管梁章钜与同光体之间存在着20年左右的时间间隔。

约在光绪二十五年己亥(1899)前后,晚年的谢章铤(1820—1903)作《评诗课卷答伯潜同年》,论定本朝闽诗的创作,以为本省"诗教之终于不振"始于乾隆间"读书社"之兴,至"成庙"(清宣宗,年号道光)朝闽诗改变了明代以来"晋安风雅"的轨辙:"读书社之初兴也,社中诸老力以其坚光切响渐易其平日圆稳秀润之习,于闽派殆去其半矣。"[②]下至读书社成员的子侄辈,则为嘉庆、道光以后诗人,闽诗则被推向宗宋的方向,与全国诗坛的转向一致:"彼时若得一二盛年贵仕有志风雅之人,为之登高一呼,声必加疾。乃其时适有二妙才不幸而误于导师,一李都转(李彦章),一梁中丞(梁章钜),而皆为翁覃溪(翁方纲)詹事所收罗。夫詹事以考据为诗,生硬堆垛,口称杜陵,实摹山谷,袁随园(袁枚)所谓'强把抄书当作诗'者也。都转受病轻,中丞受病重,今三家遗集俱在,可考而知之也。"[③]由乾隆朝1780'年代朱珪组织的读书社发端,闽诗的新变从胚胎之基萌芽而成长,使"闽派""去其半";于李彦章(1794—1836)、梁章钜(1775—1849)之时,清代福建诗歌创作宗宋的旨趣在嘉庆、道光以后蔚为大观,无有返回闽派樊篱的可能。无论在外仕宦的李彦章、梁章钜与退居乡里的陈寿祺;仕途通显、官至督抚的梁章钜、林则徐还是沉沦下僚的萨玉衡及担任教职儒师的谢震均朝着改变闽派"晋安风雅"诗歌面貌的方向努力从事。

## 第三节　张际亮的诗歌创作

陈寿祺生前身后,道光二十年(1840)之前的福建诗坛以陈寿祺门人、建宁张际亮(1799—1843)为领袖,或以诗人身世之悲,或因时代变化,形成新的思考。清王朝面临内外交困的新常态,近代中国半殖民地、半封建社会的畸形社会逐渐形成,一大批"经世文人"、"经世派"(或称"经世学派"、"经世学风")[④]士大夫登上历史舞台,文章议论,宰执亦畏其锋[⑤]。诗人躯身不甘与世事俱沦瀹,心志颇多自许

① 按:此诗前尚有数诗,如本卷第二首《苦雨》有"旧雨入新岁"(同书,影印第36页)分明是新一年,《拟古》"朝采北山菊,夕息西山旁"(影印第36页)是秋天,而《岁暮旅店偶成》(影印第37页,上半页)当是岁末,《八月十五夜率成》(影印第37页,下半页)是中秋诗,再到《春榜纪事》(影印第38页),起码有三年间隔。

② 谢章铤《赌棋山庄余集》文集卷一,《清代诗文集汇编》第681册,影印第70页。此文在光绪二十五年乙亥(1899)所作《祥符沈公祠陷壁记》之后。

③ 谢章铤《评诗课卷答伯潜同年》,《赌棋山庄余集》文集卷一,《清代诗文集汇编》第681册,影印第70页。

④ 按:学界认为清代学术一直存在着经世学派,乾嘉以后构成与考据学派并存的格局。第一次鸦片战争前后,清朝有识之士如林则徐、黄爵滋、徐宝善、郑开禧、汤鹏、潘德舆、徐继畬、姚莹、贺长龄、朱琦、张维屏、陈庆镛等崛起,被称为经世派文人(陈文忠《张际亮与嘉道诗坛》,暨南大学2002年硕士学位论文,未刊稿,正文第4页;魏慧娟《嘉道时期经世派诗歌论》,苏州大学2010年硕士学位论文,未刊稿,中文摘要及第二章),出现了以陶澍、魏源等为首的湖湘经世派(或称湖湘实学),后继者有曾国藩、左宗棠等名臣。道光前后兴起的经世学派是近代学术的开端,表现出"新"的特征(王国维《沈乙庵先生七十寿序》,《王国维全集》第八卷,浙江教育出版社、广东教育出版社2009年版,第618页),是旧学与同治、光绪以降所谓新学之间的桥梁,与旧学、新学均有所不同,亦有所交集:与清初学术及乾嘉学术相较,"颇不循国初及乾嘉诸老为学之成法";与同光以来新学相较,则于其时萌蘖已生,大体未成。道光前后的经世学派"以图变革一切",而其学"不必尽如古人之真","未必适中当世之弊","不能尽以理究"(所引文字均出自王国维《沈乙庵先生七十寿序》)。

⑤ 语出欧阳兆熊《水窗春呓》(中华书局1984年版),转引自魏慧娟《嘉道时期经世派诗歌论》第21页。

以治平天下,面貌梗概多气、填咽难伸、激壮悲凉、磊落慨慷,具有一致的风格取向。在近代中国的社会变迁中,张际亮等闽中诗人或乘风会以成事业,或叹游幕不成、功名难期,或以诗人手笔写新世界与新事物,具有广东诗人黄遵宪(1848—1905)"诗界革命"[①]"我手写我口","以旧格律运新思想","运用古乐府之神理,而全变其面貌"[②]理论的创作实践。

入清以来,闽诗的创作一直处在嬗变的进程中,与全国诗坛的变化几乎同步,不断作出主动的调适反应。建宁李云诰在其师张际亮的基础上最终编成《建宁耆旧诗钞》十六卷(按:凡例云十六卷,实十四卷),前有杨瀚序,称邵武府建宁县之诗:"国初仍踵明习,至何雪芳(何梅)变为秀雅,李千人(李俊)变为幽澹,李舜廷(李祥赓)变为奥淳,黄奉左变为跳脱,张怡亭(张绅)变为俊逸,张亨甫(张际亮)变为激壮。"[③]这是张际亮在邵武府建宁县入清以来的诗歌发展变化史上的地位,而对于全国、全闽而言,张际亮的诗歌创作仍然独占鳌头。宜黄符兆伦云:"予交海内诗人夥矣,前十年得识亨甫张君,亨甫诗长剑倚天,不可迫视,其语语见骨,而皮附者不能去。……窃谓亨甫才人之诗,而学足以赡之。……盖学胜者,诗之又进一境,而其恃源敦厚,谨绳法度则如一。"[④]山西平阳府洪洞诗人王轩于同治七年(1868)题杨浚诗集论云:"七闽诗人二百年来以亨甫(张际亮)为第一,道光间独步海内,垂三十年无异词。"王轩所论,盛推张际亮为入清以来闽籍诗人群体中的第一人,声誉之隆超过乾隆间的福州府永福县诗人黄任。张际亮之论明代郑善夫以来至道光间的闽诗云:"自郑少谷后尠复有能旗鼓中原者,常引以为憾",以为其师陈寿祺可以"辟三百年之坛坫而释其憾"[⑤],其实大任正在己身。泉州府晋江县诗人陈棨仁于光绪十九年(1893)题杨浚诗集论云:"闽诗数十年来,旗鼓中原者独一亨父(张际亮)。"[⑥]陈棨仁对于杨浚、张际亮的评价均属于盖棺论定之论,于张际亮卒后五十年之论说明张际亮的成就是道光间闽人诗歌创作的空谷足音。

晚高澍然(1774—1841)二十五岁的诗人张际亮[⑦](1799—1843)天才纵逸,绝伦超群[⑧],通兵略,负经济之才,留心时事。早年驰誉福建,受陈寿祺赏识,值陈氏晚年,遂代起,成长为陈寿祺之后的闽诗领袖,彼时其诗激壮俶诡,豪宕感切,间喜为瑰丽、艳逸之作[⑨]。年岁渐长,为人骯髒直节,空谷足音,难与世人耦合,屡为两淮盐运使曾燠(1759—1836)及其背后的官僚势力所遏[⑩],始终未得一第,遂遍游天下名山大川,穷探奇胜,与嘉庆、道光间名士魏源、姚莹、龚自珍等交游,助益其诗歌情感和风格,以其穷愁、抑塞、慷慨、牢落古今之意,发为诗歌,沉雄悲壮,然"实不愿人之称之为诗人"[⑪]。张际亮之诗沉郁雄宕,腾挪变化,雄视一代,其诗固然为"才人之诗"、"学人之诗",亦属于更难得的"志士之诗"[⑫],这种"志士之诗"的

---

① 钱仲联《梦苕庵诗话》:"清末,黄公度(黄遵宪)、谭复生(谭嗣同)、夏穗卿(夏曾佑)、蒋观云(蒋智由)、梁任公(梁启超)诸人倡诗界革命。任公《新民报》中有《诗界潮音集》之选。然诸人中,除公度外,余皆成就未能副所期。"(《民国诗话丛编》第六册,第221页)

② 钱仲联《梦苕庵诗话》,《民国诗话丛编》第六册,第159-160页。又有"提倡以旧格律运新意境"的说法(同书,第304页)。

③ 民国《福建通志》总卷二十五,《福建艺文志》卷七十一,第十四页,引杨瀚序。

④ 林昌彝《林昌彝诗文集·附录》,《〈衣讔山房诗集〉评赠》,第441页。

⑤ 张际亮《题词》,陈寿祺《左海诗钞》卷首,《清代诗文集汇编》第499册,影印第509页。

⑥ 《冠悔堂诗钞冠悔堂骈体文钞冠悔堂赋钞冠悔堂楹语》,《清代诗文集汇编》第712册,第298-299页。

⑦ 道光五年乙酉(1825),张际亮有诗《三月十九日至光泽止高雨农舍人绣草庐临行前夕留别舍人上官寅斋何厚莽两孝廉》有句"忆昔初来游,暮冬岁在巳"(《思伯子堂诗集》卷七,《思伯子堂诗文集》上册,第239页),知张际亮道光元年辛巳(1821)游光泽,与高氏、上官氏、何氏家族中人交游。此前,嘉庆二十一年(1816),"约在本年结识高澍然",明年(1818年)在邵武与何长诏订交(王飚《张际亮年谱简编》,《思伯子堂诗文集》下册,第1488-1499页)。

⑧ 陈寿祺《答张亨甫书》,《左海文集》卷四下,《清代诗文集汇编》第499册,影印第205页。

⑨ 张绅《松寥山人诗初集序》,张际亮《思伯子堂诗文集》下册,《附录二相关序跋资料辑录》,第1444页。

⑩ 姚莹所撰《张亨甫传》(见《思伯子堂诗集》卷首,同治八年刻本)、光绪《邵武府志》、民国《福建通志》、民国《建宁县志》、《清史列传》张际亮传记载:道光六年(1826),曾燠在京师闻张际亮之名,召与同饮;曾氏在席间纵意言论,其门下客曲意逢迎,张际亮心薄之,更嘲笑幕宾为曾燠拈去粘须瓜子之举,筵席不欢而散;明日,张际亮投书曾氏,责以不能教导后进,徒以财利奔走寒士,其门下不知自爱,主客廉耻俱丧,以此得罪曾燠。曾氏盛怒,毁之于诸贵人,张际亮遂负狂名,在官僚势力的围猎之下,功名为之踬踣。

⑪ 张绅《松寥山人诗初集序》,张际亮《思伯子堂诗文集》下册,《附录二相关序跋资料辑录》,第1444页。作于道光四年(1824)十月。

⑫ 张际亮《答潘彦辅书》,《张亨甫文集》卷三,《清代诗文集汇编》第601册,影印第436页。

充沛情感始终未被张际亮壮岁之时即浸淫其中的佛学内典①所消融，时人称在嘉庆、道光之间，全国诗人莫或之先②；"海内作者十数，皆吐弃一切，而言及亨甫，莫不敛衽"③。民国《建宁县志》张际亮传称其诗臻于"大成"(见张绅家族家族条下引)，诗风在唐、宋之间④，早年古体七言长篇"超超空行，逼近太白"⑤，晚好陆游⑥，有沉雄悲壮、天才艳逸、情致绵邈诸品⑦，中晚敛才蓄气，务函深峻洁⑧。

《思伯子堂诗集》所收第一首诗《梅花》："多时苦风雪，不觉春已关。半夜闻香起，孤村隔水看。疏花湛清露，皎月生空寒。惆怅未能别，烟波方渺漫。"⑨作于嘉庆二十年乙亥(1815)，张际亮时年十七岁。此五律境界皎洁、悠远、阔大、惆怅，天才纵逸，早慧老成，具有张际亮一生诗歌整体的特征。观张氏本年所作诗，多带有闲愁、憾恨，感慨深沉，如同余意未尽的慨叹，似乎是其一生命运的诗谶。张际亮之诗迟至道光二年壬午(1822)所作《嘉庆丁丑九月同邑李古山先生卒庚辰侯官谢退谷先生长乐陈惕园先生卒道光辛巳正月古山先生孤孙实敷卒二月闽县何希修先生卒四月归化罗躔书卒今年壬午七月德化郑六亭先生卒八月而金门又卒古山退谷惕园希修四先生家贫特甚实敷年二十一聘而未娶躔书年未及三十金门年未及四十皆无子而六亭先生又与金门同卒于异地其皆可哀也已既哭金门以诗追念平生古人不胜黄公酒垆之痛辄复赋此》趋向成熟，张际亮时年二十四岁。全诗云："莫听邻家暮笛声，百年一瞬泪纵横。凋零谢傅哀亲故，贫贱朱晖愧死生。白马柩前难践梦，只鸡墓下敢寒盟。即今处处秋风急，关塞青枫日夜情。"⑩此诗感情哀伤深挚，用典繁多而恰当，简练而概括，表现出沉郁悲痛的面貌。张际亮自视甚高，《常州杂诗》其二："旷代高才黄仲则，清名当日在人间。笥河不见秋帆死，顑颔江湖我独还。"⑪此诗作于道光七年(1827)，二十九岁的张际亮南旋途经常州之时。诗中的常州府武进诗人黄景仁(1749—1783，字仲则)与大兴朱筠(1749—1781，号笥河)、镇洋毕沅(1730—1797，号秋帆)之间的遇合是清代乾隆间诗坛的佳话⑫，而张际亮游京师数月，无所得，失落南旋。

---

① 道光三年(1823)，张际亮为江玉莲作《校书每夕诵经索赠为作》两首，如"红粉今愁色界天"、"我亦瓶中杨柳树"、"苦海相连即爱河，慈航缥缈隔惊波"、"人间彼岸分明在"(《思伯子堂诗集》卷五，《思伯子堂诗文集》上册，第185页)等充满佛典术语；道光四年(1824)张际亮作《是夜舟中对月复口占一首》有"茫茫历万劫"句(《思伯子堂诗集》卷六，同书同册，第194页)，彼时张际亮方25、26岁；道光五年(1825)，27岁的张际亮作《石甫明府招游鼓山令侄慎之继光林七梅友同行余得断句七首》(《思伯子堂诗集》卷七，同书同册，第240页)，多方援引佛典；道光九年(1829)所作《绝句》组诗其十："大千世界幻微尘，少见恒河壮未真。著遍天花余结习，百年惆怅水风轮"(同书同册，第348页)，《二月十三日晚步至城南积潦一区残柳十数依倚望月翛然忘返盖余倦游久矣是夕颇觉有山水意因成此诗》有句"真念皆妄妄岂真"(同书同册，第351页)，《余前在运河日行不满百里计水程中秋始抵扬州当与杨生吹笛平山堂贳酒梅花岭亦韵事也及初八抵扬州日晡不及入城与生相见次早遂渡江而中秋乃在此间人生万事疾迟得失大抵类是营求贪恋复何为耶酒后遂作长歌》有"纷纷泡影空悲欢"(同书中册，第409页)等，而陈衍《石遗室诗话》："亨甫以学佛譬作诗，自负自幼出家，轻他人半路修行"，盖其生平真实写照，非即兴起譬。张际亮以学佛譬作诗云云，出林寿图《榕荫谈屑》(陈、林两种评论分别见《思伯子堂诗文集》下册，《附录三相关诗文评论资料选辑》，第1473、1477页，引)。

② 张际亮《张亨甫全集》，卷首《题辞》，同治六年刻本。又见钱仲联《清诗纪事》引安徽黄钺(1750—1841)语、郑方泽《中国近代文学史事编年》(吉林人民出版社1983年版，第22页)转引。

③ 谢章铤《张亨甫全集序》，张际亮《思伯子堂诗文集》下册，《附录二相关序跋资料辑录》，第1453页。

④ 崔晓燕《诗人张际亮研究述评》观察到有学者认为张际亮的诗歌具有宗唐倾向(载《菏泽学院学报》2006年第4期，第22页)，大概指的是陈文忠的硕士学位论文《张际亮与嘉道诗坛》第三章《张际亮的诗歌创作》第二节《张际亮诗歌中的宗唐倾向及艺术风貌》(第33-37页)的论述，崔文以为结论不妥。按：前贤对于张际亮诗歌创作博取唐、宋诸家已著论甚多，如张氏之友黄爵滋之论云："其七古才近太白，取法少陵，近乃出入东坡、山谷、放翁之间"(《思伯子堂诗文集》下册，《附录三相关诗文评论资料选辑》，第1457页，引)；陈衍之论云张氏"不专仗笔气以为盛唐者"、"名句在唐、宋之间"(《石遗室诗话》卷二十一，第十五条，第292页)，然而张氏取径对象不只限于唐、宋诗家。

⑤ 张际亮《思伯子堂诗文集》下册，《附录三相关诗文评论资料选辑》，第1476页，引邱炜萲《五百洞天挥麈》语。

⑥ 同上，第1472页，引林昌彝《射鹰楼诗话》语。

⑦ 民国《建宁县志》卷十六，《文苑传》，影印第172页。本诸姚莹《张亨甫传》。

⑧ 张际亮《思伯子堂诗文集》下册，《附录三相关诗文评论资料选辑》，第1480页，引徐珂《清稗类钞》"读书西山，敛才蓄气"云云。按：道光十一年(1831)十月，三十三岁的张际亮得徐宝善赠银百两，读书翠微山(西山山脉群山之一，在城西四十里)，明年二月出山。

⑨ 张际亮《思伯子堂诗集》卷一，《清代诗文集汇编》第601册，影印第7页。

⑩ 同上书，卷五，影印第46页。

⑪ 同上书，卷八，影印第77页。

⑫ 请参看张际亮《与林少穆河帅书》(《张亨甫文集》卷三，《清代诗文集汇编》第601册，影印第439页)。

具体而论,张际亮之诗中《明月词》、《古意》(皆卷一)等诗为代言体,拟女子情怀,颇为婉约;以嘉庆二十三年戊寅(1818)所作《洪山桥同李大后山送熊藕亭先生即送后山》始表现出张际亮骨力坚实的心志和诗歌风格:"我欲骑鲸捉鼋鼍,大江手决终不波。毋使行人过南浦,千秋万岁销魂多","举杯更劝谪仙醉,后夜相思总水湄"①,自树高远,情境阔大,而"四海何人荐贾生"②,"十年识字多忧患"③,忧患实多,人生失意与离别的悲伤交织袭来,无以释怀;嘉庆二十四年己卯(1819),《八月十六日夜酒后从严山登乌石山凌霄台戏作》首句云"太白一醉死,好月无人知"④,此诗风格与李白诗歌相似而酣畅淋漓,光怪离陆,无奇不有;其诗广泛学习、模拟《诗经》、《楚辞》、钱谦益、吴伟业、杜甫⑤、李白、韩愈⑥、苏轼⑦、李贺⑧、王士禛⑨、王安石⑩、李商隐⑪、陶潜等,尤有得于吴伟业之歌行成就,道光二年(1822)张际亮二十四岁时作有《毕节高氏篇》、《太弋山诗次昌黎南山诗韵》(均卷五),道光十年(1830)所作《顾眉生添香图为李兰屏比部题》(卷十二)、《感通经幢诗》(卷十六)、《王郎曲》、《双眉行》(卷二十七)等长篇,以道光十一年(1831)落解后所作《述感奉廉峰树滋二太史兼呈农部况先生》(卷十五)最为凄苦,篇幅最长,凡一千四百余言;具有清代学人之诗的特征,如《思伯子堂诗集》卷六《钱舜举伏生授经图》、卷九《石笋诗》、《李忠定公名印歌为李兰屏比部作》、《王文成公礮歌为兰屏比部作》、《汉河间献王君子馆砖王陵唐开元瓦歌为肃宁苗仙露秀才作》(均作于道光八年)、卷十《徐健庵司寇遂园修修禊图为廉峰太史题》(作于道光九年)、卷十二《伊阙访碑图为方彦闻大令题》(作于道光十年)等,不能以"忧患废学"⑫责之;由于其生平遭际,从壮岁起,张际亮的歌创作中多沾染佛释思想,稍溺于禅悦,"归于释氏清净澹漠之旨"⑬,使用佛教典故,用以浇已胸之块垒⑭,以至龚润森评其诗,以为"比来豪气顿尽"⑮;中岁以来,张际亮之诗亦有平淡似陶之作,如道光十一年(1831)年末所作《入山以来懒出庭户二十七日午

---

① 张际亮《思伯子堂诗集》卷二,影印第16页。作于嘉庆二十三年戊寅(1818)。

② 张际亮《十一夜饮雨农先生宅话别》,《思伯子堂诗集》卷三,影印第30页。作于嘉庆二十四年(1819)。

③ 张际亮《寄吴子序(吴嘉宾)明经山东兼柬令弟子顾(吴嘉言)同年时子顾与余在都下》其一,《思伯子堂诗集》卷七,影印第73页,作于道光六年(1826)。

④ 张际亮《思伯子堂诗集》卷三,《清代诗文集汇编》第601册,影印第24页。作于嘉庆二十四年(1819)。

⑤ 张际亮《怀人诗》七言绝句其三首二句云:"年来苦爱杜苏诗,真赏千秋幸汝知。"(《思伯子堂诗集》卷二十二,影印第275页),作于道光十五年乙未除夕(已入1836年)。

⑥ 如《思伯子堂诗集》卷五《阅钱虞山诗作》、《书吴梅村诗后》、《太弋山诗次昌黎南山诗韵》等,作于道光二年(1822)。

⑦ 张际亮《黄石斋先生先茔篆碑拓本歌为陈熙台广文作》诗有"作歌要我惭韩苏"句(《思伯子堂诗集》卷六,影印第52页),作于道光四年(1824);《十月廿四日雪云麓(郑开禧)考功次东坡聚星堂禁体韵见示即次韵奉柬》(同书,卷七,影印第73页),作于道光六年(1826);《小雪浪石诗》序:"东坡先生为滕大夫赋《雪浪石诗》,其石今在定州,行在礼门先生尝见之,谓博陵署中一石殆相似,属余镌之,为诗备来者观,因次东坡韵三首,盖不能工也。"(卷十,影印第102-103页);《陈芝楣方伯有砚曰香云海次东坡先生雪浪石韵为诗属和走笔得三首》(同书,卷十九,影印第212页),作于道光十三年(1833)。

⑧ 张际亮《食肉叹》其一末两句:"独令父老似金仙,泪流铅水悲凉最"用李贺《金铜仙人辞汉歌》事,同书卷十一,影印第122页。

⑨ 《张红桥画像诗》七绝六首组诗其一首句"翠羽明珰"(《思伯子堂诗集》卷十二)及《秋柳和友人》三首(同书,卷六)、《半山亭》诗题小序、《石华丈招游光孝寺次渔洋先生韵奉柬》(卷二十)诸作。

⑩ 张际亮《明妃曲》,《思伯子堂诗集》卷十六,影印第183页。

⑪ 张际亮《无题效李义山》、《无题》,王飚点校《思伯子堂诗文集·思伯子堂诗集》卷十二,第429、431页。

⑫ 张际亮《与徐廉峰太史书》,《张亨甫文集》卷三,《清代诗文集汇编》第601册,影印第437页。《思伯子堂诗集》之诗、自注亦多有此类语,当视作张际亮其人汲汲于学若所不及的心迹。

⑬ 张际亮《邑文学吴君墓志铭》,《张亨甫文集》卷四,《清代诗文集汇编》第601册,影印第453页。

⑭ 如道光九年(1829),张际亮三十一岁所作《将去博野感怀留别礼门先生》其三"残梦岂因星"后自注梦见数百僧、黄衣尊宿与己化身为二十八星宿狗精事(《思伯子堂诗集》卷十,影印第104页),《郭羽可孝廉枉示滴芬堂稿赋赠》其二诗最后二句"扬尘试话沧瀛劫,凄绝今来两导师",自注黄爵滋"尝戏谓余与羽可前身皆老僧,理或然耶"(卷十,影印第109页);本年南归途中作《舟过东昌口号六首》其四"元明陈迹劫灰多"(同书,卷十一,影印第123页);道光十六年(1836)落第,从京师归来,作《了非上人不远二百里自宝盖岩来访予于里门余虽谬以诗名而贫贱废学少爱内典而无方外交然感其意不能无言赋此送其归》(卷二十四,影印第287页),题中"少爱内典";道光十七年(1837)所作《万杉寺》,题下注:"去岁进贤民某来此为僧,岩栖而水饮,因为之说《心经》及顿、渐二义"(卷二十五,影印第293页)等,均可为证。道光十年(1830)所作《八月八日校西堂同年诗竟缀此于后》其一第二句"乐天中岁侫浮屠"后注:"余自戊子(道光八年,1828)伯兄丧后,憔悴无乐生意,惟日诵《心经》以自排遣。"(卷十二,影印第134页)系自道心迹之语。

⑮ 张际亮《至金沙木民同年大令留宿署中出示近作率题其后》其一诗后注,《思伯子堂诗集》卷二十二,影印第247页。作于道光十五年(1835)正月。

晴偶行山下慨然有述》五首五言古诗、《渐觉》(均卷十六)、《冒雨至朱明洞欲寻青霞谷不得》(卷二十)等,尤以《思伯子堂诗集》卷二十八卷首所录道光十九年己亥(1839)“沉痾幸更生”[①]之后的诗篇。

张际亮之诗善于摹景状物,千怪万状,变灭万态,沉郁飞动[②],“千门万户”[③]均在笔下;感情起伏多端,常有长叹细怨,廓落抑塞。道光七年季冬(1828)所作《自清河至高邮舟中作》诗可以作为境界迅变而孤寂、感情变换无迹诸诗作的典型:“今年五月吾来时,杨柳摇绿凝修眉。季秋再过已减色,只共尘鬓余丝丝。及兹枝叶竟槁落,瘦影骨立何支离。是时季冬之一日,北风作雪天低垂。孤舟千里下吴越,快帆如鹄东南驰。黑云压水水气白,万鸦扇浪纷追飞。高骡大马尽昂首,迴立沙际迎风嘶。风声似虎晚益大,波长野旷心孤羁。当年张绪更谁识?憔悴过汝空毛皮。关河奔走岁三度,可怜有恨终无辞。嗟哉宣武固英物,汉南流涕将奚为?冰霜如此我落拓,坐怨去日无留晖。终朝击汰二百里,且喜造物哀归迟。悲歌忽忽更远望,河淮浩荡愁蛟螭。”[④]道光九年(1829)所作《丁亥春姚伯昂学士以诗稿见示有纪三河人每岁谓龙伐木长歌一首最佳余欲为和之因留其稿数月后竟不果近阅纪文达笔记记河间又有所谓烧海者其事颇相类又皆在直隶郡县亦可异也因赋此诗》[⑤]诗凭空起句,造境光怪陆离,乱眼惝恍,想象奇特,有得于李贺之诗境。

张际亮对于诗歌理论有所建树。张际亮的诗歌理论有破、立两方面的贡献和意义。下面分别次第言之:

张际亮的诗歌理论重“破”,善于指摘当代诗歌理论和创作实践中的问题,发现当代诗歌创作及理论建树的意义。张际亮总结清诗至当代的发展,有三方面重要认识:

(1)指出沈德潜、袁枚、赵翼、翁方纲、蒋士铨、等人诗歌理论和实践的缺陷。朱庭珍《筱园诗话》:“(张际亮)生平目空四海,于前人亦多不满,如黄仲则、蒋心余、翁覃溪,均有訾议,自谓造诣胜于诸人。”[⑥]张际亮《与建阳江秀才远青札》:“本朝王渔洋尚书所选五七言古诗、《唐贤三昧集》最为可法,其次则沈归愚(沈德潜)、赵秋如(本书按:当作谷字)(赵执信)之言,犹有一二可采者。若袁、赵之所持论,所著诗,不阅可也,徒乱人意。”其论云:“如袁子才(袁枚)、赵瓯北(赵翼)辈,弃格律而不讲,此成何诗邪?徒见其纤佻轻薄而已。”[⑦]《与徐廉峰太史书》:“大抵乾隆以来,其负盛名如沈归愚(沈德潜)、朱竹君(朱筠)、袁子才(袁枚)、赵云崧(赵翼)、蒋心余(蒋士铨)、黄仲则(黄景仁)、翁覃溪(翁方纲)、张船山(张问陶)诸先达,固皆一时才人,然于风雅之旨,正多未逮。袁佻赵犷,蒋薄黄轻。张介于黄、蒋之间。惟沈之持论颇正,惜才力不厚,故其所自著,无足感人。竹君学士欲自溯源于昌黎,然徒以奇字险韵为工,则所谓工者,亦何与温柔敦厚之教邪?况昌黎之诗,其佳在气奇而骨重,学遂而理粹。不于此求之,而欲横空盘硬语,何可得邪?翁则直以诗为考订,而盛传海外,实怪事也。近日颇有知袁、赵之非者,然复扬竹君、心余、覃溪之余波,则亦为狂澜而已。”[⑧]在《答朱秦洲书》中,批评沈德潜“堕于理障”,斥袁枚为“野狐外道”,二人惊众移俗,影响深远,海内外诗人溺于“佻滑放诞”[⑨];《刘孟途诗稿书后》:“自诗道之衰,南则袁子才,北则翁覃溪,咸自命风雅以收召后进。后进名能诗而不染其流弊者,寡矣”[⑩];批评“乾隆、嘉庆间,诗道稍榛芜。或以论议考订为诗,或则轻佻浅鄙,无与于风雅之旨”[⑪];批评蒋士铨之诗,“国朝垂二百年,江西言诗者,首铅山蒋心余太史。太史诗视文节(黄庭坚)既不逮矣,

① 张际亮《去外村别业》,《思伯子堂诗集》卷二十八,影印第331页。时道光十九年(1839)六月十五日。

② 张际亮《石甫明府出示方植之先生诗因题》,《思伯子堂诗集》卷十四,影印第156页。

③ 张际亮《岭南后三家诗序》引宋湘语,《张亨甫文集》卷二,《清代诗文集汇编》第601册,影印第414页。

④ 张际亮《思伯子堂诗集》卷八,影印第85-86页。

⑤ 同上书,卷十,影印第102页。

⑥ 张际亮《思伯子堂诗文集》下册,《附录二相关诗文评论资料选辑》,第1474页,引朱庭珍《筱园诗话》。

⑦ 张际亮《张亨甫文集》卷三,《思伯子堂诗文集》下册,第1359、1358页。

⑧ 张际亮《张亨甫文集》卷三,《思伯子堂诗文集》卷三,第1352页。

⑨ 张际亮《答朱秦洲书》,《张亨甫文集》卷一,《思伯子堂诗文集》下册,第1292页。

⑩ 张际亮《刘孟途诗稿书后》,《张亨甫文集》卷四,《思伯子堂诗文集》下册,第1391-1392页。

⑪ 张际亮《岭南后三家诗序》,《张亨甫文集》卷二,《思伯子堂诗文集》下册,第1302页。

其学之者之失又将甚矣,是则诚可病也。”[①]凡此种种,均源于张际亮自视甚高的眼界和确实能洞察诗人创作缺陷,从而做出客观评价的能力。

(2) 揄扬福建、广东等省诗人的诗歌创作。抉出“明诗凡八变,惟闽、粤始终不易”[②]的诗歌创作传统传承的文学史现象,发明当代“闽派”诗歌[③]、岭南诗歌[④]创作的意义。

(3) 发现清诗创作中的“经典”,揄扬当代诗人。在《许天玉诗序》中,以为侯官许珌之诗在王士禛、陈维崧之次,在邓孝威之上[⑤];在《书李栎园先生诗集》中,以为建宁李俊之诗可与王士禛并论[⑥]等。对于当代诗歌创作,盛推江苏山阳、安徽桐城两地的诗歌创作:以山阳有潘德舆,张际亮撰有《养一斋诗话序》、《答潘彦辅书》等;以桐城有马树华、姚莹等诗人。张际亮之论云“今天下诗派,唯贵邑(桐城)与山东最正,作者尤盛”[⑦],将桐城诗人的诗歌创作与古文创作合并,称之为“桐城派”[⑧]。

张际亮诗歌理论更善于“立”,提出卓有深度、识度的诗歌理论。《石甫明府出示方植之先生诗因题》论歌行的创作不仅要得李、杜、韩、苏四家之皮相,更要得其骨理,“吾闻积理复养气,意极深远毋浮鄙。要从沉郁得飞动,岂贵蹶张与剽诡”[⑨];《诗人》诗主张“诗人炼才若炼剑,剑光内敛无端倪。飞腾长虹岂有迹,湛澹秋水如无姿。是其兴在万象表,浩然意以元化师”[⑩],《怀人诗》其七:“神寒骨重气飞腾,此是诗禅最上乘”[⑪],《自题前诗后》诗小序云:“夫作绘者必施五采而纪言者即曰文章,北宗金碧未必尽不如南宗水墨,大抵绘事以气韵生动、神理豪逸为佳,不以设色为病,文章之事可悟矣。”[⑫]主神理、气韵;主张感情恳挚,自然流露[⑬],主积理养气,主张神骨、才情、气韵,为入神、雄才、真气之诗,做到骨重而神永、情深而才完、韵高而气固六者具备[⑭];《纪二十三夜梦》长诗最全备,其论云:“诵诗主汉唐,少薄宋元系。迩来爱何兼,郁勃快奇意”,主张不立汉唐、宋元诗歌门户而兼容,“窃抱少陵骨,欲掩东坡气”,“大言颇僭侈,千载放翁贰。不知怪骇多,幸逃真赏弃”,“翁(髯翁,指苏轼)诗气何高,清绝屏纤翳”,“翻腾海潮汐,泥沙洗沾滞”,“孤胸信浩然,辽阔灭涯际”,“渊渊金石声,华妙掷无地。孰是诮径直,曲折饱余味。卓荦恣宕激,抑扬舒慷慨。洵知博大体,纵横出伟义”,这是张际亮诗歌创作的主导风格,“皮肤竟竞袭,今荡貌古肆。况矜獭祭能,实陨羊亡涕”,主“诗以道性情”[⑮],反对肤廓模拟和过分使用典故,“勉汝性情后,积此理道粹。怀抱必深通,阅历资宏备。心潜有博约,经史贯时事”,则是张际亮的一贯主张以及乾嘉朴学时代诗歌创作的新技法,“变化等用兵,天授难拟议”,“渊静戒动洩,朴拙惧巧累。丰中瘠外观,斯犹救颓弊”,“驱毫惯率尔,终恨失沉挚”,则提出对创作状态、风格的要求,给出反对率尔、力主沉挚的良方[⑯],所论极得诗歌理论三昧。张际亮诗歌中的“气”、“沉郁飞动”、“浩然”的表象其道光十五年(1835)在福州参加乡试之前、揭榜之前所作《八月廿七日蕙卿老弟索诗回走

---

① 张际亮《郭羽可诗序》,《张亨甫文集》卷二,《思伯子堂诗文集》下册,第 1306 页。

② 张际亮《答朱秦洲书》,《张亨甫文集》卷一,《思伯子堂诗文集》下册,第 1292 页。

③ 张际亮《答朱秦洲书》,《张亨甫文集》卷一,《思伯子堂诗文集》下册,第 1292 页;《梅月山楼诗序》,同书,第 1290 页;《郑云麓诗序》,同书,第 1308-1309 页。

④ 张际亮《岭南后三家诗序》,《张亨甫文集》卷二,《思伯子堂诗文集》下册,第 1302-1303 页。

⑤ 张际亮《张亨甫文集》卷二,《思伯子堂诗文集》下册,第 1300 页。

⑥ 张际亮《张亨甫文集》卷一,《思伯子堂诗文集》下册,第 1287 页。

⑦ 张际亮《答姚石甫明府书》,《张亨甫文集》卷三,《思伯子堂诗文集》下册,第 1336 页。

⑧ 张际亮《马小眉诗序》,《张亨甫文集》卷二,《思伯子堂诗文集》下册,第 1294 页。

⑨ 张际亮《思伯子堂诗集》卷十四,影印第 156 页。作于道光十一年(1831)。

⑩ 同上书,卷十六,影印第 177 页。作于道光十一年(1831)仲冬二十七日前(尚在 1831 年)。

⑪ 同上书,卷二十二,影印第 275 页。作于道光十五年乙未除夕(已入 1836 年)。

⑫ 同上书,卷二十五,影印第 295 页。作于道光十七年(1837)。

⑬ 张际亮《与建阳江秀才远青札》:“其归要于自然而已,真而已。”(《张亨甫文集》卷三,《清代诗文集汇编》第 601 册,影印第 431 页 441 页)是另一种表述。

⑭ 张际亮《答姚石甫明府书》,《张亨甫文集》卷三,《清代诗文集汇编》第 601 册,影印第 431 页。

⑮ 同上文,影印第 430 页。

⑯ 张际亮《思伯子堂诗集》卷二十五,影印第 297 页。作于道光十七年(1837)。

笔作歌赠之》[①]最为典型。

以其主"养气",张际亮反对"日日作诗日日改诗"的锻炼行为,以为改诗挠乱真气,"蹶僵其美才,扰塞其深思"[②],这是很罕见的见解,但是从张际亮主张的诗人创作须"有所托","方其牢愁抑塞,命笔辄书,日或数十首,或十数首"[③],"自然流露"[④],"平生不解自改其诗,亦不解苦吟为何事"[⑤],确实是兼具天赋、才情和人生遭际坎坷的作者所能言。

综观张际亮一生及其诗歌创作,张际亮是清代嘉庆、道光年间"志士"的典型,其诗是清代"志士之诗"的典型。张际亮提出"志士之诗"的概念,将它与"才人之诗"、"学人之诗"区别开来[⑥],并成功实践之,对"志士之诗"诗歌的面目、风格作了示范。

张际亮所激赏者有宁之藩,张氏誉之为李商隐、杜牧后身[⑦];建宁人李云诰,既师张际亮,复游鳌峰书院,与会城福州的士大夫游,为前辈高澍然、刘家谋等前辈诗人所亟称,"诗名遂继际亮而起"[⑧]。追随张际亮诗歌风格的后起诗人有林直、刘存仁、谢章铤等。从邵武府以及所属建宁县的诗歌传播路径看,张际亮十二至十四岁接受了其师何凤起所传承的乃师、邑人李俊之诗弟子佘润园的诗法,何凤起"尝举栃园论诗宗旨以训余"[⑨],李俊见本书建宁李书家族;十七岁时复从邑人熊际遇学诗,与熊际遇、熊嘉会父子交密,熊际遇系建宁朱仕琇古文的传人,而张际亮又是朱仕琇曾孙辈的子婿,接受其古文法;张际亮的诗法又传授给邑人李云诰[⑩],李云诰见其家族条下,李云诰本人亦诗家兼古文家,其家法传至侄孙李珍。在张际亮《为朱濂甫太史阅诗题其后》中历数当代全国性的诗人,其中闽籍尤其是邵武府建宁县的诗人有张绅、李祥赓、何长诏等[⑪]。从乾隆至同治、光绪间,建宁县的古文创作和诗歌创作皆以家族交互浸润的传播形式有序向下传播,源远流长,濬深流畅。邵武府建宁县之外的古文创作当属在光泽一县的业绩和传播最为响亮,影响深远,兹不论。

张际亮认识到显晦的社会地位对于作家穷毕生精力撰著的诗文集的共时传播和历时流传具有决定性的作用[⑫],以故从壮岁起即往返邵武、福州[⑬],不再囿于建宁一县、邵武府一府之地,其游历范围再扩展到北至京师,南至广东,旁及江西、湖北、浙江、江苏、安徽、山东、河南、直隶的广大区域,至道光二十三年(1843)病卒京师之晚年,以福建的省垣福州和全国的中心京师为长期据点,寓居各地多年,"终岁无一月家居","思览天下豪杰之士,以激发其意气,而砥砺于学行"[⑭],结识海内众多诗家,赢得名存。从其《思伯子堂诗集》及标点整理本《思伯子堂诗文集》的系年情况看,张际亮一生长年奔走南北东西,在家日子无多,似乎抛家弃子,毫无顾念家庭之常情,这种情况在清代诗人群体中极为少见,但有助于其声名远播,改变闽中作者由于僻处东南、伏处衡门致其文学创作"孤陋"、"枯落"[⑮]的命运,其诗亦得

---

① 同上书,卷二十二,影印第260-261页。

② 张际亮《与朱秦洲书》,《张亨甫文集》卷一,《清代诗文集汇编》第601册,影印第408页。

③ 张际亮《答潘彦辅书》,同上书,卷三,影印第436页。

④ 张际亮《答姚石甫明府书》,同上书,卷三,影印第431页。

⑤ 张际亮《答潘彦辅书》,同上书,卷三,影印第436页。

⑥ 张际亮《答潘彦辅书》,《张亨甫文集》卷三,《清代诗文集汇编》第601册,影印第436页。

⑦ 民国《福建通志》总卷三十九,《福建文苑传(清三)》卷九,第十二页。

⑧ 民国《福建通志》总卷三十九,《福建文苑传(清三)》卷九,李云诰传,第十二页。

⑨ 张际亮《题黄素堂(云)明经诗后》其三诗后注,《思伯子堂诗集》卷十四,影印第161页。

⑩ 张际亮《归自都门李君鸿仪两度过访出示其诗情辞斐美因忆余年十七时以诗就正于熊藕亭先生辱为题词今次其韵以赠君》,《思伯子堂诗集》卷二十四,影印第287页。李云诰,字鸿仪。时道光十六年(1836)。

⑪ 张际亮《思伯子堂诗集》卷二十八,《清代诗文集汇编》第601册,影印第340页。

⑫ 张际亮《书李栃园先生诗集》,《张亨甫文集》卷一,影印第405页。

⑬ 张际亮《试归后赞夫以书枉问赋此为报》云"四度槐花出故山"(《思伯子堂诗集》卷五,影印第37页);《留别雨农舍人》云"六年四泊晋安舟"(《思伯子堂诗集》卷五,影印第43页)。均作于道光二年壬午(1822),此年张际亮已经第四次到福州参加福建乡试,分别是嘉庆二十一年(1816)丙子科、嘉庆二十四年(1819)己卯科、道光元年(1821)辛巳恩科、道光二年(1822)壬午科,首次参加乡试时张际亮十八岁。

⑭ 张际亮《豫惠义仓序》,《张亨甫文集》卷二,《清代诗文集汇编》第601册,影印第424页。

⑮ 陈寿祺《与饶啸渔书》,《左海文集》卷四下,《清代诗文集汇编》第499册,影印第204页。

江山之助而境界阔大、诗境瑰奇壮丽、格高气远。在嘉庆、道光两朝间,张亨甫著声于全国诗坛,二三十年间享有当代一流诗人的盛誉,清代闽人的诗歌创作成就至此达到一个新的高峰,具有历史性的意义。对于福建和邵武府、建宁县的文学创作而言,地域的地理空间对闽籍诗人的限制[①]遂得以突破。

从更长的文学活动区间来回溯晚清同光体闽派诗人的诗歌创作和同光体所笼罩不了的闽籍诗人的诗歌创作,他们的源头分别来自嘉庆、道光间并世而著声名的福建诗人梁章钜(1775—1849)和张际亮(1799—1843),梁章钜和张际亮二人都具有从事诗歌创作的天赋,张际亮少年即刻有诗集,梁章钜乾隆五十九年(1794)初游西湖,"诗胆甚粗,立成五言绝句二十首"[②],得名都在嘉庆(1796—1820)、道光(1821—1850)两朝,但是他们的诗歌创作旨趣却不同,诗人气质、性格、知识结构差别较大,身世遭际更如霄壤,诗风有别,而到了数十年之后同光体闽派诗人和非同光体的闽籍诗人之时,彼此之间的诗风面目大不相同。以树木的全体及其生长的过程譬况之,"木萌近地,及其巨也,千霄而梢云;江源滥觞,迨其委也,挟汉而宗海,盖物以渐而始大,功亦积而愈远"[③],道光朝梁章钜、张际亮两人所代表的诗风在同治(1862—1874)、光绪(1875—1908)乃至民国间由各自的萌蘖生长成茁壮的枝干,各有一定数量的追随者和不俗的创作实绩。

晚清谢章铤《张亨甫全集序》引刘存仁之语:"亨甫,天才也! 仆无能为役,吾子(按:指谢章铤)其庶几勉之,勿令邵武有人而福州长寂寂也。"[④]自乾隆以来至道光间(1736—1850),邵武府的古文家建宁县人朱仕琇(1715—1780)、光泽县人高澍然(1774—1841),诗人、建宁县人张际亮(1779—1843)代表福建的文学成就在全国文坛上前后辉映,均达到全国一流作家的水平,难怪身为福州府闽县人的作者刘存仁(1805—1880)感觉到严重的失落,对后起的作者、长乐人谢章铤(1820—1903)寄托以极大的期望。

## 第四节　林则徐、李彦章、郭尚先等闽人翰林的诗歌创作

明初以来,以林鸿为首的十子诗派,在明代馆阁文学创作中占有重要的地位[⑤]。明代闽中诗歌创作固然称"闽中诗派"(或称"晋安诗派"[⑥]),而其嬗变演进的路径则并非宗趣如一,并非在基本固定的诗歌理论基础上拓深、发展,而是多有变化[⑦],至明末清初以曹学佺、谢肇淛为殿军人物。清初福建诗坛上仍然有"闽中诗派"传人,康熙五十四年乙未(1715)进士、闽县人陈宪周(字时夏,号鹤溪)"善为诗,词清句丽,理惬意新,闽中诗派自曹能始、谢在杭后宪周为得其宗"[⑧]。康熙、雍正、乾隆初,建宁府建安郑氏家族(原籍闽县)诗人郑三才与族叔郑方城、郑方坤兄弟唱酬,诗作体格不离晋安诗派。[⑨] 民国《福建通志》著录晚明福州府侯官诗人曹学佺《石仓诗文集》一百卷,按语引朱彝尊《静志居诗话》云:

---

① 道光六年(1826),诸城王玮庆序漳州府龙溪诗人郑开禧之诗云"此岂拘于方隅以为诗者欤"(郑开禧《知守斋诗初集》卷首,《清代诗文集汇编》第560册,影印第2页),言下之意郑氏自闽中来,其诗境界限于一隅。

② 梁章钜《西湖纪游诗》,《浪迹丛谈》卷一,《浪迹丛谈续谈三谈》,陈铁民点校,中华书局1981年版,第3页。

③ 梁章钜《浦城遗书序》,《退庵文存》,《清代诗文集汇编》第515册影印清钞本,影印第326页。

④ 谢章铤《张亨甫全集序》,张际亮《思伯子堂诗文集》下册,《附录二相关序跋资料辑录》,第1452页。

⑤ 请参看拙著《明代洪武至正德年间的翰林院与文学》(中国社会科学出版社2011年版)第三章《明代翰林院馆阁文学中的地域性因素》第二节《闽中诗派对明代馆阁诗歌的影响》。

⑥ 请参看陈广宏《晋安诗派:万历间福州文人群体对本地域文学的自觉建构》(载《中国文学研究》2008年第2辑)。

⑦ 请参看拙著《明代福建文学结聚与文化研究》第三三"闽县郑善夫家族"条、第五九"长乐谢汝韶家族"条及第十一章《论明中期闽中作家诗文的转变——从茶陵派到前七子》等。

⑧ 民国《福建通志》总卷三十九,《福建文苑传(清一)》卷七,陈宪周传,原第二十八页。

⑨ 民国《福建通志》总卷三十六,《福建循吏传(清一)》卷十一,郑三才传,原第三十六页。

“明三百年诗凡屡变,独闽、粤风气始终不易。曹能始、谢在杭、徐惟和辈犹然十才子调也。”[①]泉州府晋江诗人丁炜(1634—1696)被王士禛评为“林(鸿)派之铮铮者”[②]。晋安诗派,或称晋安风雅,或径称“闽派诗”。康熙六十一年间,晋安诗派犹为盛行闽中,诗人张远以为晋安风雅过于平稳,而福州府侯官诗人王九徵伐毛剔髓,一洗晋安诗派的习气。[③] 康熙六十年辛丑(1721)进士第二人、福州府长乐诗人吴文焕“独标雅健,盘空硬语,杰出于柔筋脆骨之间,固未易为一二俗人言也”[④]。故知闽中诗人并非完全为晋安诗派、晋安风雅者所笼罩,入清以来时有诗人洞察其弊,起而矫之。

漳州府郑开禧(?—1837[⑤])于道光间编《虚受斋汇刻诗钞》二十二卷,收有龙溪严仙藜《野航诗钞》二卷、龙溪林梦斗《雪岩诗钞》二卷、龙溪郑琮《樗云诗钞》五卷诗。严仙藜,字太乙,号野航。康熙间诸生。郑开禧序称其诗工于言情,其韵常宛转有余,亦好为矜炼生新语而能不掩其意。林梦斗,字子牛,号雪岩。康熙间诸生。郑开禧序称其源出于杜甫,虽字句间涉生涩,格律或多崛拗,然骨气清疏朴健,无靡曼佻巧之习。蔡世远序林梦斗《雪岩诗钞》,略曰:“子牛诗悲壮清峭,令读者悄然以思,和余都门新作,读者皆诧叹。”[⑥]郑琮,字亮卿,号樗云,郑开极族人。乾隆、嘉庆间人。郑开禧序称其老无所遇,则尽屏他学,专肆力于诗,奥博不可极。[⑦] 此三人均郑开禧同邑诗人,虽时代不同,年代相距超过100年,与郑开禧的生活时代近150年,嘉庆、道光间的郑开禧是杨庆琛、许邦光、李廷钰、苏廷玉、郭鸣高、陈璜的诗友,其诗学主张通过编纂《虚受斋汇刻诗钞》体现出来,与三人的诗歌趋向相近,反映出清代道光间闽中诗坛的共同取向。

嘉庆、道光间,闽籍馆阁作家的诗歌创作有可称颂者。林则徐《大理寺卿兰石郭先生墓志铭》:“吾闽文学侍从之臣,以嘉庆朝为盛,其声誉烜赫为中外倾慕者,兰石郭先生其尤也。”[⑧]嘉庆间数科所取闽籍士大夫、馆阁作家有梁章钜、郭尚先、林则徐、李彦章等,嘉庆二十四年(1819)己卯科乡试林则徐、郭尚先、廖鸿藻分别典试云南、广东、江南,“今年乡国纵豪谈,欣见輶车鼎足三”[⑨],前后辉映,腾声朝野,堪称人杰。

彼时闽籍馆阁词臣梁章钜、郭尚先、林则徐等均怀不苟禄之志,深为嘉庆、道光两代皇帝所知。嘉庆七年壬戌(1802)进士梁章钜(1775—1849)四十余岁后逐渐显达,道光二年壬午(1822)京察一等外放为湖北荆州府兼护理荆宜施道,四年(1824)署江苏按察使[⑩],五年(1825)十月授山东按察使[⑪],梁章钜的才干为道光帝所知,“天子知公深”[⑫],累官至江苏巡抚摄两江总督。嘉庆十四年己巳(1809)进士郭尚先(1785—1833)在二十三年戊寅(1818)翰詹大考之时,嘉庆帝以为郭尚先必在前列,道光皇帝有“操守廉洁,办事精细”之褒,又有“学问好,人品更好”之谕,七迁累官至九卿,官大理寺卿,卒年方四十八岁,道光皇帝览其遗奏,深为悼惜。[⑬] 嘉庆十六年辛未(1811)进士林则徐(1785—1850)道光元年(1821)任浙江杭嘉湖道时,七月以病开缺,解职奉母南归,二年(1822)复出,故事当坐补原缺,“皇上恩

---

① 民国《福建通志》总卷二十五,《福建艺文志》卷六十三,第六页,引《静志居诗话》。

② 《国朝全闽诗录初集》卷二,《全闽诗录》第五册,第21页,引王士禛《渔洋诗话》。

③ 《国朝全闽诗录初集》卷十,第208页。

④ 同治刊本《福建通志》卷六十九,影印第1411页。

⑤ 张际亮《衢州舟中作》诗后注:“(去年)冬十二月,郑云麓都转卒于赣州。”(《思伯子堂诗集》卷二十五,《清代诗文集汇编》第601册,影印第300页)作于道光十七年丁酉(1837)。道光十六年冬十二月初六即入1837年。郑开禧卒于北上赴任山东都转盐运使途中。

⑥ 同治刊本《福建通志》卷七十四,影印第1537页。

⑦ 民国《福建通志》总卷二十五,《福建艺文志》卷七十一,第十四页,转引自陈衍《石遗室书录》。

⑧ 林则徐《林则徐全集》第五册,第487页。

⑨ 杨庆琛《将赴兖州寄少穆太史滇南》,《绛雪山房诗钞》卷六,《清代诗文集汇编》第542册,影印第401页。按:林则徐为正考官,郭尚先、廖鸿藻均为副考官(《清秘述闻续》卷二,《清秘述闻三种》,第584、584、580页)

⑩ 民国《福建通志》总卷三十四,《福建列传》卷三十八,梁章钜传,第八、九页。

⑪ 林则徐《诰授资政大夫兵部侍郎都察院右副都御史江苏巡抚梁公墓志铭》,《林则徐全集》第五册,第482页。

⑫ 同上书,第483页。

⑬ 同上书,第488-489页。

逾常格，命仍发浙江以道员用。至浙未两月，蒙恩简授江南淮海道。莅任一月，(道光三年)又蒙恩擢江苏按察使"[①]。这些都是闽籍受到朝廷重用的官员。

由于受到全国诗坛学人学术风气转换的大环境熏陶，闽诗也发生同心圆式的转变，虽然较之于圆心，其转动不能同步，其转速亦不能如圆心之快速，但亦在同心圆的带动之下产生圆转运动，发生嬗变[②]。道光二年(1822)，林则徐之诗《钱舜举伏生授经图为陈恭甫太史题》诗句"浑灏合《谟》典，诘屈传《诰》、《盘》"，"《大传》正笺释，静对书同摊。千秋有功臣，笔舌俱未干。先生著《尚书大传笺》。"[③]分别指汉代伏生和本朝陈寿祺。本年又有《陶舫诗二十韵为冯笏軿孝廉赋》，诗云"来斋好古匹欧、赵，乐石吉金恣采索。甘泉宫瓦昭陵碑，匹马关山手亲拓。鹿原簪笔翔五云，掖垣争乞钟、王格"[④]。讲的是本朝顺治、康熙间闽县学者林侗(号来斋)林佶(鹿原)兄弟之好古与宋代欧阳修、赵明诚相匹，又云彼时学者好汉代甘泉瓦、唐昭陵碑拓本、文字及钟王笔法，林则徐此诗所涉及的文化活动俱是清代学术在诗歌创作中的反映。本年(1822)二月三月作《答陈恭甫前辈》自述立言之志及陈寿祺的文章、学术，预示着中年林则徐(1785—1850)接受陈寿祺的思想，为学路径发生转变，转向更高的境界："不朽推立言，吾道章于暗。修辞义系乾，习教象占坎。著述儒者事，岂曰名誉瞰。公欲屏文字，此论徇未敢。良贾深若虚，毋乃自视歉。抑岂鉴文锢，语激意有感。公秉天人资，琅嬛遍循览。四部肉贯弗，百家手延揽。笔力挥觥觥，书味酿醰醰。微言析经心，壮气破鬼胆。敷条发诗葩，初日照菡萏。中有真宰存，天地为舒惨。方赖式靡颓，坠障拯重窞。岂如悔少作，矫语示恬澹。"[⑤]陈寿祺所示教类乎南朝刘勰《神思》篇"积学以储宝，酌理以富才，研阅以穷照"[⑥]之谓。道光十年(1830)，林则徐撰《陈恭甫先生六十寿诗》句"缅怀嘉庆初，文化相摩渐"，"司衡大兴相(按：指朱珪)，藻鉴悬风檐。取士必经术，肤受嘲呻呫"，"健者毗陵张皋文(按：指张惠言)，六艺该洪纤。先生与抗手，气压三万签"，"遂夺说经席，百家口为箝"，"文源邃根柢，匪直矜扯挦"，"比年领鳌岫，绛幄张峰尖。执经感都讲，朴学意所忺"，"撰著帙充栋，寸管难窥觇。异议疏许郑，膏肓堪砭恹。经辨肉贯串，俗解资针砭。史裁订讹舛，芟芜如霜镰。遗从史汉拾，载比朝野佥"[⑦]。此诗为贺陈寿祺六十而作，历述其一生主要事迹：在科举上恰逢大兴朱珪于嘉靖四年典会试，其标准为"取士必经术"，陈寿祺的才华与武进张惠言相颉颃，"夺说经"之席，箝百家之口，力抗江浙学者，是嘉庆初闽中学者才华最为惊艳者；归里主讲鳌峰书院以来，在闽中推广朴学，贡献厥著，林则徐此诗中将学术与诗歌融合在一起，鲜明地体现出乾隆、嘉庆以来学人之诗的诗歌特征。

道光十五年(1835)，林则徐为前辈蒋因培(1768—1839)作《题蒋伯生大令〈岱顶搜碑图册〉》之诗时，更是通篇充斥乾嘉考据学的精神。兹录原诗如下："四十八字《集古录》，二十九字元君祠。空山野火烁榛莽，宝光夜沦玉女池。蒋侯访古手得之，传此十字先秦碑。呜呼力政燔六籍，颂德乃假文字为。巡行郡县二世继，尽刻表石山之陲。五刑未具丞相斯，昧死请刻留厓皴。后人重此义安属，谓是篆法千秋师。君不见宇文猎碣拟周雅，讲解同异言参差。又不见铜盘匜鼎索三代，模拓款识纷然凝。世儒媚古备史证，全文况纪龙门辞。如侯好古今亦稀，手抉星斗亲毡椎。搜岩剔穴发光怪，关中郭赵安足奇。即今七十霜满髭，相逢豪气犹淋漓。官斋昼闲示拓本，想见茧足荒崖时。"[⑧]此诗有韩愈、苏轼诗风，不失之晦涩，亦不见伤感情绪，以蒋因培乐于搜岩剔穴作结，反映清代乾嘉学风对士人的积极熏

---

① 林则徐《先考行状》，《林则徐全集》第五册，第448页。

② 晚清闽人林旭五言古体《马房沟》诗，钱仲联评价以为"通首精力弥满，有古图画之景色，有古美人之风致，有古子部之恢诡，有古衣冠之伟异。"(《梦苕庵诗话》，第17页。齐鲁书社1986年版)至以子部入诗，得四"古"之评。同光体著名诗人沈曾植(1850—1922)"其学术自群经诸史道藏佛典边徼地理诗词杂艺，无一不造精微"，"清谈娓娓，终日不倦，真名士风流也。"(同书，第48页)

③ 林则徐《林则徐全集》第六册，第20-21页。

④ 同上书，第21页。

⑤ 同上书，第24页。

⑥ 刘勰著，范文澜注释《文心雕龙注》下册，人民文学出版社1958年版，第493页。

⑦ 林则徐《林则徐全集》第六册，第46-48页。

⑧ 林则徐《林则徐全集》第六册，第60页。

陶。道光二十一年(1841),林则徐作《又题〈暨阳书院辈学斋谈艺图〉》,有句云"国朝经术古岂侔,诸君砥厉追前修","黄鹤踏翻鹦鹉洲,学祧汉宋仕则优"[①],是清代学术鼎盛的真实写照。

乾隆五十年(1785)出生的林则徐,其从学、问学、出仕的一生,沐浴在乾隆、嘉庆以来学术繁荣的时代里,真切感受到本朝学术的强盛,其人浸润在乾嘉朴学的影响之中数十年,濡染既久,诗歌创作的风格呈现出学人之诗的气象[②]。

兴化府莆田人郭尚先是清代莆田最著名的馆阁作家,早林则徐、李彦章一科,三人均考选庶吉士,同在翰林,成为挚友。入清以来的数十年间,兴化府及莆田县的文化、教育和文学创作延续着晚明的辉煌,如林焯章家族、林友王家族等均有着很好的表现,大部分莆人作家与清初文坛领袖王士禛有着密切的关系,从晚明倾倒于竟陵诗风之下,受其浸染、影响[③],转向为神韵诗歌理论。但我们观察到,清代福建进士在全国科举版图中所占的分量大幅缩小,表明全国科举实力在各省直之间发生了消长变化;福建省内各府的科举实力又以福州府一枝独秀,其次为泉州府,最为惊人的实力萎缩当属兴化府。由于科举的不振,直接影响到教育、文化、文学创作等关联性紧密的领域,引起兴化府在这些领域人才的衰落。嘉庆十四年己巳(1809),兴化府一举出现了郭尚先、陈池养、陈云章三名进士,而且此前的嘉庆十二年丁卯(1807)福建乡试,郭尚先以第一人发解,极为发舒意气。郭尚先与二陈均有所成就,而又以郭尚先为著。郭尚先(1785—1833)登第后,考选庶吉士,散馆授编修。历官侍讲学士、光禄寺卿、大理寺卿等,教习庶吉士。其人其才素为道光皇帝所器重,未膺大任而卒,年四十八。魏茂林称其"文名溢天下,书名耀海外"[④]。其诗宗家学,渐次转为宋调。杨庆琛《读郭兰石编修增默庵诗草即题其后》:"浩浩波澜涌大观,乾坤奇气得来难。老蛟舞浪泽云湿,猛虎啸风山月寒"[⑤],指出郭尚先之诗具有波澜壮阔的大观和奇气,其诗类乎李贺,光怪陆离,迷离惝恍,间杂奇气。

侯官李彦章(1794—1836)的文章风流洵为一时佳话。侯官李氏饶有赀财,李彦章生长在良好教育环境的家庭中,值乾嘉考据学风靡天下之时,恰得其风会,接受乾嘉考据学的熏陶,其学术路径的养成极为自然裕如,毫无牵强、矛盾、扭曲之困难。嘉庆十六年辛未(1811)举进士之时年方十八岁,惊艳翰林,而此时先辈郭尚先、同年林则徐均已二十七岁。入馆阁三年,李彦章奉旨归娶,公卿士大夫相继图画题诗,成《薇垣归娶图诗》画卷及诗卷。宁德魏敬中论云:"先生天才赡逸,意概雄豪,政事文章绰有余裕,固宜风云供其吐纳,珠玉生其咳唾"[⑥]。李彦章酷好图书、金石、文物,著述繁富,所涉猎的学术领域繁杂,淹通经史,是沾溉乾嘉考据学所结出的丰硕果实;其诗穷力追新,雄深雅健,接近韩孟诗派和宋诗的面目,深契宋代文人风格。任官所到之处,风流俊赏,逸兴湍飞,雅量高致,颇有撰著和政绩。林昌彝《论诗一百又五首》第九十四首论曰:"酒酣脱帽起高歌,体物缘情寄慨多。不听落霞天上曲,谁知诗里有春波。"[⑦]若天假以年,李彦章的著述数量不在梁章钜之下,而其翰林风流则更远胜晚清郑孝胥等人,恍若非清代人物。

---

① 同上书,第81页。

② 林则徐的晚辈、道光十二年(1832)进士、泉州府晋江士人陈庆镛(1795—1858)《籀经堂类稿》卷八开篇组诗《送阮宫保致仕归里集石鼓文十章仿颂》(《清代诗文集汇编》第587页,影印第508-509页),集160字,几乎每句夹注,是学人之诗的典型;其《题吕西村髯可我我图赞集易林语》(同书,卷十七,影印第601-602页)系集《易林》而成的文章,《重修陈江三世祖祠堂碑记》中大宗、小宗之论及"古尺六尺四寸为步,当今四尺八寸为步"等语(同书,卷二十,影印第633页)是学人之文的典型。阮元系陈庆镛之师陈寿祺的座师,于道光十八年(1838)致仕。同治七年戊辰(1868),侯官郭柏苍撰《游九峰寿山芙蓉三山记》,篇首叙及梁克家《三山志》,"志之甚夥",下自夹注24行,行21字,字数在1000字左右(《葭柎草堂集》卷中,《清代诗文集汇编》第662册,影印第166-167页),洵为"学人之文"。学人之文必然形成文字"语繁"、"求明晰"与"无文"之间的矛盾(郭柏苍《葭柎草堂集》卷中《第六次修支谱序》,《清代诗文集汇编》第662册,影印第173页。同治十三年甲戌作)。

③ 请参看拙文《晚明福建的竟陵诗歌创作》(载《闽南师范大学学报》2014年第3期)一文。

④ 同治刊本《福建通志》卷七十,影印第1468页,《郭大理遗稿》解题,引。

⑤ 杨庆琛《绛雪山房诗钞》卷八,《清代诗文集汇编》第542册,影印第419页。

⑥ 同治刊本《福建通志》卷六十八,影印第1401页,《榕园诗钞》解题,引。

⑦ 林昌彝《林昌彝诗文集》卷七,第190页。

这一时期，从福州府若干重要家族文学的作者来看，在诗文创作上代表着清代诗文创作中沉博绝丽的风格在福建文坛衰退。我们观察到，嘉庆、道光间闽籍著名官员、学者、诗人则有林则徐(1785—1850)、梁运昌(1771—1826)、梁章钜(1775—1849)、杨庆琛(1783—1867)、廖鸿荃(1784—1864)等人，形成清代中叶福建省垣文学创作和学术著述的“井喷”“管涌”现象，他们表现为均是郑光策的门人[①]，大部分是福建巡抚张师诚幕宾的社会关系特征，在释褐之后的社会阶层跃升经历看，大部分人物具有馆阁的经历[②]，大部分人物升迁到督抚、九卿的位置。他们中的佼佼者梁章钜、林则徐在道光末年辞世，以此为界往前或往后各二十年间，福州府这一时期的重要作者凋谢殆尽。从小处可以说是这一作者群体的风格消退，从大处讲，说明与清代前中期的盛世、繁荣所适应的润色鸿业的文学创作活动[③]难以为继，也是清代馆阁文学创作整体风格的消退。既富才情，又得以享高年的诗人杨庆琛生活到同治六年(1867)，可以看作是闽中沉博绝丽诗风消亡的最后见证者，其诗云“诗坛耆旧已晨星”[④]，语颇落寞，但他又见证了同光体诗人如闽县螺洲人陈宝琛(1848—1935)的萌芽和成长，这是很庆幸的。

林则徐殁后的清代福建文学，相当于第一次鸦片战争爆发及其结束(1840)后十年起的清代福建文学，清代福建士人的恢复性成长不为两次鸦片战争、太平天国运动所中断，也即是嘉道风流的结束及形成前同光体、同光体及同光体之后的诗歌创作时期，即陈衍在《石遗室诗话》中所称的“近世六七十年间”[⑤]的文学创作阶段。

① 杨庆琛《莒林中丞嘱题郑苏年师抱膝图遗照敬赋》其四：“尚书文誉满江南，制府勋猷鼎足三”，自注：“廖钰夫尚书视学江南，林少穆制府持节两江，莒林中丞巡抚吴阊，皆执经师门者。”(《绛雪山房诗钞》卷十七，《清代诗文集汇编》第542册，影印第507页)

② 嘉庆二十五年(1820)庚辰科，侯官杨庆琛以二甲五十一名进士登第，签分刑部，未入翰林。杨庆琛作有《签分刑部学习归途口占》七绝二首，其一诗后两句云：“纵然未挈蓬山侣，也博头街外翰林”，自注：“嘉靖间，李于麟、王元美、徐子与辈官西曹，相聚论诗，人目刑部为‘外翰林’。”(《绛雪山房诗钞》卷七，《清代诗文集汇编》第542册，影印第406页)亦以官西曹(刑部)号外翰林为荣。

③ 以侯官杨庆琛《绛雪山房诗钞》观察杨氏的文学活动，该集卷七之前的诗歌系杨庆琛(1783—1867)嘉庆二十五年庚辰(1820)登第之前所作，已经表现出其惊才绝艳的才情，从中举(1804)之前的诗作(卷一)到三十八岁(1820)之时所作，风格前后一致，而且杨庆琛登第之后未入翰林，其诗歌创作的风格决非受到清代馆阁文学的影响，盖彼时清代国家和文学的整体气象使然。

④ 杨庆琛《感逝五十首》其二十七，为冯缙作，《绛雪山房诗续钞》卷六，《清代诗文集汇编》第542册，影印第611页。作于咸丰八年(1858)。

⑤ 陈衍《石遗室诗话》卷八，第114页。

# 第十七章

## 论清初 100 年间福建的古文创作

有清一代，桐城派文学创作不仅与清朝国祚相始终，而且它的源头和余脉均比清朝的历史更长远，正是源远流长之谓。桐城古文传统在清代统治开始之前萌芽，在其统治终结之后尚有追随者，清代古文创作完全笼罩在桐城派文学创作之下，形象地说，桐城派文学创作宛如穹顶罩住清代的古文创作，而穹顶的内部边际却是今人所不能探手触及的，其广度和深度以及清代古文创作的繁荣图景至今没有得到清晰的重现。

在桐城派的分支与流裔中，如阳湖文派、湖湘文派的命名，基本上为学术界所肯定，对这些文派的研究在民国以来的 100 余年中均有不同的推进，隐然与桐城派古文肩随并峙，但是若止步于此，对桐城汗牛充栋的古文创作实绩及其阵营的研究而言是远远不够的，现在的研究充其量只能说是对桐城古文这座冰山的某一角进行探讨而已。刘声木所撰《桐城文学渊源考》及其《补遗》收录明清两代桐城古文作家共 1223 人[①]、文集 2370 余种，大量的家族性和区域性的文学群体有待从今往后的学者进行全局全面、细致会通的研究。

从明末清初到民国间，桐城派古文创作的任何一个发展阶段，福建古文作者均有群体性的创作力量与之呼应，根据《桐城文学渊源撰述考》闽籍古文作者统计，累 103 人[②]；在此书之外，尚有李世熊师弟、李光地家族、蔡世远—蔡新叔侄、陈宝琛及其周围的古文作家未被视作桐城古文作家或桐城渊源的古文作家。从作家阵营、规模和创作实绩来综合衡量清代福建古文创作之于桐城派古文创作的关系，估算清代福建古文创作在桐城派中的分量，清代福建古文创作以其与桐城古文创作如影随形呼应的时长、每一阶段人数众多的作家群、在全国产生过强大的影响力、每一阶段作家群体及其领袖人物对清代古文创作贡献厥多等若干方面的综合成绩，与桐城派诸支裔相埒，其评价应当不输于阳湖文派与湖湘文派，而实际的遭遇是湮没无闻，间或仅有个别作家被关注而已。

---

① 按：此数据系出徐天祥《桐城文学渊源撰述考・整理说明》，一说载录 1206 位作者(汪祚民《〈桐城文学渊源考〉作家缺名考补》，载《古籍研究》2013 年第 2 期，第 69-84 页)。近年，《中国近现代稀见史料丛刊》由凤凰出版社陆续编辑、整理、出版，2014 年至 2017 年 11 月已出版四辑四十五种，推动了桐城派人物资料的搜集和整理。如根据该丛书第一辑中所收的《贺葆真日记》，补充出 64 位北方桐城古文作家。

② 《桐城文学渊源撰述考》十三卷所录闽籍古文家名录：卷一(师事、私淑归有光卷)萧正模、高均儒、林佶、林正青、陈宝璐、陈秀贞(6 人，第 1～6 人)；卷二(师事、私淑方苞卷)官献瑶、雷鋐、伊朝栋、阴承方、吴贤湘、伊秉绶、廖鸿章、陈光章、张甄陶、雷定淳、刘廷举、李玉璁、杨兆璜、张登岸、谢霖雨、巫尹廷、张孟词(即张腾蛟)、阴东林(19 人，第 7～25 人)；卷五(师事、私淑张惠言、恽敬卷)吕世宜、林鹗腾、叶化成、庄中正、林焜熿、彩廷兰、陈棨仁、林维源(8 人，第 26～33 人)；卷十(师事、私淑张裕钊、吴汝纶卷)曾克耑(1 人，第 34 人)；卷十一(私淑桐城文学诸人卷)陈庚焕(1 人，第 35 人)；卷十二(师事、私淑朱仕琇卷)朱仕琇、官崇、龚景瀚、朱仕玠、朱仕琛、朱仕灿、陈绩、何日诰、高腾、金荣镐、许懿善、李祥赓、张绅、黄凤举、李天炎、余春林、朱文佑、宁人望、朱雍、余仕翱、李大儒、徐惇典、徐家璠、徐家恒、徐显璋、朱文仁、朱文倩、郑洛英、陈天文、魏瑛、郑超、高澍然、何则贤、谢代埙、廖定抡、徐经、刘存仁、高孝敭、高炳坤、曾莲炬、曾士玉、上官曦、高象升、伊桐、熊际遇、杨步瀛、高搏、朱文珍、高又渠、何长栻、王笏、吴绍先、伊光华、鄢轶、何西泰、张际亮、高熙晋、龚有元、李云诰、何高雍、何长聚、何高慰、高沪然、上官懋本、徐开祖、李华、林中美、赖其瑛(67 人，第 36～102 人)；卷十三(师事、私淑鲁九皋卷)徐家泰(1 人，第 103 人)。按：汪祚民所撰《〈桐城文学渊源考〉作家缺名考补》(载《古籍研究》2013 年第 2 期)、《〈桐城文学渊源撰述考〉作家姓名著录辨正》(载《安庆师范学院学报》2014 年第 5 期)、《〈桐城文学渊源考〉作家缺名续考》(载《安庆师范学院学报》2016 年第 5 期)、《〈桐城文学渊源考〉作家缺名再考》(载《安庆师范大学学报》2017 年第 4 期)考订、辨正大部分作家缺名，排除部分作家重出现象，本书对部分闽籍古文家重出现象亦有所考订。

刘声木撰《桐城文学渊源考》之时，其卷五“专记师事及私淑张惠言、恽敬诸人”，张惠言、恽敬“首倡桐城文学于常州”，云“惠言、恽敬、陆继辂、吴育、包世臣、张曜孙皆尝言常州文学传自桐城，并无角立门户之见。自张之洞《书目问答》出，始有桐城、阳湖两派之说”，辩称“当日编纂《书目问答》者实为江阴缪荃孙，以乡曲私情分别宗派，引以为重，殊失当时钱伯坰、王灼、张惠言、恽敬授受文法之本意。”①清代福建古文作者著名者多与桐城古文代际传承的渊源关系不深，二者之间以诤友切劘、质问、评注文字者多，以师弟相授受者少，不可言“倡桐城于福建”者，不可名为桐城闽派古文，自亦无“以乡曲私情分别宗派，引以为重”的提倡者，而清代福建古文创作的精神、筋骨、面目却与桐城古文相近，甚至贯通融合，互有裨益，正所谓“与桐城异派同源”②者。

《桐城文学渊源考》中归有光下列有福建人林佶、林正青、陈宝璐；方苞名下列有官献瑶、雷鋐及其子雷定淳、雷定澍、伊朝栋、阴承方、伊秉绶、张甄陶、巫尹廷、伊东林。清代福建古文作者实多，大概可以分类为：(1)李光地、蔡世远等形成的古文创作圈子；(2)建宁朱仕琇等人，可准诸阳湖文派命名的方式名之，称为建宁文派；(3)亲炙桐城弟子雷鋐③及其他文派传人，如方苞弟子浙江仁和人沈廷芳(1702—1772)的门人闽县李玉骢④、陈庚焕⑤等。

康熙四十年辛巳(1701)，吴江潘耒(1646—1708)序林佶《朴学斋文稿》：“明之末造，学士大夫大率夸多斗靡，争新尚异，或矫而入于晦僻，或放而趋于谬悠，其中绳者甚少。迨于今朝，纂言君子颇觉其弊，思救之以雅驯之文。五十年来，家诵欧、曾，人说归、王，文体寖趋于正，然而空疏浅薄之弊百出，惟求波澜意度仿佛古人，而按其中枵然无有，是可以为古文乎？明季之失在法不足，譬之堂寝楼阁，填塞错杂而陈羹宿货，羶腥满前也；今人之短在材不足，譬之竹篱茅舍，位置清疏而一览无余，烹葵烧笋，鲜洁可口而诧言天厨，玉馔莫我若也。二者交相非而不足以相尚，苟对已而自乏，画地而不前，则过矣。”⑥逆推五十年，正在明清易代之后的数年，知清初古文已经转变明季古文创作夸多斗靡、争新尚异之弊而过枉，徒具欧、曾、归、王皮相而空疏浅薄，必待桐城古文家的创作与理论而后成，但我们亦知清初古文对于宋、明古文的继承，并非只有一种流派笼罩古文创作的坛坫。

## 第一节　清初闽赣交界区域的闽人散文创作

明末清初以迄康熙、雍正间，约一百年间，闽籍作家从事古文创作的阵营由汀州、邵武等府以李世熊—黎士弘为核心的闽西、闽西北作家群体、私淑归有光的作家群、以李光地为中心的作家群、师事方苞的作家群四大圈子组成，其中以李光地为中心的闽籍作家通过家族代际传承和李光地—蔡世远—蔡新传承到乾隆、嘉庆间，师事、私淑方苞一系的作家群最多、传承最久，往往和李光地等人的古文理论、观念融合贯通，形成合流。

明清两代，福建西部、西北部的行政区划建制基本一致，与江西交界处有汀州府、邵武府，而江西东南部则从赣州府分置宁都州，下隶瑞金、宁都、石城三县。从下面两张图可知，福建邵武府的光泽、邵武、建宁、泰宁，汀州府的宁化、清流、长汀，与清代江西建昌府的南城、南丰、资溪、新城、广昌，赣州府的会昌、雩都，宁都州的瑞金、宁都、石城交界或毗邻，将此二省交界的府州县放在明末清初的版图

① 刘声木《桐城文学渊源撰述考》卷五，张惠言条，第201页。

② 刘声木评吴江郭鳞语，见《桐城文学渊源撰述考》卷四，第169页。

③ 雷鋐门人、浙江象山人姜炳璋。见俞樟华、胡吉省《桐城派编年》第192页。

④ 俞樟华、胡吉省《桐城派编年》，第233页。人民文学出版社2015年版。

⑤ 同上书，第406页。

⑥ 林佶《朴学斋文稿》，《清代诗文集汇编》第205册，影印第600页。

中,我们观察到一个跨省份的、规模较大的区域文学集结:不仅有闽、赣二省因地理空间形成的文学集结,而且还存在不断发展的、各自府县内部的文学创作集群和文学创作现象,如江西宁都三魏及以三魏为核心的易堂九子文学创作,清代宁都州石城鲁氏为核心的古文作家群体,福建汀州府宁化李世熊及其弟子长汀黎士弘引领的宁化、长汀作家群,建宁县以朱仕琇为领袖、传承数代且扩散到邻近县域(如光泽县)的古文作家群,以及福建、江西两省之间的文学文化互相传播、作家迁徙现象等,福建闽西、闽西北的文学创作与江西东南、南部的文学创作连成一片,超越了一省地域的关系。这些文学集结现象亟待微观精细和宏观观照相结合的深入研究,对于描述明末清初全国文学的发展、嬗变脉络具有一定的意义。

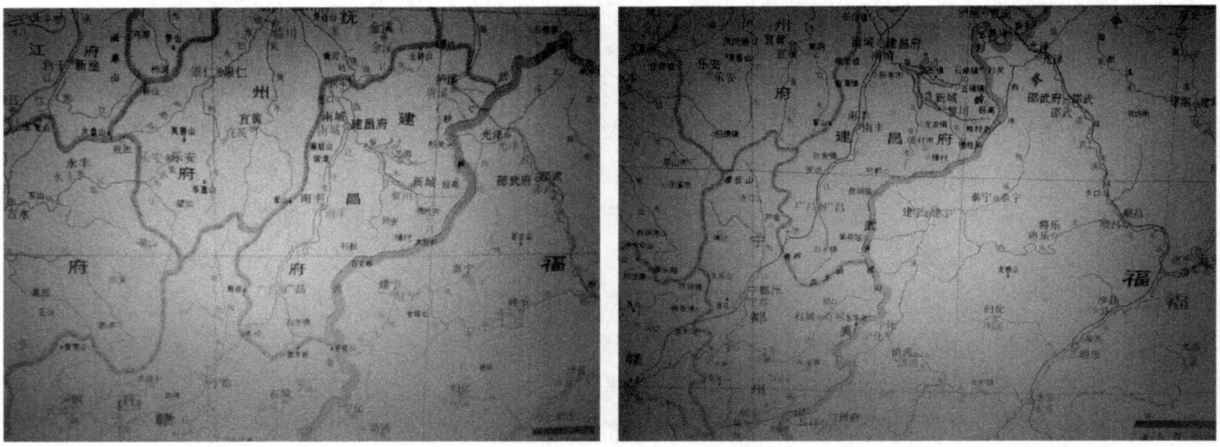

**明代福建、江西交界诸府县(左);清代福建、江西交界诸府州县(右)(引自谭其骧《中国历史地图集》)**

闽、赣两省既毗邻,其间作者跨越行政区域的限制,来往频繁,以清代江西宁都州宁都县(明属赣州府)号称"易堂九子"的作家群与福建汀州府李世熊(1602—1686)为首的文人交往为明清之际最早的文学结聚[①]现象。李世熊、李向旻《李寒支先生岁纪》记载:"己亥,五十八岁。南昌彭躬庵先生讳士望侨寓宁都,始通书问答,书载《初集》中。"[②]按:是年为顺治十六年(1659),为李世熊与彭士望订交之始,李世熊《寒支初集》诗文多附载彭士望的评语。彭士望亦黄道周门人,小李世熊八岁。《岁纪》又云:"康熙元年壬寅(1662),六十一岁。初夏彭躬庵先生始过访先君,与易堂诸先生通声气交。"[③]翌年(1663),门人黎士弘与宁都魏礼(1630—1693,字和公,号季子)过访李世熊于宁化县泉上。李世熊晚年多与魏礼交往,晚至康熙二十二年(1683)之后[④]。按:易堂九子指的是魏际瑞(1620—1677,原名祥,字善伯、伯子,号东房)、魏禧(1624—1681,字凝叔、叔子、冰叔,号裕斋,人称勺庭先生)、魏礼三魏俱宁都人、彭士望(1611[⑤]—1683,字躬庵、达生、树庐,南昌人)、林时益(1618—1678,字确斋,本明宗室,南昌人)、李腾蛟(1609—1668,字力负,号咸斋,宁都人)、邱维屏(1614—1679,字邦士,宁都人)、彭任(1624—1708,字逊士,号中叔,宁都人)、曾灿(1625—1688,又名传灿,字青藜,号止山,宁都人)九人,

---

① 按:拙著《明代福建文学结聚与文化研究》(人民文学出版社2015年版)首次使用"文学结聚"术语,涵盖文学家族和文会结社两种文学创作现象。请参看该书"绪论"第4页。又,明末清初,江西抚州东乡人艾南英(1583—1646),"两过宁邑,与时见(宁化赖朝会)相知"(同治刊本《福建通志》卷八十,影印第1618页)。

② 李世熊《寒支二集》卷首,四库禁毁书丛刊集部第89册,影印第403页。

③ 同上注。

④ 按:李世熊《寒支二集》中存有多通与魏礼书信,如《与魏和公》、《答魏和公书甲寅(康熙十三年,1674)》、《(答魏和公书)又》、《(答魏和公书)癸亥(康熙二十二年,1683)》、《与魏和公乙丑(康熙二十四年,1685)》等,其中同题书信《(答魏和公书)又》的时间据书中"自念目前老友仅二三人。躬庵存日,每接一函,必有摩切之语,自幸不为良友所弃,决不至暮途颠陨。今惟和公一人在望"(《寒支二集》卷四,影印第483页)语,知彭士望(1610—1683)已去世,此信作年当在康熙二十二年(1683)本年或此年之后。

⑤ 按:彭士望生于明神宗万历三十八年(1610)十二月初一日,时已入公元1611年。

以李腾蛟、彭士望年龄较长。刘声木《桐城文学渊源撰述考》卷十一“此卷专记私淑桐城文学诸人”[①]，以邱维屏、魏禧为首，不为宁都古文创作另立一派。当邱维屏、魏禧之时，戴名世(1653—1713)、方苞(1668—1749)均为其晚辈，彼时何来一种名“桐城文学”者？谈何邱维屏、魏禧“私淑”桐城古文？细按之，刘声木的认识不妥。

顺治末年、康熙初年(十七世纪五十年代末、六十年代初)是李世熊与江西易堂九子[②]交往逐渐密切的时间，两地交往最密切的时间约二十年左右(1660—1680年代)。至李世熊晚年，仍有《寿魏和公(魏礼)五十》长诗，题下注康熙十九年庚申(1680)[③]，彼时易堂九子中大部分作家已谢世凋零，李世熊亦七十九岁，风烛残年。李世熊有诗文书信致彭士望、魏禧、魏礼、李腾蛟、彭任等，与李世熊关系最为亲密者为彭士望、魏禧，《寒支初集》中诗文常附二人评语，以彭士望之评最多，最契李世熊文心，李世熊呼曰“知心”[④]、“幽鉴”[⑤]。李世熊亦评彭士望之文，两人之间商榷古文作法，互相损益，文风有接近之处。康熙十四年乙卯(1675)，李世熊复信彭士望，云：“乃公真实好贤，虚怀承教。但可惜好题目，作者又好主意，只苦学俭笔涩，不能曲折如意，颇夹时俗，阻碍真气，不得一泻千里，诚得韩、苏手笔，就彼题意另出机轴、间架，大篇真堪推倒一世也，先生有意捉刀乎？”[⑥]大为推崇韩愈、欧阳修古文。康熙二十年辛酉(1681)，李世熊致信彭士望，又云：“吟之再三，其旨愈长，大抵近作益复奇变，叙事精雅，风韵得《左》、《国》、子长神髓，所谓‘不烦绳削而自合’，此语惟先生有之。拙集二部呈教。生平不解规绳，率意妄作，向人强说，即曰世言韩、柳、欧、苏，都不言管、韩、庄、列，此数家者亦据所见倾泻而出，无法即有法耳。此膏肓之疾也，晚有所见，欲更辙为之，则已迟矣。”[⑦]此信表明李世熊晚年的古文观念有所改变，而其一生古文创作及其理论则兼重韩、柳、欧、苏为代表的唐宋古文与管、韩、庄、列等先秦古文，浸染甚深，造诣颇高，深有所得。康熙二十二年癸亥(1683)，彭士望卒之年，李世熊致信彭士望：“常阅近年著作，事理贯融，无微不彻，真是精神满腹，浩气环流，而精光隐映，又非芒射四溢，泄而不收之患。”[⑧]言下意中相当推服。

清初李世熊与江西易堂九子交流、沟通，文风接近。江西宁都县以三魏为核心的易堂九子古文创作有其特征，为江西学者所宗。朱仕琇代作的《诰赠中宪大夫分巡金衢严道加一级赐同进士出身新城陈君墓表》：“盖自宁都魏氏以议论驰骋名一时，江西学者多宗之，君独好吾乡汪比部之文，凡所称引必傅经术，制义法前辈五家(按：指江西五家，即陈际泰、罗万藻、艾南英、章世纯、杨以任五人，又称江西五子)，而著其所得于古人者”，陈道(字绍洙，号凝斋，江西新城人)“为文章，喜言世事，博征前代经制，精思熟处，一时之宜求其必可行者。凡水利、田赋、吏治之曲折，皆有成说。其旨雅驯，脱去浮夸苛碎

---

① 刘声木《桐城文学渊源撰述考》卷十一，第319页。

② 按：易堂九子与“易堂诸先生”当为两个概念，应予区分。李世熊撰《纪赣诗序》，为彭天若作。序云：“甲申、乙酉间(1644—1645)，始与彭子天若通声气。……庚子(顺治十七年，1660)夏，忽有扣山扉投牍者，则俨然天若所缄也。惊喜久之，因得读所为《纪赣诗》。”(《寒支初集》卷五，影印第165页)又《与彭天若》书信[《寒支初集》卷七。按：此信中提及《画网巾传》，该传作于1656年，信称“引年牍中”(影印第250页)，故信作于1656年后]。彭天若亦居江西宁都翠微峰。彭任有族父彭实(茗柯)，彭士望作有《彭茗柯五十序》。翠微峰、三巘峰山居诸人除了易堂九子诸家族外，尚有杨氏、谢氏、吴氏、任氏等家族，其情况请参看曾龙生《抉择：魏禧与清初士人心态的转变(1644—1680)》正文第10-11、13页，厦门大学2011年硕士学位论文，未刊稿。曾龙生谓彭天若卒于1608年(正文第11页)，必误。

③ 李世熊《寒支二集》卷一，影印第417页。按：此注庚申年(1680)寿魏礼五十，则魏礼出生于崇祯四年辛未(1631)，与魏礼(1630—1695)生年已已抵牾；又，魏礼之兄魏禧撰有《季弟五十序》、彭士望撰有《魏季子五十一序》(《耻躬堂文钞》卷七，页十、十一，影印第129-130页，康熙十八年己未作)，魏礼生于崇祯二年己巳(1629)仲冬十一月十八日，此年十一月十七日为1629年12月31日，李世熊所记误。魏礼终康熙三十四年乙亥(1695)，享年六十七岁。

④ 李世熊《(与彭躬庵)又》，《寒支二集》卷五，影印第494页。在前辛酉(康熙二十年，1681)信后，亦作于本年。按：《祭彭躬庵文》有“生吾者父母，知吾者躬庵先生也”语(《寒支二集》卷六，影印第546页)。

⑤ 李世熊《(与彭躬庵)又癸亥(康熙二十二年，1683)五月》，《寒支二集》卷五，影印第495页。

⑥ 李世熊《(与彭躬庵)又乙卯(康熙十四年，1675)》，《寒支二集》卷五，影印第492页。

⑦ 李世熊《(与彭躬庵)又辛酉(康熙二十年，1681)九月》，《寒支二集》卷五，影印第494页。

⑧ 李世熊《(与彭躬庵)又癸亥(康熙二十二年，1683)五月》，《寒支二集》卷五，影印第495页。

之习”①。陈道之文风所长即是江西宁都三魏、易堂九子古文之所短。此文虽朱仕琇代作,亦可看出朱仕琇古文与清初李世熊、易堂九子古文创作的不同玉趋。

根据《李寒支先生岁纪》的记载,李世熊与四川重庆府铜梁余昌祚(冀望,1621)、兴化府郭邦箢、朱参桢(冯仲)、余光(希之)、黄光(若木)、徐胤铉(羽鼎)、方祖玄(益祚)、林贺(公祐)、周昭夏(孺皇)、周婴(方叔,1623)、漳州府陈士奇(弓甫)、镇海卫何楷(玄子,1624)、江西抚州府东乡艾南英(千子)、俞彦(仲茅)、俞伯彭、胡宗仁(长白)、艾客(子魏,1626)、福州府陈元纶(道掌)、曾异撰(弗人)、陈肇曾(昌基)、陈燕翼(仲谋)、董养河(叔会,1627)、潮州府蔡廷铨(人镜)、大埔吴瀛(海如)、吴洲(涧十)、吴鹤(士仪)、汀州府刘廷标、温梦良(星郎)、丘衍箕(克九)、杨岸(有其,1629)、侯官孙昌裔(凤林)、闽县董谦吉(德受)、蔡秋卿(子威,1630)、长汀黎士弘(1632)、陈钟琠(石丈)、余飏(赓之)、叶甲(白生)、方录(章弢,1633)、吴煌甲(愉之,1635)、董应举(崇相)、王廷璧(谷子,1636)、徐鸿(燕嘉)、邵武张谦(道益)、张世经(孟常,张谦长子)、郑侨(东里,1638)、赵韩(退之)、麻三衡(孟璿)、徐律时(乾若)、梅朗三、颜绍庭(庭生)、沈兆昌(闻大)、游洲父、陈修(昌望,1639)、吕士坊(而德)、何焘(祖述,何楷之子,1641)、郑郊(牧仲)、浙江嘉兴府陈尽谟(献可,1643)、兴化府林昂霄(君若)、宋榛(紫生)、建宁府建州许嘉祥(圣之)、杨铨(用先)、林逢经(守一)、洪京榜(尊光)、陈英子(1644)、陈玄藻(季琳)、方锵(八公)、邹祖西、黄慎夫、陈钧奏(仙璈,1645)、浙江绍兴府会稽林景蔚(豹文,1656)、江西南昌彭士望(躬庵,1659)、江西易堂九子(1662)、愚者和尚(1665)、释人岳(1666)等。自述二十九岁以后“交游日广”②,“通书于越中名士”③,颇可体会其中游历、尚友的快意。在甲申国变之前,李世熊的足迹局限在长江以南的今江苏、浙江、江西、安徽、广东和福建等省份,明清鼎革之后,李世熊逃避清廷的征召荐辟,挫廉固穷,宁为遗民,入山祝发,肥遁以隐,不入城市,活动范围更加狭小。

崇祯二年(1629)三月,李世熊游潮阳,与蔡廷铨(人镜)定交,事见李世熊《答蔡人镜书》④。李世熊撰有《答蔡人镜书》、《再答蔡人镜书》,对明末竟陵派颇多议论,兼及古文理论。按:《再答蔡人镜书》编次在同卷《与刘霞起书》前,刘廷标(霞起)殉国于1647年,知李世熊与蔡廷铨书作于明清易代鼎革之前;又,李世熊为刘廷标撰《明云南永昌府通判刘公墓表》,记载崇祯九年丙子(1636)刘廷标应朝廷辟召,试为县丞⑤,而《与刘霞起书》中有“便饶兄中得大魁,官至元辅”语,故推知为崇祯九年前刘廷标未仕之前的书信,则《再答蔡人镜书》的作年应当更早。

《再答蔡人镜书》:“雷贾至,得悉近况,甚慰。蒙示‘近代作者板重陈袭,体干魁硕而灵气索然,觉钟谭一派文字便可单行。’弟往见蜀人尹西有亦有此论,谓:‘八大家固佳,然手手印摩,便成蹊径,将来钟谭一种文字灵脱快人,定须别辟一宗’,弟笑谓西有:‘君误矣。钟谭佳处,欧、苏小品文字备有之,但欧、苏天然标格,丰致绝人,自觉流连不厌,钟谭着意幽靓,亦自冷冷沁人,譬平康首面非不嫣然快目,毕竟气韵妖冶,不似大家风范耳。’西有亦笑而颔之。伯敬没后,谭名尤重于钟,平心论之,友夏文字实有绝佳者,如二十四舅及陈思野、陈巡简诸墓志,寒溪寺留壁诗记及与钟伯敬、金正希书,皆一片性地流出,尽洗书本积墨之气,栖泊人心腑间,如吞香咽旨,虽欧、苏不能过也;及作伯敬墓志,与他作则多欠商量。”李世熊对于蔡廷铨、尹西有推崇竟陵派文章大不以为然,并不以为钟谭文章可传⑥,可代替唐

---

① 朱仕琇《梅崖居士文集》卷十五,《清代诗文集汇编》第336册,影印第322页。又,请参看《陈凝斋遗文序》云其师黄崧甫之文峭岸,陈道之文转为平直、雍容质实(同书,卷十七,影印第338页)。

② 李世熊《李寒支先生岁纪》,《寒支二集》,影印第398页。

③ 同上书,影印第399页。按:江西新城秀才包又涵馆于李世熊檀河精舍,与李世熊论《易》十载,竟客死宁化。李世熊撰有《祭包又涵》等文。

④ 李世熊《寒支初集》卷六,影印第228页。

⑤ 李世熊《寒支初集》卷八,四库禁毁书丛刊集部第89册,影印第307页。按:李世熊《赠刘季英》注云刘廷标应诏在崇祯十一年戊寅(1638)(《寒支二集》卷一,影印第417页),所记时间有所出入。

⑥ 按:李世熊《复徐叔亨》尝论诗云:“前于扇头读新诗,甚觉奇峭,窃以镂刻清苦,过于寒涩,吾辈暮年正当激昂其气,昌大其声,不为章句小生所窥觉返日回澜,终非异人任耳。”(《寒支初集》卷七,影印第248页)所谓“清苦”、“奇峭”、“寒涩”正似竟陵诗风,为李世熊所排击者。

宋八大家之文为古文正宗。

在此通书信中，李世熊举了谭元春(友夏)所作钟惺(伯敬)墓志之引首文字、谭元春引钟惺读内典的言论进行剖析："伯敬为友夏第一知己，此文必友夏极用意之作。其引首云：'不夺其形影精光，使必传于世'，'彼其诗文撰述终不能行于天地之间，是志墓者之罪也。'[①]夫形影精光必待志者而传，则诗文皆无用之物矣，是友夏可以无伯敬也，言亦失轻重矣。中谓伯敬居官'务求实用，不竞末节小名'，'其要惟在读书；读书而后，实忠、实孝、实用出'，'是其人真可大用'，'仅以诗文为时师法，可惜也'。[②] 吾亲见伯敬为闽学使，潦倒灭裂，名检荡然，中考功以没，所谓读书实用如是已乎？此犹为世法、周旋？后又云：'年四十八九，始念人生不常，佛种渐失'，自矢'以为读书不读内典如乞丐食，终非自爨'[③]。无论佛种渐失，语不成义理，不可出学士之口，但前此所谓读书而实忠、实孝、实用者岂皆沿门叫街伎俩耶？又何以谓之实忠、实孝、实用也？虽谓之一字未读可也，谓伯敬直'一妄庸人'可也，又可望其大用乎？吾谓说文士但说文士本色，何尝不佳，今必谓其能经世，能作佛，以为超妙，不知其最鄙俗，最俗套也。"实际上直接抨击谭元春的识见低下，言失轻重，所撰墓志体例失当，所论与传主生平事迹不符，不足为钟惺作墓志。此信又举谭元春为闻子将之母朱氏所作传文"中无识见"、"无权衡之大"之语，以质问蔡廷铨"不知古文家有此等文字否？不知此等文字可单行否？"[④]

康熙十六年丁巳(1677)，李世熊在《答叶慧生书》论叶氏创作："大集中跻竟陵于马、班，批《资治》为蛇足，又何怪乎王元美、当代作者视同时震川、遵岩、应德诸君子不啻齐、晋于邾、莒也？及元美末年，为震川赞，乃曰：'千载有公，继韩欧阳。予岂异趋，晚而自伤。'盖伤震川之不可及也。夫元美自知其逊震川，而兄乃宗钟而祧马，则是兄之识不逮元美矣。……大约病在好奇，未免蹈昔人篠骖虮户之讥，因好奇而掇新探仄，采撷繁芜，以至不洁。先辈谓本诸太史以求其洁，知太史之所以洁，则知大文之所以不及太史矣。"[⑤]入清三十余年，闽中叶慧生仍然好竟陵文风，好奇掇新，"采撷繁芜"以致不洁，李世熊教以"本诸太史以求其洁"，与桐城派方苞(1668—1749)古文理论之"雅洁"相近而更早[⑥]。同年，李世熊又有书信致叶慧生，辨彰"洁"之含义："向以洁字奉益，来教似不慊然，兄盖以清寒紧峭为洁，与纵横浩浑异趣耳，遂谓洁不足以尽史公。《记》曰：'洁静精微，《易》教也。'静精微而冠以洁，可谓洁不足尽《易》邪？前贤之赞先师，曰：'江汉以濯之，秋阳以暴之，皜皜乎不可尚已。'此非洁乎？亦可谓洁不足以尽先师乎？然则本诸太史以求其洁者，正于纵横幻变中见其洁耳。柳子看洁是一样，是柳子见地；兄看洁是一样，是兄见地，古今人各有所见，不必其同，然不可不究其不同也。"[⑦]康熙二十五年丙寅(1686)，李世熊在《答薛依南书》中云："洁字诚不易到，依南惟性有之，故似之。钱虞山(本书按：

---

① 按：《退谷先生墓志铭》原文为："使予不为文则已，使予而尚为文也，舍是奚述焉。虽然退谷异人也，不夺其形影精光，使必传于世；徒絮絮然为墓志之言，彼其诗文撰述虽传矣，而形影精光终不能行于天地之间，则是志墓者之罪也。"(《新刻谭友夏合集》卷十二，四库全书存目丛书集部第191册影印明崇祯六年刻本，影印第714页)

② 按：原文作："退谷初在神宗时，官行人，思有用于当世，与一二同官讲求时务，厌呻吟不从。病起，玄黄水火，终日聒渍，以为吾若居给事、御史，务求实用，不竞末节小名，爱恋身家，如鸡鹜之争食，妇女之简狎，庶不令主上厌极大创，祸流缙绅，然其要惟在读书，读书而后实忠、实孝、实用出矣。先机蚤见，已若知有熹庙之末年与今上之神圣者，是其人真可大用。会有忌其才高者厄之，使不得至台省，后遂偃仰郎署，衡文闽海，终不能大有所表见，而仅以诗文为当时师法，亦可惜也。"(《新刻谭友夏合集》卷十二，影印第714-715页)李世熊对钟惺、谭元春的批评又见《答丘黄玉》书信(《寒支二集》卷四，影印第474页)。《答友》以论竟陵诗歌欲求神奇、深邃、避熟径而失之邪僻、庸劣、生涩，甚至为"鬼语"(《寒支二集》卷四，影印第475页)。

③ 原文作："年四十八九，始念人生不常，佛种渐失，悲泪自矢，以为读书不读内典如乞丐食，终非自爨；男子住世数十年，不明生死大事，贸贸而去，一妄庸人耳。乃研精《楞岩》，眠食藩溷，皆执卷熟思。"(《新刻谭友夏合集》卷十二，影印第715页)

④ 李世熊《寒支初集》卷六，影印第229-230页。所引均此出《再与蔡人镜书》。

⑤ 李世熊《寒支二集》卷三，影印第465页。

⑥ 按：李世熊的古文创作不仅主"洁"，更以曲折隐晦的表情达志而有所变通，如其所志同邑秀才雷羽上，即《雷孝廉墓表》"去所生甲寅仅四十一年"(《寒支初集》卷八，影印第309页)之笔法，李世熊夫子自道云："书其卒，则没年而纪月，逆追其所生之年，盖变例纡阻，其文不得谓之简要，媿曾(黎士弘)谓存扶九是也。"又云："仆一篇之中，傍侧隐见，仅炤应一明字，实不忍以□(按：此字覆以墨钉，不可识)人视之耳。"(《答官公璧书》，《寒支二集》卷三，影印第466页)他如官公璧以为秀才邓应康"事状不佳不足作志"，李世熊以为误；官公璧以为"仕今不书年代，谓之存扶九(雷羽上)犹可"，李世熊以为误(同前注)。

⑦ 李世熊《寒支二集》卷五，影印第502页。

钱谦益,1582—1664,字受之,号牧斋、蒙叟、东涧老人等,学者称虞山先生)当代作者,本朝不得屈居其次,然不敢以洁许之。近日汪苕文(汪琬,1624—1691,字苕文,号钝庵,长洲人)反唇虞山,或亦以洁绳之。苕文推崇震川,位以韩、欧。汪之规归诚亦具体,若虞山之神气磅礴,牢笼万有,恐苕文遇之,人马辟易,敢相敌乎?文人相轻习气殊可厌耳,他如宁都魏冰叔,三吴咸以为永叔再来;南州彭躬庵,气魄似又过之,依南他日阅其集,当必有针芥之合。"[①]从钱谦益的文学创作到清代主张"洁"的文学创作和理论建构之间存在一个代际转换,求洁成为清初作者李世熊、宁都三魏、彭士望、汪琬、薛以南等古文作家的共识。《桐城派编年》:"国朝文气之奇推魏禧,文体之正推方苞,而介乎奇正之间者惟恽(敬)。"[②]按:李世熊系明末清初奇正相间的古文作者,年代较恽敬(1757—1817)为早。李世熊、王纮[③]、黎士弘等福建作家与魏禧等江西作家的文学交往,有益于两省古文作家端正认识,形成古文创作的共识。

以钟惺、谭元春为主将的竟陵派的兴起是晚明文学运动的最后一次高潮,影响所及,天下风靡,福建、广东、四川等偏远的省份的文人亦深受浸染。即在竟陵极盛的当时,就已经出现反对的声音。钟惺的同年、明清之际文坛盟主钱谦益的《牧斋初学集》系其在明亡之前所作文集,所收录的《刘司空诗集序》论曰:"万历之季,称诗者以凄清幽渺为能……海内靡然从之,迄今三十余年,甚矣诗学之衅也。"[④]明朝未亡之前,钱谦益已经将竟陵派诗文创作抨击为末世之作,为亡国之音的征兆。明亡以后,入清的钱谦益在《列朝诗集·钟提学惺》中著论云:"余尝论近代之诗,抉择洗削,以凄声寒魄为致,此鬼趣也。尖新割剥,以唯音促节为能,此兵象也。鬼气幽,兵象杀,著见于文章,而国运从之。以一二辁才寡学之士,衡操斯文之柄,而征兆国家之盛衰,可胜叹悼哉!"[⑤]对于文学,钱氏在明亡前后对竟陵派所持的严厉批评一如既往,其立论根据是刘勰《文心雕龙·时序》中所表述的时世变迁与文学创作相应相随的理论[⑥]。

李世熊对竟陵文风的抨击则是从识见、文体学、学理层次对竟陵主将的古文创作进行针灸式的针砭,针锋相对,逐层反对,逐个打倒,在识见、文体、学理各层次均超越竟陵主将及其追随者的认识。

在竟陵文风之外,明末清初"士习奇衰,文章怪诞"[⑦],各种文章颓习"轧茁兢起"[⑧]。康熙《漳浦县志》云:"明季时文竞趋怪异,邑庠士林宾取唐刘蜕、明吕马宴二稿,择其词尤险仄者汇为一书,名曰《蜕马点声》,窜入八股中,闽中翕然宗之。凡中无用此者,主司文知摈不录,黄石斋(黄道周)见而叹曰:'文宗固是好奇,士子未免已甚。'"[⑨]又有名涩体者。民国《莆田县志》著录明人黄世康《客窗随录》,有张琴按语:"(林)兆珂又摭明人之说部,而以己见断之,辗转稗贩,思奥博而实无考证。每篇名目故为说异,篇首各有小序,亦皆涩体,均当时习气也。"[⑩]同治刊本《福建通志》著录明人林兆珂《宙合编》八卷,引《四库书目提要》论云:"是书乃其考证之文,分为六门。……名目诡异,篇首各有小序,亦皆涩

---

① 李世熊《寒支二集》卷三,影印第468页。

② 俞樟华、胡吉省《桐城派编年》,第394页。

③ 长汀人王纮,字广生。"工诗画,与宁化李世熊、江西魏禧皆有赠答。"(同治刊本《福建通志》卷八十,影印第1616页)此外,长汀上官周与江西瑞金杨于位交游(《国朝全闽诗录初集》卷十六,上官周条,引杨于位语)。

④ 钱谦益《牧斋初学集》卷三十一,第908页。

⑤ 钱谦益《列朝诗集小传》,第571页。上海古籍出版社1983年版。

⑥ 李世熊挚友彭士望持论与钱谦益接近,其《书织帘居唱和诗后》:"启、祯之际,国将乱而文体先变。士之负时名者剽悍放肆,敢于畔圣离经,以诵习《大全》及本注为伧父、腐儒,耻不交语。制义之上者为奏疏、策论,讯切时事;其次出入佛老,袭子书之怪癖;下焉者,《齐谐》鬼语,佶曲聱牙,不可方物。衡文者明知颇缪,然畏其为名士,录弗敢遗。文之变为岌岌。"(彭士望《耻躬堂文钞》卷九,四库禁毁书丛刊集部第52册,影印第163页)所论不仅针对竟陵派,更重要的是彭氏概括了天启、崇祯两朝二十余年的风靡全国文坛的文风,李世熊的古文创作及鼎革后其隐居中的生活状态、言行亦沾染时习,所不同的是入清以来李世熊跳出了这种文风的樊篱。

⑦ 叶向高《学使泰垣沈公(沈儆炌)报满序》,《苍霞草》卷七,《四库禁毁书丛刊》集部第124册,影印第178页。又,李世熊《答官公璧书》:"海内好怪者多矣。"(卷三,影印第463页)

⑧ 顾起元序,叶向高《苍霞草》,《四库禁毁书丛刊》集部第124册,影印第8、9页。

⑨ 林登虎等《漳浦县志》,影印第1558-1559页。

⑩ 石有纪、张琴《莆田县志》(二)卷二十二,影印第162页。

体,均之当时习气也。"[①]崇祯十二年己卯(1639),李世熊撰《钟百里先生六十寿序》:"时天下之文竞奇逐怪,诸子百氏剪帖为辞,方言稗语,嚵嚼成声,一唱群謦,天日之下皆妖魑也。"[②]但是李世熊看到钟百里"独典型先民尺寸,不敢有逸响,岳岳怀方,迂而拙矣。顾连举于乡,成进士。使天地真蠢然,果薾然即已,不然何得失、穷达、谬戾、倒错若斯也。自古高材奇厄抑郁无如,比得发愤自雄,改心决臆,诡躁以谈天倖者,此其人皆以世所推服,若公孙晚遇曲学而阿世、主父日暮暴行而逆施是也,先生顾落穆自如"[③]。钟百里被晚辈李世熊誉为在古文创作上有"轹韩逼柳"才华而绝不做"(韩愈)以诗歌诵唐功德,觊主赐环"、"(柳宗元)表上唐雅,希脱罪籍"之事的士大夫。彼时文风隳坏如斯,时人可藉之轻取声望,蜚声文坛,如黄道周、钟百里、李世熊这些文人已知其非,因而振痿起痹,其人文学创作虽不尽与清代桐城古文面目相近,甚或由于浸淫已久,仍然沾染晚明文学风习,受到晚明文风的约束,但是黄道周、李世熊两代人的文学活动确实是纠正晚明文学颓风的有益尝试,形成他们各自不同的古文风格。

李世熊为谈长益所作《谈长益制义序》虽论晚明制义,亦论古文:"古之善为文者莫如韩愈与苏洵。韩愈学二十余年而后取心注手,浩沛而来,苏洵学十年而后胸中之言益多。夫无十年、二十年之学而又卑菹乎制科之文体,则其拘隘缠浅苟能及格,托为藏锋敛锷,固宜也。"[④]

入清二十余年后,年近七十的李世熊,撰有《答叶慧生书》:"仆年垂七十,今日方读足下一书也。发端于周、秦、汉、晋之古文,竟绪于今日之邑乘,披华振秀,绚蔚心眸,愧仆不文,举猛厉朝气方盈之岁年销劘于科举帖括中,滥窃时誉,既而赁耳佣目,效为古文,于庄、骚、管、韩、左、策、八家之言无所不拟,拟之似者,究乃无一似,譬学书不成,去而学剑,又去而学万人敌,敌万人矣,究乃不敌一亭长,不庇一妇人,则是学敌万人不如学敌一人也。"[⑤]李世熊谦称不能古文而实用力在斯,又主张专学一家。李世熊对叶慧生来书请教,专论《宁化县志》志书之体,严格志书与胥吏簿书之体的区别。

康熙十二年癸丑(1673),在《与彭躬庵书》第六书中,李世熊论云:"既念文统大振于唐,自韩、柳外支分派别,各自流传,遂卑琐如符载等辈,常时已窃大名,近世选家亦搜其陋作,何知百年后无一二辈选及鄙文者乎?"[⑥]李世熊立身具有强烈的三不朽意识,其"幽志苦节"[⑦]的凄苦心境远远过于明末钟惺、谭元春二氏及彼时作者,同时代没有哪一个作者比起李世熊来更为容易沉溺于"孤行静寄"、"独往冥游"的生存方式中,更加倾向于创作抒写竟陵所谓"幽情单绪"[⑧]情感的诗文,但李世熊其人可贵之处在于虽染世情却不堕竟陵之习,其见识确实远高于晚明竟陵派宗师及其众多追随者。

明末清初相当长一段时间内,以钱谦益、李世熊等为代表的同时代著名作家及其后续古文作家对竟陵派和当时文风的抨击最终纠正了时人对古文创作的认知。

李世熊的古文创作"少独好韩非、屈原、韩愈之书,故其造就咸有根柢。昔楚中冯公之图谓先生得秦文气多,汉文气少,先生每诵为知言"[⑨]。其文奇杰凄丽,长于推测情变,层见叠出;专主出入子史,穿贯经史,"镕液古今,掀翻圣智,似此胸次、眼光,岂文人所能望其涯涘?"具有"廓开万古之心胸,推倒一世之知勇"[⑩]。魏禧论李世熊《(宁化)邑志自序·建置》云:"书建置原委分合,贯穿详明,如指诸掌,虽

---

① 同治刊本《福建通志》卷七十,影印第1457页。

② 李世熊《寒支初集》卷五,影印第170页。按:李世熊本人也被认为学习刘蜕,盖亦不能自外于时代风气。陈衍《石遗室诗话》:"(李世熊)文学孙樵、刘蜕,记、序各体,多近纤仄。……明末风气,大抵然也。"(陈衍《石遗室诗话》卷二十四,《民国诗话丛编》第一册,第333页)

③ 李世熊《寒支初集》卷五,影印第171页。下语亦在同页。

④ 李世熊《寒支初集》卷三,影印第94-95页。按:此文在李世熊崇祯十一年(1638)所作《徐燕嘉制义序》(同书,影印第97页)前。

⑤ 李世熊《寒支初集》卷六,影印第234页。

⑥ 李世熊《寒支二集》卷五,影印第491页。

⑦ 李世熊《(与彭躬庵)又》,《寒支二集》卷五,影印第494页。在前辛酉(康熙二十年,1681)九月信后。

⑧ 钟惺《诗归序》,《隐秀轩集·文昃集》,明天启刻本。

⑨ 乾隆《汀州府志》卷四十三,《艺文墓表·(黎士弘)前征君泉上李先生墓表》,影印第601页。

⑩ 《丘素夫原射发微序》附彭士望评语,李世熊《寒支初集》卷四,影印第122页。

野老稚孺坐听暗记，可起而言非此明快之笔、淹贯之胸将疑信执讼无已时矣。”[①]彭士望评其《(宁化)邑志自序·度支》云：“寒支胸怀、经术亦略尽于此。”[②]晚明古文作家与明代纯粹“文人”的古文创作渐渐拉开距离，从林兆珂“摭明人之说部”，“辗转稗贩，思奥博而实无考证”的失败到李世熊所得“出入子史”，“触类旁求”的古文法和创作道路，导夫清代古文创作与考据相结合的先路。

李世熊为延平府永安县罗明祖所撰《罗宣明传》，是其《寒支初集》十卷、《寒支二集》六卷中罕见长篇。传主罗明祖被时人目为“好房、奉、辂、璞之学”的术士，而李世熊却以为其人“置祸福于度外，确乎醇儒，非数术士所几也”，“又数言天下未尝无才，亦无不可治之乱，盖隐然以治平之略自□矣”。彭士望评此文云：“大文字指画当日情形、利弊、调度、方略，皆透彻可措实用，天下何地无才，但用违其时耳。为之呜咽，然赖此写生，亦足不朽矣。”[③]李世熊尝九冠诸生，才名冠八闽，而在明清一代之后选择退伏山林，逊避隐忍以终其生。彭士望感慨其才未尽用于世，其所撰《李元仲七十序》云，“家居，会土贼发祖屋，尽焚，乃相地，筑土堡，濬濠坚深闳壮，聚族人居之”，“先生尝笃好闽人董公应举，嗜其《崇相集》，谓经术可见施行”，“使先生在靖康时，为七十日左丞，其措置汴京河，非必有可观，而徒以泉上土堡经营保障楼墙庐井门巷之区画当靖康之事业，削迹著书，终老穷寂，此盖何为者耶！”[④]李世熊不仅仅是明清之际的文人，其学术思想体现在文学创作、《宁化县志》及家族谱牒编纂中，带有明显的“实用”转向。这是晚明以来以迄清初学术思想转变的大趋势，亦体现其人遭际似罗明祖“何地无才”、“用违其时”的人生遗憾。

康熙二十二年癸亥(1683)，李世熊作《祭彭躬庵文》回忆顺治十七年庚子(1660)同门友彭士望不远数百里访李世熊草庐，剧谈十昼夜：“太息有明不祀，病由学士、大夫之虚伪。夫学术伪则声气、名节、忠义、隐退莫不伪，世不胥魑魅，不止志士，须互相切劘，修真学术，结真朋友，讲真实时务，令如五谷可疗饥，布絮可御寒，庶几天运可回而民祸可息也。某以硁硁小人有味其言，稍出夙著相证，十九暗合。”[⑤]顺治十七年(1660)，明亡十六年，时彭士望五十岁，李世熊五十八岁，此祭文中所记的思想是彭、李二人痛定思痛之所得，反映清初学术思想由虚入实的转变，与黄宗羲(1610—1695)《明夷待访录》作年[⑥]大抵相近。彭士望与李世熊交契，“先生(彭士望)于某无苟同，究竟则无不同”[⑦]，学术思想、文学观念大体高度一致，细微之处则有异同。明清易代之后，李世熊入山变服为僧，其思想亦尝逃儒入禅，彭士望“于某所论性命则曰：‘精微透辟，惜用之于禅，尚为生死、根本、轮回所泥。圣贤不必离知、意、识而知、意、识皆其流行变化之妙，夫焉有所倚？’某言：‘此处竿头更难进步，不得将文字作话柄，须实实勘验始得，恐到不流行不变化时又须走向空寂一路，夫焉无倚哉？’先生尚未为某剖决也。”[⑧]辟佛入世，“以文章节义挽回天下”[⑨]，实实勘验，这是李、彭二人的共识。

入清以后，与其在史学撰述理念转变相应和的是李世熊的文学创作亦发生同步变化，并且视之为时代风气的整体转变，非李世熊一人独有的观念。李世熊《(与伍引之)又》书信作年在康熙二十年辛酉(1681)本年或之后，其时由明入清的文学家进入晚年，基本谢世，可以作定论，而成长于清朝的作者已经登上文学创作的坛坫，是为明清诗坛嬗变的关捩。晚年的李世熊论曰：“所教栎园诗，谓兼开府、参军之胜，良然。若虞山、梅村，弟则未敢轻议之。虞山大篇排比，绵亘穿贯，几几似杜，才量自当包括

① 李世熊《寒支初集》卷四，影印第146页。

② 李世熊《寒支初集》卷四，影印第161页。

③ 李世熊《寒支初集》卷九，影印第329页。

④ 彭士望《耻躬堂文钞》卷七，《四库禁毁书丛刊》集部第52册，影印第125-126页。

⑤ 李世熊《寒支二集》卷六，影印第547页。

⑥ 按：顺治六年(1649)六月，清兵攻陷福建沿海州县，张名振复台州健跳所，遣使迎鲁王，七月王复入浙，追随者有左副都御史黄宗羲等(民国《福建通志》总卷一，《福建通纪(清一)》卷十一，原第八页)。

⑦ 李世熊《祭彭躬庵文》，《寒支二集》卷六，影印第548页。

⑧ 李世熊《祭彭躬庵文》，《寒支二集》卷六，影印第548页。

⑨ 李世熊《明孝廉余虞卿墓表》，《寒支二集》卷六，影印第539页。按：此系镇海卫涂伯案(字虞卿)语。

诸家。梅村古风、歌行流丽顿挫，悲壮淋漓，如翻江倒海，变眩无穷，虽起盛唐诸公，未肯辟舍，今以牡丹目之，得无貌相乎王阮亭？曾读其《渔洋山人集》，当与栎园并驱争先，时誉顿盛，非过情也，陈伯几所刻《国雅集》亦极推之。近代风雅日新月盛，盖缘明季郁懑之气克塞霄渊，到此时不得不舒发，如久雨骤日，湿雾未消，精光突射，炫睛灿面，亦自然之理也。"[①]"久雨骤日，湿雾未消"用以形容由明入清的作家及其文学创作；"精光突射，炫睛灿面"用以揄扬王士禛等清初文学家的转变之功及其文学创作成绩。

李世熊的门人、上杭刘坊对于古文亦有别解，尝编《八家翼》四卷、《前八家》十二卷。以晋江张汝瑚编有《明八大家集》而抗行之。按：张汝瑚以宋濂、刘基、方孝孺、王守仁、归有光、王慎中、唐顺之、茅坤为明八大家[②]。刘坊书寄黎士弘，略曰："近见晋江张夏钟《明八家古文选》，乍见惊喜，及细繙之，不能无短长。夫茅鹿门自东京以来迄于宋代千余年间，仅得八人，而夏钟遂欲以二百八十年之人足之，何其刻于论古而轻于褒今也！明初宋潜溪、方正学雄才浩气，诚有过人者，然得文章之正而未极文章之致。刘诚意当以功业论，序、记数篇不无可观，若《郁离子》而即以为八家，将不胜其八家。王道思、罗圮(按：当作玘)之流耳，仅能撰造生涩字句，连篇累牍，妙义无闻。至于茅鹿门，不过一书坊中钞录傭耳，拾袭《史》、《汉》，卑者遂同艾南英之制艺，此而谓之大家，此夏钟八家之所以易也。王伯安天资晶澈，迥出庸流，发为语言，无非而妙谛，但先生自以学业著文章，高者不愧古人，次者又为训诂家本色，其文皆天机流行而未能尽文章之变，且以先生文名于明，则欧、曾之次亦当推仲晦矣。……荆川、震川两先生洵明代之巨匠，视唐宋而无憾者也矣。"[③]知刘坊亦一古文作者和古文选编者。刘坊对于张汝瑚《明八大家集》的编选基本赞同，对明八家及其入选文章发表自己的见解，同时扩而选之，有《八家翼》及《前八家》之选，以臻其密。

另一种闽、赣文学交流情况是江西文人与福建邵武等府文人之间的交往。民国《建宁县志·寓贤》魏禧传："魏礼，字和公，宁都人。主建邑，与诸生程子美交。子美请为耆宾艾岳铨作七十寿序，礼亦稔知艾多善行，遂为文以寿。末引宋王祚家居，其子孙皆至卿宰，列侍，术者推之曰：'寿当至一百三四十岁，但百二十岁时微苦脏腑，寻便安耳。'顾子孙曰：'汝辈记之，此年勿进冷汤水也。'诸君子举觞，时亦代嘱子孙共记是年是事，谨于进食乎。至今我邑祝寿者多引为美谈。"[④]

当时江西临川人陈际泰[⑤](1567—1641，至大士)与建宁丁氏友善，邑人宁次公得其笔意；江西东乡人艾南英(1583—1646，字千子)与建宁何士平友善，南丰谢文洊(1616—1682，字秋水)尝至建宁官湛家，官湛从谢氏新城门人吴渠游，得程山(谢文洊，学者称程山先生，讲阳明之学[⑥])学术渊源，建昌人徐芳(字仲光)与建宁诸名士诗文唱和，尤善聂芳，俱载徐芳所著《悬榻编》中；江西新城鲁瑗(字建玉)多游建宁；南丰汤倓(字宇安)与吴士林唱和；南丰汤来贺(字惕庵)与安吉保人宁惟一友善，尝造宁庐，纵谈古今；新城鲁仕骥(字絜非)尝至松谷，从朱仕琇学为古文辞[⑦]。

据民国《建宁县志》李云诰传，建宁三溪村，距离百丈隘仅五里，系建宁与毗邻的江西建昌府南丰

---

① 李世熊《寒支二集》卷五，影印第505页。按：此信在《与伍引之辛酉》后。

② 按：康熙间诸生、兴化府莆田县林一瑧选《明八大家文集选》，丁炜序以宋濂、王袆(漏一家，方孝孺，其文雅)、王守仁、王慎中、唐顺之、归有光、茅坤为八家，分别取其醇、雅(同治刊本《福建通志》卷七十作雄，影印第1465页)、彻、奥、逸、洁、豪(民国《莆田县志》卷二十三《艺文志》，《明八大家文集选》引丁炜序，原第一百十一页，影印第222页)。知民国《莆田县志》抄本脱(忠文之)"雄，正学之"(雅)四字，并误鹿门(茅坤的别号)为鹿州。《茅鹿门集》八卷(张汝瑚选)，康熙二十一年刻本。按：张汝瑚又曾选王世贞《王弇州集》二十七卷，康熙间刊本；《王弇州集》十六卷附《王弇州传》一卷，康熙二十一年刻本。

③ 民国《上杭县志》卷廿三，原第十一、十二页，影印第291页。

④ 民国《建宁县志》卷廿六，原第十二页，影印第286页。

⑤ 按：陈际泰(1567—1641)之父陈仪生流寓福建汀州府武平县，授徒为生。陈际泰生于福建，幼年在闽，寓武平象洞(乾隆《汀州府志》卷三十五《流寓传》)，长归临川，与艾南英、罗万藻、章世纯结"豫章社"，称"临川四才子"、"江西四家"。陈际泰系明末著名的八股制义大家，与休宁金声(1589—1645)并称"金陈"。

⑥ 李灵年等《清人别集总目》，第2294页。

⑦ 民国《建宁县志》卷廿六，原第十二、十三页，影印第286-287页。

县之间的交通要道和兵家必争之地。乾隆间,建宁朱仕琇从学南丰汪世辚,得授古文法[①]。邵武府建宁邓成锦,“南丰籍。侨居城南高岭,已历数世”[②];邵武府光泽裘绍箕,“祖时由江西新城徙居(邵武府建宁县)县治”[③]。建宁县与江西南丰、新城等县人民往来密切,两省边界府县之间文学活动变频繁。

在易堂九子与汀州府宁化李世熊交往之外,尚有易堂九子中彭士望之后人彭子载、彭于务等人。彭士望有三子:长彭厚德(1652—?)、次彭厚本(1660—?)、季彭厚下(1664—?)。彭子载当即彭厚德,彭于务当即彭厚本。彭子载尝寓居宁化,与李世熊有书信来往,《寒支二集》收有李世熊康熙十四年乙卯(1675)、康熙二十三年甲子(1684)等年份致彭子载信四通。彭于务为彭士望之子,尝为晚年的彭士望、李世熊传递消息,康熙二十年辛酉(1681)九月彭于务到宁化泉上访李世熊,李世熊留住三月余[④],与李氏子侄意气相投,定两世之交。此外,漳州府海澄县郑亦邹“闻宁都魏禧善古文,赍粮往谒”[⑤];泉州府晋江县丁炜尝官江西分巡赣南道,与魏礼相交,延至使院,筑髲园,与名士唱和雅集;福州府侯官解元张远(1648—1722)一生踪迹不定,多在京师、广州,与王士禛、朱彝尊、查慎行、屈大均、魏禧、潘耒等唱和。

明末清初之际,闽、赣两省的古文作家往来频繁,在乱世中尚能优游其中,在凄风苦雨中慰藉、安顿心灵,以文学创作浇块垒,仿佛不受易代战乱、山区草寇劫掠的影响,是两省区域文学史上的一段黄金时期。李世熊《与彭子载》回忆云:“忆子载寓宁化之年,仆方在忧患之际,欲迎致山居,定两世之盟,未能也。当时便闻奇气卓尔,今读大篇,手眼全别,虽推誉过情而事理渊源,经史融液,今古缝合,都无边际。语曰:‘后生可畏。’非谓仆等畏之,谓前此李杜韩苏辈自畏后生耳,若仆等辈何人不可畏,岂必后生乎?愿子载衍畅家学,凌御前古,终其可畏之实,当不俟仆之揄扬矣。”[⑥]阳湖人蒋方增撰《耻躬堂文钞叙》,序彭士望文集:“自秦汉以下,古文之学盛于唐宋而衰于元明。至国朝初年,英才辈出,其故旧遗老多以气节为文章,盖不朽之言而又兼功、德以俱立也。时则宋之雪苑、闽之泉上、粤之北田、浙西之河渚、虞山之宛溪皆大名震海内,而江右则以宁都易堂为首称,程山(江西南丰人谢文洊,1615—1681,字秋水,号程山等)、髻山(江西星子人宋之盛,1612—1668,又名宋佚、宋惕,字未有。崇祯举人,世称髻山先生)亦附见。”[⑦]在明末清初易代之际的古文创作中,形成了“以气节为文章”(按:部分作家与清廷有过不同程度的合作)的特征,古文创作具备立功、立德、立言三不朽的载体意义,其自身价值不待揭橥而高。从全国来看,古文创作有六大区域中心:河南以雪苑侯方域为首的文人群体、福建以泉上李世熊为首的文人群体、广东以顺德陈恭尹为首的北田文人群体(北田五子指陈恭尹、何衡、何绛、陶窳、梁梿)、浙江以朱彝尊为首的浙西文人群体、今江苏无锡以宛溪顾祖禹为首的宛溪文人群体、江西以宁都易堂九子为核心的文人群体。闽赣两地文人的交流占有清初古文创作三分之一的分量。

乾隆间所修《汀州府志·文苑传》卷首论曰:“汀旧属山峒,文教所不敷,在唐犹草昧,越宋、明乃浸盛焉,世之执牛耳、登词坛者几江、黄视汀矣。抑知仲贤(北宋郑文宝,字伯玉,一字仲贤,宁化人,有《仲贤集》三十卷)、子刚(南宋罗烈,字子刚,长汀人)倡之于前,时清(明代伍晏,字清任,一字时清,清流人)、峦宗(明赖维岳,字峦宗,永定人)承之于后,以及元仲(李世熊,字元仲,宁化人)、媿曾(黎士弘,字媿曾,长汀人)诸君子,莫不词倾三峡,笔扫千军,古人谓微言绪绝,复传正始之音者,舍数子,其谁与归!”[⑧]从此段文字所论宋、明、清初三段汀州府的作家在全国文坛的影响来看,以李世熊、黎士弘师弟

① 《清史稿》卷四百八十五,朱仕琇传,第13388页。

② 民国《建宁县志》卷廿六,邓成锦传,影印第283页。

③ 光绪《邵武府志》卷二十,《人物传·(光泽)宦绩》,影印第433页。

④ 请参看李世熊《(与彭躬庵)又辛酉九月》及此信后之《(与彭躬庵)又》书(《寒支二集》卷五,影印第493-494页)。在此期间,魏礼(和公)将访泉上,故李世熊留彭于务与之同行。

⑤ 民国《福建通志》总卷三十九,《福建文苑传(清一)》卷七,郑亦邹传,第26页。

⑥ 李世熊《寒支二集》卷五,影印第495页。

⑦ 彭士望《耻躬堂文钞》,蒋序,《四库禁毁书丛刊》集部第52册影印清咸丰二年重镌《耻躬堂诗文合钞》本,第6页。

⑧ 同治刻本《汀州府志》卷三十三,影印第376页。

对全国产生的影响为最大，远超过郑文宝、罗烈之于宋代文坛以及伍晏、赖维岳之于明代文坛的意义。阳湖人蒋方增撰《耻躬堂文钞叙》，序彭士望文集，称“时则宋之雪苑、闽之泉上、粤之北田、浙西之河渚、虞山之宛溪皆大名震海内，而江右则以宁都易堂为首称”[①]，明末清初全国一共有六个区域性的古文创作群体，汀州府李世熊师弟的古文创作在全国具有六分其一的分量。

## 第二节 以大学士李光地为中心的闽籍古文创作阵营

清代以来，桐城古文创作风靡天下，近代安徽学者刘声木出于乡曲之好，刊刻《桐城文学丛书》，著有《桐城文学渊源考》十三卷(含《补遗》十三卷)、《桐城文学撰述考》四卷(含《补遗》四卷)等，尤以后两种收录明清两代桐城古文作家649人，《补遗》两种收999人，425人重出，合计作者1223人、文集2370余种，于桐城派古文阵营文献(包含明代归有光等桐城文学渊源所自者)的搜集厥功甚伟，今人汪祚民、陈开林、李阳阳、徐雁平、王达敏、范丹凝[②]等对桐城古文作家阵营再做搜集，又有所增益，尤其对北方省籍桐城古文作者的搜集具有意义，开辟出桐城派古文向北传播的崭新研究领域。

学术界普遍忽略桐城派古文家之外的清代古文作家及其文献的搜集和整理。从本书对福建清代古文作家及其著述的搜集结果看，桐城派古文家之外的清代古文作家数量、著述数量不容小觑，创作数量相当可观。单看福建一省，清代闽籍古文作家总体数量不少于400人，占《桐城文学渊源考》、《补遗》、《桐城文学撰述考》作家数量的1/3，这意味着今后清代文学研究的一个重要领域正在被打开。

明末清初，福建从事古文创作的作家众多，不乏闻名全国的作者，如黄道周、曾异撰、李世熊等，尤其以明代唐宋派古文的首倡地泉州府，古文创作的脉络始终清晰，从明代到清初，端绪分明，出现了郑之铉、吴韩起、吴载鳌等有影响力的作家。以《桐城文学渊源考》追源溯流的方法，清代福建古文创作可上溯至明代泉州府的作家陈琛、张岳、林希元[③]、王慎中等人，以王慎中最得时名，影响波及全国。泉州府晋江人王慎中(1509—1559)在嘉靖中提倡以唐宋古文为鹄的，得到武进唐顺之(1507—1560)的呼应，形成声势浩大的唐宋派古文创作运动。王慎中仕途坎坷，嘉靖二十年(1541)大计落职，时年方33岁，不复起。晚年在泉州一带近二十年，致力于古文创作，对唐宋古文及其创作技法在泉州的传播起到重要的影响。溯源所得清代闽中古文运动的源头陈琛(1477—1545)、张岳(1492—1552)、林希元(1482—1567)的生年，比《桐城文学渊源考》所溯桐城派古文的源头明代作家归有光(1507—1571)至少早十五年以上，至王慎中之时方与归有光年代相当。

明末清初，泉州府晋江人、顺治五年戊子(1648)举人薛坤有《古文雅鉴》[④]，邑人、崇祯十五年(1642)举人、顺治十二年乙未(1655)会试乙榜张汝瑚，一生购求明代遗文三百余家，逐一评点，其文章在王慎中之后罕有其匹[⑤]，编有《明八大家文选》《明十二家文选》等；康熙间诸生、兴化府林一臻有《明八大家文选集》，泉州府晋江丁炜序之，略曰：“一臻取有明之文，择其尤雅者汇为八家：潜溪之醇，忠文

① 彭士望《耻躬堂文钞》，蒋序，《四库禁毁书丛刊》集部第52册影印清咸丰二年重镌《耻躬堂诗文合钞》本，第6页。

② 请参看汪祚民《〈桐城文学渊源考〉作家缺名考补》(载《古籍研究》2013年第1期)、《〈桐城文学渊源考〉作家姓名著录辨正》(载《安庆师范学院学报》2014年第5期)、《〈桐城文学渊源考〉作家缺名续考》(载《安庆师范学院学报》2016年第5期)、《〈桐城文学渊源考〉作家缺名再考》(载《安庆师范大学学报》2017年第4期)；陈开林《〈桐城文学渊源考〉补阙考误》(载《重庆工商大学学报》2016年第6期)、《〈桐城文学渊源考〉阙误续补》(载《重庆工商大学学报》2018年第6期)；李阳阳、徐国华《江西桐城派传衍考述》(载《南昌航空大学学报》2015年第2期)；徐雁平《〈贺葆真日记〉与晚期桐城文派的深入研究》(载《华南师范大学学报》2014年第2期)；王达敏《论桐城派的现代转型》(载《安徽大学学报》2015年第6期)；范丹凝《贺涛与清末畿辅古文圈》(山东大学2015年硕士学位论文)等。

③ 陈琛、张岳、林希元等人的古文创作请参看拙著《明代福建文学结聚与文化研究》第十五章《明代福建反前七子文学复古运动考》(第930-950页)。

④ 同治刊本《福建通志》卷七十二，影印第1502页。

⑤ 陈笃彬、苏黎明《泉州古代著述》，第308页，引乾隆《泉州府志·循绩传》张汝瑚传。

之雄，正学之雅，阳明之御，遵岩之奥，荆川之逸，震川之洁，鹿门之豪，其立言一轨于道而止。余(丁炜)于是叹林子之用心勤取舍正也。”[①]顺治十八年辛丑(1661)贡元、福清陈五器选刻国初文章，集名《雅存》，士林传诵。[②] 康熙间诸生、长乐陈汉章(字可云、天于)著有《古文丝声集》[③]。康熙四十七年戊子(1708)举人、连江陈榛著《古文怡心集》十卷[④]；康熙二十三年(1684)副贡生、侯官林仪(字羽倩)选有《同园韩苏文选》[⑤]，林仪为副贡生的时间与其选韩苏文的时间应当不一致，若能提前数十年，即其为副贡生之时，则时代、选文标准比方苞(1668—1749)及其所提倡的散文理论早。康熙中后叶，晋江人薛人龙[⑥]，尝编著《古文唐制元斋》、《唐宋大家文选》，影响较大。李光墺、李光型兄弟编次《遵岩王先生文集》四十二卷，康熙五十年(1711)刻本；李光型编著《批订王遵岩集》，著有《崇雅堂文集》[⑦]，他们的观点和李光地嗜好韩愈文章相较则显得旨趣稍异，能看出明末清初福建古文家的古文创作和嬗变的不同进路。康熙十二年(1673)进士、泉州府晋江人黄志璵，编著有《唐宋文选》、《韩诗选》[⑧]，雍正元年癸卯(1723)举人、福宁府福安县李馨(1693—1764，字少白，号莲舫[⑨])有《韩文翼》[⑩]；乾隆间贡生、永春州永春人潘远载(字贞侯)著有《读韩蠡测》一卷[⑪]，则是与李光地[⑫]同一轨度，而黄志璵、黄志璋、黄道泰等诸黄氏族人俱有文学创作活动，康熙间黄志璵官内阁中书舍人，朝廷制作多出其手，更是扩展了唐宋古文及韩愈诗歌在泉州府乃至朝廷的影响。

清代乾隆朝之前，福建古文作家的队伍基本上形成以李光地为核心的作家群体，除了少数古文作家如陈梦雷与李光地交恶而在其圈子之外，几乎为李光地及其传人所笼罩，亦为李光地及其传人所笼络，统称为以李光地为中心的康熙年间古文作家群体，区分成李光地家族内的古文作家群体、受李光地和方苞双重影响的作家群体、从蔡世远到蔡新时代的古文传承阵营等数个集群，既有与李光地同时在世的古文作家，也有李光地奖掖的文坛晚辈，以及李光地文章事业的传人及再传作家。

康熙间，李光地与方苞等桐城派初期作家的交往密切。桐城初祖方苞在康熙朝以戴名世案曾经命悬一线，康熙五十二年(1713)大学士李光地施以援手，方苞遂得赦免出狱，再次受到康熙、雍正两代帝王的恩宠，历充文学侍从之职，李光地于桐城文派的存续和发扬具有重要的意义。

入清以来的诸多作家中，福建安溪人李光地(1642—1718)系康熙九年(1670)进士，浙江钱塘人汪霦(？—1705以后)系康熙十五年(1676)进士，江南桐城戴名世(1653—1713)系康熙四十八年(1709)进士，桐城方苞(1668—1749)系康熙四十五年(1706)贡士第四名(未预殿试)，均是康熙间同一时代知名作家。李光地长戴名世11岁，长方苞26岁，戴名世长方苞15岁，年龄差距几乎构成三代人。汪霦与李光地时代最为接近，仅晚李光地两科，古文创作颇得盛名，上达帝聪。民国《福建通志》李光地传引康熙帝语，帝谓“自汪霦死，无能古文者”，李光地对曰：“惟戴名世案内方苞能。”叩其次，即以戴名世对。[⑬] 方苞为李光地晚辈，其才高，可上接汪霦，成为新一代古文创作的中坚力量。康熙皇帝所说的话并非出于刻意抑制李光地的才能，以折辱七十二岁的李光地，成名已早的李光地未因此萌生嫉妒、厌

---

① 同治刊本《福建通志》卷七十，影印第1465页。

② 乾隆《福清县志》卷十四，原第六六页，影印第370页。

③ 同治刊本《福建通志》卷六十九，影印第1411页。

④ 同治刊本《福建通志》卷六十九，影印第1425页。

⑤ 同治刊本《福建通志》卷六十八，影印第1395页。

⑥ 按：《晋江县志》卷十二《(国朝)清修传》薛人龙传在康熙四十四年乙酉(1705)岁贡蒋敏生之后，五十年辛卯(1711)举人黄德嵩、五十二年癸巳(1713)岁贡黏敦轸之前，据以推知薛氏生活的年代。

⑦ 同治刊本《福建通志》卷七十三，影印第1529页。

⑧ 同治刊本《福建通志》卷七十二，影印第1504页。

⑨ 柯愈春《清人诗文集总目提要》，第536页。

⑩ 同治刊本《福建通志》卷八十一，影印第1634页。

⑪ 同治刊本《福建通志》卷七十二，影印第1640页。

⑫ 按：以上包含李光地在内清初闽籍古文编者14人，本书《乾隆、嘉庆两朝80年的福建古文创作》所考名单重出张汝瑚，实际13人。

⑬ 民国《福建通志》总卷三十四，《福建列传(清三)》卷三十四，李光地传，第五页。

恶的心理,此康熙君臣相得之谓,李光地所谏得大臣之体。时值方苞为戴名世《南山集》案牵连入狱论死之时,李光地善于揣摩圣衷,果断援手营救,"因事设辞以移上意"[①],虽救不了戴名世,但救得方苞生还。触犯龙鳞这份胆量不是一般人臣概能有之,此等行事非老于世故的朝臣所敢为、乐为、愿为的,李光地之于桐城文派的意义大矣。

方苞不仅与李光地交往密切[②],亦与其他闽籍官员、作家多所交游,几乎认识李光地所有门下士[③],在李光地身后继续关照、培养闽籍古文作家。泉州府德化(雍正十二年后属永春州)人邓启元(1699—1732),字公季,号蓝阳,雍正五年(1727)进士。与方苞纂修三礼。卒年三十四。泉州府安溪县王士让,字尚卿,雍正十年壬子(1732)副贡生、副榜举人,乾隆元年(1736)举博学鸿词科。入三礼馆,分修《仪礼》。传附同治刊本《福建通志》官献瑶传。方苞为浙江提督、原籍长乐(迁泉州)陈伦炯祖母王氏撰传[④],为林枝春之母郑氏、谢道承之母叶球撰传[⑤]。为方苞赏识的闽籍后辈古文作家有林枝春、张甄陶等。林枝春系乾隆二年丁巳(1737)进士,以第二人授编修。福清张甄陶,乾隆二年(1737)入京,为朱轼、方苞、李绂所喜,从方苞请读未见书。张甄陶(1713—1780)的卒年与邵武府建宁县的朱仕琇(1715—1780)同一年,生年相近,卒年相同,但一为桐城古文大家方苞的闽籍传人,在学术和文章上均受到方苞的影响,一为清代闽中古文传统的开辟者,这是乾隆间福建两条并存的古文传播脉络。

康熙九年(1670)庚戌科,李光地以二甲二名进士登第,年仅二十九岁。本年考选庶吉士,散馆授编修,开始其一生仕途。康熙十七年(1678)授礼部侍郎,二十五年(1686)为庶吉士教习大臣,三十七年(1698)任直隶巡抚,四十二年(1703)迁吏部尚书兼管直隶,四十五年(1706)简授文渊阁大学士,五十七年(1718)卒于官。李光地一生自担任直隶巡抚始,为朝廷重臣二十年,善于发现、赏拔人才。胪列闽籍士人如下:

(1) 康熙间贡生、泉州府南安人黄光崑(一作崐),字伯玉,号肃斋。黄光崑八岁入安溪县学,后为李光地激赏,延聘家塾,成为李光地巡抚直隶(1698—1705)[⑥]时的幕宾。撰有诗文集。其诗文、制艺直追作者之堂。[⑦] 黄光崑传见《泉州府志·文苑传》、民国《南安县志·文苑传》。

(2) 康熙四十五年丙戌(1706)进士、福州府侯官人郑任鑰(字惟启,号鱼门),"由庶常洊历侍讲,在京邸,与李光地、孙家淦倡明理学,引掖后进。"[⑧]郑任鑰的同年、漳州府海澄人郑亦邹(字居仲,号白麓)先从宁都魏禧学为古文,举进士后,与何焯、汪份、吴士玉、方苞交,为方苞所推许;郑亦邹门人郭成郭(字若虞)"守朱子之学,治古文,慕归有光,所作皆精邃淳古"[⑨]。

(3) 漳州府漳浦蔡世远(1681—1734)。民国《福建通志》本传称其补弟子员后,学使者引以助校士,"出所刻《扪斋初集》古文示士子,咸駴叹,以拟贾长沙"[⑩]。康熙四十八年己丑(1709),举进士,出李光地门下,极受李光地器重,又为福建巡抚张伯行、漳州知府魏荔彤、福建巡抚陈瑸等延请主省垣及各地书院讲席,修先儒书及方志。五十五年(1716),李光地荐其掌福州鳌峰书院。

(4) 泉州府晋江县陈万策(1674—1734),陈迁鹤之子。其人才高,贡入太学,为李光地所重,相与

---

① 方苞《李相国逸事》,《方苞集》,上海古籍出版社1988年版,第686页。此例转引自林静茹《安溪湖头李氏文学研究——以李光地为中心》(闽南师范大学2015年硕士学位论文)。

② 请参看林静茹《安溪湖头李氏文学研究——以李光地为中心》第四章第四节《桐城派方苞文集中的李氏家族》所论,该节引方苞文六篇。

③ 方苞《庄复斋公墓志铭》:"余与安溪李文贞公久,故其门下士相从问学者十识八九。"(庄亨阳《秋水堂遗集》卷一,《清代诗文集汇编》第258册,影印光绪十五年刻本,第327页)转引自林静茹《安溪湖头李氏文学研究——以李光地为中心》。

④ 民国《福建通志》总卷四十五,《福建列女传》卷一,王氏传注引,原第十七页。

⑤ 郑氏、叶氏传均见民国《福建通志·福建列女传》卷一(原第十八页)。

⑥ 林静茹《安溪湖头李氏文学研究——以李光地为中心》,闽南师范大学2015年硕士学位论文,第16页。

⑦ 民国《南安县志》卷三十一,《文苑传》黄光崐传,原第十六页,影印第283页。

⑧ 民国《福建通志》总卷三十四,《福建列传(清五)》卷三十六,郑任鑰传,第四页。

⑨ 民国《福建通志》总卷三十九,《福建文苑传(清一)》卷七,郑亦邹传及传附郭成郭传,第二十六页。

⑩ 民国《福建通志》总卷三十四,《福建列传(五)》卷三十六,蔡世远传,第四页。

覃究经学,旁及六书、九算,穷极底蕴;困于场屋近三十年,康熙五十七年戊戌(1718)始成进士。老于文学,文淳洁雅驯,得力于唐人为多。[①]

(5) 康熙五十七年戊戌(1718)进士、泉州府晋江人陈之缇(字采人)"少受业于陈迁鹤,博极群书,为文疏宕有奇气",成进士后授官湖广归州知州,改兴化府教授[②]。

(6) 漳州府南靖县、康熙五十七年(1718)进士庄亨阳(1686—1746,字元仲、复斋)。乾隆元年(1736)为方苞向鄂尔泰荐举,又为内阁学士李清植举以自代。庄亨阳学术为士大夫所重,闽抚延主鳌峰书院,以父丧辞。[③] 同治刊本《福建通志》著录庄亨阳《复斋遗集》,引官献瑶序。略曰:"吾乡李文贞相国以经术光辅太平,退食之暇,及门高弟子环向讲席质问奥义,极一时之盛,如杨文定公(杨名时)、徐鲁南(徐用锡)、张长史、陈沧洲(陈鹏年)、何义门(何焯)诸贤其尤著也。南靖庄复斋先生及相国门最后,相国心重之,与诸贤等。相国殁后,先生由进士出宰山东潍县。丁内艰归,聚徒漳江,倡明师传,乡邦后进翕然宗之。既以杨文定公荐举经学助教国子,旋陟吏部郎,出守南徐,观察淮海,以劳卒官。……先生自其少时,从乡先辈戴麦村学诗辄工,复与漳浦蔡文勤公结社东江,以古今文鸣。及执贽相国,一变而进于道。今先生文孙(庄)渐等能读祖父书,悉心收罗,部分井然。凡先生当官硕画讦议,皆有考焉。旁及算法,经相国授指,亦缮写附于后。"[④]庄亨阳传附《清史稿》卷四百八十,官献瑶传。庄亨阳追随李光地的时间最晚,也较短,又与蔡世远结社漳州东江(疑即今江东),则庄氏古今文均受到李光地、蔡世远的影响和熏陶。按:戴麦村(戴盼)与郑白麓(郑亦邹)齐名,郑氏闳博有史才,负不可一世之概,戴氏以风度胜,晚年诗尤工擅。[⑤]

通过以上所考清代闽籍作家与李光地的关系,可知李光地对清代泉州府、漳州府文学创作力量的大力培育。

李光地家族的作家群也是清初闽籍古文作家群体的核心和重要成员。李光地本人撰《古文精藻》二卷、《韩文考异》、《韩子粹言》二册等著作,李光地叔父李日煋之子李光墺、李光型编次《遵岩王先生文集》四十二卷,李光型著《批订王遵岩集》、《崇雅堂文集》等。李光地之孙、雍正二年(1724)进士李清植(1690—1743),尝与"漳浦蔡世远论次《古文雅正》","诗文雅健精深"[⑥]。请参看本书李光地家族条。

从李光地到蔡世远(1681—1734)、蔡新(1707—1800)构成闽中在朝士大夫身份作家古文创作的传承脉络,是清初闽中古文创作的主体,这是与闽西汀州府宁化县以李世熊为中心的古文创作群体同时存在的文学现象,分别代表着在朝和在野、忠于新朝和故国的两种文化现象,直到宁化县雷鋐(1696—1760)之时方才泯灭二者分裂的存在。

(7) 福州府福清县余甸(1655—1726),字田生,初名祖训,字仲敏,晚号芳初,字修吾。福清人,籍南平。康熙四十五年丙戌(1706)进士。福建巡抚张伯行延主鳌峰讲席。卒年七十二。乾隆《福清县志》余甸本传:"尝游学京都,历吴下,遍交知名士,如顾有常、方灵皋(方苞),皆一见如旧识,与齿为辞宗。甲午(五十三年,1714)分蜀闱,取拔邹宾;戊戌(五十七年,1718)分礼闱,取拔汪应铨,两闱俱获名元,尤推明鉴焉。"[⑦]民国《福建通志》余甸传称:"其文章书法亦冠一时。"[⑧]《国朝全闽诗录初集》续集卷五引《闽诗选》云:"田生性清矫,居官有风节,淹贯经史,工诗古文词、二王书法及秦汉篆隶。"[⑨]余甸与方苞等交往,为闽中古文李光地之后的重要作者。

---

① 民国《福建通志》,同卷,原第十三页。

② 民国《福建通志》总卷三十六,《福建循吏传(清一)》卷十一,陈之缇传,原第五十七、五十八页。

③ 民国《福建通志》总卷三十四,《福建列传(清五)》卷三十六,庄亨阳传,原第十一、十二页。

④ 同治刊本《福建通志》卷七十四,影印第1546页。

⑤ 民国《福建通志》总卷二十五,《福建艺文志》卷六十四,第二十七页,林梦斗《雪岩诗集》解题,引蔡世远《二希堂文集》。

⑥ 民国《福建通志》总卷三十四,《福建列传(清三)》卷三十四,李清植传,原第十、十一页。

⑦ 乾隆《福清县志》卷十四,原第六八页,影印第371页。

⑧ 民国《福建通志》总卷三十四,《福建列传》卷三十六,第二页。

⑨ 《国朝全闽诗录初集》续集卷五,《全闽诗录》第五册,第569页。

(8) 汀州府连城张鹏翼，康熙间人。博览经史，留心理学。福建巡抚张伯行闻其名，深许之；时蔡世远未达，亦景仰之。① 雷鋐以为闽汀学者以张鹏翼为冠冕。②

(9) 汀州府连城人李图南，字开士，李梦箕(季豹)之子。顺治十七年庚子(1660)举人。“入都，与蔡文勤公讲明修身穷理之要，深契重之。”③按：蔡世远，谥文勤。官至礼部左侍郎。据其自述，康熙五十四年乙未(1715)，蔡世远从京师回闽，家居数载，评选历代古文，自汉至元，约二百三十首。雍正元年(1723)召入京，与同志李清植(立侯)、张季长、朱轼等参论考订，刻于长洲。④

(10—11) 漳州府南靖县张雄家族系科举世家，祖孙三代均有功名。张雄之子张福昶，举康熙四十四年乙酉(1705)举人。“巡抚张伯行延致鳌峰书院，凡所著作，亟加称赏。雍正癸卯(元年，1723)会试报罢，时漳浦蔡世远承值内廷，与高安朱轼方以实学倡天下，同修历代名臣、名儒、循吏等传，而独以循吏传属福昶，又留同订《古文雅正》。一时名公卿咸推重折节，愿与交。用大学士、桐城张廷玉荐，授江苏元和知县。”⑤

(12) 汀州府宁化雷鋐。任启运《貤赠文林郎翰林院庶常雷公慎庵墓表》：“皇帝即位之初，诏征翰林庶吉士雷鋐入京。鋐故蔡文勤公高第弟子，端重有学问。”⑥雷鋐出生之时，邑人、先辈李世熊已经去世十年，又历二十年游学福州之后，代之而起。

(13—14) 为蔡世远所重者有福州府闽县人、雍正八年庚戌(1730)进士陈霖。“漳浦蔡世远重其学行，奏荐之，授吏部额外主事。”⑦又，汀州府宁化人、乾隆二年丁巳(1737)进士巫近汉，尝受业于蔡世远，潜心宋儒书。⑧

(15) 漳州府漳浦人、雍正间拔贡蓝鼎元(1680—1733)。著《鹿洲初集》二十卷，蔡世远论曰：“鹿洲负不羁之才，语经济必曰诸葛武侯，言文章必曰韩吏部，以振古人豪自命。虽然义理之气气也，血气之气亦气也，鹿洲今年且过五十，磨砻浸润，学益粹，养益深，蓄其气以裕其用，以发之于文，吾知文且进而驾于古。”⑨以“年且过五十”，知蔡世远所论在雍正末年。

(16) 汀州府上杭人蓝正春著《四书一得录》，雍正九年(1731)蔡世远序之。⑩

(17) 蔡世远从子蔡新(1707—1800，谥文恭)。早岁家境贫寒，从蔡世远学。乾隆元年(1736)成进士。考选庶吉士，散馆改编修。在朝五十年，屡膺乾隆皇帝圣眷，累官至文华殿大学士。蔡新登第之时，蔡世远已经辞世，以故终乾隆一朝，形成以蔡新为中心的在朝闽籍古文作家群体。从乾隆皇帝的角度看，蔡新本人代表着乾隆朝后期古文创作的最高成就。民国《福建通志》蔡新本传：“上(乾隆)以(蔡)新归之后，在朝无可与言古文者，御制诗文必寄令阅看，以验学诣。”⑪按：蔡新于乾隆五十年(1785)二月乞休。

(18) 为蔡新所器重者有建宁县人、雍正五年丁未(1727)进士徐时作，“漳浦蔡新欲保举任京秩，以愿归家更读书辞”⑫；后当大用之时，徐时作却宦情渐淡，辞官归隐。

---

① 民国《连城县志》卷二十一，张鹏翼传，原第二十四页，影印第 203 页。按：蔡世远，此传作蔡致远，误。

② 徐世昌《清儒学案》卷六十，《梁村学案・张先生鹏翼》，第 2373 页。

③ 民国《连城县志》卷二十一，李图南传，原第二十四页，影印第 203 页。

④ 民国《福建通志》总卷二十五，《福建艺文志》卷七十一，第五页，引蔡世远《古文雅正》自序。与《乾隆、嘉庆两朝 80 年的福建古文创作》所考名单重出。

⑤ 民国《福建通志》总卷三十六，《福建循吏传(清一)》卷十一，张福昶传，原第四十八页。

⑥ 任启运《貤赠文林郎翰林院庶常雷公慎庵墓表》，载《汀州府志》卷四十三《艺文墓表》，影印第 601 页。

⑦ 民国《福建通志》总卷三十六，《福建循吏传(清二)》卷十二，陈霖传，原第九页。

⑧ 民国《福建通志》总卷三十六，《福建循吏传(清二)》卷十二，巫近汉传，原第十七页。

⑨ 民国《福建通志》总卷二十五，《福建艺文志》卷六十五，第三页，引。

⑩ 民国《上杭县志》卷二十三，《艺文志》，原第二十二页，影印第 296 页。

⑪ 民国《福建通志》总卷三十四，《福建列传(五)》卷三十六，蔡新传，原第八页。

⑫ 民国《福建通志》总卷三十六，《福建循吏传(清二)》卷十二，徐时作传，原第六页。

(19) 闽县郭起元(字复斋),雍正间廪生。"师事漳浦蔡新,讲实用之学"[①],民国《福建通志·福建循吏传》郭起元传重出,后传称郭起元"肄业鳌峰书院,时漳浦蔡世远称其品芳洁,有文章",又受巡抚卢焯、学政周学健举荐出仕,为官舒城、桐城、太湖等地[②]。

(20) 漳州府龙溪人、乾隆四十三年戊戌(1778)进士李威。初至京师,尝止蔡新邸舍,事见民国《福建通志·文苑传》李威本传[③]。

当蔡新之时,桐城宗师姚鼐崛起,先是扬声于朝廷,预《四库全书》纂修,后归隐江南,以授徒讲学、传播古文为一生事业,使桐城古文的影响焕发出璀璨的光彩,而在福建则有邵武府古文家朱仕琇,先于姚鼐大得古文创作的声名,其经历与姚鼐相近,亦尝考选庶吉士,外放为知县等低级官员,不乐仕宦,回到福建,主鳌峰等书院讲席,致力于培养人才和古文创作,传播其古文理论。大学士蔡新的文学创作力、影响力本不如康熙朝闽籍大学士李光地之盛,虽位极人臣,而文学创作及其影响终不能与姚、朱三足鼎立。乾隆朝是清代馆阁文章与桐城派古文分离,也是闽籍馆阁作家与在野古文家的创作分流的时期,形成政治公权力与文学创作权柄分离、疏远,而又互相影响的格局。

## 第三节　李光地之外的闽籍古文作家的创作

汀州府一隅以宁化县李世熊为核心的作家群选择与清廷不合作、不对抗的遗民态度,隐居故籍,其创作影响限于闽、赣交界地带;泉州府以安溪县李光地为中心的士大夫、士人代表闽省向朝廷归顺的力量,清朝统一全国是历史的大趋势,李光地等闽人顺应了历史的潮流,在文章、军功领域都有卓越的表现,具有清初汉员士大夫最高的威望,延揽了包括闽人在内的大批文人。在李世熊、李光地这两个文学创作圈子之外,清初福建尚有大量的古文作者。胪列如下:

(1—3) 由明入清的隐逸作者如张纶(字道羽,闽县人)、林大乾(字用始,林廷选曾孙)、林逢经(字守一,长乐人)等。民国《福建通志·高士传》林大乾传:"喜读书,能文善射,美须髯。……与李世熊、林逢经、张纶辈结文社,咸一时名流。"[④]

(4) 顺治十二年乙未(1655)进士、延平府沙县人邓可权。"生平肆力经史,为文脍炙人口。"[⑤]

(5) 顺治八年辛卯(1651)贡生、汀州府长汀人陈胤虞。"好为古文奇字。其为文好柳子厚,诗好刘梦得,书法逼似率更。"[⑥]

(6) 泉州府同安人张赞宗,字子参。康熙元年(1662)入粤,隐粤市数十年。为诗文奇思伟论,独出手眼,陈元孝、唐海门有酷肖子长(司马迁)、并驾钱刘之目。[⑦]

(7) 延平府沙县人邓文修,字观城。康熙十二年癸丑(1673)进士。传称其"工古文词"。[⑧]

(8) 闽县人方迈,字子向、日斯,系康熙二十九年庚午(1690)举人、三十三年甲戌(1694)进士。官萧山知县,调兰溪。传称其"博洽,能古文词。在萧山,与检讨毛奇龄往复问难,于经善破析疑滞,于奇

① 民国《福建通志》总卷三十六,《福建循吏传(清二)》卷十二,郭起元传,原第十页。

② 民国《福建通志》总卷三十六,《福建循吏传(清二)》卷十二,郭起元传,原第十四页。据传,卢焯荐博学鸿词科在乾隆元年(1736)。

③ 民国《福建通志》总卷三十九,《福建文苑传(清二)》卷八,李威传,第十一页。

④ 民国《福建通志》总卷四十三,《福建高士传》卷四,林大乾传,原第十四页。

⑤ 民国《福建通志》总卷四十,《福建儒行传》卷五,邓可权传,原第二页。

⑥ 民国《福建通志》总卷三十九,《福建文苑传(清一)》卷七,陈胤虞传,原第八页。

⑦ 民国《福建通志》总卷三十九,《福建文苑传(清一)》卷七,张赞宗传,原第九页。

⑧ 民国《福建通志》总卷三十九,《福建文苑传(清一)》卷七,邓文修传,原第十五页。

龄亦多纠正”[1]。

(9) 陈梦林(1670—1745),字少林。漳浦人。康熙六十年(1721)朱一贵乱定而不居功,固辞归乡里。与蔡世远、阮文、庄亨阳称同志,晚尤善雷鋐,以志铭属庄,以传属雷。诗不减少陵。[2]

(10) 泉州府惠安人、康熙四十五年丙戌(1706)进士林之濬,字巨川,号象湖。官翰林院编修。“嗜古博学,为诗古文辞典雅藻赡,才思云涌。与姜宸英为古文字交,孙勷以巨眼名天下,尝自叹识力居之濬后。”[3]视学江南,取彭启丰入学。

(11) 福州府连江人、康熙四十七年戊子(1708)举人孙发曾。“善诗、古文词。”[4]

(12) 福州府侯官人、康熙五十七年戊戌(1718)进士张炜,字彤伯。改选庶吉士,授编修。善诗、赋、古文辞,对客挥毫,千言立就。[5]

(13—15) 延平府将乐作家廖腾煃系邑人萧正模之师,而萧正模与郡人余思复(本名有成,字不远,号中村[6])、施中(田间)、邓拔萃(未有)、吴日彩(彤云)、吴殿龄、车耆奎(瓠阿)、林佶(吉人)、徐章贞(南史)善,以诗、古文辞相切劘。[7] 萧正模深于史,有《史论》暨《诗文集》行世,晚选泰宁教谕,士多归之[8]。桐城古文名家戴名世作有《送萧端木序》,叙康熙二十六年丁卯(1687)同试于京兆,时戴氏年未及壮,而萧氏已五十余[9]。同治刊本《福建通志》著录萧正模《后知堂集》(一作《后知堂文集》)四十四卷,引冯柱雄题,略曰:“余中村(余思复)极喜深谷(萧正模有《萧深谷文集》)文字。或问其佳处,中村曰:‘简。’今读其文,汪汪千倾,而诠理叙事必中于成法,始叹中村知言,而黄贞父之以简核定震川,有以也。”[10]又与外省钱秉镫(田间)、戴名世(田有)善。笔力简老,各体文皆简峭,诗古朴,中亦复宕逸。[11] 邓拔萃“为文廉洁幽逸,得晋、唐人风韵”[12]。邓氏文章亦与萧正模同一轨辙。

(16) 福州府闽县人王九徵,康熙间人。传称其博极群书,工诗、古文词。游历名山胜概,多所题咏。[13]

(17) 漳州府龙溪人、康熙五十九年庚子(1720)举人郑子江,传称其“工诗、古文词,与郑亦邹齐名,时称二郑。”[14]

(18) 漳州府龙溪人、雍正十三年乙卯(1735)举人戴侯焻(1666—?),工古文,尤精史学,综括群书。[15]

(19—21) 兴化府莆田人、康熙二十一年壬戌(1682)进士吴辙及其父吴当世、其兄吴轼三人,均为宗北宋苏洵、苏轼、苏辙父子文章的作家,吴氏“父子为文力抚三苏,句絜字度,不逾尺寸。”[16]

(22) 泉州府晋江人、康熙三十年辛未(1691)进士何龙文。为文雄浑博大,悉归于正[17],所填词卑

---

① 民国《福建通志》总卷三十八,《福建儒林传》卷五,方迈传,原第六页。

② 民国《福建通志》总卷三十九,《福建文苑传(清一)》卷七,陈梦林传,原第二十、二十一页。

③ 民国《福建通志》总卷三十九,《福建文苑传(清一)》卷七,林之濬传,原第二十六页。

④ 民国《福建通志》总卷三十九,《福建文苑传(清一)》卷七,孙发曾传,原第二十六页。

⑤ 民国《福建通志》总卷三十九,《福建文苑传(清一)》卷七,张炜传,原第二十八页。按:此张炜(字彤伯,号雪樵,康熙五十七年进士)非萨嘉曦诗友张炜(字镜心,光绪十五年举人)。

⑥ 李灵年等《清人别集总目》,第957页。

⑦ 民国《福建通志》总卷三十九,《福建文苑传(清一)》卷七,萧正模传,原第二十八页。

⑧ 同治刊本《福建通志》卷二百三十九,萧正模传,影印第4323页。

⑨ 柯愈春《清人诗文集总目提要》,第232页。

⑩ 同治刊本《福建通志》卷七十五,影印第1556页。

⑪ 民国《福建通志》总卷二十五,《福建艺文志》卷六十四,第二十一页。

⑫ 同治刊本《福建通志》卷二百三十九,邓拔萃传,影印第4323页。

⑬ 民国《福建通志》总卷三十九,《福建文苑传(清一)》卷七,王九徵传,原第二十八页。

⑭ 民国《福建通志》总卷三十九,《福建文苑传(清一)》卷七,郑子江传,原第二十九页。

⑮ 民国《福建通志》总卷三十九,《福建文苑传(清一)》卷七,戴侯焻传,原第二十九页。

⑯ 同治刊本《福建通志》卷七十,影印第1465页,引郑王臣《兰陔诗话》。

⑰ 民国《福建通志》总卷三十九,《福建文苑传(清一)》卷七,何龙文传,原第十八页。

妩媚而尚豪宕。

## 第四节　闽中宗尚归有光古文的风气

刘声木《桐城文学渊源考》、《桐城文学撰述考》及其《补遗》均本着推原桐城古文源头的精神,《桐城文学渊源撰述考》卷一所列私淑归有光散文的闽籍古文作者有萧正模、高均儒、林佶、林正青、陈宝璐、陈秀贞六人。将乐萧正模,顺治间人;侯官林佶、林正青父子,顺治至乾隆间人;高均儒,闽县人,寄籍浙江秀水,道光至同治间人;闽县陈宝璐、陈秀贞父女,咸丰至民国间人。

清初萧正模,字端木,号深谷,延平府将乐人。廖腾煃门人。《桐城文学渊源考》:"顺治□□拔贡[①],官泰宁县教谕。师事朱仕琇,受古文法。诗不喜齐梁体,文则力学归有光,其为文太骏快而乏停蓄,惟《读东林传》五篇最善,尤深于史。撰《后知堂文集》十六卷、《诗集》二十八卷、《史论》十八卷。《福建通志》、《左海文集》、《文献征存录》、《国朝耆献类征》。""【补遗】萧正模文灏气排空,虽轻锐无前,而渊穆沉厚,清真高简如古作者,诗亦滔滔自运,而气质稍粗,生平深于史,自汉讫五代为《史论》十八卷,多纠旧史之谬,核而尽,骏悍而足于气,他文不逮也,为张伯行编纂《朱子全书》□卷,撰《见苗诗草》□卷。《后知堂文集》、《东越文苑传》、《耐轩文初钞》、《国朝古文汇钞二集》、《续补碑传集作者纪略》、《苌楚斋续书目》。"[②]

按:《桐城文学渊源考》卷一"此卷专记师事及私淑归有光诸人"[③],为宗归有光之作者。又按:《桐城文学渊源考》所谓"顺治拔贡"、"师事朱仕琇"等语均有商榷之处。同治刊本《福建通志》著录萧正模《后知堂集》四十四卷,注云:"冯柱雄题。曰:'余中村极喜深谷文字。或问其佳处,中村曰:"简今读其文,汪汪千顷,而诠理叙事必中于成法。"始叹中村知言,而黄贞父(明代黄汝亨,字贞父,浙江杭州人)之以简核定震川,有以也。'"又注:"康熙间拔贡生。传见《文苑》。"[④]以萧、朱两人时代相距远甚,萧正模为邵武府建宁古文家朱仕琇前辈[⑤],并非从朱仕琇受古文法。民国《福建通志·福建文苑传》萧正模本传称其"少从同邑廖腾煃学,与郡人余思复、施中、邓拔萃、吴日彩、吴殿龄、车耆奎善,以诗、古文辞相切劘。诗不喜齐梁,文则力学归有光"[⑥],其古文创作确实私淑归有光者。

康熙四十五年丙戌(1706),福州府侯官人林佶入直武英殿,亦可视为李光地之外的古文作者。《桐城文学渊源撰述考》林佶小传云:"官内阁中书。师事汪琬,受古文法,诗则师事王士祯,诗文皆渊源所自,当时几为天下第一人,义法体格犹为近古,其文文辞清醇典雅,文质相宜,矩矱有余而精义不乏,性喜金石,工篆隶行楷,撰《御览赋》一卷、《朴学斋文稿》一卷、《诗稿》十卷。《御览赋》、《献赋始末》、《朴学诗文稿》、《四库提要》、《福建通志》、《稗贩杂录》、《国朝古文汇钞初集》、《金石书录目》、《福州府志》、《绛跗草堂诗集》、《东越文苑传》、《闽侯县志》。"[⑦]

闽县林佶之子林正青亦宗归有光。《桐城文学渊源撰述考》:"字洙云,号苍梧,闽县人,佶子,诸生。官淮南小海场盐大使。能传其父学,留心文献,熟悉掌故,其文虽未足名家,进退颇有法度,诗亦清切可诵。撰《瓣香堂诗集》一卷、《文集》一卷,佐修《福州府志》□卷。《福州府志》、《闽侯县志》、《贩稗杂

---

① 按:民国《福建通志·福建艺文志》著录《后知堂文集》四十四卷,解题作"康熙间拔贡生。"(《福建艺文志》卷六十四,第二十一页)

② 刘声木《桐城文学渊源撰述考》卷一,第73页。黄山书社1989年版,徐天祥点校。按:点校本《桐城文学渊源撰述考》的《渊源考》部分内容较诸民国十八年(1929)直介堂丛刻本《桐城文学渊源考》条目有所增补、修订、损益。

③ 刘声木《桐城文学渊源撰述考》卷一,《丛书集成三编》第6册,影印民国十八年(1929)直介堂丛刻本,影印第724页。

④ 同治刊本《福建通志》卷七十五,影印第1556页。

⑤ 朱仕琇《答鲁絜非书》:"(将乐县)惟前辈萧先生正模者与潘次耕、刘鳌石诸人交善,所著《后知堂古文》十六卷,力学震川,其人已没久矣。"(《梅崖居士文集》卷二十八,《清代诗文集汇编》第336册,影印第468页)

⑥ 民国《福建通志》总卷三十九,《福建文苑传(清一)》卷七,萧正模传,原第二十八页。

⑦ 刘声木《桐城文学渊源撰述考》卷一,第90-91页。

录》、《藤阴客赘》、《绛跗草堂诗集》、《东越文苑传》。"[①]不仅林佶与其子林正青文宗归有光,林侗家族多作者,延绵数代,在林侗家族内部及福建各地,归有光以及汪琬的古文影响深远。

据刘声木的研究,明末清初宁都人邱维屏"义法实自归有光出","自归有光后,方苞前,断以其文为最"[②],门人有魏禧等。从全国来看,清代乾隆、嘉庆、道光间尤多宗归有光作家,如嘉定俞昌言,阳湖刘跃云、金复堂,震泽张士元,长洲彭绍升,嘉兴王元启,胶州法坤宏,太仓冯伟,嘉定钱大昕、王鸣盛,金溪杨謨,歙县程晋芳,无锡秦瀛,嘉兴钱泰吉,宜兴吴德旋、平南彭昱尧,武进吴士模,宜兴吴谔,婺源程德赉,上元梅曾亮,马平王拯,昭文(今常熟)王振声,湘乡曾国藩[③],金匮张岳骏等。乾隆、嘉庆、道光朝是清代桐城文派最为繁荣的时代,也是对归有光散文研究极盛的时代,追随者亦最多。

道光间,寄籍浙江嘉兴府秀水县的福州府闽县古文家高均儒(1812—1872,字伯平)其文在归有光和桐城文派之间。《桐城文学渊源撰述考》高均儒传:"诸生,工古文,得归、方正规,其为文淳实高古,书法亦遒劲入古,诗不多作。撰《续东轩遗集》四卷。《续东轩遗集》、《柳隐丛话》、《悔过斋文集》、《敬斋杂著》、《皇朝续文献通考》。""【补遗】高均儒,一字可亭,号郑斋,闽县人,寄籍秀水。主讲城东讲舍,治经精声音训诂之学,学不求博,贵专,三礼主郑康成,知治经必先识字,故于小学为勤,古文师桐城,主于简尽质实,不屑词藻为工,力学自修,欲以体道于身,笃守程、朱之学,尤服膺应潜斋、陆稼书两先生。《汲庵诗文存》、《闽侯县志》、《续补碑传集作者纪略》。"[④]高均儒门人有杭州府钱塘人陈祖延(字子鸿),"师事高均儒二十二年,受古文法。"[⑤]

闽籍作家直至晚清仍有宗归有光者,闽县有陈宝璐(1857—1913)、陈秀贞父女[⑥]。《桐城文学渊源撰述考》陈宝璐传:"字□□,号□□,闽县人。光绪庚寅进士,官刑部□□□主事,私淑归有光、姚鼐,撰述未刊。《石遗室文三集》。"[⑦]陈宝琛撰《亡弟叔毅哀辞》:"君治古文辞垂四十年,博极群书,而尤肆力于经,顾不轻为著述。"[⑧]陈秀贞:"字愔如,闽县人,宝璐女,□□沈觐冕室。通经史,泛览诸子,治小学,工小文函札,祈向归有光、姚鼐,实受父教然也。《石遗室文三集》。"[⑨]沈觐冕(1887—?),字冠生,号观心,沈葆桢曾孙。官至海军总司令部秘书长。

陈宝璐胞兄陈宝琛(1848—1935),其人虽称近代"诗坛祭酒"[⑩],亦以古文辞名世。1951 年,门人陈遵统作《沧趣楼文存读校后记》,论云:"师自通籍以后,萃精力于奏议之文,其文曲而有直体,奄有贾长沙、陆敬舆、苏子瞻诸氏之长,在师各种作品中故当首屈一指,而目营八表、智烛几先,识力之弘远,又足与相称也。……以散文言,矜慎之至,一字不苟,有桐城诸老峻洁之长,而能祛其末流冗弱之弊。"[⑪]

---

① 刘声木《桐城文学渊源撰述考》卷一,第 91 页。
② 刘声木《桐城文学渊源撰述考》卷十一,第 319 页。
③ 刘声木《桐城文学渊源考·补遗》曾国藩条云:"道、咸间居京师,颇以文学倡导后进。"(《桐城文学渊源撰述考》卷四,第 182 页)
④ 刘声木《桐城文学渊源撰述考》卷一,第 82 页。
⑤ 刘声木《桐城文学渊源撰述考》卷一,第 99 页。
⑥ 转引自俞樟华、胡吉省《桐城派名录》,俞樟华、胡吉省《桐城派编年》第 1 页。按:俞樟华、胡吉省《桐城派编年》云"录自刘声木《桐城文学渊源考》",检此书(刻本)十三卷,无陈氏父女,其实录自徐天祥点校的《桐城文学渊源撰述考》第 101 页、102 页。
⑦ 刘声木《桐城文学渊源撰述考》卷一,第 101 页。按:陈宝璐,字敬果,号叔毅。钦点庶吉士(《清代硃卷集成》第六十八册,陈宝瑨、陈宝璐合刻履历,影印第 217 页),散馆官刑部主事。
⑧ 陈宝琛《沧趣楼诗文集》,下册,第 471 页。
⑨ 刘声木《桐城文学渊源撰述考》卷一,第 102 页。
⑩ 王森然《记陈宝琛》,陈宝琛《沧趣楼诗文集》下册,附录一,第 762 页。
⑪ 陈遵统《沧趣楼文存读校后记》,陈宝琛《沧趣楼诗文集》下册,附录一,第 769-770 页。

# 第十八章
# 桐城派作家宦闽考论

在明末清初大约一百年时间里,在全国范围内,自晚明万历叶向高之后,古文创作在理论上对宗尚唐宋古文与选择七子派复古创作的问题上反复辩难,在古文创作实践的践履中,在对成功与失败的经验总结中,逐渐廓清古文创作在理论和实践两个层面的雾翳和迷障,在古文创作的取向上取得逐渐一致的共识,重新确立以唐宋八大家(明人一称唐宋六家[①])为首的唐宋古文创作的优良传统对于当代古文创作的指导意义[②],近人刘声木撰《桐城文学渊源考》、《桐城文学撰述考》等著作,在唐宋古文创作之后,于明代作家中选择以归有光为清代桐城派接续唐宋古文的桥梁,明确有清一代古文创作的渊源所自。

钟嵘《诗品序》形容南朝诗歌创作的繁荣和良好的文学创作风气:"今之士俗,斯风炽矣。才能胜衣,甫就小学,必甘心而驰骛焉。"[③]且不引述钟嵘对南朝士人热衷诗歌创作弊端的针砭,单就文学创作的积极状态而言,魏晋以至南朝结束的数百年间,无愧于"文学的自觉时代"[④]之雅誉。晚明以来,古文创作从前、后七子约100年的创作探索失败中痛定思痛,其取向和进取目标业已调整完毕,在明清鼎革前后,一大批籍贯今江西、安徽、福建、浙江、上海、山东、广西等地区的作家共同发力,齐头并进,从事古文创作,出现类乎钟嵘所描述的"甘心驰骛"的古文创作"斯风炽矣"的盛况,历经17世纪、18世纪200余年间的理论构建和文学创作实绩展示,最后凝练为以桐城派为典型代表的古文创作成就。

## 第一节　桐城派作家仕宦福建考述

在近人刘声木的《桐城文学渊源考》及其补遗(今与《桐城文学撰述考》汇而为《桐城文学渊源撰述考》一书)各十三卷中,清代福建古文作家私淑归有光古文的有6人(卷一),师事、私淑方苞的有19人(卷二),未见有师从刘大櫆(卷三)、姚鼐(卷四)、吴德旋(卷六)、梅曾亮(卷七)、方东树(卷八)、李兆洛(卷九)者,师从、私淑阳湖文派的闽籍作家有8人(卷五),师从、私淑张裕钊、吴汝纶的闽籍作家1人(卷十),师从邱维屏的闽籍作家1人(卷十一),师从鲁九皋的闽籍作家1人(卷十三)。这份数据反映出清代闽籍古文作家与桐城派及其旁支阳湖派、湖湘派的古文传承脉绪严重疏离,但是兼具清代桐城派、阳湖派、湖湘派中作家身份的官员宦闽者众多,对于福建科举人才的培养,促进桐城派古文与闽中古文创作的交汇、融通具有积极的意义。

乾隆初,在朱仕琇未起之时,方苞弟子、桐城张尹官长乐知县。《桐城文学渊源撰述考》:"张尹,字

---

① 按:明初朱右(1314—1376,字伯贤,今浙江台州人)编有《六先生文集》,是明代第一种唐宋八大家古文选本,清末陈田认为朱右之说"亦有所本"(《明诗纪事》,甲签,卷六,第五页),不是独造之选。

② 请参看拙著《明代福建文学结聚与文化研究》第十六章《叶向高在晚明馆阁文学创作中的意义》第三节《以叶向高为首的馆阁作家重夺文学坛坫的时间》的论述(第958-964页)。

③ 钟嵘《诗品序》,何文焕《历代诗话》本。

④ 鲁迅《魏晋风度及文章与药及酒之关系》,《而已集》,《鲁迅全集》人民文学出版社1956年版,第382页。

无咎,号莘农,桐城人。乾隆丙辰(元年,1736)进士,官长乐县知县。师事方苞,受古文法。方苞弟子在桐城者,古文以尹为最。其为文苦心精练,气茂而境清。其于六经之旨及古作者之体格源流悉合而汇之于诗文,虽师事方苞而文不纯似。撰《石冠堂诗钞》四卷、《文钞》二卷。《桐旧集》、《桐城县志》、《桐城耆旧传》、《柏堂集前编》、《国朝文汇》。"[①]按:张尹,乾隆六年(1741)任福州府长乐县知县,至八年(1743)宛平人袁儒忠接任[②]。

乾隆十年至十三年(1745—1748)任福建巡抚、湖南祁阳人陈大受[③],《桐城文学渊源撰述考》陈大受条载:"字古咸,号可斋。……雍正癸丑(十一年,1733)进士,官协办大学士,谥文肃。师事方苞,受古文法。其为文不务声华,原本性情,义正词醇,恪守方苞轨范。"[④]

从张尹到朱筠、朱珪兄弟典试闽省、任福建学政,时间约从乾隆六年至乾隆五十年间(1741—1785),这些桐城古文作者和乾嘉考据学者仕宦福建,形成闽省文学、学术嬗变的契机,因此之故清代福建的文学创作和学术的面目均发生较大的改变。

姚鼐族兄姚棻,字香茝,号铁松。乾隆二十六年辛巳(1761)进士,乾隆六十年至嘉庆二年(1795—1797)任福建巡抚。

在陈用光之前,江西黎川陈氏古文家陈观尝官福州。陈观,字宾我,号鉴轩。陈道之长子陈守诚第四子,陈用光从兄。乾隆四十九年甲辰(1784)进士。尝在闽任福州知府、福建盐法道,累官至总督。陈观尝序林苍《印商》云:"闽东侯官林子雨苍精许氏《说文》,其篆、隶为当世推重。余宦闽之三年,长子希申偕之游,讨论秦汉金石,极得古法,益信林子之名非虚也。间作印章,浑朴修秀,与闽中练、薛二家相后先。夫篆刻小技也,而已卓然如是,其他可想见矣。兹林子以所刻《印商》请序于余,余嘉林子之与古为叩也,用弁数语于卷端。时嘉庆乙丑小春江西新城陈观序。"[⑤]钤"陈观之印"、"鉴轩氏"二章,时嘉庆十年乙丑(1805)。陈观长子陈希申,号莲舫。陈观较其从弟陈用光早若干年宦闽。陈用光系陈道次子陈守诒之子,嘉庆六年(1801)成进士,与万世美、陈登瀛、齐鲲等闽籍进士同年,于道光八年至十一年间(1828—1831)任福建学政。

道光八年至十一年(1828—1831),江西新城人、古文家陈用光以内阁学士兼礼部侍郎任福建学政[⑥]。陈用光(1768—1835),字硕士,号石士,嘉庆六年(1801)进士。师事舅氏鲁九皋、姚鼐,受古文法,从姚鼐最久。又受知于翁方纲、朱筠[⑦]。"先生以文学结主知,正直乐易,立身有本。少受业于姚姬传、鲁絜非两先生,为文兼取两家法,诗学蒋心余先生,而气稍敛抑。"[⑧]其文义法谨严,言有体要,淡而弥旨,胚胎欧、曾。[⑨] 陈用光稍长于林则徐,为林则徐挚友。在福建有善政,喜奖掖人才对,道光初福建的教育及古文创作影响较大。闽中士子谢宗善、张际亮、黄士遇、黄士迁、曾元澄等均受知于陈用光。侯官曾氏一族与陈用光的关系尤其密切,以陈用光与曾晖春系同年,又与曾晖春三子曾元海同供职于翰林院,而其次子曾元炳则与陈用光同时出任学政,陈用光得福建,旋补曾晖春之孙曾兆鳌为博士弟子员[⑩]。

道光二十年至二十一年(1840—1841)任闽浙总督、江苏江宁人邓廷桢(1776—1846)[⑪]。《桐城文学渊源考》邓廷桢条载:"字嶰筠,江宁人。嘉庆辛酉(六年,1801)进士。官闽浙总督。师事姚鼐,肆力

① 刘声木《桐城文学渊源撰述考》卷二,第104-105页。

② 民国《长乐县志》卷十二,影印第151页。《中国地方志集成》福建府县志辑第21种,上海书店出版社2000年影印。

③ 同治刊本《福建通志》卷一百七,影印第2043页。

④ 刘声木《桐城文学渊源撰述考》卷二,第111页。

⑤ 林霪《印商》,民国间石印嘉庆原刻本。

⑥ 同治刊本《福建通志》卷一百七,影印第2045页。

⑦ 叶衍兰、叶恭绰《清代学者象传》,第310页,陈用光传。

⑧ 同上注。

⑨ 刘声木《桐城文学渊源撰述考》,第160-161页。

⑩ 王学深《清代福州府科举家族初探——以洪塘鄂里曾氏为中心》,载《福建师范大学学报》2016年第2期,第148页。

⑪ 同治刊本《福建通志》卷一百七,影印第2043页。

于诗、古文词及古音韵学,所学尤深。"[①]道光十五年(1835)任两广总督,十九年(1839)十二月调闽浙总督,在厦门积极抗英,与林则徐同时受朝廷处分。

姚鼐门人、宝山(一说嘉定)毛岳生(1791—1841),曾经流寓闽中[②]十余年。

桐城姚莹在福建仕宦的事迹及其与建宁诗人张际亮的深挚交谊请参看本书张绅家族条中。

方苞的再传弟人、潍县刘鸿翱于道光二十一年(1841)任福建巡抚,至二十六年(1846)为浙江乌程人郑祖琛接任[③]。刘鸿翱,字次白。嘉庆十四年己巳(1809)进士。师事邑人韩孟周。韩孟周系乾隆二十二年丁丑(1757)进士。"与鲁九皋、陈用光等以古文相切劘。其为文宗法方苞,纯正平易,庄雅有法度,旷邈之思不可揭取,往往见于诗文;究嫌理胜于词,终有户牖。""【补遗】主讲淮南书院……文笔峻洁,渊懿醇茂,阐明理道,不循流俗,盖本其心得而以和平安雅出之;无绳削雕镂之劳,有云行水流之趣,虽宗法方苞而气味之质厚精实不能及。……诗法王、李而无骋才之迹。"[④]刘鸿翱"与薛莱峰以文学相切磋,精研古人为文义法。……诗亦绝去浮靡,力追正始"[⑤]。薛辅世,字德甫,号莱峰,寿光人。薛氏亦韩孟周弟子,为刘鸿翱少时塾师,刘鸿翱从薛氏学为古文。[⑥]

私淑方苞的有安丘人刘燿椿[⑦](1785—1858),字庄年。嘉庆二十五年庚辰(1820)进士,改选庶吉士,道光十八年(1838)官福建兴泉永海防兵备道兼厦门道,至二十三年(1843),在闽多年。在前历任闽浙总督邓廷桢、颜伯焘的指挥下,预道光二十一年厦门对英防御战。后任四川按察使,未任,复为候补道留闽。"私淑方苞,为文奉以为法,诗则不专主一家,词尤清豪婉丽,深得风人和平之旨。撰《海南归棹词》□卷、《海南烬余录》□卷。"[⑧]

道光十八年(1838)任分巡延建邵道,二十三年(1843)任福建布政使,二十七年(1847)任福建巡抚,后又任闽浙总督[咸丰元年(1851)内召,任太仆寺少卿]的山西五台人徐继畬(1795—1873),前后在闽十四年,推崇汀州府宁化李世熊文章,其全集曾经细读数过,赞赏李世熊所撰的《宁化县志》,以为类似欧阳修《新五代史》之小叙[⑨]。

私淑方苞,守桐城古文义法、官台湾兵备道者吴大廷,字桐云,沅陵人,咸丰五年乙卯(1855)举人。"与舒焘、王拯、冯志沂、吴敏树等友善,以文字相切摩。文宗方苞,自谓于《震川文集》所得尚浅,酷好《望溪文集》,已圈识五过,用力至勤。其为文恪守方苞义法,称心而言,踔厉迅发,如潮水骤至,虚空而不见沙砾,折旋而不失规矩,有得于阳刚之美。诗亦根柢深厚。撰《小西腴山馆文集》十二卷、《诗集》八卷、《自订年谱》二卷、杂著□种。""吴大廷古文守方苞义法,诗亦正变迭出,不名一家,而神与古会,不失诗人意旨。"[⑩]

桐城古文宗师刘大櫆的四传弟子、荥阳人孙钦昂(1825—1896),"师事张调元,受古文法最早。调元授学于本邑乡间佩渠精舍,钦昂少即受业"[⑪]。张调元,字夔臣,郑州人。嘉庆十二年丁卯(1807)举人,官浚县教谕,师事鲍桂星,有《佩渠文稿》。歙县鲍桂星师事方苞门人、歙县吴定,受诗、古文法,溯刘大櫆宗法,中年复以姚鼐为师[⑫],故知孙钦昂的古文渊源有自。孙钦昂于光绪五年己卯(1879)提调

---

① 刘声木《桐城文学渊源撰述考》卷四,第 170 页。

② 李灵年等《清人别集总目》,第 211 页。

③ 同治刊本《福建通志》卷一百七,《国朝职官·总辖》,影印第 2044 页。

④ 刘声木《桐城文学渊源撰述考》卷二,第 116 页。

⑤ 刘声木《桐城文学渊源撰述考》卷二,第 119 页。

⑥ 汪祚民《〈桐城文学渊源考〉作家缺名考补》,第 73 页。刘声木以为薛辅世"师事刘鸿翱"(《桐城文学渊源撰述考》卷二,第 120 页),汪祚民已予以正误。

⑦ 汪祚民《〈桐城文学渊源考〉作家缺名考补》,第 74-75 页。

⑧ 刘声木《桐城文学渊源撰述考》卷二,第 129 页。

⑨ 徐继畬《致武芝田观察论县名及县志书》,《松龛先生文集》卷四,《续修四库全书》第 1523 册,影印第 180 页。

⑩ 刘声木《桐城文学渊源撰述考》卷二,第 121 页。

⑪ 刘声木《桐城文学渊源撰述考》卷三,《补遗》孙钦昂条,第 155 页。

⑫ 刘声木《桐城文学渊源撰述考》卷三,第 142 页。

福建乡试,简放福建兴泉永道,署福建督粮道,至光绪十一年乙酉(1885)告病辞官。

## 第二节　闽籍桐城弟子及其再传

本节对乾隆年间的闽籍桐城弟子及其再传古文作家辑考如下:

(1) 闽中方苞门下高弟、泉州府安溪人官献瑶(1703—1782)。按:官献瑶亦李光地晚年的得意门人。《桐城文学渊源撰述考》官献瑶条:"字瑜卿,一字石溪。安溪人。乾隆己未(四年,1739)进士,官詹事府司经局洗马。师事方苞,受古文法,称高门弟子,尤邃于经。治经以治身,其所发明皆中隙窾要,于《礼》最密。为文长于说理。撰《石溪文集》十六卷、《诗集》二卷、《漳州府志》□□卷、杂著十一种。《福建通志》、《读文杂记》、《文献征存录》、《皇朝经世文编》、《湛德堂文集》。""【补遗】官献瑶主讲鳌峰书院,其文渊凝古邃,道气最深,与雷鋐文相似,意不欲以文自见,邃于《礼·服》,得经遗意。治经以治身。其教人,欲于经求道。其治经,于《周易》、《诗》主李光地,于《尚书》主宋蔡沈、金履祥,于《周官》、《春秋》主方苞,于《仪礼》主汉郑玄、宋敖继公及吴绂,盖斟酌众家而择其精粹,所自发明皆心平气和,辄中隙窾要,于《礼》尤密。《东越儒林传》、《梅崖居士集》、《韩川文集》。"[①]官献瑶主讲省垣鳌峰书院,有助于桐城古文在福建举子中的传播。

方苞门人、与官献瑶风格相近而稍早者有汀州府宁化人雷鋐(1696—1760)。《桐城文学渊源撰述考》雷鋐条:"字贯一,号翠庭,宁化人。雍正癸丑(十一年,1733)进士,官都察院左副都御史。师事方苞,受古文法。其为文简要冲夷,平近切实,有作者风。论《礼》多本师说。撰《经笥堂文钞》二卷、《翠庭诗集》□卷、杂著五种。《福建通志》、《国朝耆献类征》、《四库全书提要》、《经笥堂文钞》、《敬孚类稿》、《国朝全闽诗话》、《皇朝文献通考》、《梅崖居士集》、《国朝先正事略》、《国朝名臣言行录》、《励志杂录》、《国朝文汇》、《文献征存录》、《皇朝经世文编》、《碑传集》、《国朝尚友录》、《臆拙斋诗文集》、《阴静夫遗文》。""【补遗】雷鋐以文载道,说理醇正,文境平实,粹然儒者之言,得方苞宽博之一体,诗非所措意,故所传不多,存者亦铺写详赡。论学宗朱子,论《礼》论文本方苞,文皆本其躬行所得,而慰唁问答,解惑条指,发德辨奸,折事类情,以综王道之要,以会天命之精,以抒忠爱之忱,故其言深厚而切至,安定而光明,宽而不衰,峻而不迫,淡而弥旨,约而弥余,虽专门名家之士调合心气,敷陈矩矱,不能以加,又其文言简意足,不失本宗,而气尤宽平,无张皇偃蹇之态,攀援盖覆之饰,令学者推见其志,自岿然有不可犯之色。《国朝古文汇钞初集》、《苌楚斋书目》、《鼎吉堂诗文钞》并《续编》、《东越儒林传》、《望溪文集》、《畿辅通志》、《樵隐昔寱》、《芝庭先生集》、《考槃集文录》、《续补碑传集作者纪略》、《睦堂先生诗文集》、《雁荡诗话》、《二林居集》。"[②]雷鋐先从鳌峰书院主讲蔡世远问学,是与李光地的文学创作渊源有相近者。

(2—5) 雷鋐的闽籍门人、宁化伊朝栋等。《桐城文学渊源撰述考》伊朝栋传:"字用侯,宁化人。乾隆己丑(三十四年,1769)进士,官太仆寺卿。师事雷鋐,谨厚守绳尺。撰《赐砚斋诗钞》四卷、《南窗丛记》八卷。"《国朝先正事略》、《国朝尚友录》、《国朝耆献类征》、《皇朝续文献通考》、《福建通志》、《群雅集》。""【补遗】伊朝栋,原名恒瓒,号云林,官光禄寺卿。撰《宁阳诗存》三卷。《甚德堂文集》、《研经室□集》。"[③]伊朝栋门人、宁化张腾蛟,字孟词。乾隆四十八年癸卯(1783)福建乡试解元,五十八年癸丑(1793)会试中式。伊朝栋门人、宁化阴东林,原名福昆,字桂发,号青原。与吴贤湘同时受业于伊朝栋,互相切磋[④]。

(6—12) 宁化人阴承方,字静夫,号克斋,诸生。"与雷鋐、朱仕琇友善,以文字相切劘,刻志励行,

---

① 刘声木《桐城文学渊源撰述考》卷二,第 107-108 页。
② 刘声木《桐城文学渊源撰述考》卷二,第 108-109 页。
③ 刘声木《桐城文学渊源撰述考》卷二,第 115 页。
④ 刘声木《桐城文学渊源撰述考》卷二,第 134 页。

尤精《丧礼》。撰《阴静夫遗文》二卷、《丧仪述》□卷。”“【补遗】阴承方，倡明正学，一意程、朱，旁及薛、陆诸子，造次必以礼，不谈制举文。其文皆有关于身心性命之要。”①其文拘而不适用②，其弟子有吴贤湘、伊秉绶、谢霖雨等。

吴贤湘(1748—1828)，字北渚，号清夫，宁化人。嘉庆四年己未(1799)进士，官邵武府教授。在邵武倡古学，多方匡翼才俊，郡士靡然乡风。吴贤湘好利好名，入汪志伊幕府，兼鳌峰书院监院，而其名亦随党附汪氏而败③。“师事阴承方、朱仕琇，受古文法。其为文峭洁简质，不类凡近。”“(【补遗】)自号丙辰[丙辰，嘉庆元年(1796)。是年福建巡抚、桐城汪志伊(1743—1818)举吴贤湘为孝廉方正]征士。官翰林院典籍，主讲樵川、泉上等书院讲席，师事伊朝栋，古文义法受之朱仕琇。其文修词立诚，析义利之介，以翼经卫道而衷于身。”④同治刊本《福建通志》著录其《秋风红豆室诗钞》一卷，注云:“龚联辉《序》略曰:‘先生自订本也。初学渔洋(王士祯)，变而为山谷(黄庭坚)，再变而为香山(白居易)、玉局(苏轼)，晚乃浸淫工部(杜甫)焉。’”⑤《赌棋山庄词话》之“梅信诗唱和”条云:“清夫先生曾为鳌峰书院监院，敦己爱士，人望与墨卿相埒。著《甚德堂集》，文峭洁，不类凡近，与谢退谷教谕、陈惕园贡士最善，有《二士记》。”⑥民国《福建通志》著录《甚德堂文集》，引余潜士《耕村姑留稿》所作序。略曰:“或刻峭奇崛为周秦之诸子，或往复低徊为《史》、《汉》之论赞，或疏明训诂，批导道理，蕴为经师之笺注，为古贤儒之粹语，格整而严，笔简而洁。”⑦

闽中作家能古文者亦能诗歌。王士祯的诗歌在清初康熙、雍正、乾隆年间的影响逐渐衰微，吴贤湘从王士禛入手，是彼时诗坛的风气，转而学黄庭坚、白居易，晚年学杜甫，也是乾隆、嘉庆年间诗坛风气嬗变使然。吴贤湘门人、邵武人杨兆璜(号古生)，嘉庆十四年己巳(1809)进士，官广平知府。“师事吴贤湘，受古文法。颇悉古文利病得失。喜为诗，手校《二十四史》，凡历代职官及舆地沿革缕缕能详，而于国朝掌故尤了如指掌。”⑧吴贤湘门人、宁化人张登岸，诸生，受吴氏古文法五年，早卒。吴贤湘门人巫尹廷⑨，诸生，官候选训导，从吴贤湘游甚久。

伊秉绶，字墨卿，伊朝栋子，宁化人。乾隆五十四年己酉(1789)进士，官惠州知府、扬州知府，署苏松太兵备道。“师事阴承方，教以实学。工诗，书法尤善。撰《春及草堂诗钞》七卷。”“【补遗】师事吴贤湘，受古文法，究心性理之学……诗集中以言愁为最工。”⑩伊秉绶门人、广东番禺人陈昙，“以诗受业，亲承指绶”(按:绶当作授。)。⑪

(13) 宁化诸生谢霖雨，字毅斋。阴承方教授乡里之时，得谢霖雨，“最为笃信谨守”。⑫

(14) 雷鋐门人、永定廖鸿章，字羽明，号南厓。乾隆二年丁巳(1737)同进士，官翰林院检讨。“师事雷鋐，其为文浑厚处得北宋大家之遗，并究心三礼。”“【补遗】主讲紫阳书院，朱仕琇妹夫。其文理正

---

① 刘声木《桐城文学渊源撰述考》卷二，第118页。

② 刘声木《桐城文学渊源撰述考》卷二，谢霖雨条，第133页。

③ 民国《福建通志》总卷三十九，《福建文苑传(清二)》卷八，第二十一页，吴贤湘本传。谢章铤《李蔼如七十寿序》:“吴清夫贤湘治古文，负重名。知人善下，其所识拔奖进皆成俊才。为鳌峰监院，见器于汪稼门制府，遇事敢尽言，制府愈重之，是文苑之彦也。论者谓为二百年鳌峰监院之冠。”(《赌棋山庄文又续》卷二，《清代诗文集汇编》第680册，影印第810页)谢氏的评价早于民国《福建通志》，褒贬与之不同。

④ 刘声木《桐城文学渊源撰述考》卷二，第118页。

⑤ 同治刊本《福建通志》卷八十，影印第1620页。

⑥ 谢章铤《赌棋山庄词话》卷五，刘荣平《赌棋山庄词话校注》第124页。

⑦ 民国《福建通志》总卷二十五，《福建艺文志》卷六十六，第五页，引。

⑧ 刘声木《桐城文学渊源撰述考》卷二，第133页。

⑨ 刘声木《桐城文学渊源撰述考》卷二，第134页。按:巫姓是汀州府宁化、清流、永定等县特有的客家姓氏，以宁化县最多，当是宁化人。

⑩ 刘声木《桐城文学渊源撰述考》卷二，第118-119页。

⑪ 刘声木《桐城文学渊源撰述考》卷二，第133页。

⑫ 刘声木《桐城文学渊源撰述考》卷二，第133页。

气纯，格整词雅，远似朱子，近似李光地。《紫阳书院题解》则兼注疏之考证、程朱之义理，融会贯通。”[①]廖鸿章的古文创作绾结雷铉、朱仕琇等家风格，并且吸收乾隆间考据学兴起的新风尚，能融会贯通，反映清代学风和文风的同步转变。

(15—16) 雷铉之子雷定淳(一作定洵，字颙若，号朴先)，乾隆十七年壬申(1752)举人，官清河县知县。夙承家学，博学能文。[②] 又，雷定澍，字时若。监生。承家学，敏于文章。[③]

(17) 官献瑶门人、泉州府同安人陈光章。“师事官献瑶、朱仕琇，受古文法。献瑶称其美秀而文。《国朝全闽诗话》。”[④]按：侯官郑杰撰有《国朝全闽诗录》，为刘声木《桐城文学渊源撰述考·引用书目》所著录[⑤]。今整理为《国朝全闽诗录初集》二十一卷、续集十一卷。《国朝全闽诗录》未见陈光章条目。建安郑方坤著《全闽诗话》，亦为《桐城文学渊源撰述考·引用书目》著录[⑥]。今检之《全闽诗话》，亦未有陈光章。刘声木恐是误记。

(18) 乾隆十三年戊辰(1748)，官献瑶视学关中，聘侯官何逢僖襄校(诗卷)。[⑦] 何逢僖系乾隆九年甲子(1744)福建乡试举人。

(19) 方苞门人、福州府福清人张甄陶，字希周，一字惕庵。乾隆十年乙丑(1745)进士。主讲书院二十年。“师事方苞，受古文法，请读未见书，学宗程、朱而博综旁通。”[⑧]

(20—27) [⑨]方苞门人沈廷芳之门人、福州府长乐人刘廷举及其子刘永标；又闽县人、诸生李玉骢亦沈廷芳门人，才高而诣纯。沈廷芳(1702—1772)考取乾隆元年丙辰(1736)博学宏词科，除庶吉士。乾隆三十三年(1768)前后，沈廷芳官福建，主纂乾隆《福建通志》九十二卷。乾隆四十五年(1780)冬，以朱仕琇门人之请，迎林枝春[1699—1762，乾隆十七年壬申(1752)假归，主讲鳌峰书院八年]、沈廷芳(1702—1772，主讲鳌峰书院二年，纂乾隆《福建续志》九十二卷)、朱仕琇[1715—1780，主讲鳌峰书院十一年(1767—1777)]、张甄陶[1713—1780，乾隆四十二年丁酉(1777)归里，继朱仕琇主讲鳌峰书院四年(1777—1780)]四人神主入福州鳌峰书院[⑩]。沈氏诗学查慎行兄弟，文宗方苞，以大雅深情力抗沉博绝艳之风，“方苞之文不一一规模古人，而无一不似古人；廷芳之文亦不一一规模方苞，而无一不似方苞”[⑪]，允称得法。刘廷举父子系乾隆、嘉庆间人，均受业于沈廷芳，受古文法；而刘氏本闽中大家族，科举、仕宦事业延续数世，刘永标五子皆以文章名世[⑫]，亦使方苞古文传统在闽中传播开来。刘氏父子及李玉骢，附于此。

盖方苞尝“以古人之道作为古文”，其及门弟子“恪守其学，故其(指程于门)诗文为古人之诗文”[⑬]，闽籍方氏门人亦有此种风格。

以上考订闽籍桐城古文作家若干。闽籍古文家亦将古文理论及其创作技法传授予省外作者。

雷铉门人[⑭]、江西建昌府鲁九皋。鲁九皋开辟以其人为首的江西古文阵营。鲁九皋，原名仕骥，字絜非，号乐庐。乾隆三十六年辛卯(1771)进士。“师事朱仕琇、从父鲁鸿，受古文法，复谒姚鼐，反复讲

---

① 刘声木《桐城文学渊源撰述考》卷二，第119-120页。

② 刘声木《桐城文学渊源撰述考》卷二，《补遗》，第131页。

③ 刘声木《桐城文学渊源撰述考》卷二，《补遗》，第132页。

④ 刘声木《桐城文学渊源撰述考》卷二，第122页。

⑤ 刘声木《桐城文学渊源撰述考·引用书目》，第33页。

⑥ 刘声木《桐城文学渊源撰述考·引用书目》，第35页。

⑦ 民国《福建通志》总卷三十四，《福建通志(清六)》卷三十七，何逢僖传，第四页。

⑧ 刘声木《桐城文学渊源撰述考》卷二，第126页。

⑨ 按：雷铉亦蔡世远门人，已见前。以上所列27人，其中雷定澍、何逢僖、张甄陶、刘氏五子8人及林枝春(已见前)均不在《桐城文学渊源撰述考》卷二私淑、师事方苞的名单上。

⑩ 事见朱筠所撰朱仕琇墓志铭。民国《建宁县志》卷十六《文苑传》朱仕琇传后附录朱筠所撰墓志铭。

⑪ 刘声木《桐城文学渊源撰述考》卷二，第110页。

⑫ 同治刊本《福建通志》卷六十九，影印第1411页。

⑬ 刘声木《桐城文学渊源撰述考》卷二，第111-112页。

⑭ 按：雷铉门人尚有浙江象山人姜炳璋(《桐城文学渊源撰述考》卷二，第134页)等。

论,益以和平温厚为主,持论尤中正。其为文,由方苞、刘大櫆以上溯欧、曾,冲夷简易,心平气和,仁义之言蔼如,于空曲交会中皆天理所融,独得古圣仁贤深微之旨。”[①]此条系刘声木《桐城文学渊源撰述考》卷十三中的内容,后来刘声木对鲁九皋的看法转精深,续写了补遗条目,以为鲁九皋先师事雷鋐,又与邵武府建宁县李大儒交往十余年,在文法、诗法上均渊源有自:“鲁九皋师事雷鋐,受古文法,于李大儒交十余年,尝因大儒受诗法于李俊,以其文学授之子弟及乡之隽才。……近学昆山,远宗朱子,已入欧、曾之室。诗虽非所留意,然亦质厚有味。”[②]李大儒,号愚庵,邵武府建宁李俊(栎园)族人。从李俊游,受其诗法。《桐城文学渊源撰述考》卷十三及补遗鲁九皋条目下有吴际蟠、陈希曾、陈希祖、鲁缤、鲁肇光、鲁嗣光、陈兰祥、潘兰生、杨希闵、鲁兰枝、饶庆萱、吴庆蟠、鲁云、徐家泰、黄得恒、谢学崇、陈鹏、鲁元复、黄长森、鲁希晋、鲁应祥、杨声昭、(以下为《补遗》所列)陈希孟、陈煦、鲁迪光、蔡世钹、吴云、黄豫元、陈学洪、李觉、黄兆藻作者。这一支古文作者总共32人。

姚鼐弟子、江西新城陈用光,先从舅氏鲁九皋学,又师事姚鼐,“从鼐最久,师说尤为笃信”,在古文创作上可谓登堂入室[③]。由陈用光而传授至其甥祁嶲藻、秦瀛、安诗、徐熊飞、徐金镜、黄奭、秦缃武、秦缃业、秦赓彤、秦丽、秦濂、孙世均、陈兰瑞、陈大庆、高嵩瑞、袁钧、安吉、刘元培、卢正烈、张金镛、方垌等人,在门人之间、家族内部传播,向下延伸数代。无锡秦瀛,乾隆三十九年甲午(1774)举人,官刑部右侍郎。“与鲁九皋、陈用光、张士元等以文字相质论,及见姚鼐,受古文法,深有契合。……深得古文义法,得此道之正宗。”“大约于归有光为近,而义法简严则得之方苞、姚鼐。”[④]寿阳祁嶲藻已他见本书。无锡安诗,道光十三年癸巳(1833)进士。“馆于秦瀛家,秦瀛授以古文义法”,“师事陈用光,受古文法。其文才力雄健,矩法精详。”[⑤]武康徐熊飞,嘉庆九年甲子(1804)举人。“师事秦瀛,受古文法。其诗、古文词皆由国朝名人推而上之,以达古作者,深造自得。”[⑥]徐熊飞之子徐金镜[⑦],字以人,号芸岘。“家学渊源,诗、古文词靡不工,皆典赡风华,具体白鹄。”[⑧]甘泉人黄奭,“师事陈用光,受古文法,深研经学。”[⑨]秦瀛之子秦缃武“风格得之于父教”[⑩]。秦缃武之子秦赓彤,咸丰六年(1856)进士,官翰林院编修,主讲无锡东林书院十余年,“工诗、古文词,深有得于家学”,“以古文世其家。其文说理必精,修词必洁,深得归、方之遗”[⑪]。秦缃武之子秦丽,“濡染家学,深有得于诗、古文词”[⑫]。归安孙世均,诸生,“肆力古文,一意宗姚鼐,尤好陈用光,推为姚门弟子之冠”[⑬]。陈用光之子陈兰瑞,“夙承家学,于经、史、诗、古文词皆单骛专精”[⑭]。陈用光之孙陈大庆,既师事蔡世钹,又承家学[⑮]。秦瀛之弟秦濂,乾隆四十五年庚子(1780)举人。“师事兄,受古文法,每一艺成,为抉摘其瑕疵。”[⑯]华亭高嵩瑞,官颍上训导,“师事秦瀛,受古文法,尤工古文,不轻示人”[⑰]。鄞县袁钧、金匮安吉均师事秦瀛,刘元培、卢正烈均师事蒋湘南,平湖张金镛师事徐熊飞,并见《桐城文学渊源撰述考》卷四《补遗》;平湖方垌虽师事徐熊

① 刘声木《桐城文学渊源撰述考》卷十三,第369页。
② 同上注。
③ 刘声木《桐城文学渊源撰述考》卷四,陈用光条,第160页。
④ 刘声木《桐城文学渊源撰述考》卷四,第173页。
⑤ 刘声木《桐城文学渊源撰述考》卷四,第174页。
⑥ 刘声木《桐城文学渊源撰述考》卷四,第175页。
⑦ 汪祚民《〈桐城文学渊源考〉作家缺名考补》,第77页。
⑧ 刘声木《桐城文学渊源撰述考》卷四,第194页。按:徐熊飞撰《白鹄山房集》八种。
⑨ 刘声木《桐城文学渊源撰述考》卷四,第176页。
⑩ 刘声木《桐城文学渊源撰述考》卷四,第185页。
⑪ 刘声木《桐城文学渊源撰述考》卷四,第186页。
⑫ 刘声木《桐城文学渊源撰述考》卷四,第193页。
⑬ 刘声木《桐城文学渊源撰述考》卷四,第186页。
⑭ 刘声木《桐城文学渊源撰述考》卷四,第189页。
⑮ 刘声木《桐城文学渊源撰述考》卷四,第193页。
⑯ 刘声木《桐城文学渊源撰述考》卷四,第190页。
⑰ 刘声木《桐城文学渊源撰述考》卷四,第193页。

飞，却为刘声木置于《桐城文学渊源撰述考》卷六吴德旋卷中；秦缃业“一受秦瀛家法”，又师事梅曾亮，刘声木归为梅曾亮古文一派①。

## 第三节　道光间阳湖文派周凯在福建的师友与及门诸人的古文创作

从张惠言、恽敬学阳湖派古文的浙江富阳人周凯(1779—1837，字营道、仲礼，号芸皋)，一生数任福建。

台湾学者编著《台湾古曲文学大事年表》记载嘉庆十六年辛未(1811)周凯再权台湾道，与总兵达洪阿平定嘉义沈知之乱②。按：施懿琳、廖美玉所著《台湾古典文学大事年表》误。周凯系嘉庆十六年辛未(1811)二甲第七十名进士，与林则徐、程恩泽、许邦光同年③，改选翰林院庶吉士，散馆授编修，任京职，为京官，至道光三年(1823)始外放湖北襄阳知府。

道光间，周凯在福建为官时间最长：道光十年(1830)冬④，任福建兴泉永海防兵备道[雍正五年起兴泉(永)道移驻厦门。雍正十二年(1734)，朝廷升泉州府永春县为永春州，辖永春、德化、大田三县]，道光十三年(1833)，周凯署理福建分巡台湾厦门兵备道(简称“台厦道”，或“台厦兵备道”)，东渡数月，返任兴泉永道。道光十七年(1837)卒于福建任上，在闽约七年。

据施懿琳、廖美玉《台湾古典文学大事年表》记载：道光十一年辛卯(1831)，巡道周凯、同知许原清重新厘定书院费用，有文《侨园记》；十二年壬辰(1832)，巡道周凯奉檄至澎湖，赏拔诸生蔡廷兰(1802—1859，字香祖，号秋园先生⑤)，序蒋镛所辑《澎湖续编》；十三年癸巳(1833)七月，周凯加按察使衔，任福建分巡台湾兵备道，接替平庆，扫平嘉义张丙余党；十五年乙未(1835)，高澍然序周凯《内自讼斋文集》；十六年丙申(1836)周凯、熊一本分别为蔡廷兰《海南杂著》作序、跋，九月台湾道周凯再次来台；十七年丁酉(1837)周凯延聘蔡廷兰主讲崇文书院，兼引心、文石两书院，是年卒于官；二十年庚子(1840)，周凯卒后三年，其文集《内自讼斋文集》由门人林树梅议刻，施琼芳、蔡廷兰、吕世宜、林鄂腾等二十二人参订，雕版刊行。⑥

刘声木《桐城文学渊源撰述考》周凯条：“师事张惠言、恽敬，受古文法，后交高澍然，复闻朱仕琇、其父高腾古文法，肆力诗、古文词，文品在欧、曾间。”“受经于张惠言，能得其传；师事高傅占，受古文法；复与刘仪、陈善以古文相切磋。时高澍然以朱仕琇古文倡导后进，凯延至厦门，主讲□□书院，与群士之茂异者以为师资。”⑦

周凯调任福建之前官湖北汉黄德道，尝图画《龙树院雅集》，雅集共三十四人，林则徐、周凯预焉。道光十年(1830)四月，林则徐撰《龙树院雅集记》。此集盖嘉庆十六年(1811)辛未科进士同年会京师龙树寺雅集，预者有翰林学士许邦光(莱山)、侍读祝庆蕃(蘅畦)、中允蒋立镛(笙陔)、荣第(及亭)、赞善全奎(紫坦)、给谏王云锦(柳溪)、龚绶(莲舫)、侍御朱壬林(小云)、宋劭毂(芸皋)、郎中毛鼎亨(春门)、喻元准(来峰)、员外莫焜(豫堂)、海濂(云峰)、谷善禾(美田)、达英(粤千)、徐宝森(访廉)、陈焯(克庵)、主事余寅元(邃岩)、陆尧松(少庐)、冯元锡(紫屏)、赵廷熙(兰友)、内阁典籍梁慎桢(徽垣)、中

① 刘声木《桐城文学渊源撰述考》卷七，第253页。

② 施懿琳、廖美玉《台湾古典文学大事年表》，第330页。

③ 朱保炯、谢沛霖《明清进士题名碑录索引》，第2768-2769页。

④ 周凯自序，道光《厦门志》，序第三页，影印第2页。《中国方志丛书》第80号，成文出版社1967年影印，道光十九年刻本。

⑤ 李灵年等《清人别集总目》，第2344页。

⑥ 施懿琳、廖美玉《台湾古典文学大事年表》，第401、403、414、420、422-423、426、439页。

⑦ 刘声木《桐城文学渊源撰述考》卷五，第205页。

书舍人顾涛(秋浦)、王璟(羲亭)、易镜清(莲航)、刘晋(顺伯)、卫如玉(璞庵)、端木坦(侣艺)、太守杨兆璜(古生)、大令黄杨镳(素峰)、陈柱勋(陆园)、周凤喈(莑园)、前汉黄德道周凯(芸皋)、前江宁布政使林则徐(少穆)。此会同年诸人"所恃志合道同,不为势交,且偕出大贤之门,师承有自,平居以文字相切劘,德性相观摩,树立猷守相期许"[①]。其中闽人有晋江许邦光、邵武杨兆璜、漳平陈柱勋、侯官林则徐四人,古文家有周凯等。按:雅集图卷有林则徐座师曹振镛题句。[②]

林则徐本人对于桐城文章极为推重,与桐城古文重要作家姚鼐(1713—1815)及其侄孙姚莹(1785—1853)等俱有交往。嘉庆十七年壬申(1812)十二月二十五日(1813年1月27日),新进进士林则徐返京,抵金陵,至钟山书院拜见前辈姚鼐,见其年八十三,而耳目步履康健,称"当代灵光",二十七日姚鼐等人回访,未晤[③];道光十五年(1835)下旬、十六年(1836)正月十六日在江宁两致姚莹书信[④]。姚氏后人姚永朴在所作《王苏州遗书》跋中云:"溯吾家先世多与闽人交游,而莫盛于道光中[⑤]。时侯官林文忠公巡抚江苏,先大父石甫府君(姚莹)方为县令,文忠一见,深契之。其后禁鸦片烟之议兴,文忠奉命至粤查办。英吉利人以兵舰入寇,朝臣惶恐议和,文忠既获谴,而先大父备兵台湾,连破敌舟,亦因敌人诬诉逮讯,建宁张亨甫先生偕之入都,奔走营救,事白,遽卒,遗稿藏吾家。同治中先考慕庭府君(姚濬昌)为刊于世,所谓《思伯子堂诗集》者也。迨光绪戊子科江南乡试,先生(王仁堪)为副考官,得吾弟永概卷,大惊,示主考李公文田,相与激赏,置于榜首。"[⑥]姚永概兄弟后来又与严复、林纾等福建古文作者过往甚密。从姚鼐到姚永概,姚氏数代人均与福建作者有着密切的联系,无疑对于福建的古文创作产生积极的作用。

周凯身边的福建文人有侯官杨庆琛(1783—1867)、海澄叶化成(1812—?)、同安吕世宜(1784—1855)、龙溪孙云鸿(1795—?)、光泽高澍然(1774—1841)、同安林焜熿、同安林鹗腾、平和监生庄中正、龙溪生员杨廷球、同安林必煇[⑦]等,其中杨庆琛、高澍然先后主厦门玉屏书院讲席。有学者以为周凯聘高澍然主玉屏书院在道光十六年(1836)[⑧],但高澍然于道光十五年春三月以《福建通志》修成,离榕去厦[⑨],按之所引周凯自撰《芸皋先生自纂年谱》原文,高澍然主讲席事原系道光十五年乙未(1835)[⑩];亦据此年谱,知高澍然于道光十六年丙申(1836)八月以周凯卸兴泉永道事东渡台湾亦辞归光泽。

民国间学者陈衍评价高澍然云:"吾乡之号称能文于当世者,至明始有一王遵岩(本书按:王慎中,号遵岩),至清始有一朱梅崖(本书按:朱仕琇,号梅崖居士),继之者雨农。"[⑪]与高澍然相友善的阳湖文派古文作家、武进刘仪,"与周凯、高澍然等相友善,以古文相切摩"。刘仪"每有所撰,虽隔远必邮以相质"[⑫],高澍然与周凯订交的契机在周凯官兴泉永道之后,江苏阳湖文派与福建古文作家之间的交流限

---

① 林则徐《林则徐全集》第五册,第455页。

② 林则徐《挽曹文正公》,《林则徐全集》第170页,句"龙树题诗雅集陪"自注。

③ 林则徐《林则徐全集》第九册,第6-7页。

④ 林则徐《林则徐全集》第七册,第118、122页。

⑤ 道光十一年辛卯(1831),姚莹叙福建漳州府龙溪郑开禧《知守斋诗二集》。据此叙,嘉庆二十二年丁丑(1817),姚莹至龙溪,从其邑人知时官吏部郎官的郑开禧;道光二年壬午(1822),姚莹从台湾任上罢官,返回大陆,结识暂假回乡的郑开禧;六年丙戌(1826),姚莹至都选官,郑开禧犹在吏部铨曹,二人诗酒过从甚密;十一年(1831),姚莹又入都,郑开禧出《知守斋诗二集》,姚氏序之(《知守斋诗二集》,《清代诗文集汇编》第560册,影印第48页)。又据会稽潘谘序,郑开禧"行最笃,文次之,诗其余也"(同书,影印第47页),知郑开禧能文,姚、郑二人必有所商榷。

⑥ 姚永朴《跋》,王仁堪《王苏州遗书》,《清代诗文集汇编》第771册,影印第357页。

⑦ 按:林必煇,字墨香,号四十九石山房,厦门人。为吕世宜所重,由是名声大震。兴泉永道周凯为作记,梁章钜、杨庆琛、赵在田诸先辈及漳州知府权兴泉永道刘燕海亟称之(民国《福建通志》总卷四十四,《福建艺术传》卷三,林必煇传,原第五页)。

⑧ 蔡清德《玉屏书院与清代闽台文人交游考述》,载《福州大学学报》2012年第4期,第12页。

⑨ 高澍然《厦金二岛志序》,道光《厦门志》,序第七页,影印第4页。

⑩ 陈庆元教授亦持此说,请参看其所撰《嘉道间古文家高澍然及其〈抑快轩文集〉九种传世钞本》(载《福州师专学报》1998年第4期,第52页)。

⑪ 陈衍《〈抑快轩文集〉跋》,1916年跋。请参看陈庆元教授《嘉道间古文家高澍然及其〈抑快轩文集〉九种传世钞本》(载《福州师专学报》1998年第4期,第56页)。

⑫ 刘声木《桐城文学渊源撰述考》卷五,第208页。

于地域相隔,而刘仪与周、高二人相友善,高澍然的古文创作从而为外省古文作家所知。

道光二十二年(1842)八月,刘存仁母亲沈太恭人离世,十一月刘存仁致信乞传于挚友、亲家林昌彝,言及道光十六年(1836)其母六十寿请高澍然、周凯撰文事[①],知周凯与刘存仁、林昌彝俱有交往。

周凯宦闽,使阳湖文派的古文扩散到福建,尤以厦门为中心的福建南部泉州府、漳州府及台湾府。《桐城文学渊源撰述考》列有吕世宜、林鹗腾、叶化成、庄中正、林焜熿、蔡廷兰、陈棨仁、林维源等作家。以下是诸人小传,每一条目择其要簃录:

(1) 吕世宜,泉州府同安人。道光二年壬午(1822)举人。"师事周凯、高澍然,受古文法,承其指授,遂工古文,并深识古文义法、体制及各家源流,兼治经术、金石学。佐修《厦门志》,撰《爱吾庐文钞》一卷、《题跋》一卷、杂著二种。""历主釜山、浯江、紫阳等书院讲席,后主淡水林氏,教诲其子弟。师事刘仪,受古文法,研求经史,尤精声音训诂之学,其于一辞一句古注有异同者,必明辨而缕分之。所撰碑志及传记,动与古会,出入经史。尤善金石,精古籀篆隶。诗不多作。撰《吕西村类稿》。"[②]能诗,尝在福州红雨山房唱和诗章。

(2) 林鹗腾,字荐秋,号晴峰、晴皋。泉州府同安人。道光十七年(1837)举人、二十年(1840)进士。师事周凯、高澍然,能古文。[③] 与陈庆镛等有交。

(3) 叶化成,字东谷。漳州府海澄人。师事周凯、高澍然,能古文。"与吕世宜以古文相质证。"[④]

(4) 庄中正,字诚甫。漳州府平和人。道光十五年(1835)举人。师事周凯、高澍然、刘仪。与吕世宜以古文法相切摩,工诗、古文词。[⑤]

(5) 林焜熿(一作熿),字巽甫,一作巽夫、逊甫。泉州府同安人。诸生。师事周凯、高澍然。著有《竹溪诗文钞》十卷。[⑥]

(6) 蔡廷兰,字香祖,号郁圆。台湾府澎湖人。道光十四年(1834),主讲台湾引心书院。[⑦] 道光二十四年甲辰(1844)进士。"后在越南隐居著书。师事周凯、高澍然,受古文法,凯并告以前人读书法,最为契合。工诗。"[⑧]

(7) 陈棨仁,字铁香。泉州府晋江人。同治十三年甲戌(1874)进士。师事吕世宜,受古文法。[⑨] 编有《绰绾堂书目》十二卷、《桐阴吟社甲乙编诗集》、《闽中金石略》十五卷、《藤花吟馆诗录》六卷、《说文丛义》四卷、《闽诗纪事》十卷、《海纪辑要》二卷、《绾绰堂遗稿》、《温陵诗纪・文纪》、《铜鼓考》、《岑嘉州诗注》、《绾绰书目》等。尝与同邑许祖涝、龚显曾、黄梧阳等组织"桐阴吟社"。

(8) 林维源,字时甫。台湾府淡水人。师事吕世宜,受古文法。[⑩]

此外,据周凯的记载,尚有黄元琮(字君琬,号云圃)、吴廷材[⑪](字翘松)、施龙文(字昭德)、黄应清(字冰如,台湾拔贡)、林树梅(字瘦云,同安金门人)、陈梦三(字南金,同安廪生)、林克家(字心言,台湾廪生)、王源邃(字深如,嘉义生员)、吴敦仁(字子安,台湾生员)、吴敦德(字汝修,台湾生员)、何尚义(嘉义生员)、黄春华(嘉义生员)、杨廷球(字介眉,龙溪生员)、张福海(同安生员)、林必瑞(字研香,同

① 钱洪来《林昌彝年谱》,第 32 页,引刘存仁《与林惠常书》(见《屺云楼文钞》卷二)。
② 刘声木《桐城文学渊源撰述考》卷五,第 211-212 页。
③ 刘声木《桐城文学渊源撰述考》卷五,第 212 页。
④ 刘声木《桐城文学渊源撰述考》卷五,第 212 页。
⑤ 刘声木《桐城文学渊源撰述考》卷五,第 212 页。
⑥ 刘声木《桐城文学渊源撰述考》卷五,第 212 页。
⑦ 施懿琳、廖美玉《台湾古典文学大事年表・明清篇》,第 416 页。
⑧ 刘声木《桐城文学渊源撰述考》卷五,第 217-218 页。
⑨ 刘声木《桐城文学渊源撰述考》卷五,第 219 页。
⑩ 刘声木《桐城文学渊源撰述考》卷五,第 219 页。
⑪ 陈庆镛《吴垒畦家传代杨方伯庆琛》,《籀经堂类稿》卷十九,《清代诗文集汇编》第 587 册,影印第 625-626 页。传主吴文标(字葛如,号垒畦),祖硕庵,父健堂,子吴廷材(中书科中书)、吴廷□(刑部司狱)、吴廷梅(监生)、吴廷枋、吴廷栻。

安监生)等追随左右。[①]

这些阳湖文派的闽籍古文传人中,以吕世宜—陈棨仁这一支的影响最大。陈棨仁晚年主泉州清源,晋江石井、鹏南,同安双溪,厦门玉屏、紫阳,漳州丹霞,龙溪霞文等书院,历时三十余年,门人著籍者累千人,影响远及金门、台湾等地。

附记刘鸿翱、孙钦昂二人。古文家刘鸿翱(1778—1849),字蜚英,号次白。山东潍县人。嘉庆十四年(1809)进士。历官太湖同知、徐州太守、台湾道兼提督、福建巡抚署理闽浙总督等。在台湾府三年,道光二十年(1840)任福建巡抚,其间署闽浙总督,二十五年(1845)以病乞归。道光六年(1826),刘鸿翱简放江苏太湖同知,明年长乐梁章钜官江苏布政使,刘鸿翱为其属官。梁章钜撰《太湖同知刘次白文集序》,盛推刘鸿翱古文:"精于明道而辞以辅之,阐经必以审本义,而无穿凿之谈;证史必核始终,而无谿刻之论。称述先德,友恭兄弟,凡其所言不必斤斤求似于古人,而自然有合于载道之旨,以无愧于古之所谓立言者,此余所以观其深也。"[②]梁、刘二人诗歌唱和亦夥。梁章钜亦一古文作者,其父梁上治、师郑光策皆朱珪门下士,以诗著而不以文鸣。

曾任兴泉永道的孙钦昂,亦是古文家。"师事张调元,受古文法。"[③]孙钦昂系咸丰六年(1856)进士。已见前节《桐城派作家仕宦福建考述》,略。

---

① 周凯《内自讼斋文集》附录二。此 15 人姓名在《桐城文学渊源撰述考》卷五名单之外。

② 梁章钜《退庵文存》,《清代诗文集汇编》第 515 册,影印第 344 页。

③ 柯愈春《清人诗文集总目提要》,第 1623 页。

# 第十九章

## 乾隆至道光间的福建古文创作
## ——以建宁朱仕琇为领袖的闽人古文创作

### 第一节　建宁朱仕琇的古文创作

明末清初汀州府宁化县作家李世熊论地处闽西北边远地区、与江西宁都州石城县交界的宁化县的文学创作云:"宁人寡陋,既无可助高深,而方隅陋僻,远隔通都,又无先哲宗匠学有本源者为剖悉疑义,开阔其臆见,惟取古人遗文与近代时制,涉其波澜,歆其芳艳,遂谓天下文章尽于此,由当代以溯千载上人文章亦尽于此,吾文如是亦可以已矣。"[①]此论关于宁化"方隅陋僻,远隔通都",宁人"寡陋","无可助高深"的感慨同样适用于福建全省的作者,明代叶向高、谢肇淛[②]等闽籍作家均有类似的感受,所以李世熊提出了一个解决之道,类乎孟子尚友之方[③],"取古人遗文与近代时制,涉其波澜,歆其芳艳","天下文章尽于此","由当代以溯千载上人文章亦尽于此"。这种模拟、学习古代作品的方法在清代之前基本上是通用的,能够取得一定的成功。

唯独清代的作者例外,以其时之学术发生了前此历朝所未有的进展,桐城派将之凝练为"考据"一词,清代固然接受前代古文对本朝的影响,更注重本朝桐城派古文代表作家对本朝作者的影响。正是在清代学术、桐城派古文的传播与接收的前提下,讨论全国各省域作家群体对于全国文学创作版图的意义。李世熊提出的解决之道使处于任何时间、空间的任一作者能够隔着复绝空间和时间,通过受众的模拟、学习,培养作家的文学素养,从事文学创作,有效保证其创作的艺术水准。清代学术的发展和桐城派古文系统理论的提出,使清代古文创作、诗歌创作的作者所在时间、空间的有效性得以增强,无效性亦同步发生。清代学术的传播,无论是汉学师承还是宋学师承,均有相当讲究的传承渊源与师弟授受,这使得桐城派古文的面貌、风格、特征清晰,形成鲜明的"古文法",有别于前代古文以及同时代无师从桐城古文而自成风格的古文作品。以今视昔,清代学术研究重点区域如江苏、浙江、安徽、山东、河北、湖南等省份,其省域从事桐城古文创作的作者众多,而如广西、江西等省份涌现一定的桐城古文作家,是因为这些省份的前代古文作家师从方苞、刘大櫆、姚鼐及姚鼐四大弟子,得其亲炙,并师弟数代相传,薪火相传。清代福建的学术,受乾嘉学术的影响较江浙等省逊色良多;清代福建的古文作家师从方苞者数位,而师从刘大櫆、姚鼐者几无一人,严重影响了闽中

---

① 李世熊《答叶慧生书》,《寒支二集》卷三,影印第 464 页。

② 请参看叶向高《福清县重建儒学记》(叶向高《苍霞草》卷十,《四库禁毁书丛刊》集部第 124 册,影印第 246-247 页)、《学使泰垣沈公报满序》(《苍霞草》卷七,影印第 179 页);谢肇淛《周所谐诗序》(《小草斋集》文集卷四,第 73 页)。

③ 《孟子》:"孟子谓万章曰:一乡之善士,斯友一乡之善士;一国之善士,斯友一国之善士;天下之善士,斯友天下之善士。以友天下之善士为未足,又尚论古之人。颂其诗,读其书,不知其人,可乎?是以论其世也,是尚友也。"(《孟子·万章下》)

古文的发展和创作实绩。

入清以迄清末,福建的古文创作经历李世熊(1602—1686)、李光地(1642—1718)—雷鋐(1696—1760)—朱仕琇(1715—1780)—高澍然(1774—1841)、陈寿祺(1771—1834)—谢章铤(1820—1903)—严复(1854—1921)、林纾(1852—1924)等数人,构成六个代际传承,以李世熊、李光地为首唱,以严复、林纾为殿军。《清史稿》云:"福建古文之学自仕琇,其后再传有高澍然。"[①]所论不确,尚需商榷。民国《福建通志·文苑传》席大雺(1669—1742,字作舟,别字未亭)传:"始,建宁僻处闽西,士无远志,其才者间为俪语、律诗以自异,无能道古文者,大雺始寻宋文宪(宋濂)、杨文贞(杨士奇)之遗,益治经、子书,学为古文。弟子万斯年[②]游太学,以示宁化雷鋐,鋐异之,为作序。识朱仕琇于少时,书其文后云:'他日必以古文名世。'"[③]邵武府建宁县的古文创作的源头则是从席大雺发愤为古文,从明代宋濂、杨士奇入手,从席大雺传授至万斯年,又赏识邑人朱仕琇于其少时,形成建宁县的古文传统。

《桐城文学渊源撰述考》卷十二"此卷专记师事及私淑朱仕琇诸人",建宁县古文创作绾结在朱仕琇身上,出现一个古文创作高峰,而在朱仕琇之后,有着庞大的作家队伍和清晰的古文传承统绪。刘声木对朱仕琇传有补遗,今一并簃录如下:"朱仕琇,自斐瞻,号梅崖,建宁人。乾隆戊辰(十三年,1748)进士。官福建府教授[④]。肆力诗、古文词。其文体格极正,宁艰涩而不肯不工,宁晦滞而不肯不奥,专于炼句炼字,雕琢太过,往往意为辞累,虽刻意学韩,终有斧凿痕。尝谓:'文以立诚为本,以文从字顺、各识职为旨归,以中有得而能自为为究竟。'晚年反复于明王慎中、归有光诸家,自以为不及,心愈降而客气尽,其奇词奥旨不合于道者更鲜。历主濉川、鳌峰等书院讲席,从游之士恒及千人,教授之盛几与姚鼐等相埒。撰《梅崖居士文集》三十卷、《外集》八卷、《诗偶存》一卷。""【补遗】朱仕琇,继雷鋐以古文鸣于闽。主讲鳌峰书院十一年,其成就弟子,在建宁则朱雍、黄凤举、金荣镐、余仕翱、何日诰、陈绩、李天炎等最有声。凡闽人治古文者,不问知为仕琇弟子,否则亦闻之于仕琇弟子者。盖古文之道绝续之交,得仕琇而开通之。其文娴于周、秦、西汉诸子及唐、宋、元、明诸大家,功候最深。惜其于经史均无所得而实用少,虽抗心希古,思深悟锐,其才杰然足以自树,为文不懈而及于古,雕章琢句,上仿《法言》,下慕柳州,而笔性滞钝,能沉着而不能轩翥。壮岁刻意学韩,纵义法不谬,不免釜凿痕,未臻淳清冲淡极自然之境,尚属一间未达。晚年文从字顺,渐近自然,神到之篇亦自人妙,罕见巨制,多见诸书札寿文,惟自加品评,夸诩太过。"[⑤]

当桐城古文从方苞(1668—1749)延续到刘大櫆(1696—1780)再到姚鼐(1731—1815)之时,其古文正宗的地位已渐确立,桐城古文理论体系日趋成熟。清代乾隆间蒋士铨(1725—1784)有句"宋人生唐后,开辟真难为"[⑥]以评价宋诗成就,其实清代的诗词创作在唐宋之后、清代古文创作在秦汉唐宋明历代之后,也面临着追随、跟随、攀登和超轶的困境,但是我们也确实看到就是在清代的乾隆年间类乎"开辟"的古文创作新境界已然确定,与诗歌创作领域中的"学人之诗"[⑦]面貌确立的几乎同时,清代诗

---

① 《清史稿》卷四百八十五,《文苑传二》,朱仕琇传附高澍然传。

② 按:此段文字出朱仕琇所撰墓志铭,同治刊本《福建通志》卷七十九引(影印第1611页);又,万斯年系浙江鄞县万泰(1598—1657,黄宗羲同门)长子。万斯同祖以总兵镇闽,父万泰任鲁监国户部主事(尚小明《清代士人游幕表》,第56页)。万斯年、万斯程、万斯祯、万斯昌、万斯选(1629—1694,万泰第五子)、万斯大、万斯备、万斯同(1638—1702)兄弟八人,称"万氏八龙"。

③ 民国《福建通志》总卷三十九,《福建文苑传(清二)》卷八,第一页。所引文大部分本朱仕琇《明经席先生未亭墓志铭》,朱仕琇形容其文"朴淡有远致,时人不识也",又记乾隆元年(1736)朱仕琇年二十二谒席大雺,为所赏识(《梅崖居士文集》卷九,《清代诗文集汇编》第336册,影印第277页;又《班马异同辨》文后朱仕琇自识,《梅崖居士外集》卷一,影印第505页)。

④ 按:《清史稿》卷四百八十五《文苑传二》朱仕琇传作"福宁府教授"(第13388页)。

⑤ 刘声木《桐城文学渊源撰述考》卷十二,第349-350页。按:"经史均无所得而实用少"出高澍然《光泽高雨农舍人札》(陈寿祺《左海文集》卷首,《清代诗文集汇编》第499册,影印第83页)。

⑥ 蒋士铨《辨诗》,《忠雅堂诗集》卷十三。嘉庆二十二年刻本。

⑦ 请参看钱锺书先生《谈艺录》第五十三条"学人之诗"(三联书店2001年版,第462-465页)。

文与清代学术之间的紧密结合[①]、渗透关系成为有清一代文学创作的新境界、新面貌，正藉此以期超越唐宋。

在桐城三祖之中，刘大櫆才力较为孱弱，姚鼐于乾隆十五年(1750)江南乡试举人中式，二十八年(1763)登进士第，较朱仕琇稍晚，桐城古文在新旧宗师代际传承之间留有空白。姚鼐崛起之前，闽中朱仕琇应时而起，主福州鳌峰书院讲席十一年，"从游之士恒及千人"，在古文创作坛坫上别树一帜，且声势浩大，屹立于东南海陬。福建嘉庆、道光间学者陈寿祺以为"梅崖(朱仕琇)之古文娴于周、秦、西汉诸子及唐、宋、元、明诸作家，功候最深，至可以抗古人于千载之上而与之颉颃，惜其于经史均无所得，故虽有杰出数百年之才，而终不能笼罩群雄，为一代冠者"[②]。张际亮以为"吾闽近时人物，若李文贞之经术、蔡文勤之理学、朱梅崖之古文，皆足以雄视一代"[③]。以今视昔，以桐城古文视朱仕琇古文，清代闽中古文创作有"于经史均无所得而实用少"的不足，未能如桐城古文转变为兼重义理、考据、辞章，与清代学术风气同步趋。其实，放在中国文学史流变的背景中考察清代福建诗文创作，不独朱仕琇的古文创作缺乏考据、考证的当代精神和收获，清代福建的诗歌创作亦如此。清代福建诗、文、词的创作缺乏主动调适的精神，或唐或宋，或复古或反复古，仍属于清代考据学兴起之前的传统文学创作范畴，明显具有与前代文学创作相同元素的延续性，不是因应时势和清代学风的变迁而创造出具有强烈朴学(考据学)特征的清代学人之诗文创作，这是清代福建文学创作的巨痛，究其竟归因于清代福建学术偏于一隅，学术嗅觉迟钝，反应严重滞后，不仅全面落后于京师、江南诸省，甚至逊色于今山东、河北、河南诸省的必然结果，始终与成熟于乾隆中叶、以姚鼐为集大成者的桐城古文、诗歌创作考据与辞章相结合的优胜擅长家法相疏离，或远或近，殊为可惜。

大兴朱筠撰朱仕琇墓志铭，略述如下："先生德行醇和以挚，其生平以古文词自力，归于自得，要其意欲追古之立言者，以为清穆者惟天，澹泊者惟大，含之咀之得其妙，以为文者惟人，夫其橐鑰从入之途，唐韩、宋欧阳，上薄二汉，放乎周、秦，冉然而与六经之指合。其得之意极其状也，㢘崀渺瀰若党鬼神，而推而准之，平直圆方，察人伦五以平吾气，以宁吾心，斩斩自成名一家，集代以迩者未之闻焉。筠尝遭于京师，邈然怀古，共论此事，先生悬悬执衷，谓筠曰：'及吾两人未死，古文词论当定也。'别后几二十年，一见于庚寅(三十五年，1770)，再见于今年庚子(四十五年，1780)。先生自订其文集获成，可以死，不死矣！先生自年十有五入县学，见知于程先生元章，后受知于周先生学健、吴先生华孙。举甲子(九年，1744)本省乡试第一，戊辰(十三年，1748)成进士，选庶吉士。辛未(十六年，1751)散馆，以知县历官山东。……皆本其所自得者，用以教学者。……铭曰：'成一家言司马述，韩曰文必自己出。出且成，先生笔。……'"[④]顺天府大兴朱筠、朱珪前后提督福建学政，与朱仕琇均有深交。三朱氏俱先后曾为翰林院庶吉士，墓志铭所述朱仕琇与朱筠俱曾有为古文词创作疏凿渊源、勇执牛耳、月旦定论的宏愿。

朱仕琇究悉历代古文作者利病，"自晚周下迄元明百余家，虽不能尽识，亦尝行其崖畔，知其升降"[⑤]，提出完整而系统的古文理论，内涵丰富而复杂，宗旨明确而清晰。乾隆十五年庚午(1750)，时年三十六岁的翰林院庶吉士朱仕琇云："近世古文，道益芜，作者营一句一调，谊惑聋瞽，绝不问古人所为

---

① 请参看蒋寅主编的《中国古代文学通论·清代卷》中编《清代文学与社会文化》第四章《清代文学与学术文化》(辽宁人民出版社2005年版，第274-289页)。

② 陈寿祺《与陈石士书》，《左海文集》卷四下，《清代诗文集汇编》第499册，影印第203页。按：新城陈用光(石士)、闽县陈寿祺均为朱仕琇的再传门人。

③ 张际亮《题词》，陈寿祺《左海诗钞》卷首，《清代诗文集汇编》第499册，影印第508页。

④ 民国《建宁县志》卷十六，《文苑传》朱仕琇传附，影印第177页。原文见朱筠《笥河文钞》卷三(续修四库全书第1340册影印清刻本，第96-97页)。朱筠所撰朱仕琇墓志又见同书卷五《圹墓》(影印第65-66页)、光绪《邵武府志》卷二十八《古迹·冢墓》(影印第799页)、《梅崖居士外集》卷八(《清代诗文集汇编》第336册，影印第593-594页)。

⑤ 朱仕琇《与胡稚威(榜名方天游)书》，《梅崖居士文集》卷三十，影印第491页。胡骙，字稚威，号云持。

‘知言养气’[①]者。或掇唐初齐、梁之遗为博奥，或附宋人讲学，自诧明道，其荟萃古籍如傭抄，如坊刻集字。下者窜街市，言人语助，中庄镌大板自宠。世益迷，不知辕趾所向，各党其好恶，为是非。尝窃叹，惧以为斯道将遂绝，无所用于今世也。”[②]“近世古文道迤靡，作者率以意自贤圣，家树一帜，强弱曲直相訾乱以哄”[③]，知彼时古文创作，天下学者未必都为桐城派古文所笼络，在姚鼐(1732—1815)崛起之前，朱仕琇对当世的古文创作弊端有所指摘，亦将乘间而有所树立。《复雷宪副书》：“生平读魏叔子(魏禧，1624—1680，江西宁都人)、汪钝翁(汪琬，1624—1691，江南长洲人)、邵子湘(邵长蘅，1637—1704，江南武进人)、储同人(储欣，1631—1706，江南宜兴人)、方望溪(方苞，1668—1749，江南桐城人)诸人文集，见其自负之处，皆有病痛[④]，恨不得与同时，攻其非而赞其是。”[⑤]此五人正是明末清初以来古文创作的巨匠，而各有“病痛”之处，势必使朱仕琇的古文创作实践及其理论建树矫正“病痛”之枉而自出机杼，别成一派[⑥]。陈用光所撰朱仕琇传：“仕琇治古文，自晚周以讫元、明百余家，究悉其利病，而一以荀况、司马迁、韩愈为大宗。尝与人论文，云‘经浚其源，史核其精，诸子通其指，《文选》、词、赋博其趣，左氏、太史劲其体，孟、荀、杨、韩正其义，柳、欧以下诸子参其同异，泛滥元、明、近世以极其变，归诸心得以保其真，要诸久远以俟其化。[⑦]’又云‘为文当先高其志，使其心有以自置，以观古人之言犹吾言也，然后辨其是非焉，察其盈亏焉，究其诚伪焉，定其高下焉，如黑白之判于前矣。于是顺其节次焉，还其训诂焉，沉潜其义蕴焉，调合其心气焉，久则自然合之，又久则变化生之于是，而其文之高也，如累土之成台，如鸿渐之在天，有莫知其所以然者。’”[⑧]则清晰地揭橥朱仕琇对古文创作的立场、态度、方法和理论，尤其是对作家自身世界的观照。

从《梅崖居士文集》三十卷、《梅崖居士外集》八卷诸体文章后所附评语[⑨]可见朱仕琇古文创作的成长过程，一生转益多师，对历朝历代古文家及其创作均有所借鉴，从先秦以至元、明，均有所用力。据《上夏编修书》、《上夏督学书》、《上万侍读书》、《答吴督学书》、《答雷贯一宫詹书》诸书，朱仕琇早年登进士第前后以北宋古文家为典型，学西汉古文。既雅且洁，文气畅达，风格多样，善于变化和创造[⑩]，而

---

① 朱仕琇《答雷宪副书》：“外间不识‘文从字顺’之旨，或病其尚易，俗言胜而至言隐，岂非信然?”(朱仕琇《与胡稚威(榜名方天游)书，《梅崖居士文集》卷三十，影印第491页)也是批评当世古文创作的流弊，反映朱仕琇对韩愈古文理论的继承。

② 朱仕琇《答吴督学书》，《梅崖居士文集》卷二十一，《清代诗文集汇编》第336册，影印第400页。按：吴督学指原任福建学政、安徽歙县人吴华孙，此时已家居七年，非继任学政、浙江钱塘人吴嗣爵(1707—1779)。吴华孙(号翼堂)又见《复陈绳庵书》(《梅崖居士文集》卷二十四，《清代诗文集汇编》第336册，影印第430页)

③ 朱仕琇《与夏知畏书》，同上书，卷三十，影印第492页。

④ 朱仕琇《答族弟和鸣书》：“继《诗》、《书》、孔子而作者，孟轲、扬雄为最，而卜商、左丘明、司马迁、韩愈其次也，震川之业视诸君子为稍繁，而世乃以太简少之。……我朝学者寖少，侯(侯方域)、魏(魏禧)、汪(汪琬)、姜(姜宸英)诸家皆杰出者，然视元、明皆不及，邵青门(邵长蘅)、储画溪(储欣)、方望溪(方苞)益求真素，而颇病肤浅。……今世讲古文者益少，坠绪茫茫，旁绍为艰。……今则窅然静墨，人才寥寥。……近时文风渐陵迟，正赖群起鼓舞。”(《梅崖居士文集》卷二十九，影印第476-477页)亦可见朱仕琇眼光之高。储大文，号画山，亦治古文，或即储画溪。

⑤ 朱仕琇《梅崖居士文集》卷二十二，《清代诗文集汇编》第336册，影印第415页。

⑥ 朱仕琇《复鲁絜非书》云：“魏冰叔(魏禧)文仕琇三十年前已不愿为，今老矣，乃欲叫号跳踉，作此小儿之态以欲诸公乎?”(《梅崖居士文集》卷二十八，影印第467页)此书信中提到朱仕琇所作雷鋐墓志铭，雷鋐卒于乾隆二十五年(1760)，则此书信作年当在上下年份，即朱仕琇年四十五岁后。本卷此书信后另有《答鲁絜非书》，中有“年逾五十”语(同书，同卷，影印第468页)。

⑦ 按：此语本朱仕琇《答黄临皋(黄凤举)书》，原作：“故经浚其源，史核其情，诸子通其指，《文选》、辞、赋博其趣，左氏、太史劲其体，孟、荀、杨、韩正其义，柳、欧以下诸子参其同异，泛滥元、明、近世以极其变，归诸心得以保其真，要诸久远以俟其化。如此而于学文之道其庶乎。”(《梅崖居士文集》卷二十九，影印第480页)

⑧ 陈用光《国史馆文苑朱仕琇传鲁九皋附》，《梅崖居士全集》，《清代诗文集汇编》第336册，影印第183页。

⑨ 按：这些评语除了注明作者外系朱仕琇自作语(论证详见下段文)，即刘声木《桐城文学渊源撰述考》所谓“自加品评，夸诩太过”之语。

⑩ 朱仕琇《重与雷通政书》之“仕琇于学人中志意最劣”(《梅崖居士文集》卷二十二，《清代诗文集汇编》第336册，影印第406页)是英雄欺人语。

原始以要终,则以清简为特征,亦讲究学术[①],《又答雷宪副书》、《又复雷宪副书》[②]、《与林穆庵书》[③]、《答王光禄西庄书》[④]是讲论学术、征引多方的篇什典型,朱仕琇堪称清代乾隆间古文创作的宗匠,也是清代中叶以后开创闽中散文流派的一代宗师。

据《谢夫人墓志铭代》文后评语"此丙辰岁(乾隆元年,1736)作也,予时年二十二,作志文自兹始"[⑤],知未注明作者的评语,皆为作者朱仕琇所撰[⑥],系朱仕琇"自订文集"[⑦]之时的"夫子自道",有意让天下学为古文者知其才情及其古文旨趣,亦有意使读者知其古文与有清一代古文创作风格的相同之处和不同的取径、技法及境界,这是朱仕琇非常清晰的诉求和表达,也是朱仕琇对于其古文创作的道路自信、理论自信、话语自信、技法自信。

《梅崖居士文集》卷十《郡文学宁君墓志铭》的评语谓:"《诗》、《书》之泽纯深温润,然必体气高奇,始足以载之,杨子云所云'皓皓者已也,引而高之之天也',刘彦和亦云'风骨不飞则负声无力'。六经之辞如星辰繁丽,圣人真气贯之如天引星辰而高之,而光芒浩汗溢射,中愈弸而神愈炳,亿万载而愈新。后世能为圣人知言者惟扬雄、韩愈氏耳,左氏、马迁犹以浮夸爱奇而失之,李文公(李翱)略近而气偏体瘠,故文采不章,义理不裕,魄象不雄。甚矣其难也!此文乃欲排汉接周,依稀《雅》、《诰》,但未纯尔,然气体已极于此,上无出地焉。得知言者涉藩篱而诘之。"[⑧]这段篇幅稍长的评语以涉及风骨、"体气"、"气体"等浸淫儒家经典与文学创作的关系,尤以朱仕琇自媲于汉扬雄、唐韩愈二子,以为胜于左丘明及其《左传》、司马迁及其《史记》、李翱之作。《乡饮宾明经朱公墓志铭》评语:"气脉洁劲无痕,以服古之深,故能浑去町畦。□文章气大则力浑。凡以力见者皆有畔岸,则害广博易良之体,而隘于气,此峭紧之文所以未达一间也。欲知韩、柳、欧、王文高下,于此观之。"[⑨]这段评语也是运用"气"、"力"关系以论朱仕琇文章风格者,明显倾向韩愈古文的理论和风格,反映出评者对韩愈文章的嗜好。《与同年林穆庵论作寿文书》评语:"非倨也,孟子所谓'不直则道不见'也"[⑩],孟子提倡"养气"说,"养气"之说后来发展为论述作家修养的理论,朱仕琇此书札则表现出其人由内透外的、浩然之"气"。朱仕琇古文创作之"气",得时誉甚高。《屏峰集序》后评语谓:"遥情胜概,一往澹奇。鹿门先生所称'文章逸气,司马子长之后千余年而得欧阳子,欧阳子之后五百余年而得茅子'者也。"[⑪]鹿门,指明代唐宋派作家茅

---

① 朱仕琇《与雷通政书》有"学术下昧"(《梅崖居士文集》卷二十二,《清代诗文集汇编》第336册,影印第406页)的谦逊语。朱仕琇对于乾嘉学术似乎比较疏远,《答雷宪副书》云"买得经史书各种,欲全治之,苦于神志浅短",又云"念自南宋后学尚博综,波澜相沿,或不能不以陋为病,前却纷纭,卒无定趣,盖名心所役,忽不自知,其如此也"(《梅崖居士文集》卷二十二,《清代诗文集汇编》第336册,影印第410页),对"尚综博"的学术志趣颇有嘲讽之意;《翼亭说》文后评语谓"训诂喜无腐气"(《梅崖居士外集》卷一,影印第511页)。朱仕琇文中亦颇讲"学术"、"绩学"(《与家石君书》,同书,卷二十七,影印第456页;《复和鸣书》,同书,卷二十九,影印第478页),而其所理解的学术似乎仍然局限在六经、史籍、子书,鲁仕骥所谓"经传、诸史、百家,至于稗官小说"(《敕授文林郎山东夏津知县改福宁府儒学教授朱梅崖先生行状》,《梅崖居士外集》卷八,影印第596页)。《答王光禄西庄书》谓"近世士多奋其私智以诬古籍,凿空立说,日出新奇,征引繁富,足佐其谬。其弊始宋之一二名人自喜之过,后遂益甚"(《梅崖居士外集》卷七,影印第576页)是对乾嘉学术及其精神的曲解。

② 朱仕琇《梅崖居士文集》卷二十二。

③ 朱仕琇《梅崖居士文集》卷二十三,影印第421-423页。

④ 朱仕琇《梅崖居士外集》卷七,影印第576-577页。

⑤ 朱仕琇《梅崖居士文集》卷十四,影印第315页。

⑥ 《重与林穆庵书》评语:"当合与《余羽皋书》观之,抑扬处一时吏治之得失并见,而余之不能于吏固信而不诬也。"(《梅崖居士文集》卷二十三,影印第420页)《复鲁絜非书》评语:"欲太倨,要亦使世知予之福心如此,不欲讳也。"(同书,卷二十八,影印第468页)《与潘立人书》评语:"此书寄去,敷陈未覆回信。后二年,余令夏津,晤雷君定淳,云潘君之弟已作古人矣。求仙促寿,前后若符契,真可痛戒也。雷君即通政子也。"(同书,卷三十,影印第494页)《班马异同辨》评语:"余作是辨时,年二十二年岁,持质前辈席未亭先生。先生叹曰:'他日必以古文名世,惜余年老不得与校字之列,为恨耳。'今先生下世廿三年,距以文相质时十九年矣。识此以见前辈之虚怀善下,余无以称之,之为愧也。时癸酉(乾隆十八年,1753)腊月夏津署中灯下初九日。"(《梅崖居士外集》卷一,影印第505页)此四例堪为朱仕琇自评其文的佐证。

⑦ 朱筠《敕授文林郎翰林院庶吉士改山东东昌府夏津知县福宁府儒学教授鳌峰书院掌教梅崖朱公墓志铭》,朱仕琇《梅崖居士外集》卷八,影印第593页。按:朱仕琇生前自订文集,事竣于乾隆四十五年庚子(1780)。

⑧ 朱仕琇《郡文学宁君墓志铭》,《梅崖居士文集》卷十,《清代诗文集汇编》第336册,影印第285页。

⑨ 朱仕琇《乡饮宾明经朱公墓志铭》,《梅崖居士文集》卷十一,《清代诗文集汇编》第336册,影印第294页。

⑩ 朱仕琇《梅崖居士文集》卷二十三,影印第417页。

⑪ 朱仕琇《屏峰集序》,《梅崖居士文集》卷十七,《清代诗文集汇编》第336册,影印第345页。

坤。此评语盖谓朱仕琇系司马迁、欧阳修、茅坤之后具有文章逸气的第四人,而朱仕琇专主韩愈之文学理论。鲁仕骥论定朱仕琇古文曰,"其为文章,自始学韩子,其后更博采秦汉以来诸家之长,而独成其体于韩子之后","以立诚为本,以文从字顺、各识职为旨归,以中有自得而能为为究竟"[①]。

我们注意到朱仕琇及其弟子的古文及诗歌理论和创作实践[②]具有一个重要的特征,即注重真性情[③],辞由己出[④]。朱仕琇《孙武水诗序》追叙当年在京师论诗:"在京师时,与同人论诗。余尝略去形貌而专致于心气疾舒、浮切、丰匮之间,而一以自然为主。时有所摘句,同人皆厌服,未尝以余之不能诗而废其论也。"[⑤]《重与雷通政书》:"虽物性之愚,然圣王每资其物以饰治,万物赖焉,文章成焉,是其所以自矜重,亦性命之自然有可哀悯者也。因观古诗文之士,昌黎而外,若欧阳、苏二文忠、王文公、黄鲁直、陈履常诸人皆能于穷达之际不失其守,今考其遗言,其中浩然恒若有以自主者。"[⑥]文章之所以矜重,以性命、政治为其载体,性情本诸自然,士大夫之守亦得自然流露。闽浙总督赵慎畛《朱梅崖太史先生遗像赞》:"考亭百世师,宗风缅畴曩。君也其苗裔,坛坫自雄长。文章本性情,渊源接精爽。"[⑦]朱仕琇评门人郑在谦以"类我","其文皆由中而出,不为粉饰,而其恬淡纡徐之致,则如春云吐岫、秋水澄波,若无意于文者"[⑧];又如朱仕琇赏识的门人郑洛英,朱仕琇序其《耻虚斋诗集》,称其"殆所谓能自见者",又云"意思萧散,脱落蒂芥,一以真性往来,盖善全其才者"[⑨]。朱仕琇古文、诗歌具有性情,固为气体之外形,又有学术渊源宗宋儒及陆象山[⑩]之故。其文若《与林穆庵书》"俯仰壹郁,其言至悲"[⑪];《与林穆庵书》"文情怆邈,仿佛中山靖王闻乐对"[⑫],俱是深情流露的书札。

辞必己出的理论根源于韩愈的古文理论,而朱仕琇深为嘉许。朱仕琇代作的《自为集序》云"昔韩退之起唐贞元、元和间,以六经之文为诸儒唱。其接后进往反谕文书多矣,而其门人李汉序其遗书,约其旨,则曰'教人自为'而已。盖六经文之最粹者也,创意造言各不相师,故曰读《诗》如无《书》,读《易》如无《春秋》,杨子云曰'《商书》灏灏尔,《周书》噩噩尔',是以知其辞之不同也。故曰'惟古于辞必己出,降而不能乃剽贼',辞必己出,所以自为也。貌古者袭,溺时者随,其归于剽贼一也","今夫为文而浮湛剽贼,自弃其知,则是与物无以异也","陆机曰'怵他人之我先',又曰'启夕秀于未振',皆黜因循之辞也,所谓因循者即袭与随之弊也"[⑬]。韩愈门人李汉以为韩愈遗书之旨在于"教人自为","自为"是因为"辞必己出"之故。朱仕琇又云"窃谓师古人在师其意,不在形迹"[⑭],多举事例以证实。朱仕琇《复

---

① 鲁仕骥《敕授文林郎山东夏津知县改福宁府儒学教授朱梅崖先生行状》,朱仕琇《梅崖居士外集》卷八,影印第 596 页。此行状作于乾隆四十五年(1780)冬十一月。

② 朱仕琇《耻虚斋诗集序》:"诗、古文虽异业,其归则未有不一者也","生(郑洛英)益治诗,的其一者,而通之古文之道,将自得之"。(《梅崖居士文集》卷十八,《清代诗文集汇编》第 336 册,影印第 354 页)

③ 朱仕琇为兄朱仕玠所撰《筠园诗集序》云"诗者,人之动也。情动而出言,言永而成音","诗者,性情之端"(《梅崖居士文集》卷十七,《清代诗文集汇编》第 336 册,影印第 346 页)云云。又,《耻序斋诗集序》之论云"盖诗以感动为体","盖兼资学识为用,要其才之隐然浮动,与元气上下者不可得而掩也"(《梅崖居士文集》卷十八,《清代诗文集汇编》第 336 册,影印第 353 页)。

④ 《复雷宪副书》表述为"若韩、柳、欧、苏、曾、王、李、杜辈所趣不同"(《梅崖居士文集》卷二十二,《清代诗文集汇编》第 336 册,影印第 414 页),又一封《复雷宪副书》表述为"夫子删诗,不替其辞,殆以为亦各言其志之义,其后司马迁、扬雄、杜甫、李白、韩愈、柳宗元各道其所得力,未尝讳也"(同书,影印第 414 页)。

⑤ 朱仕琇《梅崖居士文集》卷十八,同上书,影印第 360 页。

⑥ 朱仕琇《梅崖居士文集》卷二十二,同上书,影印第 406-407 页。

⑦ 朱仕琇《梅崖居士全集》,《清代诗文集汇编》第 336 册,影印第 184 页。

⑧ 民国《福建通志》总卷二十五,《福建艺文志》卷六十五,第十七页,《郑在谦文集》解题引林雨化《林希五文集》。

⑨ 民国《福建通志》总卷二十五,《福建艺文志》卷六十五,第十八页。语出朱仕琇《耻虚斋诗集序》(《梅崖居士文集》卷十八,《清代诗文集汇编》第 336 册,影印第 354 页)。

⑩ 朱仕琇《县文学鄢君墓志铭》:"(鄢冀)少从余友李君枥园,闻余称宋儒,及于陆氏之说,瞿然若悟。"(《梅崖居士文集》卷十,《清代诗文集汇编》第 336 册,影印第 287 页)

⑪ 朱仕琇《梅崖居士文集》卷二十三,影印第 419 页。

⑫ 朱仕琇《梅崖居士文集》卷二十三,影印第 418 页。

⑬ 朱仕琇《梅崖居士文集》卷十九,影印第 379 页。朱仕琇又有代作《自为集后序》(《梅崖居士外集》卷一)。

⑭ 朱仕琇《复雷宪副书》,《梅崖居士文集》卷二十二,影印第 414 页。

雷宪副书》中有“仕琇生平好唐韩氏之书而师其志”[①]，是其夫子自道古文创作的宗旨。《复陈绳庵书》评语谓“苍莽自遂处，正入西京，何必如王、李辈掇拾古人地名、官名并套袭其腔调耶?”[②]即朱仕琇不必以袭其辞来衣冠秦汉(西京)古文，有性情之人，自能“苍莽自遂”。

朱仕琇甚至反对宋人黄庭坚“无一字无来历”的主张，鄙视“宋之南渡，作者率依附古籍而不能自为辞”[③]的做法，大力鼓吹文学创作中的“杜撰”，“文章之贵在于天人相兼、思学融会，忌用成句”，“不如用己意点化之为得也。黄山谷云‘韩、杜诗文皆有来处，后人读书少，便谓自作语耳’，李穆堂(李绂)因此遂注《原道》用语来处，此拙于知言者也。退之谓‘古于辞必己出’，六经之文中贯精意，何有沿袭?偶阅周亮工评文云‘文莫妙于杜撰’，不觉惊叹，以周非文家，何其精于文事如此！孙樵谓世言俚言奇健，可为史笔精魂，因牵韩吏部云如此，孙樵当时谓为不然，易以‘典要’二字，要岂得谓世言之无因哉?往时与先兄筠园论诗，谓自宋后无能自造语者，正谓杜撰之难也，仕琇文所称修说致咸亦求为杜撰而不工者耳。”[④]所谓“杜撰”意即创造，是辞必己出的另一种说法。

在《示子文佑书》中，朱仕琇详细指示其长子朱文佑以学习古文的途径:先录韩愈、柳宗元的书、赋、碑志文，学习韩、柳文之“清深渊古”面貌，然后乃及韩、柳两家的序、记文；其次，阅欧阳修《新五代史》、《新唐书》诸论赞文，然后习欧阳修之碑志、序、记文；复次，乃及曾巩、王安石，又及韩愈、李翱、柳宗元诸家古文，比较唐宋名家古文创作的异同；复次，上及于扬雄、刘向、董仲舒、司马迁、司马相如、宋玉、屈原、荀子、左丘明、孙武、尉缭、管仲、穰且、庄子、列子、《国语》、《战国策》，均为两汉之间及先秦古文，向下则模拟苏洵，这些古文作家及其文均须往复再三学习；最后及于西汉、东汉古文。始于唐宋，终于两汉，上臻先秦，这是一个渐次推进的古文学习路径。“及于东京，及于唐诸杂家，及于东坡、颍滨并宋诸杂家，及元、明、本朝诸家。又如是，以复于唐、宋，又复于诸子、六经。诚如是，渐进而自得焉，而古文之道其亦不远矣。”[⑤]恣观古书，博极经、史、子(杂)、集四部，取为资用，取径广阔，这是朱仕琇古文创作的自得经验。

综观以上所论，朱仕琇在时文、诗歌创作之外，倾其全力于古文创作领域，在古文创作实践、古文理论探索、研习古文的路径三方面完成完整而圆合的古文体系构建，其古文创作和理论体系以韩愈古文为旨归，博综历代古文创作所长，模拟历代古文家的创作风格，具有旗帜鲜明的特征。朱仕琇的古文理论与才情相副，不仅授之以鱼，而且授之以渔，用心良苦。刘声木以为朱仕琇自订文集之时“自加品评，夸诩太过”，实未体察朱仕琇摈落翰林[⑥]、仕宦坎坷、偏处一隅而标格高举、力振古文创作的处境而泛泛作语。

放眼明末清初的全国文学创作，朱仕琇选择韩愈古文的创作场景类似康熙朝最负盛名的诗人王士禛的做法，王士禛在博览前代诗人、诗歌创作及流派之后选择标榜神韵，以王孟韦柳之诗为取向。王、朱两位作者，一于诗歌创作领域，一于古文创作领域，均有博大的眼界，均对前代的文学创作有着广泛的模拟，均有卓识定见，均有惊艳绝才的才情，故成一代宗匠。

朱仕琇本是乾隆九年甲子(1744)福建乡试解元，盛名之下，好者必多；其中晚年主鳌峰讲席十一年的讲学活动[⑦]与福建士子科举应试之间必然产生影响和效应，以至千人从学，规模盛大，其古文既成

---

① 朱仕琇《复雷宪副书》，《梅崖居士文集》卷二十二，影印第414页。

② 朱仕琇《梅崖居士文集》卷二十三，影印第431页。

③ 朱仕琇《与石君书》，《梅崖居士文集》卷二十七，影印第454页。

④ 朱仕琇《答蔡苍屿明府书》，《梅崖居士文集》卷二十九，影印第474页。

⑤ 朱仕琇《梅崖居士外集》卷七，《清代诗文集汇编》第336册，影印第584页。

⑥ 朱仕琇《九月十九日李郁斋同年招饮赐第赏菊同坐者杨默堂陈绳庵次郁斋元韵得四首》其二最后两句“未识云泥意，他年可得俱”后注“庶常例散馆，有黜陟。余贱士也，又诗赋不如三君之工，惧黜，故欲及之”。(《梅崖居士外集》卷八《梅崖山人诗偶存》，《清代诗文集汇编》第336册，影印第590页)散馆之期果为外放知县。

⑦ 清代书院具有文学教育的功能，请参看宋巧燕《诂经精舍与学海堂两书院的文学教育研究》(齐鲁书社2012年版)。以鳌峰书院为例。道光二年壬午(1822)，陈寿祺撰《拟定鳌峰书院事宜》:“兼课经史。书院每月三课，官课居其一，师课居其二。请以十六日一课，时艺、排律外，兼课经解史，论及古文词，以期兴倡实学，搜获异才。”(《左海文集》卷十，《清代诗文集汇编》第499册，影印第443页)道光五年(1825)，陈寿祺《鳌峰崇正讲堂规约八则》其四云鳌峰书院设分程簿册，分给诸生，“按日所读经史古文等，照式填写。课程簿每逢十日汇呈讲堂，酌召面加考验。”(《左海文集》卷十，影印第446页)

一家言而受众益夥,传播益远。从朱仕琇刻意学韩愈[①],到其门人、光泽高腾之诗主气,周凯以为"昌黎之诗,昌黎之文"[②],再到高腾之子高澍然选刻《韩文故》十三卷、《李习之文读》十卷,形成一条学习、摹拟韩愈文章的古文传统;此外,我们观察到朱仕琇的前辈、汀州府宁化人李世熊(1602—1686)"少独好韩非、屈原、韩愈之书,故其造就咸有根柢"[③],是亦习韩愈古文的闽中作家,与福州府的曾异撰(1590—1644)同道[④],这一传统有别于擅长学习《史记》的明代唐宋派巨匠归有光的古文传统,也有别于唐宋古文中对后世影响最大的欧、曾古文传统。

我们因此观察到清代福建的古文创作有两条不同的传承路径,其一传承为李光地本诸明代泉州府王慎中等人优良的古文传统,以其督抚和内阁大学士的身份、地位,在朝廷传播,为庙堂馆阁之文;其一传承则发生在闽西的汀州府宁化县和闽西北的邵武府建宁县、光泽县,从明末清初直到道光间,通过福州府谢章铤(1820—1903)对高澍然抑快轩古文的传抄和传播,影响下及光绪末年。其中,明末清初汀州府宁化县李世熊的古文创作有其师黄道周的渊源,有福州府曾异撰等友人的切磋和商榷,又与江西宁都易堂九子交密,尤其与彭士望最契,互相评点古文篇什,使江西东南部与福建西北部的古文作家及其创作联结在一起,形成省际的古文创作群体。乾隆间,以建宁朱仕琇为领袖的闽中古文创作流派形成,通过代际传播,形成时长至少150年的福建古文创作传统。

## 第二节 从朱仕琇到高澍然
### ——以朱仕琇为中心的福建古文创作群体

朱仕琇曾经担任福宁府教授(1759),主讲福州鳌峰书院十一年,教授、训迪生徒,所以福宁府和鳌峰书院成为朱仕琇古文传播的重要场所。所著《梅崖居士文集》三十卷、《梅崖居士外集》八卷收录了朱仕琇为其门人谒请所作的大量古文及《梅崖山人诗偶存》,知其门人有陈光章[⑤]、陈鸣珮[⑥]、许懿善[⑦]、黄利邦[⑧]、陈倬云[⑨]、龚景瀚兄弟[⑩]、宁人望[⑪]、郑澂若、郑沂若[⑫]、杨笃祐[⑬]、高湖郑氏数人[⑭]、刘逢圣[⑮]、刘国柱、刘国楫[⑯]、黄凤举[⑰]、

① 刘声木《桐城文学渊源撰述考》卷十二,第349页。按:侯官林昌彝以为桐城派古文大家刘大櫆的古文"喜学《庄子》,尤力追昌黎"(林昌彝《林昌彝诗文集》卷七《论诗一百又五首》第三十六首论刘大櫆,自注,第181页),不可作简单划一处理。

② 同治刊本《福建通志》卷二百三十九,高腾传,原第三十三页,影印第4325页。

③ 乾隆《汀州府志》卷四十三,《艺文墓表·前征君泉上李先生墓表》,影印第601页。

④ 按:李世熊晚年《答官公璧书》,回忆天启七年(1627)时,曾异撰评价其文云"悲哉!何气味之似屈原、韩愈也。"(李世熊《寒支二集》卷三,影印第466页)

⑤ 朱仕琇《陈司马传》,《梅崖居士文集》,卷二。陈光章系陈秉义(字子质,号诚轩,泉州府同安人)之子。

⑥ 朱仕琇《陈太学传》,同上书,卷二。陈鸣珮系陈思敬(字泰初,泉州府同安登瀛里人)之子、陈鹏南(字云垂)之孙。朱仕琇又有《太学生陈君墓志铭》(《梅崖居士文集》卷九)为陈思敬作。

⑦ 朱仕琇《节孝郑孺人传》,同上书,卷二。许懿善系侯官郑孟姬、晋江许臣骥之孙,籍侯官。

⑧ 朱仕琇《龙溪宫边黄氏家庙祀田学田碑记》,同上书,卷五。

⑨ 朱仕琇《同安陈氏小宗祠记》,同上书,卷五。陈倬云系同安陈秉义(诚轩)之子、陈逊斋之孙、陈朴斋曾孙。

⑩ 朱仕琇《诰授奉直大夫云南镇南州知州龚君墓志铭》,同上书,卷八。龚景瀚系朱仕琇之友、闽县龚一发(厚斋)之子。

⑪ 朱仕琇《郁林州州判宁君墓志铭》,同上书,卷八。宁人望系建宁宁良骥之子。

⑫ 朱仕琇《连山令郑君墓志铭》,同上书,卷八。郑澂若、郑沂若系瓯宁郑天锦之子。

⑬ 朱仕琇《连城司训杨君墓志铭》,同上书,卷八。杨笃祐系将乐杨廷儒(字鲁其、愚谷)之子、杨廷伦侄子,朱仕琇又撰有《太学生杨君墓志铭》(《梅崖居士文集》卷八)。又杨笃祝,杨廷任之子,见朱仕琇《梅崖居士文集》卷八《太学生祝君(祝廷献)墓志铭》。

⑭ 朱仕琇《太学生郑君墓志铭》,同上书,卷八。高湖郑氏数人系明代郑理剧、郑文鑰裔孙。

⑮ 朱仕琇《侯官文学蓼衔刘君墓志铭》,同上书,卷八,影印第270-271页。刘逢圣系侯官刘元喈之子、刘元钟侄子。

⑯ 朱仕琇《诰赠奉直大夫太学生豫斋刘君同妻诰赠宜人陈夫人合葬墓志铭》,同上书,卷八。刘国柱、刘国楫兄弟系刘鸣雷之子。

⑰ 朱仕琇《邑文学黄君墓志铭》,同上书,卷十。黄凤举系建宁黄扬(字东白)之子。

朱仕璨①、朱文仁②、朱文倩③、艾廷珍④、郑洛英⑤、蔡溟飞⑥、余仕翱⑦、许懿善⑧、何拜谦、何紫来、何德培、何元及⑨、余惇典、余春林⑩、何福遇⑪、鲁仕骥⑫、金荣镐⑬、李大儒⑭、龚景瀚、魏瑛⑮、高蓝珍、何良瑞、翁尹士、刘干瑞、何森林、龚为广、刘麟中兄弟⑯、罗有高⑰、刘永标⑱、陈倬云⑲、萧文钜⑳、张志敏㉑、黄宗修㉒、王家奋㉓、何应举㉔、刘则宗㉕、谢敬辅、徐正思、徐宝言㉖、徐家恒、徐惇典㉗等,"诸生著录几及千人"㉘。

前辈、同学、同年及挚友有汪世麟㉙、席大霁㉚(前辈)、李俊㉛、李大仁、李大儒㉜、龚一发㉝、卢澍㉞、宁良骥㉟、刘元钟㊱、南丰杜文明㊲、海澄叶蔚文㊳、宁时钧㊴、艾云标㊵、林明伦(1723—1757)㊶、朱敏求、

---

① 朱仕琇《候选州同知朱公葆光墓志铭》,同上书,卷十二。朱仕璨(《梅崖居士外集》卷四《族叔葆光五十寿序》一作朱仕灿)系朱兰长子,从朱仕琇学制义。

② 朱仕琇《文仁墓志铭》,同上书,卷十二。朱文仁系朱仕璠之子、朱文仪胞弟。从朱仕琇治《文选》、古类书,作为小诗,颇清适可喜(《清代诗文集汇编》第336册,影印第298页)。

③ 朱仕琇《侄妇鄢氏墓志铭》,同上书,卷十四。

④ 朱仕琇《艾母苏夫人墓表》,同上书,卷十五,影印第328页。

⑤ 朱仕琇《耻虚斋诗集序》,同上书,卷十八,影印第353页。

⑥ 朱仕琇《蔡孝廉制艺序》,同上书,卷十九,影印第367页。按:蔡溟飞系明代蔡清裔孙,其父与朱仕琇之友方翀(羽中)友善,"所为辞亦根据经传,无世俗剿说雷同之习",朱仕琇期望蔡溟飞"不懈而及于古(语本韩愈《送孟东野序》)",将来与唐顺之、王慎中等埒。

⑦ 朱仕琇《余羽皋制义序》,同上书,卷十九。

⑧ 朱仕琇《就正编序》,同上书,卷十九。

⑨ 朱仕琇《建宁大南何氏族谱序》,同上书,卷二十,影印第387页。

⑩ 朱仕琇《与杨默堂书》,同上书,卷二十五,影印第444页。

⑪ 朱仕琇《答家石君书》,同上书,卷二十七,影印第458页。何福遇既是朱仕琇的姻亲,也是门人。

⑫ 朱仕琇《答鲁絜非书》,同上书,卷二十八。

⑬ 朱仕琇《答金生芑汀书》,同上书,卷二十九。

⑭ 朱仕琇《与李鲁一书》,同上书,卷二十九。

⑮ 朱仕琇《答龚海峰书》,同上书,卷三十。

⑯ 朱仕琇《答何述善书》,同上书,卷三十。何良瑞系何应举兄,举人。称何森林为年兄,其实何森林系乾隆三十六年(1771)举人。

⑰ 朱仕琇《答罗台山书》,同上书,卷三十。

⑱ 朱仕琇《题刘君自貌先人像后》,《梅崖居士外集》卷一。

⑲ 朱仕琇《梅崖居士续集序》,《梅崖居士外集》卷二。时乾隆四十一年(1776)。

⑳ 朱仕琇《太学杨君七十寿序》,同上书,卷四。

㉑ 朱仕琇《张太公七十寿序》,同上书,卷四。此寿序云张志敏魁于乡,当是张舫,乾隆三十九年甲午(1774)解元,籍侯官。

㉒ 朱仕琇《存庵黄君六十寿序》,同上书,卷四。

㉓ 朱仕琇《王母张夫人六十寿序》,同上书,卷六。

㉔ 朱仕琇《何母陈夫人七十寿序》,同上书,卷六。

㉕ 朱仕琇《长乐刘君则宗弱冠丧父哀思不已乃学为丹青追图父像凝神默思浑忘寝食一旦父像成家人惊为神似也作诗纪之》,《梅崖居士外集》卷八。

㉖ 朱仕琇《暮春宁立孚招饮一枝山房同人即席赋诗以鸠鸣乳燕青春深为韵分得鸠字》诗中注,《梅崖居士外集》卷八。

㉗ 朱仕琇《金铙烟雨歌同宁人望徐家恒徐惇典一枝山房联句》,《梅崖居士外集》卷八。

㉘ 朱仕琇《从侄士衡六十寿序》,《梅崖居士外集》卷四,《清代诗文集汇编》第336册,影印第550页。

㉙ 朱仕琇《敕授文林郎知云南县汪公墓志铭》,《梅崖居士文集》卷九。

㉚ 朱仕琇《明经席先生未亭墓志铭》,同上书,卷九。席大霁与朱霞(朱仕琇伯父)、朱霦(朱仕琇父)兄弟及朱仕琇交善。

㉛ 朱仕琇《李世昇传》,同上书,卷二;《余羽皋制义序》,同上书,卷十九。

㉜ 朱仕琇《李生传》,同上书,卷二。

㉝ 朱仕琇《诰授奉直大夫云南镇南州知州龚君墓志铭》,同上书,卷八。

㉞ 朱仕琇《故进士霞浦卢君墓志铭》,同上书,卷八。

㉟ 朱仕琇《郁林州州判宁君墓志铭》,《梅崖居士文集》,卷八。

㊱ 朱仕琇《侯官文学蓼衔刘君墓志铭》,同上书,卷八。

㊲ 朱仕琇《文悫先生墓志铭》,同上书,卷八。杜文明系杜继凯(字左待,私谥文悫)之嗣子。

㊳ 朱仕琇《太学生陈君墓志铭》,同上书,卷九。陈思敬系朱仕琇之友叶蔚文之内外兄弟。据同书卷十五《诰赠昭武大夫例赠文林郎县学生绎轩叶公暨曹太恭人合葬墓表》(《清代诗文集汇编》第336册。影印第324页),叶封侯(1656—1730),字桐友,号绎轩,叶蔚文之父。聚书二万余卷。

㊴ 朱仕琇《郡文学宁君墓志铭》,同上书,卷十。宁时钧(月川)系宁伟(秀士)长子,宁伟又与朱仕玠为姻亲。

㊵ 朱仕琇《艾母苏夫人墓表》,同上书,卷十五,影印第328页。艾氏与朱氏累世缔结婚姻。

㊶ 朱仕琇《林穆庵遗文序》,同上书,卷十六,影印第337页。《梅崖居士文集》卷二十三收录朱仕琇与林明伦多通书牍。

郑王臣[1]、方翀[2]、黄菊村[3]、雷鋐[4]、陈来章[5]、朱筠[6]、官献瑶[7]、李清馥[8]、叶玉光[9]、谢周南[10]、梅洪恩[11]、朱雨溪[12]及进士同年陈科捷(绳庵)、朱珪(石君)、李宗文(郁斋)、杨方立(默堂)、周绍缙(笏廷)、李中简(廉衣)、秦朝釪(岵斋)、吴绶诏(吴华孙之子)等。

刘声木《桐城文学渊源撰述考》卷十二朱仕琇名下(合朱仕琇,共80人)古文作家名录如下:朱仕琇、林明伦、官崇、鲁鸿、龚景瀚[13]、朱仕玠、朱仕□、朱仕灿、陈□□(字石涯)、何□□(字穆岩)、高腾、金荣镐、许□□(字道秉)[14]、李祥赓、张绅、黄凤举、何日诰、陈绩、李天炎、余春林、朱文佑、宁人望、朱雍、余仕翱、李大儒、徐惇典、徐家璠、徐家恒、徐显璋、朱文仁、朱文倩、郑洛英、陈天文、魏瑛、郑超、高澍然、何则贤、谢代壎、廖定抡、吴煊、吴照、徐经、刘存仁、李孔地、高□□(字幼瞻)、鲁肇熊、高炳坤、曾莲炬、曾士玉、上官载升、高象升、伊桐、熊际遇、杨步瀛、高抟、朱文珍、上官曦、高□□(字又渠)、何长栻、王□□(字执斋)、吴绍先、伊光华、鄢轶、何西泰、徐湘潭、张际亮、高熙晋、龚有光、高孝扬、李云诰、何高雍、何长聚、何高慰、高汸然、上官懋本、徐开祖、周倬奎、李华、林中美、赖□□(字子莹)[15]。在这份八十人名单中,陈石涯与陈绩[16]、何穆岩与何日诰[17]、高幼瞻与高孝扬[18]、上官载升与上官曦[19]、鲁肇熊与卷十三的鲁肇光均为重出者,而林明伦(穆庵)系广东韶州府始兴人,鲁鸿、鲁肇熊系江西建昌府新城人,吴煊、吴照系江西建昌府南城人,李孔地系江西广信府广丰人,徐湘潭系江西吉安府永丰人,周倬奎系江苏常州府无锡人,整份名单中福建籍的古文作家要减少十二人(上官曦算在卷十二,不予核减),为六十八人。然卷十三的徐家泰为朱仕琇胞兄朱仕玠的女婿,可以增入到朱仕琇门人之列,计六十九人。

朱仕琇家族及门人名单中,福建籍的古文作者有:

(1)邵武府建宁朱仕玠,字璧丰,号筠园。朱霞从子,朱霦第三子,朱仕琇之兄。乾隆间拔贡,官知县。卒年六十二。"肆力古文,能造精微,兄弟互相切摩。尤工诗,格致高简。""主讲凤山县崇文书院,能古今文,尤工诗。"[20]论诗主温柔敦厚,雅近韦、孟。为张飏翀、沈德潜、方苞等称许,沈德潜以为其诗"超轶唐格,脱去闽派","又以闽诗自明初林鸿、高棅倡盛唐之学,摹拟失真,沿成习派,仕玠因集何梅、李荣英、族父朱璜、世父霞四家诗,皆出自新意,不囿于土风,为《濉溪四家诗钞》"[21]。在乾隆年间,闽诗

① 朱仕琇《朱南冈诗集序》,同上书,卷十八,影印第354页。

② 朱仕琇《蔡孝廉制艺序》,同上书,卷十九,影印第367页。

③ 朱仕琇《黄菊村制义序》,同上书,卷十九,影印第374页。菊村,亦写作菊邨。

④ 朱仕琇《与雷通政书》,同上书,卷二十二。本卷收录朱仕琇与雷鋐书牍。

⑤ 朱仕琇《答陈来章书》,同上书,卷二十四。

⑥ 朱仕琇《与竹君书》,同上书,卷二十七。

⑦ 朱仕琇《与官石溪先生书》,同上书,卷三十。

⑧ 朱仕琇《复李广平书》,同上书,卷三十。

⑨ 朱仕琇《翼亭说》,《梅崖居士外集》卷一。

⑩ 朱仕琇《谢周南制义序》,《梅崖居士外集》卷二。

⑪ 朱仕琇《梅汉辉七十寿序》,《梅崖居士外集》卷三。南城梅汉辉之子梅洪恩系朱仕琇之婿。

⑫ 朱仕琇《朱母鄢夫人八十寿序》,同上书,卷六,影印第570页。朱雨溪系族母鄢氏第四子,与朱仕琇以文章道义交最久。

⑬ 龚氏家族第十三世龚屹有崇尚古文之风,历十五世、龚屹之孙龚景瀚,十六世、龚景瀚第三子龚丰谷桥梓前后踵武,肆力于古文创作,形成家学。详请参看本书闽县龚氏家族条下。

⑭ 朱仕琇撰《就正编序》(《梅崖居士文集》卷十九)为许道秉作。许懿善,字道秉。乾隆三十六年(1771)福建乡试举人,原籍晋江,籍闽县学。

⑮ 刘声木《桐城文学渊源撰述考》,目次卷十二,第16-17页。黄山书社1989年版,徐天祥点校。

⑯ 汪祚民《〈桐城文学渊源撰述考〉作家姓名著录辨正》,载《安庆师范学院学报》2014年第5期,第94页。

⑰ 陈开林《〈桐城文学渊源考〉阙误续补》,载《重庆工商大学学报》2018年第6期,第118页。汪祚民《〈桐城文学渊源撰述考〉作家姓名著录辨正》(载《安庆师范学院学报》2014年第5期,第94页)根据郑兼才《复黄力夫》札已指出其误。

⑱ 陈开林《〈桐城文学渊源考〉阙误续补》,载《重庆工商大学学报》2018年第6期,第117页。

⑲ 光绪《邵武府志》卷二十一,《人物传・儒林》上官曦传,原第十页,影印第449页。

⑳ 刘声木《桐城文学渊源撰述考》卷十二,第351-352页。

㉑ 民国《建宁县志》卷十六,原第六页,影印第170页,《文苑传》朱仕玠传。

别有一种面目以洗刷模拟盛唐之“声律圆稳”[①]的“习派”,以《濉溪四家诗钞》为标的,形成邵武府建宁县域诗人群体,有别于南宋严羽《沧浪诗话》论诗宗旨。建宁朱氏能文学者已历数代,至朱仕琇之时,兄弟、子侄作者众多,蔚然大观,为建宁一姓能文学诸家族之冠,首屈一指。

(2) 邵武府建宁人朱仕□,字昆采。朱仕琇从弟。师事朱仕琇。

(3) 邵武府建宁人朱仕灿。朱仕琇族弟。师事朱仕琇。

(4) 邵武府建宁人朱文佑[②],字启堂,朱仕琇长子。天姿绝物,受邓作梅器重。卒于金陵,年二十二,有《松阴诗词钞》。“溯其渊源,不失仕琇兄弟家法。”“为文操笔立就,苍莽无端,不可以尺寸限。”“尤工诗,瓣香唐王、孟。”[③]传见民国《建宁县志》卷十七《文苑传》。

(5) 邵武府建宁人朱文仁,朱仕琇从子。诸生。

(6) 邵武府建宁人朱文倩,朱仕琇从子。诸生。

(7) 邵武府建宁人朱雍(一作朱雝),字和鸣,朱仕琇族弟。师事朱仕琇,相从最久,笃信师说,绝似其师。诗多渊然自得旨趣,冥心慕古,诗歌、古杂文、制义皆体格清拔,高出流辈,文得韩愈、李翱之遗,诗专主谢灵运,旁及颜、鲍诸家。[④]

(8) 邵武府建宁人朱文珍,字琼仙,以字行,朱仕琇从子。

以上列朱仕琇家族中人八人。

(9) 福州府侯官人官崇。乾隆四十四年己亥(1779)举人,嘉庆元年丙辰(1796)举孝廉方正。“最称高第弟子。撰《志斋文钞》一卷。”“最得朱仕琇古文文法。”[⑤]谢金銮云官崇学古文于朱仕琇,得其矜慎,然所志在力行,故其文实多而华少,不愿多作,所自裁择存者仅二十八篇。[⑥]

(10) 邵武府建宁人金荣镐,字帝京,号芑汀。乾隆四十五年庚子(1780)福建乡试第二名举人。朱仕琇、金荣镐师弟在时文、古文上的造诣确实夐出人表。“朱仕琇倡学濉溪,荣镐师事最早,称高第弟子。其为文,已不懈而及于古,立说喜与先儒异,能发前人所未发。”[⑦]传又见民国《建宁县志》卷十六《文苑传》,金荣镐制艺几掩陈际泰,海内宗之,以配金声,号二金制艺学。

(11) 福州府闽县人龚景瀚。乾隆三十六年辛卯(1771)进士,官兰州知府。“邃于经文,优于政事,精研史裁,沉酣先秦、两汉之文,博通宏达。从朱仕琇日浅,学识实在仕琇上。其文亦师其意不师其辞,洵为善学柳下惠者。”[⑧]民国《福建通志·福建艺文志》著录其著作,引《太乙舟文集》云:“建宁朱梅崖先生以古文词名乾隆间,龚海峰先生其受业弟子也。海峰先生不以考证名,而其为文沛然畅达,中论辨经史往往得其指要,固有为考证学所必取者。”[⑨]

(12) 邵武府建宁人陈绩[⑩],字桂馨,号凝甫、石涯。诸生。师事朱仕琇。

(13) 邵武府建宁人何日诰,字梓崃、紫来,号穆岩。嘉庆间拔贡。师事朱仕琇。李祥赓数言何日诰古文得司马迁之传[⑪]。其文幽深含蓄,令人有悠然不已之思。[⑫]

---

① 谢肇淛《重与李本宁论诗书》,《小草斋集》文集卷二十一,第471页。福建人民出版社2009年版。

② 按:光绪《邵武府志》卷二十一《文苑传》本传作朱佑(影印第469页)。

③ 刘声木《桐城文学渊源撰述考》卷十二,第355页。

④ 刘声木《桐城文学渊源撰述考》卷十二,第356页。

⑤ 刘声木《桐城文学渊源撰述考》卷十二,第350-351页。

⑥ 民国《福建通志》总卷二十五,《福建艺文志》卷六十五,第二十一页,引。

⑦ 刘声木《桐城文学渊源撰述考》卷十二,第353页。

⑧ 刘声木《桐城文学渊源撰述考》卷十二,第351页。部分语出陈寿祺《与陈石士书》(《左海文集》卷四下,《清代诗文集汇编》第499册,影印第203页)。

⑨ 民国《福建通志》总卷二十五,《福建艺文志》卷六十五,第十八页。

⑩ 按:汪祚民《〈桐城文学渊源撰述考〉作家姓名著录辩正》以为本卷陈□□(字石涯)与陈绩(字桂馨),【补遗】卷十二所载之陈绩系“本为一人因失考而作两人”的讹误;何□□(字穆岩)与何日诰(字梓崃、紫莱)亦失考而讹误,当是一人(载《安庆师范学院学报》2014年第5期,第94页)。

⑪ 民国《福建通志》总卷二十五,《福建艺文志》卷六十六,第九页,引高澍然《抑快轩文集》。

⑫ 柯愈春《清人诗文集总目提要》,第1231页

(14) 泉州府同安(金门)人许懿善[①],字继之,号道秉。有《就正编》等。

(15) 邵武府建宁人杨步瀛,字诚之。诸生,师事何日诰。何日诰身后,遗稿散失,为搜罗若干篇,梓以行世。传见光绪《邵武府志》卷二十三《义行传》。

(16) 邵武府建宁人黄凤举,字临皋,号裕斋。师事朱仕琇,受古文法,"相从最久,称高第弟子。工古文,矢志唐宋八家。"[②]朱仕琇《邑文学黄君(黄扬)墓志铭》:"凤举年二十,慕为古文,君(黄扬)命从余学,盖余为古文几二十年。邑士无过而问者,先后来受业者唯在城余生及凤举二人耳。"[③]按:朱仕琇称余仕翱(字羽皋)、黄凤举(字临皋)为"二皋"[④]。作《王夫人墓志铭》,为黄凤举之母王氏作。又有《答黄临皋书》等。

(17) 邵武府建宁人李天炎,字光南,李秀村之子。性至孝,以哀毁卒。师事朱仕琇,"朱仕琇与之相知最久且笃。"[⑤]朱仕琇为李天炎之母作《李母余夫人墓志铭》,余氏系余敏骏之女。

(18) 邵武府建宁人余春林,字颖源。慕古学。朱仕琇门人。乾隆三十年乙酉(1765)举人,官晋江县教谕。

(19) 邵武府建宁人宁人望,字立孚,号几轩。乾隆三十年乙酉(1765)拔贡,官直隶州州判。师事朱仕琇,"诗尤清逸,雅近陶、谢"[⑥]。

(20) 邵武府建宁人余仕翱,字羽皋,号羽丰。师事朱仕琇,相从最久,矢志唐宋八家。朱仕琇撰《余羽皋制义序》,称"余生仕翱、黄生凤举始来从余学为古文,而门徒益进",余仕翱先从李俊学,喜为恢诡汗漫之辞,以王自超、章金牧为归;从朱仕琇游后,则去旧习,所作率淡泊隽永,要渺清深,具渊然自得之趣,辞气劲直,本于所养[⑦]。

(21) 福州府闽县人[⑧]郑洛英,字耆仲,号西瀍。乾隆三十五年庚寅(1770)举人。锐志古文,师事朱仕琇。朱仕琇为作《耻虚斋诗集序》,称其负异才,诗苍郁孤清[⑨],《桐城派编年》著录其《耻虚斋前集》、《耻虚斋后集》、《耻虚斋外集》、《耻虚斋文集》。[⑩]

(22) 福州府闽县人(一作侯官人)陈天文,字贤开,号耻斋。师事朱仕琇,称高第弟子。

(23) 福州府侯官人郑超,字在谦,一字载谦[⑪],号云卿。乾隆四十四年己亥(1779)举人。师事朱仕琇,侯官郭阶三之师。闽县龚景瀚有《郑在谦四书文序》,称"予与在谦同游梅崖先生之门,能知吾友在谦之心者","其文灵秀隽永,能自道其心之所得,而不诡于时好,可谓笃信好学之士矣"[⑫]。闽县林雨化《林希五文集》云:"予友郑君在谦,梅崖先生之高弟子也。师梅崖先生十年,先生尝有'类我'之目。其文皆由中而出,不为粉饰而其恬淡纡徐之致则如春云吐岫、秋水澄波,若无意于文者。"[⑬]按:林雨化

---

① 请参看汪祚民《〈桐城文学渊源考〉作家缺名续考》(载《安庆师范学院学报》2016年第5期,第12-13页)。许懿善传见民国《福建通志·福建循吏传》卷十二,叙其先世颇详。民国《福建通志·选举志》作闽县籍,而传作侯官人(《福建循吏传(清二)》卷十二,许懿善传,原第四十四页),是,以其母郑孟姬系侯官郑任鑰之女。

② 刘声木《桐城文学渊源撰述考》卷十二,第354页。

③ 朱仕琇《梅崖居士文集》卷十,《清代诗文集汇编》第336册,影印第284页。

④ 朱仕琇《余羽皋制义序》,《梅崖居士文集》卷十九,《清代诗文集汇编》第336册,影印第375页。按:余仕翱一作余士翱(《复吴青纡书》,《梅崖居士文集》卷二十六)。

⑤ 刘声木《桐城文学渊源撰述考》卷十二,第355页。

⑥ 刘声木《桐城文学渊源撰述考》卷十二,第356页。语本朱仕琇《与杨默堂书》"诗才清逸,雅近陶、谢"(《梅崖居士文集》卷二十五,《清代诗文集汇编》第336册,影印第444页)。

⑦ 朱仕琇《梅崖居士文集》卷十九,《清代诗文集汇编》第336册,影印第375页。

⑧ 民国《福建通志·文苑传》郑洛英传作侯官人,注"道光《(福建通)志》作闽县"。(《福建文苑传(清二)》卷八,第七页)

⑨ 朱仕琇《梅崖居士文集》卷十八,《清代诗文集汇编》第336册,影印第353-354页。

⑩ 俞樟华、胡吉省《桐城派编年》,第223页。

⑪ 梁章钜《退庵诗存》卷二《京居过夏感旧怀人以先后知交略为诠次得诗二十首》其十五《郑载谦广文超》。

⑫ 龚景瀚《郑在谦四书文序》,《福州通贤龚氏支谱》,影印第592-593页。

⑬ 民国《福建通志》总卷二十五,《福建艺文志》卷六十五,第十七页,引。

(1744—1811)亦私淑于朱仕琇,为龚景瀚友,"闻先生绪论","微哉其论文也!"[①]林雨化及其古文创作事迹未为《桐城文学渊源考》所录。林雨化与梁章钜之父梁上治为乾隆三十三戊子(1768)同年友,梁章钜十二岁随父游厦门,受知于林雨化[②]。嘉庆十一年丙寅(1806)梁章钜作《林希五先生诗集序》,称其"尤喜以古文辞提唱学者"[③]。

(24) 福州府侯官人魏瑛,字述臻,号耕蓝。乾隆三十九年甲午(1774)举人。师事朱仕琇,于朱仕琇文学最为笃信嗜好。撰《鳌峰书院试草》□卷。系陈寿祺蒙师。

以上三人,陈寿祺《答何岐海书》:"魏述臻、郑在谦、陈贤开三君之古文词皆未得见只字。"[④]

(25) 福州府闽县人何则贤,字道甫,何恒喜之子。道光十五年乙未(1835)举人,官建阳县学训导,主讲景阳书院。传见民国《闽侯县志》卷七十一《文苑传(上)》。

(26) 邵武府建宁人谢代埙。师事金荣镐,序乃师《读易偶录》。

(27) 建宁府建阳人徐经,原名荣,榜名述虔,字芸圃,号桓生、拜庚。嘉庆二十四年己卯(1819)进士,官翰林院编修。私淑朱仕琇。传见民国《福建通志》总卷三十九《福建文苑传》卷八。

(28) 邵武府建宁人王笏[⑤],字正之,号执斋。师事朱仕琇。

(29) 邵武府建宁人鄢铁,字卓斋、悔初。诸生。师事金荣镐,精于制义。

(30) 福州府侯官人何西泰,字敬斋、素华。师事朱仕琇,受古文法。乾隆三十九年甲午(1774)举人、四十三年戊戌(1778)进士,官翰林院编修。

朱仕琇诸门人中,以金荣镐师事最早,以官崇最称高第弟子,以黄凤举相从最久。

(31) 邵武府建宁人李祥赓(1756—1817),字舜廷,号古山。诸生。师事朱仕琇,从朱仕琇读书松谷[⑥]。朱仕琇延教诸孙,遗命无易他师,馆朱仕琇家十余年,后馆高澍然家,主讲于泰宁鹤鸣山。梅岩(朱仕琇,号梅崖)命诸子五人受业。[⑦] 张际亮代撰的《古山全集跋》云陈绩、何日诰、金荣镐等朱仕琇门邪高足弟子"于刻苦学道,发为文章,能得古人立言遗意,皆自以为不如君(李祥赓)也","于制义师法前明成化宏治朝诸公,然屡应乡举,卒皆报罢"[⑧]。

(32) 邵武府建宁人李大儒,字鲁一,号愚庵,李俊从子。师事朱仕琇、李俊。

《桐城文学渊源撰述考》列建宁李氏作家二位。

(33) 邵武府建宁人徐惇典,字虞尊。优贡生。官广平府同知。师事朱仕琇、鲁九皋,朱仕琇首为国器。朱仕琇《赠徐生家恒三十序》:"(徐家恒)遂与族侄惇典同来受业。惇典之温慎,生之通敏,皆余所愧为不及者也。"[⑨]

(34) 邵武府建宁人徐家璠,字望钦、璞山,乾隆五十九年甲寅(1794)副榜举人,官政和县教谕,师事朱仕琇、金荣镐、赵仓年。传见光绪《邵武府志》卷二十三《(建宁)义行传》。

(35) 邵武府建宁人徐家恒,字心一,徐时作孙。候选教谕。有异才,师事朱仕琇,古歌诗、古杂文甚健[⑩]。

(36) 徐家恒之子徐显璋,字质甫,乾隆四十二年丁酉(1777)拔贡,师事朱仕琇,其文有不可抑遏之

---

① 林雨化《林雨化诗文集》,福建人民出版社 2009 年版,第 120 页。

② 梁章钜《退庵自订年谱》,二思堂丛书本,第二页。

③ 梁章钜《退庵文存》,《清代诗文集汇编》第 515 册,影印第 335 页。

④ 陈寿祺《左海文集》卷四下,《清代诗文集汇编》第 499 册,影印第 195 页。

⑤ 汪祚民《〈桐城文学渊源考〉作家缺名再考》,载《安庆师范大学学报》2017 年第 4 期,第 5 页。

⑥ 按:民国《建宁县志·名胜》:"松谷,在龙圭峰南,清诸生朱霞兄弟所构别业。谷植松万株,擅林泉之胜,有双笏山房、因松室、读易草堂、味菜居、庐坑书屋,谷口有阅耕、双梧、玩月、修篁、半山诸亭。"(卷五,影印第 59 页)杨林朱氏松谷别业至道光二十一年(1841)之时,"半毁矣"(《官桥》诗后注,《思伯子堂诗集》卷三十,《清代诗文集汇编》第 601 册,影印第 366 页)。

⑦ 刘声木《桐城文学渊源撰述考》卷十二,第 353-354 页。

⑧ 张际亮《张亨甫文集》卷五,《清代诗文集汇编》第 601 册,影印第 462 页。

⑨ 朱仕琇《梅崖居士文集》卷二十,《清代诗文集汇编》第 336 册,影印第 394 页。

⑩ 朱仕琇《赠徐生家恒三十序》,《梅崖居士文集》卷二十,《清代诗文集汇编》第 336 册,影印第 394 页。

势,工诗。

(37) 徐家恒从子、朱仕琇女婿[①]徐家泰,字虞尊。诸生,官崇安县训导。师事朱仕琇、鲁九皋。徐家泰娶朱仕琇之女(一作朱仕玠女[②])朱召南,复师鲁九皋,故《桐城文学渊源撰述考》卷十三列入鲁九皋门人。

(38) 邵武府建宁人徐开祖,徐显璋之子。师事高澍然。

《桐城文学渊源撰述考》列徐氏家族作家六位。

(39) 邵武府建宁人张绅,字怡亭,号严山。诸生。张际亮族兄。卒年五十六。"师事朱仕琇,受古文法,复馆高澍然家八年(1822—1829[③]),以诗、古文词相切摩。其为文高树奥旨,淳古冲澹而孕奇气,寄至味于澹泊。""诗学王、孟,自盛唐上溯汉魏,下逮元、明诸家,文学欧、曾,间取奥峭于子厚,为古文正传。道光己丑(九年,1829)聘修《福建通志》,所作诸传,识者以为欧、曾嫡派。高澍然录稿请质,绅为删存若干篇。"[④]传见民国《建宁县志》卷十七《文苑传》,起任亦能制义,以归、胡为宗,尺度与有司异,屡试辄蹶。以张绅为首的建宁张氏家族文学创作亦代有传人。

(40) 邵武府建宁人张际亮,易名亨辅,字亨甫。道光十八年戊戌(1838)举人,官八旗官学教习,师事族兄张绅,私淑方苞、刘大櫆、姚鼐、李祥赓四人。工诗。

(41) 邵武府光泽人龚有光[⑤],字资万。诸生。肆力古文词及诗,私淑张绅、高澍然。

(42) 邵武府建宁人李云诰,字鸿仪。诸生。师事张际亮,称高第弟子。

(43) 邵武府建宁人廖定抡,字献廷。师事张绅,相从最久。

(44) 邵武府建宁人熊际遇,字虞典,号藕亭。诸生,官连江教谕。工古文,辞旨渊深,文近韩、欧。尝馆水南徐氏[⑥],与张绅、张际亮等人多所切磋,喜奖掖后进,张绅、张际亮以长辈事之。[⑦] 谢章铤以为熊际遇既私淑朱仕琇,复导源于朱仕琇高弟金荣镐,其文"不悖义法而时露英爽","其古文足以名家,(诚绥安中巨擘,)论、记诸作尤工"[⑧]。

(45) 吴绍先,字克庭。师事张绅。

(46) 邵武府光泽人伊光华,字留朴。师事建宁张绅,受古文法,工诗。

《桐城文学渊源撰述考》列建宁县张氏家族作家两位及其门人。

(47) 邵武府光泽人高腾。高经组之子、高澍然之父。乾隆四十二年丁酉(1777)举人,官福鼎县学训导。师事朱仕琇,又师事朱仕琇最早的门人金荣镐。

(48) 邵武府光泽人高搏,字鹏年,号碧瀣,高腾之弟、高澍然季父。师事金荣镐,尤好明代王守仁姚江之学。张际亮代作有《祭光泽高碧瀣先生文》。

(49) 邵武府光泽人高澍然,字雨农,高腾之子。嘉庆六年辛酉(1801)举人,官内阁中书。其父高腾授以朱仕琇古文法,又师事陈绩、陈善[⑨],肆力古文三十年,尤嗜韩愈古文,"而所得和易,乃近欧、曾,于欧去剽,于曾去滞,道气酝酿者深,岂絺章绘句所能袭取。朱仕琇文自外入,澍然自内出,其本原甚

---

① 刘声木《桐城文学渊源考》卷十三,第 373 页。徐家泰条下作"师事其舅朱仕琇",【补遗】徐家泰条下作"朱仕琇女召南之夫"。

② 民国《福建通志》总卷四十五,《福建列女传》卷六,朱召南传,原第二十三页。朱仕琇《召南墓志铭》:"召南,筠园先生之季女也。"(《梅崖居士文集》卷十四,《清代诗文集汇编》第 336 册,影印第 317 页)《桐城文学渊源撰述考》误。

③ 按:光绪《光泽县志・寓贤传》张绅传记载张绅于道光二年壬午(1822)馆光泽高氏(卷二十八,影印第 1492 页)。

④ 刘声木《桐城文学渊源撰述考》卷十二,第 354 页。

⑤ 按:当作龚有元,光绪《光泽县志》卷十七《文苑传》有龚有元传。

⑥ 张际亮《十六夜泊张家渡北风甚厉而星月满天感念故园旧游凄然成韵》诗中注,《思伯子堂诗集》卷二十一,《清代诗文集汇编》第 601 册,影印第 237 页。作于道光十四年(1834)。

⑦ 光绪《邵武府志》卷二十一,《人物传・(泰宁)文苑》熊际遇传,影印第 470 页。

⑧ 民国《福建通志》总卷二十五,《福建艺文志》卷六十六,第十九页,引谢章铤《赌棋山庄余集》文集卷三《校阅余话》(《清代诗文集汇编》第 681 册,影印第 114、116 页),省略"诚绥安中巨擘"六字及孟浪、闺帷私亵、无可寄托之评。

⑨ 按:陈善,字扶雅,号寿容,浙江仁和人。嘉庆六年辛酉(1801)举人。师事武进张惠言,与周凯友善,撰有《福建通志稿》五卷。《桐城文学渊源撰述考》卷五有小传。

高，其文实酷似归有光，才力亦略相等，能于黯淡无色题事面目不甚相远者，各有以肖其精神。生平服膺李翱，故骎骎与有光并。”[①]

(50) 邵武府光泽人高汸然(1798—1814)，高腾之子、高澍然胞弟。师事胞兄高澍然，年十七卒。

(51) 邵武府光泽人高孝敭[②]，字幼瞻，高澍然季子。岁贡生。高澍然子高孝祚(字屺民，长子)、高孝敭(幼瞻，季子)[③]撰有《先孝雨农府君行述》，附谢章铤光绪十三年丁亥(1887)钞本《抑快轩文集》后，请参看陈庆元先生《嘉道间古文家高澍然及其〈抑制快轩文集〉九种传世钞本》一文，载《福州师专学报》1998年第4期。

(52) 邵武府光泽人高炳坤，原名春熙，号如登。诸生，官候选教谕。师从从父高澍然、周凯。张际亮《光泽杂诗》其四：“少年今又见何高，能诵韩文咏楚骚。”自注“何高”为：“焕奎(何长聚)部曹、如登秀才”。[④]

(53) 邵武府光泽人高□□，字又渠，高腾从子，高澍然从兄[⑤]。师事高腾，最为笃信，不转益他师。

(54) 邵武府光泽人高熙晋，字进阶，高澍然从孙、高南阳之子。诸生，官太常寺主簿。思追从祖之业，以古文引诱后进。

(55) 泉州府同安人林树梅，字实夫，号瘦云、铁箫生[⑥]。师事周凯六年，又师事高澍然，受古文法。诗悲壮苍郁。其《歗云山人文钞》，多凤山幕中作，朴实论事，真实说理，不事张皇，生气不匮。[⑦]

(56) 福州府闽县人刘存仁，字炯甫、念莪、念义，号蘧园。道光二十九年己酉(1849)举人，官秦州知州，主讲道南书院。师事张绅、高澍然，从高澍然游四年，为文雅近欧、曾。

(57) 泉州府同安人曾莲炬，号镜潭。诸生，官候选教谕。师事高澍然，主讲船山书院。

(58) 泉州府同安人曾士玉，字廉亭，曾莲炬之子。同治十二年癸酉(1873)举人。师事高澍然。

(59) 高象升(一作绅)，诸生。师事高腾。见张绅《怡亭诗文集》。

(60) 汀州府宁化人伊桐，字凤冈。师事高腾，最为笃信师说。

(61) 上官载升，师事高腾，受古文法。见张绅《怡亭诗文集》、《桐城文学渊源撰述考》卷十三[⑧]。按：光绪《邵武府志》光泽上官曦传：上官曦，字载升，号寅斋[⑨]。

(62) 邵武府光泽人上官懋本，字近仁，上官曦之子。道光十五年乙未(1835)进士，官主事。师事高澍然。

(63) 邵武府光泽人李华，字而实。师事高澍然。

(64) 林中美。师事高澍然。

(65) 永春州德化人赖其瑛，字子莹。道光十二年壬辰(1832)举人。师事陈寿祺、高澍然，品格在朱仕琇、吴贤湘之间。陈寿祺《赖忍庵茂才遗像跋》云赖其瑛及其从昆弟之学行、制艺、古文辞均授自其父号忍庵者(赖余济)[⑩]。

《桐城文学渊源撰述考》列光泽高氏家族作家九位(高腾、高澍然、高炳坤、高象升、高博、高又渠、高熙晋、高孝扬、高汸然)，高腾、高澍然父子的门人中有曾士玉、上官曦两对父子作家。

---

① 刘声木《桐城文学渊源撰述考》卷十二，影印第359页。

② 汪祚民《〈桐城文学渊源考〉作家缺名再考》，载《安庆师范大学学报》2017年第4期，第4-5页。

③ 按：高澍然撰《季弟汸然妻张氏烈殉事略》，叙嘉庆十九年(1814)季弟高汸然卒后，高澍然以次男高孝衎嗣之，故高澍然其实本生三子。高汸然年十七，其妻张氏年十八，殉(光绪《光泽县志》卷二十六《列女传》，影印第1419页)。

④ 张际亮《思伯子堂诗集》卷八，《清代诗文集汇编》第601册，影印第79页。

⑤ 光绪《光泽县志》卷二九，《杂录》，影印第1548页，测字条记载“乙酉科试，余从兄又渠指無字问”。

⑥ 郭柏苍《怀铁箫生》，《三峰草庐诗》卷上，《清代诗文集汇编》第662册，影印第55页。

⑦ 民国《福建通志》总卷二十五，《福建艺文志》卷六十六，第八页，引高澍然《抑快轩文集》。

⑧ 刘声木《桐城文学渊源撰述考》卷十二，第364页。按：上官载升与上官曦(第365页)两出，俱见《补遗》。

⑨ 光绪《邵武府志》卷二十一，《人物传·儒林》上官曦传，原第十页，影印第449页。

⑩ 陈寿祺《左海文集》卷七，《清代诗文集汇编》第499册，影印第340页。

(66) 邵武府光泽人何长栻(　—1801),字金如,号镜岩。嘉庆六年辛酉(1801)拔贡,旅死[①]。师事高腾。

(67) 邵武府光泽人何长聚,字焕奎,号鑫园。官候选知府。师事张绅、高澍然。为文宗韩愈。

(68) 邵武府光泽人何高雍,字希仲,号简斋,何长聚从子。诸生。咸丰七年(1857)殉难。师事高澍然、李祥赓。

(69) 邵武府光泽人何高慰,字孟思,何长聚之子。道光二十六年(1846)举人,官永安县学教谕。诗文俱有家法。

《桐城文学渊源撰述考》列光泽何氏家族作家五位(何长栻、何则贤、何高雍、何长聚、何高慰)。按:从乾隆十三年戊辰(1748)年成进士的朱仕琇(1715—1780)到高澍然(1774—1841)之间近100年,建宁朱仕琇古文一脉不绝如缕传至本郡光泽高氏,再传至高澍然,后与福州府长乐谢章铤的古文融汇[②],时在同治、光绪间。

与朱仕琇相善者有宁化阴承方,"以文字相切摩"[③],师事阴承方、朱仕琇、伊朝栋的有宁化吴贤湘,"古文义法受之朱仕琇"[④],吴贤湘"性笃于师友,师则举主汪志伊,友则同邑张进士腾蛟、伊郡守秉绶、光泽高中书澍然",又与永福余潜士、长乐陈庚焕等交[⑤],朱仕琇尝为文武同年、闽县薛夺魁《薛仰一诗集》撰序,称其诗"不假雕琢,自得天然"、"健于为诗"[⑥];朱仕琇为霞浦学官、武平谢周南作《谢周南制义序》,称谢氏制义"皆奔发雄放,绝去寻常、嵬琐之习,虽时按切题指,章法紧严而超逸之气自如","君方有志深探六经,为古文以求圣贤之旨"[⑦];师事吴贤湘的有宁化伊秉绶[⑧]、邵武杨兆璜[⑨];朱仕琇妹夫、汀州府永定人廖鸿章[⑩],从雷鋐学古文[⑪],其为文浑厚处得北宋大家遗意[⑫];王筠之子王光宇,著述多种,今人汪祚民以为可补《桐城文学渊源撰述考》;高澍然之友陈禹昌[⑬]等。

江西瑞州府新昌(今宜丰县)人李腾华,"其文私淑桐城,有法度,甚雅洁","出入归、方、朱仕琇,以上溯欧、曾"[⑭];江西广信府上饶人、道光十九年己亥(1839)举人辜滢"尤喜归有光、朱仕琇两家"[⑮];江西吉安府永丰人、嘉庆十八年癸酉(1813)拔贡徐湘潭"最喜明王慎中、国朝朱仕琇二家"[⑯],是王、朱的私淑门人;无锡周倬奎(周念祖)师事高澍然,受古文法[⑰]。

朱仕琇的新城门人鲁鸿,鲁九皋从父,系乾隆二十八年癸未(1763)进士。"师事朱仕琇,受古文

---

① 民国《福建通志·文苑传》高澍然传:"初,澍然选拔贡,与同邑何长栻偕行会考,是年澍然得举,长栻竟旅死。"(《福建文苑传(清二)》卷八,第二十三页)高澍然系嘉庆六年辛酉(1801)贡生、举人。

② 请参看陈庆元《嘉道间古文家高澍然及其〈抑快轩文钞〉九种传世钞本》(载《福州师专学报》1998年第4期,第54页)一文。

③ 刘声木《桐城文学渊源撰述考》卷二,第118页。

④ 同上注。

⑤ 民国《福建通志》总卷三十九,《福建文苑传(清二)》卷八,第二十一页。

⑥ 同治刊本《福建通志》卷六十七,影印第1382页,引。朱仕琇《梅崖居士外集》卷二有《薛仰一诗序》。

⑦ 朱仕琇《梅崖居士外集》卷二,《清代诗文集汇编》第336册,影印第520页。

⑧ 刘声木《桐城文学渊源撰述考》卷二,第119页。

⑨ 刘声木《桐城文学渊源撰述考》卷二,第133页。按:吴贤湘主讲延平、石城、宁化书院,倡古学多方匡翼诸生,郡士靡然乡风,何长诏之诗其著焉(民国《福建通志·文苑传》吴贤湘传)。

⑩ 刘声木《桐城文学渊源撰述考》卷二,第119-120页。廖鸿章,字羽明,号南崖。乾隆二年丁巳(1737)进士,官翰林院检讨,主讲紫阳书院。究心三礼(朱仕琇《梅崖居士文集》卷二十四《与陈绳庵书》)。

⑪ 按:师事雷鋐的象山人、乾隆十九年甲戌(1754)进士姜炳璋,见《桐城文学渊源撰述考》卷二。

⑫ 朱仕琇《答雷宪副书》:"在吴门遇廖南崖先生,见示所著古文,浑厚处得北宋大家之遗。南崖言皆出执事诱掖之力。"(《梅崖居士文集》卷二十二,《清代诗文集汇编》第336册,影印第410页)

⑬ 光绪《邵武府志》卷二十一,高澍然传,影印第449页。

⑭ 刘声木《桐城文学渊源撰述考》卷十一,第344页。

⑮ 刘声木《桐城文学渊源撰述考》卷一,第98页。

⑯ 刘声木《桐城文学渊源撰述考》卷十二,第366页。

⑰ 刘声木《桐城文学渊源撰述考》卷十二,第368页。

法。其为文研求数十年。”①建宁朱仕琇早年师从江西建昌府南丰县汪世麟学，而鲁鸿等则又从朱仕琇学为古文，以江西建昌府新城县毗邻福建邵武府建宁县，构成文学创作交互传播、影响的便利。江西建昌府南城人吴煊，字退庵，诸生，师事鲁鸿；吴煊之弟吴照，师事鲁鸿，主讲紫阳书院。吴煊、吴照传并见《桐城文学渊源撰述考》卷十二。被列为朱仕琇古文传人的还有鲁鸿的门人李孔地、鲁肇熊。李孔地，字均持，诸生。师事鲁鸿，研求古文数十年。鲁肇熊，一名肇光，字念之，新城鲁九皋之子，一见《桐城文学渊源撰述考》卷十三。嘉庆十三年戊辰(1808)举人。从族祖鲁鸿，受古文法。

朱仕琇门人、新城鲁九皋，又师雷鋐、李俊、李大儒，从父鲁鸿、姚鼐②，开辟新城古文一支，“故梅崖之说流行于新城”③。刘声木《桐城文学渊源撰述考》列吴际蟠以下31人，亦可视作朱仕琇古文的传承与影响。

以上《桐城文学渊源撰述考》所列福建朱仕琇一支古文创作阵营，以建宁朱氏、光泽高氏、建宁李氏、建宁徐氏、建宁张氏、建宁何氏、光泽何氏为多，外省朱仕琇古文的传人以江西新城鲁氏为流裔。在福建省内者，通过朱仕琇—高腾、高澍然—谢章铤而贯穿了从乾隆(朱仕琇，1715—1780)到光绪末年(谢章铤，1820—1903)的福建古文创作历史。从朱仕琇、高澍然两人及其门人规模壮观的古文创作现象和清晰的古文传播、传承脉络，理当为朱仕琇、高澍然的古文创作命派，称之为“建宁派古文”、“建宁—光泽古文流派”或以人名“朱仕琇—高澍然古文流派”。谢章铤《魏又瓶先生爱卓斋集序》：“吾乡为古文嫡冢之乡，前朱梅崖，后高雨农，皆能磨濯韩、欧而通消息于秦、汉，虽昆山之顾(顾炎武)，尧峰之汪(汪琬)，秀水之朱(朱彝尊)，桐城之方(方苞)，何多让焉！”④又云：“国初顾、朱、汪、姜浅深不同，各有所得，侯骨脆，魏气浇，似有愧于盛名，后则方望溪、朱梅崖当可并称，姚惜抱尚有家法，其余吞刀吐火非不自命神技，然婆罗门行径固与最上乘不同矣。”⑤可惜的是，此派古文的传播主要在福建省内传播，略远者至江西等地。到高澍然的时代依然如此，谢章铤因此感慨高澍然有着归有光古文创作同样的局限与遗憾：“虽然，犹有憾者。挂名朝籍，而家居之日多。凡运会升降之故，山川伟丽之观，微觉取资之未广。又所纪多乡里善人，无瑰特奇绝之行恣其发挥，足以引胜耐思，而未足以惊心动魄，譬之水，澄潭清沘与长江大河万怪皇惑者稍异矣。盖自归熙甫即有此憾，是则先生之遇为之也，惜哉！”⑥不能形成与桐城派古文创作相媲的声势和影响，“岂非名位之显晦不同故然，抑古今文章之传固有命而非人所能主者邪?”⑦

《桐城文学渊源撰述考》中归并为方苞再传门人，又从学朱仕琇者有江西宁都州⑧瑞金人罗有高：“字台川，瑞金人。乾隆乙酉(三十年，1765)举人。师事雷鋐、朱仕琇，受古文法。工古文，兼喜治佛学。其为文，喜为艰苦癖涩之音，而意旨高邈，志味深隐，旁通曲畅，务抒其所独契，亦不可及。《国朝耆献类征》、《江西诗征》、《立崖文稿》、《国朝宋学渊源记》、《闻见偶录》、黎选《续古文辞类纂》、李选《国朝文录》、《国朝文汇》、《文献征存录》、《湖海诗传》、《皇朝经世文编》、《春融堂诗文集》、《皇朝续文献通考》。”“【补遗】罗有高常率诸族子弟入凤凰山，朝夕讲肆；又主奉化张凤竹、鄞县邵洪二家，请业者甚众，无不足其意以去。师事雷鋐，

---

① 刘声木《桐城文学渊源撰述考》卷十二，第351页。按：鲁九皋即鲁仕骥，《桐城文学渊源撰述考》卷十三鲁九皋条。鲁仕骥“尝至松谷受业梅崖居士，为古文辞，后成进士，以古文名”。(民国《建宁县志》卷廿六，影印第287页)鲁仕骥从朱仕琇为古文，姚鼐称其文冲淡和易，卓然成家，事又载光绪《邵武府志》卷二十四《寓贤传》(影印第586页)。

② 刘声木《桐城文学渊源撰述考》卷十三，第369页。

③ 谢章铤《己亥六月廿二日讲院诸子觞予于山斗阁诸子从予治古文词以俗谓此后二日为荷花生日因为花祝并为予寿以致其与日偕新与香并永之意可感也国朝闽中古文词复兴于建宁朱梅崖大令梅崖与江右陈凝斋大令善凝斋孙硕士侍郎始学梅崖继从桐城故梅崖之说流行于新城侍郎有集名太乙舟嘉道之际则光泽高雨农舍人为最收视反听味在酸咸之外与其时上元梅伯言郎中昆陵李申耆大令名场并推为尊宿不虚也予感之有作》，《赌棋山庄余集》诗集，《清代诗文集汇编》第681册，影印第122页。

④ 谢章铤《赌棋山庄集》文集卷二，《清代诗文集汇编》第680册，影印第663页。按：此序在同治元年(1862)谢氏四十三岁所作《与炯甫书》(影印第664-665页)前。

⑤ 谢章铤《致王霞举书》，《赌棋山庄集》文集卷四，《清代诗文集汇编》第680册，影印第686页。

⑥ 谢章铤《书所钞高雨农抑快轩文集》，《赌棋山庄集》文集卷四，《清代诗文集汇编》第680册，影印第698页。

⑦ 张际亮《书李栎园先生诗集》，《张亨甫文集》卷一，《清代诗文集汇编》第601册，影印第405页。

⑧ 按：元升宁都县为州，辖石城县；明改宁都州为宁都县，属赣州府；清乾隆十九年(1754)，升宁都县为直隶州，辖瑞金、石城二县，毗邻福建汀州府之宁化、长汀、清流等县。今属赣州。

笃信谨守,未尝去口。服膺朱仕琇,并以古文请其绳削。于儒宗明道、象山,群经主《注疏》,小学主《说文》,史注主裴氏、张氏、小司马氏,皆参稽古训,句栉字比,以归于一是。常以训诂不明,则文之根柢不立,支离独撰,规矩荡然;故于《尔雅》、《说文》治之加详,一字之义往往引端竟委,反覆数千言。又素习权家言,诗文劲悍奥衍,多俶诡词,无荼弱气,陋摹拟,绝依傍,旁通曲畅,务抒其所独契。虽非正宗,实亦孤行绝诣,盖出入荀、庄而探原于三礼。其所酝酿者厚,故微至密栗,文品绝高,中有传志一体,笔力特谨严,惟论文间及禅学,时杂浮图家言。《霞外捃拾》、《大云山房文稿》、《剡源乡志》、《理堂诗文集》、《尊闻居士集》、《鼎吉堂诗文钞》并《续编》、《乡诗摭谭续集》、《苌楚斋书目》、《续补碑传集作者纪略》、《二林居集》、《瞻衮堂诗文集》、《章氏遗书》、《国朝古文汇钞初集》、《山木居士集》。"[①]罗有高先是师事汀州府宁化雷鋐(1696—1760),既而师从朱仕琇,以所作文章请朱仕琇(1715—1780)绳削,二人关系异常密切。我们从刘声木所称罗有高诗文"非正宗",知闽中古文创作原在桐城派之外,与桐城古文的"古文法"有一定距离,在桐城正宗之外别立一种风格,虽异于桐城而亦古文之流裔。刘声木论云:"桐城自方苞、刘大櫆既殁,《惜抱轩文集》乃更盛行于时,用是言古文者益推桐城为正宗;否则,虽有高才博学,声誉气魄足以凌厉一时,卒摈之,使不得与于文章之事。其难如此,后人宜知所从事矣。"[②]又于钱泰吉条下云:"论文推桐城古文为正宗,文学流别辨析至严。"[③]辨别正宗与别派,当清代桐城古文盛行之时,是桐城古文作家阵营非常自觉的辨体意识[④],固作如是观。

与罗有高相切劘者有赣州府雩都(今于都)人宋华国(官石城教谕)、建昌府新城(今黎川)鲁九皋[⑤]等。罗有高弟子有奉化人张璇、鄞县人屠之蕴[⑥]等。

江西临川人揭观常"字铭孙……诸生,官候选训导,能文章。读方苞、刘大櫆、朱仕琇诸家文集,尽得其义法。其文多沉挚之思,虽稍有偏执,而独往独来,奥折其词,议论甚醇,具涵理趣"[⑦]。揭观常在方苞、刘大櫆、朱仕琇诸家之间涵咏蕴藉,得古文义法。

明末清初以来,江西的南部、东南部府县[建昌府的南城县、南丰县、资溪县、新城县(今黎川县)、广昌县等与赣州府的会昌县、雩都县(今于都县)、宁都县、石城县、会昌县、安远县等]与福建西部、西北部府县(邵武府的光泽县、绍武县、建宁县、泰宁县与汀州府的宁化县、清流县、长汀县等)之间文人交往密切,在跨省域的地理空间中,对文学创作之若诗若文研讨密切,形成南部中国文学创作的一个集群。罗有高等人的创作可以看作闽中古文从福建而向外省域传播的结果。

## 第三节 嘉庆、道光间陈寿祺及其阵营的古文创作

高澍然《与陈恭甫先生书》云:"大抵昭代古文嫡系在吾闽,前有梅崖,今又得先生充其所,至固齐驱并驾。即友人张怡亭(本书按:张绅,号怡亭。系建宁县张际亮族兄,邑人李祥赓门人)及拙著,亦思如骖之靳,未知先生肯容分坛坫作滕、薛小侯否?"[⑧]当然,这是高澍然的客套话,陈寿祺(1771—1834)的主要成就在经学上,间及古文、诗歌创作,高澍然(1774—1841)本人才是道光间福建古文创作的代

① 刘声木《桐城文学渊源撰述考》卷二,第113页。

② 刘声木《桐城文学渊源撰述考》卷四,姚鼐条,第158页。

③ 刘声木《桐城文学渊源撰述考》卷四,第180页。

④ 按:如乾隆三十九年甲午(1774)举人、无锡人秦瀛"深得古文义法,得此道之正宗"(刘声木《桐城文学渊源撰述考》卷四,第173页);嘉庆十八年癸酉(1813)举人、夹江人李炳奎"专心正轨,力追前哲"(同书,卷四,第190页)。

⑤ 刘声木《桐城文学渊源撰述考》卷二,第115页。

⑥ 刘声木《桐城文学渊源撰述考》卷二,《补遗》,第131页。

⑦ 刘声木《桐城文学渊源撰述考》卷二,第129页。

⑧ 高澍然《抑快轩文集》卷十二,同治十年谢章铤三十卷钞本。福建师范大学图书馆藏本。

表性作家,陈寿祺推许为"冠时之隽","经学明通,而文词嗣响梅崖"[①]。以朱仕琇、陈寿祺、张绅及高澍然自身构成闽中乾隆以来古文代际传承、逐渐融合的脉络。按:陈寿祺、高澍然均为朱仕琇古文的传人。陈寿祺幼师魏瑛[②],高澍然之父高腾和叔父高博师黄堂、金荣镐、陈绩,魏瑛、黄堂、金荣镐、陈绩均为朱仕琇门人,高腾又尝师事朱仕琇。嘉庆、道光年间,陈寿祺、高澍然在福州有着密切的交往,前后主持纂修《福建通志》之事,实现了二人共同的学术思想、古文观念和立言理想。以朱仕琇本邵武府建宁县人,在邵武府所属建宁、光泽诸邑及毗邻的江西各府县培养出高水平的古文作者,这些作者对于朱仕琇古文家法的传承较之福建其他各府县的古文作者更加执着,更能坚持,朱仕琇至高澍然的古文传承是其主流。朱仕琇所开创的闽中古文传统,高澍然之后再延伸到下一代的古文作家谢章铤(1820—1903)[③]、陈宝璐(1857—1913)及其女陈秀贞,这一条脉络清晰的古文创作之流从乾隆朝开始至民国间终结,存在约二百年。

道光九年(1829),开《福建通志》局,成四百卷;十五年(1835)复延凤池书院山长魏敬中(和斋)续成之。这两次通志局参纂人员题名如下:道光九年有总裁总督孙尔准、巡抚韩克均、巡抚魏元烺、学政陈用光,监修布政使程含章、按察使岳良、粮驿道强逢泰、盐法道王耀辰,提调胡祖福,总纂陈寿祺,分纂高澍然、江苏举人沈学渊、陈善、冯登府、浙江贡生汪晨、福建举人王捷南、陈池养、林丞英、翁吉士、刘建韶、林彦芬、丁汝恭、赖其瑛、张际亮、张绅、罗联棠、饶廷襄,分校陈茂坚、孟曾穀、刘存仁、甘鸿、梁尧辰、孙士端,监局陆我嵩[④]、宋炳垣、方履篯、张用糟、郭应辰、吴世培、周善感,收掌孙春洋、景夔、吴成栋、萧重、来锡蕃、程绩,采访黄光宇、甘澍、何春元、陈茂坚;道光十五年续修题名有总督程祖洛、巡抚魏元烺、学政吴孝铭,监修布政使郑祖琛、布政使贺长龄、按察使凤来、按察使张澧中、督粮道□□□、盐法道王耀辰、盐法道麟桂,纂修魏敬中,协修郑嘉玉、陈世盛、林之华、郑国葵、余纶光,校录林廷相、万年椿、陈国�、魏光文、林灏英、阴树槐、陈景崧、陈鸣昌、梁云镛、魏本唐、林藩、杨维基、王道征[⑤]。同治七年(1868)核刊题名,有总督吴棠、英桂、巡抚李福泰、卞宝第、王凯泰,布政使邓廷枏、夏献纶、潘霨,按察使康国器、傅观海,署粮驿道耿曰椿、叶永元、盐法道海钟、定保、裕宽,总校林振棨、王景贤,分校谢宗善、林祚曾、陈鸿涛、薛冠鳌、魏开铨、冯荣图、梁济谦、施鉴槃、林祐曾、林鸣韶、陈则诚、陈庆禧、陈桂林、张亨嘉、林星赓、曾镛、吴荣庚、叶大遒、张筠、魏鸿谟,监刊宋培初,提调孟际元、林星炳。[⑥] 在道光九年(1829)主持《通志》修纂官员和参纂人员名单中,陈用光系江西新城鲁九皋外甥,又师事姚鼐[⑦],道光八年至十一年(1828—1831)任福建学政;陈善系阳湖文派张惠言门人,撰有《福建通志列传稿五卷》,"详而有体,得于班孟坚书者为多"[⑧],与高澍然交善;冯登府是著名的金石学者,深得汉儒家法,与吴德旋善,得授姚鼐古文法,与归有光、方苞为近,从归、方、姚诸家以上溯唐宋作者,被列为桐城游幕士人[⑨],撰《福建盐法志》三十卷、《闽中金石志》十四卷;陈寿祺、高澍然、刘建韶[⑩]、赖其瑛、张际

① 陈寿祺《答高雨农舍人书》,《左海文集》卷四下,《清代诗文集汇编》第499册,影印第206页。

② 陈寿祺在《跋方望溪先生西林鄂刚烈公与祁阳相国手札后》中梳理出另一条师承:从桐城方苞到祁阳陈大受到朱珪,朱珪到阮元,朱珪到陈寿祺,阮元到陈寿祺之间五代人物渊源关系(《左海文集》卷七,《清代诗文集汇编》第499册,影印第338页),这一师承似乎对陈寿祺的古文创作产生更大的影响。陈大受与福建人雷鋐均为方苞门人。

③ 请参看陈庆元先生《嘉道间古文家高澍然及其〈抑快轩文集〉九种传世钞本》(《闽江学院学报》1998年第4期,第52-58页)谢章铤三次(1871、1882、1887)录钞高澍然抑快轩文的记载,光绪十三年(1887)系第三次录钞时间,时谢章铤六十八岁。

④ 按:陆我嵩,号莱臧。青浦人。林则徐儿女亲家。林则徐在道光十八年四月《致友人》、《致刘敬与》(《林则徐全集》第七册,第155、156页)等信件中屡及之。

⑤ 同治刊本《福建通志》,影印第24-26页。王道征,字赤阑,一作叔兰、赤兰。侯官人。林昌彝友。

⑥ 同上书,影印第26-27页。

⑦ 刘声木《桐城文学渊源撰述考》卷四,影印第160页。

⑧ 同上书,卷五,影印第207页。

⑨ 张秀玉《桐城派士人的游幕治生》,载《安庆师范大学学报》2017年第2期,第13页;又汪长林、严泽燕《吴德旋与江浙地区桐城派的传衍》,载《安庆师范学院学报》2015年第4期,第45页。请参考尚小明《清代士人游幕表》第160页。

⑩ 按:刘建韶之父刘永标、祖父刘廷举,均师事沈廷芳。沈廷芳系方苞门人,著有《隐拙斋文钞》(乾隆刻本),请参看《桐城文学渊源撰述考》卷二沈廷芳条。

亮、张绅、刘存仁[①]等均为古文作者，可以视作道光初古文作家，以福建籍为主的古文作家在福州的一次聚集，持续到道光十五年(1835)春《通志》修成时[②]。此次所修的《福建通志》是对福建学术造诣和古文创作的综合性检验，其体例和出版虽然受到梁章钜等人的杯葛和阻碍，其成就不容置疑，颇受学者赞赏[③]。

未被本书其他章节统计的道光间两次纂修《福建通志》的人员有林丞英、翁吉士、林彦芬、丁汝恭、罗联棠、饶廷襄、孟曾穀、甘鸿、梁尧辰、黄光宇、何春元、林昌彝[④]//郑嘉玉、陈世盛、林之华、郑国葵、余纶光、林廷相、万年椿、陈国瑛、魏光文、林灏英、阴树槐、陈景崧、陈鸣昌、梁云镛、魏本唐、林藩(萨察伦女婿)、杨维基、王道征(以双斜线区分前后修志)，计二十八人。

根据林昌彝《刘炯甫屺云楼文集序》的记载，清代古文中顾炎武、朱彝尊、全祖望、朱筠、陈寿祺、温训、刘存仁、林昌彝自身以及石景芬[⑤]这些古文家，以理、气为古文创作的最高境界，取径韩愈古文，参之以太史著其洁。[⑥] 对于古文家、乐平石景芬的《诵清阁文集》，林昌彝的评价是“渊懿茂邃，衔华佩实，恢恢乎登古人之堂而哜其胾”[⑦]，语出韩愈《宋高闲上人序》，拈手即来，见其对韩愈古文的娴熟。嘉庆、道光间的陈寿祺尝师孟超然、阮元，主泉州清源书院十年，主会垣鳌峰书院十一年[⑧]，“以师课之一兼课经史古文词”[⑨]，影响益广，门人益众，形成了以追随韩愈古文创作及韩愈成就其古文面目的路径为目标的闽中古文创作流派，这一条古文发展的旨趣与乾隆间建宁朱仕琇古文接近，亦与道光间朱仕琇的再传门人高澍然接近，形成共同的散文趋向。

虽然如此，但是陈寿祺也对朱仕琇、高澍然的古文创作提出修正的意见，而形成陈寿祺自身古文创作的风格。《答高雨农舍人书》云“寿祺窃以为治文词而不原本经术、通史学，而究当世之务，则其言不足以立”，“《易》道阴阳，卦象、爻象自为一绝；《书》绝质奥；《诗》专咏言，皆非可学，独《左氏传》、《礼记》于修词宜耳，然人徒知《左氏》为文章鼻祖，不知《左氏》文多叙事，其词多列国聘享、会盟、修好、专对之所施，否则战陈、御侮、取威、定霸之谋不如《礼记》。书各为篇，篇各为体，微之在仁义性命，质之在服食、器用，扩之在天地民物，近之在伦纪纲常，博之在三代之典章，远之在百世之治乱。其旨远，其辞文，其声和以平，其气淳以固，其言礼乐丧祭也，使人孝弟之心油然而生，哀乐之感渟然而不能自已，则文词之精也。学者沉浸于是，苟得其一端，则抒而为文，必无枝多游屈之弊，盖《礼记》多孔子及七十子之遗言，故粹美如是。寿祺常劝人熟读《礼记》而翫索其意味，以此也。后世自两汉、魏、晋迄唐宋元明，凡命为作者，虽所得有浅深高下之殊，其无悖于古之立言之恉，一也。大较得于经者，上也；得于史者，次也；得于子者，又次之；徒得于文，以为文者，下也。要之，以立诚为本，以有用为归。不诚，则蔑以征信于天下；无用，则蔑以传远于后世”[⑩]。陈寿祺仍然以韩愈的修辞立其诚为宗，这是从朱仕琇到

---

① 按：高澍然、赖其瑛、张绅、刘存仁均见《桐城文学渊源撰述考》卷十二，系师事及私淑朱仕琇古人者。又，张际亮系张绅族弟。

② 高澍然《厦金二岛志序》：“道光十五年春三月，《福建通志》成，澍然将去福州而归。”(《厦门志》，影印第 4 页。《中国方志丛书》第 80 号成文出版社 1967 年影印道光十九年刻本)

③ 请参看谢章铤《赌棋山庄文又续》卷二《鳌峰载笔图跋》，该跋作于光绪二十一年乙未(1895)。

④ 钱洪来《林昌彝年谱》道光十二年引林昌彝《射鹰楼诗话》：“道光壬辰，陈恭甫先生命予协修《福建通志》。”引其诗《陈恭甫师命笺绛附草堂诗钞谨承一百韵》诗题下小序：“时应恭甫师聘，修《福建通志》。”(第 19 页)

⑤ 石景芬见林昌彝为其所撰《诵清阁文集序》(《林昌彝诗文集》卷十二，第 323-325 页)。

⑥ 林昌彝《刘炯甫屺云楼文集序》，《林昌彝诗文集》卷十二，影印第 332-333 页。

⑦ 同上书，第 324 页。

⑧ 林昌彝《陈恭甫师请崇祀鳌峰名师祠事实》，《林昌彝诗文集》卷十五，第 388、390 页。

⑨ 陈寿祺《与叶健庵巡抚书》，《左海文集》卷五，《清代诗文集汇编》第 499 册，影印第 235 页。

⑩ 陈寿祺《答高雨农舍人书》，《左海文集》卷四下，《清代诗文集汇编》第 499 册，影印第 205-206 页。陈寿祺《与友人书》云“窃观汉代经生，多善属文，文人鲜不通经。……莫不以经术、文章垂光千祺，而措诸世务。……魏晋以降，穷经者短于篇章，达政者拙于故训，染翰者疏于讨论，摛文者暗于经济，人才少能相兼，作者代不数人。唐之韩、柳、杜，宋之欧、曾、苏而外，大抵修辞之功多，研经考史之学寡。近世震川归氏文笔最为杰特，宏博淳厚，味盎以长，虽于经不逮两京远甚，而胎息源自马、班，其殷忧桑梓、推究端绪足以儆昏墨而救疮痍”(同卷，影印第 212-213 页)，意思相近。又可参看陈寿祺《与张南山书》，以为“通经则立言有物，固本末兼赅之事”，除“浮华”、“浮夸”，“去雕饰”(同卷，影印第 214 页)；《与叶健庵(叶世倬)巡抚书》云“经学崇则浮华寡陋之弊亦祛矣”(同书，卷五，影印第 235 页)；《答朱咏斋(朱士彦)侍郎书》云“经术崇则有以熄其浮薄之气”(同书，卷五，影印第 247 页)。

高澍然古文创作的一致之处,而在此宗旨上,讲求经术、通史学,细致地揭橥儒家五经的风格,主张搜讨《左传》和《礼记》为文"修词"之宜,以为同于前代古文作者"立言之指",区分出得于经、子、文之文的不同境界。言之成理,以"原本经术"、"通史学"、"究当世之务"确实弥补了朱仕琇古文创作及其理论的罅漏,借鉴了桐城派古文"义理"和"考据"的合理内核,具有实践经验,这是清代朱仕琇一系古文理论和创作实践的发展。陈寿祺、高澍然会通四六骈体与古文,提出二者同机杼的观点[①],则是陈寿祺古文理论创新之处。原本经术、通史学的古文观念,为晚清古文家谢章铤(1820—1903)所继承。谢章铤《答李生书》:"宜先读经以养其心术,读史以扩其识量,而读史为尤。要古今之变故、事理之机缄无一不具于乙部之中。"[②]知古知今,法古守今,与陈寿祺的观念几乎一致。十九世纪八十年代,谢章铤作《答黎生》,其中论治经云:"虽然文莫古于经,尤以治经为第一义。经足取者博,而《礼记》尤足为根柢。盖《礼记》文不一法,篇不一律,或典实,或空灵,意义周匝,词气往复,无一非古文真法乳,曾南丰于宋最为温厚,大抵皆本于此。治古文不治经,则非最上乘之义也。读书、穷理、养气,此治古文六字诀。"[③]

在福建省垣福州的古文家,从陈寿祺到刘存仁、林昌彝,对于桐城派古文甚至有攻击的倾向。陈寿祺《与友人书》:"往者汪尧峰(汪琬)、方望溪(方苞)诸子乘其时,海内文坛莫执牛耳,岸然高自位置,天下震于其名,附声逐影,群相引重,使坻阜几与嵩华齐高。由今核之,彼皆沾沾未能脱时艺气,其说经不足臻精微,其致用无以究民瘼。而尧峰陵轹时流,其掊击望溪不究义法,为李巨来(李绂)所讥;钱晓征(钱大昕)詹事亦引金坛王若霖(王澍),言灵皋以古文为时文、以时文为古文,论者以为深中望溪之病,乃其缪妄至公。"[④]林昌彝《刘炯甫屺云楼文集序》云:"昔欧阳公少时,得韩文公文于汉东李氏,读而好之。后官京师,与尹师鲁(尹洙)、穆伯长(穆修)倡为古文之会。苏髯翁(苏轼)谓自东汉以来,道丧文敝,独韩文公起布衣,谈笑而麾之,天下靡然从风。夫文与世运为盛衰,而体亦屡变,然有不可变者,惟理与气二者而已。读韩文公答尉迟生、李翊书,得作文之要矣。"林昌彝论文一宗韩愈,一主理、气,于桐城古文的"雅洁"境界有其别样见解:"文至雅洁,品莫贵焉,然非汰除俗调以为雅、刊落枝叶以为洁也,蕴蓄闳深,详明确当,天然高迈,削肤见根,辞约义丰,外淡中腴,是以能得理与气之精,而具有真雅真洁者也。"[⑤]显示出朱仕琇一系古文家对于桐城派古文森严的壁垒及其对古文理论、创作的清醒认识,类乎文章学之"辨体"而有所执守。

## 第四节　地方志等文献所见闽籍古文作者

在《桐城文学渊源撰述考》之外,尚有不少闽籍古文作者。略考如下(以府、州区分,府、州之下再系以县,同一县籍作家略次年代先后,统一编序):

**一、邵武府(1—67)**

**【1—11】邵武府邵武县**

(1) 邵武府邵武人张名标。乾隆元年丙辰(1736)举人。"同郡朱梅崖太史以白太傅、司马温公况之。"[⑥]

(2) 邵武府邵武人邹一枚。乾隆间人。光绪《邵武府志》邹一枚本传:"字应卜,号悦岩。……游武

① 陈寿祺《答高雨农舍人书》,同书同卷,影印第207页。

② 谢章铤《赌棋山庄文续》卷一,《清代诗文集汇编》第680册,影印第750页。

③ 谢章铤《赌棋山庄文续》卷二,《清代诗文集汇编》第680册,影印第769页。

④ 陈寿祺《与友人书》,《左海文集》卷四下,《清代诗文集汇编》第499册,影印第213页。

⑤ 林昌彝《刘炯甫屺云楼文集序》,《林昌彝诗文集》卷十二,第332页。

⑥ 光绪《邵武府志》卷二十一,《人物传·(邵武县)文苑》张名标传,影印第458页。

彝时著《游岩草》六卷,彝山僧正辉为之梓行。外有《批点史记》、《毛诗解说》、《古文词》未刊。"①

(3—5) 邵武府邵武人李由让。邑廪生。乾隆间人。工诗、古文词。与舅朱元仪、兄李由中俱有文名。传见光绪《邵武府志》卷二十一《人物传·(邵武县)文苑》。

(6) 邵武府邵武人张大镛。乾隆五十四年己酉(1789)副举人。光绪《邵武府志》张大镛本传:"少力学,读书外无他嗜。文宗先正,披览殆尽,善研究其得失、优劣,历历评论如数家珍。"②

(7) 邵武府邵武人王衮。光绪《邵武府志》本传:"王衮,字补之,号洁斋。岁贡生。为人方正自持,与人交坦易寡文。性嗜学,究心经史,旁通秦、汉、唐、宋文,其发为文章也坚光异彩,如观三代彝器。"③

(8) 邵武府邵武人何其恭。副贡生。光绪《邵武府志》本传:"工诗、古文辞。"④

(9) 邵武府邵武人张文瑾。诸生。"工诗、古文词,兼善书法,苍劲绝俗。"⑤

(10) 邵武府邵武人王臣鹄(莘夫)。"所交多知名士,光邑高雨农、何焕奎,建邑李古山、张怡亭、张亨甫,本邑张盅轩、梅铁崖诸人皆以诗文争为盟长,咸推重焉。"⑥王臣鹄"尝客光泽,与邑贤士交,多主何氏眠琴绿阴亭或高氏绣草庐(本书按:即高澍然从弟高惺然之春绣草堂),性沉静,不染俗纷,折节读书,手不释卷,所造往往闯古作者之室"⑦。为邵武知府、湖北沔阳人周揆源(原名周镳,字铁臣)所重,相与唱和。王臣鹄卒后,周揆源为之撰传。

(11) 邵武府邵武人王作舟。从高澍然学为古文。高澍然为王作舟之父王某(字定夫)作传⑧。

**【12—16】邵武府泰宁县**

(12) 邵武府泰宁人吴采宗。雍正元年(1723)举人。工文,发愤力学,晚授永春州学正⑨。

(13) 邵武府泰宁人江中时。乾隆间贡生。传见同治刊本《福建通志·文苑传》。光绪《邵武府志》本传:"字子随,号秋水。少嗜学,专求心得,不屑记诵,尤以身体力行为务。年三十七赴乡闱,归途闻父卒,星夜奔回,恸几绝,后遂不应科举,锐志著述。工古文,尤喜为诗。尝以诗文质朱仕琇、李俊,皆期许深至。"⑩

(14) 邵武府泰宁人袁国政。邑庠生。"博极群书,兼通二氏学,字体遒劲,画亦疏落有致。工制举义,有名诸生间,浸淫诗古文,不屑为咿唔呫哔之态。"⑪

(15) 邵武府泰宁人江容。邑廪生。"喜涉猎群书,文章为时所重。授徒莆邑,知名士多出其门。"⑫

(16) 邵武府泰宁人邓文熊。乾隆间岁贡生。受业江中时门下,得其传授。晚年授仙游训导⑬。

**【17—49】邵武府建宁县**

(17) 邵武府建宁人赵文昇。博闻强记,文法董华亭(董其昌,明代南直隶松江府华亭人),诗宗汤临川(本书按:汤显祖,明代江西抚州府人),与廖用贤、曾光弼结鼎社⑭。

(18) 邵武府建宁人刘风起(一作刘凤起)。雍正元年癸卯(1723)拔贡生。著《姑存编古文集》⑮。

---

① 光绪《邵武府志》卷二十一,《人物传·(邵武县)文苑》,影印第458-459页。
② 光绪《邵武府志》卷二十一,《人物传·(邵武县)文苑》,影印第459页。
③ 同上注。
④ 同上注。
⑤ 光绪《邵武府志》卷二十一,《人物传·(邵武县)儒林》,影印第448页。
⑥ 光绪《邵武府志》卷二十一,《人物传·(邵武县)文苑》王臣鹄传,影印第459-460页。
⑦ 光绪《光泽县志》卷二十八,《寓贤传》本传,影印第1494页。
⑧ 民国《福建通志》总卷四十三,《福建高士传》卷五,王某传,原第八页。
⑨ 光绪《邵武府志》卷二十一,《人物传·(泰宁)文苑》,影印第465页。
⑩ 光绪《邵武府志》卷二十一,《人物传·(泰宁)儒林》,影印第450页。按:此传又见同书同卷《文苑传》(影印第465页),略省。
⑪ 光绪《邵武府志》卷二十一,《人物传·(泰宁)文苑》,影印第465页。
⑫ 同上注。
⑬ 同上注。
⑭ 同上注。
⑮ 民国《建宁县志》卷廿五,《杂著》,影印第273页。

(19) 邵武府建宁人席大雩。乾隆三年戊午(1738)岁贡生。著有古文集，朱仕琇为之序，雷翠庭(雷鋐)先生亦有序，集藏于家[①]。席大雩为朱仕琇邑中前辈，为古文追明宋濂、杨士奇，其文淡朴有致。朱仕琇撰有《席作舟文集序》。

(20) 邵武府建宁人张际虞。宁化雷鋐以老友称之[②]。

(21) 邵武府建宁人李荣英。武科举人。朱仕琇乡前辈。工诗格、古文，笔力驰骋，有北宋遗风，著有《白云文集》等[③]。

(22) 邵武府建宁人李俊。乾隆九年甲子(1744)副贡生。撰有《(栎园)古文》二卷等[④]。

(23) 邵武府建宁人何之仕。喜程朱说，尝谒朱梅崖(朱仕琇)，奇其才，尤工歌诗[⑤]。

(24) 邵武府建宁人邓作梅，字汝调。朱仕琇序其《屏峰集》，云"其文峥嵘涵澹，类得山水之助"[⑥]。又作《屏峰山人六十寿序》。

(25) 邵武府建宁人廖焜。乾隆间贡生。著有《日堂古文集》[⑦]。

(26) 邵武府建宁人邹一枚。乾隆间人。著有古文词，未刊[⑧]。

(27) 邵武府建宁人谢鸣銮。嘉庆十四年己巳(1809)恩贡生。遍读五经、诸子、唐宋诸大家文、汉魏六朝唐宋元明诗。不喜作时文，问业于李俊、邓作梅，有"文绝似桐城二方，其高者则金、陈二公"[⑨]的评价。

(28) 邵武府建宁人徐荀。郡廪生。善属文，尤工于诗，诗风近唐王维[⑩]。

(29) 邵武府建宁人陈禧。恩贡生。著有古文若干卷，未刻[⑪]。

(30) 邵武府建宁人朱文莹。著有《月岩古文集》[⑫]。

(31) 邵武府建宁人鄢梓。嘉庆间贡生。著有《初樵文集》[⑬]。

(32) 邵武府建宁人李舟，李俊族人。乾隆间人，与朱仕琇之子朱佑同时。传附民国《福建通志·文苑传》李大儒传："李舟，字芦汀，号苇航。县学生。独好为古文词，究心唐宋诸家，尤得力于庐陵欧阳氏，(李)俊雅爱重之，年八十一卒。"[⑭]

(33) 邵武府建宁人黄宗修。乾隆间人。黄冈(字东壁，号存庵)长子、黄宗健伯兄。"从其乡朱梅崖先生，肄业于鳌峰书院。梅崖引以为可与言。"[⑮]

(34) 邵武府建宁人黄元度。廪生。嘉庆间人。所交多知名士，与李祥赓(号古山)尤厚。年四十余卒，李祥赓走数十里哭之[⑯]。

(35) 邵武府建宁人熊允成。道光二年(1822)举人。著有《岫云堂古文集》[⑰]。

---

① 光绪《邵武府志》卷二十一,《人物传·(泰宁)文苑》,影印第469页。按:光绪《邵武府志》卷二十九《艺文志》著录席天雩《席未亭古文集》(影印第816页)。

② 光绪《邵武府志》卷二十一,《人物传·(泰宁)文苑》,影印第469页。

③ 民国《建宁县志》卷十六,《文苑传》本传,影印第169页。

④ 民国《建宁县志》卷十六,《文苑传》本传,影印第170页。

⑤ 民国《建宁县志》卷十七,《质行传》本传,影印第177页。

⑥ 民国《建宁县志》卷廿五,《杂著》,影印第274页。语出朱仕琇《屏峰集序》(《梅崖居士文集》卷十七)。

⑦ 民国《建宁县志》卷廿五,《杂著》,影印第276页。

⑧ 光绪《邵武府志》卷二十一,《人物传·(邵武县)文苑》,影印第459页。

⑨ 民国《建宁县志》卷十六,《文苑传》本传,影印第171页。

⑩ 民国《建宁县志》卷廿四,谢圣纶《徐书思传》,影印第264页。

⑪ 光绪《邵武府志》卷二十四,《人物传·隐逸》,影印第572页。

⑫ 民国《建宁县志》卷廿五,《杂著》,影印第275页。

⑬ 民国《建宁县志》卷廿五,《杂著》,影印第276页。

⑭ 民国《福建通志》总卷三十九,《福建文苑传(清二)》卷八,第六页。又见光绪《邵武府志》卷二十一,《人物传·(泰宁)文苑》,影印第469页。

⑮ 朱珪《太学生黄存庵墓志铭》,《知足斋文集》卷四,续修四库全书第1452册,影印第306页。

⑯ 光绪《邵武府志》卷二十一,《人物传·(泰宁)文苑》,影印第470页。

⑰ 民国《建宁县志》卷廿五,《杂著》,影印第277页。

(36) 邵武府建宁人黄士迁。岁贡生。江西新城陈用光[①]门人,博学能文[②]。

(37) 邵武府建宁人黄士遇。系新城陈用光门人,又师从陈寿祺,文名大噪于福州。[③]

(38) 邵武府建宁人吴淳。吴德先(葆真)之子、吴伯谟曾孙[④]。与张际亮同时,道光间人。著有《厚园遗集》一卷、《文集》八卷。林昌彝《射鹰楼诗话》称其"文学昌黎。其同里张亨甫诗才雄视一代,自订诗文全集,则惟求厚园一序之"[⑤]。一作吴醇,工古文,著有《厚园文集》二卷[⑥]。

(39) 邵武府建宁人何鉴亭。张际亮之友,道光间人。尝馆于张际亮所居渠村,张际亮序称其古文"词奥义充,不失法度。"[⑦]

(40) 邵武府建宁人张孔修。道光、咸丰间人。幼颖异,读书一过不忘,从南丰黄谦若先生游。受知于学政李嘉端、提督钟宝三。凡子、史、内典诸书,靡不流览详究,于诗、古文辞尤为致意,诗学杨诚斋,为宿儒杨瀚(海云)所推许[⑧]。

(41) 邵武府建宁人谢兆熹。邑廪生。光绪《邵武府志》本传:"兆熹学问渊博,性情淳厚,文章古雅,建邑高才如吴士拔、谢绶俯视一切,至兆熹则敛手推服。……门人徐翀为作《四古先生传》,谓貌古、心古、学古、行古,足为生平实录。"[⑨]

(42) 邵武府建宁人杨瀚。诸生。宏才博学,诸子百家、天文地理、农田水利,与夫兵法、驳制、船制无所不通,其为古文,璀璨瑰丽,淹征博引,与世俗异,制艺不谐于时。县令柯抡贺其八十寿楹联云:"半世吴楚间以游为学,十年兵火后益豪于文。"[⑩]

(43) 邵武府建宁人董献材。邑增生。李云诰之友,著有《正谊堂文稿》一卷[⑪]。

(44) 邵武府建宁人董润。同治丁卯(六年,1867)岁贡。有《古文全集》[⑫]。

(45) 邵武府建宁人李藩,古文家李云诰从子。[⑬] 以其能教门人董艮古文,当亦能文。

(46) 邵武府建宁人董艮。光绪八年壬午(1882)举人。受业于李藩,遂工诗、古文辞[⑭]。

(47—48) 邵武府建宁人余天民、余天章兄弟。余天民、余天章兄弟传见光绪《邵武府志·义行传》:"余天民,字觉先。……为西北乡文学之宗。邑中知名士如鄢国鼎、董其事皆出其门。胞弟天章,字汉雯。……积学能文。著《流声集》藏于家。"[⑮]

(49) 邵武府建宁人董大纯。国学生。能文,兼精岐黄术[⑯]。

**【50—67】邵武府光泽县**

(50) 邵武府光泽人何以镛,何斌次子。康熙至乾隆间人。光绪《邵武府志》何思安(字再安)本传:"父以镛,斌次子,喜古文,著《知非草》。"[⑰]《知非草》为光绪《光泽县志》卷十三《经籍略》所著录。

---

① 按:陈用光,字硕士、实思、石士,师事舅氏鲁九皋、姚鼐,见刘声木《桐城文学渊源撰述考》卷四,第160-161页。

② 民国《建宁县志》卷十六,《文苑传》黄士遇传,影印第172页。

③ 同上注。

④ 张际亮《邑文学吴君墓志铭》,《张亨甫文集》卷四,《清代诗文集汇编》第601册,影印第453页。

⑤ 民国《福建通志》总卷二十五,《福建艺文志》卷六十六,第十九页,引林昌彝《射鹰楼诗话》。

⑥ 光绪《邵武府志》卷二十一,《人物传·(泰宁)文苑》,影印第472页。

⑦ 民国《福建通志》总卷二十五,《福建艺文志》卷六十六,第十九页,引张际亮《何鉴亭文集序》语。《何鉴亭文集序》,《张亨甫文集》卷一,《清代诗文集汇编》第601册,影印第406页。

⑧ 民国《建宁县志》卷十八,《隐逸传》本传,原第三页,影印第188页。

⑨ 光绪《邵武府志》卷二十一,《人物传·(泰宁)儒林》,影印第452-453页。

⑩ 同上注。

⑪ 民国《建宁县志》卷十六,《文苑传》,影印第173页。

⑫ 同上注。

⑬ 民国《建宁县志》卷十六,《文苑传》,影印第173页。

⑭ 同上注。

⑮ 光绪《邵武府志》卷二十三,《人物传·(建宁)义行》,影印第563-564页。

⑯ 光绪《邵武府志》卷二十三,《人物传·(泰宁)义行》传,影印第566页。

⑰ 光绪《邵武府志》卷二十三,《人物传·(光泽)义行》,影印第550页。

(51) 邵武府光泽人上官铨。康熙四十四年(1705)岁贡生。传见光绪《邵武府志·隐逸传》,传称其“读书过目成诵,殚力于诗古文词”①。

(52) 邵武府光泽人曾韶,高腾、金荣镐之友。乾隆三十五年庚寅(1770)乡贡。用教职监鳌峰书院,卒年甫四十。工制艺,一篇出,人辄藏其稿。间作古文,修洁可诵。高腾撰有行略②。

(53) 邵武府光泽人李梦白。学者称晓村先生。乾隆三十九年甲午(1774)乡贡,官福清教谕。力辟明代王守仁姚江之学。幼敏慧,工文,已而弃去。诗学南宋,古文师魏禧。有提唱学者去举业,习诗、古文之功③。

(54) 邵武府光泽人邓思渺。乾隆三十九年甲午(1774)副贡生。为钱澧延教其子钱学彬,钱学彬髫年成进士,著师傅之功。博闻强记,答问不匮,工诗文。文成浩博而有所裁,不徒记问之学而已④。

(55-56) 邵武府光泽人曾光。武生。能古今文,邑士著门籍者百余人。上官瑗(见下)、龚裕权其高弟也。龚裕权,乾隆三十九年甲午(1774)副贡生⑤。

(57) 邵武府光泽人黄子岳。所著诗、古文集未刊。黄子岳、黄从篮父子与高澍然、何长聚友。⑥黄子岳门人黄守山、何金鱼、上官次岩、张可权、高所庵等⑦。

(58) 邵武府光泽人黄溶。岁贡生。传称:“时文风竞逐骫骳,溶独发宋明儒书,求为学之要。……其教学者曰:‘文采虽可贵,然不由笃实,如无根之华、无源之沟浍,亦终必亡矣。’”⑧子黄子岳。

(59) 邵武府光泽人邱宗皋。传见光绪《邵武府志·隐逸传》,传称其“少负隽才,读书过目成诵,制艺外,益肆力于诗古文,而尤邃于诗”⑨。

(60) 邵武府光泽人、高熙晋之友伊象和。高熙晋序伊象和《全唐诗人名考》云:“伊柳村先生,熙晋总角友也。先生卒,为之作行状。”⑩

(61) 邵武府光泽人上官承祜。同学友高熙晋序其《寄寓生文集》云:“正五所作时艺声情斐亹……而时艺非其所好,独嗜古文,为古文则去华就质,敛才就范。余不知古文,曰:‘子之文不相似如是。’答曰:‘古文与时艺隔霄壤也。’不道其所以,余因正五之嗜有同志而愿学焉,遂究心于唐宋之十家,元之虞,明之归、王,国朝之侯、魏、汪、方,同郡之朱梅崖、张怡亭,略识其源流升降也。有所作就商正五,正五不余弃而评骘之。”⑪本传称其“讲学最为切近,惟不屑屑于制艺,独嗜古文书法”⑫。

(62) 邵武府光泽人、上官临五世孙上官瑗。高腾、金荣镐友,岁贡生。传称其“工古文,不欲自名,有作随毁去”⑬。子上官伟。

(63) 邵武府光泽人何长载。著有《第五居士文集》六卷,高澍然序。高澍然以为何长载“文专学徐孝穆,虽骈体也,而洒然有自得之乐。余尝病世之为古文者喜驰骋藻绘以取世好,而厚庵顾以质厚浑穆之辞施之骈体,其尤难得可贵,尚也。子固又尝序《强幾圣集》,称幾圣最为韩魏公所知,其文在魏公幕府为多,声比字属,曲当绳墨,然气质浑浑,不见刻画,远近多称颂之,盖所谓骈体也,厚庵无魏公之

---

① 光绪《邵武府志》卷二十四,《人物传·隐逸》,影印第 570 页。

② 光绪《邵武府志》卷二十一,《人物传·(光泽)文苑》,影印第 462 页。传又见光绪《光泽县志》卷十七《文苑传》(影印第 1114 页)。

③ 光绪《邵武府志》卷二十一,《人物传·(光泽)文苑》,影印第 461 页。

④ 光绪《邵武府志》卷二十一,《人物传·(光泽)文苑》,影印第 461 页。

⑤ 光绪《光泽县志》卷二十九,《杂录》,影印第 1497 页。

⑥ 光绪《邵武府志》卷二十二,《人物传·(光泽)忠节》黄从篮传,影印第 490 页。

⑦ 光绪《光泽县志》卷十三,《经籍略》高澍然《悟惧子诗集》题词,影印第 967 页。

⑧ 光绪《邵武府志》卷二十三,《人物传·(光泽)义行》黄溶传,影印第 552 页。以其传在何以焘前,推知黄溶系雍正、乾隆间人。

⑨ 光绪《邵武府志》卷二十四,《人物传·隐逸》,影印第 571 页。

⑩ 光绪《光泽县志》卷十三,《经籍略·全唐诗人名考》引高熙晋序,影印第 1004 页。

⑪ 光绪《光泽县志》卷十三,《经籍略·寄寓生文集》引高熙晋序,影印第 1008-1009 页。

⑫ 光绪《光泽县志》卷十六,《儒林传》本传,影印第 1099-1100 页。

⑬ 光绪《光泽县志》卷十五,上官瑗传,影印第 1075 页。

知人,称颂之者少,然余家故藏幾圣集,以厚庵所著絜之,其气质浑浑不见刻画,则未知其孰先孰后也"①。

(64) 邵武府光泽人何长诏(? —1822),与高澍然同时。光绪《光泽县志·文苑传》何长诏传之"论曰":"长诏故诗人而能知古文气息,余初与之语,长诏未尝不心折,久而莫辨为谁说矣。使天假之年,岂但以诗人终哉!呜呼!丛兰欲茂,秋风败之,无论古文,并生平托业亦不克充其志。"②

(65) 邵武府光泽人何长钊。恩贡生。为文叉手立就。咸丰七年(1857)光泽城破,与二子何高谦、何高履相继死难③。

(66) 邵武府光泽人陈兰皋,陈春华季子。"兰皋能古文章,尚困诸生。"④

(67) 邵武府光泽人毛乘鳌。道光至光绪间人。光绪《光泽县志·文苑传》毛乘鳌本传:"古文辞学欧、苏,诗近陆。以恩贡授松溪教谕,卒。"⑤

**二、福州府(68—132)**

**【68—78】福州府闽县**

(68) 福州府闽县人吴彦芳。华亭黄之隽《庑堂集》有序。略曰:"苏州流寓有闽吴香为先生讳彦芳者,顺、康间人。以进士起家,坐事罢官寓吴,好为诗、古文。有《平冶庄集》。"⑥按:吴彦芳尝官河南中牟县,延请乡人徐延寿于顺治十六年纂成《中牟县志》。吴彦芳与叶矫然两家"先世自高、曾,今且数代,愈益亲厚"。⑦

(69) 福州府闽县人林芳。乾隆三十五年庚寅(1770)举人。官建安教谕,留寓建阳。民国《福建通志·文苑传》本传称其文主欧阳修⑧。

(70) 福州府闽县陈登龙。乾隆三十九年甲午(1774)举人。陈登龙勤苦力学,博涉典籍,长于诗、古文词⑨。

(71) 福州府闽县人林茂春,字崇达,号畅园,林轩开子。乾隆四十二年丁酉(1777)拔贡,廷试第一,官教谕。乾隆五十一年丙午(1786)举人。其人视经、史、子、集如性命,尤专于《左氏传》及马、班二史。初,福州人多为文会,治八股业,而在学政朱珪的主持下,林茂春等结读书社(堂),立程限,攻经史,改变文风。按:读书堂一说仅十余人,而郑存敦所撰林乔荫寿序称读书堂会课则有二十八人,未知是否为一社,或者后来社友逐渐增入。民国《福建通志·文苑传》林茂春传按语列林茂春、龚景瀚、林乔荫、林澍蕃、林其宴、陈登龙、龚景沆、梁赞图、梁上治、梁上泰、梁上国、林开琼、林昆琼、林春琼、郑天鍏、黄世发、郭文銡、郑光策、叶观国、孟超然、张国洺、郑存敦、许作屏及文甫、述圣、含耀、维颖、维芳,凡二十八人⑩。

(72—73) 福州府闽县人何应举、何则贤。何应举,字述善,号五梅,闽县人。与龚景瀚、陈登龙、孟超然、朱仕琇等人友善,多歌诗往来。何则贤(1801—1852),字道甫,号三山樵叟、蓝水后人,闽县人。师陈寿祺、陈庚焕、高澍然,与林则徐相知,与余潜士、梁彬交往密切⑪。

① 光绪《光泽县志》卷十三,《经籍略·第五居士文集》引高澍然序,影印第972页。

② 光绪《光泽县志》卷十七,何长诏传,影印第1115页。按:何长载、何长诏兄弟传又见光绪刊本《(重纂)邵武府志》卷二十一《文苑传》(影印第462页)。

③ 光绪《邵武府志》卷二十二,《人物传·(光泽)忠节》何长钊传,影印第490页。

④ 光绪《光泽县志》卷二十二,《义行传》陈春华传,影印第1269页。

⑤ 光绪《光绪县志》卷十七,影印第1120-1121页。

⑥ 民国《福建通志》总卷二十五,《福建艺文志》卷六十四,第十三页。

⑦ 吴序,叶矫然《龙性堂诗集》,《清代诗文集汇编》第50册,影印第3页。

⑧ 民国《福建通志》总卷三十九,《福建文苑传(清二)》卷八,第七页。

⑨ 民国《福建通志》总卷三十九,《福建文苑传(清二)》卷八,陈登龙传,第八页。

⑩ 民国《福建通志》总卷三十九,《福建文苑传(清二)》卷八,第十二、十三页,林茂春传及传后按语。

⑪ 李鹏连《〈文章辨体〉递藏源流思考》,载《湖南师范大学学报》2016年第3期,第120-124页。

(74) 福州府闽县人曾元澄(1808—1874)。陈寿祺门人,受知于学政陈用光[①]。

(75) 福州府闽县人叶修昌(1798—1839)。叶修昌,字宣勤,一字旬卿。叶观国之孙、叶申蔼之子,陈寿祺门人。张际亮《叶旬卿传》称其"无声色服御诸嗜好,独好读书,笃交游。工诗、古文辞及书画,以此有名"。中道光十九年己亥(1839)福建乡试解元,旋卒,终年四十二岁。叶修昌亦工于制艺,"每一艺出,见者叹服"[②]。

(76) 福州府闽县阳崎人陈炳南。传称其为时文生涩,似艾千子(艾南英),屡试不售。主叶大庄家,尽读叶氏架上书,为魏秀仁所重[③]。

(77) 福州府闽县人王崧辰(1831—1900)。陈宝琛《王君小希墓志铭》"君文法震川(归有光),诗宗新城(王士禛)"[④]。

(78) 福州府闽县人林纾,系晚清、民国间著名翻译家、古文家。林纾"治古文三十年,恒严闭不以示人"[⑤],"纾治韩文三十年,能解韩文,而不能为韩文"[⑥],"韩、柳、欧三氏之文,楮叶汗渍近四十年矣"[⑦]。张僖(字韵舫,张兆栋之子,潍县人。尝官福建兴化府知府)序《畏庐文集》"所携者《诗》、《礼》二疏、《春秋左氏传》、《史记》、《汉书》,韩、柳文集及《广雅疏证》而已。畏庐(林纾)无书不读,谓古今文章归宿者止此","生平恶考据烦碎,夙著《经说》十余篇,自鄙其陈腐,斥去不藏"[⑧]。所谓"恶考据"未必是其古文理论或观念中的一部分。林纾《答徐敏书》中教以古文之法,"道在读时神与古会,作时心与古离。神会则古人之变化离合,一一解其用心之所在。至于行文,必自摅己意,不依倚其门户,虽不能力追乎古人,然即古人之言中乎道者,因而推阐之,则翘然出新意矣"[⑨]。

陈衍以为林纾"多才艺,能画能诗,能骈体文,能长短句,能译外国小说百十种。自谓古文辞为最,沉酣于班孟坚(班固)、韩退之(韩愈)者三十年。所作兼有柏枧(江苏上元梅曾亮,字伯言,著有《柏枧山房诗文集》)、柈湖(湖南巴陵吴敏树,著《柈湖文集》)之长"[⑩]。徐世昌以为"畏庐古文导源韩、柳,于近代酷嗜震川、惜抱"[⑪]。林纾之文兼有梅曾亮、吴敏树二家古文之长,属于桐城派古文的樊篱。陈炳堃(陈子展)《最近三十年中国文学史》以为严复、林纾俱出吴汝纶门下,"他们的古文都可以说是桐城派的嫡传",两人的翻译事业形成了桐城古文与世界文学的融合,有助于新文体的产生[⑫]。

**【79—102】福州府侯官县**

(79) 福州府侯官人许珌。明崇祯十二年(1639)举人,入清官安定知县。其诗《访王贻上于慈仁寺双松下同作》序云:"(与王士禛)晨夕过从,摩掌掀眉,与(汪)苕文、曰辑、(程)周量、(邹)訏士、(李)屺瞻相切劘,为古文辞。"[⑬]汪琬(1624—1690),字苕文,号尧峰。程可则(1624—1673),字周量。邹祗谟(1633—1670),字訏士、圣培,号程邨。李念慈,字屺瞻,号劬庵。

(80) 福州府侯官人林涵春。民国《福建通志》著录《塔江楼文集》,引林云铭序。略曰:"奕善(按:林涵春字奕善)乱后,播迁流离,贫不自存,兹夏茧足仙霞,晤余于杭邸,以所著古文词属序。其一往无

① 民国《福建通志》总卷三十四,《福建列传(清七)》卷三十八,曾元澄传,第四十一页。
② 张际亮《张亨甫文集》卷四,《清代诗文集汇编》第601册,影印第450-451页。
③ 民国《福建通志》总卷四十三,《福建高士传》卷五,陈炳南传,原第九页。
④ 陈宝琛《王君小希墓志铭》,《沧趣楼文存》卷下,《沧趣楼诗文集》下册,第429页。
⑤ 林纾《赠马通伯先生序》,《林纾集》第一册,第130页。
⑥ 林纾《百大家评选韩文菁华录序》,《林纾集》第一册,第193页。
⑦ 林纾《答徐敏书》,《林纾集》第一册,第221页。
⑧ 林纾《林纾集》,第一册,第3页。
⑨ 林纾《林纾集》,第一册,第221页。
⑩ 陈衍《石遗室诗话》卷三,第一六条,第56页。
⑪ 徐世昌《晚晴簃诗话》卷一百七十四,第1256页。
⑫ 陈炳堃《最近三十年中国文学史》,第85-86、98页。
⑬ 许珌《铁堂诗钞》卷下。

前之气如怒浪奔流，不可阻御，而平日困厄无聊，不合流俗之况亦往往借题抒写，感慨淋漓。”[①]翁叶峻序《塔江楼文二集》，略曰：“(云林先生)为文章自成机杼，不寄人篱下。”[②]

(81) 福州府侯官人谢天枢。顺治八年辛卯(1651)举人。民国《福建通志》著录其《岭外集》、《小草堂集》，按语引《闽诗传》云：“(尔元)善古文词，浑涵幽雅。”[③]

(82) 福州府侯官人萧震。顺治九年壬辰(1652)进士，官至山西道监察御史。民国《福建通志》本传称其“为文章上追《史》、《汉》”[④]。

(83) 福州府侯官人邓浩。乾隆六年辛酉(1741)举人。著有《马班古文通义》十卷、《词苑丹头》二十卷、《瀚海拔尤》十卷、《文坛举逸》二十卷、文集四卷等[⑤]。

(84) 福州府侯官人刘国柱，刘家谋祖父。乾隆四十五年庚子(1780)举人，是刘氏家族首位中举者。“肄业鳌峰讲院，受知于山长朱仕琇”[⑥]。侯官刘氏家族人丁旺盛，科举发达，文学创作繁荣，绵延至民国间。

(85—86) 福州府侯官人陈大煜及其子陈茂坚。乾隆四十八年癸卯(1783)举人。陈大煜少工书及诗、古文词，受知于朱珪。朱珪力为扬誉，使之名满京都。陈大煜之子陈茂坚，博雅有奇气，得家学渊源[⑦]。

(87) 福州府侯官人王大经。乾隆五十九年甲寅(1794)举人。民国《福建通志·文苑传》本传称其性嗜学，于古文家源流正变，能择精而语详，所为文洁简有法[⑧]。

(88) 福州府侯官人郑振图。乾隆四十四年己亥(1779)举人。民国《福建通志·文苑传》本传称其“有《观澜堂诗钞》十三卷，世称其古、近体踔厉风发，气骨稜稜，远导源于昌黎，近则步趋山谷。尝自篆小印曰‘韩门弟子’。……大学士朱珪亟称之。《乾嘉全闽诗传》、《闽海人文》”[⑨]。

(89—92) 侯官林则徐、晋江许邦光、邵武杨兆璜[⑩]、漳平陈柱勋四人，均嘉庆十六年辛未(1811)科进士同年。四人与古文家周凯等三十一人预道光十年(1830)龙树院雅集[⑪]。林则徐撰有《挽陈石士侍郎用光》联，挽江西新城古文家陈用光(1768—1835)[⑫]。

(93) 福州府侯官人林昌彝，陈寿祺门人，出何绍基门下。道光十九年己亥(1839)举人。道光二十四年(1844)仲夏，林昌彝落第，在京疾殆，岭西五大家之朱琦汤药月余，其他如何绍基、魏源等师友佽钱资助。二十五年乙巳(1845)会试，寓朱琦家数月，谈文论道，颇相契[⑬]。其文沉博绝丽[⑭]。道光二十四年(1844)魏源称“近代人能为战国、两汉及唐宋、韩苏之文者，闽中林芗溪孝廉也”[⑮]。陈衍以为其文“似欲学汪容甫”，似蒙求，似歌诀，似三千字文，似说部之言[⑯]。

(94) 福州府侯官人李家瑞(字香蘋，号清臣)。著有道光三十年刻本《蕉雨山房诗集》七卷，王廷俊序，林树梅题签。李家瑞系林则徐、杨庆琛友。王序云“其《采莲曲》、《子夜歌》、《无题》诸作于中、晚才

① 民国《福建通志》总卷二十五，《福建艺文志》卷六十四，第十七页。
② 同上注。
③ 民国《福建通志》总卷二十五，《福建艺文志》卷六十四，第四页。
④ 民国《福建通志》总卷三十四，《福建列传(清二)》卷三十三，萧震传，第九页。
⑤ 民国《福建通志》总卷三十九，《福建文苑传(清二)》卷八，第二页。
⑥ 民国《闽侯县志》卷七十八，《儒行传(四下)》刘国柱传，影印第319页。
⑦ 同治刊本《福建通志》卷六十八，影印第1398页。
⑧ 民国《福建通志》总卷三十九，《福建文苑传(清二)》卷八，第八页。
⑨ 民国《福建通志》总卷三十九，《福建文苑传(清二)》卷八，第十一页。
⑩ 杨兆璜传见光绪刊本《(重纂)邵武府志》卷二十一《文苑传》(影印第459页)。
⑪ 林则徐《林则徐全集》第五册，第455页。
⑫ 林则徐《林则徐全集》第六册，第323页。
⑬ 钱洪来《林昌彝年谱》，第33-34页，引《射鹰楼诗话》卷一、卷八三条。
⑭ 温训《射鹰楼诗话序》，咸丰元年(1851)正月作。
⑮ 钱洪来《林昌彝年谱》，第47页，引江开(字开之、龙门)题《一灯课读图画册》语。
⑯ 民国《福建通志》总卷二十五，《福建艺文志》卷六十六，第十九、二十页，引陈衍《石遗室书录》。

调为近”,“当范之以绳尺,上追杜韩”[①]。

(95) 福州府侯官人谢宗善。道光十七年(1837)拔贡生。受知于古文家、福建学政陈用光[②]。郭柏苍作有《三月三日桑溪同谢二宗善》诗,时道光二十六年丙午(1846);又作有《同谢秀才宗申登永福方广岩》[③],时咸丰元年辛亥(1851),谢宗申当是其兄弟。

(96) 福州府侯官人黄宗彝(? —1861),“与同里刘家谋、谢章铤交最笃,治古文有义法”[④]。

(97—98) 福州府闽县人郑孝胥(1860—1938)[⑤]及其友、侯官同年陈衍(1856—1937)。晚清、民国间人。《郑孝胥日记》记载其于光绪十一年乙酉(1885)七、八月间,广泛阅读明代唐宋派古文家著作、唐代柳宗元集及清初诸家文集:“(七月初五日,8 月 14 日)午后阅荆川(唐顺之)文,要为有豪杰气,论文尤有精至语,意者过震川(归有光)乎。”“(七月十五日,8 月 24 日)稷臣(罗丰禄,字稷臣。罗臻禄七弟)自上海买《皇清经解》及《汉魏六朝百三家集》,以大簏致之。……与余谈古文之难为。余言曰:‘夫君子之学,当使制行,出言行文,较若画一耳。近代以来,三者皆歧之,虽穷一生之力,终不能自附于古人,职是故耳。故为文者务黜浮华之行而崇深远之思,片辞只字,皆为至文,然后得之。若以体制、词采为能,末矣。’余知之而能言,稷臣闻之而满意,其会心一也。”“(七月二十日,8 月 29 日)阅《国朝文录》。纪文达不矜为文,然文特典赡,知其利病者也。自余驳者哓哓而妄张,弱者詹詹而自饰,学知体要、言有典则者盖已难之又况于上通名理、下析物情、渊然渺然而无津畔者乎!”“(七月廿一日,8 月 30 日)阅惜抱(姚鼐)、午亭(陈廷敬)文。”“(七月廿二日,8 月 31 日)阅国初诸家文。……余曰:‘近世为学之弊,文字务为二雅艰深,而去之愈远。古有闻言而知其字者,今则牵今证昔,宛转互训,故言与字益离。古有述言而立成文者,今必造宾置主,张皇饰词,故言与文复离。波澜愈变,日即于伪,此承学之士所以执迷以毕世者也。’”“(七月三十日,9 月 8 日)方阅柳州文,醒尘(罗臻禄,字醒尘。罗丰禄五兄)来。醒尘曰:‘斯人也,得与接谈,何疑不析,何意不满。’余曰:‘然。’醒尘自言喜老苏文,余曰:‘苏氏文才气过于性情,尚不如柳子性情无处不见也。’醒尘亦甚谓然。夫柳州千古通才,使在圣门,岂后游、夏,凡有所下笔,文外必有余理,字外必有余力,篇外必有余音。昌黎谓其‘泛滥停滀,为深博无涯矣[⑥]’,此知之深;自韩以降,盖无知之者。”[⑦]又于古文、小说两种文体的界限有所区别。光绪二十三年三月初三日(1897 年 4 月 4 日),郑熙之丧偶,“附所为行略,曰颖川君,其所述皆自誉而已,亦不谙文之义法也。情欲特类小说,此岂可哉!”[⑧]综合观之,在光绪间,郑孝胥亦是一位深知古文创作利病的作者,对于为学、出言、行文具有深解,尤于近代之学不“知务”[⑨]深刻痛砭,对于桐城派古文家所主张的义理、考据、文章之歧有独到的见解。

职是故之,郑孝胥之文主柳宗元,反桐城派之常态而酷嗜之。光绪二十年甲午(1894),郑孝胥习柳文已十年,此年十月入署两江[⑩]总督、湖广总督张之洞幕府,逐渐受到张之洞器重。张之洞幕

---

① 王士俊序,李家瑞《蕉雨山房诗集》。

② 民国《闽侯县志》卷七十八,谢宗善传,原第三页,影印第 320 页。

③ 郭柏苍《补蕉山馆诗》卷下,《清代诗文集汇编》第 662 册,影印第 24 页;《鄂跗草堂诗》卷上,影印第 28 页。

④ 民国《福建通志》总卷三十九,《福建文苑传(清三)》卷九,第三、四页。

⑤ 郑孝胥虽以诗著称晚清诗坛,而其人对于古文浸淫数十年,是一个深于古文的作者。民国三年(1914)12 月 7 日,郑孝胥“至西泠印社买《古文辞类纂》与小乙”(《郑孝胥日记》第 1542 页),小乙是郑孝胥的儿子郑胜。民国四年(1915)11 月 27 日,李详(李审言)赠送古文家鲁一同《通甫类稿》(第 1586-1587 页)。

⑥ 按:韩愈《柳子厚墓志铭》作“无涯涘”,《郑孝胥日记》点校误。

⑦ 郑孝胥《郑孝胥日记》,第 64、66—67、67—68、68、69 页。至光绪二十年(1894)犹有读古文家鲁一同(1805—1863)《胥吏论》的记载(第 455 页)。

⑧ 郑孝胥《郑孝胥日记》,第 595 页。郑孝胥对小说、古文的认识并不妨碍其人与著名的外国小说翻译家、闽县人林纾的交往。我们观察到宣统二年庚戌(1910)林纾撰《清诰授通议大夫知府衔山东武城县知县萨君墓志铭》,为萨承钰作,闽县陈宝琛书丹,闽县郑孝胥篆盖(民国《雁门萨氏家谱》卷六,《哀荣录上》,影印第 1127 页)。

⑨ 郑孝胥《郑孝胥日记》,第 64 页。

⑩ 按:清初汀州府、顺治八年(1651)贡生陈允虞(避讳作陈胤虞)“好为古文奇字。其为文好柳子厚,诗好刘梦得,书法逼似率更”。(民国《福建通志》总卷三十九,《福建文苑传(清一)》卷七,原第八页)

府幕主、幕友之间在处理军国大事之外，畅谈文学。兹录《郑孝胥日记》数条："(十五日，11月12日)香涛制军问余于文谁师，对曰：'喜子厚之无障翳。'制军笑曰：'闽人固多好子厚也，其文实矜炼。'余曰：'桐城派极贬子厚。'制军曰：'彼虚字甚多。然子厚云参之太史以致其洁，此言何哉?'余曰：'子厚出于孟坚。班多骈，马多散，此所以取其洁欤?'制军讶曰：'然。子言甚有理致。'又言诸子多近于骈，独《庄子》散行，《庄》之理多虚诞，何也？余曰：'《庄子》之文皆反言以讥切当世之学，即太史公谈论六家要旨之微意，实非无端之虚诞。'"制军曰然。余曰：'文无定体，要以切于当时者为真，余皆伪体也。'制军曰：'理足事明，则真而非伪矣。'余曰：'有古人之理至允而非今日之理，有往代之事至正而非当世之事。'"[①]根据《郑孝胥日记》的记载，在入张之洞幕府之前，郑孝胥已经酷好苏轼古文，如其发解之年的光绪八年壬午(1882)五月初六日(6月21日)所记夜景"老树倚窗，阑外河也，河流出地板下，树影交亚，风从中来，不知有日，亦不知有暑也"，六月十四日(7月28日)即目所见，"夜将半，月稍斜，树影映池，萍藻杂之，展转不忍寝，谯诉语四鼓矣"[②]，皆有苏轼短篇《承天寺夜游》的味道；郑孝胥担任驻日本使臣之时，专力学苏轼文章，"近悟东坡语，专求平正，不务夸饰"，故得吕增祥"雅洁""当世所鲜"[③]的赞赏。从苏轼文章及其理论悟入，而得桐城文章之"雅洁"，这是郑孝胥古文创作的途径。《郑孝胥日记》所录郑氏光绪十八年三月廿四日(1892年4月20日)所作的《夜识亭记》[④]具有雅洁的特征。出使日本钦差大臣李经方"极思从事于文字之业，但苦靡所适从耳。"郑孝胥"因劝取《资治通鉴》及苏子瞻文集阅之"[⑤]。同时，郑孝胥亦不废桐城，尝研习桐城派古文的选集、同事黎受生叔父黎庶昌(与吴汝纶、张裕钊、薛福成称曾国藩四弟子，前驻日钦差大臣)编辑的《续古文辞类纂》[⑥]，研习曾国藩《曾文正文集》及其诗集[⑦]。受黎庶昌影响，郑孝胥的古文创作其眼界较诸传统桐城派古文家更加扩大。

按：明末以来，闽中古文自有推许、模拟柳宗元散文的传统，是在本书所论泉州府大学士李光地及同时代或稍后的作家推崇韩愈古文[⑧]之外又一传统[⑨]。《福建高僧传》海印传："海印，莆田俞氏子。母黄幼藻也。万历中为华严寺僧。工诗。同邑超圆、超嵩、超印、佺修、超素皆诗僧。超圆，字华斯，本严姓，儒家子。诗多奥句，兼工古文，得柳州法。超嵩，字石竺。超印，字月川，明季诸生。及为僧，聚徒讲艺如故。佺修，字二胜。工书画。超素，字莲峰，以戒行著。"[⑩]兴化府释超圆之古文即得柳州法，可见清代闽中好柳宗元之文的传统其来自远。晚明福宁州宁德县崔世召(1547—1642)极富创作，熊明遇(1580—1650)评："其诗文之备美"，"诗则大历、贞元间，文擅苏、柳之致"[⑪]。朱彝尊评"诗颇清彻，无尘芬气"[⑫]，其诗亦与柳宗元古文《小石潭记》中所形成的境界相近；顺治间，汀州府长汀人陈允虞好柳文；乾隆间姚鼐未起之时，闽中邵武府建宁人朱仕琇亦慕柳宗元文章，朱仕琇的门人张绅间取子厚之

---

① 郑孝胥《郑孝胥日记》，第446-447页。

② 同上书，第12、17页。又有六月廿一日(1882年8月4日，第18页)、七月十二日(1882年8月25日，第21页)等记事肖似。

③ 同上书，第246页。时光绪十七年十月初五日(1891年11月6日)。所示文大概指郑孝胥前一日所作《李太常墓志铭》。

④ 同上书，第288页。按：光绪二十四年(1898)，沈瑜庆作有《夜识亭》诗(《涛园诗集·正阳篇》，原第三十四页，《清代诗文集汇编》第785册，影印第121页)，为纪念其父沈葆桢而作。

⑤ 同上书，第314页。时光绪十八年闰六月廿三日(1892年8月15日)。

⑥ 同上书，第246页。日记原作"黎莼斋《古文辞续纂》"。同书尝引古文家鲁一同(通甫)之论(第337页)。

⑦ 同上书，第333、332页。时光绪十八年十一月十六日(1893年1月3日)、十月廿七日(1892年12月15日)。

⑧ 详请参看本书《论清初福建的古文创作》第二节《以大学士李光地为中心的闽籍古文创作阵营》内容。

⑨ 按：郑孝胥的同时代福州作者萨嘉曦(1874—1959)在宣统间编有《先芬集》，兴化府莆田人江祖著赠诗称"蔷薇渥承露，盥诵柳文章"(江祖著《敬题〈先芬集〉请寄农老伯政之》其一，民国《雁门萨氏家谱》卷五《叙赠录下》，缘起七十二页，影印第973页)，所谓"柳文章"当指风格接近柳宗元的萨氏先人文章，形成萨氏家族内部的家学渊源。

⑩ 民国《福建通志》总卷四十六，《福建高僧传》卷六，海印传，原第八页。按：梁章钜《闽川闺秀诗话》："黄幼藻，字汉荐，莆田人。前明苏州通判(黄)议女，归举人林仰垣，为仪部郎启昌子妇。"(卷一，第十一页)两传所记黄幼藻一适林氏，一适俞氏，未知孰是。民国《福建通志》著录释海印《周易说》，以其为德化人(民国《福建通志》总卷二十五，《福建艺文志》卷二，原第二十一页)。

⑪ 熊明遇《崔征仲问月楼集序》，《文直行书》文卷四，《四库禁毁书丛刊》第106册影印顺治十八年熊人霖刻本，影印第259页。

⑫ 朱彝尊《静志居诗话》卷十七，崔世召条，第506页。

奥峭，合于欧、曾，为古文正宗。

郑孝胥的古文虽然推崇柳宗元，而其涉猎广泛，不限于一代，于秦汉、唐[①]、宋、明及本朝古文广泛取资，能在比较中度长絜短，窥见各家长短。光绪二十六年(1900)冬十一月初八日(12月29日)，在湖广总督幕下，郑孝胥尝与庐江秀才金家骥论古文及桐城派。《郑孝胥日记》："庐江金秀才家骥来访，字仲远，颇习古文，因进与谈。仲远欲究时务，余语之曰：'时务新译诸书，多是数年前事，今列国以日新为事，计惟阅报，久之自能贯串耳。又桐城法为古文，乃专学宋人之文，于唐人以上皆绝不相通，其蹊径太狭。贤欲为文，宜稍博取古人，就其性所近者为之，久则自成风格，不可随人作计也。'"[②]对于近人所作，则倾倒于王闿运(1833—1916)及其《湘军志》。光绪十五年九月初三(1889年9月27日)："晚阅《湘军志》，喜其叙次简到。……《志》中惜多隆阿、黄淳熙皆以'推锋暴骨以快持重者之口，成功名半出天幸'，其感慨表微之旨，合于古人，见在当世文章老师无其匹也。日前回拜陈曼秋庶常长榼，谈此书当事颇忿其质直，将更编定，曼秋因诵'千载断碑人脍炙，不知世有段文昌'。盖此书之出，见重于士林久矣，所毁誉无大失实，不可废也。顾子朋独称《营制篇》有《考工记》笔法，则文士之见尔。"[③]郑孝胥不仅倾倒于王闿运之史笔、史才，更理解王氏抱负，引为同调。

1936年，郑孝胥之友、侯官人陈衍著《石遗室论文》，同年由无锡国学专修学校出版，系陈衍(1856—1937)晚年论定之作。其孙陈步《题解》以为"从本书选论各篇可见作者反对姚鼐一派过于重视唐宋八家，认为这是'以水济水，不觅源头'。他赞同曾国藩之'经史百家杂钞'，兼采经、史、子三学"，"批评桐城派，抑韩扬柳"[④]。陈衍对于柳宗元文章的见解既有与郑孝胥、张之洞观点相同之处，亦有独得。张之洞以为柳宗元参之《史记》以致其洁，郑孝胥则云柳宗元学班固，班氏多骈，司马氏多散，以骈、散体结合而致其洁。郑孝胥的看法较之姚鼐以为柳宗元"文往往摹效《国语》"之论，推进到模拟班固，这是一种新的看法。陈衍在认同姚鼐的观点之时，则指出"《国语》偶句虽多，句法与《左传》大同小异，而用单用长句处十尚四五"，"尝谓散文不宜全无偶句，然不宜多用四字句，多用四字句，是无韵之诗也；古诗不宜全用偶句，然不宜多长短句，多长短句，是有韵之文也。"[⑤]其意以为柳宗元学习《国语》，固然善为骈俪，而《国语》与《左传》本"大同小异"，亦善用单、用长句，主张古文创作之于古书"能采取其精炼处"[⑥]，本诸坟典，"食古能化"[⑦]，要能"变化"，善用典故，有所"悟出"[⑧]，"自觉恰好"[⑨]。

陈衍《石遗室论文》所论从上古至两宋古文，分五卷。兹将散见于卷五、与柳宗元文章相关的观点埒列如下："后人谓柳文模拟前人处，痕迹大显，惟昌黎则变化无方，绝无痕迹可寻。岂其然哉？柳文固有模拟痕迹大显者，若昌黎《获麟解》之摹太公，能绝无痕迹乎？……其他《送区册序》本淮南王安《谏伐闽越书》，《原道》本董仲舒《贤良策》，《曹成王碑》学《管子》，《与柳中丞书》用《庄子》，岂能尽泯痕迹哉？""柳子厚《游黄溪记》(按：此文中有"有鸟赤首乌翼，大如鹄，方东向立"句)……姚鼐氏云'朱子谓《山海经》所记异物有云东西向者，盖以有图画在前故也，此言最当，子厚不悟，作山水记效之，盖无谓也。后人又以此等为工而效法者，益失之矣。'噫！此正姚氏之不悟也。姚氏据朱子说而未细心读此记上下文，致不知子厚之故作狡狯，愚弄后人也。案：《山海经》言某向立者亦只一处。《海内西经》云：'昆仑南渊深三百仞。开明，兽身，大类虎而九首，皆人面，东向立昆仑。开明西有凤皇、鸾鸟，皆戴

---

① 《郑孝胥日记》记载其光绪二十年(1894)归国之后，于南京买得《唐文粹》、章学诚《文史通义》、何焯《何义门读书记》，八月十九日(9月18日)起"阅《唐文粹》，限日读一卷"。(第435页)

② 郑孝胥《郑孝胥日记》，第778页。

③ 郑孝胥《郑孝胥日记》，第139页。郑孝胥又于本年九月二十八日(10月22日)、二十九日(23日)分别阅读《湘军志》，作《湘军志题后诗》，反复玩味，体验至深。

④ 陈衍《陈石遗集》下册，总第1547页。

⑤ 陈衍《陈石遗集》下册，第1606页。

⑥ 同上书，第1602页。

⑦ 同上书，第1604页。

⑧ 同上书，第1604页。

⑨ 同上书，第1607页。

蛇践蛇，膺有赤蛇。开明北有视肉、珠树、文玉树。'此自指图像言，朱子之言不误也。子厚所记'有乌赤首乌翼，大如鹄，方东向立'，固特仿《山海经》。然《山海经》系载此处行产之物，柳文乃记此时此处所见之物，故于东向立，上加一方字，移步换形矣。且上文有例在也。上文言有鱼数百尾方来会石下，亦加一'方'字，可见皆就当日所目击者记之，非呆仿《山海经》，致成笑柄也。……姚氏粗心，将两'方'字忽略读过，致有此失言。……桐城自望溪方氏好驳柳文，姚氏亦吹毛求疵矣。""桐城人号称能文者皆扬韩抑柳，望溪訾之最甚，惜抱则微词。不知柳之不易及者有数端：出笔遣词无丝毫俗气，一也；结构成自己面目，二也；天资高，识见颇不犹人，三也；根据具言人所不敢言，四也；记诵优，用字不从抄撮涂抹来，五也。此五者颇为昌黎所短。昌黎长处在聚精会神，用功数十年。所读古书，在在撷其菁华，在在效法，在在求脱化其面目，然天资不高，俗见颇重。自负见道，而于尧、舜、孔、孟之道实模糊出入，故其自命因文见道之作皆非其文之至者。其文之工者，第一传、状、碑、志，第二赠序，第三杂记，第四序跋，第五乃书、说、论、辨。柳文人皆以杂记为第一，虽方、姚不能訾议，盖于古书类能采取其精炼处也。""(柳宗元)《零陵三亭记》篇中几于全用四字句，所谓学词赋也，然而读之绝不似赋者。力避叶韵，多奇少偶，亦时出三字五字六字句以间之，总之造句用字于虚实向背中求变化而已。视昌黎《送李愿归盘谷序》，篇中全用对句，似歌似谣，大有雅俗之别，此序最俗不可耐者，为'曲眉而丰颊，清声而便体，秀外而惠中，飘轻裾，翳长袖，粉白而黛绿，列屋而闲居，妒宠而负恃，争妍而取怜'一段，读之使人肉麻难受，大略昌黎文之不佳者，以此序为第一，俗不可医也。《获麟解》为第二，浅陋无味也。""姚姬传评柳子厚《馆驿使壁记》云'子厚在御史礼部时，文往往摹效《国语》，而蹊径未化，辞颇蹇蹇。'……案：《国语》多短句，尤多四字句，即骈俪所自来也。子厚年少时沾染唐风，必善为骈俪，故词藻甚富，特其取材不限于唐人之《选》学，于经史百家无所不探。少于《国语》，晚于楚辞，变其词藻，则已难矣，何能遽化其蹊径哉？即言蹊径，亦稍有别。《国语》偶句虽多，句法与《左传》大同小异，而用单用长句处十尚四五，岂如二记(按：指《岭南节度飨军堂记》、《兴州江运记》二记)"①陈衍对柳宗元古文的理解则又在郑孝胥之外别有所得，以桐城派惯常的从字句入手的古文鉴赏方法，细加咀嚼，从柳宗元散文探得其源头，证柳宗元古文创作中考据与文章、义理相结合的高度，以柳宗元古文创作的五种优胜，反指韩愈古文存在的短处，以为韩愈天资不高、俗见颇重，得出令人信服的、迥异时流的见解。

宿迁臧增庆(易秋)《次答石遗》其二："文章淡逸归熙甫，韵语清新陆放翁"，本书已引陈衍诗论反复辨析其诗及诗法，此略不表。关于陈衍的散文，臧增庆以为近归有光，陈衍亦不大赞同，以为"归熙甫文章，许可者少，《寒花葬志》尤所鄙嗤。"②

(99—102) 福州府侯官陈季同、陈寿彭、陈寿彭妻薛绍徽、薛绍徽女陈芸四人。陈衍《石遗室诗话》："陈逸儒孝廉寿彭从哲兄敬如季同游欧西，通英文，译书报，文笔不苟，力摩司马子长(司马迁)。妇薛氏，好学淹雅，日拥百城，益以善病，足迹罕出户外。撰述甚富，诗词骈体文哀然，年四十余殂谢。一女亦能文。逸儒方为合梓遗集也。"③

**【103—105】福州府连江县**

(103) 福州府连江人陈元登。顺治间人。同治刊本《福建通志》著录其著作，按语："以气节自持，工书画，其诗歌古文词类多感慨。"④

(104) 福州府连江人林占芳。乾隆四十四年己亥(1779)副举人。民国《福建通志·文苑传》本传称其"平生于汉唐宋大家外，独喜宁都三魏，为文多借题抒写，惓惓于世道人心。"⑤

(105) 福州府连江人章朝栻。乾隆四十五年庚子(1780)进士。肆力古文词。乾隆四十九年

---

① 陈衍《陈石遗集》下册，总第1599-1600、1601、1601-1602、1606、页。

② 陈衍《石遗室诗话续编》卷四，第三条，第588页。

③ 陈衍《石遗室诗话》卷十五，第十四条，第215页。

④ 同治刊本《福建通志》卷六十九，影印第1425页。

⑤ 民国《福建通志》总卷三十九，《福建文苑传(清二)》卷八，第十二页。

(1784),为学使朱珪所荐,同进士郑光策同赴浙江应高宗南巡召试①。

**【106—108】福州府古田县**

(106) 福州府古田人陆鸿。康熙间诸生。文有奇气,诗亦洒然出尘②。与高廷耀、陈潢、翁维炎等为诗友③。

(107) 福州府古田人陈琮。康熙间人。同治刊本《福建通志》著录其《贻堂集》,按语称"工诗古文词。同时陈蕙芳、陈潢、高廷耀、姜奉世、陈绍馨、翁维炎皆其诗友。"④

(108) 福州府古田人翁文达。乾隆二年丁巳(1737)进士。同治刊本《福建通志》著录其《翁桃湖集》,注云:"桃湖诗宗陶、柳,文学欧、曾,所著《读书八咏》,皆自道其所得,一时传诵。"⑤

**【109—121】福州府长乐县**

(109) 福州府长乐县人黄有树。顺治十四年丁酉(1657)举人。"幼博学好诗、古文词,日就万言,所著甚多。"⑥

(110) 福州府长乐人王元麟,乾隆四十二年丁酉(1777)拔贡生。民国《福建通志·文苑传》本传称其"嗜古,熟《左氏传》,督学吉梦熊赏其文有经籍光。……喜诵永福黄任诗,为之撰注,广证旁搜,屡易稿,数十年始成书,一生精力萃于此,今所行《秋江集注》是也"⑦。

(111) 福州府长乐县人林昂霄,黄任外孙。道光十二年壬辰(1832)举人。其人"天才超逸,不受羁□,合古文今文为一手。历署光泽、瓯宁、宁德训导、归化教谕"⑧。

(112) 福州府长乐人郑元璧(1806—1864,籍侯官)。少为邑诸生,受知于学使陈用光,道光十五年乙未(1835)会试受知于同考官、益阳汤鹏,未售⑨。

(113—115) 福州府长乐县人陈宗和等三人。陈宗和,字少淇。光绪三年丁丑(1877)进士。"善属文,与柯祖培、陈元纲以文章相尚,时北乡有三杰之称。"⑩

(116—121) 福州府长乐县陈鹗联等六人。民国《长乐县志·文苑传》陈萼联传,陈鹗联能为桐城古文词,以古文为时文,与陈翊凤、陈瑞虬游,称长乐三大鸟⑪。民国《长乐县志·文苑传》陈翊凤传:"与同郡范希溥、郑植、何翼为、同邑陈鹗联、陈瑞虬日以文字相切劘。"⑫陈瑞虬,咸丰二年壬子(1852)举人。"性聪敏勤学,诗、文字均冠绝一时。"⑬

**【122—128】福州府福清县**

(122) 福州府福清人陈方策。陈方策长于长古文词、制艺,最服膺桐城方舟、方苞兄弟古文⑭。

(123—125) 福州府福清人陈承颖及其侄婿林琪树、曾侄孙陈逢成三人。陈承颖为文苦心孤诣,力矫时趋;奇林琪树之才,妻以兄女。陈逢成为邑人任杰所重,所作文多可传。⑮

(126—128) 福州府福清人任可大、任杰、任柱鳌三人。任可大有诗从陈玉山学,与其子陈方策相

① 民国《福建通志》总卷三十九,《福建文苑传(清二)》卷八,第十二页。
② 民国《福建通志》总卷二十五,《福建艺文志》卷六十四,第十八页。
③ 柯愈春《清人诗文集总目提要》,第193页。
④ 同治刊本《福建通志》卷六十九,影印第1430页。
⑤ 同治刊本《福建通志》卷六十九,影印第1430页。
⑥ 民国《长乐县志》卷十四上,《选举上》,影印第227页。
⑦ 民国《福建通志》总卷三十九,《福建文苑传(清二)》卷八,第九页。
⑧ 民国《长乐县志》卷十四上,《选举上》,影印第233页。
⑨ 民国《福建通志》总卷三十四,《福建列传(清八)》卷三十九,郑元璧传,第二十七页。
⑩ 民国《长乐县志》卷十四上,《选举上》,影印第217页。
⑪ 民国《长乐县志》卷二十五,原第十五页,影印第492页。
⑫ 民国《长乐县志》卷二十五,原第十六页,影印第493页。
⑬ 民国《长乐县志》卷十四上,《选举上》,影印第217页。
⑭ 民国《平潭县志》卷二十七,《文苑传》陈玉山、陈方策传,影印第728页。
⑮ 同上书,同卷林琪树、陈承颖、陈逢成传,影印第728-729页。

切磋，陈方策服膺桐城方仲舒之子方舟、方苞两家[①]；同村人任杰善为文，所著诗、古文词各臻其美；任杰之子任柱鳌，有《榕石山房文集》若干卷[②]。

**【129—130】永福县等**

(129—130) 福州府永福人余潜士、长乐人陈宗英两人。余潜士师事长乐陈庚焕，尝读易堂三魏文，好彭士望文[③]，与吴贤湘友[④]，又与曾经受业于高澍然的陈宗英交密，著有《耕邨姑留草》六卷。据其言，分别不清古文源流[⑤]，权当做谦逊之辞，其文主张见作者“本真”，“发于不自已”，有“自然不容已之故”[⑥]。陈宗英先是师从族父陈庚焕，与余潜士为同门，后又师高澍然，讲求古文，得高氏古文绳墨[⑦]。

**【131—132】福州府不明县籍二人**

(131) 福州府朱德钦。清代咸丰、同治、光绪间秀才。工古文，精制义。设塾于石井巷邱氏宗祠，前后生徒数百人[⑧]。

(132) 福州府高支离(　—1840)，布衣。文之高古如其人，试官不知句读。为李剑镡、郭柏苍友[⑨]。

**三、汀州府【133—177】**

**【133—140】汀州府宁化县**

(133) 明末清初汀州府宁化人黄槐开，字子虚，号天宝山人，李世熊之友。万历二十二年甲午(1594)举人，谒选授山东青州推官；四十五年丁巳(1617)拂衣解组归，筑室天宝山，家居三十年。“诗宗大历、开元，不堕近人纤倩之习，文体谨严，似曾南丰。”[⑩]

(134) 明末清初汀州府宁化人李世熊(1602—1686)，诸生。入清不仕，有《寒支初集》、《寒支二集》等。《李寒支先生岁纪》记载李世熊二十一岁(1622)“悟古文之法”[⑪]，黎士弘《重修上杭县志序》称：“倘得尽如《宁化县志》之博丽，自为一书；《上杭县志》之明辨而有体，则庶几踵事增华，事成功半”[⑫]，对李世熊所修的《宁化县志》之雅驯极其推崇；黎士弘《宁化县志序》指出李世熊所撰《宁化县志》的优点：“无饰言，无曲笔。识其大者，举一端而古今、上下、治乱、倚伏之故无不详，树一论而源流、升降、补救、损益之计无不修；识其小者，而山川、里道、丘陵、陂泽、冈峦、岩壑无不掌指而缕分，斯固释法显之所不能。既其详核，郦道元之所不能争其奇丽者也，后有作者蔑以加矣。”[⑬]李世熊一生文凡三变，详情请参

---

① 同上书，同卷陈玉山、陈方策传，影印第728页。

② 同上书，同卷任可大、任杰传，影印第728页。

③ 按：余潜士有《与张盅轩书》，略云：“彭躬庵与易堂三魏，联性命道义之交，而学识尤醇，胸次益大。读三魏文，愈不能不思读躬庵文。”(《余潜士全集》，第151页)又撰《彭躬庵文集残本后》(同书，第135页)。

④ 按：余潜士《姑留稿》卷四有《与吴清夫先生书》、《再与清夫先生书》、《再与清夫先生书》、《答清夫先生书》(《余潜士全集》，第146-148页)、《题吴清夫恒德配谢孺人行略后》(同书，第141页)等。

⑤ 按：余潜士云“于文家之源流法律，茫未有得”(《陈楠斋壶中诗文草序》，《余潜士全集》第108页)，“自惭孤陋，浅见寡闻，于秦汉唐宋文家之源流，未能剖析。”(《何道甫蓝水书塾诗文草丛笔序》，《余潜士全集》，第106页)

⑥ 余潜士《余潜士全集》，第107-108页。

⑦ 余潜士《何道甫蓝水书塾诗文草丛笔序》，《余潜士全集》，第106页。

⑧ 谢其铨《丁戊山小志》，第51页。

⑨ 民国《福建通志》总卷四十三，《福建高士传》卷五，高支离传，原第八页。郭柏苍《补蕉山馆诗》卷上《拟古和李秀才剑镡》，题下注：“铁丐早卒，无子。诗清隽，惜少传。”(《清代诗文集汇编》第662册，影印第7页)咸丰元年(1851)，郭柏苍作《同李镜芙寻高布衣支离墓》，诗后注：“支离呕血死，适溪涨，镜芙跣行雨中，为备棺衾。”(《清代诗文集汇编》第662册，影印第29页)剑镡、镜芙、铁丐、李十二为同一人。道光二十年庚子，郭柏苍作《高布衣支离传》，称其类乎明代谢兆申，称高支离“文学欧曾，气概不及也；诗三十七首，酷肖王无竞，当与吴茂才珽合刻。”(《葭柎草堂集》卷上，影印第127页)李氏制艺“直夺章、罗而上之”，“诗笔清超拔俗”，以不偶而佯狂，至自断其指(林纾《李琴寄》，《林纾集》第三册，第636页)。

⑩ 李世熊《寒支初集》卷九，《四库禁毁书丛刊》集部第89册，影印第323页。

⑪ 李世熊《寒支二集》卷首，影印第398页。

⑫ 黎士弘《重修上杭县志序》，载乾隆《汀州府志》卷三十九《艺文序》，影印第443页。

⑬ 黎士弘《宁化县志序》，载乾隆《汀州府志》卷三十九《艺文序》，影印第442页。

看本书李世熊家族条。

(135)汀州府宁化人伊有一(1634？—　)。李世熊撰有《伊有一五十寿序》,云伊有一“文章淹雅”,“古文诗律工之而不自为名也”[①]。

(136)汀州府宁化人阴燮理。清初作家,师雷鋐。同治重刊本《宁化县志》阴宜登传:“子燮理,工诗古文,不应举。”[②]

(137)汀州府宁化人黄钦杰。明末清初人。“酣经史,工诗、古文词。卒不遇而死。”[③]

(138)汀州府宁化人张轼(字未瞻)。乾隆间贡生。友雷鋐[④]。《国朝全闽诗录初集》卷十四张轼条引郑杰《注韩居诗话》云:“未瞻少有逸才,工时文古文词,尤肆力于诗。于寒支道人(李世熊)后,特张一军。邑翠庭雷副宪曾叙之,集甚富,未刻。”[⑤]

(139)汀州府宁化人王昌煇。嘉庆初贡生。著有《王明经古文集》一卷。

(140)汀州府宁化人张所业。嘉庆间人。著有《张所业古文集》。

**【141—157】汀州府归化县**

(141)汀州府归化人赖世璿。传称“顺治乙西(二年,1645)以文字见知于艾御史南英”[⑥]。所著有《戢乱刍言》、《正俗管见》等编,上朝廷,为藩镇所格。艾南英(1583—1646),为晚明临川四才子(或称江右四家)之一。入闽,任隆武朝监察御史,病卒于隆武二年(1646)。

(142—143)汀州府归化人陈甡(号壶石)、陈喆(号阆石)兄弟。明季明经。工诗、古文辞[⑦]。

(144)汀州府归化人陈簾。顺治、康熙间人。系陈喆长子。顺治十八年辛丑(1661)恩贡,授河南兰阳县丞。传称其“为文简洁古宕,有《汉》、《史》风味。阅古迹诸咏,叙事错综,皆戛戛独造”[⑧]。民国《明溪县志》卷十三《艺文志》著录其诗多什。

(145)汀州府归化人叶维岳。康熙间人。传称“读书以静悟为主,作文幽深淡远,不入时俗。尝语人曰:‘文以载道,若不根经据史,耐人寻味,何以文为?’”[⑨]

(146)汀州府归化人陈汝乔。乾隆间人。受到乾隆二十四年(1759)任福建学政的庄培因提携。传称其“潜心四子、六经,下帷攻苦,为文风发泉涌云布霞流,……吾邑文风骎骎日上,厥力居多”[⑩]。

(147)汀州府归化人陈琚繁。乾隆间人。传称其“博览十三经、子、史。尝从宁化伊墨卿(伊秉绶)游。墨卿谓其文有熊、刘气象。”“时于雯峻、孟瓶庵、徐雨松诸名士素主文衡者咸击节其文。”[⑪]

(148)汀州府归化人陈梦年。嘉庆五年庚申(1800)举人。传称“惟诗书自娱,为文苦心孤诣,卓然古学名家”,“留京寓时,与同人论文娓娓不倦,忽血如潮涌,竟因不起”[⑫]。

(149—151)汀州府归化人揭凤喈、揭凤池、揭凤超兄弟三人。嘉庆、道光间人,兄弟文名相埒,时有河东三凤之目。传称揭凤喈(1768—　)九岁能属文,稍长熔铸经史为文,日益有声;为文浑雄绮丽,宏深古奥,尚未尽其道学之万一[⑬]。

---

① 李世熊《寒支二集》卷二,影印第432页。

② 同治重刊本《宁化县志》卷四,阴宜登传,影印第203页。

③ 乾隆《汀州府志》卷三十三,《文苑传》本传,影印第381页。

④ 柯愈春《清人诗文集总目提要》第579页。

⑤ 《国朝全闽诗录初集》卷十四,张轼条,《全闽诗录》第五册,第291页。

⑥ 民国《明溪县志》卷十四,《列传中·乡行传》赖世璿传,影印第669页。

⑦ 民国《明溪县志》卷十四,《列传上·风节传》陈喆传,影印643页;《列传下·文苑传》陈甡传,影印第728页。又见同治刊本《汀州府志》卷三十三《文苑》(原第十一页,影印第381页)。

⑧ 民国《明溪县志》卷十四,《列传下·文苑传》本传,影印第729页。

⑨ 民国《明溪县志》卷十四,叶维岳传,影印第686页。

⑩ 同上书,卷十四,陈汝乔传,影印第693-694页。

⑪ 同上书,卷十五,《文苑传》本传,影印第730页。

⑫ 同上书,陈梦年传,影印第644页。

⑬ 同上书,卷十四,揭凤喈传,影印第621、623、624页。

(152) 汀州府归化人叶根深。传称其"于六经、三史、汉魏古文词、三唐五七言各体纵观博览,腹笥便然。"①

(153) 汀州府归化人冯辅茂。嘉庆十八年癸酉(1813)拔贡。传称其"经史子集无不博览,故其为文典雅雄健"②。

(154) 汀州府归化人廖声隆。廖家英长子。能读父书。传称"一时知名士与之联会,咸称其入古大家堂奥"③。

(155) 汀州府归化人赖培禧。嘉庆间人。改名华禧,字云衣,号铁岭。嘉庆十二年丁卯(1807)第四名举人。传称其"幼时嗜学,博通经典,故其为文含英咀华而能别其炉锤,自开蹊径"④。

(156) 汀州府归化人陈文貂。嘉庆间人。传称其"为文汪洋澎湃,不拾人牙慧。壮岁即贡成均……生平好读《尚书》、《左传》,其笔法、句法无不一一详解,补前人之所未及,并合数百年兴衰之故而总论之,秦、汉、唐、宋文集均出己见,评定语皆绝妙,惟未汇集成帙,命取书名,为可惜也"⑤。

(157) 汀州府归化人揭霈仪。咸丰前后人。传称其"诗文词赋之属具有本原,于诗喜步苏、黄,答问神似柳柳州,曲而能达,时而纯以气运胜,则又似苏、韩矣"⑥。

**【158—159】汀州府上杭县**

(158) 汀州府上杭人邱梦鲤。崇祯六年癸酉(1633)举人,入清任榆次知县。善诗、古文。著有《澹园集》等⑦。

(159) 汀州府上杭县周维庆。周维庆与刘坊交善,嗜学,留心文献,寓汀城剞锦斋。所作"雅有法度"⑧。

**【160】汀州府永定县**

(160) 汀州府永定人吴来凤。顺治八年辛卯(1651)贡生。善属文。有《天随集》⑨。

**【161—170】汀州府长汀县**

(161) 汀州府长汀人沈士鉴。明崇祯十二年(1639)福建乡试第八名举人,卒于顺治二年(1645)。《长汀县志》沈士鉴本传:"字若水,号未空。博极群书,二十一代治乱俱晰其原委。诗文具陆游、曾巩遗风。"⑩与武进郑鄤交好。卒年四十二。这是一个在明清易代之际推崇宋代陆游、曾巩诗文的作家。

(162—163) 汀州府长汀人郑士乾、杨玉晖二人。郑士乾,字健也。顺治五年戊子(1648)举人。文章典赡。诗友杨玉晖,字叔夜,号僧客。工诗古文辞。黎士弘有《谢僧客师图章诗》⑪。

(164) 汀州府长汀人李长日。康熙间人。善古文词,尤长于诗⑫。李世熊《李母张孺人九十又一寿序》:"近年阅周栎园《藏弆集》,见李君化舒所为古文词卓然大家。"⑬

(165) 汀州府长汀人陈兰。乾隆三十五年庚寅(1770)举人,未几卒。以诗书为性命,制艺充赡,尤工古文、诗歌,同时名流谓当于汉、魏间求之。附录其辞,"行以洁醇为重,文以雅正为宗","大抵记欲其博,思欲其精,心欲其虚,志欲其广,行欲其笃,文欲其醇"。⑭

---

① 同上书,卷十四,叶根深传,影印第699页。

② 同上书,卷十四,冯辅茂传,影印第702页。

③ 民国《明溪县志》卷十四,廖声隆传,影印第704页。

④ 同上书,卷十五,《文苑传》赖培禧传,影印第731页。

⑤ 同上书,卷十五,《文苑传》陈文貂传,影印第732-733页。

⑥ 同上书,卷十五,《文苑传》揭霈仪传,影印第735页。

⑦ 同治刊本《汀州府志》卷三十三,《文苑》,原第十二页,影印第381页。《中国方志丛书》华南地方第75号,成文出版社1967年影印乾隆曾曰瑛、李绂乾隆十七年纂修、同治六年刻本。

⑧ 民国《上杭县志》卷二十三,《艺文志》,原第二十二、二十三页,影印第296-297页。

⑨ 同治刊本《汀州府志》卷三十三,《文苑》,原第十二页,影印第381页。

⑩ 王垒、刘国光等《长汀县志》卷二十四,第377页。

⑪ 民国《长汀县志》卷二十五,《文苑传》郑士乾传、杨玉晖传,原第四页,影印第540页。

⑫ 同治刊本《汀州府志》卷三十三,《文苑》,原第十二页,影印第381页。

⑬ 李世熊《寒支二集》卷二,影印第443页。

⑭ 民国《长汀县志》卷二十五,《文苑传》陈兰传,原第四页,影印第540页。

（166）汀州府长汀人汤志尧。乾隆五十三年戊申（1788）举人，嘉庆四年己未（1799）成进士。传称汤志尧“博学嗜古。为诸生时，闻学使朱文正公（朱珪）重韩文，即取读之，下笔神似。岁科两试，皆高等，遂受知于公。与宁化张腾蛟、霞浦游光绎、晋江谢淑元皆为一时名士，人称张游谢汤”①。

（167）汀州府长汀人段飞鸿。乾隆五十三年戊申（1788）福建乡试第二名举人。“为文力追韩、苏，不屑寻行数墨。”②

（168—170）汀州府长汀人杨澜父子兄弟三人。杨澜，乾隆五十四年（1789）举人。为文尚汉魏，枕经葄史。与其父杨联榜门人伊秉绶、吴贤湘为文字交。③ 杨澜之父、弟皆能诗文、制义。其弟杨濬。

**【171—176】汀州府连城县**

（171）汀州府连城人童日鼎（约1640—约1713）。工古文辞，富著述④。

（172）汀州府连城人童祖望。康熙四十一年壬午（1702）举人。“为文驰骤风雨，有韩潮苏海之气。”⑤

（173）汀州府连城人李图南（1676—1733）。康熙五十九年庚子（1720）举人。据雷鋐所撰《李简庵墓志铭》及民国《福建通志·福建儒行传》李梦箕传所附李图南传，李图南工诗、古文词，与雷鋐一喜畅谈一默然，交契无间⑥。

（174）汀州府连城人童宏宗。童宏宗系童嘉宾之嗣子，童廷瑞之孙。乾隆元年丙辰（1736）举人。“为文魄力沉厚，气逼熊、刘。”童嘉宾长孙童积厚，“读书富而观理深，每操觚抉经之精，得题之髓”⑦。

（175）汀州府连城人周宗濂。乾隆间岁贡生。少颖敏，博极群书。为文洒洒洋洋，千言立就。所著诗、古文、《淇园集》淹雅闳丽，士论翕然宗之⑧。

（176）汀州府连城人童廷寅。童廷寅，字敬亭。乾隆戊申（五十三年，1788）举人。著有《种梧斋诗文集》、《种梧斋唐宋八家文评选》。

**【177—】汀州府清流县**

（177）汀州府清流人王协。顺治间贡生。工诗古文词⑨。

**四、建宁府【178—181】**

**【178】建宁府浦城县**

（178）建宁府浦城人朱秉鉴。“第乾隆丁未（五十二年，1787）进士，以亲老不乐仕进。治古文词。”⑩

**【179—180】建宁府建安县**

（179—180）建宁府建安人郑方城及族子郑三才。郑方城系雍正十一年癸丑（1733）进士。蒋衡《云寥山人文钞》以为郑方城恪守唐宋八家遗轨，其文洵欧苏嫡派⑪。郑三才，康熙五十二年癸巳（1713）进士。举业之外，兼课诗、古文词⑫。

---

① 民国《长汀县志》卷二十四，《儒林传》汤志尧传，原第五页，影印第537页。

② 民国《长汀县志》卷二十五，《文苑传》段飞鸿传，原第五页，影印第540页。

③ 民国《长汀县志》卷二十五，《文苑传》杨澜传，原第七页，影印第541页。

④ 民国《连城县志》卷二十二，童日鼎传，原第十三页，影印第216页。

⑤ 民国《连城县志》卷三十二《杂录》，原第四十四页，影印第342页。

⑥ 民国《连城县志》卷三十二《杂录》，雷鋐《李简庵墓志铭》；民国《福建通志》总卷四十，《福建儒行传》卷五，李梦箕传附，原第三页。

⑦ 民国《连城县志》卷三十二《杂录》，原第四十三、四十四页，影印第341-342页。

⑧ 乾隆《汀州府志》卷三十三，《文苑传》周宗濂传，影印第382页。按：同治刊本《福建通志》卷八十二著录永春州周宗濂（字莲叉），系康熙癸酉（三十二年，1693）举人。按语称“时有两周宗濂。其一宁化人，著《淇园集》者。”（影印第1640页）同书卷七十六著录建宁府建安县周宗濂（字仰溪），即此连城周宗濂，乾隆间恩贡生（影印第1569页）。

⑨ 同治刊本《福建通志》卷八十，影印第1622页。

⑩ 民国《福建通志》总卷三十九，《福建文苑传（清二）》卷八，朱秉鉴传，第十四页。

⑪ 民国《福建通志》总卷二十五，《福建艺文志》卷六十五，第五页，引《云寥山人文钞》。

⑫ 民国《福建通志》总卷三十六，《福建循吏传（清一）》卷十一，郑三才传，原第三十六页。

**【181】建宁府松溪县**

(181) 建宁府松溪人陈峻倓。雍正间人。尝于鳌峰书院从余能学,矫然自拔于俗,善古文,尤嗜诗歌。①

**五、兴化府【182—185】**

**【182—185】兴化府莆田县**

(182) 兴化府莆田人郭捷南。乾隆间附贡生。传称其"以诗古文名于时"②。郭捷南系嘉庆十二年丁卯(1807)福建解元郭尚先(1785—1832)之父。

(183) 兴化府莆田人陈云章(1779—1850),字君兴,号秋河,晚号海东钝叟、茶隐老人。乾隆、嘉庆、道光间人。少从郑天策、万世美游。尝登江西宁都翠微山,怀易堂九子,镌"易堂私淑弟子"印③。

(184) 兴化府莆田人陈池养(号春溟)。嘉庆十二年丁卯(1807)举人。张琴《寄赏园藏书记》云:"生平为文皆探原经术,发为议论,皆可见之施行,诚为有体有用之学。此集东莱林庆诒为序,谓其议论如苏文忠(苏轼),讲说如陈北溪(陈淳),书牍如曾南丰(曾巩),其传记铭赞则得龙门(司马迁)、扶风(班固)之神。"④

(185) 兴化府莆田人程景明。光绪二年丙子(1876)举人,六年庚辰(1880)进士。绝意仕进。掌教擢英书院,以程文课士外,兼及经史、诗赋、古文之学,尤精韵学⑤。

**六、福宁府【186】**

**【186】福宁府宁德县**

(186) 福宁府宁德人魏敬中(1778—1860)。嘉庆二十四年己卯(1819)进士。改庶吉士,散馆授编修。传称其"不喜奔竞,暇与前辈及乡先生文字过从,同年如蕲水陈秋舫沆、钱塘邵鱼竹正笏、婺源俞茗溪诵芬诸人尤亲密,那文毅尝语人曰:'此他日上书房选也。'"⑥按:那彦成(1763—1833),字绎堂,号韶九、东甫。谥文毅。

**七、漳州府【187—191】**

**【187—188】漳州府龙溪县**

(187) 漳州府龙溪人陈箴。顺治间拔贡。官连城教谕。有《晚帘集》七卷,文三卷,其古文多杂偶句,不古不今,诗颇泽于古而不能得其格律,盖刻意有为而限于无师者⑦。黎士弘《托素斋文集》谓其绩学多闻,名满天下⑧。

(188) 漳州府龙溪人昌锡晋。昌锡晋,字耀西。昌天锦弟。乾隆三十三年戊子(1768)举人。"为古文词,有法度;诗清隽,得唐人风度。"⑨

(189) 漳州府龙溪人郑开禧。郑开禧,字迪卿,号云麓。嘉庆十九年(1814)进士。道光二十四年甲辰(1844),陈庆镛作《郑云麓先生文集序》。略曰:"叹其议论宏深,诚所谓温文尔雅,发而为词者","云麓先生少治古文,即有磊落不羁之概",可与蔡世远、蓝鼎元相辉映;其诗"所题咏皆能自辟蹊径",可与许珌、黄任、李俊、伊秉绶相济美⑩。

**【190】漳州府海澄县**

(190) 漳州府海澄县人叶廷推。叶廷推,乾隆十九年(1754)进士,官知县。漳浦蔡新《缉斋文集》

---

① 民国《福建通志》总卷二十五,《福建艺文志》卷六十五,第四页,引《二希堂文集》。

② 民国《福建通志》总卷三十四,《福建列传(清七)》卷三十八,郭尚先传,第十三页。

③ 民国《福建通志》总卷三十六,《福建循吏传(清二)》卷十二,陈云章传,原第七十一页。

④ 民国《莆田县志》卷二十三,《艺文志》,原第九十五、九十六页,影印第214页。

⑤ 民国《莆田县志》卷三十,《学博传》程景明传,原第一一三、一一四页,影印第664-665页。

⑥ 民国《福建通志》总卷三十四,《福建列传(清七)》卷三十八,魏敬中传,第三十七页。

⑦ 永瑢等《四库全书总目》卷一百八十二,《〈晚帘集〉提要》,影印第1650页。

⑧ 民国《福建通志》总卷二十五,《福建艺文志》卷六十四,第七页。

⑨ 同治刊本《福建通志》卷七十四,影印第1538页。

⑩ 陈庆镛《籀经堂类稿》卷十一,《清代诗文集汇编》第587册,影印第539-540页。

云其家缥缃数万帙，发为文章，必原本六经，旁及子史，不为钩棘、峭厉、奇僻、诡怪之习，务为自道其所得而有当于世用。①

**【191】漳州府漳浦县**

(191) 漳州府漳浦人陈存义。明末清初作者。民国《福建通志·文苑传》本传："以古文辞自雄。……至于鸿章钜制，每与人争片语只字之间。试于有司，郁奥古苍。"②

**八、延平府【192】**

**【192】延平府南平县**

(192) 延平府南平人陈昌箕。民国《福建通志》著录《陈昌箕文集》，引钱澄之《田间文集》云："今客延津，陈子昌箕出其未刻诸稿，属予点定。予读之，苍苍莽莽，一往奔赴，读几不可断，芳泽杂糅，古翠斑剥，虽一篇瑜不掩瑕，然气力浑成，不屑屑以修饰锻炼为事。"③按：民国《福建通志》引钱澄之集以为陈昌箕即延平人，明末清初福州府长乐县陈联芳曾孙陈肇曾，字昌箕，一字昌箕，未知是否即其人。

**九、泉州府【193—230】**

**【193—205】泉州府晋江县**

(193—194) 泉州府晋江人诸葛倬、张汝瑚二人。诸葛倬，崇祯元年(1628)进士诸葛羲之弟，诸生。生活在明末清初，按照其政治态度，同治刊本《福建通志》归之于明朝人物，其文出入《左》、《国》，鞭策《史》、《汉》，文割韩、欧之席。④ 邑人张汝瑚，崇祯十五年(1642)举人，顺治十二年乙未(1655)会试乙榜。官安陆府通判。"为文春和大雅，不烦绳削而自合，泉中自王遵岩后罕有其匹。"⑤张汝瑚整理、刊刻过明人王慎中的《王遵岩集》，将宋濂、刘基、方孝孺、王守仁、归有光、王慎中、唐顺之、茅坤合称为明八大家，为刊《明八大家集》。

(195) 泉州府晋江人黄日祚，字世隆，号彤沐。顺治六年己丑(1649)进士。《泉州府志·文苑传》黄日祚本传称其博学，时文之外，尤长于诗、古文辞⑥。

(196) 泉州府晋江人王命岳。顺治十二年乙未(1655)进士。《钦定四库全书总目提要》引其乡人富鸿基论云："旨远味长，迁、固之雄健，韩、欧之温醇，无不兼而有之"。引陈肇昌论云："波澜壮阔，气貌深雄，兼广川、洛阳之长，而必根极理要。"⑦

(197) 泉州府晋江人富允谐。康熙间贡生，不仕。肆力古文词，风格尊崇韩柳，对宋代以下文章不屑一顾。郡守聘修府志，传记多出其手⑧。

(198) 泉州府晋江人陈石钟，字非蕴，号敬榕。籍南安。康熙三十二年癸酉(1693)副贡生。陈石钟贯通六经，网罗百家，为文疏宕沉郁，有大家气度。诗名尤震一时。为巡抚张伯行所识。与高曰聪、王廷聘、林云铭、李钟莪诸名宿联床唱和。传见民国《南安县志·文苑传》⑨。

(199) 泉州府晋江人周澎。施琅幕宾。《泉州府志·文苑传》周澎传称其工古文、诗赋⑩。

(200) 泉州府晋江人何琦。康熙四十五年(1706)进士何秉忠族弟。其古文词推重三传及《文选》，风格光怪陆离，不可迫视⑪。

(201) 泉州府晋江人黄朝阳。雍正元年(1723)举人。《泉州府志·文苑传》黄朝阳传称其于经籍

---

① 民国《福建通志》总卷二十五，《福建艺文志》卷六十五，第十页，引。
② 民国《福建通志》总卷三十九，《福建文苑传(明代)》卷六，第四十三、四十四页。
③ 民国《福建通志》总卷二十五，《福建艺文志》卷六十四，第十五页。
④ 陈笃彬、苏黎明《泉州古代著述》，第307页。
⑤ 陈笃彬、苏黎明《泉州古代著述》，第308页，引《泉州府志》。
⑥ 陈笃彬、苏黎明《泉州古代著述》，第309页，引《泉州府志》。
⑦ 《〈耻躬堂集〉提要》，《钦定四库全书总目提要》卷一百八十二，文渊阁四库全书版。
⑧ 陈笃彬、苏黎明《泉州古代著述》，第304页。
⑨ 民国《南安县志》卷三十一，《文苑传》陈石钟传，原第十五页，影印第283页。
⑩ 陈笃彬、苏黎明《泉州古代著述》，第310页，引《泉州府志》。
⑪ 陈笃彬、苏黎明《泉州古代著述》，第306页。

史传无不洞穿奥蕴,古文辞卓然名家,诗好陶[①]。

(202)泉州府晋江县陈一策。乾隆元年(1736),荐举博学鸿词科,不第。其诗歌古文词“根柢闳深,具有法度,非胚胎前光,耳濡目染,不能有此”[②]。

(203)泉州府晋江人张际盛,字唐卿,号勋园。寄籍南安。雍正十年壬子(1732)副榜举人,乾隆十二年丁卯(1747)举人,主要生活在雍正朝及乾隆朝前期。乾隆《泉州府志》本传称其“为文苍老洁净,挥毫辄就,诗歌古文辞亦能力追古人”[③]。

(204)泉州府晋江人方翀,字羽中、羽公,初名鹤鸣,字伊久。乾隆九年(1744)举人,与古文大家朱仕琇同榜。方翀是一位埋头雪案,不务声华之士[④],“以古学著名”[⑤],而长于诗歌古文辞,诗学陆游,诗作数千首,诸体命题,多涉庸腐。卒年六十九。传见同治刊本《福建通志·文苑传》[⑥]。

(205)泉州府晋江人许祖涝,许邦光之子。道光、咸丰、同治初人。其为文推崇高澍然,尝注释高澍然所编《韩文故》[⑦]。又尝评点清人储欣所编《唐宋十大家录》十种,此本二十九册藏泉州市图书馆。

**【206—211】泉州府同安县**

(206)泉州府同安人张星徽(一作晋江人,民国《同安县志》有传),字北拱,号居亭。康熙四十四年(1705)举人、六十年辛丑(1721)进士。会试第五名,以第三场对策颠倒磨勘被黜,时年二十余,遂“筑塞翁亭,读书其中,肆力于古文辞,不解衣卧者近十年,学乃大进”,“为文务开阖张弛,尤喜《左》、《史》、《战国策》。”“所为古文风发泉涌,巡抚潘思榘甚爱之”[⑧]。初,康熙间会试,张星徽出潘氏门下,及潘氏以副都御史抚闽,檄张星徽为鳌峰书院学掌,并入潘氏幕。张星徽折行辈,与弱冠之孟超然为忘年交。

(207)泉州府同安人张对墀,字丹飏,号仰峰。康熙六十年辛丑(1721)进士。工诗、古文,奥衍宏深,力追古人[⑨]。

(208)泉州府同安人陈皋。康熙间诸生。民国《同安县志》陈皋本传:“字子伟,阳翟人,增生。博学工书法,尤长诗、古文词。泉南风雅推为白眉。”[⑩]

(209)泉州府同安人刘蔚。雍正间诸生。同治刊本《福建通志》著录其著作,注:“字希仲。雍正间诸生。积学淹博,为文规橅东西汉。凡授徒,经史子集皆令手钞成诵。子红茱,乾隆辛酉(六年,1741)举人。”[⑪]

(210)泉州府同安人刘宝玉。雍正间诸生。民国《同安县志》刘宝玉本传:“字敬业。廪生。淹贯百氏,尤得力于韩、柳二家,为文高古,不蹈常蹊。邻郡士越境就正,户屦恒满,宝玉悉心讲明,复粘笺指示,闻者各得其意而去。”[⑫]

(211)泉州府同安人陈鹏南。朱仕琇为传,同治刊本《福建通志》略引[⑬]。民国《同安县志》陈鹏南本传:“字云垂。移居台湾。治精《春秋》。为诸生,试每冠其曹。饩满入太学,训导连江学,学生敬爱之,为立生祠。子思敬,鹤山县诸生,癸酉(乾隆十八年,1753)副贡。《梅崖居士文集》。”[⑭]

---

① 陈笃彬、苏黎明《泉州古代著述》,第310页,引《泉州府志》。

② 陈笃彬、苏黎明《泉州古代著述》,第305页,引吴士玉语。

③ 陈笃彬、苏黎明《泉州古代著述》,第279页,引《泉州府志》张际盛传。

④ 《国朝全闽诗录初集》续集卷九,第670页,引郑杰《注韩居诗话》。

⑤ 朱仕琇《蔡孝廉制艺序》,同上书,卷十九,影印第367页。

⑥ 同治刊本《福建通志》卷二百三十九,影印第4318页。

⑦ 民国《福建通志》总卷三十九,《福建文苑传(清三)》卷九,第十五页。

⑧ 民国《福建通志》总卷三十九,《福建文苑传(清一)》卷七,张星徽传,原第二十五页。

⑨ 同治刊本《福建通志》卷二百三十九,张对墀传,影印第4320页。传又见民国《福建通志》总卷三十九,《福建文苑传(清一)》卷七(原第二十九页)。

⑩ 民国《同安县志》卷三十一,影印第1020页。又见民国《福建通志》总卷二十五,《福建艺文志》卷六十四,第二十页。

⑪ 同治刊本《福建通志》卷七十三,影印第1525页。

⑫ 民国《同安县志》卷三十一,影印第1020-1021页。

⑬ 同治刊本《福建通志》卷八十二,影印第1639页。

⑭ 民国《同安县志》卷三十一,影印第1027页。

**【212—227】泉州府南安县**

(212) 泉州府南安人郭命润。南明隆武乙酉(1645)举人。其学以老、庄立其本,申、韩救其败。著有《定山集》等[①]。

(213) 泉州府南安人谢允元。康熙五年(1666)举人。工诗、赋、古文词[②]。

(214) 泉州府南安人吴梅与。雍正元年癸卯(1723)举人。其人主要生活在康熙朝,数奇不售。传称其为文法先正,词必己出。与子弟辈论秦汉唐宋诸名家文[③]。

(215) 泉州府南安人洪科捷。乾隆四年己未(1739)进士,改选庶吉士。传见《福建通志·文苑传》,传称其"讲学论文,期于实用"[④];"为文简古庄重,无枝叶,诗尤工雅"[⑤]。

(216—220) 泉州府南安人吴世重、吴元华、黄岩、傅应泰、黄名声五人。吴世重,乾隆元年(1736)举人,为文精刻渊静。与吴世重齐名者吴元华,乾隆十二年(1747)举人,为文出经入史。与吴元华为文字交者邑人黄岩,乾隆二十四年(1759)岁贡生,为文精刻蕴奥,剥肤见髓。傅应泰,主要生活于乾隆朝中后叶,古文自《国语》以下数十家,皆手自丹铅点勘。黄名声,乾隆间人,"手录古文名家数十种"[⑥]。

(221) 泉州府南安人郭凤简。乾隆三十年乙酉(1765)拔贡。"为诸生时,肆力诗、赋、古文词,拔贡后益留心经学。作诗有奇气,不蹈恒蹊,古文词亦跌宕不群。"[⑦]

(222) 泉州府南安人郭大椿。乾隆三十六年(1771)举人。"性颖异,博涉群书,制艺源源本本,大得归震川(归有光)之遗。……大椿性灵独抒,设帐授徒,经启发者心源活泼。"[⑧]

(223) 泉州府南安人吕观我。乾隆五十四年己酉(1789)拔贡,六十年乙卯(1795)举人中式。传称其"手不停披,口不绝吟,经史子集靡不淹贯;为文务去陈言,朴而不华,简而有要"[⑨]。

(224) 泉州府南安人吴宏谟。乾隆五十七年壬子(1792)福建解元。"与后进论文,务追踪古文大家,不喜絺绘耀目,为取世资。"[⑩]

(225) 泉州府南安人曾梦麟。字兆伯,号瞻蓼。道光五年(1825)举人。《南安县志·文苑传》称其"湛深经术,善古文,下笔千言立就,制艺汪洋浩荡,有韩潮苏海之誉。诗宗盛唐,无浮靡纤杂习气"。著有《思品斋文集》八卷等。受知于周凯及鳌峰书院山长陈寿祺、万世美[⑪]。

(226) 泉州府南安人吴文璧。道光十四年甲午(1834)举人。传称其"为文浑浩流转,如阵马风樯"[⑫]。

(227) 泉州府南安人傅炳煌。咸丰元年(1851)举人。传称其"十一岁学作制艺、诗赋,文思泉涌,为同学所不逮",与陈庆镛为忘年交,又预桐阴吟社,与陈棨仁等交游[⑬]。

**【228—230】泉州府安溪县**

(228) 泉州府安溪县李际熺(字世澹)。顺治、康熙间人。以贡生得官,不赴。著有《诗歌古文词集》[⑭]。

---

① 民国《南安县志》卷三十一,《文苑传》,郭琦第传,原第十二页,影印第281页。

② 民国《南安县志》卷三十一,《文苑传》谢允元传,原第十四页,影印第282页。

③ 民国《南安县志》卷三十一,《文苑传》吴梅与传,原第十六页,影印第283页。

④ 同治刊本《福建通志》卷二百三十九,影印第4139页。

⑤ 陈笃彬、苏黎明《泉州古代著述》,第277页。

⑥ 请参看民国《南安县志》卷三十一《文苑传》吴世重、吴元华、黄岩、傅应泰、黄名声五人传(原第十七页至十九页,影印第284-285页)。

⑦ 同上书,同卷,《文苑传》,郭凤简传,原第十三页,影印第282页。

⑧ 同上书,同卷,《文苑传》,郭大彬传,原第二十三页,影印第287页。

⑨ 民国《南安县志》卷三十一,《文苑传》吕观我传,原第二十二页,影印第286页。

⑩ 民国《南安县志》卷三十一,《文苑传》吴宏谟传,原第二十二页,影印第286页。

⑪ 民国《南安县志》卷三十一,《文苑传》曾梦麟传,原第二十七至二十八、二十九页,影印第289-290页。

⑫ 民国《南安县志》卷三十一,《文苑传》吴文璧传,原第二十九页,影印第290页。

⑬ 民国《南安县志》卷三十一,《文苑传》傅炳煌传,原第三十一页,影印第291页。

⑭ 同治刊本《福建通志》卷七十三,影印第1526页。

(229) 泉州府安溪人黄元高(字稚谷)。康熙间诸生。工诗、古文及骈体[①]。

(230) 泉州府安溪人陈元锡。乾隆二十六年(1761)进士。著有《古文雅正》等[②]。

**十、永春州【231】**

**【231】永春州德化县**

(231) 永春州德化人陈洪照[③],字章成。同治刊本《福建通志》著录其《吧游纪略》,称其"文章高古。所著《纪略》,建宁朱仕琇作《小琉球》诸志,多采取焉"[④]。

福州府闽县曾克耑(1900—1976),可算是近代福建省最后一位古文作者。曾氏早年受业于吴闓生(吴闿生,1877—1950,字辟疆,号北江,吴汝纶之子。有《北江诗草》五卷,清代诗文集珍本丛刊影印桐城吴氏手钞稿本),又受到陈衍、陈三立的指点。民国间,陈衍因丧子事至都,曾克耑来见,为所激赏,"履川来见,出示旧作散体文数首,则才气有余,范以方、姚榘矱"[⑤]。

本节所辑清代闽籍古文作家,未列本书于其他章节所展示的汀州府宁化县的李世熊群体、泉州府安溪县的李光地群体、漳州府漳浦蔡新—蔡世远群体、邵武府建宁朱仕琇群体、光泽县高澍然群体以及晚清王仁堪、杨浚、谢章铤、魏本唐、郑天爵[⑥]等散见于各文学家族条目之下的清代福建古文作者,这些群体及家族中的古文作者在200人以上[⑦],清代福建古文作者在500人以上。从本节所辑231位(未计入严复家族中人及曾克耑)福建籍古文作者的地域分布来看:(1)邵武府最多,67人;福州府次之,65人;汀州府45人,泉州府38人。这是清代福建古文作者最多的四个府,换言之,大概以闽西、闽西北二府与沿海二府构成清代福建古文创作的两大集中分布区域。(2)从县域来看,邵武府建宁县33人、光泽县18人、邵武县11人,福州府侯官县19人、长乐县13人、闽县12人、福清县7人,汀州府归化县17人、长汀县10人、宁化县8人、连城县6人,泉州府南安县16人、晋江县13人、南安县6人,连同安溪县,这些县域在清代产生了较多的古文作者。

---

① 同治刊本《福建通志》卷七十三,影印第1530页。

② 同治刊本《福建通志》卷七十三,影印第1531页。

③ 民国《福建通志·福建艺文志》卷三十二作林洪照(第四页)。

④ 同治刊本《福建通志》卷八十一,影印第1641页。

⑤ 陈衍《石遗室诗话》卷二十九,第十九条,第396页。

⑥ 谢章铤《记客中所得近人诗文集》评价郑天爵"闽君治古文成集甚富,引领裴徊"云云(《赌棋山庄集》文集卷四,《清代诗文集汇编》第680册,影印第697页)。

⑦ 刘声木《桐城文学渊源考》所列朱仕琇名下福建籍的古文作者69(69+朱勋)人,受归有光和方苞影响的闽籍古文作者30位(6+27+林枝春—重出者杨兆璜)以上;本书所考清初古文选编者13人(已除去重出者张汝瑚)、李光地为中心的群体与蔡世远、蔡新群体的闽籍古文作者20人(20+李清植)以上,与李光地同时的闽籍古文作者20人(22)以上,与朱仕琇友善的桐城文派闽籍传人10余位,阳湖文派闽人作者20余人(23);汀州府李世熊及其交游闽籍古文家50余人,福州府陈寿祺等左海文派作者及两次纂修《福建通志》(28人)人员30余人,合计超过200(>270)人。此外,《桐城文学渊源撰述考》列朱仕琇门人鲁九皋、吴际蟠以下31人,受到朱仕琇古文影响。杨浚、郭柏苍、谢章铤及其周围的古文作者与从林纾为古文者未予计人。括号内为本书所辑的准确数据。

# 结语

## ——兼论近现代福建文学家族及家族文学的走向

我们对于中国古代文学的研究,对于伟大作家个案研究、文学事件研究的研究似乎沿着米歇尔·福柯致力开掘的取代了"线性连续"的、"在深层上脱离连续的"手法推进,而福柯所鄙弃的"研究对象的线性连续"则体现为文学编年史、历史编年史的编纂。后者近代以来在我国取得相当大的成绩。本书和《明代福建文学结聚与文化研究》以触手可及、可预见前景的宋代福建文学研究把历代福建省域文学家族的大量出现当作打破文学史由众多单个作家行列构成"线性连续"的、形成"断裂"的结构性转型事件。虽然本书还在探讨"那些传统分析老生常谈的问题"诸如"怎样在它们之间建立必然的联系"、"什么是贯穿这些事件的连续性或者什么是它们最终形成的整体意义"①等,但也确实基于文学创作现象的事实在讨论文学研究另一类型的问题。

在"知识考古"之外,本书把明清文学看作一个在中国古代文学之流自主运动、具有内生驱动力量的整体,所以研究之初即考察在明清文学与学术演进视野下的清初福建文学家族及其创作。从明代文学到清代文学的演进,不是因为明、清鼎革历史事件的发生,而是作为作者、学者的人在历史进程中的反应。"人禀七情,应物斯感,感物吟志,莫非自然"②,作为朝代更迭的因应,中国史上早已有异族政权入主中原所建立的政权之现象,但并未产生明、清之际在文学和学术领域的巨大变化,可见文学、学术的变迁自有更加内在的原因。这个原因当归结于自主的运动本身和内生驱动力本身,非到明清之际不能产生这样的文学、学术面貌。

本书对1644—1840年间492个清代福建文学家族的文学创作和学术著述的资料进行了搜集,通过附录二《清代闽人著述目录》的编制和福建清代文学史过程的展示,确证福建文学家族及其创作和著述合乎帕累托法则所显示的20%关键少数的意义和作用,更何况全清福建文学家族作者及其著述量与全清闽人作者总量及其总量著述的各自比例远远超过关键少数20%的比率门槛,文学家族是清代福建文学创作和学术著述的中流砥柱。本书通过第四至第八章从学理上论证了清代福建家族文学研究的必要性,提出了若干省域文学家族及其文学研究的观点。惟有通过尽可能充分的、覆盖清代全国版图的地域性家族文学的研究,才能提供清代文学研究的全景图,这是学术界的远景目标。

清初,福州府闽县诗人黄晋良诗云:"壮哉吾郡金汤辅,西建旗峰东石鼓。鸿蒙之上置不谈,魏、晋以下精英吐。"③"金铁之气贵神用,大火炉锤功乃成。灵川景岳泌云雨,摩荡盘谷耀龙精。所以哲人相蔚起,造化巧琢称天珍。"④道光十六年(1836),侯官诗人杨庆琛云"吾乡盛文藻,英俊罗琳彬。往岁鼓

---

① 米歇尔·福柯《知识考古学》,谢强、马月译,三联书店2003年版,第1-2、188、195页。

② 刘勰《文心雕龙》,《明诗》第七。

③ 黄晋良《一阳月初言登石鼓山拜为霖和尚七十大寿呈古风一首》,《和敬堂全集》诗部卷九,原第十一页,《清代诗文集汇编》第54册,影印第297页。

④ 黄晋良《和敬堂全集》诗部卷九,原第十二页,《清代诗文集汇编》第54册,影印第298页

楼灾,佥云气象新"[①]。在福建这块土地上产生过璀璨的文明,"文风亚京、洛"[②],值得骄傲,不必以"僻处海隅"[③]、"倪起荒陬"[④]、"生海滨沮洳之乡"[⑤]的"海滨贱士"[⑥]、"海岸鄙夫"[⑦]自远自轻,福建之外的省份亦不得"以地以类定人"[⑧]。嘉庆、道光间邵武府建宁县的著名诗人张际亮(1799—1843)云:"夫以武夷、玉华、渔梁、霍童、太姥重岩邃洞之胜,复环以汪洋大海,历数千百年之久,乃无一人秉山水瑰奇之气以尽发之于诗,以雄视天下,何也?"[⑨]毅然以天下第一流诗人自任,"知自奋起"[⑩],为当代如曹植、阮籍、陶渊明、李白、杜甫、韩愈、苏轼等伟大诗人一样的"志士之诗"[⑪],有舍我其谁的气概。我们通过对清代福建家族文学(1644—1840)的研究,澄清了被误解、被忽视的清代福建文学创作和学术研究的历史。我们对清代福建的科举事业、科举版图进行深度研究;对清代福建古文创作的资料进行搜集,尤其对邵武府建宁县、光泽县的古文创作进行了发掘,以为可以有"建宁派古文"、"建宁—光泽古文流派"或以人名"朱仕琇—高澍然古文流派"命派的事实基础和理论建树;对清代福建的诗歌创作从闽派到前同光体、同光体的演变过程进行细密的考证;对清代古文与时文的关系作出了重新的审视;对清代试帖诗的创作数量进行合理的估算,这一估算将改变对清诗数量总体的推测等等。希望学界提出意见,匡正我们的观点。

传统的中国文学史以中国近代史的开端之年——道光二十年庚子(1840)——第一次鸦片战争爆发之年为中国古代文学结束的下限,将1840年至1949年之间视为中国近现代史,相应地,这一阶段的中国文学史称为中国近现代文学。文学并不同于历史,文学的发展有其自身的规律,中国古代史的终结不等同于中国古代文学生命的终结。我们在1840年至1912之间,看到了晚清同治朝的中兴、光绪朝的中日甲午战争、百日维新、八国联军侵占京师和废除科举的改革、宣统朝的立宪、帝制的崩溃和民国的建立等等重大历史事件;在1912至1949年间,看到了城头变幻大王旗、国家民族多灾多难的旧中国及中国人民前仆后继、救亡救国的历史进程。时局的动荡反映到文学上,缓慢地推动中国文学发生巨变。这一巨变在临界点到来的时候引发堪称天崩地裂式的革命,直接从旧体文学创作推进到白话文为语体的新文学创作,这是数千年来中国文学最彻底的改变,打破了旧体文学复古与反复古的拉锯局面,他们之间反复争论的社会基础都没有了,复古与反复古的文学观念、文学理论都被时代的潮流挟裹到历史的深处去,成为历史和过去时的存在。

近现代以来,从事旧体文学创作的文学家族继续从事旧体文学的创作,留下了家族文学创作的最后光辉,而从事新体文学的作者不能形成家族性的丛聚,又由于西方科学技术和社会科学(即"西学")快速输入中国,造成从事自然科学研究、社会科学研究的新一代学者的著作与传统的"艺文"观念凿枘不合,难以纳入传统史乘中的《经籍志》或《艺文志》,已形成文学、学术著述与自然科学研究的绝对分离[⑫],这是近现代中国文学创作、学术著述发生的变化,彼时福建的文学创作和学术著述亦如此,这与清代之前(包含全清)历朝历代的《艺文志》或《经籍志》的状况形成鸿沟般的差异。

1840年以后,中国迈进了新的历史时期,这是一个半殖民地半封建的社会,但也预示着中国国家

① 杨庆琛《正定驿馆喜晤梁茝林中丞话旧》,《绛雪山房诗钞》卷十三,《清代诗文集汇编》第542册,影印第4657页。

② 朱仕琇《重修漳州府学碑记》文后引福建巡抚周学健(1693—1748,1743—1747宦闽)诗句,《梅崖居士文集》卷五,《清代诗文集汇编》第336册,影印第237页。

③ 黄晋良《复叶正则》,《和敬堂全集》卷十,《清代诗文集汇编》第54册,影印第192页。

④ 宗人雕《梅崖居士文集》序》,朱仕琇《梅崖居士全集》,《清代诗文集汇编》第336页,影印第182页。

⑤ 朱仕琇《余羽皋制义序》,《梅崖居士文集》卷十九,《清代诗文集汇编》第336册,影印第375页。

⑥ 林佶《朴学斋文稿》,《清代诗文集汇编》第205册,影印第605页。

⑦ 黄晋良《寄复郑方南父母》,《和敬堂全集》文部卷十一,原第十一页,《清代诗文集汇编》第54册,影印第198页。

⑧ 朱仕琇《白云集序》,《梅崖居士文集》卷十七,《清代诗文集汇编》第336册,影印第341页。

⑨ 张际亮《郑云麓诗序》,《张亨甫文集》卷二,《清代诗文集汇编》第601册,影印第416页。

⑩ 张际亮《重修石溪桥序代》,《张亨甫文集》卷二,《清代诗文集汇编》第601册,影印第423页。

⑪ 张际亮《答潘彦辅(潘德舆)书》,同上书,影印第436页。作于道光十一年(1831)。

⑫ 请参看徐长福《谈谈学术的德性》(载《江汉论坛》2010年第3期,第121-126页)。

命运即将发生改变,中国文学的创作也将发生变化。这是一个变幻莫定的历史时期,也是一个前途未卜的时期,暗夜中微熹初露,未来的一切都在母体中孕育着。

2011年,张剑先生在《家族文学研究的分层与守界原则》中说:“许多人文学科研究者也许功力不逮,也许为了偷懒或规避风险,往往采取虽显浅薄但是稳妥的方式,即他对研究对象只停留在表层的描述上,基本上不提出或提不出什么深层次的问题,或者只是举例式地说明一些无需严密的逻辑推理和深刻的分层论证即可明白的基本经验和常识。如研究一个文学家族,他只是将属于这个家族的能文之士的活动和创作平铺直叙出来,从而使家族文学研究沦为家族成员作品的简单汇聚、评价。”[①]本书在搜集资料上或者表面上失之平铺直叙,但绝不仅仅简单陈列,而是在闽人著述总目的背景、清代全国文学创作的背景下论述清代福建家族文学的创作和成就,时有断语,庶几无讥,绝无张先生所指出的“偷懒”和“规避风险”的意识,作者时时以勤奋自勉,本书充分表现出学术的创新。张先生说“如果(家族文学研究)千族一面,为什么还要不断地重复阐释?常识不需要饶舌”[②],作者读到这句话,“于我心有戚戚焉”,常常以为知音知言,但我经常感到悲戚——学术是需要创新的,常常因此遇到阻力和阻碍。

---

① 张剑《家族文学研究的分层与守界原则》,载《华南师范大学学报》2011年第3期,第13页。2011年6月,张剑先生在《文学遗产》2011年度编委会扩大会议上说:“长期以来,我们古典文学研究无法摆脱文学史研究的路数,习惯用‘时代背景+作家生平+作品内容+艺术特色+地位影响’的模式来介绍或评价作家作品”。按:原本《宋代以降家族文学研究的理论、方法及文献问题》一文语(《文学评论》2010年第4期,第35页)。在当下历朝历代家族文学的个案研究中,其实是将这一套模式大而化之,避免不了张先生指出的“模式的僵化”的弊端。本书的研究有意避免家族文学个案研究存在的问题。

② 张剑《家族文学研究的分层与守界原则》,第13页。

# 附录两种

（程妹芳　编著）

# 附录一

## 清代福建历科进士、举人表①

本表的编制是为了客观真实地呈现清代福建科举的消长变化状态，避免第三部分第九章《清代福建士人省内迁移及其影响》、第四部分第十六章《嘉庆、道光间的闽诗宗尚——清代闽诗论略之三》中关于福建科举事业及科举家族、文学创作及文学家族在福建省内社会水平流动、福建科举事业在全国科举版图消长论述上的主观性，在乡榜科年可以观察到福建省内各府县科举实力的变化，在进士科年则可以观察福建进士的数量及其在该榜进士总数中的占比。科举家族成员的功名在本表中一目了然，舍科举家族无以论文学家族。

本书第一部分三章 492 个文学家族条目中大量使用《清代硃卷集成》闽人举人、进士的仕履、谱牒等资料，各家族中人物的功名、仕宦、婚姻情况可以和本表互参，更加细密地了解清代福建士人的家族背景。

本表脚注的编制中特重考选庶吉士和担任台湾府、县教官的现象，藉此希望将来对清代福建作家中的馆阁身份者和福建人对台港开化的影响作综合研究。明清两代的馆阁制度基本相同，但亦有重大区别。明末崇祯年间曾经进行从部曹、知、推官员考选翰林的制度改革，惜未从"创举"定为"常制"②。清代定鼎之后，采用为常制：翰林词臣简放为知府、学政等地方官员，亦可由地方再入馆阁，为文学侍从之臣。乾隆帝谕朱珪等云"汝等皆好翰林，但文章虚，政事实，尔等当为国家实心办事，遇有地方赈济事尤须实力查办"③，朝廷以文学而练于吏事，锻炼臣工的才干。

---

① 本表根据民国二十七年(1938)陈衍纂《福建通志》总卷三十三(《选举志》十)编制。标以序号者为进士、博学宏词科年，无序号者为乡试科年、乡榜科年。

② 张廷玉《明史》卷七十三，志第四十九，职官二，第 1788 页。

③ 朱锡经《皇清诰授光禄大夫经筵日讲起居注官太子太傅南书房供奉体仁阁大学士管理工部兼翰林院掌院学士赠太傅入祀贤良祠赐谥文正显考南厓府君年谱(卷上)》，《续修四库全书》第 1452 册，影印第 400 页。

## 清代福建历科进士、举人表

| 府州科年 | 福州府 | 兴化府 | 泉州府 | 永春州① | 漳州府 | 龙岩州 | 汀州府 | 延平府 | 建宁府 | 邵武府 | 福宁府 | 台湾府 |
|---|---|---|---|---|---|---|---|---|---|---|---|---|
| 顺治二年乙西(1645)北直部鼎元榜② | 林起龙(顺天)(福清)③ | | 黄志遴(黄熙胤子)(晋江) | | | | | 朱之弼(沙县) | | | | |
| 1. 顺治三年丙戌(1646)傅以渐榜④ | 林起龙(福清) | | 黄志遴⑤(晋江) | | | | | 朱之弼(沙县)⑥ | | | | |
| 三年丙戌(1646)北直贾一元榜 | 穆尔谟(顺天⑦)(福清) | | | | | | | | | | | |
| 2. 四年丁亥(1647)吕宫榜⑧ | 穆尔谟(福清)⑨ | | | | | | | | | | | |

① 雍正十二年(1734),升永春县为永春州,以原泉州府德化县、延平府大田县为属县,以永春县为附郭;升龙岩县为龙岩州,以原漳州府漳平县、宁洋县为属县,以龙岩县为附郭;升明福宁州为福宁府,以霞浦县为附郭。入清,以明镇海卫地改隶漳州府海澄县。康熙二十三年(1684),平定台湾,设台湾府,隶福建省;光绪十一年(1885),始置台湾省。

② 民国《福建通志》:"礼部奏准乡试以顺治二年乙酉为始。自后,俱以子、午、卯、酉年举行。三年丙戌,以天下初定再举乡试。"(民国《福建通志》总卷三十三,《福建选举志》卷十二,第一页)按:乾隆《福清县志》注林起龙北直中式(卷九,影印第210页)。

③ 按:进士名后括号内为其县贯。

④ 民国《长乐县志》:"顺治二年始行乡试,三年春始行会试。……二月会试,至雍正癸丑(十一年,1733)改三月会试。间奉特旨开科,则随时定期。"(卷十四上,《选举上》,影印第215页)

⑤ 同治刊本《福建通志》:"国朝闽人通籍自志遴始。选庶吉士,授国史院编修。"(卷二百二十八,影印第4147页)

⑥ 民国《福建通志》:"沙县人。入籍顺天。"(《福建选举志》卷十,第一页)

⑦ 原籍福建举人外省中式者题名后括号中注明省份,如顺天、广东、江南等,其后再于括号内注明其人乡贯。

⑧ 民国《福建通志》总卷三十三《福建选举志卷十》:"《清会典》:顺治二年秋始行乡试,三年春二月始行会试,明年丁亥以四方初定,再举会试,不为例。"(第一页)

⑨ 民国《福建通志》:"福清人。入籍直隶。"(《福建选举志》卷十,第一页)

续表

| 府州科年 | 福州府 | 兴化府 | 泉州府 | 永春州 | 漳州府 | 龙岩州 | 汀州府 | 延平府 | 建宁府 | 邵武府 | 福宁府 | 台湾府 |
|---|---|---|---|---|---|---|---|---|---|---|---|---|
| 五年戊子(1648)李惟华榜① | 方开铎、周炎、陈世任、黄肇熙(福州府)、周骏声、倪斌、谢果、陈自璿(闽县)、张可仰、姜日广、邓天士、林元春、林文辉、蒋宣、陈元勋、薛沄(侯官)、黄志罄、李春英、林家徵(长乐)、蔡廷诏(5)、林云京、陈伟望、黄贞吉、严宗望、陈黉、陈志藩②(福清)、陈埙、陈超祉(古田)、曹孟擢、罗绮(闽清) | 陈乔芳、黄在中(兴化府)、陈应西、陈绰、刘爔、林正芳、刘震龙、林友王、林国球、彭圣培、陈膺、林逵、柯喆(莆田)、吴名煌、王凤九、任东观、曾崧、陈龙光、许侃、王逢年、吴玮(顺天)(平海卫) | 黄隆、尤稚章、林忠顺、薛坤、谢万上、王陞、陈宪孟、苏燮国、何芳腾、邱锡、龚必第、林长濬、杨孟瓛、陈嘉议、曾继先、龚昌祖、张肇开、王命赓、邓爔(邓允槐子)(泉州)、庄继献③、王钟鸣(惠安) | | 张居昌、陈大来(漳州府)、张岩煊、曾澍、黄居中(龙溪)、林宾(漳浦)、卢敏政、杨梦枝、陈夜光(长泰) | | 郑士乾(长汀)、廖光弼(清流) | 邹仪同(延平府)、林润芝、段有綵、应国贵、吴金鉴(南平) | 雷天柱(瓯宁)、李邺仙、李皇华、赵冬镳、袁文超、倪钊(建阳) | 李惟华(1,邵武) | | |

① 张仲礼《中国绅士研究》引道光以来若干科《直省同年全录》,以19世纪全国举人为例,说明太平天国前后举人总数并无多大变化,并说明朝廷对于各直省举人名额(举额)的分配:道光十四年(1834)全国中举1371名,咸丰元年(1851)1770名,光绪七年(1881)1254名,光绪十一年(1885)1521名,光绪十七年(1891)1529名,"而额定标准据说为1439名"。光绪七年(1881),各省中举名额分配如下:顺天府229名,江南114名,江西104名,浙江94名,福建89名,广东72名,河南71名,山东69名,陕西61名,山西60名,四川60名,云南54名,湖北51名,湖南45名,广西45名,贵州40名(第102页)。清代福建的科举事业仍在全国前茅。

② 据乾隆《福清县志》卷九《选举志》补入,籍府学。此科中,张可仰(侯官学)、黄贞吉(侯官学)、严宗望(闽县学)、陈元勋(侯官学)、薛沄(侯官学)俱福清人。

③ 民国《福建通志》:"本姓郑。"(《选举志》十二,第一页)

续表

| 府州科年 | 福州府 | 兴化府 | 泉州府 | 永春州 | 漳州府 | 龙岩州 | 汀州府 | 延平府 | 建宁府 | 邵武府 | 福宁府 | 台湾府 |
|---|---|---|---|---|---|---|---|---|---|---|---|---|
| 3. 六年己丑（1649）刘子壮榜 | 倪斌（闽县）、陈天祥①（长乐）、林云京②、施起元③、何其智（何御曾孙）（福清） | | 黄灏中、黄中通、何承都④、林忠顺、杨旬瑛⑤、黄日祚、林嗣环⑥、柯赓昌⑦、李世耀（晋江） | | 戴玑（长泰） | | | | | | | |

① 据民国《长乐县志》卷十四上《选举上》顺治六年己丑进士题名补入（影印第215页），陈天祥以恩贡廷试，钦赐进士。

② 按：林云京，字士爵。选庶吉士，改刑科给事中（同治刊本《福建通志》卷二百二十六传）。一字双城，顺治十一年（1654）甲午科山东乡试主考官。

③ 按：施起元系福清人、嘉靖十四年（1535）进士施千祥后人，又是施千祥同榜进士郭万程的外曾孙、郭造卿的外孙，取中明崇祯九年（1636）举人，康熙间官提学。详情参看施起元康熙三年甲辰（1664）所撰《纪略》，载乾隆《福清县志》卷首（中国地方志集成，福建府县志辑第20册，影印第3-4页）。

④ 按：何承都系明崇祯十五年壬午（1642）福建乡试解元。

⑤ 按：杨旬瑛，字维六。改庶常，擢御史，巡按广东（民国《福建通志》总卷三十三，《福建列传》卷三十三传）。

⑥ 民国《福建通志》："《题名碑》入安溪。"（《福建选举志》卷十，第一页）。

⑦ 民国《福建通志》："《题名碑》入长乐。"（《福建选举志》卷十，第一页）。

续表

| 府州科年 | 福州府 | 兴化府 | 泉州府 | 永春州 | 漳州府 | 龙岩州 | 汀州府 | 延平府 | 建宁府 | 邵武府 | 福宁府 | 台湾府 |
|---|---|---|---|---|---|---|---|---|---|---|---|---|
| 八年辛卯（1651）陈圣泰榜 | 赵沂、陈士鸾（陈其殷侄）、林时应、邵伯允、曾聪、官于宣、郑羽侯、倪康年、甘晋锡（甘昌衍子）、张翼飞（福州府）、郑楷、陈丹赤、陈晖①、叶矫然、林启旦、陈子达（顺天）（闽县）、陈圣泰（1）、谢天枢、廖剑光、王若羲、陈丹荩、林荣芬（林日光叔）②、许宾（许豸次子）（侯官）、谢兆麟③、陈晋、林子兰、郑宗谦（长乐）、薛遴奇、游明卿、谢拔俊（谢天锡云孙）、魏汝槐（魏体明孙）、严卓、林实炳（林懋乔子）、余光宸、陈彝辉④（福清）、吴骏葵、陈祥麟（连江） | 俞逊、莫之栻、陈皇陛、林鼎伟、郑之锦、曾英、陈履卿、张松龄（兴化府）、曾联蕃、李金鼎、郑宫兰、雍凤仪、陈允甲（莆田） | 史允庚、吴鼎震、龚九震、黄衷允、黄骧有、张希栻、赖绵祚、张逢震（泉州府）、王允符、郑僖昌、蔡增荣、苏文濬、杨愿素⑤、吴佺鼎、李如沆、陈立礼、蒋堂衡、陈嘉猷、郑长青（晋江）、李元录⑥、赵之勣（南安）、吴兆棅、卢易、康正灿、陈拱（惠安）、刘望龄、王峙（顺天）（同安）、叶献论、连起文、黄中祉（安溪） | 李道泰（德化） | 邹斌、郭铉佑、许经世、沈芙渠、杨于鼎（漳州府）、许来音、蔡时中、陈作楫（顺天）、杨蓄海（顺天）、蔡司霑、程子龙（广东）（龙溪）、林乘发、林魁先、林秀夫、蓝铭玺（广东）（漳浦）、洪起皓、高维桧（海澄）、陈常夏、陈伯祺、王廷瑜（南靖）、杨鸿润、杨尧镜、李时灼（长泰）、游瀛洲、朱紫蕃（广东）（平和）、谢鸿奇（镇海卫） | | 段有夏（长汀）、伍良佐（宁化）、汤祖鋐（清流）、李娗（连城）、杨梦吉（上杭） | 林晋、朱腾炜（延平府）、金世桢、吴朴（江南）（南平）、廖椿（将乐）、朱之佐（沙县，顺天）、严自泰、林士骏（尤溪） | 季凤翔（建宁府）、张圣温（建安）、林维邓、郑重、李帝佐（建阳）、张天士、沈之棹（浦城） | 陈愫（建宁） | 孙嗣康（福宁州） | |

① 陈晖，字升东，侯官人，闽县籍（民国《福建通志》总卷三十六，《福建循吏传（清一）》卷十一，陈晖传，原第十六页）。

② 按：林荣芬，官翰林院待诏（民国《闽侯县志》卷四十三《选举志·清举人》）。

③ 据乾隆《福清县志》卷九《选举志》题名，谢兆麟（长乐县学）、余光宸（府学）、陈士鸾（府学）、林荣芬（侯官学）俱福清人。

④ 据乾隆《福清县志》卷九《选举志》题名补入（影印第211页）。

⑤ 民国《福建通志》："本姓史。"（《福建选举志》卷十二，第二页）

⑥ 按：民国《福建通志·福建循吏传》李元录传注引《南安志》云一作李元禄，字士赓（《福建循吏传（清一）》卷十一，原第九页）。

续表

| 府州科年 | 福州府 | 兴化府 | 泉州府 | 永春州 | 漳州府 | 龙岩州 | 汀州府 | 延平府 | 建宁府 | 邵武府 | 福宁府 | 台湾府 |
|---|---|---|---|---|---|---|---|---|---|---|---|---|
| 4. 九年壬辰(1652)邹忠倚榜[1] | 陈子达[2]、金镜、郑羽侯、邵伯允[3]、叶矫然、吴香为[4](闽县)、方开铎、萧震、薛沄[5](薛坤孙)(侯官)、陈贇(福清) | 俞逊、林正芳、杨梦鲤、彭圣培(莆田)、许佩(仙游) | 龚必第、吴愈圣、王承袤、杨于先(晋江)、郭瑄第(郭清从兄)(南安)、黄云蒸(惠安)、李其蔚(同安)、叶献论(安溪)、吴璞(南安) | | 张居昌、黄居中(龙溪)、蔡而烷(漳浦)、叶先登[6]、陈作楫(长泰) | | | 严自泰(尤溪) | | | | |

① 按:民国《福建通志》:"自是科为始,另策试满洲进士,分三甲,行二科而并满、汉为一场。"(《福建选举志》卷十,第一页)

② 按:陈子达,由翰林院庶吉士,累擢陕西按察使(民国《闽侯县志》卷四十二《选举志·清进士》)。

③ 民国《福建通志》:"一作伯蔺。"(《福建选举志》卷十,第一页)

④ 黄晋良《吴香为大令七十寿序》云:"先生起于癸酉,晚获于壬辰。"(《和敬堂全集》文部卷一,《清代诗文集汇编》第54册,影印第107页)顺治九年壬辰科进士叶矫然称之为同年。《明清进士题名碑录索引》失载。

⑤ 按:薛沄,字子大,一字弱园。改庶吉士,授检讨,顺治十四年(1657)丁酉科典试湖广。彼时朝廷将以翰苑臣储大用选知吏事十五人,沄与焉。崇祯年间,明朝翰林院馆阁制度产生重大变革,尝试科道、外任官员考选翰林,翰林应先历知、推官的"非常制"之"创举"(《明史》卷七十三,《职官二》,第1788页。另可参看《明史纪事本末》卷七十二崇祯六年条),清代顺治间将之延续、落实,著为令,永为定制,成为有清一代馆阁制度的显著特征(民国《闽侯县志》卷六十九传、民国《福建通志·福建列传(清二)》卷三十三传),康熙四十八年(1709)进士、长汀人黎致远于雍正二年(1724)犹以词臣"使杨历中外,明体用以备任使"故由检讨授吏科给事中(民国《福建通志》总卷三十四,《福建列传(清二)》卷三十四黎致远传,第十五页)。李光地传则记载康熙间"试翰林,被黜者二十有四人。光地言:'文字不称与败检殊,乞从宽减。'遂皆以原品休致"。(民国《福建通志》总卷三十四,《福建列传(清三)》卷三十四,李光地传,第五页)

⑥ 按:叶先登,字岸伯,号昊庵。长泰人。改庶吉士,授翰林院检讨。与薛沄同被选,出为监司,为西凉道,转冀南道,备兵兼掌军政(民国《福建通志·福建列传(清二)》本传)。

续表

| 府州科年 | 福州府 | 兴化府 | 泉州府 | 永春州 | 漳州府 | 龙岩州 | 汀州府 | 延平府 | 建宁府 | 邵武府 | 福宁府 | 台湾府 |
|---|---|---|---|---|---|---|---|---|---|---|---|---|
| 十一年甲午(1654)熊臣忠榜 | 林仪凤、郑之蒙、陈汉良、陈艺蘅①、何徵兰、翁周鼎、吴犹兴、陈殿邦、龚卿座、翁翼、郑观吉、陈愈(福州府)、王此达②、何琛、涂之尧、林苾、毛鸣岐③、方来、林笙、高子翼、林堪④、林逊、罗圻彦(广东)(闽县)、严登庸、庄振徽、曾应铨、曾大升(侯官)、林千里、陈翰、高辉色、冯玑、郑章、游振翰⑤(长乐)、魏国珠(魏濠曾侄孙)、王安世、陈立敏(顺天)、张可立(顺天)(福清)、邱允通(连江)、黄彩(闽清)、黄国塾(永福) | 彭圣域、周韩瑞、魏天申、林尧华、谢楚凤(兴化府)、周钺、黄尊光、程甲化、林向郁、郑泰枢(莆田)、方天祺(平海卫) | 富鸿业、潘鸿来、韩遴、郭梦骥、颜凤姿、朱用锦⑥、李日焜、伍岳灼、谢玮、曾梦斗、孙允骥(泉州府)、蔡润、龚龙光、李盛美、龚锡瑗、施为栋、翁仕伟、黄熙缵、郑朝清、史允俊、唐文黼(晋江)、何承宠(何承都兄)、张殿栊⑦、黄启渐、洪士龙⑧(洪庭芳曾孙)、洪士铭(洪承畴子)(顺天)(南安)、张焞、陈孙蕙(陈龙岩之子)⑨、李乔栋、徐凤来、朱瑞参⑩、曾继慊⑪、张焻、卢昇(顺天)(惠安)、石金和(安溪)、颜鸿逵(永春) |  | 林禹、张试殿、戴毓楚、高维桢(漳州府)、赵与梗、柯愿(龙溪)、陈炯宏(顺天)(海澄)、王圣时、翁元眉、许钟骥(南靖)、薛启津、吴焯(广东)(长泰)、许晋伟(诏安) |  | 黎士弘⑫(顺天)(长汀)、蓝学鉴、黄璘(上杭)、阙振(永定) | 何纯子(顺昌) | 张寅恭、邵烈(建安)、黄继祚、谢相、李馨(瓯宁)、余振翁(建阳)、游庭训(崇安) | 冯可参(邵武府)、黄正标(光泽)、熊臣忠、吴思熙、谢国杰(建宁) |  |  |

① 据乾隆《福清县志》卷九《选举志》题名,陈艺蘅(府学)、庄振徽(侯官县学)、何徵兰(府学)、翁周鼎(府学)、毛鸣岐(闽县学)、翁翼(府学)、涂之尧(府学)俱福清人。

② 民国《福建通志》:"改名炎。"(《选举志》卷十二,第二页)

③ 民国《福建通志》:"初名献球。"(《选举志》十二,第三页)按:毛鸣岐,字文山(民国《闽侯县志》卷四十三《选举志·清举人》)。

④ 按:林堪,官赣州府定南知县,以御和平贼钱内阁中书(民国《闽侯县志》卷四十三《选举志·清举人》)。

⑤ 据民国《长乐县志》卷十四上《选举上》补入郑章、游振翰二人(影印第226页)。

⑥ 民国《福建通志》:"本姓庄。"(《选举志》十二,第三页)

⑦ 民国《福建通志》:"本姓陈。"(《选举志》十二,第三页)

⑧ 洪士龙,改名洪承龙(民国《南安县志》卷二十一,《选举志》,原第三十九页,影印第144页)。

⑨ 民国《福建通志》:"蕙,一作惠。"(《选举志》十二,第三页)

⑩ 民国《福建通志》:"改名兆纲。"(《选举志》十二,第三页)

⑪ 民国《福建通志》:"改名维尚。"(《选举志》十二,第三页)

⑫ 黎士弘,避清高宗上讳改作黎士宏。乾隆十七年修《汀州府志》正作黎士弘(卷二十三,影印第305页)。

续表

| 府州科年 | 福州府 | 兴化府 | 泉州府 | 永春州 | 漳州府 | 龙岩州 | 汀州府 | 延平府 | 建宁府 | 邵武府 | 福宁府 | 台湾府 |
|---|---|---|---|---|---|---|---|---|---|---|---|---|
| 5. 十二年乙未(1655)史大成榜 | 郑观吉、郑章(闽县)、林文辉、蒋宣、陈圣泰、王若羲(侯官)、张可立①(福清) | 张松龄②、董国栋(莆田) | 龚九震、韩遴③、郭世纯、陈立礼、翁仕伟、王命岳(二甲2名)(晋江)、洪士铭④(南安)、卢易(惠安)、孙孕骥⑤(安溪) | | | | | 邓可权(沙县) | | | | |

① 按:乾隆《福清县志》卷九《选举志》题名作张可工(影印第200页)。
② 按:张松龄,字鹤生。由翰林院庶吉士擢礼刑二科给事中(同治刊本《福建通志》卷二百二十七传、民国《莆田县志》卷二十六下传)。
③ 民国《福建通志》:"本姓陈。"(《选举志十》第一页)
④ 民国《福建通志》:"《题名碑》入镶黄旗,南安人。"(《选举志十》第一页)
⑤ 《明清进士题名碑录索引》榜名孙胤骥,清代避讳改(第2639页)。

续表

| 府州科年 | 福州府 | 兴化府 | 泉州府 | 永春州 | 漳州府 | 龙岩州 | 汀州府 | 延平府 | 建宁府 | 邵武府 | 福宁府 | 台湾府 |
|---|---|---|---|---|---|---|---|---|---|---|---|---|
| 十四年丁酉(1657)吴孟榜 | 王士元①、周绅、陈伟、陈玉骥、徐允登、黄文炜(福州府)、陈镜白、王国玺、叶正灏(闽县)、郑开极、张国威、倪庚先(侯官)、黄有树、高龙光、陈九皋②(长乐)、薛之椿、林枫陛、余元会③(福清)、陈殿元(连江)、郑巘(古田)、周皓、王汝钦(闽清)、张瑞俊(永福) | 马泰徵、刘从龙、陈锡畴(兴化府)、黄道晋、汤学尹、陈甡、王政资、吴瑛(顺天)、余履度、吴孟(吴任臣弟)(1)、吴在中、张胜(平海卫) | 蔡光祖、黄祐镇、谢洪(泉州府)、王金鼎、庄延裕、蔡时光、蔡灼、黄呈贵、张方圣、杨鼎节、魏士兰、詹允捷、蒋嫌、李如华、张思美、黄之炉④(黄志遴子)(晋江)、李枝发⑤、傅亶、吴黄龙、洪楚产(洪有秩孙)(顺天)(南安)、陈振羽、许严光、郑瑞国、出一驷、郑缙武(惠安)、陈雨玉、李时蕃⑥(同安)、陈嘉章(安溪) | 黄鹏扬、颜梦孩(顺天)(永春)、乐惇(顺天)(大田) | 许光表、刘允孝⑦、陈梦桂(漳州府)、洪理顺(龙溪)、查士彦⑧、邱士镛、林泮、沈龙震(广东)、黄易(广东)(漳浦)、康孟侯、郑之惠(海澄)、陈曜曦、陈见(诏安)、谢逢春、黄元箓(顺天)(南靖)、戴正冠⑨(长泰)、陈垂(镇海卫) | 章士颖(龙岩)、吴材(宁洋)、叶继祖(漳平) | 莫之伟(汀州府)、余石麒(清流)、沈恩举、吴中龙(广东)、黄道珪(广东)(连城)、林骞、刘应、郭连城(上杭)、张亨、周历长(武平)、吴祖馨(永定) | 艾日华(南平)、李梦龙(顺昌)、揭墨馨、徐恒(将乐)、邱三捷、黄胪登(尤溪) | 潘金罍(建安) | 谢元铨、任元擢、雷飞瑛(建宁) | 游龙(福宁州)、曹师参、郭为瑛(福安)、崔秉镜(宁德)、叶有挺(寿宁⑩) | |

① 按:乾隆《福清县志》卷九《选举志》,王士元(府学)系福清人。
② 据民国《长乐县志》卷十四上《选举上》补入(影印第227页)。
③ 据乾隆《福清县志》卷九《选举志》补入林枫陛、余元会二人(影印第211页)。
④ 按:民国《福建通志》总卷三十四《福建列传(清一)》黄志遴传一作黄之琭(《福建列传》卷三十二,第十三页)。
⑤ 民国《福建通志》:"改名甲先。"(《选举志》十二,第四页)
⑥ 民国《福建通志》:"本姓许。"(《选举志》十二,第四页)
⑦ 民国《福建通志》:"本姓周。"(《选举志》十二,第四页)
⑧ 民国《福建通志》:"本姓杨。"(《选举志》十二,第四页)
⑨ 民国《福建通志》:"本姓薛。"(《选举志》十二,第四页)
⑩ 按:明建宁府所隶寿宁县及民国三十四年新置县周宁两县地清代划归福宁府。

续表

| 府州科年 | 福州府 | 兴化府 | 泉州府 | 永春州 | 漳州府 | 龙岩州 | 汀州府 | 延平府 | 建宁府 | 邵武府 | 福宁府 | 台湾府 |
|---|---|---|---|---|---|---|---|---|---|---|---|---|
| 6. 十五年戊戌(1658)孙承恩榜 | 林云铭、官于宣、高子翼(闽县)、林仪凤(侯官)、程应辰(长乐) | 陈甡、莫之栻(莆田) | 富鸿业(二甲3名)①、何芳腾、史允庚②、龚龙见、魏士兰、郑长青(晋江)、许岩光、陈懋芳(惠安)、刘望龄(同安) | | 林禺、蔡而烜③(漳浦)、王圣时(南靖)、谢鸿奇(镇海卫) | | | | 张寅恭、郑重(建安)、谢元铨、李馨(瓯宁) | | | |
| 7. 十六年己亥(1659)徐元文榜④ | 赵沂(闽县)、高龙光(长乐) | 黄道晋(莆田) | 伍升⑤(晋江) | | 陈垂、黄易(漳浦) | | | 朱之佐⑥(沙县)、萧熙祯(永安) | | | | |

① 民国《福建通志》:"改名鸿基。"(《福建选举志》卷十,第一页)

② 《明清进士题名碑录索引》榜名史胤庚,清代避讳改(第2644页)。

③ 蔡而烜系崇祯九年丙子(1636)福建乡试举人。

④ 按:本科为加科。(《明清进士题名碑录索引》,第2649页注)

⑤ 民国《福建通志》:"榜姓卢。"(《福建选举志》卷十,第一页)

⑥ 民国《福建通志》:"顺天籍,沙县人。"(《福建选举志》卷十,第一页)

续表

| 府州科年 | 福州府 | 兴化府 | 泉州府 | 永春州 | 漳州府 | 龙岩州 | 汀州府 | 延平府 | 建宁府 | 邵武府 | 福宁府 | 台湾府 |
|---|---|---|---|---|---|---|---|---|---|---|---|---|
| 十七年庚子（1660）吴道来榜 | 吴道来(1)、林逸、邓可受、赵子才、曾孙澜、高宫①、郑应侯、魏焕、黄士俊（福州府）、李钟广、高国、王元升、陈念祖、陈师孔（闽县）、陈尧若（连江）、林长存（罗源）、陈台斗（古田）、高书星②（长乐）、王裕昌③（顺天）（福清） | 朱锡畴、林尧英（顺天）、林春芳、陈舜韶（莆田）、张皿、吴名耀、严昌构（仙游）、彭鹏（平海卫） | 刘佺龄(2)、许再瑛④、林象祖（泉州府）、童子炜、蔡子谊（晋江）、黄龙见（南安） | 张人龙（永春） | 赵乔远、郭廷瑄⑤、陈迓龢、黄金从（漳州府）、李山澄（漳浦）、张勰美（海澄）、戴绍琦、张雄（南靖）、唐誉、方千里（镇海卫） | 郑愫 |  | 彭长龄、欧鸿（顺天）（南平）、何儒显（顺昌）、许文兹、杨州鹤（将乐）、洪鼎复（顺天）（尤溪） | 黄日焕（永定）罗铨（上杭）、 | 吴迪化（邵武） |  |  |
| 8. 十八年辛丑(1661)马世俊榜 | 张翼飞（闽县）、郑开极（侯官）、王裕昌（福清）、邱⑥允通（连江）、林长存（罗源） | 程甲化、林尧英、王政资、吴孕蕃⑦、郑泰枢、陈允甲⑧（莆田） | 郭梦骥⑨、龚锡瑗、蔡时光、詹允捷（晋江）、张焞（惠安） | 李道泰（德化） | 许来音（龙溪）、涂梦花（漳浦）、康孟侯（海澄）、陈常夏（会1，南靖）、杨梦枝（长泰） | 郑愫（龙岩）、吴材（宁洋） | 莫之伟（上杭）、黄日焕（永定） | 何儒显（顺昌） | 谢相（瓯宁） | 冯可参（邵武） |  |  |

① 据乾隆《福清县志》卷九《选举志》题名，高宫（府学）、陈师孔（闽县学）、郑应侯（府学）俱福清人。民国《闽侯县志》卷四十三《选举志·清举人》作闽县人（民国《闽侯县志》卷四十三《选举志·清举人》，原第一页，影印第126页）。

② 据民国《长乐县志》卷十四上《选举上》补入（影印第227页）。

③ 乾隆《福清县志》："原姓程。"（卷九，影印第211页）

④ 民国《福建通志》："榜姓杜。"（《福建选举志》卷十二，第四页）

⑤ 民国《福建通志》："本姓王。"（《福建选举志》卷十二，第四页）

⑥ 《明清进士题名碑录索引》榜名丘允通，清代避讳改（第2650页）。

⑦ 《明清进士题名碑录索引》榜名吴胤蕃，清代避讳改（第2651页）。

⑧ 《明清进士题名碑录索引》榜名陈胤甲，清代避讳改（第2651页）。

⑨ 民国《福建通志》名下小注："改姓名为王庭龙。"（《福建选举志》卷十，第二页）

续表

| 府州科年 | 福州府 | 兴化府 | 泉州府 | 永春州 | 漳州府 | 龙岩州 | 汀州府 | 延平府 | 建宁府 | 邵武府 | 福宁府 | 台湾府 |
|---|---|---|---|---|---|---|---|---|---|---|---|---|
| 康熙二年癸卯(1663)李达可榜 | 邓肇祉(闽县)、林兹翔①(长乐)、薛彭年(薛焕子)、陈魁宇、何瀛、林汝霖②、夏晋(顺天)(福清)、何如苓、吴濬达(连江)、陈志周(陈钟斗子)(古田) | 陈玉成、方旭、朱翰春、李上苑、顾锡俊、朱卷(莆田)、王锡祉、陈帝简(仙游) | 郭天锦、史大受、史逢圣、吴名世、黄知经、洪宸钦、林希慷(泉州府)、刘士铎、黄赐英、顾纶赞、朱希圣、赵净新(晋江)、林皖③(南安)、朱昙嘉④、刘际昌(顺天)(惠安)、叶孚晋(同安) | 方飞、宋祖墀(永春)、陈钟斗(大田) | 黄抡、陆印祚、陈允(漳州府)、林洙、蓝楚白、郭鸿渐(顺天)(龙溪)、郭紘勋、刘司直、陈焨、陈辉、涂伯案(漳浦)、黄鼎新(南靖)、李达可(1,诏安) | 陈天达(漳平) | 沈元霁、赖超彦(赖延泰长子)(连城) | 林笔(南平)、张鸿逵(顺昌)、萧象韶(将乐)、郑僎(尤溪) | 林昌时(建阳)、周弁(崇安)、范锡彪(松溪) | 吴震(邵武) | 陈鸣坰(宁德) | |
| 9. 三年甲辰(1664)严我斯榜⑤ | 高宫⑥(会1)(闽县)、魏焕、郑应侯(福清) | | 洪承龙、林象祖(晋江)、吴黄龙(南安) | | 柯愿(龙溪) | | | | | | 郭为瑛(福安) | |

① 据民国《长乐县志》卷十四上《选举上》补入(影印第227页)。

② 乾隆《福清县志》:"复姓郑。福宁州学。"(卷九,影印第212页)

③ 民国《南安县志》:"本姓吴。"(卷二十一《选举志》,原第三十九页,影印第144页)

④ 民国《福建通志》:"榜姓胡。"(《福建选举志》卷十二,第五页)

⑤ 民国《福建通志》:"康熙二年八月,奉旨以八股文章于政事无涉,自后永行停止,惟以策论、表、判出题。"(《福建选举志》卷十,第二页)康熙三年(1664)甲辰科会试开始策论,题《修己以敬论》(《清秘述闻三种》,第33页),此前试三书,康熙八年(1669)己酉科乡试恢复三书,废除策论(同书,第39页)。

⑥ 按:乾隆《福清县志》卷九《选举志》题名作福清人(影印第200页)。

续表

| 府州科年 | 福州府 | 兴化府 | 泉州府 | 永春州 | 漳州府 | 龙岩州 | 汀州府 | 延平府 | 建宁府 | 邵武府 | 福宁府 | 台湾府 |
|---|---|---|---|---|---|---|---|---|---|---|---|---|
| 五年丙午(1666)蔡奎榜① | 陈沩潢、黄玠(闽县)、卢复吉②(侯官)③、林(蒋)仲达④、李静、林士龙⑤(长乐人)、林兰芇、王天工、施泽、杨绅、何芹(何玉成侄孙)、林兰芇、薛翔高⑥(福清) | 黄镠、黄甲(兴化府)、曾杰、林志觐、刘渭龙(莆田) | 黄图巩(晋江)、吴鸿伟⑦、谢允元、吴曾芳(南安)、张日升、陈容思(同安)、李光地(安溪) | 颜奇宿(永春)、林汪远(林模从兄)、林模(德化) | 李凤起、王者兴、陈逢泰(龙溪)、唐朝彝(平和)、彭士石(江南)、谢定海(广东)、陈芳胄(广东)(漳浦) | 廖庆辰 | 邱作圣(上杭) | 王祐之、毛志伊(南平)、蔡邦英(尤溪) | 黄允芳(瓯宁) | 蔡奎(邵武) | 陈名蟠(福宁州) | |
| 10. 六年丁未(1667)缪彤榜⑧ | 张觐光(闽县)、杨日升、吴道来⑨、陈魁宇(侯官) | 朱翰春、林春芳、何天宠⑩(莆田) | 唐文黼、蔡泰升(晋江)、苏尧松(南安)、陈睿思(陈观泰子)(同安) | | 唐朝彝(平和) | | | | 张凝箓(建安) | | | |

① 民国《福建通志》:"是年以策论二场取士。"(《福建选举志》卷十二,第五页)乾隆《福清县志》:"是科首场文,艺易为论。"(卷九,《选举志》,影印第211页)

② 民国《福建通志》:"本姓王。"(《福建选举志》卷十二,第五页)

③ 按:民国《闽侯县志》卷四十三《选举志·清举人》康熙五年举人仅列黄玠一人,此书举人题名颇有疏漏之处。

④ 民国《长乐县志》卷十四上《选举上》作蒋仲达(影印第215、227页),《明清进士题名碑录索引》作林仲达(第2658页),注云复姓蒋(第2659页)。

⑤ 据民国《长乐县志》卷十四上《选举上》补入(影印第227页)。

⑥ 据乾隆《福清县志》卷九《选举志》补入王天工、施泽(府学)、杨绅(侯官学)、何芹、林兰芇、薛翔高(府学)六人,陈沩潢(府学)亦福清人。

⑦ 民国《南安县志》:"本姓柯。"(卷二十一,《选举志》,原第三十九页,影印第144页)

⑧ 民国《福建通志》:"是科以策论二场取士。"(《福建选举志》卷十,第二页)乾隆《福清县志》:"是科首场文艺易为论。"(卷九,影印第212页)

⑨ 按:吴道来官至内宏文院诰敕撰文中书(民国《闽侯县志》卷四十二《选举志·清进士》)。

⑩ 《清秘述闻》康熙二十六年丁卯科广东考官何天宠:"何天宠字澹庵,福建莆田人,丁未进士。"(《清秘述闻三种》,上册,第68页)查《明清进士题名碑录索引》,何天宠系该科二甲第三十四名进士(第2654页)。

续表

| 府州科年 | 福州府 | 兴化府 | 泉州府 | 永春州 | 漳州府 | 龙岩州 | 汀州府 | 延平府 | 建宁府 | 邵武府 | 福宁府 | 台湾府 |
|---|---|---|---|---|---|---|---|---|---|---|---|---|
| 八年己酉(1669)何龙文榜① | 黄德秀(闽县)、刘耀藜、陈梦雷、陈学夔(侯官)、谢汝霖、陈晓、陈应良②(长乐)、施大晁③、林云虬(6,林英子)、林兰华、林璋、林梧凤、林飏④(福清) | 林麟焻、陈宏持、林嘉楠(兴化府)、游标、林甲春、唐崧华、林必第、林诜孕、曾承肇、黄伊人(莆田) | 何龙文(1)、杨一鹤、丁松⑤(泉州府)、吕元涛、许谦吉、庄有福(晋江)、郭瓒第⑥、李景㭎、傅廷璋(南安)、李岱、周鼎(惠安)、蔡登龙(同安)、王之珂 | 傅日焕、陈浴日、王廷聘(永春) | 谢天宠、孙周旦(龙溪)、林登虎、谢衷寅(广东)(漳浦)、许文章、林琛、蓝陈略(南靖)、吴镛、陈有庆(平和)、吴钟英(广东)(诏安) | | 黄金镧(连城)、孔煌猷(永定) | 危世美(南平)、廖腾煃、邱彝(将乐)、灯存正(永安) | 刘鸣霆、王京(建阳)、潘锦⑦(崇安) | | 黄金铉(邵武) | |
| 11. 九年庚戌(1670)蔡启傅榜⑧ | 陈梦雷(侯官)、陈彝辉(陈仕贤曾孙)、夏晋(夏裕云孙)(福清) | 林麟焻(莆田) | 郭天锦、李为观(晋江)、吴曾芳(南安)、李光地(二甲,2名)(安溪) | 宋祖墀(永春) | 张雄(南靖) | 陈天达(漳平) | | 邱彝⑨(将乐) | 叶有挺(寿宁) | | | |

① 乾隆《福清县志》:“是科仍复文艺。”(卷九,《选举志》,影印第212页)民国《长乐县志》注:“是科复以八股取士。”(卷十四上,《选举上》,影印第227页)
② 据民国《长乐县志》卷十四上《选举上》补入(影印第227页)。
③ 乾隆《福清县志》:“原姓林,癸丑进士。”(卷九,《选举志》,影印第212页)
④ 据乾隆《福清县志》卷九《选举志》补入林云虬(侯官学)、林兰华(闽县学)、林璋(府学)、林梧凤、林飏(府学)五人,并注施大晁原姓林(影印第212页)。
⑤ 民国《福建通志》:“本姓倪。”(《福建选举志》卷十二,第六页)
⑥ 民国《福建通志》:“本姓廖。”(《福建选举志》卷十二,第六页)民国《南安县志》榜名郭琦第,廖《府志》名瓒琦(卷二十一,《选举志》,原第四十页,影印第145页)。
⑦ 按:潘锦之父潘珠原籍浙江仁和,迁崇安(民国《福建通志》总卷三十四,《福建列传(三)》卷三十四,潘锦传)。潘锦之子潘廷玮,康熙二十三年甲子(1684)举人。
⑧ 乾隆《福清县志》卷九《选举志》注:“是科复以八股取士。”(影印第200页)
⑨ 《明清进士题名碑录索引》作丘彝,注:“碑作:邱彝。”(第2657、2658页)

续表

| 府州科年 | 福州府 | 兴化府 | 泉州府 | 永春州 | 漳州府 | 龙岩州 | 汀州府 | 延平府 | 建宁府 | 邵武府 | 福宁府 | 台湾府 |
|---|---|---|---|---|---|---|---|---|---|---|---|---|
| 十一年壬子(1672)林鉎榜 | 吴士宏、蒋垣、林焕、林蔚春(林士起子)(侯官)、陈定国、郑代森①、刘镛(贵州)(长乐)、魏瑄(魏体明玄孙)、施奇文(施郎先孙、施炳先侄孙)、翁应宠②(福清) | 蔡瑶(兴化府)、黄雯、崔昌、黄赐、方义(顺天)(莆田)、陈科(仙游) | 黄志焕、林华昌(泉州府)、陈正朔、陈宾醴、陈鸣球(晋江)、陈犹龙、刘邦臣(惠安)③、郭士节、叶在兹(同安)、官朝京(安溪) | 甘重熙、谢青钟(德化)、颜桢暹(江西)(永春) | 林鉎(1)、洪弈懿(漳州府)、陈天祚、吴龙、郭亨都王象雍、石元德(龙溪)、秦灏④(广东)(海澄)、吴业焕(漳浦)、周天位(平和)、杨枏(诏安)、蔡致远(镇海卫) | | 伊见知(宁化)、卢化(永定) | 陈聘之、黄宫桂(南平)、邓天羽、邓文修(沙县)、饶夔(永安) | 徐权(建阳) | 余敏修、谢邦协(建宁) | | |
| 12. 十二年癸丑(1673)韩菼榜 | 陈翰(闽县)、林(蒋)仲达⑤(二甲,4)(长乐)、施大晁(福清) | 林诚(莆田) | 黄志奂、丁松⑥(晋江) | 林模(德化) | 陈芳胄⑦(漳浦) | | | 邓文修(沙县) | | 吴震(邵武) | | |
| 十四年乙卯(1675)⑧ | | | | | 谢亦骥(顺天)(龙溪) | | | | | | | |

① 据民国《长乐县志》卷十四上《选举上》补入陈定国、郑代森二人,刘镛寄籍贵州,后回本籍(影印第 227 页)。

② 据乾隆《福清县志》补入福清举人魏瑄、施奇文、翁应宠三人。林蔚春(闽县学),民国《福建通志》作侯官学,亦福清人。

③ 民国《福建通志》:"本姓李。"(《福建选举志》卷十二,第六页)

④ 民国《福建通志》:"本姓陈。"(《福建选举志》卷十二,第六页)

⑤ 民国《长乐县志》:"蒋仲达,翰林院庶吉士。"(卷十四上,《选举上》,影印第 215 页)

⑥ 民国《福建通志》:"复姓倪。"(《福建选举志》卷十,第三页)

⑦ 民国《福建通志》:"漳浦人,广东籍。《题名碑》作程姓。"(《福建选举志》卷十,第三页)《明清进士题名碑录索引》作程芳胄(第 2658 页),广东海丰人(第 886 页),当以程芳胄为是。

⑧ 民国《福建通志》:"是年耿变,停福建乡试。"(《福建选举志》卷十二,第六页)按:耿精忠之变始于康熙十三年甲寅(1674)三月,清廷于康熙十五年丙辰(1676)十月平定。

续表

| 府州科年 | 福州府 | 兴化府 | 泉州府 | 永春州 | 漳州府 | 龙岩州 | 汀州府 | 延平府 | 建宁府 | 邵武府 | 福宁府 | 台湾府 |
|---|---|---|---|---|---|---|---|---|---|---|---|---|
| 13. 十五年丙辰(1676)彭定求榜① | | | | | | | | | | | | |
| 十七年戊午(1678)② | 王九宁（浙江）（闽县） | 吴琪(江南)（莆田） | | | | | | | | | | |
| 14. 十八年己未(1679)归允肃榜 | | 吴任臣③④（莆田） | 庄延裕（晋江） | | 林琛（南靖）、谢衷寅(平和) | | | | | | | |

① 民国《福建通志》:“空榜。为耿变故。”(《福建选举志》卷十,第三页)

② 民国《福建通志》:“仍停乡试。”(《福建选举志》卷十二,第六页)

③ 吴任臣,字志伊、尔器、征鸣,号托园。寄籍浙江仁和。康熙十八年己未(1679)博学鸿词科,授翰林院检讨。与吴江王锡阐(寅旭)、宣城梅文鼎(定九)鼎足(民国《福建通志》总卷三十九,《福建文苑传(清一)》卷七,原第十五页)。

④ 民国《福建通志》:“浙江仁和县学生。原籍莆田。”(《福建选举志》卷十,第三页)

续表

| 府州科年 | 福州府 | 兴化府 | 泉州府 | 永春州 | 漳州府 | 龙岩州 | 汀州府 | 延平府 | 建宁府 | 邵武府 | 福宁府 | 台湾府 |
| --- | --- | --- | --- | --- | --- | --- | --- | --- | --- | --- | --- | --- |
| 十九年庚申(1680)补科曾炳榜① | 谢道异、黄桥升(福州府)、赵飏、陈璧、王梦龙、王异、郑瓒(闽县)、翁煌、陈表、阮机(侯官)、谢恩(谢肇淛孙)、陈天立、谢肇凤(谢兆麟弟)②、黄天箕(长乐)、曾孙枝(福清)、郑駉(连江)、陈正乐、丁先聘(古田)、谢恩(闽清) | 陈广、郑长晄(兴化府)、吴辙、林必甲、郭郜(莆田) | 洪寀基③、李鼎徵、蔡时升、黄式度、蔡仕岳④、何方升⑤、曾炳(1)、陈迁鹤⑥(晋江)、林书年⑦(南安)林可梁(惠安)、刘运昇、张金友、黄龙游、王泽观、蔡任鹄(同安)、张纯仁(安溪) | | 蔡祚熹、陈鸿、刘骥良⑧、叶春登(漳州府)、刘勃(龙溪)、商及超、许隆远、郭茂才(漳浦)、施德信、许绍彬、蓝采(南靖)、黄光祉(长泰)、蔡日光(平和)、吴说随(诏安) | 曹乾注(宁洋) | 原文锡(归化)、童有恋(连城)、钟尚志(上杭)、卢清(永定) | 张光祖(顺昌) | 方日琏(建安)、方允猷(瓯宁) | 廖必亨(建宁) | | |

① 民国《福建通志》:“自甲寅(康熙十三年,1674)耿变,乙卯(十四年,1675)、戊午(十七年,1678)俱停乡试,至是补行,加额十名。”(《福建选举志》卷十二,第六页)民国《长乐县志·选举上》:“按:闽省以甲寅(十三年,1674)之变,乙卯(十四年,1675)无乡试,丙辰(十五年,1676)虽云恢复,军兴旁午,戊午(十七年,1678)亦未遑开科,至庚申(十九年,1680)始补行乡试。又奉恩诏加额十名,共六十三名。”(卷十四上,原第五十八页,影印第227页)由于耿精忠叛乱,康熙十四年乙卯、十七年戊午两科福建乡试未举行。据此,康熙间福建解额仅50名。

② 按:乾隆《福清县志》卷九《选举志》题名,谢恩(长乐县学)、黄桥升(府学)、谢肇凤(长乐县学)俱福清人;又,谢恩、谢肇凤、谢兆麟诸谢氏家族中人其先系福清东岚(明、清时之海坛岛,今属平潭县)人,迁长乐至谢肇淛(1567—1624)时已七世,请参看《明代福建文学结聚与文化研究》第五九“长乐谢汝韶家族”条。

③ 民国《福建通志》:“本姓李。”(《福建选举志》卷十二,第七页)

④ 民国《福建通志》:“榜姓董。”(《福建选举志》卷十二,第七页)

⑤ 民国《福建通志》:“榜姓陈。”(《福建选举志》卷十二,第七页)

⑥ 民国《福建通志》:“《题名碑》作龙溪人。”(《福建选举志》卷十二,第七页)误。民国《福建通志·儒林传》陈迁鹤传:“先世安溪人,徙郡城。”(民国《福建通志》总卷三十八,《福建儒林传》卷五,陈迁鹤传,原第一页)误泉州府安溪县为龙溪县,龙溪县隶漳州府。

⑦ 民国《福建通志》:“本姓汪。”(《福建选举志》卷十二,第七页)《泉州府志》作江书年,民国《南安县志》作王书年(卷二十一,《选举志》,原第四十页,影印第145页)。

⑧ 民国《福建通志》:“本姓蔡。”(《福建选举志》卷十二,第七页)

续表

| 府州科年 | 福州府 | 兴化府 | 泉州府 | 永春州 | 漳州府 | 龙岩州 | 汀州府 | 延平府 | 建宁府 | 邵武府 | 福宁府 | 台湾府 |
|---|---|---|---|---|---|---|---|---|---|---|---|---|
| 二十年辛酉（1681）郑元超榜 | 郑培、赵良臣、曾辉缵、周上遴（福州府）、蔡其聪（10）、毛翼坦①、叶谦、邓炎（顺天）（闽县）、林士龙、陈迪仪（侯官）、江雯、陈书②（长乐）、郑元超（1）、陈敬求（7）（福清）、游禄宜（永福） | 朱元春（兴化府）、柯玉成、彭铭（莆田） | 何世烈、苏肇彩（泉州府）、郑仲谋、黄觐光、黄士茂、陈彬、王平成、颜建勋（广东）（晋江）、沈名世（南安）、余文鹿③、柯菁（惠安）、黄晄、蔡宸枫、林逢有、吴金俊（顺天）、武二酉（同安） | 尤鹏翔（永春）、徐其璘（德化） | 刘夔龙（漳浦）、张应聘（海澄）、吴一蜚（长泰）、许文明（诏安） | 陈琬（漳平） | 黎文远（顺天）、罗才徵（长汀）、萧宸翰（归化）、吴利见、卢为骥、熊昭应（永定） | 谢圣扬（南平）、邓广（顺昌）、林载芝（沙县）、凌之鹏（尤溪） | 任文绪、吴溥（建安）、叶锡（瓯宁）、陈星奎（建阳） | | 郑承祉、王广（福宁州） | |
| 15. 二十一年壬戌（1682）蔡升元榜 | 翁煌（侯官）、谢恩（闽清）④ | 吴辙（莆田） | 林可梁（惠安） | | 刘勃（龙溪）、吴一蜚（长泰）、周天位（平和）、蔡致远（镇海卫） | 曾炳（漳平） | | 黄宫柱（南平） | 方日琏（建安） | | | |

① 据乾隆《福清县志》卷九《选举志》题名，蔡其聪（闽县学）、毛翼坦（闽县学）俱福清人。

② 按：长乐陈书，字特卿。官安仁知县、刑部广东司主事、浙江道监察御史、掌江南道。为文自成一家。传见同治刊本《福建通志》卷二百二十六。

③ 民国《福建通志》："本姓张。"（《福建选举志》卷十二，第七页）

④ 按：乾隆《福清县志》卷九《选举志》题名作福清人（影印第200页）。

续表

| 府州科年 | 福州府 | 兴化府 | 泉州府 | 永春州 | 漳州府 | 龙岩州 | 汀州府 | 延平府 | 建宁府 | 邵武府 | 福宁府 | 台湾府 |
|---|---|---|---|---|---|---|---|---|---|---|---|---|
| 二十三年甲子(1684)邱坦榜 | 甘维祺(甘晋锡子,甘昌衍孙)、邓士鹏(福州府)、林维兰、李文麟(闽县)、金潮、林芝、蒋晟、杜成锦①、林豸冠、龚之辅、芦薪孺、马尚襄(侯官)、陈碧登、廖承彦(长乐)、郑金声、陈枝菁、黄文恒、李馥(福清)、黄元震(闽清) | 黄简、程震元、王泌(兴化府)、程鲲化(程甲化弟)、林宸佐(莆田)、翁韬(仙游) | 蔡方升、苏巽②、倪爽棠、林可煜(泉州府)、黄裴(黄徽胤子)、纪宗瀚(晋江)、黄彦标(惠安)、张永滋、林逢济(同安)、李尔功③(南安) | 祝大寿(永春)、林际长、范如璋(大田) | 蔡春魁④(漳州府)、蔡龙骧、商梁嵩、林绍祖、黄庭煜(漳浦)、胡琏、李基益、林世炳(海澄)、张福衍(张雄子)(南靖)、蔡巍标、戴大集(长泰) | 苏清(龙岩) | 黄汝□、王士陟、伊逢吉(宁化)、杨有龄(归化)、吴煜丰(连城) | 邱坦(1,延平府)、杨风羽(南平)、聂敞(永安) | 周袠、徐文煜(建阳)、李绍骥、潘廷玮(潘锦子)⑤(崇安)、徐枝芳(浦城) | 黄华衮(邵武) | 林豫吉⑥(福安) | |
| 16. 二十四年乙丑(1685)陆肯堂榜 | 蔡其聪(闽县)⑦ | 吴琪(莆田) | 陈迁鹤⑧(晋江) | | | | 萧宸翰(归化) | | 陈星奎(建阳) | | | |

① 据乾隆《福清县志》卷九《选举志》题名,芦薪孺、杜成锦俱福清人。杜成锦,官台湾府教授(民国《闽侯县志》卷四十三《选举志·清举人》),系台湾纳入大清版图之后较早到台湾府任教职的官员,稍后有康熙三十年举人魏藻(字彦思)等。

② 民国《南安县志》作欧阳巽,榜名苏巽(卷二十一,《选举志》,原第四十页,影印第145页)。

③ 据民国《南安县志·选举志》补入(卷二十一,《选举志》,原第四十一页,影印第145页)。

④ 民国《福建通志》:"本姓林。"(《选举志》十二,第八页)

⑤ 据民国《福建通志》潘锦传(总卷三十四,《福建列传(三)》卷三十四,第二十六页)补入。

⑥ 按:林豫吉本籍长乐县,寄籍福安县(民国《长乐县志》卷十四上,《选举上》,影印第227页)。

⑦ 按:乾隆《福清县志》卷九《选举志》题名作福清人(影印第200页)。

⑧ 陈迁鹤于康熙二十四年乙丑(1685)成进士,选庶吉士,传称其"年已及艾"(民国《福建通志》总卷三十八,《福建儒林传》卷五,陈迁鹤传,原第一页),时陈迁鹤年四十七岁,不确;若云二十七年(1688)授翰林院编修时年及艾,则相合。

续表

| 府州科年 | 福州府 | 兴化府 | 泉州府 | 永春州 | 漳州府 | 龙岩州 | 汀州府 | 延平府 | 建宁府 | 邵武府 | 福宁府 | 台湾府 |
| --- | --- | --- | --- | --- | --- | --- | --- | --- | --- | --- | --- | --- |
| 二十六年丁卯(1687)萧宏梁榜 | 谢清栽、罗圻俊、曾圣春、林文英①(顺天)(福州府)、施霖、林基、林源洙、齐彬、郑汝砺、林湛(闽县)、孙汉良(孙元晖子)、张其烜、廖凤翔、林景秀、林嘉吉、江南金、廖凤羽、郑晃(侯官)、林秉霈、施盤(福清)、刘世兴(闽清)、柯宜椿(永福) | 林攀桂、吴士熺、连裴(顺天)、郑洞生(江西)(莆田) | 林洪烈、黄金榜(黄朱勖子)、粘拱恩、郭一豪②(泉州府)、吴洽选③(广东)(晋江)、林逢翰、苏元霖④(南安) | 萧宏梁(1)、张志学、王维斗(德化) | 何其芬(漳州府)、郑汝楫、昌文灿(龙溪)、杨锡冕、许儁(海澄)、陈声(长泰)、廖其典(广东)(南靖) | 廖玟、吴琏、朱永祚(漳平) | 吴庭芝(汀州府)、罗泌徵(长汀)、张璜、刘允祯(宁化)、邱峤(上杭)、钟荃、萧龚(武平) | 陈国柱(延平府)、廖长龄、祝佺(将乐) | 吴登选(建宁府) | 涂尚志(建宁) | 吴廷琪(福宁州) | 苏莪⑤(凤山) |
| 17. 二十七年戊辰(1688)沈廷文榜 | 林文英(侯官) | | | | 杨锡冕(海澄)、张福衍(南靖) | | | | 潘锦(崇安) | | | |

① 按:林文英"以五经钦赐举人中式,五经中式之例自文英始。"(同治刊本《福建通志》卷一百三十二林文英传,原第十三页,影印第4221页)

② 民国《福建通志》:"本姓吴。"(《福建选举志》卷十二,第八页)

③ 按:民国《南安县志》作黄洽选(卷二十一,《选举志》,原第二十一页,影印第145页)。

④ 民国《南安县志》:"本姓李。"(卷二十一,《选举志》,原第四十一页,影印第145页)

⑤ 民国《福建通志》:"康熙二十六年编台字号,中额一名;雍正十三年加中一名,改为至字号;嘉庆十三年加中淡水一名。"(《福建选举志》卷十二,第八页)

续表

| 府州科年 | 福州府 | 兴化府 | 泉州府 | 永春州 | 漳州府 | 龙岩州 | 汀州府 | 延平府 | 建宁府 | 邵武府 | 福宁府 | 台湾府 |
|---|---|---|---|---|---|---|---|---|---|---|---|---|
| 二十九年庚午(1690)潘金卣榜 | 林子芸①、陈兆业、陈位(福州府)、方迈、严宗溥(闽县)、严云、杨志通②、黄舆、陈学孔、林轶青(林雍子)、王安策、王亮、郑善述(侯官)、何连城(福清)、陈勤宣(古田) | 方鸿、林朋隆、王志通③、林滋谦、黄黎、姚恒(兴化府)、阮衍宗、林洙(莆田)、唐仁源(仙游) | 潘晋龄(6)、蔡震升、陈大宾、陈骝(泉州府)、池继溥、苏振芳(南安)、梁国宝、王兆清、刘作梅(惠安)、陈秉忠④(同安) | | 胡然、杨文茂⑤(漳州府)、戴盼(龙溪)、吕炽昌、阮文⑥(江西)(漳浦)、叶自南(南靖)、周旋⑦(诏安) | 郑玫(龙岩)、李辉隆(宁洋) | 詹捷、邱嘉穗、廖均(汀州府)、夏勋(归化)、廖冀亨(永定) | 谢瓒(南平)、伍思辙(将乐) | 潘金卣(1)、余志巩(建安)、张彬(崇安) | 陈洪(邵武)、吴秉芳(建宁) | | 包星焕(凤山) |
| 18. 三十年辛未(1691)戴有祺榜 | 金潮⑧(侯官)、江雯(长乐) | | 林洪烈、何龙文⑨(晋江)、刘作梅(惠安) | | | | | | | | | |

① 据乾隆《福清县志》卷九《选举志》题名,林子芸(府学)、严宗溥(闽县学)俱福清人。
② 民国《福建通志》:"本姓王。"(《福建选举志》卷十二,第八页)
③ 民国《福建通志》:"榜姓杨。"(《福建选举志》卷十二,第八页)
④ 民国《福建通志》:"本姓何。"(《福建选举志》卷十二,第八页)
⑤ 民国《福建通志》:"本姓郑。"(《福建选举志》卷十二,第八页)
⑥ 民国《福建通志》:"榜姓蔡。"(《福建选举志》卷十二,第八页)
⑦ 民国《福建通志》:"本姓朱。"(《福建选举志》卷十二,第八页)
⑧ 金潮,字海门。侯官人。少遭家难,尽室播迁,以出继免。改选庶吉士,改知昆山(民国《福建通志》总卷三十九,《福建文苑传(清一)》卷七,原第十七页)。
⑨ 《闽词征》何龙文传:"字信周,晋江人。康熙三十年进士,选庶吉士。"(卷四)

续表

| 府州科年 | 福州府 | 兴化府 | 泉州府 | 永春州 | 漳州府 | 龙岩州 | 汀州府 | 延平府 | 建宁府 | 邵武府 | 福宁府 | 台湾府 |
|---|---|---|---|---|---|---|---|---|---|---|---|---|
| 三十二年癸酉(1693)郑基生榜 | 林祖望、叶绍芳、陈圣范①、陈迈真(陈五桂子)、朱任宏、邓铎、魏雯②(福州府)、郑基生(1)、林士英、卓谟③、杨志道(闽县)、赵若愚、张宸锡、魏来聘④(侯官)、林天柱(长乐)、林桐、何美、魏藻(福清) | 刘蔚(兴化府)、陈淇、黄谊、郑光礼(莆田)、黄兆甲(仙游) | 郑定谋(泉州府)、林昇烈、李自岩、李钟冲、许维登⑤(柯赓昌子)、陈世芳、陈万策(顺天)(晋江)、苏埙、蔡仕舢(蔡鹏霄孙)、林思睿⑥(柯赓昌孙,柯维登子)、蔡钟昙(南安)、林世骥、陈梦球(同安)、李钟伦、蔡杓先(安溪) | 周宗濂(永春) | 吴钟(吴维圻子)(漳州府)、郑天池(龙溪)、马瑞图(海澄)、戴永福、戴铼、蔡洛(广东)(长泰)、林修(平和)、郑亦邹(郑之惠子)(诏安) | | 林馥春(汀州府)、周梦熊(宁化)、赖际可(永定) | 邱晟、廖九龄(将乐) | 李祚演、范鸿(建宁府)、赵播(建阳) | 吴汉翀(顺天)(光泽)、鄢柳(建宁) | | 王璋(台湾府) |
| 19. 三十三年甲戌(1694)胡任舆榜 | 方迈(闽县)、黄舆(侯官) | | 林可煜、黄覲光(晋江)、黄彦标(惠安)、陈梦球⑦(同安) | | 戴盼(龙溪)、戴大集(长泰)、蔡日光(平和)、吴钟(镇海卫) | | | 廖长龄(将乐) | 郑晃(浦城) | | 吴廷琪(福宁)、林豫吉⑧(福安) | |

① 民国《福建通志》:“改名景范。”(《福建选举志》卷十二,第九页)
② 民国《福建通志》:“本姓周。”(《福建选举志》卷十二,第九页)
③ 民国《福建通志》:“复姓朱。”(《福建选举志》卷十二,第九页)
④ 据乾隆《福清县志》卷九《选举志》题名,林祖望(闽县学,民国《福建通志》一作府学)、陈圣范、魏来聘俱福清人。
⑤ 民国《南安县志》:“思睿父。本姓柯。由晋江学中式。”(卷二十一,《选举志》,原第二十一页,影印第145页)
⑥ 民国《福建通志》:“本姓柯。”(《福建选举志》卷十二,第九页)
⑦ 民国《同安县志》陈梦球传:“由正白旗籍中康熙甲戌科进士。翰林院编修。”(卷三十一,影印第1016页)
⑧ 按:民国《长乐县志》注云林豫吉寄籍福安县(卷十四上,《选举上》,影印第215页)

续表

| 府州科年 | 福州府 | 兴化府 | 泉州府 | 永春州 | 漳州府 | 龙岩州 | 汀州府 | 延平府 | 建宁府 | 邵武府 | 福宁府 | 台湾府 |
|---|---|---|---|---|---|---|---|---|---|---|---|---|
| 三十五年丙子(1696)余正健榜 | 江为标、赵文明、王钰、赵晋、郑宗礼(福州府)陈毓璘、翁肃、张伟人(闽县)、力子俨、郑震极、王权①(广西)(侯官)、郑叙九(长乐)、薛士玑(薛镕孙)、林可遵、余祖训②、方矩③、林应春(顺天)(福清)、孙志仁、周懋勋、郑霄(连江人)、余正健(1,古田)、林涛(闽清) | 周薇、余庆祚、柯潮(兴化府)、郑开、曾超(莆田) | 郑廷瑾、张云路、孙得捷④、李辅材(泉州府)、王之炜⑤、刘琦龄、陈元焻、林海岳⑥、陈元焱(陈俞侯子)、何天简(晋江)、吴启进⑦、周德远(南安)、张元龙(惠安)、洪心澄(同安)、林彦先、吴益琬、黄翰国、许秉德⑧(安溪) | 陈应奎(德化) | 郑之良(龙溪)、黄尚宽(漳浦)、翁钊⑨、庄国伦、郑应甲、张福永(张雄子)(南靖)、杨涛(长泰)、戴迺熠(平和)、孙庭楷(诏安) | 吴相(宁洋) | 黎致远(汀州府)、伊予先(宁化)、李岑陞(连城)、邱中宽、钟润、梁高标(上杭)、周廷槐(武平)、黄策麟(永定) | 叶嵋(顺昌)、廖腾焻(将乐)、 | 程绍颐、王宏绪、徐鹏(建阳) | 龚骏声(邵武府)、何梅(建宁) | 林旴(福安)、左天墉(宁德) | 王际慧(凤山) |

① 民国《福建通志》:“本姓蓝。”(《福建选举志》卷十二,第十页)乾隆《福清县志》:“南平县学中。”(卷九,影印第212页)

② 民国《福建通志》:“改名甸。”(《福建选举志》卷十二,第十页)

③ 据乾隆《福清县志》卷九《选举志》补入,翁肃亦福清人。

④ 民国《福建通志》:“本姓王。”(《福建选举志》卷十二,第十页)

⑤ 民国《福建通志》:“本姓江。”(《福建选举志》卷十二,第十页)榜姓王,字原閤;复姓江,字葵峰(民国《福建通志》总卷三十六,《福建循吏传(清一)》卷十一,江之炜传)。

⑥ 民国《福建通志》:“本姓刘。”(《福建选举志》卷十二,第十页)

⑦ 民国《福建通志》:“本姓张。”(《福建选举志》卷十二,第十页)

⑧ 民国《福建通志》:“本姓苏。”(《福建选举志》卷十二,第十页)

⑨ 民国《福建通志》:“本姓邱。”(《福建选举志》卷十二,第十页)

续表

| 府州科年 | 福州府 | 兴化府 | 泉州府 | 永春州 | 漳州府 | 龙岩州 | 汀州府 | 延平府 | 建宁府 | 邵武府 | 福宁府 | 台湾府 |
|---|---|---|---|---|---|---|---|---|---|---|---|---|
| 20. 三十六年丁丑(1697)李蟠榜 | 朱谟①(闽县)、余正健②(古田) | | | | | | | | | | | |
| 三十八年己卯(1699)张远榜 | 林佶、郑国器、李如杏、吴应巽③、施雯、李必遇、翁咏榴(福州府)、王士颖④、张梦雷、林绪光、陈羹臣、陈鳌(闽县)、张远(1)、郑演、王兆惠⑤、林霖⑥(侯官)、高锡爵(高飞声曾孙)、陈希孟(长乐)、翁叶峻、祝钦宸(福清)、胡向荣(罗源)、郑芳标(闽清) | 陈起蛟(兴化府)、林源、黄勤(莆田)、陈景璁、陈凤文(仙游) | 李世茂⑦、黄腾冠、李璜、叶遇时、蔡芳(泉州府)、赵翘曾、黄寅亮、郭其璹、陈宗楷、黏拱斗、魏履成、连一鸣⑧、施奕簪、黄志弼(晋江)、林鹏扬、杨宗泽、柯继甫(柯赓昌子)、何维飚(南安)、李必绪、郭国懿(惠安)、郑中阶、王光瑞、萧天华、庄承祚(顺天)、陈迁(顺天)(同安)、许宗岳(安溪) | 刘传(永春)、陈元捷、颜天球(德化) | 陈亨造、魏元琦、邓天山(漳州府)、陈元麟、李五福、高成龙(广西)(海澄)、郑徵⑨(南靖)、苏潮、薛爌(长泰)、洪宸绂(广西)(漳浦) | 吴晸(宁洋) | 钟嘉穡(长汀)、周梦锦(宁化)、丁珍(上杭)、林宝树(武平)、王芬露、熊孙兰、熊孙鹤、张成章(永定) | 黄鼎、陈与谦(沙县)、林助(尤溪)、赖允元、陈枢(永安) | 谢宪(瓯宁)、刘骏(建阳) | 梁芑、丁继离(邵武) | 阮遇春(宁德) | |

① 民国《福建通志》:“闽县人。乡榜作卓谟,第后复本姓。”(《福建选举志》卷十,第三页)

② 按:余正健,字乾行。选庶吉士,授编修,充国史纂修(同治刊本《福建通志》卷二百二十六,影印第4136页)。

③ 按:王应巽,官台湾县教谕(民国《闽侯县志》卷四十三《选举志・清举人》)。

④ 民国《福建通志》:“本姓吴。”(《福建选举志》卷十二,第十页)乾隆《福清县志》题名作“吴士颖”(影印第213页)。

⑤ 民国《福建通志》:“本姓林。”(《福建选举志》卷十二,第十页)

⑥ 据乾隆《福清县志》卷九《选举志》题名,翁咏榴、吴士颖、王兆惠、施雯、林霖俱福清人。

⑦ 民国《福建通志》:“本姓黄。”(《福建选举志》卷十二,第十页)

⑧ 民国《福建通志》:“本姓李。”(《福建选举志》卷十二,第十页)

⑨ 民国《福建通志》:“本姓苏。”(《福建选举志》卷十二,第十页)

续表

| 府州科年 | 福州府 | 兴化府 | 泉州府 | 永春州 | 漳州府 | 龙岩州 | 汀州府 | 延平府 | 建宁府 | 邵武府 | 福宁府 | 台湾府 |
| --- | --- | --- | --- | --- | --- | --- | --- | --- | --- | --- | --- | --- |
| 21. 三十九年庚辰(1700)汪绎榜 | 严宗溥①、施霖、叶绍芳②(闽县)、林应春(福清)、周懋勋、孙志仁(连江) |  | 梁国宝、苏埙、林思睿③(南安)、蔡任鹄、陈大宾(同安) |  | 陈还(龙溪)、林绍祖(漳浦) |  | 周廷槐(武平) |  |  |  |  |  |
| 四十一年壬午(1702)史大范榜 | 李建极、林协、林联登、林元实、陈琼、林中桂(福州府)、邓文鼎、赵元慧、胡憓、何腾三、陈宪周、邵言纶(闽县)、江云龙④、李鋐(侯官)、蒋兰友(长乐)、陈汝僖(4)、蔡其默(6)(福清)、杨振纲、施松龄⑤、陈亮采(古田)、黄任(永福) | 孔传南(兴化府)、吴鸿焬、魏宗寅、程云鸿、周王春、吴应凤(吴英子)、姚廷献(莆田)、何钟元(仙游) | 林为垣(林洪烈子)、施拱秀、李钟侨(泉州府)、史大范(1)⑥、陈修、林元隆、陈有怀、王景震、陈正朔、施士沧、陈万宝(晋江)、丁文麟、蔡宸升(南安)、黄廷贤、潘开春、吴卢炎(惠安)、王心朝⑦、蔡继祖、苏圻、黄名家(同安)、薛宏良、林道炳、江士奇、李光让(安溪) | 刘奇宿(永春) | 郑起元(龙溪)、周祖笃(周祖诒弟)(海澄)、汾淖文⑧、胡应达、沈一葵(诏安) | 刘冠(宁洋)、李颐(漳平) | 童祖望、蒋文超(连城)、饶荷禧(武平) | 廖金龄(将乐)、程世恂(顺昌)、邓维桓(沙县) | 周渭熊、张观海、欧隽(瓯宁) | 张霖(邵武)、邹祖项(光泽) | 吴瑞焉(福安) |  |

① 按:严宗溥,字志周,号如园。乾隆《福清县志》卷九《选举志》题名作福清人(影印第 200 页),卷十三传作江阴里人,二甲二名进士。选庶吉士,授编修(影印第 330 页),康熙四十四年(1705)乙酉科典试山西。

② 按:施霖、叶绍芳二人,《国朝全闽诗录初集》续集卷四均作"康熙九年庚辰进士"(第 548-549 页),查《明清进士题名碑录索引》康熙三十九年庚辰,施霖、叶绍芳均为该榜进士(第 2673、2674 页),故《国朝全闽诗录初集》误。

③ 按:民国《南安县志》卷二十《选举志》作康熙三十六年李蟠榜进士(原第十八页,影印第 134 页)。

④ 按:江云龙,字允光。福清籍(民国《闽侯县志》卷四十三《选举志·清举人》)。

⑤ 据乾隆《福清县志》卷九《选举志》题名,李建极、林联登、江云龙、施松龄俱福清人。

⑥ 民国《福建通志》:"本姓陈。"(《福建选举志》卷十二,第十一页)

⑦ 民国《福建通志》:"本姓叶。"(《福建选举志》卷十二,第十一页)

⑧ 民国《福建通志》:"本姓陈。"(《福建选举志》卷十二,第十一页)

续表

| 府州科年 | 福州府 | 兴化府 | 泉州府 | 永春州 | 漳州府 | 龙岩州 | 汀州府 | 延平府 | 建宁府 | 邵武府 | 福宁府 | 台湾府 |
|---|---|---|---|---|---|---|---|---|---|---|---|---|
| 22. 四十二年癸未(1703)王式丹榜 | 赵晋(2)①、林祖望②(闽县) | | | | | 吴相(宁洋) | | | | | | |
| 四十四年乙酉(1705)施鸿纶榜 | 林缙、陈仁、郑焯、张机(福州府)、蓝麟、余兴祖③、郑金章、林榆(闽县)、林于侯、郑任钥、郑焕、郑燀、张文炅(侯官)、马玉简、郑纯礼、江山甫(长乐)、施鸿纶(1,施大晁三子)、林英④、何鋕、郭天麒(福清)、陈道峻(连江)、丁式邦(古田)、孙湛(闽清) | 郑黄灿、黄殿对、陈岱生、周泽(兴化府)、林南岳(莆田) | 黄志长、谢允登、林日燀、富鹏业(泉州府)、黄为汉、王孔彰、纪宗汪(纪宗瀚弟)(晋江)、潘士锦、李茂华⑤(吴朝棅孙)(南安)、陈会津、徐霞彩⑥、陈兆泰、谢重灿、陈肇桢、王之濬⑦(顺天)(惠安)、蔡宾兴、陈肇俊(陈睿思子、陈观泰孙)、谢鼎玉⑧(同安)、李琼(李光坡子)、陈万松、郑中衡、李光坊(李日升子)、潘廷璋(安溪) | 庄际培、李升元、林仪凤(颜钦锡子)⑨、蒋起奎(永春) | 徐方光、张福昶(张雄子)(漳州府)、蔡鏸、蔡世远、徐登甲、邱凤仪、蔡允肃(漳浦)、林霄九(南靖)、戴大用(长泰)、林晋、曾今棨(平和)、潘宗绍(诏安)(广东) | | 江淇(汀州府)、周良璧、蓝曰聪、孔兴宗(上杭)、范埙、林奕绳(武平)、吴挺峰(顺天)(永定) | 黄其炳(延平府)、应宣(南平)、邓梦庚(沙县)、范禹锡(永安) | 魏缵缙、李敏(建宁府)、林廷璧⑩、马肇枢(建安)、谢师孔(瓯宁)、张文玉(建阳) | 沈璇(邵武) | 宋孔时(福宁州) | 王茂立(台湾) |

① 按:赵晋,字昼山,一作画山(《清秘述闻》卷三,《清秘述闻三种》上册,第92页;卷十一,第361页),一甲第二人,翰林院编修;林祖望,翰林院庶吉士(民国《闽侯县志》卷四十二《选举志·清进士》)。

② 乾隆《福清县志》:"翰林院庶吉士,见《文苑传》。"(影印第200页)

③ 据乾隆《福清县志》卷九《选举志》,余兴祖系福清人。

④ 民国《福建通志》:"本姓孙。"(《福建选举志》卷十二,第十一页)

⑤ 民国《福建通志》:"本姓吴。"(《福建选举志》卷十二,第十一页)

⑥ 民国《福建通志》:"本姓洪。"(《福建选举志》卷十二,第十一页)

⑦ 民国《福建通志》:"本姓林。"(《福建选举志》卷十二,第十一页)

⑧ 民国《福建通志》:"本姓刘。"(《福建选举志》卷十二,第十一页)

⑨ 民国《福建通志》:"本姓颜。"(《福建选举志》卷十二,第十一页)

⑩ 按:林廷璧本籍福州府长乐县(民国《长乐县志》卷十四上,《选举上》,影印第218页)。

续表

| 府州科年 | 福州府 | 兴化府 | 泉州府 | 永春州 | 漳州府 | 龙岩州 | 汀州府 | 延平府 | 建宁府 | 邵武府 | 福宁府 | 台湾府 |
|---|---|---|---|---|---|---|---|---|---|---|---|---|
| 23. 四十五年丙戌(1706)王云锦榜 | 张机、陈琼、郑金章(闽县)、郑任鑰①(侯官)、薛士玑(福清) | | 张云路(晋江)、杨宗泽(南安)、王之濬②(惠安)、陈秉忠③(同安) | | 徐登甲、刘骥良④(漳浦)、郑亦邹(郑之惠子)、沈一葵(诏安) | | | 余祖训(南平)、邱晟⑤(将乐) | 李敏(瓯宁) | | 吴瑞焉(福安) | |
| 四十七年戊子(1708)林昂榜 | 陈士镐、陈霞翥、郭基(郭焕子)、郑炎、赵建中(福州府)、马玉麟、叶日灿、赵洵、刘兆基、林世盛(闽县)、林昂(1)⑥、张炜、郑三才、林正泰、黄献、陈舜任⑦(侯官)、陈嘉莹、余祖荫(余甸弟、余光辰孙)、郭传世(四川)(福清)、孙发曾、陈憬(连江)、黄慎徽(罗源)、丁文涛、陈勤秉(古田) | 姚黄甲、唐朝彩、何宾春(兴化府)、宋钦、郑亮光(莆田)、胡汝楫、陈觉斯(仙游) | 王殿飏、杨询朋、林廷翀、蔡学乾、陈庚元、李钟德、李钟旺(泉州府)、何维岳、蔡锡玉、黏鼎玉、魏徽猷、陈熊、黄世茂(晋江)、潘晋晟、李天宠、高镇峰⑧(南安)、叶达尊⑨、王希尧⑩(惠安)、叶蔚、池继善、郭赐英(同安)、高攀丹、李光北(安溪) | 周永、李丹桂、曹鼎玉(永春) | 杨菁开、陈日耀(龙溪)、林怀彦(漳浦)、许之璜(海澄)、林莹(长泰) | 陈泳福(漳平) | 吴莱峰(汀州府)、江河清、赖寅(上杭)、卢祖熺、张月攀、胡楼生(永定) | 徐宏祚(延平府)、李嗣岱(沙县)、刘高贞(永安) | 林镐(建安)、张鏐(瓯宁) | | 叶自崧(寿宁) | |

① 按:郑仁鑰,字惟启,号鱼门。由庶吉士,洊历侍讲(同治刊本《福建通志》卷二十二十六,郑仁鑰传,影印第 4124 页)。

② 民国《福建通志》:"本姓林。"(《福建选举志》十,第四页)《明清进士题名碑录索引》作林之濬(第 2677 页)。

③ 民国《福建通志》:"本姓何。"(《福建选举志》十,第四页)《明清进士题名碑录索引》作陈秉忠(第 2677 页)。

④ 民国《福建通志》:"本姓蔡。"(《福建选举志》十,第四页)《明清进士题名碑录索引》作蔡骥良(第 2678 页)注:"碑作:刘骥良。"(第 2679 页)。

⑤ 《明清进士题名碑录索引》作丘晟(第 2678 页)。

⑥ 据乾隆《福清县志》卷九《选举志》题名,此科解元林昂(籍侯官)、举人陈憬(连江县学)系福清人。

⑦ 民国《福建通志》:"本姓石。"(《福建选举志》卷十二,第十一页)

⑧ 民国《南安县志》:"原姓陈。"(卷二十,《选举志》,原第十九页,影印第 134 页)

⑨ 民国《福建通志》:"复姓洪。"(《福建选举志》卷十二,第十一页)

⑩ 民国《福建通志》:"本姓出。"(《福建选举志》卷十二,第十一页)

续表

| 府州科年 | 福州府 | 兴化府 | 泉州府 | 永春州 | 漳州府 | 龙岩州 | 汀州府 | 延平府 | 建宁府 | 邵武府 | 福宁府 | 台湾府 |
|---|---|---|---|---|---|---|---|---|---|---|---|---|
| 24. 四十八年己丑(1709)赵熊诏榜 | 邵言纶、林缙(闽县)、郑纯礼(长乐) | | 高镇峰①、李茂华②(南安)、王心朝③(同安) | | 徐方光(龙溪)、蔡世远(漳浦)、林莹(长泰)、孙庭楷(诏安) | | 黎致远(长汀) | | | | | |

① 民国《福建通志》:"复姓陈。"(《福建选举志》十,第四页)《明清进士题名碑录索引》榜名作高镇峰,注:"复姓陈镇峰。"(2680、2681页)

② 民国《南安县志》:"原姓吴。"(卷二十,《选举志》,原第十九页,影印第134页)

③ 民国《福建通志》:"本姓叶。"(《福建选举志》十,第四页)《明清进士题名碑录索引》作王心朝(第2680页)。

续表

| 府州科年 | 福州府 | 兴化府 | 泉州府 | 永春州 | 漳州府 | 龙岩州 | 汀州府 | 延平府 | 建宁府 | 邵武府 | 福宁府 | 台湾府 |
|---|---|---|---|---|---|---|---|---|---|---|---|---|
| 五十年辛卯(1711)许斗榜 | 庄宽(4,庄振徽子)、林士秀、赵愿敏、何然、李蓁、萨学天、葛大梁(葛焕子)、杨廷珪、谢琛、陈国柱(福州府)、朱璋、王尔济、郭美、赵亨聪、王邦佐、陈朝相、许均(顺天)(闽县)、洪渭、李若泌①(李馥侄)(侯官)、陈范(长乐)、何奕奇、林正炳(福清)、邱时义(连江)、卓昺(古田) | 林黉、叶大楷、戴汝楫、许基山、吴应鲲(吴英子)(兴化府)、林锡周、陈文桢②、陈天锡、朱玫(莆田)、许斗(许必昌子,许侃孙)(1,仙游) | 李友白、王学懋(泉州府)、林九拔③、洪世本、王廷彦、徐大受④、郭际谋⑤、富介祺、邓勋爵、柯国侨(广东)(晋江)、李文察、蔡增勤、王科捷⑥、吴朝棅(吴澧子)⑦(南安)、洪汝楫、蔡敬竹、黄德嵩、郭圣科⑧、张河图(张赞宗子,广东)(同安)、李光墺、李元善、廖梦赐⑨、李钟份、李方馥(安溪) | 蔡良庆(永春) | 昌天锦、蓝国佐、王付、黄在谦(漳州府)、叶茂达⑩(龙溪)、许三祝⑪、郑彬穆⑫(漳浦)、陈先登、吴开业(海澄)、方彩、许廷标、赵桐友、庄亨阳、张寿岳(张福永子、张雄孙)(南靖)、张萱、林盥(南靖)、黄士恭⑬、黄邦彦(平和)、林葆光、陈春英(广东)(诏安) | 翁金鼎、廖溶、连起鹏(龙岩)、廖乾、吴标(宁洋) | 郑宜(汀州府)、吴大任(宁化)、吴兆松、李兆盛(连城) | 吴珽(将乐) | 陈士胜⑭(建宁府)、吴大鹏(建安)、张观澜、张琳(瓯宁) | 李荣芳(邵武府)、吴芮、黄衍(邵武) | 游炯⑮(福宁州)、陈芳濂(宁德) | 杨阿捷(台湾府)、王锡祺(诸罗) |

① 据乾隆《福清县志》卷九《选举志》题名,庄宽、林士秀、陈士胜(建宁府学,乾隆《福清县志》仅作建宁学,不确。明清福建有建宁府和邵武府建宁县,易淆)、李蓁、郭美、李若泌俱福清人。

② 民国《福建通志》:"改名正。"(《福建选举志》卷十二,第十三页)

③ 民国《福建通志》:"复姓朱。"(《福建选举志》卷十二,第十三页)

④ 民国《福建通志》:"本姓蔡。"(《福建选举志》卷十二,第十三页)

⑤ 民国《福建通志》:"本姓陈。"(《福建选举志》卷十二,第十三页)

⑥ 民国《福建通志》:"复姓洪。"(《福建选举志》卷十二,第十三页)

⑦ 据民国《南安县志・文苑传》吴朝棅传补入(卷三十一,原第十五页,影印第283页)。

⑧ 民国《福建通志》:"复姓洪。"(《福建选举志》卷十二,第十三页)

⑨ 民国《福建通志》:"本姓吴。"(《福建选举志》卷十二,第十三页)

⑩ 民国《福建通志》:"榜姓李。"(《福建选举志》卷十二,第十三页)

⑪ 民国《福建通志》:"本姓蓝。"(《福建选举志》卷十二,第十三页)

⑫ 民国《福建通志》:"本姓陈。"(《福建选举志》卷十二,第十三页)

⑬ 民国《福建通志》:"本姓陈。"(《福建选举志》卷十二,第十三页)

⑭ 乾隆《福清县志》:"建宁学中。"(影印第213页)

⑮ 按:游炯本籍福州府长乐县七都(民国《长乐县志》卷十四上,《选举上》,影印第228页),乾隆四十五年庚子(1780)进士游光缵、五十四年己酉(1789)进士游光绎亦本籍长乐七都,寄籍霞浦(同上书,卷十四上,《选举上》,影印第216页)。

续表

| 府州科年 | 福州府 | 兴化府 | 泉州府 | 永春州 | 漳州府 | 龙岩州 | 汀州府 | 延平府 | 建宁府 | 邵武府 | 福宁府 | 台湾府 |
|---|---|---|---|---|---|---|---|---|---|---|---|---|
| 25. 五十一年壬辰（1712）王世琛榜 | 林佶、何腾三（闽县）、林昂（侯官）① | 许基山、周王春（莆田） | 李钟侨（二甲，3名）（安溪） | | 李五福（海澄） | | | | | | | |
| 五十二年癸巳（1713）恩科江日昇榜② | 杨凤彩、周绍龙③、张雷光、陈日进（福州府）、陈治滋、陈芳楷、陈凤、林士宏（闽县）、谢俨之、陈世琯④、谢首原（长乐）、方增文、嘉钟秀、郭雍、林静仁（林昂兄）、林洪音、孙宣仁、李国华、何陈宫、岳建⑤（福清）、黄承祐、余希哲（古田） | 陈栋、黄登甲、钟梦云、林夔、郑珊、陈起璜、林炯（兴化府）、林学普、欧龙光（莆田）、陈名标、薛天玉、董先（仙游） | 程元⑥、王南星、郭应元、李钟僊、郑宗焞（泉州府）、黄之纲、陈锡炎、张廷煌、丁莲、王锡衔、周为东⑦、陈士芝、林钦烈、洪士誉、庄拱显⑧（晋江）、黄为祉、庄世泽、林有沛⑨、王臣靖、蔡元成、王原威、陆时北、留宪章（南安）、江日昇（1，同安）、李光埉、李清机、李钟倬（安溪） | 郑梦馨（永春）、王继美、曾清漪（德化） | 胡必奇（龙溪）、庄应彰（漳浦）、许莲（南靖）、林世发⑩（平和）、林授中（诏安）、林梦麟（江南）（海澄） | 陈世玟（漳平） | 郝宏烈、黎维昇、黎维星（长汀）、张正坚（宁化）、邱大田（上杭）、江联辉（永定） | 萧泳（南平）、张雯、廖冈龄（将乐）、邓元标（沙县） | 王锡冕（建安）、李梅、魏文焕（瓯宁）、郑双瑞（建阳）、郑朝极（崇安）、练文麟（浦城） | 袁晋（邵武） | 陈揆（福宁州） | 杨朝宗（台湾县） |

① 按：林昂，官翰林院编修（民国《闽侯县志》卷四十二《选举志·清进士》）。

② 民国《福建通志》："是年三月乡试，八月会试。"（《福建选举志》卷十二，第十三页）

③ 据乾隆《福清县志》卷九《选举志》题名、卷十四《循良传》，周绍龙系福清海口人。同治刊本《福建通志》周绍龙传作闽县人（卷二百二十六，第五页），民国《福建通志》一作周纪龙（卷十二，第十三页），民国《闽侯县志》作侯官人（民国《闽侯县志》卷四十三《选举志·清举人》）。

④ 民国《福建通志》："本姓林。"（《福建选举志》卷十二，第十三页）

⑤ 民国《福建通志》："本姓薛。"（《福建选举志》卷十二，第十三页）

⑥ 民国《福建通志》："复姓黄，改名呈元。"（《福建选举志》卷十二，第十四页）

⑦ 民国《福建通志》："复姓蔡。"（《福建选举志》卷十二，第十四页）

⑧ 民国《福建通志》："本姓世。"（《福建选举志》卷十二，第十四页）

⑨ 民国《福建通志》："本姓苏。"（《福建选举志》卷十二，第十四页）

⑩ 民国《福建通志》："本姓陈。"（《福建选举志》卷十二，第十四页）

续表

| 府州科年 | 福州府 | 兴化府 | 泉州府 | 永春州 | 漳州府 | 龙岩州 | 汀州府 | 延平府 | 建宁府 | 邵武府 | 福宁府 | 台湾府 |
|---|---|---|---|---|---|---|---|---|---|---|---|---|
| 26. 五十二年(1713)癸巳恩科①王敬铭榜 | 陈治滋、赵洵(闽县)、陈士镐、郑三才(侯官) | 叶大楷(莆田) | 蔡大受②、丁莲、陈有怀③(晋江)、潘晋晟(南安) | 林仪凤(颜钦锡子)④(永春) | 陈春英⑤(诏安) | | | | | | | |
| 五十三年甲午(1714)甲午杨廷选榜 | 郑基、庄振翤⑥(福州府)、张元锐(侯官)、郑斯震、吴文焕(长乐)、张梦拓、刘敬与、王逢吉、陈舜裔(福清)、吴澜达、章廷简(连江)、余希晟、陈有祐(古田)、江绩(永福) | 朱朗、陈射斗、廖必琦、陈抱一、钟梦麟、叶洪(兴化府)、林侃、林瑴、戴程甸、林宸彦(莆田) | 林廷选(1)⑦、陈之缇⑧、陈正陞、周槐、李清载(泉州府)、张对墀、陈奏球、蔡霖奏、张焕登、尤办凯、郭仲怡、陈松茂、许履坦、黄祐生、王廷讲⑨、张觐光、黄岳牧(黄良佐子)、林元烜⑩(晋江)、张荃、苏蕴衙⑪、郭士章⑫、吴振蛟(南安)、杨起凤、杨高翔、王上朔(惠安)、史有庆、吴以明、洪淳英(同安)、彭洙、李光华(李光坊弟)(安溪) | 黄待瑛(永春)、范如璋(大田) | 韦瑛、何之璧(漳州府)、林文翔(龙溪)、李方炽、蔡衍诰、蔡可远、庄士元(漳浦)、郑溥(郑亦邹从子)、李擎(海澄)、许元瑁、许日炽(广东)(南靖)、吴元春、王苍(长泰) | | 黎维景、杨大翔、闵泗骅(汀州府)、钟梦瀛、陈汭英(长汀)、谢显元、雷殷荐(宁化)、邱韵(上杭)、林桢(永定) | 张文远、游思孝(顺昌)、黄锷(将乐)、李锡禄(永安) | 潘廷伟(崇安) | 童祖谦(邵武府)、李杜(邵武)、余敏紬、聂奕隆(建宁)、陈孙祚、李应机(泰宁) | 林即腾(福宁州) | 陈飞(台湾府) |

① 按:清代从顺治三年丙戌(1646)至光绪三十年甲辰(1904),清代开科举进士112次,取状元114人,正科87次,恩科(包括加科)25次。

② 民国《福建通志》:"旧志作徐姓。"(《福建选举志》卷十,第四页)

③ 民国《福建通志》:"旧志入壬辰科。"(《福建选举志》卷十,第四页)确系康熙五十二年癸巳恩科三甲第132名进士。

④ 民国《福建通志》:"本姓颜。"(《福建选举志》卷十,第四页)《明清进士题名碑录索引》注:"本名:颜仪凤。"(第2685页)

⑤ 民国《福建通志》:"诏安人,籍广东澄海。"(《福建选举志》卷十,第四页)

⑥ 乾隆《福清县志》卷九《选举志》康熙五十三年甲午林廷选榜仅录福清举人庄振翤、张梦拓二人。

⑦ 民国《福建通志》:"本姓杨。"(《福建选举志》卷十二,第十四页)

⑧ 民国《福建通志》:"榜姓侯。"(《福建选举志》卷十二,第十四页)

⑨ 民国《福建通志》:"本姓林。"(《福建选举志》卷十二,第十四页)

⑩ 民国《福建通志》:"复姓许。"(《福建选举志》卷十二,第十四页)

⑪ 民国《福建通志》:"复姓孙。"(《福建选举志》卷十二,第十四页)

⑫ 民国《福建通志·福建艺术传》晋江郭士昙传,作康熙甲午举人,注云:"是科选举有士章,无士昙,未知同异。"(卷二,郭士昙传,原第十一页)

续表

| 府州科年 | 福州府 | 兴化府 | 泉州府 | 永春州 | 漳州府 | 龙岩州 | 汀州府 | 延平府 | 建宁府 | 邵武府 | 福宁府 | 台湾府 |
|---|---|---|---|---|---|---|---|---|---|---|---|---|
| 27. 五十四年乙未(1715)徐陶璋榜 | 朱璋①、陈宪周(闽县) | 朱朗(莆田)、薛天玉(仙游) | 洪世本(晋江)、李天宠②(南安)、徐霞彩③(惠安)、蔡宾兴(同安) | | 蔡衍诰(二甲,6名)、昌天锦(漳浦)、许日炽(南靖)、王苍(长泰) | | 雷殷荐(宁化) | | 余敏绅(建宁) | | | |
| 五十六年丁酉④(1717)黄焕彰榜 | 李开叶、陈帝简、潘宜孝、蒋迪(蒋晟子)、蓝青、何瀚(福州府)、蒋上豸、陈汉(陈轼孙)、潘捷元、刘圣振、郑方坤(闽县)、葛柱邦、薛楷、薛履⑤、蒋运(侯官)、谢昂、洪培(长乐)、庄容、陈衣德、游绍安、叶积沂(叶向高玄孙)、薛士中(薛镕孙)(福清)、黄恭(永福) | 朱闰章、余光璧、林天墀⑥(兴化府)、何白、宋达、林浤⑦、朱大资、黄河清(莆田)、郑远、陈襄(仙游) | 金星徵(3)⑧、洪润、林绳桢⑨、杨许进、陈奏时、赵衡、林文焕、李清植(泉州府)、黄焕彰(1)、许汝砺、万师琪、薛光濂、许鼎珪、黄彦恺⑩(晋江)、李鼎元、史如璋、林为墉(林洪烈子)、黄寅清、蔡云鹏、尤登瀛、苏光濂⑪(南安)、黄瑞鳌、蔡钟琏、王士麟(惠安)、林云岚、陈来章⑫、林昌祺、李宗渠(李光坊弟)、郑俊秀、李清藻、李文良(安溪) | | 陈乾健(漳州府)、杨秉智(广东)(龙溪)、吕日登、江楫、蔡鸣珂、高鹏飞(广东)、林茂秀(广东)(漳浦)、林日章、江日新、郭桂馨(海澄)、李世杰、林咸光(平和)、林天培⑬、谢彤诏(诏安) | | 陈翥(长汀)、张岐凤(上杭)、沈光渭、萧廷炜、熊光炜(永定) | 夏求仁(永安) | 徐文灿(建阳)、蔡廷镳(浦城) | 邬国鼎、谢钟龄、廖凤翻(建宁) | | |

① 按:朱璋,改庶吉士(民国《闽侯县志》卷四十二《选举志·清进士》)。

② 民国《南安县志》:"翰林院编修,雍正壬子(十年)陕西主考。"(卷二十,《选举志》,原第十九页,影印第134页)

③ 民国《福建通志》:"本姓洪。"(《福建选举志》卷十,第四页)

④ 康熙五十六年丁酉"开文武通试例",戴时新"举武科乡试"(民国《福建通志》总卷三十六,《福建循吏传(清一)》卷十一,戴时新传,原第五十七页)。

⑤ 据乾隆《福清县志》卷九《福建选举志》卷,李开业、陈帝简、何瀚、薛楷、薛履俱福清人。

⑥ 民国《福建通志》:"本姓潘。"(《福建选举志》卷十二,第十五页)

⑦ 民国《福建通志》:"本姓朱。"(《福建选举志》卷十二,第十五页)

⑧ 民国《福建通志》:"本姓张。"(《福建选举志》卷十二,第十五页)

⑨ 民国《福建通志》:"改名绳柱。"(《福建选举志》卷十二,第十五页)

⑩ 民国《福建通志》:"本姓林。"(《福建选举志》卷十二,第十五页)林彦恺、林绳柱俱林逢济之子(民国《福建通志》总卷三十六,《福建循吏传(清一)》卷十一林逢泰传,原第二页)。

⑪ 据民国《福建通志》总卷三十六《福建循吏传(清一)》卷十一苏光濂传(原第四十二页)补入。按:民国《福建通志·福建循吏传》各传基本上以科年先后编次,苏光濂传前郑廷瑾、刘琦龄均系康熙三十五年丙子(1696)举人,传后吴益琬、李辅材、郑之良、伊予先亦康熙三十五年丙子举人,苏光濂的科年疑有误。

⑫ 民国《福建通志》:"本姓高。"(《福建选举志》卷十二,第十五页)

⑬ 民国《福建通志》:"本姓吴。"(《福建选举志》卷十二,第十五页)

续表

| 府州科年 | 福州府 | 兴化府 | 泉州府 | 永春州 | 漳州府 | 龙岩州 | 汀州府 | 延平府 | 建宁府 | 邵武府 | 福宁府 | 台湾府 |
|---|---|---|---|---|---|---|---|---|---|---|---|---|
| 28. 五十七年戊戌(1718)汪应铨榜 | 许均(闽县)、张炜①(侯官)、张梦拓(福清) | 朱大资(莆田) | 陈万策(二甲,4名)、杨询朋、张廷煌(晋江)、侯之缇②(南安)、苏圻(同安)、彭洙(安溪) | | 庄士元(漳浦)、庄亨阳(二甲,8名)(南靖) | | | | | | | |
| 五十九年庚子(1720)谢道承榜 | 郑炳、方侗、陈金柱、蓝飞鹍、何兰、郑廷谟(福州府)、谢道承(1)、林章焕、张应渭、薛士衡(薛镕孙)、陈治治、林闻誉(广东)(闽县)、邓光国、许亱臣、陈文炅③、郑枚(侯官)、倪举新、陈轩翥、李若采(李馥侄)、李大泰(李馥侄)、何彬(福清)、魏梦烛(古田)、许国(闽清) | 陈汝霖、刘向黎、林德耸④(兴化府)、柯光南(莆田)、彭帝时(仙游) | 黄绵年、陈冕世、许殿辅、陈亮世、黄天机(泉州府)、潘悌昆、董行、丁飏、柯竺、林大登(广东)(晋江)、蔡德光⑤、黄育茹、赖世福、陈知濬(陈石钟孙)、刘廷锡(南安)、李科捷、张亢用(惠安)、庄仰旻、许观海、郑章捷(同安)、黄士鋐、黏承珏、吴达天、李鸿翔(李光华弟)(安溪) | 洪日昇、颜斯谋、刘宽(永春) | 郭双峰、刘天宠⑥、杨子江⑦(漳州府)、陈楚珩(龙溪)、李实蕢(漳浦)、杨希载(海澄)、戴庆、许本巽(许隆远子,许来音从孙)(南靖) | 李其昌(龙岩)、李文郁(漳平) | 王世仁、王绍三(汀州府)、张维鹗、刘继纶、雷纶(宁化)、李图南(连城)、范正图(上杭)、冯科(武平)、王钦文、卢宏文(永定) | 李泳芳、施晋(南平)、邱怀德、萧如炯、揭世永、翁宏道(将乐) | 童希睿(崇安)、林其英(浦城) | 陈光绪、谢莘(邵武府) | 陈椿(福安) | |

① 张炜,字彤伯。选庶吉士,授编修,改刑部郎中(民国《福建通志》总卷三十九,《福建文苑传(清一)》卷七,张炜传)。

② 民国《南安县志》:"本姓陈。"(卷二十,《选举志》,原第十九页,影印第134页)

③ 据乾隆《福清县志》卷九《选举志》题名,何兰、张应渭、薛士衡、陈文炅俱福清人。

④ 民国《福建通志》:"本姓吴。"(《福建选举志》卷十二,第十六页)

⑤ 民国《福建通志》:"本姓郭。"(《福建选举志》卷十二,第十六页)

⑥ 民国《福建通志》:"本姓陈。"(《福建选举志》卷十二,第十六页)

⑦ 民国《福建通志》:"本姓郑。"(《福建选举志》卷十二,第十六页)郑子江,字岷仲,龙江人,寄籍南靖(民国《福建通志》总卷三十九,《福建文苑传(清一)》卷七,郑子江传,原第二十九页)。

续表

| 府州科年 | 福州府 | 兴化府 | 泉州府 | 永春州 | 漳州府 | 龙岩州 | 汀州府 | 延平府 | 建宁府 | 邵武府 | 福宁府 | 台湾府 |
|---|---|---|---|---|---|---|---|---|---|---|---|---|
| 29. 六十年辛丑(1721)邓钟岳榜 | 李开叶①、谢道承、林开誉②(闽县)、葛柱邦③(侯官)、吴文焕(一甲,2)(长乐)、李若采(福清) | 林德耸④(莆田) | 李光墺(三甲,1名)、黄焕彰⑤、张对墀、林廷选⑥(晋江)、张星徽⑦(同安) | 郭应元(永春) | | | | | | | | |

① 乾隆《福清县志》:“翰林院庶吉士,见《文苑传》。”(影印第200页)

② 按:林开誉,广东阳春县籍,直隶府保定知县(民国《闽侯县志》卷四十二《选举志·清进士》)。当作林闻誉(民国《闽侯县志》卷四十三《选举志·清举人》)。

③ 按:葛柱邦,官内阁中书(民国《闽侯县志》卷四十二《选举志·清进士》)。

④ 民国《福建通志》:“本姓吴。”(《福建选举志》卷十,第五页)《明清进士题名碑录索引》阙。

⑤ 按:黄焕彰,字愧渊,号桃洲。改庶吉士,雍正元年顺天乡试同考官,散馆授检讨(民国《福建通志·福建列传》卷三十六,黄焕彰传,第二十二页)。

⑥ 民国《福建通志》:“本姓杨。改名廷勷。”(《福建选举志》卷十,第五页)系该科二甲第11名进士,改选庶吉士,授编修(民国《福建通志》总卷三十六,《福建循吏传》卷十二,杨应葵传附,原第八页)。法式善《清秘述闻》卷十五雍正七年己酉科顺天乡试同考官编修杨廷勷,作同安人(《清秘述闻三种》上册,第442页)

⑦ 民国《同安县志》张星徽传:“康熙丁酉第三名经魁,榜姓金,复本姓,辛丑成进士。磨勘罢第,以举人铨选,授望江令。”(卷三十一,影印第1021页)未见载《明清进士题名碑录索引》康熙六十年辛丑邓钟岳榜进士题名。民国《福建通志·福建文苑传》张星徽传:“会试榜出,名在第五,以第三场对策颠倒,磨勘被黜。……雍正庚戌(八年,1730)其父贡入大学,老矣,星徽随侍,遇会试,乃复试,揭晓名复在第五”,复黜(《福建文苑传》卷七,原第二十五页)。

续表

| 府州科年 | 福州府 | 兴化府 | 泉州府 | 永春州 | 漳州府 | 龙岩州 | 汀州府 | 延平府 | 建宁府 | 邵武府 | 福宁府 | 台湾府 |
|---|---|---|---|---|---|---|---|---|---|---|---|---|
| 雍正元年(1723)癸卯恩科廖学信榜① | 庄念勤、李良荣(李开叶子)、钟国佐、林枝春、张世灿(福州府)、李长绶(李开叶侄)、李时宪(李开叶子)、叶圣炳、林斌、郑方城、杨大壮(顺天)(闽县)、林其渊②、林天泽、陈必达、曾丰③、陈碧水、邓雄、许鼎、许良臣、郑晋④、葛士琇(侯官)、陈成、黄典、郑燾、陈文灿、林琼蕤(长乐)、林嵩基、张为瑶、李振声、李亨(李馥侄)、李云锦、郑睿、黄有成、赵开辉、黄大受(福清)、余登年(古田) | 黄维乔、游帅、林逢时、宋存礼、刘梦魁、林树宗(顺天)(兴化府)、赵禹文、张嘉(仙游) | 江树第(江之炜子)、郑朝阳⑤、曾符升、苏柯庭⑥、李清芳、陈锡镐、黄允肃(黄士炯子)、苏辉岳(泉州府)、苏勋、张象光、李向高、万绍熙、吴占鳌⑦、陈腾蛟、朱宸、施世骏、林简士、许履坦(晋江)、陈联登、蒋质生、吴梅与(吴黄龙孙)、郑拔进、陈厦梁、傅璿光、陈梦麟(南安)、陈正义、郭凤翥、郭朝阳、骆澄天(惠安)、王飞龙(同安)、陈朝璋、李钟俾、许弼、李清江、陈绍芳(安溪) | 刘文珍(永春) | 陈天泽⑧(漳州府)、洪体元(龙溪)、李杓⑨、黄廷琛、张先跻、林凝崇(林绍祖孙)(漳浦)、李杜、蒋玺(海澄)、戴潢(长泰)、林元莲(平和) | 朱廷鸿、李应瑞(漳平) | 邱学圣、傅錞、杨项春(汀州府)、阴日嵘、黄缙、雷鋐(宁化)、邹熊(清流)、李镐(归化)、李青选、蓝正春、周鲁、葛奏凯(上杭) | 邓宪文(延平府)、何伟(南平)、王恂(将乐) | 刘嵩(崇安) | 王恒(邵武)、朱仕琪(朱霞子,6⑩)、丁声蜚(建宁)、廖学信(1)、吴采宗(泰宁) | 朱保思、朱会、郑鹏(福宁州)、李馨(福安) | 王世臣(台湾府) |

① 民国《福建通志》:“本年三月乡试,八月会试。”(《福建选举志》卷十二,第十六页)《清秘述闻》云“二月举行,直省同。”(《清秘述闻三种》上册,第126页)按:廖学信以明通榜进士司铎尤溪,事见光绪《邵武府志》卷二十一《文苑传》。

② 据乾隆《福清县志》卷九《选举志》题名,李良荣、钟国佐、李长绶、李时宪、林其渊、杨大壮俱福清人。

③ 郑方城《曾甥和钧将回索诗书以勖之二首》其二诗句“紫函太史吾贤友”下注:“同年曾紫函乃甥堂兄。”(《绿痕书屋诗集》卷六,《清代诗文集汇编》第241册,影印第506页)

④ 按:民国《闽侯县志》作郑普(民国《闽侯县志》卷四十三《选举志·清举人》,原第三页,影印第126页)。

⑤ 民国《福建通志》:“本姓黄。”(《福建选举志》卷十二,第十六页)

⑥ 民国《福建通志》:“本姓柯。”(《福建选举志》卷十二,第十六页)

⑦ 民国《福建通志》:“本姓陈。”(《福建选举志》卷十二,第十六页)

⑧ 民国《福建通志》:“复姓刘。”(《福建选举志》卷十二,第十七页)

⑨ 民国《福建通志》:“本姓陈。”(《福建选举志》卷十二,第十七页)

⑩ 朱仕琇代撰《朱母黄太夫人七十寿序》,《梅崖居士外集》卷六,《清代诗文集汇编》第336册,影印第569页。

续表

| 府州科年 | 福州府 | 兴化府 | 泉州府 | 永春州 | 漳州府 | 龙岩州 | 汀州府 | 延平府 | 建宁府 | 邵武府 | 福宁府 | 台湾府 |
|---|---|---|---|---|---|---|---|---|---|---|---|---|
| 30. 元年(1723)癸卯恩科于振榜 | 郭美、陈芳楷(闽县)、周绍龙①(侯官)、黄典(长乐)、刘敬与(刘圣振弟)②、陈衣德、林嵩基、游绍安(福清) | 陈汝霖、朱闰章(莆田) | 黄允肃、黄岳牧、蔡霖奏、许履坦(晋江) | 蔡良庆(永春) | 郑溥、李杜(海澄) | | | 吴珽(将乐) | 郑方坤(建安) | 聂弈隆、谢莘(建宁) | | |

① 按:周绍龙,字允乾。选庶吉士,授编修,改监察御史(同治刊本《福建通志》卷二百二十六《列传》本传)。

② 按:刘敬与,字邻初。选庶吉士,改行人。与谢道承为《福建通志》总裁,主鳌峰书院讲席(同治刊本《福建通志》卷二百三十九《文苑传》本传)。

续表

| 府州科年 | 福州府 | 兴化府 | 泉州府 | 永春州 | 漳州府 | 龙岩州 | 汀州府 | 延平府 | 建宁府 | 邵武府 | 福宁府 | 台湾府 |
|---|---|---|---|---|---|---|---|---|---|---|---|---|
| 二年甲辰(1724)俞荔榜① | 叶光汉、倪圭、谢人骅(谢恩侄)(福州府)、黄辅极、张廷机、倪敬球(闽县)、曾而烜、李大廉(李馥侄)、吴涛(吴士宏子)、郑念盥(郑任鑰长子)、吴九叙、高应鸿②(侯官)、陈思睿(长乐)、林芷淳(林穀森子)、吴濂(福清)、吴筠(罗源) | 俞荔(1)、林国柱、梁标、张相时、翁帝城(兴化府)、吴应标、黄祖佩、黄符吉(莆田)、严焕(仙游) | 李承祐、黄士绍、杨廷显、黄钺、吴岳珪③、黄必登、李青云、陈觉世(泉州府)、柯锡元、柯伟生、留燧、李世美④、万朝选、万绍焕(万正色孙)、万承箕(万正色孙)(晋江)、苏紫丰、李时晶⑤、陈大玠、陈尔恺⑥、张遴⑦、萧国琪、孙巄(南安)、许琰、黄江、赵馨、黄琛、卢家椿、陈遂⑧(同安)、王为臣、赵元慧、唐桂生、李正曜(安溪) | 蔡帝简、张庄爵(永春)、黄士招、邓启元(顺天)(德化) | 张骧、陈重琳⑨(龙溪)、商统均⑩、柳梦益、蔡世南、黄德星(广东)、陈讃(广东)(漳浦)、陈元琛(南靖)、卢炳勋(长泰)、刘中时、吴德润、叶公俊(广东)(平和)、林纯锦、王中佐(顺天)(诏安) | 李绍芝(漳平) | 周燕(汀州府)、杨岳(归化)、刘元晖(永定)⑪ | 萧大捷(顺昌)、林寅、林寅⑫(沙县) | 谢抡元、张光国(建安)、吴善宏(瓯宁) | 朱肇(邵武府)、黄炅、王犹(邵武)、江由道(泰宁) | 刘甲(福安)、林日熠(宁德) | |

① 民国《福建通志》:“是年春举乡试,秋会试。”(《福建选举志》卷十二,第十七页)

② 据乾隆《福清县志》卷九《选举志》题名,谢人骅、李大廉、高应鸿俱福清人。

③ 民国《福建通志》:“本姓罗。”(《福建选举志》卷十二,第十七页)

④ 民国《福建通志》:“本姓黄。”(《福建选举志》卷十二,第十七页)

⑤ 民国《福建通志》:“本姓柯。”(《福建选举志》卷十二,第十七页)

⑥ 民国《福建通志》:“本姓钟。”(《福建选举志》卷十二,第十七页)

⑦ 民国《福建通志》:“本姓伍。”(《福建选举志》卷十二,第十七页)

⑧ 民国《福建通志》:“本姓苏。”(《福建选举志》卷十二,第十七页)

⑨ 同治刊本《福建通志·(漳州府龙溪县)经籍志》著录陈重琳著作,注云:“雍正甲辰(二年,1724)举人。传见《文苑》。按:《同安县志》作同安人,籍龙溪,误。”(卷七十四,影印第1538页)民国《福建通志·福建文苑传(清一)》陈重琳传:“龙溪人,寄籍同安。”(卷七,原第二十九页)

⑩ 民国《福建通志》:“本姓查。”(《福建选举志》卷十二,第十七页)

⑪ 按:永定刘元晖名在延平府沙县林寅后、建宁府谢抡元前,根据本书体例,当在汀州府下,置此疑“永安”之误刻。

⑫ 民国《福建通志》:“另为一人。”(《福建选举志》卷十二,第十七页)

续表

| 府州科年 | 福州府 | 兴化府 | 泉州府 | 永春州 | 漳州府 | 龙岩州 | 汀州府 | 延平府 | 建宁府 | 邵武府 | 福宁府 | 台湾府 |
|---|---|---|---|---|---|---|---|---|---|---|---|---|
| 31. 二年甲辰(1724)陈德华榜① | 薛士中、陈凤(闽县)、方增文(福清) | 俞荔、廖必琦②(莆田) | 郑拔进(南安)、谢重灿、陈大玠(惠安)、陈绍芳、李钟俾③、李清植(二甲,12名)(安溪) | | 吕日登(漳浦)、吴开业(海澄) | | 蓝正春、邱韵(上杭)、郑宜(永定) | 刘元晖(永安) | | 谢钟龄(建宁)、李应机(泰宁) | 林日熠(宁德) | |

① 民国《福建通志》:“是年春举乡试,秋会试。”(《福建选举志》卷十,第五页)

② 按:廖必琦,字师韩,号愧荆、荔庄。授主事,以陪奏改庶吉士,授检讨(民国《福建通志》总卷三十六,《福建列传(清五)》卷三十六,廖必琦传,第二十八页)。

③ 民国《福建通志》:“《题名碑》刻丁未科。”(《选举志》十,第五页)《明清进士题名碑录索引》作丁未科三甲第七名进士(第2697页)。

续表

| 府州科年 | 福州府 | 兴化府 | 泉州府 | 永春州 | 漳州府 | 龙岩州 | 汀州府 | 延平府 | 建宁府 | 邵武府 | 福宁府 | 台湾府 |
|---|---|---|---|---|---|---|---|---|---|---|---|---|
| 四年丙午(1726)吴士拔榜 | 潘豹蔚、杨珪(福州府)、陈应元①、陈潜龙②、穆元春、谢璜、王琼③、郑克灿、陈一彪④(闽县)、吴履泰、陈广、陈乾、吴浣安(吴道来孙)、吴应造(吴涛子)、廖云路(廖奇生子)⑤(侯官)、林三连⑥、陈彦开、郑汉履、刘最(福清)、陈昊(连江)、黄宗海(罗源)、李元海(永福) | 陈金、郑喆、陈泽⑦(兴化府)、陈汝亨、程廷凤、陈梦阳⑧、黄玫玉(仙游) | 郑煇星、李一高⑨、吴九美、苏其言⑩、陈梦兰(陈策子)(泉州府)、王大夏、万际璜(万正色子)、黄岳宗(黄良佐子)、万希韩(万际昌子、万正色孙)、史道登、张名时、陈兴国(晋江)、潘晋易、黄用宾、洪经纶、傅儒英(南安)、朱泗宗、陈高爵⑪、孙洪范、林良弼(惠安)、沈翥(同安)、李光型、李正恺、李济泰、林宗邦、张宪三(安溪) | 黄允昌⑫、李协仁、苏六经(永春)、林应祖(德化) | 许云翔、林双鲤(龙溪)、王元龙、林侪鹤(漳浦)、刘公笃(海澄)、许南宫、许元瑛(南靖)、黄鸣钟、唐有为⑬、庄佳南(四川)(平和)、沈宗宣⑭、沈御衣 | 郑德清(龙岩)、陈广(漳平) | 刘文豹(长汀)、罗苍(归化)、李琼瑶(连城)、邹尚仁(邹文士子)、赖能发(上杭)、卢铨、王子鉴(永定) | 伍庭弼、廖佑龄(将乐)、张瑛(永安)⑮ | 严有朝⑯、暨允祺(建宁府)、刘廷光、翁大成(瓯宁) | 朱远声、卢士超(邵武府)、叶为舟(邵武)、吴士拔(1)、徐时作、曾汪源(建宁) | 左天墉(宁德) | 庄飞鹏(台湾) |

① 民国《福建通志》:“本姓王。”(《福建选举志》卷十二,第十八页)

② 民国《福建通志》:“复姓林,改名赞龙。”(《福建选举志》卷十二,第十八页)

③ 据乾隆《福清县志》卷九《选举志》题名,潘豹蔚、杨珪(侯官县学)、王琼、严有朝(建宁府学)俱福清人。

④ 民国《福建通志》:“本姓邓。”(《福建选举志》卷十二,第十八页)

⑤ 民国《福建通志》总卷四十五,《福建列女传》卷五,廖奇生妻潘氏传,原第四十页。潘氏传后有朱淑媛传,朱淑媛子孙汉良系乾隆十二年丁卯(1747)举人,暂系于雍正四年丙午科。

⑥ 民国《福建通志》:“本姓徐。”(《福建选举志》卷十二,第十八页)

⑦ 民国《福建通志》:“本姓林。”(《福建选举志》卷十二,第十八页)

⑧ 民国《福建通志》:“本姓方。”(《福建选举志》卷十二,第十八页)

⑨ 民国《福建通志》:“本姓赵。”(《福建选举志》卷十二,第十八页)

⑩ 民国《福建通志》:“本姓张。”(《福建选举志》卷十二,第十八页)

⑪ 民国《福建通志》:“本姓万。”(《福建选举志》卷十二,第十八页)

⑫ 民国《福建通志》:“本姓李。”(《福建选举志》卷十二,第十八页)

⑬ 民国《福建通志》:“本姓陈。”(《福建选举志》卷十二,第十八页)

⑭ 民国《福建通志》:“本姓吴。”(《福建选举志》卷十二,第十八页)

⑮ 浦城举人杨懿,科目无考,雍正四年知鄞县(民国《福建通志》总卷三十六,《福建循吏传(清二)》卷十二,杨懿传,原第五页)。

⑯ 乾隆《福清县志》:“建宁府学中。”(卷九,影印第214页)

续表

| 府州科年 | 福州府 | 兴化府 | 泉州府 | 永春州 | 漳州府 | 龙岩州 | 汀州府 | 延平府 | 建宁府 | 邵武府 | 福宁府 | 台湾府 |
|---|---|---|---|---|---|---|---|---|---|---|---|---|
| 32. 五年丁未(1727)彭启丰榜① | 林其渊、陈舜裔(侯官) | 钟梦麟、陈汝亨(莆田)、郑远(仙游) | 张名时、张焕登(晋江)、杨高翔②(惠安)、许琰③(同安) | 邓启元(2)(德化) | 王材(龙溪)、江楫、李实賁(漳浦)、赵桐友(南靖) | | 卢铨(永定) | | | 徐时作(建宁) | | |
| 七年己酉(1729)陆祖新榜 | 陈世贤(陈亨曾孙)、陈有策④(福州府)、王敕、梁其光(梁道敷孙)、谢道亮(谢道承弟)、程元模、陈霖、林执中、蒋鹏、陈朝础、张金远(张登瀛子)、翁怀忠(闽县)、林枚光、李修卿、林道源、陈国策⑤、陈正立、张岳、王国楫、吴应运(吴涛子)、林聚星、卓道异(侯官)、吴化、江楠、陈琦、何(何)光明、陈(李)廷志(长乐)、李应元、蔡泉⑥、郭丰⑦、赵显扬⑧、林元德(林日光曾孙)、郑殿捷(福清)、蓝孙瓒(古田) | 黄光先(兴化府)、林先标、卓斯义(莆田)、黄庆云、林斯飞(仙游) | 何振曾、吴名带、洪素进、黄高鹏(泉州府)、张朝鉴、王光簪、黄思轩、陈常极⑨、杨应葵(杨廷勷四子)、曾浴洙、陈峰⑩、魏焕章(晋江)、黄珏(南安)、黄文修、辛兴云⑪、庄时行(惠安)、洪云从(同安)、李玉鸣(李光斗曾孙)、李道济(李鼎徵孙)、林维新(安溪) | 林昱(德化) | 蔡长汉、许世煜、林达兼(漳州府)、林涓(龙溪)、戴汝为、陈会津(海澄)、王梦榴⑫、苏兆凤⑬(南靖)、陈廷楷⑭、李金章(平和)、沈志远、杨六鸿(诏安) | | 刘科(汀州府)、张正位(长汀)、吴琮(宁化)、黄虞夏(归化)、童祖伊(连城)、许朗、袁昂霄(上杭) | 陈梦鹤(南平)、钟岳、童元璠(沙县)、李光前、李廷模、陈家模(永安) | 陆祖新(1,建宁府)、魏鸿业、严圣泰(瓯宁) | 王畿(邵武)、叶起鹏(泰宁) | 游爔(游炯弟)、薛臣恩(福宁州) | 陈文苑(凤山) |

① 民国《福建通志》:"是年以岁闰春寒。嗣后,会试年遇闰,改于三月。"(《福建选举志》卷十,第五页)
② 民国《福建通志》:"本姓陈。"(《福建选举志》卷十,第五页)
③ 民国《同安县志》许琰传:"雍正甲辰魁于乡,丁未成进士,授翰林庶吉士。"(卷三十一,影印第1019页)
④ 民国《福建通志》:"本姓游。"(《福建选举志》卷十二,第十八页)
⑤ 乾隆《福清县志》一作薛国策,榜姓陈(卷九,影印第214页)。此科中,李修卿(侯官县学)、陈有策(府学)、翁怀忠、薛国策(侯官县学)、严圣泰(瓯宁)、卓道异(侯官)俱福清人。
⑥ 民国《福建通志》:"复姓林,改名瑞泉。"(《福建选举志》卷十二,第十九页)
⑦ 民国《福建通志》:"本姓李。"(《福建选举志》卷十二,第十九页)
⑧ 民国《福建通志》:"本姓陈。"(《福建选举志》卷十二,第十九页)
⑨ 民国《福建通志》:"改名旭世。"(《福建选举志》卷十二,第十九页)
⑩ 民国《福建通志》:"改名冠世。"(《福建选举志》卷十二,第十九页)
⑪ 民国《福建通志》:"本姓蔡。"(《福建选举志》卷十二,第十九页)
⑫ 民国《福建通志》:"本姓林。"(《福建选举志》卷十二,第十九页)
⑬ 民国《福建通志》:"本姓郭。"(《福建选举志》卷十二,第十九页)
⑭ 民国《福建通志》:"本姓方。"(《福建选举志》卷十二,第十九页)

续表

| 府州科年 | 福州府 | 兴化府 | 泉州府 | 永春州 | 漳州府 | 龙岩州 | 汀州府 | 延平府 | 建宁府 | 邵武府 | 福宁府 | 台湾府 |
|---|---|---|---|---|---|---|---|---|---|---|---|---|
| 33. 八年庚戌(1730)周澍榜 | 李时宪、陈霖(闽县)、吴履泰①(侯官)、林琼蕤(长乐)、吴应造(吴涛子)、陈世贤②(福清) | 林黉(莆田)、黄庆云(仙游) | 董行③、许殿辅(晋江)、陈亮世(南安)、吴振蛟、李科捷、黄文修(惠安)、陈遂(同安)、李清载④(安溪) | 张先跻(漳浦)、刘天宠(海澄) | 李其昌(龙岩) | | | | | 黄炅(邵武)、丁声蜚(建宁) | | |
| 十年壬子(1732)叶有词榜 | 陈如珪、陈琬昭、叶匡义、陈九龄、周正峰、李晋岳(福州府)、叶有词(1,叶向高裔孙)、夏金章(夏裕裔孙)、黄玑、邓尚涌、谢璥(谢道承子)、陈开周、高嵩基(闽县)、黄琮、池有鲲、孙坤、庄上志⑤(顺天)、金(游)文峰(长乐)、陈凤鸣(陈迈真孙)、陈叔洛、朱健庵、曾名卿(福清)、陈材(连江)、郑学政(罗源) | 林豹、黄通理、曾长源、林世俊(兴化府)、吴孙逢(4)、李复亨、佘鹏程(莆田)、林奎、颜岱(仙游) | 黄必昌、潘新图、陈垣、陈钟(泉州府)、黄月丹、赵梦昆、蔡澄、朱升元、郭赓武、柯可栋、林傅芳、万绍祖、李菁荄⑥、邓其鹏、张有泌、池光远、谢重爃、王大夏(晋江)、杨天柱、李乐邦、洪盛⑦、黄瑶观(惠安)、张德溥、许之秩、林翼池(同安)、林韩长、李清时、李光袁、林瑯(安溪) | | 林世若、陈光骧、赖翰禺、林文絅、黄天瑞(黄金钟子)、庄元(顺天)(漳州府)、赵鹍飞⑧、郑蒲、许应元、李景智(龙溪)、谢天禄、李实芳、蔡新、陈凤苞(广东)(漳浦)、李植惠(海澄)、宋帝简(南靖)、吴元麟、曾思忠、李国祚(平和)邵天球(长泰) | | 俞文漪(长汀)、宫曰诚(宁化)、伍文运(清流)、赖鹏九、邹尚易(邹尚仁弟)(上杭)、王见川、郑枢、阙文(永定) | 邱理德(将乐)赖正中(永安) | 徐绍文(建宁府)、张朝刚、刘廷然(建安)、高城⑨(7)(瓯宁)、朱銮章(建阳)、金四德、吴旭、衷炳修(崇安)、陈兆晶(松溪)、张瑚刚(浦城)⑩ | 梁维燮(邵武)、夏鸣雷(建宁) | 韦基烈(寿宁) | 廖殿魁(凤山) |

① 吴履泰,字文岸,一字君安,号茹原。选庶吉士,授编修,累官至侍读学士(民国《福建通志》总卷四十,《福建儒行传》卷五,吴履泰传,原第九页)。
② 按:乾隆《福清县志·节妇传》陈氏传,陈氏系三山人,其胞弟陈汉、胞侄陈世贤(影印第480页),陈汉籍闽县。
③ 民国《福建通志》:"改名衡。"(《福建选举志》卷十,第五页)
④ 按:民国《福建通志·福建艺文志》存目卷四十二著录《榕斋诗草》、《积斋诗集》作者作李清戴(第十八页),误。
⑤ 据乾隆《福清县志》卷九《选举志》题名,夏金章、周正峰、陈九龄、高城(瓯宁县学)、庄上志、李晋岳、张瑚刚(浦城县学)俱福清人。
⑥ 民国《福建通志》:"改名清馝。"(《福建选举志》卷十二,第十九页)民国《福建通志》李钟僖(李光地次弟李鼎徵之子)传,其子李清馝雍正十年壬子举于乡(《福建列传》卷三十四,第十四页)。
⑦ 民国《福建通志》:"改名成。"(《福建选举志》卷十二,第十九页)
⑧ 民国《福建通志》:"榜名鹏蜚。"(《福建选举志》卷十二,第二十页)
⑨ 乾隆《福清县志》:"瓯宁县学中。"(影印第214页)
⑩ 据乾隆《福清县志》卷九《选举志》补入。

续表

| 府州科年 | 福州府 | 兴化府 | 泉州府 | 永春州 | 漳州府 | 龙岩州 | 汀州府 | 延平府 | 建宁府 | 邵武府 | 福宁府 | 台湾府 |
|---|---|---|---|---|---|---|---|---|---|---|---|---|
| 34. 十一年癸丑(1733)陈倓榜 | 周正峰①、黄辅极(闽县)、曾丰②、李修卿③(侯官)、陈琦(长乐)、吴濂、陈有策(福清) | | 魏焕章、柯可栋(晋江)、邵天球(同安)、李光型(安溪) | 黄允昌④(永春) | 李植惠(海澄)、黄天瑞(南靖)、赖翰禺(平和)、杨大鸿、谢彤诏(诏安) | | 俞文漪(长汀)、雷鋐⑤(二甲,9名)、吴琮(宁化)、沈光渭(永定) | 李光前(永安) | 郑方城(建安) | 韦基烈(寿宁) | | |
| 十三年乙卯(1735)黄元宽榜 | 李若庚(李馥侄)、林光锋(林和孙)⑥、廖淮、张光天、施万春、李捷(李修卿侄)、陈芳植(福州府)、林其茂、曹岱华(曹学佺曾孙)、陈朝柄、黄凌云、吴拱日、刘希玉、李景明(李若青子)、张廷璋、林维雍(闽县)、严以治(5)、林学鸣、翁鸿逵、李鸣峤(李开叶子)、曾之诏、林士楷、游光镐⑦(游有策子)、何茂青、江正超、林日晓、陈炳章、林凤飞、林达(侯官)、郑玉树、陈士登(长乐)、黄元宽(1)、陈云树、林炳离(林茂槐玄孙)、李范、郑良翰(福清)、孙迈、吴元春(连江)、林为翰、林钟(屏南) | 黄鼎甲、吴念祖、詹涵珠(兴化府)、吴一行、林采(莆田)、黄汝楠(仙游) | 王世濬、李清恺(泉州府)、曾式冕、颜光锡、富介龄、杨子举、佘汉章、万师敬(晋江)、李严、黄志高(南安)、出梦鲤、陈士元(惠安)、胡光彩、李哲(同安)、李迈时、李复发、林廷沐、李宗遇(安溪) | | 陈实、吴士霖(漳州府)、戴侯焻、郑希文、昌道清、杨国球、杨如璋(广东)(龙溪)、林开镐、黄钟宪、石太喜、陈徽声(漳浦)、严光远、倪立品(海澄)、林中梅、吴锡瑚(南靖)、卢刚(长泰)、陈宏宗(平和) | 陈中惠(漳平) | 孔云(汀州府)、罗登标、巫近汉(顺天)(宁化)、廖瑛、游贡赞(永定) | 卓元岱(延平府)、张纯仁、伍思任(将乐) | 黄朝璋(瓯宁)、黄景云、林鸿(浦城) | | 危佑启(福宁府⑧) | 陈邦杰、石国球(台湾县) |

① 民国《福建通志》:"改名正思。"(《福建选举志》卷十,第五页)以编修典试河南(民国《闽侯县志》卷四十二《选举志·清进士》)。
② 按:曾丰、李修卿俱改选庶吉士(民国《闽侯县志》卷四十二《选举志·清进士》)。
③ 乾隆《福清县志》:"(字)大建。翰林院庶吉士,改高安知县。"(影印第201页)
④ 民国《福建通志》:"复姓李。"(《福建选举志》卷十,第六页)《明清进士题名碑录索引》作黄孕昌(第2702页)。
⑤ 同治《宁化县志》:"由翰林历官通政使司通政使、都察院御史、提督江苏浙江学政。"(卷三,影印第172页)《中国方志丛书》第88号,成文出版社1967年影印同治八年重刊本。
⑥ 按:林光锋祖父林和(字玉伯)系康熙三十五年丙子(1696)武举乡试第一,能诗(同治刊本《福建通志》卷二百四十一林和传)。
⑦ 据乾隆《福清县志》卷九《选举志》题名,李若庚、施万春、李景明、严以治、李鸣峤、游光镐、李捷俱福清人,乾隆《福清县志》举人名录亦不全。
⑧ 民国《福建通志》:"十二年,升州为府。"(《福建选举志》卷十二,第二十页)

续表

| 府州科年 | 福州府 | 兴化府 | 泉州府 | 永春州 | 漳州府 | 龙岩州 | 汀州府 | 延平府 | 建宁府 | 邵武府 | 福宁府 | 台湾府 |
|---|---|---|---|---|---|---|---|---|---|---|---|---|
| 35. 乾隆元年丙辰(1736)金德瑛榜 | 林其茂(闽县)、吴烷安(吴道来孙)①、严以治、江正超②(侯官)、郑𪾔(长乐)、陈九龄(福清)、陈材(连江) | 卓斯义、吴孙逢(莆田) | 罗岳桂③、林简士(晋江)、黄瑶观、孙隆(惠安)、李清芳(李鼎徵孙)④、李玉鸣(李光斗曾孙)(安溪) | 赖霁堂(永春) | 林双鲤(龙溪)、蔡新、陈杓(漳浦)、李国祚(平和) | | 刘继纶(宁化)、李青选(上杭)、王见川⑤(永定) | | 金四德(崇安) | | | |
| 元年(1736)丙辰恩科蔡云从榜 | 王炎、翁焯⑥、林志、陈鹿耀(福州府)、高鸿谟(7)、高蔚起、黄元俊、陈朝楷、黄登魁、何恒潮(何佩珠子)、李若青(李修卿兄)、林廷对、王必兴⑦、陈朝栋、陈廷凤(闽县)、郭赵璧(8)、薛大钧、林澄源、许鸣琼⑧、林召华⑨、曾从义、曾之铣、李璋(李若青子)、吴宪青(吴履泰子)、李开春⑩(李若青子)(侯官)、曾一贯、潘文望(长乐)、林宗懋(5)、林广、江冰藻、王文耀、吴光祖、陈国材、薛垄、张董达(陕西)(福清)、王洪宷(连江)、游彤均(罗源)、叶标元、翁文达、陈登元(古田)、林国梁(屏南) | 邹维、林昱、陈寿世、黄芳远(兴化府)、黄超群、吴元渭(莆田)、孙国器、陈荆协(仙游) | 黄为楫(黄必登子)、王商霖(泉州府)、王瑞瑛、王元栻、陈国豪(陈元焱孙、陈俞侯曾孙)、万承仪、詹心旦、陈时举(晋江)、吴世重、黄灿、叶天挺、梁得捷(南安)、周高爵、郑高鹏。陈轼、王士鳌、苏呈机(惠安)、刘学道、林孝基(同安)、张正曜、陈廷科、梁开芳、叶为重。林宏元、李钟问、李清远、官献瑶(官朝京孙)(顺天)、李青云(安溪) | 颜瑛、温廷选、曾重登(永春州⑪) | 陈德厚(漳州府)、郭成郭、黄必章(广西)(龙溪)、蔡云从(1)、高廷璧、蔡淮、汤鸣鹤、(漳浦)、郑玉文、许如汾(南靖)、王种玉(长泰)、沈联登、吴叶芳(诏安) | | 邱安礼、江凤清、谢光晋(汀州府)、王紫绅(长汀)、邱兆成(宁化)、谢家树、王文光、李际隆(归化)、童宏宗(童嘉宾嗣子)、张斯泉(连城)、袁绥、邱志高(上杭)、刘登、方连涧(武平)、廖鸿章、赖霁堂、江龙池、卢钧、廖翼汉(永定) | 揭学朱(延平府)、姜榆(沙县)、林植魁(永安) | 钱王臣(建宁府)、陈文镜、杨珪璋(建安)、彭文震(崇安)、祖德洪、徐芳桂(浦城) | 宁士璋、张名标、宁凤仪(邵武府)、曾晋(邵武) | | 张岳、王贵(台湾府) |

① 民国《福建通志》作吴浣安(《福建选举志》卷十,第六页),民国《长乐县志》同,《明清进士题名碑录索引》作吴烷安(第 2705 页)

② 按《题名碑》列丁巳榜,或次年补试(民国《闽侯县志》卷四十二《选举志·清进士》)。

③ 民国《福建通志》:"榜姓吴。"(《福建选举志》卷十,第六页)《明清进士题名碑录索引》作吴岳珪(第 2704 页)。

④ 李清芳于乾隆二年授编修,与修《一统志》,历官监察御史、刑科给事中、詹事、阁学等(民国《福建通志》总卷三十四,《福建列传》卷三十四,李清芳传,第十八、十九页)。

⑤ 按:同治六年刻本、乾隆十七年《汀州府志》系王见川于雍正十一年癸丑进士,改选翰林院庶吉士,迁歙县知县(影印第 304 页。《中国方志丛书》第 75 号,成文出版社 1967 年影印)。此说误。《明清进士题名碑录索引》作乾隆元年二甲第四十六名进士(第 2705 页),与同治刊本《福建通志》同。

⑥ 按:乾隆《福清县志》卷九《选举志》一作翁璋,府学中式(影印第 215 页)。

⑦ 民国《福建通志》:"本姓何。"(《福建选举志》卷十二,第二十一页)乾隆《福清县志》卷九《选举志》榜姓王(影印第 215 页)。

⑧ 民国《福建通志》:"本姓陈。"(《福建选举志》卷十二,第二十一页)

⑨ 按:乾隆《福清县志》卷九《选举志》作林茗华(影印第 215 页)。

⑩ 据乾隆《福清县志》卷九《选举志》题名,李若青、李璋、李开春、陈鹿耀、高鸿谟、高蔚起、林志、何文兴、何恒潮、林茗华、郭赵璧、翁文达、翁璋、薛大钧俱福清人。

⑪ 民国《福建通志》:"雍正十二年,升永春为州。"(《福建选举志》卷十二,第二十一页)

续表

| 府州科年 | 福州府 | 兴化府 | 泉州府 | 永春州 | 漳州府 | 龙岩州 | 汀州府 | 延平府 | 建宁府 | 邵武府 | 福宁府 | 台湾府 |
|---|---|---|---|---|---|---|---|---|---|---|---|---|
| 元年丙辰（1736）博学宏词科 | | | 洪世泽（南安）① | | | | | | | | | |
| 36. 二年（1737）丁巳恩科于敏中榜 | 林枝春（2）、黄元俊②、林维雍③（闽县）、郑汉履、吴宪青（侯官）、林元德、黄元宽（福清）、孙迈（连江）、翁文达、魏梦烛（古田） | | 王商霖、郭赓武、曾式冕（晋江）、唐桂生（安溪） | | | | 巫近汉（宁化）、李际隆、李镐（归化）、赖能发（上杭）、阙文、廖瑛、廖鸿章④（永定） | | | | | |
| 三年戊午（1738）出科联榜 | 郑鹏万、王日光、毛用锡、石孝（福州府）、林斌（9）、林梦彩（林邦桢子，林枝春弟）、谢珂、陈其诗、林杰（闽县）、邓尚潮、谢璟（谢道承子）、钟林树（钟国佐子）、薛元训、陈善（侯官）、陈雨若、林调燮、林振品（林琼蕤长子）（长乐）、孙绳武（福清）、孙拱极（连江）、陈万椿（古田）、周大训（屏南）、陈志梁⑤（闽清）、林之桂（永福） | 林兆鹏、柯荣宗、陈诚（兴化府）、唐山、林丽生（莆田） | 潘士华、林清爽、洪世润（洪科捷子）、黄士锦（泉州府）、郭大燕、吴大壮、杨攀桂、林廷章、万志成、杨卓园、林其俊、柯光第（广东）（晋江）、李宪章、洪钟、黄廷光（南安）、出科联（1，惠安）、刘承业、魏瑚、杨国文、张允和、陈国盛、刘先登、陈元章、郭迈（同安）、陈宗达、李本昕、李瑞珍（安溪） | 王谦益、郑成中、黄际培、魏大任（永春州）、李志昱、曾西元（德化）、范森（大田） | 杨邦宪、林中荣、黄可润（黄文扬子）（顺天）（龙溪）、林生枝、黄士芳、宋志逵⑥、郑钟岳⑦（漳浦）、钱廷钦、邱起佐（海澄）、许长治、颜表旌（南靖）、马瑞兰、董士馥（长泰）、黄金三⑧、赖上进（平和）、叶文煜（诏安） | | 吴起璧（汀州府）、李俫（宁化）、余国缙（上杭）、萧超（武平） | 李嗣芳（将乐）、吴正元（沙县） | 吴文尧（建安）、谢瑰奇、林凤（瓯宁）、刘坦、陈崑（建阳） | 李笃生（邵武）、饶千德（光泽）、徐翀、官伟（建宁）、叶起鹭、梁协彬（泰宁） | | 陈辉、王宾（台湾） |

① 民国《福建通志》："时本省应试未取者十一人，附录于后：（闽县人）陈绳、张甄陶、陈继善、（晋江）方鹤鸣、王元芳、陈一策、（安溪人）王士让、潘思光、（龙岩人）陈大炎、（安溪人）李清藻、李光型。"（《福建选举志》卷十，第六页）按：民国《南安县志》乾隆二年丁巳补试博学鸿词科："召试，由附贡生授庶吉士。"（卷二十，《选举志》，原第十九页，影印第134页）

② 《明清进士题名碑录索引》："碑作：黄士俊。"（第2710页）

③ 按：林维雍，改选庶吉士，出为顺庆府营山知县（民国《闽侯县志》卷四十二《选举志·清进士》）。

④ 按：刘声木《桐城文学渊源撰述考》卷二："官翰林院检讨。"（第120页）

⑤ 按：乾隆《福清县志》卷九《选举志》一作陈国梁（影印第215页）。此科中钟林树、林斌、毛用锡、陈善、陈国梁俱福清人。

⑥ 民国《福建通志》："榜名志宏。"（《福建选举志》卷十二，第二十二页）

⑦ 民国《福建通志》："本姓黄。"（《福建选举志》卷十二，第二十二页）

⑧ 民国《福建通志》："本姓陈。"（《福建选举志》卷十二，第二十二页）

续表

| 府州科年 | 福州府 | 兴化府 | 泉州府 | 永春州 | 漳州府 | 龙岩州 | 汀州府 | 延平府 | 建宁府 | 邵武府 | 福宁府 | 台湾府 |
| --- | --- | --- | --- | --- | --- | --- | --- | --- | --- | --- | --- | --- |
| 37. 四年己未(1739)庄有恭榜 | 夏金章、林光锋(闽县)、林学鸣、杨珪(侯官)、林调燮(长乐)、叶有词(福清)、孙拱极(二甲,11名)、吴元春(连江) |  | 庄有恭(一甲,1名)、富介龄(晋江)、洪科捷①(南安)、王士鳌、出科联(惠安)、李复发、官献瑶(二甲,2名)(安溪) |  | 黄可润(龙溪)、许元镆(南靖) |  | 伍文运(清流)、谢家树(归化)、孔云(上杭)、方连涧(武平) |  | 林鸿(浦城) |  |  |  |
| 六年辛酉(1741)邱鹏飞榜 | 邓浩、王化、陈裕连②、葛胜朝、陈启元、陈凤池、江文宫、魏成三(福州府)、陈剑光(陈沩潢曾孙)、黄守儁、何鹏程(何敬祖子)、郑兆亨、林京、林飞鸿、陈文诰、江日昂③、李选、林之翰、李翼运(闽县)、邱鹏飞(邱振芳弟)(1)、张正卿、陈棠、葛廷元(葛焕次子)、林长仁、曾溥、罗正春(侯官)、陈士枢、陈澜(长乐)、吴林宽、林咸吉、王登甲、林恭范(林昂子)(福清)、吴元龙、吴鹏南、孙缵(连江)、游彤麟(罗源)、郭植、孙正盛(古田) | 陈时臬、陈藻④(兴化府)、林仰高、卢炎、林清标(莆田)、陈居禄(仙游) | 庄登云(泉州府)、李经、高岸登(晋江)、洪善祥⑤、徐时深、洪式金、陈桂洲、洪世渊(南安)、王其华、吴进(惠安)、刘红茱、陈明观、陈应瑞(惠安)、陈科捷、潘思光、李宗文、白大成、官翰琦(官献瑶弟)(安溪) | 叶允升、陈经(永春州) | 郭宏谋(漳州府)、黄宽(黄可润从弟)、康天墀(龙溪)、周曾恕(海澄)、李有章、简世培(南靖)、陈秀洪(平和)、林开士⑥(诏安) | 程渭湖(漳平) | 范蘋(长汀)、张贤聘(宁化)、余观汉(归化)、李梦苡、曾暄(武平)、张国梁、廖琦、熊山(永定) | 郑天宠(延平府)、萧文光(顺昌)、黄嘉鲤(永安) | 陈翰墨(建安)、严重⑦(5)(瓯宁)、祖德源(浦城) | 朱敏求、罗炳(邵武府)、席桂(光泽)、谢奇榊、谢圣纶(顺天)(建宁) | 卢澍(霞浦) | 陈联榜(台湾府)、李如松(凤山) |

① 民国《南安县志》:"翰林院庶吉士。"(卷二十,《选举志》,原第二十页,影印第135页)

② 按:乾隆《福清县志》卷九《选举志》本姓薛(影印第215页)。

③ 民国《福建通志》:"本姓萧。"(《福建选举志》卷十二,第二十二页)

④ 据乾隆《福清县志》卷九《选举志》题名,陈裕连、何鹏程、陈剑光、严重(建宁府学)、林长仁、林京、江文宫、魏成三、陈藻(莆田县学)、卢澍(福鼎县学)俱福清人。

⑤ 民国《福建通志》:"改名世侃。"(《福建选举志》卷十二,第二十三页)

⑥ 民国《福建通志》:"本姓许。"(《福建选举志》卷十二,第二十三页)

⑦ 乾隆《福清县志》:"建宁府中。"(卷九,影印第215页)

续表

| 府州科年 | 福州府 | 兴化府 | 泉州府 | 永春州 | 漳州府 | 龙岩州 | 汀州府 | 延平府 | 建宁府 | 邵武府 | 福宁府 | 台湾府 |
|---|---|---|---|---|---|---|---|---|---|---|---|---|
| 38. 七年壬戌（1742）金甡榜 | 林京、黄守僊(闽县)、卓道昇(三甲,1名)(侯官)、钟林树、施万春、陈善(福清)、吴鹏南①(连江)、郑学政(罗源)、郭植、叶标元(古田)、林振品②(长乐) | 唐山、黄超群（莆田） | 陈桂洲③(南安)、王其华(惠安)、郭迈（同安）、李清时④、李济泰（安溪） |  | 谢天禄、蔡云从(漳浦)、许本巽(南靖) |  | 张斯泉(张一杰孙)(连城) |  |  |  |  |  |
| 九年甲子（1744）朱仕琇榜 | 何逢僖(何芳振子)、谢际泰、周美基、张甄陶(顺天)(福州府)、王阶升、葛光祖(葛大梁子)、李德华、赵步青、王朝屏、洪汉、陈纯基(陈汭潢曾孙)、陈暹、方鼎成、薛潮(薛夺魁兄)、陈廷对(陈一贯裔孙)(闽县)、王熙、谢人骥、韩纯、刘元钟(刘兆基子)、林捷春⑤、蒋润灿、刘经文、何思聪、林在湝、何思齐、林从真⑥(林荣芬曾孙)(侯官)、林天枢⑦、李良筠、胡锡爵、林恭箴、林天澍(福清)、杨方寿、孙让、吴志绾、吴志飏、陈凤举(陈彦弼孙)、吴应昇、张春泰、吴树稷(连江) | 王恒、曾洪范（兴化府） | 洪士辅、王商琏、潘思穆、龚必飏、陈兰洲(陈桂洲弟)、张苞(泉州府)、方翀、苏俊、施廷灿(顺天)(晋江)、张时霖、洪世涵、戴标春、郑栻、吴怀玉(吴梅与子)(南安)、萧际恩、林鸿章、何重文(惠安)、林应震、周鹤山、陈锡范、陈宁世、杨之琳(江西)(同安)、李清标、廖廷耀(顺天)(安溪) | 林功、王有源、邱景云、颜璹(永春州) | 赖国达(漳州府)、郭泽、蔡国香(龙溪)、林斗魁、程日炌、陆钟宏、刘如阳、蔡木榕(顺天)(漳浦)、林阳珠、郭日高(海澄)、李钦毅、杨新基(长泰)、赖龚、游友夏(平和) |  | 卢九云(汀州府)、周绍缙(周梦锦孙)、巫道纯（宁化)、周天德(武平) | 张逢泰、翁晟⑧（南平)、吕天芹(顺昌)、谢宏基(将乐) | 朱秀、傅光裔(建安)李青霞、刘廷棉（浦城） | 邓瑸(邵武府)、朱仕琇（1，建宁） | 危兴梅(福鼎) | 张简拔(诸罗)、黄师琬(彰化⑨) |

① 按:吴鹏南,字懋今,一字省旃。改庶吉士,授编修,简放浙江乡试副考官(《清秘述闻三种》,第190页),改御史,擢吏科给事中(同治刊本《福建通志》卷二百二十六,影印第4134页)。

② 民国《长乐县志》:“壬戌明通进士,宁德、安溪教谕。”(卷十四上,《选举上》,影印第229页)

③ 按:陈桂洲(1706—1770),字文馥,号修堂。改庶吉士,授检讨,历左庶子、翰林侍读学士、顺天府丞提督学政(民国《福建通志》总卷三十四,《福建列传》卷三十七,第二页)。

④ 按:李清时,字授侯,李钟侨季子、李天宠嗣子。乾隆七年进士。官编修,出为嘉兴知府(民国《福建通志》总卷三十四,《福建列传》卷三十四,李清时传,第十四页)。

⑤ 按:乾隆《福清县志》卷九《选举志》题名作李捷春,注本姓林(影印第215页)。

⑥ 据乾隆《福清县志》卷九《选举志》题名,刘经文、陈廷对、韩纯、林捷春、何逢僖、翁晟(南平县学)、林从直、陈纯基、张甄陶俱福清人。

⑦ 民国《福建通志》:“本姓程。”(《福建选举志》卷十二,第二十三页)

⑧ 乾隆《福清县志》:“南平县学中。”(卷九,影印第215页)

⑨ 据民国《长乐县志》梁上国传引其疏语:“考雍正元年(1723)收诸罗(按:乾隆五十二年改名嘉义)县之北地,增置彰化一县、淡水一厅”(卷二十三,原第四十六页,影印第463页)知彰化、淡水置县时间。

续表

| 府州科年 | 福州府 | 兴化府 | 泉州府 | 永春州 | 漳州府 | 龙岩州 | 汀州府 | 延平府 | 建宁府 | 邵武府 | 福宁府 | 台湾府 |
|---|---|---|---|---|---|---|---|---|---|---|---|---|
| 39. 十年乙丑(1745)钱维城榜① | 张甄陶②、廖淮(闽县)、林天澍③、林瑞泉(福清) | | 池光远、柯伟生、佘汉章(晋江)、林翼池(同安)、徐时深(南安)④ | 王必昌(德化) | 蔡湝、林开镐、宋帝简(漳浦) | | 王紫绅(长汀)、伍起璧(宁化)、萧超(武平) | 童元璠(沙县) | | 叶为舟(邵武) | 卢澍(霞浦)⑤ | |
| 十二年丁卯(1747)黄元吉榜 | 黄金声、谢文若、叶观国(福州府)、翁登、张捷春、杨琏、黄文衮(黄麟会子)(闽县)、黄元吉(1)、蒋廷璟、刘钦擢、陈天经、张绳武、郑玉文、萨登尹、庄上昌、邵公芾、林人樾、翁礼光、张南辉(侯官)、柯琼(长乐)、黄中藏(福清)、陈学泗、周应扬、赵舜年(古田)、徐作梅(屏南)、黄惠(永福)、孙应阳(连江)⑥ | 俞云、翁方纲⑦(兴化府)、戴一鹏、何焜煌(莆田) | 陈瀠、王蔚、陈上升、陈有捷(泉州府)、林国兰、施者仁、尤垂青、黄瑞江、陈金鸾、王鸣凤、陈昂、张锡卣、施宁世(晋江)、张际盛、黄维岳、傅应时、吴元华、王家宝(南安)、陈兆勋、出调元(惠安)、曾九乔、许我生(同安)、林清元、郑殿佐(安溪) | 周青云(永春州)、郑鸿儒、连达(德化) | 黄其琮(漳州府)、王思齐、林印(龙溪)、林猷之、姚文山、蔡如襄(漳浦)、杨有年(长泰)、何瞻汤、何子祥(平和) | | 伍裔藩(宁化)、余起(清流)、范泰元、邓中美、李辑瑞、薛捷官(上杭) | 何琇、席液(南平)、叶镇(顺天)(顺昌) | 郑锦云(建宁府)、高题望(建安) | 谢恩临、童璘、吴澍(邵武府)、陈翊、廖璜、曾澜(邵武)、梅泉(光泽)、余舟(建宁) | | 陈名标、林垂芳(台湾府) |

① 民国《福建通志》:"是年,会试改三月,永为定制。间特奉旨开科则随时定期。"(《福建选举志》卷十,第七页)

② 乾隆《福清县志》:"(字)希周。翰林院庶吉士。"(影印第201页)

③ 按:乾隆《福清县志》乾隆十年乙丑进士题名有卢澍、林瑞泉、张甄陶三人名,无林天澍(影印第201页);查《明清进士题名碑录索引》,林天澍系乾隆十年三甲第71名进士(第2717页),福建福清籍(第1620页),乾隆《福清县志》误。朱仕琇《故进士霞浦卢君墓志铭》作林天涘,闽县人(《梅崖居士文集》卷八,原第四页,《清代诗文集汇编》第336册,影印第262页),则《明清进士题名碑录索引》所系乡贯亦误。

④ 民国《南安县志》:"前志缺,府志无。"(卷二十,《选举志》,原第二十页,影印第135页)

⑤ 乾隆《福清县志》乾隆十年乙丑进士题名有卢澍,无林天澍(影印第201页),《明清进士题名碑录索引》卢澍系福建福鼎人,乾隆十年二甲第47名进士(第658页),民国《霞浦县志》卷二十五《艺文志》收有朱仕琇所撰《进士卢澍墓志铭》,卢澍(字及人,号霈苍),明卢以诚(一作卢一诚)裔孙;卢一诚四世孙卢毓侃迁霞浦,为卢澍曾祖(原第三十三、三十四页,影印第222页)。

⑥ 据民国《福建通志》总卷三十六《福建循吏传》卷十二孙应阳传(原第二十一页)补入。

⑦ 民国《福建通志》:"入籍顺天。"(《福建选举志》卷十二,第二十四页)

续表

| 府州科年 | 福州府 | 兴化府 | 泉州府 | 永春州 | 漳州府 | 龙岩州 | 汀州府 | 延平府 | 建宁府 | 邵武府 | 福宁府 | 台湾府 |
|---|---|---|---|---|---|---|---|---|---|---|---|---|
| 40. 十三年戊辰(1748)梁国治榜 | 谢璈(闽县)、杨方寿、吴志绾(连江) | | 陈科捷(晋江)、刘承业(同安)、李宗文①、陈廷科、潘思光(安溪) | 王谦益(永春)、范森(大田) | 黄宽(龙溪)、倪立品(海澄) | | 周绍缙(宁化) | 叶镇(顺昌) | 衷炳修(崇安) | 朱仕琇(建宁) | | |
| 十五年庚午(1750)蓝彩琳榜 | 李元通、程朝进、齐潮、石国任、龚一发(福州府)、郑天策、林守鹿、严华国、薛宸翰、陈夔、郑汝声、何朝炳、郑朝爵(闽县)、钟兆相、郑念荣(郑任鑰次子)、吴士奇(吴湘孙)、李�华、陈朝麟、陈荣榕(侯官)、林翼猷、陈光辉、陈梅(长乐)、何大任(福清)、林志赓(连江)、王阳开、张文郁(永福) | 李鸣珂、翁霈霖、郑帝眷、宋若霖(兴化府)、宋帝�、朱志达(莆田)、张觐光、郑文辉(仙游) | 何增元、蔡式金、苏尚斌(泉州府)、余克家、王青鹏、陈金宣(陈大玠子)、秦允升、倪邦翰、施奕学(顺天)、曾朝阳(晋江)、洪世仪(洪瑞子)、洪世傅、洪应心、洪世佺(洪瑞子)、施寅亮②、洪世蓉(洪瑞侄)、洪瑞(洪科捷弟、洪钟兄)、洪开泰(南安)、庄世芳(惠安)、陈琅轩、黄涛(顺天)(同安) | 郭震东、郑秉钧③(德化) | 何奏成、林钰、林植(漳州府)、廖鹏飞、蓝彩琳(1)、蓝应元、蔡超(漳浦)、康光国(海澄)、许争奇④、许安邦(南靖)、詹恒、徐士玉(长泰)、曾蕚(平和)、陈天楷(诏安) | 张兆莲、吴麟(龙岩州⑤)、朱阳(朱廷鸿子)(顺天)(漳平) | 廖连三、卢尔毅、袁汉表(汀州府)、郑秉钧、李含芳、王国宁(上杭) | 饶象仁、杨有光(河南)(南平)、杨笃禄(将乐)、邢辉远(永安) | 李懋建、刘廷炷(建安) | | 危兴枢(霞浦) | 卓肇昌、林大鹏(凤山) |

① 按:李宗文改庶吉士,授编修。历官侍读、右庶子、河南学政、中允、少詹事、内阁学士、礼部侍郎等(民国《福建通志》总卷三十四,《福建列传》卷三十四,李宗文传,第十一页)。
② 朱仕琇《施君弼五像赞》,《梅崖居士文集》卷三。
③ 按:郑秉钧一作上杭人,或二人同姓名,俟考。
④ 民国《福建通志》:“改名清奇。”(《福建选举志》卷十二,第二十五页)
⑤ 民国《福建通志》:“雍正十二年升龙岩县为州。”(《福建选举志》卷十二,第二十五页)

续表

| 府州科年 | 福州府 | 兴化府 | 泉州府 | 永春州 | 漳州府 | 龙岩州 | 汀州府 | 延平府 | 建宁府 | 邵武府 | 福宁府 | 台湾府 |
|---|---|---|---|---|---|---|---|---|---|---|---|---|
| 41. 十六年辛未(1751)吴鸿榜 | 李元通、叶观国(闽县)、何逢禧、黄元吉①、张绳武、陈荣榕(侯官) | 宋若霖(莆田) | 黄涛(同安) | 周青云(永春) | 廖鹏飞(龙溪)、蔡如襄(漳浦)、曾蕚、何子祥(平和)、陈天楷(诏安) | | | | | | | |
| 十七年(1752)②壬申恩科蔡庭芳榜③ | 黄长茂、叶观海、曾起鹏、魏宸瑞(福州府)、董文驹(董启进子)、林长滢(林和子)、薛觐光、李寅亮、王简良④、何承宦(闽县)、张晃、林宗懋、林自远(侯官)、王思猷、江拱毓、池腾蛟(池南溟孙)(长乐)、林迪光、庄行恭、庄琬(福清)、瞿侪鹤(连江)、陈琛(古田)、刘崇德、陈璧树(闽清) | 郑鹏搏、彭霖雨、郭梦墀、龚植三(兴化府)、方廷光、陈一超(陈射斗子)、朱南金(莆田) | 张锦、杨潮海、吴如珪、吴雅观(泉州府)、蔡庭芳(1)、洪琨、何鼎鋐(何秉忠子)⑤、王钰、曾元文、倪邦良(倪鸿范从子)、王朝魁、颜炳济、柯者仁、朱莲、曾元景、陈绳武(晋江)、黄子敦、尤时怀(尤登瀛孙)、洪世澥(南安)、陈高第(惠安)、黄中必、石辉(安溪) | 李吉(德化) | 叶鸿业(漳浦)、谢若愚、陈英育(海澄)、刘希孟(长泰)、曾异撰⑥、何章(平和)、陈丹心、林名世(诏安) | 吴之映(龙岩州) | 李发源、钟青选(长汀)、雷定淳、张其份(宁化)、李含芳(上杭)、赖世芳、卢观源、张金堡(永定) | 任绍皋、许遇琏、曾忠、林大蓬(延平府)、谢纯钦(谢麟子)、危履亨(南平)、萧元吉(顺昌)、范元飏(沙县)、谢大典(尤溪) | 曹国遇(建安)、郑天锦(瓯宁) | 李荣宾(邵武府)、谢家缙(建宁)、谢圣恩(泰宁) | 王阮(福宁府) | 林昂霄(台湾府)、唐谦(凤山) |

① 按：黄元吉，改选庶吉士(民国《闽侯县志》卷四十二《选举志・清进士》)。

② 按：该年三月乡试，八月会试(民国《闽侯县志》卷四十三《选举志・清举人》，原第五页，影印第128页)。

③ 民国《福建通志》："是年三月乡试，八月会试。"(《福建选举志》卷十二，第二十五页)清代恩科乡试，会试的时间大概如此。

④ 按：王简良，官台湾府教授(民国《闽侯县志》卷四十三《选举志・清举人》)。

⑤ 民国《福建通志》："鋐，一作铉。"(《福建选举志》卷十二，第二十五页)

⑥ 民国《福建通志》："本姓陈。"(《福建选举志》卷十二，第二十五页)按：明崇祯十二年己卯(1639)福建乡试钟垣榜举人曾异撰，籍侯官，非同一人。

续表

| 府州科年 | 福州府 | 兴化府 | 泉州府 | 永春州 | 漳州府 | 龙岩州 | 汀州府 | 延平府 | 建宁府 | 邵武府 | 福宁府 | 台湾府 |
|---|---|---|---|---|---|---|---|---|---|---|---|---|
| 42. 十七年(1752)壬申恩科秦大士榜① | 曾起鹏、林守鹿(闽县)、钟兆相②(侯官)、陈澜(长乐)、林恭范(福清)、张文郁(永福) | 翁方纲③(莆田) | 曾元景(晋江)、洪应心(南安) | | 蓝彩琳(龙溪) | 朱阳④(漳平) | 李发源(长汀)、廖连三(永定) | 杨有光⑤(南平)、范元飚(沙县) | 郑天锦(会魁)(瓯宁) | | | |
| 十八年癸酉(1753)骆天衢榜 | 潘泰开、林恭策(福州府)、张日暄、李宗宝、李谦光、吴学韩、林仪凤、何恒汉、陈科捷⑥、庄大圭、江廷基、林一鹏(闽县)、黄佾、陈梦得、陈时迈、庄绍、吴春元、张伯谟⑦、蒋奕湛(蒋迪子)(侯官)、陈萧、林大成、郑觐徽、陈钟华(陈光明侄)、曾大士⑧(长乐)、薛训焯(福清)、黄光中、吴同源、邵德占(连江) | 周洪森(莆田)、张永清(仙游) | 陈国琛、王名夏⑨(泉州府)、郑焕、陈瑞超、黄世德、苏廷相、李长庚、黄中⑩、江文习(江之炜子)、庄拔萃(晋江)、吴焕彩、陈大光、郑之垣、洪松⑪(南安)、骆天衢(1)、陈逵、陈国璜、曾宏德(顺天)(惠安)、刘翰(同安)、朱玑、刘焕宗(安溪) | 李乘时(永春州) | 郭于青(龙溪)、江观(漳浦)、叶廷推、叶文馥(海澄)、庄玮、许大才(南靖)、卢金奏、刘希周(长泰)、陈先声(平和) | 何人麟(龙岩州) | 罗承谒(长汀)、雷维泰、吴运隆(宁化)、郑克信(清流)、李梦登、邱觐宸、薛钟英、黄河图(顺天)、傅代传(四川)(上杭) | 陈笃庆(延平府)、汪淳、黄彤云(南平)、叶铭、陈树梅、罗鹤龄(顺昌) | 孙振豪(建宁府)、叶日上(瓯宁)、李正春(崇安)、刘廷梧(浦城) | 黄镛、熊铠、周旋(邵武)、张翼翊(光泽)、邱堂(建宁) | | 谢其仁(凤山)、王克捷(诸罗) |

① 《明清进士题名碑录索引》:"本科为太后六旬万寿恩科。"(第2724页)二十六年(1761)辛巳科为太后七旬万寿恩科;三十六年(1771)辛卯科为太后八旬万寿恩科。

② 钟兆相,号敬斋,谢世南之师。谢世南撰有《蒙斋讲义》二十四本(民国《福建通志》总卷二十五,《福建艺文志》卷四十二,第九页)。

③ 翁方纲,《明清进士题名碑录索引》作顺天府大兴人,二甲23名进士(第2291页);民国《福建通志》:"莆田人,顺天籍。"(《福建选举志》卷十,第七页)系出明代兴化府莆田翁世资家族。

④ 朱阳,字桐野。改选庶吉士,散馆授通海知县(民国《福建通志》总卷四十,《福建儒行传》卷五,朱廷鸿传附,原第十页)。

⑤ 民国《福建通志》:"南平人。寄籍河南。"(《福建选举志》卷十,第七页)

⑥ 按:乾隆六年辛酉(1741)福建乡试泉州府举人陈科捷,别是一人。朱仕琇《太学生郑君墓志铭》云"君伯子科捷以乾隆癸酉举人知清水县"(《梅崖居士文集》卷八,《清代诗文集汇编》第336册,影印第269页),知其姓名为郑科捷,非陈科捷,故同治刊本《福建通志》卷一百六十三《选举志(国朝举人)》所载(影印第2882页)之误。

⑦ 按:张伯谟,官台湾府教授(民国《闽侯县志》卷四十三《选举志·清举人》)。

⑧ 据民国《长乐县志》卷十四上《选举上》乡科题名录补入(影印第229页)。

⑨ 民国《福建通志》:"本姓庄。"(《福建选举志》卷十二,第二十六页)

⑩ 民国《福建通志》:"改名燮。"(《福建选举志》卷十二,第二十六页)

⑪ 民国《福建通志》:"改名绍□。"(《福建选举志》卷十二,第二十六页)

续表

| 府州科年 | 福州府 | 兴化府 | 泉州府 | 永春州 | 漳州府 | 龙岩州 | 汀州府 | 延平府 | 建宁府 | 邵武府 | 福宁府 | 台湾府 |
|---|---|---|---|---|---|---|---|---|---|---|---|---|
| 43. 十九年甲戌(1754)庄培因榜 | 郑天策（闽县）、庄琬（福清）、黄惠（永福）、林大成①（长乐） |  | 王世濬（晋江）、潘思穆、陈宗达（安溪）、郑蒲（南安）② |  | 郑蒲、庄元③（龙溪）、叶廷推（海澄）、江观（漳浦）、刘希周（长泰）、陈丹心（诏安） |  |  | 谢纯钦（南平）、曾忠（沙县） |  |  |  |  |
| 二十一年丙子(1756)杨凤腾榜 | 郑际熙、陈普、林任禄、陈士诚（福州府）、郑九叙、翁振纲④、刘绍缵、王大甲、林一彪、陈士彪、陈一德、陈光（闽县）、罗吉人、林芳春、葛一贯、王蔚濼、翁长泰、陈成谟、林紫凤、赵廷献、黄其芬（侯官）、董（黄）绍安、曾柏天、陈钦元（河南）（长乐）、林高（福清）、杨凤腾（1，连江）、黄世枢（黄世模弟）（古田） | 石林旸⑤、李廷恩、陈学古、林元琛、朱文选（莆田） | 刘志贤、池凤毛、张以立、陈施（泉州府）、陈泽山、张光宪（张文秸子，张廷煌孙）、陈治贤、杨经、陈联捷、黄世簪、陈相宜（晋江）、王耿、侯怀远、洪世瀚（南安）、林昙（惠安）、叶世俊、林发春（同安）、陈元锡、蔡学简、高有泌（安溪） | 吕廷仪、陈彪、傅时谋（永春） | 陈日煜、蔡式廓、王沈（漳州府）、黄元瑞、卢自强、吕鼎玉（龙溪）、陈其英、蔡本仗、庄登峰（庄士元子）⑥（漳浦）、陈奕泗、江漳、苏曦（海澄）、许标榜、许体乾、吴选鋆（南靖）、陈于道（长泰）、吴鸣皋（平和） | 郑大星（龙岩州） | 胡绍基（汀州府）、段三锡（长汀）、周天祐、袁维丰、林衡瑞、张允文、邹岐鸣（上杭）、吴琮玉、张鹏南（武平） | 李芳妍、施上炯（延平府）、黄维甫、范金（沙县） | 黎昂（瓯宁） | 梅源（邵武府）、刘松、杨灿、饶鹏飞（邵武）、谢德芳（建宁）、梁大煓（泰宁） | 林光照（林明子，霞浦）（福宁府）、吴士镜（福鼎） | 穆帝賚、庄文进（凤山） |

① 民国《长乐县志》："甲戌明通进士。"（卷十四上，《选举上》，影印第229页）

② 据民国《南安县志》卷二十《选举志》题名补入（卷二十，《选举志》，原第二十页，影印第135页）。

③ 庄元，字步圻。改选庶吉士，未授职而卒（民国《福建通志》总卷四十，《福建儒行传》卷五，庄元传，原第十页）。

④ 按：翁振纲，官台湾县教谕（民国《闽侯县志》卷四十三《选举志・清举人》）。

⑤ 按：石林旸本籍长乐，寄籍兴化府（民国《长乐县志》卷十四上，《选举上》，影印第229页）

⑥ 民国《福建通志》："峰一作丰。"（《福建选举志》卷十二，第二十七页）同书其父庄士元传即作"登丰"（《福建循吏传》卷十一，原第五十八页）。

续表

| 府州科年 | 福州府 | 兴化府 | 泉州府 | 永春州 | 漳州府 | 龙岩州 | 汀州府 | 延平府 | 建宁府 | 邵武府 | 福宁府 | 台湾府 |
|---|---|---|---|---|---|---|---|---|---|---|---|---|
| 44. 二十二年丁丑（1757）蔡有台榜 | 李宗宝①、陈一德（闽县）、吴士奇、何思聪（侯官）、杨凤腾（连江） | | 庄拔萃、尤垂青（晋江）、洪世佺、傅应时（南安）、李本昕（安溪） | 曾西元（德化） | 林名世（诏安） | | 李梦登、林衡瑞（上杭） | | | | | 王克捷②（诸罗） |
| 二十四年己卯（1759）孟超然榜③ | 郑学海、薛日曜、陈正裔、严振迪、薛铭、李波（福州府）、孟超然（1）、郭之蓉、廖玉麟、陈振烈、马日灿、许志（闽县）、陈肇森、薛龙光、蔡士标、王潮、马金章、林桂、杨成鼎（庄念勤侄）④、林立京、张廷恩、高振翮、李廷钦、许崇楷（许臣骧子）、罗前荫⑤、谢正、黄致中、谢生晋（侯官）、王韶钧、林振采（林琼蕤次子）、陈海若、陈钟、蒋庆嵩⑥、郑邦柱（郑念荣子）（长乐）、方龙骧、陈芳祁、翁登泰（福清）、陈起撝、陈大鼎（连江）、黄洪诗（罗源）、徐尚紫（古田） | 林曦、刘雄万、陈栋隆（兴化府）、卓健、周锐（莆田） | 张道南、王尔位（晋江）、吴翀、叶学朱（南安）、戴云起、陈焕世（陈懋芳曾孙）、王其绪（惠安）、杜梅（同安）、彭模、李钟仪（安溪） | 尤正春、孙芳时、林作舟（永春州） | 徐必达、王有嘉（漳州府）、刘凤山、陈义和（龙溪）、林振梅⑦、郑高萃（漳浦）、许达猷（南靖）、戴志世（长泰）、黄开基（平和） | | 葛日升、叶中贤、许为恭（汀州府）、林升鳌（清流）、伊恒瓒⑧（宁化）、谢耀（武平）、郑烽（霞浦） | 何玉麒（延平府）、陈瑞（顺昌） | 王永誉、黄允芃（建宁府） | 洛均、饶炯（邵武府）、王礓（邵武）、江其梧（泰宁） | | 杨对时（台湾府）、白紫云（彰化） |

① 按：李宗宝，字瑛园，号璞庵，官翰林院编修；陈一德，改选庶吉士（民国《闽侯县志》卷四十二《选举志·清进士》）。

② 王克捷，晋江人，寄籍诸罗（施懿琳、廖美玉《台湾古典文学大事年表·明清篇》第202页）。

③ 按：长乐《民国县志·选举志》乾隆二十四年己卯孟超然榜注："自丁丑（乾隆二十二年，1757）定例：乡、会试首场《书》三篇，二场《经》四篇，排律五言八韵一首，裁去论、表、判，三场仍旧策五道，己卯后仍增论一篇。"（卷十四上，原第六十三页，影印第229页）

④ 民国《福建通志》："本姓庄。"（《福建选举志》卷十二，第二十七页）同治刊本《福建通志》庄念勤传称"自明思正后，庄氏绍书香者十三世。"庄成鼎系庄念勤弟庄其蓁之子（卷二百四十一，原第八页，影印第4348页）。

⑤ 按：罗前荫，台湾教谕，以军功升同知（民国《闽侯县志》卷四十三《选举志·清举人》）。

⑥ 民国《长乐县志》题名作蒋岩高（卷十四上，《选举上》，影印第229页）。

⑦ 民国《福建通志》："榜姓陈。"（《福建选举志》卷十二，第二十八页）

⑧ 民国《福建通志》："改名朝栋。"（《福建选举志》卷十二，第二十八页）

续表

| 府州科年 | 福州府 | 兴化府 | 泉州府 | 永春州 | 漳州府 | 龙岩州 | 汀州府 | 延平府 | 建宁府 | 邵武府 | 福宁府 | 台湾府 |
|---|---|---|---|---|---|---|---|---|---|---|---|---|
| 二十五年（1760）庚辰恩科张克绥榜 | 郑际唐、高飞腾（高风适子）、张蔚南、陈宏衢、李廷模、周品金、叶青、纪兆麟、谢瑾（谢绍鼎孙）（福州府）、林思志、郑为迪、郑万春、翁若梅（闽县）、李玉树、葛玉峰、魏球、李翔凤、陈士彪、林思至（林德慎孙）①（侯官）、陈化龙、冯鼎高、陈锡极（长乐）、林国华、陈云禄（福清）、周拱宸、杨钟岳、李望（连江）、黄世模（古田）、徐世灿（闽清） | 林劢（兴化府）、姚式金、陈②、黄厚、陈殿拔（莆田）、黄兆瑞、李云冠（仙游） | 施世瑚（施德馨孙）（泉州府）、张克绥（1）、吴朝昶、庄搢、倪廷琬、吴道南。黄开泰、张源仁、施廷封（晋江）、柯菁莪、叶绍光（南安）、庄光前（同安）、佘邦彦、王宗庇（安溪） | 张夏时、周凤翔（永春州） | 柯维乔、许青龙、吴璟（漳州府）、郭承统、郭承纶（龙溪）、蔡本俶（漳浦）、颜志远、江启澄、陈天民、江晏、甘鳌（海澄）、陈步月（南靖）、朱象乾、曾人麟、赖长春（平和） | 陈麟（龙岩州）、廖开志（宁洋） | 胡翘椿（长汀）、刘文贤（宁化）、张培机（归化）、林继锦（连城）、郭钟岳、华浚（上杭）、王廷贤（武平）、郑辉、沈揆熙（永定） | 官志涵（延平府）、沈长龄、陈衔（沙县）、郑成文（永安）萧廷炳（尤溪） | 杨唐佑（邵武府）、杜思牧（邵武） | | 吴杰、徐鸿业（福宁州）、王孙恭（福鼎） | |
| 45. 二十五年庚辰（1760）毕沅榜 | 孟超然（二甲，11名）、廖玉麟③（闽县）、林人櫆、蒋弈湛（侯官）、黄世枢（古田） | | 张光宪（晋江）、吴焕彩（南安） | | 蓝应元（漳浦） | | | | | 罗均（罗炳子）（邵武） | | |
| 46. 二十六年（1761）辛巳恩科王杰榜 | | 翁霈霖（莆田） | 林昙（惠安）、陈元锡（安溪） | | 许青龙（南靖） | | 袁维丰（上杭） | 官志涵（南平） | | | 林光照（霞浦） | |

① 据民国《福建通志·福建列女传》卷五林德慎妻官氏传（《福建列女传》卷五，原第二十八页）补入。

② 民国《福建通志》："本姓郭。"（《福建选举志》卷十二，第二十八页）

③ 民国《福建通志》："麟，《题名碑》作林。"（《福建选举志》卷十，第八页）《明清进士题名碑录索引》作廖玉麟，乾隆二十八年三甲第三名进士（第7、2733页）。历邵武、汀州、台湾教授（民国《闽侯县志》卷四十二《选举志·清进士》）。

续表

| 府州科年 | 福州府 | 兴化府 | 泉州府 | 永春州 | 漳州府 | 龙岩州 | 汀州府 | 延平府 | 建宁府 | 邵武府 | 福宁府 | 台湾府 |
|---|---|---|---|---|---|---|---|---|---|---|---|---|
| 二十七年壬午(1762)壬午赖涛榜 | 林泽、齐球、叶梦苓、施楠、李珍、张兆荣、郑梦兰、何若兰(福州府)、李学龙、蔡廷举、张日�、何其卓、林正辉①、陈天琳、孙朝屏、张岱宗(张世灿子)、吴斯勃、张飏扬、郭文海、蔡镇②(闽县)、林光国、林金雷、郭梦清、洪焕章、叶声远、张锵、陈曾浩、陈畴(长乐)、蓝元翰、黄榜(古田) | 黄潼鲤、陈为余、黄碧海(兴化府)、吴心岘③(莆田)、陈承曾、林兆鲲、林玉墀、陈天行、林奋、张兆鳌(仙游) | 王邃④、纪芾、施标芳(泉州府)、刘锡魁、张元晟、蔡镇世、施奕典(顺天)(晋江)、黄升、黄朝荷、黄珩(南安)、蔡兰芳、杨葵之、李廓(惠安)、胡嗣宗、庄明呈(同安)、白祖亢、姚紫翰(安溪) | 徐天球、温彦三(德化) | 陈时叙、王廷珪(漳浦)、苏士英、李虬(海澄)、赖文多、杨见龙(平和) | | 张撰(汀州府)、杨联芳(长汀)、陈汝元(归化)、邹时行、陈东注、傅涵洋、何桢、张万选(上杭)、卢守道、江焕(永定) | 赖涛(1,延平府)、林珽(南平)、邓骥(永安) | 万首元(建宁府)、谢功赞(建安)、郑灼(崇安) | 高倬(邵武府)、李天炎(建宁) | 范念恕(寿宁)卢淮(霞浦) | 蔡霞举、张源德⑤(台湾) |
| 47. 二十八年癸未(1763)秦大成榜 | 陈燮⑥、魏宸瑞(闽县)、李廷钦⑦、陈宏衢、陈肇森(侯官)、陈钦元⑧、林振采(会魁)(长乐) | 张兆鳌(仙游) | | 颜璹⑨(永春) | | | 胡绍基(长汀) | 危履亨(南平) | | | | |

① 林正辉,字德云,号斗南。朱珪撰有《诰封奉政大夫林君墓志铭》(《知足斋文集》卷三,原刻第十六、十七页,续修四库全书第1452册,影印第296页)传见民国《福建通志·福建儒行传》卷五。
② 按:郭柏苍《竹间十日话》卷四:"华林坊三字,乾隆壬午举人、明通榜进士蔡镇笔。"(第82页)
③ 据民国《莆田县志》卷二十三《艺文志》著录之《玉鎵于集》作者及其科年(原第九十五页,影印第214页)补入。
④ 民国《福建通志》:"改名恕思。"(《福建选举志》卷十二,第二十九页)
⑤ 张源德,字世长。晋江人。由台湾籍中式(同治刊本《福建通志》卷二百四十二,张源德传,影印第4387页)。
⑥ 按:陈燮,字和轩,累迁川东兵备道,权按察使司(民国《闽侯县志》卷四十二《选举志·清进士》)。
⑦ 按:李廷钦,改庶吉士,累迁太仆寺卿(民国《闽侯县志》卷四十二《选举志·清进士》)。
⑧ 民国《福建通志》:"寄籍河南。"(《福建选举志》卷十,第八页)
⑨ 《明清进士题名碑录索引》:"碑作:颜璹。"(第2734页)

续表

| 府州科年 | 福州府 | 兴化府 | 泉州府 | 永春州 | 漳州府 | 龙岩州 | 汀州府 | 延平府 | 建宁府 | 邵武府 | 福宁府 | 台湾府 |
|---|---|---|---|---|---|---|---|---|---|---|---|---|
| 三十年乙酉(1765)王国鉴榜 | 陈阳(福州府)、金章、翁金鼎、林正卿、李光云、张(陈)学澜、黄淦、郑廷炳、施廷梃、陈鸿基、郭可敬、张应三(闽县)、林昆琼、陈朝觐、杨梦捷、林乔荫、刘逢春(刘兆基孙)、郭煜煊、林澍蕃、林正焕、范源瓛、林龙章、许兆雷、魏紫、郭殿傅、张邦光(侯官)、柯为柱、梁上泰(长乐)、孙仪、余翰、王辉山(连江)、黄鸣谦(罗源)、张炳(永福) | 汤志、陈宗海、陈洪范、朱有辉(兴化府)、柯献琛、欧振声(莆田) | 黄谦万、傅增藻、张植发(张源德子)、叶廷梅、陈迈伦、陈良猷、李景云(泉州府)、蔡常云、蒋天培、张殿鼎、施奕坚(顺天)、林帝简、黄耀彰(晋江)、傅继芳(南安)、龚廷耀、庄膺瑞、庄纫兰(惠安)、薛起凤(同安)、王国鉴(1,安溪) | 王建中、陈为梁、孙自超、孙文姚(永春州)、苏调羹(德化) | 陈嘉谟①、姚金聪(龙溪)、蔡兰、蔡长汭②(漳浦)、游廷佐、曾兆鳌、朱倬章(平和)、邱献华(四川)(南靖) | | 邓元通(延平府)、王景陶(将乐)、刘英、赖尔述(永安) | 曹维宗(汀州府)、马殿翼(长汀)、包梦魁、张国宝(上杭)、沈鸿儒、黄裳吉(永定) | 雷元运(建安) | 余春林(邵武府)、江云霆(泰宁) | 游昙、吴策馨(霞浦) | 王振馨(台湾府)、杨道成(凤山) |
| 48. 三十一年丙戌(1766)张书勋榜 | 翁若梅、董文驹③(闽县)、杨钟岳、吴通源(连江)、冯鼎高(长乐)、黄世模(屏南) | 林兆鲲(莆田) | 王炯④(南安) | | | | 杨联榜(长汀)、陈汝元(归化) | | | | | 庄文进⑤(凤山) |

① 民国《福建通志》:“本姓姚。”(《福建选举志》卷十二,第三十页)

② 民国《福建通志》:“钦赐举人。”(《福建选举志》卷十二,第三十页)

③ 按:董文驹,历福宁、台湾教授(民国《闽侯县志》卷四十二《选举志·清进士》)。

④ 民国《南安县志》:“举人。榜名耿。”(卷二十,《选举志》,原第二十页,影印第135页)

⑤ 庄文进,闽县人,寄籍凤山(施懿琳、廖美玉《台湾古典文学大事年表·明清篇》第220页)。

续表

| 府州科年 | 福州府 | 兴化府 | 泉州府 | 永春州 | 漳州府 | 龙岩州 | 汀州府 | 延平府 | 建宁府 | 邵武府 | 福宁府 | 台湾府 |
|---|---|---|---|---|---|---|---|---|---|---|---|---|
| 三十三年戊子(1768)翁霪霖① | 龚景瀚、陈登斗、张念祖、郭燮、陈云章、李垂青(福州府)、张彬、陈懋图、杜焕、林雨化、郭琮、陈士玉、石国俩、林敦良、王汝祥(闽县)、何天休、汪斌、林开春(林德慎孙)、张奋南、萨知器、邓为纲、周其敬、陈焕章(侯官)、梁赞图、陈奇铣、谢春晖、陈三阳、吴文煌、黄邦楷、梁上国(长乐)、郑超然(福清) | 俞选(兴化府)、翁霪霖(1,莆田)、庄鹏抟、林元桂(仙游) | 王丹遴、叶克明、陈为舟(泉州府)、林聪、周璜、庄寅清、苏毓圻、万应时、吴兰、苏殿策、苏镳(晋江)、卜其章(惠安)、陈吉梦(同安) | 周流辉、尤昌炯(永春州)、林鼎梅(德化) | 蔡本棠(漳州府)、昌锡晋(昌天锦弟)(龙溪)、蔡长汧(顺天)(漳浦)、许则星(南靖)、高良魁、魏邦爵②、许沅兰、沈绚(诏安) | 饶用(龙岩州) | 刘承尧、杨文镇、王宗陶、胡滕基(顺天)(长汀)、曹芳、邱廷清(宁化)、李并楷、汪乾达、张虎步(上杭)、熊軥(永定) | 周润章(延平府)、何维锦(南平)、林在昆(沙县)、裴常席(顺昌)、张志熹、吴经(永安) | 连用(崇安)、王道隆、孟昌期(浦城) | 朱鍖(邵武府)、吴伯模、董书(建宁)、饶焞(光泽) | 崔朝衔、林居义(福宁府) | 张源俊、张植华(张源德子)(台湾) |
| 49. 三十四年己丑(1769)陈初哲榜 | 郑际唐(侯官) | | 庄寅清、黄世德(晋江) | | | | 马殿翼(长汀)、张国宝(上杭)、伊恒瓒③(宁化)、沈鸿儒(永定) | | | | | |

① 法式善《清秘述闻》卷六作翁霪霖(《清秘述闻三种》,中华书局 1982 年版,第 225 页),沈津《翁方纲年谱》作翁霪霖(台湾地区研究院中国文哲研究所 2002 年版,第 113 页),本书从《清秘述闻》。

② 民国《福建通志》:"榜姓朱。"(《选举志》十二,第三十页)

③ 民国《福建通志》:"改名朝栋。"(《选举志》十,第八页)《明清进士题名碑录索引》榜名伊恒瓒(第 2737 页)。

续表

| 府州科年 | 福州府 | 兴化府 | 泉州府 | 永春州 | 漳州府 | 龙岩州 | 汀州府 | 延平府 | 建宁府 | 邵武府 | 福宁府 | 台湾府 |
|---|---|---|---|---|---|---|---|---|---|---|---|---|
| 三十五年(1770)庚寅恩科钟大受榜 | 林开琼、陈春波、李法程、林光兴(福州府)、郑洛英、林芳、林其宴(林正辉子)、林世武、杨芳春、郭廷筠(顺天)(闽县)、张道缵、张明三、姚宗元、廖炳(侯官)、林必遇、刘永标、陈光炜(长乐)、傅待诏(福清)、胡绍峄、陈应龙、吴志絅、孙钟源(连江) | 黄元鼎(兴化府)、周梦庄、林霈(莆田) | 黄启骏、梁丹元、张源义、潘思雯、杨芳(泉州府)、陈振彩、陈康、粘宪黎、郭仲山、张见①、郭石麟、朱声闻、李苞、丁湘江(晋江)、黄得清、洪近光、洪世俊(南安)、王爵(惠安)、刘瑞紫、林汝恭(安溪) | 郑鸣冈、陈敬升、张维新、王元炽、王光华、林露浓(永春州)、徐腾云(德化) | 蔡枚升(漳州府)、李威、郑绍徽、林挥(龙溪)、蔡元宽、蔡万里(漳浦)、李云汉(海澄)、戴文标(长泰)、朱倬绂(平和) | | 陈世隆、傅采畴(汀州府)、陈兰(长汀)、曹开文(宁化)、谢国治(连城)、揭维新(清流)、钟大受(1)、邓伯葵(上杭)、熊江润、郑命新、阙恩诏、王希彦、胡大年(永定) | 曾崇阳(延平府)、卢纯璧(顺昌)、 | 詹翰(建阳)、衷致密(崇安) | 宁时钧(邵武府)、黄利通、沙隽(邵武)、曾韶(光泽) | 陈奎元(福安)、黄庆云、李基垙(宁德) | 张源义②、周朝瀛(台湾) |
| 50. 三十六年(1771)辛卯恩科黄轩榜 | 李光云、杨芳春、龚景瀚、林其宴(闽县)、林澍蕃③(二甲,4名)(侯官)、胡绍峄(连江) | 陈承曾(三甲,1名)(莆田) | | | | | | | | | | |

① 民国《福建通志》:"改名桂芳。"(《福建选举志》卷十二,第三十一页)
② 按:张源义已见泉州府科第。
③ 《明清进士题名碑录索引》榜名林树蕃(第2738页)。

续表

| 府州科年 | 福州府 | 兴化府 | 泉州府 | 永春州 | 漳州府 | 龙岩州 | 汀州府 | 延平府 | 建宁府 | 邵武府 | 福宁府 | 台湾府 |
|---|---|---|---|---|---|---|---|---|---|---|---|---|
| 三十六年辛卯(1771)倪元宽榜 | 倪元宽(1)、陈天眷、陈腾蛟、刘逢圣(刘兆基孙)、王青箱、齐弼(福州府)、张亮采、许懿善(许崇楷子)、葛玉春、郭文銡、张熙赓、郭之芳、李莲舫、唐廷参、何森林、王炳(闽县)、何大鹏、余位躬、任振声、卢遂、郑兆元(侯官)、胡绍光、游艺、陈九叙、陈国标(长乐)、林瑞凤(福清)、林孔宽、陈兴士、孙钟鳌、吴宗周(连江)、黄世楷(古田) | 萧炳麟、林炳程、林应琦、何其晖、张占鳌(莆田) | 陈峩、郭大椿、萧嘉会(泉州府)、丁毓英、陈金驭(陈大玠子)、蔡学鲲、张志逊、张慎和、许翰高、李楷(晋江)、李如金(南安)、曾之花(惠安)、石国琛、林永修(同安)、李程云、陈鸿捷、李清珠(安溪) | 吕元烺(永春州)、廖端(宁洋) | 李必捷①(龙溪)、李卜年、蔡善述、施笙、郑方圃(漳浦)、谢鸣岐(诏安) | | 郑命三(汀州府)、马履丰、巫鋐(长汀)、李永承(归化)、杨发浩(连城)、许渐磐、邱春乔(上杭)、赖世琛、郑天禄(永定) | 伍绍熺、李际隆(延平府)、练钢(顺天)(南平)、李棠(永安) | 吴蟹②(建宁府) | 张履震、王节(邵武府)、陈德虬(邵武)、陈珪、张其藻(光泽) | 黄芳志(福宁府)、彭正觐(霞浦) | 许拔萃(诸罗)、叶期颐(彰化) |
| 51. 三十七年壬辰(1772)金榜榜 | 张飏扬③、蔡廷举(闽县)、郭燮(侯官)、陈化龙、陈九叙(长乐) | | 林聪、陈振彩、黄启骏(晋江) | 周凤翔(永春) | 朱倬绂(平和) | | | | | | | |

① 民国《福建通志》:"本姓谢。"(《福建选举志》卷十二,第三十二页)

② 民国《福建通志》:"改名埙。"(《福建选举志》卷十二,第三十二页)

③ 按:张飏扬、蔡廷举俱改庶吉士(民国《闽侯县志》卷四十二《选举志·清进士》)。

续表

| 府州科年 | 福州府 | 兴化府 | 泉州府 | 永春州 | 漳州府 | 龙岩州 | 汀州府 | 延平府 | 建宁府 | 邵武府 | 福宁府 | 台湾府 |
|---|---|---|---|---|---|---|---|---|---|---|---|---|
| 三十九年甲午(1774)张舫榜 | 张梦龙、杨金华、陈开运、王家奋、陈霞蔚、张海门(福州府)、林蔚然、陈有会、李德树、林上春、林英、郑文震、陈登龙(闽县)、张舫(1)、魏英、林邦宁、何西泰(侯官)、林上魁、陈笔锋①、陈兆莲、谢庭芳(长乐)、陈日宪、黄元裳、陈承烈(连江)、郭榕(古田) | 林景来(兴化府)、郑元方、陈应龙、李树川(莆田) | 王廷榆、王占鳌、粘克昇、黄人瑞(泉州府)、张君宾、李宝剑、龚纯祺、王世卿、李日煜(晋江)、李度(南安)、何光宗(惠安)、郭省三(同安)、白新第、林清(安溪) | 邱人麟、邱人龙、林梅羹(永春州)、范汝钦(大田) | 许元魁、黄秉元、黄华(漳州府)、郑玉振、石礼和、郭廷机、萧天凤②、林焕(龙溪)、薛先几(海澄)、林梦椿(诏安)、李文麟(广东)(平和) | | 马位承、温恭(汀州府)、巫光采(长汀)、项世霖(连城)、邓青云(上杭)、郑易、卢巨琳、赖文豹、王锡貂(永定) | 朱莹、施国柱、邱中、许国梁(南平)、杨琚(将乐)、严士琠(尤溪)、罗肇国、姜梧(沙县) | 徐志銮(建宁府)、陈敷华、吴滨③(浦城) | 江南金(邵武府)、李梦白、黄宗祝、何泽祀、邓思渊(光泽)、 | 黄廷梲(宁德) | 陈作霖(台湾府) |
| 52. 四十年乙未(1775)吴锡龄榜 | 卢遂④、邓为纲⑤(侯官)、梁上国、陈学颖⑥(长乐) | | 张慎和、黄燮(晋江) | | | 饶用(龙岩) | | | 王道隆(浦城) | | | |

① 民国《福建通志》:“改名学颖。”(《福建选举志》卷十二,第三十二页)

② 民国《福建通志》:“本姓曾。”(《福建选举志》卷十二,第三十二页)

③ 民国《福建通志》:“榜名珩。”(《福建选举志》卷十二,第三十二页)

④ 按:卢遂,官翰林院编修(民国《闽侯县志》卷四十二《选举志・清进士》)。

⑤ 按:邓为纲,一作邓为纶(民国《闽侯县志》卷四十二《选举志・清进士》,第三页)。

⑥ 民国《福建通志》:“榜名笔锋。”(《福建选举志》卷十,第九页)《明清进士题名碑录索引》作陈笔锋,注:“改名:陈学颖。”(第2741、2742页)

续表

| 府州科年 | 福州府 | 兴化府 | 泉州府 | 永春州 | 漳州府 | 龙岩州 | 汀州府 | 延平府 | 建宁府 | 邵武府 | 福宁府 | 台湾府 |
|---|---|---|---|---|---|---|---|---|---|---|---|---|
| 四十二年丁酉(1777)赵有成榜 | 庄观宾、郑际乾、李瑛、林大绳(福州府)、赵士泉、陈增庆、吴玉麟、刘书田、陈烺、林元炳、陈清言、袁涛、李宗云、魏德范、郑褎光(郑九叙子)(闽县)、薛朝标(薛廷佐玄孙)、林慕云、林瑛、叶观凤、王衡、葛长信、何恒镇、张鈊、邓培风、范玉衡(侯官)、邱玉山、李学莲、陈奇镫、陈天汉、谢琼宴、陈捷登(长乐)、张国猷、蔡长佑(福清)、林芳春、熊梦占(连江)、陈大春(古田) | 林炳麟(林元琛子)、吴儒宗、李复甲(莆田) | 陈文度(泉州府)、黄人龙、柯辂、苏崧、黄禧(晋江)、洪绍岱(南安)、黄景云(同安) | 王道清、刘作楫(永春州) | 林钟献(漳州府)、李前、蔡铭盘(龙溪)、杨圭璋①、蔡本谦、林森(漳浦)、叶文载(海澄)、朱开泰(平和) | 饶积(龙岩州) | 卢联标、廖怀清(汀州府)、钟莲(长汀)、胡国纲、傅绍珽(顺天)(归化)、罗大鸣(上杭)、卢履谦、郑命成、李杜、赖鉴辉、张九华(永定) | 邱立人(将乐) | 祖之望、陈衷烈(建宁府)、张金铭(建安)、何肇淳、徐大本、余太枚、陈澍(瓯宁)、刘炘(浦城)、范维宪(松溪)、范如璋(政和) | 赵有成(1)、廖光增(邵武)、高腾、高迪(光泽) | 阮芳潮(宁德) | 刘应熊(台湾)、陈檊(彰化) |
| 53. 四十三年戊戌(1778)戴衢亨榜 | 何西泰②、张念祖、张明三、何恒镇(侯官) | 翁霔霖(莆田) | 粘克升(晋江) | | 李威(龙溪) | | | | 祖之望(③浦城) | 黄利通(邵武) | | |

① 民国《福建通志》:"改名圭爵。"(《福建选举志》卷十二,第三十三页)

② 按:何西泰,翰林院编修(民国《闽侯县志》卷四十二《选举志·清进士》)。

③ 按:祖之望,字载璜、子久,号舫斋。选庶吉士,散馆改刑部主事(民国《福建通志·福建列传》卷三十七,祖之望传)。

续表

| 府州科年 | 福州府 | 兴化府 | 泉州府 | 永春州 | 漳州府 | 龙岩州 | 汀州府 | 延平府 | 建宁府 | 邵武府 | 福宁府 | 台湾府 |
|---|---|---|---|---|---|---|---|---|---|---|---|---|
| 四十四年(1779)己亥恩科张经邦榜 | 张经邦(1)、郑光策(2)、陈佐赓、陈建勋、陈文华、何若梅、郑文霈(福州府)、林兆泰、龚景沆、郑超、方士哲、何岐凤、郑淡、谢龙章、叶维蕃、林伦煜(闽县)、官崇、郑振图、郑韶、何文焕、郑大坤、董䕫、姜飞鹏、林一桂、许作霖(侯官)、陈皎玉、郑兆文(郑愈子)、林安国(长乐)、杨廷尚、张凤翔、张朝栻(连江) | 黄钟鸣、柯雨官、郑远芳(莆田)、徐莹照(仙游) | 施光朝、陈源进、赖天定(泉州府)、郭廷璜、张道良、朱超、柯鸿逵、粘克恭、庄拔英、粘克昌、林绍甫、吴以明(顺天)(晋江)、傅渊季(南安)、林青云(同安)、官学诗(官献瑶子)、谢清和、施达(安溪) | 王士鑛、黄日昇、郑凌云(永春州)、刘鹏霄(德化) | 王鼎新、王琼瑶、郭鳌云、黄应铮(龙溪)、曹世芳、陈天感、曾朝英(海澄)、戴灿、刘希程(长泰)、曾瑞芝(平和) | 徐霈(龙岩州) | 段集义(汀州府)、伊秉绶(宁化)、张虎榜、何志昂(上杭)、吴登瀛、巫少白(巫应秋子)、陈畴思(永定) | 卢家元(南平) | 冯文涛、裴大烈(建安)、余大椿(瓯宁)、吴楷、刘世智(浦城) | 何曰诏(建宁) | 李蓁①、李峥荣(福宁州)、游光缵②(霞浦) | 王泰(台湾府)、尤式钰(彰化) |
| 54. 四十五年(1780)庚子恩科汪如洋榜③ | 陈有会④、郑光策(闽县)、陈春波(侯官)、章朝栻(连江) | | 傅渊季(南安) | | 黄晃(平和) | | | | 张金铭、冯文涛(建安) | | 游光缵⑤(霞浦) | |

① 民国《福建通志》:“改名涵。”(《福建选举志》卷十二,第三十四页)本科中式 85 名举人。

② 按:游光缵本籍福州府长乐县(民国《长乐县志》卷十四上,《选举上》,影印第 230 页)。

③ 《明清进士题名碑录索引》:“本科为清高宗七旬万寿恩科。”(第 2745 页)

④ 按:陈有会,官翰林院编修(民国《闽侯县志》卷四十二《选举志·清进士》)。

⑤ 按:本科进士游光缵与乾隆五十四年己酉进士游光绎本籍均福州府长乐县,寄籍福宁府霞浦县(民国《长乐县志》卷十四上,《选举上》,影印第 216 页)。

续表

| 府州科年 | 福州府 | 兴化府 | 泉州府 | 永春州 | 漳州府 | 龙岩州 | 汀州府 | 延平府 | 建宁府 | 邵武府 | 福宁府 | 台湾府 |
|---|---|---|---|---|---|---|---|---|---|---|---|---|
| 四十五年庚子(1780)陈从潮榜 | 黄楠、萨龙光(5)、邱如衡、游天衢、张人龙(福州府)、郭禹、刘润、陈光汉、刘国柱、周建拔、吴清华(闽县)、张倬云、郑绍书、陈崧岳、黄金鉴、吴家驹(侯官)、谢庭蓉、郑良镇、刘宗泰(长乐)、叶树滋(福清)、黄光涛(连江)、陈日煌(古田)、薛凤翔(永福) | 王元琮、吴元枢(莆田) | 蔡元声、林大复、张慎德(泉州府)、周九龄①、杨日宾、黄奠邦、曾濠、许继元、施铭、何奕簪、柯廷璟(晋江)、尤捷鳌(尤时怀之子)、傅修孟(傅应泰子)(南安)、陈玉篇、王纶(同安)、李本瓘、李清英、詹人士(安溪) | | 苏邦光(漳州府)、陈春甲、黄金莲(龙溪)、戴朗(漳浦)、许天治(海澄)、戴光宗、陈梧冈(长泰)、曾梦驹、林世文、曾文粹(平和)、施昶(诏安) | 郭宗泰、林鉴、谢天吉、谢廷宪、温启元(龙岩州)、朱华、朱泗(朱阳子、朱廷鸿孙)(漳平)、吴滉(宁洋) | 卢得龙、赵进、王梁(汀州府)、吴贤湘(宁化)、张京翰、黄潽(连城)、巫维咸(巫应秋三子)、王廷钧(永定) | 王复进、曹有年、官廷(南平)、钟应焆(将乐) | 朱瑢(建宁府)、陈士哲(建阳)、吴钟江(崇安)、任灿(浦城) | 李岱、李世铭(邵武府)、胡盼(邵武)、金荣镐(2,建宁) | 陈从潮(1,福安)、王家宾②(福鼎) | 曾大源(台湾府)、黄朝辅(台湾) |
| 55. 四十六年辛丑(1781)钱棨榜 | 金章(闽县)、齐弼、萨龙光、张人龙、薛朝标(侯官) | 林炳麟(莆田) | 张慎德(晋江)、官学诗(安溪) | | 蔡善述(漳浦)、林世文(平和) | | | | 刘炘(浦城) | | | |

① 民国《福建通志》:“改名一夔。”(《福建选举志》卷十二,第三十四页)

② 民国《福建通志》:“顺天中式。”(《福建选举志》卷十二,第三十四页)

续表

| 府州科年 | 福州府 | 兴化府 | 泉州府 | 永春州 | 漳州府 | 龙岩州 | 汀州府 | 延平府 | 建宁府 | 邵武府 | 福宁府 | 台湾府 |
|---|---|---|---|---|---|---|---|---|---|---|---|---|
| 四十八年癸卯(1783)张腾蛟榜 | 许作屏①(3)、谢春兰、陈彪、陈春雷、刘士芬、陈槟仕、林春琮、阮超(福州府)、郑猷、江有本、戴康、徐开猷、杨道南、李扶南、黄世发、黄克恭、叶观潮、叶春扬、邹宗典(闽县)、李鸣珂、陈鉴开、林鸣冈、陈柱中、陈大煜(陈文华、陈兰泰族兄弟)、王心兰、许鼎亨、张拱辰、陈颖棠、葛尚恭、叶奋蛟(侯官)、陈朝溥(长乐)、黄家璲、吴麟炳、陈鲤青、郑为豸(连江)、张翼举(闽清) | 阮旸(莆田)、郑山(仙游) | 高云搏、郭大遇、陈瑶、张祥云(泉州府)、柯应举、张青云、吕廷琦、陈骧、柯应健、陈清捷(晋江)、陈光章、蔡玉彬(同安)、林占梅(安溪) | 林为楫、郑和钧(永春州) | 张芹、蔡行达(漳州府)、陈腾飞、高生芳(龙溪)、蔡春山、邱文豹(漳浦)、郭希洛(海澄)、许洽化(南靖)、叶学海(诏安) | 邱中亨(龙岩州)、叶元甲(漳平) | 熊瑾宁(长汀)、张腾蛟(1,宁化)、杨福(连城)、余步章(归化)、卢绍徽、王起凤(永定) | 陈琁、张青云(顺昌) | 王家栋(建宁府)、林挺然(瓯宁)、詹道纯、陈邦选、陈珽(浦城)、罗攀桂(政和) | 吴灏、曾琬(邵武府) | 王世芳(福宁府)、游光绎(2)②、王廷樾(霞浦) | 郭旁达(台湾府)、史锦华(台湾) |
| 56. 四十九年甲辰(1784)茹棻榜 | 陈霞蔚(闽县)、陈大春(古田) | | 谢重灿(南安)③ | | 郑玉振(龙溪) | | 廖怀清(永定) | | 刘圻(浦城) | | | |

① 梁章钜《许画山邑侯传略》记载许作屏于乾隆五十一年丙午(1786)举人中式,五十五年庚戌(1790)进士登第,以磨勘停殿试一科,不获馆选(《退庵文存》,《清代诗文集汇编》第515册,影印第358页),《明清进士题名碑录索引》作乾隆五十八年(1793)癸丑科潘世恩榜三甲第二名进士(第2752页),科分年不同。

② 按:游光绎本籍福州府长乐县(民国《长乐县志》卷十四上,《选举上》,影印第230页)。

③ 据民国《南安县志》卷二十《选举志》题名补入(原第二十、二十一页,影印第135页)。

续表

| 府州科年 | 福州府 | 兴化府 | 泉州府 | 永春州 | 漳州府 | 龙岩州 | 汀州府 | 延平府 | 建宁府 | 邵武府 | 福宁府 | 台湾府 |
|---|---|---|---|---|---|---|---|---|---|---|---|---|
| 五十一年丙午(1786)谢淑元榜 | 张国洙(张中煜子)、张嘉璧、闵鹏元、孟龙光、赵奕山、王景元、翁怀清、李天培(福州府)、林志仁(林潜孙,林芳春侄)、萨玉衡(6)①、余焕、林茂春(林轩开子)、王上泰、杜洲②、赵鉴、陈学登、陈若霖、吴春琼、郑在德、张国奎(张中煜子)(闽县)、高兰珍、曾奋春、陈聿藻、陈文铨、王楷、王清江、陈鹏南、李鸿诗、林开基、黄绍芳、张望龄(侯官)、刘森荣、陈学燧、陈良瑚、陈逵(长乐)、郑光云、庄允治(福清)、叶大观(罗源)、谢良治、陈莹(古田)、黄煜(永福) | 王凤翥、郭殿钦、郭培、黄鉴(兴化府)、朱成章(莆田) | 谢淑元(1)、王克峻、陈桃源(泉州府)、陈金鹇(陈大玠子)、陈钟纯(晋江)、徐用邃(南安)、洪晨芳、郭章达(同安)、白扬休(安溪) | | 许大章、林灿(漳浦)、叶文舟(海澄)、许德馨、许浃顺、许建桢(南靖)、林钟(长泰) | 蒋翎、谢仪一、魏廷鉴(龙岩州) | 马廷萱(长汀)、阴肇刚(宁化)、陈枢繁(归化) | 应丹诏(南平)、朱秉鉴、连楚望、徐国熙(浦城)、衷致宥(崇安) | | 邱倬(邵武府)、傅吕(邵武)、毛搏九、郭培煇(光泽)、童骢、叶祖亮(泰宁) | 陈坊、林鹏飞(福宁府)、王永龄③(福鼎)、卢金錡(寿宁) | 王搢圭(台湾府)、潘振甲(台湾) |
| 57. 五十二年丁未(1787)史致光榜 | 陈若霖(闽县)、刘永标(长乐) | | 张祥云(晋江)、傅修孟(南安) | | | | 张京翰(连城) | | 林挺然(瓯宁)、朱秉鉴(浦城) | | | |

① 按:萨玉衡,官陕西洵阳县知县(民国《闽侯县志》卷四十三《选举志·清举人》)。

② 按:杜洲,官嘉义教谕;吴春琼,官彰化教谕(民国《闽侯县志》卷四十三《选举志·清举人》)。

③ 民国《福建通志》:"改名锡聆。"(《福建选举志》卷十二,第三十六页)

续表

| 府州科年 | 福州府 | 兴化府 | 泉州府 | 永春州 | 漳州府 | 龙岩州 | 汀州府 | 延平府 | 建宁府 | 邵武府 | 福宁府 | 台湾府 |
|---|---|---|---|---|---|---|---|---|---|---|---|---|
| 五十三年戊申（1788）韩学秦榜① | 谢金銮、金鋐、陈朝器、丁桐、陈大成、萨履泰②、鄢光椿、倪端、陈溶、林春芳（福州府）、余瑛、许鋐、陈上声、高玉骝、彭思诚、魏应规、赵承烈、陈增德、梁上春（闽县）、郑大谟、陈宸书、张济川、王惠、蒋榮③、魏文豪、林参天、刘崧（刘兆基曾孙）（侯官）、陈玉华、徐天枢、刘建区、高峰（长乐）、周人凤、叶逢曦、黄标（福清）、黄奎光、黄堂忠（连江）、阮升基（罗源）、陈常、蓝时献、张杏林（古田）、黄永健（永福） | 黄鸿逵、庄作霖（兴化府） | 施大炎、刘逢升（刘先登子）（泉州府）、粘继仕、刘士昭、黄鸣科（晋江）、陈洪（南安）、黄炳森、陈绍康、林菁、童俊德（同安）、李荣焘（李光地曾孙）、郑重、李维沛、陈兰枝、李维垣、李景东、李庆云（安溪） | | 朱景星、钟仪鸣（漳州府）、张懋（漳浦）、陈希宣（海澄）、李寅恭、许宗衡（南靖）、杨积源（长泰） | 韩学秦（1）、郭斌（龙岩州） | 段飞鸿（2）、汤志尧（长汀）、童廷寅（连城）、邹扬休（上杭）、方州④（武平）、吴绍祁（永定） | 熊腾骧（延平府）、萧贻谋⑤（将乐）、俞若淇（顺昌） | 许绳祖、万世美（瓯宁）、张拱辰、梁云桂（建阳）、董国球（崇安）、傅廷珙（松溪） | | 方镇（福宁府） | 郭一簪（嘉义⑥） |
| 58. 五十四年己酉（1789）胡长龄榜⑦ | 张经邦（闽县）、江有本⑧、丁桐（侯官） | | | | | | 伊秉绶（宁化） | | | | 游光绎⑨（霞浦） | |

① 朱锡经《皇清诰授光禄大夫经筵日讲起居注官太子太傅南书房供奉体仁阁大学士管理工部兼翰林院掌院学士赠太傅入祀贤良祠赐谥文正显考南厓府君年谱》（即朱珪年谱）乾隆五十三年戊申："年己酉（乾隆五十四年，1789）为恩科乡试，本年为正科。"（续修四库全书第1452册，影印第413页）

② 民国《福建通志》："榜名茂。"（《福建选举志》卷十二，第三十六页）《雁门萨氏家谱》第五十七名举人萨茂幹，更名履泰，字桢如（《北京图书馆藏家谱丛刊》闽粤卷第49册，第631页）。

③ 民国《福建通志》："改名庆龄。"（《福建选举志》卷十二，第三十六页）

④ 民国《福建通志》："改名逢圣。"（《福建选举志》卷十二，第三十六页）

⑤ 民国《福建通志》："榜名天眷。"（《福建选举志》卷十二，第三十六页）

⑥ 按：乾隆五十二年（1787），诸罗县更名嘉义县。

⑦ 《明清进士题名碑录索引》："乾隆五十五年值清高宗八旬万寿，改为恩科，正科提前在本年举行。"（第2750页）民国《福建通志》以为本科系恩科（《选举志》十，第九页），误。

⑧ 民国《闽侯县志》卷四二《选举志》题名下注："甲辰（乾隆四十九年）中式，补殿试成进士。"（原第4页，影印第123页）

⑨ 按：游光绎，字彤卣，磻田。改庶吉士，授编修，改陕西道监察御史（民国《福建通志》总卷三十四，《福建列传（清六）》卷三十七，游光绎传）。

续表

| 府州科年 | 福州府 | 兴化府 | 泉州府 | 永春州 | 漳州府 | 龙岩州 | 汀州府 | 延平府 | 建宁府 | 邵武府 | 福宁府 | 台湾府 |
|---|---|---|---|---|---|---|---|---|---|---|---|---|
| 五十四年(1789)己酉恩科郑炯榜 | 吴赞元(吴春芳孙)、余瑛、陈光浦、江声扬、张梦麟(福州府)、陈寿祺(2)①、卢文乾、黄日华、何天衢、李大瑛、陈京、刘书绅(闽县)、何凤仪、王益泰、谢在震(谢生晋子)②、翁桂芳、林兆元、陈金骊、林启泰、施文晃、高允焕、陈崇枝、林从清、萨元涛(侯官)、郑榕、林芳、蒋天锡、林芝芳、涂天枢③(长乐)、陈华嵩、叶因滋(福清)、黄家旺(罗源)、魏融、江景阳、柯彬(永福) | 陈希紫(兴化府)、李九标(莆田) | 吴光辉、林盖世、陈云程(陈震岳孙)(泉州府)、李志正、粘继任、王孙登、郭亨学、粘心存、柯梅溪、柯廷瓒(晋江)、吴国乡、粘克成、洪鹏上、张奎辉(南安)、曾钦(惠安)、刘光鼎、曾鼎元(同安)、高得瑛(安溪) | 郑炯(1,永春州)、苏文华(德化) | 许则奎(漳州府)、黄培金(龙溪)、姚翀(漳浦)、萧登岍、王猷、郭超然(海澄)、蔡画山(长泰)、黄元规(平和)、朱兆禄(诏安) |  | 杨澜(长汀)、邓清振(连城)、陈琚繁、傅迪钦(归化)、黄如带、唐守谦(顺天)(永定) |  | 徐淦④(建宁府)、余殿荣(建安)、王上治(建阳)、邱世燎(崇安)、孙承谋、刘云光(浦城)、李廷臬(松溪) | 张韡(邵武府)、龚孟华(光泽)、叶祖斌(泰宁) | 方金(福宁府)、王绍言、陈珖坦(福鼎)、陈琪(宁德) | 李维梓⑤(台湾府) |
| 59. 五十五年庚戌(1790)石韫玉榜⑥ | 郑大谟(侯官)、阮升基、叶大观⑦(罗源) |  |  |  |  |  |  |  |  |  |  |  |

① 梁章钜《陈恭甫太史传略》,《退庵文存》,《清代诗文集汇编》第515册,影印第360页。
② 民国《福建通志》:"改名震。"(《福建选举志》卷十二,第三十七页)
③ 据民国《长乐县志》卷十四上《选举上》乡科题名补入(影印第231页)。
④ 民国《福建通志》:"改名廷鎏。"(《福建选举志》卷十二,第三十七页)
⑤ 民国《福建通志》:"本姓石。"(《福建选举志》卷十二,第三十七页)
⑥ 《明清进士题名碑录索引》作恩科(第2750、2751页)。
⑦ 叶大观(? —1795),号莲山。官编修。梁运昌有《下第述怀奉答叶莲山编修见留过夏》(《秋竹斋诗存》卷二)诗。

续表

| 府州科年 | 福州府 | 兴化府 | 泉州府 | 永春州 | 漳州府 | 龙岩州 | 汀州府 | 延平府 | 建宁府 | 邵武府 | 福宁府 | 台湾府 |
|---|---|---|---|---|---|---|---|---|---|---|---|---|
| 五十七年壬子(1792)吴宏谟榜 | 李溥、陈应龙、齐鲲、张经纶、陈鉴、陈宸书、严春雷(福州府)、吴观乐、刘大荣①、陈时魁、黄邃坦、方春海、丁椿年(闽县)、程锦②、郑积馨、陈凤腾、陈兰畴、唐联芳、孙猷、吴胄陵、卓颖、陈龙标(侯官)、黄观书、高冈、陈廷尹、郑扬休、王起琇、陈应錡、陈念祖(长乐)、吴本国(福清)、陈声籥③(连江)、周大俊(屏南)、李友松、张煜(永福) | 庄麟振(兴化府)、黄金章、罗熺生(莆田) | 黄任葵、王文周、邓大本(泉州府)、林玉麟、吴条光、柯大猷、蔡霞梟(晋江)、吴宏谟(1)、傅人翘(南安)、汪士杰、叶瑞莲(同安)、陈源懋(安溪) | 孙云鸿、郑轩、林得震(永春州) | 黄应昇、萧秉章、蔡士璋、王丰(龙溪)、蔡光邦(漳浦)、曾绍丰(海澄)戴朝佐(南靖)、陈仁(长泰)、沈文江、沈宝善(诏安) | 谢亨衢、陈洲(龙岩州) | 罗璋灿(汀州府)、吴茂林(长汀)、李绍基(宁化)、赖华钟、陈珙繁(归化)、曾冲、莫树蕃、包有芑(上杭)、卢绂、陈之驹(永定) | 王朝俊、龚宜之、廖晖澳、廖廷鹏、黄士云(顺昌) | 江钟伯(建阳)、蔡谦(崇安)、徐镇(浦城) | 余宗元(建宁) | 胡必相(霞浦)、黄钟英(宁德) | 林毓奇、何肇成(嘉义) |
| 60. 五十八年癸丑(1793)潘世恩榜 | 许作屏(三甲,2名)(侯官) | | 谢淑元④(晋江)、吴国乡(南安) | | | | 张腾蛟⑤(宁化) | | 孙承谋(二甲,7名)(浦城) | | | |

① 民国《福建通志》:"榜名云章。"(《福建选举志》卷十二,第三十七页)

② 按:程锦,官嘉义教谕(民国《闽侯县志》卷四十二《选举志·清进士》)。

③ 民国《福建通志》:"改名声遹。"(《福建选举志》卷十二,第三十七页)

④ 卢前《八股文小史》第六章:"谢淑元,字春洲,晋江人。乾隆丙午解元,癸丑进士,翰林院编修。有《瑞芝草堂文稿》。"

⑤ 《明清进士题名碑录索引》失载,按科年和四角号码查询均无。同治刊本《福建通志》引《注韩居诗话》:"孟词乙卯(1795)赴补殿试,卒于都。"(卷八十,影印第1620页)民国《福建通志·文苑传》本传云"癸丑会试中式,覆试为要人所斥,停殿试。不二岁,病卒于京师,年三十有八。"(总卷三十九,《福建文苑传(清二)》卷八,第十四、十五页)知张腾蛟(1758—1795)于乾隆五十八年会试中成贡士,未殿试而卒。其师朱珪有诗哭之。

续表

| 府州科年 | 福州府 | 兴化府 | 泉州府 | 永春州 | 漳州府 | 龙岩州 | 汀州府 | 延平府 | 建宁府 | 邵武府 | 福宁府 | 台湾府 |
|---|---|---|---|---|---|---|---|---|---|---|---|---|
| 五十九年(1794)甲寅恩科杨惠元榜 | 杨惠元(1)、黄步云、刘青藜、叶文英、高城、王大经、陈上烺、郑天衢、林天章、陈羲、黄道启、俞蓝瑛(福州府)、于弼、陈上椿、郑桂芳、郑鹏程、吴沄、吴焕、林家和、刘瑛、郑成纶、杨日光、黄南英、陈春潮、陈春宝、李光、吴南金(顺天)(闽县)、张调璋、黄琼、石亦琮、林春荣、曹国治、陈裕善、仲杭、刘逢泽(刘兆基孙)、李高、齐镕、江元清(侯官)、梁章钜、陈钟濂(陈庚焕从子)、梁功(梁茂次子)①、梁雷②(梁章钜从兄)、陈士炜、曾大模(长乐)、郭植(福清)、丁得舆(古田)、刘祖宪(闽清)、陈瑞麟、蒋应元(永福) | | 李维棠、黄大龄(泉州府)、曾昌言、蔡觐光、曾宝光、王钟岳、曾日升、张莲芳、吴起元(晋江)、苏笃志(南安)、陈士芳(同安) | 黄来章、陈宗硕、郑光鼎、颜锦宪、黄河光(永春州) | 沈丹青(漳州府)、黄绅(龙溪)、林青、林宽(漳浦)、钟南(海澄)、林苑培(南靖)、庄芳碧(平和) | | 罗璋猷(汀州府)、罗宸(长汀)、余光超(清流)、杨廉、罗学谦(连城)、何勋、叶绳武(上杭)、钟孚吉(武平) | 邱立和(将乐)、林锡光(沙县) | 王道行(建宁府) | 高隆程(邵武府) | 施如全(福鼎) | 洪禧(台湾府)、蔡廷懋(嘉义) |
| 61. 六十年(1795)乙卯恩科王以衔榜③ | | | | | | | | 应丹诏(南平) | 罗攀桂(政和) | | | |

① 民国《福建通志》:“改名际昌。”(《福建选举志》卷十二,第三十八页)按:梁茂(字宏美)系梁宏海弟;梁功,字有敏,一字则功,号悦斋(同治刊本《福建通志》卷二百四十一(侯官)梁宏海传)。

② 民国《福建通志》:“改名运昌。”(《福建选举志》卷十二,第三十八页)

③ 《明清进士题名碑录索引》:“本科为清高宗禅位清仁宗之恩科。”(第 2753 页)

续表

| 府州科年 | 福州府 | 兴化府 | 泉州府 | 永春州 | 漳州府 | 龙岩州 | 汀州府 | 延平府 | 建宁府 | 邵武府 | 福宁府 | 台湾府 |
|---|---|---|---|---|---|---|---|---|---|---|---|---|
| 六十年乙卯(1795)龚正调榜 | 严大墉、林铨、林鸣璋、黄钟、蔡芳、陈宴琼(福州府)、赵在田、叶文超、叶申万、林春海、叶申蔼、卢春芳、陈钟纶(闽县)、赵登书、王宾、黄寿春、陈元超、齐英、高埙、陈景星、林峻(侯官)、郑瑞麟(郑良偁子、郑瑞麒弟)、陈金汉(陈化龙子)、刘永树(刘永标弟)、梁云铣、陈时夏、张云锦(长乐)、郭龙光、吴若海、林丰九、陈廷珠(福清)、林鹏超(连江)、陈元封、郑汝霖①、鄢步云(永福) | 宋方亨(兴化府)、李铭鼎、黄中理(莆田) | 吕观我、蔡云捷、龚元、黄登(泉州府)、陈宗畴、黄景溪、柯应秀(晋江)、徐应昇(南安)、王元升(惠安)、吴洪、黄河洲、吴江(吴惇胞兄)、吴惇(同安)、谢嘉相、李景嵩、林丹桂(安溪) | | 黄应锡、李清标(龙溪)、许达亨(南靖)、吴光国(平和)、杨凌云(诏安)、童亮(长泰) | 张岚、张昆、谢廷宝、谢廷瑚(龙岩州) | 赖丹魁(汀州府)、熊楹、李观(长汀)、谢凝道(连城)、薛仝徽、蓝桂(上杭)、王步元、方国勋(武平)、廖审儿、巫宜福(巫少白长子)、戴文(永定) | 萧蓼斯(将乐) | 杨为楫(建安)、郑椅仁②(瓯宁)、萧元桂(建阳) | 龚正调③(1)、李见龙(邵武)、龚懋(光泽) | 林滋秀(福鼎) | 郑锡金④(台湾府)、蔡廷炯(嘉义) |
| 62. 嘉庆元年丙辰(1796)赵文楷榜⑤ | 郑鹏程(闽县)、陈兰畴⑥(侯官)、郭龙光(福清) | | 曾宝光(晋江) | | | | 谢凝道(连城) | 邱立和(将乐) | | 邱勋⑦ | | |

① 按:郑汝霖(1773—1835),字坤甫,号米袖、铁侯。家有万鉴堂,藏书数万卷。工篆隶,雕刻图章,为时推重。聚名人书画、金石、碑志、墨拓甚富,晚年俱焚于火。尝主讲漳州芝山书院。余潜士为撰《胞阆山庄稿余后》(《余潜士全集》,第141-142页)。传见民国《福建通志·福建文苑传》卷八。

② 民国《福建通志》:"改名以仁。"(《福建选举志》卷十二,第三十九页)

③ 法式善《清秘述闻》卷八:"壬戌中式。磨勘除名。"(《清秘述闻三种》,第303页)壬戌,嘉庆七年(1802)。

④ 民国《福建通志》:"本姓吴。"(《福建选举志》卷十二,第三十九页)

⑤ 《明清进士题名碑录索引》:"本科为清仁宗登极恩科兼正科。"(第2754页)

⑥ 按:陈兰畴,字赞南,一字绮石,一字赞两(钱维福《清秘述闻续》卷十三,《清秘述闻三种》中册,第818页)。改庶吉士,授编修。卒年四十六(民国《闽侯县志》卷六十九传)。

⑦ 民国《建宁县志》嘉庆元年丙辰科进士:"邱勋,翰林院庶吉士。官荆宜施分巡道。父籍建宁。"(卷十二《选举表》,第十四页,影印第140页)嘉庆十年进士邱煌(原名杰翰)亦翰林院庶吉士,官知府(同卷,第十五页,影印第141页)。

续表

| 府州科年 | 福州府 | 兴化府 | 泉州府 | 永春州 | 漳州府 | 龙岩州 | 汀州府 | 延平府 | 建宁府 | 邵武府 | 福宁府 | 台湾府 |
|---|---|---|---|---|---|---|---|---|---|---|---|---|
| 三年戊午(1798)郑兼才榜 | 李鸿萼①、廖鸿藻、曾晖春、龚以镗、董正芳、林永健(林乔荫子)、严芝芳、陈义、邱音越、杨友兰、吴逢春、张馨、林瑞春、叶廷芳、方策(福州府)、叶申棻、陈微芝(经魁)、林东垣、陈登瀛、杨应阶、林春溥、何恒键、薛经澄、林朝阳、叶申苞、郑彬(郑鹏程兄)、郭仁图(郭廷筠侄)、陈赓元(陈廷燮子)、龚受穀(顺天)(闽县)、朱锡穀、何景逊、李鸿瑞、许亨超、陈廷焕、陈鸿春、沈孚举(沈秉钧子)、周播飏、蔡以成、林人香、刘逢中(刘兆基孙)、洪占魁、冯缙②(侯官)、郑大猷、马澄三、林其华、潘华来、陈为汉(陈化龙子)、陈诵(陈学颖子)(长乐)、林青(福清)、黄光燽(连江)、陈国政、张鸿、余廷珪(古田)、林绍苍(永福) | 郑光斗、林廷璋、林之光(兴化府)、李卓尔(莆田) | 柯瀓芳、潘苇、叶廷华、孙珩、庄一鸣(泉州府)、吴若升、曾世炽、粘宗璞、吴裕中(吴焕彩子)(晋江)、陈克家(同安)、李飞熊(安溪) | 罗云锦、林大基、黄捷标、郑宗侨、陈捷鳌、颜凌霄(永春州)、郑兼才(1)、陈程晖(德化)、柳其椿(大田) | 李维桢(漳州府)、陈振衣③(龙溪)、洪恭(海澄)、黄时雨(平和) | 魏应元、陈有光、翁家桂、邱青(龙岩州)、李云(漳平) | 廖凤书、胡钊、王登(长汀)、叶纡青(清流)、余秦杲、李世乔(归化)、黄如霖、杨宾、杨怀渊、黄登鹏(连城)、李开、何步蟾(上杭)、巫绳咸(巫应秋五子)、郑赐兰(永定) | 许卓然(南平)、王国桢(永安) | 张名芳、达麟(建宁府)、王政修(建安)、李玉中(浦城) | 梅树德、饶亨偰、元光国、何长载(邵武府)、葛绅(邵武)、余际时(建宁) | 方爱众(霞浦)、曾庆澜(福鼎) | 郭绍芳(台湾)、蔡廷槐(嘉义) |

① 民国《福建通志》:"改名鸿钧。"(《福建选举志》卷十二,第三十九页)李鸿钧,字仙林。梁章钜之友。梁章钜《退庵诗存》卷二《京居过夏感旧怀人以先后知交略为诠次得诗二十首》其四《李仙林孝廉鸿钧》。

② 按:冯缙,官内阁中书(民国《闽侯县志》卷四十三《选举志·清举人》)。

③ 民国《福建通志》:"改名际春。"(《福建选举志》卷十二,第四十页)

续表

| 府州科年 | 福州府 | 兴化府 | 泉州府 | 永春州 | 漳州府 | 龙岩州 | 汀州府 | 延平府 | 建宁府 | 邵武府 | 福宁府 | 台湾府 |
|---|---|---|---|---|---|---|---|---|---|---|---|---|
| 63. 四年己未(1799)姚文田榜 | 赵在田、陈寿祺、许鋐①、林东垣、邱音越②(闽县)、许亨超、孙猷(侯官)、梁运昌(长乐) | 柯雨官(莆田) | 蔡鸿捷(晋江) | | 蔡本俊③(漳浦) | 蒋翎(龙岩) | 罗宸、汤志尧(长汀)、吴贤湘(宁化) | | | | | |
| 五年(1800)庚申恩科张光浩榜 | 郑天祥、萨大年④、陈湗、陈天积、江三音、林庆云⑤(福州府)、陆芳、陈上恭、郑景潆、吴兰荪、黄开易、高搏风(闽县)、黄鸣西、吴凤翔、陈鹏飞、冯光祚、陈鹏超、陈登华、陈霁学⑥(侯官)、陈玉英、陈声远(长乐)、陈沛然、冯起龙(福清) | 蔡彬(仙游) | 曾钰、王克敬、陈宗器(泉州府)、王克岏、吴廷辉、施光廷(晋江)、李黉、许南彬、王靖(南安)、杨凤起、陈中复(惠安)、叶金章(同安)、李景岱、张敷荣(安溪) | 周联登、王重华、周昆光、颜登标(永春州) | 蔡行兰、徐盈科(漳州府)、黄对扬、徐亮采(龙溪)、林国献(漳浦)、叶开泰(海澄)、许翼(南靖)、杨秉节(长泰)、吴翔(平和) | 郭绍一、谢大锡、郭宗仪、苏文纪、杨廷荚(龙岩州)、王之楫、陈云升(漳平) | 杨钟麟(汀州府)、赖芹(长汀)、陈梦年、杨凤喈、汤其璇(归化)、郑扬芳(上杭)、钟霈(武平)、江桂兰(永定) | 龚绅(南平)、吕其钊(将乐)、黄士涵(顺昌) | 朱秉錞、白日光(建宁府)、杨鹤书(瓯宁)、卢光华、蓝瑛(崇安) | 何长敦、黄焕(邵武府) | 林桂茂、颜怀源、王宗槐、卢作材、杨廷梁(福宁府)、张光浩(1,霞浦)、叶钟鲁、王定国()寿宁 | 蔡其英、周琼浆(台湾府) |

① 按:许鋐传见民国《闽侯县志·文苑传》:"字元孟,又字春山。家于无锡。嘉庆己未进士。由庶吉士改户部郎。"(卷七十一,原第十五页,影印第290页)有诗集,陈寿祺《左海文集》卷六有《许元孟户部诗序》,柯愈春《清人诗文集总目提要》以为陈寿祺序许鋐《香雪吟》,非序其《许户部诗》(第1048页)。

② 按:邱音越,历官武定府惠民、青州府高苑知县(民国《闽侯县志》卷四十二《选举志·清进士》)。

③ 民国《福建通志》:"漳浦人。钦赐进士。"(《福建选举志》卷十,第十页)

④ 按:侯官萨大年,官邵武教谕(民国《闽侯县志》卷四十三《选举志·清举人》)。

⑤ 民国《福建通志》:"改名昇庆。"(《福建选举志》卷十二,第四十页)

⑥ 按:陈霁学,字钦若,原名暘(民国《福建通志》总卷三十六,《福建循吏传》卷十二,陈霁学传,原第六十页)。入郭有堂幕,佐理军工厂、钱局七年(林昌彝《陈钦若家传》,《林昌彝诗文集》卷十四,第364页)。

续表

| 府州科年 | 福州府 | 兴化府 | 泉州府 | 永春州 | 漳州府 | 龙岩州 | 汀州府 | 延平府 | 建宁府 | 邵武府 | 福宁府 | 台湾府 |
|---|---|---|---|---|---|---|---|---|---|---|---|---|
| 64. 六年辛酉(1801)恩科顾皋榜① | 杨惠元②、陈登瀛③、林瑞春、曾晖春④、何恒键(闽县)、齐鲲⑤、吴赞元、刘士棻⑥、林铨、叶文英、朱式谷(侯官)、陈钟濂(长乐) | 陈希紫(仙游) | 黄大龄(晋江)、李景嵩(安溪) | 蔡行达⑦(漳浦) | 杨廷英(龙岩) | | | | 万世美(瓯宁)、达麟⑧(浦城) | | | |
| 六年辛酉(1801)张翘榜 | 蔡天珍、郑冠卿、庄天培、林挺芳、刘建藩、林逵、邓林、林何培、吴镕(福州府)、郑一中、林春溶、林轩开、林钰、陈辅国、朱灿然(闽县)、郑赤霞、林清音、黄纯、郑缨、许德树、林靖光、石朝栋(石国任孙)、刘天柱、吴赞韶(吴鸣皋子)(侯官)、林作楫、陈启泰、陈心炳、郑蔚然(长乐)、翁梦澜、陈玉章、黄东琼、陈奇逢(福清)、陈肇英、陈奇、孙道翼、章朝枢(连江)、柯兆炳(永福) | 林树勋、李道南(莆田) | 林杏、柯春英(泉州府)、黄念祖、粘宗琬(晋江)、傅景瞻、洪绍震、洪寅宾(南安)、叶润、林宗环、石鼓文(同安)、李赓云(安溪) | 王欣然、郑腾霄、潘文友、颜思藻(永春州)、方以镇、陈祥光、郭大来(德化) | 温文、蔡雨(海澄)、刘雨京(南靖)、许大香(诏安) | 林观云、杨应凤(龙岩州) | 华凤喈(汀州府)、巫光掞(长汀)、江瀚(清流)、邱赞廷(归化) | 汪承荫(延平府) | 张翘(1,建宁府)、梁蛟(建阳)、朱秉铭、祖之栋(浦城)、范奉璋(政和) | 黄宗祎(邵武府)、魏德畹、刘烈(邵武)、高澍然(光泽)、李居源(建宁)、戴从公(泰宁) | 林荣祖、左廷树、王毓树(福宁府)、魏敬中(宁德) | 刘大业、许廷杰(彰化) |

① 《明清进士题名碑录索引》:"本科为清高宗九旬万寿恩科。"(第2759页)

② 按:杨惠元,字心淮,号蓉峰,翰林院侍读、中允,改刑部陕西司郎中,授山东泰安府知府(民国《闽侯县志》卷四十二《选举志·清进士》、梁章钜《退庵诗存》卷七《三月十六日招杨蓉峰中允惠元叶芷汀侍御达玉圃仪部廖仪卿鸿藻钰夫鸿荃王兰谷道行林少穆四编修李兰卿舍人看花施园索和》)。

③ 按:陈登瀛、林瑞春俱官内阁中书(民国《闽侯县志》卷四十二《选举志·清进士》)。

④ 按:曾晖春,官国子监学正,江西义宁州知州(民国《闽侯县志》卷四十二《选举志·清进士》)。

⑤ 按:齐鲲,字腾霄、北瀛。改庶吉士,授编修。嘉庆十三年充册封琉球正使(民国《福建通志》总卷三十四,《福建列传》卷三十八,齐鲲传)。

⑥ 按:刘士棻,字周有,号心香。嘉庆六年辛酉(1801)翰林,出宰岭南(民国《闽侯县志》卷四十八《侯官艺文志》,原第十页,影印第156页)。

⑦ 按:蔡行达,大学士蔡新孙。改庶吉士,授工部主事,以事夺职(民国《福建通志·福建列传》卷三十六蔡新传,第九页)。

⑧ 按:达麟改选庶吉士,散馆,授礼部主事(民国《福建通志·文苑传》本传)。

续表

| 府州科年 | 福州府 | 兴化府 | 泉州府 | 永春州 | 漳州府 | 龙岩州 | 汀州府 | 延平府 | 建宁府 | 邵武府 | 福宁府 | 台湾府 |
|---|---|---|---|---|---|---|---|---|---|---|---|---|
| 65. 七年壬戌(1802)吴廷琛榜 | 陈徵芝、林春溥、林钰、叶申棻①、林朝阳、林轩开(闽县)、蔡以成②、蒋桀③、严芝芳(侯官)、梁章钜(二甲,9名)(长乐)、冯起龙、林青(福清)、陈声通④(连江) | | | | | | 赖华钟(归化) | | | 魏德畹(邵武) | | |
| 九年甲子(1804)林凤翘榜 | 林凤翘(1)、萨廷沛⑤、林则徐、赵轩波(赵嗣祚七世孙)、叶殿铭、林澍芗⑥、陈景山、杨文蔚、萨虎拜⑦、张对墀、陈钟榆、廖鸿苞、叶申芗、孙德榕、陈兆鳌、廖金城⑧(福州府)、何青芝、王道行、林楚、曾及铎、俞开猷、李宗城、李学诗、邓方城、祝天霖、唐森、陈兆龙⑨、王澇溢、叶桐封、郑际芳(闽县)、辜应超、许夔、许宗元、罗希含、张昆玉、杨际春⑩、张康成、萨振森⑪、林际春、陆士传、黄荣秋、林超、魏龄(魏腾龙子)(侯官)、邱凌云(邱瑞云弟)、谢文香、刘铭勋、陈玉铭、陈朝模、邱瑞云(长乐)、周鸣鹤、何敦德、林万年(福清)、甘长安、郭肇纶⑫(古田)、刘心兰(闽清)、鄢春元(永福) | 曾振声(兴化府)、王捷南(仙游) | 薛龙光、吴以仁(泉州府)、杨滨海(晋江)、杨丹桂、傅孝基(傅修孟子)、洪绍旸(洪世佺子)(南安)、孙瑚(惠安)、叶芬、李清嵤(同安) | 林大均(永春州) | 林广显(龙溪)、戴鳌(漳浦)、庄树德(南靖) | 李琬、廖印川、邱汝登、林有芑(龙岩州) | 张文化、沈灦(湖南)(连城)、李世章(归化) | 邱莳深、余剑腾(将乐)、游全通(顺昌) | | 上官鋆、黄源治(邵武府)、甘俊(建宁) | | 吴逢春(嘉义)、王三锡(彰化) |

① 按:叶申棻,官广东连山知县(民国《闽侯县志》卷四十二《选举志·清进士》)。
② 按:蔡以成,字乔木,号韶九。改庶吉士。散馆出为知县(民国《闽侯县志》卷六十九蔡征藩传)。
③ 民国《福建通志》:"改名庆龄。"(《福建选举志》卷十,第十页)《明清进士题名碑录索引》作蒋庆龄(第 2761 页)。
④ 民国《福建通志》:"原名声籍。"(《福建选举志》卷十,第十页)改选庶吉士(民国《福建通志·福建循吏传》卷十二传)。
⑤ 民国《福建通志》:"改名侍枫。"(《福建选举志》卷十二,第四十一页)官工部员外郎(民国《闽侯县志》卷四十三《选举志·清举人》)。
⑥ 民国《福建通志》:"榜名澍荃。"(《福建选举志》卷十二,第四十一页)
⑦ 民国《福建通志》:"改名察伦。"(《福建选举志》卷十二,第四十一页)官云南知县(民国《闽侯县志》卷四十三《选举志·清举人》)。
⑧ 民国《福建通志》:"改名鸿荃。"(《福建选举志》卷十二,第四十一页)
⑨ 民国《福建通志》:"改名兆夔。"(《福建选举志》卷十二,第四十二页)
⑩ 民国《福建通志》:"改名庆琛。"(《福建选举志》卷十二,第四十二页)
⑪ 《雁门萨氏家谱》:"更名昌龄,字肇德,号慕舆。"(《北京图书馆藏家谱丛刊》闽粤卷第 49 册,第 633 页)
⑫ 民国《福建通志》:"一作兆纶。"(《福建选举志》卷十二,第四十二页)

续表

| 府州科年 | 福州府 | 兴化府 | 泉州府 | 永春州 | 漳州府 | 龙岩州 | 汀州府 | 延平府 | 建宁府 | 邵武府 | 福宁府 | 台湾府 |
|---|---|---|---|---|---|---|---|---|---|---|---|---|
| 66. 十年乙丑(1805)彭浚榜 | 叶申万①(三甲,1名)、邓方城、林家和(闽县)、林庆章(林乔荫子)、陈廷焕②(侯官)、陈玉铭③(长乐) | | 陈宗畴(晋江) | | | 张昆、李畹、林有芑(龙岩) | 余光超(清流)、蓝桂(上杭) | | | | | |
| 十二年丁卯(1807)郭尚先榜 | 林枝高、李桂林、曾秉文、孟锡蕃、林韦懋、何文华、周嘉璧、何恒澧(福州府)、张向辰、林堃、何治运(何蔚然子)、杨镛(杨簧弟)、陈上彤(萨玉衡甥)、薛嘉颖、林士斌(林元炳子)、林蔚春、黄春芳(闽县)、连枝春、吴朝龙、吴城、何兆鳌、高仰山、江志鹏、林瀛、黄澄清、洪占鳌、陈象仪④、梁恭元、李鸿宾、陈朝根(侯官)、高祖望⑤、林宗洙、刘宗恒、谢少山、曹森玉、郑兴采、林朝弼(长乐)、王绍训、何梦骐(福清)、孙凤江、吴祖周(连江)、黄铨、黄良璧、郑兆森(罗源)、张馨芝(永福) | 郭尚先(郭占选孙、郭捷南子)(1)、陈弼賌、陈池养(兴化府)、陈云章(莆田) | 丁嗣曾(泉州府)、许有韬、陈超英、汤光灏、纪嘉瑞、蔡允升(晋江)、郭家泰、郭弼(同安)、施煌燉(安溪) | 陈逢源、李际熙、林玉瑛、林焕章(永春州)、王检(德化) | 郭新穀(龙溪)、朱光瓒(诏安) | 陈光耀、魏茂林、蔡履平(龙岩州)、陈攀上⑥(漳平) | 袁文豹(汀州府)、张廷鋐(宁化)、赖培禧(4)、梁达榜(归化)、杨簧(顺天)(连城)、杨光诏(上杭)、钟彤光(武平) | | 吴锡畴、郭家太(崇安)、张梦魁、吴兰、陈元机、张材桂(浦城) | 龚正谦(顺天)(邵武)、何毓鳌、鄢翱(建宁)、黄宗三(光泽)⑦ | 游大琛⑧(霞浦)、郭林(福安)、崔长泉(宁德) | 郑捧日(彰化)、陈玉辉(台湾) |

① 按:叶申万,由翰林院检讨转御史,擢分巡高、廉兵备道(民国《闽侯县志》卷四十二《选举志·清进士》)。

② 按:陈廷焕,字采屏。历官兴化府、漳州府、建宁府、台湾府教授(民国《闽侯县志》卷四十三《选举志·清举人》)。梁章钜《陈采屏翰簿传略》作闽县人,出林茂春门下,尝官翰林院典簿。

③ 陈玉铭,字希赞。官编修,嘉庆二十一年顺天乡试同考官(钱维福《清秘述闻续》卷十三,《清秘述闻三种》第834页)。

④ 民国《福建通志》:"榜名辰模。"(《福建选举志》卷十二,第四十二页)

⑤ 民国《福建通志》:"改名炳望。"(《福建选举志》卷十二,第四十二页)

⑥ 民国《福建通志》:"改名柱勋。"(《福建选举志》卷十二,第四十三页)

⑦ 光绪《光泽县志》卷四《赐赉》黄宗三:"嘉庆丁卯钦赐举人,戊辰会试,加赐翰林院检讨。"(影印第387页)

⑧ 按:游大琛本籍福州府长乐县,经魁(民国《长乐县志》卷十四上,《选举上》,影印第232页)。

续表

| 府州科年 | 福州府 | 兴化府 | 泉州府 | 永春州 | 漳州府 | 龙岩州 | 汀州府 | 延平府 | 建宁府 | 邵武府 | 福宁府 | 台湾府 |
|---|---|---|---|---|---|---|---|---|---|---|---|---|
| 67. 十三年戊辰(1808)吴信中榜 | 龚以镫①、郭仁图、李桂林②、王道行③、陈赓元、吴兰荪(闽县)、陈肇英(连江) |  | 何弈簪、杨滨海(晋江) |  |  |  | 梁达榜、揭凤喈(归化)、巫绳咸(永定) |  | 萧元柱(建阳) |  | 林桂茂(霞浦) |  |
| 十三年(1808)戊辰恩科姚大椿榜④ | 董鸾、何逢吉、林镳、陈上泰、赵联镳、石上林(福州府)、刘庆元、林振东、林作霖、吴筠、林家美、辜长荫、陈鹏飞、林锴、刘调阳、萨崧高、李宗超、李国轩、林元英、林筠、刘勋、高建章、谢龙标、陈宗宝、龚丰谷⑤(闽县)、陈赞平⑥、陈森元、林澍坚、陈经、林琼树(林材子)、李彦章、刘景向、林黎光、潘光祚、李振凤(侯官)、柯龙章、陈一鉴、陈学波(长乐)、周政、王绍诰、林凤仪(福清)、陈肇波(连江)、力梦霖、王有为、陈宗寿(永福) | 陈祖烈、郭光、徐道光(莆田) | 刘宗成(刘逢升子)、王会图、许邦光(泉州府)、蔡云鹏、曾承基、施继源、柯琼林(晋江)、曾鼎光、苏廷玉(同安)、李景韩(李宗度之子)⑦、谢亨(安溪) |  | 郑开禧(漳州府)、林时行(龙溪)、蔡国治(海澄)、孙鸿声、江葆元(诏安) | 张天民(龙岩州) | 胡岩(胡翘椿子)、阙元镳(汀州府)、伊云崧(宁化)、谢邦基(连城)、何春仁、刘日章(上杭)、卢蔚文(永定) | 吴绍珽(将乐)、王国楷(永安) | 连登(建宁府)、万云程(瓯宁)、江伟鳌(建阳)、祝穗芳⑧(浦城) | 杨兆璜(邵武府) | 王位墀、王树槐(福宁府)、姚大春(1)⑨、方岱(霞浦)、郑梦祥(福安) | 黄名标(凤山)、张士凤、林希文⑩(嘉义) |

① 按:龚以镫,号楞香,官吏部主事(民国《闽侯县志》卷四十二《选举志·清进士》)。

② 李桂林,字道琼,丹岩。改庶吉士,散馆补四川知县(民国《福建通志·福建循吏传》卷十二传,原第六十三页)。

③ 按:王道行(兰谷),官翰林院检讨(民国《闽侯县志》卷四十二《选举志·清进士》),其兄王道新(兰屿),郑开禧有《送王兰谷检讨归三山兼寄令兄兰屿明经》(《知守斋诗初集》卷二)诗。

④ 据郑开禧《送蔡鲲南孝廉下第归温陵即题其眼中山水吟卷》"我初识君岁戊辰。闽中解额八十六"(《知守斋诗初集》卷三,《清代诗文集汇编》第560册,影印第22页)诗句,嘉庆十三年戊辰恩科,福建举额86人。

⑤ 按:龚丰谷,北榜。安陆府天门知县(民国《闽侯县志》卷四十三《选举志·清举人》)。

⑥ 按:侯官陈赞平,官台湾训导(民国《闽侯县志》卷四十三《选举志·清举人》)。

⑦ 陈庆镛《李孝子传》为李光地从曾孙李宗度作。李宗度,字延绳,李清枢之子、李偎之孙、李鸿祥曾孙。(《籀经堂类稿》卷十九,《清代诗文集汇编》第587册,影印第619页)

⑧ 民国《福建通志》:"改名春熙。"(《福建选举志》卷十二,第四十三页)

⑨ 按:本页科分年下作姚大椿(民国《福建通志》总卷三十三,《福建选举志》卷十二,第四十三页)。

⑩ 民国《福建通志》:"改名希哲。"(《福建选举志》卷十二,第四十三页)

续表

| 府州科年 | 福州府 | 兴化府 | 泉州府 | 永春州 | 漳州府 | 龙岩州 | 汀州府 | 延平府 | 建宁府 | 邵武府 | 福宁府 | 台湾府 |
|---|---|---|---|---|---|---|---|---|---|---|---|---|
| 68. 十四年己巳(1809)恩科洪莹榜 | 董正芳、廖鸿荃①(2)、廖鸿藻、叶申芗②、江志鹏(闽县)、余廷珪(古田) | 郭尚先、陈池养、陈云章(莆田) | 孙珩(惠安) | | | 魏茂林(龙岩) | 张文化(连城) | | | | | |
| 十五年庚午(1810)罗叶孙榜 | 吴调元、陈文楷、唐鸣鸾、张人寿(张明三之子③)(福州府)、刘鍪(经魁)、刘咸熙④、叶敏昌⑤、臧震、李明经、郑瀛光、林东荣、陈韶、林阳春、孟曾庆、廖玉棠、林锟(林一桂子)(闽县)、何恒鍠、李彦彬、严焕然、何萼联、徐芝田、葛云泉(葛开珍子)、魏森荣、刘省勋、黄钟、林士熼(林启泰子)(侯官)、邱国钤(邱玉山子)、林邦科、陈澍云、谢凤诏(长乐)、林琪树(2)、林镳、方联三、何清运(福清)、任志高(连江)、游长龄(罗源)、丁兰言(古田)、林清元、张焜(永福) | 罗叶孙(1)、林培梧(林炳麟子)、郑际禧、吴灿宗(兴化府) | 吴河光、陈国栋(泉州府)、陈孟芝、丁汉章(晋江)、李峥嵘(南安)、洪联奎(同安)、陈九畴(安溪) | 潘瑞(永春州)、陈向荣、郭鸣高(德化) | 杨嘉、许云鹏、欧阳山(漳州府)、张金拔(南靖)、曾晓声、林偕泽(平和)、沈升秀、沈文光(诏安) | 张轮清、郭柘、谢朝栋、谢元模、陈濂、吴焯、吴琪(顺天)、吴乃兰(四川)(龙岩州) | 陈上炘、李家蕙(顺天)(归化)、彭万青、刘裴章、刘日盘(上杭)、危溉(武平)、马攸德⑥(永定)、 | 包焕章(延平府)、陈树兰(永安) | 蓝为青(建宁府)、谢诏书(建安)、叶承封(瓯宁)、任以铭(浦城) | 高嘉丙、邓公望⑦(光泽)、黄从龙(建宁) | 王世杰(福宁府) | 许捷陞(台湾府)、杨启元(嘉义)、王珪璋(彰化) |

① 《明清进士题名碑录索引》作廖金城(第 2766 页),注:“改名廖鸿荃。”(第 2768 页)
② 按:叶申芗,号萁园。历官浙江湖州府同治,升河南河南府知府(民国《闽侯县志》卷四十二《选举志·清进士》)。
③ 杨庆琛《张又川孝廉家藏朱笥河学士墨迹题后》序,《绛雪山房诗钞》卷七,原刻第十三页。
④ 民国《福建通志》:“榜名焜。”(《福建选举志》卷十二,第四十三页)
⑤ 民国《福建通志》:“改名敬昌。”(《福建选举志》卷十二,第四十三页)
⑥ 民国《福建通志》:“榜名攸苾。”(《福建选举志》卷十二,第四十四页)
⑦ 光绪《光泽县志》卷四《赐赉》邓公望:“嘉庆庚午钦赐举人,辛未会试,加赐国子监学正。”(影印第 387-388 页)

续表

| 府州科年 | 福州府 | 兴化府 | 泉州府 | 永春州 | 漳州府 | 龙岩州 | 汀州府 | 延平府 | 建宁府 | 邵武府 | 福宁府 | 台湾府 |
|---|---|---|---|---|---|---|---|---|---|---|---|---|
| 69. 十六年辛未（1811）蒋立镛榜 | 林元英、林作霖、张向辰（闽县）、林则徐（二甲，4名）、李彦章、林士煐①（侯官）、王有为（永福，会1） | | 吴廷辉、许邦光（晋江） | | | 陈柱勋②（漳平） | 伊云崧（宁化）、谢邦基（谢凝道子）（连城）、廖文锦（永定） | | | 梅树德、杨兆璜③（邵武） | | |
| 十八年癸酉（1813）周滨海榜 | 林良弼、虞煐（福州府）、邱翰元（邱音中子④）、蓝建英、陈兆骐、陆培元、林晨曦、张国瑞、薛椕昌、林鸣宴⑤、陈钟浩、郑锦声、陆新（闽县）、张鉴元、陈芳春、陈镛、林澍堃、邓轩、林士骏、邵鹏搏、刘功、梁梦花（梁茂子、梁功弟）、许士簧⑥（侯官）、张为仪（连江）、游琼枝（罗源）、张斌丹（古田）、黄登鲸（闽清）、郑宗山（永福） | 游瑞（兴化府） | 龚作楫、黄之遇、林捷云（泉州府）、纪舜俞（晋江）、徐光华（南安）、陈志（惠安）、周海滨（1）、杨忠、陈贻焜、潘正昌（同安）、王承勋、胡麟宗（安溪） | 郭德先、吕凤腾、林国栋、刘启运、林鑛、郑煊、郑登潮（永春州）、邓梦鲤、郑品、李捷南（德化） | 沈在田（漳州府）、陈荣勋、林传芳（龙溪）、林鸣琦、卢济纶（海澄）、林荣光、沈鸣玉（诏安）、 | 魏文卓（龙岩州）、廖铨（宁洋） | 张应元、赖捷联、卢诜荣（汀州府）、周联奎（长汀）、李达材（宁化）、杨篪、谢开鉴⑦、李联超（连城）、姜鹄（上杭）、张奏成、江盈科⑧（顺天）（永定） | 张世英、邓坤成（延平府）、陈昭宝（顺昌）、徐逢盛（沙县）、邓钟侨（永安） | 周嗣康、蓝运亨、安烜⑨（顺天）（崇安） | 龚文焕、龚文焜（邵武府）、龚文炳⑩、蔡云鹤（光泽）、廖炳、朱其燮⑪（建宁） | | 李三山、林谦光（台湾府）、王克成（彰化） |

① 《明清进士题名碑录索引》："碑作：林士焕。"（第2770页）民国《闽侯县志·选举志》亦作林士煐（卷四二，第四页）。

② 民国《福建通志》："原名攀上。"（《福建选举志》卷十，第十一页）

③ 据陈庆镛《广平府知府杨君墓志铭》，杨兆璜会试中式，以目疾乞假，终未殿试，朝考授官（《籀经堂类稿》卷二十二，《清代诗文集汇编》第587册，影印第654页）。《明清进士题名碑录索引》无其题名。

④ 民国《福建通志》总卷四十五，《福建列女传》卷五，邱音中妻何氏传，原第四十六页。

⑤ 按：林鸣宴，官台湾教谕（民国《闽侯县志》卷四十三《选举志·清举人》）。

⑥ 民国《福建通志》："改名冠瀛。"（《福建选举志》卷十二，第四十四页）

⑦ 民国《福建通志》："改名万龄。"（《福建选举志》卷十二，第四十五页）

⑧ 《林则徐日记》云："又有永定县江姓，现隶顺天大宛籍，中第二十名。"（《林则徐全集》第九册，第29页）

⑨ 民国《福建通志》："原名亘。顺天中式。"（《福建选举志》卷十二，第四十四页）

⑩ 按：此科邵武府三龚均光泽县龚周德之孙，"先后成进士，入词林"（光绪《邵武府志》卷二十三《义行传》龚周德传，影印第551页）。

⑪ 民国《福建通志》："榜名盛时。"（《福建选举志》卷十二，第四十四页）

续表

| 府州科年 | 福州府 | 兴化府 | 泉州府 | 永春州 | 漳州府 | 龙岩州 | 汀州府 | 延平府 | 建宁府 | 邵武府 | 福宁府 | 台湾府 |
|---|---|---|---|---|---|---|---|---|---|---|---|---|
| 70. 十九年甲戌(1814)龙汝言榜 | 邱翰元①、刘庆元、陈兆骐(闽县)、刘省勋、邓轩(侯官)、林凤仪(福清) | | 苏廷玉②(同安)、黄辅清(南安)③ | | 郑开禧(龙溪) | | 李家蕙④(归化) | | 杨鹤书(瓯宁)、蓝瑛⑤(崇安) | 龚文炳(光泽) | | |
| 二十一年丙子(1816)沈捷锋榜⑥ | 徐凤飞、郑瑞麒、林超元、王功、洪尚钦(福州府)、沈捷锋(1)、黄锡祚、杨际华、庄重(庄成鼎子)、黄步初、王锦云、黄超、胡云韶、薛锵然、魏来镛、钱起源、黄庭经⑦(闽县)、魏树棠、郑河洲、高超、蔡廷钧、陈芳、郭阶三、郑大承、刘光枫、葛凤鸣⑧、翁元珍⑨、黄其锋⑩、吴联穗、唐镐、王以铭、郭春华、陈治枢、陈功(侯官)、陈朝锦(连江)、黄�、叶梦桂、陈志魁(罗源)、王家瑍(屏南)、刘鉴光(闽清) | 翁焕孙(兴化府)、林东瀛(莆田) | 陈淑均(陈大玠曾孙)、官寿相、郑以炯(泉州府)、王赓元⑪、庄树远(晋江)、陈贯中、黄初泰、曾兆元(同安)、傅郊、李增轼(李光地裔孙)(安溪) | 刘岱封⑫(大田) | 林方纲、王存志、黄世俊(漳州府)、施聚上、张瑲、柳廷爵(龙溪)、卢应魁(海澄)、庄鸿(南靖)、曾逊渊(平和)、陈鸣盛、吴兆旗(诏安) | 魏炯、谢谦亨(龙岩州) | 汪埙(长汀)、罗联棠(归化)、华时中、邱春三、郭熙(上杭)、巫宜禊、巫廷弼⑬(永定) | 陈名世(沙县) | 郑嘉玉(建宁府)、郑依仁(建安)、刘钟琪(浦城) | 饶谦、陈禹昌、黄旦华(光泽)、李灝图(建宁) | 林廷豪(福宁府) | 林芳贤、曾作霖、林廷璋(彰化) |

① 按:邱翰元,官武定州元谋知县,改任沙县教谕(民国《闽侯县志》卷四十二《选举志·清进士》)。
② 按:苏廷玉,字韫山,号鳌石。改庶吉士,散馆改刑部主事(民国《福建通志·福建列传》卷三十八,苏廷玉传,第三十四页)。
③ 据民国《南安县志》卷二十《选举志》题名补入(原第二十一页,影印第135页)。
④ 按:李家蕙,字香谷,归化李世光之孙,官翰林院编修(民国《明溪县志》卷十四李世光传,影印第617页)。
⑤ 民国《福建通志》:"榜名桥。"(《福建选举志》卷十,第十一页)
⑥ 民国《福建通志》:"嘉庆十八年,准各省驻防官兵子弟就近应试,每十名取中一名。"(《福建选举志》卷十二,第四十五页)此科尚有正黄旗景麟(一作璘)、镶白旗许汝成、山西解州景绮三名举人。
⑦ 民国《福建通志》:"改名懋祺。"(《福建选举志》卷十二,第四十五页)
⑧ 按:黄凤鸣,官台湾府教授;翁元珍,官凤山教谕;吴联穗,官淡水厅训导(民国《闽侯县志》卷四十三《选举志·清举人》)。
⑨ 杨庆琛《赠翁瑜轩茂才元珍》次句:"同袍兄弟似君难。"(《绛雪山房诗钞》卷一,《清代诗文集汇编》第542册,影印第344页)
⑩ 按:林昌彝《海天琴思续录》卷三:"余少受诗法于侯官黄则仙师。"注:"名其芬。嘉庆丙子举人。"民国《福建通志》作黄其锋(《福建选举志》卷十二,第四十五页)。
⑪ 民国《福建通志》:"榜名文宁。"(《福建选举志》卷十二,第四十五页)
⑫ 民国《福建通志》:"榜名芳春。"(《福建选举志》卷十二,第四十五页)
⑬ 民国《福建通志》:"榜名初试。"(《福建选举志》卷十二,第四十五页)

续表

| 府州科年 | 福州府 | 兴化府 | 泉州府 | 永春州 | 漳州府 | 龙岩州 | 汀州府 | 延平府 | 建宁府 | 邵武府 | 福宁府 | 台湾府 |
|---|---|---|---|---|---|---|---|---|---|---|---|---|
| 71. 二十二年丁丑(1817)吴其濬榜 | 叶殿铭①、叶桐封、杜堃、林士斌、林筠(闽县)、陈功(陈廷凤曾孙)②、石朝栋③、廖鸿苞(侯官) | | 王克敬(晋江) | | 林时行(龙溪) | | 胡岩(长汀)、巫宜禊(巫少白三子)(永定) | | | | | |
| 二十三年(1818)戊寅恩科叶大章榜④ | 萨龙骧⑤、陈岜、齐鲸、梁拱辰、林振棨、刘家镇、林衎、林士济、姚怀祥、黄汝霖(福州府)、叶大章(1)、杨鸿彬、郭琼宴、林丞英⑥、李春熙、李邦庆、余元鉴、薛超元、李鸿文、蒋镕(蒋春堂⑦子)、曾元海、卢斌、郑良玉(闽县)、郑春波、林朝光、张惟孝、林彭年、王道南、陈麟书、王燮、林绂、李彦昭、钱沂、叶培芳、严丽春、黄瑛、廖鸿翔、薛书元、郑韶钧、龚昌龄⑧(侯官)、王亨柽、郑有成(长乐)、郑光堤、陈日旸、吴型山(罗源)、甘霖(古田)、江文池(永福) | 陈长芳(仙游) | 苏炯焜(泉州府)、蔡鹏南、朱克敏、何翀(何玺子)、丁曜图(晋江)、王琼林(同安)、凌翰(安溪) | | 郑宗礼、郭立本、吴光瑞(漳州府)、欧阳林、黄书(漳浦)、沈世亮、沈洲(诏安) | 谢廷经、吴琯、陈文衡、饶廷襄、温家宪(龙岩州) | 蓝斗南(汀州府)、郑逢科(长汀)、吴若鸿(连城)、方声希、陈球(上杭) | 龚联奎⑨、黄俊苑、张祖庚(南平)、萧国宾(将乐) | 林早春、郑杰仁(建宁府)、吴锡圭、王鹤书(崇安)、张子铭、朱莲(浦城)、徐述虔(顺天) | 徐引之(邵武府) | | 曾维桢(台湾府)、郑用锡(淡水厅)、叶向荣(彰化) |

① 按:叶殿铭,改翰林院庶吉士(民国《闽侯县志》卷四十二《选举志·清进士》)。

② 按:陈功,字克敏,号叙斋。选庶吉士,散馆授编修,累官江苏按察使等(民国《闽侯县志》卷六十八,原第十六、十七页,影印第241-242页)。林则徐《诰封中宪大夫浙江道御史松轩陈先生墓志铭》作陈廷凤曾孙陈梁第三子(《林则徐全集》第五册,第468页)。

③ 按:石朝栋,官湖州府孝丰知县,改延平府、台湾府教授(民国《闽侯县志》卷四十三《选举志·清举人》)。

④ 按:此科尚有镶蓝旗汉军李芸、正黄旗胡雅里二名举人。

⑤ 民国《福建通志》:"改名庆棻。"(《福建选举志》卷十二,第四十五页)一作庆芬,官陕西靖边知县(民国《闽侯县志》卷四十三《选举志·清举人》)。

⑥ 林丞英,字宝辰(郭柏苍《季弟柏荪登科记》,《葭柎草堂集》中卷,《清代诗文集汇编》第662册,影印第149页),又字书甫(杨庆琛《怀人三十二首》其十三,《绛雪山房诗钞》卷五,《清代诗文集汇编》第542册,影印第389页)。

⑦ 陈庆镛《籀经堂类稿》卷十九有《蒋孝子家传》,知其兄弟五人,子蒋镕官无为州知州。

⑧ 民国《福建通志》:"改名文龄。"(《福建选举志》卷十二,第四十六页)

⑨ 民国《福建通志》:"改名联辉。"(《福建选举志》卷十二,第四十六页)

续表

| 府州科年 | 福州府 | 兴化府 | 泉州府 | 永春州 | 漳州府 | 龙岩州 | 汀州府 | 延平府 | 建宁府 | 邵武府 | 福宁府 | 台湾府 |
|---|---|---|---|---|---|---|---|---|---|---|---|---|
| 72. 二十四年(1819)己卯恩科陈沆榜① | 叶敬昌②、郑瑞麒③、黄锡祚、林良弼(闽县)、赵轩波④(侯官) | | 蔡鹏南(晋江) | 邓梦鲤、郭鸣高(德化) | 欧阳山(南靖)、曾逊渊(平和) | | 巫宜福⑤(永定) | 龚联奎(南平) | 徐述虔(建阳)⑥ | 龚文焕(光泽) | 魏敬中(二甲,6名)⑦(宁德) | |
| 二十四年己卯(1819)魏本唐榜⑧ | 魏本唐(魏维邵子)(1)⑨、翁吉士(翁怀清子)、陈莲照、王玉春、石上楷(石亦光子)、邓坤(福州府)、吴埙、王庆云、林星章(林仲嗣子)、郑世倌⑩、何鹏霄、郭彬图(郭廷筠子)、吴超宗、萨鸿基(闽县)、高鸿湘、刘廷震、陈捷魁(陈逢源子)、阮昌光、高翔、林寿英、林寿恭、萨文鼎、林培芳、何大经、程颖佑、卓鸿烈、吴庆禧、林鸿基、彭翊、林怀少⑪、林鸿翔(侯官)、陈亮工、梁云镛(梁上国子)、王溱、林经光(长乐)、何邹、施梦阳(福清)、林晓青(连江)、林鹏霄(闽清)、鄢士元、鄢必兴(永福) | 林有融、林志进(兴化府)、林玉瓒(莆田) | 陈元华、甘志翀、粘逢源(泉州府)、黄宗澄、周学曾、陈巍梁、陈时昌、杜中士⑫(晋江)、吴载赓、徐云骥(南安)、洪调元、曾绍芳(同安)、李鸿仪(安溪) | 郭兼德(德化) | 黄玑(龙溪)、陈汝舟、陈国珍(漳浦)、郭宰纶(海澄)、吴江涛(平和) | 谢天宁、陈际平、赖如兰、谢文程(龙岩州) | 戴曜高(汀州府)、童焕章(连城)、简潜德(永定) | 萧运典(将乐)、蔡鐘铭(尤溪) | 徐炳书、潘文澜(建宁府)、蒋殿元⑬、姚秉文(瓯宁)、吴懋勋、李基美、张廷书、朱箖(浦城) | | 谢嘉修(宁德)、林士俊(霞浦) | 陈玉珂、黄龙光⑭(台湾府)、郭成金(淡水厅)、陈泰阶(台湾) |

① 《明清进士题名碑录索引》:“本科为清仁宗六旬万寿恩科。”(第2776页)

② 民国《福建通志》:“初名敏昌。”(《福建选举志》卷十,第十一页)《明清进士题名碑录索引》:“改名:叶敬昌。”(第2777页)

③ 按:郑瑞麒,官内阁中书、江西九江府知府(民国《闽侯县志》卷四十二《选举志·清进士》)。

④ 按:民国《福建通志·文苑传》赵轩波传作闽县人(《福建文苑传(清二)》卷八,第二十八页)。

⑤ 按:民国《福建通志·福建循吏传》以巫宜福为嘉庆乙卯科进士(《福建循吏传》卷十二巫少白传,原第四十九页),误书己卯为乙卯。乾隆六十年乙卯(1795)。巫宜福官翰林院编修。

⑥ 按:《明清进士题名碑录索引》清嘉庆二十四年(1819)己卯科二甲七十四名进士(第2775页),注:“改名徐经。”(第2777页)刘声木《桐城文学渊源撰述考》:“官翰林院编修”,“官济东泰武临道。”(卷二,第361页)又按:徐述虔已著籍江苏嘉定(《明清进士题名碑录索引》第969页),与毛岳生、钱师康、葛其仁、庄尔保、黄穆之、陈瑑合称“嘉定七生”,祖籍福建建宁府建阳县,与林则徐交好。

⑦ 民国《福建通志》:“榜名建中。”(《福建选举志》卷十,第十一页)《明清进士题名碑录索引》:“原名:魏建中。”(第2777页)魏敬中,字治原,号和斋、和宇。改庶吉士,散馆授编修(民国《福建通志》总卷三十四,《福建列传(清七)》卷三十八,魏敬中传,第三十七页)。

⑧ 按:此科尚有正黄旗荣福、正黄旗汉军赖安二名举人。

⑨ 按:魏本唐,官直隶知县,改上杭教谕(民国《闽侯县志》卷四十三《选举志·清举人》)。

⑩ 民国《福建通志》:“改名世光。”(《福建选举志》卷十二,第四十六页)

⑪ 按:林怀少,官台湾教谕(民国《闽侯县志》卷四十三《选举志·清举人》)。

⑫ 民国《福建通志》:“改名彦士。”(《福建选举志》卷十二,第四十六页)

⑬ 按:蒋殿元改名蒋衡,一作蒋蘅,字未斋,号云寥山人。著有《云寥山人文钞》八卷、《云寥山人诗钞》四卷等。

⑭ 民国《福建通志》:“改名骧云。”(《福建选举志》卷十二,第四十七页)

续表

| 府州科年 | 福州府 | 兴化府 | 泉州府 | 永春州 | 漳州府 | 龙岩州 | 汀州府 | 延平府 | 建宁府 | 邵武府 | 福宁府 | 台湾府 |
|---|---|---|---|---|---|---|---|---|---|---|---|---|
| 73. 二十五年庚辰(1820)陈继昌榜 | 郭琼宴、钱起源(闽县)、龚文龄①、杨庆琛②、何萼联、许有韬(侯官) | | 龚作楫(晋江) | | | | 杨簣(连城)、莫树椿③(上杭) | | | 龚文煇(二甲,1名)(光泽) | 林士俊(霞浦) | |
| 道光元年(1821)辛巳恩科林文斗榜④ | 杨和鸣⑤、陈松年(陈兰畴子)、邵咸元、潘江、林士傅、冯新、林上砥、高金榜、林乔年、林世裕、陈兆霖、郑大如(福州府)、陈兆熙、沈逢恩、陈芝年、林鸿仪、陈祚康(陈鼎铭族兄)、萨景瀚、孙惠霖、王文樟、卢春年、陈龙光、陈鼎铭⑥、林鹏程、魏凤祥、陈天泽(闽县)、蒋淇、林溥泉、高翔、张人骥、陈树勋、齐城、翁禹年⑦、吴灿然(吴玉麟子)、齐植、金铭元、陈景蕃(侯官)、邱国风(长乐)、郑森林、蔡学清、王绍诗(福清)、林光辉(连江)、魏蓉岚、黄拱⑧、吴宝华(永福) | 许作梅、张大原、陈天仪、李彦龄(莆田) | 吴瑞莲(泉州府)、陈鸿炳、谢长卿、王炳纲、黄良昌、黄清华、王文猷(晋江)、程道南(惠安)、杨绍祖、吕廷琮、杨其让、洪文成(南安)、汪洋(惠安)、蒋文淑、陈拱斗、高清澜、叶翼飞(同安)、林文斗(1)、廖步梯、林馥芸(安溪) | 赖景祚(德化) | 苏廷耀、林西园、郭羡官(龙溪)、张煜、欧阳琦(南靖)、曾德瑛(平和)、许受图、沈腾蛟、陈鸿猷(诏安) | 魏文元、黄杰、饶文馥、吴扬休、陈经国、谢廷纲(龙岩州)、刘长墀(漳平) | 童德元、陈钧涛⑨、伍德成、黄位斗、杨镛(连城)、邹志中、刘鸣鸾、刘昭(上杭)、李鸿、何史书(武平) | 王万孚、李光笏(南平)、张效曾、彭树闳(将乐) | 王猷(建安)、李绍阳、谢益谦(瓯宁)、陈文桢(建阳) | 米文杰(邵武府)、危宿、萧煊(邵武)、黄师度、何高瑞(顺天)(光泽)、熊守礼、徐家欣(建宁)、萧天锦(归化) | 余纶光(福安) | 韩治、林大元(台湾府)、柯琮璜(彰化)、林长青(淡水厅) |

① 民国《福建通志》:"榜名昌龄。"(《福建选举志》卷十,第十一页)《明清进士题名碑录索引》:"改名:龚文龄。"(第2779页)字蔗汀(《击钵吟偶存·同人姓氏录》),一字西园(钱维福《清秘述闻续》卷十一,《清秘述闻三种》中册,第791页)。龚大馨长子,龚景淳孙(《福州通贤龚氏支谱》,《北京图书馆藏家谱丛刊》闽粤侨乡卷第18册,影印第202页)。改庶吉士,授户部员外郎、监察御史(民国《闽侯县志》卷四十二《选举志·清进士》)。

② 民国《福建通志》:"榜名际春。"(《福建选举志》卷十,第十一页)《明清进士题名碑录索引》:"改名:杨庆琛。"(第2779页)

③ 莫树椿,字峻垣,号翘南。改庶吉士。道光三年散馆,授山东知县(民国《福建通志》总卷三十六,《福建循吏传》卷十二,莫树椿传,原第七十二页)。

④ 按:此科尚有镶白旗百春、镶黄旗汉军张浩二名举人。

⑤ 按:民国《闽侯县志》卷四十三《选举志·清举人》、民国《闽侯县志》卷八四《循吏传(五下)》杨鹤鸣传一作杨鹤鸣,是。杨氏家族固有杨鹤鸣、杨和鸣胞兄弟二人,杨和鸣系道光十四年甲午(1834)福建乡试举人。

⑥ 按:陈鼎铭,官凤山教谕(民国《闽侯县志》卷四十三《选举志·清举人》)。

⑦ 按:翁禹年,官台湾府训导;陈景蕃,官台湾训导(民国《闽侯县志》卷四十三《选举志·清举人》)。

⑧ 民国《福建通志》:"改名庆安。"(《福建选举志》卷十二,第四十七页)

⑨ 民国《福建通志》:"榜名珩。"(《福建选举志》卷十二,第四十七页)

续表

| 府州科年 | 福州府 | 兴化府 | 泉州府 | 永春州 | 漳州府 | 龙岩州 | 汀州府 | 延平府 | 建宁府 | 邵武府 | 福宁府 | 台湾府 |
|---|---|---|---|---|---|---|---|---|---|---|---|---|
| 74. 二年(1822)壬午恩科戴兰芬榜① | 曾元海(二甲,2名)、郭彬图(三甲,1名)、何鹏霄(闽县)、许冠瀛②、林绂③、林振棨、彭翊(侯官) | | 徐云镶(南安)、王承勋(安溪) | | | | 陈文衡、黄杰(龙岩) | | | | | |
| 二年壬午(1822)李家焯榜④ | 林廷均、林懋勤、邓元瑜⑤(福州府)、任学莘、周人龙、陈兆鹍、邱庆麟、陈廷魁(陈荣从孙)、范金、陈瀚、陈善⑥、邓瑸、刘春霈、郑大镛、陈元超、陈声韶(闽县)、陈瀛洲、陈肇都、林寿平、林位南、许冠城⑦、陈桂林、何森林(侯官)、游腾芳、王有树(长乐)、薛奎豪、念作霖(福清)、吴文焯、陈经仕(连江)、蒋鸣珂(古田) | 张天相(兴化府)、王以衡(莆田) | 龚维琳、陈鸿翥、蔡为杆(泉州府)、蔡学鹏、陈庆镛、林光宇、黄锦章(晋江)、陈金城、郭峋(惠安)、吕世宜(同安)、廖化雨(安溪) | | 郑锡鹏(漳州府)、黄开鼎(黄可润侄孙)、蔡承祐(龙溪)、林春魁(漳浦)、林健章(海澄)、庄树墉(南靖)、何名儒(平和)、林则荣(诏安)、徐峰(长泰) | 谢超元、邱光绪、魏应亨(龙岩州)、刘光宗(漳平) | 项潆洲(汀州府)、李家熚(1)、萧衢标(归化)、周树榖(上杭)、冯梦雷(武平)、沈汝亨(永定) | 欧祚畴⑧(南平)、林观珠(沙县)、刘承美、廖景星(永安) | 刘素先(建宁府)、陈文枢、刘景豪(建阳)、吴锦(崇安)、范作枢、宋廷恩(政和) | 上官曦、熊允成、余大勋、元膺善(邵武府)、张冕(邵武)、饶作霖⑨(光泽) | 李大深、陈谟范、姚元善、李枝馨⑩、林维金(霞浦) | 吴景中、林青莲(台湾府)、洪天衢(彰化) |

① 《明清进士题名碑录索引》:"本科为清宣宗登极恩科。"(第2781页)
② 按:许冠瀛,榜名士黉。官翰林院检讨(民国《闽侯县志》卷四十二《选举志·清进士》)。
③ 按:林绂,官刑部郎中,迁广西右江道,升湖北按察使(民国《闽侯县志》卷四十二《选举志·清进士》)。
④ 按:此科尚有镶白旗举人伯启。
⑤ 民国《福建通志》:"改名庆恩。"(《福建选举志》卷十二,第四十八页)
⑥ 民国《福建通志》:"改名葆善。"(《福建选举志》卷十二,第四十八页)
⑦ 民国《福建通志》:"改名庆澜。"(《福建选举志》卷十二,第四十八页)
⑧ 民国《福建通志》:"榜名梦白。"(《福建选举志》卷十二,第四十八页)
⑨ 陈庆镛作有《寿邵武饶母邓安人七十》(《籀经堂类稿》卷十三)文,为举人同年饶秋塍作,知饶作霖号秋塍,其父母自江西入邵武府,居光泽县。饶作霖子三:馨兰、馨芳、馨德
⑩ 民国《福建通志》:"改名枝青。"(《福建选举志》卷十二,第四十八页)

续表

| 府州科年 | 福州府 | 兴化府 | 泉州府 | 永春州 | 漳州府 | 龙岩州 | 汀州府 | 延平府 | 建宁府 | 邵武府 | 福宁府 | 台湾府 |
|---|---|---|---|---|---|---|---|---|---|---|---|---|
| 75. 三年癸未(1823)林召棠榜 | 沈逢恩(闽县)、何大经、林士傅①、林彭年(林士蕃之子)、李彦彬、林萃禧②、虞瑛(侯官)、王有树(长乐)、陈志魁(罗源) | | 杜彦士③(晋江) | | | | 华时中(上杭) | | | 饶谦(光泽) | | 郑用锡(台湾县) |
| 五年乙酉(1825)林扬祖榜④ | 谢英、邱恒春、陈鸣昌(陈兰泰三子)、林凤鸣、齐祥庆⑤、萨恒林、程朝璋、陈文翥(陈寿仁子)、冯章(福州府)、萧秀林、陈鹤年、郑世祺、刘肇湘、徐崧年、陈敬猷、邵秉衡⑥、张肇修(闽县)、刘锡经、林彦芬、王庆章、吴渼(吴均子)、罗运春、王金墀、陈乔枞、林逢年、林霈霖(林则徐胞弟)、赵在翰、梁东⑦、陈鹏元、廖鸿禧、李枉官、林鸿谟、林缙、陈超陵(陈兰泰次子)⑧(侯官)、梁逢辰(梁章钜之子,2)⑨、刘建韶、郭云章、陈寿仁、陈步瀛、刘建庚、林宗泽(林芳子)(长乐)、林际芬、方绍叔(连江)、蓝鉴(古田)、黄云光(闽清)、江举(永福) | 林扬祖(1,兴化府) | 曾师洙、林梦麟、曾梦麟(泉州府)、秦蔚文、庄可敬、柯亭、黄步瀛(晋江)、王锡圭、庄葵(惠安) | 陈荣登(永春州) | 林广获、徐兰(龙溪)、陈汝霖(漳浦)、郭齐崧(海澄)、吴观澜(平和)、林当春(诏安) | 李璟(龙岩州) | 雷可升(汀州府)、阴绍浙⑩、陈光晋(清流)、杨埙(杨篢、杨镛弟)(连城)、袁腾□、罗呼嵩、华咸孚(上杭)、赖廷燮⑪、郑师侨(永定) | 邱在濂(南平)、王家麟(永安) | 黄一峰(建安)、曾心传、周宗洛、黄光泗(浦城)、 | 李盛岐(邵武府)、饶学汉(邵武) | 袁万青(福宁府)、张光瀚(霞浦) | 郑应元(台湾府)、陈维藻(淡水厅)、王朝纲(嘉义) |

① 按:林士傅,官翰林院检讨,典试贵州,转山西道御史(民国《闽侯县志》卷四十二《选举志・清进士》)。
② 民国《福建通志》:"初名荷培。"(《福建选举志》卷十,第十二页)
③ 民国《福建通志》:"榜名中士。"(《福建选举志》卷十,第十二页)《明清进士题名碑录索引》:"改名:杜彦士。"(第2783页)号蕉林(钱维福《清秘述闻续》,《清秘述闻三种》中册,第862页)。
④ 按:民国《福建通志》作"乙未"(《福建选举志》卷十二,第四十八页),误。又,此科尚有镶蓝旗举人常升保。
⑤ 按:齐祥庆,官直隶知县(民国《闽侯县志》卷四十三《选举志・清举人》)。
⑥ 民国《福建通志》:"改名衡。"(《福建选举志》卷十二,第四十八页)一作衡咸(民国《闽侯县志》卷四十三《选举志・清举人》)。
⑦ 民国《福建通志》:"改名徵祝。"(《福建选举志》卷十二,第四十九页)
⑧ 民国《福建通志》:"改名福畴。"(《福建选举志》卷十二,第四十九页)
⑨ 梁章钜《接闽信知逢儿登乡荐第二名志喜》,《退庵诗存》卷十一,《清代诗文集汇编》第515册,影印第126页。
⑩ 民国《福建通志》:"改名树□。"(《福建选举志》卷十二,第四十九页)同治刊本《福建通志》作"树槐"(卷百六十四,影印第2904页)。
⑪ 民国《福建通志》:"榜名照。"(《福建选举志》卷十二,第四十九页)

续表

| 府州科年 | 福州府 | 兴化府 | 泉州府 | 永春州 | 漳州府 | 龙岩州 | 汀州府 | 延平府 | 建宁府 | 邵武府 | 福宁府 | 台湾府 |
|---|---|---|---|---|---|---|---|---|---|---|---|---|
| 76. 六年丙戌(1826)朱昌颐榜 | 林星章(二甲,6名)、蓝建英、陈天泽、薛懋昌(闽县)、许德树①(侯官)、黄登鲸(闽清) | | 龚维琳(晋江) | | 张金拔(南靖) | 谢廷经(龙岩) | 汪埙(长汀) | | | 张冕(邵武) | 游大琛(霞浦) | 曾维桢(台湾县) |
| 八年戊子(1828)郭礼图榜② | 郭礼图(1,郭廷筠侄)、郭春涛、陈韶钧、叶宸昌、林筠英(福州府)、陈际升、林汉翀、何冠英、江鸿升、萨克持、朱天骥、刘锦标(刘敬义子)、曾元卿③、郑瑞凤(郑瑞麒弟)、蔡朝荣、林光佐、何士斌、王紫琳、黄炳忠、叶仪昌、杨士琮④(闽县)、郭柏荫、刘琪、叶绍赓、林鸿年、郭昌年、戴成元、葛作霖、葛兆麟、林其瀚(侯官)、谢玉汉、林腾霄、陈仁淳(长乐)、黄殿鳌、郑扬旌、陈瑞润(福清)、林青芝(连江)、甘棠、丁储绶、郑镛、林调梅(古田)、林瑞麒(闽清) | 林玉树(兴化府) | 朱河、孙文墉、陈贻孙(泉州府)、苏时英、倪锦华、粘金榜、何绳武(晋江)、黄温如(南安)、陈中山(惠安) | 刘敬昭、王金铭、林乃兴(永春州)、黄凤仪(德化)、范林(大田) | 陈宗英(漳州府⑤)、林昺、张人绍(龙溪)、邱暾(漳浦)、魏谦亨(南靖) | 陈光烈(龙岩州) | 邓瀛(汀州府)、曹馨(长汀)、袁许丕(上杭) | 蔡鸣凤、张国经、李光国(延平府)、罗荣(永安) | 丁汝恭(建宁府)、官德懋、罗成纶、黄邦泰(建安)、赵赞元、黄文瑄(瓯宁)、彭嗣昌(崇安)、周启棠(浦城)、宋人杰(政和) | 邱才颖(邵武府)、高炳临、上官懋本(上官曦之子)、何长阁(光泽) | 蔡作才(寿宁) | 谢天申、郑朝兰(台湾府)、王琼佩(台湾)、谢有祥(彰化) |

① 按:许德树,字荫坪。历漳州府、台湾府教授(民国《闽侯县志》卷四十二《选举志·清进士》)。

② 按:此科尚有镶白旗汉军举人许汝培。

③ 民国《福建通志》:“改名元炳。”(《福建选举志》卷十二,第四十九页)

④ 据民国《福建通志·福建列女传》杨氏传(《福建列女传》卷一,杨氏传,原第二十七页)补。

⑤ 按:陈宗英名下注作泉州府人,根据根据该书体例,当作漳州府人。

续表

| 府州科年 | 福州府 | 兴化府 | 泉州府 | 永春州 | 漳州府 | 龙岩州 | 汀州府 | 延平府 | 建宁府 | 邵武府 | 福宁府 | 台湾府 |
|---|---|---|---|---|---|---|---|---|---|---|---|---|
| 77. 九年己丑(1829)李振钧榜 | 王庆云、邓庆恩①、曾元卿②、江鸿升(闽县)、林逢年、郭昌年(侯官) | 林扬祖(莆田) | | | | | 黄位斗(连城)、邓瀛③(上杭) | | | 陈禹昌(光泽) | | 黄骧云④(台湾县) |
| 十一年(1831)辛卯恩科张际青榜⑤ | 翁宗琳、林廷禧、刘琛、谢玉堂、林琪(福州府)、何春元、杨凌霄、徐世昌、袁汝亨(袁涛族子)⑥、董平章、萨维瀚、曾元澄、黄纪云、李鸿猷、叶语年、陈景淳(闽县)、冯燕誉、萨龙田、郑梅初、陈沄、朱荣林、黄福畴、陈南英、黄瑞麟(杨庆琛甥)、林宇藩、冯恺(侯官)、刘德威(刘建藩子)、邱景湘、王延龄、黄星枢(黄明镐子)、林世美、高枢(长乐)、何廷栋(福清)、陈九峰、黄广居、陈钟(连江)、郑炳然(古田)、张正元、张方车(屏南)、柯寿春、魏焕珪(永福) | 翁邦科、郑泮元、潘渭春(兴化府)、邱润玉、胡允升(仙游) | 李书耀、黄砺金(泉州府)、郑以铨(郑以炯胞弟)⑦、顾鸿儒、林炜、吴春晖、蒋玉衡、李逢时、赵鹏翀、郭景磻(晋江)、吴树珠(南安)、陈有容、林学炯(同安)、张际青(1)、李志苓(安溪) | 梁辉奎(永春州) | 叶安世(漳州府)、陈善治(龙溪)、吴光琳(平和) | 陈伯麟、刘光裕、张廷诰(龙岩州) | 葛景云(汀州府)、曾炳文(长汀)、卢以庄、邱华东(上杭)、林蔚如、李梦兰、张执中(永定) | 陈日新(延平府)、廖宗城(顺昌) | 叶漱芳(建安) | 毛搏昊(3)、裘绍箕(顺天)⑧(邵武府)、朱华衮(邵武)、黄调鼎(建宁) | 游玉朝(福宁府)、魏宗玉(霞浦) | 曾伟中(台湾)、陈尚忠、丁捷三(嘉义)、梁济时(彰化) |

① 民国《福建通志》:“榜名光瑜。”(《福建选举志》卷十,第十二页)《明清进士题名碑录索引》作邓庆恩(第 2787 页)。

② 民国《福建通志》:“改名元炳。”(《福建选举志》卷十,第十二页)《明清进士题名碑录索引》作曾元卿(第 2787 页)。

③ 邓瀛,字尺槎。官编修(钱维福《清秘述闻续》卷十四,《清秘述闻三种》中册,第 864 页)。

④ 民国《福建通志》:“榜名龙光。”(《福建选举志》卷十,第十二页)《明清进士题名碑录索引》作黄骧云(第 2786 页),字定杰(钱维福《清秘述闻续》卷十四,《清秘述闻三种》中册,第 863 页),号雨生(郑开极《赠黄雨生孝廉》,《知守斋诗二集》卷二,第五页)。

⑤ 按:此科尚有正蓝旗举人那山。

⑥ 民国《福建通志》:“改名冠芬。”(《福建选举志》卷十二,第五十页)

⑦ 陈庆镛作有《寿郑母陈孺人八十》(《籀经堂类稿》卷十四,《清代诗文集汇编》第 587 册,影印第 575-576 页)为嘉庆二十四年己卯(1819)举人郑星垣、道光十一年辛卯(1831)举人郑衢洲兄弟之母陈氏道光十九年己亥(1839)八十寿作。陈庆镛所记有误,郑以炯当为嘉庆二十一年丙子(1816)举人,道光六年丙戌(1826)大挑官宁德县教谕。

⑧ 光绪《邵武府志》裘绍箕传:“绍箕以太学生举道光辛卯(十一年,1831)顺天乡试。”(卷二十,影印第 433 页)

续表

| 府州科年 | 福州府 | 兴化府 | 泉州府 | 永春州 | 漳州府 | 龙岩州 | 汀州府 | 延平府 | 建宁府 | 邵武府 | 福宁府 | 台湾府 |
|---|---|---|---|---|---|---|---|---|---|---|---|---|
| 78. 十二年(1832)壬辰恩科吴钟骏榜① | 郭柏荫、冯燕誉(侯官)、陈仁淳(长乐)、张正元(屏南)、黄拱②(永福) | | 陈庆镛③(晋江)、李书耀(南安) | | | | | | 黄文瑄(瓯宁) | 黄师度(光泽) | | |
| 十二年(1832)壬辰恩科吴景禧榜④ | 沈廷枫、陆霈之、王德英、陈莹、孙惠畴、杜彬、赵景新(福州府)、刘应元、林仰东、郑彬文、陈森荣、林光诰、赵戣、刘茂祺、唐清汉、李赓尧、林心鉴、刘春晖(闽县)、吴景禧(1)、周瑞图(周鼎新子)、刘端、唐近光、郭柏心、林开先、蔡国瑛⑤、龚衡龄、高庆祺、高翀、刘家谋、许嵩年、林秉英(侯官)、陈鸿灏、邱璋、林昂霄(林春起子,林道立父)、郑文超、柯永龄⑥(长乐)、陈惠畴、何秀翘(福清)、薛锡熊、林之华(罗源)、陈宝训、余靖卿(古田)、张鸣岐(闽清)、黄松年、陈占吉(永福) | 吴登青(仙游) | 吴凤仪、苏鸿道(泉州府)、陈毓书(晋江)、李宗铻、洪大夏(南安)、戴炳奎(同安)、张国政(安溪) | 赖其瑛(德化) | 黄祥云(漳州府)、吴华(龙溪)、蔡开第、蔡修五(漳浦)、林鹿鸣(海澄)、庄文藻(南靖)、赖行进(平和)、许炳章、沈咏(诏安) | 陈毅、陈学襄(龙岩州) | 胡华封(长汀)、李声澜(连城)、薛焕章(上杭)、温廷献(武平) | 陈国琦(南平)、廖景新、李乘时(永安) | 滕瀜(建宁府)、郑之豪(瓯宁)、江作舟(崇安)、林先春、陈桀登(浦城) | 张敦善(邵武府)、涂宪经、饶典(建宁) | 王云集、方光琮(福宁)、卢赞虞(寿宁)、陈培元(福安) | 钟桂龄(台湾⑦)、郭望安(嘉义)、黄滋培(彰化) |

① 《明清进士题名碑录索引》:"本科因清宣宗五旬万寿,改正科为恩科。"(第2789页)

② 民国《福建通志》:"改名庆安。"(《福建选举志》卷十,第十二页)《明清进士题名碑录索引》作黄拱(第2789页)。

③ 陈庆镛改选庶吉士,散馆授主事,签分户部,历员外郎、御史、工科给事中等(民国《福建通志》总卷三十八,《福建儒林传》卷五,陈庆镛传,原第三十六页)。

④ 按:此科尚有镶黄旗举人福禔阿。吴景禧,字蔚林。能诗。林昌彝友。尝撰《鸳鸯曲》诗若干章贺林昌彝新娶。

⑤ 民国《福建通志》:"改名征藩。"(《福建选举志》卷十二,第五十页)

⑥ 按:柯永龄,改名庆龄,省居(民国《长乐县志》卷十四上,《选举上》,影印第234页)。

⑦ 按:钟桂龄系台湾籍广东人。

续表

| 府州科年 | 福州府 | 兴化府 | 泉州府 | 永春州 | 漳州府 | 龙岩州 | 汀州府 | 延平府 | 建宁府 | 邵武府 | 福宁府 | 台湾府 |
|---|---|---|---|---|---|---|---|---|---|---|---|---|
| 79. 十三年癸巳(1833)汪鸣相榜 | 陈文翥①、董平章、黄懋祺②(闽县)、林廷禧、林上砥、周瑞图、何森林(侯官)、邱景湘、高枢(长乐) | | | | | | 温廷献(武平) | | 卢赞虞(寿宁) | | | |
| 十四年甲午(1834)林廷祺榜③ | 何鸣章、曾兆鳌(2)、翁祖烈(林则徐甥)、林懋烈④、赵新、郑琼诏(郑淡孙、郑廷槐子)、郭为光、曾元燮、林藩(福州府)、郭拱辰、郑嵩、孟际元、刘萃奎、林柱星、丁钰、林景贤、袁冠芳(袁涛族子)、谢庆文、陈琼宴、郑阆图(闽县)、林廷祺(1,林廷禧兄)、林东藩(杨庆琛甥)、杨和鸣、林汝钦、陈福龄、葛福绥、陈舜年⑤、杨惠南、郭柏蔚、陈履绥、高允文、李彦俊、林文藻、高明远⑥(高鸿湘子)(侯官)、郑奇峰、郑元璧、陈长禧(陈玉铭弟)、郑廷珪(长乐)、王澹霖(福清)、黄德权、杨洪中(福清)、邱培英(闽清)、黄召棠(古田) | 林应昌(兴化府)、何泽金(莆田) | 秦玉堂、薛楙棻、吴梦登、李中趣、庄俊元、吴炳麟(泉州府)、黄汉冲、黄宗汉、黄梦丹(晋江)、许廷圭、吴文璧(吴焕彩孙、吴裕中子)⑦(南安)、曾师海、庄志谦(庄一鸣孙)(惠安) | 苏新猷(德化) | 石棫士(龙溪)、李廷楷(南靖)、赖行芳、曾金波(平和) | 蔡国英(龙岩州) | 华定祁、伍多功(汀州府)、罗上梅、陈南斗(上杭)、熊载尧、卢慎徽、罗国珍、黄世仁(永定) | 黄世臣、高鸿、叶祖繇(南平)、余廷宪(顺昌) | 徐祖陵、徐开祖(建宁府)、孙玉麒(浦城) | 彭荣诰、朱杞(邵武府) | 彭上治(宁德)、黄锡畴(福鼎) | 沈鸣岐、刘献廷(台湾府)、林巽中(台湾)、刘拔元(嘉义) |

① 按:陈文翥,官翰林院编修,转监察御史(民国《闽侯县志》卷四十二《选举志·清进士》)。

② 民国《福建通志》:"初名庭经。"(《福建选举志》卷十,第十二页)

③ 按:此科尚有镶蓝旗汉军举人李犹龙。

④ 按:林懋烈,官国子监学正(民国《闽侯县志》卷四十三《选举志·清举人》)。

⑤ 民国《福建通志》:"改名伟观。"(《福建选举志》卷十二,第五十一页)

⑥ 高明远,字镜洲,闽县人(民国《福建通志》总卷四十,《福建儒行传》卷五,高明远传,原第三十五、三十六页)。

⑦ 据民国《南安县志》卷三十一《文苑传》吴文璧传补入(原第二十九页,影印第 290 页)。

续表

| 府州科年 | 福州府 | 兴化府 | 泉州府 | 永春州 | 漳州府 | 龙岩州 | 汀州府 | 延平府 | 建宁府 | 邵武府 | 福宁府 | 台湾府 |
|---|---|---|---|---|---|---|---|---|---|---|---|---|
| 80. 十五年乙未(1835)刘绎榜 | 陈祚康、王义樟、叶宸昌①(闽县)、林春溶、高明远、何鸣章、陈贻枢(侯官)、刘建庚、刘建韶(会11②)(长乐)、张鸣岐(闽清)、黄松年(永福) | | 黄宗汉(晋江)、庄志谦(惠安) | | | | | | 孙玉麒(浦城) | 上官懋本(光泽) | | 郭望安(嘉义) |
| 十五年(1835)乙未恩科曾庆嵩榜③ | 刘维湛、林尧年、杨克荣、梁康辰、钟宜年、张经美(福州府)、陈笙、曾元基、陈韶阳、刘齐衢、何良裘、何则贤(何恒喜子)、陈俊卿、游瀛、陈廷杰、陈震亨、张鸿图、何芝轩(闽县)、曾庆嵩(1)、钟熺、林汝舟、王道新、陈玉宾、杨熙元、黄绍芳、曹世昌、石廷镛、郑景崇(侯官)、谢棨④、林振祖、杨春蕃、林建章(林腾霄弟)、王登兰、邱景淞(邱祥云子)⑤、高銮宣(高祖望子)(长乐)、薛栖凤、郭拱南(福清)、陈绥之(闽清)、张恒中(古田) | 宋际春(兴化府)、吴日三、陈景曾、余杰、林登梧(莆田) | 陈寿勋(泉州府)、陈毓腾、苏炳奎、陈士韬(晋江)、陈绍武(南安)、黄昌时(惠安)、陈希实(安溪) | 黄维城(永春州) | 徐宝、郭镕、刘向藜、卢文铨(龙溪)、何器(漳浦)、叶化成(海澄)、曾滋(平和)、沈殿元、沈承霈(诏安) | 李鹏、傅志升、张树翰(龙岩州)、廖銮(宁洋)、陈嘉勋(漳平) | 黄礼本、蓝利田(汀州府)、杨维屏(连城)、江沱、王勋(永定) | 祝迪光(将乐)、邓升俊(沙县) | 邱士峰(瓯宁)、谢政元(建安)、蓝书麟(崇安) | 赵炳蔚(邵武府)、朱霞⑥(邵武)、张亨辅⑦(建宁) | 黄彦超(福宁府)、陈滨藻(福安)、蔡志诗(宁德)、陈式铭(福鼎) | 陈松龄、吴铭钟(台湾府)、李树泽、王景琦(台湾) |

① 《明清进士题名碑录索引》作叶承昌(第1592、2793页)。官贵州余庆知县(民国《闽侯县志》卷四十二《选举志·清进士》)。

② 林则徐《林则徐全集》第九册,第218页。

③ 按:此科尚有镶白旗色钦、正黄旗景纳布二名举人。

④ 按:谢棨,号心来,谢章铤从叔(民国《福建通志·福建艺文志》卷六十六何芝轩《自怡山馆偶存诗》,引谢章铤《赌棋山庄文续集》。按:《赌棋山庄文续集》即光绪十八年刻本《赌棋山庄文续》,卷二有《自怡山馆偶存诗序》。《赌棋山庄文又续》卷一《张亨甫全集序》亦记载张际亮与心来同榜且交游甚密)。

⑤ 民国《福建通志》:"榜名景嵩。"(《福建选举志》卷十二,第五十二页)

⑥ 按:此朱霞系邵武县朱用增之子,非建宁朱霞。请参看光绪《邵武府志》卷二十三《人物传·(邵武)义行》朱用增传。

⑦ 民国《福建通志》:"改名际亮。"(《福建选举志》卷十二,第五十二页)

续表

| 府州科年 | 福州府 | 兴化府 | 泉州府 | 永春州 | 漳州府 | 龙岩州 | 汀州府 | 延平府 | 建宁府 | 邵武府 | 福宁府 | 台湾府 |
|---|---|---|---|---|---|---|---|---|---|---|---|---|
| 81. 十六年(1836)丙申恩科林鸿年榜① | 翁祖烈②(二甲,5名)、林懋勋(福州府)、何冠英③(一甲,2名)(闽县)、林鸿年(一甲,1名)、黄绍芳(侯官) | | | | 庄俊元(惠安) | 何名儒(平和) | | | | | | |
| 十七年丁酉(1837)刘志搏榜④ | 林赞图、薛华琛(福州府)、陈慎砥、何兆荃、陈濬、杨春芳、李春江、萨鍹、何承元、郑德启、邵秉中、陈文年、高允升(闽县)、李栻初、吴瀛元、林国士、陈景熙、张承恩、谢宗本(谢金銮子)、洪亮功、高杰人⑤、陈观海、黄紫华、魏麟祥、萨珍、吴宣珍、卢庆长、林一鹏(广西)(侯官)、刘文芝、王伟堂、郑莲波、梁恭辰(梁章钜子)、林道英(林调燮曾孙)、郑梦简(郑榕子)⑥(长乐)、李光珍(连江)、黄世和、林凤翔(罗源)、郑其忠、宋凌云(古田)、许玉成(闽清) | 陈乔龄(兴化府)、陈景星(莆田)、张尚宾(仙游) | 李邦翰、杨庆修(泉州府)、朱克昌、林绍华(晋江)、潘树霖(南安)、饶对三(惠安)、林鹗腾(同安) | 黄汝翼(德化) | 赖行达(漳州府)、张对墀(漳浦)、高之槐(海澄)、简逢泰(南靖)、谢谦亨(长泰)、吴维岳(平和) | 罗绅、魏际临、邓大仪、邱文煌(龙岩州)、刘长启(漳平) | 马辉(汀州府)、郑尧成、曹励成(长汀)、张大经、吴灿章(连城)、罗巽中、袁滨、郭烨(上杭)、王启图(武平)、陈万寿(永定) | 朱绶(南平)、魏邦佐(沙县)、赖尔庚(永安) | 郑天爵(建宁府)、陈用宾、彭龄、严到尊(瓯宁)、林溥华(崇安) | 何高衢(光泽) | 王祖望(福鼎)、刘志搏(1)、黄宿源(宁德) | 蔡廷兰、杨缉光(台湾府)、施龙文⑦、沈廷戴(嘉义) |

① 《明清进士题名碑录索引》:“本科因太后六旬万寿,改正科为恩科。”(第2796页)

② 按:翁祖烈,字次竹。改选庶吉士,授云南永善县(民国《闽侯县志》卷四十二《选举志·清进士》)。弟翁祖勋,俱林则徐甥(林则徐《致黄宅中》书信、林昌彝《射鹰楼诗话》卷六)。

③ 按:何冠英,字杰夫。授编修,旋出为贵州知府,转兵备道,洊升巡抚。典试丁酉山西、庚子浙江乡试(民国《闽侯县志》卷四十二《选举志·清进士》、民国《福建通志·福建列传》卷三十九传)。

④ 按:此科尚有正黄旗黄恩贵、镶白旗张长春二名举人。

⑤ 民国《福建通志》:“改名福康。”(《福建选举志》卷十二,第五十三页)

⑥ 按:郑梦简,改名元模,号升侯,郑榕子(民国《长乐县志》卷十四上,《选举上》,影印第233页)

⑦ 民国《福建通志》:“改名琼芳。”(《福建选举志》卷十二,第五十三页)

续表

| 府州科年 | 福州府 | 兴化府 | 泉州府 | 永春州 | 漳州府 | 龙岩州 | 汀州府 | 延平府 | 建宁府 | 邵武府 | 福宁府 | 台湾府 |
|---|---|---|---|---|---|---|---|---|---|---|---|---|
| 82. 十八年戊戌(1838)钮福保榜 | 钟宜年①、曾元燮、黄炳忠(闽县)、林汝舟②(二甲,6)、杨和鸣③(侯官)、张方车④(屏南) | | | | 简逢泰(南靖) | | | | | | | |
| 十九年己亥(1839)叶修昌榜⑤ | 沈振宗(3)⑥、陈庆瀛、陈承宽(陈若霖孙)(福州府)、叶修昌(1)、林邦镇、李兆熊、张则翔、薛鸣锵、李金庚、俞绍昌(俞开猷子)、翁炳南、林方蔼、谢龙图、陈兆凤、王景贤、黄剑光、郭福材、萨鏻、何广憙、余乔年、林金铖(林雨化第三子)、沈绍九、丁斌、郑守诚、郑鸿镛、陈树藩、李逢庚(闽县)、萨富(7)、许利宾、石朝枢、陈庆忠、王庆勋、林振禧、林华平、林昌彝(侯官)、梁齐臣(2)、施文功、冯承基(冯景淮子)、陈尧云、陈文翔、梁丁辰、陈恪、林荣高、郑兴荣(长乐)、林腾芳、黄日章(连江)、曾光斗(曾云龙子)、丁上达(古田)、刘懿芝(刘祖虞子)、黄际锋(闽清) | 王绍燕(王捷南子)(兴化府) | 王以抡、陈锡圭(泉州府)、林伟人、陈钟琦(晋江)、苏秉均(惠安)、陈贻兰(陈贻焜胞弟⑦)(同安)、白邦彦(安溪) | 上官凤(顺天)(永春州) | 郑经邦、林绍岳、李承颖(顺天)(龙溪)、庄瑞飘(南靖)、沈钦文(诏安) | 谢馨(龙岩州)、黄裳(漳平) | 黄耕春、段福邦、董如玉(汀州府)、邓献畴(归化)、杨伯元(连城)、王启文(武平)、陈叙畴(永定) | 曾世霖(南平)、严意芳(尤溪) | 黄惠田(建宁府)、张之纲(瓯宁)、黄文中(建阳)、詹晋锡(崇安)、徐哲(浦城) | 元长模(光泽)、廖宗任(建宁) | 黄克家、陈世盛(福宁府)、左元炯(宁德) | 杨古鳌、陈学光、冯谦光(台湾府)、柯为基(台湾) |

① 按:钟宜年,改选庶吉士(民国《闽侯县志》卷四十二《选举志·清进士》)。

② 按:林汝舟,改庶吉士,散馆授翰林院编修,升侍讲。湖北巡抚胡林翼疏荐帮办江南大营军务,未赴卒(民国《闽侯县志》卷四十二《选举志·清进士》、卷六十九林则徐传附)。

③ 按:杨和鸣,改翰林院庶吉士,散馆授工部主事(民国《闽侯县志》卷四十二《选举志·清进士》)。

④ 按:林则徐之子林汝舟于此科登第,会试第一百二十二名。道光十八年闰四月间,林则徐《致友人》云:"统计四位总裁共拟中福建卷十七本,以额溢打退十本,廖手原中福建卷三本,惟张方车本系房首,未经挤去,其余两本则皆被挤,鉴塘(林春溥)之世兄懋烈,挑誊录,其一也。"(《林则徐全集》第七册,第154页)此事又记载于《林则徐日记》道光十八年四月十八日,张方车系会试第九名,黄炳忠第三十五,钟宜年第五十五,简逢泰第七十三,曾元燮第八十八,杨和鸣第一百一十(《林则徐全集》第九册,第330页)。所挑誊录闽籍四人:林懋烈、高杰人、吴瀛光、吴宣珍(《林则徐全集》第九册,第331页)。

⑤ 按:本科主考为编修、湖南道州何绍基,其《道光十九年己亥科福建省乡试录》记载道光十九年(1839)福建乡试取中举人89人,正榜每5名取1名副榜举人(张仲礼《中国绅士研究》第19页亦云:"根据则例,乡试中每有五名中举者,即可增一名'副榜'。"副榜举人即副贡生)。此科尚有正白旗海盛、镶黄旗贾鋕二名举人。

⑥ 民国《福建通志》:"改名葆桢。"(《福建选举志》卷十二,第五十三页)

⑦ 陈庆镛《同安陈母洪氏墓碣铭》,《清代诗文集汇编》第587册,影印第649页。

续表

| 府州科年 | 福州府 | 兴化府 | 泉州府 | 永春州 | 漳州府 | 龙岩州 | 汀州府 | 延平府 | 建宁府 | 邵武府 | 福宁府 | 台湾府 |
|---|---|---|---|---|---|---|---|---|---|---|---|---|
| 83. 二十年庚子(1840)李承霖榜① | 曾兆鳌②(闽县)、郑琼诏③(侯官)、郑元璧、邱璋(长乐) | | 林鹗腾④(同安) | | | 陈嘉勋(漳平) | 王启图(武平) | | | | | |
| 二十年庚子(1840)池剑波榜⑤ | 吴景鸿、孙亦谋⑥、陈应芝(陈应驹弟)、萨大文(萨玉瑞嗣子)(福州府)、池剑波(1)、刘齐衔、李培芳、陈常夏、陈和锵、陈三英、陈升年、王以南、陈楷(陈登华弟)、邵启元、林迪前、李春澜、陈景亮(顺天,南元)⑦(闽县)、吴伯敬、高庆扬、林庆光、叶绍昌、高福辰、郑柏苍⑧、林棨、谢庆云、林其晦、潘联禧、何寿康、何同文(顺天)⑨(侯官)、陈学澜(陈学波弟)、黄鹤三、陈赞、李维藩、郑应祺(郑良镇孙)、高锵、周作人、游大廉(游光绎子)、柯霁峰、陈惟熙(长乐)、郑谦、杨廷英(福清)、杨以鉴、林炳珪、陈光溶(连江)、黄春江(罗源)、丁用之、许子春(古田)、郑在璿(永福) | 骆旸(兴化府) | 杨僚元(泉州府)、杨师程、薛铿然、施在田、吴陔笙、王应奎(晋江)、吴邦俊(南安)、林文蔚、孙文垣(惠安)、黄一鸣(安溪) | 林蘅(永春州)、邓遂青(德化) | 沈调元(漳州府)、陈孟奎(漳浦)、韩潮、庄钟才(南靖)、许文鸿、黄开泰(诏安) | 吴廷槎(龙岩州)、黄河清(漳平) | 郑汝嘉(长汀)、余相秦(清流)、谢翔河(武平) | | 彭霖、张孔修(瓯宁)、梁政平(建阳)、江心铸(松溪) | 谢文藻、傅方祁(邵武府)、何长霖(光泽)、丁济亨、张鸣凤(建宁) | 吴澄湝、黄高翚(霞浦)、高龙光(福鼎)、龚若琬(寿宁) | 江中安、黄缵绪、刘桢(粤籍)(台湾府)、陈德言(嘉义) |

① 《明清进士题名碑录索引》:“道光二十一年辛丑科值清宣宗六旬万寿,改为恩科,正科提前在本年举行。”(第2799页)

② 按《明清进士题名碑录索引》曾兆鳌系道光二十四年二甲一百六名进士(第2316、2802页),是。据其子曾宗彦会试履历,曾兆鳌系道光二十年庚子贡士中式,二十四年补殿试,成进士(《清代硃卷集成》第五四册,曾宗彦履历,影印第58页)。

③ 按:郑琼诏(1813—1862),郑廷槐( —1860,世称翰褒先生)之子,字九丹,号莘野。二甲进士,改选庶吉士,授编修,历侍读、四川学政、侍讲学士教习庶吉士、侍读学士。同治元年壬戌(1862)卒,年五十。子郑福臻,官主事(民国《福建通志》卷六十八传)。

④ 刘声木《桐城文学渊源撰述考》卷五林鹗腾“官翰林院编修”(第212页)。

⑤ 按:此科尚有正黄旗举人黄恩浩。

⑥ 民国《福建通志》:“改名翼谋。”(《福建选举志》卷十二,第五十四页)

⑦ 据民国《闽侯县志》卷六十八陈景亮传补。

⑧ 按:当作郭柏苍。

⑨ 《清代硃卷集成》第四三册进士何式璜履历,其堂兄弟何同文:“道光庚子科顺天举人。”(影印第410页)

续表

| 府州科年 | 福州府 | 兴化府 | 泉州府 | 永春州 | 漳州府 | 龙岩州 | 汀州府 | 延平府 | 建宁府 | 邵武府 | 福宁府 | 台湾府 |
|---|---|---|---|---|---|---|---|---|---|---|---|---|
| 84. 二十一年(1841)辛丑恩科龙启瑞榜① | 郭礼图、刘齐衔、萨克持、邵秉中、刘齐衢(闽县)、蔡征藩(蔡以成子)②(侯官)、龚衡龄、梁逢辰(梁章钜长子)(长乐) | | | | | | | | | | | |
| 二十三年癸卯(1843)曾照榜③ | 林梦声、廖镛、郑世恭、林为仪、林锡赓、张贺治、林炳周、吴敦、余潜士(福州府)、林英奇(林元炳孙)④、陈德铨、陈炘、郑霖溥、林有筠、吴元龒、张元楷、黄光周、王寿禧、高景崧、沈尔昌、陈巨川、陈心菉、林星炳(闽县)、曾照(1)⑤、顾琪、郑梦麟、刘河洲、许汝金、黄紫涵、李景膺、范文修、诸世楷、杨廷璧、黄奉樾、黄培昌(侯官)、黄良彩⑥、谢冠英、陈升扬、江有年、王有桂(王起琇子)、邱景陶(长乐)、吴长炳(福清)、林炳垣(连江)、林鸿标、陈训、郑升元(古田) | 卢日光、林有香(兴化府)、刘钟岐、黄宇光、关桑(莆田) | 林奉璋(泉州府)、施颖修、李烘、李联芬(晋江)、孙振声(惠安)、傅良言(安溪) | | 陈名世、韩铭(漳州府)、陈凌霄(龙溪)、陈元榜(海澄)、朱震川(平和)、林上桂、吴吉兆(诏安) | 魏镜芙(龙岩州)、陈秉德(漳平) | 吴炤(上杭)、熊载春、张汝谐(永定) | 陈国瑛、叶新榆(南平)、朱孔阳(尤溪) | 吴赓飏(瓯宁)、衷德基、王道敷(崇安) | 曾世传、黄甲先(邵武府)、何秋涛(光泽) | 邵蕃周、黄钟泽、陈德先(霞浦)、叶作舟(福鼎)、卓师颜(福安) | 利鹏程(粤籍)、石耀宗、邱位南(台湾府)、王晨嘉(台湾) |

① 《明清进士题名碑录索引》:“本科因清宣宗六旬万寿,改正科为恩科。”(第2801页)

② 民国《福建通志》:“初名国瑛。”(《福建选举志》卷十,第十三页)又,蔡征藩系蔡以成第四子,改庶吉士,散馆授编修,为闽抚徐继畬荐,主台湾崇文书院讲席。官至雷琼兵备道(民国《闽侯县志》卷六十九蔡征藩传)。一作蔡征蕃,字薇堂,见林则徐《致蔡征蕃》(《林则徐全集》第八册,第276页)。

③ 按:此科尚有镶黄旗杨锦芬、正黄旗黄恩荣二名举人。

④ 民国《福建通志》:“改名寿图。”(《福建选举志》卷十二,第五十五页)

⑤ 按:曾照,字元英。福州府侯官洪塘鄂里曾氏族人,与曾元基同辈。

⑥ 民国《福建通志》:“改名荣庚。”(《福建选举志》卷十二,第五十五页)

续表

| 府州科年 | 福州府 | 兴化府 | 泉州府 | 永春州 | 漳州府 | 龙岩州 | 汀州府 | 延平府 | 建宁府 | 邵武府 | 福宁府 | 台湾府 |
|---|---|---|---|---|---|---|---|---|---|---|---|---|
| 85. 二十四年甲辰(1844)孙毓溎榜 | 林锡赓、郑霖溥、徐世昌(闽县)、黄培昌(侯官)、郑廷珪、郑奇峰、梁康辰(长乐) | 潘渭春①(仙游) | | | | | 华定祁(连城) | | | 何秋涛②(光泽) | | 蔡廷兰③(澎湖) |
| 二十四年(1844)甲辰恩科叶畊心榜 | 林朝熙、吴英(吴文煌孙)、姚宝铭、高胪英、林超崧、吴庆奎(福州府)、张振凤、王庆翔、陈松卿、陈文光、邵秉成、薛锡扬、陈乔荣、郭京铭、叶云滋(闽县)、叶畊心(1)、李廷瑛(李儒经嗣子④)、许春台、刘齐珪、吴英年、刘锡奎、徐一鄂、王廷俊、陈尧琯、林枫、邹庆飏(侯官)、郑兴山、陈莲峰、陈其昌、柯荫芸、施捷锋(长乐)、俞向宸、郑椿龄、林润章、谢朝衡(福清)、谢大鼎(连江)、郑杞楠(罗源)、刘祖澄(闽清)、黄图南(永福) | 林凤翀(兴化府)、李捷春(莆田) | 王必昌、林简修、柯舜升(泉州府)、田种玉(晋江)、杨钟英(南安)、陈梦兰、王宗澄(同安)、李嘉卉(安溪) | | 曾省(漳州府)、戴玉昆、李春芳、林广迈(龙溪)、蒋杨春、刘龙光(海澄)、王清光(长泰) | 谢廷瑜、陈嘉会、黄应龙、黄殿鳌、蔡纶(龙岩州)、黄起龙(漳平) | 罗俊畴(连城)、罗明(上杭)、林其年(武平)、李锡几(永定) | 庞登铭、应銮阶(南平)、祝守唐、杨道飏(将乐)、陈如嵩(永安) | 游来歌(建宁府)、张西铭(崇安)、杨汝为(政和) | 傅方升、上官桢(邵武府)、傅方杰、傅方驹(光泽)、谢隆京(建宁)、江大镛(泰宁) | 吴玉书(福宁府)、陈位枢(福鼎)、宋绍波(福安) | 钟洪诰(粤籍)、陈宗璜(台湾府)、吴敦德、詹道新(台湾) |

① 按:潘渭春,南安人,由仙游籍中式(民国《南安县志》卷二十《选举志》,原第二十一页,影印第135页)。

② 《明清进士题名碑录索引》何秋涛系道光二十五年乙巳科二甲第34名进士(第673、2804页)。

③ 《明清进士题名碑录索引》福建澎湖厅人蔡廷兰系道光二十五年乙巳科二甲第61名进士(第1577、2804页)。

④ 民国《福建通志》总卷四十五,《福建列女传》卷五,潘氏传,原第四十九页。

续表

| 府州科年 | 福州府 | 兴化府 | 泉州府 | 永春州 | 漳州府 | 龙岩州 | 汀州府 | 延平府 | 建宁府 | 邵武府 | 福宁府 | 台湾府 |
|---|---|---|---|---|---|---|---|---|---|---|---|---|
| 86. 二十五年(1845)乙巳恩科萧锦忠榜① | 陈德铨、林寿图②、姚宝铭、黄光周、池剑波、邵启元(闽县) | | | | 谢谦亨(长泰)、黄开泰(诏安) | | | | | | | 施琼芳(台湾县) |
| 二十六年丙午(1846)黄维岳榜 | 陈祖襄、江鹏程、张旸、吴熙年、郑宏(福州府)、林鸿溶、郑卿材、梁鸣谦、郑声珩、林澍、郑馨、郑惠常、陈禹年、林绮(闽县)、谢轩兰、何轩年(何恒挺子)、钟肇英、龚履中、萨大年、冯宪曾、李应午、陈崇砥(陈登华子)、黄槙忠、林星海、萨剑南、魏秀仁、柯鋆源、王梦修、陈寿年(侯官)、陈镕、陈瑞虬、吴观国、金铖三、陈文翱(陈庚焕孙)、刘德瑛(刘建藩子)(长乐)、黄金山、林向培、施朝铨(福清)、黄光彬、余绍唐(连江)、宋贞希(屏南)、何桂林、江自新(永福) | 涂正英(莆田)、严玉堂(仙游) | 黄福潮、何为缨(泉州府)、陈师海、庄纪云、卢德元、王以治(晋江)、黄以珪、曾铭勋(南安)、柯寅斗、王忠贞(惠安)、黄维岳(1)、纪鸣球(同安)、陈浩然(安溪) | | 王德范(龙溪)、邱会新、高承恩(海澄)、孙青云(诏安) | 杜邦桢、林运熙、张仪吉(龙岩州)、李学蕙、傅青钱(漳平) | 王超(汀州府)、曹志扬(长汀)、石鸣(武平) | 邢丹(延平府)、李上林、胡应章、应上开(南平)、魏圣煇(沙县)、邓国选(永安) | 张任之(建宁府)、叶兰修(建安)、詹耿光、叶石荪(瓯宁)、李廷森(松溪) | 何高慰(5,邵武府)、杨绍梅(光泽) | | 黄廷祐(粤籍)、郑如松(台湾府)、施大猷(嘉义)、许超英(淡水) |

① 《明清进士题名碑录索引》:"本科为太后七旬万寿恩科。"(第2805页)

② 民国《福建通志》:"榜名英奇。"(《福建选举志》卷十,第十三页)

续表

| 府州科年 | 福州府 | 兴化府 | 泉州府 | 永春州 | 漳州府 | 龙岩州 | 汀州府 | 延平府 | 建宁府 | 邵武府 | 福宁府 | 台湾府 |
|---|---|---|---|---|---|---|---|---|---|---|---|---|
| 87. 二十七年丁未(1847)张之万榜 | 陈心荼、陈濬①、陈乔荣、陈兆凤、丁斌(闽县)、许利宾、沈葆桢②(侯官)、黄光彬(连江) | | | | | | | | | | | |
| 二十九年己酉(1849)卢纫芳榜③ | 郑守孟、方维祺、郑植(郑瑞凤子)、林望龄、林弼初、王朝枢、林士林、冯荣置(福州府)、林骏声、郑守廉、王修文、罗宜旦、朱羽仪、曾兆霖、蒋洪、刘存仁、郑季中、陈鉴、王宾、许观成、高恺元、苏松龄、陈承谦(陈若霖孙)④(闽县)、杨志诚、林福祚、张瑞麟、张庆禧(张明发子,张庆祺弟)、刘齐煜、李以垣、马凌云、马晋、林声浩、程维清(侯官)、高会韬、陈殿森(陈玉华孙)(长乐)、林鸣瑞、谢隆恩、郑嘉瑚、游为郊、林易俣、卢炳新(连江)、于振纶(罗源)、吴步青(古田)、苏钟英、苏钟奇、黄斌⑤(永福) | 林玉琅、郑舟浚、萧钟麟、翁桂昌(兴化府)、郭元巩、林金章、郑道立(莆田)、林观光(仙游) | 许藻华、林学洲、黄廷赞、庄学燕⑥(泉州府)、王菁华(南安) | | 蔡廷琛(长泰)、沈玉麟、陈兆凤(诏安) | 李世恩(龙岩州) | 郑汝贤(长汀)、伊绍鉴(宁化)、吴代金(归化)、吴景唐、陈其镛(连城)、温维清、郭春晖(上杭)、卢纫芳(1,永定) | 陈昌荫、邓兆郜(沙县) | 章道传、巫梦庚(建宁府)、周肇丰(建安)、张希镜、谢恩霈、张钰(瓯宁) | 暨之骐(邵武府)、李树芬(邵武) | | 陈云史(粤籍)、吴尚震、陈光昌(台湾府)、施启东(彰化) |

① 按:陈濬,官翰林院编修(民国《闽侯县志》卷四十二《选举志·清进士》)。

② 民国《福建通志》:"原名振宗。"(《福建选举志》卷十,第十三页)

③ 按:《清代硃卷集成》第三三九册董元度、董元亮履历,"道光己酉举人、湖北黄梅县、安远县知县讳(杨)应桓"(第199页),而杨应桓不见录于志书。

④ 据同治刊本《福建通志》陈若霖传(卷二百二十六,原第二十三页,影印第4120页)补入。

⑤ 民国《福建通志》:"改名倬昭。"(《福建选举志》卷十二,第五十七页)

⑥ 民国《福建通志》:"改名为瑶。"(《福建选举志》卷十二,第五十七页)

续表

| 府州科年 | 福州府 | 兴化府 | 泉州府 | 永春州 | 漳州府 | 龙岩州 | 汀州府 | 延平府 | 建宁府 | 邵武府 | 福宁府 | 台湾府 |
|---|---|---|---|---|---|---|---|---|---|---|---|---|
| 88. 三十年庚戌(1850)陆增祥榜 | 郑植①、郑守诚②(闽县)、萨大年③、郑惠常、谢庆云、吴伯敬④(侯官)、高銮宣(高祖望子)、冯承基、黄荣庚⑤(长乐) | | | | | | | | 杨汝为(政和) | | | |
| 咸丰元年(1851)辛亥恩科孟曾穀榜⑥ | 杨维诚、李钟祺、江舟、张观海、梁侨年(梁丁辰子)、潘起凤、吴宣玑、侯春波、周麟章(周嘉璧之子)、许赞元、高大奎、翁枚臣、冯旭升(福州府)、孟曾穀(1)、石大文、苏滋培、邱书勋、陈隅廷、李鹏翔、何炜山、林毅、陈承裘、陈仁、马逢亨、林鹏翔、林齐韶、梁钦辰、蓝向葵、严宝玑、王伟堂、陈益(闽县)、郑韶庚、郑树枫、杨仲愉(一作愈)、陈春年、黄心渠、王松年、叶兰台、林云章(林金绒子、林雨化孙)、廖尔翰、郭柏芗、李品亨、范希淳(侯官)、郑景沄(郑元模子)、陈蔼(陈学颖孙、陈诵子)、黄见三、杨临春、王纶宣、林经雷、陈鹗联、郑藻江(长乐)、黄为珪、陈观龙(福清)、王唐图(连江)、翁振武(闽清)、张鸿荃、华必绅、魏景淳(永福) | 翁书升、陈秉忠、陈应诏、陈秉公(莆田) | 龚丕江(泉州府)、许祖淳、吴邦治、李企文(晋江)、张家驹(3)、王玉书、傅炳鍠(南安)、黄廷玉、张绳武(惠安)、陈斗南、陈恕(同安)、李时中、王熊飞(安溪) | 陈锡恩、李景沆(永春州) | 邱梦蛟(漳州府)、蔡天保(龙溪)、蔡开昌(漳浦)、周卢楷、李荣禧(海澄)、杨继书(长泰)、魏锡龄(南靖)、方华、曾以健(平和)、林天翔(诏安) | 张光照、谢朝桢(龙岩州)、傅青云、李学庄(漳平) | 刘春华、江怀廷(长汀)、吴时化(宁化)、陈南燻、唐上标、何玉城、吴焊章(上杭) | 何文钦(尤溪) | 张文澜(建宁)、滕映璧(建安)、刘公渊(瓯宁)、万封(崇安) | 梁时泰、洪本思(邵武)、何秋潆(光泽) | 李维聃(霞浦)、郭尚宾、卓贡琳(福安)、孙廷璋、黄书田(宁德) | 徐焕梯(粤籍)(台湾府)、陈尚恭、王献瑶(嘉义)、蔡鸿猷(彰化)、李春华(淡水) |

① 按:郑植,官礼部主事(民国《闽侯县志》卷四十二《选举志·清进士》)。

② 按:郑守诚,改翰林院庶吉士(民国《闽侯县志》卷四十二《选举志·清进士》)。

③ 按:萨大年,官内阁中书(民国《闽侯县志》卷四十二《选举志·清进士》)。

④ 按:吴伯敬,二十七年丁未中式,补殿试成进士,签分刑部主事。民国《闽侯县志》又系咸丰二年恩科进士(民国《闽侯县志》卷四十二《选举志·清进士》)。

⑤ 民国《福建通志》:"原名良彬。"(《福建选举志》卷十,第十四页)民国《长乐县志》作黄良彩(卷十四上,《选举上》,影印第233页)

⑥ 民国《福建通志》:"赏福建等省乡试年老诸生洪际昌等五人副榜。见《东华录》。"(《福建选举志》卷十三,第一页)副举人有:闽县唐进业、胡梦得、叶旭昌、侯官朱宝琛、周梅初、福清詹光宗、连江陈日升、兴化府林文沅、漳州府林葳、龙溪蔡慕宗、建安陈大谟、浦城徐祖庚、汀州府刘玉宣、归化谢绍筠、连城罗宗海、上杭郭萃春、德化陈煦,计17人。

续表

| 府州科年 | 福州府 | 兴化府 | 泉州府 | 永春州 | 漳州府 | 龙岩州 | 汀州府 | 延平府 | 建宁府 | 邵武府 | 福宁府 | 台湾府 |
|---|---|---|---|---|---|---|---|---|---|---|---|---|
| 89. 二年(1852)壬子恩科章鋆榜① | 郑世恭(二甲,5名)、陈承裘、郑守廉、林骏声、高大奎(闽县)、吴伯敬、孙翼谋、赵新②(侯官)、郑韶庚③、陈赞(长乐)、张鸿荃(永福)④、曾光斗(古田)⑤ | | | | | | | | | | | |
| 二年壬子(1852)陈翔墀榜⑥ | 曾闻学、林鸣韶、张书銮、林寿龄、林羲图、何嵩祺(何轩年子)、吴宣珏、魏烧、林尔康、孙翼恭、廖鹤年、林祚曾(福州府)、龚沛霖、邵积善、曾兆鸿、何履亨、郑拱辰、林桂、郑逢昌、吴蕙林、薛芬昌、谢鼎、赵伯焘、林纁、陈泗(闽县)、李应弼、叶楠、方瀛舟、高在谦、李裕书、王秉乾、杨浚、萨澜波、许献诠、高嵩年、林泰运、林星耀、陈政(侯官)、陈翔墀(陈翊凤子)(1)、林振宗、柯兆鳌、梁佑年(梁丁辰子)、陈庆年、陈蒸、马继徽、王道泰(王嘉宾子)(长乐)、傅炳阳(福清)、程仰周(罗源)、谢铭勋、周觐光(古田) | 陈汝嘉、陈嘉誉、陈椿龄(兴化府)、杨玉章(莆田) | 施镜河(泉州府)、龚维琨、吴淞(晋江)、李应奎、黄梧阳、王丹书(南安)、陈腾鲲(同安)、李逢世(安溪) | | 曾炽(漳州府)、李如松、张鸣珂(龙溪)、吴虞祥(南靖) | 郭福詹、叶树人、陈志昌(龙岩州) | 傅硕臣、卢振扬(汀州府)、刘汉侯(清流)、华惟明(上杭) | 王世淳、张家模(南平)、周大炯(尤溪) | 黄泰阶(建宁府)、苏渊(建安)、潘绍勋(崇安)、孟炳星、任濬源(浦城)、刘瑞(政和) | | 李世绪(福宁府) | 张维桢(粤籍)、王明模、郑步蟾(台湾府)、刘达元(嘉义) |

① 《明清进士题名碑录索引》:“本科为清文宗登极恩科。”(第2811页)

② 赵新,字又铭,号古彝。受业赵在田之门。改庶吉士,散馆授检讨,充册封琉球国王正使,官詹事府右春坊右赞善、左赞善、陕西督粮道等,光绪二年丙子(1876)卒(民国《闽侯县志》卷六十九本传)。

③ 民国《福建通志》名下小字注:“字用铭,一字石友。刑部主事。”(《福建选举志》卷十一,第一页)民国《长乐县志·选举志》注:“寄籍侯官。”(卷十四上,原第三十八页,影印第217页)

④ 民国《福建通志》名下小字注:“字克煺,号芳洲。”(《福建选举志》卷十一,第一页)

⑤ 据民国《福建通志·福建儒行传》曾光斗传补入。曾光斗,字星斋。改选庶吉士,散馆授刑部主事(《福建儒行传》卷五,曾光斗传,原第四十页)。

⑥ 按:该科副(榜)举人有:闽县郭福沅、侯官刘淳徽、郭轩、长乐刘藜光、福清张辅龙、古田徐连中、闽清许用宾、晋江黄弼基、龙溪郑宏苞、诏安沈世勋、尤溪乐光烜、永安陈如溶、崇安董司烜、光泽张载锋、宁化黄士琬、龙岩州陈家谋、漳平刘士英,计17人。陈翔墀,民国《福建通志》总卷三十三《福建选举志》卷十三(原刻第二页)、《明清进士题名碑录索引》(第2826页)作陈翔墀,谢章铤《陈母阙太恭人六十寿序》作陈祥墀(《赌棋山庄文又续》卷二,《清代诗文集汇编》第680册,影印第818页)。

续表

| 府州科年 | 福州府 | 兴化府 | 泉州府 | 永春州 | 漳州府 | 龙岩州 | 汀州府 | 延平府 | 建宁府 | 邵武府 | 福宁府 | 台湾府 |
|---|---|---|---|---|---|---|---|---|---|---|---|---|
| 90. 三年癸丑(1853)孙如仪榜 | 萨维瀚(会1)①、程维清②、吴熙年(侯官)、陈瑞虬③、黄见三(长乐)、黄图南④(永福) | | | | | | 江怀廷(长汀) | | | | | |
| 五年乙卯(1855)刘懿璜榜⑤ | 蒋绍年、陈钦铭、葛熙春、蒋锡珪、陈鸿涛、李廷燮、陈纪、谢肇昌、薛如芬、陈陶然、林铭新(福州府)、唐进业、梁赓韶、马凌霄、方珙、郑廷卿、魏其昌、胡梦得、龚易图、陈建侯(顺天)(闽县)、吴仲明、陈芗、陈璘、唐知源、郑绍成、卢起宗、孙翼隆、陈翼谋、黄翼为、陈森烺、林书、方钊、杨叔怿、程永新、江南山、杨维彰、冯庆熙⑥(侯官)、陈应驹、方镛、邱鸿辉(邱恒春子)、邱鸿星(邱瑞云孙)、邱焞(邱璋子)、邱炜(邱璋子)、郑寅(郑元经子)、陈萼芬、谢铭恩、郑昭慈、陈笏三⑦、邱鸿江(邱瑞云孙)(长乐)、叶光宗(福清)、陈朝凝(罗源)、刘懿璜(刘祖虞子、刘懿芝弟)(1,闽清)、鄢韶成、林步蟾(永福) | 曾日三(兴化府)、林寿熙、陈懋昭、陈德音(莆田)、动召焕(仙游) | 陈彦麟、苏维新、冯拱辰(泉州府)、李敬宗、王昀、陈大章(晋江)、郑超英(南安)、许元淳(同安) | | 沈世勋(诏安) | 谢作邦、廖文显(龙岩州)、卢廷俊、刘攀龙、黄起元(漳平) | 黄道彰(汀州府)、戴良葵、戴良伟、陈澜(长汀)、周上珍(连城)、邱鸾(上杭) | 瓯恩卿(延平府)、廖树葵(将乐)、魏应奎(永安) | 谢澍(瓯宁)、万培英、万培元(崇安)、邱鸿炳(光泽) | 李肇宗(泰宁) | | 黄玉柱⑧、林凤池(台湾府)、黄延祚(粤籍)(台湾)、陈霞林(淡水)、蔡廷魁(彰化) |

① 民国《福建通志》名下小字注:"字聿汀,号希亭。"(《福建选举志》卷十一,第一页)

② 按:程维清,官翰林院(民国《闽侯县志》卷四十二《选举志·清进士》)。

③ 民国《福建通志》名下小字注:"字诸济,一字沅甫。"(《福建选举志》卷十一,第一页)

④ 民国《福建通志》名下小字注:"号沧秋,永福人。左春坊左庶子、贵州学政。"(《福建选举志》卷十一,第一页)

⑤ 按:民国《福建通志》:"以福建捐输军饷,永广台湾府闽籍乡试中额一名。见《东华录》。"(《福建选举志》卷十三,第二页)此科副举人有:福州府陈鸿斌、林天龄、郑甸、闽县杨恩泽、侯官叶筠轩、王懋庸、长乐陈弼、陈春燮、永福王辉章、莆田柯玉珊、泉州府庄观瀚、傅步墀、晋江蔡毓澄、蔡鸣凤、惠安庄观潮、安溪王周、漳浦黄汝期,计17人。

⑥ 《清代硃卷集成》第六一册进士叶大琛履历注其本生祖母冯氏系"道光己酉(二十九年,1849)、咸丰辛亥(元年,1851)顺天副举人,咸丰乙卯(五年,1855)顺天举人、钦加员外郎衔刑部江西司主事名(冯)庆熙公堂姊。"(影印第8页)

⑦ 民国《福建通志》:"一作古田人。"(《福建选举志》卷十三,第三页)

⑧ 按:民国《福建通志》作"王玉柱"(《福建选举志》卷十三,第三页),误。

续表

| 府州科年 | 福州府 | 兴化府 | 泉州府 | 永春州 | 漳州府 | 龙岩州 | 汀州府 | 延平府 | 建宁府 | 邵武府 | 福宁府 | 台湾府 |
|---|---|---|---|---|---|---|---|---|---|---|---|---|
| 91. 六年丙辰(1856)翁同龢榜 | 何履亨、陈鉴(闽县)、陈森烺、范希淳①(侯官)、陈蒸②、陈莩芬(长乐)、陈朝凝(罗源) | | | | | 黄起元(漳平) | 林其年(武平) | | 张文澜(浦城) | | | |
| 92. 九年己未(1859)孙家鼐榜 | 龚易图(二甲,7名)、梁鸣谦、陈祖襄(三甲,1名)、冯荣萱、沈绍九(闽县)、黄慎忠、黄翼为(侯官) | | 王玉书、陈寿嵩③(南安) | | | | | | 万培因(崇安) | | | |

① 按:范希淳,官翰林院(民国《闽侯县志》卷四十二《选举志·清进士》)。

② 民国《福建通志》名下小字注:"字镜航,翰林院庶吉士。"(《福建选举志》卷十一,第一页)

③ 民国《南安县志》:"由副贡,咸丰乙卯(五年,1855)赐举人,己未钦赐翰林。"(卷二十,《选举志》,原第二十一页,影印第135页)

续表

| 府州科年 | 福州府 | 兴化府 | 泉州府 | 永春州 | 漳州府 | 龙岩州 | 汀州府 | 延平府 | 建宁府 | 邵武府 | 福宁府 | 台湾府 |
|---|---|---|---|---|---|---|---|---|---|---|---|---|
| 九年己未(1859)戊午(1858)恩正并科周庆丰榜① | 宋谦②、卓云祥(经魁③)、朱鸿灏、陈鸿波、林秋奇④、王凤书、程光溥、何学和、岑伯峦、石鸿基、林天龄、林起文、林廷筠、陈燮海、张拱辰、王葆辰、郑甸、邱铭勋、陈拱墀、罗春田、钟大钧、陈栻、郑起凤、李吉士(福州府)、林亿、梁韶年、沈辉宗、陈济安、林泰启、唐紫封、叶大焯、林锡筹、周兆凤、刘汝亨、林鸿翔、王光烈、林正持、周凤岐、葛新、李敦煌、严伯谦、陈梦枏、吴正、王崧辰、林应霖、韩宗琦、郭云珂、石鸿同(石国任曾孙)、张寿平、陈翼、陈秉枢、端木庄、陈涵、葛福成、郑孝铭、叶大同、刘其旋、陈锡周、方际昌、林建勋、林元音、王蔼玉(闽县)、李福禧、林绍曾、林彭贤、魏逢辛、周圭书(周瑞图子)、王卿云(王有龄子)、林璜、王懋庸、陈宝璿(陈福畴子)、萨兰馨(顺天)、林联芳、吴铭、王树棠、林起潜、林钺、薛鸣岐、梁庆恩、孙缙、张熊、吴叔章(吴伯敬弟)、魏兰士、洪景澄、蒋锡璠、陈友善、徐福基、梁仲年、王见三(王卿云弟)、郭式昌、薛锡颐、孙燕贻(侯官)、梁开桢(梁尧辰子)、陈春霖(陈学澜子)、郑锡庸(郑奇峰子)、郑惠棠、邱鸿钧(邱恒春子)、黄畴(黄观潮孙)、柯松年(柯龙章子)、陈良骥、邱长庚、邱正图、黄振坤⑤、郑韶虞(长乐)、陈逢成、吴擢英、林春霖(福清)、卢承宣、陈士钧、张韶、陈文澜(连江)、阮赓唐、吴大有(罗源)、黄嵩元、刘学畴(闽清)、江应奎、黄錞、黄纪官(永福)、丁汉奎、丁灼奎(古田)、王桂森(屏南) | 黄承裘、陈德薰、黄科甲(兴化府)、黄邦光、宋玉祥、林世昌、陈彝鼎(莆田)、潘经文、刘章天(仙游) | 洪曜离、黄谋熙(泉州府)、李蓝田、薛冠三、许有济、龚显曾、何家声、王栋梁、黄谋烈、许辉山、王继钊(晋江)、庄观潮(惠安)、黄淑、叶瑞元、林豪、陈瑞霖、陈绍基(同安)、李嘉树(安溪) | 陈邦詹(永春) | 周庆丰(1)、林葳(漳州府)、蔡天经、黄庆熺(龙溪)、周情(漳浦)、吴道扬(南靖)、林耀春、林礼拔(平和)、孙锡恩(诏安) | 谢联桂、苏邦杰(龙岩)、刘永新、刘清华(漳平) | 胡鉴(长汀)、吴刚、吴朝珍、陈惟功(连城)、张连如、张以谐(上杭)、周济仁(武平)、王寿鉴、陈经、张惟馨(永定) | 曾云清、邢志鸿(延平府)、蔡宗谟(南平)、祝显唐(将乐) | 陈玉涛(建宁府)、郑培厚、谢纶言(建安)、冯祐元、余从先(瓯宁)、董司烜(崇安)、尹作恭、陈文礼、尹作孚(政和)、黄兆鳌(松溪) | 傅作梅(邵武)、宁之藩(建宁) | 林品文(福宁府)、王振宗、马兆麟、陈大圭(宁德) | 李文元、李春波、俞春锦(粤籍)、陈维英、陈谦光(粤籍)(台湾府)、吴尚霑、陈有容、陈培松(台湾)、韦国琛(嘉义)、陈肇兴、简化成、蔡德芳、黄焕奎(彰化)、李望洋(淡水) |

① 一名:"九年已未恩科补行戊午正科周庆丰榜"(民国《长乐县志》卷十四上《选举上》)。按:民国《福建通志》:"以福建捐输军饷,永广乡试中额十名。见《东华录》。"(《福建选举志》卷十三,第三页)副举人有:福州府李寿裕、闽县林高培、叶滋东、蒲锡周、何新、丁绶、陈临泰、陈鸣秋、侯官何在崑、郭元昌、林向年、张筠、陈升三、长乐林树槐、陈葆康、连江余汝为、闽清聂廷铨、黄联珍、永福齐履仁、屏南张正礼、兴化府欧锦章、莆田余清标、泉州府叶钟瑛、蒋彩觃、蔡懋勋、漳州府杨感、龙溪翁景、南靖林廷材、诏安杨生花、延平府彭永坤、崇安张鉴、邵武府王鸿逵、汀州府伍煊、福宁府施家麟,计 34 人。

② 宋谦(1827— ),字已舟。侯官人(刘荣平《赌棋山庄词话校注》第 386 页)。

③ 《清代硃卷集成》第三三七册,举人杨崧年履历,影印第 182 页。

④ 民国《福建通志》:"改名调阳。"(《福建选举志》卷十三,第三页)

⑤ 按:黄振坤,原名黄瑞霖(民国《长乐县志》卷十四上,《选举上》,影印第 235 页)。

续表

| 府州科年 | 福州府 | 兴化府 | 泉州府 | 永春州 | 漳州府 | 龙岩州 | 汀州府 | 延平府 | 建宁府 | 邵武府 | 福宁府 | 台湾府 |
| --- | --- | --- | --- | --- | --- | --- | --- | --- | --- | --- | --- | --- |
| 93. 十年(1860)庚申恩科钟骏声榜① | 陈楷、林纁、邱铭勋、朱鸿灏(闽县)、何嵩祺、林天龄、方镛②(长乐) | | | | | | 胡鉴(长汀) | | | | | |
| 94. 同治元年壬戌(1862)徐郙榜 | 程光溥(闽县) | | | | | | 吴存刚(连城) | | | | | |

① 《明清进士题名碑录索引》:“本科为清文宗三旬万寿恩科。”(第2819页)

② 民国《福建通志》名下小字注:“字昌荣,一字韶笙,原籍闽县。”(《福建选举志》卷十一,第一页)

**续表**

| 府州科年 | 福州府 | 兴化府 | 泉州府 | 永春州 | 漳州府 | 龙岩州 | 汀州府 | 延平府 | 建宁府 | 邵武府 | 福宁府 | 台湾府 |
|---|---|---|---|---|---|---|---|---|---|---|---|---|
| 元年壬戌(1862)恩科并补行辛酉(1861)正科王彬榜① | 刘堃、叶万华、陈则诚、何柏林、刘学禹、林孝佑、林齐璇、尤升祺、林昌谟、张登高、林仰春、郑葆常、施鉴槩、郑振香(郑惠棠子)、原崇周、沈书年、叶大焴(福州府)、王彬(1)、王谷年、梁济谦、冯本周、叶大钦、林云蛟②、萨承流、裴桀、黄则伊、薛荃、赵廷禧、黄树芬、史斌、王祥仪、薛筠、黄元荣、施登龙、林焘、陈承祖、林赞年、陈械庆、周鲸、吴荣庚、陈云衢、张协恺、陈临泰、卢应昌、曾镛(曾锵鸣嗣子)、黄凤翥、翁颐昌、杨承弼、廖驥、潘逢禧、张钦铭、周廷元、葛华、翁景沅、陈枢、曹钟禧、陈光淞、林寿年、邵秉经、黄光祥、陈益清、林毓曾、陈椿(闽县)、郭苐康、徐贡禹、林琅、林培森、徐冠瀛、何式珍、吴赓升、郑宾、马申、孙炯、钟大荣、叶筠轩、唐秉乾、钟启昌、王绍熙、张钟乔、黄桢、盛青芝、陈履仁、林承芬、陈心波、林鹏年、叶荃、薛葆初、王星庭(王春霖孙)、魏允中、陈承基、叶景蓁、林觐光(林葆初嫡堂兄,林洪音裔孙)、梁守真、郭元昌、周长庚③、董敬安、裴坤、林廷桢、陈谟、范继新、林羲年、陈绍钊、陈铭楷(侯官)、邱璜(6)、梁仕年(梁逢辰子)、王青、李应华、董炳章、陈牧、邱炯(邱璋子)、黄友壮④(黄一桂孙、黄锡三子)、梁开硕(梁尧辰子)、梁俊年(梁章钜孙)、梁僖年(梁逢辰子)、李寿榕、陈增(长乐)、谢元基、何其英、王彝鼎、施天恩、游春台、陈回澜(福清)、胡锡璜、周轩波、邱煇、张鉴如、萧文辉(连江)、游煃(游琼枝孙)、黄士莅、黄嵩龄、萧奇怀(罗源)、刘焕光、黄镛、范福年(闽清)、陈大纯、陈庆麟、吴镛、叶晨晖(古田) | 李廷荣、宋学祁(兴化府)、徐玉鑫、许藜光、林学朱、涂庆澜(顺天)(莆田)、傅孝元、江大琮、戴瑞璋(仙游) | 李璜、林廷菉、郑照离、沈志中、施仁恩、庄为璧、周逢辰、洪荣、庄正、林光华、王扬烈、林梁材(泉州府)、林志清、李廷猷、蔡大鹍、陈香树、何绳芳、蒋学瀛、陈崇圭、蔡大成、吕耀磻、丁廷兰、王庆垣(晋江)、洪廷珍、戴捷鲲、杨琼书(南安)、孙章鑨(惠安)、周嘉树、黄景星、林亨、陈廷芸、黄景琛、陈采、谢秀东(同安)、陈廷清(安溪) | 薛德先(永春) | 谢敦元、沈肇基、施开昌(龙溪)、邱庆麟、洪许崧(海澄)、沈承勋、沈图阁、孙汝翼、刘焜、沈士芬(诏安) | 吴世昌、林哓高、陈智先、黄品荣、郭光文、吴畅然(龙岩)、陈天枢(宁洋)、陈春藻、陈福源(漳平) | 曾瑞春(长汀)、袁抟、王国瑛、华达璋(上杭)、赖舒经(永定) | 叶芳椿(延平府)、欧立元(南平)、陈如桂、王崇煦(永安) | 叶正蓁(建宁府)、郑公梦(郑天爵次子⑤)、袁继周、罗道辉、刘悌先、朱椿元、王耀南(建阳) | 龚诗俊(光泽) | 王彦钧(福鼎)、林尹乾(宁德) | 罗万史(粤籍)、陈澄清、杨士芳、叶在甲(台湾府)、曾云镛、王樊、蔡景云、魏绢熙(台湾)、黄登瀛(嘉义)、蔡鸿章、廖宗英、周嘉霖(彰化)、蔡丕基、林步瀛、萧国香(粤籍)(淡水) |

① 按:此科副举人有:福州府林佑曾、郑大瑀、曾兆桢、闽县何道晋、梁熙年、张炽钧、高邦柱、单廷钧、侯官赵昌花、陈桂林、吴穆、福清谢炳南、连江郑松龄、林文晃、闽清刘翊璿、刘祖敬、永福林尔沅、张应熙、屏南黄正绅、胡九成、吴赞周、兴化府陈羲文、宋濂官、泉州府陈伯芬、晋江施鸿猷、黄拱辰、陈贞元、陈崧、漳浦陈丰玉、诏安谢开熙、福安吴登桂、宁德魏开铨(魏敬中三子)、永春□□命、龙岩陈志廉,计34人。

② 林云蛟,改名懿图,字雨池。官知县,主讲处州鸦峰书院。传见民国《福建通志·福建循吏传》卷十三。

③ 按:周长庚,字辛仲。官彰化教谕(民国《闽侯县志》卷四十八《侯官艺文志·周广文遗诗》注)。

④ 按:黄友壮,改名黄启瑞(民国《长乐县志》卷十四上,《选举上》,影印第235页)。

⑤ 谢章铤《记客中所得近人诗文集》郑天爵条,《赌棋山庄集》文集卷四,《清代诗文集汇编》第680册,影印第697页。

续表

| 府州科年 | 福州府 | 兴化府 | 泉州府 | 永春州 | 漳州府 | 龙岩州 | 汀州府 | 延平府 | 建宁府 | 邵武府 | 福宁府 | 台湾府 |
|---|---|---|---|---|---|---|---|---|---|---|---|---|
| 95. 二年(1863)癸亥恩科翁曾源榜① | 吴宣玑、陈翼②(二甲,4名)、梁钦辰、郑孝铭(闽县)、杨仲愈③(二甲,8名)、高胪璟(侯官)、程仰周(罗源) | | 龚显曾(二甲,3名)、黄谋烈(晋江) | | | | | | | | | |
| 96. 四年乙丑(1865)崇绮榜 | 郑守孟④、叶大同⑤、黄光祥、蓝向葵⑥(闽县)、周麟章⑦、钟大荣、李品亨(侯官)、林调阳(长乐)、萧文焯(连江) | | 林梁材(晋江) | | | | | | | | | |

① 《明清进士题名碑录索引》:"本科为清穆宗登极恩科。"(第2822页)

② 按:陈翼,官翰林院赞善(民国《闽侯县志》卷四十二《选举志·清进士》);前左赞善、陕西学政(《清代硃卷集成》第六〇册进士曾福谦履历,影印第217页)。

③ 按:杨仲愈本系同治元年(1862)会试中式,为满洲贵族所妒,罚停殿试一科,故于本科典试成进士(民国《福建通志》总卷三十九,《福建文苑传(清三)》卷九,杨仲愈传,第十四页)。

④ 按:郑守孟,官编修(民国《闽侯县志》卷四十二《选举志·清进士》)。

⑤ 民国《福建通志》名下小字注:"字协恭。知县。"(《福建选举志》卷十一,第一页)

⑥ 民国《福建通志》名下小字注:"字旭初。"(《福建选举志》卷十一,第一页)

⑦ 民国《福建通志》名下小字注:"字少绂。"(《福建选举志》卷十一,第一页)

续表

| 府州科年 | 福州府 | 兴化府 | 泉州府 | 永春州 | 漳州府 | 龙岩州 | 汀州府 | 延平府 | 建宁府 | 邵武府 | 福宁府 | 台湾府 |
|---|---|---|---|---|---|---|---|---|---|---|---|---|
| 四年乙丑(1865)补行甲子(1864)科郭尚品榜① | 王树翰、林启、孟宗湜、刘涵章、董浚明、黄金波、林起贞、林兆禧、曾兆鍠、福伦、陈翥、江琛、张鸣春(福州府)、郑炳、陈季芳、陈燮、严兆麒、郑守昌、林祖荫、高纪、叶大遒、李鸿新、林星赓、刘勷、林士芳、陈宗濂、冯荣图、叶心平、薛青、刘紫封、陈宝琛、饶新(饶廷选子)、郑孝愉、孙觐、马履亨、陈鸣秋(陈鼎铭孙)、薛藹玉、王庆霖、涂振新、卢鹏翔、陈与冏②(闽县)、杨廷傅、薛崇禧、郑璇、马琇荃、叶世勋、陈文冏、冯鹏翔、何念慈、刘廷珍、张隆、张亨嘉、陈铧、陈濂、田逢年、刘祖祺、郭钦铭、陈廉臣、李祥和、邵积诚、陈庆禧、沈咏彤③、刘齐浔、陈为新、郭溶(顺天)④(侯官)、陈诠、欧阳骏、梁傅年(梁章钜孙)、谢章铤、潘炳年(长乐)、李心芬、林文炳(福清)、陈培猷、陈开庚(连江)、王龙光(闽清)、林步瀛、陈赞乾(永福)、周懿光(古田)、彭景尚(屏南) | 戴瑞瑛、陈凤藻(兴化府)、江希濂(莆田)、毛凤翔(仙游) | 陈金英、曾元熙(泉州府)、黄焜耀、陈淑真(晋江)、苏鸿逵(南安)、陈玉书、许宗澄、王克明(惠安)、郭维琨、杨辉文(安溪) | 林有庆(永春)、郭尚品(1,德化) | | | 袁铭三(上杭) | | 叶楚贤(建宁府)、徐楠(建阳)、万方城(崇安) | | 张起凤(宁德) | 李腾芳、吴子光、陈庆勋(台湾府)、曾云登(台湾)、曾云书(嘉义)、苏衮荣、张书绅(淡水) |

① 按:此科副举人有福州府黄位中、闽县何德溱、苏人谷、刘荃、江启钧、侯官胡巨济、刘汝瑚、林绍祖、王彬、长乐邱鸿章、永福林步贤、同安张梦丁、长泰叶苹亨、南平黄世琦、邵武府傅衍章、邵武张福祚、龙岩张景襄,计 17 人。

② 陈宝琛《陈母萨太宜人七十寿序》有"缄斋又予甲子同年"(《沧趣楼诗文集》上册,第 367 页)句。闽县陈与冏,字弼臣,号缄斋。

③ 沈咏彤,字琯樵,沈琦(滨竹)之子(谢章铤《看云图为陈礼刚世讲题》序,《清代诗文集汇编》第 681 册,影印第 126 页)。据民国《闽侯县志》卷四三《选举志》同治四年举人题名(影印第 133 页)补出何念慈之"念"、刘祖祺之"祖"、沈咏彤之"彤"字。

④ 按:侯官郭溶(郭杰昌)于同治三年(1864)顺天乡试举人中式。其父郭柏苍有诗《甲子四月二十五日遣溶儿试北闱》,诗题下自注:"闽省奏请九月乡试,旋以寇氛迫近,该请十月举行。时文星背向□公,金氛乘垣。予恐秋冬有警,遣三婿陈伯双与溶儿同试北闱,伯双以事不果行。十月初一,福建典试殷公兆镛、许公庚身已抵困关(今古田县水口),又奏改乙丑补行,诸生怨叹,回籍。"(《三峰草庐诗》卷上,《清代诗文集汇编》第 662 册,影印第 57 页)甲子,同治三年(1864)。

续表

| 府州科年 | 福州府 | 兴化府 | 泉州府 | 永春州 | 漳州府 | 龙岩州 | 汀州府 | 延平府 | 建宁府 | 邵武府 | 福宁府 | 台湾府 |
|---|---|---|---|---|---|---|---|---|---|---|---|---|
| 六年(1867)丁卯科王赞元榜① | 张文滨、姜友梅、林清泰、林舜璋、王佳鸿、郑守谟、陈廷寿、许莘、李为铎、王棨修、董葆同(福州府)、王赞元(1)、林穗、林绍年、欧阳泰、李鸿明、叶晋祺、郑声锵、林寿祺、刘寿椿、林灼三、叶滋琳、梁赓辰、叶大涵、刘振枢、李敬存、郭房陵、邱琼琳、梁天昂、刘三才、王鉴清、翁景藩、周维新、陈鸿钧、黄世纶、何德溱、吴云涛、陈一士、叶兆昌、苏人谷(闽县)、陈亦瞻(陈应驹子)、陈际泰、张梦鼎、郑声琪、许献诹、周则濂、张秉铨、江淦、邱麟书、郑兆瀛、洪景谟、林元赓、郑树荣、张瀛、吴穆、何向壬、姚缄堂、杨维培(侯官)、林弥苏(林昂霄孙)、郑宣承、邱敏光(邱景湘子)、林仲骥、陈式遵、黄炳燮(黄一彪子)、刘善曾、林冠俦、刘锋②(长乐)、陈祥赓、吴长钊、黄铭新(福清)、郑尚彬、林世培(连江)、林丛桂、刘懿鉁(闽清)、官庆瀛、谢维椿、廖松青(永福)、陈禧、游大罗(古田) | 螚廷禧(莆田) | 柯骏、李春云、林观潮(泉州府)、蔡植元、陈棨仁、陈翼谋(陈庆镛之孙)、陈棨仪、庄为珙、刘云路(晋江)、郑钟薰、林焕(惠安)、林梦草、陈扶摇(同安) | | 吴联薰(漳州府)、赖传纶(平和) | | 黄嘉辉(汀州府)、汤友仁、李如玢、林肇成(长汀)、赖铭书(归化)、周镛、廖端凝(上杭)、熊履和(永定) | | 叶际诗(瓯宁)、朱绳祖(建阳)、罗俊璘(崇安) | 萧经堂(邵武)、黄思弼(建宁) | 蔡如鉴(宁德) | 何清霖、詹正南(台湾③)、李连科、许廷崙、陈超群、张维垣(粤籍)(台湾)、郭黄槐(嘉义) |

① 按:此科尚有副举人福州府陈豫、闽县王宣辰、陈通祺、侯官郑玉衡、林植材、郑堃、陈兆熊、长乐陈贻香、陈尹孚、福清詹迪前、连江孙培年、晋江陈国华、张国昌、郭鸿翰、同安黄垂昆、张作霖、平和曾圣年,计17人。

② 民国《福建通志》:"改名钰成。"(《福建选举志》卷十三,第八页)

③ 民国《福建通志》作台湾籍(《福建选举志》卷十三,第八页),疑当作台湾府。

续表

| 府州科年 | 福州府 | 兴化府 | 泉州府 | 永春州 | 漳州府 | 龙岩州 | 汀州府 | 延平府 | 建宁府 | 邵武府 | 福宁府 | 台湾府 |
|---|---|---|---|---|---|---|---|---|---|---|---|---|
| 97. 七年戊辰(1868)洪钧榜 | 高纪①、陈宝琛②、叶大焯、严兆麒、王庆霖③、林灼三(闽县)、杨廷传、陈钦铭④、沈咏彤、邵积诚⑤、王懋修、岑傅霖、田逢年(侯官)、陈翔墀、邱璜⑥(邱景湘子)(长乐)、林懋祉⑦、江琛、林步瀛⑧(永福) | | 王寿国(晋江) | | | | | | | | | 蔡鸿章(台湾)、杨士芳(噶玛兰) |

① 民国《福建通志》名下小字注:"字饬臣。"(《福建选举志》卷十一,第一页)

② 民国《福建通志》名下小字注:"字伯潜。太傅。"(《福建选举志》卷十一,第一页)

③ 民国《福建通志》名下小字注:"字书亭。中书。"(《福建选举志》卷十一,第二页)

④ 民国《福建通志》名下小字注:"字少希。"(《福建选举志》卷十一,第二页)以举人援例为工部主事,考充总理各国事务衙门章京,累官江苏按察使,卒于光绪十一年(民国《闽侯县志》卷六十九陈钦铭传,影印第268页)。

⑤ 民国《福建通志》名下小字注:"字实孚。贵州布政使。"(《福建选举志》卷十一,第二页)一字实甫。(钱维福《清秘述闻续》卷十二,《清秘述闻三种》第809页)

⑥ 民国《福建通志》名下小字注:"字少莘。"(《福建选举志》卷十一,第二页)

⑦ 民国《福建通志》名下小字注:"榜名步蟾,号位南。翰林院庶吉士。"(《福建选举志》卷十一,第二页)

⑧ 民国《福建通志》名下小字注:"号研斋。"(《福建选举志》卷十一,第二页)

续表

| 府州科年 | 福州府 | 兴化府 | 泉州府 | 永春州 | 漳州府 | 龙岩州 | 汀州府 | 延平府 | 建宁府 | 邵武府 | 福宁府 | 台湾府 |
|---|---|---|---|---|---|---|---|---|---|---|---|---|
| 九年庚午(1870)赵启植榜① | 赵启植(1)、留忠、叶愈、何式璜、张朝法、张朝锡、王运恒、孙绳武(福州府)、林寿熙、叶大榕、曾宗鲁、叶滋濬、庄鼎元、陈松龄、陈兆崧、林星彩、高邦彦、陈翼勋、汪遇晨、郑錡、宋景祈、叶滋东、蓝耀枢、杨铭、叶大湜、赵寿嘉、吴铭恭、刘汝霖、张希颜、马德水、邓瀛、王仁堪(闽县)②、陈箴、连履端、陈国昌、宋详、陈禧年、游龙章、施以熊、陈寿根③、钟大焜、林梦图、杨崧年、林寿鼎、叶大鸣、陈景陶、刘汝瑚、陈桂林、陈少廷、陈培倬、张筠(侯官)、陈赞图④、陈元纲、梁亿年(梁逢辰子)、陈鸣锵、杨鸿祺、柯祖培、梁仁年(梁逢辰子)、高轩、樊锡侯、潘恩承(长乐)、王玉鼎、詹迪前、吴调元、林秋涛(福清)、杨应昌(连江)、刘懿璠(闽清)、王琦(永福)、翁廷玉(古田)、郑霖济、薛凌苑(屏南) | 王念珍(兴化府)、杨玉华(莆田)、王敬修(仙游) | 张端、陈仁士、王寿芳(泉州府)、曾登洲、施赞隆、杨和声(晋江)、叶应祥(南安)、陈晖春(惠安)、叶璿、王希维(同安) | 郭谦亨(德化) | 郑捷亨(海澄)、陈灼三(南靖) | 饶葆光、谢夔元、章景襄(龙岩) | 李春华(宁化)、童选青、黄孟蛟(连城) | | 叶玉燀(瓯宁)、罗彦彬、万培仁(崇安) | 黄定中(邵武) | | 郭鹗翔、黄裳华、江上蓉(台湾府)、陈望曾(台湾)、张步蟾、吴士敬、林师洙(淡水) |

① 按:此科尚有副举人福州府高森炳、刘锡璋、闽县孙葆璠、郭炳灿、陈其昌、侯官林世仁、陈书、潘芬、兴化府郑元恺、连元、晋江邱嘉湉、南安洪安澜、漳州府范祖庚、汀州府罗冠瀛、宁德张步卿、孙贻谷、德化陈汉章,计17人

② 据《王苏州年谱》的记载,闽县王仁堪顺天乡试八十一名中式(《王苏州遗书》,《清代诗文集汇编》第771册,影印第136页)。

③ 按:陈寿根,改名陈熙恺(民国《长乐县志》卷十四上,《选举上》,影印第235页)。

④ 民国《福建通志》:"原名葆康。"(《福建选举志》卷十三,第九页)

续表

| 府州科年 | 福州府 | 兴化府 | 泉州府 | 永春州 | 漳州府 | 龙岩州 | 汀州府 | 延平府 | 建宁府 | 邵武府 | 福宁府 | 台湾府 |
|---|---|---|---|---|---|---|---|---|---|---|---|---|
| 98. 十年辛未(1871)梁燿枢榜 | 陈秀芳、王崧辰、杨铭①、郑声锵、陈宗濂、李敦煌、吴云涛、欧阳泰(闽县)、张秉铨、刘齐浔、陈庆禧②、何式珍、龚履中③、薛崇禧(侯官)、潘炳年④、李应华(长乐)、黄金山(福清)、陈士钧(连江) | 刘章天(仙游) | | | | | 曾瑞春(长汀) | | | | 宋绍波(福安) | 张维垣(台湾) |

① 按:杨铭,官中书,改教授(民国《闽侯县志》卷四十二《选举志·清进士》)。

② 民国《福建通志》名下小字注:"字桀门。庶吉士,散知县。"(《福建选举志》卷十一,第二页)

③ 民国《福建通志》名下小字注:"编修。"(《福建选举志》卷十一,第二页)字禹畴(钱维福《清秘述闻续》卷十六,《清秘述闻三种》中册,第916页)。

④ 民国《长乐县志》:"字耀如。翰林院编修。"(卷十四上,《选举志上》,影印第217页)

续表

| 府州科年 | 福州府 | 兴化府 | 泉州府 | 永春州 | 漳州府 | 龙岩州 | 汀州府 | 延平府 | 建宁府 | 邵武府 | 福宁府 | 台湾府 |
|---|---|---|---|---|---|---|---|---|---|---|---|---|
| 十二年(1873)癸酉科方兆福榜① | 张梦龄、林振声、林贺峒(林则徐长孙)、李九盛、黄筠年、林日新、李九烈、陈藻英、张登云、何道平、林百棨(林福祚三子)、刘维翰、张新(福州府)、曾宗彦(2)、郭瑚、林齐明、谢锡光、陈懋侯(陈兆鹍孙、陈恭缵子)、林福熙(萨嘉曦表侄②)、林霞举、林柽藩、曾淞、曾兆熊、陈其昌(陈栻子)、赵琛、陈焜、黄宗琼、刘楠、刘梦蟾、林耀曾、翁维璜、郑逢时、陈熊、何春林、黄轩龄、杨溶、林懿、叶大庄、曾濬因、林星衢、邵鸿图、陈与同(顺天)③(闽县)、施恩布、鄢翔、李夔金、郭兆福、陈琇莹、陈良书、翁慰萱、丁毓琛、江同、蔡寿淇、何在璿、杨治济、何尔康、李煇林、陈善昵、吴鼎燮、姚钟瑞、郭绩昌、陈祖庆、黄维谦、陈楠、刘大受、何炳章、吴征鳌(侯官)、陈兆焕、陈春涛④、陈世英⑤、李邴⑥、黄以荃、尤兰芳、陈夔元、李仰曾、邱兆荣、郑贞本、王功蒲、李驹、陈葆、杨鸿谟(长乐)、任柱鳌(福清)、吴焕庚、欧景芬(连江)、鄢文超、许益谦(永福)、江宗城(屏南) | 林启昆、刘照藜(兴化府)、陈宗器、郭连城、陈清华(莆田) | 曾士玉、黄抟扶(泉州府)、黄祺辉、田庆丰、吴有南、王式文、蔡翘材(晋江)、方兆福(1)、郭士杰(同安)、王文锦、周从龙、沈国器(安溪) | | 林壬(漳州府)、吴廷飏(南靖)、王吉人(长泰)、沈镜秋(诏安) | 陈承妫(漳平) | 胡钦(长汀)、陈拔群(上杭)、卢国华、简鸿宾(永定) | 彭永坤(延平府) | 黄献图(建宁府)、朱紫佩(建安)、邹家驹、江上峰(瓯宁)、翁昭汉(崇安)、高熙翰、上官寅志(光泽) | | 林龙璋(霞浦)、宋瞻扆(福安)、魏鸿章(魏敬中孙)、黄履刚(宁德) | 郑维藩、林洪香(粤籍)、王均元(台湾府)、王蓝玉(台湾)、丁寿泉、施炳修(彰化)、陈树蓝、李春潮(淡水) |

① 按:此科副举人有福州府黄元晟、闽县洪宪申、杨寅、何尔瑸、郑益谦、王万照、李书升、侯官蔡士棠、长乐林英三、古田林华青、闽清刘训畬、莆田陈清奎、同安杨毓材、安溪林心存、永定卢毓清、永春颜良谟、龙岩谢鸿勋,计17人。按:《清代硃卷集成》第七三册进士黄曾源履历,其堂叔黄运昭"同治癸酉科翻译举人,蓝翎知府衔福建候选同知。"(影印第4页)

② 林福熙(字皞农)有诗《寄农表叔以先芬集见示敬题一律》(民国《雁门萨氏家谱》卷五,影印第951-952页)。

③ 陈宝琛《陈母萨太宜人七十寿序》有"可斋癸酉举京兆"(《沧趣楼诗文集》上册,第368页)句。闽县陈与同,号可斋。

④ 民国《福建通志》:"改名春瀛。"(《福建选举志》卷十三,第十页)

⑤ 民国《福建通志》:"改名寿藏。"(《福建选举志》卷十三,第十页)

⑥ 民国《福建通志》:"改名兆珍。"(《福建选举志》卷十三,第十页)

续表

| 府州科年 | 福州府 | 兴化府 | 泉州府 | 永春州 | 漳州府 | 龙岩州 | 汀州府 | 延平府 | 建宁府 | 邵武府 | 福宁府 | 台湾府 |
|---|---|---|---|---|---|---|---|---|---|---|---|---|
| 99. 十三年甲戌(1874)陆润庠榜 | 陈崧龄①、林绍年、梁天昂、陈其昌、林星赓、周维新、马逢亨、周云章②(闽县)、吴征鳌③、吴宣珏、郭兆福(侯官)、陈兆焕(长乐)、林文炳(福清) | 涂庆澜(涂正英子)(莆田) | 黄贻楫(一甲,3名)、黄抟扶、陈棨仁(晋江)、叶应祥(南安)④ | | | | | | 朱紫佩(建安) | | | 陈望曾(台湾)、施炳修、蔡德芳(彰化) |

① 民国《福建通志》名下小字注:“编修。”(《福建选举志》卷十一,第二页)

② 周云章,字郁斋。闽县人。官内阁中书,光绪五年、十四年顺天乡试同考官(钱维福《清秘述闻续》卷十六,《清秘述闻三种》中册,第916页;徐沅、祁颂威《清秘述闻再续》卷三,第1016页),查《明清进士题名碑录索引》同治十三年甲戌科进士题名,无周云章,有刘云章(陕西临潼人)(第1968页)。

③ 民国《福建通志》名下小字注:“字晓舟。”(《福建选举志》卷十一,第二页)福建经学会会长。

④ 据民国《南安县志》卷二十《选举志》题名补入(原第二十一页,影印第135页)。

续表

| 府州科年 | 福州府 | 兴化府 | 泉州府 | 永春州 | 漳州府 | 龙岩州 | 汀州府 | 延平府 | 建宁府 | 邵武府 | 福宁府 | 台湾府 |
|---|---|---|---|---|---|---|---|---|---|---|---|---|
| 光绪元年(1875)乙亥恩科何咸德榜① | 陈豫、葛圭藩、林怀忠、陈显亮、黄元晟、杜兰心、李珍、陈璧、张朝魁、林葆初、赖丰熙、陈云、唐钟伊、唐肇午(福州府)、黄弗林、杨绍南、王鼎裔、何暐、林孝箕、杨启南、林履端、姜启钧、杨兆麒、叶滋春、陈绶恩、陶澍孙、卢铨、林椿福、林景崧、张桢、陈遹骏、史诚、陈迪恂、林鸣珂、陈廷庆、陈宝琦、郑虞(郑植弟)、姜启镕、陈鸿筠、黄常经、王彝、黄冠元、林士菁、端木均、张协元、陈崧祺、冯廷城、陈秉勋(闽县)、何咸德(1)、郭曾珣、王耀曾、刘埙、林洄淑、陈自新、刘式墉、杨清绶、陈景韶、林鹗年、薛为铭、陈钟崧、郭曾炬、陈书、薛宣、王懋图、何景、龚佐中、何晋德、罗崇鼎、萨承钰、刘翰飞、刘忱、郭事昌、徐绍光、王骧、叶芾棠、丁菁、廖国琛(侯官)、陈宗和、施甯、陈珙、施鲁滨、李品辉、林开章(林天龄子)、潘振祥、郑宣东、郑贞固(长乐)、吴钟灵、郑文禧、吴长庆、何汝贞(福清)、郑仲和、陈辉斗(连江)、王恭三、黄嘉尔、黄桑、林铭溥、黄念祖(永福)、丁上道(古田) | □□□、黄尚忠(兴化府)、黄中瓒(莆田)、蔡庇绪(仙游) | 杨溪清(泉州府)、陈□□、郭元恺、黄朝珪(晋江)、张宗瀛②(惠安)、林鹗翀、汪西之(同安)、林心存(安溪) |  | 范祖庚(漳州府)、杨熊飞(龙溪)、吴廷弼(南靖)、林资熙(长泰)、曾圣年(平和)、沈士菁、马兆麟、沈一杰(诏安) | 谢泮荣(龙岩) | 卢汝贤(汀州府) | 叶永滋(南平) | 傅嘉年(建安)、蔡仰西(瓯宁) |  | 李世綮(福安)、吴炳修(宁德) | 卢宗烈、邱鹏云(粤籍)、施士洁(台湾府)、赵光诏(台湾)、张觐光(嘉义)、黄玉书(彰化)、李藩岳、潘成清(淡水) |

① 此科副举人有福州府陈炎、邵鸿章、胡咏琛、闽县陈应棠、黄毓南、刘宪仁、陈翊昌、叶大久、蒋贻昌、侯官叶新、林振芳、郑炳宸、吴统昌、泉州府王秉钧、南安梁逢源、同安林秉乾、建阳傅为砺,计17人。

② 张宗瀛,改名张荣熙,字登期,号碧浦(民国《福建通志》总卷三十六,《福建循吏传(清三)》卷十三,张荣熙传,原第四十五页)。

续表

| 府州科年 | 福州府 | 兴化府 | 泉州府 | 永春州 | 漳州府 | 龙岩州 | 汀州府 | 延平府 | 建宁府 | 邵武府 | 福宁府 | 台湾府 |
|---|---|---|---|---|---|---|---|---|---|---|---|---|
| 100. 二年(1876)丙子恩科曹鸿勋榜① | 陈懋侯、叶愈、杨兆麒、陈翥②、何德溱(三甲,1名)、王赞元、林穗(闽县)、林启③、林元赓、陈琇莹、陈熙恺④、丁毓琛、唐肇午、郑树荣、陈自新(侯官)、梁亿年、陈赞图⑤、柯祖培(长乐)、欧景芬(连江)、陈一鹤(罗源) | | 张端(晋江) | | | | | | | | 李应奎(福安) | 施士洁(台湾) |

① 《明清进士题名碑录索引》:"本科为清德宗登极恩科。"(第2836页)

② 《清代硃卷集成》第六〇册进士曾福谦履历载其受业师、表叔陈翥:"光绪丙子(二年,1876)翰林,庚辰(六年,1880)会试同考官。"(影印第216页)字汝翼(钱维福《清秘述闻续》卷十六,《清秘述闻三种》中册,第917页)。

③ 按:林启,字迪臣。官翰林院编修、山西学政、浙江道监察御史(《清代硃卷集成》第三三九册,董元度、董元亮履历,影印第210页),子林鲁生、林子忱、林蔚生、林敦民(郑孝胥《郑孝胥日记》第1098、1628、1724页)。

④ 民国《福建通志》名下小字注:"原名寿根,庚晖子。长乐古槐人。"(《福建选举志》卷十一,第二页)

⑤ 民国《福建通志》名下小字注:"字直斋。"(《福建选举志》卷十一,第二页)

续表

| 府州科年 | 福州府 | 兴化府 | 泉州府 | 永春州 | 漳州府 | 龙岩州 | 汀州府 | 延平府 | 建宁府 | 邵武府 | 福宁府 | 台湾府 |
|---|---|---|---|---|---|---|---|---|---|---|---|---|
| 二年(1876)丙子科邓瀛洲榜 | 陈宝璐(2)、吴曾祺、叶大泳、陈修、陈选、陈望林、林森琳、钟英、黄运乾、张寿康、贾隆禧(福州府)、林孝纯、林定、林齐翔、曾宗诚、王应三、何刚德、刘宪仁、杨景星、高乃钦、留书奎、陈海梅、王仁东①(闽县)、江毓珍、张淦、江观源、冯梦莘、陈庆辰、沈颖龄、梁屏周、叶珊、郑琼书、何同律、范继馨、林孝新、陈文濂、刘茹、林鉴中、林寿椿、吴际泰、吴种、郑淑璋(侯官)、柯雍、陈绍棠、高蕃、潘绍芳、林庭植、陈薰、陈濂(长乐)、张铭三、陈恩澍(连江)、叶鸿英(罗源)、余春枝(古田) | 程景明、李登龙(李庆龄长子)(兴化府) | 何家珍、陈玉瑹(晋江)、胡廉程(惠安)、陈旭升、张庆治、陈宗超、陈振坤、胡承烈、林秉乾(同安) | 苏允恭(德化) | 施调赓(漳州府)、蔡俊(龙溪)、沈耽光、沈廷圭(诏安) | 邓瀛洲(1)、许天芳、谢若潮、陈毓嵩、张应嵩②(龙岩) | 江步周、李英华(汀州府)、康惟几、范绍森(长汀)、张际唐(连城)、赖宏(永定) | 蔡友当(南平)、邓光选(沙县) | 郑猷(建安)、章显(建阳)、彭瑞林、暨锡畴(崇安)、宋滋兰(政和) | 王诰(邵武府)、江心筠、杜琨(邵武)、张缙云(光泽) | 李宸咨(福宁府)、萧骏(福鼎)、黄晋铭、黄锦灿、张如翰(福安)、刘廷珍(宁德) | 张绍芬、陈登元、徐仲山(粤籍)、连日春、陈楷(台湾府)、李春澜(噶玛兰厅)、曾云峰(彰化) |

① 据徐世昌《晚晴簃诗话》卷一百七十一王仁东小传补入。据《王苏州年谱》的记载,闽县王仁东顺天乡试中式(《王苏州遗书》,《清代诗文集汇编》第771册,影印第136页)。

② 按:民国《福建通志》以为张应嵩永福籍(《选举志》十三,第十三页),龙岩县有永福里,非福州府之永福县。此科副举人有福州府郑筹、张祖桢、闽县李士梅、郑福崧、林大问、侯官杨季濂、马谦、福清林长埙、屏南吴道常、南安王登瀛、诏安沈凤苞、何士羲、汀州府郑汝鹓、长汀张拱南、上杭袁占先、宁德王振鹏、龙岩李友麒,计17人。

续表

| 府州科年 | 福州府 | 兴化府 | 泉州府 | 永春州 | 漳州府 | 龙岩州 | 汀州府 | 延平府 | 建宁府 | 邵武府 | 福宁府 | 台湾府 |
|---|---|---|---|---|---|---|---|---|---|---|---|---|
| 101. 三年丁丑(1877)王仁堪榜 | 王仁堪(一甲,1名)、何刚德①、吴铭恭、蓝耀枢②、庄鼎元、陈璧③(闽县)、吴穆、王骧④、钟大焜、何式璜、姚钟瑞(侯官)、陈宗和⑤、谢章铤、陈绍棠⑥(长乐) | | 叶应祥(南安)、沈国器(安溪) | 陈锡恩(永春) | 林壬(诏安) | 谢若潮⑦(龙岩) | | | | | | 黄登瀛(嘉义) |

① 民国《福建通志》:"字肖雅。"(《福建选举志》卷十一,第二页)

② 民国《福建通志》:"字柱北。"(《福建选举志》卷十一,第二页)

③ 民国《福建通志》:"字玉苍。中书。邮传部尚书。"(《福建选举志》卷十一,第二页)陈璧历官内阁中书、宗人府主事、礼部员外郎、御史、署顺天府丞、太仆寺少卿、顺天府尹、政务处总办、商部侍郎、户部侍郎、邮传部尚书兼参预政务大臣(民国《闽侯县志》卷六十九传)。陈璧尝为福州风池书院山长(《清代硃卷集成》第三四〇册光绪二十八年举人黄瑊履历,影印第136页)。与力钧、林纾创苍霞书院,教诸科学,为福州有学校之始;任顺天府尹,分科治事,为京外革除书吏之始。事见民国《福建通志·福建列传》卷三十九传。黄濬《花随人圣庵摭忆》有雍和宫喇嘛分四学条,即有关"近人论政渐主专家各治其事之议"(第11页)。

④ 民国《福建通志》:"字少莪。庶吉士。"(《福建选举志》卷十一,第二页)

⑤ 民国《福建通志》:"字少淇。"(《福建选举志》卷十一,第三页)

⑥ 民国《福建通志》:"字雪亭。"(《福建选举志》卷十一,第三页)

⑦ 谢若潮,字慕韩,号汐溪,谢谦仲子。改选庶吉士,散馆授知县,分发江西(民国《福建通志·福建循吏传》卷十三,原第三十六页)。

续表

| 府州科年 | 福州府 | 兴化府 | 泉州府 | 永春州 | 漳州府 | 龙岩州 | 汀州府 | 延平府 | 建宁府 | 邵武府 | 福宁府 | 台湾府 |
|---|---|---|---|---|---|---|---|---|---|---|---|---|
| 五年(1879)己卯科傅朝旭榜① | 萧奋、郑筹、陈念祖、宋天锡、陈秉崧（陈兆远曾孙）、张朝杰、黄运亨（福州府）、粘云鼎、薛启荣、林仰崧、孙葆璠、胡桂珍、陈祥辉、张炽钧、严烇昌、黄煊、叶大烜、刘丙焜、徐宝镛、赵曾响、林增、刘瀛（刘忻子）、林瑞年、薛莹、陈兆昌、卢聿炳、叶大钊（闽县）、方顼龄、林如玉、许培蕃、郑彬、陈新滋、林莼年②、林云焘、陈瀚年、李锦、陈尔康、许贞幹、郭曾准、陈祖荫、梁肇荣、陈式平、梁维新、陈麟（侯官）、陈光斗、郑兆禧、陈席珍、陈鸿涛③、郑子瑜、陈祁选、陈应奇、郑炳翔、郑景修、林毓元、陈寿喆、刘菁、邱为钰、刘炳南、梁继曾、陈肇基④、郑哕锵⑤（长乐）、谢必铿（连江）、林溥泉（闽清）、鄢翥、陈云龙（永福）、林耀先（古田） | 林兆骐、俞宾玉、王福善（兴化府）、杨中楷、姚诵华（莆田）、王尽善（仙游） | 洪国器（泉州府）、邱嘉澍（晋江）、汪景朱、王步蟾（同安） | 颜庆忠、李因时（永春） | 沈庸（漳州府）、戴嘉谟（龙溪）、黄宗敏、曾维灵（平和）、沈炼（诏安） | 罗超（龙岩） | 郑克明、邹励成、郑仰虞（长汀）、吴海珊（连城）、袁楷（上杭） | 陈良海（南平） | 黄护、杨承曾（瓯宁）、黄希勉（崇安）、傅朝旭（1，光泽） | 何象点（建宁） | | 叶题雁、刘仁海（粤籍）（台湾府）、庄芸香、吴廷琪、庄士勋、蔡寿星（彰化）、张赞中（淡水） |

① 按：此科副举人有福州府邱恩、闽县姜启剑、侯官杨毓骥、陈如璋、朱景昌、廖炳德、杨春宾、陈凤墀、葛夏藩、长乐李鉴昌、泉州府龚丕畴、长泰廖鸿仪、光泽欧阳通、连城吴丰庞、上杭蓝作谋、福安林一芳、林元恺，计17人。

② 按：《清代硃卷集成》第三三九册刘怡履历，刘怡祖妣林氏，系林则徐长女、"同榜副举人名玉铭胞祖姑、己卯科举人名莼堂祖姑"（影印第81-82页）。

③ 按：陈鸿涛，改名陈兆铨（民国《长乐县志》卷十四上，《选举上》，影印第236页）。

④ 民国《福建通志》："改名作基。"（《福建选举志》卷十三，第十三页）

⑤ 按：郑哕锵，改名郑受康（民国《长乐县志》卷十四上，《选举上》，影印第236页）。

续表

| 府州科年 | 福州府 | 兴化府 | 泉州府 | 永春州 | 漳州府 | 龙岩州 | 汀州府 | 延平府 | 建宁府 | 邵武府 | 福宁府 | 台湾府 |
|---|---|---|---|---|---|---|---|---|---|---|---|---|
| 102. 六年庚辰(1880)黄思永榜 | 叶大遒、黄轩龄①、林溶、林士菁(闽县)、郭曾炘(二甲,10名)②、廖骧、陈秉崧③、陈与冏、杨维培、何晋德④、廖国琛、董敬安、郭式昌(侯官)、刘钰成⑤、邱兆荣、郑贞本⑥(郑奇峰孙)(长乐)、施朝铨(福清)、黄尔嘉⑦(永福) | | | | | | | | | | | 傅嘉年⑧、叶题雁、张觐光(台湾)、丁寿泉(彰化) |

① 民国《福建通志》:“字颐舫。”(《福建选举志》卷十一,第三页)

② 民国《福建通志》:“字椿如。庶吉士。礼部侍郎。”(《福建选举志》卷十一,第三页)

③ 民国《福建通志》:“字子庄。”(《福建选举志》卷十一,第三页)

④ 民国《福建通志》:“字子昭。”(《福建选举志》卷十一,第三页)按:《清代硃卷集成》第四三册光绪三年丁丑(1877)科进士何式璜履历,其堂兄弟何晋德系“同榜贡士”(影印第411页),何晋德当于光绪六年庚辰(1880)预殿试,成进士。

⑤ 民国《福建通志》:“原名锋,字克振,一字剑波。”(《福建选举志》卷十一,第三页)

⑥ 民国《福建通志》:“字植卿。”(《福建选举志》卷十一,第三页)

⑦ 民国《福建通志》:“号叔希。”(《福建选举志》卷十一,第三页)

⑧ 民国《福建通志》:“字莲峰。”(《福建选举志》卷十一,第三页)

续表

| 府州科年 | 福州府 | 兴化府 | 泉州府 | 永春州 | 漳州府 | 龙岩州 | 汀州府 | 延平府 | 建宁府 | 邵武府 | 福宁府 | 台湾府 |
|---|---|---|---|---|---|---|---|---|---|---|---|---|
| 八年(1882)壬午科郑孝胥榜① | 黄师乾、吴鼎勋、黄锡周、陈廷蔚、高岑、陈颐、锡龄、方家澍、许赞勋、麟书、高凤岐(福州府)、郑孝胥(1)、陈伯勋、王炳勋、王守诚、梁绍谦、林群玉、陈宝腾、叶大久、叶大琛、萨璚图、王皋、张嘉猷、林寿冈、卓凌云(改名卓孝复)、林宪曾、史谦、吴燿庚、何尔钧、吴颐昌、叶大根、陈梦熊、李宗言(闽县)、蔡溱、高涵和、郭名昌、谢亦章、魏秀琦、孙应林、钟大椿、王桢、孙葆瑨、陈凤墀、高师曾、陈衍(侯官)、陈亨祝(陈亮工子)、陈贻香(长乐)、陈士蕃、洪仪、林鼎科、周恭先(福清)、姚祖虞、钱家纬(罗源)、刘训铨(闽清) | 陈步瀛(兴化府)、宋志郊、陈奋孙(莆田) | 王宅仁、刘根源、林化时(泉州府)、辜振声、陈国名、刘启东、李东琳、张炳文、林蓁光、许宗鸿(晋江)、黄尔沤、戴凤仪(南安)、唐经邦、张春祺(惠安)、黄垂昆、何龙、陈鸿文、陈耀磻、曾国华、洪作舟(同安)、林鹤年(安溪) | 陈文煆(德化) | 王宽、陈大椿、黄鸿平、郑云翔(龙溪)、王懋功(长泰) | 杜翰生(龙岩) | 廖榕、康咏、张杏南(长汀)、李运衢(归化)、董积斌、江尚弼(连城)、宋瞻衮 |  | 叶奖唐(建安)、杨新(瓯宁) | 董艮(建宁) | 郭辅(福安) | 陈大猷、余绍赓(粤籍)(台湾府)、蔡国琳(3)、王蓝石(台湾)、张琮华、林启东(嘉义)、陈璿芝(新竹) |

① 按:此科副举人有福州府陈禹畴、魏鉴唐、闽县施绍吾、陈乔年、朱鸿溱、林步蟾、侯官游琛、长乐王允贤、闽清陈文明、莆田郑宗郇、漳州府庄钟英、崇安陈绍烈、汀州府范绍文、连城沈耀南、福宁府赵一琴、龙岩谢鸿逵、林履升,计17人。

续表

| 府州科年 | 福州府 | 兴化府 | 泉州府 | 永春州 | 漳州府 | 龙岩州 | 汀州府 | 延平府 | 建宁府 | 邵武府 | 福宁府 | 台湾府 |
|---|---|---|---|---|---|---|---|---|---|---|---|---|
| 103. 九年癸未(1883)陈冕榜 | 曾宗彦①、张嘉猷②、叶大烜(三甲,1名)、卢聿炳、苏人穀(闽县)、郑淑璋③、陈凤墀④、张亨嘉⑤、王耀曾、马琇荃(侯官)、尤兰芳、陈贻香、郑筹(长乐)⑥、吴长钊(福清)、谢必铿(连江)、王恭三⑦(永福) | 程景明(莆田) | 王式文(晋江) | | 施调赓(龙溪) | | 郑仰虞(长汀) | | | | | 江昶荣(台湾) |

① 按:曾宗彦,官编修(民国《闽侯县志》卷四十二《选举志·清进士》)。

② 民国《福建通志》:"字弼予。"(《福建选举志》卷十一,第三页)

③ 民国《福建通志》:"字子琼。庶吉士。"(《福建选举志》卷十一,第三页)

④ 民国《福建通志》:"字藻臣。"(《福建选举志》卷十一,第三页)

⑤ 按:张亨嘉,字燮钧,铁君。选庶吉士,授编修。尝从浙江学政任上回京在南书房行走并允京师大学堂总监督(民国《福建通志》总卷三十四,《福建列传(清八)》卷三十九,张亨嘉传,第七十、七十一页页)。

⑥ 民国《福建通志》:"号鹤卿。"(《福建选举志》卷十一,第三页)官侍读衔内阁中书(《清代硃卷集成》第三三九册,影印第198页)。

⑦ 民国《福建通志》:"号子铭。"(《福建选举志》卷十一,第三页)

续表

| 府州科年 | 福州府 | 兴化府 | 泉州府 | 永春州 | 漳州府 | 龙岩州 | 汀州府 | 延平府 | 建宁府 | 邵武府 | 福宁府 | 台湾府 |
|---|---|---|---|---|---|---|---|---|---|---|---|---|
| 十一年(1885)乙酉科童其浚榜① | 刘元骏、林岐铙(亚魁)、郭曾程、林志濂、端木棻、林承贤、黄曾益、王瑾若(王树翰侄)、李孔修、黄曾冕、胡善登、陈兆丰、苏兆恺、张元奇、王莹修、普纯(福州府)、叶在琦、陈兆楷、叶大瑄、郑守庄、方崑玉、谢鸿昌、蒋训、陈慧、林崧祁、陈泳芳、郑彦彬、林景星、王懋祺、林乔新、陈性觥、郑贤炤、林芗、郑鑝(闽县)、林逢鸿、陈飞熊、吴凤彤、张铭恭、吴季珍、张凤骞、李毓芬、郑祖周、林文斗、游琛、郑襄、郑炳章、林钧泽、李庚辉、曾寿图、林蔚昌、钟景崧、赵庆椿、陈毓鑫、萨璆(侯官)、陈文明、郑培堃、王允晳、陈諴、黄彝鼒、陈炳庚、邱聿征、邱炳宣、林凯(长乐)、夏联琛、王作舟、刘齐鑫、林图南(福清)、刘孝恭(连江)、林占梅(罗源)、余瑞镛(古田) | 陈邦柱(兴化府)、蔡玉树、萧鼎铭、温玉成(莆田) | 王伯鹤、施仁甸(晋江)、林材、叶奎山、吕登元(同安)、陈承恩(安溪) | 谢鸿福(永春) | 张纲(漳浦)、周耀青(海澄) | 刘连修、陈桂芳(漳平) | 伊任藩(宁化)、江尚宾(连城)、童其浚(1,上杭)、胡迪光(武平)、卢显西(永定) | 蔡建贤(延平府) | 李锦章(瓯宁)、何际亨(建阳)、郑集良(崇安)、宋滋蓍(政和) |  | 林作楫(福宁府) | 许南英(台湾府)、谢锡光(粤籍)(台北府)、叶懋禧、林凤藻(台湾)、陈曰翔(凤山)、徐德钦(嘉义)、林廷仪(宜兰) |

① 按:此科副举人有闽县叶在衍、翁燕贻、魏肇昌、陈铭楷、刘澧、侯官李宝机、郑宜缁、刘燮元、江畬经、长乐林振光、连江陈雄图、永福张葆谦、屏南周子岐、仙游黄继新、瓯宁黄献煊、福鼎周梦虞、龙岩吕鸿香,计 17 人。

续表

| 府州科年 | 福州府 | 兴化府 | 泉州府 | 永春州 | 漳州府 | 龙岩州 | 汀州府 | 延平府 | 建宁府 | 邵武府 | 福宁府 | 台湾府 |
|---|---|---|---|---|---|---|---|---|---|---|---|---|
| 104. 十二年丙戌(1886)赵以炯榜 | 叶大琛①、叶大涵、曾福谦、林仰崧②、林福熙、叶在琦、林履端、刘宪仁、刘瀛(刘齐衔孙)、史诚、王皋(闽县)、张元奇、钟大椿③、林鉴中④、罗崇鼎(侯官)、邱为钰(长乐)、郑仲和(连江)、许益谦(永福) | | | | | | 李英华(上杭) | | 宋滋兰、宋滋蓍(政和) | | | 徐德钦、林启东(嘉义)、蔡寿星(彰化) |

① 按:叶大琛,字献恭。主事,改浙江知县(民国《闽侯县志》卷四十二《选举志·清进士》)。

② 按:林仰松,改庶吉士(民国《闽侯县志》卷四十二《选举志·清进士》)。

③ 按:钟大椿,字寿若,改庶吉士(民国《闽侯县志》卷四十二《选举志·清进士》)。

④ 民国《闽侯县志》卷八十四《循吏传五下》林鉴中传:"改翰林院庶吉士,散馆改知县。"(影印第357页)

续表

| 府州科年 | 福州府 | 兴化府 | 泉州府 | 永春州 | 漳州府 | 龙岩州 | 汀州府 | 延平府 | 建宁府 | 邵武府 | 福宁府 | 台湾府 |
|---|---|---|---|---|---|---|---|---|---|---|---|---|
| 十四年（1888）戊子科郑怀陔榜① | 林钧天、李骏斌、叶书林、丁芸、陈宝璐、池伯炜、吴树鑫、黄曾源、黄大琮、林骏京、林图南、林齐贤、何学新、张朝弼、葛滋春、王步蟾、杨梯青、薛肇基、梁禹绩、刘其光、李钟膺（福州府）、林志珽、陈钟蟠、高庆元、梁禹甸、林琈、郑祖庚（郑虞子）、洪体元、愈秉文、刘怡、赵以成、赵继曾、林甄殷、王莹、王毓菁、林超章、陈怀忠、陈钟棻、陈培业、王宣辰、何尔瑸、宋肇鏋、萨嘉乐、陈钟妫、陈澍芬（闽县）、林毓菁、杨毓騋、蔡琛、黄彦鸿、朱景昌、高向瀛、郑凤锵、江畲经、谢颂品、陈学裘、刘晋、黄宝瑛、周寿林、陈芝棻、黄国琛、陈希濂、虞汝树、林炜琨、黄宗书、王景莘、林宗坚、叶秋成、郑丙炎、林骏京②（侯官）、李鉴昌、黄大琨、邱鸿光、陈万青（陈玉铭孙）、刘成杰、林懋和（长乐）、李仲郸、施登瀛、林宪彝（福清）、王维藩（连江）、林清照（闽清）、林炳先、余德馨、余祖昭（古田） | 张一恭（兴化府）、陈凤翰、扶国桢（莆田） | 王士铨（泉州府）、周镜铭、杨寿慈、施钟德、吴鲁（顺天）③（晋江）、郑怀陔（1）、傅国英、许鹏（南安）、许巽南（同安） |  | 李汶川（漳州府） |  | 黄湘庆（永定） |  |  |  | 郑开禧（霞浦） | 邱逢甲（粤籍）、吕赓年（台湾府）、林际春、汪春源（台湾）、卢德祥（凤山）、罗秀惠（嘉义）、蔡逢辰（台北府） |

① 按：此科副举人有福州府梁赞翰、林玉铭、周诚孚、闽县刘齐衔、王铭显、侯官陈蔚章、沈璘庆、刘翼经、林谷诒、林存霖、长乐郑翰铨、王允普（长乐）、永福江翊甫、莆田林汉卿、晋江黄文焜、瓯宁邹仰曾、邵武府邱元凤，计17人。

② 民国《闽侯县志》卷四十三，第十八页。

③ 吴鲁，字肃堂，号且园。同治十二年（1873）登拔萃科，入国子监，明年授刑部官，七品，升主事，光绪十二年（1886）考取军机章京，十四年顺天府乡试中式。

续表

| 府州科年 | 福州府 | 兴化府 | 泉州府 | 永春州 | 漳州府 | 龙岩州 | 汀州府 | 延平府 | 建宁府 | 邵武府 | 福宁府 | 台湾府 |
|---|---|---|---|---|---|---|---|---|---|---|---|---|
| 105. 十五年己丑(1889)张建勋榜 | 何尔钧①、陈鸣秋、陈怀忠、薛启荣②、林孝恂③、萨嘉乐④、郑籛(闽县)、高涵和、魏秀琦、梁肇荣、郭曾程、李锦、薛贺图(侯官)、陈春瀛⑤、黄大琨(长乐) | | | | | | 郑克明(长汀)、赖宏(永定) | | | | | 邱逢甲(彰化) |

① 按:何尔钧,字枚心。改庶吉士(民国《闽侯县志》卷四十二《选举志·清进士》)。

② 按:薛启荣,改庶吉士(民国《闽侯县志》卷四十二《选举志·清进士》)。

③ 按:《清代硃卷集成》第七八册郭曾准履历记载"光绪癸未科进士、翰林院庶吉士、候选知县(林)孝恂"(影印第170页),误。林孝恂系光绪十五年己丑(1889)二甲进士(《明清进士题名碑录索引》第2848页),癸未,光绪九年(1883)。

④ 按:萨嘉乐,字稼庵。官翰林院检讨、国史院协修(民国《闽侯县志》卷四十二《选举志·清进士》)。

⑤ 民国《福建通志》:"原名春涛。"(《福建选举志》卷十一,第三页)陈春瀛,字幼海,陈学澜之子,郭式昌长女婿。幼与郭曾炘(文安,郭式昌长子)、郭传昌(子冶,郭柏荫四子)、郭曾准(少莱,郭式昌次子)、郭曾程(南云,郭式昌三子)在郭氏仙塔街故居书室课读,俱登第成进士,称郭氏"一斋五进士"。

续表

| 府州科年 | 福州府 | 兴化府 | 泉州府 | 永春州 | 漳州府 | 龙岩州 | 汀州府 | 延平府 | 建宁府 | 邵武府 | 福宁府 | 台湾府 |
|---|---|---|---|---|---|---|---|---|---|---|---|---|
| 十五年(1889)己丑科陈懋鼎榜① | 周景涛、林灏深、钟为桢、陈永鑫、林徵祥、蓝灿然、刘道南、叶在鋆(叶在衍从兄)、王化璋、翁成琪、陈仲谦(陈熙恺子)、梁赞翰、林蔚华(林光谱侄)、宋天策、陈俊灼、庄公卫、林玉铭、陈韵珂、黄丹梯、郑绍曾(福州府)、陈懋鼎(1)、王瑚、邓克俊、郑熊图、何廷献、林丙、林珣、林葆芬、张寿荣、陈鸿章、曾毓经、刘焕章、陈寿瑨(陈其昌子)、林鼎衡、陈柏侯、叶在衍、吴丰昌、施枢金、端木璟、郑琼林、吴弼昌(吴玉麟曾孙)、池仲佑、李遇春、龚鸿图、陈景基、陈成侯、庄德枢、蒋诒、马正翰、唐瀛波、陈应桐、叶在泗(叶在衍从兄)、陈钜前(闽县)、陈云林、胡咏琛、林百熙、林师望、沈翊清、马则璧、廖鸣韶、何锷先、李应金、张炜、吴彬年、林庆禧、梁兆骐、郭曾焜、祝诚、方曾授、刘崇翊、祝芾康、刘钦、陈烜、陈元凯、林鹍年、宋为仪、梁铭勋、林菁(林光谱侄)(侯官)、刘子才、郑叔忱、林秉芳、林振光、郑贞衍、陈汝梅、黄保锋(黄振坤子)、柯德树、陈易奇、陈祖乾、郑鸿琛、郑伯溶、董梦弼、陈恭(长乐)、林葆章、王冕元(福清)、翁清泮、杨诗(连江)、卓及锋(罗源)、刘语铭(闽清)、力钧(永福)、蓝志仁、陈朝桢(古田) | 陈燮友(兴化府)、陈其勋、郑宗郇、李光坤、陈观光、翁祖荫、宋慎仪(宋玉祥长子)(莆田) | 黄重光(泉州府)、吴日宫、易城璧、梁益谦、蔡恩煦(晋江)、吴拱震(南安)、周麟书、许步墀(同安) | 林式璟(永春) | 沈堃年(诏安) | 林履升、林琼藻(龙岩)、刘志芳(宁洋) | 黄冕南、胡兆衔(汀州府)、周家琪(连城) | | | | 李书铭(福安) | 李向荣、陈元音(台南)、黄宗鼎、江呈辉(台北)、萧逢源(凤山)、刘汶澄(嘉义)、李清琦(彰化)、萧云镛(安平) |

① 按:此科副举人有闽县郭良弼、王元穉、马启人、陈其相、洪谦、侯官陈蔚章、江炳、郑征元、陈寿彭、彭耀枢、林骏达、沈璘庆、长乐陈浚、莆田刘宗昆、安溪李毓文、邵武李云鸿、长汀曾冠春,计17人。按:陈蔚章、沈璘庆在十四年戊子(1888)科取中副举人。

续表

| 府州科年 | 福州府 | 兴化府 | 泉州府 | 永春州 | 漳州府 | 龙岩州 | 汀州府 | 延平府 | 建宁府 | 邵武府 | 福宁府 | 台湾府 |
|---|---|---|---|---|---|---|---|---|---|---|---|---|
| 106. 十六年庚寅(1890)吴鲁榜① | 郑锡光、黄曾源②、陈懋鼎③、陈宝璐、陈宝璠(闽县)、陈瀚年、李毓芬、郑襄、梁维新、黄国琛、陈禧年、胡咏琛、陈云霖、林毓菁、张恭彝(侯官)、周家琪(连江)、刘成杰④、柯德树(柯寿亨孙)、郑叔忱⑤、施鲁滨、邱聿征⑥(长乐) | | 吴鲁(一甲,1名)(晋江) | 颜庆忠(永春) | | | | | | | 宋瞻宸(福安) | 许南英(安平) |

① 《明清进士题名碑录索引》:"本科为清德宗亲政恩科。"(第2852页)
② 据《明清进士题名碑录索引》光绪十六年庚寅恩科第二甲(第2850页)进士题名补入。
③ 按:陈懋鼎,字徵宇。官中书(民国《闽侯县志》卷四十二《选举志·清进士》)。
④ 按:《明清进士题名碑录索引》作光绪十六年庚寅(1890)恩科吴鲁榜进士(第2850页),民国《长乐县志》作光绪十五年己丑(1889)张建勋榜进士(影印第218页)。
⑤ 按:郑叔忱,改选庶吉士(《清代硃卷集成》第三三九册,影印第198页)。
⑥ 民国《长乐县志》:"翰林院编修。"(卷十四上,《选举上》,影印第218页)

续表

| 府州科年 | 福州府 | 兴化府 | 泉州府 | 永春州 | 漳州府 | 龙岩州 | 汀州府 | 延平府 | 建宁府 | 邵武府 | 福宁府 | 台湾府 |
|---|---|---|---|---|---|---|---|---|---|---|---|---|
| 十七年（1891）辛卯科陈君耀榜① | 王承基（王懋中子）、陈希贤、王景、郭曾熊、郑浩然、王学孟、曾荣、萧健、董元度、郑孝柽、何澹先（何遂父）、薛兆仁、萨芝昌、李九颖、陈海鳌、林彝书、葛调鼎、赖丰杰、林鉴波（福州府）、郑祖仁（郑祖庚弟）、林钺、陈燮嘉、陈其相、刘炳琦、陈培兰、叶大章、刘濂（刘瀛弟，刘忻子）、叶在琮、翁式文、吴孝恪、梁孝熊、李宗敏、叶元善、林希曾、董元亮、陈锡瓒、汪韶年、陈应涛、林有鋆、陈伯贞（陈友善子、陈元凯侄）、李联辉（闽县）、林扬光（林则徐侄孙）、吴征骥、周旭宸、杨葆元、杨国宾、黄允中、陈如璋、宋汾年、杨承汾、洪曦（洪业②之父）、李兆蓉、何焜先、李寿皋、王凤鸣、严偁恪、郭曾瑍、李景骧、薛鉴如（侯官）、陈君耀（陈鹗联孙）(1)、郑迪功、陈耕兰、吴沅、陈炳琛、邱树楷、黄葆初、陈允哲、陈维桢、陈弼光（长乐）、黄师晋（福清）、吴庭根、杨起钰（连江）、林霁春（闽清） | 江春霖（江希濂子）（兴化府）、李树本、张步青、翁家骥、林凤英（莆田） | 龚显鹤、洪里仁、杨家春、李育材（晋江）、林乾（南安）、叶大年（同安） | | 曾宗蔡（龙溪） | 谢朝荣（龙岩） | 邓登瀛（连城）、黄占奎、张超南（永定③） | 高登鲤（顺昌） | | | 游学诚、陈缵唐、张彦傅（霞浦）、郭兆禄（福安）、魏鸿勋（魏敬中孙）（宁德）、林栋（寿宁） | 施仁恩（台湾府）、张大江、林金城（粤籍）（台南）、李应辰（台北）、何朝章（嘉义）、施之东（彰化）、郑玉书（安平） |

① 按：此科副举人有福州府何汾、黄芳英、卢景渊，闽县黄慎徽、黄自申、陈镛，侯官胡绍铨、刘钟德、陈大章、刘崇絜，长乐陈颖，闽清林际暄，泉州府宋应祥，晋江陈寅垓，惠安陈德亮，长汀张拱南，连城黄雪峰，计17人。

② 洪业（1893—1980），原名正继，字鹿岑，号煨莲，畏怜，侯官人。

③ 按：民国《福建通志》先列延平府顺昌县高登鲤，隔汀州府连城邓登瀛，列黄、张二人，籍永安（属延平府），与该书先延平府后汀州府的体例不合，汀州府永定县之误刻。

续表

| 府州科年 | 福州府 | 兴化府 | 泉州府 | 永春州 | 漳州府 | 龙岩州 | 汀州府 | 延平府 | 建宁府 | 邵武府 | 福宁府 | 台湾府 |
|---|---|---|---|---|---|---|---|---|---|---|---|---|
| 107. 十八年壬辰(1892)刘福姚榜 | 陈锡瓒、池伯炜①、陈希贤②、陈钜前(闽县)、周景涛③(二甲,6名)、方家澍、陈毓鑫、许贞幹、黄允中、郭曾准④、郑炳章、钟为桢(侯官)、陈兆丰⑤(长乐) | | 张炳文(晋江)、傅国英、黄尔沤(南安) | | | | 康咏(长汀) | | | | | 陈登元(淡水) |

① 《明清进士题名碑录索引》作池百炜(第2853),注引《词林辑略》作池伯炜(第2854页)。池伯炜,字子膺。改庶吉士(民国《闽侯县志》卷四十二《选举志·清进士》)。

② 按:陈希贤,字吉士。改庶吉士(民国《闽侯县志》卷六十八陈懋侯传附)。

③ 周景涛,字松孙,号洵生。由庶常改刑部,改县令(陈衍《石遗室诗话》卷十二,第四条,第171页)。

④ 按:郭曾准,字少莱。改庶吉士(民国《闽侯县志》卷四十二《选举志·清进士》)。

⑤ 陈兆丰,字雪岩。翰林院庶吉士,出为四川武平县知县。

续表

| 府州科年 | 福州府 | 兴化府 | 泉州府 | 永春州 | 漳州府 | 龙岩州 | 汀州府 | 延平府 | 建宁府 | 邵武府 | 福宁府 | 台湾府 |
|---|---|---|---|---|---|---|---|---|---|---|---|---|
| 十九年(1893)癸巳恩科林旭榜① | 林旭(1,林福祚孙)、王庆生(王春霖曾孙)、刘志琨、陈震、兴培、王世澂、林宗奇、郭传昌、李炳、程琦、吴葆畴(吴嘉祥子)、刘成安、宋天达、陈翼为、陈兆琛、萧鸿昌、卢景渊、林钟琪、陈宝瑄、叶在诚(福州府)、桌凌霄、蒋仁、林葆恒、何尔坊、陈熙绩(陈通祺季弟)、刘登瀛、方新、叶大华、刘孝祐(萨嘉曦表甥②)、何炳修、高彤、俞庭萱、魏肇昌、李曜庚、柯肇岳、赵应鼎、邵瑞(邵连科孙、邵鸿元次子)、姚锡蕃、郑祖祺、叶大鋆、刘澧、郑篪、李仰高、翁应图、林福贻(闽县)、谢叔元、林怡、刘廷宾、祝文治、郑星驷、张秉谦、林焕霄、翁鸣瑝、葛世鋆、黄曾培、陈汉章、林灏图、林文奎、周建藩、陈眉翰、蒋琛、郑希穆、谢贤霖、林大瀛、杨辅、卓祖茂(卓鸿中子)、庄璇、李熙、林炳章、林秉衡(林秉芳弟)、程希箴、卓祖荫(侯官)、陈保棠(陈光斗子)、陈祖谦、高鸿燽(长乐)、叶如玉(福清)、程启昌(永福) | 林鸿侪(兴化府)、黄汉章、施大猷、曾兰春(莆田) | 张荄、陈家栩(泉州府)、潘翔墀(南安)、伍亮寅(惠安)、吕澂(同安) | | 张绳武、曹谦(漳州府)、张其澜(漳浦)、林镇荆(云霄) | | 谢松涛(长汀)、李含芬(连城) | | 邹士喆、杨豫(建宁府)、何履祥(瓯宁) | | 黄树荣(宁德) | 谢维岳(粤籍)(台湾府)、林文钦(台湾)、洪谦光、施葵(彰化)、林瑶、赖文安(安平)、李师曾(新竹) |

① 按:此科副举人有福州府郑宣纶、民心啊许秉钧、叶世鹏、魏文祺、李绛、侯官蔡恩纶、林承机、曾琛、马天翮、长乐邱豫鼎、林玉墀、闽清林梦清、永福张书馨、黄翼云、南安吴拱汉、同安陈士霖、永定黄友仁,计17人。

② 刘孝祐(字桂庵)有诗《读先芬集敬题》二首,其二倒数第三句末自注:"又恒表舅仕鲁有政声,孝祐备蒙教益。"(《雁门萨氏家谱》卷五,影印第952页)

续表

| 府州科年 | 福州府 | 兴化府 | 泉州府 | 永春州 | 漳州府 | 龙岩州 | 汀州府 | 延平府 | 建宁府 | 邵武府 | 福宁府 | 台湾府 |
|---|---|---|---|---|---|---|---|---|---|---|---|---|
| 108. 二十年(1894)甲午恩科张謇榜① | 林钺、陈寿琯、林柽藩(闽县)、翁成琪、林炳章②、蔡琛、郭传昌、林怡、林扬光(侯官)、陈君耀③、陈汝梅、陈諴(长乐) | 江春霖④(莆田) | 叶大年⑤(同安) | | | | 张超南(永定) | | | | | 萧逢源(凤山)、李清奇、施之东(彰化) |

① 《明清进士题名碑录索引》:"本科为太后六旬万寿恩科。"(第 2857 页)

② 按:翁成琪、林炳章(字惠亭)俱庶吉士(民国《闽侯县志》卷四十二《选举志·清进士》)。

③ 民国《长乐县志》:"翰林院庶吉士。"(卷十四上,《选举上》,影印第 218 页)

④ 按:江春霖,字杏邨。选庶吉士,散馆授编修,改御史(民国《福建通志》总卷三十四,《福建列传(清八)》卷三十九,江春霖传,第七十三页)。

⑤ 民国《同安县志》叶大年传:"点翰林院庶吉士。"(卷三十一,影印第 1030 页)

续表

| 府州科年 | 福州府 | 兴化府 | 泉州府 | 永春州 | 漳州府 | 龙岩州 | 汀州府 | 延平府 | 建宁府 | 邵武府 | 福宁府 | 台湾府 |
|---|---|---|---|---|---|---|---|---|---|---|---|---|
| 二十年(1894)甲午科伊象昂榜① | 郑骏、黄章文、张国光、郭曾泽、陈庆年、罗承祖、林铭新、周诚孚、曾稚奎、椿安、汪宗海、崧年、蔡绍元、黄运韶、刘孝祚(萨嘉曦表兄②)、王炎、郑宣纶、何汾、卢聿锟(福州府)、萨起岩(6)、方钟玉、林兆凤、徐友梅、陈希文、张履祥、郑孝先、曾毓隽、陈宝璜、余鸿钧、刘崇佑、刘敬、李宣龚、史式珍(史诚子)、林桂芳(林光谱侄)、陈乔年、张启钧、吴衡、林赞墀(闽县)、刘问沐、廖毓英、林翊、陈森、陈煜文、吴寿昌、钟肇祺、洪勳、范彦璋、陈羲图、刘凤仪、韩希文、王庆彬(王春霖曾孙)、刘文叟(刘端子)、欧福芗、刘蕲、郑澜、陈宪弼、郑鼎缨、罗焕垣、吴秉荃、范景恕、许中、叶鋆南(侯官)、林开謩(顺天,5)、郑猷宣(郑奇峰子)、郑兆祺、黄震亨、陈汝楫、陈端徽、邱锡勋、林焕章、林均、黄永筠、潘渭清(长乐)、陈履康(福清)、陈大基、陈葆元(连江)、黄乃裳(闽清)、力捷三、何际升、力锵(永福)、阮琇林、曾庆嵩、徐际元(古田) | 郑文豹、郑世卿(兴化府)、陈其殷(莆田) | 叶福钧(泉州府)、林翀鹤、周家栋、林焜藜、黄流、王大亨、吴国书(晋江)、张葆初(南安)、陈兆阶(惠安)、陈师洛、周冕、吴煌枢、吴锡圭、陈纲(同安) | 郑家驹(永春)、赖其浚(德化) | 张庚、林宝森、陈林淞(龙溪③)、陈辛、杨士鹏(漳浦)、邱炜萲(海澄)、庄庆忠(南靖)、李魁(诏安) | 吴镰(龙岩) | 李启宗(泰宁)、巫挹奎、黄元英(长汀)、伊象昂(1)、黄戴赓(宁化)、陈烇(上杭)、赖守璋、廖均(永定) | 陈旭铜、吴世康(延平府)、章云汉(南平) | 练蕴煇、郑念典(瓯宁)、罗得元(浦城) |  | 郭彭年(寿宁) | 黄仁山(台南)、欧道行(凤山)、施耀南(彰化)、许献琛(安平)、郑家珍(新竹)、林以佃、戴家林(宜兰)、黄希尧(淡水) |

① 按:此科副举人有福州府龚濬、陈曾、闽县刘世杰、许德枫、萨彤、郑龛瑞、侯官杨庆棠、翁福成、长乐柯受谦、陈准、闽清林文焕、晋江王恩布、建安卓心经、邵武府董亮、长汀彭正方、永定苏廷濬、德化林捷成,计 17 人。

② 刘孝祚(字芩舫)有《敬题先芬集奉寄农表弟诗家双正》诗(《雁门萨氏家谱》卷五,影印第 960 页)。

③ 按:民国《福建通志》三人作龙岩籍,后接漳州府漳浦县籍举人,此科举人最后录龙岩吴镰,确系漳州府龙溪之误。

续表

| 府州科年 | 福州府 | 兴化府 | 泉州府 | 永春州 | 漳州府 | 龙岩州 | 汀州府 | 延平府 | 建宁府 | 邵武府 | 福宁府 | 台湾府 |
|---|---|---|---|---|---|---|---|---|---|---|---|---|
| 109. 二十一年乙未(1895)骆成骧榜 | 卓孝复①(二甲,4名)(闽县)、林玉铭、叶芾棠②、李景骧、陈望林、廖鸣韶、林宗奇(侯官)、林开謩、邱炳萱、黄葆初、林振光(长乐)、林清照(闽清) | 郑宗郇(莆田) | | | | | | | | | 郭兆禄(福安)、刘廷珍、黄树荣(宁德) | |
| 二十三年(1897)丁酉科郑书祥榜 | 冯葆瑛、郑礼荣、陈聚星、林煦、高孝德、林自持、刘炳坤、高蒸、萧庚烈、林欣荣、林章孟、郑礼桐、林兆年、曹士元、陈维伦、林兆琦、陈培锟、饶昌颐、张勤益、郑绶章、李鹏图、郑淑彬(福州府)、徐友梧、何振岱(4)、陈镛、陈寿琨、郭良弼、翁黼元、庄公潞、汪琪、吴孝恺、张福谦、林有赓、叶世诚、林煦、梁峻年、王仁温、陈寿璐、何可衡、姚宗项、王应奇、萨起渭(顺天)(闽县)、郑书祥(1)、邵继溥、陈紫澜、林心穌(林鉴中子)、张南英、林飞、龚荫杼、陈兆浩、刘翼经、杨鞬、陶忠孚、林福祺、郭曾墀、翁福成、陈镜瀛、陶炳璋、范钟湘、许鹏举(侯官)、高伯荫、董藻翔、陈寿铭(陈元纲子)、李鸿图、梁鸿葆、高玉模、陈毓琦、陈平瑛(长乐)、俞炳枢(福清)、赵锡荣、孙维谦(连江) | 萧濬颐(莆田) | 周殿修、谢观澜(泉州府)、吴钟庆、龚显禧(晋江)、黄尔测(南安)、陈毓英(惠安)、黄赞夏、陈苞、周殿薰(同安)、陈文辉(安溪) | | 徐振声(漳州府③)、黄鸿藻、郑丹(龙溪)、陈炳煌(海澄)、沈纲(诏安) | | 李云翔、邱馥(汀州府)、雷焕猷、刘映奎(宁化) | | 曾鸿儒、翁肇初(建宁府)、范作霖、邹仰曾(瓯宁)、王恩浚(崇安) | 萧钟英(邵武) | 李肯堂(福安)、魏鸿翔(魏敬中孙)(宁德) | |

① 按:卓孝复(1855—1930),原名凌云,字芝南,号毅斋,晚号巴园。光绪壬午科郑孝胥榜福建乡试举人(民国《闽侯县志》卷六十八,卓孝复传)。

② 按:叶芾棠,改庶吉士(民国《闽侯县志》卷四十二《选举志·清进士》)。

③ 民国《福建通志》作泉州府籍,据其体例,系漳州府之误刻。

续表

| 府州科年 | 福州府 | 兴化府 | 泉州府 | 永春州 | 漳州府 | 龙岩州 | 汀州府 | 延平府 | 建宁府 | 邵武府 | 福宁府 | 台湾府 |
|---|---|---|---|---|---|---|---|---|---|---|---|---|
| 110. 二十四年戊戌(1898)夏同龢榜 | 陈培锟、陈应涛、何廷献、叶在藻(二甲,9名)、陈柏侯、赵以成、陈海梅(陈培锟之父)、吴孝恺(闽县)、蔡寿年、刘翼经、林师望、陈景韶①、李熙、端木棻(侯官)、陈耕三、陈易奇(长乐)、陈维伦(福清)、刘焕光(闽清)、曾广嵩(曾光斗族人)(古田) | | 杨廷玑(晋江)、陈纲(同安)、汪春源(南安)② | | 张纲(漳浦)、林镇荆(平和)、李魁(诏安) | 陈桂芳(漳平) | | | | | 魏鸿勋(宁德) | 陈濬芝(新竹)、黄彦鸿(淡水) |

① 按:陈景韶,光绪二十一年乙未贡士,戊戌殿试(民国《闽侯县志》卷四十二《选举志·清进士》)。

② 据民国《南安县志》卷二十《选举志》题名补入,注云:"台湾学中式。后入龙溪籍。"(原第二十二页,影印第136页)

续表

| 府州科年 | 福州府 | 兴化府 | 泉州府 | 永春州 | 漳州府 | 龙岩州 | 汀州府 | 延平府 | 建宁府 | 邵武府 | 福宁府 | 台湾府 |
|---|---|---|---|---|---|---|---|---|---|---|---|---|
| 二十八年壬寅(1902)补行庚子(二十六年,1900)辛丑(二十七年,1901)恩正并科林传甲榜① | 林步随、王运亨、马光桢、方汾玉、李存榖、贾凝禧、张葆达、何启椿、陈赞舜、曹鸿荃、裕瑞、裕彤、刘孝乔、徐友培、林其幹、陈海瀛、林琪、锡璋、陈培源、郭则沄、英贤、张一琴、陈敬、刘元任(顺天)(福州府)、唐瀚波、林鼎章、方兆鳌、陈翯、何谌、尤君飏、王楷、曾彭龄、叶在廷、姚大钧、江熙、陈承泽、于君彦、方侗、林孝曾、吴应魁、叶大篪、李景铭、毛伯钧、杜履中、于启嘉、萧梯铭、刘道龙、郑士燮、张宗辉、何受先、林振先、王际镐、曾毓骧、陈锡玉、王鸿犹(顺天)②、卓宝谋(顺天)③(闽县)、林传甲(1)、马天翮、高选锋(台籍)、陈寿彭、王剑秋、杨廷纶、林大任、林步瀛(林光谱次子,林觐光从侄)、祝廷赞、何忻、陈世泽、方仲恒、李毓文、吴鼎金、李源浩、陈宣觉、陈宗蕃④(侯官陈濂之子)、郑廷琮、李世新(李彦彬侄孙)、李鹏程、丁震(丁菁子)、黄光厚、翁序镛、薛维翀、孟琇棠、钟肇禧、王庆湘(王春霖曾孙)、唐履忱、邹大康、陈庆麒、王元龙、薛凤彤、黄瑊(侯官)、高士湘、郑勋、郑秉钦、黄通光、邱懿元、陈灏、吴畲芬(吴沅长子)、潘荫棠、蒋筠⑤(长乐)、林鼎祺、林绍翥、施国珍、吴则濂、何试铭(福清)、刘炳燮、孙维禧(连江)、黄懋祺、黄大贞、鄢耀枢、力钟、王绍沂(永福)、李鉴唐(古田) | 萧玉衡、陈耀枢、林葆真、黄国桢(兴化府)、林翰(5)、张灿斗、关陈謩、吴台、詹炳麟、朱训彝(莆田)、王师曾、王寿松、林阳新、江勋诸(仙游) | 宋应祥、庄鸿泽、黄鹤、余焕章、杨家栋、苏镜潭、郑星湖、施乾(泉州府)、林文龙、李国佐、陈砥修、林骚、吴曾、许行简、曾遒、陈育才、吴国藩、陈天球、陈寅垓、王冠群(晋江)、陈泽津、吴增、林辉鹏(南安)、赵巽、江煌煇、陈蓉光(惠安)、黄瀚、林培松、林逢春(安溪) | 郑翘松、林子鳌、周腾云(永春) | 陈锡朋、郑藻山(漳州府)、黄鸿翔、王人骥、曾谢恩、谢若兰(龙溪)、邱曾清(海澄)、庄升阳、陈欣春(南靖)、韩希琦、沈耀曾、陈熙台(诏安) | 郑镜杨、连贤基(龙岩)、刘万里(漳平) | 谢大昕(长汀)、罗镇藩(连城)、詹鸿逵、傅岩(上杭)、李靖黎(武平) | 邓德潜(沙县) | 陈映辉、王佐(建宁府)、严翼、陈堃(建安)、王子懿(建阳)、朱明、黄盛鸣(浦城) | 郑芳玉(光泽) | 黄金爵、李经文、郭翼唐、袁道元、张鼎钟、卢鸿(福宁府)、郑宗霖、蔡思幹、黄毓英(宁德) | |

① 林传甲(1877—1922),字奎腾,号葵云、奎云。侯官人。按:此科副举人有福州府陈诸荣、高鸿章、沈驷、陈与桀、闽县郭公阙、沈郁、郭梦熊、周祜、洪桐恺、侯官郭章鋆、刘子达、王葆濂、王赞墀、王世谦、薛裕昆、陈赞唐、马锡侯、长乐郑钟熺、董子良、陈祖烈、古田高古芳、屏南张运泰、莆田洪景皓、张琴、泉州府吴钟善、晋江吴乔年、同安陈炳南、龙溪苏祖泉、长泰陈达璋、政和张沛恩、汀州府江新、福安王师夷、胡国宾、龙岩吴琅、宁德魏鸿翚(据民国《福建通志·福建列传》卷三十八魏敬中传补),计35人。

② 《清代硃卷集成》第三四〇册:"本科顺天乡试举人(王)鸿犹"(举人郭则沄履历,影印第104页)。

③ 林纾《卓芝南先生继德配曹夫人七十双寿征文启》:"癸卯,擢郎中。长君宝谋,庚子、辛丑并科,中顺天乡试,亦于是年登进士。"(《林纾集》第一册,第407页)按:庚子、辛丑并科在光绪二十八年壬寅(1902),明年会试。

④ 按:陈宗蕃,原名同善,字莼衷,陈濂之子。世居南京。

⑤ 按:蒋仁、蒋琛、蒋筠俱长乐县屿头人(民国《长乐县志》卷十四上,《选举上》,影印第237-238页)。

续表

| 府州科年 | 福州府 | 兴化府 | 泉州府 | 永春州 | 漳州府 | 龙岩州 | 汀州府 | 延平府 | 建宁府 | 邵武府 | 福宁府 | 台湾府 |
|---|---|---|---|---|---|---|---|---|---|---|---|---|
| 111. 二十九年癸卯(1903)王寿彭榜① | 刘敬、于君彦②、卓宝谋、陈其相、萨起岩、何谌(闽县)、郭则沄、何启椿、杨廷纶、吴鼎金、王世澂、郑廷琮、马天翮、黄光厚、廖毓英、林步随③(侯官) | 关陈謩、曾兰春(莆田) | | | | | | | 林栋(寿宁) | | | 汪春源(安平) |
| 二十九年(1903)癸卯恩科林志烜榜 | 程树德、林翰西、汪涵川、文楷、吴宾驹(吴颐昌子)、高近宸、彭义涵、郑晓、毓沧、张图南、张培挺、陈祖琴、普铭(福州府)、林志烜(1)、王琮、李景銶、刘尔燧、林肇沅、翁燕翼、孟应□、梁禹瓒、沈郁、陈祖新、黄步琼、陈懋豫、韩其楫、卢端、赵寿鼎、魏宗藩(闽县)、陈琼、张大猷、沈觐宸(沈翊清子)④、刘崧英、陈翼勋、高奋、郑应麟、江古怀、邓仪中、陈祖望、杨鹏年、林佳书、田无逸、雷铭勋、萧诚、郭章鋆、林韡栘、萧信(侯官)、林锡光、石恩纶、陈耀妫、陈声骏、陈云卿、陈光燮、陈国麟、陈祖烈、林星赓、梁鸿志、林观成(长乐)、郑庚(福清)、黄宗藩、吴海澜(连江)、黄士恒、周蘧然、黄葆奇(永福)、魏建祥(古田) | 许有年、郑田龙、陈玉章(兴化府)、萧元海、程鸿远(程景明次子)、萧濬颖、陈其浚、张琴(莆田)、纪有堂(仙游) | 洪锡畴、吴锡璜、胡廷机、叶蓁(泉州府)、黄抟云、黄孙垣(晋江)、张时觉(惠安) | 王光张(德化) | 邱曾山、陈之麟(海澄)、许焕章、马征祥(诏安) | | 黄肇河(汀州府)、郑承明、张选青(长汀)、杨树璜(连城)、郑允谦、雷赞明(上杭)、赖咸(永定) | 郑元桢(南平) | 张澍恩(政和) | | 蔡祖熙(宁德) | |

① 《明清进士题名碑录索引》:“光绪二十七年(1901)辛丑科值清德宗三旬万寿,原定改为恩科,正科则推迟一年,于次年(壬寅,1902)举行,但因北京贡院于庚子被毁,二科均暂停,至本年始合并补行。”(第2865页)借闱河南贡院(开封)。

② 于君彦,字幼芗。闽县人。官翰林院编修(《冶山史话》,第53页)。

③ 按:林步随,官编修(民国《闽侯县志》卷四十二《选举志·清进士》)。

④ 按:沈觐宸,字笋玉,号肩红、卷阿。明年授中书舍人,改监察御史(《福建省文史研究馆志》)。

续表

| 府州科年 | 福州府 | 兴化府 | 泉州府 | 永春州 | 漳州府 | 龙岩州 | 汀州府 | 延平府 | 建宁府 | 邵武府 | 福宁府 | 台湾府 |
|---|---|---|---|---|---|---|---|---|---|---|---|---|
| 112. 三十年(1904)甲辰恩科刘春霖榜① | 林志烜、方兆鳌、李景铭、陈震、梁禹甸、叶大章、孟应奚、林振先、王鸿兟、林苍、叶大华(闽县)、陈宗蕃(侯官)、郑猷宣(长乐) | 张琴(莆田) | 林乾②(南安)、林翀鹤、林骚(晋江)③ | | | | | 郑元桢(南平) | | | | |

① 《明清进士题名碑录索引》:“本科因太后七旬万寿,改正科为恩科。”(第 2867 页)借闱河南贡院(开封)。民国《长乐县志》:“是科以论策义三场取士。”(卷十四上,《选举上》,影印第 218 页)

② 民国《南安县志》:“甲辰钦点翰林庶吉士。”(卷二十,《选举志》,原第二十一页,影印第 136 页)据此志,光绪三十一年甲辰科进士吴增(同页)。按:此志之“光绪三十年癸卯科谭延闿榜”、“光绪三十一年甲辰科”,均误。光绪三十年甲辰(1904)、三十一年乙巳(1905);又,谭延闿系光绪三十年甲辰科会元、二甲第三十五名进士(《明清进士题名碑录索引》,第 2865 页),“光绪三十年癸卯科谭延闿榜”当作“光绪三十年甲辰恩科刘春霖榜”。

③ 按:晋江林翀鹤系该科会试第 154 名贡士,未殿试,其胞弟林骚亦于同科成贡士。

# 附录二

## 清代闽人著述目录

本附录的编制是清代福建文学研究的基础性工作,属于尽力而为的文献工作。目前,本书收集到12000余种清代闽人著述书目,作者4000人左右,大部分文学家族性质的作者及其著述(1840年以后的文学家族及其著述待整理)在本书的第一部分三章清代福建492个文学家族条目下列出,并注明人物之间的关系,本附录则不注明人物关系。

本附录客观地呈现出清代福建文学家族的著述对于全清闽人著述的分量,对本书第三、四部分各章节观点的论证起到支撑作用。

柯愈春《清人诗文集总目提要》(北京古籍出版社2001年版)、李灵年等《清人别集总目》(安徽教育出版社2000年版)、福建师范大学图书馆古籍组《福建地方文献及闽人著述综录》、福建人民出版社2020年影印出版的《福建文献集成初编》200册提供了很多资料,均已逐条检视,簃录者均注明出处,敬致谢忱!

## 凡例

一、本书有关清代闽人著述的基本文献主要来自同治刊本《福建通志·经籍志》和民国《福建通志·福建艺文志》,参以各府、州、县地方志。同治刊本《福建通志》最后纂成于道光十四年(1834),民国《福建通志》称之为道光志,本书以其重刊于同治十年,称同治刊本《福建通志》。

二、本书大量簃录陈笃彬、苏黎明所著《泉州古代著述》一书所搜集的书目,感谢两位作者付出的辛苦工作。本书未一一核对文献原来的出处。

三、本目录极少部分与拙著《明代福建文学结聚与文化研究》所录明末清初闽人著述目录重合,盖以断代不能果决之故。

四、本目录未收录生于晚清、进入民国乃至现当代的闽人作者的白话文著作,故有所憾,但对民国间闽人的旧体文学创作予以著录。

五、本目录对于各种著录文献对于同一作者著述记载的异同、正误、异名、卷数多寡不能一一考辨。

六、清代台湾省建置时间(1885—1895)较短,清代台人著述仍附福建之下。溯其历史,台湾自古以来都是中国领土。明末清初,中国台湾为荷兰殖民者揆一(Fredick Coyett)所占,1662年(清康熙元年)明郑政权郑成功收复,康熙二十三年(1684)入清朝版籍,设台湾府,隶属福建省,光绪十一年(1885)九月建省,二十一年(1895)四月清廷批准《马关条约》,向日本割让中国台湾、澎湖。

七、施懿琳、廖美玉主编《台湾古典文学大事年表·明清篇》分年排比清代台湾府、台湾省(至1895)的文学创作活动,本目录基本簃录台人著述,以台湾建省后仅十年,与福建省文人的关系、文学创作活动的密切度非他省可比，亦予著录。

魏宪：《枕江楼集》十卷、《百家诗选》八十九卷（一题《皇清百名家诗选》八十九卷，康熙福清魏氏枕江堂刻本。《四库全书总目》卷一九四、民国《福建通志·福建艺文志》卷七十一作《百名家诗选》八十九卷）、《诗持初集》、《二集》、《三集》、《诗持》三集（《国朝全闽诗录初集》卷五魏宪条引《注韩居诗话》，实为四集二十六卷）（同治刊本《福建通志》卷六十九）、《补石仓诗选》十四卷（谢正光《清初人选清初诗汇考》，南京大学出版社 1998 年版）、《诗抄三集》（郭柏苍《竹间十日话》卷一）、《枕江堂诗集》二卷、文集二卷（康熙十二年刻本，中国科学院图书馆藏。柯愈春《清人诗文集总目提要》第 93 页）、《枕江堂诗》八卷文不分卷（康熙十二年刻本，中国科学院图书馆藏）、《魏惟度诗》一卷（康熙《皇清百名家诗》本，南京图书馆藏）（李灵年等《清人别集总目》第 2446 页）

叶鸣鸾：《蔚庵嫁衣集》八卷（康熙五年刻本）、（与张鹏翮修）《兖州府志》（柯愈春《清人诗文集总目提要》第 56 页）

徐陵：《尺木堂集》不分卷（钞本，福建师范大学图书馆藏。柯愈春《清人诗文集总目提要》第 95 页）

徐陵、侯官许珌、建阳黄澂之、晋江林赐环、侯官高兆、永福黄文焕：《投赠周栎园文册》两卷（民国《福建通志》总卷二十五，《福建艺文志》卷七十一）

徐钟震：（编）《闽南元雅》五卷（民国《福建通志》总卷二十五，《福建艺文志》卷七十一）、《徐器之集》（台北"国家图书馆"藏，刻本）、《雪樵文集》（稿本，台北"故宫博物院"藏本；稿本八册，国家图书馆藏）、《思文大纪》（马泰来《南明隆武朝史料〈思文大纪〉作者考证——兼论红雨楼藏书下落》，载《中国典籍与文化》2017 年第 3 期）、《雪樵集》（郭柏苍《明御史林涵斋先生事略》文中自注）

徐芝田：《耕田集》二卷（抄本）

庄以敬：《藤山草堂集》（同治刊本《福建通志》卷六十九）

庄国仪：《犀水遗稿》（同治刊本《福建通志》卷六十九）

孙拱极：《戴礼粹言》、《东井讲义》（同治刊本《福建通志》卷六十九）

孙让：《松窗偶寄》、《纪游草》（同治刊本《福建通志》卷六十九）

林日诏：《四书集解》、《古邑志余》、《达书》四卷、《卧梅集》、《江上吟》、《玉田风雅》四卷（同治刊本《福建通志》卷六十九）、《四余》（郑杰《注韩居诗话》）

林乔材：《禹贡注解》、《四书集说》、《秋霞子集》（同治刊本《福建通志》卷六十九）

余珍玉、余尊玉：《绮窗迭韵》（民国《福建通志》总卷四十五，《福建列女传》卷六，余珍玉传）

林常登：《西河忠义录》一卷（同治刊本《福建通志》卷六十九）

林首运：《餐霞集》二卷[①]（同治刊本《福建通志》卷六十九）

林首达：《鸣籁集》二卷（同治刊本《福建通志》卷六十九）

林三槐：《蓬庐草》（同治刊本《福建通志》卷六十九）

林国梁：《未焚草》（同治刊本《福建通志》卷六十九）

蔡以成：（纂）《冕宁县志（草稿）》（嘉庆十七年本）

蔡征藩：（自撰）《年谱》（民国《福建通志》总卷三十四，《福建列传》卷三十八本传注）

黄懋祺：《话雨山房诗钞》、《入蜀日记》、《政余随笔》、《群经考异》（民国《福建通志》总卷三十六，《福建循吏传》卷十三，黄懋祺本传）

刘端：《左传补疏》六十卷、《史汉引春秋三传考》二卷、《昏礼重别论五篇辨证》二卷、《西斋劄记》三

---

① 民国《福建通志》著录《餐霞集》二卷、《鸣籁集》二卷，作者皆林首达（民国《福建通志》总卷二十五，《福建艺文志》存目卷四十二，第七页）。

卷、《和顺团防规略》一卷、《捕蝗考》一卷(民国《闽侯县志》卷八十四《循吏传(五下)》本传)

刘大受:《樊香词》一卷(光绪九年小摩竭室《影事词存初稿》本)

陈鸿章:《周礼释义》二十卷、《仪礼释义》二十卷、《春秋纲要》十卷(民国《闽侯县志》卷七十七《儒行传(四上)》本传)

林宾日:《小鸣集》十卷(同治刊本《福建通志》卷二百四十一本传。林则徐《先考行状》作十二卷)、《倒颠集》(林则徐《先考行状》,《林则徐全集》第五册)

林则徐:《云左山房文钞》五卷(原稿,浙江省图书馆藏)、《云左山房文钞》四卷(又称《林则徐先生文钞》,上海广益书局1916年石印本)、《云左山房文钞》不分卷(钞本,沈祖牟辑,福建省图书馆藏)、《文忠公文稿》(林增和藏)、《文忠公骈文稿》(林增和藏)、《信及录》(稿本,林增和藏;福州林氏1916年铅印本,林翔辑)、《畿辅水利议》(光绪二年三山林氏家刻本。别称《北直水利书》、《直隶水田事宜》)、《道光年奏稿》(钞本)、《林文忠日记》(民国《福建通志》总卷二十五,《福建艺文志》卷五十)、《试帖诗稿》(残)、《己卯以后诗稿》(含《使滇小草》等,旧称《使滇吟草》、《使滇小草》)、《拜石山房诗集》、《黑头公集》、《云左山房诗稿》(稿本,佚)、《云左山房诗钞》①八卷附一卷(光绪十二年福州林氏家刻本)、《林则徐诗集》(郑丽生辑,海峡文艺出版社1987年版)、《林则徐对联拾存》(1984年,杨国桢、邓华祥编,未刊稿)、(萨嘉榘编)《林则徐联句类集》、《林则徐楹联集注》(170联,李文郑辑注,中州古籍出版社1993年版)、《林则徐集·公牍》(中华书局1963年版)、《林文忠公政书》(民国《福建通志·福建艺文志》卷二十二作三十七卷)、《林则徐奏稿·公牍·日记补编》(中山大学出版社1985年版)、《林则徐全集》②(海峡文艺出版社2002年版)、《荷戈纪程》(光绪三年刻本)、《林则徐集·日记》(中华书局1962年版)、《林则徐集·奏稿》上中下三册(中华书局1965年版)、《重浚江南水利全书》、《云左山房诗钞》、《使滇吟草》、《林则徐全集》十册、《拜石山房诗集》、《黑头公集》、《林则徐楹联辑注》(170联,李文郑辑注,中州古籍出版社1993年版)、《林则徐日记》(中华书局1962年版)、《云左山房诗文集》(《赌棋山庄词话》续编卷二"林则徐与邓廷桢词"条、《闽词征》卷四)、《林文忠公政书》三十七卷、《畿辅水利议》一卷、《直隶水田简要事宜》一卷、《滇轺纪程》一卷、《荷戈纪程》一卷、《云左山房诗钞》八卷文钞四卷(民国《闽侯县志》卷四八《侯官艺文志》)、(编)《四洲志》(道光二十四年古微堂《海国图志》五十卷本)、《林文忠公书翰墨迹》八卷(姚觐元砖刻拓本)、《林文忠公尺牍》(北京懿文斋影印本)、《潄香精舍旧藏林文忠公手牍》、《林则徐集·书札》(未刊稿)、(杨国桢编)《林则徐书简》(福建人民出版社1985年版)、《林则徐书札手迹选》(紫禁城出版社1985年版)、《林则徐书札手稿》(上海古籍出版社1985年版)、《林文忠公手改尺牍录存》残存四卷(道光林直手写本,福建省图书馆藏)、《林则徐手札真迹》(上海图书馆藏)、(凌青藏)《林文忠诗札》、(陈锡祺辑)《致怡良书柬》、(汇编)《澳门新闻纸》(南京图书馆藏本)、(编)《澳门月报》(《海国图志》本)、(纂)《华事夷言录要》(《海国图志》百卷本)、(辑)《滑达尔各国律例》(《海国图志》六十卷本)、(辑)《洋事杂录》(上海社会科学院历史研究所藏手抄本)、《云左山房诗余》不分卷(刘荣平《赌棋山庄词话校注》卷二注)、《云左山房诗钞》八卷附二卷(民国《福建通志》总卷二十五,《福建艺文志》卷六十六)、(与邓廷桢)《邓林唱和集》一卷(宣统元年浦江陈氏刻本。《清诗纪事》第8611页作《林邓唱和集》)、《塞上诗塞上竹枝词》一卷《回疆竹枝词》一卷《珠江竹枝词》一卷(清钞本,首都师范大学图书馆藏)、《题杨太真墓诗》(拓本,南京图书馆藏)、《林文忠公诗集》(光绪十二年福州刻本,厦门图书馆藏)、(郑丽生辑)《云左山房佚诗》一卷校录一卷(郑氏春檗斋钞本,福建师范大学图书馆藏)、(郑丽生辑)《云左山房佚文》(钞本,福建省图书馆藏)、《侯官林文忠公遗稿》不分卷(稿本,上海图书馆藏)、《林文忠公遗墨》一卷(稿本,中国科学院图书馆藏)、《林文忠公遗集》(光绪刻本,日本东洋

---

① 李灵年等《清人别集总目》著录《云左山房诗钞》三种:光绪十二年侯官林氏刻本,八卷,国家图书馆等处藏;光绪十二年福州刻本,八卷附录一卷诗余一卷试帖一卷,南京图书馆等处藏;宣统元年《邓林唱和诗词合刻》本,一卷(第1367页)。

② 柯愈春《清人诗文集总目提要》著录林则徐诗文集著作写本15种、刻本3种、石印本1种(第1190-1191页)。

文库藏)、(萨嘉榘辑)《林文忠公文稿编选》二卷(1959年手抄本,福建师范大学图书馆藏)、《林文忠尺牍》(《福建丛书》稿本,福建省图书馆藏)、《林文忠公书札诗稿》不分卷(稿本,国家图书馆藏)、《林则徐家书汇钞》(原稿本,福建省博物馆藏)、《林则徐家书》(民国十四年《清朝十大名人家书》本)、(中山大学历史系编)《林则徐集·书牍》(中华书局1985年排印本)、(黄泽德编)《林则徐信稿》(福建人民出版社1985年版)、《林则徐遗墨三种》(1962年钞本,福建师范大学图书馆藏)、《林则徐诗文选注》(上海古籍出版社1978年版)、(辑)《软尘私议》(共十九则)

林聪彝:《文忠公年谱草稿》(厦门大学历史系、南开大学图书馆藏,传抄本)、《西行日记》(民国《闽侯县志》卷六十九本传,民国《福建通志·福建列传》卷三十八题《广成西行日记》)

林贺峒:《味雪堂遗集》二卷(宣统元年刻本。民国《福建通志》、民国《闽侯县志》本传作《味雪堂遗稿》)

林扬光:《胜庄诗钞》不分卷(民国七年石印本,福建省图书馆藏;钞本,上海图书馆藏。柯愈春《清人诗文集总目提要》第1866页)

陈氏(林瀫桢之母):《闻妙香室集》(陈衍《近代诗钞》所引《悼亡十首》第六首注)

林瀫桢:《北征》、《感秋》诸集(陈衍《近代诗钞》下册第2212页)、《感旧集》不分卷(民国间铅印本,厦门市图书馆藏。柯愈春《清人诗文集总目提要》第1990页)、(编)《文藻遗芬集》(民国二十六年铅印本,中国社会科学院文学研究所藏)

李桂玉(署浣花女史,林瀫桢妻):《榴花梦》三百六十卷(抄本、中国文联出版公司1998年版)、《三奇缘》

邹姚华(无锡人,林瀫桢妻):《偕燕楼遗稿》一卷(《文藻遗芬集》本。柯愈春《清人诗文集总目提要》第2012页)

张清扬:《潜玉集》一册、《清安词》一册(《闽词征》卷六作《清安室词》,《闽词钞 闽词征》,福建人民出版社2014年版)(民国《闽侯县志》卷四八《侯官艺文志》)、《清安室词甲乙稿》(民国十年福州刻本)、《清安室诗补遗》一卷(《文藻遗芬集》本。柯愈春《清人诗文集总目提要》第2017页)

李枝青:《诗文集》(陈昌强《谢章铤年谱简编》光绪九年)、《西云札记》(陈昌强《谢章铤年谱简编》光绪十年)、《仓颉类篇辑本》、《佚海防略》、《诗文》等二十六卷、《西云文稿》一卷、《西云诗钞》二卷、《西云遗书》十卷(光绪间刻本,国家图书馆藏。柯愈春《清人诗文集总目提要》第1343页)、《西云诗钞》四卷文钞二卷(咸丰元年刻本)(李灵年等《清人别集总目》第793页①)、《芗园笔记》、《仓颉字考》、《说文疑》

林源焴:(辑)《欧农浅语》(刻本)

林家溱:《闽画记》四册、《西湖社诗存》、《福州坊巷志》(钞本,存四卷)、《魏子安年谱》一卷、《拥尘室读书记》一卷(收入《福州坊巷志:林家溱文史丛稿》,福建文史丛书本)、《观稼轩笔记》一册、《张亨甫年谱》、《闽中沿革表》五卷、《福州西湖简介》、《飏歌》(《福建省文史研究馆志》)、《平冶楼书目》(《竹间续话》卷四)

林景文:(辑)《林璧予先生讣告》一卷(民国二十四年铅印本)

李应奎:《京壶课艺》、《江西吟稿》

杨逢春、萧应槐(辑):《青云集分韵试帖详注》五册(道光二十七年刻本。泉州市图书馆藏)

郭守仁:《敬斋诗文集》(《清代硃卷集成》第338册郭绩昌履历,影印第63页)、《敬斋诗草》一卷(郭白阳《竹间续话》卷四)

---

① 李灵年等《清人别集总目》著录《札记》有二卷(咸丰元年刻本《西云诗钞》四卷《札记》二卷)、四卷(光绪六年福安李氏刻本《西云文钞》六卷《札记》四卷、光绪十年刻本《西云文钞》二卷《诗钞》四卷《札记》四卷)两种;《西云文钞》有二卷本(南开大学图书馆、福建省图书馆、北京师范大学图书馆、中国科学院图书馆藏本)、六卷本(光绪六年福安李氏刻本)两种;《西云诗钞》均为四卷本(第793页)。

郭阶三:《家塾易说》三卷、《诗草》一卷(郭白阳《竹间续话》卷四)

郭柏心:《琴学尊闻》二卷(民国《闽侯县志》卷六十九、郭白阳《竹间续话》卷四。民国《闽侯县志》卷四八《侯官艺文志》作一卷)

郭柏荫:《变雅断章衍义》一卷(侯官郭氏家集汇刻本)、《鳌峰课艺初编》(咸丰五年刻本)、《天开图画楼文稿》四卷、《石泉集》四卷(民国《闽侯县志》卷四八《侯官艺文志》)、《试帖》四卷、《击钵吟存稿》四卷、《嘐嘐言》、《续嘐嘐言》两种十卷[①](郭白阳《竹间续话》卷四。民国《闽侯县志》卷四八《侯官艺文志》作《嘐嘐言》六卷、《续嘐嘐言》四卷)、《击钵吟二集》(道光二十五年刻本)、《吴笺录》、《出陇杂诗》(杨浚《冠悔堂诗钞》卷三《和郭远堂观察被命入成都感怀原韵》)、《天开图书楼诗文稿》(《桐城文学渊源撰述考·补遗引用书目》)、《郭中丞诗钟存稿》七卷(光绪七年青莲书屋刻本)、《石泉诗集》(《冶山史话》,第216页)、(辑)《击钵吟全集(收前五集,陈焙焜署签)》上下册(福州诗社1995年重印本)、(修)《福州郭氏族谱》十卷(陈庆镛《籀经堂类稿》卷十二《福州郭氏族谱序》)、《石泉山人吟稿》不分卷(清钞本,福建省图书馆藏。柯愈春《清人诗文集总目提要》第1366页)、《悼亡集》(郭柏荫《天开图画楼文稿》卷一《悼亡集自序》)、《天开图画楼文稿》二卷(同治刻本,厦门图书馆藏)、《天开图画楼试帖》二卷(同治刻本,复旦大学图书馆藏)、《郭远堂所著书六种》二十三卷(同治刻本,南京图书馆藏)(李灵年等《清人别集总目》第1945页)

郭柏荫、黄绍芳、林寿图:《西湖冶春词》一卷(何振岱《西湖志》卷十九引杨浚《冠悔堂笔记》)

郭柏蔚:《重订东越文苑传》六卷、《半野轩诗集》、《洪塘历代乡先生小传》(郭白阳《竹间续话》卷四。郭柏苍《补蕉山馆诗》卷上《过千里眼庙游通骨岩宿借借室》后注"秀农兄曾撰《洪塘江历代名贤小传》,嵌诸寺壁"云云)、《半野炫诗文集》(《清代硃卷集成》第338册郭绩昌履历,影印第64页)

郭柏苍:《云闲堂诗文集》十三卷、《七月漫录附左传臆说》、《闽中郭氏支派大略附我私录》一卷、《闽会水利四种》、《闽中乌石山石刻》、《历代纪元宅都记略年号相同考》(《郭柏苍及其诗文研究》)、《嘐嘐言》六卷续编四卷(侯官郭氏家集汇刻本)、《我私录》一卷、《七月漫录》二卷(郭氏丛刻[②]本)、《历代纪元》、《宅都纪略》、《金鱼经》等三十余种(郭震《书香门第育英才》)、《福州郭氏族谱》(郭柏苍《葭柎草堂集》卷中《第六次修支谱序》作《福州郭氏支谱》十二卷)、《补蕉山馆诗》二卷(光绪七年辛巳刻本)、《鄂跗草堂诗》一卷(民国《福建通志·福建艺文志》卷六十六作二卷,是。光绪八年壬午刻本)、《三峰草庐诗》二卷(光绪九年癸巳刻本)、《沁泉山馆诗》二卷(光绪十年甲申刻本)、《柳湄小榭诗》一卷(民国《福建通志·福建艺文志》卷六十六作二卷。《清代诗文集汇编》第662册影印光绪十年甲申刻本,目录作一卷,版心作上卷)、《葭柎草堂集》三卷(民国《福建通志·福建艺文志》卷六十六作《葭柎草堂集》三卷续一卷,是。《补蕉山馆诗》至《葭柎草堂集》六种据光绪间郭氏汇刻本)、《七月漫录》二卷、《左传臆说》(民国《闽侯县志》卷四八《侯官艺文志》、民国《福建通志·福建艺文志》卷十作一卷)、《闽中郭氏支派大略》一卷(民国《闽侯县志》卷四八《侯官艺文志》作《闽中郭氏支派大略》一卷附《我私录》一卷)(数种总题《云闲堂全集》)、《竹间十日话》六卷、《海错百一录》五卷、《闽产录异》六卷、《三元沟始末》二卷、《新港开塞编》、《闽会水利故》一卷、《福州浚湖事略》一卷、《乌石山志》十卷、《历代纪元》、《都宅纪略》、《杜律臆解》、《全闽明诗传》五十五卷、(校刻以下九种)《周太朴诗》一卷、《制诏集》二十卷、《蓝山集》六卷、《蓝涧集》六卷、《石门集》七卷、《傅木虚集》十五卷、《林涵斋诗文集》二卷、《黄陶庵诗》一卷、《洪永十子诗》三十卷(郭白阳《竹间续话》卷四)、《三峰草庐诗注》(郭白阳《竹间续话》卷三)、《蒹秋葭柎草堂诗文

---

① 柯愈春《清人诗文集总目提要》著录《石泉山人集》二十六卷,同治间刻本,上海图书馆藏。内分《石泉集》四卷、《击钵吟存稿》四卷、《天开图画楼文稿》四卷、《试帖》四卷、《嘐嘐言》六卷、《续嘐嘐言》四卷(第1365页),《清代诗文集汇编》第609册影印《天开图画楼全集》二十七卷,以上诸集外,尚有《变雅断章衍义》一卷,合二十七卷,原刻本十册;《试帖》四卷题《天开图画楼试帖》四卷。

② 柯愈春《清人诗文集总目提要》著录郭柏苍诗文集,题《蒹秋诗集》十七卷,系光绪十一年刻《郭氏丛刻》本《补蕉山馆诗》二卷、《鄂跗草堂诗》二卷、《三峰草庐诗》二卷、《沁泉山馆诗》二卷、《柳湄小榭诗》二卷、《葭柎草堂集》三卷六种十三卷及《云间堂诗》四卷(清刻本,南京图书馆藏)的合称(第1506页)。

集》(《桐城文学渊源撰述考·引用书目》)、《葭柎草堂集续》(光绪间刻本)、《葭柎草堂文集经说杂著》、《郭氏丛刻》三十六卷[民国《福建通志》总卷二十五,《福建艺文志》卷七十六。系《七月漫录》二卷、《左传臆说》一卷、《闽中郭氏支派大略》一卷、《我私录》一卷、《竹间十日话》六卷、《三元沟始末》一卷、《闽产录异》六卷、《闽中海错百一录》五卷(民国《闽侯县志》卷四八《侯官艺文志》题《海错百一录》五卷)、《葭柎草堂集》三卷续一卷、《柳湄小榭诗》一卷(民国《闽侯县志》卷四八《侯官艺文志》作二卷)、《鄂跗草堂诗》二卷、《三峰草庐诗》二卷、《沁泉山馆诗》二卷、《补焦山馆诗》二卷合刻]、重修家乘及提井马鞍墓志图释三十卷(郭柏苍《三峰草庐诗》卷下《礼闱后寄都下示溶儿》诗中自注)、《郭柏苍集》二十四卷(光绪间刻本,日本京都大学文学部中哲文研究室藏。柯愈春《清人诗文集总目提要》第1506页)、《云闲堂诗》四卷(原刻本,南京图书馆藏。李灵年等《清人别集总目》第1944页)

郭溶(郭杰昌):《三亩园诗集》三卷、《虚受斋语》一卷(郭白阳《竹间续话》卷四)、《三亩园诗初集》不分卷(稿本,福建省图书馆藏)、《郭水容集》一卷(清钞本,国家图书馆藏。柯愈春《清人诗文集总目提要》第1782页,李灵年等《清人别集总目》第1937页题《郭水容稿》)

郭式昌:《说云楼诗草》二卷(台湾文海出版社1967年影印侯官郭氏家集汇刻本;郭白阳《竹间续话》卷四、(民国《闽侯县志》卷四八《侯官艺文志》)、《说云楼诗草》不分卷(清钞本,福建省图书馆藏。李灵年等《清人别集总目》第1939页)、(纂)《湖州府志》

郭传昌:《惜斋吟草》二卷、《剩存》一卷(民国《闽侯县志》卷四八《侯官艺文志》)、《吟草别存》一卷、《词草》一卷(郭白阳《竹间续话》卷四)、《惜斋词稿》(《闽词征》卷五,《闽词钞 闽词征》,福建人民出版社2014年版)、《惜斋词草》一卷(民国十五年刻本,《民国词集丛刊》本)、《惜斋诗集》(曹辛华《民国词史考论》第452页)、《惜斋吟草》二卷(石印本,上海图书馆藏)、《惜斋吟草》二卷《词草》一卷《别存》一卷(民国十五年排印本,上海图书馆藏;民国二十三年刻《侯官郭氏家集汇刊》本,无锡图书馆藏)(李灵年等《清人别集总目》第1941页)

郭曾炘:《匏庐诗存》九卷(陈宝琛《匏庵诗存序》)、《读杜札记》一卷(上海古籍出版社1984年版)、《楼居杂记》一卷、《邴庐日记》若干卷、(修)《德宗景皇帝本纪》、《圣训》(陈宝琛《郭春榆宫太保七十寿序》)、《德宗景皇帝实录》(陈宝琛《郭春榆掌院六十寿序》)、《剩草》一卷、《再愧轩诗草》一卷、《楼居偶录》一卷(郭白阳《竹间续话》卷四)、《徂年集》、《云萍麓稿》、《匏庐剩草》、《论诗绝句》(王树楠《赐进士出身诰授光禄大夫太子太保头品顶戴署典礼院掌院学士郭文安公神道碑》,见《辛亥人物碑传集》第605页)、《再愧轩草》、《读杜札记》一卷、《楼居杂记》一卷(民国《闽侯县志》卷六十九本传)、《亥既集》(《近代诗钞》中册第1154页,民国八年铅印本)、《郭曾炘集》(人民文学出版社2018年版)、《陋轩诗钞》不分卷(稿本,福建省图书馆藏。柯愈春《清人诗文集总目提要》第1868页)、《施注苏诗订讹》、《五臣本〈昭明文选〉注校误》

郭则沄:《龙顾山房诗集》十一卷、《龙顾山房骈体文钞》、《龙顾山房骈体文续钞》、《世儆堂日记》、《龙顾山房年谱》、《旧德述闻》六卷、《十朝诗乘》(一题《十朝诗》)二十四卷、《清词玉屑》十二卷、《遁圃詹言》十卷、《竹轩摭录》八卷、《庚子诗鉴》五卷、《南屋述闻》二卷、《知寒轩谈荟》、《各国政艺通考》七百七十五卷(合编)、《瓯东尘牍》、《瓯江去思录》、《龙顾山房诗赘集拾遗》、《龙顾山房文集》、《洞灵小志》八卷、《洞灵续志》、《洞灵补志》、《红楼真梦》(一名《石头记补》)、《蛰园律集》、《击钵吟》、《水香洲唱和集》、《瀛海采风录》(一题《瀛海采风记》)二卷、《江户竹枝词》、《金台录别集》、《铨政纲要》(郭则沄长孙郭久祺《郭则沄传略》)、(辑)《侯官郭氏家集汇刊》(民国二十三年侯官郭氏刻本)、《龙顾山房诗余》(一题《词集》)三卷(民国十七年栩楼刻本。曹辛华《民国词史考论》第452页一作六卷)、《龙顾山房诗余续集》(民国间刻本)、《独茧词》(民国《龙顾山房诗赘集》铅印本,曹辛华《民国词史考论》第384页)、(与袁思亮等合撰)《烟沽渔唱》七卷(民国二十二年铅印本)、《小鄂跗堂诗集》六卷四册(宣统元年钞本,中国社会科学院文学研究所藏)、《龙顾山房诗集》十五卷(民国十七年刻本,首都图书馆藏)、《龙顾山房诗余续集》一卷《诗余补录》一卷(民国三十三年铅印本,南京图书馆、中国社会科学院文学研究所藏)(柯愈春《清人诗文集总目提要》第 2021 页)、《龙顾山房诗》(民国七年刻本,南京师范大学图书馆藏)、《龙顾山房诗集》十二卷《诗余》三卷(民国十七年栩楼刻本)、《龙顾山房诗集》十二卷《续集》六卷《诗余》六卷(家刻本,南通大学图书馆藏)、《龙顾山房诗赘集》四卷(民国三十三年油印本)、《龙顾山房诗赘集》四卷《诗余续集》一卷《诗余补录》一卷(民国三十三年排印本、1955 年排印本)、《龙顾山房全集》三十六卷(民国十七年至二十五年刻本。收骈体文七卷、诗集十三卷、诗续集九卷、诗余七卷)(李灵年等《清人别集总目》第 1940 页)、《知寒轩谈荟》、《红楼真梦传奇》

郭则寿:《潇碧诗钞》二卷、《怀璞斋剩草》一卷(郭白阳《竹间续话》卷四)

俞玨(郭则沄妻,俞平伯长姊):《临漪馆诗词稿》四卷(含《临漪馆诗稿》三卷[①]、《临漪馆词稿》一卷,民国三十三年本)

郭则寿:《卧龙阁诗》一卷词一卷(民国三十三年排印《龙顾山房诗赘集》本附,南京图书馆藏。李灵年等《清人别集总目》第 1940 页)

郭仲年:《继声楼诗集》二卷(长乐市首占镇首占村存复印件)、《继声楼古今体诗》一卷(光绪四年刻本,福建省图书馆藏)、《继声楼帖体诗存》二卷[②](同治十二年刻本,福建省图书馆藏)(李灵年等《清人别集总目》第 1941 页)

郭白阳(郭可光):《鼓山揽胜集》、《闽藏书家考略》二卷、《全闽词话》八卷、《福建艺文续志》二卷、《竹间续话》四卷(一名《琐录》)(郭白阳《竹间续话》卷四)

郭可诚:《潜思庵诗草》一卷(民国《龙顾山房全集》本附,国家图书馆藏。李灵年等《清人别集总目》第 1939 页)

萧德音:《补拙斋文稿》(《清代硃卷集成》第 338 册郭绩昌履历,影印第 67 页)

林梦郊:《石甫诗文集》(郭柏苍《三峰草庐诗》卷上《忆林秀才梦郊》诗题下自注)

陈崇砥:《治蝗书》(一名《治化生蝻子图》,同治十三年莲池书局刻本)一卷、《固安县志》八卷(咸丰九年刻本)、《圣训绎谣》一册(同治元年刻本)、《拙修老人遗稿》一卷(高节陈氏诗略本)

陈宝廉:《残叶笺》一卷(高节陈氏诗略本,同治十一年刻本,四川省图书馆藏。柯愈春《清人诗文集总目提要》第 1652 页)

陈与同:《一系之居遗稿》一卷(高节陈氏诗略)、《可斋诗存》(民国《福建通志》总卷三十九,《福建文苑传》陈与冏本传附陈与同传)

陈与冏:《缄斋遗稿》一卷(高节陈氏诗略本)、《缄斋词》(《影事词存六种》,光绪九年曾淞刻本)、《读经说约》、《读鉴随笔》、《缄斋杂辑》(民国《福建通志·文苑传》本传作《缄斋杂葺》)、《疏纳草》(《侯官县乡土志》卷三本传)

陈与尚:《悔斋诗稿》一卷(高节陈氏诗略本,清华大学图书馆藏)

陈尔履:(纂)《颍川陈氏族谱》十卷首一卷(民国六年铅印本)

陈氏:《陈氏先世传略》一册(《郑孝胥日记》,第 1683 页)

陈桂林:《释耒轩诗集》(民国七年排印本,四川图书馆藏。李灵年等《清人别集总目》第 1308 页)

陈桂琛:《菲岛竹枝词》(民国十三年油印本,厦门图书馆藏)、《无锡杂咏》(民国油印本,厦门图书馆藏)(李灵年等《清人别集总目》第 1308 页)、《近代七言绝句选评》初集续集、《鸿爪集》、《漱石山房吟草》、《感事纪事诗文集》等

陈祥耀:《喆庵诗集》二卷(1986 年海峡文艺出版社影印本。李灵年等《清人别集总目》第 1310 页)

梁澄漪:《锦河诗集》一卷(民国《长乐县志》卷十四下《选举志下·封赠》)

---

① 李灵年等《清人别集总目》著录,民国三十三年铅印郭则沄《龙顾山房诗集》本附(第 1638 页)。

② 柯愈春《清人诗文集总目提要》著录《继声楼古今体诗》一卷,清刻本,国家图书馆藏;《帖体诗存》二卷,同治七年刻本,首都图书馆藏(第 1540 页)。

梁邦柱:《砥峰诗集》二卷(民国《长乐县志》卷十四下《选举志下·封赠》)

梁剑华:《天池堂诗文集》四卷、《策学类编》四卷、《书香堂笔纪》八卷(民国《长乐县志》卷十四下《选举志下·封赠》)

梁上宝:《易簋徵诗文集》二卷(民国《长乐县志》卷十四下《选举志下·封赠》)

梁赞图(改名梁上治):《四勿斋诗文集》四卷、《四勿斋随笔》二卷(民国《长乐县志》卷十四下《选举志下·封赠》)、《四勿斋剩稿》、《翼斋公遗诗文》(蔡莹涓《梁章钜家世与生平推考》,载《厦门广播电视大学学报》2009年第4期)

梁上泰:《漱芳编》、《格言》二卷、《漱芳斋诗文集》四卷(民国《长乐县志》卷十四上《选举上》)、《湛持室诗钞》(民国《福建通志》总卷三十四,《福建列传》卷三十七,梁上泰本传)

梁上国:《驳阎氏尚书古文疏证》五卷、《驳毛氏大学证文》一卷、《奏疏》一卷(同治刊本《福建通志》卷六十九题《梁九山奏疏》一卷)、《进御诗文》(同治刊本《福建通志》卷六十九、民国《福建通志·福建列传》梁上国本传题作《进御诗赋》)一卷、《山左游记》一卷、《辽藩游记》(陈寿祺《皇清诰授通议大夫太常寺卿广西提督学政梁公墓系铭》题《辽沈游记》)一卷、《山右游记》一卷、《粤西游记》一卷、《诗文集》十余卷(民国《长乐县志》卷二十三本传)、《国朝闽海人文》五卷(同治刊本《福建通志》卷六十九题《闽海人文》五卷)、《数目通典》十余卷(民国《福建通志·福建艺文志》卷三十三、同治刊本《福建通志》卷六十九作十卷)(民国《福建通志》总卷三十四,《福建列传》卷三十七本传)、《九山诗文集》十二卷(同治刊本《福建通志》卷六十九作十卷)、《数目通典》十卷(刘荣平《赌棋山庄词话校注》第391页)、《古文尚书条辨》五卷(同治刊本《福建通志》卷六十九。民国《福建通志·福建艺文志》卷三注云一作八卷)

梁韵书:《静庵诗文草》八卷(民国《长乐县志》卷二十九《闺秀传》本传)、《静安吟草》(民国《福建通志·福建艺文志》别集清三第八页)、《影香窗诗词》(《闽词征》卷六,《闽词钞 闽词征》,福建人民出版社2014年版)

梁云铣:《辽东行记》三卷、《养心录》三卷、《山居小稿》一卷、《正心斋诗文集》六卷(同治刊本《福建通志》卷六十九)、《正心斋诗文集》四卷、《辽沈纪游》二卷、《正心斋随笔》一卷(民国《长乐县志》卷十四上《选举上》)(民国《长乐县志》卷二十九《闺秀传》本传)、《九山梁四府君行述》(《福建地方文献及闽人著述综录》第171页)

梁云镛:《无俗声室诗文集》八卷、《琴谱》二卷(民国《长乐县志》卷十四上《选举上》)、《散花丈室诗》[1][谢章铤《赌棋山庄文又续》卷一《散花丈室诗后序》。一名《天花丈室诗》六卷(民国《福建通志》总卷二十五,《福建艺文志》卷六十六]

梁云镶:《洗心轩诗文》二卷(民国《长乐县志》卷十四下《选举志下·封赠》)、《洗心书屋词》(《闽词征》卷四)

梁际昌:《瞻彼□斋诗文集》六卷(民国《长乐县志》卷十四上《选举志上》)、《节录石墨镌华节录金石史节录闲者轩帖考》(稿本)、《虚白室偶存诗草》一卷(福建省图书馆藏本)

梁运昌:《秋竹斋诗文集》八卷、《两汉魏晋宋齐诗式》、《苏诗钞》、《唐人风格集》、《杜韩诗纲》、《唐诗随笔》、《杜园说》、《陈氏古音考订》、《读诗考韵声谱》(梁章钜《曼云公家传》作《读诗考韵行谱》)、《陈心炳韵语琐掇》、《说文小笺》、《四书偶识》(民国《长乐县志》卷十九《艺文志》)、《方言摭遗》(民国《福建通志·福建艺文志》卷十五作《方语摭遗》)、《说文小笺》(民国《福建通志·福建艺文志》卷十五作《说文解字小笺》)、《秋竹斋别集》十卷、《劳薪集》一册无卷数、《杜园说杜》二十卷附录四卷、《杜园臆说》、《韩诗细》、《东坡诗钞》(民国《福建通志》总卷二十五,《福建艺文志》卷六十六)、《秋竹斋诗文集》八卷、《葵外山房剩稿》、《史汉眉评》、《难经发明》、《全唐诗随笔》、《唐文风格集》(《长乐市志·古代人物

---

① 柯愈春《清人诗文集总目提要》著录《散花丈室诗稿》不分卷,清钞本,谢章铤校,福建省图书馆藏(第1243页),系同一种。

传》)、《秋竹斋诗存》八卷[①](民国《福建通志》总卷三十九,《福建文苑传》卷八本传)、《秋竹斋试律附存》一卷(《清代诗文集汇编》第499册影印道光二十四年刻本)、《唐人风格集》、《杜园说杜》、《四书文稿》(梁章钜《曼云公家传》,《秋竹斋诗存》卷首,《清代诗文集汇编》第499册,影印第3页)、《读说文解字小笺》不分卷(《福建文献集成初编》第34、35册影印复旦大学图书馆藏稿本)

梁章钜:《老子随笔》二卷(无求备斋老子集成续编第7函光绪二十八年避舍盖公堂刻本)、(辑)《南省公余录》八卷[②](二思堂丛书本,谢振定序)、《制义丛话》二十四卷六册(咸丰八年刻本。《退庵自订年谱》作《制艺丛话》二十四卷)、《论语集注旁证》二十卷(支伟成《清代朴学大师列传》一作《论语旁证》二十卷)、《孟子集注旁证》十四卷(支伟成《清代朴学大师列传》一作《孟子旁证》十四卷,《退庵自订年谱》作《孟子集注》十四卷)、《夏小正经传通释》四卷(梁章钜《退庵自订年谱》页六。支伟成《清代朴学大师列传》一作《夏小正通释》四卷,《福建文献集成初编》第16册影印上海图书馆藏光绪间刻本一卷)、《仓颉篇校证》三卷(民国《福建通志·福建列传》卷三十八本传、《退庵自订年谱》作《校补仓颉篇》三卷、民国《福建通志·福建艺文志》卷十五作《仓颉篇校补》)、《经麈》八卷、《古格言》十二卷、《三国志旁证》三十卷(支伟成《清代朴学大师列传》、《清儒学案》卷一百三十四《鉴塘学案·梁先生章钜》作二十四卷)、《文选旁证》四十六卷[③]、《清臣工言行记》十二卷(支伟成《清代朴学大师列传》一作《国朝臣工言行记》十二卷,又二十卷)、《枢垣纪略》十六卷(《归田琐记》题《枢垣纪录》十六卷。《退庵诗存》卷九《军机章京以论政为宜而五人者独喜谈艺珥笔之暇辄相与往复喧辨不休旁观多窃议之因戏为枢直五君咏聊代解嘲云·叶云素农部》诗中注云辑《枢直题名录》)、《退庵随笔》八卷[④](同治刊本《福建通志》卷六十九、《退庵自订年谱》作二十卷,民国《福建通志·福建艺文志》卷五十作二十二卷)、《退庵题跋》二十卷(同治刊本《福建通志》卷六十九作二卷)、《续跋》二卷、《退庵文存》二十四卷、《籐花吟馆诗钞》十二卷、《退庵诗存》二十四卷、《续存》八卷(同治刊本《福建通志》卷六十九题《退庵诗续存》八卷)、(辑)《东南峤外诗文钞》三十卷[⑤]、《闽诗钞》五十卷(民国《福建通志·福建艺文志》卷七十一题《全闽明诗钞》五十卷)、《闽川文选》五十卷、《三管英灵集》五十八卷、《脞说》、《诗话》(民国《长乐县志》卷二十五《文苑传》本传)、《楹联丛话》(上海古籍出版社1987年版)、《春曹题名录》六卷、《称谓拾遗》十卷(支伟成《清代朴学大师列传》梁章钜传)、《称谓录(校注本)》十卷(福建人民出版社2003年版)、《楹联丛话全编》、《乾嘉全闽诗传》十二卷首一卷(清手抄本)、《退庵诗续存》(道光二十四年刻本)等八十五种(蔡莹涓《梁章钜研究》,福建师范大学2009年硕士学位论文)、《师友记》(道光二十六年刻本)、(与陈寿祺合纂)《御制全史诗注》四十六卷、《农候杂占》四卷(中华书局1956年版)、《制艺丛话试律丛话》(上海书店出版社2001年版)、(辑)《东南峤外书画录》二十卷、(辑)《长乐诗话》八卷、(分纂)《西域图志》、《沧浪亭题咏》二卷(同治刊本《福建通志》卷六十九、《清儒学案》卷一百三十四《鉴塘学案·梁先生章钜》作《沧浪题咏》二卷,《退庵自订年谱》作《沧浪亭题咏》二卷)、《铜鼓联吟集》二卷(《退庵自订年谱》作二卷,蔡莹涓《觞吟往来重风雅——梁章钜诗事探析》作四卷附卷首一卷)、《退庵随笔》二十卷(《清儒学案》卷一百三十四《鉴塘学案·梁先生章钜》作二十二卷)、(自辑)《年谱》(民国《福建通志》总卷三十四,《福建列传(清七)》卷三十八,梁章钜本传;一题《退庵居士自订年谱》,道光二十九年刻本)、《沧浪亭图诗册》(林则徐《梁芷邻观察沧浪亭图诗册序》)、《闽文复古编》六卷(《清儒学案》卷一百三十四《鉴塘学案·梁先生章钜》;林则徐《制义丛话后序》,《林则徐全集》第五册)、《戏彩亭唱和集》一卷、

---

① 李灵年等《清人别集总目》题作《秋竹斋诗卷》八卷,稿本,残存二卷,上海图书馆藏(第2131页)。

② 梁章钜《退庵自订年谱》云《南省公余录》十卷,嗣复拓为八卷(页五)。

③ 梁章钜《文选旁证自序》云"勒成三十卷,统名之曰《文选旁证》"(《退庵文存》,《清代诗文集汇编》第515册,影印第321页),当是初刻卷数。

④ 梁章钜《退庵自订年谱》云《退庵随笔》二十卷(卷字前旁添"二"字),为关中友人所刻,至桂林,复加增删,扩为二十四卷(页十四)。

⑤ 按:民国《福建通志》著录《东南峤外诗钞》宋三十卷,解题云:"据此,并未有文钞;即有,亦不在三十卷之内。"(民国《福建通志》总卷二十五,《福建艺文志》卷七十一,第十三、十四页,引)

《吴中唱和集》八卷、《小沧浪七友图》、《沧浪亭志》四卷、《经尘》八卷、《文选考证》四十六卷、《退庵随笔》二十四卷、《随园诗话随笔》二卷、《玉台新咏读本》十卷、《试律丛话》十卷、《楹联丛话》十二卷、《楹联续话》四卷、《楹联剩话》二卷、《巧对录》四卷[①](民国《福建通志·福建艺文志》卷五十作八卷)、《农家占验》四卷、《东南峤外诗话》三十卷(《清儒学案》卷一百三十四《鉴塘学案·梁先生章钜》作二十卷)、《三管诗话》四卷、《雁宕诗话》二卷(民国《福建通志·福建艺文志》卷七十五作《雁荡诗话》二卷,同治刊本《福建通志》卷六十九作《雁荡诗话》三卷)、《闽中闺秀诗话》二卷(同治刊本《福建通志》卷六十九作四卷,光绪元年刻本)、《武彝游记》二卷、《梁祠辑略》(《退庵自订年谱》作《梁祠纪略》)二卷(同治刊本《福建通志》卷六十九作一卷)、《梁氏家谱》四卷、《吉安室书录》十六卷、《退庵续跋》二卷、《归田琐记》十卷(同治刊本《福建通志》卷六十九、《清儒学案》卷一百三十四《鉴塘学案·梁先生章钜》作八卷)、《浪迹丛谈》十一卷(同治刊本《福建通志》卷六十九作十卷。按:卷十一为附卷)、《浪迹续谈》八卷(民国《福建通志·福建艺文志》卷五十题《浪迹丛谈》八卷、《续谈》八卷)、《浪迹三谈》六卷、《退庵诗续存》八卷、《师友集》八卷(《浪迹丛谈》卷二"师友集"条作十卷,道光二十五年刻本)、《寒檠杂咏》一卷、《藤花吟馆试帖》二卷、《宣南赠言》二卷、《江汉赠言》二卷(《退庵自订年谱》作二卷,同治刊本《福建通志》卷六十九作一卷)、《沧浪题咏》二卷、《东南棠荫图咏》三卷(同治刊本《福建通志》卷六十九作《东南棠阴图咏》一卷,《清儒学案》卷一百三十四《鉴塘学案·梁先生章钜》、《退庵自订年谱》作三卷)、《葑江别话》四卷、《三山唱和集》(一名《三山唱和诗》)十卷、《闽文复古编》六卷、《闽文典制钞》四卷、《师友文钞》二十四卷、《八家师友文钞》十二卷、(校刊郑光策)《西霞文钞》、校刊程同文、吴慈鹤遗集数十卷(林则徐《诰授资政大夫兵部侍郎都察院右副都御史江苏巡抚梁公墓志铭》)、《续诗存》(林则徐《致梁逢辰》,《林则徐全集》第八册)、《随安室书录》(林则徐《致梁章钜》,《林则徐全集》第八册、《浪迹丛谈》卷一"水仓"条)、《退庵文集》、《退庵诗存》二十五卷、《藤花吟馆诗钞》十卷(民国《福建通志》总卷二十五,《福建艺文志》卷六十六)、《东南峤外诗钞初集》唐十二卷、《东南峤外诗钞》宋三十卷(民国《福建通志》总卷二十五,《福建艺文志》卷七十一)、《二思堂丛书》十六册(道光至光绪刻本)、《闽川诗话》(民国《福建通志》总卷二十五,《福建艺文志》卷七十五引谢章铤《赌棋山庄余集》)、《南浦诗话》四卷(《二思堂丛书目录》。同治刊本《福建通志》卷六十九作八卷)、《南浦诗话》八卷、《补萝山馆诗话》、《竹窗杂录》(民国《福建通志》总卷二十五,《福建艺文志》卷七十五)、《试帖丛话》八卷、《辑古格言》十二卷、《江田梁氏诗存》九卷、《三管诗钞》五十八卷、《北行酬唱集》四卷(同治刊本《福建通志》卷六十九)、《退庵金石书画跋》二十卷(道光二十五年刻本。书牌题《退庵所藏金石书画跋尾廿卷》,即李放、叶眉《皇清书史》卷二十九"谢璥"条下注引的《退庵书画跋》)、《闽中闺媛诗》(《闽川闺秀诗话》"梁兰省"条)、(辑)《秀峰题咏》(蔡莹涓《觞吟往来重风雅——梁章钜诗事探析》)、《武夷游稿》(杨庆琛《读梁茝林仪部武夷游稿题后》,《绛雪山房诗钞》卷四)、(辑)《安定遗编》(梁章钜《退庵诗存》卷一《述祖德诗三十首》序)、(核办)《名宦乡贤疏稿》(《退庵诗存》卷九《题邓篔山太守崇祀名宦录后》其二诗中注)、(预校勘)《辽史》、《金史》、《元史》三史[②]、(预分纂)《大清通礼》(《退庵诗存》卷十一《京居十日叠前韵复得四首》其三句中注)、(辑)《翼斋公遗诗文》两卷、《行状》一卷、《家谱》十卷、(与陈名世同校刊)《西霞文钞》二卷、(与陈寿祺分纂)《御制全史诗注》六十四卷、(辑程同文)《密斋诗存》四卷(梁章钜《退庵自订年谱》)、《清书录》(陈铁民《浪迹丛谈续谈三谈·点校说明》)、《梁茝林沧浪诗》一卷(浙江图书馆藏稿本,柯愈春《清人诗文集总目提要》第 1094 页)、《国朝臣工言行记》二十六卷(《福建文献集成初编》第 66-68 册影印上海图书馆藏清钞本)、(辑)《闽贤遗墨》不分卷(《福建文献集成初编》第 187 册影印国家图书馆藏稿本)、《梁章钜科举文献二种校注》(陈水云、陈晓红校注,武汉大学出版社 2009 年版)、《藤花吟馆诗钞》

① 按:民国《福建通志·福建艺文志》卷七十六著录梁章钜《二思堂丛书》,解题引陈衍《石遗室书录》云:"《年谱》作四卷,误。"(第五页)

② 《退庵自订年谱》云分得校刊《金史》全部(页九)。

五卷(道光五年序刻本,上海图书馆藏)(李灵年等《清人别集总目》第 2137 页)

梁恭辰:《劝戒录》五集二十七卷(道光、同治间柏香山馆刻本)、《劝戒录类编》(民国十年铅印本)、《劝戒录类编节本》(民国十九年丁氏铅印本)、《北东园笔录》(一名《池上草堂笔记》)初编、续编、三编、四编合二十四卷(同治五年刻本、光绪二十一年刻本、《笔记小说大观》本)、《楹联四话》、《巧对续录》(《楹联丛话全编》本)

杨渼皋:《不忘初斋诗草》二卷(光绪十年福州梁氏刻本。《福建地方文献及闽人著述综录》第 101 页)、《榕风楼诗存》二卷(民国《福建通志》总卷二十五,《福建艺文志》卷六十六;民国《福建通志》总卷四十五,《福建列女传》卷六,杨渼皋本传)

梁兰省:《梦笔山房诗稿》(民国《福建通志》总卷四十五,《福建列女传》卷六,梁兰省本传)

梁赋茗:《卧云楼诗草》(民国《福建通志》总卷四十五,《福建列女传》卷六,梁兰省传附)

梁兰芳(一作梁兰芬[①]):《小方壶诗草》(民国《福建通志》总卷四十五,《福建列女传》卷六,梁兰省传附)

梁金英:《爱荷香诗草》一卷(民国《福建通志》总卷四十五,《福建列女传》卷六,梁兰省传附)

梁佩荘:《蕉雪轩吟草》(民国《福建通志》总卷四十五,《福建列女传》卷六,梁兰省传附)

梁瑞芝:《香雪斋小草》一卷(民国《福建通志》总卷四十五,《福建列女传》卷六,梁瑞芝本传)

梁履将:《木南山馆词》一卷(谢章铤《赌棋山庄词话》续编卷五"梁履将《木南山馆词》"条。一题《木兰山馆词》,不分卷)

梁鸿志:《爰居阁诗集》十卷附续集(民国二十八年梁氏自刻本,南京图书馆等处藏)、《爰居阁诗续》一卷(民国三十年排印本,南京图书馆藏)(李灵年等《清人别集总目》第 2139 页)、《入狱集》、《待死集》

吴赞韶:《种瑶草斋诗影》不分卷(道光二十四年、民国二十三年铅印本。柯愈春《清人诗文集总目提要》第 1185 页)

李宗言:《守言录》二卷(光绪二十四年刻本,民国《福建通志·福建循吏传》李宗言传、林纾《清荣禄大夫署江西广信府知府二品衔安徽候补道闽县李公墓志铭》题《守信录》)、《福州李氏支谱》(林列《林琴南书信(四封)》)

李宗祎:《双辛夷楼词》一卷(光绪二十四年刻本、民国《福建通志》总卷三十九,《福建文苑传》卷九本传、民国《福建通志》总卷四十五,《福建列女传》卷六李慎容本传)、《武夷游草》一卷(《近代诗钞》李宗祎条引《石遗室诗话》)

李慎容(《闽词征》一作李慎溶):《花影吹笙室词》一卷(光绪二十四年刻本《双辛夷楼词》附、小檀栾室汇刻闺秀词第十集;民国《福建通志》总卷二十五,《福建艺文志》卷七十二)

李宣倜:《剑暮室诗余》(《闽词征》卷六,《闽词钞 闽词征》,福建人民出版社 2014 年版)、《苏堂诗拾》不分卷(1956 年油印本,南京图书馆藏)、《秋声集》(民国十七年北平排印本,国家图书馆藏。李灵年等《清人别集总目》第 808 页)、《评京剧诗稿》(《福建省文史研究馆志》)、(校补、续)《鞠部丛谈》(陈衍《石遗室诗话》卷三十二,第二条)、《苏堂诗续》一卷(1957 年油印本,南京图书馆藏)、《岁朝唱和集》、《观剧竹枝词》十五首、《续观剧竹枝词》十首、(辑)《墨巢丛刻》(民国间铅印本)

李宣龚:《双辛夷楼书画》(商务印书馆 1934 年版)、《硕果亭诗》二卷(民国十八年、二十九年铅印本;陈衍《近代诗钞》校)、《硕果亭诗续》三卷(民国二十九年上海排印《墨巢丛书》本。李灵年等《清人别集总目》第 808 页)、《墨巢词》一卷(《墨巢丛刻》本,民国二十九年铅印)、《墨巢词续》一卷、《硕果亭诗续》四卷、《硕果亭文賸》一卷(上海商务印书馆 1950 年铅印本、《墨巢丛刻》本、文海出版社 1966 年影印本)、《李宣龚诗文集》及附录《硕果亭重九唱和集》、《硕果亭看花酬唱集》两种(华东师范大学出版

① 卢美松《松轩史话》,第 70 页。

社 2009 年版)、《硕果亭集》六卷(民国二十九年铅印《墨巢丛刻》本,首都图书馆藏)、《硕果亭集》八卷(商务印书馆 1950 年版)(柯愈春《清人诗文集总目提要》第 2006 页)、《硕果亭诗》二卷、《墨巢词》一卷、《诗续》四卷、《文剩》一卷(商务印书馆 1950 年版。李灵年等《清人别集总目》第 808 页)

陈松卿:《苍谷杂著》(《明宫词》二卷、《课余丛拾》八卷续编二卷、《诗赋杂俎》一卷附楹联诗钟杂文、《云怡随笔》一卷、《葩经辑对》一卷附、《庶物人名录》一卷附、《韵海珠船五卷》)(抄本,福建师范大学图书馆藏)

陈钟莱:《樗巢杂俎》(民国稿本)

郭岵:《萱草堂集》(同治刊本《福建通志》卷六十七)

林莹:《知非集》(同治刊本《福建通志》卷六十七)

黄德秀:《四书述解合参》(同治刊本《福建通志》卷六十七)

林崇:《响山楼集》、《可闲堂集》(同治刊本《福建通志》卷六十七)

黄晋良:《井上述古》(民国《福建通志·福建艺文志》卷六十四作六卷)、《桂林笔录》、《和敬堂文集》十六卷、《诗集》二十八卷、《唐诗剩义》三十卷(同治刊本《福建通志》卷六十七)

郑法先:《叙古津子诗集》(黄晋良《和敬堂全集》文部卷五,《清代诗文集汇编》第 54 册,影印第 150-151 页)

曾有三:《拳石翁秋余草》(黄晋良《和敬堂全集》文部卷一,《清代诗文集汇编》第 54 册,影印第 114 页)

曾俊心:《况亭诗》(黄晋良《况亭诗序》,《和敬堂全集》文部卷二,《清代诗文集汇编》第 54 册,影印第 119 页)

何洞庵:《何舍人剑客诗》(黄晋良《何舍人剑客诗序》,《和敬堂全集》文部卷三,《清代诗文集汇编》第 54 册,影印第 126 页)

李桐衣:《游草》(黄晋良《永安李桐衣游草序》,《和敬堂全集》文部卷四,《清代诗文集汇编》第 54 册,影印第 134 页)

施雯倩:《望岁庄诗集》(黄晋良《题施雯倩望岁庄诗集》,《和敬堂全集》诗部卷十,《清代诗文集汇编》第 54 册,影印第 301 页)

黄肇熙:《客中集》、《楚行草》(同治刊本《福建通志》卷六十七)

陈丹赤:《陈忠毅奏议》一卷、《客吟草》(同治刊本《福建通志》卷六十七)

陈登龙:《读礼余篇》二卷、《天全州闻见录》二卷、《里塘志略》二卷、《蜀水考》二卷、《出塞录》一卷、《对雪楼杂录》二卷、《秋坪诗集》十四卷、《杂著》四卷(同治刊本《福建通志》卷六十七)、《秋坪诗存》[①](《竹间续话》卷四。民国《福建通志·福建艺文志》卷六十五作十四卷)、(甘澍辑)《陈秋坪先生遗墨》[②]一卷、《补录》一卷、《题咏》七卷(民国《福建通志》总卷二十五,《福建艺文志》卷六十五)、《秋坪老人日记》(《冶山史话》,第 206 页)、《四时对雪楼杂录》稿本二十四卷(林春溥《竹柏山房家刻总目序》)、《陈秋坪遗墨》不分卷二册(道光间刻本,国家图书馆藏。柯愈春《清人诗文集总目提要》第 837 页)

甘鸿:(辑)《从政闻见录》三卷(同治六年甘泽宣刻本)

叶矫然:《龙性堂诗集》二卷(康熙间刻本)、《易史》、《易经汇参笔印》、《四经学笔印》、《理学史学古文学》、《龙性堂集》、《谐际诗文集》(《闽县乡土志》本传)、《龙性堂诗话》二卷(乾隆四十年叶氏慕陶轩刻本)、《易史参录》二卷(乾隆三十三年叶氏龙性堂刻本)、《易经汇参》、《史学笔印》、《理学笔印》、《古文学笔印》、《龙性堂诗集》二卷、《不暇懒诗草》、《龙性堂诗话》(同治刊本《福建通志》卷六十七)、《东

---

① 李灵年等《清人别集总目》著录《秋坪诗存》十四卷,有嘉庆十九年刻本、嘉庆二十二年刻本、道光二十三年刻本(第 1320 页),当即同治刊本《福建通志》所著录的《秋坪诗集》十四卷。

② 李灵年等《清人别集总目》著录《陈秋坪先生遗墨》,道光二十六年刻本,国家图书馆、常州图书馆藏(第 1320 页)。

溟》、《雁唳》诗集凡十三种(《清代硃卷集成》第三三六册第331页,叶畊心履历)、《东溟集》二卷、《雁唳编》一卷、(叶尚达等辑)补注一卷(康熙刻本,福建省图书馆藏)、《东溟集》一卷、《雁唳编》一卷(1963年钞本,福建省图书馆、福建师范大学图书馆藏)(李灵年等《清人别集总目》第316页)

叶文超:《覆瓿斋诗集》(《清代硃卷集成》第三三六册第332页,叶畊心履历)

王国玺:《月将堂草》(民国《福建通志·福建艺文志》卷六十四作《月将堂近草》)、《涉笔园稿》(《闽诗选》一作《王海印诗集》)(同治刊本《福建通志》卷六十七)

王九徵:《北征日记》、《梅花诗》、《武夷游草》、《楚游草》、《南游草》、《征途杂咏》、《上谷秋园客窗杂怀》、《水云草》、《墨禅草》(同治刊本《福建通志》卷六十八)、《竹郫近集》(《竹郫诗集》跋)、《竹村诗集》八卷(乾隆三年刻本。柯愈春《清人诗文集总目提要》第320页)

赵沂:《归来堂集》、《燕游草》(《国朝全闽诗录初集》续卷一小传作《游燕草》)(同治刊本《福建通志》卷六十七)

林逸:《麟经讲义》、《后乐堂集》一卷、《双峰吟》一卷(同治刊本《福建通志》卷六十七)、《后乐堂诗》(《国朝全闽诗录初集》续卷一)

林秉中:《四书日讲义》、《贻桂堂诗文集》(同治刊本《福建通志》卷六十七)

林赞龙(陈潜龙):《学易大象要参》四卷、《吟台诗草》(同治刊本《福建通志》卷六十八)

林其茂:《山阴集》一卷、《归田遗草》一卷、《觳音集》一卷(同治刊本《福建通志》卷六十七)

郑翰蓴(林其茂妻):《舟中吟草》(《福建地方文献及闽人著述综录》)、《带草居诗集》、《画荻编》(民国《福建通志》总卷四十五,《福建列女传》卷六,郑徽柔传附传)

林乔荫:《带草居诗集》、《画荻编》、《樾亭诗稿》(传抄本二册)、《三礼陈数求义》三十卷、《石塔碑刻记》一卷附考一卷(《福建地方文献及闽人著述综录》)、《藏征录》、《瓶城居士诗集》(民国《闽侯县志》卷七十林乔荫本传)、《汲古绠》六卷、《瓶城居士集》(同治刊本《福建通志》卷六十八)、《汲古绠藏征录》(民国《福建通志》总卷二十五,《福建艺文志》存目卷三十五)、《樾亭杂纂》[①](谢章铤《赌棋山庄余集》文集卷二《樾亭杂纂序》)、《炳烛录》、《论书随笔考》、《三家诗遗说》(民国《福建通志》总卷二十五,《福建艺文志》卷五十,注引《赌棋山庄余集》)、《榕乡风味》(民国《福建通志》总卷二十五,《福建艺文志》卷五十)

林澍蕃:《南陔诗集》(民国《福建通志》总卷三十九,《福建文苑传》卷八本传;同治刊本《福建通志》卷六十八作《南陔集》)、《南陔集》[②]六卷(乾隆间刻本,北京大学图书馆藏;钞本,二册,中国科学院图书馆藏。柯愈春《清人诗文集总目提要》第865页)

林逸、林秉中、林赞龙、林其茂同撰,林其茂编:《长林四世弓冶集》五卷(同治刊本《福建通志》卷六十七)

林瑱:《自芳集》、《祭夫文》(民国《福建通志》总卷四十五,《福建列女传》卷五,林煦本传)、《自芳偶存》不分卷(嘉庆十九年刻本,福建省图书馆藏;民国《福建通志》总卷四十五,《福建列女传》卷六,林瑱本传)

林煐:《蚓吹集》一卷(《赌棋山庄词话》续编卷一、《闽词征》卷四)

林氏:《林氏家乘》(民国《福建通志》总卷四十五,《福建列女传》卷六,林芳蕤本传注引)

黄若庸:《溪行集》、《岸园集》(同治刊本《福建通志》卷六十七)

曹梦善:《曹子复诗集》(同治刊本《福建通志》卷六十七)

叶森:《艺苑联珠》(同治刊本《福建通志》卷六十七)

---

① 柯愈春《清人诗文集总目提要》著录林乔荫《瓶城居士集》一卷,清五常堂刻本;《樾亭诗稿》不分卷,清钞本,福建省图书馆藏;《樾亭杂纂》二卷,清末钞本,湖北省图书馆藏(第838页)。

② 李灵年等《清人别集总目》题《南陔草》,著录两种:《南陔草》六卷附一卷,清稿本,中国科学院图书馆藏;《南陔草》六卷,清钞本、乾隆刻本(第1377页),与《清人诗文集总目提要》略有不同。

蒋衡(一作蒋蘅[①]):《蒋克平诗文集》(同治刊本《福建通志》卷六十七)、《云寥山人文钞》八卷、《诗钞》四卷[②](民国《福建通志》总卷三十九,《福建文苑传》卷八本传)、《自怡斋集》八卷(柯愈春《清人诗文集总目提要》第1306页引《清代毗陵书目》卷八)

叶汝棉:《修己斋集》(同治刊本《福建通志》卷六十七)

林锡畴:《树滋堂集》(同治刊本《福建通志》卷六十七)

马良翰:《丛桂堂集》(同治刊本《福建通志》)、《丛桂堂草》(《国朝全闽诗录初集》续集卷三、民国《福建通志·福建艺文志》卷六十四)

郑熻新:《汝南集》(同治刊本《福建通志》卷六十七)

陈沩潢:《游吟诗》(同治刊本《福建通志》卷六十七。柯愈春《清人诗文集总目提要》第318页作一卷,清嘉善堂刻本)

蒋梦兰:《蓬径集》一卷(同治刊本《福建通志》卷六十七)

蒋晟:《九山堂集》(同治刊本《福建通志》卷六十八。民国《福建通志·福建艺文志》存目卷四十二作《北山堂集》)

洪斌:《鹿溪草》(同治刊本《福建通志》卷六十七)

朱任宏(朱任弘):《屏冶草堂诗》、《响山诗集》(同治刊本《福建通志》卷六十七)

方迈:《经义考异》七卷、《春秋补传》十二卷、《四书讲义》六卷、《九经衍义》一百卷、《考证资治通鉴前编》十八卷、《古今通韵辑要》六卷、《五灯摘缪》一卷、《吕氏驳议》一卷、《文集》二卷、《诗集》一卷(同治刊本《福建通志》卷六十七)、《四书讲义》六卷、《吕晚村驳义》一卷(民国《闽侯县志》卷七十本传)、《方迈文集》二卷、《诗集》一卷(民国《福建通志》总卷二十五,《福建艺文志》存目卷四十二)、《方日斯诗稿》不分卷(稿本。李灵年等《清人别集总目》第220页题《方日斯先生诗稿》)、《方日斯文稿》二卷(稿本。李灵年等《清人别集总目》第220页题《方日斯先生文稿》)、《和杜哀吟》一卷(康熙间刻本)(柯愈春《清人诗文集总目提要》第406页)

施霖:《云樵逸响》(同治刊本《福建通志》卷六十七)

叶绍芳:《捧檄堂草》(同治刊本《福建通志》卷六十七)、《松山草堂诗集》六卷、《补遗》一卷(康熙间刻本,上海辞书出版社藏。柯愈春《清人诗文集总目提要》第436页)

范俊:《从军草》、《塞上吟》、《岁寒堂集》(同治刊本《福建通志》卷六十七)

郑金章:《郑若敏诗稿》(同治刊本《福建通志》卷六十七)

刘兆基:《石湖集》(同治刊本《福建通志》卷六十七)

刘元喈:《补天录》(朱仕琇《梅崖居士文集》卷八《侯官文学蓼衔刘君墓志铭》)

陈子威:《嵩山诗集》(同治刊本《福建通志》卷六十七)、《五凉治绩考》(民国《福建通志》总卷三十四,《福建列传》卷三十五本传)

陈宪周:《陈鹤溪诗集》四卷(同治刊本《福建通志》卷六十七)

陈治滋:(纂辑)《家礼》一卷(同治刊本《福建通志》陈国琦传作二卷)、《忆昔录》、《留都草》(柯愈春《清人诗文集总目提要》第495页题《留都诗草》不分卷二册,乾隆间刻本,复旦大学图书馆藏)、《学圃诗文集》(同治刊本《福建通志》卷六十七)、《学圃诗稿》(《国朝全闽诗录初集》卷十陈治滋传)

何瀚:《诗说》、《平远台集》(民国《福建通志·福建艺文志》存目卷四十二作《于远台集》)(同治刊本《福建通志》卷六十七)

蒋上豸:《绣岩学步》(同治刊本《福建通志》卷六十七。柯愈春《清人诗文集总目提要》著录蒋上蜀《绣岩学步》一卷)

---

① 李灵年等《清人别集总目》,第2186页。

② 柯愈春《清人诗文集总目提要》著录蒋蘅《云寥山人集》十二卷,咸丰元年刻本,国家图书馆藏。《文钞》,《诗钞》四卷。

郭金鉴:《金陵游草》(同治刊本《福建通志》卷六十七)

郑天树:《诗留二集》(同治刊本《福建通志》卷六十七)

郑士俊:《宏远堂集》(同治刊本《福建通志》卷六十七)

郑道清:《和声集》(同治刊本《福建通志》卷六十七)

郑天策:《尺木编》四卷(同治刊本《福建通志》卷六十七)

王阳开:《思永堂诗钞》、《三奇游草》(同治刊本《福建通志》卷六十九)

叶继荣:《搜余集》(同治刊本《福建通志》卷六十七。《国朝全闽诗录初集》续卷六小传作《搜余诗稿》)

赖一德:《韵远吟草》(同治刊本《福建通志》卷六十七)

陈文遴:《南园集》(同治刊本《福建通志》卷六十七)

黄鸞来:《友鸥堂诗集》八卷(同治刊本《福建通志》卷六十七)、《见山堂集》(柯愈春《清人诗文集总目提要》第330页)

闽县黄锡衮:《野草集》(同治刊本《福建通志》卷六十七)

何侯庆:《北行诗集》(同治刊本《福建通志》卷六十七)

闽县陈祖虞:《乐府随录》(《国朝全闽诗录初集》卷四陈祖虞条小传)

陈雄略:《东皋寄草文集》一卷(乾隆四十五年刻本。《贩书偶记续编》、柯愈春《清人诗文集总目提要》第674页)

林绪光:《余斋存稿》一卷、《闽中杂咏》(同治刊本《福建通志》卷六十七)、《余斋集》(郭柏苍《竹间十日话》卷一)

李开叶:《仪礼辑要》、《论语论文》、《教学纂述》、《教学源流》、《崇雅堂诗钞》十一卷(同治刊本《福建通志》卷六十七)

李时宪:《崇雅堂集》二卷(同治刊本《福建通志》卷六十七)

李光云:《乾隆福安县续志》(同治刊本《福建通志》卷六十七)

谢道承:《小兰陔集》十二卷(四库全书存目丛书本)、(与刘敬与同纂)《福建通志》七十八卷(同治刊本《福建通志》卷六十七)、《小兰陔诗集》(《闽词征》卷四小传)、《二梅亭剩稿》(谢章铤《赌棋山庄余集》文集卷二《书砚史云门户部诗后》)、《小兰陔诗集》八卷(乾隆五十二年刻本,国家图书馆、中山图书馆藏)、《二梅亭集》(柯愈春《清人诗文集总目提要》第530页)、《小兰陔诗集》二卷附诗余(钞本,台湾"中央研究院"历史语言研究所傅斯年图书馆藏。李灵年等《清人别集总目》第2305页)、《南台折枝词》、《洪塘折枝词》、《砚史》、《汉魏碑刻纪存》一卷

谢淞:《梦杏楼诗钞》、(与黄汉章、杜铨、华文漪合撰)《兰社诗略》(民国《福建通志·文苑传》卷九引《竹间十日话》、《乾嘉全闽诗传》)

郭人麟:《留村诗义》、《药村词谱》、《药村诗草》、《药村外集》、《药村留草》、《学语集》、《杞光亭草》、《拙亭次韵诗》(同治刊本《福建通志》卷六十九)、《希雅文集》(清代诗文集珍本丛刊影印清钞本。柯愈春《清人诗文集总目提要》第435页题《希雅集》,残本,国家图书馆藏)

郭美:《雪泥鸿爪》、《秦蜀游草》、《谦居诗稿》(同治刊本《福建通志》卷六十七)、《郭谦居诗稿》(《国朝全闽诗录初集》卷十三郭美传)

张世灿:《葩经质疑》(同治刊本《福建通志》卷六十七)

穆元春:《希光堂诗钞》(同治刊本《福建通志》卷六十七)

翁怀忠:《耕心堂小草》二卷、《鸣心集》三卷(同治刊本《福建通志》卷六十七)

何敬与:《陟圮集》(《国朝全闽诗录初集》续卷八何敬与传)

陈良弼:《水师辑要》三卷(同治刊本《福建通志》卷六十七)

林云鍠:《小米庵近艺》、《小米庵诗草》、《宫词》、《括苍南明山廿四咏》(民国《福建通志·儒行传》

林湛本传）

林湛：《道山堂集》、《夜舫楼集》、《游越草》、《水晶宫赋》（民国《福建通志·儒行传》林湛本传）

林枝春：《杂录》、《日知录》、《闻见录》、《林青圃文钞》四卷、《林青圃诗集》（同治刊本《福建通志》卷六十七）、（修）《濂江林氏家谱》五卷（乾隆十一年清白堂刻本）、《就轩诗文钞》、《青圃诗文集》、《学庸说》、《五经辨疑》（民国《闽侯县志》卷六十八林枝春本传）、《就轩文钞》、《诗钞》、《青圃文集》、《诗集》（民国《福建通志》总卷三十四，《福建列传》卷三十七本传）、《青圃诗文钞》九卷（柯愈春《清人诗文集总目提要》第562页）、《青圃文钞》四卷《诗赋钞》五卷（清刻本，国家图书馆藏。李灵年等《清人别集总目》第1371页）

黄元俊：《四书心印》、《一笑集》（同治刊本《福建通志》卷六十七）

黄守僴：《三礼集说考论》三卷、《乡党考》二卷（同治刊本《福建通志》卷六十七）

薛（陈）夺魁：《薛仰一诗集》（同治刊本《福建通志》卷六十七）

薛宸翰：《四书汇解》（同治刊本《福建通志》卷六十七）

陈振绪：《四书说粹》、《通鉴论粹》、《蒲江草堂集》（同治刊本《福建通志》卷六十七）

陈纯基：《雪渔诗集》（同治刊本《福建通志》卷六十七）

孟超然：《焚香录》一卷、《求复录》四卷、《晚闻录》一卷、《丧礼辑略》二卷、《诚是录》一卷、《家诫录》（民国《闽侯县志》本传、民国《福建通志·福建艺文志》卷四十二作二卷）、《广爱录》一卷、《瓜棚避暑录》一卷（民国《福建通志·福建艺文志》卷五十作二卷）、《使粤日记》一卷（陈寿祺《为孟考功夫子请祀乡贤呈词》作二卷）、《使蜀日记》一卷（民国《福建通志·福建艺文志》卷三十二作五卷）、《瓶庵居士文钞》四卷、《瓶庵居士诗钞》四卷（同治刊本《福建通志》卷六十七）、《亦园亭集》（《黄任集·黄任交游人物表》）、《丁戊集》、《武部集》、《吏部集》、《假归集》、《呻吟稿》（《国朝全闽诗录初集》卷十七孟超然条）、《亦园亭文》、《诗集》若干卷（民国《闽侯县志》本传）、《明诗话》（郭白阳《竹间续话》卷四）、《瓶庵先生遗书》八录十二卷（民国《福建通志》总卷二十五，《福建艺文志》卷七十六。八录指《焚香录》、《求复录》、《晚闻录》、《丧礼辑略》、《诚是录》、《家诫录》、《广爱录》、《避暑录》，陈寿祺《左海文集》卷七《孟氏八录跋》作《孟氏八录》）、《瓶庵居士诗文钞》（民国《福建通志》总卷二十五，《福建艺文志》卷七十六引冯缙跋；柯愈春《清人诗文集总目提要》第736页作十五卷，分文钞四卷、诗钞四卷、《使粤日记》二卷、《使蜀日记》五卷，嘉庆二十一年陈寿祺等校刻本，北京大学图书馆藏）、《亦园亭全集》（孟超然撰，冯缙刻）（民国《福建通志》总卷三十九，《福建文苑传》卷八冯缙本传）、诗文集数十卷、《家谱辨证》及《家传》若干卷（陈寿祺《为孟考功夫子请祀乡贤呈词》作二卷）

方廷珪：《昭明文选集成》（同治刊本《福建通志》卷六十七）

陈岩：未刻稿（《国朝全闽诗录初集》续集卷十一陈岩本传）

黄淦：《勿斋日知录》八卷（同治刊本《福建通志》卷六十七）、《日知存参》四本（民国《福建通志》总卷二十五，《福建艺文志》卷五十）

郭可敬：《竹桥山斋小草》一卷（同治刊本《福建通志》卷六十七）

蔡羹元：《质存斋诗钞》（同治刊本《福建通志》卷六十七）

张凤翼：《余霞集》一卷（同治刊本《福建通志》卷六十七）

翁若梅：《二玉堂诗》（同治刊本《福建通志》卷六十七）

郭赵璧：《瑜斋诗草》一卷、《仆仆草》（同治刊本《福建通志》卷六十八、民国《闽侯县志》卷四八《侯官艺文志》）

郭文焕：《终吾轩诗钞》（同治刊本《福建通志》卷六十七）

郭文熥：《磬田诗草》（同治刊本《福建通志》卷六十七）

郭廷筠：《台湾纪略》二卷、《郭有堂诗文集》（同治刊本《福建通志》卷六十七）

郭文鎕：《鹤井集》一卷、《鹤井后集》四卷、《文钞》一卷（同治刊本《福建通志》卷六十七）、《书屏诗文钞》六卷(柯愈春《清人诗文集总目提要》第886页;民国《福建通志》总卷三十六,《福建循吏传》卷十二,郭文銡传)、《后鹤井集》四卷、《书屏文钞》一卷(民国《福建通志》总卷二十五,《福建艺文志》卷六十五)、《书屏文钞》一卷(乾隆五十三年刻本,福建省图书馆藏)、《书屏诗钞》《鹤井集》一卷《后集》四卷《文钞》一卷(嘉庆十二年刻本,上海图书馆藏)(李灵年等《清人别集总目》第1938页)

林淑卿:《红余仅存草》一本(民国《福建通志》总卷四十五,《福建列女传》卷六,林淑卿传)

郑洛英:《耻虚斋集》二十二卷(同治刊本《福建通志》卷六十七)、《耻虚斋诗钞》(《国朝全闽诗录初集》卷十八郑洛英传。柯愈春《清人诗文集总目提要》第877页著录《耻虚斋诗钞》卷四至卷二十二,清刻本,福建省图书馆藏)、《耻虚斋前集》、《耻虚斋后集》、《耻虚斋外集》、《耻虚斋文集》(《桐城文学撰述考》卷四、民国《福建通志·文苑传》本传)、《郑西瀍诗稿》一册(钞本,民国《福建通志》总卷二十五,《福建艺文志》卷六十五)

郑鬲:《秋江未焚草》(民国《福建通志》卷三十九,《福建文苑传》卷八郑洛英传。民国《闽侯县志》卷四八《侯官艺文志》一作郑嵩)

林其宴:《如水集》十二卷(同治刊本《福建通志》卷六十七)

陈烺:《庄子注》、《杜诗注》、《垂老诗集》、《紫霞巾》、《花月痕》(同治刊本《福建通志》卷六十七)、《掇余晚存稿》诸刻(谢章铤《赌棋山庄余集》文集卷二《跋丁氏因话录》)

陈登瀛:《三山乐府》一卷(官崇《紫霞巾》题词注)

邱如衡:《分碧斋诗集》(同治刊本《福建通志》卷六十七)

周建拔:《三传订义》(同治刊本《福建通志》卷六十七)

李扶南:《披云楼诗文集》六卷、《兰谱联吟》二卷(同治刊本《福建通志》卷六十七)

林芳春:《介石堂文集》七卷(同治刊本《福建通志》卷六十八、民国《闽侯县志》卷四八《侯官艺文志》)、《介石堂文钞》四卷、《山左宦游录》一卷、《语录》四卷(民国《福建通志》总卷三十六,《福建循吏传》卷十二,林芳春本传)、《介石堂文钞》八卷(道光五年刻本)、《半塘山人自订年谱》一卷(《介石堂文钞》卷七附,国家图书馆藏)

林志仁:《写意斋诗草》二卷(民国《福建通志·福建儒行传》林志仁传作一卷)、《陔华斋赋草》一卷(同治刊本《福建通志》卷六十七。民国《福建通志·福建儒行传》林志仁传题《赋草》一卷)、《试帖》一卷(民国《福建通志》总卷四十,《福建儒行传》卷五,林志仁本传)

林元英:《漱石斋吟草》十四卷(同治刊本《福建通志》卷六十七)

林氏:《林氏家谱》(民国《福建通志》总卷四十,《福建儒行传》卷五,林志仁本传注引)

林宝辰:《耕邨全集序》(余潜士《余潜士全集》,序)

余潜士:《余潜士全集》(厦门大学出版社2011年版)、《困学迩言初编续编三编》、《居官臆测》一卷、《教学编》一卷、《北行杂录》一卷、《畊邨姑留稿》六卷、《北行草》、《北行杂咏》(一题《北游杂咏》)一卷、《北行续咏》(一题《北游续咏》)一卷、《困学迩言》一卷、《自鸣集》二卷(咸丰二年务本堂耕村全集本)、《养蒙故事》(民国《福建通志·福建艺文志》卷四十二作二卷)、《冶南古学课钞》、《耕村姑留诗文稿》共若干卷(民国《福建通志》总卷四十,《福建儒行传》卷五,余潜士本传)、《举业汲绠》(稿本)、《礼记揭要》(稿本)、《务本堂书目》(《余潜士全集》附录《永泰樟坂余氏略谱》)、《时文稿》(余潜士《时文稿自序》)、《姑留诗文稿》(丁汝恭《(余潜士)本传》)

张瑞贞:《瑞贞吟草》(张瑞贞《祭公爹余潜士夫子文》)

郑光策:《西霞文钞》二卷(同治刊本《福建通志》卷六十七)、《西霞文钞》上下卷、《诗钞》、《俪体文钞》(民国《闽侯县志》卷七十七《儒行传四》本传)、《西霞丛稿》十余册(民国《福建通志》总卷四十,《福建儒行传》卷五,郑光策本传)、《西霞制义剩稿》(卢前《八股文小史》)

杜洲:《仿江集》三卷、《附录》一卷(同治刊本《福建通志》卷六十七)

吴观乐:《和庭诗草》二卷(同治刊本《福建通志》卷六十七)

陈宸书:《筠碧山房诗集》四卷(同治七年刻本)[①]、《李氏蒙求详注》、《桃花扇后序注释》、《赐葛堂诗稿》、《赐葛堂试帖》(同治刊本《福建通志》卷六十七)、《载书归里图》(林则徐《林则徐全集》第五册《陈枫阶大尹宸书载书归里图序》)

闽县陈濬:《求在我斋全集》(《求在我斋诗集》二卷、《求在我斋文集》二卷、《陈心斋文稿》四卷、《论语话解》十卷、《性理阐说》二卷、《易义纂释》五卷、《易说摘存》三卷、《易理蒙训》二卷、《谏垣存稿》一卷、《养性斋经训》二卷)(光绪间刻本)、《易义蒙训》、《谏史集览》、《养性斋经训》、《奏议》(民国《闽侯县志》卷六十八本传)、《求我斋诗文集》(民国《福建通志》总卷三十四,《福建列传(清八)》卷三十九陈宸书传附陈濬传)、《求在吾斋全集》九种十二册(同治十三年刻本)、《瀛洲课草录存》一卷(同治七年刻本陈宸书《筠碧山房诗集》附)、《求在我斋诗集》二卷《文集》二卷《制艺》四卷(同治十三年《求在我斋全集》本)(李灵年等《清人别集总目》第1254页)

陈谦淑:《闻妙香室诗钞》二卷(民国二十六年《文藻遗芬集》铅印本,中国社会科学院文学研究所藏。柯愈春《清人诗文集总目提要》第1905页)

陈氏:《金华陈氏族谱》(民国《福建通志》总卷三十四,《福建列传(清八)》卷三十九陈宸书传)

陈羲:(郑鹏程刻)《双芦遗稿》(同治刊本《福建通志》卷六十七)

蔡容:《四书讲义》、《烬余集》、《猎蜡集》(同治刊本《福建通志》卷六十七)

叶天赞:《自吟草》、《纪游草》(同治刊本《福建通志》卷六十七)

叶廷梓:《粤游草》、《燕台草》(同治刊本《福建通志》卷六十七)

张绍龄:《尔尔草》(同治刊本《福建通志》卷六十七)

黄志辅:《四书增删绎注》、《毛诗要旨》、《列国图考》、《全闽艺文镜》、《墨池试草》、《明诗选》、《翼斋文集》(《赌棋山庄词话》卷七)

黄名瓯:《数马堂答问》二十卷(同治刊本《福建通志》卷六十七)、《振梅集》、《痴奴集》、《龙山集》、《振梅杂记》(《赌棋山庄词话》卷七)

谢士骥:《春草堂诗钞》(同治刊本《福建通志》卷六十七。柯愈春《清人诗文集总目提要》第379页作十卷,乾隆间刻本,福建师范大学图书馆藏)、《春草集》(《国朝全闽诗录初集》卷十七谢士骥本传)

谢曦:《草书分类》四卷、《偷闲杂记》二卷、《偷闲吟》二卷(同治刊本《福建通志》卷六十七)

邵鸿谦:《初术集》(同治刊本《福建通志》卷六十七)

郭金台:《星卧楼诗集》二卷(清刻本,福建省图书馆藏。又道光十年长乐梁氏重刻本)

郭周藩:《垫巾亭集》一卷(同治刊本《福建通志》卷六十七,民国《福建通志·文苑传》本传题《垫中亭文集》)

李肇杏:《红雪楼诗》(同治刊本《福建通志》卷六十七)

叶廷芳:《广东永安县三志》五卷(同治刊本《福建通志》卷六十七)

陈玉瑛(一作陈玉映):《兰居诗草》(同治刊本《福建通志》卷二百四十九《(侯官)国朝闺秀》"同知郭起元母陈氏"条下注。民国《福建通志》总卷四十五《福建列女传》卷六陈玉瑛本传一作《兰居吟草》,李灵年等《清人别集总目》第1268页著录清初刻本,一卷)

郭起元:《易鉴》、《(介石堂)水鉴》六卷、《介石堂文集》四卷、《介石堂诗集》(民国《福建通志·福建艺文志》卷六十五作《介石堂诗集》十卷、《文集》十卷,柯愈春《清人诗文集总目提要》第520页著录《介石堂集》二十卷,乾隆十九年刻本,诗、文各十卷)(同治刊本《福建通志》卷六十七)、《介石堂诗文》(《竹间十日话》卷二)、《介石堂诗文集》(民国《福建通志》总卷三十六,《福建循吏传》卷十二,郭起元前传)、(修)《盱眙县志》二十四卷(民国《福建通志》总卷三十六,《福建循吏传》卷十二,郭起元后传)、《淮水考》一卷(小方壶斋舆地丛钞本)

① 李灵年等《清人别集总目》著录同治七年刻本《筠碧山房诗集》三卷《赐葛堂赋存》一卷,福建省图书馆等处藏(第1309页)。

姜氏:《纫兰闺杂咏》(《孺慕轩诗集》附。民国《福建通志》总卷四十五,《福建列女传》卷六,姜氏传)

何蔚然:《孺慕轩诗》四卷(同治刊本《福建通志》卷六十七。民国《福建通志·福建儒林传》卷五何治运传附题《孺慕轩诗集》。《孺慕轩诗集》四卷,嘉庆十五年刻本)

何治运:《何氏学》四卷(嘉庆二十四年刻本。同治刊本《福建通志》卷六十七、郭白阳《竹间续话》卷二)、《方言考》(郭白阳《竹间续话》卷四)、《公羊精义》、《论语解诂》、《孟子通义》、《东越志》、《周书后定》、《傅子后定》、《姓苑钩沉》、《纂文捃逸》、(总纂)《广东通志》(陈若霖序)、《大元(太玄)经补注》(同治刊本《福建通志》卷二百三十九《文苑传》本传)

林万忠:《嚣嚣亭笔记》四卷(民国《闽侯县志》卷四七《闽县艺文志》;民国《福建通志》总卷二十五,《福建艺文志》卷五十;林昌彝《林昌彝诗文集》卷十二《林菊潭嚣嚣亭笔记序》)

陈春瀛:《回飘日记》一卷(光绪二十一年铅印本。《历代日记丛钞》、国家图书馆出版社2014年版《二十世纪日记知见录》,湖南图书馆藏)

郑应瀛:《河洛图说》、《医理易解》(同治刊本《福建通志》卷二百三十九本传)

潘国材:《诗集》(民国《闽侯县志》卷六十八本传)

陈声遹:《陵城唱和诗集》一卷(嘉庆十七年刻本,台湾大学图书馆藏。柯愈春《清人诗文集总目提要》第1075页)

赵在田:《琴鹤堂诗集》二卷、《文集》一卷[1](同治刊本《福建通志》卷六十七)

侯官林泉:《数堂诗文集》(同治刊本《福建通志》卷六十七。《清代硃卷集成》第三四〇册林欣荣履历作《数堂文集》)

林轩开:《拾穗山房诗赋钞》六卷(同治刊本《福建通志》卷六十七)、《拾穗山房诗钞赋文钞赋钞》(同治刊本《福建通志》卷二百三十二林轩开本传)、《拾穗山房诗文钞》若干卷、《观石录》(民国《福建通志》总卷三十九,《福建文苑传》卷八本传)、《拾穗山房诗集》(民国《福建通志》总卷二十五,《福建艺文志》卷六十六)、《拾穗山房诗存》十卷(清钞本)、《拾穗山房诗存》不分卷(清钞本)、《拾穗山房诗稿》一卷(稿本)(《福建文献集成初编》第164册影印福建省图书馆藏林轩开诗集三种)、《拾穗山房文稿》一卷(《福建文献集成初编》第165册影印福建省图书馆藏清钞本)、《西郊草堂唱和集》一卷(《福建文献集成初编》第195册影印福建省图书馆藏清钞本)、《拾穗山房诗集》二卷(道光二十七年刻本,《续修四库提要》著录)、《拾穗山房诗稿》不分卷、《拾穗山房诗存》三卷、《拾穗山房诗存》十卷文钞四卷、《拾穗山房文稿》不分卷《唱和集》一卷(均稿本,福建省图书馆藏)、《拾穗山房集》不分卷(钞本,福建师范大学图书馆藏)、《拾穗山房文钞》不分卷(清钞本,福建省图书馆藏)(李灵年等《清人别集总目》第1370页)

林茂春:《五礼通考详节》、《左传补注》、《史记拾遗》十六卷(民国《福建通志·福建艺文志》卷十六作《史汉拾遗》十六卷)、《汉书拾遗》二十卷、《后汉书拾遗》十二卷、《文选补注》、《宋诗搜玉前后集》十二卷、《元诗类选》十四卷、《明诗选补》八卷、《国朝诗选》十二卷、《江湖诗传》八卷、《畅园诗集》(同治刊本《福建通志》卷六十七)、《近文大观》(卢前《八股文小史》)、《汉书补注》(梁章钜《退庵文存·林畅园师传略》)、《史记拾遗》不分卷(稿本,国家图书馆藏)、《汉书拾遗》不分卷(稿本,上海图书馆藏)、《后汉书考证》一卷(稿本,上海图书馆藏)、《后汉书拾遗》一卷(稿本,国家图书馆藏)、《后汉书校语》不分卷(稿本,国家图书馆藏)(《福建文献集成初编》第41-45册)、《唐书诠要》不分卷(《福建文献集成初编》第49册影印福建省图书馆藏稿本)、《林㱃园诗钞》二卷(清刻本,《续修四库提要》著录)、《㱃园诗稿》(林昌彝《射鹰楼诗话》卷二十二)

---

① 柯愈春《清人诗文集总目提要》著录《琴鹤堂集》四卷,咸丰元年刻本,文集二卷、诗集二卷,福建省图书馆藏文集二卷(第1050页)。

闽县林穗:《南栾纪事录》、(修)《直隶通志》、《博祁安古迹杂记》、(编辑)《读易释例》四卷(民国《福建通志》总卷三十六,《福建循吏传》卷十三,林穗本传)

林必达:《凤池食粟斋集剑余草》一卷(光绪三十二年林秉慧刻凤池林氏遗诗本,即《剑余草》一卷。《清代硃卷集成》第三四〇册林欣荣履历作《食粟斋文集》)、《食粟斋集》(柯愈春《清人诗文集总目提要》第215页)

林欣荣:《凤池林氏遗诗》(民国十九年凤池林氏铅印本一册)、《凤池林氏族谱稿》四卷(民国十八年修)

林凤复:《簪花轩闺吟》一卷(民国十九年铅印《凤池林氏遗诗》本,福建师范大学图书馆藏)、《断鸿篇》一卷(《凤池林氏遗诗》本)、《砚耕偶存》一卷(《凤池林氏遗诗》本)(李灵年等《清人别集总目》第1364页)

赵以成:《澹庐文钞》三卷、《史纬》四卷、《蒙学权舆》四卷、《课余》等草各一卷、武夷诸游草各一卷、《笛楼蚓窍词》一卷、《公余纪事》一卷、《下车文告》一卷(民国《福建通志》总卷三十六,《福建循吏传》卷十三,赵以成本传)

何青芝:《芸芳堂吟草》二卷(同治刊本《福建通志》卷六十七。民国《闽侯县志》卷七十一《文苑传》何青芝本传、民国《福建通志·福建艺文志》卷六十六作《秐芳亭吟草》)

林光天:《冶麓草堂诗钞》一卷(道光二年刻本。同治刊本《福建通志》卷六十七)、《蕃薯粿先生歌曲》一册(郭白阳《竹间续话》卷一)、《冶麓草堂诗钞》不分卷(清刻本,福建省图书馆藏)、《榕腔白话文》不分卷、《榕腔白话诗》不分卷(民国十六年福州黄氏石印本,福建省图书馆藏)(柯愈春《清人诗文集总目提要》第1218页)

陈赓元:《游踪纪事》一卷(同治刊本《福建通志》卷六十七。民国《福建通志·福建艺文志》存目卷四十二作《游踪纪事诗》一卷)

廖云鹤:《恒静斋诗钞》一卷(乾隆四十二年刻《菉漪园怀旧集》本。柯愈春《清人诗文集总目提要》第660页)

廖鸿荃:(纂)《仁宗实录》四百七十六卷(民国《闽侯县志》卷六十九本传)

廖鸿藻:《进奉文钞》一卷(道光十二年刻本。同治刊本《福建通志》卷六十七)

廖鸿苞:《竹臣诗草》一卷(同治刊本《福建通志》卷六十七)

廖毓英:《自怡庵诗钞》(刻本)

蒋镕:《晋安乐府》[①]一卷(同治刊本《福建通志》卷六十七)、《玉笋堂诗稿》四卷(林昌彝《射鹰楼诗话》卷三)

张登瀛:《诗序辨证》(同治刊本《福建通志》卷六十七)

刘萃奎:《琼台吟史诗初编》二十七卷[②](同治刊本《福建通志》卷六十七、民国《闽侯县志》卷四七《闽县艺文志》。柯愈春《清人诗文集总目提要》第1223页题《琼台吟史诗初稿》二十七卷,钞本,福建省图书馆藏)、《琼台吟史诗集》二十四卷(《清代硃卷集成》第三四〇册刘敬履历。谢章铤《赌棋山庄余集》文集卷一《刘寿之随庵遗稿序》作《琼台吟史稿》二十四卷)、《梦石轩集》(《冶山史话》,第200页)

刘翠琛:《秉雅堂诗集》(《清代硃卷集成》第三四〇册刘敬履历)

陈翼:《春秋义》十二卷、《春明课草》无卷数(民国《闽侯县志》卷四七《闽县艺文志》)、《待隐堂遗稿》四卷(光绪十九年刻本,首都图书馆藏。柯愈春《清人诗文集总目提要》第1689页)[③]

---

① 柯愈春《清人诗文集总目提要》著录此集,作者蒋熔,不分卷,道光二十年刻本,又莆田康氏钞本,福建省图书馆藏(第1340页)。同治刊本《福建通志》卷六十七《国朝经籍志》作蒋镕(影印第1386页)

② 李灵年等《清人别集总目》著录此集,二十六卷,春櫱斋据旧钞本传钞,福建师范大学图书馆藏(第545页)。

③ 李灵年等《清人别集总目》著录《待隐堂遗稿》四卷,道光十九年刻本,福建省图书馆、福建师范大学图书馆藏(第1254页),恐非。又将陈翼《春明课草》(不分卷,光绪十五年凤池书院刻本,台湾大学图书馆藏)别立一条,以为同名作者的著作,恐不妥。

刘孝永:《爱月轩读书劄记》一卷(民国《闽侯县志》卷四七《闽县艺文志》。民国《福建通志·福建艺文志》卷五十作《爱日轩读书劄记》一卷)

刘三才(刘寿之):《随庵遗稿》[①](民国《闽侯县志》卷四七《闽县艺文志》,民国《福建通志·福建艺文志》卷六十六作四卷,柯愈春《清人诗文集总目提要》第1808页著录光绪二十六年铅印四卷本、一卷钞本。民国《福建通志·文苑传》徐一鹗传附刘三才传作《遗庵遗稿》)、《遂庵遗稿》七种(《清代硃卷集成》第三四〇册刘敬履历)

刘敬:《惜园诗稿》四卷(刘学洙《〈还粹集〉与"三生会"杂忆》,《贵州文史丛刊》2012年第4期)、《顺昌县志》二十四卷、《金门县志》二十四卷、《顺昌县志文征》四卷、《金门县志文征》二卷、《惜园剩稿》(2004年版)

陈薰南:《锄经书屋文集》、《啖蔗斋遗草》(同治刊本《福建通志》卷二百四十一本传)

郑恭:《月令中星考》、《均天论》(同治刊本《福建通志》卷二百四十一郑璿传附)

杨氏(董元度母):《吟香室诗草》(《清代硃卷集成》第三三九册董元度、董元亮履历)

林森:《榕城泉山纪略》(民国二十五年铅印本)

郑宗圭:《读史卮言》十卷、《续读史卮言》二卷、《山围堂集》二十三卷(民国《闽侯县志》卷四七《闽县艺文志》)、《山围堂读史卮言》十卷(康熙八年刻本)(柯愈春《清人诗文集总目提要》第160页)

郑凤超:《郑凤超文集》(清初天台阁钞本,国家图书馆藏残卷。柯愈春《清人诗文集总目提要》第160页)

林仰东:《读书杂记》二卷、《林子莱杂文》一卷、《小芙蓉舫诗集》四卷、《浣纱石填词》二卷(民国《闽侯县志》卷四七《闽县艺文志》)、《小芙蓉舫诗钞》(同治刊本《福建通志》卷六十七。两见侯官、闽县《经籍志》)、《浣纱石传奇》(林昌彝《林子莱浣纱石传奇序》,《小石渠阁文集》卷二)、《读史纂记》二卷、《杂录》二卷(民国《福建通志》总卷二十五,《福建艺文志》卷六十六)、《读史缵记》二卷、《杂录》二卷、《浣纱石填词》二卷、《杂文》一卷、《(小芙蓉舫)诗集》四卷(林昌彝《林子莱诗集小传》,《林昌彝诗文集》卷十四)

林兆泰:《禹贡河道考》、《占易一得》、《竹柏山房诗文钞》(民国《福建通志》总卷三十九,《福建文苑传》卷八林春溥传附传)

林春溥:《孟子外书补证》一卷、《四书拾遗》五卷、《宜略识字》二卷、《识字续编》一卷(竹柏山房十五种本)、(已刻以下四种)《孔子年表》、《论世约编》若干卷、《竹柏山房丛书》七十六卷、(未刻以下十六种)《开辟至春秋年表》一卷、《古帝王年疑》一卷、《十六国年表》一卷、《历代年号分韵》一卷、《说文引经考异》一卷、《穆天子传日谱》一卷、《经学渊图》(民国《福建通志·文苑传》本传作《经学渊源图》一卷,未刻书卷数据本传补)、《说文方言》一卷、《石鼓文考》一卷、《韵府险字摘抄》二卷、《开辟传疑》(民国《福建通志·福建艺文志》卷十九作二卷,丛书集成三编第6册)、《古史纪年》十四卷、《战国纪年》(民国《福建通志·福建艺文志》卷十七、民国《闽侯县志》卷四七《闽县艺文志》作六卷)、《武殷日记》、《竹书纪年补正》(民国《福建通志·福建艺文志》卷十七、民国《闽侯县志》卷四七《闽县艺文志》作四卷)、(校勘)《高宗实录》、(修)《一统志》、《郑蔡年谱合表》(杨浚《林鉴塘太史〈郑蔡年谱合表〉序》,(民国《福建通志·福建艺文志》卷二十三作一卷[②])、(手抄)清文数十卷、《春秋比事》(民国《闽侯县志》卷四七《闽县艺文志》作《春秋经传比事》二十二卷)、《古史考年异同表》(民国《福建通志·福建艺文志》卷十九、民国《闽侯县志》卷四七《闽县艺文志》作二卷)、《闲居杂录》、(修)《三山林氏支谱》、(修)《罗源县志》三十卷(官刻,不计入《竹柏山房家刻总目》)、《埤雅字释》一卷(民国《福建通志》总卷三十九,《福建文苑传》卷八本传)、《榕城要纂》(抄本、《榕阴新检　闽中录　榕城要纂》,海风出版社2001年版)、《孟

① 李灵年等《清人别集总目》著录《随庵遗稿》,清钞本,福建省图书馆藏;传钞本,福建师范大学图书馆藏(第509页)。

② 福建人民出版社《福建文献集成初编》第69册影印福建省图书馆藏稿本,题《郑大司农蔡中郎年谱合表》一卷。

子列传纂》(《清儒学案》卷一百三十四《鉴塘学案·林先生春溥》作一卷)(民国《福建通志》总卷二十五,《福建艺文志》卷二十三)、《武王克殷日纪》一卷、《灭国五十考》一卷、《开辟传疑》二卷、《孔子世家补订》一卷、《孔门师弟年表》一卷、《孟子时事表》一卷、《郑蔡年谱合表》一卷、《古书拾遗》四卷(《清儒学案》卷一百三十四《鉴塘学案·林先生春溥》作五卷)、《开卷偶得》十卷(《清儒学案》卷一百三十四《鉴塘学案·林先生春溥》题《开卷有得》十卷)(民国《闽侯县志》卷四七《闽县艺文志》)、《竹柏山房九种》三十六卷(陈庆镛《籀经堂类稿》卷十三《寿林鉴塘太史暨龚夫人双度》,《清代诗文集汇编》第587册影印第564页)、《清书略》二卷(《福建文献集成初编》第40册影印福建省图书馆藏稿本)、《岁时日记》一卷(《福建文献集成初编》第79册影印福建省图书馆藏稿本)、《秉烛卮言》不分卷(《福建文献集成初编》第124-125册影印福建省图书馆藏稿本)、《竹柏山房遗集》三卷(稿钞本,福建师范大学图书馆藏。柯愈春《清人诗文集总目提要》第1093页)

林齐韶:《味秋吟馆集》四卷(稿本,福建省图书馆藏。柯愈春《清人诗文集总目提要》第1740页)

林齐霄:《泰西归附始末》、《梼杌发覆》、《洋防通论》(林列《林琴南书信(四封)》)、《国朝柔远记》(陈宝琛《林竹坪表兄八十寿序》)

林志钧:《林宰平先生书画集》

周嘉璧:《尔雅比类》一卷(民国《闽侯县志》卷四七《闽县艺文志》)、《享帚编诗草》(钱洪来《林昌彝年谱》第8页)、《尔雅比类便读》三卷存一卷(《福建文献集成初编》第34册影印福建省图书馆藏光绪间钞本)

高大奎:《守拙居文集》四卷、《守拙居诗集》十四卷、《敦本堂家诫》三卷、《方义摘要》四卷、《读志偶笔》四卷(《清代硃卷集成》第三三八册,高乃钦履历,影印第383-384页)

王道征:《石室诗存》(民国《闽侯县志》卷四七《闽县艺文志》)、《避暑钞》(郭白阳《竹间续话》卷四)、《红蕉山馆销夏吟》(余潜士《红蕉山馆销夏吟后序》,杨庆琛《绛雪山房诗续钞》卷一《题王叔兰茂才红蕉馆销夏吟》)、《饮和录》、《辟暑录》、《挹爽录》、《消寒录》(林昌彝《书王朩兰辟暑录后》,《林昌彝诗文集》卷十二;王道征《秋竹斋诗存》跋)、《兰修庵消寒录》六卷、《兰修庵避暑钞》四卷(《福建文献集成初编》第197-198册影印王道征著作两种,均道光间刻本)

萧宝棻:《鹭江竹枝词》一卷(民国《闽侯县志》卷四七《闽县艺文志》)

王庆云:《熙朝纪政》(改名《石渠余纪》)八卷(光绪二十八年铅印本)、《石渠余纪》六卷(光绪十六年黄氏刻本。民国《闽侯县志》卷四七《闽县艺文志》)、《石延寿馆文集》(民国三十二年石印本)、《荆花馆遗诗》一卷(民国三十年仿宋聚珍本)、《王文勤公奏稿》八卷(民国二十三年刻本)、《王文勤公奏稿》二十四卷(《福建文献集成初编》第58-59册影印福建省图书馆藏稿本)、《王庆云日记》(《福建文献集成初编》第70-78册影印国家图书馆藏稿本)、《西清王氏族谱》

王传璨:《王文勤公年谱》(民国二十二年王氏铅印本)

王仁堪:《王苏州遗书》十二卷首一卷(王孝绮汇刻,民国二十三年王氏仿宋本)、《王仁堪殿试卷》(光绪三年石印本)、《王苏州遗书补》一卷(民国二十五年铅印本。李灵年等《清人别集总目》第101页)

王仁东:《完巢剩稿》(徐世昌《晚晴簃诗汇》卷一七一、《近代诗钞》中册第1011页。柯愈春《清人诗文集总目提要》第1858页作一卷,民国十年铅印本)

王孝绳:(述)《福州东文学堂三年报告汇编》(光绪二十七年抄本)

王孝缉等:《王苏州年谱》一卷(民国二十三年仿宋本《王苏州遗书》附)

钱塘许之雯(王孝亮妻):《缃云馆诗钞》一卷(光绪二十五年刻本,国家图书馆藏。柯愈春《清人诗文集总目提要》第1574页)

王氏:《西清王氏族谱》(道光本、1993年本)、(王孝总、王孝缃等修)《西清王氏重刊族谱》(《近代中国史料丛刊》续编第八十四辑,文海出版社有限公司1980年版;1972年铅印本)

董平章:《亦舫随笔》二卷、《秦川焚余草》六卷补遗一卷(光绪二十七年福州董氏容斋刻本。《清代硃卷集成》第三三九册董元度、董元亮履历、民国《闽侯县志》卷四七《闽县艺文志》)、(预修)《漕政全书》(民国《福建通志》总卷三十六,《福建循吏传》卷十三,董平章本传)、(修)《循化厅志》(林则徐《致董平章》,《林则徐全集》第八册)

董敬舆:《钟陵剩草》(《清代硃卷集成》第三三九册董元度、董元亮履历)

杨蕴辉(董敬箴妇):《吟香室诗草》二卷续刻一卷附刻一卷(光绪二十三年刻本。李灵年等《清人别集总目》第734页、民国《闽侯县志》卷四七《闽县艺文志》、民国《福建通志·福建艺文志》卷六十六)

何则贤:《球使礼服答问》一卷、《蓝水书塾笔记》一卷、《蓝水书塾诗文集》(民国《闽侯县志》卷四七《闽县艺文志》)、《蓝水书塾诗草》四卷文集八卷(林昌彝《射鹰楼诗话》卷十八)、《读经札记》、《球使礼服答问》、《涉史漫笔》、《晋书举要》、《史通何氏偶笺》、《增补儒林宗派》、《昭代碑传表志文辑》、《何氏史传汇编》、《蓝水书塾文草》、《诗草》、《词草》、《丛笔》、《结怀剩笔》、《侨浦随笔》、《课程日记》、《年记》凡若干卷(民国《闽侯县志》卷七十一《文苑传(上)》何则贤本传)、《蓝水书塾文钞》□卷、杂著□种、《蓝水书屋诗草》四卷、《词草》□卷、《文集》八卷(刘声木《桐城文学渊源撰述考》卷十二何则贤条)、《蓝水书屋丛笔》一卷、《晋史补略》□卷、《史通》□卷、《何氏偶笺》□卷、《名人轶事随录》□卷、《东越著述所见录》□卷、《东越历朝文辑》□卷、《皇朝东越文辑》□卷、《何氏家谱》□卷(《桐城文学撰述考》卷四)、《蓝水书塾诗文草丛笔》(余潜士《何道甫蓝水书塾诗文草丛笔序》,《余潜士全集》第105-106页;民国《福建通志》总卷二十五,《福建艺文志》卷六十六)、《蓝水书塾诗文草》一卷丛笔一卷(民国六年其孙何子恪油印本)[1]、《闽省近事竹枝词》不分卷(清钞本)(柯愈春《清人诗文集总目提要》第1364页)

何嵩祺:《悟莲室笔记》一卷、《悟莲室文钞》一卷、《髩丝词》一卷(民国《闽侯县志》卷四八《侯官艺文志》)、《悟莲室诗钞》(谢章铤《赌棋山庄集》诗集卷十二《四月十一日江水忽涨数尺呼舟之马江舟中读何伯希同年悟莲室诗钞枨触往昔得截句四即题其集归之》。民国《福建通志·福建艺文志》卷五十作一卷)、《莲因室诗集》十六卷(郑祖庚《侯官乡土志》)

何氏:《何氏三孝义事实册》(余潜士《何氏三孝义事实册序》,《姑留稿》卷一)

林元炳:《桐花轩吟稿》(民国《福建通志》总卷三十四,《福建列传(清八)》卷三十九林寿图本传)、《桐花吟馆诗稿》(同治刊本《福建通志》卷六十七)

张凤鸣:《一经堂集》四卷(民国《闽侯县志》卷四八《侯官艺文志》)

林寿图:《黄鹄山人诗钞》十八卷[2](光绪六年闽县林氏刻本)、《黄鹄山人诗初抄》十八卷(光绪二十八年刻本,六册)、《闽中小题闻见集外编》(清刻本)、《榕阴谈屑剩稿》二卷(道光二十二年刻本、福建省图书馆藏1984年抄本)、《启东录》(民国《福建通志·福建艺文志》卷二十作六卷)、(与谢章铤)《华山游草》不分卷(同治八年刻本,南京图书馆藏。民国《闽侯县志》卷六十八本传)、《春秋浅说》、《论语证故》、《经余赘记》、《两晋六朝文类纂》、《冶南诗薮》、《诗经注释》、《尔雅补注》、《闽学宗派考》、《黄鹄山人文集》、《榕阴谈屑》、《欧斋书画记》(此十种或毁或佚。民国《闽侯县志》卷六十八本传)、《黄鹄山人遗文》一卷(民国《福建通志》卷二十五,《福建艺文志》卷六十六)、《榕阴谈屑》一卷(民国《福建通志》总卷二十五,《福建艺文志》卷七十五)、《简端剩义》(民国《福建通志·福建艺文志》卷五十作一卷)、《黄鹄山人诗钞》十八卷遗文一卷(民国《闽侯县志》卷四七《闽县艺文志》)、(评冯桂芬)《校邠庐抗议》(陈昌强《谢章铤年谱简编》光绪九年)、(合刻)《西湖社吟稿》(谢章铤《赏四品顶戴团练大臣前陕西布政使林公墓志铭》。即《西湖社诗存》,道光二十八年刻本)、《华山游草》二卷(同治刻本,南京图书馆藏。李灵年等《清人别集总目》第1369页)

---

① 福建人民出版社《福建文献集成初编》第173册影印福建省图书馆藏民国六年油印本《蓝水书塾文草》一卷、《诗草》一卷。

② 李灵年等《清人别集总目》著录此集,十八卷,先后刻五次:同治十一年刻本,《清人诗集叙录》著录;光绪六年刻本,上海图书馆、南京图书馆、南开大学图书馆藏;光绪八年闽县林氏刻本,福建省图书馆等处藏,其中复旦大学图书馆书目作十六卷,台湾大学图书馆书目作五卷;光绪二十八年刻本,四川大学图书馆藏;光绪刻本,国家图书馆藏(第1369页)。

张印(林寿图继室,潼关人):《萤窝遗诗》三卷[1](民国三年铅印本。民国《闽侯县志》卷四七《闽县艺文志》)、《茧窝诗稿》(《福州坊巷志》卷二)

林师尚:(与何振岱分纂)《西湖志》二十四卷(民国五年修)

刘廷章:《省心录》四卷、《启蒙杂记》二卷、《陔华剩草》一卷(《清代硃卷集成》第三三九册,刘孝祐履历,影印第252页)、《家训录》(同治刊本《福建通志》卷二百四十一本传)

刘紫岚:《梅月山房诗钞》二卷(《清代硃卷集成》第三三九册,刘孝祐履历,影印第251页)

刘庆祺:《寿海遗稿》四卷(《清代硃卷集成》第三三九册,刘孝祐履历,影印第251页)

刘懋修:《时习轩诗钞》四卷(《清代硃卷集成》第三三九册,刘孝祐履历,影印第251页)

刘近宸:《梅月山楼诗》(民国《福建通志》总卷二十五,《福建艺文志》卷六十六)

刘存仁:《屺云楼文集》十二卷(光绪四年刻本)、《诗集》二十四卷[2](民国《福建通志·福建艺文志》卷六十六、民国《闽侯县志》卷四七《闽县艺文志》作《屺云楼初集》诗八卷、二集诗四卷、三集诗十二卷、词一卷)、《诗经口义》一卷、《笃旧集》十八卷、《闽邑忠义孝弟传》六卷(民国《福建通志·福建艺文志》卷二十三作刘存仁、王宾、王君植合辑《重刻闽县忠义孝悌传》二卷)、《屺云楼诗文钞》(刘声木《桐城文学渊源撰述考·引用书目》)、《诗余》一卷、《屺云楼诗文集》、杂著十五种(刘声木《桐城文学渊源撰述考》卷十二刘存仁条)、《劝学刍言》四卷、《诗经口义》二卷、《宦海风涛集》二卷、《刘氏家谱》二卷、《屺云楼诗话》八卷、《论文肯綮》二卷、《诗经条贯口义》六卷、《易学钩玄》二卷、《课儿晬语》八卷、《归田课孙录》四卷、《自订年谱》四卷、《笃旧集》十八卷、《兰言》、《情往集》□卷、《闽中耆旧诗钞》□卷、《屺云楼诗余》一卷(《闽词征》卷四、《桐城文学撰述考》卷四)、《小宛诗说》、《战说》、《守说》、《团说》、《钱荒论》、《账论》、(刻黄俊苑)《止斋遗书》十八卷(民国《福建通志》总卷三十九,《福建文苑传》卷九刘存仁传)、《屺云楼文钞》[3]二十卷(光绪四年刘氏刻《屺云楼全集》本,南开大学图书馆藏)、《屺云楼集》(陈衍《近代诗钞》上册,第331页)、《屺云楼全集》十二册(光绪四年福州刘氏刻本)、《劝学编》、《说诗》(林昌彝《小石渠阁文集》卷三《与刘炯甫孝廉亲家书》)、《屺云楼诗选》(咸丰三年福州刻本)、《屺云楼诗话》六卷(民国《福建通志》总卷二十五,《福建艺文志》卷七十五)、《屺云楼全集》四十六卷(民国《福建通志》总卷二十五,《福建艺文志》卷七十六。系《诗经口义》二卷、《劝学刍言》四卷、《屺云楼文钞》八卷、《诗选》八卷、《二集》八卷、《三集》十二卷、《诗话》四卷合辑)、《屺云楼文钞》十二卷(民国《闽侯县志》卷四七《闽县艺文志》)、《屺云楼续集》(谢章铤《赌棋山庄集》文集卷三《炯甫屺云楼续集序》)、《刘炯甫杂记》不分卷(《福建文献集成初编》第126册影印福建省图书馆藏稿本)、《屺云楼集诗选》八卷(咸丰三年刻本)、《屺云楼二集》四卷(咸丰刻本)(李灵年等《清人别集总目》第523页)

王珪如:《春晖阁初草》(谢章铤《赌棋山庄文又续》卷一《春晖阁初草序》)

王鸿铣:《无离龛诗拾》九卷(民国二十九年铅印本,国家图书馆藏。柯愈春《清人诗文集总目提要》第2000页)

翁时稚:《金粟如来诗龛稿》四卷(民国六年刻本。民国《福建通志》综卷三十九,《福建文苑传》卷九本传)、《金粟如来诗龛集》四卷(光绪二十四年林纾刻本,南京大学图书馆藏;民国六年福州翁氏刻本,福建省图书馆、福建师范大学图书馆藏。李灵年等《清人别集总目》第1911页)

翁时农:《正则诗》(陈昌强《谢章铤年谱简编》)、《正始堂诗集》[4](光绪三十三年南洋官报局铅印

---

① 柯愈春《清人诗文集总目提要》著录此集,三卷,民国三年铅印本,首都图书馆藏,分《金台集》、《青门集》、《南归集》(第1475页)。李灵年等《清人别集总目》题《茧窝遗诗》三卷(第1077页)。

② 李灵年等《清人别集总目》著录《屺云楼诗选》初集八卷二集四卷三集十二卷词一卷,诗作二十四卷(第523页)。柯愈春《清人诗文集总目提要》著录《屺云楼集》三十六卷,当是《屺云楼文集》十二卷、《诗集》二十四卷总卷数,咸丰三年至光绪四年刻本,国家图书馆藏(第1377页)。

③ 李灵年等《清人别集总目》著录此集,三种:六卷,光绪四年刻本;十二卷,光绪四年刻本、民国七年铅印本;二十卷,光绪四年刻本(第523页)。

④ 李灵年等《清人别集总目》题《正如堂诗钞》,不分卷,光绪三十三年南洋官报局排印本(第1911页)。

本。一题《正始堂诗钞》一卷。复旦大学图书馆藏)

翁惠农:《翁舍人遗稿》(民国《闽侯县志》卷四七《闽县艺文志》)

李大深:《李晓沧遗集》不分卷[①](钞校本,福建师范大学图书馆藏。柯愈春《清人诗文集总目提要》第1378页)

王景贤:《伊园文抄》四卷、《诗抄》三卷(同治十三年羲停山馆集本)、《姜斋随笔》(《闽县乡土志·王景贤传》)、《周易玩辞》二卷(民国《福建通志·福建艺文志》卷二、民国《闽侯县志》卷四七《闽县艺文志》作一卷)(羲停山馆集本)、《论语述注》十六卷(羲停山馆集本、余潜士《王子希论语述注序》)、《性学图说》一卷(羲停山馆集本)、《困学琐言》一卷(羲停山馆集本)、《牧民赘语》一卷(羲停山馆集[②]本)、(补葺)《李忠定年谱》二卷(民国《福建通志·福建艺文志》卷二十三作《李忠定公年谱》二卷)、《四书述注》、《群经系说》、《牧民刍语》、《读书质疑》、《论语释文》、《榕巢琐记》、《羲停山馆诗文集》若干卷(民国《福建通志》总卷四十,《福建儒行传》卷五,王景贤传)、《溺女警心录》(民国《福建通志》总卷二十五,《福建艺文志》存目卷三十五)

王崧辰:《思云草堂诗文集》二十卷、《老姜随笔》四十四卷(陈宝琛《王君小希墓志铭》)

王葆辰:《羼庐诗文钞》(民国《闽侯县志》卷六十八本传)、《扶轮机宜》

吴敦:《碧榕海阁诗钞》三卷(清钞本、稿本,福建省图书馆藏。柯愈春《清人诗文集总目提要》第1336页)

林枫:《榕城考古略》三卷、《听秋山馆诗钞》十卷(民国《福建通志·文苑传》本传作《听秋山馆诗》,谢章铤《赌棋山庄集》文集卷四《听秋馆诗钞序》作《听秋馆诗钞》)、《全闽郡县图记》八卷、《医学汇参》十卷、《历代史纂略》、《四声辨义》、《诗韵异同辨》、《观我录》(《〈榕城考古略〉〈竹间十日话〉〈竹间续话〉出版说明》)、《听秋声馆诗钞》(陈昌强《谢章铤年谱》)、《丧礼备览》二卷、《全闽郡县图说》八卷(民国《闽侯县志》卷四七《闽县艺文志》)、《三礼备览》四卷(《福建文献集成初编》第18册影印福建省图书馆藏稿本)

李应庚、徐一鹗、刘绍纲、宋谦、陈文翊、梁鸣谦、陈遹祺、林天龄、刘三才、王彝、刘勷:《聚红榭诗词录》十一卷(民国《闽侯县志》卷四七《闽县艺文志》。民国《福建通志·福建艺文志》卷七十一作谢章铤等著)、《墨沉词》(稿本)、《弦外词》(钞本)(二种据刘荣平《聚红榭著述二种:稿本〈墨沉词〉与抄本〈弦外词〉》)

何玉瑛:《疏影轩遗草》二卷(嘉庆十七年郑氏睫巢书屋刻本、民国六年郑孝胥重校铅印本。国朝闺阁诗抄本题作《疏影轩诗稿》一卷,《清代硃卷集成》第二七册郑守孟履历题作《疏影轩遗草》,民国《福建通志·福建列女传》卷六何玉瑛本传题《疏影轩遗稿》,梁章钜《退庵诗存》卷五《许春甸嫣红小院第六集先期赋赠同人各一首依次和之》其八诗中注作《疏影轩诗草》)

郑鹏程:《聊以拙斋全集》(《清代硃卷集成》第二七册郑守孟履历)、《聊以补拙集》若干卷(民国《福建通志》总卷三十六,《福建循吏传》卷十二,郑鹏程本传)、《聊以拙斋诗文集》(民国《福建通志》总卷二十五,《福建艺文志》卷六十六)

郑世恭:《唐律赋抄》六卷(郑世恭批点,邱先德选)(清刻本)

郑守廉:《考功词》一卷(光绪二十八年刻本。民国《闽侯县志》卷四七《闽县艺文志》。刘荣平《赌棋山庄词话校注》第297页注作不分卷)、《螭道人词草》一卷(谢章铤《赌棋山庄词话》续编卷二"郑守廉词"条)

郑孝胥:《海藏楼诗集》(上海古籍出版社2013年版)、《郑孝胥日记》(中华书局1993年版)、《郑孝胥沈曾植朱祖谋况周颐卷》(《海上文学百家文库》第9册,上海文艺出版社2010年版。收有《海藏楼

① 李灵年等《清人别集总目》题作《李晓沧先生遗集》不分卷,钞校本,福建师范大学图书馆藏(第761页)。

② 柯愈春《清人诗文集总目提要》著录《羲停山馆集》二十七卷,同治十三年刻本,国家图书馆藏(第1335页)。

诗》十一卷、《郑孝胥日记》中诗、《同声月刊》第二卷第十一号佚文六首）、《海藏楼诗集》十三卷、《王道讲义》（叶参、陈邦直、党庠周合编《郑孝胥传》、《海藏楼诗》十三卷[①]（《福建文献集成初编》第179册影印国家图书馆藏民国十三年刻十卷本及民国二十五年所刻后三卷）、《郑孝胥诗钞》一卷（民国十五年《现代十大家诗钞》本）、《使日杂诗》一卷（民国二十三影印本，日本爱知大学藏）（李灵年等《清人别集总目》第1500页）

郑孝柽：《郑稚辛诗集》（民国三十二年版）、《稚辛诗存》、（合纂）《原富》

郑孝崧：《光绪二年之仙塔街》、《天放阁笔记》、《天放阁诗话》、《天放阁遗诗》（谢其铨《丁戊山小志》第46页，2010年版）

陈懋侯：《知非斋易注》三卷卷首一卷卷末一卷、《易释》三卷（光绪十四年陈氏家刻本）、《周易明报》三卷、《易义节录》一卷（光绪八年陈氏家刻本）、《周易明报》五卷（民国《闽侯县志》卷四七《闽县艺文志》）、《古周易二经十传阐注》一卷（《福建文献集成初编》第7册影印福建省图书馆藏稿本）

陈建侯：《易原》（林纾《资政大夫赠内阁学士陈公行状》作《易源》）、《说文撮要》（同治十一年刻本）、《说文提要校订》二卷（民国许钺校订许学四种本）、《说文撮要》一卷（民国《闽侯县志》卷四七《闽县艺文志》）

龚葆琛：《福州通贤龚氏支谱》三卷（光绪九年刻本）

龚其裕：《一笑栖集》（《福州通贤龚氏支谱·厚斋公续谱自序》及龚其裕传）

龚嵘：《山影楼诗稿》（稿本，龚氏家言汇存第11册）、《山影楼集》（《福州通贤龚氏支谱》）、《山影楼诗钞》（清代诗文集汇编第200册影印清抄本）

龚屿：《兰所集》（《福州通贤龚氏支谱·厚斋公续谱自序》）

龚一发：《梅石山房稿》、《都门存稿》、《于役虞城草》、《迟阴堂稿》（民国《福建通志》总卷三十六《福建循吏传》卷十二，龚一发本传）、《闺范》一卷（民国《福建通志》总卷二十五，《福建艺文志》卷四十二）、乾隆《厚斋公续（龚氏）谱》（《福州通贤龚氏支谱·厚斋公续谱自序》）、《梅石山房诗钞》一册、《迟阴堂诗稿存》二册[②]、《厚斋日记》二册、《厚斋尺牍》一册（稿本，见廖剑华《闽县通贤龚氏家族著述考略》引龚纶手札[③]）、《恩赐堂家训编》（光绪二十年刻本）、《恩赐堂族范编》一卷（廖剑华《闽县通贤龚氏家族著述考略》）、《迟阴堂诗存》不分卷、《迟阴堂遗稿》不分卷、《梅石山房诗钞》不分卷（《福建文献集成初编》第163册影印福建省图书馆藏龚一发诗集三种，均清钞本）

龚景瀚：《邶风说》二卷（道光六年恩锡堂刊澹静斋全集本）、《离骚笺》二卷（崇文书局汇刻本、澹静斋全集本、龚氏家言汇存第24册）、《孔志》四卷（林昌彝补笺）、《澹静斋文钞诗钞》、《读书录》二卷、《访古录》二卷、《积石山房思书文》（一作《积石山房制艺》）（《福州通贤龚氏支谱》龚景瀚传）三卷（龚式谷等《皇清赐同进士出身诰授朝议大夫赏戴花翎甘肃兰州府知府先考海峰府君行述》）、《坚壁清野议》（《皇清文颖》本）、《澹静斋诗文集》（民国《闽侯县志》龚景瀚本传）、《祭仪考》四卷、《禘祫考》一卷、《说课[④]》二卷、《孔志》三卷（民国《福建通志·福建艺文志》卷二十三作四卷）、《循化厅志》八卷、《访古录》、《石塔碑刻记附考》一卷（与林乔荫《石塔碑刻记》一卷合刻）、《澹静斋文钞》六卷（龚式谷等《皇清赐同进士出身诰授朝议大夫赏戴花翎甘肃兰州府知府先考海峰府君行述》作八卷）、《澹静斋文钞外编》二

---

① 柯愈春《清人诗文集总目提要》著录此集，十三卷，前后六刻：初刻不分卷，光绪二十八年，湖南省图书馆藏；二刻不分卷，光绪三十二年铅印本，湖南省图书馆藏；三科增为八卷，民国间陶子麐刻本，中国社会科学院文学研究所藏；四刻九卷，影印前八卷，国家图书馆藏；五刻十卷；六刻增为十三卷，民国间自刻本，中国社会科学院文学研究所藏（第1910页）。

② 廖剑华《闽县通贤龚氏家族著述考略》（福建省图书馆学会学术年会论文集论文本）有《迟阴堂诗稿存》和《迟阴堂诗存》两种书名，俱为二册。李灵年等《清人别集总目》著录《迟阴堂诗存诗稿》，稿本，福建省图书馆藏（第2081页）。

③ 按：廖剑华此文有两种文本，正式发表在《图书馆理论与实践》2014年第4期上的论文无龚纶手札文字，2014年9月举行的福建省图书馆学会学术年会论文集上的论文则以龚纶手札作为“缘起”部分。

④ 《福州通贤龚氏支谱》龚景瀚本传、龚式谷等《皇清赐同进士出身诰授朝议大夫赏戴花翎甘肃兰州府知府先考海峰府君行述》作《说裸》二卷（影印第240、419页），是。福建省图书馆藏清钞本一卷。

卷、《澹静斋诗钞》六卷（同治刊本《福建通志》卷六十七）、《龚氏家言汇存十六种附录二种》（《国朝全闽诗录初集》）、《外编》二卷、《诗钞》六卷、杂著六种（刘声木《桐城文学渊源撰述考》卷十二）、《毛诗说》、《积石山房四书文》上中下编三卷（《桐城文学撰述考》卷四）、《澹静斋诗文钞》（《桐城文学渊源撰述考·引用书目》）、《春秋三传合注》一册、《春秋三传释地》一册（民国《福建通志》总卷二十五，《福建艺文志》卷十；《福建文献集成初编》第18册影印福建省图书馆藏稿本一册）、《孔子弟子考》一卷（民国《福建通志》总卷二十五，《福建艺文志》卷二十三）、《文集》八卷、《邶风说》三卷、《离骚笺》四卷、《循化厅志稿》八卷（林昌彝《射鹰楼诗话》）、《双骖亭集》（林昌彝《林昌彝诗文集》卷七《论诗一百又五首》第四十七首诗后自注）、《澹静斋遗钞》二册（原刊稿）、《春秋三传释地》一册（稿本）、《禘袷考》一册（稿本）（三种见廖剑华《闽县通贤龚氏家族著述考略》引龚纶手札）、《澹静斋遗钞》（稿本，福建省图书馆藏）、《澹静斋诗钞》六卷、《文钞》不分卷（均稿本，开封市图书馆藏）、《澹静斋诗钞》六卷、《文钞》六卷、《外编》二卷[①]（柯愈春《清人诗文集总目提要》第853页）

龚景范：嘉庆《惟思公续（龚氏）谱》（《福州通贤龚氏支谱·惟思续谱小范公序》）

龚履中：同治《禹畴公续（龚氏）谱》（《福州通贤龚氏支谱·禹畴公续谱自序》）、《切音易解》一卷（民国《闽侯县志》卷四八《侯官艺文志》）

龚景李、龚景淙：《双骖亭遗稿合刊》二卷（光绪六年刻本。民国《福建通志》总卷二十五，《福建艺文志》卷七十一）

龚受谷：《壶山书屋诗略》二卷（道光六年刻本《澹静斋全集》附）

龚丰谷：《听雨山房文集》若干卷、《诗集》数卷（龚耿光、龚文光、龚润光《皇清敕授文林郎嘉庆戊辰科举人湖北天门县知县显考小峰公行述》，《福州通贤龚氏支谱》，影印第422页）、《听雨山房诗存》二卷一册（廖剑华《闽县通贤龚氏家族著述考略》引龚纶手札）、《听雨山房诗存》二卷外篇一卷（道光六年恩锡堂龚景瀚《澹静斋全集》本附）

龚耿光：《退省斋诗钞》八卷、（创修）《佛冈厅志》十六卷（龚葆琛等《皇清诰授奉直大夫广东钦州知州晋赠通奉大夫显考韫山府君行述》，《福州通贤龚氏支谱》，影印第432页）

龚耀孙：《希静斋诗稿》一册（稿本，龚氏家言汇存第29册）

龚易图：《谷盈子》十二篇（光绪五年刻本）、《海防刍论》八篇一卷（稿本。龚氏家言汇存第30册）、《乌石山房诗稿》十卷续集六卷（同治十二年双骖园刻本，福建师范大学图书馆藏。谢章铤《赌棋山庄文又续》卷一《布政使司布政使蔼仁龚公墓志铭》作《诗稿》十六集）、《乌石山房诗存》（光绪九年刻本。民国《福建通志·福建艺文志》卷六十六作《乌石山房诗存》八卷）、《谷盈子参同契注》（民国《福建通志》）、《餐霞仙馆诗词外集》（《闽词征》卷五）、《乌石山房文钞》一册（民国《福建通志》总卷二十五，《福建艺文志》卷六十六）、《山左军牍》十四册、《古本周易参同契》三卷、《参同契直解》三卷、《玄玄上经注疏合编》二卷、《乌石山房诗存》八卷文钞一卷（民国《闽侯县志》卷四七《闽县艺文志》）、（与杨希闵合撰）《乌石山房藏书简明目录》五卷（光绪五年撰，龚礼逸钞校本）、《龚氏四世循良传》、《相长篇》、《南社诗钞》、《乌石山房藏印》、《乌石山房印存》、《西游记评注》、《餐霞仙馆外集》、《山左雪泥录》、《蠡测轩杂记》、《刻印剿说八则》（廖剑华《闽县通贤龚氏家族著述考略》）、《乌石山房文稿》不分卷（稿本，福建省图书馆藏）、《乌石山房诗存》残存四卷（稿本，南京图书馆藏）、《乌石山房诗稿》二十三卷[②]（柯愈春《清人诗文集总目提要》第1711页）、《乌石山房集》十卷初二三集附《谷盈子》十二篇（同治十二年刻本，中

① 柯愈春《清人诗文集总目提要》称《澹静斋诗钞》六卷、《文钞》六卷、《外编》二卷，辑为《澹静斋集》，统称《澹静斋诗文集》十四卷，存世有道光六年龚氏恩锡堂刻本、道光二十年刻本、道光二十五年刻本、同治八年刻本；另有乾隆六十年福州龚式谷刻本《澹静斋诗钞》六卷，北京大学图书馆藏（第853页）。李灵年等《清人别集总目》第2089-2090页对于龚景瀚澹静斋诗文诸集版本的记载更加详尽。

② 柯愈春《清人诗文集总目提要》以为《乌石山房诗稿》又名《乌石山房诗存》，《乌石山房诗稿》有复旦大学图书馆藏六卷本、《续修四库提要》著录八卷本、南京大学图书馆藏十卷本、北京大学图书馆藏十二卷本、国家图书馆藏十三卷本、中国科学院图书馆藏十六卷、南通大学图书馆藏二十一卷本、南京大学图书馆藏二十三卷本（第1711页）。

国科学院图书馆藏。李灵年等《清人别集总目》第2087页）

龚礼逸（龚易图孙，龚桢义长子）：《寿山石谱》四卷（民国二十二年铅印本）、《青芝田印稿》（铅印本）、《意在楼吟稿》（1965年油印本）、《滕王阁考》、《东北经济小丛书》（《福建省文史研究馆志》）、《龚氏家言》十六种附二种（廖剑华《闽县通贤龚氏家族著述考略》）

龚易图、龚礼逸：《大通楼藏书目录》（原题《大通楼五万卷藏书楹藏书目录》，钞本，福建师范大学图书馆藏）

龚厚逵、龚贞义：《显考和任府君行述》（光绪二十年刻本）

龚礼贤：《植物学科汇编》一册（民国二十二年铅印本。廖剑华《闽县通贤龚氏家族著述考略》引龚纶手札）

龚韵珊：《长喜斋论画诗》一卷（柯愈春《清人诗文集总目提要》第1914页）、《玉册老人行素居士合璧书画集》

龚观：《蓼怀堂诗草》第一集不分卷（清钞本，福建师范大学图书馆藏。柯愈春《清人诗文集总目提要》第213页）

龚葆銮：《碧琴子诗存》一卷（民国《福建通志》总卷二十五，《福建艺文志》卷六十六）、《碧琴遗稿》一卷（稿本，《续修四库提要》著录）

陈栻：《健松斋诗存》不分卷（民国九年铅印本，福建省图书馆藏。柯愈春《清人诗文集总目提要》第1714页）

陈遹祺、宋谦：《陈宋诗词合选》（民国《闽侯县志》卷四七《闽县艺文志》。民国《福建通志·福建艺文志》卷七十三、《课余续录》卷五作二卷，刘荣平《赌棋山庄词话校注》第390页云存传抄本数页）

陈遹祺、黄经：《双邻词钞》（民国《闽侯县志》卷四七《闽县艺文志》）

宋谦：《灯昏镜晓词》四卷附录《聚红榭雅集词》一卷（陈衍序，宣统二年刻本）、《剑怀堂诗草》内外编各一卷（民国八年刻本。刘荣平《赌棋山庄词话校注》第386页）、《剑怀堂诗草》四卷①（民国《福建通志》总卷二十五，《福建艺文志》卷六十六）、《剑怀堂集》（民国《福建通志》总卷三十九，《福建文苑传》卷九徐一鹗传附）

王廷俊：《樵隐笔记》六卷（民国《闽侯县志》卷四七《闽县艺文志》）、《樵隐山房诗钞》四卷附《北游草》、《归田草》、《东隐集》、《略存稿》各一卷（光绪十八年刻本，中国科学院图书馆藏。柯愈春《清人诗文集总目提要》第1677页）、《樵隐山房诗集》九卷（光绪间刻本，福建省图书馆藏。柯愈春《清人诗文集总目提要》第1677页）、《碧桃花馆诗话》

叶兰墅：《学医辨惑》一卷（民国《闽侯县志》卷四七《闽县艺文志》、林昌彝《林昌彝诗文集》卷十二《叶兰塾学医辨惑序》）

林万春：《十四韵集》（民国《闽侯县志》卷四七《闽县艺文志》。民国《福建通志·福建艺文志》卷十四题《十四经集韵》）

叶溶：《音韵义辨》三十四卷、《传音通语》一卷（民国《闽侯县志》卷四七《闽县艺文志》）

黄亦琼：《小憩轩吟草》（民国《福建通志》总卷四十五，《福建列女传》卷六，黄亦琼本传）

刘荃、曾淞、陈与冏、刘大受、黄宗宪、黄燊：《影事词存》一册（民国《福建通志·福建艺文志》卷七十三、民国《闽侯县志》卷四七《闽县艺文志》）

刘荃：《梦阳词》（《闽词征》卷五，《闽词钞 闽词征》，福建人民出版社2014年版）

林述庆：《江左用兵记》（《林纾集》第二册第136页）、《林松（颂）亭遗诗》

林纾：《畏庐诗存》（《晚晴簃诗话》卷一百七十四。民国《福建通志·福建艺文志》卷六十六作二

① 柯愈春《清人诗文集总目提要》著录此集，六卷，宣统二年铅印本，中国社会科学院文学研究所藏，计《剑怀堂诗内编》一卷、《诗外编》一卷、《灯昏晓镜词》四卷（第1737页）。

卷)、《畏庐诗文稿》、《杂著》、《文集》、《续集》、《诗存》、《左传庄骚韩柳文》各研究法、《畏庐笔记》若干卷(民国《福建通志》总卷三十九,《福建文苑传》卷九林纾本传)、《左孟庄骚精华录》(商务印书馆)、《林琴南文集》(中国书店1983年影印本)、《春觉斋论文》(民国五年刻本。《论文偶记 初月楼古文绪论 春觉斋论文》人民文学出版社1998年版)、《春觉斋论画》(梁桂元《闽画史稿》第264页)、《畏庐词》(一题《补柳词》)、《冷红斋词剩》(曹辛华《民国词史考论》第486页)、《畏庐翁集》(民国《福建通志》总卷三十六,《福建循吏传》卷十三萨承钰传注引)、《林畏庐文集》(《雁门萨氏家谱·雁门萨氏家谱引用各书书目》)、《闽中新乐府》(光绪二十三年福州刻本,魏瀚资助。一名《训蒙歌诀》)、《畏庐文钞》(《八闽文化世家》第288页)、《春觉斋著述记》、《贞文先生学行记》、《林氏弟子表》、《畏庐文集》、《畏庐续集》、《畏庐三集》、《畏庐诗存》(民国丛书第五编第94册,上海书店1996年版)、《畏庐文集》□卷、续集□卷、诗存二卷(民国《闽侯县志》卷四七《闽县艺文志》)、《林纾译文全集》四十七册(上海书店出版社2018年版)、(与丁芸等参定、黎经诰笺注)《六朝文挈笺注》(光绪十四年刻本)、《蜀鹃啼》、《合浦珠》、《天妃庙》三种传奇、《技击余闻》、《畏庐琐记》、《畏庐漫录》(陈炳堃《最近三十年中国文学史》,第90页)、《畏庐文集》一卷、《续集》一卷、《三集》一卷、《诗存》二卷、《论文》一卷、《琐记》一卷(民国间刻本,首都图书馆、湖南省图书馆藏)(柯愈春《清人诗文集总目提要》第1845页)、(江中柱、闵定庆、李小荣、汤江浩、于英丽编校)《林纾集》十册(福建人民出版社2020年版)、《畏庐诗文集》(民国十四年商务印书馆排印本)、《林琴南文钞》(宣统元年排印本,湖南省图书馆、福建省图书馆藏)、《林琴南文钞》一卷(民国四年《现代十大家文钞》本)、(与严复合撰)《林严文钞》四卷(宣统元年排印本)(李灵年等《清人别集总目》第1358页)、(编)《畏庐师友集》、(编)《同人集》(林纾《与李宗言书》其一,《林纾集》第一册,第461页)、《文微》(林纾口述,朱羲胄纂述,胡孟玺手抄本)、(合著)《林严合钞》(国学扶轮社1909年版)、(李家骥等)《林纾诗文选》(商务印书馆1993年版)、(夏晓红等)《林纾家书》(商务印书馆2016年版)、(胡孟玺辑)《畏庐尺牍》(福建省图书馆藏,钞本)

胡孟玺:《酒隐诗选》(油印本)

高种:(译)《社会问题》(朱羲胄《林氏弟子表》第9页)

陈莼:《经义精确》(林纾《陈喜人先生墓表》,《林纾集》第一册,第62页)

王召卿:《甲戌蒙难遗稿》(钞本,福建省图书馆藏。李灵年等《清人别集总目》第114页)

王允皙:(李宣龚辑)《碧栖诗词》一卷①(北京大学图书馆藏民国二十三年铅印本,中山图书馆藏)、《碧栖诗词合刻》(郭白阳《竹间续话》卷一)、《碧栖诗》(陈衍《近代诗钞》王允皙条按、钱仲联《梦苕庵诗话》第二七八条)、《碧栖楼词》(李宣龚《碧栖楼词序》)、《碧栖词》一卷(民国二十三年铅印本、《民国词集丛刊》本)、《王碧栖诗词》各一卷(民国《闽侯县志》卷四七《闽县艺文志》)、《碧栖小集》(陈衍《石遗室诗话续编》卷五,第六十条)

王德愔:《琴寄室诗词》(福建省文史研究馆《福建文史丛书》本,2013年版)

戴成芬:《于峰小纪》九卷(民国《闽侯县志》卷四七《闽县艺文志》)、《蕉窗随笔》(抄本)、《榕城岁时记》(抄本)、《□□□谣》、《闽俗通》、《诗文集》诸书(郭柏苍《哭闽县戴秀才成芬》诗题下自注)

程万里:《天学稗编》(民国《闽侯县志》卷四七《闽县艺文志》)、《秋蝉吟草》(郭柏苍《葭柎草堂集》卷中《程朴庵天学稗编序》)、《朴庵偶存草》一卷、《学蛩吟草》一卷、《秋蝉吟草》不分卷(均稿本,福建省图书馆藏。柯愈春《清人诗文集总目提要》第1234页)

赖懒云(杨景星配,江西人):《探药老人诗草》(民国《闽侯县志》卷四七《闽县艺文志》)

陈成侯:《绳武斋遗稿》一卷(稿本,《续修四库提要》著录;民国六年刻本,国家图书馆藏。柯愈春《清人诗文集总目提要》第1974页)

陈宝琛(修):《螺江陈氏家谱》(民国《福建通志》总卷三十四,《福建列传(清六)》卷三十七,陈霞蔚

---

① 李灵年等《清人别集总目》著录王允皙《碧栖诗》一卷《碧栖词》一卷,民国二十三年铅印本,南京图书馆等处藏(第107页)。

本传注；《北京图书馆藏家谱丛刊》闽粤卷第 11-15 册，北京图书馆出版社影印民国二十二年铅印本）

陈衣德：《居易堂诗文集》、《华阳趋庭草》、《东游漫草》（民国《福建通志》总卷三十六，《福建循吏传》卷十二，陈衣德本传）

陈芳楷：《荃竹斋诗集》（民国《福建通志》总卷三十六，《福建循吏传》卷十二，陈芳楷本传。民国《福建通志·福建艺文志》存目卷四十二作《荃竹斋集》）

陈开周：《随手录》前后集（民国《福建通志》总卷三十六，《福建循吏传》卷十二，陈开周本传）

陈承裘、陈懋复：《澄秋馆吉金图》（民国十六年拓印本）

陈春波：《齑粥山房诗钞》（同治刊本《福建通志》卷六十八、民国《闽侯县志》卷四八《侯官艺文志》）

陈宝琛：《沧趣楼诗集》、《沧趣楼文存》、《沧趣楼律赋》、《奏议》（《诰授光禄大夫赠太师先文忠公行述》、陈三立《清诰授光禄大夫赠太师陈文忠公墓志铭》）、《沧趣楼诗文集》（上海古籍出版社 2013 年版）、《听水斋词》（民国二十七年刻本，《沧趣楼诗集》附）、《陈文忠公奏议》二卷（民国间刻本）、《沧趣楼诗集》一卷（李宣龚《硕果亭近人诗选》本，钞本）、《南游草》一卷（民国铅印本，南京图书馆、国家图书馆藏）、《沧趣楼诗集》十卷词一卷（民国二十五年刻本、民国二十七年陈懋复天津刻本）、《沧趣楼文存》二卷（民国二十八年印本、1957 年福建省图书馆钞本、1958 年海澄陈氏油印本）、《沧趣楼律赋》一卷（钞本、1949 年刻本）（李灵年等《清人别集总目》第 1298 页）、《澂秋馆吉金图录》上下二册、《澂秋馆印存》十册、《澂秋馆藏古封泥》十卷（《记陈宝琛》，《沧趣楼诗文集》下册附录一，原载《民国杂志》第一卷二期）、《弢庵诗集》（陈灨一《新语林》卷三，陈宝琛《沧趣楼诗文集》下册附录二第 841 页）、《南游草》（张允侨《闽县陈公宝琛年谱》光绪三十三年，陈宝琛《沧趣楼诗文集》下册附录三第 891 页）、《陈大宗师制艺诗赋全稿》残本（陈宝琛《沧趣楼诗文集》下册第 586 页）

陈宝璐：《艺兰室文存》一卷（民国二十九年铅印本，首都图书馆藏）、《陈刑部杂文》[①]一卷（民国《闽侯县志》卷四七《闽县艺文志》；民国《福建通志》总卷二十五，《福建艺文志》卷六十六）、《抑快轩文集拟选目录》（稿本、钞本，福建省图书馆藏。李灵年等《清人别集总目》第 1299 页）

陈元凯：《身云室诗录》一卷附《春雨楼影事》一卷（民国十八年铅印本，郑孝胥题签。民国《闽侯县志》卷四七《闽县艺文志》）

陈懋鼎：《基督山恩仇记》（译著，一名《枭雄记》）、《修三居士易稿》（陈绛《帝师陈宝琛的家族往事——陈绛谈螺洲陈家字号》）、《槐楼诗钞》不分卷（1949 年陈储铅印本，南京图书馆藏；柯愈春《清人诗文集总目提要》第 1982 页；福建人民出版社 2017 年版）

陈懋恒：《陈懋恒诗文集》（陈绛《帝师陈宝琛的家族往事——陈绛谈螺洲陈家字号》，海峡文艺出版社 2011 年版）、《明代倭寇考略》、《春秋考异》、《清代地理沿革表》、《枭雄记》（合译）、《闽县螺洲太傅陈公年谱》、《铁网珊瑚》、《姚长子》、《乌孙公主》、《中国上古史演义》、《秦楚演义》、《史可法》、《喇嘛教史略》、《春秋演义》、《双峰梦》、《红巾军》、《葛云飞》等（王宜椿《一代才女陈懋恒》）

陈意映：《〈红楼梦〉人物诗》一卷

陈汤奏：《承霤居印谱》四卷（民国《闽侯县志》卷四七《闽县艺文志》；民国《福建通志》总卷二十五，《福建艺文志》卷三十八）

郑容：《无辩斋集》一卷（民国《闽侯县志》卷四七《闽县艺文志》。陈衍《石遗室诗话》卷二十五第三条作《无辩斋诗》一卷，民国二年、十五年铅印本）、《无辩斋稿》不分卷（稿本[②]，福建省图书馆藏。柯愈春《清人诗文集总目提要》第 1842 页）

游萍：（龚葆昌、刘崧英辑）《思易斋诗文集》一卷（《续修四库提要》著录。柯愈春《清人诗文集总目

---

① 李灵年等《清人别集总目》（第 1299 页）、柯愈春《清人诗文集总目提要》（第 1885 页）均题作《陈刑部什文》，福建通志局钞本，福建省图书馆藏。

② 李灵年等《清人别集总目》著录此集，钞本，福建省图书馆藏（第 1489 页）。

提要》第 1984 页)

邱润仙:《寄生草诗稿》(民国《闽侯县志》卷四七《闽县艺文志》、光绪《邵武府志》卷二十七《(光泽)闺秀传》本传)

林起贞:《百茎草堂诗》四卷(民国《闽侯县志》卷四七《闽县艺文志》。柯愈春《清人诗文集总目提要》第 1765 页作《百茎草堂诗钞》四卷,民国十八年铅印本,福建省图书馆藏;李灵年等《清人别集总目》第 1374 页题《一茎草堂诗钞》四卷)

施鸿保:《分曹偶句》一册(道光咸丰间刻本。以下至《速成折枝诗录》录自《闽都文化研究》)、《闽杂记补遗》六卷(《福建文献集成初编》第 80 册影印福建省图书馆藏民国间钞本)

池秋澄:《锦缎裁余》(佚)(《闽都文化研究》)

黄理堂:《雪鸿初集》十卷(光绪七年刻本)

廖国琛(序):《壶天笙鹤初集》二卷(光绪十三年刻本)

孙乾甫:(编)《雪鸿续集》七卷(光绪十四年福州聊复吟社刻本)

陈夔嘉等:《围炉集》一册(光绪十四年刻本)

灯社:《灯社吟卷》一册(铅印本)、《灯社(第三集)》一册(民国五年铅印本)

退闲吟社:《退闲吟社诗本》一册(铅印本)、《退闲吟社诗钟(第二集)》一册(铅印本)

补闲吟社:《补闲吟社第一度诗选》一册(铅印本)、《补闲吟社诗钟(第二集)》一册(铅印本)

永春县征诗选本:《春酒诗刊》一册(铅印本)

福州留社征诗选本:《海年诗雨合刊》一册(民国十四年铅印本)

马江侗社征诗选本:《马江诗刊》一册(民国十五年铅印本)

福州南琮诗社征诗选本:《南琮诗刊》二册(民国十五年铅印本)

林宗泽:(辑)《福州讬社诗录》(民国间写本)

讬社:《民国福州讬社诗集》一册(民国十五年铅印本)

余怀:《三吴游览志》一卷(笔记小说大观本影石印本)、《王翠翘传》不分卷(商务印书馆铅印本、香艳丛书本)、《五湖游稿》三卷(国家图书馆藏清初刻本。番禺沈氏晨风阁丛书第一辑《五湖游稿》一卷、上海图书馆藏宣统元年《五湖游稿》校刻本)、《玉琴斋词》四册不分卷(一题《玉琴斋稿》四册,稿本)、《四莲花斋杂录》(一题《四莲华斋杂钞》八卷,原莆田县图书馆藏旧抄本)、《甲申集》七卷八种(北京图书馆藏清初刻本。一作八卷,清抄本、汲古阁刻本)、《余子说史》十卷(原莆田县图书馆藏抄本。民国《莆田县志》卷二十二《艺文志》作八卷)、《余澹心文附曼翁友声集》、《余澹心集》、《江山集》(民国《莆田县志》卷二十三《艺文志》作三卷。康爵藏抄本,现福建图书馆藏;清华大学图书馆、南开大学图书馆藏清抄本《江山集》三卷)、《板桥杂记》三卷(民国《莆田县志》卷二十二《艺文志》作《板桥杂志》三卷)、《味外轩稿》(一名《味外轩诗辑》。《味外轩诗辑》不分卷,康爵辑钞,稿本,现福建师范大学图书馆藏)、《砚林》一卷(昭代丛书本)、《茶史补》一卷、《秋雪词》一卷、《宫闺小名后录》一卷(民国《莆田县志》卷二十二《艺文志》)、《砚山堂集》(同治刊本《福建通志》)、《汗青余语》(民国《莆田县志》卷二十二)、《浣花草堂集》(周亮工《藏弆集》卷六)、《东山谈苑》八卷(原莆田县图书馆藏抄本)、《西陵唱和集》一卷(残本)、《枫江酒船诗》(康爵藏刻本,现福建省图书馆藏)、《妇人鞋袜考》一卷(民国《莆田县志》卷二十二《艺文志》作《妇女鞋袜考》一卷)、《研山词》一卷(《清初名家词抄六十种》本,郑振铎藏)、《江山集》三卷(旧抄本)、《平生萧瑟诗》[1]、《茶史》(民国《福建通志》总卷二十五,《福建艺文志》卷七十二)、《禅林漫录》、《不

① 按:朱志远《余怀研究》引蒋光煦《东湖丛记》(辽宁教育出版社 2001 年版)卷五《余澹心著作》及黄裳的观点,《平生萧瑟诗》、《三吴游览志》、《枫江酒船诗》、《梅花诗》俱《江山集》中的小集,《江山集》系总名,不分卷;黄裳以为《味外轩稿》当做《味外轩集》(康熙刻本),亦有诸小集,《七歌》(写刻本)、《五湖游稿》版心亦题《江山集》(第 76-78 页)。《五湖游稿》当有五卷,佚二卷(第 80 页)。柯愈春云《味外轩诗稿》原书未见,存南京图书馆所藏康爵辑本、上海图书馆所藏清畊冰寄庐钞本两种《味外轩诗辑》,《五湖游稿》存三卷清钞本、一卷道光元年刻本(第 106 页)。

妄语》、《曼翁漫录》、《秋雪丛谈》、《党鉴》、《盈鉴》、《余子说诗》四卷(民国《莆田县志》卷二十二《艺文志》)、《宫闺小名后录》一卷(尤侗《西堂余集》附刻)、《七歌》(写刻本)、《咏怀古迹》一卷(写刻本)、《鸳鸯湖传奇》(陈维崧《陈迦陵文集》卷七《余澹心鸳鸯湖传奇序》)、《(戊申)看花诗》(黄裳《金陵五记》,江苏古籍出版社 2000 年版)、《余怀集》全三册①(广陵书社 2005 年版)、《娥江吟卷》(毛奇龄《西河集》卷三十二《余澹心娥江吟卷序》)、《味外轩拾零》不分卷(桐云轩辑)、《研山草堂文集》(残本)、《葑发记传奇》、《翠集裘传奇》、《说诗》、《党鉴》、《盈鉴》、《汗青余语》、《不妄语述》、《曼翁漫录》、《禅林漫录》、《读史浮白集》、《古今书字辨讹》、《秋雪丛谈》、《金陵野抄》、《曼翁诗》、《古今精义抉录》、《茶苑》、《生平萧瑟诗》②、《梅花诗》、《月波楼杂抄》、《补黄帝棡鼓曲》、《研山草堂诗样》、《浣花草堂集》、《砚山草堂集》、《海月集》、《劲柏弹凌霄花》(刻)《韦苏州集》十卷(朱志远《余怀研究》第四章)、《味外轩文稿》(柯愈春《清人诗文集总目提要》第 106 页)、《玉琴斋诗》一卷(《九家诗文集》本)、《咏怀古迹》一卷《弹指倡和》一卷《嘉山纪游》一卷(康熙刻本,上海图书馆、黄裳藏)(李灵年等《清人别集总目》第 950 页)

余宾硕:《金陵览古诗》一卷(民国《莆田县志》卷二十三《艺文志》。《清人诗文集总目提要》作四卷,道光三十年刻本,国家图书馆藏)、《石农咏物诗》四卷(清刻本,邓之诚藏)、《丁卯集》(柯愈春《清人诗文集总目提要》第 317 页)

余兰硕:《团扇词》一卷(康熙绿荫堂刻《百名家词钞》本)

释大依:《释南庵诗》一卷(《皇清百名家诗》本。柯愈春《清人诗文集总目提要》第 112 页)

董史:《东山集草》二卷(民国《莆田县志》卷二十二《艺文志》)

罗孔裔:《五经裁述》六十八卷、《四书裁述》四卷、《九畴河洛解》数十卷、《小学洪范太极西铭反正说》(民国《长汀县志》卷二十二《艺文志》、乾隆《汀州府志》卷三十九熊为霖《罗青岩周易裁述序》)

林士隽:《实学录》七卷、《敦山园诗文集》二卷(乾隆《汀州府志》卷三十三《文苑传》本传题《敦山园诗文》二卷)

巫峦:《富缃说》(民国《长汀县志》卷二十二《艺文志》)

长汀赵新:《诗经解》、《四书纂要》、《泠然草》(同治刊本《福建通志》卷八十)

李兆賁:《五经旁注》、《四书集腋》(同治刊本《福建通志》卷八十)

范一沛:《葩经解》八卷(同治刊本《福建通志》卷八十)

范绍质:《醒斋集》(民国《长汀县志》卷二十二《艺文志》)

钟梦瀛:《孝经补疑》、《房陵政略》、《澡雪愧娥草》(乾隆《汀州府志》卷三十三《文苑》题《澡雪楼愧莪草》)(同治刊本《福建通志》卷八十)

刘伟:《洛书说》(民国《长汀县志》卷二十二《艺文志》)

俞文漪:《涤泉诗集》(民国《长汀县志》卷二十二《艺文志》)

马殿翼:《诗稿》(民国《长汀县志》卷二十二《艺文志》)

黄好礼:《慎思堂诗草》(民国《长汀县志》卷二十二《艺文志》)

胡国模:《拈花微笑斋诗话》若干卷、诗文数千首(民国《长汀县志》卷二十二《艺文志》)

许牧:《紫薇堂稿》五卷、《杏村诗赋集》七卷(同治刊本《福建通志》卷八十)

李焕:《云绮轩草》(民国《长汀县志》卷二十二《艺文志》)

张廷赓:《即讴草》二卷(同治刊本《福建通志》卷八十。民国《长汀县志》卷二十二《艺文志》作《即讴诗草》二卷)

廖金含:《居易集》二卷(同治刊本《福建通志》卷八十)

---

① 《余怀集》收录《余澹心集》(《余子说史》、《砚林》、《茶史补》、《味外轩集》、《四莲华斋杂录》、《东山谈苑》)、《玉琴斋词》、《江山集》(《五湖游稿》、《枫江酒船诗》)、《甲申集》(《茂苑诗》、《武塘诗》、《西陵诗》、《山阴诗》、《明月庵稿》、《拟古十九首》、《律躄》、《味外轩诗辑》)(朱志远《余怀研究》第 78 页)。

② 柯愈春《清人诗文集总目提要》题《萧瑟集》(第 106 页)。

马廷萱:《鉴泉遗稿》四卷(同治刊本《福建通志》卷八十)、《鉴泉诗稿》(民国《长汀县志》卷二十五《文苑传》本传)

王登:《周易指掌》六卷(同治刊本《福建通志》卷八十)

汤志尧:《谦山文稿》三卷(民国《长汀县志》卷二十二《艺文志》)

胡德惺:《四书启奥》、《春秋摘要》、《松原诗草》(民国《长汀县志》卷二十二《艺文志》)

段廷燮:《枫香阁稿》(民国《长汀县志》卷二十二《艺文志》。同书卷二十五《文苑传》本传题《枫香阁诗稿》)

郑汝廉:《汀南廑存续集》四卷(民国《长汀县志》卷二十二《艺文志》。民国《福建通志·福建艺文志》卷七十一作《续集》二卷)

邹励成:《鳌云阁诗稿》(民国《长汀县志》卷二十二《艺文志》)

郑玉成:《活人慈航》五集二十一卷(民国《长汀县志》卷二十二《艺文志》)

胡钦:《诗集》(民国《长汀县志》卷二十二《艺文志》)、《赐麴阁诗集》(《道咸同光四朝诗史乙集》卷四)、《赐麴阁外集》三卷(光绪三十年刻本,江西省图书馆藏)、《赐麴阁外集》残存二十八卷(清钞本,湖北省图书馆藏)、《海天仙馆咏古试律初稿》不分卷(稿本,江西省图书馆藏)、《海天仙馆文集》不分卷(钞本,江西省图书馆藏)(柯愈春《清人诗文集总目提要》第1855页)

范绍森:《印度调查盐法记》不分卷(民国《长汀县志》卷二十二《艺文志》)

黄冕南:《一庵诗稿》(民国《长汀县志》卷二十二《艺文志》)、《修身讲义》、《一庵文集》(民国《长汀县志》卷二十四《儒林传》本传)

黄元英:《医鼎》八卷(民国《长汀县志》卷二十二《艺文志》)

唐仰文:《古林诗略》不分卷、《龙山诗存》(分《宋明龙山诗存》、《托素斋诗约》、《清代龙山诗存》、《漫斋诗摘钞》)、《二南嗣音》(民国《长汀县志》卷二十二《艺文志》)

康咏:《漫斋诗稿》五卷、《续稿》(民国《长汀县志》卷二十二《艺文志》)

张一琴:《二老峰樵诗稿》不分卷(民国《长汀县志》卷二十二《艺文志》)

陈兰:《劝学篇》(民国《长汀县志》卷二十五《文苑传》本传)

吴志恭:《礼轩文稿》(民国《长汀县志》卷二十五《文苑传》本传)

林榛:《诗略》(同治刊本《福建通志》卷六十八)

陈元辅:《枕山楼集》二卷(康熙三十一年刻本,日本内阁文库藏)、《枕山楼诗集》二册(钞本,日本尊经阁文库藏)、《枕山楼诗集》不分卷(康熙三十年刻本,台湾大学图书馆藏)(柯愈春《清人诗文集总目提要》第238页)

卢灼:《矖石堂稿》(郭柏苍《竹间十日话》卷二)

郑秉宧:《问山楼集》(《国朝全闽诗录初集》续集卷七郑秉宧条)

陈文川:《竹居士集》(同治刊本《福建通志》卷六十九。民国《福建通志·福建艺文志》存目卷四十二作《竹居士诗集》)

王侯聘:《握粟集》、《邵武府续志》(同治刊本《福建通志》卷六十八、民国《闽侯县志》卷四八《侯官艺文志》)

陈星羲:《芝山读史论》、《□堆诗》一卷(同治刊本《福建通志》卷六十八、民国《闽侯县志》卷四八《侯官艺文志》)

林臻:《诗略》(民国《闽侯县志》卷四八《侯官艺文志》)

谢天枢:《岭外集》、《小草堂集》(同治刊本《福建通志》卷六十八、民国《闽侯县志》卷四八《侯官艺文志》)

庄振徽:《容园尘草》、《秦邮集》、《卧花居尘草》(同治刊本《福建通志》卷六十八)

萧震:《西台奏议》、《理邢末议》(《国朝全闽诗录初集》续集卷一萧震条引郑杰《注韩居诗话》作《理刑末义》、《巡嵯奏草》、《洗冤录》、《蛰庵集》(同治刊本《福建通志》卷六十八、民国《闽侯县志》卷四八《侯官艺文志》、卷六十九本传)、《西台奏纪文录》(郑杰《注韩居诗话》作《理刑末义》)、《蛰庵存稿》(民国《福建通志》总卷三十四,《福建列传》卷三十三本传)、《道山纪略》四卷(康熙十一年刻本,民国《福建通志·福建艺文志》卷三十作不分卷)

蒋宣:《问田诗文集》(同治刊本《福建通志》卷六十八、民国《闽侯县志》卷四八《侯官艺文志》)

蒋领:《槎寄偶存诗文集》(同治刊本《福建通志》卷六十八、民国《闽侯县志》卷四八《侯官艺文志》)

高兆:《观石录》一卷、《续高士传》五卷、《烈女传编年》(民国《闽侯县志》卷四八《侯官艺文志》作《列女传编年》)(同治刊本《福建通志》卷六十八)、《端溪砚石考》一卷(康熙二十七年戊辰1688潘耒跋)、《春霭亭杂录文稿》二卷(稿本,福建省图书馆藏)、《启祯宫词》一卷(谢章铤赌棋山庄钞本,湖北省博物馆藏)(柯愈春《清人诗文集总目提要》第211页)、《荔社纪事》一卷(民国《福建通志·福建艺文志》卷三十八、《赌棋山庄词话》续编卷五"谢肇淛词"条)、《揽胜图谱》(《福建文献书目》)、《荷兰使舶歌》(郭柏苍《竹间十日话》卷一)、《遗安草堂集》(民国《福建通志》总卷三十九,《福建文苑传(清一)》卷七本传)、《遗安草堂诗》一卷《乙巳夏诗》一卷《观石录》一卷《鼓山看梅记》一卷(清刻本,日本内阁文库藏。李灵年等《清人别集总目》第1914页)

刘日章:《还拙堂诗集》(同治刊本《福建通志》卷六十八、民国《闽侯县志》卷四八《侯官艺文志》)

林中芝:《饮绿诗草》(同治刊本《福建通志》卷六十八、民国《闽侯县志》卷四八《侯官艺文志》)

林芳:《竹佃诗略》三卷、《竹佃闲话录》三卷(民国《福建通志》总卷二十五,《福建艺文志》卷六十五)、《蒹葭馆诗志》、《蒹葭馆拾遗》一册(同治刊本《福建通志》卷六十七、民国《福建通志·福建艺文志》卷七十一)

林霔:《印史》(林芳《雨苍小传》作《宜雨楼印史》)二卷、《丽则斋印谱》二卷、《虹桥印谱》二卷、《贞石前后续编》(《印商》嘉庆八年自序)、《印商》(民国石印嘉庆十年乙丑刻本)、《丽则斋制艺》、《借轩拾余》(林芳《雨苍小传》,《印商》)、《借轩拾余集》、《贞石前后编》(民国《福建通志》总卷四十四,《福建艺术传》卷三,林霔本传)

蒋玢:《玉笋堂集》(同治刊本《福建通志》卷六十八、民国《闽侯县志》卷四八《侯官艺文志》)

蒋垣:《周易臆解》、《经书遗义》、《榕城景物考》、《八闽理学源流》、《耻躬格言》(同治刊本《福建通志》卷六十八、民国《闽侯县志》卷四八《侯官艺文志》)

叶继枝:《福宁道里考》(《清代硃卷集成》第三三八册,举人叶珊履历,影印第329页)

叶谦:《漳泉文献续录》(《清代硃卷集成》第三三八册,举人叶珊履历,影印第329页)

叶宗眷:《词林掇锦》、《人生须知》(《清代硃卷集成》第三三八册,举人叶珊履历,影印第329页)

林仪:《同园韩苏文选》(民国《闽侯县志》卷四八《侯官艺文志》)

吴道来:《郰城百咏》(同治刊本《福建通志》卷六十八、民国《闽侯县志》卷四八《侯官艺文志》)

吴士宏:《楚行杂吟》、《对山存草》(同治刊本《福建通志》卷六十八、民国《闽侯县志》卷四八《侯官艺文志》)

吴九叙:《瞻侯诗稿》(同治刊本《福建通志》卷六十八)、《芝山诗稿》、《时文》、《近稿》(龚一发《书吴剑虹传后》,《福州通贤龚氏支谱》,《北京图书馆藏家谱丛刊》闽粤侨乡卷第18册,影印第532页)、(修)《永安县志》十卷首一卷续志十卷(雍正十年纂,道光十三年刊本)

吴文焕:《剑虹初稿》、《剑虹续稿》(同治刊本《福建通志》卷六十九)、《剑虹诗稿》(《国朝全闽诗录初集》续集卷五吴文焕条)

吴应造:《海录碎事钞》(同治刊本《福建通志》卷六十九。施懿琳、廖美玉《台湾古典文学大事年表·明清篇》第165页作《海录碎事》)

宋道策:《警斋诗集》(同治刊本《福建通志》卷六十八、民国《闽侯县志》卷四八《侯官艺文志》)

黄世发:《群经冠服考》三卷(民国《福建通志》总卷二十五,《福建艺文志》卷十二)、《春台赘□》五卷(民国《福建通志》总卷二十五,《福建艺文志》卷三十二)、《群经冠服图考》五卷(《福建文献集成初编》第17、18册影印福建省图书馆藏清钞本)

林崇孚:《瓿余诗集》、《洪江社集》(同治刊本《福建通志》卷六十八、民国《闽侯县志》卷四八《侯官艺文志》)、《可闲堂稿》、《响山楼稿》、《瓿余》七卷(清初可闲堂刻本,日本内阁文库藏。柯愈春《清人诗文集总目提要》第279页、《全闽明诗传》卷五十五)

林涵春:《古今人物大观集》、《节义文章录》四卷(民国《福建通志·福建艺文志》卷七十一作《节义文章》)、《名山大业录》、《塔江楼文集》、《塔江楼文二集》、《河桥舒啸编》、《闽海奇迹编》(同治刊本《福建通志》卷六十八、民国《闽侯县志》卷四八《侯官艺文志》)、《塔江楼文抄》六卷附录一卷(康熙二十七年刻本)、《节义楼文章》十二卷(《竹间十日话》卷五)、《节义文章》十四卷(康熙四十九年塔江楼刻本)(柯愈春《清人诗文集总目提要》第210页)

林皦:《榕庵诗集》(民国《闽侯县志》卷四八《侯官艺文志》。民国《福建通志·福建文苑传》林衡传附传、郭柏苍《竹间十日话》卷一作《榕庵集》)

林文英:《碧山杂录》、《所重录》(民国《闽侯县志》卷四八《侯官艺文志》作《所重录》)(同治刊本《福建通志》卷六十八)

郑磊:《南湖集》(民国《闽侯县志》卷四八《侯官艺文志》。同治刊本《福建通志》卷六十八、民国《福建通志·福建艺文志》卷六十四作五十卷;柯愈春《清人诗文集总目提要》第431页条目作八卷,提要作十卷,康熙四十八年刻本,上海图书馆藏)

陈学夔:《榕城景物略》(一题《榕城景物录》。《福建文献集成初编》第81册影印福建省图书馆藏清钞本,四卷)道光旧抄本)、《性理全书》、《倦庵录》、《甲午以后集》、《杜诗注解》(同治刊本《福建通志》卷六十八、民国《闽侯县志》卷四八《侯官艺文志》)

陈学孔:《道山堂诗文集》(同治刊本《福建通志》卷六十七、本传、民国《闽侯县志》卷四八《侯官艺文志》)

王亮:《春秋纂要》(民国《闽侯县志》卷四八《侯官艺文志》)

林光谱:《礼释》二卷(民国《福建通志》总卷四十,《福建儒行传》卷五,林光谱本传)

林步瀛:(总纂)《宁德县志》、《榕荫草堂集》不分卷(民国二十四年铅印本,福建省图书馆藏。柯愈春《清人诗文集总目提要》第1730页)

郑善述:《敬修堂集》(民国《闽侯县志》卷四八《侯官艺文志》。朱仕琇《梅崖居士文集》卷八《连山令郑君墓志铭》作《敬收堂集》)、《青毡集》、《敬收堂诗文》(卢美松《薇园掬露》第78页)、(修)《玉田郑氏族谱》(福建省图书馆藏)

黄昙生(郑善述妻):《萧然居集》(民国《福建通志》总卷四十五,《福建列女传》卷六,黄昙生传。卢美松《薇园掬露》第79页作二卷)

郑方城:《绿痕书屋存稿》十卷、《燥吻集》、《行炙诗集》(同治刊本《福建通志》卷七十六)、《行炙集》(《国朝全闽诗录初集》卷十三郑方城传)、《绿痕书屋稿》(郭白阳《竹间续话》卷二)、《石幢先生遗文》、《探怀草》(民国《福建通志》总卷二十五,《福建艺文志》卷六十五)、《燥吻文集》(卢美松《薇园掬露》第78页)、《绿痕书屋诗稿》十卷(复旦大学图书馆藏)、《石幢遗文》五卷(张际亮辑,同治三年刻本)、《石幢诗草》一卷附《芥舟诗草》一卷(清钞本,四川省图书馆藏)(李灵年等《清人别集总目》第1497页)

郑方城、郑方坤:《却埽斋倡和集》二卷、(与郑方城子郑天锦合撰)《晋安三郑集》(民国《福建通志》总卷二十五,《福建艺文志》卷七十一。朱仕琇《梅崖居士文集》卷八《连山令郑君墓志铭》、卷十九《三郑进士文稿序》作《三郑进士文稿》)

郑方坤:《经稗》六卷、《邯郸县志》、《邯邑人士小传》、《全闽诗话》十二卷、《补五代诗话》(《石遗室诗话》卷二十一作《五代诗话补》)十卷、《杜诗宣和谱》一卷、《读书劄记》四卷、《宦游纪闻》、《本朝诗钞小传》(陈衍《石遗室诗话》卷二十一作《国朝诗钞小传》;民国十八年扫叶山房石印本唐陀署签《清名家诗人小传》四册四卷，有“民国八年校印”六字，书牌作《本朝名家诗人小传》，周骏富《清代传记丛刊》改题《清朝名家诗钞小传》）四卷、《集唐千联》、《蘧庐词话》一卷、《词林玉屑》、《四六谈柄》、《读文劄记》、《古今词选》、《望古集》十二卷、《岭海文编》五十卷、《岭海丛编》四十卷、《历代文钞》、《本朝文钞》、《蔗尾诗集》十五卷①、《蔗尾文集》二卷（同治刊本《福建通志》卷七十六）、《蔗尾集》（《国朝全闽诗录初集》卷十二、郭白阳《竹间续话》卷二）、《郑荔乡稿》、《三郑合稿》（卢前《八股文小史》。朱仕琇《三郑进士文稿序》作《三郑进士文稿》）、《青杉词》（《闽词征》卷四）、《诗钞小传》二卷（民国《福建通志》总卷二十五，《福建艺文志》卷二十三）、《十三经经稗》六卷、《五代诗话》十卷、《本朝诗钞》二百卷、《蔗尾诗文集》等二十余种（卢美松《薇圃掬露》第79页）、《荔乡印谱》（郑方城《题荔乡印谱十八首》，《绿痕书屋诗集》卷五）、《本朝名家诗钞小传》二卷（《福建文献集成初编》第68册影印上海图书馆藏乾隆间刻本）

郑天箓：《垂露斋诗稿》（同治刊本《福建通志》卷七十六）

郑天镳：《诗词小草》（《题天镳侄诗词小草》，郑方城《绿痕书屋诗集》卷十）

郑徽柔：《芸窗蛩响集》一卷（民国《福建通志》总卷四十五，《福建列女传》卷六，郑徽柔传，卢美松《松轩话史》第27页作《芸窗寒响集》）、《蛩响诗集》（黄淑窕《墨庵楼试草》，《黄任集》第341页）、《蛩吟集》（郑方坤《灯影摇红・题伯姊蛩吟集后》，郑方坤《蔗尾诗集》卷十附《青山词》，第十二页）

郑淑止：《韫玉轩集》（民国《福建通志》总卷四十五，《福建列女传》卷六，郑徽柔传）

郑镜蓉：《抱影集》、《垂露斋集》（民国《福建通志》总卷四十五，《福建列女传》卷六，郑徽柔传）

郑金銮：《西爽斋存稿》（民国《福建通志》总卷四十五，《福建列女传》卷六，郑徽柔传）

郑镜蓉、郑云荫、郑青蘋、郑金銮：《垂露斋唱和集》二卷（民国《福建通志》总卷二十五，《福建艺文志》卷七十一）

郑咏谢：《簪花轩闺吟》、《研耕诗存》（民国《福建通志》总卷四十五，《福建列女传》卷六，郑徽柔传）、《簪花轩诗钞》一卷（清拾穗山房钞本，福建省图书馆藏。柯愈春《清人诗文集总目提要》第669-670页）、《簪花轩闺吟》一卷、《断鸿篇》一卷、《砚耕偶存》一卷（林欣荣《凤池林氏遗诗》本，民国十九年凤池林氏铅印本）

郑镜蓉、郑云荫、郑青蘋、郑金銮（郑方坤长女至四女）：《垂露斋唱和集》二卷（卢美松《薇圃掬露》第80页）

郑方坤等：《垂露斋联吟集》（卢美松《薇圃掬露》第81页）

郑天锦：《连山县志》、《艺苑丛谈》、《芥舟诗文集》、《论诗绝句》、《青毡集》（同治刊本《福建通志》卷七十六、朱仕琇《连山令郑君墓志铭》）、《郑芥舟集》（卢前《八股文小史》）、《艺苑必读》、《墨钦编制艺》（卢美松《薇圃掬露》第79页）、《芥舟先生古文》（民国《福建通志》总卷二十五，《福建艺文志》卷六十五）、《成都府志》、《新繁县志》（朱仕琇《梅崖居士文集》卷八《连山令郑君墓志铭》）、《芥舟诗草》一卷（清钞本，与郑方城《石幢诗草》合册，上海图书馆藏。李灵年等《清人别集总目》第1495页）

郑若沂：《蛾术斋稿》五卷（同治刊本《福建通志》卷七十六）、《巾箱遗草》、《蛾术斋诗集》（卢美松《薇圃掬露》第79页）

郑三才：《居易轩诗钞》六卷（嘉庆五年重刻本。柯愈春《清人诗文集总目提要》第497页）、《参亭存草》（同治刊本《福建通志》卷六十八、民国《闽侯县志》卷四八《侯官艺文志》）

金潮：《海翁集》、《玉山草堂诗钞》（同治刊本《福建通志》卷六十八、民国《闽侯县志》卷四八《侯官艺文志》）

陈声远：《海萍录古》（民国《闽侯县志》卷四八《侯官艺文志》）

陈发其：《四书讲解》、《慕楼草》、《天心阁诗稿》二卷（同治刊本《福建通志》卷六十七）、《慕楼诗集》

---

① 李灵年等《清人别集总目》著录此集，十卷本，乾隆元年、十八年刻本；十五卷本，乾隆元年刻增修本，国家图书馆等处藏（第1497页）。

(《清代硃卷集成》第三一册,进士陈钦铭履历,影印第381页)、(分纂)《福建通志》(卢美松《松轩史话》第)

陈大煜:《俟庵文稿》(同治刊本《福建通志》卷六十八、民国《闽侯县志》卷四八《侯官艺文志》)

郑翡:《縠远堂诗删》二卷(民国《长乐县志》卷十九《艺文志》)、《縠远堂诗》二卷(同治刊本《福建通志》卷六十八、民国《闽侯县志》卷四八《侯官艺文志》)

郑晃:《华胥内外集》二卷、《拜石山房近草》一卷、《偶笔诗集》二卷、《藏山堂诗集》一卷、《秋心集》、《狴犴晨钟》一卷(民国《长乐县志》卷十九《艺文志》)、《粤东文诰》、《拜石山房近草诗集》一卷、《偶笔诗集》二卷、《秋心集》一卷(同治刊本《福建通志》卷六十八、民国《闽侯县志》卷四八《侯官艺文志》)、《拜石堂诗集》、《粤东文诰集》、《二瞻真稿》(民国《长乐县志》卷二十四本传)

林兆惠:《修余堂集》(民国《闽侯县志》卷四八《侯官艺文志》。李灵年等《清人别集总目》第1369页作二卷,道光刻本,南京图书馆藏)、《修余堂诗》二卷(民国《福建通志》总卷二十五,《福建艺文志》卷六十四)

林士起:《十游草五七言诗》一卷(同治刊本《福建通志》卷六十八、民国《闽侯县志》卷四八《侯官艺文志》)

林蔚春:《六游吟草》(同治刊本《福建通志》卷六十八、民国《闽侯县志》卷四八《侯官艺文志》)

林祖望:《礼经说要》(乾隆《福清县志·文苑传》本传一作《礼记诠解》)(同治刊本《福建通志》卷六十八、民国《闽侯县志》卷四八《侯官艺文志》)

张远:《超然诗集》八卷(《四库全书总目》卷一百八十三)、《无闷堂诗集》四十卷(《竹间十日话》作四十一卷)、《文集》一卷(同治刊本《福建通志》卷六十八、民国《闽侯县志》卷四八《侯官艺文志》)、《无闷堂诗集》(《清代士人游幕表》第291页题作《无闷堂诗钞》)二十四卷(福建师范大学藏传抄本、韩敏《张远诗歌研究》)、《无闷堂集》文七卷诗十一卷(《清诗纪事初编》)、《无闷堂诗文集》四十余卷(《侯官县乡土志》)、《无闷堂集》文七卷诗二十三卷(《藤阴客赘》。杨钟羲《雪桥诗话续集》、民国《福建通志·福建文苑传》本传一作《无闷(堂)集》三十卷)、《无闷堂集》[1]十二卷(康熙二十四年刻本)、《无闷堂文集》六卷、《诗集》七卷(民国《福建通志》总卷二十五,《福建艺文志》卷六十四)、《仙都纪游集》一卷(柯愈春《清人诗文集总目提要》第330页)、《无闷堂诗集》二十四卷(传钞本,福建师范大学图书馆藏。李灵年等《清人别集总目》第1079页)

张廷飏:《浙西游草》(张炜《寄农先生属题先芬集赋此奉呈》,见《雁门萨氏家谱》卷五《叙赠录下》)

张文炅:《燕游途草》(同治刊本《福建通志》卷六十八、民国《闽侯县志》卷四八《侯官艺文志》)

郑任鑰:《朱子或问小注》、《自治要纂》、《乐善述略》、《古文正宗》、《矢言》一卷、《非鞶轩稿》(杨志一题《莱川诗集》,民国《长乐县志》卷二十三本传题《莱州诗集》,民国《福建通志·福建艺文志》存目卷四十二题《辈鞶轩稿》)(同治刊本《福建通志》卷六十八、民国《闽侯县志》卷四八《侯官艺文志》)

林伟:《湖上焚草》(民国《闽侯县志》卷四八《侯官艺文志》)

郭基:《一草亭四书汇解》六卷、《墨楼诗集》(同治刊本《福建通志》卷六十八、民国《闽侯县志》卷四八《侯官艺文志》)

王淇:《四书阐义》(民国《闽侯县志》卷四八《侯官艺文志》)

张炜:《雪樵诗文集》(民国《闽侯县志》卷四八《侯官艺文志》)

陈昂:《海外狂吟草》(同治刊本《福建通志》卷六十八、民国《闽侯县志》卷四八《侯官艺文志》)、《万年枝表汇集》、《依玉楼藏稿》、《轩年小品》、《倚玉集》(郭柏苍《竹间十日话》卷一)、《玉楼藏稿》(民国《福建通志》总卷四十三,《福建高士传》卷五,陈昂本传)

陈朝麟:《涵青阁诗》(同治刊本《福建通志》卷六十八)、《拾翠涵青阁诗》(民国《闽侯县志》卷四八

---

① 李灵年等《清人别集总目》著录《无闷堂集》五种:康熙二十四年自刻本,十二卷,南京图书馆藏;《福建丛书》稿本,不分卷,福建省图书馆藏;台湾师范大学图书馆藏本;清钞本,二十三卷,福建省图书馆藏;康熙刻本,三十卷,南京图书馆、黄裳藏(第1079-1080页)。

《侯官艺文志》）

曾沂：《潜园草》（同治刊本《福建通志》卷六十八、民国《闽侯县志》卷四八《侯官艺文志》、民国《福建通志》总卷二十五，《福建艺文志》存目卷四十二。郭柏苍《葭柎草堂集》卷上《清宁夏道按察司副使曾公二改传》作《潜园集》）、《潜园遗诗》一卷（《曾氏家学》本）

曾士甲：《幻有堂集》、《闽诗传》三卷（同治刊本《福建通志》卷六十八、民国《闽侯县志》卷四八《侯官艺文志》）、（辑）《闽诗传初编》（郑杰《注韩居诗话》）、《幻有堂遗诗》一卷（《曾氏家学》本）、《气候合参总图注》一卷（民国《福建通志》总卷二十五，《福建艺文志》卷四十七）、《闽诗传初集》四卷、《幻有堂诗》（民国《福建通志》总卷二十五，《福建艺文志》卷七十一）

曾廷甲：《南北游草》、《杞园集》（同治刊本《福建通志》卷六十八、民国《闽侯县志》卷四八《侯官艺文志》）、《杞园遗诗》一卷（《曾氏家学》本）

曾文甲：《逸生遗诗》一卷（《曾氏家学》本）

曾贞元：《又宾遗诗》一卷（《曾氏家学》本）

胡贤宾：《洪塘志余》二卷（民国《闽侯县志》卷四八《侯官艺文志》）

张嵛：《晚香堂集》十二卷（同治刊本《福建通志》卷六十八、民国《闽侯县志》卷四八《侯官艺文志》）

张鹤年：《张后槎随见录》（《竹间十日话》卷一、同治刊本《福建通志》卷六十八、民国《闽侯县志》卷四八《侯官艺文志》）

张鹤佺：《张洞山诗稿》（《竹间十日话》卷一、同治刊本《福建通志》卷六十八。民国《福建通志·福建艺文志》存目卷四十二题《洞三诗稿》）

张熙赓：《乃庭诗稿》（同治刊本《福建通志》卷六十七）

李建勋：《缄斋诗集》（民国《闽侯县志》卷四八《侯官艺文志》）

林正升：《碧庄集》（民国《闽侯县志》卷四八《侯官艺文志》）

项榕：《环山楼诗集》（民国《闽侯县志》卷四八《侯官艺文志》）

邓以临：《历行游草》（民国《闽侯县志》卷四八《侯官艺文志》）

方芑：《武夷草》（民国《闽侯县志》卷四八《侯官艺文志》）

张彦：《自怡草》（民国《闽侯县志》卷四八《侯官艺文志》）

蓝涟：《蓝采饮集》（同治刊本《福建通志》卷六十八、民国《闽侯县志》卷四八《侯官艺文志》。民国《福建通志·福建艺文志》卷六十四作《采饮集》十卷）

邓浩：《孙吴统笺》十六卷、《车载博议》四卷、《炮战源流》三卷、《圭旨撮要》四卷、《道藏诗文选注》六卷、《汉魏诗评注》十卷、《马班古文通义》十卷、《词苑丹头》二十卷、《瀚海拔尤》十卷、《文坛举逸》二十卷、《黄庭经注》二卷、《道德经补注》四卷、《青乌经注》一卷、文集四卷、诗集二卷（同治刊本《福建通志》卷二百三十九本传、民国《福建通志·文苑传》本传）

林文烜：《自鸣集》（民国《闽侯县志》卷四八《侯官艺文志》）

官庄：《拙斋集》（民国《闽侯县志》卷四八《侯官艺文志》）、《拙斋诗》（《国朝全闽诗录初集》续集卷六官庄条）

官于宣：《雪湄集》（同治刊本《福建通志》卷六十七）

官崇：《志斋文钞》[①]一卷（同治刊本《福建通志》卷六十八、民国《闽侯县志》卷四八《侯官艺文志》。民国《福建通志·福建艺文志》卷六十五题《官志斋文钞》）、《公车草》□卷、《丰州草》□卷、《永阳草》□卷、《常惺斋草》□草（《桐城文学撰述考》卷四）

葛经邦：《对山楼诗集》（同治刊本《福建通志》卷六十八、民国《闽侯县志》卷四八《侯官艺文志》）

---

① 柯愈春《清人诗文集总目提要》著录此集，嘉庆十三年谢氏刻本，上海图书馆藏；又有高澍然传钞谢氏二勿斋旧钞本，福建师范大学图书馆藏（第857页）。

杨维熊:《周礼详讲》、《尚书要言》、《管子详讲》(民国《闽侯县志》卷四八《侯官艺文志》)

林天申:《逋庵遗诗》(民国《闽侯县志》卷四八《侯官艺文志》)、《林逋庵遗诗》一卷(民国《福建通志》总卷二十五,《福建艺文志》卷六十五)

张万年:《学庸奥义》、《容风楼遗稿》(同治刊本《福建通志》卷六十八作《春风楼》)(民国《闽侯县志》卷四八《侯官艺文志》)

许珌:《铁堂诗草》二卷补逸二卷(清杨氏海源阁抄本,杨芳灿辑)、《铁堂诗草》二卷(吴镇选编)、《铁堂诗钞》[①]一卷、《品月堂集》(同治刊本《福建通志》卷六十八、民国《闽侯县志》卷四八《侯官艺文志》)、《梁园集》(《全闽明诗传》卷四十七本传)、《铁堂诗草》二卷(乾隆十八年、五十五年兰山书院刻本)、《许友许珌诗文集编校》(陈庆元主编《闽海文献丛书》(第二辑),广陵书社规划出版)、《天海山人诗钞》一卷(稿本。北京大学图书馆藏)(柯愈春《清人诗文集总目提要》第 69 页)

许友:《米友堂集》四卷、《医梦草》一卷(同治刊本《福建通志》卷六十八、民国《闽侯县志》卷四八《侯官艺文志》)、《米友堂诗集》不分卷(民国二十年侯官刘氏东明楼影印本[②]、稿本、抄本)、《许瓯香先生遗诗》(清初抄本)、《箬茧室诗集》一卷(民国蓉城仙馆丛书·明代秘集三种本)、《米友堂诗集补遗》(传抄本)、《许有介诗稿》一卷(《清人诗文集总目提要》第 158 页。北京市文物局藏[③])、《米友堂诗》(民国刊本)、《米友堂诗》(民国黄翼云钞本)、《许友许珌诗文集编校》(陈庆元主编《闽海文献丛书》(第二辑),广陵书社规划出版)、《米友堂诗集》七卷、《文集》不分卷、《杂著》四卷(日本内阁文库藏。柯愈春《清人诗文集总目提要》第 158 页)

许遇:《紫藤花庵诗钞》一卷(民国《闽侯县志》卷四八《侯官艺文志》。郭白阳《竹间续话》卷一,民国《福建通志·福建循吏传》卷十一许遇本传作《紫藤花庵诗集》)、(辑)《养根集》十卷(稿本)

许鼎:《梅崖集》、《刺桐纪游》(郭白阳《竹间续话》卷一)、(与长乐陈学良合著)《石林唱和诗》(康熙四十年刻本)、《少少集》二卷(一名《梅崖集》,清笃叙堂刻本,福建省图书馆藏。柯愈春《清人诗文集总目提要》第 590 页)

许良臣:《石泉诗钞》、《影香窗存稿》卷一(民国《闽侯县志》卷四八《侯官艺文志》、郭白阳《竹间续话》卷一)、《梅岩集》(民国《福建通志·福建循吏传》卷十一许遇传附许鼎传附)

许均:《玉琴书屋诗钞》(郭白阳《竹间续话》卷一)、《玉琴书屋诗钞》一卷、《雪村诗集》一卷(同治刊本《福建通志》卷六十八)、《雪邨集》(《黄任集·黄任年表》)

廖淑筹:《琅轩集》(民国《福建通志》总卷四十五,《福建列女传》卷六,廖淑筹本传)、《琅轩书屋诗集》一卷[④](同治刊本《福建通志》卷二百四十九《(侯官)国朝闺秀》"礼部郎中许均妻廖氏"条;《黄任年表》,《黄任集》第 580 页)

许荩臣:《客游草》(同治刊本《福建通志》卷六十八、郭白阳《竹间续话》卷一、民国《闽侯县志》卷四八《侯官艺文志》)

许王臣:《陶瓶集》、《多佳楼诗钞》(郭白阳《竹间续话》卷一)、《夕佳楼诗钞》一卷(同治刊本《福建通志》卷六十八、民国《闽侯县志》卷四八《侯官艺文志》)

许作霖:《桐花书屋诗钞》(民国《闽侯县志》卷四八《侯官艺文志》、郭白阳《竹间续话》卷一)、《桐花书屋诗稿》(同治刊本《福建通志》卷六十八)

许作屏:《砚史》二卷、《拜云楼诗集》六集(同治刊本《福建通志》卷六十八作六卷)、《青阳堂文集》四卷(民国《闽侯县志》卷四八《侯官艺文志》)、《拜云楼诗集》六卷、《青阳堂文集》二卷(均清钞本,南京图书馆藏)、《青阳堂制艺》不分卷(道光四年刻本,山东省图书馆藏)(柯愈春《清人诗文集总目提要》第

① 李灵年等《清人别集总目》著录此集,二卷,有道光十一年刻本、道光十四年刻本、粤东芝香堂刻本三种(第 590 页)。

② 李灵年等《清人别集总目》刘东明据稿本影印本作二卷(第 588 页)。

③ 李灵年等《清人别集总目》题《许有介先生诗稿》一卷,稿本,北京市文物局藏(第 588 页)。

④ 据此条所引沈初序,《琅轩书屋诗集》一卷亦名《琅轩集》(同治刊本《福建通志》卷二百四十九,影印第 4568 页)。

970 页）

许氏合撰：《五许合集》二册、《笃叙堂许氏集》七册（杨浚《冠悔堂书目》）、《笃叙堂诗集》五卷（民国《福建通志》总卷二十五，《福建艺文志》卷七十一）

许琛：《疏影楼诗》一卷（同治刊本《福建通志》卷二百四十九《（侯官）国朝闺秀》"何光云妻许氏"条下注。民国《福建通志》总卷二十五《福建艺文志》卷六十五作《疏影楼稿》一卷。今存清代诗文集珍本丛刊影印许琛《疏影楼稿》，钞本，不分卷）

梁韵书（许濂妻）：《静庵诗文草》八卷（民国《长乐县志》卷二十九《闺秀传》本传）、《静安吟草》（民国《福建通志·福建艺文志》别集清三第八页）、《影香窗诗词》（《闽词征》卷六，《闽词钞 闽词征》，福建人民出版社 2014 年版）

许还珠：《绀光书室诗草》一卷（民国《福建通志》总卷四十五，《福建列女传》卷六，许还珠本传）

许季兰：《剑香诗草》一卷（民国《福建通志》总卷四十五，《福建列女传》卷六，许季兰本传）

赵玉钗（梁韵书子妇）：《听雨楼遗草》一卷（民国《福建通志》总卷四十五，《福建列女传》卷六，赵玉钗本传）

林琼玉：《林琼玉诗》（民国十九年《绮窗余事》本附，上海图书馆藏。李灵年等《清人别集总目》第 1375 页）

孙学稼：《群言汇钞》四十卷（《闽中录》作《群言类钞》二十四卷，《全闽明诗传》作四卷）、《十六国年表并论》四卷（《闽中录》作五卷）、《兰雪轩集》三十卷（乾隆《福建通志》一作《兰雪轩草》，黄晋良《孙圣湖遗稿序》作《兰雪轩遗草》三十卷[①]。《全闽明诗传》卷四十九孙学稼本传题《兰雪轩诗钞》、《兰雪轩草》三十卷）、《备遗日钞》（《闽中录》题作《备遗日录》）三十卷（同治刊本《福建通志》）、《（顾炎武）评点兰雪轩钞本诗》、《闽会小纪》（一作《明会小纪》，孙起宗笺注，光绪间杨浚冠悔堂钞本，福建省图书馆藏）百韵（《全闽明诗传》卷四十九引《柳湄诗传》）、《鸥波杂草》不分卷（稿本，六册）、《剑合篇》（民国《福建通志》总卷二十五，《福建艺文志》卷六十四，引《惕园初稿》）、《兰雪轩集》五卷（清钞本，上海图书馆、福建省图书馆藏）、《鸥波杂草》不分卷（清钞本，国家图书馆藏）、《兰雪轩诗钞》不分卷（长乐陈庚焕钞本）（柯愈春《清人诗文集总目提要》第 149 页）、《新诗变雅集》二卷（吴可文《闽中明遗民诗人孙学稼考》，载《福州大学学报》2015 年第 3 期，第 76 页）

李思哲：《撷芳集》四卷（同治刊本《福建通志》卷六十八、民国《闽侯县志》卷四八《侯官艺文志》）、《撷香诗钞》不分卷（钞本，福建省图书馆藏。柯愈春《清人诗文集总目提要》第 589 页）

林士楷：《寄庐诗草》[②]（同治刊本《福建通志》卷六十八、民国《闽侯县志》卷四八《侯官艺文志》）

林廷对：《拓斋诗草》（同治刊本《福建通志》卷六十七）

陈梦雷：《周易浅述》（民国《闽侯县志》卷四八《侯官艺文志》、民国《闽侯县志》卷七十一本传、民国《福建通志·福建艺文志》卷二作八卷。文渊阁四库全书本《周易浅述》八卷附《周易浅述图》一卷）、《松鹤堂集》十六卷、《闲止书堂集》二卷、《日省堂诗文集》一卷、《天一道人集》一百卷（同治刊本《福建通志》卷六十八、民国《闽侯县志》卷四八《侯官艺文志》）、《闲止书堂集抄》二卷、《日省堂集》（耑斋抄本、康熙刻本）、《松鹤山房诗集》九卷（康熙铜活字印本）、《松鹤山房文集》（抄本）、《闲止堂集》二卷（民国《闽侯县志》卷七十一本传）、（纂）《奉天通志》、《盛京通志》、《承德县志》、《海城县志》（张天禄《清代福州方志的繁盛》）、《松鹤山房集》十六卷（民国《福建通志》总卷三十九，《福建文苑传（清一）》卷七本传）、（七世侄孙陈佐衡录）《闲止书屋集钞》二卷（民国《福建通志》总卷二十五，《福建艺文志》卷六十四，谢章铤《课余续录》谓实三卷）、（编）《古今图书集成》三千余卷（康熙四十年至四十五年初编本。雍正间，蒋廷锡总纂《古今图书集成》本一万卷）、《闲止书堂集钞》二卷（康熙三十二年福州刻本，上海古

① 黄晋良《和敬堂全集》文部卷四，原第三页，《清代诗文集汇编》第 54 册，影印第 133 页。

② 柯愈春《清人诗文集总目提要》著录此集，四卷，乾隆间刻本（第 647 页）。

籍出版社 1979 年影印)、《松鹤山房集》二十九卷(康熙五十一年刻本)①、《松鹤山房文集》(南京图书馆藏残本②)、《松鹤山房文集钞录》(冠悔堂钞本,福建省图书馆藏)、《松鹤山房文集》不分卷(钞本,福建师范大学图书馆藏)(柯愈春《清人诗文集总目提要》第 339 页)

陈纯:《云思馆诗钞》四卷(同治刊本《福建通志》卷六十八、民国《闽侯县志》卷四八《侯官艺文志》)

陈绳:《赅奇集》七十卷、《耻过录》一卷、《学修约规》四卷、《礼园诗文集》十卷(三山陈氏家刻本。同治刊本《福建通志》卷六十八、民国《闽侯县志》卷四八《侯官艺文志》)、《礼园诗钞》(《国朝全闽诗录初集》卷十四本传)、(修)《惠献贝子功绩录》(施懿琳、廖美玉《台湾古典文学大事年表·明清篇》第 165-166 页)

郑亦侨:《枕烟楼草》(民国《闽侯县志》卷四八《侯官艺文志》)

林侗:《兰话堂金石考略》、《来斋金石考》三卷(民国《福建通志·福建艺文志》卷三十七作《来斋金石考略》三卷)、《李忠定公年谱》二卷、《汉隶考》、《昭陵石迹考略》一卷(民国《福建通志·福建艺文志》卷三十七作《昭陵石迹考》,林佶《金石录序》作《昭陵石刻考》)、《井墅识途》一卷、《来斋选古》十卷、《荔水庄诗草》、《久中楼集》(同治刊本《福建通志》卷六十七)、《集古帖》、《昭陵石迹考》、《李忠定年谱》(民国《福建通志》总卷三十九,《福建文苑传(清一)》卷七林侗本传)、《金石录》二卷(林佶《金石录序》)

林佶:《汉甘泉宫瓦记》一卷(民国《福建通志·福建艺文志》存目卷二十五题《甘泉瓦记》,卷三十八又题《汉甘泉宫瓦记》一卷)、《甘泉宫瓦诗》一卷、《焦山古鼎诗》一卷、《朴学斋文集》十卷(民国《福建通志·福建艺文志》卷六十四作《朴学斋集》十卷)、《诗集》十卷(《四库全书总目》卷一百八十四作《朴学斋诗集》十卷)(同治刊本《福建通志》卷六十七)、《御览赋》一卷、《朴学斋文稿》一卷、《诗稿》十卷(刘声木《桐城文学渊源考》卷一)、《朴学斋诗文稿》、《献赋始末》一卷(刘声木《桐城文学撰述考》卷一)、(分纂)《诗经传说》、(汇纂)《子史精华》、《朴学斋诗文集》、《全辽备考》③、《游水尾岩记》、《精华录》(辑)、(同纂)《古今图书集成》(民国《福建通志》总卷四十五,《福建列女传》卷二,张柔嘉传)、《焦山古鼎考》(《黄任集·黄任年表》)、《朴学斋小记》(民国钞本)、《长生未央瓦册》(翁方纲《复初斋诗集》卷六十七《又题侯官林氏长生未央瓦册》)、《兰话堂未央瓦册》(《复初斋诗集》卷六十七《林吉人兰话堂未央瓦册邀兰卿兰雪同赋又书一绝》)、《朴学斋诗稿》十卷(《清代诗文集汇编》第 205 册影印乾隆刻本)、《朴学斋文稿》不分卷(《清代诗文集汇编》第 205 册影印)、《朴学斋稿》十卷(康熙四十四年刻本,复旦大学图书馆藏)、《朴学斋小记》附遗文(《福建丛书》稿本,福建省图书馆藏)、《朴学斋文稿》二卷诗稿十卷(道光五年荔水斋刻本,上海图书馆等处藏)(李灵年等《清人别集总目》第 1359 页)

林正华:《惰农遗稿》(同治刊本《福建通志》卷六十七)

林正青:《小海场志》、《榕海旧闻》④、《榕海诗话》、《瓣香堂诗文集》四卷(同治刊本《福建通志》卷六十八)、《瓣香堂诗集》(《国朝全闽诗录初集》续集卷七林正青条)、《瓣香堂诗集》一卷、《文集》一卷、(参纂)(乾隆)《福州府志》七十六卷⑤(刘声木《桐城文学渊源考》卷一、《桐城文学渊源撰述考》卷一)、《榕海诗话》八卷(民国《福建通志》总卷二十五,《福建艺文志》卷七十五)、《榕城旧闻》(《桐城派编年》第 82 页)、《林正青诗话》二册(杨浚《冠悔堂书目》、郭白阳《竹间续话》卷四)、《榕海旧闻》五十卷(郭白阳《竹间续话》卷四)、《瓣香堂集》(民国《福建通志》总卷二十五,《福建艺文志》卷六十五)、《瓣香堂集钞》(谢章铤《赌棋山庄余集》文集卷二《瓣香堂集钞序》。柯愈春《清人诗文集总目提要》第 504 页作《瓣香堂集》,谢章铤钞本,二卷)、《瓣香堂诗集》十卷(清钞本)、《小海场新志》十卷(乾隆四年刻本)

---

① 李灵年等《清人别集总目》著录《松鹤山房诗集》九卷《文集》二十卷,计二十九卷,康熙铜活字排印本,国家图书馆、南京图书馆等处藏(第 1311 页)。

② 李灵年等《清人别集总目》著录此集,钞本,福建师范大学图书馆藏(第 1311 页)。

③ 按:民国《福建通志·福建艺文志》卷三十四著录"《金辽备考》二册,莆田林佶著"(第四页),误。

④ 按:民国《福建通志·福建艺文志》卷三十二作林佶著(第二页)。《福建文献集成初编》第 81-83 册影印国家图书馆、复旦大学图书馆藏清钞本《榕海旧闻》,不分卷。

⑤ 据乾隆《福州府志》之《目录》及《修志姓氏》径改刘声木《桐城文学渊源考》卷一、《桐城文学渊源撰述考》卷一著录的该书书名及其卷数。刘声木《桐城文学渊源考》卷一著录林正青《神州府志》□卷、《桐城文学渊源撰述考》卷一著录林正青佐修《福州府志》□卷。

林在我(一作林在峩):《陶舫集》(同治刊本《福建通志》卷六十八、民国《闽侯县志》卷四八《侯官艺文志》)、《砚史》十卷(民国《福建通志》总卷二十五,《福建艺文志》卷三十八)

林澄源:《芙蓉山馆集》(同治刊本《福建通志》卷六十八、民国《闽侯县志》卷四八《侯官艺文志》)

何珽:《小山诗草》一卷(同治刊本《福建通志》卷六十八)

林长楠:《留经堂枕书》四卷、《词鹄》六卷、《楚山诗集》(同治刊本《福建通志》卷六十八、民国《闽侯县志》卷四八《侯官艺文志》)

郑汉履:《郑声伯稿》(民国《闽侯县志》卷四八《侯官艺文志》)、《未刻稿》(《国朝全闽诗录初集》续集卷九郑汉履条)

林达:《胎产万全》五卷(同治刊本《福建通志》卷六十八、民国《闽侯县志》卷四八《侯官艺文志》)

林玉友:《本草集要》、《潇湘游草》(同治刊本《福建通志》卷六十八、民国《闽侯县志》卷四八《侯官艺文志》)

林昆琼:《石林画系》二十六卷、《初编》一卷、《续编》一卷、《学圃诗存》二卷(同治刊本《福建通志》卷六十八、民国《闽侯县志》卷四八《侯官艺文志》)

林开琼:《林长川诗文集》(同治刊本《福建通志》卷六十七)、《晓田诗钞》十卷(民国《福建通志》总卷三十九,《福建文苑传》卷八本传)

林徽琼:《楚游剩草》(同治刊本《福建通志》卷六十八、民国《闽侯县志》卷四八《侯官艺文志》)

林春琼:《金华玉华二洞记》、《镛州小草》(同治刊本《福建通志》卷六十八、民国《闽侯县志》卷四八《侯官艺文志》)

闽县林良弼:《时敏堂文稿》、《琴鹤轩诗稿》(同治刊本《福建通志》卷六十七)

林祥:《忏凡笔剩》(同治刊本《福建通志》卷六十七)

邱振芳:《湘川余草》、《删余草》(民国《闽侯县志》卷四八《侯官艺文志》)、《所航余草》四卷(《竹间十日话》卷五)

林锋:《茗樊自存集》(民国《闽侯县志》卷四八《侯官艺文志》)、《茗樊自存稿》(《国朝全闽诗录初集》续集卷九林锋条)

卓道异:《四书说》(民国《闽侯县志》卷四八《侯官艺文志》。民国《福建通志·福建艺文志》卷十三作《翼亭四书说》八本)

陈作楫:《苔泉阁集》、《飧听楼诗集》(民国《闽侯县志》卷四八《侯官艺文志》)、《苔泉阁诗钞》不分卷(乾隆二十一年刻本,中国科学院图书馆藏、福建省图书馆藏)、《飧听楼集选》不分卷(钞本,福建师范大学图书馆藏)(柯愈春《清人诗文集总目提要》第553页)

林荣芬:《礼记说》、《如兰稿》(同治刊本《福建通志》卷六十八、民国《闽侯县志》卷四八《侯官艺文志》)

林日毅:《浪谷诗刕》(同治刊本《福建通志》卷六十八、民国《闽侯县志》卷四八《侯官艺文志》)

林衡:《鸣书》、《竹窗笔记》、《草庐诗文集》一百七十卷(《闽县乡土志》本传)、《鸣书小品》、《博古录》、《全宋诗注》、《平远集》(同治刊本《福建通志》卷六十七)、《艸庐文集诗集》(乾隆《福清县志》卷十四。《鸣书》、《竹窗笔记》、《艸庐文集诗集》合《全宋诗注》,共七十卷)、《草庐诗》(《国朝全闽诗录初集》卷十一)、《四书讲义》、《全宋诗话》(民国《福建通志》总卷三十九,《福建文苑传(清一)》卷七本传)

林从直:《白云稿》一卷、《明闽诗选》、《国朝闽诗选》(民国《福建通志·福建艺文志》卷七十一又名《清闽诗选》)(同治刊本《福建通志》卷六十八、民国《闽侯县志》卷四八《侯官艺文志》)、《白云外集》一卷(郑杰《注韩居诗话》)、《国朝闽诗选小传》八卷(民国《福建通志》总卷二十五,《福建艺文志》卷二十三)、《清闽诗选》七卷(民国《福建通志》总卷二十五,《福建艺文志》卷七十一)

陈肇复:《易用补遗》二卷(同治刊本《福建通志》卷六十九)

陈元钟:《易问述》一卷、《春秋战国史记》、《环海志》一卷、《闽中唐宋元明诗文稿》、《会山楼诗集》(《国朝全闽诗录初集》卷五本传一作《会山楼集》)一卷(同治刊本《福建通志》卷六十九)

陈彦弼：《韵草》一卷（民国《福建通志·福建艺文志》存目卷四十二作《韵草集》）、《樵史集》、《闲闲堂文集》、《听雨堂集》四卷、《之燕集》一卷、《武夷游草》一卷（民国《长乐县志》）

陈登：《慕筑集》、《连江县志》二十四卷、《东湖志》二卷、《半塔楼史论》二卷、《文稿》二卷、《花坪寄咏》四卷（民国《长乐县志》）

连江陈润：《诗解辨疑》四卷、《春秋解辨疑》四卷（同治刊本《福建通志》卷六十九作《春秋辨疑》四卷）、《四书辨疑》二十卷、《河洛辨疑》、《经子史辨疑》六卷、《连江邑志》二十九卷、《矜秋亭诗文集》十六卷（同治刊本《福建通志》卷六十九）

长乐陈潢：《意草诗文集》（民国《连江县志》）

陈修士：《瞻庐诗集》七卷、《瞻庐文集》二卷（同治刊本《福建通志》卷六十九）

魏瑛：《鳌峰书院试草》□卷（刘声木《桐城文学渊源考》卷十二）

魏凤珍：《红余小草》（民国《福建通志》总卷四十五，《福建列女传》卷六，魏凤珍本传）

邱卷珠（詹振甲侧室）：《荷窗小草》（民国《福建通志》总卷四十五，《福建列女传》卷六，邱卷珠本传）

邱卷珠、莲香、藕香：《三生堂稿》（民国《福建通志》总卷四十五，《福建列女传》卷六，邱卷珠传附）

陈鹤鸣：《华台草》（同治刊本《福建通志》卷六十九）

陈元登：《茶谱》一卷、《海错图赞》一卷、《说论》（同治刊本《福建通志》注《连江县志》作《说言》）、《谵论》十二卷（同治刊本《福建通志》注《连江县志》云谵旧志误作谦）、《渔村诗文集》四十卷、《广伐山集》四卷、《笼鹦集》八卷、《涉记古文选》（同治刊本《福建通志》卷六十九）

石国任：《拾翠轩吟草》（同治刊本《福建通志》卷六十八）、《轩吟草》（民国《闽侯县志》卷四八《侯官艺文志》）

林宗懋：《榕池小草》（同治刊本《福建通志》卷六十九、民国《闽侯县志》卷四八《侯官艺文志》）

郑开极：（纂）《福建通志》六十四卷、（刻）《（黄道周）九经解》（民国《闽侯县志》卷六十九本传）、《黄石斋经解》九种（《注韩居诗话》）

郑琮：《樗云楼诗钞》五卷（道光四年《虚受斋汇刻诗钞》本，福建省图书馆等处藏）、《樗云诗钞》不分卷（钞本，福建省图书馆藏）（李灵年等《清人别集总目》第1491页）

郑基：《耕云诗草》（同治刊本《福建通志》卷六十八、卷二百二十六郑开极传附郑基传）

郑际熙：《易朔》、《浩波遗集》三卷（同治刊本《福建通志》卷六十八）、《杜律篇法》二卷（民国《闽侯县志》卷四八《侯官艺文志》）、《浩波集》（《桐城派编年》）

郑际唐：《传砚斋诗稿》四卷（同治刊本《福建通志》卷六十八、民国《闽侯县志》卷四八《侯官艺文志》）、《须庵遗集》（民国《福建通志》总卷二十五，《福建艺文志》卷六十五）、《须庵诗集》十一卷（稿本，福建省图书馆藏）、《云门随录诗》一卷（稿本，北京大学图书馆藏）、《须庵集》不分卷（清钞本，福建省图书馆藏）、《须庵遗稿》四卷（稿本，福建师范大学图书馆藏）、《须庵遗集》二卷（乾隆六十年刻本）（柯愈春《清人诗文集总目提要》第800页）

郑元庆（郑开极族子，归安人）：《石柱记笺释》五卷（民国《福建通志》总卷二十五，《福建艺文志》卷三十）

陈五器：《思益堂窗稿》、《雅存》（同治刊本《福建通志》卷六十九、乾隆《福清县志》陈五器本传）

吴履泰：《儒先纂要》、《培兰堂文稿》、《小箬诗集》（同治刊本《福建通志》卷六十八）、《少箬诗稿》（《国朝全闽诗录初集》卷十三）

黄致中：《辉萼堂诗集》（民国《闽侯县志》卷四八《侯官艺文志》）

陈碞：《陈畏民稿》（民国《闽侯县志》卷四八《侯官艺文志》）

侯官廖炳：《香粟斋诗集》（民国《闽侯县志》卷四八《侯官艺文志》）、《荔枝百吟》一卷、《杂著》一卷（均清钞本，国家图书馆藏。柯愈春《清人诗文集总目提要》第877页）

林光兴：《鉴泉诗钞》（民国《闽侯县志》卷四八《侯官艺文志》）

郑兆元:《韵语偶存》(民国《闽侯县志》卷四八《侯官艺文志》)

余位躬:《惜分轩诗稿》(民国《闽侯县志》卷四八《侯官艺文志》)

卢遂:《四留堂诗集》(民国《闽侯县志》卷四八《侯官艺文志》)

林瑛:《蜗庐琐识》二卷(民国《福建通志·福建艺文志》存目卷三十六作三卷)、《秋声吟》一卷、《昆石文钞》四卷、《蚓吹词》一卷(同治刊本《福建通志》卷六十八)

何逢禧:《春明稿》、《西行小草》(民国《闽侯县志》卷四八《侯官艺文志》、同治刊本《福建通志》卷六十八)

何西泰:《宝斋诗稿》四卷(同治刊本《福建通志》卷六十八,民国《闽侯县志》卷四八《侯官艺文志》作《实斋诗稿》四卷)、《实斋诗稿》不分卷(嘉庆十一年刻本,福建省图书馆藏。柯愈春《清人诗文集总目提要》第860页)

郑大坤:《四书说》(民国《闽侯县志》卷四八《侯官艺文志》)

林鸣冈:《羹藜余集》二卷(民国《闽侯县志》卷四八《侯官艺文志》)

谢春兰:《五十三石斋诗赋钞》四卷(民国《闽侯县志》卷四八《侯官艺文志》)

高翘檍、高蓝珍:《高氏桐芝集》十一卷(同治刊本《福建通志》卷六十八、民国《闽侯县志》卷四八《侯官艺文志》)

高蓝珍:《桐枝集》(《福建地方文献及闽人著述综录》第77页,李灵年等《清人别集总目》第1931页作十卷。柯愈春《清人诗文集总目提要》第867页作《桐城集》十卷,嘉庆十四年刻本,福建师范大学图书馆藏,书名当误)

吴春芳:《玉尺楼诗文稿》(民国《闽侯县志》卷四八《侯官艺文志》)

吴崇祖:《蕉窗逸稿》(民国《闽侯县志》卷四八《侯官艺文志》)、《居乡耆寿集》(民国《福建通志》总卷二十五,《福建艺文志》存目卷四十二)

谢金銮:《蛤仔难纪略》一卷(民国《福建通志·福建艺文志》卷二十八题《噶吗兰纪略》)、(与郑兼才)《重修台湾县志》(一名《续修台湾县志》)、《论语续注补义》四卷、《教谕语》一卷、《泉漳治法论》一卷(民国《福建通志·福建儒行传》卷五谢金銮传题《漳泉治法论》)、《三字史》六卷、《怀友集小传》一卷、《二勿斋文集》六卷(同治刊本《福建通志》卷六十八)、《大学古本论》、(刻)《春树暮云编》(施懿林、廖美玉《台湾古典文学大事年表》第353-354页)、(纂)《台湾县志》、《大学古本说》、《二勿斋集》(民国《福建通志·儒林传》本传)、《噶玛兰纪略》(同治刊本《福建通志》卷二百四十一本传)、《退谷文集》、《教论语》(《清儒学案》卷六十六《翠庭学案·谢先生金銮》)

谢宗本:《硕甫公日记》不分卷(《福建文献集成初编》第79册影印福建省图书馆藏稿本)《果堂诗文杂存》不分卷(钞本,福建省图书馆藏。李灵年等《清人别集总目》第2300页)

谢宗善:《红叶山房诗草》五卷(稿本,福建省图书馆藏)、(校)同治刊本《福建通志》、(校)《小腆纪年》、《吟秋山馆诗》一卷(民国《闽侯县志》卷七十八本传)、《吟秋山馆诗钞》八卷(民国十五年刻本,福建省图书馆藏。柯愈春《清人诗文集总目提要》第940页)

谢采蘩:《冰壶集》(民国《福建通志》总卷四十五,《福建列女传》卷六,谢采蘩传)

谢春晖:《莲湖诗稿》(同治刊本《福建通志》卷六十九。民国《福建通志·福建艺文志》存目卷四十二作二卷)

谢生翘:《瀛洲竹枝词》五十首、《崇邑口号》二十首、《克复堂诗集》、《水草山房续编》(民国《福建通志》总卷三十六,《福建循吏传》卷十二,谢生翘本传)

侯官谢震:《经说》二卷、《四圣年谱》二卷(陈寿祺《左海文集》卷九《谢震传》、民国《闽侯县志》卷七十本传、《清史稿》卷四百八十二《儒林传》本传作一卷)、《礼案》二卷(陈寿祺《左海文集》卷九《谢震传》、民国《闽侯县志》卷七十本传、《清儒学案》卷一百三十《左海学案下·谢先生震》作一卷)、《采菽山房诗集》(民国《闽侯县志》卷四八《侯官艺文志》)、《樱桃轩诗集》二卷(《清史稿》卷四百八十二《儒林传》本传、郭白阳《竹间续话》卷二。《石遗室诗话》卷二十一题《樱桃轩诗》二卷）、《四书小笺》一卷、《谢氏家谱》一卷、《诗集》一卷（民国《闽侯县志》卷七十本传）、《樱桃轩集》（林昌彝《林昌彝诗文集》卷七《论诗一百又五首》第七十三首诗后注。谢章铤《赌棋山庄诗集》卷五《论诗绝句三十首》（数奇不偶奈时何）诗后注作《樱桃轩诗钞》）、《礼案》等书（谢章铤《赌棋山庄集》文集卷七《重刻樱桃轩诗集序》。谢章铤《赌棋山庄集》诗集卷八《建宁杂诗》其四诗后注《礼案》作《案语》）

郑大谟：《青墅读史》十三卷（同治刊本《福建通志》卷六十八）、《青墅诗钞》十卷（嘉庆桑苧古园刻本）、《读史杂感》四卷（民国《福建通志》总卷三十六《福建循吏传》卷十二郑大谟本传，总卷二十五《福建艺文志》卷六十五题《青墅读史杂感》十三卷）

周绍龙：《梅崖集》、《少少集》（《黄任集·黄任交游人物表》）

卢元素①：《绣药轩遗稿》一卷（光绪三十二年刻本）（柯愈春《清人诗文集总目提要》第766页）

陈轼：《静机斋诗文集》（《清代硃卷集成》第三一册，进士陈钦铭履历，影印第380页）、《道山堂集》②（四库全书存目丛书集部第201册）、《续牡丹亭传奇》、（与郑开极等合纂）《（康熙）福建通志》（康熙间刻本）

陈祁永：《知非亭诗集》（《清代硃卷集成》第三一册，进士陈钦铭履历，影印第380页）、《知非亭集》（同治刊本《福建通志》卷六十八。民国《福建通志·福建艺文志》存目卷四十二、民国《闽侯县志》卷四八《侯官艺文志》作四卷）、《知非亭诗稿》不分卷（民国十三年铅印本，福建省图书馆藏。柯愈春《清人诗文集总目提要》第436页）

陈祁广：《望云楼诗文集》（民国《闽侯县志》卷四八《侯官艺文志》；《清代硃卷集成》第三一册，进士陈钦铭履历，影印第380页）、《望云楼诗集》（民国《福建通志》总卷三十九，《福建文苑传（清一）》卷七林衡传附陈祁广传）

陈兰泰：《学庸集讲》（同治刊本《福建通志》卷二百四十一本传）、《易经绎注》、《学庸辑说》、《警心录》（民国《福建通志·福建儒行传》卷五陈兰泰传题《易经译说》十二卷、《学庸辑说》八卷、《警心录》四卷）、《顾思录》、《芷亭文稿》（民国《闽侯县志》卷四八《侯官艺文志》）、《周易绎说》、《芷亭文存》、《课余笔记》（《清代硃卷集成》第三一册，进士陈钦铭履历，影印第381页）、《文集》十卷（民国《福建通志》总卷四十，《福建儒行传》卷五，陈兰泰本传）

陈宝璐：《擘海楼诗初集》九卷（稿本，福建省图书馆藏。柯愈春《清人诗文集总目提要》第1470页）

陈龙标：《周易精华》（《清代硃卷集成》第三一册，进士陈钦铭履历，影印第382页。民国《闽侯县志》卷四八《侯官艺文志》作《周礼精华》）

张捷春：《仅存诗草》一卷（同治刊本《福建通志》卷六十七）

张甄陶：《周易传义拾遗》十五卷、《尚书蔡传拾遗》十二卷、《诗经朱传拾遗》十八卷（《桐城文学撰述考》卷一题《易经朱注拾遗》十八卷）、《礼记陈氏集说删补》四十七卷、《春秋三传定说》五十卷（此数种自题《正学堂经解》一百四十二卷③）、《四书翼注论文》三十卷、《惕庵杂录》十六卷（民国《福建通志·福建艺文志》存目卷三十五）作十二卷、《惕庵读书录》四卷、《贵山书院学规》一卷、《杜诗评注集成》四十四卷、《松翠堂文集》三十卷（同治刊本《福建通志》卷六十九《（福清县）经籍志》）、《读书翼注》（俞樟华《桐城派编年》）、《国朝文范》（卢前《八股文小史》）、《澳门形势论》、《制驭澳夷论》（小方壶斋舆地丛抄本）、《学政实录》四卷（民国《福建通志》总卷二十五，《福建艺文志》卷三十四）

① 柯愈春《清人诗文集总目提要》作福建侯官人；一作长白人，隶旗籍；一作江苏江都人，浙江钱塘钱东继妻（第766页），李灵年等《清人别集总目》著录《绣药轩遗诗》一卷，光绪二十二年刻《湖墅钱氏家集》本，汉军旗镶黄旗人，一作江都人或侯官人（第291页）。

② 柯愈春《清人诗文集总目提要》著录此集，十一卷，分《道山堂前集》文一卷、诗三卷，《后集》文二卷，诗三卷，诗余二卷，康熙间刻本，复旦大学图书馆藏（第73-74页）。李灵年等《清人别集总目》著录《道山堂前集》文不分卷诗不分卷《后集》文二卷诗五卷（第1239页）。

③ 福建人民出版社《福建文献集成初编》第21-31册影印国家图书馆藏稿本《正学堂五经通释》。

张经纶:《音韵辨疑》六册、《扇表衍度》二册、《续编》一册(同治刊本《福建通志》卷六十八、民国《闽侯县志》卷四八《侯官艺文志》)

张经邦:《咫闻书室诗钞》十卷、《楚汉乐府》一卷(同治刊本《福建通志》卷六十七)

陈天璿:《律吕捷要》、《六书论》、《古韵考》、《乾象考订》、《浑书》五卷、《医悟》、《医案》(民国《闽侯县志》卷四八《侯官艺文志》)

何莹:《芳兰诗钞》(民国《闽侯县志》卷四八《侯官艺文志》)

林伯居:《仁斋诗稿》(民国《闽侯县志》卷四八《侯官艺文志》)

林紫苑:《瓿余诗钞》(同治刊本《福建通志》卷六十八、民国《闽侯县志》卷四八《侯官艺文志》)

张国洺:《广亭诗钞》(民国《福建通志・文苑传》张国洺传题《广亭集》,《福建艺文志》卷六十五作《广亭诗钞》)(同治刊本《福建通志》卷六十八、民国《闽侯县志》卷四八《侯官艺文志》)、《山广亭诗钞》(《国朝全闽诗录初集》卷二十一张国洺传)

吴玉麟:《素村小草》十二卷、《五经诠解》、《管窥汇编》、《研几秘录》、《千姓编》一卷、《重修湖南省志》、《恒星歌》一卷(民国《福建通志》总卷三十九,《福建文苑传》卷八本传)

吴弼昌:(与陈嘉楷、韩天衢等合纂)《昌邑县续志》八卷(光绪三十三年刻本)

吴蔼宸:《边城蒙难记》(一名《新疆纪游》,王树枏、张季鸾序,商务印书馆1935年版)、《中国与苏联》(1950年)、《峨眉山画记》(1951年)、《历代西域诗抄》(齐上志《吴蔼宸与西部开发》)

吴咏香:(与陈隽甫)《鸥波馆画册》(梁桂元《闽画史稿》第295页)、《历代题画诗》

吴讷孙:《未央歌》(香港人生社1959版、台湾"商务印书馆"1967年版)、《人子》、《市廛居》、《未巳集》、《忏情书》、《中国与印度建筑》等

李若琛:《蝶案香尘集》(民国《福建通志》总卷四十五,《福建列女传》卷六,李若琛本传;同治刊本《福建通志》卷二百五十一《列女传》"王天位妻李氏条"作《蝶案香尘草》)

林承弼:《铁梅居士印谱》(梁桂元《闽画史稿》第278页)

林在深:《玉磬斋诗钞》(民国《闽侯县志》卷四八《侯官艺文志》)

林飞:《砥园小草》(民国《闽侯县志》卷四八《侯官艺文志》)

魏尚瑛:《焦桐集》(民国《闽侯县志》卷四八《侯官艺文志》)

何绥:《鹤阆遗诗》(民国《闽侯县志》卷四八《侯官艺文志》)

林龙友:《云水十二种诗》(民国《闽侯县志》卷四八《侯官艺文志》)

陈照万:《无庵诗稿》(同治刊本《福建通志》卷六十八)

翁曾(陈照万甥):《续洪塘志余》三卷(民国《闽侯县志》卷四八《侯官艺文志》)、《洪塘小志》(民国《福建通志》总卷四十三,《福建高士传》卷五,翁曾本传)、《翁海渔诗钞》(民国《福建通志》总卷二十五,《福建艺文志》卷六十五)

郑廷莅:《书带草堂诗钞》(同治刊本《福建通志》卷六十八。民国《福建通志・福建艺文志》卷六十五作二卷,乾隆六十年刻本)

郑杰:《唐陈观察墓志铭考》一卷(民国《福建通志・福建艺文志》卷二十三作《唐陈观察墓志》一卷)、《陈观察遗事》一卷、《注韩居七种》七卷(民国《福建通志・福建艺文志》存目卷四十二作《汪韩居七种》七卷,误)、《明全闽诗录》、《国朝全闽诗录初集》二十一卷、《续集》十一卷(同治刊本《福建通志》卷六十八)、(订注)《晋文春秋》一卷(民国《闽侯县志》卷四八《侯官艺文志》)、《全闽明诗传》五十五卷(郭柏苍补编,光绪十五年福州郭氏沁泉山馆刻本)、《闽诗录》四十一卷(陈衍补订,宣统三年福州陈氏刻本)、《皇元圣武亲征记校正》一卷(清抄本)(《福建地方文献及闽人著述综录》第151、19、120、153页)、(刻)《尔雅郑注》、《说文字原》、《隶书正鹄》(齐弼《国朝全闽诗录初集・序》)、(刻)《尔雅》、《郑注说文字源》、《隶书证伪》等七种、(注)《昌黎文集》四十卷《外集》十卷、《遗文附录》二卷、《闽中录》八卷、《晋文春秋》(张天禄《清代福州方志的繁盛》)、《注韩居校本圣武亲征记》一卷(民国《福建通志》总卷二

十五,《福建艺文志》卷二十)、《注韩居藏书目总录汇钞》(福建师范大学图书馆藏抄本)、《注韩居诗钞》二卷(嘉庆四年刻《注韩居初编五种》本,福建省图书馆藏。李灵年等《清人别集总目》第1485页)

郑淑娟:《淑娟存稿》(民国《福建通志》总卷四十五,《福建列女传》卷六,郑淑娟传)

冯缙:《读史纂误补》、《兰话堂后金石纪存》(民国《福建通志·文苑传》本传题《兰话室后金石存》。民国《福建通志·福建艺文志》卷三十七作《兰话堂后金石纪存》二十卷,《福建文献集成初编》第92册影印福建省图书馆藏民国间钞本一卷)、《昭陵陪葬姓氏考》(民国《福建通志·福建艺文志》卷三十七一题《唐昭陵陪葬名氏考》)、《陶舫枣窗拾慧》、《冶南黎献诗文钞》(同治刊本《福建通志》卷六十八、民国《闽侯县志》卷四八《侯官艺文志》)、(校刊)《来斋金石考》(林侗撰)、《亦园亭全集》(孟超然撰)(民国《福建通志》总卷三十九,《福建文苑传》卷八本传)、《枣窗拾慧》十卷(民国《福建通志》总卷二十五,《福建艺文志》卷五十)、《甑甄稊米集》四卷(道光元年刻本。柯愈春《清人诗文集总目提要》第1125页)

李鸿瑞:《治春秋三礼学》、《两汉循吏补遗》、《校官碑考》一卷、《三江指掌图》、《川沙志略》、《吴中田赋考》、《三吴水利书》、《素兰唱和集》、《扶荔山房诗集》(同治刊本《福建通志》卷六十八)、《谕民诗》三十章、《诗集》十余卷(民国《福建通志》总卷三十六,《福建循吏传》卷十二,李鸿瑞本传)

李彦彬:《心太平室诗文抄》三卷(传抄本,福建师范大学图书馆藏)、《榕亭诗文抄》十五卷(据稿本传抄十三册:《榕亭文集》四卷、《荔庄吟草》一卷、《行云杂咏》一卷、《吴门吟草》一卷、《燕游吟草》一卷、《归燕吟草》一卷、《虹月船吟草》一卷、《窥杜窗诗草》一卷、《永慕轩诗草》一卷、《还朝集》一卷,仅十三卷)(《福建地方文献及闽人著述综录》)、《文字窗集》、《补藤簃集》、《昌其志斋集》(同治刊本《福建通志》卷六十八)、《玉堂清课》、《兰亭年谱》、《山谷年谱》、《榕亭诗文集》(民国《闽侯县志》卷六十九本传)、(林昌彝校订)《榕亭诗钞》(林昌彝《射鹰楼诗话》卷七)、《榕亭诗钞》四册不分卷、《榕亭文钞诗钞词钞》十七册无卷数(民国《福建通志》总卷二十五,《福建艺文志》卷六十六)、《榕亭诗钞》十四卷(清钞本,福建省图书馆藏。分《荔庄吟草》一卷、《行云吟草》一卷、《燕游吟草》一卷、《都门吟草》三卷、《窥杜吟草》一卷、《永慕轩吟草》二卷、《还朝集》一卷、《吴门吟草》一卷、《归燕吟草》一卷、《虹月船吟草》二卷)、《榕亭诗词文钞》十七卷(清钞本,福建省图书馆藏)、《心太平室文存》不分卷(清钞本,福建省图书馆藏)、《榕亭文钞》四卷(钞本,福建省图书馆藏)(柯愈春《清人诗文集总目提要》第1269页)、《榕亭诗词文钞》十七卷(清钞本,福建省图书馆藏。李灵年等《清人别集总目》第807页)

李彦章:《润经堂自治官书》六卷(道光九年刻本)、《榕园识字编》一卷(榕园全集本)、《赐题薇垣归娶图》(嘉庆间稿本)、《榕园文钞》六卷《诗钞》十六卷(道光二年刻《榕园全集》本,《福建地方文献及闽人著述综录》)、《榕园学矩》、《榕园辨韵编》、《江南劝种早稻说》、《江南劝种再熟稻说》、(修)《思恩府志》、《刘河志》、《练湖志》、《三十六湖志》、《焦山志》、《芍药志》、《苏亭小志》、(编)《江南催耕课稻编》(民国《福建通志·福建艺文志》卷四十五作一卷)、《榕园诗钞》、《榕城楹贴》(同治刊本《福建通志》卷六十八)、《思恩府新建书院义学事宜》、《新编保甲事宜》、《榕园楹帖》、《榕园证词》、《思江谕别诗存》、《荷花生日词》、《思田方言》(同治刊本《福建通志》卷六十八一作《思恩方言》)、《思田草木状》、《西邕讲授》、《江淮文选》、《扬州水利书》、《镇江水利书》、《扬关志》、《增辑历朝艺文》、《韩忠文献公年谱》(民国《闽侯县志》卷六十九本传)、(编)《石斋唱和集》、《小红桥唱和集》、《桃花庵唱和集》、《蜀冈登高唱和集》、《三十六湖楼唱和集》、《载酒堂唱和集》、《补柳亭唱和集》、《四并美堂唱和初二集》、(刻)《德政录》、(刻)《复初斋文集》三十五卷、(刻)《紫蝴蝶花馆诗存》等(民国《福建通志》总卷三十四,《福建列传(清七)》卷三十八本传)、(刻)《蒹葭草堂集》(民国《福建通志》总卷四十五,《福建列女传》李蕊馨本传)、《四并堂唱和集》、《岚猗诗屋唱和集》、《补柳亭唱和集》、《载酒堂唱和集》、《小红桥唱和集》、《桃花庵唱和集》、《双石斋唱和集》、《四并堂唱和第二集》(同治刊本《福建通志》卷六十八《榕园诗钞》按)、《榕园全集》六种十九册(道光二十二年李以烜刻本,福建省图书馆藏。即《榕园文钞》、《榕园诗钞》、《榕园楹帖》、《润经堂自治官书》、《江南催耕课稻编》、《榕园识字编》)、《粤西文稿》(陈寿祺《左海文集》卷八《榕园修禊图记》)、《榕园全集》二十八卷(道光二十六年刻本,国家图书馆藏。柯愈春《清人诗文集总目提要》第1296页)、《菰庐诗草》不分卷(稿本,中国科学院图书馆藏)、《双石斋诗草》(刻本,广东图书馆藏)、《榕园文钞》无卷数(道光十二年刻本,福建省图书馆等处藏)、《榕园文钞》一卷《诗钞》一卷《附录》一卷(道光刻本,南京图书馆藏)、《载酒堂集》二卷(清刻本,南京图书馆藏)、《榕园文钞》一卷《楹帖》一卷《灯事附钞》一卷《庆江楹帖》一卷(道光刻本,北京大学图书馆藏)、《江山文选楼集》(道光十三年刻本,广东图书馆藏)(李灵年等《清人别集总目》第807页)

李氏:《李氏家谱》(民国《福建通志》总卷三十四,《福建列传(清七)》卷三十八,李彦彬传注)

李蕊馨:《霜筠轩诗草》、《篝灯课读草》(民国《福建通志》总卷四十五,《福建列女传》卷六,李蕊馨本传)

李镜林:《小蒹葭山庄诗草》(民国《福建通志》总卷四十五,《福建列女传》卷六,李镜林本传)

齐洪超:《痢疾辨疑》(黄晋良《齐仪鲁先生传》、《闽县乡土志·耆旧录二学业》齐洪超传)

齐鲲:《东瀛百咏》一卷(同治刊本《福建通志》卷六十八、民国《闽侯县志》卷四八《侯官艺文志》)

齐祥棣:《玉尺山楼遗稿》一册(光绪九年铅印本。卢美松《松轩史话》第75页作《玉尺楼遗诗》五十首)

刘士棻:《绿满斋诗钞》十卷[①](同治刊本《福建通志》卷六十八。谢章铤《赌棋山庄集》文集卷五《刘心香先生自怡悦草堂诗钞序》、《清人诗文集总目提要》第1068页作一名《自怡悦草堂诗钞》,李灵年等《清人别集总目》第509页作四卷)

刘锡经:《初阳书屋诗钞》(同治刊本《福建通志》卷六十八)

林靖光:《武夷吟草》、《北游吟草》、《燕台吟草》(民国《闽侯县志》卷四八《侯官艺文志》)

林葵:《鸳鸯藤馆诗集》(民国《闽侯县志》)、《鸳鸯藤馆集》(民国《福建通志》总卷三十九,《福建文苑传》卷九本传)、《鸳鸯藤馆诗钞》(《近代诗钞》中册第887页、朱羲胄《林畏庵先生年谱》第15页)

王庆生:(胡孟玺辑)《王翰丞先生遗文》(致用书院文集本,福建省图书馆藏。李灵年等《清人别集总目》第125页)

林亨珍:《杏麓遗稿》

林森琳:《天觊翁诗文稿》、《黄竹山房文集》

魏龄:《香士诗钞》(民国《闽侯县志》卷四八《侯官艺文志》)

黄冈竹:《一层楼诗草》(民国《闽侯县志》卷四八《侯官艺文志》)

朱龙光:《课雨楼吟草》四卷、《文字窗集》、《补藤簃集》、《还朝集》、《昌其志斋集》(民国《闽侯县志》卷四八《侯官艺文志》)

许馥荃:《琴韵轩诗词》四卷(民国《长乐县志》卷二十九下《闺秀传本传》、民国《长乐县志》卷二十九《闺秀传》本传。民国《长乐县志》卷十九《艺文志》题作《琴音轩诗词》四卷)、《琴音轩诗草》(民国《福建通志》总卷四十五,《福建列女传》卷六,许鸾案本传)

许福祉:《玉尺山堂存稿》(民国《福建通志》总卷四十五,《福建列女传》卷六,许福祉本传;卢美松《松轩史话》第75页)

许懿善:《暨茨诗稿》(同治刊本《福建通志》卷六十八《(侯官)经籍志》)、《就正编》□卷(刘声木《桐城文学渊源考》卷十二)

许德树:《杶园诗稿》(同治刊本《福建通志》卷六十八、民国《闽侯县志》卷四八《侯官艺文志》)

莫友棠:《屏麓草堂诗话》、《晚晴书屋诗钞》(民国《闽侯县志》卷四八《侯官艺文志》)

陈品金:《别离泪草》(民国《福建通志》总卷四十五,《福建列女传》卷六,陈品金本传)

洪龙珍:《效颦集》二卷(民国《闽侯县志》卷四八《侯官艺文志》)

---

① 《绿满斋诗钞》十卷,刘氏自怡悦草堂刻本。内含《抱膝吟》、《红棉吟》、《擁鼻吟》、《转蓬吟草》、《望瀛草》各二卷(柯愈春《清人诗文集总目提要》第1068页)。

吴联穗:《吴瑞人诗》(民国《闽侯县志》卷四八《侯官艺文志》)

魏本唐:《爱卓斋文集》(郑祖庚《侯官乡土志》卷三)、《夏小正校注》四册(民国《闽侯县志》卷四八《侯官艺文志》、民国《福建通志·福建艺文志》卷二十六作四卷,国家图书馆藏)、《读经剳记》四册、《东越沿革表》五册①(民国《闽侯县志》卷四八《侯官艺文志》、民国《福建通志·福建艺文志》卷二十八作五卷)、《山川古迹订讹》二册、《海防洋予补》二册、《文信国御试策注》一册、《魏氏世谱》五册、《文集》(散体文八册、古近体诗三册,试帖诗二册)(民国《福建通志》总卷三十九,《福建文苑传》卷八本传)、《爱卓斋集》八卷(民国《闽侯县志》卷四八《侯官艺文志》、民国《福建通志》总卷二十五,《福建艺文志》卷六十六)、《福建通志古迹校勘记》一卷(民国《闽侯县志》卷四八《侯官艺文志》)

魏秀仁:《咄咄录》(旧抄本。民国《闽侯县志》卷四八《侯官艺文志》作四卷)、《海氛诗话》一卷(抄本)、《花月痕》(一题《花月痕全书》、《花月因缘》、《花月痕全传》,光绪十四年闽中双笏庐刻本)、《魏秀仁杂著钞本》(江苏古籍出版社 2000 年版)、《陔南石经考》四卷、《熹平石经遗文考》一卷、《正始石经遗文》一卷、《开成石经校文》十二卷、《石经订顾录》二卷、《西蜀考》一卷、《西安开成石经考》一卷、《益都石经考》一卷、《开封石经考》一卷、《临安石经考》一卷、《陔南山馆诗话》十卷、《蹇蹇录》二卷、《彤史拾遗》四卷、《三朝说论》四卷、《故我论诗录》二卷、《论诗琐录》二卷、《丹铅杂识》四卷、《榕阴杂掇》二卷、《蚕桑琐录》一卷、《湖壖闲话》一卷、《惩恶录》一卷、《幕录》一卷、《巴山晓音录》一卷、《春明摭录》四卷、《铜仙残泪》一卷、《陔南山馆文录》四卷、《陔南山馆骈体文钞》一卷、《陔南山馆诗集》二卷、《碧花凝唾集》一卷等四十余种(民国《福建通志》总卷三十九,《福建文苑传》卷八本传)、《陔南山馆诗钞》四卷(民国《福建通志》总卷二十五,《福建艺文志》卷六十六)、《榕社丛谈》十二卷、《铜仙残泪记》(民国《闽侯县志》卷四八《侯官艺文志》)、《读史随笔》(郑孝胥《郑孝胥日记》第 1448 页)、《西蜀石经残本》一卷、《北宋石经残本》一卷、《南宋石经残本》一卷、《洛阳汉魏石经考》一卷(谢章铤《赌棋山庄集》文集卷五《魏子安墓志铭》)、《治经随笔》一卷(《福建文献集成初编》第 33 册影印福建省图书馆藏稿本)、《百美帖体诗》二卷(咸丰四年刻本,福建师范大学图书馆藏)、《陔南山馆诗钞》不分卷(清钞本,中共中央党校图书馆藏)、《碧花凝唾集》二卷(钞本,福建师范大学图书馆藏)、《陔南山馆遗文》不分卷(钞本,福建省图书馆藏)(柯愈春《清人诗文集总目提要》第 1546 页)、《陔南山馆诗钞》不分卷(稿本,中国社会科学院文学研究所藏。李灵年等《清人别集总目》第 2452 页)

魏起(魏秀潜):《古文尚书讲授遗迹》、《汉书地理志补注》、《水经注校本》(郑祖庚《侯官乡土志》卷三)

金贞玉:《遗诗》二卷(民国《福建通志》总卷四十五,《福建列女传》卷六,金贞玉传)

魏氏:《魏氏世谱》(民国《福建通志》总卷四十五,《福建列女传》卷六,金贞玉传注引)

郑元模:《唧唧斋文集》

郑嗣音:《芷香阁遗草》(民国《长乐县志》卷二十九《闺秀传》本传,民国《福建通志·福建列女传》卷六本传作《茝香阁遗草》一卷)

郑振铎:《郑振铎卷》(《海上文学百家文库》第 52 册,上海文艺出版社 2010 年版)、《郑振铎文集》(人民文学出版社 1963 年版)、《郑振铎全集》二十册(花山文艺出版社 1998 年版)、《中国文学研究》(《民国丛书》第二编第 59 册,上海书店 1990 年版)

郑天挺:《郑天挺西南联大日记》(中华书局 2018 年版)、《清史探微》(1946 年版、商务印书馆 2014 年版)、《郑天挺明史讲义》(中华书局 2017 年版)、《列国在华领事裁判权志要》、《多尔衮称皇父之臆测》、《多尔衮与九王爷》、《墨勒根王考》、《清世祖入关前奏章程式》、《探微集》(43 篇)、《清史简述》、(与翦伯赞合编)《中国通史参考资料》8 册、(主编)《史学名著选读》6 册、(主编)《明清史资料》、(主编)《中国历史大辞典》、(主编)《明末农民起义史料》、(主编)《宋景诗起义史料》等

杨庆琛:《绛雪山房诗钞》二十卷、《续抄》六卷、附《试帖》三卷(《清代诗文集汇编》第 542 册影印道光

---

① 福建人民出版社《福建文献集成初编》第 85 册影印福建省图书馆藏稿本,不分卷。

二十八年至同治元年刻本)、(辑)《击钵吟》七集(道光二十五年刻本)、(合作)《红楼梦戏咏》(民国间刻本)、《绛雪山房集》三十余卷(民国《福建通志》总卷三十四,《福建列传》卷三十八本传)、《绛雪山房诗抄》(谢其铨《丁戊山小志》第45页)、《绛雪山房诗钞》、《绛雪山房诗续钞》(《雁门萨氏家谱·雁门萨氏家谱引用各书书目》)、《绛雪山房诗钞续钞》三十卷(民国《福建通志》总卷二十五,《福建艺文志》卷六十六;民国《闽侯县志》卷四八《侯官艺文志》)、(与曾光澄辑)《击钵吟》一集、二集(道光十一年、二十年刻本)、《击钵吟偶存》十四卷(清刻本,台湾师范大学图书馆藏。李灵年等《清人别集总目》第712页)

杨秀珠:《筠青阁吟稿》一卷(光绪十七年刻本、民国《福建通志》总卷二十五,《福建艺文志》卷六十六)

杨簣:《竹圃诗文集》

杨维屏:《云悦山房偶存稿》六卷(民国《闽侯县志》卷四八《侯官艺文志》)、《燕台鸿爪集》一卷(民国《福建通志》总卷二十五,《福建艺文志》卷五十一)、《红楼梦戏咏》(王国瑞《寄农大兄前以汉赵氏孟子章指复编及雁门集荔影堂诗钞云悦山房偶存红楼梦戏咏三山萨氏题名录见赠今复以先芬集索题搜阅题咏佳作林立各体皆备惟六言句阙如兹谨拟就乞郢政》,载《雁门萨氏家谱》卷五《叙赠录下》,影印第976页)、《云悦山房存稿》六卷附录一卷(钞本,浙江省图书馆藏。李灵年等《清人别集总目》第728页)

陈寿祺:《说文经字考》一卷(小学类编本)、《左海文集》十卷、《左海诗钞》(左海全集本)、《左海文录》二卷(国朝文录续编)、《绛跗草堂诗集》六卷(民国《福建通志》本传题《绛跗堂诗集》六卷,《福建艺文志》卷六十六题《绛跗草堂诗集》六卷,《清史稿》卷四百八十二《儒林传》本传作《绛跗草堂诗集》六卷)、《东观存稿》一卷[①]、《洪范五行传》三卷(左海全集本)、《纂喜堂诗稿》一卷(滂喜斋丛书第一函、丛书集成初编)、《陈太史试帖详注》(道光二十六年刻本)、《尚书大传定本》五卷、《洪范五行传辑本》三卷(民国《闽侯县志》本传一作六卷)、《齐鲁韩诗说考》(民国《闽侯县志》本传题《鲁齐韩诗说考》三卷)、《礼记郑读考》(民国《闽侯县志》本传作四卷,民国《福建通志·福建文苑传》卷七作六卷)、《欧阳夏侯经说考》(民国《闽侯县志》本传作一卷)、《五经异义疏证》三卷(陈寿祺《左海文集》卷四《答许子锦论经义书》题《驳五经异义考证》三卷)、《左海经辨》四卷(民国《福建通志·福建艺文志》卷十二作三卷,《清儒学案》卷一百二十九《左海学案上·陈先生寿祺》作二卷)、《两汉拾遗》(民国《闽侯县志》本传作二卷)、《东越儒林后传》一卷、《东越文苑后传》一卷、《遂初楼杂记》(民国《福建通志》本传题《遂初楼杂录》二卷,民国《福建通志·福建艺文志》卷五十题《遂初楼杂录》一卷)、《左海文集》十卷、《左海乙集骈体文》(民国《福建通志·福建艺文志》卷六十六作二卷,《清儒学案》卷一百二十九《左海学案上·陈先生寿祺》、阮元《隐屏山人陈编修传》题《左海骈体文》二卷)(同治刊本《福建通志》卷六十七)、《左海文集》乙编二卷(《福建地方文献及闽人著述综录》)、(纂)《福建通志》二百七十八卷(同治十年重刊本)、《说文经诂》二卷(民国《闽侯县志》本传)、《东越文苑传》(《桐城文学渊源撰述考·补遗引用书目》)、(修)《海塘志》、(刊)《黄忠端集》六十六卷、(总纂)《(道光)福建通志》四百卷(张天禄《清代福州方志的繁盛》)、《东越儒林文苑后传》二卷、《左海骈体文》二卷(民国《福建通志》总卷三十八,《福建儒林传》卷五,陈寿祺本传)、《尚书大传笺》五卷、《洪范五行传》三卷(民国《福建通志》总卷二十五,《福建艺文志》卷三,《书四》)、《尚书纬抄》一册(民国《福建通志》总卷二十五,《福建艺文志》卷十二)、《福州乌石山石刻》一本(民国《福建通志》总卷二十五,《福建艺文志》卷三十七)、《左海乙集》(《雁门萨氏家谱·雁门萨氏家谱引用各书书目》)、《左海文拾遗》一卷(民国《福建通志》总卷二十五,《福建艺文志》卷六十六)、《春秋左氏礼》、《公羊礼》、《穀梁礼》(林昌彝《陈恭甫先生传》,《林昌彝诗文集》卷十四)、(选)《冶南文选》(陈庆镛《籀经堂类稿》卷十一《蓝水何氏三孝义传序》)、《欧阳夏侯尚书考》、《说文引经考》、《辑别录七略》、《昭代文征》(陈寿祺《左海文集》卷四《答许子锦论经义书》)、《校定伏生大传》、《七纬考正》、《闽诗苑》(《左海文集》卷五《上仪征阮夫子书》)、(覆审、编校)《(邵晋涵)南江诗文钞》(《左海文

---

① 柯愈春《清人诗文集总目提要》著录《左海文集》十卷、《绛跗草堂诗集》六卷、《左海乙集骈体文》二卷、《东观存稿》二卷,编入《左海全集》,统称《左海诗文集》二十卷,国家图书馆藏;别有《左海续集》不分卷,道光八年刻本,存二十七册,中山图书馆藏;《左海拾遗文》一卷,赌棋山庄钞本(第1062页)。所著录《澹静斋文钞》十四卷,龚景瀚著,误系陈寿祺名下。

集》卷七《南江诗文钞序》)、《左海文集》八卷(道光五年写刻本,上海图书馆藏。李灵年等《清人别集总目》第1285页)

陈乔枞:《鲁诗遗说考》六卷叙录一卷(左海续集本。皇清经解续编本一作二十卷,《清儒学案》卷一百三十《左海学案下·陈先生乔枞》一作二十卷,《叙录》一卷)、《齐诗翼氏学疏证》二卷、《齐诗遗说考》四卷叙录一卷(左海续集本。皇清经解续编本一作十二卷,《清儒学案》卷一百三十《左海学案下·陈先生乔枞》一作十二卷,《叙录》一卷)、《韩诗遗说考》五卷叙录一卷附录一卷补遗一卷(左海续集本。皇清经解本一作十七卷,《清儒学案》卷一百三十《左海学案下·陈先生乔枞》一作十八卷,《叙录》一卷,附《韩诗内外传补逸》一卷)、《诗经四家异文考》五卷(民国《闽侯县志》本传题《齐鲁韩毛四家诗异文考》五卷)、《今文尚书经说考》三十二卷首一卷叙录一卷(左海续集本。谢章铤《赌棋山庄集》文集卷七《左海后人朴园陈先生墓志铭》作三十四卷,《清儒学案》卷一百三十《左海学案下·陈先生乔枞》一作三十四卷、《叙录》一卷)、《礼堂遗集》三卷(同治十二年刻本)[①](《福建地方文献及闽人著述综录》)、《礼堂经说》二卷、《毛诗郑笺改字说》四卷、《礼记郑读考》六卷、《诗纬集证》四卷、《今文尚书经说考》三十四卷、《欧阳夏侯经说考》一卷(《清儒学案》卷一百三十《左海学案下·陈先生乔枞》一作《尚书欧阳夏侯遗说考》一卷)(民国《闽侯县志》卷七十本传)、《诗纬集证》四卷(民国《福建通志》总卷二十五,《福建艺文志》卷四,《诗四》)、《陈朴园遗稿》一卷(民国《福建通志》总卷二十五,《福建艺文志》卷六十六)、《陈朴园藏书目录》(稿本。福建省图书馆藏)、《尚书说》(《清史稿》卷四百八十二《儒林传》本传)

陈子端:《小学注辑本》(谢章铤《赌棋山庄余集》文集卷一《小学注辑本跋》)

张繁露:《春秋至朔通考凡例》(陈寿祺《左海文集》卷四下《与张繁露论春秋至朔通考凡例书》)

周春池:《律赋选》(陈寿祺《左海文集》卷六《律赋选序》)

何敬祖:《一山亭集》(《清代硃卷集成》第四三册进士何式璜履历)、《陟屺集》(同治刊本《福建通志》卷六十九)

何鸣章:《漱余芳书室遗稿》(《清代硃卷集成》第四三册进士何式璜履历)、《陟屺集》(同治刊本《福建通志》卷六十九)

何式璜:《啖芳阁诗草》一卷(民国十八年铅印本。柯愈春《清人诗文集总目提要》第1806页)

王式金:《说文辑要》三卷、《闽峤赋约》四卷、《梦竹斋赋草》一卷、《诗草》二卷《宫词》一卷(民国《闽侯县志》卷四八《侯官艺文志》)、《梦竹斋诗草》(谢章铤《赌棋山庄余集》文集卷二《梦竹斋诗草序》;民国《福建通志》总卷二十五,《福建艺文志》卷六十六。刘家谋《怀藤吟馆随笔》作一卷)

沈葆桢:《总理福建船政奏折》(光绪六年苏州木活字本、《沈文肃公政书》第四卷)、《沈文肃公改正课艺》(稿本)、《女花二唱》(郭白阳《竹间续话》卷一)、(黄嘉尔辑)《船司空雅集录》一卷(光绪十一年江西刻本。刘繁《杨浚及其著述与交游考论》第三章)、《夜识斋剩稿》一册(光绪刻本,《清代诗文集汇编》本)、《沈文肃公政书》七卷(民国《福建通志》总卷二十五,《福建艺文志》卷二十二)、《夜识斋牍稿》一册(民国《闽侯县志》卷四八《侯官艺文志》)、《夜织斋剩稿》不分卷(光绪间刻本,中山大学图书馆藏)、《沈文肃公遗稿》一卷(光绪间刻本,上海图书馆藏)、《沈文肃家书》不分卷(钞本,福建省图书馆、福建师范大学图书馆藏)(柯愈春《清人诗文集总目提要》第1554页)

沈瑜庆:《正阳集》(陈衍《石遗室诗话》卷三)、《涛园集》(福建人民出版社2010年版。包括《正阳集》、《春申篇》、《南州集》、《义熙集》、《补遗篇》,附林旭《晚翠轩集》、沈鹊应《崦楼遗稿》)、《涛园诗集》(《福建地方文献及闽人著述综录》。民国《福建通志·福建艺文志》卷六十六云《涛园诗集》二册系《正阳集》、《春申编》、《南州集》、《义熙集》合集,李宣龚民国九年铅印本《涛园诗集》四卷作《正阳篇》、《春

① 柯愈春《清人诗文集总目提要》著录此集四卷,补遗一卷,诗一卷,《左海续集》本,同治十二年刻本,首都图书馆藏(第1443页)。李灵年等《清人别集总目》著录《礼部遗集》三卷《补遗》一卷《诗》一卷,同治十二年刻《左海续集》本。《礼部遗集》当即《礼堂遗集》,以陈乔枞号礼堂,故柯氏著为是,而《清人别集总目》著录详尽过之,且云"《左海续集》一名《小琅嬛馆丛书》"(第1280页)。

申篇》、《南州集》、《义熙集》)、《涛园词》(曹辛华《民国词史考论》第514页)、《涛园诗集》二册(民国《闽侯县志》卷四八《侯官艺文志》)、《淮雨集》(李宣龚《涛园诗集》跋)

沈翊清:《东游日记》(民国《闽侯县志》卷六十九本传。光绪二十六年刊本)、《澄园诗存》(民国《闽侯县志》卷四八《侯官艺文志》)、《八省日记》、《船政奏议》等

沈赞清:《诗瘿》(林纾《喜晤沈雁南即题其集》题下注:"集名《诗瘿》",《林纾集》第二册,第153页)

沈黻清:(修)《蒙阴县志》八卷首一卷(宣统三年修)、《船工纪事》等

沈成式:《沈敬裕公年谱》(《涛园集》附,1953年铅印本)

沈觐平:《半泉联语》、《半泉随笔》等

沈觐宜(沈来秋):《莺唤轩剩稿选》(遗著)

沈觐安(沈剑知):《懒眠庵诗文稿》、《茧窝残稿》(梁桂元《闽画史稿》第268页)

沈祖牟:《谢钞考》(郭白阳《竹间续话》卷四)、《福建文献概述》、《清代乡会试朱卷齿录汇存》、《闽中文献录》、《山而斋丛书》、《李卓吾文考》

沈鹊应:《崦楼遗稿》二卷(附《晚翠轩诗》后)、《崦楼词》一卷(沈瑜庆《题〈崦楼词〉卷》、民国《福建通志·福建列女传》卷六沈鹊本传引《石遗室文集》、民国《闽侯县志》卷四八《侯官艺文志》)、《崦楼遗稿》一卷(民国二十五年刻本。李灵年等《清人别集总目》第1053页)

沈次畹:《季兰词》(《闽词征》卷六,《闽词钞 闽词征》,福建人民出版社2014年版)

沈绍九:《尊经斋诗集》四卷附外集一卷(清钞本,上海图书馆藏。柯愈春《清人诗文集总目提要》第1648页)

佚名:《北行吟草》一卷、《南还吟草》一卷(沈祖牟《耑斋丛书》本,钞本,福建师范大学图书馆藏。柯愈春《清人诗文集总目提要》第1810页)

林钟钦:《崇轩诗》二卷(铅印本,《续修四库提要》著录。柯愈春《清人诗文集总目提要》第1895页)

黄宗彝:《遗诗》一卷、《婆娑词》(《闽词征》卷五作《婆梭词》,咸丰四年福州刻本)二卷、《方言古音考》八卷、杂文若干篇(陈衍《福建通志·文苑传》卷九)、《闽方言》(孙应祥《严复年谱》引严璩《侯官严先生年谱》)、《非半室词存》(民国十年铅印本)、《榕城方言古音考》(谢章铤《赌棋山庄余集》文集卷二《操风琐录序》、郭白阳《竹间续话》卷二。郭柏苍《葭柎草堂集》卷中《答黄肖岩寄视闽方言古音考书》一题《闽方言古音考》)、《婆梭词》一卷、《肖岩诗集》(林直《题肖岩诗集二首》,《壮悔堂诗初稿》卷六)、《方言古音考》八卷(民国《闽侯县志》卷四八《侯官艺文志》)

严复:《侯官严氏丛刻》不分卷四册(光绪二十七年刻本,人民日报图书馆藏)、《严侯官文集》一卷(光绪二十九年铅印本,中山图书馆藏)、《严侯官全集》十二卷[①](光绪间石印本,国家图书馆藏)、《严几道文钞》不分卷(宣统元年铅印《林严合钞》本,福建图书馆藏;《桐城文学渊源撰述考·补遗引用书目》)、(蒋贞金辑)《严几道诗文钞》五卷(民国十二年铅印本,人民日报图书馆藏)、《瘉壄堂诗集》二卷(民国十五年铅印本、中国历史博物馆藏稿本)、《严几道文钞》二卷(民国十五年商务印书馆铅印《当代八家文钞》本)、《严复集》不分卷(中华书局1986年版)、《严几道书牍》五卷(稿本,江西师范大学图书馆藏)(柯愈春《清人诗文集总目提要》第1862页)、《严译名著丛刊》(胡泊、邵庄霖、戴立强《〈严复致熊季廉等手札〉及考略》)、《严壄堂诗集》(《近代诗钞》严复条校)、《严复全集》十一册(福建教育出版社2014年版)、《严复诗文选注》(江苏人民出版社1975年版。李灵年等《清人别集总目》第662页)

严群:《亚里士多德伦理思想》、《柏拉图》、《泰阿泰德》、《智术之师》、《游叙弗伦》、《赖锡斯》等

严璩:《(侯官)严先生年谱》(一题《先府君年谱》,民国十一年铅印本)

柯鸿年:《澹园遗稿》一卷补录卷一册(民国十八年排印本)、《中华民法论纲》、《法律实用丛书》、

① 李灵年等《清人别集总目》题《严几道全集》十二卷续集二卷,南京图书馆藏;又《严侯官先生全集》十二卷,光绪二十九年石印本,国家图书馆藏,系两种版本(第662页)。

《中华物权法》

闽县赵新:《还砚斋全集》五种五册[①](光绪八年刻本。泉州市图书馆藏)、《续琉球国志略》、《还砚斋集》十六卷(光绪十四年赵庆崧刻本。国家图书馆藏)(柯愈春《清人诗文集总目提要》第1585页)、《余诗偶存》(稿本,天津图书馆藏。李灵年等《清人别集总目》第1535页)

谢文若(辑)、谢春兰(笺注):《国朝凌云赋》二集笺注十二卷补编一卷(乾隆四十七年刻本,九册。泉州市图书馆藏)

林昌彝:《衣隐(一作讔)山房诗集》(《衣讔山房诗集》旧名《遂初堂稿》,林廷禧题词绝句第三首末句下注;郭应辰题词一名《衣讔山房诗钞》)八卷(同治二年刻本、传抄本)、《龙鸿阁文抄》(旧抄本)、《小石渠阁文集》六卷(传抄本)、《三礼通释》二百八十卷八函四十册、《林昌彝诗文集》(上海古籍出版社)、《射鹰楼诗话》二十四卷(咸丰元年侯官林氏刻本)、《海天琴思录》八卷(同治三年刻本)、《海天琴思续录》八卷(同治八年刻本)、《鸿雪联吟》(同治七年刻本)、《遂初楼诗钞》(陈衍《近代诗钞》)、《诗玉尺》二卷(同治八年刻本,上海图书馆藏)、《温经日记》(《福建文献集成初编》第32、33册影印国家图书馆藏稿本六卷)、《平夷十六策》(《林昌彝诗学思想研究》第七、八页)、《林昌彝诗文集》(上海古籍出版社1989年版)、《破逆法》四卷(民国《福建通志·文苑传》本传、王茂荫《王侍郎奏议》卷五、林则徐《致林昌彝》信作《破逆志》,《清儒学案》卷一百三十《左海学案下·林先生昌彝》作《破夷志》四卷)、《砚桂绪录》(同治五年刻本。民国《福建通志·文苑传》本传题《砚耘绪录》,《福建通志·福建艺文志》卷五十作十六卷)(《桐城文学渊源撰述考·引用书目》)、《军务备采》十六条(一作篇。钱洪来《林昌彝年谱》以为即《海防十二策》,一作《拟海防十二策》)、《海天琴思录》前后集(即《海天琴思录》八卷续录八卷)、《说文二徐校本》、《燕翼日钞》(民国《福建通志》总卷三十九,《福建文苑传》卷九本传)、《小石渠阁文集》六卷(光绪间福州刻本)、《衣隐山房诗集》四卷(钱洪来《林昌彝年谱》,沈阳师范大学2010年硕士学位论文)、《林昌彝稿本》一册(哈佛大学燕京图书馆藏)、(校陈偕灿)《鸥汀渔隐诗集》、《一灯课读图题册》(同治九年刻本)、(编)《近代十二家文钞》(温训《射鹰楼诗话序》,温训《衣讔山房诗集》题诗句下注名《昭代十二家古文》)、《平贼论》二卷(王茂荫《王侍郎奏议》卷五)、《说文注辨段》(同治十年刻本。与《三传异同考》、《左传杜注勘讹》合刊)、《左传杜注勘误》(民国《福建通志·福建艺文志》卷十作《左传杜注勘伪》)(民国《闽侯县志》卷四八《侯官艺文志》)、《读易寡过》、《今文尚书二十九篇定本》、《礼记简明经注》、《小石渠阁经说》、《赋钞》一卷、《诗外集》一卷、《诗人存知诗录》(《林昌彝诗文集·前言》)、《六朝礼记集说补义》、《荀卿子礼释》、《伏生书传》、《三代佚礼考》、《陈氏礼书考伪》、《段氏说文注刊伪》、《卫氏礼记集说补义》、《春秋地理考辨》、《圣学传心录》、《士林金鉴》(《林昌彝诗文集·前言》引桂文灿《经学博采录》)、《师友存知诗录》三十卷(《林昌彝诗文集》卷十四《师友存知诗录小传》)、《古韵考》、《辨歌麻古韵》、(拟辑)《续唐韵正》(《答何愿船比部问古韵书》,《林昌彝诗文集》卷十三)、《林昌彝稿本》(哈佛大学燕京图书馆藏。见程章灿《哈佛大学燕京图书馆藏〈林昌彝稿本〉述考》,载《文献》1996年第4期)、《敦旧集》八十卷、《同舟异闻录》、《说文二徐本辨伪》(《清史列传林昌彝传》,见《林昌彝诗文集·附录》)、《说文二徐本刊伪补遗》(温训题诗第十句下注,《林昌彝诗文集·附录·〈衣讔山房诗集〉题词》)、《注参同契》(《林昌彝诗文集》卷六《富春舟次》末句后注)、(选)《樵川制艺》(《林昌彝诗文集》卷七《感时留别二首》其一句中注)、《善恶祥殃录》若干卷(林昌彝《善恶祥殃录序》,《林昌彝诗文集》卷十一)、《衣隐人存知录》等五十余种

林庆炳:《爱梅楼著述》(光绪八年侯官林氏刻本。包括《周易集解补笺》四卷、《周易述闻》一卷、《四书注解撮要》二卷、《焚余偶录》二卷、《说文字辨》十四卷(民国《福建通志·福建艺文志》卷十五作《说文辨字》)、《东关纪略》二卷、《东阳随笔》一卷、《群经音辨》)、《鹾纪要》、《鹾论偶存》(民国《福建通

---

① 李灵年等《清人别集总目》著录《还砚斋杂著》四卷《古近体诗略》一卷《赋稿》十卷《大题文稿》不分卷《试帖》一卷,光绪八年《还砚斋全集》本(第1535页)。

志》总卷三十九，《福建文苑传》卷九林昌彝本传附传）、《续孟子》（钱洪来《林昌彝年谱》）、《说文辨字》十四卷、《东关纪录》二卷（民国《闽侯县志》卷四八《侯官艺文志》）、《爱梅楼集》（《清代硃卷集成》第三三九册，举人刘孝祐履历，影印第253页）、《焚余偶录》二卷续编一卷（光绪八年刻本，国家图书馆藏）、《爱梅楼杂著》不分卷（光绪十四年刻本，浙江省图书馆藏）（柯愈春《清人诗文集总目提要》第1595页）

林庆铨（一作林庆荃）：《诗集》（林直《题家蘅甫诗集二首》，《壮怀堂诗三集》卷一）、《楹联述录》（光绪七年刻本）、《楹联续录》前后集、《时疫辨》（广东科技出版社2009年版）、《云鹤山人诗钞》八卷（同治五年刻本，国家图书馆藏）、《云鹤山人诗续集》四卷（光绪二十六年刻本，中国科学院图书馆藏）（柯愈春《清人诗文集总目提要》第1622页）

林彦芬：《（林彦芬）诗稿》（林昌彝《林昌彝诗文集》卷七《论诗一百又五首》第九十八首诗后注）

李赓尧：《与竹斋诗草》（钱洪来《林昌彝年谱》，第32页）

陈圳：《长乐集》八卷、《宫闺组韵》二卷（清钞本，国家图书馆藏）（柯愈春《清人诗文集总目提要》第1120页）

林直：《壮悔堂诗初稿》十卷（咸丰六年福州刻本）、《壮悔堂诗二集》四卷（光绪三十一年羊城刻本）、《壮悔堂诗三集》十四卷[光绪三十一年羊城刻本。一名《岭海诗存》，谢章铤撰《岭海诗存》序，民国《福建通志·福建列传》卷三十九林直传题《岭南诗存》。十四卷分别是：《筹帷集》上（卷二，甲子）、《筹帷集》下（卷三，甲子、乙丑上）、《端居集一》（卷四，乙丑下、丙寅上）、《端居集二》（卷五，丙寅中）、《端居集三》（卷六，丙寅）、《端居集四》（卷七，丁卯、戊辰上）、《越游集》（卷八，戊辰下）、《端居续集》（卷九，己巳、庚午）、《北征集一》（卷十，庚午下）、《北征集二》（卷十一，辛未上）、《东官集》（卷十二，辛未下）、《南武集一》（卷十三，壬申）、《南武集二》（卷十四，癸酉）]（均收入《清代诗文集汇编》第703册）、《从戎集》（李光廷《壮怀堂诗三集》序）、《壮怀堂诗稿》十卷（民国《闽侯县志》卷四八《侯官艺文志》）、《西来集》（谢章铤《赌棋山庄集》文集卷四《林子鱼岭海诗存序》）、《壮怀堂诗初稿》八卷（清钞本，国家图书馆藏。李灵年等《清人别集总目》第1358页）

林秉镐：《养宜斋吟草》（《雁门萨氏家谱·雁门萨氏家谱引用各书书目》、《雁门萨氏家谱》卷五《叙赠录下·送中表萨鹤皋贰尹箴宦浙》题下注）

张秉铨：《北洋海军失利情形》（孔广德编《普天忠愤论》卷七）、（与张谷南）《张氏六修族谱》（光绪二十三年冠英堂刻本）、《南宁平寇记》、《常平义仓记》、诗文集数种（民国《福建通志》总卷三十六，《福建循吏传》卷十三，张秉铨本传）、《于役百篇吟》不分卷（光绪三年刻本，台湾大学图书馆藏）、《课余小草》一卷（稿本，南京图书馆藏）（李灵年等《清人别集总目》第1155页）

邱瑶姿（张秉铨妻）：《结兰阁诗词》（《闽词征》卷六，《闽词钞 闽词征》，福建人民出版社2014年版）、《纫兰阁集》（民国《福建通志》总卷四十五，《福建列女传》卷六，邱瑶姿本传）

邱林芳：《纫兰吟草》（《闽词征》卷六，《闽词钞 闽词征》，福建人民出版社2014年版）

刘氏：《龙山刘氏家谱》（民国《福建通志》总卷三十六，《福建循吏传》卷十三，刘齐衢本传引。民国《福建通志·福建儒行传》刘国柱传、民国《福建通志·福建列女传》卷一苏氏传均作《龙山刘氏支谱》）、《刘氏支谱》、《（刘氏）家谱》（民国《福建通志》总卷三十九，《福建文苑传》卷八刘家镇本传注）

刘大荣：《锦堂诗文草》（同治刊本《福建通志》卷六十七）

刘国柱：《校书楼杂著》一卷、《墨庄恭记》一卷（民国《闽侯县志》卷七十八《儒行传（四下）》刘国柱本传）

刘国楫：《印癖斋诗稿》（民国《福建通志》总卷四十，《福建儒行传》卷五，刘照本传附。《福建艺文志》卷六十五作二卷，题刘若川著，系同一人）

刘家镇：《佩文韵府溯原》（民国《闽侯县志》卷四七《闽县艺文志》。民国《福建通志·福建艺文志》卷十五题《佩文韵溯原》五卷）、（纂）《五朝切韵萃编》、《皇朝华韵合声谱》、《切韵指南阐说》、《五音字韵汇编》、《掀均戹小学书经眼录》（民国《福建通志》总卷三十九，《福建文苑传》卷八本传、林则徐《皇清敕

授文林郎南安县学训导刘君墓志铭》)、《说文分均再稿》五卷(《福建文献集成初编》第36、37册影印福建省图书馆藏稿本)

刘齐衔:《部务事宜》若干卷(民国《闽侯县志》卷六十八本传)

刘崇佑:(译)《法学通论》(日本织田万原著,商务印书馆1926年铅印本)

刘瀛:《闲居十八年剩草》不分卷(民国十八年刻本,福建省图书馆藏。柯愈春《清人诗文集总目提要》第1881页)

刘家谋:《操风琐录》四卷(赌棋山庄抄本传抄本)、《外丁卯桥居士初稿》八卷(一题《东洋小草》[①]。芑川先生合集本、青莲书屋刻本)、《外丁卯桥居士诗集》、《鹤场漫志》二卷(《闽县乡土志》本传)、《海音诗》二卷(咸丰五年刻本、台湾文献丛刊第28种《台湾杂咏合刻》本、钞本)、《观海集》四卷(道光二十八年东洋学署《芑川先生合集》本)、《东洋小草》四卷(芑川先生合集本)、《东海纪程》一卷、《开天宫词》二卷、《怀藤吟馆随笔》一卷、《揽环集》十卷、《斫剑集》(《赌棋山庄词话》卷一"刘家谋词"条、续编卷五"刘家谋黄宗彝词"条。一作《斫剑词》,道光二十八年《东洋小草》四卷附)、《芑川先生合集》十七卷(含《外丁卯桥居士初稿》八卷、《东洋小草》四卷、《观海集》四卷、《斫剑集》一卷)、《开元宫词》二卷、《海音》二卷、《东洋纪程》一卷、《鹤场漫志》二卷、《怀藤吟馆随笔》一卷、《揽环集》十卷(谢章铤《教谕刘君小传》,《赌棋山庄文集》卷二,光绪十年南昌刻本[②])、《龙湫纪游》(刘荣平《赌棋山庄词话校注》第31页)、《观海集》一卷(民国《福建通志》总卷二十五,《福建艺文志》卷六十六)、《海音》一卷(民国《闽侯县志》卷四七《闽县艺文志》)、词一卷、《东洋纪程》一卷(民国《福建通志·(福建)文苑传》卷九)、《斫剑集》(《闽词征》卷四)、(吴守礼校注)《校注海音诗全卷》(1953年台北台湾省文献委员会铅印本)、《开元宫词》一卷(台北文海版《清代稿本百种汇刊》影印清稿本)(李灵年等《清人别集总目》第545页)

刘勷:《非半室词存》(铅印本。《闽词征》卷五)、《效颦词》(民国《闽侯县志》卷四八《侯官艺文志》、谢章铤《赌棋山庄词话》续编卷五)、《非半室文集》、《诗存》、《词存》、《随机决疑》一卷、《瘟病条理》四卷(民国《福建通志》总卷三十九,《福建文苑传》卷九本传)、《非半室诗集》(谢章铤《赌棋山庄集》诗集卷七《题赞轩非半室诗集》)

刘氏(刘家谋妹):《梅下客初稿》一卷(民国《福建通志》总卷四十五,《福建列女传》卷六,刘氏本传)

刘绍纲:《屏绿山房诗词集》若干卷、《情眷集》十六卷(民国《福建通志》总卷三十九,《福建文苑传》卷九本传)

刘崇杰:(译)《史学原论》(浮田和民著)、(合译)《早稻田大学法政理财科讲义》十二册(商务印书馆出版)(张先清等《清末福建留日学生状况探讨》)

刘含章:《实用民法继承编》

(侨寓)黄鹤龄[③]:《不暇懒斋诗钞》八册(钞本。福建省图书馆藏)、(刘荣平整理)《黄鹤龄集》(厦门大学出版社2014年版)

周长庚:《周广文遗诗》一卷[民国《闽侯县志》卷四八《侯官艺文志》。民国《福建通志·福建艺文志》卷六十六作(李宗典辑,光绪二十一年印本)《周莘仲广文遗诗》一卷]、《周教谕诗》一卷(民国《福建通志》总卷三十九,《福建文苑传》卷九本传)、《周莘仲广文遗诗》(台湾文献丛刊续编本。施懿琳、廖美玉《台湾古典文学大事年表·明清篇》第678页统计27题、97首)

何承元:《守吾素斋诗草》一卷(清钞本,国家图书馆藏。柯愈春《清人诗文集总目提要》第1446页)

---

① 按:林直《岁暮怀芑川》诗"诗歌倒沧洲"句下注:"时君方梓其诗曰《外丁卯桥居士初集》,又曰《东洋小草》。"(《壮怀堂诗初稿》卷五,原第十六页,影印第577页)作于道光二十八年(1848)。陈昌强《谢章铤年谱简编》道光二十四年十一月谢章铤序刘家谋《外丁卯桥居士初稿》;道光二十六年三月二十,"(黄)宗彝序刘家谋《东洋小草》,先生亦有序"(载《闽江学院学报》2009年第1期,第39页),恐误。

② 刘荣平《赌棋山庄词话校注》第31页。

③ 黄鹤龄,字浣云。广东嘉应人。其父官闽省参军,遂侨寓福州(莫友棠《屏麓草堂诗话》卷七。谢章铤《赌棋山庄余集》文集卷三《校阅余话》作会稽人,黄鹤龄亦官参军)。游幕台湾时所居室名不暇嬾斋,以名其集。黄鹤龄姨父沈廷槐(沈葆桢叔父),女婿陈文翊(彦士)。

张景渠:《烬余诗草》四卷(光绪十七年刻本,南京图书馆等处藏)、《先荣禄公翼伯张府君自订年谱》(光绪石印本)(李灵年等《清人别集总目》第1187页)

何尔瑸:《丁戊山馆吟草》(民国二十六年铅印本)、《丁戊山馆未定稿》(陈衍《陈石遗集·石遗室文四集》之《丁戊山馆未定稿叙》)①

陈书:《木庵居士诗》四卷(民国《福建通志·福建艺文志》卷六十六作三卷)补遗一卷、《木庵文稿》一卷(光绪三十二年刻本、石遗室丛书本)、《桐愔阁词抄》一卷(传抄本)、《骖鸾倡和集》(《石遗室诗话》卷一第二二条)、《木庵先生诗》(郭白阳《竹间续话》卷二)、《木庵先生集》(陈衍《近代诗钞》)、《论语讲义》二卷、《巢室备遗》一卷、《治喉举要》一卷、《冲脉审谛》一卷、《脉诀真知》一卷、《木庵先生诗》三卷、《补遗》一卷(民国《闽侯县志》卷四八《侯官艺文志》)、《遥集词》(《闽词征》卷五,《闽词钞 闽词征》,福建人民出版社2014年版)、《木庵居士诗》一卷(李宣龚《硕果亭近人诗选》本、钞本。李灵年等《清人别集总目》第1227页)

陈豫:《艮翁诗稿》一册(民国《闽侯县志》卷四八《侯官艺文志》)

陈君悦(陈芷洲):《闻妙香室遗稿》(民国六年铅印本。民国《福建通志·福建艺文志》卷六十六作《闻妙香室遗集》一卷附沈复《养碧斋诗》一卷②)

陈衍:《陈石遗集》(福建人民出版社2001年版。收录《石遗室诗集》附《朱丝词》、《哭梦旦》、《石遗室文集》③、《尚书举要》、《周礼疑义辨证》、《考工记辨证》、《考工记补疏》、《说文举例》、《说文解字辨证》、《音韵发蒙》、《通鉴纪事本末书后》、《石遗室论文》、《史汉文学研究法》、《要籍解题》、《戊戌变法推议》、《伦理讲义》、《福建方言志》、《烹饪教科书》、《经济类著译选编》、附录《侯官陈石遗先生年谱》、《戴花平安室杂记》、《说文重文管见》、《石遗室丛书总序》、《陈石遗先生八十寿序》、《陈石遗先生墓志铭》、《石语》、《关于陈衍的学术思想》、《陈石遗丛书总目录》④)、《石遗室诗话》三十三卷(《民国诗话丛编》本)、《石遗室诗话续编》六卷(《民国诗话丛编》本)、《石遗室丛书》十八种一百十六卷(包括自著《石遗室文集》十二卷、《石遗室诗集》六卷、《石遗室诗集补遗》一卷、《说文列举》(一题《说文举例》)七卷、《朱丝词》二卷等十种)、《石遗室诗话》三十二卷、《续编》六卷、《辽诗纪事》十二卷、《金诗纪事》十六卷、《元诗纪事》二十四卷、《近代诗钞》二十四册、《宋诗精华录》四卷(商务印书馆排印本)、《石遗室论文》五卷、《史汉文学研究法》一册(无锡国学专修学校排印本)、《陈衍诗论合集》(八闽文献丛刻本,钱仲联

---

① 朱则杰先生推测《丁戊山馆未定稿》当是《丁戊山馆吟草》(《〈清人诗文集总目提要〉订补——以李瑞和等八位福建籍作家为中心》,载《闽江学院学报》2017年第4期,第6页)。

② 柯愈春《清人诗文集总目提要》著录《养碧斋诗集》一卷,钞本,《续修四库提要》著录;附其母陈君悦《闻妙香室遗稿》,民国六年刻本,福建省图书馆藏(第1972页)。沈复,字复轩,号墨藻,沈葆桢之孙。

③ 李灵年等《清人别集总目》著录《石遗室文集》四种:《石遗室文集》十二卷附《木庵文稿》一卷,民国二年刻本;《石遗室文集》十二卷《续集》一卷《三集》一卷《诗集》一卷,民国刻本;《石遗室文集》十二卷《诗集》六卷《补遗》一卷,光绪至民国《石遗室丛书》本;《石遗室诗集》十卷《诗续》二卷《文集》十二卷《续集》一卷《三集》一卷《四卷》一卷,光绪至民国刻本(第1237页)。

④ 按:《陈石遗集》附录二《陈石遗丛书总目录》细目(《陈石遗集》下册,总第2198-2203页):《石遗室诗集》(《石遗室诗集》十卷、《石遗室诗集补遗》一卷、《石遗室诗续集》二卷(民国二十四年刻本)附《朱丝词》上下卷《哭梦旦》一首)、《石遗室文集》(《石遗室文集》十二卷、《石遗室文续集》、《石遗室文三集》、《石遗室文四集》)、《尚书举要》五卷、《周礼疑义辨证》四卷、《礼记疑义辨证》四卷、《考工记辨证》三卷、《考工记补疏》一卷、《说文举例》七卷、《说文解字辨证》十四卷、《音韵发蒙》一卷、《通鉴纪事本末书后》十卷、《石遗室论文》五卷、《史汉文学研究法》一册、《要籍解题》、《戊戌变法推议》、《伦理讲义》、《货币论》、《福建方言志》(选自《福建通志》)、《续古文辞类纂》一册、《八家四六文补注》、《元文汇补续》十卷、《石遗室诗话》三十二卷、《石遗室诗话续编》上下卷、《诗品平议》、《诗评汇编》、《诗学概要》一卷、《感旧集小传拾遗》四卷、《辽诗纪事》十二卷、《金诗纪事》十六卷、《元诗纪事》四十五卷(又二十四卷本)、《宋诗精华录》四卷、《宋诗选》、《全闽诗录》四十一卷、《清诗三百首》、《近代诗钞》二十四册、《石遗室师友诗录》三十卷、《续近代诗钞》、《樊榭诗评》四册、《烹饪教科书》、《经济类著译选编》(以上专著类)、《福建通志》六百四十卷、《闽侯县志》一百六卷、《台湾通纪》四卷(以上辑著类)、《商业开化史》、《商业地理》、《商业经济学》、《货币制度论》、《银行论》、《商业博物志》、《日本商律》、《日本破产律》、《欧美商业实势》(以上译著类)、《求是报》、《湖北商务报》、《国学论衡》(以上编著类)、陈声暨等《侯官陈石遗先生年谱》七卷续一卷、陈书《木庵居士诗》四卷补遗一卷、陈书《木庵文汇》一卷、萧道管《说文重文管见》一卷、萧道管《列女传集解》十卷、萧道管《萧闲堂札记》四卷、萧道管《然脂新话》三卷、萧道管《萧闲堂遗诗》一卷、萧道管《戴花平安室杂记》一卷、萧道管《戴花平安室遗词》一卷、萧道管《戴花平安室杂文》一卷、沈觐冕等《说诗社诗录》三十八卷、黄曾樾等《陈石遗先生谈艺录》一册、钱钟书《石语》一册、陈步《关于陈衍的学术思想》、台湾艺文印书馆《石遗室丛书目录》(以上附录类)。《清诗总集丛刊》第352册影印陈衍辑、宣统间排印《晨风阁丛书甲集》本《石遗室师友诗录》六卷。

编,福建人民出版社1999年版)、《石遗室诗文集》(刘声木《桐城文学渊源撰述考·补遗引用书目》)、《石遗室文续集》、《石遗室文三集》(刘声木《桐城文学渊源撰述考·补遗引用书目》)、《诗学概要》(一题《诗学概论》,福建省图书馆藏)、《诗品平议》、《感旧集小传拾遗》、《翁方纲评渔洋精华录平议》、《考工记辨证》(《石遗室诗话》卷四第九条)、《师友诗录》(《石遗室诗话》卷一、卷四第一九条)、《说文辨证》十四卷(光绪九年著)、《文艺丛报》(《桐城文学渊源撰述考·书目补遗》)、《石遗斋诗文集》(《桐城文学渊源撰述考·补遗引用书目》)、《石遗室诗集》[①]六卷二册(光绪三十一年刻本)、《石遗室诗集》十三卷、《朱丝词》二卷(光绪三十一年刻本)、《石遗室文集》二十八卷(民国十八年刻本)、《旅台诗钞》(施懿琳、廖美玉《台湾古典文学大事年表·明清篇》,第667页)、《萧闲堂诗》(陈衍《石遗室诗话》卷十二第十三条)、《闽诗话续编》(《石遗室诗话》卷二十四,第二十三条)、《钟嵘诗品平议》(载《国学专刊》1927年第一卷第四期)、《激楚堂遗集》(《石遗室诗话》卷三十,第四十四条)、《福建山经》(《石遗室诗话》卷三十二,第十三条)、《音韵表微》(《石遗室诗话续编》卷四,第六十五条)、《周礼疑义辨证》、《礼记疑义辨证》、(译)《货币制度论》、《商业经济学》、《商业开化史》、《商业博物志》、(纂)《(民国)福建通志》六百卷、(纂)《(民国)闽侯县志》、(编)《说诗社社录》四册(民国二十六年福州中西印务局铅印本。沈觐冕题签)、(选)《师友诗草》(《郑孝胥日记》,第1230页)、《石遗室集》二十八卷[②]、《石遗室诗续集》六卷(民国二十四年刻本)(柯愈春《清人诗文集总目提要》第1876页)

萧道管:《萧闲堂遗诗》一卷(石遗室丛书本)、《道安堂杂文》一卷、《平安室杂记》一卷、《戴花平安堂遗词》一卷(光绪三十三年家刻本、石遗室丛书本)、《说文重文管见》一卷(民国元年萧闲堂刻本、石遗室丛书本)、《列女传集注》八卷补遗一卷补注一卷(石遗室丛书本)、《列女传集解》八卷(陈衍《石遗室诗话》卷十二第十三条作十卷)、《道安室笔记》四卷、《然脂新话》四卷、《道安室杂记》一卷、《道安室杂文》[③]、《道安室诗》(民国《闽侯县志》卷四八《侯官艺文志》)、《戴花平安室词》(《闽词征》卷六,《闽词钞 闽词征》,福建人民出版社2014年版)、《列女传集解》十卷、《萧闲堂札记》四卷、《然脂新话》三卷,遗诗、文、长短句各一卷(民国《福建通志》总卷四十五,《福建列女传》卷六,萧道管本传)、《萧闲堂集》五卷(民国陈氏刻本。柯愈春《清人诗文集总目提要》第1870页)、《道安室杂文》四种(光绪至民国刻本,国家图书馆藏。李灵年等《清人别集总目》第2052页)

陈声暨:《(侯官)陈石遗先生年谱》(叶长青补编,民国十六年《国学专刊》第一卷第四期)、《侯官陈石遗先生年谱》七卷(王真续编、叶长青补订,民国二十年排印本)

陈敬:《问神室笔记》数种(民国《福建通志·文苑传》陈书本传附陈敬传)、《问神室诗》(陈衍《近代诗钞》下册第2008页)

陈槻:《诗人陈衍传略》

陈荇洲、陈芷洲、陈余香:《对影楼稿合编》(民国《闽侯县志》卷四八《侯官艺文志》。民国《福建通志·福建列女传》卷二陈芷洲传、民国《福建通志·福建艺文志》卷六十六作《对影楼合稿》)

陈芷洲:《闻妙香集遗集》一卷(民国《闽侯县志》卷四八《侯官艺文志》)、《闻妙香室遗稿》(民国铅印本一册)

陈谦:《闻妙香室诗钞》四卷(民国《闽侯县志》卷四八《侯官艺文志》)

叶长青:《文字学名词诠释》(上海群众图书公司1927年版)、《文心雕龙杂记》(福州职业中学印刷

---

① 李灵年等《清人别集总目》著录陈衍诗集版本七种:《石遗室诗集》一卷,李宣龚《硕果亭近人诗选》,钞本;《石遗室诗集》三卷《补遗》一卷,光绪三十一年武昌刻本;《石遗室诗集》十卷,光绪三十一年武昌刻本,台湾"中央图书馆"藏;《石遗室诗》,民国十八年刻本;《石遗室诗续集》六卷,民国二十四年刻本;《石遗室文集》十二卷《诗集》六卷《补遗》一卷,光绪至民国《石遗室丛书》本;《石遗室诗集》十卷《诗续》二卷《文集》十二卷《续集》一卷《三集》一卷《四卷》一卷,光绪至民国刻本(第1237页)。

② 柯愈春《清人诗文集总目提要》:"内《石遗室文集》十二卷、《文续集》一卷、《文三集》一卷、《文四集》一卷、《诗集》十卷、《诗补遗》一卷、《诗续集》二卷。"(第1876页)

③ 柯愈春《清人诗文集总目提要》著录此集,一卷,附《肖向堂遗诗》一卷,光绪三十四年刻本,国家图书馆藏(第1870页)。

工厂 1933 年版)、《钟嵘诗品集释》(华通书局 1933 年版)、《石遗室丛书提要》(载《国学专刊》1927 年第一卷第四期)、《文史通义注》(无锡国学专修学校 1935 年版)、《版本学》(厦门大学 1925 年油印本)、《闽方言考》(杨慕《〈石语〉内外的叶长青》)、(已出版所著)《闽方言续考》、《长青先生文集》、《松柏长青馆诗》(1930 年版)、《汉书艺文志问答》(1940 版)等十种、《松柏长青馆续集》(稿本)、(编选)《国魂集》(1936 无锡版)、(补辑、注)《曾子辑佚》、(补订)《侯官陈石遗先生年谱》、《石遗室诗注》、《陈石遗年谱续编》、(重印)《(雍正)永安县志》、《(道光)永安县续志》、(修)《长汀县志》三十五卷、(连载)《无尽藏室诗录》、《长青诗草》等(张京华《前无锡国专叶长青先生》,载《中华读书报》2016 年 1 月 27 日)

江畲经:《中外新游记》四册(商务印书馆 1928 年版)、(选)《历代小说笔记选》(商务印书馆 1935 年版)

江学煇:(注释)《春景》(商务印书馆 1920 年版,惜阴英文选刻)

徐祖甫:《书樵漫草》四卷、《越麓日记》十二卷(林纾《清修职郎训导徐君墓志铭》,《林纾集》第一册,第 246 页)

卢榕林:《龙湖山馆诗钞》(《说诗社诗录》卷九卢榕林条)

黄祖汉:《倦知楼诗》四卷(1952 年线装铅印本)

陈天尺:《病玉缘传奇》(原题《麻疯女传奇》,上海中华书局 1917 年单行本)、《孟谐传奇》(上海中华书局 1916 年版)、(译)《奈何天》(1908 年)、《灯猜丛话》(《中华小说界》1915 年连载)、《闽谚声律启蒙》(初题《闽谚集对录》,一名《榕谚声律启蒙》)、《滑稽拟易》、《闽谈正误》、(校刊)《番薯粿先生土著遗谐》、(校刊)《歹辞汇》等学术著作、《明日黄花》、《武夷晚照》、《孙行者》、《官家》、《双莲花》等小说、《集谚打油诗》100 首等诗词、《药转室墨剩》、《披裘录》、《国技闻所闻》等散文(张晓燕、王汉民《陈天尺生平著述考》,载《闽江学院学报》2012 年第 6 期)、《陈天尺全集》(王汉民等校点,中国戏剧出版社 2021 年版)

郑祖荫:《种竹山房记诗钞》

李景堃:《姜丹书稿》

陈寿璠:《息楼诗集》四卷(民国三十七年铅印本,复旦大学图书馆等处藏。李灵年等《清人别集总目》第 1286 页)

陈声聪:《兼于阁诗话》正续集(上海古籍出版社 1985 年版)、《兼于阁诗》一册、《壶因词》一册(《福建省文史研究馆志》)、《诗词小志》、《填词要略》、《闽词谈屑》(曹辛华《民国词史考论》第 431 页)、《荷堂诗话》(福建美术出版社 1996 年版)、《艺林五咏》一册(蜡刻油印本)、《填词要略及词评四篇》(广东人民出版社 1986 年版)、《兼于阁杂著》(上海古籍出版社 2002 年版)、(合编)《旧都文物略》(书目文献出版社 1986 年版)、《兼于阁诗话全编》(上海交通大学出版社 2018 年版)、《兼于阁诗》一卷(1956 年油印本,南京图书馆藏)、《兼于阁诗》一卷续一卷再续一卷《壶因词》一卷(1981 年油印本,南京图书馆藏)(李灵年等《清人别集总目》第 1287 页)、《壶因集》、《壶因杂记》

张葆达:《知非斋诗》(林翰《题秀渊知非斋诗》、《福建省文史研究馆志》作《知非庵集》)

江古怀:《却痁楼诗钞》(钞本)、《刑法总论概要讲义》

郑烈:《精忠柏史剧》、《历代人物评咏》、《黄花岗烈士林大将军传》、《黄花岗福建十杰纪实》、《啸余吟草》、《中国新刑法判解汇编(总则)》等

黄厚诚:(修)《虎丘新志》(北平友联中西印字馆 1935 年版)

黄漪菉:《海萍草》一卷(陈衍《石遗室诗话续编》卷四,第五十二条)

陈赞勋:《怡园诗赘》一集、(纂)《周墩区志》(民国二十七年铅印本)

林栋:《梅湖吟稿》一册(陈衍《石遗室诗话》卷三十,第二十二条)、《梅湖吟稿》四卷(宣统二年铅印本,国家图书馆藏。柯愈春《清人诗文集总目提要》第 1994 页)

何宜武:《华侨经济研究》、《土地改革之研究》、《结合海外华商力量强化经济外交》等

张亨嘉:《张文厚公文集》六卷(民国八年刻本)、《赋钞》二卷(民国《闽侯县志》卷四八《侯官艺文志》)、《口磐室集》(《近代诗钞》中册第1214页)、《磐那室诗存》一卷(宣统三年铅印本)、《张文厚公文集》四卷、《(张文厚公)赋钞》二卷(民国八年刻本、《清代诗文集汇编》本)、(孙张戡编)《京师大学堂首任总监督张亨嘉文集》(北京大学校史丛书本,北京大学出版社2003年版)、《侯官张侍郎遗诗》不分卷(又名《磐那室诗存》[①],首都图书馆藏)、《张文厚公文集》四卷、《赋钞》二卷(民国七年刻本,国家图书馆藏。柯愈春《清人诗文集总目提要》第1803页)

许贞幹:《味青斋藏书画目》、《八家四六文注》八卷(民国《福建通志》总卷二十五,《福建艺文志》卷六十六;民国《闽侯县志》卷四八《侯官艺文志》)、《淮阴吟草》(陈衍《近代诗钞》第1735页)、《遥集集前编》六卷、《遥集集后编》[②](光绪二十八年味青斋精刊精印本,天津图书馆藏)、《八家四六文注》八卷首一卷(吴鼒辑,许贞幹注。光绪十七年刻本,绍兴图书馆藏)、《剑南诗钞 七言律》上下册(陆游著,杨大鹤选,许贞幹校。宣统二年上海扫叶山房石印本)、《国朝八家四六文》(题《八家四六文注释》,许贞幹注,陈衍补注,陈宝琛序,光绪十八年上海图书集成印书局印)、《红楼梦广义》(青山山农撰,味青斋光绪二十八年刊)、《味青斋藏书画目》(国家图书馆藏)

林熙:《井窗子集》、《中山杂咏》一卷、《井窗蛩吟集》二卷(光绪七年乌园读画亭刻本)、《中山纪游吟》一卷(光绪十八年刻本)

林瀍:《秋来堂诗》二卷(光绪六年刻本、光绪三十年石印本。郭柏苍《鄂跗草堂诗》卷下《戊午七月十九日侯官林处士瀍葬北郊马鞍金狮山》诗中注:"著《秋来堂集》")、《秋来堂文》二卷、《蠖宦谈艺录》三卷、《草堂语剩》四卷、《乌园饮酒》四篇(民国《福建通志》总卷四十三,《福建高士传》卷五,林瀍本传)

林氏:《凤池林氏家谱》(民国《福建通志》总卷三十四,《福建列传》卷三十七林振棨传注)

林长民:(译)《西方东侵史》(福建省图书馆藏本)、(著)《铁路统一问题》一卷(朱羲胄《林氏弟子表》第4页)、(发行)《闽学会丛书》十七种(张先清等《清末福建留日学生状况探讨》)

林孝箕:《历代人豪录》三十卷、《诗因》二卷、《诗始》二卷、《劝惩斋诗话》若干卷(民国《福建通志》总卷三十九,《福建文苑传》卷九陈海梅传附)、《红楼诗借》四卷(光绪十五年刻本,辽宁省图书馆藏)

林孝颖:《拾穗居士文存》一册(福建省图书馆藏)、《林可山诗》(民国《闽侯县志》卷四八《侯官艺文志》)、(辑)《速成折枝诗录》一卷(民国十六年写本)

林景行(林昶):《寒碧诗稿》一卷(民国《闽侯县志》卷七十二《文苑传》本传)、《寒碧诗》(《近代诗钞》下册林景行条校。柯愈春《清人诗文集总目提要》第2025页作《寒碧轩诗》一卷,民国十年铅印本,国家图书馆藏)

徐蕴华(林景行妻,浙江人):《琴言室诗稿》十六卷、《倡和雪泥集》、《花韵轩鞠令谱》(张继定、徐俐华《八闽文化世家》,第344页)、《双韵轩诗稿》(郭建鹏、陈颖《南社社友录》第22页)

林福慈:《兰意斋余草》一卷(民国《福建通志》总卷四十五,《福建列女传》卷四,林福慈本传)

林氏:《福州林氏家谱》(民国《福建通志》总卷四十五,《福建列女传》卷四,林福慈本传注引)

林雨化:《林希五文集》二卷、《诗集》二卷[③](同治刊本《福建通志》卷六十七闽县《经籍志》)、《林雨化诗文集》(福建人民出版社2009年版)、《中庸代讲》(民国《福建通志》总卷四十,《福建儒行传》卷五,林雨化本传)、《林希五集》六卷(道光十年刻本,国家图书馆、南京图书馆藏。柯愈春《清人诗文集总目

---

① 李灵年等《清人别集总目》分作两种:《盘那室诗存》,宣统三年排印本,南京图书馆、湖南省图书馆、福建省图书馆等处藏;《侯官张侍郎遗诗》,宣统三年铅印本,国家图书馆、湖南省图书馆藏(第1148页)。

② 李灵年等《清人别集总目》著录《遥集前后编》十六卷,光绪二十八年味青斋刻本(第599页)。

③ 据林怡《气与道俱 斯文斐然——林雨化的古文观及其创作成就》(《闽江学院学报》2011年第1期,第23页)一文的记载,林雨化的诗文集四册:《古文初集》一册、《时古诗初集》(又称《林希五先生诗集》或《灯花窗诗集》)一册、《时文初集》(又称《希五先生时文外编》)一册、《时文代讲》一册,灯花窗藏板。柯愈春《清人诗文集总目提要》著录《林希五集》六卷,内诗集三卷、古文二卷、外编一卷,道光十年灯花窗刻本,又有光绪林蔚春重刻本(第860页)。

提要》第 860 页)、《林希五古文初集》二卷《外编》一卷《时文初集》一卷《外编》一卷《诗集》三卷(道光刻本,国家图书馆藏)、《林希五集》不分卷(道光十年灯花窗刻本,台湾大学图书馆藏)、《林希五先生诗文集》(道光十年刻本,福建省图书馆藏)(李灵年等《清人别集总目》第 1372 页)

林庚白:《丽白楼遗集》(中国人民大学出版社 1996 年版)、《庚白诗存》、《庚白诗词集》、《孑楼随笔》、《孑楼诗词话》(1937)、《庚辰散记》、《急就集》(1914)、《丽白楼诗集》、《丽白楼自选集》、《民国名人命谱》(又名《人鉴命理存验》,1924)、《舟车集》(陈衍《近代诗钞》下册第 2295 页)、《藕丝集》、《焚余集》、《过江集》、《水上集》、《吞日集》、《角声集》、《丽白楼词剩》(曹辛华《民国词史考论》第 486 页)、(与姚锡钧合刊)《太学二子集》(张继定、徐俐华《八闽文化世家》,第 346 页)、《醒庵诗》(《郑孝胥日记》,第 1417 册)

林北丽:《林北丽集》(曹辛华《民国词史考论》第 485 页)、《博丽轩诗草》(张继定、徐俐华《八闽文化世家》,第 347 页)

林启:《林公迪臣奏议公文遗稿》(浙江省图书馆藏。徐立望《林启与〈林公迪臣奏议公文遗稿〉》,载《文献》2016 年第 4 期)

林方蔼:(增修)《螺洲志》(同治二年修)

徐寒碧:《寒碧楼诗集》一卷《诗余》一卷(宣统三年排印本,福建省图书馆、南京大学图书馆藏。李灵年等《清人别集总目》第 1897-1898 页)

吴维贞:《韵学备考》

王寿昌:《晓斋残稿》(一题《晓斋诗稿》,《竹间续话》卷一题《晓斋遗稿》,柯愈春《清人诗文集总目提要》第 1838 页作《晓斋遗稿》一卷)、《王子仁文集》四卷(咸丰七年王恩泰刻本、《清代诗文集汇编》本)、《晓斋诗文稿》、《晓斋笔记》(民国《闽侯县志》卷七十二本传、民国《闽侯县志》卷四八《侯官艺文志》)

王迈:《乔倩遗稿》[1](1936 年整理,商务印书馆影印王真手书)

王真:(编)《王氏家乘》(1936 年整理,商务印书馆影印手书)、《道真室琴谱》(1935 年稿本)、《陈石遗年谱》(卷五下至卷八)、《道真室集》、《道真室集稿》、《福州说诗社始末简记》、《二十年同怀回忆录》、(参编)《(民国)福建通志》、《侯官陈石遗先生年谱》七卷(陈声暨撰,王真续编、叶长青补订,民国二十年排印本)、《陈石遗先生年谱》(1960 年油印本)

王闲:《王闲诗词书画集》(福建美术出版社 2012 年版,女何绣编)、《养源室词》(《闽词征》卷六,《闽词钞 闽词征》,福建人民出版社 2014 年版)、《味闲楼诗集》正、续两集(《福建省文史研究馆志》)

王芝青:《芳草斋诗稿》(《福建省文史研究馆志》)

力夑:《九音集韵》六卷(同治刊本《福建通志》卷六十九)

力捷三:《闽腔快字》(光绪二十二年刻本)

力钧:《槟榔屿志略》十卷(光绪十七年刻本。《郑孝胥日记》第 625 页作《槟榔屿志》)、《全体阐微》(译著)、《诗经药物考》、《尔雅药物考》、《历代医官沿革考》、《历代医籍存佚考》、《福建药物考》、《伤寒论问答》、《庚寅医案》、《内经难经今释》、《骨学》、《辛卯医案》、《唇舌症候图》、《日本医学调查记》、《崇陵医案》(一题《皇上医案》)(井运梅《力钧医事及学术思想研究》第 8 页)、《南游杂录》、《满剌加考古》、《吉德纪行》、《柔佛小志》、《难经经释补》、《释瘟》、《释温》、《币制私议》、《全闽卝产考》、《高山蚕业记》、《西京织业记》、《大阪织业记》、《足利藏书记》、《札幌农业记》、《日本医学调查记》、(辑)《伤寒论》(民国《福建通志》总卷四十四,《福建艺术传》卷三,力钧本传)、《双镜庐文存》八卷(光绪间木活字本。柯愈春《清人诗文集总目提要》第 1874 页)、(陈可冀编)《清代御医力钧文集》(国家图书馆出版社 2015 年版)、《崇陵病案》、《难经古注校补》(中医药古籍珍善本点校丛书本,学苑出版社 2014 年版)、《芹漈医

① 柯愈春《清人诗文集总目提要》著录此集,附于王寿昌《晓斋遗稿》后,民国二十五年石印本,福建省图书馆藏(第 2008 页)。

学》丛刻

力嘉禾：《力氏灵验本草》

庐隐（黄淑仪，一名黄英）：《庐隐罗淑卷》（《海上文学百家文库》第51册，上海文艺出版社2010年版。收录辑一11篇、辑二1篇）

王景：《秋影庵遗诗》一卷（民国《闽侯县志》卷四八《侯官艺文志》、徐世昌《晚晴簃诗话》卷一百七十七、陈衍《近代诗钞》）

林旭：《晚翠轩诗》（一题《晚翠轩诗集》）一卷（侯官林氏铅印戊戌六君子遗集本。民国《闽侯县志》卷四八《侯官艺文志》）、《晚翠轩集》四卷（民国二十五年李宣龚铅印本，首都图书馆等处藏。李灵年等《清人别集总目》第1357页）、《晚翠轩集》二卷（稿本，上海图书馆藏）[①]、《晚翠轩未刻稿》（《青鹤》杂志1935年三卷7-18期）、《晚翠轩诗》一卷（钞本，上海图书馆藏）、《与梁鼎芬书》一卷（稿本，中国科学院图书馆藏）（柯愈春《清人诗文集总目提要》第2002页）、《晚翠楼遗诗》二卷（王揖唐《今传是楼诗话》）

沈鹊应（一名沈鹊）：《崦楼遗稿》二卷（附《晚翠轩诗》后）、《崦楼词》一卷（沈瑜庆《题〈崦楼词〉卷》、民国《福建通志·福建列女传》卷六沈鹊本传引《石遗室文集》、民国《闽侯县志》卷四八《侯官艺文志》）

林有赓：《怡庐诗草》四卷（钞本，《续修四库提要》著录。柯愈春《清人诗文集总目提要》第2011页）

刘崧英：《藜吹阁诗草》二卷（民国《闽侯县志》卷四八《侯官艺文志》）、《听鹂馆诗》四卷（稿本，《续修四库提要》著录。柯愈春《清人诗文集总目提要》第2012页）

释圆瑛：《一吼堂诗集》三卷（民国二十九年石印本。柯愈春《清人诗文集总目提要》第2014页）

高见南：《蛰楼蕞陋集》一卷（民国《闽侯县志》卷四八《侯官艺文志》）

陈季同：《学贾吟》（上海古籍出版社2005年版）、《清代陈季同〈学贾吟〉手稿校注》（陈季同著，沈岩校注，国家图书馆出版社2011年版）、《西行日记》四卷、《治河刍议》、《三乘槎客诗文集》十卷、《卢沟吟》一卷、《黔游集》一卷（民国《闽侯县志》卷六十九本传）、（译）《（法文）聊斋志异》、《（法文）中国人画像》（一译《中国人自画像》，1884年版）、《（法文）中国戏剧》（一译《中国人的戏剧》，1886年版）、《（法文）中国故事》（一译《中国故事集》，1889年版）、《中国的娱乐》（1890年版）、《黄衫客传奇》（1890年版）、《巴黎人》（1891年版）、《吾国》（1892年版）、《英勇的爱》（1904年版）（李华川《陈季同生平史事考》）

陈寿彭：《木棉考》、《宁波物产表》、《淡芭菰裁制法》（译作）、《新译中国江海险要图志》（译作）、《格土星》（译作）、《英国十大学校说》（译作）、《格致正轨》十卷（译作）、《八十日环游记》（译作）、《外国列女传》八卷（译作）

薛绍徽：《黛韵楼遗集》（文集二卷、诗集四卷、词集四卷、《女文苑小传》百余篇[②]）、《外国列女传》八卷（译作）（民国《闽侯县志》卷四八《侯官艺文志》）、《老妓行》、《历代宫闺词综》（楚娟著，薛绍徽校正）、《黛韵楼词集》（宣统三年刻本、民国三年刻本、《民国词集丛刊》本）、《国朝闺秀词综》十卷、《国朝女文苑小传》、《格致正轨》十卷（译作）、《八十日环游记》（四卷译作）、《课儿训女诗》三十首

薛念娟：《今如楼诗词》

陈芸：《陈孝女遗集》[③]（原名《小黛轩诗集》，有《小黛轩诗集》二卷、《小黛轩论诗诗》二卷。民国三年刻本）、《陈孝女遗诗》二卷、《小黛轩论诗诗》一卷（民国《闽侯县志》卷四八《侯官艺文志》）、《小黛轩集》（《闽词征》卷六，《闽词钞 闽词征》，福建人民出版社2014年版）

周蕊芳：《生红馆诗钞》（民国《福建通志》总卷四十五，《福建列女传》卷六，周蕊芳传）、《生红馆诗词》一卷（民国《闽侯县志》卷四八《侯官艺文志》；民国《福建通志》总卷二十五，《福建艺文志》卷六十六）

丁桐：《晋史杂咏》不分卷（光绪十八年丁芸木活字本。民国《闽侯县志》卷七十一《（闽县）文苑传

---

① 李灵年等《清人别集总目》著录此集，二十二卷，上海图书馆藏（第1356页），疑误。

② 李灵年等《清人别集总目》著录《黛韵楼诗集》四卷《词集》二卷《文集》二卷附陈芸《陈孝女遗集》，民国三年刻本（第2426页）。

③ 李灵年等《清人别集总目》著录《陈孝女遗集》二卷《小黛轩论诗诗》二卷，宣统三年刻薛绍徽《黛韵楼遗集》本附，福建省图书馆、福建师范大学图书馆等处藏（第1230页）。

上》丁芸本传）

丁钰：《潜确山寮日记》、《吾师录》、《见见闻闻录》[①]（原名《因话录》。民国《福建通志·福建艺文志》卷五十、谢章铤《赌棋山庄余集》文集卷二《跋丁氏因话录》题《丁氏因话录》）（《侯官县乡土志》卷三丁菁传）

丁铸：《葆经阁词》（《闽词征》卷五，《闽词钞 闽词征》，福建人民出版社 2014 年版）

丁箐：《浣香楼稿》（《闽词征》卷五，《闽词钞 闽词征》，福建人民出版社 2014 年版）

丁芸：《尔雅释疑》、《钟鼎录》、《闽诗存》（《侯官县乡土志》卷三丁菁传）、《续闽川闺秀正始集》（陈衍《石遗室诗话》卷二四第二一条）、《尔雅郭注溯源》、《古文论语郑注辑本》、《左传五十凡义证》、《公羊何注引》、《汉律考》、《晋史杂咏注》、《历代闽川闺秀诗话国朝闽川闺秀诗话续编》、《柏衙诗话》、《柏衙人物传》、《闽文选》、《闽中石刻考》、《国朝闽画记》、《丁氏家集》、《有可观斋经说》、《有可观斋诗文》（谢章铤《赌棋山庄文又续》卷一《丁耕邻墓志铭》）、《闽川闺秀诗话续编》（民国《闽侯县志》卷七十一《（闽县）文苑传上》丁芸本传）、《闽川闺秀诗话续编》四卷（民国《闽侯县志》卷四八《侯官艺文志》）、（与林纾等参定、黎经诰笺注）《六朝文挈笺注》（光绪十四年刻本）、《历代闽川闺秀诗话》五卷补遗一卷（中国社会科学院文学研究所藏稿本、民国二十九年刊本）

丁氏：《侯官丁氏家集》（稿钞本，中国社会科学院文学研究所藏）

高素芳、王瑞兰：《榆塞联吟诗草》（民国《闽侯县志》卷四八《侯官艺文志》。民国《福建通志·福建列女传》高素芳传作《榆塞联吟草》）

叶伯鋆：《自治斋刍言》一卷、《航法指南》一册（民国《闽侯县志》卷六十九本传）

崔嵸：《宁德支提寺图志》（福建省地图出版社 1988 年版）、《畊秋诗》一卷、《竺庵集》、《瑶光集》、《洞庭秋集》、《衡庐合咏》、《西庄集》（同治刊本《福建通志》卷八十一）、《续宁德县志》（同治刊本《福建通志》卷二百三十九崔嵸本传）、《月楼诗》、《蟾台集》（黄晋良《中秋崔五竺寄示月楼诗蟾台集兼惠香鱼值病重不能答岁杪稍起奉报此诗》，《和敬堂全集》诗部卷十四，《清代诗文集汇编》第 54 册，影印第 335 页）

崔衍湄：《啸谷草》（同治刊本《福建通志》卷八十一）

陈世镕：《福州西湖宛在堂诗龛征录》二十卷（1964 年传抄本//福建人民出版社 2007 年版）

陈式铭：《寒碧山斋诗草》不分卷（钞本，福建师范大学图书馆藏。李灵年等《清人别集总目》第 1275 页）

程甲化：《拂秋堂诗集》（同治刊本《福建通志》卷七十、民国《莆田县志》卷二十六下本传）

程大僖：《莆田水利纪略》、《兴化小西湖志》（一名《莆田小西湖志》五卷，刻本）、《学宗疏记》、《襄事纪草》、《真香亭集》（同治刊本《福建通志》卷七十）

吴英：《行间纪遇》四卷（同治刊本《福建通志》卷七十）

吴应鹏：《居易堂集》、《纪游草》（同治刊本《福建通志》卷七十）

吴丝：《吴丝诗存》（黄祖绪《莆阳历代闺秀名媛、才女诗人纪略》）

吴仙：《绮窗遗吟》一卷（黄祖绪《莆阳历代闺秀名媛、才女诗人纪略》）

吴班：《绮窗遗草》一卷（民国《福建通志》总卷四十五，《福建列女传》卷六，吴丝传附）

吴一清：《荔皋诗集》（民国《莆田县志》卷二十三《艺文志》）

吴心岘：《玉錞于集》（民国《莆田县志》卷二十三《艺文志》）

吴元枢：《易经易简录》四卷、《玉錞于》四卷、《闲居诗集》二卷（同治刊本《福建通志》卷七十）、《吴征君诗》（民国《莆田县志》卷二十三《艺文志》）、《桥工新志》（刻本）

吴元桂：《也是轩集》、《壶山草堂集》、《旅邸纪怀集》（同治刊本《福建通志》卷七十）

吴鼎荣：《麈谈轩诗》（民国《莆田县志》卷二十三《艺文志》）

---

① 民国《福建通志·福建艺文志》卷五十著录《丁氏因话录》（第七页），卷五十一另著录丁钰《见见闻闻录》（第八页）。

郑亮光:《醉墨堂诗稿》(同治刊本《福建通志》卷七十)

郑王臣:(选辑)《莆风清籁集》六十卷(乾隆三十七年刻本)、《毛诗识小录》、《兰陔诗话》、《兰陔四六》(民国《莆田县志》卷二十三《艺文志》作四卷)、《兰陔诗稿》、《黄石山人诗集》(同治刊本《福建通志》卷七十)、《兰社诗稿》(民国《福建通志》总卷二十五,《福建艺文志》卷六十五;《国朝全闽诗录初集》卷十六郑王臣条)、《南湖风雅》二卷(民国《莆田县志》卷二十三《艺文志》)、《兰陔骈体》四卷、《兰陔堂诗集》若干卷、《兰陔诗话》若干卷(民国《莆田县志》卷二十九《文苑传》本传)、《兰陔诗集》三卷①(乾隆二十二年刻本,国家图书馆藏)、《兰陔诗集》二卷(乾隆间刻本,即《莲云草》一卷、《集杜诗》一卷,福建省图书馆藏)、《兰陔诗集》一卷、《诗二集》一卷(乾隆间刻本,苏州市图书馆藏)、《兰陔四六》四卷(乾隆四十七年刻本,福建省图书馆藏)、《黄石山人诗集》十卷(嘉庆间刻本)(柯愈春《清人诗文集总目提要》第682页)

陈霨:《小松轩诗》(同治刊本《福建通志》卷七十)、(刻)《兰陔四六》四卷(乾隆四十七年刻本。柯愈春《清人诗文集总目提要》第682页)

方琬:《断钗集》(同治刊本《福建通志》卷七十、民国《莆田县志》卷二十八本传)

林时勖:《山枝亭集》(同知刻本《福建通志》卷七十)

林丙春:《周易参校》、《尚书参校》、《礼记集要》、《四书集解》、《欠山诗集》(同治刊本《福建通志》)

郑云锦:《广恨赋》、《狱赋》、《缧继者说》、《题狱神像并赞》、《杂吟》、《杂论》共一卷(李世熊《寒支二集》卷六《郑云锦传》)

郑泰枢:《说庄论略》、《辨骚》、《读陶》、《定斋集》(民国《莆田县志》卷二十三《艺文志》作《定斋文集》)(同治刊本《福建通志》卷七十)、《史论》(黄晋良《郑定斋史论序》,《和敬堂全集》文部卷二)、《定斋集》八卷(清刻本。柯愈春《清人诗文集总目提要》第231页)

王植青:《王植青诗》(黄晋良《王植青诗序》,《和敬堂全集》文部卷一)、《翼庄》(《王植青翼庄序》,同书文部卷三)

林名一:《林名一遗稿》(黄晋良《林名一遗稿序》,《和敬堂全集》文部卷五)

庄思慎:《容园诗集》、《尘艸》(黄晋良《庄思慎尘艸序》,《和敬堂全集》文部卷五)

方长迁:《止园集》(同治刊本《福建通志》卷七十。民国《莆田县志》卷二十三《艺文志》作《上园集》)

方綎:《如园诗集》二卷(同治刊本《福建通志》卷七十)

方元相:《丛青园诗集》(同治刊本《福建通志》卷七十)

黄辙:《客餔集》(同治刊本《福建通志》注"餔一作傭"。民国《莆田县志》卷二十三《艺文志》作《客傭集》)、《白桃庵集》(同治刊本《福建通志》卷七十)

杨梦鲤:《意山堂诗集》、《意山清话》(民国《莆田县志》卷二十二《艺文志》第九十七页作杨万鲤撰;同卷第一百八页作一卷,杨梦鲤著)(同治刊本《福建通志》卷七十)、(修)《青阳县志》、《意山堂集》一卷(旧抄本。柯愈春《清人诗文集总目提要》第160页)

潘燕卿:《玉兰馆诗钞》不分卷(钞本,泉州市图书馆藏。柯愈春《清人诗文集总目提要》第160页)

莆田佚名:《东山圣侯陈公傅志》(刻本)

莆田佚名:《壶华古词》(钞本一册,福建省图书馆藏)

莆田佚名:《兴安书院志略》(钞本)

莆田佚名:《水南书院志》(乾隆三十二年刻本)

林悦仁:《怀古堂诸刻》(民国《福建通志》总卷三十六,《福建循吏传》卷十一,林悦仁本传;黄晋良

① 李灵年等《清人别集总目》著录此集,三卷,清刻本,收《香草草》、《药兰唱和诗》、《燕中怀古诗》三种,国家图书馆藏;无卷数,清刻本(福建省图书馆藏)、校钞本(福建师范大学图书馆藏)(第1495页)。

《湖州司马林訒庵先生传》,《和敬堂全集》文部卷七)

王凤九:《黄钟五声十二律变声解》、《霞庵文集》四卷(民国《福建通志》总卷三十六,《福建循吏传》卷十一,王凤九本传)、《汇书》六卷(《四库全书总目》卷一百八十五)

陈元麟:《清漳风俗考》若干卷、(与蔡世远修)《漳州府志》(民国《福建通志》总卷三十六,《福建循吏传》卷十一,陈元麟本传)

李五福:《家训广义》十二卷(民国《福建通志》总卷三十六,《福建循吏传》卷十一,李五福本传)

郑褒光:《松关居士遗草》(民国《福建通志》总卷三十六,《福建循吏传》卷十二,郑褒光本传)

陈霁学:《嵩麓草堂诗钞》二卷(民国《福建通志》总卷三十六,《福建循吏传》卷十二,陈霁学本传引《小石渠阁文集》;林昌彝《陈钦若家传》,《林昌彝诗文集》卷十四)

陈肇波:《羼雅字学》、《金薤》、《退思轩随笔》(民国《福建通志·福建艺文志》存目卷三十六作四卷)、《读史杂咏》、《胜国拾遗录》、《叶韵辑览》、《子史骈语》、《读经辨异》(民国《福建通志》总卷三十六,《福建循吏传》卷十二,陈肇波本传)、《宦粤吟草》二卷(道光十六年刻本,国家图书馆藏)、《湖海诗存》二卷(道光十六年刻本,福建省图书馆藏)(柯愈春《清人诗文集总目提要》第 1109 页)

侯官饶春田:《卧南斋小草》二卷、《集杜》一卷(民国《闽侯县志》卷四八《侯官艺文志》。柯愈春《清人诗文集总目提要》题《卧南斋集》三卷,乾隆间刻本,福建师范大学图书馆藏;李灵年等《清人别集总目》第 1649 页题《卧南斋西行集杜》一卷《小草》二卷,乾隆间刻本,福建师范大学图书馆藏,福建省图书馆藏《小草》二卷)

闽县饶廷选:《饶壮勇公遗书》不分卷(民国三十二年传钞本,上海图书馆藏。柯愈春《清人诗文集总目提要》第 1397 页)

邓瀛:《云章书屋遗稿》一卷(同治十三年刻本,福建省图书馆藏。柯愈春《清人诗文集总目提要》第 1396 页)

莫洲:《易经三礼春秋左传句音音韵辩讹》、《荻芦山房诗钞》十二卷(民国《上杭县志》卷二十三《艺文志》)

莫树椿:《师竹堂集》(民国《福建通志》总卷三十六,《福建循吏传》卷十二,莫树椿本传)、《师竹堂文集》十四卷①(道光二十三年癸卯刻本,疑即《师竹堂集》)、《不朽录》(民国《上杭县志》卷二十三《艺文志》)

邱宝融:《赞育草堂遗稿》四卷(民国二十二年铅印本,国家图书馆藏。柯愈春《清人诗文集总目提要》第 1765 页)

巫应秋:《桂苑四书讲义》(同治刊本《福建通志》卷八十)

陈文礼:《古香楼吟草》二卷、《杂文》一卷(民国《福建通志》总卷三十六,《福建循吏传》卷十三,陈文礼本传)

刘善源:《治心集》、《养性集》(民国《福建通志》总卷三十六,《福建循吏传(清三)》卷十三,刘善源本传)

陈其昌:《心太平斋诗古文词》若干卷、《政治偶存》八卷、《退思轩日记》四卷(民国《福建通志》总卷三十六,《福建循吏传》卷十三,陈其昌本传)

谢若潮:《春秋大义》、《心易溯源》、《通鉴钞略》、《文范》、《诗范》、《骚坛偶句》、《梦蕉堂诗文集》、《中西历算彀》、《堪舆钩元》若干卷(民国《福建通志》总卷三十六,《福建循吏传》卷十三,谢若潮本传)

林鉴中:《浊泉》初、二、三、四编②(民国《福建通志》总卷三十六,《福建循吏传》卷十三,林鉴中本

① 柯愈春《清人诗文集总目提要》著录《师竹堂文集》十四卷、《补遗》一卷,道光二十八年刻本(第 1048 页);李灵年等《清人别集总目》又著录《师竹堂文集》五卷,清刻本,福建省图书馆藏(第 1735 页)。

② 柯愈春《清人诗文集总目提要》著录《浊泉初编》四卷、《二编》四卷,光绪二十二年刻本,福建省图书馆藏(第 1879 页);李灵年等《清人别集总目》著录《浊泉二编》光绪二十二年刻本外,尚有光绪二十六年刻本,1984 年复印,福建师范大学图书馆藏(第 1376 页)。

传)

卢润三:《桑棉辑要》、《水利刍言》(民国《福建通志》总卷三十六,《福建循吏传》卷十三,卢润三本传)

王芝友:《电报集字》、《电学举隅》(民国《福建通志》总卷三十六,《福建循吏传(清三)》卷十三,王槐森传附传)

陈庆镛:《齐侯罍铭通释》二卷(光绪九年刻本)、(陈棨仁重编)《籀经堂类稿》二十四卷附《齐侯罍铭通释》二卷(光绪九年刻本,福建师范大学图书馆等处藏。李灵年《清人别集总目》第1282页。中有《石经考异补》二卷、《钟鼎考释》一卷)、《三宋诗考》(民国《福建通志·福建艺文志》卷六十六《籀经堂类稿》二十四卷解题引何秋涛序作《三家诗考》)、《穀梁通释》、《说文释文》、《校本古籀考》(民国《福建通志》总卷三十八,《福建儒林传》卷五,陈庆镛本传)、《籀经堂钟鼎文释题跋尾》一卷、《说文释文校本古籀》一卷、《三家诗考》二卷、《旌孝录》一册、《陈给谏都门送别诗》一册(陈笃彬、苏黎明《泉州古代著述》第322页)、(何秋涛手订)《籀经堂集》十四卷补遗二卷(龚显曾刻本)、(陈棨仁重编)《籀经堂类稿》二十四卷附《齐陈氏韶舞乐罍通释》二卷(光绪九年刻本,十册。《清代诗文集汇编》第587册影印)、(何秋涛编订)《籀经堂集》十四卷补遗二卷(同治十三年诵芬堂木活字本。泉州市图书馆藏)、《籀经堂类稿》不分卷(稿本,厦门大学图书馆藏)、《陈氏杂著》不分卷(钞本,一册,国家图书馆藏)、《籀经堂诗集》不分卷(钞本,中国科学院图书馆藏)(柯愈春《清人诗文集总目提要》第1305-1306页)

郭钤:《易易录》一编(陈庆镛《籀经堂类稿》卷十一《郭榴山钤易易录序》)

郭米山:《求是录》(陈庆镛《籀经堂类稿》卷十五《郭米山求是录跋》)

蒋慕生:《易说》(陈庆镛《籀经堂类稿》卷十二《蒋慕生易说引》)

邓可权:《四书徵》、《读史日录》、《古今人物论》、《历代纪编》、《云南偶录》、《古学汇纂》(同治刊本《福建通志》卷七十五)

杨大宾:《春秋集注》若干卷(民国《福建通志》总卷四十,《福建儒行传》卷五,杨大宾本传)

游琼枝:《昨非集》、《楚北游草》(民国《福建通志》总卷四十,《福建儒行传》卷五,游琼枝本传)

宋捷登:《周易心解》、《云峰读书记》、《朱陆通旨》、《性理求精》、《云峰杂记》、《井里储丰册》(民国《福建通志》总卷四十,《福建儒行传》卷五,宋捷登本传)

宋人杰:《易说》四卷、《知足知不足斋遗诗》二卷(民国《福建通志·福建艺文志》卷六十六作《知足知不足斋遗草》二卷)、《杂著》二卷(民国《福建通志》总卷三十九,《福建文苑传》卷九本传)

宋士琛:《享帚斋吟草》四卷、《丁戊六卷记问》、《建郡松政被匪克复纪略》一册(民国《福建通志》总卷三十九,《福建文苑传》卷九本传)

宋滋兰:《省疚斋吟稿》三卷(宋衍生《二宋诗钞》本)、《随轺漫记》、《后庵居士诗集》六卷、《后庵居士文集》四卷、《周易异文考》一卷、《毛诗异文考》一卷、《后庵偶笔》四卷、《词馆日记》四卷(民国《福建通志》总卷三十九,《福建文苑传(清三)》卷九本传)、《后庵居士诗钞》(《续修四库提要》著录)

宋滋蓍:《恐斋诗钞》二卷(宋衍生《二宋诗钞》本)、《夬庵文录》四卷(光绪间铅印本。民国《福建通志·福建艺文志》卷六十六作《夬庵文钞》四卷)、《夬庵经说》十六卷、《毛诗释义》八卷、《周易释义》四卷、《夬庵诗集》十二卷、《夬庵文集》八卷(《政和县志稿》、民国《福建通志·福建儒林传》卷五宋滋蓍本传)、《恐斋诗钞》一卷(光绪间排印《二宋诗钞》本,国家图书馆藏)、《夬庵文钞》四卷(稿本、铅印本,福建师范大学图书馆藏铅印本)(柯愈春《清人诗文集总目提要》第1878页)

宋滋兰、宋滋蓍:《二宋诗钞》五卷(民国《福建通志》总卷二十五,《福建艺文志》卷七十一)

宋衍桐:《嘉阴堂史论》二卷(民国《福建通志》总卷三十九,《福建文苑传(清三)》卷九本传)

秦韫:《覆瓿集》(同治刊本《福建通志》卷七十八)

秦功诏:《一粟斋诗文集》四卷、《书札外集》二卷(民国《福建通志》总卷四十,《福建儒行传》卷五,秦功诏本传)

高明远:《全史备考》(民国《福建通志》总卷四十,《福建儒行传》卷五,高明远本传)

刘懿芝:《三经义辨》、《敬业堂文集》、《明溪随笔》、《二程语录注释》(民国《福建通志》总卷四十,《福建儒行传》卷五,刘懿芝本传)

李英华:《丹庢集》二卷(民国三十三年铅印本,首都图书馆藏。柯愈春《清人诗文集总目提要》第1879页)

曾梦麟:《朗山诗集》二卷、《应瑞堂试帖》二卷、《分韵抽秘集》二卷、《思品斋文集》八卷(民国《福建通志》总卷四十,《福建儒行传》卷五,曾梦麟本传)、《陟山试艺》四卷、《朗山时文》二卷、《诗集》二卷(民国《南安县志》卷三十一《文苑传》本传)

华必绅:《亦悦堂诗集》(民国《福建通志》总卷四十,《福建儒行传》卷五,华必绅本传)

张绳武:《听雨楼诗钞》(民国《福建通志·福建艺文志》卷六十六作一卷)、《瘦樵子》一卷(民国《福建通志》总卷四十,《福建儒行传》卷五,张绳武本传)、《花韵集》一卷(民国《福建通志》总卷二十五,《福建艺文志》卷六十六)、《听雨楼诗集》一卷附《花韵集》一卷(民国九年铅印本,首都图书馆藏。柯愈春《清人诗文集总目提要》第1995页)

庄九畹:《秋谷集》(民国《福建通志》总卷四十五,《福建列女传》卷六,庄九畹本传。同治刊本《福建通志》卷二百四十八《列女传》"庄氏女"条作《秋谷》一卷)

林文贞:《韫林偶集》(民国《福建通志》总卷四十五,《福建列女传》卷六,林文贞本传)

何佳宝:《镜玉楼稿》一卷(民国《福建通志》总卷四十五,《福建列女传》卷六,何佳宝本传)、《镜楼诗集》一卷(陈笃彬、苏黎明《泉州古代著述》第349页)

郭解卿:《禅衫集》一卷(民国《福建通志》总卷四十五,《福建列女传》卷六,何佳宝本传附。卷数据同治刊本《福建通志》卷二百五十三《列女传》闺秀"郭氏"条)

吴纫兰:《玩芳草集》(民国《福建通志》总卷四十五,《福建列女传》卷六,吴纫兰本传)

邵飞飞:《薄命词》三十首(民国《福建通志》总卷四十五,《福建列女传》卷六,邵飞飞本传)

周梦玉:《清宁里集》(民国《福建通志》总卷四十五,《福建列女传》卷六,周梦玉本传)

吴婉玉:《浣雪集》(民国《福建通志》总卷四十五,《福建列女传》卷六,吴婉玉本传)

孙若孟:《诗稿》一卷(民国《福建通志》总卷四十五,《福建列女传》卷六,孙若孟本传)

朱锡穀:《瞻云草》二卷、《陇蜀游草》、《归云草》(同治刊本《福建通志》卷六十八。民国《福建通志·福建艺文志》卷六十六云此三种合为《怡山馆诗钞》四卷)、《怡山馆集》(《闽词征》卷四、郑开禧《知守斋诗二集》卷四《题朱菽原明府怡山馆集即送其回渠县任》)、(修)《巴州志》、《怡山馆诗钞》二卷(清刻本,福建省图书馆藏)、《怡山馆文稿》不分卷(稿本、清钞本,福建省图书馆藏)(柯愈春《清人诗文集总目提要》第1064页)

甘和:《韫玉轩诗》(民国《福建通志》总卷四十五,《福建列女传》卷六,甘和本传)

朱芳徽:《绿天吟榭诗稿》一卷[①](民国《闽侯县志》卷四八《侯官艺文志》)、(《闽词征》卷六,《闽词钞闽词征》,福建人民出版社2014年版)、《荔香斋前后集》、《阿那偈》一部(民国《福建通志》总卷四十五,《福建列女传》卷六,朱芳徽本传)

江鸿祯:《焚余存稿》(民国《福建通志》总卷四十五,《福建列女传》卷六,江鸿祯本传)

郑瑶圃:《绣余吟草》二册(民国《福建通志》总卷四十五,《福建列女传》卷六,郑瑶本传)

月邻(一说林裔云妹):《秋香阁遗草》(民国《福建通志》总卷四十五,《福建列女传》卷六,月邻本传)

仲氏(泰州人,陈上彤继室):《恩有诗》一卷(民国《福建通志》总卷四十五,《福建列女传》卷六,仲

① 柯愈春《清人诗文集总目提要》著录此集,二卷,同治十年刻本,中国社会科学院文学研究所藏(第1466页);李灵年等《清人别集总目》著录此集,二卷,同治三年刻本,福建省图书馆藏(第432页)。

氏本传)

杨维屏、何大经、杨庆琛、曾元海:《红楼梦戏咏》(民国间刻本,福建省图书馆藏)、《红楼梦分咏》(收于《文生于情》,嘉庆间抄本)

王燮:《易经经义》、《汉学采精》、《梅花书屋全集》、《金石考》、《居官实鉴》、《香雪斋诗钞》(《清代硃卷集成》第337册王庆云、王见三履历,影印第5页)

王琼瑛:《万里游诗草》(民国《福建通志》总卷四十五,《福建列女传》卷六,王琼瑛本传)

泉州林蕙:《吞咳集》(民国《福建通志》总卷四十五,《福建列女传》卷六,林蕙本传)、《让竹亭诗编》不分卷(康熙刻本。李灵年等《清人别集总目》第1360页)

许蘅:《绣余遗稿》二卷附《诗余》一卷(民国《福建通志》总卷四十五,《福建列女传》卷六,许蘅本传)

张如玉:《暗香琴言》一卷(民国《福建通志》总卷四十五,《福建列女传》卷六,张如玉本传)

周仲姬:《二如居集》(民国《福建通志》总卷四十五,《福建列女传》卷六,周仲姬本传;李灵年等《清人别集总目》第1459页题《二如居诗集》,乾隆五年刻本,福建省图书馆藏)

王瓊[①]:《停针论古传述》(民国《福建通志》总卷四十五,《福建列女传》卷六,王瓊本传)

陈千凤:《兰窗自怡草》(民国《福建通志》总卷四十五,《福建列女传》卷六,陈千凤本传)

袁贞资:《闻鹏集》(民国《福建通志》总卷四十五,《福建列女传》卷六,袁贞资本传)

何宁英:《青闽偶言》(民国《福建通志》总卷四十五,《福建列女传》卷六,何宁英本传;光绪《邵武府志》卷二十七《闺秀传》本传作《青闺偶言》)

李闺容:《倚柏斋诗草》(民国《福建通志》总卷四十五,《福建列女传》卷六,李闺容本传)

官赞朝:《余情小草》(光绪《邵武府志》卷二十本传)

官连娣:《留香剩草》一卷(民国《福建通志》总卷四十五,《福建列女传》卷六,官连娣本传;施懿琳、廖美玉《台湾古典文学大事年表·明清篇》,第493页)

章淑云:《镜花楼诗稿》一本(民国《福建通志》总卷四十五,《福建列女传》卷六,章淑云本传,原第三十七页)

同安李氏:《栖云闺咏》(民国《福建通志》总卷四十五,《福建列女传》卷六,李氏本传)

邓秋英:《晚香楼诗稿》二卷(民国《福建通志》总卷四十五,《福建列女传》卷六,邓秋英本传)

金月雅:《检闲吟草》一卷(民国《福建通志》总卷四十五,《福建列女传》卷六,金月雅本传)

陈月娟:《品雪集》一卷(民国《福建通志》总卷四十五,《福建列女传》卷六,陈月娟本传)

程氏:《纫兰轩吟草》(民国《福建通志》总卷四十五,《福建列女传》卷六,程氏本传)

郑瀛仙:《瀛仙馆诗草》、《春日闽咏集句》三十首(民国《福建通志》总卷四十五,《福建列女传》卷六,郑瀛仙本传)

黄氏:《芷兰轩诗钞》(民国《福建通志》总卷四十五,《福建列女传》卷六,黄氏本传)

戴氏:《绣虎余言》(民国《福建通志》总卷四十五,《福建列女传》卷六,戴氏本传)

林佩芳:《寄轩拾余集》(民国《福建通志》总卷四十五,《福建列女传》卷六,林佩芳本传)

蔡在新:《薪胆纪略》等(民国《福建通志》总卷四十三,《福建高士传》卷五,蔡在新本传)

黄元纁:《拙园集》(民国《福建通志》总卷四十三,《福建高士传》卷五,黄元纁本传)

徐元泰:《沉涛山寮诗集》(民国《福建通志》总卷四十三,《福建高士传》卷五,徐元泰本传)

黄掌纶:《吟川诗钞》若干卷(民国《福建通志》总卷四十四,《福建艺术传》卷一,黄掌纶本传)

莆田林尚葵、晋江李根:《广金石韵府》(同治刊本《福建通志》卷七十。《泉州古代著述》第276页作五卷,康熙大业堂朱墨套印本)

---

① 按王瓊系晚明国子监、闽县王爽之女。王爽妻叶氏系大学士叶向高之女,著有《寄愁集》八卷、《释愁集》二卷。叶氏及王瓊均见同治刊本《福建通志》卷二百四十八《(闽县)列女传》,云此集咏古名媛凡百首(影印第4358-4359页)。

李根:《云谷堂印谱》二卷(周亮工《读画录》)、《字略》一卷(续修四库全书本)

周京:《梅花诗》三十首(民国《福建通志》总卷四十四,《福建艺术传》卷二,周江传附传)

李正捷:《月山诗集》(民国《福建通志》总卷四十四,《福建艺术传》卷二,李正捷本传)、《月山诗文集》(陈笃彬、苏黎明《泉州古代著述》,第317页)

余藻:《石鼓斋印鼎》(民国《福建通志》总卷四十四,《福建艺术传》卷三,余藻本传)

郑筇:《砚斋印谱》二卷(民国《福建通志》总卷四十四,《福建艺术传》卷三,郑筇本传)

程为仪:《印苑》(民国《福建通志》总卷四十四,《福建艺术传》卷三,程为仪本传)

陈宗烈:《石湖渔隐印谱》十卷(民国《福建通志》总卷四十四,《福建艺术传》卷三,陈宗烈本传)

陈际新、明安图:《割圆密率捷法》(《畴人续传》。民国《福建通志》总卷四十四,《福建艺术传》卷三,陈际新本传)

王逢时:《算稿》若干卷(民国《福建通志》总卷四十四,《福建艺术传》卷三,王逢时本传)

邓天林:《易义》数卷(民国《福建通志》总卷四十四,《福建艺术传》卷三,邓天林本传)

王凝:《本草要解》四卷、《医案》六卷(民国《福建通志》总卷四十四,《福建艺术传》卷三,王凝本传)

陈定涛:《蘖义辨伪》二卷、《药性补遗》一卷、《伤寒论集说便读》六卷(民国《福建通志》总卷四十四,《福建艺术传》卷三,陈定涛本传)

刘祖宪:《橡茧图说》(同治刊本《福建通志》卷六十九)

刘作霖:《医录》若干卷(民国《福建通志》总卷四十四,《福建艺术传》卷三,刘作霖本传)

黄鸿元:《小儿科秘论》(民国《福建通志》总卷四十四,《福建艺术传》卷三,黄鸿元本传)

刘善曾:《热病论》(民国《福建通志》总卷四十四,《福建艺术传》卷三,力钧本传)

陈德明:《瘟病条辨》(民国《福建通志》总卷四十四,《福建艺术传》卷三,力钧本传)

释明梁:《山居诗》(民国《福建通志》总卷四十六,《福建高僧传》卷六,明梁本传)

释明方:《语录》(民国《福建通志》总卷四十六,《福建高僧传》卷六,明方本传)

释广禅:《冰雪集》(民国《福建通志》总卷四十六,《福建高僧传》卷六,广禅本传)

释元贤:《建州宏释录》、《寱言》、《诸祖道影赞》百余赞、《净慈要语》、(刻)《闻谷遗语》、《诸祖道影传》、(修)(崇祯壬午)《开元志》、(刻)《禅余》内外集、《金刚略疏》、(修)《(顺治乙酉)鼓山志》(民国《福建通志・福建艺文志》卷三十作《鼓山志》十二卷)、《四分戒本约义》、《律学发轫》、《洞上古辙》、《续寱言》、《补灯录》、《继灯录》、(刻)《晚录》、《心经指掌》(民国《福建通志》总卷四十六,《福建高僧传》卷七,元贤本传)、《永觉禅师语录》二卷、《弘释录》三卷(民国《福建通志》总卷二十五,《福建艺文志》存目卷三十八)

释古雪:《语录》四十卷(民国《福建通志》总卷四十六,《福建高僧传》卷七,古雪本传)、《通喆语录》四十余卷(民国《福建通志》总卷二十五,《福建艺文志》存目卷三十八)

释明宗:《竺山集》(民国《福建通志》总卷四十六,《福建高僧传》卷七,普慧传附)

释海贤:《山侗鄙集》(民国《福建通志》总卷四十六,《福建高僧传》卷七,普慧传附)

释明炜:《檐林庵诗草》(民国《福建通志》总卷四十六,《福建高僧传》卷七,普慧传附)

释明昙:《归宗漫稿》(民国《福建通志》总卷四十六,《福建高僧传》卷七,普慧传附)

释明乘:《茎草集》(民国《福建通志》总卷四十六,《福建高僧传》卷七,普慧传附)

释真净:《别庵诗草》(民国《福建通志》总卷四十六,《福建高僧传》卷七,真净传)

释明谦:《吟涛集》(民国《福建通志》总卷四十六,《福建高僧传》卷七,真净传附)

释净玉:《吴越草》(民国《福建通志》总卷四十六,《福建高僧传》卷七,真净传附)

释元巽:《东林集》(民国《福建通志》总卷四十六,《福建高僧传》卷七,真净传附)

释明昭:《韬庵集》(民国《福建通志》总卷四十六,《福建高僧传》卷七,真净传附)

释际圣:《狮窟集》(民国《福建通志》总卷四十六,《福建高僧传》卷七,真净传附)

释超宏:《瘦松集》(民国《福建通志》总卷四十六,《福建高僧传》卷七,超宏传;民国《南安县志》卷四十五《艺文志》作八卷)

释德萃(陈圣恩子,字岱英):《春梦草集》九卷(民国《福建通志》总卷四十六,《福建高僧传》卷七,超宏传附)、《春梦集诗草》九卷、《语录》六卷(民国《南安县志》卷四十五《艺文志》)

释圆珏:《炉山世纪》四卷(民国《福建通志》总卷四十六,《福建高僧传》卷七,圆珏本传)

释明光:《偶然草》(民国《福建通志》总卷四十六,《福建高僧传》卷七,明光传)

周渔:《加年堂讲易》十二卷(民国《福建通志》总卷二十五,《福建艺文志》卷二)

释海印:《周易说》(民国《福建通志》总卷二十五,《福建艺文志》卷二)、《罗经集解》(民国《福建通志》总卷二十五,《福建艺文志》存目卷三十四)、《罗达经解》(陈笃彬、苏黎明《泉州古代著述》第327页)、《明德解》、《愧轩语录》、《诗集》、《文集》、《和雪关六言诗》一卷、《雪峰志》四卷(民国《南安县志》卷四十五《艺文志》)

刘永树:《诗经集说》八卷(民国《福建通志》总卷二十五,《福建艺文志》卷四)

林一桂:《读周礼私记》三十卷(同治刊本《福建通志》注引《东越儒林传》作数十卷)、《(读周礼)长编》数十帙(民国《闽侯县志》卷七十《儒林传》本传)、《周官私记》一百卷(民国《福建通志》总卷二十五,《福建艺文志》卷五)

林景忠:《闽中忠义纪略》四卷(民国《闽侯县志》卷四八《侯官艺文志》)

魏杰:《逸园诗钞》四卷、《后钞》四卷、《鼓山吟草》五卷(民国《闽侯县志》卷四七《闽县艺文志》)、《九峰(寺)志》四卷(同治六年刻本)、《耽读吟》、《诗稿》、《洗心吟草》(余潜士《魏拙夫以诗稿见示得一截酬之》、《和魏拙夫耽读吟勉同学生徒》、《拙夫以盐课之累系狱寄示洗心吟草唁以七律逾月遂得释》)

李仕亨:《易本义翼易解》(民国《福建通志》总卷二十五,《福建艺文志》存目卷一)

林锡爵:《四书正音》(民国《福建通志》总卷二十五,《福建艺文志》存目卷十)

郑得来:《谱系》四卷(民国《福建通志》总卷二十五,《福建艺文志》存目卷十八)、《薪书》(同书,《福建艺文志》存目卷三十五)、《愚斋文集》十卷、《荔林诗集》二卷、《肋余草》(民国《福建通志》总卷二十五,《福建艺文志》存目卷四十二)

释如疾:《武夷导游记》(民国《福建通志》总卷二十五,《福建艺文志》存目卷二十二)

郑大壮:《注经堂印志》(民国《福建通志》总卷二十五,《福建艺文志》存目卷二十六)、《注经堂骈体文集》一卷、《诗词》一卷(清刻本,《续修四库提要》著录。柯愈春《清人诗文集总目提要》第1041页)

董典斋:《春秋繁露笺注》(民国《福建通志》总卷二十五,《福建艺文志》卷十注引《归愚文钞》)

许云皋:《学宫乐谱》(民国《福建通志》总卷二十五,《福建艺文志》卷十四)

严光汉:《自怡外编》(民国《福建通志》总卷二十五,《福建艺文志》存目卷三十五)、《草草亭诗集》(民国《福建通志》总卷二十五,《福建艺文志》存目卷四十二)

颜岱:《寄亭随笔》(民国《福建通志》总卷二十五,《福建艺文志》存目卷三十五)、《青岩集》(民国《福建通志》总卷二十五,《福建艺文志》存目卷四十二)

杨起佐:《龟山先生通纪》五卷(民国《福建通志》总卷二十五,《福建艺文志》卷二十三)

杨光瀚:《龟山杨氏第三支谱》(民国《福建通志》总卷二十五,《福建艺文志》卷二十三)

佚名:《道南录》五卷(民国《福建通志》总卷二十五,《福建艺文志》卷二十三)

德化陈煦:《闽儒纪要》(民国《福建通志》总卷二十五,《福建艺文志》卷二十三。陈笃彬、苏黎明《泉州古代著述》第333页作陈熙,误)、《陈惺斋杂文节录》一卷(民国《福建通志》总卷二十五,《福建艺文志》卷六十六)、《礼记质疑》、《读礼纪要》、《考工记析疑》、《山水纪要》、《闽儒纪要》、《杂文存稿》(陈庆镛《籀经堂类稿》卷十一《陈星槎所著书序》云"所著书凡六种")

黄攻玉:《三元会朔考》(民国《福建通志》总卷二十五,《福建艺文志》存目卷三十三)

侯官王耦宾(黄世发[①]):《古服图考》四卷、《庙制图考》四卷(民国《福建通志》总卷二十五,《福建艺文志》存目卷三十五)

释道盛:《龙湖外录》、《原道七论》(民国《福建通志》总卷二十五,《福建艺文志》存目卷三十八)

释圆实:《禅净鞭影》一卷(民国《福建通志》总卷二十五,《福建艺文志》存目卷三十八)

释太睿:《续广宏明集》(民国《福建通志》总卷二十五,《福建艺文志》存目卷三十八)

释照拙:《照拙语录》二卷(民国《福建通志》总卷二十五,《福建艺文志》存目卷三十八)

释隆琦:《隆琦语录》十卷(民国《福建通志》总卷二十五,《福建艺文志》存目卷三十八)《黄檗山万福寺志》八卷(民国二十二年铅印本)

释德林:《瑞峰语录》八卷(民国《福建通志》总卷二十五,《福建艺文志》存目卷三十八)、《语录文集》二卷(陈笃彬、苏黎明《泉州古代著述》第350页)

释宗标:《良准语录》八卷(民国《福建通志》总卷二十五,《福建艺文志》存目卷三十八)、《语录》四卷(《泉州古代著述》第318页)

释衍操:《松生语录》八卷(民国《福建通志》总卷二十五,《福建艺文志》存目卷三十八)

释道霈:《旅泊庵语录》百九十六卷(民国《福建通志》总卷二十五,《福建艺文志》存目卷三十八)

释大积:《一叶庵遗稿》(陈笃彬、苏黎明《泉州古代著述》第350页)

释用光:《涌幢庵偶然草》四卷(陈笃彬、苏黎明《泉州古代著述》第350页)

廖光弼:《梅昙集》(同治刊本《福建通志》卷八十)

张齐圣:《园庵集》(民国《福建通志》总卷二十五,《福建艺文志》存目卷四十二)

黄中熇:《淡遗集》、《醒谈集》、《纪梦集》(同治刊本《福建通志》卷七十三)、《远斋集》、《泥雪文钞》九卷、《雪泥集编诗》十卷、《燕山纪游集》、《三春纪事集》、《海外文章》一卷(民国《福建通志》总卷二十五,《福建艺文志》存目卷四十二)

林毓俊:《纪游草》(《国朝全闽诗录初集》续集卷二)、《纪游诗草》(民国《福建通志》总卷二十五,《福建艺文志》存目卷四十二)

余颐:《□雨集》(同治刊本《福建通志》卷七十)、《洲南集》(民国《福建通志·福建艺文志》存目卷四十二、民国《莆田县志》卷二十三《艺文志》)

童以衿:《戊草集》(民国《福建通志》总卷二十五,《福建艺文志》存目卷四十二)

林载芝:《定斋集》(民国《福建通志》总卷二十五,《福建艺文志》存目卷四十二)

程震元:《湛园诗集》(民国《福建通志》总卷二十五,《福建艺文志》存目卷四十二)

林云才:《品梅居集》(民国《福建通志》总卷二十五,《福建艺文志》存目卷四十二)

项乾雄:《鉴水轩诗集》一卷(民国《福建通志》总卷二十五,《福建艺文志》存目卷四十二)

唐之华:《存斋诗集》(民国《福建通志》总卷二十五,《福建艺文志》存目卷四十二)

唐之冕:《静远斋集》(民国《福建通志》总卷二十五,《福建艺文志》存目卷四十二)

唐仁永:《西山余草》、《归去百咏》(民国《福建通志》总卷二十五,《福建艺文志》存目卷四十二)

何肯堂:《兢田诗集》(民国《福建通志》总卷二十五,《福建艺文志》存目卷四十二)

茅儁臣:《苍水阁藏集》六卷(民国《福建通志》总卷二十五,《福建艺文志》存目卷四十二)

何钟元:《南归裁稿》(民国《福建通志》总卷二十五,《福建艺文志》存目卷四十二)

闽县陈仁:《铁砚斋遗稿》(民国《福建通志》总卷二十五,《福建艺文志》存目卷四十二)

郑黄灿:《耐斋诗稿》、《兰陔堂集》八卷(民国《福建通志》总卷二十五,《福建艺文志》存目卷四十二)

海澄陈彦开:《□荒集》(民国《福建通志》总卷二十五,《福建艺文志》存目卷四十二)

---

① 按:黄世发,字耦宾。疑民国《福建通志·福建艺文志》误作两人,黄世发、王耦宾分别著录于《福建艺文志》卷十二页十、卷三十二页四(黄世发)、存目卷三十五页十四(王耦宾)。

林寰:《待园诗集》(民国《福建通志》总卷二十五,《福建艺文志》存目卷四十二)

黄植京:《我藏诗稿》(民国《福建通志》总卷二十五,《福建艺文志》存目卷四十二、《国朝全闽诗录初集》续卷八黄植京条)

黄汝楠:《西村诗草》(民国《福建通志》总卷二十五,《福建艺文志》存目卷四十二)

陈荆协:《事守居诗集》(民国《福建通志》总卷二十五,《福建艺文志》存目卷四十二)

李如梓:《深柳堂诗集》(民国《福建通志》总卷二十五,《福建艺文志》存目卷四十二)

仙游陈玉书:《竟陵诗集》四卷(民国《福建通志》总卷二十五,《福建艺文志》存目卷四十二)

邱荣豸:《锦江集》(民国《福建通志》总卷二十五,《福建艺文志》存目卷四十二)

叶起沈:《飞嗷集》(民国《福建通志》总卷二十五,《福建艺文志》存目卷四十二)

谢廷标:《草堂蛙吟诗集》(民国《福建通志》总卷二十五,《福建艺文志》存目卷四十二)

陈献琛:《湖光堂文集》四卷(民国《福建通志》总卷二十五,《福建艺文志》存目卷四十二)

邓文修、黄鼎、陈与谦等:康熙《沙县志》十二卷(民国《福建通志》总卷二十五,《福建艺文志》卷二十八)

郭彦俊:康熙《仙游县志》(民国《福建通志》总卷二十五,《福建艺文志》卷二十八)

张鞠园:《庐州府志》(民国《福建通志》总卷二十五,《福建艺文志》卷二十八引姚鼐《惜抱轩文集》)

李嗣岱、姚又崇:《重修木兰陂水利志》十卷(民国《福建通志》总卷二十五,《福建艺文志》卷二十八)

林云铭:《精校庄子因》(康熙二十七年刻本)、《读庄子法》(昭代丛书甲集第三帙)、《楚词灯》四卷(康熙三十六年刻本)、《韩文起》十二卷(康熙间刻本)、《挹奎楼选稿》十二卷(康熙五年晋安多文阁刻本)、《吴山鷇音》八卷(康熙刻本)、《损斋焚余》[①](康熙十年刻本,国家图书馆藏)(民国《福建通志·福建艺文志》卷六十四作《损斋焚余文集》)、《西仲文集》、《庄子因》、《楚词灯》、《评选古文析义》前后二集(民国《闽侯县志》本传)、《庄子因》六卷、《挹奎楼文集》十二卷、《吴山鷇音》八卷、《古文析义》二十卷(同治刊本《福建通志》卷六十八)、《春秋题要辨疑》三卷(康熙二十九年刻本,清华大学藏)、(林挺秀、林挺俊编,林芳华、林芳葳增删,林云铭鉴定,李庚明、高兆等参订)《春秋单合析义》(康熙三十年刻本,哈佛大学图书馆藏,据魏宁楠《福州林浦林云铭家世生平补正》)、(辑)《郁郁斋古文析义详解》十六卷十六册(道光二十九刻本)、《损斋焚余集》十卷(康熙十年自刻本)、《损斋焚余集》一卷(康熙刻《百名家诗》钞本)、《吴山鷇音》四卷(康熙损斋刻本)、《林西仲先生文集》一卷(康熙六十一年倪兆蛟钞本)(李灵年等《清人别集总目》第 1363 页)

蔡捷:《挹奎楼词》(《闽词征》卷六,《闽词钞 闽词征》,福建人民出版社 2014 年版)

林瑛珮(一作林佩瑛):《林大家词》(《闽词征》卷六,《闽词钞 闽词征》,福建人民出版社 2014 年版)、《悬藜遗稿》二卷、《诗钞》一卷(同治刊本《福建通志》卷二百四十九《(侯官)国朝闺秀》"拔贡郑琰妻林氏"条)

林沅:《粤游诗话日记》一卷(民国《福建通志》总卷二十五,《福建艺文志》卷三十二)

曾省:《闽中揽胜集》一卷(民国《福建通志》总卷二十五,《福建艺文志》卷三十二。谢章铤《赌棋山庄集》文集卷七《闽中揽胜诗序》作《闽中揽胜诗》、《揽胜集》)、《刁轩诗钞》(民国《福建通志》总卷二十五,《福建艺文志》卷六十六)、《北游草》(谢章铤《赌棋山庄集》文集卷七《闽中揽胜诗序》)

曾虎文:《述轩诗钞初集》一卷(复旦大学图书馆藏)、《小轩随笔》存一卷(漳州市图书馆 1994 年影印曾氏手稿本)、《述轩诗钞》(钞本,福建省图书馆藏)、《漳州杂诗》一卷(据漳州曾氏钞本传钞本,福建省图书馆藏;1989 年油印本,南京大学图书馆藏)(李灵年等《清人别集总目》第 2277 页)

陈怡山、林义儒:《海滨外史》四卷(民国《福建通志》总卷二十五,《福建艺文志》卷三十二;钞本,《郑孝胥日记》第 1425 页)

---

① 柯愈春《清人诗文集总目提要》著录此集,有康熙十年自刻本,八卷;增为十卷本,康熙间刻本,中国科学院图书馆藏(第 200 页)。

庄臻凤:《琴学心声》六卷、《琴声十六法》一卷(民国《福建通志》总卷二十五,《福建艺文志》卷三十八)

苏瑞桢:《琴苑》二十三卷(民国《福建通志》总卷二十五,《福建艺文志》卷三十八)

郭珂:《印谱》(民国《福建通志》总卷二十五,《福建艺文志》卷三十八)

蔡宗玉(蔡茗庄):《六经伤寒辨证补方》四卷(民国《福建通志》总卷二十五,《福建艺文志》卷四十六。林昌彝补笺,撰《六经伤寒辨证补方序》,《林昌彝诗文集》卷十二)

游萃:《奇门图注补》(民国《福建通志》总卷二十五,《福建艺文志》卷四十八)

陈树玉:《西山遗言》(民国《福建通志》总卷二十五,《福建艺文志》卷五十)

黄德馨:《祥异说》(民国《福建通志》总卷二十五,《福建艺文志》卷五十)

佚名:《春台赘笔》五卷(民国《福建通志》总卷二十五,《福建艺文志》卷五十)

陈蘋洲:《井谈》(民国《福建通志》总卷二十五,《福建艺文志》卷五十)

李升元:《李升元杂著》十七本(民国《福建通志》总卷二十五,《福建艺文志》卷五十)

陈居禄:《滋堂纪闻》四卷(民国《福建通志》总卷二十五,《福建艺文志》卷五十一)

邵搢春:《朏山诗集》(同治刊本《福建通志》卷六十七)

邵标春:《檐景斋诗》四卷(民国《福建通志》卷二十五,《福建艺文志》卷六十四)

邵循正:《邵循正历史论文集》等

梁兴玉:《璞溪诗集》一卷(民国《福建通志》总卷二十五《福建艺文志》卷六十四,同治刊本《福建通志)卷七十三作《环溪诗集》一卷)、《诗集》一卷(民国《南安县志》卷四十五《艺文志》)

吴彦芳(寓苏州):《平治庄集》(民国《福建通志》总卷二十五,《福建艺文志》卷六十四,引黄之隽《庑堂集》)

倪氏:《丽怨集》(民国《福建通志》总卷二十五,《福建艺文志》卷六十四,引《妇人集》所载本序)

南平陈昌箕:《陈昌箕文集》(民国《福建通志》总卷二十五,《福建艺文志》卷六十四)

毛鸣岐:《蓼庵集》、《萍游草》(同治刊本《福建通志》卷六十七)、《菜根堂全集》(民国《福建通志》总卷二十五,《福建艺文志》卷六十四)、《菜根堂全集》二十八卷、《续集》一卷(康熙七年刻本,中国科学院图书馆藏。柯愈春《清人诗文集总目提要》第185页)

黄僧岸:《容斋集》(民国《福建通志》总卷二十五,《福建艺文志》卷六十四)

林元白:《林元白诗》(民国《福建通志》总卷二十五,《福建艺文志》卷六十四)

陈峻侯:《激鸣草》(民国《福建通志》总卷二十五,《福建艺文志》卷六十五)

伍轼临:《磨甎集》(民国《福建通志》总卷二十五,《福建艺文志》卷六十五)

叶廷推:《叶学海文集》一卷、《地理原说》(民国《福建通志》总卷二十五,《福建艺文志》卷六十五)

林奋:《日知录》(《国朝全闽诗录初集》续卷十)、《林载臣诗集》二卷(民国《福建通志》总卷二十五,《福建艺文志》卷六十五)

汤碧云:《浣芳集》(民国《福建通志》总卷二十五,《福建艺文志》卷六十五)

祝氏:《须江郎峰祝氏世谱》二十七卷(民国六年浦城祝氏刻本,祝天泽、祝万春等修,福建师范大学图书馆藏)

祝昌泰:《祝东岩遗诗》一卷、(刻)《浦城遗书》十三种一百一十卷、(汇刊)《四礼翼》十种(民国《福建通志》总卷二十五,《福建艺文志》卷六十五)、《留香室诗钞》、《留香墨林》、《留香别集》等(《浦城县志》)、《留香室诗文钞》、《楚游草》、《凤池睽吟集》、《话雨轩唱和集》、《恩勤录》、《选择方位辑要》、《占卜简明录》各若干卷(梁章钜《祝东岩太守墓志铭》)

祝凤喈:《造命挈要》八卷(余潜士《造命挈要序》。民国《福建通志》总卷二十五,《福建艺文志》存目卷三十四)、《与古斋琴谱》四卷(咸丰五年刻本)、(删定张鹤)《琴学入门》(同治三年刻本)、(校订)《春草堂琴谱》、《与古斋琴谱补义》

郑在谦:《郑在谦文集》(民国《福建通志》总卷二十五,《福建艺文志》卷六十五)

佚名:《翼斋偶存》一卷(民国《福建通志》总卷二十五,《福建艺文志》卷六十五)

朱簧:《朱笙楼诗文钞》初集(民国《福建通志》总卷二十五,《福建艺文志》卷六十六)、《笙楼文钞》二卷、《摅情草》二卷(咸丰元年刻本,附《落叶编》,福建省图书馆藏。柯愈春《清人诗文集总目提要》第1263页)

丁汝恭:《二乐堂诗集》(民国《福建通志》总卷二十五,《福建艺文志》卷六十六)

龙溪郑开禧:《知守斋诗》初集六卷、二集四卷、别集一卷(道光六年、十二年刻本;民国《福建通志》总卷二十五,《福建艺文志》卷六十六)、(编)《虚受斋汇刻诗钞》二十二卷(民国《福建通志》总卷二十五,《福建艺文志》卷七十一。含许珌《铁堂诗钞》二卷、严仙藜《野航诗钞》二卷、林梦斗《云(雪)岩诗钞》二卷、郑琮《樗云诗钞》五卷、郑开禧《知守斋诗》初二集十卷别集诗一卷)、《知守斋诗》初集六卷、二集四卷、文集八卷、砚铭一卷(清钞本,北京大学图书馆藏。李灵年等《清人别集总目》第1495页)

海澄江煦:《草堂别集》三卷(1954岭南春满堂铅印本,厦门图书馆藏。李灵年等《清人别集总目》第565页)

叶诏封:《愚若老人遗诗》二卷(谢章铤赌棋山庄旧藏稿本。柯愈春《清人诗文集总目提要》第1689页)

李春祺:《碧芸山房诗草》(民国《福建通志》总卷二十五,《福建艺文志》卷六十六)、《涌翠楼诗钞》六卷(清刻本,福建省图书馆藏。柯愈春《清人诗文集总目提要》第1849页)

朱守愚:《朱守愚诗》(民国《福建通志》总卷二十五,《福建艺文志》卷六十六)

何芝轩:《自怡山馆偶存诗》(民国《福建通志》总卷二十五,《福建艺文志》卷六十六)

曾虎文:《漳州杂咏》一卷(民国《福建通志》总卷二十五,《福建艺文志》卷六十六)

黄□□:《螺石诗钞》八卷(清钞本,二册,福建省图书馆藏。柯愈春《清人诗文集总目提要》第1380页)

游苹:《思易斋诗文集》(民国《福建通志》总卷二十五,《福建艺文志》卷六十六)

闽县徐延寿、侯官许珌、建阳黄澂之、晋江林赐环、侯官高兆、永福黄文焕:《投赠周栎园文册》两卷(民国《福建通志》总卷二十五,《福建艺文志》卷七十一)

黄步春:《唐诗别裁集笺注》(民国《福建通志》总卷二十五,《福建艺文志》卷七十一。朱仕琇《梅崖居士外集》卷二《唐诗别裁集注序》)

释超拂:《伊蒿存稿》(即《乐饥集》、《尘外集》、袁廷章抄本)、钞本《林间语》一卷(民国《上杭县志》卷二十三《艺文志》)

邱梦鲤:《读史随笔》、《澹园集》、《归来集》(乾隆《汀州府志》卷三十三《文苑》、民国《上杭县志》卷二十三《艺文志》题《归来草》)(同治刊本《福建通志》卷八十)、《九仙岩记》(民国《上杭县志》卷二十三《艺文志》)

莫之伟:《莫颖修集》(同治刊本《福建通志》卷八十)、《宰咸存略》、《莫颖修房稿》、《燕台新稿》、《北郭分吟》(民国《上杭县志》卷二十三《艺文志》)

刘鉴:《皈杜楼集》(同治刊本《福建通志》卷八十。民国《上杭县志》卷二十三作《皈杜楼稿》)

李宪卿:《丞沂纪略》(民国《上杭县志》卷二十三《艺文志》)

郭萃:《四书折衷》(同治刊本《福建通志》卷八十)

梁九韶:《潜斋集》(民国《上杭县志》卷二十三《艺文志》)

郭图:《四书讲草》(同治刊本《福建通志》卷八十。民国《上杭县志·艺文志》作《四书讲章》)

邱六成:《易经说意》、《四书说意》、《载籍糟粕》十二卷、《粕余集》十二册(同治刊本《福建通志》卷八十)

邱士修:《谈禅戏录》一卷、《荩轩诗文集》四卷、《粤游草》(民国《上杭县志》卷二十三《艺文志》)

邱嘉穗:《考定石经大学经传解》一卷、《四书拟言》、《绍闻广义》、《管窥录》、《管窥统宗图记》(同治刊本《福建通志》卷八十)、《东山草堂迩言》六卷、《借喻录》、《陶诗笺》五卷(乾隆《汀州府志》卷三十三

《文苑》题《陶诗笺》四卷，民国《福建通志·福建艺文志》卷六十四作五卷，别本一题《东山草堂陶诗笺》五卷卷首一卷，齐鲁书社1997年影印）、《东山草堂诗集》（康熙四十九年刻本，厦门图书馆藏）、《东山草堂文集》二十卷（康熙刻本，厦门图书馆藏）、《诗集》八卷（乾隆《汀州府志》卷三十三《文苑》题《诗集》十卷）、《续集》一卷、《东山草堂诗文集》、《迩言》（民国《上杭县志·艺文志》作六卷）（乾隆《汀州府志》卷三十三《文苑》本传）、《东山草堂文集》二十卷、《诗集》十卷、《迩言》六卷、《陶诗笺》四卷（同治刻本《汀州府志》卷三十三《文苑》著录）、《东山草堂诗集》八卷、《续编》一卷、《东山草堂文集》二十卷（光绪八年汉阳邱氏《东山草堂全集》本）、《丘园记》、《东山草堂诗集》十卷续集一卷、《陶诗笺》五卷、《考定大学原传》一卷、《东山草堂古文汇选》（民国《上杭县志》卷二十三《艺文志》）

邱倬：《春晓堂诗文集》二卷（同治刊本《福建通志》卷八十）、《粤游草》（民国《上杭县志》卷二十三《艺文志》）

赖寅：《五经翼》、《四书解》（同治刊本《福建通志》卷八十）

吴一士：《四书寻源》、《吴无二诗文集》二卷（同治刊本《福建通志》卷八十）、《三经寻源集》、《四子寻源集》（民国《上杭县志》卷二十三《艺文志》）

温天咫：《半舫斋诗集》（民国《上杭县志》卷二十三《艺文志》）

郭又泉：《抚园诗稿》（同治刊本《福建通志》卷八十。民国《福建通志·福建艺文志》存目卷四十二、民国《上杭县志·艺文志》作《抚窗诗稿》）

蓝正春：《左传钞略》、《四书一得录》、《故事集腋》、《考槃集》（同治刊本《福建通志》卷八十）、《愧徵诗略》、《青云楼稿》、《理学道统》、《唐诗评注》一册（民国《上杭县志》卷二十三《艺文志》）

范正国：《四书融旨》（同治刊本《福建通志》卷八十）、《向岫文钞》、《时艺》、《濂溪书院学规》五则（民国《上杭县志》卷二十三《艺文志》）、（八十寿诗集）《鹤曲摛华》五卷（民国《上杭县志》卷二十六《儒林传》本传）

范泰元：《后乐楼诗集》二卷（民国《上杭县志》卷二十三《艺文志》）

赖存礼：《先贤言行录》、《家规辑略》（民国《连城县志》卷二十《艺文志》）

张治安：《医楼诗稿》（民国《上杭县志》卷二十三《艺文志》）

李梦登：《井观录》（民国《上杭县志》卷二十三《艺文志》）

丘觐宸：《梧冈文集》（民国《上杭县志》卷二十三《艺文志》）

李清汉：《书目指南》（民国《上杭县志》卷二十三《艺文志》）

何桢：《诗经序纂》、《青云稿》（民国《上杭县志》卷二十三《艺文志》）

张万选：《青圃集》（民国《上杭县志》卷二十三《艺文志》）

陈东注：《芭亭诗草》、《用历举要》（民国《上杭县志》卷二十三《艺文志》）

丘克绍：《居家宝箴》（民国《上杭县志》卷二十三《艺文志》）

江乾达：《璞山余草》四卷、《新泰县志》（民国《上杭县志》卷二十三《艺文志》）

刘冠唐：《一杯集》（民国《上杭县志》卷二十三《艺文志》）

钟大受：《德平县志》、《读书劄记》、《吕子节录》、《北平汀州会馆志》（民国《上杭县志》卷二十三《艺文志》）

邓伯葵：《周易释义》八卷、《周易原义》二卷（同治刊本《福建通志》卷八十）、《易经精义》（民国《上杭县志》卷二十三《艺文志》）

傅采畴：《荷薪草》（民国《上杭县志》卷二十三《艺文志》）

丘春乔：《花笑园草》、《参亭近艺》（民国《上杭县志》卷二十三《艺文志》）

周天辅：《诗经液》四卷（同治刊本《福建通志》卷八十）

傅仰黎：《退斋文集》（同治刊本《福建通志》卷八十）

傅璠：《五经约旨》、《四书约说》、《玉江集》（同治刊本《福建通志》卷八十）

华喦:《离垢集》(同治刊本《福建通志》卷八十。民国《上杭县志·艺文志》作五卷,柯愈春《清人诗文集总目提要》第488)又著录《离垢集》稿本二册、清钞四卷本、清钞二卷本及民国六年仿宋排印《离垢集补钞》一卷)、《解弢馆诗集》(梁桂元《闽画史稿》第242页)、《离垢集》补钞一卷(民国《上杭县志》卷二十三《艺文志》)、《新罗山人离垢集》五卷(道光十五年刻本)、《新罗山人诗集》五卷(杭州古今图书馆德记书庄石印本)、《新罗山人题画诗》五卷(道光十五年刻本)(李灵年等《清人别集总目》第476页)

张万迈:《青圃集》(同治刊本《福建通志》卷八十)

薛孚让:《一杯集》上下册(同治刊本《福建通志》卷八十)

钟殿飏:《三传撮要》、《周礼集要》、《仪礼集解》(同治刊本《福建通志》卷八十)

周维庆:《闽汀文选》十卷(同治刊本《福建通志》卷八十)、(辑)《周氏家谱》(民国《上杭县志》卷二十三《艺文志》)

郭润:《盟鸥集》(同治刊本《福建通志》卷八十)

彭万青:《五桂堂文集》(民国《上杭县志》卷二十三《艺文志》)

薛联薰:《馥园杂著》(民国《上杭县志》卷二十三《艺文志》)

薛之垣:《半亩山房诗文集》上下册(民国《上杭县志》卷二十三《艺文志》)

姜鹄:《艺兰初存》、《舲鮀吟》、《于京士笑重梦》等集(民国《上杭县志》卷二十三《艺文志》)

邱如一:《春秋五传分国》、《北崖余草》(同治刊本《福建通志》卷八十。民国《上杭县志》卷二十三《艺文志》作《北厓余草》)

黄昆岚:《诗稿》、《闲情诗》(民国《上杭县志》卷二十三《艺文志》)

张梦珍:《壶峰诗集》(民国《连城县志》卷二十《艺文志》)

赖启英:《经史疑论》上下卷、《遥集草》一卷、《窳草》一卷、《楚游草》一卷(同治刊本《福建通志》卷八十、民国《连城县志》卷二十《艺文志》及卷二十四《文苑传》本传)

赖熼:《有原草》七集(民国《连城县志》卷二十《艺文志》、卷二十二本传)、《原草》七卷(同治刊本《福建通志》卷八十)

赖启亨:《私艾录》、《务本录》、《闲家录》、《惩忿录》(民国《连城县志》卷二十《艺文志》)

蒋弼:《玉成集》(民国《连城县志》卷二十《艺文志》)

蒋鸿基:《待问录》(民国《连城县志》卷二十《艺文志》)

张鹏翼:《读经说略》(民国《连城县志·杂录》一题《说略》)、《孝子传》、《中华世统图说》(乾隆《汀州府志》卷三十三《文苑》题《世统图》)、《历代将相谏臣三谱》(民国《连城县志》卷三十二《杂录》《张警庵先生传》题《相将谏三谱》)(乾隆《汀州府志》卷三十三《文苑》题《立朝三谱》)、《芝坛杂说》、《芝坛史案》(《清儒学案》卷六十《梁村学案·张先生鹏翼》作《二十二史案》)五卷(民国《连城县志》卷三十二《杂录》《张警庵先生传》题《史案》)、《芝坛日读小记》、《警世格言》、《圣道元亨颂》、《理学入门》、《芝坛集》(民国《福建通志·福建艺文志》卷六十四、柯愈春《清人诗文集总目提要》第241页作二卷,民国《连城县志》卷二十一张鹏翼本传作《芝坛文集》)(同治刊本《福建通志》卷八十)、《立朝三谱》、《世统图》(乾隆《汀州府志》卷三十一《孝义传》本传)、《孝经第一书》(民国《连城县志》卷二十一张鹏翼本传作《孝传第一书》)、《四书五经说略》、《负岁录》、《桑梓录》、《芝坛文集》(民国《连城县志》卷二十《艺文志》)、《学庸章句释》、《论孟诗传说略》、《周易旁记》、《书经钞释》、《礼记摘钞》、《家礼节要》若干卷、(订)《后四子书》(民国《连城县志》卷三十二《杂录》《张警庵先生传》题《后四书》)、《第一书》、《敬桑梓录》、《诒穀迩言》、《日读记》、《芝坛说略》、《史案》、《小子问》、《童子歌》百余万言(民国《连城县志》卷三十二《杂录》引张伯行《张警庵传》)

吴兆松:《映奎草》(民国《连城县志》卷二十《艺文志》)

谢善祥:《周易撕觉》(同治刊本《福建通志》卷八十)、《周易觉撕前后集》、《春秋易简》(民国《连城县志》卷二十《艺文志》)、《春秋易解》(民国《连城县志》卷二十一本传)

罗应昇:《四书讲义》(民国《连城县志》卷二十《艺文志》)

项上玑、项乾雄:《鉴水轩诗集》(民国《连城县志》卷二十《艺文志》、卷三十二《杂录》)

周一夔(榜名周九龄):《鹤亭存稿》(同治刊本《福建通志》卷八十)、《曙云楼稿》(民国《连城县志》卷二十《艺文志》)

沈大纶:《尚书要解》、《春秋辑要》、《梅花百韵诗》、《回春编》(民国《连城县志》卷二十《艺文志》)、《百韵梅花诗》、《二友斋序》(民国《连城县志》卷二十六本传)

周广:《无涯诗集》(民国《连城县志》卷二十《艺文志》)

杨开春:《四书说》、《毛诗说》、《纲鉴纂要》(民国《连城县志》卷二十《艺文志》)、《四书诗经其然说》(民国《连城县志》卷二十二本传)

邹士韬:《孝友录》、《存心录》(民国《连城县志》卷二十《艺文志》)

周天鼎:《澹庵诗稿》数卷(民国《连城县志》卷二十《艺文志》、卷二十四《文苑传》本传)

周上珪:《焦桐集》(民国《连城县志》卷二十《艺文志》,卷二十四《文苑传》本传作《焦桐吟》)

张一杰:《正学指要》、《四书讲义》(民国《连城县志》卷二十《艺文志》)

李德恕:《红豆集》(民国《连城县志》卷二十《艺文志》)

李大鸿:《翠云轩草》(民国《连城县志》卷二十《艺文志》)

李大鲲:《北溟诗草》(同治刊本《福建通志》卷八十)、《墨庄诗稿》、《北溟集》(民国《连城县志》卷二十《艺文志》)

童三纲:《童君重遗言》(同治刊本《福建通志》卷八十)、《壁经说》(民国《连城县志》卷二十《艺文志》)、《诗文集》(民国《连城县志》卷二十四《文苑传》本传)

童日鼎:《私淑堂日录》、《我梅诗文集》(同治刊本《福建通志》卷八十)、《连城童氏族谱》(清刻本)

童正心:《留村礼义》三卷(《冠豸山堂全集》本)、《清时新语》一卷(民国《福建通志》总卷二十五,《福建艺文志》存目卷三十五)

童能灵:《冠豸山堂全集》十六卷[光绪二十三年连城童氏木活字本。含《冠豸山堂文集》二卷、《周易剩义》二卷(乾隆《汀州府志》卷三十本传题《易经剩义》)、《乐律古义》二卷、《理学疑问》四卷、《朱子为学次第考》三卷]、《理学疑问》四卷(光绪二十三年连城童氏木活字本,四库全书存目丛书子部第28册)、《洪范剩义》、《诗大小序辨》、《三礼分释》、《朱子为学考》三卷、《朱陆渊源考》、《理学疑问》四卷、《五伦说》、《中天河洛》、《河洛太极辨微》(乾隆《汀州府志》卷三十本传题《太极辨微》)、《留村家学述》、《冠豸山堂文集》三卷(同治刊本《福建通志》卷八十)、《周礼分释》数十种(民国《连城县志》卷二十《艺文志》、卷二十一本传)、《周礼分辨》、《乐律古文》、《留村家学述》(民国《连城县志》卷三十二《童寒泉墓志铭》作《家学述》)、《冠豸山堂文集》(闲味斋藏板)、《朱子为学次第考》二卷(《四库全书存目丛书》子部第28册)、《中天河洛》一卷(嘉庆刻本)、《冠豸山堂集》(《桐城文学渊源撰述考·补遗引用书目》、《清儒学案》卷六十六《翠庭学案·童先生能灵》)、《太极辨微》(《国朝全闽诗录初集》续卷九童能灵条)

童孙灿:《澹志诗草》(同治刊本《福建通志》卷八十、陈寿祺《左海诗钞》卷一《赠连城童若星澹志诗草》)

童廷寅:《种梧斋诗文集》、《种梧斋唐宋八家文评选》(同治刊本《福建通志》卷八十)

童荣南:《三经义贯》(民国《连城县志·文苑传》本传作《周易上述春秋三经义贯》)、《未能信斋文集》(民国《连城县志·文苑传》本传作《未能信斋诗文集》)(民国《连城县志》卷二十《艺文志》)

童世菁:《简溪诗集》(同治刊本《福建通志》卷八十)

童积超:《童氏易通》二卷、《文庙丁祭礼书》一卷、《太极西铭讲义》、《揲蓍考正》一卷、《玉屏山房诗稿》四卷(同治刊本《福建通志》卷八十)、《易通》、《太极西铭解》、《乐论》、《丁祭书》、《学庸讲义》(民国《连城县志》卷二十一本传)

童士辉:《抗言集》(民国《连城县志》卷二十《艺文志》)、《旅野则鸣集》、《冠豸山集》、《雀望集》、《抗

言居集》(民国《连城县志》卷二十四《文苑传》本传、卷二十六孙童梦南传)

李兆盛:《书经汇解》(民国《连城县志》卷二十《艺文志》)、《四书讲义》、《历试草》(民国《连城县志》卷二十四《文苑传》本传)

李灿南:《约梅诗草》、《停云阁诗话》(民国《连城县志》卷二十《艺文志》)

华定祁:《浮萍小草》、《虫吟草》、《日新楼稿》、近体诗若干卷(民国《连城县志》卷二十《艺文志》、卷二十一本传)、《日新楼诗草》一卷(同治二年刻《柳堂师友诗录初编》本,国家图书馆藏。柯愈春《清人诗文集总目提要》第1510页)

谢谦亨:《谢侍御遗稿》不分卷(钞本,福建省图书馆藏。柯愈春《清人诗文集总目提要》第1513页)

杨伯元:《饕余小草》二卷(民国《连城县志》卷二十《艺文志》、卷二十一本传)

罗拔茹:《医学志疑》、《宝命全形集》(民国《连城县志》卷二十《艺文志》、卷二十六本传)

吴彤弨:《怡庭诗集》(民国《连城县志》卷二十四《文苑传》本传)

李廷秀:《元史长编》二十五卷、《天文指掌》五卷、《律吕音韵》十二卷(民国《连城县志》卷二十四《文苑传》本传)

杨宾:《双螺山人集》(民国《连城县志》卷二十四《文苑传》本传)

李大苏:《诗经如字》、《喭曰小草》(同治刊本《福建通志》卷八十)、《学庸续编》、《论语文讲》、《谚曰录》、《青萍剑传奇》(民国《连城县志》卷二十四《文苑传》本传)

吴庆润:《半江诗草》(民国《连城县志》卷二十四《文苑传》本传)

罗采彰:《周易见道》、《爱日集》(民国《连城县志》卷二十四《文苑传》本传)

沈九亭:《九亭遗草》、《诗集》(民国《连城县志》卷二十四《文苑传》本传)

罗英、罗益谦:《训子语录》、(辑)《小学千家诗》(民国《连城县志》卷二十三本传)

李沧龄:《乐律》二卷(民国《连城县志》卷二十六李森传附)

周梦锦:《问心堂案牍》六卷(同治刊本《福建通志》卷八十)

周绍缙:《周笏廷制义》(朱仕琇《周笏廷制义序》,《梅崖居士文集》卷十九)

揭世名:《四书要旨》、《玉亭集》(同治刊本《福建通志》卷七十五将乐《经籍志》)

揭上选:《顾省集》(同治刊本《福建通志》卷七十五将乐《经籍志》)

揭诗教:《揭训导诗文集》(同治刊本《福建通志》卷八十归化《经籍志》)、《乐府望遥诗集》、《红雪楼文集》、《石秤秋响》、《泛沔草》、《吴越吟》(民国《明溪县志》卷十三《艺文志》)

揭家襄:《心远集》(民国《明溪县志》卷十三《艺文志》)

揭廷镛:《西江吟》、《覆瓿集》(民国《明溪县志》卷十五本传作《覆瓿篇》)(民国《明溪县志》卷十三《艺文志》)

揭畲斯:《六经集字》、《声韵训解》(民国《明溪县志》卷十三《艺文志》)、诗文若干种(民国《明溪县志》卷十四本传)

揭宗京:《欲焚草诗集》(民国《明溪县志》卷十三《艺文志》)

裴应章:《左传纂》、《谏草焚余》八卷、《庄子摘语》、《嬾云居士集》十五卷(《全闽明诗传》本传作《嬾云集》,乾隆《汀州府志》卷三十《人物传》本传题《懒云居士集》)、《编蒲蠹余》(《全闽明诗传》本传作《编蒲橐余》)八卷(同治刊本《福建通志》卷八十)

裴汝申:《薜月轩文集》十卷、《宁化县志》(同治刊本《福建通志》卷八十)

陈道修:《脉学》、《临证扼要》等书(民国《连城县志》卷二十六本传)

杨榜元:《自娱吟草》一卷(民国《连城县志》卷二十六本传)

杨树棠:《医方辑览》四卷(民国《连城县志》卷二十六本传)

沈邦元:《经验辑要》(民国《连城县志》卷二十六本传)

黄其华:(笺释)《地理发秘》、《地理辨正》等书(民国《连城县志》卷二十六本传)

李世辅:《玉案丛谈》(李世熊《宁化县志》卷四《艺文总目》)、《铜崖丛谈》共四卷、《杞言》二卷(同治刊本《福建通志》)

李世熊:《寒支初集》十卷(黎士弘《前征君泉山李先生墓表》作八卷)、《(寒支)二集》四卷[①](同治十三年刻本)、《宁化县志》七卷(乾隆《福建通志》)、《史感》一卷、《福建通志》五十卷、《物感》一卷、《钱神志》七卷(黎士弘《前征君泉山李先生墓表》作二十卷)、《寒支初集》十卷、《寒支二集》十卷(同治刊本《福建通志》)、《抗谈斋制艺》(李世熊《寒支初集》卷三)、《国变录》(来新夏《近三百年人物年谱知见录》引李世熊自编《李寒支先生岁纪》)、《评注离骚》二卷(民国《福建通志·福建艺文志》存目卷三十九作《离骚评注》二卷)、《手注大学》、《亿中庸语录》、《诗经集说》(《李寒支先生岁纪》)、《寒支初集》八卷、《钱神志》二十卷、《狗马史记》若干卷、《宁化县志》八卷(民国《福建通志·福建高士传》李世熊本传题七卷)、《本行录》三卷、《经正录》三卷(黎士弘《前征君泉上李先生墓表》)、《抗谈集》、《制艺》(彭士望《李元仲七十序》,《耻躬堂文钞卷七》)、《括谈斋制义》(王水香《清代汀州客家诗歌研究》,第13页)、(真峰和尚选辑)《寒支文集选本》三卷(光绪刻本,四川省图书馆藏。李灵年等《清人别集总目》第774页)

刘坊:《大潮阁诗文集》十二卷(乾隆《汀州府志》卷三十三《文苑》著录题《天潮阁诗文集》)(同治刊本《福建通志》卷八十)、《天潮阁集》(《闽词征》卷四。民国《福建通志·福建艺文志》卷六十四作《天潮阁集》六卷,注道光《福建通志》作十二卷;柯愈春《清人诗文集总目提要》第376页作十二卷,一名《刘鳌石诗文集》[②],康熙六十年刻本,别有六卷本,康熙间初刻、乾隆间重刻)、(集)《释记》四十余卷、《三才指掌》二十四卷、《古诗盼》廿八卷、《天潮阁诗文钞》(民国《福建通志》总卷四十三,《福建高士传》卷五,刘坊本传)、(丘复重编)《天潮阁集》六卷、《八家翼》四卷、《前八家》十二卷(一名《八家》十二卷)(民国《上杭县志》卷二十三《艺文志》)、《天音阁诗摘钞》一卷(民国方树梅辑,钞本,云南省图书馆藏。柯愈春《清人诗文集总目提要》第376页)

黄钦望:《紫竹林诗集》二卷(同治刊本《福建通志》卷八十。李世熊《宁化县志》卷四题《紫竹林稿》二卷)

黄钦杰:《五经存论》四卷、《迩室遗集》二卷(同治刊本《福建通志》卷八十)

李长秀:《易经大全纂要》、《孝经集传》(同治刊本《福建通志》卷八十)

李长日:《石村草堂诗文集》(乾隆《汀州府志》卷三十三《文苑传》本传题作《石村草堂诗文》若干卷)

廖冀亨:《子平五星集腋》(同治刊本《福建通志》卷八十)、《求可堂家训》一卷、《求可堂自记》一卷(求可堂两世遗书本)

廖鸿章:《藜余诗草》(同治刊本《福建通志》卷八十)、《紫阳书院题解》一卷(求可堂两世遗书本)、《南云书屋文钞》一卷(刘声木《桐城文学渊源撰述考》卷二廖鸿章【补遗】、《桐城文学渊源考·引用书目补》)、《紫阳书院题解》一卷(求可堂两世遗书本、《桐城文学渊源撰述考·补遗引用书目》)、《仪礼□□》□卷(《桐城文学撰述考》卷一)

李发源:(张履程辑)《淇园宦游诗钞》一卷(道光二十年刻本,云南省图书馆藏。李灵年等《清人别集总目》第776页)

傅肇修:《醉竹园文集》四卷(光绪六年刻本,福建省图书馆藏。柯愈春《清人诗文集总目提要》第1761页)

曾瑞春:《龙山家课存略》一卷(光绪四年刻本,中山图书馆藏。柯愈春《清人诗文集总目提要》第1761页)

陈允虞(乾隆《汀州府志》卷三十三《文苑》作陈孕虞,民国《长汀县志》卷二十二《艺文志》作陈胤

① 李灵年等《清人别集总目》著录《寒支初集》十卷,《二集》则有六卷(康熙刻本,上海图书馆、中国科学院图书馆、北京大学图书馆等处藏;道光八年刻本,首都图书馆等处藏)、四卷之分(原刻本,福建省图书馆藏;道光二十年刻本,台湾历史语言研究所傅斯年图书馆藏;同治十三年刻本,福建师范大学图书馆等处藏;道光八年陈氏木活字本,南京大学图书馆藏)(第773-774页)。

② 李灵年等《清人别集总目》题《刘鳌石先生诗文集》,康熙茹古堂刻本,分诗八卷、文三卷、诗余一卷(第499页)。

虞):《淳意斋集》(乾隆《汀州府志》卷三十三《文苑》题作《淳意斋稿》)(同治刊本《福建通志》卷八十)、《淳意斋遗稿》(民国《福建通志》总卷二十五,《福建艺文志》卷六十四)

陈工亮:《百梅集》(同治刊本《福建通志》卷八十。民国《长汀县志》卷二十二《艺文志》题《百梅诗集》)

杨澜:《临汀汇考》四卷(民国《长汀县志》卷二十二《艺文志》作十二卷,云今刻分为四卷,《文苑传》本传作十三卷)(民国《福建通志》总卷二十五,《福建艺文志》卷二十八)、《汀南廑存集》四卷(杨澜编)、《负薪初稿》、《诗集》(民国《长汀县志》卷二十二《艺文志》、卷二十五《文苑传》本传)

长汀杨濬:《见山园诗赋钞》、《韵府分编》(王水香《清代汀州客家诗歌研究》,第 33 页)、《见山园诗钞》(民国《福建通志》总卷二十五,《福建艺文志》卷七十一,《汀南廑存集》四卷解题引陈衍《石遗室书录》)、《郡志补正》二卷、《竹书纪年辨讹》(民国《长汀县志》卷二十五《文苑传》本传作《竹书纪年辨伪》)、《五经字音辨讹》(民国《长汀县志》卷二十五《文苑传》本传作《五经字音辨伪》)《四书典林古注》、《异韵通用考》(民国《长汀县志》卷二十二《艺文志》)

伊云崧:《采峰诗文集》(王水香《清代汀州客家诗歌研究》,第 20 页)

黄翔(黄仲天):《云庵集》(王水香《清代汀州客家诗歌研究》,第 21 页)

邹九仪:《九仪诗存》(王水香《清代汀州客家诗歌研究》,第 23 页)

熊茂松:《松涛楼诗草》(王水香《清代汀州客家诗歌研究》,第 23 页)

邹圣脉:《寄傲山房诗文集》四册、《书经备旨》、《易经备旨》、《书画同珍》、《绘像妥注》、《寄傲山房塾客新增幼学故事琼林》(王水香《清代汀州客家诗歌研究》,第 15 页)

林奕章:《易辩》、《书经约旨》、《读礼私言》、《四书遵注》、《小训私淑录》、《爱莲堂集》(王钟翰《清史列传·儒生传上》,第 5323 页)

瓯宁张心斋:《贻孙草》(余潜士《张心斋贻孙草序》)

叶承封:《闽文类编》不分卷(《福建文献集成初编》第 187-191 册影印福建省图书馆藏清钞本)

何于宾:《惜字名言》附《广爱录》(余潜士《惜字广爱合编序》)

徐中野:《可仙楼诗草》(余潜士《可仙楼诗草序》)

陈韦治:《陈母阃略册》(余潜士《题陈母阃略册后》)

鄢调元:《易解》、《大学衍义》等(《永泰麟阳村麟瑞塔巍然伫立　激励后人读书重教育》,载《福州日报》2016 年 5 月 3 日)、《十闽名胜笺》三卷(咸丰二年鄢氏刻本,福建省图书馆藏;钞本,泉州图书馆藏。李灵年等《清人别集总目》第 2308 页)

鄢光兰:《鄢光兰诗集》(余潜士《题鄢光兰诗集后》)

释等炤:《为霖和尚泉州开元语录》(陈笃彬、苏黎明《泉州古代著述》第 310 页)

孙珩:《归田稿》四卷(同治刊本《福建通志》卷七十三。民国《福建通志·福建循吏传》孙珩传作六卷,同书《福建艺文志》卷六十六著录《归田稿》四卷,解题亦仅四卷)、《归田草》六卷四册(福建省图书馆藏)、《经义抄》(陈笃彬、苏黎明《泉州古代著述》,第 323 页)

孙至正:《小题》、《课艺》(《泉州古代著述》第 318 页)

孙经世:《说文会通》十六卷、《尔雅音疏》六卷、《释文辨证》十四卷、《韵学溯源》四卷、《十三经正读定本》八十卷、《经传释词续编》八卷(民国《福建通志·福建艺文志》卷十二作二卷)(同治刊本《福建通志》卷七十三)、《小学辑记》、《近思录附注》、《性理辑义》、《四书集解》十二卷、《周易本义发明》四卷(《泉州古代著述》第 320 页作十三卷,《清儒学案》卷一百三十《左海学案下·孙先生经世》作十二卷)、《春秋例辨》八卷、《惕斋经说》六卷、《读经校语》四卷(民国《福建通志·福建艺文志》卷十二作二卷)、《孝经说》二卷、《夏小正集说》一卷(《清儒学案》卷一百三十《左海学案下·孙先生经世》题《夏小正说》一卷)、《诗韵订》二卷、《通经略书》、《释词附录》八卷(民国《福建通志》总卷三十八,《福建儒林传》卷五,孙经世本传)、《惕斋制义》四卷(陈金城编)、《圆珏山房诗集》(《泉州古代著述》第 320 页作《圆珏炉

山诗集》)四卷、《经传释词补》一卷(心矩斋从书本。《泉州古代著述》第320页)

陈金城:《福州团练纪事》一册(道光二十三年刻本)、《汉易释例》、《宋易释例》、《互卦说易》、《陈念庭文稿》(稿本,十一册)、《杞忧私记》(钞本,一册)、《恰恰堂文集》四卷[①](陈笃彬、苏黎明《泉州古代著述》第321页)

叶献论:《玉川集》(民国《南安县志》卷四十五《艺文志》)

侯之缇:《四书指南》、《蓼园诗文集》(同治刊本《福建通志》卷七十二)、《诗集文集》(民国《南安县志》卷四十五《艺文志》)

王之琦:《咕哔音学》、《剖余篇诗草》(民国《南安县志》卷四十五《艺文志》)

黄纬:《太平纪要》三卷(同治刊本《福建通志》卷七十三)

苏山:《苏氏诗集》(同治刊本《福建通志》卷七十三)

丁文麟:《定夫稿》(同治刊本《福建通志》卷七十三)

杨宗泽:《杨陶甫诗文集》(同治刊本《福建通志》卷七十三。民国《南安县志》卷四十五《艺文志》作《诗文集》)

蔡增勤:《鱼野诗集》(同治刊本《福建通志》卷七十三)

吴肇煃:《东池集》(同治刊本《福建通志》卷七十三。民国《南安县志》卷四十五《艺文志》、陈笃彬、苏黎明《泉州古代著述》第350页作《东池草)

黄重光:《明道心书》、《太极图解》(民国《南安县志》卷四十五《艺文志》)

陈际成:《四书集说》、《四书辨义》、《尺木轩文集》(同治刊本《福建通志》卷七十三)

陈洪:《四书心解》(同治刊本《福建通志》卷七十三)

吕观我:《恕斋诗文集》八卷(同治刊本《福建通志》卷七十三、民国《南安县志》卷四十五《艺文志作《诗文集》八卷》)

蔡廷魁:《鹤村诗集》(同治刊本《福建通志》卷七十三)

杨丹桂:《周易说》(同治刊本《福建通志》卷七十三)、《易说》、《节孝手辑》(民国《南安县志》卷四十五《艺文志》)

黄国仪:《易经集说》七卷(《泉州古代著述》第274页作八卷)、《易大传上下集》三卷、《易序卦反对象义》一卷、《采集易图说》一卷、《毛春庄易说》一卷、《章本清易说》(《泉州古代著述》第274页作《章氏本清易说》)一卷、《易经全图》六卷、《周易天然图》三十六卷、《易原》一卷、《四书集说》十六卷、《唐人秘诀》一卷、《梅亭诗集》二卷(同治刊本《福建通志》卷七十二)、《周易大象集说》二卷、《周易上下经篆辞集解》二卷、《周易牖中天》一卷、《序卦传集说》一卷、《说卦传集说》一卷、《杂卦传集说》一卷、《校定蔡忠烈文集附吊诗》八卷(陈笃彬、苏黎明《泉州古代著述》第274页)

陈洪书:《春秋撮要》、《今文仪礼解要》、《辨骚经析疑》(《泉州古代著述》第276页作《离骚经析疑》)、《唐诗正则》、《逊洛诗稿》(同治刊本《福建通志》卷七十二)、《自订四书文》(陈笃彬、苏黎明《泉州古代著述》第276页)

吴映:《周易会缉》(同治刊本《福建通志》卷七十二。《泉州古代著述》第277页作三卷)

周澎:《移亭集》四卷(同治刊本《福建通志》卷七十二)、《移亭集稿》四卷(陈笃彬、苏黎明《泉州古代著述》第310页)

黄光崑(一作崐):《易经微言》、《四书提命》、《皋声堂诗文集》(同治刊本《福建通志》卷七十三)、(编)《明墨中声》、《皋声堂四书文》、《诗集》、《文集》(民国《南安县志》卷四十五《艺文志》)

蒋敏生:《易经初进集解》、《四书举要》、《孝经正蒙》、《小学正蒙》、《瞰堂诗草》(同治刊本《福建通

---

① 柯愈春《清人诗文集总目提要》著录《恰恰堂文集》四卷,钞本,福建师范大学图书馆藏;《恰恰堂文稿》不分卷,稿本,福建省图书馆藏(第1380页)。

志》卷七十二)、《敬日堂四书文》(陈笃彬、苏黎明《泉州古代著述》第278页)

李丹桂:《因亭小学论》、《拙拙草》一卷(同治刊本《福建通志》卷八十二)、(参校)《二程粹言》、(参校)《二程语录》、(参校)《濂洛风雅》、(参校)《延平文集》(陈笃彬、苏黎明《泉州古代著述》第279页)

陈大玠:《台垣奏草》(《泉州古代著述》第279页作《台垣奏章》)、《宰郧治谱》、《经史讲义》、《笋湄内篇》、《陈元臣诗文集》、《恭和诗》(同治刊本《福建通志》卷七十三)、(修)《临漳县志》(雍正九年本)、《四书文初稿》、《四书文近稿》、《四书文续稿》、《进呈经史讲义》、《诗集》、《文集》(陈笃彬、苏黎明《泉州古代著述》第279页)、《笋湄公南谱》(咸丰五年台湾松云轩刻本)

陈淑均:《噶玛兰厅志》八卷(《台湾文献史料丛刊》第160种,大通书局1984年版)

黄士锦:《集古愚见》、《闲吟集》、《近园真稿》(同治刊本《福建通志》卷七十二)、《学庸讲义》(《泉州古代著述》第360页一作《学庸解义》)、《葩经讲义》、《四书解题集古》、《愚见》、(纂)《乐陵县志》(陈笃彬、苏黎明《泉州古代著述》第279页)

晋江黄锡衮:《白叶乡杏塘金山记》、《金墩黄府集传》、《肇盛诗集》、《起凤山隐读集》、《潘湖叟黄大学士文集》十卷(李光地《皇清特进光禄大夫东阁大学士赠太傅谥文僖潘湖叟黄公墓志铭》刻石)、《潘湖鸣凤集传》、《肇盛炳朱诗集》、《潘湖叟起凤隐读集》、《金湖白叶黄武烈记》、《黄潘湖叟诗集》、《金湖黄卿相纪闻》、《黄大学士文集》、《潘湖黄中堂炳朱史话》、《(黄)一鲁兵法要则》等数十卷

方翀:《谈经拾瀋》(《泉州古代著述》作《谈经拾遗》)、《四书考》、《方音释咙》、《梦行秘集》(同治刊本《福建通志》卷七十二)、《不已言集》二十卷(清刻本,福建省图书馆藏)、《说梦行秘集》、《时文评》等百余卷(陈笃彬、苏黎明《泉州古代著述》第280页)、《不己言集》二十卷(清刻本,福建省图书馆藏。李灵年等《清人别集总目》第225页)

洪士辅:《四书约说》、《南溪袖草》、《亦直集》、《鸣秋集》、《北行集》(同治刊本《福建通志》卷七十二)、《鉴荆堂》(陈笃彬、苏黎明《泉州古代著述》第280页)

薛人龙:《周易说约》、《古文唐制元裔》、《唐宋大家文选》(同治刊本《福建通志》卷七十二)

谢巩:《易经撮要》、《怡亭诗文集》(同治刊本《福建通志》卷七十二)

林简士:《林敬亭诗文集》(同治刊本《福建通志》卷七十二)

蔡图:《翥南声诗集》(同治刊本《福建通志》卷七十二)

朱升元:《时亭诗文稿》(同治刊本《福建通志》卷七十二)、(纂)《晋江县志》十六卷(陈笃彬、苏黎明《泉州古代著述》第299页)

池光远:《韬园诗文集》(同治刊本《福建通志》卷七十二)

朱莲:《十韵草堂诗文集》(同治刊本《福建通志》卷七十二)

庄(榜姓王)名夏:《周易象解》、《易经精说》(同治刊本《福建通志》卷七十二)

陈石钟:《陈敬榕诗文集》(同治刊本《福建通志》卷七十二)、《礼记解》、《春秋辨义》、《敬榕文集》、《诗集》(陈笃彬、苏黎明《泉州古代著述》第280页)、《礼记春秋辨义》(民国《南安县志》卷三十一《文苑传》本传)

王士让:《禹贡古今考》一卷、《洪范说》一卷、《周礼通》一卷、《仪礼紃解》十七卷(同治刊本《福建通志·文苑传》张源义传作十二卷)、《六经紃解》六卷、《五行解》一卷、《井田考》一卷、《学校》一卷、《王尚卿遗集》一卷(同治刊本《福建通志》卷七十三)、《六经训言》、《仪礼解》(陈笃彬、苏黎明《泉州古代著述》第281页)

陈可远:《大易参订》、《周礼训解》、《礼记定本》、《朱子纲目详论》(《泉州古代著述》第281页作《参订朱子纲目详论》)、《涧香编》(《泉州古代著述》第281页作《润香编时文》)、《宋四家诗评》(同治刊本《福建通志》卷七十三)

陈皋:《周易标旨》、《葩经纂要》、《轮山存真(稿)》、《愧雅轩诗集》、《鹤崖后稿》各若干卷(同治刊本《福建通志》卷七十三)

庄名夏:《周易象解》、《易经正说》(陈笃彬、苏黎明《泉州古代著述》第282页)

蔡澄:《变卦图说》(同治刊本《福建通志》卷七十二)、《大易解题纪要》、《晋江县志》(陈笃彬、苏黎明《泉州古代著述》第282、299页)、《时文喜猎篇》、《贻谷集》(陈笃彬、苏黎明《泉州古代著述》,第314页)

洪奕懿:《小学实义》(民国《南安县志》卷四十五《艺文志》)

洪鹏化:《四书翼讲》(陈笃彬、苏黎明《泉州古代著述》第282页,第360页作洪鹏)

柯菁莪:《策学制艺》(民国《南安县志》卷四十五《艺文志》)

洪成(榜名盛):《易理云峰》、《四书要解》(同治刊本《福建通志》卷七十三)、《经论文稿》(陈笃彬、苏黎明《泉州古代著述》第282页)

黄中祉:《四书集信诸艺》(陈笃彬、苏黎明《泉州古代著述》第282页)

林鹏扬:《穆斋经义》(陈笃彬、苏黎明《泉州古代著述》第282页)

林丰玉:《后学程序》(陈笃彬、苏黎明《泉州古代著述》第282页)

林翼池:《尚书捷解》、《读史约》(《泉州古代著述》第299页作《读史约编》)、《来凤县志》、《鹭洲拾草》、《远游草》、《闲居草》、《知义集》(同治刊本《福建通志》卷七十三)、《尚书训解》、《周易管见》(陈笃彬、苏黎明《泉州古代著述》第282页)、《远游闲居集》、《浏江文集》(陈笃彬、苏黎明《泉州古代著述》,第317页)、《知以集》、《远游闲居》(施懿琳、廖美玉《台湾古典文学大事年表·明清篇》第169页)

刘天泽:《四书述酌》(陈笃彬、苏黎明《泉州古代著述》第282页)

陈允(一作元)锡:《十三经解》、《史纬》三百三十卷、《诸子钞》、《古今诗删》四卷、《古今文删》、《亹斋诗删》五卷、《续诗删》一卷、《诗删未刻稿》一卷、《半千集》一卷、《三征草》一卷、《天心草》一卷、《近草》一卷(同治刊本《福建通志》卷七十二)、《二十一史纬》三百二十卷、《古诗删》三卷、《唐诗删》五卷、《宋元金诗删》三卷、《明诗删》四卷、《亹斋文选》二卷、《半千集》二卷、《古今文选》、《亹斋集》(陈笃彬、苏黎明《泉州古代著述》第282页)、《亹斋诗删》存四卷(康熙间刻本,台北"中央图书馆"藏)(柯愈春《清人诗文集总目提要》第238页)

陈桂洲:《评史》、《希绿窝制艺》、《四书虑得篇》、《修公堂遗稿》(陈笃彬、苏黎明《泉州古代著述》第291页)、《希绿窝文稿》、《虑得篇》(民国《南安县志》卷四十五《艺文志》)

王得一:《师中纪绩》一卷(陈笃彬、苏黎明《泉州古代著述》第292页)

黄鹏扬:《五经纂诂》、《读史吟评》一卷、《史评辨正》四卷、《裂缯编》(《永春州志》作《瓦雷编》)、《瓦雷编诗集》(同治刊本《福建通志》卷八十二)、《四书汇解》、《葩经文稿》、《诗集》(陈笃彬、苏黎明《泉州古代著述》第294页)

周高芳:《易经要旨》、《梅崖四书解》(《泉州古代著述》第317页作《四书解》)(同治刊本《福建通志》卷八十二)

王必昌:(纂)《德化县志》十八卷、(纂)《台湾县志》十五卷、《甲园内外编》、《文集》(同治刊本《福建通志》卷八十一)、(选刊)《图南书院课艺》

张星徽(张先岳):《春秋四传管窥》三十二卷、《天下要书》十八卷、《循良前传约编》四卷(《四库全书总目》作《历代名吏录》,《泉州古代著述》第295页作四卷)、《先儒精义会通》九十八卷、《湘山诗文集》(《泉州古代著述》第295页作《湖山诗文稿》)(同治刊本《福建通志》卷七十三)、《四传管窥》(民国《同安县志》卷二十五《艺文志》所录张星徽《四传管窥自序》)、《历代名臣传》(民国《福建通志》总卷三十九,《福建文苑传(清一)》卷七张星徽本传)、《评注战国策全集》十卷、《辛酉乡墨》(陈笃彬、苏黎明《泉州古代著述》第295页)

张赞宗:《史评》、《澹若斋前后编》、《井桃集》、《余狂集》、《咏古集》(《泉州古代著述》第296页作《咏古》)、《蜩音词》(同治刊本《福建通志》卷七十三)

张对墀:《同江诗文集》(同治刊本《福建通志》卷七十三。民国《福建通志·福建艺文志》存目卷四十二作十二卷)、《同江四书文》(陈笃彬、苏黎明《泉州古代著述》,第314页)

陈宝鑰:《春秋遵惧篇》二十六卷、《绿野堂评史》二卷、《铁围山堂集》一卷、《楚游纪诗钞》一卷、《吴越游纪诗钞》一卷、《鹭梦纪诗钞》一卷、《秣陵游纪诗钞》一卷、《草草纪诗钞》一卷、《悠悠纪诗钞》一卷、《蜀游纪诗钞》一卷、《吴行纪诗钞》一卷(同治刊本《福建通志》卷七十二)、《陶陶亭》诸集(谢其铨《丁戊山小志》)、《陈绿崖诗稿》、《陈绿崖诗》一卷(柯愈春《清人诗文集总目提要》第 41 页)

夏琳:《闽海纪要》二卷、《海纪辑要》三卷、《闽海纪略》一卷(陈笃彬、苏黎明《泉州古代著述》第 297 页)

尤天舆:《温陵先正文藏》(民国《福建通志》总卷二十五,《福建艺文志》卷七十一)

叶(榜姓赵)献论:《叶怀蓼诗集》(同治刊本《福建通志》卷七十三)、《玉川诗集》、(合纂)《南安县志》二十卷(陈笃彬、苏黎明《泉州古代著述》第 297 页)

杨英:《延平王户官杨英从征实录》(续修四库全书第 444 册)

郭储琰:《镜山逸事》(陈笃彬、苏黎明《泉州古代著述》第 298 页)

黄尚:《历辨》一部(陈笃彬、苏黎明《泉州古代著述》第 298 页)

林忠顺:《苏浙棠音》、《史评》(《泉州古代著述》第 298 页作二卷)、《古雷篇诗文二集》(同治刊本《福建通志》卷七十二)、《古雷篇》二卷、《诗文集》(陈笃彬、苏黎明《泉州古代著述》,第 314 页)

林(陈)洪熙:《吧游纪略》(陈笃彬、苏黎明《泉州古代著述》第 298 页)

吴之楷:《史通》一卷(同治刊本《福建通志》卷七十二。《泉州古代著述》第 298 页作《史运》)

吴皖:《经史瓅言》四卷、《瓅言二集三集》、《题叶堂集》三卷、《轮山诗刻》、《幔亭游稿》(同治刊本《福建通志》卷七十三)、《巢言二集》三卷(陈笃彬、苏黎明《泉州古代著述》第 299 页)

黄廷昌:《大田县志》(陈笃彬、苏黎明《泉州古代著述》第 299 页)

张云路:《台湾志》(陈笃彬、苏黎明《泉州古代著述》第 299 页)

洪龙见:《安溪县志》(陈笃彬、苏黎明《泉州古代著述》第 299 页)

林志远:《历代史白》(陈笃彬、苏黎明《泉州古代著述》第 299 页)

林君升:《舟师绳墨》一卷、《救荒备览》一卷(陈笃彬、苏黎明《泉州古代著述》第 299 页)、《自遗偶作》(陈笃彬、苏黎明《泉州古代著述》,第 317 页)

许琰(一作许炎):《齐河县志》、《旧平县志》、《普陀山志》(陈笃彬、苏黎明《泉州古代著述》第 299 页)、《宁我堂集》、《玉森粹稿》、《鳌峰近咏》、《余麟集》、《水派集》、《方知集》、《瑶州文集》、《诗余词调》(《泉州古代著述》第 318 页)、《宁我草堂诗钞》十四卷(乾隆六年刻本。柯愈春《清人诗文集总目提要》第 557 页)

周奠邦:《易说岁鉴》(《泉州古代著述》第 283 页作《易说》,第 299 页作《岁鉴》)、《史汇》四卷、《恕醉集》(同治刊本《福建通志》卷七十三)

康亮:《经学明辨》二卷、《论史勺言》(《泉州古代著述》第 299 页作《读史勺言》)四卷、《史记衷平》四卷(同治刊本《福建通志》卷七十三)

林嗣环:《岭南纪略》、《荔枝话》一卷、《湖舫集》、《燕来集》(民国《福建通志・福建艺文志》卷六十四、《国朝全闽诗录初集》续集卷一作《燕来诗》)、《过霞集》、《剑外编》、《铁虱诗》、《羼音》、《榕邸诗》、《回雁草》、《海鱼编》、《铁崖诗文集》(同治刊本《福建通志》卷七十二)、《铁崖文集》、《铁崖诗集》、《湖舫存稿》、《过霞诗》、《犀音》(陈笃彬、苏黎明《泉州古代著述》第 303 页)

南靖陈常夏:《课儿家乘》、《江园文集》十四卷(同治刊本《福建通志》卷七十四)、《江园集》十五卷(康熙二十五年刻本,国家图书馆藏;民国《福建通志》总卷三十九,《福建文苑传(清一)》卷七,陈常夏传)、《江园诗文集》十五卷(福建师范大学图书馆藏卷八至卷十四,传抄本六册)

黄荐:《诗可解》、《南皋比事》、《南皋诗文集》、《越吟》、《吴越纪行草》(同治刊本《福建通志》卷七十二)、《诗集》、《毛诗解》(陈笃彬、苏黎明《泉州古代著述》第 308 页)

黄日祚:《迩园集》(同治刊本《福建通志》卷七十二)、《北游集》、《豫游集》(陈笃彬、苏黎明《泉州古代著述》第 309 页)

蔡震升:《梦白斋集》、《杯余三集》(同治刊本《福建通志》卷七十二)、《杯余二集》(陈笃彬、苏黎明《泉州古代著述》第309页)

黄(榜姓郑)朝阳:《瞻屺斋诗稿》一卷、《蜀道吟》一卷(同治刊本《福建通志》卷七十二)、《瞻屺斋存稿》五卷(陈笃彬、苏黎明《泉州古代著述》,第310页)

陈(榜姓杨)高翔:《陈巽园奏疏》一卷(同治刊本《福建通志》卷七十三)、《铙阳词令》、《蛾述小草》、《楞吟诗集》、《匡叟游吟》(陈笃彬、苏黎明《泉州古代著述》,第310页)

郑成功、郑经:《延平二王遗集》(玄览堂丛书续集本,福建省图书馆藏抄本;《福建地方文献及闽人著述综录》第118页)

郑经:《东壁楼集》(1674年刻本;《台湾古籍丛编》第二辑,福建教育出版社201年版)

郑缵祖:《远斋集》、《泥雪文钞》九卷、《雪泥集编诗》十卷(一作《泥雪集》)、《燕山纪游集》、《三春纪事集》、《海外文章》一卷、《汇香集》(同治刊本《福建通志》卷七十三)、《燕山纪游》、《三春纪事》、《雪泥诗集》十卷、《汇香编》、《蛛网落花》(陈笃彬、苏黎明《泉州古代著述》,第311页)、《水中雁字诗》一百二十篇、《雪泥集》(民国《南安县志》卷四十五《艺文志》)

郑缵绪:《乐闲堂集》、《石仓集》、《盾墨集》、《菊言集》、《致斋集》、《鲤湖草》(同治刊本《福建通志》卷七十三)、《菊言》、《致斋遗稿》、《乐闲堂遗稿》(陈笃彬、苏黎明《泉州古代著述》,第311页)

傅为霖:《绿绮堂诗集》(一作《旸谷集》)十五卷、《文集》五卷、《别集》六卷、《后集》二卷(民国《福建通志·福建艺文志》卷六十四云一作《旸谷诗文集》,含前四种)(同治刊本《福建通志》卷七十三。陈笃彬、苏黎明《泉州古代著述》第311页作《旸谷诗集》十五卷、《旸谷文集》五卷、《旸谷后集》二卷、《旸谷别集》六卷)、《旸谷诗集》、《文集》、《别集》(民国《福建通志》总卷三十六,《福建循吏传》卷十一本传)、《绿绮堂集》(《国朝全闽诗录初集》卷五傅为霖条)、《绿绮堂诗集》二十八卷①(康熙十年自刻本。又名《旸谷诗文集》)、《绿绮堂后集》二卷(柯愈春《清人诗文集总目提要》第167页)、《傅旸谷诗》一卷(魏宪《皇清百名家诗》本)

傅朴:《傅井公诗集》(同治刊本《福建通志》卷七十三)

池其绳:《诗纬》、《四书讲录》、《史眼》、《三极藏书》、《求斋别集》(同治刊本《福建通志》卷七十三)

粘本盛:《天中理牍》、《周公像赞》、《历代理学渊源像赞》、《导养初乘》、《道德经续注》、《忠书》、《滇试诗集》一卷(同治刊本《福建通志》卷七十三)、《道学世家像赞》、《滇试日纪》(民国《福建通志》总卷三十四,《福建列传》卷三十三本传)、《道养忠孝全书》四册(稿本,福建师范大学图书馆藏)、《道养全书》(康熙稿本)

粘继任:《卧云轩诗稿》(同治刊本《福建通志》卷七十二)、《卧云轩藏稿诗稿杂作》(陈笃彬、苏黎明《泉州古代著述》第349页)

李日爌:《至谊堂实纪》、《盘屿備言》(同治刻本(福建通志)卷七十三)

李兆庆:《教忠堂遗稿》(同治刻本(福建通志)卷七十三)

李日升:《读易管见》、《读老牖窥》、《即零集》、《山對稿》、《霞村诗集》(民国《福建通志·福建艺文志》存目卷四十二作《霞庄诗集》)(同治刊本《福建通志》卷七十三)

李日煋:《垩声》一卷、《平海机宜》、《海防私议》、《策台旧稿》(同治刻本(福建通志)卷七十三)、《李氏辑书》一百八卷(民国《福建通志》总卷二十五,《福建艺文志》卷十三。合《朱子集注》三十六卷、《朱子或问》三十六卷、《朱子精义》三十四卷、《朱子辑略》二卷)

李光地:《周易观象》十二卷(李文贞公全集本。《泉州古代著述》作《周易观象》十三卷)、《周易通论》四卷(李文贞公全集本)、(刻)《(御纂)周易折中》二十二卷首一卷(康熙五十四年刻本)、《周易观象

① 李灵年等《清人别集总目》著录傅为霖康熙十年刻本《绿绮堂旸谷集》诗集十五卷文集五卷别集六卷,其中诗集缺卷十一,国家图书馆藏(第2253页)。

大指》二卷(李文贞公全集本、榕村全书本)、《李文贞公易义》(清抄本)、《易义前选》五卷(榕村全书本)、《中庸章段》一卷(李文贞公全集本)、《中庸余论》一卷(李文贞公全集本)、《中庸四记》一卷(榕村全书本)、《读论语札记》二卷(李文贞公全集本。陈寿祺《安溪李文贞公全书总序》作《论语劄记》二卷)、《读孟子札记》二卷(李文贞公全集本。陈寿祺《安溪李文贞公全书总序》作《孟子劄记》一卷)、《大学古本说》一卷(康熙五十九年刻本)、《四书解义》二卷(康熙五十九年刻本)、(刻)《韩子粹言》一卷(康熙五十二年国子监刻本。民国《福建通志·福建艺文志》卷四十二作作二册)、《榕村通书篇》一卷(四部备要本)、《通书》一卷(李文贞公全集本)、《正蒙注(解)》二卷(李文贞公全集本。民国《福建通志·福建艺文志》卷四十二作《注解正蒙》二卷)、(刻)《二程子遗书纂》二卷、(刻)《二程子外书纂》一卷(李文贞公全集本)、《榕村语录》三十卷(李文贞公全集本)、《榕村制艺》初集一卷二集一卷三集一卷四集一卷(李文贞公全集本)、《榕村语录续集》二十卷附《河洛奏对》一卷十册(旧抄本、光绪二十年石印本)、《榕村讲授》三卷(李文贞公全集本)、《性理》一卷(榕村全书本)、《御纂性理大全》六十六卷(康熙殿本)、《御纂性理精义》十二卷(康熙五十四年年刻本)、《孝经全注》一卷(李文贞公全集本)、《阴符经注》一卷、《参同契注》一卷(李文贞公全集本)、《御定星历考原》六卷(文渊阁四库全书本)、《握奇经订本》一卷(李文贞公全集本。一名《握奇经注》)、(刻)《榕村字画辨讹》二卷(李文贞公全集本,同治刊本《福建通志》、陈寿祺《安溪李文贞公全书总序》)作一卷)、《御定音韵阐微》十八卷首一卷(文渊阁四库全书本)、(刻)《榕村韵书》五卷(榕村全书本)、《诗所》八卷(雍正六年刻本)、《离骚经注》一卷(民国《福建通志·福建列传》本传作《离骚注》)、《九歌注》一卷(李文贞公解义三种本、榕村全书本)、《榕村全集》四十卷(乾隆元年刻本。民国《福建通志·福建艺文志》卷六十四作《榕村集》四十卷)、《榕村全集》(道光九年刻本)、《榕村全集文录》二卷(《国朝文录初编》本)、《榕村续集》七卷(榕村全书本)、《榕村别集》五卷(陈寿祺《安溪李文贞公全书总序》)作《别集》一卷)、《榕村制义》(李文贞公全集本)、《尚书解义》七篇一卷(民国《福建通志·福建艺文志》卷三作一卷,文渊阁四库全书本《尚书七篇解义》二卷)、《洪范新旧说二种》(民国《福建通志·福建列传》本传作《洪范说》,同书《福建艺文志》卷七十六作《洪范说》一卷)、《周礼笔记》二卷、《礼记改定篇目》、《朱子礼纂》五卷、《孝经全诠》(民国《福建通志·福建列传》本传作《孝经注》,同书《福建艺文志》卷七十六作《孝经全注》一卷)、《古乐经传》五卷(《泉州古代著述》作无卷数。民国《福建通志·福建列传》本传作《古乐经》)、《历象本要》一卷(民国《福建通志·福建列传》本传作《历象本义》,同书《福建艺文志》卷七十六作《历象本要》一卷)、《参同契章句》一卷(民国《福建通志·福建列传》本传作《参同契注》)、《通书解》、《太极图解》、《东西铭解》、(刻)《朱子语类四纂》五卷(陈寿祺《安溪李文贞公全书总序》作四卷)、(刻)《古文精藻》二卷(陈寿祺《安溪李文贞公全书总序》)作一卷)、《韩文考异》、(刻)《韩子粹言》二册、《榕村诗选》八卷、《春秋燬余》四卷(同治刊本《福建通志》卷七十三)、《孝经章句》一卷(民国《福建通志》总卷二十五,《福建艺文志》存目卷七)、《韵笺》(民国《福建通志》总卷二十五,《福建艺文志》卷十六)、《御纂朱子全书》六十六卷、(刻)《洪范说》、(刻)《孝经全传》、(刻)《春秋稿》、(刻)《河洛图说》、(刻)《乐书》、(刻)《握奇经注》、(刻)《榕村历代诗选》、(刻)《礼学四际约言》、(刻)《礼学纂编》、(刻)《文略内外编》(陈笃彬、苏黎明《泉州古代著述》第262-263页)、《古易校本》(民国《福建通志》总卷二十五,《福建艺文志》卷二《易四》)、《大司乐释义》一卷(民国《福建通志》总卷二十五,《福建艺文志》卷十四)、《劄记》一卷、《鳌峰讲义》一卷(民国《福建通志》总卷二十五,《福建艺文志》存目卷二十九)、《礼记述注》(林则徐《礼记纂训序》,《林则徐全集》第五册、《云左山房文钞》原稿卷五)、(刻)《李文贞全书》一百六十七卷(民国《福建通志》总卷二十五,《福建艺文志》卷七十六)、《洪范说》二卷(四库未收书辑刊第三辑影印康熙间刻本)、《榕村四书说》七卷、《御定月令辑要》二十四卷首一卷(文渊阁四库全书本)、《榕村全书》四十八种八十八册(泉州市图书馆藏道光九年刻本八十八册,乾隆初刻本道光补修本一百二十六册)、《李文贞公全集》(乾隆间刻本嘉庆补修本。泉州市图书馆藏)、《榕村全书》十册(福建人民出版社2013年版)、《榕村藏稿》四卷(清代诗文集珍本丛刊影印清刻本)、《李厚庵稿》一卷(清代诗文集珍本丛刊影印清钞本)、《周易观象》五册(何氏藏钞本。沈津《翁方纲年谱》第117页)、《续语录》二卷(陈寿祺《左海文集》卷六《安溪李文贞公全书总序》)、《榕村文集》十八卷(乾隆刻本,太原图书馆藏)、《榕村全集》四十卷别集五卷续集二卷(清刻本,广东省图书馆藏)、《榕村全集》一百二十卷(乾隆八年刻本,江西省图书馆藏)、《榕村全集》一百四十五卷(湖南省图书馆藏)、《榕村遗稿》(乾隆五十九年刻本,韩国梨花女子大学图书馆藏)(李灵年等《清人别集总目》第778页)

李鼎徵:《易经集说》、《四书集说》、《中庸集录待绎》(同治刊本《福建通志》卷七十三)

李钟旺:《诸经杂解》、《周官劄记》、《忆训录》、《丙申录》(《泉州古代著述》第268页作《重申录》,误)、《性理说心篇》(《泉州古代著述》第268页作《性理说新篇》,误)、《艮湖诗集》(同治刊本《福建通志》卷七十三)

李钟侨:《易说》(《泉州古代著述》第270页作八卷)、《诗经测义》四卷(《泉州古代著述》第270页作十卷)、《周礼天官说》、《论语讲蒙》(同治刊本《福建通志》卷七十三)、《尚书典谟》(陈笃彬、苏黎明《泉州古代著述》第270页)、《论语孟子讲蒙》十卷、《诗经测义》十卷、《易解》八卷(民国《福建通志》总卷三十四,《福建列传》卷三十四李钟侨本传)

李钟僼:《经义畸说》一卷、《天人賸谈》三卷(同治刊本《福建通志》卷七十三)、《四书集说》、《易经集说》、《中庸待释集录》(陈笃彬、苏黎明《泉州古代著述》第270页)

李天宠:《頫亭读易》、《诸经劄记》、《六经注疏》(同治刊本《福建通志》卷七十三)

李清载:《四书述言》、《榕斋诗草》一卷、《积斋文集》(同治刊本《福建通志》卷七十三)、《积斋诗集(民国《福建通志》总卷二十五,《福建艺文志》存目卷四十二)

李清江:《待行诗集》(同治刊本《福建通志》卷七十三)

李清时:《周易经义》(民国《福建通志》总卷三十四《福建列传》卷三十四本传作十二卷)、《朱子语类或问合纂》二十二卷(民国《福建通志》总卷三十四《福建列传》卷三十四本传题《合编朱子语类或问》二十二卷,《泉州古代著述》第270页作《朱子语类或问》二十二卷)、《蚕书》一卷、《泛牖约言》一卷、《治河事宜》数册(《泉州古代著述》第270页作一卷)(同治刊本《福建通志》卷七十三)

李光坡:《皋轩文编》十卷(雍正三年刻本,厦门大学图书馆藏)、《皋轩文编》五卷(乾隆三十二年刻本,泉州市图书馆藏)、《周礼述注》二十四卷、《仪礼述注》十七卷、《礼记述注》二十八卷(前三种合称《三礼述注》六十九卷)、《离骚注》、《皋轩文编》四卷(民国《福建通志·福建艺文志》卷六十四作一卷)(同治刊本《福建通志》卷七十三)、《皋轩文编》一卷(陈笃彬、苏黎明《泉州古代著述》第267页)、《三礼述注》、《性论》三篇(民国《福建通志》总卷三十八,《福建儒林传》卷五,李光坡本传)

李钟倬:《李世瞻诗文集》(同治刊本《福建通志》卷七十三)

李光坊:《蓼野诗集》(同治刊本《福建通志》卷七十三)

李光北:《春秋大义考》(《泉州古代著述》第294页作《春秋大义考订》)、《春秋正月辨论》、《伏窗诗集》(同治刊本《福建通志》卷七十三)、《甫半绝笔》(陈笃彬、苏黎明《泉州古代著述》第294页)

李光塽:《乐山》(同治刊本《福建通志》卷七十三)

李光墺:《考工发明》、《黄庭二景互注》、《沈余诗文集》(同治刊本《福建通志》卷七十三)、《黄庭二李经说》、《浉余诗集》、《浉余文集》、《昭代丛书》、(参纂)《大清一统志》、(参纂)《八旗人物志》(陈笃彬、苏黎明《泉州古代著述》第293页)

李光墺、李光型编次:《遵岩王先生文集》四十二卷(康熙五十年刻本)、《二李经说》(同治刊本《福建通志》卷七十三)

李光型:《台湾私议》、《彰德(府)人物志》、《趋庭录》、《批订王遵岩集》、《崇雅堂文集》(同治刊本《福建通志》卷七十三)、《农书辑要》、《易通正》、《洪范解》、《诗六艺说》、《文王世子解》、《天问解》(《清儒学案》卷四十一《李先生光型》)

李钟伦:《尚书典谟说》、《菜园遗书》、《四书节记》一卷、《历代姓系歌诀》一卷、《周官纂训》二十一卷(民国《福建通志·福建艺文志》卷五作《周礼训纂》二十一卷,《周礼训纂》,民国《福建通志·福建艺文志》卷七十六作《周礼纂训》)、《经书源流歌诀》、《三礼仪制歌诀》、《历代帝王歌诀》(后四种收入《榕村全书》附录)(同治刊本《福建通志》卷七十三)

李钟德:《李宣三诗集》(同治刊本《福建通志》卷七十三)

李清藻:《壁经梅书辨赝》、《经史杂记》(民国《福建通志·福建艺文志》存目卷三十五作《经史杂说》)、《庄子彼是天倪》、《李信侯诗文集》(同治刊本《福建通志》卷七十三)

李清馥:《道南讲授》十三卷(榕村全书本)、《闽中理学渊源考》九十二卷、《闽学志略》十七卷、《榕村谱录合考》(民国《福建通志·福建艺文志》卷七十六作二卷)、《清溪李氏世学考》、《道南讲授》(《泉州古代著述》第268页作十三卷)、《温陵学略》、《清源述志》(同治刊本《福建通志》卷七十三)、《闽学志略》十七卷(同治刊本《福建通志》卷七十三)、《榕村谱录合考》(《榕村全书》附。李灵年等《清人别集总目》第778页)

李清植:《浙嘤存愚》二卷(乾隆三十一年刻本、李文贞公全集本、光绪十八年浙江书局刻本。同治刊本《福建通志》一题《浙受存愚》)、《仪礼纂辑录》(民国《福建通志·福建艺文志》卷七十六作《仪礼纂录》,陈寿祺《李侍郎仪礼纂录序》作二卷)(榕村全书本)、《文贞公年谱》(民国《福建通志·福建艺文志》卷七十六作二卷)、《李穆亭诗文集》(同治刊本《福建通志》卷七十三)、《仪礼纂录》二卷(民国《福建通志》总卷二十五,《福建艺文志》卷六)、《六经训解》(陈寿祺《左海文集》卷六《安溪李文贞公全书总序》)、《李文贞公年谱》(乾隆刻本。李灵年等《清人别集总目》第778页)、《浙嘤存愚》一卷(光绪木刻本,云南省图书馆藏)、《安溪李清植先生遗书》(道光刻本,南京图书馆藏)(李灵年等《清人别集总目》,第816页)

李宗文:《律诗四辨》四卷、《使秦随笔》、《使粤随笔》、《郁斋诗文集》(同治刊本《福建通志》卷七十三)、(合著)《浙嘤存愚》(陈寿祺《左海文集》卷六《安溪李文贞公全书总序》)

李亨谦:《易经参说》、《四书要》、《四六典汇》、《南宾录》(同治刊本《福建通志》卷七十三)

李大濬:《周礼拾义》十卷(民国《福建通志》总卷二十五,《福建艺文志》卷五)

李宗度:《笔輶初编》六卷(同治刊本《福建通志》卷七十三)

丁焯:《雨航文集》(同治刊本《福建通志》卷七十二)

丁炜:(王士禛、施闰章选)《问山诗集》十卷《紫云词》一卷(康熙郗业堂刻本)、(黄与坚、叶映榴选)《问山文集》六卷(康熙刻本)、《问山文集》二卷(康熙刻本)、(王士禛、施闰章选)《问山文集》八卷《诗集》十卷附《紫云词》一卷(咸丰四年丁拱辰雁江景义堂重刻本)、《问山诗文集》八卷(咸丰四年重刻本)、《问山诗文集》诗三卷文八卷(咸丰四年重刻本)、《问山集》(清刻本)(《清人别集总目》第2页)、《问山堂集》十卷(民国十年据咸丰四年刻本重印,即《问山全集》)、《问山诗稿》一卷、《涉江集》一卷(民国《福建通志》总卷二十五,《福建艺文志》卷六十四)、《问山集》十卷、《涉江集》一卷(同治刊本《福建通志》卷七十二)、《问山诗集》二卷附《问山诗余》(康熙十五年刻本)、(重编)《问山诗集》十卷(陈笃彬、苏黎明《泉州古代著述》第301页)、《问山诗集》二卷、《问山诗余》(康熙十五年刻本。柯愈春《清人诗文集总目提要》第260页)

丁焯:《沧霞词》一卷、《沧霞诗集》(同治刊本《福建通志》卷七十二)

丁报珠:《含章诗集》一卷(民国《福建通志》总卷四十五,《福建列女传》卷六,丁报珠本传)

丁拱辰:《演炮图说》、《演炮图说辑要》四卷后编二卷三册(泉州会文堂咸丰元年刻本)、《演炮图说后编》、《增补则克录》(咸丰元年刻本)、《西洋军火图编》六卷、《西洋火轮车火轮船图说》、(刻)《丁问山文集》、(编)《改良分类尺牍》、《荔镜西厢》(陈笃彬、苏黎明《泉州古代著述》第334-335页)

黄吴祚:《又悔亭诗集》(同治刊本《福建通志》卷七十三)、《又悔亭诗》(《国朝全闽诗录初集》续卷六黄吴祚条)、《永公诗集》(陈笃彬、苏黎明《泉州古代著述》,第312页)

黄元高:《稚谷外编》三卷(同治刊本《福建通志》卷七十三。《泉州古代著述》第312页作《樨谷外

编》三卷）

蔡璿允（一作璿孕）：《五经摘要》、《纂四书徵》（《泉州古代著述》第360页作《汇纂四书征》）、《萃园秘集》、《分类杜诗选》（同治刊本《福建通志》卷七十二）

蔡仕麟：《莺蝶集》一卷、《白峰诗集》（陈笃彬、苏黎明《泉州古代著述》，第314页）

蔡时光：《谓何编》（陈笃彬、苏黎明《泉州古代著述》，第314页）

蔡起：《旅吟集》、《道性篇》（同治刊本《福建通志》卷七十二）

郭应元：《四书解》、《杜诗选》、《蓼洲诗文集》（同治刊本《福建通志》卷七十二）

黄熙缵：《谏垣奏议》、《傚庵诗集》（同治刊本《福建通志》卷七十二）、《栖霞山记》（陈笃彬、苏黎明《泉州古代著述》，第314页）

黄开泰：《刍言》（陈笃彬、苏黎明《泉州古代著述》第314页作《杂言》）二卷、《澹宁居诗文集》三卷（同治刊本《福建通志》卷七十二）

黄中炎（一作黄中琰）：《容斋诗文集》（同治刊本《福建通志》卷七十二）、《容斋诗草》、《容斋文集》（陈笃彬、苏黎明《泉州古代著述》，第314页）

李其丰：《诗文集》（陈笃彬、苏黎明《泉州古代著述》，第314页）

晋江陈兆蕃：《悟迷诗余》、《及斋诗文集》、《葡萄斋近咏》、《桐西浪语集》（同治刊本《福建通志》卷七十二）、《桐溪浪语诗集》、《倚楼书屋诗抄》（陈笃彬、苏黎明《泉州古代著述》，第314页）

陈晖：《诗集》（陈笃彬、苏黎明《泉州古代著述》，第315页）

晋江陈善：《学诗》一卷（同治刊本《福建通志》卷七十二）

吴朝琍：《扪虱轩余草》（同治刊本《福建通志》卷七十二。陈笃彬、苏黎明《泉州古代著述》第315页作《扪心轩余草》）

吴绍粟：《闻庵诗稿》（陈笃彬、苏黎明《泉州古代著述》，第315页）

何增元：《何念季稿》（陈笃彬、苏黎明《泉州古代著述》，第315页）

王天庆：《带山堂文集》八卷、《春江诗集》十二卷、《纪恩扈从诗》一卷、《登岱诗》一卷、《鸡冠花诗》一卷、《蝴蝶集唐》一卷（同治刊本《福建通志》卷七十二）、《蝴蝶集百首》（陈笃彬、苏黎明《泉州古代著述》，第315页）

庄延裕：《馆课诗文集》一卷（同治刊本《福建通志》卷七十二。陈笃彬、苏黎明《泉州古代著述》第315页作《馆课诗文》一卷）

施宪章：《紫帽山人诗集》十六卷（陈笃彬、苏黎明《泉州古代著述》第315页作十二卷）、《彭山草堂集》（《泉州古代著述》第315页作一卷）、《纪游草》一卷、《百花诗》一卷、《鼓琴编》一卷、《拟唐人试帖》一卷（同治刊本《福建通志》卷七十二）

颜世业：《屺园集》、《次瞻堂集》（陈笃彬、苏黎明《泉州古代著述》，第315页）

郭天锦：《津辕草》一卷（同治刊本《福建通志》卷七十二）、《辕草诗集》（陈笃彬、苏黎明《泉州古代著述》，第315页）

丁秉：《诗集》（陈笃彬、苏黎明《泉州古代著述》，第315页）

张汝瑚：《明八大家文选》、《明十二家文选》、《赏贤堂文集》、《匏野初集二集》二十卷（同治刊本《福建通志》卷七十二）、《匏野文集》二十卷（康熙视古堂刻本。国家图书馆藏）

苏国珍：《先正格言编》、《樵寄垂后录》（陈笃彬、苏黎明《泉州古代著述》，第315页）

杨旬瑛：《按粤疏稿》二卷（陈笃彬、苏黎明《泉州古代著述》第316页作一卷）（同治刊本《福建通志》卷七十二）

黄升：《峭园诗文集》、《峭园覆瓿集》（同治刊本《福建通志》卷七十三）、《哨园存稿》、《哨园诗稿集文》（民国《南安县志》卷四十五《艺文志》）

黄启渐：《熙藜斋稿》（民国《南安县志》卷四十五《艺文志》）

吴得元:《自述垂后录》(民国《南安县志》卷四十五《艺文志》)

吴元华:《西岩稿》(民国《南安县志》卷四十五《艺文志》、卷三十一《文苑传》本传)

叶为章:《东园文集》(陈笃彬、苏黎明《泉州古代著述》,第316页)

苏铎:《诗集》(陈笃彬、苏黎明《泉州古代著述》,第316页)

尤珪:《裁律诗》(民国《南安县志》卷四十五《艺文志》)

傅应时:《诗文集》(民国《南安县志》卷四十五《艺文志》)

何家骏:《何日千诗集》(同治刊本《福建通志》卷七十二。民国《福建通志·福建艺文志》存目卷四十二作《何日干诗集》)

张用修:《程墨经国》(陈笃彬、苏黎明《泉州古代著述》,第316页)

张元嘉:《树滋堂稿》(陈笃彬、苏黎明《泉州古代著述》,第316页)

王(榜姓卢)复吉:《悠然堂诗文集》(同治刊本《福建通志》卷七十三。陈笃彬、苏黎明《泉州古代著述》第317页作《悠然堂诗集》)

潘思光:《诗文集》(陈笃彬、苏黎明《泉州古代著述》,第317页)

李符象:《梅棚诗集》(陈笃彬、苏黎明《泉州古代著述》,第317页)

李国桢:《藏懒集》(陈笃彬、苏黎明《泉州古代著述》,第317页)

林作舟:《巨溪焚余草》(陈笃彬、苏黎明《泉州古代著述》,第317页)

郑梦馨:《昆陵诗集》(同治刊本《福建通志》卷八十二。《泉州古代著述》第317页作《昆化诗草》)

郑克容:《昨非庵日纂》(陈笃彬、苏黎明《泉州古代著述》,第317页)

邱人麟:《易书诗春秋训释》(陈笃彬、苏黎明《泉州古代著述》,第317页)

章夏时:《船峰诗文集》、《帽顶贼纪事》(陈笃彬、苏黎明《泉州古代著述》,第317页)

林鼎麟:《自怡草》(陈笃彬、苏黎明《泉州古代著述》,第317页)

徐颖:《四书备考》、《诸子片玉》、《玉川诗集》(同治刊本《福建通志》卷八十一)、《玉川诗》(陈笃彬、苏黎明《泉州古代著述》,第317页)

李其蔚:《至见录》、《磊园纪概》(陈笃彬、苏黎明《泉州古代著述》第317页作《磊园纪概集》)、《秋怀集》(同治刊本《福建通志》卷七十三)

吴必达:《碧溪诗集》四卷(同治刊本《福建通志》卷七十三。陈笃彬、苏黎明《泉州古代著述》第318页作《碧涯诗草》)

庄科达:《经史诠释》二十四卷(陈笃彬、苏黎明《泉州古代著述》第283页作二十二卷)、《古今自得》二十四卷(同治刊本《福建通志》卷七十三)

叶晴峰:《宋诗论世》、《泉山文献》(《泉州古代著述》第318页作《泉州文献》)、《闽中诗话》(同治刊本《福建通志》卷七十三)

叶廷梅:《抒箧诗集》、《灞溪文集》(同治刊本《福建通志》卷七十三)、《灞溪杂作》(陈笃彬、苏黎明《泉州古代著述》第318页)

许其鏐:《许含之诗文集》(同治刊本《福建通志》卷七十三)、《诗集》(《泉州古代著述》第318页)

曾源昌:《台湾杂咏》、《逢齐诗集》(施懿琳、廖美玉《台湾古典文学大事年表·明清篇》第126页)

黄成振:《四书存要》五卷、《学庸存要补编》二卷、《晃岩诗》一卷、《九闽赋》二卷(同治刊本《福建通志》卷七十三。陈笃彬、苏黎明《泉州古代著述》第318页作《日光岩诗》一卷、《九闽赋》一卷)

戴希朱(戴凤仪):《诗山书院志》十卷(光绪间刻本,北京师范大学图书馆藏)、(修)《南安县志》若干卷(民国《福建通志》总卷三十九,《福建文苑传》卷九本传)、《松村诗草》七卷(民国铅印本)、《郭山庙志》(光绪刻本,福建农林大学图书馆藏)、《四书阐义》、《理学渊源考》、《朱子配议》、《弘子全书》、《朱陆异同论》、《松村语类》、《松村文集》、《地球辨》、《古文札记》、《历史例义》、(修)(民国)《南安县志》五十卷(陈笃彬、苏黎明《泉州古代著述》第324页)、《松村联集》、《诗山学堂训诂》(民国《南安县志》卷四十

五《艺文志》)

戴绍箕:《松村续草》(民国铅印本,泉州市文管会藏)、《松村续集》(民国《南安县志》卷四十五《艺文志》)

柯辂:《读经笔记》二卷、《读经节钞》二十卷、《闽中文献》一百卷、《闽中旧事》三十卷、《山川古迹》(陈笃彬、苏黎明《泉州古代著述》第326页作《山川古迹录》)二十卷、《人物管见录》二十四卷、《天文气候录》一卷、《闽中考古录》一卷(《泉州古代著述》第326页作《闽中古录》)、《史鉴意录》十二卷(陈笃彬、苏黎明《泉州古代著述》第326页作二卷)、《宋事摭疑》(陈笃彬、苏黎明《泉州古代著述》第326页作《宋事摭录》)八卷、《元旧事录》二卷、《明旧事录》(《泉州古代著述》第326页作《明旧事摭录》)十三卷、《知非得寸录》十卷、《古事丛述》三十卷(民国《福建通志·福建艺文志》存目卷三十五作三十二卷)、《小贺笃谷杂记》三卷、《课余笔记》五卷、《青毡笔录》三十卷(民国《福建通志·福建艺文志》存目卷三十五作三十二卷,陈笃彬、苏黎明《泉州古代著述》第325页作二十三卷)、《寒灯忆述》十六卷、《困痺忆录》四卷、《燕居谈录》二十卷、《正论格言》二十卷、《三余录》八十卷、《墨纪》四十八卷、《老笔记》十五卷、《诸子撮语》四卷、《阴阳理气五行论》一卷、《朱子地理论》一卷、《东瀛笔谈》四卷、《樵川纪闻》四卷、《温陵旧闻》四卷、《虫鱼考类》二卷、《草木考类》二卷、《器物偶举》二卷、《清源文献续纂合编》十九卷(陈笃彬、苏黎明《泉州古代著述》第326页作《清源文献纂续合编》三十六卷,福建师范大学图书馆藏)、《闽中管豹集》四十卷、《古怡堂诗钞》十五卷、《文海蠡勺》十卷、《淳庵诗文集》五十二卷、《淳庵存笔》四十卷、《蔗尾集》十卷、《诗学摭余》三十卷、《闽中诗话》十七卷、《晚香圃老人诗话》四十卷、《淳庵老人诗话》二十卷、《南皋草堂诗话》十三卷(陈笃彬、苏黎明《泉州古代著述》第326页作二十三卷)(同治刊本《福建通志》卷七十二)、《柯淳庵手抄笔记》一卷(道光钞本,泉州市文管会藏)、《淳庵文集》六卷六册(嘉庆钞本,福建省图书馆藏)、《子书撮要》四卷、《制义》一卷、《日下旧闻》三卷(陈笃彬、苏黎明《泉州古代著述》第326页)等合四十七部八百六十余卷(同治刊本《福建通志·文苑传》柯辂本传)、《淳庵未刻稿》四卷(陈棨仁《桐西旧话》)、《淳庵诗文稿手迹》一卷(嘉庆九年稿本,桂林图书馆藏)、《淳庵未刻稿》二卷(道光间稿本,台北"中央图书馆"藏)、《淳庵存笔》不分卷一册(稿本,泉州市文管会藏)(柯愈春《清人诗文集总目提要》第937页)、《柯淳庵诗文集》十二卷(嘉庆邵武樵川学舍木活字本,福建省图书馆藏)、《淳庵诗文集》存二十卷(稿本,厦门大学图书馆藏,王志双《〈清人诗文集总目提要〉订补八则》)

柯鸿逵:《周易粹中》(同治刊本《福建通志》卷七十二)

柯廷璟:《周易难解》、《筮衍涉笔》、《修俟堂文集》、《辟尘余诗集》(同治刊本《福建通志》卷七十二)、《笃辉堂制义》、《周易解》(陈笃彬、苏黎明《泉州古代著述》第327页)

柯廷瓒:《易经发蒙》、《学庸要言》、《诸史撮要》(同治刊本《福建通志》卷七十二)、《史鉴撮要》(陈笃彬、苏黎明《泉州古代著述》第333页)、《省堂传稿》(同书,第350页)

陈国仕:《丰州集稿》十五卷(光绪三十年天白阁稿本,厦门大学图书馆藏。李灵年等《清人别集总目》第1294页)、《璧堂钱谱》、(王念修、陈国仕)《春秋书法汇钞》、《丰州集稿》十四卷首一卷(稿本。王志双《〈清人诗文集总目提要〉订补八则》)、《﨟泉钞》(抄本一册,泉州市图书馆藏)、《﨟藏略考》(光绪间拓本一册,泉州市图书馆藏)

南平陈国琦:《剑津二陈诗钞》(民国十五年、十九年铅印本。李灵年等《清人别集总目》第1295页)

林彖:《自怡诗集》八卷(嘉庆十五年刻本)、《易堂文钞》二卷(嘉庆十六年刻本)(柯愈春《清人诗文集总目提要》第884页)

许南英:《窥园留草》①一卷[附《窥园词》一卷、《窥园先生自定年谱》一卷(许赞堃补编)、(许地山撰)《窥园先生诗传》](民国二十二年北平刻本,中国科学院图书馆藏)、《张君(张鸿南)事略》(民国五

① 李灵年等《清人别集总目》题《窥园留草》不分卷词一卷,民国二十二年排印本(第607页)。

年编)、《窥园词》一卷(北平和济印书局民国二十二年铅印本《窥园留草》附)、《窥园吟草》(张继定、徐俐华《八闽文化世家》,第295页)

许地山:《语体文法大纲》(上海生活书店1921年版)、《佛藏子目引得》(燕京大学图书馆编纂处1923年版)、《缀网劳蛛》(商务印书馆1925年版)、《商人妇》(商务印书馆1925年版)、《空山灵雨》(商务印书馆1925年版)、《无法投递之邮件》(北平文化学社1925年版)、《孟加拉民间故事》(商务印书馆1929年版)、《印度文学》(商务印书馆1930年版)、《落花生达衷集》(商务印书馆1931年版)、《解放者》(北平星云堂书店1933年版)、《道教史》(商务印书馆1934年版)、《春桃》(上海生活书店1935年版)、《落花生创作选》(上海仿古书屋1936年版)、《扶箕迷信的研究》(商务印书馆1941年版)、《萤灯》(香港进步教育出版社1941年版)、《许地山语文论集》(香港新文学学会1941年版)、《国粹与国学》(商务印书馆1946年版)、《杂感集》(商务印书馆1946年版)、《危巢坠简》(商务印书馆1947年版)、《许地山选集》(开明书局1951年版)、《云笈七签校异》、《中国道教史》上卷(张继定、徐俐华《八闽文化世家》,第298页)

邱锡熙:《丙寅存稿》

邱韵香:《绣英阁诗钞》

张超南:《素圃春灯录》二卷、《张黎春灯合选录》(一名《张黎春灯合刻》。与黎六禾合辑)

张起南:《橐园春灯话》二卷、《橐园诗词文集》四卷

黄匀:《周易阐义》、《五经精义》、《学庸精义》、《乡党条义》、《卓峰随笔》(同治刊本《福建通志》卷七十三)、《春秋精义》、《四书解题》、《论文绳墨》、《古文山渊》、《律诗类格》、《律赋举隅》(民国《南安县志》卷三十《儒林传》)、《四书颂解》、《律赋类格》、《卓峰笔集》(民国《南安县志》卷四十五《艺文志》)

林学洲:《少岩赋草》四卷(光绪刻本,泉州市图书馆藏)、(编)《丰州书院小课》(道光刻本)、《丰州赋课外集》(光绪刻本)(陈笃彬、苏黎明《泉州古代著述》第327页)、(评)《增订少嵒赋草》四卷二册(光绪三十年刻本)

尤捷鳌:《闽中理学渊源考》、《泉郡德行事业考》、《闽理学名贤宗派》、《四书阐注》(民国《南安县志》卷四十五《艺文志》)

李维修(李嘉瑞):《寸寸集》(民国二十四年排印本。李灵年等《清人别集总目》第820页)、《寸寸集诗草》、《悲秋剧话集》、《寝石山馆印存》、《梅林画剩》

黄世德:《劳轩课艺》(陈笃彬、苏黎明《泉州古代著述》第327页)

柯伟生、柯可栋:《问渠芝兰制义》(陈笃彬、苏黎明《泉州古代著述》第327页)

蔡鸿捷:《天和堂读书密记》、《庭闻录》、《愿陋录》、《天和堂杂著》、《勿非室隐箴》、《闽学编》(同治刊本《福建通志》卷七十二)、《评点孟子》(陈笃彬、苏黎明《泉州古代著述》第327页)、《知堂读书密记》、《知堂杂著》、《慕江时文》(陈笃彬、苏黎明《泉州古代著述》第349页)、《慕江诗文稿》六卷(柯愈春《清人诗文集总目提要》第1050页)

蔡鸿儒:《墨稼余闲录》、《桐谚常谈录》、《柳堂琐录》、《帚石诗话》、《帚石诗钞》、《阆湖草》(陈寿祺《蔡兼秋诗序》作一卷)(同治刊本《福建通志》卷七十二)、《荔桐书屋诗钞》、《文集》、《诗话》(陈寿祺《蔡兼秋诗序》作二卷)、《李氏蒙求释注》十余种(民国《福建通志》总卷三十九,《福建文苑传》卷八本传)、《蝶楼琐录》(民国《福建通志》总卷二十五,《福建艺文志》存目卷三十五)、《杂志讲演录》、《读杜随笔》、《劝学迩言》十余种(陈笃彬、苏黎明《泉州古代著述》第341页)、《帚石路》四册(陈寿祺《左海文集》卷六《蔡兼秋诗序》)、《兼秋遗稿》不分卷一册(钞本,中国科学院图书馆藏)

叶克明:《四书辑览》(民国《南安县志》卷四十五《艺文志》)、《四书解题》(民国《南安县志》卷三十一《文苑传》本传)

叶鸿元:《易义撮要》(陈笃彬、苏黎明《泉州古代著述》第328页)、《醒园吟稿》(陈笃彬、苏黎明《泉州古代著述》第350页)

吴宏谟:《梅滩制艺》(民国《南安县志》卷四十五《艺文志》)

吴大年:《易经精义》、《诗文集》(民国《南安县志》卷三十一《文苑传》本传)

吴国钧:《象数要式》(陈笃彬、苏黎明《泉州古代著述》第 328 页)、《回天籍》、《省田拾记》二卷(同书,第 350 页)

吴瑶光:《四书解》四卷、《制义正宗》、《随笔》(民国《南安县志》卷四十五《艺文志》)

陈德亨:《五经聚会论》、《真不可解论》、《狮穴辨真论》(陈笃彬、苏黎明《泉州古代著述》第 328 页)、《宋真宗论》(同书,第 333 页)

陈耀磻:《删辑尔雅撮要》一卷(陈笃彬、苏黎明《泉州古代著述》第 328 页)、《同城琐记》一卷(同书,第 333 页)、《修斋要录》(同书,第 350 页)

傅鸿飞:《贡助彻辨》、《五迁图说》、《祫禘律吕数》(陈笃彬、苏黎明《泉州古代著述》第 328 页)

吕玉珩:《周易撮要》、《大学中庸集解》、《时艺》、《课儿帖括》(陈笃彬、苏黎明《泉州古代著述》第 328 页)、《大学中庸要解》(民国《南安县志》卷四十五《艺文志》)、《周礼撮要》(民国《南安县志》卷三十一《文苑传》)

许南彬:《易说精言》、《六壬妙解》(陈笃彬、苏黎明《泉州古代著述》第 328 页)、《井田参考》(陈笃彬、苏黎明《泉州古代著述》第 333 页)

释佛化:《易浅解》(民国《南安县志》卷四十五《艺文志》)

蔡永蒹:《西山杂志》(陈笃彬、苏黎明《泉州古代著述》第 330 页)

郑兼才:《台湾守城私记》、《粕余集》三卷、《憎见篇》(陈寿祺《左海文集》卷十《代德化绅士请以郑教谕崇祀乡贤呈词》作《憎见集》)二卷(同治刊本《福建通志》卷八十一)、《六亭文集》十二卷六册[①](集分《宜居集》三卷、《愈瘖录》三卷、《杂著》六卷三种。嘉庆刻本,福建省图书馆藏。民国《福建通志》总卷四十,《福建儒行传》卷五陈思敬传)、《六亭诗文集》(民国《福建通志》总卷四十,《福建儒行传》卷五郑兼才本传)、《六亭文选》(台湾文献丛刻本)、《粕余诗集》(陈笃彬、苏黎明《泉州古代著述》第 331 页)、《台湾县志》、《台湾府志》(同书,第 355 页)、《郑六亭诗钞》(民国《福建通志》总卷二十五,《福建艺文志》卷六十六)

周学曾:(纂)(道光)《晋江县志》(稿本,福建省图书馆藏)、《温陵赋抄》十卷(光绪刻本,泉州市文管会藏)

苏镜潭:《东宁百咏》、(与陈蓁刻)《南安县志》四十八卷(泉州市图书馆藏)、《迟香楼随笔》(泉州红兰馆小丛书本,泉州市图书馆藏)(陈笃彬、苏黎明《泉州古代著述》第 332 页)

尤垂青:《诗文杂作》一部、(与尤垂珍合编)《温陵先正文藏》不分卷八册(乾隆二十一年刻本,泉州市图书馆藏)

陈尧钦:《泉志昌后录》、《方志论集》(陈笃彬、苏黎明《泉州古代著述》第 333 页)

洪荣:《黉序备考》、《石竹庙志》(民国《南安县志》卷四十五《艺文志》)

佚名:《温陵沟渠水志》(陈笃彬、苏黎明《泉州古代著述》第 333 页)

吴锡璜:《中西温热串解》八卷、《中西脉学》二卷、《中风论》二卷、《喉科明辨》二卷、《加批三因方》八卷、《诊断学讲义》二卷、《身体学讲义》二卷、《八大传染讲义》一卷、《卫生学讲义》一卷、《杂病学讲义》一卷、《儿科学讲义》一卷、《妇科学讲义》一卷、《十三科医学全书》二十卷(陈笃彬、苏黎明《泉州古代著述》第 336 页)

南安黄谦:《汇音妙悟》、《增补汇音妙悟》(泉州市图书馆藏。《泉州古代著述》第 345 页)

诏安林友石(竹宾):《逸园诗草》五卷(民国十六年、三十七年排印本。李灵年等《清人别集总目》第 1363 页)

---

① 李灵年等《清人别集总目》著录别本《六亭文集》□卷,福建王兴源台湾刻本,残本,厦门图书馆藏(第 1503 页)。

黄启太:《逸翰楼文集》一部(四卷四册,光绪三十四年刻本,泉州市图书馆藏。包含《武功矿志》、《壮悔堂诗抄》)、《逸翰楼诗集》一部、《墨迹未干》一部、《词曲闲评》一卷)、《前明乐府》一部不分卷(光绪稿本,泉州市图书馆藏)、《逸翰楼丛书》(光绪间刻本,厦门大学南洋研究所藏)(陈笃彬、苏黎明《泉州古代著述》第345页)、《松风阁书画跋》一卷、《二跋》一卷、《临池纂要》二卷(光绪二十八年刻本。泉州市图书馆藏)、《恕斋随笔》三卷三册(光绪、宣统间刻本)、《逸翰楼诗集》一卷二集一卷三集一卷(光绪三十四年刻本,三册。泉州市图书馆藏)、《逸翰楼尺牍》六册(稿本)、《逸翰楼赋稿》一卷一册(稿本)、《逸翰幽楼文集》一卷一册(稿本)

宋应祥:《古梅山馆诗存》一卷(泉州红兰馆小丛书本,泉州市图书馆藏)、《九日山两游诗册》(石印本,泉州市图书馆藏)(陈笃彬、苏黎明《泉州古代著述》第345-346页)

陈启仪:《仰苏山房诗稿》(陈笃彬、苏黎明《泉州古代著述》第346页)

徐云骧:《琼田书舍试艺》、《丛玉轩文稿》、《诗文词赋集》、《唐宋诗醇编次》(陈笃彬、苏黎明《泉州古代著述》第346页)

傅炳煌:《种竹斋集》(民国《南安县志》卷三十一《文苑传》本传)

郑超英:《冠军试草》、《诗文集》(民国《南安县志》卷三十一《文苑传》本传)

潘澄洋:《制艺备览》(民国《南安县志》卷三十一《文苑传》本传)

戴捷鲲:《丰州课艺诗舫合选》、《榕川试艺》(民国《南安县志》卷三十一《文苑传》本传)

傅国英:《双溪诗赋集》(民国《南安县志》卷三十一《文苑传》本传)

释海明:《诗集》二卷(陈笃彬、苏黎明《泉州古代著述》第347页)

郭鸣高:《经史印示儿浅说》、《虫鸟吟诗稿》(陈笃彬、苏黎明《泉州古代著述》第348页)

杨庆修:《游杭日记》(陈笃彬、苏黎明《泉州古代著述》第348页。杨庆修至蒋保年著作,泉州市图书馆藏)

黄悟生:《蛾生诗存》(陈笃彬、苏黎明《泉州古代著述》第348页)

杨介人:《畅所欲言》(陈笃彬、苏黎明《泉州古代著述》第348页)

张大河:《七家诗辑注汇抄》(陈笃彬、苏黎明《泉州古代著述》第348页)

释如幻:《瘦松集》(陈笃彬、苏黎明《泉州古代著述》第348页)、(释海印重编)《雪峰如幻禅师瘦松集》八卷首一卷(光绪十八年石印本,四册)

王玉书:《棣香亭诗钞》不分卷(清刻本,泉州市图书馆藏。柯愈春《清人诗文集总目提要》第1737页)

苏惕:《雪梅集》(陈笃彬、苏黎明《泉州古代著述》第348页)

李慕韩:《怀斋诗存》(陈笃彬、苏黎明《泉州古代著述》第348页)

蒋保年:《绘秋楼诗抄》二卷(陈笃彬、苏黎明《泉州古代著述》第348页)

沈栖亚:《泉中歌谣集》(陈笃彬、苏黎明《泉州古代著述》第348页。沈栖亚至释道余著作,泉州市文管会藏)

施钟德:《者身鉴》(陈笃彬、苏黎明《泉州古代著述》第348页)

释道余:《雪峰语录》、《雪峰诗集》(陈笃彬、苏黎明《泉州古代著述》第348页)

王晨曜:《王文学遗草》(民国《福建通志》总卷二十五,《福建艺文志》卷六十六。国家图书馆藏)

张逊荣:《万岁修行经》(陈笃彬、苏黎明《泉州古代著述》第349页。福建师范大学图书馆藏)

颜履泰:《肃斋生平志诗稿》八卷(陈笃彬、苏黎明《泉州古代著述》第349页。福建师范大学图书馆藏)

黄家鼎:《马巷集》(陈笃彬、苏黎明《泉州古代著述》第349页。福建师范大学图书馆藏)

胡铉:《椽笔楼初集》二卷(陈笃彬、苏黎明《泉州古代著述》第349页。福建师范大学图书馆藏)

晋江黄彬:《草庵集》(陈笃彬、苏黎明《泉州古代著述》第349页)

黄夔:《四箴堂古文选》五卷、《读唐偶订》二卷、《尺蠖居诗余》二卷、《双声识录》二卷、《南溟诗集》

六卷(同治刊本《福建通志》卷七十二)、《古文今归》三卷、《增删诗话》二卷(陈笃彬、苏黎明《泉州古代著述》第349页)、《尺木居集》(清钞本,南京图书馆藏。柯愈春《清人诗文集总目提要》第840页)

蔡观光:《诗文集》(陈笃彬、苏黎明《泉州古代著述》第349页)

蔡云鹏:《翔辉堂诗文集》(陈笃彬、苏黎明《泉州古代著述》第349页作《翔辉堂诗集文集时文》)、《湘游草》(同治刊本《福建通志》卷七十二)、《眼中山水吟卷》(郑开禧《知守斋诗初集》卷三《送蔡鲲南孝廉下第归温陵即题其眼中山水吟卷》)

林如皋:《花阴馆印谱》五卷(同治刊本《福建通志》卷七十二,《泉州古代著述》第349页作《花荫馆印谱》五卷)

王克峻:《三辛诗集注释》(同治刊本《福建通志》卷七十二)、《古今文诗赋》(陈笃彬、苏黎明《泉州古代著述》第349页)

晋江张锦:《鉴湖亭稿》(陈笃彬、苏黎明《泉州古代著述》第349页)

张信和:《暇日诗草》(陈笃彬、苏黎明《泉州古代著述》第349页)

周禹:《勤斋制义诗赋稿》(陈笃彬、苏黎明《泉州古代著述》第349页)

吴种德:《萼斋讲授》(陈笃彬、苏黎明《泉州古代著述》第349页)

爱兰仙:《诗集》一卷(同治刊本《福建通志》卷二百五十三,《列女传》闺秀"郭氏"条)

方量明:《集事诗鉴注释》(陈笃彬、苏黎明《泉州古代著述》第350页)

曾遒:《桐阴旧迹诗记》(陈笃彬、苏黎明《泉州古代著述》第350页)

曾宝光:《焚余赋稿》、《姑存诗集》(同治刊本《福建通志》卷七十二)、《姑留诗集》、《雕虫小草》、《镂金试帖》、《时文求是稿》、《瞻岵稿》、《栖亭试艺》(陈笃彬、苏黎明《泉州古代著述》第350页)

曾濠:《鱼川诗草》(同治刊本《福建通志》卷七十二)、《鱼川时文》(陈笃彬、苏黎明《泉州古代著述》第350页)

龚元:《四书集说》(同治刊本《福建通志》卷七十二)、《文稿》(陈笃彬、苏黎明《泉州古代著述》第350页)

吴霞举:《字韵合参》(民国《南安县志》卷三十一《文苑传》本传、陈笃彬、苏黎明《泉州古代著述》第350页)

吴国乡:《梅南专稿》、《墨痴杂咏》一卷(同治刊本《福建通志》卷七十二)、《梅南律赋》(民国《南安县志》卷四十五《艺文志》)

吴载赓:《东池续集》(同治刊本《福建通志》卷七十三)、《东池草续编》(民国《南安县志》卷三十一《文苑传》本传)

吴光然:《回天籍》三卷、《说略五十言》、《俟龙正稿》四卷、《敬爱敦睦稿》四卷、《省田拾记》四卷、《仰斋稿》四卷、《象数要式》四卷(民国《南安县志》卷四十五《艺文志》、陈笃彬、苏黎明《泉州古代著述》第350页)

傅修孟:《弃余诗文集》四卷(同治刊本《福建通志》卷七十三)、《同稼堂稿》(民国《南安县志》卷四十五《艺文志》)

傅金范:《春秋遵传》、《古学类记》(同治刊本《福建通志》卷七十三)、《唐宋诗醇》(民国《南安县志》卷三十一《文苑传》)、《古学汇记》(民国《南安县志》卷四十五《艺文志》)

叶作霖:《困知类记》(陈笃彬、苏黎明《泉州古代著述》第350页)

戴华昌:《挹翠堂诗集》(民国《南安县志》卷四十五《艺文志》)

张灏:《梅山诗稿》(民国《南安县志》卷三十一《文苑传》附张化龙传、陈笃彬、苏黎明《泉州古代著述》第350页)

李(榜姓黄)允昌(一作李孕昌):《学山园稿》(同治刊本《福建通志》卷八七十二)、《学山园专稿》(民国《南安县志》卷四十五《艺文志》)

吕宗健:《嫩吟编》、《懒春集》(民国《南安县志》卷三十一《文苑传》本传)

洪凤翔:《支山文集》四卷、《诗集》四卷(同治刊本《福建通志》卷七十三。民国《南安县志》卷三十一《文苑传》分别作《岐山文集》四卷、《岐山诗集》四卷)

王严龙:《诗韵解》(《泉州古代著述》第351页作十卷)、《卜筮方书》七十二卷(同治刊本《福建通志》卷七十三)

安溪林文斗:《诗集》(陈笃彬、苏黎明《泉州古代著述》第351页)

陈浚芝:《竹梅吟草》(陈笃彬、苏黎明《泉州古代著述》第351页)

陈耐籍:《南游诗集》(陈笃彬、苏黎明《泉州古代著述》第351页)

林升璘:《自怡草》(陈笃彬、苏黎明《泉州古代著述》第351页)

林汝南:《鹏麓小草》(陈笃彬、苏黎明《泉州古代著述》第351页)

林省三:《海外诗集》四卷、《霞陵逸老集》一卷(陈笃彬、苏黎明《泉州古代著述》第351页)

林上年:《垂云诗草》(陈笃彬、苏黎明《泉州古代著述》第351页)

陈佩伟:《韵兰遗诗》(陈笃彬、苏黎明《泉州古代著述》第351页)

陈昌龄:《苑斋集》十二卷(陈笃彬、苏黎明《泉州古代著述》第351页)

李祥凯:《赋草》(陈笃彬、苏黎明《泉州古代著述》第351页)

郑鸣冈:《柱麓诗文集》三十二卷(陈笃彬、苏黎明《泉州古代著述》第351页)

郑尚先:《三觉草庐集》二卷(陈笃彬、苏黎明《泉州古代著述》第351页)

周自超:《环谷草堂诗集》(陈笃彬、苏黎明《泉州古代著述》第351页)

周联登:《存耕堂治谱》六十卷(陈笃彬、苏黎明《泉州古代著述》第351页)

周福谦:《牧箴诗稿》一卷(陈笃彬、苏黎明《泉州古代著述》第351页)

谢恩诏:《舟师绳墨》(陈笃彬、苏黎明《泉州古代著述》第351页)

潘标秀:《桃溪渔唱》二卷(陈笃彬、苏黎明《泉州古代著述》第351页)

同安王步蟾:《小兰雪堂诗集》十二卷(民国《福建通志》总卷二十五,《福建艺文志》卷六十六)

林遇青:《渔城诗草》一卷(乾隆间刻本,首都师范大学图书馆藏。柯愈春《清人诗文集总目提要》第569页)、《渔城诗文集》(《厦门志》)

林文湘:《酴醾山房诗集》(陈笃彬、苏黎明《泉州古代著述》第351页)

同安吴锡圭:《翠云小舍诗文稿》(陈笃彬、苏黎明《泉州古代著述》第351页)

张亥:《潜庵诗草》二卷(陈笃彬、苏黎明《泉州古代著述》第351页)

陈贻琨:《怡园诗草》一卷(陈笃彬、苏黎明《泉州古代著述》第351页)

凤山山人:《怡园诗草》一卷(陈笃彬、苏黎明《泉州古代著述》第351页)

胥贞咸:《鹤巢诗集》(陈笃彬、苏黎明《泉州古代著述》第351页)

童肯堂(童宗莹[①]):《什竹诗钞》(民国《同安县志》卷二十七《文苑传》本传)、《诗草》(陈笃彬、苏黎明《泉州古代著述》第351页)

童蒙求:《韵香诗草》一卷(陈笃彬、苏黎明《泉州古代著述》第351页)

童宗英:《什竹诗钞》(民国《同安县志》卷二十七《文苑传》本传)、《诗草》(陈笃彬、苏黎明《泉州古代著述》第351页)

颜润廷:《秋槎诗草》(陈笃彬、苏黎明《泉州古代著述》第351页)

汪西之:《诗草》一卷(陈笃彬、苏黎明《泉州古代著述》第351页)

周冕:《爱莲诗草》一卷(陈笃彬、苏黎明《泉州古代著述》第351页)

黄永:《五经发明》、《五经指南》、《春秋窥豹》、《历代纪年》、《道学源流》、《延平问答录》、《先儒学

---

① 民国《同安县志》录童宗莹《浔江渡口晚眺》(卷二十五,《艺文志》,影印第699页),作者名下注:"肯堂"。

记》、《省身要言》、《寡过编》、《陟三诗文集》(同治刊本《福建通志》卷七十三)、《春秋观牛》(陈笃彬、苏黎明《泉州古代著述》第360页)

胡必相:《周礼串珠》(民国《霞浦县志》卷二十五《艺文志》)

袁起龙:《四书讲义》(民国《霞浦县志》卷二十五《艺文志》)

陈德先:《王制精义》、《冬官精义》、《居易澄源集》(民国《霞浦县志》卷二十五《艺文志》)

朱孔时:《怡情诗稿》、《萃珍集》(民国《霞浦县志》卷二十五《艺文志》)

林开燧:《雪深咏》、《活人录》(民国《霞浦县志》卷二十五《艺文志》)

王赓:《息轩吟》、《见山咏》(民国《霞浦县志》卷二十五《艺文志》)、《易序》、《秦州四时咏》(民国《霞浦县志》卷三十五《隐逸传》本传)

张光孝:《竹江论史》、《兰陔诗集》(民国《霞浦县志》卷二十五《艺文志》)

李大琛:《晓苍诗集》(民国《霞浦县志》卷二十五《艺文志》)

吴国翰:《蟫余诗稿》上下二卷(清钞本,福建省图书馆藏;民国《霞浦县志》卷二十五《艺文志》)

吴寿坤:《读我书室诗存》六卷(民国《霞浦县志》卷二十五《艺文志》)

笑笑山人:《鸣鸟集》一卷(民国《霞浦县志》卷二十五《艺文志》)

卢清:《莲麓画册诗钞》(民国《霞浦县志》卷二十五《艺文志》。朱仕琇《梅崖居士外集》卷二《莲麓画册诗序》)

卢元铮:《易解》(民国《霞浦县志》卷二十五,《艺文志》所录张甄陶《诸生卢元铮墓志铭》)

卢澍:《四书文稿》(民国《霞浦县志》卷三十《儒林传》卢澍本传)

卢季章:《右青遗著》、《警砖遗著》、《三层楼吟草》(民国《霞浦县志》卷二十五《艺文志》)

郑国基:《医学秘录》(民国《霞浦县志》卷二十五《艺文志》)

叶鸣高:《台江诗集》(民国《霞浦县志》卷二十五《艺文志》)

卢庆瑜:《昆石遗著》(民国《霞浦县志》卷二十五《艺文志》)

张元愷:《道岩诗集》一本(民国《霞浦县志》卷二十五《艺文志》)

张光璧:《闽中吟》、《榖侯诗稿》六卷(民国《霞浦县志》卷二十五《艺文志》)

张彦僔:《缢薰楼诗集》、《挹薰楼文集》(民国《霞浦县志》卷二十五《艺文志》)

张彦俦:《曲楼文集》、《曲楼吟稿》、《埙篪集》、《竹江诗集》八卷(民国《霞浦县志》卷二十五《艺文志》)、《四书瞭掌集》、《偃佩录》一卷、《香祖别墅文稿》四卷、《竹江论史》六卷、《试笔》六卷《曲楼诗稿》四卷、《游瓯吟笔》一卷、《京尘日记》一卷、《京部洗耳录》一卷(民国《霞浦县志》卷三十《儒林传》张彦俦本传)

张彦传:《遣余集》、《应声集》、《衰白集》(民国《霞浦县志》卷二十五《艺文志》)

林研庄:《林研庄诗集》(民国《福建通志》总卷二十五,《福建艺文志》卷六十五)

林泰:《远峰诗存》二卷①(同治刊本《福建通志》卷八十二)、《双树生诗草》一卷(《春晖堂丛书》本,咸丰元年刻本,国家图书馆藏;同治元年补刻本,国家图书馆藏;《仲瞿诗录》附录本,咸丰间刻本,南京图书馆藏;稿本,一册,上海图书馆藏。柯愈春《清人诗文集总目提要》第848页)、《双树生诗草》一卷(稿本,国家图书馆藏;《春晖堂丛书》责,厦门图书馆等藏。李灵年等《清人别集总目》第1360页)

林炳辰:《研庄诗集》一卷(嘉庆间刻本,附《远峰诗存》后。柯愈春《清人诗文集总目提要》第1108页)

魏茂林:《有不为斋文稿》(无卷数,残底稿本,《贩书偶记》著录;不分卷,清钞本,国家图书馆藏。柯愈春《清人诗文集总目提要》第1136页)、(合辑)《清秘述闻续》十六卷(中华书局1982年版)、(辑)《郭大理遗稿》八卷(道光二十四年刻本,中国科学院图书馆藏。柯愈春《清人诗文集总目提要》第1193页)

---

① 柯愈春《清人诗文集总目提要》著录此集,作者林镐,初名泰,一名实,字远峰,自号双树生,龙岩人。诗学袁枚,与吴锡麒、洪亮吉等唱酬(第848页)。

郭如璧:《问青集》(同治刊本《福建通志》卷六十九)

郭如奎:《疑舫小草》(同治刊本《福建通志》卷六十九)

曾懋蔚:《芸晖堂集》十卷(同治刊本《福建通志》卷六十九)

曾麟祥:《友云楼诗集》(同治刊本《福建通志》卷六十九)

曾元荫:《米山集》(同治刊本《福建通志》卷六十九)

林鼎复:《华鄂堂诗集》四卷(同治刊本《福建通志》卷六十九)、《华鄂堂集》(《国朝全闽诗录初集》卷五本传)

林日芃:《涵秋医方》(同治刊本《福建通志》卷六十九)、《涵秋堂诗文稿》七卷、(修)《张秋志》(柯愈春《清人诗文集总目提要》第102页)

陈碧登:《绿天亭稿》(民国《长乐县志》卷十四上《选举上》)

陈羹臣:《作梅文稿》、(纂)《朱子文集》(民国《长乐县志》卷十四上《选举上》)

陈翀:《海霞诗集》(民国《长乐县志》卷十九)

陈毓贤:《南阳考懿集》三卷(同治刊本《福建通志》。民国《长乐县志》卷十九题作《南阳陈氏考懿集》)

陈有统:《伤寒论注》、《医学阐微》、《环海吟草》(《重修南阳陈氏族谱》本传、民国《长乐县志》卷二十七本传)

陈楠斋:《江田诗系辑存》(杨浚《陈广文江田诗系辑存序》)

陈骧:《中轩》、《蓟游》(《重修南阳陈氏族谱》本传)

陈騄:《偶庵集》二十卷(《重修南阳陈氏族谱》本传、同治刊本《福建通志》卷六十九)、《偶庵集》一卷(陈声骏编《江田诗系》稿本,上海图书馆藏。柯愈春《清人诗文集总目提要》第202页)

陈寿仁:《四书典制汇参》、《读史管见》、《陆宣公奏疏摘要》、《李忠定公全集批跋》、《岳庙志略》、《删定家存金石文字考》(《清代硃卷集成》第三三八册,陈善贶履历,影印第40页)

陈庚焕:《惕园全集》[①]、《谬言意言》一卷、《庄岳谈》二卷、《童子摭谈》一卷(惕园全书本)、《林孺人言行录》一卷(民国《长乐县志》卷二十九下《贤媛传》陈峰妻林氏传)、《五经补义》、《二十二史图》、《二十二史人物表》、《二十二史年表》、《于麓塾谈》一卷、《师门瓣香录》一卷(同治刊本《福建通志》卷六十九注一作二卷)、《尊闻录》一卷、《庄岳谈》一卷、《北窗随笔》、《畜德随笔》、《崇德同心录》一卷、《易堂隐德录》一卷(民国《长乐县志·艺文志》作六卷)、《林太孺人言行略》、《日记古人言行录》、《惕园文稿》十六卷、《外稿》一卷(同治刊本《福建通志》卷六十九云此两种一题《惕园初稿》十七卷)、《诗稿漫存》四卷、《闽学源流说》一卷、《气禀说》一卷、《二十二史图经》、《闽学赘说》(民国《长乐县志·儒林传》本传作《问学赘说》)一卷、《易堂德隐录》六卷、《惕园诗文稿》(《桐城派编年》第406页)、《惕园文初稿》十六卷、《文外稿》一卷、《诗稿漫存》四卷、《遗稿》十卷(刘声木《桐城文学渊源考》卷十一)、《惕园初稿》、《惕园文外集》、《惕园诗稿》、《惕园遗稿》(《桐城文学渊源撰述考·补遗引用书目》第47页)、《惕园初稿》十七卷(民国《福建通志》总卷四十,《福建儒行传》卷五,陈庚焕本传)、《陈惕园先生全集》(余潜士《陈惕园先生全集序》,《姑留稿》卷一)、《惕园丛书》(余潜士《惕园丛书序》,《姑留稿》卷一)、《惕园先生全集》十九卷等百余种(民国《福建通志》总卷二十五,《福建艺文志》卷六十六)、《惕园初稿》文二卷(道光十九年、咸丰元年、光绪二十六年《国朝文录初编》本)

陈庆年:《横山乡人类稿》(民国间刻本)

陈时夏:《学庸译注》二卷、《周礼要解》二卷、《榕轩诗村》一卷(《重修南阳陈氏族谱》本传)、《夏榕

---

① 柯愈春《清人诗文集总目提要》著录《惕园全集》二十九卷,咸丰元年刻本,分初稿十六卷、外稿一卷、诗稿二卷、遗稿十卷,国家图书馆藏;《惕园初稿》十卷、《外稿》一卷,道光元年木活字本,福建省图书馆藏;《尊闻录》一卷,清钞本,福建省图书馆藏(第933页)。李灵年等《清人别集总目》著录南京图书馆、江西省图书馆、日本静嘉堂文库藏咸丰元年有有斋《惕园全集》本"《惕园诗稿》二卷《初稿》十六卷《外稿》一卷《书札》仅存二卷"当指陈庚焕《惕园全集》中存世的别集著作(第1297页)。

轩诗存》(民国《长乐县志》卷十九《艺文志》)

田氏(陈时夏妻):《敬和堂笔训》(民国《长乐县志》卷十九《艺文志》)

长乐陈宗英:《惕园岁纪》一卷(咸丰元年《惕园全集》附)、《壶中诗文草》(余潜士《陈楠斋壶中诗文草序》,《姑留草》卷一)

陈汝楫:《学庸迩言》二卷(民国《长乐县志》卷二十五《文苑传》本传)

陈骝:《雪鸿堂集》十卷(同治刊本《福建通志》卷六十九)、《雪鸿堂诗文集》十卷、《南雅堂纪事》、《中轩集》(民国《长乐县志》卷十九)、《金陵怀古》(《重修南阳陈氏族谱》本传)、《蓟游草》、《南雅堂纪事》(民国《长乐县志》卷十九《艺文志》)、(编)《长乐陈氏诗系》(民国《福建通志》总卷二十五,《福建艺文志》卷七十一)

陈子钦:《铁云集》(同治刊本《福建通志》卷六十九。民国《福建通志·福建艺文志》存目卷四十二作《镇云集》)

陈希友:《焚余草》一卷(江田诗系本)、《蓼岩集》(同治刊本《福建通志》)、《粤中吟草》(民国《长乐县志》卷十九)

陈肇曾:《春秋四传辨疑》、《江田陈氏诗系》三十六卷、《陈昌基诗集》(同治刊本《福建通志》卷六十八)、《濯缨堂集》(民国《长乐县志》卷十九)、《日记诗》(钱谦益《牧斋有学集》卷十八《陈昌箕日记诗叙》)

陈念祖:《伤寒论浅注》、《伤寒方论》四卷、《金匮要略浅注》十卷(林则徐《陈修园医书叙》作十二卷,注作十卷)、《(金匮)歌括》六卷(林则徐《陈修园医书叙》作《金匮歌括》四卷)、《医学实在易》六卷、《医学实在难》、《女科要旨》四卷、《景岳新方八阵砭》四卷、《十药神书评注》、《时方妙用》四卷、《时方歌括》二卷、《本草经读》四卷、《医学三字经》四卷(此四种总称《公余四种》)(民国《长乐县志》卷十九《艺文志》)、《伤寒浅注》、《十叶神书详注》(同治刊本《福建通志》卷六十九)、《神农本草经注》四卷、《难经浅说》四卷、《删补尤注金匮要略》四卷、《删补柯注伤寒论》六卷、《伤寒类方集注》四卷、《新注活人百问》二十卷、《金匮浅说》二十四卷、《医学偶录》四卷、《所托斋医诀》六卷、《新订喻嘉言医案金针》二卷(民国《福建通志》总卷四十四,《福建艺术传》卷三,陈念祖本传)、《医诀》三卷(民国《福建通志》总卷二十五,《福建艺文志》卷四十六)、《陈修园二十一种》一部(《郑孝胥日记》,第533页)

陈范:《四书讲章》(同治刊本《福建通志》卷六十九)、《二闻堂集》(《重修南阳陈氏族谱》本传)

陈化龙:《归山吟诗草》(民国《长乐县志》卷二十三本传。卷十九《艺文志》题《归天草》)

陈金汉:《西行诗帙》、《海外近作》(民国《长乐县志》卷二十三陈化龙本传、卷十九《艺文志》)

陈畴:《北行纪事诗集》(民国《长乐县志》卷十九《艺文志》)

陈尧书:《政余吟草》一卷(民国《长乐县志》卷二十四本传)

陈兆泰:《证治一隅》十六卷、《医学时习》十二卷、《万方主治》八卷(民国《长乐县志》卷二十七本传)

陈晓:《书经串解》、《诗经串解》(同治刊本《福建通志》卷六十九)

高于冈:《松源纪迹》、《问轩诗集》二卷、《卢山续吟》一卷(同治刊本《福建通志》卷六十九)

林豫吉:《诗经谛解》六卷、《管子删定》八卷、《南华约旨》八卷、《三才叙断》三十卷、《续离骚》四卷(此五种卷数均据民国《福建通志·福建文苑传》卷七林豫吉本传补)、《松址集》(同治刊本《福建通志》卷六十九)、《文集》十二卷、《四子书谛解》六卷、《纂周礼》六卷(民国《福建通志》总卷三十九,《福建文苑传》卷七林豫吉本传)、《松址文集》三十卷、《林松址诗集》三卷(民国《福建通志》总卷二十五,《福建艺文志》卷六十四)、《北行即景诗》一卷(康熙间刻本)、《林松址诗》(郭柏苍《竹间十日话》卷一)

严梦两(一作严梦雨):《居官格言》、《贻经堂诗集》(同治刊本《福建通志》卷六十九)

郑纯礼:《梦蕉轩集》(同治刊本《福建通志》卷六十九。民国《长乐县志》卷二十四本传一作《梦樵轩集》)

欧阳上超:《周易本义删补便读》三卷(同治刊本《福建通志》卷六十九)

吴第:《五经俟论》、《纲目诸论》、《纲目地舆要览》(同治刊本《福建通志》卷六十九)

吴化:《希轩文集》(同治刊本《福建通志》卷六十九)

郑汉章:《宦游文集》、《舒啸集》(同治刊本《福建通志》卷六十九)、《宦游舒啸诗集》(民国《福建通志》总卷三十六,《福建循吏传》卷十二,郑汉章传)

陈学良:《刺桐纪游》(同治刊本《福建通志》卷六十九)

邱玉山:《两峰自订稿》四卷、《崇安县志》(同治刊本《福建通志》卷六十九)、《两峰诗集》四卷(民国《长乐县志》卷二十六本传)

陈可御:《诗经领要》四卷(同治刊本《福建通志》卷六十九)

欧阳文:《闽书集说》五卷(同治刊本《福建通志》卷六十九)

林邦锡:《乐天诗集》(同治刊本《福建通志》卷六十九)

长乐林翰:《寄乐轩诗集》(同治刊本《福建通志》卷六十九)

陈昌蚤:《瑮言诗选》(同治刊本《福建通志》卷六十九)

严尚英:《塔影斋诗集》、《塔影斋诗话》二卷(同治刊本《福建通志》卷六十九)

陈赉:《医学研余》六卷(民国《长乐县志》卷二十七本传)

王嘉宾:《竹溪笔记》四卷(民国《长乐县志》卷二十六本传)

林观成:《四书集注辑液》、《止学准备》、《修田警言》、《云窗自警》、《史论》(民国《长乐县志》卷二十六本传)、《制义平秩集》(林则徐《林则徐全集》第五册《制义平秩集序》)

郑勋:《洗耳余音》、《和蟀吟》(民国《长乐县志》卷二十六本传)

陈名宾:《理学真伪论》、《书经讲述》(民国《长乐县志》卷二十六本传)

郑兴宽:《含哺吟》、《海滨哺唱》、《杂赋》、《碁谱》(民国《长乐县志》卷二十七本传)

陈万春:《诗经编义》八卷(民国《长乐县志》卷十九《艺文志》、卷二十五《文苑传》本传)

陈澍霖:《秋田吟草》二卷(民国《长乐县志》卷十九《艺文志》)

陈澍云:《漱芳山房诗集》三卷、《(漱芳山房)文集》一卷(民国《长乐县志》卷十九《艺文志》)

刘永标:《盥白斋诗钞》(同治刊本《福建通志》卷六十九。民国《长乐县志》、民国《福建通志·文苑传》刘永标传作四卷。柯愈春《清人诗文集总目提要》第940页著录四卷,道光八年刻本,中山大学图书馆藏)、《盥白斋集》(陈世镕《福州西湖宛在堂诗龛征录》)、《盥白斋诗》(民国《福建通志》总卷二十五,《福建艺文志》卷六十五)、《盥白斋稿》(陈衍《石遗室诗话》卷二十一,第十三条,注)、《盥白斋诗钞》三卷(清钞本,福建省图书馆藏。柯愈春《清人诗文集总目提要》第940页)

刘建藩:《东圃文稿》(同治刊本《福建通志》卷六十九)

刘建庚:《有不为斋诗集》、《有不为斋文稿》(同治刊本《福建通志》卷六十九)、《有不为斋诗文集》(民国《长乐县志》卷十九《艺文志》)、《争秋馆诗钞》(清铅印本,《续修四库全书》著录。柯愈春《清人诗文集总目提要》第1414页)

刘建韶:《宜兰室集》(民国《长乐县志》卷十九《艺文志》)、《宜兰室制义》(卢前《八股文小史》。林则徐撰《刘闻石制艺序》,《云左山房文钞》原稿卷三)

刘德威:《霁岩文稿》(民国《长乐县志》卷十九《艺文志》)、《周官辨非》(民国《长乐县志》刘永标传)

刘建枢:《九一山房稿》(民国《长乐县志》刘永标传。《艺文志》作刘建区,误)

郑琼诏:《临文敬避》(光绪四年刻本)

王元麟:《秋江集注》六卷(道光二十三年东山家塾刻本。民国《长乐县志·艺文志》题《秋江集注释》)

王溱:《韵学指南》、《福鼎方言》、《左赋》、《四书笔记》、《诗释人》、《说文音声谱》、《文选音韵》、《经典释文校证》(民国《长乐县志》卷二十五本传)、《足雨宧诗钞》[①]四卷(同治六年刻本,南京图书馆藏,李

① 柯愈春《清人诗文集总目提要》著录此集两种:清钞本,一卷,福建省图书馆藏;同治六年刻本,四卷,南京图书馆藏(第1348页)。

灵年等《清人别集总目》第76页。余潜士《王成旗足雨宦诗稿序》作《足雨宦诗稿》)、《足雨簃诗钞》一卷(钞本,福建省图书馆藏。《清人别集总目》第76页)

杨元挺:《学庸正宗》、《杨于岩诗文集》、《古文评本》(同治刊本《福建通志》卷六十九)

杨文奎:《西汉文评选》(民国《长乐县志》卷十四上《选举上》贡生题名下注)

林琼蕤:《兰瑞堂文稿》(民国《长乐县志》卷十九《艺文志》题作《兰瑞堂稿》)、《四书说解》、《唐诗直解》、《左传评注》(民国《长乐县志》卷二十四《循绩传》本传)

谢肇凤:《一麈亭诗集》(同治刊本《福建通志》卷六十九)

谢绍鼎:《四书辩讹》、《春草堂诗剧》(同治刊本《福建通志》卷六十九)

谢瑾:《偶见集》三十六卷、《怀溪诗话》八卷(民国《长乐县志》卷十九《艺文志》)

长乐林谦光:《台湾纪略》一卷(同治刊本《福建通志》卷六十九)、《台湾府志》《台湾赋》、《历朝甲子图》、《华鄂堂集》(民国《长乐县志》卷二十四本传)

黄一桂:《读左广义》(民国《长乐县志》卷二十五本传)

黄见三:《学宫景仰篇》四卷、《全史辑要》二卷(民国《长乐县志》本传、卷十九《艺文》)、《红楼梦广义》(秦淮梦《青山山农黄见三及其〈红楼梦广义〉》)

郑瑞凤:《小有池馆集》(民国《闽侯县志》卷六十八郑瑞凤本传)

郑祖庚:《闽县乡土志》、《侯官县乡土志》(民国《闽侯县志》卷六十八郑瑞凤传附)

潘文望:《熊轩子集》(民国《长乐县志》卷十四上《选举上》)

陈雨若:《剑花楼文集》(民国《长乐县志》卷十四上《选举上》)

黄绍安:《泰斋文稿》、(纂)《长乐县志》(民国《长乐县志》卷十四上《选举上》)

施文功:《读史论略》一卷(民国《长乐县志》卷十四上《选举上》)

郑绍虞(郑森荣):《苟有山房诗稿》一卷(民国《长乐县志》卷十四上《选举上》)、《掇拙吟小草》(1963年据妙远楼藏苟有山房原写本钞本,福建师范大学图书馆藏。李灵年等《清人别集总目》第1504页)

陈应驹:《亦足轩杂录》二卷、《游磁九梦》、《续梦》、《又梦》三集(民国《长乐县志》卷二十五本传)

陈亦瞻:《养正堂文集》(民国《长乐县志》卷二十五陈应驹传)

陈瑞唐:《养正书塾四书义》二卷(民国《长乐县志》卷二十五陈应驹传)

林蕊仙:《绣余吟集》(民国《长乐县志》卷十九《艺文志》。民国《长乐县志》本传题《绣余吟诗集》,民国《福建通志》本传题《绣余吟草》)

丁氏(林蕊仙母):《哀弦集》二卷(《避暑钞》。民国《福建通志》总卷四十五,《福建列女传》卷六,丁氏本传)

高际昌:《晋游纪事》、《晋游杂咏》(民国《长乐县志》卷十四上《选举志上》贡生)

池南溟:《试草》、《仙溪署草集》(民国《长乐县志》卷十四上《选举志上》贡生)

王膺祺:《爰书》、《金矢》(同治刊本《福建通志》卷六十九《经籍志》题《爰书金矢》)、《天籁》、《太平新书》三十章、《纂集太平清谕》十六条(民国《长乐县志·循绩传》本传引乾隆贺志)

王颖如:《孝经颂赞》、《三楼纪胜》、《天籁集》三十卷、《续集》(同治刊本《福建通志》卷六十九)、《日记》(民国《长乐县志》本传)

曾子驹:《棠荫》(民国《长乐县志》卷二十四本传)

欧阳士超:《周易本义删补便读》三卷(民国《长乐县志》卷二十五《文苑传》本传)

长乐陈汉章:《天游居文集》、《三调迁赋》(民国《长乐县志》卷二十五《文苑传》本传)、《古文丝声集》(同治刊本《福建通志》卷六十九)

梁春晖:《云龛遗稿》一卷(《四库全书总目》卷一百八十一,初名《云龛吟稿》)

梁珪:《江田草》、《楚游草》、《江西游草》、《雪园诗》(民国《长乐县志》卷二十五《文苑传》本传。按:

郑际唐家藏本《雪园诗集》六卷,分六集:《灵峰草》、《江南游草》、《循陔草》、《楚游草》、《江西游草》、《恒山游草》[①])

林振光:《迎碧山房诗文集》、《海南公余随笔》(民国《长乐县志》卷二十四本传)

王思猷:《漱玉集》四卷(民国《长乐县志》卷二十五《文苑传》本传)

陈永书:《事类数目考》二十卷(同治刊本《福建通志》卷六十九)、《诗书条贯》三卷(民国《长乐县志》卷二十五《艺文志》本传)

陈道极:《葩经要解》六卷(民国《长乐县志》卷二十五《艺文志》陈永书传)

陈玉铭:《慎余堂文赋》一卷、《试帖》百余首(民国《长乐县志》卷二十五《文苑传》本传)

柯龙章:《仪礼笺注》三十卷、《仪周文稿》(民国《长乐县志》卷二十五《文苑传》本传)

陈元炎:《学庸义疏》(民国《长乐县志》卷二十五《文苑传》本传)

陈趋:《偶峰集》、《绳武堂诗文集》八卷、《外集》、《姚金集句摭余》(民国《长乐县志》卷十九《艺文志》)、《偶峰诗集》(同治刊本《福建通志》卷六十八)

陈寿喆:《尔雅补郭》(民国《福建通志》总卷四十,《福建儒行传》卷五,陈寿喆传)

陈寿臧:《文集》六卷(民国《福建通志》总卷四十,《福建儒行传》卷五,陈寿臧传。谢章铤《赌棋山庄集》文集卷七《绳武堂存稿序》作《绳武堂存稿》)

陈翰:《陈孝廉遗稿》(周亮工《尺牍新钞》卷二目录)、《陉山集》(民国《长乐县志》卷十四上《选举上》)

蒋奕芳:《金粟园集》(《国朝全闽诗录初集》卷四蒋奕芳条)

陈世元:《金薯传习录》二卷(同治刊本《福建通志》卷六十九)

陈奇铣:《见闻录异》二卷、《铸研斋诗草》(同治刊本《福建通志》卷六十九)

冯鼎高:乾隆《华亭县志》十六卷(乾隆五十六年刻本)

冯承基:《骈体》四卷、《古今诗》六卷(民国《长乐县志》卷二十五《文苑传》本传)

林崧祁:《述庵诗零》[②](宣统元年铅印本)、《述庵遗诗》(林列《林琴南书信(四封)》)、《遗诗》一卷(民国《福建通志》总卷三十九,《福建文苑传》卷九本传)、《林述庵遗诗》一卷(民国《福建通志》总卷二十五,《福建艺文志》卷六十六)、《述庵诗零》(民国二年福州排印本,福建省图书馆藏。李灵年等《清人别集总目》第 1375 页)

林之夏:《玉箫山馆诗集》四十卷、《画眉禅外集》二卷、《海天横涕楼集》(曹辛华《民国词史考论》第 487 页)、《幕府集》等

林知渊:《政坛浮生录》

郑星驷:《春秋分国便览》、《崇孔辟邪录》、《尚书心法一贯录》、《庄子汇通》、《学者魂文集》、《三还堂诗草》、《作文十八诀》、《心易绪言》、《仪礼源流》、《礼记源流》、《危斋杂俎》

张元奇:《知稼轩诗续刻》五卷(清代诗文集珍本丛刊影印民国七年排印本)、《兰台集》、《辽东集》、《洞庭集》三集[③](《郑孝胥日记》,第 1229-1230 页)、(纂)《邵武县志》三十卷首一卷、《知稼轩诗》正集续编十一卷(民国二年至七年铅印本,首都图书馆藏。柯愈春《清人诗文集总目提要》第 1880 页)、《知稼轩诗稿》二卷(铅印本,复旦大学图书馆藏)、《知稼轩集》六卷(民国二年福州排印本,国家图书馆等处藏)、《知稼轩集》十一卷(民国二年至七年排印本,南京图书馆、江西省图书馆藏)、《知稼轩诗稿》《兰台集》一卷《洞庭集》一卷《辽东集》一卷(光绪排印本,上海图书馆藏)(李灵年等《清人别集总目》第 1117 页)

姚铮:《未楼诗》一卷(铅印本,《续修四库提要》、柯愈春《清人诗文集总目提要》第 1840 页著录)

---

① 《四库全书总目》卷一八三,《〈雪园诗集〉提要》,影印第 1655 页。

② 柯愈春《清人诗文集总目提要》著录此集,一卷,又名《述庵遗诗》,宣统元年铅印本,首都图书馆、南京图书馆藏(第 1839 页);李灵年等《清人别集总目》题《林先生述庵遗诗》(第 1375 页)。

③ 柯愈春《清人诗文集总目提要》著录《知稼轩诗稿》三卷,分《洞庭集》、《兰台集》、《辽东集》各一卷,光绪间铅印本,国家图书馆藏(第 1880 页)。

林孝箕:《历代人豪录》三十卷、《诗因》二卷、《诗始》二卷、《劝惩斋诗话》若干卷(民国《福建通志》总卷三十九,《福建文苑传》卷九陈海梅传附)、《红楼诗借》四卷(光绪十五年刻本)

赵飞翰:《先正名人荣寿录附凤洲纪事诗》(1943年版)

金云铭:《庐山吟草》、《芝城杂咏》等十余种诗集

朱谦之:《革命哲学》、《周易哲学》、《大同共产主义》、《国民革命与世界大同》、《中国思想对于欧洲文化之影响》、《日本的朱子学》、《日本的古学与阴阳学》、《日本哲学史》、《老子校释》

林传甲:《福海归程记》、《湖南驿程记》、《满蒙回藏地名释义》、《黑龙江最新地图》、《辽金元三史蒙拾》、《筹笔轩读书日记》、(总纂)《大中华地理志》、《大中华直隶省易县志》、《察哈尔乡土志》等十余省地理志(张天禄《清代福州方志的繁盛》,载《福建史志》2006年第1期)、《京师大学堂国文讲义中国文学史》(宣统二年武林谋新室刻本)、《林传甲日记》(中华书局2014年版)、《大中华京兆地理志》(中国青年出版社2012年版)、《黑龙江教科新图》、《黑龙江教育日记》、《龙城旧闻录》、《龙沙六种》、《黑龙江学校概况》、《黑龙江肃慎山记》、《龙江进化录》、《龙江歌集》、《龙江演讲集》、《龙江史论》、《龙江诗选》、《龙江诗选篇目》、《龙江客谈》、《林下诗存等》

程树德:《国际私法》七卷(光绪三十二年本)、《汉律考》七卷(1919年作)、《九朝律考》二十卷(1925年出版)、《论语集解》四十卷(1943年版)、《中国法制史》、《说文稽古篇》等400余万字

陈遵统:《中国教育行政法》、《国学概论》、《国文学》、《中国文学史纲要》(上)、《中国民歌文学讲话》、(合著)《福建编年史》、《闽北吟草》、《易园杂记》、《易园日记》、《清代词人传略及词评》、《词学大纲初稿》、《晚清民国文学史》、《庾信哀江南赋集注》、《宋明爱国文学》、《唐宋文选》、《国学概论》、《中国学术概论》、《中国文学概论》、《中国文学史》、《中国文学史讲义案》、《中国文学史研究问题》、《中国诗学讲义大纲》、《中国政治史》、《中国近代研究问题》、《中国法制史》、《中国民族文学讲话》、《中国国文教学法》、《国学常识问答》、《中国国文教学法参考资料》、《中国国文教材与教法》、《中国目录学讲义大纲》、《法学通论》、《言文对照模范诗文选》、《应用文讲义大纲》、《诗词选讲议稿》、《现代行政法规大要讲义案》、《行政法总论教授本》、《廿九年度中国文学史教学纲要》、《国文学》、《各大学国文试题》(《福建省文史研究馆志》)

施寯:《思督室遗诗》一卷(陈衍《石遗室诗话续编》卷二,第四十九条)、《思督室诗集》附《问云阁诗集》(民国八年施氏排印本,南京大学图书馆藏。李灵年等《清人别集总目》第1653页)

施景琛:《泉山古物题咏录》(排印本,厦门图书馆藏)、《鹭江集》(民国自印本,国家图书馆藏)(李灵年等《清人别集总目》第1659页)、《泉山古物编》三卷、《泉山全集》十二种、《福州文物实纪》一册、《京华残梦录》六册、《榕城九山纪略》一册、《榕城泉山沿革纪略》一册、《闽都古迹设计》九册、《劝蚕说》(《皇朝经济文编》卷四十四)、《鲲瀛日记》、《石鼓集》、《鲲瀛集》、《鲲瀛续集》、(参纂)《闽侯县志》一百六卷、《施景琛摩崖石刻》

施景崧:(译)《万国地理问答》一卷(光绪三十年刻本)、《樊楼诗稿》(民国四年铅印本)

施秉庄:(雅集)《寿香社词钞》八卷、《延晖楼词》

吴兰荪:《周礼释疑》、《群经笔记》、《蠹隐山房诗文集》若干卷(民国《闽侯县志》卷七十七《儒行传四上》本传)

吴氏:《吴氏家谱》(民国《福建通志》总卷四十,《福建儒行传》卷五,吴兰荪传注引)

吴种:《说文引经异文集证》(民国《闽侯县志》卷四八《侯官艺文志》。《福建文献集成初编》第38、39册影印福建省图书馆藏清钞本)

吴秉堃:《说文字余》四卷、《经说杂存》二卷(民国《闽侯县志》卷七十七《儒行传四上》本传)

吴曾祺:《涵芬楼文谈》(商务印书馆1933年版)、《国语国策补注》、《国语韦解补正》、《清史纲要》(商务印书馆1915年版)、《漪香山馆文集》一卷一册(商务印书馆1910年铅印本)、《中学国文教科书》、《历代名人小简》(商务印书馆1915年版)、《历代名人书札》、《国朝名人小简》、《国朝名人书札》

(商务印书馆1910年版)、《左传精华录》(商务印书馆1933年版)、《战国策补注》(商务印书馆1926年版)、(编)《涵芬楼古今文钞》、《涵芬楼藏书目录》正、续刊四册、《涵芬楼古今文钞简编》(商务印书馆1929年版)、《旧小说》四册(商务印书馆1918年版)、《历代名人小简续编》(商务印书馆1928年版)、《漪香山馆文集初集》不分卷一册(宣统二年、民国三年、民国二十四年铅印本)、《漪香山馆二集》不分卷(民国二十五年商务印书馆版,国家图书馆藏)、《郑玉钗挽诗》正续集不分卷(民国排印本,国家图书馆藏)(李灵年等《清人别集总目》第914页)

罗丰禄:《海外名贤事略》、《贝斯福游华笔记》

罗孝建(居英国):《中国海员大西洋漂流记》、《中餐烹饪百科全书》等40余部

李桂玉、翁起前、杨美军:《榴花梦传奇》三百六十卷(抄本、中国文联出版公司1998年版)

李桂玉:《三奇缘》

梁鸣谦:《静远堂诗文集》八卷、《笔记》二卷、《词存》一卷(民国《闽侯县志》卷六十八本传)、《梁礼堂文集》二卷(光绪三十三年刻本)

梁敬錞:《欧战全史》(1919)、《在华领事裁判权论》(商务印书馆1930年版)、《戊戌政变》、《辛亥革命》、《九一八事变史述》、《开罗会议》、《史迪威事件》、《马歇尔使华》、《马歇尔使华报告书笺注》、《中美关系论文集》等

高向瀛:《还粹集》四卷(民国二十六年刻本)、《环翠楼文集》(福建省文史研究馆藏高氏稿本)、《环翠楼文存》四卷(1957年钞本,福建省图书馆藏。李灵年等《清人别集总目》第1925页)

高炳森:《黄连传》(民国《福建通志》总卷三十六,《福建循吏传》卷十三,高福康传附传)

高赞鼎:《斐君轩诗存》三卷(稿本)、《斐君轩诗钞》(1951年油印本)

高士其:《高士其全集》(安徽少年儿童出版社1991年版)

高学民:《三代高吟》(北京交通大学出版社2009年版)

方声洞:《禀父绝笔》(一名《禀父书》)

方君璧:《方君璧油画册》(中华书局1932年版)

方君璧、曾仲鸣:《颉颃楼诗词稿》(1960年香港自印本)

曾仲鸣:《中国国民党》、《中国文学史》、《中国诗史》,译《中国与和平》、《中国与法国》、《艺术与科学》、《一滴水》、《法国文学丛谈》、《法国的浪漫主义》、《唐诗三百首》、《堪克宾》、《神圣的童年》、《法国短篇小说集》

潘炳年:《使粤日记》二卷(民国《福建通志》总卷三十六,《福建循吏传》卷十三,潘炳年传)

王光张:(纂)《永春县志》、《大田县志》

张定远:《倚松庐诗存》六卷、《杂存》二卷、《治身治家格言》若干卷、《劝息争讼格言》一卷、《公门修行善报》一卷、《朝闻录》一卷、《夕可录》一卷、《乐寿合编》一卷(谢章铤《赌棋山庄文又续》卷二《张子廉墓志铭》)

王绍沂:《呻虫瘵血》(诗集)五卷、《梅岩胜景写照》、《中医临诊辩证概要》、(修)《方广岩志》、《永泰县志》

何刚德:《平斋诗集》九卷(含《平斋诗存》三卷、《续编》三卷、《平斋诗存再续编》二卷、《平斋诗存三续编》一卷,计九卷,均民国间刻本)、《话梦集》二卷(民国十四年刻本)、《平斋家言》(柯愈春《清人诗文集总目提要》第1859页)、《春阴梦录》二卷、《西江赘语》、《客座偶谈》四卷、《郡斋影事》、《家园旧话》、《抚郡农产考略》、《农话》

何公敢(何刚德胞侄):(译)《财政学》、(编)《英汉字典》、(编)《新时代辞典》、《汉字检字法》、(著)《公债》(万有文库丛书本)、《三角号码字典》,(主编)《孤军》、《独立青年》

释木庵:(刻)《象山语录》十四部一百四卷、《东来集》二卷、《黄檗宗木庵和尚年谱》、《象山惠明寺志》(陈笃彬、苏黎明《泉州古代著述》,第306页)

吴增:《泉俗激刺篇》一卷(光绪刻本,泉州市图书馆藏)、《蕃薯杂咏》一卷、《养和精舍文稿》、《养和精舍诗草》、《毛诗订诂》、《吴增文稿》、《吴桂生诗抄》、《吴桂生手稿》、《吴增撰墓志铭存稿》、《吴增诗稿》(陈笃彬、苏黎明《泉州古代著述》第338-339页)

林骚:《半邨诗集》(1945年铅印本,泉州市图书馆藏)、《半邨吟稿》(稿本,陈笃彬、苏黎明《泉州古代著述》第346页。泉州市文管会藏)、《半邨诗集》(商务印书馆2019年版)

伍祥甫:遗著四卷

包树棠:《笠山词集》、《笠山诗话》、《随无涯斋读书记》(曹辛华《民国词史考论》第419页)、《汀州八属经籍志》(陈衍《石遗室诗话续编》卷五,第三十五条)、《笠山诗集》、《汀州艺文志》

张泗滨:《渔隐者吟草》(陈笃彬、苏黎明《泉州古代著述》第350页)

林枕玉:《风尘心血集》、《洞江唱和集》、《枕玉诗草》

汪煌辉:《泉惠名胜诗集》、《古莲花庵吟草》(一作《古莲花庵诗集》)(陈笃彬、苏黎明《泉州古代著述》第350页)

池伯炜:《吟草偶存》、《西楼吟集》(丘逢甲《丘逢甲诗集》卷一《滋膺同年以吟草偶存及西楼吟集见示题此归之》)

池仲祐(池滋铿、池仲佑):《西行日记》(光绪三十四年商务印书馆本)、《甲午战事记》(民国十五年刊行)、《海军实纪》上下篇(民国十五年刊行)、《清末海军史料》(海洋出版社1982年版)、《海军大事记》、《甲申甲午海战海军阵亡死难群公事略》、《北洋舰志》

池孟彬:《池孟彬先生访问纪录》(台湾"中央研究院"近代史研究所1998年版)、《池孟彬先生口述历史》(台湾"中央研究院"近代史研究所口述历史系列,九州出版社2013年版)

杨叔怿:《未能寡过斋诗初稿》不分卷、《续编》不分卷(民国二十三年刻本,中国社会科学院文学研究所藏。柯愈春《清人诗文集总目提要》第1889页)、《未能寡过斋吟存》(民国《福建通志》总卷三十六,《福建循吏传》卷十三本传)

马凌霄:《习静楼诗稿》稿本三册(福建省图书馆藏)、《墨沛词》稿本一册、《美人百咏》一卷、《友声草》一卷、《习静楼稿》一卷、《墨沛词》四卷(刘荣平《赌棋山庄词话校注》第387页、吴可文《石遗室诗话南社诗龛辨证——兼及咸丰间南社之社集活动》)

杨仲愈:《剑秋阁吟存》(郭白阳《竹间续话》卷一、福建省图书馆藏本)、《剑秋阁诗文集》(民国《福建通志》)、《剑秋阁吟草》不分卷(稿本,福建师范大学图书馆藏)、《巢云精舍诗稿》不分卷(钞本,福建省图书馆藏。柯愈春《清人诗文集总目提要》第1689页)、《秋华楼赋选》(民国《福建通志》总卷三十九,《福建文苑传》卷九本传)

杨氏:《杨氏家谱》(民国《福建通志》总卷三十九,《福建文苑传》卷九本传引;民国《福建通志》总卷三十六,《福建循吏传》卷十三杨叔怿传引)

陈遹祺:《湘音楼诗草》(钞本,福建师范大学图书馆藏。柯愈春《清人诗文集总目提要》第1807页题《湘音楼吟草》,不分卷)、《湘音楼集》(《闽词征》卷五,《闽词钞 闽词征》,福建人民出版社2014年版)、《芙初仙署吟草》(《课余续录》卷五)

林明:《锦莱》、《纶光》等集(民国《福建通志》总卷三十四,《福建列传》卷三十六,林祖成传附)

薛学韩:《潮阳集》数十卷(《侯官乡土志》卷三薛学韩传)

林古度:《林茂之诗选》二卷(康熙年间刻本,福建师范大学图书馆藏)、《挂剑集》、《林茂之赋》一卷(民国《福建通志》总卷二十五,《福建艺文志》卷六十四)、《乳山集》、《藏云馆集》(蒋寅《王渔洋事迹征略》第65页)、《林茂之文草》一卷(崇祯间自刻本)、《赋草》一卷(崇祯间自刻本)、《诗选》二卷(康熙间七略堂刻本)(柯愈春《清人诗文集总目提要》第3页)

何御:《白湖诗草》六卷(光绪七年静远堂校补重刊本二册,福建省图书馆藏)

何其伟:《涛园别集》三卷(乾隆间刻本)、《涛园别集》不分卷(钞本。福建师范大学图书馆藏)(柯

愈春《清人诗文集总目提要》第185页)

李馥:《鹿山诗集》(同治刊本《福建通志》卷六十九)、《居业堂诗稿》三十卷续三卷(雍正间稿本)、《李鹿山集》(《福建地方文献及闽人著述综录》)、《居业堂诗稿》(江苏古籍出版社2000年版)、《居业堂诗稿》三十卷、《居业堂诗稿续》三卷(清代诗文集汇编第219册影印清抄本)、《居业堂诗》(《黄任集·黄任交游人物表》第597页)、《居业堂诗稿》不分卷(雍正间稿本,福建省图书馆藏)、《居业堂诗稿》存二十九卷(清钞本,福建师范大学图书馆藏)(李灵年等《清人别集总目》第759页)

游绍安:《涵有堂诗文集》四卷(四库全书存目丛书影印稿本,不分卷)、《若素斋草》(同治刊本《福建通志》卷六十九)、《若素斋游草》(《国朝全闽诗录初集》卷十二游绍安条)、《涵有堂稿》(连天雄、郭云《黄任年表》)、《涵有堂诗文集》不分卷(稿本八册,江西省图书馆藏)、《涵有堂文集》不分卷(乾隆间钞本,江西省图书馆藏)(柯愈春《清人诗文集总目提要》第541页)

余甸:《千卷楼集》(一题《槎星楼集》)、《出蜀集》、《入蜀集》、《田生文钞》一卷(同治刊本《福建通志》卷六十九)、《余京兆集》[①](《黄任集·黄任交游人物表》)、《余京兆集》存一卷(《福建地方文献及闽人著述综录》第81-82页)

郭雍:《集虚堂小草》一卷(康熙间抄写刻本一册,福建省图书馆藏)、《集虚堂余草》一卷(乾隆四年刻本,福建省图书馆、福建师范大学图书馆藏)、《约园诗钞》二卷(同治刊本《福建通志》卷六十九)、《约园诗存》不分卷(康熙五十九年刻本,江西省图书馆藏。柯愈春《清人诗文集总目提要》第540页)

王朝屏:《述堂诗集》(同治刊本《福建通志》卷六十七)、《近堂诗钞》(《国朝全闽诗录初集》续集卷九)

王应元:《植三堂遗草》二卷(乾隆六年刻本一册,福建省图书馆藏。民国《福建通志·福建艺文志》存目卷四十二、同治刊本《福建通志》卷六十九《福清县经籍志》作《植三堂诗集》二卷)

郭龙光:《韶溪诗钞》四卷[②](道光二十七年福清郭氏培兰书屋刻本二册,福建师范大学图书馆藏。民国《平潭县志》卷二十七林琪树本传作《苕溪诗集》,误)

黄师升:《玉融志异》(旧抄稿本一册,福建师范大学图书馆藏)

林昂、李修卿:《福清县志》二十卷图一卷(乾隆十二年刻本)

余正健:《敬义斋集》十八卷(同治刊本《福建通志》卷六十九)

余羲年:《四书讲义》(同治刊本《福建通志》卷六十九)

余登年:《秀野文集》二卷(同治刊本《福建通志》卷六十九)

余圭:《挟仙楼集》十二卷(同治刊本《福建通志》卷六十九。民国《福建通志·福建艺文志》存目卷四十二作二十卷)

余天民:《楚游集》、《浴梅小草》三卷(同治刊本《福建通志》卷六十九)

余柱云:《余苍叔诗赋遗草》(同治刊本《福建通志》卷六十九)

丁先聘:《觉园集》(同治刊本《福建通志》卷六十九)

丁任衡:《江天吟》(同治刊本《福建通志》卷六十九)

丁得舆:《石楼文集》二卷、《卧游集诗》一卷、《石楼诗集》二卷(同治刊本《福建通志》卷六十九)

丁梦熊:《卿云集》(同治刊本《福建通志》卷六十九)

李国华:《周礼考定》、《五经要解》(同治刊本《福建通志》卷六十九)

高宸:《周礼三注粹钞》二卷、《石莲文稿》(同治刊本《福建通志》卷六十九)

张士捷:《薇岩集》(同治刊本《福建通志》卷六十九)

张伯谟:《乾隆福安县志》、《筠心堂集》(民国《闽侯县志》卷四八《侯官艺文志》)、《筠心堂稿》(《国

---

① 柯愈春《清人诗文集总目提要》著录此集,北京大学图书馆藏清钞本一卷,福建省图书馆藏《福建丛书》稿本存一卷(第463页)。

② 柯愈春《清人诗文集总目提要》著录此集,云其早年有《韶溪诗钞》不分卷,道光七年郭氏培兰书屋刻本,厦门市图书馆藏(第1022页)。

朝全闽诗录初集》卷十六张伯谟条）

林日华：《小窗偶咏》、《信古轩志略》（同治刊本《福建通志》卷六十九）

郑秉臣：《问山楼集》（同治刊本《福建通志》卷六十九）

林应光：《贞烈异编》二卷（同治刊本《福建通志》卷六十九）

庄文龙：《星学象纬》（同治刊本《福建通志》卷六十九）

樊翻：《樊逸叟集》（同治刊本《福建通志》卷六十九）

福清刘敬与：《易经解》、《且朴斋诗钞》（《续通志》、《黄任集·黄任交游人物表》第598页作《困思斋集》）（同治刊本《福建通志》卷六十九）

李振声：《丧礼纂言》、《宝陆堂诗集》（同治刊本《福建通志》卷六十九）

吴濂：《竦笔轩诗钞》、《玉柱轩诗领》、《满籯金前集》、《（玉柱轩）古文钞》（同治刊本《福建通志》卷六十九）

王其森：《诗经秘要》、《怀斋杂咏》（同治刊本《福建通志》卷六十九）

陈九龄：《易卦发明》二卷、《诗经发明》八卷、《左传发明》四卷、《二物堂四书发明》十八卷、《小学发明》六卷、《纲目发明》二卷、《古今文存》三卷、《屈子文存》一卷、《诗文发明》四卷、《文钞余编》二卷（同治刊本《福建通志》卷六十九）

李天桴：《仙槎余草》一卷（同治刊本《福建通志》卷六十九）

李振寿（民国《福建通志·福建艺文志》卷六十五作李振涛）：《李松风诗集》（同治刊本《福建通志》卷六十九）

郑永锡：《尊山诗集》（同治刊本《福建通志》卷六十九）

方树谟（一作模）：《啁啾集》（同治刊本《福建通志》卷六十九）

潘文凤：《福清县志》（同治六年补版本）

刘玉璋：《福清县志》（光绪二十四年重刊本）

林以寀：《海口特志》不分卷（康熙间纂，抄本一册，福建师范大学图书馆藏）

林宜恒：《海口特志》不分卷（民国十四年纂，抄本一册，福建师范大学图书馆藏）

郭鼎京：《绵亭诗集》（同治刊本《福建通志》卷六十九）、《绵亭诗》（郭柏苍《竹间十日话》卷二）

郭登龙：《驱草》（同治刊本《福建通志》卷六十九）

杨献策：《怀古堂集》（同治刊本《福建通志》卷六十九）

翁白：《梅庄诗集》（《国朝全闽诗录初集》续集卷二翁白条）、《梅庄遗草》六卷（康熙四十八年留香室刻本、嘉庆十七年梁章钜祝昌泰校刻本。柯愈春《清人诗文集总目提要》第192页、谢章铤《赌棋山庄集》诗集卷五《论诗绝句三十首》第十七诗中注）

张铉：《纪游草》（同治刊本《福建通志》卷六十九）、《纪游诸草》（郭柏苍《竹间十日话》卷一）

叶之叡：《竹埜堂集》（同治刊本《福建通志》卷六十九）

何连城：《荫山集》、《荫山斋诗稿》（同治刊本《福建通志》卷六十九）、《荫山斋诗集》一卷（清刻本，国家图书馆藏。柯愈春《清人诗文集总目提要》第1350页）

林鹤鸣：《诗经集解》（同治刊本《福建通志》卷六十九）

陈尧若：《又存集》（同治刊本《福建通志》卷六十九）

孙埙：《柳园诗文集》（同治刊本《福建通志》卷六十九）

郑宗尧：《易经要义》、《诗书精解》、《礼记选常》、《春秋摘要》（同治刊本《福建通志》卷六十九）

周长源：《论志》三篇、《梦柳斋集》四卷（同治刊本《福建通志》卷六十九）

郑霄：《承冈叶史》、《连江邑志》十六卷、《燕石缄集》五卷（同治刊本《福建通志》卷六十九）

陈榛：《古文怡心集》十卷（同治刊本《福建通志》卷六十九）

孙发曾：《左氏业谈》十八卷、《药源诗草》、《药源文集》（同治刊本《福建通志》卷六十九）

连江林鸿:《绍德堂诗》二卷(同治刊本《福建通志》卷六十九)

陈材:《易经初录》、《易经终录》、《尚书大义拟告》、《诗经大义拟告》、《保治编》一卷、《读书札记》二卷、《梅园集》四卷、《诗草》、《陶草》(同治刊本《福建通志》卷六十九)

孙澄:《社兰诗草》二卷(同治刊本《福建通志》卷六十九)

吴元龙:《读易偶言》、《尚书经务》、《道枢经》二卷、《存书》四卷、《性学汇参》、《性理机枢》、《简浑仪》、《环勾求故》、《曦江诗草》、《海陵篇》、《北游草》(同治刊本《福建通志》卷六十九)

吴鹏南:《习静轩诗文集》(同治刊本《福建通志》卷六十九)

吴志绾:《溆川宦稿》一卷、《滇南游草》一卷、《浔阳唱和》二卷(同治刊本《福建通志》卷六十九)

瞿侪鹤:《易经要解》三卷、《书经要解》二卷、《诗经要解》二卷、《春秋要解》二卷、《宦游草》(同治刊本《福建通志》卷六十九)

杨凤腾:《杨奎晓诗文集》(同治刊本《福建通志》卷六十九)

章朝栻:《(嘉庆)崇安县志》十卷、《枕山斋集》、《越吟集》、《匏系集》、《武夷集》(同治刊本《福建通志》卷六十九)

黄光涛:《定海县志》三卷(同治刊本《福建通志》卷六十九)

李廷璧:《跨鹤轩集唐诗》一卷(南京图书馆藏。李灵年等《清人别集总目》第783页)

林占芳:《香国草堂剩稿》二卷、《鼠璞漫存诗集》二卷(同治刊本《福建通志》卷六十九)、《习坎书》、《塾泉记》(民国《福建通志》总卷三十九,《福建文苑传》卷八本传)

邱嘉浄:《伦纪大观》十二卷(同治刊本《福建通志》注云系《伦纪大观》、《不朽集》、《大义观》、《兵学纂》、《兵学摘要》各十余卷合集)、《赤石杂著》一卷、《兴安稿》一卷、《武彝游草》一卷、《卖菊草》一卷、《积石詹言》二卷、《积石茎草》二卷(同治刊本《福建通志》卷六十九)

陈晖烈:《连江续志》二卷(同治刊本《福建通志》卷六十九)

梅丞度:《留愧集》二卷(民国《福建通志·福建艺文志》存目卷四十二作《留槐集》)(同治刊本《福建通志》卷六十九)

林长存:《澹园诗集》一卷、《西林(一作西灵)呓语》一卷(同治刊本《福建通志》卷六十九)

黄道亨:《息园诗集》三卷、《文集》四卷(民国《福建通志·福建艺文志》存目卷四十二作《息园文集》四卷)(同治刊本《福建通志》卷六十九)

陈大经:《续罗源县志》十二卷、《唾余集》(同治刊本《福建通志》卷六十九)

黄式:《鸣盛集》(同治刊本《福建通志》卷六十九)

黄鹤鸣:《览胜记》一卷(同治刊本《福建通志》卷六十九)

周鹤鸣:《卧林诗草》(同治刊本《福建通志》卷六十九)

阮升基:《宜兴县志》(同治刊本《福建通志》卷六十九)

黄良璧:《黄东苍诗文集》(民国《福建通志·福建艺文志》存目卷四十二作《黄东苍诗文稿》二卷)二卷(同治刊本《福建通志》卷六十九)

陈惟人:《六石稿》五十卷(同治刊本《福建通志》卷六十九)

黄龙(黄农):《卧庵集》二卷(同治刊本《福建通志》卷六十九)

林荃:《放鹤楼诗集》(同治刊本《福建通志》卷六十九)

陈山斗:《玉屑集》二卷、《桂园汇草》二卷(同治刊本《福建通志》卷六十九)

陈勤宣:《周易本义辑解》六卷、《约古集》四卷、《剑南轩诗文集》二卷、《骚赋汇解》四卷、《文兴探原录》四卷(同治刊本《福建通志》卷六十九)

施松鹤:《不是集》十卷(同治刊本《福建通志》卷六十九)

杨振纲:《读史管窥》八卷、《芥庵笔记》十二卷、《半圃诗文集》六卷(同治刊本《福建通志》卷六十九)

陈亮采:《墨耕文集》(同治刊本《福建通志》卷六十九)

陈勤秉:《三传释义》(同治刊本《福建通志》卷六十九)

卓昺:《孝经衍义》一卷(同治刊本《福建通志》卷六十九)

黄承祐:《萃和集》(同治刊本《福建通志》卷六十九)

陈志皋:《易解》(同治刊本《福建通志》卷六十九)

卢文达:《礼记捷解》(同治刊本《福建通志》卷六十九)

古田陈潢:《虞山集》(同治刊本《福建通志》卷六十九)

黎耿然:《时一吟诗》四卷(《四库全书总目》卷一八二、同治刊本《福建通志》卷六十九)

李斌:《借云楼诗集》、《蓝田风雅》、《闽诗拔尤》(同治刊本《福建通志》卷六十九)

古田黄龙光:《草亭集》(同治刊本《福建通志》卷六十九)

陈琮:《白云寺志》一卷、《贻堂集》三卷(同治刊本《福建通志》注引《古田志》作《贻书堂集》)(同治刊本《福建通志》卷六十九)

陈五鼎:《脉经》八卷(同治刊本《福建通志》卷六十九)

陈蕙芳:《石谷集》(同治刊本《福建通志》卷六十九)

陆鸿(字万宝,号金秋):《屠龙集》①(同治刊本《福建通志》卷六十九)

陆鸿(字仪可):《棠园诗草》(同治刊本《福建通志》卷六十九)

陈绍馨(陈绍兴):《念庭集》(同治刊本《福建通志》卷六十九)

高廷耀:《古田人物考》、《文峰诗稿》(同治刊本《福建通志》卷六十九)

陈嗣兴:《四书疏义》十卷(同治刊本《福建通志》卷六十九)

孙谞:《四书绎》八卷(同治刊本《福建通志》卷六十九)

朱盖:《剡山园集》、《卧一楼草》(同治刊本《福建通志》卷六十九)

姚又崇:《榕园草》(同治刊本《福建通志》卷六十九)

郑昌选:《半髭集》(同治刊本《福建通志》卷六十九)

庄启照:《棠园居士集》(同治刊本《福建通志》卷六十九)

古田黄铨:《学拙诗集》一卷、《文集》一卷②(同治刊本《福建通志》卷六十九)

林凤岐:《四书会意录》(同治刊本《福建通志》卷六十九)

林为翰:《种菜山房稿》(同治刊本《福建通志》卷六十九)

何梦白:《月湖集》(同治刊本《福建通志》卷六十九)

翁文周:《三传订讹》(同治刊本《福建通志》卷六十九)

林第先:《五经旁解》、《四书拾遗》、《竹窗诗稿》(同治刊本《福建通志》卷六十九)

陈登元:《金粟集》(同治刊本《福建通志》卷六十九)

翁文达:《古今名姓录》十卷(《名臣录》)、《翁桃湖集》、《姓氏瑶林》四卷(同治刊本《福建通志》卷六十九)

魏梦烛:《洞云草》一卷(同治刊本《福建通志》卷六十九)

叶标元:《凤山草堂集》三卷(同治刊本《福建通志》卷六十九)

郭植:《经史问》五卷、《月坡诗集》四卷(含《雪竹草堂集》、《北游草》、《台江草》、《温陵草》四编)、《国□诸家诗略》(同治刊本《福建通志》卷六十九)

陈层峦:《听月集》(同治刊本《福建通志》卷六十九)

金学奇:《木兰集》三卷、《庸庵文集》(同治刊本《福建通志》卷六十九)

姚人骞:《画中集》(同治刊本《福建通志》卷六十九)

---

① 柯愈春《清人诗文集总目提要》著录此集,题《居龙集》二卷,清初三山会古堂刻本,作者陆鸿,福州府古田人(第193页)。

② 柯愈春《清人诗文集总目提要》著录《学拙轩诗草》不分卷,清刻本,福建省图书馆藏;作者黄铨,字南村,罗源人(第1371页)。

陈光焕:《易经摘举》、《四书诠解》(同治刊本《福建通志》卷六十九)

张星象:《张毕吾遗集》一卷(同治刊本《福建通志》卷六十九)

林见龙:《四书疏意》(同治刊本《福建通志》卷六十九)

游夙龙:《白云集》(同治刊本《福建通志》卷六十九)

吴丰:《笔樵集》(同治刊本《福建通志》卷六十九)

黄兆袛:《碧峰集》(同治刊本《福建通志》卷六十九)

郭兆纶:《凤田客草》一卷、《咏史诗》一卷、《依云楼集》四卷(同治刊本《福建通志》卷六十九)

柯宜春:《弋山崇雅》(同治刊本《福建通志》卷六十九)

邱扬昌[①]:《易解》(同治刊本《福建通志》卷六十九)

江纪:《海门诗文集》(同治刊本《福建通志》卷六十九)

陈长周:《狮庐集》(同治刊本《福建通志》卷六十九)

林绍苍:《也山诗文集》(同治刊本《福建通志》卷六十九)

李成:《岭云轩琐记》八卷、《三教同源说》(郭白阳《竹间续话》卷一)

薛嘉颖:《易经菁华》六卷(刘荣平《赌棋山庄词话校注》第121页注作《易经精华》六卷附一卷,光绪元年刻本)、《书经菁华》六卷(嘉庆二十四年刻本)、《诗经菁华》十卷(光绪九年刻本)(同治刊本《福建通志》卷六十七)

李应庚:《琴寄老人诗剩》一册(陈衍《石遗室诗话》卷二十一,第二十二条;郭白阳《竹间续话》卷一)、《琴寄斋诗剩》一卷(同治三年刻本。民国《福建通志》总卷三十九,《福建文苑传》卷九本传)、《琴寄诗剩》一册(陈衍《石遗室诗话》卷十六,第一条。李灵年等《清人别集总目》第791页作《琴寄斋诗剩》一卷,同治三年刻本)

净名社:《骖鸾诗》(陈衍《石遗室诗话》卷十六,第一条。诗二三百首)、《骖鸾倡和集》(《石遗室诗话》卷一,第二十二条)、《净名觇诗》(谢章铤《赌棋山庄集》文集卷六《书叶临恭所录净名觇诗后》)

林寿平:《梧圃诗钞》不分卷(清钞本,福建省图书馆藏。李灵年等《清人别集总目》第1369页。陈庆镛《籀经堂类稿》卷十五《林梧圃诗钞序》[②])

林鸿年:《松风仙馆诗草》一卷(咸丰十年存吾春室刻本。一题《西游集》,民国《福建通志》题《松风山馆诗抄》)、《自怡草》(陈昌强《谢章铤年谱简编》光绪三年)、《续击钵吟》四卷、《甲乙稿》一卷、编辑校刻抄若干种(张伟科《林鸿年交游及其著述研究》,2011年硕士学位论文)、《使琉球录》、(审校)道光《福建通志》(张天禄《清代福州方志的繁盛》)

林廷禧(林鸿年族弟):《范亭诗草》五卷(郭白阳《竹间续话》卷二。柯愈春《清人诗文集总目提要》第1534页作《范亭诗初草》四卷,道光三十年刻本,中国社会科学院文学研究所藏)、《范亭文初草》一卷(陈衍《闽侯县志》卷八十六)、《范亭诗初草》四卷(道光三十年刻本,福建省图书馆藏)

林晟:《鹿俦居士集》(民国《福建通志》总卷三十九,《文苑传》卷九)

道光间三十二人合撰:《三百三十三亭图诗钞》

谢玉汉:《蓉初诗集》十卷(民国《闽侯县志》卷四八《侯官艺文志》,林昌彝《林昌彝诗文集》卷十二《蓉初诗集序》)

谢世南:《蒙斋讲义》二十四本(民国《福建通志》总卷二十五,《福建艺文志》卷四十二。谢章铤《赌棋山庄文又续》卷一《东岚谢氏明诗略后序》作二十四卷)、《东岚谢氏明诗略》四卷(谢章铤《赌棋山庄文续》卷二《全闽明诗传序》一作《东岚谢氏明诗存》)(民国《福建通志》总卷二十五,《福建艺文志》卷七

---

① 按:民国《福建通志》著录此书时作永春邱扬昌(民国《福建通志》总卷二十五,《福建艺文志》卷二,原第二十页)。

② 据陈庆镛《林梧圃诗钞跋》,林梧圃系陈庆镛举人同年,屡上春官报罢,摄湖北应篆,迁石首,权蕲州。咸丰元年二月其犹子(侄)林廷禧(范亭)以其身后所遗诗集来属弁言。柯愈春《清人诗文集总目提要》著录林寿平(字梧圃)《梧圃诗钞》,不分卷,清钞本,福建省图书馆藏(第1498页)。

十一)、《江田谢氏诗存》、《蒙斋讲义》四种(谢章铤《赌棋山庄集》文集卷六《重摹金门待漏图记》)、《蒙斋日记》(谢章铤《赌棋山庄集》诗集卷二《童仆中宵三四起悲感兼忧感》诗后注)

谢蕡:《蕉窗笔记》四卷(民国《福建通志》总卷二十五,《福建艺文志》存目卷三十五)

谢鹏年:《四书居闲笺》十四卷(民国《福建通志》总卷二十五,《福建艺文志》卷十三)

谢章铤:《秋室集》(《赌棋山庄词话》卷六)、《我见录》、《备忘录》、《连蜷阁伤春录》、(编林乔荫)《樾亭杂纂》(民国《福建通志·福建艺文志》卷五十)、《聚红榭雅集词初集》(咸丰六年刻本)、《便是斋琐语》、(合作)《菁城话别长卷》、《围炉琐忆》、《藤阴客赘》、(辑)《游鼓山诗录》、(辑)《过存诗略》、《聚红榭雅集词二集》、《词话纪余》、(与林寿图)《华山游草》、(编)《稗贩杂录》、《赌棋山庄词话》二十二卷、《赌棋山庄词话录要》、(钞)《散文掇录》、《毛诗注疏毛本阮本考异》、《赌棋山庄诗见录》、《赌棋山庄文见录》、《春秋左氏传毛本阮本考异》、《赌棋山庄文集》、(辑)《致用书院文集》、《赌棋山庄诗集》(民国《福建通志·福建艺文志》卷六十六作十四卷)、《赌棋山庄文续》、(辑)《赌棋山庄备忘录》、《赌棋山庄文又续》、(合编)《致用书院文选》、《泉南杂记》、《笔记合刻》(合《围炉琐忆》、《稗贩杂录》、《课余偶录》、《课余续录》五种)、《说文小笺》、《赌棋山庄余集》、《毛诗注疏考异》、《说文大小徐本录异》、《赌棋山庄诗文见录》、《国朝汉学师承记注底本》、《时艺残稿》(谢章铤《赌棋山庄集》文集卷三《时艺残稿序》)、《雅集词》(谢章铤《赌棋山庄词话》卷十)、《赌棋山庄诗文集》(《桐城文学渊源撰述考·引用书目》)、《说文闽音通》二卷、《赌棋山庄文集》十一卷、《诗集》十四卷、《酒边词》八卷、《词话》十七卷、《课余偶录》四卷、《续录》四卷、《围炉琐忆》一卷、《藤阴客赘》一卷、《稗贩杂录》四卷、《赌棋山庄余集》五卷、《尚书毛诗春秋左氏传注疏毛本阮本考异》五卷、(合刻)《聚红榭诗词集》若干卷[①](民国《福建通志》总卷三十九,《福建文苑传》卷九谢章铤本传)、《赌棋山庄所著书》三十三卷(光绪十年刻本)、《毛诗疏毛本阮本考异》四卷(民国《福建通志》总卷二十五,《福建艺文志》卷四,《诗四》)、《残书目录》(民国《福建通志》总卷二十五,《福建艺文志》存目卷二十五)、《四库提要采闽人著述录》五本(民国《福建通志》总卷二十五,《福建艺文志》卷三十七)、《赌棋山庄又续集》(民国《福建通志》总卷二十五,《福建艺文志》卷五十)、《赌棋山庄词话》十二卷(光绪十年刻本)、《词话续编》五卷(光绪十年刻本)、《赌棋山庄文集》七卷、《文集续编》二卷、《文集又续编》二卷(此三种民国《福建通志·福建艺文志》卷六十六作《赌棋山庄文集》七卷续集二卷又续集二卷)、《赌棋山庄余集》八卷(民国《福建通志·福建艺文志》卷六十六作《赌棋山庄余集》四册)、《课余续录》五卷、《校刻东岚谢氏诗略》四卷(刘荣平《赌棋山庄词话校注·前言》)、(刘荣平校注)《赌棋山庄词话》(厦门大学出版社 2013 年版)、《赌棋山庄所著书》七十二卷(民国《福建通志》总卷二十五,《福建艺文志》卷七十六。系《文集》七卷、《文续》二卷、《文又续》二卷、《诗集》十四卷、《酒边词》八卷、《词话》十二卷、《词话续编》五卷、《说文闽音通》二卷、《围炉赘忆》一卷、《籐阴客赘》一卷、《稗贩杂录》四卷、《课余偶录》四卷、《课余续录》五卷、《东岚谢氏明诗略》四卷、谢世南著《八十寿言》一卷、《余集》五集、《尚书注疏毛本阮本考异》一卷、《毛诗注疏毛本阮本考异》三卷、《春秋左氏传注疏毛本阮本考异》一卷、《说文大小徐本录异》八卷、《我见录》十卷、《备忘录》三十卷、《陈乡贤鳌峰载笔图纪事缉录》一卷合刻)、《赌棋山庄所著书》七种十二册(光序刻本,泉州市图书馆藏)、(编)《菁城雅集词》[《酒边词》卷五《前调(满江红)编菁城雅集词竟叠韵题后并怀亡友芑川任如》]、《赌棋山庄备忘录》一卷、《乐此不疲随笔》一卷(《福建文献集成初编》第 125 册影印福建省图书馆藏谢章铤两种稿本)、《赌棋山庄遗稿》不分卷、《赌棋山庄删余偶存》不分卷、《赌棋山庄余集》不分卷、《赌棋山庄余集剩笔》一卷、《谢枚如先生未刻文稿》一卷(《福建文献集成初编》第 176-177 册影印福建省图书馆藏谢章铤五种稿本)、《词学纂说》一卷(《福建文献集成初编》第 200 册影印福建省图书馆藏稿本)、(编洪饴孙)《青埵山人诗集》十卷(柯愈春《清人诗文集总目提要》第 1079 页)、《删余剩笔》一卷(稿本,福建省图书馆藏)、《删余偶存》(稿本,福建省图书馆藏)、《赌棋山庄删余偶存》不分卷(谢章铤手写本,福建省图书馆藏)、《谢枚如先

① 柯愈春《清人诗文集总目提要》引光绪《闽侯县志》卷四十七,李应庚等十余人同著《聚红榭诗词录》十一卷(第 1398 页)。

生文稿》一卷(稿本,萨嘉榘跋,福建省图书馆藏)、《谢枚如先生未刻文稿残本》(钞本,福建省图书馆藏)、《赌棋山庄遗文》二卷(稿本,福建省图书馆藏)、《赌棋山庄文集》四卷附不列卷一(未刊稿)诗集十一卷附不列卷一(未刊稿)词话一卷(内有未刊稿)附聚红榭雅集诗存稿(钞本,福建师范大学图书馆藏)(李灵年等《清人别集总目》第2304页)

陈球:《燕山外史注释》八卷二册(清末石印本。泉州市图书馆藏)

谢缵:《望仙楼集句》(陈昌强《谢章铤年谱简编》)

郑天尺:《榕谚声律启蒙》、《闽谈正误》(郭白阳《竹间续话》卷二)

施邦镇:《画余诗稿》(谢章铤《赌棋山庄词话》续编卷五。民国《福建通志·福建艺术传》卷二本传题《画余诗钞》,柯愈春《清人诗文集总目提要》第1154页作四卷,咸丰十一年刻本,福建省图书馆藏)

何轩举:《竹情斋集》、《诗话笔记》十余卷(谢章铤《赌棋山庄词话》续编卷五)、《辨同随笔》二卷(民国《闽侯县志》卷四八《侯官艺文志》)、《竹清斋诗话》(民国《福建通志》总卷二十五,《福建艺文志》卷五十,引《课余续录》)、《竹情斋诗话》残二卷(刘荣平《赌棋山庄词话校注》第382页,福建省图书馆藏)

许赓皞:《平远堂遗诗》五卷附补录一卷(道光二十九年刻本)、《萝月词》二卷(《赌棋山庄词话校注》卷一、民国《建瓯县志》卷三十三本传)、(修)《武夷山志》(郭柏苍《补蕉山馆诗》卷上《瓯宁许秀才赓皞修武夷山志坠岩死》。谢章铤《赌棋山庄集》诗集卷十四《别武夷感咏》其一首句注作《武夷小志》)

徐经:《梅崖作文谱》一卷、《雅歌堂文集》二十二卷、《诗钞》五卷、《赋》一卷、《诗话》二卷、《外集》十二卷(《桐城文学撰述考》卷四题《雅歌堂外集》十二卷)(刘声木《桐城文学渊源撰述考》卷十二徐经条)、《甃坪诗话》二卷、《孙吴兵诀》一卷、《朱子事汇》□卷、《风诗汇订》一卷(《桐城文学撰述考》卷四)、《雅歌堂诗话》、《朱梅崖文谱》(《桐城文学渊源撰述考·引用书目》)、《甃枰居士传》、《慎道堂文钞》、《陟堂诗钞》、《左传兵法》、《左传兵诀》、《春秋礼经》、《春秋书法凡例附胡氏释例》、《左传歌谣》、《左传精语》、《外传精语》、《公穀精语》、《读左存愚》、《诗说汇订》、《朱子事汇纂言》、(商订)《建阳诗钞》、《县志》(民国《福建通志·文苑传》徐经本传)、《雅歌堂集》四十二卷[①](光绪二年刻本,中国科学院图书馆藏。柯愈春《清人诗文集总目提要》第891页)

蔡梅魁:《焚余集》(《赌棋山庄词话》卷二。民国《福建通志·福建列女传》卷五蔡如珍传作一卷)、《诗稿》一本(民国《福建通志》总卷四十五,《福建列女传》卷六蔡如珍传)

杨溶:《会试硃卷》一卷(光绪六年刻本,南京图书馆藏。李灵年等《清人别集总目》第698页)

杨浚:《岛居录》、《冠悔堂诗文钞》、(杨辂等校)《冠悔堂赋钞》四卷(光绪十九年刻本)、《冠悔堂骈体文钞》六卷三册(光绪十九年刻本)、《冠悔堂楹语》三卷(光绪二十年刻本)、《健公诗影》一卷(光绪十九年刻本,一题《健公先生诗影》)、《冠悔堂笔记》(郭白阳《竹间续话》卷四)、《冠悔堂全集》二十一卷[②](光绪十九年刻本。《泉州古代著述》第341页作二十卷二十一册,福建师范大学图书馆藏)、《冠悔堂诗钞》八卷(光绪十九年刻本)、《鹭江感旧诗》一卷、《冠悔堂文》四卷(稿本)、《冠悔堂词》三卷(稿本)、《冠悔堂诗》二卷(稿本)(民国《福建通志》)、《冠悔堂文稿》(稿本)、《冠悔堂剩稿》不分卷(稿本)、《冠悔堂稿》不分卷(稿本)、《冠悔堂日记》(一题《杨雪沧日记》一卷,稿本)、《杨雪沧日记》不分卷(稿本)、《冠悔初稿》不分卷(稿本)、《唐丛碑目稿》一卷(稿本)、《滕县汉殷微子墓碑考》一卷(稿本)、《冠悔堂访碑记》一卷(稿本)、《冠悔堂金石题跋》一卷(稿本、光绪间刻本)、《冠悔堂书目》四卷(抄本)、《冠悔道人年谱》一卷(抄本)、《小演雅》一卷附录一卷别录一卷续录一卷(光绪四年刻本)、《金荚飏言》一卷(同治二年刻本)、《冠悔堂文钞》、《冠悔堂笔记》、《示儿录》、《世德录》(民国《福建通志》杨浚传)、《岛居随录》十

---

① 柯愈春《清人诗文集总目提要》著录此集,分文集二十二卷、诗钞五卷、赋一卷、诗话二卷、外集十二卷,都四十二卷。外集为《左传兵法》、《左传兵诀》、《孙子兵诀》、《春秋礼经》、《春秋书法》等十余种著作(第891页)。

② 按:光绪十九年刻《冠悔堂诗钞》八卷二册、《冠悔堂骈体文钞》六卷六册、《冠悔堂赋钞》四卷一册、《冠悔堂楹语》三卷附录一卷三册,四种合计二十一卷附录一卷十二册,泉州市图书馆藏,《清代诗文集汇编》第721册影印。柯愈春《清人诗文集总目提要》云国家图书馆藏杨浚《冠悔堂集》二十二卷,内分《诗钞》八卷、《赋钞》八卷、《骈体文钞》六卷,光绪十九年刻本(第1658页),赋体多出四卷。

卷(光绪间刻本,泉州市图书馆藏)、《续录》十卷(光绪间刻本,泉州市图书馆藏)、《闰竹居丛书二十八种》二十八卷(光绪间刻本,福建省图书馆藏)、《杨雪沧稿本》三十八种(刘繁《杨浚及其著述与交游考论》,福建师范大学2010年硕士学位论文。细目:《冠悔堂诗抄》十卷、《抽存稿》上下、《玉籢集》二卷、《蓉房四宝铭》、《己丑冠悔堂古今体诗》、《西游吟草》上下、《消闲吟草》、《己丑诗话》、《冠悔堂感逝集》、《冠悔堂诗稿》、《特存稿》上下、《闽中论诗绝句》、《诗稿》二册、《骈文原稿》、《骈体文稿》、《杂著》上下、《骈俪各文原稿》二册、《冠悔堂骈体文抄》、《越南杂记》、《西游杂记》、《冠悔堂骈体文抄》五卷、《冠悔堂赋抄》四卷、《净业偶录》、《庚寅文抄》、《寿文墓志别稿》、《岛居四录》五卷、《西方公据新编》、《彭军门六秩寿序藏稿》、《甲申马江建醮启疏》、《杂文稿》二册、《楹腋》、《待删稿》上下、《留存稿》上中下、《压线偶存》、《备存稿》、《杂文稿》、《尺牍集》、《印谱》五册,藏台北"中央图书馆")、编辑校刻抄三十二种(详见刘繁《杨浚及其著述与交游考论》附录一)、(协纂)《(庚午)淡水厅志》、(纂)《(戊子)湄洲志》、《岛居随录续录三录》、《闽南唐赋》(傅以礼《冠悔堂诗文集跋》)、《易义针度补》(民国《福建通志》总卷三十九,《福建文苑传》卷九本传)、《冠悔堂杂录》十五卷(杨氏抄本,北京大学图书馆藏)、《通纪补遗》二卷(民国《福建通志》总卷二十五,《福建艺文志》卷二十三《龟山先生通纪》条下按语,一名《续通纪》)、《岛居随录》十卷、《续录》十卷、《三录》十卷(民国《福建通志》总卷二十五,《福建艺文志》卷五十)、《冠悔堂词抄》、《冠悔堂联语》、《易义针度》、《补金荚飘言》(陈笃彬、苏黎明《泉州古代著述》第341页)、《冠悔堂诗书评选》(稿本)、(辑)《碎金录》、(辑)《稽古录》(施懿琳、廖美玉《台湾古典文学大事年表・明清篇》,第589页)、(杨浚重辑)《正谊堂全书》(同治五年刻本。总一百五十八册)、《冠悔堂文集》三卷、乙集二卷、《玉籢集》二卷、《词稿》一卷(稿本。《福建文献集成初编》第174-175册影印福建省图书馆藏杨浚稿本四种)、《冠悔堂剩稿》不分卷(《福建文献集成初编》第175-176册影印福建省图书馆藏稿本)、《冠悔堂诗评选》一卷、《冠悔堂书评选》一卷(《福建文献集成初编》第176册影印福建省图书馆藏稿本)[①]、《玉签别集》不分卷(李灵年等《清人别集总目》第693页)

林其年:《存悔斋诗集》(《赌棋山庄词话》续编卷一)、《存悔斋集》(《闽词征》卷五,《闽词钞 闽词征》,福建人民出版社2014年版)、《存悔斋诗钞》四卷(同治三年刻本,福建省图书馆藏。柯愈春《清人诗文集总目提要》第1602页)

杨炳奎:《太缓生诗稿》不分卷四册(稿本,台北"中央图书馆"藏。柯愈春《清人诗文集总目提要》第1235页)

游炯:《学庸密解》、《文溪小草》(民国《长乐县志》卷十四上《选举上》题名下注)

游光绎:《鳌峰书院志》十六卷、《鳌峰书院书目》四卷(同治刊本《福建通志》卷八十一)、《秉烛斋诗文集》(民国《福建通志》总卷三十四,《福建列传(清六)》卷三十七,游光绎传)、《炳烛斋诗集》无卷数[②](民国《福建通志》总卷二十五,《福建艺文志》卷六十五;谢章铤《赌棋山庄余集》文集卷二《炳烛斋诗集钞本记》;陈昌强《谢章铤年谱简编》光绪二十七年)、《炳烛斋诗稿征录》(1964年钞本,福建师范大学图书馆藏。李灵年等《清人别集总目》第2288页)

游大琛:《萍缘小记》(谢章铤《赌棋山庄余集》文集卷二《炳烛斋诗集钞本记》;《赌棋山庄词话》续编卷二;民国《福建通志》总卷二十五,《福建艺文志》卷六十五)、《窾启吟草》不分卷(1965年钞本,福建师范大学图书馆藏)、《风尘呓语》不分卷(1964年钞本,福建师范大学图书馆藏)(柯愈春《清人诗文集总目提要》第1320页)

郑玉笄:诗集一卷(《赌棋山庄词话》续编卷二)、《香雪留痕》(《闽词征》卷四梁鸣谦词《两同心》(融雪为神)序)

---

① 柯愈春《清人诗文集总目提要》著录福建省图书馆藏杨浚稿本七种:《冠悔堂文》四卷、《诗》二卷、《词》三卷、《冠悔堂稿》不分卷、《剩稿》不分卷、《玉剑别集》不分卷、《冠悔堂文稿》不分卷(第1658页)。

② 柯愈春《清人诗文集总目提要》著录此集,二卷,赌棋山庄钞本,湖北省博物馆藏(第943页)。

徐一鹗:《宛羽堂诗钞》二卷(《台湾文献丛刊》续编本。柯愈春《清人诗文集总目提要》第1399页作不分卷,光绪二年刻本,福建省图书馆藏)

林岩:《松峰词稿》(民国间铅印本。曹辛华《民国词史考论》第486页)

林树梅:《啸云山人文钞》(陈笃彬、苏黎明《泉州古代著述》第348页作十四卷)、《啸云山人诗钞》(陈笃彬、苏黎明《泉州古代著述》第348页作四卷)、《静远斋文钞》一册、《说剑轩余事》一册(台湾文献丛刊续编本)、《镂螭存参》、《静远斋诗文钞》(郭柏苍《竹间十日话》卷三)、《歗云文钞初编》十四卷、《靖远斋诗钞》□卷、《秋笳集》、《歗云诗钞》八卷、《□□□丛记》□卷(刘声木《桐城文学渊源撰述考》卷十二林树梅条)、《云影集》、《闽海握要图说》、《闽安纪略》、《歗云诗续钞》□卷、《歗云文续钞》□卷、《歗云日记》□卷、《歗云铁笔》□卷、《金门杂记》□卷、《备海要策》□卷、《团练乡勇图说》□卷(《桐城文学撰述考》卷四)、《治海图说》、《战船占测》、《歗云文钞》、《文章宝筏》、《云影集》、《诗文续抄》、《日记》、《诗钞》、《诗余》、《战船占测》(施懿琳、廖美玉主编的《台湾古典文学大事年表》第427-428、484页)、《静远斋诗钞》(民国《福建通志》总卷二十五,《福建艺文志》卷六十六)、《啸云文钞》八卷(道光二十四年刻本。泉州市图书馆藏)、《丛记》(陈庆镛《籀经堂类稿》卷十五《林歗云丛记跋》)、《静远斋诗文钞》(郭柏苍《三峰草庐诗》卷上《铁篴生》)、《歗云文钞》十四卷、《诗钞》八卷(均道光二十四年刻本,福建省图书馆藏。柯愈春《清人诗文集总目提要》第1185页)、《歗云诗文钞》六十四卷(道光二十四年刻本,南开大学图书馆藏)、《精选斋文钞》[①](道光十六年刻本,福建省图书馆藏)(李灵年等《清人别集总目》第1373页)

陈廷瑜:《与善录》、(编)《选赠和斋诗集》(施懿琳、廖美玉《台湾古典文学大事年表·明清篇》,第320、342页)

郑用锡:《北郭园诗钞》五卷附二卷(稿本、《台湾文献丛刊》本)、(辑校王士俊)《周易折中衍义》、(郑如梁、杨浚编)《北郭园全集》十卷[②](同治九年淡水竹堑刻本)、《冠悔堂赋钞》、《冠悔堂骈文钞》(台湾文献丛刊续编本)、《北郭园集》(《八闽文化世家》第260页)、《淡水厅志初稿》四卷、《学礼则要》六卷、《周礼解疑》(施懿琳、廖美玉《台湾古典文学大事年表·明清篇》,第531页)

郑用锡、郑用鉴(郑用锡从弟)、黄骧云:(道光十年)《淡水厅初志稿》四卷

郑用鉴:《静远堂诗文钞》(新竹"市政府"2001年出版)、(与郑用锡)《淡水厅志略》、《易经图解》、《易经易说》、《静远堂诗文集》(施懿琳、廖美玉《台湾古典文学大事年表·明清篇》,第581-582页)

郑如兰:《偏远堂吟草》二卷(民国三年铅印本,《台湾文献丛刊》续编本、台湾先贤诗文集汇刊第一辑影印)、《全台诗》收录其诗158首(施懿琳、廖美玉《台湾古典文学大事年表·明清篇》,第419页)、《偏远堂诗集》二卷(连横《台湾通史》、柯愈春《清人诗文集总目提要》第1864页)

郑树南:《水田逸叟诗文稿》(施懿琳、廖美玉《台湾古典文学大事年表·明清篇》,第542页)、《水田逸叟六十寿言录》(刻本,厦门市图书馆藏)

郑霁光(郑虚一):《成趣园诗钞》不分卷[③](民国十四年铅印本,国家图书馆藏。柯愈春《清人诗文集总目提要》第1889页)、《山色夕阳楼吟草》(台湾文献丛刊续编本)、《虚一诗集》(《台湾先贤诗文集汇刊》第二辑)、《行斋剩稿》(施懿琳、廖美玉《台湾古典文学大事年表·明清篇》,第639页)

吴子光:《一肝皮集》十八卷附《小草拾遗》一卷(光绪元年双峰草堂刻本,复旦大学图书馆藏。柯愈春《清人诗文集总目提要》第1375页)

陈儒林:《又一村诗集》、《栖尘剩稿》(施懿琳、廖美玉《台湾古典文学大事年表·明清篇》,第434页)

陈维英:《乡党质疑》、《偷闲录》、《全台诗》收录其诗665首(施懿琳、廖美玉《台湾古典文学大事年

① 按:当作《静远斋文钞》,不分卷。陈茗《海疆文学书写与图像——以金门林树梅为中心》第四章第一节《著述考》列林树梅存著12种,佚15种(第112-113页),第二节《图画考》著录34幅图画(第124-134页)。人民出版社2017年版。

② 李灵年等《清人别集总目》著录此集,收《文钞》一卷、《诗钞》五卷、《述古堂制艺》二卷、《述古堂试帖》二卷(第1498页)。

③ 柯愈春《清人诗文集总目提要》著录此集,分《牧遣兴集》、《湖山游草》、《唱酬集》、《清课吟草》四种(第1889页)。

表·明清篇》，第588页）、《太古巢联集》[①]（《台湾先贤诗文集汇刊》第四辑、台湾文献丛刊续编本）

庄嵩：《太岳诗草》（施懿琳、廖美玉《台湾古典文学大事年表·明清篇》，第639页）

林尔嘉：《菽庄诗稿》（1973年版，一题《林菽庄先生诗稿》）、《顽石山房笔记》（菽庄丛书本1936版）、《菽庄诗文集》（《台湾文献丛刊》续编本）、《菽庄吟社评定》（民国六年刻本）、《林菽庄先生诗稿》（施懿琳、廖美玉《台湾古典文学大事年表·明清篇》，第618页）、《顽石山房焚余稿选》一卷（1958年铅印《闽四家诗》本）、《虞美人诗录》不分卷（民国五年铅印，镇江图书馆藏）（柯愈春《清人诗文集总目提要》第2002页）、（辑）《菽庄丛刻八种》（九州出版社、厦门大学出版社2004年版）

林景仁（林健人）：《摩达山漫草》、《小眉剩稿》、《春日偕季叔及二弟眉生酬唱稿》（施懿琳、廖美玉《台湾古典文学大事年表·明清篇》，第702页）、《林小眉三草》（《台湾先贤诗文集汇刊》第一辑影印）、《东宁草》一卷（宣统三年排印本、民国十二年排印本）、《天池草》一卷（民国八年排印本）（李灵年等《清人别集总目》第1374页）

林熊祥（林景仁弟）：《林文访先生诗文集》（台北青文出版社1982年版）、《台湾史略》、（辑）《书学原论》、《哲学》、《兰屿入我国版图之沿革》、《殿版及各官局刻书目录》、（与曾天从合撰）《台湾省通志稿》卷六（施懿琳、廖美玉《台湾古典文学大事年表·明清篇》，第727页）

林熊光：《宝宋室笔记》

林氏：《林氏家传遗芬录》（施懿琳、廖美玉《台湾古典文学大事年表·明清篇》，第702页）

竹堑林占梅：《潜园琴余草》（新竹市文化中心1994年版）、《潜园唱和集》（施懿琳、廖美玉《台湾古典文学大事年表·明清篇》，第584页）、《潜园琴余草简编》不分卷（《台湾先贤集》本。李灵年等《清人别集总目》第1365页引《台湾联合书目》）

杨宗城：《碧浪园诗》、《东吟唱和诗》（施懿琳、廖美玉《台湾古典文学大事年表·明清篇》第69页）

王璋：（分纂）《（康熙）台湾府志》（施懿琳、廖美玉《台湾古典文学大事年表·明清篇》第81页）

黄佺：《草庐诗草》、《东宁吟草》（施懿琳、廖美玉《台湾古典文学大事年表·明清篇》第151页）

卓肇昌：《栖碧堂全集》（施懿琳、廖美玉《台湾古典文学大事年表·明清篇》第183页）

黄瑞玉：《蜗堂诗草》（施懿琳、廖美玉《台湾古典文学大事年表·明清篇》，第335页）

章甫：《半崧集》（施懿琳、廖美玉《台湾古典文学大事年表·明清篇》，第343页。《全台诗》收录其诗439首）

林瀛：《一峰亭林朝英行略》（家刻本。施懿琳、廖美玉《台湾古典文学大事年表·明清篇》，第343页）

陈肇兴：《陶村诗稿》八卷（台北龙文出版社1992年版）、《咄咄吟》（施懿琳、廖美玉《台湾古典文学大事年表·明清篇》，第557页）

蔡惠若：《岭南游草》四卷（传钞本，《续修四库提要》著录）、《岭南游草》一卷（同治二年《柳堂师友诗录初编》本，国家图书馆藏。柯愈春《清人诗文集总目提要》第1576页）

张维垣：《张维垣先生闲吟诗遗稿》（施懿琳、廖美玉《台湾古典文学大事年表·明清篇》，第384页）

卢振基：《四白山人遗稿》（施懿琳、廖美玉《台湾古典文学大事年表·明清篇》，第387页）

陈国瑛：（辑）《台湾采访册》（施懿琳、廖美玉《台湾古典文学大事年表·明清篇》，第394页）

晋江林逢春：《颐园诗草》（同治刊本《福建通志》卷七十二。按语称其著《西征》、《宦游》、《进思》、《退思》等集）、《青湄诗集》（施懿琳、廖美玉《台湾古典文学大事年表·明清篇》，第401页）

曾作霖、周玺：（纂）《（道光）彰化县志》（施懿琳、廖美玉《台湾古典文学大事年表·明清篇》，第411页）

杨克彰：《周易管窥》（施懿琳、廖美玉《台湾古典文学大事年表·明清篇》，第423页）

李凌霄：《紫薇山房集》十二卷（施懿琳、廖美玉《台湾古典文学大事年表·明清篇》，第435页）

戴祥云：《十番风雨录》（施懿琳、廖美玉《台湾古典文学大事年表·明清篇》，第445页）

---

① 李灵年等《清人别集总目》题《陈维英先生太古联集集》不分卷《补遗》一卷附录一卷，日本昭和十二年刊本（第1315页）。

蔡国琳:《丛桂堂诗钞》四卷、(纂)《台湾通史》(施懿琳、廖美玉《台湾古典文学大事年表·明清篇》,第445、703、719页)

竹堑林鹏霄:《苦苓村人诗草》(施懿琳、廖美玉《台湾古典文学大事年表·明清篇》,第468页)

安溪石福作:《湖心亭新裁》、《稻香村杂著》、《习静轩词钞》、《洌水山庄文集》(施懿琳、廖美玉《台湾古典文学大事年表·明清篇》,第477页)

彭廷选:《傍榕筑诗文稿》、《凫湖居笔记》四卷、《傍榕小筑诗文集》四卷(施懿琳、廖美玉《台湾古典文学大事年表·明清篇》,第479、584页)

赖世英:《嘉城赖仁记家谱》、《小隐山房诗钞》、《小隐山房诗文杂作》(施懿琳、廖美玉《台湾古典文学大事年表·明清篇》,第481、703页)

赖世观:《乙未嘉城沦陷记》、《城隍明道经》、《湄洲慈济经》、《天上圣母宝诰同参订》、《东莱诗文集》、《赖士仰广文笔记》、《诸罗漫谈》(施懿琳、廖美玉《台湾古典文学大事年表·明清篇》,第526页)

赖雨若:《壶仙诗集》(施懿琳、廖美玉《台湾古典文学大事年表·明清篇》,第631页)

赖子清:《鹤洲诗话》、《中华诗典》、《古今诗粹》、《台湾诗珠》、《台湾咏物诗》、《台湾写景诗》、《古今台湾诗文社》、《嘉义县志》、《彰化县文化志》(施懿琳、廖美玉《台湾古典文学大事年表·明清篇》,第709-710页)、(编)《台湾诗醇》、《台湾诗海》(台湾先贤诗文集汇刊第五辑)

吕汝玉、吕汝修、吕汝成:《海东三凤集》(施懿琳、廖美玉《台湾古典文学大事年表·明清篇》,第646页)

林次湘(蔡启运妻):《碧云轩小稿》(施懿琳、廖美玉《台湾古典文学大事年表·明清篇》,第732页)

郑祥和:《毛诗音释》四卷(施懿琳、廖美玉《台湾古典文学大事年表·明清篇》,第602页)

郑鹏云(郑祥和之子):(编)《诗友风义录》、《台海击钵吟集》录诗20首、(与曾逢辰编)《新竹县志稿》、(与陈朝龙)《新竹县采访册》十一册(施懿琳、廖美玉《台湾古典文学大事年表·明清篇》,第555、530、708页)

张鹏、张贞:《听涛轩集》(施懿琳、廖美玉《台湾古典文学大事年表·明清篇》,第571页)

张鹏:《梅花白咏》(施懿琳、廖美玉《台湾古典文学大事年表·明清篇》,第571页)

韩必昌:《太阳真经》(施懿琳、廖美玉《台湾古典文学大事年表·明清篇》,第482页)

吴德功:《戴施两案纪略》、《瑞桃斋诗稿》、《吴德功先生全集》、(主修)《彰化县采访册》、《让台记》、《瑞桃斋诗话》、《全台诗》收录其诗590首(施懿琳、廖美玉《台湾古典文学大事年表·明清篇》,第484、693、724页)、《瑞桃斋文稿》二卷(稿本,台北"中央图书馆"藏。柯愈春《清人诗文集总目提要》第1826页)

黄玉阶:《霍乱吊脚痧医书》、《疙瘩瘟治法新编》等(施懿琳、廖美玉《台湾古典文学大事年表·明清篇》,第486页)

刘星槎:《吟草》(施懿琳、廖美玉《台湾古典文学大事年表·明清篇》,第489页)

陈震曜:《小沧桑外史》、《风鹤余录》、《海内义门集》、《归田问俗记》、《东海壶杓集》(施懿琳、廖美玉《台湾古典文学大事年表·明清篇》,第498页)

李祺生:(续修)《噶玛兰厅志》(咸丰二年刻本)

彰化陈绍年(陈允忠):《寿山堂诗稿》(施懿琳、廖美玉《台湾古典文学大事年表·明清篇》,第500页)

黄本渊:《中隐斋集》(施懿琳、廖美玉《台湾古典文学大事年表·明清篇》,第500页)

张锦城:《易经解》(施懿琳、廖美玉《台湾古典文学大事年表·明清篇》,第501页)

张纯甫(张汉):《守墨楼吟稿》、《守墨楼文稿》、《守墨楼课题诗稿》、《非墨十说》、《是左十说》、《汉族姓氏考》、《古今人物汇考》、《古陶渔村人四时闲话》、《守墨楼联稿》、《陶村灯谜》、《陶村随笔》等二十余种(施懿琳、廖美玉《台湾古典文学大事年表·明清篇》,第679-680页页)、《守墨楼诗稿》四卷十二集、《击钵吟集》、《坚白屋谜剩》一卷、《张纯甫全集》六册(新竹市文化中心1997年出版)

林百川:(编)《树杞林志》(施懿琳、廖美玉《台湾古典文学大事年表·明清篇》,第514页)

陈濬芝:《竹梅吟社击钵吟》(施懿琳、廖美玉《台湾古典文学大事年表·明清篇》,第517页。第718页作《竹梅吟草永击钵吟》四卷)

李世昌:《芦舟吟草》(施懿琳、廖美玉《台湾古典文学大事年表·明清篇》,第519页)

张麟书:《麟凤阁文集》、《庸言》(施懿琳、廖美玉《台湾古典文学大事年表·明清篇》,第520页)

赵元安:《剑楼吟稿》(施懿琳、廖美玉《台湾古典文学大事年表·明清篇》,第522页)

刘育英:《论说》、《杂俎》等数十种(施懿琳、廖美玉《台湾古典文学大事年表·明清篇》,第527页)

曾逢辰:(与郑鹏云合编)《新竹县志稿》、(参修)《新竹厅志》(施懿琳、廖美玉《台湾古典文学大事年表·明清篇》,第530页)

郭懿:《选抄俪句》(后改称《藻臣遗录》)(施懿琳、廖美玉《台湾古典文学大事年表·明清篇》,第532页)

曹敬:《曹敬诗文略集》(施懿琳、廖美玉《台湾古典文学大事年表·明清篇》,第537页)、《曹愨民先生诗文略》(施懿琳、廖美玉《台湾古典文学大事年表·明清篇》,第479页)

彭培桂:《竹里馆诗文集》(施懿琳、廖美玉《台湾古典文学大事年表·明清篇》,第537页)

闽县林维丞:(杨浚删定)《潜园寓草》二卷(施懿琳、廖美玉《台湾古典文学大事年表·明清篇》,第558页)

谢锡朋:《化鹏山房诗稿》(施懿琳、廖美玉《台湾古典文学大事年表·明清篇》,第553页)

郑鹏云:(编)《诗友风义录》、《台海击钵吟集》录诗20首(施懿琳、廖美玉《台湾古典文学大事年表·明清篇》,第555页)

魏绍吴:《启英轩文集》、《启英轩诗集》、《启英轩灯谜》(施懿琳、廖美玉《台湾古典文学大事年表·明清篇》,第556页)

苏衮荣:(协纂)《淡水厅志》(施懿琳、廖美玉《台湾古典文学大事年表·明清篇》,第556页)

蔡启运:《养余轩诗草》、《台海击钵吟集》录诗122首(施懿琳、廖美玉《台湾古典文学大事年表·明清篇》,第560页)

竹梅吟社社集:(蔡汝修编)《台海击钵吟集》、《竹梅吟社击钵吟》(施懿琳、廖美玉《台湾古典文学大事年表·明清篇》,第670-672页)

惠安陈洛:《玉蟾堂诗集》(施懿琳、廖美玉《台湾古典文学大事年表·明清篇》,第560页)

王松:《台阳诗话》二卷、《内渡日记》一卷、《余生纪闻》一卷、《草艸草堂随笔》三卷、《如此江山楼焚余稿》、《沧海遗民剩稿》[①](即《四香楼余力草》、《如此江山楼诗存》合集)、(王石鹏编)《友竹行窝遗稿》(施懿琳、廖美玉《台湾古典文学大事年表·明清篇》,第562、576-577页)、《四香楼少作附存》(柯愈春《清人诗文集总目提要》第1949页)、《如此江山楼诗存》一卷、《四香楼少作附存》一卷(台湾先贤集本。李灵年等《清人别集总目》第53页)

黄佩秋:《绍登诗钞》不分卷(清钞本,福建省图书馆藏。柯愈春《清人诗文集总目提要》第1109页)

吕乔南:《兰雪草堂诗稿》(施懿琳、廖美玉《台湾古典文学大事年表·明清篇》,第566页)

陈宗赋:《三复斋诗文存》一卷(施懿琳、廖美玉《台湾古典文学大事年表·明清篇》,第567页)

丘逢甲:《柏庄诗草》、《仓海先生丘公逢甲诗选》(商务印书馆1935年版)、《岭云海日楼诗》(钱仲联《梦苕庵诗话》第一一一条)、(邱瑞甲、邱兆甲编)《岭云海日楼诗钞》十三卷附《选外集》一卷(民国二十六年刊本,湖南省图书馆藏)、《仓海君庚戌罗浮游草》不分卷(宣统二年铅印本,中山图书馆藏)、《金城唱和集》、《邱黄二先生遗稿合刊》、《岭云海日楼诗钞》不分卷(民国间铅印本,四川省图书馆藏)、《岭

① 柯愈春《清人诗文集总目提要》著录此集,不分卷,民国十四年铅印本,国家图书馆藏。内《如此江山楼诗存》一卷,凡诗126首(第1949页)。《清人别集总目》著录此集,二卷(第53页)。

云海日楼诗稿》十二卷(民国二年铅印本,国家图书馆藏)①、《岭云海日楼诗钞》附邱应枢辑《选外集补遗》(安徽人民出版社 1984 年版)(柯愈春《清人诗文集总目提要》第 1933 页)、《岭云海日楼诗抄》(抄本,华南师范大学图书馆藏)、《岭云海日楼诗抄》一卷(1942 年台中东亚书局《邱黄二先生遗稿合刊》本)(李灵年等《清人别集总目》第 336 页)

丘琼:《丘仓海传》(《八闽文化世家》,第 315 页)

丘念台:《岵怀录》、《仓海先生丘公逢甲年谱》(《八闽文化世家》,第 315 页)、《岭海微飚》

林培张:《寄庐遗草》(施懿琳、廖美玉《台湾古典文学大事年表·明清篇》,第 568 页)

廖春波:(参纂)《彰化县志》(施懿琳、廖美玉《台湾古典文学大事年表·明清篇》,第 568 页)

李春生:《主津新集》、《东游六十四日随笔》、《主津后集》、《民教冤狱解》、《天演论书后》(施懿琳、廖美玉《台湾古典文学大事年表·明清篇》,第 573 页)

黄中理:(协修)《淡水厅志》、《海州诗集》、《澄淮印存》(施懿琳、廖美玉《台湾古典文学大事年表·明清篇》,第 576 页)

林耀亭:《松月书室诗集》(施懿琳、廖美玉《台湾古典文学大事年表·明清篇》,第 577 页)、《松月书室吟草》(台湾先贤诗文集汇刊第二辑)

洪一枝(洪繻):《寄鹤斋诗文集》、《寄鹤斋诗话》、《时势三字编》、《八州游记》、《八州诗草》、《瀛海偕亡记》、《中东战记》、《中西战记》、(其子洪炎秋编)《洪弃生先生遗书》、《寄鹤斋诗集》、《寄鹤斋古文集》、《寄鹤斋骈文集》、(施懿琳、廖美玉《台湾古典文学大事年表·明清篇》,第 581、722 页)

王学潜:《卿淇诗草》(施懿琳、廖美玉《台湾古典文学大事年表·明清篇》,第 583 页)

陈锡金:《鳌峰诗草》(施懿琳、廖美玉《台湾古典文学大事年表·明清篇》,第 583 页)

郑家珍:《雪蕉山馆诗集》(一作《雪焦山馆诗草》)、《全台诗》著录其诗 683 首(施懿琳、廖美玉《台湾古典文学大事年表·明清篇》,第 585、728 页)

张丽俊:《南村诗草》、(编)《清河堂张氏族谱》、《水竹居主人日记》二十八册(施懿琳、廖美玉《台湾古典文学大事年表·明清篇》,第 586 页)

林维朝:《劳生略历》、《怡园吟草》四册、《初啭集》、《怡园唱和集》、《寿诗文集》附并蒂菊诗(施懿琳、廖美玉《台湾古典文学大事年表·明清篇》,第 586 页)

汪春源:《柳塘诗文集》(施懿琳、廖美玉《台湾古典文学大事年表·明清篇》,第 589 页)

胡殿鹏:《南溟诗草》、《大冶一炉诗话》(施懿琳、廖美玉《台湾古典文学大事年表·明清篇》,第 590 页)

谢友我:(谢汝川编)《先祖父谢友我先生唱和集》(施懿琳、廖美玉《台湾古典文学大事年表·明清篇》,第 590 页)

谢维岩:《谢籁轩诗集》(施懿琳、廖美玉《台湾古典文学大事年表·明清篇》,第 636 页)

谢国文:《省庐遗稿》(施懿琳、廖美玉《台湾古典文学大事年表·明清篇》,第 685 页)

谢汝铨:《奎府楼吟草》、《诗海慈航》、《周易略说》、《蓬莱角楼诗存》(施懿琳、廖美玉《台湾古典文学大事年表·明清篇》,第 602 页)、《奎府楼诗草》三卷(台北 1931 年谢师熊排印本)

林馨兰:《湘沅吟草》、《稻江小唱》一卷(施懿琳、廖美玉《台湾古典文学大事年表·明清篇》,第 594 页)

施天鹤(梅樵):《卷涛阁诗草》、《鹿江集》(施懿琳、廖美玉《台湾古典文学大事年表·明清篇》,第 595 页)、《梅樵诗集》(台湾先贤诗文集汇刊第二辑)

洪文成:《妙香阁集》(施懿琳、廖美玉《台湾古典文学大事年表·明清篇》,第 598 页)

赖绍尧:《悔之诗钞》、《逍遥诗草》(施懿琳、廖美玉《台湾古典文学大事年表·明清篇》,第 602 页)

吕敦礼:《厚庵遗草》(施懿琳、廖美玉《台湾古典文学大事年表·明清篇》,第 603 页)

---

① 李灵年等《清人别集总目》题《岭云海日楼诗抄》十二卷,民国二年排印本;又,民国二十四年商务印书馆本《仓海先生丘公逢甲诗选》题《仓海先生邱公逢甲诗选》(第 336 页)。

傅锡祺:《栎社沿革志略》、《增补栎社沿革志略》、《鹤亭诗集》(《台湾先贤诗文集汇刊》第二辑;施懿琳、廖美玉《台湾古典文学大事年表·明清篇》,第604页)

谢尊五:《静轩诗集》、(郑云从编)《梦春吟草》(施懿琳、廖美玉《台湾古典文学大事年表·明清篇》,第605页)

颜笏山:《梦觉山庄古稀纪念集》(施懿琳、廖美玉《台湾古典文学大事年表·明清篇》,第605页)

徐埴夫:《竹舫吟草》(施懿琳、廖美玉《台湾古典文学大事年表·明清篇》,第608页)

黄赞钧:《海鹤楼诗钞》二卷、(重刊)《人海回澜》(施懿琳、廖美玉《台湾古典文学大事年表·明清篇》,第608页)、《大同要素》一卷(1949年排印本,台湾先贤诗文集汇刊影印)

王蓝玉:《望海阁诗文集》(施懿琳、廖美玉《台湾古典文学大事年表·明清篇》,第608页)

陈树蓝:《望海阁诗文集》(施懿琳、廖美玉《台湾古典文学大事年表·明清篇》,第610页)

郑以庠:《拾翠园诗稿》(施懿琳、廖美玉《台湾古典文学大事年表·明清篇》,第609页)

郑登瀛:《郑十洲先生遗稿》(《台湾文献丛刊》续编本、《台湾先贤诗文集汇刊》第一辑影印)、《沧海遗音》、《扶桑寄生草》、《鸡肋杂录》、《北郭园小草》(施懿琳、廖美玉《台湾古典文学大事年表·明清篇》,第609页)

黄祖涛:《渡津宝船》五卷(施懿琳、廖美玉《台湾古典文学大事年表·明清篇》,第609页)

林知义:《步兰亭小稿》、《林知义手钞》、《步礼亭小稿》(施懿琳、廖美玉《台湾古典文学大事年表·明清篇》,第611页)

许梓桑:《筠窗吟草》(施懿琳、廖美玉《台湾古典文学大事年表·明清篇》,第612页)

林朝崧:(傅锡麟、陈怀澄、陈贯等辑)《无闷草堂诗存》五卷《诗余》一卷(鹿港信昌社1933年版、《台湾文献丛刊》本)、《无闷堂诗钞》(连载于1919—1923年《台湾文艺丛志》)、《无闷堂诗存》(《台湾显现诗文集汇刊》第一辑第8-9册,龙文出版社2011年版)

林朝琛:《环球游记》、《灌园先生日记(1927—1954)》(施懿琳、廖美玉《台湾古典文学大事年表·明清篇》,第640页)

林幼春:《南强诗集》(施懿琳、廖美玉《台湾古典文学大事年表·明清篇》,第640页)

刘景平:《乙未遗稿》(施懿琳、廖美玉《台湾古典文学大事年表·明清篇》,第619页)

黄炳南:《莺歌庄沿革志》、《孔孟并尊论》、《兼爱非无父辨》、《晴园年谱》三卷、《晴园文存》二卷、《八十自述》一卷(施懿琳、廖美玉《台湾古典文学大事年表·明清篇》,第619页)

杨仲佐:《神州游记》、《网溪诗集》、《园艺新书》、《古今名人诗集》、《网溪诗文集》、《古今格言精选》、(辑)《历朝诗选》、《精选中外格言》(施懿琳、廖美玉《台湾古典文学大事年表·明清篇》,第619-620页)

倪希昶:《百勿吟集》、《巢睫居诗文集》、《瀛洲风义集》、《东北京畿游记》、《时事百感吟》、《古稀百感吟》(施懿琳、廖美玉《台湾古典文学大事年表·明清篇》,第620页)

陈瑚:《趣园诗草》、《枕山诗钞》(施懿琳、廖美玉《台湾古典文学大事年表·明清篇》,第620页)

陈贯:《豁轩诗草》(施懿琳、廖美玉《台湾古典文学大事年表·明清篇》,第649页)

吴萱草:(吴新荣编)《无忧洞天诗集》(施懿琳、廖美玉《台湾古典文学大事年表·明清篇》,第685页)、《忘忧诗集》(1958年版)

吴新荣:《吴新荣选集》三册(含《震瀛诗集》三卷、《亡妻记》、《日记》、《震瀛集外诗》、《震瀛追思录》等)、《震瀛随想录》、(预修)《台南县志稿》十三卷、(出版)《南瀛文献》十二卷十八册、《震瀛自传》、《此时此地》(改题《震瀛回忆录》)、《震瀛采访录》、(另本、残本)《震瀛回忆录》、《吴新荣全集》(1981年版,张良泽编辑)、《吴新荣日记全集》(台湾文学馆2007年版)(编)《忘忧洞天诗集》、(编)《郑静夫诗集》、《金唐殿善行寺沿革志》、《南鲲鯓庙代天府沿革志》(请参看小雅园网页)

许梦青:《鸣剑斋诗草》、《听花山房诗集》、《听竹山房诗稿》、《梦青堂诗稿》、《全台诗》收录其诗

1065 首(施懿琳、廖美玉《台湾古典文学大事年表·明清篇》,第 595、729 页)

许幼渔:《续鸣剑斋诗草》(施懿琳、廖美玉《台湾古典文学大事年表·明清篇》,第 699 页)

李逢时:《李拔元遗稿》、《全台诗》著录其诗 358 首(施懿琳、廖美玉《台湾古典文学大事年表·明清篇》,第 623 页)、《泰阶诗稿》(台湾文献丛刊续编本)

李书:《蛮花记》、《侠鸳鸯》、《史沫》一卷(施懿琳、廖美玉《台湾古典文学大事年表·明清篇》,第 625 页)

颜云年:《环镜楼唱和集》、《陋园吟集》(施懿琳、廖美玉《台湾古典文学大事年表·明清篇》,第 625 页)

陈怀澄:《沁园诗草》、《媪解集》(施懿琳、廖美玉《台湾古典文学大事年表·明清篇》,第 628 页)、《沁园诗存》(台湾先贤诗文集汇刊第四辑)

林缵:《砺心斋诗集》、《砺心斋诗话》、《玉壶冰》(施懿琳、廖美玉《台湾古典文学大事年表·明清篇》,第 628 页)

王石鹏:《台湾三字经》(施懿琳、廖美玉《台湾古典文学大事年表·明清篇》,第 628 页)

林资铨:《仲衡诗草》(施懿琳、廖美玉《台湾古典文学大事年表·明清篇》,第 629 页;台湾先贤诗文集汇刊作《仲衡诗集》)

连横:《台湾通史》、《台湾诗乘》(施懿琳、廖美玉《台湾古典文学大事年表·明清篇》,第 631 页)、《劫余集诗钞》附词钞(民国二年铅印本,辽宁省图书馆藏)、《剑花室诗集》四卷词一卷(《台湾文献丛刊》本 1960 年版)(李灵年等《清人别集总目》第 839 页)、《雅堂先生文集余集》(《近代中国史料丛刊续》编本)

刘廷璧:《瀚村补笔楼遗稿》(施懿琳、廖美玉《台湾古典文学大事年表·明清篇》,第 629 页,第 671-672页作《翰村补笔楼遗稿》)

查元鼎:《草草草堂吟草》四卷(施懿琳、廖美玉《台湾古典文学大事年表·明清篇》,第 672 页)

查仁寿:《静轩诗稿》(施懿琳、廖美玉《台湾古典文学大事年表·明清篇》,第 629 页)

黄如许:《遗稿》二卷(施懿琳、廖美玉《台湾古典文学大事年表·明清篇》,第 637 页)

陈庭瑞:《乾坤别有楼吟草》、《拙拙庐文稿》(施懿琳、廖美玉《台湾古典文学大事年表·明清篇》,第 640 页)

黄济时:(协修)《澎湖厅志》(施懿琳、廖美玉《台湾古典文学大事年表·明清篇》,第 640 页)

陈朝龙:《十癖斋诗文集》、(与郑鹏云编)《新竹县采访册》十一册(施懿琳、廖美玉《台湾古典文学大事年表·明清篇》,第 641、708 页)

傅于天:《肖岩草堂诗钞》(施懿琳、廖美玉《台湾古典文学大事年表·明清篇》,第 647 页)

蔡惠如:《铁生诗草》(施懿琳、廖美玉《台湾古典文学大事年表·明清篇》,第 647 页)

杨尔材:《近樗吟草》(台湾先贤诗文集汇刊第四辑;施懿琳、廖美玉《台湾古典文学大事年表·明清篇》,第 647 页)

黄逢昶:《台湾生熟番记事》、《台湾竹枝词》75 首(施懿琳、廖美玉《台湾古典文学大事年表·明清篇》,第 649-650 页)

李灿煌:《东台吟草》一卷、(李建兴辑)《李硕卿先生纪念集》(施懿琳、廖美玉《台湾古典文学大事年表·明清篇》,第 650 页)

林玉书:《醉霞亭集》二卷(施懿琳、廖美玉《台湾古典文学大事年表·明清篇》,第 650 页)、《卧云吟草》(台湾先贤诗文集汇刊第二辑)

许天奎:《铁峰山房唱和集》(施懿琳、廖美玉《台湾古典文学大事年表·明清篇》,第 653 页)

林清月(林怒涛):《地球上阿片之命运》、《仿词体之流行歌》、《歌谣集萃》(施懿琳、廖美玉《台湾古典文学大事年表·明清篇》,第 654 页)

王少涛:《木瓜庵诗集》(施懿琳、廖美玉《台湾古典文学大事年表·明清篇》,第 655 页)

黄水沛:《黄楼诗钞》二卷、(编)《庚寅端午诗人大会集》(施懿琳、廖美玉《台湾古典文学大事年表·明清篇》,第659页)、《黄楼诗》(《台湾先贤诗文集汇刊》第二辑)

刘克明:《广东语集成》、《中和庄志》、《台湾古今谈》(施懿琳、廖美玉《台湾古典文学大事年表·明清篇》,第660页)

林鹤寿:《泛梗集》(施懿琳、廖美玉《台湾古典文学大事年表·明清篇》,第660页)

庄龙:《云从诗草》、《南村诗稿》(施懿琳、廖美玉《台湾古典文学大事年表·明清篇》,第660页)

陈槐泽:《翕庵诗集》(施懿琳、廖美玉《台湾古典文学大事年表·明清篇》,第662页)、《翕庵吟草》(台湾先贤诗文集汇刊第二辑)

林佛国:《台湾今昔论》、《日本地方自治》、《林氏家谱》、《蓬莱吟草》、《环岛考察吟草》、《长林山房吟草》(施懿琳、廖美玉《台湾古典文学大事年表·明清篇》,第662-663页)

南安黄河清:《薜萝山房诗稿》(施懿琳、廖美玉《台湾古典文学大事年表·明清篇》,第671页)

徐德钦:《荆花书屋诗文集》(施懿琳、廖美玉《台湾古典文学大事年表·明清篇》,第668页)

斐亭吟社社集:《诗畸》(施懿琳、廖美玉《台湾古典文学大事年表·明清篇》,第669页)

林拱辰:《林拱辰先生诗文集》(施懿琳、廖美玉《台湾古典文学大事年表·明清篇》,第672页)

黄敬:《易经义类存编》、《易经总论》、《古今占法》、《全台诗》收录其诗140首(施懿琳、廖美玉《台湾古典文学大事年表·明清篇》,第680页)

卢德嘉、陈日翔:《凤山县采访册》(施懿琳、廖美玉《台湾古典文学大事年表·明清篇》,第707页)

闽县王元稚:(辑)《甲戌公牍钞存》、(辑)《无暇逸斋丛书》(施懿琳、廖美玉《台湾古典文学大事年表·明清篇》,第714页)、《致用书院文集》、《致用书院续存》、《秉铎公牍存稿》、《读赵注随笔》一卷、《汉儒赵注从祀始末记》、《文庙图像笺校》、《说文学四种》、《说算》、《算学四种》、《读左随笔》、《读五代史随笔》一卷、《作嫁·借箸集》、《作嫁·借箸集续集》、《酬应杂存》、《楹联杂存》、(其子王祖穀等八人)《哀启》文稿等(汪毅夫《王元稚:亲历台湾近代化进程的福州船政学人》,载《闽江学院学报》2014年第4期)

谢道隆:《小东山诗存》(施懿琳、廖美玉《台湾古典文学大事年表·明清篇》,第721页)

施仁思:《施子芹先生诗文集》(施懿琳、廖美玉《台湾古典文学大事年表·明清篇》,第721页)

王文德:《则修先生诗文集》(施懿琳、廖美玉《台湾古典文学大事年表·明清篇》,第732页)

郑坤五(郑坤五以下至袁炳修为台湾建省以后出生的作者):《鲲岛逸史》、《活地狱》、《大陆英雄》、《爱情的牺牲》、《九曲堂时文集》(施懿琳、廖美玉《台湾古典文学大事年表·明清篇》,第665页)

魏清德:《满鲜吟草》、《润庵吟草》、《尺寸园瓿稿》(施懿琳、廖美玉《台湾古典文学大事年表·明清篇》,第671页)

施家本:《啸峰诗草》(施懿琳、廖美玉《台湾古典文学大事年表·明清篇》,第671页)

陈妈力:《友鹤诗集》二卷、《锡口区志》、《鱼樵漫录》(施懿琳、廖美玉《台湾古典文学大事年表·明清篇》,第673页)

赖惠川:《闷红墨屑》(施懿琳、廖美玉《台湾古典文学大事年表·明清篇》,第673页)

张纯甫(张汉,张锦城子):《守墨楼吟稿》、《守墨楼文稿》、《守墨楼课题诗稿》、《非墨十说》、《是左十说》、《汉族姓氏考》、《古今人物汇考》、《古陶渔村人四时闲话》、《守墨楼联稿》、《陶村灯谜》、《陶村随笔》等二十余种(施懿琳、廖美玉《台湾古典文学大事年表·明清篇》,第679-680页页)、《守墨楼诗稿》四卷十二集、《击钵吟集》、《坚白屋谜剩》一卷、《张纯甫全集》六册(新竹市文化中心1997年出版)

林松:《素主本纪》(施懿琳、廖美玉《台湾古典文学大事年表·明清篇》,第684页)

石中英:《云香阁俪玉吟草》(施懿琳、廖美玉《台湾古典文学大事年表·明清篇》,第685页)

王开运:《杏庵诗集》(施懿琳、廖美玉《台湾古典文学大事年表·明清篇》,第686页)

李建兴:《致敬纪要》、《欧美吟草》、《七渡扶桑纪游诗》、《绍唐诗存》(台湾先贤诗文集汇刊第一辑作《绍唐诗集》、《日本见闻录》、《国是刍言》、《绍唐文集》、(编)《丘念台先生纪念文集》(施懿琳、廖美玉《台湾古典文学大事年表・明清篇》,第 694 页)

郑兆璜:《砚香斋诗集》(施懿琳、廖美玉《台湾古典文学大事年表・明清篇》,第 694 页)

詹作舟:《潜园诗草》(《应社诗荟》本)、《詹作舟全集》(施懿琳、廖美玉《台湾古典文学大事年表・明清篇》,第 695 页)

杨克彰、余亦皋:《淡水县志》(施懿琳、廖美玉《台湾古典文学大事年表・明清篇》,第 699 页)

杨肇嘉:《杨肇嘉回忆录》(施懿琳、廖美玉《台湾古典文学大事年表・明清篇》,第 699-700 页)

林氏:《林氏家传遗芬录》(施懿琳、廖美玉《台湾古典文学大事年表・明清篇》,第 702 页)

林荣:《林友笛诗草》、《林友笛文稿》(施懿琳、廖美玉《台湾古典文学大事年表・明清篇》,第 702 页)

陈逢源:《新台湾经济论》、《台湾农业经济论》、《溪山烟雨楼诗存》(施懿琳、廖美玉《台湾古典文学大事年表・明清篇》,第 702-703 页)

黄文陶:《竹崖诗选》、《竹崖文选》(施懿琳、廖美玉《台湾古典文学大事年表・明清篇》,第 703 页)

张镜涛:《慎余堂吟草》(施懿琳、廖美玉《台湾古典文学大事年表・明清篇》,第 703 页)

李德和:《琳琅山阁吟草》、《鸥社艺苑》、《琳琅山阁唱和集》、《琳琅山阁题襟集》(施懿琳、廖美玉《台湾古典文学大事年表・明清篇》,第 704 页)

赖和(赖懒云):《赖和汉诗集》(施懿琳、廖美玉《台湾古典文学大事年表・明清篇》,第 707 页)

骆香林:(主修)《花莲县志》、《骆香林影艺——题咏花莲风物》、《骆香林全集》(施懿琳、廖美玉《台湾古典文学大事年表・明清篇》,第 716 页)

赖国华:《琢其诗文集》(施懿琳、廖美玉《台湾古典文学大事年表・明清篇》,第 717 页)

姜绍祖:《姜赞堂先生遗稿》(施懿琳、廖美玉《台湾古典文学大事年表・明清篇》,第 724 页)

李腾岳:(博士学位论文)《台湾省诸种蛇毒对于含水炭素代谢之实验研究》、(撰)《台湾省通志稿》卷三、(撰)《台北市志稿》卷三、《红楼梦医事》、《九亩园诗存》、《鹭村吟草》、《李腾岳鹭村翁诗存》、《芝兰同声集》(施懿琳、廖美玉《台湾古典文学大事年表・明清篇》,第 726-727 页)

白玉簪:《金魁星》、《簪花草堂诗稿》(施懿琳、廖美玉《台湾古典文学大事年表・明清篇》,第 731 页)

简楫:《若川吟草》(施懿琳、廖美玉《台湾古典文学大事年表・明清篇》,第 732 页)

张栋梁:《知足斋诗钞》(施懿琳、廖美玉《台湾古典文学大事年表・明清篇》,第 732 页)

郑聪楫:《怡园吟草》(施懿琳、廖美玉《台湾古典文学大事年表・明清篇》,第 732 页)

黄炎盛:《旭东诗草》(施懿琳、廖美玉《台湾古典文学大事年表・明清篇》,第 732 页)

郑玉田:《汝南诗草》(施懿琳、廖美玉《台湾古典文学大事年表・明清篇》,第 732 页)

林载钊:《望洋诗草》(施懿琳、廖美玉《台湾古典文学大事年表・明清篇》,第 732 页)

袁炳修:《槐荫诗草》(施懿琳、廖美玉《台湾古典文学大事年表・明清篇》,第 732 页)

新竹德兴书局:《击钵吟诗集》十五册(民国二十一年铅印本)

《西行吟草》(《台湾先贤诗文集汇刊》第二辑。《台湾先贤诗文集汇刊》,五辑 100 册)

《友竹诗集》(《台湾先贤诗文集汇刊》第二辑)

《雪蕉馆诗集》(《台湾先贤诗文集汇刊》第二辑)

《太岳吟草》(《台湾先贤诗文集汇刊》第二辑)

《晴园诗草》(《台湾先贤诗文集汇刊》第二辑)

《雪渔诗集》(《台湾先贤诗文集汇刊》第二辑)

《竹�轩伯雄吟草》(《台湾先贤诗文集汇刊》第二辑)

《芸香阁俪玉吟草》(《台湾先贤诗文集汇刊》第二辑)

《南材诗稿》(《台湾先贤诗文集汇刊》第三辑)

《寄庐遗稿》(《台湾先贤诗文集汇刊》第三辑)

《脱尘斋诗草》(《台湾先贤诗文集汇刊》第三辑)
《荻洲吟草》(《台湾先贤诗文集汇刊》第二辑)
《说园诗草》(《台湾先贤诗文集汇刊》第三辑)
《虚谷诗集》(《台湾先贤诗文集汇刊》第三辑)
《徒然吟草》(《台湾先贤诗文集汇刊》第三辑)
《醉雪轩吟草》(《台湾先贤诗文集汇刊》第三辑)
《静庐吟草》(《台湾先贤诗文集汇刊》第三辑)
《陋巷吟草》(《台湾先贤诗文集汇刊》第三辑)
《南湖吟草》(《台湾先贤诗文集汇刊》第三辑)
《黑石集》(《台湾先贤诗文集汇刊》第三辑)
《旨禅诗画集》(《台湾先贤诗文集汇刊》第三辑)
《寄园吟草》(《台湾先贤诗文集汇刊》第四辑)
《洄澜集》(《台湾先贤诗文集汇刊》第四辑)
《愧园集》(《台湾先贤诗文集汇刊》第四辑)
《适心亭诗集》(《台湾先贤诗文集汇刊》第四辑)
《心声诗集》(《台湾先贤诗文集汇刊》第四辑)
《垂绅诗集》(《台湾先贤诗文集汇刊》第四辑)
《闷红馆全集》(《台湾先贤诗文集汇刊》第四辑)
《剑堂吟草》(《台湾先贤诗文集汇刊》第四辑)
《丹心集》(《台湾先贤诗文集汇刊》第四辑)
《事志斋诗文集》(《台湾先贤诗文集汇刊》第四辑)
吴景箕:《吴景箕全集》(《台湾先贤诗文集汇刊》第四辑)
《鸥盟阁诗钞》(《台湾先贤诗文集汇刊》第四辑)
《藏月楼诗集》(《台湾先贤诗文集汇刊》第四辑)
《华圃遗草》(《台湾先贤诗文集汇刊》第四辑)
《雪涛斋诗集》(《台湾先贤诗文集汇刊》第四辑)
《台中古史咏》(《台湾先贤诗文集汇刊》第四辑)
《浊流千草集》(《台湾先贤诗文集汇刊》第四辑)
《有斐楼偶存稿》(《台湾先贤诗文集汇刊》第四辑)
《勖未斋吟草》(《台湾先贤诗文集汇刊》第四辑)
《篇竹遗艺》(《台湾先贤诗文集汇刊》第四辑)
《台海击钵吟集》(《台湾先贤诗文集汇刊》第五辑)
《东宁击钵吟前集》、《东宁击钵吟后集》(《台湾先贤诗文集汇刊》第五辑)
《瀛海诗集》(《台湾先贤诗文集汇刊》第五辑)
《诗词合钞》(《台湾先贤诗文集汇刊》第五辑)
《台湾诗选》(《台湾先贤诗文集汇刊》第五辑)
《应社诗荟》(《台湾先贤诗文集汇刊》第五辑)
《醉草园诗集》(《台湾先贤诗文集汇刊》第五辑)
《燕南行卷》(《台湾先贤诗文集汇刊》第五辑)
《金台笠影集》(《台湾先贤诗文集汇刊》第五辑)
《竹潭诗稿》(《台湾先贤诗文集汇刊》第五辑)
《三秀园诗草》(《台湾先贤诗文集汇刊》第五辑)

《了斋诗钞》(《台湾先贤诗文集汇刊》第五辑)

《千年桧》(《台湾先贤诗文集汇刊》第五辑)

《长林山房吟草》(《台湾先贤诗文集汇刊》第五辑)

《竹崖诗选》(《台湾先贤诗文集汇刊》第五辑)

**《台湾先贤诗文集汇刊》第6—9辑未录全**

庸社:《庸社风义录》不分卷(1958年排印本,《台湾先贤诗文集汇刊》第八辑影印)

何扬烈等:《瀛洲诗集》(1959年排印本,《台湾先贤诗文集汇刊》第八辑影印)

谢森鸿:《心声月刊》(心声月刻本,《台湾先贤诗文集汇刊》第八辑影印)

梁云光:《东海吟草》(《台湾先贤诗文集汇刊》第八辑影印1981年排印本)

王达德:《瘦鹤诗文集》(《台湾先贤诗文集汇刊》第八辑影印1996年自印本)

蔡如生:《渔笙吟草》(《台湾先贤诗文集汇刊》第八辑影印1936年稿本)

林正芳:《东林诗草》一卷、《立斋文稿》(民国《莆田县志》卷三十《理官传》本传作《玄斋文稿》)一卷(同治刊本《福建通志》卷七十)

林九棘:《十咏堂集》八卷(《江城杂兴》一卷、《江城杂兴二集》一卷、《东游纪草》一卷、《苦卢草》一卷、《隋堤柳枝词》一卷、《秦淮春泛》一卷、《西湖游纪》一卷)(同治刊本《福建通志》卷七十。《清代诗文集珍本丛刊》影印清康熙刻本《十咏堂稿》八卷)

林敏俊:《绝游诗草》(同治刊本《福建通志》卷七十)

高尧夫:《竹林集》(同治刊本《福建通志》卷七十)

陈廷彬:《玉山堂诗集》(同治刊本《福建通志》卷七十)

苏承武:《醉烟集》(同治刊本《福建通志》卷七十)

吴荔娘(浙江青阳陈蔚①妾):《兰陔剩稿》一卷(道光间全椒王氏刻陈氏联珠集本;民国《莆田县志》卷二十三《艺文志》。《闽川闺秀诗话》卷一、《清人诗文集总目提要》第1164页作《兰陂剩稿》,民国《莆田县志》卷二十八吴荔娘条作《兰坡剩稿》)

李长庚:《水战纪略》、《忠毅诗翰》(同治刊本《福建通志》卷七十三)、《李忠毅公遗诗》不分卷(清刻本,福建省图书馆藏。《台湾文献丛刊》续编本)

李增阶:《外海水程战法纪要》(一名《外海纪要》,李禧《紫燕金鱼室笔记》。民国《同安县志》卷二十五《艺文志》、卷三十俱作李增皆《外海水程战法纪略》

李廷钰:《海疆要录》、《秋柯草堂诗集》(李禧《紫燕金鱼室笔记》)、《七省海疆纪程》、《新编靖海论》、《行军纪律》、《美荫堂书画论跋》、《临各家帖砚铭》(已梓)、《秋柯草堂文集》、《承恩堂奏稿》、《自治官书》、《诗集》等七种(未梓)(民国《福建通志》总卷三十四,《福建列传》卷三十七本传)、《屏山集》二十卷(光绪二十八年刻本,湖南省图书馆藏。柯愈春《清人诗文集总目提要》第1349页)

黄日纪:《荔崖诗钞》(同治刊本《福建通志》卷七十四)、《全闽诗儁》六卷、《奚囊集》、《内史集》、《中枢集》、《龙江集》、《榕林偶吹》、《倡和集》、《鷦栖琐缀》、《归田集》、《嘉禾名胜记》二卷、《榕林汇咏》一卷、《菜根清谭》(《厦门志》卷九)、《诗集汇咏》、《榕林倡和集》、《挫鲛精时艺》(《厦门志》卷十三引《嘉禾文献考》)、《榕村偶作》、《榕村唱和集》、《荔涯诗集》(陈笃彬、苏黎明《泉州古代著述》第351页)

曾士玉:《古文话》□卷、《小可轩文稿》□卷(刘声木《桐城文学渊源撰述考》卷十二)、《古文丛话》□卷、《古文类选》□卷(《桐城文学撰述考》卷四)

陈柏芬:《芳园诗文集》二卷(民国《同安县志》卷三十一陈腾鲲传)、《诗草》(民国《同安县志》卷二

① 陈蔚,字豹章,号梅缘,袁枚诗弟子。年九十尚在世。李灵年等《清人别集总目》著录陈蔚《梅缘诗草》二卷(第1249页)。又著录陈蔚之子陈坚《铁门诗草》一卷(嘉庆七年序刻《陈氏联珠集》本)、陈塾《榆塞吹芦集》四卷(清刻本)、《凹堂诗草》(嘉庆七年序刻《陈氏联珠集》本)。陈坚,字恺庭。嘉庆二十五年恩贡生,官教谕(第1231页)。陈塾,字熟之,号凹堂,嘉庆间廪贡生,洪亮吉门人(第1250页)。《清人别集总目》所著录的《陈氏联珠集》收有陈蔚、陈坚、陈塾、陈域、陈枋、陈堉、陈壤、陈其名、陈秉烈等陈氏作者的著作。

十五《艺文志》)

陈池养:《慎余斋诗集》(台湾文献丛刊续编本)、(陈奋孙续)《毛诗择从编》(民国《莆田县志》卷二十二《艺文志》作《毛诗择从》,其孙陈奋孙续钞本)、《莆阳水利志》(民国《莆田县志》卷二十二《艺文志》作八卷。稿本、家刻本,福建师范大学图书馆藏)、《莆阳逸叟文集》、《慎余书屋诗集》(民国《福建通志》总卷三十六,《福建循吏传》卷十二,陈池养本传)、《慎余书屋诗钞》六卷(民国《福建通志》总卷二十五,《福建艺文志》卷六十六。民国《莆田县志》卷二十三《艺文志》作《慎余书屋诗集》六卷)、《慎余书屋文集》五卷(民国《莆田县志》卷二十三《艺文志》)、《慎余书屋诗钞》六卷(咸丰五年刻本,中国社会科学院文学研究所藏)、《慎余书屋诗稿》六卷、《文稿》一卷(稿本,中国科学院图书馆藏)、《慎余书屋文集》五卷(同治九年刻本,首都图书馆)(柯愈春《清人诗文集总目提要》第1134页)、《讲习管窥》、(预修)《道光福建通志》、《慎余书屋集》八卷(存家刻本)

陈奋孙:《敬斋文集》(民国《莆田县志》卷二十九《理学传》本传。稿本)、《毛诗择从编》(稿本)

程景明:《音韵辨讹》(民国《莆田县志》卷三十《学博传》本传)

黄绶:(出版)《天演论(赫胥黎著)》、《进化论(达尔文著)》、《瓜分惨祸预言记》、《福建之存亡》、《兴华邦独立国预言记》十余种(民国《莆田县志》卷三十《学博传》本传)

刘文芝:《刘秀峰遗集》(《台湾文献丛刊》续编本;不分卷,传钞本,福建师范大学图书馆藏)、《刘秀峰集》一卷(稿本,福建省图书馆藏。柯愈春《清人诗文集总目提要》第1491页)

王捷南:《闽中沿革考》五卷(道光十九年刻本、郭白阳《竹间续话》卷四)、(分纂)《(道光)福建通志》、《王氏族谱》、《闽中沿革表》、《东越感征录》、《金石书院志》、《评选仙溪文存》、《春秋左传仪礼补注》、《丧服考》、《考工记考》、《四书笔记》、《乡党补考》、《战国事略》、《宋名臣列传稿》、《仙游图经稿》、《本草经疏》(民国《福建通志》总卷三十九,《福建文苑传》卷八本传)、《窔荧录》(民国《福建通志》总卷二十五,《福建艺文志》卷十二)

王绍燕:《不忘初斋诗草》二卷(民国《福建通志》总卷二十五,《福建艺文志》卷六十六)、《不忘初斋诗草》四卷(道光二十三年刻本,中国社会科学院文学研究所、福建省图书馆藏;福建师范大学图书馆藏残钞本)、《不忘初斋辑稿》不分卷(稿本,福建省图书馆藏)

谢声鹤:《云溪诗钞》、《词林荟萃》、《礼经汇解》、《古文类选》

谢浣湘:《咏雪斋诗录》

陈文涛:《福建民生地理志》(郭白阳《竹间续话》卷四)、《闽话》(稿本)

萨士武:《福建方志考略》(郭白阳《竹间续话》卷四)

海外散人:《榕城纪闻》(钞本。郭白阳《竹间续话》卷四)

杨用霖:《闻香小舍杂记》(郭白阳《竹间续话》卷四)

李家瑞:《停云阁诗话》(咸丰五年刻本、郭白阳《竹间续话》卷四)、《蕉雨山房诗集》十卷(道光三十年刻本,福建省图书馆藏)、《蕉雨山房诗集》七卷(咸丰三年刻本,南开大学图书馆藏)、《蕉雨山房诗集》一卷(同治二年《柳堂诗友诗录初编》本)、《蕉雨山房诗集》八卷(同治十一年刻本,南京图书馆藏)、《香草试帖》一卷(同治元年刻本福建省图书馆藏)(李灵年等《清人别集总目》第812页)、《蕉雨山房诗钞》[①]十卷(同治间刻本)

林暾等:《榕庵唱和集》(郭柏苍《竹间十日话》卷一)

罗源黄铨:《寄舫诗钞》(郭柏苍《竹间十日话》卷二)、《学拙轩诗草》(清刻本,福建省图书馆藏。李灵年等《清人别集总目》第1997页)

黄汉章、黄铨、谢淞、华文漪:《兰社诗略》(郭柏苍《竹间十日话》卷二)

---

① 柯愈春《清人诗文集总目提要》著录《蕉雨山房诗集》十卷,同治间刻本,苏州市图书馆藏;《续修四库提要》著录为四卷(第1089页)。

福鼎王遐春:(辑刻)《闽中六先生集》(一题《王氏汇刻唐人集》,民国《福建通志·福建艺文志》卷七十六题《王氏丛刊唐人集》三十卷。嘉庆十八年刻本)、周玄《宜秋集》(道光刻本。郭柏苍《竹间十日话》卷四)、《麟后山房七种》(嘉庆十五年刻本,南京图书馆藏。柯愈春《清人诗文集总目提要》第 874 页)

王学贞:(刻)《麟后山房丛书》、《尔雅补正》、《尔雅合璧》、《家教编》、《训导编》(马小红《清代王遐春王学贞父子"刻书祝寿"始末及其贡献》)

王福善:《受谦诗文集》二卷(钞本,福建师范大学图书馆藏。李灵年等《清人别集总目》第 182 页)

刘章天(刘璋寿):《慕风岩诗集》八卷(光绪六年刻本,福建省图书馆藏)、《慕风岩诗集》八卷附傅肇修《醉竹园诗集》四卷(李灵年等《清人别集总目》第 556 页)

刘尚文:《诗文集》、《莆志集征》、《莆阳金石初编》(民国《福建通志·福建艺文志》卷三十七作二卷,光绪刻本)等十余种(民国《福建通志》总卷三十九,《福建文苑传》卷九本传)、《莆画录》(光绪十八年刘氏刻本。民国《莆田县志》卷二十二《艺文志》作一卷)、《刘澹斋诗存》一卷(民国《莆田县志》卷二十三《艺文志》)、《莆阳金石编》二卷(民国《莆田县志》卷二十二《艺文志》)、《莆画录》一卷、《续梅花百咏斋诗话》若干卷、《麟台集》一卷(民国《莆田县志》卷二十九《文苑传》本传)、《澹斋诗文钞》一册(钞本,福建师范大学图书馆藏)、《澹斋诗存》(光绪三十四年铅印本)、《莆志书目集证》二卷二册(钞本。福建师范大学图书馆藏)、《续梅花百咏斋附记》、(纂)《族谱》(谢章铤《赌棋山庄文又续》卷一《莆阳金石初编序》)

莆田陈云章:《清远楼稿》、(重刊)《任史黄诗三集注释》、(修)《武宁县志》、《东阳族谱》、《义仓成案》、《北游日记》、《清远楼文集》、《绿筠吟馆诗钞》(民国《福建通志》总卷三十六,《福建循吏传》卷十二李云章本传)、《陈秋河遗诗》一卷(民国《莆田县志》卷二十三《艺文志》。一作《秋河遗诗》一卷,钞本)

李仲筠:《芙蓉吟馆诗》(旧抄本。民国《福建通志·福建循吏传》陈云章本传、《历代妇女著作考》一作《芙蓉吟馆诗钞》。《莆田人著作存本》作《芙蓉馆诗钞》,钞本)

林湘东:(译)《西药略释》(光绪元年刻本,福建省图书馆藏)

李维仁:《西碧山馆诗钞》(稿本。《莆田人著作存本》)

李光荣:《兴安风雅汇编》十六卷(钞本,原莆田县图书馆藏)、《宋元明清大事记》(稿本)、《补莆邑志所遗》(稿本)(《莆田人著作存本》)

郭嗣藩:(辑)《莆田郭氏诗存》(钞本。郑振铎藏)

陈乔龄:《陈荔庄诗抄》一卷(校抄本)、《陈乔龄诗集》一册(钞本,原莆田县图书馆藏)、《陈荔庄诗钞》一卷附《补桐书屋诗钞》(钞校本,福建省图书馆藏。李灵年等《清人别集总目》第 1280 页)

陈椿龄:《兰波诗话》、《荔农诗话》(民国《莆田县志》卷二十二《艺文志》)、《补桐书屋草》(民国《莆田县志》卷二十三《艺文志》)、《补桐书屋诗抄》(钞本,《陈荔庄诗钞》附。福建师范大学藏)、《德星堂诗钞》不分卷(钞本,中国科学院图书馆藏)(李灵年等《清人别集总目》第 1320 页)

郭捷南:《易要诂》二卷、《书要诂》二卷、《礼记要诂》六卷、《四书要诂》三卷、《律吕考》一卷、《丛书守雅集》五卷(同治刊本《福建通志》卷七十)、《近光楼草》、《五经要诂》十余卷(民国《莆田县志》卷二十三《艺文志》)、《迎光楼诗文集》若干卷

郭尚先:《增默庵文集》八卷附录二册(民国二十年郭嗣蕃铅印本)、《增默庵诗遗集》二卷(增默庵三种本)、《芳坚馆题跋》四卷(藏修堂丛书本。民国《福建通志·福建艺文志》卷三十八、民国《莆田县志》卷二十二《艺文志》作三卷)、《增默庵遗集》、《芳坚馆印存》二卷(民国《莆田县志》卷二十二《艺文志》、梁桂元《闽画史稿》第 174 页)、(修)《治河方略》、(修)《大清一统志》、《大理遗集》八卷(民国《福建通志》总卷三十四,《福建列传》卷三十八本传。民国《福建通志·福建艺文志》卷六十六、同治刊本《福建通志》卷七十作《郭大理遗稿》八卷。道光二十五年刻本,魏茂林辑、许祖涝评点)、《使蜀日记》一卷(郭氏家刻本。民国《福建通志》总卷二十五,《福建艺文志》卷三十二)、《增默庵诗》二卷(民国《福建通志》总卷二十五,《福建艺文志》卷六十六)、《郭大理遗稿》八卷(道光二十四年刻本;民国二十二年郭嗣

芳增补本，民国《莆田县志》卷二十三《艺文志》)、《进奉文》一卷、《经筵讲义》八卷、《诗集》二卷、《芳坚馆题跋》三卷(光绪十六年刻《吉雨山房全集》本附。李灵年等《清人别集总目》第1942页、民国《莆田县志》卷二十六下郭尚先本传、李禧《紫燕金鱼室笔记》)、《增默庵诗遗集》二卷(郭氏家刻本)、《郭兰石印谱》二卷(拓本，原莆田县图书馆藏)、(选)《宋元明诗三百首》(光绪二年刻本)、《郭尚先临大唐王居士砖塔铭》(道光间钞本，一册)、《许母林太夫人墓志铭》(道光稿本，一册)、《芳坚馆书髓》一卷(《福建文献集成初编》第114册影印国家图书馆藏清钞本)、《郭兰石文钞》不分卷(一题《郭兰石先生文钞》，清钞本，南京图书馆藏)、《郭大理遗稿》不分卷、《芳坚馆题跋》不分卷(均清钞本，国家图书馆藏)、《芳坚馆题跋》七卷(一题《芳坚馆题跋三种》七卷，同治十年刻本，江西省图书馆藏。柯愈春《清人诗文集总目提要》第1193页)

郭篯龄：《吉雨山房遗集》十卷①(一名《吉雨山房全集》，光绪十六年刻本。即《吉雨山房文集》四卷、《吉雨山房诗集》四卷、《吉雨山房偶笔》(词集)一卷、《北山樵唱》一卷、《周易从周》九卷附辨一卷)、《三易三统辩证》二卷(同治九年家刻本)、《山民随笔》十卷十册(稿本，存九册，国家图书馆藏)、《筮法从周》一卷、《周易从周述正》一卷、《山民学筮草》一卷、《易林伐山》一卷、《易海归宿》二卷(民国《莆田县志》卷二十二《艺文志》作《明海归宿》二卷、《读左疏证》一卷、《吉雨山房偶草》二卷、《笔辨繁露》四卷(王敏娟《郭篯龄〈周易从周〉研究》)、《吉雨山房诗文集》(民国《福建通志》总卷三十四，《福建列传》卷三十八本传)、《周易从周》八卷、《述正》一卷(民国《福建通志》总卷二十五，《福建艺文志》卷二，《易四》)、《吉雨山房遗集》十卷(民国《福建通志》总卷二十五，《福建艺文志》卷六十六)、《郭氏易学书》九卷附辨一卷(民国《福建通志》总卷二十五，《福建艺文志》卷七十六)、《周易述正》一卷(民国《莆田县志》卷二十二《艺文志》)、《戆后山人诗集》一卷(民国《莆田县志》卷二十三《艺文志》)、《诗文集》四卷、《诗余》一卷(民国《莆田县志》卷二十九《理学传》本传)、(郭慎行等校)《吉雨山房》文集四卷、诗集四卷补遗一卷词钞一卷(光绪十六年刻《吉雨山房全集》本，一册)

郭慎行：《爱吾鼎斋印存》四卷(民国《莆田县志》卷二十二《艺文志》。原拓本，原莆田县图书馆藏)、《醉石山房印集》

郭宜璋：《牵萝茅屋诗钞》(民国《福建通志》总卷二十五，《福建艺文志》卷六十六)

李庆龄：《淡容斋随笔》四卷(谢章铤《赌棋山庄余集》文集卷一《例授奉政大夫处士李君墓志铭》)

魏茂林、王家相、钱维福、陆润庠：《清秘述闻续》十六卷(《清秘述闻三种》，中华书局1982年版)

林龙章：《军中纪事诗》一卷、《春藤斋杂诗》二卷(民国《闽侯县志》卷六十九本传，傅子情、方挺《林振棨与"小谟觞"石室藏书》)、《种兰堂诗》(同治刊本《福建通志》卷六十八)、《种兰堂诗》、《军中纪事诗》(民国《闽侯县志》卷四八《侯官艺文志》)

林振棨：《小谟觞诗存》不分卷(民国十九年铅印本，福建省图书馆藏)、《戟门诗文集》(《西湖志》卷十六引杨浚《冠悔堂笔记》)、诗四卷、《瓣香词》、《禁谕二十四条》(民国《福建通志》总卷三十四，《福建列传》卷三十七本传)

林寿龄(林振棨族弟)：《梅褐庵诗草》(杨浚《冠悔堂诗钞》卷一)

林广：《笃堂稿》(郭柏苍《竹间十日话》卷五)

杨廷球：《栩庵诗稿》一卷(嘉庆二十年刻本)

吕世宜：《爱吾庐文钞》(民国《福建通志·文苑传》本传题《爱吾庐文稿》)三卷、《笔记》二卷、《古今文字通释》三十四卷(民国《同安县志》卷二十五《艺文志》、杨浚《冠悔堂诗钞》卷八《鹭江感旧时六十二首》其十六。《泉州古代著述》第343页作十四卷)(民国《同安县志》卷二十五《艺文志》)、《爱吾庐笔记》一卷(滂喜斋丛书本)、《爱吾庐续笔记》一卷、《爱吾庐题跋》一卷(光绪抄本，福建省图书馆藏；光绪

① 按：《北京师范大学图书馆藏稀见清人别集丛刊》第27册影印光绪十六年刻本《吉雨山房遗集》，作十卷。

五年刻本,南京图书馆藏。李禧《紫燕金鱼室笔记》、郭白阳《竹间续话》卷四)、(参纂)《厦门志》□□卷[①](《桐城文学撰述考》卷三)、《篆隶法初刻》(民国《福建通志》总卷四十四,《福建艺术传》卷五,林必煇本传)、《千字文通释》四卷(民国《福建通志》总卷二十五,《福建艺文志》卷五十)、《经传子史集览》(道光间抄本,厦门市图书馆藏)、《吕西邨类稿》[②](民国《福建通志》总卷二十五,《福建艺文志》卷六十六)、《爱吾庐文钞》三卷(咸丰四年刻本,二册。泉州市图书馆藏)、《爱吾庐汇刻》(厦门大学出版社2010年版)、《爱吾庐文钞》一卷(钞本,福建省图书馆藏。李灵年等《清人别集总目》第387页)、《历代碑帖题跋》一卷

杨凤来:《柏香山馆印存》四卷

李禧:《紫燕金鱼室笔记》(中国广播学院出版社1995年版)、《紫燕金鱼室集外诗》(新加坡厦门公会出版成立十周年特刊,1947年)、《梦梅花馆诗钞》二卷(厦门大学出版社2016年版)、(纂)《厦门市志》(《福建省文史研究馆志》)、《梦梅花馆诗钞》(1962年铅印本)

苏世璋:《瑞圃诗钞》一卷(李禧《紫燕金鱼室笔记》、同治刊本《福建通志》卷二百五十五《(平和)列女传》闺秀"王某一作黄妻苏氏"条)

林必辉:《清爱堂钟鼎款识》一卷(李禧《紫燕金鱼室笔记》)

林焜熿(一作林焜熿):《竹畦诗文钞》十卷、《浯洲见闻录》四卷、《宫闺诗话》四卷、《竹畦笔麈》四卷、(参纂)《厦门志》十六卷、《金门志》(陈茗《林树梅与林焜熿、林豪父子情谊述论》)、《竹畦诗文抄》十六卷(陈笃彬、苏黎明《泉州古代著述》第351页)

林豪:《诵清堂诗集》十卷、《(光绪)金门志》、《林次逋年谱》(陈茗《林树梅与林焜熿、林豪父子情谊述论》)、《诵清堂诗集注释》(台湾古籍出版社2008年版)、《诵清堂文集》二十卷、《别集》六卷、《东溟纪事》二卷(李禧《紫燕金鱼室笔记》作《东瀛纪事》二卷,是。光绪刻本,福建师范大学图书馆藏)、《淡水厅志》十六卷、《海东随笔》四卷、《可炬录》四卷、《清风集》八卷、《潜园诗选》四卷、《诵清堂古文选》十六卷、《诵清堂诗选》十六卷(中华书局2000年版《同安县志·诗文创作》)、《澎湖厅志》、《诵清堂古文集》(《八闽文化世家》第263页)、《可炬录》四卷、《诗集》十卷、《别集》六卷、《清风集》八卷(陈笃彬、苏黎明《泉州古代著述》第333页)、《淡水厅志续稿》十五卷(施懿琳、廖美玉《台湾古典文学大事年表·明清篇》,第579页)、《陶园求是录》、《瀛海客谈》、《星洲闻见录》、《闽南俚谚俪句》(施懿琳、廖美玉《台湾古典文学大事年表·明清篇》,第649页)

吕澂:《青筠堂诗稿》(李禧《紫燕金鱼室笔记》,又作《青筠堂遗诗》)、《介石山房诗稿》(钞本,厦门图书馆藏)、《墨庵诗选》一卷(江煦1963年排印《闽三家诗》本)(李灵年等《清人别集总目》第386页)

胡铱:《椽笔楼初集》(李禧《紫燕金鱼室笔记》)

林钺:《西海纪游草》(李禧《紫燕金鱼室笔记》)

陈觉夫:《陈觉夫诗》(陈衍《陈觉夫诗叙》)

贺促禹:《锈铁庵集》(李禧《紫燕金鱼室笔记》)

林君鸿:《泉南指谱重编》(李禧《紫燕金鱼室笔记》。陈笃彬、苏黎明《泉州古代著述》第348页作林鸿,又作六卷)

漳浦(一作龙岩州[③]人,又作晋江人[④])蔡德辉:《鸣秋草》(《国朝全闽诗录初集》续卷十一蔡德辉条、民国《福建通志·福建艺文志》存目卷四十二)五卷、《蠡测文集》十卷(《泉州古代著述》第317页作

---

① 按:刘声木《桐城文学撰述考》卷三周凯条下著录《厦门志》十六卷(《桐城文学渊源撰述考》第464页)。《中国方志丛书》第80号成文出版社1967年影印本道光十九年刻本《厦门志》,十六卷本。

② 柯愈春《清人诗文集总目提要》著录《吕西村类稿》十四卷,清末吕氏刻本;《爱吾庐文钞》不分卷,清刻本,国家图书馆藏(第1179页)。

③ 同治刊本《福建通志》卷八十二,影印第1642页。

④ 黄乃江《台湾诗钟社团及相关组织考略(1865—2014)》,人民出版社2016年版,第37页。

蔡清辉《蠡测文集》五卷(李禧《紫燕金鱼室笔记》)、《龙江诗话》八卷(黄乃江《台湾诗钟社团及相关组织考略(1865—2014)》,第37-38页)、《东瀛集》十卷(施懿琳、廖美玉《台湾古典文学大事年表·明清篇》,第559页)、《鸣秋集》(同治刊本《福建通志》卷七十四)

侯世潅:《椒园诗》(同治刊本《福建通志》卷七十四)

侯烜:《趋庭集》(同治刊本《福建通志》卷七十四)

郑亦邹:《明季遂志录》十卷、《黄忠端公年谱》二卷、《白麓藏书》(民国《福建通志·文苑传》本传称《白麓藏书》十数种)、《白麓诗文钞》十卷、《郑居仲诗文集》、《乐府》一卷、《明遗民录》、《明余行国录》、《明季辨误》、《江闽事略》(同治刊本《福建通志》卷七十四《(诏安县)经籍志》)、《白麓文抄》五卷(旧抄本。一名《明季遂志录传论》)(《福建地方文献及闽人著述综录》第81页)、《国姓爷郑成功传》二卷(民国《福建通志》总卷二十五,《福建艺文志》卷二十三)、《白麓文钞》五卷(清钞本,福建省图书馆藏。柯愈春《清人诗文集总目提要》第465页)

袁庭:《舍南集》、《推袁集》、《拱戟集》(同治刊本《福建通志》卷七十四)

袁田:《初游草》(同治刊本《福建通志》卷七十四)

李赞元:《出门吟》(同治刊本《福建通志》卷七十四《(龙溪县)经籍志》)、《悔斋诗集》、《文集钞》、《遯园草》、《怡老编》(同治刊本《福建通志》卷七十四《(平和县)经籍志》)、《师白堂集》十卷(柯愈春《清人诗文集总目提要》第91页)

王柏(修)、昌天锦(纂):《平和县志》十二卷(康熙五十八年修,光绪十五年刻本)

昌锡晋:《榜村集》一卷、《北征集》一卷(均为传钞本。柯愈春《清人诗文集总目提要》第861页)

诸耀霜(戴钾妻):《冰心集》六卷(民国《福建通志》总卷四十五,《福建列女传》卷六,诸耀霜本传)

刘氏(戴达妻):《希行刘氏稿》(民国《福建通志》总卷四十五,《福建列女传》卷六,诸耀霜传附)

陈祇受:《挹翠亭诗草》(同治刊本《福建通志》卷七十四)

陈垂:《拄颊诗草》(同治刊本《福建通志》卷七十四)

蓝鼎元:《修史试草》二卷、《潮州府志》、《鹿洲公案》二卷、《平台纪略》一卷、《东征集》六卷、《棉(按:刻本如此)阳学准》五卷、《女学》六卷、《鹿洲初集》二十卷(同治刊本《福建通志》卷七十四)、《绵阳学准》五卷(雍正十年刻《鹿洲全集》本)、《鹿洲公案》一卷、《修史试笔》六卷(《国朝全闽诗录初集》卷十二蓝鼎元条引郑杰《注韩居诗话》)、《鹿洲奏疏》一卷(民国《福建通志》总卷二十五,《福建艺文志》卷二十二)、《修史试笔》二卷(《清儒学案》卷六十《梁村学案·蓝先生鼎元》作六卷)(民国《福建通志》总卷二十五,《福建艺文志》卷二十三)、《鹿洲文集》三十二篇(台湾文献丛刊第17种)、《鹿洲文录》三卷(国朝文录初编本)、(修)《潮州府志》(民国《福建通志》总卷三十四,《福建列传》卷三十六,蓝鼎元本传)、《潮州海防记》一卷、《边省苗蛮事宜论》一卷(小方壶斋舆地丛抄本)、《鹿洲全集》四十三卷(民国《福建通志》总卷二十五,《福建艺文志》卷七十六。含《初集》二十卷、《平台纪略》一卷、《东征集》六卷、《鹿洲公案》二卷、《修史试笔》二卷、《绵阳学准》五卷、《女学》六卷、《鹿洲奏议》一卷)、《鹿洲全集》八种九册(清刻本)

蓝应元:《古萝诗文集》(同治刊本《福建通志》卷七十四、《国朝全闽诗录初集》续集卷十蓝应元条)

杨魁植:《九经图》(同治刊本《福建通志》卷七十四)

杨文源:《根黄集》(同治刊本《福建通志》卷七十四)

黄可润:《无极县志》、《宣化府志》、《口北三厅志》、《畿辅见闻录》、《黄泽夫诗文集》(同治刊本《福建通志》卷七十四)、《壶溪文集》八卷(稿本,福建省图书馆藏)、《壶溪文集初稿》不分卷(清钞本,福建省图书馆藏)(柯愈春《清人诗文集总目提要》第617页)

黄宽:《黄济夫诗文集》(同治刊本《福建通志》卷七十四)、《选亭诗集》一卷[1](清钞本,上海图书馆

① 李灵年等《清人别集总目》题《巽亭先生诗集》一卷,清钞本,福建省图书馆藏(第1996页)。

藏。柯愈春《清人诗文集总目提要》第 664 页)

李正华:《问云山房诗稿》(李禧《紫燕金鱼室笔记》)、《问石山房诗存》(1962 年厦门铅印本、1963 年江煦《闽三家诗》排印本。李灵年等《清人别集总目》第 773 页)

苏廷玉:《亦佳室诗文钞》(《泉州古代著述》第 342 页作八卷,咸丰刻本,泉州市图书馆藏。陈庆镛《籀经堂类稿》卷十二《苏鳌石亦佳书室诗文钞序》)、《从政杂录》(《泉州古代著述》第 342 页作一卷)(民国《福建通志》总卷三十四,《福建列传(清七)》卷三十八本传)、《苏廷玉自记年谱》(咸丰二年家刻本)、《亦佳室题跋》一卷(陈笃彬、苏黎明《泉州古代著述》第 343 页)、《温陵盛事》(厦门大学南洋研究所藏)、《亦佳室文钞诗钞》四卷(民国《福建通志》总卷二十五,《福建艺文志》卷六十六)、《亦佳室文钞》四卷、《诗钞》四卷附《从政杂录》一卷(咸丰六年刻本,二册。泉州市图书馆藏)

许邦光:《二思堂史论》四卷、《诗文稿》六卷、《使湘小草》三卷、《进奉文》一卷、《榕轩诗赋钞》四卷、《师鲁试艺》二卷、《湘南纪游志》五卷、《国史拟稿》若干卷、《大清一统志稿》若干卷(郭柏荫《天开图画楼文稿》卷二《许莱山先生墓志铭》)、《馆阁诗赋钞》二卷、《湘南纪游草》四卷、《国史拟稿》百数卷、《大清一统志拟稿》百数卷(陈笃彬、苏黎明《泉州古代著述》第 328 页)、《许光禄父子遗集》(1989 年影印。即《榕轩诗赋钞》四卷、《聊中隐斋遗稿》)

许祖涝:聊中隐斋遗稿》二卷①、《王文附遗稿》②(同治二年刻本,福建省图书馆藏本)、(辑)《芳坚馆题跋》二种(民国《福建通志》总卷三十九,《福建文苑传》卷九本传,泉州市图书馆藏本)、《聊中隐斋诗文稿》二卷(清刻本,福建省图书馆藏。陈笃彬、苏黎明《泉州古代著述》第 329 页)、(评)《(储欣辑)唐宋十大家全集录》十种二十九册(泉州市图书馆藏)、《又航公杂钞》一卷(许氏稿本,一册)

龚九震:《筮仕箴》一卷、《李计余录》(同治刊本《福建通志》卷七十二、《清代硃卷集成》第三三七册龚显曾履历,影印第 52 页)

龚锡瑗:《邮亭草》十卷(同治刊本《福建通志》卷七十二。民国《福建通志·福建艺文志》存目卷四十二作一卷)

龚维琳:《芳草堂诗》、《朱批点校南北史》(光绪七年六月点校本)(民国《福建通志》总卷三十四,《福建列传(清七)》卷三十八本传)、《芳草堂诗赋钞》(《清代硃聚集成》第三三七册龚显曾履历,影印第 53 页)、《芳草堂赋抄》(清刻本,厦门图书馆藏)、《芳草堂诗赋拾钞》二卷(道光十四年刻本,广东图书馆藏)、《芳草堂遗稿》二卷(清稿本,存一卷,中国科学院图书馆藏)(李灵年等《清人别集总目》第 2087 页)

龚丕钺:《琴舫杂稿》(民国《福建通志》总卷三十四,《福建列传(清七)》卷三十八本传)

龚显曾:《薇花吟馆诗存》四卷(光绪七年晋江龚氏刻本,二册。泉州市图书馆、日本静嘉堂文库藏)、(与陈棨仁编)《温陵丛话》、(与陈棨仁编)《温陵诗纪二编》十二卷(光绪元年亦园活字本)、《亦园脞牍》八卷(光绪间刻本,福建省图书馆藏)、《金史艺文志补录》一卷(《亦园脞牍》本)、《蒇斋金石目》一卷(光绪晋江龚氏稿本,福建省图书馆藏)、《龚显曾丛抄》(光绪间刻本,泉州市图书馆藏)、《蒇斋诗话》三卷(《亦园脞牍》本)、《温陵遗书》(抄本八册,福建省图书馆藏同治间刻本)、《薇花馆诗文抄》、《亦园脞牍》(民国《福建通志》总卷三十九,《福建文苑传》卷九本传)、《薇花吟馆诗录》二册(光绪七年晋江龚氏刻本。一作《薇花吟馆诗存》)、(龚显曾、陈棨仁合刻)《双华馆赋合刻》(杨浚《双华馆赋合刻序》)、《薇花吟馆初稿》六卷、《薇花吟馆续稿》六卷(柯愈春《清人诗文集总目提要》第 1691 页)、《薇花吟馆初稿》四卷(同治三年龚氏刻本,厦门图书馆藏)、《薇花吟馆初稿续稿》六卷(同治三年刻本,南开大学图书馆藏)(李灵年等《清人别集总目》第 2087 页)、《龚咏樵藏钞》一卷(同治间稿本,一册。泉州市图书馆藏)

---

① 柯愈春《清人诗文集总目提要》著录《联中隐斋遗稿》二卷,同治二年刻本,福建省图书馆藏;又光绪四年诵芬堂活字本,天津图书馆藏(第 1422 页)。

② 李灵年等《清人别集总目》题《联中隐斋遗稿》二卷附《王文学遗草》,同治二年刻本,福建省图书馆藏(第 608 页)。

李鼎臣:《香奁诗》(李禧《紫燕金鱼室笔记》)

王桂庭:《小兰雪堂谜集》(李禧《紫燕金鱼室笔记》)

陈肖石:《耐霜室南游集》(李禧《紫燕金鱼室笔记》)

卢戆章:《一目了然初阶》(光绪十八年厦门五崎顶倍文斋刻本。李禧《紫燕金鱼室笔记》)、《中国字母北京切音教科书》、《中国新字北京切音合订》、《制字略解列表》、《中国新字》、《中华新字国语教科书》、《中华新字漳泉语通俗教科书》、《闽南语注音字母卢戆章中华新字字母罗马字字母对照表》(陈笃彬、苏黎明《泉州古代著述》第 344 页)

陈睿思:《可园诗文集》(同治刊本《福建通志》卷七十三)

董炳章:《经义解纷》四卷、《屈蠖斋集》(民国《长乐县志》卷二十四本传)

董藻翔(董执谊):《闽都别记》、《藕根斋摭拾》、《闽故别录》、(协修)《福州府志》、(协修)《福建通志》、(协修)《福州西湖志》、(分纂)《长乐县志》、(辑)《近人荣哀文件汇订》十二卷、(编)《闽都别记》(宣统三年初刻本)、《藕根斋存稿》四卷、《惜昔室丛抄》、《藕根斋格言丛抄》、《藕根斋联语丛抄》、《龚易图海防条陈书稟》等(福建省图书馆、福建师范大学图书馆藏)、《藕根斋存稿》不分卷(《福建文献集成初编》第 180 册影印福州董氏藏稿本)

萨氏:《雁门萨氏家谱》(道光三年刻本,福建省图书馆藏)

萨氏(十九世萨嘉曦重编[①]、萨镇冰同续修):《雁门萨氏家谱》八卷(民国二十四年铅印本,国家图书馆藏)

萨氏:(萨嘉曦辑、刊)《先芬集》十三卷(《雁门萨氏家谱·(江春霖)先芬集序》,卷数据林时焊《寄农先生以诗文集十三卷惠赠赋此答谢》,载《雁门萨氏家谱》卷五《叙赠录下》,影印第 977 页)

萨登尹:《小雁门诗草》(萨玉衡《白华楼诗钞》卷二《祖砚行》句中注、同治刊本《福建通志》卷六十八、民国《闽侯县志》卷四八《侯官艺文志》)

萨玉衡:《白华楼诗钞》四卷[②](嘉庆十八年刻本、《清代硃卷集成》第三三九册萨起岩履历)、《经史汇考》八卷、《小檀弓》十二卷、《傅子补遗》一卷、《续郑荔乡全闽诗话》二卷、《金渊客话》、《秦中记》、《曲江杂录》(同治刊本《福建通志》卷六十七)、《汉赵氏孟子章指复编》(福州萨氏莳花吟馆印本、《福建地方文献及闽人著述综录》。民国《福建通志·福建艺文志》卷十三作《孟子章指复编》一卷,《雁门萨氏家谱》卷三第 565 页、卷七第 1193 页作《赵氏孟子章指复编》)、《四部录订正》八卷、《续郑荔乡五代诗话》二卷(民国《福建通志》总卷三十九,《福建文苑传》卷八本传)、《史记历术甲子篇解》一卷(民国《福建通志》总卷二十五,《福建艺文志》卷四十七)、《焚余稿》一卷(民国《福建通志》总卷二十五,《福建艺文志》卷六十五)、《白华楼焚余稿》(萨承钰《白华楼焚余稿跋》,《雁门萨氏家谱》影印第 1225 页)、《汉书律历志补注》(谢章铤《藤阴客赘》)

萨大年:《白华楼诗钞笺注》(民国《福建通志》总卷二十五,《福建艺文志》卷六十五)、《荔影堂诗钞》二卷(光绪三十一年刻本,福建省图书馆等处藏。李灵年等《清人别集总目》第 2053 页;萨承钰《兰台公〈荔影堂诗钞〉跋》,《雁门萨氏家谱》卷三,第 566-567 页)

萨大文:《荔影堂诗钞甲乙集笺注》四卷(民国二十六年稿本,萨君陆笺注)、(与萨大年合著)《荔影

---

① 黄昌枽(字龙蒙)诗《寄农老(萨嘉曦)伯大人六秩大庆赋诗呈祝并乞钧政》,句中注:"公重刊《雁门集》,重编族谱,并著《寄庐文钞》、《楹语》诸稿。"(《雁门萨氏家谱》五卷,影印第 986 页)

② 按:民国《福建通志·福建艺文志》著录《白华楼诗钞》四卷,按语称《诗钞》本六卷,毁于火,存前四卷(《福建艺文志》卷六十五,第二十二页)。谢章铤《赌棋山庄诗集》卷五《论诗绝句三十首》(数奇不偶奈时何)诗后注作《白华楼诗稿》。柯愈春《清人诗文集总目提要》著录《白华楼诗钞》五卷、《遗文》一卷,系萨大年笺注、萨君陆增补,光绪二十七年萨嘉曦钞本;前此,萨玉衡诗原有六卷,毁于火,存诗 266 首,编为《白华楼诗钞》四卷,嘉庆十八年刻本;后又辑为《白华楼诗钞》四卷、《焚余稿》一卷(李灵年等《清人别集总目》云附《焚余稿》一卷外尚有《附录》一卷),光绪二十九年萨大年刻本,此外有国家图书馆藏民国二十六年稿本(第 1024 页)。李灵年等《清人别集总目》又著录《白华楼诗钞》二卷,清刻本,中国科学院图书馆藏(第 2053 页);柯著所谓"国家图书馆藏民国二十六年稿本"当系萨大年笺注、萨君陆增补的《白华楼诗钞笺注增补》,八卷(第 2054 页)。

堂诗钞》四卷(民国《福建通志》总卷二十五,《福建艺文志》卷七十一、民国《闽侯县志》卷四八《侯官艺文志》)、《荔影堂诗钞》二卷(光绪年刻本,国家图书馆藏。李灵年等《清人别集总目》第 2053 页)

萨大文、萨大年:《荔影堂诗钞》四卷(光绪三十一年侯官萨氏刻本,福建师范大学图书馆等处藏。李灵年等《清人别集总目》第 2053 页、《福建地方文献及闽人著述综录》、《雁门萨氏家谱》卷三,第 568 页、民国《闽侯县志》卷四八《侯官艺文志》)

萨龙光:《雁门集》六卷补遗一卷(萨龙光笺注。乾隆四十九年萨龙光重刊本、宣统二年萨氏朱印本)、《雁门集》十四卷首一卷附《倡和录》一卷《别录》一卷(萨龙光编注。嘉庆十二年刻本)、《雁门集别录》(萨龙光辑。嘉庆十二年刻本)、《雁门集笺注》八卷(民国《福建通志》总卷二十五,《福建艺文志》卷六十五)

萨龙田:《湘南吟草》一卷(宣统二年萨氏刻本,福建省图书馆等处藏。李灵年等《清人别集总目》第 2054 页、《雁门萨氏家谱》卷三、卷五林丞英《奉题燕南十四兄湘南吟草即正》)

萨莲如:《挽鹿山庄诗草》一本(《闽川闺秀诗话》卷二)

萨察伦:《珠光集》四卷(宣统二年萨氏一砚斋刻本)、(萨君陆)《珠光集笺注》五卷(民国二十七年稿本,均国家图书馆藏)(柯愈春《清人诗文集总目提要》第 985 页)

萨大滋:《望云精舍诗钞》一卷(《雁门萨氏家谱》卷三作《望云精舍诗草》)、《萨氏历科题名录》一卷(萨大滋、萨承钰辑,光绪三十二年刻本)、(萨君陆笺注)《望云精舍诗草笺注》二卷(清代诗文集珍本丛刊影印清宣统二年莳花吟馆刻本)、《望云精舍诗钞》二卷(清代诗文集珍本丛刊影印民国二十七年稿本)

萨承钰:《南北洋炮台图说》(《雁门萨氏家谱·(平江吴绩凝细芸)南北洋炮台图说序》)、《炮台情形书》(《雁门萨氏家谱·(闽县郑淑璋仲瑜)奉题萨又恒砚兄炮台情形书》)、(刊)《萨氏历科题名录序》一卷(光绪三十二年刻本)、《一砚斋信稿》不分卷(萨嘉曦抄本,福建师范大学图书馆藏)

萨嘉曦:(编)《闽中萨氏家集》六种(萨氏敦孝堂丛刻)、《寄庐文稿》一卷(稿本)、《白华楼诗钞》附录一卷、《楹联类聚》四卷、《一砚斋楹语》二卷、(编)《鼓山游山诗》二卷(《雁门萨氏家谱》卷三,第 526-527 页)、《一砚斋藏书目录》、《寄庐文稿选录》(民国二十四年萨氏铅印本)

萨嘉榘:《积积室(抄本)书目》、《积积室(钞本)续目》、《积积室抄本目附续目》(1952 年油印本)、《积积室文存》(抄本)、《林则徐联句类集》(147 联)、《福州镇海楼考》、《建窑考》、《俞大猷年谱》、《高雨农年谱》、《鼓山艺文志诗补》、《武夷山志艺文志补》、《武夷山志艺文志补补》、《麻沙版本漫谈》(《福建省文史研究馆志》)

萨镇冰:(修)《雁门萨氏家谱》(民国二十四年铅印本,《北京图书馆藏家谱丛刊》本,北京图书馆出版社影印,第 49-50 册)、《古稀吟集》、《客中吟草》、《里门吟草》(《冶山史话》,第 129 页)、《仁寿堂吟草》四集、《仁寿堂集》(海峡文艺出版社 2013 年版)

萨鋆:《客中吟诗钞》(《雁门萨氏家谱·(萨嘉曦)宗兄鼎庵客中吟诗钞序》)、《客中吟草》一卷、《还我斋诗录》一卷(《雁门萨氏家谱》影印第 398-399 页)、《里句录》(《雁门萨氏家谱·(林欣荣)鼎庵吟丈以近作见示读竟附题〈里句录〉乞教政》)

萨福简:《止止楼诗文集》(含《止止楼诗抄》、《春晖寸草记》、《诗词赏析》三种)

萨伯森(萨兆桐):《识适室诗剩》(2003 年版)、《垂涎录》(1974 年线装油印本)、《娱亲诗刊》(线装本,1984 年萨伯森等撰,沈觐寿题签)、《萨伯森文史丛谈》(海风出版社 2007 年版)、《林则徐联话》(46 联)、《识适室剩墨》(萨本珪校,福建人民出版社 2003 年版)、《萨鼎铭先生年谱》、(合作)《诗钟史话》、(整理)《榴花梦》、《爽庵吟草》、《爽庵诗话》、《广诗本事》、《左海名人小传》、《隐秋簃琐记》、《福州温泉考》、《福州洪水史话》、《福州岁时旧俗考》、(与陈海瀛合著)《福州书院考略》、《闽中墟日考》、《福州清末以来书塾小史》、(与郑丽生合著)《诗钟史话》、《爽庵楹联剩稿》、《爽庵楹联新稿》、《楹联闲话》、《榕城考》、《萨鼎铭先生年谱》、《萨鼎铭先生年表》、《萨鼎铭先生轶事》、《识适室杂文》、《病榻琐记》、《游踪梦影》、《爽庵小简》、《爽翁剩墨》(《福建省文史研究馆志》)、《听潮吟草》(《雁门萨氏家谱》第 302 页)

萨伯森(萨兆桐)、陈海瀛:《福州书院考略》(抄本,1965 年)

萨伯森、郑丽生:《诗钟史话》(福建省图书馆藏)

萨兆寅(萨士武):《福建方志考》(《雁门萨氏家谱·(陈文涛)福建方志考略序》)、《萨兆寅文存》(鹭江出版社 2012 年版)

郑丽生:《东廊诗草》(抄本)、《关源乡志》(抄本)、《郑丽生文史丛稿》(海风出版社 2009 年版。含《闽广记》六卷、《闽中广记》、《福州岁时风俗类征》十二卷、《福州竹枝词》一卷、《闽中橘枝词》一卷、《鼓山艺文志长编》四卷、《鼓山外纪》二卷、《福建状元录》、《福州民俗志》、《西禅寺荔支谱》一卷、《林洋备乘》、《闽宫词补辑》等十二种)、《福建畲民研究》一卷、《小说旧闻钞补》、《林则徐诗集校笺》、《闽人自号录》一卷、《玉兰庵诗抄》、《寿山石资料汇编》一卷、《罗星塔文献》二卷、《于山摩崖石刻录》二卷、《福州定光塔志略》二卷、《琅琊王师子炉文献》一卷、《竹田翁环峰刻石录》、《夹漈先生史料杂钞》三卷、《清代科举制度及与福建有关史实》稿本六册、《福建家书录》、《闽语典》、《闽中希姓录》一卷、《雪峰枯木庵题刻录》、《梁溪先生墓录》一卷、《洪塘石刻录》一卷、《春擘斋所藏许学书目》、《恬翁草药谱》一卷、《柳永词典》、《春擘斋序跋集》、《恬斋文史丛稿》、《闽宫词》一卷、《福州风土诗》一卷、《契文释义》一卷、《民主欧冠文物题咏》一卷、《乾鱼游草首集》一卷、《乾鱼诗草》一卷、《雪峰随喜集》一卷、《雨中屐痕》一卷、《鼓岭即事》一卷、《鼓山五日草》一卷、《温麻春禊稿》一卷、《寅年谈虎吟草》一卷、《雁荡寻秋集》、《恬斋韵文》四卷、《荔枝词》、《玉兰庵诗钞》、(与萨伯森合著)《诗钟诗话》一卷、(参纂)《汉语大词典》(《福建省文史研究馆志》)

刘斯湛:《余馨室诗稿摘钞》(油印本,1988 年)

谢云声、苏警予:《甲子杂诗合刊》(一名《随天付与庐灵箫阁甲子杂诗合刊》,厦门文化印书馆 1926 年版)、《厦门指南》(1931 年刊)

苏警予:《菲岛杂诗》(1940 年铅印本)、《随天付与庐杂诗》(《石遗室诗话》卷二九。《石遗室诗话续编》卷四题《随天付与庐诗录》)、《陋室吟》(洪峻峰《陈衍与近代厦门诗词的发展》,载《闽台文化交流》2008 年第 2 期第 138 页)、《鹭江名胜杂咏》、《旷劫集》、《怀旧集》(据谢泳《厦门旧诗集五种》)

谢云声:《海外集》(新加坡彩虹彩印有限公司 1967 年版)、《灵箫阁谜话初集》、《台湾情歌集》(国立中山大学民俗学会 1928 年 4 月刊)、《闽歌甲集》("国立中山大学"民俗学会 1928 年 8 月刊)、(编)《郁达夫纪念集》(南洋热带出版社 1959 年版)、《灵箫阁杂诗》(《石遗室诗话》卷二九。《石遗室诗话续编》卷四题《灵箫阁诗录》)、《灵箫阁谜存》(《石遗室诗话续编》卷四,第四十九条)

大醒(厦门南普陀寺诗僧):《山居诗抄》(洪峻峰《陈衍与近代厦门诗词的发展》,载《闽台文化交流》2008 年第 2 期第 138 页)

虞愚(虞德元):《虞愚自写诗卷》(厦门大学出版社 1989 年版)

柯荣试:《古钱轩谜稿》、《粤游》、《菲游》、《杜诗白诗研究》

张茂椿:《固斋叟诗集》(厦门风行印刷社铅印本。据谢泳《厦门旧诗集五种》)

翁吉人:《寄傲山房诗钞》(1949 年铅印本、《民国诗集丛刊》本)

唐穆愈、唐穆增:《乱离吟草》(民国《福建通志》唐穆愈本传)

钟大焜:《悟复室全集》二十四卷二十六册(钞本,中国科学院图书馆藏。柯愈春《清人诗文集总目提要》第 1809 页)、《福宁府颍川钟氏族谱》五卷

陈璧:《望岩堂奏稿》(民国二十一年铅印本。民国《福建通志·福建列传》卷三十九作二十八卷)

张宗杨:《邻岩书屋诗》(陈衍《近代诗钞》第 2329 页)

卓宏谋:《蒙古鉴》(民国十二年本、《中国近代史料丛刊》三编本)

卓定谋:《自青社诗稿》(陈衍《近代诗钞》第 2267 页)、《章草考》九章(民国十九年刻本)、《双翠轩词稿》一卷(《闽词征》卷五,《闽词钞 闽词征》,福建人民出版社 2014 年版)、《自青榭唱酬集》(民国十六年排印本,镇江图书馆藏。李灵年等《清人别集总目》第 1385 页)、《卓君庸章草墨本》、《章草草诀歌》、

《补订急就章偏旁款》

卢蕴真:《紫霞轩诗钞》二卷(道光二十六年刻本、林直《壮怀堂诗初稿》卷五)、《紫霞轩诗词》(徐乃昌《小檀栾室闺秀词钞》卷十五、《闽词征》卷六,《闽词钞 闽词征》,福建人民出版社 2014 年版)、《紫霞轩稿》(民国《福建通志》总卷四十五,《福建列女传》卷六,卢蕴真本传)

陈丹初:《鸿爪集》、《北溪集》、《抗战集》、《投荒集》

林苍:《天遗诗集》十三卷(一题《梦禅室诗集》。民国石印本,上海图书馆等处藏)①、《天遗文稿》(稿本,福建省图书馆藏)、《志社诗楼记》、(编)《锦城鸿爪》一卷、《秋江独秀图题词》一卷、《花城梦语》一卷(民国间刻本)、《林天遗诗》四卷(民国《福建通志》总卷二十五,《福建艺文志》卷六十六)、《天遗诗集》不分卷(石印本,台湾师范大学图书馆、厦门图书馆藏)

陈笃初:《还爽斋诗集》(1965 年家印本)

郭樊:《抱香室诗》一卷(民国十三年刻本)

陈海瀛(陈无竞):《师友感逝录》一卷(1948 年油印本)、《希微室家藏文稿》二卷附《骈文稿》、《希微室己亥文稿》一卷、《希微室庚子文稿》一卷、《希微室辛丑壬寅文稿》一卷、《希微室诗稿》一卷、《梧州桂林杂诗》一卷、《读史记管见》一卷、(合著)《岁寒金友录》、(合著)《希微室折枝诗话》一卷、(合著)《福州书院考略》、《甲午牙山及大东沟战事纪实》、《萨镇冰先生行述》、《桂林韶州随军回忆录》(《福建省文史研究馆志》)、(编)《中国文学史》、《孟子政治论》(曹辛华《民国词史考论》第 426 页)

陈泽锽:《琴趣楼诗》(曹辛华《民国词史考论》第 435 页)

何履旭:《心鸣集》(同治刊本《福建通志》卷六十九)

何念兹:《余蛮子事略》(《何遂年谱简编》,《何遂遗踪》第 347 页)

何遂(何念兹孙):《参观欧洲大战记》(重庆军事日刊社 1921 年版)、《唐故米国大首领米公墓志铭考》(1932 年作,国家图书馆藏)、《叙圃甲骨释略》(1937 年石印本,国家图书馆藏)、《校经图序》(1943 年作,国家图书馆藏)、《绘园画册》、《绘园藏瓦》、《绘园古鉴》、《丛台集序》、《兵要地理》(均稿本)、《何叙圃藏甲骨文》(1935 年作)、《叙圃词》(1947 年版)等 19 篇(部)②(何达《代后记:这本书的故事》)

张方矩:《兰言轩诗集》一卷

张天培:《杭游诗草》

张正元:《万青堂时文》(谢章铤《赌棋山庄文又续》卷二《李蔼如七十寿序》)

陈耀妫:《还珠簃随笔》、《近体分类诗钞》、《宋十家古体诗钞》

林彭年:《朝珊剩草》一卷(同治二年刻本、《柳堂师友诗录初编》本)

邱璋:《诸华香处诗集》十二卷(嘉庆十九年诸华香处刻本、《清代诗文集汇编》本)

李廷迎:《投溷剩草》十二卷、《墨斋杂著》五卷、《韬晦集》

谢銮恩:《道南祠花圃题咏》

黄曾源:《石孙诗稿》一卷、《义和团纪事》(一题《义和团事实》。《义和团运动史料丛编第一辑》)

黄曾成:《琴江志》四卷、《琴江续志》三卷、《南游草》、《孤愤集》一卷

黄孝先:《甕天室词存》(《闽词征》卷六,《闽词钞 闽词征》,福建人民出版社 2014 年版)

黄公渚(黄孝纾):《匑厂文稿》六卷(柯愈春《清人诗文集总目提要》第 1856 页③)、《匑厂词乙稿》、

① 李灵年等《清人别集总目》著录此集,十三卷,石印本(第 1357 页);柯愈春《清人诗文集总目提要》著录此集,十二卷,民国间石印本,中国社会科学院文学研究所藏(第 2000 页)。

② 根据《何遂遗踪·目录》中《遗作集萃》部分目录和对应的内容,有:《辛亥革命亲历纪实》、《辛亥革命时期的广西新军》、《反袁回忆录》、《参观欧洲大战记》、《关于国民军的几段回忆》、《丛台集序》、《黄埔军校中山先生纪念碑碑文》、《黄埔东江阵亡将士纪念碑碑文》、《济深公园记》、《军校学生北伐阵亡将士纪念碑碑文》、《绘园藏瓦》三十余册、《绘园古鉴》二册、《兵要地理》二册、《唐故米国大首领米公墓志铭考》、《何叙圃藏甲骨文》、《叙圃甲骨文释略》、《校经图序》、《对中国现代史研究的几点建议》、《叙圃词》、《叙圃诗》、《叙圃书画》(《何遂遗踪》目录页)。

③ 黄孝纾,字公渚,号匑庵。柯愈春《清人诗文集总目提要》作《窮庵文稿》(第 1856 页),误。

《劳山集》、(选注)《欧阳永叔文》、《楚词选》、《欧阳修词选译》、《玉台新咏》、《三苏文》、《黄山谷诗》、《司马光文》、《钱谦益文》(万有文库丛书本。《黄公渚:一生酷爱崂山　百诗专咏崂山》)、《晋书选注》、《周礼选注》、《周秦金石文选评注》、《两汉金石文选评注》、《天问达诂》、《黄山谷诗选注》(商务印书馆)、《劳山集校注》(刘怀荣、苑秀丽校注,人民出版社 2015 年版)、《碧虑宧词》(《闽词征》卷六,《闽词钞 闽词征》,福建人民出版社 2014 年版)、《碧虑商歌》一卷(民国间铅印本)、《匑庵词》(曹辛华《民国词史考论》第 464 页)、《霜腴诗稿》、《延嬉室诗画经眼录》(刘怀荣《黄孝纾先生的诗文创作和治学特点》,载《文史哲》2011 年第 5 期)、《劳山集》三种三卷附《劳山十咏》(石印本,南京图书馆藏。李灵年等《清人别集总目》第 2017 页)

黄君坦(黄孝平):《蹔庵龛词》(《闽词征》卷六,《闽词钞 闽词征》,福建人民出版社 2014 年版)、《清词纪事词》(一题《清词纪事》)、《词林纪事补》、《宋诗选注》、《续骈体文苑》(《福建省文史研究馆志》)、《红踯躅庵词剩》、《清词选》(曹辛华《民国词史考论》第 464 页)、《红踯躅庵词》、《左海黄先生赋选》、《校勘绝妙好词笺》、(校点)《静志居诗话》

黄孝绰:《藕孔烟语词》(曹辛华《民国词史考论》第 463 页)

黄公渚(黄孝纾)、黄君坦(黄孝平)、黄公孟(黄孝绰):《黄氏三兄弟骈俪文集》(一名《左海黄氏三先生俪体文》。刘怀荣《黄孝纾先生的诗文创作和治学特点》,载《文史哲》2011 年第 5 期)

赵晋:《赵榜眼存稿》(卢前《八股文小史》)

谢淑元:《瑞芝草堂文稿》(卢前《八股文小史》)、《秋山馆诗抄》八卷(《泉州古代著述》第 345 页。民国十五年排印本,泉州市图书馆藏)

陈廷焕:《百尺楼文稿》(梁章钜《陈采屏翰簿传略》、卢前《八股文小史》)、《百尺楼稿》(民国《福建通志》总卷四十,《福建儒行传》卷五,陈廷焕本传)

高均儒:《续东轩诗文集》(光绪七年刻本。民国《闽侯县志》卷七十一《文苑传》本传)、《续东轩遗集》四卷[①](刘声木《桐城文学渊源撰述考》卷一。《清儒学案》卷一百六十《柘唐学案·高先生均儒》作三卷)、《周易一得》□卷(《桐城文学撰述考》卷一)、《柯亭文稿》(光绪《嘉兴府志》卷八十一)、《续东轩遗文》不分卷(红荔山房蓝格钞本。李灵年等《清人别集总目》第 1926 页)

杨兆璜:《太霞山房诗集》六卷(民国《福建通志·文苑传》杨兆璜本传注"一作《东霞集》四卷")、《文编》(陈庆镛《籀经堂类稿》卷二十二《广平府知府杨君墓志铭》)、《文集》□卷(刘声木《桐城文学渊源撰述考》卷二)、《太霞山房诗》六卷(刘锦藻《清朝续文献通考》卷二百八十)、《东霞山馆诗钞》六卷(道光二十三年刻本,中国科学院图书馆藏。柯愈春《清人诗文集总目提要》第 1121 页。光绪《邵武府志》卷二十九《艺文志》作《东霞山馆诗集》)

毛鹤龄:《毛耻庵文集》(光绪《光泽县志》卷十三《经籍略》)、《毛耻庵文集》、《耻庵诗集》、《耻庵制艺》、《论语所知》、《春秋所知》、《诗经所知》、《易传所知》七种三十六卷(《光泽毛氏宗祠说毛家》,载《闽北日报》2012 年 2 月 20 日)

毛搏昊:《毛简在制艺》(光绪《光泽县志》卷十三《经籍略》)

吴贤湘:《宁化志闻》七卷、《近腐斋笔记》二卷、《甚德堂文集》四卷(同治刊本《福建通志》卷八十)、《甚德堂诗集》□卷(民国《福建通志·文苑传》吴贤湘本传作诗一卷)(刘声木《桐城文学渊源撰述考》卷二)、《宁化县循吏传》一卷、《改编家谱》□卷、《宁化县人物志闻》七卷、《制义》□卷、《鳌峰书院志》□卷(《桐城文学撰述考》卷一)、《秋风红豆室诗钞》一卷(民国《福建通志》总卷二十五,《福建艺文志》卷六十六)、《甚德堂集》五卷[②]、《清夫文集》一卷(嘉庆十二年活字本,福建省图书馆藏)、《甚德堂文集》四

① 李灵年等《清人别集总目》著录《续东轩遗集》不分卷,光绪七年刻本,国家图书馆等处藏,注云:"或云为三、四卷。"(第 1926 页)柯愈春《清人诗文集总目提要》著录《续东轩遗集》不分卷,高氏钞本,南京图书馆藏(第 1460 页)

② 柯愈春《清人诗文集总目提要》著录此集,中国科学院图书馆藏,即《甚德堂文集》四卷、《诗钞》一卷,诗钞又名《秋风红豆室诗钞》,道光间刻本(第 1047 页)。

卷(道光二年刻本,辽宁省图书馆藏)(李灵年等《清人别集总目》第 893 页)

熊际遇:《希古堂文集》十卷[①]、《诗赋》□卷(刘声木《桐城文学渊源撰述考》卷十二)、《藕亭制义》、《(藕亭)诗赋》等集(光绪《邵武府志》卷二十一《文苑传》本传)、《藕亭文集》、《藕亭吐草》(光绪《邵武府志》卷二十九《艺文志》)、《希古堂古文》、《藕亭外集》、《藕亭晚稿》(民国《建宁县志》卷廿五《杂著》,原第二十页)、《藕亭诗集》、《藕亭文集》(民国《建宁县志》卷廿五《杂著》原第二十一页)、《诗集》(刘声木《直介堂续征访书目》)

伊光华:《留朴诗存》□卷[②](刘声木《桐城文学渊源撰述考》卷十二,光绪《邵武府志》卷二十九《艺文志》作二卷)

伊象和:《全唐诗人名考》四卷、《金石图书》一卷(光绪《光泽县志》卷十八《孝友传》本传)

刘承业:《晞窗吟稿》、《梦亭赋草》(民国《同安县志》卷二十八本传。《泉州古代著述》第 315 页作晋江人刘启熊著)

邓作梅:《屏峰集》、《雪庄诗文集》(同治卡本《福建通志》卷七十九、民国《建宁县志》卷廿五《杂著》第十六页)、《雪庄集》(乾隆间刻本,日本内阁文库藏。柯愈春《清人诗文集总目提要》第 641 页)、《雪庄文集》六卷《续集》四卷(乾隆间刻本,福建省图书馆藏)、《雪庄文集》六卷续八卷补一卷(乾隆间刻本,日本内阁文库藏)(李灵年等《清人别集总目》第 254-255 页)

许鋐:《香雪吟》一卷(民国《闽侯县志》卷七十一《文苑传上》本传)、《许户部诗》[③](民国《福建通志》总卷二十五,《福建艺文志》卷六十六)

赖其瑛:《桂留山馆文稿》、《国朝名臣言行录》(《德化县志》卷十四赖其瑛本传)

裘绍箕:《来鹤轩文集》四卷、《鹿门诗草》三卷(光绪《邵武府志》卷二十本传)

裘维祺:《昀光遗诗》(光绪《光泽县志》卷十三《经籍略》。民国《福建通志·福建艺文志》卷六十六作《裘昀光遗诗》)

余作梅:《南剑评诗》、《和园制义》若干卷(光绪《邵武府志》卷二十一本传)、《雪香诗草》(民国《建宁县志》卷廿五《杂著》)

黄诚:《一庐诗稿》(光绪《邵武府志》卷二十一本传)、《逸世集》(民国《建宁县志》卷廿五《杂著》)

杨凌飙:《万山中诗》(光绪《邵武府志》卷二十一《人物传·文苑》本传)

黄利通:《自怡堂文集》若干卷、(刻邵武陈彦开)《默庵集》六卷(光绪《邵武府志》卷二十九《艺文志》作《默庵诗文集》)(光绪《邵武府志》卷二十一《人物传·文苑》本传)、《易解》十四卷(光绪《邵武府志》卷二十九《艺文志》)

江心筠:《政声谱》(民国《重修邵武县志》卷二十八《文苑传》本传)

梁晋芬:《周易管见》、《诗古文辞》(民国《重修邵武县志》卷二十八《文苑传》本传)

李由中:《小住庵诗草》、《静镜堂诗草》、《避寒斋诗草》、《鸿柯堂诗草》、《抱影诗草》(光绪《邵武府志》卷二十九《艺文志》作《抱影轩诗草》二卷)(同治刊本《福建通志》卷七十九)

李由让:《壁经偶记》二卷、《督经堂诗集》若干卷(光绪《邵武府志》卷二十一《人物传·文苑》本传)

杨崇道:《樵居吟》、《吴游草》(光绪《邵武府志》卷二十九《艺文志》)

张冕:《尚书晰疑》(光绪《邵武府志》本传作《尚书纪疑》)、《春秋至朔通考》、《撼龙经注》(光绪《邵武府志》卷二十九《艺文志》题《疑龙撼龙经注》)(同治刊本《福建通志》卷七十九)、《易范异同论》、《易范中数论》、《杜氏长历注》(民国《福建通志》总卷三十九,《福建文苑传》卷九本传)

张名标:《凤山诗草》(光绪《邵武府志》卷二十九《艺文志》作《实园诗稿》,并注《通志》作《凤山诗

---

① 谢章铤《校阅余话》记载林宗泽赠其《希古堂文集》十卷,云《希古堂稿》刻于咸丰二年壬子(1852)(《赌棋山庄余集》文集卷三,《清代诗文集汇编》第 681 册,影印第 116 页)。

② 柯愈春《清人诗文集总目提要》著录此集,二卷,道光间刻本,南京图书馆藏(第 1263 页)。

③ 柯愈春《清人诗文集总目提要》著录此集,作二卷,清散花室刻本;作者许鋐,闽县人,寄居无锡(第 1048 页)。

草》)(同治刊本《福建通志》卷七十九)

黄溶:《医案》数册(光绪《光泽县志》卷十五本传)

邹一枚:《游岩草》六卷、《批点史记》、《毛诗解说》、《古文词》、(刻施鸿)《史测》十四卷(光绪《邵武府志》卷二十一《人物传·文苑》本传)、《武彝诗钞》(光绪《邵武府志》卷二十九《艺文志》)

徐榦:(辑)《邵武徐氏丛书》二集二十二种(光绪刻本)

魏昉:《霁堂诗集》七卷(光绪《邵武府志》卷二十一《人物传·文苑》本传)

魏淑凤:《鸿爪集》二卷(光绪《邵武府志》卷二十七《闺秀传》本传;民国《福建通志》总卷四十五,《福建列女传》卷六,魏淑凤本传)

何其恭:《四书旁注》、《周易批解》(光绪《邵武府志》卷二十一《人物传·文苑》本传)

何树芳:《雪岩诗集》、《松音诗稿》、《锄云诗稿》(光绪《邵武府志》卷二十九《艺文志》)

李东苑:《佩文韵府摘要》(光绪《邵武府志》卷二十九《艺文志》作《典韵摘要》二十卷)二十卷、《字舛音误》二卷、《注阴骘文》四卷(光绪《邵武府志》卷二十一《人物传·文苑》本传)

王臣鹄:《诗钞》一卷(光绪《邵武府志》卷二十一《人物传·文苑》本传)、《烬余留杭百一诗钞》(光绪《邵武府志》卷二十九《艺文志》)、《于蕉堂同咏集》、《烬余留杭诗钞》五卷(光绪《光泽县志》卷二十版八《流寓传》本传)

张文瑾:《周易传解》、《经诗韵解》(光绪《邵武府志》卷二十九《艺文志》题《诗经韵解》)、《四子心解》、《论孟随解》、《道人峰志》(光绪《邵武府志》卷二十一《人物传·儒林》本传)

黄上球:《游金楼记》、《姚尹政略》(光绪《邵武府志》卷二十一《人物传·(光泽)文苑》本传)

危士亨:《四书精言发挥》(光绪《邵武府志》卷二十一《人物传·(光泽)文苑》本传)

黄宗杏:《制艺》(光绪《邵武府志》卷二十一《人物传·(光泽)文苑》本传,光绪《光泽县志》卷十三《经籍略》题《黄恕堂制艺》)

陈赞:《陈子行吟》、《大壶山藏稿》、《竹溪(集)》、《古柏(集)》、《还绥(集)》诸集(光绪《邵武府志》卷二十一《人物传·(建宁)文苑》本传)

李嗣元:《息轩诗文集》四十卷、《元珠领异》(光绪《邵武府志》卷二十一《人物传·(建宁)文苑》本传、民国《建宁县志》卷十六《文苑传》本传)、《经史域外观》二十卷、《元珠领要》、(刻)《李忠定集选》四十四卷、《息轩诗文集》四十四卷(同治刊本《福建通志》卷七十九)

席大霁:《古文集》(光绪《邵武府志》卷二十一《人物传·(建宁)文苑》本传,同治刊本《福建通志》卷七十九作席天霁《席未亭古文集》①,民国《建宁县志》卷廿五《杂著》著录席大霁《席未亭古文集》,朱仕琇《梅崖居士外集》卷二《席作舟文集序》)

陈际飞:《苇汀诗集》书卷、《律赋》一卷、《钧天乐词曲》一部(光绪《邵武府志》卷二十一《文苑传》本传)

黄元度:《竹香诗稿》(光绪《邵武府志》卷二十一《文苑传》本传)、《竹香诗集》二卷、《听雨轩遗文》一卷(民国《建宁县志》卷廿五《杂著》)、《听雨轩诗集》二卷(民国《建宁县志》卷十六《文苑传》本传)

陈冲:《潜志楼初集》(光绪《邵武府志》卷二十一《文苑传》本传)、《潜志楼诗集》(民国《建宁县志》卷廿五《杂著》)

饶典:《声政谱》(光绪《邵武府志》卷二十一《文苑传》本传)

谢景星:《河洛洪范勾股》、《先后天图》、《读书管见》(光绪《邵武府志》卷二十一《文苑传》本传)

赵文昌:《玉尺楼诗草》(光绪《邵武府志》卷二十一《文苑传》本传)

吴醇:《厚园文集》二卷(光绪《邵武府志》卷二十一《文苑传》本传)

何贞:《太白楼诗》、《忘筌馆近稿》(光绪《邵武府志》卷二十一《文苑传》本传)

鄢尚鹄:《半酣吟草》(光绪《邵武府志》卷二十九《艺文志》。民国《建宁县志》卷廿五《杂著》第十五

① 柯愈春《清人诗文集总目提要》著录此集,二卷,清钞本,作者席天霁(第664页)。

页作《丰恬吟草》)

鄢尚丰:《曼翁诗集》三卷(同治刊本《福建通志》卷七十九、民国《建宁县志》卷廿五《杂著》第十五页)、《曼翁诗集》二卷(嘉庆元年刻本,福建省图书馆藏。柯愈春《清人诗文集总目提要》第1110页)

鄢松:《长啸轩集》十五卷(同治刊本《福建通志》卷七十九)、《长啸轩诗集》十五卷(民国《建宁县志》卷廿五《杂著》第十五页)

鄢棫:《灵溪诗集》十二卷(同治刊本《福建通志》卷七十九、民国《建宁县志》卷廿五《杂著》第十六页)、《灵溪诗集》十五卷(嘉庆元年刻本,台湾大学图书馆藏。柯愈春《清人诗文集总目提要》第1110页)

鄢枫:《豁园遗诗》一卷(民国《建宁县志》卷廿五《杂著》第十六页。一作《豁园遗诗》十卷)(同治刊本《福建通志》卷七十九)

鄢梓:《初樵文集》(民国《建宁县志》卷廿五《杂著》)、《初樵诗集》十卷(同治刊本《福建通志》卷七十九、民国《建宁县志》卷廿五《杂著》第二十页)、《初樵诗文集》(光绪《邵武府志》卷二十一《文苑传》本传)

鄢九镇:《博山诗集》二卷(同治刊本《福建通志》卷七十九、民国《建宁县志》卷廿五《杂著》第十六页)

鄢翔:《鹤汀诗稿》(光绪《邵武府志》卷二十九《艺文志》)

鄢翱:《鹤汀集》(民国《建宁县志》卷廿五《杂著》第十六页)

鄢邦基:《北莱诗稿》(光绪《邵武府志》卷二十九《艺文志》。民国《建宁县志》卷廿五《杂著》第十六页作鄢邦)

鄢凌霄:《璞山诗集》(光绪《邵武府志》卷二十九《艺文志》、民国《建宁县志》卷廿五《杂著》第十六页)

鄢澹:《秋山诗集》(民国《建宁县志》卷廿五《杂著》第十六页)

鄢翰:《墨林遗草》(民国《建宁县志》卷廿五《杂著》第二十一页。民国《福建通志·福建 艺文志》卷六十六题《鄢墨林遗草》,柯愈春《清人诗文集总目提要》第1075页作四卷,光绪间刻本)

何兴咏:《珠溪全集》(民国《建宁县志》卷廿五《杂著》第十九页)

何洛:《周易贯通》(民国《建宁县志》卷廿五《杂著》第十九页)

宁人望:《一枝集》、《双镜集》、《倚庐集》、《北海集》(同治刊本《福建通志》卷七十九、民国《建宁县志》卷廿五第二十页)、《一枝山房集》□卷(刘声木《桐城文学渊源考》卷十二)

宁之藩:《蓉屏吟草》二卷(民国《建宁县志》卷廿五第二十五页)

宁思宪:《紫云樵者诗稿》八卷(民国《建宁县志》卷廿五第二十五页)、《纪梦》、《古文》二编(民国《建宁县志》卷十六《文苑传》本传)

李祥赓:《读易慎疑》十卷、《蛙鸣集》十卷、《古山文钞》十卷(同治刊本《福建通志》卷七十九)、《李古山文集》十卷、《蛙鸣诗集》十卷、《周易慎疑》十卷(《桐城派编年》第270页)、《遗文》四卷、诗六卷(民国《福建通志》总卷三十九,《福建文苑传》卷八本传)、《李古山诗》(民国《福建通志》总卷二十五,《福建艺文志》卷六十六)、《古山全集》(张际亮《古山全集序代》)、《古山诗集》无卷数(同治六年刻本,《续修四库提要》著录)、《蛙鸣诗集》五卷(清刻本,福建省图书馆藏。李灵年等《清人别集总目》第813页)

吴师聃:《礼记钞》(一作《礼记说约》[①])、《麟经说约》(同治刊本《福建通志》卷七十九)

张孟玫:《亦山堂诗集》(同治刊本《福建通志》卷七十九,光绪《邵武府志》卷二十九《艺文志》题《亦山堂诗》)

陈培元:《悔懒斋吟草》二卷、《石溪人物类传》一卷、《杜诗句解》一卷、《读史笔记》十余卷(同治刊本《福建通志》卷七十九)、《悔懒斋诗集》(民国《建宁县志》卷廿五《杂著》)

陈邦栋:《西陲游草》、《木天诗文集》若干卷(民国《建宁县志》卷十六《文苑传》本传)、《寄情吟》(民国《建宁县志》卷廿五《杂著》)

张大孙:《南窗诗文谱》四十卷、《格言》二册(光绪《邵武府志》卷二十四《隐逸传》本传)

---

① 同治刊本《福建通志》卷七十九,建宁县《经籍志》,影印第1610页。

张际虞:《读史蠡测》十四卷、《南窗制义》十卷(光绪《邵武府志》卷二十一《文苑传》)

张绅:《怡亭文集》八卷、《诗集》六卷(同治刊本《福建通志》卷七十九)、《怡亭文集》二十卷、《诗集》六卷(刘声木《桐城文学渊源撰述考》卷十二张绅条)、《怡亭诗》、《古文集》(光绪《邵武府志》卷二十一《文苑传》张绅本传)、《宋代列传》(郭白阳《竹间续话》卷四)、《怡亭诗集》、《闽中合集》(陈衍《石遗室诗话》卷二十二,第五条)

张际亮:《思伯子堂稿》三十四卷(同治六年刻本,一名《张亨甫全集》,国家图书馆藏。柯愈春《清人诗文集总目提要》第1346页)、《思伯子堂诗集》三十二卷十册(光绪二十八年刻本;同治八年姚濬昌刻本,中山大学图书馆藏)、《松寥山人集》、《翠薇堂稿》、《娄光堂稿》四卷、《南来诗录》四卷、《匡庐游草》一卷(同治刊本《福建通志》卷七十九)、《日记》十卷、《政书自序》、《耆旧钞记》、《国朝建宁耆旧诗钞》(民国《福建通志·福建艺文志》卷七十一题《建宁耆旧诗钞》十四卷,凡例云十六卷)(民国《建宁县志》卷廿五《杂著》题《耆旧诗钞》,张际亮原辑,李云诰续纂)、《交旧录文》二卷[①]、《黄垆录文》一卷、《童言》一卷、《缉盐事宜》一卷、《娄光堂诗稿》、《娄光堂文稿》六卷、《娄光堂杂录》、《娄光堂别集》四卷、《娄光堂骈体》一卷、《娄光堂赋》一卷、《南来草》、《翠微亭稿》一卷、《制艺》二卷、《金台残泪记》三卷、《张亨甫集》二十七卷(《桐城派编年》第515页)、《南浦秋波录》三卷附《翠眉亭稿》一卷妓慕碧云所撰《碧云遗稿》一卷(民国《福建通志》总卷二十五,《福建艺文志》卷五十一)、《张亨甫全集》诗二十七卷文六卷(同治六年孔庆衢刻本、清代诗文集汇编本,郭白阳《竹间续话》卷二、刘声木《桐城文学渊源撰述考·引用书目补》第49页)、《谷海三编》(见李云诰所撰年谱,来新夏《近三百年人物年谱知见录》第186页)、《亨甫诗文集》(民国《同安县志》卷二十五《归道杂诗》题下注)、《蚕缫集》一卷、《南来集》(民国《建宁县志》卷十六《文苑传》本传,民国《福建通志·文苑传》本传题《南来录》)、《制艺》二卷、《骈体文》一卷(《桐城文学撰述考》卷四、民国《福建通志·文苑传》本传)、《张亨甫未刻文稿》(民国《福建通志》总卷三十八,《福建儒林传》卷五,孙经世传注引、民国《福建通志》总卷三十九,《福建文苑传》卷八,李祥赓传注引)、《松寥山人诗集》(民国《福建通志》总卷二十五,《福建艺文志》卷六十六)、《松寥山人诗初集》(道光四年刻本)、《王郎曲诗册》(陈昌强《谢章铤年谱简编》同治四年)、(李祥赓刻)《蚕缫集》一卷(嘉庆二十一年刻本)、《松寥山人诗初集》十卷[②](道光五年刻本)、《娄光堂稿》四卷(道光八年刻本,后易名《松廖山人诗二录》)、《亨甫诗选》八卷(光绪八年邵武徐干辑刻《徐氏丛书二集》本)、《张亨甫文集》六卷(同治六年刻本,福建省图书馆藏)、《张亨甫全集》十三卷(同治六年孔庆衢校刻本,台湾大学图书馆藏)(李灵年等《清人别集总目》第1150页)、《张亨甫诗选》二卷(光绪二十六年刻本,湖南省图书馆藏)、《松廖山人诗集》不分卷(清钞本,一册,浙江省图书馆藏。柯愈春《清人诗文集总目提要》第1346页)

林国士:《养云书屋吟草》(王飚《张际亮年谱简编》,《张际亮诗文集》附录四,第1495页)

黄士遇:《槎客吟草》二编(民国《建宁县志》卷十六《文苑传》本传)

骆俨:《紫松寄游八景集》八卷(同治刊本《福建通志》卷七十三。李灵年等《清人别集总目》第1715页题作《寄游八景》八卷首一卷,康熙五十四年刻本,北京大学图书馆藏)

杨瀚:《海云诗文集》(光绪《邵武府志》卷二十九《艺文志》题《海云山人文稿》。民国《建宁县志》卷廿五《杂著》题《海云山人诗文集》)、《儒备录》三十卷(光绪《邵武府志》卷二十九《艺文志》作四十四卷,民国《福建通志·文苑传》宁之藩传附作三十二卷)(光绪《邵武府志》卷二十一《文苑传》本传)

黄瑨:《琢亭遗诗》(民国《建宁县志》卷十六《文苑传》本传)

---

① 福建人民出版社《福建文献集成初编》第69册影印福建省图书馆藏民国间钞本《交旧录》,不分卷。

② 王飚整理点校张际亮诗集,云张氏集最早的是道光四年(1824)刻行的《松寥山人诗初集》十卷,后与《娄光堂稿》四卷、《南来诗录》四卷、《匡庐游草》合编为《松寥山人诗集》(载《厦门教育学院学报》2007年第2期,第16页),所言未确。李灵年等《清人别集总目》著录《松寥山人诗初集》十卷(道光四年晴雪山房刻本)、《松寥山人诗集》不分卷(钞本,浙江省图书馆藏)、《松寥山人诗初集》十四卷《匡庐游草》一卷《南来诗录》四卷(道光刻本,国家图书馆藏)(第1150页)。

萧应凤:《快哉游稿》三卷(光绪《邵武府志》卷二十二萧震房传附)

李翔:《挽舟集》(光绪《邵武府志》卷二十二本传)

萧煊:《柳汁堂文集》十卷、《晚香堂诗集》四卷、《公余纪事》八卷(光绪《邵武府志》卷二十二本传)

邱嘉彩:《易经妄测》三卷、《师友志》、《悲秋集》(光绪《邵武府志》卷二十二《忠节传》本传)

张其朴:《四愿堂稿》(光绪《邵武府志》卷二十三《(邵武县)孝友传》本传)

萧莹:《锄经堂诗文稿》(光绪《邵武府志》卷二十三《(邵武县)孝友传》本传)

上官世安:《娱情集》三卷(光绪《邵武府志》卷二十三《(光泽)孝友传》本传)

李飞鹏:《春秋讲义》若干卷(光绪《邵武府志》卷二十三《(光泽)孝友传》本传)

王增高:《周易申义》四卷(光绪《邵武府志》卷二十三《(光泽)孝友传》本传)

王增本:《君山草堂诗》若干卷(光绪《邵武府志》卷二十三《(光泽)孝友传》本传)

李智澄:《松村吟稿》(光绪《邵武府志》卷二十三《(建宁)孝友传》本传)、卷廿五《杂著》)

虞景熹:(刊)《胎生达生合编》、《痘疾奇方》、《地理都是春》十一卷(光绪《邵武府志》卷二十三(邵武)《义行传》本传)

谢恩焜:《戒械斗文》、(辑)《治心编》、《广仁录》(光绪《邵武府志》卷二十三《(泰宁)义行传》本传)

董书:《小善谱》一卷(光绪《邵武府志》卷二十三《(建宁)义行传》本传)、《毖斋吟草》(民国《建宁县志》卷廿五《杂著》)

邱宗皋:《念兹诗集》四卷(光绪《邵武府志》卷二十四《(光泽)隐逸传》本传)

李向奎(一作李尚奎):《粲花园集》、《七台游草》、《山居次韵》、《一窗草》(光绪《邵武府志》卷二十四《(泰宁)隐逸传》本传、卷二十九《艺文志》)

谢之迁:《枫溪集》(光绪《邵武府志》卷二十四《(建宁)隐逸传》本传)、《枫溪诗文集》(民国《建宁县志》卷廿五《杂著》、卷十八《隐逸传》本传)

丁之贤:《丁布衣诗钞》一卷(柯愈春《清人诗文集总目提要》第124页)

朱国汉:《朱布衣诗钞》一卷(柯愈春《清人诗文集总目提要》第124页)

朱国汉、丁之贤:(何梅辑)《绥安二布衣诗钞》(康熙间刻本,北京大学图书馆藏。柯愈春《清人诗文集总目提要》第125页)

朱肇璜:《槎亭诗钞》二卷(《濉溪四家诗钞》本,乾隆二十二年刻,南京图书馆藏。柯愈春《清人诗文集总目提要》第556页)

朱霞:《拟建宁志补遗编》、《樵川二家诗》四卷、《曲庐诗钞》、《庙学全书》二卷、《闽海杂记》十六卷、《勉贻集》二卷(同治刊本《福建通志》卷七十九)、(选)《闽海风雅》三十卷(民国《建宁县志》卷廿五《杂著》)、《勉致摘述》三卷、《勉致问答》三卷、《拟县志稿》十卷、《绥安存雅》四卷、《曲庐诗集》二卷(民国《福建通志》总卷三十九,《福建文苑传(清一)》卷七朱霞本传)

朱燿:《怡庵诗稿》(同治刊本《福建通志》卷七十九)、《怡庵诗集》、《庄屈合序》(光绪《邵武府志》卷二十一《人物传·(建宁)文苑》本传)、《庄屈合解》(民国《建宁县志》卷廿五《杂著》)

朱雝(一作朱雍):《文集》四卷、《诗集》(光绪《邵武府志》卷二十一,《人物传·(建宁)文苑》朱雝传)、《鼎堂诗集》[①](同治刊本《福建通志》卷七十九)、《鼎堂文集》四卷、《诗集》□卷(刘声木《桐城文学渊源考》卷十二)、《鼎堂制义》□卷(《桐城文学撰述考》卷四。朱仕琇《梅崖居士文集》卷十九有《鼎堂制义序》)、《朱鼎堂诗集》一卷(民国《福建通志》总卷二十五,《福建艺文志》卷六十五)、《鼎堂诗集》一卷(钞本。柯愈春《清人诗文集总目提要》第772页)

① 民国《福建通志·福建艺文志》存目卷四十二著录《鼎堂诗集》,作者作蔡雝(第二十二页)。

朱仕玠：《小琉球漫志》[①]十卷、《滩溪四家诗钞》九卷、《筠园诗稿》三卷（朱仕琇《梅崖居士文集》卷十八有《筠园诗集序》）、《删稿》三卷[②]（《桐城文学撰述考》卷四题《筠园删稿》三卷）、《溪音》十卷（刘声木《桐城文学渊源撰述考》卷十二作四卷[③]）、《音别》四卷[④]、《龙山漫录》二十卷、《鸿雁集》一卷、《水竹居赋钞》一卷、《和红蕉山房诗录》一卷、《和陶》三卷（同治刊本《福建通志》卷七十九）、杂著□种（刘声木《桐城文学渊源撰述考》卷十二）、《制义荑稗集》□卷（《桐城文学撰述考》卷四。朱仕琇《梅崖居士文集》卷二十二《答雷宪副书》作《荑稗集》）、《筠园制义》（朱仕琇《梅崖居士文集》卷十九《筠园制义序》）、《筠园集》[⑤]四种（乾隆三十五年刻本，福建省图书馆藏）

朱召南：《湘蘋遗稿》（光绪《邵武府志》卷二十七《闺秀传》本传。民国《建宁县志》卷廿五题《湘蘋遗诗》，朱仕琇《梅崖居士文集》卷十四《召南墓志铭》作《湘蘋遗草》）

朱韶音（一作朱韶香）：《课儿草》（光绪《邵武府志》卷二十七《闺秀传》本传）

朱仕琇：《朱梅崖文集》三十卷（民国《建宁县志》卷廿五《杂著》题《梅崖居士文集》三十卷）、《外集》八卷、《梅崖诗偶存》（同治刊本《福建通志》卷七十九）、（修）《建宁县志》、《梅崖居士文集》三十卷、《梅崖居士文外集》八卷、《梅崖居士制义》、《梅崖居士杂录》、（纂修）《建宁县志》、（纂修）《将乐县志》（《桐城文学撰述考》卷四）、《梅崖居士文续集》（朱仕琇《梅崖居士外集》卷二《梅崖居士续集序》）、《梅崖居士文钞选》（清代诗文集珍本丛刊影印清钞本）、《鳌峰课艺尤雅编》二卷（乾隆三十五年刻本）、《梅崖居士全集》（乾隆四十七年刻本，即《梅崖居士文集》三十卷、《梅崖居士外集》八卷两种）[⑥]、《自汇制科文》（朱仕琇《梅崖居士文集》卷十九《自汇制科文序》）、《朱梅崖文钞》不分卷（清蒋氏钞本，国家图书馆藏）、《梅崖居士文集》不分卷（乾隆二十年松谷刻本，国家图书馆藏）、《梅崖居士续集》二卷（乾隆间刻本，江西省图书馆藏）（柯愈春《清人诗文集总目提要》第644页）、《梅崖居士文选钞》（钞本，国家图书馆藏）、《梅崖居士文集》三十八卷外集二卷（乾隆二十四年刻本）、《梅崖居士外集》八卷（乾隆四十五年刻本）、《梅崖居士集》存二卷（乾隆四十九年刻本）、《梅崖居士续集》二卷（乾隆间刻本）、《梅崖居士集文录》二卷（同治七年刻《国朝文录续编》本）、《梅崖居士文集》四卷（民国四年排印本）、《梅崖文》一卷（道光刻《七家文钞》本）、《梅崖文补遗》一卷（民国二十二年写本）（李灵年等《清人别集总目》第425页）

朱佑（《桐城文学渊源考》卷十二作朱文佑）：《松阴诗钞》四卷（同治刊本《福建通志》卷七十九）、《词钞》□卷（《桐城文学渊源考》卷十二）、《松阴词钞》（民国《建宁县志》卷廿五《杂著》）

朱文佐：《文佐遗文》（朱仕琇《梅崖居士文集》卷十九《文佐遗文序》）

朱云：《藕居诗稿》（同治刊本《福建通志》卷七十九。民国《福建通志·福建艺文志》存目卷四十二作《义山集》）

朱仕韬：《漱石山人诗稿》（光绪《邵武府志》卷二十三《（建宁）孝友传》本传、民国《建宁县志》卷十五《孝友传》朱仕韬传）、《漱石诗稿》（民国《福建通志》总卷二十五，《福建艺文志》卷六十五）

朱珊：《寄情草》一卷（光绪十八年刻本。光绪《邵武府志》卷二十四《（建宁）隐逸传》本传；民国《福

---

① 按：德化林洪照撰《吧游纪略》，民国《福建通志·福建艺文志》卷三十二著录。按语称林洪照文章高古，朱仕玠作《小琉球》诸志，多采取焉（第四页）。《小琉球志》，乾隆三十年刻本。

② 李灵年等《清人别集总目》著录朱仕玠诗稿，题《筠园稿》三卷、《（筠园）删稿》三卷（第424-425页），无“诗”字。

③ 《清代诗文集汇编》第317册影印乾隆二十三年戊寅刻本《溪音》十卷（朱仕玠侄朱文仲写刻本），刘声木所记当误。《清人别集总目》著录《溪音》乾隆写刻本，五卷；乾隆刻本，十卷；乾隆刻本《溪音十卷》、《音别》十卷；乾隆刻本《溪音全集》十四卷（第425页）。

④ 朱仕琇《与杨默堂书》：“家筠园近作曰《溪音》、《音别》，凡三本；友人李君千人著《枥园集》，凡二本；族弟鼎堂古诗一小册。”（《梅崖居士文集》卷二十五，《清代诗文集汇编》第336册，影印第443页）柯愈春《清人诗文集总目提要》著录《筠园稿》二十卷，系《筠园诗稿》三卷、（朱仕琇删定）《删诗》三卷、《溪音》十卷、《音别》四卷的总称，合二十卷；别有《鸿雁集》一卷、《和芭蕉山房诗录》一卷（第620页）。

⑤ 李灵年等《清人别集总目》著录此集，分四种本、六种本，六种本收《筠园稿》三卷、《筠园删稿》三卷、《溪音》十卷、《音别》四卷、《和陶诗》二卷、《小琉球漫志》十卷（第425页）。

⑥ 柯愈春《清人诗文集总目提要》著录朱仕琇诗文集，题《梅崖居士集》三十八卷，即《梅崖居士文集》三十卷、《外集》二卷，朱仕琇自订，乾隆二十四年松谷刻本；殁后重编《梅崖居士文集》三十卷，《外集》八卷，乾隆四十七年刻本（第644页）。

建通志》总卷二十五,《福建艺文志》卷六十六,第十九页,引)、《无声声寓斋诗存》存十六卷(民国三十五年铅印本,首都图书馆藏。柯愈春《清人诗文集总目提要》第1677页)

危景扬:《留踪集》(同治刊本《福建通志》卷七十九)

孔炳文:《孔炳文制义》(朱仕琇《梅崖居士文集》卷十九《孔炳文制艺序》)

宁时钧:《宁月川遗文》、《广议》(朱仕琇《梅崖居士文集》卷十九《宁月川遗文序》)

余锦澜:《通鉴备要》(朱仕琇《梅崖居士文集》卷二十《通鉴备要序》)

宁化伍某:《户山遗泽》(朱仕琇《梅崖居士文集》卷二十二《答雷宪副书》)、《户山集》(朱仕琇《梅崖居士文集》卷二十三《重与周笏廷书》)

余本材:《诗集》数卷(光绪《邵武府志》卷二十四《(建宁)隐逸传》本传)、《痴樵子诗集》、《和陶吟》(民国《建宁县志》卷廿五《杂著》)

戴天文:《仰斋制艺夫钞诗文集》若干卷(光绪《邵武府志》卷二十四《(建宁)隐逸传》本传)

姜大观:《游草》、《念旧诗》(光绪《邵武府志》卷二十四《艺术传》本传)

熊兆鲁:《棋谱》(光绪《邵武府志》卷二十四《艺术传》本传)

何洪源:《默仙诗集(光绪《邵武府志》卷二十四《艺术传》本传)》、《古易解》(民国《建宁县志》卷廿五《杂著》)

何松:《游草初集》、二集(同治刊本《福建通志》卷七十九、光绪《邵武府志》卷二十九《艺文志》。民国《建宁县志》卷廿五《杂著》题作《游草初二集》)

米嘉穗:《澹庵诗集》(乾隆《福建通志》。光绪《邵武府志》卷二十本传题《澹园诗集》)、(修)《郓城县志》八卷(崇祯七年刻本)

黄衍:《蒙谷山人文集》十八卷、《诗集》二卷(光绪《邵武府志》卷二十九《艺文志》作《蒙谷诗》二卷)(同治刊本《福建通志》卷七十九)、《黄元杜文集》(民国《福建通志》总卷二十五,《福建艺文志》卷六十四)

黄流:《礼记辑注》(同治刊本《福建通志》卷七十九。光绪《邵武府志》卷二十九《艺文志》作《礼记集注》)

陈大痴:《大痴诗集》(光绪《邵武府志》卷二十四《艺术传》本传)

上官莲娣:《晋香剩草》(光绪《邵武府志》卷二十七《闺秀传》本传)

谢琳英:《碎玉集》(光绪《邵武府志》卷二十七《闺秀传》本传。民国《福建通志·福建列女传》谢琳英本传作《碎金集》,民国《建宁县志》卷廿二题《碎石集》)

虞瑞图:《邵武殉难备乘》、《不自见斋诗文全集》(光绪《邵武府志》卷二十九《艺文志》)、《不自见斋诗集》(民国《重修邵武县志》卷二十八《文苑传》)

龚叔宾:《元关合旨》、《养生要诀》、《性隐亭吟草》(光绪《邵武府志》卷二十九《艺文志》。民国《福建通志·福建艺文志》存目卷四十二题《性隐漫吟草》)

张声远:《两携堂诗》(光绪《邵武府志》卷二十九《艺文志》)

梁恕:《推吾诗钞》(光绪《邵武府志》卷二十九《艺文志》)

邹一文:《武彝诗钞》(光绪《邵武府志》卷二十九《艺文志》)

葛荣密:《亦闲堂诗钞》(光绪《邵武府志》卷二十九《艺文志》)

潘槐:《孤梅村逸叟诗集》(光绪《邵武府志》卷二十九《艺文志》)

邱静山:《敦庵诗钞》(光绪《邵武府志》卷二十九《艺文志》)

黄金声:《嘉音诗集》(光绪《邵武府志》卷二十九《艺文志》)

葛步墀:《秋水斋诗钞》(光绪《邵武府志》卷二十九《艺文志》)

梁以材:《知非录》、《有是编》、《游岩诗草》(光绪《邵武府志》卷二十九《艺文志》)

龚正谦:《退山诗草》(光绪《邵武府志》卷二十九《艺文志》)

黄霔:《喜亭诗钞》(光绪《邵武府志》卷二十九《艺文志》)

黄霈:《确斋诗稿》(光绪《邵武府志》卷二十九《艺文志》)

陈大含:《蓉村剩馥》(光绪《邵武府志》卷二十九《艺文志》)

曾炯章:《春风草堂诗钞》(光绪《邵武府志》卷二十九《艺文志》)

虞立□(号西山):《西山诗集》、《南北词》(光绪《邵武府志》卷二十九《艺文志》)

饶学汉:《星舫遗草》(光绪《邵武府志》卷二十九《艺文志》)

葛兆麒:《镜湖诗集》(光绪《邵武府志》卷二十九《艺文志》)

王红兰:《海南寄游草》(光绪《邵武府志》卷二十九《艺文志》)

王作舟:《爨桐诗稿》(光绪《邵武府志》卷二十九《艺文志》)

刘云:《醉竹窗诗草》(光绪《邵武府志》卷二十九《艺文志》)

□春祺:《涌翠楼诗钞》、《云水及》、《小蕉堂韵余》(光绪《邵武府志》卷二十九《艺文志》)

梁时泰:《百一山房诗钞》(光绪《邵武府志》卷二十九《艺文志》)

张福祚:《念莪山馆诗钞》(光绪《邵武府志》卷二十九《艺文志》)

廖元瑞:《读史便蒙》(光绪《邵武府志》卷二十九《艺文志》)

朱镜蓉:《半亩园诗草》(光绪《邵武府志》卷二十九《艺文志》)

王树屏:《灯窗自鉴诗钞》(光绪《邵武府志》卷二十九《艺文志》)《诗文稿》四卷(民国《重修邵武县志》卷二十八《文苑传》本传)

何国桢:《春秋传注辨讹》八卷(光绪《邵武府志》卷二十九《艺文志》)

邓林华:《十三经经解》(光绪《邵武府志》卷二十九《艺文志》)

游绍章:《歧韵辨》、《经字借读》(光绪《邵武府志》卷二十九《艺文志》)

邵武李梦白:《学录》(光绪《邵武府志》卷二十九《艺文志》)

陈宗量:《武科琐言》(光绪《邵武府志》卷二十九《艺文志》)

黄绍先:《伤寒还真》(光绪《邵武府志》卷二十九《艺文志》)

何氏:《何氏世谱》(光绪《光泽县志》卷二十六《列女传·节孝》陶氏条注引)

何国模:《春秋传注辨讹》(光绪《光泽县志》卷十五本传,卷十三《经籍志》作八卷)、(辑刊)大小宗谱(光绪《邵武府志》卷二十三《(光泽)孝友传》本传)、《默庵医论》(光绪《邵武府志》卷二十九《艺文志》、卷十三《经籍略》)

何以烈:(李绂编)《敬斋文稿》十二卷(乾隆十五年刻本,日本内阁文库藏。柯愈春《清人诗文集总目提要》第301页;光绪《光泽县志》卷十七《文苑传》本传)

何以镛:《知非草》(光绪《光泽县志》卷十三《经籍略》、光绪《邵武府志》卷二十三《义行传》何思安本传)

何泽风(光绪《光泽县志》卷十三《经籍略》作何泽凤):《偶记备考》一卷(光绪《邵武府志》卷二十九《艺文志》、光绪《光泽县志》卷十三《经籍略》)

何长敦:《恺乐堂经辨》三十卷、《文集》六卷、杂著及骈体文、诗若干卷、《制艺》若干卷、《棋谱》一卷(陈庆镛《籀经堂类稿》卷二十一《博野县知县何居墓表》)、《诗集》、《文稿》(光绪《邵武府志》卷二十《人物·(光泽)宦绩》何长敦本传)、《恺乐堂文集附诗》(光绪《邵武府志》卷二十九《艺文志》。光绪《光泽县志》卷十三《经籍略》题《恺乐堂文集》)

何淑蘋:《琴北诗钞》一卷(光绪《光泽县志》卷十三《经籍略》、卷二十七《闺秀传》本传)

上官紫凤:《八角楼诗集》十二卷、《歧园标雅诗余》四卷(光绪《光泽县志》卷十三《经籍略》)

何秋涛:《周易爻辰申郑义》一卷(皇清经解续编本)、《俄罗斯互市始末》一卷(小方壶斋舆地丛抄)、《朔方备乘》八十五卷(原题《北徼汇编》。光绪《光泽县志》作八十卷)、《王会篇笺释》三卷、《孟子编年考》、《一镫精舍经解》、诗文诸集(光绪《邵武府志》卷二十一《文苑传》本传)、《一镫精舍文集》(光绪《邵武府志》卷二十九《艺文志》)、《库页岛附近诸岛考》(《海疆文献初编》第一辑,知识产权出版社

2011年版）、《泽门客话》一卷（民国六年福建修志局印本）、《水经注考》、（校锓）《李忠定公全集》二百卷、《忠定公年谱》、遗著数十种（民国《福建通志》总卷三十八，《福建儒林传》卷五，何秋涛本传）、《元圣武亲征记》（民国《福建通志》总卷二十五，《福建艺文志》卷二十；《福建文献集成初编》第56册影印宁波天一阁博物院藏清钞本，题《皇元圣武亲征录》一卷）、（辑）《北徼汇编》六卷（民国《福建通志》总卷二十五，《福建艺文志》卷三十）、（编）《大清律例根原》一百二十四卷（民国《福建通志》总卷二十五，《福建艺文志》卷四十四。一名《律心》、《律例按语》）、《一灯书舍诗草》（民国《福建通志》总卷二十五，《福建艺文志》卷六十六）、《篆隶源流》、《一灯精舍甲部稿》（《清儒学案》卷一百六十六《鱶学案·何先生秋涛》）、《一灯精舍甲部稿》八卷①（稿本，复旦大学图书馆藏）、《一灯精舍未定稿》一卷（清钞本，复旦大学图书馆藏）（《福建文献集成初编》第174册影印何秋涛著作两种）

何如兰：《绮余阁诗稿》（光绪《光泽县志》卷十三《经籍略》，影印第1017页；卷二十七《闺秀传》本传）

何长载：《第五居士文集》六卷（光绪《光泽县志》卷十三《经籍略》。柯愈春《清人诗文集总目提要》第1123页作五卷，李灵年等《清人别集总目》第933页作四卷）、《三易集解》、《第五居士诗集》（光绪《邵武府志》卷二十九《艺文志》）、《易经集解》（光绪《光泽县志》卷十五《本传》）

何长诏：《敝帚斋诗集》六卷（同治刊本《福建通志》卷七十九《经籍志》、民国《福建通志·文苑传》何长诏传、柯愈春《清人诗文集总目提要》第1190页作七卷）、《删集》三篇（光绪《光泽县志》卷十三《经籍略》，同治刊本《福建通志》卷七十九《经籍志》作《删集》三卷）、《敝帚斋初集》七卷、《续集》三卷（民国《福建通志》总卷二十五，《福建艺文志》卷六十六）、《敝帚斋集》（陈衍《石遗室诗话》卷二十二，第五条）

何长聚：《鑫园未定草》（光绪《光泽县志》卷十三《经籍略》）、《鑫园诗集》□卷（柯愈春《清人诗文集总目提要》第1376页作四卷，咸丰元年刻本，中国科学院图书馆藏）、《文集》三卷（光绪《邵武府志》卷二十九《艺文志》题《鑫园文集》三卷）（刘声木《桐城文学渊源撰述考》卷十二）、《鑫园诗文集》、《乐事录》、《义仓序》、《音学管见》若干卷（光绪《邵武府志》卷二十三《义行传》本传）、《义仓汇编》二卷、《闲居乐事》（光绪《邵武府志》卷二十九《艺文志》）、《离骚解》若干卷（光绪《光泽县志》卷十五本传）、《闲居乐事录》□卷、《离骚解》一卷（《桐城文学撰述考》卷四）

何高雍：《医学求真》十二卷、《从乂堂古文》四卷（光绪《邵武府志》卷二十二《人物传·（光泽）忠节》本传。光绪《光泽县志》卷十三《经籍略》题《从乂堂文集》四卷）

何高慰：《企园文稿》□卷、《诗稿》□卷、《草间吟》□卷（光绪《光泽县志》卷十三《经籍略》作四卷）（刘声木《桐城文学渊源撰述考》卷十二）、《企岸诗文稿》（光绪《邵武府志》卷二十三《义行传》本传）、《企园文集》、《草涧吟》（光绪《邵武府志》卷二十九《艺文志》）

何秋渊：《课耕草堂文稿》（光绪《光泽县志》卷十六《儒林传》上官承祜传注引云《可耕草堂文集》）、《君山樵子吟》（光绪《光泽县志》卷十三《经籍略》）、《诗学举隅》二卷（光绪《光泽县志》卷十三《经籍略》）、（高澍然纂，光绪末何秋渊等增修）《光泽县志》三十卷（民国《福建通志》总卷二十五，《福建艺文志》卷二十八）

曾逢雷：《梅友楼诗草》（光绪《邵武府志》卷二十九《艺文志》）

曾德巡：《兼六园诗稿》（光绪《邵武府志》卷二十九《艺文志》）

黄宗祝：《薪传文集》（光绪《邵武府志》卷二十九《艺文志》）

邓思渺：《邓叔彰诗集》（光绪《邵武府志》卷二十九《艺文志》）、《诗文集》（光绪《邵武府志》卷二十一《人物传·（光泽）文苑》本传）

黄子岳：《悟悞子诗集》（光绪《邵武府志》卷二十九《艺文志》）、《学录》一卷（光绪《光泽县志》卷十三《经籍略·悟悞子诗集》所引高澍然题词）

---

① 李灵年等《清人别集总目》著录此集，李肇偁半亩园钞本，八卷，复旦大学图书馆藏；光绪五年淮南书局刻本，五卷，上海图书馆等处藏（第943页）。

高隆程:《南池遗稿》二卷(光绪《光泽县志》卷十三《经籍略》、光绪《邵武府志》卷二十九《艺文志》)

龚有元:《莲池小稿》(光绪《邵武府志》卷二十九《艺文志》。光绪《光泽县志》卷十七《文苑传》本传题《莲池诗稿》)

童祖谦:《真味编》(光绪《邵武府志》卷二十九《艺文志》)

谢谋介:《纲鉴揭要》(光绪《邵武府志》卷二十九《艺文志》。民国《建宁县志》卷廿五《杂著》、民国《福建通志·福建艺文志》存目卷十五题《鉴约》、卷十七《质行传》何光禧传题《鉴略遗书》)

谢圣纶:《黔滇纪闻》、《双溪诗文集》(同治刊本《福建通志》卷七十九、光绪《邵武府志》卷二十九《艺文志》)

谢思焜:《治心录》、《广仁录》(光绪《邵武府志》卷二十九《艺文志》)

熊梦鳌:《留耕堂诗集》(光绪《邵武府志》卷二十九《艺文志》)

李春林:《文集诗集》(光绪《邵武府志》卷二十九《艺文志》)

朱文儒:《太拙遗集》(光绪《邵武府志》卷二十九《艺文志》)

朱焜:《沄门诗稿》(光绪《邵武府志》卷二十九《艺文志》)

余文勋:《北溪诗稿》(光绪《邵武府志》卷二十九《艺文志》,民国《建宁县志》卷廿五题《北溪诗草》)

朱勋:《沁轩诗稿》(光绪《邵武府志》卷二十九《艺文志》)

何毓杰:《简廷诗文集》(光绪《邵武府志》卷二十九《艺文志》)

徐必章:《梅庄诗稿》(同治刊本《福建通志》卷七十九、民国《建宁县志》卷廿五《杂著》第十四页)

徐必孺:《囈言稿》(同治刊本《福建通志》卷七十九、民国《建宁县志》卷廿五《杂著》第十四页)

徐时作:《闲居偶录》、《菜堂节录》二十卷、《崇本山堂诗钞》十卷、《文集》二十卷(民国《建宁县志》卷廿五《杂著》第十四、十五页)、《崇本山房诗文集》(《桐城文学渊源撰述考》卷十二徐家恒条)、(修)《沧州志》十六卷(乾隆间刻本)、《闲居猫史》十二卷(光绪《邵武府志》卷二十九《艺文志》)、《啸月亭笔记》、刻集十余种(民国《福建通志》总卷三十六,《福建循吏传》卷十二,徐时作本传)、《啸月亭诗钞》(民国《福建通志》总卷二十五,《福建艺文志》卷六十五)、《徐邺侯制义》(朱仕琇《梅崖居士文集》卷十九《徐邺侯制义序》)、《崇本山堂集》二十四卷(乾隆四十九年刻本,中国科学院图书馆藏)(柯愈春《清人诗文集总目提要》第555页)

徐光义:《宜壑诗钞》一卷(《崇本山堂二子诗钞》本,乾隆间刻本。柯愈春《清人诗文集总目提要》第785页)

徐光美:《隰苓诗钞》一卷(《崇本山堂二子诗钞》本,乾隆间刻本。柯愈春《清人诗文集总目提要》第795页)

徐荀:《香祖诗钞》、《罍缶诗集》(民国《建宁县志》卷廿五《杂著》第十九页)

徐显猷:《未信斋诗稿》(民国《建宁县志》卷廿五《杂著》第十九页)

徐显璋:《质甫诗集》十五卷(道光十三年刻本,福建省图书馆藏)、《猫史》一卷(民国《建宁县志》卷廿五《杂著》第十九页)

李良铣:《后山诗稿》(光绪《邵武府志》卷二十九《艺文志》)

刘国梁:《季良诗稿》、《诸贤韵文》(光绪《邵武府志》卷二十九《艺文志》)

朱恭元:《双梧亭稿》(光绪《邵武府志》卷二十九《艺文志》)

吴肇鳌:《履瀛文集》(光绪《邵武府志》卷二十九《艺文志》)

朱元发:《愚轩诗集》(光绪《邵武府志》卷二十九《艺文志》)

李云诰:《学庸精义》、《诗骚叶音考》、《诗律中声集》、《世德流芳录》、《建宁耆旧传》、《绥安文献录略》、《亦乐斋笔记》、《太华山人诗文稿》、《建宁耆旧诗钞删纂》二十四卷(民国《福建通志·文苑传》本传注云一作十四卷)、《太华山人诗剩稿》八卷、《续稿》二卷(民国《建宁县志》卷十六《文苑传》本传)、(张际亮原辑,李云诰续纂)《建宁耆旧诗钞》十四卷(民国《建宁县志》卷廿五《杂著》第二十四页、民国

《福建通志·福建艺文志》卷七十一)、《太华山人剩稿》数卷、《续稿》(民国《建宁县志》卷廿五《杂著》题《太华山人续稿》)一卷、《续订建宁耆旧诗钞》十四卷(光绪《邵武府志》卷二十一本传)、《太华山人集》(光绪《邵武府志》卷二十九《艺文志》)

李藩:《拙斋诗稿》二卷(民国《建宁县志》卷廿五《杂著》作一卷)、《拙斋楹联》一卷(民国《建宁县志》卷十六《文苑传》本传)

吴登举:《怀古集》(民国《建宁县志》卷十六《文苑传》本传)

邱煌:《府判录存》、《渔草堂试律稿》、《今文质疑》、《保筠堂法帖》

陈诚:《静山诗稿》(光绪《邵武府志》卷二十九《艺文志》。民国《建宁县志》卷廿五《杂著》题《静山诗草》)

黄元庆:《听雨轩诗稿》(光绪《邵武府志》卷二十九《艺文志》)

谢玉成:《璜溪诗集》数卷(民国《建宁县志》卷十六《文苑传》本传)

谢鸣銮:《琬亭文》各集(民国《建宁县志》卷十六《文苑传》本传)、《琬亭诗集》(光绪《邵武府志》卷二十九《艺文志》、民国《建宁县志》卷廿五《杂著》第二十页)

谢英:《琢庄八景诗》(民国《建宁县志》卷十六《文苑传》本传、卷廿五《书目》)

谢国枢:《青山别墅藏稿》(同治刊本《福建通志》卷七十九)

谢绅:《芝山文集》(民国《建宁县志》卷廿五《杂著》)

涂宪经:《训俗千字文》(光绪《邵武府志》卷二十九《艺文志》)

廖景春:《怡情集》(光绪《邵武府志》卷二十九《艺文志》)

廖用贤:《尚友录》、《吸露斋集》(民国《建宁县志》卷十六《(明)文苑传》本传)

廖必亨:《拾余草》、《楼居集》(同治刊本《福建通志》卷七十九、民国《建宁县志》卷廿五《杂著》)

廖宾贤:《苜蓿草》、《彀音》(同治刊本《福建通志》卷七十九、民国《建宁县志》卷廿五《杂著》)

官梦蛟:《云亭诗集》(民国《建宁县志》卷廿五《杂著》第二十页)

官铨:《依亭集》(民国《建宁县志》卷廿五《杂著》第二十一页)

应世隆:《留耕遗草》(民国《建宁县志》卷廿五《杂著》第十九页)

应宗烜:《渔亭遗草》(民国《建宁县志》卷廿五《杂著》第十九页)

应昌德:《痲科要诀》(民国《建宁县志》卷廿五《杂著》第十九页)

黄宗倬:《陟瞻诗稿》(光绪《邵武府志》卷二十九《艺文志》)、《陟瞻居士诗集》(民国《福建通志》总卷二十五,《福建艺文志》卷六十六)

舒怀:《惕斋诗草》(民国《建宁县志》卷廿五《杂著》。光绪《邵武府志》卷二十九《艺文志》作《晓山遗诗》,民国《建宁县志》辨正为吴士埙著)

黄仕遇:《槎客吟草》(光绪《邵武府志》卷二十九《艺文志》)

张云仙:《六溪诗草》(光绪《邵武府志》卷二十九《艺文志》)

余凤:《桐江诗草》(光绪《邵武府志》卷二十九《艺文志》)①

陈风:《籁堂诗抄》(光绪《邵武府志》卷二十九《艺文志》)

陈国金:《葛怀诗稿》(光绪《邵武府志》卷二十九《艺文志》)

朱仕静:《定斋诗集》(光绪《邵武府志》卷二十九《艺文志》)

李祥湖:《负薪子诗稿》(光绪《邵武府志》卷二十九《艺文志》)

李祥霖:《树庄诗稿》(光绪《邵武府志》卷二十九《艺文志》)

邓守愚:《守愚诗稿》(光绪《邵武府志》卷二十九《艺文志》)

---

① 光绪《邵武府志》卷二十九《(国朝建宁)艺文志》余凤条下接何思鲁、何天宠两人著作(影印第 819 页),误。按:何思鲁,泰昌登极恩贡生;何天宠,万历间诸生,均系明人,已著录于本卷明建宁《艺文志》(影印第 814 页),何天宠著作之《楚中游草》后刻作《楚平游草》。

朱文游:《理斋诗词稿》(光绪《邵武府志》卷二十九《艺文志》)

释性聪(憨璞):《语录》若干卷(光绪《邵武府志》卷三十《杂记·(邵武县)方外》)

黄五图(释秀虚):《诗文语录》数卷(光绪《邵武府志》卷三十《杂记·(邵武县)方外》)

刘维枢:《燃藜诗稿》(民国《建宁县志》卷廿五《杂著》)

何源龙:《读书随笔》(民国《建宁县志》卷廿五《杂著》)

朱邦定:《阴德报应录》(民国《建宁县志》卷廿五《杂著》)

陈禧:《愚庵集》(民国《建宁县志》卷廿五《杂著》)

李天炎:《光南诗稿》(民国《建宁县志》卷廿五《杂著》)

李德绶:《桂庄集》、《龙山讲义》二十卷(民国《建宁县志》卷廿五《杂著》)

李明:《见庵诗钞》、《亮庵存稿》(民国《建宁县志》卷廿五《杂著》)

李荣宪:《读史评略》、《竹溪诗稿》(民国《建宁县志》卷廿五《杂著》)

李祥瑚:《负薪子诗稿》(民国《建宁县志》卷廿五《杂著》)

李祥麟:《李树桩诗稿》(民国《建宁县志》卷廿五《杂著》)

陈大成:《未亭诗稿》(民国《建宁县志》卷廿五《杂著》)

吴游①:《吴士林诗集》、《宛亭集》(民国《建宁县志》卷廿五《杂著》)

朱文洊:《理斋诗稿》、《理斋词稿》(民国《建宁县志》卷廿五《杂著》)

朱文莹:《月岩古文集》(民国《建宁县志》卷廿五《杂著》)

朱允元:《葩经举要》(民国《建宁县志》卷廿五《杂著》)

朱一泓:《沁园诗集》(民国《建宁县志》卷廿五《杂著》)

朱作楷:《贝可集》(民国《建宁县志》卷廿五《杂著》)

朱亨采:《喟庐易解》(民国《建宁县志》卷廿五《杂著》)

朱霭元:《趣园诗集》(民国《建宁县志》卷廿五《杂著》)

朱世南:《虞甫诗集》(民国《建宁县志》卷廿五《杂著》)

朱锡周:《星槎吟稿》(民国《建宁县志》卷廿五《杂著》)

朱暗村:《暗村诗集》(民国《建宁县志》卷廿五《杂著》。光绪《邵武府志》卷二十九《艺文志》题《闇轩诗钞》)

李元发:《□轩诗集》(民国《建宁县志》卷廿五《杂著》)

邱崧:《巢云吟稿》(民国《建宁县志》卷廿五《杂著》)

杨宽□:《虹台稿》(民国《建宁县志》卷廿五《杂著》)

余兆龙:《双溪诗文集》(民国《建宁县志》卷廿五《杂著》)

余龙:《云岩诗稿》、《蛩吟草》(民国《建宁县志》卷廿五《杂著》)

陈国是:《时轩游草》一卷(同治刊本《福建通志》卷七十九)

徐光美:《隰苓诗钞》(民国《建宁县志》卷廿五《杂著》)

黄金南:《中庸本义》(民国《建宁县志》卷廿五《杂著》)

谢璿:《在亭遗稿》二卷(民国《建宁县志》卷廿五《杂著》)

谢积芳:《芳崖遗稿》(民国《建宁县志》卷廿五《杂著》)

熊允成:《岫云堂古文集》(民国《建宁县志》卷廿五《杂著》)

李荣芳:《镜斋诗集》(同治刊本《福建通志》卷七十九)、《镜斋集》(《国朝全闽诗录初集》续集卷八

① 按:同治刊本《福建通志》卷七十九《经籍志》著录吴士林《吴士林诗集》,按语称"士林,盖字也"。(影印第1612页)同卷又著录吴游《宛亭集》,注云:"(吴游)字学南,乾隆间诸生,附徐国镐《艺术传》。"(影印第1613页)查同治刊本《福建通志》卷二百四十七《艺术传》徐国镐传:"吴游,字士林。"(影印第4495页)吴士林、吴游其实一人而两出,故民国《建宁县志》卷廿五《杂著》著录时合并为一条。

李荣芳条)

李荣英:《白云集》二卷(乾隆三年刻本。柯愈春《清人诗文集总目提要》第586页)

李书(一作李荣书):《复轩诗钞》四卷(同治刊本《福建通志》卷七十九、民国《建宁县志》卷廿五《杂著》)、《养正史略》六卷(民国《建宁县志》卷廿五《杂著》)

李俊:《揽秀亭笔记》二卷、《枥园诗集》六卷、(编)《笥存集》、《古文二集》、《枥园诗话》(同治刊本《福建通志》卷七十九)、《枥园集》(《国朝全闽诗录初集》卷十六李俊条)、《李栎园集》八集(民国《福建通志》总卷二十五,《福建艺文志》卷六十五)、《枥园诗集》六卷(乾隆二十三年刻本,首都图书馆藏)、《枥园诗二集》二卷(乾隆三十八年刻本,邵武文化馆藏)、《枥园诗续集》二卷(乾隆间刻本,邵武文化馆藏)(柯愈春《清人诗文集总目提要》第612页)

李祥云:《澹轩集》三卷(同治刊本《福建通志》卷七十九)

李大儒:《愚庵诗集》八卷(刘声木《桐城文学渊源考》卷十二作六卷)(同治刊本《福建通志》卷七十九)、《自怡偶(《桐城派编年》第270页作"隅"字)笔》二卷、《楚骚解》、《心经解》、《老子道德经解》(民国《福建通志·福建艺文志》存目卷三十七作《道德经解》)、《自怡隅笔》二卷(《桐城文学撰述考》卷四)、《自怡偶笔》(民国《福建通志》总卷二十五,《福建艺文志》存目卷三十五[①])

李大仁:《芥舟吟稿》(同治刊本《福建通志》卷七十九)、《存斋遗稿》(《国朝全闽诗录初集》续集卷十一李大仁条)

李大修:《蔓生堂吟稿》(同治刊本《福建通志》卷七十九)、《蔓生堂诗稿》(光绪《邵武府志》李大儒本传附)

李舟:《苇航文集》(同治刊本《福建通志》卷七十九)

王锡梓:《读史管见》(同治刊本《福建通志》卷七十九。民国《建宁县志》卷廿五《杂著》题《读史管论》)

王光宇:《读史随笔》、《种芝山人诗集》、《余年集》(光绪《重纂邵武府志》卷二十三本传)、《种芝诗草》六卷、《望捷诗草》三卷、《种芝古文》一卷(民国《建宁县志》卷廿五《杂著》)、《种芝诗文草》七卷(光绪元年刻本,福建省图书馆藏。柯愈春《清人诗文集总目提要》第1377页)

陈彤:《汉上纪略》、《丹崖诗钞》(民国《建宁县志》卷廿五《杂著》)

陈亨:《拙斋诗钞》(民国《建宁县志》卷廿五《杂著》)

刘嘉玮:《彀音诗集》(民国《建宁县志》卷廿五《杂著》)

张鹏翔:《健亭遗稿》(光绪《邵武府志》卷二十九《艺文志》、民国《建宁县志》卷廿五《杂著》第二十一页)

张允中(张可权):《立夫诗草》(民国《建宁县志》卷廿五《杂著》第二十一页)

张宗德:《虚舟诗钞》(民国《建宁县志》卷廿五《杂著》第二十一页)

李应白:《雪园稿》(民国《建宁县志》卷廿五《杂著》)

吴士埙:《晓山遗诗》(民国《建宁县志》卷廿五《杂著》)

陈邦韶:《素轩诗草》(民国《建宁县志》卷廿五《杂著》)

何学瑚:《缘阴轩遗文》(民国《建宁县志》卷廿五《杂著》)

赵仲杰:《启蒙篇》、《敦伦迩言》一卷(民国《建宁县志》卷廿五《杂著》)

何伯诚:《读史杂感录》(民国《建宁县志》卷廿五《杂著》)

何文显:《竹轩诗钞》(民国《建宁县志》卷廿五《杂著》)

吴淳:《厚园文钞》(民国《建宁县志》卷廿五《杂著》)、《厚园遗集》一卷(民国《福建通志》总卷二十五,《福建艺文志》卷六十六)

---

① 按:民国《福建通志》著录《自怡偶笔》二卷时,原刻本同一行重出书名(第十三页)。

吴濬:《贻闻录》、《抱犊吟草》(民国《建宁县志》卷廿五《杂著》)

黄秉恩:《听松诗钞》(民国《建宁县志》卷廿五《杂著》)

张鉴湖:《濑石吟》(民国《建宁县志》卷廿五《杂著》、卷十八《方技传》本传)

建宁黄宪文:《养心编》(民国《建宁县志》卷廿五《杂著》)

张孔修:《诚斋诗草》(民国《建宁县志》卷廿五《杂著》)、《渡世慈航》(民国《建宁县志》卷十八《隐逸传》本传)

杨聿修:《双梧园诗稿》(光绪《邵武府志》卷二十九《艺文志》、民国《建宁县志》卷廿五《杂著》)

何英标:《周易味根》(民国《建宁县志》卷廿五《杂著》)

董腾蛟:《汇典》二十卷、《应酬诗》二集(民国《建宁县志》卷廿五《杂著》题《应酬诗集》)(光绪《邵武府志》卷二十四《隐逸传》本传)

董献材:《黄花吟草》四卷、《正谊堂文稿》一卷(民国《建宁县志》卷廿五《杂著》第二十五页)

董蛟:《素居老人诗集》(民国《建宁县志》卷廿五《杂著》第二十五页)

董润:《藕船诗文集》、《藕船赋钞》、《藕船词钞》、《耆旧文钞》、《女宗金鉴定》(民国《建宁县志》卷廿五《杂著》第二十五页)、(选刻)《濉川讲舍课录》、《藕船吟草》、《藕船醉客吟草》十卷、《藕船词草》一卷、《试帖诗》一卷、《藕船赋草》两卷、(参订)《建宁耆旧诗钞》十四卷、(评辑)《濉川讲舍月课赋录》二卷、《藕船楹联》四卷、《女学四字经》一卷、《古文全集》、(参订)《建宁耆旧文钞》十余卷(民国《建宁县志》卷十六《文苑传》本传)

董艮:《兼山吟草》二卷(民国《建宁县志》卷廿五《杂著》第二十五页)

黄之翰:《屏山吟草》二卷(民国《建宁县志》卷十六《文苑传》本传)

黄梓庠:《杂文》一卷、词一卷、诗若干卷(民国《福建通志》总卷三十九,《福建文苑传(清三)》卷九,黄梓庠本传)、《翰云草堂诗稿》四卷(民国《福建通志》总卷二十五,《福建艺文志》卷六十六)

黄曾樾:《老子、孔子、墨子哲学的对照研究》[①](一作《老子、孔子、墨子哲学的比较》,法国里昂大学文学系 1925 年博士学位论文)、《慈竹居诗抄》(抄本)、《埃及钩沉》(上海商务印书馆 1940 年版)、《陈石遗先生谈艺录》(上海中华书局 1930 年版)、《慈竹居诗稿》上下二卷(1954 年手抄本)、《慈竹居诗钞》(钱履周编次,1974 年)、《左海珠尘》(《慈竹居诗钞》1974 年本钱履周跋)、《慈竹居诗拾》(钱履周辑,抄本)、《慈竹居集》、《慈竹居诗续》、《外国文学讲稿》、《谈尺木堂集》、《傅立叶传》、《最后一课的商榷》、《张之洞广雅堂诗注》、《陈石遗诗注》、《邓栟榈研究》、《博马舍研究》、《永觉和尚广录探微》、《陈左海先生书牍》、(协修)《福建通志》、《慈竹居丛谈》、《李商隐诗补注》、《顾亭林诗集补注》、《都德最后一课若干问题的商榷》、《石遗先生论诗》、《慈竹居文续》、《永思堂文稿》、《永思堂诗稿》、《永思堂札记》、《永思堂诗文外集》、(编写)《外国文学教学提纲》上下册、(编)《外国文学名著选读》上下册等(福建师范大学文学院网站专栏《名师集录》第四辑《黄曾樾:学贯中西造诣深　满腹诗书气自雄》。网址 http://wxy.fjnu.edu.cn/54/8c/c7493a152716/page.htm)、《永思堂诗》(林庚白《丽白楼诗话》下编)

黄畹:《竹庐诗文联稿》十集(民国《建宁县志》卷廿五《杂著》)

余思谦:《春秋集腋》、《四书解》(民国《建宁县志》卷廿五《杂著》)

戴淇清:《阅耕斋集》(民国《建宁县志》卷廿五《杂著》)

陈星垣:《醉竹生诗稿》(民国《建宁县志》卷廿五《杂著》)

艾作霖:《易经解义》(民国《建宁县志》卷廿五《杂著》)

艾观澜:《易经集解》(民国《建宁县志》卷廿五《杂著》)

何学峻:《白门游草》(民国《建宁县志》卷廿五《杂著》、卷十八《方技传》本传)

何大鹏:《镕金铸宝》(民国《建宁县志》卷十七《质行传》本传)

---

① 陈衍《石遗室诗话》作《中国周秦诸子哲学概论》(卷三十二,第九条,第 459 页)。

赵鸣珂:《采莲曲》、《绥安存雅诗集》(民国《建宁县志》卷十七《质行传》本传)

艾景槐:《半山堂诗稿》(民国《建宁县志》卷十七《质行传》本传)

陈民瞻:《种痘秘要》(民国《建宁县志》卷十八《方技传》本传)

杨玉娘:《湘繁遗草》(民国《建宁县志》卷廿二《闺秀传》本传)

黄骥:《金匮要略还真》(光绪《光泽县志》卷十三《经籍略》)

傅鼎璜:《傅佩苍制艺》(光绪《光泽县志》卷十三《经籍略》)

龚懋:《性理精义辑解》、《诗书易辑解》、《左传旁注》、《历代敕表奏疏评论》、《格言》一卷、《制艺》二卷、《诗稿》一卷(光绪《光泽县志》卷十八《孝友传》本传)

彭显扬:《春秋捷讲》若干卷(光绪《光泽县志》卷二十二《义行传》本传)

周揆源(辑):《樵川四家诗》八卷(咸丰四年刻本)

高氏:《高氏族谱》(光绪《光泽县志》卷十九《忠节传》高孝述传注引)

高腾:《古今文》六卷(《桐城文学渊源考》卷十二作《兰陔室古今文》六卷)、《彀音初集》二卷(光绪《邵武府志》卷二十九《艺文志》、光绪《光泽县志》卷十三《经籍略》题《彀音集》二卷,周凯序又名《彀音诗集》)、《汉学恖闻》二卷(《桐城文学撰述考》卷四作廿卷、三卷两种)(同治刊本《福建通志》卷七十九)、《九皋草堂文》三卷(光绪《光泽县志》卷十七《文苑传》本传)

高搏:《天经或问补数》十卷(光绪《光泽县志》本传。光绪《邵武府志》卷二十九《艺文志》题作《天经或问补数》一卷,光泽《光泽县志》卷十三《经籍略》亦作一卷,家藏本)

高澍然:《李习之(翱)文读》十卷(同治十年抑快轩刻本。同治刊本《福建通志》、光绪《光泽县志》卷十三《经籍略》题作《习之先生文读》十卷)、《诗音》十五卷、《春秋释经》十二卷(《桐城文学撰述考》卷四题《春秋释注》十二卷,陈寿祺《左海文集》卷七《春秋释经序》作四卷)、《论语私记》二卷、《福建历朝宦绩录》四十卷、《闽水纲目》十二卷图一卷、(重纂)《光泽县志》三十卷、《韩文故》十三卷、《抑快轩文集》七十三卷[①](同治刊本《福建通志》卷七十九。高熙晋序上官承祜《寄寓生文集》云七十四卷[②],民国《福建通志·文苑传》本传作七十四卷)、《易述》十二卷、《诗考异》三十卷、《河防三编》各一卷、《悬籀房制艺》十二卷(陈庆元《嘉道间古文家高澍然及其〈抑快轩文集〉九种传世钞本》,载《福州师专学报》1998年第4期)、《古本大学解》二卷、《汉历律志注》二卷(刘声木《桐城文学渊源撰述考》卷十二高澍然条)、《山居闻见录》(光绪《光泽县志》卷二十九《杂录》陈大斌条注引[③])、《古今大学解》、《何氏族谱》、《思存录》、《杭州二院课艺》、《河防编》、《河略》、《高氏支谱》□卷、《吾过录》□卷、《春秋圣证》□卷、《抑快轩文集》甲编□□卷、《抑快轩文集》乙编四十九卷、《抑快轩文集》丙编十六卷、《抑快轩文集》丁编九卷、《抑快轩外集》□卷、《春秋释经》四卷(《桐城文学撰述考》卷四、民国《福建通志·福建艺文志》卷十。民国《福建通志·福建艺文志》卷六十六作《抑快轩文集》乙编四十八卷、丙编十六卷、丁编九卷)、《抑快轩乙丙丁三集》(《桐城文学渊源撰述考·引用书目》)、(刻)《家录》一帙、(重纂、合纂)《(道光)福建通志》一百六十卷(民国《福建通志》总卷三十九,《福建文苑传》卷八本传)、《春秋解》(张际亮《张亨甫文集》卷五《答雨农舍人书》)、《抑快轩文集》三十卷(《福建文献集成初编》第169-171册影印福建省图书馆藏清钞周凯评本)、《抑快轩遗集》一卷(《福建文献集成初编》第171册影印福建省图书馆藏赌

---

① 柯愈春《清人诗文集总目提要》著录《抑快轩文集》七十四卷(即李灵年等《清人别集总目》第1933页著录"《抑快轩文钞》乙编四十九卷丙编十六卷丁编九卷"),光绪间冠悔堂精钞本,复旦大学图书馆藏;亦有著录为七十三卷,则以其子高孝欵补录遗文为一卷,编入乙编,合为七十四卷。又有《抑快轩文集》乙编四十八卷、丙编十三卷、丁编四卷,合六十五卷,底稿本,《贩书偶记》著录;《抑快轩文集》三十卷,同治十年谢章铤写校本,中山大学图书馆藏;《抑快轩集》三十卷,同治间赌棋山庄旧钞本,福建师范大学图书馆藏;《抑快轩文集》二卷,民国三十三年黄曾樾铅印本,国家图书馆藏;《文续集》一卷,黄曾樾编;《抑快轩文钞》二卷,民国三十七年铅印陈宝琛沧海楼选本,中国科学院图书馆藏(第1086页)。

② 光绪《光泽县志》卷十三,《经籍略·寄寓生文集》引高熙晋序,影印第1009页。

③ 按:又据同卷花之变者条中"从子青阳"考订作者姓氏,又据同卷生生数排比所成条记载"嘉庆辛酉乡试余与友何金鱼同得一数","余获举而金鱼死据第二句"(影印第1544页),查嘉庆六年辛酉(1801)福建乡试题名,正是高澍然。

棋山庄钞本)、(何嵩祺辑)《抑快轩遗文稿》(螺江陈氏传钞本,福建省图书馆藏。李灵年等《清人别集总目》第1933页)

高孝敭:《箓园文稿》(光绪《邵武府志》卷二十九《艺文志》)

高南阳:《还珠记》(光绪《邵武府志》卷二十三《义行传》本传)

高熙晋:《自娱斋文集》六卷、《诗集》二卷(光绪《邵武府志》卷二十一本传。光绪《光泽县志》卷十三《经籍略》题《自娱斋诗集》二卷,《自娱斋文集》自序有《自娱斋未定稿》)(光绪《邵武府志》卷二十九《艺文志》、刘声木《桐城文学渊源撰述考》卷十二)

上官瑗:《上官犹石制艺》(光绪《光泽县志》卷十三《经籍略》)

上官承祜:《易象质传》一册、《寄寓生诗文集》、(庚午)《续修县志稿》(光绪《光泽县志》卷十六《儒林传》本传)、《心象图说》(光绪《邵武府志》卷二十九《艺文志》)、《寄寓生文稿》(光绪《光泽县志》卷十三题《寄寓生文集》)、《偶吟草》(光绪《邵武府志》卷二十九《艺文志》)

上官寅志:《蕉轩》(注"杂录诗稿"。光绪《光泽县志》卷十三《经籍略》)、《蕉轩诗稿》、《蕉轩杂录》(光绪《邵武府志》卷二十九《艺文志》)

上官曦:《春秋纪事》若干卷(光绪《邵武府志》卷二十一本传)

上官芬:《诗文集》二卷(光绪《光泽县志》卷十七《文苑传》本传)、《诗经辑要》四卷、《加批书经句解注释》四卷、《四书便读释义》(光绪《光泽县志》卷十三《经籍略》题《四书释义便读》)六卷、《自注诗文集》二卷(光绪《邵武府志》卷二十一《文苑传》本传)

□□□:《甲夜纪闻》(光绪《光泽县志》卷二十九《杂录》官墩上官某妻某氏条注引)

释莔亭:《萧鸣集》一卷(清刻本。柯愈春《清人诗文集总目提要》第361页)

蔡廷兰:《沧溟纪险》□卷、《炎荒纪程》□卷、《越南纪略》□卷、《海南杂著》一卷[①](《桐城文学撰述考》卷三)、(与蒋镛编)《澎湖续编》、《惕园古近体诗》二卷、《骈体文杂著》(施懿琳、廖美玉《台湾古典文学大事年表·明清篇》,第538页)

陈绩:《制义》□卷(《桐城文学撰述考》卷四)

郑超:《制艺》□卷(《桐城文学撰述考》卷四)

邱炜萲(邱炜萲、丘炜萲):《菽园赘谈》、《挥麈拾遗》(《桐城文学渊源撰述考·引用书目》)、《五百石洞天挥麈》(光绪二十五年邱氏粤坦刻本。《桐城文学渊源撰述考·补遗引用书目》)、《丘菽园居士诗集》(《近代中国史资料丛刊续编》本第三十七辑)、《啸红词》(曹辛华《民国词史考论》第509页)、《菽园诗草》(略钞三庚集)一卷(稿本,《贩书偶记》著录)、《红楼梦绝句》一册[②](光绪二十五年刻本,国家图书馆藏)、《啸虹生诗钞》四卷、《诗续钞》三卷(民国六年铅印本,中国社会科学院文学研究所藏)(柯愈春《清人诗文集总目提要》第1695页)、《答粤督书》一卷、《庚寅偶存》一卷、《壬辰冬兴》一卷(光绪二十七年菽园著书本)、《菽园诗集》(排印本,厦门图书馆藏)(李灵年等《清人别集总目》第335页)

伊予先:(刻)《读诗引谚》、《诗经说》、《左传析疑》、(刻)《四书引谚》、《杜诗参》、《宰桂存稿》、《诗文集》(民国《福建通志·福建艺文志》存目卷四十二题《伊予先诗文集》)(同治刊本《福建通志》卷八十)

伊予任:《四书述》、《周易宗解》(同治重刊本《宁化县志》卷四本传)

伊世衡:《五经要略》、《律吕存徵》(同治刊本《福建通志》卷八十)

伊起屿:《对山亭集》(同治刊本《福建通志》卷八十)

伊恒聪:《焚余偶存诗》一卷(民国《福建通志·福建艺文志》存目卷四十二作二卷)(同治刊本《福建通志》卷八十)

伊朝栋:《南窗丛记》八卷、《赐砚斋诗钞》(民国《福建通志·福建列传》卷三十七本传题《赐砚斋

① 柯愈春《清人诗文集总目提要》著录此集,不分卷,道光间刻本,南京图书馆藏(第1377页)。

② 此册书前有《菽园外集》、《红楼梦绝句题词》、《补编》,后附《红楼梦歌》(柯愈春《清人诗文集总目提要》第1695页)。

集》)四卷、《宁阳诗存》三卷(同治刊本《福建通志》卷八十)、《南窗丛书》、《赐砚斋集》(《清儒学案》卷六十六《翠庭学案·伊先生朝栋》)、《云林诗钞》八卷(嘉庆五年刻本,中国社会科学院文学研究所藏)、《赐砚斋诗钞》四卷(嘉庆十二年刻本,国家图书馆藏)(柯愈春《清人诗文集总目提要》第723页)

伊秉绶:《留春草堂诗钞》①七卷(同治刊本《福建通志》卷八十)、《坊表录》、《攻其集》、(修)《齐正论》(民国《福建通志》总卷三十四,《福建列传》卷三十七伊秉绶本传)、《坊表录》、《留春草堂制义》□卷、《默庵集锦》一卷、《广陵图经》□卷(与阮元合撰)、《攻其集》□卷、《修齐正论》(《桐城文学撰述考》卷一)、《春及草堂诗钞》(《桐城文学渊源撰述考·引用书目》)、《留春诗草》(林昌彝《林昌彝诗文集》卷七,《论诗一百又五首》第七十二首注)、《留春草堂集》(《清儒学案》卷六十六《翠庭学案·伊先生朝栋》伊秉绶附)、《水经注碑录》一卷(《福建文献集成初编》第91册影印上海图书馆藏清钞本)、《伊墨卿自书诗册》一卷(民国十七年商务印书馆影印,上海图书馆、南京图书馆藏。李灵年等《清人别集总目》第481页)

伊念曾:《守研斋诗钞》(同治刊本《福建通志》卷八十)

伊舜年:《读史例》(同治刊本《福建通志》卷八十)

伊襄甲:《励隅诗文集》二卷(同治刊本《福建通志》卷八十)

伊名世:《丹洲集》(同治刊本《福建通志》卷八十)

伊长赓:《桃花馆诗》(同治刊本《福建通志》卷八十)

伊元复:《地理集注》、《医学集注》、《焦桐集》(同治刊本《福建通志》卷八十)《读书说》(民国《福建通志》总卷四十,《福建儒行传》卷五,伊元复本传)

伊恒山:《粤游小草》(嘉庆六年刻本,福建省图书馆藏;同治刊本《福建通志》卷八十)

伊玉彬:(辑)《耕道堂诗钞》七卷(民国十一年上海商务印书馆铅印本)

邱应登:《西园集》一卷(同治刊本《福建通志》卷八十。同治重刊本《宁化县志》卷四《艺文总目》、乾隆《汀州府志》卷三十三《文苑》题《西园稿》)

邱琇:《兰雪堂集》(同治刊本《福建通志》卷八十)

王汝楫:《琐言偶录》七卷(同治刊本《福建通志》卷八十)

王世仁:《周易泝洄》六卷、《四书注注》(同治刊本《福建通志》卷八十)

阴龙坤:《大观文集》(同治刊本《福建通志》卷八十)

阴燮理:《宁阳诗钞》、《慎余堂诗文集》(同治刊本《福建通志》卷八十)

阴延昇:《淇园诗集》二卷(同治刊本《福建通志》卷八十)

阴承方:《丧仪述》二卷、《阴静夫遗文》二卷(同治刊本《福建通志》卷八十)、《阴氏族谱》□卷(《桐城文学撰述考》卷一)、《阴静夫遗集》二卷(嘉庆十二年刻本,国家图书馆藏。另有民国十一年、二十四年两种重刻本。柯愈春《清人诗文集总目提要》第580页)

黎栋:《池上集》二卷、《杜诗辑注》(同治刊本《福建通志》卷八十)

黎良德:《漫游草》八卷(同治刊本《福建通志》卷八十)

黎良行:《余杭草》、《游杭草》、《摩云集》(同治刊本《福建通志》卷八十)、《黎生诗》(民国《福建通志》总卷二十五,《福建艺文志》卷六十五。柯愈春《清人诗文集总目提要》第479页题《黎生诗选》不分卷,清花雨楼刻本)

张其恂:《竺隐诗钞》、《箕山文集》十二卷(同治刊本《福建通志》卷八十)

张可定:《兰畹文钞》八卷、《兰畹诗钞》二卷(同治刊本《福建通志》卷八十)

雷鋐:《读书偶记》三卷、《校士偶存》一卷、《自耻录》一卷、《闻见偶录》一卷(《桐城文学撰述考》卷

① 李灵年等《清人别集总目》著录此集,一卷,清钞本;七卷附录一卷,嘉庆十二年刻本、嘉庆十九年刻本、光绪六年补刻本、光绪二十三年刻本、民国二十一年伊立勋铅印本(第481页)。

一作四卷）、《经笥堂集》三十五卷、《翠庭诗集》（民国《福建通志·福建艺文志》存目卷四十二作《翠亭诗集》）（《桐城派编年》第203-204页）、《经笥堂文钞》二卷、《励志杂录》一卷、《雷氏族谱》□卷、《翠庭诗集》□卷、杂著五种、《闻见偶录》四卷（《桐城派编年》第203页）、《校士偶存》（民国《福建通志》总卷三十四，《福建列传》卷三十六，雷鋐本传）、《经笥堂文钞》二卷（嘉庆十六年刻本，国家图书馆等处藏。李灵年等《清人别集总目》第2314-2315页、卢前《八股文小史》、《清儒学案》卷六十六《翠庭学案·雷先生鋐》）

邱世琮：《天山草堂集》（同治刊本《福建通志》卷八十。柯愈春《清人诗文集总目提要》第446页作五卷）

邱鸣岐（邱世琮族人）：《邱鸣岐古文集》（同治刊本《福建通志》卷八十）

谢崧：《西园诗集》（同治刊本《福建通志》卷八十）

刘志南：《云庄诗钞》（同治刊本《福建通志》卷八十）

巫国维：《馥余诗集》不分卷（道光元年刻本，中国社会科学院文学研究所藏）

巫近汉：《西铭口义》、《待质文集》（乾隆《汀州府志》卷三十本传题《待质集》）、《何庐诗稿》（乾隆《汀州府志》卷三十本传题《甸庐诗稿》若干卷）、《巫进士古文》（民国《福建通志》总卷二十五，《福建艺文志》卷六十五。柯愈春《清人诗文集总目提要》第469页作一卷）

巫近斗：《勉庐集》十卷、《长恨集》、《骚余集》（后两种，同治重刊本《宁化县志》卷四《艺文总目》、同治刻本《汀州府志》卷三十三《文苑》著录题《长恨草》、《骚余草》）（同治刊本《福建通志》卷八十）

巫国匡：《漱园诗草》一卷（同治刊本《福建通志》卷八十）

巫天嵋：《五经要略》、《渔沧庙志》、《香远堂集》、《哀哀吟》、《孺慕藏稿》（同治刊本《福建通志》卷八十）

张腾蛟：《山海精良》二十卷、《张孟词遗集》一卷（同治刊本《福建通志》卷八十）、（伊秉绶辑刻）《思庭应试文》（梁章钜《张孟词贡士传略》）

吴世膺：《鳌江清啸集》三卷（同治刊本《福建通志》卷八十）

吴正兰：《续东征集》（同治刊本《福建通志》卷八十）

刘文谦：《受庐诗稿》（同治刊本《福建通志》卷八十）

刘文谋：《墨庄季子古文集》（同治刊本《福建通志》卷八十）

雷在琼：《春岩诗草》一卷（同治刊本《福建通志》卷八十）

雷士鸣：《梅庄广录》、《仙兰偶笔》、《名言笔记》、《奎瀛阁藏帖》、《澹宁斋墨迹》、《蓉塘汇钞》（同治刊本《福建通志》卷八十）

伍朝铁：《笔花斋集》（同治刊本《福建通志》卷八十）

伍翥：《欧寮署中草》（同治刊本《福建通志》卷八十）

伍宁之：《文园集》（同治刊本《福建通志》卷八十）

伍拔：《啸楼草》（同治刊本《福建通志》卷八十）

伍嘉谋：《忙闲草》二卷（同治刊本《福建通志》卷八十）

余秦杲：《余春圃集》一卷（民国《明溪县志》卷十三《艺文志》题《春圃集》）

余秦柏：《余坦庵集》一卷（民国《明溪县志》卷十三《艺文志》题《坦庵集》）

李炯：《中庸正义》、《史论》（民国《连城县志》卷二十《艺文志》）

李梦箕：《四书训蒙》、《稳卧轩诗文集》（同治刊本《福建通志》卷八十）、《稳卧轩集》（王钟翰《清史列传·儒生传上》，第5323页）、《稳卧山房文集》（民国《连城县志》卷二十《艺文志》、卷二十五本传）

李图南：《简庵诗文集》（同治刊本《福建通志》卷八十）、《留村礼意》数卷、《清时新语》一卷（民国《连城县志》卷二十一本传）

卢化：《乐耕堂遗稿》（同治刊本《福建通志》卷八十）

卢铨（卢华之孙）：《省非诗文集》（同治刊本《福建通志》卷八十）

李镐:《诗柄汇记》、《庄子解蒙》(同治刊本《福建通志》卷八十)、《四书体注订补》、《日勖记》、《实字说》(民国《明溪县志》卷十三《艺文志》)

傅绍珽:《读檀弓》一卷(同治刊本《福建通志》卷七十九)

罗钦谅:《中贞集》(乾隆《汀州府志》卷三十三《文苑》、同治重刊本《宁化县志》卷四《艺文总目》)

王敦临:《惷窝集》(乾隆《汀州府志》卷二十三《选举志》名下注)

罗絃[①]:《卫道编》(民国《长汀县志》卷二十四《儒林传》本传作《卫道篇》)、《紫阳学统》(乾隆《汀州府志》卷三十三《文苑》)

梁氏:《杭川乡约》(乾隆《汀州府志》卷三十九《艺文序》黎士弘《杭川乡约序》)

李世熊、黎有纲:《剑华合刻》(乾隆《汀州府志》卷三十九《艺文序》曾曰瑛《剑华合刻序》,系黎有纲《北楼留稿》和李世熊《抗谈斋制艺》合刻[②])

黎有纲:《篁啸斋诗》、《北楼文稿》(乾隆《汀州府志》卷三十一本传)、《黎子遗编》(李世熊《黎子遗编序》)、《定郡檄略》(黎士弘《黎振三先生传》)

黎士弘(黎士宏):《理信存稿》四卷(民国《福建通志·福建艺文志》存目卷二十四作三卷,民国《长汀县志》卷二十二《艺文志》疑作二卷)、西陲闻见歌》、《仁恕斋笔记》(乾隆《汀州府志》卷三十三《文苑》题《仁恕堂笔记》一卷,光绪《托素斋诗文集》附,又《昭代丛书》本。王水香《清代汀州客家诗歌研究》第13页作三卷,民国《长汀县志》卷二十二《艺文志》作四卷)、《托素斋集》十卷(乾隆《汀州府志》卷三十三《文苑》题《托素斋诗文集》)、《托素斋文集》六卷(王水香《清代汀州客家诗歌研究》作十卷)、《诗集》三卷(民国《长汀县志》卷二十二《艺文志》作四卷)(民国《福建通志》总卷三十四,《福建列传》卷三十三本传,第十四页)、《托素斋诗集》[③]四卷(康熙间刻本、道光二十五年长汀黎氏刻本)、《托素斋诗文》(郭柏苍《竹间十日话》卷一)、《诗经手抄》(乾隆《汀州府志》卷三十九《艺文序》黎士弘《诗经手抄序》)、《礼记手抄》(乾隆《汀州府志》卷三十九《艺文序》黎士弘《礼记手抄序》)、《托素斋文集》六卷附行述一卷(雍正二年刻乾隆重修本,泉州市图书馆藏)、《托素斋诗集》四卷(雍正二年刻乾隆重修本,泉州市图书馆藏)

黎士毅:《宝穑堂诗集》(同治刊本《福建通志》卷八十)

黎基远:《春秋定旨》(民国《长汀县志》卷二十二《艺文志》)

黎承忠(流寓开封府):《葵园诗草》四卷(民国十九年铅印本,首都图书馆藏。柯愈春《清人诗文集总目提要》第1857页)

施万春:《罶山草堂(诗文)》若干卷(民国《平潭县志》卷二十七本传)

林琪树:《凤社奚囊集》(民国《平潭县志》卷二十七本传)

任柱鳌:《榕石山房文集》若干卷(民国《平潭县志》卷二十七《文苑传》)

施天章:《抉云楼诗赋论记杂体》、(辑)《平潭名胜纪》、(辑)《(平潭)人物志》(民国《平潭县志》卷二十七《文苑传》)

林钟华:《诗经类典》四卷、《尚书类典》四卷(民国《平潭县志》卷二十七《文苑传》)

陈亮畴:《四书定旨》(乾隆《福清县志》卷九《(国朝)岁贡》)

郭文祥:《玉融人物志》、《名胜纪》、《福清县志》、《福唐风雅》(同治刊本《福建通志》、乾隆《福清县志》卷十四《文苑传》本传)

施起元:《荔帷楼诗文集》十卷、《梅笺》、《陶苏合咏》(同治刊本《福建通志》卷六十九)、《福清县志

---

① 按:民国《长汀县志》卷二十二《艺文志》考辨云:"旧志《典籍》絃误作鉉,今从府志及旧传。"(原第九页,影印第519页)

② 民国《长汀县志》卷二十二,《艺文志》,原第六页,影印第518页。

③ 李灵年等《清人别集总目》著录《托素斋诗集》六种:《托素斋诗集》一卷本,顺治十五年刊本,江西省图书馆藏;《托素斋诗集三刻》不分卷,康熙刻本,南京图书馆藏;《托素斋文集》一刻一卷二刻一卷诗集一刻一卷二刻一卷三刻一卷,康熙九年至二十八年黎氏仁恕堂家刻本,安徽师范大学图书馆藏;《托素斋诗文集》十七卷,顺治十五年刻本,中国社会科学院文学研究所藏;《托素斋文集》六卷《诗集》四卷,雍正二年黎致远等合刻本,福建省图书馆等处藏(第2392页)。

纪略》(同治刊本《福建通志·经籍志·〈玉融古史〉》注)

薛鎔:《南窗草存》六卷[①](康熙二十一年刻本,福建省图书馆、福建师范大学图书馆藏)、《南窗草又存》十卷、《存存草》十卷、《草腴》二卷、《筠阳学诗集》(乾隆《福清县志》卷十四《文苑传》本传题《筠阳诗集》)二卷、《箨书》十卷、《礼记微解》十卷、《先儒语录抄》十卷(同治刊本《福建通志》)

薛敬孟:《击铁集》十卷(同治刊本《福建通志》。中国科学院图书馆藏)

王大经:《论语集注》、(辑)《冶南文钞》(民国《福建通志》总卷三十九,《福建文苑传》卷八本传)、《东冶国朝文编》三十五卷(《福建文献集成初编》第192-195册影印上海图书馆藏稿本)

郑振图:《观澜堂诗钞》十三卷[②](民国《福建通志》总卷三十九《福建文苑传》卷八本传。民国《福建通志·福建艺文志》卷六十五作十一卷,作者郭振图,误)、《观澜堂稿》(陈衍《石遗室诗话》卷二十一,第十三条,注)、《荔枝香》传奇

叶梦苓:《秋江集笺注》、《余文稿》、《吟草》、《异文汇纪》、《诗话》、《解颐》(民国《福建通志》总卷三十九,《福建文苑传》卷八本传)

江远青:《丛桂轩诗》、(同修)《建阳县志》(民国《福建通志》总卷三十九,《福建文苑传》卷八徐经传附)

江远涵:《建阳诗钞》(民国《福建通志》总卷三十九,《福建文苑传》卷八徐经传附)

李景先:《史记集评》四卷、《赚斋载笔》八卷(民国《福建通志》总卷三十九,《福建文苑传》卷九本传)

黄梓:《杂文》一卷、词一卷、诗若干卷(民国《福建通志》总卷三十九,《福建文苑传》卷九本传)

高镛:《剑浦诗稿》(民国《南平县志》卷十二《艺文志》作《剑浦诗篇》)、《紫云山人诗钞》二卷(民国《福建通志》总卷三十九,《福建文苑传》卷九本传)

卓鸿中:《读选劄记》二卷、《选腴》一卷(民国《福建通志》总卷三十九,《福建文苑传》卷九本传)

侯官陈念祖:《爱吾庐诗》(民国《福建通志》总卷三十九,《福建文苑传》卷九本传)

陈祖新:《说文图谱》、《味学楼集》若干卷(民国《福建通志》总卷三十九,《福建文苑传》卷九本传)

陈钟庆:《古韵玉连环集》(民国《福建通志》总卷三十九,《福建文苑传》卷九本传)

陈梧庆:《茗香馆吟草》六卷(民国《福建通志》总卷三十九,《福建文苑传》卷九本传)

陈箓:《止室笔记》一卷(商务印书馆1917年版。附录《恰克图议约日记》一卷、《奉使库伦日记》三卷)、《蒙古逸史》一卷、《法文文牍程式》一卷(朱羲胄《林氏弟子表第5页》)、《蒙事随笔》、《法语陟遐》、《欧美留学相谱》

汤学尹:《理禾谳略》(《国朝全闽诗录初集》续集卷一引《兰陔诗话》)

涂正英:《慎余斋文集》(郭钱龄《慎余斋文集序》、吴国柱《溪北村涂庆澜与涂氏故居》)

涂庆澜:《使黔日记》、《浙游日记》、《莆阳文辑诗辑》、《荔隐山房集》[③](于英丽以为即《荔隐山房全集》,系丛书名;十六卷,家刻本)(民国《福建通志》总卷三十九,《福建文苑传》卷九本传)、《莆阳文辑》五卷(光绪二十五年刻本。民国《福建通志》总卷二十五,《福建艺文志》卷七十一;民国《莆田县志》卷二十三《艺文志》作《莆阳文集》五卷)、《史稿》二十册(民国《莆田县志》卷二十二《艺文志》)、《莆阳文辑国朝莆阳诗辑》(福建人民出版社2009年版)、《荔隐居纪遗》(民国《莆田县志》卷二十三《艺文志》著录林黉《愧庭遗诗》、翁霈霖《漱芳居草》注)、《国朝莆阳诗辑》四卷(光绪二十七至三十年刻本)、《国史昭忠列传》、《大臣传》二十卷、《莆阳文辑》十卷、《荔隐山房集》五卷、《卫生集语》一卷(民国《莆田县志》卷二十九《文苑传》本传)、《荔隐山房诗草》六卷、《(荔隐山房)进奉文》、《荔隐居日记偶存》(即《使浙日记》)、《荔隐居楹联偶存》、《荔隐居卫生集语》、《荔隐山房文略》、《国朝耆老录》[李秉乾《福建文献书目(增订本)》、吴国柱《溪北村涂庆澜故居与涂氏祠堂》]、《清莆阳文辑》五卷(家刻本)、《清莆阳诗辑》四

① 柯愈春《清人诗文集总目提要》引《明代千遗民诗咏初编》称此集二十六卷,福建省图书馆藏六卷(第144页)。

② 柯愈春《清人诗文集总目提要》著录此集,嘉庆十八年刻本,中山图书馆藏(第956页)。

③ 柯愈春《清人诗文集总目提要》著录此集,十二卷,光绪三十一年至三十三年刻本,中国科学院图书馆藏。分《荔隐居日记偶存》三卷、《卫生集语》三卷、《荔香山房诗草》三卷、《文略》一卷、《进奉文》一卷、《楹联偶存》一卷(第1717页)。

卷（家刻本）

涂元渠：《垦殖的歌》（台湾大新出版社 1947 年版）、《枫野集》、《枫野印存》一卷、《竹屋诗词》、《高适岑参诗选注》（吴国柱《溪北村涂庆澜与涂氏故居》）

涂石：《源头与土壤》、《读书的艺术》、《民间故事搜集整理常识》、《神话、民俗与文学》、《十大传说》、《民间文学》、《画家的传说》、《中国婚床》（吴国柱《溪北村涂庆澜与涂氏故居》）

涂元晞：《台湾来客风雨录》（香港东亚文化出版社 2008 年版）、（合著）《英语语言点选解》、（合著）《英语常见疑难选解》（吴国柱《溪北村涂庆澜与涂氏故居》）

涂元厦、涂雨、涂传昌、涂元尧等：《莆田常太莒溪东埔涂氏族谱（新编修改稿）》

吴登华：《怀古集》（民国《福建通志》总卷三十九，《福建文苑传》卷九宁之藩传附）

陈应魁：《三礼述存》、《读左会心》、《四书管见》、《经济大略》、《戆窝策存》、《礼记质疑》、《三传考异》、《香草斋诗注》（民国《福建通志》总卷三十九，《福建文苑传》卷九本传）

何桂林：《日纂类编》六十八卷（民国《福建通志》总卷三十九，《福建文苑传》卷九陈应魁传附）

南平黄俊苑：《止斋遗书》（民国《福建通志》总卷三十九，《福建文苑传》卷九刘存仁传。民国《福建通志》总卷四十，《福建儒行传》卷五黄俊苑传作十六卷）

黄钟泽：《说文繁辞正误》、《续方言》、《续释名》（民国《福建通志》总卷三十九，《福建文苑传》卷九本传）、《盍孟晋齐遗稿》一卷（民国《霞浦县志》卷二十五《艺文志》）

郑天爵：《水聋山馆（诗集）》、《蔓草斋诗集》（民国《福建通志》总卷三十九，《福建文苑传》卷八本传）、《兰石堂诗集》（民国《建瓯县志》卷三十三本传）、《蔓草集》[①]（谢章铤《赌棋山庄集》文集卷四《记客中所得近人诗文集》记郑天爵条）

廖英、程德楷：（纂）《晋江县志》（民国《福建通志》总卷三十九，《福建文苑传》卷八本传）

赵轩波：《战国通考》十六卷、《结古斋诗文集》四卷、《犀照杂志》二卷（民国《福建通志》总卷三十九，《福建文苑传》卷八本传）

赵氏：《赵氏家乘》（民国《福建通志》总卷三十九，《福建文苑传》卷八赵轩波本传注引）

虞立中：《西山诗钞》（民国《福建通志》总卷三十九，《福建文苑传》卷八本传。民国《福建通志·福建艺文志》卷六十六作《虞西山诗钞》）

郑汝霖：《抱阆山庄稿余》一卷（民国《福建通志》总卷三十九，《福建文苑传》卷八本传）

何大玠：《春秋备义》（民国《福建通志》总卷三十九，《福建文苑传》卷八何希九传附）

何希九：《安平纪略》二卷（民国《福建通志》总卷三十九，《福建文苑传》卷八本传）

黄观海：《诏安县志》（民国《福建通志》总卷三十九，《福建文苑传》卷八本传）

王永龄（王锡聆）：《周易十家集解》、《备闲斋录》、《水源木本录》、《先忧录》、《诗文集》若干卷（民国《福建通志》总卷三十九，《福建文苑传》卷八本传）

李威：《诗古文词》若干卷、《说文解字定本》十五卷、《岭云轩琐记》二十一卷（民国《福建通志·福建艺文志》卷五十谓别本四十一卷）（民国《福建通志》总卷三十九，《福建文苑传》卷八本传）

范民誉：《诗经说》、《格言纂要》、《实溪诗集》（同治刊本《福建通志》卷八十一）、《课儿诗经说》（民国《福建通志》总卷三十九，《福建文苑传》卷八本传）

刘芳：《狼山志》（民国《福建通志》总卷三十九，《福建文苑传》卷八本传）

江怀廷：《道腴室遗稿》二卷（光绪二十一年重刻本，四川省图书馆藏；民国十六年刻本，首都图书馆藏。柯愈春《清人诗文集总目提要》第 1543 页）

江瀚：《慎所立斋文集》四卷（民国十三年《长汀江先生著书》本）、《吴门消夏记》（《慎所立斋文集》卷二《吴门消夏记序》，《郑孝胥日记》第 648 页作《吴门销夏记》）、《慎所立斋诗集》十卷（民国《长汀县

① 柯愈春《清人诗文集总目提要》著录此集，四卷，同治四年刻本，建瓯图书馆藏（第 1414 页）。

志》卷二十二《艺文志》、尚小明《清代士人游幕表》第 273 页)、《慎所立斋稿》、《北游》、《东游》(《近代诗钞》中册第 1450 页)、《孔学发微》三卷、《诗经四家异文考补》、《石翁山房札记》九卷(民国《长汀县志》卷二十二《艺文志》)、《片玉碎金》、《南游纪事诗》一册(陈衍《石遗室诗话续编》卷六,第五十五条)、《北游草》一卷(光绪二十三年刻本,中山大学图书馆藏)、《南游草》一卷(光绪二十五年刻本)、《东游草》一卷(光绪间刻本,南京图书馆藏)、《慎所立斋存稿》四卷(民国间铅印本,北京师范大学图书馆藏)、《江长汀著书》二十七卷(民国四年刻本,中国社会科学院文学研究所藏)、《慎所立斋全集》不分卷(原稿五种,北京大学图书馆藏)(柯愈春《清人诗文集总目提要》第 1844 页)、《北游草》一卷(光绪二十九年刻本,南京图书馆藏)、《南行纪行诗》(民国二十二年铅印本,国家图书馆藏)、《慎所立斋诗集》十卷文集四卷(民国十三年《长汀江先生著书》本)(李灵年等《清人别集总目》第 566 页)

江庸:《南游杂诗》一卷(民国十六年石印本,首都图书馆藏)、《蜀游草》一卷(民国三十三年铅印本,四川省图书馆藏)(柯愈春《清人诗文集总目提要》第 2009 页)、《台湾半月记》(1929)、《趋庭随笔》(朝阳学院出版部 1934 年版)、《蜀游草》(重庆大东书局 1946 年版)、《澹荡阁诗集》、《汗漫及》、《攻错记》、《旋沪集》、《入蜀集》(均 1957 年版)、《江庸诗选》(中央文献出版社 2001 年版)、《梁启超致江庸书札》(天津古籍出版社 2005 年版)、《江庸自传》(《文史集萃》1984 年第 4 辑)、《江庸法学文集》(法律出版社 2014 年版)、《刑法理由书》(《福建省文史研究馆志》)

辜鸿铭:《张文襄幕府纪闻》二卷(宣统二年铅印本。署汉滨读易者)、《春秋大义》、《读易草堂文集》二卷(民国十一年铅印本,首都图书馆藏。柯愈春《清人诗文集总目提要》第 1885 页)、《中国牛津运动故事》及译作若干(陈笃彬、苏黎明《泉州古代著述》,第 324-325 页)、《中国学》(1883 年)、《西洋礼制考略》、《西洋官制考略》、《西洋议院考略》、英译《论语》(题《孔子的讲学与格言:一部引用歌德和其他西方学者的言论参证注释的特别译文》,1898 年)、《尊王篇释疑解祸论》、(编辑)《蒙养弦歌》、《尊王篇——一个中国人对义和团运动和欧洲文明的看法》(直译《总督衙门来书》,1901 年)、英译《中庸》(1904 年)、(中英文)《痴汉骑马歌》(上海商务印书馆,1905—1910 年间某年出版)、(英译)《中庸》(The Uinversal Order, or Conduct of Life,1906)、《清流传》(英文名《中国牛津运动故事》,1910 年)、《为中国反对欧洲观念而辩护:批判论文》(1910 年)、《春秋大义》(又名《中国人的精神》,德文名《中华民族的精神和战争的出路》,1915 年)、《义利辨》(1917 年)、(德译)《呐喊》(Vox clamantis,1920 版)、《反对中国文学革命运动》、《辜鸿铭论集》(1941 年)(张继定、徐俐华《八闽文化世家》,第 303-308 页;《辜鸿铭文集》目录)、(黄兴涛等译)《辜鸿铭文集》上下册(海南出版社 1996 年版)、(冯天瑜点校)《辜鸿铭文集》(岳麓书社 1985 年版)

辜振甫:《杂存》、《浮云》、《言论选》等(张继定、徐俐华《八闽文化世家》第 301 页)

林之濬:《续评瀛奎律髓》、《西村诗文集》、《象湖诗集》(同治刊本《福建通志》卷七十三)

陈海梅:《丁戊山房诗集》、《喷饭集》、《琼折集》

陈培锟:《闽文偶录》(一作《福建古文汇钞》)、《闽文辑要》、《岁寒寮诗藏》、《海滨谈屑》(1965 年传抄本)、《视察闽北随笔》(1935 年铅印本)、《甲申抗法战役纪略》(卢美松主编《福建省文史研究馆志》,内部资料,2013 年版)、《闽西十日记》(陈衍《石遗室诗话续编》卷五,第十二条)

刘道铿:《放园吟草》(1959 年油印本)

刘以芬:《民国政史拾遗》(民国史料笔记丛刻本,上海书店出版社 1998 年版)

林绍年:《林文直公奏稿》七卷(民国十六年刻本、民国《闽侯县志》卷四七《闽县艺文志》。民国《福建通志·福建艺文志》卷二十二作《林文直奏稿》七卷)

林葆恒:《凤池林氏族谱》六册(民国三十六年铅印本)、《闽词征》六卷(民国十九年刻本)、《讱庵词》、《讱庵诗稿》、《落花诗》(郑逸梅《人物和集藏》,黑龙江人民出版社 1989 年版)、《集宋四家词联》(清写刻本)、《讱庵诗钞》四卷(卢美松《〈闽词钞 闽词征〉出版前言》)、《瀼溪渔唱》一卷(民国二十七年刻本)、《词综补遗》一百卷卷首一卷(上海古籍出版社 2005 年版)、《补国朝词综补》(国家图书馆藏

1943年稿本)、(编)《讱庵藏词目录》(民国二十七年抄本,郑振铎藏)

林葆忻:《中隐斋诗稿》一册(福州中华印书局1947年铅印本,国家图书馆藏)

林植夫(林葆骙):《林植夫自述》(《福建文史资料》第19辑,内部资料,1988年版)、(译)《林学浅说》、《林业大意》、《马尔萨斯人口论》等

吴征鳌:(主纂)《临桂县志》(光绪三十一年刻本,广西人民出版社2013年版)

刘秀明:《蕙华镜影词》(《闽词征》卷六,《闽词钞 闽词征》,福建人民出版社2014年版)

黄幼藻:《柳絮编》(《闽词征》卷六,《闽词钞 闽词征》,福建人民出版社2014年版)

王虞凤:《弄玉词》(《闽词征》卷六,《闽词钞 闽词征》,福建人民出版社2014年版)

谢元淮:《碎金词》(《闽词征》卷四,《闽词钞 闽词征》,福建人民出版社2014年版)

曾庭龙:《莞石遗诗》一卷(《福州曾氏十二世诗略》本)

曾灿垣:《即庵诗》四卷(郭柏苍《葭柎草堂集》卷上《清宁夏道按察司副使曾公二改传》文中自主注作《即庵诗存》四卷)、《游草》一卷(道光二十二年刻本、福州曾氏十二世诗略本)、《即庵诗》七卷(《曾氏家学》本)、《即庵诗稿》八卷、《游草》二卷、《即庵诗存》四卷(道光二十六年曾元澄刻本。柯愈春《清人诗文集总目提要》第85页)

曾祖训:《拟庵遗诗》一卷(福州曾氏十二世诗略本)、《樗散子浪吟》十六卷(柯愈春《清人诗文集总目提要》第186页)

曾应铨:《焚余草》(同治刊本《福建通志》卷六十八、民国《闽侯县志》卷四八《侯官艺文志》)、《訒庵遗诗》一卷(《曾氏家学》本)

曾大升:《大易启蒙》、《四书集解》、《依隐堂诗文集》(同治刊本《福建通志》卷六十八、民国《闽侯县志》卷四八《侯官艺文志》、卷六十九本传)、《依隐堂诗》二卷(福州曾氏十二世诗略本)、《依隐堂诗略》一卷(康熙二年刻本,东北师范大学图书馆藏。李灵年等《清人别集总目》第2271页、郭柏苍《葭柎草堂集》卷上《清宁夏道按察司副使曾公二改传》、《国朝全闽诗录初集》卷三本传)、《依隐堂诗》三卷(《曾氏家学》本)

曾从义:《步适堂诗话》(同治刊本《福建通志》卷六十八)、《步适堂诗稿》(《国朝全闽诗录初集》卷十四曾从义条)、《步适堂遗诗》一卷(《曾氏家学》本)

曾思谦:《五梅遗诗》一卷(《曾氏家学》本)

曾大来:《茹园遗诗》一卷(《曾氏家学》本)

曾孙澜:《醒庵遗诗》一卷(福州曾氏十二世诗略本、《曾氏家学》本)

曾新:《又盘遗诗》一卷(《曾氏家学》本)

曾奋春:《纫芳堂遗诗》一卷(《曾氏家学》本)、《纫兰堂诗钞》(同治刊本《福建通志》卷六十八、民国《闽侯县志》卷四八《侯官艺文志》)

曾晖春:《自怡轩文钞》、《自怡轩诗钞》、《居官要言》(方芳《清代硃卷集成研究》第59页)、《自怡轩诗》二卷(《曾氏家学》本)、《自怡轩诗存》(《雁门萨氏家谱》卷六《哀荣录下》所录《哭萨廷翘弟》诗题下注)

曾道贯(曾绍南[①]):《唯堂遗诗》一卷(《曾氏家学》本)

曾元基:《芗屏遗诗》一卷(《曾氏家学》本)、《消寒诗钞》不分卷(道光十五年刻本。广东中山图书馆藏。柯愈春《清人诗文集总目提要》第1372页)

曾元炳:《蔚岩遗诗》一卷(《曾氏家学》本)

曾元海:《击钵集》、《使黔草》、《不能诗斋遗草》(民国《闽侯县志》卷六十八本传)、《击钵吟偶存》(道光十一年刻本。又民国间刻本,十册,含《击钵吟偶存》、二集、三集、四集、五集、六集)、(合作)《红楼梦戏咏》(民国间刻本)、《少坡遗诗》一卷(《曾氏家学》本)、《击钵集》十八卷(道光二十五年刻本,华

① 柯愈春《清人诗文集总目提要》:"《唯堂遗诗》一卷,曾绍南撰。绍南字唯堂。"(第1134页)

东师范大学图书馆藏。柯愈春《清人诗文集总目提要》第1392页）

曾元燮：《梅岩遗诗》一卷（《曾氏家学》本）

曾元澄：《养拙斋诗存》[1]（民国《闽侯县志》卷六十八曾元海传附。《曾氏家学》本一题《养拙斋诗》六卷，《清代硃卷集成》第六〇册曾福谦履历又作《养拙斋诗草》）

曾兆鳌：（选）《玉屏课艺》（光绪七年刻本）、《晓沧遗诗》一卷（《曾氏家学》本）

曾兆霖：《咬菜根斋诗草》（《清代硃卷集成》第六〇册，进士曾福谦履历，影印第213页）、《咬菜根斋诗》四卷（《曾氏家学》本）、《咬菜根斋诗钞》十卷（稿本，四川省图书馆。柯愈春《清人诗文集总目提要》第1329页）

曾兆鍠：《于乐遗诗》一卷（《曾氏家学》本）

曾兆熊：《于嘉遗诗》一卷（《曾氏家学》本）

曾兆桢：《于干遗诗》一卷（《曾氏家学》本）

曾兆锟：《于冶遗诗》一卷（《曾氏家学》本）

曾锵鸣：《于荃遗诗》一卷（《曾氏家学》本）

曾淞：《纫茶遗诗》一卷、《纫茶词》一卷（《曾氏家学》本）

曾宗彦：《曾宗彦会试硃卷》（光绪九年刻本）、《尊酒草堂诗》二卷（《曾氏家学》本）

曾宗昭：《肖乐遗诗》一卷（《曾氏家学》本）

曾宗诚：《蔚孙遗诗》一卷（《曾氏家学》本）

曾尔鸿：《用逵遗诗》一卷（《曾氏家学》本、民国二十五年刻曾福谦《梅月龛诗》附）

曾尔瀚：《浩亭遗诗》一卷（《曾氏家学》本）

曾毓隽：《云沛诗》一卷（《曾氏家学》本）

曾毓馨：《黍香遗诗》一卷（《曾氏家学》本）

曾彭龄：《绯生遗诗》一卷（《曾氏家学》本）

曾福谦：《梅花龛词草》一卷、《梅花龛诗》八卷《词》一卷附《行述》一卷《用逵遗诗》一卷（民国二十五年铅印本、民国三十三年曾克耑《鄂里曾氏十一世诗》本）、《慕杨堂文钞》四卷（民国《福建通志》总卷三十六，《福建循吏传》卷十三，曾福谦本传）、《梅月龛诗》十卷、《梅月龛词》一卷（《曾氏家学》本）、《光绪丙戌科会试朱卷》不分卷（光绪十二年刻本，南京图书馆藏。李灵年等《清人别集总目》第2283页）

曾克耑：《颂橘庐诗存》十六卷（民国诗集丛刻本）、《颂橘庐丛稿》七十三卷（福建省图书馆藏）、《福州曾氏十二世诗略本》（香港）、《曾氏家学》（1959年香港曾氏排印本）、《涵负楼诗》八卷（民国二十五年刻本）、《颂橘庐诗文存》二十八卷（民国三十六年刻本，山西省图书馆等处藏）、（编）《通州范氏十二世诗》、《梅宛陵诗评注》、《近代海内两大诗世家》、《颂橘庐文存》、《曾氏学训》、《曾氏学乘三书》

曾念圣：《抱天楼诗》一卷、《竹外词》一卷（1959年曾克耑《曾氏家学》本）、《桃叶词》（1935年《广箧中词》本；《闽词征》卷六，《闽词钞 闽词征》，福建人民出版社2014年版）、《桃叶词别集》一卷（1960年铅印本，《民国词集丛刊》本）、《抱天阁集》（曹辛华《民国词史考论》第423页）

黄堪：《岱心集》、《姬山集》、《岱游草》一卷、《江淮草》一卷、《楚泽》一卷、《孤怀》一卷（同治刊本《福建通志》卷六十九）、《西江日谱》二卷（清刻本）、《岱心草》不分卷一册（钞本）（柯愈春《清人诗文集总目提要》第201页）

黄琠：《诗集》（《清代硃卷集成》第三三六册，黄斌履历，影印第366页）

黄任：（修）《鼓山志》十四卷（乾隆二十六年年刻本）、《消夏录》二卷（稿本，中国科学院图书馆藏，四册一函）、《十研轩诗集》、《秋江集》六卷（《四库全书总目》卷一百八十四、民国《福建通志·福建艺文

[1] 柯愈春《清人诗文集总目提要》著录《养拙斋诗存》八卷，《外集》二卷，民国十三年铅印本，国家图书馆藏；别本《养拙斋诗》四卷，《鄂曾氏里十一世诗》本，民国三十三年刻本，国家图书馆藏（第1434页）。

志》卷六十四作《秋江诗集》六卷，四库全书存目丛书集部第262册影吉林大学图书馆藏乾隆刻本；又乾隆二十一年刻本)、《香草斋集》六卷、《香草斋诗话》四卷、(与郭赓武同纂)《泉州府志》七十六卷、(与黄任同纂)《乾隆永春州志》三十五卷(同治刊本《福建通志》卷六十九)、《秋江集注》六卷(长乐王元麟注，王有树跋。道光二十三年刻本)、《香草斋诗注》六卷(陈应魁注，嘉庆十九年永阳戆窝刻本。一题《香草斋诗偶注抄》抄本一册，福建省图书馆藏)、《香草笺》一卷(乾隆三十一年刻本、五十九年沈大成序刻本、宣统二年铅印本、光绪十四年石印本)、《香草笺偶注》三卷(寄闻轩主人注，嘉庆十三年刻本、民国三年铅印本、民国十年石印本)、《十研老人香草笺诗注》四卷附《绮窗余事》一卷(云窗主人注，嘉庆十四年宝章堂刻本;《福建地方文献及闽人著述综录》)、(预修)《福州府志》七十六卷(张天禄《清代福州方志的繁盛》)、《消夏录集》、《秋江后集》、《香草斋集》、《香草笺》(民国《福建通志》总卷三十九，《福建文苑传(清一)》卷七本传)、《销夏录》二卷(民国《福建通志》总卷二十五，《福建艺文志》存目卷三十五)、《黄任集》(方志出版社2011年版，陈名实、黄曦点校。含《秋江集》、《香草笺》、《消夏录》三种，附其女黄淑窕《墨庵楼试草》、黄淑畹《绮窗余事》一卷、侄黄惠《余事斋诗文集》、黄虞世《冻井山房诗钞》四种)、(预修)《惠献贝子功绩录》六卷(乾隆六年刻本)、《香草斋诗集》六卷、(预修)《泉州府志》七十六卷、《香草斋文集》(《黄任年表》)、(叶梦苓注)《香草斋诗注》不分卷(《清人诗文集总目提要》,《黄任集·黄任年表》第593页)、《香草斋诗钞》六卷(乾隆二十三年刻本)、《香草笺》不分卷、《香草斋诗钞》六卷(乾隆二十三年桑调元刻本，南京图书馆等处藏)、《香草斋诗钞》二卷(陈应魁注，日本花木鸿辑，日本江户花木鸿写本，日本国会图书馆藏)、《黄莘田绝句》六卷(日本昭和十年刊本，日本名古屋蓬左文库藏)(李灵年等《清人别集总目》第1990-1991页)、《香草笺》一集二卷(陈衍《石遗室诗话》卷二十六，第一条，第351页)

黄淑窕:《墨庵楼试草》一卷(福建师范大学图书馆藏郑丽生春檗斋抄本。黄惠《墨庵楼试草序》、《黄任年表》)

黄淑畹:《绮窗余事》一卷(一名《香草笺外集》，附嘉庆十四年宝章堂刻《十研老人香草笺诗注》本，又厦门新民书社1930年印本)

黄惠:(参纂)《(乾隆)汀州府志》(李绂《重纂汀州府志序》)、《余事斋文稿》(谢其铨《丁戊山小志》，民国《福建通志·福建艺文志》卷六十五作二卷)、《余事斋诗文集》、(分纂)《福建通志》、(分纂)《福州府志》(卢美松《松轩话史》第24页)、《乾隆龙溪县志》二十四卷、《余事斋文集》、(与黄任)《乾隆永春州志》三十五卷(同治刊本《福建通志》卷六十九)、《余事斋诗稿》(《国朝全闽诗录初集》卷十六黄惠条，李灵年等《清人别集总目》第1997页作二卷，道光二十六年刻本，福建省图书馆藏)、《余事斋文稿》二卷(道光二十六年刻本，福建省图书馆藏)、《麟峰黄氏家谱》、(同纂)《泉州府志》(《黄任年表》,《黄任集》第587页)、《余事斋诗文稿》四卷(道光二十六年二砚斋刻本)①

黄虞世:《冻井山房诗稿》(同治刊本《福建通志》卷六十九)、《冻井山房诗集》(民国《永泰县志》卷九《文苑志》)、《冻井山房诗钞》一卷(道光刻本，福建省图书馆藏)

黄煜:《旦轩吟草》(同治刊本《福建通志》卷六十九)

黄图南:《率真集》二卷(光绪五年亦砚山房刻本，福建省图书馆藏。李灵年等《清人别集总目》第2021页)

黄经:《瑶鹤山房词草》(《闽词征》卷五)、(黄经、陈遹祺)《双邻词钞》二卷(吴可文《石遗室诗话南社诗龛辨证——兼及咸丰间南社之社集活动》)

黄宗宪:《存斋词》(《闽词征》卷五，《闽词钞 闽词征》，福建人民出版社2014年版)、《呋庵词》(光绪九年《影事词存初稿》本)

黄燊:《梦潭词》(《闽词征》卷五，《闽词钞 闽词征》，福建人民出版社2014年版)

---

① 柯愈春《清人诗文集总目提要》著录此集，题《余事斋稿》四卷，分《余事斋文稿》二卷、《诗稿》二卷(第697页)。

黄敬熙:《书香堂诗稿》一卷(民国《福建通志》总卷二十五,《福建艺文志》卷六十六)

黄展云:(与林白水合编)《高等小学修身刻本》八册(中国图书公司 1908 年初版/1909 年再版)等十余种、(创办)《福建民报》、(创办)《福建新报》等、《营前模范村概况》(1932 年版)、《闽县林白水先生传略》(1933 年铅印本)

陈宗遹:《补眠庵词刻》(《闽县乡土志·耆旧录二学业》,曹辛华《民国词史考论》第 436 页一作《补眠庵词》二卷、《竹窗词》,光绪十六年刻本)、《竹窗词》(《闽词征》卷五,《闽词钞 闽词征》,福建人民出版社 2014 年版)

林天龄:《治安策》三篇(民国《长乐县志·名臣传》本传。一作四篇)、《林锡三先生遗稿》(福建师范大学图书馆藏抄校本)、《林学士遗诗》一卷(民国《福建通志》总卷二十五,《福建艺文志》卷六十六)、《林锡三诗作选》

李景骧:《复斋诗存》(《闽词征》卷六,《闽词钞 闽词征》,福建人民出版社 2014 年版)、《复斋诗稿》(曹辛华《民国词史考论》第 478 页)、《永怀庐诗草》(稿本,中国科学院图书馆藏)、《复斋文存》(民国十七年排印本,福建省图书馆藏)、《复斋诗文存》(排印本,天津师范大学图书馆藏)(李灵年等《清人别集总目》第 823 页)

蒋信:《梦警南词册》(《闽词征》卷六李景骧《浪淘沙》词小序,《闽词钞 闽词征》,福建人民出版社 2014 年版)

方兆鳌(方宗鳌):《晚读轩诗存》(《闽词征》卷六,《闽词钞 闽词征》,福建人民出版社 2014 年版)

高枢:《养志堂吟稿》四卷(民国《长乐县志》卷二十四《循绩传》本传)

高鲁:《相对论原理》(张继定、徐俐华《八闽文化世家》,第 320 页)

高梦旦:(创译)《日本法规大全》、《新字典》、《词源》(张继定、徐俐华《八闽文化世家》,第 322 页)、《泰西格言集》(张先清等《清末福建留日学生状况探讨》)

高联潢(高茶禅):《茶禅遗稿》(1999 年)、《去非盦词稿》(稿本)、《高茶禅治印》(三山诗社 1995 年印本)、《庄脔》、《诗学讲义》等

池汉功:《饮渌词》、《西湖渔唱》(《闽词征》卷六,《闽词钞 闽词征》,福建人民出版社 2014 年版)、《闽词话》(曹辛华《民国词史考论》第 439 页)

何振岱:《觉庐诗草》七卷、《我春室诗集》四卷、《心自在斋诗集》一卷、(编)《寿春社词抄》八卷、(与林师尚、林宗泽、叶心炯、周愈等修)《西湖志》二十四卷(民国《闽侯县志》卷四八《侯官艺文志》、鲍国忠《何振岱及其后人》)、《周易聚明》、《诗经偶记》(梁桂元《闽画史稿》第 265 页)、《姑留稿》(陈衍《近代诗钞》下册,第 1933 页)、《榕南梦影录》二卷、《我春室词集》、《易学录》、《明诗话》、《词话》、《笔记》、《琴瑟合谱》(稿本)、《何振岱集》(福建人民出版社 2009 年版。分为《我春室文集》、《我春室诗集》、《觉庐诗存》、《觉庐诗稿补遗》、《我春室词集》、《何振岱诗稿补遗》,附郑元昭《天香室诗集》、《天香室词集》)、《我春室词集》(1955 年油印本。附《我春室文集》)、《我春室文集》四卷(民国间油印本,首都图书馆藏,附词一卷)、(编)《谢陈二公墨迹合印》一册(民国北平琉璃厂宝晋斋南纸店版行)、《觉庐诗稿》二卷(民国二十七年陈炳昌刻本)、《我春室集》五卷三册[①](油印本。首都图书馆藏)(柯愈春《清人诗文集总目提要》第 2016 页)

郑元昭(郑淑端):《浣兰词》(《闽词征》卷六,《闽词钞 闽词征》,福建人民出版社 2014 年版)、《天香室词集》一卷(民国油印本、《民国词集丛刊》本)、《天香阁诗集》(民国油印本《我春室集》附)

何善铭(何振昆):《蔼亭诗存》一卷(民国《闽侯县志》卷四七《闽县艺文志》;民国《福建通志》总卷

① 柯愈春《清人诗文集总目提要》著录《我春室集》五卷,似乎即首都图书馆藏《我春室文集》四卷附词一卷者,而书名不同。《我春室集》五卷内分文集二卷、诗集一卷、诗补遗(疑即《觉庐诗稿补遗》)一卷、词集一卷,附其妻郑淑端《天香阁诗集》(第 2016-2017 页)。李灵年等《清人别集总目》著录《我春室文集》二卷诗集一卷词集一卷附尺牍,国家图书馆、福建省图书馆藏(第 945 页)。

二十五,《福建艺文志》卷六十六)

何曦:《初日楼词》(《闽词征》卷六,《闽词钞 闽词征》,福建人民出版社2014年版)、《晴赏楼词》(梁桂元《闽画史稿》第287页)、《晴赏楼诗词稿》(浙江文艺出版社2006年版)、《晴赏楼诗》一卷(民国二十四年石印《刘何二女子诗课》本。李灵年等《清人别集总目》第931页)

何维刚:《药圃词》(《闽词征》卷六,《闽词钞 闽词征》,福建人民出版社2014年版)、《春明集》、《竹头集》

何惟深:《静娱楼观画录》、《静娱楼诗集》

陈子范:《陈烈士遗集》五卷(民国六年铅印本,复旦大学图书馆藏。柯愈春《清人诗文集总目提要》第2019页)

郭昭华:《舜玉印存》、《建窑资考》(梁桂元《闽画史稿》第288页)

揭三英:《粤游草》(民国《明溪县志》卷十三《艺文志》)

梁达榜:《荔香楼稿》、《时贤诗话》(民国《明溪县志》卷十三《艺文志》)、《荔芗楼诗钞》四卷(钞本,上海图书馆藏。柯愈春《清人诗文集总目提要》第1124页)

陈汝捷:《水师辑要》二卷(民国《明溪县志》卷十三《艺文志》)、《宦游纪》(同书卷十五《武功传》本传)

陈珙繁、陈琚繁:《镇原县志》(民国《明溪县志》卷十三《艺文志》)

陈琚繁:《镇邑田事论》(同治刊本《福建通志》卷七十九)

赖华钟:《出山小草》、《经史考论》(民国《明溪县志》卷十三《艺文志》)

张英:《枕中草》一卷、《课耕草》一卷(民国《明溪县志》卷十三《艺文志》)

张峨:《半轮秋集》一卷(民国《明溪县志》卷十三《艺文志》)

张克廉:《大乐律吕详解》、《通鉴正宗》(民国《明溪县志》卷十三《艺文志》、卷十四本传)

叶嵩:《蒙庄注》一卷(民国《明溪县志》卷十三《艺文志》)

李家煇:《星斋杂集》(民国《明溪县志》卷十三《艺文志》)

叶仲化:《太素灵问注》一卷(民国《明溪县志》卷十五本传)

翁王瑾:《王氏印谱》(梁桂元《闽画史稿》第119页)

沈彀①(侯官曾颐吉妻,嘉兴人):《画理斋诗稿》一卷(道光二十五年刻本,上海图书馆藏;民国《福建通志》总卷四十五,《福建列女传》卷六,沈彀本传)、《白云洞天诗稿》一卷(道光三十年刻本,国家图书馆藏)(柯愈春《清人诗文集总目提要》第1230页)

柯祺:《耐耐轩诗集》六卷(梁桂元《闽画史稿》第130页)

严仙藜:《碧梧庵集》(更名《野航诗钞》)(梁桂元《闽画史稿》第180页)、《严野航诗》、《碧梧庵诗集》(民国《福建通志》总卷二十五,《福建艺文志》卷六十四)、《野航诗钞》二卷(清代诗文集汇编第265册影印道光十三年刻本)

周经:《梅花吟》(梁桂元《闽画史稿》第225页)

李灿:《珠园集》(梁桂元《闽画史稿》第246页引《武平县志》)

黄葆戉:《青山农书画集》、《蔗香馆印存》(梁桂元《闽画史稿》第293页)、《蔗香馆诗稿》、《暖日庐摹印集》、《青山农一知录》(《福建省文史研究馆志》)

洪亮:《洪硃砃先生梅谱》(1927年出版,梁桂元《闽画史稿》第320页)

洪毅:《痴洪梅谱》(梁桂元《闽画史稿》第320页)

李鹤山:《韬晦集》(梁桂元《闽画史稿》第349页)

黄兰波:《石涛画语录译解》(朝花美术出版社1963年版)、《中国画论思想发展史》(梁桂元《闽画

① 柯愈春《清人诗文集总目提要》著录沈彀著作二种,提要云其父沈光春、母许英、弟沈涛、媳范湘馨均能诗,有所撰著(第1230页)。李灵年等《清人别集总目》按语云《画理斋诗稿》一卷与戴小琼《华影吹笙阁遗稿》合刻,《白云洞天诗稿》题《白云洞天诗》(第1025页)。

史稿》第350页）

马兆麟：《吹剑轩诗集》一卷①（民国二十六年铅印本，国家图书馆藏。柯愈春《清人诗文集总目提要》第1945页）

郑式金：《藏修室文稿》初集、二集、三集（民国二十二年铅印本）、《酒狂吟草》（谢其铨《丁戊山小志》第79页）

许旭：《闽中纪略》（海风出版社2001年版）

林履端：《尚干乡土志》（光绪三十三年铅印本）

佚名：《洪塘小志》（民国十六年刻本）

佚名：《梅花志》五卷（抄本）

佚名：《甲寅遗事》（抄本）

海外山人：《榕城纪闻》（抄本）

释隆琦、释达光：《黄蘗山志》八卷（民国《福建通志》总卷二十五，《福建艺文志》存目卷二十二）

释行玑：《黄蘗寺志》二卷（民国《福建通志》总卷二十五，《福建艺文志》存目卷二十二）

释法纬等：《西禅长庆寺志》六卷（民国《福建通志》总卷二十五，《福建艺文志》存目卷二十二）

释证亮：《西禅小记》（民国三十年刻本）

王紫华：《榕城名胜辑要》三卷（道光七年抄本）

郑怀德：《（越南）嘉定通志》（张天禄《清代福州方志的繁盛》）、《艮斋诗集》三卷（1962年台北刊印南亚研究专刊本，日本东洋文库藏。李灵年等《清人别集总目》第1500页）

丘复：《念庐诗稿》、《念庐文集》（谢其铨《丁戊山小志》第46页）、《愿丰楼杂记》、《杭川别乘》、《南武赘谭》、《冶城游草》（曹辛华《民国词史考论》第509页）、《杭川新风雅集》（民国二十五年潮安集文印，王水香《清代汀州客家诗歌研究》，第28页）、（纂）民国《上杭县志》三十六卷首一卷末一卷（民国二十八年上杭启文书局钤印本）、《念庐诗文集》（民国《长汀县志》卷三十五《杂录》）、（重编印行）（李鲁）《烬余集》、（刘坊）《天潮阁集》六卷等

潘淳：《嵩山集》（谢其铨《丁戊山小志》第47页）

潘氏：《南屿潘氏族谱》（谢其铨《丁戊山小志》第73页）

卓祖茂（卓掞）：《惜青斋偶草》（谢其铨《丁戊山小志》第54页）

林孝曾等：《闽百三十人诗存》（谢其铨《丁戊山小志》第79页）

傅柏翠：《柏翠诗选》（1982年福建逸仙艺苑油印本、卢美松主编《福建省文史研究馆志》，内部资料，2013年版）

翁敬棠：《刑法论》、《公司法释义》、《金案检举汇刊》（《福建省文史研究馆志》）

徐天胎：《福建民国史稿》（福建人民出版社2009年版）、（参编）《汉语大词典》、《福建近代史》、《福建文化史》、《福建租佃制度》、《福建岁时节日考》、《七闽现代古董录》十卷、《七闽现代古董录后编》十卷、《七闽现代闻见录》、《福建现代地方史》三卷、《福建近代地方史稿》三卷、《近现代福建大事年表》、《福建上中古地方史》三卷、《关于闽都别记》、《福建岁时习俗》、《福建神道迷信》、《明代福建倭患》、《鼓山怡山藏佛逸书录》等（《福建省文史研究馆志》）

王铁藩：《福建清代科举人名录》（福建人民出版社2011年版）

张子仲：《河西精舍诗存》（2009年内部出版）、《鳌峰大雅堂诗剩》（2010年内部出版）

李可蕃：《藏舟盦集》（《福建省文史研究馆志》，2005年编印，仿古线装）

郑朝宗：《护花小集》、《海滨感旧集》、《西洋文学史》、《海夫文存》、《梦痕录》、（主编）《〈管锥编〉研究论文集》（《福建省文史研究馆志》）

---

① 李灵年等《清人别集总目》题《吹求轩诗钞》，不分卷（第37页）。

林素园:《素园诗稿》四卷、《台湾纪要》、《中菲交通史》、《屈原年谱及大事记》、《元曲选评》、《林素园集》(《福建省文史研究馆志》)

林家汼:《习医便览》30余册、《黄花岗纪事》(《福建省文史研究馆志》)

陈子奋:《福建画人传》(1958年油印本)、《颐萱楼诗话》、《颐萱楼谈艺小品文》、《陈子奋画册》(梁桂元《闽画史稿》第335页)、《陈子奋画集》、《陈子奋白描花卉册》、《颐谖楼诗草》、《颐谖楼印话》、《颐谖楼谈艺录》、《读画札记》、《寿山印石小志》、《陈子奋先生治印》、《甲骨文集联》、《籀文集联》、《古泉币文字类纂》、《三代文偏旁释例》、《福建画人传》、《七画家传》、《颐谖楼古籀集联楹帖》、《颐谖楼水浒姓字印谱》、《白描花卉册》(《福建省文史研究馆志》)

林星赓:《闽文偶录删余》七册(《福建省文史研究馆志》)

林雨时:《备用单方秘集》、《自传》(《福建省文史研究馆志》)

叶筠苍:《史通纪略》(《福建省文史研究馆志》)

徐石:《景榴楼鳞爪》(《福建省文史研究馆志》)

李耕:《李耕画室画论》、《李耕画录》、《仙游三画家》、《菜根精舍画论》(《福建省文史研究馆志》)

陈元璋:《梅峰诗文集》、《壶社诗钞》(辑)、《福建地方财政概要》、《福建省地方财政沿革概要》、《福建省田粮概况》(《福建省文史研究馆志》)

徐征祥:《九鲤湖志》(1942年纂)

方邵安:《泪珠集》、《小香草吟笺》、《卧斋吟稿续编》、《卧斋吟稿后编》、《卧斋谈芸》(《福建省文史研究馆志》)

林镇荆:《话雨山房集》(《福建省文史研究馆志》)

胡有梅:《中西对照医药学》(上海世界书局出版)、《伤寒与温病诊疗表解》、《中医学术体系的初步探讨》、《八法药性赋》等(《福建省文史研究馆志》)

沈觐宸:《卷阿馆随笔》、《宾月楼经学答问》、《红楼梦考证》、《海军大事记》、《船政编年史》、《福建船政资料》(《福建省文史研究馆志》)、《福建船政稿》(王宜汉《对沈笋玉〈福建船政稿〉的签注》)、《海军编年史》

施炎:《慕慕庐诗文集》(《竝玉山庄联珠集》本)

施乾:《施健庵先生诗存》(《竝玉山庄联珠集》本。《福建省文史研究馆志》)

施缉亭:《东宁吟草》、《厦门岁时风俗琐记》(《竝玉山庄联珠集》本)

黄宗汉:《晋江黄尚书公全集》[①]二十八卷及附录(稿本、抄校本、传抄本,厦门大学图书馆藏)、《筹防筹海纪略》(民国《福建通志》总卷三十四,《福建列传(清八)》卷三十九本传)、《海运全书》、《筹防纪略》、《筹海纪略》(陈笃彬、苏黎明《泉州古代著述》第329页)

黄贻楫:(辑)《李石渠先生治闽政略》一卷(光绪元年梅石山房刻本,福建省图书馆、泉州市文管会藏)、《柔远纪略》十二卷、《招鸥别馆文集》十六卷、《救荒法戒录》八卷、《治河概论》四卷、《救时高论》四卷、《静妙轩诗钞》二卷(陈盛明《晚清泉州一个典型世家——黄宗汉家族试探》)、《甲戌对策》(石印本,泉州市图书馆藏)、《招鸥别馆杂记》(抄本,泉州市图书馆藏)、《黄霁川先生遗集》、《植玉根室吟草》一册(陈笃彬、苏黎明《泉州古代著述》第329页)

黄谋烈:《春部字韵校勘》(陈盛明《晚清泉州一个典型世家——黄宗汉家族试探》)、《从先维俗》一卷(宣统二年石印本,厦门大学南洋研究所藏)、(协修)《学政全书》、《泉郡赈灾征信录》(光绪三十三年刻本,厦门市图书馆藏)、《广韵字原》(民国《福建通志》总卷二十五,《福建艺文志》卷十五)

陈铁梅(黄谋焜妻):《填海石》

---

① 柯愈春《清人诗文集总目提要》著录此集,题《黄尚书全集》,不分卷,稿本,厦门大学图书馆藏。内分《奏疏》二十八卷、补编一卷,《中外章论文钞》、《诗钞》、《赋钞》等不分卷(第1411页)。

陈棨仁:《绰绾堂书目》十二卷、《桐阴吟社甲乙编诗集》、《闽中金石略》十五卷附考证五卷(民国二十三年中华书局排印本)、《藤花吟馆诗录》六卷(光绪八年晋江陈氏石印本,杨浚序一题《藤华诗录》,民国《福建通志·文苑传》本传作《藤华馆诗》)、《说文丛义》四卷、《闽诗纪事》十卷、《海纪辑要》二卷、《绾绰堂遗稿》、(与龚显曾合纂)《温陵诗纪文纪》数十卷(光绪元年亦园活字本)、《汉律辑释》一册(泉州红兰馆小丛书抄本)、《铜鼓考》一册(泉州红兰馆小丛书抄本)、《岑嘉州诗注》(《福建地方文献及闽人著述综录》)、(龚显曾、陈棨仁)《双华馆赋合刻》(杨浚《双华馆赋合刻序》)、《藤花吟馆诗抄》六卷(泉州市文管会藏本)、《温陵诗纪》十二卷(光绪活字本)、《绾绰堂书目》十二卷(同治钞本)、《温陵文记》(陈笃彬、苏黎明《泉州古代著述》,第 323 页)、《桐阴吟榭诗》(《冶山史话》,第 186 页)、《藤华吟馆诗录》六卷(清末铅印本,一册。泉州市图书馆藏)、(评点)《(张戒)岁寒堂诗话》二卷(乾隆四十二年刻本)、(断句)《(周密)浩然斋雅谈》三卷(乾隆四十二年刻本)、《藤花吟馆诗录》不分卷(光绪八年绾绰堂刻本,首都图书馆藏)、《绾绰堂类稿》(稿本,中国科学院图书馆藏。柯愈春《清人诗文集总目提要》第 1719 页)

陈庆镛撰、陈棨仁重编:《籀经堂类稿》二十四卷、《齐侯罍铭通释》二卷(光绪九年刻本)

陈澍(辑)、张大河、张大江(校补):《螺阳文献》二十卷附《十八峰传墨》二卷(光绪九年刻宣统二年补修本,十册。泉州市图书馆藏)

李钟沖:(选)《尺牍合璧》四卷四册(道光十二年刻本)

李钟沖(辑)、郑文焕(汇疏)、王籛(增订):《新增尺牍合璧》五卷《王氏家礼》五卷(光绪十八年刻本)

晋江郑文焕:(汇订)《行文资典》(清刻本)

施琼芳:《石兰山馆遗稿》二十二卷(台北龙文出版社 1992 年版)、《施琼芳集》(台湾文学馆 2013 年版)

施士洁:《后苏龛合集》(《后苏龛诗钞》十二卷十一册、《后苏龛诗钞补编》、《后苏龛词草》一册、《后苏龛文稿》二卷二册、《后苏龛文稿补编》)(《台湾文献丛刊》第 215 种)、《四进士同咏集》(丘逢甲、唐景崧、罗大佑、施士洁著)(陈笃彬、苏黎明《泉州古代著述》第 340 页)、《日记》、《乡谈声律启蒙》一册、《喆园吟草》四册、《后苏龛诗草》、(编)《台澎海东书院课选》、《全台诗》收录其诗 1697 首(施懿琳、廖美玉《台湾古典文学大事年表·明清篇》,第 518、683 页)

施钰:《台湾别录》(道光二十八年刻本)、《石房樵唱》(施懿琳、廖美玉《台湾古典文学大事年表·明清篇》,第 487 页)

郑翘松:《卧云书楼诗存》十一卷(《福建省文史研究馆志》)、《卧云楼诗词集》(曹辛华《民国词史考论》第 573 页)、《卧云山房诗草》(铅印本,厦门图书馆藏。李灵年等《清人别集总目》第 1504 页)

苏大山(有洲):《红兰馆诗钞》八卷一册(民国十七年仿宋铅印本,泉州市图书馆藏;柯愈春《清人诗文集总目提要》第 1972 页著录,中国社会科学院文学研究所藏)、《红兰馆游仙诗册》、《红兰馆藏书目》一卷、《晋江私乘》、《清人万首绝句》、《温陵碎事》、《鹿礁随笔》、《东国杂事诗》、《温陵诗征》、《温陵文征》、(编纂)《红兰馆小丛书》(陈笃彬、苏黎明《泉州古代著述》第 341 页作二十八种,泉州市图书馆藏)(《福建省文史研究馆志》)、(印行)《甠社吟稿》、《红兰馆文钞》(王志双《〈清人诗文集总目提要〉订补八则》)

张袖东:《临床笔记》(《福建省文史研究馆志》)

林冕:《爱梅精舍文集》、《西湖咏菊集》、《成趣老人诗集》(《福建省文史研究馆志》)

陈唐彬:《蒲草》(《福建省文史研究馆志》)

游定远:《碧藏楼印存》二册、《抗日印史》三册(《福建省文史研究馆志》)、《碧藏楼稿》一卷(陈衍《石遗室诗话续编》卷五,第三十条)

郑傥:《容楼诗集》(《福建省文史研究馆志》)

林心恪:《率庐诗稿》(《福建省文史研究馆志》)

吴藻汀:(整理)《泉州民间传说》六集、(主编)《闽南乡土杂志》二期、《泉州文史资料》八辑、(点校)《闽中摭闻》(《福建省文史研究馆志》)

周濂:《青芝山志》(《福建省文史研究馆志》)

光泽周濂:《周九皋诗拾遗》一卷(《周高二家拾遗录》本,道光十六年刻本,福建省图书馆藏。柯愈春《清人诗文集总目提要》第936页)

杨景文:《宜园小集》(《福建省文史研究馆志》)

陈少良:《尊孔录》上下集、《易学管窥》、《教孝歌》、《游南海咏》、《应酬杂咏》十余本、《宁腔八音字母》四本(《福建省文史研究馆志》)

陈兰湘:《慕庐集》四卷(《福建省文史研究馆志》)

林鼎华:《南洋华侨通志》(《福建省文史研究馆志》)

谢又秋:《六十年闻见录》、《历叙辛亥革命前后传略》(《福建省文史研究馆志》)

陈守治(陈瘦愚):《神交唱和集》、《乐天安命室词删》、《愚窝诗词话》、《愚窝诗词年刊》、《瘦愚三十初度唱和集》、《徐陈唱和词》、《乐天楼填词图题咏集》、《陈瘦愚词选》(上卷)等三十余种、《国语同音韵字典》、《注音符号手册》、《闽腔注音符号》、《福州话怎样转变普通话》、《福州音简易识字法》、《愚窝杂拌》、《胡靖出家》、《女教师》、(参校)《南平县志》(《福建省文史研究馆志》)、(编)《千岁唱和词》(曹辛华《民国词史考论》第431页)、《愚窝诗词》(民国三十七年铅印本,南京图书馆藏。李灵年等《清人别集总目》第1284页)

陈如松:《莲山堂文集》二卷(民国排印本,安徽省图书馆藏。李灵年等《清人别集总目》第1284页)

陈寿宸:《意园诗钞》(钞本,中国科学院图书馆藏。李灵年等《清人别集总目》第1285页)

黄步云:《词解》三册、《无庵诗存》、《历代性灵诗选》(一题《历代性灵绝句选》)、《清诗选抄》、《宋四家词选抄》、《词之解释》、《仙游鸿爪》、《非凡见解》(《福建省文史研究馆志》)

张棻:《闽中解颐录》二册、《清代科举制度》(《福建省文史研究馆志》)

李春华:《中医处方七言诗集》(《福建省文史研究馆志》)

陈锡良:《天石山人诗文稿》(《福建省文史研究馆志》)

钟文献:《钟文献诗集》(《福建省文史研究馆志》)

杨尚桉:《儒林发展史》、《闽剧简介》、《林纾编写〈上金台〉的前前后后》、《福州说书场史话》(《福建省文史研究馆志》)、《闽海歌儿初集》(1948年铅印本)

吕城都:《英文语法图解》(《福建省文史研究馆志》)

林廷:《漳州水灾史略》、《漳州大地震》、《漳州大雪》(《福建省文史研究馆志》)

薛敬渊:《爱日堂诗稿》(《福建省文史研究馆志》)

陈性悟:《小吟诗稿》(《福建省文史研究馆志》)

陈孝奇:《缅甸华侨四十年大事记》(《福建省文史研究馆志》)

何天赐:(编著)《传统南曲简谱》三十集(《福建省文史研究馆志》)

纪经亩:(整理)《感谢公主》、《李三娘》、《寿昌寻母》、《西厢记》、《吕蒙正》、《梁祝》、《胭脂记》、《陈三五娘》等八部套曲(《福建省文史研究馆志》)

黄文狄:《莆仙戏传统科介》(《福建省文史研究馆志》)

邱德民:《南词音乐》(《福建省文史研究馆志》)

陈春生:《陈春生平话选集》、《冠玉家史》(《福建省文史研究馆志》)

潘守正:《福建乡土教科书》、《现行法律概要》、《民政概况》、《禁烟概要》、《福建爱女生地方行政与地方自治》、《雪峰山志》、《百年来所见所闻》等(《福建省文史研究馆志》)

谢义耕:《二无斋诗集》、《闽酒印谱》、《闽中月令印存》、《鼓山名胜印谱》、《谢义耕诗书画印选》、《郑世恭先生书法》、《福州宛在堂简介》、《陈海瀛先生传略》(《福建省文史研究馆志》)

林勋贻、陈鸿铿、廖宗刚、郑振麟等：（合著）《耆献集》（《福建省文史研究馆志》）

钱履周：《钱履周先生遗诗》（福建逸仙艺苑1983年版）、《皇华馆小史》、《协社我闻》等（《福建省文史研究馆志》）

黄永源：《艺林新书》（《福建省文史研究馆志》）

潘主兰：《潘主兰印选》、《潘主兰画册》、《潘主兰诗书画印》、《素心斋诗稿》、《潘主兰谈艺丛稿》、《谈刻印艺术》、《近代印人录》、《中国工艺美术常识》、《寿山石刻史话》、《闽中画人春秋》、《浅谈诗学入门讲稿》、《寿山石雕讲授提纲》（《福建省文史研究馆志》）

郑传鑫：《欣翁吟草》二卷（《福建省文史研究馆志》）

俞奋初：《半世纪经历和片断回忆思考》、《福清盐案三则》（《福建省文史研究馆志》）

苏有炯：《苏有炯诗》一卷（光绪十四年刻本，南京图书馆藏。柯愈春《清人诗文集总目提要》第1733页）

叶大焯等编：《三山叶氏祠录》（光绪十六年刻本。民国《福建通志·福建列传》卷三十七叶仪昌传注、《福建艺文志》存目卷五《春秋解》十二卷注）

叶观国：《绿筠书屋诗钞》十八卷（柯愈春《清人诗文集总目提要》第672页、方芳《清代硃卷集成研究》第59-60页。《清代硃卷集成》第六一册叶大琛履历、第三三九册叶在衍履历作《绿筠书屋诗钞》四卷）、《老学斋随笔》四卷、《闽中杂记》（民国《闽侯县志》本传）、《绿筠书屋诗钞》十一卷（稿本，福建省图书馆藏）

叶申蔼：《三礼集证》十卷、《春秋解》十二卷、《荫余轩诗文集》五卷（民国《闽侯县志》叶观国传后附传）、《退食吟钞》二十卷（民国《福建通志·福建列传》卷三十七叶观国传后附传）、《诗集》二卷（梁章钜《叶次幔邑侯墓志铭》）

叶申万：《高州府志》、《餐英集》八卷（民国《闽侯县志》叶观国传后附传）、《餐英轩诗钞》五卷（同治刊本《福建通志》卷六十七）、《餐英轩诗集》八卷（《清代硃卷集成》第三是那就侧，叶在衍履历，影印第131页）

叶申芗：《天籁轩词谱》五卷（卢美松《闽词钞 闽词征》出版前言作四卷）、《（天籁轩）词韵》一卷（卢美松《闽词钞 闽词征》出版前言题《天籁轩词韵》）、《闽词钞》四卷（民国《福建通志·福建艺文志》卷七十三、陈寿祺《闽词钞序》作五卷，《福建文献集成初编》第199-200册影印国家图书馆藏稿本四卷）、《小庚词存》三卷（卢美松《闽词钞 闽词征》出版前言作二卷，民国《福建通志·福建艺文志》卷七十二作四卷）（同治刊本《福建通志》卷六十七）、（辑）《本事词》（道光十二年福州叶氏天籁轩刻本，《赌棋山庄词话》卷四"叶小庚词"条，民国《福建通志·福建艺文志》卷七十三、卢美松《闽词钞 闽词征》出版前言均作二卷）、《天籁轩词》（林直《叶辰溪以近诗见示》诗注，《壮怀堂诗初稿》卷六）、《天籁轩词选》六卷（民国《福建通志·福建艺文志》卷七十三、卢美松《闽词钞 闽词征》出版前言）、（编）《词学丛书》二十二卷（民国《福建通志》总卷二十五，《福建艺文志》卷七十六）、《闽词钞》（《闽词钞 闽词征》，福建人民出版社2014年版。梁章钜《河南府知府叶公墓志铭》作《历代闽词钞》）、《词谱》及《词韵》六卷（陈寿祺《左海文集》卷六《闽词钞序》）、《小庚诗存》一卷[①]（梁章钜《河南府知府叶公墓志铭》、柯愈春《清人诗文集总目提要》第1135页）

叶仪昌：《永阳游草》一卷（民国《闽侯县志》卷四七《闽县艺文志》、民国《闽侯县志》叶观国传后附传）

叶滋森：《弟子职疏证》、《池上草堂笔记》、《尊香楼书画识》、《蝠岩仙馆诗稿》（民国《闽侯县志》叶观国传后附传）、（修）《靖江县志》十六卷（光绪五年刻本）、（编）《怀雨斋丛书》（刘荣平《赌棋山庄词话校注》，第206页）、《校书日记》十余卷（谢章铤《赌棋山庄余集》文集卷三《校阅余话》"往予与叶与端意气相得"条注）

---

① 李灵年等《清人别集总目》著录此集，不分卷（第308页）。

叶赞彤:《明史言行录》七卷、《杞菊山房随笔》一卷

叶滋钧:(笺注)《历朝鉴略》一卷

叶滋澜:(修)《上犹县志》(光绪)

叶滋沅:《我闻室词》(民国《闽侯县志》卷四七《闽县艺文志》、民国《福建通志》总卷二十五,《福建艺文志》卷七十二)

叶大焯:《叶恂予日记》(稿本)、《补拙斋藏书书目》一册(民国七年抄本)、《补拙斋文钞》不分卷(民国福建通志局钞本,福建省图书馆藏。李灵年等《清人别集总目》第305页)、《补拙斋杂录》一卷、《正谊书院课艺》十六卷

叶大庄:《颐已室窗课元稿》(稿本)、《仓颉篇》三种(稿本)、《写经斋稿》四卷(陈衍《石遗室诗话》卷一)、《写临斋诗稿》(郭白阳《竹间续话》卷二)、《写经斋全集》十七卷(光绪二十一年玉屏山庄刻本)、《写经斋初稿》四卷、《续稿》二卷(《近代诗钞》中册第813页)、《写经斋初汇》(光绪间刻本)、《淞水集》、《峰阳集》(吴翠园《闽县叶氏藏书世家》)、《写经斋续稿》二卷(光绪二十一年刻本)、《写经斋文稿》二卷、《小玲珑阁词》一卷、《大戴礼记审议》二卷、《丧服经传补疏》二卷、《礼记遗说考》四卷、《闽碑存目》一卷、《退学录》二卷(陈衍《石遗室书录》云又称《偕寒堂校书记》)、《写经斋诗稿》四卷续稿二卷、《写经斋文》二卷(民国《福建通志》总卷二十五,《福建艺文志》卷六十六)、《写经斋诗》四卷、《诗续》二卷、《仓颉篇三种》、《玉屏山庄丛书》(民国《福建通志》总卷二十五,《福建艺文志》卷七十六。系《礼记审议》二卷、《大戴礼记审议》二卷、《丧服经传部疏》二卷、《礼记遗说考》四卷、《闽中金石记》六卷、《闽碑存目》一卷、《退学录》二卷、《写经斋文》二卷、《写经斋诗》四卷、《诗续》二卷、《(小)玲珑阁词》、《偕寒堂校书记》、《写经斋诗文稿》等二十余卷合刻)、《大戴礼记审文稿》二卷、《玲珑阁词》一卷[①](民国《闽侯县志》卷四七《闽县艺文志》)、《玉屏山庄遗文》不分卷(稿本)、(辑)《净名觇诗》(谢章铤《赌棋山庄集》文集卷六《书叶临恭所录净名觇诗后》)、《写经斋集》九卷(含《写经斋初稿》五卷、《写经斋续稿》二卷、《写经斋文稿》二卷三种)、《玉屏山庄遗文》不分卷(福建师范大学图书馆藏)(柯愈春《清人诗文集总目提要》第1856页)、《考工记协韵考》一卷(《福建文献集成初编》第15册影印福建省图书馆藏稿本)、《诂经丛话》四卷(《福建文献集成初编》第33册影印福建省图书馆藏稿本)、《闽中石刻记》二卷(《福建文献集成初编》第55-56册影印福建省图书馆藏稿本)、《闽碑考》十卷(《福建文献集成初编》第55册影印福建省图书馆藏稿本)、《闽碑存目》二卷(《福建文献集成初编》第56册影印福建省图书馆藏民国间钞本)、《写经斋杂录》不分卷(《福建文献集成初编》第125册影印福建省图书馆藏稿本)

叶大遒、曾宗彦:《榕荫堂律集》

叶在琦:《稚惜诗钞》一卷(《清诗纪事》光绪宣统卷。陈衍《近代诗钞》作《稚愔诗钞》)、《叶大焯行状》(光绪间叶氏刻本)、《叶侍御诗钞》一卷(民国《闽侯县志》卷四七《闽县艺文志》;民国《福建通志》总卷二十五,《福建艺文志》卷六十六)

叶在衍:《唐风集》不分卷(光绪二十三年刻本,福建省图书馆藏。李灵年等《清人别集总目》第308页)

叶在畬:《罗山咏事诗》一卷

叶在扬:《度量衡新议》

叶在均:《刑法》、《刑事特别法》、《刑事诉讼法要义》、《民事疑判》

叶于沅(叶于銮):(与林纾合译)《膜外风光》(法国克里孟索原著)、《闽侯叶氏琴趣楼寄存书目》一册(北平图书馆编)

叶可曦(羲):《寿香社词钞》(社集,1942年林心恪校刻本)、《竹韵轩诗集》、《竹韵轩词》、《竹韵轩文集》(《福建省文史研究馆志》)、《竹韵轩词集》、《竹韵轩笔记》、《何振岱先生传》

孙瑞贞:《绣余吟稿》一卷(同治二年刻本,国家图书馆藏。柯愈春《清人诗文集总目提要》第1696页)

---

① 福建人民出版社《福建文献集成初编》第178册影印福建省图书馆藏光绪间刻本,题《小玲珑阁词》,一卷。

余质:《钝轩遗稿》(《福建省文史研究馆志》)

郑笔山:《七邑志书序例》、《郑氏八邑志书序例》、(1939—1949 间纂)《泰宁县志》、《崇安县志》、《龙岩县志》、《漳平县志》、《华安县志》、《长泰县志》、《云霄县志》、《南靖县志》(《福建省文史研究馆志》)

邱潜庐:《福寿宝鉴》(郑逸梅《南社丛谈》著录)、《潜庐老人回忆录》(《福建省文史研究馆志》)

郑贞文:《笠剑留痕》、《闽贤事略初编》、《金门小志》、《红楼梦诗文译注》、《郑成功年谱》等(《福建省文史研究馆志》)

王孝泉:《中国厘金问题》、《中国古代法理学》、《福建财政史纲》(《福建省文史研究馆志》)

陈毓淦:《秕糠集》、《风雨集》、《潮汐集》等(《福建省文史研究馆志》)

张𪟝生:《梅庵诗草》、《闽中近代名家诗选》等(《福建省文史研究馆志》)

郭毓麟:《蛰庐诗稿》、《话说说诗社》、《三十年代的寿香诗社》、《鼓楼区传统诗社纪要》等(《福建省文史研究馆志》)

陈禅心:《抗倭集》、《沧桑集》、《江汉诗钞》、《倚阑诗选》、《湄潮词钞》、《归鸿诗抄》、《陈禅心文集》等(《福建省文史研究馆志》)

鲍乐民:《味苦斋吟草》(《福建省文史研究馆志》)

梵辉(冯连铿、冯孟铿):《历代僧伽诗钞》、《云水斋诗钞》、《赞颂集要》、《福建名山大寺丛谈》、《西禅古寺》、《释氏艺文录》、《佛教史》(《福建省文史研究馆志》)

许仲凯:《福建文献目叙录》、《鲁迅著作与鲁迅研究》(《福建省文史研究馆志》)

林家钟:《闽中文献辑编》、《福州开元寺志》、《林家钟诗文选集》、《明清福州竹枝词》、《历代咏福州鼓楼诗选》、《历代咏台江诗选》、《历代咏仓山诗选》、《梅园诗草》、《〈诸葛亮集〉二十四篇》、《〈三国志〉校注》、《林家钟文史选集》(《福建省文史研究馆志》)

陈宗蕃:《陈璧年谱》(《望岩堂奏稿》附,民国二十一年铅印本)、《燕都丛考》(中华印字馆 1932 年刻本三编三册,北京古籍出版社 1991 年版)、《淑园文存》、《淑园诗存》、《亲属法通论》(《福建省文史研究馆志》)、《淑园文存》二卷《诗存》一卷附《傫然室忆》一卷(民国二十六你铅印本,国家图书馆等处藏。李灵年等《清人别集总目》第 1299 页)

李兆年:《补蹉跎斋诗文钞》、《医学述训》(《福建省文史研究馆志》)

吴霭宸:《历代西域诗钞》、《求志庐诗》等(《福建省文史研究馆志》)

黄墨谷(黄潜):《谷音诗词集》、《词谱百例》(《福建省文史研究馆志》)

黄元吉:《味兰草》(同治刊本《福建通志》卷六十八、民国《闽侯县志》卷四八《侯官艺文志》)

黄玉柱:《六宜楼诗草》(谢章铤《赌棋山庄文又续》卷二《桂平县知县黄君家传》作《六宜书屋诗草》)、《书画题跋》二卷、《读苏碎录》一卷(民国《福建通志》总卷三十六,《福建循吏传》卷十三,黄玉柱本传)

黄彦威:《浣月斋吟稿》(《福建省文史研究馆志》)

黄彦鸿:《台湾江夏兴化军城黄氏族谱》

黄正襄:《黄正襄画集》、《黄正襄诗画》(《福建省文史研究馆志》)

黄畬:《纫兰簃诗词文集》、《欧阳修词笺注》、《历代词萃》(《福建省文史研究馆志》)

黄濬:《花随人圣庵摭忆》(民国史料笔记丛刊,上海书店出版社 1998 年版;中华书局 2008 年版近代史料笔记丛刻本)、《壶舟笔记》、《尊古斋古鉨集林》初集二集、《衡斋藏印》、《衡斋金石识小录》、《尊古斋造像集拓》、《尊古斋陶佛留真》、《花随人圣庵词话》、《花随人圣庵摭忆补编》、《南游草》(《竹间续话》卷一)、《聆风簃词》一卷(民国十四年刻本、《民国词集丛刊》本)、《聆风簃词》(民国十四年刻本)、《石遗老人七十寿言》(京华印书局民国十三年铅印本)、《聆风簃诗》八卷词一卷(民国十四年刊本、民国三十年侯官黄氏刻本)、《南游初稿》一卷(民国间铅印本,国家图书馆藏)(李灵年等《清人别集总目》第 2001 页)

黄枝欣:(译)《尼泊尔志》(郑孝胥《郑孝胥日记》,第 1175 页)

沈吉逵:《左传今证》(《福建省文史研究馆志》)

陈其田:《山西票庄考略》(《福建省文史研究馆志》)

陈敢:《百字论战》、《易学新见》、《周易新解》(《福建省文史研究馆志》)

李景贤:《唐代地名综合索引》、《颜习斋先生及其教育思想》(《福建省文史研究馆志》)

陈徵芝:《经史纂要》、《带经堂日记》[①]、《韬庵剩稿》、(分纂)《福建通志·建置沿革表》一卷(民国《福建通志》总卷三十六,《福建循吏传(清二)》卷十二,陈徵芝传)、《带经堂书目》五卷(孙陈树杓编)

蒋翎:《经义质疑》(民国《福建通志》总卷三十四,《福建列传》卷三十八本传)

魏敬中:(纂)《(道光)福建通志》二百七十八卷、(修)《政和县志》、《屋漏讼过录》、《观我生日记》、《炳烛轩抄撮》、《诗文集》(民国《福建通志》总卷三十四,《福建列传》卷三十九本传)

陈克兴:《车尘杂述》(周亮工《南溪陈克兴以所著诗文见示赋此奉赠克兴著有车尘杂述》,《赖古堂集》卷八)

宋祖谦:《冰荔编》(周亮工《宋去孙冰荔编序》,《赖古堂集》卷十五;民国《莆田县志》卷二十三《艺文志》作《冰荔集》)

陈香初:《陈香初诗》(周亮工《陈香初诗小引》,《赖古堂集》卷二十一)

榕荫堂诗社:《蛰园律集前后编·前编》(曹辛华《民国词史考论》第 95 页。郭则沄编,《清末民国旧体诗词结社文献汇编》第 25 册,北京图书馆出版社 2013 年影印)

蛰园律社:《蛰园律集前后编·后编》(曹辛华《民国词史考论》第 115 页。郭则沄编,《清末民国旧体诗词结社文献汇编》第 25 册,北京图书馆出版社 2013 年影印)

瓶花词社:《瓶社词录》(1938 年前后北平刻本,曹辛华《民国词史考论》第 115 页)

邓拓:《邓拓诗词选》、《邓拓诗集》、《中国救荒史》、《燕山夜话》、《邓拓文集》(曹辛华《民国词史考论》第 400、441 页)

陈国柱:《碧血丹心集》(曹辛华《民国词史考论》第 426 页)

何适:《政治学概论》、《国际私法》、《国际公法》、《法学绪论》、《官梅阁诗余》(民国二十四年本)(曹辛华《民国词史考论》第 454 页)

洪繻(攀桂):《寄鹤斋词》、《寄鹤斋选集》(曹辛华《民国词史考论》第 455 页)

洪心衡:《东风引吭集》(曹辛华《民国词史考论》第 456 页)

王远甫:《北游集》、《求是斋诗词稿》(曹辛华《民国词史考论》第 532 页)

杨莲士:《荷坞诗集》、《雪华词集》、《冷香室书札》(曹辛华《民国词史考论》第 554 页)

庄克昌:《慰蓝诗存》(曹辛华《民国词史考论》第 584 页)

洪业:《洪业论学集》(中华书局 1981 年版)、《引得说》(北平引得编纂处 1930 年版)、《勺园图录考》(北平哈佛燕京学社 1933 年版)、《清画传辑佚三种》(北平哈佛燕京学社 1933 年版)、《中国最伟大的诗人杜甫》(美国哈佛大学出版社 1952 年版)、《杜甫》(上海古籍出版社 2014 年版)、(编纂)《春秋经传引得》等六十四种八十一册(张继定、徐俐华《八闽文化世家》,第 351-352 页)

方祖元:《夜光堂诗集》(同治刊本《福建通志》卷七十)

林友王:《榕楼集》二十五卷(同治刊本《福建通志》卷七十注郝志作《榕海集》)、《榕楼诗文集》(民国《福建通志》总卷三十六,《福建循吏传(清一)》卷十一本传)

林宾王:《荔子杂言》(民国《福建通志·福建艺文志》存目卷二十六作一卷)、《秋楼集》二十九卷(民国《福建通志·福建艺文志》卷六十四、柯愈春《清人诗文集总目提要》第 191 页著录作二十二卷)、《西苑集》一卷(同治刊本《福建通志》卷七十)

---

① 福建人民出版社《福建文献集成初编》第 124 册影印福建省图书馆藏清钞本《带经堂笔记》,一卷。

林翰王:《西楼集》(同治刊本《福建通志》卷七十)、《屿楼诗》内集四卷外集一卷(民国十五年排印本,厦门图书馆藏。李灵年等《清人别集总目》第1378页)

林赞王:《空楼集》(同治刊本《福建通志》卷七十)、《春草堂集》(梁桂元《闽画史稿》第174页)

林翼王《樗楼集》(同治刊本《福建通志》卷七十)、《焚余草》(旧抄本。宋湖民藏一册)

林一璘:《怀楼诗文集》(同治刊本《福建通志》卷七十)

林一瑧:《明八大家文集选》、《经济成书》十二卷、《轮凿外编》二卷、《述楼集》一卷(同治刊本《福建通志》卷七十)、《述楼诗》一卷(民国《莆田县志》卷二十三《艺文志》)

林一銮:《愧楼集》(同治刊本《福建通志》卷七十)

周韩瑞:《撷芙蓉集》[①](康熙十七年刻本,存三卷;嘉善堂重刻本,四卷。柯愈春《清人诗文集总目提要》第142页;同治刊本《福建通志》卷七十)、《康熙曲江县志》四卷(民国《莆田县志》卷二十二《艺文志》)

周韩起:《秋容亭集》(同治刊本《福建通志》卷七十)

莆田林仪:《闲情草》(同治刊本《福建通志》卷七十)

林源:《禹贡注解》、《家礼须知》、《师曾广义》、《格言家训》(民国《莆田县志》卷二十二《艺文志》作《格言广训》)、《宛舫居诗文集》十卷(乾隆二十八年刻本,孙殿起《贩书偶记》。民国《福建通志·福建艺文志》卷六十四作《宛舫居文集》;柯愈春《清人诗文集总目提要》第425页作《宛舫居文集》十卷,国家图书馆藏,又有《宛舫居文集》清钞本,一卷)、《箕裘集》、《文选诗选》(民国《福建通志·福建艺文志》存目卷四十二作《林源文选诗选》)(同治刊本《福建通志》卷七十)、《偶笔》(民国《莆田县志》卷二十六下本传)、《苔痕书屋吟草》六卷(柯愈春《清人诗文集总目提要》第425页)

方锵:《希庵诗集》(同治刊本《福建通志》卷七十)

方灏:《丁卯集》(同治刊本《福建通志》卷七十)

方鸿:《琼光集》三卷(同治刊本《福建通志》卷七十)

郭凤喈:《郭子诗选》、《白舫诗集》二卷(同治刊本《福建通志》卷七十)

王赓靖:《王自位诗集》(同治刊本《福建通志》卷七十)

方元会:《澹园诗集》(同治刊本《福建通志》卷七十)

方元俞:《峨雪堂诗文集》(同治刊本《福建通志》卷七十)

林华皖:《治鲜集》四卷(同治刊本《福建通志》卷七十)、《康熙新乐县志》二十卷(清刻本。民国《莆田县志》卷二十二《艺文志》)

游谦徽:《尺雪堂集》(同治刊本《福建通志》卷七十)

林麟焻、朱元春:《康熙莆田县志》三十六卷(同治刊本《福建通志》卷七十)

朱黄石:《史记阐》一卷(同治刊本《福建通志》卷七十)

朱翰春:《扪剺偶咏》(康熙间刻本,东北师范大学图书馆藏。柯愈春《清人诗文集总目提要》第267页)

林诚:《主敬录》、《大抵吟集》(同治刊本《福建通志》卷七十)、《大抵诗集》若干卷(民国《莆田县志》卷二十九《理学传》本传)、《大抵吟》(《国朝全闽诗录初集》续集卷四)

林楠:《竹林小草》(同治刊本《福建通志》卷七十)

余震飏:《拾瑶馆稿》(同治刊本《福建通志》卷七十)

柯志澄:《摩笏轩诗草》(同治刊本《福建通志》卷七十)

柯潮:《学愚外草》(同治刊本《福建通志》卷七十)

余佺:《小芦集》(同治刊本《福建通志》卷七十)

朱阳:《午汀诗稿》不分卷(钞本。柯愈春《清人诗文集总目提要》第686页)

---

① 李灵年等《清人别集总目》著录此集,六卷,三种版本:康熙十七年刻本,残本,华东师范大学图书馆藏;清初刻本,残本,国家图书馆(藏卷三)、福建省图书馆(藏卷四、卷六)等处藏;钞本,福建省图书馆藏(第1475页)。

翁方纲:《复初斋诗集》四十二卷、《两汉金石记》二十二卷(支伟成《清代朴学大师列传》)、《方纲致秋盦残笺》(《清代稿钞本》本)、《复初斋诗文集》九十七卷(道光十六年刻本、《清代诗文集汇编》本)、《复初斋集外诗》二十四卷、《集外文》四卷附逸文目一卷(民国六年吴兴嘉业堂刻本、《清代诗文集汇编》本)、《翁覃溪诗》不分卷(稿本)、《零文杂钞》不分卷(稿本)、《兕觥诗并序》(清代诗文集珍本丛刊影印乾隆刻本)、《复初斋文集》三十五卷(道光十六年门人李彦章刻本)、《复初斋文稿》二十卷、《诗稿》六十七卷、《笔记稿十五卷》、《札记稿》不分卷(国家图书馆藏本,台北文海出版社影印)、《翁方纲题跋手札集录》(广西师范大学出版社 2002 年版)、《汉石经残字考》、《焦山鼎铭考》、《庙堂碑唐本存字》、《石洲诗话》等(详见沈津《翁方纲年谱》,台湾"中央研究院"中国文哲研究所 2002 年版,不详述)、《翁方纲手稿六种校释》(赖贵三点校,广陵书社规划出版)、《论语附记》、《孟子附记》、《诗附记》、《书附记》、《礼记附记》、《经义考补正》十二卷、《礼经目次》一卷、《春秋分年系传表》一卷、《十三经注疏姓氏考》一卷、《通志堂经解目录》一卷、《粤东金石略》十二卷、《苏米斋兰亭考》八卷、《小石帆亭杂著》六卷、《米海岳元遗山年谱》二卷、《苏诗补注》八卷、《石洲诗话》八卷、《复初斋诗集》七十卷、《文集》三十卷(《清儒学案》卷九十《苏斋学案·翁先生方纲》)

翁树培《石峰岩堂钟鼎考》、《古钱汇考》(支伟成《清代朴学大师列传》)、《钱录》若干卷、诗一卷(《清儒学案》卷九十《苏斋学案·翁先生树培》)、《三十汉瓦轩遗诗》二卷(又名《宜泉山房诗钞》,道光二十六年刻本,国家图书馆藏。易名《翁比部诗钞》一卷,《嘉业堂丛书》本,民国间刻本,国家图书馆藏)、《翁宜泉比部手稿》一卷(稿本,中国科学院图书馆藏)(柯愈春《清人诗文集总目提要》第 1007 页)

翁焕孙:《随笔集》不分卷(清钞本,福建师范大学图书馆藏)、《刀环闲唱集》不分卷(稿本、抄本,福建师范大学图书馆藏)

苏方济:《长春花》诗(《莆风清籁集》卷五十一、《闽川闺秀诗话》卷一)

林尧光:《涑亭诗略》一卷(静因轩刻本)、《雪胎书屋词》(民国《莆田县志》卷二十三《艺文志》作《雪昭书屋词》一卷)(同治刊本《福建通志》卷七十)、《萼园诗集》(稿本,游介园藏残本,清代诗文集汇编第 66 册影印稿本)

林尧英:《克复讲义》、《澹亭诗略》、《澹亭偶存》(同治刊本《福建通志》卷七十)、《冻亭诗》(民国《莆田县志》卷二十九《理学传》本传)、《澹亭文略》(民国《福建通志》总卷三十九,《福建文苑传》卷七,林尧英传)

林尧华:《浣亭诗略》二卷(民国《莆田县志》卷二十三《艺文志》作三卷)、《浣亭归来吟》一卷、《山姜花埡长短句》一卷(《四库全书总目》卷一百八十二)

陈鸿:《清初莆变小乘》(旧抄本)、《熙朝莆小纪》(旧抄本)

林兰友:《迷迷草》(同治刊本《福建通志》卷七十一)、《林自芳诗集》(郭柏荫《天开图画楼文稿》卷三《明林自芳先生遗集题后》)

彭鹏:《两粤疏钞》、《中藏集》三卷(民国《莆田县志》卷二十二《艺文志》作二卷,卷二十三《艺文志》作三卷。柯愈春《清人诗文集总目提要》第 264 页作二卷,康熙刻本《古愚心言》八卷附)、《万寿敷福集》(同治刊本《福建通志》卷七十一)、《古愚心言》八卷(康熙三十四年刻本)、《彭公遗著》六册(北京中国书店,含《万寿敖五福集》、《南黔杂钞》、《西粤疏钞》、《东粤疏钞》四种)、《乙丑渡江草》一卷(《莆阳丛辑》本)、《拒伪立案白语》一卷(康熙刻本《古愚心言》八卷附)(柯愈春《清人诗文集总目提要》第 264 页。民国《莆田县志》卷二十三《艺文志》、民国《福建通志·福建艺文志》卷六十四)、《千日大梦图记》(郭柏苍《竹间十日话》)、《心言》不分卷(清钞本,中国科学院图书馆藏)、《古愚心言》八卷附中藏集拒伪历案白语(康熙莆田彭氏刻本,南京图书馆藏)(李灵年等《清人别集总目》第 2148 页)

彭圣域:《论语指要》四卷(同治刊本《福建通志》卷七十)

彭圣坛:《水镜新书》一卷(旧抄本。同治刊本《福建通志》卷七十)

彭圣埈:《留云阁诗集》(同治刊本《福建通志》卷七十)

林凤仪:(辑)《木兰风雅》、《嘐嘐堂诗集》十卷、《樗轩赋》二卷(同治刊本《福建通志》卷七十。柯愈春《清人诗文集总目提要》第178页作《嘐嘐轩诗集》十卷,皆清初林祯刻本)、《嘐嘐堂诗》、《樗轩集》(《国朝全闽诗录初集》卷五林凤仪条)、《樗轩赋草》四卷(民国《莆田县志》卷二十三《艺文志》)、《风雅同时》初集四卷,二集二卷(宋湖民藏初集两卷,二集一卷)、《樗轩草》二卷、《古意新声》一卷(顺治间宝月堂刻本)、《樗轩草》四卷(清初刻本)、《赋草》二卷(清初千绳阁刻本。华东师范大学图书馆藏)(柯愈春《清人诗文集总目提要》第178页)

林向哲:《续莆阳文献》四卷、《瓯离子集》十二卷(《福建地方文献及闽人著述综录》、李灵年等《清人别集总目》第1369页一作四卷;游介园藏文一册三卷,诗二册七卷。宋湖民藏旧抄本、民国三十六年翁炳桑星楼抄校本)(一作《玉岩阁诗集》十二卷)、《汐香亭诗话》一卷(同治刊本《福建通志》卷七十)

林佳玑:《东山集》二卷(同治刊本《福建通志》卷七十)、《东山诗集》(民国《福建通志》总卷三十九,《福建文苑传(清一)》卷七,林佳玑传)

林人中:《续闽川名士传》六卷、《林氏交游录》二卷、《风雅绪谈》二十卷、《闽林世说》十卷、《闽中草木状》五卷、《我我集》、《尔尔集》、《叩叩集》(同治刊本《福建通志》卷七十)、《滢村诗集》(旧抄本,福建师范大学图书馆藏)、(辑)《莆阳风雅》十九卷(抄本,福建师范大学图书馆藏)、《滢村诗集》三卷[1](清刻本。柯愈春《清人诗文集总目提要》第178页)

林元之:《香草堂集》(同治刊本《福建通志》卷七十。民国《莆田县志》卷二十三《艺文志》作《香草草堂集》)、《香草草堂诗》(《国朝全闽诗录初集》续集卷七林元之条[2])

林麟焻:(纂集)《列朝外纪》若干卷、《玉岩诗集》七卷[3]、《竹香词》一卷、(与朱元春合纂)《(康熙)莆田县志》三十六卷(同治刊本《福建通志》卷七十)、《玉岩诗选》二卷(民国《福建通志》总卷二十五,《福建艺文志》卷六十四)、《玉岩诗集》、《续集》、《中山竹枝词》、《星槎草》、《郊居集》(民国《莆田县志》卷三十《使才传》本传)

林承基:《浮香堂诗集》(民国《莆田县志》卷三十《使才传》林麟焻传附传)

林际鹏:《天池斋偶吟》七卷(旧抄本,宋湖民藏)、《天池斋偶吟》六卷(稿本,福建师范大学图书馆藏。柯愈春《清人诗文集总目提要》第1823页)

莆田吴任臣(寄籍仁和):《周礼大义》、《礼通》、《春秋正朔考辨》、《南北史合注》、《十国春秋》(民国《福建通志·福建艺文志》、民国《莆田县志》卷二十二《艺文志》作一百十四卷)、《山海经广注》(民国《福建通志·福建艺文志》卷五十一作十八卷)、《字汇补》、《托园诗文集》(民国《福建通志》总卷三十九,《福建文苑传(清一)》卷七本传)、《山海经广注》十八卷(民国《莆田县志》卷二十二《艺文志》)

林标:《易解集成》六卷(民国《莆田县志》卷二十二《艺文志》)

黄会恩:《大易浅说》(同治刊本《福建通志》卷七十)、《大易浅解》四卷(民国《莆田县志》卷二十二《艺文志》)

莆田陈岩:《易义》二十余卷(民国《莆田县志》卷二十二《艺文志》)

林用发:《四书解》(民国《莆田县志》卷二十二《艺文志》)

桐云轩主人:《尔雅说证》(民国《莆田县志》卷二十二《艺文志》)

江春霖:《江侍御奏议》二卷(一题《梅阳江侍御奏议》二卷二册,民国初铅印本。民国《莆田县志》卷二十二《艺文志》)、《梅阳山人诗》一卷(民国《莆田县志》卷二十三《艺文志》)、《文集》四卷、《诗集》一卷(民国《莆田县志》卷三十一《谏诤传》本传。《莆田人著作存本》作《梅阳山人文集》四卷、《梅阳山人

---

① 《滢村诗集》,清平远堂校刻本,分《我我集》、《尔尔集》、《叩叩集》(柯愈春《清人诗文集总目提要》第178页)。

② 《国朝全闽诗录初集》续集卷七,《全闽诗录》第五册,第613页。

③ 李灵年等《清人别集总目》著录此集,二卷,王士禛批点,康熙刻本,国家图书馆、台湾大学图书馆藏(第1378页)。

诗钞》一册,均原钞本)、《梅阳山人集》六卷[①](钞本,福建师范大学图书馆藏。柯愈春《清人诗文集总目提要》第1866页)、《梅阳山人诗集》(钞本,福建师范大学图书馆藏)、《江春霖集》(马来西亚兴安会馆总会文化委员会1990刊本,南京图书馆藏)(李灵年等《清人别集总目》第569页)、《江春霖手札》十八封(南开大学图书馆藏)

宋顿仪:《二楼居诗草》一卷(稿本)

林诜孕:《康熙定南县志》十卷(康熙间刻本。民国《莆田县志》卷二十二《艺文志》)

林荔:《乾隆凤台县志》二十卷(民国《莆田县志》卷二十二《艺文志》)

李泌:《木兰陂志》(民国《莆田县志》卷二十二《艺文志》)

寄赏园主人:《南山志》□卷、《陈忠肃年谱一卷》(民国《莆田县志》卷二十二《艺文志》)

林逢时:《学海汇珠》二十卷(民国《莆田县志》卷二十二《艺文志》)

林劦:《杏花萃珍》四十四十卷(民国《莆田县志》卷二十二《艺文志》)

林清源:《医学指南》四卷(民国《莆田县志》卷二十二《艺文志》)

陈绍叔:《竞辰切字择目》(民国《莆田县志》卷二十二《艺文志》)

黄迈琮:《糊余录》(民国《莆田县志》卷二十二《艺文志》,卷二十三《艺文志》作《锄余集》)

黄琼:《梅史》十四卷(民国《莆田县志》卷二十二《艺文志》。康爵藏卷五至卷十四)

郑统甫:《菊谱》二卷(民国《莆田县志》卷二十二《艺文志》)

佚名:《墨谱》一卷(民国《莆田县志》卷二十二《艺文志》)

释超图:《影月集》(民国《莆田县志》卷二十三《艺文志》)

释超嵩:《镬边草》(民国《莆田县志》卷二十三《艺文志》)

释行高:《寄瓢诗集》(民国《莆田县志》卷二十三《艺文志》)

释超壁:《寄虚庵诗集》(民国《莆田县志》卷二十三《艺文志》)

林璟:《简园诗赋集》(民国《莆田县志》卷二十三《艺文志》)

方之麟:《悔庵诗草》(民国《莆田县志》卷二十三《艺文志》)

林藻玉:《见斋诗略》二卷、《见斋集》二卷(民国《莆田县志》卷二十三《艺文志》)

林元晦:《南柯诗集》(民国《莆田县志》卷二十三《艺文志》)

林铎:《葵园草》一卷[②](刻本。民国《莆田县志》卷二十三《艺文志》)

林洲:《瓶城集》(同治刊本《福建通志》卷七十)

陈秉枢:《借云诗草》、《箧中剩草》(同治刊本《福建通志》卷七十)

柯诚:《柯布衣诗草》(同治刊本《福建通志》卷七十)

吴养浩:《卜槎阁集》(同治刊本《福建通志》卷七十)

康珽:《鞠通集》(同治刊本《福建通志》卷七十)

黄竹:《读书堂集》(同治刊本《福建通志》卷七十)

方元珽:《陶园草》(同治刊本《福建通志》卷七十)

曾杰:《敬亭诗草》(同治刊本《福建通志》卷七十)

林嘉楠:《晨葩阁诗文集》四卷(同治刊本《福建通志》卷七十)

黄简:《响山堂集》(同治刊本《福建通志》卷七十)

吴士熺:《瀹斋诗文集》(同治刊本《福建通志》卷七十)、《瀹斋集》十四卷(康熙四十二年刻本,日本内阁文库藏。柯愈春《清人诗文集总目提要》第301页;《国朝全闽诗录初集》续集卷四吴士熺条)、《瀹斋诗集》十二卷(康熙四十二年刻本。李灵年等《清人别集总目》第865页)

---

① 柯愈春《清人诗文集总目提要》著录此集,六卷,计文四卷、诗一卷、家书一卷(第1866页)。

② 柯愈春《清人诗文集总目提要》著录,题《葵园草诗集》不分卷,清刻本,福建省图书馆藏(第1327页)。

郑仁质:《四近堂集》(同治刊本《福建通志》卷七十)、《四近堂诗草》(《国朝全闽诗录初集》续集卷三郑仁质条)

张丰玉:《顺治宁洋县志》八卷(日本东洋文库藏本。同治刊本《福建通志》卷七十。民国《莆田县志》卷二十二《艺文志》题《康熙宁洋县志》)、《沧潭集》(清刻本。游介园藏两卷)

林嘉绩:《林祖烈诗集》(同治刊本《福建通志》卷七十)

莆田林锡:《香皋集》二卷(同治刊本《福建通志》卷七十)

黄遇琮:《糊余录》(同治刊本《福建通志》卷七十)

张振华:《存耕堂诗钞》(同治刊本《福建通志》卷七十)

方钦:《萃馨亭集》(同治刊本《福建通志》卷七十)

林捧日:《自见集》(同治刊本《福建通志》卷七十)

林耀春:《自见集》(民国《莆田县志》卷二十三《艺文志》)

林化鲤:《尚书要解》(同治刊本《福建通志》卷七十)

宋嘉:《畹香集》(同治刊本《福建通志》卷七十)

林周礼:《四书解》、《敦学堂集》(同治刊本《福建通志》卷七十)

方少韩:《蓼匪藏稿》(同治刊本《福建通志》卷七十)

林冲:《默冲集》(同治刊本《福建通志》卷七十)

游潜:《涌花轩诗》(同治刊本《福建通志》卷七十。民国《莆田县志》卷二十三《艺文志》作《涌花轩诗集》)

周巩:《留磐阁诗集》八卷(同治刊本《福建通志》卷七十)

林榜(蔡榜):《歇斋稿》(同治刊本《福建通志》卷七十)

曾贞复:《曾贞复集》五卷(同治刊本《福建通志》卷七十)、《曾贞复文集》(民国《莆田县志》卷二十三《艺文志》)

林斢:《一草庐诗》一卷(同治刊本《福建通志》卷七十)

康�:《石厓集集》(同治刊本《福建通志》卷七十。民国《莆田县志》卷二十三《艺文志》作康琨)

陈汝亨[1]:《二知斋集》(同治刊本《福建通志》卷七十)

黄海:《鲸涛杂稿》(同治刊本《福建通志》卷七十)、《鲸涛集》二卷(咸丰元年刻本,福建师范大学图书馆藏)、《续莆阳比事》(旧钞本,存三卷)

余世田:《雨香亭集》(同治刊本《福建通志》卷七十)

吴辙:《北游小草》(同治刊本《福建通志》卷七十)

吴孙逢:《桂枝(一作林)阁诗文集》(同治刊本《福建通志》卷七十。民国《福建通志》总卷二十五《福建艺文志》卷六十五作《桂枝阁诗文集》)、《春秋管见测义》、《桂林阁诗文集》(民国《莆田县志》卷三十《理官传》本传)

林朋麟:《玉书阁诗笺》一卷(陈瞻岵藏残钞本)

刘芳荫:《孝友堂遗草》二卷(康熙间刻本,孙殿起《贩书偶记》)

林桢:《学诗庭集》(陈瞻岵藏卷一,一册)、《菊淙集》(同治刊本《福建通志》卷七十)、《学诗庭诗》一卷(清刻本)(《福建地方文献及闽人著述综录》)

林黉:《愧庭遗诗》一卷(民国《莆田县志》卷二十三《艺文志》)、《乾隆莆田县志》三十六卷(同治刊本《福建通志》卷七十。民国《莆田县志》卷二十二《艺文志》作二十卷)、(与廖必琦纂)《乾隆莆田县志》三十六卷(同治刊本《福建通志》卷七十。民国《莆田县志》卷二十二《艺文志》作二十卷)

贺梁:《一脉言诗集》(同治刊本《福建通志》卷七十。柯愈春《清人诗文集总目提要》第 375 页作二

① 民国《莆田县志》卷二十三《艺文志》作陈汝亭(原第九十页,影印第 211 页)。

卷,嘉庆间刻本)、《一脉言诗》(《国朝全闽诗录初集》续集卷六贺梁条)

贺青来:《渭笛同声集》(同治刊本《福建通志》卷七十)、《八壶怡客句》二卷(福建省图书馆、关佛心藏刻本。民国《莆田县志》卷二十三《艺文志》)

林清标:《易解集义》六卷、《簧祀备考》二卷、《天后志》二卷(一名《天后圣迹图志》,宁波安澜会馆重刊本)、《医学指南》四卷、《宛舫居文集》六卷[①](同治刊本《福建通志》卷七十)

陈应麐:《群书古学捷》(刻本)

曾洪范:《道南统绪》二卷、《壶峰集》四卷(同治刊本《福建通志》卷七十)

曾志山:《刍音集》一卷(民国《莆田县志》卷二十三《艺文志》)

郑文炳:《易经要义》(民国《福建通志·福建艺文志》卷二题作《周易要义》)、《性理广义》、《省心堂家训》、《明伦初集》五卷、续集五卷(民国《福建通志》总卷二十五,《福建艺文志》卷七十一)、《明伦集》(民国《莆田县志》卷二十二《艺文志》)、《古文明伦集》初集五卷,续集五卷(存原刻本)

郑仕仁:《蔼香居偶笺》、《蔼香居诗集》(同治刊本《福建通志》卷七十)

郑帝眷:《劝善书》、《经史汇珠》(同治刊本《福建通志》卷七十)

郑远芳:《用拙居存稿》三卷(刻本)、《匏落存稿》一卷(同治刊本《福建通志》卷七十)

郑文炳、钟梦白:《古文明伦集》五卷、《续集》五卷(同治刊本《福建通志》卷七十)

翁霈霖:《漱芳居草》(民国《莆田县志》卷二十三《艺文志》)

翁霪霖:《翁筠楼集》六卷(抄本,福建省图书馆藏;刻本,一册,张琴藏)、《南广杂咏》一卷续一卷补一卷(乾隆五十九年刻本)、《出山草》一卷、《新梧草》一卷、《排秋咏》一卷、《愁海咏》一卷、《栽花草》一卷、《临江草》一卷、《秋闱草》一卷、《南广存钞》一卷(民国《莆田县志》卷二十三《艺文志》)、《出山草》六册(原莆田县图书馆藏)、《广南杂吟》一卷、《蜀道草》二卷、《栽花草》一卷、《棘闱草》一卷、《出山草》一卷、《愁梅咏》一卷、《弄云集咏》一卷(同治刊本《福建通志》卷七十)、《弄云集》八卷[②](风砖斋刻本)、《筠楼诗草》四卷(乾隆五十九年刻本,中国科学院图书馆藏)、《筠楼集》五卷(乾隆间刻本,莆田市图书馆藏)、《筠楼杂咏及赋》不分卷(乾隆六十年刻本,首都图书馆藏)(柯愈春《清人诗文集总目提要》第861-862页)

翁兰:《秋皋唱和》、《心斡遗文》(《翁筠楼集》六卷附。《福建地方文献及闽人著述综录》第88页)、《秋皋遗稿》一卷(民国《莆田县志》卷二十三《艺文志》,柯愈春《清人诗文集总目提要》第891页作不分卷,一册,嘉庆间刻本)

翁霪霖、翁兰:《漱芳居排体唱和集》一卷(刻本。民国《莆田县志》卷二十三《艺文志》)

方大模:《会心斋诗钞》二卷(陈香墀藏刻本)

陈樟:《玲珑山馆诗钞》一卷(民国《莆田县志》卷二十三《艺文志》)

徐洪锡:《集陶轩近体》(同治刊本《福建通志》卷七十)、《洛园诗录》(民国《莆田县志》卷二十三《艺文志》)

莆田林弼:《筑岩小草》(同治刊本《福建通志》卷七十)

张琴:《孝经证义》一卷、《大学通义》一卷、《读尔雅》四卷、《洪范释义》、《莆田县志稿》四十卷、《印谱》一卷、《画学论》、《南山志》二卷、《陈忠肃公年谱》一卷、《桐云轩杂钞》二册、《集杜》一卷、《集阴符经篆书对联》一卷、《桐云轩文集》四卷、《桐云轩诗集》十卷(均原稿本。《莆田人著作存本》)、(与石有纪合纂)《民国莆田县志》三十四卷(福建省图书馆藏钞本)、《寄赏园藏书记》(民国《莆田县志》卷二十三《秋皋遗稿》引)、《中庸通义》(铅印本)、《考礼正俗保存神社说帖》(铅印本)、《桐云轩声画集》二卷(铅

① 李灵年等《清人别集总目》著录林源(奕逢、学川)《宛舫居文集》一卷(清钞本,首都图书馆藏)、十卷(乾隆二十八年刻本,福建省图书馆等处藏)两种(第1360页),虽集同名而作者不同。

② 柯愈春《清人诗文集总目提要》著录此集,分《广南杂吟》一卷、《蜀道草》一卷、《临江草》一卷、《栽花草》一卷、《棘闱草》一卷、《出山草》一卷、《新梧草》一卷、《排秋咏》一卷、《愁梅草》一卷(第861页),都九卷,卷数不合。

印本)

宋增佑:《仁陶杂著》二册、《莆稗》一册、《仁陶诗草》六册、《自家知录》二册、《先德恭纪》一册、《我的故乡》一册、《略可居室漫录》二册、《村居漫录》二册、《滥收拾》二册、《莆阳楹联丛话》一册、《莆渣吟》一册、《莆谐》一册、《近五十年大事表》一册、《仁陶日记》三十册(均原稿本。《莆田人著作存本》)、《宋仁陶遗集》(黄祖绪《清代台湾教谕宋际春》)

吴灿宗:《紫璜书室集》(民国《莆田县志》卷二十三《艺文志》)、《紫璜山房诗》一卷(钞本)

游介园:《莆阳派印存》二卷、《抗日印史初编》三卷(原稿本。《莆田人著作存本》)

陈锡彝[①](陈德薰):《瞻园诗草》一册(钞本。福建师范大学图书馆藏)

陈学谦:《荔城见闻录》一册(油印本)

柯经纬:《柯心斋稿》一册(旧钞本,泉州图书馆藏。李灵年等《清人别集总目》第1603页)

李公森:《梅吟草》(民国《莆田县志》卷二十三《艺文志》)

朱英:《巩吟集》(民国《莆田县志》卷二十三《艺文志》)

郑三卿:《郑星阶诗文集》(民国《莆田县志》卷二十三《艺文志》)

莆田林起龙:《养云室诗钞》(民国《莆田县志》卷二十三《艺文志》)

姚焯:《野芳集》(民国《莆田县志》卷二十三《艺文志》)

莆田李梦白:《四痴吟草》(民国《莆田县志》卷二十三《艺文志》)

杨玉章:《研经堂稿》一卷(民国《莆田县志》卷二十三《艺文志》。福建省图书馆藏钞本)、《无名氏诗稿》(稿本,福建省图书馆藏)、《杨琢如诗存》(柯愈春《清人诗文集总目提要》第1681页)

陈叔英(一作陈淑英[②]):《竹素园诗集》二卷、《集句》二卷(同治六年刻本)、《竹素园集句》二卷(民国《福建通志》总卷二十五,《福建艺文志》卷六十六)、《竹素园集》四卷(刻本。民国《莆田县志》卷二十三《艺文志》)、《□□回文诗》(民国《莆田县志》卷二十八陈淑英条)

陈圻(江西人):《娄江集》三卷(黄祖绪《莆阳历代闺秀名媛、才女诗人纪略》之五十五)

张氏:《针余小草》(林扬祖《莆田县志稿·艺文志》刘尚文注)

林扬祖:《莆田县志(稿)》二十一册(同治间修,稿本、抄本,原莆田县图书馆藏)

陈梓:《玲珑山馆诗集》一卷(光绪三十四年刻本、民国十二年刻本)、《玲珑山馆诗钞》一卷(光绪二十九年刘尚文刻本)

宋际春:《瑶荔山房集》(《台湾文献丛刊》续编本。即《柘耕诗集》八卷、《柘耕文集》二卷)、《绿天偶笔》一卷(旧钞本。民国《莆田县志》卷二十三《艺文志》、张琴《寄赏园藏书记》、黄祖绪《清代台湾教谕宋际春》)、《柘耕诗集》八卷、《文集》二卷(民国《莆田县志》卷二十九《文苑传》本传)、《柘耕诗文集》十册(抄本,原莆田县图书馆藏)、《宋柘耕文集》十卷(清钞本,莆田市图书馆藏)、《宋柘耕诗文集》十卷(钞本,福建师范大学图书馆藏)(柯愈春《清人诗文集总目提要》第1508页)

宋廷尊:《砚芗剩稿》(民国《莆田县志》卷二十三《艺文志》。张琴藏钞本)、《砚香斋草》一册不分卷(清末钞本,莆田图书馆藏。柯愈春《清人诗文集总目提要》第1729页)

李文澜:《白塘渔隐集》(民国《莆田县志》卷二十三《艺文志》)

翁祖荫:《粤行草掇存》一卷(民国《莆田县志》卷二十三《艺文志》)

莆田林翰:《山与楼诗》四卷、《外集》一卷(民国《莆田县志》卷二十三《艺文志》)、《山与楼诗集外集》四卷、《文集》若干卷、《比较宪法讲稿》一卷(民国《莆田县志》卷二十九《文苑传》本传)、《山与楼诗文集》五卷(民国《福建通志》总卷二十五,《福建艺文志》卷六十六)、《山与楼诗》内集四卷外集一卷(民国间铅印本;陈衍《石遗室诗话》卷三十,第二十一条注)

---

① 李灵年等《清人别集总目》著录《瞻园诗草》,作者陈德薰,原名锡麟,字德盛,号琴舫(第1325页)。

② 民国《莆田县志》卷二十八,《闺秀传》本传,原第一百十四页,影印第541页。

黄邦光:《黄子谦诗》一册(稿本)

关陈謩:《关佛心诗集》(民国《莆田县志》卷二十三《艺文志》)、《诗文集》若干卷、《莆中倭祸记》一卷(一名,钞本)、《莆录要》一卷(民国《莆田县志》卷二十九《文苑传》本传)、《莆田倭祸记》(钞本)、《莆田史谈》(辑钞本)

杨星洲:《守素居医林选翠》一册、《璜山草堂笔记》一册、《时病老少咸宜集》一册(均稿本。《莆田人著作存本》)

康爵:《莆田大事记稿》、《莆田艺文志稿》、《莆阳经籍存本》、《乡故随钞》、《耕冰寄庐漫录》、《乡贤宦迹录》、《莆阳文补辑》、《莆风清籍集补遗》、《莆阳诗话》、《名家书目摘要》(一名《名家书目摘钞》)、《涵芬楼书目补遗》、《现存方志调查表》、《古今方志总目》、(辑余怀)《味外轩诗辑》、(辑宋珏)《宋比玉诗辑》、(辑吴希贤)《听雨亭诗辑》、(辑魏时敏)《竹溪诗辑》、《东山逸戾诗辑》、(辑黄希英)《斗塘诗辑》、(辑周宣)《秋斋诗辑》、(辑康大和)《砺峯文辑》、(辑黄相)《一溪诗辑》(均稿本。《莆田人著作存本》)、《莆田书家录》、《莆石漫录》、《乡贤友声集》等二十五种

吴凤举:《八闽人物志》不分卷(《福建文献集成初编》第61-65册影印上海图书馆藏稿本)

陈樵:《丘园诗》一卷(民国《莆田县志》卷二十三《艺文志》)、《刑事诉讼法》、《丘园诗稿》(民国《莆田县志》卷二十六下《列传》本传)

陈斌:《越游集》(民国《莆田县志》卷二十三《艺文志》作《越海集》)、《台南集》、《淯水集》(民国《福建通志・福建艺文志》存目卷四十二作《清水集》)(民国《莆田县志》卷二十六下本传作《越游》、《台南》、《沟水》诸集)(同治刊本《福建通志》卷七十)

林滋谦:《谏轩小草》四卷、《退斋集》(同治刊本《福建通志》卷七十)

林璐[①]:《岁寒堂初集》五卷(康熙十九年自刻本,国家图书馆藏)、《岁寒堂存稿》十二卷(康熙间朱氏崇道堂刻本,国家图书馆藏)(柯愈春《清人诗文集总目提要》第183页)

林文琏[②]:《得斋诗稿》四卷、《文稿》二卷(乾隆间刻本。柯愈春《清人诗文集总目提要》第470页)

林徵韩[③]:《忘余草》一卷(清刻本。柯愈春《清人诗文集总目提要》第200页)

林晋奎:《洗蓬仙馆文集》二卷(道光十年刻本,安徽省图书馆藏。柯愈春《清人诗文集总目提要》第1059页)

林士佑:《潇湘吟草》二卷、《绵汾诗赋草》二卷(钞本,《续修四库提要》著录。柯愈春《清人诗文集总目提要》第1174页)

林之望[④]:《荆居书屋集》二卷(民国十六年铅印本,国家图书馆藏)、《江左二林文集合钞》二卷(清刻本,安徽省图书馆藏)、《春明馆课赋稿》四卷、《荆居书屋诗遗》二卷、《荣禄公遗集》一卷、《三元文稿》三卷(柯愈春《清人诗文集总目提要》第1398页)

陈珍[⑤]:《鸪叶庵遗稿》一卷(光绪二年刻本,天津图书馆藏。柯愈春《清人诗文集总目提要》第1469页)

杨炳勋[⑥]:《问鹂山馆诗钞》一卷续钞一卷附试帖诗余(光绪二十四年刻本,北京大学图书馆藏。柯愈春《清人诗文集总目提要》第1611页)

李灿暘:《旭东余草》一卷(清刻本,莆田图书馆藏。柯愈春《清人诗文集总目提要》第451页)

---

① 林璐(1626—1688),字玉逵,号鹿庵。杭州府钱塘人。先世莆田人。宗人林云铭董《岁寒堂存稿》剞劂事并撰序(柯愈春《清人诗文集总目提要》第183页)。

② 林文琏(1678—1761),字圣与,号得斋,阮元曾外祖。扬州府甘泉人。先世莆田人(柯愈春《清人诗文集总目提要》第470页)。

③ 林徵韩,字退思,号禅伏山人,家直隶昌黎。先世闽人(柯愈春《清人诗文集总目提要》第200页)。

④ 林之望,字伯颖、小颖,号远村,林晋奎孙、林士佑子。安徽怀远人。先世系福建莆田县世族(柯愈春《清人诗文集总目提要》第1398页)。

⑤ 陈珍,字亚珊,号花民、沽上陈人、无声馆主,福建人,籍天津。卒年二十五(柯愈春《清人诗文集总目提要》第1469页)。

⑥ 杨炳勋(1825—?),字伯庸,号晴帆,原籍福建。诸生。官广东,居广州(柯愈春《清人诗文集总目提要》第1611页)。

仙游吴兆宗:《纫兰集》七卷(柯愈春《清人诗文集总目提要》第455页)

郑开:《天镜楼集》(同治刊本《福建通志》卷七十)

林滋谦、郑开:《壶山唱和集》四卷(同治刊本《福建通志》卷七十)

姚黄甲:《詹詹草》(同治刊本《福建通志》卷七十)

周王春:《濯来亭诗集》(同治刊本《福建通志》卷七十)

陈栋:《羊城集》(同治刊本《福建通志》卷七十)、《花月痕传奇》(柯愈春《清人诗文集总目提要》第875页)

林夔:《怡寄斋诗稿》(同治刊本《福建通志》卷七十)

林坤:《理学言行录》六卷、《遯庵诗略》一卷(同治刊本《福建通志》卷七十)

宋庆曾:《环山诗草》(同治刊本《福建通志》卷七十)

郑熊佳:《掌天诗草》(同治刊本《福建通志》卷七十)

林元诲(一作林元晦):《南村诗集》(同治刊本《福建通志》卷七十)

钟豫:《肯亭集》(同治刊本《福建通志》卷七十)

余仪曾:《放香亭诗稿》、《瞿瞿草》(同治刊本《福建通志》卷七十)

莆田陈兰英:《羡藜集》(同治刊本《福建通志》卷七十。民国《莆田县志》卷二十三《艺文志》作《羹藜集》)

林昇:《酬弧集》(同治刊本《福建通志》卷七十)

莆田林煌:《竹园集》四卷(同治刊本《福建通志》卷七十)

戴炳畿:《北游草》(同治刊本《福建通志》卷七十)

林宓:《壶壮集》(同治刊本《福建通志》卷七十)

莆田郑镛:《三峰楼诗稿》(同治刊本《福建通志》卷七十)

宋翃:《愓斋诗稿》(同治刊本《福建通志》卷七十)

林文豹:《唧唧吟稿》(同治刊本《福建通志》卷七十)

黄帝臣:《梅麓轩诗集》(同治刊本《福建通志》卷七十。柯愈春《清人诗文集总目提要》第385页作四卷)

戴一球:《西亭诗草》(同治刊本《福建通志》卷七十)

康琨:《药庄诗集》(同治刊本《福建通志》卷七十)、《药庄诗略》(民国《莆田县志》卷二十三《艺文志》)

黄潆:《小学集解》六卷、《晚翠亭文集》(同治刊本《福建通志》卷七十)、(注)《朱子学的》四部(《四库全书总目》)、《白华书屋诗》(《国朝全闽诗录初集》续卷六小传)、《晚翠庭集》、《白华书屋诗草》(民国《莆田县志》卷二十三《艺文志》)

莫云:《名山楼藏稿》(同治刊本《福建通志》卷七十)

苏嵋:《圯上吟》(同治刊本《福建通志》卷七十。柯愈春《清人诗文集总目提要》第232页作一卷)、(主修)《三水厅志》(柯愈春《清人诗文集总目提要》第232页)

林琅玉:《乌石樵唱集》(同治刊本《福建通志》卷七十)

方大谟(謩):《会江诗草》、《罗芩八咏》(同治刊本《福建通志》卷七十)

陈应赓(原名陈应明):《古学捷录》十卷(同治刊本《福建通志》卷七十)

徐逢时:《学海汇珠》二十卷(同治刊本《福建通志》卷七十)

莆田俞荔、永福陈云客:《乾隆永福县志》十卷(同治刊本《福建通志》卷七十)

俞荔:《莆田县志》、《拾余草》(同治刊本《福建通志》卷七十)、《南溪亭诗集》(民国《莆田县志》卷二十三《艺文志》)

廖必琦:《荔庄诗钞》六卷(校钞本,福建师范大学图书馆藏)、《荔庄诗钞》不分卷(清刻本,福建省

图书馆藏)(柯愈春《清人诗文集总目提要》第545页)

廖必琦、林黉:《乾隆莆田县志》三十六卷(同治刊本《福建通志》卷七十。民国《莆田县志》卷二十二《艺文志》作二十卷)

永福黄彬:《介石轩诗稿》(同治刊本《福建通志》卷七十)、《介石轩集》(《国朝全闽诗录初集》续卷八黄彬条)、《介石轩诗草》(民国《莆田县志》卷二十三《艺文志》)

刘祖尧:《学敬斋日行录》、《学敬斋言行录》(同治刊本《福建通志》卷七十)

莆田李鸣珂:《周易简要》二卷(同治刊本《福建通志》卷七十)

林兆鲲:《南池稿》(同治刊本《福建通志》卷七十)、《林太史集》十二卷(乾隆间刻本)、(子林泰校刊)《林太史集》十四卷[①](民国《莆田县志》卷二十三《艺文志》。一名《林太史稿》十四卷,刻本)、《林太史集》八卷、《诗余》一卷、《蜩笑草》一卷(民国《莆田县志》卷二十九《文苑传》本传)

陈汝川:《真痴子存稿》、《常华堂集录》(同治刊本《福建通志》卷七十)

叶文骏:《�石山房集》(同治刊本《福建通志》卷七十)

佚名:《莆田前明百家济美录》(原莆田县图书馆藏钞本。《莆田人著作存本》)

佚名:《莆田黄氏家传诗集》(福建省图书馆藏钞本。《莆田人著作存本》)

佚名:《莆阳诗编》二册(福建省图书馆藏钞本。《莆田人著作存本》)

佚名:《莆阳明德集》一册(福建省图书馆藏铅印本。《莆田人著作存本》)

佚名:《陈公祠堂志》一册(福建省图书馆藏钞本。《莆田人著作存本》)

刘伯丞:《中西病理学汇宗》一册(铅印本。《莆田人著作存本》)

李建灏:《鼠疫治疗全书》(铅印本。《莆田人著作存本》)

黄玉树:《小学教师》(商务印书馆铅印本)、《中学校长》(北平文化学社铅印本。《莆田人著作存本》)

王命岳:《读易杂卦牖中天》一卷、《读诗杂记》、《王给事奏疏》二卷、《千秋宝鉴》、《感应篇引经征事》二卷、《耻躬堂文集》二十卷(同治刊本《福建通志》卷七十二)、《杂卦牖中天》一卷(陈笃彬、苏黎明《泉州古代著述》第303页)

王锡卣:《寿宁县志》八卷(康熙二十五年刻本)

王元芳:《王洲若诗文集》(同治刊本《福建通志》卷七十二)、《诗文集》(陈笃彬、苏黎明《泉州古代著述》第304页)

陈俞侯:《陈子新编》、《滇蜀草》、《东行草》、《北行草》、《金陵杂诗》、《乐社诗草》(同治刊本《福建通志》卷七十二)、《乐咏》、《邻公诗余》(陈笃彬、苏黎明《泉州古代著述》,第304页)

陈元焕:《梛亭文稿》(同治刊本《福建通志》卷七十二)

陈一策:《香雪斋集》二卷(一名《翠屏山人诗集》,乾隆间刻本。《续修四库提要》著录四卷本,福建师范大学图书馆藏二卷本,柯愈春《清人诗文集总目提要》第590页)、《翠屏山人集》(同治刊本《福建通志》卷七十二)、《翠屏山人诗文全集》(陈笃彬、苏黎明《泉州古代著述》,第305页)

王龙震:《视鹾疏草》(同治刊本《福建通志》卷七十三)

王龙贲:《颂爵编》、《威香集》(同治刊本《福建通志》卷七十三)

王之珂:《佔毕音学》(民国《南安县志·文苑传》本传作《咕哔音学》)一卷、《瓿余篇》(同治刊本《福建通志》卷七十三)、《闽音必辨》(民国《福建通志》总卷二十五,《福建艺文志》存目卷十)、《瓿余篇诗草》(民国《南安县志》卷三十一《文苑传》本传)

张履登:《宁我诗集》(同治刊本《福建通志》卷七十三。《泉州古代著述》第316页作四卷)

---

① 柯愈春《清人诗文集总目提要》著录《林太史集》十四卷,"乾隆间其子林泰刻,北京大学图书馆藏十二卷本,莆田市图书馆藏本缺卷八至十。合则完整"。福建省图书馆藏嘉庆九年翰香堂刻本十四卷(第779页)。

张焞：《四书摘要》、《时拂居诗文集》（同治刊本《福建通志》卷七十三）

陈龙岩：《鸿爪草合刻》二十四卷（同治刊本《福建通志》卷七十三。《泉州古代著述》第316页作《鸿爪集合刻》二十四卷）

陈孙蕙：《宫词百首》（同治刊本《福建通志》卷七十三）

张桢：《丹经》四卷、《咸阁游录》八卷、《易易吟》（陈笃彬、苏黎明《泉州古代著述》第282页字四卷）（同治刻本（福建通志）卷七十三）

张桢、陈幼嘉：《四书合说》（同治刊本《福建通志》卷七十三，陈笃彬、苏黎明《泉州古代著述》第282页作十二卷）

何中岳：《何中岳诗文集》（同治刊本《福建通志》卷七十三）、《四书解》、《经史会通》（陈笃彬、苏黎明《泉州古代著述》第360页）

何洛：《易经微言》、《诗经解》、《四书解》（陈笃彬、苏黎明《泉州古代著述》作何中岳著）、《经史会通》（陈笃彬、苏黎明《泉州古代著述》作何中岳著）、《史集解》、《寡过编》（同治刊本《福建通志》卷七十三）、《先正论文》、《经传》（陈笃彬、苏黎明《泉州古代著述》第281页）

郑得潇：《易研》、《五经通义》、《史航》、《人字图说》、《文学指南》、《蓬麻近吟选》（同治刊本《福建通志》卷七十三）、《我见如是》（陈延香整理，1924年）、《大学定本》、《周礼挈领》、《广孝经》、《古文信好篇》、《史统》、《文学指南》、《蓬廨近吟选》（陈笃彬、苏黎明《泉州古代著述》第281页）

郑得溥：《郑得溥诗集》（同治刊本《福建通志》卷七十三）

郭炜：《郭暗生诗文集》、《古今名媛诗选》、《梅花唱和诗》（同治刊本《福建通志》卷七十二）

郭世纯：《郭昆冶诗集》（同治刊本《福建通志》卷七十二）

施琅：《靖海纪》（续修四库全书本别称《靖海纪事》）二卷、《平南事实》四卷（同治刊本《福建通志》卷七十二）

施世纶：《施澧帅奏疏》一卷、《浔江草》五卷（一题《浔江诗草》）、《南堂集》二十卷（《莲坡诗话》一题《南堂诗钞》二十卷）、《倚云词》一卷（同治刊本《福建通志》卷七十二）、《南堂诗钞》（台湾文献丛刊续编本）、《南堂集》八卷、《倚红词》一卷、《浔江诗草》一卷、《浔江二集》一卷、《浔江三集》一卷、《南堂诗抄》四卷（陈笃彬、苏黎明《泉州古代著述》第302页）、《词赋》一卷、《南堂诗抄》十二卷（雍正间刻本）、《靖海纪事》（民国《福建通志》总卷二十五，《福建艺文志》卷二十）、《浔阳诗草》三集、《南堂诗钞》十卷（康熙二十四年刻本）、《南堂诗钞》十二卷、《词赋》十二卷[①]（雍正五年刻本，国家图书馆藏）、《南堂集》八卷、《南堂文钞》（未刻稿）（柯愈春《清人诗文集总目提要》第381页）

施世骥：《清峰诗草》一卷、《诗草二集》一卷（陈笃彬、苏黎明《泉州古代著述》第302页）

施世騋：《东园诗集》二卷（同治刊本《福建通志》卷七十二）、《东园诗集》一卷、《东园续集》一卷（陈笃彬、苏黎明《泉州古代著述》第302页）

施世骝：《南窗燕草》一卷（同治刊本《福建通志》卷七十二）

施士岳：《容轩诗文稿》（同治刊本《福建通志》卷七十二）

施廷瑞：《花萼集》（同治刊本《福建通志》卷七十二）

施朝凤：《焚余集》数篇（同治刊本《福建通志》卷二百五十三，《列女传》闺秀"陈日蓁妻施氏"条）

富鸿基：《日讲四书》十六卷、《云麓诗文集》四卷（同治刊本《福建通志》卷七十二）、《瑟园诗草》一卷（乾隆间富寿奴钞本，泉州图书馆藏。柯愈春《清人诗文集总目提要》第202页）

富中琰：《燕游草》、《杜诗全集注解》、《韵法指南》（陈笃彬、苏黎明《泉州古代著述》第277页）、《杜诗集解》（同治刊本《福建通志》卷七十二）、《枭羹集》一卷（康熙十六年刻本。柯愈春《清人诗文集总目提要》

---

① 李灵年等《清人别集总目》著录《南堂诗钞》十二卷《词赋》一卷，康熙四十八年刻本，复旦大学图书馆藏；雍正四年施廷翰刻本，国家图书馆等处藏（第1654页）。

第117页)

富允让:《理气漫言》一卷、《事行卑论》一卷(同治刊本《福建通志》卷七十二)

富允谐:《禹贡参断》、《闽音必辨》二卷、《汉书参断》、《九百备谈》(民国《福建通志·福建文苑传》卷七本传作《九百稗谈》)、《临池博览》、《投知草》(陈笃彬、苏黎明《泉州古代著述》第304页云一作《投知集》)二十卷(同治刊本《福建通志》卷七十二)、《淳化释文》(民国《福建通志》总卷三十九,《福建文苑传》卷七本传)

施霄上:《施霄上茂才诗文集》(郭柏荫《天开图画楼文稿》卷二《施霄上茂才诗文集序》)

吴方皋:《尺鳞亭诗文集》(同治刊本《福建通志》卷七十二)

庄烈:《诗史》一卷、《只怡篇》一卷(同治刊本《福建通志》卷七十二)

郭雪佳:《诗集》一卷(同治刊本《福建通志》卷二百五十三,《列女传》闺秀"郭氏"条)

谢青钟:《怪斋史误》、《越山十鞶》(《泉州古代著述》第317页作《越斋十鞶》)、《诗词文集》(同治刊本《福建通志》卷八十一)、《谢青钟诗词文集》(民国《福建通志》总卷二十五,《福建艺文志》存目卷四十二)、《诗删》(陈笃彬、苏黎明《泉州古代著述》,第317页)

谢凤珠:《竹窗集》(民国《福建通志》总卷四十五,《福建列女传》卷六,谢凤珠本传)

阮旻锡(释超全):《夕阳寮诗稿》十二卷(厦门大学出版社2011年版)、《海上见闻录》二卷[抄本。一作《海上闻见录定本》(阮旻锡《海上闻见录定本自序》)]、《击筑集》(阮旻锡《击筑集自序》)、《幔亭游草》(《竹间十日话》卷二,民国《同安县志》一作《幔亭游稿》)、《读易阙疑》、《四书测》、《粤滇纪略》、《谈道录》、《金刚经语》(陈笃彬、苏黎明《泉州古代著述》第295页作《金刚经说》)、《续佛法金汤》(陈笃彬、苏黎明《泉州古代著述》第295页作《读佛法金汤》)、《清源会诗编》、《慧庵唱和集》(陈笃彬、苏黎明《泉州古代著述》第295页作《慧庵唱和》)、《同和东坡诗韵》(民国《同安县志》一作《同和东坡韵诗》)、《唐人雅音集》、《唐七言律式》、《韵选》、《夕阳寮存稿》二卷、《燕山纪游》、《轮山诗稿》、《杜诗三评》(民国县志一作《杜诗三律》)、《梦庵长短句》(同治刊本《福建通志》卷七十三)、《夕阳寮诗论》、《金刚经说》(民国《同安县志》卷二十五)、《夕阳寮词》、《惠庵倡和韵选》、《诗韵》、《啸草》、《诗论》、《夕阳寮文稿》、《涉江诗钞》、《弈鉴》等二十余种(《厦门志》)、《夕阳寮存稿续集》五卷(阮旻锡自序)、《阮畴生诗》(民国《福建通志》总卷二十五,《福建艺文志》卷六十四)、《清源诗汇编》一册(红兰馆小丛书钞本)、《闻见录》、《闽海纪略》二卷(陈笃彬、苏黎明《泉州古代著述》第295页)、《阮畴生诗集》四卷(顺治十五年刻本。柯愈春《清人诗文集总目提要》第44页)

阮允让:(合著)《理气漫言》、《事行卑论》(民国《福建通志》总第三十九卷,《福建文苑传(清一)》卷七蔡震升本传)

黄瀚:《禾山诗钞》、《文钞》(厦门市图书馆网站)

苏甦:《随天付与杂庐诗》(陈衍《石遗室诗话》卷二十九,第十条)、(合刊)《甲子杂诗》、(合编)《厦门指南》、《菲岛杂诗》、《旷劫集》、《怀旧集》、《律诗之研究》、《诗本事补》、《红豆吟窝小品》等三十余册

谢龙文:《灵箫阁杂诗》(陈衍《石遗室诗话》卷二十九,第十条)

苏鸿图:《乐天斋文录》一册(陈衍《石遗室诗话》卷二十九,第十三条)

陈迁鹤:《易说》(郑杰《注韩居诗话》一作《易论》)十五卷、《春秋记疑》(郑杰《注韩居诗话》一作《春秋纪疑》)三卷、《闲居偲闻》一卷(《泉州古代著述》第272页作十二卷,又一卷本)、《小学疏意大全》二卷(《泉州古代著述》第272页作《小学疏意》二卷)、《椿树堂文集》二卷、《上峰堂文集》(民国《福建通志·福建儒林传》陈迁鹤传作二卷)(同治刊本《福建通志》卷七十二)、《太极太虚论》、《上峰堂椿树堂文集》、《诗稿》(《国朝全闽诗录初集》续集卷四陈迁鹤条引郑杰《注韩居诗话》)、《珍山陈庶子易说》十五卷[1](旧抄本)、《陈介石先生闲居偲闻》一卷(光绪间泉州梅石山房刻本)、《毛诗国风绎》一卷(红兰馆

① 福建人民出版社《福建文献集成》初编(2020年版)第5-7册影印福建省图书馆藏清抄本《珍山陈庶子易说》二十四卷。

小丛书抄本)、《尚书私记》一卷、《春树堂文集》二卷(《福建地方文献及闽人著述综录》、民国《南安县志》卷四十五《艺文志》。民国《福建通志·福建艺文志》存目卷四十二作《椿树堂文集》二卷)、《韩江诗草》一卷(民国《福建通志》总卷二十五,《福建艺文志》存目卷四十二)、《论易》十五卷、《小学疏意》二卷、《闲居咫闻》十二篇、《韩江草》一卷(民国《南安县志》卷四十五《艺文志》)

陈万策:《馆阁丝纶》二卷(红兰馆小丛书抄本)、《馆阁丝纶》五卷(清刻本,泉州市图书馆藏)、《近道斋诗集》四卷、《文集》六卷(同治刊本《福建通志》卷七十二。民国《福建通志·福建艺文志》卷六十四、民国《南安县志》卷四十五《艺文志》作《近道斋文集》六卷、《诗集》四卷;清代诗文集汇编第 220 册题《近道斋集》十卷[1],诗集四卷、文集六卷,乾隆八年刻本)、《中西算法异同论》(《四库全书总目》、阮元《畴人传》)、《四书制义》二卷、《近道斋文集》八卷、(预修)《御纂周易折中》、(预修)《性理精义》、(预修)《钦定诗经汇纂》(陈笃彬、苏黎明《泉州古代著述》第 273 页)、(与蔡世远、黄志弼辑)《朱子家训》(民国《福建通志》总卷三十六,《福建循吏传》卷十一,黄志弼传)、《近道斋集》(《国朝全闽诗录初集》续集卷五陈万策条)

陈科捷:《晴窗随笔》、《志道斋集》、《静学居诗话》二卷(同治刊本《福建通志》卷七十二)、《晋溪文房》、《太史家稿》、《诗学声调谱》、《余堂诗集》(陈笃彬、苏黎明《泉州古代著述》,第 315 页)

官献瑶:《读易偶记》三卷、《尚书偶记》一卷(《桐城文学撰述考》卷一作三卷。陈笃彬、苏黎明《泉州古代著述》第 274 页作二卷)、《尚书讲稿》一卷、《思问录》一卷(民国《福建通志·福建艺文志》卷二题作《尚书讲稿》、《思问录》一卷)、《读诗偶记》二卷、《周官偶记》(别称《石溪读周官》)六卷、《仪礼读》三卷(陈寿祺《左海文集》卷六《李侍郎仪礼纂录序》作《读仪礼》)、《丧服私抄并杂说》一卷、《春秋传习录》五卷、《孝经刊误》一卷、《石溪文集》十六卷、《诗集》二卷(同治刊本《福建通志》卷七十三)、《漳州府志》□□卷、杂著十一种(刘声木《桐城文学渊源撰述考》卷二)、(分纂)《地官》、《秋官》、(修)《漳州府志》、《杂记》一卷、《文集》六卷、(陈笃彬、苏黎明《泉州古代著述》第 273、274 页)、《依园诗草》不分卷(清钞本,福建省图书馆藏)、《石溪文集》三卷(道光二十年刻本,山东省图书馆藏)(柯愈春《清人诗文集总目提要》第 506 页)

施世瑚:《四书宗贯》(同治刊本《福建通志》卷七十二)、《仑谷岭云四书文》、《参订陈紫峰易经浅说》(陈笃彬、苏黎明《泉州古代著述》第 327 页)

翁吉熺:《石佛洞摧伥小品》、《龆龀寻奇草》(同治刊本《福建通志》卷七十二)

李为观:《晦园集》四卷(同治刊本《福建通志》卷七十二)、《晦园二集》二卷(康熙间刻本,原莆田县图书馆藏)(柯愈春《清人诗文集总目提要》第 247 页)

李花霜:《梅亭集》一卷(同治刊本《福建通志》卷七十二)

万正色:《平岳疏议》(民国《福建通志·福建艺文志》卷十九作《平岳奏议》)一卷、《平海疏议》一卷(《泉州古代著述》第 288 页作三卷)、《平海咨文》一卷、《师中小札》一卷(同治刊本《福建通志》卷七十二)、《师中小札》一卷(《福建地方文献及闽人著述综录》第 158 页,《师中纪绩》附)、《平海疏议》(陈笃彬、苏黎明《泉州古代著述》第 352 页)

万际璋:《澜亭诗草》、《澜亭文集》、《紫映楼诗草》(同治刊本《福建通志》卷七十二)

黄(按:当作万)际璜:《研斋诗草》(同治刊本《福建通志》卷七十二)

万绍祖:《梅溪集》(同治刊本《福建通志》卷七十二)

何龙文:《春星草堂集》、《西江词》(同治刊本《福建通志》卷七十二)

何维岳:《任斋诗文集》(同治刊本《福建通志》卷七十二)

蔡仕岳:《灰余编》六卷(陈笃彬、苏黎明《泉州古代著述》第 276 页作一卷)、《集骚集楚四篇》(陈笃彬、苏黎明《泉州古代著述》第 276 页作《集骚》、《集楚》四卷)、《古文直道编》(陈笃彬、苏黎明《泉州古代著述》第 276 页作二卷)、《苦卓吟》一卷、《触笋吟》一卷、《南归集》一卷(同治刊本《福建通志》卷七十

① 柯愈春《清人诗文集总目提要》著录此集,题《近道堂集》十卷,乾隆八年刻本,国家图书馆藏(第 420 页),书名恐误。

二)、《胞衣集制义》

蔡仕舢:《蔡大中丞奏疏》(陈笃彬、苏黎明《泉州古代著述》第276页作《大中丞奏疏》)、《藐村文集》六卷、《曳蝉集》、《卷珠集》(陈笃彬、苏黎明《泉州古代著述》第276页作《卷蛛集》)、《破蜂集》、《夹谷啼莺集》、《虚白堂集》、《依稀影响集》(同治刊本《福建通志》卷七十二)、《藐村诗文集》(陈笃彬、苏黎明《泉州古代著述》第276页)

蔡常云:《五音谱》一卷、《六壬经》三卷(《泉州古代著述》第349页作一卷)、《山语楼订正地书明简录》三卷、《二宅故事》二卷(陈笃彬、苏黎明《泉州古代著述》第349页作一卷)、《注释蒋氏地理辨正》二卷、《瞻岵诗话》一卷(陈笃彬、苏黎明《泉州古代著述》第349页作二卷)、《陟瞻文集》四卷、《诗集》八卷、《赋》一卷(同治刊本《福建通志》卷七十二)、《泉州府志》七十二卷、《古近体诗》八卷、《拟古赋》一卷、《律赋》一卷、《制义》二卷、《试艺》一卷(陈笃彬、苏黎明《泉州古代著述》第349页)

黄觐光:《桥山集》二卷(同治刊本《福建通志》卷七十二)

黄元骥:《牂西转运略》、《省斋诗集》四卷(同治刊本《福建通志》卷七十二)

黄良佐:《清源山房诗集》六卷(同治刊本《福建通志》卷七十二)、《清源山房诗》(《国朝全闽诗录初集》续集卷六)

黄岳牧:《黄廉访诗草》一卷(稿本,泉州图书馆藏)、《黄廉访诗稿》(钞本,福建师范大学图书馆藏)(李灵年等《清人别集总目》第2022页)

何秉忠:《菅蒯集》(同治刊本《福建通志》卷七十二)

何琦:《何礼康诗文集》(同治刊本《福建通志》卷七十二)、《文集》、《诗集》(陈笃彬、苏黎明《泉州古代著述》,第306页)

何鼎铉:《昂亭诗文集》(同治刊本《福建通志》卷七十二)、《诗古文辞制义》(陈笃彬、苏黎明《泉州古代著述》,第306页)

黄士炯:《竹溪逸稿》(同治刊本《福建通志》卷七十三)、《诗经订序》、《春秋订传》、《周官释疑》(民国《南安县志》卷四十五《艺文志》。此三种与洪世泽所著几乎同名)

黄允肃:《萍游偶记》、《思亭文集》、《东山文萃》(同治刊本《福建通志》卷七十三)、《同社试草》、《澄源拙草》、《文集》(民国《南安县志》卷四十五《艺文志》)

刘蔚:《四书卧薪(集)》七卷(民国《同安县志》卷三十一《文苑传》本传)、《后村文稿》四卷、《外集》二卷(同治刊本《福建通志》卷七十三)

刘兰:《四书集说》、《梅庄集》(同治刊本《福建通志》卷七十三)、《梅庄文集》(民国《同安县志》卷三十一《文苑传》本传、陈笃彬、苏黎明《泉州古代著述》第318页)

黄江:《四书日抄》、《律吕图说》、《河图洛书图解》(陈笃彬、苏黎明《泉州古代著述》第282页作《图洛书律吕图说》,作者黄江河,误。当为《河图洛书律吕图说》)、《锦庄诗》、《合川文稿》、《古今文巳》(同治刊本《福建通志》卷七十三)、《锦庄诗文集》(陈笃彬、苏黎明《泉州古代著述》第318页,作者黄江河)

黄涛《性理质疑》(同治刊本《福建通志》卷七十三)

徐芬:《椒崖剩草》(同治刊本《福建通志》卷七十三)

徐焊:《渊亭诗集》、《城北草堂杂文存稿》(同治刊本《福建通志》卷七十三)

张光宪:《环紫堂诗文集》(同治刊本《福建通志》卷七十二)、《四书文》(陈笃彬、苏黎明《泉州古代著述》第282页)、《环紫堂文集》、《诗集》(陈笃彬、苏黎明《泉州古代著述》,第315页)

张慎和:《暇日诗草》(同治刊本《福建通志》卷七十二)

张步瀛:《雍正惠安县志》八卷(陈笃彬、苏黎明《泉州古代著述》第333页题《惠安县续志》八卷)、《阆仙诗集》(同治刊本《福建通志》卷七十三)

张受祉:《啸庐集》四卷(同治刊本《福建通志》卷七十三)

张敏求:《述信录》十四卷(同治刊本《福建通志》卷七十三)

黄德祐:《黄御霞诗稿》(同治刊本《福建通志》卷七十二)

黄叔纯:《缘情集》(同治刊本《福建通志》卷七十二)

黄叔达:《坳堂诗集》(《泉州古代著述》第314页作《坳堂诗草》)(同治刊本《福建通志》卷七十二)

张雕:《尔远集》一卷(同治刊本《福建通志》卷七十二)

张道南:《张吾庵自叙》(陈笃彬、苏黎明《泉州古代著述》第349页)

张克绥:《诗经述注》(同治刊本《福建通志》卷七十二)

洪科捷:《默斋诗文集》(同治刊本《福建通志》卷七十三)、《默斋剩稿》(陈笃彬、苏黎明《泉州古代著述》,第278页)、《诗文集》(民国《南安县志》卷四十五《艺文志》)

洪世泽:《易经观象》、《周官析疑随笔》、《易经订序》、《春秋订传》、《斐亭诗文集》(同治刊本《福建通志》卷七十三)、《诗经订序》、(辑)《武荣文献》(民国《福建通志》总卷三十九《文苑传》)、《仪礼辨说》(民国《南安县志》卷四十五《艺文志》)

洪世佺:《春草堂诗文集》(民国《南安县志》卷四十五《艺文志》)

洪钟:《存笥稿》(民国《南安县志》卷四十五《艺文志》)

梁廷珪:《自儆日新录》一卷(同治刊本《福建通志》卷七十三)

梁丹元:《四书辑要》(同治刊本《福建通志》卷七十三)、《诗文集》(陈笃彬、苏黎明《泉州古代著述》第350页)、《诗文遗稿》(民国《南安县志》卷四十五《艺文志》)

诸葛良辅:《日记》(陈笃彬、苏黎明《泉州古代著述》第349页)

同安陈鹏南:《陈淑斋诗文集》(同治刊本《福建通志》卷八十二)、《连江县志》(陈笃彬、苏黎明《泉州古代著述》第299页)

陈思敬:《鹤山遗集》(民国《福建通志》总卷四十,《福建儒行传》卷五,陈鹏南传附陈思敬传)

陈震岳:《静斋乐书》、《静斋野稿》(同治刊本《福建通志》卷七十二)

晋江陈云程:《桐城杂事诗》一卷、《晋水诗选》六卷(同治刊本《福建通志》卷七十二)、《闽中摭闻》二卷(乾隆五十三年刻本,泉州市文管会、福建省图书馆藏。民国《福建通志·福建艺文志》卷三十二、《泉州古代著述》第299页作一卷)、(增订)《昭明文选集成评注》六十卷(陈笃彬、苏黎明《泉州古代著述》第345页.泉州市图书馆藏)

李绳伟:《诗经会要》八卷(同治刊本《福建通志》卷七十三)

李峥嵘:(纂)《南安志稿》、《勃勃轩制艺》、《诗文集》(陈笃彬、苏黎明《泉州古代著述》第331页)、《勃勃轩文集》(民国《南安县志》卷四十五《艺文志》)

刘先登:《重编周易求义》(陈笃彬、苏黎明《泉州古代著述》第328页)、《松雪窝试艺》、《古人谈遗》、《友竹斋诗文集》、《都中别话》(同书,第351页)、《重订吉人遗铎》

刘逢升:《独弦吟遗稿》(陈寿祺《绛跗草堂诗集》卷六《题同安刘南吉乡贡独弦吟遗稿》)、《独弦吟诗集》(同治刊本《福建通志》卷七十三)、《生芝草堂诗存》十卷(道光十八年刻本。《闽词征》卷四)

刘宗成:《重订省心记》一卷、《松翠窠试艺》一卷、《诗文集》四卷(郭柏荫《天开图画楼文稿》卷二《刘默存先生墓志铭》)郭琦第:《证胆草》(民国《南安县志》卷三十一《文苑传》本传)

郭命润:《定山集》、《紫塔诗》(民国《南安县志》卷三十一《文苑传》郭琦第传附传)

郭凤简:《双声叠韵古今汇对策略》(民国《南安县志》卷三十一《文苑传》郭凤简本传)

郭元奕:《论文要义》(民国《南安县志》卷四十五《艺文志》)、《梅园外集》(同治刊本《福建通志》卷七十三)(民国《南安县志》卷三十一《文苑传》郭凤简传附传)

郭大椿:《尚趣家塾课艺》(民国《南安县志》卷三十一《文苑传》郭大彬传附传)

张维机:《四书永业》十九卷、《致知格物说》、《自述年谱行略》一卷、《清署小草》一卷(同治刊本《福建通志》卷七十二)

黄中通:《柳元山水谱》一卷、《岭外随笔》二卷、《永江纪日》一卷、《敬亭诗集》三卷、《镜园文集》(同

治刊本《福建通志》卷七十二)

黄中球:《六经法言》四十二卷(《泉州古代著述》第275页作四十四卷)、《史论附咏史诗》八卷、《藏山待》二十卷、《骈枝汇典》四卷、《芙蓉楼诗说》二卷、《芙蓉楼烬草》六卷(同治刊本《福建通志》卷七十二)

何芳腾:《韦庵诗文集》(同治刊本《福建通志》卷七十二)

黄知白:《黄原虚诗集》(同治刊本《福建通志》卷七十二)

刘士铎:《自哂集》(同治刊本《福建通志》卷七十二)

林华昌:《灵洞讲堂草》一卷(同治刊本《福建通志》卷七十二)

黄志焕:《西耕堂文集》(民国《福建通志·福建艺文志》存目卷四十二作《留耕堂文集》)、《得闲堂诗集》(陈笃彬、苏黎明《泉州古代著述》第296页作《得闲堂诗草》)、《唐宋文选》、《韩诗选》(同治刊本《福建通志》卷七十二)

黄道泰:《不自弃亭诗文集》九卷(同治刊本《福建通志》卷七十二)、(预修)《广东通志》(陈笃彬、苏黎明《泉州古代著述》第296页)、《不自弃斋文集》五卷(雍正十年刻本,上海图书馆藏。柯愈春《清人诗文集总目提要》第447页)

黄志璋:《嘉言录》、《璞园集》五卷、《遡斋集》(同治刊本《福建通志》卷七十二)

黄梦琳:《格物要语》三卷、《碎锦录》二卷、《韫斋笔记》二卷、《五行论》一卷、《诗学正宗》二卷、《雪舟诗集》三卷(同治刊本《福建通志》卷七十二)

蔡方升:《易解参考》、《春秋四传折衷》(同治刊本《福建通志》卷七十二)

蔡元成:《蔡皋庐诗文集》(同治刊本《福建通志》卷七十二)

洪承畴:(辑)《古今平定略》十二册、《洪承畴章奏文册汇辑》(台湾文献丛刻本)、《洪经略奏对笔记》二卷(光绪间铅印本)、《洪经略奏对日抄》(1949年排印本)、(浦龙渊辑)《经略纪要》二十四本(同治刊本《福建通志》卷七十二作二十四卷)、《奏对笔记》、《经略文集》(民国《南安县志》卷四十五《艺文志》)

洪承畯:《紫农山人诗集》(同治刊本《福建通志》卷七十三)、《诗文集》(民国《南安县志》卷四十五《艺文志》)

洪士铭:《畏轩诗集》(同治刊本《福建通志》卷七十三)、《四书说约》(陈笃彬、苏黎明《泉州古代著述》第360页)

洪士誉:《易疑》六本、《性理论》、《时文选》(民国《南安县志》卷四十五《艺文志》)、《选性理论》若干卷(民国《南安县志》卷三十一《文苑传》本传)

泉州李默:《吹剑集》(同治刊本《福建通志》卷七十二)

蔡义(万)年:《老中笔谈》二卷(同治刊本《福建通志》卷七十二)

曹云从:《字韵同音辨解》(同治刊本《福建通志》卷七十二)

黄梦阁:《诗余》一卷(同治刊本《福建通志》卷七十二)

王(一作黄)志美:《金丹指南》一卷(同治刊本《福建通志》卷七十二)

杨凤翔:《嘉师余牍》、《原道篇》、《好生集》、《饶阳词令》(同治刊本《福建通志》卷七十二)

洪徽颖:《惺斋随笔》一卷、《绿泛草》一卷(同治刊本《福建通志》卷七十二)

蔡元襄(黄元襄):《梅轩印品》一卷(同治刊本《福建通志》卷七十二)

陈有孚:《字海浪谈》(同治刊本《福建通志》卷七十二)

陈昌国:《北山图书谱》一卷(同治刊本《福建通志》卷七十二)

郑汧:《�醇斋小咏》一卷(同治刊本《福建通志》卷七十二)

黄际昌:《兰江雪诗集》一卷(同治刊本《福建通志》卷七十二)

何绍栗:《问庵诗稿》(同治刊本《福建通志》卷七十二)

黄孙馨:《续火集》一卷(同治刊本《福建通志》卷七十二)

詹换绿:《避携集》五卷(同治刊本《福建通志》卷七十二)

叶筠:《叶筠诗文集》(同治刊本《福建通志》卷七十二)

林梦赉:《力余草》一卷、《客吟》一卷、《美人百咏》一卷(同治刊本《福建通志》卷七十二)

林星杓:《衡远堂诗稿》六卷(同治刊本《福建通志》卷七十二)

周宗滉:《桐露随笺》一卷、《雪舫吟》、《梦还》(同治刊本《福建通志》卷七十二)

蔡泰升:《蔡泰升诗集》(同治刊本《福建通志》卷七十二)

梁天爵:《梅亭诗草》一卷(同治刊本《福建通志》卷七十二)

陈嫌:《三秋纪事杂吟》一卷(同治刊本《福建通志》卷七十二)

陈藩:《陈藩诗集》(同治刊本《福建通志》卷七十二)

苏凤翔:《苏凤翔诗集》(同治刊本《福建通志》卷七十二)

邓嵩:《邓嵩诗集》(同治刊本《福建通志》卷七十二)

蔡嗣襄:《读易堂集》、《秋思集》、《南征集》、《汗漫篇》(同治刊本《福建通志》卷七十二)

陈有年:《史怀参》十卷、《阴符经解》(《泉州古代著述》第298页作一卷)、《陈孙穀文集》三十卷、《诗集》四卷(同治刊本《福建通志》卷七十二)、《陈孙穀诗》(《皇清百名家诗》本)

郭之禥:《旅吟诗集》一卷(同治刊本《福建通志》卷七十二)

颜超(一作顾超):《西畴印谱》(一名《印谱》)(同治刊本《福建通志》卷七十二)

晋江薛坤:《五经截锦》、《四书衷正》、《诸子约编》、《古文雅鉴》(同治刊本《福建通志》卷七十二)

蔡庆旺:《简斋诗集》(同治刊本《福建通志》卷七十二)

苏夔国:《随笔录》(同治刊本《福建通志》卷七十二)

何承都:《何玉水奏疏遗稿》(同治刊本《福建通志》卷七十二)

林逢震:《青湄诗集》(同治刊本《福建通志》卷七十二)

林逢泰:《三水县志》(同治刊本《福建通志》卷七十二)

林绳柱:《林绳柱诗集》(同治刊本《福建通志》卷七十二)

朱兆纲:《康熙惠安县志稿》、《冀北吟》一卷、《云中吟》六卷(民国《福建通志·福建艺文志》卷六十四作一卷)(同治刊本《福建通志》卷七十三)、《睡足堂集》(陈笃彬、苏黎明《泉州古代著述》第298页)

黄朱勖:《绎史外编》五卷、《弓冶贻音》一卷、《亦鸣草》一卷(同治刊本《福建通志》卷七十二)

黄廷玉:《闽中文献集》五卷(陈笃彬、苏黎明《泉州古代著述》第298页)

许学衡:《朽者集》(同治刊本《福建通志》卷七十二)

李时茂:《游踪诗草》(同治刊本《福建通志》卷七十二)

纪今书:《自怡集》十卷(同治刊本《福建通志》卷七十二)

何琪枝:《玉子诗集》(同治刊本《福建通志》卷七十二)

陶碧:《印镜》(民国《福建通志·福建艺文志》存目卷二十六作一卷)、《印义图谱》一卷(同治刊本《福建通志》卷七十二)

晋江林泉:《栖村印林》、《墨林》、《栖轩集》一卷、《倦游草》、《霜鬓吟》一卷(同治刊本《福建通志》卷七十二)

黄嘉爵:《修园杂录》(又名)《煖锅集》三十卷(同治刊本《福建通志》卷七十二)

朱希圣:《静斋传稿》(同治刊本《福建通志》卷七十二)

何方升:《近斋诗文集》(同治刊本《福建通志》卷七十二)、(修)《光泽县志》(民国《福建通志·福建儒行传》卷五,何方升本传)

潘鼎珪:《安南纪游》一卷(编成于康熙二十七年)、《潘子登诗文集》二十卷(同治刊本《福建通志》卷七十二)

池继溥:《然斋诗草》四卷(同治刊本《福建通志》卷七十二)

刘琦龄:《劝世婆心》一卷(同治刊本《福建通志》卷七十二)

陈大范(榜名史大范):《陈子畴诗集》(同治刊本《福建通志》卷七十二)

晋江陈修:《四书标旨》(同治刊本《福建通志》卷七十二)

倪鸿范:《五邑名胜诗》(李禧《紫燕金鱼室笔记》)、《恭和诗》一卷、《纪行诗》一卷、《同声集》一卷、《西湖诸景诗》二卷、《罗浮诸景诗》二卷、《武夷九曲诗》二卷、《晋江南安惠安同安安溪名胜诗》五卷(同治刊本《福建通志》卷七十二)

庄(世)拱显:《诗经辑要》、《四书管窥》、《小山诗文集》、(参纂)《十三经注疏》(同治刊本《福建通志》卷七十二)

丁莲:《易经萃解》十二卷(同治刊本《福建通志》卷七十二)

薛云霄:《倚楼书屋诗钞》(同治刊本《福建通志》卷七十二)

陈奏球:《琢园诗文遗稿》(同治刊本《福建通志》卷七十二)

许元烜:《清源三十六洞考》(同治刊本《福建通志》卷七十二)

龚时璜:《龚渭臣诗文集》(同治刊本《福建通志》卷七十二)

周文骥:《约轩诗集》(同治刊本《福建通志》卷七十二)

黄明:《密图恢复》一卷、《承恩录》一卷、《天颜召对》一卷、《承庆堂集》一卷(同治刊本《福建通志》卷七十二)、《黄龙光集》不分卷(清刻本,南京图书馆藏。柯愈春《清人诗文集总目提要》第378页)

王梦麟:《学庸纂解》(同治刊本《福建通志》卷七十二)

杨廷勷(榜名林廷选):《仙洲诗文集》(同治刊本《福建通志》卷七十二)

杨六卢:《左传评点》、《四书补》、《读史质疑》、《敬昕外编》、《杨雉友诗文集》(同治刊本《福建通志》卷七十二)

黄虞稷:《千顷堂书目》三十二卷、《史断纪年》(《泉州古代著述》第284页作《史传纪年》)、《楷园杂记》(《泉州古代著述》第284页作《楮园杂志》)、《建初集》、《蝉窠集》(陈笃彬、苏黎明《泉州古代著述》第284页作《蝉巢集》)、《我贵轩集》、《朝爽阁集》(同治刊本《福建通志》卷七十二)、《广孤树裒谈》二十五卷(民国《福建通志》总卷二十五,《福建艺文志》卷五十一)

苏缵頲:《历史世系编年》四卷、《晚香堂稿》一卷、《尺牍合璧》四卷(同治刊本《福建通志》卷七十二)

王高贤:《周易会辑》(同治刊本《福建通志》卷七十二)

黄增伟:《傲湖诗集》(同治刊本《福建通志》卷七十二)

李基丰:《李刚亭诗文集》(同治刊本《福建通志》卷七十二)、《易经初进集解》(陈笃彬、苏黎明《泉州古代著述》第360页)

郑希文:《郑子俊诗集》(同治刊本《福建通志》卷七十二)

范奇超:《时务要略》(同治刊本《福建通志》卷七十二)

丁屺:《丁季常诗集》(同治刊本《福建通志》卷七十二)

蔡积玉:《蔡玉立诗文集》(同治刊本《福建通志》卷七十二)

蒋崇徽:《柳亭萍稿诗文集》二卷(同治刊本《福建通志》卷七十二)

蔡必荧:《五经翼注》、《四书直解》、《仿岩仿庐诗草》(同治刊本《福建通志》卷七十二)

许履坦:《丛青诗集》(民国《福建通志·福建艺文志》存目卷四十二作《丛菊诗集》四卷)四卷(同治刊本《福建通志》卷七十二)

黄钺:《黄扆文诗集》(同治刊本《福建通志》卷七十二)

张际盛:《礼记约解》、《春秋传注》(同治刊本《福建通志》卷七十二)

庄麟:《非园诗集》(同治刊本《福建通志》卷七十二)

陈正翤:《斗轩集选》(同治刊本《福建通志》卷七十二)

庄肇浤:《谦斋集》(同治刊本《福建通志》卷七十二)

王昶思(榜名王邃):《传信录》、《乡俗论》、《顺信堂箴语》(同治刊本《福建通志》卷七十二)

纪芾:《守城纪略》一卷(同治刊本《福建通志》卷七十二)

蒋天培:《诗经注解》、《四书集说》(同治刊本《福建通志》卷七十二)

蔡学鲲:《晋江文人传信录》十卷、《历朝赋话》(同治刊本《福建通志》卷七十二)

蔡溟飞之父蔡某:《蔡孝廉制艺》(朱仕琇《梅崖居士文集》卷十九,《清代诗文集汇编》第336册,影印第367页)

张君宾:《乾隆宁德县志》十卷(同治刊本《福建通志》卷七十二)

柯应举:《礼记精华》(同治刊本《福建通志》卷七十二)

吴钟德:《萼斋遗诗》(同治刊本《福建通志》卷七十二)

柯漱芳:《尚书句解》(同治刊本《福建通志》卷七十二)

杨滨海:《(易)系辞讲义》、《暇余笔记》、《汲古山房文钞》(同治刊本《福建通志》卷七十二)

许宗鹤:《黉宫乐谱》二卷(同治刊本《福建通志》卷七十二)

林芷:《三礼通解》、《典要图说》(同治刊本《福建通志》卷七十二)

林玉麟:《瀛洲诗文集》(同治刊本《福建通志》卷七十二)

丁有汉:《寿世简编医集》二卷(同治刊本《福建通志》卷七十二)

陈湛:《通鉴纲目刍荛》六卷、《倚岚诗集》、《白水渔歌诗集》(同治刊本《福建通志》卷七十二)

何希我:《安平纪略》二卷(同治刊本《福建通志》卷七十二)

陈元凤:《阳朔纪胜》(同治刊本《福建通志》卷七十二)

黄彬(莲士):《草庵集》六卷(同治刊本《福建通志》卷七十二)

李登卿:《尚书述觉》一卷(《泉州古代著述》第360页作《尚书述答》)、《禹贡典》一卷、《广孝经》一卷、《励行语录》、《詹詹言》(同治刊本《福建通志》卷七十三)

王钟鸣:《庄浪县志》(同治刊本《福建通志》卷七十三)

潘正开:《易义》(同治刊本《福建通志》卷七十三)

李襄猷:《康熙福安县志》(同治刊本《福建通志》卷七十三)

苏□:《苏道建诗集》(同治刊本《福建通志》卷七十三)

梁国宝:《梁屺亭诗文集》(同治刊本《福建通志》卷七十三)

黄云蒸:《陇州志》、《诗骏选刻》(同治刊本《福建通志》卷七十三)

卢易:《瑞峰文集》十卷(同治刊本《福建通志》卷七十三)

黄士珍:《读史一得录》(同治刊本《福建通志》卷七十三)

洪(榜姓叶)达尊:《念亭文稿》(同治刊本《福建通志》卷七十三)

黄瑞鳌:《桂峰稿》(同治刊本《福建通志》卷七十三)

惠安林良弼:《林师亮诗集》(同治刊本《福建通志》卷七十三)

陈廷选:《红崖草》一卷(同治刊本《福建通志》卷七十三)

出科联:《溆渠诗文集》(同治刊本《福建通志》卷七十三)

王其华:《公羊传合参》八卷、《穀梁传合纂》六卷、《胡传节要》四卷、《四书衷要补辨》四十卷、《竹居稿》(同治刊本《福建通志》卷七十三)

曾恒德:《律表》三十八卷、《洗冤录表》四卷(同治刊本《福建通志》卷七十三)

戴云起:《周易观玩》三卷(同治刊本《福建通志》卷七十三)

陈焕世:《红雨亭集》(同治刊本《福建通志》卷七十三)、《劝童编》(陈笃彬、苏黎明《泉州古代著述》第350页)

曾廷凤:《竹梧新编》(同治刊本《福建通志》卷七十三)

黄中:《中庸行文集解》(同治刊本《福建通志》卷七十三)

吴绍宽:《读书约解》、《学庸孟子约解》(同治刊本《福建通志》卷七十三)

洪大鹏:《岞山文稿》(同治刊本《福建通志》卷七十三)

何借宜:《假我亭集》、《秋鸣草》(同治刊本《福建通志》卷七十三)

张朱佐:《醉绿居杂著》一卷(同治刊本《福建通志》卷七十三)

刘望龄:《自订编》同治刊本《福建通志》卷七十三)

黄而辉:《讷园集》(同治刊本《福建通志》卷七十三)

陈伦炯[①]:《海国闻见录》三卷(民国《福建通志·福建列传》卷三十五本传作二卷,四库本亦作二卷)

陈梦球:《陈二受诗文集》(同治刊本《福建通志》卷七十三)

庄承祚:《松峰稿》、《粤游纪兴》一卷(同治刊本《福建通志》卷七十三)

蔡仕鹄:《救时方略》(同治刊本《福建通志》卷七十三)

黄德嵩:《黄天峙诗文集》(同治刊本《福建通志》卷七十三)

江日昇:《台湾纪事本末》(同治刊本《福建通志》卷七十三。民国《福建通志·福建艺文志》卷十八作八卷。华茂远序题《台湾外志》)、《台湾外纪》三十卷(民国《福建通志》总卷二十五,《福建艺文志》卷五十一)、《台湾外纪》十卷(清刻本,二册。泉州市图书馆藏)

蔡宾兴:《蔡尚三诗文集》(同治刊本《福建通志》卷七十三)

庄天能:《来斋集》、《粤游草》(同治刊本《福建通志》卷七十三)

施庆:《为山诗集》(同治刊本《福建通志》卷七十三)

周奇炤:《躬行堂诗文集》(同治刊本《福建通志》卷七十三)

刘宝玉:《爱霜编》、《更炊草》(同治刊本《福建通志》卷七十三)

周衮:《四书讲义》(同治刊本《福建通志》卷七十三)

林君陞:《舟师绳墨》一卷、《救荒备览》、《自遣偶草》(同治刊本《福建通志》卷七十三)

林三俊:《易经解义》、《绍南语录》四卷、《彬亭文集》四卷(同治刊本《福建通志》卷七十三)

叶寿晟:《易解》、《四书解》(同治刊本《福建通志》卷七十三)

同安陈世泽:《汉书汇要》、《印江诗草》(同治刊本《福建通志》卷七十三)

郭迈:《易义遵旨》(同治刊本《福建通志》卷七十三)

林应震:《苍筤诗集》(同治刊本《福建通志》卷七十三)

庄明呈:《四书补要》、《银溪文集》、《文溪诗余》(同治刊本《福建通志》卷七十三)

叶时茂:《得溪诗集》(同治刊本《福建通志》卷七十三)

薛起凤:《鹭江志》五卷、《梧山集》(同治刊本《福建通志》卷七十三)、《梧山草》(《国朝全闽诗录初集》续卷十薛起凤条)

同安林菁:《朴亭文集》四卷(同治刊本《福建通志》卷七十三)

林菁、王宗槐:《嘉庆福鼎县志》八卷(同治刊本《福建通志》卷七十三)

曾鼎元:《花棚诗集》四卷(同治刊本《福建通志》卷七十三)

郭道本:《尚书因悉》(陈笃彬、苏黎明《泉州古代著述》第283页作《尚书因释》)六卷、《左传汇编》(陈笃彬、苏黎明《泉州古代著述》第283页作《左传类编》四卷)(同治刊本《福建通志》卷七十三)

高一挥:《周易管见》、《尚书训导》、《浏江文集》(同治刊本《福建通志》卷七十三)

---

① 按:同治刊本《福建通志》著录陈伦炯著作,注引《四库全书总目》云:“伦炯,字资斋。父(陈)昂,康熙二十一年从靖海侯施琅平定台湾,琅又使搜捕余党,出入东西洋五年,叙功授职,官至广东副都统。伦炯少从其父,熟闻海道形势,及袭父荫……”(影印第1524页)这段提要在中华书局1997年整理本《钦定四库全书总目》卷七十一,第981页;中华书局1964年影印本《四库全书总目》第634-635页,均作昂。陈昂,当做陈昴。系泉州府同安县高浦(原籍福州府长乐县)陈健之子、陈光之弟,官广东右翼汉军副都统(民国《福建通志》总卷四十五,《福建列女传》卷一,王氏传,原第十六、十七页)。

蔡士哲[①]:《名卿里中志》、《沧桑遗记》、《性情留编》、《闻过堂初集》、《九山堂补书诗集》、《桐城怀古八咏》(同治刊本《福建通志》卷七十三)、《霁园续抄》、《闻过堂集》、《性情留编》、《沧桑遗记》(陈笃彬、苏黎明《泉州古代著述》第351页)

周特生:《先正格言集》一卷(同治刊本《福建通志》卷七十三)

石辉:《馥斋诗集》(同治刊本《福建通志》卷七十三)

陈元华:《小学训解》(同治刊本《福建通志》卷七十三)

洪潮□:《象吉同书》(同治刊本《福建通志》卷七十三)

李熺春:《同调草》(同治刊本《福建通志》卷七十三)

黄中祖:《四书集信》(同治刊本《福建通志》卷七十三)

李际熺:《诗歌古文词集》(同治刊本《福建通志》卷七十三)

孙襄:《手记榕村语录》、《孙思哉诗文集》(同治刊本《福建通志》卷七十三)

陈朝璋:《尚书解》(《泉州古代著述》第282页作二卷)、《便亭诗草》二卷(同治刊本《福建通志》卷七十三)

李翰龙:《易勺全集》(同治刊本《福建通志》卷七十三)

翁必旭:《易系解》、《五经要解》、《四书会参》、《三才考录》、《百章晬盘》、《芦漪文集》(同治刊本《福建通志》卷七十三)

陈绍芳:《陈庭思诗文集》(同治刊本《福建通志》卷七十三)

李正曜:《南靖县志》(同治刊本《福建通志》卷七十三)

李士济:《四书解义川河编》(同治刊本《福建通志》卷七十三。陈笃彬、苏黎明《泉州古代著述》第282页作《四书解义》)(同治刊本《福建通志》卷七十三)

吴鲁:《百哀诗》二卷(鹭江出版社2015年版)、《蒙学初编》二卷、《兵学经学史学讲义》二卷、《教育宗旨》二卷、《杂著》二卷、《国恤恭纪》一卷、《文集》四卷、《读王文成经济集书后》六卷、《使雍皖学滇学西征东游诸日记》十卷、《正气研斋遗诗》一卷、《纸谈》一卷、《正气研斋文集》四卷、《诗集》一卷(陈笃彬、苏黎明《泉州古代著述》第337页)、《正气研斋汇稿》[②](鹭江出版社2015年版,一题《正气研斋类稿》六卷)、《两皖校士录》四卷(光绪二十年刻本,四册。泉州市图书馆藏)、《吴且园先生百哀诗》二卷(民国铅印本,福建省图书馆藏;泉州志编纂委员会1985年据原稿套印本,福建省图书馆藏)、《正气研斋类稿》六卷《纸谈》一卷《遗诗》一卷(稿本,晋江文化馆藏;民国铅印本,厦门图书馆等处藏)、(苏大山选)《正气研斋诗存》(红兰馆小丛书钞本,泉州图书馆藏)(李灵年等《清人别集总目》第854页)

黄正绅:《双溪草堂诗钞》四卷(民国十九年铅印本,中山图书馆藏。柯愈春《清人诗文集总目提要》第1913页)

蒋仁:《述梅草堂遗集甲编》二卷(民国七年铅印本,中国社会科学院文学研究所藏。柯愈春《清人诗文集总目提要》第1929页)

施景深:《泉山古物题咏录》一卷(民国间铅印本,厦门市图书馆藏)、《鹭江集》不分卷(民国间铅印本,国家图书馆藏。柯愈春《清人诗文集总目提要》第1937页)

陈濬荃:《懒雪窝诗草外集》二卷、《后集》二卷(宣统三年石印本,厦门市图书馆藏)、《懒雪窝诗草别集》二卷(民国二十八年铅印本,厦门大学南洋研究所藏)[③]

晋江庄俊元:《俚言征》(陈笃彬、苏黎明《泉州古代著述》第345页。民国抄本,泉州市图书馆藏)

---

① 按:民国《福建通志·福建艺文志》存目卷四十二作蔡士古(第二十四页)。陈笃彬、苏黎明《泉州古代著述》作蔡仕哲(第333页)。

② 柯愈春《清人诗文集总目提要》著录此集,六卷,附《遗诗》一卷,民国间铅印本,国家图书馆藏;稿本,晋江文化宫藏。又,泉州诗人苏大山(1869—1957,字荪蒲)选辑《正气研斋诗存》一卷,《红兰馆小丛书》收录,钞本,泉州市图书馆藏(第1912页)。

③ 此三种,柯愈春《清人诗文集总目提要》著录题《懒雪窝诗草》六卷(第1938页),泉州市图书馆藏宣统三年石印本《懒雪窝诗草》前集二卷内集四卷外集二卷,三册,作者陈梅陔,即陈濬荃。

吴钟善:《守砚庵文集》四卷、《守砚斋诗草》、《东宁诗草》二卷(陈笃彬、苏黎明《泉州古代著述》第337页)、《守砚庵诗稿》、《荷华生词》(《台湾文献丛刊》续编本)、《吴钟善书札诗箴辑存》一册(泉州市图书馆藏)

安溪吴钟善:《近川诗集》(同治刊本《福建通志》卷七十三)

陈元锡:《易理》、《古文雅正》、《问方图说》、《诸子颗珠》、《耻村文集》(同治刊本《福建通志》卷七十三)

詹人士:《读易记疑》三卷、《四书记疑》三卷、《离骚节解》一卷(同治刊本《福建通志》卷七十三)

吴氏:《兰陔玉谱》(杨浚《冠悔堂诗钞》卷八《鹭江感旧诗六十二首》第二十六)

吴葆年、吴兆荃:《绘秋楼诗钞》二卷(光绪二十五年刻本,泉州市图书馆藏)

吴兆荃:《小梅诗存》四卷试帖一卷补遗一卷(同治三年刻本,泉州市图书馆藏)、《小梅诗存》十卷(民国《同安县志》卷二十五《艺文志》所录《大轮山题壁》诗题下注)、《小梅诗存》二卷(陈笃彬、苏黎明《泉州古代著述》第349页、柯愈春《清人诗文集总目提要》第1398页。福建省图书馆藏)

林鹤年:(许贞幹编)《福雅堂诗钞》十六卷(民国五年铅印本、台湾文献丛刊续编本。《晚晴簃诗话》题作《福雅堂诗集》;陈笃彬、苏黎明《泉州古代著述》第347页作十二卷,福建师范大学图书馆藏)、《东海集》十六卷(施懿琳、廖美玉《台湾古典文学大事年表·明清篇》,第719页;连横《剑花室诗集》之《台湾诗荟发行赋示骚坛诸君子》"快观《东海集》"句下注)、《东南亚书院课艺》(陈笃彬、苏黎明《泉州古代著述》第347页)、《福雅堂诗钞》不分卷(光绪二十七年铅印本,南开大学图书馆藏)、《曲江游草》一卷(民国二十四年铅印本,华南师范大学图书馆藏)(柯愈春《清人诗文集总目提要》第2015页)

杨在浦:《碧江集》三十八卷(柯愈春《清人诗文集总目提要》第347页)

蔡而烷:《西湖藏稿》(同治刊本《福建通志》卷七十四)

蔡而煊:《说郛褒异拣金》(同治刊本《福建通志》卷七十四)

蔡祚周:《文庙祀典图式》、《有集轩稿》(同治刊本《福建通志》卷七十四)

蔡祚周等撰:《康熙永春州志》(同治刊本《福建通志》卷七十四)

蔡衍鎤[①]:《诗经尊卜》、《孝经拟问》、《西铭续解》、《操斋诗文集》(同治刊本《福建通志》卷七十四)、《漳浦蔡氏家矩序》(民国《福建通志》总卷二十五,《福建艺文志》卷四十二)、《操斋集》[②]五十七卷[③](清代诗文集汇编第208册影印康熙刻本)、《吹露草》、《裁云草》(郑重序,《操斋集》卷首,《清代诗文集汇编》第208册,影印第1页)

蔡世远:《朱子家礼辑要》一卷、《历代名臣言行录》、《鳌峰学规》、《性理精要》、《合族家规》一卷、《汉魏四唐诗选》、《古文雅正》十四卷、《二希堂文集》十二卷、《扪斋初集》(同治刊本《福建通志》卷七十四)、(编)《漳汀先正文钞》(民国《福建通志·福建艺文志》卷七十一引朱仕琇《梅崖居士外集》[④])、《鳌峰学约》一卷、《诗集》四卷(《清儒学案》卷六十《梁村学案·蔡先生世远》)、(辑)《安海诗》(施懿琳、廖美玉《台湾古典文学大事年表·明清篇》第113-114页)、《二希堂文录》二卷(《国朝文录初编》本。李灵年等《清人别集总目》第2343页)、《梁村制义》(卢前《八股文小史》)

蔡世远、朱轼:《历代名臣传》三十五卷(民国《福建通志》总卷二十五,《福建艺文志》卷二十三)

蔡世远、朱轼、李清植:《历代名儒传》八卷(民国《福建通志》总卷二十五,《福建艺文志》卷二十三)

蔡世远、朱轼、张福昶:《历代循吏传》八卷、续编五卷(民国《福建通志》总卷二十五,《福建艺文志》

---

① 民国《福建通志·福建艺文志》存目卷四十二《操斋诗文集》作者题蔡衍锟(第十二页)。

② 李灵年等《清人别集总目》著录《操斋集》三种:不分卷,康熙刻本,中国科学院图书馆、复旦大学图书馆藏;《操斋集》文部十六卷诗史一卷,康熙刻本,复旦大学图书馆藏;五十三卷,授诗部十四卷、文部十六卷,骈部二十三卷,康熙刻本,中国科学院图书馆藏(第2348页)。

③ 柯愈春《清人诗文集总目提要》著录《操斋集》三十八卷,系康熙间刻本十七卷与乾隆间刻本二十一卷的卷数(第346页),远逊于《清代诗文集汇编》第208册影印康熙刻本的卷数。

④ 按:朱仕琇《梅崖居士外集》卷二《温陵先正文藏序》作《漳江先正文钞》(《清代诗文集汇编》第336册,影印第520页)。

卷二十三）

蔡观澜：《自怡集》四卷（同治刊本《福建通志》卷七十四）

蔡新：《缉斋诗文集》十八卷（《清儒学案》卷六十《梁村学案·蔡先生新》）、《垂训迩言》（同治刊本《福建通志》卷七十四）、《读史随笔》一卷、《文献通考随笔》一卷（《清儒学案》卷六十《梁村学案·蔡先生新》）、《缉斋诗稿》八卷（乾隆四十七年刻本，厦门图书馆藏）、《缉斋文稿》八卷首一卷附录二卷（乾隆五十年刻本，厦门图书馆藏）、《缉斋诗稿》八卷《文集》八卷附录二卷（乾隆五十年刻本，福建省图书馆等处藏）（李灵年等《清人别集总目》第 2340-2341 页）

蔡本俊：《古研斋诗集》（同治刊本《福建通志》卷七十四）、（辑）《延禧堂寿言》六卷首一卷附（嘉庆间刻本）

刘夔龙：《一亩宫诗》（同治刊本《福建通志》卷七十四）

高维桧：《广惠草堂集》（同治刊本《福建通志》卷七十四）、《西崖藏稿》二卷（南京图书馆藏）、《西崖藏稿》十卷、《南圃行业》二卷、《北塘漫录》二卷（康熙间刻本）（柯愈春《清人诗文集总目提要》第 157 页）、《闽漳先贤列传》四卷（《福建文献集成初编》第 65 册影印国家图书馆藏康熙间刻本）、《东篱存草》二卷（康熙刻本，南京图书馆藏。李灵年等《清人别集总目》第 1930 页）

李基益：《易经解》、《康熙永定县续志》、《心宗史论》、《丹霞风雅》、《雪爪集》、《心宗集》、《约墅文集》、《闽漳诗》、《乐府惜古》、《雪爪诗余》（同治刊本《福建通志》卷七十四）

戴铼：《踏波文集》（同治刊本《福建通志》卷七十四、光绪《漳州府志》卷三十二本传）

戴瑛：《字典考异》、《天文仰观集》（一名《仰观集》）、《爱陶诗集》（同治刊本《福建通志》卷七十四）

王仍謦：《近勇堂草》一卷（《墙东诗录》本）

王仍辂：《珠溪集》一卷（《墙东诗录》本）

王曰仁：《竹里馆草》一卷（《墙东诗录》本）

王睿：《思斋集》一卷（雍正四年王氏《墙东诗录》本）

王叡：《芦漪草》一卷（雍正四年王氏《墙东诗录》本）

严仙黎：《碧梧庵诗集》（同治刊本《福建通志》卷七十四）

赵与梗：《珠谷剩草》（同治刊本《福建通志》卷七十四）

洪理顺：《易说》、《东山行业》、《尔章子言》（同治刊本《福建通志》卷七十四）

姚作楫：《宋名臣言行录续补》四卷、《伦鉴》五卷、《漳儒文荟》四卷、《诗纲》七卷（同治刊本《福建通志》卷七十四）

王緗：《易经引》（同治刊本《福建通志》卷七十四）

黄政穟：《蓝村村一作庄诗集》（同治刊本《福建通志》卷七十四）

陈箴：《晚帘集》七卷、《卷庐集》、《藕丝集》、《第五集》（同治刊本《福建通志》卷七十四）、《晚帘诗文集》（《国朝全闽诗录初集》卷十一陈箴条）、《蓝村村一作庄诗集》（民国《福建通志》总卷二十五，《福建艺文志》存目卷四十二）（同治刊本《福建通志》卷七十四）

柯愿：《蠔矶山志》二卷（同治刊本《福建通志》卷七十四）

谢亦骥：《浩园草》、《丹阳集》（同治刊本《福建通志》卷七十四）、《浩园集》六卷（一名《浩园诗草》，康熙间刻本。柯愈春《清人诗文集总目提要》第 281 页引《贩书偶记续编》）

刘勃：《修庐类纂》、《寄园诗文集》（同治刊本《福建通志》卷七十四）

戴盼：《涵亭诗草》（同治刊本《福建通志》卷七十四）

蔡日光：《周易传义》（同治刊本《福建通志》卷七十四）

郑之良：《斲轮轩集》（同治刊本《福建通志》卷七十四）

叶茂远：《维心堂文集》（同治刊本《福建通志》卷七十四）

胡必奇：《西野文集》、《诗草》（同治刊本《福建通志》卷七十四）、《西野诗草》二卷（康熙间刻本，北

京大学图书馆藏,初刻、二刻各一卷。柯愈春《清人诗文集总目提要》第539页)

郑少江[①](榜姓杨):《四书说铃》、《沙村集一作诗稿》、《兰上文稿》(同治刊本《福建通志》卷七十四)

蔡登渊:《家礼辑略》、《祭礼仪节》、《言行录》(同治刊本《福建通志》卷七十四)

黄补:《心图》、《太极图原》、《西铭口义》(同治刊本《福建通志》卷七十四)

侯允棉:《竹窗小草》(同治刊本《福建通志》卷七十四)

苏眉巖:《子山集》二卷(同治刊本《福建通志》卷七十四)

吕云栋:《松甫诗文集》(同治刊本《福建通志》卷七十四)

赵霖:《东园外篇》(同治刊本《福建通志》卷七十四)

唐麟:《石川诗集》(同治刊本《福建通志》卷七十四)、《石川诗草次集》一卷(稿本,福建省图书馆藏。柯愈春《清人诗文集总目提要》第569页)

苏天章:《竹涯诗集》(同治刊本《福建通志》卷七十四)

林梦斗:《雪岩诗集》(同治刊本《福建通志》卷七十四。柯愈春《清人诗文集总目提要》第418页著录,题《雪岩集》八卷,康熙间刻本,复旦大学图书馆藏)、《雪岩诗钞》上下卷(道光十三年刻郑开禧《虚受斋汇刻诗钞》本,国家图书馆藏)

林梦斗、蔡世远:《漳州府志》(民国《福建通志·福建艺文志》卷二十八题《重修漳州府志》)(同治刊本《福建通志》卷七十四)

龙溪陈珩:《松巢集》(同治刊本《福建通志》卷七十四)

王之邻:《羽声集》(同治刊本《福建通志》卷七十四)

陈重琳:《经义纂要》、《四书汇钞》(陈笃彬、苏黎明《泉州古代著述》第282页作《四书类抄》)、《华严文集》(民国《福建通志·福建艺文志》存目卷四十二作《华岩文集》)(同治刊本《福建通志》卷七十四)

戴侯焻:《史贯》二十一卷(同治刊本《福建通志》卷七十四)

廖鹏飞:《石村集》(同治刊本《福建通志》卷七十四)

庄元:《春斋诗文集》(同治刊本《福建通志》卷七十四)

王有嘉:《銮山遗草》(同治刊本《福建通志》卷七十四)、《銮山遗集》十卷(乾隆四十一年刻本,国家图书馆藏。柯愈春《清人诗文集总目提要》第713页)

刘凤山:《晴村诗文集》(同治刊本《福建通志》卷七十四)

丁中驹:《春秋胡传存义》(同治刊本《福建通志》卷七十四)

王天成:《忠孝二经》、《四书大全》、《小学注会参》(同治刊本《福建通志》卷七十四)

赵潜(赵炎):《冷鸥堂集》不分卷(康熙九年序刻本,上海黄裳藏)、《蓴客诗藏》(康熙间刻本,上海黄裳藏)、《癸酉岁日记》一册(柯愈春《清人诗文集总目提要》第235-236页)

林绍祖:《积石山房诗文稿》二卷(尚小明《清代士人游幕表》,第74页;钞本,《福建地方文献及闽人著述综录》第81页)

蔡骥良(榜姓刘):《日闲斋稿》、《水余集》(同治刊本《福建通志》卷七十四)

康伟然:《孝经衍义辑要》、《四书说义》、《八闽邹鲁》、《永贞文献》、《兴安人物志》、《簧祀纪绩》十卷(同治刊本《福建通志》卷七十四)

王道:《江湖闲吟》八卷(《四库全书总目》云版心题《鹿皋诗集》[②])(同治刊本《福建通志》卷七十四)、《鹿皋文集》、《京华稿》(《四库全书总目》引黄之隽序)、《鹿皋集》(《国朝全闽诗录初集》续卷八王道条)

---

① 民国《福建通志·福建艺文志》存目卷四十二作郑子江(第十五页)。

② 柯愈春《清人诗文集总目提要》著录《江浦闲吟》八卷,谓即《鹿皋诗集》别名,有雍正间七卷刻本、乾隆十二年学诗堂增刻八卷本(第526页)。

李松龄:《日强堂诗钞》(民国《福建通志·福建艺文志》存目卷四十二作《自强堂诗钞》)、《鹿水门集》、《风雅源流》十三卷(同治刊本《福建通志》卷七十四)

黄元美:《黄越甫诗集》(同治刊本《福建通志》卷七十四)

林长江:《四书摘录》(同治刊本《福建通志》卷七十四)

林莹光:《经学通考》、《四书提要》(同治刊本《福建通志》卷七十四)

陈梦林:《台湾志》、《(康熙)诸罗县志》、《漳浦县续志》、《游台诗》一卷、《纪游草》一卷、《台湾后游草》一卷、《他斋诗文集》①(同治刊本《福建通志》卷七十四)

林运均:《可亭诗稿》(同治刊本《福建通志》卷七十四)、《可亭诗草》(《国朝全闽诗录初集》续卷九林运均条)

蔡云从:《历代论》、《印湖诗文集》(同治刊本《福建通志》卷七十四)

陆钟宏:《四书说》、《陆祈宇诗文集》(同治刊本《福建通志》卷七十四)

漳浦林锡龄:《易经审鹄》、《诗经审鹄》、《左传纪事本末》、《四书审鹄》、《矩园集》、《矩园学古集》(同治刊本《福建通志》卷七十四)

宋膺简:《南华经注解》(同治刊本《福建通志》卷七十四)

吴荆山:《体斋诗文集》四卷(同治刊本《福建通志》卷七十四)

邱迁:《梁浔诗集》(同治刊本《福建通志》卷七十四)

陈焯文:《碧梧诗文集》(同治刊本《福建通志》卷七十四)

漳浦陈祖虞:《左传注释》、《离骚注释》、《哀江南赋注释》、《裔云堂诗》、《葛亭草二集》(同治刊本《福建通志》卷七十四)、《葛亭草》(同治刊本《福建通志》卷六十七,影印第1381页闽县陈祖虞)、《燕臣集随录》不分卷(康熙间刻本。柯愈春《清人诗文集总目提要》第167页)

陈炯宏:《下里卮言》(同治刊本《福建通志》卷七十四)

林翰文:《蕉桐集》(同治刊本《福建通志》卷七十四)

陈圣道:《橐底稿》、《怀恩堂草》(同治刊本《福建通志》卷七十四)

詹明章:《易经提要》、《易义》、《先后天卦说》、《四书提要》、《班马合抄》、《河洛通解》、《洛范启要》、《庄子同坛》(同治刊本《福建通志》卷七十四)、《卦图辨疑》、《大易通义》、《先后天卦画说》、《易图卦解义》、《易准罗经解义》、《太极图解义》、《西铭正蒙解义》、《蓄德要录》、《养正篇庄子同坛》、《班马合钞》、《泮西转运略》、《琼黎事略》、《彭台纪略》、《履园诗文集》、《心画绪论》二十余种(民国《福建通志》总卷四十,《福建儒行传》卷五,詹明章传)

林文安:《石村诗稿》(同治刊本《福建通志》卷七十四)

郑芳:《四书集注衷解》(同治刊本《福建通志》卷七十四。民国《福建通志·福建艺文志》卷十三作《四书集注衷义》)

陈寅亮、林惇:《康熙海澄县志》(同治刊本《福建通志》卷七十四)

吴开业:《江村集》(同治刊本《福建通志》卷七十四)

海澄叶廷推、南丰邓来祚:《乾隆海澄县志》二十四卷(同治刊本《福建通志》卷七十四)

蔡司霑:《来峰草堂集》(同治刊本《福建通志》卷七十四)

王圣时:《太极图解》、《楚游诗集》(同治刊本《福建通志》卷七十四)、《江园集》(《国朝全闽诗录初集》续集卷二王圣时条)

陈亨造:《雪园诗集》(同治刊本《福建通志》卷七十四)

庄亨阳:《庄氏算学》八卷、《楚游日记》、《黄忠端公年谱》二卷、《庄元仲集》一卷、《秋水堂文集》六

① 民国《福建通志·福建艺文志》存目卷四十二著录《他斋诗文集》,作林梦林(第十八页)。

卷、《诗集》六卷、《复斋遗集》、《河防书》四卷(同治刊本《福建通志》卷七十四)、《秋水堂遗集》①三种八册(光绪十五年庄氏刻本。即《秋水堂文集》六卷余集一卷诗集六卷。清代诗文集汇编第258册影印《秋水堂遗集》十二卷,其中诗集、文集各六卷②;又《秋水堂余集》二卷,诗文各一卷)、《秋水堂文集》六卷余集二卷诗集六卷(道光二十八年重刻本)(李灵年等《清人别集总目》第490页)

王麟祥:《易参汇言》(同治刊本《福建通志》卷七十四)

王元通:《乐志堂诗草》(同治刊本《福建通志》卷七十四)

许清奇(榜名许争奇):《周易明象》四卷、《汇例杂论》一卷、《象峰集》(同治刊本《福建通志》卷七十四)

南靖陈锡:《企三文集》十卷(同治刊本《福建通志》卷七十四)

叶先登:《易经解》、《康熙长泰县志》、《纪游全诗》、《木天集》、《敝帚集》(同治刊本《福建通志》卷七十四)、《公车》、《燕台》、《西征》、《东征》、《南归》、《倦飞》、《岛上》、《衾欹》、《生还》等稿(郑杰《注韩居诗话》)、《纪游诗》八卷(康熙二十七年刻本。柯愈春《清人诗文集总目提要》第159页)

陈声:《霞溪集》(同治刊本《福建通志》卷七十四)

蔡洛:《花谱秘存》一卷(同治刊本《福建通志》卷七十四)

苏潮:《燕游草》、《越游草》、《霞城赋》(同治刊本《福建通志》卷七十四)

詹恒:《四香堂诗稿》(同治刊本《福建通志》卷七十四)

唐朝彝:《易经图说》、《西台疏草》、《汇青堂诗集》(同治刊本《福建通志》卷七十四)

赖翰禹:《乾隆长泰县志》十二卷(同治刊本《福建通志》卷七十四)

李国祚:《覆瓿集》、《寻秋集》(同治刊本《福建通志》卷七十四)

曾萼:《易卦阐义》、《咏归集》(同治刊本《福建通志》卷七十四)

何子祥:《蓉林笔抄》(同治刊本《福建通志》卷七十四)

李离明:《李丽文集》(同治刊本《福建通志》卷七十四)

戴冠:《拾得草》(同治刊本《福建通志》卷七十四)

吴道嵩:《信天丛钞》、《南枝集》(同治刊本《福建通志》卷七十四)

汪洋:《水绕居诗集》(同治刊本《福建通志》卷七十四)

沈利涉:《读史补略》(同治刊本《福建通志》卷七十四)

诏安叶观海:《篆源》一卷、《字学甚解编》一卷、《诗韵辨忽》一卷、《发音辨要》二卷、《韵学辨忽》一卷、《蠡谭》六卷、《增补事物异名录》、《二十一代诗选》、《春酒堂诗文集》二十卷、《群书掇略》四卷、《评选明代古文》六卷(同治刊本《福建通志》卷七十四)

苏之琨:《三易会解》、《观颐二箴》、《诗经博解》、《礼记儿说》、《三礼小觿》、《闽中景物略》、《咏史百快》、《笔潭集笔》、《海市亭明诗话》四卷、《溯游草》、《布帆集》、《燕游草》、《越游草》(同治刊本《福建通志》卷七十五)、《明诗话》四卷、《闽中景物略》(乾隆《福建通志》)、(与王嗣坦辑)《洞天岩志》(同治刊本《福建通志》卷二百四十三《孝义传》王嗣坦本传)、《闲情十二抚》一卷、《海市亭集》八卷(柯愈春《清人诗文集总目提要》第160页。作者作苏之焜)

王嗣坦:(与苏之琨合辑)《洞天岩志》、《琴谱》(同治刊本《福建通志》卷七十五)

林就日:《春秋胡传删补》、《春秋讲义》、《元祐党人碑赞》、《太极图解》(同治刊本《福建通志》卷七十五)

林钟:《哦松集》、《归园集》、《拙庵纪事》(同治刊本《福建通志》卷七十五)

林昌麟:《易经纂要》、《书经纂要》、《诗经庭训》、《礼记考古纂要》、《春秋庭训》、《孝经麟旨秘拟》、

---

① 李灵年等《清人别集总目》著录此集,四卷,乾隆四十二年刻本;六卷,嘉庆二十一年刻本(第490页)。

② 柯愈春《清人诗文集总目提要》著录《秋水堂遗集》二十二卷,"计文集六卷、余集一卷、诗集六卷及《庄氏算学》八卷、《历法问答》一卷,光绪十五年南靖庄氏刻,北京大学图书馆藏"。(第334页)诗集、文集合十三卷,另有《庄氏算学》、《历法问答》两种九卷,与《清代诗文集汇编》第258册影印《秋水堂遗集》十二卷卷数不同。

《四书庭训》、《四书融会解》、《性理纂要》、《医学纂要》、《自娱集》(同治刊本《福建通志》卷七十五)

杨郁林:《续鹤林玉露》、《慧业堂集》、《泽癯阁诗》、《雨航草》(同治刊本《福建通志》卷七十五)

施中:《望岁庄集》(同治刊本《福建通志》卷七十五)、《田间施先生诗》(民国《福建通志》总卷二十五,《福建艺文志》卷六十四)

施开治:《自怡集》(同治刊本《福建通志》卷七十五)

吴殿龄:《尚书广注庭训》(同治刊本《福建通志》卷二百三十九《文苑传》吴殿龄本传引府志一作《尚书广义庭训》)、《顺治延平府志》(同治刊本《福建通志》卷七十五)

廖腾煃:《海阳纪略》二卷、《三大公案》、《秋水亭偶订》、《晨钟群纂》、《寿世鸿篇》、《慎修堂诗集》八卷(康熙四十五年将乐廖氏刻本。民国《福建通志·福建艺文志》卷六十四引萧正模《萧深谷文集》作《浴云楼诗》)、《浴云楼诗稿》(同治刊本《福建通志》卷七十五)、《廖莲山稿》(卢前《八股文小史》)、《慎修堂诗稿》(清代诗文集珍本丛刊影印清钞本)、《浴云楼诗》一卷(魏宪《皇清百名家诗》本,国家图书馆藏。李灵年等《清人别集总目》第2363页)

廖长龄:《兵垣疏草》、《西园集》(一作《白云楼集》)(同治刊本《福建通志》卷七十五)

廖其乂:《春霖话异》二十八卷、《待删诗草》八卷、《骈体文》二卷、《词》一卷(民国《福建通志·福建艺文志》卷七十一作《廖其乂词》一卷)(同治刊本《福建通志》卷七十五)

卢家元:《学庸五经集疑》、《畏垒集疑》(民国《福建通志》总卷三十六,《福建循吏传》卷十二,卢家元传)

谢宏钟:《□斋集》、《偶游草》(同治刊本《福建通志》卷七十六)

谢元铨:《康熙建宁府志》四十八卷、《□今是园集》(同治刊本《福建通志》卷七十六)

徐起鸿:《易经解》、《见界总星图》、《周天星图》(同治刊本《福建通志》卷七十七)

徐文炳:《吟云阁诗草》(同治刊本《福建通志》卷七十七)

朱秀:《蕊春堂诗草》(同治刊本《福建通志》卷七十六)

朱玉:《朱子文集大全类编》一百一十卷一百四十七册(清末刻本,泉州市图书馆藏。同治刊本《福建通志》卷七十七)

朱世润:《朱子年谱》六卷(同治刊本《福建通志》卷七十七)

朱世泽:《考亭志》(同治刊本《福建通志》卷七十七)

孙振豪:《赓籁集》(同治刊本《福建通志》卷七十八)

孙景韩:《喷墨轩学吟草》(同治刊本《福建通志》卷七十八)

朱秉鉴:《周易释疑》、《周礼详解》、《荟萃录》、《柘浦摭闻》二卷、《柘浦文钞》、《柘浦诗钞》、《茹古堂文集》、《诗集》四卷、《吴梅村诗注》(同治刊本《福建通志》卷七十八)、《茹古堂文稿》(卢前《八股文小史》)、(合纂)《嘉庆浦城县志》四十卷、《柘浦诗文钞》(民国《福建通志》总卷三十九,《福建文苑传》卷八本传)、《茹古堂集》十四卷(道光五年刻本,北京大学图书馆藏。柯愈春《清人诗文集总目提要》第941页)

朱秉铭:《绿筠堂菊花诗集》四卷(同治刊本《福建通志》卷七十八。民国《福建通志·福建艺文志》卷六十六作二卷)、《焚余草》一卷(民国《福建通志》总卷二十五,《福建艺文志》卷六十六)、《雪龛制义》(卢前《八股文小史》)

吴伯景:《琵琶谱》一卷、(祖之望纂)《琵琶谱系》一卷(民国《福建通志》总卷四十四,《福建艺术传》卷二,吴伯景本传)

祖之望(吴伯景妹婿):《节制纪闻》、《管窥略》、《乳训逸名录》、《迩言录》、《洞神录》、《长语漫录》、《金凤子》、《皆山草堂诗钞》十二卷(嘉庆十七年留香室刻本)、《文钞》十二卷、《祖氏遗编》十卷(同治刊本《福建通志》卷七十八)、《舫斋小言》、《青凤子》、《皆山草堂文钞》、《诗钞》凡若干卷、(增修)《嘉庆浦城县志》四十卷、(辑)《柘浦文钞》、《诗钞》、(刊)祖无择文集、(订)杨亿等人遗书十余种(民国《福建通志》总卷三十四,《福建列传》卷三十七,祖之望本传)、《三尺须知录》(陈寿祺《左海文集》卷九《皇清诰授光禄大夫刑部尚书祖公墓志铭》)、《琵琶谱系》(梁章钜《退庵诗存》卷三《题琵琶谱系后为吴君仰作》诗及题注)

祖之望等:《嘉庆浦城县志》四十卷(同治刊本《福建通志》卷七十八)

游艺:《历象成书》、《奇门超接》、《万法归宗》、《天经或问前集》一卷、《天经或问后集》(同治刊本《福建通志》卷七十七)、《天经或问》前集四卷、后集无卷数(民国《福建通志》总卷四十四,《福建艺术传》卷三,游艺本传)、《诗法入门》(民国《福建通志》总卷二十五,《福建艺文志》存目卷四十五)、(辑)《诗法入门》四卷首一卷三册(清刻本)

杨之祯:《崇俭篇》、《迁草》(同治刊本《福建通志》卷七十五)

康济海:《四贤纪要》、《四贤纪要合集》五册(同治刊本《福建通志》卷七十五)

萧泳:《柳溪集》、《游武彝草》(同治刊本《福建通志》卷七十五)

毛章业:《蔚庐诗文集》(同治刊本《福建通志》卷七十五)

翁兆行:《方言集》(同治刊本《福建通志》卷七十五)

乐斌:《古今太乙纪鉴》(同治刊本《福建通志》卷七十五)

谢丰:《瘴疟指南》、《诸证辨疑》、《理元脉诀》(同治刊本《福建通志》卷七十五)

林世荫:《花圃吟》(同治刊本《福建通志》卷七十五)

南平谢震:《河洛理数》三卷、《梅花同韵诗百首》(同治刊本《福建通志》卷七十五)

朱沄:《平平居士诗稿》(同治刊本《福建通志》卷七十五)

官志涵:《乾隆南平县志》、《枝亭稿》(同治刊本《福建通志》卷七十五)

练纲:《鉴略旁训》(同治刊本《福建通志》卷七十五)

应丹诏:《嘉庆南平县志》四十二卷(同治刊本《福建通志》卷七十五)

赖秉健:《大易心解》(同治刊本《福建通志》卷七十五)

朱清:《四书寻疑》(同治刊本《福建通志》卷七十五)

卢鼎盛:《梧皋集》(同治刊本《福建通志》卷七十五)

李兰:《香兰诗文集》(同治刊本《福建通志》卷七十五。民国《南平县志》卷十二《艺文志》作《诗文稿》)

陈国玙:《雪樵诗稿》(民国《南平县志》卷十二《艺文志》)

林定征(流寓南平):《尊心堂遗稿》(民国《南平县志》卷十二《艺文志》)

毛念诗(流寓南平):《四书讲义》、《孝经注》、《小学训解》、《四贤年谱》(民国《南平县志》卷十二《艺文志》)

饶元:《赤心录》、《旅吟诗草》(同治刊本《福建通志》卷七十五)

何纯子:《三杯草》、《蜀道草》、《归来草》、《十咏楼集》(同治刊本《福建通志》卷七十五)

杨必名:《惮园诗集》(同治刊本《福建通志》卷七十五)

顺昌叶铭、漳浦林虎榜:《乾隆大田县志》十二卷(同治刊本《福建通志》卷七十五)

叶镇:《六事箴》、《课学要则》、《居官要言》(民国《福建通志》总卷三十六《福建循吏传》(同治刊本《福建通志》卷七十五)卷十二叶镇本传作《六事箴言》、《作吏要言》)

陈琁(号东郊):《守骏斋存稿》(同治刻本,《福建通志》卷七十五)、《守骏斋小集》(《国朝全闽诗录初集》卷二十一陈琁条)

车耆奎:《虫吟草》(同治刊本《福建通志》卷七十五。民国《福建通志·福建艺文志》卷六十四作《虫吟草诗》)

张凤苞:《竹庵家训》、《香水居集》(同治刊本《福建通志》卷七十五)

王言雅:《西湖诗集》(同治刊本《福建通志》卷七十五。一作《西湖集》)

余思复:《吴游集》(《国朝全闽诗录初集》卷五余思复条。李灵年等《清人别集总目》第957页作二卷,康熙刻本,福建省图书馆藏)、《吴游诗集》二卷(嘉庆九年刻本)、《余不远游草》(民国《福建通志》总卷二十五,《福建艺文志》卷六十四)、《中村逸稿》二卷(萧正模辑,康熙三十一年刻本)、《吴游草》二卷(康熙间刻本)、《山居集》(柯愈春《清人诗文集总目提要》第94页)

徐崇节:《四书讲义》、《日近篇诗集》(同治刊本《福建通志》卷七十五)

萧正模:《史论》十八卷、《读东林传笔记》一卷(《桐城文学撰述考》卷一作二卷)、《潮阳笔记》、《后知堂集》四十四卷(民国《福建通志·福建艺文志》卷六十四作《后知堂文集》四十四卷;柯愈春《清人诗文集总目提要》第231页作《后知堂文集》四十六卷,一名《萧深谷文集》,含文集十六卷、诗集二十八卷、附录二卷,康熙五十九年刻本,福建省图书馆藏)、《妄寨篇》、《续异人文》(同治刊本《福建通志》卷七十五)、《后知堂文集》十六卷、《后知堂诗集》二十八卷、《读东林传》五篇、《见苗诗草》、《深谷诗文集》(《桐城派编年》第271页)、《续异人文》二卷、(为张伯行编纂)《朱子全书》□卷、《见苗诗草》□卷(《桐城文学渊源撰述考》卷一)、《妄寨篇》(《桐城文学撰述考》卷一。《清人诗文集总目提要》第232页作一卷,康熙四十一年刻本)、《萧深谷文集》(民国《福建通志·福建艺文志》卷六十四引萧正模《萧深谷文集》)

邓拔萃:《居易堂文集》、《焚余草》(同治刊本《福建通志》卷七十五)

吴日彩:《返朴堂文稿(同治刊本《福建通志》卷七十五)

陈文在:《玉华洞志》六卷(同治刊本《福建通志》卷七十五)

张问明:《梅花楼诗集》(同治刊本《福建通志》卷七十五)

张兴南:《晚香诗集》二卷(同治刊本《福建通志》卷七十五)

白源慧:《书经讲义》二卷、《学庸本义》三卷(同治刊本《福建通志》卷七十五)

廖伟传:《四书说腋》三卷、《樟汀诗草》十卷[①]、《十九山房诗钞》二卷(同治刊本《福建通志》卷七十五)、《贻香堂文集》、《爱庐随录》(柯愈春《清人诗文集总目提要》第725页)

梁彣:《月山遗书》七卷(同治刊本《福建通志》卷七十五。据《蓝水书塾笔记》,系《四书题说》二卷、《正念斋语》二卷、《近思斋答问》一卷、《近思斋尺牍》一卷、《杂著》一卷合辑,四册)

祝迪光:《酿花斋诗草》六卷(同治刊本《福建通志》卷七十五)

陈孔顼:《心斋铭》、《心害说》、《广茶经》、《养兰诀》(同治刊本《福建通志》卷七十五)

邱三捷:《闲吟杂著》、《文艺作述》、《仕学说》(同治刊本《福建通志》卷七十五)

王尊:《检字搜典》三百卷(同治刊本《福建通志》卷七十五)

林兰芳:《经世宝鉴》十二卷(同治刊本《福建通志》卷七十五)

汤宏仁:《蒲石居稿》(同治刊本《福建通志》卷七十五)

建安郑重:《文选集注》、《京华草》、《霞园诗文集》四卷(同治刊本《福建通志》卷七十六)、《霞园诗草》(《国朝全闽诗录初集》续集卷一郑重条)、《霞园诗集》三卷、《文集》一卷(《四库全书总目》卷一八二;民国《福建通志》总卷二十五,《福建艺文志》卷六十四)

吴焯:《学庸一贯》(同治刊本《福建通志》卷七十六)

马怀英:《东瀛蛩响》、《混成吟》、《华阳山房咏史诗》(同治刊本《福建通志》卷七十六)

建安(一作连城)周宗濂:《淇园诗古文集》(同治刊本《福建通志》卷七十六)、《淇园诗文集》(民国《连城县志》卷二十《艺文志》)

陆祖新:《修庐集》、《汉语集》(同治刊本《福建通志》卷七十六)

杨士美:《□言》三卷、《□长言史》(同治刊本《福建通志》卷七十六)

黄允芳:《□子或问》、《文庙祀典礼器考》、《河洛解》(同治刊本《福建通志》卷七十六)

---

① 柯愈春《清人诗文集总目提要》著录此集,八卷,道光二十六年刻本,国家图书馆、中国社会科学院文学研究所藏;别本八卷,嘉庆二十二年钞稿本,福建师范大学图书馆藏(第725页)。

陈文森:《□□录》(同治刊本《福建通志》卷七十六)

魏缵绪:《□□注解》(同治刊本《福建通志》卷七十六)

魏文焕:《□经义》、《自怡集》、《北游草》(同治刊本《福建通志》卷七十六)

何肇淳:《□斋诗集》六卷、《文集》一卷(同治刊本《福建通志》卷七十六)

张青藜:《□理乐天心衍》九卷(同治刊本《福建通志》卷七十六)

万世美:《岁躔考》(同治刊本《福建通志》卷七十六)、《畴人駮议》(梁章钜《万虞臣中翰传略》、谢章铤《藤荫客赘》)、《万氏礼笺》(谢章铤《赌棋山庄集》诗集卷八《建宁杂诗》其四诗后注)

施鸿:《史测》十卷(同治刊本《福建通志》卷七十七建阳施鸿)、《文庙纪事》(民国《福建通志·福建艺文志》存目卷四作一卷)、《澂景堂史测》十四卷、《邵武府志稿》十五卷、《辽阳志稿》、《闽溪纪略》(民国《福建通志·福建艺文志》存目卷二十二作《闻溪纪略》,误)、《澂景堂稿》八卷(同治刊本《福建通志》卷七十九邵武施鸿)、《澄景堂史测》十四卷(《钦定四库全书总目》卷九十,《皇朝文献通考》卷二百二十二作《澄景堂史测》十四卷)(预修)《(康熙)福建通志》、《邵武府志》(光绪《邵武府志》卷二十一《人物传·文苑》本传)、《宦游稿》八卷(光绪《邵武府志》卷二十九《艺文志》)、《闽游诗话》(民国《福建通志》总卷二十五,《福建艺文志》存目卷四)、《澂景堂宦游小集》五卷(康熙间刻本,天津图书馆藏。柯愈春《清人诗文集总目提要》第125页)

袁文超:《闻见录》、《旅啸集》(同治刊本《福建通志》卷七十七)

徐文灿:《面奎斋诗文集》(同治刊本《福建通志》卷七十七)

熊志学:《易经衷旨》、《四书心印》、《册府元龟序论》(同治刊本《福建通志》卷七十七)

朱銮章:《天文管见》、《兵法管见》(同治刊本《福建通志》卷七十七)

傅克钦:《趋庭日录》、《双清堂诗钞》(同治刊本《福建通志》卷七十七)

陈昆:《评史荧光》二卷(同治刊本《福建通志》卷七十七)

建阳王以治(王资治):《娱圃诗草》(同治刊本《福建通志》卷七十七)

刘秉钧:《五经博雅》(同治刊本《福建通志》卷七十七)

萧元桂:《迁善编》一卷(同治刊本《福建通志》卷七十七)

李敷春:《韩山诗刻》(同治刊本《福建通志》卷七十八)

卢傅:《孝经注疏》、《立命篇》、《詹詹论》(同治刊本《福建通志》卷七十八)

暨飞:《纲鉴纂要》(同治刊本《福建通志》卷七十八)

饶鉴:《诗经纂要》(同治刊本《福建通志》卷七十八)

李绍骥:《晓山寓言》、《庭中草》(同治刊本《福建通志》卷七十八)

金兰友:《嗣香亭集》(同治刊本《福建通志》卷七十八)

张彬等:《雍正崇安县志》(同治刊本《福建通志》卷七十八)

江清:《家训日知录》(同治刊本《福建通志》卷七十八)

董天工:《武夷山志》二十四卷(同治刊本《福建通志》卷七十八)、《台海见闻录》(施懿琳、廖美玉《台湾古典文学大事年表·明清篇》第170页)、《澄心小草》不分卷(乾隆十四年刻本,福建省图书馆藏。柯愈春《清人诗文集总目提要》第591页)

范思敬:《入洛日记》一卷、《方雅堂文集》二卷(同治刊本《福建通志》卷七十八)

潘远:《雪僧诗稿》一卷(同治刊本《福建通志》卷七十八)

张天士:《天香老人稿》一卷(同治刊本《福建通志》卷七十八)

沈之倬:《蝶龛吟稿》(同治刊本《福建通志》卷七十八)、《瘦吟集》、《寻荔草》、《拙存堂诗草》(民国《福建通志》总卷三十九,《福建文苑传(清一)》卷三十七本传)

徐枝芳:《粼山集》(同治刊本《福建通志》卷七十八)

孙大成:《怡颜亭诗集》(同治刊本《福建通志》卷七十八)、《怡颜亭集》(《国朝全闽诗录初集》续集

卷六孙大成条）

翁其昌：《力陶遗草》（同治刊本《福建通志》卷七十八）

林其英：《耕云堂闲草》杨谦吉：《四书训蒙析义》十四卷（同治刊本《福建通志》卷七十八）

浦城陈纲：《碎琴杂言》二卷（同治刊本《福建通志》卷七十八）

李青震：《云村诗稿》（同治刊本《福建通志》卷七十八）

刘廷梧：《箬村诗稿》（同治刊本《福建通志》卷七十八）

王道隆：《味经堂遗集》二卷（同治刊本《福建通志》卷七十八）、（刊）《十劝歌》（民国《福建通志》总卷三十六，《福建循吏传》卷十二王道隆本传）

吴稽：《蔚咏堂诗集》（同治刊本《福建通志》卷七十八）

任灿：《昙幢诗钞》（同治刊本《福建通志》卷七十八）

吴景：《蚤誉堂集》（同治刊本《福建通志》卷七十八）

浦城周鼎：《北窗诗稿》（同治刊本《福建通志》卷七十八）

孙承谋：《篛林诗草》（同治刊本《福建通志》卷七十八）

浦城张锦：《格亭诗草》、《饾饤集》四卷（同治刊本《福建通志》卷七十八）

李玉中：《说文谐声谱》二十八卷、《绿波载酒诗草》四卷（同治刊本《福建通志》卷七十八）

达麟：《蕉碧斋集》四卷、《馆课存稿》二卷（同治刊本《福建通志》卷七十八）

浦城徐珂：《四书句读音义》、《琢山集》（同治刊本《福建通志》卷七十八）

李昀：《碧水吟草》四卷（同治刊本《福建通志》卷七十八）

陈道法：《四书辨疑》、《论古管见》、《理学一得录》（同治刊本《福建通志》卷七十八）

邵广贞：《杲庵集》（同治刊本《福建通志》卷七十八）

董其生：《周易讲义》、《家礼纂要》、《学校人物志》十二卷、《友爱传》二卷、《古今郡邑考》、《历朝世系考》五卷、《增订尚友录》三十六卷（同治刊本《福建通志》卷七十八）

吴膺璜：《志草》二卷（民国《福建通志·福建艺文志》卷二十八作《政和志草》二卷）（同治刊本《福建通志》卷七十八）

魏宽：《星溪唱和诗》（同治刊本《福建通志》卷七十八）

罗攀桂：《都门写怀》二卷（同治刊本《福建通志》卷七十八）

江六瑞：《地理略》、《似斋集》、《卧庐逸稿》（同治刊本《福建通志》卷七十九）、《北行草》、《春怀草》（光绪《邵武府志》卷二十九《艺文志》）

江图龙：《幽闺十八咏》（同治刊本《福建通志》卷七十九）

江浤源：《高渠堂易评》、《秋雪编》、《觅梨集》（同治刊本《福建通志》卷七十九）

江孝绪：《景宁县志》、《阙膝录》（光绪《邵武府志》卷二十九《艺文志》、民国《福建通志·福建艺文志》存目卷四十二作《阙藤集》）（同治刊本《福建通志》卷七十九）

江孝绪、廖寿元：《康熙泰宁续县志》（同治刊本《福建通志》卷七十九，光绪《邵武府志》卷二十九《艺文志》题作《康熙泰宁县续志》）

江中时：《读易蒙求》三卷、《春秋五传参解》（光绪《邵武府志》卷二十九《艺文志》题《五传参解》）、《四书蒙求》二卷、《读史小乐府》二卷、《庄子心解》三卷、《楚骚心解》二卷、《李义山诗补笺》六卷、《双声叠韵》、《读杜参解》二十一卷、《秋水山人诗集》八卷、《文集》一卷（同治刊本《福建通志》卷七十九）

江应时、雷民望：《康熙泰宁县志》（光绪《邵武府志》卷二十九《艺文志》）

朱宿：《食字堂诗集》（光绪《邵武府志》卷二十九《艺文志》题《食字堂诗》）（同治刊本《福建通志》卷七十九）、《新柳缘传奇》（光绪《邵武府志》卷二十一《人物传·文苑》本传）

邓上衮：《恣园诗集》五卷（同治刊本《福建通志》卷七十九）、《恣园集》（光绪《邵武府志》卷二十一《人物传·文苑》邓上衮传）

赵声远:《两携堂诗》(同治刊本《福建通志》卷七十九)、《两携堂稿》(光绪《邵武府志》卷二十一朱宿传附赵声远传)

朱经华(光绪《邵武府志》卷二十一《人物传·文苑》本传作朱维华):《去园草》若干卷(同治刊本《福建通志》卷七十九)

邵武陈彦开:《默庵集》(光绪《邵武府志》卷二十九《艺文志》题《默庵诗文集》)(同治刊本《福建通志》卷七十九)

李笃生:《不濑集》、《巷南芜稿》(同治刊本《福建通志》卷七十九)、《寄怀草》(光绪《邵武府志》卷二十九《艺文志》)

朱敏求:《南冈诗集》六卷(同治刊本《福建通志》卷七十九)

陈尧俞:《若庵集》六卷、《若庵诗稿》(同治刊本《福建通志》卷七十九)、《中州游稿》(光绪《邵武府志》卷二十九《艺文志》)、《若庵诗集》六卷(民国《重修邵武县志》卷二十八《文苑传》本传;柯愈春《清人诗文集总目提要》第760页,乾隆五十八年刻本,福建省图书馆藏)

饶炯:《松圃诗钞》、《消夏吟》(同治刊本《福建通志》卷七十九)

丁明时:《凤衔馆诗文二集》(同治刊本《福建通志》卷七十九)

徐璋:《痘科精义》十卷(同治刊本《福建通志》卷七十九)

邹祖项:《莲村文稿》、《莲村燕游草》(同治刊本《福建通志》卷七十九)

曾益:《洒园集》、《长泰归来集》三卷(同治刊本《福建通志》卷七十九)

龚道:《书经便读注释》、《尚书纂要讲义》(同治刊本《福建通志》卷七十九)

邵武黄宗杰:《春秋正解》(光绪《邵武府志》卷二十九《艺文志》作十二卷)、《信天堂文集》(同治刊本《福建通志》卷七十九)、《信天堂诗文》(光绪《邵武府志》卷二十一《文苑传》本传)

建宁陈恂:《北游草》(同治刊本《福建通志》卷七十九)

谢国杰:《襄陵未信稿》、《归田诗钞》(同治刊本《福建通志》卷七十九)

廖滉:《古柏堂草》(同治刊本《福建通志》卷七十九)

袁奭:《古欢堂集》(同治刊本《福建通志》卷七十九)

建宁李含芳:《柏食山房诗稿》(同治刊本《福建通志》卷七十九)

徐中恒:《寓庵琐记》、《寓庵乐府五七韵言》(同治刊本《福建通志》卷七十九)

聂芳:《巢湖留韵》、《存耕堂诗草》(同治刊本《福建通志》卷七十九、民国《建宁县志》卷廿五《杂著》)、《存耕堂诗集》、《治巢纪略》(民国《建宁县志》卷十六《文苑传》本传)

聂国球:《餐胜楼诗草》(同治刊本《福建通志》卷七十九、民国《建宁县志》卷廿五《杂著》第十二页)

聂万鹏:《西林墨剩》(民国《建宁县志》卷廿五《杂著》第十二页。同治刊本《福建通志》卷七十九作《西林剩墨》)

陈大仪:《奇门外书》、《书稼堂诗文集》(同治刊本《福建通志》卷七十九)、《书稼堂诗集》(光绪《邵武府志》卷二十三《义行传》本传)

连青:《诗经拥篲》、《愧斋诗文集》(同治刊本《福建通志》卷七十九)、《愧斋集略》二卷(康熙间刻本。柯愈春《清人诗文集总目提要》第394页)

连青等辑:《绥安存雅》三卷(同治刊本《福建通志》卷七十九)

何梅:《江村诗钞》(同治刊本《福建通志》卷七十九)、《江村集》(民国《建宁县志》卷廿五《杂著》)、《绥安存雅》(陈衍《石遗室诗话》卷二十二,第五条)

谢师仪:《容园集》(同治刊本《福建通志》卷七十九)、《容园诗集》(光绪《邵武府志》卷二十一《文苑传》本传)

余敏绅:《韦斋诗集》(同治刊本《福建通志》卷七十九。柯愈春《清人诗文集总目提要》第504页作六卷,清刻本)、《韦斋书钞》(《国朝全闽诗录初集》续卷五余敏绅条)

余天章(民国《建宁县志》卷廿五《杂著》作余大章):《流声集》(光绪《邵武府志》卷二十三《义行传》余天民传)

袁一先:《香谷集》(同治刊本《福建通志》卷七十九)

建宁杨应翰:《澹居诗集》(同治刊本《福建通志》卷七十九)、《澹居诗文集》、《寄庐草》(光绪《邵武府志》卷二十九《艺文志》)

黄钦:《弋山集》(同治刊本《福建通志》卷七十九)

李开栋:《东山集》(同治刊本《福建通志》卷七十九)

张俊:《溪南诗草》(同治刊本《福建通志》卷七十九)

袁良显:《寓琴草》(同治刊本《福建通志》卷七十九)

李发秀:《雪轩诗草》(同治刊本《福建通志》卷七十九)

陈松:《金铙诗集》(同治刊本《福建通志》卷七十九)

廖玉藻:《溪山第一草》(同治刊本《福建通志》卷七十九)

建宁谢维岳:《易经秘解》、《尚书秘解》、《双溪诗集》、《双溪文集》(同治刊本《福建通志》卷七十九)

廖天球:《东山草堂诗稿》(同治刊本《福建通志》卷七十九)

谢璋:《缶鸣集》(同治刊本《福建通志》卷七十九)

谢莘:《伊庐集》(同治刊本《福建通志》卷七十九)

廖光斗:《坤舆全览简便》(同治刊本《福建通志》卷七十九)

刘凤起(光绪《邵武府志》本传一作刘凤起,又刘夙起):《石溪春秋辨义》、《石溪史话》八卷、《补遗》四卷(同治刊本《福建通志》卷七十九)、《四书辨义》、《春秋辨义》、《石溪史话》、《诗草》、《诗余》等集(光绪《邵武府志》卷二十一《文苑传》本传)、《姑存编古文集》、《大小时艺文集》、《乡试游草北上南归》等诗集(民国《建宁县志》卷廿五《杂著》)

谢恩临:《存庵诗集》八卷(同治刊本《福建通志》卷七十九)

余春林:《匡居迩言》三卷、《润园文集》六卷、《诗集》八卷①(同治刊本《福建通志》卷七十九)、《润园集》(李俊序)

金荣镐:《读易偶录》五卷、《读诗偶录》四卷、《读大学偶录》一卷(同治刊本《福建通志》卷七十九)、《芑汀古今文》□卷、《遗诗》□卷、杂著三种、《芑汀文集》□□卷(刘声木《桐城文学渊源考》卷十二)、《芑汀制义》(《桐城派编年》第264页。朱仕琇撰《金芷汀制义序》)、《大学解》、《易经解》(民国《建宁县志》卷十六《文苑传》本传)、《芑汀遗诗》(民国《建宁县志》卷廿五《杂著》)、《诗经解》(光绪《光泽县志》卷二十八《寓贤传》本传)

姜大智:《留雪堂诗集》(同治刊本《福建通志》卷七十九)

建宁黄度(字于叔,号馨谷):《于山晚翠》一卷(同治刊本《福建通志》卷七十九。民国《福建通志·福建艺文志》存目卷四十二、光绪《邵武府志》卷二十一《文苑传》本传、《国朝全闽诗录初集》续卷九作《于山晚翠集》)

廖焜:《日堂古文集》(同治刊本《福建通志》卷七十九)

应国桢:《观星指南》(同治刊本《福建通志》卷七十九)

黄凤举:《易说》、《大学解》、《学录》、《裕斋居士文集》六卷(同治刊本《福建通志》卷七十九)

徐笥:《香祖诗钞》、《罍缶诗集》(同治刊本《福建通志》卷七十九)

黄南金:《冶庐中庸本义》二卷(同治刊本《福建通志》卷七十九)

陈凤翔:《栖竹遗草》一卷(同治刊本《福建通志》卷七十九)

建宁陈起蛟:《大痴诗稿》二卷(同治刊本《福建通志》卷七十九)

---

① 柯愈春《清人诗文集总目提要》著录《润园文集》六卷、《诗集》八卷,嘉庆五年刻本,统称《润园集》十四卷(第838页)。

吴增元:《北游草》一卷(同治刊本《福建通志》卷七十九)

黄从龙:《鼓潭吟草》四卷(同治刊本《福建通志》卷七十九)

何日诰:《深柳读书堂存草》(同治刊本《福建通志》卷七十九)、《深柳读书堂存稿》四卷(咸丰四年刻本。柯愈春《清人诗文集总目提要》第1231页;民国《福建通志》总卷二十五,《福建艺文志》卷六十六)

江应昌、雷民望:《康熙泰宁县志》(同治刊本《福建通志》卷七十九)

泰宁叶光汉:《五经肤解》(同治刊本《福建通志》卷七十九)

董祖谦:《真味编》(同治刊本《福建通志》卷七十九)

廖学信:《桂馨山房诗钞》(同治刊本《福建通志》卷七十九)、《杂著》(光绪《邵武府志》卷二十一《文苑传》)、《咏史》(光绪《邵武府志》卷二十九《艺文志》)、《邯郸草》、《尤溪草》、《蓝田草》(光绪《邵武府志》卷二十九《艺文志》)

黄庭镜:《目经大成》三卷(同治刊本《福建通志》卷七十九)

邓文熊:《晓峰诗文稿》(同治刊本《福建通志》卷七十九)

谢韩:《地要》(光绪《邵武府志》卷二十九《艺文志》)、《诗余谱》(光绪《邵武府志》卷二十一《文苑传》本传)、《五云居诗集》(同治刊本《福建通志》卷七十九)

王竑:《西湖千咏》、《友声集》(同治刊本《福建通志》卷八十)

上官周:《画传》(梁桂元《闽画史稿》题《晚笑堂画传》)(同治刊本《福建通志》卷八十)、《晚笑堂诗集》[①](乾隆《汀州府志》卷三十二《技术附》本传。乾隆《汀州府志》卷三十三《文苑》题《晚笑堂集》)、《晚笑堂诗》(苏珥撰《晚笑堂诗跋》,收录于乾隆《汀州府志》卷四十三《艺文跋》)、《晚笑堂画谱》(郭白阳《竹间续话》卷四)、《晚笑堂竹庄诗集》一卷(清代诗文集珍本丛刊影印乾隆二年刻本)

罗铵:《卫道篇》、《紫阳学统》(同治刊本《福建通志》卷八十)

黄霮:《太极图说》、《性理语解》(同治刊本《福建通志》卷八十)

闵遇亨:《寓斋诗集》(同治刊本《福建通志》卷八十)

施泽嘉:《香峡集》(同治刊本《福建通志》卷八十)、《香硖集》十卷(同治刻本《汀州府志》卷三十三《文苑》、同治重刊本《宁化县志》卷四《艺文总目》)

赖朝会:《春秋略谈》(同治重刊本《宁化县志》卷四《艺文总目》作二卷)、《四书尊问》(同治刊本《福建通志》卷八十。同治重刊本《宁化县志》卷四《艺文总目》作《四书尊闻》)

雷动化(震甹):《幻楼草》二卷、《北山草》二卷(李世熊《寒支二集》卷一《谢用周卒于天启乙丑时予年二十有四今六十九岁矣其令孙某持用周遗像见示怆然如生同社黄孺子黄陟瞻丘德长雷震甹先后沦亡向之哭用周者予又哭之四子矣余此老顽瘤赘于世人欲久不死者何也因为感逝一篇书其像后》诗句中夹注:"雷震甹有《北山集》。"卷二有《北山草序》)(同治刊本《福建通志》卷八十、同治重刊本《宁化县志》卷四《艺文总目》)

张佶:《闲斋古文》八卷(同治刊本《福建通志》卷八十)

雷殷荐:《古文问世》二卷(同治刊本《福建通志》卷八十)

黄慎:《蛟湖诗钞》三卷(同治刊本《福建通志》卷八十。乾隆《汀州府志》卷三十三《文苑》著录题《蛟湖集》,《闽汀文选》作《落英集》。民国《福建通志·福建艺文志》卷六十四作《蛟湖集》四卷,注道光《福建通志》作三卷)、《瘿瓢山人蛟湖诗钞》四卷(一名《蛟湖诗钞》。清代诗文集汇编第263册影印乾隆二十八年雷鋐刻本)、《瘿瓢山人蛟湖诗钞》不分卷(清钞本。李灵年等《清人别集总目》第1999页)

吴中林:《周易象证》、《寒虎馋编》、《宋胠余录》、《耽耽草》、《焚余草》(同治刊本《福建通志》卷八十)

张钦:《可在堂诗集》七卷(同治刊本《福建通志》卷八十)

罗廷经:《春秋解义》(同治刊本《福建通志》卷八十)

---

① 柯愈春《清人诗文集总目提要》著录此集,又名《晚笑堂竹庄诗集》,一卷,乾隆间刻本,《续修四库提要》著录三卷(第409页)。

伍有俶:《影庐诗稿》一卷(同治刊本《福建通志》卷八十)

吴琮:《四书人物约典》、《洁至集》(同治刊本《福建通志》卷八十)

罗登标:《学易阐微》四卷、《竹窗杂记》六卷(乾隆《汀州府志》卷三十三《文苑》、民国《福建通志·福建艺文志》存目卷三十五均题《竹窗杂记》八卷)(同治刊本《福建通志》卷八十)

徐炳:《易史举隅》(同治刊本《福建通志》卷八十)

刘文龙:《古易汇诠》、《四书质疑》、《周子注》、《庄子注》(同治刊本《福建通志》卷八十)、《毛诗参注》、《春秋论说》、《尚书质疑》、《大学摘要》、《太极说》、《通书注》、《庄子齐物论》(民国《福建通志》总卷三十八,《福建儒林传》补遗,刘文龙本传)

李本澎:《学在园诗钞》四卷(同治刊本《福建通志》卷八十)

吴轼临:《记事珠》三十五卷、《磨砖集》(同治刊本《福建通志》卷八十)

刘汉纶:《竹居吟》二卷、《松林诗草》一卷、《温泉诗草》一卷、《金斗峰诗草》一卷、《伴松吟》一卷、《老妇吟集唐》一卷、《律陶善怀吟》一卷、《律陶达》一卷、《漱六轩文集》四卷、《压镛编文》二卷、《诗》一卷(同治刊本《福建通志》卷八十)

罗荃:《宁阳闻旧录》、《思柔堂文集》、《横琴书屋诗钞》(同治刊本《福建通志》卷八十)

王昌煇:《王明经古文集》一卷(同治刊本《福建通志》卷八十)

许汝霖:《在此堂文集》(同治刊本《福建通志》卷八十)

张所业:《张所业古文集》(同治刊本《福建通志》卷八十)

罗湘琳:《豹隐楼诗钞》二卷(同治刊本《福建通志》卷八十)

邱上隽、周绍缙、巫羽仪:《北山诗集》(同治刊本《福建通志》卷八十。民国《福建通志·福建艺文志》存目卷四十二作《北山堂诗集》三卷)

刘文贤:《潜虬诗草》二卷(同治刊本《福建通志》卷八十)

雷霦:《映庭诗草》(同治刊本《福建通志》卷八十)

罗廷凤:《丧礼发》一卷、《诸生问林训》一卷、《鸥适集》、《梅庄集》(同治刊本《福建通志》卷八十)

王斯盛:《未轩诗集》四卷(同治刊本《福建通志》卷八十)

张轼:《漱亭甲乙诗集》三卷、《啸梅编》(同治刊本《福建通志》卷八十)、《漱亭诗集》(《国朝全闽诗录初集》卷十四张轼条)、《漱亭诗集》三卷(道光二十年刻本。柯愈春《清人诗文集总目提要》第579页)

李世衡:《留绿草》(同治刊本《福建通志》卷八十)

伍元英:《写我集》(同治刊本《福建通志》卷八十)

李若涛:《萤芝堂诗集》(同治刊本《福建通志》卷八十)

官其淳:《孑山诗集》一卷(同治刊本《福建通志》卷八十)

卢声扬:《梅庭诗集》一卷(同治刊本《福建通志》卷八十)

刘大章:《菊村诗集》二卷(同治刊本《福建通志》卷八十)

王协:《三山署草》、《涛居集》(同治刊本《福建通志》卷八十)

廖稚珏:《城市山林集》(同治刊本《福建通志》卷八十)

廖佳致:《廖丰玉集》二卷(同治刊本《福建通志》卷八十)

陈允升:《易史一隅》(同治刊本《福建通志》卷八十)

沙县林寅(籍连城):《中可集》(同治刊本《福建通志》卷八十)

黄卧窗:《觉非草》[①]四卷(清钞本,福建省图书馆藏。柯愈春《清人诗文集总目提要》第621页)

---

① 李灵年等《清人别集总目》著录《觉非草杂著》,1963年钞本,福建师范大学图书馆藏(第2019页);刘荣平《清代至民国闽词集编年(1644—1949)》云上海师范大学图书馆藏佚名钞本《抄存闽人词十一种》,其中有署名"闽中王卧窗"之《觉非草》,所收词同于《觉非草杂著》,仅少三首(《闽江学院学报》2012年第1期第32页)。

黄嘉纯:《诏游志》(民国《明溪县志》卷十三《艺文志》)、《至性小言》(同治刊本《福建通志》卷八十)

吴中信:《拙修录》(同治刊本《福建通志》卷八十)、《希圣录》、《彝伦录》(民国《明溪县志》卷十三《艺文志》)

谢家树:《周易玩词》二卷、《洪范求知》二卷、《诗经一得》三卷、《台湾志》(同治刊本《福建通志》卷八十)、《六有堂稿》(民国《明溪县志》卷十三《艺文志》)

谢绍谋:《小峨嵋山人诗集》三十三卷(同治刊本《福建通志》卷八十)、《亠亭山人偶语》、《亠亭山人诗集》、《禽言乐府》(民国《福建通志》卷十三《艺文志》)

林霞起:《易辨》、《书经约旨》、《读礼私言》、《四书遵注小训》、《私淑录》、《爱莲堂诗文集》(同治刊本《福建通志》卷八十)

华鼎超:《东山乡行录》一卷、《连乘辨讹》一卷、《寒支诗注》五卷、《嘤鸣楼诗文集》四卷(同治刊本《福建通志》卷八十)

沈郊:《周易训解》(同治刊本《福建通志》卷八十)

沈烈:《拙山诗草》二卷(同治刊本《福建通志》卷八十)

谢国治:《春草斋诗》、《省吾斋文集》(同治刊本《福建通志》卷八十)

谢上霁:《竹隐轩诗集》十卷、《存遗》一卷(同治刊本《福建通志》卷八十)

蒋存义:《辟邪编》(同治刊本《福建通志》卷八十)

林洪宪:《谭余杂记》十卷、《闽诗选》、《西园酬唱集》(同治刊本《福建通志》卷八十)

邱钟灵:《香岭居士集》(同治刊本《福建通志》卷八十)

张亨:《倦还草》十二卷(同治刊本《福建通志》卷八十)

林宝树:《四书大全摘抄》(乾隆《汀州府志》卷三十三《文苑》题《大全摘抄》,一名《学庸摘抄》[①])、《梁峰诗文集》(乾隆《汀州府志》卷三十三《文苑》题《梁峰集》)(同治刊本《福建通志》卷八十)、《一年使用杂字》(同治九年刻本。即《年初一》,王水香《清代汀州客家诗歌研究》,第 12 页;《图说元初一》,中国言实出版社 2015 年版)

李梦苡:《西汉独见》四卷、《西峰诗文集》三十二卷(同治刊本《福建通志》卷八十)

武平蔡洛:《性理析疑》十五卷(同治刊本《福建通志》卷八十)

李槐轩:《西村诗集》(同治刊本《福建通志》卷八十)

吴来凤:《天随集》(同治刊本《福建通志》卷八十)

吴祖馨:《诗经纂要》、《四书集成》(同治刊本《福建通志》卷八十)

卢英:《四书会参》(同治刊本《福建通志》卷八十)

孔煌猷:《唾余集》(同治刊本《福建通志》卷八十)

郑孙绶:《古今人镜》(同治刊本《福建通志》卷八十)

吴庭芝:《镜史》(同治刊本《福建通志》卷八十)

张成章:《吟香诗草》(同治刊本《福建通志》卷八十)

江联辉:《四书定旨》(同治刊本《福建通志》卷八十)

永定郑堂:《高冈养正集》(同治刊本《福建通志》卷八十)

陈钧奏等:《康熙永定县志》(同治刊本《福建通志》卷八十)

廖枫:《三绘斋诗集》(同治刊本《福建通志》卷八十)

永定吴晋:《草木心集》一卷、《积寸尘斋稿》二卷(同治刊本《福建通志》卷八十)

熊龙箕:《学山楼诗稿》(同治刊本《福建通志》卷八十)

王燕龙:《五桂轩诗集》四卷(同治刊本《福建通志》卷八十)

---

① 王水香《清代汀州客家诗歌研究》,华侨大学 2008 年硕士学位论文,未刊稿,第 14 页。

陈必元:《家礼辑要》、《百尺轩诗集》(同治刊本《福建通志》卷八十)

卢奏平:《孟子点睛》(同治刊本《福建通志》卷八十)

永定郑炳:《玉历秘书》二卷、《奇门奥旨》二卷(同治刊本《福建通志》卷八十)

黄殿甲:《凤翽楼集》(同治刊本《福建通志》卷八十)

卢维翰:《本源集》(同治刊本《福建通志》卷八十)

郑宜:《周易省悟》、《性理会要》、《慕宜堂文集》(同治刊本《福建通志》卷八十)

卢复:《周易课蒙本义解》、《学庸课蒙章句解》(同治刊本《福建通志》卷八十)

卢殿人:《心月轩稿》(同治刊本《福建通志》卷八十)

廖象湖:《中庸契真》(同治刊本《福建通志》卷八十)

圣宗:《学庸析义》(同治刊本《福建通志》卷八十)

卢莑:《易经旁训》(同治刊本《福建通志》卷八十)

江龙池:《周易要旨》(同治刊本《福建通志》卷八十)

王见川、安福邹贻善:《乾隆永定县志》八卷(同治刊本《福建通志》卷八十)

张撰:《四书讲义》(同治刊本《福建通志》卷八十)

温恭:《蜀行偶草》二卷(同治刊本《福建通志》卷八十)

赖文豹:《五经疏义》、《四书总括》、《寓连草》(同治刊本《福建通志》卷八十)

郑命成:《实堂诗稿》(同治刊本《福建通志》卷八十)

吴登瀛:《芙蓉台诗钞》(同治刊本《福建通志》卷八十)

王起凤:《学庸讲义》、《诗歌声调谱》(同治刊本《福建通志》卷八十)

吴绍祁:《红杏楼诗集》(同治刊本《福建通志》卷八十)

林宾上:《书法集成》四卷(同治刊本《福建通志》卷八十)

胡蓉芝:《四书撮言》(同治刊本《福建通志》卷八十)

卢声抡:《四书质疑》(同治刊本《福建通志》卷八十)

王命召:《粤游草》二卷(同治刊本《福建通志》卷八十)

张金台:《训蒙编》、《勉学编》(同治刊本《福建通志》卷八十)

卢欣松:《石滨堂诗文初集》、《二集》、《三集》(同治刊本《福建通志》卷八十)

永定陈鹏南:《四书集说句解》(同治刊本《福建通志》卷八十)

张汝霖:《诗法长源》四卷(同治刊本《福建通志》卷八十)

吴奉璋:《学庸抉微》(同治刊本《福建通志》卷八十)

卢致:《四书搜忽》(同治刊本《福建通志》卷八十)

曾玉音(迁彰化):《理台末议》一卷、《地理正宗》、《地理所见》(同治刊本《福建通志》卷八十)、(订)《或问大全》、《文法大全》(施懿琳、廖美玉《台湾古典文学大事年表・明清篇》,第380页)

李云初:《四书参案》(同治刊本《福建通志》卷八十)

陈冰壶:《四书辑说》、《人家宝》二卷(同治刊本《福建通志》卷八十)

王起鹏:《诗韵编义》(同治刊本《福建通志》卷八十)

王锳:《怡情小草》(同治刊本《福建通志》卷八十一)

张国铎、张国锳:《花萼联吟》(同治刊本《福建通志》卷八十一)

张国铎:《秋园八咏》(同治刊本《福建通志》卷八十一)

王孙恭:《寄草庐集》、《无聊集》、《无聊二集》、《熊山学吼》、《星溪集》、《丹诏集》、《榕荫书屋集》(同治刊本《福建通志》卷八十一)、《乳香集》、(纂)《政和县志》、(纂)《太姥山续志》(王世昌《海邦师范——王孙恭》)

王锡聆:《春秋三家经文同异考》(同治刊本《福建通志》卷八十一)

陈绰:《周易录疑》、《四书录疑》三十九卷(同治刊本《福建通志》卷八十一)

崔秉镜:《勺园集》、《洗心堂集》(同治刊本《福建通志》卷八十一)

陈海嵩:《幽窗草》十九首(民国《福建通志》总卷四十五,《福建列女传》卷六,陈海嵩本传)

游龙:《道德经注释》、《偶谭》、《江城鸣草》(同治刊本《福建通志》卷八十一)

孙嗣康:《燕游草》、《恕斋集》五卷(同治刊本《福建通志》卷八十一)

王广:《息轩吟》、《见山咏》(同治刊本《福建通志》卷八十一)

郑承祉:《鱼仓集》(《福建地方文献及闽人著述综录》作《鱼仓小草》,抄本)、《华阳诗集》、《九峰上下集》(同治刊本《福建通志》卷八十一)、《鱼仓小草》(民国《霞浦县志》卷二十五《艺文志》)

盛时:《四书辟异》、《洗月丈人集》(同治刊本《福建通志》卷八十一)

丁锜:《四书讲义摘要》(同治刊本《福建通志》卷八十一)

林元珍[①]:《素亭小草》(同治刊本《福建通志》卷八十一)

张信芳:《剪灯余录》(同治刊本《福建通志》卷八十一)

倪良麟:《蔚林小草》(同治刊本《福建通志》卷八十一)

吴毓姬:《松亭诗文集》(同治刊本《福建通志》卷八十一)

陈能言:《泾溪楼稿》、《焦余诗集》(同治刊本《福建通志》卷八十一)

朱俣思:《梅花百咏》、《采莲百咏》、《硕果集》(同治刊本《福建通志》卷八十一)

林滋秀:《双桂堂诗集》(同治刊本《福建通志》卷八十一)、《砚凹余渖》四卷、《兰社诗略》(《赌棋山庄词话》续编卷二"甄毅庵词"条)、《双桂堂文集》、《快轩诗则》(民国《福建通志》总卷三十九,《福建文苑传》卷八本传)、《正音辨讹》一卷(民国《福建通志》总卷二十五,《福建艺文志》卷十五)、《集古千字文》一卷(民国《福建通志》总卷二十五,《福建艺文志》卷五十)、(周瑞光编)《迟园挹翠》(海峡文艺出版社 2011 年版)、《附子脍》等《迟园十种》(陈仕玲《名山之下产名士——林滋秀研究资料补略》)

周鸿逵:《周守默遗稿》一卷(同治刊本《福建通志》卷八十一)

王世昌:《章江草》八卷(同治刊本《福建通志》卷八十一)

王绍勤:《蛾术斋集》五卷(同治刊本《福建通志》卷八十一)

陈王道:《不借看诗集》(同治刊本《福建通志》卷八十一)

连钟英:《书经尊注》、《诗经说》、《草堂四书说》、《拙窝小草》(同治刊本《福建通志》卷八十一)

吴瑞焉:《寒行日记》(民国《福建通志·福建艺文志》存目卷二十二作《塞行日记》)、《棘津随笔》、《湖山且吟》、《三山存稿》、《塞行杂咏》、《且暇吟》[②](同治刊本《福建通志》卷八十一)

李馨:《韩文翼》、《莲舫文钞》二卷、《莲舫诗钞》九卷、《莲舫词》一卷、《郫县志》四册(同治刊本《福建通志》卷八十一)、《莲舫诗文钞》十卷(乾隆四年刻本。柯愈春《清人诗文集总目提要》第 536 页)

郑瑄:《和庠教士录》一卷(同治刊本《福建通志》卷八十一)

陈从潮:《韩川文集》三卷、《韩川诗集》七卷(同治刊本《福建通志》卷八十一)、《韩川文集》四卷、《外集》二卷、《诗集》七卷(嘉庆至同治间刻本,北京大学图书馆藏。柯愈春《清人诗文集总目提要》第 966 页)[③]

陈从潮等:《乾隆福安县续志》二十六卷(同治刊本《福建通志》卷八十一)

陈文标:《四书述正录》(同治刊本《福建通志》卷八十一)

郑昂:《辟西洋邪教诗》(同治刊本《福建通志》卷八十一)

陈鸣埛:《问津草》、《桃源集》(同治刊本《福建通志》卷八十一)

---

① 民国《福建通志·福建艺文志》存目卷四十二作林元参(第九页),民国《浦城县志·艺文志》作林元参(民国《浦城县志》卷二十五,原第二页,《中国地方志集成》第 13 册,影印第 204 页)

② 柯愈春《清人诗文集总目提要》著录此集,二卷,清松风阁刻本(第 463 页)。

③ 李灵年等《清人别集总目》著录《韩川文集》十卷《外集》二卷《诗集》七卷,嘉庆五年梧阴书屋刻本,台湾大学图书馆藏(第 1264 页)。

黄道熊:《支提山志》、《来雀集》(同治刊本《福建通志》卷八十一)

陈驭:《南麓稿》(同治刊本《福建通志》卷八十一)

陈裔长:《蛩吟诗卷》(同治刊本《福建通志》卷八十一)

林士愚:《梅村诗集》(同治刊本《福建通志》卷八十一)

张宏栻:《正谊录》、《伦训》十卷、《樵川草》(同治刊本《福建通志》卷八十一)

张文煜:《上游草》、《信芳集》(同治刊本《福建通志》卷八十一)

许若梅:《寓寓亭诗存》八卷(道光五年刻本,中国社会科学院文学研究所藏。柯愈春《清人诗文集总目提要》第1011页)

徐得宲:《诗韵汇解》四卷(同治刊本《福建通志》卷八十一)

关仲仁:《绿野堂集》(同治刊本《福建通志》卷八十一)

柳上芝:《梅村拙稿》、《纪游诗集》(同治刊本《福建通志》卷八十一)

柳上芝等:《康熙寿宁县志》(同治刊本《福建通志》卷八十一)

柳琫:《尺璧斋文稿》、《守拙诗集》(同治刊本《福建通志》卷八十一)

叶基远:《书经详解》(同治刊本《福建通志》卷八十一)

卢金锜:《兰斋遗草》四卷(同治刊本《福建通志》卷八十一)

郭德增:《东村诗集》四卷(同治刊本《福建通志》卷八十一)

颜尧揆:《梅庐草》、《北游草》、《西秦草》、《燕山草》、《楚游草》、《塞上草》(同治刊本《福建通志》卷八十二)、《无为州志》十六卷(康熙十二年刻本)

颜奇宿:《四书解醒》(同治刊本《福建通志》卷八十二)

颜仪凤:《黔草集》、《带山堂诗稿》(同治刊本《福建通志》卷八十二)

颜璹:《冞山存稿》、《传信集》(《泉州古代著述》第317页作四卷)(同治刊本《福建通志》卷八十二)、《四书解义》(陈笃彬、苏黎明《泉州古代著述》第282页)、《写心集》(陈笃彬、苏黎明《泉州古代著述》,第317页)

颜璹、林为楫:《乾隆永春州续志》十六卷(同治刊本《福建通志》卷八十二)

德化李道泰:《响草》、《賸园四草》、《修水草》、《缨溪文集》、《箨书》十八卷、《南州耳鸣集》、《滇行草》(同治刊本《福建通志》卷八十一)

李鼐:《燕吴游草》、《匡庐草》、《麈松诗话》(同治刊本《福建通志》卷八十一)、《燕吴草》、《麈松编》(《国朝全闽诗录初集》卷十一)、《匡庐近草集》、《诗话》(陈笃彬、苏黎明《泉州古代著述》第313页)

苏履吉:《友竹山房诗草》八卷(道光十五年刻本。陈笃彬、苏黎明《泉州古代著述》第347页)、(纂修)《敦煌县志》、《友竹山房诗草》七卷补遗一卷(道光十年刻本,国家图书馆藏)、《友竹山房诗草续钞》七卷(道光十三年刻本,中国社会科学院文学研究所藏)、《友竹山房𤾉余集》一卷(同治间刻本,中国科学院图书馆藏)、《友竹山房诗存》一卷(光绪间刻本,南京图书馆藏)(柯愈春《清人诗文集总目提要》第1131页)

苏履吉、张淑芳:《怜香杂咏》(道光十五年刻本。陈笃彬、苏黎明《泉州古代著述》第347页)

苏如兰:《纫蕙山房诗草》(道光十五年刻本。陈笃彬、苏黎明《泉州古代著述》第348页)

林朝荐:《潜山楼诗文集》(同治刊本《福建通志》卷八十一)

林朝陛:《诗经蒙述编》、《四书蒙述编》(同治刊本《福建通志》卷八十一)

林汪远:《大学儿说》、《燕回》、《闲史》、《林希士诗集》(同治刊本《福建通志》卷八十一)、《诗删》(陈笃彬、苏黎明《泉州古代著述》第281页)

林模:《易解义》、《书解义》、《诗解义》、《四书解义》(同治刊本《福建通志》卷八十一)、《四书讲章》、《诗书易解义》(陈笃彬、苏黎明《泉州古代著述》第281页)

王一夔[1]:《半吟集》、《一草亭编》、《梅花百咏》、《艺苑汇观》、《名文观止》、《诗学朝宗》(同治刊本《福建通志》卷八十一)

毛恩盛:《醉月轩诗集》(陈笃彬、苏黎明《泉州古代著述》第313页)

郑启元:《周礼考注》(陈笃彬、苏黎明《泉州古代著述》第278页作五卷)、《礼记注》(陈笃彬、苏黎明《泉州古代著述》第278页作一卷)、《孝经注》、《邓翰林诗文集》(同治刊本《福建通志》卷八十一)

黄叔权:《七松楼集》、《纲鉴摘要》(陈笃彬、苏黎明《泉州古代著述》第313页)

黄宪文:《元明诗选》(同治刊本《福建通志》卷八十二)、《西山小草》、《省斋外篇》、《家训十则》、《历科墨萃》、《闽海元灯》、《元明诗隽》(陈笃彬、苏黎明《泉州古代著述》第313页)

黄守仁:《自娱草》、《耐瘦草》、《五峰随笔》(陈笃彬、苏黎明《泉州古代著述》第313页)

黄好仁:《历试草》(陈笃彬、苏黎明《泉州古代著述》第313页)

王喜:《台湾府志稿》(同治刊本《福建通志》卷八十二。施懿琳、廖美玉《台湾古典文学大事年表·明清篇》第73页作《台湾志稿》)

张从政:《刚斋诗文》(同治刊本《福建通志》卷八十二。施懿琳、廖美玉《台湾古典文学大事年表·明清篇》第153页作《刚斋诗文稿》)

王克捷:《通虚斋集》(同治刊本《福建通志》卷八十二)

宋祖墀:《礼记解》四部二十卷(同治刊本《福建通志》卷八十二)

永春周宗濂:《浸余集》(同治刊本《福建通志》卷八十二)

林邵楷:《宦游草》(同治刊本《福建通志》卷八十二)

郑成中:《董山习稿》(同治刊本《福建通志》卷八十二)

林功:《再造录》、《勉夫賸语》(同治刊本《福建通志》卷八十二)

邱景云:《京程纪略》、《巽斋文钞》(同治刊本《福建通志》卷八十二)

王谦益:《槐音堂文集》、《鹭洲春兴》、《登岱诗草》(同治刊本《福建通志》卷八十二)

林为楫:《诒经堂稿》、《雪篷诗集》、《慎余集》(同治刊本《福建通志》卷八十二)

潘远载[2]:《读史愚管》(《泉州古代著述》第317页作《读书愚管》)一卷、《瓻余杂述》一卷、《问渠诗文集》一卷(《泉州古代著述》第317页作《问渠诗集》一卷)、《读韩蠡测》一卷(同治刊本《福建通志》卷八十二)

季宏铿:《栖蓑偶吟》(同治刊本《福建通志》卷八十二)

林鼎璘:《自怡草》(同治刊本《福建通志》卷八十二)

郑锦标:《荆亭集》(同治刊本《福建通志》卷八十二)

黄元玙:《龙山文稿》十三卷、《龙山吟》十五卷、《龙山词》一卷(同治刊本《福建通志》卷八十二)

曾日唯:《半石居诗集》(同治刊本《福建通志》卷八十二)

陈先春:《陈先春文集》(同治刊本《福建通志》卷八十二)

方今泰:《仿洛草》(同治刊本《福建通志》卷八十二)

德化陈应奎:《武夷纪游》、《清音文集》(同治刊本《福建通志》卷八十二)

柳维瑄:《诗正声》(同治刊本《福建通志》卷八十二)

范森:《玉庵文集》(同治刊本《福建通志》卷八十二)

范际弼:《商村诗集》(同治刊本《福建通志》卷八十二)

章士颖:《易说穷源》(同治刊本《福建通志》卷八十二)

---

① 按:民国《福建通志·福建艺文志》著录《艺苑汇观》作王一夔著(《福建艺文志》存目卷二十六,第二页)。

② 按:民国《福建通志·福建艺文志》存目卷四十二著录《问渠诗集》一卷,作者永春潘远戴,误(第二十四页)。"载"作"戴",同于同卷著录李清载之误(第十八页)。

曾应灼:《况亭诗集》(同治刊本《福建通志》卷八十二。柯愈春《清人诗文集总目提要》第 375 页作六卷)

郑玫:《听松轩诗》(同治刊本《福建通志》卷八十二)、(缉)《程氏日程》、《吕氏乡约》(民国《福建通志》总卷三十六,《福建循吏传》卷十一郑玫本传)

廖溶:《四书粹言》、《阴阳象数图说》、《朱子阴符经本义》(同治刊本《福建通志》卷八十二)

李其昌:《程朱注解》、《自订稿》、《念常外集》(同治刊本《福建通志》卷八十二)

饶用:《舫村稿》(同治刊本《福建通志》卷八十二)

蒋振芳:《天文图》、《舆地图》(同治刊本《福建通志》卷八十二)

李鹏:《雪斋印选》二卷(同治刊本《福建通志》卷八十二。《广印人传》作《印苑》)

王实:《墙东王氏诗录》(慥庵集十八种)(同治刊本《福建通志》卷八十二)

郁永涧:《伪郑逸事》(同治刊本《福建通志》卷八十二)

沈最:《思贻堂集》(同治刊本《福建通志》卷八十二)

《甲寅遗事》一卷(同治刊本《福建通志》卷八十二。以下三种不著撰人著作)

《小西湖志略》一卷(民国《福建通志·福建艺文志》卷二十八著录侯官刘家镇《福州小西湖志略》一卷)(同治刊本《福建通志》卷八十二)

《荃兰集》(同治刊本《福建通志》卷八十二)

《闽中书院课艺》,刻本(光绪十年纂,福州一中藏,陈嵩捐赠)

黄经藻:(笺注)《诗钟话》(朱则杰《清代福建诗人诗歌丛考——以林启、林葵、方家澍、黄经藻为中心》)

王毓菁:《说诗钟》(同上。如庐诗钟丛话初编本,潘菊厂辑)

周梦虞:(修)《福鼎县志》、(续编)《北岭文献搜集》十卷、《绿满窗诗草》、《遁庵诗文集》、《古雪斋集》、《遁园笔记》、《县名辨讹唱和集》

王莹修:《虚心斋诗》三卷(钞本,中国科学院图书馆藏。柯愈春《清人诗文集总目提要》第 1943 页)

姚怀祥:《履堂遗稿》一卷(民国《闽侯县志》卷四八《侯官艺文志》)、《群经诸解》(郭柏苍《葭柎草堂集》卷上《定海县姚公传》作《经学诸解》)、诗文集数卷(《定海县姚公传》)、《履堂遗稿》二十卷存一卷、《姚公遗迹诗钞》三卷(《咏梅轩丛书》本,道光三十年刻本,中国科学院图书馆藏。柯愈春《清人诗文集总目提要》第 1338 页)

姚家琳:《豆砖砚斋词》(《词综补遗》卷三十)、《雪坡姚氏述先记》(姚璧撰,侄姚家琳编,民国十二年石印本)

赵在翰:《晋书补表》[1]二十五卷(《福建文献集成初编》第 46-48 册影印福建省图书馆藏清钞本)

高庆颐:《东香山房诗初集》四卷(咸丰八年刻本,河南省图书馆藏。柯愈春《清人诗文集总目提要》第 1338 页。李灵年等《清人别集总目》第 1925 页又著录二卷本,福建省图书馆藏)

郑一经:(修)《南湖郑氏家谱》二十卷

陈承泽:《国文法草创》(商务印书馆 1922 年版)、(编)《国文法辞典》、《国语改进商榷》(《学艺》1920 年第 2 卷第 2 期)、《字义研究法及字之训诂法》(《学艺》1921 年第 3 卷第 4 期)、《国文法概论》(《学艺》1923 年第 5 卷第 1、2、3 期)、《国文和国语的解剖》(《学艺》1923 年第 5 卷第 4 期)、《词性概论》(《学艺》1923 年第 5 卷第 5 期)、《浅文书编纂案》(《学艺》1925 第 7 卷第 1 期)、《文章论大要》(《学艺》1925 年第 7 卷第 2 期)、(郑贞文)《陈慎侯先生遗著目录》

闽县陈樵(陈宝煊):《投壶集》(《郑孝胥日记》,第 1434 页)、《琴心画理》(上海美术印书馆 1929 年版)

---

① 陈宝琛致张之洞函札第五札,1890 年。见许全胜辑《陈宝琛致张之洞函牍辑注》,载《近代中国》2005 年 6 月辑刊,上海社科院出版社出版,第 301 页。

洪思:《石秋子敬身录》不分卷[①]二册(清钞本,中国科学院图书馆藏。柯愈春《清人诗文集总目提要》第178页)

佚名:《重纂福建通志议》一卷(《福建文献集成初编》第79册影印福建省图书馆藏清钞本)

**以下疑为闽(台)人及其著述:**

陈国璋:《文介先生诗集》(台湾广文本。李灵年等《清人别集总目》第1295页引《台湾联合书目》)

陈芝塘:《梅里书屋诗册》(稿本,厦门图书馆藏。李灵年等《清人别集总目》第1275页)

林兆祥:《凌风小草》一卷(刻本。李灵年等《清人别集总目》第1369页)

林树滋:《慎水诗稿》(稿本,温州图书馆藏。李灵年等《清人别集总目》第1373页)

林星垣:《潜园寓草》三卷(钞本,台北"中央图书馆"藏。李灵年等《清人别集总目》第1373页)

林桓修:《侍椿吟》(光绪十八年刻《井窗蛩吟集》本附,福建省图书馆等处藏。李灵年等《清人别集总目》第1374页)

林开培:《林开培诗》一卷(旧钞《留月山庄存草》本,福建师范大学图书馆藏。李灵年等《清人别集总目》第1362页)

林开翼:《林开翼诗》一卷(旧钞《留月山庄存草》本,福建师范大学图书馆藏。李灵年等《清人别集总目》第1362页)

林维殷:《林维殷诗一卷文一卷》(旧钞留月山庄存草本,福建师范大学图书馆藏。李灵年等《清人别集总目》第1375页)

郑锡祺:《零金碎玉》四卷(排印本,日本东洋文库藏。李灵年等《清人别集总目》第1506页)

詹□□:《詹勿庵诗稿》(稿本,福建省图书馆藏。李灵年等《清人别集总目》第2325页)

熊兴麟:《素园遗稿》一卷(排印本,厦门图书馆藏。李灵年等《清人别集总目》第2377页)

释明操:《西庐诗汇》二卷(乾隆三年序刻本,上海图书馆藏。李灵年等《清人别集总目》第2478页)

释法新:《霜叶吟》(康熙三十九序刻本,上海图书馆藏。李灵年等《清人别集总目》第2479页)

释茝亭:《萧鸣草》一卷附拾遗(雍正二年序刻本,中国社会科学院文学研究所、日本内阁文库藏。李灵年等《清人别集总目》第2483页)

释圆瑛:《一吼堂诗钞》三卷(民国二十九年铅印本。李灵年等《清人别集总目》第2484页)

释超弘:《雪峰如幻禅师瘦松集》八卷(乾隆刻本,复旦大学图书馆藏。李灵年等《清人别集总目》第2488页)

释道雄:《冶父星朗梅花诗百首》一卷(清刻本,北京大学图书馆藏。李灵年等《清人别集总目》第2492页)

郑干宝:《河园兄妹诗合订》(《林纾集》第一册第509页《与郑干宝书》注释)

---

① 李灵年等《清人别集总目》著录此集,作四卷,清钞本,中国科学院图书馆藏(第1672页)。

# 参考文献


《晋书》，房玄龄等撰，中华书局1974年版

《南齐书》，萧子显撰，中华书局1972年版

《宋史》，脱脱等撰，中华书局1977年版

《明史》，张廷玉等撰，中华书局1974年版

《清史稿》，赵尔巽撰，中华书局1977年版

《清实录》，中华书局2008年影印

《清史列传》，王钟翰校，中华书局1987年版

《明宣宗实录》，黄彰健校，台湾"中央研究院"历史语言研究所校印本

《清代硃卷集成》，顾廷龙主编，台北成文出版社有限公司1992年影印

《清诗总集丛刊》，王卓华、曹辛华主编，线装书局2019年版

《清代职官表》，钱实甫编，中华书局1980年版

《清代科举人物家传资料汇编》，来新夏主编，学苑出版社2006年版

《清代科举人物家传资料汇编》，来新夏主编，学苑出版社2006年版

《清代官员履历档案全编》，秦国经编，华东师范大学出版社1997年版

《清代传记丛刊》，周骏富主编，台北明文书局1985年版

《四库全书总目》，永瑢等，中华书局1965年版

《清人别集总目》，李灵年等编，安徽教育出版社2000年版

《清人诗文集总目提要》，柯愈春撰，北京古籍出版社2001年版

《福建文献集成初编》，《八闽文库》编纂委员会撰，福建人民出版社2020年影印

《清文海》，南开大学古籍与文化所编，国家图书馆出版社2010年版

《域外汉籍珍本文库》，人民出版社等2009—2014年连续影印

《国朝汉学师承记》，江藩撰，中华书局1983年版

《国朝耆献类征》(《国朝耆献类征初编》)，李桓编，广陵书社2007年版

《国朝诗人征略初编》，张维屏编，清代传记丛刊本，台北明文书局1985年影印

《国朝诗人征略》二编，张维屏编，清代传记丛刊本，台北明文书局1985年影印道光二十二年刻本

《清代笔记小说大观》，上海古籍出版社2007年版

《清儒学案》，徐世昌等纂，中华书局2013年版

《明诗纪事》，陈田著，光绪至宣统间贵阳陈氏听诗斋刻本//上海古籍出版社1993年版

《晚晴簃诗汇》，徐世昌编，退耕堂刻本//华东师范大学出版社2009年版

《晚晴簃诗话》，徐世昌编，华东师范大学出版社2009年版

《近代诗钞》，陈衍编，华东师范大学出版社2016年版

《清代碑传全集》，钱仪吉等纂，上海古籍出版社1987年版

《广清碑传集》，钱仲联编，苏州大学出版社1999年版

《清代学者象传》，叶衍兰、叶恭绰编著，上海书店出版社2014年版

《钦定学政全书》(嘉庆)，海南出版社2000年影印本

《皇朝经世文续编》，盛康辑，光绪二十三年思补楼刻本

《民国丛书》第五编，上海书店1996年版

《民国丛书》第四编,上海书店 1992 年版
《小腆纪年附考》,徐鼒著,中华书局 2010 年版
《东华录》三十二卷,蒋良骥著,中华书局 1980 年版
《东华录·东华续录》,王先谦撰,(清)朱寿朋撰,上海古籍出版社 2007 年版
《国朝名家诗钞小传》,郑方坤撰,光绪十二年万木草堂刻本
《本朝名家诗钞小传》,郑方坤撰,中州古籍出版社 1986 年版
《清代职官年表》,钱实甫编,中华书局 1980 年版
《民国人物碑传集》,卞孝萱、唐文权辑,凤凰出版社 2011 年版
《清代闺阁诗人征略》,施淑仪著,上海书店 1987 年版
《清代七百名人传》,蔡冠洛著,中国书店 1984 年影印
《清朝续文献通考》,刘锦藻著,浙江古籍出版社 1988 年版
《词林辑略》,朱汝珍著,《清代传记丛刊》第 16 册,台北明文书局 1985 年影印
《国朝先正事略》,李元度著,岳麓书社 2008 年版
《文献征存录》,钱林著,台北文海出版社 1996 年版
《清代名人轶事》,葛虚存著,近代中国史料丛刊三编本,台北文海出版社 1985 年版
《近三百年人物年谱知见录》,来新夏著,上海人民出版社 1983 年版
《南社社友录》,郭建鹏、陈颖著,上海大学出版社 2017 年版
《清秘述闻三种》,清代史料笔记丛刊本,中华书局 1982 年版
《清稗类钞》,徐珂著,中华书局 2010 年版
《明清进士题名碑录索引》,朱保炯、谢沛霖编,上海古籍出版社 1979 年版
《增校清朝进士题名碑录》,房兆楹、杜联喆编,《引得》特刊第十九号哈佛燕京学社 1941 年版
《清末民国旧体诗词结社文献汇编》(二十六册),南江涛责编,国家图书馆出版社 2013 年版
《今世说》,王晫辑,续修四库全书影印康熙刻本
《郎潜纪闻》,陈康祺撰,中华书局 1990 年版
《今传是楼诗话》,王揖唐著,新世纪万有文库丛书,辽宁教育出版社 2003 年版
《全闽诗话》,郑方坤撰,上海古籍出版社 2002 年版
《桐城文学渊源撰述考》,刘声木著,黄山书社 1989 年版
《七家文钞》,陆继辂辑,道光元年刻本
《花随人圣庵摭忆》,黄濬著,上海书店出版社 1998 年版
《中国近代文学史事编年》,郑方泽编著,吉林人民出版社 1983 年版
《国朝闺阁诗钞》,蔡殿齐(蔡寿祺)著,上海古籍出版社 2002 年版
《国朝闺秀正始集》,恽珠编,道光十一年刻本
《国朝闺秀正始续集》,恽珠等编,道光十六年刻本
《国朝闺秀诗柳絮集》,黄秩模编,人民文学出版社 2011 年版
《莆风清籁集》,郑王臣辑,四库全书存目丛书集部第 411 册影印乾隆三十七年刻本
《晚清文选》,郑振铎编,上海生活书店 1937 年版
《闽川闺秀诗话》,梁章钜著,《清代闺秀诗话丛刊》本,凤凰出版社 2010 年版
《清代科举考试述录》,商衍鎏撰,北京三联书店 1958 年版
《皇清书史》,李放、叶眉著,《丛书集成续编》史部第 38 册
《清代闺秀诗话丛刊》,王英志主编,凤凰出版社 2010 年版
《民国诗话丛编》,张寅彭主编,上海书店出版社 2002 年版
《梦苕庵清代文学论集》,钱仲联撰,齐鲁书社 1983 年版
《清诗纪事》,钱仲联编,江苏古籍出版社 1987 年版
《梦苕庵诗话》,钱仲联著,齐鲁书社 1986 年版
《清诗纪事初编》,邓之诚撰,上海古籍出版社 2012 年版
《光宣诗坛点将录笺证》,汪辟疆撰,王培军笺证,中华书局 2008 年版

《清代学术概论》,梁启超撰,上海古籍出版社1998年版
《梁启超全集》,梁启超著,北京出版社1999年版
《中国近三百年学术史》,钱穆撰,商务印书馆1997年版
《清代人物生卒年表》,江庆柏编,人民文学出版社2005年版
《清代地方人物传记丛刊》,江庆柏编,广陵书社1984年版
《历代诗话》,何文焕辑,中华书局1981年版
《历代诗话续编》,丁福保辑,中华书局1983年版
《明诗话 榕城诗话 闽游诗话》,苏之琨,杭世骏,徐祚永撰,八闽文献丛刻本,福建人民出版社2012年版
《石遗室诗话》,陈衍著,《民国诗话丛编》本,上海书店出版社2002年版
《汪辟疆文集》,汪国垣著,上海古籍出版社1988年版
《中国历代文论选》,郭绍虞、王文生辑,上海古籍出版社1980年版
《全台诗》,施懿琳等编,台北远流出版公司2004年版
《闽书》,何乔远著,福建人民出版社1994—1995年版
《福建通志》,陈寿祺等纂,《中国省志汇编》第九种,华文书局有限公司1967年影印同治十年重刊本。
《福建通志》,陈衍等纂,民国二十七年刻本
《福州府志》,徐景熹、鲁曾煜纂,《中国方志丛书》华南地方第72号,成文出版社有限公司1967年影印乾隆十九年修道光十九年刻本
《闽侯县志》,陈衍、欧阳傭民、施涵宇纂,《中国方志丛书》华南地方第13号,成文出版社有限公司1966年影印民国二十二年刻本
《闽县乡土志》,郑祖庚纂,《中国方志丛书》华南地方第226号,成文出版社有限公司1974年影印清刻本
《侯官乡土志》,郑祖庚纂,《中国方志丛书》华南地方第227号,成文出版社有限公司1974年影印清刻本
《连江县志》,曹刚修,邱景雍纂,《中国方志丛书》华南地方第76号,成文出版社有限公司1967年影印民国十六年铅印本
《永福县志》,陈焱、俞荔纂,《中国方志丛书》华南地方第84号,成文出版社有限公司1967年影印乾隆十四年刻本
《永泰县志》,董秉清、王绍沂纂,《中国方志丛书》华南地方第77号,成文出版社有限公司1967年影印民国十一年铅印本
《平潭县志》,黄履思纂,《中国方志丛书》华南地方第79号,影印民国十二年铅印本
《古田县志》,辛竟可、林咸吉纂,《中国方志丛书》华南地方第100号,成文出版社有限公司1967年影印乾隆十六年刻本
《闽清县志》,杨宗彩、刘训瑺纂,《中国方志丛书》华南地方第101号,成文出版社有限公司1967年影印民国十年铅印本
《平潭县志》,黄履思纂,《中国方志丛书》华南地方第79号,成文出版社有限公司1967年影印民国十二年铅印本
《莆田县志》,汪大经、廖必琦纂,潘文凤补,吴辅再补,《中国方志丛书》华南地方第81号,影印乾隆二十三年(1758)修光绪五年补民国十五年再补刻本
《晋江县志》,方鼎、朱升元纂,《中国方志丛书》华南地方第82号,成文出版社有限公司1967年影印乾隆三十年刻本
《同安县志》,林学增、吴锡璜纂,《中国方志丛书》华南地方第83号,成文出版社有限公司1967年影印民国十八年铅印本
《厦门志》,周凯、凌翰纂,《中国方志丛书》华南地方第80号,成文出版社有限公司1967年影印道光十九年刻本
《马巷厅志》,万有正纂,《中国方志丛书》华南地方第98号,成文出版社有限公司1967年影印乾隆四十二年修光绪十九年补刻本
《永春县志》,郑翘松纂,《中国方志丛书》华南地方第231号,成文出版社有限公司1975年影印民国十九年铅印本
《漳州府志》,沈定均纂,光绪三年芝山书院刻本,漳州市图书馆影印王均定钞本
《瓯宁县志》,邓其文纂,《中国方志丛书》华南地方第94号,影印康熙三十二年刻本
《建瓯县志》,詹宣猷、蔡振坚纂,《中国方志丛书》华南地方第95号,成文出版社有限公司1967年影印民国十八年铅印本
《建阳县志》,赵模、王宝仁纂,《中国方志丛书》华南地方第237号,成文出版社有限公司1975年影印民国十八年铅

印本
《松溪县志》,潘拱辰纂,《中国方志丛书》华南地方第232号,成文出版社有限公司1975年影印康熙三十九年修民国十七年重刊本
《浦城县志》,翁天续、翁昭泰纂,《中国方志丛书》华南地方第96号,成文出版社有限公司1967年影印清光绪二十六年南浦书院刻本
《政和县志》,钱鸿文、李熙纂,《中国方志丛书》华南地方第97号,成文出版社有限公司影印民国八年铅印本
《崇安县新志》,刘超然、郑丰稔纂,《中国方志丛书》华南地方第238号,成文出版社有限公司1975年影印民国三十年铅印本
《南平县志》,吴栻、蔡建贤纂,《中国方志丛书》华南地方第217号,成文出版社有限公司1974年影印民国十年铅印本
《大田县志》,陈朝宗、王光张纂,《中国方志丛书》华南地方第229号,成文出版社有限公司1975年影印民国二十年铅印本
《沙县志》,梁伯荫、罗克涵纂,《中国方志丛书》华南地方第233号,成文出版社有限公司1975年影印民国十七年铅印本
《顺昌县志》,贾懋功纂,《中国方志丛书》华南地方第220号成文出版社有限公司1974年影印道光十二年修光绪七年重刊本
《尤溪县志》,卢兴邦、洪清芳纂,《中国方志丛书》华南地方第230号,成文出版社有限公司1975年影印民国十六年刻本
《周墩区志》,陈赞勋纂,《中国方志丛书》华南地方第234号,成文出版社有限公司1975年影印民国二十七年铅印本
《霞浦县志》,罗汝泽、徐友梧纂,《中国方志丛书》华南地方第102号成文出版社有限公司1967年影印民国十八年铅印本
《福鼎县志》,谭抡纂,《中国方志丛书》华南地方第223号,成文出版社有限公司1974年影印清嘉庆十年刻本
《福安县志》,张景祁、黄锦灿纂,《中国方志丛书》华南地方第78号,成文出版社有限公司1967年影印光绪十年刻本
《汀州府志》,曾曰瑛、李绂纂,《中国方志丛书》华南地方第75号,成文出版社有限公司1967年影印乾隆十七年修同治六年刻本
《连城县志》,陈一堃、邓光瀛纂,《中国方志丛书》华南地方第239号,成文出版社有限公司1975年影印民国二十七年石印本
《明溪县志》,王维梁、廖立元纂,《中国方志丛书》华南地方第235号,成文出版社有限公司1975年影印民国三十二年铅印本
《建宁县志》,吴海清、张书简纂,《中国方志丛书》华南地方第104号,成文出版社有限公司1967年影印民国八年铅印本
《重纂邵武府志》,王琛、张景祁纂,《中国方志丛书》华南地方第73号,成文出版社有限公司1967年影印清光绪二十六年刻本
《光泽县志》,钮承藩、何修渊纂,《中国方志丛书》华南地方第221号,成文出版社有限公司1974年影印清光绪二十三年刻本
《寿宁县志》,赵廷机、柳上芝纂,《中国方志丛书》华南地方第218号,成文出版社有限公司1974年影印康熙二十五年刻本
《乾隆福清县志 民国平潭县志》,《中国地方志集成》福建府县志辑第20册,上海书店出版社2000年影印
《民国长乐县志》,李驹纂,《中国地方志集成》福建府县志辑第21册,上海书店出版社2000年影印
《民国莆田县志》,石有纪、张琴纂,《中国地方志集成》福建府县志辑第16(卷一至卷十九)-17册(卷二十至卷三十四)上海书店出版社2000年影印民国抄本
《民国连城县志》,王集吾、邓光瀛等纂修,《中国地方志集成》福建府县志辑第35册影印民国二十八年维新书局石印本
《民国长汀县志》,黄恺元、邓光瀛、丘复等纂修,《中国地方志集成》福建府县志辑第35册影印民国三十年铅印本
《民国南安县志》,苏镜潭纂修,《中国地方志集成》福建府县志辑第28册影印民国间泉州泉山书社铅印本
《民国上杭县志》,张汉、丘复纂修,《中国地方志集成》福建府县志辑第36册影印民国二十八年上杭启文书局铅印本
《民国永定县志》,徐元龙、张超南、林上楠纂修,《中国地方志集成》福建府县志辑第36册影印1949年连城文化印刷所石印本

《光绪重纂邵武府志》，王琛、徐兆丰、张景祈、张元奇纂修，《中国地方志集成》福建府县志辑第10册影印光绪二十四年刻本

《民国重修邵武县志》，秦振夫、朱书田纂修，《中国地方志集成》福建府县志辑第10册影印民国二十六年永生堂铅印本

《无棣县志》，张方墀等纂，《中国方志丛书》华北地方第13号，成文出版社1968年影印民国十五年山东商务印刷所铅印本

《台湾通史》，连横著，台海出版社2013年影印原刻本//台湾文献丛刊第128种

《台湾雾峰林氏族谱》，大通书局2000年版

《雁门萨氏家谱》，萨嘉曦、萨镇冰续修，《北京图书馆藏家谱丛刊》闽粤卷第49-50册影印民国二十四年铅印本

《螺江陈氏家谱》，陈宝琛修，《北京图书馆藏家谱丛刊》闽粤卷第11-15册影印民国二十二年铅印本

《重修南阳陈氏族谱》，长乐陈氏1993年重修本

《旧德述闻》，郭则沄修，《清代民国名人家谱选刊》本，北京燕山出版社2010年版影印民国二十五年刻本

《左传集解》，左丘明著，杜预集解，上海人民出版社1977年版

《文心雕龙注》，刘勰著，范文澜注，人民文学出版社1958年版

《文心雕龙注释》，刘勰著，周振甫注释，人民文学出版社1981年版

《杜诗详注》，杜甫著，仇兆鳌详注，中华书局1979年版

《昌黎先生集》，韩愈著，宋世采堂刻本

《元氏长庆集》，元稹著，文渊阁四库全书本

《白氏长庆集》，白居易著，文渊阁四库全书本

《宛陵集》，梅尧臣著，文渊阁四库全书本

《六一诗话》，欧阳修著，《宋诗话全编》第一册，凤凰出版社1998年版

《击壤集》，邵雍著，文渊阁四库全书本

《安阳集》，韩琦著，文渊阁四库全书本

《经进东坡文集事略》，苏轼著，文学古籍刊行社1957年版

《集注分类东坡先生诗》，苏轼著，四部丛刊影宋本

《无为集》，杨杰著，文渊阁四库全书本

《剑南诗稿》，陆游著，毛氏汲古阁刻本

《沧浪诗话校释》，严羽著，郭绍虞校释，人民文学出版社1983年版

《遗山先生文集》，元好问著，四部丛刊影印明弘治刻本

《空同集》，李梦阳著，文渊阁四库全书本

《李氏焚书》，李贽著，明万历刻本

《四友斋丛说》，何良俊著，中华书局1959年版

《艺苑卮言》，王世贞著，浙江教育出版社2008年版

《西楼全集》，邓原岳著，四库全书存目丛书集部第173册影印本

《小草斋集》，谢章铤著，福建人民出版社2009年版

《苍霞草》，叶向高著，四库禁毁书丛刊集部第124册影印本

《苍霞续草》，叶向高著，四库禁毁书丛刊集部第125册影印本

《隐秀轩集》，钟惺著，明天启刻本

《新刻谭友夏合集》，谭元春著，四库全书存目丛书集部第191册影印明崇祯六年刻本

《钱牧斋全集》，钱谦益著，上海古籍出版社2003年版

《牧斋有学集》，钱谦益著，上海古籍出版社1996年版

《牧斋初学集》，钱谦益著，上海古籍出版社2009年版

《列朝诗集小传》，钱谦益著，上海古籍出版社1983年版

《静志居诗话》，朱彝尊著，人民文学出版社1990年版

《明语林》，吴肃公著，黄山书社1999年版

《夕阳寮诗稿》，阮旻锡著，厦门大学出版社2001年版

《笥河诗集》，朱筠著，续修四库全书第1439-1440册影印嘉庆九年椒华吟舫刻本

《笥河文集》,朱筠著,续修四库全书第1440册影印嘉庆二十年刻本
《知足斋诗集》,朱珪著,续修四库全书第1451-1452册影印清刻本
《知足斋文集》,朱珪著,续修四库全书第1452册影印清刻本
《清代诗文集汇编》,纪宝成主编,上海古籍出版社2010年版
《林茂之诗选》、《林茂之文草》、《赋草》,林古度著,清代诗文集汇编第1册影印本
《铁堂诗草》,许珌著,清代诗文集汇编第44册影乾隆五十年刻本
《龙性堂诗集》、《东溟集》、《雁唳编》,叶矫然著,清代诗文集汇编第50册影印清刻本
《和敬堂全集》,黄晋良著,清代诗文集汇编第54册影印康熙四十九年刻本
《萼园诗集》,林尧光著,清代诗文集汇编第66册影印稿本
《丁布衣诗钞》,丁之贤著,清代诗文集汇编第66册影印康熙刻《二布衣诗钞本》本
《菜根堂全集》,毛鸣岐著,清代诗文集汇编第100册影印本
《魏季子文集》,魏礼著,清代诗文集汇编第114册影印道光二十五年刻宁都三魏全集本
《箬茧室诗集》、《米友堂集》,许友著,清代诗文集汇编第144册影印民国间铅印本
《松鹤山房诗集》、《松鹤山房文集》,陈梦雷著,清代诗文集汇编第179册影印康熙间诗集刻本文集铜活字本
《南堂诗钞》、《词赋》,施世纶著,清代诗文集汇编第201册影印雍正刻本
《居业堂诗稿》,李馥著,《清代诗文集汇编》第219册影抄本
《绿痕书屋诗稿》,郑方城著,清代诗文集汇编第241册影印乾隆十一年刻本
《鹿洲初集》、《东征集》,蓝鼎元著,清代诗文集汇编第247册影印雍正十年鹿洲全集本
《秋水堂遗集》,庄亨阳著,清代诗文集汇编第258册影印光绪十五年刻本
《小兰陔诗集》,谢道承著,清代诗文集汇编第269册影印乾隆三十八年刻本
《二希堂文集》,蔡世远著,清代诗文集汇编第250册影印雍正十年刻本
《经笥堂文钞》,雷𬭎著,清代诗文集汇编第258册影印嘉庆十六年刻本
《缉斋诗稿》、《缉斋文集》,蔡新著,清代诗文集汇编第309册影印乾隆五十年刻本
《筠园稿》、《筠园删稿》,朱仕玠著,清代诗文集汇编第317册影印乾隆间刻本
《雪庄文集》、《雪庄文集续编》,邓作梅著,清代诗文集汇编第337册影印乾隆四十四年刻本
《梅崖居士文集》、《梅崖居士外集》,朱仕琇著,清代诗文集汇编第336册影印乾隆刻本
《绿筠书屋诗钞》,叶观国著,清代诗文集汇编第347册影印乾隆五十七年刻本
《鲁山木居士文集》、《鲁山木先生外集》,鲁九皋著,清代诗文集汇编第378册影印道光十一年刻本
《秋坪诗存》,陈登龙著,清代诗文集汇编第402册影印嘉庆十九年刻本
《澹静斋文钞》、《澹静斋文外钞》、《澹静斋诗钞》,龚景瀚著,清代诗文集汇编第418册道光六年刻澹静斋全集本
《留春草堂诗钞》,伊秉绶著,清代诗文集汇编第439册影印嘉庆十九年刻本
《初月楼文钞》、《初月楼文续钞》、《初月楼诗钞》、《初月楼续诗钞》、《古文绪论》,吴德旋著,清代诗文集汇编第486册影印光绪刻本
《左海文集》、《左海文集乙编》、《绛跗草堂诗集》、《东观存稿》,陈寿祺著,清代诗文集汇编第499册影印嘉庆道光间陈氏家刻左海全集本
《退庵诗存》、《退庵文存》,梁章钜著,清代诗文集汇编第515册影印道光十二年诗存刻本文稿稿本
《小庚诗存》、《小庚文存》,叶申芗著,清代诗文集汇编第532册影印道光刻本
《绛雪山房诗钞》、《绛雪山房诗续钞》,杨庆琛著,清代诗文集汇编第542册影印道光二十六年刻本
《绛雪山房试帖》,杨庆琛著,清代诗文集汇编第542册影印同治二年刻本
《增默庵文集》,郭尚先著,清代诗文集汇编第547册影印民国二十年铅印本
《王子仁文集》,王寿昌著,清代诗文集汇编第574册影印咸丰刻本
《榕园诗钞》、《榕园文钞》,李彦章著,清代诗文集汇编第584册影印道光二十七年刻榕园全集本
《籀经堂类稿》,陈庆镛著,清代诗文集汇编第587册影印光绪九年刻本
《荆花馆遗诗》、《石延寿馆文集》,王庆云著,清代诗文集汇编第595册影印民国间印本
《张亨甫全集》,张际亮著,清代诗文集汇编第601册影印同治六年刻本
《天开图画楼全集》,郭柏荫著,清代诗文集汇编第609册影清刻本

《衣讔山房诗集》《诗外集》《赋钞》，林昌彝著，清代诗文集汇编第 614 册影印本
《屺云楼文钞》、《屺云楼集》、《屺云楼二集》、《屺云楼三集》，刘存仁著，清代诗文集汇编第 619 册影印本
《礼堂遗集》，陈乔枞著，清代诗文集汇编第 633 册影印同治十二年刻本
《补蕉山馆诗》、《鄂跗草堂诗》、《三峰草庐诗》、《沁泉山馆诗》、《柳湄小榭诗》、《葭柎草堂集》，郭柏苍著，清代诗文集汇编第 662 册影印光绪十一年郭氏汇刻本
《井窗蛩吟集》、《中山纪游吟》，林熙著，清代诗文集汇编第 667 册影印光绪间刻本
《陔南山馆遗文》，魏秀仁著，清代诗文集汇编第 676 册影印耑斋辑钞本
《碧花凝唾集》，魏秀仁著，清代诗文集汇编第 676 册影印钞本
《黄鹄山人诗初钞》，林寿图著，清代诗文集汇编第 688 册影印同治十一年刻本
《吉雨山房遗集》，郭篯龄著，清代诗文集汇编第 704 册影印光绪十六年刻本
《竹柏山房文集》、《竹柏山房诗集》，林春溥著，清代诗文集汇编第 515 册影印抄本
《壮怀堂诗初稿》《二集》《三集》，林直著，清代诗文集汇编第 703 册影印咸丰六年初稿刻本光绪三十一年二集三集刻本
《乐循理斋诗稿》，爱新觉罗·奕誌著，清代诗文集汇编第 703 册影印同治八年刻本
《冠悔堂诗钞》、《骈体文钞》、《赋钞》、《楹语》，杨浚著，清代诗文集汇编第 712 册影印光绪十九年刻本
《乌石山房诗稿》，龚易图著，清代诗文集汇编第 731 册影印同治十二年刻本
《磐那室诗存》，张亨嘉著，清代诗文集汇编第 765 册影印宣统三年铅印本
《张文厚公文集》、《赋钞》，张亨嘉著，清代诗文集汇编第 765 册影印民国八年刻本
《王苏州遗书》，王仁堪著，清代诗文集汇编第 771 册影印民国二十五年铅印本
《畏庐文集》、《畏庐续集》、《畏庐三集》、《畏庐诗存》、《畏庐论文》，林纾著，清代诗文集汇编第 775 册影印民国间上海商务印书馆铅印本
《严几道全集》、《续集》，严复著，清代诗文集汇编第 779 册影印光绪间石印本
《匏庐诗存》、《匏庐剩草》，郭曾炘著，清代诗文集汇编第 787 册影印民国十八年刻本
《涛园诗集》，沈瑜庆著，清代诗文集汇编第 785 册影印民国九年铅印本
《岭云海日楼诗钞》，丘逢甲著，清代诗文集汇编第 789 册影印民国二十六年刻本
《黛韵楼遗集》、《年谱》、(附)《陈孝女遗集》、《小黛轩论诗》，薛绍徽著，清代诗文集汇编第 791 册影印民国三年刻本
《退庵自订年谱》，梁章钜著，光绪元年福州梁氏二思堂刻本，浙江书局翻印。
《魏秀仁杂著钞本》，魏秀仁著，江苏古籍出版社 2000 年版
《吉雨山房文集》、《诗集》、《词钞》、《补遗》，郭篯龄著，光绪十六年刻本
《白华楼诗钞》、《焚余稿》，萨玉衡著，《清代诗文集汇编》第 484 册影印光绪二十九年萨承钰重刻宣统元年增修本
《青墅诗钞》，郑大谟著，嘉庆刻本
《竹柏山房遗集》，林春溥著，福建师范大学图书馆藏抄本
《北郭园全集》，郑用锡著，同治九年刻本
《带经堂集》，王士禛著，康熙五十一年刻本
《方苞集》，方苞著，上海古籍出版社 1988 年版
《忠雅堂诗集》，蒋士铨著，嘉庆二十二年刻本
《诗持》，魏宪著，四库禁毁书丛刊集部第 4 辑第 38 册影印康熙枕江堂刻本
《(皇清)百名家诗选》，魏宪辑，续修四库全书第 1624-1625 册影印康熙魏氏枕江堂刻本
《纺绶堂集》，曾异撰著，四库禁毁书丛刊集部第 163 册
《寒支初集》，李世熊著，四库禁毁书丛刊集部第 89 册影印清初檀河精舍刻本
《寒支二集》，李世熊著，四库禁毁书丛刊集部第 89 册影印清初檀河精舍刻本
《耻躬堂文钞诗钞》，彭士望著，四库禁毁书丛刊集部第 52 册影印影印清咸丰二年重镌《耻躬堂诗文合钞》本
《魏叔子文集》、《外编》、《魏叔子诗集》，魏禧著，续修四库全书第 1408-1409 册影印宁都三魏全集本
《皋轩文编》，李光坡著，四库全书存目丛书集部第 237 册影印雍正三年刻本
《托素斋文集》、《托素斋诗集》，黎士弘著，四库全书存目丛书集部第 223 册影清刻本
《玉岩诗集》，林麟焻著，四库全书存目丛书集部第 244 册影印康熙刻本
《紫藤花庵诗钞》，许遇著，康熙三十二年刻本

《山影楼诗稿》,龚峠著,福建省图书馆藏稿本
《朴学斋集》,林佶著,乾隆五年刻本
《朴学斋诗稿》,林佶著,四库全书存目丛书集部第262册乾隆九年刻本
《近道斋诗集》,陈万策著,乾隆八年刻本
《近道斋全集》,陈万策著,乾隆八年刻本
《蔗尾诗集》,郑方坤著,乾隆元年刻本
《云林诗钞》,伊朝栋著,嘉庆五年刻本
《周亮工全集》,周亮工著,凤凰出版社2008年版
《正谊堂文集》十二卷,张伯行撰,四库全书存目丛书集部第254册影印乾隆刻本
《闲止书堂集钞》,陈梦雷著,上海古籍出版社1979年版
《松鹤山房诗集》,陈梦雷著,续修四库全书第1415-1416册影印康熙间铜活字印本
《海峰文集》,刘大櫆著,同治十三年刻本
《刘大櫆集》,刘大櫆著,上海古籍出版社1990年版
《古文辞类纂》,姚鼐编,中国书店1980年版
《古文雅正》,蔡世远编,文渊阁四库全书本
《纪文达公遗集》,纪昀著,嘉庆十七年刻本
《黄任集》(外四种),黄任等撰,方志出版社2011年版
《复初斋文集》,翁方纲著,道光十六年刻本
《挹奎楼选稿》十二卷,林云铭著,四库全书存目丛书集部第230册影印康熙三十五年刻本
《闽词钞 闽词征》,叶申芗、林葆恒辑,福建人民出版社2014年版
《林则徐全集》,林则徐著,海峡文艺出版社2002年版
《林文忠公日记》,林则徐著,台北文海出版社1974年版
《北东园笔录》,梁恭辰著,中华书局1985年版
《黄尚书全集》,黄宗汉著,厦门大学图书馆藏稿本
《芑川合集》,刘家谋著,道光咸丰间刻本
《陔南山馆诗钞》,魏秀仁著,稿本
《夜织斋剩稿》,沈葆桢著,光绪刻本
《梅阳山人诗文》(一题《梅阳山人集》),江春霖著,福建师范大学图书馆藏钞本
《赌棋山庄文集》,谢章铤著,近代中国史料丛刊续辑(沈云龙主编)第15辑
《赌棋山庄词话》,谢章铤著,刘荣平校注,厦门大学出版社2013年版
《林昌彝诗文集》,林昌彝著,上海古籍出版社2012年版
《郑孝胥日记》,郑孝胥著,中华书局1993年版
《沈曾植集校注》,沈曾植著,钱仲联校注,中华书局2001年版
《易顺鼎诗文集》,易顺鼎著,湖南人民出版社2010年版
《复堂词录》,谭献著,浙江古籍出版社2016年版
《余潜士全集》,余潜士著,厦门大学出版社2011年版
《酒边词》,谢章铤著,续修四库全书第1727册影印光绪十五年刻赌棋山庄所著书本
《赌棋山庄所著书》,谢章铤著,续修四库全书第1545册影印光绪刻本
《黄遵宪集》,黄遵宪著,龙扬志编,广东人民出版社2018年版
《人境庐诗草笺注》,黄遵宪著,钱仲联笺注,上海古籍出版社1981年版
《师友集》,梁章钜著,道光二十五年刻本,福建师范大学图书馆藏
《浪迹丛谈续谈三谈》,梁章钜著,中华书局1981年版
《榕城考古略　竹间十日话　竹间续话》,林枫、郭柏苍、郭白阳著,海风出版社2001年版
《沧趣楼诗文集》,陈宝琛著,上海古籍出版社2006年版
《海藏楼诗集》,郑孝胥著,上海古籍出版社2013年版
《严复年谱》,孙应祥著,福建人民出版社2014年版

《严复全集》11册，严复著，王征鲁、方宝川等整理，福建教育出版社2014年版
《林纾译文全集》47册，林纾著，上海书店出版社2018年影印本
《林纾集》，林纾著，江中柱等整理，福建人民出版社2020年版
《石遗室文集》，陈衍著，光绪三十一年石遗室丛书本
《陈石遗集》，陈衍著，陈步编，福建人民出版社2001年版
《兼于阁诗话》，陈声聪著，上海古籍出版社1985年版
《印商》，林霔著，民国间石印嘉庆十年刻本
《内自讼斋文集》，周凯著，道光二十年爱吾庐刻本
《松龛先生文集》，徐继畬著，续修四库全书第1523册影印本
《紫燕金鱼室笔记》，李禧著，中国广播学院出版社1995年版
《我春室文集》，何振岱著，福建人民出版社2009年版
《忍古楼词话》，夏敬观著，中华书局1986年版
《福州西湖宛在堂诗龛征录》，陈世镕辑，福建人民出版社1997年版
《台湾诗钞》，台湾文献丛刊第280种，台湾银行经济研究室辑，1970年排印本
《今世说》，易宗夔著，《清代传记丛刊》第18册影民国刻本
《辜鸿铭文集》，辜鸿铭著，海南出版社2000年版
《明清戏曲史·外一种：八股文小史》，卢前著，岳麓书社2011年版
《"五四"以来词坛点将录》，刘梦芙著，稿本
《全闽明诗传》，郑杰、郭柏苍等编，《全闽诗录》第二、三、四册，福建人民出版社2011年版
《国朝全闽诗录初集》《续集》，郑杰编，《全闽诗录》第五册，福建人民出版社2011年版
《闽中理学渊源考》，李清馥撰，凤凰出版社2011年版
《福州曾氏十二世诗略》，曾克耑编，1966年香港出版
《十五国风高言集》，田茂遇、董俞辑，顺治十六年刻本
《鳌峰书院志》，游光绎著，中国历代书院志第10册，江苏教育出版社1995年版
《莆田人著作存本(草稿)》，1965年
《现存莆人著作书目提要》，康爵著，《莆田文史资料》1983年第6辑
《中国的历史脉动》，沟口雄三著、乔志航译，三联书店2014年版
《知识考古学》，福柯著，三联书店2003年版
《费孝通全集》，费孝通著，内蒙古人民出版社2010年版
《中华帝国晋升的阶梯》，何炳棣著，上海译文出版社1981年版
《市场转型与社会分层：美国社会学者分析中国》，边燕杰主编，三联书店1996年版
《社会分层与流动：国外学者对中国研究的新进展》，边燕杰、吴晓刚、李路路著，中国人民大学出版社2008年版
《中国东南的宗族组织》，[英]弗里德曼著，上海人民出版社2000年版
《中国古代的家族与国家》，[日]守屋美都雄著，上海古籍出版社2010年版
《隋唐制度渊源略论稿》，陈寅恪撰，上海古籍出版社1982年版
《中国家族社会之演变》，高达观著，《民国丛书》第三编第13册，上海书店1991年影印
《明清两代嘉兴的望族》，潘光旦著，《民国丛书》第三编第13册，上海书店1991年影印
《清代思想史纲》，谭丕模著，《民国丛书》第二编第7册，上海书店1990年影印
《明清间耶稣会士译著提要》，徐宗泽著，《民国丛书》第一编第11册，上海书店1989年影印
《本朝学术源流概略》，罗振玉著，《民国丛书》第一编第6册，上海书店1989年版影印
《清代学术概论》，梁启超著，《民国丛书》第一编第6册，上海书店1989年影印
《近五十年中国思想史》，郭湛波著，《民国丛书》第一编第6册，上海书店1989年影印
《最近三十年中国文学史》，陈炳堃(陈子展)著，上海书店出版社1989年版
《现代中国文学史》，钱基博著，商务印书馆2011年版
《清朱笥河先生筠年谱》，罗继祖著，王云五主编《新编中国名人年谱集成》第十五辑，台湾"商务印书馆"1981年版
《谈艺录》，钱钟书著，生活·读书·新知三联书店2001年版

《程千帆全集》,程千帆著,河北教育出版社 2000 年版
《钱钟书谈艺录读本》,周振甫、冀勤编著,上海教育出版社 1992 年版
《乾嘉学术编年》,陈祖武等撰,河北人民出版社 2005 年版
《唐代科举与文学》,傅璇琮著,陕西人民出版社 1986 年版
《当代学者自选文库:傅璇琮卷》,傅璇琮著,安徽教育出版社 1998 年版
《杜甫评传》,莫砺锋著,南京大学出版社 1993 年版
《乾嘉考据学》,漆永祥著,中国社会科学 1998 年版
《清诗史》,严迪昌著,浙江古籍出版社 2002 年版
《明代诗文的演变》,陈书录师著,江苏教育出版社 1996 年版
《王渔洋事迹征略》,蒋寅著,人民文学出版社 2001 年版
《中国古代文学通论·清代卷》,蒋寅主编,辽宁人民出版社 2005 年版
《王渔洋诗友录》,伊丕聪撰,燕山出版社 1993 年版
《郑振铎论》,陈福康著,商务印书馆 2010 年版
《清诗考证》,朱则杰著,人民文学出版社 2012 年版
《清诗考证续编》,朱则杰著,浙江大学出版社 2018 年版
《福建地方文献及闽人著述综录》,福建师范大学图书馆古籍组编
《明清苏南望族文化研究》,江庆柏撰,南京师范大学出版社 1999 年版
《明清江南著姓望族史》,吴仁安著,上海人民出版社 2009 年版
《清人生卒年表》,江庆柏著,人民文学出版社 2005 年版
《学人游幕与清代学术》(增订本),尚小明著,东方出版社 2018 年版
《清代士人游幕表》,尚小明撰,中华书局 2005 年版
《清代文学世家姻亲谱系》,徐雁平撰,凤凰出版社 2010 年版
《清代科举家族》,张杰撰,社会科学文献出版社 2003 年版
《历代妇女著作考》,胡文楷著,上海古籍出版社 1985 年版
《明清之际西方传教士汉籍丛刊》第一辑,周振鹤编,凤凰出版社 2013 年版
《明清之际西方传教士汉籍丛刊》第二辑,周振鹤编,凤凰出版社 2017 年版
《南社社友录》,郭建鹏、陈颖著,上海大学出版社 2017 年版
《家谱谱系数据模型研究》,肖禹、王昭著,国家图书馆出版社 2016 年版
《明清嘉兴科举家族姻亲谱系整理与研究》,丁辉、陈心蓉著,中国社会科学出版社 2016 年版
《明末清初的学风》,谢国桢著,人民出版社 1982 年版
《清初诗文与士人交游考》,谢正光著,南京大学出版社 2001 年版
《明清之际士大夫研究》,赵园著,北京大学出版社 1999 年版
《文学社会学——明清诗文研究的问题与视角》,罗时进著,中华书局 2017 年版
《文学:地域的观照》,陈庆元撰,三联书店 2003 年版
《闺塾师——明末清初江南的才女文化》,高彦颐著,江苏人民出版社 2005 年版
《历代妇女著作考》,胡文楷著,上海古籍出版社 1985 年版
《晚清学部研究》,关晓红著,广东教育出版社 2000 年版
《民国词史考论》,曹辛华著,人民出版社 2017 年版
《明代福建进士研究》,多洛肯著,上海辞书出版社 2004 年版
《江南·闽南·岭南——吴兴祚幕府文学年表长编》,朱丽霞著,中国社会科学出版社 2013 年版
《清代朴学大师列传》,支伟成著,岳麓书社 1998 年版
《明清福建家族组织与社会变迁》,郑振满撰,中国人民大学出版社 2009 年版
《家族文学史的建构》,李朝军撰,人民出版社 2013 年版
《清代文化与浙派诗》,张仲谋著,东方出版社
《台湾古典文学大事年表(明清篇)》,施懿琳、廖美玉主编,台北里仁书局 2008 年版
《翁方纲年谱》,沈津著,台湾"中央研究院"中国文哲研究所 2002 年版

《姚莹年谱》，施并业著，黄山书社 2004 年版
《百年沉浮　林纾研究综述》，林薇编著，天津教育出版社 1990 年版
《桐城派编年》，俞樟华、胡吉省著，人民文学出版社 2015 年版
《中国绅士研究》，张仲礼著，上海人民出版社 2008 年版
《定额制度与区域文化的发展——基于清代长江三角洲地区学额的研究》，梁志平、张伟然著，漓江出版社 2013 年版
《明代洪武至正德年间的翰林院与文学》，郑礼炬著，中国社会科学出版社 2011 年版
《明代福建文学结聚与文化研究》，郑礼炬著，人民文学出版社 2015 年版
《古典诗歌的最后守望——清末民初宋诗派文人群体研究》，杨萌芽著，武汉出版社 2011 年版
《台湾诗钟研究》，黄乃江著，复旦大学出版社 2009 年版
《东南坛坫第一家——菽庄吟社研究》，黄乃江著，武汉出版社 2011 年版
《台湾诗钟社团及相关组织考察(1865—2014)》，黄乃江著，人民出版社 2016 年版
《清人编选的文章选本与文学批评研究》，孟伟著，中国社会科学出版社 2016 年版
《厦门轶事》，王丽著，厦门大学出版社 2004 年版
《何遂遗踪:从辛亥走进新中国》，何达、王苗编著，人民出版社 2012 年版
《八闽文化世家》，张继定、徐俐华编著，吉林人民出版社 2017 年版
《泉州古代著述》，陈笃彬、苏黎明著，齐鲁书社 2008 年版
《福建省文史研究馆志》，卢美松主编，方志出版社 2003 年版
《松轩史话》，卢美松著，福建美术出版社 2012 年版
《薇园掬露》，卢美松著，福建美术出版社 2014 年版
《芸编留简》，卢美松著，福建美术出版社 2018 年版
《冶山史话》，福建人民出版社 2017 年版
《丁戊山小志》，谢其铨主编，福建文史丛书本(内部资料)2010 年版
《百年闽诗 1901—2000》，福建省文史研究馆编，海风出版社 2004 年版
《闽海过帆》，福建省文史研究馆编，上海书店出版社 1992 年版
《蕉墣纪闻》，陈仕玲著，福建人民出版社 2010 年版
《榕城纪闻》，海外散人著，见《清史资料》第 1 辑，中国社会科学院历史研究所清史研究室编，中华书局 1980 年版
《16 个福州家族的百年家史》，郑芳著，福建教育出版社 2016 年版
《明清福州文学地图——以三坊七巷为中心》，吴可文撰，福建师范大学 2013 年博士学位论文
《三山叶氏家族及其文学研究》，阮娟撰，上海古籍出版社 2011 年版
《明清侯官许氏家族文学研究》，郑姗姗撰，福建师范大学 2010 年博士学位论文
《余怀研究》，朱志远著，南京师范大学 2008 年硕士学位论文
《林昌彝年谱》，钱洪来著，沈阳师范大学 2010 年硕士学位论文
《周亮工年谱》，孟晗著，广西师范大学 2007 年硕士学位论文
《嘉道时期经世派诗歌论》，魏慧娟著，苏州大学 2010 年硕士学位论文
《张际亮与嘉道诗坛》，陈文忠著，暨南大学 2002 年硕士学位论文
《林寿图探究》，陈晶晶著，福建师范大学 2011 年硕士学位论文
《清代寿苏会研究》，张莉著，南京大学 2014 年硕士学位论文
《安溪湖头李氏文学研究——以李光地为中心》，林静茹著，闽南师范大学 2015 年硕士学位论文
《阎若璩〈尚书古文疏证〉研究》，汪斌著，湖北大学 2006 年硕士学位论文
《张远诗歌研究》，韩敏著，福建师范大学 2011 年硕士学位论文
《清代汀州客家诗歌研究》，王水香著，华侨大学 2008 年硕士学位论文
《梁章钜研究》，蔡莹涓著，福建师范大学 2009 年博士学位论文
《戏曲家陈烺研究》，潘融著，南京师范大学 2011 年硕士学位论文
《郭柏苍及其诗文研究》，苏秋红著，福建师范大学 2010 年硕士学位论文
《道咸以降题红诗研究》，寇春华著，集美大学 2012 年硕士学位论文
《杨浚及其著述与交游考论》，刘繁著，福建师范大学 2010 年硕士学位论文

《林鸿年交游及其著述研究》,张伟科著,福建师范大学 2011 年硕士学位论文
《郑孝胥诗歌研究》,杨晓波著,华东师范大学 2004 年博士学位论文
《沈瑜庆诗歌研究》,戴鸿飞著,苏州大学 2015 年硕士学位论文
《力钧医事及学术思想研究》,井运梅著,福建中医药大学 2010 年硕士学位论文
《许南英评传》,张宁著,福建师范大学 2006 年博士学位论文
《林纾翻译研究——基于费尔克拉夫话语分析框架的视角》,杨丽华著,湖南师范大学 2012 年博士学位论文
《黄任其人其诗》,董祝梅著,中国人民大学 2008 年硕士学位论文
《黄任研究》,郭云著,福建师范大学 2010 年硕士学位论文
《黄任诗歌研究》,李剑著,南京师范大学 2012 年硕士学位论文
《张远诗歌研究》,韩敏著,福建师范大学 2011 年硕士学位论文
《论陈衍的"三元"说》,王雷著,三峡大学 2009 年硕士学位论文
《朱仕琇古文研究》,孟娜著,安徽大学 2018 年硕士学位论文

# 后记

作为一种当代的著作，不能免俗，故有此后记。如本书的第四章至第八章，如果不写出来，就有一些读者觉得这是研究性著作的缺陷。一旦缺乏理论性的论述，就不能揭橥全书的观念。我意以为，这本书是需要认真地阅读基础文献的，所有的论述均从第一章至第三章中引用的文献中生发出来。读者倘若认真地阅读本书，并且通过前后关联、互文式的行文形成本书的主体观念，这比我作为作者的表达要好上很多，而这需要花费大量的时间，然而不失为读书过程中产生的乐趣。

因此，本书的问世，一方面由于专家指出的成果理论性缺乏，我们接受这种批评的意见，写成第四章至第八章的内容，增强了本书的理论构建，使本书的框架和主体性得以显现，而这种主体性原本是内在的、必然的；另一方面，坚持以文献为基础，顽固地不肯削足适履，保留了第一章至第三章的内容，并且在框架调整之时设置为本书的开篇。作者并不是拿着一只腐鼠有意吓退读者，但作为古代文学研究的读者应当克服文言形成的阅读障碍，耐心地读完本书。它有助于读者理解力的提升，读者必能反过来批评本书。综此二点，我在研究过程中，在著作过程中，忠实地遵循了程千帆先生"文艺学与文献学结合"的方法。只是本书的文献确实可观，类乎某些《诗话》、《词话》体著作的写法，必然存在"过犹不及"的评价，我倒不为此开脱罪过。

本书是国家社科基金西部项目"清代福建家族文学研究"（项目批准号：15XZW021）结题成果的最终形式。这是一项综合性的研究，与以往的个案家族文学研究不同，也与拢合数个家族的家族文学研究不同。本书提出和论证了省域家族文学研究的模式，宏观审视、微观体验兼顾，挑战了当代古代文学研究的路径。这种挑战性已经体现在结题评审过程中，表现为评审专家结论的分歧。现在出版之后，读者也必将形成分歧性的认识。成功不必在我，我谨希望本项目的结题，本书的出版，推动中国古代文学研究的进展。在福建省之外，清代的江苏、浙江、直隶、山东、江西、河南、山西、湖北、安徽、陕西、广东、四川、湖南等科举大省①基本上适用省域家族文学研究的模式。

下面我谈谈研究体会。

我们在谈"逻辑硬伤"的时候，"宏观叙事"是一种需要提防的"逻辑硬伤"，然而学术刊物尤好此类文章，排斥文献扎实的文章。须知"论"要从材料出，材料有多寡之别，不同的材料以其时代、背景、视角，产生不同的意义，这才是对宏观研究的辩证认识。有学者论清代别集，云清人别集中不收试帖诗和八股文，是一种通常的做法②，这是大言欺人了，事实却是相反，请参看本书第十一章《清代选举赋诗与清诗繁荣的关系》第三节的页下注；有学者认为清代时文和古文严重对立，但是我们观察《清代硃卷集成》400余册中的硃卷评语，大量引用《文心雕龙》诸篇以评价硃卷，这种现象应当理解为清人将硃卷视作文章，时文与古文是互通的，试帖诗与诗歌创作是相通的，这是清人眼中的"古代的文学理论"。略举二例，说明宏观之论只能根据文献而发，可不慎欤？勿轻易发为立异惊人之论。

我们不是反对"宏论"，相反地，正是要提倡发表基于文献的"宏论"。省域家族文学研究模式就是

---

① 李林《从经史八股到政艺策论：清末癸卯、甲辰科会试论析》，载香港中文大学《中国文化研究所学报》（Journal of Chinese Studies No. 55 - July 2012）第193页。清代福建的进士数量在山西、湖北两省之间（八旗不算作一省，除外）。

② 刘永翔《（〈沧趣楼诗文集〉）前言》："弢庵诗集不收试帖诗，这本是古人常例。"（《沧趣楼诗文集》上册，《前言》第15页。上海世纪出版股份有限公司·上海古籍出版社2013年版）

这样一种宏论，贯穿了我主持的“明代福建文学结聚与文化研究”和“清代福建家族文学研究”两个项目，在本书中进行了论证。在可预期的将来，我们将应用到宋元、晚清至民国的福建家族文学研究中。

在项目执行过程中，课题组的部分成员是当时在校的硕士研究生，他们毕业之后基本上结束了各自的研究工作；课题组内各高校和研究机构的成员虽各自承担单位的教学和科研任务，其间亦有所沟通和交流，裨益匪浅。本书系郑礼炬、程妹芳执笔成书。具体分工是郑礼炬执笔完成了全书第一至第四部分，字数220余万字；程妹芳完成《附录》两种（即《清代福建历科进士、举人表》、《清代闽人著述目录》）和参考文献，字数50余万字，已在书中注明任务。

感谢我的博士生导师陈书录先生和博士后合作导师陈庆元先生！两位陈老师长期关心项目的研究进展，为本书申报2020年度国家出版基金项目分别撰写了推荐书。由于国家出版基金申报期限紧迫和客观条件的制约，未能申报，但师恩“中心藏之”，永铭我心！

感谢温州大学提供学术著作出版资助！感谢社科处的领导和同事们对本项目的支持，感谢人事处领导对本书出版的支持！尤其感谢谦谦君子的人文学院院长孙良好教授！这个项目执行期间，我从闽南师范大学调到温州大学，与孙院长相识，倾车如故。我真诚地期盼在孙院长的领导下，人文学院的事业蒸蒸日上，走向一个发展的黄金时代！

感谢南京河海大学出版社，河海大学出版社作出艰难决策，正式签下本书的出版任务，他们在本书的出版过程中做了大量的工作！感谢我的同门师姐、河海大学的纪玲妹教授，纪教授向河海大学出版社大力推荐本书！谢谢！

郑礼炬、程妹芳

辛丑年十二月初九日

2022年1月17日